古代小品文鉴赏辞典

赵朴初题

新一版

上海辞书出版社文学鉴赏辞典编纂中心 编
吴小如 骆玉明 潘啸龙 等撰写

上海辞书出版社

《古代小品文鉴赏辞典》

撰稿人（以姓氏笔画为序）：

马亚中	丰家骅	王　元	王　毅	王小舒	王少华	王长华
王永健	王兴康	王远彦	王学太	王星琦	王镇远	贝远辰
古林士	石　玲	石　峰	卢　元	卢　强	卢敦基	叶　丰
叶　农	叶长海	叶幼明	叶晨晖	白雪松	冯英子	朱起予
乔　力	刘　城	刘传新	刘明浩	刘勇刚	刘桂秋	羊春秋
关代激	米寿顺	汤华泉	许金榜	孙　伟	孙　羽	孙金韬
孙震宇	严迪昌	苏来琪	李　鸣	李　娜	李　晓	李　峰
李少群	李修生	李保民	李献芳	杨　明	杨海明	吴小平
吴小如	吴功正	吴战垒	何满子	邹　露	汪涌豪	沈宁生
沈时蓉	沈维藩	沈惠乐	张　琳	张　巍	张亚新	张国光
张明非	张修龄	张铁明	陆志平	陈　铭	陈广宏	陈玉麟
陈正宏	陈永正	陈述曾	陈春艳	陈振鹏	陈榕甫	武卫华
林　帆	罗　青	罗可群	罗忠族	金性尧	周　蕙	周啸天
周寅宾	周慧珍	郑利华	赵庆元	赵伯陶	赵其钧	赵逵夫
赵慧文	拾　风	荆立民	荣　斌	胡光舟	胡国瑞	俞浩胜
施蛰存	宫晓卫	祝振玉	费君清	姚　虹	骆玉明	秦岭梅
袁　茹	耿百鸣	聂世美	莫砺锋	夏春豪	夏咸淳	顾易生
顾复生	钱伯城	徐　枫	徐城北	徐培均	徐静波	殷维刚
翁其斌	高克勤	郭　涛	郭隽杰	唐　湜	诸天寅	黄国声
梅国春	曹　虹	曹光甫	龚　静	龚德才	崔承运	董正春
蒋星煜	蒋哲伦	韩高年	喻学才	程千帆	谢楚发	赖汉屏
管遗瑞	廖士杰	樊修章	潘啸龙	霍有明	霍松林	魏祖钦

目　录

出版说明

本书是我社中国文学鉴赏辞典(新一版)系列之一。

小品文,一般指内容活泼多样、风格题材不拘的短文,有别于以经世致用为目的的宏文巨篇。小品之名,原指佛经译本中的简本,无文体意义。晚明始将此名应用于文学,如陈继儒《晚香堂小品》、陈仁锡《无梦园小品》,所收皆一些短小轻隽、思理脱俗、情韵兼胜的文章。然其名虽始于明代,其文体则肇自先秦。古代小品文,作为中国文学的一枝奇葩,与其他文体一样多姿多彩,源远流长,从涓滴细末到蔚为大观,经历了从自在到自为的发展过程。

《古代小品文鉴赏辞典》初版于2011年,是在汤高才、沈伟麟、吉明周三先生所编的《历代小品大观》(上海三联书店1991年出版)基础上,请专家作了深入修订并进行大量扩充而成的。此次推出新一版,我们将选目由原来的681篇扩充至740余篇,并替换了个别旧篇目,增补了大量注释,订正了讹误;其次是调整了版面和字体,扩大开本,重新装帧,希望得到读者的认可和喜爱。

由于水平有限,本书错误和缺点在所难免,尚祈专家和读者不吝指教。

上海辞书出版社

二〇二三年十月

凡　例

一、本书选收先秦至近代200多位作家的文言小品文740余篇。

二、本书正文包括原文、注释、赏析文章三部分。原文一般采用通行版本，有的也参照了其他版本，择善而从。疑难词语及人名、地名、典故、史实，多作简要注释，有的则随赏析串讲。

三、正文的排列，大体以朝代先后为序。同一朝代一般以作家生年先后为序。

四、本书使用简化字，在可能产生歧义时，酌用繁体或异体字。

五、本书涉及古代史部分的历史纪年，一般用旧纪年，夹注公元纪年。括注内的公元纪年，省略“年”字。

六、本书附录有：篇目笔画索引。

序　言

吴小如

一

“五四”时期，文学革命的先驱者们掀起了新文学运动的巨大浪潮。其中散文一体，虽说与小说、戏剧、诗歌并驾齐驱，实际上却有着格外突出的地位。几年以前，我在一篇题为《为散文呼吁》的小文中曾提出如下的看法：

> 当我们对现代文学史（或称为新文学史，即从1919年“五四”时期至1949年建国以前这30年的文学发展史）进行研讨时，就会发现一个看来特殊而实际却非常自然的现象，那就是：我们的现代散文的发展历程同现代诗歌、现代小说和现代戏剧并不完全一样。我们说，新文学运动的形成，在当时特定的历史环境和时代背景下，是从借助于外因，靠横向引进的方式开始的；经过一段时间，才逐渐成为具有我们自己民族特色的文学体系。这是由于在半殖民地半封建社会条件的制约下，我们这个闭关锁国的中华民族意外地遭到了西方文化的冲击，经过一场突变，才逐渐转化为主动地接受新思潮的洗礼，更进而对我们固有的民族文化遗产进行实事求是的评价和继承。而现代文学的出现，正是在那一场突变中的产物。如诗歌，是由古近体格律诗一下子变成自由体新诗的；如戏剧，是由以歌唱为主，以念、做、舞、打等表演技巧为辅的综合性的传统戏曲一下子变成只说不唱的话剧的；如小说，是由以讲唱文艺为基础的长篇章回体和短篇话本体（另外还有一部分更古老的笔记、传奇体）一下子变成以西方风貌为主体的新型小说的。唯独散文，虽说也受到外因的推动或者说受横向引进的影响，但由于它植根于悠久而优秀的历史传统的基础之上，其作品的外在形貌和内在的精神实质，毕竟同其他三种文学体裁有较大的差异。而差异最明显的现象就是：我们的现代散文虽然同属于新文学运动的产物，是新型的作品，但

它一上来就比较成熟，在它刚一崭露头角时便已是一位成年人，而不像其他三种体裁的作品，都有一个婴儿学语的幼稚的摹拟阶段。所以鲁迅说，在新文学领域中，散文的成就最高。事实也确是如此。“五四”以来的新型散文在最初阶段显然是超过了当时的诗歌、小说和戏剧的。

所谓“悠久而优秀的历史传统”，即我国古典散文的传统，其中小品文是占很大比重的。特别是“五四”时期，散文中属于讽刺小品（即通常称作“杂文”的）和抒情小品的，又受到前所未有的重视。这当然同新文学坛坫上的作家及其作品有密切关联。当时资格最老、执文坛牛耳的权威人物，应推鲁迅和周作人。鲁迅最初以写小说震撼文坛，但他成就最高的作品还是辛辣而犀利的杂文小品。周作人除在“五四”初期写过少量新诗外，主要是写各种内容的小品文，从而成为新文学作家中唯一以散文小品知名于海内外的人。大革命失败后，新文学阵营向左右两端分化。进入30年代，以周作人、林语堂为代表的一派作家乃大力提倡晚明小品，一时竟蔚然成风。连创造社的元老之一的郁达夫，太阳社的阿英，也都起而响应。此外还有施蛰存、刘大杰等，各有晚明小品的选本问世。当时周作人讲中国新文学的源流，把古代文学史上的作家分成载道、言志两派，而小品文的创作，他认为主要是言志派作家的产物。因此，周氏在推崇晚明小品的同时，对所谓载道派的作家（主要是唐宋八大家）及其作品基本上是持否定或批判态度的。最能体现周作人的这一观点的是沈启无所编选的两部散文小品，即《近代散文抄》和1937年以后北大的《大学国文》教材。这两部散文选集完全能反映出当时治古典小品文的人们所研究的主要领域和对象。在这里面，除了柳宗元和苏轼成为例外，唐宋八大家中其余的人及其追随者们几乎是见不到名字的。

二

我在上中学时就对周作人的散文小品很喜欢，因此对他的美学观点以及当时提倡小品文的风气和倾向也比较乐于接受。及年事稍长，对当时周门弟子俞平伯、冯文炳两位先生的文章就更加喜爱。到40年代，终于忝列俞、冯两位先生门墙，对小品文不仅产生兴趣，而且还花费了一定的时间去分析研究古典小品文的发展演变过程。这一段治学经历我曾对章川岛先生谈过，直至十年浩劫发生以前，每与川岛先生晤面，几乎总是以小品文为谈话中心的。

但我个人的研究结果却远远不同于周作人的观点。首先，我以为唐宋两次古文运动对我国古典散文的发展是有积极影响的，唐宋八大家的功绩不容轻易否定。这里又存在一个问题，如果说我国古典散文由唐宋两次古文运动的推进而取得决定性的优势，那为什么元明清三朝的正宗古文作者竟再没有超过唐宋八大家的呢？我们根据什么来说古典散文取得决定性的优势呢？答案是：古典散文的发展优势体现在自宋代开始以迄明清的小品文方面。这是从宋代古文运动的“祖师爷”欧阳修开始的。在欧阳修以前，尺牍、题跋、随笔、札记这类文章，是不为正统的文学家所注意的，也很少有人把这些文章看成文学作品。而欧阳修则不然，在他的全集中，“书”和“短简”是分别开来的，而《集古录跋尾》和《归田录》，前者不仅是金石考证，后者也不只是稗官笔记，而都具有一定的文学价值，即其中有不少优美而隽永的小品文章。到苏轼、黄庭坚，这方面就更为突出。苏的《东坡志林》《仇池笔记》，黄的《宜州家乘》以及他们的尺牍、题跋，都足以厕于文学作品之林。到了南宋，范成大的《吴船录》，陆游的《入蜀记》，既是日记，又是游记，当然也都是优美而隽永的小品文。这一传统直接影响到明、清两代。公安三袁，竟陵的钟、谭，明清之际的王思任、张岱、刘侗、于奕正，直至清初的金圣叹、张潮、陆次云，清中叶的袁枚、郑燮，都足以说明我国古典散文正在长足发展。作为古文家，明代的归有光，清代的姚鼐，其尺牍也是单独归为一类，与其文集中其他文体平起平坐的。特别是尺牍和日记，如明代王穉登的《谋野集》，叶绍袁的《甲行日注》，萧士玮的《春浮园日记》等，都单独成为专集。而周亮工的《尺牍新钞》和张潮的《友声》，更以搜求朋友的书信为专著，并刻印成书。古典小品文这种由附庸地位上升为独立大国的现象，才是在唐宋两次古文运动影响下直接结成的丰硕果实。

其次，30 年代之所以有不少人提倡晚明小品，不能仅仅视为政治上或文学上的右倾，看成创作和研究工作中的逃避现实。事实上，由于“五四”新文化包括新文学运动的浪潮的推动，即使在民族文化艺术遗产的研究领域中，也在逐步开拓、扩展和深入的。过去讲文学史，小说、戏曲是没有席位的；“五四”以后，小说、戏曲同诗文平起平坐了；诗歌领域中，则自词曲而民歌，也比辛亥革命以前扩展了不少。然则对于古典散文，从群经诸子而史传文学，而唐宋古文，而晚明小品，不也正是在开拓疆域，扩展视野和深入探索么？何况这些小品文中精华甚多，佳作如林，我们怎么能为了泼洗澡水而连孩子也一起泼掉呢！

基于上述看法，我自始至今有两个观点与当时一般治晚明小品文的专家学者们不同，也可以说，同周作人的基本观点存在着分歧。其一，晚明小品是流不是源。研究古典小品文，当然可以从晚明入手，因为那标帜着小品文无论在数量上和质量上都达到了一个高峰。但这个高峰不是平地拔起，更不是天外飞来，而是在前代小品文的基础上一步步发展起来的。因此要研究我国古典小品文的发展轨迹,必须从晚明向上考溯。关于这一点,周氏到晚年已有所修正,他连《论语》中的一些短而精的语录认为也有小品文的意味了。实际上就在三四十年代,刘大杰、沈启无等人似乎也都对此有所觉察,只是没有旗帜鲜明地提出来。抗战胜利后,我读到朱光潜先生的《谈文学》(开明书店印行),他在一篇论文中郑重提出,自先秦两汉时代即已存在着比较典型的、既有美学价值也有认识价值的"正宗"小品文(手头无书,但申大意)。我对这一看法深表同意。其二,我一直坚持,即使是唐宋八大家及其追随者,也并非整天板起面孔说教,他们的文集中同样存在着够典型、算得上"正宗"的小品文。诚然,八大家中如曾巩、王安石,其传世的文章属于"正宗"小品文的确实不多;而苏轼原是晚明小品作家的不祧之祖,那是谁也不会否认的。而唐之韩、柳,宋之欧阳修,如果从他们的全集中认真爬梳拣择,完全可以给他们每个人出一本小品选集。

三

要分析鉴赏古典小品文,必须先把什么是小品文弄清楚。苏轼说他自己写文章"常行于所当行","止于所不得不止",即写文章一定要从肺腑中自然流露,一如天真无邪的赤子,而不宜矫揉造作,更不能无中生有。到明代,李贽更提倡"童心",袁宏道则提出"韵""趣"两个标准。"韵",古人或指神韵,或指韵味,而照我的体会,即文章要有作家自己突出的个性与风格;"趣"则指幽默感和可读性。及清人袁枚论诗,上承"三袁"而拈出"性灵"之说,这"性灵"二字,实际也正是历代上乘小品文所必须具备的"核心"。当年俞平伯先生在北大讲古典诗词,认为一种作品是"作"出来的,另一种则是"写"出来的。用来考察小品文,则这种文章基本上应属于"写"出来的。不过我的看法是,有些好文章同样也需要精心刻意去"作",才能产生出来。至于信手拈来的文章,也不见得篇篇都好,其中正不乏率意之作或油腔滑调的下乘作品。这并不能一概而论。因此,我对魏晋南北朝以来的骈体文,并不排斥在小品范畴之外。这部《古代小品文鉴赏辞典》也选录了若干骈体文,我以为是有道理的。

我们一提到小品文,首先想到的是抒情小品。既然写小品文要发自"童心",要有韵有趣,要体现作家的"性灵",当然它主要的作用是抒情。不过小品文并不排斥记景、叙事,甚至发议论、讲道理的内容,只要在所记、所叙、所论、所讲的内容里面蕴藏着、流露着甚至洋溢着一个作家自己的真实感情,不论是悠悠不尽之情还是热烈奔放之情,是激昂慷慨之情还是抑郁苦闷之情,都应当说是符合小品文的标准和要求的。它们都具有小品文所应和所能体现的美学特征。这里附带提一句，在 30 年代以后的若干年中，有的人不但不承认杂文是小品，甚至连文学作品也不是(到 50 年代也还有人这样主张)。而我个人则始终认为杂文应当是小品文中的一个重要品种。对这个问题的认识，自全国解放以来已逐渐趋向一致，眼下已很少有人把杂文拒于小品范畴之外了。

然而我们不能忽略的是，既称为小品文，它必须短小精练、言简意赅。相对地说，篇幅不宜太长。乐毅《报燕惠王书》和司马迁《报任安书》，不能不说是肺腑之言和性灵之作。但由于它们的篇幅长，就不能算作小品文。有的文章虽短，而且具有真知灼见，如柳宗元的《读论语》。可是作者在篇中毕竟过多地诉诸理性而不是感情的自然流露，当然也不能居于小品之列。以过去的选本而论，施蛰存先生的《晚明二十家小品》对入选文章的篇幅控制较严，太长的便不选了；而阿英先生的《晚明小品文库》所选的文章，有的便嫌过长。当然，文学作品毕竟不是数学分式，很难给它们划范围、立规矩、定框框；如果规定得过于死板严格，则反而不科学了。

四

最后还想简单地谈一下古典小品文的真伪问题。从鉴赏角度看，只要文章写得好，其真与伪并非主要的。《文选》中选了一篇李陵《答苏武书》，苏轼早就指出是“齐梁间小儿”所拟作，但这篇《答苏武书》并不失为好文章。古代小品文中也存在着与此类似的问题。清初的一个古文选本《古文小品咀华》中，就有王嫱《报元帝书》、汉光武帝《与严子陵书》等短札。王嫱的信显为伪托；就是刘秀的这篇短札，尽管文章写得很好，却既不见于正史，又不见于类书，严可均《全汉文》也未收入，显然亦为赝鼎。更为普遍流传的是所谓刘禹锡的《陋室铭》，在《刘梦得文集》《外集》中均未收，亦不见于唐人著录，是否刘禹锡的作品很值得怀疑。不过作为小品文，又不能不入选。本书所收的每篇文章都要求注明出处，这是很科学的。倘所选文字有来历不明者，其伪托的可能性就比较大。读者自不妨欣赏其文笔，涵泳其文义，但在引用时就须谨慎从事，以免以伪乱真。

篇目表

先　秦

两　汉

魏晋南北朝

宋金元

明　代

清　代

先秦

【典籍介绍】

《论语》

儒家著作。由孔门弟子及再传弟子汇集孔子言行而成。共二十篇。内容多为孔子思想言行的记录，亦有弟子之间、弟子与再传弟子之间的谈话记载，不少具有文学意味，且与文学理论相关。为研究孔子思想的主要资料。东汉列为七经之一，宋代把它与《大学》《中庸》《孟子》合为“四书”。注释本主要有三国魏何晏《论语集解》、南朝梁皇侃《论语义疏》、宋邢昺《论语注疏》、宋朱熹《论语集注》、清刘宝楠《论语正义》等。

宰予昼寝[1]

《论语》

宰予昼寝。子曰：“朽木不可雕也，粪土之墙不可杇也[2]；于予与何诛[3]？”子曰：“始[4]吾于人也，听其言而信其行；今吾于人也，听其言而观其行。于予与改是[5]。”

〔注〕 ① 宰予：孔子的弟子，字子我。昼寝：白天睡觉。 ② 粪土之墙：秽土筑的墙。“粪”的本义是扫除、除秽，所以所扫积的秽土也称为“粪”（粪便之义后起）。杇（wū）：同“圬”，涂墙。指在用筑板筑成的墙表面涂泥抹平。秽土筑的墙不牢，表层的土会随着稀泥掉下来。 ③ 予：宰予。与：语助词，这里同“也”。下文“与”同。诛：谴责，责备。 ④ 始：起初，先前。 ⑤ 是：这个，指“听其言而信其行”。

宰予是孔子杰出弟子中的一位。《论语·先进》曾在德行、言语、政事、文学四科中各举出几人。以宰予、子贡为“言语”方面有特长的学生，同德行方面的颜渊、闵子骞、冉伯牛、仲弓，政事方面的冉有、子路，文学方面的子游、子夏并列。我们从《论语》中可以看出，孔子同学生的关系十分融洽，教育方法上很注意因材施教和启发学生，调动学生的主动性。由本篇则看出他教育中的另一面：严格要求学生，对不努力学习的行为不能宽容。

古代由于照明条件的限制，求学者读书主要靠白天。大白天睡觉，是懒惰的表现，所以提出严厉的批评。但孔子的批评不是就事论事的斥责，而说出了几句富有哲理、反映着一种教学规律的话，又用了比喻的方式，十分耐人寻味。教和学是对立统一的两个方面，教固然重要，但起决定作用的方面是学，如果不学，怎么教也无济于事。所谓“朽木不可雕也”，是说已朽的木头刻得花纹稍细一点就会破碎掉下来，难以加工、修饰；所谓“粪土之墙不可杇也”，是说秽土所筑的墙、表面已风化的墙带不住稀泥，泥一抹上就会连同墙表面的土一起掉下来，无法修饰它。孔子以此二者比喻不愿意接受教育的人,真是贴切之至。“于予与何诛”,是说宰予这样的学习态度,我还能说什么?既严厉又含蓄。这种表述方式的力量,是随着说话人在被批评人心目中的地位而不断增强的,表面上什么也没有说,实际上力量无边。

本篇中引述孔子针对宰予昼寝之事说的话有两节。其第二节是说:此前他对人是“听其言而信其行”,现在他是“听其言而观其行”。这里头的意思是以往宰予曾表示过是要努力学习的,但他的行为却说明他并不是这样做的。孔子并不直接这样说,而换了一种说法,而且因之而改变了看待人的方法,同样显得含蓄而又十分有力:这个力度是在因为这件事造成对孔子思想的巨大冲击时而显示出来的。

孔子弟子三千,贤人七十二,在中国教育史上影响至巨。上面这段文字无论对学者、对教者,都有很大的启示。

(赵逵夫)

子路[①]问为政 《论语》

子路曰:“卫君待[②]子而为政,子将奚先[③]?”子曰:“必也正名乎[④]!”子路曰:“有是哉,子之迂也[⑤]!奚其正[⑥]?”子曰:“野哉由也[⑦]!君子于其所不知,盖阙如也[⑧]。名不正,则言不顺;言不顺,则事不成;事不成,则礼乐不兴;礼乐不兴,则刑罚不中[⑨];刑罚不中,则民无所措手足[⑩]。故君子名之必可言也[⑪],言之必可行也。君子于其言,无所苟[⑫]而已矣。”

〔注〕 ① 子路:即仲由,孔子的弟子,字子路。 ② 待:等待。 ③ 奚先:先做什么。奚,何。 ④ 必:一定。正名:使名分正。正,使动用法。名,名称,名分。 ⑤ 有是哉,子之迂也:你竟迂到了这种程度。这是个倒装句。迂,远,这里指迂阔,即死守教条远离实际。 ⑥ 奚其正:为什么要正?意思是没有正名的必要。 ⑦ 野:鄙陋。由:子路的名。 ⑧ 盖:句首语助词,有“大概”“一般”的意思。实际上表示肯定。阙如:存疑,阙而不论。阙,同“缺”。如:词尾。 ⑨ 不中(zhòng):指不得当。 ⑩ 无所措手足:没有放手足的地方。意思是不知如何是好。措,放。 ⑪ 名之必可言也:一个说法一定要有这样说的理由。 ⑫ 苟:不严肃,草率。

本篇写孔子与其弟子子路的对话,很有意思,也生动地表现了二人的性格及融洽的师生关系。子路比孔子小九岁,是孔子弟子中年龄最大的,而性情率直鲁莽。他问孔子:“如果卫君等着你去主政,你将先做什么?”孔子说:如果一定要分一个先后,那就先正名分。子路脱口而出,说孔子的设想迂阔,说话不着边际。这里既可看出子路性格的直爽与单纯,也反映了他们师生关系的亲密。孔子对子路的这种态度不是严厉斥责，不是生气，而是先对他不加思考随口就发表意见的做法进行善意的批评，第二层则进一步说：一个有修养的人对自己不了解的事不能轻易地发表意见。第三层再回答为什么如果卫君请他主政，他要先正名。因为名分不正，则谈任何事情都无所遵循，讲不出道理，也难以判断是非。在位者说话道理不顺，很多事便难以办成；政事办不成，那么一国的礼乐制度便难成风气。

孔子的这些话自然是立足于儒家恢复礼乐制度的政治主张，但也有其针对性。文中的"卫君"，学者们都以为是指卫灵公之孙卫出公辄。辄之父蒯聩得罪了灵公而逃在外，灵公死，辄继位，诸侯多以为非。孔子弟子多仕于卫，卫国多事，故出公辄欲得孔子为政。孔子的意思，要卫国社会稳定，首先要在君臣名分等有关国家大体的问题上得到妥善解决，然后发号施令，治国利民之事才有可能实施，礼乐制度才能兴盛起来。朝廷中不能人当其位、各守其职，下面的人便无所适从，老百姓更是手足无措。孔子之主张就当时卫国而言，是提纲挈领之举。子路不明白当中的深层含意，只是就一般处理政事理解之，唐突而言。孔子在这段话的第四层是进一步从儒家的处世原则上加以申说。最后说："君子于其言，无所苟而已。"是说作为一个有修养的人说话要深思熟虑，不能随意言之。孔子之话虽不多，但层次清楚，含意深长，不是就事论事，而表现出儒家的政治思想与人格修养方面的原则。子路闻此之后表现如何，文中未及，然而心悦诚服之态，见于文字之外。

本篇语言上的特点很突出。一是对话的口语化。二是为了表现人物的情感，几处用了倒装句，如子路说："有是哉，子之迂也！"表现了子路对孔子讲出"正名"之语的完全不理解。孔子说："野哉由也！"表现出孔子对子路说话鲁莽的惊诧，都甚为传神。

（赵逵夫）

子之武城 《论语》

子之武城①，闻弦歌②之声。夫子莞尔③而笑，曰："割鸡焉用牛刀？"子游④对曰："昔者偃也闻诸⑤夫子曰：'君子学道则爱人，小人学道则易使也。'"子曰："二三子！偃之言是也。前言戏之耳。"

〔注〕 ① 之：到。武城：鲁国的城邑，在今山东费县西南。《论语·雍也》中说"子游为武城宰"，即做那里的邑长。 ② 弦歌：皆用如动词，弹琴瑟，唱诗歌。 ③ 莞（wǎn）尔：微笑的样子。 ④ 子游：孔子学生，姓言名偃，字子游。 ⑤ 诸："之于"的合音。

孔子是一贯主张以礼乐治天下的,礼乐便是儒家的“道”。那么,他到言偃为邑长的武城,听到了弹琴瑟唱诗歌的声音,又为什么说“割鸡焉用牛刀”?《子路、曾皙、冉有、公西华侍坐章》载孔子让弟子各言其志,冉求说,他只希望做到使民富足,“如其礼乐,以俟君子”。公西华说“愿学”,在正式的礼乐仪式中,只能做一个“小相”。这些都是就治理国家(当时主要指诸侯国)而言。可以说,以礼乐治国,是儒家的最高理想与信念。孔子到了言偃为邑长的武城,闻弦歌之声,体会到了他的弟子在一个小邑中实施他的政治主张,自然是感到高兴的。然而,他的理想是希望能在一个诸侯国中实施其主张。他认为他的弟子也都有此才干。所以他以开玩笑的口气说:“割鸡焉用牛刀?”其深层的意思是子游未尽其才。但这句话在表面上显然会理解为:治理这样的小邑用不着礼乐制度。子游的回答不是针对其深层意思而说,因为孔子的学说只能是一种理想,孔子游历了一些国家的遭遇也证明了这一点,师徒均心知肚明,但一则这一点不宜说破,二则子游从谦虚处世的角度,装作未理解孔子说的深层含意的样子,故只是援引孔子之语,说在对劳动者的管理中运用礼仪制度,他们也易于服从调配。孔子前面所发的感慨,是一种无意识的流露,而无论怎样,坚持礼乐教化为儒家从政的大旨,所以孔子听了子游的话以后立即对从行弟子说:“子游之言是也。”而对他前面说过的话,以戏言(开玩笑)解嘲。

本篇文字虽短,而委婉曲折,含义深刻,颇可耐人寻味。孔子说:“修辞立其诚。”(《周易·文言》引)依照当时的语言、情境记下的这几句话,真实、准确地记载和传达了丰富的信息,同后来文人使用各种修辞手段加工过的语言完全不同。看似简单、朴素,而其对人物神采风韵的勾勒,亦非高手不能至。这就像高超的画家几笔画出一个人物速写或素描一样,形神兼备,而让人遐思冥想。当然,这当中贯穿着一个“诚”字,不是虚造。

(赵逵夫)

贤哉,回也! 《论语》

子曰:“贤哉,回也!一箪食,一瓢饮,在陋巷,人不堪其忧,回也不改其乐。贤哉,回也!”

孔子首开私家讲学的风气,而且主张“有教无类”,凡是主动向这位老先生送上十串干肉的(这在当时可并不算是怎么贵重的礼物),孔子都可以接受他为学生。因此,当时投在孔子门下的弟子可真不少,而且多是贫贱的“闾巷”“鄙野”之人。按旧时的说法,孔门有“弟子三千,贤人七十二”(《史记》与《孔子家语》说是七十七），虽然可能夸大了一点，但孔门弟子众多却也是事实。在众多的弟子中，孔子最得意的门生便是颜回（字子渊）。论年龄，颜回比孔子小三十岁，但孔子对他却极为爱慕，每每对他赞不绝口，有时甚至自叹弗如（见《论语·公冶长》）。观《论语》中孔子称赞颜回的长处，在于他的好学深思。更可贵的，颜回还有一种自甘淡泊、不慕荣利，热烈追求知识的精神。在这一点上，颜回与后来的庄子倒有些相似，所以郭沫若等人认为"儒分为八"后的颜渊一派与蒙庄学派有着渊源关系。本章中孔子极力称赞的，就是颜回的安贫乐道精神。孔子的话不长，译成白话文就是："颜回真是个有修养的人啊！一小竹筐饭，一瓜瓢冷水，住在破败的小巷子里，别人都无法忍受这种穷苦的忧愁，颜回在此却始终是那么快乐。颜回真是个有修养的人啊！"

原文通共二十八字，而在这二十八字中，"贤哉"二字重复了两次，"回也"二字则重复了三次；而且本为称赞颜回，偏偏要涉及他人，又多出了"人不堪其忧"五字。看来这些重复和增添都似乎是多余的，但如果把这些啰嗦字句删去，结果可就不大妙。按照刘知幾和欧阳修主张的"点烦"法，原文可圈去十一字，改为"一箪食，一瓢饮，在陋巷，不改其乐，贤哉回也。"但这样一删繁就简，原文的情味就丧失殆尽。细加琢磨，原文之所以富有文学情味，充分表达出孔子的一番内心情感，就得力于唠叨啰嗦。"人不堪其忧"表面上与颜回无关，而实则是一种反衬，具有加倍渲染的作用；而不厌重复的"贤哉，回也！"不仅逼真地传出了孔夫子的语气神态，而且使全篇摇曳生姿，产生一唱三叹之妙。此章正为能多用复字，又从反面加以衬托，所以情味十分充足，而且越读越觉得涵泳不尽。由此可见，文章的优劣未可一概以繁、简论，该简时当简，该繁处却一个字也省不得。

（刘传新）

问 津 《论语》

长沮、桀溺耦而耕[①]。孔子过之，使子路问津焉[②]。

长沮曰："夫执舆[③]者为谁？"子路曰："为孔丘。"曰："是鲁孔丘与？"曰："是也。"曰："是知津矣！[④]"问于桀溺。桀溺曰："子为谁？"曰："为仲由。"曰："是鲁孔丘之徒与？"对曰："然。"曰："滔滔者[⑤]，天下皆是也，而谁以易之[⑥]？且而与其从辟人之士也[⑦]，岂若从辟世之士[⑧]哉？"耰而不辍[⑨]。

子路行以告，夫子怃然[⑩]曰："鸟兽不可与同群[⑪]，吾非斯人之徒与而谁与⑫？天下有道，丘不与易也⑬。”

〔注〕 ① 长沮、桀溺：两位隐士，其名未知，所以只能以他们劳作时的身体外形与劳作环境来称呼他们。长、桀（同“杰”），高大魁梧之意。沮、溺，指人浸在泥沼水洼之中。因孔子派人问津时，这两个高大魁梧的男人正在水田里劳动，故名。耦而耕：耦（ǒu），古代的一种耕作方法，即两个人各执一耜（犁）并排耕作。“耦而耕”就是两人并耕。 ② 子路：仲由，字子路，又字季路，鲁国卞人（今山东泗水县人）。仲由性刚直，好勇尚武，以政事见称。津：渡口。 ③ 执舆：犹执辔，赶车者手拉缰绳驾御车马。 ④ 是知津矣：这句是暗讽孔子。一方面暗讽孔子周游列国，栖栖遑遑，熟知道路，不用问别人；另一方面暗讽孔子授徒传道，应该很博学，无所不知，当然也应该知道他自己的（政治）方向。 ⑤ 滔滔者：以洪水泛滥比喻时局混乱。 ⑥ 谁以：犹“与谁”。易：改易，改变。 ⑦ 而：通“尔”，你。辟人之士：辟，同“避”。孔子清洁自守，择人而事，不与奸小交往。《尸子》：“孔子过于盗泉，渴矣而不饮，恶其名也”。孔子曾说过“危邦不入，乱邦不居”。阳货为季氏家臣，甚有权势。想使孔子拜见自己，就赠送给孔子一只小猪。孔子不想见他，但碍于礼仪，就探听到阳货不在家的时候，去回谢阳货的赠送。 ⑧ 辟世之士：逃避乱世的隐者。长沮、桀溺自指。 ⑨ 耰（yōu）而不辍：一刻不停地用耰掩埋种子。耰，一种击碎土块、平整土地的农具。这里指用耰掩埋种子。辍，停止。 ⑩ 怃然：茫然自失的样子。 ⑪ 鸟兽不可与同群：人不同于鸟、兽，不能与鸟兽同群。 ⑫“吾非斯人”句：我不与世人共命运，又和谁相亲呢？斯人，世人。与，亲与，相亲。 ⑬“天下”二句：倘若天下政治走上轨道了，我孔丘也就不会再作变革的努力了。言外之意是，正因为天下无道，才需要我孔丘站出来，担负起社会责任，努力变革。与，参与。

本文选自《论语·微子》，是一段文学性极强且意味深长的文字。文中写孔子和他的学生子路在周游列国的途中找不到渡口，恰好看到在水田耕作的两位老农——长沮和桀溺。孔子让子路向对方问路。但这两位却不认同孔子的理念与做法，或以冷言相待，暗语嘲讽；或规劝子路：世道纷乱如泛滥的洪水，与其跟着“辟人之士”做无用之功，不如追随“辟世之人”逍遥自在。孔子听到子路的转述则怃然自失，出语自辩，并剖明心迹。

文章一开始就以简练的语言交代了故事的地点、人物与起因。“长沮、桀溺耦而耕”，通过一幅形象的画面交代对话开展的环境与人物：两位身材高大的农民在水田并肩耕作。长沮、桀溺不是这两个人的真实姓名，应该是根据其身形和站立的地方而起的代号。一人身材瘦长，故称其为“长”；一人身材魁梧，故称“桀”。沮，除有湿的意思外，还有沮丧、颓废之意。如《庄子·逍遥游》：“举世而非之而不加沮。”溺，除有在水里的意思外，还有沉湎不反、沉迷不悟的意思。二人在水田里耕作，故称“沮”“溺”。其实，孔子后学用“沮”“溺”带有贬义色彩的词称呼这两人，也表明他们对此二人处世态度的不认可。“使子路问津焉”一句话，若单独放在开头，不过是一句普通的叙述：让子路去问问渡口。但若放在全文，考虑到长沮、桀溺与子路的对话以及孔子的反击之语，这个“问津”就极具象征意味了。这关乎“出世”“入世”两种处世态度的辩论与冲突。

接下来，叙述子路问津的具体经过。子路先问长沮，长沮得知问路的是“鲁孔丘”，反应很冷淡，用一句“是知津矣”作答。这句话是在暗讽孔子。因为孔子在当时广收门徒，已经有博学多识的名声。他带弟子周游列国，希望找到有道之君，实现自己的治国理想，但却一无所获。所以，此句言外之意是，鲁孔丘不是很博学吗，怎么找不到渡口(政治方向)？鲁孔丘周游列国，道路一定很熟，哪里会不知道渡口呢？

子路碰了钉子，只好再问桀溺。桀溺不像长沮那样冷嘲暗讽，而是对子路进行了一番语重心长的规劝。先用“滔滔者，天下皆是也”做个大的判断，以洪水的泛滥无序来譬喻混乱的世道。再警告孔子及其同道不要做徒劳无谓的改变尝试。然后指出孔子无论如何择人而交，择君而仕，不过是“辟士之人”。子路与其追随孔子这样的“辟士之人”，不如追随像我们这样的“避世之人”。这样，岂不躲避得更干脆彻底，更逍遥安乐！劝导结束，桀溺以“耰而不辍”的行动结束对话，把一脸茫然的子路晾在了一边。

最后，子路无奈，只得回禀孔子。两位隐士的话对孔子深有触动。孔子有坚定的社会理想和人生信仰，为此，孜孜以求，百折不挠。他不饮盗泉之水，清廉自持。他择人而交，择主而仕。如他看不上阳货，千方百计躲着不见。阳货馈赠小猪逼孔子回谢，孔子则趁其不在家时拜谢。孔子对卫灵公亲近南子、不礼遇自己很不满，就离开了卫国。孔子的追求理想之路却无比坎坷。他不容于父母之邦，两次离开鲁国；奔齐不遇，遭厄于陈蔡；一生栖栖遑遑。他自己曾经说“道之不行也，我知之矣”(《论语·微子》)，表达对世道混乱的失望。他评价卫国大夫宁武子：“宁武子邦有道则知，邦无道则愚。其知可及也，其愚不可及也。”(《论语·公冶长》)这其实是他的“夫子自道”。邦无道时的愚执，正来源于其“知其不可而为之”的坚定信念。孔子“怃然”的表现，是因为长沮、桀溺的话勾起他所有辛酸痛苦的回忆。但他并不愿意改变其志向。所以他对弟子解释说“鸟兽不可与同群，吾非斯人之徒与而谁与!”这表明他对人的社会属性有深刻而清晰的认识，人怎能离开社会，去与“鸟兽”为伍？既然如此，避世是无法做到的。最后，孔子以“天下有道，丘不与易也”作结。这句话掷地有声，体现了孔子的社会责任意识和勇于担当精神。世道之混乱，大道之难行，是孔子所固知，但正因为天下无道，所以才需要有道之士有所作为，易乱为治，易无道为有道，使天下归于太平。若天下已然有道，哪里还需要去改变呢？孔子何尝不知“辟人之士”的艰辛，也何尝不知“辟世之士”安乐呢？但以孔子为代表的儒家学者“仁以为己任”，志在兼济的入世之道，与以“长沮”“桀溺”为代表的避乱自安“出世”之道，截然不同。所以这篇看似简单的“问津”对话，实际是两种人生观、价值观的碰撞与冲突，意味隽永。

在艺术上，本章有几个特点值得关注。首先，故事曲折有趣，具有强烈的画面感。开篇“长沮、桀溺耦而耕”就极具画面感。问津经过写得曲折有致。子路先问长沮，长沮不直接回答问题，反而问“夫执舆者为谁”，得知是孔子后，再次确认“是鲁孔丘欤”，再得到肯定答复后，却以冷冷的一句“是知津也”回答。子路被冷落在一边，虽没有在文中直接写出来，我们可以感受到子路被嘲讽后的尴尬和无措。子路只好转而问桀溺。桀溺转而问子路的身份，得知是子路后，再次核对“是鲁孔丘之徒欤”，再得到肯定回答，转而进行了热心劝告。桀溺在语落之后，继续耕作，“櫌而不辍”，画面感强，很有趣味。

第二，映衬手法的巧妙运用。文章用孔子师徒迷路、问路被冷淡讥刺的狼狈，衬托孔子“知其不可而为之”、勇于担当的伟大人格。用桀溺的知难而退、避世自安来衬托孔子的激流勇进、胸怀天下的淑世情怀。

第三，人物形象生动。方存之《论文章所原》：“记二人(长沮、桀溺)傲睨、孤高如画，记孔子一叹，深情至切。”文章中用长沮“是知津矣”一句话，表现出他的孤傲冷淡形象。用“櫌而不辍”动作，也形象展现两人的傲睨孤高。

第四，和《论语》的众多作品一样，本篇语言简练，用意深远，有一种雍容和顺、纡徐含蓄的风格。

（魏祖钦）

【典籍介绍】

《左传》

亦称《春秋左氏传》或《左氏春秋》。儒家经典。是配合《春秋》的编年体史书。其作者历来众说纷纭，旧传是鲁人左丘明所作，近人认为是战国初年人根据各国史料编定而成。记事起自鲁隐公元年(前 722)，迄于鲁悼公四年(前 464)，包括春秋列国政治、外交、军事、文化等各方面的活动及有关言论。是中国古代一部史学和文学名著。注释本有西晋杜预《春秋经传集解》、唐孔颖达《春秋左传正义》、清洪亮吉《春秋左传诂》等。

城者嘲华元

《左传》

二年①，春，郑公子归生②受命于楚，伐宋。宋华元③、乐吕御之[④]。二月壬子[⑤]，战于大棘[⑥]。宋师败绩。囚华元，获乐吕，及甲车四百六十乘[⑦]。俘二百五十人，馘[⑧]百人。

狂狡辂郑人[⑨]，郑人入于井，倒戟而出之，获狂狡。

君子曰："失礼[⑩]违命，宜其为禽[⑪]也。戎，昭果毅以听[⑫]之之谓礼。杀敌为果，致果为毅。易[⑬]之，戮也。"

将战，华元杀羊食[⑭]士，其御羊斟[⑮]不与。及战，曰："畴昔[⑯]之羊，子为政；今日之事，我为政。"与入郑师，故败。

君子谓羊斟非人也，以其私憾[⑰]，败国殄民，于是刑孰大焉。《诗》所谓"人之无良"[⑱]者，其羊斟之谓乎！残民以逞。

宋人以兵车百乘，文马百驷[⑲]，以赎华元于郑。半入[⑳]，华元逃归。立于门外，告而入，见叔牂，曰："子之马然也[㉑]。"对曰："非马也，其人也。"既合[㉒]而来奔。

宋城[㉓]，华元为植[㉔]，巡功[㉕]。城者讴[㉖]曰："睅[㉗]其目，皤[㉘]其腹；弃甲而复[㉙]！于思于思[㉚]，弃甲复来！"使其骖乘谓之曰[㉛]："牛则有皮，犀兕尚多，弃甲则那[㉜]！"役人曰："从[㉝]其有皮，丹漆若何？"华元曰："去之，夫其口众我寡。"

〔注〕 ① 二年：鲁宣公二年(前607)。 ② 归生：字子家，郑国的贵族。 ③ 华元：宋国掌政大臣。 ④ 乐吕：宋国大夫，时官司寇。御，抵御，抵挡。 ⑤ 二月壬子：应该是正月壬子，即正月二十三日。 ⑥ 大棘：宋地，在河南睢阳南。 ⑦ 乘(shèng)，量词，古代一车四马叫一乘。 ⑧ 馘(guó)：战争中所割下的敌人左耳，用以计功。 ⑨ 狂狡：宋国大夫。辂(yà)：通"迓"，向前相迎以与格斗。 ⑩ 礼：作战的原则。 ⑪ 禽：通"擒"，俘虏。 ⑫ 听：谓常存于耳，著于心。 ⑬ 易：改变，违反。 ⑭ 食(sì)：给……吃。 ⑮ 羊斟：春秋宋国大夫，又名叔牂(zāng)。 ⑯ 畴昔：往昔。 ⑰ 憾：怨恨。 ⑱ 人之无良：语出《国风·鄘风·鹑之奔奔》："人之无良，我以为兄！"《诗序》谓此诗为"刺卫宣姜"之作。 ⑲ 驷：同驾一辆车的四匹马。 ⑳ 入：交纳。 ㉑ 子之马然也：你的马不听使唤才闯入敌阵的吗？这是华元故意给羊斟台阶下。 ㉒ 合：回答。 ㉓ 城：此处是名词用作动词，修筑城墙。 ㉔ 植：古代军队中督办军事的将官。 ㉕ 巡功：察看城墙修筑工作。 ㉖ 讴：唱歌。 ㉗ 睅(hàn)：瞪着眼睛。 ㉘ 皤(pó)：凸肚貌。 ㉙ 弃甲而复：战败后解除铠甲后逃归。 ㉚ 于思于思：形容胡子又多又长的样子。思，同"腮"。 ㉛ 使：命令。骖乘：古代乘车陪坐在右边的人。 ㉜ 那：奈何。 ㉝ 从：同"纵"，纵然，尽管。

本篇节选自《左传·宣公二年》，记述了鲁宣公二年(前607)郑宋两国之间发生的大棘之战。这场战争的起因是宋国背叛楚国亲附晋国，楚国大为生气，指使郑国的归生发兵讨伐宋国。文章首先简要记述了宋国的大败：统帅华元被活捉，司寇乐吕战死，损失"甲车四百六十乘"，被"俘二百五十人，馘百人"。然后，文章补叙了两个战争细节并以"君子曰"的形式发表评论：一、狂狡倒戟救人反被俘。宋人狂狡与郑人遭遇，郑人落井。狂狡随即施以援手，倒戟救出落井的郑人，结果反被郑人掳获。对此事件，作者以为狂狡违背了"服从命令、果敢杀敌"的战争基本原则，"失礼违命"，被捉是活该。二、羊斟泄私愤致使宋师败绩。华元杀羊犒赏将士，却没有分给车御羊斟，使得羊斟心怀怨恨。在战场上，羊斟为泄私愤，扬言"畴昔之羊，子为政；今日之事，我为政"，意思是说"昨天分羊你做主，今天的事儿我做主"，然后直接驾车冲入敌阵，致使主帅华元被俘，宋国惨败。作者极其严厉地斥责羊斟，认为他是"以其私憾，败国殄民"，是"残民以逞"的大罪人。这反映了作者的国家观念。

文章后半部分，讲述战后的两件事情。一、华元与羊斟的对话。为赎取华元，宋国送给郑国的"兵车百乘，文马百驷"，交付一半时，华元逃回来了，正巧遇到了羊斟，华元故意给羊斟台阶下，说："是你的马不听使唤才闯入敌阵的吗？"但羊斟似乎对华元犹有余恨，说，与马无关，是人的事儿。答完之后，就逃跑了。二、华元与修城人的对话。一天，华元担任筑城的督工，修城的役夫们借助劳动号子，嘲笑华元：瞪着大眼睛，挺着大肚皮，满脸大胡子，丢盔弃甲溜回来。借以表达他们心中的怨愤和不平。华元勉强解嘲，说"牛则有皮，犀兕尚多，弃甲则那！"意思是说，我们有牛有皮，还有很多犀兕，损失点盔甲算得了什么？筑城者却不相让，反问道，"纵然有皮，但盔甲上丹漆怎么办！"华元见筑城者人多，争辩不过，就只好悻悻而去。

这段文字在艺术有几个特色：首先，叙事生动有趣，叙议结合。《左传》善于写战争。对本次战争的记述，也很有特色。文章先以极简文字写战争的起因、结果，再补叙战场上狂狡倒戟救人反被俘、羊斟因华元分羊不公而投敌误国两件事。夹叙夹议揭示宋国狂狡迂腐蠢笨，"失礼违命"之失，谴责羊斟为泄私愤而"败国殄民"的罪过。这些生动补叙更从侧面揭示了宋军失利部分原因：如作为主帅的华元考虑不周，作为大夫的狂狡不懂战争规则，作为车夫的羊斟因私误国。文章对战后华元与羊斟的对话、华元巡城与筑城者间对话的场面写得尤为生动逼真。华元故意为羊斟找台阶，羊斟毫不领情，直说实话。筑城者指桑骂槐："睅其目，皤其腹，弃甲而复！"华元勉强解嘲，说"牛则有皮，犀兕尚多，弃甲则那！"筑城者却不相让，反问："从其有皮，丹漆若何！"华元只好尴尬离去。

其次，塑造的人物，个性鲜明突出。如狂狡见"郑人入于井，倒戟而出之"，最后自己反被捉，可见其迂笨。羊斟因私愤在战场说"畴昔之羊，子为政；今日之事，我为政”，战后遇到华元为他开脱，他毫不领情，直接说“非马也，其人也”，足见其计较狭隘。华元为羊斟开脱，在受到嘲讽时的笨拙辩解，无言以对地悻悻离去，亦能见他平庸、尚能容物的性格。筑城者用歌谣形式勾画出的华元外貌，虽语含讽刺，却也栩栩如生。

最后，语言深刻、准确而又犀利。对于羊斟泄私愤，把华元乘的战车赶入敌阵，致华元被俘、宋军大败一事，作者评述道：“羊斟非人也！以其私憾，败国殄民，於是刑孰大焉。《诗》所谓‘人之无良’者，其羊斟之谓乎！残民以逞。”引用《诗经》文字斥责，直接痛快，没有半点模棱含糊。华元与筑城者对话，更是生动风趣。筑城者所唱歌谣把他们鲜明的爱憎感情、犀利而智慧机敏应对，表现得淋漓尽致。刘知幾称赞《左传》“其文典而美，其语博而奥”，确实如此。

（魏祖钦）

【典籍介绍】

《孟子》

儒家著作。战国孟轲及其门人著。其文以雄辩著称，气势磅礴，感情激越，词锋犀利。发展了《论语》语录体特点，由短篇对话发展为长篇大论，后世贾谊、韩愈、柳宗元、苏洵、苏轼等散文名家都深受其影响。另在文学理论方面提出“知人论世”“以意逆志”“充实之为美”等论点，对我国文学批评有重大影响。宋代把它与《论语》《大学》《中庸》合为“四书”。现存注本有汉赵岐《孟子章句》、宋朱熹《孟子集注》、清焦循《孟子正义》等。

齐人有一妻一妾章

《孟子》

齐人有一妻一妾而处室者，其良人出，则必餍[①]酒肉而后反。其妻问所与饮食者，则尽富贵也。其妻告其妾曰：“良人出，则必餍酒肉而后反，问其与饮食者，尽富贵也；而未尝有显者来，吾将瞯[②]良人之所之也。”

蚤[③]起，施[④]从良人之所之，遍国中无与立谈者。卒之东郭墦[⑤]间，之祭者乞其余；不足，又顾而之他。此其为餍足之道也。

其妻归，告其妾曰："良人者，所仰望而终身也，今若此！"与其妾讪⑥其良人，而相泣于中庭；而良人未之知也，施施⑦从外来，骄其妻妾。

由君子观之，则人之所以求富贵利达者，其妻妾不羞也，而不相泣者几希⑧矣。

〔注〕 ① 餍(yàn)：饱食。 ② 瞷(jiàn)：偷窥。 ③ 蚤：通"早"。 ④ 施(yí)：斜行。 ⑤ 墦(fán)：坟墓。 ⑥ 讪：讥讽。 ⑦ 施(yí)施：喜悦得意貌。 ⑧ 几希：极少。"希"，通"稀"。

孟子的文章以论辩见长，气势磅礴，力量充沛，令人不得不为之口服心折。但《齐人》这一章，却从另一角度显示他的文学功夫，读来另有一番情趣。无怪乎后人有的称之为开小品之先河，有的把它看作小说的雏形。因为全文虽只有二百余字，可是含有辛辣而深刻的讽刺意味，而且初步具备了作为小说所必需的三要素——人物、情节、环境。

孟子对待富贵利禄的态度是，不是完全排斥它，而是要取之以其道，不能强行乞求，更不能不择手段，丧失本性、气节。这一态度，在《孟子》一书中有多处直接表示，本文的结尾一段，正是用简洁的语言点明题旨，给人以棒喝作用。但是，文章之所以能给人如此鲜明的印象，而且回味无穷，主要倒是因为前面那个有头有尾的故事。故事开头和结尾部分，用概述性的笔法，而中间写过程部分(妻子由怀疑到跟踪，到发现真相，到妻妾对泣)，则用了具体描写手法，写得有声有色，起了很好的揭露和讽刺作用。全文主要写了两个人：齐人和他的妻子。对齐人，作者着墨不多，但已充分揭露出他可鄙、可憎、可悲、可笑的两面性格。明明是靠向别人乞讨残羹冷炙以求一饱，但在妻妾面前却硬充阔佬，诡称都是跟富贵人家一道吃喝，甚至当妻妾已明真相，"相泣于中庭"时，还"施施从外来，骄其妻妾"。我们姑且不谈是否实有这个"齐人"(因为有人提出这样问题：既然齐人以乞讨为生，怎么家中还有妾，同时妻妾又何以为生)，但从这一形象中，却会很自然地想到大千世界中形形色色的明一套、暗一套，表面上道貌岸然，骨子里肮脏不堪的诸多人物。因此，"齐人"也就具有一定的典型意义。对齐人的妻子，则作了较多的正面刻画，显示她是个颇有见识和骨气的人物，对齐人起强烈的反衬作用。妻子的怀疑是合情合理的，因为按照中国传统习惯——礼尚往来，哪有丈夫经常到富贵人家去吃喝，而"显者"却始终不来光顾一次的道理呢？既然有疑，就得解开，于是她决心"将瞷良人(丈夫)之所之"。果然，她一早起来，"施从良人之所之”,跟踪偷看,就属必然的发展。待揭穿秘密,目睹丈夫的丑态以后,回家“与其妾讪其良人,相泣于中庭”,以一泄满腔悲怨之情,更是应有的结局。这里,有语言,有动作,有情态,刻画人物的各种手段,差不多全用上了。还值得一提的是,其妻告其妾的先后两次语言,写法也富有变化。第一次为了一再强调齐人可耻的谎言,故不惜重复开头已作概括叙述的话(“则必餍酒肉而后反……尽富贵也”),可谓该繁则繁;第二次因真相已经大白,故跟踪所见只需用“今若此”三字即可,而且增强了悲怨色彩,有不忍卒言之味,可谓该简则简。环境方面共提到三处,一是齐人家中,一是都城中各地,一是东郭墦间,都是为故事的发展和人物的活动服务的。

孟子借用“齐人”这一故事,却并不限制在故事本身的意义上,而把它的主旨升华了一步,用来揭露讽刺社会上那些“昏夜乞怜(于权门),白日骄人”,一心追求利禄,不惜出卖灵魂的人们,这就使这个故事的社会意义扩大了。在长期的封建社会里,这种人难道还见得少吗?就是到了今天又何尝绝迹?这对于读者,自然有着教育和认识的作用,本文的客观意义正在于此。

至于用如此简练的文字,写出如此生动的故事和人物,那更值得欣赏、借鉴。篇末点题,尤为后代寓言、小品乃至人物传记作者所效法。　　(卢　元)

【典籍介绍】

《庄子》

又称《南华真经》《南华经》。道家著作。战国时庄周及其门人著。《汉书·艺文志》著录五十二篇,西晋时已散佚。今传晋郭象注本凡三十三篇,分内(七)、外(十五)、杂(十一)三篇。其中内七篇一般认定为庄子自作,外、杂篇可能出于后学之手。其内容虽在于宣传道家思想,却有极高的文学价值。与以孔、孟为代表的儒家文论形成明显区别,对后世产生深远影响。现存以晋郭象注本为最早,有明邹之峰刻本、胡氏世德堂大字本、涵芬楼《续古逸丛书》影宋大字本等。清末有王先谦《庄子集解》、郭庆藩《庄子集释》等。

曳尾涂① 中　　《庄子》

庄子钓于濮水②,楚王使大夫二人往先焉③,曰:“愿以境内累④矣!”庄子持竿不顾,曰:“吾闻楚有神龟,死已三千岁矣,王以巾笥[5]而藏之庙堂之上。此龟者,宁其死为留骨而贵乎?宁其生而曳尾[6]于涂中乎?"二大夫曰:"宁生而曳尾涂中。"庄子曰:"往矣!吾将曳尾涂中。"

〔注〕 ① 涂中:泥地里。 ② 濮水:古水名。原在今河南濮阳附近,今已湮。 ③ 楚王:楚威王。往先焉:去濮水边迎候。 ④ 累:谓将以国事相托。 ⑤ 巾笥(sì):布巾和竹箱。此指以布裹之,放在竹箱里。 ⑥ 曳尾:拖着尾巴。意谓在泥地里自由自在地爬来爬去。

庄周是一位冷眼热肠的思想家,因为太清醒,所以对他所处的那个时代的阴暗面看得更透彻些;因为对社会人生有着深厚的爱,所以对社会人生的批判也来得更激烈些。同样针对危机四伏的现实社会,儒家的做法是奔走呼告,尽力挽救,哪怕明知这样做也无补于事。而道家的庄周却不同,他的观点是:如果泼出仅有的一桶水救不了这场大火,那还不如保留这桶水。危机四伏的社会中,庄周选择了冷眼旁观。

楚威王听说庄周有才干,因此使人预先候在庄周将要出现的濮水边上。这一方面表明庄周之贤已名闻诸侯,另一方面也表明楚威王有礼贤下士之举。然而庄周以神龟爱生不爱名为喻,表明自己不愿因追求世俗所谓功名利禄、权势尊位而牺牲可贵的自由。此段记载又见《列御寇》,只是将楚王遣使改为"或聘庄子",神龟之喻换作牺牛之喻。宋代学者黄震认为此处所述"史无其事","凡方外横议之士,多自夸时君聘我为相而逃之,其为寓言可知也"(《黄氏日钞》)。此文盖出自庄周后学,有意为其师辩护:庄周不是不能用世的无能之辈,唯因追求全性贵真、无为自适而不愿与世俗同流合污而已。"楚王使大夫二人往先焉"一句,实为后文庄周巧拒楚使预设铺垫。明人陈深《庄子品节》评《秋水》云:"庄子书有迂阔者,有荒唐者,有愤懑者,语皆未平,独此篇说义理阔大精详,有前圣所未发,而后儒所不及闻者。"即以此段言,亦较中肯。

(韩高年)

鼓盆而歌 《庄子》

庄子妻死,惠子[1]吊之,庄子则方箕踞鼓盆而歌[2]。惠子曰:"与人居,长子、老、身死[3],不哭亦足矣,又鼓盆而歌,不亦甚乎!"庄子曰:"不然。是其始死也,我独何能无慨[4]!然察其始而本无生[5];非徒无生也,而本无形[6];非徒无形也,而本无气。杂乎芒芴[7]之间,变而有气,气变而有形,形变而有生。今又变而之死,是相与为春秋冬夏四时行也。人且偃然寝于巨室[⑧],是我噭噭[⑨]然随而哭之,自以为不通乎命[⑩],故止也。"

〔注〕 ① 惠子:惠施。与庄子同时,曾为梁惠王相,他和庄子既是论敌又是朋友。 ② 方:正在。箕(jī)踞:两腿叉开像个簸箕一样随意地坐在地上。 ③ 人:指庄子之妻。长子:养育子孙。 ④ 概:即慨,叹息。 ⑤ 生:生命。 ⑥ 形:形骸。 ⑦ 芒芴(huǎng hū):形容不可辨认,不可捉摸。同"恍惚"。 ⑧ 偃然:安静地。巨室:天地之间。 ⑨ 噭(jiào)噭:哭喊声。 ⑩ 不通乎命:不懂得生命的运行规律。

此段文字出自《庄子·至乐》,旨在探讨生死的真谛,并借以讨论何为"至乐"。儒家对生死问题讳莫如深,孔子曾对弟子说:"未知生,焉知死?"固然是勉励人将注意力集中在如何更好地解决"生"的问题,催人奋发,教人向上,但同时也将生死的问题悬置起来,启人疑窦。面对战国中叶以来攻战不息,充满血腥和杀戮的社会现实,庄周在感受到生命脆弱性的同时,借助对自然之道的体悟完成了对生死问题的独特解答。如果破除了人类自我中心论的魔障,人其实与万物一样,无所谓贵贱,都要经历生命的过程。人之生也,为气之所聚,人之死也,复归于自然。故生也何欢,死又何哀?因此,妻死而有惊世骇俗之举,就连聪明的惠子也不知他葫芦里卖的是什么药。好心赶来吊唁,他却鼓盆而歌!还硬邦邦地讲出一番道理来,倒像是别人来吊唁对他的妻子是一种侮辱。多么具有反讽的意味啊!在庄周看来,活着,在世间行走,所谓的"至乐"不是世俗所追求的厚味、美服、好色、音声等养形之具,也不是来自富贵、长寿、权力所带来的虚幻荣光。"至乐"是人超越了世俗的人间社会,透破了权势尊位、功名利禄,破除成心,达到心灵的虚静和恬淡,与自然亲近无间,顺应阴阳六气之辩,臻于精神的自由境界。

此段为文之妙,妙在借惠、庄一问一答说出,一顿一挫间,有吞云吐雾、回环往复之美。惠子之言,写尽世俗之滞碍与无趣;庄周答语,毕呈至人之洒脱与高迈。不经意之间,将哲理娓娓道来,饶有兴味。 (韩高年)

临尸而歌 《庄子》

子桑户、孟子反、子琴张[①]三人相与友,曰:"孰能相与于无相与,相为于无相为;孰能登天游雾,挠挑[②]无极,相忘以生,无所穷终?"三人相视而笑,莫逆于心,遂相与为友。莫然有间[③]而子桑户死,未葬。孔子闻之,使子贡往侍事[④]焉。或编曲[⑤],或鼓琴,相和而歌曰:"嗟来[⑥]桑户乎!嗟来桑户乎!而已反其真[7],而我犹为人猗[8]!"子贡趋而进曰:"敢问临尸而歌,礼乎?"二人相视而笑曰:"是恶知礼意[9]!"

子贡反,以告孔子,曰:"彼何人者邪?修行无有[10],而外其形骸,临尸而歌;颜色不变,无以命[11]之。彼何人者邪?"

孔子曰:"彼,游方[12]之外者也;而丘,游方之内者也。外内不相及,而丘使女[13]往吊之,丘则陋矣。"

〔注〕 ① 子桑户、孟子反、子琴张:庄子假托的人名。也有学者考证说子桑户可能是孔子同时代的子桑伯子。《论语·雍也》:"子曰:'雍也可使南面。'仲弓问子桑伯子。"朱熹《四书章句集注》论语卷第三注云:"子桑伯子,鲁人。胡氏以为疑即庄周所称子桑户者是也。" ② 挠挑:循环升登。 ③ 莫然有间(jiàn):顷刻之间。一说"莫然"即"漠然",指相交淡漠无心的样子。 ④ 侍事:助办丧事。 ⑤ 编曲:编次歌曲。 ⑥ 来:语气助词。 ⑦ 而:通"尔",你。反其真:反其性情而复其初。《庄子·秋水》:"故曰:'无以人灭天,无以故灭命,无以得殉名,谨守而勿失,是谓反其真。'"反,通"返",返归。 ⑧ 猗(yī):叹词,犹"啊"。 ⑨ 礼意:礼的真意。 ⑩ 修行无有:即"无有修行"。 ⑪ 命:名,称。 ⑫ 方:礼法。 ⑬ 女:通"汝"。

本文节选自《庄子·大宗师》。庄子的《大宗师》一篇分为两部分。前半篇属于总论部分,集中阐释庄子的道论思想、天人观、生死观。庄子主张要忘掉死生,人与大化同流。吴默曰:"《庄子》此篇,精神命脉全在死生一事。亦不独此篇,三十二篇皆然。盖此老看破一世众生膏肓之病,顶门下针,要人猛于生死关头,一刀两段,成大解脱。知此,可以蔽《南华》全经之旨。"(转引自方勇《庄子纂要》)后半篇有七大段文字,用不同的寓言引证、发明前文涉及的天人观和生死观,"止是为前半篇作引证、发明耳"(宣颖《南华经解》)。本节所选就是其中的一个寓言。故事一开始就交代子桑户、孟子反、子琴张三人的交谊基础:"孰能相与于无相与,相为于无相为;孰能登天游雾,挠挑无极,相忘以生,无所穷终?"意思是他们能够做到在"无相与"中实现"相与",在"无相为"中实现"相为"。郭象对此有一段注释:"夫体天地、冥变化者,虽手足异任,五藏殊管,未尝相与而百节同和,斯相与于无相与也。未尝相为而表里俱济,斯相为于无相为也。若乃役其心志以恤手足,运其股肱以营五藏,则相营愈笃,而外内愈困矣。故以天下为一体者,无受为于其间也。"(郭象注《庄子注疏》)意思是说手足、五脏功能不同,并非是为互相帮助而能相和同,并非是要为互相作为而能相济,这就是"相与于无相与""相为于无相为"。子桑户等三人之间能在并不相互关怀中而成为莫逆;能在无意于互助中成就对方,超然物外,忘掉生死,游于无穷。后来,子桑户死了。孔子听说了,派子贡去帮助办理丧事。子贡去后却发现,孟子反和子琴张两个人一边编曲，一边鼓琴，一边唱歌："哎呀呀，哎呀呀，子桑户，子桑户，你已经回家了，可是我们还在人间！"子贡觉得有点过分。因为儒家讲礼，认为礼是仁的外在表现形式，仁在内不可见，而礼可见，故礼不可少。所以孔子说："居上不宽，为礼不敬，临丧不哀，吾何以观之哉！"(《论语·八佾》)子贡就上去劝说："临尸而歌，这合乎礼数吗？"没想到孟子反和子琴张相视而笑，说："你哪里知道礼的真意？"那么二人口中的礼的真意是什么？郭象有一段很好的注释："夫知礼意者，必游外以经内，守母以存子，称情而直往也。若乃矜乎名声，牵乎形制，则孝不任诚，慈不任实，父子兄弟，怀情相欺，岂礼之大意哉！""称情直往"，一发于外，才是礼意。至于那些因考虑外在名声、形制而虚伪做作的繁文缛节，并非礼意。道家重道，认为人的死生，不过像生物的枯荣消长、四季的循环运行一样，都是自然而然的，并不值得为之喜怒哀乐。"古之真人，不知悦生，不知恶死。其出不祈，其入不距。"(《庄子·大宗师》)"出"是生，"入"是死，"祈"是高兴，"距"是推辞，因为真人体悟到了这种自然大道，所以他不因为生命产生而高兴，也不推拒死亡的来临。孟子反和子琴张以为子桑户的去世是"反其真"，由衷羡慕其回家，故"临尸而歌"。

后来，子贡回去告诉孔子，说，他们是什么人呀！他们在尸体边唱歌，完全不在乎身体。没有一点点悲哀的形色，我真的不知道该怎么说他们了，都是一帮什么人呀！孔子说他们是"游方之外者"，而孔子是"游方之内者"。所谓"方"，成玄英云："方，区域也。彼之二人(指孟子反、子琴张)，齐一死生，不为教迹所拘，故游心寰宇之外。而仲尼子贡，命世大儒，行裁非之义，服节文之礼，锐意哀乐之中，游心区域之内，所以为异也。"(转引自郭庆藩撰、王孝鱼点校《庄子集释》)以孟子反和子琴张为代表的方外之人，一死生，外形骸，心游于尘世之外，只遵循天然的"道"。而以孔子与子贡为代表的方内之人，不能忘物，心游区域之内，只能"愦愦然为世俗之礼，以观众人之耳目"。故孔子说，外内不相及。吊丧是方内之事，派子贡去凭吊，犹使方内之事施之方外，自然无法理解他们安时而处顺、不以生死累其心的生死观，显得很寡陋。

这节文字用寓言的形式表现其哲学思想，具有很强的文学性。本节虚构的子桑户、孟子反、子琴张三位畸人形象，实际是"游于方外"的道家思想的代表。他们都能超然物外，忘掉生死，游于无穷。子桑户死后，孟子反和子琴张，或编曲，或鼓琴，相和而歌，表现出安时处顺，"不知悦生，不知恶死"的豁达态度。寓言中的孔子与子贡，虽实有其人，但吊丧之事，却未必为真。作者不过借子贡之眼，子贡与孔子之口，提出"游方之外者"和"游方之内者"的区别。陈赟在《儒家思想与中国之道》中说："《庄子·大宗师》在刻画孔子与方外之士的对比时以孔子口气自况：'彼，游方之外者也，而丘，游方之内者也。外内不相及。'这里的'方'就是人间的礼法，方之外，即在人间礼法之外的天道，而方之内，即为大地上，即人间的礼法。"（陈赟《儒家思想与中国之道》）作品通过人物之行为、对话，生动诠释了《大宗师》前半篇阐释的天人观、生死观。

本节文字情意绵邈，神传象外，韵味隽永。如子桑户、孟子反、子琴张定交后的"相视而笑，莫逆于心，遂相与友"，临尸而歌的歌辞"嗟来桑户乎！嗟来桑户乎！而已反其真，而我犹为人猗！"都韵味深长。子贡返告孔子所见，说了两次"彼何人者邪"，其难以理解、不可接受、鄙夷临尸而歌行为的激动情态，也生动地展现了出来。

（魏祖钦）

濠梁之辩 《庄子》

庄子与惠子游于濠梁之上①。庄子曰："儵鱼出游从容②，是③鱼乐也。"惠子曰："子非鱼，安④知鱼之乐？"庄子曰："子非我，安知我不知鱼之乐？"惠子曰："我非子，固⑤不知子矣，子固非鱼也，子不知鱼之乐，全⑥矣。"庄子曰："请循其本⑦。子曰汝安知鱼乐云者，既已知吾知之而问我，我知之濠上也。"

〔注〕 ① 惠子：姓惠，名施，战国中期宋国商丘（今属河南）人，名家学派的代表人物，是庄子的辩友。濠梁：濠水的桥上。濠，水名，在安徽。唐司马贞云："濠水，名也；石绝水曰梁。"成玄英疏："濠是水名，在淮南钟离郡，今见有庄子墓，亦有庄惠遨游之所；石绝水为梁，亦言是濠水之桥梁，庄惠清谈在其上也。" ② 儵（tiáo）鱼：白鲦鱼。儵古同"鲦"。从容：悠闲自得。③ 是：这。 ④ 安：疑问代词，怎么，哪里。 ⑤ 固：本来。 ⑥ 全：完全，确定是。 ⑦ 循其本：回到最初的话题说起。

本文节选自《秋水》篇，文中记述了庄子和惠施的一次精彩的辩论。惠施是名家学派的代表性人物，著名的名辩命题"历物十事"就是他提出的。他与庄子是辩论对手，经常在一起辩论。两人惺惺相惜，惠施死后，庄子过惠施墓，以郢人斫垩为喻，表达自己失去敌手的寂寞与伤心。

第一句简要交待了人物、地点：庄子和惠施同游与濠梁之上。第二句，是庄子发出的感慨。庄子看到鲦鱼在水里悠然自得地游来游去，便情不自禁地随口说了一句："儵鱼出游从容，是鱼乐也。"正是这句话，引来了惠施的反驳："子非鱼，安知鱼之乐？"惠子的反驳关乎一个重要的认识问题，就是他人（他物）的心灵是否可以通达以及如何通达的问题。惠子话的潜在含义是，人与鱼之间，因形体之隔，内心之情绪无法相互知道。庄子极具智慧，马上按照惠施的逻辑语义反驳说："子非我，安知我不知鱼之乐？"因为既然惠施认为，庄子非鱼，不能知鱼之快乐。那么，同样道理，惠施也不是庄子，当然也无从得知庄子知不知道鱼的快乐，因此也无法否定庄子所说"是鱼乐也"。惠施接下来的反驳采取的欲进先退的策略。首先承认："我非子，固不知子矣。"意思是说，我不是你，固然不知道你的心中所想。然后，话锋一转说："子固非鱼也，子不知鱼之乐，全矣。"意思是说"你固然不是鱼，所以你不知鱼的快乐，也是必然的事情。"这种情况下，庄子其实是很难反驳的。但庄子有庄子的智慧，他把辩论引到了辩论之初的话语上。他说："请回到辩论之初的话语。你说了'你怎么知道鱼的快乐'的话，这就意味着你已经知道我知道鱼的快乐，所以问我是怎么知道的，证明我知道濠上游鱼快乐的事情。"其实庄子在最后的辩论中使用偷梁换柱的诡辩技巧。惠子最初的话，是质疑：你庄子怎么可能知道鱼的快乐？庄子偷换成：你是怎么知道鱼的快乐的。攻辩双方逻辑清楚，对话富有趣味，尽显语言之美和思辨色彩。

这段文字是《秋水》篇中的一个故事，故事本身实际是为整篇说理服务的。从表层结构看，"濠梁之辩"似乎在论证"知他心"的问题，但实际上这段文本隐含着深层寓意。宋李士表对此有深入分析："是篇以秋水命题"，"终以庄、惠濠梁之论，言物我之性本同，以形间而不相知耳。会之以性，则其乐彼与此同，即人之所安而知鱼之乐固无足怪，而竞言辩之末，忘性命之本者，斯为可怪矣！"（转引自褚伯秀《南华真经义海纂微》）也就是说，庄子借"濠梁之辩"，意在启悟世人不要沉溺言辩之末，而忘性命之本。

（魏祖钦）

儒以诗礼发冢[1]　　《庄子》

儒以诗礼发冢。

大儒胪传曰[2]："东方作矣[3]！事之若何[4]？"

小儒曰："未解裙襦[5]，口中有珠！"

"《诗》[6]固有之，曰：'青青之麦，生于陵陂；生不布施，死何含珠[7]？'接[8]其鬓，压其顪[9]，而以金椎控其颐[10]，徐别其颊[11]，无伤口中珠。"

〔注〕 ①"儒以"句：意谓儒生引用《诗》《礼》词句盗掘坟墓。发冢(zhǒng)：发掘坟墓。②大儒：盗墓的大儒士。胪(lú)传：从上向下传话。 ③东方作矣：指日出。陆德明释文引

司马彪云:"谓日出也。" ④指发冢之事的进展情况。 ⑤解:剥下。裙:下裳。襦:短衣,短袄。 ⑥《诗》:这里指逸诗。 ⑦"青青"四句:青青的麦苗,长在山坡;活着不布施钱财,死后口里含珠有什么用呢?这四句不见于今本《诗经》,或为逸诗,或为作者自赋之辞。陵陂(bēi),丘陵,山坡。 ⑧接:捏住。 ⑨擪(yè):用一个手指按住。顪(huì):领下胡须。 ⑩金椎:铁椎。控:敲。颐:下巴。 ⑪徐:慢慢地。别:撬开。颊:两腮。

庄子一向反对儒家虚伪的礼法。他的《胠箧》篇认为儒家的礼法制度不过是为窃国大盗准备的、帮助维护其权力的工具。如田成子杀齐王窃取了齐国,然后利用儒家给齐国制定好礼法制度,享有齐国达十二世之久。他甚至提出了"圣人不死,大盗不止"的惊世骇俗之语。本文节选自《外物》篇,其中表现出庄子一贯的反对儒家礼法的立场,主张应顺应自然之道,抛弃礼乐的外物之累。本篇用辛辣幽默的语言讲述了一个大儒指导小儒盗墓的寓言故事,借以讽刺那些假借仁义之道,来求一己之私的虚伪行径。宣颖云:"写师(师父)弟(弟子)相为谋利,以贪行残忍,以残忍成贪鄙,读之使人喷饭!"(宣颖《南华经解》)文字第一句即概括其事:儒生引用《诗》《礼》词句盗掘坏墓。这极具讽刺幽默意味。儒家一向要求子弟要谦恭守礼,不能作奸犯科。但庄子却虚构儒生盗墓,且援引儒家经典中《诗经》《礼记》中的词句指导盗墓工作。这句话本身就含有辛辣的讽刺意涵。"诗礼是儒者之所务,发冢乃盗贼之所为。托名诗礼而济其盗贼之行,奇事奇文,读之使人失笑。"(清刘凤苞《南华雪心编》)接下来,"胪传"二字用词考究,写大儒从上面紧张地向下发问。其发问用语典雅,用"东方作矣"说"东方发白,太阳出来了",并用"事之若何"这样文绉绉的语言询问小儒在下面盗墓的进展情况。可惜这样文雅的语言用到盗墓这样卑鄙的事情上了。小儒在下面既紧张又欣喜地报告进展:还没有把裙襦解开,看到死者嘴里有个珠子。最后是大儒指导小儒开展掘墓工作。大儒引诗为证,讥刺死者"生不布施,死何含珠",为自己的盗墓行为开脱。大儒指导小儒"揪住鬓发,按住胡须,用铁锥敲下巴,慢慢撬开嘴巴",同时还不忘叮嘱"不要损坏了口中的珠子"。这些指导语言足见大儒的虚伪、凶残与贪婪。本文也在大儒的叮嘱声中结束故事,引起了人们无尽的思考。

这篇作品以诗礼发冢的虚构情节,用辛辣诙谐的语言,把盗墓儒生的形象、心理状态刻画得细微入妙。文中的两个儒徒盗墓时分工协作。大儒在外面望风,看到天亮了,急问"事之若何",其紧张神态可见。小儒回答"未解裙襦,口中有珠",语言中透露出紧张和欣喜。大儒文雅的语言、引经据典的做派与他们掘墓时的残忍与贪婪形成鲜明对比,活画出两个恬不知耻的儒徒的形象。文章既引人发笑,又令人深思。

(魏祖钦)

【典籍介绍】

《礼记》

亦称《小戴记》或《小戴礼记》。儒家著作。为秦汉以前各种礼仪论著的选集。相传西汉戴圣编纂，今本为东汉郑玄注本。有《曲礼》《檀弓》《王制》《月令》《礼运》《学记》《乐记》《中庸》《大学》等四十九篇。大率为孔子弟子及其再传、三传弟子等所记，是研究中国古代社会情况、儒家学说和文物制度的参考书。有东汉郑玄《礼记注》，唐孔颖达《礼记正义》，清朱彬《礼记训纂》、孙希旦《礼记集解》等。

曾子易箦①　　《礼记》

曾子寝疾②，病。乐正子春③坐于床下，曾元、曾申④坐于足，童子隅坐⑤而执烛。童子曰："华而睆⑥，大夫之箦与？"子春曰："止⑦！"曾子闻之，瞿然⑧曰："呼⑨！"曰："华而睆，大夫之箦与？"曾子曰："然，斯季孙⑩之赐也，我未之能易也。元，起易箦。"曾元曰："夫子之病革⑪矣，不可以变，幸而至于旦，请敬易之。"曾子曰："尔之爱我也，不如彼⑫。君子之爱人也以德，细人之爱人也以姑息⑬。吾何求哉？吾得正而毙焉斯已矣⑭。"举扶而易之，反席未安而没⑮。

〔注〕① 曾子：孔子的弟子曾参。箦(zé)：用竹片、芦苇编成的床垫子。　② 寝疾：病卧在床。　③ 乐正子春：曾参的弟子。　④ 曾元、曾申：曾参的两个儿子。　⑤ 隅坐：坐在角落里。　⑥ 华而睆(huǎn)：华丽而光滑。　⑦ 止：住嘴。　⑧ 瞿然：睁大眼睛，惊恐的样子。　⑨ 呼：意同"啊"。　⑩ 季孙：鲁国大夫。曾子受其箦，自认为是不合理的。　⑪ 革(jí)：通"亟"，危急。　⑫ 彼：指童子。　⑬ 细人：小人。姑息：无原则的宽容。　⑭ 正而毙：合礼法而死。斯已矣：如此就可以了。　⑮ 没：通"殁"，死去。

此文之妙有二，一在其内容着意刻画曾子形象，二在其手法。内容之妙在借一事而见曾子(曾参)之贤。其不愧亲炙夫子之教者，临终而不失其节，卧席虽小，而如逾越礼制则绝不轻易放过。君子之进德修业，须防微杜渐。曾子已将一种外在修养方面的规模内化为一种自觉的道德诉求，非礼不为，到临终仍然不肯放过一个细节。儒门讲学而时习之，思而笃行之，亲其师，信其学，不违师教。曾子可谓孔门中尊礼守信君子之典范！

此文表现手法之妙，在以小见大，于平常处见深刻。用语简括恬淡而寓意深远悠长，最能体现《檀弓》的文风。南宋人费衮《梁溪漫志》卷四认为"《檀弓》诚文章之模范。凡为文记事，常患意晦而辞不达，语虽蔓衍而终不能发明。惟《檀弓》或数句书一事，或三句书一事，至有两句而书一事者。语极简而味长，事不相涉而意脉贯穿，经纬错综，成自然之文，此所以为可法也。"洪迈亦称《檀弓》"其文章雄健精工"(《容斋三笔》卷一四)。语简味长、自然成文，用以概括此篇的写作特点，可谓恰切。

（韩高年）

苛政猛于虎也 《礼记》

孔子过泰山侧，有妇人哭于墓者而哀，夫子式①而听之。使子贡②问之曰："子之哭也，壹似③重有忧者。"而曰："然，昔者吾舅死于虎，吾夫又死焉，今吾子又死焉。"夫子曰："何为不去也？"曰："无苛政。"夫子曰："小子识之④，苛政猛于虎也。"

〔注〕 ① 式：通"轼"，车前用于扶手的横木。此处意谓扶着车前的轼。 ② 子贡：孔子弟子。即端木赐，字子贡。 ③ 壹似：特别像。 ④ 识之：记住这件事。

孔子曾对弟子说过，入其国，其政可知也。这是经验之谈。孔子不是一个两耳不闻窗外事的学究，凡到一地，总是细心地观察百姓的衣食起居，借以了解当地为政者的施政是否受百姓的拥护，并借以了解一国一邦的政治状况。他偶然经过泰山之侧，又偶然听到妇人悲伤的哭声，于是仔细地听，又让子贡仔细地问。这并不仅仅是出于同情和恻隐之心，而是平素时时关注民生疾苦的济世情怀的充分体现。

孔子一生学说的核心是一个"仁"字，仁者爱人，延及为政，亦主张保民惠民，以仁爱之心待民。行仁政，这是其恢复周礼的主要内容。因此夫子极其厌恶在上之君以苛酷之政令虐待百姓。苛酷的政令比虎患还要可怕，老百姓不怕吃人的老虎，却害怕苛酷的政令。这的确令人深思和警惕。

此文之妙，全在出人意料。妇人所哭已出人意料，然又翻出"无苛政"一语，有愈说愈奇之妙。末以孔子"苛政猛于虎"一语点醒，令人悚然敛容。

（韩高年）

孔子早作①而歌 《礼记》

孔子早作，负手曳杖②，消摇③于门，歌曰："泰山其颓④乎？梁木其坏乎？哲人其萎⑤乎？"既歌而入，当户而坐。子贡闻之曰："泰山其颓，则吾将安仰？梁木其坏、哲人其萎，则吾将安放[⑥]？夫子殆[⑦]将病也。”遂趋而入。夫子曰：“赐！尔来何迟也？夏后氏殡于东阶之上，则犹在阼[⑧]也；殷人殡于两楹[⑨]之间，则与宾主夹之也；周人殡于西阶之上，则犹宾之也。而丘也殷人也。予畴昔之夜，梦坐奠[⑩]于两楹之间。夫明王不兴，而天下其孰能宗予[⑪]？予殆将死也。”盖寝疾七日而没[⑫]。

〔注〕 ① 早作：早起。 ② 负手：倒背着手。曳杖：拖着手杖。 ③ 消摇：即“逍遥”，无拘无束、自由自在。 ④ 颓：坍塌。 ⑤ 萎：凋零，喻病重。 ⑥ 放：通“仿”，仿效。 ⑦ 殆：表推测，相当于“大概”。 ⑧ 阼(zuò)：大堂前东面的台阶，主人迎接宾客的地方。 ⑨ 楹：厅堂的前柱。 ⑩ 坐奠：坐定。奠，定。 ⑪ 宗予：尊崇我。 ⑫ 寝疾：染重病。没：通“殁”，死。

本篇选自《礼记·檀弓上》，记录了孔子临终前几天发生的一件事。文章首先写孔子早起而歌。这一天，孔子比平时起得早，背着手拖着拐杖，安闲自得地在门外漫步，唱歌道：“泰山将要崩了吧？梁木将要坏了吧？明哲的人将要枯萎了吧？”唱完就转身进屋，当着大门而坐。关于这段记述，有注者以为，与孔子一向以礼度自持的形象不同，今日的孔子却一反常态，把手杖拖于背后，“消摇于门”，唱完歌之后，就当门而坐，这是“欲人之怪己”（郑玄注），就是要引起别人的注意。孔颖达解释“负手曳杖”说：“杖以扶身，恒在前面用。今乃反手却后以曳其杖，示不复杖也。”（《礼记正义》）认为孔子曳杖，表示自己将不久于人世，不会再用手杖了。对于孔子之“消摇”，孔颖达说：“夫子礼度自守，貌恒矜庄。今乃消摇放荡以自宽纵……示不能以礼自持。”当然也有学者不以为然，如江永云：“杖有拄时亦有曳时。曳杖逍遥，固非有意为之。亦不可谓变有常度。”（朱彬辑《礼记训纂》）江永解读或许更合理，孔子是凡人，未必终日正襟危坐，其逍遥之举当不是刻意为之。孔子所唱之歌，却耐人寻味。“泰山”是众山所仰的高山，“梁木”是众木所放的地方，孔子以二者自比，其“哲人其萎乎”之语，带有英雄末路的悲慨。孔子一向“志于道”，“仁以为己任”，为此他周游列国，著述授徒，从没有想到退却。但是，他生活的时代礼崩乐坏，“栖栖一代中”（唐玄宗李隆基《经邹鲁祭孔子而叹之》），却是壮志难酬、英雄无用武之地，如今却不可避免地行将枯萎，心中之留恋、不甘、无奈与悲凉，通过唱歌的方式表现了出来。

文章第二部分记述子贡入见孔子。子贡听到孔子所作之歌，意识到孔子大概病重了。他所说的“则吾将安放”，意思是孔子如泰山、梁木一样，是子弟后学仰望、仿效的榜样，“哲人其萎”后果严重。于是子贡就赶紧入见孔子。孔子就解释自己作歌的原因，他说昨天晚上做了一个梦，梦见自己安坐在厅堂的两根楹柱之间。他以为，当年夏后氏停柩东阶之上，那还在主人的位置上；殷人停在厅堂的两根楹柱之间，那是宾主所夹的位置；周人停柩在西阶之上，那是将他看作客人了。而我孔丘，是殷人的后代。他说："夫明王不兴，而天下其孰能宗予？予殆将死也。"意思是，圣明的帝王不出现，而天下有谁来尊崇我呢？我大概将要死了。古代除了君王坐在两楹之间，就只有殷人停柩于两楹之间。孔子自知不可能被尊为君，而他又是殷人的后裔，那就只有死了停柩，才会放在两楹之间。所以，他百感交集，才早起曳杖而歌。

文章最后一句记述孔子去世。"寝疾七日而没"，正应验了孔子"哲人其萎"的预感。东汉郑玄注说："明圣人知命。"其实，晚年的孔子对道不行于世的现实有清晰的认识，这使得他时常感到十分凄凉和无奈。《公羊传·哀公十四年》记载孔子听说"西狩获麟"之事很是激动，一边说："孰为来哉！孰为来哉！"一边反袂拭面，涕沾袍，并哀叹说："吾道穷矣！"孔子临终前一段时间，随着年老体弱，他也经常反观自己的一生，情绪变得敏感而多伤。这次，孔子因梦而自知生命将尽，因而曳杖作歌。从行文的角度来看，最后一句话验证了孔子的预感，完成了对故事的叙述。

《檀弓》是《礼记》中文学性较强的一篇，洪迈在《容斋三笔》中评曰："《檀弓》上下篇，皆孔门高第弟子在战国之前所论次。其文章雄健精工，虽楚、汉间诸人不能及也。"苏轼对《檀弓》的推重："往年尝请问东坡先生作文章之法，东坡云：'但熟读《礼记·檀弓》，当得之。'既而取《檀弓》二篇读数百过，然后知后世作文章不及古人之病，如观日月也。"(引自黄庭坚《山谷集》)"东坡曰：'凡为文记事尝患意晦而词不达，语虽蔓衍而终不能发明。惟《檀弓》多则数句书一事，少则或一二句书一事，竟有两字书一事者。语极简而味长，事不相涉而意脉贯串，经纬错综，成自然之文，故精妙可法也。'"(引自匡援《古文拔萃》卷一，民国间抄本)。本文意在表明"圣人知命"，但并没有直接说夫子能预测自己将死。而是从孔子早起，曳杖作歌说起。然后引出子贡拜见孔子及孔子解梦一段话。孔子的话也没有直接从梦说起，而是凭空插入一大段叙述三代殡礼之事，再特意强调"丘也殷人也"，然后才说自己的梦以及对梦的解读。章法有波澜起伏，变化莫测。钱基博云："章法妙，常法定是说梦起，再入解梦，转到将死，将味索然。今突然歌起，却似兴会甚浓。夏后氏段劈空而来，漫将夏商侈说一番，正不知何等话，令人不测。通篇文势，矫若游龙。"(钱基博《经学论稿》)分析得很是精到。

文章语言简而有味，如用"负手曳杖，消摇于门"八字描述孔子早起后举动，让人仿佛看到一位年迈老人背手曳杖在门前徘徊的孤独而凄凉的身影，令人顿生怜悯之情。孔子所作《曳杖歌》也是语短情深,可见孔子对生命的留恋以及英雄末路的悲凉。孔子解梦之语:"予畴昔之夜,梦坐奠于两楹之间。夫明王不兴,而天下其孰能宗予?予殆将死也。"感叹天下迟迟未有明君出现,自己怕只有死才能受尊崇,言语间流露出哀伤悲凉之情,令人动容。(魏祖钦)

【典籍介绍】

《韩非子》

法家著作。为后人搜集韩非遗著,并加入他人论述韩非学说的文章而成。全书二十卷,五十五篇。提出了以"法"为中心的"法""术""势"相结合的政治主张,是先秦法家学说的集大成者。认为文章亦要以"功用"为目的。其说理文风格独特,思想锐利,文字冷峻,逻辑严密,说服力强。注释本有清王先慎《韩非子集解》等。

夺不死之药 《韩非子》

有献不死之药于荆王①者,谒者操之以入②。中射之士③问曰:"可食乎?"曰:"可。"因夺而食之。王大怒,使人杀中射之士。中射之士使人说王曰:"臣问谒者,谒者曰'可食',臣故食之。是臣无罪,而罪在谒者也。且客献不死之药,臣食之而王杀臣,是死药也。是客欺王也。王杀无罪之臣而明人之欺王也,不如释臣。"王乃不杀。

〔注〕①荆王:指楚顷襄王。②谒者:指在国君左右掌管传达的官名。谒,请告,若今传达。操:手持。③中射之士:古官名,宫廷中的侍卫官。顾广圻说:《史记·张仪列传》《索隐》云:"盖侍御之官。"孙诒让说:盖即《周礼·夏官》之射人也。中射者,射人之给事官内者。

《韩非子》现存五十五篇,约十余万言,重点宣扬了法、术、势相结合的法治理论,为先秦法家理论的集大成之作。本文摘自其中的《说林》篇。为了满足著书立说的需要,《说林》搜集了史书所记载的及口头所流传的历史故事与民间传说,还有韩非收集创作的寓言故事,汇集成篇。这些故事都经过了韩非的精心加工,故事情节完整,短小精悍,文笔生动活泼,具有言简意赅、机智传神的特点,文学性很强,实为后世笔记小说的滥觞。

本故事说,有人向楚王进献长生不死的药,传令官拿着药走进去。侍卫问:

"这可以吃吗?"传令官答:"可以。"于是侍卫抢过去吃掉了。楚王非常生气,要杀死侍卫。侍卫使人劝楚王说:"我问传令官,他回答说可以吃,因此我把它吃掉了。这说明我没有罪,而罪在传达官。更何况客人进献长生不死的药,我吃了以后大王却要杀死我,这就成了死药,是客人把大王欺骗了。杀死没有罪过的人说明有人把大王欺骗了,不如把我释放。"楚王最终没有杀他。

当然,这个中射之士纯粹是在狡辩。他抓住了传令官回答的漏洞。因为"可食"二字中的"可"有两种意思,一是表示能够,一表示许可。"可食"既可理解为作为食物,"不死之药"是可以食用的,也可以理解为"不死之药"是被允许食用的。"可食"虽有两种表意的可能,但根据现代语言学理论,在当时的语境下,"可食"只能理解为可以食用。因为,这是客进献给楚顷襄王非常珍贵的"不死之药",别人当然是不被允许食用的。正常情况下,不会有人非分地幻想"不死之药"可以被允许吃掉。所以,传令官以为"中射之士"只是在问"不死之药"作为食物能不能吃,所以就回答"可食"二字。"中射之士"就抓住了"可食"二字有两种表意的可能性的漏洞,取其第二义,直接把"不死之药"吃了。这在当时,是极为大胆的行动。因为古代的君王,对群臣百姓拥有生杀予夺的权力,逆龙鳞,犯龙颜,将会给自己带来极大的危险。但"中射之士"胸有成竹地这样做了,也并没有因此被杀,显示出非凡机智和胆识。

"中射之士"敢于夺走"不死之药",有非常清楚的逻辑算计。首先,他知道"不死之药"是骗子的把戏。他吃了不死之药,能把这个骗局彻底揭穿。因为,如果楚王杀了他,他也因此死了,那证明"不死之药"并不能使人不死,是彻头彻尾的骗局。其次,他吃了药,使骗局得以揭露,就帮助楚王认清骗子的伎俩,是大功一件,没有罪过。楚王不应该杀无罪之人。第三,楚王如果真的生气,杀了他,就等于向全世界的人宣告,吃了"不死之药"并不能使人不死。楚王被骗的事就会闹得世人皆知。第四,杀无罪之人,被人骗一旦传开,顷襄王残暴愚昧也会被人耻笑指点。第五,不杀他,楚王被骗之事才不会暴露。为了保全自己的面子,楚王必然不会杀"中射之士"。所以,最终,中射之士赌对了,楚王选择了"哑巴吃黄连"来保全自己的面子。

韩非子文语言富丽,辩锋犀利,结构完整,郭沫若评韩文"峻峭"(郭沫若《十批判书·荀子的批判》),本篇虽篇幅不长,亦可见韩非子散文的上述特色。"中射之士"思想的敏锐,辩锋的犀利,让人拍案叫绝。韩非子借"中射之士"机智勇敢的行动,给封建社会众多昏庸无度、一心只想长生不老的"楚王"们上了生动而深刻的一课:并没有什么"不死之药",如果荒唐无稽地贪求,只能徒增笑柄。 (魏祖钦)

【典籍介绍】

《列子》

道家著作。旧题战国郑人列御寇著。《汉书·艺文志》著录《列子》八篇，早佚。今本《列子》八篇，多疑为晋人所作。学说接近庄周，内容庞杂，多宣扬道家虚无思想，兼言佛儒及神仙之说，尤有先秦流传之民间故事、寓言和神话传说。形象生动，想象丰富，有较高文学意义和思想价值，均为后世熟知。注释本有东晋张湛《列子注》、宋刻宋元递修本《冲虚至德真经注》八卷等。

齐人攫[1]金 《列子》

昔齐人有欲金者[2]，清旦衣冠而之市[3]。适鬻金者之所[4]，因[5]攫其金而去。吏捕得之。问曰："人皆在焉[6]，子[7]攫人之金何？"对曰："取金之时，不见人，徒[8]见金。"

〔注〕 ① 攫(jué)：夺取。 ② 欲金者：想要金子的人。 ③ 清旦：清早。衣冠：穿衣戴帽。之：到，去。市：集市。 ④ 适：往，到。鬻(yù)：卖。 ⑤ 因：于是，乘机。 ⑥ 焉：此处指这里。 ⑦ 子：你，指代小偷。 ⑧ 徒：只，仅仅。

本文节选自《列子·说符》。《说符》是《列子》最后一篇，其中讲了三十多个寓言故事，目的是以言验证道理。晋张湛解题云："夫事故无方，倚伏相推，言而验之者，摄乎变通之会。"意思是说世界上的事物关系复杂，表现形式多样，但可以"倚伏相推"，最终掌握"变通之会"，就是要借故事言说道理。

本文前半部分讲一个想要金子的齐人，早晨穿戴整齐到集市上去。他来到卖金子的地方，乘机夺取金子逃走。当然。后面结局也可想而知：齐人被人捉到了。捕吏很好奇他是怎么想的，敢这样做。就问他："大家都在，你怎么敢夺走人家的金子呢？"齐人回答说："夺金的时候，不见人，眼里只是金子。"这篇故事中的齐人贪婪愚蠢、无知自私，着实可恨，也非常可笑。但列子的目的不是让人发笑，他想用这个故事说理。中国有成语叫"利欲熏心""财迷心窍"，那个齐人心有所存，形有所忘，故有此不可理喻之举。张湛云："嗜欲之乱人心如此之甚也。故古人有言：'察秋毫之末者，不见太山之形；调五音之和者，不闻雷霆之声。'夫意万物所系迷著外物者，虽形声之大而有遗矣。况心秉于理，检情摄念，泊然凝定者，岂万物动之所能乱者乎。"(张湛注《列子》)对本故事的寓意做了很好的注解。当人心被外物所迷，就会顿失闻见。若凝心于至道，才不会被外物所动所乱。杨伯峻《列子集释》分析道："章言嗜欲不可纵，丧身灭性之大也。今以丧其身之物，意欲厚其身也。若能无其身，复何用金为？所言无身非谓灭身也，盖不厚而已也。"对于齐人来讲，金子实际丧其身之物，因其痴迷，想要厚其身，结果反灭其身。若能无其身，则就没有厚其身之想，当然就能存其身。正如老子所言"后其身而身先，外其身而身存"。

这则故事虽短，但曲折有趣。如前四句写这个齐人攫金的经过。齐人的举动匪夷所思，不合常理，引发人们探究事件结局以及齐人心理的好奇，就是巧设悬念。后面，介绍结局：齐人被捉。询问齐人作案时心理，齐人竟回答："不见人，徒见金。"这个回答让人始料不及！故事也就此戛然而止，作者不做任何分析，却耐人寻味。刘熙载《艺概·文概》说："文章蹊径好尚，自《庄》《列》出而一变，佛书入中国又一变，《世说新语》成书又一变。此诸书，人鲜不读，读鲜不嗜，往往与之俱化。"钱锺书《管锥编》云："列固众作之有滋味者，视庄徐行稍后。列之文词逊庄之奇肆飘忽，名理逊庄子精微深密，而寓言之工于叙事，娓娓井井，有伦有序，自具一日之长。"观"齐人攫金"故事，刘、钱二人所言，洵非虚誉。

（魏祖钦）

【作者小传】

屈　原

（约前340—约前278）　战国时楚国政治家，我国最早的大诗人。名平，字原；又自云名正则，字灵均。学识渊博。初辅佐怀王，做过左徒、三闾大夫。主张彰明法度，举贤授能，东联齐国，西抗强秦。后遭到守旧贵族子兰、靳尚等人的谗害而去职。顷襄王时被放逐，长期流浪沅湘流域。后因楚国政治腐败，首都郢为秦攻破，既无力挽救，又深感政治理想无法实现，遂投汨罗江而死。所作《离骚》《九章》等篇，反复陈述其政治主张，揭露统治集团昏庸腐朽，排斥贤能等种种罪行，表现了对国事的深切忧念和为理想而献身的精神。所作《天问》对有关自然现象、社会历史等方面的许多传统观念，提出了怀疑和质问，体现出朴素的唯物主义思想。另有《九歌》等篇。他在吸收民间文学艺术营养的基础上，创造出骚体这一新形式，以优美的语言、丰富的想象，融化神话传说，塑造出鲜明的形象，富有积极浪漫主义精神，对后世影响很大。其传世作品，均见汉代刘向辑集的《楚辞》。又《汉书·艺文志》著录《屈原赋》二十五篇，其书久佚，所收篇目与《楚辞》有无出入，已不可详考。

渔　父　　　屈　原

屈原既放，游于江潭①，行吟泽畔，颜色憔悴，形容枯槁。渔父见而问之曰：“子非三闾大夫欤？何故至于斯?”屈原曰：“举世皆浊我独清，众人皆醉我独醒，是以见放。”渔父曰：“圣人不凝滞②于物，而能与世推移。世人皆浊，何不淈③其泥而扬其波？众人皆醉，何不餔其糟而歠其釃④？何故深思高举⑤，自令放为?”屈原曰：“吾闻之，新沐者必弹冠，新浴者必振衣⑥。安能以身之察察，受物之汶汶者乎⑦？宁赴湘流，葬于江鱼之腹中。安能以皓皓之白，而蒙世俗之尘埃乎?”渔父莞尔而笑，鼓枻⑧而去，乃歌⑨曰：“沧浪之水清兮，可以濯吾缨；沧浪之水浊兮，可以濯吾足。”遂去，不复与言。

〔**注**〕 ① 江潭：从后文“宁赴(举身投入)湘流”之语可知，此江即指湘江。潭，水深处。 ② 凝滞：拘泥固执。 ③ 淈(gǔ)：搅浑，搅乱。 ④ 餔(bū)：吃。糟：酒糟。歠(chuò)：饮。釃(lí)：薄酒。 ⑤ 高举：行为超出凡俗。 ⑥“吾闻之”句：沐，洗头。弹冠，弹去冠上的灰尘。浴，洗身。振衣，抖衣去尘。 ⑦“安能”句：察察，清洁。汶(mén)汶，玷辱。 ⑧ 鼓枻(yì)：摇动船桨。 ⑨ 歌：关于这段《沧浪之歌》，前人如王夫之(《楚辞通释》)、蒋骥(《山带阁注楚辞》)等，均以为渔父之歌《沧浪》，与前文“与世推移”之意相同。这恐怕不确。《沧浪歌》的含义，恰在于指明要区分清浊：清者可以濯缨，浊者则只可濯足。这与渔父前面所说不分清浊、“淈其泥而扬其波”之意相反，而与屈原崇清贬浊的主张相合。当年孔子听了此歌，评论说：“小子听之，清斯濯缨，浊斯濯足矣，自取之也。”也是告诫弟子保持清洁之行，而不可为浊以自取其辱。《孟子·离娄》引用此歌并孔子的评论，以证明“不仁者可与言哉”(不可与言)的道理，都说明此歌之意乃在区分清浊，而非不分清浊，与世推移。以此推测，渔父前面所劝，安知不带有试探屈原志节之意？最后终为诗人峻洁志节所动，故微笑歌此以慰勉。湘州民间把渔父作为屈原之同道，而在屈子庙中为他塑像配食，是不是也看到了这一点？由于这关系到对本文结尾的截然相反的理解，故借注文以申说之。

在《卜居》中经历了巨大内心冲突的诗人，不久又遭遇了一次外部思想的交锋——这就是《渔父》所记载的著名问答。

文中的“渔父”，究竟是作者之所虚设，还是真有其人？这曾是楚辞研究中的难解之谜。但从司马迁、刘向对此均有记述看，在民间流传的屈原事迹中，大抵真的遇见过这位老渔父。从那“子非三闾大夫欤”的问语中还可推知，他应该还是屈原担任三闾大夫期间曾交往过的熟人。

这次与渔父的不期而遇，发生在清波迭荡的湘水之畔。本文开篇即以萧淡的笔墨，描摹了屈原被逐江南的落魄情状："行吟泽畔，颜色憔悴，形容枯槁。"寥寥数笔，便在苍茫的江天之间，刻下了一位伟大逐臣的孤清身影。面容之"憔悴"，表明这位不向"瓦釜雷鸣"的黑暗朝廷折腰的诗人，在身心上已遭受了多么沉重的摧残；"行吟泽畔"的奇特举止，则又告诉读者：诗人虽遭斥逐，犹自未悔，仍在为楚国的命运踯躅、吟叹！对于见过诗人的渔父来说，这情况更显得触目惊心——当年名动遐迩的潇洒大夫，而今成了如此枯槁的江上迁客，能不令他骇然而呼："子非三闾大夫欤？何故至于斯！"

渔父的惊呼，把诗人从沉吟中唤醒。胸间久蓄的痛苦一经触发，回答的语气也显得格外愤激："举世皆浊我独清，众人皆醉我独醒，是以见放。"开口即是"清浊""醉醒"的比兴，显示的正是"发愤以抒情"的诗人本色；而"举世""众人"这一网打尽式的措辞，似乎又显得那样孤傲。但这无非是诗人的愤慨之辞，其锋芒所指，当然不是民众，而是腐朽的楚之朝廷。倘若了解当时厕身楚王左右的，是怎样一批"腥臊并御"(《涉江》)的谗臣；楚之朝政又处于怎样"变白以为黑"(《怀沙》)的昏乱之中，便知道诗人之所面对的，正是这样一个无比溷浊沉醉的黑暗世界了！所以"我"与"举世""众人"的对立，与其说是表现了屈原的孤傲，不如说是抒泻着这位被旧世界驱逐的贞臣内心无限苍凉的悲愤。

渔父当然理解这一点。但他开初并不赞同屈原坚守操节的处世态度。在他看来，圣人之可贵，本不在于"凝滞于物"；与世推移，随遇而安，才是知天达命的明哲。不过这渔父颇机敏，他的驳难，也与诗人一样，采用了哑谜式的比兴："世人皆浊，何不淈其泥而扬其波？众人皆醉，何不餔其糟而歠其醨？"世道既如此黑暗，又有什么清浊、曲直可分，还不如折节保身，谋它个同污共醉为好！这就是包含在渔父话语中的弦外之音。

渔父的驳难，虽亦出于对诗人遭际的同情，但他所指点的迷津，却关乎人生立命之大节。屈原岂能为求个人之安逸，而改变他早在《橘颂》中立下的效法伯夷、"独立不迁"的操守？一番寻常的问答，引出的竟是如此重大的人生哲学论辩，屈原的答复也因此极为庄肃：针对渔父不分清浊的主张，屈原列举"新沐(洗发)者必弹冠(弹去灰尘)，新浴者必振衣(振去污屑)"的生活实例，说明连常人都懂得保持发肤的清洁，淈泥扬波、同流合污，又岂是人生处世之正道？这就从人所共知的常理上，驳倒了渔父的主张，揭出了圣人与世推移之说的全部荒谬性。再加以"安能以身之察察，受物之汶汶者乎"的反诘，便显得更为严正有力。这反驳真是既浅显又深刻，表现出诗人对人生哲理，曾作过多么深切的思考！对于渔父的关切劝告，屈原又以"宁赴湘流，葬于江鱼之腹中"之语，表明其虽然感激，却又不能不加以拒绝的断然态度。一场关系安身立命之道的思想交锋，在貌似寻常的问答中告终。在折节保身和舍生取义的鲜明对立中，屈原正以其坚定的抉择，显示了宁为玉碎、不为瓦全的伟大志节的光辉！

渔父显然也被打动了，因为他终于露出了晴朗的微笑。本文结尾正以“渔父莞尔而笑，鼓枻而去”的动人描述，展出了一个云开雾散的空阔境界。最耐人寻味的，是渔父所唱的那支《沧浪之歌》，清水濯缨，浊水濯足，不以同样浅显而形象的比喻，补充屈原的“沐”“浴”之理吗？清浊之境原不可混淆，谁又愿意把系冠之缨濯之于混浊之流呢？许多注家以为，渔父之歌仍在说明圣人“与世推移”的哲理，这恐怕是误解了。他其实是被屈原的峻洁志节所折服，才微笑摇桨，以此动人的清歌，来表达对这位逐臣的不尽慰勉之情的，这也正是渔父的可爱之处。

渔父去了，悠悠的“沧浪”之歌，却还伴着沉思中的诗人，在高高的江岸上回荡。《渔父》对二千年前这一幕问答情景的传神描摹，使披蓑戴笠的渔父、清癯沉吟的屈原，至今还以其充满睿智的音容笑貌，历历分明地浮现在湘江的清波白云之间，多么令人神往和缅怀呵！

（潘啸龙）

【作者小传】

宋　玉

战国楚辞赋家。后于屈原，或称是屈原弟子。曾事顷襄王。《史记·屈原贾生列传》说他和唐勒、景差“皆好辞而以赋见称，然皆祖屈原之从容辞令，终莫敢直谏”。《汉书·艺文志》著录其赋十六篇，颇多亡佚。《隋书·经籍志》著录《宋玉集》三卷，已失传。其流传作品见于王逸《楚辞章句》和《文选》，后人疑其中多有托名之作。

对楚王问　　宋　玉

楚襄王问于宋玉曰：“先生其有遗行①与？何士民众庶不誉之甚也？”

宋玉对曰：“唯，然。有之。愿大王宽其罪，使得毕其辞。

“客有歌于郢②中者。其始曰《下里》《巴人》③，国中属④而和者数千人。其为《阳阿》《薤露》⑤，国中属而和者数百人。其为《阳春》《白雪》⑥，国中属而和者，不过数十人。引商刻羽，杂以流徵[7]，国中属而和者，不过数人而已。是其曲弥[8]高，其和弥寡。

“故鸟有凤而鱼有鲲。凤皇上击九千里，绝云霓[9]，负苍天，翱翔乎杳冥[10]之上。夫蕃篱之鷃[11]，岂能与之料天地之高哉？鲲鱼朝发昆仑之墟，暴鬐[12]于碣石，暮宿于孟诸[13]。夫尺泽之鲵[14]，岂能与之量江海之大哉？

“故非独鸟有凤而鱼有鲲也，士亦有之。夫圣人瑰意琦行[15]，超然独处。夫世俗之民，又安知臣之所为哉！”

〔注〕 ① 遗行：过失。 ② 郢(yǐng)：楚国国都。在今湖北荆州市。 ③《下里》《巴人》：古代楚国民间通俗歌曲。 ④ 属(zhǔ)：续。 ⑤《阳阿(ē)》《薤(xiè)露》：两种稍微高级的歌曲。 ⑥《阳春》《白雪》：楚国的高雅歌曲。 ⑦ 引商刻羽，杂以流徵：指曲调高古，讲究声律的演奏。商、羽、徵均为古代五音之一。 ⑧ 弥：越。 ⑨ 云霓(ní)：借指高空。 ⑩ 杳冥：极高远处。 ⑪ 蕃(fān)：通“藩”。藩篱即篱笆。鷃(yàn)：鸟名。又称“老扈”，麦收时的候鸟。 ⑫ 暴：同“曝”，晒。鬐(qí)：鱼脊。 ⑬ 孟诸：古湖泊名。在今河南商丘东北。 ⑭ 鲵：小鱼。 ⑮ 瑰：大。琦：美。瑰意琦行即远大的意向与美好的品行。

卓然特立之人，为什么常会招致世俗的讪笑和非议？这是一个古老而又常新的课题。南国哲人庄周，当年在《逍遥游》中曾经探讨过它；“风流儒雅”的宋玉，在对楚王的发问时，亦从切身体验，作出了高傲而潇洒的回答。

宋玉“体貌闲丽”，算得上一位“美男子”；才华横溢，更可在屈原之后鹤立鸡群——凭这两条，恐怕已令楚宫的同僚们嫉妒得眼珠翻白。偏生他又不肯俯仰流俗，常要对时弊、世态说三道四。其辞锋之尖刻，不仅令“登徒子”之辈羞得发窘，有时简直使楚襄王都下不了台。这样的人不被众庶误解，那才怪哩！所以在当时，就有不少人说他坏话，以致连楚王也惊异于“先生其有遗行与？何士民众庶不誉之甚也”了。

宋玉的回答很妙。他没有否认人们的“不誉”，相反以“唯、然、有之”三语连声应承——如此坦然地面对众庶的非议，颇出乎读者之意料。而这正显示了宋玉的磊落、潇洒处。接着便是被后世评论家赞为“平空而来”“络绎奔赴”的两则奇喻。一则是“歌、和”之喻。文中从“郢中”歌唱家所歌曲调的通俗渐趋高雅，说到“属而和者”的由“数千人”急剧降为“数人”，揭出“其曲弥高，其和弥寡”的启示。这里，宋玉显然是自比能亢声而歌“引商刻羽、杂以流徵”的高调者，而将众庶视为只能附和“《下里》《巴人》”的低能儿——两者的才调本有天壤之别，又怎能企望众人与他同一声气呢？

倘若只是才调不同，倒也罢了。导致人们互不理解的，还有襟怀和志向上的巨大差异。这便引出了宋玉的第二则“鸟、鱼”之喻。这一取譬，全从《庄子·逍遥游》“北冥有鱼”“化而为鸟”的神奇寓言化出，不仅思致绮丽，而且笔势夭矫，极富映衬、宕跌之美：状凤凰之高举，则从“九千里”云天，展现其击空翱翔的舒展雄姿；画鲲鱼之遨游，更在西起昆仑、东至碣石（海畔山名）、孟诸（古代大泽）的滔浪万里中，描摹其“暴鬐”的伟美巨影。如此雄奇的景象，不正是对高远、壮阔的生活境界的热情赞美么？它表现的是一种多么富于生气的搏云击浪的追求和快乐！由此俯看迷恋于低矮“藩篱”的小小鷃鸟、混迹于巴掌般泥潭的微细之鲵，其生活境界又显得何其卑琐而可怜！你又怎能与它们一起“料天地之高”“量江海之大”？

以上设喻，似乎均未对楚王之问正面作答；而且思绪滔滔，大有奔腾飞泻而不可收之势。然而，正当读者为凤鷃、鲲鲵的奇异对照惊嗟不已之际，宋玉突然翻转了笔锋：“故非独鸟有凤而鱼有鲲也，士亦有之！”只此一语，便将上文滚滚奔泻的譬喻之澜挽折而回，并挟带着怫郁直上的无限气势，对众庶的非议发出冷峻反诘：“夫圣人瑰意琦行，超然独处。夫世俗之民，又安知臣之所为哉！”——真是“单笔短掉（转），不说尽、不说明”，于沸浪逆折中一声断问，戛然而止，这结尾收得多妙！

将世俗之人斥之为鷃、鲵，而视自身为凤、鲲一样的“圣人”，这高傲的答复，很可能被惯于“谦逊”的君子们斥之为“狂妄”，然而，宋玉的回答恰恰深刻地触及了社会人生中客观存在的一个事实——人们的生活追求和道德境界，确实存在着卑俗、高尚之分，狭隘、壮美之别。某些人之所以受到舆论的指摘，并不是犯了什么过失，而是由于他们的“瑰意琦行”，远远超出了传统习俗的狭隘眼界。人们之所以指摘他们，倒也并非全在于妒忌（这当然不足为训）；在许多场合，往往还是出于对陈规陋习的“真诚”信念——这就尤其令人心寒！

因此，墨子那样“摩顶放踵，利天下为之”的卓然之行，常被误解为“沽名钓誉”；屈原那样不与污浊同流的高洁情操，亦被贬斥为“露才扬己”。站在潮流前头的人们，总不免有一种苦恼的孤独感，因为他们不仅常须“孤身鏖战”，还须花费许多精力，摆脱世俗非议的羁绊——在后一方面，他们往往极难取胜。在这样的背景下，读一读《对楚王问》，你不仅会惊异于它的行文和辞采，更要佩服宋玉那不为俗议所屈、磊落潇洒的“高傲”了——激流勇进的开拓者，又何须为世俗的非议苦恼？佛罗伦萨大诗人的一句著名格言就是：“走你的路，让人们去说！”

（潘啸龙）

两汉

【典籍介绍】

《韩诗外传》

西汉韩婴撰。今本作十卷。其书杂引古事古语。虽每条皆征引《诗经》中的句子(今本有二十八条未引,当系缺脱),然实系引《诗》以与古事相印证,非引事以阐释《诗经》本义。据《汉书·艺文志》著录,韩婴曾撰《内传》四卷、《外传》六卷。南宋后仅存《外传》。清赵怀玉辑《内传》佚文,附于本书之后。为研究西汉今文诗学的重要资料之一。

公仪休[①]相鲁 《韩诗外传》

公仪休相鲁而嗜鱼。一国人献鱼而不受。其弟谏曰:“嗜鱼不受,何也?”曰:“夫欲嗜鱼,故不受也。受鱼而免于相,则不能自给鱼。无受而不免于相,长自给于鱼[②]。”此明于为己者也[③]。故《老子》曰:“后其身而身先[④],外其身[⑤]而身存。非以其无私乎,故能成其私[⑥]。”《诗》曰:“思无邪[⑦]。”此之谓也。

〔**注**〕 ① 公仪休:鲁博士,以高第为鲁相。 ② 长自给于鱼:长久地自己获得鱼吃。 ③ 明于为己:很了解如何为自己打算。 ④ 后:退让。先:占得先机,意谓获得。 ⑤ 外其身:意谓不以自己为中心。 ⑥ 私:指个人利益。 ⑦ 思无邪:语出《诗经·鲁颂》,指胸无邪念,思想纯洁。

此篇又见《韩非子》《说苑》,而细节有异,知是当时广为流传之故事。公仪休嗜鱼本为平常事,然其为相后,众人投其所好,纷纷献鱼以求媚之,众人之趋炎附势,世俗之荣枯势利顿时显现出来。众人献鱼,并非因为公仪休之嗜鱼,而因其为鲁相也,故公仪休不受。公仪休可谓洞悉世情人心之智者也。其弟,庸人也,故有如此之问。公仪休答语亦妙,就庸人之问而答之,言己欲长久嗜鱼,因此而不能受众人之鱼。受众人之所献,必满足其非分之求;满足其非分之求,必会行丧失原则甚至于损公利私之事,长此以往,相位必不保。相位不保,连自己买鱼吃都不可能了。故不受众人之鱼,可长保有鱼吃。语虽浅近,理实深刻。也与《老子》明哲保身之理暗合。而其妙处在就其弟之问顺势说出。言浅意深,举重若轻,更有振聋发聩之效。民以食为天,食为人之最基础需求,圣人言之,庸人亦言之,是皆出于天性。公仪休之不受众人之鱼,究其根源,仍可说是出于长久保持自身生存的考虑。故与《诗》之“思无邪”同一道理。 (韩高年)

伯牙鼓琴钟子期听之[①] 　《韩诗外传》

伯牙鼓琴，钟子期听之。方鼓琴志在山[②]。钟子期曰："善哉鼓琴，巍巍乎如太山！"志在流水。钟子期曰："善哉鼓琴，洋洋乎若江河！"钟子期死，伯牙擗琴绝弦[③]，终身不复鼓琴，以为世无足与鼓琴也[④]。非独[⑤]鼓琴如此，贤者亦有之。苟非其时[⑥]，则贤者将奚由得遂其功哉[⑦]？

〔注〕 ① 伯牙：战国时楚人，音乐家。其事又见《列子·汤问》《吕氏春秋·本味》《说苑·尊贤》《说苑·谈丛》《淮南子·休务篇》《风俗通·声音》等。钟子期：伯牙之友，亦楚人。② 志在山：指琴声起伏高昂像高山一样。 ③ 擗(pǐ)琴绝弦：摔破琴体，扯断琴弦。 ④ 无足与：无人能理解。与，理解。 ⑤ 非独：不仅。 ⑥ 苟非其时：如果生不逢时。 ⑦ 奚由：何从。遂其功：成其事业。

身处茫茫人海之中，而常有寂寞孤独之感。人生的大部分时间注定要在孤单寂寞中度过。这是因为人心之不同，有如其面目。陌生则猜忌防范，熟悉则竞争妒忌。真正的友谊超越世俗，直达内心，引发精神的契合。所谓同心之言，其臭如兰。正因为世上知音难觅，故古人有白首如新，倾盖如故之叹。此则小文写俞伯牙鼓琴，而钟子期解其高山流水之志。二人借助琴声而达到思想境界的沟通，这份默契源自因音乐而产生的心灵与精神的澄明与敞开，是一种彻底的共鸣。钟子期死，无人知伯牙之志。故伯牙毁琴，以示惺惺相惜之意。惠子死，庄子哀之。亦此类也。非独交友之道如此，贤者之用世亦如此，所谓可遇而不可求也！贤者如可遇明君逢盛世，即可建功立业，有所作为。若不能，则宜敛其锋芒，明哲保身，缄口不言，终老林泉。《韩诗外传》采此故事，其用意实际是要表现自己怀才不遇的委屈，末二句始见真面目。 （韩高年）

【作者小传】

东方朔

(前 154—前 93)　西汉文学家。平原厌次(今山东德州市陵城区东北，一说今山东惠民东)人，字曼倩。武帝时，为太中大夫。性诙谐滑稽。后来关于他的传说很多。善辞赋，《答客难》较为有名。《汉书·艺文志》杂家有《东方朔》二十篇，今佚。《神异经》《海内十洲记》等书是托名于他的作品。明人辑有《东方先生集》。

上武帝自荐书　　东方朔

臣朔少失父母，长①养兄嫂。年十三学书②，三冬③文史足用。十五学击剑。十六学《诗》《书》，诵二十二万言。十九学孙吴④兵法，战阵之具⑤，钲鼓之教⑥，亦诵二十二万言。凡臣朔固已诵四十四万言。又常服子路之言⑦。臣朔年二十二，长九尺三寸，目若悬珠⑧，齿若编贝⑨，勇若孟贲⑩，捷若庆忌⑪，廉若鲍叔⑫，信若尾生⑬。若此，可以为天子大臣矣。臣朔昧死⑭再拜以闻。

〔注〕 ① 长(zhǎng)：成长，长大。 ② 学书：读书写字。 ③ 三冬：指三年。 ④ 孙吴：战国时候的孙武和吴起，并称孙吴。二人都以善用兵知名。 ⑤ 战阵之具：排兵布阵的才能。 ⑥ 钲(zhēng)鼓之教：指操练和指挥部队的方法。钲、鼓，古代军中乐器。 ⑦ 子路之言：子路，孔子弟子仲由，字子路，又字季路，孔门"十哲"之一。之言，当指《论语·先进》载子路所说过的"千乘之国，摄乎大国之间，加之以师旅，因之以饥馑；由也为之，比及三年，可使有勇，且知方也"一语。 ⑧ 目若悬珠：眼睛炯炯有神，如悬挂着的珍珠。 ⑨ 齿若编贝：牙齿整齐洁白，如编排好的贝壳。 ⑩ 孟贲(bēn)：战国时勇士，力能举鼎。 ⑪ 庆忌：春秋时吴王僚的儿子。 ⑫ 鲍叔：即鲍叔牙。为人清廉洁直，与管仲合伙做买卖，都让利于管仲，自取其少；又不穿非妻子所织的衣服。 ⑬ 尾生：尾生与女子相约在桥梁相会，久候女子不到，水涨，乃抱桥柱而死。"尾生抱柱"，比喻坚守信用。 ⑭ 昧死：冒着死罪。

《史记·滑稽列传》后，附有"褚先生曰"，这是褚少孙对司马迁著的《滑稽列传》的补充。其中就增加有东方朔的传记。班固的《汉书》为东方朔正式列传，本篇《上武帝自荐书》就见于《汉书·东方朔传》中。

汉武帝即位初年，征召天下贤良方正和有文学才能的人，各地士人、儒生纷纷上书应聘，东方朔也在其中。

关于自荐之事，战国时代著名的有二起：一是孟尝君的门客冯驩，三次弹铗，明是抱怨"食无鱼、出无车、无以养家"，生活待遇太差，实是以此诡谲的方法吸引孟尝君的注意，达到自荐的目的，后来果得到孟尝君的重用。二是平原君的门客毛遂，他见平原君带了二十名门客前往楚国，请求楚王出兵，帮助赵国解除秦军对邯郸的包围，而自己却不在二十人之列，于是当面向平原君提出，希望一同前往，给他一个"脱颖而出"的机会。这就是毛遂自荐，也如愿并立了功。然而用书信的形式自荐，东方朔似乎是首例。

这封自荐书，只有一百多个字，却逐层递进，摆列自己的种种优势，很能吸引阅信者的关注。先是说自己的身世，从小孤苦伶仃，父母双亡，靠兄嫂养大。接着说自己十三岁时学习读书写字，三年之后学到的文史知识就足够应用了，可见很是聪明。而且文武兼修。十五岁开始习武学剑术，十六岁学《诗经》《尚书》，十九岁学孙吴兵法，学习摆列布置战阵，操练和指挥部队的方法。文韬和武略总计在胸中有四十四万字。并且胸有大志以孔子的高足子路为榜样。然后又宕开一笔，描述自己出众的外貌。长身玉立，一表人才：身高有九尺三寸，约合现代的一米九以上。双目炯炯有神，明亮如同珍珠，牙齿洁白整齐，如同排列好的贝壳。不仅外貌出众，而且品德高尚：勇敢可以比孟贲，敏捷可以比庆忌，廉洁可以比鲍叔，守信可以比尾生。最后总结：像我这样的人，可以做天子的大臣。这封"文辞不逊，高自称誉"的信，武帝读了之后非但没有觉得不妥，反而"伟之"，认为很了不起，下令让东方朔在公车府待诏，当上了官。

这封信也影响到了后代。八百多年后，李白写了封《与韩荆州书》，文中的自我推介："十五好剑术，遍干(求请)诸侯。三十成文章，历抵卿相。虽长不满七尺，而心雄万夫。"豪迈自信，传承了东方朔的衣钵，可见影响之深远。（沈惠乐）

【作者小传】

司马迁

（约前145或前135—?） 西汉史学家、文学家和思想家。字子长。夏阳(今陕西韩城南)人。太史令司马谈之子。幼曾耕牧。十岁始读古文典籍。二十岁后游踪遍及南北，到处考察风俗，采集传说。初任郎中，曾奉使西南巴、蜀等地，后随武帝巡游，到过不少名山大川和重要都邑。元封三年(前108)继父职，任太史令，得尽读皇室藏书。太初元年(前104)与唐都、落下闳等参加改革历法，制订《太初历》。又继承其父遗志，撰写《太史公书》。李陵投降匈奴，他为之辩解，下狱受腐刑。出狱后任中书令，发愤完成《太史公书》，后称《史记》。这是我国最早的通史，开创了纪传体史书的形式，对后世史学和文学影响深远。

优 孟 传

司马迁

优孟，故楚之乐人[①]也。长八尺，多辩，常以谈笑讽谏。楚庄王之时，有所爱马，衣以文绣，置之华屋之下，席以露床，啗以枣脯[②]。马病肥死，使群臣丧之[③]，欲以棺椁大夫礼葬之[④]。

左右争之，以为不可。王下令曰："有敢以马谏者，罪至死！"优孟闻之，入殿门，仰天大哭。王惊而问其故。优孟曰："马者，王之所爱也；以楚国堂堂之大，何求不得，而以大夫礼葬之，薄。请以人君礼葬之。"王曰："何如？"对曰："臣请以雕玉为棺，文梓为椁，楩、枫、豫章为题凑⑤，发甲卒为穿圹⑥，老弱负土，齐、赵陪位于前，韩、魏翼卫其后⑦，庙食太牢⑧，奉以万户之邑。诸侯闻之，皆知大王贱人而贵马也。"王曰："寡人之过一至此乎！为之奈何？"优孟曰："请为大王六畜葬之：以垄灶为椁，铜历为棺⑨，赍以姜枣，荐以木兰⑩，祭以粮稻，衣以火光⑪，葬之于人腹肠。"于是王乃使以马属太官⑫，无令天下久闻也。

楚相孙叔敖知其贤人也，善待之。病且死，属其子曰："我死，汝必贫困。若往见优孟，言我孙叔敖之子也。"居数年，其子穷困负薪，逢优孟，与言曰："我，孙叔敖之子也。父且死时，属我贫困往见优孟。"优孟曰："若无远有所之⑬。"即为孙叔敖衣冠⑭，抵掌谈语。岁余，像孙叔敖，楚王及左右不能别也。庄王置酒，优孟前为寿。庄王大惊，以为孙叔敖复生也，欲以为相。优孟曰："请归与妇计之，三日而为相。"庄王许之。三日后，优孟复来。王曰："妇言谓何？"孟曰："妇言慎无为，楚相不足为也⑮。如孙叔敖之为楚相，尽忠为廉以治楚，楚王得以霸。今死，其子无立锥之地，贫困负薪以自饮食。必如孙叔敖，不如自杀。"因歌曰："山居耕田苦，难以得食。起而为吏，身贪鄙者余财，不顾耻辱。身死家室富，又恐受赇枉法，为奸触大罪，身死而家灭。贪吏安可为也！念为廉吏，奉法守职，竟死不敢为非。廉吏安可为也！楚相孙叔敖，持廉至死，方今妻子穷困，负薪而食，不足为也！"于是庄王谢优孟，乃召孙叔敖子，封之寝丘⑯四百户，以奉其祀。后十世不绝。此知可以言时矣⑰。

〔注〕 ① 乐人：善歌舞的艺人。 ② 席以露床：用没有帷帐的床给它睡。啗(dàn)：喂

养。 ③ 丧之：为马服丧。 ④“欲以”句：想把马装入棺椁，按葬大夫的礼仪来葬马。 ⑤ 文梓：有纹理的梓木。椁(guǒ)：古代套于棺外的大棺。楩(pián)：一种大木。豫章：樟树。题凑：棺材的两头。 ⑥ 穿圹(kuàng)：挖墓穴。 ⑦“齐赵”二句：(既以人君之礼仪葬马，便)请齐、赵的使臣在前面陪祭，韩、魏的使臣如羽翼般在后面护卫。 ⑧ 庙食太牢：建立祠庙，用牛、羊、猪(太牢)来祭它。 ⑨“垄灶”二句：用土堆成的灶做它的外椁，用铜锅给它做棺材。历，通“鬲”，古代的一种炊具。 ⑩“赍以”二句：用姜枣来调味，用木兰做香料。赍，通“剂”，调配。荐，垫进。 ⑪“祭以”两句：用稻粱来做祭品，用火光做它的寿衣。 ⑫ 属太官：交付掌管皇帝膳食的官员。 ⑬“若无”句：你不要走远了。 ⑭“即为”句：就穿戴上孙叔敖的衣帽。 ⑮“楚相”句：楚相这种官是没有什么干头的。 ⑯ 寝丘：春秋楚邑名，故址在今河南固始、沈丘之间。 ⑰“此知”句：其智可以说正合时宜。知，通“智”。

有个成语叫“衣冠优孟”，意思是：其人虽衣冠甚盛，身居显要，其实只是官场中的败类，装模作样而已。这个成语显然带有贬义。史传中的优孟并非如此。从上引《史记·滑稽列传》有关优孟的记述看，优孟是一个出色的艺人，一个值得称赞的小人物。他因演技超人而被选为楚庄王的弄臣，出入宫廷，承欢君侧。他利用这种特别身份伺机进言，出入于危难之中，“谈言微中”，婉而多讽。由于司马迁为他作传，终于人以文传，优孟成了略具古文知识的人所熟悉的名字。

司马迁记了他两件事。第一件是谏阻楚庄王不要“贱人贵马”。这节故事写了两个人，一个是聪明幽默而身居弄臣的优孟，一个是愚昧颟顸而位极人君的楚庄王。没有愚昧的庄王，不足以显优孟之智；没有优孟之智，不足以显庄王之愚。人与人比，有的相得益彰，有的相形见绌。这就是我们常说的对比陪衬的艺术手法。

文章入手先写楚庄王爱马。世上爱马的人太多了，这位庄王算是爱得出奇。马以骏骨健足为美，庄王却给它穿上绣花衣，掩其英姿；马以驰骋沙场为乐，庄王却将它置于华屋之中，露床之上，使马无法骋其万里横行之志；马以逐水草为食，庄王却喂给它干枣肉，使它徒长痴肥。如此爱马，这马自然非死不可。寥寥数语，一写庄王之愚昧，憨态可掬。马死之后，庄王不悟，竟要臣下为马服丧，葬以大夫之礼。此于愚昧之外，再写其昏庸。左右诤谏，原为辨人畜之界，且免贻笑四方；庄王却下令：“有以马谏者，罪至死！”此于愚昧、昏庸之外，三写其刚愎自用，专断横蛮。三层文字，活活画出这个庄王虽位极人君，其心智实低劣可笑，简直像个白痴、小丑。

优孟在当时的地位不过是供帝王取乐调笑的小丑、弄臣。但在司马迁笔下，他不仅具有心灵美的内在品质，而且有勇气，其胆识竟足以玩国君于殿廷之上。他入谏楚王，完全出以调笑戏弄。他深深懂得逻辑辩论中的“归谬法”。刚入殿门,先“仰天大哭”,举止异乎寻常,投庄王之所好;然后建议庄王以人君之礼葬马,并随口凑出一幅盛大的葬马图来,最后才点出“诸侯闻之,皆知大王贱人而贵马”。这时庄王才略有所悟,问优孟“为之奈何”,那语态就像梦中醒来,张皇失措,更显得颟顸。优孟答辞,诙谐有趣。他主张用灶作马的外椁,用大铜锅作内棺,用姜米作调料,用香料解腥膻,用米饭作祭奠之物,用火光作衣,把这匹高贵的死马埋葬在人的肠肚之中。这段答词,随口打趣,语妙如珠,幽默调笑,就像今天说相声一样,可谓辩才无碍,寓庄于谐,说得楚庄王赶紧把死马交给厨师,生怕这丑事张扬出去。

第二件事是为楚庄王的故相孙叔敖之子请封地。他装扮成这位故相去见庄王,竟然以假乱真,愚昧寡恩的庄王以为死人复生,欲以为相。优孟对答庄王的那段歌辞,连用“贪吏安可为也”,“廉吏安可为也”,“楚相……不足为也”,笑语中夹着辛酸,仿佛当斯之世,为楚之臣,人人无所适从。语调诙谐,意极沉痛,借古人歌笑,发愤世嫉俗之悲心。

司马迁的《史记》,不仅记帝王将相的历史,也写了许多可歌可泣的小人物。这些小人物集中见于“游侠”“刺客”“滑稽”三传,散见于《魏公子列传》等文字中,他们共同的特点是:虽地位卑微,而心灵优美,其行为智勇,胜过许许多多大人物。这自有史家之深意,文学家的深心。即以这一节包含在《滑稽列传》中的《优孟传》而言,讽刺的意味便十分深远。孔子“伤人乎不问马”,楚庄王却贵马而贱人,岂非鲜明对照?联系到《史记》另一篇《大宛列传》,汉武帝为了夺大宛所产的名马,不惜数年征战,把几万士卒投入扩大边境的战争。其中死病者该有多少?这不是又一个“贱人贵马”的楚庄王吗?千古昏君,岂止一庄王而已!庄王不过是一位经过漫画手法夸张突出的典型。宋人吕祖谦说:“太史公之书法,岂拘儒曲士所能通其说乎?其旨意之深邃,寄兴之悠长,微而显,绝而续,正而变,文见于此,而起意于彼,若有鱼龙之变化,不可得而踪迹者矣。”(《大事记》)说的不正是这种借古讽今、一石数鸟的讽刺艺术么?

《优孟传》极富喜剧情调。优孟调笑戏弄,幽默诙谐,宛然一位喜剧大师。他的言谈既可笑,又深刻,在笑语中揭露世情,在喜剧中寓悲世之意,让读者在笑声中深思。喜剧,本来就是把丑恶的东西撕毁给人看。不作正面的批判,而出以诙谐幽默,把真理寄寓在笑闹之中,令人联想起《庄子》所说的“举世皆溷浊,不得与庄语”的名言。司马迁父子的思想倾向黄老。他写优孟,写其他滑稽者流,从思想、艺术角度看,都可以见出《庄子》的影响。楚庄王二事,迹近“谬悠”,情属“荒诞”。优孟之为人,以嬉笑为怒骂,正言若反。《庄子》一书,以浪漫主义手法反映

现实;司马迁的《优孟传》,又何尝不是如此。 (赖汉屏)

淳于髡① 司马迁

淳于髡,齐人也。博闻彊记②,学无所主③。其谏说,慕晏婴之为人也,然而承意观色为务④。客有见⑤髡于梁惠王,惠王屏左右⑥,独坐而再见之,终无言也。惠王怪之,以让⑦客曰:"子之称淳于先生,管、晏不及⑧,及见寡人,寡人未有得也。岂寡人不足为言邪⑨?何故哉?"客以谓髡。髡曰:"固也,吾前见王,王志在驱逐⑩;后复见王,王志在音声,吾是以默然。"客具以报王,王大骇,曰:"嗟乎,淳于先生诚圣人也!前淳于先生之来,人有献善马者,寡人未及视,会⑪先生至。后先生之来,人有献讴者⑫,未及试,亦会先生来。寡人虽屏人,然私心在彼,有之。"后淳于髡见,壹语连三日三夜无倦。惠王欲以卿相位待之,髡因谢去⑬。于是送以安车驾驷,束帛加璧,黄金百镒⑭。终身不仕。

〔注〕 ① 淳于髡(kūn):战国齐国人。姓淳于,曾受髡刑(截去头发),因此得名。以博学善辩著称。 ② 彊记:或作"强识",指记忆力好,见识广。 ③ 学无所主:学习不限于一家学说,即博采众长。主,专。 ④ 然而承意观色为务:却以察言观色为专长。而,或作"以"。 ⑤ 见:引荐。 ⑥ 屏(bǐng)左右:屏退身边的臣子。 ⑦ 让:责备。 ⑧ 管、晏不及:管仲、晏婴赶不上。 ⑨ 邪:疑问语气词,相当于"吗"。 ⑩ 驱逐:指田猎。 ⑪ 会:恰好。 ⑫ 讴者:歌唱演员。 ⑬ 谢去:推辞并离开。 ⑭ 镒(yì):二十四两为一镒,或说二十两为一镒。

奇特雄放的时代,激发出如此丰富的思想,催生出如此内涵多样的人格,崇高的孔子,深邃的老子,机智的庄周,执着的墨翟,傲岸而充满热情的孟轲,冷峻而犀利的韩非……那么,淳于髡,是什么样的人?他博学不让众贤,智慧不输时彦,却以俳优见待,其非命耶?据今传《晏子春秋》所载,淳于髡所倾慕的同乡晏婴以善于谏说而著称。他是个长于主文谲谏的人,常常以巧妙的寓言故事暗含对国君错误行为的劝诫。因为不露痕迹,还带着些幽默的色彩,所以常在会心一笑中化解了矛盾,泯却了恩仇。淳于髡对此虽倾慕有加,而他却善于察言观色。由言语和神色中窥探位尊者的内心活动,找准时机,以言语为武器,一击中的,让对方无所逃避和隐藏。这让人想到韩非的《说难》,但韩非口吃,虽能深刻洞悉人的内心,却无法用语言撕开对手的面具。淳于髡二者兼备,因此梁惠王听其言而惊骇。怎么并未交谈，只在一起坐坐，自己心里想着田猎、记挂歌者的心思都让他给看穿了？一谈三天三夜，让满脑子声色犬马的梁惠王不知疲倦，我们不知道淳于髡到底给梁惠王说了些什么，但可以想见，梁惠王一定会想：有一个这样的人在身边，恐怕连睡觉也要吓醒来了！梁惠王如得淳于髡，后果可以设想。因此，淳于髡最明智的做法当是见好就收，远离危险。面对权势尊位的诱惑，淳于髡选择了拒绝，这一点颇似庄周。然而庄周穷得织草鞋为生，靠借贷度日。淳于髡不拒绝金钱财物的赏赐，又有些混世的意味。

总之，淳于髡其人是一个有性格内涵的人，他的言和行，在千年之下，还有我们值得思索和玩味的地方。清人吴见思《史记论文》评此篇云："虚虚实实，写出多少人，妙尽矣！"可谓知人之论。（韩高年）

项羽本纪赞　　司马迁

太史公[1]曰：吾闻之周生[2]曰"舜目盖重瞳子"[3]，又闻项羽亦重瞳子。羽岂其苗裔[4]邪？何兴之暴[5]也！夫秦失其政，陈涉首难，豪杰蜂起，相与并争，不可胜数。然羽非有尺寸[6]，乘势起陇亩[7]之中，三年，遂将五诸侯[8]灭秦，分裂天下，而封王侯，政由羽出，号为"霸王"，位虽不终，近古以来未尝有也。及羽背关怀楚[9]，放逐义帝[10]而自立，怨王侯叛己，难矣。自矜功伐[11]，奋其私智而不师古，谓霸王之业，欲以力征经营天下，五年卒亡其国，身死东城，尚不觉寤而不自责，过矣。乃引[12]"天亡我，非用兵之罪也"，岂不谬哉！

〔注〕 ① 太史公：即太史令。司马迁曾任太史令。《史记》中的太史公曰，是司马迁在传记最后发表的总结性意见，或总结篇意，阐明主题，或用以表明爱憎，或用以补充事例。 ② 周生：作者同时代的一位儒生。 ③ 盖：推测之词，或许。重瞳(chóng tóng)子：一个眼睛里有双瞳仁。 ④ 苗裔：后代子孙。 ⑤ 暴：突然。 ⑥ 尺寸：指封地狭小。 ⑦ 陇亩：指民间。 ⑧ 五诸侯：齐、赵、韩、魏、燕五诸侯国。此处泛指楚以外的各路义军。 ⑨ 背关怀楚：放弃关中，怀念楚地。指项羽以彭城(今江苏徐州)为都。 ⑩ 义帝：楚怀王之孙，熊氏，名心。公元前 208 年，项梁(项羽之叔)立心为王，仍称楚怀王。公元前 206 年，项羽自立为西楚霸王，尊他为义帝，后又派人追杀于江中。 ⑪ 矜：夸耀。功伐：功劳。 ⑫ 引：援引，据为理由。

《史记》是二十四史中的第一部史书，创建了后世正史的格式，"本纪"是《史记》中记叙帝王的人物传记。项羽最终虽未成就帝业，但在秦末群雄逐鹿时曾"政由羽出，号为'霸王'"，故《史记》的作者司马迁将项羽的传记列入"本纪"中。

"赞"是司马迁以"太史公曰"的方式对传主的议论，是总结或补充的文字，为司马迁所首创，并为后世史家所沿用。

《项羽本纪赞》是司马迁对项羽这个人物的总结性的评价。在《项羽本纪》中司马迁以重笔浓彩描述了项羽跌宕起伏的一生，刻画了他叱咤风云的形象。项羽初起时，跟随叔父项梁在会稽郡看到了正在出巡的秦始皇，一句"彼可取而代也"，写出了项羽粗豪的性格和过人的胆识。在巨鹿之战中，项羽破釜沉舟，一举击败秦军主力，威震诸侯。而在鸿门宴上的项羽优柔寡断，粗疏少谋，坐失了除去刘邦的良机。接着又犯了战略性的错误，怀思故乡，离开关中，以彭城为都。此后在楚汉相争中，成皋（今河南荥阳西北）一战大败于刘邦，从此项羽节节败退，在垓下（今安徽固镇东北、沱河南岸）之围中，面临四面楚歌的狼狈境地。想起当年江东八千子弟随他出征，如今却无一人生还，他觉得愧对江东父老，穷途末路之下，自刎于乌江。

司马迁在叙述完项羽这一失败了的英雄悲壮的一生之后，在"赞"中先是探究其英勇盖世的原因，认为生有奇相，同古代圣人舜一样长有重瞳，由此推断项羽是舜的后代，否则不可能在陈涉首难，豪杰蜂起之时，没有尺寸之地，却能在民间脱颖而出，三年之内就能统帅五诸侯灭秦，号称霸王。接着司马迁指出项羽所犯的错误。胜利之后，离开关中思乡东归，刘邦得以乘虚而入，导致最后落得自刎于乌江的悲惨下场。但是司马迁将项羽失败的原因归结为"自矜功伐，奋其私智而不师古"这就不对了。项羽的失败恰恰是由于他师古，开历史倒车，搞裂土分封那一套，一下子封了十八个王，分散了权力。此外，项羽的残暴，也是导致他失败的重要原因。巨鹿之战击败了章邯后，坑杀了二十万秦军。在弃关中返故乡时有人说了他一句"楚人沐猴而冠"（猕猴戴了人的帽子，徒有人形，而难以成事），他就把说这句话的人烹杀。都是不得人心的事，因此最终失去了民心，无法成就千秋大业。

《项羽本纪赞》全文不足二百字，精炼地评说了项羽一生的功过是非，夹叙夹议，逐层递进，褒贬兼具。司马迁不以成败论英雄，对项羽有爱有恨有同情。爱他的英勇盖世，恨他的残忍少谋，同情他最后的悲惨结局。这样的项羽，给后人以很多想象的空间。唐代杜牧在《题乌江亭》中写道："胜败兵家事不期，包羞忍耻是男儿。江东子弟多才俊，卷土重来未可知。"以文学家的想象，惋惜项羽未能忍耐，认为若能包羞忍耻，忍辱负重，也许还能东山再起，重获成功。而宋代王安石的《乌江亭》则这样说："百战疲劳壮士哀，中原一败势难回。江东子弟今虽在，肯与君王卷土来？"以政治家的深思，从当时的实际出发，指出项羽必败无疑。然而历史总是无法假设和想象的，有它必然的规律，项羽只能是自刎于乌江的下场。

（沈惠乐）

【作者小传】

王 褒

西汉辞赋家。字子渊。蜀资中（今属四川）人。宣帝时为谏大夫。以辞赋著称。其《洞箫赋》为早期的专门描写乐器与音乐之作，较有名。原有集，已散佚，明人辑有《王谏议集》。

僮 约

王 褒

蜀郡王子渊以事到湔①，止寡妇杨惠舍。惠有夫时奴名便了，子渊倩②奴行沽酒，便了拽大杖上夫冢巅曰："大夫买便了时，但要守家，不要为他人男子沽酒。"子渊大怒，曰："奴宁欲卖耶？"惠曰："奴大忤③人，人无欲者。"子渊即决买券云云。奴复曰："欲使，皆上券；不上券，便了不能为也。"子渊曰："诺。"

券文曰："神爵④三年正月十五日，资中男子王子渊，从成都安志里女子杨惠，买亡夫时户下髯奴⑤便了，决贾⑥万五千。奴当从百役使，不得有二言。晨起早扫，食了洗涤。居当穿白缚帚⑦，截竿凿斗⑧。浚渠缚落⑨，锄园斫陌⑩。杜埤地⑪，刻大枷⑫，屈竹作杷，削治鹿卢⑬。出入不得骑马载车，踑坐大呶⑭，下床振头⑮。捶钩刈刍⑯，结苇躐纑⑰。汲水络，佐酣醵⑱，织履作粗。黏雀张乌，结网捕鱼，缴雁弹凫⑲，登山射鹿，入水捕龟。后园纵养雁鹜⑳百余，驱逐鸱鸟㉑，持梢牧猪。种姜养芋，长育豚驹。粪除堂庑㉒，餧㉓食马牛，鼓四㉔起坐，夜半益刍㉕。二月春分，被堤杜疆㉖，落桑皮棕㉗。种瓜作瓠㉘，别落披葱㉙。焚槎发芋㉚，垄集破封。日中早熭㉛，鸡鸣起舂。调治马户，兼落三重。舍中有客，提壶行沽。汲水作餔㉜，涤杯整案。园中拔蒜，断苏切脯㉝。筑肉臛芋㉞，脍鱼炰鳖㉟。烹荼尽具，已而盖藏。关门塞窦㊱，餧猪纵犬，勿与邻里争斗。奴但当饭豆饮水，不得嗜酒;欲饮美酒,唯得染唇渍口,不得倾盂覆斗[37]。不得晨出夜入,交关侔偶[38]。舍后有树,当裁作船,上至江州,下到湔主,为府掾求用钱[39]。推访垩,贩棕索,绵亭买席,往来都洛[40]。当为妇女求脂泽,贩于小市,归都担枲,转出旁蹉[41],牵犬贩鹅。武都买茶,杨氏担荷[42]。往市聚慎护奸偷,入市不得夷蹲旁卧,恶言丑骂。多作刀矛,持入益州[43],货易羊牛。奴自教精慧,不得痴愚。持斧入山,断輮裁辕,若有余残,当作俎几木屐,及犬彘盘[44]。焚薪作炭,垒石薄岸[45]。治舍盖屋,削书[46]代牍,日暮欲归,当送干柴两三束。四月当披,九月当获,十月收豆,棆麦窖芋[47]。南安拾栗采橘,持车载辏[48]。多取蒲苎[49],益作绳索。雨堕无所为,当编蒋织箔[50]。种植桃李,梨柿柘桑[51],三丈一树,八尺为行。果类相从,纵横相当。果熟收敛,不得吮尝。犬吠当起,惊告邻里,枨门柱户[52],上楼击鼓。荷盾曳矛,还落三周[53],勤心疾作[54],不得遨游。奴老力索[55],种莞[56]织席,事讫休息,当舂一石。夜半无事,浣衣当白。若有私钱,主给[57]宾客。奴不得有奸私,事事当关白[58]。奴不听教,当笞一百。”

读券文适讫,词穷咋索[59],仡仡[60]叩头,两手自搏[61],目泪下落,鼻涕长一尺:“审如王大夫言,不如早归黄土陌,蚯蚓钻额。早知当尔,为王大夫沽酒,真不敢作恶[62]。”

〔注〕 ① 湔(jiān):古水名,源出蜀郡玉垒山。 ② 倩(qìng):请。 ③ 忤:顶撞,违逆。 ④ 神爵:汉宣帝年号。 ⑤ 髯(rán)奴:多须的奴仆。 ⑥ 决贾:定价。 ⑦ 穿臼:凿臼(舂米的器具)。缚帚:制作扫帚需把竹枝缚紧,故称。 ⑧ 斗:酒斗。 ⑨ 缚落:捆扎篱笆。 ⑩ 斫(zhuó)陌:砍除田埂上的杂草。 ⑪ 杜埤(bèi)地:填堵低湿之地。 ⑫ 大枷:打谷农具。 ⑬ 鹿卢:利用轮轴原理制成的井上汲水装置。 ⑭ 踑(jī)坐:即箕踞,坐时两腿伸直张开,形似簸箕,为一种轻慢不敬的坐姿。呶(náo):喧哗。 ⑮ 振头:摇头。 ⑯ 捶钩:锻打镰刀。刈刍:割草。 ⑰ 结苇:编苇。躐𦈢(liè lú):踩踏麻缕(盖将麻类植物的茎变成丝缕状需要浸泡踩踏)。 ⑱ 酤醭(cú mó):美味饮料。 ⑲ 凫(fú):野鸭。 ⑳ 纵养:放养。雁鹜:鹅和家鸭。 ㉑ 鸱(chī)鸟:鹞鹰。以小动物为食,故须“驱逐”。 ㉒ 类除:扫除。堂庑(wǔ):正厅和四周的廊屋。 ㉓ 餧:同“喂”。 ㉔ 鼓四:四更。 ㉕ 益刍:增添草料。 ㉖ 被堤:覆土加埂。杜疆:堵塞田边的空地。 ㉗ 落桑:除去桑树枝条。皮棕:剥取棕皮。 ㉘ 作瓠(hù):种植葫芦。作,种植,培育。 ㉙ 别落披葱:落,一作“菇”,蔬菜的总称。《古文苑》注:“菜菇别其种而植……葱披散而植之。” ㉚ 焚槎(chá):在田里焚烧农作物砍、割后留下的短桩等,来发养土质。发芋:将窖藏的芋种挖掘出来(准备种植)。《太平御览》注:“蜀

土收芋皆窖藏之,至春乃发。” ㉛ 䵚(wèi):晒干。 ㉜ 餔(bū):晚饭。泛指饭食。 ㉝ 苏:紫苏。脯:干肉。 ㉞ 筑:通“祝”,切断。臛(huò)芋:把芋做成羹。 ㉟ 脍(kuài):细切。炰(fǒu):蒸煮。古人食鳖常用炰法。 ㊱ 窦:门旁小洞。 ㊲ 倾盂覆斗:把盂和斗的酒都倾倒喝光,此指畅饮干杯。盂、斗,皆为饮酒器。 ㊳ 交关伴偶:结交伙伴。 ㊴“舍后”句:江州,古县名,为巴郡治所,在今重庆。湔主,湔之县治。府掾(yuàn):郡府的属官。 ㊵ 棕索:棕绳。绵亭:地在绵竹(今四川德阳市北)。都洛:一说指广汉郡的新都(今成都市新都区)、雒县(古县名,治今四川广汉市北);一说认为指成都、广都(治今成都市双流区东南)、新都、雒县四处。洛,通“雒”。 ㊶“当为”四句:脂泽,脂粉、香膏等化妆品。小市,小集市。枲(xǐ),麻的总称。旁蹉,小路。一说指地名。 ㊷ 武都:一作“武阳”(今四川眉山市彭山区东北)。为西汉时犍为郡下属的县。杨氏:当为地名。 ㊸ 益州:益州郡,西汉元封二年(前109)置,治滇池(今云南昆明市晋宁区东)。 ㊹“持斧”句:鍒(róu),车轮的木质外框。辕,车前驾牲畜的直木。俎(zǔ)几,切肉用的砧板。木屐,木底鞋。犬彘(zhì)盘,喂狗、猪的食盘。 ㊺ 垒石薄(bó)岸:在靠近岸的地方垒砌石块(以防洪水)。薄,逼近,靠近。 ㊻ 削书:简札。 ㊼ 楡:疑为“鑰(钥)”误写,意为关锁、收藏。本句“窖”字同义,详见注㉚。 ㊽ 南安:古县名。西汉置,治今四川乐山市。持车载辏(còu):载车以往,犹赶集。辏,车轮中聚集于毂上的辐条。 ㊾ 蒲:香蒲。可以制席、扇。苎(zhù):苎麻。 ㊿ 蒋(jiāng):草席。薄(bó):通“箔”,草帘。 (51) 棃:同“梨”,柘(zhè):亦称“黄桑”,一种落叶灌木至小乔木。嫩叶可饲蚕,果可食,根皮可药用,木汁可作染料。 (52) 枨(chéng)门柱户:关闭好门窗。枨,古时门两旁所竖的长木柱。 (53) 还落三周:指来回巡视多遍。还,通“环”。落,通“络”。 (54) 疾作:努力劳作。 (55) 索:尽,完。 (56) 莞:俗称“水葱”,莞草可编席。 (57) 给:招待。 (58) 关白:报告。 (59) 咋索:说不出话来的样子。 (60) 仡(yì)仡:恐惧不能言语。 (61) 搏:拍,击。 (62) 作恶:恼怒,顶撞。

“僮约”就是买卖奴仆的契约。此文虽以此为名,却不是真正的契约,而是一篇以虚拟的一份买奴契约为主要内容的俳谐文字。它的写作时间有两个可能,一是写于文中点明的订约时间:神爵三年(前59)正月。此时王褒尚未被益州刺史王襄推荐入朝,仍居蜀中。说不定是他听到过类似的传闻,出于一时的好奇与好事,便编排敷演出这么个故事。二是写于王褒入朝充当文学侍从以后。当时的皇太子曾患有精神恍惚的忧郁症,王褒被宣帝派去侍候,早晚为太子诵读奇文以治病。这些奇文中就包括了王褒自己的作品。此文可能就是王褒为追求医疗效果而特意制作的,而假托是神爵年间之事。

不管写于何时,其写作动机只是制造刺激,谐谑取笑,并没有什么严肃的旨意或深远的寄托。故事说寡妇杨惠家有一奴仆名便了,欺软怕硬,男主人一死,什么活也不干,家中来了客人叫他去买酒,他不仅不去,还跑到男主人坟上诉苦,说主人买他时并未言明要他为别人买酒。杨寡妇无奈其何,客人王子渊却顿生整治之心。于是设下买他的圈套,针对其偷懒的手段是钻买约上未写明干什么活的空子,便拟了一份详细载明活路的买券。其名目之多,要求之严,吓得他瞠目结舌，涕泗长流，只得叩头谢罪，再不敢偷懒作恶。这个故事的诙谐性就在于这个便了偷懒不得其法，反遭戏弄侮辱。

在两千年后的今天读此文，其认识意义恐怕就要超过它的谐谑价值了。它让我们看到了西汉末期下层社会的生活面貌。契约中所列出的活路涉及农事、工匠、行商、家务等方面，从中可以看到当时庄园经济的结构与规模，工、农、商的发达程度，也可以看到阶级的剥削与压迫。这些具体的、活生生的感性材料是史书中见不到的，俨然就是一幅以地主庄园为中心，以奴仆们的各种劳动为细节的社会风俗画卷，其价值远非同时代的一批出土文物可比。

不过更有意义的还是它在文体上的改革尝试。它大致保存了赋的框架，句式整齐，用韵，也运用了赋的夸张铺排手法，然而作了多方面的翻新。首先是运用通俗诙谐的语言描写奴仆的生活，这在文人作品中还是第一次，未尝不可以说是将文学引向通俗化的一种尝试。正当汉代辞赋向骈偶、典丽化发展的时候，这种尝试无疑是大胆的，非常有意义的。其次是它将大量的俗事俗物排比在一起，使作品具有强烈的生活气息，较之远离生活的大赋，又是一番面目。再有订约之前与便了读约之后的叙述与描写，颇有戏剧性，曲折生动，这又大大地加强了作品的故事性与幽默性。当然，王褒不是一个文体改革家，他的这些尝试只是从增强作品的俳谐性出发。可惜当时与后世没有人步其后尘作进一步改革尝试，使得此文只是作为一篇孤立的千古奇文供人欣赏，虽然得到了广泛的赞许，却并未产生什么影响。笔者想，王褒的这一文体改革尝试，如果得到发扬光大，中国古代散文的发展，至少是八代之文的面貌，大概不会是现在我们所看到的这个样子吧。

（谢楚发）

【作者小传】

刘 向

（约前77—前6） 西汉经学家、目录学家、文学家。本名更生，字子政。沛（今江苏沛县）人。汉皇族楚元王（刘交）四世孙。治《春秋穀梁传》，亦好《左氏传》。曾任谏大夫、宗正等。用阴阳灾异附会时政，屡次上书劾奏宦官、外戚专权。成帝时，任光禄大夫，终中垒校尉。曾校阅群书，撰成《别录》，为我国目录学之祖。又编有《楚辞》。所作辞赋三十三篇，今多亡佚，唯存《九叹》为完篇。原有集，已佚，明人辑有《刘中垒集》。另有《洪范五行传》《新序》《说苑》《列女传》等，今存。又有《五经通义》，已佚，清马国翰《玉函山房辑佚书》辑存一卷。

楚庄绝缨　　刘　向

楚庄王赐群臣酒。日暮酒酣，灯烛灭。乃有人引美人之衣者，美人援绝其冠缨，告王曰："今者烛灭，有引妾衣者，妾援得其冠缨持之。趣[1]火来上，视绝缨者。"王曰："赐人酒，使醉失礼。奈何欲显妇人之节，而辱士乎！"乃命左右曰："今日与寡人饮，不绝冠缨者不欢！"群臣百有余人，皆绝去其冠缨而上火。卒尽欢而罢。

居三年，晋与楚战。有一臣常在前，五合五奋首却敌，卒得胜之。庄王怪而问曰："寡人德薄，又未尝异子[2]。子何故出死不疑如是？"对曰："臣当死，往者醉失礼，王隐忍不加诛也。臣终不敢以荫蔽之德，而不显报王也！常愿肝脑涂地，用颈血湔[3]敌久矣。臣乃夜绝缨者也。"遂败晋军，楚得以强。此有阴德者必有阳报也。

〔注〕①趣：催促。②异子：对你有什么别样的好。③湔(jiàn)：溅洒。

本文中的楚庄王，是位颇富人情味的可爱雄主。

他早年"沉湎酒色"，但听了伍举"大鸟集于楚国之庭，不飞亦不鸣"的隐语进谏，便翻然改过，激发了"此鸟不飞，飞则冲天"的豪迈雄心。他体恤下情，在伐萧之战中听说"师人多寒"，便"巡三军，拊而勉之"，顿使"三军之士皆如挟纩（丝绵）"。他虽曾莽撞地"问鼎"中原，欲取周天子而代之，但在伐陈战役中却能信守诺言，封陈回师，被孔子叹为"贤哉楚王！轻千乘之国而重一言之信"——他能跻身于春秋"五霸"之列，实非徒具虚名。

本文则以动人的描述，展示了楚庄王尊重人才的又一磊落风貌。

一个君臣宴饮的欢畅之夜，堂上的灯火突然熄灭。有人竟趁此机会不规不矩，拉扯楚王美人的衣衫。美人当即一把扯断对方的帽带，转身就向楚王告状。读者从她气咻咻的话音"趣火来上，视绝缨者"，便可感受到她已怎样怒不可遏。此刻，只要庄王一句话，那可恶的"引衣"者，便将显形于众目睽睽之下，很可能还要掉脑袋。楚庄王的反应，却大大出人意料：他竟毫不动气，反而大声传令左右："今天和我饮酒，不断帽带不能尽欢——大家都给我把帽带断了。"——这真是绝妙的主意。待到灯火复明，美人就再也分不清是谁扯过她的衣衫，只有鼓起腮帮干生气。

故事到这里原可结束了。作者却又以“居三年”宕开一笔,添了一段“晋与楚战”的袅袅“尾声”:在庄王进击的关键时刻,发现总“有一臣常在前”,五次接战都奋不顾身打头阵——他究竟是谁?原来就是当年喝醉了酒,在黑灯瞎火中扯美人衣衫的“绝缨”者!

刘向记载这则故事,原是要说明“有阴德者必有阳报”的道理。所以,结论该就是:为人处世要多积“阴德”,为自己留条“退路”——这样迂腐的说教,岂不大大辜负了楚庄王那磊落豪爽之心?庄王之“庇护”绝缨者,难道就是为的求其图报?非也!他的本心,乃出于对人才的爱惜。在决定“绝缨”者命运的一刹那,庄王首先检讨的,是自己“赐酒使醉”的“失礼”之过,而不是臣下的“越轨”之行。人孰无过?何况又是在醉酒失态之际!怎能因其偶尔失态,便羞辱了国之壮士?这便是庄王当时的真实心境,也正是他体谅人才、尊重“士”之人格的敦厚之处。

汉高帝《求贤诏》说:“盖闻王者莫高于周文,伯者莫高于齐桓,皆待贤人而成名。”一语道破了贤材之难得和对成就宏伟事业的重要。但是他后来却杀韩信、忌萧何,还逼反了淮南王黥布。可见要真正爱惜和尊重人才很不容易。需要指出的是,“贤材”也与普通人一样,有其七情六欲,甚至还有明显的缺点。倘要以“足赤”“完人”要求,则管仲穷困时“分财”亦曾“多自与”,陈平居家时还曾“盗嫂”,早就该斥退不用了,又何能辅助齐桓、刘邦,成就前所未有之巨勋?曹操总算懂得这个道理,甚至在《举贤勿拘品行令》中公然宣布,愿用“负污辱之名、见笑之行”的贤者。但刘桢只因不敬曹丕的甄夫人,便被曹操恼怒收押,罚作苦役,看来也还是言行不一。

楚庄王之所以可爱,正在于他能设身处地,真心体谅人才的偶尔过失,而尊重臣下的人格。即使在损害到自己颜面的时刻,也能宽贷人们一时的“越轨”之行。他以自己的磊落襟怀,表达了对人才的真诚爱护之情。这样的雄主,能够得到四方贤才的归心,并在事业上与之同心同德、舍身奋斗,又有什么可奇怪的呢?

(潘啸龙)

师旷论学　　刘 向

晋平公问于师旷①曰:“吾年七十,欲学,恐已暮矣。”师旷曰:“何不炳烛乎?”平公曰:“安有为人臣而戏其君乎!”师旷曰:“盲臣安敢戏其君乎?臣闻之:少而好学如日出之阳,壮而好学如日中之光，老而好学如炳烛之明。炳烛之明孰与昧行乎？”平公曰：“善哉！”

〔注〕 ① 师旷：名旷，字子野，春秋时代晋国的主乐大师。他是个盲人。

晋平公老而叹“暮”，师旷劝他“炳烛”，进而又正色说出一番“老而好学如炳烛之明”的道理。暮夜烛火虽则黯淡昏黄，毕竟强于摸黑走路的“昧行”，老而好学同样能够启开昏聩壅塞的心智，这一层意义无疑是积极的。不过和“日出之阳”“日中之光”的辉煌绚丽相比，烛火实在不足以观，“少而好学”“壮而好学”的精力与效果老年人往往难以企及，这似乎把“老而好学”贬为一种收效甚微的努力了。事实不尽其然，而师旷“炳烛”的本意也不尽如此。

人生步入晚境，肌体的衰朽是必然的，记忆衰退，视听不济，这都受到自然规律的制约。但老年人积聚了丰富的人生经验，磨炼出深刻的洞察能力。在这里，年龄本身就成为智慧和优越感的象征。青年有青年的朝气，老人有老人的持重，“老而好学”并非不切实际地向生理能力挑战，而是在经验和阅历的基础上“化”和“用”，使经验上升到理性高度，融为一种更完美的人生态度和生活方式。孔子说：“吾十有五而志于学，三十而立，四十而不惑，五十而知天命，六十而耳顺，七十而从心所欲不逾矩。”孔子一生，始于学也终于学，但七十岁的孔子为之自豪的不是学识的累积而是人格的完善，可以说这才是“学”的真正意义和归宿吧。所谓“炳烛之明”的深意也在于此：烛光黯弱，却可以洞幽察微；老而好学，更显得明智通达。

人老了，往往流于保守，这其实是对经验的盲目信奉和不负责任的滥用。大凡老而不保守的，总是那些老而好学、乐于反省自身的智者。可以这么说，老者最忌的就是“不学”二字，尤其对于晋平公这样一位人君，在国家兴亡系于一人的时代，他的“学”真正关系到了整个邦国的盛衰。　　（叶　丰）

【作者小传】

扬　雄

（前53—后18）　一作杨雄。西汉文学家、哲学家、语言学家。字子云。蜀郡成都（今属四川）人。为人口吃，不能剧谈，以文章名世。成帝时为给事黄门郎。王莽时，校书天禄阁，官为大夫。长于辞赋，多摹拟司马相如之作，其意多在讽谏。著有《法言》《太玄》《方言》，编有《训纂篇》。明人辑有《扬子云集》。

酒箴 扬雄

子犹瓶[①]矣。观瓶之居，居井之眉[②]。处高临深，动常近危。酒醪[③]不入口，藏水满怀。不得左右，牵于纆徽[④]。一旦叀碍[⑤]，为甓所轠[⑥]，身提黄泉，骨肉为泥。自用如此，不如鸱夷[⑦]。

鸱夷滑稽[⑧]，腹大如壶。尽日盛酒，人复借酤。常为国器，托于属车[⑨]。出入两宫，经营[⑩]公家。由是言之，酒何过乎？

〔注〕 ① 瓶：古代汲水器，为陶制罐子。 ② 眉：井的边缘。 ③ 醪(láo)：未过滤的酒，浊酒。 ④ 纆(mò)徽：井绳。 ⑤ 叀(zhuān)碍：井绳被缠挂。叀，牵缠。 ⑥ 甓(dàng)：砖砌的井壁。轠(léi)：碰击。 ⑦ 鸱(chī)夷：装酒的皮袋。 ⑧ 滑(gǔ)稽：古代的流酒器，能“转注吐酒，终日不已”。此处借喻圆转自如。 ⑨ 属车：皇帝的侍从车。 ⑩ 经营：周旋往来。

扬雄此文如它的题目所示，是一篇讽刺警戒之文，但它不是直抒胸臆，而是托物寓志，以物喻人。它写了两种器物，由于各自的质料与用途不同，其遭遇也大不相同。一是用以汲水的陶制井瓶，朴实勤苦，汲水出井，解人饥渴，却随时有粉身碎骨的危险。一是用以盛酒的革制鸱夷，大小随意，圆转柔顺，进入宫廷，享尽荣华。由于作者只是客观地描写它们的不同命运，并未直接点明其比喻意义，所以历来对其主旨有着不同的理解。

有人认为是“汉孝成皇帝好酒，雄作《酒赋》以讽之”(《太平御览》引《酒赋序》)。这显然与文意不甚切合，大概是由于文中写到了酒器鸱夷“常为国器，托于属车。出入两宫，经营公家”而引起的误解。如果作者真是出于这个用意，前面就无须大写井瓶了。更有意思的是与扬雄同时代的陈遵认为此文是赞颂酒器的。颂扬酒器，无异于颂扬酒徒，陈遵嗜酒如命，自谓觅得知音，脸上觉得光彩。这自然是断章取义、为我所用的理解。不过此文的被保存下来，还得亏陈遵的这种理解，要不然班固就不会在《汉书·陈遵传》中录下此文了。

宋代的晁补之则认为：“此雄欲同尘于皆醉者之词也。”意即扬雄在此文中要表明的是，与其做刚强耿介之士而居危履险，不如做与世浮沉的人得以全身远祸，也就是屈原《渔父》中的渔父所宣扬的处世态度：“众人皆醉”，何必独醒，不如索性“餔其糟，而歠其酾”。扬雄确曾表露过这样的思想，而且比较强烈，但在此文中不甚明显，这恐怕是一种刻意求深的理解。

要真正探得作者的意向，还须从其讽刺手法入手。全文假设为一个纵酒之徒与一个秉正守直之士的对话，有问无答，是一篇酒徒的独白，其中有些话只是酒徒的看法，不是作者的意思，应作反语理解。如“自用如此，不如鸱夷”“由是言之，酒何过乎?”就是颇带讽刺意味的反话。作者称颂的仍是那些清正廉洁，刚正不阿，却被疏远的君子；讽刺的还是那些善于钻营，见利忘义，败众亡国的小人。这是扬雄针对当时腐败的朝政和污浊的官场而发的，深得后世柳宗元的赞许。柳嫌其笔意婉曲，题旨不显，于是另写了一篇《瓶赋》，从正面推阐补足扬雄的用心，成为异曲同工的又一篇妙文。

箴作为一种文体，其性能在于警戒讽劝，即徐师曾所说:“有所讽刺而救其失者谓之箴。”(《文体明辨序说》)其体式以四言为主，用韵，与四言诗体赋无异，实际上就是赋的一种，或者说是尚未脱离母体的赋的派生物。这篇《酒箴》就又名《酒赋》。作为赋，此篇属于咏物小赋，那是作者对大赋的看法有所改变以后的作品。扬雄中晚年以后，认为大赋“劝而不止”，“于是辍而不复为”，转而制作直接反映社会矛盾、抒发胸中郁积的抒情体物小赋。此篇对后世的咏物诗赋有其重要影响。

(谢楚发)

【作者小传】

马　援

(前 14—后 49)　东汉著名军事家。字文渊。扶风茂陵(今陕西兴平东北)人。新莽末，为新成大尹(汉中太守)。后依附陇西隗嚣。继归刘秀，参加攻灭隗嚣的战争。建武十一年(35)，任陇西太守，安定西羌。十七年，任伏波将军，封新息侯。曾以“男儿要当死于边野，以马革裹尸还葬”自誓，出征匈奴、乌桓。后在进击武陵五溪蛮时，病死军中。曾在西北养马，发展了相马法，并以铜铸为“马式”。著有《铜马相法》。

诫兄子书　　马　援

吾欲汝曹[①]闻人过失，如闻父母之名：耳可得闻，口不可得言也。好论议人长短，妄是非正法，此吾所大恶也！宁死不愿闻子孙有此行也。汝曹知吾恶之甚矣。所以复言者，施衿结褵[②]，申父母之戒，欲使汝曹不忘之耳。龙伯高[③]敦厚周慎，口无择言[④]，谦约节俭，廉公有威。吾爱之重之，愿汝曹效之。杜季良[⑤]豪侠好义，忧人之忧，乐人之乐，清浊无所失[⑥]。父丧致客，数郡毕至。吾爱之重之，不愿汝曹效也。效伯高不得，犹为谨敕[⑦]之士，所谓“刻鹄不成尚类鹜[⑧]”者也。效季良不得，陷为天下轻薄子，所谓“画虎不成反类狗[⑨]”者也。讫今季良尚未可知，郡将下车辄切齿[⑩]。州郡以为言[⑪]，吾常为寒心。是以不愿子孙效也。

〔注〕 ① 汝曹：你们。曹，辈，们。 ② 施衿(jīn)结褵(lí)：本指古代女子出嫁，母亲将五彩丝绳和佩巾结于其身。后比喻父母对子女的教训。 ③ 龙伯高：东汉名士。史志褒扬其“孝悌于家，忠贞于国，公明莅临，威廉赫赫”。 ④ 口无择言：说出来的话皆合道理。 ⑤ 杜季良：东汉时期人，官至越骑司马。 ⑥ 清浊无所失：喻事事处理得当。清浊，此指人事的优劣、高下等。 ⑦ 谨敕：谨慎。 ⑧ 刻鹄不成尚类鹜：比喻效仿虽不逼真，但还可做到近似。鹄，天鹅。鹜，鸭。 ⑨ 画虎不成反类狗：效仿失真，反弄巧成拙。 ⑩ 郡将：东汉魏晋南北朝时对地方郡守的别称。下车：(官员)到任。辄：就。切齿：痛恨。 ⑪ 以为言：把这当作话柄。

许多前贤称马援此书说出了“关系世教”的至理名言。笔者读罢，却感到深深的悲哀。

作为东汉光武朝之一代名将，马援的声名是与破隗嚣、击诸羌、南征交阯的显赫功业联系在一起的。在他的一生中，真正声震千古、激动后人的，不是这封《诫兄子书》，而是另外两句意气干云的名言。一是年轻时“转游陇汉间”，对宾客所说的“丈夫为志，穷当益坚，老当益壮”；一是五十六岁南征交阯凯旋，面对“迎劳”的故人大声宣言的：“男儿要当死于边野，以马革裹尸还葬耳，何能卧床上，在儿女子手中邪！”——他们所展现的，是一种多么豪放、伟美的人生境界！

奇怪的是，也就在南征交阯、“万里还书”，告诫他“并喜讥议、而轻通侠客”的兄子马严、马敦时，马援却一反素志，说出了与这种豪情颇不协调的世故之言！此书之诫，实可用一语蔽之：为人处世要“敦厚”“谨敕”，万万不可“论议”他人之“长短”“是非”。为了说明这一至理，马援特以两位当代人为例：一位是山都县官长龙述(字伯高)，他的好处是“敦厚周慎”“谦约节俭”，而且从不轻易发表意见。另一位则是越骑司马杜保(字季良)，不仅能“忧人之忧、乐人之乐”，而且不为社会舆论所动，无论“清浊”(善、恶)与否，均敢结交往还。——两人的处世之道，表现了两种截然不同的人生态度。前一位谨小慎微、处世圆滑，颇类于司马迁笔下“驯行孝谨”的“万石君”石奋父子(见《史记·万石张叔列传》)；后一位“豪侠好义”、敢作敢为，虽不免莽撞了些，却不失男儿的赤诚血性之气。似乎无须细加比较，读者自会感到，还是这位被“郡将下车辄切齿”的杜季良，显得可爱多了。然而，马援要兄子效法的，却不是他，而是那位“口无择言”的龙伯高！以这类谨小慎微的“君子”为榜样，岂不会将活泼泼的年轻一辈，调教成圆滑世故、畏首畏尾，但知保身而不敢为社稷仗义执言的迂腐之儒么？

不过，读者也且莫误会了马援，以为他内心敬重的就真是龙伯高之辈。从文中对龙伯高的称述言辞枯淡，而对杜季良之为人却辞色热切、流露着由衷的向往之情看，马援所真正“爱之重之”的，其实还是杜季良。那他为何又“不愿子孙效之”呢？原因很简单：在口诵“仁义”“礼法”，而专务势利争夺的封建时代，这样的血性男儿，是最易触犯利欲熏心的当权者的。除非他缄默不言，避开“是非”；倘要“论议”朝政之利弊、人事之短长，就很少有好下场。试看杜季良不过“豪侠好义”，能“忧人之忧”，便令“郡将”们恨得“切齿”（不久即被诬以“为行浮薄、乱群惑众”的罪名罢官），就是证明。如此说来，马援之诫兄子慎于言行，并非出于对立身处世之道的正常思考，而不过是迫于当时政治现实的冷酷，所作出的违心之论罢了——他在书中，不明明白白写着“吾常为寒心。是以不愿子孙效也”么！

一位豪气过人、功业显赫的名将，面对世俗的毁誉，竟然也不得不降格屈从，以违心之论教诲后辈谨小慎微，可见那社会的政治空气是何其冷冽了！——这就是笔者翻阅马援《诫兄子书》所感觉到的深切悲哀。笔者由此忽生奇想：孔夫子当年教导人们“君子欲讷于言而敏于行”，除了反对“巧言令色”之徒外，是否也如马援一样，包含着对黑暗时政的“寒心”而发的违心之论？——因为它与儒家“舍身取义”的豪迈高唱显然是矛盾的。可惜后世的腐儒，便从此把它奉为玉律，两千年来扼杀了多少青年人活泼泼的生机！直到“五四”以后，鲁迅先生还慨叹于“读书人家的家教”，造成了“屏息低头，毫不敢轻举妄动。两眼下视黄泉，看天就是傲慢；满脸装出死相，说笑就是放肆”的“可诅咒”的世态！这样一想，读马援的《诫兄子书》，人们似乎倒不如反马援之“诫”，以赤子热忱之心，“效”杜季良“豪侠好义”“忧人之忧，乐人之乐”的美好境界。即使“画虎不成反类狗”，不也比鲁迅先生诅咒过的那种装着“死相”的“苟活”好得多么？

（潘啸龙）

【作者小传】

冯　衍

东汉辞赋家。字敬通。京兆杜陵（今陕西西安东南）人。幼有奇才，二十岁博通群书。王莽时不肯出仕。从刘玄起兵，玄死，从光武帝，为曲阳令，迁司隶从事。因交通外戚而免官，闭门自保，作《显志赋》，抒失意之愤懑，借史以讽今。明帝即位，又遭谗毁，终不见用，潦倒而死。赋多用骚体写成，多骈偶句，对魏晋六朝骈俪文风影响较大。原有集，已散佚。明人辑有《冯曲阳集》。

与妇弟任武达书

冯 衍

天地之性，人有喜怒，夫妇之道，义有离合。先圣之礼，士有妻妾，虽宗之眇微[①]，尚欲逾制。年衰岁暮，恨入黄泉，遭遇嫉妒，家道崩坏。

五子之母，足尚在门，五年以来，日甚岁剧。以白为黑，以非为是，造作端末，妄生首尾，无罪无辜，谗口嗷嗷。乱匪降天[②]，生自妇人。青蝇[③]之心，不重破国，妒嫉之情，不惮丧身。牝鸡之晨，唯家之索[④]，古之大患，今始于衍。醉饱过差[⑤]，辄为桀纣，房中调戏，布散海外，张目抵掌，以有为无。痛彻苍天，毒流五脏，愁令人不赖生，忿令人不顾祸。入门著床，继嗣不育，纺绩织纴，了无女工[⑥]。家贫无僮，贱为匹夫，故旧见之，莫不凄怆，曾无悯惜之恩。唯一婢，武达所见，头无钗泽，面无脂粉，形骸不蔽，手足抱土。不原其穷，不揆[⑦]其情，跳梁大叫，呼若入冥，贩糖之妾[⑧]，不忍其态。

计妇当去久矣，念儿曹小，家无他使，哀怜姜、豹[⑨]，当为奴婢。恻恻焦心，事事腐肠，讻讻籍籍[⑩]，不可听闻。暴虐此婢，不死如发[⑪]，半年之间，脓血横流。婢病之后，姜竟舂炊，豹又触冒泥涂[⑫]，心为怆然。缣谷[⑬]放散，冬衣不补，端坐化乱[⑭]，一缕不贯。既无妇道，又无母仪，忿见侵犯，恨见狼藉，依倚郑令，如居天上。持质相劫[⑮]，词语百车。剑戟在门，何暇有让？百弩环舍，何可强复？举宗达人解说，词如循环，口如布谷，悬幡竟天，击鼓动地，心不为恶，身不为摇。宜详居错，且自为计，无以上书告诉相恐。狗吠不惊，自信其情。不去此妇，则家不宁；不去此妇，则家不清；不去此妇，则福不生；不去此妇，则事不成。

自恨以华盛时不早自定，至于垂白家贫身贱之日，养痈长疽[⑯]，自生祸殃。衍以室家纷然之故，捐弃衣冠，侧身山野，绝交游之路，杜仕宦之门，阖门不出，心专耕耘，以求衣食，何敢有功名之路哉！

〔注〕①眇(miǎo)微：衰微。　②匪：通“非”。降天：天降。　③青蝇：比喻馋言小人。　④牝(pìn)鸡之晨，唯家之索：贬喻女人左右家事，家必亡。牝鸡，雌鸡。索，尽。　⑤过差：过分、过度。　⑥“继嗣”三句：继嗣，后代。纺绩，把丝麻等纺成纱或线。织纴(rèn)：织作布帛。了无女工：完全没有纺织缝纫等技艺。　⑦揆(kuí)：推测。　⑧贩糖之妾：作小贩的妇女。汉代家庭妇女常做一些生活用品，如糖、席、履等，上街贩卖，补贴家用。　⑨姜、豹：冯衍之二子名。　⑩讻(xiōng)讻：喧争貌。籍籍：喧哗纷乱貌。　⑪不死一发：命悬一发。　⑫“姜竟”二句：舂炊，舂米做饭。触冒：接触。泥涂：污浊。　⑬缣(jiān)谷：绢和纱。谷，繁体“穀”，通“縠(hú)”，绉纱。　⑭化乱：生乱。　⑮持质相劫：本指劫持人质，要挟对方。此指抓住别人话柄，攻其一点，不及其余。　⑯痈(yōng)、疽(jū)：脓疮。

冯衍生活于前后汉之交，据《后汉书》本传记载，他博通群书，文才武略兼备。在推翻王莽政权的斗争中，他投靠淮阳王刘玄，玄死才投降光武帝刘秀，以此为刘秀所忌，废置于家数十年。但他不戚戚于贫贱，自称“三公之贵，千金之富，不得其愿，不慨于怀。贫而不衰，贱而不恨，年虽疲曳，犹庶几名贤之风”。这种仗义守直的处世态度自然赢得了人们的同情和尊敬。然而他却与妻子相处不好，长期被家庭纷争所困扰，到了老年竟把妻子逐出家门。在逐妻之前他写了这封信给他的小舅子任武达，申述情由。

信中专门数落妻子的过错，言词激烈。所列罪状大致有五：一是嫉妒凶悍，不让他蓄妾；二是无中生有，拨弄是非；三是不抚育儿女，不料理家务；四是虐待侍婢，惨无人道；五是奴役儿女，无妇道母仪可言。如此，妻子就是“家不宁”“福不生”“事不成”的祸根，罪在不赦，势在必去。这俨然就是一篇充满火药味的逐妻宣言了。

此信也可看作是作者夫妻长期反目乃至破裂的记录。作者在这里对妻子的指摘当然是片面之词，不可偏信。无论怎么说，在这场家庭悲剧的酿成中，作者同样负有不可推卸的责任。这位老先生恐怕有点怪僻和迂腐。身居贫贱，而夫权思想又极为严重；发生矛盾，又往往机械地运用政治手腕来解决，这自然是要坏事的。后来他又把续娶的第二个妻子逐出，也就不足为奇。为此，此信除了可以说明作者可能因怀才不遇而迁怒于妻室以外，很难说还有其他更重要的社会意义。

不过，唯其如此才使此文别具一番面目：既严肃，又滑稽。严肃中包含着迂腐，滑稽中略带点辛酸。其具体可议者有三：首先是此信的问世就异乎寻常。在夫权思想横行的当时，出妻本不要充足的理由，也不要经官府批准，可这位老先生却要一本正经地大造舆论，表明自己逐妻有理。别人不屑做的事情，他却做得那么认真,可谓迂腐得可爱。其次是说话无所顾忌。古代的知识分子一般是矢口不谈被视为家丑的夫妻不和一类事的,而这位老先生却对自己的家庭来了一个大曝光,对妻子的所作所为掀了个底朝天。这在古代自然是够刺激的稀奇事了。再就是极度的夸张使他笔下的妻子形象大为变形,因而具有某种漫画效果。像用“跳梁大叫,呼若入冥”形容妻子呼叫侍婢。斥责妻子的不听劝告则说:“持质相劫,词语百车。剑戟在门,何暇有让?百弩环舍,何可强复?”经这么一描述,他的妻子就成了人见人怕的母大虫了,能不觉得滑稽可笑吗?

此等文章前代未见,后世无闻,称之为天下奇文,大概是当之无愧的。

(谢楚发)

【作者小传】

黄　香

东汉文章家。字文彊。江夏安陆(今湖北云梦)人。少博学经典,能文章,京师号称:“天下无双,江夏黄童。”和帝时任尚书令,执掌中枢,备受宠遇。殇帝时,任魏郡太守,时遭水灾,以俸禄赈济贫民。后坐事免官,卒于家。原有集,已散佚。今存有《九宫赋》《让东郡太守疏》《天子冠颂》等文章。

责髯奴辞　　黄　香

我观人须,长而复黑,冉弱而调①。离离若缘坡之竹,郁郁若春田之苗②。因风披靡,随风飘飖。尔乃附以丰颐③,表以蛾眉,发以素颜,呈以妍姿。约之以绁④线,润之以芳脂。莘莘翼翼,靡靡绥绥⑤。振之发曜⑥,黝若玄珪之垂⑦。于是摇须奋髭,则论说唐虞⑧;鼓髻动鬣,则研覈否臧⑨。内育瓌形,外阐宫商⑩。相如以之闲都,颛孙以之堂堂。

岂若子髯,既乱且赭。枯槁秃瘁,劬劳辛苦⑪。汗垢流离,污秽泥土。伧嗫穰擩⑫,与尘为侣。无素颜可依,无丰颐可怙。动则困于惣灭⑬,静则窘于囚虏。薄命为髭,正著子颐。为身不能庇其四体,为智不能饰其形骸。癞须瘐面⑭,常如死灰。曾不如犬羊之毛尾,狐狸之毫氂⑮。为子须,不亦难乎!

〔注〕①冉弱：柔弱。调：转动。②离离、郁郁：均指纷披、繁茂貌。③颐：下巴。④绁(xiè)：束缚的线、绳。⑤莘莘翼翼：众盛貌。靡靡绥绥：柔美飘垂貌。⑥振之发曜：拂拭时发出光泽。⑦黝若玄珪之垂：青黑如倒垂的玄珪。玄珪，一种黑色玉器，上尖下方，古代用来赏赐建立特殊功绩的人。⑧"于是"二句：髭(zī)：嘴上边的胡子。唐虞：唐尧和虞舜。⑨"鼓鬐"二句：鬐(qí)、鬣(liè)，颈后的毛须。研覈(hé)，查验。否(pǐ)臧，善恶；优劣。⑩"内育"二句：内，内在资质。瓌，即"瑰"，美石。外，发于外之音声。宫商，五音之调，分宫、商、角、徵、羽。⑪"枯槁"二句：秃，通"颓"。劬(qú)劳：劳苦、苦累。⑫伧嗫：粗陋。穰擩(rǎng rǔ)：纷乱、沾染貌。⑬困于惣(zǒng)灭：困迫貌。⑭癞(lài)须：秃脱枯槁的胡须。瘐：通"瘦"。⑮氂(máo)：长毛，也指强韧而卷曲之毛。

这篇"赋体"小品，从题目到行文，几乎都给人以嬉笑调侃的幽默和谐趣。

题曰"责髯奴辞"，人们定然以为：此奴该犯下了无可饶恕的过错罢？谁知他的可"责"之处，只是因为髭须长得颇不雅观！读者能不哑然失笑？

文章开笔之际，大约正是髯奴被叫来恭听呵斥之时吧。谁知这"呵斥"的开场，竟先是一番对他人之"须"眉飞色舞的夸赞！作者的用语也幽默得出奇："离离若缘坡之竹，郁郁若春田之苗"——那么，这"长而复黑"的他人之须，竟不是飘拂下垂，而是蓬勃倒生的了？这且不去管它。据说他人的须髯，可都附生在丰腴的颊边，有弯弯"蛾眉"的映衬、洁白脸盘的辉照，再束以丝绳、润以"芳脂"，便黑得贼亮，简直就像诸侯王手执的黑玉之珪！可怜的髯奴听到这里，该惊奇得下巴颏也拉长了罢？有了这美髯的修饰，说起话来也便仪态非凡："摇须奋髭，则论说唐虞；鼓鬐动鬣，则研覈否臧。"——倘若不信，且顺着这须髯朝上望去，一个个不都如风雅娴美的司马相如复活，相貌堂堂的颛孙子张(孔子弟子)再生？

天花乱坠的描述，使髯奴沉入了怎样迷醉的神往之中！但随之而来的"岂若子髯，既乱且赭"，却如一声震雷，把他从沉醉中突然吓醒。有了他人之须的美好对比，再瞧髯奴的那髭须，便显得格外刺眼："枯槁秃瘁""汗垢流离"，这邋遢相先就教人掩鼻。至于它所附生之处，就更不堪入目了：既非"丰颐"，亦无"素颜"，"癞须瘐面"，沾满了尘垢"污秽"——这鬼地方岂是须髯容身之所！难怪它要"动则困于惣灭，静则窘于囚虏"了。较之于他人之须的"莘莘翼翼""靡靡绥绥"，此奴之髯简直就连"犬羊""狐狸"的尾毛都不如！

前扬后抑的行文和调侃嘲戏的语气，就这样把脸色阴郁的髯奴一步步逼入绝境。当主人终于发出"为子须，不亦难乎"的威严判词时，读者几乎能听到髯奴那脸如死灰的绝望呻吟了……

似乎无须笔者点破，读者已可领悟：此文之落笔，虽止于描摹"须髯"的美、恶之状，立意却全在揭示人生的贵、贱之别。透过文中对他人之须的华美铺陈，读者分明看到了一批丰颐素颜的达官雅士的优游之态——他们既养尊处优、饱食终日，当然连须髯也纷披飘逸，足以炫耀一世了。而在髯奴之须的寒碜描摹后站立的，则是一批颜面枯槁的劳苦奴仆——正如王褒《僮约》所描述的，这些奴仆既“鸡鸣起舂”“夜半益刍”“凿井浚渠”“持梢牧猪”，在终岁劳碌中耗尽了心力，其髭须之“汗垢流离”“枯槁秃瘁”，又有什么可奇怪的呢？

初看起来，此文对贵者之髯极尽赞美之辞，而把髯奴“责”得一无是处，其褒贬似已明白无疑。但从内在的情感倾向看，作者对富贵者调侃以“丰颐”“蛾眉”，形容以“鼓髻动鬣”，实已透露了浓浓的嘲讽之意；而在“薄命为髭，正著子颐”的喟然叹息中，又流露了对“劬劳辛苦”的卑贱者的多少同情之心！

明“责”实叹，正笔反用，以嬉戏调侃之文，写人生贵贱之慨，这正是《责髯奴辞》的一大特色。在思致之奇妙、寓意之深切、行文之诙谐上，黄香这篇小品，均可与宋玉《风赋》那“大王‘雄风’”“庶人‘雌风’”的著名赋咏相媲美。（潘啸龙）

【作者小传】

张 衡

(78—139) 东汉科学家、文学家。字平子。河南南阳西鄂(今南阳石桥镇)人。曾在京师洛阳就读于太学。后两度担任掌管天文的太史令。精通天文历算，创制世界上最早利用水力转动的浑天仪和测定地震方位的候风地动仪，首次解释月食的成因。著有天文著作《灵宪》、数学著作《算网论》、地图制图学著作《地形图》。又善诗赋。原有集，已散佚。明人辑有《张河间集》。

归田赋

张 衡

游都邑[①]以永久，无明略以佐时[②]；徒临川以羡鱼[③]，俟河清乎未期[④]；感蔡子[⑤]之慷慨，从唐生[⑥]以决疑。谅天道[⑦]之微昧，追渔父[⑧]以同嬉；超埃尘以遐逝，与世事乎长辞。

于是仲春令月，时和气清，原隰[⑨]郁茂，百草滋荣。王雎[⑩]鼓翼，仓庚哀鸣[⑪]；交颈颉颃[⑫]，关关嘤嘤。于焉逍遥，聊以娱情。

尔乃龙吟方泽，虎啸山丘[⑬]。仰飞纤缴[⑭]，俯钓长流；触矢而毙，贪饵吞钩[15]；落云间之逸禽，悬渊沉之魦鰡[16]。

于时曜灵俄景[17]，系以望舒[18]。极般游[19]之至乐，虽日夕而忘劬；感老氏之遗诫[20]，将回驾乎蓬庐。弹五弦之妙指[21]，咏周孔之图书[22]；挥翰墨以奋藻，陈三皇之轨模[23]。苟纵心于物外[24]，安知荣辱之所如？

〔注〕①都邑：都城。这里指东汉都城洛阳。②明略：高明的韬略。佐时：辅佐时政。③临川以羡鱼：比喻空有愿望而无法付诸实践。典出《淮南子·说林训》："临河羡鱼，不如归家织网。"④河清：喻政治清明的太平盛世。古代传说，圣人出则黄河清。未期：不可预期。⑤蔡子：蔡泽，战国时燕国的辩士，曾为秦相。⑥唐生：唐举，战国时魏国的相士。蔡泽周游列国，长期不见任用，就请唐举为他看相，预测将来的命运，后果然应验。⑦天道：自然的规律，古人认为它是支配人类命运的天神意志。⑧渔父：一位隐居江湖的人，曾劝屈原不必为理想难以实现而忧伤憔悴，只管和光同尘，在江湖之间自得其乐。⑨原：平原。隰(xí)：低平之地。⑩王雎(jū)：鸟名，即鱼鹰。⑪仓庚：鸟名，即黄鹂。哀鸣：婉转啼鸣，这里的"哀"字用来形容声音优美动人。古人评赏声音，每以悲哀等词来形容动听。⑫颉颃(xié háng)：鸟上下飞貌。⑬"龙吟"二句：自己就像龙之在泽、虎之在山那样，在田园中优游不迫，吟啸自得。方泽，大泽。⑭纤缴(zhuó)：系在箭上的细丝绳，用以收回射出的箭。这里代指箭。⑮"触矢"二句：意为鸟不高飞则中箭，鱼若贪饵必上钩。这里含自戒之意。⑯魦鰡(shā liú)：吹沙鱼。常伏在水底沙上，张口吹沙，故名。⑰曜灵：太阳。俄景：日影偏斜，指天色将暮。⑱系以：继之以。望舒：神话中给月亮驾车之神，这里即指月亮。⑲般(pán)游：游乐。般，乐。⑳老氏：即老子。遗诫：遗留下来的警戒之言。这里指老子《道德经》第十二章"驰骋畋猎，令人心发狂"的话。㉑五弦：五弦琴，据说是舜创制。指，同"旨"。㉒周孔：周公、孔子。周公姓姬名旦，是西周初期政治家。孔子名丘，春秋时鲁国人，儒家学派的创始人。两人在这里被看作是圣贤的典范。㉓三皇：传说中三个远古的皇帝，一般指伏羲、神农、黄帝。轨模：法度。三皇轨模实际上寄寓了作者所追求的世界太平、人民安乐的政治理想。㉔物外：世俗是非得失之外。

在东汉安帝、顺帝时担任过中央和地方要职的张衡，晚年对于当时宦官专权、朝政腐败的现实，已由愤慨转而感到厌倦。虽然他曾多次上书揭露弊端，申明正道，但心头总是笼罩着遭谗被祸的阴影。所以，他在赋中抒发了"归田"的愿望，即远离污浊险恶的官场，在大自然明丽幽静的怀抱中实现生命的价值。但张衡一生实际上并未能真正归隐，他把归隐的生活想象与描述得十分优雅闲适，其实是表明自己高洁的志趣。所以，《文选》选录时，把这篇赋归人"志"类。

张衡慨叹政治清明时代的难以预期，正如黄河水清那样希望渺茫。赋一开始就笼罩着个人与社会政治生活无法相容的气氛。理想与现实的冲突，曾致使多少志士仁人为之愤慨悲叹！旧题为屈原所作的《渔父》中，塑造了一位带有浓重道家思想色彩的"渔父"形象，他劝诱屈原"与世推移"，随遇而安，试图在心灵上泯灭这种冲突和矛盾。张衡在赋中表白:“谅天道之微昧,追渔父以同嬉。”说明其主题倾向是受到“渔父”为代表的高蹈避世思想的影响的。对“世事”的失望乃至摆脱,使他的视野发生转向,从而发现了一个清新的世界,这世界充满大自然的欣欣生意。这种富有诗意的画面,是与他体验到的新鲜的生命意蕴和情感节奏相符合的。

当然,从张衡笔下的“归田”生活中,仍可看出他并没有彻底被“与世推移”的思想所同化。对现实的失望没有使他堕入玩世不恭或颓唐任诞的情绪之中。在非同一般的自律意识支配下,他“弹五弦之妙指,咏周、孔之图书;挥翰墨以奋藻,陈三皇之轨模”,仍然不能忘怀于对理想的政治模式的探究。这里透露出他对社会、对民生的难以消磨的一份关心。所以,对个人情志的反省,最终的归趣就指向“苟纵心于物外,安知荣辱之所如”,即力求达到一种道德情操极高的心灵自由的境界。如果说,“纵心于物外”主要来源于道家思想的影响,那么,对于个人“荣辱”的认识则不能不说得力于儒家先贤的道德熏陶。儒家对社会、对个人采取的是积极进取的态度,讲究进德修业,而作为其道德观的一部分,还要求能做到:“人不知而不愠,不亦君子乎!”(《论语·学而》)可见孔子对个人的荣辱有超脱的看法。从张衡的思想境界中,不难看出是糅含了道家和儒家思想的成分的。

作为抒情短赋的杰作,这篇作品中所开创出来的境界,在赋史上也是极其值得重视的。尽管对田园生活没有更为惟妙惟肖的描摹,但毕竟开拓了赋的视野,标志着东汉末年赋的创作从外向经营的逞辞大赋转向回归内心的抒情短章的演进之路。

(程千帆　曹　虹)

【作者小传】

崔　瑗

(78—143)　东汉散文家。字子玉。涿郡安平(今属河北)人。崔骃之子。少锐志好学。十八岁游学京师,师事贾逵。精通天文、历数及《京氏易传》。四十余岁为郡吏,曾因事下狱。顺帝时,举茂才,任汲县令,开垦稻田数百顷。汉安元年(142),迁济北相,被劾贪赃下狱,他上书申辩获释。善于文辞。工章草。著有《草书势》等五十七篇。原有集,已散佚。

座右铭

崔　瑗

无①道人之短,无说己之长。施人慎勿念,受施慎勿忘。

世誉不足慕，唯仁为纪纲。隐心而后动，谤议庸何伤。无使名过实，守愚圣所臧。在涅贵不淄[②]，暧暧内含光。柔弱生之徒，老氏诫刚强[③]。行行鄙夫志，悠悠故难量[④]。慎言节饮食，知足胜不祥。行之苟有恒，久久自芬芳。

〔注〕①无：同"毋"，不要。②涅贵不淄：语出孔子《论语》："不曰坚乎，磨而不磷。不曰白乎，涅而不淄。"涅，黑色染料，此用为动词。淄，黑色。③"柔弱"二句：语出《老子》："人之生也柔弱，其死也坚强。万物草木之生也柔脆，其死也枯槁。故坚强者死之徒，柔弱者生之徒。"④行行：刚强貌。悠悠：柔弱貌。

崔瑗是东汉文学家崔骃的儿子，史书说他"锐志好学，尽能传其父业"（《后汉书·崔瑗传》）。他与张衡、马融特相友善，并以文章显名当世。但其人身世坎坷，四十岁才出为郡吏，后来又坐过牢，受过贬，久处下僚，郁郁不得其志。不过，从他的这篇《座右铭》来看，他对于世情练达之事和出处穷通之理，似乎看得比较清楚，悟得也比较透彻。

全文立论，从人与己的关系落笔，拈出社会生活中的一些常见的现象，诸如优点与缺点、施人与受施、赞誉与谤毁、名称与实际、柔弱与刚强等，作为比较。它们互为矛盾，又互为依存。世人往往只取有益的一面，舍弃不利的一面。这是人之常情。而崔瑗则作出了与众不同的选择，这就是：不彰人丑，不扬己美；施人勿念，受施勿忘；誉不足喜，毁不足悲；名副其实，守愚藏拙；持柔弱，戒刚强……这当然不是作者故意标新立异，哗众取宠。座右铭是写给自己看的，是作者思想观念和行为准则的集中体现。其中有两点特别值得重视。一是做人的准则。文中已一言蔽之："唯仁为纪纲"。这是规范作者行为的准绳，也是本文的核心。"仁"是孔子道德伦理思想的核心，崔瑗把它奉为圭臬。孔子说"仁"者"爱人"（《论语·颜渊》），所以崔瑗说"无道人之短，无说己之长。施人慎勿念，受施慎勿忘"。孔子说"仁"者必"修己以敬"，"修己以安人"（《论语·宪问》），强调"内省不疚，夫何忧何惧"（《论语·颜渊》）；所以崔瑗也说，"无使名过实，守愚圣所臧。在涅贵不淄，暧暧内含光"——这是"修己以敬"，说"隐心而后动，谤议庸何伤"——这是"内省不疚"。可见崔瑗的仁爱思想，完全是与孔子的"仁"一脉相承的。二是做人的方式。强调外柔内刚，以柔取胜。这一思想则是从老子那里继承而来的。老子反复强调"坚强处下，柔弱处上"（《老子》第七十六章），"弱之胜强，柔之胜刚"（同上第七十八章），说明"弱者，道之用"（同上第四十章）。崔瑗此文中则直言"柔弱生之徒，老氏诫刚强"，认为柔弱是立身之本，取生之道，刚强反而易遭不测，所以接着追上"行行鄙夫志，悠悠故难量"二句，以示强调。总此二点，则已大致理清了此文的思想脉络和渊源。很显然，崔瑗在先贤那里汲取了思想精华，为己所用。在他那里，孔子的思想侧重于内，更多地强调内养，“暧暧内含光”，是做人的准则、核心；老子的思想侧重于外，更多地讲究做人的方式、方法。一内一外，一表一里，互为发明，相得益彰。而崔瑗的发明和贡献则在于，他把先贤们的高深莫测的哲学思想、伦理道德思想，融会贯通为自己的道德规范和行为准则，使之生活化、通俗化、大众化了。据《后汉书·崔瑗传》记载，崔瑗曾卷入一场废立之争。汉安帝废太子刘保，立刘懿。安帝死后，阎太后称制，以兄阎显为车骑将军，定策禁中。阎氏乃立刘懿，是为少帝。其时崔瑗为阎显幕僚，曾劝长史陈禅一起去说服阎显废刘懿立刘保。陈禅犹豫不决。恰逢少帝发病而死，刘保被拥立为帝，是为顺帝。为此，阎氏兄弟都被杀，崔瑗也以幕僚的关系而被连带贬斥，无功反有过。崔氏门人苏祇知道内情，深感冤枉，打算上书申明，被崔瑗制止。其时陈禅已为司隶校尉，表示只要苏祇上书，他愿作证。崔瑗仍不同意，说：“此譬犹儿妾屏语耳，愿使君勿复出口！”从此辞归，不再应州郡之命。由此可知，崔瑗对于荣辱誉毁之事，不仅铭文以诫之，更以身体力行之。这篇《座右铭》已是他砥砺品格、陶冶情操的一个象征。它的被《文选》收录，受到后人重视，也是与崔瑗的这种人品有关的。

此文在艺术上有两点很突出。一是在结构上，每两句构成一个意思，而且这两句的意思往往又是相反、相对甚至相矛盾的。作者正是通过这种对立、矛盾，突出了主观选择的价值和意义，显示出戛戛独造的修养和品德来。这样，全文的结构便由这两句一意的单元所组成，颇类似后世律诗的结构。二是在语言上，采用五言形式。铭文这种形式，一般都是用在比较正规的场合，开国大典，盖世奇功，往往刻山勒石，以传诸后世。所以它多采用四言形式，以示典雅庄重。即以《文选》所收铭文为例，前有班固《封燕然山铭》，后有张载《剑阁铭》，都是四言形式。而崔瑗此文，则通篇采用五言形式，确颇独特。其时五言形式，仅在民间流传，汉乐府民歌中比较多地采用这一形式，而文人圈子里则不太多见。前此虽有班固《咏史诗》通篇五言，但技巧颇为生疏，“质木无文”（钟嵘《诗品》）。崔瑗采用此式，大概是因为“座右铭”，写给自己看的，所以显得比较随便；而更重要的，是说明了崔瑗比较注重从汉乐府民歌汲取营养。在当时，他也是一个颇有文名的作家，《后汉书》称赞他“高于文辞”（《崔瑗传》），“以文章显”（《左周黄列传》）。而能对民间五言形式如此敏感与重视，运用得如此得心应手，确实是十分不易的。

（吴小平）

【作者小传】

李　固

(94—147)　东汉散文家。字子坚。汉中南郑(今陕西汉中)人。初为议郎,后为从事中郎。曾上疏直陈外戚、宦官专权之弊。顺帝永和中,历任荆州刺史、泰山太守。旋任将作大匠、大司农。冲帝即位后,任太尉,与大将军梁冀参录尚书事。冲帝死,他议立清河王刘蒜。冀不从,另立质帝。不久,冀鸩杀质帝,欲立蠡吾侯。他再次固请立清河王,为冀所忌,被免职。后为冀所诬,被杀。文章多为论政事的对策疏奏,内容切实,说理详赡,文中大量运用排比对偶。有《李固集》十二卷,已佚。

遗黄琼书

李　固

闻已度伊洛①,近在万岁亭②,岂即事有渐③,将顺王命乎?

盖君子谓"伯夷隘,柳下惠不恭"④,故传曰:"不夷不惠,可否之间。"⑤盖圣贤居身之所珍也。诚遂欲枕山栖谷,拟迹巢、由⑥,斯则可矣;若当辅政济民,今其时也。自生民以来,善政少而乱俗多,必待尧舜之君,此为志士终无时矣。

常闻语曰:"峣峣者易缺⑦,皎皎者易污。"《阳春》之曲,和者必寡。盛名之下,其实难副。近鲁阳樊君被征初至⑧,朝廷设坛席,犹待神明;虽无大异,而言行所守无缺;而毁谤布流⑨,应时折减者,岂非观听望深,声名太盛乎?自顷征聘之士胡元安、薛孟尝、朱仲昭、顾季鸿等⑩,其功业皆无所采。是故俗论皆言处士纯盗虚声。愿先生弘此远谟⑪,令众人叹服,一雪此言耳!

〔注〕①度:通"渡"。伊、洛:伊水、洛水,均在当时京城洛阳之南。②万岁亭:在今河南登封市西北,相传汉武帝登嵩山,闻山呼万岁声,故名。③即事:指黄琼被朝廷征召,但黄琼在行程中又称疾不进。渐:《易》卦名,象征徐缓的运动,此引申主意有所改变。④君子:指孟子。以下所引句子出自《孟子·公孙丑》。伯夷:殷商时孤竹君之子,殷亡后不食周粟而死。柳下惠:名展禽,春秋时鲁国人,三次被罢官,仍不离开鲁国。⑤传:泛指解释儒家经典的著作。以下所引句子见汉扬雄《法言·渊骞》。⑥巢、由:巢父、许由。均是传说中帝尧时的隐士。⑦峣(yáo)峣:高俊貌。⑧鲁阳:今河南鲁山县。樊君:东汉名士,拒绝州郡和朝廷的多次征召。⑨布流:传播。⑩顷征:近来征召。胡元安及以下三人皆当时征召的名士。⑪远谟(mó):远大的策略规划。

这是一篇简淡自然，不加藻饰，但却很讲究措辞的书信，对后来魏晋时期的笺启、书信一类的作品很有影响。

这篇书信最大的特点，是言辞剀切，却又委婉动人。这原因，首先是感情真切。黄琼是作者仰慕的英才，又长于作者十多岁，作者由衷敬佩，希望他来到朝廷，一起对抗昏庸跋扈的外戚、宦官，为匡济天下做贡献。因此书信一开始，就用探询的语气问，听说您已经渡过了伊河、洛河，就在离京城洛阳不远的万岁亭了，或许您既然有了出仕的打算，就一定会顺从王命了吧？这虽是探询的语气，但却是真诚的问候，里面充满了衷心的希望，希望他尽快到京城就职，感情又是浓烈的。书信的末尾，"愿先生弘此远谟，令众人叹服，一雪此言耳"，这是作者要表达的主要思想，言辞显得急切，一种殷殷盼望之情，溢于字里行间，让受信者动容，也使千载而后的读者感动，真挚的感情贯穿全篇。

另一个原因是，作者采用层层深入的结构方法，把自己的思想渐次引向深入，婉转地让对方能够接受，而且乐于接受。全文在开头的问询之后，接着就说明应该出仕的理由，这就比开始暗含在问询之中的意思深入了一层。这理由，也先从正面说，"若当辅政济民，今其时也"，您如果有匡世济民的宏愿，现在就正是时候；如果您一定要等待像尧舜那样尽善尽美的君主出现，您才翩然出山，那就永远也没有实现宏愿的机会了。这些道理，都讲得切切实实，黄琼看到这里自然是能够接受的。再接下来，是要进一步说出仕以后的表现，应该是做到名副其实，不能"纯盗虚声"。这里主要是用举例子的办法来引起黄琼的警觉，而这些被作为例子的人物，例如鲁阳（今河南鲁山县）樊英、颍阳（今河南许昌）胡元安、汝南（今属河南）薛孟尝，等等。这些在野时有清高名声的人，出仕后都没有什么功业可取，实际上就是骗取虚名，也因此败坏了"清流"的称号，被世人所不齿。所举这些人物，都是黄琼所知道的，这里之所以要不惮其烦地一一举出，就是要黄琼引为前车之鉴，不要再蹈覆辙。这些确凿的人物例证，是很有说服力的，这里与其说是在进一步劝导黄琼，不如说是在使用激将法，激励黄琼施展自己的才能，参加到政治斗争中来，为重振朝纲，也为"清流"挽回名声。作者的主要目的，到这里已经讲得清清楚楚了，道理一层深似一层，十分深刻，看到这里，想是黄琼也不禁暗暗点头了。后来，黄琼终于打消了犹豫态度，到京城出仕，做出了一些好的政绩，也为"清流"争了一口气，这封信恐怕起到了一定的作用。

此外，这封信恰到好处地引用了一些历史典故和谚语、格言，对于加深道理的说明，起了很好的作用。比如"伯夷隘，柳下惠不恭"，语出《孟子·公孙丑上》，是说周朝的隐士伯夷心胸狭隘而又固执，春秋时代鲁国的大夫柳下惠又玩世不恭。那么,人生正确的态度应该怎样呢?那就是“不夷不惠,可否之间”。而这两句,又出自扬雄的《法言·渊骞》,非常贴切,与上面衔接得天衣无缝。最后一段,先用俗语“峣峣者易缺,皎皎者易污”,引出《文选》中宋玉《对楚王问》的典故:《阳春》之曲,和者必寡。而“盛名之下,其实难副”这一结论性的谚语,也就水到渠成了。这些典故和谚语、格言的引用,真是画龙点睛,言简意深,对于全篇思想的表达,对于从情感上打动受信人,起了重要的作用。(管遗瑞)

【作者小传】

孔　融

(153—208)　汉末文学家。字文举。鲁国鲁县(今山东曲阜)人。少时为河南尹李膺所赏识,称为“伟器”。曾任北海相,时称“孔北海”。又任少府、大中大夫等职。为人恃才负气。终因触怒曹操被杀。为“建安七子”之一。所作散文锋利简洁,喜用讥嘲笔调。又能诗。原有集,已散佚,明人辑有《孔北海集》。

与曹公论盛孝章书[1]　　孔　融

岁月不居[2],时节如流。五十之年,忽焉已至。公为始满[3],融又过二[4]。海内知识[5],零落[6]殆尽,惟会稽盛孝章尚存。其人困于孙氏[7],妻孥湮没[8],单子[9]独立,孤危愁苦。若使忧能伤人,此子不得复永年[10]矣!

《春秋传》[11]曰:“诸侯有相灭亡者,桓公不能救,则桓公耻之[12]。”今孝章,实丈夫之雄也,天下谈士[13],依以扬声[14],而身不免于幽执[15],命不期于旦夕,是吾祖不当复论损益之友[16],而朱穆[17]所以绝交也。公诚能驰一介[18]之使,加咫尺之书[19],则孝章可致,友道[20]可弘矣。

今之少年,喜谤前辈,或能讥平孝章。孝章要[21]为有天下大名,九牧[22]之民所共称叹。燕君市骏马之骨[23],非欲以骋道里,乃当以招绝足[24]也。惟公匡复汉室[25],宗社将绝[26],又能正之。正之之术,实须得贤。珠玉无胫而自至者,以人好之也[27],

况贤者之有足乎！昭王筑台以尊郭隗[28]，隗虽小才，而逢大遇[29]，竟能发明主之至心[30]，故乐毅[31]自魏往，剧辛[32]自赵往，邹衍[33]自齐往。向使郭隗倒悬而王不解[34]，临溺而王不拯，则士亦将高翔远引[35]，莫有北首燕路[36]者矣。

凡所称引[37]，自公所知，而复有云者，欲公崇笃斯义[38]也。因表不悉[39]。

〔注〕 ① 曹公：曹操。盛孝章：名宪，会稽(治今浙江绍兴)人，汉末名士。曾任吴郡太守，后因病辞官，为孙策所忌惮，并为孙权所害。 ② 居：停留。 ③ 始满：刚满。这里指曹操刚满五十岁。 ④ 过二：超过两岁。 ⑤ 知识：知道和熟识的人。 ⑥ 零落：草木凋落。这里指人的死亡。 ⑦ 其人：指盛孝章。孙氏：指东吴孙氏政权。孙策平吴郡后，对英豪多所杀戮，作为名士的盛孝章自然为孙策所忌恨。但孙策死于建安五年(200)，而该文作于建安九年(204)，则杀盛孝章者当为孙权。 ⑧ 妻孥(nú)：妻子和儿女。湮(yān)没：埋没。指丧亡。 ⑨ 单孑(jié)：孤单。 ⑩ 永年：长寿。 ⑪《春秋传》：阐明《春秋》经义的有三传，分别为《左传》《公羊传》《穀梁传》，这里指《公羊传》。 ⑫ “诸侯”三句：引自《公羊传・僖公元年》：“齐师、宋师、曹师次于聂北，救邢。救不言次，此其言次何？不及事也。不及事者何？邢已亡矣。孰亡之？盖狄灭之。曷为不言狄灭之？为桓公讳也。曷为桓公讳？上无天子，下无方伯，天下诸侯有相灭亡者，桓公不能救，则桓公耻之。”鲁僖公元年(前659)，邢国为狄人所灭，时为春秋霸主的齐桓公未能发兵救援而以之为耻。故《春秋》作者有意为之讳，记录此事时只书“邢亡”二字而不写亡于谁手。孔融引《公羊传》之语实将曹操比作齐桓公，以促其救出盛孝章。桓公，齐桓公，春秋五霸之一。 ⑬ 谈士：辩士。 ⑭ 依以扬声：依赖(孝章)来宣扬自己的名声。 ⑮ 幽执：指被囚禁或入牢狱。 ⑯ 吾祖：指孔子。孔融是孔子的二十世孙，故称。论损益之友：语出《论语・季氏》：“孔子曰：‘益者三友，损者三友。友直，友谅，友多闻，益矣；友便辟，友善柔，友便佞，损矣。’” ⑰ 朱穆：字公叔，东汉人。《后汉书》卷七十三《朱穆传》载，他有感于当时世风浇薄，故著《崇厚论》《绝交论》以示不满。 ⑱ 一介：一个。 ⑲ 咫(zhǐ)尺之书：简短的书信。咫，古以八寸为咫。 ⑳ 友道：交友之道。 ㉑ 要：总要，总括来说。 ㉒ 九牧：九州。古代分天下为冀州、兖州、青州、徐州、扬州、荆州、豫州、梁州、雍州等九州，州长称牧伯，所以称九州为九牧，指代“天下”。 ㉓ “燕君”句：语出《战国策・燕策》：“郭隗先生曰：‘臣闻古之君人，有以千金求千里马者，三年不能得。涓人言于君曰：‘请求之。’君遣之。三月，得千里马；马已死，买其首五百金，反以报君。君大怒曰：‘所求者生马，安事死马而捐五百金？’涓人对曰：‘马死且买之五百金，况生马乎？天下必以王为能市马，马今至矣！’于是不能期年，千里之马至者三。’” ㉔ 绝足：绝尘之足，指代奔驰时足不沾尘的千里马，此喻盛孝章。孔融援引燕昭王买千里马骨之典，希望曹操以人才待盛孝章并将其招致麾下。即便孝章非真正的贤能之士，但招揽他可得爱才之名，天下英才知道后必定会来依附。 ㉕ 惟：考虑到。匡复汉室：曹操打着匡复汉室之名，行挟天子以令诸侯之实。 ㉖ 宗社：宗庙和社稷，代指国家政权。“宗庙”是皇帝祭祖宗之所，“社稷”是皇帝祭天地之地。绝：断绝。祭祀断绝即意味国家政权覆亡。 ㉗ “珠玉”二句：语本西汉韩婴《韩诗外传》卷六：“晋平公游于河而乐，曰：‘安得贤士，与之乐此也！’船人盍胥跪而对曰：‘主君亦不好士耳。夫珠出于江海，玉出于昆山，无足而至者，犹主君之好也。士有足而不至者，盖主君无好士之意耳。’”胫(jìng)，小腿，本文指脚。

㉘“昭王”句：《战国策·燕策》载，燕昭王渴望贤者，以报齐国破燕之仇，遂请谋臣郭隗推荐。郭隗对燕昭王说：“今王诚欲致士，先从隗始。隗且见事，况贤于隗者乎？岂远千里哉？”于是昭王为郭隗筑宫而师之。最后“乐毅自魏往，邹衍自齐往，剧辛自赵往，士争凑燕”。昭王，燕昭王姬职（前311—前279年在位）。 ㉙大遇：隆重优厚的待遇或恩宠。 ㉚明主之至心：指燕昭王招纳贤才的至诚之心。至心，最诚挚的心意。 ㉛乐毅：魏国人，战国后期杰出的军事家、战略家。燕昭王任为上将军，曾为燕伐齐，破齐七十余城。辅佐燕昭王振兴燕国。 ㉜剧辛：赵国人，战国时兵家的代表人物，入燕得昭王厚遇，跟乐毅一起破齐有功。 ㉝邹衍：齐国人，战国时阴阳家的代表人物，奠定了后世阴阳五行学说的基础。历游魏、赵、燕等国，燕昭王请列弟子之座而受业，以师礼相待。 ㉞向：从前。倒悬：倒挂着。比喻处境困苦危急。不解：不救。 ㉟高翔远引：远走高飞。 ㊱北首燕路：语出《史记·淮阴侯传》。首，向。 ㊲称引：前文所称引古人尊贤礼士之义。 ㊳崇笃斯义：推崇、重视招纳贤才之理。 ㊴不悉：不能言尽，旧时书信结尾常用的套语。

建安九年（204），时任少府的孔融给司空兼任车骑将军的曹操写了一封信，希望他能够解救困于孙吴的盛孝章，这封信就是著名的《与曹公论盛孝章书》。盛孝章是东汉末年的一位名士，曾任吴郡太守，后因病去职。《会稽典录》卷上载：“孙策平定吴会，诛其英豪，宪（盛孝章）素有名，策深忌之。”孙策平定吴郡和会稽后诛杀英豪，盛孝章因素有高名而深受孙策猜忌。孙策死后，盛孝章亦不容于孙权。孔融作为盛孝章的好友，驰书曹操，希望曹操能将其救出并予以重任。遗憾的是，当曹操见信后欲征盛孝章为骑都尉时，制命未至，盛孝章已遇害。

这封信的作者孔融和曹操的关系比较复杂微妙。其一，二人的政治立场不同。当时的曹操权倾朝野，大有“挟天子以令诸侯”之势，而孔融则是天下士子敬仰的大名士，坚定拥护汉室，他对曹操颇为轻视与侮慢，甚至多有戏谑嘲讽，欲让孔融放下身段卑躬折节地求助于曹操并不太现实；其二，曹操对汉室虽有贰心，但却未建新朝而代之，故孔融与曹操之间的矛盾尚有缓冲之地而并未激化，加之曹操也曾为笼络人心而礼遇孔融这样的贤士，这是孔融给曹操去信的一个原因。由此，如何既能在曹操面前保持士大夫的尊严，又能说服曹操去解救盛孝章，是孔融在下笔之前必须斟酌掂量的。也正因此，这封信的写作需要讲究一定的技巧与构思。

故孔融在信的起始并未直接挑明去信主旨，而是对曹操晓之以“情”。从“岁月不居”到“此子不得复永年矣”可为书信第一部分。他起笔用了一句“岁月不居，时节如流”，发出了诸如孔子“逝者如斯夫，不舍昼夜”之叹，感慨岁月的流逝与时不我待，并以“五十之年，忽焉已至。公为始满，融又过二”表示二人均年过半百，将二人的情感距离拉近。继而才借机不露声色地引出盛孝章并触及此文主题：“海内知识，零落殆尽，惟会稽盛孝章尚存。”时光飞逝，彼此都已到知天命的年纪，知交零落，身边的好友知己除盛孝章外都已离世。二人相知存世者恐怕不止盛孝章一人，可见“惟会稽盛孝章尚存”一句下笔极重，以夸张之辞点出盛孝章的重要性，让曹操认识到盛孝章作为朋友的可贵与难得。但如此值得珍视的朋友如今却正面临着险境，一是困辱于孙氏政权，二是妻子儿女均已离世而孤孑一人，这样的处境必陷盛孝章于忧苦悲痛之境。孔融于此又发出一叹：“若使忧能伤人，此子不得复永年矣！”如果忧愁能够伤人，那么盛孝章将不久于人世啊！孔融开篇就对自己与曹操的相知故交盛孝章的重要性及其处境的悲惨性加以渲染，也将解救盛孝章的紧迫性烘托而出，欲以此打动曹操，让曹操对盛孝章心生怜悯之情。

在试图用“情”打动曹操之后，孔融又对曹操晓之以“理”。这部分可自“《春秋传》曰”至“友道可弘矣”。孔融于此用三个典故谈论友道即交友之理。首先是举春秋五霸之首的齐桓公之例，齐桓公常为不能救“诸侯有相灭亡者”而自感羞愧。为什么孔融要将曹操比作齐桓公呢？原来，曹操素以春秋霸主齐桓公和晋文公自居，其《让县自明本志令》就很明显地表露出这种姿态：“齐桓、晋文所以垂称至今日者，以其兵势广大，犹能奉事周室也。”这句话所说的不正是曹操当时政治身份及其抱负的形象写照吗？将曹操比作桓公，既给足了曹操的面子，又督促曹操赶紧行动解救盛孝章，勿有类似齐桓公的遗憾，这无疑也会给曹操一定的压力。孔融接着举孔子与朱穆之例，孔融的先祖孔子曾论交友之道，认为人应善于择友，当“友直，友谅，友多闻，益矣”，同正直的、诚实的和博学多识的人交朋友，这样才会对自己有益。而在孔融眼中，盛孝章乃“丈夫之雄”，天下谈士多依靠他来宣扬自己的名声，这样的人岂不是孔子所说的益友吗？东汉的朱穆曾感当时社会的世风日下、不讲友道而撰写《绝交论》以讽刺，这似乎在暗示曹操——如果你不救盛孝章，岂不是朱穆所嘲讽之举吗？这无形之中再次给曹操施加了一定的压力。当然，孔融也说了，“公诚能驰一介之使，加咫尺之书，则孝章可致，友道可弘矣”，如果曹操能赶紧派使者带文书将孝章招致麾下，则不仅不会再有桓公之憾，还可以拯救一位益友而不会受朱穆《绝交论》之讽，交友之道因此也得以发扬光大。在这一部分中，孔融用典，举重若轻，看似不相干的几个典故，却有着精心安置，既有对曹操的表面恭维，又有对曹操的暗中施压。

“情”“理”之后，孔融再对曹操晓之以“利”。孔融用燕君市马骨和燕昭王筑黄金台之典说明招致盛孝章会给曹操所带来的好处。燕君欲以千金买千里马，而涓人用五百金买来千里马骨并告诉燕君，天下人通过此事而知你爱千里马心切，自然会献上真正的千里马，果不其然，不到一年，燕君就得到了三匹千里马。

燕昭王建黄金台而以师礼相待郭隗，最后引来了乐毅、剧辛和邹衍等各国贤才。孔融在这里以千里马骨和郭隗来比喻盛孝章，孔融认为，盛孝章即便只是千里马骨和自视平庸的郭隗而非大材，但天下人看到如盛孝章这样的人都能为你曹操所救所用，都会了解你爱才之心是如此真切，那天下的能人贤士自然接踵而来甘愿依附，何愁找不到贤才呢？救一个盛孝章而得天下之英才，得英才而可复汉室、正宗社，这一本万利之事，对你曹操而言不是获利巨大吗？曹操一直秉持“唯才是举”的理念，为此更是发布了《求贤令》《举士令》《求逸才令》等文延揽人才，其《短歌行》中“青青子衿，悠悠我心。但为君故，沉吟至今。呦呦鹿鸣，食野之苹。我有嘉宾，鼓瑟吹笙。……山不厌高，海不厌深。周公吐哺，天下归心”之句更是渴望贤才的高声吟唱。故孔融所论，当深契之意。正面讲了救盛孝章的“利”，孔融还假设燕昭王若不用郭隗的后果暗示曹操若不救盛孝章之“害”：“向使郭隗倒悬而王不解，临溺而王不拯，则士亦将高翔远引，莫有北首燕路者矣。”如果当初燕昭王在郭隗于危难之中不施以援手，那么其他贤士也将远走高飞，不会再有贤才愿到燕国。这实际上也提醒曹操，若不救盛孝章，贤人也会离开而不会依附曹操。在这部分中，孔融并不明说盛孝章之才，而是以退为进，步步深入，以“利”来诱导、打动曹操，而以“害”来警示曹操，以成营救盛孝章之事。

信的结尾，孔融说：“凡所称引，自公所知，而复有云者，欲公崇笃斯义也。”孔融很谦虚地表示，前文所说的曹操其实都知晓，他之所以再说一遍，无非是想让曹操更重视友道罢了。孔融于此很聪明地将拯救盛孝章的主动权交给曹操，意思是其实我知道您也有救盛孝章的打算，所以您若要去救盛孝章，并非是我的建议，而是您自己所作出的决定。孔融的自谦之辞，意欲将功劳归于曹操，再一次给足曹操面子，显出孔融对于人情的洞明，同时也将自己与救盛孝章一事撇开，很好地保持了自己的尊严，看似平淡却堪称妙笔。

《与曹公论盛孝章书》最成功之处在于，孔融本应是以解救盛孝章之事求助于曹操，但他通篇未用一个“求”字，而是分别从朋友之情、交友之理与得才之利三方面阐论将盛孝章从孙氏政权中救出的诸多好处：于“私”，能挽救所剩无几的故交，从而能让曹操弘交友之道；于“公”，可以此为契机，招揽天下英才以助曹操匡复汉室，扶正宗社。孔融全然站在曹操的角度为其考虑而将自己隐藏起来，对曹操动之以情、晓之以理、诱之以利，文字真挚诚恳，极富感染力与说服力，完全没有一般求援书信的低声下气之态，颇有李斯《谏逐客书》之风。李斯面对秦国驱逐外国客卿之令而作《谏逐客书》，但全文只字未提自己想留在秦国的私愿，而是全从秦国安危及统一天下大业的高度切入，详细论证逐客的弊端与危害而最终让秦王政收回成命，文章写得气势磅礴、铺张扬厉，将一篇本是求人之言写得无丝毫乞儿语。由此可见，孔融的这篇《论盛孝章书》颇有李斯的《谏逐客书》之风。刘勰《文心雕龙》说孔融"气盛于为笔"（《才略》），文章"气扬采飞"（《章表》），曹丕称"孔融体气高妙，有过人者"（《典论·论文》），此言不虚。

另外，此文饱含真情，充满着对好友盛孝章的真挚感情。文辞骈散相间、错落有致，有抑扬顿挫的韵律美，而无大多数骈文藻饰矫揉与板滞之弊。用事贴切，所用典故或引或证，均贴合所论之题旨且富于说服力。（刘 城）

【作者小传】

王 粲

(177—217) 汉末文学家。字仲宣。山阳高平（今山东微山西北）人。以博洽著称。先依刘表，未被重用。后归曹操，官至侍中。其诗语言刚健，辞气慷慨。其赋风格清丽。为"建安七子"之一，在七子中成就较大，与曹植并称"曹王"。原有集，已散佚，明人辑有《王侍中集》。

登楼赋　　王 粲

登兹楼以四望兮，聊暇日[①]以销忧。览兹宇之所处兮，实显敞而寡仇[②]。挟清漳之通浦兮，倚曲沮之长洲[③]。背坟衍之广陆兮，临皋隰之沃流[④]。北弥陶牧，西接昭丘[⑤]。华实蔽野，黍稷盈畴。虽信美而非吾土兮，曾何足以少留！

遭纷浊而迁逝兮，漫逾纪以迄今。情眷眷而怀归兮，孰忧思之可任！凭轩槛以遥望兮，向北风而开襟。平原远而极目兮，蔽荆山之高岑[⑥]。路逶迤而修迥[⑦]兮，川既漾而济深。悲旧乡之壅隔兮，涕横坠而弗禁。昔尼父之在陈兮，有归欤之叹音[⑧]。钟仪幽而楚奏兮[⑨]，庄舄显而越吟[⑩]。人情同于怀土兮，岂穷达而异心！

惟日月之逾迈兮，俟河清其未极[⑪]。冀王道之一平兮，假高衢而骋力[⑫]。惧匏瓜之徒悬兮，畏井渫之莫食[⑬]。步栖迟以徙倚兮[⑭]，白日忽其将匿。风萧瑟而并兴兮，天惨惨而无色。

兽狂顾以求群兮，鸟相鸣而举翼。原野阒其无人[15]兮，征夫行而未息。心凄怆以感发兮，意忉怛而憯恻[16]。循阶除而下降兮，气交愤于胸臆。夜参半而不寐兮，怅盘桓以反侧。

〔注〕①聊：姑且。暇日：暇，一作"假"，假借。②仇(qiú)：匹敌。③漳：漳河。发源于湖北南漳县的蓬莱洞山，东南流经当阳，与沮水会合，成为沮漳河，流入长江。沮：沮河。源出湖北保康县西南，东南流经当阳，与漳河会合，流入长江。④坟衍：土地高起为坟，广平为衍。皋隰(xí)：皋，水边的高地。隰，低湿地。⑤"北弥"二句：弥，尽于。陶牧，地名，传说春秋越国陶朱公范蠡葬于此。昭丘，春秋时楚昭王墓。《水经注·沮水》："沮水又南径楚昭王墓，东对麦城，故王仲宣之赋《登楼》云'西接昭丘'是也。"⑥荆山：山名，在今湖北南漳县西南，东南谷地宽广，西北巍峨陡峻，故云"蔽高岑"。岑，小而高的山。⑦修迥：长远。⑧"昔尼父"二句：孔子曾周游列国，在陈绝粮时感慨："归欤，归欤！"尼父，孔子。⑨"钟仪"句：钟仪为楚国乐官，被晋所俘，晋侯使之弹琴，仍操楚国乐调。事见《左传·成公九年》。⑩"庄舄(xì)"句：庄舄虽在楚身居要职，仍不忘故国，病中吟越歌寄乡思。⑪河清：喻天下太平。《左传·襄公八年》引逸诗："俟河之清，人寿几何？"古称黄河千年一清，谓时机难遇。⑫"冀王道"二句：希望国家安定，自己可以凭借大道施展才华。⑬"惧匏(páo)瓜"二句：担心像匏瓜一样被白白悬挂在那里，害怕井疏浚好了却没有人来打水。两句皆比喻不被重用。匏瓜，一种草本植物，果实比葫芦大，老熟后可做器具。常用以比喻未得仕用的人。井渫(xiè)，井已浚治。⑭"步栖迟"句：走走停停地徘徊着。⑮阒(qù)其无人：空无一人。阒，空。⑯忉怛(dāo dá)：忧伤。憯(cǎn)恻：悲痛。

这篇赋乃王粲南依刘表时作。汉献帝兴平元年(194)，董卓部将李傕、郭汜战乱关中，王粲遂离开长安，南下荆州，投靠刘表。到荆州后，因体貌矮小，不为刘表所重，乃作此赋，以抒其流离忧愤之情。王粲所登之楼，在今湖北当阳境内旧麦城所在地，正当漳、沮二水汇合之处。《水经注·漳水》："漳水又南径当阳县，又南径麦城东，王仲宣登其东南隅，临漳水而赋之曰：'夹清漳之通浦，倚曲沮之长洲'是也。"唐诗人罗隐《春日投钱塘元帅尚父二首》第二首末句云"麦城王粲谩登楼"，皆可为明证。旧日当阳城内曾建有仲宣楼，因刘表当时为荆州牧，又多驻在襄阳，故江陵及襄阳两地亦各建有仲宣楼。

此赋可分为三段，首段写登楼所览，次段叙怀乡之情，末段抒身世之惧，遵循主人公情绪的自然发展写来，层次极为明晰。

首段发端二句为全赋的纲领。作者为消忧而登楼览望，由望而触发怀念故乡及忧惧身世之感，终至思绪纷纭激越而不可开释，皆由登览而生。首段重在写登楼所览，先称赏所登之楼"显敞寡仇"，表现出乍一登上的快感，由此乃使望中所见山川原野，尽情收纳眼底。"挟清漳之通浦"以下，凡目力所及，由近至远，序次历历，各撮其要，并包无遗，给人的观感甚觉全面完整。这一切如非在大赋家手下，则东南西北，物类纷呈，不知要费多少笔墨。“华实蔽野，黍稷盈畴”二句，总的形容出漳、沮两岸原野夏秋之际一片丰穰景象，极为真切。段末二句束上启下，起着枢纽的作用，以赞赏斯土之美，带发怀乡之情。异土虽美，何足少留，表情与后来建业民谣“宁饮建业水，不食武昌鱼”用意正一致。

次段抒怀念乡土之情。首四句叙说所以流离之故及时间之久，与怀旧情思之殷切。“遭纷浊”三字包容了大量历史事实。回顾献帝初年长安乱象，及作者在《七哀诗》第一首所咏“西京乱无象”云云，至足令人触目惊心。“漫逾纪”句点明“迁逝”时间之久。一纪为十二年。这句确切地提供了作赋的时间，当是建安十一年(206)。“情眷眷”二句紧承上句言，流徙了那样漫长的时间，当恋恋思归之情激发时，谁能承受得住这种欲归不得的忧愁啊！“凭轩槛”以下几句写在楼上的展望活动，其中一直贯注着怀归的情绪。遥望时面向家乡所在的北方，心目关切的是回乡的水陆程途。然望眼既为荆山高岭所遮蔽，归途的川原又深长难越，于是自然产生“悲旧乡”二句那种涕泗横溢的悲感。最后六句撮举古代圣贤为例证，言怀念乡土，人情所同，不因穷达而异。“尼父”即孔子。孔子困厄于陈时，曾发出“归欤！归欤”的感叹(见《论语·公冶长》)。钟仪为楚国乐官，被俘囚于晋国时，仍以琴弹奏楚国的乐调(见《左传·成公九年》)。越人庄舄为楚国执珪的官，病中思念越国，呻吟着越国的声音(见《史记·陈轸传》)。这六句乃因思归不得，感伤至极，转而自解之辞，以避免招致区区乡井之讥。用此数事，亦可使文章中途气势盘旋凝重，而不致轻滑，接着以“人情”二句收束，显得分外矫健有力。

末段抒写身世之忧，与其遭遇紧相联系。开始六句表白内心忧惧所在，盖因时间大量流逝，而时清难待，但恐虚度一生，而不获骋力于斯世。“匏瓜”句意本于孔子自谓“吾岂匏瓜也哉，焉能系而不食！”(见《论语·阳货》)以匏瓜之空悬而不为人食用，以喻人之终身虚度而不见用于世。“井渫”句原于《易·井卦》之“井渫不食”，与“匏瓜”句用意一致。“渫”为疏浚之意。以上六句为本段抒情的基调，然现实一切事与愿违。“步栖迟”以下八句，极写其此时耳目所触，无不令人惊心怆怀。“步栖迟”句写楼上览望时的活动情况，就是行行停停地徘徊着。就在这时，太阳掩藏了它的光辉，原野顿呈一片惨黯惶遽的景象，天色物状都富于象征性，反映着人对于现实的感觉。时局还在恶化，原野一片萧条，只有征夫还在为战争而紧张行进着。看到这一切违反素志的场景，怎不令人凄怆！最后四句写登览下来情绪激动的情况，与篇首相对照。登览原为消忧，而终局适得其反，把感情抒发得无比强烈。

这篇赋是建安时代抒情小赋的杰作。它的卓越的艺术成就表现在它的体貌的高度精练;而情思的深厚丰腴,使读者自然而然地感觉其意味深永。它的精练体现在无论是写景、抒情,以至运用典实来比喻其思想感情,都各适分而止,并不多事铺设辞藻,因而其感情表达得极为清晰而易于感人。在赋中,主人公的形象使读者宛然可见。他登览之际,始而舒畅,继而转忧,于是深思徘徊,最后带着激烈的矛盾情绪下楼,终至归去不能成眠。其时间乃由白昼以至晚暮而达到夜半。其情绪则由舒缓而紧张,由单纯而复杂,终至矛盾激烈而不可开释。这一切构成一幅完整的遭乱流离而满怀身世之忧的诗人形象。(胡国瑞)

魏晋南北朝

【作者小传】

曹 操

(155—220) 即魏武帝。三国时政治家、军事家、诗人。字孟德，小名阿瞒。沛国谯县(今安徽亳州)人。东汉末在镇压黄巾起义中，逐步扩充势力。建安元年(196)，迎献帝都许(今河南许昌东)，“挟天子以令诸侯”，先后削平吕布等割据势力。官渡之战大败袁绍，逐渐统一中国北部。建安十三年，任丞相，率军南下，被孙权、刘备的联军击败于赤壁。后封魏王。子曹丕称帝，追尊为武帝。精兵法，曾著《孙子略解》《兵书接要》等书。善诗歌，风格慷慨悲凉。散文清峻质朴。明人辑有《魏武帝集》。

祀故太尉桥玄[1]文 曹 操

故太尉桥公，诞敷明德[2]，泛爱博容，国念明训[3]，士思令谟[4]。灵幽体翳[5]，邈哉晞[6]矣！吾以幼年逮升堂室，特以顽鄙之姿，为大君子所纳。增荣益观，皆由奖助，犹仲尼称不如颜渊[7]，李生之厚叹贾复[8]。士死知己，怀此无忘。又承从容[9]约誓之言：“殂逝之后，路有经由，不以斗酒只鸡过相沃酹[10]，车过三步，腹痛勿怪。”虽临时戏笑之言，非至亲之笃好，胡肯为此辞乎？匪[11]谓灵忿，能诒己疾，怀旧惟顾，念之凄怆。奉命东征，屯次乡里，北望贵土，乃心陵墓。裁致薄奠，公其尚飨[12]！

〔注〕 ① 太尉：掌军事，汉武帝时一度改为大司马。一般为加官。桥玄，睢阳(今河南商丘)人。《后汉书》称其“性刚急，无大体，然谦俭下士”。这和曹操也有相似处。 ② 诞敷：遍布，传播。明德：美德。 ③ 明训：可作为法则的言论。 ④ 令谟(mó)：嘉谋，善策。 ⑤ 翳(yì)：埋藏。 ⑥ 晞(xī)：干，指死亡。 ⑦ 犹仲尼称不如颜渊：《论语·公冶长》：孔子曾对子贡说，他与子贡都不如颜渊。 ⑧ 李生之厚叹贾复：《后汉书》记贾复师事李生(李先生)，李生对门人说，贾君日后可为将相之器。 ⑨ 从容：形容桥玄说话时安详自然之状，与下文戏笑之言相应。 ⑩ 沃酹(lèi)：以酒洒地表示祭奠。 ⑪ 匪，通“非”。 ⑫ 尚飨：尚望来享受祭礼。祭文末了的套话。

曹操年轻时，任侠放荡，不治行业，故不为人所知。后曾往谒桥玄，玄颇器重，曾说：“天下将乱，非命世之才不能济也。能安之者，其在君乎！”又感慨于自己年老，以妻子相托。曹操由是声名大著。许劭曾当着曹操面说：“子治世之能臣，乱世之奸雄。”《世说新语·识鉴》记乔(桥)玄也对曹操说：“然君实是乱世之英雄，治世之奸贼。”这话该是可信。某些历史上的风云人物，也只有在乱世做得了英雄好汉。曹操生活在天下大乱的东汉末叶，当时年轻（当在二十岁前）而尚未露头角，故闻此当有踌躇满志之感。

此文作于建安七年(202)，年四十八，其时已败刘备于下邳，破袁绍于官渡。行军至故乡谯后，又往浚仪，治睢阳渠，乃遣使祀桥玄。

全文的中心为倾诉知己之感。曹操的功业固由其个人的才能，但他在微贱时，能得桥玄如此推崇，此时功成名遂，对前辈的平生风义，自不能无感。文中重提桥玄生前戏笑之言，接着说："非至亲之笃好，胡肯为此辞乎？"这是就逝者桥玄而言，下面又表明他之设奠，并非怕桥玄生气。他把戏言牢记在心，百忙中着此数语，见得桥玄生前对曹操的亲密，却又申明设奠为了怀旧，怀旧由于知己之感。一生一死，深情始见。从这一意义上说，曹公还不失为一个读书种子。九原有作，太尉当亦为之掀髯。

此文所以令人流连，全在情真词切，神清气足，语言朴茂，有文有心，若作东汉小品读，实为白眉。曹操散文，固不及其诗，但他散文中的上品，实是以诗人之笔娓娓写来。钟嵘《诗品》说："曹公古直，甚有悲凉之句。"这原是评曹操之诗，却也适用于其文。

清初岭南诗人陈恭尹《邺中》云："乱世奸雄空复尔，一家词赋最怜君。"虽萧条异代，却可视为曹氏父子的知己。　（金性尧）

举贤勿拘品行令　　曹　操

昔伊挚、傅说①出于贱人；管仲，桓公贼②也，皆用之以兴。萧何、曹参③，县吏也；韩信、陈平④负污辱之名，有见笑之耻，卒能成就王业，声著千载。吴起贪将，杀妻自信，散金求官，母死不归，然在魏，秦人不敢东向；在楚，则三晋不敢南谋⑤。今天下得无有至德之人放在民间，及果勇不顾，临敌力战；若文俗之吏，高才异质，或堪为将守；负污辱之名，见笑之行；或不仁不孝，而有治国用兵之术：其各举所知，勿有所遗。

〔注〕 ① 伊挚、傅说(yuè)：均是奴隶出身。伊挚，伊尹，辅佐商汤打败夏桀，商朝建立后，担任尹。傅说，辅佐商王武丁治理国政，国复兴盛。 ② 贼：对敌人的蔑称。 ③ 萧何：西汉初大臣，曾为秦沛县吏。曹参：西汉初大臣，曾为秦沛县狱吏。 ④ 韩信：西汉初军事家，年少落魄，曾受胯下之辱。陈平：西汉初大臣，曾被传"受金""盗嫂"。 ⑤ "吴起"句：《史记·孙子吴起列传》载："齐人攻鲁，鲁欲将吴起，吴起娶齐女为妻，而鲁疑之。吴起于是欲就名，遂杀其妻，以明不与齐也"；"其少时，……与母诀，啮臂而盟：'起不为卿相，不复入卫。'遂事曾子。居

顷之,其母死,起终不归”。吴起后任魏将,攻克秦国河西地区,被魏文侯任为西河守,文侯死,遭陷害,逃奔楚国,辅佐楚悼王实行变法,促进了楚国的富强。三晋,战国时,赵、韩、魏三国的合称。赵氏、韩氏、魏氏原为晋国大夫,战国初,分晋各立为国,故称。

这是曹操继《求贤令》《敕有司取士勿废偏短令》之后,于建安二十二年(217)八月发布的第三道求贤令。全文可分为两个部分。前一部分以“昔”字领起,列举了历史上一些出身微贱、名声不雅、品行不端而才能卓著、立了大功的人物。伊挚(即伊尹)、傅说都出身奴隶,但一个辅佐商汤灭了夏朝,一个被商王武丁举用为相;管仲曾与桓公为敌,险些射死桓公,但后来却辅佐桓公成就了霸业;萧何、曹参都由县吏位至丞相;韩信少时曾乞食漂母,受胯下之辱,陈平据说曾盗嫂受金,但后来一个做了刘邦的大将,一个位至丞相;吴起曾杀妻以取得鲁君的信任,散尽家财以谋求官位,因立誓不做卿相不回乡而母死不归,但却先后成功地辅佐了鲁、魏、楚三国。这些人物在历史上都曾声名远播,家喻户晓,其生平事迹具有典型性和说服力,举以为例,显得言之凿凿,滔滔雄辩,从而为“举贤勿拘品行”提出了有力的论据。

后一部分以“今”字领起,照应开头,点破题旨,直接要求下属将那些流落民间而道德高尚的人,果敢勇猛能奋不顾身对敌作战的人,普通文墨小吏中才高质异堪做将军、郡守的人,背着不光彩的名声、有着被人讥笑的行为或不仁不孝而有治国用兵才能的人通通推举出来,要求明确、具体,语气恳切、坚决,笔力雄健,一气呵成,充分表露出了求贤若渴、迫不及待的心情。

汉代选拔人才由地方推举,重视所谓德行。帝王下诏求贤,所强调的大抵都是德行,或先德而后才。曹操从其政治需要出发,也是重视德行的,故在建安八年(203)发布的《修学令》中说:“丧乱以来,十有五年,后生者不见仁义礼让之风,吾甚伤之。”建安十三年(208)还以不孝的罪名杀了孔融,这篇文章也理所当然地将推举“至德之人”放在了首位。但是,曹操不光重视德行,也很重视才能。在他看来,德才兼备固然不错,但在现实生活中,往往是“有行之士,未必能进取,进取之士,未必能有行”(《敕有司取士勿废偏短令》),在德才不能兼备的情况下,就不能求全责备,只要才能出众就可以任用,即使是那些有严重缺点,甚至是“不仁不义”的人也不例外。由于特别强调了才能,德行无形中退避到了次要地位,仅仅成为一种陪衬,显得不那么重要了。

曹操提倡“唯才是举”,是需要足够的反传统的勇气的。这主要得力于汉末打破了武帝以来儒学独尊局面的思想解放运动的启迪,也与曹操其人讲求实际,胆识气魄、胸襟抱负、倜傥性格均非常人可比的志向禀赋有关。另一方面,随着天下三分局面的形成和统一大业的发展，当时确实急需人才；而东汉以来所谓仁孝已徒有其名，“察孝廉，父别居”的现象随处可见，用人已不可能再拘执旧套，只能从实际情况出发。这形成了这篇文章既放言无惮、率直通脱又脚踏实地、实事求是的特色，与喜欢引经说教、呆板粗疏的两汉政令文章迥异其趣，读来令人耳目一新。（张亚新）

遗 令　曹操

吾夜半觉小不佳，至明日饮粥汗出，服当归①汤。

吾在军中持法是也。至于小忿怒，大过失，不当效也。天下尚未安定，未得遵古②也。吾有头病③，自先著帻④。吾死之后，持大服⑤如存时，勿遗。百官当临⑥殿中者，十五举音，葬毕便除服；其将兵屯戍者，皆不得离屯部，有司各率乃职。敛以时服，葬于邺⑦之西冈上，与西门豹⑧祠相近，无藏金玉珍宝。

吾婢妾使人皆勤苦，使著铜雀台⑨，善待之。于台堂上安六尺床，施繐帐⑩，朝晡上脯糒⑪之属，月旦⑫十五日，自朝至午，辄向帐中作伎乐。汝等时时登铜雀台，望吾西陵墓田。余香⑬可分与诸夫人，不命祭。诸舍中无所为，可学作组履⑭卖也。吾历官所得绶⑮，皆著藏中。吾余衣裘，可别为一藏，不能者，兄弟可共分之⑯。

〔注〕①当归：中药名，有活血镇定之效。②遵古：葬仪遵守古风（厚葬）。③头病：曹操原患头风病。④帻（zé）：包头之巾。⑤大服：礼服。⑥临：哭吊死者。⑦邺：故城在今河北临漳。先为袁绍所镇，后以封曹操，与长安等合称五都。⑧西门豹：战国魏人，曾任邺县令，除巫事尤为民间称道。建安二十三年（218），曹操已有筑寿陵于西门豹祠边高原上的打算。⑨铜雀台：位于临漳西南的邺镇，建安十五年（210）曹操所筑。⑩繐（suì）帐：稀疏的麻布所制的灵幔。⑪晡（bū）：申时，即十五时至十七时。脯（fǔ）糒（bèi）：干肉和干粮。⑫月旦：旧历每月初一。⑬余香：剩余的薰香。⑭组履：一种以彩丝、棕麻等编织成的鞋履。⑮绶：系印钮的丝带。⑯据陆机《吊魏武帝文》，这些东西后来便共分了。

建安二十五年（220），曹操已为魏王，孙权上书称臣。曹操说：“是儿欲踞吾着火炉上邪？”意思是，等于要他跳火坑。其臣下却说：汉家气数已尽，今天下十分，殿下已有其九，不必谦让了。曹操于是说：“若天命在吾，吾为周文王矣。”不久曹操病死洛阳。临终曾立《遗令》，今语称为遗嘱。这是历代遗嘱中别开生面的一篇。

从开头几句看，他的病只是“小不佳”，并不严重，但毕竟有六十六岁了，如他的《短歌行》所说，“譬如朝露，去日苦多”，身后安排，自常萦绕心头。遗令中叮嘱家人丧葬从简，无藏金玉珍宝，但“十五举音”，原为汉文帝死前所规定，即只许百官早晚各哭十五声，则已隐然以天子自居。又说天下尚未安定，驻军不得离开防地，这是何等口吻！

末段是全文最精彩处，分香卖履之嘱，尤为后人盛称。看他前面所写，对军国大事，犹念念不忘，至此却于繐帐伎乐，绶带裘衣，皆一一在心。又令妾伎置铜雀台，亦颇与白居易笔下上阳宫人相类。神智如此清明，至此不忘声色，岂真英雄气短，儿女情长？此文不但文风上可断为曹操亲作，非秘书之流所拟，他们怎么会想到分香卖履？想到了也怎敢写上去？曹操尚通脱，《遗令》中正有其性格在，其可爱处在真率，正像第一段承认自己有小忿怒，大过失。

西晋元康八年(298)，陆机游秘阁，见魏武遗令，伤怀久之，乃作《吊魏武帝文》，末有“嗟大恋之所存，故虽哲而不忘”句。此时距曹操之没，不过七十余年，而魏已为晋所取代。元人陈孚《彰德道中诗》云：“雨垂魏武分香泪，水涌周文读《易》声。”次句用曹操“吾为周文王矣”典，有对照意。

(金性尧)

【作者小传】

诸葛亮

(181—234)　三国蜀汉政治家、军事家。字孔明。琅邪阳都(今山东沂南南)人。东汉末隐居邓县隆中(今湖北襄阳)，留心世事，时称为“卧龙”。刘备三顾茅庐，他向刘备提出联合孙权，对抗曹操，统一全国的建议，即所谓“隆中对”。从此成为刘备的主要谋士。刘备称帝后，任为丞相。刘禅继位，他被封为武乡侯，领益州牧。建兴十二年(234)，与魏司马懿在渭南相拒，病死于五丈原军中。谥忠武侯。著有《诸葛亮集》。

诫子[1]书

诸葛亮

夫君子之行，静以修身，俭以养德，非澹泊无以明志，非宁静无以致远[2]。夫学须静也，才须学也，非学无以广才，非志无以成学。淫慢则不能励精[3],险躁则不能治性。年与时驰,意与日去,遂成枯落。多不接世,悲守穷庐,将复何及!

〔注〕 ① 子:即诸葛瞻。 ② 远:深奥。 ③ 淫慢:过度享乐,懈怠。励精:振奋精神。

此文实为家训。“澹泊”“宁静”二语,当为汉人习用语,《文子》《淮南子》皆言之,全文的主旨是劝儿子勤学立志,须从淡泊宁静中下功夫,最忌荒唐险躁,即扎硬寨,打死仗,陆游所谓“外物不移方是学”。后半段即少壮不努力,老大徒伤悲之意。

这些话看似老生常谈,但出于父子之情,便是不同。黄宗羲《与唐翼修广文论文》云:“至文不过家书写。”就因中间有真实。

《三国志·蜀书》记诸葛亮与其兄诸葛瑾书说:“瞻今已八岁,聪慧可爱,嫌其早成,恐不为重器耳。”可见其爱护之深,后来魏大将邓艾攻蜀,瞻督诸军,因前锋已破,退还绵竹。邓艾致书诱瞻曰:“若降者必表为琅邪王。”瞻怒,斩艾使,最后临阵殉国,是年三十七岁。

(金性尧)

【作者小传】

曹 丕

(187—226) 即魏文帝。三国魏文学家。字子桓。沛国谯县(今安徽亳州)人。曹操次子。操死,袭位为魏王,不久代汉称帝,建都洛阳,国号魏。爱好文学。其诗受民歌影响,语言通俗,描写细致。所作《典论·论文》是我国较早的文学批评著作。著有《魏文帝集》,已佚,后人有辑本。

与朝歌令吴质书

曹 丕

五月十八日,丕白:季重无恙。途路虽局[1],官守有限[2],愿言之怀,良不可任[3]。足下所治僻左,书问致简,益用增劳。每念昔日南皮[4]之游,诚不可忘。既妙思六经[5],逍遥百氏;弹棊[6]闲设,终以六博[7],高谈娱心,哀筝顺耳。驰骋北场,旅食南馆,浮甘瓜于清泉,沉朱李于寒水[8]。白日既匿,继以朗月,同乘并载,以游后园,舆轮徐动,参从[9]无声,清风夜起,悲笳[10]微吟,乐往哀来,怆然伤怀。余顾而言,斯乐难常,足下之徒,咸以为然。今果分别，各在一方。元瑜[11]长逝，化为异物[12]，每一念至，何时可言！

方今蕤宾[13]纪时，景风[14]扇物，天气和暖，众果具繁。时驾而游，北遵河曲[15]，从者鸣笳以启路，文学[16]托乘于后车。节同时异，物是人非，我劳如何！今遣骑到邺[17]，故使枉道[18]相过。行矣自爱。丕白。

〔注〕 ① 局：近。 ② 官守有限：官职有一定的纪律限制。 ③“愿言”二句：想倾诉的心情，实在无法抑制。任，当。 ④ 南皮：今属河北。 ⑤ 六经：《诗》《书》《礼》《乐》《易》《春秋》。 ⑥ 弹碁(qí)：弹棋，汉魏时博戏，两人对局，白黑棋各六枚，局以石为之。其术至宋时已失传。 ⑦ 六博：古代一种掷采下棋的比赛游戏。 ⑧“沉朱李”句：将李子浸在冰水中。 ⑨ 参从：随从。 ⑩ 笳(jiā)：古代管乐器。从西域传入，汉魏鼓吹乐中常用之，其音悲凉。 ⑪ 元瑜：阮瑀字。瑀，尉氏(今属河南)人，建安七子之一，曾为曹操管记室。卒于建安十七年(212)。阮籍即其子。 ⑫ 异物：指死亡的人。古代作为“鬼”的讳辞。 ⑬ 蕤(ruí)宾：古乐十二律之一。古人律历相配，十二律与十二月相适应。蕤宾位于午，在五月，故这里指夏历五月。 ⑭ 景风：夏至后和暖的风。 ⑮ 河曲：黄河弯曲处。 ⑯ 文学：官名，略如后世的教官。 ⑰ 邺：今河北临彰。 ⑱ 枉道：绕道。

吴质，字季重，济阴(治所在今山东定陶)人。他出任朝歌(故城在今河南淇县)令的具体日期不详，当在建安十七八年间。这时曹丕在孟津(今河南孟州南)。文中回溯昔日吟诵游宴时，已有乐往哀来、聚会难常之感，今果各处一方，而且阮瑀也已逝世。现在仲夏又至，自己将北往河曲，只是物是人非。所以特地遣骑绕道过访，希望吴质保重。

从内容看，似很平淡，情词却极为恳切真诚，由怀旧而悼亡，由今游而追念故谊，由自己的外出而叮嘱故人的自爱。信笔写来，友情自见。

邺下诸子所以能成为文人集团，开一时的风气，还是由于曹氏父子本人皆有高度的文学艺术的修养，故能通过诗文惺惺相惜。但另一方面，帝王又是很难侍候，七子中孔融被杀，刘桢获谴，皆与得罪曹丕夫人甄氏有关。再如丁仪、丁廙兄弟之死，则又因曹丕、曹植骨肉猜忌而遭牵连。吴质却善于在曹氏兄弟间周旋自处，观其《答魏太子笺》(《文选》卷四十)，何等谨慎小心，“但欲保身敕行，不蹈有过之地，以为知己之累耳”，故亦能以明哲而优游于是非之外。魏晋文人，欲自求多福，舍此似无他途。

(金性尧)

与吴质书　　曹　丕

二月三日，丕白。

岁月易得[①]，别来行复[②]四年。三年不见，《东山》犹叹其远[③]，况乃过之，思何可支[④]？虽书疏[⑤]往返，未足解其劳结[⑥]。

昔年疾疫[⑦]，亲故多离其灾[⑧]：徐、陈、应、刘，一时俱逝，痛可言邪！昔日游处，行则连舆[⑨]，止则接席[⑩]，何曾须臾相失[⑪]！每至觞酌流行[⑫]，丝竹并奏[⑬]，酒酣耳热，仰而赋诗。当此之时，忽然不自知[⑭]乐也。谓百年己分[⑮]，可长共相保，何图[⑯]数年之间，零落略尽[⑰]，言之伤心！

顷撰[⑱]其遗文，都[⑲]为一集。观其姓名，已为鬼录[⑳]。追思昔游，犹在心目；而此诸子，化为粪壤[㉑]，可复道哉！观古今文人，类不护细行[㉒]，鲜能以名节自立[㉓]。而伟长独怀文抱质[㉔]，恬淡寡欲[㉕]，有箕山之志[㉖]，可谓彬彬[㉗]君子者矣，著《中论》二十余篇，成一家之言，辞义典雅，足传于后，此子为不朽矣。德琏常斐然有述作之意[㉘]，其才学足以著书，美志不遂，良可痛惜！间者历览诸子之文，对之抆泪[㉙]，既痛逝者，行自念也[㉚]！孔璋[㉛]章表殊健，微为繁富。公干有逸气[㉜]，但未遒耳[㉝]；其五言诗之善者，妙绝时人[㉞]。元瑜书记翩翩[㉟]，致足乐也。仲宣[㊱]独自善于辞赋，惜其体弱[㊲]，不足起其文；至于所善，古人无以远过。

昔伯牙绝弦于钟期，仲尼覆醢于子路[㊳]，痛知音之难遇，伤门人之莫逮[㊴]。诸子但为[㊵]未及古人，自一时之隽也。今之存者，已不逮矣！后生可畏[㊶]，来者难诬，然恐吾与足下不及见也。行年已长大，所怀万端，时有所虑，至通夜不瞑。志意何时复类昔日？已成老翁，但未白头耳！光武有言："年已三十余，在兵中十岁，所更非一。"[㊷]吾德不及之，年与之齐矣。以犬羊之质，服虎豹之文[㊸]；无众星之明，假日月之光[㊹]，动见瞻观[㊺]，何时易乎[㊻]？恐永不复得为昔日游也！少壮真当努力，年一过往，何可攀援？古人思秉烛夜游[㊼]，良有以也[㊽]。

顷何以自娱？颇复有所述造不[㊾]？东望於邑[㊿]，裁书叙心[51]。丕白。

〔注〕 ① 易得：容易过去。 ② 行：将要。复：又。 ③"三年"二句：《东山》，《诗经·

豳风·东山》。三年,《东山》中有句,“我徂东山,慆慆不归,……自我不见,于今三年。” ④ 支:支持得住。 ⑤ 书疏:书信。 ⑥ 劳:忧思,郁结。 ⑦ 昔年疾疫:指汉献帝建安二十二年(217)的大疫,建安七子中的徐幹、陈琳、应玚、刘桢等均死于此。 ⑧ 亲故:亲戚故友。离:同“罹”,遭受。 ⑨ 连舆:车子前后相接。 ⑩ 接席:古人席地而坐,席连着席,意谓坐在一起。 ⑪ 相失:分离。 ⑫ 觞(shāng):酒杯。流行:巡回行酒。 ⑬ 丝:指琴类乐器。竹:指管乐。并奏:一起吹奏。 ⑭ 不自知:没有觉得。 ⑮ 己分:自己应得之份。 ⑯ 何图:哪里料到。 ⑰ 零落:指死亡。略尽:将完。 ⑱ 撰:编定。 ⑲ 都:总共。 ⑳ 录:名册。 ㉑ 化为粪壤:指死亡。 ㉒ 类:大率。不护:不注意。细行:细节。 ㉓ 鲜:少。㉔ 伟长:徐幹的字。文:文才。质:好的品行名节。 ㉕ 恬淡:清静。寡欲:少欲望。㉖ 箕(jī)山之志:箕山是古代高士许由隐居之地,在今河南省境内。这里是说徐幹不慕名利。 ㉗ 彬彬:文质兼备。《论语·雍也》:“文质彬彬,然后君子。” ㉘ 德琏:应玚字。斐然:有文采的样子。 ㉙ 抆(wěn)泪:擦眼泪。 ㉚ 行:而且。自念:想到自己。 ㉛ 孔璋:陈琳字。 ㉜ 逸气:文气奔放洒脱。 ㉝ 遒:劲健。 ㉞ 妙绝时人:超过同时代人。 ㉟ 元瑜:阮瑀字。书记:章、表、书、疏等文体。翩翩:美好的样子。 ㊱ 仲宣:王粲字。 ㊲ 体弱:文章风格纤弱。 ㊳ 仲尼覆醢(hǎi)于子路:事见《礼记·檀弓上》,孔子闻子路被卫人剁成肉酱,命家人将食用肉酱倾倒掉。 ㊴ 莫逮:比不上。 ㊵ 但为:只是。 ㊶ 后生可畏:语出《论语·子罕》“后生可畏,焉知来者之不如今也”。指青年有希望,令人敬畏。 ㊷ 光武:汉光武帝刘秀。《东观汉记》:“光武赐隗嚣书曰:‘吾年已三十余,在兵中十岁,所更非一。’”所更非一:经历的事不止一件。 ㊸ 犬羊之质,服虎豹之文:语出扬雄《法言》“羊质而虎皮,见草而悦,见豺而战”。这是曹丕的自谦之词。 ㊹ 假:借。日月:指其父曹操。 ㊺ 动见瞻观:自己居王位,举止为世人注目,拘束得很。 ㊻ 易:改变。 ㊼ “古人”句:指《古诗十九首》,“生年不满百,常怀千岁忧。昼短苦夜长,何不秉烛游”。秉,拿。 ㊽ 良有以也:实在是有道理的。 ㊾ 頗:少。述造:著述。不:同“否”。 ㊿ 於邑(wū yì):忧郁貌。 (51) 裁书:写信。

书信是一种极为灵活的文学样式,有言情、言事、言理的区别。一般书信多偏重于言事、言理,言情者较少。曹丕的书信无所规仿,独抒胸臆,辞意斐笃,因此曾有人把它们推为“书牍正裁”。《与吴质书》正是曹丕书信的代表作。清人黄仁黼说:“文生于情,情感于物。……情至而文生矣,此所以为至情;文至而情出矣,此所以为至文。”(《古文笔法百篇》)曹丕在整理朋友文稿的过程中,见物思人,不禁感慨万千,发而为文。因此这封书信称得上是“文情交至”的作品。

全文可分五段。第一段叙说和吴质长久离别,不堪思念的心情。作者顺手借来《诗经·东山》中的语意,说明古人分别三年就感叹离别的久远,何况我们分手已超过了三年,因而胸中有许多倾诉不尽的相思和忧郁。这样用笔,表情恳切,手法曲折,很巧妙地写出了朋友间感情的深厚。

第二段追念昔游,点出撰定遗文的原因。首先叙说不少亲故死于疾疫,自己恻怛悲哀,内心的苦痛难以言状。接着宕开一笔,回想往日大家互相陪伴,行止相接,饮酒赋诗,俯仰情深的情景。随后又收转笔锋,从追忆回到现实中来,写眼前的凄凉萧条。最后谈到近来编订朋友们的遗稿，眼见得文稿在，人已逝。触景生情，十分感伤。在这段文字中，作者情绪不断变化，哀乐交替，表现了十分细腻而又复杂的心理活动。起先诉说朋友们相继去世，笔调哀戚悲伤；中间回忆昔日游乐，情绪显得欢快流畅；后面写物是人非，心情沉痛，景象凄凉。王夫之说："以乐景写哀，以哀景写乐，一倍增其哀乐"。(《姜斋诗话》)在前后两段哀景中插入一段乐景，看来不够谐调，其实却十分合乎情理。作者以哀写乐，以乐衬哀，使哀乐的对比显得格外鲜明强烈，从而深深地表达出对亡友的怀念之情。很明显，曹丕对青年时代的那段生活留下了很美好的印象，他在另一封写给吴质的信中也表示："每念昔日南皮之游，诚不可忘。"因此在这段文字中动情之处很多，足以打动老朋友的心弦。此时此地，种种的约束和年岁的增长，已使作者再也无法重温过去那种无忧无虑的生活了，这种失去的东西不能不使他倍觉珍贵。亡友们已"化为粪壤"，自然无话可说；而作者尽管活着，但也不可挽回地失去了许多东西。念人念己，一种哀伤之感油然而生。

第三段评论建安诸子的文章。曹丕对文学向来重视，甚至把文学提到与事功并立的地位。因此，他对亡友最好的悼念就是整理编订好他们的遗稿，以流传后世。他"历览诸子之文"，并在这封信中公正允当地对它们一一作出评价，指出各自的优缺点。

第四段是自慨。先用伯牙和孔子两个典故作铺垫，说明知音和学生的难遇，随即称颂建安诸子都是"一时之隽"，在他们去世之后，再也难以找到这样杰出的知音了。作者本来是与吴质一起共慨旧友去世，知音难觅，却出人意外地从后来者着笔，更表现出今日无人的悲哀，手法颇为新奇。接着，作者自然而然地说到自己。他告诉吴质近来自己年长才退，德薄位尊，因而以奋发努力的话来自我激励。这些语词恳切真诚，一点没有矫揉造作、曼辞自饰的地方，全是心声的吐露。

第五段是对朋友的存问。作者关切地询问吴质最近的生活和著述情况，最后仍以表示思念作结，情感深挚。

从上面的分析，我们可以归纳出几点写作特色。首先是坦诚真挚的感情。曹丕虽然地位很高，但信中却丝毫没有帝王的架子，没有虚张声势、大话吓人，而是以朋友的身份作倾心交谈。无论是论人还是论文，自感还是自慨，都是出于一片真心，以情感人，因此文中形成了一种深深的艺术感染力。这种坦诚真挚的感情融会贯通在全篇文字当中。在写亡友的时候，能直举胸情，真切而具体地表达出内心的恻怛悲哀，创造一种凄楚悲凉的气氛，使人不忍卒读。在写到远居他方的朋友吴质时，作者则先用"三年不见，《东山》犹叹其远，况乃过之，思何可支"等语表示自己的思念之切，随后又热语存问，句句贴心，款款情深，使朋友觉得有如春风拂面，暖人心怀。有趣的是曹丕的弟弟曹植恰巧也有一封《与吴质书》，两相比较，其中的不同就比较明显。曹植的信中有"足下(指吴质)鹰扬其体，凤叹虎视，谓萧、曹不足俦，卫、霍不足侔也。左顾右盼，旁若无人，岂非吾子壮志哉"等语，对吴质大加夸奖，但是有人却认为此信是"大语搪塞"，"字面虽似亲切，然合下观之，语义类多浮饰"，并猜测曹植与吴质不是"真相知"(见《古文笔法百篇》)。我们无意于在此探讨曹植与吴质的关系究竟如何，但是由此却可表明曹丕这封书信写得真切，语淡而情浓。更为可贵的是，此信在谈到作者自己的时候也照样口陈肝胆，披心相见。它真实地表现出帝王也与常人一样有着喜怒哀乐和忧愁苦思。如文中写自己"年行已长大，所怀万端，时有所虑，至通夜不瞑。志意何时复类昔日？已成老翁，但未白头耳"等语，说得多么坦白！但是帝王毕竟又与常人不同，另有许多心事，信中也作了真实反映。如"动见瞻观，何时易乎？"表明了作者对自己处于德薄位尊情境中的担心和对自己要受外界种种羁绊的抱怨，这些就完全是"帝王之忧"了。

其次是清丽婉约的风格。沈德潜在评论曹丕诗的时候说："子桓诗有文士气，一变乃父悲壮之习。要其便娟婉约，能移人情。"(《古诗源》)曹丕诗的这些特点也十分明显地反映在他的散文当中。此文作为写给好友的书信，又以怀念故人为主要内容，通篇娓娓而谈，更显得从容委曲，凄楚动人。为了便于说明这一点，我们不妨再借曹植《与吴质书》中的一段文字来作比较。如这两封信中都谈到朋友间的交游燕饮，可是在艺术表现上却呈现出各自特有的风格。曹丕这样写："昔日游处，行则连舆，止则接席，何曾须臾相失！每至觞酌流行，丝竹并奏，酒酣耳热，仰而赋诗。当此之时，忽然不自知乐也。谓百年己分，可长共相保……"主要谈的是彼此的友谊，游乐的内容和雅兴，写得清绮淡逸，毫不雕琢。而曹植的信从取材、语言和表现上都与曹丕有所不同。他对欢会和燕饮是这样描写的："……过屠门而大嚼，虽不得肉，实且快意。当斯之时，愿举泰山以为肉，倾东海以为酒，伐云梦之竹以为笛，斩泗滨之梓以为筝，食若填巨壑，饮若灌漏卮，其乐固难量，岂非大丈夫之乐哉！"这段文字想象奇特，气势恢宏，特别是要举山为肉，倾海为酒等豪壮之语更是曹丕笔下所见不到的。两相对照，曹丕的信淡雅清丽，曹植的信雄奇豪迈。

最后要谈的是优美流畅的语言。作者在语言上具有深湛的功力。此信的文字相当优美，便于抒情；但又平易简洁，适于达意。为了增强表现力，信中明征暗引的成语和典故很多，显得文采斐然；但是用得妥帖巧妙，并多是平时已为人们所熟悉的常典和名句，所以一点也没有艰涩之感。作者还十分注意语言的感情色彩，往往只用一两个字就传达出丰富的内涵。如在评孔璋时，说他“章表殊健，微为繁富”；评仲宣时，说他“独自善于辞赋，惜其体弱，不足起其文”；对德琏，则说他“常斐然有述作之意，其才学足以著书，美志不遂，良可痛惜”！用字不多，但从中可体味到隐含着的惋惜之情。另外，此信的音韵节奏也非常和谐。作者对于句子的抑扬顿挫和段落的承转连接都十分用心，全文犹如一沟溪水，汩汩流出，了无滞碍。

（费君清）

【作者小传】

孙 楚

（约218—293） 西晋散文家。字子荆。太原中都（今山西平遥西南）人。有才藻，性陵傲不群。年四十余始参镇东军事。迁佐著作郎，参将军石苞骠骑军事。因与石苞有嫌隙，被废。后杨骏复用为参军。惠帝初，为冯翊太守。能诗赋，原有集，已散佚，明人辑有《孙冯翊集》。

反金人铭　　孙 楚

晋太庙左阶之前，有石人焉，大张其口，而书其胸曰：

我古之多言人也。无少言，无少事！少言少事，则后生何述焉？我读三坟五典、八索九丘①，赜②罔深而不探，理无奥而不钩③。故言满天下，而无口尤④。夫唯言立，名乃长久。胡为块然⑤，生缄其口。自拘广庭，终身叉手。凡夫贪财，烈士殉名。盗跖为浊，夷柳为清⑥；鲍肆为臭，兰圃为馨⑦。莫贵澄清，莫贱滓秽。二者言异。归于一会⑧。尧悬谏鼓，舜立谤木⑨。听采风谣，惟日不足。道润群生，化隆比屋⑩。末叶陵迟，礼教弥衰。承旨则顺，忤意则违。时好细腰，宫中皆饥⑪。时悦广额，下作细眉⑫。逆龙之鳞，必陷斯机；括囊无咎⑬，乃免诛夷。颠覆厥德，可为伤悲。斯可用戒，无妄之时。假说周庙⑭，于言为蚩⑮。是以君子，追而正之。

〔注〕 ① 三坟五典、八索九丘：均为古代典籍。三坟，伏羲、神农、黄帝三皇之书。《尚书

序》:“伏羲、神农、黄帝之书谓之三坟,言大道也。”五典,《尚书序》:“少昊、颛顼、高辛、唐、虞之书,谓之五典,言常道也。”八索,八卦之说。九丘,九州之志。　② 赜(zé):幽深奥妙。③ 钩:探索。　④ 尤:过失。　⑤ 块然:沉默而无动于衷的样子。　⑥“盗跖(zhí)”二句:盗跖,春秋战国之际人。“盗”为旧时诬称。《庄子·盗跖》说他率“从卒九千人,横行天下,侵暴诸侯”。夷柳,夷指伯夷,商末孤竹君长子。孤竹君起初立其弟叔齐为君,孤竹君死后,叔齐让位,他不受,两人一起投奔周文王。武王伐纣,与叔齐极力劝谏。武王灭商后,兄弟俩隐居首阳山,不食周粟而死。柳,指柳下惠,春秋时鲁国大夫,展氏,名获,字禽。鲁僖公二十六年(前634),齐攻鲁,他派人到齐劝说退兵。有“坐怀不乱”的故事。　⑦“鲍肆”二句:鲍肆,卖咸鱼的店铺。鲍,鲍鱼,盐渍鱼,其味腥臭。兰圃,种植兰花的园地。　⑧ 一会:一体。　⑨“尧悬”二句:相传尧时设鼓于庭,使民击之进谏;舜时于交通要道竖立木牌,让人在上面写谏言。⑩ 化隆比屋:谓教化之盛,人人皆受其益。　⑪“时好”二句:《韩非子·二柄》载,楚灵王好细腰,国中女子多因节食而饿死。　⑫“时悦”二句:东汉民谣,有“城中好广眉,四方且半额”之句。此处反用其意,谓时尚好广额,则人人作细眉。　⑬ 括囊:束紧袋口,比喻缄口不言。语出《易·坤》:“六四,括囊,无咎无誉。”　⑭ 无妄之时:“妄”犹“望”,谓无希望之时。这二句意思说,《金人铭》是后代乱世中人假托周庙之事。　⑮ 蚩:愚妄。

铭文通常刻于器物上,亦有在宫室、城关、山川名胜等场所勒石为铭。其用意大体有二:一以自戒或警人,一以祝颂德行,彪炳功业。本文的性质属于前一种。但它是假托之作,并未真的刻勒。相传周时有《金人铭》,劝人慎言远祸,为孔子所称道。此虽出于伪托,却很有名。孙楚遂亦以伪托形式,作《反金人铭》。二铭宣扬截然相反的处世态度,读来不仅有趣,且发人深思。

因为《反金人铭》针对《金人铭》而发,所以首先需要对后者略加介绍。据西汉刘向所著《说苑·敬慎》篇(又见于《孔子家语》,文字大同小异)记载,孔子到周,在周王室祭祀祖先的太庙中见到一个“金人”(即铜人),“三缄其口”——嘴巴上加有多层封闭之物,又在背后刻有如下的铭文:“我古之慎言人也。戒之哉,戒之哉!无多言,多言多败;无多事,多事多患。安乐必戒,无行所悔。勿谓何伤,其祸将长;勿谓何害,其祸将大;勿谓何残,其祸将然(燃);勿谓莫闻,天妖伺人。荧荧不灭,炎炎奈何?涓涓不壅,将成江河。……诚不能慎之,祸之根也。口是何伤,祸之门也。强梁者不得其死,好胜者必遇其敌。……”孔子看了,便以此告诫他的弟子,并又引证《诗经》中“战战兢兢,如临深渊,如履薄冰”之句,说:“行身如此,岂以口遇祸哉!”这一篇《金人铭》,从头到尾,反反复复,教人不可多言多事,方得太平。如此说来,倘若不是要用嘴巴吃饭,真是应该把它缝起来。不吃饭的“金人”,不正是“三缄其口”的吗?

孙楚却不这么看。他假托的所谓晋太庙中的石人,与周太庙中的金人相反,不是“三缄其口”,而是“大张其口”;身上的铭文,不是刻于背后,而是堂而皇之地刻于胸前。他又借石人之口公然宣称:“我古之多言人也。无少言,无少事!”摆出一副全然不怕惹是生非的架势。

接着，作者从两方面展开论述。一方面，人生在世，本该有所作为，敢说敢做。“少言少事，后生何述”——什么也不说不做，历史岂非成了一片空白？再则，人各有别：烈士不同于凡夫，伯夷、柳下惠（这二位是古代公认的贤者仁人）不同于盗跖（他是古代公认的大盗），这犹如兰圃之香不同于咸鱼铺之臭，天地澄清之气不同于渣滓污秽。而其所以不同，乃是见于言见于行；若无言行，只是“生缄其口”，那又何来仁人志士与卑鄙小人之别？另一方面，作者又指出：良好的政治，本应该鼓励人们畅所欲言。尧时有“谏鼓”，供敢谏之士击鼓以陈述讽谏之言；舜时有“谤木”，任民众在上面书写对政治的不满和批评；周王朝还专门派人到民间采集风谣，以听取老百姓的牢骚。——这些关于上古时代的传说，作者认为是统治者理应仿效的。

而后笔锋一转，尖锐地刺向最高统治者：为什么人们不敢说话，而视不违是非为高明，以无所建树为渊默？这乃是“末叶陵迟，礼教弥衰”的结果。因为在君主专横的权力下，委顺方可取媚，刚直适足杀身，多言难免得咎，缄口乃能避祸。于是世间多唯唯诺诺之人，少坦荡亮直之士；于是就有了这种伪造的《金人铭》，颠倒了美德与丑恶。

孙楚之为人，据《晋书》本传介绍，是“才藻卓绝，爽迈不群，多所陵傲，缺乡曲之誉”，可谓特立独行之士。魏晋时代之风气，亦是异端思想流行，富于批判精神。在个人与社会的双重条件下，产生了这样一篇《反金人铭》。它以斩绝之辞，逆翻前人陈见，揭示隐忍苟且、平庸委琐的所谓“美德”，实是残暴专制的产物，于社会于个人毫无价值，又提倡无所忌讳、敢说敢做，要求广开言路、容忍批评的政治，可称是一篇奇文。在中国漫长的封建社会中，《金人铭》的训诫为人们普遍接受，《反金人铭》则近乎湮没无闻；但在今天，它是更值得我们重视的。

铭文的风格，据陆机《文赋》所言，当以“博约而温润”为长。本文则文意醒豁，用语简劲，也是别有追求的特例。 （汪涌豪）

【作者小传】

刘 伶

（约 221—300） 西晋文学家。字伯伦。沛国（今安徽濉溪县西北）人。魏末为建威参军。晋泰始初对策，盛言无为，以不合时旨而罢。纵酒放诞，蔑视礼法，常乘一鹿车，携一壶酒，使人荷锸随之，谓“死便埋我”。与嵇康、阮籍等同为“竹林七贤”。其文以《酒德颂》较著名。原有集，已佚。

酒德颂 刘伶

有大人先生，以天地为一朝，万期为须臾，日月为扃牖①，八荒为庭衢②。行无辙迹，居无室庐，幕天席地，纵意所如。止则操卮执觚③，动则挈榼④提壶，唯酒是务，焉知其余。有贵介公子、搢绅处士⑤，闻吾风声，议其所以，乃奋袂攘襟⑥，怒目切齿，陈说礼法，是非锋起。先生于是方捧罂⑦承槽，衔杯漱醪⑧，奋髯箕踞⑨，枕曲⑩藉糟，无思无虑，其乐陶陶。兀然⑪而醉，豁尔而醒。静听不闻雷霆之声，熟视不睹泰山之形。不觉寒暑之切肌，利欲之感情。俯观万物扰扰，焉如江海之载浮萍。二豪侍侧，焉如蜾蠃⑫之与螟蛉⑬。

〔注〕 ① 扃牖(jiōng yǒu)：门窗。 ② 庭衢(qú)：厅堂前的道路。 ③ 卮(zhī)：古代盛酒器。觚(gū)：古代饮酒器。口部与底部为喇叭状，细腰，圈足。 ④ 挈(qiè)榼(kē)：挈，提；榼，古时盛酒的器具。 ⑤ 搢(jìn)绅：插笏于绅。搢，插。绅，古代儒者、官宦围于腰际的大带。后引申为儒者或官宦的代称。处士：隐居不仕的人。 ⑥ 奋袂(mèi)攘襟：振动衣袖，揭起衣襟。常用以形容激动的状态。 ⑦ 罂(yīng)：盛酒的器具，小口大腹，较缶大。 ⑧ 醪(láo)：浊酒。 ⑨ 箕踞(jī jū)：坐时两脚伸直叉开，形似簸箕。一说屈膝张足而坐。为一种轻慢态度。 ⑩ 曲：酒曲。 ⑪ 兀(wù)然：浑然无知貌。 ⑫ 蜾蠃(guǒ luǒ)：蜂的一种，体青黑，细腰，常用泥土在墙上或树枝上做窝，捕螟蛉喂其幼虫。 ⑬ 螟蛉(míng líng)：螟蛾的幼虫，是一种蛀食稻心的害虫。

刘伶可算是魏晋时代典型的放浪形骸的人物了。但他生前始终是个小人物。他留存下来的唯一的大作便是《酒德颂》，后人盛传的也是有关他喝酒的轶事。

如果理解了魏晋时代是人的主体自觉的时代，那么，对刘伶不惜以极端夸大的放浪违背当时名教准则的行为，也是可以原谅的了。实际上，他留给后人的远不止只是喝酒的趣事。

刘伶身长六尺，容貌甚陋，常以齐宇宙万物为心。他同“竹林七贤”中的其他人物一样，声称“礼岂为我辈设邪”，这是对极端黑暗的统治的一种反抗。只是刘伶做得有点离了谱，致使人们在读他的《酒德颂》时产生一种历史的误会，以为他只是个唯酒是务的酒徒。其实，我们还是可以透过那迷离恍惚的文字，感受到他那颗跳动着的极其痛苦的心的。

“以天地为一朝，万期为须臾，日月为扃牖，八荒为庭衢”，仅仅是《庄子·齐物论》的阐扬。庄子没说过要齐万物时非饮酒不可，刘伶整日的酣饮也不可能做到无思无虑、逍遥终日。他标榜“唯酒是务，焉知其余”，实则他的“唯酒是务”是真，“焉知其余”则未必。“焉知其余”实则是明白得太多、心情极端痛苦而不愿再明白什么了的“夫子自道”。

魏晋文人留给后人的，更多的是人的主体价值的思考，他们以玄远的言谈和乖戾的行为，为自己选择了生存的方式。如果这种方式果真能够使他们解脱，则其主体价值也就实现了。问题是，既然刘伶还知道有人对他“奋袂攘襟，怒目切齿。陈说礼法，是非锋起”，则其“无思无虑，其乐陶陶”也只是为了维持自己极端不平衡的心理的一种假设之辞。而且，一旦他知道（实际上他已经知道）众人对他的“越礼”行为咬牙切齿，那么，他选择的行为和这种行为之不容于人世间的矛盾，将会怎样变本加厉地折磨他那本已痛苦不堪的灵魂！

于是，刘伶只能选择一条我行我素的道路了：“静听不闻雷霆之声，熟视不睹泰山之形。不觉寒暑之切肌，利欲之感情。”既然刘伶是在洞达世事的基础上以求这种《庄子》中的“真人”“神人”的境界，而洞察世间黑暗现象的原因只会使他得出“众人皆醉我独醒”的结论，那么，物欲不关情就只是他所追求的理想。他的“不以家产有无介意”，仍和“竹林七贤”中的阮籍、嵇康等人一样，只是以放浪形骸来摆脱统治者的罗网罢了。

实际上，真正的“齐物”即所谓精神自由，在任何时期的任何人身上都是不存在的，人类在生存中感受到的理想与现实之间的矛盾和冲突始终是存在的。刘伶这篇《酒德颂》的意义，不在于他是否真正解决了他提出的问题，而在于他立志解决这个问题的精神。

（朱起予）

【作者小传】

向 秀

（约 227—272） 魏晋之际哲学家、文学家。字子期。河内怀县（今河南武陟西南）人。“竹林七贤”之一。官至黄门侍郎、散骑常侍。善诗赋。曾作《思旧赋》，颇有名。曾为《庄子》作注，“发明奇趣，振起玄风”，但《秋水》《至乐》二篇注释未完而卒。后郭象“述而广之”，别为一书。

思旧赋

向 秀

余与嵇康、吕安居止接近①，其人并有不羁之才。然嵇志远而疏，吕心旷而放，其后各以事见法[2]。嵇博综技艺，于丝竹特妙。临当就命[3]，顾视日影，索琴而弹之。余逝将西迈[4]，经其旧庐。于时日薄虞渊[5]，寒冰凄然。邻人有吹笛者，发声寥亮。追思曩昔游宴之好，感音而叹，故作赋云。

将命[6]适于远京[7]兮，遂旋反而北徂[8]。济[9]黄河以泛舟兮，经山阳之旧居。瞻旷野之萧条兮，息余驾乎城隅。践二子之遗迹兮，历穷巷之空庐。叹《黍离》之愍周兮，悲《麦秀》于殷墟[10]。惟古昔以怀今兮，心徘徊以踌躇[11]。栋宇[12]存而弗毁兮，形神逝其焉如[13]？昔李斯[14]之受罪兮，叹黄犬而长吟。悼嵇生之永辞兮，顾日影而弹琴。托运遇于领会[15]兮，寄余命于寸阴[16]。听鸣笛之慷慨[17]兮，妙声绝而复寻[18]。停驾言其将迈[19]兮，遂援翰[20]而写心。

〔注〕 ① 嵇康：字叔夜，三国谯郡铚县嵇山（今安徽涡阳）人。文学家、音乐家，“竹林七贤”之一。曾为中散大夫，世称嵇中散。吕安：字仲悌，三国东平（治今山东东平东南）人。与嵇康、向秀为友。　② 见法：被处死刑。嵇康、吕安二人均被司马昭所杀。　③ 就命：命终。此指嵇康临刑索琴弹《广陵散》故事。　④ 余逝将西迈：嵇康被杀后，向秀应地方的考荐赴洛阳。洛阳在山阳（今并入河南焦作）之西。逝：往。　⑤ 薄：迫近。虞渊：旧指太阳没落处。⑥ 将命：奉命。　⑦ 远京：指洛阳。　⑧ 北徂（cú）：北往。　⑨ 济：渡。　⑩ 叹《黍离》二句：《黍离》为《诗经·王风》中一篇，旧说周室东迁后，周大夫经过周室的故都，见宗庙宫殿长满禾黍，乃悲而作《黍离》篇。微子为殷商后代，相传经过殷代故都，见宫室残败，生了禾黍，乃作《麦秀歌》。“黍离”“麦秀”一般指亡国之痛，这里借喻伤逝吊故。　⑪ 踌躇：止步不前。⑫ 栋宇：指嵇康旧居。　⑬ 焉如：往哪里去了。　⑭ 李斯：秦朝政治家。楚上蔡（今河南上蔡西南）人。为赵高陷害，被腰斩于市。临刑时，对他儿子说：“吾欲与若复牵黄犬，出上蔡东门逐狡兔，岂可得乎？”这是与嵇康临刑顾日影而叹《广陵散》从此绝响相对照。后来陆机被杀时，也有“华亭鹤唳，尚可闻乎”之言。　⑮ 领会：遭遇。人的衣领，或合或开，如相交会，故以喻遭遇。　⑯ 寄余命于寸阴：指嵇康在死前的片刻间，尚以其残留的生命寄托在琴曲上。　⑰ 慷慨：即小序中“寥亮”之意。　⑱ 寻：继续。　⑲ 将迈：即将启行。　⑳ 翰：笔。

嵇康与阮籍、向秀等都属竹林七贤。嵇康喜欢打铁，向秀帮他打，每相对欣然，旁若无人，又与吕安灌园（从事田园劳动）于山阳。吕安有个异母兄吕巽（逊），为人轻薄阴险，颇受司马昭亲信钟会厚爱。巽曾奸淫安妻徐氏，反而诬告吕安不孝，安因此被囚，力辩冤枉，又引嵇康作证。康义不负心，为安辩白，并作与吕巽绝交书。嵇康得罪过钟会，会乘此向司马昭进谗，说他们言论放荡，非毁典谟，应该借个罪名收拾之。两人就此遭祸，太学生三千人，欲以嵇康为师，勿许。临刑时神色自若,索琴而弹。

后来向秀路过旧庐,听到邻人吹笛,感于人去宇存,存没异途,聚散无常,乃作此赋。山阳闻笛,从此成为悼念亡友的典故。在魏晋的抒情小赋中,以此为最,内容主要在怀念嵇康。

文中的志远而疏,心旷而放二句,实是说两人不善于处理人事关系,对自己言行不能抑制,下即紧接"其后各以事见法"。向秀与嵇、吕是好友,故亦深知两人的毛病。孙登也说嵇康:"君性烈而才隽,其能免乎?"(《晋书·嵇康传》)鲁迅在《为了忘却的记念》中说:"年青时读向子期《思旧赋》,很怪他为什么只有寥寥的几行,刚开头却又煞了尾。然而,现在我懂得了。"

《广陵》绝响,邻笛断续。逝者如斯,生者既停车而又将启程。死生亦大矣,唯有托纸笔以写心。好诗之余音在结尾,文亦如此。 (金性尧)

【作者小传】

鲁 褒

西晋文学家。字元道。南阳(今属河南)人。好学多闻。隐姓名,终身不仕。疾元康以后逐利之风,著《钱神论》以刺之。

钱 神 论

鲁 褒

有司空公子[①],富贵不齿[②],盛服而游京邑,驻驾平市里[③]。顾见綦毋先生,班白而徒行[④]。公子曰:"嘻!子年已长矣,徒行空手,将何之乎?"先生曰:"欲之贵人。"公子曰:"学《诗》乎?"曰:"学矣。""学《礼》乎?"曰:"学矣。""学《易》乎?"曰:"学矣。"公子曰:"《诗》不云乎:'币帛筐篚,以将其厚意,然后忠臣嘉宾,得尽其心[⑤]。'《礼》不云乎:'男贽玉帛禽鸟,女贽榛栗枣脩[⑥]。'《易》不云乎:'随时之义大矣哉[⑦]!'吾视子所以,观子所由,岂随世哉[⑧]!虽曰已学,吾必谓之未也。"先生曰:"吾将以清谈[⑨]为筐篚,以机神[⑩]为币帛。所谓'礼云礼云,玉帛云乎哉[⑪]'者已。"

公子拊髀[⑫]大笑曰:"固哉,子之云也!既不知古,又不知今。当今之急,何用清谈!时易世变,古今异俗,富者荣贵,贫者贱辱。而子尚质,而子守实,无异于遗剑刻船[13],胶柱调瑟[14]。贫不离于身名,誉不出乎家室,固其宜也!

“昔神农氏没,黄帝、尧、舜,教民农桑,以币帛为本。上智先觉变通之,及掘铜山,俯视仰观,铸而为钱。故使内方象地,外圆象天[15]。大矣哉!

“钱之为体,有乾有坤。内则其方,外则其圆。其积如山,其流如川。动静有时,行藏有节[16]。市井便易[17],不患耗折[18]。难朽象寿,不匮象道[19]。故能长久,为世神宝。亲爱如兄,字曰孔方。失之则贫弱,得之则富强。无翼而飞,无足而走。解严毅[20]之颜,开难发之口。钱多者处前,钱少者居后。处前者为君长,在后者为臣仆。君长者丰衍而有余,臣仆者穷竭而不足。诗云:‘哿矣富人,哀此茕独[21]。’岂是之谓乎!

“钱之为言泉[22]也,百姓日用,其源不匮,无远不往,无深不至。京邑衣冠[23],疲劳讲肄[24],厌闻清谈,对之睡寐[25]。见我家兄,莫不惊视。钱之所祐,吉无不利。何必读书,然后富贵!昔吕公欣悦于空版[26],汉祖克之于嬴二[27]。文君解布裳而被锦绣,相如乘高盖而解犊鼻[28]。官尊名显,皆钱所致。空版至虚,而况有实!嬴二虽少,以致亲密。由是论之,可谓神物。无位而尊,无势而热,排朱门,入紫闼[29]。钱之所在,危可使安,死可使活。钱之所去,贵可使贱,生可使杀。是故忿诤[30]辩讼,非钱不胜;孤弱幽滞[31],非钱不拔;怨仇嫌恨,非钱不解;令问笑谈,非钱不发。

“洛中朱衣[32],当途之士[33],爱我家兄,皆无已已。执我之手,抱我终始,不计优劣,不论年纪。宾客辐辏[34],门常如市。谚云:‘钱无耳,可闇[35]使。’岂虚也哉?又曰:‘有钱可使鬼。’而况于人乎?子夏云:‘死生有命,富贵在天。’吾以死生无命,富贵在钱。何以明之?钱能转祸为福,因败为成,危者得安,死者得生。性命长短,相禄贵贱,皆在乎钱,天何与焉?天有所短，钱有所长。四时行焉，百物生焉，钱不如天；达穷开塞，赈贫济乏，天不如钱。若臧武仲之智，卞庄子之勇，冉求之艺，文之以礼乐，可以为成人矣[36]。今之成人者何必然？唯孔方而已。

“夫钱，穷者能使通达，富者能使温暖，贫者能使勇悍。故曰：君无财，则士不来；君无赏，则士不往。谚曰：‘官无中人，不如归田。’虽有中人，而无家兄，何异无足而欲行，无翼而欲翔？使才如颜子，容如子张，空手掉臂，何所希望[37]？不如早归，广修农商。舟车上下，役使孔方。凡百君子，同尘和光[38]，上交下接，名誉益彰。”

黄铜中方，叩头对曰：“仆自西方庚辛[39]，分王诸国，处处皆有，长沙越嶲[40]，仆之所守。黄金为父，白银为母，铅为长男，锡为嫡妇[41]。伊我初生，周末时也，景王尹世[42]，大铸兹也[43]。贪人见我，如病得医，饥飨太牢[44]，未之逾也。”

〔注〕 ① 司空公子：为作者虚拟假托的人物。 ② 不齿：不与同列。表示鄙视。③ 平市里：为假托的地名。 ④ 綦毋(qí wú)先生：作者假托的人物。班白：同“斑白”，头发花白。表示年老。徒行：步行。 ⑤ 币帛：缯(zēng)帛，即丝织品，古时常用作馈赠或祭祀礼品。筐篚(fěi)：均为盛物竹器。方形称筐，圆形称篚。此四句语出《诗·小雅·鹿鸣序》。⑥ 贽(zhì)：初次见面时送的礼物，以表敬意。《左传·庄公二十四年》：“男贽，大者玉帛，小者禽鸟，以章物也；女贽，不过榛栗枣脩，以告虔也。”今本《礼记》不见此二句。 ⑦ 随时之义：随时势变通。此句语出《周易·随卦》。 ⑧ 所以：所作，所为。所由：所经历的道路。《论语·为政》：“子曰：‘视其所以，观其所由，察其所安。’” ⑨ 清谈：清雅的谈论。 ⑩ 机神：高妙的义理。 ⑪“礼云”二句：礼物啊礼物啊，难道只有玉器和丝帛吗？语出《论语·阳货》。⑫ 拊(fǔ)髀(bì)：用手拍大腿。表示内心激动。 ⑬ 遗剑刻船：即刻舟求剑，比喻拘泥固执，不知变通。典出《吕氏春秋·察今》。 ⑭ 胶柱调瑟：柱为瑟上的短木，用来张弦并调节声音。用胶粘住后，音调无法调节。与上文“遗剑刻船”一样，均用来表示拘泥固执，不知变通。典出《史记·廉颇蔺相如列传》。 ⑮“故使”二句：古人认为天圆地方。象，象征。 ⑯ 行藏：出处和行止。此指钱币的流通和贮藏。节：法度。 ⑰ 便易：便于交易。 ⑱ 耗折(shé)：损耗。 ⑲“难朽”二句：像长寿者那样不易衰老，像大自然那样运行不息。 ⑳ 严毅：严厉刚毅。 ㉑“哿(gě)矣”二句：富贵人家多欢乐，孤苦伶仃的人却很可悲。语出《诗·小雅·正月》。哿，欢乐。惸(qióng)：亦作“茕”，本指无兄弟，引申指孤苦无依靠者。 ㉒ 泉：古时钱币的名称。 ㉓ 京邑衣冠：指代京城士大夫。 ㉔ 讲肆(sì)：讲学的地方。 ㉕ 睡寐：打瞌睡。 ㉖“吕公”句：指刘邦任亭长时，曾向吕公进贺，名帖上写“贺钱万”，其实不持一钱。吕公平时喜欢给人相面，见到刘邦相貌后，非常敬重他。事见《史记·高祖本纪》。吕公，姓吕名文，字叔平，汉高祖刘邦的岳父。 ㉗“汉祖”句：刘邦以官吏身份到咸阳服役时，小吏们皆送三百钱为刘邦送行，唯独萧何送了五百钱。刘邦记得萧何多送两百之事，称帝后，多封了萧何

食邑二千户。 ㉘“文君”二句：临邛富商卓王孙之女卓文君，与司马相如逃奔相如的故乡成都。相如家徒四壁，文君久之不乐。两人返回临邛，用车骑换钱买了一间酒舍，卓文君当垆卖酒，司马相如身着围裙当伙计。卓王孙以之为耻，不得已分文君一些钱财。两人回成都，买田宅，成为富人。事见《史记·司马相如列传》。高盖，高车。犊鼻裈，围裙，其形如犊鼻。 ㉙朱门：门上加朱漆，泛指贵族宅第。紫闼(tà)：指宫廷。闼，宫中小门。 ㉚忿诤：忿怒相争。 ㉛幽滞：未被擢用之士。 ㉜朱衣：古代绯色的公服。此指穿这种公服的职官，即权贵。 ㉝当途：掌权；执政。 ㉞辐辏(còu)：车辐凑集于毂上，比喻人或物集聚于一处。 ㉟“钱无耳”二句：钱没有耳朵，使用起来却很听话，可暗中运作。闇，同“暗”。 ㊱“若臧武仲”五句：臧武仲，即臧孙纥，春秋时鲁国大夫，多智。卞庄子：春秋时鲁国大夫，以勇力驰名。冉求：即冉有，孔子的学生，有才艺。文之已礼乐：用礼乐来修饰。成人：完美的人。 ㊲“使才如”四句：颜子，即颜回，孔子学生，有才德。子张：即颛孙师，孔子学生。空手掉臂：空手甩着臂膀，指空手无钱。 ㊳同尘和光：即和光同尘，指随俗而处。和，犹平，掩盖抑制。与出自《老子》：“和其光，同其尘。” ㊴庚辛：庚、辛分别是天干的第七位和第八位。根据古代五行学说，庚、辛属金，代表西方，故称钱来自西方庚辛。 ㊵越巂(xī)：郡名，治邛都(今四川西昌东南)。 ㊶嫡妇：长子之妻。 ㊷景王：指周景王姬贵。尹：治理。 ㊸大铸兹也：《国语·周语》：“景王二十一年，将铸大钱。” ㊹飨(xiǎng)：通“享”，享受。太牢：古代祭祀时，牛、羊、豕三牲齐备称为太牢。

这是一篇历史上少有的奇文。它的主旨，不过是说“有钱可使鬼”，也就是俗话所说的“有钱能使鬼推磨”。但是它在表现方法上，却是奇奇怪怪，非同一般，以酣畅淋漓的笔调嬉笑怒骂，发人深思。

文章假托司空公子和綦毋先生两个虚拟的人物，以二人在京城邂逅为契机，以互相问答诘难的形式结构成篇，这就使文章带有游戏的性质。正因为如此，作者就放笔直干，把笔锋直指当时的丑恶社会，从上到下，无所遁形，竭尽讽刺之能事。他讽刺的主要之点，一是读书无用。在司空公子得知綦毋先生皓首穷经之后，不禁拊髀(拍着大腿)大笑，指出：“何必读书，然后富贵！”这是对当时希望通过读书求得一官半职而致富贵的读书人的尖刻的讽刺，也是对当时丑恶社会的无情的鞭挞。二是故意夸大金钱在社会中的作用，构成反讽。文章先是从社会发展的角度描述了外圆内方的铜钱产生的过程及其作用，接着就说“亲爱如兄，字曰孔方”，把金钱尊为至亲的兄长，这就使人大出意外，同时也令人忍俊不禁，引起警醒。后来人们把钱币戏称为“孔方兄”，其源即出于此。接下来，文章反复讲说金钱的作用，先是由司空公子从旁客观地说，“失之则贫弱，得之则富强。”然后又由“孔方兄”自报家门，“执我之手，抱我终始”，“死生无命，富贵在钱”，像春秋时鲁国很有智谋的臧孙纥，以勇力著名的卞庄子，孔子有才艺的学生冉有，这些人只要用礼乐来加以修饰，也就是完人(成人)了，但是，“今之成人者何必然？唯孔方而已。”有了钱才能被看作完人，把金钱的作用推到了极致，形象地指出了金钱社会的极其势利的特点，腐蚀了人们对于真正完美人格的追求。三是刻画出各色人等在金钱面前的态度。老百姓要用钱不用说了，这是常情，但“京邑衣冠(指士大夫)，疲劳讲肄，厌闻清谈，对之睡寐。见我家兄，莫不惊视”。生动地刻画出士大夫见钱眼开的形象，可谓入骨三分。还举了历史上刘邦的老丈人吕公收到的虽然是刘邦开的空头支票(空版)一万钱，但还是很高兴地把女儿嫁给了他；刘邦微时当小吏出公差，萧何比别人多送二钱，刘邦称帝后就多封萧二千户；卓文君私奔司马相如后一起当垆卖酒，都很穷困，后来文君的父亲终于承认这门亲事，分钱百万，就都富裕起来，穿锦绣、乘高车了。如此等等，可见金钱是“神物”，有了金钱就有了一切，有了金钱就能够为所欲为。这些话的骨子里，显然不是在夸谈金钱应有的作用，而是对于不正常的社会现象的愤慨的嘲讽。四是揭露宫中、朝廷的腐败和贪婪。作者借用谚语说，“官无中人(朝廷中有权势的近臣)，不如归田”，“虽有中人，而无家兄，何异无足而欲行，无翼而欲翔?”就连做官往上爬，你也得有钱，否则，“空手掉臂，何所希望? 不如早归，广修农商。舟车上下，役使孔方。凡百君子，同尘和光，上交下接，名誉益彰”。既然全社会都唯钱是瞻，那就不如还是自己先务农、先经商，多挣些钱，然后拿钱来打通关系，再求上进吧！这些，自然不是作者的本心，而是积愤而出的愤激的反语，对当时腐败的金钱社会以及由此而产生的政治畸变现象作了深刻的揭露和讽刺。

说这篇文章奇，除了上面所说这些，还有它的文体。郭预衡先生在《中国散文史》中说：“此文虽名为‘论’，实是赋体，写法与赋并无二致。也等于一篇赞颂，颂钱之万能，无微不至。对于人情世态，写得穷形尽状，是一篇古今罕匹的文字。”评论言简意赅，很是中肯。两汉时期的辞赋多描绘自然景观和讴歌太平盛世，鲁褒却用赋的写法来针砭社会弊端，讽刺世态人情，铺排夸张，冷嘲热讽，把辞赋的表现功能拓宽到了新的领域，这也是一种创造，在魏晋文章中独标一格。

(管遗瑞)

【作者小传】

干 宝

(? —336) 东晋史学家、文学家。字令升。新蔡(今属河南)人。勤学博览，并好阴阳术数。元帝时以佐著作郎领修国史，著《晋纪》二十卷，文字简略，直而能婉，时称良史。今已佚。又编集神怪灵异故事为《搜神记》，原书已佚，今存后人辑本。

范式张劭　　干宝

汉范式，字巨卿，山阳金乡[①]人也，一名汜，与汝南[②]张劭为友，劭字元伯。二人并游太学，后告归乡里，式谓元伯曰："后二年，当还。将过拜尊亲，见孺子焉。"乃共尅[③]期日。后期方至，元伯具以白母，请设馔[④]以候之，母曰："二年之别，千里结言[⑤]，尔何相信之审[⑥]耶？"曰："巨卿信士，必不乖违。"母曰："若然，当为尔醖酒[⑦]。"至期，果到。升堂拜饮，尽欢而别。

后元伯寝疾甚笃，同郡郅君章、殷子征晨夜省视之。元伯临终，叹曰："恨不见我死友。"子征曰："吾与君章，尽心于子，是非死友，复欲谁求？"元伯曰："若二子者，吾生友耳。山阳范巨卿，所谓死友也。"寻而卒。式忽梦见元伯，玄冕垂缨，屣履[⑧]而呼曰："巨卿，吾以某日死，当以尔时葬，永归黄泉，子未忘我，岂能相及？"

式恍然觉悟，悲叹泣下，便服朋友之服[⑨]，投其葬日，驰往赴之，未及到而丧已发引[⑩]。既至圹[⑪]，将窆[⑫]，而柩不肯进，其母抚之曰："元伯！岂有望耶？"遂停柩移时，乃见素车白马，号哭而来，其母望之曰："是必范巨卿也！"既至，叩丧言曰："行矣元伯，死生异路，永从此辞。"会葬者千人，咸为挥涕。式因执绋而引柩，于是乃前。式遂留止冢次，为修坟树，然后乃去。

〔注〕①金乡：古县名。今属山东。②汝南：郡名。治平舆（今河南平舆北）。③尅（kè）：限定，约定（多用于时日）。④设馔（zhuàn）：准备食物。⑤结言：口头订约。⑥审：认真。⑦醖（yùn）：酿造。⑧屣（xǐ）履：拖着鞋子走路。形容急忙的样子。⑨便服朋友之服：指古代因朋友死亡而穿丧服。⑩发引：出殡，灵车启行。⑪圹（kuàng）：墓穴。⑫窆（biǎn）：埋葬。

范式、张劭的故事，也见于范晔《后汉书》，但《搜神记》中文多缀辑他书，所以也不能说前者必录自后者。

范式生平对亡友的风义，尚有为长沙张平子送丧临湘，营护妻儿，委书柩上，哭别而去事，故《后汉书》将他收入《独行传》，并称为"结朋协好、幽明共心"。范式后任庐江太守，政绩未见记述，仅说"有威名"。范晔所以收入《独行传》，是因为士子一生，只要有一两件独特的可怀念、示"风轨"的行动，即予收入。古人以朋友为五伦之一，东汉尤重友情，所以范式的素车白马便成为死生之交的代表。

文中先写范式之重宿诺，即孔子所谓"久要不忘平生之言"，于日常行为中显出他的言必信、行必果的美德，通后文吊丧一段之气。张母先是不相信，这也难怪她，后来果真登堂拜母，所以张劭发引时，使她说出"元伯，岂有望耶"的话，及见素车白马，号哭而来，就知道范式来了。这位老母，在文中是个重要的配角，为艺术上增加了悲凉的气氛。

《搜神记》所以收录这故事，一为"梦见元伯"，一为"柩不肯进"。这两点不难用通常的情理来阐释，或者因怪异而批判两句，却没有必要。志怪其实也是一种心理上的满足或发泄，在现实生活中不可能发生的事情，却让它在想象中使感情起飞。这里当然有个前提，即必须唤起人的高洁情操和审美趣味。我们读了"行矣元伯，死生异路，永从此辞"这几句，仿佛窥见亡友张劭的英灵在高空冉冉而行，面现喜色，他的期待果然没有落空，欣幸自己果有眼力识此真正的死友，老母的丧子之痛也由此得以慰偿，送葬的千人皆哭的细节，因而也显得自然。

清代诗人黄仲则殁于山西运城后，他的好友洪亮吉闻讯，便借马疾驰，日走四驿。后曾作《自西安至安邑临黄二景仁丧》四首，中有"贞孤论尽朱公叔(后汉朱穆)，存没交余范巨卿。却愧素车来未晚，树头飘雨旐将行"句。又作挽联云："噩耗到三更，老母寡妻唯我托；炎天走万里，素车白马送君归。"黄培芳《香石诗话》记张药房(锦芳)吊仲则诗，末两句云"千里素车期范式，百年《诗品》付钟嵘"，即以范式比亮吉，《清史稿·洪亮吉传》也提到亮吉的料理仲则丧事可与范式相比。 (金性尧)

韩凭夫妇　　　　干　宝

宋康王舍人韩凭，娶妻何氏，美。康王夺之。凭怨，王囚之，论为城旦[①]。妻密遗凭书，缪[②]其辞曰："其雨淫淫，河大水深，日出当心。"既而王得其书，以示左右；左右莫解其意。臣苏贺对曰："其雨淫淫，言愁且思也。河大水深，不得往来也。日出当心，心有死志也。"俄而凭乃自杀。

其妻乃阴腐其衣[③]。王与之登台，妻遂自投台[④]；左右揽之，衣不中手[⑤]而死。遗书于带[⑥]曰："王利其生，妾利其死。愿以尸骨赐凭合葬。"

王怒，弗听，使里人埋之，冢相望也。王曰："尔夫妇相爱不已，若能使冢合，则吾弗阻也。"宿昔[⑦]之间，便有大梓木生于二冢之端，旬日而大盈抱。屈体相就，根交于下，枝错于上。又有鸳鸯[8]，雌雄各一，恒栖树上，晨夕不去，交颈悲鸣，音声感人。宋人哀之，遂号其木曰相思树。相思之名，起于此也。南人谓此禽即韩凭夫妇之精魂。

今睢阳[9]有韩凭城。其歌谣至今犹存。

〔注〕①论：定罪。城旦：秦汉时一种刑罚，这里指到城门边去作苦役。②缪(miù)：通“谬”。这里指用隐辞。③阴腐其衣：偷偷地使其衣服腐蚀。④投台：从高台向下跳。⑤衣不中手：衣服经不住拉拽。⑥遗书于带：留下书信在衣带中。⑦宿昔：犹旦夕。比喻短时间之内。⑧鸳鸯：《太平寰宇记》作化为蛱蝶，则又与后来的“梁祝”化蝶相似。⑨睢(suī)阳：今河南商丘，战国为宋地。

宋康王，亦称“宋王偃”。戴氏，名偃，战国时人，攻其兄剔成而自立为君。为人暴虐荒淫，曾以革囊盛血，悬而射之，名为“射天”，欲从此“威服天下鬼神”。臣下有劝谏的，常被射杀。诸侯因此称为“桀宋”，意思是和夏桀一样昏暴。后来齐与魏、楚联合伐宋，偃被杀，遂灭宋而三分其地。其事迹见于《战国策》与《史记》。

这样一个统治者，妇女被之污辱的自必很多。韩凭是个舍人，相当于门客，实只是庶民。何氏也是一个普通民妇，从文中看，在当时要算有文化修养的。他们最初的结合，出自封建婚姻的安排，但经过共同生活之后，却有了真诚深挚的感情。何氏被掳夺时，康王自然用尽甜言蜜语，只要她依从，他是什么都会答应的，结果何氏却以死相殉。有没有贞节观念呢？当然有，但更主要的，还是不愿在强暴前屈服。这一事件很像石崇与绿珠故事，但韩凭较石崇更可同情。刘向《列女传》，记息夫人被楚王所掳后，楚王使息君守门。有一次，楚王出游，息夫人乘间与息君相见，以死相誓，并作“谷则异室，死则同穴”诗(见《诗经·王风·大车》，后人也有以为此诗即咏息夫人事)，最后两人同日自杀。情节也有近似处。息夫人的结局并不符合史实，但拒暴往往是对淫威的强烈逆反。

韩凭夫妇事，除《岭表录异》《法苑珠林》也有记述外，敦煌石室唐代俗赋中有《韩朋赋》，情节写得很细致曲折，可见此故事历史影响的深远。《搜神记》中说的“至今犹存”的歌谣，据《彤管集》，为韩凭被捕后何氏所作的《乌鹊歌》，歌云：“南山有乌，北山张罗。乌自高飞，罗当奈何。”又云：“乌鹊双飞，不乐凤凰。妾是庶人，不乐宋王。”文末的鸳鸯悲鸣一段，则又酷似《孔雀东南飞》的结尾。这些形象，都给人以悲剧心理上的审美快感，作者的态度从而表现得更加鲜明。《搜神记》的内容大多为民间传说与志怪故事，这一篇却可作悲剧小品读。

韩凭夫妇的青春生命被宋康王毁灭了，却像投身在烈火中的金石，仍无损于光彩和坚实。康王国亡身死，史册中记载着他曾被人称为“桀宋”，那是一个多么可怕的称号。

（金性尧）

【作者小传】

葛 洪

（约281—341） 东晋道教理论家、医学家、炼丹术家、文学理论家。字稚川，自号抱朴子。丹阳句容（今属江苏）人。葛玄从孙。少好神仙导养之法，从葛玄的弟子郑隐受炼丹术。任掾、谘议参军等职，赐爵关内侯。闻交趾出丹砂，求为勾漏令。携子侄至广州，止于罗浮山炼丹。在山积年而卒。著作有《抱朴子内篇》《抱朴子外篇》《肘后备急方》《神仙传》等。又曾托名汉刘歆撰《西京杂记》。

卓文君卖酒　　葛 洪

司马相如初与卓文君还成都，居贫愁懑，以所着鹔鹴裘就市人阳昌贳酒①，与文君为欢。既而文君抱颈而泣曰：“我平生富足，今乃以衣裘贳酒！”遂相与为谋，于成都卖酒。相如亲着犊鼻裈涤器②，以耻王孙③。王孙果以为病，乃厚给文君，文君遂为富人。

文君姣好，眉色如望远山④，脸际常若芙蓉，肌肤柔滑如脂。十七而寡，为人放诞风流，故悦长卿之才而越礼焉。长卿素有消渴疾，及还成都，悦文君之色，遂以发痼疾⑤。乃作《美人赋》，欲以自刺，而终不能改，卒以此疾至死。文君为诔⑥，传于世。

〔注〕 ① 鹔（sù）鹴（shuāng）：鸟名。雁的一种。颈长，羽绿，皮毛可制裘。市人：商人。贳（shì）：赊。 ② 犊（dú）鼻裈（kūn）：围裙。形如犊鼻，故名。 ③ 王孙：指卓王孙，汉临邛（治今四川邛崃市）人，卓文君之父。为当时富商。 ④ 眉色如望远山：形容眉毛秀丽。后人称之为“远山眉”。 ⑤ 痼（gù）疾：积久难治的病。 ⑥ 诔（lěi）：祭文的一种，列述死者德行以表哀悼。

卓文君与司马相如，是正式载入史册的我国历史上第一对自由恋爱的夫妇，影响很大。他们的结合，是最早将婚姻建立在爱情的基础之上的范例，给后世无数追求自由的男女树立了榜样。其事本末见《史记·司马相如列传》。传称临邛富豪卓王孙召临邛令与司马相如饮，“酒酣，临邛令前奏琴曰：‘窃闻长卿好之，愿以自娱。'相如辞谢,为鼓一再行。是时卓王孙有女文君新寡,好音。故相如缪与令相重,而以琴心挑之。……文君窃从户窥之,心悦而好之,恐不得当也。既罢,相如乃使人重赐文君侍者通殷勤。文君夜亡奔相如,相如乃驰归。"葛洪《西京杂记》"卓文君卖酒"一则,记录的就是这以后的小两口生活轶事。

文君相如不顾物议,从临邛(治今四川邛崃)跑回相如故里成都,原来并不是终日里琴棋书画,卿卿我我。原因很简单,他们手头拮据、囊中羞涩。既然背叛了有钱的老子,他们就不免打些"烂账"。没有钱打酒,相如竟典当了昂贵时装"鹔鹴裘"(一种绿色水鸟羽毛织成的毛衣),弄得卓文君哭了一场。没奈何,小两口就合谋算计那个势利眼的老子。他俩一个当垆卖酒,一个身着围裙("犊鼻裈")洗碗当伙计,也不顾斯文扫地。羞得卓王孙赶紧给女儿送银子,免得再给他丢人现眼。小两口就凭他们的勇气和机智,取得了与封建家长斗争的胜利。

"卓文君卖酒"这件事,除了在争取自由恋爱上有积极意义外,它还表现了主人公另一可贵品格。那便是敢于站柜台、穿围腰,从事体力劳动以自食其力。那目的固然在于"以耻王孙",而当事人自己却处之泰然,表现了足够的勇气。对于轻视劳动的圣贤们,不也是一种挑战吗?

《史记》列传上的记载,与葛洪此篇文字颇有出入。《史记》说卖酒乃在临邛;《西京杂记》则谓在成都,并增添了以鹔鹴裘就市人阳昌换酒等细节,故尤为生动。唯后半幅叙相如因"悦文君之色"犯疾而亡的情节,亦非史传所有,恐系市井好事者所为,对突出相如文君对抗封建礼教的主题毫无意义,反而有厚诬古人之嫌,故不足取。

欣托居赞云:"一女当垆锦里秋,千金难赎王孙羞。莫笑相如亲涤器,日前典得鹔鹴裘。"

(周啸天)

邹长倩赠遗有道　　葛　洪

公孙弘以元光五年为国士所推[①],上为贤良[②]。国人邹长倩以其家贫[③],少自资致[④],乃解衣裳以衣之[⑤],释所着冠履[⑥]以与之,又赠以生刍[⑦]一束,素丝一襚[⑧],扑满[⑨]一枚,书题遗之[⑩]曰:"夫人无幽显[⑪],道在则为尊。虽生刍之贱也,不能脱落君子[⑫],故赠君生刍一束。诗人所谓'生刍一束,其人如玉'[⑬]。五丝为䋙,倍䋙为升,倍升为緎,倍緎为纪,倍纪为緵,倍緵为襚[⑭]。此自少之[⑮]多,自微至著也。士之立功勋,效名节[⑯],亦复如之，勿以小善不足修而不为也，故赠君素丝一襚。扑满者，以土为器，以蓄钱具，其有入窍而无出窍⑰，满则扑之。土，粗物也；钱，重货⑱也。入而不出，积而不散，故扑之。士有聚敛而不能散者，将有扑满之败，可不诫欤？故赠君扑满一枚。猗嗟盛欤！山川阻修⑲，加以风露。次卿足下⑳，勉作功名。窃在下风㉑，以俟嘉誉㉒。”弘答烂败不存㉓。

〔注〕 ① 公孙弘(前200—前121)，字季，西汉菑川薛(今山东滕州南)人。少时家贫，曾为狱吏，因罪被免。武帝初，弘年六十，被征为博士。弘熟悉文法吏事，雅好儒术，后官至丞相，封平津侯。元光五年：据《汉书·公孙弘传》及《武帝纪》当作元光元年。考之史实，汉武帝即位之后共两次开贤良为学之科，一次在建元元年(前140)，一次在元光元年(前134)，元光五年只是征召明悉当时事务之士，并无贤良之举。故“五”为“元”字之误无疑。国士：一国中才能最优秀的人士。推：推举。 ② 上：通“尚”，尊崇。贤良：即贤良方正，或称贤良文学，汉代取士选官科目之一，注重文墨才学，其制始于汉文帝二年(前178)。 ③ 国人：这里指同邑之人。邹长倩：人名。其：指公孙弘。 ④ 资致：资助财物。 ⑤ 解：指脱下。裳(cháng)：古代的下衣，如裙，男女共着之。衣(yì)之：给他穿。“衣”此处为动词。 ⑥ 屦(jù)：鞋。 ⑦ 刍(chú)：草。 ⑧ 襚(suì)：绶带。也用为对丝的计量，八十缕为一緵，两緵为一襚。 ⑨ 扑满：蓄钱器具，陶瓷品，可以放进钱而难以取出，钱满则打破取出。 ⑩ 书：写。题：额，指扑满的上部。遗(wèi)：赠。 ⑪ 幽：隐，不遇。显：贵，腾达。 ⑫ 二句意为：君子虽至像青草一样的贫贱地位，也不能脱落失度。脱落，犹言脱略，轻慢失度。 ⑬ 引诗见《诗经·小雅·白驹》。这首诗赞美贤者之德如玉的洁白。 ⑭ 纁(niè)、升、緎(yù)、緵(zōng)、襚(suì)：都是古代计算丝缕的量名。 ⑮ 之：至，到。 ⑯ 效：献；显示。名节：声名气节。 ⑰《抱经堂丛书》卢文弨校刊本“具”在“其”字之下，“其具”属下。 ⑱ 货：财物。 ⑲ 阻修：多阻碍，道路也很长。修，长。 ⑳ 次卿：公孙弘之字。 ㉑ 窃：私下。表谦敬。下风：风的下方，喻德位低下，自谦之词。 ㉒ 以俟(sì)嘉誉：等着听你的好名声。俟，等待。 ㉓ 这是编《西京杂记》者对相关文献的说明。

自古从政而不能善终者多有之。这有社会制度方面的原因，也有从政者本身素质方面的原因。一般认为出身贫贱者一则惯于清贫自守，二则了解下情，三则在道德学问方面比靠父兄之力而至高位者明智，能力也强。但事实上并不完全如此，有的穷居草野或困在下僚时慷慨激昂，一派正人君子模样，及至身居高位，大权在手，就忘乎所以，贪财聚敛，以致身陷囹圄，身败名裂。上面这篇小品讲了西汉时名臣公孙弘被推举为贤良方正之后，因贫穷没有一套像样的衣着启程赴京，同邑邹长倩脱下自己的衣、裳让他穿，脱下自己的鞋给他。这里表现出邹长倩救济贫困和爱惜人才的高贵品质。但是邹长倩面对面前这位六十岁的穷酸，并不只是看到他的可怜，而是想到他可能很快会高官厚禄，一身荣耀。但他不只是想到这一点，更为可贵的是他想到：目前这个连一身像样服装也没有的人，也可能会由于贪污聚敛而身败名裂。所以，他同时赠公孙弘生刍一束，意谓虽至极贫贱的地位，不失君子之度，让他勿以贫贱而自卑；赠青丝一襚，说明任何事物都是由少积多，由细微至显著，让他多做好事，建立功业；赠扑满一个，让他知道只聚敛而不能散者，最终只能招来破败结局的道理。这三样东西从三个方面讲了自面君之日起至整个从政阶段应有的思想。"虽生刍之贱也，不能脱落君子"，"勿以小善不足修而不为"，"士有聚敛而不能散者，将有扑满之败"。细味之，实在是深刻之至！

文中所记之语是写在扑满上的。则此扑满实可作座右铭。就文章而言，联系三物，依次论说，甚有章法。在三小节警诫词之后，还有一段声情并茂的话。"猗嗟盛欤！"这是对公孙弘被举荐为贤良方正一事的称赞。有这一句，就使这篇文字不只充满了训诫味，而是说公孙弘的被举荐在地方上来说是一件盛事，祝贺、钦慕之情都包含其中，不使对方因文中过多的训诫语而心情低落。"山川阻修，加以风露。"是就眼下公孙弘上路之后辛苦言之，使文章充满了人情味，在其结尾时感到了作者对公孙弘的爱惜、体贴的情怀，而不是觉得他只是说些无关痛痒的大话。这主要是承接上面的第一层意思而言。"次卿足下，勉作功名"，勉励他建立功名。这主要是承接上面的第二层意思而言。"窃在下风，以俟嘉誉"，说自己作为一个地位低下的同邑人希望听到他的好声誉，是承接上面的第三层意思，又总括全文。

本文主要是记了邹长倩书赠公孙弘的一段文字，真可为古今从政者的座右铭。文章以物为喻，又充满哲理，含蕴深沉，耐人寻味。结尾又一往深情，令人难忘。诚为小品佳作。

（赵逵夫）

【作者小传】

王羲之

(303—361，一作307—365，又作321—379)　东晋书法家、文学家。字逸少。琅邪临沂(今属山东)人。出身贵族。王旷子，王导侄。年十三谒周顗，为顗所重。及长辩赡，以骨鲠称。初为秘书郎，历庾亮征西将军参军，迁长史。征为侍中、吏部尚书，不就。迁右军将军、会稽内史，世称"王右军"。因与扬州刺史王述不和，辞官，定居会稽山阴。善文章，所作《兰亭集序》文笔雅致，为后世所传颂。尤工书法。少从卫夫人(铄)学书，后变初学，草书学张芝，正书学钟繇。草隶正行诸体皆精，博采众长，自成一体，变汉魏以来质朴书风，独创妍美流便的新格。其书法自六朝来为人所重，世称"书圣"。与子献之并称"二王"。原有集，已佚，明人辑有《王右军集》。

兰亭集序　　王羲之

永和九年[①]，岁在癸丑，暮春之初，会于会稽山阴[②]之兰亭，修禊[③]事也。群贤毕至，少长咸集。此地有崇山峻岭，茂林修竹。又有清流激湍，映带左右，引以为流觞曲水[④]，列坐其次，虽无丝竹管弦之盛，一觞一咏，亦足以畅叙幽情[⑤]。

是日也，天朗气清，惠风和畅。仰观宇宙之大，俯察品类之盛。所以游目骋怀，足以极视听之娱，信[⑥]可乐也。夫人之相与[⑦]，俯仰[⑧]一世，或取诸怀抱，悟言[⑨]一室之内；或因寄所托，放浪形骸之外[⑩]。虽趣舍[⑪]万殊，静躁不同，当其欣于所遇，暂得于己，快然自足，不知老之将至。及其所之既倦，情随事迁，感慨系之矣。向[⑫]之所欣，俯仰之间，以为陈迹，犹不能不以之兴怀[⑬]。况修短随化[⑭]，终期于尽。古人云，死生亦大矣[⑮]，岂不痛哉。

每览昔人兴感之由，若合一契[⑯]，未尝不临文嗟悼[⑰]，不能喻[⑱]之于怀。固知一死生为虚诞，齐彭殇为妄作[⑲]。后之视今，亦由今之视昔，悲夫！故列叙时人，录其所述，虽世殊事异，所以兴怀，其致一也。后之览者，亦将有感于斯文。

〔注〕 ① 永和九年：353年。永和，晋穆帝年号(345—356)。 ② 会(kuài)稽：郡名。山阴：旧县名，治今浙江绍兴市。因在会稽山北得名。 ③ 修禊(xì)：古代习俗，于夏历三月上旬的巳日(魏以后固定在三月三日)，到水边嬉游，以袚除不祥。 ④ 流觞(shāng)曲(qū)水：古代习俗。引水环曲成渠，在上流放置酒杯，任其顺流而下，停在谁的面前，谁即取饮。觞，古代盛酒器。 ⑤ 幽情：深远的、潜隐的情思。 ⑥ 信：确实。 ⑦ 相与：相交往。 ⑧ 俯仰：瞬息。表时间短。 ⑨ 悟言：晤谈，对谈。悟，通“晤”。 ⑩ 因寄所托，放浪形骸之外：寄情自己所喜爱的事物，不受世俗约束地生活。 ⑪ 趣(qū)舍：取舍。 ⑫ 向：以前。 ⑬ 兴怀：引发感触。 ⑭ 修短随化：寿命长短听凭造化。 ⑮ 死生亦大矣：死生是一件大事啊。语见《庄子·德充符》。 ⑯ 契：符节等信物。古代契分为左右两半，双方各执其一，用时将两半合对。 ⑰ 临文嗟悼：看文章时感叹、哀伤。临，面对。 ⑱ 喻：明白。 ⑲ 一死生为虚诞，齐彭殇为妄作：本来知道把死和生看作一样的说法是虚妄荒诞的，把长寿和短命等同起来的说法也是妄造的。一，把……看作一样。齐，把……看作等同。彭，彭祖，为传说故事人物，相传其活到八百岁。殇，未成年而死。语见《庄子·齐物论》。

晋室自元帝建武元年(317)迁都建康后，实际已近于流亡政府。至穆帝永和九年(353),王羲之撰此文时,距东迁已三十余年,时羲之年五十,而政局仍很纷乱。过江诸士,一旦进入山阴道上,自觉应接不暇,何况是草长莺飞的江南三月。上巳修禊,古代本借此祓除不祥,后遂成为水边游赏的节日。兰亭这地方旧名兰渚山,据说越王曾种兰于此,大概秦以来设亭,有如驿站,兰亭溪便从那里出来。旧时往兰亭,先须坐船,直达娄公埠,然后或骑驴,或步行。

王羲之性旷达,自云“吾素无廊庙志”,又爱山水,喜丝竹,曾叹曰:“我卒当以乐死。”但对国事,始终眷眷于怀,观其两论北伐,即可见其求实之心。

本文前一段写暮春时的兰亭景物,集会的人物,其次表达了他的人生观。好景不常在,死生毕竟是大事,不管怎样达观,总不能将死与生,长寿与短命看得无所区别。后、今、昔都是无限的历史长河,但最重要的还是承前启后的今,尽管今也不过是一个过程,但没有今,既无法回顾,也无法远瞩,所以要将这次集会的人士和作品记录下来。是的,这记录到了今天,又已成为一千五百余年前的陈迹了。

这篇文章,平实冲淡,略寓苍凉意味,于东晋文中别具一格。前人也有以为天朗气清是秋景,故《文选》未收,金圣叹《上巳日天畅晴甚……》中乃有“逸少临文总是愁,暮春写得似清秋”语。王楙《野客丛书》卷一《兰亭不入选》条,则谓“斯文之不入选,往往搜罗之不及,非固遗之也”,并举蔡邕《终南山赋》、潘岳《闲居赋》、张衡《归田赋》,以证仲春令月,时和气清,也是常见现象,“非如今人缀辑文词,强为春间华丽之语,以图美观”。说得很有道理。

但如钱锺书《管锥编》第三册所说“寥寥短篇,词意重沓”却是事实,对一死生、齐彭殇云云,钱氏也有精到的见解。

但羲之此文的著名,主要还是兰亭帖也是他所写,曾为后人临摹之故,次则《古文观止》的收录也颇有影响。但兰亭帖字体的真伪,又成为后人一重公案,《启功丛稿》中有一段论断,却很精当。

现代我们看到的兰亭,等于是新建一样,已非兰亭原貌。周作人有一篇《绍兴山水补笔》说:“老实说,到了目的地便令人索然兴尽,几间老屋油漆得庸俗像茶馆似的(现今可能改善了),曲水只是一道弯曲的小沟,墨池是一坑死水,没有什么可看。可看的还是在路上,《兰亭序》上说,‘此地有崇山峻岭,茂林修竹,又有清流激湍,映带左右’,这其实是总括绍兴山水的佳趣,在兰亭路上就可以见到一部分。清溪沿山曲折流下,我想王羲之所指的曲水可能就是这个,那修禊的人绝不会先期去挖掘一道小沟,预备流觞之用,一定是看见了这溪流,才想到那么做的。”这是几十年前他在故乡时所见到的。1989 年夏季,我重到兰亭,见有新发现的“兰亭古道”,是一个洼坑,面积比一张床略大,下有几块砖头,同游者不很感兴趣,我却在夕阳下徘徊久之,也不知羲之他们当年是否由此古道行走?因为近数年经过金碧辉煌装修的古迹太多了,所以对这条未打扮的古道别有今昔的历史之感。 (金性尧)

杂帖(二则) 王羲之

一

甲夜[1],羲之顿首:向遂大醉,乃不忆与足下别时,至家乃解。寻忆乖离,其为叹恨,言何能喻。聚散人理之常,亦复何云。唯愿足下保爱为上,以俟后期。故旨遣此信,期取足下过江问[2]。临纸情塞。王羲之顿首。

二

雨寒,卿各佳不[3]?诸患无赖[4],力书[5],不一一[6]。羲之问。

〔注〕 ① 甲夜:初更时分。 ② 过江问:过江后的音讯。 ③ 佳不:即“佳否”。 ④ 无赖:无聊赖。 ⑤ 力书:勉力写成此信。 ⑥ 不一一:不一一备述。

古代的书信曾写于绢帛之上,所以书信又称帖。杂帖就是应付日常事务的简短书信,类似今日的便笺。开初大多用于传递信息,像首开其端的崔瑗的《杂帖》,诸葛亮的《远涉帖》,阮籍的《搏赤猿帖》等就是。到了东晋书法家王羲之父子手中,就赋予了它们更多的艺术特质,而成了玲珑剔透的书信小品。他们大多写的是些家人细故、戚友交往、馈赠酬答等生活琐事,然而随意写来,却自然有致,令人情思摇荡,就像美酒那么醇烈,清泉那么甘甜。加之他们的书法“翩若惊鸿,婉若游龙”,亲朋若获此一帖,真要重于金石珠玉了。

据《全晋文》所载,王羲之的杂帖多达五百以上。这里选的是向朋友表述友情的两则。

第一则是送别一个朋友后的追补信。作者在某时某地送走了一位要好的朋友,由于在离筵上喝醉了酒,连朋友是怎么上路的都模糊不清了。回到家里,酒醒过后,才想起与朋友没有说上几句话就分手了,实在不应该,于是当即在灯下提笔写下此帖,打发仆人追送。其实帖中也没有说什么要紧的话,只是表示此次分离着实令人伤怀,怅恨之情不可言喻。然而聚散也是人理之常,不可过于难过，有聚就会有散，有散还会有聚，有散时的痛苦，才会更珍惜聚时的欢乐。这自然是安慰朋友，也是安慰自己。只是旅途的艰难困苦，叫人放心不下，希望能得到过江以后的音讯。话虽寥寥数语，却动了真感情。写帖者尚感到“临纸情塞”，受帖者难免要见字落泪了。

第二则更为短小，总共才十八个字。大概是在一个雨天里，正在患病的王羲之因难耐其寒而有点不舒服了，由此想到自己的知心朋友不知能否适应这种天气，于是挥笔写下几个字问问情况，顺便也将自己身体不佳的状况相告。自己身体不适而想到别人的痛痒，事情自然是至细至微的，然而正是这细微处才体现出平日里休戚与共、息息相通的友情。所以这 18 个字在朋友的心灵中所产生的震撼，恐怕敌得上千言万语的倾诉。

在一般人看来，王羲之在这里写的似乎都是可有可无的，因为其中没有非说不可的话。可是王羲之却不这么看，他觉得很有价值，很有意义。这与当时的社会风尚和他本人的艺术家气质是很有关系的。当时的知识分子都非常看重生命本身的价值，认为一个人能够生活在这世界上实在是一种幸运，应当珍惜它，爱护它，不让它受到外事外物的束缚与伤害，于是饮酒以图享乐，服散以求长生，清谈以表现自我，鄙弃礼法以保真全性。同时还追求一种艺术化的人生，让生活充满诗情画意，也让诗文书画切入生活。这就是魏晋时代所崇尚的所谓名士风流。王羲之就是一个典型的名士，他的这些杂帖为名士风流增添了新的内涵。清谈家不是“以约言厌人心”，以妙言穷玄理吗？这种杂帖又何尝不是言约义丰、语短情长呢？只是一个出于口头，一个见诸笔端；一个重在析理，一个重在表情而已。

（谢楚发）

【作者小传】

王胡之

东晋诗人。字修龄，王廙次子。琅邪临沂（今属山东）人。历吴兴太守、侍中、丹阳尹，迁西中郎将、平北将军、司州刺史，未行而卒。有集十卷。

与庾安西[①]笺

王胡之

此间万顷江湖，挠之不浊，澄之不清。而百姓投一纶[②]、下一筌[③]者，皆夺其渔器，不输十疋[④]，皆不得放。不知漆园吏[⑤]

何得持竿不顾，渔父鼓枻而歌《沧浪》也！

〔注〕 ① 庾安西：指庾翼，东晋颍川鄢陵（今河南鄢陵西北）人，书法家，曾任安西将军。 ② 纶（lún）：钓鱼用的粗丝线。 ③ 筌（quán）：捕鱼器。 ④ 疋（pǐ）：同“匹”。量词，用于纺织品或骡马等。 ⑤ 漆园吏：指庄子。漆园：古地名。战国时庄周为吏之处。其地一说在今河南商丘市北；一说在今山东菏泽市北；一说在今安徽定远东。又或以为“漆园”非地名，庄周在蒙邑为吏，督漆事。蒙在今商丘北。

本文是晋人王胡之写给好友庾翼的一篇书信体小品。两晋时期，文人多以谈山水、玄理为高，以谈实务为俗。王氏此文，似在随波逐流，投时尚之好，表面不离山水、庄骚，而实际上所写的皆为实务。全文虽不足六十字，却甚有分量。

文章开篇首先为读者展开了一幅无边无垠的江湖图。万顷江湖，浩浩荡荡，任你如何翻搅，也不会混浊；任你如何澄清，也不显清澈。作者通过对浩荡江湖的简要而形象的描述，为下文的议论作了必要的铺垫。

写景之后，作者笔锋陡转，直书不该发生的人间不平事，使读者本应醉心江湖美景的热情，骤然冷却下来，摆在人们面前的，是如此冷酷的现实——在那万顷波涛之上，靠水吃水的百姓们“投一纶、下一筌”，捕捞点鱼虾以维持生计，这本是天经地义的事情。可是贪官虐吏却容不下他们，“皆夺其渔器”，断其生路，而且“不输十疋，皆不得放”，严加敲诈盘剥。凭此“万顷江湖”，却容不下百姓“一纶”“一筌”，岂不是天大怪事？

写到这里，作者似乎应该像孔夫子那样，感叹一番“苛政猛于虎”；也可以像柳宗元那样，指出“赋敛之毒有甚是蛇”。然而，他却一言不发。作者巧妙地将晋代名士都向往的庄周、渔父请了出来，让古人替己说话，让古人打动今人。那位曾做过漆园吏的庄周，在古代是过着“钓鱼闲处，无为而已”的清静悠闲生活的，这种隐逸的生活方式，也为晋时的名士们所向往，然而庄子如果生活在今天，他却不能下竿；那位屈原所记叙的渔父，当年曾驾一叶扁舟浪迹江湖，引吭高唱《沧浪歌》，亦可谓自得其乐，然而如果他今天没有钱应付贪官污吏的勒索的话，那么他能不能再去敲打着船桨引吭高歌也成了问题。作者借古人来打动今人，让今人愧对古人，用这种方法来表达自己的思想，实有“此处无声胜有声”之妙。

这篇小品，文笔峻峭，情理兼具，虽包含有深刻的思想，却不显山露水；虽洋溢着强烈的感情，却不锋芒尽露。作者托虚务实，深入浅出，将短短一篇小文写得风趣、生动、深刻。

（白雪松　荣　斌）

【作者小传】

裴　启

东晋小说家。一名荣，字荣期。河东（治今山西夏县西北）人。少有风姿才气，好论古今人物。尝于隆和中撰志人小说《语林》，盛行一时，后以记谢安语失实，为安所诋，遂废，今存后人所辑佚文。

石崇①之厕　裴　启

刘寔②诣石崇，如厕。见有绛纱帐大床，茵蓐甚丽，两婢持锦香囊。寔遽③反走，即谓崇曰："向误入卿室内。"崇曰："是厕耳。"寔更往，向乃守厕婢，所进锦囊，实筹④。良久不得，便行出。谓崇曰："贫士不得如此厕。"乃如他厕。

〔注〕① 石崇：字季伦，小名齐奴。西晋渤海南皮（今河北南皮东北）人。任荆州刺史时，以劫掠客商致巨富。为"二十四友"之一。　② 刘寔（shí）：字子真。西晋平原高唐（今山东禹城西南）人，重臣、学者。出身贫苦，但好学、品德高洁。　③ 遽（jù）：惶恐。　④ 筹：竹木片，拭秽用具。

石崇是西晋时的巨富，也是我国历史上著名的奢侈鬼，这则故事即对他的腐败生活作了深刻的揭露。本篇行文全用侧笔，轻松幽默，却使读者触目惊心。作者不直接描写石崇家怎样怎样，而是通过刘寔的见闻感受，向人们展示石崇家的豪华靡费。不是全面展示或突出重点，而是抓住一个最不引人注目的去处"厕"，小中见大，略加点染，便令人叹为观止。刘寔"如厕"——去厕所，见围着红色纱帐的大床，铺着华丽的席子，两婢女手持锦香囊侍立，误以为闯进了石崇内室，吓得赶快掉头跑回。这行为有些可笑，却极真实，因为在刘寔看来，这样的厕所较他的居室不知要胜过多少倍了。刘寔确知那是厕所而"更往"，竟又"良久不得"，屙不出屎。类似可笑，但也符合常情：连拭秽的"筹"也要用锦囊，实在是暴殄天物，有不忍之心。对照之下，石崇的奢靡生活不是昭然若揭了吗？　（郭隽杰）

【作者小传】

张天锡

（346—406）　十六国时期前凉国君。张骏少子。公元363—376年在位。小名独活，字纯嘏。升平五年（361），主前凉国政，始用东晋年号。兴宁元年（363），杀侄玄靓自立，称凉州牧、西平公，在位十三年。太元元年（376），前秦攻凉，他拒战失败，降秦，封归义侯。淝水之战时，随军南下，乘兵败之机奔晋，后任散骑常侍。

答索商书①

张天锡

吾非好行②,行有得也。观朝荣③,则敬才秀之士;玩芝兰④,则爱德行之臣;睹松竹,则思贞操之贤;临清流,则贵廉洁之行;览蔓草⑤,则贱贪秽之吏;逢飚风⑥,则恶凶狡之徒。若引而申之,触类而长之,庶无遗漏矣。

〔注〕 ① 本文是前凉末主张天锡写给大臣索商的回信。 ② 行:指索商在上疏里面指责的出游宴饮之事。 ③ 朝荣:早晨开的花。 ④ 芝兰:芷和兰。皆香草。芝,通"芷"。 ⑤ 蔓生的野草。 ⑥ 飚(biāo)风:回风;暴风。

本文作于晋太和元年(366),作者是前凉末主张天锡。张天锡是通过弑杀张玄靓即帝位的,他登位后,经常出游宴饮,政事渐废。《晋书·张天锡传》曰:"天锡数宴园池,政事颇废。荡难将军、校书祭酒索商上疏极谏,天锡答曰:'吾非好行,行有得也。……庶无遗漏矣。'"对于朝政日非,索商心急如焚,就上书规劝。但张天锡"少有文才,流誉远近"(《晋书·张天锡传》),受清谈之风影响,他尤好谈论雅辩。刘义庆《世说新语·言语篇》记录他两则轶事,其中一则云:"张天锡为凉州刺史,称制西隅。既为苻坚所禽,用为侍中。后于寿阳俱败,至都,为孝武所器。每入言论,无不竟日。颇有嫉己者,于坐问张:'北方何物可贵?'张曰:'桑椹甘香,鸱鸮革响。淳酪养性,人无嫉心。'"足见张天锡长于清谈,论辞藻,论谈锋,丝毫不逊于东晋名士。索商的上书激起了张天锡爱辩的欲望,就回复了这封书信为自己的行为辩解。

文章开门见山,为自己的行为做出辩解:自己并不是爱好出游宴饮,而是通过出行活动使自己有所收获。"吾非好行"四字是针对索商上书做出的回应,"行有得也"四字则是解释理由,并引出下面一段文字。接下来,作者连用六个排比句,把"朝荣"与"才秀之士","芝兰"与"德行之臣","松竹"与"贞操之贤","清流"与"廉洁之行","蔓草"与"贪秽之吏","飚风"与"凶狡之徒"类比起来,表明通过观赏这些物象可以收获或敬、或爱、或思、或贵、或贱、或恶等强烈情感,因而有所裨益。自"离骚"以来,中国文学向来有"香草美人"的联类譬喻传统。王逸《离骚经序》:"离骚之文,依诗取兴,引类譬喻。故善鸟香草以配忠贞,恶禽臭物以比谗佞,灵修美人以媲于君,宓妃佚女以譬贤臣,虬龙鸾凤以托君子,飘风云霓以为小人。其辞温而雅,其义皎而朗,凡百君子,莫不慕其清高,嘉其文彩,哀其不遇,而愍其志焉。"所以,"朝荣""芝兰""松竹""清流"意象往往被用来譬喻才德之士与高尚清廉之节，“蔓草”“飚风”则被用来譬喻贪污凶残之人。张天锡此段文字，意在说明，作为君主，出游宴饮，可以触发自己思贤才、求高士、除奸佞、抑凶徒之思，从而有利于治国。最后，他总结说：“若引而申之，触类而长之，庶无遗漏矣。”意思是说，如果像这样加以引申，触类旁通，就差不多没有遗漏了。这样就完整地解释了自己出行的所得。

从文学的角度来看，本文短小精悍，通篇采取比物连类的方法，写出游观物对人思想情感的启迪与感染，是一篇文采飞扬的小品文。但从治国的角度来看，张天锡作为君主，却深受“清谈”之风的影响，游山玩水，不理政事，对臣下的劝谏，不思悔改，还振振有词，理直气壮，确实有点文过饰非，其亡国被擒，也是咎由自取。（魏祖钦）

【作者小传】

陶渊明

(365或372或376—427)　东晋诗人。一名潜，字元亮，私谥靖节。浔阳柴桑(今江西九江西南)人。曾任江州祭酒、镇军参军、彭泽令等职，因不满当时社会现实，去职归隐。与周续之、刘遗民并称为“浔阳三隐”。长于诗文辞赋，多田园诗。语言质朴自然，极为精练，兼有平淡与爽朗之胜。著有《陶渊明集》。

闲情赋序　　陶渊明

初，张衡①作《定情赋》，蔡邕②作《静情赋》③，检逸辞而宗④淡泊，始则荡以思虑，而终归闲正⑤。将以抑流宕⑥之邪心，谅⑦有助于讽谏。缀文⑧之士，奕代⑨继作，并因触类，广其辞义。余园闾⑩多暇，复染翰⑪为之。虽文妙不足，庶不谬作者之意乎？

〔注〕 ① 张衡：字子平，东汉河南南阳西鄂(今南阳石桥镇)人，科学家、文学家。 ② 蔡邕：字伯喈，东汉陈留圉(今河南杞县西南)人，文学家、书法家。 ③《静情赋》：一作《检逸赋》。检，约束。逸，放荡。 ④ 宗：推崇。 ⑤ 闲正：清雅纯正。 ⑥ 流宕：放荡，不受拘束。 ⑦ 谅：料想。 ⑧ 缀(zhuì)文：犹作文。连缀词句成文章。 ⑨ 奕代：累世。 ⑩ 园闾(lǘ)：田舍。此指居家。闾，里巷大门。 ⑪ 染翰：以笔蘸墨。此指作诗文。

辞赋发展到汉魏之际,抒情的内容扩大了,客观事物的描写也较为细腻直接,其中爱情和婚姻的题材也在增加。

陶渊明的《闲情赋》便是在这样的背景中产生的。这个闲字非闲情逸致之闲,而为防闲之闲、"大德不逾闲"之闲,如同繁钦《定情诗》的"定情",原指镇定、克制,后来成为男女互以信物表示对爱情的坚定之称。

《闲情赋》之为防闲之闲,后人大都明白,可是还是议论纷纷,理解歧异。

赋中描写了一个美女的风情体态、纤指皓腕,她的眼神会说话,话未说而目已含笑,言与笑就难以分别,因而使作者非常倾倒。赋中一连用了十个"愿"字:愿在衣而为领,承华首之余芳。愿在裳而为带,束窈窕之纤身。愿在发而为泽,刷玄鬓于颓肩(柔肩)。愿在眉而为黛,随瞻视以闲扬。愿在莞而为席,安弱体于三秋。愿在丝而为履,附素足以周旋。……非但连她的肉体部分都接触到了,还愿意做她睡眠的席子,行路的鞋子,确实是一种"大胆的想象",近于现代化的苦恋了。

第一个对《闲情赋》提出批评的是梁昭明太子萧统:"白璧微瑕者,惟在《闲情》一赋,扬雄所谓劝百而讽一者,卒无讽谏,何必摇其笔端。惜哉,亡是可也。"(《陶渊明集序》)后人的好些议论,大都围绕萧说而评判,苏轼便讥萧统"此乃小儿强作解事者"。萧统对陶渊明是十分器重的,说他是"安道苦节""大贤笃志",那么,他对《闲情赋》的批评有没有道理呢?有的,留待后面再说,这里先要说的是这一点:这篇赋如出于齐梁善写闺情的文士之手,原不必大惊小怪,出于靖节先生笔下,确不能不令人惊讶,试将陶集翻遍,可曾有一丝半毫的脂粉气?于是后人或以屈原的香草美人比之,这是最笼统又是最容易信笔比拟的,或以为类于国风好色而不淫,或以为思故主,或以为怀旧友。

陶渊明为什么要写这篇赋?序中先引了张衡、蔡邕二赋后说:开始虽构思于佚荡,最终却归结于雅正淡泊,想来是为了抑制情欲,有助于讽谏。他因家居多暇,所以仿而赋此。

张衡、蔡邕之赋,其残文皆见于《艺文类聚》卷十八《美妇人》部分,同卷并引有陈琳、阮瑀的《止欲赋》,王粲的《闲邪赋》,应玚的《正情赋》等,即序中所谓"奕代继作"。赋中的愿在衣、愿在莞云云,亦本于张衡、王粲诗赋中语。序中说"将以抑流宕之邪心,谅有助于讽谏",实借此阐明渊明本人的作赋动机。但从赋的全文看,效果适得其反。人们只看到这个美女的形象,如何引起他的刻骨相思的痴情,也便是恰好挑动了读者"流宕之邪心"。赋末说:"尤《蔓草》之为会,诵《邵南》之余歌,坦万虑以存诚,憩遥情于八遐。"意思是,他对《诗经·郑风·野有蔓草》中的“邂逅相遇，适我愿兮”的行动是反对的，而赞赏《召南》中《草虫》《行露》的作者对这些男女私会讽刺的意图，因而只有将自己的胡思乱想收敛起来，集中于道德上的忠诚。这种说教式的结论，并不能抵制形象本身的诱惑力量。他不说讽谏倒也罢了，说了难怪人家有意见，萧统正是针对这一点而批评的，所以客气地说是“白璧微瑕”。否则，《文选》为什么选录《神女赋》《洛神赋》？钱锺书《管锥编》第四册，说萧统“其引扬雄语，正谓题之意为‘闲情’，而赋之用不免于‘闲情’，旨欲‘讽’而效反‘劝’耳。流宕之词，穷态极妍，淡泊之宗，形绌气短，诤谏不敌摇惑；以此检逸归正，如朽索之驭六马，弥年疾疢而销以一丸也”。所以司空图《白菊》诗要怀疑陶令是“狂生”。这段话说得警辟透彻极了，远胜于前人对《闲情赋》种种曲意譬谅。这种创作动机和实践的矛盾，古人诗文中不乏其例，《长恨歌》就是一例。白居易的原意是要“惩尤物，窒乱阶”（《长恨歌传》），读者阅了全诗，反而对杨贵妃产生同情与哀怜。现实世界与艺术世界的规律总是很难统一的。

但就赋论赋，《闲情赋》实不失为富有审美价值的美文，说得上抒情赋中白璧；就陶公那样以恬淡宁静著称的作家而言，则又是创作上某种复杂心态的流露。两晋上层集团生活上的放荡荒淫，他是耳闻目击，也深为痛恶的，女性的窈窕丽质，美目流眄，含情脉脉的风度又是他所亲自看到过的，赋中描写的形象，并非全是书本上得来，而有其现实生活上的经历，两者糅合在一起，歪打正着，便通过潜意识而写成这篇名文。

（金性尧）

游斜川序　陶渊明

辛酉正月五日，天气澄和①，风物闲美②，与二三邻曲③，同游斜川④。临长流，望曾城，魴⑤鲤跃鳞于将夕，水鸥乘和以翻飞。彼南阜者，名实旧⑥矣，不复乃为嗟叹；若夫曾城，傍无依接，独秀中皋⑦，遥想灵山⑧，有爱嘉名⑨。欣对不足，率尔赋诗。悲日月之遂往，悼吾年之不留。各疏年纪乡里，以纪其时日。

〔注〕①澄和：清朗和暖。　②闲美：娴雅美好。闲，通“娴”。　③邻曲（qū）：邻居。　④斜川：古地名。在江西庐山市、都昌县附近，濒鄱阳湖，风景秀丽。　⑤魴（fáng）：鱼名。鳊鱼的古称。　⑥旧：此处指熟悉。　⑦中皋（gāo）：水边高地。　⑧灵山：传说中，昆仑山上的曾城（即高城）。　⑨嘉名：美名。此时游览的曾城与仙乡曾城同名，作者爱彼及此，故称。

这是诗的小序，辛酉一作“辛丑”，但诗的开头说：“开岁倏五十，吾生行归休。念之动中怀，及辰为兹游。”辛丑为东晋隆安五年(401)，陶渊明才三十七岁，非五十岁。有的本子，“开岁倏五十”作“开岁倏五日”，即仍以为是三十七岁时所作，但这时渊明尚在官场中，和序的“悼吾年之不留”，诗的“吾生行归休”，皆不相符洽。

有的本子，辛丑作“辛酉”。这辛酉是纪日子的干支，意即正月五日辛酉，年份为义熙十年(414)，陶渊明正五十岁。据陈垣《二十史朔闰表》，本年正月朔日正为辛酉，序中的“五日”之“五”当误。其次，渊明所以择孟春酉日游宴，乃遵晋朝旧俗。详见逯钦立《陶渊明集》附录的《陶渊明事迹诗文系年》。

此序可说是《兰亭集序》的具体而微，王羲之兰亭之会，也是五十岁。义熙元年冬，陶渊明辞彭泽令返里。九年，诏征他为编纂国史的著作郎，不就，与雁门周续之、彭城刘遗民并称“浔阳三隐”。《游斜川》作于次年，更表明归隐之志。

斜川在江西庐山市、都昌县，本汉豫章郡柴桑县地，唐为浔阳县地，也即渊明故乡。南阜意为南山，指庐山。曾城即层城，这里指鄣山，在庐山之北。晋庐山诸道人《游石门诗序》：“石门在精舍南十余里，一名鄣山。基连大岭，体绝众阜，此虽庐山之一隅，实斯地之奇观。”中皋指泽旁高地。前人曾以斜川比作桃花源。

出游时乘扁舟而往，故只有二三邻人。鲂鲤跃鳞，水鸥翻飞，正是舟游实况。跃鳞写日丽，翻飞写风和，时尚正月，虽是南方，也见这一年春气来得早。诗中说：“弱湍驰文鲂，闲谷矫鸣鸥”，湍弱鱼可从容驰游，谷静鸟乃高飞啼唱。下文写旅游心理，南阜已是旧识，所以不复叹赏，鄣山却是独秀中皋，慕名已久，所以令人遐想。但光凭视觉上的欣赏还不够，还须大家来赋诗，依然回到诗人本色。

诗中又说：“提壶接宾侣，引满更献酬。未知从今去，当复如此不？中觞纵遥情，忘彼千载忧。”则去时是带着酒的。陶公非酒不欢，既醉而百忧可忘，他的大半生都在醉乡中度过，却又写出了那么多的好诗。

（金性尧）

与子俨等疏　　陶渊明

告俨、俟、份、佚、佟①：

天地赋命，生必有死，自古圣贤，谁独能免？子夏②有言曰：“死生有命，富贵在天。”四友③之人，亲受音旨，发斯谈者，将非穷达不可妄求，寿夭永无外请故耶？

吾年过五十，少而穷苦，每以家弊，东西游走。性刚才拙，与物多忤④，自量为己，必贻俗患，黾勉辞世⑤，使汝等幼而饥寒。余尝感孺仲贤妻之言⑥，败絮自拥，何惭儿子。此既一事矣。但恨邻靡二仲⑦，室无莱妇⑧，抱兹苦心，良独罔罔⑨。少学琴书，偶爱闲静，开卷有得，便欣然忘食。见树木交荫，时鸟变声，亦复欢然有喜。常言五六月中，北窗下卧，遇凉风暂至，自谓是羲皇上人⑩。意浅识罕，谓斯言可保。日月遂往，机巧好疏⑪。缅求在昔，眇然如何。

疾患以来，渐就衰损，亲旧不遗，每以药石见救；自恐大分⑫将有限也。汝辈稚小家贫，每役柴水之劳，何时可免？念之在心，若何可言！然汝等虽不同生⑬，当思四海皆兄弟之义。鲍叔、管仲，分财无猜⑭；归生、伍举，班荆道旧⑮。遂能以败为成，因丧立功。他人尚尔，况同父之人哉！颍川韩元长⑯，汉末名士，身处卿佐⑰，八十而终，兄弟同居，至于没齿⑱。济北氾稚春⑲，晋时操行人也，七世同财，家人无怨色。《诗》曰："高山仰止，景行行止。"⑳虽不能尔，至心尚之。汝其慎哉，吾复何言。

〔注〕 ① 俨、俟、份、佚、佟：陶渊明的五个儿子。陶有《责子》诗。 ② 子夏：卜氏，名商。为孔子的学生。 ③ 四友：指孔子的四个学生颜渊、子贡、子张、子路。 ④ 与物多忤(wǔ)：指与世俗多不投合。 ⑤ 黾(miǎn)勉：尽力；勤勉。辞世：此指辞官归隐。 ⑥ 孺仲贤妻之言：东汉王霸字孺仲，年轻时就有高节，避世隐居。他的朋友令狐子伯后来做了大官，子伯的儿子也做了官。一次子伯叫他的儿子给王霸送信，王霸见人家的孩子做了官，那么有排场，而自己的孩子蓬头粗服，很是惭愧。他的妻子说：你立志不做官，生活自然艰苦，儿子自然也要耕田，耕田的人怎能像做官的人那么讲排场？你怎么忘了当初的志节为儿子惭愧起来了呢？王霸听了十分佩服，就和她安心隐居了。 ⑦ 靡：没有。二仲：指西汉求仲、羊仲两个隐士。当时兖州刺史蒋诩辞官归乡，在院中辟三径，只与这二人来往。 ⑧ 莱妇：楚老莱子的妻子。老莱子于蒙山之南隐居耕作，楚王聘请其出仕，她坚阻老莱子接受官位。据刘向《列女传》载："其妻曰：'妾闻之，可食以酒肉者，可随以鞭捶；可授以官禄者，可随以铁钺。今先生食人酒肉，受人官禄，为人所制也，能免于患乎？妾不能为人所制。'" ⑨ 罔(wǎng)罔：惶惶，心神不定貌。 ⑩ 羲皇上人：意谓伏羲时代以上的人，据说那个时代的人是没有多少欲求的。 ⑪ 好疏：很疏远。 ⑫ 大分(fèn)：指寿命。 ⑬ 不同生：不是一母所生。 ⑭"鲍叔、管仲"二句：《史记·管晏列传》载二人分财利的事，"管仲曰：'吾始困时尝与鲍叔贾(经商)，分财利，多自与，鲍叔不以我为贪，知我贫也。'"后二人各事其主，管仲失败，鲍叔又荐举他做齐相，成就了

齐桓公的霸业。 ⑮"归生、伍举"二句：归生、伍举皆楚国人，相友善。后伍举因罪避害逃亡到晋国做官，归生作为楚使者使晋，途中与伍举相遇，遂坐地共食，谈起旧日情好。归生归国后在执政面前讲起楚材晋用于楚不利的情况，并保举伍举，执政就把他召了回来，伍举归楚后协助公子围，继承王位，立下功劳。班荆：铺开荆席。 ⑯颍川：郡名。治阳翟(今河南禹州)。韩元长：名融，字元长，东汉大臣。 ⑰卿佐：辅佐国君的执政大臣。 ⑱没(mò)齿：终身。 ⑲氾稚春：名毓，字稚春。据《晋书·儒林传》："奕世儒素，敦睦九族，客居青州，逮毓七世，时人号其家'儿无常父，衣无常主'。毓少履高操，安贫有志业。" ⑳此句出自《诗·小雅·车舝》。比喻对高尚品德的仰慕。

渊明挂冠已十年多了，安静的田园生活使他的精神得到了很大的满足，可是，毕竟是"岁月掷人去"，老境不觉来临了。不久前，又发生了刘宋代晋的大变故，这似乎也预示着他的人生道路离终点不远了。一场大病过后，他给自己的五个儿子写了这份疏札。这篇文字虽是带有训诫、遗嘱的庄重性质，可读来大体絮絮如家常，叫人觉着亲切。

中间一段是在小辈面前回顾自己的一生。照理说，要谈的话很多，像他这样的读书人，也该谈谈阅历、成就；但他没谈那些，只谈了两件关乎儿子和自己的"人伦日用"之类琐事。他说，在他年轻的时候，因为家贫游宦四方，后来考虑到自己性情与世俗多不投合，这样下去怕要招惹祸事，于是打定主意辞了官，又叫儿子们吃苦了。这样的话头他在其他好几篇诗文中都谈过，疾患之中又一次提起，显然是有看重的意思，辞官归田看来就是他平生可以称说的大事业了。不过，这次提起语气有别，不像《归去来兮辞》那般"载欣载奔"，也不像《五柳先生传》那般的"忘怀得失"，话语中明显有一种歉疚感和怅惘的意绪。他面对的是孩子，面对的是目前家计和将来孩子的生计，来不得那么浪漫了。这里的"使汝等幼而饥寒""抱兹苦心，良独罔罔(惘惘)"和下段的"汝辈稚小家贫……"等语，都是发自内心的至情至性的话语。选择这样的人生道路，付出了多大的代价啊，面对儿子们的饥寒，抚躬自省，怎能无动于衷呢。下面他又谈到自己的爱好，说自己从小就喜好琴书，喜好闲静，这两桩喜好都曾叫他获得极大的乐趣。也许"开卷有得，便欣然忘食"这样的话不算挺特别，而"见树木"以下几句则是难得的妙语了。他说，见树木荫影重叠，季节换了，鸟鸣也变了，他感到十分的高兴。五六月炎天，躺在北窗下，承受那阵阵袭来的凉风，又多么快活啊，真是人生最大的享受了。多么具体、细腻，又多么坦诚，只有那具有诗人的锐感、又能以童稚之心对待生活的人，才能说出这些话来。病中说这些话，除了表现出自己热爱自然的禀性外，还表现出目下对生活的眷恋。他把这些话讲给孩子们听，孩子们会是如何感动啊。下面他感叹"缅求在昔，眇然如何"(想想那些过去的时光，实在叫人渺茫啊),心里又不平静起来了。

渊明就是这样回顾自己的一生的,文字简短而具体,就像回答“您平生最大的满足与遗憾是什么”的问卷一样,他从于子、于己两个角度作了回答。回首平生,没有什么勋绩伟业,这不是什么谦虚,正是他的真诚、可爱处;也没有一味地“达观”,无悔于退隐,又挂虑儿子们的饥寒,无惧于命终,又叹息日月易逝,佳时难再,这也是他的真诚、可爱处。“陶潜避俗翁,未必能达道。”杜甫这两句诗,若排除讥讽的意味,正说到渊明的实处,他也是一个有情有性、有爱有憎的凡人,这临“终”遗言不正托出了他的心迹么?

(汤华泉)

桃花源记　　陶渊明

晋太元[1]中,武陵[2]人捕鱼为业,缘溪行,忘路之远近。忽逢桃花林,夹岸数百步,中无杂树,芳草鲜美,落英[3]缤纷。渔人甚异之。复前行,欲穷其林。林尽水源,便得一山。山有小口,仿佛若有光,便舍船从口入。初极狭,才通人。复行数十步,豁然开朗。土地平旷,屋舍俨然[4]。有良田美池桑竹之属。阡陌[5]交通,鸡犬相闻。其中往来种作,男女衣着,悉如外人。黄发垂髫[6],并怡然自乐。见渔人,乃大惊。问所从来,具答之。便要还家,设酒杀鸡作食。

村中闻有此人,咸来问讯。自云先世避秦时乱,率妻子邑人,来此绝境,不复出焉,遂与外人间隔。问今是何世,乃不知有汉,无论魏晋。此人一一为具言所闻,皆叹惋。余人各复延[7]至其家,皆出酒食。停数日,辞去。此中人语云:“不足为外人道也。”

既出,得其船,便扶向路,处处志之。及郡下,诣太守说如此。太守即遣人随其往,寻向所志,遂迷不复得路。

南阳刘子骥,高尚士也。闻之,欣然规往[8],未果,寻病终。后遂无问津者。

〔注〕 ① 太元:东晋孝武帝司马曜年号(376—396)。 ② 武陵:郡名,治今湖南常德西。 ③ 落英:落花。 ④ 俨然:整齐貌。 ⑤ 阡陌,田间小路。 ⑥ 黄发垂髫(tiáo):老人和小孩。髫,儿童垂以为饰的头发。 ⑦ 延:邀请。 ⑧ 规往:一作“亲往”。非。“规”是规划之意。

这篇作品写作的具体年份无法确定，一般认为在元熙二年(420)刘裕篡晋为宋之后。文中的“不知有汉，无论魏晋”，可能隐喻原来的东晋政权已不存在之意，故避秦即避宋。秦灭六国，四海统一，结束了混乱分裂局面，人民为什么还要避它？因为秦朝太残暴苛刻。后人便将避秦作为避暴的代称。

这篇作品原是寓言，以故事体裁写成，《搜神后记》卷一中曾收之，太守之名为刘歆，但无“刘子骥欣然规往”等语，第六条却有刘驎之入衡山采药，失道问径，仅得还家事。刘驎之即刘子骥，《晋书》入《隐逸传》(详见陈寅恪《桃花源记旁证》)。《搜神后记》旧题陶潜撰，不可靠，但《后记》多载民间故事，而东晋以来各地在战乱中也有筑坞壁自保，求安定于小天地中的事实，陶渊明之写此记，或多或少地有些素材，实在也可看作一篇有美感的古小说，反映了当时的社会意识。

记中写的是什么样的社会呢？桃花成林，落英缤纷，良田美池，鸡犬相闻。老人儿童，各露愉快的神情，大家还很有礼节，见了客人，亲切热情。客人临别时，桃源人叮嘱他说：“不要告诉外面的人。”也即安于小国寡民之意。

记之外，还有诗，开头便说：“嬴氏乱天纪，贤者避其世。”天纪指自然规律。

这是作者向往的理想的天地，无君无臣，无赋税无丧乱，作者的这种理想，当然永远不可能实现，但从反面恰恰揭示了作者生活在这样一种现实中：易君如同儿戏，桑麻都已零落，田地残破，鸡犬不宁，老人得不到颐养，儿童失去天真。由于自己谈不上温饱，自然不可能有酒食招待客人。桃源人所以不希望客人告诉外面，就因为他们对秦朝尚有余怖，生怕外面人来得多了，会干扰原有的宁静祥和的生活。作者越是写桃花源的美善可爱，越显得现实的丑恶可怕。

后来太守曾遣人前往桃花源，因迷路而失了方向，刘子骥也规划前去，没有成功，桃花源因而始终保持了净化的本色。

(金性尧)

五柳先生传

陶渊明

先生不知何许[①]人也，亦不详其姓字。宅边有五柳树，因以为号焉。闲静少言，不慕荣利。好读书，不求甚解[②]；每有会意[③]，便欣然忘食。性嗜酒，家贫，不能常得。亲旧知其如此，或置酒而招之。造[④]饮辄尽，期[⑤]在必醉；既醉而退，曾不吝情[⑥]去留。环堵萧然[⑦]，不蔽风日。短褐穿结[⑧]，箪[⑨]瓢屡空,晏如⑩也。常著文章自娱,颇示己志。忘怀得失,以此自终。

赞曰:黔娄之妻⑪有言:"不戚戚⑫于贫贱,不汲汲⑬于富贵。"极其言兹若人之俦乎⑭?酬觞赋诗,以乐其志,无怀氏之民欤?葛天氏⑮之民欤?

〔注〕 ①何许:何处。 ②甚解:太深刻的理解。 ③会意:心得体会。 ④造:到。 ⑤期:希望。 ⑥曾(zēng):竟然。吝情:顾念;感情上计较。 ⑦环堵:四周的土墙。萧然:空寂,萧条。 ⑧短褐(hè):粗布短衣(古代贫贱者之服)。穿结:衣服洞穿和补缀。 ⑨箪:竹制食器。 ⑩晏如:安定,安宁。 ⑪黔娄之妻:黔娄,战国时隐士,不肯出仕,家贫,死时衾不蔽体。他的妻子和他一样"乐贫行道"。 ⑫戚戚:忧伤。 ⑬汲汲:急切追求。 ⑭"极其言"句:推究她(黔娄之妻)的话,五柳先生是那一类人吗?兹,此,指五柳先生。若人,乃人,那一类人,即"不戚戚于贫贱,不汲汲于富贵"的人。俦,类,同辈。 ⑮无怀氏、葛天氏:传说中的上古帝王。此处指上古原始纯朴社会,是作者的理想寄托。

这篇所谓"传",实际是作者抒述自己志趣的小品。林云铭《古文析义》,谓赞末"无怀""葛天"二句,"暗寓不仕宋意",吴楚材《古文观止》谓"刘裕移晋祚,耻不复仕,号五柳先生,此传乃自述其生平"。刘裕之篡晋为宋,在永初元年(420),逯钦立《陶渊明事迹诗文系年》采林、吴之说,因而假定为渊明五十六岁前后之作。渊明的贫困,也至晚年而益甚。

全文共用了九个"不"字,钱锺书《管锥编》第四册,以为"不"字为一篇眼目。既然称为"传",岂有不知自己为何许人,不详其姓氏籍贯之理?现在这样写,"正激于世之卖声名、夸门地者而破除之尔"。说得也对。总之是对世俗势利的一种蔑视。文中的"好读书,不求甚解,每有会意,便欣然忘食",即《庄子·外物》的"得意而忘言"之意。

其次,文中的"不慕荣利""忘怀得失""不戚戚于贫贱,不汲汲于富贵"云云,推测渊明的原意,大概以此表白自己无意于仕进,不以得失为怀,因而希望人家不要推荐劝诱,最后的无怀、葛天之民,便是"帝力于我何有哉"之意。但张廷玉《澄怀园语》卷一说:"余二十岁时读陶渊明《五柳先生传》,以为此后人代作,非先生手笔也。盖篇中不慕荣利、忘怀得失、不戚戚于贫贱,不汲汲于富贵诸语,大有痕迹,恐天怀旷逸者不为此等语也。此虽少年狂肆之谈,迄今思之,亦未必全非。"也确实是"未必全非"。因为不慕荣利、不忧贫贱这一类志趣,即使产生于其他文士,也是被人看作清高雅洁的,如今由陶渊明自己来说,反而成为标榜,率真还得有一个界限。

(金性尧)

自　祭　文

陶渊明

岁惟丁卯，律中无射[①]。天寒夜长，风气萧索。鸿雁于征[②]，草木黄落。陶子将辞逆旅[③]之馆，永归于本宅[④]。故人凄其相悲，同祖行[⑤]于今夕。羞以嘉蔬，荐以清酌。候颜已冥，聆音愈漠[⑥]。呜呼哀哉！

茫茫大块，悠悠高旻[⑦]，是生万物，余得为人。自余为人，逢运之贫，箪瓢屡罄，絺绤[⑧]冬陈。含欢谷汲，行歌负薪[⑨]，翳翳柴门，事我宵晨[⑩]。春秋代谢，有务中园，载耘载耔[⑪]，乃育乃繁。欣以素牍，和以七弦[⑫]。冬曝其日，夏濯其泉。勤靡余劳，心有常闲。乐天委分，以至百年。

惟此百年，夫人[⑬]爱之。惧彼无成，愒[⑭]日惜时。存为世珍，殁亦见思。嗟我独迈，曾是异兹。宠非己荣，涅岂吾缁[⑮]？捽兀[⑯]穷庐，酣饮赋诗。识运知命，畴能罔眷。余今斯化，可以无恨。寿涉百龄，身慕肥遁[⑰]。从老得终，奚所复恋！寒暑逾迈，亡既异存。外姻[⑱]晨来，良友宵奔。葬之中野，以安其魂。

窅窅[⑲]我行，萧萧墓门。奢耻宋臣，俭笑王孙[⑳]。廓兮已灭，慨焉已遐。不封不树[㉑]，日月遂过。匪贵前誉，孰重后歌？人生实难，死如之何？呜呼哀哉！

〔注〕 ① 惟：为，是。丁卯：指宋文帝元嘉四年（427）。律中无射：指夏历九月。古代将乐律与历法附会，以十二律应十二月。陶渊明卒于此年十一月。 ② 征：行，此处指飞过。 ③ 逆旅：旅居。比喻人生短促。 ④ 本宅：自己的墓穴。 ⑤ 祖行：古人出行时的祭神仪式，这里指出殡前一夕的祭奠。 ⑥“候颜”二句：指晤面和闻声都已不可能。 ⑦ 大块：大地。《庄子·大宗师》："夫大块载我以形，劳我以生，佚我以老，息我以死。"旻（mín）：天空。李白《古风》："众星罗秋旻。" ⑧ 絺（chī）绤（xì）：葛布精者称絺，粗者称绤。 ⑨ 谷汲：汲水于山谷。行歌：边走边唱歌。负薪：背柴。 ⑩ 翳（yì）翳：昏暗不明貌。柴门：用木柴做的门。言其简陋。宵晨：晚上和早晨。 ⑪ 载（zài）：语助词，用于句首或句中，用于加强语气。《诗·鄘风·载驰》："载驰载驱，归唁卫侯。"耘：除草。耔（zǐ）：培土。 ⑫ 素牍：指书籍。七弦：古琴的七根弦，亦指七弦琴。 ⑬ 人：众人。 ⑭ 愒（kài）日：贪爱时日。 ⑮ 涅：黑色染料。缁（zī）：黑色。 ⑯ 捽（zuó）兀（wù）：意气傲然貌。 ⑰ 肥遁：隐居。《易·遁》："上九，肥遁，无不利。"孔颖达疏："子夏传曰：'肥，饶裕也。'……

上九在外极，无应于内，心无疑顾，是遁之最优，故曰肥遁。”⑱外姻：母族或妻族亲戚。此处泛指亲戚。⑲窅(yǎo)窅：隐晦、深远貌。⑳“奢耻宋臣”二句：宋臣桓魋作石椁(棺)，三年尚未完成，孔子叹以为奢。汉代杨王孙临终，遗嘱命其子裸葬，未免又过俭啬。㉑封：封墓，积土成高坟。树：墓地植树。

旷达不羁的陶渊明，也做过许多美丽的人生之梦：从《桃花源记》那“黄发垂髫，并怡然自乐”的老人、孩子身上，人们看到了他憧憬的理想之梦；从《咏荆轲》那“惜哉剑术疏，奇功遂不成”的嗟叹中，人们看到了他的金刚怒目之梦；还有那些个“采菊东篱下，悠然见南山”的飘逸之梦，那些个“登东皋以舒啸，临清流而赋诗”的自得之梦……正是这些缤纷、断续的梦，给了陶渊明一生以莫大的慰藉。就是到了沉疴不去、即将辞世之际，他似乎还流连在这些梦中，凄怆却又坦然，悲凉而仍平静；甚至还有心境编织了一个自我悼祭的梦——这就是他的临终绝笔《自祭文》。

祭文起笔，展现的是一个凄清的虚境：深秋的夜晚，萧瑟的寒风刮得正紧；草木相约着一起枯黄萎去；夜色里还传来几声鸿雁南飞的哀唳。作者终于感觉到生命的大限已到，该是辞别人世、永归“本宅”的时候了。恍惚间“嘉蔬”“清酌”已供满祭案，“娇儿索父啼，良友抚我哭”(《挽歌辞》)的景象，依稀都飘浮眼前。自己却将停卧棺中，再听不到那幽幽悲泣之音，看不见那吊衣如雪之景。这是一种怎样令人心酸的情境：秋气的萧瑟与将死的哀情相融相映。一句“呜呼哀哉”之叹，更使开篇蒙上了几多苍凉气息！

在辞世的弥留之间，追索飘逝而去的一生，不知会有怎样的感觉？当陶渊明抚视那“逢运之贫”的清素出身，“箪瓢屡罄，絺绤冬陈”的窘困生涯时，想必也曾为之黯然的吧？不过令他宽慰的是，清素养育了他的淳真之心，窘困也未移易他对人生的热爱。虽然不免要宵晨“谷汲”，荷锄“负薪”，朝夕出入的也只是“翳翳柴门”。然而他有欢乐，有歌声，有“载耘载耔”的怡然和“欣以素牍，和以七弦”的自得。《自祭文》所展示的陶渊明之平生，似乎很琐碎，很平淡，远没有官场中人车骑雍容的气象、笙歌院落的富丽。但这恰恰是作者引为自豪的人生！人们从“含欢”“行歌”的轻笔点染中见到的，不正是一位遗世独立、超逸不群的高蹈之士的身影么？他“不戚戚于贫贱，不汲汲于富贵”，在“冬曝其日，夏濯其泉”的简朴生活中，在“乐天委分”的淡然一笑中，领略到了“我心常闲”的劳作之乐趣，体会到了自由不羁的人生之价值。这样度过的一生看似平淡，但较之于巧取豪夺，较之于“为五斗米折腰”而丧失独立之人格，岂不是更充实、更富足的吗？这一节的行文，正如作者平日的田园诗，疏淡、平远，字里行间淌满了深情。浓浓的人生意趣，融入悠悠的哲理思索，更令人久久回味而不尽。

人生百年，谁不珍惜？倘若陶渊明亦有世人所不免的“适俗”之韵，它原本可以作另一种安排的，那就是追求虚幻的尊宠和声名，“愒日惜时”地钻营于仕宦之途。对于这样一种“存为世珍，殁(死)亦见思”的人生，陶渊明在辞世之际又是怎样看待的呢？“嗟我独迈，曾是异兹”一节，正表明了他回顾平生后无悔无怨的态度：营营惜生、追名逐利的生涯毫不可慕；在那污浊的世界里，适足以秽污了人的美好本性而已。我洁身自好，不以尊宠为荣，肮脏的东西又岂能沾染我的身心？置身于陇亩之中，独立于天地之间，“捽兀穷庐，酣饮赋诗”，才是值得追求的傲岸率真之人生！陶渊明正是这样做了，这一生已无所遗恨。所以对于即将到来的死生之变，他也显得格外平静。他知道帝乡之“不可期”，他知道死去之“何所道”，自己既然已“寿涉百龄”，“从老得终”，那就任它“托体同山阿”好了，又有什么可眷恋的？在“外姻晨来，良友宵奔”的凄清氛围中，一位哲人就要离去——他似乎不喜不惧，显得异样地安详。

然而，陶渊明对自己的一生，也并非真的一无憾意。在他的内心深处，其实仍蕴蓄着几分悲怆和苦涩。《自祭文》写到结尾，陶渊明的辞世之梦也已编织到了最幽暗的一幕：当他看见自己在昏昧中告别“逆旅之馆”、踽踽飘临“萧萧墓门”之际，虽然还表现了“不封不树，日月遂过”的淡泊，“匪贵前誉，孰重后歌”的超旷，毕竟还是发出了“廓兮已灭，慨焉已遐”的苍凉慨叹。此刻，陶渊明似乎对过去的一生，又投去了最后的一瞥，他忽然见到了另一个自己：从“猛志逸四海，骞翮思远翥”(《杂诗》)的少年意气，到“大济于苍生”(《感士不遇赋》)的壮年怀抱，从对“荆轲”抗暴精神的讴歌，到对“桃花源”无压迫社会的向往。在他的一生中，除了“性本爱丘山”的率真外，原也有造福世界的雄怀的呵！令人痛心的是，他所置身的时代，却是一个“网密裁而鱼骇，宏罗制而鸟惊”的专制时代。理想被幻灭，壮志被摧折，他纵然“怀琼握兰”，又能有什么作为？最终只能如一只铩羽之鸟、一朵离岫之云，在归隐林下的孤寂中了其一生。这深藏在内心的悲怆，在作者离世的最后一瞥中，终于如潮而涌，化作了《自祭文》结语那撼人心魄的嗟叹：“人生实难，死如之何？”

这嗟叹之音，震散了陶渊明的自悼之梦，也使貌似平静的祭文霎时改观。南宋真德秀在《跋黄瀛拟陶诗》中论及陶渊明时说：“虽其遗荣辱、一得丧，真有旷达之风，细玩其词，时亦悲凉感慨，非无意世事者。”《自祭文》亦正如此：在它那“身慕肥遁”、自甘淡泊的回顾中，虽然有“我心常闲”的安舒，但也有“嗟我独迈”的咨叹；那“翳翳柴门”，固然掩映着他“捽兀穷庐”的旷傲，但也不免有“闲居寡欢”的落寞(《饮酒》)；“识运知命，乐天委分”是通达的，但又何尝不含有“日月掷人去，有志不获骋"的辛酸和无奈？他也平静，但那是饱经风霜后苦衷难言的平静；他也"含欢"，但那也大抵是暂时忘却苦恼的欢欣。旷达中含几多悲凉，飘逸中带几多沉重，这就是陶渊明辞世前夕，所编织的最后梦境的真实色彩。人们读到这篇祭文的结尾，不是分明感受到了那一片哀情，在凄凄问叹中弥漫？（张 巍）

【作者小传】

郭澄之

东晋小说家。字仲静。太原阳曲(今山西太原北)人。少有才思，机敏过人。调补尚书郎，出任南康相。后还都，刘裕引为相国参军，官至相国从事中郎，封南丰侯。卒于官。原有集，已佚。另有志人小说集《郭子》，今有辑佚本。鲁迅《古小说钩沉》辑有佚文八十余则。

二陆[1]优劣　　郭澄之

卢志[2]于众中问陆士衡："陆抗[3]是卿何物？"答曰："如卿于卢毓[4]。"士龙失色。既出户，谓兄曰："何至于此！彼或有不知。"士衡正色曰："我祖、父名播海内，宁有不知？"识者疑两陆优劣，谢安以此定之。

〔注〕 ① 二陆：陆机，字士衡；陆云，字士龙。兄弟二人均西晋文学家，且出身名门，德行高洁，故世人合称"二陆"。 ② 卢志：字道子，西晋人，善书法。 ③ 陆抗：字幼节，三国时吴国名将陆逊之子，"二陆"之父，也是吴国名将。 ④ 卢毓：字子家，三国时军阀卢植之子，卢志的祖父，魏时官至吏部尚书。

魏晋尚清谈，尤喜品评人物，往往于细事末节而定优劣，饶有趣味。本篇起笔入事，行文很简洁。卢志问陆机："陆抗是卿何物？"本是句很普通的问话，"何物"即何人，并无贬义；但"于众中"在"二陆"面前而直呼"陆抗"之名，按当时的规矩是很不恭敬的。陆机很不客气，"如卿于卢毓"，等于当面报复。弟弟陆云听后"失色"，事后并批评哥哥："何至于此！彼或有不知。"认为太过分了。陆机却"正色"反驳，容不得别人的无知和轻慢。于是哥儿俩不同的性格特点跃然纸上。这种通过具体事件来刻画人物的方法，对后世影响很大，形成我国小说的民族特色之一。至于谢安以此定"二陆"优劣，孰优孰劣却没有说，也给读者留下了品味的余地。（郭隽杰）

【作者小传】

谢灵运

(385—433) 南朝宋诗人。陈郡阳夏(今河南太康)人,移籍会稽(治今浙江绍兴市)。谢玄孙。幼时尝寄养于道馆,族人以"阿客""客儿"名之,世称"谢客"。晋时袭封康乐公,又称"谢康乐"。入宋,曾任永嘉太守、侍中、临川内史等职,后被杀。博览群书,工书画。通史学,精佛老,尤以诗著称。其诗大都写山水名胜,开山水诗一派。描摹景物,逼真细致,多有典丽清新、意境优美的佳句,但玄言余习未能尽除。原有集,已佚,明人辑有《谢康乐集》。近人黄节有《谢康乐诗注》。

山居赋序

谢灵运

古巢居穴处曰岩栖;栋宇居山曰山居;在林野曰丘园;在郊郭曰城傍。四者不同,可以理推。言心也,黄屋实不殊于汾阳[①]。即事也,山居良有异乎市廛[②]。抱疾就闲,顺从性情,敢率所乐,而以作赋。扬子云[③]云:"诗人之赋丽以则。"文体宜兼,以成其美。今所赋既非京都宫观游猎声色之盛,而叙山野草木水石谷稼之事,才乏昔人,心放俗外,咏于文则可勉而就之,求丽,邈以远矣。览者废张、左[④]之艳辞,寻台、皓[⑤]之深意,去饰取素,倘值其心耳。意实言表,而书不尽,遗迹索意,托之有赏。

——《谢灵运集》

〔注〕 ① 汾阳:汾水北岸。 ② 市廛(chán):城区闹市。 ③ 扬子云:西汉辞赋家扬雄,字子云。 ④ 张、左:西晋文学家张华、左思。 ⑤ 台、皓:东汉隐士台孝威与商山四皓(秦末汉初的四个隐士)。

谢灵运做山水诗实在是出于偶然的。因为,作为一个山水诗人,最起码的,他本人必须是性喜田园山水的。而贵为公侯的谢灵运,则是将隐居和游山玩水作为在严酷的政治形势下远身避祸的手段。从他的这篇《山居赋序》中可得知这一消息。

文中陈说种种不同的隐逸实际上所追求的目的是相同的:即远身避世以求虚静恬淡。序的结尾,谢氏写道:读者只要不苛求华丽的辞藻,而是探寻其中的隐逸之妙,则可有会于心。本来,隐逸这种性格趣尚与质朴平淡的文字应当是统一的,谢氏此语是否已显现了一种无可奈何而勉强为之的心态?如果说不是,还可上溯前文:谢氏标榜此赋所叙非游猎声色等贵介公子的所作所为,而是叙述山野草木水石谷稼之事。此语不但一下子让人联想起谢氏的身份地位,而且,其中也蕴含着作者仍旧不能忘情于贵族生活的意味。正是这种不能忘情的心态,影响了他的艺术成就。在他的诗文中除了对山水草木的冷静叙述外,实在难以觉察创作主体的情感脉动,也很难见到他投身于山林泽薮所应该具有的回归自然的喜悦。

我们再上溯到前一段:对外物无足挠其心的静者来说,黄屋(指高门大楼、显贵之所在)之居实不异于汾阳之隐逸;就事而言,山居确有异于市朝。这也就是陶渊明所说的"心远地自偏"的道理。这样,在谢灵运心中就产生了一对矛盾:如果说归趋山野是为了更好地澄怀观道,则他在这篇序中又为何一再声明"求丽,邈以远矣",而要读者"废张、左之艳辞"呢?华丽的辞藻往往是舒适生活的折射物,谢氏既然连"艳辞"仍斤斤于心("废张、左之艳辞"实则显示出欲废不能的心态),那么,又怎能忘怀显贵的生活?在谢灵运,这种无可奈何的退隐,似又包含着不能一申政治怀抱的意味。

因此,在谢氏的这篇序文和赋作典则的文字下面,隐藏着他对黑暗政治的厌倦和对时势观望而生的痛苦。这种不得已的心情又促使他在山水中求解脱。

(朱起予)

【作者小传】

刘义庆

(403—444)　南朝宋小说家。彭城(今江苏徐州)人。宋武帝刘裕侄。幼时为裕赏识,年十三袭封南郡公。永初元年(420),袭封临川王。元嘉元年(424),迁丹阳尹。六年,兼尚书左仆射,参与朝政。九年,出为平西将军、荆州刺史,有政绩。十六年,改任江州刺史。不久,又调任南兖州刺史,加开府仪同三司。后因病还京,卒于建康。谥康王。性简素,寡嗜欲,崇儒好文,喜招纳文士。曾撰《徐州先贤传》《典叙》,"以述皇代之美"。又撰有《集林》《小说》《宣验记》《幽明录》《世说新语》,今唯存后人所删并的《世说新语》。原有集,已散佚。《全上古三代秦汉三国六朝文》存其文六篇。《先秦汉魏晋南北朝诗》存其诗二首。

小时了了① 刘义庆

孔文举②年十岁，随父③到洛。时李元礼④有盛名，为司隶校尉⑤。诣门者，皆俊才清称及中表亲戚乃通。文举至门，谓吏曰：“我是李府君亲。”既通，前坐。元礼问曰：“君与仆有何亲？”对曰：“昔先君仲尼与君先人伯阳有师资之尊，是仆与君奕世为通好也。”元礼及宾客莫不奇之。太中大夫陈韪后至，人以其语语之，韪曰：“小时了了，大未必佳。”文举曰：“想君小时，必当了了。”韪大踧踖⑥。

〔注〕①了了：聪慧；通晓事理。 ②孔文举：即孔融，汉末文学家，字文举。 ③父：孔宙。 ④李元礼：即李膺，东汉大臣，字元礼。 ⑤司隶校尉：汉至魏晋监督京师和周边的监察官。 ⑥踧(cù)踖(jí)：窘迫。

老子号伯阳父，相传孔子适周，将问礼于老子，所以孔融这样回答李膺。《世说》注引《融别传》云：“韪曰：‘人小时了了者，长大未必能奇。’融应声曰：‘即如所言，君之幼时，岂实慧乎？’膺大笑，顾谓融曰：‘长大必为伟器。’”

御人口给，反唇相讥，正见得孔融之夙慧早智；语有锋棱，也和他日后遭祸的词锋相照映。《世说新语》收在“言语”篇。

后来孔融果如李膺所说成为“伟器”，文列建安七子之首，官由北海相而至太中大夫。“座上客常满，樽中酒不空。”但因傲慢而语不检点，得罪曹操，终于被杀，“伟器”毁于一旦。

同篇又记孔融被捕时，中外惶怖。孔融的两个儿子，大者九岁，小者八岁，“故琢钉戏，了无遽容。融谓使者曰：‘冀罪止于一身，二儿可得全不？’儿徐进曰：‘大人岂见覆巢之下，复有完卵乎？’寻亦收至”。注引孙盛《魏氏春秋》：融见收，二子“弈棋端坐不起，左右曰：‘而父见执。’二子曰：‘安有覆巢而卵不破者哉？’遂俱见杀”。二子的早慧敏对，似有父风，但此事后人也有怀疑，以为八九岁的小孩，见到父亲被捕，不可能这样镇定，毫不惊慌，说话的口气，也不像是小孩。固然怀疑得很有道理，但覆巢之下，难保完卵，当是当时遭祸之家的常见现象。

（金性尧）

殷浩“宁作我” 刘义庆

桓公少与殷侯齐名①，常有竞心②。桓问殷：“卿何如我？”

殷云:"我与我周旋久。宁作我!"

〔注〕①桓公:指桓温,东晋大臣,明帝司马绍之婿。殷侯:指殷浩,东晋大臣,清谈家。 ②竞心:竞争名气的念头。

桓公,是东晋的权臣桓温,以"大丈夫不能流芳百世,便遗臭万年"的名言,被后人与曹操并举。殷侯,指与桓温同时期的名臣殷浩,是当时清谈派的领袖。桓温和殷浩自幼齐名,彼此之间不免常常会有相互竞争、一较高下的念头。于是某日,桓温问殷浩:"你和我相比谁强?"殷浩回答说:"我和我自己相处的时间更久,宁愿做我自己。"

桓温的问话很难回答,说比他强,是当面得罪人;若自承不如他,则正中他的下怀。殷浩不愧是长于清谈,精于言辩,他巧妙地避开了桓温的言语陷阱,不去直接回答"卿何如我"这个问题,而是表示:不管高下如何,我宁作我。三字言简意醇,风流尽出。粗看平常,细细咀嚼却耐人寻味。既符合殷浩的玄辩之宗的身份,又表达了一种对自我的高度自信和肯定的态度。

同是《品藻》篇,第三十四则:"抚军问殷浩:'卿定何如裴逸民?'良久答曰:'故当胜耳。'"晋简文帝问殷浩,你和裴頠相比怎么样?殷浩想了一会儿说,自己肯定比裴頠强多了。对比以上"宁作我"的悠长有余韵,口齿有余香,这一回答无疑就显得直接粗率,不堪入耳。

世间风景曼妙,正在于世间风物千姿百态、彼此不同。承认个体的差异性,乃知有"我"。鱼游水中,鸟翔天上,虎啸山林,假如鱼可飞、鸟可游、虎涉平川,那还是原来的鱼、鸟和虎吗?"宁作我"的本意,便在于此。

然而,"作我"的勇气,不是每个人都有。陶渊明的不为五斗米折腰,是"宁作我";李白的"安能摧眉折腰事权贵,使我不得开心颜",也是"宁作我";孔子"富而可求也,虽执鞭之士,吾亦为之。如不可求,从吾所好",是"宁作我";孟子"富贵不能淫,贫贱不能移,威武不能屈",同样是"宁作我"。要"作我",便需要对自我有自信、有认同,有自己的坚持和担当,才会安于作我,而不是羡煞旁人。

"宁作我"的含义,是不屈从于流俗,不妥协于外物,不埋没本心,不拗折风骨。似此,几人能做得到?

事实上,即便是说出这句话的殷浩本人,也难以真正秉持本心。北伐失败后,桓温趁机发难,殷浩被废为庶人,因此终日书空咄咄——咄咄怪事的典故便来源于此,从此浸淫佛经,一蹶不振,并埋怨简文帝将他送上百尺高楼后又抽去了下楼的梯子。这个时候的殷浩因为不能面对自己的失败,已然进退失据,哪里还有当初缓缓道出"宁作我"的半分笃定和潇洒？

桓温和殷浩少时为友，长大后变为政敌，在当时的地位和名望都差不多，都进行过北伐，也都失败了，殷浩的被废还要"感谢"桓温的大力推动，两人可谓纠缠了一辈子。因此，桓温对桓、殷孰高孰低一直念念不忘。之前的比较被殷浩用"宁作我"搪塞过去了，还让他借机传播了名声，桓温不大不小地吃了个瘪。在殷浩废为庶人之后，桓温大是高兴，对大伙说：小时候和殷浩在一起骑竹马，但凡我丢弃的都被殷浩拣去了，可见他注定是比不上我。如此争强好胜，颇有几分率真任性的大男孩样。

（陈春艳）

王子猷雪夜访戴 刘义庆

王子猷居山阴①，夜大雪，眠觉②，开室，命酌酒，四望皎然。因起彷徨，咏左思《招隐》诗③，忽忆戴安道④。时戴在剡⑤，即便夜乘小船就之。经宿方至，造门不前而返。人问其故，王曰："吾本乘兴而行，兴尽而返，何必见戴？"

〔注〕 ① 王子猷：王徽之，字子猷。东晋名士、书法家，王羲之的儿子。山阴：治今浙江绍兴。 ② 眠觉：睡醒。 ③ 左思：西晋著名诗人。其《招隐》诗描写隐居田园之乐趣。 ④ 戴安道：戴逵，字安道。他是著名文士，当时隐居不仕。 ⑤ 剡(shàn)：今浙江嵊州。

人心中蕴藏着对自由的根本渴望，而生活中处处都有规范。若没有对自由的渴望，人类早已失去了创造新生活的能力；若没有规范的存在，人类也无法组成一个社会。这是一对矛盾。但人们总是不断提出这样的问题：生活中那些抑制个性自由的规范，都是必要的、不可改变的吗？这样的疑问，导向对旧规范的蔑视与破坏和新规范的建立。魏晋时代出现了士族门阀统治，同时在享有特殊社会地位的士族文人身上，表现出鲜明的崇尚个性自由的倾向，这可以说是历史付出代价的收获。

王子猷雪夜访戴，只是一个日常生活中的小故事，若从政治与道德的意义上说，微不足道，甚或了不相干。但无数后代的文人，却被它深深地感动了。因为，在六朝精神消失以后，中国的读书人，为了在官场中混一点功名利禄，连说话的声气，走路的脚步，都得小心谨慎。这种受压迫的、扭曲的生命状态，使他们对六朝士人自由舒展的生命状态产生无限的羡慕。

山阴，治今浙江绍兴，是东晋高门士族王家的庄园的所在地。当时，这里开发未久，还是山岭湖沼，相映成趣，茂林修竹，郁郁葱葱。即使在冬天，也不像北方那样一派肃杀之气。夜间，一场大雪纷纷扬扬，飘飘洒洒，覆盖了山林田野。主人公在这夜里醒来了，命僮儿斟上一杯酒，推开房门，遥望着室外晶莹皎洁的世界，慢慢地喝着。这世界是广大的、纯净的、清冷的、寂寞的，人心感受着它，也变成了同它一样的状态。是自然还是酒，或者两者相加，令人陶醉了？总之，醉中的人，内心中升起了那种颇有美感意味的孤独和忧伤。读“夜大雪，眠觉，开室，命酌酒，四望皎然”这一节文字，细细体味，会有一种特殊的感受。它的简净，恰好表达出深远的意境和平静的气氛。

雪覆盖着四处连绵的山岗。“白雪停阴岗”，不是左思《招隐诗》中的句子吗？这是无意识的联想。《招隐诗》还说什么？“杖策招隐士，荒涂横古今。岩穴无结构，丘中有鸣琴……”隐士？老朋友戴逵，如今不正在百里以外的剡县隐居着吗？这又是无意识的联想。剡那个地方，现今也是被雪覆盖着，呈现为一片晶莹皎洁的世界。戴逵在干什么？拥被高卧，还是像自己一样，夜起彷徨？从王子猷寂寞的心境中，就这样自然地生出对老朋友的思念。如此良宵，二人对酌，相视而笑，漫话古今，不是很有兴味的事情吗？于是，一条小船，连夜出发，沿曹娥江上溯，在飘扬的雪花中，在杳渺的夜色下，在冷冷的水波上，不停地行进。

来到戴逵门前，早已是大白天了。还需要进去吗？驱使王子猷乘舟而来的，是昨夜突然升起的无可言喻的人生感受，而不是任何具体的事务。在好朋友之间，如果是处在相同的环境和相同的心理状态中，这种感受也是可以相通的。但即使如此，各人的感受仍然属于各人自己。这纯粹是个人的东西，而且具有不可重复的性质。如果他去见戴逵，他必须把一切说明清楚。但这一种感受，怎么可能在事后，向另一个未曾有过同样经历的人，用语言来说明，使他通过语言来理解呢？除了破坏这一种人生的美感，使之变成荒谬可笑的东西以外，不会有任何其他结果。所以王子猷只能是“乘兴而来，兴尽而返”了。

就是这样一个日常生活中的小故事。尽管很少有人如王子猷那样任性而行，这故事确实也没有任何惊人的地方。但是，它表现了一种纯粹从美感出发的，自由舒展的人生态度和生命状态，好像是一场轻灵的、无轨迹的梦。所以，它不但令我们感觉到隽永的情味，还令我们产生许许多多的人生联想。

（骆玉明）

张季鹰吊顾彦先　　刘义庆

顾彦先[①]平生好琴。及丧，家人常以琴置灵床上。张季鹰[②]往哭之，不胜其恸[③]。遂径上床鼓琴，作数曲，竟[④]，抚琴曰："顾彦先颇复赏此不？"因又大恸，遂不执孝子[5]手而出。

〔注〕 ① 顾彦先：顾荣，字彦先。西晋末年大臣、名士。 ② 张季鹰：张翰，字季鹰。西晋文学家。 ③ 恸(tòng)：极其悲痛。 ④ 竟：奏乐完毕。 ⑤ 孝子：死者之子。

友情恰似生命中的阳光，带给你多少温馨和慰藉！在没有友情的人群中生活，正如在暗夜的荒漠中行走，人生将变得怎样孤寂？

深挚的友情弥足珍贵。所以当友人溘然而逝，任凭你千呼万唤，也不能微笑醒来再看你一眼，不能在人生路上再伴你一程，那时，留给你的，将是多么巨大的空虚和悲哀！

张季鹰(即张翰)对于顾彦先的病逝，大约正有这样的感觉。他们同是吴中的名士——张翰洒脱不羁，有"江东步兵(阮籍)"之称；顾荣(彦先)与陆机兄弟齐名，曾被时人号为"三俊"。他们同在齐王司马冏手下任职，经历了西晋末年的"八王之乱"。在天下震荡之际，他们更同怀高蹈之志，执手相约着"采南山薇，饮三江水"。当秋风吹起的时候，张翰思念家乡的菰菜、鲈鱼，终于命驾而归；顾荣则由于种种牵肘，不得不仍在诸王间周旋。"顾彦先平生好琴"，张翰又正是琴声之知音——许多个清风月夜，该都在企盼着故人造访，一奏那高山流水之曲罢？而今盼来的，竟是顾荣病卒的噩耗，他能不"不胜其恸"么？

张翰去吊丧时，灵床上正放着那张熟悉的琴。这是友人的心爱之物，也是他们患难友情之见证。然而琴在人亡，数尺灵幡，已如永闭的大门，将他们分隔在了两个世界！从此生死相违、音容渺茫，谁还会与他一起琴歌相和，吟啸松风？逝去的故友，你独自走在通往彼岸的渺渺幽途，不会感到寂寞吗？那么就让我以琴当哭，再送你一程，让琴声倾诉这永难静歇的哀思吧！

这便是张翰吊丧时充溢心间的唯一念头。这念头使他全忘了礼节，忘了身旁还倚立着的故人亲属——"遂径上床鼓琴"，多么鲁莽而无礼的举动！然而死者的家人竟不加阻止：他们想必早已熟知，这位"江东步兵"哀乐所至，从来就是这样超旷脱俗的——世俗的礼法又怎奈他何？

张翰弹了些什么？人们已无从知道。但这琴曲，顾荣生前无疑是最赏识的：它也许在早岁仕吴的无牵无挂中弹过？也许在动乱中相约归山时弹过？那些个山月相伴、溪水潺潺的春夜，那些个秋雨潇潇、思乡念远的黄昏，都早已随时光如梭飞逝去；但琴声如梦，刹那间又从他记忆中全被追回——张翰迷茫了，奏罢数曲，竟然抚琴而问："顾彦先，你还是那样欣赏我的琴曲么？"——仿佛故人从来就未曾离他而去，仿佛顾荣依然坐在对面，正凝神聆听，含笑不语……

这是张翰凭吊友人的最动情的一幕。当他从瞬间的静寂中“醒”来，才发现友人已不再能回答他的询问：琴弦犹存，故人却早已去到冥冥之中。留在眼前的，只有素洁的灵床，含悲堕泪的吊客！钟子期死，伯牙不复鼓琴。他即使能像往日那样鼓琴，又将与谁共赏？此后的忧愁与欢乐，酸辛与希望，又有谁能分担、分享？想到这些，张翰“因又大恸”——他再也抑制不住翻涌胸间的巨大伤痛。可是他没有说话：他全部的深情，都已融进抚琴时对友人的那一声呼唤中了；他也没有痛哭，丧友的悲痛，早已借铮铮的琴曲尽情倾泻。于是便径自下床而去——再一次忘记了丧吊的礼节，忘记了他本该和那位侍立一旁的孝子，去“执手”慰抚一番的。

张翰之吊顾彦先，正是这样不拘礼俗：既不去安慰死者亲属，也不在故人灵前洒泪痛哭。只是登门径入，“径上床鼓琴”，最后又下床径去。在这过程中，他只说了一句话，却又是对于死者的奇特询问——似乎可笑，似乎“无礼”之至，然而均出自内心的真情，出自时光流逝也永难冲淡的深切哀思。人们常指斥张翰的狂放，指斥他只顾“眼前一杯酒”、不问“身后名”的荒诞。殊不知在假仁假义的“礼法”社会，在欺世盗名的权势争夺之中，能够不为世俗所染，不为名利所移，而保持独立自主的人格，已是何等不易！至于他对故人的深挚情谊，又岂肯受“礼法”“流俗”的拘束——情之所至，琴歌啸傲。这哀乐之不同流俗，较之于屈从“礼法”，故作嘶声号泣之态，究竟孰更真诚、孰更动人？

（张　巍）

谢安郝隆　　刘义庆

谢公始有东山之志①，后严命屡臻②，势不获已，始就桓公司马③。于时人有饷桓公药草，中有远志④。公取以问谢：“此药又名小草，何一物而有二称？”谢未即答。时郝隆⑤在坐，应声答曰：“此甚易解，处则为远志，出则为小草。”谢甚有愧色。桓公目谢而笑曰：“郝参军此过乃不恶，亦极有会⑥。”

〔注〕①谢公：指谢安，东晋政治家。东山：山名，位于今浙江绍兴市上虞区，谢安出仕前在此隐居。②臻：来到。③桓公司马：升平四年(360)，谢安应桓温之邀，担任其司马。④远志：一种中药材，根入药，性温、味苦，有安神、化痰等功效。⑤郝隆：字佐治，东晋名士。投奔桓温，任参军。⑥会：意趣。

文中写了三个人物：官至大司马、掌国家兵权的桓温，桓温的参军郝隆，再一便是大名鼎鼎的谢安。谢安是东晋著名政治家，孝武帝时位至宰相，但他是四十岁以后才出仕的，出仕前一直在“东山”过着隐居生活。本文所记之事，正是谢安刚出仕时。名士隐居，时人很尊崇，但这种隐居实际是为抬高声誉，待价而沽。谢安出仕，虽说是“势不获已”，还是看准了时机的。桓温以药中远志又名小草而问谢安“何一物而有二称”，并无用心，但郝隆的代答却有深意。“处则为远志，出则为小草”，语带机锋，对假隐士谢安给予了尖刻的讽喻，同时又很含蓄。正因如此，闹得谢安“甚有愧色”，要害被击中了，有苦衷说不出。桓温“目谢而笑”，又打圆场，显出一副老于世故而又暗自得意的神态。三个人物刻画都很入微，对话饶有趣味，这正体现了作者“记言则玄远冷俊”（鲁迅《中国小说史略》）的特点。

（郭隽杰）

谢安[1]围棋 刘义庆

谢公与人围棋，俄而谢玄淮上信至[2]，看书竟，默然无言，徐向局[3]。客问淮上利害，答曰：“小儿辈大破贼。”意色举止，不异于常。

〔注〕 ① 谢安：字安石，东晋陈郡阳夏（今河南太康）人，曾位至宰相。 ② 俄而：不久。谢玄：字幼度，东晋陈郡阳夏（今河南太康）人，名将，谢安之侄。淮上：淮河上，此指淝水前线战场。淝水为淮河上游，故称。 ③ 徐向局：悠闲地转向棋局。

东晋太元八年（383），前秦苻坚大举入侵，晋相谢安命谢石（谢安弟）、谢玄（谢安侄）迎战，败苻军于淝水，苻坚乃逃返长安。

淝水之战是历史上以少胜多的著名战役，也关系到东晋的安危。《世说》的命意是突出谢安的从容镇定，故入“雅量”篇。《晋书·谢安传》还有这一段记载：“既罢，还内，过户限，心喜甚，不觉屐齿之折。其矫情镇物如此。”意谓故作安闲，使人不测，微含贬义。

苻坚的骁勇慓悍，这一战役的重要性，谢安自然知道，事先必经过周密的部署，调遣的部众也都是精锐。但他是宰相，又素有威望，此时大敌当前，上下惊恐，一举一动皆影响大局，所以必须沉着镇定，后闻捷报，“不异于常”，都说明谢安之善于控制。《世说》注引《续晋阳秋》云：“初，苻坚南寇，京师大震，谢安无惧色……破贼又无喜容。”这里的无喜容，和《晋书》所记实不矛盾，即欣喜不是通过面部的表情，而是表现于不自觉的屐齿之折；前者表现他理智上的冷静，后者则是心理上的本能反应。

（金性尧）

支公[1]好鹤 刘义庆

支公好鹤，住剡东岇山[2]，有人遗其双鹤。少时[3]翅长欲飞，支意惜之，乃铩其翮[④]。鹤轩翥[⑤]不能复飞，乃反顾翅垂头，视之如有懊丧意。林曰："既有陵霄之姿，何肯为人作耳目近玩[⑥]！"养令翮成，置[⑦]使飞去。

〔注〕 ①支公：支道林，名遁，以字行。东晋名僧，与谢安、王羲之等交游。 ②剡(shàn)：县名，晋属会稽郡，今浙江嵊州。岇(àng)山：山名，在今浙江嵊州。 ③少时：过了不久。 ④铩(shā)其翮(hé)：剪掉它们的羽根。 ⑤轩翥(zhù)：高举(翅膀)。 ⑥耳目近玩：身边作耳目娱乐的玩物。 ⑦置：释放。

古今中外不知有多少人讴歌过自由。其中最感人的，莫过于裴多菲的名句："生命诚可贵，爱情价更高。若为自由故，二者皆可抛。"

然而，自由的可贵，并不是每个人都能理解的。在一般人眼中，因为它太普通，往往就容易被忽视。倒是那些失去过自由的人，更能体会到它的美好和珍贵。这也正如老人，更容易体会青春的动人和生命的短暂一样。

隐居岇山的高僧支公(即支道林)却爱好自由：他远离人世、泠然独畅，也实在逍遥自在得很。支公又爱养鹤，恰好"有人遗其双鹤"，岂不妙极？但当双鹤翅翼长成，眼看就要凌空飞去，他又惋惜了，于是就将鹤羽剪去。从此烟晨霞夕，长有云鹤相伴，日子当更充满乐趣。鸟兽原不过供人玩赏的，剪去翅羽似也无可非议。

然而双鹤却大不自在了。文中在支公"铩其翮"后，有一段颇传神的描写："(鹤)乃反顾翅垂头，视之如有懊丧意。"其实鹤又哪里会表示"懊丧"之意？这里所反映的，恰恰是支公蓦然"视之"中的感觉，同时在他内心深处，也有了一个前所未觉的发现：人需要自由，鹤不也渴望着自由吗？它们"既有陵(凌)霄之姿，何肯为人作耳目近玩"？

这一发现，便促成了"养令翮成，置使飞去"的举动——酷好养鹤的支公，终于把心爱的双鹤，又送回了自由的蓝天。这是支公"好鹤"境界的升华，是从泠然独畅，进入与他人(物)共享自由的最动人的转变。其中所展示的，是对于自由的何其仁厚广大的爱心！

有些人却不是这样。他们对人、对物的爱，倒与支公开初的"好鹤"相仿。例如父母之"爱"儿女，就常常在好心好意间剥夺了儿女们的自由。他们总以为：孩子们羽翼尚未丰满，万万不可让他们随意行动。种种限制的结果，正如支公的剪去双鹤的羽翮，不过使儿女们更难实现在风云中搏击的渴望罢了。

自然界中的鸟雀，在教它们的雏子学飞的时候，往往是将它们赶下树枝的。为人父母者也需明白：每个儿女将来都必须单独地面对人生的风雨。为了让他们开拓自由矫健的人生，倒不如像鲁迅所说："彻底地解放他们，让他们全部为自己所有，成为一个独立的人。"(《我们现在怎样做父亲》)这样的爱，才是使儿女获得成长自由的真挚之爱。

儿女的成长需要自由，创造着历史的庶民百姓，当然更酷爱自由。可惜在历史上，又有多少国君或"父母官"，考虑和关心过庶民的自由？许多暴君也"爱"自由，那不过是他们自身骄奢淫逸的自由；对于臣民、百姓，则非但不肯给予自由，甚至还变着法子，封住他们的嘴巴、禁锢他们的思想。于是就有了所谓"腹诽"之罪，有了请"卫巫"监视国人的可笑措施——这比起支公的剪除双鹤的羽翮，就要可怕多了。但是百姓毕竟不是禽鸟："双鹤"在"铩翮"以后，只能"顾翅垂头"；百姓却是敢于豁出"生命"，为争取自由奋斗的。凶残的周厉王不准国人说话，曾经造成"道路以目"的景象，但也只有"三年"，国人便怒吼而起，把这个专制王朝推倒了。周厉王自己也终于孤零零的，被放逐到了"彘"地。倘若他能懂得国人也需要自由的道理，而像支公那样"养翮"放飞，让庶民在充分的自由中休养生息，结果恐怕就不是这样的了。

如此说来，"支公好鹤"所带给人们的，就不只是日常生活的启迪；它甚至还包含着如何与庶民百姓共享自由的、政治上的深刻启示了。但要能实现这一点，也须先有支公对于"双鹤"那种推己及人(物)的仁厚广大的爱心。 (张 巍)

谢太傅[①]吟啸风浪 刘义庆

谢太傅盘桓东山[②]时，与孙兴公诸人泛海戏[③]。风起浪涌，孙王诸人色并遽[④]，便唱[⑤]使还。太傅神情方王[⑥]，吟啸[⑦]不言。舟人以公貌闲意说[⑧]，犹去[⑨]不止。既风转急，浪猛，诸人皆喧动不坐[⑩]。公徐云："如此，将无[⑪]归？"众人皆承响[⑫]而回。于是审其量足以镇安朝野。

〔注〕 ① 谢太傅：指谢安，东晋大臣，曾官至宰相。死后被追封为太傅，故称。 ② 盘桓：逗留。此指隐居。东山：谢安四十余岁出仕前，一直在会稽上虞(今浙江绍兴上虞区)的东山隐居。 ③ 孙兴公：孙绰，字兴公，东晋文学家。诸人：谢安隐居东山时，常与孙绰、王羲之、支道林、许询等人交游。泛海戏：乘船出海游玩。 ④ 色并遽(jù)：神情一同惊慌。 ⑤ 唱：高呼。 ⑥ 王：通"旺"，兴致高涨。 ⑦ 吟啸：吹着曲调。 ⑧ 说：同"悦"，愉快。 ⑨ 去：此指划船前进。 ⑩ 不坐：不能安坐。 ⑪ 将无：表委婉建议的语气，无实义。 ⑫ 承响：应声。

一次充满险情的"泛海"，让读者见识了东晋名相谢安那非同寻常的胸襟和气度。

这次泛海，在开初想必还是颇有乐趣的：小船在长天碧波间轻轻滑过，作伴的又是如许俊雅的诗人（孙绰）和书圣（王羲之）等。在仰对水天之际，发几通精微玄谈、爽朗笑语，而情不自禁沉入物我两忘的悠远之境，岂不很妙？

然后便遇到了意外：平静的海面上，突然掀起了风浪。这风浪究竟多大？文中没有交代。但连"孙王诸人"都为之神色遽变，高声呼叫着赶快回船，可知小船已处于怎样剧烈的颠簸之中。有了这一节文字的烘托，再看谢安的反应，就颇不寻常了："太傅神情方王（旺），吟啸不言。"从舟人眼中看去，更觉"貌闲意说（悦）"——面对嚣喧的风浪，他非但全无回船之意，竟然还吟风啸浪，充满了欢欣、神往之情！其襟怀之雄迈，自可凌轶"孙王诸人"，而与海浪争锋了——虽然孙、王在当世，亦可称得上"鹤立"之俊。

当海风"转急"，而浪涛愈加猛烈之时，无疑已临近浪翻船覆的生死关头。这对"泛海"诸人，更是一次严峻的考验。孙绰、王羲之等人都不免惊惶起来，纷纷在船上"喧动不坐"。谢安，当然也感觉到了危险。但他在做出决断时，居然还以商量的口气"徐云"："如此，将无归（莫不就归去吧）？"——从容闲暇，直有一种"山崩于前而色不变"的镇定和沉静。这气度着实不凡！最妙的是"众人皆承响而回"一句，将处于生死关头的"众人"（自然也包括那位屡经风浪的"舟人"），听了谢安之语，均如获大赦的惶急欣喜之态，描摹得极为逼真。有了这一笔映衬，谢安那足以"镇安朝野"的奕奕丰采，便如紫电划破千年历史的天幕，刹那间照耀了今天的读者。

汉武帝《求茂材异等诏》说："盖非常之功，必待非常之人。"作为一代名相的谢安，正是这样一位"非常之人"。公元383年，他谈笑从容、运筹帷幄，指挥东晋八万之师，杀得苻坚百万大军望风披靡；次年又调兵遣将，北伐中原，连复徐、兖、青、司、豫、梁六州，建立了震撼河山的"非常之功"。他的雄迈襟怀和闲暇气度，曾在李白"但用东山谢安石，为君谈笑静胡沙"的诗句中，得到过充满钦慕之情的称颂。这些都是人们所熟知的。但不知读者认真思考过没有：像谢安这样的"非常之人"，又何尝是天生的。他们的襟怀、气度，其实在日常生活中，就曾经历过多次的磨炼和考验。谢安"泛海"的轶事，在他的一生中自然算不了什么大事。但至少可以证明：他之所以迎浪而进、不肯回舟，显然是把这危及生命的风浪，当作对自身胆略、勇气的检验来对待的。既然在风急浪猛中，可以临危不惊、吟风啸浪，置生死于度外，以此雄怀施之于治理天下、指挥千军万马，则汹汹压境的百万胡师，又何足道哉！

（潘啸龙）

刘伶[①]病酒　　刘义庆

刘伶病酒，渴甚，从妇求酒。妇捐[②]酒毁器，涕泣谏曰："君饮太过，非摄生[③]之道，必宜断之。"伶曰："甚善！我不能自禁，唯当祝[④]鬼神自誓断之耳。便可具酒肉。"妇曰："敬闻命。"供酒肉于神前，请伶祝誓。伶跪而祝曰："天生刘伶，以酒为名[⑤]。一饮一斛[⑥]，五斗解酲[⑦]。妇人之言，慎不可听！"便引酒进肉，隗然[⑧]已醉矣。

〔注〕 ① 刘伶：字伯伦，西晋沛国(治今安徽濉溪县西北)人。"竹林七贤"之一。嗜酒，曾作《酒德颂》，对"礼法"表示蔑视，宣扬老庄思想和纵酒放诞生活。 ② 捐：倒。 ③ 摄生：养生。 ④ 祝：祈祷。 ⑤ 名：通"命"。 ⑥ 斛(hú)：量器名，也作容量单位，晋时一斛为十斗。 ⑦ 解酲(chéng)：解酒。酲，酒后神志不清的状态。 ⑧ 隗然：醉倒的样子。隗，通"颓"。

熟悉刘伶的人都知道，此公位列"竹林七贤"之一，长得"貌甚丑陋"，却以"好酒"驰名天下。他一生事业，"唯酒为务"。只要一见到酒，便"奋髯箕踞，枕麴藉糟"，非拼个酩酊大醉不可。据说"终其身"他只做了一篇文章，也与"酒"有关——那就是传诵至今的《酒德颂》。本篇所记叙的，便是刘伶"好酒"生涯中的一个片断，或者说，一幕令人捧腹的家庭笑剧。

幕布拉开的时候，刘伶正患着酒"病"——大约昨夜又喝了个昏天暗地，此刻醒来，还"渴"得要命。旁人口渴，要的是水；唯独此公解"渴"，也还得靠"酒"。可叹他空有"长鲸吸百川"的海量，却到处找不到杯中之物：原来是他夫人动了气，一怒之下把酒都倒了，连喝酒家什也一并给砸"毁"。这下刘伶可惨了，只好再求夫人发慈悲。文中的"从妇求酒"四字，不可轻易放过，那简直把刘伶低三下四、死乞白赖着夫人要酒的神态，全都画活了。

接着便见濛濛的泪水涌上了刘夫人眼眶："君饮太过，非摄生之道，必宜断之！"看来这夫人心中之气未平，又已生出一片爱怜之情。所以"必宜断之"虽近乎"命令"，刘伶听来却一点也不感到严厉，故回答得也干脆："很好！我这就断酒——只是我怕管不住自己，须得到鬼神那里发誓求佑才行——你快去准备酒肉吧！"这位刚才还死乞白赖着"求酒"的丈夫，难道真的受了感动、幡然悔悟了？看他那庄重的语气，似乎立刻就要指神发誓、从此戒酒，其决心之大还容怀疑？这便引出了刘夫人同样庄重的应诺："敬闻命。"只此三字，妇人那收泪而喜、满心欢悦的笑影，已浮现其中——记叙得也真绘声绘形！

场景转移,已在酒肉供奉的神前——看来刘夫人虽曾“捐酒毁器”,其实还颇留有余“酒”。此刻刘伶的心境不知如何?但脸色肯定是虔诚极了:你看他真就“跪”到神前,口中念念有词起来:“天生刘伶,以酒为名,一饮一斛,五斗解酲。”——读者须知,刘夫人此时亦正盯视一旁,高兴地听他发誓呢。这开初几句听去也还入情:他本就是个“天生”酒鬼嘛!接下去该说到“断酒”了,谁知——“妇人之言,慎不可听!”这是什么话?刘夫人大吃一惊,这边刘伶已赶紧“引酒进肉”,“跪”在神前大喝大嚼起来。待到他夫人缓过神来,想要阻拦,刘伶早又醉成一团、瘫倒在地了……

一幕“断”酒之誓,就这样变成了令人忍俊不禁的笑剧。其可笑处全在刘伶的“渴”急使诈,连严厉的夫人也给骗了。这骗局早在刘伶回答“甚善”的时候,大约已在他闪烁不定的眼光中泄露,可惜刘夫人泪眼未干,未能识破。当着刘夫人忙忙碌碌准备酒肉之际,刘伶一定在心里窃笑不已吧?此文的行文之妙,正在于始终不动声色,只将人物的语言、行动,稍加叙述和勾勒,便将这幕笑剧逼真地展现在眼前。诙谐的情趣,借助于格外庄重的语气描摹和“跪”神发誓的细节刻画,由此收到了意想不到的效果。一位嗜酒如命的酒鬼形象,带着刘伶所特有的风神,嬉笑着走到了读者面前。明人胡应麟称赞《世说新语》:“读其语言,晋人面目恍然生动,而简约玄远,真致不穷。”从“刘伶病酒”,读者即可窥其“恍然生动”之一斑。

不过,读了这则记载,我们恐怕还不能一笑了之:像刘伶这样的名士,竟然在纵酒放诞中了其一生,究竟是什么原因?按照他《酒德颂》所说,好像是不满意于“搢绅处士”之流的“陈说礼法,是非锋起”,是有意以此放诞之行,来与“礼法”作对似的。但酗酒到了《名士传》所说的“(伶)常乘鹿车,携一壶酒,使人荷锸随之。云:‘死便掘地以埋’”的地步,这生涯也实在可悲了。倘若不是魏晋之际政治的黑暗,知识之士惨遭迫害而人人自危,又何至于此!刘伶便是这旧时代埋葬的一位悲剧人物。在他那可笑的荒诞言行背后,我们不是听到了类似于阮籍那“率意独驾,不由径路,车迹所穷,辄恸哭而反”的苦闷叹息和哭泣之音么?

(张 巍)

阮公[①]醉眠 刘义庆

阮公邻家妇有美色,当垆酤酒[②]。阮与王安丰[③]常从妇饮酒。阮醉,便眠其妇侧。夫始殊疑之,伺察终无他意。

〔注〕 ① 阮公:即阮籍,字嗣宗,三国魏文学家。“竹林七贤”之一。与当权的司马集团若

即若离，蔑视礼教，常用醉酒在政治斗争中保全自己。 ② 垆：古时酒舍里安放酒瓮的炉形土台子。酤(gū)：卖。 ③ 王安丰：即王戎，“竹林七贤”之一，封安丰侯。

论魏晋名士，总绕不过阮籍。阮籍最出名的一句话便是：礼岂为我辈设耶！出处是《世说新语·任诞》：阮籍嫂尝回家，籍见与别。有人以此嘲讽阮籍，于是有了他这句惊天动地的回应。男女有别，然而到了小叔子与嫂子见一面也要被世人议论的地步，无怪乎魏晋人要发出“越名教而任自然”的呼吁。阮籍正是其中倡其先声者。

而阮公醉眠，同样是阮籍不拘于世俗礼法的佳证。邻家酒肆的美貌老板娘当垆卖酒，阮籍和王戎常来此处对饮。醉酒之后，阮籍毫无顾忌地便躺在老板娘身侧睡着了。此情此景怎不惹人生疑？至少酒肆老板就非常怀疑阮籍是“醉翁之意不在酒”，然而仔细观察，发现阮籍自始至终并没有其他的意图。

其实，“无他意”并不能说明阮籍不是冲着漂亮老板娘才选择来这里饮酒的。俗话说秀色可餐，把“佐餐”换成“佐酒”亦无不可。魏晋人的妙赏，不单单在人品、音律、谈玄论道，同样也在一应美好的事物上，包括人物容止。

《世说新语》容止篇便专门品鉴时人的相貌，诸如“萧萧肃肃，爽朗清举”“蒹葭倚玉树”“玉人”“连璧”等品评，视同平常。这种欣赏不限男女，类似的，还有《世说新语》刘注所引南朝宋虞通之《妒记》的记载：桓温纳李势女为妾，妻子南康公主妒意发作，将要棒袭，却在看见李势女之后，见其姿貌绝丽，肤色玉曜，瞬间被打动，不由发出了“我见犹怜、何况老奴”的感叹，成为千载之下的美谈。

史上再没有一个朝代像魏晋这样注重人物本身的风度品貌。对于魏晋人来说，人物美色和山水清音一样，都是可以赏鉴的，这是一种普遍的审美态度。当垆妇有美色，阮籍眠于妇侧，正是出于对世间美好事物的欣赏，一切发乎自然，出自本性，只要本心没有龌龊，哪管世人作何想！如果有人以简单的男女之私来看待这种行为，只能说不是解人，在阮籍心目中，少不得要对此等人大翻白眼。

在阮公醉眠这则故事中，不只是阮籍，当垆妇和其夫的神韵气质也生动可见。对读者而言，阮籍的行为虽是洒脱不羁，隐藏在短短数十字背后的当垆妇的风流逸态反而更令人遐想。而此处所指的风流，除了美貌之外，更指她对于阮籍醉眠行为的容让和坦然视之。在普通人身上所呈现的这种气质，才适足以证明，旷达是那个时代所普遍具有的姿态。

（陈春艳）

阮籍[①]葬母

刘义庆

阮籍当葬母，蒸一肥豚[②]，饮酒二斗，然后临诀，直言“穷矣!”。都得一号,因吐血,废顿③良久。

〔注〕①阮籍:字嗣宗,三国魏文学家。“竹林七贤”之一。 ②豚(tún):小猪。 ③废顿:僵卧不起。

后人常常切齿指斥阮籍“无礼败俗”(见《颜氏家训·文章篇》)。殊不知有许多礼法之俗,是非破败它不可的。

例如本文说到的“葬母”之礼,就是其中之一。

父母亡故,做儿女的感到悲痛,这是自然的;丧葬期间恸哭一番,或者穿身素服、佩朵白花,以寄托不尽的哀思,也是人之常情。

但若讲究起“礼法”来,就教人受不了:不仅亲友的丧服有种种区分,“丧吊”、迎送更有烦琐的程序。连什么时候该“哭拜”、什么时候“止哭”,何时“哭踊(跳)”、何时“哭不踊”,都得按森严的规定办,错了就是“违礼”(见《仪礼·士丧礼》)——哀号哭泣本是内心真情的迸发,倘要如此强行“哭”“止”,哪还有真情可言?

最难做人的还是死者的儿女。殡丧期间不仅应“缞麻在身”“过哀啜粥、口不经甘”,就是脸形也得憔悴而“毁”。若能达到形销骨立,甚至“致毁以死”,那就更好,便可博得君子“孝德”的莫大美名——当然还可以做官!如此“丧礼”,岂不是对人性的活活摧残?

由此也助长了虚伪之风:许多“礼法”之士,明明盼着父母早死,丧葬期间偏偏悲号以致毁容,在人前做出“哀过于礼”的肉麻姿态。背底里呢,却又卧花倚柳,连短暂的声色之欲都不肯弃。

所以,阮籍在《大人先生传》里严正指出,这样的“礼法”,无非是“假廉以成贪”“诈伪以要名”,使“强者睽而陵暴,弱者憔悴而事人”的“残贼、乱危、死亡之术耳”!

这批判之痛快淋漓,真可发聋而振聩!

所以,阮籍在自己“葬母”的时候,偏要与这种“礼法”作对:公然“蒸一肥豚(猪),饮酒二斗”——把“过哀啜粥、口不经甘”那一套礼俗规矩,全破得稀里哗啦。

这举动之狂诞无羁,真要令“礼法之士”悻悻群吠了!

阮籍这样做,岂非对尸骨未寒的母亲也太无情?不,阮籍所无情以对的是世俗礼法;至于对自己的母亲,却怀有最深切的哀情。你看他临诀之际,刚得一号“穷矣”,竟就为之“吐血”,以至于“废顿(全身委顿废颓)良久”,便可知道:母亲之死，在他心头激起了多深切的伤痛！他曾将这伤痛埋藏在心底，到了临诀的时候，便再也按抑不住，竟才号哭一声，就吐血了——这样的哀恸真情，又岂是几声恸哭所可比拟？

蔑弃虚伪和戕害人性的“礼法”，而又怀有最真挚的悼母深情，这就是“阮籍葬母”所展示的阮籍风貌。在迂腐或虚情假意的“礼法”之士看来，这是“狂诞无礼”；但在笔者看来，这恰恰是富于勇气的、最动人的“真淳”！ （潘啸龙）

阮咸[1]晒裈 刘义庆

阮仲容、步兵[2]居道南，诸阮[3]居道北。北阮皆富，南阮贫。七月七日[4]，北阮盛晒衣，皆纱罗锦绮。仲容以竿挂大布犊鼻裈于中庭[5]。人或怪之。答曰：“未能免俗，聊复尔耳。”

〔注〕 ① 阮咸：字仲容。“竹林七贤”之一，阮籍之侄。 ② 步兵：指阮籍，三国魏文学家，“竹林七贤”之一。曾任步兵校尉，故称。 ③ 诸阮：阮氏族人。 ④ 七月七日：旧时风俗，七月七日晒衣裳、书籍，以防虫蛀。 ⑤ 大布：粗布。犊（dú）鼻裈（kūn）：短裤，一说为围裙。

阮仲容即阮咸，步兵指的是阮咸的叔叔阮籍。阮氏叔侄在家族中比较贫困，居于道南，而居于道北的阮氏族人都很富裕。晋时风俗，七月七日家家户户都会把家中织物搬出户外晾晒。道北阮氏晒的都是绫罗绸缎，光彩艳艳，阮咸则用竹竿挑起粗布做的犊鼻裈晒在院子里。别人觉得奇怪，他回答说：不能免俗，聊以此应景而已。

犊鼻裈，是古人所穿的一种有裆的短裤，据说因为形似犊鼻，所以这样命名。从古至今，一般多有夸富，少见炫贫。七月七晒衣的习俗，最初只是因为这一日阳光最好，正适合晾晒衣物，到后来就慢慢偏离了原意，变成了富人家斗富的一种举动。穷人家境贫寒，通常无物可晒。但阮咸却偏偏出人意表地将自己的大布裤衩用竹竿高高举起，挂在锦绣罗绮之间，丝毫不以家贫为耻。无怪乎《世说新语》要将这则故事放在“任诞”篇呢。

任诞其实是一种放纵个性、表现自我的方式。看似与世俗规矩不相容，但正是这种“世间礼法岂为我辈而设”的不守常则、不循规蹈矩，恰恰是魏晋风流最经常的一种表达。

阮咸和叔叔阮籍并列竹林七贤之一。与晒裈相比，任诞篇所记载的另外一则故事更能说明他的旷达：“诸阮皆能饮酒。仲容至宗人间共集，不复用常杯斟酌，以大瓮盛酒，围坐相向大酌。时有群猪来饮，直接去上，便共饮之。”和群猪一起围着酒瓮喝酒的盛况，可谓空前绝后。“天地与我并生，而万物与我为一”，这种放达不羁的豪气，无以复加的个性的表露，后人读之，有想象，有惊叹，但除了魏晋时的阮咸，还有谁能如此？

仅仅是不拘礼法，刻意与众不同，只能称为狂士。放旷不拘为表，贞素寡欲为里，才是真名士的精神本质。以品评人物著称的名士山涛曾举荐阮咸为吏部郎，评价阮咸“贞素寡欲，深识清浊，万物不能移也。若在官人之职，必妙绝于时”。《竹林七贤论》也称赞阮咸是旷世之俊。

其他不谈，阮咸妙解音律，是音律大师，却是世人公认的。《名士传》说阮咸“哀乐至到，过绝于人”。《世说新语·术解》记载说，阮咸妙赏，时谓神解。同时期人荀勖善解音声，每次朝会均由他调正乐律，自觉五音和谐，但阮咸却每每觉得音律不准确。后来事实证明阮咸没有听错。三国时期周瑜少精音乐，所以有“曲有误，周郎顾”的说法，阮咸的经历其实与周瑜有异曲同工之妙。只恨阮咸不如周郎雄姿英发，所以他的故事也没有周瑜的传说流传更广，更少了那份与脂粉香交织在一起的蕴藉意味。

即使在最重个性的魏晋时期，阮咸的任达不羁也是少有，以至于“当世皆怪其所为”。有趣的是，效仿他的人却也是有的。晒裈之后，又有郝隆晒书的故事，出自《世说新语·排调》：郝隆七月七日出日中仰卧，人问其故，答曰：我晒书。不过，虽然是一般的举止怪诞，与众不同，总让人觉得郝隆颇有做作的嫌疑，与阮咸举犊鼻裈而晒的一派天然相比，高下立判。

（陈春艳）

王敦[①]击鼓　　刘义庆

王大将军年少时，旧有田舍名[②]，语音亦楚[③]。武帝[④]唤时贤共言伎艺事，人皆多有所知。唯王都无所关，意色殊恶，自言“知打鼓吹”。帝令取鼓与之。于坐振袖而起，扬槌奋击，音节谐捷，神气豪上，旁若无人。举坐叹其雄爽。

〔注〕①王敦：字处仲，东晋初期权臣。②田舍名：乡下人外号。③语音亦楚：王敦年少正值西晋全盛之时，洛阳士大夫鄙视外郡，把外地乡音统称为“楚音”（南方口音）。其实王敦为琅邪郡临沂（今山东临沂西北）人，乡音与楚音不同。④武帝：指晋武帝司马炎。

官至大将军的王敦，少年时代，就已显示出与众不同的嗜好和气概。本文即以精妙的描述，展现了这位未来武将的赳赳雄风。

刚出场的时候，王敦给人的印象，简直是位庸夫俗子：“旧有田舍名，语音亦楚”——呆头呆脑如农家儿，说话也土里土气。

一当谈论到技术、才艺方面的话题，情况就更不妙了：“时贤”们个个吐语从容、侃侃而谈，显示出无所不通、满腹经纶的博学和风雅；“唯王都无所关”——完全如榉面杖吹火，一窍不通！

偏偏作者还不忘记添上一句神态描摹：“（王敦）意色殊恶”。从一个“恶”字可知，此刻的王敦，已怎样无法忍受被蔑视、被冷落的气恼，连脸色也憋得有些怕人了。

层层压抑的行文，到了“自言‘知打鼓吹’”，终于奋扬而起。一股勃郁之气推动着王敦，自告奋勇要为“时贤”表演击鼓。读者不禁莞尔而笑——此儿之争强好胜，只“知打鼓吹”一语，已跃然纸上。

更精彩的还在后文：“于坐振袖而起，扬槌奋击”。这时的王敦可要令“时贤”刮目相看了：仅那“振袖”之势，那渊停岳峙的“扬槌”之态，便已气概非凡。再听那“奋击”的鼓声，“音节谐捷”的雄调，刹那间压过风雅之士的满堂谈笑，隆隆地震撼了整个大庭！一位叨陪末座的“田舍”儿，由此“神气豪上，旁若无人”地矗立场中，成为众所瞩目、光芒四射的主宰人物。

短短一节文字，竟能透过王敦那平庸无奇的外貌，传刻下如此“雄爽”夺人的神骨。读者能不叹服它抑扬跌宕的行文和简峭传神的刻画艺术？ （潘啸龙）

桓玄[①]好缚人 刘义庆

桓南郡好猎。每田狩，车骑甚盛。五六十里中，旌旗蔽隰[②]。骋良马，驰击[③]若飞。双甄[④]所指，不避陵壑。或行阵不整，麏兔腾逸[⑤]，参佐无不被系束[⑥]。桓道恭，玄之族也，时为贼曹[⑦]参军，颇敢直言，常自带绛锦绳箸腰中[⑧]。玄问：“此何为？”答曰：“公猎好缚人士。会[⑨]当被缚，手不能堪芒[⑩]也！”玄自此小差[⑪]。

〔注〕 ① 桓玄：字敬道，桓温之子，袭爵南郡公，故称“桓南郡”。 ② 蔽隰（xí）：遮盖大地。隰，山野低湿处。 ③ 驰击：奔驰追击（猎物）。 ④ 双甄：古代打猎或作战阵形的左右两翼。 ⑤ 麏（jūn）：獐子。腾：跳跃。逸：逃跑。 ⑥ 参佐：部下。系束：捆绑。 ⑦ 贼曹：官职名，主管盗贼事。 ⑧ 绛：深红色。箸：通“着”，穿着，附着。 ⑨ 会：恰逢。 ⑩ 堪：忍受。芒：（麻绳上的）芒刺。 ⑪ 小差：有所改变。

人们的感情，苦于不能总相沟通。倘能息息相通，许多给人带来伤害的事，便大多可以避免。

曹操自称“梦中好杀人”，其实是要警告企图谋害他的左右之人。一次眠中被掉床下，部属好心为他盖被，即被他跃身而起，砍了——难怪杨修要为之叹曰：“岂是丞相在梦中，实在是你(部属)自己在梦中呵！”如果曹操能体谅部属的关切之情，思量一下被砍头究竟是什么滋味，这样的“杀人”诈术就未必嗜“好”了。

本文的主角桓玄(袭封南郡公)，功业远不能与阿瞒相比，但对于打“内战”，在东晋可算得上位行家。他后来主盟诸将，起兵反晋，自立为“楚”帝，终于被刘裕攻杀，也是活该。不过此刻他还在江州刺史任上，野心初萌，而时机未到，便常在打猎中抖威风。文中对他的狩猎场面，仅以“五六十里中，旌旗蔽隰。骋良马，驰击若飞。双甄所指，不避陵壑”稍加渲染，其车骑之壮盛和追捕禽兽的那股疯狂劲，已历历如现目前。

这当然显得荒淫了些，但对于局中人来说，也未始没有得意忘形之乐。可惜桓玄之意，更计较于获弋之得失，倘若行阵一乱，堵截中的“麞兔”跑了，便把怒气发泄在“参佐”身上，总爱把他们捆绑起来斥骂。那捆绑的绳子，想必也是临时扯来的荆棘、野藤。绑在臂膊上，刺芒入肉，味道如何？笔者幸而未能身试，想来总不那么有味。既不好受，“参佐”们何不就向桓玄诉说一下呢？他们却又没这胆量——大约被暴虐折磨久了，人就会变得麻木、怯懦和善于逆来顺受。这恐怕正是造就“奴性”的秘密。

在这种情况下，桓道恭的仗义进谏，就显得格外引人注目了。按说他既是桓玄“族”人，关系近了一层，说起话来要好办些。但即使这样，他也并未如文中所说敢于“直言”，而是采取了迂回战术：每逢出猎，就带一条“绛(色)锦绳”束在腰间，设法引起桓玄的注意。这举动之古怪，果然引出了桓玄的发问。桓道恭正好借题发挥，实施对桓玄“好缚人”的进谏：“我担心哪一天会轮到我受缚，手臂膊肉嫩，受不了那刺肉的芒刺呵！”

这进谏妙在好似全不反对桓玄“缚人”，而只是诉说手肉“不堪”芒刺的痛苦感受。这可是桓玄从来没有想到过的。桓道恭的诉说，一下把他从“缚人”者拉到“被缚者”的地位，使他多少了解到被“缚”是多么痛苦的事——感情互通了，粗莽的桓玄由此受到了震动。那“好缚人”的脾气，便从此有所改变。

魏晋时代是追求个性自由和人格尊严的时代，对许多问题的思考，往往着眼于是否适合人性、利于人之情性的自由发展。所以连桓道恭的进谏，也没有泛泛空谈“缚人”的“政治”利弊，全从人之情性、感受上设言。这是他进谏的独特之处。这独特之处，也正从一个侧面，反映了这个时代的精神风貌——尊重个性，反对摧残人的自由本性。

不知读者诸君，可否有某些令朋友、儿女、属下、邻人痛苦“不堪”的雅好？倘有，就也请设想一下对方的感受，“自此小差”些罢！ （潘啸龙）

桓公入蜀[①] 刘义庆

桓公入蜀，至三峡中。部伍中有得猿子者，其母缘岸哀号，行百余里不去。遂跳上船，至便即绝。破视其腹中，肠皆寸寸断。公闻之，怒命黜其人。

〔注〕 ① 桓公：即桓温，字元子，东晋大臣。入蜀：指晋穆帝永和二年（346），桓温西伐成汉政权，次年平定蜀地。

文中所说的“桓公”，就是曾以“既不能流芳后世，亦不足复遗臭万载耶”之语震惊世人的一代枭雄桓温。

正是他力排众议，率部七千余人，攻灭了李势经营多年、且地势险要的蜀地成汉国；数年后，又以征西将军身份，北伐前秦苻坚，横刀跃马、“清荡伊洛”，令敌寇闻风丧胆，这样一位“雄情爽气”而又野心勃勃的人物，在当时被目为英雄，似也并非浪得虚名。别看他以赫赫武功成就了一生事业，但为人还颇富人情味。本文所记轶事，正表现了这位枭雄内心世界中动人心弦的一面。

故事发生在“入蜀”途中。浩荡的船队行驶在三峡激流之上，岸峰连绵，峻高入云。不知哪位机敏的部属，居然利用停船间隙捉了只小猿，顿给行舟途中增添了无穷乐趣！人们想必兴奋异常，逗乐、玩赏，你争我夺。但不久却听到了岸上的哀号之音——原来是那母猿追踪而来，凄凄啸啼，似乎正央求着人们放了它的幼儿。至于船中的小猿，听到了母亲的呼唤，也一定声声相应、东闯西撞，想要扑上岸去的吧。这一幕景象，文中虽只以“缘岸哀号”数字传写，却已令读者为之辛酸了。

然而“得猿子者”竟不为所动。也许在他看来，好容易到手的猎物，怎可轻易放了？也许他还以为，逗引母猿一路追踪，不失为一桩乐事吧！船在前行，猿在疾奔，长长的啸声连续不断，高高的山谷又报以回音。三峡民谣“猿鸣三声泪沾裳”告诉人们：那在峡中行舟的船夫，曾怎样被猿啼激得泪水涔涔；然而在这长达“百余里”的路上，母猿始终“不去”的身影、哀哀不歇的啸啼，却未能感化那位夺其幼猿的部属！

文中接着以母猿“遂跳上船，至便即绝（气绝）”，以及“破视其腹中，肠皆寸寸断”的描述，展示了这幕悲剧的结局。这情景再一次震动了读者：在这场绝望的追逐中,支撑着母猿百余里不舍,激得它不顾危险跳上行船的,不正是禽兽也具有的那一份深挚母爱么?

桓温是在事后才知悉此事的。他的第一个反应,就是勃然大"怒";怒气未平,即就罢黜了"得猿子者"的职位。初看起来,桓温的大"怒"显得好不近人情:不就死了一头山野之猿么,又何须这般大动肝火——难道人的价值还不如那畜生?但桓温当时恐怕未必能考虑这许多:他显然是被这悲惨的母猿之情打动了,因而也为部属的取乐行径激怒了。他所看重的,是虽然表现于禽兽,却同样真挚动人的爱子之情;他所要维护的,是即使对于禽兽,也不忍戏侮、伤害的高尚之心。人们可以取笑母猿的爬行、奔逐,可以拿它的不通语言、只会嗷嗷啸啼取乐;但对这"肠皆寸断"的悲伤,这宁肯气"绝"也不弃幼子的悲壮之爱,难道也可以嘲笑、取乐么?从这一点看,"得猿子者"纯为取乐而伤害母猿的行径,便显得残忍而不近人性;桓温罢黜他的举动,倒是这位将军富于人类同情心的真切表现了。

人们往往以为,英雄的事业是在战场上——冲锋陷阵、夺城搴旗,杀起人来,眉头也不会皱一下。那心肠一定硬得像铁,至于感情,不用说粗糙得更如石头。这则轶事却告诉人们:叱咤风云的武夫,也常有他们细腻的感情世界,也常有一颗温柔动人的心。鲁迅说:"无情未必真豪杰,怜子如何不丈夫。"那英气盖世的项羽,在"帐下别姬"时,不也曾热泪坠落,唱过"虞兮虞兮奈若何"的动情之歌?英雄的事业,从来不只靠个人的勇气所创立。在生死拼搏的沙场上,须靠千万士卒的同心同德,才有希望取得胜利。像桓温这样,能为猿猴的爱子之情打动的人,当然也会有一种真挚之情,去关切、体恤部卒的疾苦。一支不仅有着正义的目标,而且为将帅的真挚爱心所温暖、鼓舞的部队,还有谁能与之争锋?桓温后来的顺利"入蜀"和威震前秦,正证明了这一点。只是在此之外,他又多了一份窥伺王朝的野心,以致不顾大局,导致北伐事业的半途而废。这又不免令千古读者惋惜了。

(张　巍)

祖财阮屐　刘义庆

祖士少[①]好财,阮遥集[②]好屐,并恒自经营[③],同是一累[④],而未判其得失。人有诣祖,见料视[⑤]财物,客至,屏当[⑥]未尽,余两小簏[⑦]著背后,倾身障之,意未能平。或有诣阮,见自吹火蜡屐[⑧],因叹曰:"未知一生当箸几量[⑨]屐!"神色闲畅。于是胜负始分。

〔注〕 ① 祖士少：祖约，字士少，东晋范阳遒县(今河北涞水)人。祖逖弟，逖死后，继任平西将军、豫州刺史，统领祖逖旧部。咸和二年(327)，与苏峻起兵叛乱。兵败投奔后赵，被石勒所杀。 ② 阮遥集：阮孚，字遥集，西晋陈留尉氏(今属河南)人。阮咸次子。 ③ 恒：常常。经营：筹划料理。 ④ 累：负担。 ⑤ 料视：检点查看。 ⑥ 屏(bìng)当(dàng)：收拾，整理。 ⑦ 簏(lù)：竹制的圆形盛器，竹筐。 ⑧ 吹火：对火吹气，使燃烧更旺。蜡屐：给屐打蜡。 ⑨ 著：通"着"，穿。量：通"緉"，亦作"两"。古代计算鞋的量词，即双。

"嗜好"本身原无高下，这正如萝卜、青菜，各有所好而已。谁又能在李白的"好酒"和鲁迅的"好烟"中判其得失？倘若是指嗜好的雅、俗，则祖士少的"好财"固然显得俗气，阮遥集的"好屐"也未必怎样高雅，又何须分其"胜负"？

然而重视人物品评的魏晋时期，偏生就有这样的好事者，要对祖、阮的嗜好，组织一场决定"胜负"的"考试"，自然引发了人们浓厚的兴趣。

这"考试"似乎同时进行，而且是突然袭击式的，故情景也颇为可观：大约祖士少紧闭大门赏玩财物之际，亦正是阮遥集喜滋滋地为木屐吹火上蜡之时。"笃笃"的敲门声传来，这边的祖士少当即神色大变，忙不迭地收拢财物，东塞西藏间客人已到。只好慌慌张张，把不及收藏的两只小筐掩在背后。别看他已挤出笑容招呼客人，身子却还倾俯着想把竹筐遮住——那笨拙的举止和唯恐客人窥觎财物的惶急之态，文中只以"倾身障之，意未能平"八字传写，便神情逼真，令读者哑然失笑。那边的阮遥集呢，则又是另一种景象：客人上门，他还浑然不觉，可见正沉浸在陶然自乐的境界之中。一边吹着火熔蜡，一边深情地把玩着木屐，忽然悠悠而叹："真不知这一生能穿多少双木屐啊！"那神色之"闲畅"，简直就未把盯视一旁的考试大员当回事。于是作者宣称：阮、祖之"好"，胜负已分。

当然，不难判明，这场考试中得胜的是阮遥集；至于祖士少，却败得一塌糊涂。这胜败的区分，正在于"神色闲畅"与"意未能平"的鲜明对比之中—— 一个"好"得潇洒脱俗，一个则"好"得自私而累人。

人们常常以为，凡"好"财物者境界一定就低，其实是并不尽然的。战国有位燕太子丹，未尝不爱金银狗马。但当他得到壮士荆轲，竟不惜"令人奉盘金"，任其当作瓦片，"临池"投龟取乐；荆轲想吃马肝，太子即杀"千里马"以"进肝"——这种乐以钱财待天下贤士的豪爽"嗜好"，境界就颇动人。祖士少的"好财"，却是一种"守财奴"式的聚财。它以一己之占有为乐趣，而且以为天下人也像他一样，目光全盯在财物上，见了就想攫为己有。所以连赏玩之时，也胆战心惊，时刻防范着他人的窥伺。若要他以财物输人，便无异于要他的命了。这样一种充满"铜臭味"的嗜好，只能成为压抑人生的沉重物累，境界焉得为高？——他后来投奔石勒，恶"好"不改，肆意掠夺百姓的田产，终于为此丧命，正说明了这一点。

“竹林七贤”之一阮咸的儿子阮遥集则不同：他的“好屐”看似怪异，却一无聚财之心。小小木屐，价值几何？既不能靠它营利，也不能借此扬名。可见这“好”只是一种身心的喜爱，并未夹杂有利害的考虑：这境界颇已不俗。更有韵味的是，他之“好屐”所追求的，只是一种把玩过程中的精神满足，而不以是否占有为意：自己的木屐固然可爱，别人所有的也一样可喜。所以客来人往，他毫不在乎，一无被人窥觎的牵挂或担忧。读者只要看他在来人面前，依然“吹火蜡屐”不辍，神色竟那样“闲畅”，便知他之“好屐”是怎样乐在其中了。那一声“未知一生当箸几量屐”的叹息，不隐隐透露：此刻的阮遥集，已由眼前的“蜡屐”，进入多么悠远的人生哲理思考之中。这种不计得失、只求畅神的“嗜好”，自不会因几量木屐之失而牵累——你可以夺去他眼前的火、手中的屐，又怎能夺取他“吹火蜡屐”时的那一份快乐，那一份满足呢？

由此推想开去，人们想必还能在生活哲理上得到不少启迪：人生的路本已够艰难的了。在劳苦的创业和开拓之余，有一些养花、钓鱼或收集邮票、古玩之类雅“好”，原不过是生活的一种补充和乐趣。然而，生也有涯，物也无尽。故对这类个人的嗜好，完全可以像阮遥集那样，持一种潇洒超脱的态度，能得“畅神”足矣，又何须像祖士少那样聚敛无已，而惶惶不安于得失之间呢？　（张　巍）

温峤[①]娶妇　　刘义庆

温公丧妇。从姑刘氏[②]家值乱离散，唯有一女，甚有姿慧，姑以属[③]公觅婚。公密[④]有自婚意，答云：“佳婿难得，但如峤比云何？”姑云：“丧败之余，乞粗存活，便足慰吾余年。何敢希汝比。”却后少日，公报姑云：“已觅得婚处，门地粗可，婿身名宦，尽不减峤。”因下玉镜台一枚，姑大喜。既婚，交礼，女以手披纱扇[⑤]，抚掌大笑曰：“我固疑是老奴，果如所卜！”玉镜台是公为刘越石[⑥]长史，北征刘聪[⑦]所得。

〔注〕①温峤：字太真，一作泰真，东晋太原祁县(今山西祁县东南)人。曾辅佐晋元帝、晋明帝，平王敦之乱和苏峻、祖约之乱。②从姑：父亲的堂姐妹。刘氏：温峤姑母应姓温，称刘氏为从夫姓之故。③属：同“嘱”，嘱咐，委托。④密：私下。⑤纱扇：疑即为纱布巾，新娘用以罩脸；或为纱布门帘。披：掀开、分开。⑥刘越石：刘琨，字越石，西晋中山魏昌(今河北定州东南)人。长期坚守并州，对抗刘聪、石勒。后被段匹磾所杀。⑦刘聪：十六国时汉国国君，匈奴族，刘渊第四子。刘渊死后，刘聪杀兄夺取皇位。后遣族弟刘曜等攻破洛阳、长安，俘晋怀、愍二帝，灭西晋。在位时完善政制，但穷兵黩武，沉溺酒色。

历史上有在国家危亡之际挺身"自荐"的毛遂,却很少有像温峤这样为人"觅婚"而自聘、自娶的妙人。

温峤长得虽不怎样魁伟,胸间却有一腔安邦定国的奇气。当年他作为大将军刘琨(字越石)特使,渡江而南,曾以劝说晋王称帝的慷慨陈词,震惊了江左群彦。而今出现在从姑刘氏面前,大约已官至骠骑将军了吧。

将军看中了从姑之女,本来只要遣一介部属说媒即成。温峤偏不愿借重自身的权势,便差点失去了自己的意中人——他从姑不晓其"密有自婚意",反让他代"觅"他人为婿,岂不教人扫兴?

然而温峤却狡黠得很,居然就以媒人身份,煞有介事地讨论起"觅婚"的条件来——文中一句"但如峤比云何",实际上已为下文的自娶从姑之女埋下了伏线。这虽然显得有心计了些,但从另一方面看,又何尝不可以视为他在试探从姑母女对自己的态度?婚姻大事不由自己一方决定,充分尊重对方的心愿,这正是温峤的可爱处。征求意见的方式,自然以媒人("觅婚"者)身份最为适合——若是明说是自己,万一对方不愿,又碍于亲戚关系不便启齿,又怎能探得真情?

待到温峤以"玉镜台"下聘,最后现身自娶的时候,他大概颇以瞒过了从姑母女而心头窃喜了吧?出人意外的是,新妇在"交礼"时披巾而窥、"抚掌大笑"的话语,却泄露了全部天机:"我固疑是老奴(指温峤),果如所卜(预料)!"原来温峤自以为得计,其实他从姑母女,早从所下"玉镜台"(他随刘琨北征汉国刘聪时所得)聘礼上,猜到了未来夫婿的身份!然而她们居然也佯装不知,一任温峤天花乱坠地夸说"婿身名宦,尽不减峤"云云。读者倘能发挥一下想象,当可恍见这母女俩,怎样审视着玉镜台而欣喜窃议的动人情景。它同时也告诉了读者一个信息:对于这婚事,温峤固然满意,他的从妹其实也早已身心相许了。当这一切蹊跷往事,在洞房花烛之夜,从新妇那抚掌大笑、又脉脉含情与温峤相对中亲昵叙来,该充满了多少喜剧色彩!——《世说新语》对世态人情的描述,正这样妙笔生花:它只是简峭传神地描摹,也不稍加点破,把许多如画情景留在文外,让读者自己去体味、涵泳,读来更觉隽永而有余韵。

(潘啸龙)

司马太傅[①]叹月

刘义庆

司马太傅斋中夜坐。于时天月明净,都无纤翳[②],太傅叹以为佳。谢景重[③]在坐,答曰:"意谓乃不如微云点缀。"太傅因戏谢曰:"卿居心不净,乃复强欲滓秽太清[④]邪?"

〔注〕 ① 司马太傅：即司马道子，东晋宗室，简文帝之子，孝武帝之弟。初封琅邪王，后改会稽王。孝武帝死后，皇太子司马德宗继位，以司马道子为太傅，摄政。 ② 纤翳(yì)：微小的遮蔽。此指浮云。 ③ 谢景重：谢重，字景重，在司马道子手中任骠骑长史。 ④ 滓秽：玷污。太清：天空。

你若纯以审美的眼光，看待本文对月景的探讨，便可发现“天月明净”“微云点缀”这两种境界，其实都是很美妙的。

太傅司马道子所叹的境界，大约正值“气霁”“云敛”的风华晴爽之夜。在碧蓝如染的夜空，悬一轮“升清质之悠悠，降澄晖之霭霭”的皓月，那“柔祇雪凝，圆灵水镜”(谢庄《月赋》)的景象，能不在刹那间带给你一种映彻身心的澄净和光明？其佳处正在于“都无纤翳”，故以空明、光洁胜。

谢景重所爱的境界，则要在素月之旁，留几许云彩缭绕。这云自然须淡而细微，浓了、多了便不好。再有清风徐来，便呈现映漾、流动之态——那将令你生出“云驶影疑流”(萧纶《咏新月》)、“瀁瀁逐漪涟”(鲍泉《江上望月诗》)的缥缈之感！其妙处恰因有“微云点缀”，而以妩媚、轻灵胜。

两种境界既然都美，司马道子又为何要戏嘲谢景重“居心不净，乃复强欲滓秽太清”呢？

原来，司马道子之叹天月，乃在这“天月明净”之景，触发了他对人生哲理的思考——夜月在天，倘无纤云蔽翳(遮)，便能一片明净、辉光千里。那么人之于世呢，倘若能摒弃尘欲、俗务，使心镜毫无蔽翳，不也可明净如月、烛照一世而流辉千载吗？可惜的是，人们的一生，缠绕在心胸的尘杂实在太多：利禄功名、声色玩好、子女产业——此念未去，彼念又生，神憔思悴，心镜尘积。如此人生岂不烦恼，又哪有“天月明净”之美？在这样的心境下“斋中夜坐”，忽然仰见那“都无纤翳”的天月美境，自然要感慨系之、“叹以为佳”了。这叹息表明：他对那种空明、光洁的理想境界，似乎颇有一种神往之情。

至于谢景重，却全不了解司马道子感叹的内涵，以为那纯是对天月之佳的赞美，便傻乎乎地提出了“不如微云点缀”的看法——从象征意义说，这“微云”在太傅眼中，恰正是俗欲“不净”的表现，怎可让它“滓秽”了天月！谢景重未悟其意而妄为论评，难怪要遭到太傅的戏嘲了。

读这篇文字，如果不去追究此中人物的生平行事，就可以得出颇美好的结论：这类晋代达官显宦，似乎都“风神潇洒、不滞于物”，追慕着“光明鲜洁、晶莹发亮”的美的人生。但一查史籍，你便发现：司马道子竟是一个“整天昏醉的酒徒”，而且是“引用一批奸人作爪牙，合力排斥谢安”的野心勃勃者。到了“政归司马道子”父子以后，帝室兄弟之间，甚至在他与儿子之间，都展开了激烈的权力之争！可见这位太傅，与被《世说新语》赞为“轩轩如朝霞举”的会稽王等辈一样，实在并无“优美自由的心灵”或“人格美”。他心中，其实远比谢景重“不净”得多。

除了少数杰出人物，魏晋名士中，有许多像司马道子这样“风神潇洒”而行事龌龊者：事情就是这样地令人遗憾。

（潘啸龙）

王子敬[1]傍若无人 刘义庆

王子敬自会稽经吴[2]。闻顾辟疆[3]有名园，先不识主人，径往其家。值顾方集宾友酣燕[4]，而王游历既毕，指麾好恶[5]，傍若无人。顾勃然不堪，曰：“傲主人，非礼也；以贵骄人，非道也。失此二者，不足齿人，伧耳[6]！”便驱其左右[7]出门。王独在舆[8]上，回转顾望，左右移时[9]不至。然后令送箸门外，怡然不屑。

〔注〕 ① 王子敬：王献之，字子敬。东晋书法家，王羲之幼子。 ② 会稽：郡名，治今浙江绍兴。吴：郡名，治今江苏苏州。 ③ 顾辟疆：东晋吴郡吴（今江苏苏州）人，历郡功曹、平北参军。 ④ 酣燕：即“酣宴”，纵情宴饮。 ⑤ 指麾好恶：评论指点之意。 ⑥ 伧（cāng）：南人骂北人鄙陋粗野的蔑称。 ⑦ 左右：随从。 ⑧ 舆：此处指轿。 ⑨ 移时：过了一段时间。

倘若懂一点礼节，王子敬（即书法家王献之）的行动怕不会这般莽撞：

你有观赏“名园”的雅兴，名园却有它的“主人”。怎么可以不经顾辟疆同意，就“径往其家”？这将置主人于何地？

何况顾家又正“集宾友酣燕（宴）”。忽然拥入一批不速之客，连照面也不打，就在园中游逛起来，岂不给满堂宾友留下笑柄？

最可恨的是，游完了私园（再次强调：此非“公园”），居然还要指手画脚、妄论“好恶”。这遐迩皆知的名园，难道可以凭你一时之兴信口褒贬的么？

犯此数条，自然“非礼”“非道”之至，难怪顾辟疆“勃然不堪”了。虽说主人于恼怒之际，竟然也不顾“礼节”开口骂“伧”（乡巴佬）起来；但他毕竟只把“左右”赶出门外，而未直接对你大喝曰“滚”！可见还是留了面子。

想不到你还恍然不觉，还在“舆”上“回顾转望”，等左右之人把你抬出去呢。真是令人好气又好笑！主人无可奈何，最终还得派人把你“送箸门外”。待到你王子敬获悉被赶真相，总该难以为情了吧？想不到你还乐陶陶的，全不当一回事（“不屑”）——这脸皮也厚得实在教人不敢恭维！

一切似乎都是王子敬的不是。但仔细想想，也不尽然：你顾辟疆园苑名闻遐迩，得有四方之士慕名来此，正是值得自豪的事。不速之客叩门而入，只为赏玩园苑，又非掘树毁墙、抢劫行盗，就该令你如此不悦？

何况你又在"酣燕"兴浓之际，又何必让你为一介游园之客（当然还有随从）打断兴致，同时令满堂宾友也停止咀嚼之趣？大家互不干扰，各尽其兴，岂不更好？

至于"指麾好恶，傍若无人"，亦是游客兴致勃发之际情不自禁的表现。倘非"名园"，焉能得此当世名士如此忘情的褒贬？此乃雅趣轶闻，恰可为名园增辉。然而你竟恼怒起来，开口骂人，还要指挥家丁大动干戈，这又是哪一家的"礼"节、"道"理？

人家就是被"驱"，也毫不在意。直到出门，还乐陶陶的，全不计较你主人的态度。这雅量、襟怀，岂不可敬？

照此说来，此间双方，似乎都有道理。读者不免要疑惑了："这是非难道就无法判明了么？"

笔者曰：吁！主人之理，乃出乎世俗之"礼节"；王子敬之行，乃出乎人之真性情。从人之真性情观之，这完全是正常的举止；在世俗之"礼"看来，却一无是处——旧时代的"礼节"，竟如此排斥人之真性情，可叹也夫！

王子敬之于顾辟疆，正表现了性情中人和礼法中人的矛盾和对峙。读者请自己判断一下罢：两者的生活举止，究竟谁更率真？　　（潘啸龙）

广陵散绝　　刘义庆

嵇中散①临刑东市，神气不变，索琴弹之，奏《广陵散》。曲终，曰："袁孝尼②尝请学此散，吾靳固③不与，《广陵散》于今绝矣！"太学生三千人上书，请以为师，不许。文王④亦寻悔焉。

〔注〕 ① 嵇中散：即嵇康，三国魏文学家，"竹林七贤"之一。官至中散大夫，故称。 ② 袁孝尼：袁准，字孝尼，三国魏郎中令袁涣第四子，和阮籍、嵇康有来往。 ③ 靳(jìn)固：吝惜。 ④ 文王：指司马昭。

嵇康曾经得罪过司马昭的亲信钟会。后来他的好友吕安被其兄吕巽诬告，牵连到嵇康，嵇康乃为吕安辩白。钟会乘机向司马昭进谗，将嵇康比作少正卯，嵇、吕遂一同被杀。

嵇康爱好音乐，《赠兄秀才入军诗》有"目送归鸿，手挥五弦"名句。原诗主旨虽非写音乐，但音乐给予他审美上的快感，却在一瞬间被他抓住。现存《广陵散》

谱（"散"为曲类名称）最早者见于《神奇秘谱》，谱虽留存，知音已渺。袁孝尼即袁准，为人忠信居正，因世途多险，故恬退不敢求进。

嵇康在狱中，曾作《幽愤诗》，结末说："惩难思复，心焉内疚。庶勗将来，无馨无臭。采薇山阿，散发岩岫。永啸长吟，颐性养寿。"可见他还以为可以不死，此后只想在山林中以啸吟过着日子。《世说》注引王隐《晋书》云："康之下狱，太学生数千人请之。于时豪俊皆随康入狱，悉解喻，一时散遣。"似犹存东汉太学生之风。

《世说新语》将此事收入"雅量"篇，大概因嵇康临刑时从容镇定的风度之故。李斯临刑，曾对其子说："吾欲与若复牵黄犬，出上蔡东门逐狡兔，岂可得乎？"陆机被杀，也说："华亭鹤唳，尚可闻乎？"至清初，金圣叹则有杀头至痛、无意得之之语。因嵇康事而连类及之。

（金性尧）

木犹如此　　刘义庆

桓公北征①，经金城②，见前为琅邪③时种柳，皆已十围④。慨然曰："木犹如此，人何以堪！"攀枝执条，泫然⑤流泪。

〔注〕 ① 桓公北征：指东晋太和四年(369)，桓温北伐前燕。桓公，即桓温，东晋大臣、将领，官至大司马。 ② 金城：在今江苏句容北。 ③ 前为琅邪：咸康七年(341)，桓温为琅邪内史。琅邪，郡名，东晋大兴三年(320)设置侨州、侨郡等安置南渡的士庶。咸康元年(335)，分江乘县立琅邪郡，治所在金城。 ④ 围：计算周长的约略单位。指两手拇指和食指合拢的长度，亦指两臂合抱的长度。 ⑤ 泫(xuàn)然：伤心流泪貌。

桓温是东晋权臣，曾经说过"既不能流芳后世，亦不足复遗臭万载邪"那样的"豪语"。东晋永和五年(349)，后赵主石虎死，北方陷入混乱，桓温屡次请求北伐，但朝廷忌惮其权势，起用了扬州刺史殷浩为中军将军，委以北伐重任，以制衡桓温。九年(353)，殷浩大败而归，被免为庶人。桓温掌握朝廷内外大权，并开始了三次北伐：第一次为永和十年(354)伐前秦苻健；第二次为十二年(356)伐羌人姚襄；第三次为太和四年(369)伐前燕慕容氏。本文所记，即发生在第三次北伐途中。文中的金城在今江苏句容北。琅邪原为丹阳的江乘县，亦江防要地，东晋侨置为琅邪郡，桓温曾镇之。

此文不过三十余字，却颇为后人传诵，《世说新语》中隽永精练者往往如此，从柳树的壮大上，感慨岁月的迁移。历代英雄豪杰，可以南征北战，却征服不了时间。桓温这时任征讨大都督，督司冀二州诸军事，年龄已五十七岁。琅邪郡的杨柳，本来是桓温自己所种，但已变原状，说明日常一点小小的变化，确也使壮夫动真感情。

曹丕《柳赋》:“在予年之二七,植斯柳乎中庭。始围寸而高尺,今连拱而九成。”宋吴幵《优古堂诗话》将之与桓语并提,说:“乃知睹木而兴叹,代有之矣。”下又云:“苏颋年五岁,裴谈过其父,试诵庾信《枯树赋》,颋避‘谈’字,易其韵曰:‘昔年移柳,依依汉阴。今看摇落,凄怆江浔。树犹如此,人何以任。’文忠诗云:‘人昔共游今孰在,树犹如此我何堪。’荆公诗:‘道人从何来,问松我东冈。举手指屋脊,云今如许长。’刘斯立诗云:‘麦垅漫漫宿藁黄,新苗寸寸未经霜。手中马箠余三尺,想见归时如许长。’意皆相沿以生也。”桓温曾任都督六州诸军事、荆州刺史,但都在这次北征前。据钱大昕《廿二史考异》说,《晋书》所以作“自江陵北伐”,即因庾赋用桓语而有“昔年种柳,依依汉南”句,《晋书》又因“汉南”而加“江陵”,《世说》未加“江陵”字,正是一证,但也赖饱学如钱氏,始能以微发覆,又说明学者不可不博览细读。

(金性尧)

一往有深情　　刘义庆

桓子野每闻清歌①,辄唤“奈何”②。谢公③闻之,曰:“子野可谓一往有深情。”

〔注〕 ① 桓子野:桓伊,字叔夏,小字子野、野王。曾随谢玄大破苻坚于淝水。官至江州刺史,宽恤为务,民得安宁。喜音乐,善吹笛,时称“江左第一”。清歌:不用乐器伴奏的歌唱。 ② 奈何:《古今乐录》:“奈何,曲调之遗音也。”即一人唱,众人唤“奈何”帮腔相和。 ③ 谢公:指谢安,字安石,东晋大臣。四十余岁出仕,曾任大都督指挥淝水之战,获得大捷。

桓子野即右将军桓伊,在晋代也是一位洒脱旷达的奇男子。

因为洒脱,有时也往往给人以淡漠寡情之感。例如王子猷出都,乘船将行,适逢桓子野从岸上经过。王子猷听说他善吹笛,便派人邀他奏一曲。桓子野本不认识王子猷,但也早慕其名,居然就回车下船,横笛为奏“三调”。人们猜想:两位名士,这回该畅叙一番了罢?谁知桓子野奏毕,“便上车去”,竟不与主人交接一言。其超旷到了如此出俗地步,是否也太淡于友情了呢?

但这感觉其实是不正确的。因为,桓子野恰恰是位感情异常丰富的人。本义记他“每闻清歌”,就总要连声叹唤“奈何”,便透露了这一点。

清歌之美妙,可以使许多人忘形动容,这不奇怪;特别是哀婉之歌,令人听了愀然不乐,甚至泪水涔涔,也是常有的事。但要像桓子野这样,一闻清歌,就觉得难以自处,连声叫唤“怎么办哪”的,恐怕就不多了。若非桓子野对听歌倾注了全部情感,又怎会如此动情而唤?

淡于情者,为情之所动也少;深于情者,便往往溺于情中而无以自拔。桓子野正属于后者。难怪谢安石要叹"子野可谓一往有深情"了。

那么,又何以解释他为王子猷奏笛后的"冷漠"呢?

原来,魏晋名士之表达情感,往往讲究深藏不露:明明心底里高兴得很,脸上却要不动声色;明明对你倾心得要命,举止却要显得无动于衷。这就叫"喜怒不形于色",也就是超旷脱俗的名士"风度"。倘要形于颜色,便显得"俗"了。所以嵇康尽管刚性烈肠,王戎与他居山阳20年,却"未尝见其喜愠之色"。谢安与人弈棋,得到"淝水大捷"的喜报,依然弈棋不辍,神色如常。

桓子野能为不认识的王子猷"回车",下船即奏"三调",这举动本身就表明:他对这位王子猷,已怀有怎样一见倾心的浓浓感情了。只是他不肯表露,反而作出了奏毕即去、不接一言的反常行动。这就决不是"淡漠",而无非是在追求一种嵇康、谢安式的超旷脱俗之风罢了。

用这样的洒脱、旷达,来对抗世俗中的虚情假意,自然是不错的。但有时也不免会走向"率性"的反面,变为另一种"矫情"了。人之有喜怒哀乐,本出于天性。既然追求着"真率"和"自然",就不如照鲁迅所说"喜则大笑,怒则大叫"为好,又何必将它们压抑在心底,讲究那一套"名士"风度呢!

谢安在下棋结束以后,毕竟真情激荡,高兴得在跨过门槛时,竟折断了屐齿。桓子野听了"清歌",触动了内心深情,终于再装不成旷达,而发为连唤"奈何"的忘形之叹——可见这些被时人目为超旷、寡情的魏晋名士,其实大多是"一往有深情"的血性儿。

这样的真情流露,较之于表面的脱俗、超旷,无疑更为动人! (潘啸龙)

情何能已已 刘义庆

庾文康①亡,何扬州②临葬云:"埋玉树箸土中,使人情何能已已!"

〔注〕 ① 庾文康:庾亮,字元规,东晋大臣,妹为明帝皇后。参与平安王敦之乱。谋求北伐未成,忧愤而死,谥"文康"。 ② 何扬州:字次道,东晋大臣。曾任扬州刺史,故称。

初读起来,扬州刺史何充对庾亮之死的叹息,也不见得怎样奇特。仔细体味一下,你便感到,其间包含了何其惊心动魄的痛惜深情。

人生之美好,常常是由那些具有美好人格、个性的人们所体现的。而富于自由精神和艺术气质的魏晋之士,对这种人格个性之美,又往往特别敏感,并倾注了无比深切的悦慕之情。

这深切的悦慕，集中反映在他们对当代杰出人物的品评之中：

如“龙章凤姿、天质自然”的嵇康，曾被山涛叹为：“(其)为人也，岩岩若孤松之独立；其醉也，傀俄若玉山之将崩。”——“孤松”“玉山”，展示了这位正始奇士多么清峻、洁莹的气骨！

而官居太尉、“神姿高彻”的王衍，则被王戎叹为：“如瑶林琼树，自然是风尘外物。”“琼树”之立“尘外”，又画出了这位晋代名臣多么潇洒俊逸的风神！

本文提到的庾亮，也正是这样一位令世人倾慕的人物。据说他长得“风仪伟长”，那一种“庙廊之器”的“气度”“神貌”，曾使官至八州都督的陶侃一见“改观”“爱重顿至”。他在东晋王朝的建树虽亦平平，但“所托常在尘垢之外”的超迈个性，“方寸湛然，固以玄对山水”的玄远襟怀，却曾博得著名玄言诗人孙绰的倾心。

这些俊伟潇洒人物的存在本身，就给魏晋之际嚣杂苦闷的人生，带来了许多鲜洁和光彩，展示了一种值得效法和追求的美好。在魏晋士人看来，具有如此美好人格和风采的人们，就是去到地下，也将以其精神辉光“映彻九泉”。

然而，正如许多美好人士的逝去一样，而今庾亮亦如西坠的落日，将霞彩泻尽于世间以后，竟然也沦逝、沉没了。

这是怎样一个美好人生的幻灭！

这是怎样一种鲜洁、光明形象的消散！

作为庾亮的友人，作为他那“玉树”临风般美好人生的追随者和见证人，竟将从此失去这映照过自己的奇辉异彩，何充能不感到深切的痛惜？

“埋玉树箸土中，使人情何能已已！”——这是何充“临葬”时，目睹至友的遗容，所发出的长长叹息。

这“何能已已”的痛惜和哀伤，不正传达了人们在失去人生中美好事物时所共有的遗憾么？当它穿透重重的历史烟云，重新回响在你耳边时，其间又曾有几多美好人生映彻天地、又消逝而去？天荒地老，遗恨绵绵，他们将永远不再回返！这样一想，你便会感受到，何充那看似平淡的慨叹，竟怎样奇情激荡、动人心魄了。

(潘啸龙)

东床坦腹　　刘义庆

郗太傅在京口①，遣门生与王丞相书求女婿②。丞相语郗信③：“君往东厢，任意选之。”门生归白郗曰：“王家诸郎，亦皆可嘉。闻来觅婿，或自矜持[4]。唯有一郎在东床上，坦[5]腹卧，如不闻。”郗公云：“正此好。”访之，乃是逸少[6]。因嫁女与焉。

〔注〕 ①郗(xī)太傅：郗鉴，字道徽，东晋高平金乡(治今山东嘉祥西阿城铺)人。明帝时，参与平定王敦之乱，迁车骑将军。明帝死，受诏辅佐成帝，助陶侃平定苏峻、祖约之乱。京口：古城名，在今江苏镇江市。为当时长江下游军事重镇和都城建康(今南京)的东北门户。②门生：投靠世家豪族的门客。王丞相：王导，字茂弘，琅邪临沂(今属山东)人，东晋大臣。西晋末，为琅邪王司马睿谋主，献策移镇建康(今南京)。大兴元年(318)，司马睿称帝(元帝)，王导任丞相。历元、明、成三帝，皆居宰辅。 ③信：使者。 ④矜持：端庄严肃。 ⑤坦：通“袒”。 ⑥逸少：王羲之的字。

西方有位哲人说：“我喜爱精神和心两俱自由的人。”人若没有自由的心灵，怎能领略世界的美好和生命的欢乐？又怎能从事最富于幻想和开拓精神的人生创造？可惜的是，世俗和环境，常常迫使人们改变这种自由美好的心灵，给自身戴上种种精神的枷锁。人们因此逐渐丧失了纯真，也逐渐失落了“自我”。虚荣和矫饰，便是侵蚀人之自由心灵的世俗之一。

被后人颂为“书圣”的王羲之，却在世俗虚荣的包围中，依然保持着一颗率真脱俗的心灵。《世说新语》中有关他的记载颇多，但最能表现他傲然独得的纯真本色的，还当数这篇《东床坦腹》。

事情的发生似乎有些突然——住在京口的太傅郗鉴，终于牵挂起女儿的终身大事，想要在丞相王导的子侄中选一佳婿。恰好王丞相也是位性情中人，他读罢来信，妙在不为绍介，就打发太傅门生自去“东厢”挑选——这便省却了传呼诸儿上堂见客的繁文缛节，真也脱俗不羁得可以！只是却苦了那些“东厢”诸郎：他们刚刚得闻太傅“觅婿”的消息，谁不希冀这幸运落在自己身上？偏偏又不及整换衣冠，只好在各自的仪容气度上“竞争”一下了。对此情节，文中只以“闻来觅婿，或自矜持”八字传写。行文虽嫌简略，而“诸郎”正襟而待，作出矜持之度，唯恐一不小心，露了不拘言笑本相的情态，俱可于字里行间想见。

不过，这还都是映衬之笔。本文的真正主角，则是后来以精妙绝伦的书法艺术震惊一世的王逸少(羲之)——在诸郎竞相矜持作态的时刻，他在干什么？说来也令人难以置信：他竟然自得其乐地高卧“东床”，甚至还坦露着那颇不雅观的肚腹！这样一种举止放肆、不拘礼俗的态度，在郗鉴的“选婿”榜上，恐怕只能名落孙山了。然而事情的发展也怪：郗太傅听了门生的“归白”，竟毫不犹豫，就一语定鼎：“正此好！”

简洁而摇曳生姿的文字，借助于太傅门生的隽永描述，就这样绘下了王羲之

"坦腹东床"的绝妙肖像——这是一位不曾被世俗的礼法、虚荣所侵蚀的多么纯真的青年,一位不愿为着某种功利(充当太傅之婿)而放弃自由人格的多么潇洒的儿郎!初看起来,他的举止未免显得惊世骇俗,然而,这正是他尚未丧失表里如一的率真本性的最动人的证明。在许多人被世俗之见桎梏了心灵自由的时候,能够保持这种率真脱俗之心的人,才是志气宏放恢廓的真正的人,才有自由舒展的人生和壮丽伟美的创造!这样的人生是美好的,也是魏晋时期的杰出人物所共同追求的。它的发自人们内心的最强烈的回应,就是郗太傅脱口而呼的三个字——"正此好"!

（潘啸龙）

何可一日无此君　　刘义庆

王子猷①尝暂寄人空宅住,便令种竹。或问:"暂住,何烦尔?"王啸咏②良久,直指竹曰:"何可一日无此君!"

〔注〕①王子猷:王徽之,字子猷,东晋琅邪临沂(今属山东)人,王羲之之子,官至黄门侍郎。 ②啸咏:歌咏。

世间有许多悦慕美好事物的痴人。但像王子猷这样的"竹痴",恐怕就不多了。

竹,劲挺有节,如君子之怀清操;经霜不凋,如仁人之处逆境;加之直竿凌云,迎风飒然,无论在檐前、池畔、岩角、山涧,都是一片新翠、一段幽韵。这样的"猗猗绿竹",谁个不爱?

可惜它不能携带,像盆栽的佳卉、笼系的珍禽。所以在客中、旅途,就常常只能令你生出一种遥远的、梦影似的忆念了。

王子猷却不能舍弃心爱的绿竹。即使在客中寄寓之际,还要让人为他"种竹"。有人不解:"只不过在此暂住,又何须为它烦劳?"——花此心力,种此美竹,只观赏几天,就留给了他人,也未免太傻。

王子猷似乎全未考虑此种"功利",只顾在竹下"啸咏",忽然"指竹"而呼:"何可一日无此君!"赏爱美竹,竟到了如此忘情的境界,真也"痴"得可以。

然而,这也正是王子猷的可爱处!

许多人悦慕美好事物,就缺少这股"痴"劲。有的嘴上赞美着琴、兰、梅、鹤,甚至还不惜破费钱财广为搜求。其实何尝是真爱,只是为了附庸"风雅"而已。这样的"爱",往往又与功利、得失纠缠在一起,表现为一种褊狭的"占有"之欲。一旦不能"占有",便就"雅"兴全失,"焚琴煮鹤"的事也都干出来了。

王子猷对竹子的爱，则是不为得失、功利所移易，不为时日短长所改变。

明知是在“暂寄”的客中，明知所与相对之日无多，也要栽种，也要扶持，也要为之“啸咏”流连。初看起来，他的爱似乎只抓住了眼前短暂的“刹那”。但在这“刹那”之中，却展示了他对美好事物多么执着而长久的追索！

况且他之爱竹，爱的是竹之精神、气节。这正是人生美好品格之象征。

人生是需要激励和慰藉的。当着人们的美好追求遭到压抑或摧折的时候，这种激励和慰藉，往往可从美好外物中得到无穷的滋补。王子猷忘情而呼“何可一日无此君”，不正清楚地表明，他对人生美好品格的追求，是不可停歇须臾的——无论是压抑也罢，摧折也罢，他都将如绿竹一样，破土拔节、劲挺直上，向着自由的云空，倔强地生长！

这样看来，王子猷之爱竹精神，就不只是一种“唯美”的人生态度，更表现了魏晋人在痛苦人生中，保持清操劲节的无比执着的独立精神。

而绿竹，正辉映着、证明着这种精神之存在和美好。明白了这一点，你恐怕再不会惊异于王子猷的爱竹之“痴”，而要情不自禁，和他一起放声“啸咏”了。

茫茫无际的人生呵，又岂可“一日无此君”！ （潘啸龙）

人琴俱亡 刘义庆

王子猷、子敬俱病笃①，而子敬先亡。子猷问左右：“何以都②不闻消息？此已丧矣。”语时了不悲③。便索舆来奔丧，都不哭。

子敬素好琴，便径入坐灵床上，取子敬琴弹，弦既不调，掷地云：“子敬子敬，人琴俱亡。”因恸绝良久。月余亦卒。

〔注〕 ① 王子猷：王徽之，字子猷，东晋琅邪临沂（今属山东）人，王羲之之子，官至黄门侍郎。子敬：王献之，字子敬，原籍琅邪临沂（今属山东），生于会稽山阴（今浙江绍兴）。王羲之幼子，官至中书令。笃：（病）重。 ② 都：总，竟。 ③ 了不悲：完全不悲伤。

王徽之，字子猷，王献之，字子敬，都是王羲之儿子，平时很友爱。

弟先兄卒，徽之闻讯既不悲，奔丧又不哭，后径入灵床，见献之生平所弹之琴，便有人琴俱亡之痛。琴其实还在，但因主人已亡，自己弹之又不协调，等于也亡了。

《世说新语》引《幽明录》，说徽之有背疾，所以献之病笃，平时不往来，闻其卒，便抚心悲惋，都不得一声，背即溃裂，一个多月后也逝世了。

魏晋尚自然，讲率真，不拘于世俗的礼制，这时睹物思人，至性至情便倾泻于此两语中。王戎所谓“情之所钟，正在我辈”。同篇又记羲之妻兄郗愔闻其子郗超卒，不露悲戚，及往临殡，一恸几绝。也颇类似。更早的还有阮籍。《晋书》记阮籍性至孝，及母终，正与人围棋，欲决胜乃至。“既而饮酒，举声一号，吐血数升”。将葬母，又于饮酒二斗后，吐血数升。这固然反映了他的真性情，却又过分了，故《世说新语》收在“任诞”篇。世俗的礼节固有虚伪无聊之处，其中也有人之常情，即是普通人应当共同接受的制约，如果走向极端，反使人感到诡诞。但徽之之哭献之，还是真实的、近人情的。　　（金性尧）

床头捉刀人　　刘义庆

魏武①将见匈奴使，自以为形陋，不足以雄远国②，使崔季珪③代，帝自捉刀立床头④。既毕，令间谍问曰：“魏王何如？”匈奴使答曰：“魏王雅望⑤非常。然床头捉刀人，此乃英雄也。”魏武闻之，追杀此使。

〔注〕①魏武：即魏武帝曹操。②雄远国：在外国使者面前显示威武。③崔季珪：崔琰，字季珪，曾在曹操手下做官。④捉刀：拿着刀。床头：坐榻的旁边。⑤雅望：仪表美好。

曹操从来是个有争议的人物，事实上褒之者不能说他们全错了，因为曹操确是文武兼备，是个英雄。问题出在这个英雄那一套“宁我负天下人，不令天下人负我”的处世哲学实在令人寒心，他的猜忌、嫉妒也出乎人情之外，自从盘古开天辟地以来，要找猜忌、嫉妒的典型，恐怕非此君莫属。

在这一点上，我决非厚古薄今，如果“数风流人物”，我当然“还看今朝”。

《三国志》的《曹操传》，亦即《武帝纪》，对曹操的不够光明磊落的种种，都用窜改史实或留下空白的办法解决。

到了刘义庆写《世说新语》时，离开曹操的时代已相当遥远，不再多加顾虑，笔下就不加以讳饰了。

那些琐碎的记载，有的已被《三国志平话》或《三国演义》所采择而加以敷衍，成了脍炙人口的篇章。

人们现在评论曹操的奸诈凶残无非是根据《捉放曹》《割发代首》《战宛城》《击鼓骂曹》《华容道》等戏曲而谈，至多加上电影《曹操与华佗》、京剧《曹操与杨修》而已。其实这些作品对曹操的暴露还是相当简单化的，对曹操的内心世界的探索还是相当粗浅的。

我认为那些作品所塑造的曹操都不如《床头捉刀人》那样入木三分。读了《床头捉刀人》,我们对"人心叵测"这句话才会有深切的认识。

曹操为什么要崔琰代表他去接见匈奴使节呢？真的是自己觉得长得其貌不扬么？要考验考验崔琰对他是否忠诚么？是怀疑匈奴使者要行刺而让崔琰去替死么？是找个借口害死崔琰而霸占崔琰的妻子么？谁都不知道。他曹操也没有对左右的亲信吐露过。

他自己为什么又要假扮侍卫而执刀立于床头呢？要察看崔琰以及匈奴使者的神色么？谁都不知道。

崔琰不露半点破绽成功地扮演了魏王,结果呢？没有得到任何奖赏,后来还是被曹操借故杀掉了。

匈奴使者也不平凡,不以服饰论人,能看出"床头捉刀人"乃"英雄",结果也被曹操派人追杀了。

"追杀此使",就是说匈奴使者已经把公事办成,已在回匈奴去的途中了。事情已经过去了。曹操可绝没有因为事情已经过去而稍稍放松他内心深处的猜忌和嫉妒,还是派人把使者追杀了。

很难说,把匈奴使节和崔琰先后害死,他的猜忌、嫉妒就此解消了,不可能。

历代历朝,替曹操翻案者甚多。其实没有什么可翻的,论文才武略,谁也没有说曹操不是英雄。论他的为人,如此猜忌、嫉妒,不愿任何人在任何方面胜过于他,又岂是为君者应有的气度。所以翻案翻了一千年,郭沫若等也参加了翻案的行列,但收效甚微。因为人民的眼睛是雪亮的。 (蒋星煜)

牛屋贵客 刘义庆

褚公于章安令①,迁为太尉记室参军。名字已显而位微,人未多识。公东出,乘估客②船,送故吏数人,投钱塘亭住。尔时吴兴沈充③为县令,当送客过浙江。客出,亭吏驱公移牛屋下。潮水至,沈令起彷徨。问:"牛屋下是何物人?"吏云:"昨有一伧父④,来寄亭中。有尊贵客,权移之。"令有酒色,因遥问:"伧父欲食饼不？姓何等？可共语。"褚因举手答曰:"河南褚季野。"远近久承公名,令于是大遽⑤,不敢移公,便于牛屋下修刺⑥诣公。更宰杀为馔具⑦。于公前鞭挞亭吏,欲以谢惭。

公与之酌宴，言色无异，状如不觉。令送公至界。

〔注〕 ① 褚(chǔ)公：褚裒(póu)，字季野，东晋河南阳翟(今河南禹州)人。康献皇后之父，曾任征北大将军。章安令：章安县令。 ② 估客：贩货的商人。 ③ 沈充：字士居，东晋吴兴武康(今浙江德清)人。东晋官员、将领。 ④ 伧(cāng)父：当时南人对北人的蔑称。⑤ 遽(jù)：惶恐。 ⑥ 修刺：置备名帖，作通报姓名用。 ⑦ 馔(zhuàn)具：肴膳。

这则记载之富于意趣，是因为它入木三分地刻下了势利中人的可笑情态，并给人以悠远的思索。

文中勾勒了三个人物。

第一位是褚季野(名裒)，后来官做到“太傅”，当时已担任权势显赫的太尉庾亮之参军，很可以“狐假虎威”一番的。谁知他在“出差”时，忘了通报自己的身份，这就难免要倒霉——竟被钱塘亭吏赶到了粗陋不堪的“牛屋”去住，然而他居然不动声色，就到“牛屋”里安顿了——仅这一条就教人钦佩：毕竟是未来“太傅”，肚量也自有“撑船”之势！

第二位是钱塘亭吏。可别小觑了这类小吏，他们在迎来送往的官场中混久了，在恭上傲下的势利方面，有时比仅凭衣冠能辨贵贱的看家犬还可怕。飞将军李广当年赋闲在家，以“故将军”身份经过霸陵亭，不就被喝得烂醉的亭吏大声呵斥：“今将军尚不得夜行，何乃故也！”——其实正因遇上了失势的“故将军”，他才敢如此无礼；倘真是“今将军”，他恐怕连酒都会吓醒的罢？钱塘亭吏遇到的，则是毫不起眼的一介“伧父”，既然看不出有即将“发迹”的异状，自然就失了身价。所以，当县令的“尊贵客”将到之前，他几乎不须考虑，就把褚季野当作马牛一般“驱”进了“牛屋”。他因此挨了县令的一顿“鞭挞”，虽然未免冤枉，毕竟也挨得应该——谁教他这般势利呢？

最可笑的还得数那位县令，送走客人后，听说“牛屋”中有位“伧父”，就想拉来作伴饮，似乎颇不计较身份。其实在他直呼“伧父”和“姓何等？可共语”的发话中，即已拿足了居高临下的官长架势——当了县令，就可以如此对人颐指气使了么？不过，一当听说对方是“褚季野”时，这嘴脸便霎时变了。文中描述他又是“大遽(惶恐)”，又是“修刺”(送上“名片”)，而且马上呼喝下人“更宰杀为馔具”。其惶急、媚恭和急于讨好的情态，只此数语，便跃然纸上。这正是《世说新语》的简约传神处。令人难以忍受的，他偏偏还要在褚季野面前“鞭挞”亭吏！——一边是媚上，一边即又把“过错”推诿给下人，甚至不惜滥施淫威，实在叫人看了作呕。

奇怪的是，褚季野却还坐得住，而且“与之酌宴，言色无异”，这是需要相当高的修养功夫的。倘要遇着刚性烈肠的嵇康，恐怕早就拂袖而去了！这样看来，褚季野又有些不可爱了：他自己虽不拿腔作势，却又喜欢下属之辈为他拿腔作势——社会上的势利之风，不正是被这类道貌岸然的权势者所煽扬和纵容起来的么！

媚于权势而倨傲下人，这是几千年来通行的世态病。它之历来为人们所不齿，而又历来有人爱好，就在于“势利”中之那个“利”字。媚于权势，“利”在得到赏赐和拔擢也；倨傲下人，“利”在他人攀附己之权势也。这种人活在世上，完全靠俯仰他人生存，而丧失了人所最可宝贵的独立人格。像钱塘县令这样的角色，活着就如断了脊梁骨的癞皮狗一样，居然还洋洋自得，岂不可悲！这样一想，便愈觉得陶渊明之“不为五斗米”向官场权势人物“折腰”，实在是显示了许多人所丧失殆尽的独立人格之美。

这种超越于“势利”之上的独立人格，是历史上许多杰出人物所追求过的，也是后世人们真正值得追求的。因为唯有它，才能带给人们以自由舒展的伟美人生！

（潘啸龙）

新死鬼

刘义庆

有新死鬼，形疲瘦顿。忽见生时友人，死及二十年，肥健，相问讯①曰：“卿那尔②？”曰：“吾饥饿，殆不自任③，卿知诸方便，故当以法见教。”

友鬼云：“此甚易耳，但为人作怪，人必大怖，当与卿食。”

新鬼往入大墟④东头，有一家奉佛精进⑤，屋西厢有磨，鬼就推此磨，如人推法。此家主语子弟曰：“佛怜吾家贫，令鬼推磨。”乃辇⑥麦与之。至夕磨数斛⑦，疲顿乃去。遂骂友鬼：“卿那诳⑧我？”又曰：“但复去，自当得也。”

复从墟西头入一家，家奉道，门傍有碓⑨，此鬼便上碓，如人舂状。此人言：“昨日鬼助某甲，今复来助吾，可辇谷与之。”又给婢簸筛⑩。至夕力疲甚，不与鬼食。鬼暮归，大怒曰：“吾自与卿为婚姻⑪，非他比，如何见欺？二日助人，不得一瓯⑫饮食。”友鬼曰：“卿自不偶⑬耳。此二家奉佛事道，情自难动，今去，可觅百姓家作怪，则无不得。”

鬼复去，得一家，门首有竹竿。从门入，见有一群女子，窗前共食。至庭中，有一白狗，便抱令空中行。其家见之大惊，言自来未有此怪。占云："有客鬼索食，可杀狗，并甘果酒饭，于庭中祀之，可得无他。"其家如师言，鬼果大得食。自此后恒作怪，友鬼之教也。

〔注〕 ① 问讯：问候。 ② 那尔：怎么这个样？ ③ 殆不自任：几乎不能承受。 ④ 墟：村落。 ⑤ 精进：佛教语。谓坚持修善法，断恶法，毫不懈怠。 ⑥ 辇(niǎn)：运送。 ⑦ 斛(hú)：容器名，也作容量单位。古代以十斗为一斛，南宋末为五斗。 ⑧ 诳(kuáng)：欺骗。 ⑨ 碓(duì)：舂谷设备。最早是一臼一杵，手执杵舂谷；后用柱架起一根木杠，杠端系石头，用脚踏另一端，连续起落，脱去臼中谷粒的皮。 ⑩ 簸(bǒ)筛：摇动筛子，扬去谷米粒中的糠皮。 ⑪ 婚姻：亲家；亲戚关系。 ⑫ 瓯(ōu)：盆一类的瓦器。 ⑬ 不偶：时运不佳。偶，古人以偶为吉，奇为凶。

新死鬼从友鬼那里讨得"为人作怪"的果腹教诲，一连忙碌两天竟"不得一瓯食"，怒气冲冲向友鬼兴师问罪，友鬼的告戒是："此二家奉佛事道，情自难动，今去，可觅百姓家作怪，则无不得。"在此我们不妨设想一下，倘若新死鬼找到"门首有竹竿"的百姓家再去推上一天磨会得到什么报答？奉佛人家自信"佛怜吾家贫，令鬼推磨"而泰然处之，百姓家未必不能寻出"祖宗积阴德"的理由来贪这个大便宜。事实上作者也为此颇费踌躇，不得不让新死鬼另辟蹊径去。

肥健的友鬼大可以剔剔牙齿、打打饱嗝，唱出"奉佛事道，情自难动"之类的高调，新死鬼则需要现实的策略来解决现实的温饱问题。他终于悟出"作怪"的真实含义在于"作恶"。在无知的草民眼里，善良仅仅意味着懦弱和无能，他应该扮演的是一个狞厉可怖的恶鬼角色。一旦明白过来，新死鬼略施手脚，果然得以大快朵颐而去。惜乎这鬼没有奸雄的胆魄，要是抓起三两个女子从半空摔将下来砸成肉饼，说不定这一乡百姓会替他造一方小庙月月供酒肉磕响头吧。

新死鬼终于走上了为非作歹"恒作怪"的邪路。作者贬抑"鬼道"的同时，笔锋所及对"佛道"也不无揶揄。看那两家佛门信徒糊涂到把饿鬼与教主派作一伙，所谓的"情自难动"，事实上却是利欲熏心鬼迷心窍；赚得个不出钱的短工一味"辇麦与之"，多多益善，并不曾送上滴水粒米，分明是两个一毛不拔的土老财，哪里还有半分积德行善的佛徒本色？可见得或人或鬼都不是什么好东西。正本清源，鬼是人变的，阳世开阴间风气之先，天下恶鬼之所以层出不穷，原因似乎大半在人间。

据说《幽明录》写鬼道颇有与吏道相通处，"作祟索食"这一伎俩吏与鬼堪称如出一辙。不过新死鬼索食毕竟为口腹所驱被逼无奈，以此肖吏，未免有替恶吏开脱的嫌疑。其实新死鬼满可以在地府里种上几亩薄田，闲时搜罗几个死鸡死鸭的阴魂打打牙祭，日子一样过得下去，也免得和那班“活鬼”扯上什么牵连。

（叶　丰）

王蓝田[①]食鸡子　刘义庆

王蓝田性急。尝食鸡子，以箸刺之，不得，便大怒，举以掷地。鸡子于地圆转未止，仍下地以屐齿[②]蹍之，又不得，瞋[③]甚，复于地取内[④]口中，啮[⑤]破即吐之。王右军[⑥]闻而大笑曰："使安期[⑦]有此性，犹当无一豪[⑧]可论，况蓝田邪？"

〔注〕 ① 王蓝田：即王述，西晋太原人，袭父爵封蓝田县侯。 ② 屐齿：木屐底下凸出像齿的部分。屐，木头鞋。 ③ 瞋：睁大眼睛瞪。 ④ 内：通“纳”，放入。 ⑤ 啮：咬。 ⑥ 王右军：王羲之，字逸少，曾任右军将军。 ⑦ 安期：王述父王承的字。王承曾任东海内史、从事中郎。 ⑧ 一豪：丝毫。豪，通“毫”。

这篇文字是记载王述吃鸡蛋时急躁而可笑的行为。殊不知这样性子急躁的人，却是沉静寡言的人。每次与名人相聚，当众人都争辩不休显示自己的才华时，只有他淡然处之，一声不吭。他自己天性急躁，但是遇到天性粗暴的谢奕破口大骂时，却面对着墙站着一声不吭，等谢奕骂完走了才坐下，好像什么事情都没有发生一样。王蓝田年三十时，被司徒王导辟为中兵属。见王导每发言，一座莫不赞美，王述正色说：“人非尧舜，何得每事尽善？”王导改容谢之。后累官临海太守、扬州刺史等，他为官清廉，为官一地则惠及一方百姓，所得俸禄都散给亲友，自己的屋子十分简朴。但《晋书·王湛传》记载其任职宛陵时贪污“为州司所检，有一千三百条”，当王导让他不要贪污时他回答说：“足自当止，时人未之达也。”后来王述富裕了，不再贪污。王述一向厌恶虚文俗套，他升迁尚书令时，毫不谦让，他的儿子王坦之劝他从礼法上约束自己，做个谦让的样子，被王述批评。因此，在当时的人眼中，王述率真、孤傲、简约、高贵，如庾公问王导，蓝田是怎样的人，王导答：“真独简贵，不减父祖。然旷澹处故当不如尔。”王蓝田看不惯行伍出身的桓温，位高权重的桓温亲自向王家求娶其孙女，王蓝田不惧权贵，断然拒绝。

但是，因为王蓝田食鸡蛋急躁一事，王羲之却嘲笑他：“即使王蓝田的父亲王安期有这种脾气，都没有丝毫可取之处，更何况王蓝田呢？”不仅如此，王羲之与王述之间的嫌隙还比较多。今人读这段文字的时候，也会想到：吃个鸡蛋都这样急躁，做其他事情就可想而知了。由此可见，当评价一个人的时候，如果从一个角度去看就贸然做出评价，那就很难代表一个人的全部。因为，不仅每个人都有他的多面性，而且认识他的人也会有多种角度，主观的客观的加在一起，这个人的面貌就更丰富多彩了。

以上这些故事都出自《世说新语》，可见王蓝田在《世说新语》中着墨比较多。《世说新语》在评价王蓝田时比较客观且全面，曾多次记载王蓝田的故事。如王述的为人，既放在《忿狷》章借王羲之的口嘲笑他，且在《忿狷》章用《谢无奕性粗强》来称赞他的宽容，"时人叹其性急而能有所容"；又放在《赞誉》篇借简文帝司马昱的评论，来客观评价他才华既不出众，对于名利又不淡泊，只是凭着他少许的真诚率直，就足以抵得上许多人；又在《仇隙》章客观评价"蓝田晚节论誉转重"，说明其越老获得的评价和声誉越好，但是王羲之就是看他不顺眼。如果把《世说新语》中的王蓝田的事情都聚集起来写成一篇长文《王蓝田其人其事》，用多少词语能概括出来他的性格呢？

而对于多数人而言，是从《王蓝田食鸡子》的故事中了解了王述，急躁的形象深入人心，脍炙人口，使人过目不忘，这自然得益于刘义庆仅用五十余字来塑造典型人物形象的水平。作者为突出其性格之"急"，选取吃鸡蛋的这件小事，极为典型。作者妙用动词"刺、掷、蹍、啮、吐"等一连串的动作描写，用"怒、瞋"等神态描写刻画，将王蓝田的形象动态化展示在读者面前，使读者如见其人。

（袁　茹）

【作者小传】

袁　淑

(408—453)　南朝宋文学家。字阳源。陈郡阳夏（今河南太康）人。有才辩。官太子左卫率。刘劭作乱时，为劭所杀。能诗赋。原有集，已散佚，明人辑有《袁阳源集》。

驴山公九锡[1]文　　　　袁　淑

若乃三军陆迈[2]，粮运艰难，谋臣停算，武夫吟叹。尔乃长鸣上党[3]，慷慨应官，崎岖千里，荷囊致餐，用捷大勋，历世不刊[4]：斯实尔之功者也。音随时兴，晨夜不默，仰契玄象[5]，俯叶漏刻[6]，应更长鸣，毫分不忒[7]；虽挈壶[8]著称，未足此德：斯复尔之智也。若乃六合⑨昏晦，三辰幽冥⑩，犹忆天时，用不废声：斯又尔之明也。青脊绛身，长颊广额，修尾后垂，巨耳双磔⑪：斯又尔之相也。嘉麦既熟，实须精面，负磨回衡，迅若转雷，惠我众庶，神祇⑫获荐：斯又尔之能也。尔有济师旅之勋，而加之以众能，是用遣中大夫闾丘骡，加尔使衔勒大鸿胪斑脚大将军宫亭侯⑬。以扬州之庐江⑭，江州之庐陵⑮，吴国之桐庐⑯、合浦之朱庐⑰，封尔为庐山公。

〔注〕 ① 九锡：古代帝王尊礼大臣所给的九种器物，有衣服、朱户、纳陛、舆马、乐则、虎贲、𫓧钺、弓矢、秬鬯等。前汉王莽阴谋建立新王朝前，先加九锡，后来魏晋南北朝掌政大臣夺取政权、建立新王朝前，都加九锡，成为例行公事。 ② 陆迈：陆上行军。 ③ 上党：郡名。晋代治所在潞城（今山西长治市潞城区）。春秋时为赤狄潞子国。 ④ 不刊：不磨灭。 ⑤ 玄象：天象。日月星辰，在天成象，故称。 ⑥ 漏刻：即漏壶，古代的一种计时仪器。 ⑦ 忒（tè）：差误。 ⑧ 挈壶：即挈壶氏，官名。主管挈壶水以漏，准确报时。《周礼·夏官》之属，自唐至清皆有挈壶正之官。 ⑨ 六合：天地四方。 ⑩ 三辰：指日、月、星。 ⑪ 巨耳：许慎《说文解字》："驴似马而长耳。"磔（zhé）：毛发张开。 ⑫ 神祇（qí）：神灵。祇，地神。 ⑬ 大鸿胪：赞襄礼仪之官。宫亭：据《水经注》，庐山下有神庙号曰宫亭庙，故彭蠡湖亦有宫亭湖之称。 ⑭ 扬州：古"九州"之一。《书·禹贡》："淮、海惟扬州。"《尔雅·释地》："江南曰扬州。"庐江：郡名，治所在舒（今安徽庐江西南）。 ⑮ 江州：西晋元康元年（291）分荆、扬二州置州。治所在豫章（今江西南昌），后治所屡有变迁。东晋时辖境相当今江西、福建两省，及湖北、湖南部分地区。庐陵：旧县名。故城在今江西吉安境。 ⑯ 吴国：指春秋、战国时之吴国或三国时之吴国。桐庐：县名，在今浙江省。 ⑰ 合浦：郡名，治所在今广西合浦东北。朱庐：也作朱卢、珠崖、朱崖，县名。故城在今海南海口。

这是一篇幽默滑稽的俳谐小品，在我国属于最早的游戏文字之一。虽然是游戏文字，但并不流于油滑恶俗，而是含意新警，情趣横溢，读来令人哑然失笑。

"九锡"是仅次于帝王登基的隆崇庄严大典，汉代以来权相或篡位者如王莽、曹操、曹丕、司马懿、司马昭等都曾膺此殊荣；走马灯似的六朝开国君主在易号前大抵也先加上"九锡"光环。可见九锡是政治舞台上的大事。为此而撰写的"九锡文"。当然也煌煌宏词，高贵绝伦，不可乱来而渎尊。耳聆目睹为数不少粉墨登场的九锡文后，袁淑大概感到技痒，可是又捞不到在朝堂施展其文才的机会，于是他选定两种畜生，即鸡和驴，分别为之写了两篇别开生面的九锡文。如此煌煌典文，竟等而下之用于木鸡与蠢驴身上，岂非与那些曾享九锡的显赫人物开绝大玩笑？寓庄于谐，玩世不恭，正透露出作者愤懑不平、鄙视权贵的襟怀。

驴形庞大，驴性蠢笨，在大而蠢上，与某些大人物有共通之处，故常用以讽喻。最著名的要数唐代柳宗元的寓言散文《黔之驴》,活画出“黔驴技穷”的蠢相。以驴喻人,追溯得再早一些,如汉灵帝在宫内舍马而驾驴,躬自操辔,驱驰周旋,人们已有“贤愚倒植,凡执政者皆如驴焉”(《后汉书·孝灵帝纪》注引)之讥。其后《南齐书·刘祥传》也载刘祥对驴说:“驴儿!好好地干。像你这样才能的人,都早已当宰相了。”其强烈的讽刺意味,与本篇小品如出一辙。

当然,既然是“九锡文”,总不能写驴之蠢,而要写驴之智。这就要反面文章正面做,巧翻驴案,为驴歌功颂德。也亏作者笔底波澜,一口气为驴摆了五大勋劳。其中见仁见智的形相之美且不论,驴能驮载军需、牵磨碾麦,这两项功绩是实情,也姑且不论。最妙的是驴在晴天,能上合天象、下叶漏刻,“应更长鸣”,比专管报时的“契壶”官还高明;而在幽冥昏晦的雾雨天,驴也照样记得天时,准时嘶鸣,真是智慧聪明绝顶。驴儿是否有如此能耐?似未见记载与传闻,或许是作者有意摆功而杜撰。这也情有可原,比起堂堂正正“九锡文”中那些满纸溢美伪造的丰功伟绩来,杜撰驴功只能算是小巫见大巫哩。

此外,为切合“驴”音与驴形,本文也巧思迭出,谐趣横生。“闾丘”“大鸿胪”“庐江”“桐庐”“朱庐”“庐山”固然都明点“驴”音,而“上党”与“宫亭侯”也暗与“驴”音若即若离。一句“衔勒大鸿胪斑脚大将军宫亭侯”的封号,更是与驴契合,妙趣天成,使人忍俊不禁。（曹光甫）

【作者小传】

刘敬叔

南朝宋小说家。彭城(今江苏徐州)人。少颖敏,有异才。晋义熙中,拜南平国郎中令,后为长沙景王刘道怜骠骑参军。入宋,召为征西长史。元嘉三年(426),入为给事黄门郎。数年,以病免。泰始中卒。著有志怪小说《异苑》。

嗜痂成癖　　刘敬叔

东莞刘邕①,性嗜食疮痂,以为味似鳆鱼②。尝诣孟灵休③。灵休先患炙,疮痂落在床,邕取食之。灵休大惊,痂未落者,悉褫④取贻邕。南康⑤国吏二百许人,不问有罪无罪,递与鞭,疮痂常以给膳。

〔注〕 ① 东莞：郡名，治莒县(今属山东)。刘邕：东晋权臣刘穆之之孙。 ② 鳆(fù)鱼：石决明，又名鲍鱼。 ③ 孟灵休：东晋丹阳尹孟昶之子，封临汝公，官至秘书监。 ④ 褫(chǐ)：剥夺。 ⑤ 南康：郡名，治所在赣县(今江西赣州市)。刘穆之死后封南康郡公，刘邕袭封，南康是其属地。

这则故事很精彩，“嗜痂成癖”的成语即由此而来。这种恶劣的嗜好不管是生理病态还是心理病态，都有极高的典型性。本文写了两件事：一是刘邕去见孟灵休，发现灵休烧伤的疮痂落在床上，便拾起来吃掉，不顾一点脸面羞耻；一是对治下的官吏，“不问有罪无罪”，轮番鞭打，为的就是有疮痂可食。两件事互相映衬，将刘邕既卑劣又凶残的面目暴露无遗。谓之典型，就是因为这种嗜痂行为违情悖理，人人憎恶，是一种明显的病态。实际上，在封建统治阶级中那些以贪赃枉法为己任的吸血鬼，那些以争权夺利为能事的杀人狂，不也是嗜痂行为吗？这正是本文所具有的深刻含义之所在。 (郭隽杰)

【作者小传】

鲍 照

(约414—466) 南朝宋文学家。字明远。东海(郡治在今山东郯城北)人。出身寒微。曾任秣陵令、中书舍人等职。后为临海王刘子项前军参军，世称“鲍参军”。子项起兵失败，他为乱兵所杀。长于乐府，尤擅七言歌行，风格俊逸。也擅赋及骈文。以文辞驰名当世，与谢朓并称“鲍谢”。原有集，已散佚。明人辑有《鲍参军集》。

瓜步山楬文[①] 鲍 照

岁舍龙纪，月巡鸟张[②]，鲍子辞吴客楚，指兖归扬[③]。道出关津，升高问途。北眺毡乡[④]，南曬炎国[⑤]，分风代川[⑥]，揆气闽泽[⑦]。四睨天宫[⑧]，穷曜星络[⑨]，东窥海门[⑩]，候景落日。游精八表，驶视四遐[⑪]，超然远念，意类交横。信哉！古人有数寸之籥[⑫]，持千钧之关，非有其才施，处势要也。瓜步山者，亦江中眇小山也。徒以因迥为高，据绝作雄，而凌清瞰远，擅奇含秀，是亦居势使之然也。故才之多少，不如势之多少远矣。仰望穹垂，俯视地域，涕洟江河[⑬]，疣赘丘岳[⑭]。虽奋风漂石，惊电剖山，地沦维陷[15]，川斗毁宫[16]，毫发盈虚[17]，曾未注言[18]；况乎沉河浮海之高[19]，遗金堆璧之奇[20]，四迁[21]八聘之策，三黜五逐之疵，贩交买名[22]之薄，吮痈舐痔[23]之卑，安足议其是非！

〔注〕 ① 瓜步山：即江苏南京市六合区瓜埠山，古时南临长江。南北朝时不仅为过江交通要津，而且是兵家必争的军事重地。楬文：作为表识的一种文体，多刻石勒碑昭示于众。楬，通“碣”，也可作“揭”。 ② 岁舍龙纪，月巡鸟张：两句记写作年月。上句指龙年，即宋文帝元嘉二十九年壬辰(452)，当时鲍照约39岁。鸟张，指五月。 ③ 兖(yǎn)：刘宋之南兖州，治所在广陵(今江苏扬州)。扬：刘宋之扬州，治所在建康(今江苏南京)。 ④ 毡乡：指我国古代北方游牧民族所居地区，因其以毡帐为居室，故称。 ⑤ 矖(xǐ)：看视。炎国：即南国，指我国南方地区。 ⑥ 代川：指多川谷的山西、河北一带，古代为代地。 ⑦ 揆(kuí)：测量。闽泽：指多水泽的福建一带地方。 ⑧ 四睨：或疑当作“西睨”，与“北眺”“南矖”“东窥”前后对应。 ⑨ 曜：日、月和金、木、水、火、土五星称“七曜”。星络：天上星宿与地上分野相应。《河图括地象》：“岷山之精，上为井络。”此句指西望。 ⑩ 海门：市名，在江苏省东南部、长江口北岸。以其近长江入海处，故名。 ⑪ “游精”二句：精神、目光在四面八方驰骋。驶(kuài)，此同“快”。 ⑫ 龠(yuè)：锁。 ⑬ 洟：鼻液。 ⑭ 疣(yóu)赘：身上的瘤子。 ⑮ 地沦维陷：古代神话传说以为天由柱子支撑，地由巨绳系缚。维，巨绳。此句指大地崩陷。 ⑯ 川斗毁宫：《国语》载：周灵王时谷水、洛水二水争斗，将冲毁王要宫。周灵王下令壅堵二水，结果王室大乱。 ⑰ 毫发盈虚：形容极细微的变化。 ⑱ 注言：此有加以注意之意。 ⑲ 沉河：《庄子·让王》载商汤要把天下让给卞随，卞随不受，自投椆水而死。浮海：《魏志·管宁传》载：魏文帝即位后征召管宁为官，管宁不应，携家族浮海还乡。 ⑳ 遗金：《韩诗外传》记牧人不受遗金的故事。堆璧：或疑作“推璧”，即不受玉璧。楚襄王曾遣使持金十斤、白璧百双，聘用庄子为相，庄子一再拒绝。事见《韩诗外传》。 ㉑ 四迁：四次升官。《汉书·主父偃传》载主父偃上书言事，一岁四迁。 ㉒ 贩交买名：出卖交情，换取名声。 ㉓ 吮痈(yōng)舐(shì)痔：两种卑污行为。《庄子》载秦王有病，召医诊治，吸痈疮的得车一辆，舔痔疮的得车五辆。

“郁郁涧底松，离离山上苗。以彼径寸茎，荫此百尺条。”(左思《咏史》)百尺长松和数寸柔草之间，就是这样离奇地颠倒错位。这反映了封建社会才华与权势间的矛盾。才华横溢的人，常因门祚衰微而屈居下僚，沉沦湮没；平庸的纨绔之辈，每藉高第华胄而飞黄腾达，趾高气扬。这种芜陋世风，在“上品无寒门，下品无世族”的魏晋六朝尤其滥恶，其结果是人才枯萎，国势日蹙，导致政权频繁更迭，徒然贻人笑柄。

南朝宋大诗人鲍照，“十五讽诗书，篇翰靡不通”(《拟古》)，才气纵横。可是他“北州衰沦，身地孤贱”(《拜侍郎上疏》)的处境，落得“才秀人微，取湮当代”(钟嵘《诗品》)的悲剧命运。因而，他有满腹牢骚要发泄。《瓜步山楬文》就是他借题发挥的绝世妙文。

瓜步山蕞尔渺小，本无足奇。但由于它地处要津，且“因回为高，据绝作雄”，无竞争对象而称霸一方。登上瓜步山四处顾眺，视野开阔，万象尽收，作者浮想联翩，感慨横生。这种欲抑先扬的插写，显为后文蓄势。揄扬之后，笔锋一转用议论亮出主旨：“才之多少，不如势之多少远矣！”它像闪电一样璀璨夺目，前文的揄扬顿时蒙上揶揄色彩。文情跌宕，波谲云诡，耐人咀嚼寻味。

瓜步山由于占据有利形势而沾沾自喜，竟致头脑发昏，狂妄已极。自然界的雄伟景象，浩瀚江河，巍峨五岳，在它看来不过像“涕洟”“疣赘”般渺小；狂风飞石，震雷破山等惊天动地的壮观，也不过“毫发盈虚”，微不足道。一切都“曾未注言”，不屑一顾。而人世间的好恶美丑，是非曲直，高尚卑污种种品性差异，也就更加不在话下，“安足议其是非”了！坎井之蛙，自大夜郎，那睥睨一世、唯我独尊的嘴脸被勾画得神形毕肖，入木三分。它与“离离山上苗”的形象异曲同工，深刻地鞭挞了压抑人才的门阀制度！

这篇小品文立意深邃，议论精警。文字赡丽，句式参差多变。夸张、拟人，各尽其妙。它以如潮似浪的遒劲气势，酣畅淋漓地宣泄了作者有才无势的愤懑。文短韵长，有尺幅千里之妙。 （曹光甫）

飞 蛾 赋 鲍 照

仙鼠①伺暗，飞蛾候明，均灵舛化②，诡欲齐生③。观齐生而欲诡，各会性以凭方④。凌燋⑤烟之浮景，赴熙焰⑥之明光。拔身幽草下，毕命在此堂。本轻死以邀得，虽糜烂其何伤！岂学山南之文⑦豹，避云雾而岩藏。

〔注〕 ① 仙鼠：蝙蝠的别称。 ② 均灵舛(chuǎn)化：都是生灵而禀性各异。舛，不齐，相违背。 ③ 诡欲齐生：一样活着，但欲望不同。诡：异，不同。 ④ 各会性以凭方：意为根据各自天性而采取生存方式。 ⑤ 燋(jiāo)：引火物，火炬之类。 ⑥ 熙焰：光明闪亮的火焰。 ⑦ 文：通“纹”。

“飞蛾扑火”这一小小的生物现象，古人诗文颇多吟诵，通常是贬抑居多。晋支昙谛《赴火蛾》说：“愚人贫身，如蛾投火。……纷纷群飞，翩翩来翔，赴飞焰而体焦，投煎膏而身亡。”描写穷形极相，其比兴意义是不自量力，自取灭亡。对飞蛾也有同情的，最脍炙人口的要数唐张祜《赠内人》中两句诗：“斜拔玉钗灯影畔，剔开红焰救飞蛾。”写宫娥救飞蛾，物伤其类，同病相怜的感情细腻真切。立意与上述迥异，褒扬飞蛾而赋予崭新含义的，当推鲍照这篇小品赋。

文章首先点明飞蛾"候明"特征。巧妙的是以蝙蝠对举,概括提炼出人世间"伺暗"与"候明"两大基本品性。"伺"字、"候"字下得凝练。一则见阴险窥探,蛇虺居心;一则见翘首企盼,坦荡胸怀。两字分明划出了善与恶的心态界限。接着勾画飞蛾"候明"的具体行动。"凌""赴"二字显出飞蛾追求光明的气势和气概。"拔身幽草下",暗喻处境地位的微贱,织入了作者"自惟孤贱"(《谢解禁止表》)的身世之感。飞蛾的勇敢行动,竟遭致"毕命"的悲惨结局,言外有万千感慨。最后对飞蛾的热情讴歌。为了获得光明而"轻死",不啻是舍生取义、杀身成仁的无畏精神。"虽糜烂其何伤",没有丝毫低回哀伤与后悔情绪,使人联想起屈原为国赴难"虽九死其犹未悔"(《离骚》)的献身精神。作为呼应,结尾另用身披锦绣的庞然大物"文豹"与飞蛾对照。作者本意是借喻逃避现实、洁身自好的隐士,实则用以指那些养尊处优、懦怯贪生的贵族也很贴切。这一正一反、一小一大内涵极为丰富的强烈对照,蕴含着作者的鲜明爱憎。《飞蛾赋》本质上是一阕感情炽热昂奋的飞蛾颂。

鲍照《拟行路难》诗表示:"丈夫生世会几时,安能蹀躞垂羽翼?"建功立业的渴望溢于言表。无情的现实使他理想破灭,最后死于乱军之中,赍志以殁。赋中倾注了他满腔愤世嫉俗、抑塞磊落的不平之鸣,读来弥觉新鲜警动。后世志士仁人也常以飞蛾精神自勖,显示了文章强盛的生命力。

(曹光甫)

【作者小传】

江　淹

(444—505)　南朝梁文学家。字文通。济阳考城(今河南民权东北)人。少有才思。举秀才,对策上第。历仕宋、齐、梁三代。梁时官至金紫光禄大夫。早年即以文章著名,晚年诗文不进,时谓"江郎才尽"。其诗长于模拟,赋以《恨赋》《别赋》最著名。后人辑有《江文通集》。

报袁叔明[①]书(节选)　　江　淹

方今仲秋风飞,平原彫色[②],水鸟立于孤洲,苍葭变于河曲,寂然渊视,忧心辞矣。独念贤明早世[③],英华殂落[④],仆亦何人,以堪长久!一旦松柏被地,坟垄刺大,何时复能衔杯酒者乎?忽忽若狂,愿足下自爱。

〔注〕 ① 袁叔明：袁炳，字叔明，陈郡阳夏（今河南太康）人，少有才气，著《晋书》未成而卒，年仅二十八岁。 ② 彯（piāo）色：景色淡荡萧疏。 ③ 早世：过早去世。 ④ 殂（cú）落：死亡；凋零。

这封信中流露的仅是一种思绪，一种感触，因之表述起来便有一定的难度。作者从秋光入笔，先勾勒出一幅画图：时值八月，秋风飒爽，原野舒阔，水鸟集于河中的孤洲上，河湾处的芦苇已近枯黄。这画图很冲淡，既不悲凉，也不绚烂，仿佛没有注入任何感情色彩。其实不然，作者复杂而微妙的感情恰恰融会其间。当作者静静地凝视这一派秋光时，觉得"忧心辞矣"，什么烦恼都没有了，不正是这寥廓的景色给了人以慰藉吗？就在这同时，一股哀伤之情也油然而生，仍是因为这景色。"英华殂落"，一语双关，既有草木的凋零，又指人体的衰亡。想到许多"贤明"的朋友已经离开了人世，自己也难免会有这样一天，于是生之欢乐与死之悲哀两种感情交织一起，借助景物将这种思绪表达了出来。为了不至看到坟墓上的松柏盖地参天，更应该珍惜生命的可贵，所以最后叮嘱友人袁叔明要"自爱"，虽仅此一语，却意味深长。

（郭隽杰）

【作者小传】

陶弘景

（456—536） 南朝齐梁时道教思想家、医学家。字通明，自号华阳隐居。丹阳秣陵（今江苏南京）人。仕齐拜左卫殿中将军。后隐居茅山。搜集整理道经，创立茅山派。入梁，武帝礼聘不出，但朝廷大事辄就咨询，时称"山中宰相"。对历算、地理、医药等都有较深研究。卒谥贞白先生。著有《本草经集注》《真诰》等。

答谢中书[①]书

陶弘景

山川之美，古来共谈。高峰入云，清流见底。两岸石壁，五色交辉[②]。青林翠竹，四时俱备。晓雾将歇，猿鸟乱鸣；夕日欲颓，沉鳞竞跃，实是欲界之仙都。自康乐[③]以来，未复有能与[④]其奇者。

〔注〕 ① 谢中书：谢微，字元度，陈郡阳夏（今河南太康）人，因仕梁为中书鸿胪，故称。② 五色交辉：形容石壁色彩斑斓。五色，古人以青、赤、黄、白、黑五种颜色为正色。 ③ 康乐：谢灵运，南朝宋陈郡阳夏（今河南太康）人，移籍会稽（治今浙江绍兴）。晋时袭封康乐公，故

称。④与(yù)：欣赏，赞许。

陶弘景一度出仕南齐，但不交外物，心如明镜，特爱松风，闻响欣然，顾惜光景，老而弥笃。《南史》本传称他"遇物便了，言无烦舛"。此文只有六十八字，语言淡泊，境界宁静，与作者个性有共通处。

谢中书即谢徵，其任中书郎时，弘景已七十有余。文一开头说："山川之美，古来共谈"，下面即举他所隐居的山川之美，意思是，此处也堪称一绝。山水竹石之外，还有早晨的猿鸟，傍晚的游鱼，程颢所谓"万物静观皆自得，四时佳兴与人同"。欲界仙都有警世意。文末的谢康乐为刘宋谢灵运，他也爱好山水，写了不少山水诗，后来被杀，末句可能有悼念之意。

文中写的确是江南风物，然而这样的山林泉壑，又是江南所常见的。为什么他能把自然界中常人还不曾体验到的美感，以数十字摄取到笔底呢？这里也有作者自己的"境界"。再说，为什么一千余年前写的这篇小品，到今天还有吸引力，在好些选本中都收了进去？

审美的趣味固然会随着时代的变化而变化，也应该变化，但长期的由历史凝聚、熏陶的审美习惯，也是一个重要的因素，因为我们脚所踏的还是几千年来祖先践踏过的泥土。

当然，这里还有两个条件：一是这些审美习惯必须是健康的干净的，不能离开"善"的要求；二是读者自身也必须有素养，而不包括阿猫阿狗，否则，也会如郭象注《齐物论》说的，"是犹对牛鼓簧耳"。　（金性尧）

【作者小传】

任　昉

(460—508)　南朝梁文学家。字彦昇。乐安博昌(今山东寿光北)人。历仕宋、齐、梁三代。梁时历任义兴、新安太守等职。当时以表、奏、书、启诸体散文擅名，而沈约以诗著称，时人号曰"任笔沈诗"。原有集，已散佚，明人辑有《任彦昇集》。又《文章缘起》及《述异记》二书，旧均题为昉作。

与沈约[1]书　　任　昉

范仆射[2]遂不救疾。范侯淳孝睦友，在家必闻；直道正色，立朝斯著。一金之俸，必遍亲伦；钟庾之秩[3]，散之故旧。佐命兴王，心力俱尽；谋猷忠允，谅诚匪躬[4]。破产而字[5]死友之孤，开门而延[6]故人之殡。则惟其常，无得而称矣。器用车马，无改平生之凭；素论款对，不易布素之交[7]。若斯人者，岂云易遇？昉将莅此邦[8]，务在遄速[9]。虽解驾[10]流连，再贻款顾[11]；将乖[12]之际，不忍告别。无益离悲，只增今怅。永念平生，忽焉畴曩[13]。追寻笑绪，皆成悲端。

〔注〕 ① 沈约：字休文，南朝梁吴兴武康(今浙江德清)人，文学家，"竟陵八友"之一。② 范仆射(yè)：范云，字彦龙，南朝齐南乡舞阴(今河南泌阳)人，诗人，"竟陵八友"之一。官至尚书右仆射，故称。 ③ 钟庾：古容量单位。钟，六斛四斗；庾，十六斗。秩：俸禄。 ④"谋猷"二句：谋猷，谋划。允，允当。谅诚，诚信。匪躬，彼躬。杨树达《词诠》："匪，指示形容词，与'彼'同。"指范云亲为筹划。 ⑤ 字：养育。 ⑥ 延：迎接。 ⑦"素论"二句：素论，朴实之论。款对，诚挚相对。布素之交，贫寒的朋友。 ⑧ 将莅此邦：疑即指任昉赴任之宜兴。《梁书·任昉传》："天监二年，出为义兴(今江苏宜兴)太守。" ⑨ 遄(chuán)速：疾速。 ⑩ 解驾：去世的婉词。 ⑪ 款顾：叩访。 ⑫ 乖：离别。 ⑬ 畴曩(nǎng)：往日。

一封写给沈约的短短书信，倾泻着对亡友范云多少追思的深情！

梁武帝天监二年(503)五月，尚书右仆射范云病逝。任昉虽得于范云弥留之时，匆匆见上一面，便又"遄速"而奔宜兴赴任。当其在途中以一纸书信，将此噩耗告知以母忧居家的沈约时，心中该是何等伤痛！故信之起笔，即似隐隐挟带咽泣之声："范仆射遂不救疾"——友人已去，何忍明言曰"死"？"不救"二字，正吐露着许多难以言传的生死永隔之悲。一片浓重的哀思，由此开始在信中弥漫。

自"范侯(范云封霄城县侯)淳孝睦友"以下，看似是向沈约诉说亡友的生平，但沈约亦为范云之至交，对其平生事迹焉能不知？所以此间之所倾诉，实乃任昉自己沉入对亡友深深缅怀之时，所浮涌眼前的几幕难忘片段。

首先涌来的，是范云当年在郢城的往事。郢城被围，老母落入敌手，范云被迫为围城军队送书入城。城内有人要杀他，范云朗声而言："老母弱弟，悬命沈氏(围城之将沈攸之)。若违其命，祸必及亲。今日就戮，甘心如荠！"表现了为母舍身的深挚孝心。范云后来官居显职，仍"事寡嫂尽礼，家事必先咨而后行"。所受俸金、馈赠，随"散之亲友"，以至辞世之时，"家无蓄积"(见《梁书·范云传》)。这便是深深印入任昉心中的亡友印象：那"淳孝睦友"的平生风貌，伴着"今日就戮，甘心如荠"的铮铮话音忆来，至今不还历历分明，令任昉于凝想之际热泪涌集？

随着烟云缥缈的追思，现在出现的，已是亡友“直道正色，立朝斯著”的情景了。那似乎是在伴随齐文惠太子在东田观获稻的时候，太子以为割稻容易得很，笑着说：“此刈甚快！”范云即正色谏曰：“三时（春、夏、秋）之务，亦甚勤劳。愿殿下知稼穑之艰难，无徇一朝之宴逸也！”一番话说得太子改容而谢。又似乎是在大司马萧衍纳齐东昏侯余妃的时候，余氏在旁，“颇妨政事”，范云又数次据理力谏，且举汉高祖入关，财帛无所取，妇女无所幸为言，终于说动了萧衍，把余妃改送给他人。——这正是亡友立朝所素具的诤臣之风。萧衍后来之能代齐得天下，成为梁朝的开国之君，更与范云“心力俱尽”“谋猷忠允”的辅佐之功分不开。当这位“佐命兴王”的一代勋臣，终于带着奕奕丰采，在追思中飘逝而去时，任昉心中，又该为多少痛惜之情所充塞？

往事如烟，追思不尽。令任昉心向神往的，还有亡友那待人处世的烈烈高风：范云之友江祏（shí），早年与他曾有儿女婚姻之约。后来江祏身败，“妻子流离”。范云知道了，即攘臂为助，“每相经理”。这就是文中所称颂的“破产而字（养）死友之孤”。范云又“好节尚奇，专趋人之急”。年轻时与领军长史王畡交往甚厚。而后范云新宅刚成，适逢王畡亡于官舍而尸无所归，范云即以东厢给之，移尸自门入，他亲自在门前接迎，为办殡敛之礼。故文中又有“开门而延故人之殡”的欷歔赞叹。

所有这些，虽只范云平生往事之片断，而一位风华照人的亡友形象，由此带着往日的音容笑貌，反复闪现于沉入追思的任昉眼前。由于任昉和收信人皆为范云故友，对此情节均极熟悉。所以文中所述“本事”，无须展开，只用伤怀之笔稍加点示，便可引发沈约同样温馨的忆念和痛惜的泪花了。

待到叙及探视范云和亡友弥留之际的景象时，任昉便再也抑制不住心头的悲恸。故行文也忽然一变，化作了呜咽啜泣般的一片哭音：“解驾流连，再贻款顾”——那是多么令人辛酸的生死一瞥呵！它从此便永留在作者的脑际了。“将乖（离）之际，不忍告别”——眼看着友人溘然将去，又怎忍说出“别矣”之言？“永念平生，忽焉畴曩。追寻笑绪，皆成悲端”——友人去了，平生的音容和笑影，刹那间全化为梦幻般的过去，从此再不能一接款语，再不能携手共游。人生的分手，还有比这更教人脏摧腑裂的吗？念及于此，任昉还有什么话说？泪水成串地坠落书笺，全文也因之戛然收住。而绵绵无尽的哀思，似还重重烟云般涌过结句，正向着千年后的读者，不断弥漫……

全文虽短，用的还是不太灵便的骈体，但作者的追思却突破骈体句式的限制，忽前忽后，颠倒错综，而且时断时续。这说明他在忆念之际，曾怎样和泪而书，运笔随思绪往复盘旋，而时时为哀痛所冲断。任昉在南朝与沈约有“沈诗任笔”之称。这封短短的书信，正显示出在他笔底倾泻着多么动人的文情！

（潘啸龙）

【作者小传】

刘　峻

(462—521)　南朝梁学者、文学家。字孝标。平原（今山东平原西南）人。天监初典校秘书，后任荆州户曹参军。讲学东阳紫岩山。私谥玄靖。曾撰《类苑》，注《世说新语》，内容丰富，为世所重。明人辑有《刘户曹集》。

重答刘秣陵沼①书

刘　峻

刘侯既重有斯难②，值余有天伦之戚③，竟未之致④也。寻⑤而此君长逝，化为异物⑥，绪言余论⑦，蕴而莫传。或有自其家得而示余者。余悲其音徽未沬⑧，而其人已亡，青简尚新⑨，而宿草将列⑩，泫然不知涕之无从也。虽隙驷不留，尺波电谢⑪，而秋菊春兰⑫，英华⑬靡绝，故存其梗概，更酬其旨⑭。若使墨翟之言无爽⑮，宣室之谈有征⑯，冀东平之树，望咸阳而西靡⑰，盖山之泉，闻弦歌而赴节⑱。但悬剑空垄⑲，有恨如何！

〔注〕 ① 刘秣陵沼：梁代刘沼，曾为秣陵（治今南京市江宁区南秣陵关）令，故称。② 重有斯难：又有这篇辩驳《辨命论》的文章。难，论难。 ③ 天伦之戚：指刘峻之兄孝庆死亡的忧戚。 ④ 竟未之致：竟使我没有得到这篇文章。 ⑤ 寻：不久。 ⑥ 化为异物：指死。 ⑦ 绪言余论：指刘沼的文章。 ⑧ 音徽未沬：美好的音容还未消失。 ⑨ 青简：指刘沼的文章。 ⑩ 宿草将列：坟上已长满野草。指人死已久。 ⑪ 隙驷不留，尺波电谢：比喻时间过得快。 ⑫ 秋菊春兰：比喻刘沼美妙的文章。 ⑬ 英华：精华。 ⑭ 更酬其旨：重新回答他的旨意。 ⑮ 墨翟之言无爽：墨子信鬼，有《明鬼》篇谈到周宣王杀杜伯后，杜伯变鬼杀宣王而报仇的故事。爽，差错。 ⑯ 宣室之谈有征：据《汉书》载，贾谊从长沙回长安拜见汉文帝时，汉文帝正在宣室殿斋戒准备礼神，因感鬼神之事，便问贾谊鬼神之本，贾谊具道其所以然之状。征，征验，证据。 ⑰“冀东平”二句：传说汉代东平思王归国，常常想念京师，死后，坟上的松柏树向西倾斜。靡，倒。 ⑱“盖山”二句：相传有舒氏女与其父

坐在泉边劈柴，牵挽不动，回去告诉家里，再返回一看，只见一股清泉。其母说："吾女本好音乐。"于是就弹琴唱歌，泉水便涌出回流，其中还有一对红鲤鱼。后来一作乐嬉戏，泉水就涌出来。赴节，趁着节拍起舞。以上四句，是说希望刘沼死后还有灵验，能知道自己还在纪念他。 ⑲ 悬剑空垄：春秋时吴国季札去晋国聘问，路经徐国。徐君看中了他的佩剑，但未说出。他也想送给徐君，因有出使任务就没有马上赠送。等到回来时，徐君已死，他就把剑挂在徐君的墓上。垄，坟墓。

古代的书信来往，注重情理，而不拘"生死"。晋代孔坦临终时写信给庾亮，表白自己的未尽之意；而庾亮惊闻噩耗，也将满腔的肺腑之言，形诸笔墨，并不以存殁而异，故有"报书告祭"的动人之举。刘峻这篇小品即因"报书告祭"而著称文坛。

据《梁书》本传载，武帝萧衍曾延揽文学之士，高才者多被提拔。刘峻由于"率性而动，不能随众浮沉"，屡被摈黜，遭到冷遇。他感慨万端，挥笔写就《辨命论》，论述人的一切都由命运所主宰，借以抒发自己怀才不遇的愤懑。秣陵县令刘沼，读后不以为然，写信予以诘难，认为"不由命，由人自行"。两人书来信往，多次辩驳。刘沼的最后一封答书尚未寄出，就与世长辞。有人在他家里发现遗文，交给刘峻。刘峻睹物伤怀，于是摛翰振藻，写了这篇辞气纷纭而又哀婉动人的名作。

这篇小品全文仅一百多字，若与那些纤毫毕露、万象森罗的鸿篇巨制相比，自然微不足道。然而篇幅虽小，容量却大，含蓄蕴藉，神理俱在。它不仅交代事情的来龙去脉，抒发深切的悼亡之意，感叹时光的转瞬即逝，而且评价遗文的辞采内涵，向死者表白了自己"悬剑空垄"的千古遗憾，臻于"以数言而统万形，元气浑成，其浩无涯"（谢榛《四溟诗话》）的境地。

按照常理，既然是回信，就必须涉及所要回答的问题，而作者却匠心独运，偏偏只字不提，全从来函未致而故友长眠这一点生发出无限的感慨，字字衔悲，声声饮恨，在一唱三叹之中，把对亡友哀惋不已的缱绻之情，抒发得淋漓尽致。刘沼"重有斯难"，而作者当时正值"天伦之戚"，其兄孝庆，染疾身亡，因此答书"竟未之致"，这是一可悲也；不久，刘沼本人又"化为异物"，致使其"绪言余论，蕴而莫传"，这是二可悲也；再有"青简尚新，而宿草将列"，使人触景生情、睹物伤怀，不禁潸然泪下，这是三可悲也；还有几经波折，得到遗文，并且援笔奉覆，但可惜自己身无还魂之术，不能"起死人而肉白骨"，徒然像春秋时代的季札，有着满腔的遗憾，这是四可悲也。

这篇书札性的祭文不啻是挽歌式的小品。它因事抒情，因情造境，情景相生，论与情符，将情、理、事、景熔于一炉，而又以情灌注全篇，把作者对亡友悲恸、哀怜、怅惘、惋惜的深厚感情，渗透在字里行间。陆机《文赋》云：“函绵邈于尺素，吐滂沛乎寸心”，以此评之，亦非过誉。　（贝远辰）

送橘启　　刘　峻

南中橙甘①，青鸟所食②。始霜之旦③，采之风味照坐④，劈之香雾噀⑤人。皮薄而味珍，脉不沾肤⑥，食不留滓，甘逾萍实⑦，冷亚冰壶⑧。可以熏神⑨，可以芼鲜⑩，可以渍蜜。毡乡⑪之果，宁有此耶？

〔注〕 ① 南中：泛指长江以南地区，指橘产于南方。橙即柚。古人常将“橘”“柚”并称，以为是同一种水果。 ② 青鸟所食：此处以橘为神鸟所食来夸示橘的珍贵美味。青鸟是传说中的神鸟。 ③ 始霜之旦：开始下霜的早晨。即橘的采摘季节。 ④ 风味照坐：“坐”通“座”。意谓这种富有地方色彩的果品置之室中，使满堂生辉。 ⑤ 噀(xùn)：喷。 ⑥ 脉不沾肤：叙食橘之方便。脉，橘络。肤，橘瓣的表皮。 ⑦ 萍实：“萍”通“苹”，苹实即苹果。 ⑧ 冰壶：盛冰的玉壶。鲍照《白头吟》：“直如朱丝绳，清如玉壶冰。”形容橘味甘甜清凉，沁人心脾。 ⑨ 熏神：指橘的清香令人神清气爽，心旷神怡。 ⑩ 芼(mào)鲜：指橘可以作为烧鱼佐料。芼，拌和。鲜：泛指鱼。 ⑪ 毡乡：指我国北方少数民族所居之地。毡，此处指毡制篷帐。

如果说，屈原的《橘颂》是以充溢其中的弘毅浩大的伟丈夫气概而成为千古传颂的杰作，那么，刘峻的《送橘启》则是以其满纸流漾的那股轻松愉快的生活气韵而取得它不可湮没的存在价值。屈原的《橘颂》是托物寓意，以诗明志，自然堂皇正大，气冲霄汉；刘峻的“送橘”则是日常生活中的细物小事，正应活泼欢快，俗中取雅。

《送橘启》写出了有限的口腹之乐中所蕴有的那种乐天的生命情调。品尝美味这种基于最原始的生存意志的生命热情，由于对严峻的社会冲突和道德律令的极大排除，全然没有《橘颂》中那种严肃的现实功利追求和庄重的道德意志、坚执的人格理想的追求，从而显示出清纯本色的自然人生中那恬适惬意的一面，令人感觉亲切自在。

古代其他写橘的文学名篇，在刘峻之前，有汉代《古诗》中的《橘柚垂华实》篇。这位佚名诗人以“委身玉盘中，历年冀见食”，“芳菲不相投，青黄忽改色”的诗句，表达了他渴求建功立业而终不为用的悒郁和哀伤。在刘峻之后，有唐张九龄的《感遇十二首》(其七)。“江南有丹橘，经冬犹绿林。岂伊地气暖，自有岁寒心。”诗人在谪居地荆州江陵见橘生情，从而把自己对朝政紊乱的忧虑和身世坎坷的感慨发于章句之中，温雅敦厚地宣泄出胸中的郁勃不平之气。与屈原的《橘颂》一样，这两首诗虽然取材角度有所不同，但都意在借物喻志，都在对重大社会问题的深沉思索中包含着沉重的人生负载和人生痛苦。相形之下，《送橘启》从极平常的人生享用中啜饮并体味出的生命意趣便愈见飘逸洒脱，流溢出大自然的勃郁生机。

“南中橙甘，青鸟所食。”在这种显见夸炫的词句中，满蓄着的是对现世生活的珍爱和陶醉之情。“风味照坐”“香雾噀人”又以视觉和嗅觉的敏锐和精致，将食欲升华为清雅潇洒的审美观照。其后，对剥橘、尝橘过程的其乐陶陶的叙写，又表现出对生活中这一小小的赏心乐事的自觉的享受意识。“可以熏神，可以芼鲜，可以渍蜜”，笔调之轻快正见出食橘之余心恬意洽的津津回味，同时又告诉友人，该怎样将食余的鲜橘制成新的美味。那种乐观开朗的生命热情，使口腹之乐给人的粗鄙感大大淡化。在刘峻的笔下，食橘这一生活中普通的小享受由入俗而终于脱俗，显出某种自由放达的人生天趣。这种实用兼审美、世俗而风雅的行为艺术，正是一种东方式的人生姿态。

在索然寡味的家居生活中，优美丰富的心灵能够以对生命的珍重来领略那些最细微最简朴的小情趣，在有限甚或粗陋的物质条件下得到精神上的满足，以审美的人生态度使平庸枯寂的日常生活闪现诗意的情采和雅趣。《送橘启》所启示的，不正是这种极其可贵的对生命欢乐、生活热情的积极肯定吗？由此，我们便能更深切地理解，为什么人们既尊重那个忧国忧民、“唯歌生民病，愿得天子知”的唐诗人白居易，又乐于捧读他那篇秀句迭出、满纸芬芳的《荔枝图序》；既激赏宋代大文学家苏轼在《荔枝叹》中唱出的“宫中美人一破颜，惊尘溅血流千载”的历史悲歌，又欣然称赏他高咏“日啖荔枝三百颗，不辞长作岭南人”的闲情俗趣。

润泽人生的生命欢乐或许正因其朴素和平凡，才更富有人生的天然意趣。

（周　蕙）

【作者小传】

何　逊

（?—约518）　南朝梁诗人。字仲言。东海郯县(今山东郯城北)人。任安成王参军事兼尚书水部郎、庐陵王记室。其文与刘孝绰并称“何刘”。其诗与阴铿相似，并称“阴何”。诗长于将写景与抒情相结合，语言工炼，为杜甫所推许。原有集，已散佚，明人辑有《何记室集》。

为衡山侯①与妇书　　何　逊

昔人邀游洛汭②,会遇阳台③,神仙仿佛④,有如今别。虽帐前微笑,涉想⑤犹存;而幄里余香,从风且歇⑥。掩屏为疾,引领⑦成劳。镜想分鸾,琴悲别鹤⑧。心如膏火,独夜自煎;思等流波,终朝不息。始知萋萋萱草,忘忧之言不实;团团轻扇,合欢之用为虚⑨。路迩人遐⑩,音尘寂绝。一日三秋,不足为喻。聊陈往翰,宁写款怀!迟枉琼瑶,慰其杼轴⑪。

〔注〕①衡山侯:即萧恭,字敬范,梁武帝萧衍之侄。天监八年(509),封衡山县侯,故称。②邀游洛汭(ruì):指曹植事。曹植《洛神赋》有"流眄乎洛川"。洛汭,洛水弯曲处。③阳台:传说中的台名。典出宋玉《高唐赋序》:"朝朝暮暮,阳台之下"句,写的楚襄王与巫山神女的故事。④神仙仿佛:把妻子比作洛神和巫山神女。⑤涉想:想象。⑥歇:消散。⑦引领:即翘首,形容殷切盼望的样子。⑧"镜想"二句:以鸾鹤尚为雄雌失伴而悲鸣,喻夫妇离别之苦。《异苑》载罽宾王有一鸾,三年不鸣,闻说见影则鸣,便悬镜照之,鸾睹影悲鸣而死。传说商陵牧子娶妻五年无子,父母欲另为娶妻,便作琴曲《别鹤操》,寄托哀怨之情。⑨"始知"四句:意为忘忧草不能令人忘忧,合欢扇也不能令人合欢,都是徒有虚名。萱草,又名"忘忧草"。团扇,又名"合欢扇"。⑩迩(ěr):近。遐:远。⑪"聊陈"四句:是说暂且写这封书,却表达不完我的相思之情,也只好这样来安慰你了。翰,笔,引申为文词。款怀,诚意。琼瑶,本指美玉,这里代指书信。杼(zhù)轴,织布机上的两个部件,这里代指闺阁。

提起六朝的骈体文风,人们总爱引用刘勰《文心雕龙·明诗》所说"轻绮"二字作为时代风貌的概括。"轻"指内容的空虚单薄,"绮"指形式的侧艳华丽。何逊这篇《为衡山侯与妇书》,便是"轻绮"之风的代表。

这是一封代写的情书。情书而找人代写,这本身就是一件怪事,其情也只能是矫揉造作之情罢了。衡山侯名萧恭,性尚华侈,酣宴无度,是个典型的纨绔子弟,道地的王子皇孙。他还要写情书,大概是为了附庸风雅吧;而自己又写不来,这倒给代写者一个铺文摛采的展才机会。平心而论,这封代人致妇书也确实写得工丽香艳,颇见巧思,仍有其可读性。

开头四句,连用曹植与洛水女神相爱、楚王与巫山神女幽期两个典故,既切合题旨,又对衡山侯夫妇双方都作了美化,这是代笔者的高明处。接下以微笑犹存和余香且歇寓分离之久和相思之切,虚中有实,实中有虚,调子轻柔,有一种缠绵意态。自"掩屏为疾"到"终朝不息",转用重笔,极力倾诉夫方的渴想之深。单说"为疾""成劳",分量不够,太空泛;有了"分鸾""别鹤"两个典故,又用了心如火烧、思如流水两个比喻,于是便突出了劳疾的程度。这还不够,又加以铺陈,忘忧草不能忘忧，合欢扇不能合欢，原因就在于“路迩人遐，音尘寂绝”，夫妇不能见面团聚。《诗经》上说：“一日不见，如三秋兮。”作者又推进一层：“一日三秋，不足为喻。”能够层层加码，这便是文人的本事。思念之情无以复加了，遂以此信相慰作结，戛然而止。

这是篇“作”出来的文章，完全靠的是文化素养。因而也只有在如何雕文织采方面，它才具有借鉴意义。（郭隽杰）

【作者小传】

徐　勉

(466—535)　南朝梁文学家。字修仁。东海郯县(今山东郯城北)人。幼孤贫。笃志好学。仕齐起家国子生，射策举高第，迁太学博士，累迁至领军长史。入梁，拜中书侍郎，累迁至尚书左丞。天监二年(503)，除给事黄门侍郎、尚书吏部郎，参掌大选。六年迁吏部尚书。中大通三年(531)移授特进、右光禄大夫、侍中、中卫将军。博通经史。曾主修五礼。居官严正，不营产业。善属文，勤著述。原有集，已佚。

为书诫子崧　　徐　勉

吾家世清廉，故常居贫素。至于产业之事，所未尝言，非直①不经营而已。

薄躬②遭逢，遂至今日，尊官厚禄，可谓备之。每念叨窃③若斯，岂由才致？仰藉先代风范及以福庆④，故臻此耳。古人所谓以清白遗子孙，不亦厚乎⑤！

〔注〕①直：仅仅，只是。②薄躬：自称，谦词。③叨窃：自谦才不胜任而据有其位。④“仰藉”句：仰仗先人德行的荫被福佑。⑤古人：指杨震。《后汉书·杨震传》：“震公廉，不受私谒，子孙常蔬食步行。故旧长者，或欲令开产业，震不肯，曰：‘使后称为清白吏子孙，以此遗之，不亦厚乎！’”

“不义而富且贵，于我如浮云。”

“君子谋道不谋食”，“君子忧道不忧贫也”。

“君子固穷，小人穷斯滥矣。”……

一部《论语》，充满了诸如此类教人安贫乐道、重义轻利的格言。孔孟儒学对道德人格的大力标举和弘扬，使封建社会中无数知识分子都怀着“内美修能”的虔诚,把"立德"视为立身之本,把道德完善、道德自律作为个体存在的至高无上的目标和义务。生于梁代的徐勉即其中的一个。

徐勉出身孤贫,好学而注重道德修养。后仕梁任吏部尚书、中书令等职。他居官清廉,有人向他求官,他正色道:"今夕只可谈风月,不宜及公事。"在教育子女问题上,他也表现出高尚的道德情操,曾对人说:"人遗子孙以财,我遗子孙以清白。"这种高格清操,即便在千余载之后,也不失其思想光彩。"以清白遗子孙",当为后世引为楷模。

"以清白遗子孙",实在是一种远见卓识。无数历史事实已经证明,依靠先人的遗产过活的子孙,往往是没出息的后代;而前辈过于丰厚的遗产,常常不仅不能造福后人,反而会造成意想不到的祸事和灾难。　(周　蕙)

【作者小传】

吴　均

(469—520)　南朝梁文学家。字叔庠。吴兴故鄣(今浙江安吉)人。官待诏著作,奉朝请。其文工于写景,尤以小品书札见长,时称"吴均体"。通史学,曾应诏撰《通史》,未竟而卒。著有《续齐谐记》等。后人辑有《吴朝请集》。

与顾章[①]书　　吴　均

仆去月谢病,还觅薜萝[②]。

梅溪之西[③],有石门山者。森壁争霞,孤峰限日,幽岫含云,深溪蓄翠。蝉吟鹤唳,水响猿啼,英英[④]相杂,绵绵成韵。既素重幽居,遂葺宇其上。幸富菊花,偏饶竹实[⑤],山谷所资,于斯已办[⑥]。仁智所乐[⑦],岂徒语哉!

〔注〕 ① 顾章:南朝梁时人,系作者好友。　② 去月:上月。谢病:托病辞官引退。薜(bì)萝:薜荔与女萝。薜荔,桑科,常绿藤本植物。女萝,即松萝,多附生在松树上,呈丝状下垂。屈原《楚辞·九歌·山鬼》:"若有人兮山之阿,被薜荔兮带女萝。"后世遂以"薜萝"称隐士的服装。　③ 梅溪:山名。在吴均的家乡故鄣(今浙江安吉县境)。石门山:吴均《续齐谐记》:"吴兴故鄣县东三十里有梅溪山,山根直竖一石,高百余丈,至青而圆,如两间屋大,四面斗绝,仰之于云外,无登涉之理。"　④ 英英:声音悠闲和谐貌。　⑤ 菊花、竹实:隐士的食物。《楚辞·离骚》:"夕餐秋菊之落英。"《魏氏春秋》:"有隐者莫知姓名,有竹实数斛杵臼而已。"

⑥ 办：具备。 ⑦ 仁智所乐：《论语·雍也》："知者乐水，仁者乐山。"

南北朝时期，社会的激烈动荡和频繁变迁，使倦于宦海风波的吴均终于以"羁鸟恋旧林，池鱼思故渊"的一往情深，像陶渊明一样，"载欣载奔"地投身山林，回归人类最早的故乡。在他心目中，故乡的山山水水都充满了爽心怡神的情韵和灵趣。在这里，一切都按照生命的自然形态自由自在地发挥着生命的热情、生命的力量、生命的欢愉。"森壁争霞"所展现出的壮美感，"孤峰限日"所升腾起的崇高感，与世间人们对名利的苍蝇竞血、黑蚁争穴般肮脏卑鄙的追逐纷争恰成比照。云烟缥缈、绿水荡漾，更昭示着生命的自由感。"蝉吟鹤唳，水响猿啼"岂不是一曲回肠荡气的自然生命的"欢乐颂"？只有在这个天地中，人才能获得他在现实社会中所得不到的"各适其天，各全其性"的自然人生。还有什么能比享受闲云野鹤般无拘无碍的自由心境，领略"竹柏之怀与神心渺远，仁智之性共山水高深"的超逸意趣更富有生活的乐趣呢？为此，吴均情欢意洽地高揖尘俗，悠然自得地超入自然，与万象同乐。此处的"幸富菊花，偏饶竹实"，更使他从此对人间世一无所求。

对美好的自由人生的积极追求和对高尚的生命欢乐的热烈向往，使吴均此文具有"灵可砭顽，芳可涤秽，清可远垢，莹可沁神"（明·陆时雍《诗镜总论》）的艺术魅力。只要人类社会还存在着异化的力量，那么，自然山水就不会失去它们点燃诗人灵感和温慰人类灵魂的审美效应。（周　蕙）

与宋元思①书　　　　吴　均

风烟俱净，天山共色，从流飘荡，任意东西。自富阳至桐庐一百许里②，奇山异水，天下独绝。水皆缥碧③，千丈见底；游鱼细石，直视无碍。急湍甚箭，猛浪若奔。夹岸高山，皆生寒树④。负势竞上，互相轩邈⑤。争高直指，千百成峰。

泉水激石，泠泠⑥作响；好鸟相鸣，嘤嘤⑦成韵。蝉则千转不穷，猿则百叫无绝。鸢飞戾天⑧者，望峰息心；经纶⑨世务者，窥谷忘反。横柯⑩上蔽，在昼犹昏；疏条交映，有时见日。

〔注〕 ① 宋元思：一作朱元思，其经历不详。 ② 富阳：古县名，治今浙江杭州市富阳区。以居富春江之北得名。桐庐：县名，在今浙江省西部、富春江沿岸。 ③ 缥(piǎo)碧：浅青色。 ④ 寒树：寒天的树木；冷清凋残的树林。 ⑤ 轩邈：向高处和远处伸展。 ⑥ 泠(líng)：形容声清越悠扬。 ⑦ 嘤嘤：鸟和鸣声。 ⑧ 鸢(yuān)飞戾(lì)天：出自《诗·大雅·旱麓》："鸢飞戾天，鱼跃于渊。"此处指追求名利高攀的人。鸢，鸷鸟，俗称老鹰。戾，至。 ⑨ 经纶：筹划、治理。 ⑩ 柯：枝条。

宋元思，字玉山，刘峻有《与宋玉山元思书》。《南史》称"均文体清拔有古气，好事者或效之，谓为吴均体"。

这是一封书信，除了描写景物之外，没有什么实际内容．却为历来读者传诵欣赏。

六朝是一个混乱残破的时代，文士尚清谈，务虚玄，然而在美学上却作出了特出的贡献，不但在景物的描绘上，就是文士的日常闲谈，一谈到山光水色，落花飞鸟，也无不充满诗情画意。我们读了吴均此文，再去从两汉三国的文学作品找寻，可曾有这种美文？六朝的文风，如宫体诗之类，确使人有"齐梁无骏骨"之感，但也不能不承认，六朝人这双眼，这支笔，比他们前代人别有一种审美的能力。

船是"从流飘荡，任意东西"，写信时也只是将印象和感觉随意说出，文字上没有什么卖弄，写作的时间，当在夏秋之际。吴均坐的自然不是汽艇，而是小舟，信中没出现一个人物，一句对话，可能是一个人，因而使他观察得更仔细，体会得更深切，"游鱼细石，直视无碍"，这当是实景。因为高山多寒意，树能经严冬而挺立，必有耐寒之性，故称为寒树。

下半段写音响，鸟语蝉声之外，尚有百叫之猿，也颇有"小三峡"之趣，只是现在已听不到猿声了。

鸢指鹰，鹰为猛禽，犹能望峰息心，逗下面"经纶世务"两句，即是睹形悟道，王羲之断句所谓"争先非吾事，静照在忘求"。

末四句与首二句景色不同，暗示船已进入另一个境界。前面的高山上寒树，只是遥见，此处的横柯枝条，则是船所经过的现场。在百许里的水程中，自必有阴朗晦明的变化，会心处亦复在此。

（金性尧）

与施从事[1]书

吴 均

故鄣[2]县东三十五里，有青山。绝壁千尺，孤峰入汉[3]；绿嶂百重，清川万转。归飞之鸟，千翼竞来；企水[4]之猿，百臂相接。秋露为霜，春罗[5]被径，"风雨如晦，鸡鸣不已"[6]。信足荡累颐物[7]，悟衷散赏[8]。

〔注〕 ① 施从事：其人不详。从事，汉以后三公及州郡长官自辟僚属，多称"从事"。② 故鄣：古县名，在今浙江安吉县西北。 ③ 汉：指银河。 ④ 企水：口渴思饮。 ⑤ 罗：地衣类植物。 ⑥"风雨"二句：出自《诗·郑风·风雨》，指山里风雨交加，天色昏暗，鸡鸣不已。 ⑦ 信足：漫步。荡累：消除烦累。颐物：流连物态以怡养性情。 ⑧ 悟衷：开阔心胸。散赏：闲散、随意欣赏。

大自然对于人类永远具有无比博大的内蕴,人类从自然界中获取了无尽的物质宝藏,也得到了刚柔并济的精神抚慰。人类如果离开了自然,那么它的生存是无法想象的,所以,从根本的意义上说,人类永远是自然的孩子。既然人类与自然有着如此不可隔离的关系,所以对自然也充满了各种感情。当人们以审美的眼光去观照自然时,自然就会展示出无限的魅力,由此人们也创作出了不胜计数的文学作品来表现和赞美自然。南朝梁吴均给友人的这封小简,就是一篇出色的山水礼赞。

这篇小品描写了浙江故鄣县附近的山景,寥寥数笔而极富情趣。江浙地区自古以来便是人文荟萃之地,那里的秀水清山屡为历来的文人墨客形诸笔端。吴均当时身在其中,面对奇绝的山水美景,不由心旷神怡,援笔作简,向友人描绘了当地的美景,陡峭的山壁直插入云霄,令人顿生高山仰止之感。山峰重重叠叠,一片青翠,澄清的山川沿着山谷千回百转,整个画面体现出刚健和秀丽相结合的美,实足令观者陶醉。归飞之鸟数目很多,散布在空中翱翔追逐,给观者以动感之美。企水之猿正显示出独特的绝技,沿着山壁以手臂相连而挂下水面饮水解渴,它们的存在和活动给山水增添了蓬勃的活力。秋天,白露为霜,山峦显现出水洗的色彩;春天,藤萝铺地,山峦为绿色所覆盖。无论是秋天还是春天所显示的山景都给人以赏心悦目的享受。如果说上面的景色都有一种晴朗之美,那么“风雨”两句就是借《诗经》中的名句来点染风雨中的山水,这时的山水别具一种略显伤感的韵味。其实,山水本身是无情之物,也无所谓美感,只是有了人的介入,才产生了情愫与美感,这是人与自然相沟通后所产生的,也正因为如此,人们常常可以从自然中得到启示和慰藉。

在清纯奇丽的大自然面前,人们内心中的忧愁苦累都会被洗涤一清。人们在欣赏大自然的美景时,可以陶冶性情,舒展心胸。尤其当人们终日为俗务杂念所缠绕时,一旦面对自然的山水,就更能感受到心灵的净化。难怪东晋大诗人陶渊明在摆脱了污浊的官场的羁绊而回归田园时会产生由衷的愉悦,并发出“久在樊笼里,复得返自然”的感叹。

(卢　强)

【作者小传】

殷　芸

(471—529)　南朝梁文学家。字灌蔬。陈郡长平(治今河南西华东北)人。仕齐为宜都王行参军。仕梁为中书舍人、昭明太子侍读。累迁通直散骑常侍、司徒左长史,直东宫学士省。奉梁武帝之命,编撰《小说》,世称《殷芸小说》。

子路[1]揽虎尾 殷 芸

孔子尝游于山,使子路取水,逢虎于水所,与共战,揽尾得之,内[2]怀中,取水还,问孔子曰:"上士杀虎如之何?"子曰:"上士杀虎持虎头。"又问曰:"中士杀虎如之何?"子曰:"中士杀虎持虎耳。"又问:"下士杀虎如之何?"子曰:"下士杀虎捉虎尾。"子路出[3]尾弃之,因恚[4]孔子曰:"夫子知水所有虎,使我取水,是欲死我。"乃怀石盘[5],欲中[6]孔子。又问:"上士杀人如之何?"子曰:"上士杀人使笔端。"又问:"中士杀人如之何?"子曰:"中士杀人用舌端。"又问:"下士杀人如之何?"子曰:"下士杀人怀石盘。"子路出而弃之,于是心服。

〔注〕 ① 子路:仲由,字子路,春秋末鲁国卞(今山东泗水东南)人,为孔子的学生。② 内:通"纳"。 ③ 出:拿出。 ④ 恚(huì):愤怒。 ⑤ 怀石盘:把石盘藏在怀中。⑥ 中:击。

以"小说"作为正式书名的,始于《殷芸小说》。其中材料,大部分引自他书,内容也颇多荒诞怪异,但保存了许多古代小故事,于附会糅合之中,也反映了一些历史的鳞爪。

古代无机制枪,对于老虎,除了弓箭或陷阱之外,有时只有赤手空拳去搏斗,即所谓"暴虎"。《诗经·郑风·大叔于田》:"襢裼暴虎,献于公所。"这是写叔段的勇猛,当是纪实。《孟子》也有冯妇(男子)下车暴虎的记载,可见古代常有以勇力暴虎的事实。

本文中的子路揽虎尾故事,却是虚构,可能有此传说,产生这一故事的依据大致是这样:

子路是一个有勇无谋的人,孔子曾说他"由(子路名仲由)也好勇过我,无所取材"。《史记·仲尼弟子列传》记子路为人粗鲁亢直,冠雄鸡,佩牡豚,轻侮孔子。雄鸡牡豚,皆表示勇力。孔子以礼诱导,子路乃儒服致敬,并请求为弟子,后来对孔子非常忠心。孔子周游时,子路常随侍他,对孔子行事还曾表示不满,如孔子会见卫灵公夫人南子,子路便不高兴,仿佛梁山上的宋江和李逵。

这个故事,便是写子路有勇无谋,所谓虎尾春冰,便是指极危险的部分,却不是毙虎的要害,《水浒》写武松打虎,便是从大虫的头部下手。"逢虎于水所"云云,可能是由"暴虎凭河"联结起来,这是孔子认为不可取的(见《论语·述而》),

不过孔子并非说子路。

文中又说“上士杀人使笔端”“中士杀人用舌端”，这是作者借孔子之口说的，也说明当时已有以笔舌杀人之风，也许这便是作者的主旨。（金性尧）

【作者小传】

刘　潜

（484—550）　南朝梁文学家。字孝仪，彭城（今江苏徐州）人。幼孤，与兄弟相励勤学。梁天监五年举秀才，起家镇右始兴王法曹行参军，历任尚书殿中郎、御史中丞、临海太守等官。为人宽厚，内行尤笃，擅作诗文。著有《刘豫章集》。

谢始兴王赐花纨簟启[1]　　刘　潜

丽兼桃象[2]，周洽昏明[3]。便觉夏室已寒，冬裘可袭[4]。虽九日[5]煎沙，香粉犹弃；三旬沸海，团扇可捐。

〔注〕 ① 始兴王：萧憺，字僧达，萧顺之之子，梁武帝萧衍异母弟，封始兴王。花纨（wán）簟（diàn）：一种特制凉席。　② 丽兼桃象：（席子的）华丽兼具桃枝席和象牙席的特点。　③ 周洽昏明：无论白天夜晚，都和谐美观。　④ 袭：衣上加衣。　⑤ 日：太阳。

始兴王萧憺送给作者一张席子——“花纨簟”，于是作者便写了这封信作为答谢。但信里没说一句感激的客套话，而是把谢意涵容在对花纨簟的赞叹之中：这种特制的席子很华丽，兼有桃枝席和象牙席的特点，细密的纹路无论白天夜晚都那么和谐美观；夏天铺在室内顿觉凉意袭人，仿佛可以穿上皮衣了；即便有九个太阳烘烤着沙漠，有了这席子也可不用香粉去暑；三伏天就是热得海水滚沸，有了这席子也可把团扇抛开。对于花纨簟是怎样制作的，我们已经无所知了，但读过此文，却犹如在博物馆里见到了一件精美的工艺品。作者全凭自己的主观感受给予夸张的描述，去挑动读者的神思和想象。这是一种避实就虚的写法。（郭隽杰）

【作者小传】

刘令娴

南朝梁女文学家。彭城（今江苏徐州）人。刘孝绰第三妹，徐悱妻。世称刘三娘。其文清拔。所作《祭夫文》，辞甚凄怆。亦能诗。原有集，已散佚。

祭夫徐敬业文

刘令娴

惟梁大同五年①,新妇谨荐少牢②于徐府君之灵曰:

惟君德爰礼智,才兼文雅,学比山成,辨同河泻③,明经擢秀④,光朝振野。调逸许中⑤,声高洛下⑥。含潘度陆,超终迈贾⑦。二仪既肇⑧,判合⑨始分,简⑩贤依德,乃隶夫君。外治徒奉⑪,内佐无闻;幸移蓬性,颇习兰薰;式传琴瑟,相酬典坟⑫。辅仁难验,神情易促⑬。雹碎春红,霜凋夏绿。躬奉正衾⑭,亲观启足;一见无期,百身何赎?

呜呼哀哉!生死虽殊,情亲犹一。敢遵先好,手调姜橘⑮。素俎空干⑯,奠觞徒溢。昔奉齐眉⑰,异于今日。从军暂别,且思楼中。薄游未反,尚比飞蓬⑱。如当此诀,永痛无穷。百年何几,泉穴方同?

〔注〕 ① 大同五年:即公元539年。 ② 少牢:以猪羊二牲为祭。 ③"惟君"四句:是说您的品德在于知礼法而又聪明,才能在于擅长文辞而又高雅,学问堆积如山,言论滔滔不绝。爰,在于。辨,通"辩",指口才、言辞。 ④ 明经:精通经术。擢(zhuó)秀:人才秀出。 ⑤ 许中:今河南许昌一带。 ⑥ 洛下:洛阳一带。 ⑦"含潘"二句:是说徐悱的才华可与潘岳、陆机相比,超过终军、贾谊。 ⑧ 二仪:天地。肇:始。 ⑨ 判合:分合,指男女。 ⑩ 简:选择。 ⑪ 外治徒奉:是说自己协助丈夫治理外务方面没什么作为。 ⑫ 典坟:即《三坟》《五典》,均为传说中的古代典籍。 ⑬ 神情易促:是说老天的性情原也容易改变。 ⑭ 躬奉正衾:亲自侍奉起居。 ⑮"敢遵"二句:是说我遵从你生前的爱好,亲手调制了姜橘供品。 ⑯ 素俎(zǔ)空干:白色祭器里的供品都放干了。俎,古代祭祀、燕飨时陈置食物的礼器。 ⑰ 齐眉:即举案齐眉,用东汉梁鸿与孟光夫妻恩爱的故事。 ⑱ 飞蓬:出自《诗经·卫风·伯兮》:"自伯之东,首如飞蓬。岂无膏沐?谁适为容!"指爱人外出后,闺中人无心打扮,头发乱如飞散的蓬草。

徐敬业名悱,敬业是他的字,梁代诗人,曾任太子洗马、晋安内史等职。他短寿,终年才三十岁。刘令娴的这篇《祭夫徐敬业文》很有名,据载,徐悱的父亲徐勉也是当时有名的文人,本想写一篇祭子文,但见了此篇,也只好惊叹而搁笔了。

这篇祭文凄切哀婉,情辞并茂,确有许多动人之处。作者首先对丈夫的人品和才学极尽赞颂之能事,读来虽觉有夸饰之嫌,但这是在有情人眼里,反更显爱之深,意之笃。继叙夫妻的恩爱美满生活,互帮互助,而又侧重丈夫对自己的关怀体贴。因之,当再述及丈夫之死给自己带来的悲伤时,也就益加沉痛。最后以祭奠来寄托自己的哀思。

全篇紧紧扣住了一个“情”字。这既是个人之私情，又是人类之通情，故而也就更易打动人。但关键还在于这感情的表达是真挚的。（郭隽杰）

【作者小传】

萧　纲

(503—551)　即梁简文帝。字世缵。南兰陵(今江苏常州西北)人。武帝第三子。在位二年，被叛将侯景所杀。他是宫体诗的主要倡导者。论文反对以儒家经典为规范。部分诗专描写女子举止情态，风格绮艳，又颇多咏物写景之作。原有集，已散佚，后人辑有《梁简文帝集》。

序愁赋　　萧　纲

情无所治，志无所求。不怀伤而忽恨①，无惊猜而自愁。玩飞花之入户，看斜晖之度寮②。虽复五觞浮碗，赵瑟③含娇，未足以祛斯耿耿④，息此长谣⑤。

〔注〕①恨：失悔；遗憾。②寮(liáo)：窗。③赵瑟：指瑟。因这种乐器战国时流行于赵国，渑池会上秦王又要赵王鼓瑟，故称。④耿耿：烦躁不安，心事重重。⑤长谣：长篇乐曲、诗歌等。此处指《序愁赋》。

我们常说“闲愁最苦”，其实真正领略闲愁的人并不多。譬如唱出这四个字的辛弃疾，乃是慨于志不得伸，绝非“志无所求”。再如辛弃疾的同乡前辈李清照的“一种相思，两处闲愁”，明言愁在相思，当然是“情‘有’所治”了。至于《西厢记》崔莺莺的“闲愁万种”，那是少女的思春，愁的也有缘由。总之，这些闲愁就像狱中人一样，亦闲亦愁，但这愁并非因闲而生。这篇《序愁赋》所咏的才是道地的闲愁。

心满意足，有愿必偿，要什么有什么，说什么是什么，一个人到了这地步也就真正闲起来了。“五觞浮碗”，各种美酒佳肴供你享用；“赵瑟含娇”，无数歌姬舞伎供你取乐。尽管如此，却难以扫除内心深处的叹息。看见飘进门内的落花会痴痴地玩弄一阵，看见射进小窗的斜晖会呆呆地默视半晌。所以如此，穷极无聊。没有忧伤，没有疑虑，反而“忽恨”而“自愁”，根源即在于“情无所治，志无所求”——愁是“闲”出来的。

这种闲愁，即使在当时也没有丝毫可取之处；然而它是真实的。难得的是作者把这种难以名状的情绪捕捉住了，而且表现得很入微。（郭隽杰）

与萧临川[①]书　　萧 纲

零雨[②]送秋，轻寒迎节[③]；江枫晓落，林叶初黄。登舟已积[④]，殊足劳止。解维金阙[⑤]，定在何日？八区内侍，厌直御史之庐；九棘外府，且息官曹之务[⑥]。应分竹[⑦]南川，剖符千里。但黑水初旋，未申十千之饮；桂宫既启，复乖双阙之宴[⑧]。文雅纵横，即事分阻。清夜西园[⑨]，眇然未克。想征舻而结叹，望横席[⑩]而沾襟。若使宏农书疏，脱还邺下[⑪]；河南口占[⑫]，倘归乡里。必迟青泥之封[⑬]，且觏《朱明》之诗[⑭]。白云在天，苍波无极，瞻之歧路，眷慨良深。爱护波潮[⑮]，敬勗光采。

〔注〕 ① 萧临川：萧子云，字景侨。齐高帝之孙，南朝梁文学家，曾任临川内史。 ② 零雨：慢而细的小雨。 ③ 节：此指冬季。 ④ 积：长久。此指多有时日。 ⑤ 维：系船之绳。金阙：天子所居，代指京都。 ⑥“八区”四句：意谓萧子云离开京师，正可免去侍奉朝廷的繁重负担，到外地为官，没有杂务，可得安逸。八区：指皇宫。御史：朝内高级官员。九棘：古代群臣外朝之位，树九棘为标识，区分等级职位。后用为九卿代称。外府：即外廷。 ⑦ 分竹：与下文“剖符”同义。竹、符均是君上与臣下的凭信之物，一分为二，君臣各执其一，故曰分、剖。 ⑧“黑水”四句：意谓作者回到京都，朋友已经离去，不能再在一起痛饮欢宴了。黑水，无所考，据《尚书·禹贡》“黑水西河惟雍州”语，这里乃以黑水作雍州的代称。十千之饮，本曹植《名都篇》“归来宴平乐，美酒斗十千”语，喻痛饮。双阙之宴，即宫廷之宴。 ⑨ 西园：又名铜雀园，曹丕未做皇帝时常在这里与文人好友宴游，这里借指作者的官苑。 ⑩ 横席：即张帆。 ⑪“若使”二句：《六朝文絜》黎经浩注：“魏曹植留守邺，数与弘农杨修书，修亦答书焉。”这里借指今后要多通书信。 ⑫ 河南：指陈遵，《汉书·陈遵传》谓“遵为河南太守，召善书吏十人于前，治私书，谢京师故人”，这里乃以遵喻萧子云，希望他不要忘记京师故人。口占：口授。 ⑬ 青泥之封：指书信。 ⑭ 觏(gòu)：见到。《朱明》之诗：指诗歌。“朱明”为一首迎夏乐歌的名称。《史记·乐书》：“春歌《青阳》，夏歌《朱明》，秋歌《西暤》，冬歌《玄冥》。” ⑮ 爱护波潮：是说水程波浪起伏，一路上要多保重。

此信写于中大通三年(531)。时昭明太子卒，作者萧纲被册立为皇太子，由雍州刺史调归京师。受信人“萧临川”即萧子云，他本是前朝齐高帝的孙子，入梁后降为子爵，却与梁武帝诸子多所友善，与萧纲关系更好。萧纲尚未抵京，而萧子云受命临川内史，即要起程赴任。萧纲恐赶不上送行，于是写了这封信来道别。

这是一封善于使事抒情的送别短笺，处处关合彼此，自有一种缠绵意态。作者以秋景起兴，为全篇刷上一层萧瑟的氛围。这是作者在归京途中见到的景色，萧子云离京赴任不也是在这肃杀的季节吗？这便是巧妙的关合处。“解维金阙，定在何日？”于是转向对方，先对萧子云离开京师免却了许多繁重的杂务表示欣慰。但二人毕竟因此“分阻”一方，失去了聚首欢宴的乐趣，不得不令人神伤。一放一收，感情跌宕，也渗透着两人之间的深挚情意。无法当面送别，只好“想征舻而结叹，望横席而沾襟”，将感情又推进一步。无奈何，日后岁月全凭书信来沟通彼此了，是劝勉，也是自慰。一咏三叹，至此别意已足，复以“白云在天，苍波无极，瞻之歧路，眷慨良深”与起首绾合，缠绵意态尽皆披露出来。最后以诚挚的祝愿作结。

本文用事较多，也用了一些诸如“金阙”“桂宫”“八区”“九棘”之类的华丽生僻的字眼，为阅读增加了些困难。但统观全篇，仍不失清秀的格调，主要原因就在于以情取胜。（郭隽杰）

答张缵[①]谢示集书　　萧　纲

纲少好文章，于今二十五载矣。窃尝论之：日月参辰[②]，火龙黼黻[③]，尚且著于玄象，章乎人事，而况文辞可止，咏歌可辍乎？不为壮夫，扬雄实小言破道；非谓君子，曹植亦小辩破言。论之科刑，罪在不赦！

至如春庭落景，转蕙承风；秋雨且晴，檐梧初下；浮云生野，明月入楼。时命亲宾，乍动严驾；车渠[④]屡酌，鹦鹉骤倾[⑤]。伊昔三边，久留四战[⑥]；胡雾连天，征旗拂日；时闻坞笛，遥听塞笳[⑦]；或乡思凄然，或雄心愤薄。是以沉吟短翰，补缀庸音[⑧]，寓目写心，因事而作。

〔注〕①张缵（zuǎn）：字伯绪，原籍范阳方城（今河北固安）。为梁武帝表弟，又娶梁武帝第四女，拜驸马都尉。　②参（shēn）辰：参星和辰星（一名商星），均为二十八宿之一。　③火龙黼（fǔ）黻（fú）：《左传》桓公二年：“火、龙、黼、黻，昭其文也。”四者皆古代贵族礼服上的纹饰，为不同等级之标志。黼：白黑相间，作斧形。黻：青黑相间，形如两“己”字相背，一说如“亞”字形或两“弓”相背。　④车渠：玉石之类，出于西域。曹操曾用以制碗，曹丕、曹植、王粲、徐幹、应玚等均作有《车渠碗赋》。　⑤鹦鹉骤倾：屡屡倾倒鹦鹉杯中的酒。鹦鹉，指鹦鹉螺所制酒杯。其螺状如覆杯，头部弯曲如鸟头屈向其腹，似鹦鹉，故名。见《文选》郭璞《江赋》李善注引《南州异物志》。东晋成帝时曾以此种酒杯作为礼物赠送远方使者，见《太平御览》卷七五九引《晋咸康起居注》，可见其为人所重。骤，屡次。　⑥三边：泛指边境。久留：长久存在。四战：犹言四面受敌。　⑦坞（wù）笛：即羌笛。塞笳（jiā）：塞外的胡笳。笳，汉时流行于塞北和西域的管乐器，魏晋以后多为军乐。　⑧翰：文辞。庸言：平常的言语。

这篇《答张缵谢示集书》是作者向张缵出示自己的诗文集，并收到对方表示感谢的信之后所写的回信。时为梁武帝大通元年（527）。张缵是萧纲祖母之侄，又娶了萧纲的姐妹为妻，与萧纲的关系是颇为密切的。

信中所说有两层意思：一是说诗文写作非常重要，表述自己热爱创作的心情；二是陈述自己写作诗文的兴感之由，说明其创作冲动系来自生活，来自外物的激发。

关于第一层，萧纲说，日月星辰照耀于天象，那是“天文”，火龙黼黻彰著于人事，那是“人文”。“文”既是至高无上的天所具有的性质，又为人伦纲纪所必需，那当然非常重要了。这里需要略作解释：“文”的本义为线条交错，色彩错杂，引申之，凡经纬错综、华彩美丽者均谓之文。因此日月星辰是“文”，火、龙、黼、黻等礼服上的图饰也是“文”。这种图饰不仅是美化衣裳而已，而且是天子、公卿大夫、士各种等级的标志，何种身份使用何种图饰，是有严格规定不可僭越的。再加引申，“人文”还包括诸种礼仪、制度、法令以及经典和学术著作等，它们在封建政治、社会生活中的重要性是不言而喻的。那么，同属“人文”的诗歌文赋也就十分重要了，所以说：“而况文辞可止，咏歌可辍乎？”这样的论证逻辑今天看来颇为牵强：第一，天象与“人文”不是一回事。第二，诗文写作并不都与政治发生密切关系，其中如诏、策、奏、议等实用性文体，祭祀大典所用乐歌等，不妨称为经国之大业，至于一般抒情写景的文字，与政治有何重要关系呢？岂可因为都属于“文”这一含义极为广泛的概念，便笼而统之地与礼仪制度以至天文玄象一起抬到崇高的地位呢？但是，六朝时类似的论述却屡见不鲜。即以刘勰《文心雕龙·原道》而言，也是先将“日月叠璧”“山川焕绮”称为天地之文，然后将“人文”（包括圣贤经典、各种实用文体、子史著作，也包括一般的抒情写景诗文）与之相截搭，从而抬高文章地位的。萧纲这里简简单单的几句话，其实是时代风气的反映，是文学创作地位提高的表现。

萧纲在这里还批评了扬雄和曹植。扬雄晚年潜心于学术著作，深悔早岁写作辞赋耗费了许多精力，于是说作赋犹如学童习字，“雕虫篆刻”，是初级的玩意儿，“壮夫不为也”（《法言·吾子》）。曹植虽爱好文学，但为了表示自己还有更远大的志向，要在政治上有所作为，建功立业，因此在《与杨德祖书》中引用扬雄之语，并说自己“岂徒以翰墨为勋绩，辞赋为君子哉”！萧纲斥责他们的话是“小言”“小辩”，是破坏“人文”“天文”合一之大道的妄说，甚至说若绳之以法，他们将“罪在不赦”。这当然是开玩笑的话，但将其爱好、重视文学创作的心情表现得多么鲜明！应该说明，曹植其实还是十分爱好辞赋并以其创作才能自负的。他说辞赋是小道，只是为了表白自己另有大志的一时兴到之言而已。事实上，他的那封信恰是在寄自己的辞赋作品给杨修（字德祖）时所写，而且一开头就说：“仆少小好为文章，迄至于今，二十有五年矣。”萧纲此信一上来说“纲少好文章，于今二十五载矣”，便是有意模仿其语气。南朝时曹植文名极高。青年萧纲将自己的诗文出示友人，又作此信，我们不难体会到其间隐然有不甘在曹植之下的心情。

关于第二层，萧纲自述其创作兴感之由，大致可归为三点：一是自然景色的感召。六朝文人对于四季风物非常敏感，认为它能触发人们心中蕴蓄的丰富感情，所谓“物色相召，人谁获安”。创作冲动也就由此而产生，“情以物迁，辞以情发”（《文心雕龙・物色》）。二是亲友宾客朝游夕宴，酒酣耳热之际，以诗赋抒情娱心。这是贵族文人日常生活中的一项主要内容。萧纲以皇子之尊，身边聚集了一批文学之士，经常进行这样的活动。三是边塞戎旅生涯的感发。军旅生涯既艰辛又豪迈，既引起将士们浓郁的乡愁，又激发他们豪壮的情怀。“或乡思凄然，或雄心愤薄”，便是此种悲壮感情的概括。萧纲写此信前，已曾远离京都，历镇荆州、襄阳，那在当时属于西北边境。在襄阳时他还曾遣军北伐，拓地千余里。因此这里所说是有亲身体验的。南朝人重视边塞诗作。钟嵘《〈诗品〉序》也曾突出地说到“或骨横朔野，魂逐飞蓬，或负戈外戍，杀气雄边”的景象和生活能够激发诗人的创作热情。当时人欣赏情感强烈、摇荡性灵的作品，要求作品具有“风力”即情感表现的力度，边塞戎旅之作正容易符合这样的审美趣味。总之，从萧纲这段自述其创作的话中，可知他对于文学的抒情性质有充分的自觉。前面说到他将诗文写作抬到很高的地位，他所重视和爱好的主要就是此类抒情写景之作。他不把文学视为政治教化的工具，而是视之为宣泄个人情感的需要，这也正是所谓“文学的自觉的时代”的反映。

这封信用骈俪文体写成，对偶的文句，铿锵的音节，使它具有语言声色之美，而丝毫没有妨碍思想情感的表达。前半段读来觉得意气扬扬，有破竹之势；后半段则寥寥数笔，便形象鲜明，气氛浓郁，富有诗意。它反映了萧纲的文学观点，在文学批评史上是值得注意的文献，同时本身也是一篇耐读的骈文小品。（杨　明）

【作者小传】

萧　绎

(508—554)　即梁元帝。字世诚。南兰陵(今江苏常州西北)人。武帝第七子。初封湘东王。侯景作乱，他命王僧辩等讨景，事平，即位于江陵。在位三年，为西魏军所掳，被杀。论文强调“情灵摇荡”“流连哀思”。所作诗赋文辞绮艳而音节流传。原有集，已散佚，后人辑有《梁元帝集》。又有《金楼子》辑本。

采 莲 赋 萧 绎

紫茎兮文波①,红莲兮芰荷②,绿房兮翠盖③,素实兮黄螺④。于时妖童媛女⑤,荡舟心许。鹢首⑥徐回,兼传羽杯⑦。棹将移而藻挂,船欲动而萍开。尔其纤腰束素⑧,迁延⑨顾步。夏始春余,叶嫩花初。恐沾裳而浅笑,畏船倾而敛裾⑩。故以水溅兰桡⑪,芦侵罗荐⑫。菊泽未反,梧台迥见。荇湿沾衫,菱长绕钏。泛柏舟而容与⑬,歌采莲于江渚。歌曰:

碧玉小家女,来嫁汝南王⑭。莲花乱脸色,荷叶杂衣香。因持荐君子,愿袭芙蓉裳。

〔注〕 ① 文波:微波。 ② 芰(jì)荷:出水的荷叶。 ③ 绿房:莲房。翠盖:形容荷叶大而圆,如饰以翠羽的车盖。 ④ 素实:白色的莲芯。黄螺:指莲子,黄色螺形。 ⑤ 妖童:俊俏少年。媛女:美丽的女子。 ⑥ 鹢(yì)首:本《淮南子》"龙舟鹢首,浮吹以娱",高诱注谓"鹢,大鸟也,画其像于船头也"。后借指船。 ⑦ 羽杯:一种椭圆形酒杯,两侧有平把手,状如羽翼。 ⑧ 束素:一束绢帛。常用以形容女子腰肢细柔。 ⑨ 迁延:自在地嬉戏。 ⑩ 敛裾:把衣服抓成一团。 ⑪ 兰桡(ráo):小舟的美称。 ⑫ 荐:垫席。 ⑬ 容与:悠闲的样子。 ⑭"碧玉"二句:碧玉是人名,传说姓刘,为汝南王爱妾。碧玉之名初见《情人碧玉歌》,此歌或谓乐府古辞,或谓孙绰作,或谓汝南王作。汝南王:或谓晋汝南王,或谓宋汝南王。总之,本事今已不详。

咏采莲事,是六朝歌赋的一个重要题材。因此,朱自清在《荷塘月色》中推断说:"采莲是江南的旧俗,似乎很早就有,而六朝时为盛。"他又说:"采莲的是少年的女子,她们是荡着小船,唱着艳歌去的。采莲人不用说很多,还有看采莲的人。那是一个热闹的季节,也是一个风流的季节。"接着,朱自清便引了梁元帝萧绎这篇《采莲赋》里的一段来作凭依。萧绎自然是"看采莲的人",是从客观的角度将这幅民俗图卷纳入了自己的赋中。本篇以词语清新、描摹生动见长。如"棹将移而藻挂,船欲动而萍开","恐沾裳而浅笑,畏倾船而敛裾","水溅兰桡,芦侵罗荐","荇湿沾衫,菱长绕钏"等,有声有色,有情有景,而又无不融会于采莲这一具体事物中。许梿在其所辑《六朝文絜》中评本篇云:"生撰语却佳,以有藻饰,所以读之不厌。"确如此,开头四句,连以"紫""红""绿""翠""素""黄"六种颜色作藻饰,将荷塘的绚烂景色烘染出来。再如前引数句,修饰语都是很精确而又传神的。

(郭隽杰)

【作者小传】

萧子晖

南朝梁文学家。字景光。南兰陵(治今江苏常州西北)人。齐高帝孙，萧子显弟。仕梁，初为员外散骑侍郎，历临安、新繁令，累迁至骠骑长史。有文才。曾听梁武帝讲《三慧经》，作《讲赋》上奏，甚见称赏。《全上古三代秦汉三国六朝文》存其文二篇。《先秦汉魏晋南北朝诗》存其诗四首。

冬草赋

萧子晖

有闲居之蔓草，独幽隐而罗生①；对披离之苦节，反蕤葳而有情②。若夫火山灭焰，汤泉沸泻；日悠扬而少色，天阴霖而四下③。于时直木先摧，曲蓬多陨；众芳摧而萎绝，百卉飒以徂尽④。未若兹草，凌霜自保；挺秀色于冰涂⑤，厉贞心⑥于寒道。已矣哉！徒抚心其何益？但使万物之后凋，夫何独知于松柏⑦！

〔注〕①罗生：丛生。②“对披离”二句：意思是说在这使花木凋零的寒冷季节，小草反而欣欣向荣。披离，凋谢飘零。苦节，凄苦的季节，指冬天。蕤葳，此词多写为“葳蕤”，繁茂的样子。③阴霖：阴森昏暗。四下：笼罩四方。④徂尽：全都凋落。⑤冰涂：冰雪覆盖的道路。涂，通“途”。⑥厉：激扬、振奋。贞心：坚贞不屈的节操。⑦“但使”二句：是说如果万物都经冬不衰，那么松柏也就不能独享后凋的赞誉了。《论语》：“岁寒，然后知松柏之后凋也。”

作者萧子晖本是南朝齐高帝之孙，但自己的皇族统治地位却被他人所代替，入梁称臣，俯首阶下，自不免有人世沧桑之感。这篇小赋以经冬不凋的小草自况，寄托了作者不甘沉沦的心情。以“闲居”“幽隐”来修饰蔓草罗生，以人喻草，以草拟人，人草已铸为一体，起首便见寓意。一二句写草，三四句写冬，擒住了题目，也奠定了全篇题旨。“若夫”以下四句承冬而来，先用火山熄灭了烈焰、汤泉消失了热能作为反衬，再用日光暗淡、四野阴沉作正面描绘，烘托出冬天冷酷的环境气氛。“于时”以下八句承草而来，采用对比手法，以众芳百卉的萎落飘零，突显出冬草坚韧不屈的品格。“未若兹草，凌霜自保；挺秀色于冰涂，厉贞心于寒道。”这是对冬草的颂扬，也是作者的自励。最后又推进一层，人所独知松柏后凋，岂不知冬草是足可与松柏媲美；如果“万物”都能抵御严寒，保持秀色，那么这恶劣的气候也就无可畏了。作者对环境的忿懑与抗争，在结尾处表现得很含蓄，却又很强烈，耐人寻味。全篇托物抒情，风骨矫健，是六朝短赋中的精品。

（郭隽杰）

【作者小传】

陈叔宝

(553—604) 即陈后主。南朝陈皇帝。公元582—589年在位。字元秀，小字黄奴。在位时大建宫室，生活奢侈，日与妃嫔、文臣游宴，制作艳词。隋兵南下时，恃长江天险，不以为意。祯明三年(589)隋兵入建康(今江苏南京)，被俘，后在洛阳病死，追封长城县公。明人辑有《陈后主集》。

夜亭度雁赋　陈叔宝

春望山楹①，石暖苔生。云随竹动，月共水明。暂逍遥于夕径，听霜鸿之度声。

度声已凄切，犹含关塞鸣。从风兮前倡融②，带暗兮后群惊。帛久兮书字灭，芦束兮断衔轻。行杂响时乱，响杂行时散。

已定空闺愁，还长倡楼③叹。空闺倡楼本寂寂，况此寒夜搴④珠幔。心悲调管曲未成，手抚弦，聊一弹。一弹管，且陈歌，翻⑤使怨情多。

〔注〕 ① 山楹：就山岩凿成的石室。汉严忌《哀时命》："凿山楹而为室兮。" ② 前倡融：前飞之雁的鸣叫声和谐一致。倡，唱。 ③ 倡楼：以歌舞娱人的女子所居之处。 ④ 搴(qiān)：揭起。 ⑤ 翻：反而。

南朝帝王大多能文。陈朝后主陈叔宝虽是有名的荒主，但在文学上颇有才华，诗、赋都写得很好。《夜亭度雁赋》就是其残存赋作中的一篇。

全赋可分三段。第一段六句，写自己在一个月白风清的夜晚漫步小径而闻雁声。文中既称"春望"，又称"石暖"，似乎那是一个温暖的春夜；但从下文来看，鸿雁南飞，寒气凛冽，又明明是指秋夜。很可能有文字舛误，当然，也可能开头两句是渲染作者未闻雁声前心情的愉悦，以反衬闻雁后的凄凉感受。也就是说，事实上并非春夜,但周围的美好环境使作者感受到春天的气息。

“听霜鸿之度声”一句自然过渡到第二段,于是具体地描绘雁群飞过夜空的情景。此段中“犹含关塞鸣”一句甚妙。这是说凄切的雁声挟带着北国关塞的肃杀寒气呢,还是说鸿雁传达了离乡去国的悲壮情怀?或者两者兼而有之?言简意赅,引人遐想。这分明是一群历尽艰险、惊魂未定的鸿雁。它们队伍零乱,时断时连;鸣声嘈杂,忽高忽低。作者在这段生动的描写中充分运用想象,嵌入了两个典故。据《汉书》记载,苏武出使匈奴被扣留在漠北,匈奴还诡称苏武已死。后来汉使者假说汉武帝在上林苑射得北来雁,雁足系有苏武的帛书,苏武因得归汉。又《淮南子·修务》云:“夫雁顺风以爱气力,衔芦而翔,以备矰弋。”高诱注认为,鸿雁衔芦飞翔是为了防止人们用系着绳子的箭截住其羽翼。此赋驰骋想象,说这群雁已飞过了很远的距离,它们脚上系着的帛书已字迹磨灭了,它们嘴里衔着的芦苇也已折断变轻了。这样的写法既是用典,从而使描写对象含有深厚的文化意蕴;又是拟人,从而使鸿雁具有与人类一样丰富的情感,并在它们身上投射了作者的深切关怀。

第三段笔锋一转,写鸿雁对人们产生的影响。作者把目光集中在不幸的妇女身上:她们既有良家妇女,也有青楼妓女,但她们都同样忍受着离别相思之苦,在那寂静的寒夜里独守空闺。忽然从空中传来了阵阵雁鸣,她们不约而同地搴开珠帘。这是为什么?赋中没有明说,但我们不妨作一点合理的补充:她们听到雁鸣,猜想那是远方的情人(或丈夫)捎带书信来了,于是拉开帘幔眺望夜空,寻觅那月光中的雁影。可是雁群飞掠而过,于是她们深深地失望了,转身调管抚弦,低声歌唱,以抒发心中的幽怨。赋中在“搴珠幔”之后即接以“心悲调管曲未成”,对她们“搴幔”的结果不着一字,直有此时无声胜有声之妙。读到这里,我们又可联想到上文中“帛久兮书字灭”一句正是与此暗中呼应的,细针密线,堪称佳妙。

从上面的分析可以看出,此赋貌为体物,实为抒情,或者说是一篇抒情意味极浓的体物小赋。全赋总共只有二十四句,却已对一个特定的对象——“夜亭度雁”作了多方面的生动描绘,堪称绘影绘声。从抒情的角度来看,此赋先将作者的感情投射到鸿雁身上,再写鸿雁对人们心理引起的影响,这种双向的情感交流使此赋感人甚深,在凄冷的秋夜中注入了一缕温馨的气息,也许这正是作者在开头把秋夜说成“春暖”的潜意识的缘由?此赋在六朝赋中不算名篇,但它仍鲜明地体现了南朝体物小赋的抒情化、诗歌化倾向。借用陆机《文赋》中的话说,它既具“体物而浏亮”的赋体功能,又具“缘情而绮靡”的诗歌功能,是一

篇诗化小品。 （程千帆 莫砺锋）

题江总所撰孙玚墓志铭后四十字[①] 陈叔宝

秋风动竹，烟水惊波。几人樵径，何处山阿？今时日月，宿昔绮罗。天长路远，地久云[②]多。功臣未勒，此意如何？

〔注〕①江总：字总持，济阳考城（今河南民权东北）人。文学家，曾仕梁、陈、隋三代。孙玚（yáng）：字德琏，吴郡吴县（今江苏苏州）人。南北朝时期梁、陈将领。 ②云：《梁书·孙玚传》《南史·孙玚传》均作"灵"。

本文取自《陈书·孙玚传》，题目为后人所加。

孙玚是由梁入陈的一位将军，在陈朝受到朝廷的重用，史称"战胜攻取，屡著勋庸"，"后主频幸其宅，赋诗述勋德之美"。可见后主对他的垂青。他曾以年老，屡请退休，但均未得朝廷允准，死于任上，年七十二。死后江总为他撰写了墓志铭，陈朝后主陈叔宝在其墓志铭后又题了四十个字。这四十个字，可以说是陈后主对孙玚的挽词。一个国君为臣子作挽词，并派人立即将所题的词镌刻在墓志上，这对死者来说真是一种殊荣。

题词开头两句描写噩耗传来时举国悲痛的情景。竹子因风发出萧瑟悲吟之声，茫茫烟水也为这突然的消息而波惊潮涌。作者通过景物描写表现了大地哀伤、举国悲泣之情。在表现这种伤悼之情的同时，实际上也寄寓了对死者的评价。一个人的死能够令大自然为之动容，这个人一定是系天地于一身的举足轻重的人物。

"几人樵径"以下四句，以死后葬身山间对比昔日的贵盛，表现死是人生的恨事。江淹将他叙写死的赋定名为《恨赋》，就是认为死是人生的恨事，《恨赋》的最后也有"绮罗毕兮池馆尽"这样感伤的句子。而陶渊明的"死去何所道，托体同山阿"（《拟挽歌辞》），则是较为达观的见解了。想到如今葬于旷野之中，感叹死者不能再享受人间荣华富贵，进一步表达对死者的哀悼。

"天长路远"以下四句，是希望死者陵墓长存，永远显灵，以及对他未能最终完成丰功伟绩的惋惜。"地久云多"，《南史》"云"作"灵"，疑以"灵"为是。此句应该是"天长地久，路远灵多"。"天长地久"，指陵墓永存；"路远灵多"，指虽生死路遥，死后常显灵异。六朝文人爱奇，往往将前后两句的词移位互换，形成现在这样的句式。"功臣未勒"的"勒"是用东汉窦宪追逐匈奴北单于，登燕然山刻石勒功的典故。"未勒"指尚未如窦宪一样建立丰功伟绩。"功臣未勒"和"此意如何"连在一起，以询问的语气，问死者是否还想建功于地下，实际上表达了陈后主对死者还寄托着无限希望和怀思。

题词一共只四十字,用骈语组织成一篇挽词,写得曲折尽致,感情真挚动人。陈后主尽管是个亡国之君,我们却不能以人废言,否定这篇文章表情达意的艺术。

(叶晨晖)

【作者小传】

郦道元

(约470—527) 北魏地理学家、散文家。字善长。范阳涿县(今河北涿州)人。官御史中尉,执法严峻。后为关右大使,被雍州刺史萧宝寅杀害。好学博览,文笔深峭。撰有《水经注》。

江水·三峡

郦道元

自三峡七百里中,两岸连山,略无阙处。重岩叠嶂,隐天蔽日,自非亭午夜分①,不见曦月②。至于夏水襄陵③,沿溯④阻绝。或王命急宣,有时朝发白帝⑤,暮到江陵⑥,其间千二百里,虽乘奔御风,不以疾也。

春冬之时,则素湍绿潭,回清倒影。绝巘多生怪柏,悬泉瀑布,飞漱其间,清荣峻茂⑦,良多趣味。每至晴初霜旦,林寒涧肃,常有高猿长啸,属引凄异,空谷传响,哀转久绝,故渔者歌曰:"巴东三峡巫峡长,猿鸣三声泪沾裳。"

〔注〕 ① 亭午:正午。亭,正。夜分:半夜。 ② 曦月:太阳和月亮。 ③ 襄陵:(大水)漫上山陵。 ④ 沿:顺流而下。溯:逆流而上。 ⑤ 白帝:古城名,故址在今重庆奉节东瞿塘峡口。 ⑥ 江陵:今湖北荆州。 ⑦ 清荣峻茂:水清树荣,山高草盛。

郦道元的《水经注》以河流系统为纲,旁及风土人物,实具人文地理价值。道元是北魏人,写景抒情,则颇有南朝文采。三峡部分,尤多妙趣,也因为三峡自身,便像一首天然之诗。

第一段写三峡因重叠而隐蔽,所以只能在中午看到太阳,夜半看到月亮。王维《终南山》的"分野中峰变,阴晴众壑殊",写山之大,此处则写峡之深。接着写夏天大水弥漫时,下行和上行的船都被阻绝,为什么还能"朝发白帝,暮到江陵"?那是因为王命急于宣谕的缘故,见得王命至大。李白《下江陵》云:"朝辞白帝彩云间，千里江陵一日还。两岸猿声啼不住，轻舟已过万重山。”当是用郦文意，却又是另一番心情：当时他正在流放途中，至白帝城，忽闻得赦，便急回江陵，实则也和“王命”有关。

第二段写季节的变化而带来的景物上的异观。春是初春，故有晨霜，末以长啸的猿声作结，又引渔者之歌，更增峡景的凄清。

据郦道元序说，“余少无寻山之趣，长违问津之性”，但他所记的水道却多至1 200余条（桑钦《水经》只有130余条），而且水道区划，脉络分明，为后来考察水利者的重要依据。他为官吏时，以严猛刻峻著称，故《魏书》入《酷吏传》，但写江河湖泊，急流险波，常常能给人以美感上的享受。

（金性尧）

阳　城　淀

郦道元

博水又东南经谷梁亭南，又东经阳城县，散为泽渚①。渚水潴②涨，方广数里，匪直蒲笋是丰③，实亦偏饶菱藕。至若娈婉丱童④，及弱年⑤崽子，或单舟采菱，或叠舸折芰⑥，长歌阳春，爱深渌水，掇拾者不言疲，谣咏者自流响。于时行旅过瞩，亦有慰于羁望⑦矣！世谓之为阳城淀也。

〔注〕 ① 泽渚：水泊。 ② 潴(zhū)：蓄积。 ③ 匪直：不只。蒲笋：一种水生植物。 ④ 娈(luán)婉丱(guàn)童：天真烂漫的孩童。娈婉，美好貌。丱，古时儿童束发成两角的样子，指代幼年时期。 ⑤ 弱年：弱冠之年。古时男子二十岁为成人，初加冠，因体犹未壮，称弱冠。 ⑥ 折芰(jì)：采菱。 ⑦ 羁望：客中乡思。

阳城淀在今河北省望都县的东面，如今早已不复存在了，但通过本文的描述，读者尚可想见1 500年前这里的地貌和风情。这原是博水（即今唐河）流经此处时汇聚“潴涨”而成的一片水泊，长着丰茂的水草，也盛产鲜嫩的菱藕。作者最善于选择适宜的季节与典型的人物活动，借以渲染山川景物，给人以深刻的印象，这篇便是一个成功的例子。本文选取的是初秋季节，人事活动是“采菱”（“折芰”也是采菱），采菱者是一群天真烂漫的孩子，一边不知疲倦地采摘着，一边信口歌唱着歌谣，赞美劳动，赞美宁静的幸福生活。于是构成了一幅清新妩媚的北国江南画图，令过往行人“有慰于羁望”，也令读者感到神往。语言的运用上，骈散结合，既和谐，又流畅，于诗的意境中更增添了诗的韵味。

（郭隽杰）

【作者小传】

杨衒之

北魏散文家。杨或作阳，又作羊。北平(今河北保定市满城区北)人。永安中为奉朝请，魏末为抚军府司马，历秘书监，出为期城郡太守。博学能文，兼通佛教经典。武定五年(547)行经北魏旧都洛阳，见昔日所建千余佛寺大半毁于兵火，因撰《洛阳伽蓝记》。《全上古三代秦汉三国六朝文》存其文二篇。

刘白堕酿酒　杨衒之

市西有退酤、治觞二里。里内之人多酝酒为业。河东人刘白堕善能酿酒。季夏六月，时暑赫羲[①]，以罂[②]贮酒，曝于日中，经一旬，其酒不动，饮之香美而醉，经月不醒。京师朝贵多出郡登藩，远相饷馈，逾于千里，以其远至，号曰“鹤觞”，亦名“骑驴酒”。永熙年中，南青州刺史毛鸿宾赍酒之藩[③]，逢路贼，盗饮之即醉，皆被擒获，因复命“擒奸酒”。游侠语曰：“不畏张弓拔刀，唯畏白堕春醪。”

〔注〕 ① 赫羲：炎热炽盛貌。 ② 罂(yīng)：小口大腹的容器，多为陶制。 ③ 赍(jī)酒：把酒送给人。之：到……去。

本文选自《洛阳伽蓝记》的“法云寺”中一段。

北魏永熙三年(534)，高欢(即北齐的神武帝)率师入洛阳，大杀魏之大臣，另立孝静帝，并迁都于邺，自此魏分为东魏、西魏。

杨衒之生平不详，只知曾出仕北魏，在洛阳生活过一段时期。东魏武定五年(547)，他因行役，重至洛阳，看到城郭崩毁，宫室倾覆，寺庙灰烬，景物荒凉，不禁兴麦秀黍离之感，便以凭吊的心情，撰成《洛阳伽蓝记》。书中以佛寺为中心，联系北魏变乱的政局，兼涉古迹文物，风土人情，里巷旧闻。

法云寺在洛阳城的西阳门外，“市”指“洛阳大市”，地处御道之南。文中记叙退酤、治觞二乡酿酒之精美，从里名看，即知为一酒乡，而尤着重描写刘白堕酿造的技艺。《水经注》卷四《河水注》，记河东郡民刘堕善酿，时代亦相近，故范祥雍《洛阳伽蓝记校注》：“白堕疑为刘堕之字。据《河水注》则其始擅业于河东，后盖迁于京师，或者分别设分肆于洛。”南青州在今山东沂水一带。

酿造业的发达反映了城乡经济生活的丰裕，消费能力的提高，书中所记当时洛阳的繁荣热闹也是事实，但所谓“百姓殷阜，年登俗乐”，与本篇路贼横行一事相对照，又见得当时民俗的败坏。文末的“游侠”，也即地方上不务正业的鸡鸣狗盗之辈，他们的游惰强横，也和京中王公贵族的荒淫豪奢、鱼肉百姓的行为相表里。

北朝的成书著作，较有文学价值的为《水经注》与《洛阳伽蓝记》，前人书目中大都将后者列于地理类，毛晋跋文称为“妙笔葩芬，奇思清峙”，故其中若干段落，可作游记小品赏览，还有一些诡怪的故事，则又是魏晋志怪小说的支流。本篇中所记路贼饮刘酒而被擒获事，虽不同于神怪，但也颇为离奇。 （金性尧）

【作者小传】

祖鸿勋

（？—约550） 北齐散文家。涿郡范阳（今河北定兴西南）人。仕魏，初为州主簿，官至廷尉正，后去官还乡。北齐时，任高阳太守。善文章。所作名篇有《晋祠记》（已佚）、《与阳休之书》等。

与阳休之[1]书

祖鸿勋

阳生大弟[2]：吾比[3]以家贫亲老，时还故郡[4]。在本县之西界，有雕山焉。其处闲远[5]，水石清丽，高岩四匝[6]，良田数顷。家先有野舍于斯，而遭乱荒废，今复经始。即石成基，凭林起栋。萝[7]生映宇，泉流绕阶。月松风草，缘庭绮合[8]；日华云实，傍沼星罗。檐下流烟，共霄气而舒卷；园中桃李，杂椿柏而葱倩[9]。时一褰裳[10]涉涧，负杖登峰。心悠悠以孤上，身飘飘而将逝。杳然不复自知在天地间矣。若此者久之，乃还所住。孤坐危石，抚琴对水，独咏山阿，举酒望月。听风声以兴思，闻鹤唳以动怀。企庄生之逍遥，慕尚子之清旷[11]。首戴萌蒲[12]，身衣缊袯[13]，出艺[14]粱稻，归奉慈亲。缓步当车，无事为贵，斯已适矣，岂必抚麈哉[15]！

而吾子既系名声之缰锁，就良工之剞劂[16]。振佩紫台之上,鼓袖丹墀之下⑰。采金匮之漏简,访玉山之遗文⑱,敝精神于丘坟⑲,尽心力于河汉⑳。摛藻期之鞶绣㉑,发议必在芬香。兹自美耳,吾无取焉。尝试论之:夫昆峰积玉,光泽者前毁;瑶山丛桂,芳茂者先折。是以东都有挂冕之臣㉒,南国见捐情之士㉓。斯岂恶粱锦,好蔬布哉!盖欲保其七尺,终其百年耳。今弟官位既达,声华已远。象由齿毙,膏用明煎㉔。既览老氏谷神之谈㉕,应体留侯止足之逸㉖。若能翻然清尚,解佩捐簪,则吾于兹山庄,可办一得。把臂入林,挂巾垂枝,携酒登巘,舒席平山。道素志,论旧款,访丹法㉗,语玄书㉘,斯亦乐矣,何必富贵乎?去矣阳子!途乖趣别㉙。缅寻此旨,杳若天汉㉚。已矣哉,书不尽意。

〔注〕 ① 阳休之:字子烈,右北平无终(今天津)人。文学家,历仕魏、齐、周、隋四朝。② 大弟:对朋辈中年龄小于己者的亲切称呼。 ③ 比:近日。 ④ 故郡:祖鸿勋原籍涿郡范阳(今河北涿州市)。 ⑤ 闲远:闲静深远。 ⑥ 匝(zā):围绕。 ⑦ 萝:女萝,一种蔓生植物,枝体垂下如丝状。 ⑧ 绮(qǐ)合:各色丝锦会合在一起。此处指松、草等宛然妙合。⑨ 葱倩:草木青葱茂盛。 ⑩ 褰(qiān)裳:撩起下裳。 ⑪ 庄生:庄子,有《逍遥游》。尚子:尚长,字子平(《后汉书·逸民传》作"向长"),西汉末隐士,待男女娶嫁已毕,遂与同好俱游五岳,不知所终。 ⑫ 萌蒲:即茅蒲,斗笠。 ⑬ 缊(yùn)袯(bó):乱麻制成的蓑衣。 ⑭ 艺:种植。 ⑮ 抚麈(zhǔ):麈为一种似鹿而大的动物,其尾毛可制成拂尘。魏晋人清谈时常执此种拂尘,所以挥麈、抚麈等常成为清谈的代称。 ⑯ 剞(jī)劂(jué):刻镂用的刀和凿。 ⑰ 紫台、丹墀(chí):皆宫廷中建筑物,代指朝廷。 ⑱ 金匮:古代政府所设藏书之所。玉山:传说上古帝王藏书之处。 ⑲ 丘坟:上古有所谓三坟五典、八索九丘之书,此指经典著作。 ⑳ 河汉:王充《论衡·案书》云,汉作书者多,以司马迁、扬雄为河汉,其余为泾渭。此指子史之书。 ㉑ 摛(chī)藻:铺陈辞藻。鞶(pán)绣:一种锦绣小饰物。扬雄《法言·寡见》:"今之学也,非独为之华藻,又从而绣其鞶帨。"李轨注:"鞶,大带也。帨,佩巾也。"此指文采。 ㉒"东都"句:西汉末年逢萌,因王莽杀其子宇,即解冠挂于东都城门而归,携家属浮海,客于辽东。㉓"南国"句:屈原既放江南,不忍以清白之身心而居浊世,乃自沉汨罗江而死。 ㉔ 象由齿毙:《左传·襄公二十四年》:"象有齿以焚其身。"膏用明煎:《庄子·人间世》:"膏火自煎也。"成玄英疏:"膏能明照,以充灯炬,为其有用,故被煎烧。" ㉕ 老氏:老子。老子把"道"形容为谷神。"谷"为山谷,取其空虚;"神"则有变化莫测之意。老子说:"谷神不死。"认为"道"变化莫测,永恒不变。 ㉖ 留侯:西汉张良,辅助刘邦打天下,功成名就,封为留侯。乃急流勇退,自愿弃人间之事,从赤松子游。所谓知足不辱,知止不殆。 ㉗ 丹法:道教所谓延年益寿,长生不老之法。 ㉘ 玄书:玄言之书。语玄书,意谓谈玄、清谈。 ㉙ 途乖趣别:道路不同,趣味有别。乖,背离。 ㉚ 缅、杳:均为遥远、深远义。此旨:指归隐。天汉:银河。

南朝文，受宫体习染，多风花雪月，吴侬软语，而风格轻靡，姿态婉娈。入北朝，则稍涉清刚之气，江河山川，沟陇田园，往往藏锋露颖，渐见风力。读祖鸿勋此文，可略见一斑。

此文是祖鸿勋辞官归里后写给阳休之的信。共分两个部分。先叙述陶冶山水、逍遥自在的隐居生活，后规劝阳休之急流勇退，知足而返。祖鸿勋为人耿介，不与世俗同流，虽入仕朝廷，常心寄霄汉。他位至高阳太守，而在官清廉朴素，妻子不免寒馁，时议颇以为清高。所以，他的最终辞官归里，完全是适心应性而发展的必然结果，绝非身外俗事所驱遣者。由此来看本文开头第一句“吾比以家贫亲老，时还故郡”，纯粹是托词而已。所以作者仅用一笔带过，立即转入对家乡山庄田园风光的描写。先写居处环境。雕山地处闲远，水清石丽，四周有重峦叠嶂相拥，中间有数顷良田相伴。家有野舍于斯，虽遭荒废，而经过修复，已焕然一新。作者以十分欣赏的心情描绘他的“野舍”：依山就势，即石成基，援木为梁，凭林起栋。上有萝蔓攀援，高映屋宇；下有清泉潺湲，环绕石阶。庭中有月松婆娑，绿草生翠，溪边有日华浮动，云光徘徊。时有流烟飘过，随云气氤氲而舒卷汗漫；再看园中桃李，共香椿翠柏而比丽争姿。短短数十字，即将其雕山野舍的大好风光描摹出来，运笔幽峭简劲，清丽而生动，令人不胜企羡之至。至此，作者转换笔法，变客观描绘为主观介入。作者自己果然耐不住山川风光的巨大吸引，直接跳入画面，尽情陶醉了。当他不时牵裳涉水、拄杖登攀的时候，不禁产生了“心悠悠以孤上，身飘飘而将逝”的感觉，仿佛不是立足人间，而已置身仙山琼阁，羽化而登仙了。旷怀雅量，弥率弥真。“若此者久之，乃还所住”一句，直将作者误把人间作仙境，盘桓其间流连忘返的心情和神态，勾画得出神入化，宛然若现。所以，他余兴未尽，归来仍“孤坐危石，抚琴对水，独咏山阿，举酒望月”，直似李白“举杯邀明月，对影成三人”的情慨！“举酒望月”，不但勾勒出了作者寄情山水、啸傲江湖的潇洒形象，还暗寓了时间的流程，表明作者从褰裳涉水到举杯望月，已在山间徜徉了一天，时已至晚了。眼观之景渐已朦胧隐去，惟耳聆之声与心想之象，则络绎奔会，粲然成章。所以接下来这“听风声以兴思”四句，既暗寓了时间的流程，也揭示了作者心理变化的过程：观景——聆声——兴想。这样，文章从写景到抒情的转合也就天衣无缝、顺理成章地完成了。其笔法之老练纯熟，可见一斑。随后八句，则从这具体的情境中跳出来，略写归隐后的生活。戴斗笠，穿蓑衣，躬自耕耘，奉养双亲，以散步代车马，以无事为和贵。他认为这是人间最为适意快心的事了，连挥麈清谈的风雅也难以与之媲美。“岂必抚麈哉”，把作者身居山间、心性俱足的感情和盘托出了。

第二部分，掉转笔锋，直指阳休之本人。据《北齐书·阳休之传》记载，阳休之“俊爽有风概，少勤学，爱文藻，弱冠擅声，为后来之秀”。可见他出名很早，且仕途通达。但在祖鸿勋看来，名声之事，不过缰锁而已，为其所累，就像一块天然好料，被木工左砍右凿，削刮得面目全非。所以他转过来第一句话就直捣黄龙之府，“而吾子既系名声之缰锁，就良工之剞劂”，直截了当，切中要害。接着八句描绘阳氏官场得意、文坛擅名之状，用语精丽，文辞华美，俨然歌颂褒扬的口吻。但归为八字，甚具振聋发聩之响：“兹自美耳，吾无取焉。”这不过是你阳某人的自鸣得意而已，我根本就看不上！这段文字很值得玩味。以腴词裹讥意，用颂调唱哀声，仿佛先要让阳休之高兴一下，然后当头棒喝，使之猛省。可以说，这种先扬后抑、名褒实贬的欲擒故纵之法，运用得非常成功，颇具奇峰突起、耳目顿开之效。然后再展开正面论证，而获水到渠成之势。作者先以积玉光泽者前毁，丛桂芳茂者先折为喻，再以先贤历史教训为鉴，反复开导，多方引证，告诫阳氏应注意敛锋藏迹，免遭“象由齿毙，膏用明煎”的命运。他还拈出老子的虚无之道，奉为圭臬，举出张良的急流勇退，作为楷模，希望阳氏能够幡然悔悟，悬崖勒马。他竟禁不住把假设的“若能……”，悬想为即将实现的现实，怀着殷切的心情，热烈地憧憬起二人山林的归隐生活：把手入林，携酒登山，天为被，地为床，昼论道，夜谈玄，摅心志，畅胸怀。人生得此足矣，“何必富贵乎”！一语既出，强烈表明了作者对于这种生活的倾心向往和追求，同时，又把自己从热烈的遐想拖回到了清冷的现实。他不得不认识到，人各有志，不可力强而致，所以最后忍不住以感慨作结。个中既有埋怨、责怪，也有希望、期待，蕴含丰富而复杂。“若能”以下一节，以想象设辞，再以“去矣阳子”的棒喝拦截，悬想滔滔，戛然而止，笔法颇与此前的先扬后抑相类似。可见作者运用抑扬之法，是非常得心应手的。

本文在结构上，截然分为上下二段。上段写己，写归隐，写山川风光，写愉情快性；下段写人，写在朝，写名缰利锁，写踢踏蹭蹬。两相对照，效果强烈，泾渭分明。“一清闲如此，一喧闹如彼，不可以道里计矣。”（《六朝文絜笺注》卷七许梿评语）且以高尚映低卑，用委琐衬潇洒，二者互为比照，高者愈见其高，低者愈显其低。这是本文的最大艺术特色。另外，此文虽取骈文形式，但文思清省，运笔简洁，虽有风花雪月之姿，而无轻软丽靡之质。腴词蕴清骨，波俏藏峥嵘。许梿评为“幽峭玲珑，饶有两晋风力”，颇中肯綮。　　（吴小平）

【作者小传】

颜之推

(531—约590以后) 北齐文学家。字介。琅邪临沂(今属山东)人。博览群书。初仕梁,为散骑侍郎。西魏破江陵,投奔北齐,官至黄门侍郎、平原太守。齐亡入周,为御史上士。隋开皇中,太子召为学士,以疾卒。其文词情典丽。著有《颜氏家训》。

以马为虎

颜之推

梁世士大夫,皆尚褒衣博带[1],大冠高履,出则车舆,入则扶侍,郊郭之内,无乘马者。周弘正为宣城王[2]所爱,给一果下马[3],常服御之,举朝以为放达。至乃尚书郎乘马,则纠劾之。及侯景之乱[4],肤脆骨柔,不堪行步,体羸气弱,不耐寒暑,坐死仓猝者,往往而然。建康令王复,性既儒雅,未尝乘骑,见马嘶喷陆梁[5],莫不震慑,乃谓人曰:"正是虎,何故名为马乎?"其风俗至此。

〔注〕 ① 褒衣博带:宽袍大带。褒,宽大。 ② 周弘正:字思行,历仕梁、陈,官至国子祭酒、尚书右仆射。宣城王:指梁简文帝嫡长子大器,封宣城郡王,故称。 ③ 果下马:一种矮小的名马,可于果树下行,故名。 ④ 侯景之乱:侯景原为北魏大将,后降梁,封河南王,继又叛乱。太清三年(549)攻下台城,逼死梁武帝,立简文帝。大宝二年(551),侯景又废简文帝,杀宣城王大器,立萧栋为梁帝。旋又自立,国号汉。次年为部下所杀。 ⑤ 陆梁:跳跃。

这是一段很别致的文字,犹如一组漫画,以"马"为线索联串前后,将当时"士大夫"者流的腐败无能作了写意式的生动描绘。本文所记为南朝梁代末年之事,是时距梁武帝创国已逾半个世纪,在贵族世袭的官僚制度保证下,这些贵族官僚过着锦衣玉食、养尊处优的生活。文章首先用几笔浓重的油彩,烘托出一堆寄生虫的雍容华贵。他们绝对地脱离并鄙弃一切劳动,穿戴着"褒衣博带,大冠高履","出则车舆,入则扶侍",仿佛只有这样才显示出自己的高贵和风度。他们甚至忘记了自己的先辈是在马上征战天下的,竟连骑马也加以蔑视,认为有失身份。因之,见到周弘正骑一匹"果下马",举朝便以为放达,而尚书郎骑马,便大惊失色,纷纷上书指责。孰不知正是这种官僚制度和陋习,才造就了这样一批极端脆弱、愚蠢而又低能的士大夫。文章接着将他们放入兵荒马乱之中,这些"肤脆骨柔,不堪行步,体羸气弱,不耐寒暑"的高贵者们,只好坐以待毙,死于马下了。

这正是各方面退化而得到的必然结果。最后，作者抓住了一个典型的细节，建康令王复听到马嘶，竟然说出“正是虎，何故名为马乎”这样可笑的话，突出了这群统治者们的愚昧无知。这样的人遇到战乱怎能保住自身呢？靠这种人治理的国家又怎能不灭亡呢？

（郭隽杰）

【作者小传】

王　褒

北周文学家。字子渊。琅邪临沂（今属山东）人。梁元帝时官吏部尚书、左仆射。江陵被陷后入北朝。北周时官小司空，出为宣州刺史而卒，年六十四。原为梁的宫廷诗人，在北朝文名颇高。原有集，已散佚，明人辑有《王司空集》。

与周弘让书

王　褒

嗣宗穷途①，杨朱岐路②。征蓬长逝，流水不归③。舒惨殊方④，炎凉异节⑤。木皮春厚，桂树冬荣。想摄卫惟宜⑥，动静多豫。贤兄入关，敬承款曲⑦。犹依杜陵之水⑧，尚保池阳之田⑨。铲迹幽溪，销声穷谷⑩。何其愉乐，幸甚幸甚！

弟昔因多疾，亟览九仙之方⑪；晚涉世途，常怀五岳之举⑫。同夫关令，物色异人⑬；譬彼客卿，服膺高士⑭。上经说道，屡听玄牝之谈⑮；中药养神⑯，每禀丹砂之说⑰。顷年事遒尽，容发衰谢，芸其黄矣⑱，零落无时，还念生涯，繁忧总集。视阴愒日，犹赵孟之徂年⑲；负杖行吟，同刘琨之积惨⑳。河阳北临，空思巩县㉑；霸陵南望，还见长安㉒。所冀书生之魂，来依旧壤；射声之鬼，无恨他乡㉓。

白云在天，长离别矣！会见之期，邈无日矣！援笔揽纸，龙钟横集㉔。

〔注〕①嗣宗穷途：嗣宗，阮籍的字。阮籍，三国魏文学家，与嵇康齐名，为“竹林七贤”之一。他不满司马氏的横暴，纵酒昏酣，常独自驾车出游，任其乱走，到无路可行的地方便恸哭而返。事见《晋书·阮籍传》。　②杨朱岐路：杨朱，战国时魏人，又称杨子。《列子·说符》：“杨子之邻人亡羊，既率其党，又请杨子之竖追之。杨子曰：‘嘻！亡一羊何追者之众？’邻人曰：‘多

岐路。'既反，问：'获羊乎？'曰：'亡之矣！'曰：'奚亡之？'曰：'歧路之中，又有岐焉，吾不知所之，所以反也。'" ③ 征蓬：犹飘蓬。与下文"流水"，均喻远行的人。 ④ 舒惨殊方：悲喜北方与南方不同。舒，豫、乐。惨，悲。 ⑤ 炎凉异节：冷热与南方季节不同。 ⑥ 摄卫：保养身体。 ⑦ 款曲：衷情，详尽情况。 ⑧ 杜陵：在今陕西西安市东南。本名杜原，又名乐游原。汉宣帝在此筑陵，改名杜陵。张仲蔚、蒋诩曾隐居于此，终身不出。事见嵇康《高士传》。此指周弘让。 ⑨ 池阳：故城在今陕西泾阳县西北，因在池水之阳而得名。民歌曰："田于何所，池阳谷口。郑国在前，白渠起后。" ⑩ "铲迹"二句：销声匿迹于深山幽谷之中。此指周弘让隐于句容之茅山，频征不出。 ⑪ 九仙之方：道家餐霞食露、修炼养生的方法。滑子好饵术，食其精。隐岩山，受伯阳九仙法。事见《列仙传》。 ⑫ 五岳之举：向长好通《老》《易》，"与同好北海禽庆俱游五岳名山，竟不知所终"。事见《后汉书·逸民列传》。 ⑬ 关令：指周时关令尹喜。相传老子西游，关令尹喜先见其气，知真人当过，候物色而迹之，果得老子，强留为著书。事见《史记·老子韩非列传》。异人：指老子。 ⑭ 服膺高士：鲁仲连，战国齐人，高蹈不仕，为人排难解纷而无所取，各国客卿对他衷心信服，称为"齐国之高士"，后逃隐海上。事见《战国策·赵策》《史记·鲁仲连列传》。 ⑮ 玄牝(pìn)之谈：指道家的学说。玄牝，衍生万物的本源。《老子》："玄牝之门，是谓天地之根。" ⑯ 中药养神：中药，一种养性之药。"神农曰：上药养命，中药养性。"见嵇康《养生论》。 ⑰ 丹砂之说：道家炼丹以求长生的学说。 ⑱ 芸其黄矣：花草枯黄貌。《诗·小雅·苕之华》："苕之华，芸其黄矣。" ⑲ 视阴愒(kài)日：看着日影叹息旷废时日而又急不可待。《左传·昭公元年》：赵孟视阴曰："朝夕不相及，谁能待五？"后子出而告人曰："赵孟将死矣。主民，玩岁而愒日，其与几何？"赵孟，即赵盾。春秋时晋大夫。此以赵孟自比，叹息岁月已逝，来日难久。 ⑳ 刘琨：字越石，中山魏昌(今河北定州东南)人。少与祖逖为友，有志恢复中原。愍帝初，任大将军，都督并、冀、幽三州诸军事，与段匹磾(dī)共讨石勒。后兵败投奔段匹磾，段收琨下狱，杀于狱中。此以刘琨自喻，谓心中充满悲痛。 ㉑ 河阳：今河南孟州。巩县：今属河南。东周所居。 ㉒ 霸陵：汉文帝刘恒的陵墓，在长安东郊。长安：汉代的都城，故城在今陕西西安市西北。上二句语出谢朓《晚登三山还望京邑》："灞涘望长安，河阳视京县。"借以表达对故都的怀念。 ㉓ 射声之鬼：班超出使西域三十一年，官至西域都护、封定远侯。后因久在绝域，年老思乡，上书曰："臣不敢望到酒泉郡，但愿生入玉门关。"其妹班昭亦为之上书乞归，帝感其言召回，拜为射声校尉。旋因胸疾而卒。射声之鬼，指班超。 ㉔ 龙钟：泪流貌。蔡邕《信立退怨歌》："空山歔欷，涕龙钟兮。"

这是南北朝后期文坛名家王褒的一篇骈体书信。王褒是梁朝重臣，公元554年，西魏宇文泰攻陷江陵时，他被俘送往长安。由于他在南朝的声名，宇文氏封他为石泉县子，寻加开府仪同三司。公元557年，南朝陈霸先代梁为陈，后三年，北朝宇文邕为周皇帝，两国开始通好，"南北流寓之士，并许其还归国。陈氏乃请王褒及(庾)信等数十人。武帝唯放王克、殷不害等，信及褒并惜而不遣"(《北史·庾信传》)。当陈的先期使者尚书周弘正到长安时，王褒因与周曾同在梁元帝江陵朝廷内供职，又与他弟弟周弘让相善，心情十分高兴。后得知仍要继续留在北地不能南归时，心中无限怅惘，写成了这封书信，托来使捎给周弘让，向故人陈述了自己羁留长安的境遇、心情和期望。

这封信一起首就极其不凡，援引阮籍、杨朱作比，表现其凄苦的情怀。他说自己身处北地，如同阮籍的处于穷途，杨朱的立于歧路。但阮籍处于穷途，却恸而能返；杨朱立于歧路，亦泣而能归。而自己连阮籍、杨朱也不如，像蓬草飞逝，流水东去，永远也不能回返。北地春迟秋早，与江南“炎凉异节”；不似“江南燠热，橘柚冬青”（周弘让复信中语）。他生活在北方的环境里，就更因不堪忍受而思念江南了。作者借北地凄凉景色的渲染，有力地烘托出了他望归不能的心情。他推想故友在南朝的生活，当是适意而愉快的。周弘正来到长安，带来周弘让“铲迹幽溪，销声穷谷”的信息，故友能在暮年遂其心志，栖居幽谷，啸傲日月，饮霞吸光，服颐期养，这是何等幸运啊！通过他对周弘让晚年得归旧所的欣悦，表达了自己的企慕之情。

王褒在南朝时，曾多次与周弘让同游茅山。周弘让的“犹依杜陵之水”，更勾引起他欲归江左，忘情山水的想法。他向老友倾诉了自己求仙访道的夙愿，自称“昔因多疾”，早有“亟览九仙之方”的追求；“晚涉世途”，更是“常怀五岳之举”的情思。过去一直追慕求仙访道，听禅悟化，炼丹服药，以求益寿延年。但事与愿违，而今年至暮期，“容发衰谢”，“零落无时”，仍身陷异域。回顾过去的生活道路，想想未来有限的时日，心中忧思丛集。他像赵孟一样“朝夕不相及”，来日难久；像刘琨一样被囚系，身阻塞外，难生羽翼，不能返回故乡。文章从对往日的回想转到对现今境遇的慨叹。前半对夙愿极力铺陈，恰为后半理想失落张本，前后形成鲜明的对照，表现出他的乡关之思的切迫。人总是难忘故国的。他因年老不能生还故里，但仍望魂归旧国，无作他乡之鬼，这表现了他至死不忘故国的情怀。

信的结末，作者想到自己年暮力衰，羁留塞外，与老友永无相见之期，“援笔揽纸”，不禁老泪纵横。这一段既总拢全篇，又活画出了自己情痛难忍、不能自持的情状。这封书信在极其有限的篇制内，写人写己，写聚写散，写生写死，使之融于一体，表现乡关之思，情溢满纸，酸楚入骨，哀思无涯，痛彻千古。周弘让接信后，“开题申纸”，“声泪俱咽”，感慨万分，立即写了《复王少保书》，痛呼：“子渊子渊，长为别矣！”足见这封信感人至深了。

这是一篇骈体书信，对仗工整。有四字句与四字句组成上下两联相对的，如“嗣宗穷途，杨朱歧路”，“铲迹幽溪，销声穷谷”。有四六句组成上下两联相对的，如“昔因多疾，亟览九仙之方；晚涉世务，常怀五岳之举”，“视阴愒日，犹赵孟之徂年，负杖行吟，同刘琨之积惨”。也有上四四与下四四组成上下两个长联相对的，如“同夫关令，物色异人；譬彼客卿，服膺高士”，“河阳北临，空思巩县；霸陵南望，还见长安"等。句式整齐,对偶工切,有珠联璧合之巧。同时这封书信全篇几乎每句用典,多而精巧,其中有的援引古人古事为典,如嗣宗、杨朱、赵孟、刘琨等,借以自况表达自己年老思乡之情。有的则暗用典故,如"犹依杜陵之水,尚保池阳之田","书生之魂,来依旧壤;射声之鬼,无恨他乡",前者指张仲蔚、蒋诩隐居之事,后者指班超思归之求,暗含古人古事。这加强了文章的表现力,丰富了文章的内容,更显得文意曲折、深沉动人。 (丰家骅)

【作者小传】

庾 信

(513—581) 北周文学家。字子山。南阳新野(今属河南)人。庾肩吾之子。初仕梁,为东宫抄撰学士、建康令。后出使西魏,值西魏灭梁,被留。历仕西魏、北周,官至骠骑大将军、开府仪同三司,世称"庾开府"。善诗赋、骈文。在梁时作品绮艳轻靡,与徐陵皆为当时宫廷文学的代表,时称"徐庾体"。暮年作品风格转为萧瑟苍凉。后人辑有《庾子山集》。

梁东宫行雨山铭

庾 信

山名行雨,地异阳台。佳人无数,神女看来。翠幔朝开,新妆旦起。树入床头,花来镜里。草绿衫同,花红面似。开年寒尽,正月游春。俱除锦帔,并脱红纶。天丝剧藕,蝶粉生尘。横藤碍路,弱柳低人。谁言洛浦,一个河神!

作为铭文,按徐师曾《文体明辨序说》的说法,"其体不过有二:一曰警戒,二曰祝颂"。本篇便是属于祝颂类的,是给皇帝当吹鼓手的奉和应制之作,有如作者仕梁时的那些"宫体诗",内容空泛轻靡,无甚可取。然此文语言较清新,富有文采,并从中可窥见梁宫生活的奢华淫逸。

"山名行雨",取自宋玉《高唐赋》:"神女在巫山之阳,高丘之阻,旦为朝云,暮为行雨,朝朝暮暮,阳台之下。"原是叙楚王与巫山神女幽会交合之事,这里名宫中的行乐之所,可谓得体。所"异"者,巫山神女仅一人,而宫中却是"佳人无数"。铭文以此为重点,用浓艳的色彩描绘出佳人们尽态极妍而望幸焉的情景。作者又把她们放在春天的美好时光里,除却了锦绣披肩,脱掉了红色巾披,更显出宫女们的天然丽质。"天丝剧藕",是说空中的游丝犹如断藕的连丝,情意绵绵。传说蝴蝶交配以后身上的粉便脱落，"蝶粉生尘"暗寓出皇帝的淫荡生活，那些美女只不过是供皇帝玩弄的活物而已。突然转出"横藤碍路，弱柳低人"两句景语，既写出了宫中"行雨山"环境的幽深，也为这种淫荡生活笼罩上了一层迷离的气氛，确是一种高超的粉饰手段。"谁言洛浦，一个河神"，用曹植《洛神赋》中的故事，言宫中不止一个河神，与开头"佳人无数，神女看来"相呼应，形成了严谨的结构。

本文除最后两句，全用对偶，这正是六朝骈体文的风格。（郭隽杰）

隋唐五代

【作者小传】

侯　白

隋小说家。字君素。魏郡临漳(今属河北)人。举秀才,为儒林郎。隋文帝闻其名,召令于秘书省修国史。后给五品食,月余而死。他才思敏捷,好学善辩。性滑稽,好为俳谐杂说,所在之处,观者如市。著《旌异记》《启颜录》,皆佚。

魏　市　人　　　　侯　白

后魏孝文帝时,诸王及贵大臣多服石药,皆称石发。乃有热者,非富贵者,亦云服石发热,时人多嫌其诈作富贵体。有一人于市门前卧,宛转称热,要人竞看,同伴怪之,报曰:"我石发。"同伴人曰:"君何时服石,今得石发?"曰:"我昨市米,中有石,食之今发。"众人大笑。自后少有人称患石发者。

笑话在中国古已有之,法国让·安诺的《笑的历史》第三章中,曾引林语堂的话:"中国人有一种稳重的幽默感,这种幽默感是以他们自己的人生哲学和广博见识为基础的。他们随时准备嘲笑那些吹牛皮的人,以使他们原形毕露。"书中还举了《孟子》的"王顾左右而言他"等故事。周作人的《明清笑话四种》引言,也举过《孟子》中的"揠苗助长""齐人一妻一妾"的故事,不过他以为侯白的《启颜录》,大概与当时的《朝野佥载》相近,不是真正的笑话集;意思是其中多有记载朝野的佚闻遗事。本篇原是从小品角度选取,说明历来自有爱吹牛的人,也便是以冒牌来招摇撞骗的人。这类故事,恐非纯粹虚构,只是经过作者的艺术夸张。

本文中的"石药",指五石散,盛行于魏晋,其成分有紫石英、赤石脂等,服后能使身体发热,需吃冷食,故也名寒食散。服这种药的人,大都是达官名士,因而有作假表示阔气的。鲁迅在《魏晋风度及文章与药及酒之关系》中说:"到东晋以前,作假的人就很多,在街旁睡倒,说是'散发',以示阔气。"可能就是指这一故事。后魏属于北朝,去魏晋未远,故此风已传流到北魏的洛阳。侯白是隋人,隋太医博士巢元方的《诸病源候论》有《寒食散发候》篇,此文写的虽是北魏事,也见隋时还有人服用。

吹牛弄虚,也有本领高下之分,北魏那一位发热的人却很不高明,自己吃了米中之石,明知非石药,却偏要于闹市摆阔,要别人看作富贵体,等到别人问他,又直说是米中石。作者之意,则借此讽刺热衷得智昏的人。笑话和寓言中的情节、人物都是荒诞不经,也因为现实中不正经的事情太多了。

《启颜录》各篇散见于敦煌卷子本、《太平广记》等所引,王利器皆汇辑于《历代笑话集》中。原书或由侯白首创,后人续有增加。

(金性尧)

鄠[1]　人

侯　白

鄠县有人将[2]钱绢[3]向市,市人觉其精神愚钝,又见颏颐[4]稍长,乃语云:"何因偷我驴鞍桥去,将作下颔[5]?"欲送官府,此人乃悉以钱绢求充驴鞍桥之直[6],空手还家。其妻问之,具以此报。妻语云:"何物[7]鞍桥,堪作下颔?纵送官府,分疏[8]自应得脱,何须浪与[9]他钱绢?"乃报其妻云:"痴物,傥[10]逢不解事官府,遣拆下颔检看,我一个下颔,岂只值若许钱绢?"

〔注〕 ① 鄠(hù)县:今陕西西安市鄠邑区。 ② 将:拿。 ③ 绢:唐代绢帛也作为货币流通。 ④ 颏(kē)颐:指脸的下半部。 ⑤ 颔(hàn):下巴颏。 ⑥ 直:同"值"。 ⑦ 何物:什么样的。 ⑧ 分疏:据理分析辩解。 ⑨ 浪与:白白地给予。 ⑩ 傥:通"倘"。

侯宝林的相声《改行》有个包袱说皇帝驾崩的国丧期间严禁披红挂彩:"天下不准见红的",胡萝卜、红辣椒都不准卖。更奇特的是患酒糟鼻子赤红脸的人上街,也被看街兵打了嘴巴,并命令说:如果要出门上街先把脸染蓝了。这种极度夸张、近于荒诞的做法,却十分合于情理,它生动说明了专制制度的专横和非理性。无独有偶,这篇笑话为了突出官吏的昏聩采取了比《改行》更要荒诞的写法。

鄠县"市人",这个近于《水浒传》中没毛大虫牛二的形象,是街头的流氓、地痞,他们整天彳亍于街市搜寻着可以欺骗、敲诈的对象。他看到鄠人"精神愚钝",手中又有"钱绢",于是便把鄠人的稍长而突出的下巴,认作他丢失的驴鞍,指责说:"何因偷我驴鞍桥去,将作下颔?"这已经十分奇特了。而且恶人先告状,"市人"主动要拉鄠人到衙门去打官司。这是二奇。而鄠人竟不予置辩,把钱绢完全交给"市人"以"求充驴鞍桥之直,空手还家"。这是三奇。作为笑话,故事到此本已结束,更妙的是鄠人回到家里与妻子的一场争辩。妻子责备他,指出"纵送官府,分疏自应得脱"。这种指责是合乎逻辑的,如果这种指责成立的话,那么前面所说的"三奇",就将变成荒谬。这篇故事就成为正确认识对荒谬认识的驳斥。因此前述之"奇",也就构不成幽默了,而只成为一对"痴人"的对话。这个驳斥所起的作用只是把上面情节发展阻遏住，给人以矛盾已经解决的假象，但实际上这个阻遏只起了蓄积文势的作用。鄠人对其妻反唇相讥："痴物，傥逢不解事官府，遣拆下颔检看，我一个下颔，岂只值若许钱绢？"看来这位"精神愚钝"的人更清醒些，他对官府的认识和估计是符合封建专制制度本质的。因此看来荒诞的情节，却是寓庄于谐，揭露了封建社会中官吏昏聩和人民生命财产毫无保证的事实。

这个笑话流传很广，明代冯梦龙在《笑府·长面》把它简化为："有失去马鞍者，见一人面长而凹，认以为鞍也，执之，其人曰：'此吾面也。'争辩不已，将往听断于官。有行人问知其故，谓长面人曰：'劝兄赔他些价罢，若经官定是断给。'"这个笑话中虽然点出了"若经官定是断给"的道理，但在行文中少了许多曲折，而且缺少《启颜录》中的反复渲染和蓄势，也没有必要的停顿，因此最后包袱亮开的时候，其效果也不如《鄠人》响亮。

（王学太）

【作者小传】

王　绩

（约589—644）　唐诗人。字无功。绛州龙门（今山西河津）人。王通之弟。尝居东皋，号东皋子。隋大业中举孝悌廉洁及第，除秘书正字、扬州六合县丞。曾往依窦建德幕下数月。唐初以前官待诏门下省，改太乐丞，后弃官还乡。放诞纵酒。其诗多以酒为题材，流露对现实不满。也能文。明人辑有《东皋子集》。

五斗先生传

王　绩

有五斗先生者，以酒德游于人间，有以酒请者，无贵贱皆往，往必醉，醉则不择地斯寝矣，醒则复起饮也。常一饮五斗，因以为号焉。先生绝思虑，寡言语，不知天下之有仁义厚薄也。忽焉而去，倏然而来，其动也天，其静也地，故万物不能萦心[①]焉。尝言曰：天下大抵可见矣。生何足养，而嵇康[②]著论；途何为穷，而阮籍[③]恸哭。故昏昏默默，圣人之所居也。遂行其志，不知所如。

〔注〕①萦心：牵挂心间。　②嵇康：字叔夜，谯郡铚县嵇山（今属安徽涡阳）人。三国

魏文学家，“竹林七贤”之一。 ③ 阮籍：字嗣宗，陈留尉氏（今属河南）人。三国魏文学家，与嵇康齐名，“竹林七贤”之一。

凡是读过陶渊明的《五柳先生传》的，一看这题目，就知道是模仿之作。

的确，这是模仿陶渊明的作品。《五柳先生传》说：五柳先生“性嗜酒，家贫不能常得。亲旧知其如此，或置酒而招之。造饮辄尽，期在必醉；既醉而退，曾不吝情去留。”这是陶渊明“自述其生平”（见《古文观止》评）。而《五斗先生传》（斗是一种饮酒的大杯）写道：“有五斗先生者，以酒德游于人间。有以酒请者，无贵贱皆往，往必醉，醉则不择地斯寝矣，醒则复起饮也。常一饮五斗，因以为号焉。”据《唐才子传》，王绩“性简傲，好饮酒，能尽五斗，自著《五斗先生传》”。也是在自述生平。两相比较，何其相似乃尔。

是的，两人都耽嗜于酒，这一点是一致的。但是陶渊明的耽酒，看来只是生活中的一种点缀，因为他“好读书，不求甚解；每有会意，便欣然忘食”。并且“常著文章自娱，颇示己志”。也就是说陶渊明尽管爱喝酒，他平时的主要爱好还是读书、作文、写诗歌，用以表达个人的心志和愿望，有所作为。从这个意义上说，喝酒是用来激发创作热情和灵感的，因而头脑也是清醒的。他所追求的是“不戚戚于贫贱，不汲汲于富贵”的人生境界。而五斗先生就不一样了：“尝言曰：‘天下大抵可见矣。生何足养，而嵇康著论；途何为穷，而阮籍恸哭。故昏昏默默，圣人之所居也。’”意思是说，天下事物应该大抵都看得清楚了，人生值得什么保养，你嵇康写什么《养生论》？道路怎能穷尽，你阮籍何必痛哭？所以，还是浑浑噩噩、糊糊涂涂地过下去，这才是“圣人”的人生态度（“圣人”是指有大智慧、已达到人类最高最完美境界的人）。这里，似乎他对这个世界已经看穿了一切，甚至否定了一切，在人生的消极态度方面他比陶渊明要走得远得多，厌世情绪也深刻得多了。

这里就产生了一个问题，他何以会如此呢？据两唐书和《唐才子传》记载，王绩是隋末大儒、著名学者王通（文中子）的弟弟，受儒家思想的熏染很深，年十五就到长安游学，受到当政者的赏识，除秘书省正字，后改扬州六合县丞。“以嗜酒妨政，时天下亦乱，遂托病风，轻舟夜遁。叹曰：‘网罗在天，吾将安之？’乃还乡里。”“夜遁”是为了逃避网罗，也就是远离政治激流的漩涡，寻求个人安居的避风港。到了唐朝，又被召到中央做过官，但是仍然很不得志，最后不得已还是采取了归隐的办法，一腔政治抱负只能隐忍于心。《唐才子传》在王绩论中评论道：“唐兴迨季叶（唐朝建立在隋朝末世），治日少而乱日多，虽草衣带索（指衣着粗劣的隐者），罕得安居。”到了唐初，隐居也没有安全感，可见他当时思想是怎样的痛苦。他在《自撰墓志铭》中就说："有唐逸人，太原王绩，若顽若愚，似矫似激。"在这种情况下，他就玩世不恭，故意违反生活常态而表现激愤情形，以发泄内心对政治的不满。除此之外，他还写过《醉乡记》，表示要往游醉乡，以酒浇愁。我们从这篇《五斗先生传》的整个基调来看，和《自撰墓志铭》等文章所说是一致的，他从政治上的失意，转而产生对当时社会的厌恶，愤世嫉俗的思想是相当明显的。他甚至说："以生为附赘悬疣，以死为决疣溃痈。"(《自撰墓志铭》)简直悲愤到了极点。自然，他在失意的苦闷中，也在寻求解脱，努力思考解脱的途径，那就是从儒家积极用世的人生态度，转入道家顺应自然、随遇而安和无识无知的混沌状态。因此他要"绝思虑，寡言语，不知天下之有仁义厚薄"，把人情冷暖和世态炎凉等一切屏诸脑后，"万物不能萦心"，从而摆脱一切痛苦，自由自在地活在世间。因此，从这篇文章表面的轻松愉快和诙谐幽默的背后，我们不难发现作者深沉的悲愤，比起《五柳先生传》来，它的愤激的成分要多得多了。　（管遗瑞）

答刺史杜之松[1]书　　王　绩

月日，博士陈龛至[2]，奉处分借《家礼》[3]，并帙封送至[4]，请领[5]也。又承欲相招讲《礼》，闻命惊笑[6]，不能已已[7]。岂明公前眷或徒与下走相知不熟也[8]？

下走意疏体放[9]，性有由然[10]，兼弃俗遗名，为日已久。渊明对酒，非复礼义能拘[11]；叔夜携琴，唯以烟霞自适[12]。登山临水，邈矣忘归[13]；谈虚语玄[14]，忽焉终夜。僻居南渚[15]，时来北山[16]。兄弟以俗外相期[17]，乡间以狂生见待[18]。歌《去来》之作[19]，不觉情亲；咏《招隐》[20]之诗，惟忧句尽。帷天席地[21]，友月交风。新年则柏叶为樽[22]，仲秋则菊花盈把[23]。罗含宅内，自有幽兰数丛[24]；孙绰庭前，空对长松一树[25]。高吟朗啸[26]，挈榼携壶[27]。直与同志[28]者为群，不知老之将至[29]。欲令复整理簪屦[30]，修束精神[31]，揖让邦君[32]之门，低昂[33]刺史之坐。远谈糟粕[34]，近弃醇醪[35]，必不能矣。亦将恐刍狗贻梦[36]，栎社[37]见嘲。去矣君侯，无落吾事[38]。

〔注〕① 杜之松：京兆(今陕西西安)人，生卒年均不详，约唐高祖武德元年前后在世。仕隋为起居舍人。唐贞观中，为河中刺史。　② 博士：古代官名。秦汉时是掌管书籍文典、通晓史事的官职，后成为学术上专通一经或精通一艺、从事教授生徒的官职。陈龛(kān)：人名，生

平不详。 ③ 奉处分：遵照吩咐。处分，嘱咐。《家礼》：王绩祖父安康献公王杰所著。 ④ 并帙(zhì)封送至：连同书的函套一同缄封送上。帙，用来保护书、画的函套，用布帛制成。 ⑤ 请领：请收下。 ⑥ 惊笑：吃惊发笑。 ⑦ 已已：已，休止。这里叠用表示加重语气。 ⑧ 明公：旧时对有名位者的尊称。这里是尊称对方。前眷：往日对自己的关心、照顾。徒：只是。下走：走卒，供奔走役使的人，此处是作者自谦之词。 ⑨ 意疏体放：恣意疏懒，放旷自适。 ⑩ 由然：自然而然。 ⑪“渊明”二句：《晋书》卷九十四《陶潜传》载，陶渊明隐居田园，刺史王弘曾亲访，而“潜称疾不见”。后王弘知潜当往庐山，“乃遣其故人庞通之等赍酒，先于半道要之。潜既遇酒，便引酌野亭，欣然忘进。弘亦出与相见，遂欢宴穷日”。非复礼义能拘，并不是礼义所能拘束得了的。 ⑫“叔夜”二句：《晋书》卷四十九《嵇康传》载，嵇康善琴，喜游山水。叔夜，嵇康的字。嵇康是三国曹魏时期著名的思想家、音乐家、文学家，“竹林七贤”之一。烟霞，云霞烟雾，以代指山水。 ⑬“登山”二句：《晋书》卷四十九《嵇康传》：“康采药游山泽，会其得意，忽焉忘反。” ⑭ 谈虚语元：谈论老、庄深奥的玄理。 ⑮ 南渚：吕才《东皋子集序》：“河汾中先有渚田十数顷，称良沃，……(绩)遂结庐河渚，纵意琴酒，庆吊礼绝，十有余年。” ⑯ 北山：据王绩《游北山赋》所云，当指黄颊山。王绩兄王通曾在此山讲学。山顶有石洞，相传即王通隐居处。其地即今山西河津东北。 ⑰ 兄弟：指王绩的哥哥王度、王通、王凝及弟弟王静等人。俗外：世俗之外。 ⑱ 乡闾：乡亲，同乡。见待：看待我。 ⑲《去来》之作：指陶渊明的《归去来兮辞》，写作者辞去彭泽令归隐田园后的喜悦。 ⑳《招隐》：指西晋左思的《招隐》诗，写山中隐逸之乐。 ㉑ 帷天席地：把天作帷幕，把地当席。语出刘伶《酒德颂》：“行无辙迹，居无室庐，幕天席地，纵意所如。”帷，围在四周的帐幕。 ㉒ 柏叶为樽：酒樽中盛以柏叶。汉魏以来，有新年饮柏酒以避风邪的习惯。 ㉓ 仲秋：农历八月。菊花盈把：语出《续晋阳秋》：“陶潜无酒，坐宅边菊丛中，采摘盈把，望见王弘遣送酒，即便就酌。” ㉔“罗含”二句：罗含，字君章，西晋文学家。《晋书》卷九十二《罗含传》载：“初，含在官舍，有一白雀栖集堂宇。及致仕还家，阶庭忽兰菊丛生，以为德行之感焉。” ㉕ 孙绰：字兴公，晋朝诗人。《晋书》卷六十五《孙绰传》载，孙绰博学善属文，少有高尚之志。“所居斋前种一株松，恒自守护。邻人谓之曰：‘树子非不楚楚可怜，但恐永无栋梁日耳。’绰答曰：‘枫柳虽复合抱，亦何所施邪！’” ㉖ 朗啸：高声啸咏。 ㉗ 挈(qiè)榼(kē)携壶：提着酒壶。挈，用手提着。榼，古代盛酒的器具。刘伶《酒德颂》：“止则操卮执觚，动则挈榼提壶，唯酒是务，焉知其余？” ㉘ 同志：志趣相同。 ㉙ 不知老之将至：语出《论语·述而》，子曰：“女奚不曰：‘其为人也，发愤忘食，乐以忘忧，不知老之将至云尔。’” ㉚ 簪屦(jù)：簪笄和鞋子。簪，用来绾住头发的一种首饰，古代亦用以把帽子别在头发上。屦，古代用麻葛做的一种鞋子。 ㉛ 修束精神：控制思想情感。修束，意为约束，控制。 ㉜ 邦君：唐代刺史为一州之长，地位相当于古代的一方诸侯，故有此称。后文“君侯”亦有此意。 ㉝ 低昂：起伏，时高时低。喻宾主揖让行礼时衣袖高低起伏之状，此处则指在官员面前俯首卑下之态。 ㉞ 糟粕：造酒剩下的渣滓，比喻废弃无用的事物。出自《庄子·天道》：“然则君之所读者，古人之糟粕已夫！”此指前文所说之《礼》。 ㉟ 醇醪(chún láo)：味厚的美酒。 ㊱ 刍狗贻梦：语出《庄子·天运》：“师金曰：‘夫刍狗之未陈也，盛以箧衍，巾以文绣，尸祝斋戒以将之。及其已陈也，行者践其首脊，苏者取而爨之而已。将复取而盛以箧衍，巾以文绣，游居寝卧其下，彼不得梦，必且数眯焉？今而夫子亦取先王已陈刍狗，……是非其梦邪！’”意为刍狗在祭祀之前极受重视，但祭祀之后就会被人抛弃；如果有人还像祭祀前一样珍视它并抱其回家，那么就会轻则恶梦惊魂，重则鬼迷心窍。刍狗，古代祭祀时用草扎成的狗，后因用以喻微贱无用的事物或言论。此处将儒家之“礼”喻为刍狗。 ㊲ 栎社：

作为神社象征的栎树。语出《庄子·人间世》，匠石认为栎社虽高大，却没什么用处，是“不材之木也，无所可用”，而栎社则认为“楂、梨、橘、柚”等树因为有用于人而被砍伐，而自己则因为无用却得以存活，自己天生的“无用”恰恰是自己最大的“用处”。后遂用“栎社”指代无用于世或不为世所用的人或物。作者用此典自喻，说明自己欲做闲散无用之人。㊳无落吾事：不要耽误了我的事。语出《庄子·天地》：“伯成子高辞为诸侯而耕，禹往见之，则耕在野。禹趋就下风，立而问焉，曰：‘昔尧治天下，吾子立为诸侯。尧授舜，舜授予，而吾子辞为诸侯而耕。敢问其故何也？’子高曰：‘昔者尧治天下，不赏而民劝，不罚而民畏。今子赏罚而民且不仁，德自此衰，刑自此立，后世之乱自此始矣！夫子阖行邪？无落吾事！’俋俋乎耕而不顾。”落，废，耽误。

唐初著名诗人王绩弃官归隐故乡之后，颇受时任河中刺史杜之松的推重。唐代吕才《东皋子集序》载：贞观中，京兆杜公松之、清河崔公善继为本州刺史，皆请与君相见。君曰：“奈何悉欲坐召严君乎？”竟不见。崔、杜高君调趣，卒不敢屈，但岁时赠以美酒鹿脯，诗书往来不绝。杜之松等官员慕名欲前往拜访，王绩不见，可见其高洁之志。而杜之松等人“不敢屈”，可知他们对王绩的尊重。后杜之松写信邀请王绩讲授礼法，王绩回复表示婉拒并将自己乐于隐逸的志趣倾吐而出，于是乃有此文。

文章一开始，王绩谈及两件事。一是杜之松遣人来借家藏的《家礼》，王绩应允，“并帙封送至”。二是杜之松邀请王绩去讲“礼”，王绩则是“闻命惊笑，不能已已”，并反问杜之松提出这样的要求恐怕是因为他只是认识自己而不了解自己吧。儒家之“礼”，多与行为规则、道德规范和各种礼节有关，对人的个性都意味着或多或少的约束与压抑。而王绩好老庄及魏晋玄学，慕嵇康、阮籍和陶潜，纵酒放达，当然不喜儒家礼制的束缚，他曾有“礼乐囚姬旦，诗书缚孔丘”（《赠程处士》）诗句可为一证。王绩用“惊笑”“不能已已”将自己对受邀去讲《礼》的不满与不屑溢于文中，他认为杜之松的这种邀请是对自己为人与个性的极大误解，所以接下来他要自陈心迹。

王绩先以一句“下走意疏体放，性有由然，兼弃俗遗名，为日已久”起首，申明自己天性疏旷、不屑俗名已久，并不适合讲《礼》。“弃俗遗名，为日已久”一句颇有承上启下之意，既暗示自己前文“惊笑”“不能已已”的原因（我弃俗遗名已久，你竟然还邀我讲《礼》？岂不可笑？由此可见，你真是与我相知但不熟啊！），又为下文展开陈述自己“弃俗遗名”的志趣与做了铺垫。在自陈心迹中，王绩以自己仰慕的古人典故为主，而缀以自己的隐逸生活场景，古今相间，时常让人分不清所述是先贤还是王绩自己。所列典故，先用明典，如“渊明对酒，非复礼义能拘”用陶渊明隐居田园而弃礼义之典，“叔夜携琴，唯以烟霞自适”用嵇康以音乐游乐自适之典。后用暗典，“登山临水，邈矣忘归”暗用了嵇康乐于冶游之典，既可以与前面“叔夜携琴，唯以烟霞自适”的嵇康之典形成互文，又可以与后文合成“登山临水，邈矣忘归；谈虚语玄，忽焉终夜。僻居南渚，时来北山。兄弟以俗外相期，乡闾以狂生见待”两句，状出王绩的隐逸生活。王绩于此似乎明写陶渊明和嵇康，实则暗写自己。在这部分的典故中，古人的个性与生活，是王绩所崇尚的，也是王绩现实所欲为的。紧接着，王绩再引出数个典故，这次是先暗典再明典。先看暗典，“歌《去来》之作，不觉情亲”暗用陶渊明《归去来兮辞》之典，“咏《招隐》之诗，唯忧句尽”暗用左思《招隐诗》之典，“帷天席地”暗用刘伶之典，“仲秋则菊花盈把”暗用陶渊明之典。这几个暗典，结合来看，也可视为王绩对自己隐逸志趣的袒露。暗典之后继以明典。“罗含宅内，自有幽兰数丛”明用西晋罗含之典暗寓自己的清雅生活，“孙绰庭前，空对长松一树”明用晋朝孙绰之典暗寓自己的高洁情志。典故中人物的隐逸之志与高洁之趣，同样为王绩所仰慕的，也是王绩现实所践行的。如果说在第一部分的典故中，王绩是借携琴奏曲、登山临水与谈虚语玄等动态之词以表现古人隐逸之“行”，那么在第二部分的典故中，王绩则以诗文、柏叶、菊花、幽兰和长松等静态之物展现古人隐逸之“趣”。两部分典故，借古写今，借古人而展现自己的隐逸生活的快乐与自由：“高吟朗啸，挈榼携壶。直与同志者为群，不知老之将至。”与志同道合之士一起畅饮吟唱，自由恣肆，完全忘却了时光的流逝。这个时候再复令王绩整理仪表、修束精神去迎合官员而屈己之志，绝无可能！故王绩云：“欲令复整理簪屦，修束精神，揖让邦君之门，低昂刺史之坐。远谈糟粕，近弃醇醪，必不能矣。亦将恐刍狗贻梦，栎社见嘲。”王绩连用《庄子》数典，将杜之松请自己所讲之“礼”比作糟粕与刍狗而欲弃之，而自己则甘愿做“栎社”般的闲散“废人”，他甘之如饴的是味道浓厚的美酒。王绩嗜酒，青史留名，《新唐书》“王绩传”中就载有数则，几占传记的一半篇幅：

大业中，举孝悌廉洁，授秘书省正字。不乐在朝，求为六合丞，以嗜酒不任事。乃还乡里。有田十六顷在河渚间。仲长子光者，亦隐者也，……绩爱其真，徙与相近。子光瘖，未尝交语，与对酌酒欢甚。绩有奴婢数人，种黍，春秋酿酒，……乘牛经酒肆，留或数日。

高祖武德初，以前官待诏门下省。故事，官给酒日三升，或问：“待诏何乐邪？”答曰：“良酝可恋耳！”侍中陈叔达闻之，日给一斗，时称“斗酒学士”。

贞观初，以疾罢。复调有司，时太乐署史焦革家善酿，绩求为丞，吏部以非流不许，绩固请曰：“有深意。”竟除之。革死，妻送酒不绝，岁余，又死。绩曰:“天不使我酣美酒邪?”弃官去。自是太乐丞为清职。追述革酒法为经,又采杜康、仪狄以来善酒者为谱。李淳风曰:“君,酒家南、董也。”所居东南有盘石,立杜康祠祭之,尊为师,以革配。著《醉乡记》以次刘伶《酒德颂》。其饮至五斗不乱,人有以酒邀者,无贵贱辄往,著《五斗先生传》。

王绩为官、弃官或与人交往,“酒”是最核心的因素。可以说,酒贯穿着王绩的一生且最受其珍视。所以,让王绩远谈礼制而近弃美酒,必是不可能之事。自述自己的“意疏体放”“弃俗遗名”后,王绩以“去矣君侯,无落吾事”收束全文,类同于下逐客令一般告诉杜之松:大人请赶紧走吧,不要再拿俗事来妨碍我的隐居生活!

王绩虽以骈体运文,文词对仗精工,却无六朝骈文虚浮之辞,文意亦并不凝滞,能够将自己鄙夷俗名、不屑礼法的真性情酣快直爽地宣泄出来。文章典故繁多,却又十分妥帖自然,尤其难能可贵的是,这些典故虽展现古代隐逸及高洁之士的风采,但以之观于王绩却又毫无违和之感,故这些典故的使用,将古今熔铸于一体,今昔难辨,既有王绩对古人的仰慕,又有其对古人古风的践行。

王绩拒绝杜之松之邀,事亦收录在《新唐书·隐逸传》的“王绩传”中:“杜之松,故人也,为刺史,请绩讲礼,答曰:‘吾不能揖让邦君门,谈糟粕,弃醇醪也。’之松岁时赠以酒脯。”面对王绩的坚辞与奚落,杜之松在收到王绩的信后,亦复有一信。信中对王绩的拒绝深表遗憾,但对王绩的隐逸之志表示钦佩、理解与尊重,并不以官员身份自矜,文辞真意自见而又婉转多姿,兹录如下:

辱书,知不降顾,叹恨何已?仆幸恃故情,庶回高躅。岂意康成道重,不许太守称官;老莱家居,羞与诸侯为友。延伫不获,如何如何!奇迹独全,幸甚幸甚!

敬想结庐人境,植杖山阿。林壑地之所丰,烟霞性之所适。荫丹桂,藉白茅,浊酒一杯,清琴数弄,诚足乐也。此真高士,何谓狂生?

仆凭藉国恩,滥尸贵部。官守有限,就学无因。延颈下风,我劳何极?前因行县,实欲祗寻。诚恐燉煌孝廉,守琴书而不出;酒泉太守,列钟鼓而空还。所以迟回,遂揽辔也。

仆虽不敏,颇识前言。道既知尊,荣何足恃?岂不能正平公之坐,敬养亥唐;屈文侯之膝,恭师子夏?虽齐桓德薄,五行无疑;畦夸故人,一来何损?

蒙借《家礼》,今见披寻。微而精,简而备,诚经传之典略,闺庭之要训也。其丧礼新义，颇有所疑，谨用条问，具如别帖。想荒宴之余，为诠释也。迟更知闻。

王绩之文坚定申明了自己隐逸的信念，文章酣畅淋漓，呈现出隐士桀骜不驯的孤直之气。杜之松的信含蓄雅致，对隐士的尊敬之情真切深长。两封信一来一往，分别见出二人的孤高之气与君子之风，堪称珠联璧合之作。 （刘 城）

【作者小传】

卢照邻

（约635—约686） 唐诗人。字昇之，号幽忧子。幽州范阳（今河北涿州）人。曾任新都尉。后为风痹症所困，投颍水而死。为“初唐四杰”之一。原有《卢照邻集》，已佚，今有明张燮所辑《幽忧子集》。

穷鱼赋(并序) 卢照邻

余曾有横事①被拘，为群小所使，将致之深议②，友人救护得免。窃感赵壹③《穷鸟》之事，遂作《穷鱼赋》。常思报德，故冠之篇首云。

有一巨鳞，东海波臣④。洗净月浦⑤，涵丹锦津⑥。映红莲而得性⑦，戏碧浪以全身⑧，宕而失水⑨，屇于阳濒⑩。渔者观焉，乃具竿索，集朋党，凫趋雀跃，风驰电往，竞下任公之钓⑪，争陈豫且之网⑫，蝼蚁见而甘心，猵獭⑬闻而抵掌。于是长舌利嘴，曳纶争钩，拖鬐挫鬣⑭，抚背扼喉。动摇不可，腾跃无繇，有怀纤润，宁望洪流。大鹏过而哀之，曰：“昔予为鲲也，与是游乎。自余羽化，之子其孤。”俄抚翼而下，负之而趋，南浮七泽⑮，东泛五湖。是鱼也已相忘于江海⑯，而渔者犹怅望于泥途。

〔注〕 ①横事：意外横来的祸事。 ②深议：从重论罪。 ③赵壹：字元叔，汉阳西县（今甘肃天水西南）人。东汉辞赋家。 ④东海波臣：古人设想江海水族中有君臣，将其臣隶称为“波臣”。 ⑤洗净月浦：洗浴于月光映照之浦而养静心。 ⑥涵丹锦津：涵泳于水美如锦之津而成丹彩。 ⑦映红莲而得性：掩映红莲之下而养成芳洁之性。 ⑧戏碧浪以全身：游戏碧浪之中而保全清白之身。 ⑨宕：通“砀”，即荡溢。失水：搁浅。语出《庄子·庚桑

楚》:“吞舟之鱼,砀而失水,则蚁能苦之。” ⑩ 届于阳濒:邻近北岸水滨。 ⑪ 任公之钓:指巨大钓钩。语出《庄子·外物》:“任公子为大钩巨缁,五十犗以为饵。” ⑫ 豫且:春秋时宋国渔人。曾张网捉住化为鱼的白龙,白龙因此上诉天庭。语出《庄子·外物》:“神龟能见梦于元君,而不能避余且之网。”余且即豫且。 ⑬ 獱(bīn)獭(tǎ):獭属,居水中,食鱼。 ⑭ 鬐(qí):鱼脊鳍。鬣(liè):鱼颌旁小鳍。 ⑮ 七泽:相传古时楚有七处湖泽。司马相如《子虚赋》:“臣闻楚有七泽,尝见其一,未睹其余。” ⑯ 相忘于江海:指彼此俱得自由,不用互相系念。语出《庄子·天运》:“泉涸,鱼相与处于陆。相濡以沫,不若相忘于江湖。”

东汉著名辞赋家赵壹曾遭诬枉下狱,获释后写了一篇只有百余字的《穷鸟赋》,略叙贤人脱穷鸟于罗网之事,借以表达对营救他的朋友的感激之情。语言清雅洗练,但微伤枯淡和直露,清代学者刘熙载评谓“未能如屈贾之味余文外”(《艺概》卷三)。

初唐四杰之一的卢照邻也有类似赵壹的遭遇和心情,因此仿照《穷鸟赋》写了这篇正文不足200字的《穷鱼赋》。虽为摹拟之作,但叙事很有戏剧味,出语亦饶弦外音,思想深厚,艺术精美,可谓青出于蓝而胜于蓝。

中国古代的小人向有乘人之危和幸人之难的恶德,作者对此作了非常幽默的讽刺:当巨鳞“宕而失水,届于阳濒”的时候,渔者则聚众围捕,蚁獭则高兴得抵掌相庆,并且一齐蜂拥而上,“长舌利嘴,曳纶争钩,拖鬐挫鬣,抚背扼喉”。其气氛之紧张,神情之兴奋,居心之险恶,皆跃然纸上,使人不禁联想到人世间许多与之相类似的人物,陡然而起憎恶之意。

中国古代的贤人也向有“为人排患释难解纷乱而无所取也”(《战国策·赵策三·秦围赵之邯郸》)的美德,作者对此也作了热情的歌颂:当穷鱼“动摇不可,腾跃无蹊”的时候,忽有“大鹏过而哀之”,并且毫不迟疑地予以援救,“俄抚翼而下,负之而趋,南浮七泽,东泛五湖”。救出穷鱼之后,则翩然而逝,从此“相忘于江海”。其情性之淳厚,气概之英伟,品格之高尚,亦跃然纸上,使人不禁联想到人世间许多见义勇为的豪杰,油然而生爱敬之情。

《穷鱼赋》是一篇优美的律赋。它继承了六朝骈赋的整练和妍华,同时又有新的审美创造:摛文铺采既多骈偶而见行阵整齐,又杂以奇散而见峰峦错落;音韵节奏也随着情事的迁移而自然变化,因而比六朝骈赋更加精妙。尤其可贵的是,它不像许多“辞人赋颂”那样“为文而造情”,而是如许多“诗人篇什”那样“为情而造文”(《文心雕龙·情采》),故无“繁华损枝,膏腴害骨”(《文心雕龙·诠赋》)之病,而有“渊岳其心,麟凤其采”(《文心雕龙·杂文》)之美。在琳琅满目、璀璨如珠的华辞绮语中郁勃着一种冲决网罗,遨游江海的豪情逸气。

(罗忠族)

【作者小传】

骆宾王

(约638—?) 唐文学家。婺州义乌(今属浙江)人。曾任临海丞。后随徐敬业起兵反对武则天,兵败后下落不明,或说被杀,或说为僧。与王勃、杨炯、卢照邻以文词齐名,并称"王杨卢骆",亦称"初唐四杰"。其诗以七言歌行见长。又善骈文。著有《骆宾王文集》,清陈熙晋有《骆临海集笺注》。

扬州看竞渡序　　骆宾王

夏日江干①,驾言②临眺,于是桂舟始泛,兰棹初游③。鼓吹沸于江山,绮罗蔽于云日。便娟④舞袖,向渌水以频低;飘飏歌声,得清风而更远。是以临波笑脸,艳出浦之轻莲;映渚蛾眉,丽穿波之半月。靓妆旧饰,此日增奇,弦管相催,兹辰特妙。能使洛川回雪,独美陈思⑤?巫岭行云,专称宋玉⑥?凡诸同好,请各赋诗云尔。

〔注〕 ① 江干(gān):江边。 ② 驾言:乘车,指代出游。言为语助词。 ③ 桂舟、兰棹(zhào):分别是名贵木材造的船。后均用作对舟船的美称。 ④ 便(pián)娟:回旋飞舞貌。 ⑤ 能使洛川回雪,独美陈思:指曹植《洛神赋》。沈约《答陆厥书》:"以《洛神》比陈思他赋,有似异手之作。"陈思,曹植被封为陈王,谥思,故亦称陈思王。 ⑥ 巫岭行云,专称宋玉:指宋玉《高唐赋》《神女赋》。

武后光宅元年(684),骆宾王曾入扬州徐敬业(即李敬业)幕中,当时敬业自称匡复府上将,领扬州大都督,著名的《讨武曌檄》即系宾王起草。此序当是敬业未起兵时所作。

扬州在隋唐时为经济富庶,人文隆盛,鼓吹喧阗之地,如同近代的上海。端午竞渡,相传为纪念屈原。《隋书·地理志下》:"屈原以五月五日赴汨罗,土人追至洞庭不见,湖大船小,莫得济者,乃歌曰:'何由得渡湖?'因尔鼓棹争归,竞会亭上,习以相传为竞渡之戏。"但也有以为起于越王勾践之哀怜伍子胥,也有以为越人习水报吴,托于嬉戏(见顾禄《清嘉录》),后来已成为民间游娱的节日,如同上巳的修禊。

本文写的是扬州竞渡,除了开头四句外,下面都是描写妇女的风情动作,其中载歌载舞,向水乘风,可见是歌妓,这在唐代原是普遍现象。这些歌舞,还在船上举行，又见其船之大。所以，内容上具有社会风俗史料的意义，艺术上可以作为初唐骈俪小品欣赏。

骆宾王是“初唐四杰”之一，文风犹沿袭六朝的绮丽习气，文中“是以临波笑脸”至“丽穿波之半月”，这是为了描摹这些女子都在水上的缘故，但四句中“波”字两见，终是一病。

宾王初曾因事系狱，作有《在狱咏蝉》五律，并有序，也用骈体，文境胜于此篇，心境则一哀一乐，迥不相同。（金性尧）

与情亲书　　骆宾王

风壤一殊①，山河万里！或平生未展，或睽索累年②，存没寂寥，吉凶阻绝，无由聚泄③，每积凄凉。

近缘之官，佐任海曲④，便还⑤故里，冀叙宗盟⑥。徒有所怀，未毕斯愿！不意远劳折简⑦，辱逮湮沦，虽未叙言，暂如披面。晚夏炎郁，并想履宜⑧。宾王疾患，忽无况耳⑨。

〔注〕①风壤一殊：风土人情完全不一样。②“或”句：意谓骆宾王因辗转仕途，亲戚故旧中，有的人终生未能与他们尽亲亲之道，有的则长年分离。③聚泄：聚首倾谈。④海曲：海边。⑤便还：便道回乡。⑥冀叙宗盟：希望与合族亲戚团聚畅叙。⑦简：竹简，指书信。⑧炎郁：闷热。履宜：平安，书信用语。⑨忽无况：微不足道，情况不严重。

“了却君王天下事，赢得生前身后名。”（辛弃疾《破阵子》）在辅佐君王的同时成就个人的功名，这是中国封建社会知识分子最高的人生追求。然而，封建统治在本质上是依靠专制和独裁来维持的。所以，除了极少数幸运者外，绝大多数有才华的知识分子必定要处于被压抑被扼杀的不幸境地，这是历史为他们规定的悲剧性宿命。

“初唐四杰”之一的骆宾王的一生，正如清人陈熙晋在《骆临海集笺注》中所嗟叹的那样：“临海少年落魄，薄宦沉沦，始以贡疏被愆，继因草檄亡命。”他虽生逢中国封建社会最繁荣的时期，但当他雄心勃勃地踏上政治舞台以后，却遭受到一系列沉重的打击。他以忠于王事的热忱“数上书言天下大计”，却触忤了武后，竟被诬为贪赃而下狱，后贬为临海县丞。这篇《与情亲书》，就是他赴临海贬所时所作。那种忠而见疑、信而被谤的痛苦无告，经过心理场景的情感置换，化为对亲人和故乡的炽烈怀念，读来凄恻感人。

在“风壤一殊”的异乡客地，骆宾王产生出浓烈的孤独感。与故土在空间维度上“山河万里”的阻绝感，与亲人在时间维度上“睽索累年”的隔离感，更使他

“每积凄凉”,“增以悲恸”(《再与情亲书》)。在他急欲寻求精神上的抚慰和归依,以减轻政治理想破灭所带来的痛苦时,故土便成为最温暖最美好的精神乐园,亲人便成为灵魂复归的最可靠最安全的精神港湾。所以,在《与情亲书》中,骆宾王把他对亲人和故土的深切眷恋表达得如此哀婉悲凉,缠绵悱恻。

处于这种境况,封建时代的知识分子大多从此消沉下去,放弃自己对人生的初始设计,或啸傲山林,或诗酒自娱,寻求虚幻的解脱和满足,以补偿理想的幻灭。但骆宾王却勇敢地冲破了封建知识分子传统的“矜而不争”“温柔敦厚”的道德规范和行为准则,继续高扬个体的意志品格。在理想和现实的严峻冲突中,他不是顺应环境,退入内心,求得精神上的自我调适,而是呼啸着向环境发起反挑战。当李敬业起兵反对武则天时,他奋身投入了这场力量悬殊的斗争。不管历史怎样评价这次“倒武事件”,但作为一个文人,骆宾王能够为实现自己的人生理想而不惜以生命为代价与最高统治者的专制暴虐作殊死斗争,向社会作直接抗争,自是难能可贵的。而情辞哀怨的《与情亲书》或许是骆宾王在一往无前的兴风狂啸之前,对人生和社会所作的深情回眸。

(周　蕙)

在狱咏蝉序　　骆宾王

余禁所禁垣[①]西,是法曹[②]厅事也,有古槐数株焉。虽生意可知,同殷仲文之枯树[③];而听讼斯在,即周邵伯之甘棠[④]。每至夕照低阴,秋蝉疏引,发声幽息,有切尝闻。岂人心异于曩时[⑤],将虫响悲乎前听?嗟乎!声以动容,德以象贤。故洁其身也,禀君子达人之高行;蜕其皮也,有仙都羽毛之灵姿。候时而来,顺阴阳之数;应节为变,审藏用之机。有目斯开,不以道昏而昧其视;有翼自薄,不以俗厚而易其真。吟乔树之微风,韵资天纵;饮高秋之坠露,清畏人知。仆失路艰虞,遭时徽纆[⑥]。不哀伤而自怨,未摇落而先衰。闻蟪蛄[⑦]之流声,悟平反之已奏;见螳螂之抱影,怯危机之未安。感而缀诗,贻诸知己。庶情沿物应,哀弱羽之飘零;道寄人知,悯余声之寂寞。非谓文墨,取代幽忧云尔。

〔注〕 ① 禁垣:帝王所居之所。 ② 法曹:司法官署。 ③“虽生意”二句:东晋殷仲文见大司马桓温府中老槐树,叹曰“槐树婆娑,无复生意。”(《世说新语·黜免》)此借以自叹身世。 ④“而听讼”二句:史载周代召伯巡行,为了避免烦扰百姓,常在甘棠(即棠棣)树下处理

诉讼案件。后人因此相戒珍爱此树。 ⑤ 曩(nǎng)时：往昔。 ⑥ 徽纆(mò)：捆绑犯人的绳索。 ⑦ 蟪蛄(huì gū)：蝉的一种。

骆宾王在唐高宗李治仪凤三年(678)任长安主簿，旋迁侍御史，因上书言事，冬天被诬贪赃之罪下狱。第二年六月改元为调露元年(679)，大赦天下，诏书由东都洛阳发出(此时高宗在洛阳)，到达长安，他在狱中听到消息已经是这年的秋天了。他想到自己本来是一个高洁的人，却无端地被诬赃罪，不禁悲愤填膺，于是借蝉自喻，写出了一首五言律诗《在狱咏蝉》："西陆蝉声唱，南冠客思侵。那堪玄鬓影，来对白头吟。露重飞难进，风多响易沉。无人信高洁，谁为表予心。"这篇文章，就是写在这首诗前面的序言，用来说明写诗的缘起。它是一篇很精美的骈体文，也是一篇很有情致的抒情小品。

这篇序可以分为两段，第一段从开始到"清畏人知"，着重是写蝉。蝉，古人认为栖于高枝，餐风饮露，不食人间烟火，所以把它作为高洁的象征。骆宾王这里也是借蝉的这种品行，"寓情于物"，抒写自己品行高洁却遭受囹圄之灾的哀怨悲伤之情，表达了辨明无辜、昭雪沉冤的愿望。他先从禁所的古槐写起，运用东晋殷仲文仕途失意(殷曾叹息"槐树婆娑，无复生意")及西周时召公在棠梨树下为民众断案、明察狱讼(见《史记·燕召公世家》)的典故，一方面造成秋风萧瑟的肃杀气氛，烘托蝉声的悲凉，同时表达了自己身陷牢狱的痛苦和期盼有司明察的心愿。然后，写蝉的声音，写蝉的身体，写蝉的生活规律，等等。这些多侧面、多层次的铺叙，把蝉的外形和禀性，写得很形象、很生动，让人如闻其声，如见其形，尤其深刻感受到了它那"达人君子"的高行，令人肃然起敬。正是因为蝉有如此的美德，所以作者要引蝉自喻，以蝉为自己的人格化身。

这就很自然地过渡到了下一段，这一段着重写自己。他说，自己迷失道路，"遭时徽纆(系囚犯的绳子，此指囚禁)"，生活艰辛忧虑，实指政治上受到不幸打击。虽不自怨自艾，却也像秋天的树木一样变得衰老了。特别是这四句："闻蟪蛄之流声，悟平反之已奏；见螳螂之抱影，怯危机之未安。"听到生命短促的蝉(蟪蛄)的鸣叫，非常凄凉，但听说自己就要平反了，自然高兴；不过，自己的身后也还有"螳螂"，危机并没有消失，真是一则以喜一则以忧，写当时的心情精细入微。最后说明自己要像蝉鸣那样，把自己的内心世界用诗歌写出来，让世人知道，来同情自己的寂寞和不幸，以发抒自己的"幽忧"——深沉的忧思。

这两段文字，实际上是互为表里，相辅相成的。第一段写蝉，其实也在写自己，蝉中有我；第二段写我(即作者自己)，同时也在写蝉，我中有蝉。物我浑融，成为一体。刘勰在《文心雕龙·物色》中说："情以物迁，辞以情发。一叶且或迎意，虫声有足引心。”说明外在事物对于人心具有感发作用。作者困居监狱之内，听到蝉凄切的鸣叫，于是触发了目前遭遇不幸的伤感，激发了剖白和洗雪自己蒙受不白之冤的强烈愿望。这里，人的审美心理结构与自然之物有了某种同构对应，对蝉的体验说明了感物生情的道理。作者写蝉之妙，就在于运用同构对应的原理，把蝉这个意象所包含的丰富的文化内蕴，表达得很充分，所以非常感人。另外，这是一篇骈体文，一般说来唐初的骈体文还没有走出南朝骈体文内容空泛、技法纤巧靡弱的阴影。但骆宾王这篇不同，写得音韵铿锵，而又苍劲刚健，一扫旧习，为唐代即将兴起的新的文风，作出了表率。这原因，一方面是他本人有很高的文学修养，技巧娴熟，创新意识又强；另一方面，他一生命运多舛，多灾多难，既有孤愤，也有牢骚，表现在文章中，以苍健之笔，运失意之辞，就显得内容充实，沉郁深刻，凸显出了不同于过去的新的风格。（管遗瑞）

与博昌父老书[①] 骆宾王

某月日，骆宾王谨致书于博昌父老：承并无恙[②]，幸甚幸甚。云雨俄别[③]，风壤异乡[④]。春渚青山，载劳延想[⑤]。秋天白露，几变光阴[⑥]。古人云：别易会难，不其然也[⑦]！

自解携襟袖[⑧]，一十五年。交臂存亡[⑨]，略无半在[⑩]。张学士溘从朝露[⑪]，辟闾公倏掩夜台[⑫]。故吏门人[⑬]，多游蒿里[⑭]；耆年宿德，但见松丘[⑮]。呜呼！泉壤殊途[⑯]，幽明永隔。人理危促[⑰]，天道奚言[⑱]。感今怀旧，不觉涕之无从[⑲]也。况过隙不留[⑳]，藏舟难固[㉑]。追惟[㉒]逝者，浮生几何[㉓]？哀缘物兴[㉔]，事因情感。虽蒙庄一指[㉕]，殆先觉于劳生[㉖]；秦佚三号[㉗]，讵忘情于怛化[㉘]？啜其泣矣[㉙]，尚何云哉[㉚]？

又闻移县就乐安故城[㉛]，廨宇邑居[㉜]，咸徙其地；里闬阡陌，徒有其名[㉝]。荒径三秋，蔓草滋于旧馆；颓墉[㉞]四望，拱木多于故人[㉟]。嗟乎！仙鹤来归，辽东之城郭犹是[㊱]；灵乌代谢，汉南之陵谷已非[㊲]。

昔吾先君出宰斯邑[㊳]，清芬虽远，遗爱犹存[㊴]，延首城池[㊵]，何心天地[㊶]？虽则山河四塞，是称无棣之墟[㊷]；松槚千秋，有切维桑之里[㊸]。故每怀夙昔[㊹]，尚想经过[㊺]，于役不遑[㊻]，愿言徒拥㊼。

今西成有岁㊽，东户无为㊾。野老清谈，怡然自得；田家浊酒，乐以忘忧。故可洽赏当年㊿，相欢卒岁[51]。宁复惠存旧好[52]，追思昔游？所恨跂予望之[53]，经途密迩[54]。伫中衢而空轸[55]，巾下泽而莫因[56]。风月虚心，形留神往[57]；山川在目，室迩人遐[58]。以此怀劳，增其叹息，情不遗旧，书何尽言[59]。

〔注〕 ① 博昌：唐代县名，属河东青州，故城在今山东省博兴南二十里。骆宾王的父亲曾任博昌令，有政声，死后葬于博昌。骆宾王早年随父亲居于博昌，结识了许多父老乡亲。此文即是写给博昌父老乡亲的一封信。父老：对老年人的尊称。 ② 承并无恙：托你们的福，一切都平安。承，"承君之祜"的省略，即托您的福、承受您的好处之意。 ③ 云雨俄别：当初彼此突然间的分别如云飞雨散。俄，短时间、突然间。 ④ 风壤异乡：去到风土迥异的他乡。⑤ 春渚(zhǔ)青山，载劳延想：博昌的春水青山，使我时时怀念不已。春渚，春日的水边，亦指春水。载，发语词，无义。劳，费力、辛劳。延想，常想。 ⑥ 几变光阴：光阴已经几经变换。 ⑦ 别易会难：分别容易，再会却难。常用以表示不忍分离或别后无尽的相思。语出魏晋时期邯郸淳的《赠吴处玄诗》："行矣去矣，别易会难。"不其然也：难道不是如此吗？ ⑧ 解携襟(jīn)袖：分手离别。襟袖相接表示执手相见，襟袖分开代表分手离别。解携，分手、离别。 ⑨ 交臂存亡：过去的朋友或存或亡。交臂，把臂相交，指亲密的朋友。 ⑩ 略无半在：大概活在世上的已不足一半。 ⑪ 张学士：博昌的乡绅，当为骆宾王的父亲为博昌令时的故交。溘(kè)从朝露：突然辞世。溘，忽然。朝露，早晨的露珠，古人常以此比喻生命的短促。⑫ 辟闾(lǘ)公：辟闾为姓，其名不详，也当为骆宾王的父亲为博昌令时的故交。辟闾氏为青州望族。郑樵《通志》卷二十七《氏族略》："辟闾氏，姬姓。卫文公交孙居楚丘营辟闾里，因为辟闾氏焉。"倏(shū)掩夜台：倏忽间被墓穴所掩埋，形容很快辞世。夜台，坟墓。 ⑬ 故吏(lì)门人：指骆宾王父亲担任博昌县令时县衙中的旧吏门生。 ⑭ 多游蒿(hāo)里：大多已经去世。蒿里，本为山名，相传在泰山之南，为死者葬所，借指墓地、阴间。 ⑮ 耆(qí)年宿德，但见松丘：德高望重的老者，也都长埋在松丘树之下。耆，古时六十岁曰耆。 ⑯ 泉壤殊途：阴间阳世各是不相同的世界。泉壤，九泉与地上，喻指阴间与阳世，分别指代死与生。 ⑰ 人理危促：人生险恶而短促。 ⑱ 天道奚言：自然规律又有什么可说呢。天道，指自然现象显现而出的吉凶祸福征兆。 ⑲ 涕之无从：眼泪不受控制地簌簌落下。无从，不知何故。 ⑳ 过隙不留：人生如白驹过隙，生命难以永驻。 ㉑ 藏舟难固：语本《庄子·大宗师》："夫藏舟于壑，藏山于泽，谓之固矣。然而夜半有力者负之而走，昧者不知也。"将舟收藏于"壑""泽"而以为安全稳妥，却没想到半夜被有力者偷走。比喻生死不由人，难以预料。 ㉒ 追维：追忆、回想。㉓ 浮生几何：人生是多么短暂。浮生，指短暂虚幻的人生，《庄子·刻意》："其生若浮，其死若休"。 ㉔ 哀缘物兴：内心的哀情，因外界事物而引发。缘，因为。兴，引起。 ㉕ 蒙庄一指：庄子认为天地为一体，万物齐一，没有区别。蒙庄，指春秋时期的哲学家庄子，他曾担任过蒙漆园吏，故称。一指，语出《庄子·齐物论》："天地一指也，万物一马也。" ㉖ 殆先觉于劳生：大概首先感到人生之劳苦吧。殆，大概。 ㉗ 秦佚(yì)三号：典出《庄子·养生主》："老聃死，秦失吊之，三号而出。"秦佚，又叫秦失，《庄子》中的人物，是老子的朋友。 ㉘ 讵(jù)忘情于怛(dá)化：岂能对活生生的人突然死去而无动于衷？怛化，语出《庄子·大宗师》："俄而子来有

病，喘喘然将死。其妻子环而泣之。子犁往问之，曰：'叱！避！无怛化！'"意谓人的死亡乃自然变化，不要惊动他，后以"怛化"指代人死。　㉙ 啜(chuò)其泣矣：语出《诗经·中谷有蓷》："有女仳离，啜其泣矣。啜其泣矣，何嗟及矣！"意为只有哽咽抽泣而已。啜，哭泣时抽噎的样子。　㉚ 尚何云哉：还有什么可说的呢？　㉛ 移县：把县治迁到别处。乐安：旧县名。汉代博昌、乐安是两个县，均属于千乘郡。晋废乐安县并入博昌。唐初复置乐安，武德八年(625)，再废乐安县入博昌。唐高宗总章二年(669)，把博昌县县治迁到乐安故县城。乐安故城址在今山东博兴。　㉜ 廨(xiè)宇：官舍。邑居：民房。　㉝ 里闬(hàn)阡陌，徒有其名：旧博昌县城的街巷道路已空留其名。闬，里巷的门，又泛指门。阡陌，原指田间小路，南北称阡，东西称陌，文中当指城中小路。　㉞ 颓墉(yōng)：崩塌的城墙；断壁颓垣。　㉟ 拱木多于故人：亡者的坟墓比活着的友人还要多。拱木，墓旁的粗大树木，多指代已死。　㊱ 仙鹤来归，辽东之城郭犹是：典出《搜神后记》卷一所载丁令威之事："丁令威，本辽东人，学道于灵虚山。后化鹤归辽，集城门华表柱。时有少年，举弓欲射之。鹤乃飞，徘徊空中而言曰：'有鸟有鸟丁令威，去家千年今始归。城郭如故人民非，何不学仙冢垒垒。'遂高上冲天。今辽东诸丁云其先世有升仙者，但不知名字耳。"文中用此典喻久别重归故地但已物是人非，有世事变迁之叹。　㊲ 灵乌代谢，汉南之陵谷已非：灵乌，指太阳。相传太阳中有三足乌，故称。汉南之陵谷，一说用西晋杜预之典。《晋书》卷三十四《杜预传》载："预好为后世名，常言'高岸为谷，深谷为陵'，刻石为二碑，纪其勋绩，一沉万山之下，一立岘山之上，曰：'焉知此后不为陵谷乎！'"汉南，汉江以南，杜预曾接替羊祜出任镇南大将军，镇守荆州，荆州在汉水之南，故有此说。一说用苏耽之典。《神仙传》载："苏耽桂阳人，少以至孝著称。一日，白母道果已圆升举。有日，母曰：'我独恃尔，尔去，我何依。'耽乃留一柜封钥甚固。若有所需，告之，如所愿也，预为植橘。凿井及郡人大疫，但食一橘叶，饮一泉水，即愈。后一鹤降郡屋，久而不去。郡僚子弟弹之，鹤乃举足画屋。若书字焉，其辞云：'乡原一别，重来事非。甲子不记，陵谷迁移。白骨蔽野，青山旧时，翘足高屋下见，群儿我是苏仙，弹我何为。翻身云外，却返吾居。'"(董斯张、杨鹤辑《广博物志》卷四十四"鸟兽一")文中用此典来比喻时光流逝，故地已非原貌。　㊳ 出宰斯邑：出任博昌县令。　㊴ 清芬虽远，遗爱犹存：(我的父亲)品行高洁，他虽然去世已久，但他所施之惠政、为此邑百姓所做的好事却至今被世人所怀念。清芬，贤者的高尚道德，南朝梁萧统《文选》选陆机《文赋》："诵先人之清芬。"遗爱，指留于后世而被人追怀的德行、惠政等。　㊵ 延首城池：远望此城。延首，伸长头颈，多形容急切盼望之态。池，护城河。　㊶ 何心天地：即天地何心，天地究竟是何居心。　㊷ 虽则山河四塞，是称无棣之墟：博昌虽为古代齐国边塞之地，远离自己的家乡，但我对它的情感比吴地更亲切。四塞，《战国策·齐策》："齐南有泰山，东有琅琊，西有清河，北有渤海，此所谓四塞之国也。"博昌属古齐故地。无棣(dì)：春秋时期齐国北部邑名。博昌在无棣故墟界内，故称无棣之墟。　㊸ 松槚(jiǎ)千秋，有切维桑之里：松槚，松树与槚树，这两种树常被栽在墓前，亦用以指代墓地。切，近。维桑，语出《诗·小雅·小弁》："维桑与梓，必恭敬止。"毛亨传："父之所树，己尚不敢不恭敬。"后以"维桑"指代故乡。　㊹ 每怀夙(sù)昔：每当想起往事。夙昔，往日。　㊺ 尚想经过：还很想重返博昌。　㊻ 于役不遑(huáng)：公务繁忙，无暇顾及。于役，谓因兵役、劳役或公务奔走在外。不遑，没有时间，来不及。　㊼ 愿言徒拥：空有这样的愿望而已。　㊽ 西成有岁：秋天农事收成很好。《尚书·尧典》："平秩西成。"孔颖达疏："秋位在西，于时万物成熟。"有岁，有年，五谷丰登之年。　㊾ 东户无为：太平盛世，路不拾遗。东户，传说中的上古开明君主。西汉刘安《淮南子·缪称训》："昔东户季子之世，道路不拾遗，耒耜、余粮宿诸畮首。"高诱注："东户季子，古之人君。"亦省称"东户"。后亦用"东户"指代太平时代。 ⑳洽赏当年：和乐地度过当年。洽赏，犹和乐。 ㉛卒岁：一年到头。 ㉜宁复惠存旧好：难道我能不再次想到旧日的友人吗。宁，难道，岂。复，再一次。惠存，对对方给与自己问候的敬辞，惠即惠赐，存即存问。 ㉝跂(qǐ)予望之：语出《诗经·卫风·河广》："谁谓宋远？跂予望之。"踮起脚远望博昌。跂，通"企"，踮起。 ㉞经途密迩(ěr)：路过故地，近在咫尺。密迩，靠近、贴近。 ㉟伫中衢(qú)而空轸(zhěn)：伫立于大道之中却空自伤怀。轸，悲伤痛苦。 ㊱巾下泽而莫因：车子已经备好却无法到达。巾，用巾拭物，此处指擦车，引申为停车。下泽，即下泽车，一种适宜在沼泽地上行驶的短毂轻便车，用于田间运载。莫因，无由。 ㊲风月虚心，形留神往：明月清风往往会令人思虑澄净，但此时我虽身居此地，但心已飞到博昌。 ㊳室迩人遐(xiá)：彼此屋所相隔不远，人却难以见面。 ㊴情不遗旧，书何尽言：心里无法忘记旧日的感情，一封书信怎能诉尽衷肠。遗旧，忘旧。

关于此信的写作缘由，有的说是骆宾王除临海丞，复至齐境，虽离博昌甚近，但因公务紧急而未能到博昌与父老相聚，惆怅之余给父老写下此信以寄情；有的说是骆宾王听闻博昌治所迁移至乐安故城(在今博兴北)，于是给博昌父老写信相加安慰并自述阔别相思之情。但从文中"承并无恙，幸甚幸甚""又闻移县就乐安故城"等看，应该是博昌父老先有书贻骆宾王，信中具体所书不得而知，但问候骆宾王与告知其博昌治所迁移等事是毋庸置疑的，正因为此，骆宾王才有此信复之。

骆宾王的父亲曾为博昌宰，道德"清芬"，仁政"遗爱"于博昌百姓，得到当地百姓的爱戴与怀念，死后葬于博昌。骆宾王早年随父在博昌生活，他视博昌如同故乡一般，博昌的"春渚青山"无不让其"载劳延想"，虽然十五年前的"云雨俄别"让他和博昌父老分隔异乡再未见面，但彼此的情谊与思念并未随着时间的流逝而淡薄。在收到博昌父老的信后，骆宾王提笔即以"承并无恙，幸甚幸甚"感谢博昌父老对自己的挂牵并倾吐自己的想念之情，然后如古人般感慨："别易会难，不其然也！""别"与"会"成为全文之眼。一"别"十五载，双方再无"会"面机缘，只能通过书信互倾衷肠。曹丕曾云"节同时异，物是人非"(《与朝歌令吴质书》)，而骆宾王所感慨的是不仅仅是"物是人非"，而更是"物非人非"啊。

骆宾王首先感慨的是"人非"，此可从"自解携襟袖"至"尚何云哉"。分别十五年，过半的故交都已离世。张学士、辟闾公，父亲当初的府吏、门生，年高望重的耆宿，骆宾王一一点出，其书一人，必会忆及此人的音容笑貌，而这种"泉壤殊途，幽明永隔"之状也必定会令骆宾王痛彻心扉，难以自抑。"追惟逝者，浮生几何"，由斯人已逝而联想到生者之命，这种"感今怀旧，不觉涕之无从"更使骆宾王生发出人生短暂、天道难言之叹。骆宾王举了两个看淡生死之例并加以质疑：超凡脱俗的庄子曾有天地一指之说，认为天地万物一体，没有是非、生死之别，但骆宾王却说自己首先感受到的是人生的劳苦。秦佚吊老聃只哭三声，面对弟子的质疑，秦佚说并非所有吊唁、痛哭的人都出自真情，很多仅是出于礼节，何况人的生死均是自然变化，"安时而处顺"，旁人的"哀乐不能入也"，骆宾王对此也不认同，他认为一个人如何能对活生生的人突然死去而无动于衷呢？反用庄子、秦佚之典，骆宾王凸显出对于故交的一片深情以及对他们的逝去表示沉痛哀思，并以"啜其泣矣，尚何云哉"与前文的"不觉涕之无从也"前后呼应，真情自见。文中连用"朝露""夜台""蒿里""松丘"等与死亡、坟墓相关联的词语，更烘托出文章哀愁悲凄的情感基调。

感慨"人非"之后，骆宾王又叹息"物非"。《古诗十九首》有云"人生非金石，岂能长寿考"(《回车驾言迈》)，"人生忽如寄，寿无金石固"(《驱车上东门》)，人生倏忽而逝，面对亲朋好友之间突然阴阳两隔的"人非"之状，骆宾王难抑悲情，而面对应有"金石"之固的博昌县城逐渐衰败的"物非"之景，骆宾王则是难掩惋惜与怀念之情。博昌治所迁移到乐安故城之后，原来的街道小巷空留其名，旧居荒芜杂草丛生，城墙坍塌，坟墓比存活的故人数量还多，尽是一派衰败萧瑟之象。骆宾王用丁令威之典写"物是人非"("城郭如故人民非")，而用苏耽之典写"物非人非"，两个典故均出现了鹤的意象，都写了主人公回故乡之所见，但所见有异，后者比前者更令人感伤，所抒发的哀情亦更为沉重。两次相似的典故，其表达的哀情又呈递进之意。

接着骆宾王道出自己何以对博昌的"人非物非"如此伤感的缘由。一是骆宾王的父亲曾为博昌宰，且因施惠政于民而备受百姓爱戴与怀念，他死后也葬在博昌。二是自己曾随父亲居于此，故交众多，博昌如同自己的故乡一般。正因为博昌在骆宾王的人生中如此重要，所以他才时常怀念这里的人与物，但"于役不遑，愿言徒拥"，碍于公务，自己空怀返归之愿。遗憾之情，再次流露。

最后一段骆宾王遥想今年"西成有岁，东户无为。野老清谈，怡然自得；田家浊酒，乐以忘忧"的太平盛景，实际上也是对上文讲述父亲"清芬虽远，遗爱犹存"的呼应，暗藏着对于父亲道德、政绩的颂扬。这一太平盛景应该也是博昌父老在信中给骆宾王描述的丰收之景，所以骆宾王才会一边想象，一边感叹大家应该"洽赏当年，相欢卒岁。宁复惠存旧好，追思昔游"，在这丰收的好年成，父老乡亲应该欢聚赏游，快活到年底，但我自己却不能参与其中，只能烦劳博昌父老惠赠书信追忆昔日的交游。骆宾王再次表达遗憾、无奈之情。这种遗憾无奈在骆宾王顺道经过博昌却因公务繁忙而数次错过更加凸显而出。博昌的"风月"与"山川"，让骆宾王"形留神往"，历历于其眼前。但"室迩人遐"的遗憾始终未能弥补。骆宾王只能"以此怀劳，增其叹息"，对于博昌父老的旧情，哪里是一封信可以倾吐殆尽的呢？这又徒增一层遗憾。

因博昌父老的来信而兴起骆宾王早已深埋心底的“别易会难”之叹，他在信中怅忆离别，怀人叙旧，抒发人非物非之感，情感真挚动人。这种真情，有对父老致信问候的感激之情，有对知交零落的哀痛之情，有对故地衰败萧瑟的惋惜之情，有对无法与父老共享收成欢聚的遗憾之情，有对因公务而不能返归的无奈之情，这种种情感一一宣泄于一纸书信之中，怎能不令人动容？骆宾王对博昌的依依之情，对博昌父老的绻绻之意，亦饱含于这一封短笺之中。富蕴真情，是这篇文章最能打动人的地方。

唐初初年，文章多承六朝骈体余风，辞藻瑰丽，对偶精工，甚至复入六朝柔弱靡丽之径。“唐初四杰，并驾一时，式江、薛之靡音，追徐、庾之健笔”（阮元《四六丛话序》），“四杰”在吸收徐、庾骈文精华的同时，又予以创新，大多带有清新刚健之气，骆宾王的骈文亦是如此。《与博昌父老书》虽未能脱当时流行的骈俪之体，全文多以骈句为主，讲究对仗、声调及韵律，形成一种结构的整饬美和声音的韵律美，但文词自然清新而无板滞之气和雕饰之迹。典故的使用，见出骆宾王的精心采撷，亦十分切合情感的表达。清丽的骈体与贴合的典故，使得文章古雅婉丽，清人蒋士铨评《与博昌父老书》“是骆丞集中极澹远之作”，堪为的评。（刘　城）

【作者小传】

张　说

(667—731)　唐文学家。字道济，一字说之。洛阳（今属河南）人。武则天时应诏对策，得乙等，授太子校书。中宗时任黄门侍郎等职。睿宗时进同中书门下平章事，劝睿宗以太子隆基（玄宗）监国。玄宗时，任中书令，封燕国公。《新唐书》本传称其“为文属思精壮，长于碑志，世所不逮”。朝廷文诰，多出其手，与许国公苏颋齐名，时号“燕许大手笔”。有《张说之文集》传世。

钱本草　　张　说

钱味甘，大热有毒。偏能驻颜，彩泽流润，善疗饥寒困厄之患，立验。能利邦国，污贤达，畏清廉。贪婪者服之，以均平为良。如不均平，则冷热相激，令人霍乱①。其药采无时，采至非理则伤神。此既流行,能役神灵,通鬼气。如积而不散,则有水火盗贼之灾生;如散而不积,则有饥寒困厄之患至。一积一散谓之道,不以为珍谓之德,取与合宜谓之义,使无非分谓之礼,博施济众谓之仁,出不失期谓之信,入不妨己谓之智。以此七术精炼方可。久而服之,令人长寿。若服之非理,则弱志伤神,切须忌之。

〔注〕 ① 霍乱:猝然发作,行为错乱。

只需看一下题目,人们就会对本文产生极大的兴趣——几乎每一个读者都会好奇地自问:“怪了,作者怎么把钱当作药来写?”而当人们怀着这好奇之心将文章读完时,又不能不为作者文思之奇妙而拍案叫绝。这位被时人称道为“燕许大手笔”之一的张说,为文一向讲实用,重风骨。此文,即是一篇讽刺色彩极强的小品文。

说到钱,自从它伴随着商品交换而来到世间之后,几乎人人都知道它,然而,真正认识它的人,为数却不甚多。古往今来,因为没有钱而困顿终生的人,无计其数;因为有钱而终生困顿的,也大有人在。无论是穷人还是富人,都程度不同地尝受过金钱的赏与罚,也都尝受过金钱的酸甜苦辣。钱能助人,钱亦能伤人,这是几乎人人都懂得的道理。然而,在金钱面前究竟应该如何做人,却是人们未必都懂得的。张说此文,对人们认识金钱,也对人们认识金钱面前的自己,都是大有裨益的。

此文以药喻钱,以药论钱。开篇直述钱“味”、钱“性”,寥寥七字,就将金钱之本质、特性作了精辟的概括。“味甘”,可知其服之可口,较之中药其他诸味(辛、酸、苦、咸、淡),最易为人们所接受。“大热”,可知其效力之强烈。“有毒”,则知其不可不防。开篇七字,是全文之“纲”。纲举而目张,接下来,作者又依次解析了钱的功能、利弊、禁忌等,将钱之可爱(利邦国)、可憎(污贤达)、可鄙(畏清廉)、可怕(生灾患)等特性进一步展开论证,淋漓尽致地刻画了金钱的真实面目。读到这里,人们不免会想起爱尔兰著名文学家萧伯纳关于金钱的一段著名论述——“所有人都知道金钱是一个充满希望的东西,是我们社会良心的闪光之点。它代表着健康、力量、荣誉、高贵和美丽,这就如同它代表着疾病、软弱、耻辱、下贱和丑陋对它的需要一样清楚明白,不容置疑。”(《巴巴拉少校》前言)这二十世纪的西方哲人和八世纪的本文作者,对金钱的看法,又是何等的一致。

那么,面对金钱这一尤物,人们究竟应当怎么办呢?作者指出,人在金钱面前，必须端正态度，即要精炼“七术”——道、德、义、礼、仁、信、智。具备了这“七术”，就对金钱有了透彻的认识，也就在金钱面前取得了做人的自由。

古今中外，写钱论钱的文章难计其数，而将钱纳入“本草”序列，以药论钱者，张说之外，尚未另见。作者把钱假设成药，用解析“药性”的方法来剖析“钱性”，这样，便把一篇很可能枯燥乏味的论文写活了。由于作者将所要告诉人们的道理皆已化作“弦外之音”，因此，就引导读者在阅读此文时要细细捉摸，认真品味，稍一疏忽，就难得个中真谛。作者这样写是在故弄玄虚吗？不是的。追求新颖奇妙，别开生面，企望产生更强烈的艺术效果，当是作者苦心之所在。

（荣 斌）

【作者小传】

王 维

(701？—761) 唐诗人、画家。字摩诘。先世为太原祁县(今属山西)人，其父迁居于蒲州(治今山西永济西南蒲州镇)，遂为河东人。开元进士。累官至给事中。安禄山军陷长安时曾受职，乱平后，降为太子中允。后官至尚书右丞，世称“王右丞”。晚年居蓝田辋川，亦官亦隐。能诗，善画，工书法，擅长音乐。著有《王右丞集》。

山中与裴秀才迪[1]书　王 维

近腊月下，景气和畅，故山殊可过[2]。足下方温经[3]，猥[4]不敢相烦，辄便往山中，憩感配寺[5]，与山僧饭讫而去。北涉玄灞[6]，清月映郭。夜登华子冈[7]，辋水沦涟[8]，与月上下。寒山远火，明灭林外。深巷寒犬，吠声如豹。村墟夜舂，复与疏钟相间[9]。此时独坐，僮仆静默。多思曩昔[10]，携手赋诗，步仄径[11]，临清流也。

当待春中，草木蔓发，春山可望，轻鯈[12]出水，白鸥矫翼，露湿青皋，麦陇朝雊[13]：斯之不远，傥[14]能从我游乎？非子天机清妙者，岂能以此不急之务相邀？然是中有深趣矣！无忽。

因驮黄蘗人往[15]，不一[16]。山中人王维白。

〔注〕 ① 裴秀才迪：裴迪，关中(今陕西渭河一带)人。开元末曾入张九龄荆州幕府。天宝中与王维俱隐居于终南山，常泛舟往来，弹琴赋诗。 ② 故山：指旧居所在的蓝田山。殊：很。过：游览。 ③ 温经：温习经文。 ④ 猥：自己的谦称。 ⑤ 感配寺：《文苑英华》作化感寺；王维另有《游感化寺》诗。 ⑥ 玄灞：深青色的灞水。 ⑦ 华子冈：王维辋川别业附近的一处胜景。《辋川集·序》："余别业在辋川山谷，其游止有孟城坳、华子冈、文杏馆……" ⑧ 辋水：即辋川。沦涟：水波起伏。 ⑨ 夜舂：夜晚捣谷的声音。疏钟：稀疏的钟声。 ⑩ 曩(nǎng)昔：往日。 ⑪ 仄径：狭窄的小路。 ⑫ 轻鯈(tiáo)：轻捷的鲦鱼。 ⑬ 青皋(gāo)：春天的水边。皋，水边高地。雊(gòu)：雉鸡鸣叫。 ⑭ 傥(tǎng)：或许。表商量语气。 ⑮"因驮"句：借助入山驮黄蘗的人送信去。黄蘗(bò)，落叶乔木，茎可制黄色染料，皮与根可入药。 ⑯ 不一：不详说。古时书信常见结尾用语。

王维除诗外，又工画、懂音乐、信佛教，晚年居住于辋川别墅中。辋川在陕西蓝田县辋谷川口，两山夹水，川水由此北流入灞水。山路很险狭，过了谷口便豁然开朗，四顾峰峦掩映。裴迪是他深交的道友，王维被安禄山囚禁菩提寺时所作的"秋槐叶落深宫里，凝碧池头奏管弦"的那首七绝，便是裴迪去看他时私自口占，写给裴迪的。

王维诗的最高成就在晚年，其中有画意、乐声和佛理，即使与佛教无关，也颇有禅味。这篇小柬，既是山水小品，也是散文诗，他的散文，最精彩的也就是这一篇了。

写时在阴历十二月，考虑到裴迪正在"温经"，所以不敢去邀请他，但还是把腊月的月下山中情景略加点染，好让裴迪引起兴趣。

文中先写可见之光。光是水色，因月而相映，又有远火，隐现于林外。后写可闻之声。因为严冬，又在深巷，故犬声如豹，以此曲描犬之惊寒。夜舂和疏钟交叉，形成自然的节奏，增添了音乐感。

这时僮仆静默，他便独坐沉思，心神两无拘束，思绪却在纷起，自我感觉在逐渐扩散，于是又忆起先前和友人往仄径，临清流，携手赋诗的情景了。

冬去春来，大自然本无定形，随时间而变化，草木虫鱼都乘此而萌发活跃。青翠的水田上露珠还在泛光，麦陇上已有雉鸡在啼叫。他希望好友在这时能来。他知道这是不急之务，但如果不是裴迪，也不可能识得此中深趣，他也不会相邀。于此可见裴迪的情操。

王维山中的景物，在中国的大地上，原是很常见的。他在辋川，住得很久。久住山庄，可以引起主人的两种反应，一是厌倦，天天看到的无非一些青山绿水。一是由此产生深厚的感情，一片月光，一湾水流，几声啼鸟，都可以激发他的诗情画意，其中自有偏爱，他却能赋予自然景物以个性，并且和自己的个性与审美趣味融合为一。这里就需要作家本人情操上的素养。

王维这篇小文，不过三百字光景，却成为一篇名作，然而能够欣赏这样作品的人，何尝不需要情操上的素养？否则，尽管也有阅读能力，看了之后，还不是像文盲之读《三字经》《百家姓》？寒山深巷，犬吠钟鸣，鱼游雉啼，能获得什么乐趣呢？

（金性尧）

【作者小传】

李　白

（701—762）　唐诗人。字太白，号青莲居士。祖籍陇西成纪（今甘肃静宁西南），隋末其先人流寓碎叶（唐时属安西都护府，在今吉尔吉斯斯坦北部托克马克附近），他即于此出生。幼时随父迁居绵州昌隆（今四川江油）青莲乡。少年时即显露才华，吟诗作赋，博学广览，并好行侠。从二十五岁起离川，长期在各地漫游。天宝初曾供奉翰林，因遭权贵谗毁，仅一年余即离开长安。安史之乱中曾为永王李璘幕僚，因璘败牵累，流放夜郎。中途遇赦东还。晚年飘泊江南，卒于当涂。其诗雄奇豪放，想象丰富，是屈原之后我国最伟大的浪漫主义诗人，与杜甫并称“李杜”。其文豪迈俊爽。著有《草堂集》《李翰林集》，均佚。宋人辑有《李太白文集》。

春夜宴诸从弟桃李园序　　李　白

夫天地者，万物之逆旅①；光阴者，百代②之过客。而浮生若梦，为欢几何？古人秉烛夜游，良有以也。况阳春召我以烟景③，大块④假我以文章。会桃李之芳园，序天伦之乐事。群季俊秀，皆为惠连⑤；吾人咏歌，独惭康乐⑥。幽赏未已，高谈转清。开琼筵⑦以坐花，飞羽觞⑧而醉月。不有佳咏，何伸雅怀？如诗不成，罚依金谷酒数⑨。

〔注〕①逆旅：客舍。　②百代：指很长的岁月。　③烟景：春天的美景。　④大块：大自然。　⑤惠连：南朝宋文学家谢惠连，与其族兄谢灵运并称“大小谢”。　⑥康乐：南朝宋文学家谢灵运，谢玄孙，袭封康乐公。　⑦琼筵（yán）：盛宴。　⑧羽觞：古代饮酒器。作鸟雀状，左右形似羽翼。一说插鸟羽于觞，催人速饮。　⑨金谷酒数：晋石崇宴客洛阳金谷涧中，赋诗不成者罚酒三觞。

这篇散文小品，洋溢着诗情画意，像一首优美的诗，长期以来，家弦户诵，脍炙人口。明代大画家仇英还把它转化为视觉形象,绘成图画,流传至今。

从题目看,这是一篇记事文。记事文,一般要包含六个要素:Who(何人)、When(何时)、Where(何地)、What(何事)、How(如何)、Why(为何)。题目即回答了四个要素:什么人?作者与诸从弟。什么时候?春夜。什么地方?桃李园。干什么?宴饮。这已经在很大程度上泄露了主题。一看题目就知道文章的基本内容,又怎能引人入胜呢?然而一读全文,就立刻被那强烈的艺术魅力所吸引,陶醉于美的享受。原因在于:作者结合剩下的两个要素,对已见于题目中的四个要素作了进一步的、独特的回答,从而展现了情景交融、景美情浓的艺术天地。

全文是以议论开头的:"夫天地者,万物之逆旅;光阴者,百代之过客。而浮生若梦,为欢几何?古人秉烛夜游,良有以也。"《古文观止》的编者说这是"点'夜'字",即回答了"何时"。这固然是对的;但不仅如此。更重要的,还在于回答了另一个要素:"为何"。白天满可以"宴",为什么要"夜"宴呢?就因为"浮生若梦,为欢几何",所以要及时行乐,连夜间都不肯放过。及时行乐的思想在我们看来是消极的,但在封建社会的某些知识分子和达官贵人中却是普遍存在的。《古诗十九首》有云:"生年不满百,常怀千岁忧。昼短苦夜长,何不秉烛游?"曹丕《与吴质书》有云:"少壮真当努力,年一过往,何可攀援?古人思秉烛夜游,良有以也。"作者在行文上的巧妙之处,就表现在他不去说明自己为什么要"夜"宴,只说明"古人秉烛夜游"的原因,而自己"夜"宴的原因,已和盘托出,无烦词费。

"阳春召我以烟景,大块假我以文章",这是万口传诵的名句。《古文观止》的编者说它"点'春'字",即与第一段"点'夜'字"结合,照应题目,回答了"何时"。这当然不算错,但不仅如此。它用一个表示进层关系的连词"况"承接第一段,进一步回答了"为何"。"浮生若梦,为欢几何",因而应该"夜"宴;更何况这是春季的"夜","阳春"用她的"烟景召唤我","大块(天地)"把她的"文章"献给我,岂容辜负!因而更应该"夜"宴。其所以成为名句,就由于它的确佳妙。第一,只用几个字就体现了春景的特色。春天的阳光,暖烘烘,红艳艳,多么惹人喜爱!"春"前着一"阳"字,就把春天形象化,使人身上感到一阵温暖,眼前呈现一片红艳。春天地气上升,花、柳、山、水,以及其他所有自然景物,都披绡戴縠,分外迷人。那当然不是绡縠,而是弥漫于空气之中的袅袅轻烟。"景"前着一"烟"字,就展现了这独特的画面。此后,"阳春烟景",就和作者在《黄鹤楼送孟浩然之广陵》一诗中所创造的"烟花三月"一样,成为人们喜爱的语言,一经运用,立刻唤起对春天美景的无限联想。至于把天地间的森罗万象叫做"文章",也能给人以文采炳焕、赏心悦目的感受。第二,这两个句子还把审美客体拟人化。那"阳春"是有情的,她用美丽的"烟景"召唤我;那"大块"也是有情的,她把绚烂的"文章"献给我。既然如此,作为审美主体的"我"又岂能无情!自然主客拥抱,融合无间了。

"会桃李之芳园"以下是全文的主体,兼包六个要素,而着重写"如何"。这一点很重要。试想,与诸从弟夜宴,如果是为了饯别,那就会出现"醉不成欢惨将别,别时茫茫江浸月"(白居易《琵琶行》)的场面,或"今宵酒醒何处,杨柳岸晓风残月"(柳永《雨霖铃》)的景象,未免大败人意。如今幸而并非如此。"会桃李之芳园",不是为了饯别,而是为了"叙天伦之乐事"。这一句,既与第一段"为欢几何"里的"欢"字相照应,又赋予它以特定的具体内容。这不是别的什么"欢",而是"叙天伦之乐事"的"欢"。看来,作者与从弟们分别很久了。作为封建社会里的"浮生",难得享天伦之乐啊!如今,不但相会了,而且相会于流芳溢彩的桃李园中,阳春既召我以烟景,大块又假我以文章,此时此地,"叙天伦之乐事",真是百倍的欢乐!当然,"天伦之乐事",不同的人有不同的"叙"法。那么,作者和他的从弟们是什么样的人呢?南朝著名诗人谢灵运的族弟谢惠连工诗文,擅书画,作者便说"群季(诸弟)俊秀,皆为惠连"。以谢惠连比他的几位从弟,不用说就以谢灵运自比了。"吾人咏歌,独惭康乐",不过是自谦罢了。人物如此俊秀,谈吐自然不凡。接下去的"幽赏未已,高谈转清",虽似双线并行,实则前宾后主。"赏"的对象,就是前面所写的"阳春烟景""大块文章"和"桃李芳园";"谈"的内容,主要是"天伦乐事",但也可以包括"赏"的对象。"赏"的对象那么优美,所以"赏"是"幽赏";"谈"的内容那么欢乐,所以"谈"是"高谈"。在这里,美景烘托乐事,幽赏助长高谈,从而把欢乐的激情推向高潮。

"开琼筵以坐花,飞羽觞而醉月"两句,集中写"春夜宴桃李园",这是那欢乐的浪潮激起的洪峰。"月"乃"春夜"之月,"花"乃"桃李"之花。兄弟相会,花月交辉,幽赏高谈,其乐无穷,于是继之以开筵饮宴。"飞羽觞"一句,实在写得好!《汉书·外戚传》引班倢伃赋云:"酌羽觞兮销忧。"颜师古注采用孟康的解释:"羽觞,爵也。作生爵形,有头,尾,羽翼。"爵,是酒器的名称;而在古代,"爵"字又与"雀"字相通。所谓"作生爵形",就是其酒器的形状像活的雀儿,有头,有尾,有羽翼。正因为有羽翼,所以又称"爵"为"羽觞"。班倢伃独自借酒浇愁,"觞"虽有"羽",却只能"酌",不能"飞"。李白从"羽"字着想,生动地用了个"飞"字,就把兄弟们痛饮狂欢的场景表现得淋漓尽致。

痛饮固然可以表现狂欢,但光痛饮,就不够"雅"。他们都是诗人,痛饮不足以尽兴,就要作诗。于是以"不有佳作,何伸雅怀"等句结束了全篇。《古文观止》

的编者说:“末数语,写一觞一咏之乐,与世俗浪游者迥别。”是相当中肯的。

开头以“浮生若梦”等句引出夜宴,在今天看来,思想境界当然不高,但在李白却有其社会原因。况且,开头一段,不过是为了引出下文;而其中的“欢”字,又为全文定下了基调。“况”字以下,写景如画,充满着春天的生机;叙事如见,洋溢着健康的欢乐。意境是崇高的,格调是明朗的。诵读全文,并不会滋生“浮生若梦”的消极情绪,却能于获得艺术享受的同时提高精神境界,热爱自然,热爱人生。

结尾的“如诗不成,罚依金谷酒数”,用的是石崇《金谷诗序》(《全晋文》卷三三)的典故。李白的这篇序,从体裁、题材上看,也与《金谷诗序》相似。而《金谷诗序》却说“感性命之不永,惧凋落之无期”,情调很悲凉。其他同类作品,如王羲之的《兰亭集序》,前面虽说“仰观宇宙之大,俯察品类之盛,所以游目骋怀,足以极视听之娱,信可乐也”,结尾却“临文嗟悼,不能喻之于怀”,发出“悲夫”的慨叹。孙绰的《三月三日兰亭诗序》(《全晋文》卷六一)也说“乐与时去,悲亦系之”,与王序如出一辙。陶渊明的《游斜川诗序》亦然:“悲日月之既往,悼吾年之不留”,调子是低沉的。直到初唐的游宴诗文,仍跳不出这种老套子。王勃的《滕王阁序》,不是也有“呜呼!胜地不常,盛筵难再;兰亭已矣,梓泽丘墟”的感慨吗?李白同样写游宴,却完全摆脱了“既喜而复悲”的陈套,给人以乐观情绪的感染。与古人的同类作品相比,本篇确是别开生面,“自是锦心绣口之文”。(霍松林)

秋于敬亭送从侄耑游庐山序① 李 白

余小时,大人令诵《子虚赋》②,私心慕之。及长,南游云梦,览七泽③之壮观,酒隐安陆④,蹉跎十年⑤。初,嘉兴季父谪长沙西还,时予拜见,预饮林下。耑乃稚子,嬉游在旁。今来有成,郁负秀气。吾衰久矣,见尔慰心,申悲道旧,破涕为笑。

方告我远涉,西登香炉⑥。长山横蹙,九江却转。瀑布天落,半与银河争流,腾虹奔电,潨⑦射万壑。此宇宙之奇诡也。其上有方湖、石井⑧,不可得而窥焉。

羡君此行,抚鹤长啸。恨丹液未就,白龙来迟⑨,使秦人着鞭,先往桃花之水⑩。孤负夙愿,惭归名山;终期后来,携手五岳。情以送远,诗宁阙乎?

〔注〕 ① 敬亭:敬亭山,在安徽宣城北,山上有敬亭,山以此命名。耑(duān):李白族侄

李耑。②《子虚赋》：汉赋名篇，为司马相如所作。③七泽：据说楚国古有七泽，云梦是其中之一。④安陆：今属湖北。⑤蹉跎十年：李白于开元十五年(727)始居安陆，开元二十八年(740)移家东鲁，约而计之，称十年。⑥香炉：庐山香炉峰。⑦潨(cóng)：众水聚集。⑧方湖、石井：传说在庐山上。慧远《游庐山记》："传闻有石井方湖，中有赤鳞涌出。"⑨丹液未就，白龙来迟：是说未炼成金丹，未能仙去。白龙：传说中仙人的坐骑。此处用陵阳子明钓得白龙成仙的典故。⑩桃花之水：指桃花源。"秦人"：指李耑，"耑"为端的古体。

这是一篇十分出色的赠序文，系李白晚年在宣城为送族侄李耑往游庐山而写的。

赠序不外叙交谊，道别情。不过此文着笔的中心点是鼓励、引导李耑情绪饱满、精神振奋地前往庐山游览，道别、叙旧皆为此铺设。开头一段叙述初识李耑因由，特提他小时候父亲叫他读《子虚赋》，他为司马相如笔下所描写的云梦景象深深打动，到成年时，真的南游云梦，饱览了荆楚壮丽的山川。作者叙述此事，显有类比意味，现在眼前这位晚辈不正像当年的自己吗？这位晚辈的向往匡庐不正如昔年自己的企慕云梦吗？他叙述自己这段往事，意图是在激发李耑也像他年轻时那样"仗剑去国，辞亲远游"，那样地向往大自然、一往无前。后面的道别又是落实在"羡君此行""终期后来"上，他羡慕李耑上庐山，他与之相约在名山相会，这就不是一般的"惜别意"了，仍然是在鼓励前行。试想，当李耑踏上这种令前辈称羡、并想步其后尘的旅行道途时，该是多么快意啊。

当然，中间那段写景是全文最精彩的部分，更是会叫这位"不识庐山真面目"的少年心驰神往。作者是以过来人的口吻描述庐山的形胜，先是鸟瞰，后是特写。"长山横蹙，九江却转"，"长山"即指庐山，"九江"，指流经此地曲折的江流。这两句所写正如《庐山谣寄卢侍御虚舟》描写的："庐山秀出南斗旁""白波九道流雪山"。当"登高壮观天地间"，对庐山进行全景式鸟瞰时，该叫人会是如何的振奋啊。下面对香炉峰大瀑布作集中描写。那种高度，那种力度，那种形态，那种气势，充分表现了大自然的神奇，该叫观者如何的惊心骇目。上面是作者身亲目接的景象，叙来恐怕已叫李耑心花怒放了，且慢，更奇妙的还在后面呢！"其上有方湖、石井，不可得而窥焉。"原来香炉峰上还有这两处佳胜，晋释慧远在《游庐山记》中就说过，方湖、石井中还有"赤鳞涌出，野人不能叙，直叹其奇而已"。这两处胜景连当地的居民都说不清楚，可见其奇幻了。慧远未能往游，李白也未能往观，这奇境中的奇境大概在等待少年李耑去发现了。李白亲历的胜景已够李耑称奇叹赏，不意还有这等仙境迄无问津，一饱眼福、一探为快的冲动该在这位少年心底翻腾起来，真要叫他"一夜飞渡'彭蠡'月"了。

李白"一生好入名山游"，也会诱人发兴游名山。你看他送这位本家侄子游庐岳，多么善于借题发挥、现身说法，多么善于点染烟霞、设悬启胜，原来他还是一位出色的“导游家”呀。

（汤华泉）

暮春江夏送张祖监丞之东都序[①] 　李　白

吁嗟哉！仆书室坐愁，亦已久矣！每思欲遐登蓬莱，极目四海，手弄白日，顶摩青穹，挥斥幽愤，不可得也。而金骨未变，玉颜已缁[②]，何尝不扪松伤心，抚鹤叹息？误学书剑，薄游[③]人间，紫微九重，碧山万里，有才无命，甘于后时。刘表不用于祢衡，暂来江夏；贺循喜逢于张翰，且乐船中。达人张侯，大雅君子，统泛舟之役，在清川之湄。谈玄赋诗，连兴数月；醉尽花柳，赏穷江山。王命有程，告以行迈[④]；烟景晚色，惨为愁容。系飞帆于半天，泛渌水[⑤]于遥海。欲去不忍，更开芳樽，乐虽寰中，趣逸天半，平生酣畅，未若此筵。至于清谈浩歌，雄笔丽藻，笑饮醁酒[⑥]，醉挥素琴，余实不愧于古人也。扬袂远别，何时归来？想洛阳之秋风，将脍鱼以相待。诗可赠远，无乃阙乎[⑦]？

〔注〕 ① 江夏：郡名，治今湖北武汉武昌区。张祖监丞：生平事迹不详。监丞，官名，唐代诸监均设监丞。东都：今河南洛阳市，唐时为东都。 ② 缁(zī)：黑色。 ③ 薄游：漫游。 ④“王命”二句：朝廷命令有程期，告知将要远行。行迈，远行。《诗经·王风·黍离》：“行迈靡靡，中心摇摇。” ⑤ 渌(lù)水：清澈的水。 ⑥ 醁(lù)酒：美酒。 ⑦“诗可”二句：大意为诗虽然可以赠远寄意，但终难弥补分别的感情阙失。言下之意是只有重逢聚首，才是最快意的。

开元十三年(725)，二十五岁的李白“杖剑去国，辞亲远游”(《上安州裴长史书》)，扬帆出蜀，开始了他追求生命价值实现的活动。过襄、汉，泛洞庭，东下金陵、扬州，更客汝海，于十五年(727)还憩云梦，得娶故相许圉师孙女为妻，遂留寓安陆(今属湖北)，直至开元二十二年(734)北上洛阳；这就是《送从侄耑游庐山序》中所说的“酒隐安陆，蹉跎十年”。在这个期间，虽仍是足迹遍江南，但却以鄂汉为中心，所以，紧邻安陆东南的江夏(今武汉市武昌)便是常游驻足之地，留下了大量有关的作品，本文即属其中之一端。

就制作主旨言，自然在于饯别送行，抒写离情，但前半篇先从自我遭际心境着笔，纵横倾诉，不避繁复，特见忧思的深重。“吁嗟哉”！这大声的感叹劈头唱出，使人悚然心动，正缘因“书室坐愁，亦已久矣”，它纠绕萦注在心头，怎么也不能解脱。李白好庄老神仙之术，故多有瑰奇诡丽之想，这里说欲远遁蓬莱仙山，手摸白日，顶接青天，放眼四海，以寄迹寓心，排遣“幽愤”；正见出他胸襟的阔大雄健，不屑于卑琐凡庸，体现了一贯的作风和品格。当然，那种充满浪漫色彩，表面上看起来对于世俗人生的超越，本质仍根源于现实社会。因为李白是一个怀有济世安民大抱负的人，为自己设计的理想道路是“申管、晏之谈，谋帝王之术，奋其智能，愿为辅弼，使寰区大定，海县清一，事君之道成，荣亲之义毕，然后与陶朱、留侯，浮五湖，戏沧洲，不足为难矣”(《代寿山答孟少府移文书》)，追慕赞赏的风范模式是鲁仲连谈笑却秦兵、郦食其片言下齐城、张良既为帝王师而终从赤松子游，所以，他不肯效法一般士子的科举仕进之途，总希望通过上书干谒等非常规行径，获得突然政治机遇来实现自己的夙愿。但是，他的执着追求仅仅是一个辉煌又渺茫的梦想，虽然经过多方面不断奔波努力，却还看不到任何成功的征兆，顾视岁月水逝，年华渐老，怎能不“扪松伤心，抚鹤叹息”，显得格外忧虑？按，“金骨”，道家传说中的神仙之身，李白《天台晓望》诗“攀条摘朱实，服药炼金骨”，又《感兴八首》之五“西山玉童子，使我炼金骨；欲逐黄鹤飞，相呼向蓬阙”。文中借以喻指理想与事业。以下“误学书剑”至“碧山万重”四句，仍是慨喟沉沦下僚，帝阙难期，自己的绝世才华，凌云壮志不被当政者信用。又《经乱离后天恩流夜郎忆旧游书怀赠江夏韦太守良宰》亦云“试涉霸王略，将期轩冕荣。时命乃大谬，弃之海上行，学剑翻自嘲，为文竟何成？剑非万人敌，文窃四海声”，也是同样意思，这里的“误”字和诗中的“大谬”实际上皆为“幽愤”中的迸发语，将自己的坎坷落拓归之于“有才无命”，而此“命”，也并非冥冥上天所主宰，乃是社会人世的“命运”，无怪乎他不得施展宏图，未曾逢时际遇、作风云之会了。说“甘于”，亦属反语，用心近乎“误”，将满腔勃郁不平之气和盘托出，直注笔端纸上，教人反复体味不尽。

“刘表不用于祢衡，暂来江夏；贺循喜逢于张翰，且乐船中”四句，承前启后，总束以上的追述慨叹语，直接转向现在，扣住人、地，为后面的感离伤别大段文字铺开先声。据《后汉书·文苑传》载，祢衡，字正平，建安初来游许下，曹操闻其名“欲见之，而衡素相轻疾，自称狂病，不肯往，而数有恣言，操怀忿，以其才名，不欲杀之”，后欲辱衡反被辱，乃送与荆州刺史刘表。“刘表及荆州士大夫先服其才名，甚宾礼之，后复侮慢于表，表耻不能容，以江夏太守黄祖性急，故送衡与之”，后衡竟为黄祖所害。对于祢衡的悲剧性命运和卓越才情，李白是深为悲悼感佩的，曾赋有《望鹦鹉洲怀祢衡》诗记之：“吴江赋《鹦鹉》，落笔超群英，锵锵振金玉，句句欲飞鸣。鸷鹗啄孤凤，千春伤我情，五岳起方寸，隐然讵可平？才高竟何施，寡识冒天刑,至今芳洲上,兰蕙不忍生!”而此际旧地重游,追念先贤,除凭吊之情外,再联系自我怀才不遇的现实困顿,便油然生出以古类今的同病相怜感,隐隐引以自况了。又《晋书·张翰传》云“贺循赴命入洛,经吴阊门,于船中弹琴。翰初不相识,乃就循言谈,便大相钦悦,问循知其入洛,翰曰:‘吾亦有事北京’,便同载即去,而不告家人”,文中假此典喻指己与张祖监丞的遇合,唐“东都”即为洛阳,系张监丞将往之地,且暗示已与张契合之深,情趣相投,可知惜别之重。轻轻一笔,自然而然地牵引出后半部分的叙写,敷陈“送”字题中应有之义,完成文意的过渡转折。

从“达人张侯”至“赏穷江山”云云为后半篇,归结到被送者,称赞他是风雅雍容之“君子”,次述其因“统泛舟之役”而止憩江夏水滨,数月间遍赏这故楚江山,而谈玄赋诗,畅饮于花丛柳下,相与盘桓留连,可谓尽占良辰美景,实人世至乐。然“王命有程,告以行迈”,很快就要动身北途,真不忍离去啊!在送别的筵席上,举杯致酒,传递出殷殷思绪,连迟迟暮色、朦胧烟雾似乎都在酝酿着漫天“愁容”。“系飞帆于半天,泛渌水于遥海”二句是悬想张祖监丞行程之速和旅舟情景,宕开一层,自近而远,由现在到未来,在时空方面均渲染了苍茫辽廓的境界,使韵味丰厚沉着。“乐虽寰中,趣逸天半,平生酣畅,未若此筵”,既纪实写事,又为结尾的自我抒发作了铺垫:李白终究是胸襟爽朗豁达的人,不肯久久沉回低咽、执着不开,所以很快将离别的哀愁化入清谈浩歌、属笔鸣琴的淋漓挥洒中,况且,于醉兴笑饮之际,自信华采风流、逸怀高趣实不逊古人,足可称一时之盛,则今日离别之情,送别之筵亦可共前贤韵事并列,使行者、居者皆有以宽慰了。至此,纷纭错杂、纵横交注,将自我怀抱与送行本旨敷衍铺陈已足,便荡开文意,收束全篇:“扬袂远别,何时归来?”再悬想故乡友好已热切等待着张祖监丞了,因之我此刻谨赋诗为志:“诗可赠远,无乃阙乎?”于是另题《江夏送张丞》的诗“欲别心不忍,临行情更亲。酒倾无限月,客醉几重春?藉草依流水,攀花赠远人。送君从此去,回首泣迷津”,照应了此序。按,文中“想洛阳之秋风,将脍鱼以相待”二句,系化用《晋书·文苑传·张翰传》事,翰字季鹰,吴郡吴人,官洛阳时,为齐王冏辟为大司马东曹掾,“因见秋风起,乃思吴中菰菜、莼羹、鲈鱼脍,曰:‘人生贵得适志,何能羁宦数千里以要名爵乎!’遂命驾而归”,暗寓盼张祖监丞早日归来、重聚欢饮之意。

纵览通篇,前半部分通过非现实的玄想幻思来抒发自我“幽愤”,沉郁苍凉中别具一股抑勒不住的飞扬之气,极富浪漫色彩,但深层却寓有对现实人生的热情和理想事业的执着追求;后半部分则清华流丽、神朗韵远,虽笼罩着离愁别绪,也

只如轻烟薄雾似的,并不显得过分沉重。（乔　力）

【作者小传】

杜　甫

(712—770)　唐诗人。字子美,尝自称少陵野老。祖籍襄阳(今属湖北),自其曾祖时迁居巩县(今河南巩义西南)。自幼好学,知识渊博,颇有政治抱负。开元后期,举进士不第,漫游各地。后寓居长安将近十年,未能有所施展,生活贫困,对当时的社会状况有较深的认识。靠献赋始得官。安禄山叛军陷长安,曾被困城中半年,后逃至凤翔,谒见肃宗,官左拾遗。后入蜀,筑草堂于浣花溪上,世称浣花草堂。一度在剑南节度使严武幕中任参谋,武表为检校工部员外郎,故世称杜工部。晚年携家出蜀,病死湘江途中。一说死于耒阳。其诗大胆揭露当时社会矛盾,对穷苦人民寄以深切同情。许多优秀作品显示出唐代由开元、天宝盛世转向分裂衰微的历史过程,被称为“诗史”。在艺术上,善于运用各种诗歌形式,尤长于律诗,风格多样,而以沉郁为主;语言精练,具有高度的表达能力。与李白齐名,世称“李杜”。宋以后被尊为“诗圣”,对历代诗歌创作产生巨大影响。著有《杜工部集》。

观公孙大娘弟子舞剑器[①]行序　　杜　甫

大历二年[②]十月十九日,夔府别驾[③]元持宅,见临颍[④]李十二娘舞剑器,壮其蔚跂[⑤],问其所师,曰:“余公孙大娘弟子也。”开元五载[⑥],余尚童稚,记于郾城[⑦]观公孙氏舞剑器浑脱[⑧],浏漓顿挫[⑨],独出冠时。自高头宜春、梨园二伎坊内人[⑩],洎外供奉舞女[⑪],晓是舞者,圣文神武皇帝[⑫]初,公孙一人而已。玉貌锦衣,况余白首,今兹弟子,亦非盛颜[⑬]。既辨其由来,知波澜莫二[⑭]。抚事慷慨,聊为《剑器行》。昔者吴人张旭,善草书书帖,数尝于郾县见公孙大娘舞西河剑器,自此草书长进[⑮],豪荡感激,即公孙可知矣。

〔注〕①剑器:即剑器舞,属唐代教坊乐舞的健舞类,从民间武术发展而来,舞者执剑而舞,舞姿豪健。唐代公孙大娘善舞剑器。②大历二年:公元767年。③夔府别驾:即夔

州都督府别驾。唐代置夔州，治奉节(今属重庆)。别驾，官名，汉时为刺史的佐吏，刺史巡视时，需乘车随行，故称。隋朝改为“长史”，唐中期以长史、别驾并置。 ④ 临颍：今属河南，以临颍水得名。 ⑤ 蔚跂(qí)：雄浑多姿。 ⑥ 开元五载：公元717年。 ⑦ 郾(yǎn)城：今河南省漯河市郾城区。 ⑧ 剑器浑脱：浑脱舞与中原汉族舞“剑器”融合，即两种不同调式糅合演奏伴舞，称剑器浑脱。浑脱，本指用整张动物皮制成的囊，后戴浑脱帽所表演的舞蹈称为浑脱舞，源自西域。 ⑨ 浏漓顿挫：流利飘逸，而又回旋转折。 ⑩ 高头：在皇帝面前，意指宫廷。宜春：即宜春院，在长安宫城东面东宫内，是宫里管理妓乐的机构。梨园：唐玄宗时教练宫廷歌舞艺人的场所。伎坊：教坊。内人：唐代长安教坊歌舞伎进入宜春院的称“内人”，也称“前头人”，常在皇帝面前表演歌舞。 ⑪ 洎(jì)：及，到。外供奉舞女：不居住在宫中，随时应召入宫表演的舞伎。与“内人”相对。 ⑫ 圣文神武皇帝：指唐玄宗。 ⑬ 亦非盛颜：也不怎么年轻。 ⑭ “既辨”二句：意谓从李十二娘的师承关系，看出其伎艺得到了公孙大娘的真传。 ⑮ “昔者”四句：李肇《唐国史补》：“旭言：‘始吾见公主担夫争路，而得笔法之意。后见公孙氏舞剑器，而得其神。’”张旭，唐代书法家，以草书著名。

杜诗之有序的共三篇，一为《同元使君舂陵行》，一为《苏大侍御访江浦赋八韵记异》，一即此篇，而以此篇写得最有情致，与诗相称，故可作小品读。

安史之乱前，长安的梨园，就像清代北京的升平署(南府)，颇受王室的赏识。在梨园子弟中，张野狐的觱篥，雷海青的琵琶，李龟年的歌唱，公孙大娘的舞蹈，尤为擅扬，名动公卿。

安史乱起，玄宗出亡，万户伤心，雷海青因不愿在叛军前奏乐，竟被支解示众(郑处晦《明皇杂录》)。其他艺人，避乱流离，纷散如烟。杜甫晚年，曾有几次听过这些流离中的梨园子弟的演唱，如在夔州柏都督筵上，听过李仙奴的歌唱，“哀筝伤老大”，使满座为之流泪。(《秋日夔府咏怀奉寄郑监李宾客一百韵》)

代宗大历二年(767)，杜甫又在夔州别驾元持家中观看了李十二娘舞《剑器》。这时公孙大娘已逝世，李十二娘也已非青年，问答之余，感慨万千。诗是由徒忆师，着重写公孙大娘当年的风姿技艺，后则转入对玄宗的悼念。这时玄宗逝世已经五年，金粟山边的泰陵(在今陕西蒲城)墓木也已合抱了。

南宋刘子翚《汴京纪事》咏李师师云：“辇毂繁华事可伤，师师垂老过湖湘。缕衣檀板无颜色，一曲当时动帝王。”可与杜甫此诗并观。丧乱之后，老大飘零，江湖相逢，对曾受帝王赏识的旧日歌人名妓，也别有“抚事慷慨”的沧桑之感，而且诗人自己也已五十余岁。

文末提到的张旭，以草书著名，有“草圣”之称，和李白诗歌、裴旻剑舞并称为“三绝”。相传他从担夫争道上，省得书法的变化之窍，此处又说他从公孙大娘的豪荡舞姿上受到启悟，提高了草书的艺术。豪荡指舞蹈姿势的奔放灵活，感激意为感悟、激动，张旭既从她的舞姿得到了艺术意境上的感悟，则她本人的技艺自可概见。

草书是一种紧张的创作活动,不同于端端正正的楷书,张旭又是"草圣",所以能从担夫争道、公孙舞蹈上得到了灵机,也就是说,凡是日常生活中顷刻之间表现出紧张的变化力量的事物,都可以过渡到他自己要想创造的更高更奇特的艺术成果中去。这不是严密的逻辑理论能够说得清楚,但在古今中外艺术家的创作生活中却是存在的。(金性尧)

苏涣访江浦诗序　　杜　甫

苏大侍御涣,静者也,旅于江侧,不交州府之客,人事都绝久矣。肩舆江浦,忽访老夫舟楫。已而茶酒内,余请诵近诗,肯吟数首,才力素壮,辞句动人。接对明日,忆其涌思雷出,书箧几杖之外,殷殷留金石声。赋八韵记异,亦见老夫倾倒于苏至矣。

这篇短文是杜甫《苏大侍御访江浦赋八韵记异》一诗之序,也是一篇短小精练的小品文。

诗题中说"记异",也就是记述苏涣特出奇异的地方,序就紧扣这两个字来作文,突出"异"字。那么,究竟异在何处呢?第一,苏涣本来是个"静者",也就是超然恬静,自甘寂寞,不乐交往的人,他已经屏绝人事很久,连州府的官员也不来往了。但是现在忽然坐着轿子到江边的船上来访问我这个四处飘荡、无家可归的人,你说奇也不奇,异也不异?可以想见杜甫当时是多么的惊喜。第二,惊喜之余,趁吃茶、喝酒的时候,杜甫请他朗诵自己最近所作的诗歌,他居然肯于朗诵几首,这说明他平时是不肯朗诵的,现在肯朗诵给杜甫听,也就有惺惺相惜之意了。杜甫觉得他的诗"才力素壮,辞句动人",一个"壮"字,写出了苏涣诗的特色,同时说辞句也很生动感人。杜甫曾在《戏为六绝句》中说:"才力应难跨数公(指庾信、"初唐四杰"等人),凡今谁是出群雄?或看翡翠兰苕上,未掣鲸鱼碧海中。"就杜甫植根于"盛唐气象"的审美思想来看,他推崇雄浑阔大的艺术风格,喜欢"碧海掣鲸"式的作品。现存的苏涣诗歌只有四首,七言诗《怀素上人草书歌》一首,五言诗《变律诗》三首,都收在《全唐诗》中,就总体风格来说,符合杜甫所说的审美观点。这,也使杜甫感到惊异。第三,到第二天杜甫想到苏涣朗诵诗歌时的情景,还感到那流畅铿锵的声音就像轰雷一样,冲口而出,似乎那"书箧几杖之外"都还回荡着他的朗诵之声,这也令杜甫感到惊奇。这一切,使杜甫觉得奇异,所以,要特意写一首诗给苏涣,来表达自己的倾倒之情。全文只有九十三个字,内容却包含得如此丰富，一波三折，描写也很精练生动，确乎是一篇难得的小品文。

杜甫写给这位“静者”的诗是：“庞公不浪出，苏氏今有之。再闻诵新作，突过黄初诗。乾坤几反复，扬马宜同时。今晨清镜中，白间生黑丝。余发喜却变，胜食斋房芝。昨夜舟火灭，湘娥帘外悲。百灵未敢散，风波寒江迟。”（按，现存杜诗只有七韵，可能脱了一韵）对苏涣称赏备至。杜甫不久还写了一首诗《暮秋枉裴道州手札，率尔遣兴寄递苏涣侍御》，最后四句说：“附书与裴因示苏，此生已愧须人扶。致君尧舜付公等，早据要路思捐躯。”对苏涣寄予了很高的期许，希望早日取得要职，为朝廷效力，就像当初自己希望的那样，做“致君尧舜上”，对国家社会有贡献的人。

然而，“静者”不静。苏涣是个什么样的人呢？郭沫若在《李白与杜甫》一书中专门写了一章“杜甫与苏涣”，他引《中兴间气集》中的小传介绍说：“涣本不平者，善放白弩（一种能连发的弓箭），巴中号曰白跖。賨人（四川、湖南交界处的少数民族）患之，以比盗跖。后自知非，变节从学。乡赋擢第，累迁侍御史，佐湖南幕。崔中丞（瓘）遇害，涣遂逾岭，扇（煽）动哥舒（晃）跋扈交广。”也就是，他后来到了广东，成为大将哥舒晃的谋主，杀了岭南节度使吕崇贲，举兵造反，东起潮阳，西至肇庆，北起韶关，南至广州，轰轰烈烈地造了两年半反，仗打得非常激烈，但是最终还是被唐军打败，苏涣也被杀掉。这些，当然不是杜甫此时能够料到的，因为在苏涣拜访后的次年，杜甫就在贫病交加中死去了。杜甫一生服膺儒家思想，以忠君爱国为己任，他当然是不主张造反的，要是早知道苏涣会这样，怕是避之唯恐不及，绝不会“倾倒”了吧？

（管遗瑞）

【作者小传】

李　华

（约715—774）　唐散文家。字遐叔。赵郡赞皇（今属河北）人。开元进士。官监察御史、右补阙。安禄山陷长安时，曾受凤阁舍人官职，乱平后贬官。后起官至检校吏部员外郎。擅长古文，文辞华丽，与萧颖士齐名。后人辑有《李遐叔文集》。

鹘执狐记　　李　华

某尝目异鸟击丰狐①于中野：双睛曜宿②，六翮垂云③，迅犹电驰，厉若霜杀。吻决肝脑，爪剖肾肠。昂藏自雄，倏忽而逝。

问名于耕者。对曰："此黄金鹗也。何其快哉！"因让[④]之曰："仁人秉心，哀矜不暇，何乐之有？"曰："是狐也，为患大矣！震惊我姻族，挠乱我闾里，善逃徐子之卢[⑤]，不避申孙之矢[⑥]，皇祇或者以其恶贯盈而以鹗诛之，予非斯禽之快也而谁为？"

悲夫！高位疾偾[⑦]，厚味腊毒[⑧]，遵道致盛，或罹诸殃况，假威为孽，能不速祸？在位者当洒濯其心，祓除凶意[⑨]，恶是务去，福其大来。不然，则有甚于狐之害人，庸狃于鹗之能尔[⑩]？

〔注〕①丰狐：大狐。　②双睛曜宿：两目射光如星曜。　③六翮(hé)垂云：双翅乘风如云飞。六翮：鸟类双翅中的正羽。用以指鸟的双翼。　④让：责备。　⑤徐子之卢：先秦传说中的一头猛犬。　⑥申孙之矢：先秦传说中的一种劲箭。　⑦高位疾偾(fèn)：高处的器物常易倾倒。　⑧厚味腊(xī)毒：厚味者毒烈。腊，极。　⑨祓(fú)除凶意：清除恶念。　⑩庸狃(niǔ)于鹗之能尔：难道不怕像丰狐一样遭到猛鹗的击杀？

《鹗执狐记》是一篇思想性和艺术性都很高的政治寓言。它不但具备一般政治寓言倾向鲜明、语言精警的特点，而且带有浓厚的传奇色彩和箴铭韵味，所以更能引人入胜。

文章首先把一个虚构的然而逼真的惊险场面展现在读者眼前：一头大狐正在田野中旁若无人地走着。突然，一只"双睛曜宿，六翮垂云，迅犹电驰，厉若霜杀"的异鸟从天外疾飞而来，一见大狐便直冲而下，用锋锐的嘴爪抓住它猛啄猛撕，转瞬之间便把它杀得肝脑洞穿，肾肠碎裂，然后非常自豪地昂首四顾，又向天外疾飞而去。

接着，文章又假托耕者之言告诉读者：这只异鸟乃是一种名叫黄金鹗的珍禽，它所击杀的丰狐则是一头罪孽累累、"为患大矣"的恶兽。因此，耕者对黄金鹗除暴锄奸的壮举大加赞赏，而对丰狐的遭凶殒灭则深为庆幸。

最后，作者即事发论，说明怙恶致祸乃必然之理，并提醒类似丰狐的"在位者"从中吸取教训。

《鹗执狐记》的寓意是十分明显的：人民痛恨恶人，恶人也终有恶报。这是寻常的情理，也是永恒的逻辑。作者采用"遁辞以隐意，谲譬以指事"(《文心雕龙·谐隐》)的方法，创造出一幕极富传奇色彩的壮剧，把这个寻常情理表现得异常精彩。开篇对黄金鹗的描写真有化工之妙，其风姿之矫健，动作之迅猛，意态之雄豪，皆跃然纸上，令人为之惊起。中间叙述作者同耕者的对话，亦变化自然，饶有风趣。篇末的议论则兼富哲理和激情，且有似箴铭的严重和高古。全篇尚不足二百字，却写得风骨清峻，情采瑰奇，“藻溢乎辞，辞盈乎气”(《文心雕龙·杂文》)，具有强大的感发力。

据独孤及撰《检校吏部员外郎赵郡李公中集序》和两《唐书》李华本传记载，李华原是一个赋性刚直，“务去恶如复仇”的人。他在天宝年间出任监察御史时，曾对“所在横猾”的当朝宰相杨国忠的亲戚“劾按不挠”，以此“为权幸所疾”，被免去原官，改授闲职。他还写过一篇借题发挥的《中书政事堂记》，指出为相者如有逆道乱刑、贪赃枉法、擅兴兵革、擅加赋税、弄权窃柄、假公报私等祸国殃民的罪行，就应当“诛之”“杀之”，并警告在位者不要重蹈历代奸相倾身祸败的覆辙，其用意既与《鹗执狐记》完全相同，所举罪行亦与两《唐书》、《明皇杂录》、《开元天宝遗事》和《资治通鉴》诸书所载杨国忠的恶贯非常相似。《鹗执狐记》又明言“在位者当洒濯其心，袯除凶意”，否则亦将如丰狐之遭诛灭。所有这些，都说明《鹗执狐记》是有感于杨国忠之“假威为孽”而作的。但它的意义却不止于对杨国忠一人的诛伐。古往今来一切凶顽残贼，又何尝不是同《鹗执狐记》中的丰狐一样的恶兽？

(罗忠族)

【作者小传】

元 结

(719—772) 唐文学家。字次山，号聱叟，曾避难入猗玗洞，因号猗玗子。河南(治今河南洛阳)人，居鲁山(今属河南)。天宝进士。曾参加抗击史思明叛军，立有战功。后任道州刺史、容管经略使。为诗注重反映政治现实和人民疾苦。散文亦多涉及时政，风格古朴。著有《元次山文集》。又曾编选《箧中集》行世。

右溪[①]记

元 结

道州城西百余步，有小溪，南流数十步，合营溪。水抵两岸，悉皆怪石，攲嵌[②]盘屈，不可名状。清流触石，洄悬激注[③]。佳木异竹，垂阴相荫。

此溪若在山野，则宜逸民退士之所游处；在人间，则可为都邑之胜境、静者之林亭。而置州已来，无人赏爱。徘徊溪上，为之怅然。乃疏凿芜秽[4]，俾[5]为亭宇，植松与桂，兼之香草，以裨[6]形胜。为溪在州右，遂名之曰右溪。刻铭石上，彰示来者。

〔注〕 ① 右溪：在今湖南省道县城西。 ② 攲(qī)：倾斜。嵚：凹陷。 ③ 洄：水回流的样子。悬：水翻腾向上的样子。注：灌注。 ④ 疏凿芜秽：疏通水道，开凿乱石，去除杂草。 ⑤ 俾(bǐ)：使。 ⑥ 裨(bì)：增添。

这篇小品，通过道州城西一条小溪治理前后的变化，寄托了作者的情思，文字幽妙芳洁，自成情趣。

文中对小溪景色的描绘十分突出。作者先写溪身："水抵两岸，悉皆怪石，攲嵚盘屈，不可名状。"说明溪身皆石，而且凸凹倾斜，姿态万千。次写溪水："清流触石，洄悬激注。"由于溪身皆石，溪水必然澄澈，而且拍击到攲嵚盘曲的石岸上，造成溪水翻腾之势，则溪水的曲折起伏，迸激跌宕的情状的声响仿佛可见可闻。接着笔墨移到岸上，描绘岸畔风光："佳木异竹，垂阴相荫。"以两岸树竹的美好及其错落有致，表现出溪畔的幽静宜人。从溪身、溪流、到岸畔，逐层写来，给人以完整的形象。它姿态万千，流水清澈，环境幽美，确实是幽妙芳洁的游乐佳境。

作者用极其精约的笔墨勾画出小溪景色之后，便情不自禁地发表议论，寄托情思。他认为，小溪凭它美丽的景色，如果在山野，就一定是隐逸者的游所，如果在都市，就会成为繁华的胜地。然而这小溪却遭到了自"置州以来，无人赏爱"的不公平待遇。只有作者对它的命运感到不平，于是下力量进行疏凿，建亭宇，植松桂，育香草，从而使小溪的景致更加优美动人了。

作者通过小溪运命的变化，寄托了身世之感，文外之意非常明显。元结本是一位有理想、有抱负、有才华的诗人和政治家，他曾多次上书朝廷，陈述民间疾苦，提出"救世劝俗"的政治改革主张，但却一直不被朝廷重用。这同道州城西小溪长期无人赏爱的遭遇不是十分相像吗！而自己对小溪的爱护与治理。正是对开明政治的希望与向往。

由于唐代知识分子普遍具有一种政治热情，他们描绘山水时，一般都与现实紧密结合，于是在山水小品中注入了抒情、寄托和议论的成分，这一特征，虽然明显表现在柳宗元笔下，但却始于元结。历代文学史家大都认为，元结的《右溪记》在艺术上尽管并不十分出色，但却开创了寓寄托于山水之中的创作途径，也开了柳宗元山水小品的先河，这是公允之论。 （崔承运）

菊 圃 记 元 结

春陵俗不种菊。前时自远致之,植于前庭墙下。及再来也,菊已无矣。徘徊旧圃,嗟叹久之。谁不知菊也?芳华可赏,在药品是良药,为蔬菜是佳蔬。纵须地趋走,犹宜徙植修养,而忍蹂践至尽,不爱惜乎?于戏!贤士君子自植其身,不可不慎择所处。一旦遭人不爱重,如此菊也,悲伤奈何?于是更为之圃,重畦①植之。其地近宴息之堂,吏人不此奔走;近登望之亭,旌麾②不此行列。纵参歌妓,菊非可恶之草;使有酒徒,菊为助兴之物。为之作记,以托后人。并录药经,列于记后。

〔注〕 ① 畦(qí):整治成一块块排列整齐的田地。 ② 旌(jīng)麾(huī):古时用羽毛装饰的军旗,此处指军队。

元结初任道州刺史是在唐代宗广德元年(763)秋,次年五月到任,仅年余即被罢免。数月后,于永泰二年(766)春奉命再为道州刺史,这篇文章即作于此时,记叙了一个生活中的小插曲:重新辟地种菊。这类本不起眼的生活小事俯拾皆是,很容易被人所忽略,而作者却兴致盎然,慧眼独具,从中发掘出了更深刻的内涵。短短的文字即包括了前因后果、所思所为等内容,层次分明,结构严谨,显示了作者深厚的艺术修养和娴熟的艺术技巧。

春陵是汉侯国名,道州(今湖南道县)是春陵故地,所以元结在道州时所作诗文,大都以春陵代指道州,如著名的五言古诗《春陵行》。文章开门见山就交代辟地种菊之原因:前时所种之菊不复见矣!"俗不种菊"说明此菊之稀有;"自远致之"说明此菊之珍贵。而今再来,"菊已无矣",怎不叫人徘徊再三、嗟叹良久?作者爱菊之情深、惜菊之心切,读者可从他徘徊的身影、连声的叹息中真切地感受到。以上是文章的第一层次。

交代了辟地种菊的原因后,作者就开始发表议论了。"谁不知菊也?"这是一个有力的反诘。菊花以她傲霜的风姿、脱俗的气质赢得了历代骚人墨客的普遍喜爱。著名者如屈原"夕餐秋菊",以示思想高洁;陶渊明"采菊东篱下",以为"秋菊有佳色",对菊花的偏爱更是无人不晓。作者以为,菊花至少有三点好处:一是"芳华可赏",二是可作"良药",三是可为"佳蔬"。这样有益无害且稀有珍贵的植物,理当受到人们格外"爱重"才是。即使它的生长有碍行走,那么也应该小心地将它移植别处，哪能忍心把它“蹂践至尽”、不爱惜到这种程度呢？作者叹息之余，由菊花的遭遇联想到了为人处世的生活准则。菊花虽然稀有珍贵，但由于它生长在“俗不种菊”的道州，此地人不知其贵，亦不以为贵，故遭此厄运。“贤士君子”立身处世，看来也应慎重选择适宜自己生活的土壤和环境。如果没人爱护看重，不受人赏识，那么也就难逃道州菊花被蹂践、被抛弃的悲惨命运。这里，作者隐含着对自己身世的微微叹息。元结少壮时，“尝欲济时难”（《漫酬贾沔州》），颇有用世热情。可仕途接连受挫，三十六岁登进士第，仍未获得一官半职。直到四十一岁时，才由国子司业苏源明推荐，派充山南东道节度参谋，抵御史思明叛军立有战功。如果没有苏源明推荐之功，也许作者正“如此菊也，悲伤奈何”？以上是文章的第二层次。

最后，作者把笔墨落到重新辟地种菊的主旨上来。因为有了上一次的教训，这次“更为之圃，重畦植之”时就需更为慎重。作者选择了一块“近宴息之堂”“近登望之亭”的土地作为菊圃，因为宴饮歇息的厅堂并非公堂衙门，也许人们要在这里丝竹笙歌，但官吏不会在此办理公事，登高望远的亭阁并非平阔之处，也许人们要在这里聚会畅饮，但军队不会在此操练演习。所以，菊花种在这里，只会增添人们的雅兴，而不会重蹈被“蹂践至尽”的旧辙。作者为之欣然作记，读者亦为之释然开怀：美丽的菊花终于要在这里安家落户了，让我们祝愿它根深叶茂，繁花似锦！

（沈时蓉）

【作者小传】

刘　悚

唐史学家、小说家。字鼎卿。彭城（今江苏徐州）人。天宝初，官集贤殿学士，兼知史官，监修国史，终右补阙。与父知幾及兄贶同为一时史家。所谓“父子三人更莅史官，著《史例》，颇有法”（《新唐书》本传）。著有《隋唐嘉话》。又著有《续说苑》《乐府古题解》《六说》《授经图》《兼讲书》等，皆失传。

宇文士及[1]割肉　　刘　悚

太宗[2]使宇文士及割肉，以饼拭手，帝屡目[3]焉，士及佯为不悟，更徐拭而便啖之。

〔注〕 ① 宇文士及：初为隋炀帝驸马，后归唐朝，为太宗近臣，为人机警善变，官至中书令，封郢国公。 ② 太宗：指唐太宗李世民。 ③ 目：眼睛，这里用作动词，用眼色表示自己的不满。

唐太宗让宇文士及割肉，他一边割着，一边用面饼来揩拭手上的油，太宗对他这种不爱惜粮食的行为非常不满，几次给他眼色看，宇文士及假装不明白，仍然慢慢地揩手，随后却把那面饼全吃掉了。故事全文不过三十个字，当事人没有说一句话，只通过割肉、揩手、注视、吃饼这一连串动作以及表情，就把唐太宗盛怒正待发作的神态，和宇文士及这个"机灵鬼"从容应付的本领，活灵活现地表现出来了。现代戏剧中有所谓"哑剧"，或称"默剧"，它不用一句台词，全靠动作和表情来表现剧情，这则故事可算是精妙的哑剧小品。 （陈榕甫）

炀帝嫉薛道衡[1] 刘 悚

炀帝善属文，而不欲人出其右。司隶薛道衡由是得罪。后因事诛之，曰："更能作'空梁落燕泥'否？"

〔注〕 ① 薛道衡：字玄卿，河东汾阴（今山西万荣西南）人。隋时官至司隶大夫。

隋炀帝是中国历史上有名的昏庸皇帝，他杀父自立，在位期间大兴徭役，横征暴敛，实行暴政。其为人专横残暴，由本文可见一斑。他善作文章，不愿意、不允许有人在写文章方面超过他。古人尚右，以右为尊，"出其右"承前意是指在文章上超过炀帝。司隶大夫薛道衡以文章才华名重当时，因而遂遭炀帝所嫉。据《隋书》记载，薛道衡因上《高祖文皇帝颂》触怒炀帝。炀帝认为，"道衡致美先朝，此《鱼藻》之义也"，认为这篇文章像《诗经·小雅·鱼藻》是为刺幽王而作一样，有刺己之意，因而"览之不悦"。后又因薛道衡赞扬被炀帝杀死的大臣高颎，炀帝终将薛诛杀。由本文看来，这不过是炀帝找的借口，他早就嫉妒薛道衡的文才，于是借事杀之。即使将薛道衡杀死之后，炀帝还余妒未尽，曰："更能作'空梁落燕泥'否？""空梁落燕泥"是薛道衡《昔昔盐》诗中的一句，甚为时人称赏，一时传颂。其言外之意显而易见，我将你杀死，看你还能写出超过我的文章吗？由此足见炀帝对薛道衡嫉恨之深，也使人了解了炀帝诛杀薛道衡的真正动机。

通过炀帝嫉杀薛道衡一事，刘悚用寥寥几笔，对炀帝的专横跋扈、不可一世表现得淋漓尽致。炀帝唯我独尊，不仅在政治上实行专制，就连写文章，也不允许有超过自己的人存在，集中体现了隋炀帝的专制和残忍。而薛道衡因文章名重一时而致杀身之祸，反映了专制社会中士大夫的可悲命运。 （石 玲）

【作者小传】

梁　肃

(753—793)　唐文学家。字宽中(或作字敬之),陆浑(今河南嵩县东北)人。建中元年(780)举文辞清丽科,曾任校书郎、右补阙、翰林学士等职。能奖引后进,曾荐举韩愈、欧阳詹等登第。其文得独孤及传授,崇尚古朴,为韩愈、李翱等所师法。崇信佛教,与天台宗僧人颇多来往,且颇多论述。原有集,已失传,《全唐文》录存其文六卷。

送前长水裴少府归海陵序[①]　　梁　肃

秋风木落,临水一望,远客之思多矣。而裴侯复告予将归故国,伤怀赠别之诗,于是乎作也。夫道胜则遇物而适,文胜则缘情而美。裴侯温粹[②]在中,英华发外。既乘兴而至,亦虚舟[③]而还。与夫泣穷途咏式微者,不同日矣。若悲秋送远之际,宋玉之所以流叹也,况吾侪乎!

〔注〕　① 长水:古地名,今浙江嘉兴。春秋时其地名长水。裴少府:作者友人,生平事迹不详。少府,官名,唐代对县尉的称呼。海陵:地名,今江苏泰州海陵区。　② 温粹:温和纯正。　③ 虚舟:无力驾御的船,比喻顺其自然,率性任达。

这是一篇送客归里之作。作者开头便紧扣题目,以触景生情的手法切入。“秋风木落,临水一望,远客之思多矣。”作者由景入情,先抓住秋天的典型特征来写。秋风瑟瑟,茫无边际的木叶萧萧而下,奔流不息的秋水一去不回。面对此景,羁旅异地的客子的思乡之情便油然而生。作者把久客易悲秋的感情,把羁旅之愁和孤独之感,与秋风、落叶、秋水交融相洽,情因景生,景中有情,文意十分深沉。正因为清秋之景最易撩起人的乡思,因而自然而然地引出裴少府思家归里之事。文人相别,自然兴会无前,会因两情依依、愁怀满腹而挥毫作诗,何况在清秋之际离别,更易触动离人的愁怀,使人难以自禁,也正是柳永在《雨霖铃》中所吟唱的:“多情自古伤离别,更那堪、冷落清秋节!”于是作者写道:“而裴侯复告予将归故国,伤怀赠别之诗,于是乎作也。”接着,作者便展开了对裴少府的热情洋溢的赞美。作者先说:“夫道胜则遇物而适,文胜则缘情而美。”作者认为,一个人要想作好文章,首先要得“道”,思想修养要高,这样自然会心胸开阔,旷达自适,随遇而安,而“为情而造文”(刘勰《文心雕龙·情采》),写真情实感,文章才是美的。然后,作者根据这个标准来衡量裴少府其人其文。裴少府温柔敦厚,蕴秀杰之气于内，思想修养高，且文采斐然，才华横溢，可谓“温粹其中，英华发外”，更何况是“乘兴而至，亦虚舟而还”，笃于友情，对朋友相交以心，富于真挚情感，这种淡于水的君子之交，绝非张谓所讽刺的那种“世人结交须黄金，黄金不多交不深。纵令然诺暂相许，终是悠悠行路心”(《题长安壁主人》)的人情淡薄、以金钱为转移的庸俗之交，因而作诗情辞兼胜，与那种无病呻吟、逢场作戏的所谓“泣穷途咏式微者，不同日矣”。文章最后，作者又照应开头，表达了在冷落的清秋节不堪离别之意。作者说，在“悲秋送远之际”，自古以来多情人就感伤不已，连宋玉也吟唱出了这样的悲歌：“悲哉！秋之为气也。萧瑟兮，草木摇落而变衰。憭栗兮，若在远行。登山临水兮，送将归。”朱熹解释说：“秋者，一岁之运，盛极而衰，肃杀寒凉，阴气用事，草木零落，百物凋粹之时，……在远行羁旅之中，而登高望远，临流叹逝，以送将归之人，因离别之怀，动家乡之念，可悲之甚也。”(《楚辞集注》)古代先贤尚且如此，我辈当然也不能例外，这就含蓄地表达了自己的惜别伤怀之情。

全文紧扣题目，由秋景而入离情，由离情而到离人，进而转入对友人诗歌的评价，最后再照应开头，以抒写离愁作结。一句一转，愈转愈深。作者的悲秋之情，伤别之意，溢于字里行间，可谓情辞兼胜的小品佳作。 (王少华)

【作者小传】

韩 愈

(768—824) 唐文学家、哲学家。字退之。河南河阳(今河南孟州南)人。自谓郡望昌黎，世称“韩昌黎”。贞元进士。任监察御史，以言事贬为阳山令。赦还后，曾任国子博士、刑部侍郎。参与平定淮西之役。又因谏阻宪宗迎佛骨，贬为潮州刺史。后官至吏部侍郎。卒谥文，世称“韩文公”。反对骈偶文风，提倡散体，与柳宗元同为古文运动的倡导者。其散文刚健雄肆，奥衍闳深，旧时列为“唐宋八大家”之首。诗则力求新奇，以文入诗，有时流于险怪。著有《昌黎先生集》。

送廖道士序

韩 愈

五岳于中州，衡山最远。南方之山，巍然高而大者以百数，独衡为宗。最远而独为宗，其神必灵。衡之南八九百里，地益高，山益峻，水清而益驶①，其最高而横绝南北者岭②。郴之为州，在岭之上，测其高下，得三之二焉。中州清淑之气，于是焉穷。气之所穷，盛而不过，必蜿蟺扶舆[③]，磅礴而郁积。衡山之神既灵，而郴之为州，又当中州清淑之气，蜿蟺扶舆，磅礴而郁积，其水土之所生，神气之所感，白金、水银、丹砂、石英、钟乳，橘柚之包，竹箭之美，千寻之名材，不能独当也。

意必有魁奇忠信材德之民生其间，而吾又未见也。其无乃迷惑溺没于老、佛之学而不出邪？廖师郴民，而学于衡山，气专而容寂[④]，多艺而善游，岂吾所谓魁奇而迷溺者邪？

廖师善知人，若不在其身，必在其所与游。访之而不吾告，何也？于其别，申以问之。

〔注〕①驶：马疾行。此处指水流快。②岭：指五岭山脉。③蜿蟺(shàn)：屈曲盘旋的样子。扶舆：犹扶摇，形容盘旋而上。④气专：精神专一。容寂：容貌平静。

贞元二十年(804)韩愈被贬为阳山令。第二年春天遇赦。夏秋间离开阳山至郴州待命。等到江陵法曹的任命下达以后，即由郴州赴江陵，道经衡山。这个廖道士大概就是在此期间攀识韩愈的。由于信仰不同，交情自然不深，但于分别时，对方求赠一序，自然也不好推辞。可说些什么呢？与对方议论儒与道的是非吧，必然是针锋相对，有碍临别时的气氛；若撇开信仰，单言私交吧，一来与方外之人确实谈不上有什么情谊，二来有放弃反佛道之嫌。若是别人，怕真不好下笔，韩愈却丝毫不觉得为难，甚至偏爱做这样的文章。大概越是难写的文章，越能激发他的写作兴趣，越能施展他的才思技巧吧。

这位廖道士是郴州人，在衡山学道，韩愈也身历其境，于是借衡山之灵，郴州之气发论。说衡山是南方众山之首，五岳之一，按“维岳降神”的说法，其神必灵；郴州地处横绝南北的五岭山脉，中原的清淑之气被阻塞郁结于此。这山灵地气化育出的不光是丰富的物产，还应该有杰出的人才。读到这里，廖道士大概觉得这杰出人才的桂冠就要赏给他了，不免高兴；哪知道下面紧补了一句：“而吾又未见也。”未免又使他骤然心凉。不意再往下看时，又叫他喜不自禁。因为韩愈寻找杰出人才的眼光已经落到了佛道领域：“其无乃迷惑溺没于老、佛之学而不出邪？”而且赞扬他“气专而容寂，多艺而善游”，眼看着这桂冠就要落到自己头上了。哪知道韩愈非常吝啬，话只说到这里为止，对他是否魁奇之士不予肯定，只表示疑问：“岂吾所谓魁奇而迷溺者邪？”这等于只是把这顶桂冠在他面前晃动，让它发出诱人的光彩，可就是不往他头上戴。最后竟然说：“若不在其身，必在其所与游。”这无异于把这顶桂冠从他面前抛得远远的了。更令他难堪的是韩愈还要他在自己交游的朋友中代为找出这魁奇之士，要他把本该属于自己的这顶桂冠，经他的手送给别人，这简直要令他啼笑皆非了。

此文就是这样以迷离之笔，写磊落之事，虽未直接攻击佛道，但反对佛道的立场非常鲜明。行文褒中有贬，贬中有褒，欲擒故纵，变化莫测，直逗得廖道士且喜且愕，乍热乍冷，得到了甜头却嫌不够味，尝到了苦头却又说不出，真可谓极尽委婉、幽默、变幻之能事。为此林纾曾对此文作了这样的评价：“此在事实上则谓之骗人，而在文字中当谓之幻境。昌黎一生忠鲠，而为文乃狡狯如是，令人莫测。”

（谢楚发）

题李生壁　　　　韩 愈

余始得李生于河中[①]，今相遇于下邳[②]。自始及今，十四年矣。始相见，吾与之皆未冠，未通人事，追思多有可笑者：与生皆然也。今者相遇，皆有妻子，昔时无度量之心，宁复可有[③]！是[④]生之为交，何其近古人也！

是来也，余黜于徐州，将西居于洛阳。泛舟于清泠池，泊于文雅台下；西望商丘，东望修竹园，入微子庙，求邹阳、枚叔、司马相如之故文，久立于庙陛间，悲《那颂》之不作于是者已久。陇西李翺、太原王涯、上谷侯喜，实同与焉[⑤]。

贞元十六年五月十四日，昌黎韩愈书。

〔注〕 ① 河中：府名，治河东（今山西永济西南蒲州镇）。 ② 下邳（pī）：古县名，治今江苏睢宁北。 ③ 宁复可有：哪里能再有呢！ ④ 是：通行本“是”字连上句，作“宁复可有是”。近人童第德《韩集校诠》引王元启说：“‘是’字不知当作何读。若属上句，则上句语意已足，不借多此一字为奇。若属下句，则于上文又无所承，疑‘是’上有脱句。”但童氏虽肯定此说，疑其有脱句；却又因“一曰”之说，认为前人如方崧卿、朱熹等“皆不言此文有阙”。看来这里本无脱句，“是”字应属下读。下文析之。 ⑤ “泛舟于清泠池”至“实同与焉”：叙游梁孝王故城的名胜古迹。究竟韩愈是否已游览了这些地方？童第德引“一曰”说，不但认为作者确曾游过，还认为同游者有李平在内。这很值得斟酌。下邳距徐州不远，韩愈于800年离开徐州，按理说自应先到下邳，偶遇旧友李平。这同杜甫在避安史之乱途中遇到旧友卫八处士情景极为相似。但清泠池、文雅台、修竹园、微子庙诸名胜古迹，皆在梁孝王故城，即唐之睢阳，其地已包括在今河南商丘境内。如韩愈行踪已入河南界，不容重返下邳与李平相见。所以我以为韩愈文中所描述的皆属虚笔，一概隶属于“将西居于洛阳”的“将”字之下，是说他在不久的将来路经睢阳时一定要游赏这些名胜古迹。至于文末提到的李翺、王涯、侯喜三个人名，那是在下邳时即已相偕的同

行者，也是一路赴洛阳的旅伴。如李平亦偕行，且同游梁孝王故城，韩愈是不会一字不提的。这一段虚笔为什么要题在李平家中壁上，以及与文章前一半有何关联，下文自当说明。

20世纪30年代，人们大力提倡晚明小品，对于唐宋八大家，认为他们是载道派，并把他们的文章摒除于小品范畴之外。我认为这并不符合实际情况。这篇《题李生壁》，就是一篇相当出色的小品文。

此文见于《昌黎外集》，当是后人根据题壁手迹过录收存于文集中，可能连标题也是辑录者后加的。文末说明写作年月为唐德宗贞元十六年(800)五月，韩愈虚年三十三岁。李生名平，为韩愈旧友。自贞元二年(786)二人即订交，当时韩愈只有十九岁，故文中言“未冠”。

文章开头至“何其近古人也”为第一段，是追昔忆旧之笔，寥寥数语，点出两次晤面的地点和中间暌隔的时间，着墨不多而情谊甚深，且在追昔忆旧之中包含了抚今慨己的感喟。所谓“未通人事”“多有可笑者”，看似贬辞，实属肯定语气。这正如《红楼梦》中评价主人公贾宝玉是“古今不肖无双”的人，都是以批判的语气来赞美所肯定的人和事。其实韩愈、李平“未冠”之时，由于涉世未深，天真未泯，于人于己，犹存赤子之心，故无论言或行都不大受世俗观念的约束，多少保存了少年人的淳朴作风和处世的正义感。这原是他们的可爱处。而从世俗的眼光来看，却是“未通人事”，所行所为“多有可笑者”。但彼时他俩对此并不介意，依然我行我素，所以韩愈说自己“与生皆然也”。十四年过去了，故友重逢，两人皆有妻子，当初那种“无度量之心”，经过岁月的消磨、世道的坎坷和尘俗的污染，照理讲是“宁复可有”的了。旧注释“无度量”之义，是这样说的：“谓不为限制，烂漫而无所不可也”。即不受世俗偏见的限制约束，带有天真烂漫的作风而遇事放浪不羁，只管率性而行而无甚顾虑。这在封建社会，应该是难能可贵的好品质。这里值得注意的是，如果韩、李二人都已丧失了这种“无度量之心”，那么作者在下文强调的“是生之为交，何其近古人也”便没有着落。从一般文章的逻辑性看，这上下文之间确似缺了点什么，所以才引起前人认为有阙文脱句的怀疑。而照我的理解，韩愈既已盛称李平之为交近于古人，可见今日之李生犹昔时之李生。至于韩愈本人，却已非“未冠”时的韩愈了。盖作者已体会到自己因涉世既久，那种“无度量之心”已消磨殆尽；而在李平身上，却依然保存着。就这一点来看，却不是“与生皆然也”了。这说明在漫长的十四年中，李平似乎并未改变很多，依然保持着那颗纯朴天真的赤子之心。于是韩愈才总结出两句话：“是生之为交，何其近古人也！”看来这次两人重逢，李平仍以故人的深情厚谊来款待韩愈，使韩愈深受感动。文中的“是”，本为代词，所代之内容正如上述。这也正是我主张“是”字应与“生之为交”相连属的理由。其间要说未说的话很多，作者用了省略、跳跃的手法，不明言以寄意，却通过两句结论暗示出无尽的弦外之音。如果以阙文脱句求之，那真是皮相之谈，而不省这样写才正是小品文的三昧！夫题壁之文，本属信手拈来之作；然而它却体现了作者对少年时友情的万分珍惜。不仅肯定、赞叹李平十四年来的天真未泯，依然本色；同时也感慨自己由于长期与世浮沉，被老练世故的人际关系汩没了过去那种可贵的“无度量之心”。谁说韩愈只会板起面孔严肃地说教呢！

第二段用“是来也，余黜于徐州，将西居于洛阳”作为过渡，然后写自己准备畅游西汉梁孝王故城。虽描绘详尽，却纯属想象或憧憬。夫自徐至洛，其间古迹多矣，作者为何单单着重写游赏睢阳商丘？盖梁孝王本是一位爱好文学、礼遇才士的贵族，邹阳、枚乘、司马相如等人皆尝居其门下；如果韩愈也欣逢其世，或者亦如邹、枚、司马，得以一展所长，而不致为衣食而东奔西逐。微子本殷商遗老，《那颂》乃《商颂》之首篇，入庙而思《那》之不作（“颂”本舞曲，这里的“作”有演奏之意），乍看去似凭吊古人遗迹，缅怀殷商文化；实际却是思古人之不可见，惜古风之不复存，这就同上文对李平的评价（“何其近古人也”）有了内在的联系。言外之意，不仅《那颂》之不作已久，连邹、枚等人的遗文也不可复得，这岂不意味着笃信古道而又能写文章的韩愈当时命途多舛么！可见其描述名胜古迹的每一句话都有内涵的意义，是通过作者精心抉择才写出来的，这里面句句都包括了自己的寄托与感慨。作者在人世间生活了三十多年，从前的“无度量之心”已不复可得，而在现实面前又感到自己怀才不遇、古道不行，看来还不如安贫乐道的李平更值得欣羡和钦佩。这些弦外余音正是联系前后两段的关键和脉络。这一段文章用排句，而字数参差，错落有致，有意破骈为散，正体现了韩文的特色。

文章结尾处点出同伴三人姓名，虽为纪实，属于文章中应有之笔，却亦略具弦外之音。所谓“实同与焉”，正从反面暗示出身居下邳的李平却“未尝与焉”。看来李平很可能是个甘于寂寞，对名利看得很淡的人。这也许近于主观臆测，但可肯定一点，即韩愈在从徐州到洛阳的旅程中，同游者必不包括李平在内。然则李与韩此番一别，亦殆与杜诗《赠卫八处士》的结尾“明日隔山岳，世事两茫茫”具有同样依依惜别之情，说不定今生再无重逢的机会了。所以韩愈才题壁留念。前人评此文“低徊唱叹，深远不尽，无韵之诗也”，还是搔着痒处的。（吴小如）

蓝田县[①]丞厅壁记　　韩 愈

丞之职所以贰[②]令，于一邑无所不当问。其下主簿、尉，主簿、尉乃有分职。丞位高而偪[③]，例以嫌不可否事。文书行，吏抱成案诣丞。卷其前，钳以左手，右手摘纸尾，雁鹜行以进，平立，睨丞曰："当署。"丞涉笔占位，署惟谨。目吏，问："可不可？"吏曰："得。"则退。不敢略省，漫不知何事。官虽尊，力势反出主簿、尉下。谚数慢[④]，必曰："丞。"至以相訾謷[⑤]。丞之设，岂端使然哉！

博陵崔斯立，种学绩文[⑥]，以蓄其有，泓涵演迤[⑦]，日大以肆。贞元[⑧]初，挟其能，战艺[⑨]于京师，再进再屈千人。元和[⑩]初，以前大理评事言得失黜官，再转而为丞兹邑。始至，喟然曰："官无卑，顾材不足塞职。"既噤不得施用，又喟然曰："丞哉，丞哉！余不负丞，而丞负余。"则尽枿[⑪]去牙角，一蹑故迹，破崖岸[⑫]而为之。

丞厅故有记，坏漏污不可读。斯立易桷[⑬]与瓦，墁[⑭]治壁，悉书前任人名氏。庭有老槐四行，南墙巨竹千挺，俨立若相持，水㶁㶁[⑮]循除鸣。斯立痛扫溉，对树二松，日吟哦其间。有问者，辄对曰："余方有公事，子姑去。"考功郎中、知制诰韩愈记。

〔注〕 ① 蓝田县：今属陕西。 ② 贰：辅佐。 ③ 偪(bī)：靠近。指县丞与县令地位相近。 ④ 慢：无关紧要。 ⑤ 訾(zǐ)謷(áo)：诋毁。 ⑥ 种学绩文：培养学识，积累文才。 ⑦ 泓涵：学问渊博。演迤(yǐ)：文章气势流转绵长。 ⑧ 贞元：唐德宗年号(785—805)。 ⑨ 战艺：应科举考试。 ⑩ 元和：唐宪宗年号(806—820)。 ⑪ 枿(niè)：同"蘖"。这里意为掰掉。 ⑫ 崖岸：棱角。 ⑬ 桷(jué)：屋椽。 ⑭ 墁(màn)：泥抹。 ⑮ 㶁㶁(guō)：水声。

中国古代官制历来即以人治为本，这样就不可避免地造成了机构设置的不合理、行政系统的紊乱，以及人际关系的复杂；才杰之士跻身于官场，或遭倾轧，或被闲置，或受排摈，要想发挥才干，难乎其难。韩愈对此有切肤之痛，其不平而鸣的文章不少是为此而发的。

这篇文章是为朋友崔斯立鸣不平的。斯立不幸担任了一个徒有空名、毫无实权的县丞，韩愈干脆将这情况书写在朋友办公大厅的墙壁上，向当政者开了一个不大不小的玩笑。

文章开头说，县丞的职位仅次于县令，应当说县里的事都该问。可是由于他没有具体的"分职",又由于在他上面就是县令,为避侵权之嫌,弄得什么事都不能问。这样县令就乐得专权,胥吏也不把县丞放在眼里了。下面作者就用漫画的笔调,描绘了一幕县丞办公的笑剧——

遇到公文要签发了,吏抱来已办好的案卷见丞。吏将卷子的前部卷起,用左手指夹住,右手捏着纸尾,斜斜地走来了。到了丞的面前,平立着,用眼瞟瞟丞,说:"要签字。"丞举笔蘸墨,看准位置,端端正正署上自己的名字。尔后抬眼问吏:"可不可以?"吏说:"行。"就退了出去。丞一点也不敢多问,所签何事,漫无所知。

这就叫着"办理公事",真叫人啼笑皆非。公文形成过程不知道,签署时又严密防范,不让知道,叫怎么签就怎么签,有如木偶画卯。小吏是那么狐假虎威、倨傲冷漠,作为其上司的县丞是那么唯唯诺诺、狼狈屈辱,不正常的制度和环境造成了如此奇特上下级的关系。可叹的是,是这样的笑剧常常在这里上演,以致丞的无能成为谚语和骂人的话头,竟也无人理会,更谈不上改变了。衙门的因循已叫人们的神经麻木了。

这是县丞的处境,那人格化的县丞就是崔斯立的象征。斯立莅临此职,应当是不寒而栗;可其人勇锐无比,志节过人,虽已遭挫折,来到蓝田,还想有一番作为,并不以官卑介意,说:"官无论高低,就怕才力不称职。"也可能他对这种情况不甚了然,更有可能是他不甘心沉沦,不甘心坐冷板凳。如果说甘心就范,也算罢了,偏存幻想,更叫人感到悲悯了。碰壁之后他的喟叹"丞哉,丞哉!余不负丞,而丞负余",真是绝望中的锥心之恸。最后仍是收敛起锋芒头角,事事不问了。这一潭绝望的死水,任是精铁也会锈蚀的。"种学绩文",这里是派不上用场的。不过,斯立毕竟是可意人,清醒之后,他连那个办公的虚套也不要了,把过剩精力用于整治庭前园地,疏流树松,吟哦其间,真是"偶寄一微官,婆娑数株树"的漆园吏了(见王维《漆园》)。遇有人来找,他就说:"我正办公事,您且去吧。"以无事为事,是他对这微官的嘲弄,自然也映现了其心境的悲凉。

此篇鸣不平的文章写得甚妙。未写斯立遭遇前先来一大段丞职特写,即为斯立铺垫,又提高了文章的立意:不幸者非斯立一人,凡为丞者皆如此;这种反常现象反映了封建社会官制的弊病和官场的怪谬。这是第一点。第二点,文中的议论不多,颇多描写。前面的描写很细,言谈举止,活灵活现,这些略带夸张的细节,把胥吏、县丞的内心活动都显现出来了,意趣盎然,冷嘲热讽寓于其间。后面写斯立的幻想、碰壁及其后所为,也颇有俳谐小说意味。作者的同情心、愤世意,主要是通过这些绘形绘色的描写表露的。曾国藩说:"此文纯用戏谑,而怜才共命之意、沉痛处自在言外。”张裕钊也说：“此文纯以恢诡出之，当从敖睨一切处玩其神味。”（均转引自《唐宋文举要》）还有一点，此文为厅壁记，其惯常写法是“叙官秩创置及迁授始末，原其作意，盖欲著前政履历，而发将来健羡焉”（《封氏闻说记》）。而此文打破惯例，别出心裁，“原其作意，盖欲著丞职徒设，而发将来鉴诫焉”，作者写作时的批判意识是很明确的。文末署“考功郎中”官衔也很有意思。这个官的职责是考察官员政绩，区分等次，以作升降的根据。身为考功的韩愈未为崔斯立拟考语，而写了这么一篇文章昭示官长：无政绩可考，其谁之咎欤！

（汤华泉）

毛颖传　　　　韩愈

毛颖者，中山人也。其先明眎，佐禹治东方土，养万物有功，因封于卯地，死为十二神。尝曰：“吾子孙神明之后，不可与物同，当吐而生。”已而果然。明眎八世孙䨲[①]，世传当殷时居中山，得神仙之术，能匿光使物，窃姮娥、骑蟾蜍入月，其后代遂隐不仕云。居东郭者曰㕙[②]，狡而善走，与韩卢争能，卢不及。卢怒，与宋鹊谋而杀之，醢[③]其家。

秦始皇时，蒙将军恬[④]，南伐楚，次中山，将大猎以惧楚，召左右庶长与军尉，以《连山》[⑤]筮之，得天与人文之兆。筮者贺曰：“今日之获，不角不牙，衣褐之徒，缺口而长须，八窍而趺居。独取其髦，简牍是资。天下其同书，秦其遂兼诸侯乎？”遂猎，围毛氏之族，拔其豪，载颖而归。献俘于章台宫，聚其族而加束缚焉。秦皇帝使恬赐之汤沐，而封诸管城，号曰管城子，日见亲宠任事。

颖为人，强记而便敏，自结绳之代以及秦事，无不纂录。阴阳、卜筮、占相、医方、族氏、山经、地志、字书、图画、九流百家、天人之书，及至浮图、老子、外国之说，皆所详悉。又通于当代之务，官府簿书，市井货钱注记，唯上所使。自秦皇帝及太子扶苏、胡亥、丞相斯、中车府令高，下及国人，无不爱重。又善随人意，正直邪曲巧拙，一随其人，（后）虽见废弃，终默不泄。惟不喜武士，然见请，亦时往。

累拜中书令，与上益狎。上尝呼为中书君。上亲决事，以衡石自程，虽官人不得立左右，独颖与执烛者常侍，上休方罢。颖与绛人陈玄、弘农陶泓及会稽褚先生友善，相推致，其出处必偕。上召颖，三人者不待诏辄与往，上未尝怪焉。后因进见，上将有任使，拂拭之，因免冠谢。上见其发秃，又所摹画不能称上意，上嘻笑曰："中书君老而秃，不任吾用。吾尝谓君中书，君今不中书邪？"对曰："臣所谓尽心者。"因不复召。归封邑，终于管城。其子孙甚多，散处中国夷狄，皆冒管城，惟居中山者，能继父祖业。

太史公曰：毛氏有两族，其一姬姓，文王之子，封于毛，所谓鲁卫毛聃者也。战国时有毛公、毛遂。独中山之族不知其所本出，子孙最为蕃昌。《春秋》之成，见绝于孔子，而非其罪，及蒙将军拔中山之毫，始皇封诸管城，世遂有名，而姬姓之毛无闻。颖始以俘见，卒见任使。秦之灭诸侯，颖与有功。赏不酬劳，以老见疏，秦真少恩哉！

〔注〕 ① 䨲(nóu)：兔子。 ② 㕙(jùn)：狡兔。 ③ 醢(hǎi)：剁成肉酱。 ④ 蒙将军恬：蒙恬，秦名将，相传以兔毛改良过毛笔。 ⑤《连山》：相传为《周易》前的古易。

这是一篇寓言，文中的主人公是毛颖。这毛颖实指兔毫制的笔。赵国的中山，平原广泽，唯有细草，所以兔肥，宜于制笔。明眎即明视，本为祭宗庙所用的兔的特称，兔肥则目开而视明。东方为卯位，十二生肖的兔属卯，"吐"与兔谐音。姮娥即嫦娥，旧说姮娥窃其夫后羿之药而奔月，托身于月，是为蟾蜍。又说月中有兔。韩文本为寓言，便说成兔窃姮娥，骑蟾蜍入月，东郭㕙指善跑之兔，即狡兔。韩卢、宋鹊皆指俊犬。筮词中的"衣褐之徒"（"徒"字读入声），用《史记·滑稽列传》东郭先生待诏公车，衣褐怀宝典故，后来比喻有才能而未能扬名的贫士。"趺居"指笔调搁在笔座上。章台宫为楚国著名的宫苑。汤沐指封地。"终默不泄"，指笔被废弃后而干燥，又寓始终不泄密之意。中书令之"中"原指中央之中，这里作中用之"中"解。陈玄指墨，墨色黑，越陈越佳。陶泓指砚，为陶土烧制，有小穴蓄清水，故曰。褚先生指纸，褚同"楮"，楮树皮可制纸。唐时，绛州绛郡（治今山西新绛）贡墨，虢州弘农郡（治今河南灵宝）贡砚，越州会稽郡（治今浙江绍兴）贡纸。笔墨纸砚，后人所谓文房四宝，四者皆互相依附，所以说"不待诏，辄俱往”。“免冠谢”指用笔时将笔套脱下。毛公,战国时赵国处士;毛遂,战国时赵国平原君门客。

此文采用传记体裁,出以游戏笔墨,故含俳谐意味。各家评价不同,裴度就不赞成韩愈“以文为戏”(《寄李翱书》),韩门弟子张籍也说“驳杂无实”“博塞之好”(《上韩昌黎书》)。《旧唐书》讥为“文章之甚纰缪者”。柳宗元却大为欣赏,称为“尽六艺之奇味以足其口欤”(《读毛颖传后题》),并以为那些反对的人是多事。胡应麟《诗薮·外编》以为“今遍读唐三百年文集,可追西汉者仅《毛颖》一篇”。说得有些过分,也见得此文的声价。

禽兽封官之文始于南朝宋袁淑的《鸡九锡文》《驴山公九锡文》,袁文也是游戏之作,或在讽刺官秏之滥,但用六朝文体,韩文取法《史记》,格调便高。

全文写笔是笔,写人是人。身世、仕历、功绩、结局以及形容、对话,历历分明。笔与文人,关系尤为密切,故写来愈觉有声有色。

中书君后来所以被弃,因为老而秃,不能再发挥作用,也即锋芒已尽。传文最后说“秦真少恩哉”,似露而又含蓄,或在为见弃的功臣鸣不平。但中书君原是一个俘虏,最后能退居管城,保其子孙,还是幸运的。

游戏文章,常含讽喻,但忌庸俗浮滑,韩愈此文,还是以其古文名家的手笔,全神贯注,以严肃的创作态度写成。讽喻处既不刻露,又不轻薄,实为韩文中一篇力作,也可以看作中唐短篇小说的别裁。　（金性尧）

马 说

韩 愈

世有伯乐然后有千里马。千里马常有,而伯乐不常有。故虽有名马,只辱于奴隶人之手,骈死于槽枥之间,不以千里称也。

马之千里者,一食或尽粟一石;食马者不知其能千里而食也。是马也,虽有千里之能,食不饱,力不足,才美不外见,且欲与常马等不可得,安求其能千里也!

策之不以其道,食之不能尽其材,鸣之而不能通其意,执策而临之,曰:“天下无马。”呜呼!其真无马邪?其真不知马也!

韩愈是唐代散文巨匠,同时也是对宋代作家极有影响的诗人。人们对他的“以文为诗”(把诗歌写得散文化)谈得比较多,却很少注意他那更为突出的“以诗为文”的特点。所谓“以诗为文”，是指用具有诗的情调、韵味等特色来写散文，即是说把散文给诗化了（但这并不等于从西方引进的新文体“散文诗”）。我们说把散文诗化，或者说把散文写得很带诗意，并不限于写自然景物、抒情小品或对人物进行典型塑造和对事态进行艺术描绘；而是也可以用诗的情调、韵味来写说理文或评论文。韩愈的散文特点之一就在这里。

据说伯乐姓孙名阳，是春秋时代秦国人，会给马看相，善于识别什么是千里马。这原是《战国策·楚策》中一个名叫汗明的对春申君黄歇讲的一个故事里的人物。这故事可能是古代传说，也可能就是汗明用艺术虚构手法创造出来的寓言。伯乐的典故曾几次被韩愈引用（见他所作的《为人求荐书》及《送温处士赴河阳序》），可见由于韩愈本人命运的坎坷，对伯乐能识别千里马的故事是很有感情的。但平心而论，还是他的这篇《马说》写得最好，读者也最爱读。因为这篇文章写得太像一首诗了。

诗的主要特点之一就是诉诸形象思维，它的创作手法也常以比兴为主。当然，一首好诗总要比散文写得更加含蓄曲折，余味无穷。而从常识论，一篇说理散文，基本上总是以逻辑思维为主的。韩愈的《马说》肯定是一篇说理文，但它似寓言而实非寓言，用比喻说理却并未把所持的论点正面说穿，更没有把个人意见强加给读者。全篇几乎始终通过形象思维来描述千里马的遭遇，只摆出活生生的事实却省却了讲大道理的笔墨，这已经可以说是诗的写法了。更巧妙地是作者利用了古汉语中不可缺少的虚词（语助词、感叹词和连接词），体现出抒情诗应有的一唱三叹的滋味和意境。尽管我们读起来是一篇散文，但仔细品评，却俨然是一首发挥得淋漓尽致的抒情诗。这种“以诗为文”的本领，始自西汉的司马迁（谁也不曾承认过司马迁是诗人），到了韩愈、柳宗元，乃得到进一步的发展；至宋代的欧阳修、苏轼（尤其是欧阳修）而达到一个新的高度。这是我们研究中国文学史和学习古典散文应该注意的新课题。

文章的第一句是大前提：“世有伯乐然后有千里马。”可这个命题本身就不合逻辑。因为存在决定意识，伯乐善相马的知识和经验，必须从社会上（或说自然界）存在着大量的千里马身上取得，然后逐渐总结出来的。所以过去有人就认为韩愈这句话是本末倒置，是唯心主义的。我们并不否认，从唯物主义原则来看，他这句话是错误的。但把它作为诗的语言，它却是发人深省的警句，是感慨万千的名言。因为世上有伯乐这种知识和本领的人实在太少了。于是作者紧接着在下文从正面点明主旨，一泻无余地把千里马的无限委屈倾诉出来。正由于“伯乐不常有”，不少的千里马不仅找不到一个一般水平的牧马人，而是“只辱于奴隶人之手”，受尽了无知小人的腌臜气。更令人悲愤的是这些宝马竟然成双作对地一群群死于槽枥之间，其遭遇之不幸、结局之惨痛真非笔墨所能形容。当然，结果更是死不瞑目，谁也不把这些有价值的神骏称为千里马，它们的死也自然是毫无所谓的了。“不以千里称也”这句话，包含着这样的意思：连同情它们的人都没有，更谈不上对它们的死表示遗憾、惋惜和悔恨痛心了。从文章表面看，作者说得已相当透彻；而实际上这里面不知有多少辛酸痛楚还没有尽情吐露，看似奔放而其内涵则甚为丰富，其实倒是含蓄不尽的（说他写得婉约，或许读者不能接受，可作者确实没有把话说尽）。这真是抒情诗的写法了。

作者着力刻画“食（饲）马者”与千里马之间的矛盾，两相对照，既写出千里马的抑郁不平，也写出不识真才者的愚昧专横。千里马在无人给它创造有利的客观条件时，英雄无用武之地；或虽欲一展所长而有力无处使，甚至到了无力可使的程度。这样，它连一匹普通马也比不上，又怎么能实现它日行千里的特异功能呢？因此它的待遇自然也就比不上一匹“常马”，而它的受辱和屈死也就更不足为奇，不会引起人们的注意了。不仅如此，像这样连“常马”都比不上的千里马，由于不能恪尽职守，还会受到极度的责难和惩罚，往往被无辜地痛打一顿（“策之不以其道”，打得它不合理），当然在待遇上也就更加糟糕了（“食之不能尽其材”）。表面看“食马者”不是伯乐，不懂马语；骨子里却蕴涵着怀才不遇的人面对那些愚昧专横的统治者就是申诉也无用这一层意思。

文章写到这里，作者似乎还觉得不够解渴，于是又接着用“鸣之而不能通其意”的意思，从“人”的方面再做深入一层的刻画。这不仅使文章更生动深刻，也表现出作者的感情更为愤激了。作者并没有立即谴责这种不识马的“人”有眼无珠，反而让他面对着这匹千里马不懂装懂，发出了仿佛悲天悯人般的慨叹：“天下无马！”意思说，这样的“人”在主观动机方面还是自以为不错的，他并非不想选拔人才，并非没有求贤用贤之心，无奈贤人贤才太“少”了，既无处可寻觅，也无地可安插：“天下哪里有真正的人才啊！”明明是“人”的主观上出了毛病，却把这种局面的形成推给客观条件的不如意、不理想。眼前就是一匹被作践得不成样子的千里马，却对它发出了“天下无马”的慨叹，认为这不过是一匹连“常马”也不如的驽骀之辈。这不仅是绝妙的讽刺，而且也是极其严峻猛厉的诛心之论。文章写至此已经水到渠成，作者这才站出来点题，用“呜呼”以下三句作结，把“无马”和“不知马”这一对矛盾（“无马”是先天的自然缺陷，“不知马”则是后天人为的犯罪）尖锐地摆出来形成一个高潮，极尽沉郁顿挫之致。古人说蹙万里长江于尺幅之中，这种凝聚浓缩的手法正是韩愈一支笔经过千锤百炼的结果。我们固然不

能不为作者起伏回荡、感慨悲凉的情绪而倾倒,却又不能不为他简洁洗练的笔墨所钦服。 (吴小如)

送穷文 韩 愈

元和六年[1]正月乙丑晦,主人使奴星[2]结柳作车,缚草为船,载糗舆粻[3],牛系轭下,引帆上樯。三揖穷鬼而告之曰:"闻子行有日矣,鄙人不敢问所途,窃具船与车,备载糗粻,日吉时良,利行四方,子饭一盂,子啜一觞,携朋挈俦,去故就新,驾尘彍风[4],与电争先,子无底滞之尤[5],我有资送之恩,子等有意于行乎?"

屏息潜听,如闻音声,若啸若啼,砉欻嘎嘤[6],毛发尽竖,竦肩缩颈,疑有而无,久乃可明,若有言者曰:"吾与子居,四十年余。子在孩提,吾不子愚,子学子耕,求官与名,惟子是从,不变子初。门神户灵,我叱我呵,包羞诡随[7],志不在他。子迁南荒[8],热烁湿蒸,我非其乡,百鬼欺陵。太学四年[9],朝齑暮盐[10],惟我保汝,人皆汝嫌。自初及终,未始背汝,心无异谋,口绝行语,子何听闻,云我当去?是必夫子信谗,有间于予也。我鬼非人,安用车船,鼻嗅臭香[11],糗粻可捐。单独一身,谁为朋俦,子苟备知,可数已不[12]?子能尽言,可谓圣智,情状既露,敢不回避。"

主人应之曰:"子以吾为真不知也耶!子之朋俦,非六非四,在十去五,满七除二[13],各有主张,私立名字,捩手[14]覆羹,转喉[15]触讳,凡所以使吾面目可憎,语言无味者,皆子之志也。其名曰智穷:矫矫亢亢[16],恶圆喜方,羞为奸欺,不忍害伤;其次名曰学穷:傲数与名[17],摘抉杳微[18],高挹群言[19],执神之机;又其次曰文穷:不专一能,怪怪奇奇,不可时施,只以自嬉;又其次曰命穷:影与形殊,面丑心妍,利居众后,责在人先;又其次曰交穷:磨肌戛骨[20],吐出心肝,企足以待,置我仇冤。凡此五鬼,为吾五患,饥我寒我,兴讹造讪,能使我迷,人莫能间,朝悔其行,暮已复然,蝇营狗苟,驱去复还。"

言未毕，五鬼相与张眼吐舌，跳踉偃仆，抵掌顿脚，失笑相顾。徐谓主人曰："子知我名，凡我所为，驱我令去，小黠大痴。人生一世，其久几何，吾立子名，百世不磨。小人君子，其心不同，惟乖于时，乃与天通。携持琬琰，易一羊皮，饫于肥甘，慕彼糠糜㉑。天下知子，谁过于予？虽遭斥逐，不忍子疏。谓予不信，请质《诗》《书》。"

主人于是垂头丧气，上手称谢，烧车与船，延之上座。

〔注〕①元和六年：811年。②奴星：一个名叫星的仆人。③糗(qiǔ)：干粮。粻(zhāng)：米食。④弜(kuò)风：张大风力，指扬帆前进。弜，张大。⑤底滞之尤：以停留于此为恨。底滞，停留。尤，怨恨。⑥砉欻(xū chuā)：形容声音微小飘忽。嚘(yōu)嘤：形容杂声细小。⑦包羞诡随：忍受羞辱，曲从人意。⑧子迁南荒：指贞元十九年(803)冬，作者被贬为阳山令。⑨太学四年：韩愈元和元年(806)起任国子博士分司东都，至四年改都官员外郎，前后四年。⑩朝齑(jī)暮盐：早晚只有咸菜和盐下饭。⑪鼻嗅臭香：指鬼接受祭享时仅闻食物的气味。⑫可数已不：可以数一数吗？不，同"否"。⑬"非六"三句：即五个。⑭捩(liè)手：扭转手。⑮转喉：指说话。⑯矫矫亢亢：刚强正直。⑰傲数与名：轻视术数与名物这些具体东西。⑱摘抉杳微：揭示发掘幽深的道理。⑲高挹群言：居高临下酌取百家之言。⑳磨肌戛骨：摸到肌肉，敲到骨头，表明对朋友真心实意。㉑"携持琬琰"四句：意谓用可凭之保持名节的贫困去换取毁坏名节的爵禄，就好像拿美玉去换一张羊皮，吃饱了肥美的东西，却羡慕糠米粥一样，得不偿失。

记不清是哪一位名人说过，幽默是自己的才能与理智达到足以否定自己的理想与行事时的产物。一个幽默家往往就是一个怀才不遇者，一个人想说幽默话的时候，往往就是他不得意的时候。不管这种说法是否经得起推敲，从韩愈写的几篇幽默文章看来倒是大致符合的。他的《毛颖传》《进学解》，以及这篇《送穷文》就都写于三为博士的投闲置散时期。

我国古代的知识分子一旦叫"穷"，无不是由于仕途不畅。造成仕途不畅的原因当然是政治不清明、官场污浊不堪。然而他们懂得，如果要发牢骚就绝不能傻乎乎地揭露真相，只能自责自嘲，怪自己的命运不好，与"穷"结下了不解之缘。幽默诙谐也就从这种心口不一的话语中产生。汉代扬雄的《逐贫赋》是这样，韩愈此文也是如此，但更充实，更恢奇。

韩愈在此文中从自身的性格、品质与处世原则中找出五个问题，说成五个致穷的鬼魅，所谓"智穷"即指自己操行坚正，不欺诈、不愿伤害别人；所谓"学穷"即指自己好探幽钩玄，穷极天理；所谓"文穷"即指不做平庸文章，好作破格奇文；所谓"命穷"即指勇于负责，耻于争利，面目难看，心地善良；所谓"交穷"，即指对人真心实意，肝胆相照，不懂伪饰，这五个方面本是一个知识分子难能可贵的品质，竟然不为时人所理解，不为世俗所容，以致成了仕途上的大障碍，使他“跋前踬后，动辄得咎”，“冬暖而妻号寒，年丰而妻啼饥”(《进学解》)。然而这些“穷鬼”虽然使他穷，却也防范了他与世俗同流合污，使他保持清正的本质，为他立下了百世不磨的名节，那当然不能送走，还得“延之上座”。这样看来，此文表现的仍然是“君子固穷”这一个古老的主题，并没有什么新奇之处。它所以被称为妙文，主要在于幻设的“五鬼闹身”的表现形式。且看那些“穷鬼”机灵乖巧，诡谲万端。它们一会儿自称“单独一身，谁为朋俦”，一会儿又钻出五个来；一会儿细声细语，一会儿慷慨陈词；一会儿潜身隐形，一会儿“相与张眼吐舌，跳踉偃仆，抵掌顿脚，失笑相顾”。通过这些“穷鬼”的表演，不仅将作者的牢骚与不平发泄无遗，而且将严肃的政治问题和沉重的心理负担游戏化、诙谐化，不能不使古往今来的失意之士破涕为笑。

此文的借“送穷节”发兴，也包含着某种手法意义。传说古代帝王高阳氏有一个儿子好穿破衣，只喝稀饭，宫中号为贫子，正月晦日死于穷巷之中。后世即于此日家家门前摆放稀粥、破衣，意在送走贫穷。姚合即有诗曰：“万户千门看，无人不送穷。”此文首言“元和六年正月乙丑晦”即为送穷节。这番与穷鬼的对话就是由送穷节的祝词引出的。这意味着作者本因为穷得没办法才聊寄希望于“送穷节”将穷鬼送走，不料被穷鬼说服，反要“延之上座”。这不仅深化了题旨，同时也可表明自己的牢骚是随习就俗，应时而发的，并非无时无刻说怪话，以防别人找碴。

全文基本用韵，采用对话方式，描画铺排，辞采飞扬，具有辞赋特色，为此宋代晁补之将其编入《续楚辞》中。（谢楚发）

送李愿归盘谷①序 韩 愈

太行之阳②有盘谷，盘谷之间，泉甘而土肥，草木丛茂，居民鲜少。或曰：“谓其环两山之间，故曰盘。”或曰：“是谷也，宅幽而势阻，隐者之所盘旋。”友人李愿居之。

愿之言曰：“人之称大丈夫者，我知之矣。利泽施于人，名声昭于时，坐于庙朝，进退③百官，而佐天子出令。其在外，则树旗旄，罗弓矢，武夫前呵，从者塞途；供给之人，各执其物，夹道而疾驰。喜有赏，怒有刑。才畯④满前，道古今而誉盛德，入耳而不烦。曲眉丰颊，清声而便体[⑤]，秀外而惠中，飘轻裾，翳长袖，粉白黛绿者，列屋而闲居，妒宠而负恃，争妍而取怜。大丈夫之遇知于天子，用力于当世者之所为也。吾非恶此而逃之，是有命焉，不可幸而致也。

"穷居而野处，升高而望远，坐茂树以终日，濯清泉以自洁。采于山，美可茹；钓于水，鲜可食。起居无时，惟适之安。与其有誉于前，孰若无毁于其后。与其有乐于身，孰若无忧于其心。车服不维[⑥]，刀锯[⑦]不加；理乱[⑧]不知，黜陟不闻。大丈夫不遇于时者之所为也，我则行之。伺候于公卿之门，奔走于形势[⑨]之途，足将进而趑趄[⑩]，口将言而嗫嚅[⑪]，处秽污而不羞，触刑辟而诛戮，侥幸于万一，老死而后止者，其于为人，贤不肖何如也！"

昌黎韩愈闻其言而壮之，与之酒而为之歌曰：

"盘之中，维子之宫。盘之土，维子之稼[⑫]。盘之泉，可濯可沿[⑬]。盘之阻，谁争子所[⑭]。窈而深，廓其有容。缭而曲，如往而复。嗟盘之乐兮，乐且无殃[⑮]；虎豹远迹兮，蛟龙遁藏；鬼神守护兮，呵禁不祥。饮则食兮寿而康，无不足兮奚所望！膏吾车兮秣吾马，从子于盘兮，终吾生以徜徉。"

〔注〕①盘谷：在今河南济源北。　②太行之阳：太行山之南。　③进退：擢升与贬黜。　④才畯：才能卓越的人。畯，同"俊"。此指所谓"大丈夫"的幕僚。　⑤便体：体态灵活轻盈。此处上下数句均描写所谓"大丈夫"的姬妾女宠。　⑥车服：车驾与章服，此处偏义在车。章服，以图文为等级标志的礼服。不维：不受束缚。　⑦刀锯：喻刑法。　⑧理乱：治乱。避唐高宗讳，以"理"代"治"。　⑨形势：指权力地位，犹言权势。　⑩趑趄(zī jū)：徘徊不前。　⑪嗫嚅(niè rú)：欲言又止。　⑫稼：取上古音(gǔ)，与"土"押韵。　⑬沿：《说文解字》："沿，缘水而下也。"　⑭"盘之阻"二句：意为盘谷地势险要，没有人愿在此居住。　⑮殃：各本作"央"，朱熹《韩文考异》作"殃"。央，尽。

赠序是古代散文一种文体，为的是朋友远行，临别赠言，说几句安慰、勉励的话。韩愈的赠序，因人变化，不拘泥于一定的格式，有的坦率陈言，有的含蓄婉转，有的借题发挥，有的诙谐幽默，各篇有不同的写法，也有不同的意味。这篇赠李愿的序，有很多言外之意，藏而不露，须细看方能领悟辨别。

李愿是位隐士，但韩愈写序为他送行的时候，还未真做隐士，而是将做隐士。

所以序的题目用一“归”字。“归”者,含蓄地点明隐居乃归去之后才得实现的事。文中第一段写盘谷风土之美和得名由来,然后说“友人李愿居之”,这也是指归去之后,并不是说已在隐居。倘若李愿早在那里隐居起来,就不用赠序“送”他“归盘谷”了。

李愿在归隐前,做什么,是什么身份?过去曾认为他就是西平王李晟的儿子,雪夜袭蔡州的名将李愬的兄长,做过武宁军节度使,因罪去职,所以去盘谷做隐士。但这位李愿,新、旧《唐书》都有传,虽然贬过官,那是在长庆二年(822)宣武节度使任内,旋即起用,一直到长庆四年(824)韩愈逝世这年还在做河中节度使,并无隐居的经历。而这篇赠序作于贞元十七年(801),韩愈才三十四岁,因此这篇赠序所写的,当是另一位李愿。这另一位李愿的仕历,则无从查考,序中也无一字提及。(韩愈另有《卢郎中云夫寄示送盘谷子诗两章歌以和之》诗,作于元和六年[811],涉及的也是这个李愿,也无资料提供。)不过文中他自说想做而做不到富贵权势人,但又不愿做奔走官场的趋炎附势人。可推想他大概属于后一类人,也就是曾做过官,但官职不高,不得意,所以弃官归隐。隐士是人品高尚之人,弃官归隐也是高尚之事,韩愈为李愿送行,上来竟不将他的仕历略为交代几句,只是闲闲写盘谷是可隐之地,你李愿“居之(住下)”吧。不写足,留待读者自去寻索。

李愿归隐的原因,是下面一段由李愿自己说出来的。他对三种类型的人做了比较,然后选择了隐居一途。这一段是全文的中心。首段的文与尾段的歌,皆是此段的陪衬,但也不是闲笔,无首尾也就无中心。借人之口来做文章,这是韩愈常用的一种笔法。如《圬者王承福传》借王承福的自述,做成一篇文章。又碑志中有一篇《唐河中府法曹张君墓碣铭》,也是用“有女奴抱婴儿来,致其主夫人语曰”云云,引入下面墓主张圆的不幸遭遇与生平事迹的。当然各文的写法,并不雷同。

李愿所讲述的三种人,一种是富贵权势人,一种是趋炎附势人,另一种是山林隐居人。对这三种人,他都有形象性的描绘。这里的关键是“大丈夫”这个词的称呼。他对富贵权势人和山林隐居人统称为大丈夫。韩愈引述的李愿的话,“愿之言曰”,第一句就是“人之称大丈夫者,我知之矣”。他知道什么?就是接下来讲述的富贵权势人与山林隐逸人都是他所谓的大丈夫。他们当然也有区别。区别在于:富贵权势人是“大丈夫之遇知于天子,用力于当世者之所为也”;山林隐逸人是“大丈夫不遇于时者之所为也”。对前一种人,他不是不想做,而是“吾非恶此而逃之,是有命焉,不可幸而致也”,做不到,只好委之于命不好;后一种人,其表现较前一种人退一步,承认命运的安排,但是也是大丈夫,所以"我则行之"。由此可知,富贵权势人与山林隐逸人从表面看,似乎是判然不同的两种人,但在李愿看来,实际只是一种人,即大丈夫。既然都是大丈夫,我们就应该来看看大丈夫必须具有的条件。孟子为大丈夫定下的条件是历来所公认的:"富贵不能淫,贫贱不能移,威武不能屈,此之谓大丈夫。"(《孟子·滕文公下》)可见大丈夫不是随便可称的。按照这个标准来衡量李愿所"不可幸而致也"的富贵权势人,这种人作威作福,骄奢淫逸,无论如何够不上大丈夫这个规格。再来衡量李愿所要"行之"的山林隐逸人,行事、人品应该说都是很高尚的;但是很可惜,如他自己所承认的,这类人对于富贵和威武不是"恶此而逃之",而是歆羡之唯恐不及,对于贫贱是不得已而就之的。可以肯定,一旦有富贵和威武的可能,这类人是立刻就会去贫贱而"移"向富贵和威武的。这种人,自然也是达不到孟子所说的大丈夫的标准的。

前人往往以为,在李愿的心目中,富贵权势人与趋炎附势人是等同一类,都受他的鄙视;而山林隐逸人则是高洁一类,是赞颂的对象。有这样的说法,"极力形容得志之小人与不得志之小人,而隐居之高尚乃见"(刘大櫆语)。这是忽略了李愿将富贵权势人与山林隐逸人同称作"大丈夫",视为同一类人;而与他们相对立的,则是趋炎附势人。李愿所说"贤不肖何如也",这个"不肖"只指趋炎附势人,绝没有包括富贵权势人在内的意思。从行文的次序来看,倘若富贵权势人与趋炎附势人是同一类人,那就应在形容富贵权势人后,紧接趋炎附势人,不应中间插入山林隐逸人,生硬地把他们分隔开来。

如上所述,"大丈夫"一词是李愿自述的关键。只有弄清他所谓的"大丈夫"的真实含义,方能理解李愿思想的实质。

那么,韩愈的看法如何?他转述了李愿的说话,是不是亦即表示同意他的看法?

在这个问题上,前人往往也有误解,以为二人的看法是一致的。其实不然,他们有同有不同。对趋炎附势人的看法,这种人"不肖",看法是相同的;但是,对所谓"大丈夫"的两种人的看法,显然并不相同,韩愈不会赞同降低了标准的所谓"大丈夫"。或问:照此说来,韩愈何以未表示反对或批评呢?答曰:请注意韩愈在听完李愿的描述后的反应,"闻其言而壮之"所用的"壮之"二字,这就是表示他的委婉的反对或批评,不过用的是相当巧妙而含蓄的方式。回家做隐士,与世无争,又不是上战场,赴国难,原是不用"壮之"的;现偏用此二字,使人觉得突兀,突兀之余不免思索,思索之后,方知这是针对李愿的说大话、表决心的豪言壮语而言的。李愿这位朋友很自负，自以为做起隐士来品格很高，韩愈虽然不同意他的一些看法，但也不便在赠序中公然提出批评，于是便在有意无意间点他一点，委婉地讽刺一下，然而文章却做得天衣无缝，不落丝毫痕迹，朋友看了也满心喜欢。相传苏东坡曾说："唐无文章，唯韩退之《送李愿归盘谷》一篇而已。平生愿效此作一篇，每执笔辄罢，因自笑曰：'不若且放，教退之独步。'"（《跋退之送李愿序》）不知东坡所指是不是也有这个意思，这里也且放下，请读者探究吧。

赠序后缀以诗歌，或先有诗歌而后写序，都是赠序的一种体式，当然也可以是没有诗歌的。这篇序后的"歌曰"，用的是楚辞体，主要是韩愈自己抒发向往隐居之乐的情怀。混迹官场，为进取而搏斗，却屡遭挫折，自然希望远离社会，躲开烦恼。但这仅是愿望，现实生活中不可能真正实现。歌词最后说："膏吾车兮秣吾马，从子于盘兮，终吾生以徜徉！"这种愿望或许是真诚的，但韩愈真会相信自己这样做吗？这是值得怀疑的。

（钱伯城）

送董邵南[①]游河北序 韩 愈

燕、赵[②]古称多感慨悲歌之士。董生举进士，连不得志于有司，怀抱利器[③]，郁郁适兹土，吾知其必有合[④]也。董生勉乎哉！

夫以子之不遇时，苟慕义强仁[⑤]者皆爱惜焉；矧[⑥]燕、赵之士出乎其性者哉！然吾尝闻风俗与化移易，吾恶知其今不异于古所云邪？聊以吾子之行卜之也。董生勉乎哉！

吾因子有所感矣。为我吊望诸君之墓，而观于其市，复有昔时屠狗者[⑦]乎？为我谢曰："明天子在上，可以出而仕矣！"

〔注〕 ① 董邵南：寿州安丰（今安徽寿县西南）人，韩愈的友人。举进士不第，将游河北，韩愈作此序送行。 ② 燕、赵：战国时两个诸侯国。燕国在今河北、辽宁一带，赵国在今河北、山西一带。这里借指当时河北一带。 ③ 利器：比喻杰出的才能。 ④ 合：遇合，即受到赏识重用。 ⑤ 强（qiǎng）仁：勉力行仁。 ⑥ 矧（shěn）：况且。 ⑦ 屠狗者：以屠狗为业者，喻从事卑贱职业者，或位卑的豪杰之士。《史记·刺客列传》："荆轲既至燕，爱燕之狗屠及善击筑者高渐离。"

这篇文章寥寥一百五十字，层层转折，意在言外，是历来公认的名作。然而如何疏通句篇，揭示那言外之意，却殊为不易。

题为《送董邵南游河北序》，因而要理解这篇短文，必须弄清"董邵南游河北"是怎么回事以及韩愈对之是否赞成。

当时的河北是藩镇割据的地方。《新唐书·藩镇传》中说:"安史乱天下,至肃宗,大难略平,君臣皆幸安,故瓜分河北地付授叛将,护养孽萌,以成祸根。……一寇死,一贼生,讫唐亡百余年,卒不为王土。"韩愈是坚决主张削平藩镇、实现统一的。在他看来,如果有人跑到河北去投靠藩镇,那就是"从贼",应该鸣鼓而攻之。此其一。

韩愈为了实现唐王朝的统一,很希望统治者延揽人才;但在这一点上,统治者常常使他失望。所以在不少诗文里,替自己、替别人抒发过沉沦不偶的感情。他有一篇《嗟哉董生行》,也是为董邵南写的。其中说:"寿州属县有安丰,唐贞元时,县人董生邵南隐居行义于其中。刺史不能荐,天子不闻名声,爵禄不及门。"他在赞扬董生"隐居行义"的同时,对"刺史不能荐"表示遗憾。这位董生"隐居"了一阵子,大约不安于"天子不闻名声"的现状,终于主动出山。但是"举进士",又"连不得志于有司"。对于他的"郁郁不得志",韩愈自然是同情的。此其二。

然而这位因"隐居行义"而受到韩愈赞扬的董生,却由于在唐王朝"不得志",竟然要"游河北"——投奔藩镇去了。当他临行之时,韩愈要写一篇序送他,看来很难措辞。赞成他去吧,那就违背了自己一贯的主张;"责以大义",阻止他去吧,那就变成了"留行",不合"赠序"的体裁;何况对于"怀抱利器"而无处施展的董生毕竟是同情的,不忍太严厉。

"惟陈言之务去"的韩愈写文章常常因难见巧。这篇短序的构思、造语、布局,就相当巧。

一上来先赞美河北(燕赵)"多感慨悲歌之士";接着即叙述董生"怀抱利器"而"不得志于有司",因而要到河北去;然后两相绾合,作一判断:"吾知其必有合也"。这很有点为董生预贺的味道。再加上"董生勉乎哉!"仿佛是说:你就要找到出路了,努力争取吧!

作者还嫌不够,又深入一层说:像你这么个怀才不遇的人,只要是"慕义强仁"的人都会爱惜的,何况那些仁义"出乎其性"的"燕赵之士"呢?又将河北赞美一通,为董生贺。意思仿佛是:你的出路的确瞅对了,好好去干吧!

这其实是些反话,所谓"心否而词唯"。

作者在称赞河北时,有意识地埋伏了一个"古"字。为什么说是"埋伏"呢?因为特意在"古"字下用了个"称"字,放了些烟幕,使"古"字隐藏其中,不很显眼。如果不用"称"字,写成"燕赵古多感慨悲歌之士",那"古"字就十分突出,等于说"燕赵今无感慨悲歌之士"。这样,下面的文章就不好作。而用一"称"字,就是另一种情况。"古称"云云,即"历史上说"如何如何。历史上说"燕赵多感慨悲歌之士”，则现在可能还是那样，所以先就“古称”落墨，送董生游河北，断言“必有合”。然而“古称”毕竟不同于“今称”。“古称”河北“多感慨悲歌之士”，则现在可能还是那样，也可能不是；因而到底是与不是的问题，终归要提出来。于是用“然”字扳转，将笔锋从“古称”移向现实。不难看出，写“古”正是为了借宾定主，为下文蓄势。

“今”之河北是不是仍“多感慨悲歌之士”呢？在作者心目中，其答案当然是否定的。但他并不立刻否定，却提出一个原则：“风俗与化移易（风俗人情，随着教化的改变而改变）”。既然如此，则河北已被反叛朝廷的藩镇“化”了好些年，其风俗怎能不变？风俗既然变了，变得再没有“感慨悲歌之士”，那么董生到那里去，就未必“有合”。“风俗与化移易”的原则一经提出，分明造成了箭在弦上的形势，眼看要作如上的推论。但作者真像在他的《雉带箭》诗里所说的那样：“将军欲以巧伏人，盘马弯弓惜不发。”只提出“吾恶知（我怎么知道）其今不异于古所云邪”的疑问而不作判断。“今”是不是异于“古”，“聊以吾子之行卜之也”——姑且拿你的此行所遇试试看。

当时的藩镇为了壮大自己的声势，竭力罗致人才。董生到河北去，“合”的可能性很大。如果“合”了，岂不是就证明了“今”之燕赵“不异于古所云”吗？但作者是早有“埋伏”的。他说“燕赵古称多感慨悲歌之士”，又说“感慨悲歌”的“燕赵之士”都仁义“出乎其性”。预言董生与仁义“出乎其性”的人“必有合”，这是褒扬董生。而先“扬”正是为了后“抑”。“风俗与化移易”一句既然点出了当时掌握河北政教的藩镇，而当时的藩镇呢，恐怕连董生（他不能没有忠君观念）也不好说他们仁义“出乎其性”吧！既然如此，那么董生与藩镇“合”，就只能说明他丧失仁义罢了。“聊以吾子之行卜之也”的“卜”，与其说是“卜”燕赵，毋宁说是“卜”董生。“勉乎哉”云者，勉其不可“从贱”也。

作者怕董生不懂，又照应前面的“古”字，提出原为燕国大将，被迫逃到赵国，被封为望诸君，却仍然念念不忘燕国的乐毅来。“为我吊望诸君之墓”，是提醒董生应当妥善处理他和唐王朝的关系。还怕他不懂，进一步照应前面的“古”字，委托他到燕市上去看看还有没有“屠狗者”；如果有，就劝其入朝效忠。连河北的“屠狗者”都劝其入朝，则对董生的投奔河北藩镇抱什么态度，也就不言自明了。

全文表面上一直是送董生游河北。第一段就“燕、赵古称多感慨悲歌之士”立论，预言董生“必有合”，是送他去；第二段怀疑燕赵的风俗可能变了，但要“以吾子之行卜之”，还是送他去。结尾委托董生吊望诸君之墓、劝谕燕赵之士出仕朝廷，仍然是送他去。总之，的确是一篇送行文字。但送之正所以留之，微情妙旨，全寄于笔墨之外。有些评论者，或说此文是作者希望"董生以仁义化河北"，使之归顺朝廷；或说"董邵南的前途交织着希望和失望"，此文正表现了"封建时代的正直知识分子不能掌握自己的命运"，显然都没有搔到痒处。

这篇文章的主旨是劝阻董邵南游河北，但措辞婉妙，转折不测，内涵十分深广。第一，向往古燕赵的感慨悲歌之士，赞扬他们仁义"出乎其性"；其反面，自然讥刺了当时割据河北的藩镇。第二，劝阻董生游河北，但肯定他是"怀抱利器"的。"怀抱利器"，却"连不得志于有司"，因而到河北去谋出路；这又流露了对"有司"的不满，似乎在指责他们"为渊驱鱼"。第三，董生明明是"不得志于有司"才投奔藩镇的，却委托他劝谕河北的"屠狗者"入朝做官；"屠狗者"如果真的跑到朝廷来，"有司"会让他"得志"吗？在这些地方，作者不仅暗暗责怪"有司"，而且隐隐然向最高统治者敲警钟。从董生的遭遇看，所谓"明天子"其实不很"明"，但作者却希望他"明"。根据历史记载，当时的唐王朝"仕路壅滞"，失意之士纷纷投奔藩镇；而藩镇又"竞引豪杰为谋主"，因而藩镇益强而朝廷益弱。韩愈企图恢复唐王朝大一统局面，因而在给他曾经赞美过的董邵南送行的时候，真是感慨万千！惟其感慨万千，才能写出这样言有尽而意无穷的妙文。

这篇序以"古""今"分层次，以"吾知""吾恶知"相呼应，转折出人意料，而脉络又极分明，词约而意丰，文短而气长，确是千古传诵的名篇。　　（霍松林）

荆潭唱和诗[1]序　　韩　愈

从事[2]有示愈以《荆潭酬唱诗》者。愈既受以卒集[3]，因仰[4]而言曰："夫和平之音[5]淡薄，而愁思之声要妙[6]；欢愉之辞难工，而穷苦之言[7]易好也。是故文章之作，恒发于羁旅草野[8]。至若王公贵人，气满志得[9]，非性能好之，则不暇[10]以为。今仆射裴公开镇蛮荆[11]，统郡惟九[12]；常侍[13]杨公领湖之南，壤地[14]二千里。德刑之政并勤，爵禄之报两崇[15]。乃能存志乎诗书，寓辞乎咏歌[16]。往复循环[17]，有唱斯和。搜奇抉怪[18]，雕镂[19]文字，与韦布里间憔悴专一之士较其毫厘分寸[20]。铿锵[21]发金石，幽眇[22]感鬼神，信[23]所谓材全而能钜者也。两府[24]之从事与部属之吏，属[25]而和之。苟在编者[26]，咸[27]可观也。宜乎施之乐章[28]，纪诸册书。"从事曰："子之言是也。"告于公，书以为《荆潭唱和诗序》。

〔注〕① 荆潭唱和诗：裴均、杨凭及其属吏唱和的诗集。裴均，字君齐，绛州闻喜(今属山西)人，唐德宗贞元十九年(803)至唐宪宗元和三年(808)，出任荆南节度使。杨凭，字虚受，唐德宗贞元十八年(802)至唐顺宗永贞元年(805)，出任湖南观察使。两人均善诗文，在此任职期间，常有诗歌唱和。后来把二人唱和之诗与其从事、部属的和诗合为一集，名为《荆潭酬唱诗》。今已佚。 ② 从事：州郡长官自任的随从官员，幕僚。 ③ 卒集：诵读全书。 ④ 仰：表示恭敬之意。 ⑤ 和平之音：写太平安定的作品。音，古代诗歌都能按曲歌唱，所以诗歌也可称"音"。 ⑥ 要妙：精要微妙的样子。 ⑦ 穷苦之言：写穷困痛苦的作品。 ⑧ 羁(jī)旅：奔波旅途之人。草野：隐居山野之士。 ⑨ 气满志得：志愿实现，心满意得。 ⑩ 不暇：没有空闲。 ⑪ 仆射(pú yè)：唐宋两代朝中设左右仆射，辅佐天子议决国政，相当于宰相职位。蛮荆：古代中原人对楚、越或南人的称呼。 ⑫ 统郡惟九：荆南统制九郡，即荆南、夔、忠、万、澧、朗、涪、峡、江陵。 ⑬ 常侍：官名，散骑常侍的简称。据《旧唐书·杨凭传》，凭由湖南观察使移江西观察使，后入为左散骑常侍。 ⑭ 壤(rǎng)地：土地。 ⑮ 爵禄之报两崇：官爵和俸禄都很高。崇，高。 ⑯ 咏歌：指作诗，因为古代诗歌既可吟诵又能歌唱。 ⑰ 往复循环：指双方互相酬唱往来。 ⑱ 搜奇抉(jué)怪：搜寻新奇怪异的语句。形容刻意雕镂诗文、修饰文辞。 ⑲ 雕镂(lòu)：雕刻。此指刻意着力藻饰文辞。 ⑳ 韦布：韦带布衣，古代未仕者或平民所穿的服装。里闾(lǘ)：本义为里巷的门，文中是指平民所居之地。专一之士：专心写作诗文的士子。较其毫厘分寸：比较文章高下。 ㉑ 铿锵(kēng qiāng)：多形容乐器声音响亮、节奏分明，此指诗歌音律流畅、明快有力。 ㉒ 幽眇(miǎo)：精深微妙。 ㉓ 信：的确，诚然。 ㉔ 两府：指荆南节度使、湖南观察使两个幕府。 ㉕ 属：跟着。 ㉖ 在编者：收录在这本诗歌集里。 ㉗ 咸：都，全。 ㉘ 施之乐章：谱上乐曲。

中唐时期，裴均在任荆南节度使时，与时任湖南观察使的杨凭诗多有诗歌唱和，裴均与杨凭各自幕府中的随从官员及下属官吏，也都跟着写了许多和诗。这些诗歌后来编为一集名曰《荆潭酬唱诗》，一作《荆潭唱和诗》，而作为裴均属吏的韩愈则受邀写下这篇《荆潭唱和诗序》。

古人作文，多依文法。不同的文体，各有其体例与写法。韩愈此文乃是为收录友人尤其是自己上级作品的诗集而写的序言，依诗序体例而言，当以称颂褒扬诗集作者与作品为主。故韩愈"既受以卒集"后，马上表达了自己对诗集作品的激赏之情。韩愈先做一番铺垫："夫和平之音淡薄，而愁思之声要妙；欢愉之辞难工，而穷苦之言易好也。是故文章之作，恒发于羁旅草野。至若王公贵人，气满志得，非性能好之，则不暇以为。"他认为，安定平和的音乐大多平淡味薄，而伤感忧愁之歌则精深微妙；人在欢快愉悦的情绪中难有佳篇，但是身处困顿艰难的境遇中却易出佳作。因此，诗歌佳构，常出自客居他乡、隐于山林之人的手中。而王公贵人自有高官厚禄，人生无憾，心满意足，所以他们当中如果不是真心喜欢而又擅长写诗的话，是不会抽出时间创作诗歌的。韩愈在此设立了两种对立面，一是不同类型作品的对立，如"和平之音"与"愁思之声"的对立，"欢愉之辞"与"穷苦之言"的对立；二是不同阶层的人的对立，如"羁旅草野"之人与"王公贵人"

的对立。“恒发于羁旅草野”的“愁思之声”和“穷苦之言”,“要妙”“易好”,而“王公贵人”“气满志得”,其所作之诗多为“和平之音”“欢愉之辞”,故“淡薄”“难工”。在这些对比当中,韩愈的情感倾向显而易见。但他也在此处以一句“至若王公贵人,气满志得,非性能好之,则不暇以为”埋下伏笔,用“抑”笔为后文的“扬”笔做了铺垫:“王公贵人”有时间写诗且能写出好诗,但前提是“性能好之”,而裴均与杨凭就是这样的“王公贵人”。

用先抑后扬之法引出裴均与杨凭后,韩愈就对二人的政绩与文章进行了称赏。首先,二人身居高位:“今仆射裴公开镇蛮荆,统郡惟九;常侍杨公领湖之南,壤地二千里。”裴均任荆南节度使,镇守荆州,统辖九郡;杨凭则任湖南观察使,辖区辽阔。他们均是地方大员,属“王公贵人”无疑。其次,二人颇有政绩:“德刑之政并勤,爵禄之报两崇。”他们既有德政,又严于刑律,身处高位而有厚禄,堪称“气满志得”之人。再次,二人有志于诗:“乃能存志乎诗书,寓辞乎咏歌。往复循环,有唱斯和。搜奇抉怪,雕镂文字,与韦布里闾憔悴专一之士较其毫厘分寸。铿锵发金石,幽眇感鬼神,信所谓材全而能钜者也。”他们在为政之余,还能下功夫潜心于诗歌创作,精心结撰文词,总想出人意表,欲与那些专力于写作的贫穷寒士一争高低。他们所写的诗,音调铿锵如同金石之声,文辞精微深刻足以感动鬼神。他们确实是人们所说的才华全面而卓然挺立的诗人啊。

至此,我们可以发现,在韩愈所立的对比中,“难”与“易”显然是关键。依韩愈之理,出自“羁旅草野”的“愁思之声”和“穷苦之言”,易得且易好,而“王公贵人”的“和平之音”和“欢愉之辞”,难写且难好。而韩愈在这对比中,又用了先抑后扬之法。看似韩愈以抑笔写“王公贵人”无暇写作更难出佳作,实则是为后文用扬笔赞叹裴均和杨凭这样的“王公贵人”虽“气满志得”但却能以“和平之音”和“欢愉之词”写出声调与内容俱佳的诗篇,相比“文章之作,恒发于羁旅草野”而言,二人这是多么难能可贵呀!而之前“和平之音淡薄”“欢愉之辞难工”的对比,原来全都是为了后文烘托裴均和杨凭的文才而设的伏笔。可见,韩愈的尽心布局使得这篇诗序的主旨实乃褒扬“王公贵人”的诗歌,其文势婉转腾挪,显出韩愈构思之妙与运笔之巧。

不过,关于此文的写作主旨,历来论家多认为是韩愈以诗序来提倡诗歌应写“愁思之声”“穷苦之言”,前继司马迁的“发愤著书”说,也与韩愈自己的“不平则鸣”说颇为相似,更发宋代欧阳修“诗穷而后工”的先声。西汉司马迁在《报任安书》中说:

古者富贵而名摩灭,不可胜记,唯俶傥非常之人称焉。盖西伯拘而演《周易》;仲尼厄而作《春秋》;屈原放逐,乃赋《离骚》;左丘失明,厥有《国语》;孙子膑脚,《兵法》修列;不韦迁蜀,世传《吕览》;韩非囚秦,《说难》《孤愤》;《诗》三百篇,大底圣贤发愤之所为作也。此人皆意有所郁结,不得通其道,故述往事、思来者。乃如左丘无目,孙子断足,终不可用,退论书策,以舒其愤,思垂空文以自见。

司马迁在此提出"发愤著书"说,列举多位古代贤者身处逆境而发愤著书之例,认为人在困境之中"意有所郁结",故需要"舒其愤",此时所写的文字最为精彩。而韩愈在《送孟东野序》则提出"不平则鸣"之说,指出人如遭不幸或陷入窘况则会郁积愤懑,从而产生强烈的创作冲动,这时候往往会出现佳作。宋代欧阳修在《梅圣俞诗集序》中说:

盖世所传诗者,多出于古穷人之辞也。凡士之蕴其所有而不得施于世者,多喜自放于山巅水涯,外见虫鱼草木、风云鸟兽之状类,往往探其奇怪;内有忧思感愤之郁积,其兴于怨刺,以道羁臣寡妇之所叹,而写人情之难言;盖愈穷则愈工。然则非诗之能穷人,殆穷者而后工也。

欧阳修看到,世上所传之诗,多出穷困窘迫人之手。境遇越窘迫,所写之诗则越好,所谓"穷者而后工","愈穷则愈工"。司马迁《报任安书》与韩愈《送孟东野序》、欧阳修《梅圣俞诗集序》所论均有相同之处,即人生不顺或遭遇不幸之时,其所写诗文多佳作。而韩愈在《荆潭唱和诗序》中又有"和平之音淡薄,而愁思之声要妙;欢愉之辞难工,而穷苦之言易好也。是故文章之作,恒发于羁旅草野"之论,故世人则将此文与上述三文加以联系,认为韩愈《荆潭唱和诗序》亦是类似论调。如南宋樊汝霖就曾将《荆潭唱和诗序》与欧阳修的《梅圣俞诗集序》联系起来:"欧阳文忠《序宛陵诗集》云:'世谓诗人少达而多穷,夫岂然哉?凡士之蕴其所有而不得施于世者,多喜自放于山巅水涯外,见虫鱼草木风云鸟兽之状类,往往探其奇怪。内有忧思憾愤之郁积,其兴于怨刺以道羁臣寡妇之所叹,而写人情之难言,盖愈穷则愈工。然则非诗之能穷人,殆穷者而后工也。'文忠此论,盖亦公之意云。"(《五百家注音辨昌黎先生集》)樊汝霖认为欧阳修的"穷而后工"说承自韩愈的《荆潭唱和诗序》,这种论调颇得后人支持。但其实这是对韩愈此文的误读,也是对诗序文体特征的失察。贺贻孙《诗筏》曾说:"唐人作唐人诗序,亦多夸词,不尽与作者痛痒相中。"故韩愈是在《荆潭唱和诗序》中巧妙地褒扬王公贵人之诗,而非提倡"愁思之声"和"穷苦之言"。而清人林云铭看出了这一点,否认该文与欧阳修之说的相似性:"是篇赞裴、杨二公倡和之佳……与欧阳公所谓'诗能穷人'等语了不相涉,世人辄把'欢愉之辞难工'二语以为旧话置之,可谓真正俗眼。”林云铭突破世人熟论而发新声，独具慧眼。与林云铭所言相似但又有所不同的是明末清初的孙琮，他说：“欢愉难工，愁苦易好，此是千古衡文确论。今昌黎借来翻一议论，对照下段裴、杨二公，身为富贵，却工于歌咏，则是欢愉之辞亦不难工，愁苦之言亦非尽皆易好，千古确论，遂成翻案。是知善作文者，只借古人旧话翻成新案，斯篇真善翻案者矣。”（《山晓阁唐宋八大家选·韩昌黎集》卷三）孙琮与林云铭一样，都认为韩愈是赞扬裴均和杨凭身为富贵却工于作诗，但他并未将韩愈与欧阳修相联系，而是说韩愈是想借此作翻案文章，欲翻“欢愉难工，愁苦易好”的“千古衡文确论”。这也可备一说。

有些论者又认为，此序虽为恭维两位达官贵人而作，但作者“因难见巧”，立意奇特，借此提出自己的文学理论并为自己的怀才不遇鸣不平，含蓄地批评了这部诗集及其作者。这种说法亦是未明诗序文体的体例，且离韩愈的作文主旨更远了。

此文乃韩愈为上级诗集而作的序，对于上级的赞誉亦是隐于在一抑一扬之中，行文之中尽显人情世故拿捏的周全，难怪钱锺书会说：“恭维而没有一味拍捧，世故而不是十足势利。”（《七缀集·诗可以怨》）　　（刘　城）

应科目时与人书[①]　　韩　愈

月日，愈再拜[②]：

天池[③]之滨，大江之濆[④]，曰有怪物焉，盖非常鳞凡介之品汇匹俦也[⑤]。其得水，变化风雨[⑥]，上下于天不难也。其不及水，盖寻常尺寸之间[⑦]耳，无高山大陵旷途绝险为之关隔也[⑧]，然其穷涸，不能自致乎水[⑨]，为獱獭[⑩]之笑者，盖十八九矣。如有力者，哀其穷而运转之，盖一举手一投足之劳也。然是物也，负其异于众[⑪]也，且曰：“烂死于沙泥，吾宁乐之；若俯首贴耳，摇尾而乞怜者，非我之志也。”是以有力者遇之，熟视之若无睹也。其死其生，固不可知也。

今又有有力者当其前矣，聊试仰首一鸣号焉，庸讵[⑫]知有力者不哀其穷而忘一举手一投足之劳，而转之清波乎？其哀之，命也；其不哀之，命也；知其在命，而且鸣号之者，亦命也。

愈今者，实有类于是，是以[⑬]忘其疏愚之罪，而有是说焉。阁下其[⑭]亦怜察之。

〔注〕 ① 科目：分科取士项目。唐制，科举中常科（如进士、明经等）出身的人还要经过吏部主持的分科考试才能除授官职，这就是“科目选”。本文是贞元九年（793）韩愈参加吏部试时所作。题中“与人”或作“与韦舍人”，韦舍人，其人不详。唐代行卷之风盛行。所谓行卷指应试者在考前将自己的诗文写于卷轴内，呈给达官贵人以求得延誉推荐。 ② 再拜：旧时用于书信的开头或末尾的敬辞。 ③ 天池：南海。《庄子·逍遥游》：“南溟者，天池也。” ④ 濆（fén）：水边。 ⑤ 常鳞凡介：一般的水族生物。鳞，指鱼类。介，指甲壳类。品汇匹俦（chóu）：指同一种类。汇，类。俦，同伴。 ⑥ 变化风雨：兴风作雨。 ⑦ 寻常尺寸之间：指很小的范围。古代八尺为寻，两寻为常，此指很短的距离。 ⑧ 旷途：长途。绝险：不可逾越的险阻。关隔：指阻碍之物。 ⑨ 自致乎水：凭自己能力得到水。 ⑩ 獱獭（biān tǎ）：居水中，食鱼。称猵獭。 ⑪ 负其异于众：自负与众不同。 ⑫ 庸讵：岂，难道。 ⑬ 是以：因此。 ⑭ 其：表示祈使。

唐贞元八年（792），韩愈登进士第，贞元九年应吏部博学鸿词科试。考试之前，他给韦舍人写了这封信，希望得到对方的援引。此类文章不容易写，卑辞请托，易露摇尾乞怜之态，有辱斯文；亢词自荐，易涉自吹自擂之嫌，令人生厌。干谒诗文多用比体，含蓄表明意旨。

韩愈此文亦是通篇设喻，托物言志，构思巧妙，行文曲折有致。文章突兀而起，以“天池之滨，大江之濆”点明“怪物”所居之处非比寻常，“天池”化用《庄子·逍遥游》“南溟者，天池也”之语，让人把“怪物”与庄子笔下“不知其几千里”的鲲鹏联系起来，暗示“怪物”之非凡。然后以“盖非常鳞凡介之品汇匹俦也”正面赞扬“怪物”之特异，非一般水中之物所能相比拟。再以“其得水，变化风雨，上下于天不难也”称赞其“得水”时兴风行雨、上天入地的本领。然后，笔锋一转，写“怪物”“其不及水”的困窘：不但不能“自致乎水”，还为“獱獭”所笑。言语中流露出英雄失路的悲慨情绪。同一“怪物”，得水时与穷涸时，遭遇如此悬殊，不禁让人扼腕慨叹。作者借此比喻，表达有才之士生不逢时、怀才不遇悲哀以及希望韦舍人施以援手的渴望。接下来，作者再以假设宕开一笔，称若得“有力”者“运转之”，不过“一举手一投足之劳”就可以做到。不过作者没有就此写下去，而转入对“怪物”高傲品性的剖析：“然是物也，负其异于众也，且曰：‘烂死于沙泥，吾宁乐之；若俯首贴耳，摇尾而乞怜者，非我之志也。’”不肯轻易摇尾乞怜，突出表现了这个“怪物”的傲骨与心志：宁烂死泥沙也绝不俯首帖耳、摇尾乞怜。这是自喻，同时也借机骂世上那些毫无节操的蝇营狗苟的“常鳞凡介”。由于“怪物”的傲骨，接下来的困顿也是自然的事。所以作者以“是以有力者遇之，熟视之若无睹也。其死其生，固不可知也”几句总结“怪物”的现实困境，实际也是自作不平之鸣，指责此前所遇当政者昏昧平庸、不辨贤愚。

接下来，文笔又作一转，转到韦舍人身上：“今又有有力者当其前矣。”表达自己欲感激愤发之愿望“聊试仰首一鸣号焉”，情辞恳切。虽对韦舍人充满期待，但作者也意识到自己的求援未必能够得到回应。因为作者经历了太多冷遇。他曾一月写了三封上宰相书，他在《后十九日复上宰相书》中云："向上书及所著文后，待命凡十有九日，不得命。恐惧不敢逃遁，不知所为，乃复敢自纳于不测之诛，以求毕其说，而请命于左右。"《后廿九日复上宰相书》又云："愈之待命，四十余日矣。书再上，而志不得通。足三及门，而阍人辞焉。"一月之内三上书而没有等到任何回复，所以他也不敢确定韦舍人能否援引自己，所以有"庸讵知有力者不哀其穷而忘一举手一投足之劳，而转之清波乎"的怀疑。随后作者连用三个不同的"命也"，把"怪物"可能三种境遇，归之于天命，感慨深沉，温柔敦厚。三个"命也"又照应了前文，使全篇浑然一体，意脉连贯。对此清人何焯有一段精彩的分析："'曰有怪物焉'者，士也。'得水''不及水'者，穷达也。'有力'者，援引也。劈头便分三柱。以下复应三段：'哀之命也'，结'庸讵知'数句。'不哀之命也'，结'熟视无睹'数句。'知其在命而且鸣号'，又回护宁乐泥沙而不乞怜意，要之亦命也，见己之出处，仍制之于天，仍自负是怪物之意。"文章最后拿自己与"怪物"对比，点破题旨，表达作文之意。

语言瑰玮、气势充沛也是本文一大特色。本文"怪物者"以自况，用语洗练，而极具风骨。句式整散结合，参差有致，富于变化，很好地配合了内容的表达。如"今又有有力者当其前矣"至"知其在命，而且鸣号之者，亦命也"一段文字，曲尽其情，顿挫有致，显示出作者超强的驾驭文字的功力。曾国藩曰："《应科目时与人书》其意态诙诡瑰玮，盖本诸《滑稽传》。干泽文字，如是乃为轩昂；他篇皆不能自振。"

（魏祖钦）

【作者小传】

李 翱

(772—836) 唐散文家、哲学家。字习之。陇西成纪(今甘肃静宁西南)人。一说赵郡人。贞元进士。官至山南东道节度使。谥文。曾从韩愈学古文，参加古文运动。所作《来南录》，为传世很早的日记体文章。文风平易。在哲学上，受佛学影响，所撰《复性书》，糅合儒、佛两家思想。著有《李文公集》。

题燕太子丹①传后 李 翱

荆轲感燕丹之义，函②匕首入秦劫始皇，将以存燕宽诸侯。

事虽不成，然亦壮士也。惜其智谋不足以知变识机。

始皇之道，异于齐桓，曹沫功成，荆轲杀身，其所遭者然也[3]。及欲促槛车驾秦皇以如燕[4]，童子妇人且明其不能，而轲行之，其弗就也非不幸。燕丹之心，苟可以报秦，虽举燕国犹不顾，况美人哉[5]！轲不晓而当之，陋矣！

〔注〕 ① 燕太子丹：战国时燕王喜的长子。秦将灭六国，兵临易水，意图灭燕。燕太子丹暗中招养一批壮士，使荆轲献督亢地图给秦，想乘此时机生劫秦始皇回燕国。作者有感于此事，借题跋来表达见解。史书中并无《燕太子丹传》，这里所指的当是小说《燕丹子》。 ② 函：包藏。荆轲把匕首藏在地图中。 ③“始皇之道”以下五句：春秋时，鲁国将领曹沫与齐国交战，三战三败，鲁庄公只好献地求和。后来庄公与齐桓公会盟于柯，曹沫乘机以匕首劫持桓公，要求归还前时所献的鲁地，桓公被逼答应。燕太子丹使荆轲入秦，目的也与此相同，但作者认为春秋时的齐桓公是诸侯的盟主，不能不顾信义，曹沫的劫持才能奏效。而战国末期的秦始皇则志在尽灭六国，情况不同，结果自然各异。 ④ 此句谓用槛车囚秦始皇返燕国。 ⑤ 燕太子丹为了让荆轲效力，不惜刻意侍奉他，给以车骑、美女，以顺适其意。《燕丹子》记述了这样一件事：“太子置酒华阳之台。酒中，太子出美人能琴者。轲曰：‘好手琴者。’太子即进之。轲曰：‘但爱其手耳！’太子即断其手，盛以玉盘进之。”本文这二句是说：太子丹报仇心切，刻意利用荆轲行险侥幸，纵令燕国因此危殆，也在所不顾，何况美人？

在这篇文章里，李翱认为荆轲错在没有审时度势，知变识机，徒然感于燕太子丹相待之厚，便贸然想生劫秦始皇以归，事虽壮烈，却是不能成功的。文章写得平正从容，论理透辟精警，清人吴汝纶曾赞许说：“笔笔转，句句变，皆从容中折换，极顿挫反侧之势，是太史公神妙之境，不易到也。”颇能道出本文的章法特点和妙处。

唐人的书后体文章，是题跋的滥觞，其内容大抵借人物或史事来发表自己的见解、议论，是把它作为正经严肃的文章来写的。所以很讲究章法，注意因题立义，反复论说，这和后来大多数宋人题跋的随意挥洒，不拘一格的写法就显得完全不同了。

（黄国声）

【作者小传】

刘禹锡

(772—842)　唐文学家、哲学家。字梦得。洛阳(今属河南)人。贞元进士，又登博学宏词科。累迁监察御史。与柳宗元等参加主张改革的王叔文集团，反对宦官和藩镇割据势力。失败后，贬朗州司马，迁连州刺史。后任太子宾客，加校检礼部尚书，世称“刘宾客”。和柳宗元交谊很深，人称“刘柳”。后与白居易唱和甚多，又并称“刘白”。其诗通俗清新，《竹枝词》《柳枝词》等富有民歌特色，为唐诗中别开生面之作。著有《刘梦得文集》。

昏镜词引　刘禹锡

镜之工列十镜于贾奁[①]。发奁而视[②]，其一皎如，其九雾如。或曰："良楛之不侔[③]甚矣！"工解颐[④]谢曰："非不能尽良也。盖贾之意，唯售是念。今夫来市者，必历鉴周睐，求与己宜。彼皎者不能隐芒杪之瑕[⑤]，非美容不合是用，什一[⑥]其数也。"

〔注〕①贾奁(gǔ lián)：贾，坐商，此指店铺。奁，镜匣。②发：启，开。③良楛(kǔ)：优劣。楛：粗劣不精致。侔：相称。④解颐：开颜作笑。⑤芒杪(miǎo)之瑕：微小的缺陷。⑥什一：十分之一。

《昏镜词》是一首五言古诗。诗人有感于世人"陋容多自欺"的普遍现象，深刻讽刺了"非适乃为轻"的丑恶心态。诗写得鞭辟入里，锋芒尽露。而作为这首诗的序言则不同，它含而不露，讽托幽远，是有着丰富的思想内容的寓言小品。

镜工卖的镜子，十面就有九面是昏镜，只有一面是明镜。这确是一件反常的怪事。究其原因，是因为买镜的人多有缺陷而又不愿意看到自己的缺陷，明镜不能掩瑕藏拙，不合乎买镜人的要求，因此就没有市场；相反，那藏陋掩瑕的昏镜就走俏了。

昏镜得势，明镜滞销，这种奇怪的现象，并非发生在商品市场，而显然存在于人类社会。在封建社会政治生活中，臣是君的一面镜子，所谓以人为镜，可以正得失，是也。由于魏征能及时指出唐太宗的得失，所以魏征死后，唐太宗深为惋惜地说："朕失一镜矣。"魏征不失为唐太宗治国的一面明镜。但是，假如唐太宗不能接受那些逆耳的忠言，而只希望听到赞颂之辞，那么他是不会重用魏征这面明镜的。如果君王一味地"求与己宜"，只求适合自己的意愿，就必定只会宝爱藏陋掩瑕的昏镜，即那些阿谀奉承、溜须拍马的佞臣；也必定容不了"不能隐芒杪之瑕"的明镜，也就是那些针砭时弊，指陈君恶的诤臣。

金无足赤，人无完人。人总会有自己的过错，这并不可怕，最可怕的是人类尤其是君王不能正视自己的过错与缺陷。纵览历史，封建帝王能如唐太宗之从善如流者实在是凤毛麟角，自然昏镜得宠、佞臣当道的时候多，这就注定了诤臣失势明镜沦落的命运。刘禹锡的一生，正是由于锋芒尽露，不能隐芒杪之瑕而数遭贬谪。这篇序言及其诗，如同他的其他许多诗文一样，是投向弄权使奸人物的匕首，是对自己不为时容、落魄无聊命运的历史性思考，具有丰富而深刻的思想内容。

这篇序关乎宏旨，却出之浅近。人们照镜买镜，往往并不去测定镜子的逼真程度，倒真是"历鉴周睐，求与己宜"的，作者正于此处抓住了人们普遍的自欺心态，所以一经点出，就令人豁然开朗，顿时彻悟。作者又设想镜工故意使镜雾状朦胧，迎合人们的自欺心理而欺人，这就使题旨迫近了社会人生，揭示了自欺的愚蠢有如掩耳盗铃，害己害人，因而更发人深思、警策动人。（王远彦）

陋室铭　　刘禹锡

山不在高，有仙则名。水不在深，有龙则灵。斯是陋室，惟吾德馨。苔痕上阶绿，草色入帘青。谈笑有鸿儒，往来无白丁。可以调素琴，阅金经。无丝竹之乱耳，无案牍之劳形。南阳诸葛庐，西蜀子云亭。孔子云："何陋之有？"

据《旧唐书》记载，崔沔曾作《陋室铭》以见志。崔为玄宗时人，时代较刘禹锡为早，但《旧唐书》及《全唐文》皆未载崔沔原文。刘禹锡的《陋室铭》，《刘禹锡集》也未收录，《古文观止》曾收之，颇为人传诵。是否果为刘作，尚待考。

刘禹锡的陋室在什么地方，说法不一，禹锡《上杜司徒（佑）书》有云："小人祖先壤树，在京索间，瘠田可耕，陋室未毁。"京水索水在荥阳郡，卞孝萱《刘禹锡年谱》因而推断陋室在禹锡故乡洛阳附近。如果卞说不误，则所谓陋室之陋，只是形容居室的简朴，这篇铭文当是晚年之作。

山应当是高峻，水应当是深广，现在这样说，实是为了反衬陋室不陋。陋室何所有？"苔痕上阶绿，草色入帘青"，青绿为景，生机葱茏，听其自然，随遇而安。来往的宾客都是鸿儒而无白丁，这里的白丁意即令人生厌的俗客。陈师道《绝句》，以"客有可人期不来"为好怀难开之一憾，禹锡的陋室却能使鸿儒常来，室中便有了书卷气，就像山不高而有仙，水不深而有龙，也见其得意之状。

素琴为不加装饰之琴，《晋书·陶潜传》"性不解音，而畜素琴一张"，正是为了养性，与乱耳之世俗乐曲不同。金经为道书，就不同于官吏批阅的案牍。南阳茅庐，因诸葛而名垂宇宙，子云亭在今四川成都，扬雄曾居于此。末两句用《论语·子罕》孔子欲居九夷（淮夷），有人说这地方很简陋，怎能居住？孔子回答说："君子居之，何陋之有？"这也便是作者所要阐述的主旨。（金性尧）

华佗论　　刘禹锡

史称华佗以恃能厌事① 为曹公所怒。荀文若② 请曰："佗术实工,人命系焉,宜议能以宥[3]。”曹公曰:“忧天下无此鼠辈邪!”遂考竟[4]佗。至苍舒[5]病且死,见医不能生,始有悔之之叹。嗟呼!以操之明略见几,然犹轻杀材能如是。文若之智力地望[6],以的然[7]之理攻之,然犹不能返其恚[8],执柄者之恚,真可畏诸,亦可慎诸!

原夫史氏之书于册也,是使后之人宽能者之刑,纳贤者之谕,而惩暴者之轻杀。故自恃能至有悔悉书焉。后之惑者,复用是为口实。悲哉!夫贤能不能无过,苟置于理矣,或必有宽之之请。彼壬人[9]皆曰:“忧天下无材邪!”曾不知悔之日方痛材之不可多也。或必有惜之之叹。彼壬人皆曰:“譬彼死矣将若何!”曾不知悔之日方痛生之不可再也。可不谓大哀乎?

夫以佗之不宜杀,昭昭然不足言也,独病[10]夫史书之义,是将推此而广耳。吾观自曹魏以来,执死生之柄者,用一恚而杀材能众矣。又乌用书佗之事为?呜呼!前事之不忘,期有劝且惩也,而暴者复藉口以快意。孙权则曰:“曹孟德杀孔文举矣,孤于虞翻何如[11]?”而孔融亦以应泰山杀孝廉自譬[12]。仲谋[13]近霸者,文举有高名,犹以可惩为故事,矧他人哉!

〔注〕 ① 恃能厌事:依仗自己有才能而拒绝侍奉权贵。 ② 荀文若:荀彧,字文若,曹操的重要谋臣。 ③ 议:考虑。宥:赦免。 ④ 考竟:刑讯致死。 ⑤ 苍舒:即曹冲。 ⑥ 地望:地位和名望。 ⑦ 的然:明显貌。 ⑧ 恚(huì):怨怒。 ⑨ 壬(rén)人:奸佞之人。 ⑩ 病:不满。 ⑪ 曹孟德:曹操,字孟德。孔文举:孔融,字文举,因不满曹操,多非议,被操所杀。孤:孙权自称。虞翻:三国吴经学家,因触犯孙权,被谪戍。 ⑫ 应泰山:应劭,字仲远。东汉学者,曾任泰山太守。《三国志·魏书·邴原传》注引《原别传》:“时鲁国孔融在郡……有所爱一人,常盛嗟叹之。后恚望,欲杀之,朝吏皆请。……融曰:‘……往者,应仲远为泰山太守,举一孝廉,旬月之间而杀之。夫君人者,厚薄何常之有?’” ⑬ 仲谋:孙权,字仲谋。

刘禹锡在《华佗论》一文中,借曹操残害华佗这一历史事件,强烈谴责曹操“轻杀材能”的残暴行为,表达他对华佗被残害致死的愤慨之情。

华佗是东汉末年的神医,无意于功名利禄,悉心研究医学,精通外科和针灸,在安徽、山东、河南、江苏等地行医,为人治病,挽救了许多病势危重的人,深受人民的爱戴。后来曹操令其作侍医,他因不慕荣禄,不屈从于权贵而得罪了曹操,被曹操害死于狱中。

曹操的重要谋士荀彧为华佗讲情，称赞其高尚的医德和高超的医术，请求曹操宽恕他，不要轻杀这样的“材能”。但曹操不纳忠谏的雅言，恃权专横，竟斥骂神医为“鼠辈”，不顾天下人的公正舆论，终将华佗害死于狱中。后来，曹操的儿子苍舒病重将死，再也没有神医可以救活他的儿子了，曹孟德才发出“悔之之叹”。但他并非因错杀“材能”而悔叹。刘禹锡不自禁地发出“以操之明略见几，然犹轻杀材能如是”，“执柄者之恚，真可畏诸，亦可慎之诸”的感叹。他呼吁撰史之人，把那些“恃权的暴君”轻杀“材能”的残暴行为载入史册，希望能够“使后之人宽能者之刑，纳贤者之谕，而惩暴者之轻杀”。

刘禹锡从哀痛“材能”的不可多得，死者难再复生的感情出发，对“执柄者”的妄杀无辜，谄媚取宠者的“助纣为虐”的行径，表示深恶痛绝。同时他列举了曹操残杀孔融，孙权虐杀虞翻，而孔融又以应劭杀孝廉自譬，说明封建统治者肆意残杀“材能”之士，是举不胜举的。历史上的贤才志士，忠谏的能臣，因为国为民而冒犯了执柄者的威严，而招来杀身和灭族之祸者，更加不胜枚举了。本文鞭辟入里，揭示了在封建社会的黑暗统治之下志士仁人处境的艰难，斥责了统治者的凶残。

（殷维刚）

【作者小传】

白居易

(772—846)　唐代诗人，字乐天，晚年号香山居士。其先太原(今山西太原市西南)人，后迁居下邽(今陕西渭南东北)。贞元进士。授秘书省校书郎。元和年间任左拾遗及左赞善大夫。因上表请求严缉刺死宰相武元衡的凶手，得罪权贵，被贬为江州司马。后任杭州刺史、苏州刺史，官至刑部尚书。在文学上积极倡导新乐府运动，主张“文章合为时而著，歌诗合为事而作”。其诗通俗浅显。早年所赋讽喻诗尤为世所重。和元稹友谊甚笃，与之齐名，世称“元白”。晚年与刘禹锡唱和甚多，人称“刘白”。有《白氏长庆集》。

池上篇序　　白居易

都城风土水木之胜在东南偏，东南之胜在履道里，里之胜在西北隅，西闬[①]北垣第一第，即白氏叟乐天退老之地。地方十七亩，屋室三之一，水五之一，竹九之一，而岛树桥道间之。

初，乐天既为主，喜且曰：虽有台池，无粟不能守也，乃作池东粟廪。又曰：虽有子弟，无书不能训也，乃作池北书库。又曰：虽有宾朋，无琴酒不能娱也，乃作池西琴亭，加石樽焉。乐天罢杭州刺史时，得天竺石一、华亭鹤二以归，始作西平桥，开环池路。罢苏州刺史时，得太湖石、白莲、折腰菱、青板舫以归，又作中高桥，通三岛径。罢刑部侍郎时，有粟千斛，书一车，洎臧获之习管磬弦歌者指百以归。先是颍川陈孝山[②]与酿法，酒味甚佳。博陵崔晦叔[③]与琴，韵甚清。蜀客姜发授《秋思》[④]，声甚澹。弘农杨贞一[⑤]与青石三，方长平滑，可以坐卧。大和三年[⑥]夏，乐天始得请为太子宾客，分秩于洛下，息躬于池上。凡三任所得，四人所与，洎吾不才身，今率为池中物矣。每至池风春，池月秋，水香莲开之旦，露清鹤唳之夕，拂杨石，举陈酒，援崔琴，弹姜《秋思》，颓然自适，不知其他。酒酣琴罢，又命乐童登中岛亭，合奏《霓裳散序》[⑦]，声随风飘，或凝或散，悠扬于竹烟波月之际者久之。曲未竟，而乐天陶然已醉，睡于石上矣。睡起偶咏，非诗非赋，阿龟[⑧]握笔，因题石间。视其粗成韵章，命为《池上篇》云尔。

〔注〕 ① 閈(hàn)：巷门。　② 陈孝山：陈岵，长庆元年(821)以膳部郎中与白居易同为制策考官。白居易《咏家酝十韵》："旧法依稀传自杜，新法要妙得于陈。"　③ 崔晦叔：崔玄亮，唐朝大臣，与白居易交好。　④《秋思》：《乐府诗集》卷五十九："《琴历》曰：'琴曲有《蔡氏五弄》。'《琴集》曰：'五弄《游春》《渌水》《幽居》《坐愁》《秋思》。并宫调，蔡邕所作也。'"　⑤ 杨贞一：杨归厚，字贞一，华阴弘农(治今河南灵宝)人，唐朝大臣。　⑥ 大和三年：829年。大和，亦作"太和"，唐文宗年号。　⑦《霓裳散序》：即《霓裳羽衣曲》。　⑧ 阿龟：即龟儿，白居易弟白行简之子，字阿龟。白居易有《闻龟儿咏诗》。

唐文宗大和三年(829)春三月末，白居易百日病假期满，罢刑部侍郎，诏授太子宾客分司东都。这是为退休官员安排的一个闲职，如其《中隐》诗所谓的"终岁无公事，随月有俸钱"者。四月初由长安出发至洛阳，居于履道坊私宅。这是他在穆宗长庆四年(824)，由杭州刺史改除太子左庶子分司东都时，从田姓手中买下的已故散骑常侍杨凭的旧第，"竹木池馆，有林泉之致"，经陆续修葺增建，更为可观。清徐松《唐两京城坊考》卷五履道坊白居易宅条下注云："按居易宅在履道西门，宅西墙下临伊水渠，渠又周其宅之北。"就是因为得傍伊水支渠的地利，宅园中拥有大面积的池水，辅以小岛石桥，成为园林景物的主体。池之中，收纳天竺、太湖奇石，华亭鹤，苏州舫，以及江南的白莲紫菱，京师的乐童歌妓等，为主人燕居游赏之助，主人于是也乐处其间，同为“池中物”了。这三个字本用以比喻才大心雄的人，未得势时如蛟龙蛰伏池中。今作者宦情衰减，甘心退闲，用以自况，也是恰到好处，并且语意双关。文章一开头叙写他的“退老之地”，如何佳胜，如何经营，娓娓道来，如话家常。多排比句法，对称性的重复字词，而笔意舒徐，联缀自然，不见雕琢痕迹。“三任所得”，岂止这些；“四人所与”，又岂无他人他物？独举出这若干种，是特为“息躬于池上”之事配景添色，又可谓善于剪裁。

至于池上之乐，自“池风春，池月秋”以下，极写其琴酒之欢，弦歌之美，与清雅的环境、闲适的身心和谐融合，这同富贵家华堂声色之奉自有分别。作者此时本是“病将老齐至，心与身俱归”(《授太子宾客归洛》诗)的，故求优游自适，得此亦甚满足。值得注意的是，凡前文历举之莲也鹤也，水也竹也，酒也石也，琴也曲也，以及管磬弦歌之队，退老息躬之人，一一复再出现，使前所述者有着落，后所叙者有由来，安排见巧，自然入妙。但文章手法虽好，也是不能无一，不可有二的。尝读白氏《冷泉亭记》，其开头说：“东南山水，余杭郡为最；就郡言，灵隐寺为尤；由寺观，冷泉亭为甲。”此篇入手与之类似，便觉减色了。这是插话，表过不提。

这一篇序，似乎纯写良辰美景，赏心乐事，通体贯串着陶然适意的闲情，但不是无言外之意，于序后的诗见之。《池上篇》中有“十亩之宅，五亩之园，……有叟在中，白须飘然，识分知足，外无求焉。如鸟择木，姑务巢安；如蛙居坎，不知海宽”等语，虽然写得隐隐约约，也可透见其优游生活背后的无可奈何的心境。白居易自从举制科，入翰林，拜谏官，未尝不欲奋勉，以“致君泽民”，无奈横遭排挤，远贬在外，自是宦情衰落，无意于出处(见《旧唐书》本传)。本传中又说：“大和以后，李宗闵、李德裕朋党事起，是非排陷，朝升暮黜，天子亦无如之何。杨颖士、杨虞卿与宗闵善，居易妻，颖士从父妹也，居易愈不自安，惧以党人见斥，乃求致身散地，冀于远害。”他这一年的因病罢刑部侍郎，请求分司东都，归憩私第，正是由于这种背景，于是如鸟归巢，如蛙居井，不复以外间纷纭的政局为念。封建时代的士大夫往往有此种表现，所谓“既明且哲，以保其身”，本不是带有贬义的词语。明乎此，读《池上篇序》，就会有深一层的体会。

(陈振鹏)

不能忘情吟序

白居易

乐天既老，又病风，乃录家事，会经费①，去长物②。妓有樊素者，年二十余，绰绰有歌舞态，善唱《杨枝》，人多以曲名名之，由是名闻洛下。籍在经费中，将放之。马有骆者[3]，驵壮[4]骏稳，乘之亦有年。籍在长物中，将鬻之。圉人[5]牵马出门，马骧首[6]反顾一鸣，声音间，似知去而旋恋者。素闻马嘶，惨然立且拜，婉娈[7]有辞，辞毕涕下。予闻素言，亦愍默[8]不能对。且命回勒反袂[9]，饮素酒，自饮一杯，快吟数十声。声成文，文无定句，句随吟之短长也，凡二百三十五言。噫！予非圣达，不能忘情，又不至于不及情者。事来搅情，情动不可柅[10]，因自哂，题其篇曰"不能忘情吟"。

〔注〕①会(kuài)经费：计算收支。②长物：多余之物。③骆者：像骆驼一样。④驵(zǎng)壮：马健壮。⑤圉(yǔ)人：养马者。⑥骧(xiāng)首：抬头。⑦婉娈：依恋貌。⑧愍(mǐn)默：伤心默然。⑨反袂(mèi)：用衣袖拭泪。⑩柅(nǐ)：遏止。

白居易是坦率的。他在这篇《不能忘情吟》序中，坦然承认自己不能忘情于心爱之物。这种心态，当是他久经官场倾轧、倦于人事之后的一种心理折射。

白居易有姬樊素、小蛮，白氏对她们二人是很钟情的，曾有诗曰："樱桃樊素口，杨柳小蛮腰。"乐天自忖年事已高，自己又退闲学佛，欲去长物、屏声色，但这仅仅是他一时心血来潮之念。有意思的是，即使在写与爱姬樊素与爱骑惜别之情时，白氏也花了不少笔墨写此一人一马的好处。既是主人公如此心爱之物，欲弃之当然是很难的。所以，从"将鬻之"到和樊素与坐骑难分难舍，又到不能去之，这种种情景的描写。也就是十分自然的了。别致的是，他不写自己心里如何不舍，却写樊素的拜陈其辞、爱骑的惨然而嘶。这番笔墨便决定了必然会有的结果——不忍去之。

说白居易坦率，倒不在于承认自己"不能忘情"，而在于说自己"不至于不及情者"，即不是一个不懂感情的人。对于己之所爱而不能忘情之情则人皆有之，而"不至于不及情"则是对自己不能忘情却努力想做到"忘情"，终于因禀性所制而始终不能忘情。这其中包含了一个曾经想"忘情"，即摒弃一切世事羁绊的过程，归结点"不能忘情"恰恰证明了白居易对自己所有这些努力以及努力最终归于徒劳的坦然。这一点，人们似乎没有注意到。尽管白氏晚年自标旷达，尽管有人说这种旷达是假象，但一篇《不能忘情吟》，白居易不是回答了这个问题了吗？　（朱起予）

荔枝图序　　白居易

荔枝生巴峡[1]间。树形团团如帷盖。叶如桂，冬青。华如橘,春荣。实如丹,夏熟。朵[②]如蒲萄,核如枇杷,壳如红缯[③],膜如紫绡[④],瓤肉莹白如冰雪,浆液甘酸如醴酪,大略如彼,其实过之。若离本枝,一日而色变,二日而香变,三日而味变,四、五日外,色香味尽去矣。

元和十五年夏,南宾守[⑤]乐天命工吏图而书之,盖为不识者与识而不及一二三日者[⑥]云。

〔注〕 ① 巴峡:疑指"巴郡三峡"(石洞峡、铜锣峡、明月峡)一带,包括今重庆万州区一段区域,非指巫峡以东、湖北巴东县以西之巴峡。 ② 朵:指果实的成串成簇。 ③ 缯(zēng):丝织品。 ④ 绡(xiāo):轻纱。 ⑤ 南宾守:忠州曾于天宝间改为南宾郡,乾元间复为忠州。南宾守,即忠州刺史。 ⑥ 识而不及一二三日者:见过荔枝,却未见过在一二三日内摘下来的新鲜荔枝的人。

白居易于元和十四年(819)由江州司马改任忠州刺史。在忠州只待了一年即被召回京。这篇小文就写于离开忠州的前夕——元和十五年(820)夏天。

荔枝原产广东、福建等地。唐时四川也产,但产量和品种均不及闽、粤。由于四川离长安近,运输方便,唐时的贡品倒全由四川充任,从子午谷进入。当年杨贵妃吃的荔枝便是从那里用驿马传送进京的。白居易生于北方,足迹未及闽粤,没见过荔枝,一入川便对那里的荔枝产生了浓厚的兴趣。他曾在忠州亲自栽种荔枝,并写了这样一首诗:"红颗珍珠诚可爱,白发太守亦何痴。十年结子知谁在,自向庭前种荔枝。"同时还在忠州西南角上建有荔枝楼一座,常常饮宴其间,也有诗为证:"荔枝新熟鸡冠色,烧酒初开琥珀香。欲摘一枝倾一盏,西楼无客共谁尝?"(《荔枝楼对酒》)至于对荔枝的赞美就更多了,如"深于红踯躅,大校白槟榔。星缀连心朵,珠排耀眼房。紫罗裁衬壳,白玉裹填瓤。""燕脂掌中颗,甘露舌头浆。"(《题郡中荔枝诗十八韵兼寄万州杨八使君》)就是出于对荔枝的这种偏好。白居易在离开忠州前特意命画工绘制一幅荔枝图,准备带回京师向同僚和亲友们夸耀,怕别人看了图仍不甚明白,又特作此文加以说明。白居易时年四十九岁,自称白发太守,对此小小的荔枝能有如此一片痴情,多少也可以反映白居易遭贬以后的一种心境:对政治斗争已不那么感兴趣了,对于生活却是更加热爱。

此文也属于画记。"序"即为"记"。它简要而全面地介绍了荔枝的形态、色泽与味道。先写荔枝树的生长特点,从树身、树叶到花与果的形状,以及开花、结果的时间一一作了介绍;次对果实的朵、核、壳、膜、瓤肉、浆液等一一作了描绘;再对荔枝的"粹液灵难驻,妍姿嫩易伤"的容易变质的特点作了具体说明。经此多方位多角度的描画,没见过荔枝的人读了无疑会留下深刻的印象,甚至可以使人馋涎欲滴,以未尝过此种奇果为憾事了。

全文仅用一百二十多字,却获得如此鲜明生动、宛然在目的艺术效果,那是作者略施了如下小技所致:一是多用比喻。比喻的特征就是以其所知喻其所不知。此文是写给不识荔枝或"识而不及一二三日者"看的,当然最适宜于用比喻。作者正是看准了这一点,几乎全用比喻进行描述,充分发挥比喻的功效,使本文大为增色。二是描写有顺序,有重点。它是从整体说到部分的,即从树身开始,然后是叶、花、最后才是果,这就有条有理,言之有序。而它的描写重点则是果实,占了一半以上的篇幅。人们对荔枝的喜爱是因为它的果实鲜美可口,自然应以它为重点,这又是主次分明。一篇短文能做到此二点,自然会明快隽洁。三是变化多端、长短交错的句式也给本文造成一种流动婉转的气韵。明人杨慎在其《艺林伐山》卷一中曾对这篇短文下过这样的评语:"此文可歌,可泣,可图,可画。"他也就是从这几方面着眼的。

（谢楚发）

冷泉亭记　　白居易

东南山水,余杭郡为最;就郡言,灵隐寺为尤;由寺观言,冷泉亭为甲。亭在山下,水中央,寺西南隅。高不倍寻①,广不累丈,而撮奇得要,地搜胜概,物无遁形。春之日,我爱其草熏熏②,木欣欣,可以导和纳粹③,畅人血气。夏之夜,我爱其泉渟渟,风泠泠,可以蠲烦析酲④,起人心情。山树为盖,岩石为屏,云从栋生,水与阶平,坐而玩之者可濯足于床下,卧而狎之者可垂钓于枕上。矧又潺湲⑤洁彻,粹冷柔滑,若俗士⑥,若道人,眼耳之尘,心舌之垢,不待盥涤,见辄除去,潜利阴益,可胜言哉!斯所以最余杭而甲灵隐也。

杭自郡城抵四封,丛山复湖,易为形胜。先是领郡者,有相里君造虚白亭,有韩仆射皋作候仙亭,有裴庶子棠棣作观风亭,有卢给事元辅作见山亭,及右司郎中河南元藇最后作此亭⑦。于是五亭相望,如指之列,可谓佳境殚矣,能事毕矣。后来者虽有敏心巧目,无所加焉,故吾继之,"述而不作"⑧。长庆三年⑨八月十三日记。

〔注〕①寻:古代长度单位,一般为八尺。②熏熏:众多貌。③导和纳粹:指吸入

新鲜空气。 ④ 蠲(juān)烦析酲(chéng):去除烦恼,消去困乏。 ⑤ 潺(chán)湲:水缓流貌。 ⑥ 俗士:与出家人相对,指在家人。 ⑦ 相里君以下韩皋、裴棠棣、卢元辅、元藇数人,皆在杭州任职并作亭之人。 ⑧ 述而不作:出自《论语》,意思是只阐述前人论点。这里引申其意,是说自己不建新亭。 ⑨ 长庆三年:823年。长庆,唐穆宗年号。

冷泉亭,在灵隐寺前飞来峰下。飞来峰古木参天,奇石突兀,倾者如堕,翘者欲飞,千姿百态,蔚为奇观。冷泉从飞来峰的一个深潭底下的岩缝中喷涌而出,绕山而流。唐时水面宽阔,可以行船,冷泉亭矗立水中,因此成为观赏风景的好地方。

《冷泉亭记》是白居易做杭州刺史时的作品,文章写得笔力滋润,风神俊爽,情景交融,韵味深长。

文章开头从东南山水写起,而后引向余杭,从余杭写到灵隐,从灵隐再到冷泉亭。用的是从大背景、大环境逐渐把镜头推近的手法,最后落在亭上。交代了亭的地理位置、背景特征,以及冷泉亭在这个背景上所占的地位,并突出了文章重点。这样由大到小,由远而近,由面及点地一路写来,好处有二:一是可以使读者居高临下、鸟瞰全景,把文章所要描写的对象的准确位置看得清楚。二者,周围环境的风光、景色,对所写的主要对象可以起到众星拱月般的烘托作用。

文章对冷泉亭景色的描写,简练而生动。它“高不倍寻,广不累丈”,然而却集中了周围景物的精华和特点,包孕了一切优美景物的胜观。“撮奇得要,地搜胜概,物无循形”一语,使冷泉亭的形象由外形的小巧,转向了内涵的高大。接下来用春日的优美之形,夏夜的悦耳之声,平素“坐而玩之者可濯足于床下,卧而狎之者可垂钓于枕上”的平易而富有情趣的风景特征,言简意赅地表现出它感人的力量。虽然用笔精约,却笔迹调媚,风彩英奇,用不着铺张恣肆,收到了以少胜多的艺术效果。

作者运笔用墨抓住了山水的神情,并把主观感受熔铸于山水之中,使客观的山水,化为主客观统一的山水,达到了情景交融的化境。作者在春之日“爱其草熏熏,木欣欣”,因为它“可以导和纳粹,畅人血气”;而在夏之夜,则“爱其泉渟渟,风泠泠”,因为它“可以蠲烦析酲,起人心情”。况且泉水又那么“潺湲洁彻,粹冷柔滑”,能够洗涤人的“眼耳之尘,心舌之垢”,给人以无穷的潜移默化的好处。这样的山水性情正是作者当时努力追求的性情修养的化身。作者以自然为媒介,把个人内心之情寓于景物之中,做到“情以物迁,辞以情达”,物与情交相辉映,把物变成有生命、有情感、有品格、有神采之物;把自己的气质、个性、品格及心境,贯注于景物之中,这恐怕是这篇文章写得山水传情的根本所在。 (崔承运)

养竹记　　白居易

竹似贤,何哉?竹本固,固以树德;君子见其本则思建善不拔者。竹性直,直以立身;君子见其性则思中立不倚者。竹心空,空以体道;君子见其心则思应用虚受者。竹节贞,贞以立志;君子见其节则思砥砺名行,夷险一致者。夫如是,故君子人多树之为庭实[①]焉。

贞元十九年春,居易以拔萃选及第,授校书郎。始于长安求假居处,得常乐里故关相国[②]私第之东亭而处之。明日,履及于亭之东南隅,见丛竹于斯,枝叶殄瘁[③],无声无色。询于关氏之老,则曰:"此相国之手植者。自相国捐馆,他人假居,繇是筐篚者[④]斩焉,篲箒者刈焉,刑余之材,长无寻焉,数无百焉。又有凡草木杂生其中,菶茸[⑤]荟郁,有无竹之心焉。"居易惜其尝经长者之手,而见贱俗人之目,剪弃若是,本性犹存,乃芟蘙荟[⑥],除粪壤,疏其间,封其下,不终日而毕。于是,日出有清阴,风来有清声,依依然,欣欣然,若有情于感遇也。

嗟乎!竹,植物也,于人何有哉?以其有似于贤,而人爱惜之,封植之;况其真贤者乎!然则竹之于草木,犹贤之于众庶。呜呼!竹不能自异,惟人异之;贤不能自异,惟用贤者异之。故作《养竹记》,书于亭之壁,以贻其后之居斯者,亦欲以闻于今之用贤者云。

〔注〕①庭实:庭院中的标志性树木。　②关相国:指唐德宗时的宰相关播。　③殄(tiǎn)瘁:枯萎凋谢。　④筐篚(fěi)者:制作竹器盛具的人。圆者为筐,方者为篚。　⑤菶(běng)茸:草木繁盛貌。　⑥芟(shān)蘙(yì)荟:剪除繁盛的杂草。

《养竹记》是白居易的早期作品,写于贞元十九年(803),时年三十二岁。白居易生长在一个民不聊生的时代,颠沛流离的生活使他深深地感受到了社会的危机和人民的疾苦。他幻想着当权者能够选贤任能,治理天下,企望着有朝一日自己能被重用,作出一番大事业,故在《养竹记》中借养竹之事充分表达其慕贤守道、坚贞不渝的志向。作者将竹子喻为贤士,为什么呢?竹根基牢固、稳定,像讲道德的人一样可靠,竹子秉性刚直不阿,置身于这片土地之中,人们见到它便会想起那些正直无私，不趋炎附势的志士；竹心是空荡开阔的，可以容纳各种道理，以至于人们见到它便联想起那些心胸坦荡的君子们；竹的骨节坚贞，坚贞可以立志，就如同那些磨炼修行、在任何状况下都能坚持节操，始终如一的志士。正因为如此，君子往往植竹作为庭院陈设，以怡性养情。

竹子对于杂草来说，就像贤者对于平庸之辈。竹子不能自己区别于杂草，只有人能把它们区分开；贤者不能自己区分于庸者，只有其他贤者帮助区分。所以作《养竹记》，写在亭子墙壁上，赠送给后来居住在这儿的人，也希望它能被今日任用贤者的人们看到。

《养竹记》一文，语言浅显通畅，朴素自然，文字省净，意境新颖，极富哲理性，同时又反映出作者对当时不注重培养人才，不知道爱惜人才的现实状况感到忧虑的心情。

（李　峰）

游大林寺序　　白居易

余与河南元集虚、范阳张允中、南阳张深之、广平宋郁、安定梁必复、范阳张特、东林寺沙门法演、智满、士坚、利辩、道建、神照、云皋、息慈、寂然凡十有七人，自遗爱草堂历东、西二林[①]，抵化城[②]，憩峰顶[③]，登香炉峰，宿大林寺。

大林穷远，人迹罕到。环寺多清流苍石，短松瘦竹。寺中惟板屋木器，其僧皆海东人。山高地深，时节绝晚，于时孟夏月，如正、二月天。梨桃始华，涧草犹短。人物风候，与平地聚落不同。初到，恍然若别造一世界者。因口号绝句云：

人间四月芳菲尽，山寺桃花始盛开。
长恨春归无觅处，不知转入此中来。

既而，周览屋壁，见萧郎中存、魏郎中弘简、李补阙渤[④]三人姓名文句。因与集虚辈叹，且曰："此地实匡庐第一境，由驿路至山门，曾无半日程。自萧、魏、李游，迨今垂二十年，寂寥无继者。嗟乎，名利之诱人也如此！"

时元和十二年四月九日，乐天序。

〔注〕 ① 遗爱：遗爱寺。东、西二林：东林寺与西林寺。 ② 化城：上化城寺。 ③ 峰顶：峰顶院。 ④ 萧郎中存：萧存，字伯诚，萧颖士之子。魏郎中弘简：魏弘简，字裕之，曾任户部郎中。李补阙渤：李渤，曾任右补阙，后隐庐山。郎中，补阙皆官名。

白居易在唐宪宗李纯元和十年(815)任太子左赞善大夫时,因直言谏事,被贬为江州司马,当时四十四岁。司马本为州郡刺史下的武职佐吏,但到白居易时代,已经成了被贬京官的名义职位,没有实权。既然没有实权,无实际公事可办,他就在闲暇中漫游风景名胜之地庐山,还写了好几篇纪游的诗文。这篇小品文,是元和十二年(817)四月九日,偕同庐山隐士元集虚等十七人游庐山大林寺时写的。文章的重点是描写那里不同于山下的季节气候和幽美的景色,发抒了自己的感慨。

这篇文章就像白居易的诗歌一样,语言平易浅切,但是用语却很准确,描写生动形象,极富诗一样的美感。文章开始一段写去游大林寺所经过的地方,从"自"字开始,连用了"历""抵""憩""登""宿"等几个动词,既把所到地方交代得清清楚楚,又把沿途迤逦而行,走走停停的情状描写得非常简练传神,使我们仿佛亲眼看见了他们一行人在山间有说有笑、愉快行进的情景。对于大林寺风景的描写是本文的重点,但也很简洁,先说"大林穷远,人迹罕到",然后寥寥数语写出"环寺多清流苍石,短松瘦竹。寺中惟板屋木器,其僧皆海东(新罗)人",特点抓得很准,一个深山古寺,清晰地跃然出现在人们面前。接下来,特别描写了这里季节物候和山下的差别:此时的山下已经是孟夏时节(四月),《楚辞·九歌·怀沙》说:"滔滔孟夏兮,草木莽莽。"陶渊明诗中也说:"孟夏草木长,绕屋树扶疏。"(《读山海经十三首》之一)孟夏时节,应该是遍地绿盛红稀、树木成荫的景象了。而这里,因为"山高地深","初到,恍然若别造(到)一世界",令人惊叹于"时节绝晚"。"时节绝晚"的标志是什么呢?"山桃始华(花,动词,开花之意),涧草犹短",八个字,只八个字,就把山上桃花初发,涧边浅草才生的正、二月间的景物描写得栩栩如生,可谓要言不烦,对比之下,人们自然就要惊叹这里与世外的绝大差异,到这里来终于又找回了已经逝去的春天,不禁流连忘返了。在这些地方,可以见出作者高超的艺术手法,简洁明快,而又生动传神。

如果本文只是写了大林寺的幽深的景色,那么也不过仅是生动形象而已。作为文章,"状难写之景,如在目前",固佳,然而"含不尽之意,见于言外"(所引为宋人梅尧臣语,见欧阳修《六一诗话》),却是更加要紧了。我们来看看白居易是怎样处理的。文章最后,说到"周览屋壁",见到前人所写的诗句,而二十年来,却"寂寥无继者",于是慨然发出感叹:"嗟乎,名利之诱人也如此!"这里只有一句,和前面的叙述、描写相比,它只是轻轻一点。然而这一点,就像是"秤锤虽小,能压千金",它所起的作用却非同一般。它的言外之意是,这里虽然有如仙境,与山下迥异,是庐山第一境,但它"穷远";其实呢,认真说来也并不很远,"由驿路至山门，曾无半日程”。但是这样好的地方，为什么“人迹罕到”呢？是因为人们没有认识到它。而为什么没有认识到呢？那是因为人们被名利所引诱，成天仆仆道途，熙来攘往，追名逐利，才没有时间来发现、来认识以及享受这幽美的景致。联系到作者此时遭贬，投闲置散的处境来看，也是对自己身世的感叹，其中包含着深沉的自怜自惜的情怀，同时也有一种自我安慰之感，让人觉得寓意深远。

这最后一句的感叹，使得全篇情景交融，文章显得平易而又深沉，耐人寻味。

（管遗瑞）

【作者小传】

柳宗元

（773—819）　唐文学家、哲学家。字子厚。河东解（今山西运城西南）人。世称“柳河东”。贞元进士，授校书郎，调蓝田尉，升监察御史里行。与刘禹锡等参加主张改革的王叔文集团，任礼部员外郎。失败后贬为永州司马。后迁柳州刺史，故又称“柳柳州”。与韩愈倡导古文运动，同被列入“唐宋八大家”，并称“韩柳”。散文峭拔矫健，说理透彻。山水游记多有寄托，尤为有名。寓言笔锋犀利。诗风清峭。著有《柳河东集》。

愚溪诗序　　柳宗元

灌水①之阳，有溪焉，东流入于潇水②。或曰，冉氏尝居也，故姓是溪曰冉溪。或曰，可以染也，名之以其能，故谓之染溪。余以愚触罪，谪潇水上，爱是溪，入二三里，得其尤绝者家焉。古有愚公谷③，今予家是溪，而名莫定，土之居者犹龂龂④然，不可以不更也，故更之为愚溪。

愚溪之上，买小丘，为愚丘。自愚丘东北行六十步，得泉焉，又买居之，为愚泉。愚泉凡六穴，皆出山下平地，盖上出也，合流屈曲而南，为愚沟。遂负土累石，塞其隘为愚池。愚池之东为愚堂。其南为愚亭。池之中为愚岛。嘉木异石错置，皆山水之奇者，以余故，咸以愚辱焉。

夫水，智者乐也⑤。今是溪独见辱于愚，何哉？盖其流甚下，不可以溉灌；又峻急，多坻石⑥，大舟不可入也；幽邃浅狭，蛟龙不屑，不能兴云雨，无以利世；而适类于余，然则虽辱而愚之可也。宁武子“邦无道则愚”⑦，智而为愚者也；颜子“终日不违如愚”⑧，睿而为愚者也。皆不得为真愚。今余遭有道，而违于理，悖于事，故凡为愚者莫我若也。夫然，则天下莫能争是溪，余得专而名焉。

溪虽莫利于世，而善鉴万类，清莹秀澈，锵鸣金石，能使愚者喜笑眷慕，乐而不能去也。余虽不合于俗，亦颇以文墨自慰，漱涤万物，牢笼百态，而无所避之。以愚辞歌愚溪，则茫然而不违，昏然而同归，超鸿蒙⑨，混希夷⑩，寂寥而莫我知也。于是作《八愚诗》，纪于溪石上。

〔注〕 ① 灌水：今称灌江，为湘江支流，源出广西灌阳县西南。 ② 潇水：在今湖南道县北，源出潇山，故名。 ③ 愚公谷：在今山东临淄。《说苑·政理篇》：“齐桓公出猎，入山谷中，见一老翁，问曰：‘是为何谷？’对曰：‘愚公之谷。’桓公问其故，曰：‘以臣名之。’” ④ 龂(yín)龂：争辩貌。 ⑤ 夫水，智者乐(yào)也：本于《论语·雍也》：“知者乐水，仁者乐山。” ⑥ 坻(chí)石：水中岩石。 ⑦ 宁武子“邦无道则愚”：宁武子，春秋时卫大夫宁俞。《论语·公冶长》：“宁武子，邦有道则智，邦无道则愚。其智可及也，其愚不可及也。” ⑧ 颜子“终日不违如愚”：颜子，即颜回。《论语·为政》：“子曰：‘吾与回言终日，不违如愚。退而省其私，亦足以发，回也不愚。’” ⑨ 鸿蒙：《庄子·在宥》：“云将东游，过扶摇之枝而适遭鸿蒙。”《经典释文》引司马彪云：“自然元气也。” ⑩ 希夷：《老子》：“视之不见名曰夷，听之不闻名曰希，搏之不得名曰微。”指一种虚寂混沌、形神俱忘的境界。

本篇是作者贬谪永州时为《八愚诗》所作的一篇序，其诗久佚，所幸序文留存下来，并且成为古代散文中的精品，至今为人们所传诵不衰。

溪既非人类，本无所谓贤愚，谓之“愚溪”，自不免出人意表。作者就从这个有悖常理的“愚”字入手，引出一篇洋洋洒洒、旨趣遥深的文字来。

一起先写命名的由来。之所以要为溪定名，一是此溪“或曰，冉氏尝居也，故姓是溪曰冉溪。或曰，可以染也，名之以其能，故谓之染溪”，“名莫能定”；二是作者“谪潇水上，爱是溪”，寓家于此，自不得无名。而更名“愚溪”的原因也有两点，一是“余以愚触罪”，二是“古有愚公谷”。

既有愚溪，“愚溪之上”的小丘，便为“愚丘”；“愚丘东北”的水泉，便为“愚泉”。以此类推，于是又有了“愚沟”“愚池”“愚堂”“愚亭”“愚岛”。这一连八处以“愚”命名的景观，不独山水池亭一应俱全，而且“嘉木异石错置，皆山水之奇者”。如此佳胜，统以“愚”名之，已令人费解，偏作者又说：“以余故，咸以愚辱焉。”岂非明知名实不符而有意为之？这就自然引出了下文对“今是溪独见辱于愚”原因的说明。

作者先论溪之“愚”：盖其流甚下，不可以溉灌；又峻急，多坻石，大舟不可入也；幽邃浅狭，蛟龙不屑，不能兴云雨，无以利世。有此三桩，故“虽辱而愚之，可也”。继而论己之“愚”，同古代宁武子、颜回相比：彼乃“智而为愚者”，“睿而为愚者”，“皆不得为真愚”；己则“遭有道，而违于理，悖于事”，岂止是“愚”而已，简直是“凡为愚者莫我若也”。这样，以“愚”名溪既非无因，溪又“适类于余”，“则天下莫能争是溪，余得专而名焉”也就合乎逻辑，顺理成章，文章也似乎可以就此结束了。

不料，作者接下来却将笔锋陡转，称溪虽“莫利于世”，却自有其独特的价值，它“善鉴万类，清莹秀澈，锵鸣金石”，何等美丽清纯！它使观者“喜笑眷慕”，乐而忘返，又是何等有益于人！如此美溪，何愚之有？怎可以不能灌溉云云苛责它呢？联系到作者自己，又何尝不是这样？“虽不合于俗，亦颇以文墨自慰，漱涤万物，牢笼百态，而无所避之。”这一段文字表面看来不过是为愚溪和自己解嘲，但从对愚溪溢于言表的赞叹和作者对自己文才的自负中不难看出，这才是他发自肺腑的由衷之言，而先前的嘲溪和自嘲不过是他有意使用的曲笔而已。所谓“以愚触罪”，所谓“违于理，悖于事”，其实是说自己处在这黑白颠倒的社会里，由于坚持正直的操守不肯随俗从流，投机逢迎，便无辜遭到贬黜。而所谓“无以利世”，不过是说自己抱负无由施展，才能遭到埋没罢了。正因为作者怀着被压抑的悲愤和不平，清纯秀美而地处偏远无人赏识的愚溪，才唤起他极大的怜惜和同情；也正因为发现自己与愚溪有如许相通之处，他才更深切地感到，能够赏识这在荒山野岭中寂寞流淌的溪水之美的，大概只有自己，而能够安慰被贬远荒孤独失意的自己的，怕也只有这眼前的溪水了。于是作者“以愚辞歌愚溪，则茫然而不违，昏然而同归，超鸿蒙，混希夷”，只觉得溪与己已同归化境。然而我们从这貌似得意的笔调中，特别是从继之而来的“寂寥而莫我知”的慨叹中，是不难体味出浓重的失意的悲凉和苦涩的，其中包含着作者多少愤慨和不平！同作者其他山水游记相比，本文更为强烈地表达了他对压抑人才的不合理社会的不满和抗争，闪烁着独特的思想光芒。

本文不仅立意超卓，富于哲理意味，而且情文并茂，妙趣横生。作者不直抒胸中抑郁，而是无端将所居山水拈出，借题发挥，写溪亦是写自己，溪与自己打成一片，真可谓匠心独运，匪夷所思。行文千回百折，跌宕生姿，文句骈散相间，抑扬顿挫，有一唱三叹之妙。读之，既能得到思想上的启迪，又可享受到审美的愉悦。

（张明非）

始得西山宴游记 柳宗元

自余为僇人[①]，居是州，恒惴慄[②]。其隙也，则施施[③]而行，漫漫而游。日与其徒上高山，入深林，穷回溪，幽泉怪石，无远不到；到则披草而坐，倾壶而醉；醉则更相枕以卧，卧而梦，意有所极，梦亦同趣；觉而起，起而归。以为凡是州之山水有异态者，皆我有也[④]，而未始知西山之怪特。

今年九月二十八日，因坐法华西亭[⑤]，望西山，始指异之。遂命仆人过湘江，缘染溪[⑥]，斫榛莽，焚茅茷[⑦]，穷山之高而止。攀援而登，箕踞[⑧]而遨，则凡数州之土壤，皆在衽席之下。其高下之势，岈[⑨]然洼然，若垤[⑩]若穴，尺寸千里，攒蹙累积[⑪]，莫得遁隐，萦青缭白，外与天际，回望如一。然后知是山之特立，不与培塿[⑫]为类。悠悠乎与灏气俱而莫得其涯[⑬]；洋洋乎与造物者游而不知其所穷[⑭]。

引觞满酌，颓然就醉，不知日之入。苍然暮色，自远而至。至无所见，而犹不欲归。心凝形释，与万化冥合。然后知吾向之未始游，游于是乎始。故为之文以志。是岁，元和四年[⑮]也。

〔注〕 ① 僇：同“戮”。僇人，受刑戮之人，意思是有罪之人，这里指被贬谪的人。 ② 惴慄：忧惧貌。 ③ 施(yí)施：形容行走缓慢从容的样子。 ④ 有：可理解为“游赏”“领略”。 ⑤ 法华西亭：法华寺中的亭子，名西亭。法华寺在湖南永州。 ⑥ 染溪：又名冉溪，潇水支流。 ⑦ 榛莽：杂乱的草木。茅茷(fá)：茅草类。 ⑧ 箕踞：两脚叉开向前伸坐地，形似簸箕。表示随随便便的意思。 ⑨ 岈(xiā)：山深的样子。 ⑩ 垤(dié)：蚂蚁穴外积土。 ⑪ 攒：簇聚。蹙：压缩。 ⑫ 培塿(pǒu lǒu)：小土丘。 ⑬ 悠悠乎：渺远的样子。灏气：浩然之气。 ⑭ 洋洋乎：得意的样子。造物者：指天地。 ⑮ 元和四年：809年。元和，唐宪宗年号。

作者被贬永州期间，搜奇剔胜，写出了著名的“永州八记”。将自己的个性投影在山水画面之上，把个人的生活遭遇和在政治上受迫害的悲愤心情，渗入到山水之中，文章既染上了孤独伤感的色调，又寄托着美好的理想和情怀，内容十分丰富。

《始得西山宴游记》是八记中的第一篇，开头写自己被贬官后的忧惧心情，结尾写山水之美使自己忘记一切思虑，其中有明显的寄托。

文章开篇写发现西山之前的游览，待尽情铺张之后，笔锋突然一转，将西山奇观推向读者，前边一切热闹的游览场面，一下子变成了通向西山的铺垫，使文章自然而然地过渡到对西山景色的描绘。

文章对西山景色的描写，撮奇得要，言简意赅。“攀援而登，箕踞而遨，则凡数州之土壤，皆在衽席之下”。说明西山主要的奇异之处是“高”。由于高，才具有别处无法比拟的“尺寸千里”的辽远之景。于是按照透视学原理，着力刻画登高所见四周的景色。景观博大，意境开阔：千里之间的高山深谷，如土堆、洞穴，尽收眼底，萦青绕白的山光水色，其边缘一直与天相接。阔大的境界，生动的比喻，鲜明的色彩，构成了一帧巨幅山水画图。面对此景，作者不禁心驰神往。超然世外，个人的精神与形体仿佛同天地万物融为一体了，于是由衷地发出慨叹说：“悠悠乎与灏气俱而莫得其涯；洋洋乎与造物者游而不知其所穷。”这独特的画面里边，有真挚的激情，哲理的闪光，构成了优美而深邃的艺术境界。

这是一篇精妙的山水小品，其妙处有以下几点。

一是以心体物，物我交融。作者笔下的景物，是用心灵体察过的，都带上了强烈的主观色彩。写西山之景，不仅写出了山上风光，而且写出了自己对山水景色的独特感受，从而在再现大自然幽渺境界的同时也赋予景色以活的性灵。“悠悠乎与灏气俱而莫得其涯；洋洋乎与造物者游而不知其所穷。”这是西山之景，还是作者之情？是客观之境，还是主观感受？是可见的有形之物，还是只存在于作者感知中的物象的性灵？这是难以分清的。它实际是情与景的统一，意与境的统一，物与我的统一，神与形的统一，是主观同客观的妙合。

二是以乐言忧，委婉曲折地表达了自己悲愤的心情。柳宗元为文，常常是由于“感激愤悱”而“形于文字”。他谪居永州期间，由于忧谗畏讥，心中总是惴惴不安，放形于山水之间，颇有自我排遣的意思。他描写山水的秀美，是为了寄托自己的美好理想和高尚情操，抒发对丑恶现实的憎恶之情。然而丑恶现实给他造成的心灵创伤，却并没有因山水之乐而抵消。他的眼睛一直清醒而冷峻地注视着现实，并用山水美景来与它形成鲜明对照，正是在这美与丑的对照中，显示出他文章的批判力量。这使柳宗元的山水小品获得了一种刚柔相济之美。在柔婉秀丽之中表现出内在的骨力，在阴柔里边藏着一股阳刚之气。读后，轻松、愉悦与激愤、不平两种截然不同的情感交互出现，这或许正是它感人至深的原因之一。

三是骈散并用，形成了语言节奏上的铿锵韵律，具有很强的音乐感。如“其隙也，则施施而行，漫漫而游”，节奏舒缓，娓娓动听。接下来，“上高山，入深林，穷回溪，幽泉怪石，无远不到”。节奏加快，旋律紧张。再往下“到则披草而坐，倾壶而醉；醉则更相枕以卧，卧而梦，意有所极，梦亦同趣；觉而起，起而归”。很像一支节奏感很强的歌曲，旋律明快，读来琅琅上口。（崔承运）

钴𬭁潭记 柳宗元

钴𬭁潭在西山西，其始盖冉水①自南奔注，抵山石，屈折东流。其颠委②势峻，荡击益暴，啮其涯，故旁广而中深，毕至石乃止，流沫成轮，然后徐行，其清广而平者且十亩。有树环焉，有泉悬焉。

其上有居者，以予之亟游③也，一旦款门④来告曰：“不胜官租私券⑤之委积，既芟山而更居，愿以潭上田贸财⑥以缓祸。”予乐而如其言。则崇其台，延其槛，行其泉，于高者而坠之潭，有声潨然⑦，尤与中秋观月为宜，于以见天之高，气之迥。孰使余乐居夷⑧而忘故土者，非兹潭也欤？

〔注〕①冉水：又名染溪，潇水支流。②颠委：自上而下。③亟(qì)游：多次游玩。④款门：叩门。⑤私券：私债。⑥贸财：变换成钱财。⑦潨(cōng)然：小水汇入大水时发出的声音。⑧夷：指当地少数民族。

钴𬭁也作钴莽，即熨斗。钴𬭁潭在湖南零陵，中有泉，经愚溪，入潇水。因形如钴𬭁，故名。李日华《六砚斋笔记》云：“黄茅小景，唐子畏画太湖滨幽奇处，名曰熨斗柄。昔柳子厚作游钴𬭁潭记，钴𬭁者，即熨斗柄也。”解作熨斗柄，恐非原义。

全文以潭字起，潭字住。先写潭中形势，次写得潭经过，后写增置后所得之趣。所以尤宜于中秋观月者，盖月必须有水映衬，而水要清澈。

自“荡击益暴”至“有树环焉”，写潭之圆，“有泉悬焉”写钴𬭁之柄。全文功夫在一“抵”字，以下水势都从“抵”字生出。水势南来，山石当水之去路，水不能直泻，转而东流，成为曲折。水不能抵石，只得折而他逝。所以“荡击”，由于“颠委势峻”，自高坠下之故。水至而下迸，倾其全力以趋涯，激射于中心，故成其深。涯是土石参半，土松而石坚，暗示土被吞而石须啮，积久而啮成槽，水之力也至此而止，于是流其沫而徐行，仿佛狮子搏兔，力竭而缓步。

钴𬭁潭本非名胜，全文也只二百字光景，作者写此，也如狮子搏兔。林纾《柳文研究法》云：“其下买潭上田而观水，语亦修洁，唯曲写潭状，煞费无数力量，非柳州不复能道。"信然。

末段跌宕中有感慨意，苏轼所谓"日啖荔枝三百颗，不辞长作岭南人"。皆于屈中求伸，反语示达，所谓旷达，往往是对抑制的一种发泄。到了南宋乾道年间，范成大到愚溪，访钴鉧潭，"其地如大小石渠石硐之类，询之，皆芜没篁竹中，无能的知其处者。"(见《骖鸾录》)则已数经沧桑，有陵谷变迁之慨了。

宗元游记，以峭以健以峻见胜，前人说得力于《水经注》，此文正是山水小品的典范，晚明竟陵钟、谭、刘的小品，亦颇有佳处，究失诸诡拗。陈衍《石遗室论文》卷二云"写钴鉧形颇肖，又极大方"，竟陵之文，便是少此"大方"。（金性尧）

钴鉧潭西小丘记

柳宗元

得西山后八日，寻山口西北道二百步，又得钴鉧潭。潭西二十五步，当湍而浚者为鱼梁[1]。梁之上有丘焉，生竹树。其石之突怒偃蹇[2]、负土而出、争为奇状者，殆不可数。其嵚然[3]相累而下者，若牛马之饮于溪；其冲然角列而上者，若熊罴之登于山。

丘之小不能一亩，可以笼而有之。问其主，曰："唐氏之弃地，货而不售[4]。"问其价，曰："止四百。"余怜而售之。李深源、元克己时同游，皆大喜，出自意外。即更取器用，铲刈秽草，伐去恶木，烈火而焚之。嘉木立，美竹露，奇石显。由其中以望，则山之高，云之浮，溪之流，鸟兽之遨游，举熙熙然[5]回巧献技，以效兹丘之下。枕席而卧，则清泠之状与目谋，漕漕[6]之声与耳谋，悠然而虚者与神谋，渊然而静者与心谋。不匝[7]旬而得异地者二，虽古好事之士，或未能至焉。

噫！以兹丘之胜，致之沣、镐、鄠、杜[8]，则贵游之士争买者，日增千金而愈不可得。今弃是州也，农夫渔父过而陋之。贾四百，连岁不能售。而我与深源、克己独喜得之，是其果有遭[9]乎！书于石，所以贺兹丘之遭也。

〔注〕 ① 浚：水深。鱼梁：阻水的堰。中间留洞，把捕鱼器具安放其间，可以捕鱼。② 偃蹇(jiǎn)：高耸有气势。 ③ 嵚(qīn)然：石头高耸貌。 ④ 货而不售：想出手而没人买。 ⑤ 熙熙然：和乐的样子。 ⑥ 漕(yíng)漕：水回流声。 ⑦ 匝(zā)：足，满。 ⑧ 沣、镐、鄠、杜：沣(fēng)，水名，即沣水，源出陕西秦岭山中，北流至西安市西北，最后注入渭水。

镐(hào),地名,在今西安市西南,沣水东岸。周武王曾迁都于此,称镐京。鄠(hù),地名,今陕西户县,在今西安市西南。杜,地名,故地在今西安市东南。均在唐都城长安附近,为当时豪门贵族集中居住的地区。　⑨遭:运气。

这是《永州八记》的第三篇。开头几句,照应前两篇,点出西山、钴鉧潭和小丘的发现经过及其位置,并为后面"不匝旬而得异地者二"预留伏线。接下去,即抓住小丘的"异"处,描绘满布丘上的嶙嶙奇石。在一般人看来,那些毫无生命的石头本来就暴露在那里;但在作者眼中,却是"突怒偃蹇、负土而出、争为奇状"。这是说:那埋于泥土之中,不见天日的石头,不甘埋没,愤然突破地面,顶土而出,争作奇状,以显示自己的存在。构思何等新颖!这一句二十来个字,既写出了石数之多、石态之奇,又化静为动,传达了奇石的感情。石头无所谓感情,自然是作者移入的。而一经移入,那形象就立刻栩栩欲活。清王夫之说过:"烟云泉石,寓意则灵。"(《薑斋诗话》卷下)一点也不假。但"意"绝不能生硬地"寓"。在这里,作者即景会心,主观的情和客观的景契合无间,从而创造了独特的境界,既寓了"意",又妙合自然。

作者于总写众石之后,又分写其中的两类:"其嵚然相累而下者,若牛马之饮于溪;其冲然角列而上者,若熊罴之登于山。""若牛马""若熊罴"的比喻本来很寻常,但和"相累而下""角列而上"及"饮于溪""登于山"结合起来,就显得生气勃勃。而"饮于溪"又带出丘下景物,与前面"当湍而浚者为鱼梁,梁之上有丘焉"相应。

一个"不能一亩,可以笼而有之"的小丘似乎没有什么好写,作者却写得这样生动,这样诱人。

当然,作者不是为写小丘而写小丘。他着力写小丘的特异,甚至给丘上的"奇"石注入理想,这都是为了反跌下文。小丘有众石"争为奇状",理应受到人们的重视;然而事实却不是这样。"问其主,曰:'唐氏之弃地,货而不售。'问其价,曰:'止四百。'"这就是它的遭遇!

"余怜而售之"中的"怜",乃是"同病相怜"的"怜",怜小丘正所以怜自己。但仍不肯泄露主题,却用同游者的"大喜"作为反衬("大喜"者,喜小丘之贱,出乎意料也),与前一篇《钴鉧潭记》用"乐"字异中有同。作者"怜",同游者"喜",虽然心情各别,却同样是"人弃我取"。不但取,而且在取得之后,刮垢磨光,让那被人遗弃的小丘变得更美好。"铲刈秽草,伐去恶木,烈火而焚之。嘉木立,美竹露,奇石显"等句,很有点"新松恨不高千尺,恶竹应须斩万竿"(杜甫《将赴成都草堂途中有作先寄严郑公五首(其四)》)的意味。稍不同者,杜诗所表现的是长新松、斩恶竹的愿望，而这里则已经付诸行动。像新松一样，嘉木、美竹自然越高越好；但不能揠苗助长。铲去秽草，伐掉恶木，则原来被淹没的嘉木、美竹就自然会显露出来，拂日凌云的前景是不难预卜的。

何况，秽草、恶木既除，不仅"嘉木立，美竹露，奇石显"，而且整个天地都为之开朗。"由其中以望，则山之高，云之浮，溪之流，鸟兽之遨游，举熙熙然回巧献技，以效兹丘之下"。这个小丘，不是也可以使作者"乐居夷而忘故土"吗？但他并不蹈袭前篇，却用一组排句，实写"枕席而卧"于小丘之上的时候"清泠之状与目谋，瀯瀯之声与耳谋，悠然而虚者与神谋，渊然而静者与心谋"，几乎达到了"与万化冥合"的境界。而"清泠之状"与"瀯瀯之声"，又分明指的是丘下二十五步以外的钴鉧潭。于是回顾首段，遥应前篇，绾合潭、丘，作一小结："不匝旬而得异地者二，虽古之好事之士，或未能至焉。"看来他是十分得意的。

这得意，其实是失意的特殊表现形式，读者已不难领会；但如果就此收束，仍嫌意有未足。因而又以抒情的、跌宕多姿的文笔略作发挥：先对小丘的未能致身于繁华的京城郊区而远弃荒凉的永州表示痛惜，反转来又对小丘得到他与同游者的赏识表示庆贺。尽管始终没有讲他自己，但"今弃是州也"的小丘的遭遇，不正是他自己的遭遇吗？被人遗弃的小丘还会得到他与同游者的赏识，而他自己呢？"贺兹丘之遭"，不过是自伤不遇罢了。故清人储欣评曰："寓意至远，令人殊难为怀。"（《唐宋八大家类选》卷十）

（霍松林）

小石潭记　　柳宗元

从小丘西行百二十步，隔篁竹，闻水声，如鸣珮环，心乐之。伐竹取道，下见小潭，水尤清洌。全石以为底，卷石底以出，为坻，为屿，为嵁①，为岩。青树翠蔓，蒙络摇缀，参差披拂。

潭中鱼可百许头，皆若空游无所依。日光下澈，影布石上，佁然不动，俶尔②远逝，往来翕忽③，似与游者相乐。

潭西南而望，斗折蛇行，明灭可见。其岸势犬牙差互，不可知其源。

坐潭上，四面竹树环合，寂寥无人，凄神寒骨，悄怆幽邃。以其境过清，不可久居，乃记之而去。

同游者：吴武陵、龚古、余弟宗玄。隶而从者：崔氏二小生，曰恕己，曰奉壹④。

〔注〕 ① 坻(chí)、屿：皆水中小洲。嵁：不平的石头。 ② 俶尔：忽然。 ③ 翕(xī)忽：轻快貌。 ④ 恕己、奉壹：章士钊《柳文指要》卷二十九云："恕己、奉壹，当即子厚伯姊所产之子。"

开头记发现的经过：隔着竹林，听得水声，为之一乐，便伐竹取道，下见小潭，恍若萍水相逢，于无意中得之，又说明这种幽深的地理环境和小石潭的密切关系。潭以整块巨石为底，近岸处则石底上卷露出水面，坻、屿、嵁、岩并非实有其物，只是石从水底挺出，成此四种形状。"青树翠蔓，蒙络摇缀，参差披拂"，仍是写其景之幽。由于人迹稀少，草木得以不剪不伐，得天独厚，循其性而生长。

至此，水石竹木，其声其态，皆已娓娓道出，于是而写鱼。因为水尤清冽，所以连鱼的数量也约略可见。等到日光下澈，照到水底，鱼初见光而木然不动，继而突然远逝。"佁然""俶尔"，此亦鱼之常态，却以二语捉住，正见得作者是一个诗人。吴均《与宋元思书》："水皆缥碧，千丈见底。游鱼细石，直视无碍"，郦道元《水经注》："绿水平潭，清洁澄深，俯视游鱼，类若乘空"，或柳文之所胎息。"似与游者相乐"，则又有庄子的濠梁之趣。草木虫鱼，稍加会心，便有天机可参。

"潭西南而望，斗(北斗星)折蛇行，明灭可见"，林纾《柳文研究法》云："此中不必有路，特借之为有余不尽之思。至'竹树环合，寂寥无人'，文有诗境，是柳州本色。"评得极精，亦见畏庐老人自有他文学上识力。

小石潭、钴鉧潭本为荒僻之地，"不见经传"，作者却能用诗的眼光欣赏，天若为宗元故留此一潭一石。欣赏后却能记得历历分明，然后以白描手法，于三百字中曲尽其致，使物无遗情，文饶余味。

宗元万死投荒，自称"僇人"，但穷乡水石，我见犹怜，大块万象，如长房缩地，摄为小品。此文神清骨健，幽渺冷艳，于小小波折中仍不掩大家风范。穷而后工，这固然也有一定道理，却不是人人都能做到的。　　（金性尧）

袁家渴[①]记　　柳宗元

由冉溪[②]西南水行十里，山水之可取者五，莫若钴鉧潭；由溪口而西陆行，可取者八九，莫若西山；由朝阳岩东南水行至芜江[③]，可取者三，莫若袁家渴：皆永中幽丽奇处也。

楚、越之间方言，谓水之反流者为渴，音若衣褐之褐。渴上与南馆高嶂合[④]，下与百家濑合[⑤]。其中重洲小溪，澄潭浅渚[⑥]，间厕[⑦]曲折。平者深墨，峻者沸白[⑧]。舟行若穷，忽又无际。

有小山出水中。山皆美石，上生青丛[9]，冬夏常蔚然[10]。其旁多岩洞，其下多白砾，其树多枫、楠、石楠、楩、槠[11]、樟、柚，草则兰芷[12]，又有异卉，类合欢而蔓生，轇轕[13]水石。每风自四山而下，振动大木，掩苒[14]众草，纷红骇绿，蓊葧[15]香气；冲涛旋濑[16]，退贮溪谷；摇扬葳蕤[17]，与时推移。其大都如此，余无以穷其状。

永之人未尝游焉。余得之，不敢专也[18]，出而传于世。其地主袁氏，故以名焉。

〔注〕 ① 袁家渴(hé)：水名，在今湖南永州零陵区朝阳岩的东南面。 ② 冉溪：又名染溪，为潇水支流。 ③ 芜江：地名，在今湖南永州零陵区西潇江水边。 ④ 南馆高嶂：袁家渴上游发源处的高山。嶂，如屏障的高山。 ⑤ 百家濑(lài)：水名。濑，流在沙石上的溪水。 ⑥ 浅渚：刚露出水面的小洲。 ⑦ 间厕：错置，夹杂。 ⑧ 沸白：像水沸时出现的白色水花。 ⑨ 青丛：丛生的常绿树。 ⑩ 蔚然：草木茂盛的样子。 ⑪ 楩(pián)：黄楩木，可作器物。槠(zhū)：常绿乔木，初夏开花。 ⑫ 兰芷：兰草和白芷。 ⑬ 轇轕(jiāo gé)：纠结，交结。 ⑭ 掩苒：掩蔽倾倒。 ⑮ 蓊葧(wěng bó)：浓郁。 ⑯ 冲涛旋濑：使波涛冲激，溪水回旋。 ⑰ 葳蕤(wēi ruí)：草木茂盛、枝叶下垂的样子。 ⑱ 专：据为己有，独自享受。

这是柳宗元“永州八记”的第五篇，描写作者带着惴栗不安的政治失落感，到处搜奇觅胜时，在袁家渴耳闻目睹的山光水色、风声绿韵。

劈头连用三个排比句，一路倾下，简述自冉溪和朝阳岩的不同方向出发，水陆两面可供游览的赏心悦目之处，及其清幽奇丽的最佳风景点，顺势结穴于袁家渴，使之成为读者注意力的凝聚点。而在众宾拱主之后，又用“皆永中幽丽奇处也”一句总括上文，像一道坚实的大坝，拦住倾泻而来的几股激流，文气由促而缓，向四面生发。

在由面到点地对袁家渴的轮廓进行粗线条的勾勒之后，便把镜头摇近，定格在“水中”的一座“小山”上，形成特写镜头，继而再次收聚焦点，浓缩笔墨，突出其斑驳的色彩。山脚下，沿溪一带“白砾”，犹如整个画幅底色浅露。山腰间，岩洞毗连，隔断上下，使整个画面又显得格外空灵。满山的“美石”，本已光怪陆离，加之枫叶流丹，楠柚凝翠，楩槠呈黄，“青丛”掩映，便使作者笔下的一山一水、一草一木，无不绚丽多姿，同时具有清晰的层次感。

值得注意的是，柳宗元不仅掌握了经营位置、点染色彩的画匠技巧，而且深谙艺术的辩证法。他在对袁家渴进行由面到点、由形到色的静态描写之后，突然笔调一转,腕底生风,化静为动,虚实并举。他将镜头急速摇开,让刚才几乎被遗忘的整个沟壑和四面山上卷来一股股猛烈的大风。一个“下”字,把风沿山席卷而来、不可阻遏的气势,描画得飞动可感。这时,大木像不屈的壮士,发出阵阵的吼声;弱草像窈窕的少女,在狂风中俯仰回旋;鲜艳的红花绿叶,像是一群骤然受惊的童稚,茫然不知所措;至于那静谧的溪水,则像被唤醒的蛰龙,咆哮翻滚,等到风声渐小,才喘息着缓缓地躲进幽深的洞穴之中。在狂飙席卷之后,再回视溪谷上下,只见余风拂拂,花香弥漫,树木草丛,战栗未已,还“摇扬葳蕤,与时推移”呢!由于作者的着力描绘,无形的大风把小山与整个袁家渴融为一体,也把声、色、形、味糅成一团。接着,作者随着风势进一步把镜头摇远。“其大都如此,余无以穷其状”两句,仿佛是作者的画外之音,画面由此逐渐淡化、消逝。

柳宗元确实是一位模山范水的能手。他写水,水有声;写山,山有色;写树,枝干扶疏;写草,花叶摇曳。而这一切,又通过独具匠心的艺术构思,一一纳入狂风急水之中,予以淋漓酣畅的描绘,令人惊叹不已。（贝远辰）

石渠记　　柳宗元

自渴[①]西南行不能百步,得石渠。民桥其上。有泉幽幽然,其鸣乍大乍细。渠之广,或咫尺,或倍尺,其长可十许步。其流抵大石,伏出其下。逾石而往有石泓[②],昌蒲被之,青藓环周。又折西行,旁陷岩石下,北堕小潭。潭幅员减[③]百尺,清深多鯈鱼[④]。又北曲行纡余[⑤],睨若无穷,然卒[⑥]入于渴。其侧皆诡石怪木,奇卉美箭[⑦],可列坐而庥[⑧]焉。风摇其巅,韵动崖谷,视之既静,其听始远。

予从州牧得之,揽去翳[⑨]朽,决疏土石,既崇而焚[⑩],既酾[⑪]而盈。惜其未始有传焉者,故累记其所属,遗之其人,书之其阳,俾[⑫]后好事者求之得以易。

元和七年正月八日蠲[⑬]渠至大石,十月十九日逾石得石泓、小潭。渠之美于是始穷也。

〔注〕 ① 渴:指袁家渴。作者《袁家渴记》云:“楚越之间方言,谓水之支流为渴。” ② 石泓(hóng):凹石积水而形成的小潭。 ③ 减:不足。 ④ 鯈(tiáo)鱼:白鲦鱼,体长侧扁,银白色。 ⑤ 纡余:迂回曲折。 ⑥ 卒:最后。 ⑦ 箭:小竹。 ⑧ 庥:同“休”。 ⑨ 翳:蒙蔽。 ⑩ 崇而焚:指堆高“决疏”之石,焚毁“翳朽”之草木。 ⑪ 酾(shī):分流,疏导。

⑫ 俾(bǐ):使。 ⑬ 元和七年:812 年。元和为唐宪宗的年号。蠲(juān):清洁。

这是《永州八记》的第六篇。

本文作于柳宗元谪居永州的第七年(元和七年,公元 812 年)。作品以游览山溪小潭为主线,事中见意,处处流露出放逐投荒的身世之慨和怀抱难伸的不平之鸣。

第一段是记游。因作者随行随游,随览随记,看似平淡自如,随心所欲,却妙趣横生,天然妙合之中现出无限的精致。文章起笔先写石渠,水鸣幽幽,忽大忽细,石渠虽然小得不起眼,其特征却十分鲜明。水流潜过大石,便注入石泓,菖蒲、青藓,衬出石泓的清澄凛冽,较之石渠,风趣全异。水入石潭,顿然开朗,水面之阔,水底之深,别有一番气势。别石潭而北行,曲折迂回,又回到了袁家渴。这一路风景中,作者以石渠石泓石潭作为重点描写,以水流作为中心贯穿,而一路之上其他的风物,仅以"其侧皆诡石怪木奇卉美箭"一笔扫过,轻重有致,重点突出。而石渠石泓石潭又各有特色,绝不雷同,石渠之幽,石泓之清,石潭之阔,都非常富有个性。作者抓住特征,动静交错,蝉联成篇,俨然是一首优美的风光小诗。作品在结构安排上,以水流为线索,由"西南行"转"西行",又"北曲行纡余",一圈下来,又回到起点。这样安排,行有其始,回有其归,显得完整而又紧凑,首尾衔接,暗中呼应。"风摇其巅"四句,是作者的神来之笔。作者坐歇于诡石怪木之间,一阵山风吹过,崖谷中树声骤起,有琴韵之美听。随声转目视之,见树已归静,而崖谷中的回声却一波一波地传向了远处。这种情景易于感受,却难于表达,柳宗元用短短十六个字,写尽了它的神韵,足见其笔力之强。

如果仅仅以表现手段和描写能力见长,那还算不上是文学的上品,只有将作者自己的感情、气质、品格和哲思,都无间地融入描写对象之中,作品才有可能获得永恒的艺术生命力。在《石渠记》中,风光景物的描写仅仅是文章的表层,作者借物写怀,以景序志,真正的主角则是埋藏于作品深层的身世之慨和悲凉之情。细读《石渠记》,作者笔下的泉、渠、石、流、泓、潭都有一个十分明显的特征:它们都显得蜿蜒纡曲,坎坷艰难,清幽孤寂。无论是有意寓情于景,或是出自无意之笔,均与作者的身世坎坷和此时此地的境遇情怀有着密切的吻合。泉之声"乍大乍细","渠之广"或狭或宽,刚流"十许步",便受阻于大石而"伏出其下",入石泓后"又折西行",复"陷岩石下,北堕小潭","又北曲行纡余,睨若无穷",这短短的历程显得何等的艰难曲折啊!"零落残魂倍黯然,双垂别泪越江边。一身去国六千里,万死投荒十二年。"(《别舍弟宗一》)一切景语皆情语。有此遭遇,便有此情怀;有此情语,便有此景语。在文中,石渠和作者自身,已达到难解难分的高度交融,山水草木，皆已染上了作者的喜怒哀乐。柳宗元在元和四年(809)《与李翰林建书》中曾对这一情形作了确切的说明："仆闷即出游，游复多恐。涉野有蝮虺大蜂，仰空视地，寸步劳倦；近水即畏射工沙虱，含怒窃发，中人形影，动成疮痏。时到幽树好石，蹔得一笑，已复不乐。何者？譬如囚拘圜土，一遇和景，负墙搔摩，伸展支体。当此之时，亦以为适。然顾地窥天，不过寻丈，终不得出，岂复能久为舒畅哉！"

但是，作者的性格深处，并没有被这些磨难轻易地击垮，作品强烈地表现了作者不屈从于"翳朽"的抗争意识，以及抑丑恶、扬美善的正义感。石渠微流，本来就已曲折纡余，历尽磨难，然而土石壅塞，荆棘丛生，枯枝遍地，更使渠水滞涩不畅。在这"茂树恶木，嘉葩毒卉，乱杂而争植"(《永州韦使君新堂记》)的环境中，作者亲自动手，"揽去翳朽，决疏土石，既崇而焚，既酾而盈"，扫除令人憎恶的障蔽之物，还山水的自然本色美。作者的爱憎之情，借草木山水而发，表现了他忧郁中不绝望，重压下不易辙的难能可贵的高尚品格。

作品还有一个十分明显的主旨，那就是为埋没无闻的自然山水鸣不平。作者有感于永州山水的沉埋不遇，叹惜之情，溢于言表，故撰文刻石，以昭示后世之知音。山水有佳境，却无闻于世上；而人间之英才，沉埋无闻之余，更兼遭遇扼杀和迫害。作品更深沉的浩叹，正在于此。明代文学家茅坤在《唐宋八大家文钞》中指出："愚窃谓公与山川两相遭，非子厚之困且久，不能以搜岩穴之奇；非岩穴之怪且幽，亦无以发子厚之文。……抑可见天地内不特遗才而不得试，当并有名山绝壑，而不得自炫其奇于骚人墨客之文者，可胜道哉！"这个"两相遭"说得很中肯綮，只有柳宗元的身世遭际，才有可能倾心于石渠幽景；也只有永州的无名胜境，才有可能激发出作者如此强烈的共鸣。所以说，《石渠记》既写了石渠，也写了人：石渠就是作者，作者就是石渠，妙在似与不似之间。（耿百鸣）

石　涧　记　　柳宗元

石渠之事既穷，上由桥西北下土山之阴，民又桥焉。其水之大，倍石渠三之一。亘石[①]为底，达于两涯，若床若堂，若陈筵席，若限阃奥[②]。水平布其上，流若织文，响若操琴。揭跣[③]而往，折竹扫陈叶，排腐木，可罗胡床[④]十八九居之。交络之流，触激之音，皆在床下；翠羽之木，龙鳞之石，均荫其上。古之人其有乐乎此耶？后之来者有能追予之践履[⑤]耶？得意之日，与石渠同。

由渴而来者，先石渠，后石涧。由百家濑上而来者，先石涧，后石渠。涧之可穷者，皆出石城村东南，其间可乐者数焉。其上深山幽林逾峭险，道狭不可穷也。

〔注〕 ① 亘石：乱石相连。 ② 阃(kǔn)奥：内室深隐之处，引申为隐微深奥的境界。 ③ 揭跣(qì xiǎn)：提起衣裳，光着脚。 ④ 胡床：一种可以折叠的轻便坐具，由胡地传入。 ⑤ 践履：足迹。

这是《永州八记》的第七篇。

永州地处湖南零陵盆地的南端，属南方较为常见的丘陵地带，算不上佳境胜地。在柳宗元的其他文章中，也不止一次地描述了其地的荒凉原始之状。但是，在柳宗元的山水游记，尤其是《永州八记》中，永州却成了无石不奇、无水不美的人间佳境。“北之晋，西适豳，东极吴，南至楚越之交，其间名山水而州者以百数，永最善。”(《游黄溪记》)永贞元年(805)柳宗元贬任永州后，政治风波险恶，生活环境艰难。在忧郁和痛苦之余，常常徜徉于山水之间，以洁净忘机的大自然作为自己的挚友，在山水草木之中寻求安慰和寄托，“投迹山水地，放情咏《离骚》”(《游南亭夜还叙志七十韵》)。感情在山水中得到遣散，山水在感情中得到升华。从这点出发，永州游记中美妙境界的出现就很可以理解。而这种“造境”，《石涧记》是最为典型的。

这篇游记的最大特色，就是景由情生，于常景中写出奇景。其实，作者笔下的石涧，只不过是一条乱石纵横、流水交加的普通山涧，它既无险壑奇石之趣，也无激流飞瀑之观，甚至说不上有一点点异于其他任何一条山涧的特别之处，在一般游人看来绝不起眼。但正因为作者感情倾注，慧眼独到，故小小石涧无不成景，每一景致无不奇妙。作者是这样描写石涧的：“亘石为底，达于两涯，若床若堂，若陈筵席，若限阃奥。水平布其上，流若织文，响若操琴。”“翠羽之木，龙鳞之石，均荫其上。”这一连串的博喻，不仅将石渠写得美，而且写得富有情节，富于联想，写得令人心馋。若床，若堂，若筵席，若阃奥，写出了石涧尺幅千里的空间的无限变化；流若织文，写出了这一空间在时间作用下的平面拓展；响若操琴，则是这一空间的立体扩散；翠羽之木，龙鳞之石，则是这一特定空间的限制和回归。这条小小的山涧中，有静态美，有动态美，有平面美，有立体美，有图画美，有音乐美，竟是一个妙不可言的世界。这使我们想起鲁迅先生描述百草园一段短短的泥墙根的名笔：“油蛉在这里低唱，蟋蟀们在这里弹琴。翻开断砖来，有时会遇见蜈蚣；还有斑蝥，倘若用手指按住它的脊梁，便会拍的一声，从后窍喷出一阵烟雾。何首乌藤和木莲藤缠络着，木莲有莲房一般的果实，何首乌有臃肿的根。……如果不怕刺，还可以摘到覆盆子，像小珊瑚珠攒成的小球，又酸又甜，色味都比桑椹要好得远。”二者的观察能力和描述能力，真有异曲同工之妙。

物我交融，主体和客体并重，也是这篇游记的一个重要特色。作者并不只注重写石涧，更注重写我在游石涧，我是如何游石涧的。“揭跣而往”，写出了作者兴致勃勃而又急切渴望的游兴；“扫陈叶，排腐木”，写出了作者善善恶恶、爱物惜景的情操；“罗胡床十八九居之”，写出了作者投身自然，不思归返的情趣；“古之人其有乐乎此耶？后之来者有能追予之践履耶？”则是充满了洋洋得意之情。当然，前无古人、后无来者的浩叹，亦寄寓着作者被放逐偏隅的身世之慨，但也许正是这个原因，才促成了作者化身于山水之间的强烈的渴望。作品对石涧的精雕细琢，若非凝目久思，细摩其味，是断然写不出的。作者对环境的领悟和感受，也不是短暂的体验所能达到的。文章中，“我”的角色始终鲜明地占着主动。很显然，作者写的不是单纯的“石涧记”，准确地说是“我游石涧记”；记中的石涧不仅仅是永州的石涧，而且还是作者心中的石涧；对石涧的着墨，也同样是作者的自我描绘。

《石涧记》在结构上也很有特色。首先是剪裁得体：详处极尽石涧之奥妙，笔触细腻，毫发不爽；略处行云流水，天地一览，如“其间可乐者数焉”“道狭不可穷也”等，无限风光，尽藏其中。其次，这篇游记的结尾不同凡响，收得十分高妙，妙就妙在结与不结之间。“其上深山幽林逾峭险，道狭不可穷也。”前句犹是铺扬开去，后句却陡然合起。一方面，与开头“石渠之事既穷，上由桥西北下土山之阴”相照应，完整地表述了石涧之游的结束，可以乘兴而归了；另一方面，“道狭不可穷也”埋藏着很多潜台词。或云：再往上去更有无穷佳境，如王安石《游褒禅山记》所云：“世之奇伟瑰怪非常之观，常在于险远，而人之所罕至焉。”此等景观当留待后人开发。或云：今日已倦，无意再上，他日当再穷尽之。或云：前程风光虽好，奈何路险而不能致，憾之憾之。或云：我本意就是浪迹山水，寻求寄托，非专为石涧记写述始末、树碑立传而来，我意已足，我兴已尽，归去来哉！诸如此类，尚有多种。它给人以一种更深远的联想，言有尽而意无穷，绕梁余韵，久久不绝。无论如何，一篇《石涧记》，只写了半条石涧，还有半条怎么样？这必然会引起读者们的遐思。

（耿百鸣）

小石城山记　　柳宗元

自西山[①]道口径北，逾黄茅岭[②]而下，有二道：其一西出，寻之无所得；其一少北而东，不过四十丈，土断而川分，有积石横当其垠。其上为睥睨梁欐[3]之形，其旁出堡坞[4]，有若门焉。窥之正黑，投以小石，洞然有水声，其响之激越，良久乃已。环之可上，望甚远，无土壤而生嘉树美箭，益奇而坚，其疏数[5]偃仰，类智者所施设也。

噫！吾疑造物者之有无久矣。及是，愈以为诚有。又怪其不为之中州[6]，而列是夷狄[7]，更千百年不得一售其伎[8]，是故劳而无用。神者傥不宜如是，则其果无乎？或曰："以慰夫贤而辱于此者。"或曰："其气之灵，不为伟人，而独为是物，故楚[9]之南少人而多石。"是二者，余未信之。

〔注〕 ① 西山：山名。位于湖南永州。 ② 黄茅岭：山名。在湖南永州潇水西岸。 ③ 睥睨（pì nì）：通"埤堄"，城上短墙。梁欐（lì）：屋梁。 ④ 堡坞：小城堡，此指堡坞形石头。 ⑤ 数（cù）：密。 ⑥ 中州：中原地区。 ⑦ 夷狄：指边远少数民族地区。 ⑧ 伎：通"技"，技巧，技艺。此指小石城山的景色。 ⑨ 楚：楚国，原在今湖北、湖南北部，后扩展到今河南、安徽、江苏、浙江、江西和四川。

这是《永州八记》的第八篇。

本文写于唐元和七年（812），与作者同年游袁家渴、石渠、石涧所作三记合为著名的"永州八记"的后四记。和其他三记不同，柳宗元在《小石城山记》里几乎用了一半的篇幅抒发了他贬逐永州后游历自然时触景生情的感慨。这也自然构成了文章的写景和议论两段。

上段写景。可分两层，先是指明小石城山的方位："自西山道口径北，逾黄茅岭而下，有二道：其一西出，寻之无所得；其一少北而东，不过四十丈，土断而川分，有积石横当其垠。"反映了作者在永州借游赏自然寻幽探奇、"无所不到"以排遣悠闲时光和怀才不遇的烦忧的精神状态；继而描述小石城山的奇貌。无论是方位的指点还是景观的描绘，都是在循序渐进中进行的，自然景致随着观赏者的游历渐次展现，使读者阅读时不自觉地由其导引，似乎也步入了自然奇观。这样的笔法使本文的景物描写达到了紧凑而自然流畅的效果。随着横亘路头的积石的出现，紧接着以简洁形象的笔墨勾勒了积石上呈现的房屋形状及四围像小城的外貌，于是与"石城"之称吻合。此后写石上如门的洞穴，其深邃且有水，可感其幽静；"环之可上，望甚远"，则见其高旷；石上没有土壤，却疏密相间、高昂低伏地生长着秀美的树木竹子，又显其奇丽。柳宗元曾说过："游之适，大率有二：旷如也，奥如也。"（《永州龙兴寺东丘记》）登其高，有旷达之感；探其奥，有幽奇之得。小石城山的天然造化、鬼斧神工，实为作者眼中适游的奇妙之地，从而顺理成章地发出了“类智者所施设也”的慨叹。以本句承上启下，第二段对造物者的疑问就丝毫不感突兀了。

第二段是作者由自然景观带来的联想和思索。作者在这一段里，本意是通过像小石城山这样美好的自然景观却埋没于荒僻之乡，引发对美的事物被压抑、遭遗弃的郁愤之情，并借以抒发贤才遭贬逐的天涯沦落之感，然而却不直抒胸臆。首句由怀疑造物者的有无到“愈以为诚有”，乃是作者的着意之笔，思索由此伸展。文章波澜层出，避免了平铺呆板之病。美好的景观“不为之中州”，反长期沉埋在人迹罕至的僻野，不为人知，不为人用，暗扣柳宗元自己的身世遭际，把自己怀才不遇的感情寄托到被弃置的美丽自然之上，用曲笔表达了身遭贬逐的不平之鸣。至此，由上段的纯景物描写达到了与主观感受的和谐交融。在感慨能向人们呈伎献巧的石头和在艰苦的条件下“益奇而坚”的嘉树秀竹“劳而无用”之后，作者又以推想神者大概不会这么作而提出了造物者“其果无乎”的反问，文章再起波澜。因反问而设答，不说自己借奇石以自慰，却说奇石是造物者安排在这里以安慰那些被贬黜到此的贤人；不说自己贬到这荒僻之地的孤单寂寥，唯以自然之石为伍遣怀，却说造物者灵气独钟于石，所以湖南、湖北一带少伟大人物而多奇石，所透出的天涯沦落、同病相怜、孤芳独赏的痛楚愤懑之情就更深一层。最后用“余未信之”作结，既可看作对造物者的否定，更流露了柳宗元渴求摆脱现状以施展才能的希望。

《小石城山记》在艺术上留给人们的鲜明印象，是白描式流畅自然的景物描写和触景生情、物我合一、丰富而带有思辨性的思索。正是这一点，构成了这篇散文独到的艺术风貌。

（宫晓卫）

游黄溪记

柳宗元

北之晋[①]，西适豳[②]，东极吴[③]，南至楚越[④]之交，其间名山水而州者以百数，永[⑤]最善。环永之治百里，北至于浯溪[⑥]，西至于湘之源[⑦]，南至于泷泉[⑧]，东至于黄溪[⑨]东屯，其间名山水而村者以百数，黄溪最善。

黄溪距州治七十里，由东屯南行六百步，至黄神祠[⑩]。祠之上，两山[⑪]墙立，如丹碧之华叶骈植，与山升降。其缺者[⑫]为崖峭岩窟，水之中，皆小石平布。黄神之上，揭水[⑬]八十步，至初潭，最奇丽，殆不可状。其略若剖大瓮，侧立千尺，溪水积焉。黛蓄膏渟[14]，来若白虹，沉沉无声，有鱼数百尾，方来会石下。南去又行百步，至第二潭。石皆巍然，临峻流，若颏颔龂腭[15]。其下大石杂列，可坐饮食。有鸟赤首乌翼，大如鹄，方东向立。自是又南数里，地皆一状，树益壮，石益瘦，水鸣皆锵然。又南一里，至大冥之川[16]，山舒水缓，有土田。始黄神为人时，居其地。

传者曰："黄神王姓，莽之世也[17]。莽既死，神更号黄氏，逃来，择其深峭者潜焉。"始莽尝曰："余，黄、虞之后也[18]。"故号其女曰黄皇室主[19]。黄与王声相迩，而又有本，其所以传言者益验。神既居是，民咸安焉，以为有道，死乃俎豆[20]之，为立祠。后稍徙近乎民，今祠在山阴[21]溪水上。元和八年[22]五月十六日，既归为记，以启后之好游者。

〔注〕 ① 晋：周代国名，今山西和河北南部一带。 ② 豳(bīn)：古邑名，今陕西旬邑西。这里泛指陕西一带。 ③ 吴：古国名，今江苏等地。 ④ 楚：古国名，今两湖、两广一带。越：古国名，今浙江等地。 ⑤ 永：永州，今属湖南。 ⑥ 浯(wú)溪：源出湖南祁阳西南松山，东北流入湘江。唐诗人元结爱其胜景，居于溪畔，并起此名(见《浯溪铭序》)。 ⑦ 湘之源：湘江源头，在今广西东北海洋山。 ⑧ 泷(shuāng)泉：水名，未详。 ⑨ 黄溪：又名黄江，位于今湖南永州市东。源出阳明山的后龙洞，北至祁阳，合白水注入湘江。 ⑩ 黄神祠：后称黄溪庙，故址在今湖南永州市福田区黄江口右侧。 ⑪ 两山：黄神祠后山称百岭，与江对岸寨子岭两相对峙，二岭陡峭异常。 ⑫ 缺者：指寨子岭面对黄神祠大门的一个凹陷缺口处。 ⑬ 揭水：提起衣服渡水。语见《诗经·邶风·匏有苦叶》："深则厉(不脱衣服涉水)，浅则揭。" ⑭ 黛蓄膏渟：形容潭水幽深发亮的状态。 ⑮ 颏(kē)颔龂(yín)腭：形容潭边石头形状。颏颔，下巴。龂，同"龈"。腭，上腭。 ⑯ 大冥：川名。川：平地。 ⑰ 莽：王莽，新朝建立者。初始元年(8)称帝，更始元年(23)，被赤眉、绿林等农民起义军杀死。世：后嗣。 ⑱ 黄：黄帝，神话传说中人物。轩辕氏部落首领，后为炎黄部落联盟的组织者。虞：虞舜，传说中有虞氏部落长，炎黄联盟首领。王莽自称"予皇初祖考黄帝，皇始祖考虞帝"，故云承黄、虞之后。 ⑲ 黄皇室主：王莽女嫁汉平帝，平帝崩，王莽立刘婴为孺子，尊后为皇太后。王莽废刘氏即位，改皇太后为定安公太后，不久又改称黄皇室主。事见《汉书·王莽传》。 ⑳ 俎(zǔ)豆：古代祭祀用的器具，此为祭祀、崇奉之意。 ㉑ 山阴：指寨子岭下黄溪北岸。 ㉒ 元和八年：公元813年。元和，唐宪宗年号。

柳宗元于唐顺宗永贞元年(805)因王叔文事件贬为永州司马后，寄情山水，形诸笔墨，写了不少游记。此文是他随永州刺史韦中丞前往黄神祠求雨，畅游黄溪后所作(另有《韦使君黄溪祈雨见召从行至祠下口号》诗，系同时作)。林纾称：

“黄溪一记，为柳州集中第一得意之笔。”(《柳文研究法》)

全文由三部分组成。第一部分交代黄溪的位置。本文题为《游黄溪记》，但一开始并不径直写出黄溪，而是敷设笔墨，步步进逼。先概述以山水见称的州，大笔淋漓。下“永最善”三字，文章迭进，带出永州胜景。再着一“环”字，将视线集中永州。尔后，推出以山水著名的村子，使范围进一步缩小。在几经跌衬之后，黄溪才赫然在目，进入卷面。作者在用笔时，颇似围野狩猎，逐渐圈小区域。这样不仅让人们了解到黄溪之所在，而且通过层层烘托，突出了它的美，文章亦自然过渡到第二部分。

下文描写黄溪之美。这部分主要是围绕黄神祠、初潭、第二潭而展开的。

黄神祠无甚可写，则写祠上两山陡立如墙，山上并排长着红花绿叶，这些花叶“与山升降”，随着山势高低起伏，神采宛转，奇趣横生。随后，笔锋转至窟洞。窟洞处于山间的凹陷缺口处，形状别致，洞内自是一派清幽。以上写山写洞，仿佛是顺手拈来，实际甚有深意。作者对于祠宇不作正面的刻画，而是通过侧面的山与洞，用壮观的和奇巧的画面交互映衬来表现，因此显得格外有力。

写初潭，先概括一句“殆不可状”。这是为什么呢？文章从观赏感受落笔，给读者设置了悬念，迫人追读，引人入胜。接着勾勒潭之全貌：“若剖大瓮，侧立千尺”，突出其高深的特征。然后对潭中细细地描绘：“黛蓄膏渟”，这是水色，既有青绿纯净的色感，又具润滑如脂的质感；“来若白虹”，这是水流，使人欲见水波漾漾的美景；“沉沉无声”，这是水声，“无声”，也是“声”的一种表现，说明溪水积而成潭，既深且厚，故而无声，倍增探幽揽胜的兴致。如果说对水色、水流、水声的种种描绘是电影中一个个摇曳生姿的全镜头的话，那么以下两句对游鱼的描写则是一个特写镜头，“有鱼数百尾，方来会石下”，活现了游鱼悠闲嬉戏的情态。于鱼见水，绝非闲笔。

作者在完成了游鱼这个特写镜头后，又将镜头对准第二潭上的石头，“石皆巍然，临峻流，若颏颔龂齶”，不但写出了石形的参差怪异，而且赋予生命力。“其下大石杂列，可坐饮食”，与上石相对照，一奇一平，亦具妙趣。忽然又涉笔写到“有鸟赤首乌翼，大如鹄，方东向立”，与上文的“有鱼数百尾方来会石下”，两个“方”字表明，鱼也鸟也，都是作者此游即目所见，写景状物之间，并没有忘记自己的存在。随后，描绘南方数里之外的壮树、瘦石、水鸣，以及大冥之川的山舒、水缓、有土田……使整个画面境界开阔，尺幅之中具万里之势，给人以无尽的诗意。

第三部分写黄神的传说。这部分意在说明黄溪、黄神祠名称的由来，是文中不可少的笔墨，使山水增加了一层神秘的色彩。不过写神也还是写人。“始黄神为人时，居其地”，“逃来，择其深峭者潜焉”，“神既居是，民咸安焉”，还是一个平常人的样子。后来老百姓“以为有道，死乃俎豆之，为立祠”，这才成了“神”，但又“后稍徙近乎民，今祠在山阴溪水上”，也还是与老百姓接近的。作者在《时令论上》说过：“圣人之道，不穷异以为神，不引天以为高；利于人，备于事，如斯而已矣。”写黄神这一段，是符合这个宗旨的。

《游黄溪记》寥寥不足五百字，在艺术上却很具特色。首先，变换视角，体物入微。作者善于在统一和谐的基调上，运用多种艺术手法，从多种角度来刻画景物，使形象生动丰满，立体感甚强。比如山主要呈静态，作者却别出心裁地描绘其动态：“两山墙立，如丹碧之华叶骈植，与山升降。”水一般呈动态，作者就既不放过写其动态之美：“峻流”，“水鸣皆铿然”；又精心刻画其静态之美：“沉沉无声”，“水缓”；或用烘托法写水：“有鱼数百尾，方来会石下”；或用比喻法写水：“黛蓄膏渟，来若白虹”。其表现技巧的高超真令人惊叹不已。

其次，作者写游记，处处体现“游”字，其特征即在里程的记录上。如“黄溪距州治七十里，由东屯南行六百步，至黄神祠”；“黄神之上，揭水八十步，至初潭”；“南去又行百步，至第二潭”；“自是又南数里”，“又南一里”；读来亦如作者之亲历其境。此类文字虽平常，却不容忽略过去。

这篇游记写于元和八年(813)，作者谪居永州已经八年有余，久居南荒，自不免抑郁孤独；黄溪山水之胜而不为人所知，其孤独也相同。末段写的黄神，是因为失掉政治靠山而逃居于此的，作者的遭遇和黄神也很相似；而黄神为人时给人民做了很多好事，“死乃俎豆之，为立祠”，也是作者心目中的理想人物。作者写山水称“黄溪最善”，写“黄神”又不吝惜笔墨。这些，都是值得我们反复咀嚼的。

（俞浩胜）

种树郭橐驼[1]传　柳宗元

郭橐驼，不知始何名。病瘘[2]，隆然伏行[3]，有类橐驼者，故乡人号之“驼”。驼闻之曰：“甚善，名我固当。”因舍其名，亦自谓橐驼云。其乡曰丰乐乡，在长安西。

驼业种树，凡长安豪富人为观游[4]及卖果者，皆争迎取养。视驼所种树，或移徙，无不活，且硕茂早实以蕃[5]。他植者虽窥伺效慕，莫能如也。

有问之，对曰：“橐驼非能使木寿且孳[6]也，能顺木之天，以致其性焉尔。凡植木之性，其本欲舒，其培欲平，其土欲故，其筑[⑦]欲密。既然已，勿动勿虑，去不复顾。其莳[⑧]也若子，其置也若弃，则其天者全而其性得矣。故吾不害其长而已，非有能硕茂之也；不抑耗其实而已，非有能早而蕃之也。他植者则不然，根拳[⑨]而土易，其培之也，若不过焉则不及。苟有能反是者，则又爱之太恩，忧之太勤，旦视而暮抚，已去而复顾。甚者爪其肤以验其生枯，摇其本以观其疏密，而木之性日以离矣。虽曰爱之，其实害之；虽曰忧之，其实仇之，故不我若也。吾又何能为哉！”

问者曰：“以子之道，移之官理可乎？”驼曰：“我知种树而已，理，非吾业也。然吾居乡，见长人者[⑩]好烦其令，若甚怜焉，而卒以祸。旦暮吏来而呼曰：‘官命促尔耕，勖[⑪]尔植，督尔获。早缫而绪[⑫]，早织而缕[⑬]，字[⑭]而幼孩，遂[⑮]而鸡豚。’鸣鼓而聚之，击木而召之。吾小人辍飧饔[⑯]以劳吏者且不得暇，又何以蕃吾生而安吾性耶？故病且怠。若是，则与吾业者其亦有类乎？”

问者曰：“嘻，不亦善夫！吾问养树，得养人术。”传其事以为官戒。

〔注〕①橐(tuó)驼：骆驼。此指驼背。②偻(lóu)：是一种病，患者鸡胸驼背。③伏行：俯身走路。④观游：此指供游玩的园林。⑤蕃：繁多。⑥寿且孳：活得长久而且繁殖得多。⑦筑：捣土的杵。此指夯土、砸土。⑧莳(shì)：移栽或分种。⑨拳：卷曲。⑩长(zhǎng)人者：为民之长，指地方官。⑪勖(xù)：勉励。⑫缫(sāo)：煮茧抽丝。绪：蚕丝的头。⑬缕：线。⑭字：抚育。⑮遂：成长。此指喂大。⑯飧饔(sūn yōng)：晚饭和早饭。

《庄子》有一则寓言，说的是黄帝将见大隗于具茨之山，行至襄城之野而迷途，适遇一牧马童子，遂问焉，童子具答。黄帝甚异，以为非凡，故又问为天下之道。童子淡淡答曰：“夫为天下者，亦奚以异乎牧马者哉？亦去其害马者(有碍马生长的东西)而已矣。”扬子《法言》有“问铸金而得铸人”之说。好刨根溯源者宣称，《种树郭橐驼传》就是这两者杂交的产物。柳州是否受了庄周和扬雄的启迪才写此文，今人实难揣摩，但有一点是毫无异议的，即此文远胜于二子之文，其于后世影响亦非二者所能项背。

题名橐驼传，文亦从橐驼入手。先原橐驼之名，次叙橐驼之业，三语橐驼之术，琐琐述来，无人疑其非传也。孰料文近尾声，笔锋陡然一转，竟引出一段为官至理，实令人始料所不及。有如高明的导游，将游客从岩穴引入洞天仙境却又不露声色，惊异之情油然而生。清代孙琮谓曰："读其前文，竟是一篇游戏小文章；读其后文，又是一篇治人大文章。前后改观，咄咄奇事！"读者至此方悟，柳州之意不在传，此文名传实非传，传橐驼是假，道官理是真，古人称此手法为"借影"，借传立说，寓说于传也。然其又的确是一篇小传，自始至终，无一偏离种树，无一背离橐驼，即为官之理亦从橐驼口中出而非作者言之。明朝徐师曾说，传有四品，"一曰史传，二曰家传，三曰托传，四曰假传"，此文抑或假传欤？近人陶曾佑有言："举凡宙合之事理，有为人群所未悉者，庄言以示之，不如微言以告之；微言以告之，不如婉言以明之；婉言以明之，不如妙譬以喻之。"柳州于此道或许早已谙熟。

橐驼种树，他人莫及，是其劳苦倍于他人欤？非也。他人"旦视而暮抚，已去而复顾"，一刻未得安宁；橐驼"勿动勿虑，去不复顾"，所付劳力远逊于他植者。然则何以他人事倍功半而橐驼事半功倍？究其原因，一言可以蔽之，即"顺木之天，以致其性"而已矣。苟能顺天致性，就能使树木"硕茂早实以蕃"，而无需旦视暮抚，更不必"爪其肤以验其生枯，摇其本以观其疏密"。顺天致性，亦即顺应客观规律任其自然发展，实乃橐驼种树的一大法宝，亦是本文立说的主脑。据此观察，种树并非难事，只要"不害其长"，"不抑耗其实"，全其天者得其性者，人人皆可为橐驼矣。但越是简单的道理往往越是不为人所察觉，他植者之所以"莫能如也"，正因为昧于此道。移之官理亦是如此。为官应顺民之天，致民之性，若旦暮而呼，鸣鼓聚之，击木召之，则与"爪其肤以验其生枯，摇其本以观其疏密"之他植者又有何异？故名曰爱之，实则害之。扰民过甚，实是中晚唐社会一大公害，而其害处又为表面上的"爱之""忧之"所掩盖，并非人人皆悉，柳州有感于此，故以种树喻之，使扰民之害昭然于天下。

种树果真不难？为官果真容易？却又非也。顺天致性之理或许不难理解，但何以知"天"，何以得"性"，绝非轻而易举之事。橐驼并非先知先觉者，其智商未必高于他人。遥想其初始种树，恐怕与他植者不相上下，惟其能锲而不舍，细心观察，简练揣摩，反复实践，终于获得"其本欲舒，其培欲平，其土欲故，其筑欲密"和"其莳也若子，其置也若弃"的"天""性"。而他植者缺少的正是这一环节，故始终得不到树木之"天""性"。如此看来，种树又非易事，橐驼所费劳力绝不会逊于他植者，正是有了当初的辛勤汗水，才换来今天的得心应手。为官更非易事，只有知民“天”“性”，方能顺民“天”“性”；但要知民“天”“性”，若不身体力行，深入调查，潜心研究，若不付出辛勤劳动，民之“天”“性”又何从而得？故顺天致性绝不意味着无所事事，其所付劳力绝不会逊于扰民者。实际上扰民才是为官的终南捷径。为官者即使熟悉了民之“天”“性”，也不能掉以轻心。庖丁技艺超群，可谓得解牛之“天”“性”，然其“每至于族”，仍“怵然为戒，视为止，行为迟”，丝毫不敢怠慢。解牛尚且如此，何况为官呢？

其实，做什么事都得顺天致性，而绝不仅仅种树为官如此。（翁其斌）

蝜蝂传 柳宗元

蝜蝂者，善负小虫也。行遇物，辄[1]持取，卬其首负之。背愈重，虽困剧[2]不止也。其背甚涩[3]，物积因不散，卒踬仆[4]不能起。人或怜之，为去其负；苟能行，又持取如故。又好上高，极其力不已，至坠地死。

今世之嗜取者，遇货不避，以厚其室，不知为己累也，惟恐其不积。及其怠而踬也，黜弃之，迁徙之，亦以病矣。苟能起，又不艾[5]。日思高其位，大其禄，而贪取滋甚，以近于危坠，观前之死亡不知戒。虽其形魁然大者也，其名人也，而智则小虫也。亦足哀夫！

〔注〕①辄：总是。②困剧：疲惫到极点。③涩：不光滑。④踬（zhì）仆：跌倒。⑤艾：通“乂”（yì），改过。

柳宗元的寓言，有的以故事情节取胜，有的以性格形象见长，本文就是属于后一种情况。它抓住一种叫“蝜蝂”的小虫“善负”“好上高”的特性，塑造了一个既贪婪又好攀高的有着某种典型意义的形象。

蝜蝂，《尔雅》径作“负版”，顾名思义，它是以善负见称的。文章首先对这种特性作了集中的描绘。“行遇物，辄持取”，仿佛是习惯似的，遇到物品就毫不迟疑取来，它是那么喜好“身外之物”。“卬其首负之”，神貌毕现，它是为重负在抖擞精神吧，又是在为猎获而洋洋得意吧。“背愈重，虽困剧不止也。”它一个劲地持取，背上的东西越积越多，即使疲惫不堪，它还这么干。这就写出了这种小虫见物即贪、贪得无厌的习性。“其背甚涩，物积因不散，卒踬仆不能起。”这里写到它背涩，既见出了形体特征，又丰富了性格内涵，容易叫人联想起“守财奴”。它终因物累太重跌倒了，这是生命史上一大挫折，“人或怜之，为去其负；苟能行，又持取如故”。它对跌倒的教训和人们的同情都毫不理会,一如故常,持取不休。前面所写从“持取”到“踬仆”也许还是善负特性的常态,那么这里就有些特异了,真是贪婪到忘乎所以、不惜性命的地步了。行文这一转折,对它本性的刻写可谓入木三分。下面又写其性格的另一方面“好上高”。应当说重负不宜上高,而它偏好上高,可见它的执拗,可见它的多欲。上高行为只用两句写完:“极其力不已,至坠地死。”“极其力不已”见出了它性格的逻辑。正如上文一样,持取、踬仆,再持取、再踬仆,这里不加详写,既省文,又富含意味,“至坠地死”是必然的后果。这与“踬仆不能起”又是照应,那是一挫折,这是一了结,呜呼哀哉,至此才算罢休了。

在不到一百字的篇幅内,作者通过行动、形貌以及“心理”,把这种小虫写得这么活灵活现,性格这么鲜明,手法实在高妙。刻画性格的过程,也就是典型化的过程,越往下读,这个小虫所象征的人物形象也就越来越明晰,它就不单纯是仅贪货利,如《哀溺文》中那种形象,而是既贪货利又贪名位、不死不肯罢休的那种人物,也就是作者在下文所指出的“日思高其位,大其禄”的官僚。

这篇寓言还有一个明显的特点,就是作者用来说明寓意的文字超过了故事本体,这跟别的作品很不一样,比如《三戒》其说明只是一两句。一般来说,寓言点意的说明以短为好,但这里写了这么多,我们读过直感到痛快淋漓,很够味,也不觉其冗长。原来作者在这里是有意使用对照手法,并不同于一般的议论。作者写此文的目的是讽刺官场人物,这里他对这些人物作了充分的揭露,并一一与小虫进行比照,虽然直露,却收到了比货识货、相形见“丑”的喜剧效果:原来那些峨冠博带、威仪棣棣的大人先生,他们的所作所为竟同于一条小虫!一边是小虫,一边是“大”人,对照是多么鲜明,嘲讽是多么辛辣。假如缺少这段文字,这种辣味怕没有这样强烈。如果说《三戒》故事是以含蓄、幽默显出作者理智的优越,那么这篇小品则以嬉笑怒骂,见出其情绪的激荡。宋韩醇曰:“公之所言,盖指当时用事贪取滋甚者。”果是这样,那么本文的现实针对性就更明确了,是抨击执政大臣。几年前作者就是被这些“用事”者排摈,流落南荒,想起这些人的弄权营私、胡作非为,他怎能不愤慨呢,怎能不加以诅咒呢!

(汤华泉)

捕蛇者说　　柳宗元

永州之野产异蛇,黑质而白章①,触草木尽死,以啮②人,无御之者。然得而腊之以为饵③,可以已大风、挛踠、瘘疠④,去死肌,杀三虫⑤。其始,太医以王命聚之,岁赋其二。募有能捕之者，当其租入。永之人争奔走焉。

有蒋氏者，专其利[⑥]三世矣。问之，则曰：“吾祖死于是，吾父死于是，今吾嗣为之十二年，几死者数矣。”言之，貌若甚戚者。

余悲之，且曰：“若毒之乎？余将告于莅事者，更若役，复若赋，则何如？”

蒋氏大戚，汪然出涕曰：“君将哀而生之[⑦]乎？则吾斯役之不幸，未若复吾赋不幸之甚也。向吾不为斯役，则久已病[⑧]矣。自吾氏三世居是乡，积于今六十岁矣，而乡邻之生日蹙[⑨]。殚其地之出，竭其庐[⑩]之入，号呼而转徙，饥渴而顿踣[⑪]，触风雨，犯寒暑，呼嘘毒疠[⑫]，往往而死者相藉也。曩[⑬]与吾祖居者，今其室十无一焉；与吾父居者，今其室十无二三焉；与吾居十二年者，今其室十无四五焉。非死则徙尔！而吾以捕蛇独存。悍吏之来吾乡，叫嚣乎东西，隳突[⑭]乎南北，哗然而骇者，虽鸡狗不得宁焉。吾恂恂[⑮]而起，视其缶，而吾蛇尚存，则弛然而卧。谨食[⑯]之，时而献焉。退而甘食其土之有，以尽吾齿。盖一岁之犯死者二焉，其余则熙熙而乐，岂若吾乡邻之旦旦有是哉！今虽死乎此，比吾乡邻之死，则已后矣，又安敢毒耶？”

余闻而愈悲。孔子曰：“苛政猛于虎也。”吾尝疑乎是。今以蒋氏观之，犹信。呜呼！孰知赋敛之毒有甚是蛇者乎！故为之说，以俟夫观人风者[⑰]得焉。

〔注〕 ① 黑质而白章：黑色体质，白色花纹。 ② 啮（niè）：咬。 ③ 腊（xī）之以为饵：把蛇肉晾成干，可作药饵。 ④ 大风：麻风病。挛踠（luán wǎn）：手足痉挛。瘘（lòu）：颈肿。疠：癞疮。 ⑤ 三虫：泛指寄生虫。 ⑥ 专其利：独享以捕蛇抵销租税的利益。 ⑦ 哀而生之：哀悯我而使我生存。 ⑧ 病：穷困。 ⑨ 蹙（cù）：困窘。 ⑩ 庐：家里。 ⑪ 顿踣（bó）：困顿倒毙。 ⑫ 毒疠：指南方山林湿热蒸郁，致人疾病的瘴气。 ⑬ 曩（nǎng）：从前。 ⑭ 隳（huī）突：冲撞，骚扰。 ⑮ 恂（xún）恂：小心谨慎貌。 ⑯ 食（sì）：喂养。 ⑰ 观人风者：考察民情的官吏。

柳宗元的这篇小品，用今人的眼光看，实是一篇采访记，一篇关于捕蛇者的访谈。

这篇访谈中，最耐人寻味的，是受访人捕蛇者蒋氏对于捕蛇者自身的生活状况、那前后两番自相矛盾的说道。在先，作者问及捕蛇者的生涯时，蒋氏一味叫苦："吾祖死于是，吾父死于是，今吾嗣之十二年，几死者数矣。"不仅如此，而且"言之，貌若甚戚者"。然而，当作者郑而重之地提出"余将告于莅事者，更若役，复若赋，则何如"时，蒋氏的态度则来了一个一百八十度的大转弯，竟大讲起捕蛇者之乐来："吾恂恂而起，视其缶，而吾蛇尚存，则弛然而卧。谨食之，时而献焉。退而甘食其土之有，以尽吾齿。""弛然而卧"的"弛然"，是放松、没有压力的样子，哪还有什么苦，简直就是甜了。"甘食其土之有"的"甘"，不就是甜吗？

诚然，捕蛇危险，和毒蛇打交道不是闹着玩的，怪不得虽然"永之人争奔走焉"，到头来还是种田交租的为多，而像蒋氏那样"专其利三世"的捕蛇者为少。须知捕蛇专业户不仅要有捕蛇的技术，而且要有解毒的秘方，这样的绝活和秘方，都是不会外传的。正因为如此，蒋氏才能"专其利三世"。而蒋氏本人捕了十二年的蛇，几次犯险，皆能死里逃生，其中奥妙，文中虽然没有明说，读者根据常识，是可想而知的。

那么，蒋氏早先为什么不讲捕蛇之利，而只是一味叫苦呢？不为别的，只是因为老百姓对官吏天然的不信任，只是因为苛政的无孔不入，只是因为害怕仅存的空间受到挤压，所以必须叫苦。这一点作者其实也看出来了——"貌若甚戚者"的"若"字，就用得非常微妙。这个"甚戚"，有点像是装出来的。一旦作者表露出真诚与同情，而蒋氏又预感到事将弄巧成拙，他便立即改口，而且"汪然出涕"，这是真哭了，由此道出了实情。不过应该指出，蒋氏所谈的捕蛇之乐，其实也可怜得很——只是相对于种田交租的农夫而言的。

看看农夫的命运吧——"殚其地之出，竭其庐之入，号呼而转徙，饥渴而顿踣，触风雨，犯寒暑，呼嘘毒疠，往往而死者相藉也。曩与吾祖居者，今其室十无一焉；与吾父居者，今其室十无二三焉；与吾居十二年者，今其室十无四五焉。非死则徙耳。……悍吏之来吾乡，叫嚣乎东西，隳突乎南北，哗然而骇者，虽鸡狗不得宁焉。"农夫过的是什么日子呀，他们面临的是怎样的生活压力和精神负担呀。因此，当捕蛇者暂时忘却了自悲时，反使作者闻而愈悲。

这篇文章的另一耐人寻味之处，是"吾祖死于是，吾父死于是，今吾嗣为之十二年，几死者数矣"这一段话，使作者联想到《礼记·檀弓下》里的一则记事。记事中一位苦命的妇人对孔子哭诉说："昔者吾舅死于虎，吾夫又死焉，今吾子又死焉。"孔子问她："何为不去也？"她说："无苛政。"于是孔子叹息道："小子识之，苛政猛于虎也！"由此，作者得出"孰知赋敛之毒有甚是蛇者乎"的感慨。

按，作者当时被贬为永州司马，根据白居易的描述，司马是"无言责，无事功"

的闲职。纵然体察到了民情，也只能告之于“莅事者”即他的上司，寄望于“观民风者”即下乡来视察的长官，所以文中隐隐流露出一种无能为力的悲哀。

（周啸天）

罴[①] 说　　柳宗元

鹿畏貙[②]，貙畏虎，虎畏罴。罴之状，被[③]发人立，绝有力而甚害人焉。

楚之南有猎者，能吹竹为百兽之音。寂寂持弓矢罂火[④]，而即之山[⑤]。为鹿鸣以感[⑥]其类，伺其至，发火[⑦]而射之。貙闻其鹿也，趋而至，其人恐，因为虎而骇之。貙走而虎至，愈恐，则又为罴，虎亦亡去。罴闻而求其类，至则人也，捽搏挽裂而食之[⑧]。

今夫不善内而恃外者[⑨]，未有不为罴之食也。

〔注〕 ① 罴(pí)：兽名，又叫马熊或人熊。 ② 貙(chū)：一种形状像狸的动物。 ③ 被：同“披”。 ④ 罂(yīng)火：装在瓦罐里面的灯火。罂，一种腹大口小的瓦罐。 ⑤ 即：走近。 ⑥ 感：感召，招引。 ⑦ 发火：指去掉灯火的掩盖物，以便照明射击。 ⑧ 捽(zuó)：揪住。挽：拉，扯。 ⑨ 善内：使自身完善。恃外：依仗外部力量。

清代刘大櫆在《论文偶记》中说：“理不可以直指也，故即物以明理；情不可以显出也，故即事以寓情。”永贞改革失败后，柳宗元横遭贬谪，饱受摧残，像一只“羽翼脱落”的笼鹰，过着形同禁锢的生活。由于“罪谤交积，群疑当道”，他不能畅所欲言、直陈政事，所以常取材于飞禽走兽和身边琐事，将情与事、理与物四者熔于一炉，透过平凡与微末，揭示真谛与本质。《罴说》便是这类借此喻彼、以小见大的杰作。

文章先以勾连式的笔法，简述鹿、貙、虎、罴四种动物逐一制服的特点；然后正面描写罴“被发人立”的可怖之状和“绝有力而甚害人”的凶猛之患，为下文张本。笔墨精简，既檃括各种野兽先后登场的顺序，又暗伏猎人为罴“捽搏挽裂而食”的结局。

接着从单纯的动物描写，转入人兽之间的“较量”，刻画了一个低能虚弱而又可悲可笑的猎人形象。他住在“草木榛榛，鹿豕狉狉”的南方，虽然素以打猎为业，却无半点降龙伏虎的实际本领，只能像口技演员一样“吹竹为百兽之音”，企图凭侥幸捕获猛兽；结果黔驴技穷，葬身罴腹，而为天下笑。在刻画人物时，作者注重心理和动态的描写。“寂寂”与“伺”，描状出猎人的小心翼翼和专注之情。而两个“恐”字，则进一步张开了窥视猎人心灵的窗口，把他临危时丧魂落魄、不知所措的情态，表现得活灵活现。在情节的展开上，通过鹿去貙来、虎往罴至的生动描述，渲染出一种凄神寒骨的恐怖气氛，波澜叠起，悬念环生，险象纷呈。

末尾“今夫不善内而恃外者，未有不为罴之食也”两句，意味深长，令人警省，是“卒章显其志”的画龙点睛之笔，揭示故事的内涵意义，由隐而显，从而起到振聋启聩、匡谬正俗的社会作用。它不仅讽刺了生活中一般“不知推己之本，而乘物以逞”的人士，而且把批判的笔锋直指那些外强中干、腐败无能的封建官吏，隐喻朝廷在藩镇割据的严重威胁下，如不革除弊政、加强中央集权的实力，而采取“以藩制藩”的错误做法，其结果必然招致像猎人一样的灭顶之灾。

（贝远辰）

三　戒(并序)　柳宗元

吾恒恶世之人不知推己之本，而乘物以逞，或依势以干非其类，出技以怒强，窃时以肆暴——然卒迨[①]于祸。有客谈麋、驴、鼠三物；似其事，作《三戒》。

临江[②]之麋

临江之人畋得麋麑[③]，畜之。入门，群犬垂涎，扬尾皆来，其人怒，怛[④]之。自是日抱就犬，习示之，使勿动；稍使与之戏。积久，犬皆如人意。麑稍大，忘己之麋也，以为犬良我友，抵触偃仆[⑤]，益狎。犬畏主人，与之俯仰，甚善。然时啖其舌。

三年，麋出门外，见外犬在道甚众，走欲与为戏。外犬见而喜且怒，共杀食之，狼藉道上。麋至死不悟。

黔[⑥]之驴

黔无驴。有好事者船载以入。至则无可用，放之山下，虎见之，庞然大物也，以为神，蔽林间窥之，稍出近之。慭慭[⑦]然莫相知。

他日，驴一鸣，虎大骇，远遁，以为且噬己也，甚恐。然往来视之，觉无异能者。益习其声，又近出前后，终不敢搏。稍近，益狎，荡倚冲冒。驴不胜怒，蹄之。虎因喜，计之曰：“技止此耳！”因跳踉大㘎，断其喉，尽其肉，乃去。

噫！形之庞也类有德，声之宏也类有能。向不出其技，虎虽猛，疑畏，卒不敢取；今若是焉，悲夫！

永⑧某氏之鼠

永有某氏者，畏日，拘忌异甚。以为己生岁直⑨子，鼠，子神也，因爱鼠，不畜猫犬，禁僮勿击鼠。仓廪庖厨，悉以恣鼠，不问。由是鼠相告，皆来某氏，饱食而无祸。某氏室无完器，椸无完衣，饮食大率鼠之余也。昼累累与人兼行，夜则窃啮斗暴，其声万状，不可以寝。终不厌。

数岁，某氏徙居他州。后人来居，鼠为态如故。其人曰：“是阴类恶物也，盗暴尤甚，且何以至是乎哉？”假五六猫，阖门，撤瓦，灌穴，购僮罗捕之。杀鼠如丘。弃之隐处，臭数月乃已。

呜呼！彼以其饱食无祸为可恒也哉！

〔注〕 ① 迨(dài)：同“逮”。 ② 临江：今江西樟树市。 ③ 畋(tián)得麋麑(ní)：狩猎获得一只小鹿。 ④ 怛(dá)：惧怕。 ⑤ 偃(yǎn)仆：扑倒。 ⑥ 黔：唐有黔中道，今为贵州省的简称。 ⑦ 慭(yìn)慭：惊疑、谨慎貌。 ⑧ 永：永州。 ⑨ 直：通“值”。

柳宗元的寓言所以现实性很强，多有讽喻和讥刺，这同他本人的政治遭遇分不开。本篇写到《永某氏之鼠》，肯定是他被贬到湖南零陵以后的作品。所以他写的寓言，实际是根据自己的人生经验来观察社会，批判社会。《三戒》的序文一上来就明确指出：“吾恒恶世之人，不知推己之本，而乘物以逞。”这就是说，有那么一些缺乏自知之明的人，或倚仗外势，或冒充权威，或俟机肆虐，这正是作者创作本篇的主旨。他在序文中所说的，“或依势以干非其类，出技以怒强，窃时以肆暴”，就分指下文麋、驴、鼠三者。虽情况各异，而结局则同——“卒迨于祸”，终于祸及其身。但作者还怕自己的用意说得不明确，除第一个故事只用“麋至死不悟”一句点明作意外，第二、第三两个故事作者都站出来说了话，使读者彻底明白他锋芒所向是对着什么样的人和事。这同《伊索寓言》中某些故事作者每于篇末站出来点明主题是一样的。

值得注意的是，《三戒》中的三个故事，作者并未把遇害者都写成反面“人物”，而是有批判也有同情。诚然，《三戒》中的麋、驴、鼠，无疑都是作者批判的对象;但对“麋”,作者就以同情为主,在批判中有同情。因为它的主人只用威势镇压住家里养的“犬”,却没有教给“麋”如何区别敌友,更没有训练它分清家犬和野犬。“麋”之受害,一是太依赖“主人”,二是太相信“朋友”(它以为“犬”已经是它的朋友了,而且把所有的家犬、野犬都当成朋友),三是忘掉自己是弱者(这是过分依赖“主人”的结果)。前两点都不能单方面地怨“麋”,只有第三种情况才是“麋”本身的过失。因此它的“至死不悟”,既有咎由自取的主观成分,也有客观形势使它过分依赖“主人”和盲目相信“朋友”的因素在内。这从作者行文上也可以体会出来,对“麋”并无尖锐的批判和严厉的谴责。而故事里面的“犬”,似乎倒是作者主要的批判对象,因为不仅吞食弱者是它们的本性,尤其是那一群家犬,简直是不折不扣的两面派。当着“主人”,能做到“皆如人意”,“与之俯仰甚善”,俨然是“麋”的“朋友”;可是作者紧接着用了一句“时啖其舌”,这就活画出这些家犬内心残暴而面带伪善的嘴脸。

第二个故事,作者对“驴”当然以批判为主,但也不是一点没有同情,因为驴毕竟是无辜的。而对于“虎”,我以为作者不但没有作任何批判,反而表示了同情。“虎”本来应该是权威,是以驴为食的,然而它却被“驴”的外观、叫声以及陌生的形象给哄骗了,疑心驴是“神”;直到“驴”不知自量,露了破绽,“虎”才发现其技已穷,把它吃掉。作者在这里并没有指责“虎”吃“驴”有什么过失,而是批判了“驴”的表里不一,冒充有德有能者,并以外表的“形”与“声”进行恫吓。但寓言毕竟是跛脚的,事实上驴不“出技”,迟早也难免葬身虎口,作者只就其不自量力一点来批判,而对它的被强者所吞噬仍表示同情,所以最后用“今若是焉,悲夫”来结尾。这正是作者笔下有分寸的地方。

至于第三个故事,则由于“某氏”的迷信和纵容,导致鼠害之烈。这是人为地取消了警戒,致使老鼠泛滥成灾。所以作者对“某氏”的受害毫无同情之意,而对作为“阴类恶物”的“鼠”则作了彻底的批判。“不知推己之本”虽是三篇共同的主题,而意义却一篇比一篇深,批判的程度也一篇比一篇重。通过这三个故事,作者所要说明的是:既要有自知之明,也要能识人和辨别不同的处境;不知己又不知彼,还要逞强肆暴,终必自食其果而被害致死。

《三戒》在艺术上的特点是细节描写的入微和逼真。作者不仅写了几种动物表面上的行动特点,使人读了感到活灵活现(如“群犬垂涎,扬尾皆来”、虎的“荡倚冲冒”等),而且用“拟人”的笔触写出了动物的“心理活动”。如写麋之“狎”犬,外犬之“喜且怒”,驴之“怒”,虎之“喜”,鼠之彼此“相告”,都是拟人化的寓言的特有的手法。

(吴小如)

鞭 贾[①]　　柳宗元

市之鬻[②]鞭者，人问之，其贾[③]宜五十，必曰五万。复之以五十，则伏而笑；以五百，则小怒；五千，则大怒；必以五万而后可。

有富者子，适市买鞭，出五万，持以夸余[④]。视其首[⑤]，则拳蹙而不遂[⑥]。视其握[⑦]，则蹇仄而不植[⑧]。其行水[⑨]者，一去一来不相承。其节朽黑而无文，掐之灭爪，而不得其所穷。举之，翲[⑩]然若挥虚焉。

余曰："子何取于是而不爱五万？"曰："吾爱其黄而泽，且贾者云……"余乃召僮爚汤以濯之[⑪]，则遫然[⑫]枯，苍然白。向之黄者栀也，泽者蜡也。富者不悦，然犹持之三年。后出东郊，争道长乐坂[⑬]下。马相踶[⑭]，因大击，鞭折而为五六。马踶不已，坠于地，伤焉。视其内则空空然，其理若粪壤，无所赖[⑮]者。

今之栀其貌、蜡其言[⑯]、以求贾技于朝者，当其分则善。一误而过其分则喜，当其分则反怒曰："余曷不至于公卿？"然而至焉者亦良多矣。居无事，虽过三年不害。当其有事，驱之于陈力之列以御乎物[⑰]，以夫空空之内，粪壤之理，而责其大击之效，恶有不折其用而获坠伤之患者乎？

〔注〕① 鞭贾(gǔ)：卖鞭的商人。② 鬻(yù)：卖。③ 贾：通"价"。④ 夸余：向我夸耀。⑤ 其首：马鞭的鞭梢。⑥ 拳蹙而不遂：弯曲不伸展。⑦ 握：(马鞭的)把柄。⑧ 蹇(jiǎn)仄而不植：歪斜不直。植，通"直"。⑨ 行水：鞭子的纹理。⑩ 翲(piāo)：轻虚。⑪ 爚(yuè)汤以濯之：烧热水洗鞭子。⑫ 遫(chì)然：裂开的样子。⑬ 长乐坂：地名。在长安城东。⑭ 踶(dì)：踢。⑮ 无所赖者：指鞭子的内部空疏不实。⑯ 栀其貌，蜡其言：伪装他的外貌，粉饰他的言辞。⑰ 陈力：施展才能。御乎物：治理国家大事。

柳子厚在这篇讽刺小品里，提出人才学范围内一个有趣课题。

封建社会知识分子自视清高，待价而沽，羞于折节事人，耻于自荐，盼的是圣主明君礼贤下士，厚金礼聘，然后才俯允"出山"，施展其经天纬地之才。我国历史故事，不少"三顾茅庐""王猛扪虱"一类描写，无非说明人才难得，欲建丰功伟业的人对人才学是不可等闲视之的。

耻于自荐，并不否定自荐。毛遂自荐就创了个好的先例。当然自荐的并不会都是毛遂，而且必然会有柳公所说的这种卖鞭的人混迹其中。这种人抓住求贤者的心态，漫天叫价，“宜五十，必曰五万”。而且不许还价，“必以五万而后可”。同样，“求贾技于朝者”，则口口声声“余曷不至于公卿”？说一不二的价格，以表明自己“货真价实”，用这个办法引你上当。

文章也谈到买方。买方有真的求贤如渴，真正爱才识货的，可也有文中那样的“富者子”型人物，他并不真是求贤爱才，他愿出重金买鞭，很大程度是出自虚荣心，装潢门面。“持以夸余”，以博得一时的美名，至于鞭是否合用、经用、耐用，他似乎并不在乎呢！

人才难得，还有另一层意思在。如买鞭不用，只作观赏，但见它金黄锃亮，灼灼生辉，谁能断定它是废品次货；正如引进人才，如果只见他滔滔辩才，引经据典，而未经过实践考验，谁又分得出人才或庸才！人才其所以难得，就在于还得经过实践的严格考察，“疾风知劲草”，也有这个意思。居无事的太平日子，是看不出好孬高低来的。

由于对人的观察，不可能一眼看准，当然容许用人者有个考察的过程。认识是逐步深化的，但已经发现其“栀黄蜡泽”的伪装，照说应该提高警觉了吧，然而，那位“富者子”不然，他也许不甘于承认自己上当受骗，他还要“硬撑”，“持之三年”，非栽下马来不肯罢休。

柳子厚的这则寓言，显然是有感而发，所谓“富者子”“鞭贾”“求贾技于朝者”，都有所喻、有所指的。所喻所指者谁？读《新唐书》上柳公当年的有关记载自当心领神会。公元805年，他参与王伾、王叔文领导的改革朝政活动，结果受到旧官僚势力的报复，他同韩泰、韩晔、刘禹锡等被贬到远方做刺史。这是中唐有名的“二王八司马”事件。贤才毁弃，宦官、权奸当道，柳子厚一腔怨愤，自然流露在《鞭贾》笔下了。

（拾　风）

【作者小传】

吴武陵

（784？—835）　唐文学家。本名侃，信州贵溪（今属江西）人。唐宪宗元和二年（807）进士，次年被贬永州，与时任永州司马柳宗元交游密切。大和元年（827）回朝任太学博士，后出任忠州、韶州刺史。以贪赃贬潘（一作播）州司户参军。柳宗元称其“才气壮健，可以兴西汉之文章”（《与杨京兆凭书》）。《全唐诗》存其诗二首，《全唐诗外编》存其诗一首，《全唐文》存其文七篇。

遗孟简书　吴武陵

古称一世三十年，子厚之斥十二年，殆①半世矣。霆砰②电射，天怒也，不能终朝③。圣人在上，安有毕世而怒人臣邪？且程、刘、二韩④皆已拔拭，或处大州剧职⑤，独子厚与猿鸟为伍，诚恐雾露所婴⑥，则柳氏无后矣。

〔注〕①殆：大概，几乎。②霆砰(pēng)：震雷之声。③终朝：整天。④程、刘、二韩：指参与永贞革新的程异、刘禹锡、韩泰、韩晔。⑤剧职：重要职务。⑥雾露：晨或夜间的雾气、露水，人若起居不慎，它们则能伤人致病。故此雾露用以借指自然界中伤人致病的邪气。此时柳宗元为柳州司马，柳州四处森林覆盖，瘴气重，容易致病。婴：缠绕。

柳宗元(773—819)，二十一岁即进士及第，“崭然见头角，众谓柳氏有子矣”，但因永贞革新失败，二十九岁的柳宗元以戴罪之身被贬永州司马，元和十年(815)三月又改任柳州刺史，四年后病逝于此，年仅47岁。被贬期间，“无相知有气力得位者推挽，故卒死于穷裔”(韩愈《柳子厚墓志铭》)，所以韩愈惋惜地说：“斥时有人力能举之，且必复用不穷。”可见柳宗元深陷困境的仕途多么孤立无援。

在这样的处境中，能有人对柳宗元的遭遇表示同情并极力向当权者申诉、举荐，是需要很大的勇气的，也是需要有胆识的人才能做到。吴武陵便是难得的一个知己。

吴武陵曾于元和三年(808)坐事流永州，与柳宗元有过一段密切的交往。年轻的吴武陵的到来，为柳宗元的生活带来了一道光，“子厚左官，而得吴武陵为友，心气一振”(章士钊《柳文指要》)，柳宗元自己也说“拘囚以来，无所发明，蒙覆幽独，会足下至，然后有助我之道”(柳宗元《答吴武陵论〈非国语〉书》)。吴武陵是怎样的人？柳宗元《同吴武陵赠李睦州诗序》：“吴武陵，刚健士也，怀不能忍。于是踊跃其诚，铿锵其声。”由此可见吴武陵是喜欢为遭遇不公者鸣不平的人。章士钊认为吴武陵“固儒而侠者也”，说明吴武陵是个直言仗义的人。这样的性格与友情，决定了吴武陵一旦有机会，就会为柳宗元鸣不平。元和十年(815)柳宗元再迁柳州后，已返回长安的吴武陵，在身居相位的裴度和工部侍郎孟简面前替柳宗元说情，希望他们能够帮助柳宗元离开柳州。

《遗孟简书》又题为《遗工部侍郎孟简书》。孟简(？—823)是诗人孟郊从叔。孔延之《会稽掇英总集》卷十八载：“(孟简)元和九年(814)九月授越州刺史兼浙东观察使，十二年(817)正月追赴阙。”《新唐书》记载其“以工部侍郎召还”，回京后为户部侍郎。说明在京的吴武陵应是于元和十一年(816)就知道了孟简以工部侍郎召回京城的消息,信中说柳宗元已经被贬十二年,因此这封信应是写在元和十一年,信中吴武陵说柳宗元至今“无后”,元和十四年(819)柳宗元去世时,其长子周六四岁,说明元和十一年柳宗元已“有后”,不过柳州距离京城三千多里,消息难通,吴武陵应还不知道此事。

《遗孟简书》有情有理,吴武陵先以人之常情来感动孟简,引发他的同情心。先用“一世三十年”而柳宗元被贬已十二年,试图引起孟简对柳宗元半生蹉跎的同情。然后用自然界打雷不会打一整天的比喻,接着用“二王八司马”中的程异、刘禹锡、韩泰、韩晔等人已经身居要职的事实来说服孟简,柳宗元和他们一样自然也可以离开柳州;最后再用柳宗元至今无后的事实来进一步说明他的遭遇,“不孝有三,无后为大”是世人认可的人情道理。此信是否打动了孟简不得而知,但是孟简在永贞革新期间,在政见上反对王叔文是事实。可以想见,虽然历史上的孟简“尚节义”,且“与之交者,虽殁,视恤其孤不少衰”,又信佛,但面对政见相左者,他又是旗帜鲜明的。所以即使吴武陵说得合情合理,也不会得到孟简的认可,自然孟简也不会因为这封信而举荐柳宗元。

《遗孟简书》短短七十七个字,明面上请孟简能帮助柳宗元,其内在又萦绕着对朝廷用人方面的不满,以及对柳宗元身体的深深担忧。如以“霆砰电射,天怒也,不能终朝”的比喻,暗含朝廷用人违反自然常理;用“圣人在上,安有毕世而怒人臣邪?”的反问,抨击当朝天子不贤明,因为哪有贤明的君主在整个在位期间一直迁怒臣子的?“八司马”被贬谪时,唐宪宗曾有“逢恩不原”之令,就是说没有机会也不会赦免他们,这在柳宗元的认知里,就是此后永不录用。后来虽然开始慢慢提拔他们,但始终没有惠及柳宗元。吴武陵知道柳宗元身体不好,又在柳州那种雾瘴之地,自然更为担心,希望他离开柳州的心情更加急切。不幸的是,吴武陵的担忧不过三年就变成现实,柳宗元永远再无起用的机会了。可以想见,当吴武陵听到柳宗元病逝柳州的消息,应该也会像刘禹锡那样,“惊号大哭,如得狂病。良久问故,百哀攻中。涕洟迸落,魂魄震越”(刘禹锡《祭柳员外文》)。

蔡启《蔡宽夫诗话》云:“子厚之贬,其忧悲憔悴之叹发于诗者,特为酸楚。悯己伤志,固君子所不免,然亦何至是,卒以愤死,未为达理也。”责难柳宗元不若陶渊明做到“当忧则忧,遇喜则喜,忧乐两忘”。责柳宗元怜悯自己而伤害志气,这个道理是说得通的,但是对柳宗元的性格和处境缺少理解之同情。虽然柳宗元性格有缺少豁达的一面,但是就他长达十六年被贬谪蛮荒之地的命运、整个壮年时期在失望甚至绝望中度过的遭遇、体弱多病、家庭上又屡遭变故、在贬谪之地连正常的婚姻问题都无法解决、四十多岁才不得不纳妾为续香火等境况来说,再

来责其不豁达乐观，实在是责之太过了。　　（袁　茹）

【作者小传】

薛用弱

唐小说家。字中胜。大和初（一说为长庆中）自仪曹郎出守弋阳，为政严而不酷。著有传奇小说《集异记》。

王　涣　之

薛用弱

开元[①]中，诗人王昌龄、高适、王涣之齐名。时风尘未偶[②]，而游处略同。一日天寒微雪，三诗人共诣旗亭[③]，贳[④]酒小饮。忽有梨园伶官十数人，登楼会宴。三诗人因避席隈映[⑤]，拥炉火以观焉。俄有妙妓四辈，寻续而至，奢华艳曳，都冶[⑥]颇极。旋则奏乐，皆当时之名部也。昌龄等私相约曰："我辈各擅诗名，每不自定其甲乙，今者可以密观诸伶所讴，若诗入歌词之多者，则为优矣。"俄而一伶拊节[⑦]而唱，乃曰："寒雨连江夜入吴，平明送客楚山孤。洛阳亲友如相问，一片冰心在玉壶。"昌龄则引手画壁曰："一绝句。"寻又一伶讴之曰："开箧泪沾臆，见君前月书。夜台何寂寞，犹是子云居。"适则引手画壁曰："一绝句。"寻又一伶讴曰："奉帚平明金殿开，强将团扇共徘徊。玉颜不及寒鸦色，犹带昭阳日影来。"昌龄则又引手画壁曰："二绝句。"涣之自以得名已久，因谓诸人曰："此辈皆潦倒乐官，所唱皆《巴人》《下俚》之词耳，岂《阳春》《白雪》之曲，俗物敢近哉！"因指诸妓之中最佳者曰："待此子所唱，如非我诗，吾即终身不敢与子争衡矣。脱是吾诗，子等当须列拜床下，奉吾为师。"因欢笑而俟之。须臾，次至双鬟[⑧]发声，则曰："黄河远上白云间，一片孤城万仞山。羌笛何须怨杨柳，春风不度玉门关。"涣之即揶揄二子曰："田舍奴，我岂妄哉？"因大谐笑。诸伶不喻其故，皆起诣曰："不知诸郎君何此欢噱[⑨]？"昌龄等因话其事。诸伶竞拜曰："俗眼不识神仙，乞降清重，俯就筵席。”三子从之，欢醉竟日。

〔注〕①开元：唐玄宗年号(713—741)。②未偶：即未遇，未得到赏识和重用。③旗亭：酒楼。悬旗为酒招，故称。④贳(shì)：赊欠。⑤隈(wēi)映：在角落处隐蔽。⑥都冶：艳丽。⑦拊(fǔ)节：击节。节，古乐器，用竹编成，击之成声，用来表示拍子。⑧双鬟(huán)：古代年轻女子的两个环形发髻。此指年轻伶人。⑨噱(jué)：大笑。

这篇短文又名《旗亭画壁》《旗亭赌唱》，写的是王昌龄、高适、王涣之(实为王之涣，以下行文皆改)三人之间的一场诗作高下竞赛。

这场比赛，方式很奇妙。它既不采取你一句、我一句，共同凑成一首诗的联句式，又不采取各献佳作，一起讨论、比较的品评式，而是事先不打任何招呼，暗暗“请”伶人(也是读者)作权威鉴定人，从她们的反应中，判断谁的作品最为伶人所爱唱，最为读者所爱读。这是一种最有说服力也最公正的竞赛方式。

短文中的三个人物，形象都很生动。他们是名噪一代的大作家，但又是平易随和的普通人；他们是竞争对手，皆渴望自己的创作得到普天下读者的赞赏，但又是亲密无间的挚友，决不因对方的“稍逊风骚”而幸灾乐祸。他们自信而不狂妄，竞争而不嫉妒。这样的关系是文人之间应该具有的最理想的关系。它同那种竞相取下、故作谦让的虚伪作风，那种盛气凌人、妒火中烧的狂傲作风，存在着本质的区别。

文中最精彩的细节描写表现在两个地方。一是“引手画壁”：按理说，“妙妓四辈”唱不了多少首诗，等她们唱罢，计算一下谁的作品多，再分甲乙，也不为迟。但一伶唱完“寒雨连江”，昌龄竟迫不及待，在墙上画起记号来，美滋滋地说：“一绝句”；一伶唱毕“开箧泪沾臆”，高适学着王昌龄的样儿，也在墙上画记号，并且学着他的声调，也美滋滋地说一声“一绝句”。待一伶讴罢“奉帚平明”，昌龄又引手画壁，曰“二绝句”，其得意之态，简直跃然纸上。这种生怕别人“赖账”的孩子般的天真，既表现了他们对自己作品的珍爱，又表明他们胸无城府，彼此毫无芥蒂。

另一处栩栩如生的描写是王之涣的言行。已经三伶唱罢，还是没有他的份。之涣急得显然有点慌不择言了，什么“此辈皆潦倒乐官”呀，本人的高级作品“俗物”哪敢唱呀等，统统从嘴里涌了出来，顾不得对女性歌唱家的礼貌，而且指指画画，竟然像市井酒徒般发誓赌咒。直到“双鬟发声”，终于唱出他的“黄河远上”，这才手舞足蹈，揶揄别人，高兴得称朋友为“田舍奴”，以赢家自居，与高适、昌龄笑成一团。你瞧，一场比赛的揭晓，竟然形成所有参赛者的共同喜悦，以致感染了不知其详的伶人。诗人之间的这种关系，在互相倾轧的封建社会，在“文人相轻”，妒字当头的文坛，难道不是十分可贵的吗？

散文小品，讽刺居多。此篇以轻松欢愉的笔调，不留痕迹地赞美作家之间互相竞争而又融洽相处的真情，可谓别具一格。　　（荆立民）

【作者小传】

康　軿

唐文学家。字驾言。池阳（今安徽池州市贵池区）人。乾符四年（877）登进士第，官至崇文馆校书郎。著有《剧谈录》《九笔杂篇》，并传于世。

洛中豪士　　康軿

乾符[①]中，洛中有豪贵子弟，承籍勋荫[②]，物用优足，恣陈锦衣玉食，不以充诎[③]为戒。饮馔华鲜，极口腹之欲。

有李使君出牧罢归，居止亦在东洛，深感其家恩旧，欲召诸子从容。有敬爱寺僧圣刚者，常所来往，李因以具宴为说。僧曰："其与为门徒久矣，每见其饮食，穷极水陆滋味，常馔必以炭炊，往往不惬其意，此乃骄逸成性，使君召之可乎？"李曰："若求象白、猩唇，恐不可致。止于精洁，修办小筵，亦未为难。"于是广求珍异，俾妻孥亲为调鼎，备陈绮席雕盘，选日为请。

弟兄列坐，矜持俨若冰玉，肴羞每至，曾不下箸。主人揖之再三，唯沾果实而已。及至水餐，俱致一匙于口，各相眄[④]良久，咸若飧荼食蘖[⑤]。李莫究其由，但以失饪[⑥]为谢。

明日复睹圣刚，备述诸子情貌。僧曰："某前者所说岂谬哉！"因而造其门以问之曰："李使君特备一筵，肴馔可为丰洁，何不略领其意？"诸子曰："燔炙煎和[⑦]，未得其法。"僧曰："他物纵不可食，炭炊之餐又嫌何事？"乃曰："上人未知，凡以炭炊馔，烧令熟，谓之炼火，方可入爨[⑧]。不然犹有烟气。李使君宅炭不经炼，是以难于飡啖。"僧抚掌大笑曰："此则非贫道所知也。"

及大寇先陷瀍洛[⑨]，财产剽掠俱尽。昆仲数人，与圣刚同时窜避。潜伏山草，不食者三日。贼锋稍远，徒走将往河桥。道中小店始开，以脱粟为餐而卖，僧囊中有钱数文，买于土杯同食。腹枵⑩既甚，粱肉之美不如。僧笑而谓曰："此非炼炭所炊，不知可与诸郎君吃否？"但低首惭腼，无复词对。

〔注〕 ① 乾符：唐僖宗年号(874—879)。 ② 承籍勋荫：子孙凭借祖宗功业而得的官爵。 ③ 充诎(qū)：得意忘形貌。 ④ 眄(miǎn)：斜视。 ⑤ 荼：苦菜。蘗：同"檗"(bò)，即黄檗，味苦，树皮可入药。 ⑥ 失饪：烹调失宜。 ⑦ 燔(fán)炙煎和：此指烹煮和调味。燔炙，烧和烤。 ⑧ 爨(cuàn)：灶。 ⑨ 瀍(chán)洛：瀍水和洛水，在今河南。 ⑩ 腹枵(xiāo)：空腹。

在叙事写人上运用对比反衬，是一般文章常常用到的写法；这篇讽刺贵族子弟穷尽食性、骄奢淫逸的小品文，则尤其显得匠心独运。

本文从解职的李使君(太守)设宴招待洛阳贵家子弟写起。李使君乃是出于报恩的目的宴请豪贵子弟的。作者写他设宴前专门向奔走豪门，深谙贵族子弟食性的僧人请教磋商；又写他"广求珍异"，挑选精致食具，甚至发动举家老少"亲为调鼎"烹制；又写他选择吉日良辰，以求顺利。可以说尽其所能，煞费苦心，这场家宴已是十分考究了。

下文所写竟然迥出人们意料之外，前来赴宴的贵族子弟们一入席便"俨若冰玉"，一盘一盘的山珍海味端上来，他们竟然不肯动一动筷子，"主人揖之再三"，也不过尝点果品而已，不得已吃一匙汤羹，竟侧目咧嘴，比吃苦药还难受。这些精彩的描写，几笔就把豪贵子弟碍于主人情面，虽苦不堪言却勉强品尝的心理表情，表现得活灵活现，由此见出，作者极善于刻画人物情态。

一方面主人如此盛情款待，一方面贵族子弟如此不领情，两者之间形成强烈的反差，这就引起读者的疑问，在情节上说来，就造成了悬念，行文也就显得曲折有致，引人入胜了。然后作品再通过僧人的登门叩问，交代出豪贵子弟并非有意不赏光不领情，原来他们嗅出了常人根本闻不出的一种"烟气"，察觉出李使君的炊炭炼得不精良，因而"难食"难咽这种"不得其法"的食品。贵族子弟在饮食上真称得上"鸡蛋里挑骨头"了，他们对饮食的挑剔苛求已超出了人们所能想象的程度。这就从食性这一生活侧面真实深刻地揭露了贵族骄奢淫逸，腐化堕落。

然而作者运用对比反衬并未到此为止，文章末段又依事态发展描写一个细节：农民起义攻陷洛阳之后，贵族子弟窜伏山谷，饿饭三日，因而用瓦盆吃起野店的糙米饭，竟也"甚觉甘美"，山珍海味也难比了。这就进一步反衬出豪贵子弟平时对饮食的苛求是多么荒谬悖理。这后一个对比，比起前一个来更其鲜明强

烈，讽刺性更辛辣；而僧人所说的“此非炼炭所炊，不知可与诸郎君吃否？”真可谓入木三分了。（米寿顺）

【作者小传】

李　肇

唐文学家。赵郡(治今河北赵县)人。贞元间任华州参军。元和末自监察御史充翰林学士；后因事遭贬，大中间任台州刺史。熟悉朝章典故，著有《翰林志》《唐国史补》。

王锷散财货　　李　肇

王锷累任大镇①，财货积山。有旧客诫锷以积而能散之义。后数日，客复见锷。锷曰：“前所见教，诚如公言。已大散矣。”客曰：“请问其目②。”锷曰：“诸男各与万贯，女婿各与千贯矣。”

〔注〕① 累任大镇：指屡次为大镇节度使。　② 请问其目：请问其详。

王锷是唐朝中叶德宗时人。他出身行伍、凭着军功，终为宰相，史书有传。他生性极为吝啬贪鄙，凡经手的工程，虽琐屑碎事，亦必躬亲，以免水肥外人。每有宴享，他都把食余的饭菜卖掉，决不便宜下人。因为他善于开源节流，所以其钱遍天下，富有无比。对于这样一个富贵双全、在物质上什么也不会缺少的人，他只会缺少“德”“义”。战国时代孟尝君的门客冯驩曾劝势炎熏天、富比国君的孟尝君“市义”。跟随王锷很久、深知其为人的旧客也许念及此义，便委婉地告诫他，对于金钱要“积而能散”。古人所谓“散财”，一般指把金钱散给贫困的人们。过了几天，客人再次见到王锷，锷很谦虚地说：“前日您所教诲的，十分正确，我已谨遵，把财散了。”读到这里人们以为王锷把钱财散给穷人了。于是，客人请其详言，王回答：“每个儿子各给万贯，每个女婿各给千贯。”原来如此！王的回答使读者“期望受挫”，但又十分符合王锷的本性，因此产生笑料。看来，王并没有从客人的告诫中吸取有益的东西。

对儿女未来的关切是我国人民的传统。但在如何爱护子女问题上，有见识者和短视者却有很大分歧。如《战国策·赵策》中所载的“触龙说赵太后”的故事就提出了“父母之爱子，则为之计深远”的原则，劝她要为子女创造建功立业的机会，不要只在金钱、地位上为儿女考虑，因为“位尊而无功，奉厚而无劳”，金钱、地位适足成为儿女的祸根。这是十分明智的看法。汉代太傅疏广年老主动要求致仕退休，皇帝、太子共赐金七十斤。他退居乡里后以此金钱与族人故旧宾客共享，相与娱乐。人们劝他用这些钱买些田宅基业，传给子孙。疏广回答说：“难道我老糊涂了，不顾念子孙吗？不是。我有旧田宅，子孙勤力其中，足以供衣食、过与平民一样的生活。如果我再留给他们许多钱财基业，则足以使其懒惰，不思上进。”他还说子孙“贤而多财，则损其志；愚而多财，则益其过。”祖上遗留过多钱财，对于子孙未必是好事，纵观历史，确如疏广所言，但真正省悟的父母又有几人？直到今日，一些人还在为子孙作马牛，为儿女谋福利，为他们谋取地位金钱，而不是为他们创造建立功业的条件。因此，王锷散财的笑话还是应该令人深省的。

（王学太）

崔昭行贿事 李 肇

裴佶尝话：少时姑父为朝官，有雅望。佶至宅看其姑，会其朝退，深叹曰：“崔昭何人，众口称美，此必行贿者也。如此安得不乱?”言未竟，阍者[①]报寿州崔使君[②]候谒。姑父怒呵阍者，将鞭之。良久，束带强出。须臾，命茶甚急，又命酒馔，又命秣马饭仆。姑曰：“前何倨而后何恭也！”及入门，有得色，揖佶曰：“且憩学院中。”佶未下阶，出怀中一纸，乃昭赠官絁[③]千匹。

〔注〕 ① 阍(hūn)者：看门人。 ② 使君：对州郡长官的尊称。 ③ 絁(shī)：粗绸。

唐代官场贿赂公行，特别是外官对京官，每年都要有所馈赠。本文叙述的就是由唐德宗时大臣裴佶口述的一个行贿受贿的故事：行贿的是寿州州官崔昭；受贿的是裴佶的姑父，文中没有记下他的姓名，当是“为亲者讳”的缘故。

故事一开头就说，姑父在朝中做官，“有雅望”。这天少年裴佶到姑母家看望，正逢姑父退朝回来，深深地叹息说：“崔昭算个什么东西，大家都称赞他，这一定是他到处行贿的缘故。这样下去，天下怎能不乱呢?”一副正人君子忧国忧民的样子，骨子里却是埋怨崔昭到处行贿，居然不把自己放在眼里。

话音未落，看门人来报告，说是寿州崔使君等候拜见。这时姑父却装起假正经来，又是“怒呵阍者”，又是“束带强出”，然而顷刻之间，态度大变，“命茶甚急，又命酒馔，又命秣马饭仆”，连姑母都觉得莫名其妙，以至发出“前何倨而后何恭”的疑问来。

待到姑夫回到内室，面带喜色，向裴佶拱手说："你先到书房休息吧！"还没有等到裴佶走下台阶，姑父就忙不迭地从怀里掏出一张纸来看，原来是崔昭赠给了官绸一千匹。

这是一篇绝妙的讽刺小品，作者通过对"前倨后恭"的细节描写，把裴佶姑父这个封建官僚口是心非的肮脏面目刻画得淋漓尽致。故事多角度地使用了对比的手法：开头着意点出的"有雅望"与后面叙述的受贿秽行相对比，姑父在崔昭来前的"退朝深叹"与崔昭来后的"入门有得色"相对比，接待崔昭的"前何倨"与"后何恭"相对比。所有这些，都激起了读者强烈的憎恶之心。故事结尾处写姑父急于要知道贿品的内容，一面支使裴佶走开，一面匆忙掏出怀中一纸细看，把这个贪官的灵魂深处暴露在读者面前，尤为传神之笔。　（陈榕甫）

【作者小传】

杜　牧

(803—约852)　唐文学家。字牧之。京兆万年(今陕西西安)人。太和进士。曾为江西、宣歙观察使沈传师和淮南节度使牛僧孺的幕僚，历任监察御史，黄、池、睦诸州刺史，后入为司勋员外郎，官终中书舍人。以济世之才自负，曾注曹操所定《孙子兵法》十三篇。其诗善写景抒情，在晚唐成就颇高。后人称杜甫为"老杜"，称他为"小杜"。亦能文。著有《樊川文集》。

送薛处士序[1]　　杜　牧

处士之名何哉？潜山隐市，皆处士也。在山也，且非顽如木石也；在市也，亦非愚如市人也。盖有大知不得大用，故羞耻不出，宁反与市人、木石为伍也。国有大知之人不能大用，是国病也。故处士之名，自负也，谤国也，非大君子，其孰能当之！

薛君之处士，盖自负也。果能窥窃尧舜孔子之道，使指制有方[2]，弛张不穷[3]，则上之命一日来子之庐，子之身一日立上之朝，使我辈居则来问学，仕则来问政，千辩万索[4]，滔滔而得[5]。若如此则善；苟未至是而遽名曰处士，虽吾子自负，其不为骄欤？某敢[6]用此以赠行。

〔注〕 ① 唐宋以后送别的文章称“序”。 ② 指制有方：善于指挥控制，即善于治理。 ③ 弛张不穷：当宽能宽，当严能严，能宽严相济，应付裕如。喻治民有术。张，拉开弓弦。弛，让弓弦恢复原来的状态。《礼记·杂记》：“张而不弛，文、武弗能也；弛而不张，文、武弗为也；一张一弛，文、武之道也。” ④ 千辩万索：反复辨析探索（事理）。 ⑤ 滔滔而得：得到滔滔不绝的回答。 ⑥ 敢：不敢，冒昧。

春秋战国是处士横议的时代，曾议出一个百家争鸣的局面。秦始皇焚书坑儒，使处士的遗传基因不得不添加一个谨言慎行的密码。秦汉以降，特别是隋唐以后，由于封建的意识形态逐渐浓缩，横议的处士也就逐渐转变为以清高自许的处士。所谓清高，其实也就是想跟皇帝保持一定的距离，躲到皇帝视野的最外一圈。而皇帝又往往爱搞旌贤举善这一套，用征聘把躲在远处的高人逸士拉过来，以示重贤。头尖眼亮的人发现，当处士往往能轻取高官厚禄，于是以清高相标榜的归隐之途，竟一变而成直通官场的便捷之道。著名的“终南捷径”这个典故，就是唐朝人提供的。本来处士的大旗下，招纳的是没有做官或不愿做官的士人，如今聚在这里的，竟多半是削尖脑袋钻营的人物，这真是滑稽透了。

“赢得青楼薄幸名”的杜牧，虽然只可能做个诗人，但却十分自负。他曾注过《孙子兵法》，自认为能运筹帷幄，决胜千里，甚至在《赤壁》诗中说，“东风不与周郎便，铜雀春深锁二乔”，意思是周瑜的胜利是侥幸得来的，要说军事才能，恐怕还未必赶得上他杜诗人呢。这样自负，再加上性情刚直，自然不会为时人所容。偏生他又不主张退隐，不肯从官场里退出来。在《郡斋独酌》诗中他曾说：“岂为妻子计，未去山林藏？平生五色线，愿补舜衣裳。”这样一个连正经处士都不愿当的人，偏生又有个处士朋友。且不说这个朋友究竟是真处士还是假处士，反正处士之名已经向投机的方向倾斜，这毕竟会在杜牧的心中留下阴影。这就决定了这篇文章的基调。所以杜牧在《上知己文章启》中说：“处士之名，即古之巢、由、伊、吕辈；近者往往自名之，故作《送薛处士序》。”既然杜牧认为，只有古代的巢父、许由、伊尹、吕尚这样的人才够得上处士的称号，后世的所谓处士都不过是自封自诩，自吹自擂，自然也就不可能从清高的角度来称许薛处士。这就决定了这篇文章只能是带讽刺味的。但是，薛某人毕竟是杜牧的朋友，写一篇送别朋友的文章而露骨地讽刺挖苦，显然也太不厚道了。这又决定了这篇文章还要写得委婉含蓄，不带火气。这一点，作者掌握得真可以说是恰到好处。

文章的前一部分从处士这个称谓的本义说起，点明处士是“有大知（智）不得大用”的人。这样贤能的人得不到重用，是朝廷的错误（国病），这种现象的存在是对朝廷的指斥（谤国）。因此，除了才智超人的大君子，不是随便什么士人，只要没做上官就可以自称为处士的。这样的大君子，尽管在山与木石为朋，在市与市民为伍，看似痴顽笨拙，但只要有一席用武之地，立刻就能干出来一番大事业。作者巧妙地先立下这样一个几乎是高不可及的标准，然后逼着薛处士站到跟前去比高低。

而薛某人自称处士，当然是自负才智超人。你要真能窥探到尧舜孔子治国安邦的学说，那么，皇上征聘的诏书一旦送到你家，你一旦置身皇上的朝堂之上，我们自然就可以来请教学问和政治方面的问题。真能这样，自然好得很；如果没这种能耐而以处士自居，那岂不是狂妄么？这一番话既像推崇，又像讥讽，把对方推到了崇高与滑稽的交界线上。作者的态度很明确：薛某人算不上大君子，够不上处士的资格。但他不直说，而用寓谐于庄的手法，用虚拟语气表示希望薛某是这样一个人。如果是这样，那太好了！可如果不是呢？那你就自己想去吧！那些大事干不了，小事不愿干，而偏生要以怀才不遇的处士自命的人，读这篇文章的时候，大概会"别有一番滋味在心头"吧！

赠序多为推重、赞许或勉励之辞，但在杜牧笔下却暗含讥讽，实在非常巧妙：明明是风凉话，却偏要说得一本正经；明明是把对方置于自己的水平视线以下，却偏要仰着头摆出跟巨人说话的架势。这就使对方哭也不是，笑也不是，只好直着脖子硬把这些噎人的话咽下去。

（廖士杰　樊修章）

【作者小传】

李商隐

（约813—约858）　唐诗人。字义山，号玉豀生。怀州河内（今河南沁阳）人。开成进士。曾任县尉、秘书郎和东川节度使判官等职。因受牛李党争影响，被人排挤，潦倒终身。其诗擅长律、绝，富于文采，构思精密，情致婉曲，具有独特风格。也工四六文。著有《李义山诗集》；文集已散佚，后人辑有《樊南文集》《樊南文集补编》。

祭小侄女寄寄文　　李商隐

正月二十五日，伯伯以果子弄物，招送寄寄体魄，归大茔之旁。哀哉！尔生四年，方复本族①，既复数月，奄然②归无。于鞠育③而未申，结悲伤而何极，来也何故，去也何缘？念当稚戏之辰，孰测死生之位？时吾赴调京下，移家关中，事故纷纶，光阴迁贸。寄瘗[4]尔骨，五年于兹。白草枯荄[5]，荒途古陌。朝饥谁饱，夜渴谁怜？尔之栖栖[6]，吾有罪矣。今吾仲姊，反葬有期，遂迁尔灵，来复先域。平原卜穴，刊石书铭，明知过礼之文，何忍深情所属。

自尔殁后，侄辈数人，竹马玉环[7]，绣襜文褓[8]，堂前阶下，日里风中，弄药争花，纷吾左右，独尔精诚[9]，不知所之。况吾别娶以来，胤绪[10]未立，犹子之谊，倍切他人。念往抚存，五情空热。呜呼，荥水之上，坛山之侧，汝乃曾乃祖，松槚[11]森行，伯姑仲姑，冢坟相接。汝来往于此，勿怖勿惊。华彩衣裳，甘香饮食，汝来受此，无少无多。汝伯祭汝，汝父哭汝，哀哀寄寄，汝知之耶？

〔注〕 ① 方复本族：指回到老家。 ② 奄然：急遽貌。 ③ 鞠育：养育。 ④ 瘗(yì)：埋葬。 ⑤ 枯荄(gāi)：枯草根。 ⑥ 栖栖：亦作"恓恓"，孤寂冷落貌。 ⑦ 竹马玉环：儿童玩具。 ⑧ 绣襜(chān)文褓：绣花的短衣，有纹饰的被子。 ⑨ 精诚：精神。此指魂灵。 ⑩ 胤绪：后代。 ⑪ 槚(jiǎ)：楸树。常和松树一起种在坟前。

唐会昌四年(844)，李商隐返故乡营葬，移家永乐县。此文即作于这一年。

商隐九岁丧父，自幼孤苦，在家时曾与仲弟羲叟、再从弟宣岳等就读于堂房叔父处。寄寄不知是否为羲叟之女？

文中祭吊的是一个四岁的侄女，天真刚刚开始，却匆匆地离开了人间。她夭折时是文宗开成五年(840)，商隐在京城长安，等待调动职位，所以未曾安葬，颇感内疚。这时他的嫁给裴家的二姊之柩从获嘉迁至老坟，寄寄的柩从济源迁至老坟。使"骇魂稚魄，依托尊灵"(《祭裴氏姊文》)，也便是和姑姑在一起。按照古礼，不满八岁的死者，皆为无服之殇，现在却给寄寄刻石碑，写祭文，已是超过丧礼的规定，然而深情所属，何忍拘泥？

商隐仲姊既嫁裴家，迁葬理应由裴家主持或参加，但在《祭裴氏姊文》中先说"空惊啼于不见，未识会于沉冤"，又说"终天衔冤，心骨分裂"，可见其仲姊和丈夫不睦，生前受过委屈，于是由侄思姑，由夭悼屈，别有骨肉凋零之痛。

第二段是以存哀殁。看到其他侄辈在堂前阶下，日里风中的戏玩，想到寄寄的幼弱精魂不知飘摇在哪里。这时商隐已三十三岁，娶了王茂元之女，却还没有儿子，故而对寄寄的情谊，也不同于别人。末了是对寄寄的慰告：在幽暗的墓穴中，不要害怕，上有曾祖和祖父，中有大姑姑和二姑姑会来照护你，到寄寄已是第四代了。大姑姑嫁徐家，也同时下葬，并有《祭徐氏姊文》。

因为寄寄人小，所以对祭供的饮食，不要吃得太少，也不要贪多，就像活着时的叮嘱一样。最后以问句作结，问之于寄寄这样的夭折小女孩，尤为深痛。

此文用骈体，间杂散体，但至性真情，自然流露。章学诚《李义山文集书后》，很推崇商隐的小品，以为接近元结、柳宗元的杂喻，但不能作发挥性的议论，这评价还是对的。（金性尧）

【作者小传】

罗　隐

(833—910)　唐文学家。字昭谏。本名横，以十举进士不第，乃改名。自号江东生。杭州新城(今浙江杭州市富阳区西南)人。与罗邺、罗虬合称"三罗"。光启中，入镇海军节度使钱镠幕，后迁节度判官、给事中等职。其散文小品笔锋犀利，诗颇有讽刺现实之作。著有诗集《甲乙集》和《谗书》《两同书》等。清人辑有《罗昭谏集》。

救夏商二帝　　罗　隐

夏之癸，商之辛①，虽童子妇人皆知其为理矣②，然不知皆当其时则受其弊，居其后则赖其名。

夫能极善恶之名，皆教化之一端也。善者俾③人慕之，恶者俾人惧之。慕之者必俟其力有余，惧之者虽寝食不忘之也。癸与辛，所谓死其身以穴过者也，极其名以横恶者也。故千载之后，百王有闻其名者，以缩项掩耳；闻尧舜者，必气跃心跳。慕之名与惧之名显然矣！而慕之者未必能及，惧之者庶几至焉。是故，尧舜以仁圣法天，而桀纣以残暴为助。

〔注〕①癸：指夏代国君履癸，即夏桀。辛：指商代君主帝辛，即商纣王。　②或曰，"理"字前脱"不"字。　③俾(bǐ)：使。

文章之妙，在观点新颖。本来，重视正面、反面教员的作用，"皆教化之一端"，这观点不算新；新在他重点议论反面教员的特殊功能，不但不可或缺，而且有时能起到正面教育不能替代的作用。作者说得好，"闻尧舜者，必气跃心跳"，就是说正面教育能使人感动，但是，要使感动变为学习的行动，还得"俟其力有余”。“见贤思齐”，往往是止于“思”的；至于起用反面教员，又如何呢？作者认为闻桀纣者“必缩项掩耳”，甚至“寝食不忘”，其刺激之强烈，印象之深刻，比之娓娓劝善的正面宣传更能收到效果，所以他提出一个新鲜的论点：“慕之者未必能及，惧之者庶几至焉。”使人敬仰的未必人人能做到，而使人震怖恐惧的恰恰容易引起人们警戒。这话全无道理么？不！应当承认有几分道理的。

罗隐的文章是给“百王”者的，希望封建统治人物能从桀纣身上受到震动，不要把坏事做绝。文章的题目，有人解释为“挽救”夏商二帝，我想不如理解为求救于夏商二帝为好。因为文章并没有挽救桀纣的意思，倒是以桀纣这一对反面教员的残暴事来规劝后来的“百王”的。

诚然，桀纣是中国历史上有名的暴君，因残暴荒淫而亡了国，应该说是合适的反面教员。但是，以古为镜，虽可知兴替，以人为镜，虽可明得失，可为什么定要挑选远古那两个昏王呢？难道从桀纣以至罗隐的唐代其间就没有比桀纣更典型、更残暴荒淫的帝王了么？当然不是。只不过以后的史家懂得使用曲笔，懂得“为尊者讳”了，即使写前朝史事，也谨慎小心，千万别被视为“指着和尚骂秃驴”，触犯当今圣上的尊严。一般说来，只要没在你手上亡国，史书上总是美誉多于责难的。唐代的李隆基的荒淫误国比之商纣如何？因为他没有丢掉江山，照样是“风流天子”；如果是开国君王，那就更是一番评价。秦嬴政坑儒坑卒，杀人盈野，至今还是被人颂赞的“千古一帝”呢！他以残暴赢得了江山，即使残暴甚于桀纣也不会比作桀纣的。

桀纣离罗隐的年代太远，离现代更远，史书上写的关于他们几条罪状，如酒池肉林、挖心炮烙等，也嫌太原始、简略，“桀纣”一词只能作为暴虐的象征看。因此，引此为鉴，还须补充生动具体的反面教材，这只能在近处找。罗隐那个朝代有位皇帝唐太宗李世民，他确是时时事事想到桀纣那对暴君的。他曾对侍臣说：“朕又闻桀纣，帝王也，以匹夫比之，则以为辱。颜闵匹夫也，以帝王比之，则以为荣。此亦帝王深耻也。朕每将此事以为鉴戒，常恐不逮，为人所笑。”但在处理国务时，他更多地是用隋炀帝杨广亡国的教训来反思、对比。殷鉴不远，可比性强，帮助他兢兢业业，实现了“贞观之治”。他由于利用了杨广这个桀纣的“好助教”而获得了成功。

（拾 风）

吴宫遗事　　罗 隐

越心未平[①]而夫差有忧色。一旦复筑台于姑苏[②]之左，俾参政事者以听百姓之疾苦焉，以察四方之兵革焉。一之日[③]，视之以伍员[4]，未三四级，且奏曰："王之民饥矣，王之兵疲矣，王之国危矣。"夫差不悦，俾嚭[5]以代焉。毕九层而不奏，且倡[6]曰："四国畏王，百姓歌王，彼员者欺王。"员曰："彼徒欲其身之亟高，固不暇为王之视也，亦不为百姓谋也，岂臣之欺乎！"

王赐员死，而嚭用事。明年，越入吴。

〔注〕 ① 越心未平：指公元前494年，越王勾践败于吴后，和臣民常怀报仇复国之志。② 姑苏：指姑苏山，在今江苏苏州。山上有姑苏台，相传为吴王阖闾所筑，一说是夫差。③ 一之日：十月以后第一个月，即农历十一月，为周代的正月。 ④ 伍员(yún)：字子胥，春秋时楚国人。因父兄被杀，投奔吴国，曾佐阖闾伐楚。公元前484年，夫差听信伯嚭谗言，迫令他自杀。 ⑤ 嚭(pǐ)：伯嚭，原为楚国人，投奔吴国后曾任太宰，也称太宰嚭。夫差破越后，他接受越国贿赂，劝夫差许越求和。公元前473年，越灭吴后，被杀，一说降越为臣。 ⑥ 倡：宣扬。

夫差筑姑苏台，本来说是为了观望百姓的疾苦和四方的军情，但由于他陷在霸主梦里不能自拔，一门心思要使梦幻成为现实，因而听到伍员的直言相谏，觉得不悦，就听不进去。他让伯嚭这样的小丑接替伍员。在伯嚭看来，一切都好得不能再好。四方的国家都对这位大王肃然起敬，把他看作当之无愧的霸主，老百姓又异口同声歌功颂德，那么，你伍员到底还想怎么样呢？

伍员一针见血地反驳伯嚭，指出他只想到姑苏台顶上去领略飘飘欲仙的境界，哪里顾得上为吴王去观望百姓的疾苦，观察四方的动静呢！这个论断是一篇警策：历代封建王朝趋于末运时，官吏们往往都只想着往上爬，赶在沉船没于水底之前捞一把：心里装的尽是步步高升的念头，于是吹牛拍马，阿谀奉承，哪里还顾及国家大事？

伍员死于公元前484年，前482年越国攻打吴国，前473年灭吴。伍员死的第二年越并没有入吴，更没有灭吴。不过，作者未必是疏于考证，而只是要使文章更警动人心，提醒唐末当政者，光想听谀辞而拒绝忠言，其后果极为可悲。

（廖士杰　樊修章）

英雄之言　　罗　隐

物之所以有韬晦者，防乎盗也。故人亦然。

夫盗亦人也，冠履焉，衣服焉；其所以异者，退逊之心，正廉之节，不常其性耳。

视玉帛而取之者，则曰牵于寒饥；视国家而取之者，则曰救彼涂炭。牵于寒饥者，无得而言矣；救彼涂炭者，则宜以百姓心为心。而西刘[①]则曰："居宜如是[②]！"楚籍[③]则曰："可取而代[④]！"意彼未必无退逊之心，正廉之节，盖以视其靡曼骄崇，然后生其谋也。

为英雄者犹若是，况常人乎？是以峻宇逸游，不为人所窥者，鲜矣！

〔**注**〕 ① 西刘：西汉刘邦。 ② 居宜如是：据《史记》等书记载，刘邦早年看到秦始皇出游，威仪荣耀，叹息："大丈夫当如此也。"后来攻入咸阳，又欲住进秦宫殿内。作者在此是概言之。 ③ 楚籍：西楚霸王项羽，名籍。 ④ 可取而代：据《史记》，项羽未起兵时，看到秦始皇出游，对其叔父项梁说："彼可取而代也。"

三言两语点出了封建社会窃国大盗虚伪卑劣的共同心态。"视国家而取之者"，往往都打着"救彼涂炭"、解民倒悬等种种漂亮的旗帜。然而，真的如此么？不！他们取得天下后，很快就收起旗帜，继承了前朝统治者压迫人民的"传统"，把曾经在"救彼涂炭"旗帜下调动起来跟着他拼命打江山的群氓重新踏在脚下。"救彼涂炭者，则宜以百姓心为心"，那是作者善良的愿望，比较起来，刘邦、项羽实在坦白得多，什么"百姓心"？扯淡！"大丈夫当如此也！""彼可取而代也！"说得通俗些，就是你当皇帝那么惬意，老子也当当看！这才是真情流露。且看刘邦，在登上宝座接受文武百官大礼参拜的时候，冲口而出：现在才知道当皇帝的尊贵了！思想上哪有半点救民于涂炭的影子呢？

以私有制为基础的封建专制王权，帝王"富有天下"，"不为人所窥"，很难很难的。且看刘邦，从小小亭长暴发成万乘之君，他得意忘形，才不懂得"韬晦"哩！于是，诸吕之乱、七王之乱，接踵而至，你是"彼可取而代也"，别人不也可以取而代你么？"九五之尊"，谁也垂涎三尺的。刘邦仅是一例，历史上一幕幕围绕王权争夺的丑剧几乎是不可避免的。

懂得"韬晦"的开国皇帝并不是没有。隋文帝还算简朴的，可是到了宝贝儿子炀帝（杨广）手里，奢侈淫逸了，很快断送了基业；唐太宗李世民记住隋炀帝的教训，兢兢业业，实现了"贞观之治"，然而到了唐玄宗李隆基，又忘乎所以，享乐腐化，几乎被安禄山、史思明取代了去。罗隐所设想的"韬晦"，对于这些黄袍在身的大盗来说，极难做到，他们手上集中了许多财宝和无限大的权力，其本性决定要挥霍，要滥用的，否则当皇帝干什么呢！

（拾 风）

越妇言　　罗隐

买臣之贵也，不忍其去妻①，筑室以居之，分衣食以活之，亦仁者之用心也。

一旦，去妻言于买臣之近侍曰："吾秉箕帚于翁子②左右者，有年矣。每年饥寒勤苦时节，见翁子之志，何尝不言通达后以匡国致君为己任，以安民济物为心期。而吾不幸离翁子左右者，亦有年矣，翁子果通达矣。天子疏爵以命之，衣锦以昼之，斯亦极矣。而向所言者，蔑然无闻。岂四方无事，使之然耶？岂急于富贵，未假度者耶？以吾观之，矜于一妇人，则可矣，其他未之见也。又安可食其食！"乃闭气而死。

〔注〕① 去妻：前妻。　② 翁子：朱买臣，字翁子。

朱买臣休妻事件，是一则有名的历史故事。历代史家、评论家、作家对之各抒己见，评论并不一致。

对这一公案的记载，首见于班固的《汉书》。"朱买臣……家贫，好读书，……常刈薪樵，卖以给食。担束薪，行且诵书，其妻亦负载相随，数止买臣毋歌讴道中，买臣愈益疾歌，妻羞之，求去。"书呆子近乎神经质，老婆受不了了。就这样，两口子争吵几句，朱妻当真去了，改嫁了，但朱妻对故夫并未绝情。有一次，见朱"独行歌道中、负薪墓间"那副饥寒交迫的可怜相，还同后夫商量给了他饭吃。后来，朱买臣做了会稽太守，"入吴界，见其故妻，妻夫治道，买臣驻车，呼令后车载其夫妻到太守舍，置园中，给食之。居一月，妻自经死，买臣乞其夫钱令葬"。

班孟坚不愧修史高手，寥寥几笔，勾勒出这场悲剧里当事人的性格和神态，好来好散，"君子交绝不出恶声"，很富人情味，包括朱妻的后夫，豁达宽厚，当今世界的人能做到这点，也难的。史书可也留下一笔："居一月，妻自经死"，为什么自杀？是个谜。这也有好处，留下空白让后人填充，让后人发挥想象力作出各自的答案。

从《汉书》问世到今天，探索这位女性自杀之谜的，大有其人，但广泛流传、影响深远的，恐怕要算明末清初佚名作者的传奇剧本《烂柯山》了。作者对朱妻的自杀作出自己的解释。他着重刻画朱妻得知朱发迹后的懊悔、怨恨心理、高潮是"马前泼水"，写这个弃妇啘啭马前的悲鸣，在朱大夫嘲笑下羞极自杀。"覆水难收"已列为常用成语之一。这个剧本对朱买臣的同情和欣赏以及对朱妻的鞭笞和凌辱,处处流露出作者男尊女卑、夫荣妻贵的封建意识。封建社会的知识分子嘛,总不免长自己的志气,长男人的志气,而把封建势力重压下的弱女子写得不堪,女人的出路,要么作奴隶,要么是寇仇,无平等可言。《烂柯山·马前泼水》一折里,小人得志、切齿报复的朱买臣,就是作为正面人物来颂扬的。这个作品出现在道学昌盛的明末清初,势所必然,但奇怪的是,今天戏曲舞台上表演的朱买臣故事,改来改去,还是三百年前《烂柯山》定下的基调,还是“逼休”“痴梦”“泼水”那样的框架,看来这笔祖宗遗产还有人将其视若拱璧继承下去。

朱买臣故事,历史上还有一种解释,虽然流传不广,但十分引人注目,它甚至比《烂柯山》早七百多年。这就是晚唐小品文大家罗隐的《越妇言》。罗隐介绍此事接近《汉书》,谈到朱买臣做官后,“不忍其去妻,筑室以居之,分衣食以活之”,既然朱大人如此不忘旧,去妻为何自杀呢?罗隐另有新解,他“虚构”了这女人同朱的随员一次谈话,大意是说,当年同朱共同生活的日子里,经常听到他说,如果一旦通达一定“以匡国致君为己任,以安民济物为心期”,当时不理解他,在患难年月同他分手,一直感到内疚。现在,他果然通达了,可是再听不到他当年那匡国安民的宏论,是天下太平了?还是他忙于升官发财改变初衷了呢?她感到惶惑,而且越来越为朱买臣在一个弱女人面前摆阔气而在匡国保民方面无所作为感到可耻,她不愿接受这人的施舍,于是她自杀了。这是罗隐所作的填充。我看,他填充得合乎情理,分析朱妻心理变化也有层次:先是为离开这位有抱负的志士不无愧疚,正为此,她会在朱买臣窘迫中周济他;朱买臣做官后对她的“关怀”,又使她陷入羞愧交并,但她没有立即羞煞,她所以忍死须臾,还指望朱买臣真能经世济民,壮志得售,说明她对朱还存着一线希望,但她终于绝望了。这是罗隐的新解。朱妻死得有志气,比《烂柯山》那个女人强。显然,罗隐是借越妇之口表达自己对此事的褒贬。诚然,他也是生活在封建社会的士林中人,可是他对弱女子的尊重和同情,以及对那些不得志时侈言“匡国安民”、一旦得志就尽弃前言的禄蠹的鄙视,爱憎分明,十分难得。

(拾　风)

说天鸡　　罗隐

狙氏子不得父术,而得鸡之性焉。其畜养者,冠距不举,毛羽不彰,兀然[①]若无饮啄意。洎见敌,则他鸡之雄也;伺晨,则他鸡之先也。故谓之天鸡。

狙氏死,传其术于子焉。且反先人之道:非毛羽彩错、嘴距铦利②者不与其栖，无复向时伺晨之俦，见敌之勇，峨冠高步，饮啄而已。吁！道之坏也有是夫！

〔注〕①兀然：木讷。②铦(xiān)利：锋利。

这哪里是说天鸡！分明是在说识才、用才之道。作者生于晚唐时期，这篇痛斥晚唐王朝统治者以貌取士、不重真才的用人路线的小品，是针砭时弊的妙文。

能识才、用才者，他本身就是英才，而不是庸才；是明君，而不是昏君。他的英明，不是天生的，是由时势决定的。秦末群雄蜂起，逐鹿中原，谁想得天下，谁就得识才、用才，这方面刘邦比项羽强：刘邦用了张良、萧何、陈平、韩信、樊哙各种人才，而项羽，连一个范增也被他逼走。可见相同的时势并不是都能造就英雄，主要的还在不同人的不同内因，有没有真正的抱负，宏大的气魄，能不能选贤任能，使之各得其所，刘项成败的分野在此。

识才、用才，谈何容易！罗隐以"天鸡"作比喻，什么叫"才"？概括两点：一是能战斗，是"他鸡之雄"；二是有见识，为"他鸡之先"。这两项标准，既是在"见敌"和"伺晨"的关键时刻显示出来的，又是在同"他鸡"比较中见分晓的。有比较才能鉴别。天下无事，难见清浊高低，一旦有事，真才实学者，激励奋进有所作为，而平日峨冠高步，望之俨然之徒，没有司晨的本事，没有御敌的方略，暴露出他是只知道吃吃喝喝的庸人，原形毕露了！

文章落点在："道之坏也有是夫！"内涵也远远超出识才、用才之道之外。罗隐反对的是"反先人之道"，当然他这个"先人之道"，指的是经过实践证实了确属科学的原则和方法，那是需要认真继承的，当然不是说凡"先人之道"都要无批判地继承。

（拾 风）

荆 巫　　罗隐

楚荆人淫祀者旧矣①。有巫颇闻于乡闾。

其初为人祀也，筵席寻常，歌迎舞将，祈疾者健起，祈岁者丰穰②。其后为人祈也，羊猪鲜肥，清酤满卮③，祈疾若得死，祈岁若得饥。里人忿焉，而思之未得。

适有言者曰："吾昔游其家也，其家无甚累，故为人祀，诚心罄④乎中，而福亦应乎外。其胙⑤必散之。其后男女蕃息焉，衣食广大焉，故为人祀，诚不得罄于中，而神亦不歆乎其外。其胙且入其家。是人非前圣而后愚，盖牵于心，不暇及人耳。”

以一巫之用心尚尔，况异于是者乎！

〔注〕 ① 楚荆：今两湖一带。淫祀：不合礼制的祭祀，或滥设的祭祀。旧：久。 ② 丰穰（ráng）：丰熟。 ③ 清酤（gū）：清酒。卮（zhī）：古代盛酒器。 ④ 罄（qìng）：显现。 ⑤ 胙（zuò）：祭祀用的肉。

寓言就是寓言。借鬼神寓人事，并非罗隐首创。谁若以为他在这里宣传迷信，那是真正的笨伯了。

文章突出一个“诚”字。“巫”指的是为他人求福的人。罗隐认为，为他人求福，必须一心一意，专心致志，“诚心罄乎中，而福亦应乎外”，只有这样顽强地追求，理想才能得到实现。反之，三心二意了，必然达不到预期的效果，这也是理所当然的。

“荆巫”的思想变化，是外因通过内因而起作用的结果。外因是：从“家无甚累”到“男女蕃息”“衣食广大”，物质需求由少到多；影响到“诚不得罄于中”，原来专心致意为他人求福，现在要分散精力考虑自己的利益了，谋私的成分越多，为公的成分越少，其结果，曾经获得“颇闻于乡间”好名声的神巫，激起里人愤恨，声名狼藉了。荆巫不是“获罪于天”，而是“获罪于人”，其所以获罪，纯属咎由自取。

并不是说立志为百姓造福的人，都应该是六根清净的“苦行僧”；建立家庭，改善生活，都是人情之常，但不能成为放弃理想的理由。如果荆巫干脆宣布，放弃为人祭祀的事业，要去争名于朝，争利于市，那也罢了，既要打起“为人祀”的旗号，而又不愿意为民造福多花心思，倒把心思全部或大部用之于自身，所谓“为人祀”仅剩下一个幌子，里人不感到忿焉，那才是怪事。

“以一巫之用心尚尔，况异于是者乎！”一句话耐人寻味。历代以私废公，以私害公最后结局不妙的，大有人在啊！ （拾　风）

畏　名[①]　　罗　隐

瞭者与瞍者语于暗[②]。其辟是非，正兴替，虽君臣父子之间，未尝以墙壁为虑。一童子进烛，则瞍者犹旧，而瞭者噤不得呻。岂其人心有异同，盖牵乎视瞻故也。是以退幽谷则思行道，入朝市[③]则未有不畏人。吁！

〔注〕 ① 名：说出、说话。 ② 瞭（liǎo）：眼珠明亮。瞍（sǒu）：盲人。 ③ 朝市：早市。

罗隐是唐末享誉文坛的才子，却因作《谗书》得罪统治集团，举进士十上不第。本篇正是出自《谗书》卷三。

视力好的人和盲人在黑暗中对谈，他们大谈人事的是非、朝代的兴替，即使涉及君臣父子有所顾忌的话题也不以为意，全然不怕隔墙有耳。这时一个孩子送进来蜡烛，盲人照常议论，可视力好的人却吓得闭口不言了。这二人本聊得十分投机，可旁人进来后的表现却截然不同，难道是二人的心性不同吗？当然不，实际上他们是一种人，只敢背后议论政治兴替、是非得失，一旦面对大众，又吓得一句话都说不出了。盲人倘若也能看见旁人进来，他大抵也会受利害牵绊，跟同伴一个德性罢了。

这篇小品篇幅虽短，但见解独到，以通俗浅近的语言表达了对只会背地里夸夸其谈而毫无实际作为的伪君子的不满和讽刺，具有刺时讥世的宝贵现实价值。

（刘勇刚　孙　羽）

【作者小传】

皮日休

（约834—约883）　唐文学家。字逸少，后改袭美。襄阳（今湖北襄樊市襄阳区）人。早年住鹿门山，自号鹿门子、间气布衣等。咸通进士。曾任太常博士。后参加黄巢起义军，任翰林学士。黄巢兵败后为唐廷所害。旧史说他因故为黄巢所杀。或谓黄巢败后流落江南病死。诗文与陆龟蒙齐名，人称“皮陆”。颇多借古讽今的作品。著有《皮子文薮》。

原　谤　　　　皮日休

天之利下民，其仁至矣。未有美于味而民不知者，便于用而民不由者，厚于生而民不求者。然而暑雨亦怨之，祁寒亦怨之，己不善而祸及，亦怨之，己不俭而贫及，亦怨之。是民事天，其不仁至矣。

天尚如此，况于君乎？况于鬼神乎？是其怨訾恨讟蓰倍于天矣①！有帝天下、君一国者，可不慎欤？故尧有不慈之毁，舜有不孝之谤。殊不知尧慈被天下，而不在于子；舜孝及万世，乃不在于父。

鸣呼！尧、舜，大圣也，民且谤之。后之王天下有不为尧舜之行者，则民扼其吭，捽其首，辱而逐之，折而族之，不为甚矣！

〔注〕 ① 怨訾(zǐ)：怨恨非议。讟(dú)：怨恨。蓰(xǐ)倍：五倍。

《原谤》是皮日休的《十原》(原化、原宝、原亲、原己、原弈、原用、原谤、原刑、原兵、原祭)之一。所谓“原谤”，就是推论“毁谤”产生的缘由。作者在文中由怨天论到怨君，最后，警告当世之君：尧舜是古代传说中的圣君，天下的百姓也敢评论其功过，后世的帝王所作所为不像尧舜，那么，天下百姓终有一天会揪住他的脑袋，掐住他的喉咙，杀死他，灭其全族，也不算过分。

文中说：“天”对人们的仁爱达到了极点，但百姓们对“暑雨”“祁寒”以及“己不善而祸及”“己不俭而贫及”都归于天，时常表露他们对“天”的怨恨。天下的小民对“利下民”的“天”尚且时有怨恨之情，何况对于“不为尧舜之行”的国君呢！小民们对残暴的国君的怨恨和讥谤，比之于“天”自然要凶猛得多了。因此，作为君临天下的人主，应当从“天和民”的关系中受到启示，自然界(天)中的风雨、寒暑，尚不能尽如人意，古代的圣君尧舜还难免有“不慈”和“不孝”的恶名，统治一国的君主有误于天下人的过失是难以避免的。但是，位居九五之尊、执掌生杀大权的国君，假如不以国家民族的大义为重，不念天下小民的利害，而滥施淫威，倒行逆施。那么，天下小民也会掐住暴君的喉咙，揪住他的脑袋，杀死残害人民的暴君，灭掉他们的族类，也就不奇怪了。

皮日休在《文薮》序中说：“文贵穷理，理贵原情，作《十原》。”《原谤》正是一篇“穷理尽性，通幽洞微”的作品。文中以小民“怨天”作为铺垫，侧重表现天下百姓的“怨君”之情。在行文上逐层逆进，层层深入的笔法，逼出最后的愤激之言，体现全文的主旨。在当时的历史条件下，作者敢于表现自己对历史的见解，其胆识是超群的，也表现他对晚唐统治者的愤慨。

(殷维刚)

酒 箴(并序)

皮日休

皮子性嗜酒，虽行止穷泰①，非酒不能适。居襄阳之鹿门山，以山税②之余，继日而酿，终年荒醉，自戏曰“醉士”。居襄阳之洞湖，以舶艑载醇酎一甑③，往来湖上，遇兴将酌，因自谐曰“醉民”。於戏！吾性至荒，而嗜于此，其亦为圣哲之罪人也。又自戏曰“醉士”，自谐曰“醉民”，将天地至广，不能容醉士、醉民哉？又何必厕丝竹之筵，粉黛之坐也。襄阳元侯闻醉士、醉民之称也，订皮子曰："子耽饮之性，于喧静岂异耶？"皮子曰："酒之道，岂止于充口腹，乐悲欢而已哉？甚则化上为淫溺，化下为酗祸。是以圣人节之以酬酢[4]，谕之以诰训。然尚有上为淫溺所化，化为亡国；下为酗祸所化，化为杀身。且不见前世之饮祸耶？路酆舒[5]有五罪，其一嗜酒，为晋所杀。庆封易内而耽饮，则国朝迁[6]。郑伯有窟室而耽饮，终奔于驷氏之甲[7]。栾高嗜酒而信内，卒败于陈鲍氏[8]。卫侯饮于籍圃，卒为大夫所恶[9]。呜呼！吾不贤者，性实嗜酒，尚惧为酆舒之僇，过此吾不为也，又焉能俾喧为静乎？俾静为喧乎？不为静中淫溺乎？不为酗祸之波乎？既淫溺酗祸作于心，得不为庆封乎？郑伯乎？栾高乎？卫侯乎？盖中性，不能自节，因箴以自符。"箴曰：

酒之所乐，乐其全真。宁能我醉，不醉于人。

〔注〕 ① 穷泰：困厄与显达。 ② 山税：对山区征收的课税。 ③ 艏(sù)：小船。酎(zhòu)：重酿味厚的醇酒。甔(dān)：坛子一类的瓦器。 ④ 酬酢：饮酒时主客互相敬酒。 ⑤"路酆舒"三句：路氏为春秋时期赤狄的一支，又称潞氏，因在诸部中较为强大，一度成为众狄的盟主。其首领为潞子婴儿，酆舒为相。酆舒压迫狄人众部，导致联盟破裂，又在潞氏内讧中刺伤潞子婴儿的眼睛。宣公十五年(前594)，晋国伐潞，历数潞氏五大罪：不祭祀祖先、酗酒、侵夺黎氏封地、虐杀国君夫人、以臣刺君。 ⑥"庆封"二句：春秋时齐国大夫。因耽于酒色，交国政与其子庆舍。次年，遭田氏、鲍氏、栾氏、高氏联合反对，庆舍被杀，他前后投奔鲁、吴两国，楚灵王伐吴时杀庆封，灭其族。 ⑦"郑伯"二句：郑伯有嗜酒，专门造了间地下室，整夜饮酒。伯有派子皙出使楚国，回家后又喝酒。庚子，子皙率领驷氏家族的甲士攻打、火烧伯有家。伯有逃亡到雍梁，酒醒后才明白发生了什么事，便逃到许国。事见《左传·襄公三十年》。 ⑧"栾高"二句：齐惠公族人栾氏、高氏都嗜酒，他们势力比陈氏、鲍氏强盛而又厌恶陈、鲍。后在酒醉中被陈、鲍打败。事见《左传·昭公十年》。 ⑨"卫侯"二句：卫出公在藉圃建造灵台，和大夫们一起在台上饮酒。褚师声子因脚疾穿着袜子入席，卫出公大怒。大夫们为他辩解，出公仍怒气不息。事见《左传·哀公二十五年》。

中国文化中有所谓"茶文化""食文化"等说法，还有个"酒文化"，因为在中国文人心里，酒的分量委实沉重，在其中积淀了许多政治的、伦理道德的等内容。古往今来，因之而得祸者大有人在，当然因而得福的也不乏其人。中国历史上以旷达而闻名的狂士似乎都离不开酒。酒可避世，可借以发泄，可创造许多不与当政者合作的借口。"但恨多谬误，君当恕醉人"(陶渊明《饮酒》句)。然而在传统的封建社会又有谁是真旷达呢？稍有不慎就有断头之虞，喝酒也必须小心翼翼。所以，皮日休一本正经地写了这篇酒箴。箴，规劝也。

说他一本正经，因为无论是所谓箴，还是所谓序文，都貌似以圣人之训为法。在序文里，他明明白白地列举了因酒得祸的古人，看来他很清楚“皮子性嗜酒”且“中性不能自节”方“因箴以自符”。多么一本正经的悔过君子。

然而透过这表层，我们便可看到皮日休那副愤世嫉俗，不满现实的真面目了。

他先为自己创造了一个自由自在的“醉士”“醉民”的形象，实际就是一个不满现实的不合作者的形象。本性既如此，又何必作箴以“自符”呢？原来是“惧为酇舒之僇”，因为“路酇舒有五罪，其一嗜酒，为晋所杀”，看来“耽饮”亦能招致杀身之祸呀！这是又一层。

然而，我们须知道，皮日休是写过《鹿门隐书》那样一针见血的战斗檄文的斗士呀，岂是如此明哲保身之辈，其中定另有他意。

“将天地至广，不能容醉士、醉民哉？”一句为我们透露了一点消息，如果再想下去，便剩下一腔的愤怒了。皮子心里定在大骂：什么世道，连喝酒都不许。这样文章就含蓄地揭露了现实的黑暗和自己对现实的不满，这大概应是作者的本意，是文章的深层了。

如果真是这样，作者的“骂人”水平可谓高妙，隐隐约约写来，不留一丝痕迹，但分明又能感到咄咄的气势和刺人的锋芒。这含蓄的写法，不能不令人叹服。

看来酒的分量委实地不轻呢。 （孙金韬）

读司马法 皮日休

古之取天下也以民心，今之取天下也以民命。唐、虞尚仁，天下之民从而帝之，不曰取天下以民心者乎？汉、魏尚权，驱赤子于利刃之下，争寸土于百战之内，由士为诸侯，由诸侯为天子，非兵不能威，非战不能服，不曰取天下以民命者乎？由是编之为术（六韬也），术愈精而杀人愈多，法益切而害物益甚。呜呼！其亦不仁矣。蚩蚩[①]之类，不敢惜死者，上惧乎刑，次贪乎赏。民之于君犹子也，何异乎父欲杀其子，先绐[②]以威，后啖[③]以利哉？孟子曰：“我善为阵，我善为战，大罪也！”使后之君于民有是者，虽不得土，吾以为犹土焉。

〔注〕 ① 蚩(chī)蚩：无知貌。 ② 绐(dài)：欺诳。 ③ 啖：引诱。

春秋时，齐国大夫司马穰苴深通兵法，战国时齐威王使人追记他的兵法，编成《司马法》。而《读〈司马法〉》则是皮日休对这部古代兵法书的读后感。

此文从“取天下”引起感慨。开篇即以对比的手法指出“古之取天下”与“今之取天下”是不同的。远古唐虞时期(即尧舜之世)提倡仁德，天下人民服心拥戴这些贤明之人，所以“古之取天下也以民心”；而汉、魏以来，崇尚诈术，那些从普通人做到诸侯、进而取得天下成为天子的人，则是以军队武力为手段。他们为争夺寸土而不惜百姓生命、发动无数战争，将人民驱赶上流血的战场。所以，“今之取天下也以民命”。古今对照，一针见血地指出封建王朝的统治是建立在对人民的屠杀和剥夺的基础之上。之后，作者以锐利的眼光指出六韬兵法实际是杀人术，它“愈精而杀人愈多”，“益切而害物益甚”，并进而斥之为“不仁矣”。基于对现实和历史的思考，皮日休分析了百姓不敢违背暴君之命而投身战争不惜生命的原因，一是惧怕严酷的刑法，二是贪图可怜的赏赐。这样，君与民的关系就好像“父欲杀其子”一样，“先绐以威，后啖以利”。这一形象的比喻，一下揭去“君爱民如爱子”的堂皇面纱，而将国君——“受命于天”的天子欺压百姓的残暴丑恶面目赤裸裸地昭示于世，极为震撼人心。皮日休赞同孟子反对战争的观点，同样认为“善为阵”“善为战”是罪大恶极的。最后，作者发表了自己的见解：如果后来的人能对百姓施行仁德，虽则没有得到天下(即文中的“土”)，却得到了天下的人心，这也就好像得到了天下。

不难看出，此文是作者对战争的批判，充满叛逆精神。但这主要是用以抨击当时政治腐败、战祸不休的局面，并非否定所有的战争。 (陈述曾)

郢州[①]孟亭记　　皮日休

明皇世，章句之风，大得建安体[②]。论者推李翰林、杜工部[③]为之尤。介其间能不愧者，唯吾乡之孟先生也。先生之作，遇景入咏，不拘奇抉异，令龌龊[④]束人口者，涵涵[⑤]然有干霄之兴，若公输氏[⑥]当巧而不巧者也。北齐美萧悫[⑦]，有“芙蓉露下落，杨柳月中疏”。先生则有“微云淡河汉，疏雨滴梧桐”。乐府美王融[⑧]，“日霁沙屿明，风动甘泉浊”。先生则有“气蒸云梦泽，波撼岳阳城”。谢朓[⑨]之诗句，精者有“露湿寒塘草，月映清淮流”。先生则有“荷风送香气，竹露滴清响”。此与古人争胜于毫厘也。他称是者众,不可悉数。呜呼!先生之道,复何言耶?谓乎贫,则天爵于身;谓乎死,则不朽于文。为士之道,亦以至矣。先生,襄阳人也,日休,襄阳人也。既慕其名,亦睹其貌,盖仲尼思文王,则嗜昌歜⑩;七十子思仲尼,则师有若。吾于先生见之矣。说者曰:"王右丞⑪笔先生貌于郢之亭。每有观型之志。"四年,荥阳郑公诚刺是州,余将抵江南,舣舟⑫而诣之。果以文见贵,则先生之貌纵视矣。先是,亭之名,取先生之讳。公曰:"焉有贤者之名,为趋厮走养,朝夕言于刺史前耶?"命易之以先生姓。日休时在宴,因曰:"《春秋》书纪季公子友、仲孙湫⑬字者,贵之也。故书名曰'贬',书字曰'贵'。况以贤者名署于亭乎?君子是以知公乐善之深也。百祀之弊,一朝而去,则民之弊也,去之可知矣。"见善不书,非圣人之志,宴豆既彻,立而为文。咸通四年⑭三月三日记。

〔注〕 ① 郢(yǐng)州:治今湖北钟祥市。 ② 建安体:汉魏之际曹操父子和建安七子等人所作诗文的风格。 ③ 李翰林、杜工部:李白、杜甫。 ④ 龌龊:狭隘拘泥。 ⑤ 涵涵:广大包容貌。 ⑥ 公输氏:即公输班,又名公输盘等,春秋时鲁国人,后文称为鲁班。被尊为能工巧匠之祖。 ⑦ 萧悫(què):字仁祖,北齐诗人,为梁宗室上黄侯萧晔之子。 ⑧ 王融:字元长,南齐文学家,"竟陵八友"之一。 ⑨ 谢朓:字玄晖,南齐诗人,"竟陵八友"之一。 ⑩ 昌歜(chù):菖蒲根的腌制品,传说周文王嗜之,孔子慕文王亦品其味。后指前贤所好之物。 ⑪ 王右丞:王维。 ⑫ 舣(yǐ)舟:停船靠岸。 ⑬ 季公子友:春秋时期鲁国政治家,鲁桓公之子,鲁庄公之弟。仲孙湫:仲孙湫,春秋时齐国人,桓公时大夫。 ⑭ 咸通四年:863年。咸通,唐懿宗年号。

同是湖北襄阳出生的两位诗人孟浩然和皮日休,一个生活于盛唐之际,一个生活于晚唐末世,两人虽为同乡,但却无缘晤面。在前者作古一个世纪以后,后者看上去是在一个偶然的情况下拜谒了郢州孟亭,瞻仰了王维笔下的孟浩然画影;但同时又似乎是为了却一生中一个心愿式地满怀崇敬地写下了这篇《郢州孟亭记》。

郢州孟亭巍然矗立,它为一生"骨貌淑静,风神散朗"的诗人留下了一份使后人永远无法忘却的纪念。同是以诗文名世的皮日休来到孟亭,诗化的情绪和思念使他别无选择地抬步迈进了孟浩然诗的王国。没有闲言,没有过渡,开篇便直接概言孟浩然的诗文地位,恰切而睿智地把孟浩然与李、杜并提;既而又直观神遇式地把孟诗风神列出,并进而画龙点睛般随手拈出孟诗诗句与古名诗名句相对照，无意比较而高下自明。没有诗就没有孟浩然，不言诗就无以言及孟浩然。在这里皮日休不露声色地显示了自己与众不同的高明。

只有天才才能理解天才，只有天才才能敬重天才，仲尼之于文王，七十子之于仲尼，皮日休之于孟浩然，莫不如此。孟浩然一生贫窘，但“天爵于身”，活得散淡，也活得自然；默默无闻，悄然而去，但有不朽之文长留于世，虽衰犹荣，虽死犹存。不理解这一点就不能理解孟浩然，不理解这一点也就不能真正敬重孟浩然。皮子理解孟先生，也真诚敬重孟先生，天才、诗人间的天然联系使皮日休和孟浩然心有灵犀。此外还有一层似也不容忽视，那就是古之士人之间的一种割不断斩不绝的同道感，不然，孟浩然生时之“天爵”和死后的“不朽于文”何以引起皮日休那么深情的赞叹，“为士之道，亦以至矣”的评价不是明显挟有评判者的情感色彩吗？

文章名为《郢州孟亭记》，由孟亭而重笔叙写孟浩然当为正途。然而作者写孟浩然并非平铺直叙，分条罗列，而是多角度展示孟浩然整体风貌。先评其诗，再言其道，最后又以郢州刺史改易亭名，明写刺史善政、暗托孟浩然之贤而收束全篇。评孟诗、言孟道是皮子对浩然之主观评判，易亭名、尊浩然为客观之证明，主客两方面有机结合、两相呼应使孟浩然其人更为完整和立体，这是本文写作的一个极高明处。

（王长华）

题同官县壁　　皮日休

余行邑过此，偶无令长，遂寄榻县宇，步履后圃，荒芜不治。独有四小柏郁然于草莽间，与菅茅①并处，良可叹者。后之来者，当有瘦马长官定能为四柏主人，幸无忽此语也。中和三年②三月望日，日休书。

〔注〕①菅(jiān)茅：一种草本植物，叶细而尖。　②中和三年：公元883年。中和，唐僖宗年号。

路过题文，随意涂抹，这在今人眼中无疑是大不文明的行为。而古人不仅没有这样的是非判断，还常以此为时髦。抛开古今对“环境文化”的不同要求不提，仅以文学眼光视之，我们发现古代题咏之作中不但有文学，甚至不乏精品。皮日休的《题同官县壁》就是这种精品。

此文极短，连落款在内也才不过七十余字。在这短短的七十余字中，皮子如道家常般依次写了自己过同官“寄榻县宇”的原因，“步履后圃”之所见、所感，以及对同官县未来父母官的期待等诸多内容。如果说在有限的篇幅内表达的东西越多，就越说明作者的功力的话，那么由此断定皮日休功夫非凡就绝非过誉之词。

感物兴发，借物抒慨，常常使骚人墨客忘情地把自身融进自然，又常常用自然物寄托自己的理想和愿望。当皮日休"寄榻县宇，步履后圃"，发现"有四小柏郁然于草莽间，与菅茅并处"时，便情不自禁地发出深深的叹惋。松柏自有松柏的品格，不得已而与杂草并处。对自然物而言，这是一种戕害，一种蔑视，一种埋没。而由此联想到与自然中"四小柏"相类的社会动物的作者自己，又何曾不会感到社会对自己的安排也是这样一种戕害、蔑视和埋没呢？

正视现实，正视自己，也正视自己这一类，除了叹息、哀惋之外，也常常对未来寄予一点浅浅的希望。本文结尾"后之来者，当有瘦马长官定能为四柏主人"的话，是否就表达了这种希冀和期待呢？但是不管怎么说，读书人那种认真、执着劲儿却是真诚而明显的，"幸无忽此语也"显得多么郑重。（王长华）

【作者小传】

陆龟蒙

（？—约881）　唐文学家。字鲁望。姑苏（今江苏苏州）人。曾任湖、苏二州从事，后隐居甫里，自号江湖散人、甫里先生，又号天随子。诗文与皮日休齐名，人称"皮陆"。散文对当时社会多讽刺和揭露。诗多写景咏物。著有《笠泽丛书》《甫里先生文集》。

野　庙　碑

陆龟蒙

碑者，悲也。古者悬而窆[①]，用木。后人书之以表其功德，固留之不忍去，碑之名由是而得[②]。自秦汉以降，生而有功德政事者，亦碑[③]之，而又易之以石，失其称矣。余之碑野庙也，非有政事功德可纪，直悲夫甿[④]竭其力，以奉无名之土木而已矣。

瓯越[⑤]间好事鬼，山椒水滨多淫祀[⑥]。其庙貌有雄而毅、黝而硕者，则曰将军；有温而愿、皙而少者，则曰某郎；有媪而尊严者，则曰姥；有妇而容艳者，则曰姑。其居处则敞之以庭堂，峻之以陛级，左右老木，攒植森拱，萝茑翳于上，枭鸮室其间，车马徒隶，丛杂怪状。甿作之，甿怖之。大者椎牛，次者击豕，小不下犬鸡；鱼菽⑦之荐，牲酒之奠，缺于家可也，缺于神不可也。一朝懈怠，祸亦随作，耋孺畜牧栗栗然⑧。疾病死丧，甿不曰适丁⑨其时耶！而自惑其生，悉归之于神。

虽然，若以古言之则戾；以今言之，则庶乎神之不足过也。何者？岂不以生能御大灾，捍大患；其死也则血食于生人⑩。无名之土木，不当与御灾捍患者为比，是戾于古也明矣。今之雄毅而硕者有之，温愿而少者有之。升阶级、坐堂筵、耳弦匏、口粱肉、载车马、拥徒隶者皆是也⑪。解民之悬，清民之暍⑫，未尝怵于胸中。民之当奉者，一日懈怠，则发悍吏，肆淫刑，驱之以就事，较神之祸福，孰为轻重哉？平居无事，指为贤良，一旦有大夫之忧，当报国之日，则佪挠脆怯⑬，颠踬窜踣⑭，乞为囚虏之不暇。此乃缨弁言语之土木耳，又何责其真土木耶！故曰以今言之，则庶乎神之不足过也。

既而为诗，以乱其末⑮：

土木其形，窃吾民之酒牲，固无以名⑯。土木其智，窃吾君之禄位，如何可仪⑰！禄位颀颀⑱，酒牲甚微，神之飨也，孰云其非！视吾之碑，知斯文之孔悲！

〔注〕①窆(biǎn)：落葬。古代下葬，于墓穴旁立木柱，按尊卑或四根或两根。柱上凿孔，穿入绳索，一端系灵柩，一端由人手挽，使之徐徐缒入墓穴。②墓穴旁的木柱上记述死者的事迹功勋。这种木柱就叫碑。最先用完后就埋进墓穴，后来改用石柱，葬后立在墓道口，就衍变成了神道碑。③碑：给……立碑。④甿：即“氓”(méng)，古代称百姓。⑤瓯越：今浙江省瓯江流域一带。⑥山椒：山顶。淫祀：滥设的祭神之所。⑦菽(shū)：豆类。常作祭品。⑧耋(dié)孺：老人和小孩。栗栗：恐惧貌。⑨丁：遭遇，碰到。⑩血食于生人：受到正活着的人杀牲取血的祭祀。⑪耳弦匏(páo)：听音乐。匏，笙、竽等乐器。口粱肉：吃美味。⑫暍(yē)：中暑。⑬佪(huái)挠脆怯：惊惶失措，软弱畏缩。⑭颠踬(zhì)窜踣(bó)：跌跌撞撞逃窜。⑮乱：辞赋末尾总结全篇要旨的一段文字。以乱其末：(写一首诗)放在末尾以阐明主旨。⑯固无以名：实在没有什么可称道的。⑰仪：效法。⑱颀(qí)颀：长大的样子，引申为“优厚”。

瓯越间爱祀奉鬼神，山头水畔到处是神庙。庙中那些说不出所以然来的泥塑木雕的神像，原本是老百姓自己制作，又盖上高大宽敞的庙宇供奉的。然而，当它造成一种威严的气势，并笼罩着一片阴森的气氛之后，就使在庙前放牧的老人和小孩都心惊胆战。于是，人雕塑的木偶反过来把人镇唬住了。家里遇上疾病死亡等不幸事故，人们不认为是偶然事件，反而对自己的安然无恙感到不解，一概归之于神的意志。于是宰猪羊甚至宰牛，家境再不济也宰鸡来敬奉。祭祖先设不起荤腥酒礼可以不设，但对神却不敢怠慢，自惊自吓，以为一怠慢就会惹来灾祸。

这段描述十分生动深刻，然而，作者的本意并非对神的起源作现象描述。他处于乱世，生活在底层，又不肯随波逐流，因而写文章总是"言开怒随"(《登高文》)一开口就难以抑制内心的悲愤。这是因为唐末官场黑暗，吏治腐败，百姓受着残酷的压榨和剥削，到了"桑柘废来犹纳税，田园荒尽尚征苗"的地步。官吏们也和神像一样，有堂皇的威仪，有奢侈的享用。至于为老百姓解除倒悬的痛苦，减轻煎心的焦虑，他们根本就没有留意过。要是百姓对他们供奉得不及时，他们就派出凶悍的公差，用各种严刑峻法，硬逼着如期照办。平时，这班人被视为贤良，可一旦国家有事，他们就慌乱退缩，怯懦屈服；遇敌狼狈奔逃，跌跌撞撞，生怕来不及乞求做俘虏。这些揭露尖锐、深刻，当是以唐末现实为依据的。

神庙中供的有些原本是人，因为有功于百姓，百姓就建庙纪念他们。对这些神作者是持肯定态度的。但更多的是一些莫名其妙的毛神野鬼。供奉这样的泥塑木雕，与古代供奉有功于民的历史人物，其意义完全相反，所以作者认为这不合古义。可是拿现实生活中那些穷凶极恶的官吏来比较，毛神野鬼们又值不得再去指责了。因为土木偶像祸害百姓，是百姓自己吓唬自己的心态造成的；官吏祸害百姓，却是性命交关的。土木偶像的供物，毕竟有个限度；官吏敲剥百姓，则可能弄得家破人亡。官吏们白拿俸禄，还随心地搜刮，相比之下，毛神野鬼们享用一点点祭品，又算得了什么过错呢！

最后，作者提醒读者要看到他深深的悲愤。以"孔悲"结尾，与开头的"悲也"相照应，说明他写这篇文章的时候，内心自始至终充溢着悲愤之情。

（廖士杰 樊修章）

白鸥诗序　　陆龟蒙

乐安任君，尝为泾尉，居吴城中。地才数亩，而不佩俗物。有池，池中有岛屿。池之南、西、北边合三亭，修篁嘉木，掩隐隈隩①，处其一，不见其二也。君好奇乐异，喜文学名理之士，所得皆清散凝莹②。袭美③知而偕诣。既坐，有白鸥翩然，驯④

于砌下，因请浮而玩之。主人曰："池中之族老矣，每以豪健据有。鸥之始浮，辄逐而害之，今畏不敢入。"吁，昔人之心蓄机事，犹或舞而不下⑤，况害之哉。且羽族丽⑥于水者多矣，独鸥为闲暇，其致不高耶！一旦水有鲸鲵之患，陆有狐狸之忧，俦侣不得命啸⑦，尘埃不得澡刷，虽蒙人之流赏，亦天地之穷鸟也。

〔注〕 ① 隈隩（wēi yù）：山水弯曲处。 ② 所得：相好的人。清散凝莹：形容品性清雅淡泊。 ③ 袭美：晚唐诗人皮日休的字，与作者同时，时并称"皮陆"。 ④ 驯：狎顺，此指顺其性不停地飞。 ⑤"昔人"两句：典出《列子·黄帝》："海上之人有好沤鸟者，每旦之海上，从沤鸟游，沤鸟之至者百数而不止。其父曰：'吾闻沤鸟皆从汝游，汝取来，吾玩之。'明日之海上，沤鸟舞而不下也。"沤鸟即鸥鸟。这两句写鸥鸟无机淡泊，趋善远恶的品质。 ⑥ 丽：依附。 ⑦ 俦侣不得命啸：犹言不得命啸俦侣，呼朋引类。

这篇序言旨在借物咏怀，虽通篇语不涉己，而己之情怀尽露笔端。乐安任君居处结交雅而不俗，"所得皆清散凝莹"，作者对他倍加誉扬，并登门造访，可见任君的高风雅志，正是作者品格情操的写照。而鸥鸟身遭排挤，失其处所，既无旧巢栖身，也无池塘可恋，只能局促于台阶的尺寸之间，水中的鲸鲵老族，凭其势力豪强，占池为王，鸥鸟一旦浮游其上就会遭到驱逐甚至陷害。目睹这种困窘的境地，作者不禁仰天长叹。他称誉鸥鸟淡泊无机，向善疾恶。昔人只是心怀鬼胎，鸥鸟就不与为伍，何况要加害于它呢。他又称誉鸥鸟卓然鹤立，超逸不群。他更同情鸥鸟的困顿窘迫，穷愁潦倒：陆上晚树可栖，不免旧巢零落；水中池塘可恋，又有鱼针虾剑——水陆皆有忧患。时时失伴，不能呼啸俦侣；洁身自好，不能澡刷其尘。虽然与世无争，却是进退维谷，难以立命；尽管蒙人流赏，仍是穷途末路。偌大天地竟然无以容身！

借物咏怀，这是中国文学的传统。很显然，作者把自然界中的物竞天择赋予了人格化的描写，使鸥鸟具有了旨涉人生的象征意义。"薄烟微雨是生涯"的鸥鸟正是作者的写照——鸥鸟独立不群，表白作者孤芳自赏；鸥鸟"驯于砌下"的困境，揭示作者进退失处的窘况；鸥鸟生存的环境，点明作者的生存环境：水中老族占池为王，仗势称霸，与社会中的一统天下，老罴当道何其相似！正是这种封建专制无情地摧残了与窒息了人才，使得封建文人备受排挤和陷害！由于作者有意识地寻找文人墨客悲剧命运的社会根源，把矛头指向自身所处的社会与政治，这篇咏怀身世之作便明显高于那怀才不遇的骚怨。

海上鸥舞而不下的故事，被诗人们吟咏何止千次万次，大都抒发"终年狎鸥鸟，来去且无机"（杜牧《渔父》）的隐逸之旨与淡泊之怀。而此处则不同，着力写出鸥鸟的忧患失意，别具新意。唯其新，才具有艺术的个性与生命力。

（王远彦）

后 虱 赋（并序） 陆龟蒙

余读玉谿生《虱赋》，有就颜避跖之叹，似未知虱，赋以矫之。

衣缁守白，发华守黑，不为物迁，是有常德。小人趋时，必变颜色。弃瘠逐腴，乃虱之贼。

陆龟蒙的咏物小品，以这篇近似翻案文字的《后虱》最为精彩。

文章以置疑的语调起笔，在序文中似乎不紧不慢地先来同写过《虱赋》的李商隐商榷，说读了你那“亦气而孕，亦卵而成。晨鹭露鹄，不知其生。汝职惟啮，而不善啮。回臭而多，跖香而绝”的妙文，颇有独特的感叹：如果像你那样，仅仅突出“就颜避跖”这一虱性——即专门咬啮满身臭熏熏的穷汉子（以颜回为代表）而绝不敢碰浑身香喷喷的豪贵者（以跖为代表），那是对这种精灵般的小虫还缺乏全面了解，缺乏深“知”。如果判断它们并“不善啮”，那更是有欠公允。现在来写作《后虱赋》的意图，正是想要矫正前贤。

于是，陆龟蒙以其异乎寻常的眼光，去扫视虱性中的某种亮斑，竟发掘出虱子所具有的“有常”（能经久地保持不变的常态）这一德性。并且牢抓不放，大加发挥，夸赞虱子附着于穿黑衣服的人，能不变己色，仍“守白”；附着于花白头发的人，能不变己色，仍“守黑”——不因周围环境的变迁而成为一种追求保护色的变色虫。与“有常德”的虱子相对照，倒是那帮因“趋时”的需要而“必变颜色”的“小人”，最应该痛加鞭挞。作者认为他们原本就属吸血鬼，吸血时还专拣肥者刺进利嘴，吸干瘪了便抛弃一边，另觅新肥。无情地揭露这种恶行劣性之丑陋，当能使人世间形形色色的风吹两边倒者、有奶便是娘者，在如此“有常德”的虱子面前，大羞而无地自容。

虱有虱性，虱性种种，李商隐或陆龟蒙，自可各举一端，随意挥写，锋芒指向，有所不同。有趣的是，到明代，有位顾大韶，再次以虱为题，续写了一篇《又后虱赋》。他在序中说，前人赋中之虱，“李商隐讥其啮臭，未尽其罪也。陆龟蒙更赏其恒德，则几好人所恶矣”。要来一并矫正两位之偏。当然，也不妨认为：丑的事物如何作为描摹对象进入作家笔下的艺术世界，是个饶有兴趣的审美问题，可以探讨，不过，顾氏似乎作了不甚高明的讨论发言，说陆龟蒙夸写虱德的特殊视

角属"好人所恶",未免失当。　　（罗　青）

笠泽丛书序　　陆龟蒙

丛书者,丛脞[①]之书也。丛脞,犹细碎也。细而不遗大,可知其所容矣。自乾符六年[②]春,卧病于笠泽之滨。败屋数间,盖蠹书十余箧[③]。伯男儿才三尺许,长碼齿[④]犹未遍,教以药剂,象梧子大小外,研墨泚[⑤]笔供纸札而已。体中不堪羸耗,时亦隐几强坐,内壹郁则外扬为声音,歌诗、颂赋、铭记、传序,往往杂发,不类不次,混而载之,得称为"丛书",自当谖[⑥]忧之一物,非敢露世家耳目。故凡所讳,中略无避焉。笠泽,松江之名。

〔注〕① 丛脞(cuǒ):细碎、繁烦。 ② 乾符六年:879年。乾符,唐僖宗年号。 ③ 蠹(dù)虫:蛀虫。箧(qiè):小箱子。 ④ 碼(huǐ)齿:乳牙脱落。 ⑤ 泚(cǐ):以笔蘸墨。 ⑥ 谖(xuān):忘记。

笠泽,这个古水名,另有许多异名,现在通常称作吴淞江(流经江苏、上海境),而笠泽之称最早,始见于《左传·哀公十七年》。陆龟蒙自唐僖宗乾符六年(879)春天起,就住在这条江边的几间旧屋中养病,同时将生命最后阶段的八十多篇撰著,结集于以此水名命名的《笠泽丛书》,并作了《丛书序》。序文写得简要而充实,读来不仅对《丛书》编集经过多所了解,而且对作者晚年病卧中的生活情状及其萧索抑郁的心境,颇可窥知。

陆龟蒙的生卒年不详。《唐诗纪事》有言:"卒于中和初",则是晚于"笠泽之滨"的"卧病"并不太久,不过三两年时光。这期间,不堪病患缠身而耗损严重的老弱之躯,仍要时时勉强地坐起来,艰难地支撑着凭几读书作文。伴随在身边的只有十多箧蠹虫蛀蚀过的书籍和他的大男孩。隐者的孤寂之意,淡淡透出。而孩童尚小,才三尺来高,连毁损了的乳齿都没有全部更换完。除了可教他调和一些简易的药剂,搓搓药丸子之外,不过派使他磨磨墨、蘸蘸笔、铺铺纸,在笔墨生涯中稍微帮个忙代一下劳而已。

南宋林希逸在《甫里先生文集序》中说陆龟蒙"平居以文章自怡,虽幽忧疾病,无旬日生计,未尝暂辍涂窜。"晚年所作诗文,从写出到编就《笠泽丛书》,就可见其勤。而在这短短的《丛书序》中,文意紧密,较明显地写出三层意思,可以引起人们注意。其一,"内壹郁则外扬为声音"的文学发生论,岂不是为人熟知的韩愈"不平则鸣"说的另一种表述?其二,既是忧闷多端,积滞在胸,必然感慨万千,

“往往杂发”。发而为什么文体自可勿论，而将这些杂著不分门类、不排次第地混编为一书，这就明白表示，作者所强调的在于抒怀情真，自由适性，所以创作思想无所顾虑，根本不避忌讳。他的杂文的锋芒和光彩也由此而生。其三，有创造性地对“丛书”一词下了“杂录”这一定义，这有别于后世汇刻各类书籍于一编的意思。在解释“丛脞”为“细碎”时，避免引起误解，紧接着论述这种“细碎”是“细而不遗大”，含有辩证的因素，要求少中见多，小中见大，文章应写得包容量大，内蕴深厚。

陆龟蒙的杂文，包括《丛书序》在内的创作业绩，真可谓大“露世家耳目”又何妨！值得鉴赏，当得起吴融在诔文中所写“霏漠漠，淡涓涓……拭不灭，玉上烟”的赞语。

（罗 青）

蠹[①] 化

陆龟蒙

橘之蠹，大如小指，首负特角，身蹙蹙然，类蝤蛴[②]而青。翳叶仰啮[③]，如饥蚕之速，不相上下。人或枨触[④]之，辄奋角而怒，气色桀骜。一旦，视之凝然，弗食弗动。明日复往，则蜕为蝴蝶矣。力力拘拘[⑤]，其翎未舒。襜黑鞲苍[⑥]，分朱间黄，腹填而椭，緌[⑦]纤且长。如醉方寤，羸枝不扬。又明日往，则倚薄风露，攀缘草树，耸空翅轻，瞥然而去。或隐蕙隙，或留篁端，翩旋轩虚，扬曳纷拂，甚可爱也。须臾犯蝥网[⑧]而胶之，引丝环缠，牢若桎梏。人虽甚怜，不可解而纵矣。

噫！秀其外，类有文也；嘿[⑨]其中，类有德也；不朋而游，类洁也；无嗜而食，类廉也。向使前不知为橘之蠹，后不见触蝥之网，人谓之钧天帝居而来，今复还矣！

天下，大橘也；名位，大羽化也；封略，大蕙篁也。苟灭德忘公，崇浮饰傲，荣其外而枯其内，害其本而窒其源，得不为大蝥网而胶之乎！观吾之《蠹化》者，可以惕惕[⑩]。

〔注〕 ① 蠹（dù）：虫。 ② 蝤蛴（qiú qí）：天牛的幼虫。 ③ 翳（yì）：隐藏。啮（niè）：咬。 ④ 枨（chéng）触：触动。 ⑤ 力力拘拘：行动迟缓貌。 ⑥ 襜（chān）：围裙。鞲（gōu）：袖套。此句指蠹之体色。 ⑦ 緌（ruí）：帽带。此指触须。 ⑧ 蝥（máo）网：蜘蛛网。 ⑨ 嘿：同“默”，静默。 ⑩ 惕（tì）惕：警惕。

陆龟蒙的《蠹化》是一篇托物讽喻的小品文。

作者先以生花的妙笔，惟妙惟肖地描绘了“橘蠹”的形体、食性和气色。继而描写它的羽化过程：“一旦，视之凝然，弗食弗动”；“明日复往，则蜕为蝴蝶矣”；接着又写其羽化之后的得意忘形之态：有时隐逸于蕙草之间，有时又停立于竹梢之上，有时则“翩旋轩虚，扬曳纷拂”地翩翩飞舞，自由自在地盘旋于花木之中，得意而忘形。最后写其因过分忘形而自投“蝥网”的结局。作者把“橘蠹”的得意忘形之态与自投“蝥网”的可悲下场，作鲜明的对比，让人们从这对比中受到启发。

作者又深入一层抒写感慨。写羽化后的“橘蠹”似乎是“秀其外”“嘿其中”“不朋而游”“无嗜而食”，好像是一个“有文、有德”、又“洁”又“廉”的正人君子。假如人们“前不知为橘之蠹，后不见触蝥之网”的底细，几乎误以为它是刚从天堂上降临于人间。尖锐地揭露其无“文”无“德”和不“洁”不“廉”的本质，由“橘蠹”的形象，使人们联想到天下的达官贵人和封建官吏们的丑恶嘴脸。

作者进而生发议论，“天下”犹如一棵大橘树，世世代代的“圣君”及其豢养的文武百官，便是寄生于其上的“蠹虫”，他们的名位和封地就是“或隐”“或留”的“蕙篁”了。他们不顾国家民族的大业，而“灭德忘公、崇浮饰傲”，他们的行为是“荣其外而枯其内，害其本而窒其源”的愚蠢行径，必然要落得自取灭亡的可悲下场。作者把“蠹化”这一自然规律，引申到“官理”中来，产生了发人深思的作用。大大小小的朝廷命官，都应当从中获得一点教益。

陆龟蒙在《蠹化》一文中，无情地揭露了大小官僚们的丑恶面目，但在方法上并不是直言剖析，而是托讽“橘蠹”，描摹其“羽化”过程和得意忘形之态，终于在飘飘欲仙的“忘形”之际，落入了“蝥网”之中。作者在生动的形象描绘中，隐喻着深刻的哲理。形象的描写为“感慨和议论”提供了根据，议论又使全文的主旨得到了升华。形象的描绘和精辟的议论相映生辉，表现作者才思的巧妙。

（殷维刚）

江湖散人传　陆龟蒙

散人者，散诞之人也。心散，意散，形散，神散。既无羁限，为时之怪民。束于礼乐者外之曰：此散人也。散人不知耻，乃从而称之。人或笑曰：彼病子散而目之，子反以为其号，何也？散人曰：天地，大者也，在太虚中一物耳。劳乎覆载，劳乎运行。差之晷度①，寒暑错乱。望斯须之散，其可得耶？水土之散，皆有用乎？水之散，为雨，为露，为霜雪；水之局,为潴,为洳,为潢污②。土之散,封之可崇,穴之可深,生可以艺,死可以入;土之局,埙不可以埏③,甓不可以为盂,得非散能通于变化,局不能耶!退若不散,守名之筌;进若不散,执时之权。筌可守耶?权可执耶?遂为散歌、散传,以志其散。

〔注〕 ① 晷(guǐ)度:日影投射在日晷仪上的长短。 ② 潴(zhū):水停聚处。洳(rù):低湿之地。潢污:水聚集不流。 ③ 埏(shān):和水捏制陶器。

诚如鲁迅先生所说:"唐末诗风衰落,而小品放了光辉。……正是一榻(今写作塌)糊涂的泥塘里的光彩和锋铓。"(《小品文的危机》)其中自传体小品,虽是借鉴了魏晋以来像《五柳先生传》《五斗先生传》等一类作品的传统,但是因为时代不同,和以前相比又有了新的内容和表现形式。陆龟蒙的这篇《江湖散人传》就是这样。

这篇写在《江湖散人歌》前面的序,也是一篇很有特点的小品。文章先提出"散人"的概念,很有些像论文先提出论点一样,然后加以解释:所以叫做"散人",是因为乃"散诞之人也。心散,意散,形散,神散。""散诞",就是悠然自在,放诞不羁。"散人",也就是平庸无用、不为世用、闲散自在的人,是处于世俗的礼教绳检之外的人,也就和我们现在说的"另类"差不多。所以那些"束于礼乐者"亦即具有正统思想的人,要以"怪民"目之,叫他作"散人",态度是轻蔑的,很看不起。但是,他却不以为意,干脆就自称"散人",不以为耻,反以为荣。

不以为耻而反以为荣,这是为什么?于是就引来了后面的一大段议论,说明"散"的作用。作者这里采用了对答论难的形式,也是先提出问题,然后加以驳议。不过,他又和抽象的说理不同,而是从具体的事物的描述中,引申出道理,来说明自己的思想。先从大处落笔,从天地说起,古人以为天圆地方,天覆地载,而又日夜不停地运行,不能差错分毫。这天地也够劳苦的了,它想作"散人"自己散诞一下还不能呢,你看这"散"重不重要?多么难能可贵!然后,又分别从水土的"散""局"(被拘束)写来,比较"散"和"局"的优劣。水"散"了,可以变化为雨露霜雪,"局"了就只能成为陂塘、低湿地和低洼积水处,死水一潭。土散开而为地,可以堆高,可以打洞,人活着的时候可以种植,死了可以下埋;如果"局"了,土被烧成埙(一种演奏乐器)就不能和水做成别的陶器,砖也不能做成杯子。说明只有"散",才能通乎自然变化的规律,而"局"就难以变化,没有生命力了。最后归结到人事,退隐已经有名了,如果不"散",还念念不忘获名的手段干什么呢?(《庄子·外物》:"荃(也写作筌)者所以得鱼,得鱼而忘荃。"筌是捕鱼的竹制工具,比喻为达到某种目的的手段和工具）就是进而出仕，如果不“散”，那些出仕时暂时的权衡和考量，还需要念念不忘地随时记住吗？这里，作者通过反复的比喻，尽管有些比喻在今天用科学的眼光看来有局限性，但道理讲得一层深似一层，头头是道，推理非常严密，最后令人不得不相信为人还必须“散”，而“散人”，是要有很高的德行的人才能够做得到的，这不是难能可贵，值得引以为荣甚至值得骄傲的事情吗？

我们再联系陆龟蒙的身世来看。据《新唐书》本传记载，陆龟蒙是苏州吴县（今苏州市）人，自称江湖散人，又号天随子、甫里先生。他是没落的世家子弟，举进士不第，做过睦州、湖州、苏州刺史的幕僚，后居松江甫里。他的不少诗歌、散文都有愤慨时势、忧念民生的思想，猛烈抨击统治者的昏庸和贪婪，具有社会现实意义。作者写《江湖散人传》来为自己立传，恣意表现自己的“散诞”，无非是与浊世相对抗心理的婉曲表现。但他立意新颖，在传统的题材中别出手眼，和前人的写法相比能够翻出新意，这是他的可贵的特点。而传里面对“散人”所作解释的那些大道理，也正是他的精神的写照。——既然对现实不满，既然不能在社会上有所作为，那就不如作我的“散诞”之人，随随便便、自由自在地过日子的好，不受任何“羁限”。这里面，包含了很多愤慨的因素，表现了他内心的苦闷，而写这类文章，也正是为了对心灵的慰藉，可见作者良苦的用心。 （管遗瑞）

祭梁鸿[1]墓文（并序） 陆龟蒙

梁伯鸾墓在吴西门金昌亭[2]下几一里，余过之，作文而吊[3]。以酒为奠，其辞曰：

先生为《五噫》之歌[4]，汉天子闻而病之[5]。南走乎大江之波，客皋氏[6]之宇下。志沉潜而靡他[7]。白吴粲以举白[8]，夫人之勤亦多，不怀志于将没[9]，适乎道之无颇[10]。比要离[11]之烈魄，冢虽夷[12]而不磨。嗟余后先生之千祀[13]，聊奉奠而来过[14]。俯灌地[15]而仰语，顾先生之谓何。心褊性诞[16]，客[17]他人之宇下不得，故筑垣而自翰[18]；身病妻弱，白吴民之粲不得，故力耕而自获。所以法[19]先生之义者，庶[20]《五噫》兮之可作。

〔注〕 ① 梁鸿：字伯鸾，扶风平陵（今陕西咸阳西北）人，东汉文学家，曾和妻子孟光耕织于霸陵山中，以耕织为业，以琴书自娱，因作《五噫歌》讽刺统治者，避祸而隐姓埋名至吴地隐居。 ② 吴西门金昌亭：即金阊亭，旧址在今苏州市阊门内。 ③ 吊：悼念。 ④《五

噫》之歌：即《五噫歌》，诗共五句，每句末都有一个“噫”字。 ⑤ 汉天子：即汉章帝刘炟(dá)。病：怨恨。 ⑥ 皋氏：即吴郡名士皋伯通，梁鸿至吴即依傍皋伯通，住在其廊屋之下，给别人当舂米的雇工。梁鸿去世后，伯通等人帮他在吴要离墓旁索地厚葬。 ⑦ 沉潜：深沉含蓄，不外露。靡他：没有二心。 ⑧ 白吴粲以举臼：指舂米。粲，古指上等的米。 ⑨ 没：死亡，通“殁”。 ⑩ 无颇：没有偏颇。 ⑪ 要离：春秋末吴国的刺客，吴王阖闾派要离去刺杀奔在卫的王子庆忌，后伏剑自杀。 ⑫ 夷：被推平。 ⑬ 千祀：千年。 ⑭ 过：拜访。 ⑮ 灌地：浇地，此处指将酒洒在地上。 ⑯ 心褊(biǎn)性诞：心胸狭窄，天性放纵。 ⑰ 客：寄居。 ⑱ 筑垣：修筑矮墙，此处指隐居。翰：毛笔。 ⑲ 法：效法。 ⑳ 庶：希望，但愿。

吴地不乏高蹈隐逸之士，尤以汉代的梁鸿、晋代的张翰为著名，因此吴地的隐逸文化和隐逸精神盛行，崇尚淡泊名利的人。陆龟蒙长期生活在吴地，当地的人文传统对他自然有深刻的影响。陆龟蒙最为赞赏梁鸿，他多次在诗文中提及梁鸿之事，比如《和袭美咏皋桥》：“横截春流架断虹，凭栏犹思《五噫》风。今来未必非梁孟，却是无人断伯通。”《幽居赋并序》：“歌动五噫，竟作赁舂之客。”陆龟蒙特地撰写的《祭梁鸿墓文》，是在表明自己耕隐的志向，但深入了解会发现，陆龟蒙所崇尚的还有梁鸿隐逸背后的社会责任感。

陆龟蒙祭奠之辞是以梁鸿的《五噫歌》为始终。《五噫歌》是梁鸿从山东出游途经函谷关游至都城洛阳的时候所写，因见宫殿华美，想起沿途百姓之苦，愤而写下《五噫歌》，讥讽时政，惹恼汉章帝，因此离开齐鲁到达吴地隐居，以给人舂米为生。陆龟蒙最后希望自己“法先生之义者，庶《五噫》兮之可作”，希望自己能创作出像《五噫歌》那样的指斥时弊的作品，其实就是表明自己的对时局的忧患意识。

陆龟蒙与梁鸿相隔七百多年，因为没有相处同一时间和空间的友谊，所以也不能像其他祭友之文那样，在痛悼友人的同时回忆两人之间的友情，因此《祭梁鸿墓文》中没有其他祭文中悲伤的感情表达。作为异代知己，陆龟蒙对梁鸿的感情主要是追慕，同时要在文中寄寓自己的感慨，因此在祭文中，陆龟蒙两次由梁鸿联想到自身，如他感慨梁鸿的刚烈超过刺客要离，“比要离之烈魄，冢虽夷而不磨”，然后即联想到自己“心褊性诞”，“性狷急”“无羁检”，又“性不喜与俗人交”(《甫里先生传》)，个性倨傲，不能像梁鸿那样依皋伯通宇下，只能“筑垣而自翰”，隐居起来写作；再感慨自己“身病妻弱”，不能像梁鸿一样替人家舂米为生，妻子病弱不能像孟光那样为梁鸿“具食”并“举案齐眉”。这种对比，好像陆龟蒙不如梁鸿的生活境况好，实则不然。《甫里先生传》是陆龟蒙的自传，说自己“有池数亩，有屋三十楹，有田畸十万步，有牛不减四十蹄，有耕夫百余指”，颇能隐逸自足，应该比梁鸿“为人赁舂”的生活好得多。这种对比，主要是用梁鸿的性格能使他坦然依附皋伯通门下，得以"潜闭著书十余篇"，比较出自己性格更倨傲，以致"客他人之宇下不得"，只能靠耕种为生。

既如此，可见陆龟蒙虽然是位隐逸者，但其精神世界不是一成不变的，隐逸的身份会给他带来精神上的安慰，但不能完全排解他内心的矛盾。这大概是古代心性高洁的隐逸者的普遍心态吧。（袁　茹）

招野龙对　陆龟蒙

昔豢龙氏①求龙之嗜欲，幸而中②焉。得二龙而饮食之。龙之于人固类异，以其若己之性也，故席其宫沼③，百川四溟④之不足游；甘其饮食，洪流大鲸之不足味。施施然⑤，扰于其爱⑥，弗去。

一旦，值野龙⑦，奋然而招之曰⑧："尔奚为⑨者？茫洋⑩乎天地之间，寒而蛰⑪，旸⑫而升，能无劳乎？诚能从吾居而宴安乎⑬？"野龙矫首⑭而笑之曰："若何龊龊⑮乎如是耶？赋⑯吾之形，冠角而被⑰鳞；赋吾之德⑱，泉潜而天飞；赋吾之灵，嘘云⑲而乘风；赋吾之职，抑骄而泽枯⑳。观乎无极之外㉑，息乎大荒之墟㉒，穷端倪㉓而尽变化，其乐不至耶？今尔苟容于蹄涔㉔之间，惟沙泥之是拘㉕，惟蛭蚓之与徒㉖，牵乎嗜好以希饮食之余，是同吾之形，异吾之乐者也。狎于人，啖其利者，扼其喉，葳㉗其肉，可以立待。吾方哀而援之以手，又何诱吾纳之陷阱耶？尔不免矣！"

野龙行。未几，果为夏后氏之醢㉘。

〔注〕①豢龙氏：即擅长驯龙的董父，他能够根据龙所喜爱的食物去饲养龙，靠驯龙服侍帝舜。帝舜赐他姓董，封他为豢龙官。②中：得到。③席：名词用作动词，躺在席子上休息。宫沼：宫室中的池沼。④百川四溟：五湖四海。⑤施（yì）施然：欣然自得的样子。⑥扰于其爱：在豢龙氏的爱怜下，龙很驯服。扰，驯服。⑦值：遇到，逢着。野龙：未被驯养的龙。⑧奋然：愤激的样子。招：招呼。⑨奚为：做什么。⑩茫洋：广阔无垠的样子。⑪蛰：蛰伏。⑫旸（yáng）：太阳升起。⑬诚能：确实能。一本作"识"。宴安：安逸。⑭矫首：昂起头。⑮龊（chuò）龊：拘谨的样子。⑯赋：上天赋予。⑰被：披。⑱德：德性。即上天赋予龙潜于泉飞天的德性。⑲嘘云：呵气成云。韩愈《杂说》："龙嘘气成云。"⑳抑骄而泽枯：抑制骄阳，润泽枯旱。古时认为龙能兴云致雨，所以龙的职务就在于抑制骄阳、润泽枯旱。㉑无极之外：无穷无尽、虚无缥缈之处所。《列子·汤问》："然无极之

外,复无无极;无尽之中,复无无尽。” ㉒ 大荒之墟:极遥远的地方。《山海经·大荒东经》:“大荒之中有山,名曰合虚,日月所出。”曹植《七启》:“玄微子隐居大荒之庭。” ㉓ 穷端倪:穷尽宇宙之边际。端倪,边际。 ㉔ 蹄涔(cén):牛蹄印的积水。涔,积水。《淮南子·俶真》:“牛蹄之涔,无尺之鲤。” ㉕ 拘:拘囚。 ㉖ 蛭蚓:水蛭、蚯蚓。徒:同伙。 ㉗ 胾(zì):切成大块的肉。此处用作被动词。 ㉘ 夏后氏:我国第一个世袭王朝夏朝君主的氏称,夏朝王族以国为氏,为夏后氏。这里指夏朝君主孔甲。醢(hǎi):剁成肉酱。

《招野龙对》是一篇寓言,故事来源于《左传·昭公二十九年》:“昔有飂叔安,有裔子曰董父,实甚好龙,能求其耆欲以饮食之,龙多归之。乃扰畜龙,以服事帝舜。帝赐之姓曰董,氏曰豢龙。封诸鬷川,鬷夷氏其后也。故帝舜氏世有畜龙。及有夏孔甲,扰于有帝。帝赐之乘龙,河、汉各二,各有雌雄,孔甲不能食,而未获豢龙氏。有陶唐氏既衰,其后有刘累,学扰龙于豢龙氏,以事孔甲,能饮食之。夏后嘉之,赐氏曰御龙,以更豕韦之后。龙一雌死,潜醢以食夏后。”

这个故事中“龙为醢”,常被后人作为典故使用,用类似龙这样的灵物最终难免被剁为肉酱的故事,来比喻经历不幸遭遇的人们,感慨人生坎坷,因此对于被豢养的龙的遭遇是充满同情的。而陆龟蒙却在采用这个故事的结局之外,创作一个豢龙和野龙的对答的情节,来表达对豢龙的讽刺。从被豢的龙招呼野龙来述说自己生活的快意舒适,在炫耀的同时,以自己之“乐”来劝说野龙,加入被豢养的行列。而野龙“矫首而笑之”,以轻蔑的神态针锋相对,来否定豢龙被驯服的生活方式,让人感觉被豢养的龙被“醢”的遭遇是咎由自取,因此全文的态度就摆脱了原故事和后代作者所持有的感慨与同情态度。

由此可以看出,《招野龙对》采用的是对比的手法,将两条龙的不同境界进行对比,境界之高下立判。文章把豢龙之“乐”与野龙之“乐”对比来写。豢龙“席其宫沼,百川四溟之不足游;甘其饮食,洪流大鲸之不足味”,为“无劳”和“宴安”而改变了本性,并且以此自得,教训和劝说野龙;而野龙连用四个“赋吾”的排比句式,说明自己的快乐不是禁锢于“蹄涔”之间,而是遵从自己的本性与天职,可以看到无极以外的世界,可以自由地掌握和驾驭一切。因此,《招野龙对》的创作目的是说明,豢龙所代表的是安歇依附权贵,贪图荣禄,改变自己的本性并以此自乐的人,下场是可悲的,讥讽了追求荣华富贵的趋炎附势之徒。

“对”是一种文体,即对答之文章。陆龟蒙举进士不第,后隐居松江甫里,时谓“江湖散人”“甫里先生”。但他并没有忘怀世事,而是对社会上的黑暗现象进行过有力的讽刺与鞭挞。他的《野庙碑》《招野龙对》《记稻鼠》等小品文,被鲁迅评价为:“并没有忘记天下,正是一塌糊涂的泥塘里的光采和锋芒。”

(袁 茹)

【作者小传】

司空图

(837—908) 唐诗人、诗论家。字表圣,河中(治今山西永济)人。咸通十年(869)登进士第,官至知制诰、中书舍人。后归隐中条山王官谷,自号知非子、耐辱居士。昭宗朝,以谏议大夫、兵部侍郎等召,均不赴。唐亡之明年,不食而卒。工文能诗,亦擅书法。《二十四诗品》一书旧题其所撰,但今人颇疑其伪。有《司空表圣文集》(即《一鸣集》),又有《司空表圣诗集》,系明人所辑。

移[1] 雨 神　　司空图

夏、满不雨,民前后走神所,刳[2]羊豕而跪乞者凡三,而后得请。民大喜,且将报祀。

愚独以为惑。何者?天以神乳育百苗谷,必时既丰,然后民相率以劳神之勤,于是而祀焉。今始吝其施,以愁疲民,是神怠天之职也。必希民之求而遂应,是神玩天之权也。既应而俾民输怨于天,归惠于己,是神攘天之德也。推怨何以为义?利腥膻之馈何以为仁?怠天下之事何以为敬?蔑[3]是数者何以为神?假曰"非吾所得专",然知民之情,而不时请于上,是亦徒偶于位。此愚所以惑也。

噫!天不可终谩,民不可久侮。窃为神危之,奈何!

〔注〕 ① 移:即移文,发公文与平级机关。 ② 刳(kū):剖开,这里是宰杀的意思。③ 蔑:没有。

立夏、小满前后这段时间一直不下雨,农民络绎不绝来到雨神庙前,杀猪宰羊跪下来求雨。举行了三次求雨仪式才得如愿,总算下雨了。这种马拉松式的求雨,可想而知,终究是会把雨求下来的。试想吧,不到万不得已农民不会去求雨,就是说,至少也熬了有十天半个月了。求雨,也不会天天去求,总得隔个三五天再去求一次。这样,从盼雨到终于下雨,怎么也该够一个月的时间了。在这么长一段时间里,除了特异的坏年成,即便不求雨,一般也到该下雨的时候了。不过,在这种情况下,就算下雨了,还能收回来几成,也就只有天知道了。作者说农民大喜,准备收割以后再举行祭祀报答雨神,这恐怕不会是事实。农民就算不敢把雨神连他妈连他奶奶都骂遍，至少也会不点名地乱骂一通。收成大减，下一年连吃饭都成问题，谁心里能痛快！很显然，这是作者为行文而做的故意安排。

在作者看来，雨是神乳，是上天送给黎民百姓养活庄稼的，而雨神不过是上天委任来管雨的。等得丰收了，农民互相招呼着来举行祭祀犒劳雨神，那也是应该的，因为雨神也够辛苦的嘛。可现在呢，你雨神先是舍不得下雨，搞得农民愁苦疲累，这就是荒怠上天的职守；定要农民一次又一次献上猪羊乞求，然后才答应下雨，这就是滥用上天授与的职权；旱得农民骂开天了，你雨神才下雨，使农民来对你感恩，这就是窃取上天的恩德；把农民的怨愤推给上天，这是不义；自己却贪图猪羊之类的祭品，这是不仁；玩忽关系到全国百姓生存的职务，这是不敬。既然你不义、不仁、不敬，你又算哪门子的神呢？也许雨神会说，该不该下雨不是他做得了主的吧。可这也说不通呀。你是上天专门委任来管雨的神，知道农民遭受旱灾的情况，不及时向上天报告，请求批准下雨，那也只是个没有灵气的木偶白白地在庙中占着雨神的位子罢了。言下之意自然是说：你算什么东西！

细玩文意，表面上虽然是指斥雨神，实际上却是在指斥唐末那些大大小小的官僚。那些官僚利用手中掌握的权力，肆意刁难黎民百姓。明明知道老百姓在苦难中忍受煎熬，他们却不闻不问。按职分本来该他们办的事，他们就是不办，一拖再拖，以此为条件逼着百姓杀猪宰羊来送礼，直等到一次又一次送个尽够，这才敷敷衍衍把事情办了。他们嘴里说得好听，实际上却不仁，不义，不认真办事(不敬)。作者断然指出，上天不可能永远受欺骗，百姓也不可能永远受欺压，官僚们鱼肉百姓的行为，总有一天得偿付代价。

文章干净利落，饶有余味。遗憾的是，对唐末漆黑一团糟的局面，作者把责任都推给各级官僚，而把上天——皇帝开脱出来。在封建社会里，臣民们从来不责怪皇帝，这是通例。司空图认为皇帝原想用神乳来养活庄稼，养活百姓，对各种为非作歹的现象也不会永远蒙在鼓里，终究会明白实情，采取措施：这显然是自欺自慰。

(廖士杰　樊修章)

【作者小传】

林简言

唐文学家。字欲讷。福清(今属福建)人。文宗太和四年进士，一说大中时进士。官至漳州刺史。其文笔波澜老成。有《汉武封禅论》《上韩吏部书》《言赠》《纪鹦鸣》等篇传世。

纪鸮鸣 林简言

东渭桥有贾食于道者,其舍之庭有槐焉。耸干舒柯,布叶凝翠,若不与他槐等。其舍既陋,主人独以槐为饰。当乎夏日,则孕风贮凉,虽高台大屋,谅无惭德。是以徂南走北,步者乘者,息肩于斯,税驾①于斯,亦忘舍之陋。

长庆元年,简言去鄜②,得息其下。观主人德槐之意,亦高台大室者也。洎二年去夏阳③,则槐薪矣。屋既陋,槐且为薪,遂进他舍。因问其故。曰:"某与邻俱贾食者也。某以槐故,利兼于邻。邻有善作鸮鸣者,每伺宵晦,辄登树鸮鸣。凡侧于树,若小若大,莫不懔然惧悚,以非④鬼物之在槐也。不日而又至也。又私于巫者,俾于鬼语:'槐不去,鸮不息!'主人有母者且瘵⑤,虑祸及母,遂取巫者语。后亦以稀宾致困。"

简言曰:"假为鸮鸣,灭树殃家,甚于真鸮,非听⑥之误耶?然屈平謇谔,非不利于楚也,靳尚一鸮鸣而三闾放⑦。杨震讦谟,非不利于汉也,樊丰一鸮鸣而太尉死⑧。求之于古,主人亦不为甚愚。"

〔注〕 ① 税:通"脱"。脱驾,即卸马停车。 ② 鄜(fū):今陕西富县。 ③ 夏阳:今陕西韩城。 ④ 以非:由于(夜猫子叫这件事)而指责。 ⑤ 瘵(zhài):病。 ⑥ 听:决断。 ⑦"然屈平"三句:屈平即屈原(约前340—约前278)。战国时楚人,辅佐楚怀王,做过左徒,三闾大夫。在与靳尚、子兰等人的斗争中被谗去职。顷襄王时被放逐,流浪湖南沅湘流域,后投汨罗江死。謇(jiǎn)谔,正直敢言。 ⑧"杨震"三句:杨震,弘农华阴(今属陕西)人,博览群经,时称"关西孔子"。曾任司徒、太尉等职。汉安帝乳母王圣及中常侍樊丰等贪纵不法,他多次上疏切谏,被诬罢官自杀。讦谟(xū mó),谋划远大。

文中的小饭馆老板,利用门前院子里一棵枝繁叶茂的大槐树装饰门面,借槐树的阴凉来招揽顾客,结果比邻家的小饭馆赢利高出一倍。他的邻家无力将槐树占为已有,就在暗中搅和。利用民间的迷信心理,趁月黑夜爬到槐树上学猫头鹰叫,又买通神婆子,装神弄鬼,扬言:槐树不砍,夜猫子会一直叫。周围的人被搅得惶惶然,愤愤然,于是舆论哗然。小老板赶紧砍掉槐树,终于日益穷困。

这小老板糊里糊涂地中了别人的诡计,砸了自己的饭碗,当然傻透了。然而,作者却认为他还不算太傻。原来他的本意在揭露、抨击政治倾轧。屈原正直敢说话，杨震进行重大的谋划，尽管对国家有利，但却妨碍了某些人的升官发财，成了他们达到个人目的的障碍，于是遭到暗算。

史载，屈原受宠信，为楚怀王制订法令。靳尚与他争宠，嫉妒他，想索讨他制订的法令草本，向楚怀王邀功。屈原不允，他就向怀王告恶状，屈原从此被疏远。楚国形势每况愈下，最后怀王被秦国扣押，困死秦国。杨震是东汉安帝时的太尉，因看不惯一些大臣和皇帝身边的小人贪赃枉法，为非作歹，几次直言进谏，成了这些人的眼中钉，终于被削职遣送原籍，服毒自杀。

小老板砍槐树是出于无可奈何：夜猫子的叫声招鬼，鬼来了就会带来灾祸，这种心理定式如果不变，小老板能顶得住社会舆论的压力吗？楚怀王们则不同，他们赶走屈原，逼死杨震，绝不像唐玄宗同意绞死杨贵妃那样，是“六军不发无奈何”，而是把绞索当救命的稻草死抓住不放，还自以为这是挣出险境的最后一招。由此可见，楚怀王们的确比小饭馆老板还要傻。

作者这篇文章是写给晚唐的楚怀王们看的，意在提醒他们，要明智一些，万不可绝自己的路，断自己的桥，自己跟自己过不去。可惜的是，在君主专制政体下，帝王的权力不受任何限制，这就决定了帝王们不能不比小饭馆老板更傻。

（廖士杰　樊修章）

【作者小传】

来　鹄

唐散文家。豫章（今江西南昌）人。师韩愈、柳宗元为文。曾著《圣政纪颂序》献上，自称“乡校小臣”。大中、咸通中，以文章称，声名颇著。黄巢攻占长安，避地荆襄。南归，中和中，客死扬州。

俭不至说　　　　来　鹄

剪腐帛而火焚者，人闻之，必递相惊曰：家之何处烧衣耶？委余食而弃地者，人见之，必递相骇曰：家之何处弃食耶？烧衣易惊，弃食易骇，以其衣可贵而食可厚，不忍焚之弃之也。

然而不知家有无用之人，厩有无力之马，无用之人服其衣，与其焚也何远？无力之马食其粟，与其弃也何异？以是焚之，以是弃之，未尝少有惊骇者。

公孙弘[①]为汉相，盖布被，是惊家之焚衣也，而不能惊汉武国恃奢服[②]。晏子为齐相，豚肩不掩豆[③]，是骇家之弃粟也，而不能骇景公之厩马千驷[④]。

〔注〕 ① 公孙弘：西汉菑川薛(今山东滕州南)人，狱吏出身，后升任丞相，封平津侯。 ② 国恃奢服：即恃国服奢，意为自恃为皇帝，管着整个国家，因而习惯于奢侈。 ③《礼·祭器》："晏平仲祀其先人，豚肩不掩豆。"豚肩，猪肘子。豆，古代食器，一种有圆锥形高座的盘子。 ④《论语·季氏》："齐景公有马千驷。"马四匹为驷。

把朽坏的布帛剪了烧掉，把残剩的饭菜端来倒掉，人们必定吃惊。因为衣食是生活中不可缺少的东西，必须珍惜；就算已经没有使用价值了，也还是不忍心毁掉扔掉。然而，从更大的范围来看，那些大家族养着不事生产的人，不服力役的马，一样要消耗布帛和粮食，尽管这也是糟蹋，却没有人因此感到吃惊。作者从这种生活现象，敏锐地察觉出更深一层的问题。

一方面节俭到抠搜的地步，另一方面又大方到挥霍的边沿，这种现象是相当普遍的。一个迷信的人，哪怕穷得数米而炊，却可以倾其所有去敬神；一个有特殊嗜好的人，吃饭可以凑合，却不惜将积攒全部拿去满足嗜好。凡此种种，都属这种怪现象。

据《史记》和《汉书》记载，公孙弘任汉武帝的丞相时，仍然盖"布被，食不重味"，而且倡言"人臣病不节俭"。不仅如此，他还用自己的俸禄供养故人和宾客，以致穷得连一点积蓄都没有。像这样的丞相，历史上的确是罕见的，应当说难能可贵。然而，作为一个政治家，他却相当差劲。汉武帝迷信神仙，大兴土木，又连年对外用兵，弄得民穷财尽，人口大减，这些事他却不肯犯颜直谏。他自己布衾蔬食，但对汉武帝拿百姓的身家性命去挥霍却不闻不问，这种节俭自然是境界不高的。

如作深层探究，作者实际上提出了政治家应当有怎样的品质这样一个问题。对政治家来说，光是要求自己严格，是非常不够的，因为政治家是管政治大事的，如果他在国家大事上糊里糊涂，甚至装聋卖哑，推卸责任，那么，私生活再检点，也是毫无意义的。这样的人即便像公孙弘那样盖布被，也没人把他看作大政治家，因为他在政治上是庸人，甚至带小人气。

文中提到的晏子，虽然在自奉俭薄这一点上与公孙弘相同，政治上却不可同日而语。作者将两人相提并论，显系不妥。　　（廖士杰　樊修章）

猫虎说　　　　来鹄

农民将有事①于原野，其老曰："遵故实以全，其秋庶可望矣。"乃具所嗜为兽之羞②。祝而迎曰："鼠者，吾其猫乎！豕者，吾其虎乎！"其幼憾曰："迎猫可也，迎虎可乎？豕盗于田，逐之可去，虎来无豕，馁将若何？抑又闻虎者不可与之全物，恐其决③之之怒也；不可与之生物，恐其杀之之怒也。如得其豕生而且全，其怒滋甚。射而擭④之，犹畏其来，况迎之乎？噫，吾亡无日矣！"

或有决于乡先生，先生听而笑曰："为鼠迎猫，为豕迎虎，皆为害乎食也。然而贪吏夺之，又迎何物焉？"

由是知其不免，乃撤所嗜，不复议猫虎。

〔注〕①有事：有祭祀活动。②羞：同"馐"，美味的食品。③决：咬断。④擭(huò)：装有机关捉野兽的笼子，这里作动词用。

封建时代的农民根本无力掌握自己的命运，只好寄希望于神祇，盼望神把自己从无可奈何的生活境遇中拯救出来，得到最起码的温饱。他们遵照祖宗传下的陈规，用整只牲口做祭品，到野外举行祭祀。他们迎猫神和虎神，请猫和虎来收拾糟蹋庄稼的老鼠和野猪，以祈秋后丰收。这种祭祀活动早在《礼·郊特牲》中就已有记载："迎猫，为其食田鼠也"，"迎虎，为其食田豕也"。然而，这毕竟是愚昧和迷信。

文中的那个年轻人，脑子就比较清醒。他知道迎猫有益无害，而迎虎则会带来无穷祸害。试想，用完整的动物体做祭品去敬虎神，岂不是有意去刺激老虎的野性么？一旦虎的野性大发，人岂不是死到临头了吗！

作者的目的并不在说明这一番道理，他请出来一位告老还乡的绅士，借他的嘴来揭明题旨。这位绅士是从官场中翻跟斗翻出来的，自然知道生活中还有比老虎更厉害的东西。野猪糟蹋庄稼，即使歉收，总还能收几成；老虎野性大发，纵然伤人，也还有个躲处。如狼似虎的贪官污吏来了，连地皮都要刮掉一层，又请哪路大神来对付呢？农民用全猪全羊敬虎神，原本是万般无奈的。经乡先生一点拨，立刻明白过来，知道想什么办法也没用，于是二话不说，抬了祭品就走，再不提祭猫神虎神的事。这说明，他们对贪官污吏的危害，早就有切肤的感受了。

以大段对话渲染气氛，做好铺垫，然后点出"苛政猛于虎"的题旨，不动声色

地揭露了唐末王朝的腐败，这正是文章的妙处所在。（廖士杰　樊修章）

【作者小传】

杨 夔

唐文学家。自号弘农子。弘农（今河南灵宝）人。昭宗时曾为宣州田頵上客，知頵力不足以抗杨行密，著《溺赋》以戒之，頵不用而败。终身不仕。能诗，工赋善文。与杜荀鹤、康骈、张乔、郑谷等为诗友，以《冗书》驰名士大夫间。其文颇有气势，《蓄狸说》《善恶鉴》《植兰说》等皆为佳篇。

止 妒　　杨 夔

梁武平齐，尽有其内①。获侍儿十余辈，颇娱于目。俄为郗后所察，动止皆有隔抑②。拗其愤恚③，殆欲成疹④。

左右识其情者进言曰："臣尝读《山海经》，云以鸧鹒为膳，可以疗其事，使不忌⑤。陛下盍试诸⑥？"梁武从之。郗茹⑦之后，妒减殆半。帝愈⑧，神其事⑨。

左右复言曰："愿陛下广羞诸⑩，以遍赐群臣，使不才者无妒于有才，挟私者不妒于奉公，浊者不妒其清，贪者不妒其廉。俾其恶去胜忌前⑪，皆知革心，亦助化之一端也。"帝深然其言，将诏虞人⑫广捕之。会方崇内典⑬，诫于血生，其议遂寝⑭。

〔注〕 ① 内：皇帝后宫的女子。 ② 动止皆有隔抑：一动（一接近那些侍儿）就会受到阻隔抑制。 ③ 拗（yù）其愤恚（huì）：使他压抑着怨愤。 ④ 殆欲成疹（chèn）：几乎要气出病来。疹，通"疢"，病。 ⑤ "臣尝读"四句：《山海经·北山经》："轩辕之山……有鸟焉……食之不妒。"鸧鹒（cāng gēng），即黄鹂。 ⑥ 盍（hé）试诸：何不试一试呢？ ⑦ 茹：吃。 ⑧ 愈：这里指心情好了。 ⑨ 神其事：以为这件事很神奇。 ⑩ 广羞诸：大量做这种美味的食物吧。 ⑪ 去胜忌前：排挤忌恨超过自己的人。 ⑫ 虞人：掌管田猎的官吏。 ⑬ 内典：佛教经典。 ⑭ 寝：止息。

妒忌不是药方所能医治的，作者却异想天开地虚构出疗妒的特效药。揆之史实，梁武帝推翻南齐政权建立梁朝，是502年的事，而郗后还在萧衍任南齐的雍州刺史镇守襄阳时的499年就去世了，皇后的称号是后来追封的，可见这则止妒的故事纯属杜撰。其目的是借以发抒对嫉贤妒能这种社会现象的愤慨不平。

据《唐才子传》记载，杨夔“工诗文，名称杰出”，却一辈子没有做过官。在封建社会里，不论是不愿做官还是做不上官，都会有满肚子牢骚，其中又必然包含有对嫉贤妒能的愤懑。作者自然是为了宣泄愤懑，以求得内心的平衡。但他没有大声疾呼，而是极力将之净化，把痛心的眼泪融进淡淡的微笑里，用幽默风趣的笔调不动声色地款款叙来。从夫妻之间的妒忌，借《山海经》中记载的止妒偏方，轻松自如地用以疗治政治方面的妒忌。他先煞有介事地肯定这个偏方对治疗夫妻之间的妒忌有很好的疗效，接着又满有把握地叙说用这种偏方来使嫉贤妒能的人洗心革面，必将促成良好的社会风气。他所渴望的，是有才能的人不受欺压，奉公的人不遭暗算，清廉的人不被排挤；而无才、挟私和污浊贪墨的人能懂得，排挤忌恨超过自己的人，是可恶的行为。可想而知，作者是融入了切身的感受的。在封建社会的官场里，从来是清廉奉公的官少，而污浊贪墨的官多。唐末风雨飘摇，正是唐王朝彻底覆灭的前夜，官场的黑暗自然更是不问可知了。处在这样的环境里，作者又怎么能不痛心疾首呢！可是他很聪明，没有硬做迂腐的结论。他不谈这种疗妒方的疗效究竟如何，而点到梁武帝崇信佛教，劝阻杀生，就戛然而止，不了了之。很显然，他知道药膳治不了嫉贤妒能的恶习，也无意开这种荒谬的药方。他只是舒愤懑，同时给后人留一道深刻的思考题。

（廖士杰　樊修章）

【作者小传】

冯翊子

五代小说家。姓严，字子休，自号冯翊子。生平仕履不详。著有笔记小说集《桂苑丛谈》，多记唐懿宗咸通年间以后鬼神怪异及唐代杂事。

方竹拄杖

冯翊子

太尉朱崖公[①]两出镇于浙右，前任罢日游甘露寺，因访别于老僧院公曰：“弟子奉诏西行，祗[②]别和尚。”老僧者熟于祗接，至于谈话多空教所长，不甚对以他事。由是公怜而敬之。煮茗既终，将欲辞去。公曰：“昔日有遗筇杖竹一条[③]，聊与师赠别。”亟令取之，须臾而至。其杖虽竹而方，所持向上，节眼须牙四面对出，天生可爱。且朱崖所宝之物即可知也。别后不数岁再领朱方[4]，居三日，复因到院，问前时拄杖何在。曰："至今宝之。"公请出观之，则老僧规圆而漆之矣。公嗟叹再弥日，自此不复目其僧矣。太尉多蓄古远之物，云是大宛国人所遗竹，唯此一茎而方者也。

〔注〕 ① 朱崖公：唐李德裕别称。曾任崖州司户。崖州（海南）别称朱崖。 ② 祗（zhī）：恭敬。 ③ 遗（wèi）：馈赠。筇（qióng）：竹名。常用来制作杖。 ④ 朱方：南方。此指前文的浙右（浙东）地区。

记得先前曾看到过一个寓言，大意是一位珠宝商人偶经村夫农舍，看到屋檐下挂着一柄尘封的旧破伞。他驻足端详一番，似有所发现，并愿以高价收购；可是身边没有带够钱，言明翌日来取。谁知第二天再来，那伞竟面目全非，买主翻悔而去。原来农家主觉得满伞尘埃高价出售过意不去，便拿来洗涤干净。结果弄巧反成拙，把藏在伞里的一只含珠的蜘蛛赶跑了。

《方竹拄杖》所记与这则寓言有点近似，但寓意迥异，那位农家主的弄巧成拙，是出于朴实的良知，人们惜其失之交臂。而老僧人把稀有的古远之物方竹拄杖削圆并涂上油漆，使珍贵的文物变成一文不值的俗物，却是由于附庸风雅的无知，作者笑他俗不可耐。后者借喻自然，不露痕迹地道出一种古今中外无处不有的芸芸众生相，寓意更深。

弄巧成拙的附庸风雅，用现代语言来表述，兴许可以叫作出洋相罢。不过有的洋相倒是当真的，出了洋相还洋洋自得，——那是无知帮倒忙，可就是自作孽了。如今有种时髦的风尚，唯"洋"是宠，趋"洋"若鹜，恐怕也算得上新兴的附庸风雅。风雅不坏，问题在附庸；雅过头则俗，不可耐便拙。附庸风雅之所以会弄巧反拙，因为它往往雅得这样俗而又自作多情。这大约就是《方竹拄杖》给予的某种启发和联想。 （林 帆）

宋金元

【作者小传】

陈抟

(？—989)　五代宋初道士。字图南，自号扶摇子，亳州真源(今河南鹿邑)人；一说普州崇龛(今重庆潼南西境)人。生于唐末。后唐长兴中，举进士不第，隐居武当山，服气辟谷二十余年(或说仅三、五年)。后移居华山。宋太宗赐号希夷先生。著有《无极图》《先天图》《指玄篇》。

睡答

陈抟

白云先生[1]卧华山之巅，方醒，有衣冠子金励问曰："先生以一睡收天地之混沌，以一觉破今古之往来，妙哉！睡也。睡亦有道乎？"先生答曰："有道。凡人之睡也，先睡目，后睡心；吾之睡也，先睡心，后睡目。凡人之醒也，先醒心，后醒目；吾之醒也，先醒目，后醒心。心醒，因见心，乃见世。心睡，不见世，并不见心。宇宙以来，治世者，以玄圭[2]封，以白鱼胜。出世者，以黄鹤去，以青牛度。训世者，以赤字推，以绿图画。吾尽付之无心也。睡无心，醒亦无心。"励曰："睡可无心，醒焉能无心？"先生答曰："凡人于梦处醒，故醒不醒；吾心于醒处梦，故梦不梦。故善吾醒，乃所以善吾睡；善吾睡，乃所以善吾醒。"励曰："吾欲学无心，如何则可？"先生答曰："对境莫任心，对心莫任境，如是已矣，焉知其他？"因示以诗云："常人无所重，惟睡乃为重。举世此为息，魂离神不动。觉来无所知，知来心愈用。堪笑尘世中，不知梦是梦。"

〔注〕①白云先生：作者虚拟的道家人名，包括下句"衣冠子金励"。　②玄珪：一种黑色玉器。

睡和醒是对立的统一，没有睡也就没有醒。善睡，可以解除尘世的一切烦恼。故东坡有《睡乡记》，极言睡乡之甜之美，陆放翁在《睡乡》一诗中也说："不如睡乡去，万事风马牛。""睡乡"也叫"黑甜乡"，显然是以黑夜的"甜"衬托白昼的"苦"的。故东坡在迁谪到广州后自我解嘲说："三杯饮饱后，一枕黑甜余。"马致远在《陈抟高卧》一剧中也说："笑他满朝朱紫贵，怎如我一枕黑甜乡。"说明"睡乡"确是摆脱世间羁绊、解除精神痛苦的好所在。它比起元亮醉菊、和靖妻梅、子陵垂钓、君平卖卜来，要潇洒得多，超脱得多。什么“鸡虫得失”“蛮触争斗”“黄蜂排衙”“黑蚁争穴”等纠纷，都能在“卧一榻清风，看一轮明月，盖一片白云，枕一块顽石”的睡乡中，淡化得一点痕迹也没有，真是现实生活中唯一的干净土。

但睡亦有道。如果不得其道，就会像《列子·周穆王》中的那个“老役夫”和“周尹氏”一样，或者“夕夕梦为国君，居人民之上，总一国之事”；或者“夕夕梦为人仆，趋走作役，无不为也；数罾杖挞，无不至也”。使得终夜勤劳，不得宁贴，问题就出在他们不懂得“睡乡”的三昧，即陈抟在这里提出的“先睡心，后睡目”。因为“心睡”则“不见世，并不见心”。如何才能“不见心”呢？陈抟又告诉我们：要“对境莫任心，对心莫任境”，也就是面对严峻的环境，要善于控制感情；面对感情的冲动，要善于适应环境。只有达到了这样的境界，才不会看到夏禹治水，封以玄圭，武王伐纣，兆以白鱼那样的“治世者”而动心；也不会看到乘黄鹤登仙的费文祎、骑青牛过关的老子道君而生羡。要把这些都看作过眼云烟，过耳秋风，“尽付之无心”之境，要“随所取而足，随所至而安，随所寓而乐”，才不会成为“乱扰扰红尘内争利愚人，闹攘攘黄阁上为官的贵人”，才能真正领略到“睡乡”的乐趣和妙趣。这绝不是消极的厌世，而是积极的喻世；不是消极的避世，而是积极的刺世。马致远在《陈抟高卧》一剧中把他描写成为一个“酒醉汉”“睡魔王”，说他“睡时节幕天席地，黑喽喽鼻息如雷”，“贪闲身外全无事，除睡人间总不知”，我觉得那不是真正的陈抟，而是马致远心造的幻影。陈抟不过是借睡以觉世之梦梦，借睡乡以讥世之汶汶，“堪笑尘世中，不知梦是梦”，正好说明他是借此来针砭那些“汲汲于富贵，戚戚于贫贱”的人，是借此来说明“巧者之奔走，不如拙者之自守；夸者之驰骤，不如静者之永久”而已。

（羊春秋）

【作者小传】

孙光宪

五代宋初文学家。字孟文，自号葆光子。陵州贵平（今四川仁寿东北）人。家中聚书数千卷，校勘抄写，老而不辍。事南平三世，累官至荆南节度副使、检校秘书少监。后归来，官黄州刺史。所作词大部分收入《花间集》。撰有笔记《北梦琐言》。另有历史著作《续通历》，已佚。

出奇登第

孙光宪

唐咸通①中，前进士李昌符有诗名，久不登第。常岁卷轴，怠于装修。因出一奇，乃作婢仆诗五十首，于公卿间行之。有诗云："春娘爱上酒家楼，不怕归迟总不留。推道那家娘子卧，且留教住待梳头。"又云："不论秋菊与春花，个个能噇②空肚来。无事莫教频入库，一名闲物要些些③。"诸篇皆中婢仆之讳。浃旬④，京城盛传其诗篇。为妳妪⑤辈怪骂腾沸，尽要掴其面。是年登第。与夫桃杖虎靴⑥，事虽不同，用奇即无异也。

〔注〕 ① 咸通：唐懿宗年号(860—874)。 ② 噇(chuáng)：吃喝无度。 ③ 些(sā)些：同"些些"，少的意思。 ④ 浃(jiā)旬：十天。 ⑤ 妳(nǎi)妪(yù)：上年纪的妇人。 ⑥ 桃杖虎靴：古人辟邪之具。

古代笔记文的特点在于"杂"，固然很有些属茶余饭后的消闲文字，但不乏知人论世的佳作。这篇《出奇登第》，通过李昌符金榜挂名的际遇，聊家常般娓娓而谈，巧妙地针砭了唐代科考取士的时弊，含而不露，蕴藉有余。

说它是批评文字，查无实据。可是细味字里行间，从"久不登第"到"是年登第"，当中插叙两首逗趣的打油诗(说婢仆的撒谎和贪小便宜)，就不难悟到事出有因了。这是为文巧妙所在，足见作者用心良苦。它写于五代，只记一段唐人趣闻，其中并无议论，可是微言大义跃如也。当然，由于时差相隔久远，又是采用了"砭锢弊常取类型"的手法，对当今读者显然生疏；了解一下唐代的科举制度，也许不无裨益。应该说，此非闲适之作，而是一篇缩略版的"官场现形记"。

唐代科举承隋制，重进士科。贞观以后的宰相大臣，多从进士科出身。这是晋爵之阶，而及第在"门"，取舍全凭主考官私意；没有后门关系，才高八斗也枉然。史载皇甫镇虽怀才，应试二十三次终不第，冯藻有学识，赴京三十次皆落榜。于是寒门文士晋阶无门，便千方百计为自己扬名。李昌符想出以婢仆诗的点子出奇制胜，其实并非新招数。在此之前，卢延让曾赴考三十五次，最后作些乖张的诗篇，如"饿猫临鼠穴，馋犬舐鱼砧"，"栗暴烧毡破，鱼跳触鼎翻"之类，才得达官权贵的赏识，一举而跳龙门。他自认"我一生请谒公卿，不料得猫儿狗子的力量"。这真是发自内心的自嘲和怨愤之言。卢、李二生的"事虽不同，用奇即无异也"，看来不是一般的无独有偶罢。历史背景如此，这种"不正之风"就形成"类型"了。吴敬梓笔下的《儒林外史》，所记种种，恐怕也是彼此彼此的。

这篇笔记今天看来还有那么一点启示，大概便是"知人论世"的作用了。

（林　帆）

【作者小传】

王禹偁

(945—1001) 北宋文学家。字元之。济州巨野(今属山东)人。太平兴国进士。历直史馆、知制诰,为翰林学士。刚直敢言。修《太祖实录》,直言史事,为宰相不满,出知黄州,后迁蕲州,病卒。善诗文。反对宋初浮靡文风,提倡平易朴素,于诗推崇杜甫、白居易,于文推崇韩愈、柳宗元。著有《小畜集》《五代史阙文》。

黄州新建小竹楼记

王禹偁

黄冈之地多竹,大者如椽[①]。竹工破之,刳[②]去其节,用代陶瓦。比屋皆然,以其价廉而工省也。

子城[③]西北隅,雉堞圮毁[④],榛莽荒秽。因作小楼二间,与月波楼[⑤]通。远吞山光,平挹江濑。幽阒辽敻[⑥],不可具状。夏宜急雨,有瀑布声;冬宜密雪,有碎玉声;宜鼓琴,琴调和畅;宜咏诗,诗韵清绝;宜围棋,子声丁丁然;宜投壶,矢声铮铮然:皆竹楼之所助也。

公退之暇,被鹤氅衣[⑦],戴华阳巾[⑧],手执《周易》一卷,焚香默坐,消遣世虑。江山之外,第见风帆沙鸟,烟云竹树而已。待其酒力醒,茶烟歇,送夕阳,迎素月,亦谪居之胜概也。

彼齐云、落星,高则高矣,井干、丽谯[⑨],华则华矣,止于贮妓女,藏歌舞,非骚人之事,吾所不取。

吾闻竹工云:"竹之为瓦,仅十稔[⑩]。若重覆之,得二十稔。"噫!吾以至道乙未岁,自翰林出滁上[⑪],丙申移广陵[⑫],丁酉,又入西掖[⑬],戊戌岁除日,有齐安之命,己亥闰三月到郡。四年之间,奔走不暇,未知明年又在何处,岂惧竹楼之易朽乎!幸后之人与我同志,嗣而葺之,庶斯楼之不朽也。咸平二年[⑭]八月十五日记。

〔注〕 ① 椽(chuán):架在屋顶承受瓦片的木条。 ② 刳(kū):削去。 ③ 子城:即瓮城,月城。他书也有误作"予城"的。 ④ 雉堞(dié)圮(pǐ)毁:城上短墙倒塌损毁。 ⑤ 月波楼:黄冈的一座古楼。 ⑥ 幽阒(qù)辽敻(xiòng):幽静辽远。 ⑦ 鹤氅(chǎng)衣:道

袍。 ⑧ 华阳巾：道士所戴的帽子。 ⑨ 齐云、落星、井干、丽谯：均为古代名楼。 ⑩ 稔：年。 ⑪ 滁上：滁州。 ⑫ 广陵：扬州。 ⑬ 西掖(yè)：中书省别称。 ⑭ 咸平二年：999年。咸平，宋真宗年号。

王禹偁活了四十八岁，却三次遭到贬谪：商州、滁州、黄州。每次贬谪，他都在诗文上留下佳作。这说明在古代还能给遭贬谪的文士以写作的余地，而且往往在逆境中使他们的文笔更加警炼超拔，也更有胆识。

真宗咸平元年(998)，王禹偁预修《太祖实录》(《涑水记闻》卷三作"太宗实录"，误)，直书其事。当时宰相张齐贤、李沆不相和谐，意谓禹偁议论轻重其间，遂于次年被黜，出知黄州，曾作《三黜赋》以见志，其卒章云："屈于身兮不屈其道，任百谪而何亏。吾当守正直兮佩仁义，期终身以行之。"亦见其人之倔强坚定。当时没有人敢去见他，只有窦元宾握手泣唁于阁门曰："天乎，使公屡黜，岂非命耶？"士大夫以此推重元宾，禹偁以诗谢元宾云："惟有南宫窦员外，为予垂泪阁门前。"(见《皇朝事实类苑》卷三四)

黄州(即齐安)辖黄冈(治所)、黄陂、麻城三县，人户不满一万，但地连云梦，城倚大江，倒不失为逐臣安身之地。

竹楼筑于咸平二年夏秋间，《记》则成于中秋日。他在做京官时，未曾购置田宅。因为家贫，谪黄州时，翰林学士毕士安送过他白银三百两，不想到了黄冈，却有竹楼可居。

本文劈头第一句"黄冈之地多竹"，和欧阳修《醉翁亭记》的"环滁皆山也"，起句皆有先声夺人之妙。中国历代文人皆喜爱竹，所谓无竹令人俗，雅事屡见于史传，王文只是说"以其价廉而工省也"，一扫浮文，径说实话。

月波楼亦禹偁所建，他所以在荒地上建竹楼，就为了使二楼相通，往来方便。

贬地总是荒僻之区，黄冈又人烟稀少，所以于山光水色之中，显得幽寂杳渺，但夏雨冬雪，大自然为他送来了天籁，正见得天心公道，不因逐臣而歧视。由天籁而转入人工，于是可以鼓琴，吟诗，围棋，投壶，然后以"皆竹楼之助也"总括对竹楼的感谢。这些声音，散落在幽静的竹楼中，恰如王籍入若耶溪的"蝉噪林愈静，鸟鸣山更幽"。

禹偁因身体瘦弱，爱着道装，其《病中书事上集贤钱侍郎》即有"老为儒术误，瘦爱道装轻"语。这时更多闲暇，便可以焚香默坐，尽览风帆沙鸟，烟云竹树，这些景象都是在变化的，他却从静中摄取其意趣。同时，也从侧面反映出谪居的落寞心情。他在谪商州时，便在《睡十二韵》中说："东窗一丈日，且作自由身"；在《五更睡》中又说："如将闲比贵，此味敌公卿。"身为朝廷黜放之人，不静坐不睡觉,又有什么事情可干呢?

齐云观建于陈后主,落星楼造于孙权执政时,井干楼为汉武帝封禅而作,丽谯楼承曹操旨意而造,都不是逐臣所喜欢的,就像《庄子·秋水》中鹓鸰看到得腐鼠的鸱那样一"吓"了之。这里的"骚人"泛指失意的文人,范仲淹《岳阳楼记》的"迁客骚人,多会于此",亦此意。

末段又回到竹,由竹的使用年限回溯自己从太宗至道元年(995)乙未到真宗咸平二年己亥的奔走过程,因而也很自然地有"未知明年又在何处"的感慨,即苏轼"此生此夜不长好,明月明年何处看"之意。

最后是寄希望于后人,使竹楼得以不朽。但草木百年,毕竟要废朽,此文却一直流传着,黄冈竹楼也长记在万千读者心中。 (金性尧)

【作者小传】

范仲淹

(989—1052) 北宋政治家、文学家。字希文。苏州吴县(今江苏苏州)人。大中祥符进士。天圣中任西溪盐官。康定元年(1040)与韩琦同为陕西经略安抚招讨副使。庆历三年(1043)任参知政事,倡导新政。罢职后,出任陕西四路宣抚使。后在赴颍州途中病死,工诗词散文。著有《范文正公集》。

岳阳楼记 范仲淹

庆历四年[①]春,滕子京谪守巴陵郡[②]。越明年[③],政通人和,百废具兴。乃重修岳阳楼,增其旧制,刻唐贤今人诗赋[④]于其上。属[⑤]予作文以记之。

予观夫巴陵胜状,在洞庭一湖:衔远山,吞长江,浩浩汤汤[⑥],横无际涯;朝晖夕阴,气象万千。此则岳阳楼之大观也。前人之述备矣。然则,北通巫峡,南极潇湘,迁客骚人[⑦],多会于此。览物之情,得无异乎?

若夫霪雨霏霏[⑧],连月不开;阴风怒号,浊浪排空;日星隐曜,山岳潜形;商旅不行,樯倾楫摧;薄暮冥冥,虎啸猿啼。登斯楼也,则有去国[⑨]怀乡,忧谗畏讥,满目萧然,感极而悲者矣。

至若春和景明，波澜不惊，上下天光，一碧万顷；沙鸥翔集，锦鳞[10]游泳；岸芷汀兰，郁郁青青。而或长烟一空，皓月千里，浮光跃金，静影沉璧；渔歌互答，此乐何极！登斯楼也，则有心旷神怡，宠辱偕忘，把酒临风[11]，其喜洋洋者矣。

嗟夫！予尝求古仁人之心，或异二者之为。何哉？不以物喜，不以己悲。居庙堂[12]之高，则忧其民；处江湖之远[13]，则忧其君：是进亦忧，退亦忧。然则何时而乐耶？其必曰“先天下之忧而忧，后天下之乐而乐”乎！噫！微[14]斯人，吾谁与归[15]？时六年[16]九月十五日。

〔注〕①庆历四年：公元1044年。庆历，宋仁宗年号。②滕子京谪守巴陵郡：滕子京，名宗谅，河南(今河南洛阳一带)人。与范仲淹同于大中祥符八年(1015)中进士，为泰州军事判官时，曾助范仲淹主持筑捍海堤堰。庆历二年，他以天章阁待制任环庆路都部署、并知庆州，在防御西夏方面曾有贡献。次年被人诬告，牵连甚众，囚系满狱。范仲淹、欧阳修为之辩白，遂贬知凤翔府，后又贬知虢州。庆历四年，王拱辰提出滕子京“盗用公使钱，止削一官，所坐太轻”；因而又贬到岳州巴陵郡(今湖南岳阳一带)。③越明年：到第二年。越，及，到。④唐贤今人诗赋：如李白的《秋登巴陵望洞庭》、杜甫的《登岳阳楼》、孟浩然的《临洞庭上张丞相》、夏侯嘉正的《洞庭赋》等，都是写“岳阳楼之大观”的。杜甫的“吴楚东南坼，乾坤日夜浮”及孟浩然的“气蒸云梦泽，波撼岳阳城”两联，尤其有名。⑤属：同“嘱”。⑥汤(shāng)汤：水流大而急的样子。⑦迁客：谪迁的人。骚人：诗人。⑧霪雨：连绵的雨。霏霏：雨飘落的样子。⑨去国：离开国都。⑩锦鳞：指鱼。⑪把酒临风：端起酒杯，面对着风喝酒。⑫庙堂：指朝廷。⑬处江湖之远：指不在朝廷做官。⑭微：假如没有。⑮吾谁与归：我同谁一起呢？与，同“欤”，表示疑问。归，归附，归依。⑯六年：指庆历六年。

宋人王辟之曾说：“庆历中，滕子京谪守巴陵，治最为天下第一。政成，重修岳阳楼，属范文正公为记，词极清丽。苏子美书石，邵竦篆额，亦皆一时精笔。世谓之‘四绝’云。”(《渑水燕谈录》卷六)作为“四绝”之一的《岳阳楼记》，确是一篇脍炙人口的名文。

全文共分五段。第一段，叙作记的原因。分三层。“庆历四年春，滕子京谪守巴陵郡。”这是第一层。“谪”字是全文的关键。“越明年，政通人和，百废具兴。”这是第二层。一个被“谪”的人而能做出这样的成绩，自然值得赞美。作者写这几句，正是赞美滕子京；但也另有用意，后面再谈。“乃重修岳阳楼，增其旧制，刻唐贤今人诗赋于其上。属予作文以记之。”这是第三层。“乃”字承上启下，说明“重修岳阳楼”是在“政通人和，百废具兴”的前提下进行的。

第二段共两层。作者在前一段只用两句话交代了重修岳阳楼的全部工程；

并没有描写重修后的岳阳楼如何壮丽,因为这与他所要表现的主题无关。到了第二段,先写岳阳楼上所见的自然形胜:"予观夫巴陵胜状,在洞庭一湖:衔远山,吞长江,浩浩汤汤,横无际涯;朝晖夕阴,气象万千。此则岳阳楼之大观也。前人之述备矣。"这是第一层,也写得很概括。因为一则"前人之述备矣"(与前段中的"刻唐贤今人诗赋于其上"呼应),用不着重复;二则这不是重点,仅是逐渐向重点过渡的桥梁。是怎样过渡的呢?"然则,北通巫峡,南极潇湘,迁客骚人,多会于此。览物之情,得无异乎?"这是第二层,以"然则"承上转下:既然岳阳楼之大观如此,那么,南来北往的"迁客骚人"("迁客"与前段中的"谪"字呼应)到这里登高四望,触景而生的情感岂不有所不同吗?这一反问引出了第三段和第四段。这两段是对"览物之情,得无异乎"的回答。多用偶句,在形式和内容上是对称的:都是先写景,后写"迁客骚人"触景而生的"情"。景不同,情也不同。一悲一喜,形成鲜明的对照,坐实了上面的"异"字。

最后一段是全文的重点,即古人所谓"结穴"。"嗟夫!予尝求古仁人之心,或异二者之为。何哉?"提出理想化了的"古仁人"用以否定上两段所写的"迁客骚人",这是第一层。"不以物喜,不以己悲。居庙堂之高,则忧其民;处江湖之远,则忧其君:是进亦忧,退亦忧。然则何时而乐耶?其必曰'先天下之忧而忧,后天下之乐而乐'乎!"具体地写出"古仁人"不同于"迁客骚人"的宏大抱负,回答了前面的"何哉",这是第二层。"噫!微斯人,吾谁与归?"这是第三层。作者含蓄地、但也明确地表示了他的态度:他是把这样的"古仁人"作为学习的榜样的。虽然没有提"以物喜""以己悲"的"迁客骚人",实际上是把他们否定了,而那种感慨系之的语气,更加强了否定的力量。

全文步步深入,由反而正,章法谨严而又富有变化。

在一篇作品中否定什么,肯定什么,这与当时的社会环境、作者的生活道路和思想倾向有关。范仲淹写这篇文章的时代,北宋王朝因政治腐败,阶级矛盾已复杂而尖锐,民族矛盾(契丹的威胁、西夏的侵略)也日益严重。不少有远见的知识分子要求实行政治改革,并以范仲淹为中心,形成一个较有进步性的政治集团,与以夏竦、吕夷简为中心的"邪党"作斗争。由于夏、吕等人在政治上也握有实权,因而以范仲淹为首的政治集团中的许多人物,都一再地遭到打击,作了"迁客"。

庆历三年(1043)以后,夏竦、吕夷简等由于欧阳修、蔡襄、孙沔等交章弹劾而先后被罢免,范仲淹、韩琦、富弼等执掌政权,提出许多改革政治的主张:明黜陟、抑侥幸、精贡举、择官长、均公田、厚农桑、修武备、减徭役、覃恩信、重命令。

对内外职官严加考核，非有功绩，不得升迁；严选各路监司，有不称职者，就班簿上一笔勾去。又更定荫子法：公卿大臣除长子不限年龄外，其他子孙非年过十五、弟侄非年过二十，不得荫官。这些措施，立刻引起许多贵族、旧臣、滥官污吏的不满，攻击范仲淹引用朋党，甚至伪造石介给富弼的信，诬告他们要废除皇帝，终于庆历五年，迫使他们离开朝廷。

《岳阳楼记》是庆历六年九月十五日写的。作者于前一年出知邓州。就是说，作记的时候，他已经是"迁客"。在中国封建社会里，"迁客"往往也是"骚人"（诗人）。那些"迁客骚人"，大都因"怀才不遇"而牢骚满腹，多愁善感。作者在几次被贬谪、如今又作"迁客"的情况下写这篇文章，却能否定一般"迁客骚人"，"以物喜""以己悲"，被个人得失和环境变化所支配的卑微情感，而提出所谓"古仁人"作榜样，这分明是对自己的鞭策，也是对因受"邪党"迫害而作了"迁客"的许多朋友的勉励——首先是对滕子京的勉励。

滕子京有才能，有抱负。然而作为一个"迁客"，他的情感却和记中所赞扬的"古仁人之心"相去甚远。范公偁在《过庭录》里说：

> 滕子京负大才，为众所嫉。自庆帅谪巴陵，愤郁颇见辞色。文正（范仲淹）与之同年友善，爱其才，恐后贻祸；然滕豪迈自负，罕受人言，正患无隙以规之。子京忽以书抵文正，求岳阳楼记，故记中云："不以物喜，不以己悲"，"先天下之忧而忧，后天下之乐而乐"。其意盖有在矣。

范公偁是范仲淹之后，他的《过庭录》所记的事实，都是从他父亲那里听来的。其中关于范仲淹的部分，相当可信；这条关于滕子京求写《岳阳楼记》的材料，尤为珍贵。此后的有些材料，也可以与此相补充。如南宋周煇《清波杂志》（卷四）云：

> 放臣逐客，一旦弃置远外，其伤悲憔悴之叹，发于诗什，特为酸楚，极有不能自遣者。滕子京守巴陵，修岳阳楼，或赞其落成，答以："落甚成？只待凭栏大恸数场！"闵己伤志，固君子所不免，亦岂至是哉！

看了这些材料，再来读《岳阳楼记》，就可以更清楚地看出"滕子京谪守巴陵郡"的"谪"字，的确是全文的关键，而"先忧后乐"云云，则是全文的结穴。中间否定的"以物喜""以己悲"的"迁客骚人"，分明包括滕子京在内；后面提出的"古仁人"，也正是希望滕子京作为榜样，进行学习的。"噫！微斯人，吾谁与归？"说的是"吾"，指向的主要是滕子京。那意思是：我离开了这样"先天下之忧而忧，后天下之乐而乐"的"古仁人"，就迷失了前进的方向，那么，你呢？

前面说过，"政通人和，百废具兴。乃重修岳阳楼"是赞扬，但也另有用意。

用意何在呢？那就是勖勉滕子京应该看得远些，不必“凭栏大恸”，而要进一步做到“政通人和，百废具兴”。

这篇作品的客观意义当然有更大的普遍性；但作者却主要是规劝，或者说是批评“罕受人言”的滕子京的。规劝、批评而不露锋芒，却又很有力量，也显示了作者的构思之妙。

就艺术表现说，《岳阳楼记》有许多特点。骈散结合，排比工整，词采富丽，颇有诗味，这是众所熟知的。结构严密，构思精妙，规劝滕子京不露痕迹，却很有力量，这也在前面谈过了。除此而外，还有几点值得注意。

这篇文章仿佛一向以善写景著名。《后山诗话》中说：“范文正公为《岳阳楼记》，用对话说时景，世以为奇。”那些写景部分，的确相当出色。作者以非常精练的诗的语言，描绘了几种迥然不同的自然景色，形象鲜明突出，极富感染力。

可是这篇作品，却并不是写景文。

古文中的“记”，从前的许多文论家都认为是“记事之文”。而《岳阳楼记》却只有第一段“记事”，中间几段大部分“写景”，最后一段，又分明是“议论”。一种文章体裁，并不是一个死硬的框框。范仲淹把“记事”“写景”“议论”冶于一炉，正显示了他的创造性。

不过只说有记事、有写景、有议论，还不足以说明这篇文章的主要特点。这篇文章，实质上是议论文——独特的议论文。

写议论文，通常先提论点、再摆论据。而这篇文章的论点却在最后，即“先天下之忧而忧，后天下之乐而乐”。这个论点，是通过对“迁客骚人”的否定树立起来的。全文的第一段突出“谪守巴陵郡”，第二段从“岳阳楼之大观”引出“迁客骚人”的“览物之情”。“若夫”“至若”两段尽管写景很出色，但不是为写景而写景，而是为了写“迁客骚人”的“情”；而写“迁客骚人”的“情”，又是为了用这种只局限于个人的“情”来反衬“古仁人之心”的“伟大”“崇高”，实际上起了论据的作用。

有扼要的记事，有生动的写景，有简明的议论；写景与议论，又带有浓郁的抒情色彩。而这一切，又都集中于强化“先忧后乐”的论点。正因为这样，随着《岳阳楼记》的广泛传播，“先天下之忧而忧，后天下之乐而乐”两句话便日益深入人心，化为鼓舞人们关心天下、献身民众的精神力量。　（霍松林）

桐庐郡严先生[①]祠堂记　　范仲淹

先生，光武[②]之故人也，相尚以道。及帝握《赤符》[③]，乘六龙[④]，得圣人之时[⑤]，臣妾[⑥]亿兆，天下孰加焉？惟先生以节高之。既而动星象[⑦]，归江湖，得圣人之清[⑧]，泥涂轩冕，天下孰加焉？惟光武以礼下之[⑨]。

在《蛊》之上九[⑩]，众方有为，而独“不事王侯，高尚其事”，先生以之。在《屯》之初九[⑪]，阳德方亨，而能“以贵下贱，大得民也”，光武以之。

盖先生之心，出乎日月之上；光武之量，包乎天地之外。微先生不能成光武之大，微光武岂能遂先生之高哉？而使贪夫廉，懦夫立，是大有功于名教也。

仲淹来守是邦[⑫]，始构堂而奠焉。乃复[⑬]为其后者四家，以奉祠事。又从而歌曰：“云山苍苍，江水泱泱。先生之风，山高水长。”

〔注〕 ① 严先生：严光，字子陵，东汉余姚人。少与光武帝同学，后为一代名士，光武即位，召至洛阳，欲拜他为谏议大夫，他固辞不受，还归富春江垂钓隐居。其钓台故址在今浙江桐庐。 ② 光武：东汉光武帝刘秀。西汉末年王莽篡位后，全国爆发以绿林、赤眉为首的大规模农民起义，刘秀组织地方武装，先后剿灭各路义军、豪强，于公元25年称帝洛阳，建立东汉王朝。 ③《赤符》：即《赤伏符》。《后汉书·光武纪》载：公元25年，刘秀兵至鄗地，儒生强华自关中奉《赤伏符》前来觐见，符中有谶文道：“刘秀发兵捕不道，四夷云集龙斗野，四七之际火为主。”刘秀以为是天降祥瑞，预示着他要当皇帝，遂登帝位。 ④ 乘六龙：《易·乾·彖》曰：“时乘六龙以御天。”六龙，乾卦六爻皆以龙为象，分别表示龙的六种升降变化，即：潜、见、惕、跃、飞、亢。这六种状态概括了世间万物的变化。“乘六龙”意为凭借龙的六种变化，驾驭天地万物。借此象征皇帝君临天下、统治万民之威仪。 ⑤ 得圣人之时：语本《孟子·万章下》：“孔子，圣之时者也。”即孔子是顺应历史发展的当世圣人，这里借指汉光武帝奉天承运，即皇帝位。 ⑥ 臣妾：臣民。 ⑦ 动星象：《后汉书·逸民传》载：严光与光武“共偃卧，光以足加帝腹上。明日，太史奏：客星犯御座甚急。帝笑曰：‘朕故人严子陵共卧耳。’”客星指严光，御座指光武帝。古人以天象与人事相联系，严光以足压光武帝腹上，天上便显现出“客星犯御座”的星象，实为一种天人感应的附会之辞。 ⑧ 得圣人之清：语本《孟子·万章下》：“伯夷，圣之清者也。”这里指严光和古时的伯夷一样都是圣贤之人。 ⑨ 以礼下之：对地位比自己低的人待之以礼。指汉光武礼遇严光。 ⑩《蛊》之上九：《蛊》为《周易》中的卦名。蛊，坏极而有事也。“上九”指该卦的第六个爻。《蛊》卦之中，前五爻的爻辞均指清除祸害，整饬弊端，即“众方有为”之意；而第六爻的爻辞为“不事王侯，高尚其事”，指治蛊之事完毕之后，退居在野，洁身自守。 ⑪《屯》之初九：《屯》是《周易》中的卦名。屯，难也。“初九”指该卦的第一爻。此爻为阳爻，其位置居于下卦震体两个阴爻之下，卦象称：“上贵下贱”。初九阳爻本为乾阳尊贵之体，即文中所言“阳德方亨”，却能甘居下位，谦卑自处，如此则深得民众拥戴，因此说：“以贵下贱，大得民也。” ⑫ 是邦：即睦州，治所在今建德市，管辖今浙江省新安江、桐江流域。当时范仲

淹被贬知睦州。 ⑬ 复：免除徭役。

这是一篇缅怀严子陵高风亮节的短文。文中深刻蕴含着作者范仲淹对时世的感喟与怅惘，以及对当世君王的失望和企盼，难言之苦衷，耿介之情怀溢于言表。故虽通篇颂扬严先生，而实为感叹士人仕途坎坷的一篇鸣不平之作。

此文写于作者贬居睦州之时。史载他每次外贬，同僚都要为他饯行，第一次称他“此行极光”，第二次称他“此行愈光”，第三次称他“此行尤光”。可见他的被贬，实际上恰好是他心忧天下的写照。睦州人杰地灵，既有新安江这样的奇美山水，又有严子陵这样的高义之士，身为知州的范仲淹由严子陵而联想到自己，由汉光武而联想到当世之时弊，于是当他“来守是邦”，即着手“构堂而奠”，精心巧构出一篇礼赞之文，表达他对于严先生的仰慕之情，以及对于盛世的向往之心。后人读之，不只要对严先生肃然起敬，而且会从字里行间想见范仲淹那壮心不已的志士情怀。

全篇以先生名篇，文中却不单言先生一人，而以光武与之相对应来写；不只是一味地“发思古之幽情”，而是注意在遣词为文中，处处体现严子陵的高洁之风。文章一开始即连用了两个“天下孰加焉”发问，前者极言光武“握《赤符》，乘六龙”，君临天下的威仪，后者则尽写严子陵“动星象，归江湖”的傲岸不群的风姿。遥想当初，汉光武践帝位之时，念及旧日与严子陵“相尚以道”的布衣之交，召他入朝任谏议大夫，而严子陵却始终不为所动，守冰雪之节操，还耕钓于富春江畔。他能够在至尊延请之时置若罔闻，处之泰然，绝非一般俗人、假隐士所能比拟。古来隐士颇多，然而志趣迥异，其中不少人是做着将来一旦为官的美梦才去隐居的，那是以退为进的干禄之徒所为，诚如孔稚珪《北山移文》中所言：一俟“鸣驺入谷，鹤书赴陇”，这些人就会撕下隐士的面纱，现出一副“形驰魄散，志变神动”的丑态，招致山林笑骂，“列壑争讥”。严光之隐，则纯乎为保持自己清高安贫的气节，故而得到世人景仰，这也正是范仲淹称他“以节高之”的原因了。极言光武，意在盛赞严光，“说得光武大，愈显先生高”（金圣叹语），是范仲淹作文的妙处所在。

范仲淹没有仅仅停留于对严先生的赞颂，因为这也并不是他写作此文的全部初衷。他期待着仁者能够欣逢盛世，明主能够体恤良臣，非如此则不能“大有功于名教”。文中以光武映衬严光，并非有贬抑光武之意，相反，他同时也是想借严光之隐反衬出当时世道的清明，寄寓自己未遇明主的淡淡惆怅。他想见当年严光与光武“共偃卧，光以足加帝腹上”（《后汉书·逸民传》），而光武竟不以为意。严光的威武不屈、富贵不淫，固然可钦可敬，光武的宽容大度又何尝不令人追慕景仰呢？联系自己颇不平坦的艰辛仕途，几番直言进谏，触犯龙颜，忤逆权贵，徒然招来党争之祸；世逢内忧外患，自己报国无门，怎不追思光武帝这样的一代圣明君主啊！

范仲淹是治《易》大儒，深通卦爻之术。他把《易》卦引入文中，立意既新，又自然贴切，不致使人产生艰涩难懂的感觉，足见其易学功力之深。以《蛊》卦比严光，赞其"不事王侯，高尚其事"之风；以《屯》卦比光武，颂其"以贵下贱，大得民也"之德，力图说明：虽则严光至为圣贤，但如若遭逢乱世，则唯有微子之逃、比干之戮的下场，即使一心要去归隐，恐怕也难遂其愿了。所以要紧的还在于光武帝"以贵下贱"的得民之举，故而范仲淹慨然作叹道："微光武岂能遂先生之高哉？"其心中不平之意，不言自明。

很显然，作者是以一种复杂微妙的心态来写作此文的：一方面，他满怀激情，赞扬严光，全篇以光武与严光对举相始终，"两两相形，竟作一篇对偶文字，至末乃归到先生"（吴楚材、吴调侯《古文观止》卷九），一气贯通，有发挥，有咏叹，最后以歌作结，以新安秀丽的山水颂扬先生之风，笔力确乎非同凡响。而另一方面，他又是在无限憧憬地追念光武之德政，进而提出"有功名教"的政治主张，认为贤人的出现与明君在位不无关系。可见他之所以祀先生，不特颂扬先生之风，而更在于期待有圣明之世的出现，使得"贪者廉，懦者立"，天下的仁人得以一展其雄才大略。对于这一点，后来捧读此文者颇多心领神会之人。比如有个人称萧公的人过祠下，"因慨然曰：'先生此祠，乃名教之首，何可令其颓圮若是？'"（清李扶九《古文笔法百篇》卷一）可见先生之风固然有如"山高水长"，值得大加称颂，而政治之清明，君主之德政，名教之建立，又岂非众望所归，而需大书特书的呢？

范仲淹为文雅洁，语言流畅，结构谨严，后人评他的文章"字少意多，义简理详"（宋谢枋得《文章轨范》卷六）。本篇笔力雄健，结构精严，被人盛赞为"直追秦汉"之作。其中结句"云山苍苍，江水泱泱。先生之风，山高水长"，更是脍炙人口的名句，足以概括出严先生的高风亮节。世传范仲淹初作此文之时，"先生之风"本作"先生之德"，后李泰伯建议以"风"代"德"，他听罢欣然改之，果然全篇为之熠熠生辉，光彩照人。

古今仁者，心意相通。范仲淹能从严光之隐，悟出世道清明的重要，又能在身遭贬谪之际，"不以己悲"，而能"处江湖之远，则忧其君"（《岳阳楼记》）。严先生若有知，也当惊知己于千古了。　　（郭　涛）

【作者小传】

欧阳修

(1007—1072) 北宋文学家、史学家。字永叔,号醉翁、六一居士。吉州吉水(今属江西)人。天圣进士。曾任翰林学士、枢密副使、参知政事。谥文忠。论文主张"明道"、致用,对宋初以来追求靡丽、险怪的文风表示不满,平生多奖掖后进,是北宋古文运动的领袖。所作散文畅达委婉,为"唐宋八大家"之一。其诗流畅自然,词风婉丽。又长于史,曾与宋祁合修《新唐书》,并独撰《新五代史》。著有《欧阳文忠公集》。

游大字院记

欧阳修

六月之庚①,金伏火见②,往往暑虹昼明,惊雷破柱,郁云蒸雨,斜风酷热。非有清胜,不可以消烦炎,故与诸君子有普明后园之游。春笋解箨③,夏潦涨渠。引流穿林,命席当水。红薇始开,影照波上。折花弄流,衔觞对弈。非有清吟啸歌,不足以开欢情,故与诸君子有避暑之咏。太素最少饮,诗独先成,坐者欣然继之。日斜酒欢,不能遍以诗写,独留名于壁而去。他日语且道之,拂尘视壁,某人题也。因共索旧句,揭之于版,以致一时之胜,而为后会之寻云。

〔注〕 ① 庚:伏天。中国农历从夏至后第三个庚日入伏。 ② 金伏:庚,五行属金,故称。火见:心星出现。火,心星,每年农历六月黄昏出现在正南。 ③ 箨(tuò):竹笋外壳。

古人历来重视自然与人生的关系。他们或视人生为自然的一部分;或把自然视为人生的同类物,因而,畅游于自然之中,在其中倾注自己的感情;或把自然作为一种感情表达的间接方式;或把自然作为人类感情的分享者。他们在自然中或寻找美的对象,或寻求感情的契合,或在大自然中找到自己的归宿。尤其是魏晋以降,随着玄学的兴盛,文人们寄情山水,清游酣咏蔚为风气。晋穆帝永和九年(353)三月三日上巳节,东晋书圣王羲之与当时名士谢安、孙统、孙绰、支遁等41人在会稽山阴(今浙江绍兴)的兰亭过修禊日,饮酒赋诗,畅叙幽情,在自然永恒的映照中,感悟人生的有限。王羲之留下了千古名作《兰亭集序》。从此,兰亭的风雅集会,一直为后代文人所艳称和仿效,充分反映历代文人士大夫的生活情趣。北宋欧阳修的《游大字院记》,就是当时文人的一次清游活动的生动记录。

这篇游记小品写于宋仁宗天圣九年(1031)。这年三月,时年25岁的欧阳修高中进士后,授将仕郎试秘书省校书郎,充西京留守推官,来到洛阳就职,开始了他的仕途生涯。当时任西京留守的钱惟演,出身世家,是吴越王钱俶之子;同时又雅好艺文,是当时著名的西昆体诗派的代表诗人之一。当时,在钱惟演的周围形成了一个文人集团,他的幕府中有尹洙、梅尧臣、欧阳修,以及本文中提到的张太素等文学之士。他们经常在一起清游酣咏,作古文歌诗相唱和。时值六月盛夏,"暑虹昼明,惊雷破柱,郁云蒸雨,斜风酷热",闷热的季节几乎没有阵阵凉风,不时却有几声惊雷,热浪翻滚,令人难耐。欧阳修和朋友们深感"非有清胜,不可以消烦炎",于是去普明后园作一次消暑之游。

呈现在作者眼前的夏日园林的景致是:"春笋解箨,夏潦涨渠","红薇始开,影照波上"。从中可以看到竹木之幽,花卉之盛,清波倒影,流水潺潺,令人凉意顿生,游兴无穷。他和朋友们在自然中寻觅到了心灵的契合,他们欣悦的心情也反映在所描绘的自然景物上。当此情景,他和朋友们也像昔日的书圣一样,"引流穿林,命席当水","折花弄流,衔觞对弈"。在夏日的园林中,席地而坐,喝喝酒,下下棋,意趣横生。文人宴游,自然不可以无诗,故"非有清吟啸歌,不足以开欢情"。他们都是作诗里手,欣然有避暑之咏。日斜酒欢,游兴已阑,遂题诗留名,"以致一时之胜,而为后会之寻云"。

中唐由韩愈、柳宗元倡导的古文运动,由于一味抛弃骈文,除了韩、柳的天才之作外,甚少创作实绩,末流则不免流于尖新艰涩,因而没有最终完成战胜骈文的任务,唐末五代文坛上仍然是骈文的一统天下。由欧阳修领导的宋代古文运动,才结束了骈文独霸文坛的历史,使古文走上了顺利发展的康庄大道。而其中成功的一个重要原因,就是欧阳修等人成功地吸取了骈文的特长并加以改造,以自己的创作实践树立了一种平易自然的范文,于是天下靡然相从。这篇小品作于欧阳修始作古文时,平易简洁,舒畅婉转,骈散结合,体现了他初期散文的特点。

(高克勤)

卖　油　翁　　欧阳修

陈康肃公尧咨[①]善射,当世无双,公亦以此自矜。尝射于家圃,有卖油翁释担而立,睨之,久而不去,见其发矢十中八九,但微颔之。康肃问曰:"汝亦知射乎?吾射不亦精乎?"翁曰:"无他,但手熟耳。"康肃忿然曰:"尔安敢轻吾射?"翁曰:

"以我酌油知之。"乃取一葫芦,置于地,以钱覆其口,徐以杓酌油沥之,自钱孔入,而钱不湿。因曰:"我亦无他,惟手熟尔。"康肃笑而遣之。此与庄生②所谓解牛斫轮③者何异。

〔注〕 ① 陈康肃公尧咨:陈尧咨,字嘉谟,北宋真宗年间进士,官至翰林学士、天雄军节度使,以善射知名,死后谥号康肃。 ② 庄生:庄周,《庄子》作者。 ③ 解牛、斫轮:《庄子》中的两个关于手艺纯熟的典故。解牛指庖丁为文惠君解牛,应手而剖。斫轮指齐国轮匠回答齐桓公问斫轮之术,说是要不徐不疾,才能得心应手。

《卖油翁》是《归田录》中的名篇,它用生动有趣的故事,说明了"熟能生巧"这个为事实证明过千百次的道理。

整个故事突出"手熟"二字。所谓"手熟",意思是说经过勤学苦练之后,手艺达到纯熟精巧的地步。故事中说到的酌油和射箭,本来是风马牛不相及的两件事,但是在需要"手熟"这一点上有其相同之处。卖油翁和陈尧咨,本来是在身份、地位、性格各方面都悬殊的两个人,但是在掌握"手熟"这一点上有其相同之处。陈尧咨的盛气凌人,卖油翁的泰然自若,对照何等强烈,而"油自钱孔入而钱不湿"与"发矢十中八九",类比又是何等鲜明。故事以陈尧咨善射开头,而关键人物却是卖油翁,中心思想则是卖油翁一说再说的"手熟"。末尾一句"与解牛斫轮者何异"看似多余,实际上起着点明主题的作用。 (陈榕甫)

冯道和凝

欧阳修

故老能言五代时事者云:冯相道①,和相凝②,同在中书。一日,和问冯曰:"公靴新买,其直③几何?"冯举左足示和曰:"九百。"和性褊急,遽回顾小吏云:"吾靴何得用一千八百?"因诟责。久之,冯徐举其右足曰:"此亦九百。"于是哄堂大笑。时谓宰相如此,何以镇服百僚。

〔注〕 ① 冯相道:冯道,字可道,自号长乐老,后唐、后晋时历任宰相;契丹灭后晋,又附契丹任太傅;后汉时任太师;后周时又任太师、中书令。 ② 和相凝:和凝,字成绩,历仕梁唐晋汉周各朝,后周时任左仆射。 ③ 直:同"值"。

在中国历史上,曾经以"长乐老"自诩的冯道,一向被认为是厚颜无耻者的典型。他生当军阀混战的五代,活到73岁才死,尽管军阀政权像走马灯一样更迭频繁,但他总是博得一个又一个主子的欢心,始终身居宰相高位。另一宰相和凝,也是官场上的不倒翁,只是他的寿命不如冯道长,臭名也不及冯道那样昭著。

本篇不足百字，故事情节极为简单，然而写封建政治的腐败，写官僚们的无聊，留给读者的印象都至为深刻。冯道的年纪比和凝大，资格比和凝老，又深知和凝是一个气量狭隘的人，有意要拿和凝寻开心。当和凝问起新买靴子的价钱时，冯道便举起左脚来说是“九百”，和凝一听之下，不加思索，连忙责问小吏“吾靴何得用一千八百”，然后冯道才慢吞吞地举起右脚来说“此亦九百”。很简短的几句对话，把冯道的滑稽性格和和凝的急躁情绪表现得十分生动，既引人发笑，又叫人生气。自然篇中也寄托着作者对五代时事的深沉慨叹，因为作者不仅是一位成就卓越的文学家，而且是一位见识高超的史学家。（陈榕甫）

养鱼记　　欧阳修

折檐之前有隙地，方四五丈，直对非非堂①。修竹环绕荫映，未尝植物②。因洿③以为池，不方不圆，任其地形；不甃不筑④，全其自然。纵锸⑤以浚之，汲井以盈之，湛乎汪洋，晶乎清明，微风而波，无波而平。若星若月，精彩下入。予偃息其上⑥，潜形于毫芒⑦，循漪沿岸⑧，渺然有江湖千里之想。斯足以舒忧隘而娱穷独也！

乃求渔者之罟⑨，市⑩数十鱼，童子养之乎其中。童子以为斗斛之水，不能广其容⑪，盖活其小者而弃其大者。怪而问之，且以是对。嗟乎！其童子无乃嚚昏⑫而无识矣乎！予观巨鱼枯涸在旁，不得其所；而群小鱼游戏乎浅狭之间，有若自足焉。感之而作《养鱼记》。

〔注〕 ① 非非堂：在作者衙厅西侧，作者有《非非堂记》。 ② 植物：种植花草。 ③ 洿(wū)：掘土为池。 ④ 甃(zhòu)：指砌池壁。筑：指夯平池底。 ⑤ 锸(chā)：锹。 ⑥ 偃息其上：在池旁休息。 ⑦ 潜形于毫芒：把自己比作微末细小之物，可以在毫芒之间藏身。 ⑧ 循漪沿岸：顺着池面的微波沿岸散步。 ⑨ 罟(gǔ)：大的渔网。 ⑩ 市：买。 ⑪ 广其容：扩大容积。 ⑫ 嚚(yín)昏：愚昧糊涂。

这是一篇杂文，当然属于小品。所谓“杂文”，原指作品内容驳杂，于文体不易归类，故以“杂”名之。而所谓小品文，其内容实亦属于“杂”之一类。如尺牍、题跋、随笔、日记等短文，皆在小品范畴之内，而其内容也都是无所不包的“杂拌儿”。由此可见，小品文者，第一是形式短小，第二则为内容庞杂。至于今天多称讽刺小品为杂文，此盖肇端于鲁迅的大量作品。其实讽刺小品只是杂文的一种，有些抒情小品，内容又何尝不杂！如果文中抒情与讽刺兼而有之，那恐怕更是标准的“杂”文了。

这篇《养鱼记》，可以说是抒情与讽刺兼而有之的杂文。题曰“养鱼”，而文章的一半篇幅都用在对鱼池的描绘上。先从位置写起，说明这小池“直对非非堂”。再写鱼池形成的原因，那是由于有一块未种花草的空地，便用来挖成一个不方不圆不大不小的土坑，然后注入了清澄的井水，使之成为池塘。池塘虽小，却是足供作者休息和散步的好地方。凭了作者艺术的素养和丰富的想象，竟然在这小小的池边获得了精神寄托，“渺然有江湖千里之想”，并且“足以舒忧隘而娱穷独”，这确是朴实无华的抒情妙笔。

至于这小池之所以能引起作者的兴趣，则由于它具备以下的优点：其一，它虽由人工挖浚，却能“不方不圆”“全其自然”，得天真之趣；其二，池水“汪洋”而“清明”，有风时微波成漪，无风时平静澄澈，无论星月还是须眉，都能映在池中，毫芒毕现（文中所说的“潜形于毫芒”，兼有池水清澄，使自己须眉都映入其中，看得一清二楚的意思）。所以作者在此偃息或散步，乃有一种“自足”之感；即使心有“忧隘”（有忧愁而想不开的事），处境“穷独”（孤寂无聊之谓），也尽得舒展而足以自娱了。可见前半篇那一段绘景状物之文，都是为抒情的目的服务的。其实那个小池塘也未必真如作者笔下所描述的那么美好，但从作者在描述时所流露的情趣来体察，便知道作者在这小天地中具有“审容膝之易安”之乐而怡然自得了。

读者自然要问，为什么文章的后半篇作者要借养鱼一事来发牢骚，并且借题发挥加以讽刺呢？这就要从欧阳修的生平及其整个著作中去寻求答案了。欧阳修并非一位随遇而安、知足常乐的凡庸之辈，这一点毋庸细表；而欧在写此文时还不到三十岁，其壮志豪情也还未受到任何挫折。不过他本人在洛阳这几年中，似乎并不以当时的社会地位和政治待遇为满足，所以他才有“忧隘”“穷独”之感。用句古话说，欧阳修是绝对不甘心做“池中物”的。于是文章才有后半篇。作者借童子只养小鱼，而把大鱼丢在岸上任其枯涸发了一通牢骚，这种借题发挥原是写讽刺小品的应有之笔。关键在于这同前半篇究有什么联系。从表面看，鱼是有幸有不幸的。大鱼“不得其所”而小鱼“有若自足”，当然太不公平了。而这一不公平的局面却是由“童子”之“嚚昏而无识”造成的。作者对童子的斥责正是对当时社会上主宰命运和人为地制造不公平事件的人的批判。但我认为作者写此文的真正用意，却在于通过大鱼枯涸在岸、小鱼自足于水的生活现实对自己出处进退作出了切身反省。自己究竟是满足于现状，在池塘中自得其乐的“小鱼”呢，还是正被人置于池外，终不免因枯涸而死的“大鱼”？这样，前半篇的抒情部分实际上成了自我讽刺，所谓“渺然有千里江湖之想”不过是一种主观的憧憬，一场自我安慰或自我陶醉的虚幻之梦。而作者当时所处的留守推官的职位，实际仅仅是一泓小小水池，一个不大不小不方不圆的坑塘而已。而像欧阳修这样一条“大鱼”，即使能游入池中，在这斗斛之水的容量之下，也没有多少闪转腾跃摇头摆尾的余地。枯涸而死固然委屈了大鱼，放入池中难道就“得其所”了吗？然则这篇文章的讽刺内容实包括讽世和自嘲两个方面，因为作者早已清醒地认识到自己当时的生活面和政治环境还是处于“忧隘”与“穷独”之中，同那枯涸在池边的大鱼实际上是相去无几的。作者所谓“感之而作”，其所“感”的内涵正在于此。而以抒情的笔触作为自我嘲讽的手段，则是欧阳修这篇杂文的创新独到之处，必须表而出之。

（吴小如）

醉翁亭记　欧阳修

环滁皆山也。其西南诸峰，林壑尤美。望之蔚然而深秀者，琅邪也。山行六七里，渐闻水声潺潺而泻出于两峰之间者，酿泉也。峰回路转，有亭翼然临于泉上者，醉翁亭也。作亭者谁？山之僧智仙也。名之者谁？太守自谓也。太守与客来饮于此，饮少辄醉，而年又最高，故自号曰醉翁也。醉翁之意不在酒，在乎山水之间也。山水之乐，得之心而寓之酒也。

若夫日出而林霏[①]开，云归而岩穴暝，晦明变化者，山间之朝暮也。野芳发而幽香，佳木秀而繁阴，风霜高洁，水落而石出者，山间之四时也。朝而往，暮而归，四时之景不同，而乐亦无穷也。

至于负者歌于途，行者休于树，前者呼，后者应，伛偻提携[②]，往来而不绝者，滁人游也。临溪而渔，溪深而鱼肥；酿泉为酒，泉香而酒洌；山肴野蔌，杂然而前陈者，太守宴也。宴酣之乐，非丝非竹；射者中[③]，弈者胜，觥筹交错，起坐而喧哗者，众宾欢也。苍颜白发，颓然乎其间者，太守醉也。

已而夕阳在山，人影散乱，太守归而宾客从也。树林阴翳，鸣声上下，游人去而禽鸟乐也。然而禽鸟知山林之乐，而不知人之乐；人知从太守游而乐，而不知太守之乐其乐也。醉能同其乐，醒能述以文者，太守也。太守谓谁？庐陵欧阳修也。

〔注〕 ① 林霏：林中雾气。 ② 伛偻：老人。提携：小孩。 ③ 射者中："射"指投壶。以矢投壶中，中者胜。

这篇《醉翁亭记》是宋代散文名篇，历来被视为欧阳修的代表作之一。文章的语言平易明畅，写作背景却相当复杂，涵蕴也很丰厚，以致评析此文的主题时，众说纷纭，莫衷一是。

首先要弄清的是：欧阳修为什么一贬滁州，就自号"醉翁"，并以此名亭，作文为记。就这篇文章内容看，那是由于琅邪山的风景使他陶醉，人与人之间亲密淳朴的关系使他陶醉，那香而且洌的酒使他陶醉。因此有人说，欧为此文，意在寓性情于游赏。或者说，纵情山水，表旷达自放的情怀。但是，这篇文章写于宋仁宗庆历六年(1046)，时欧年四十，贬滁州已经一年。他这次被贬，由于论救推行庆历新政诸君子，得罪了守旧官僚。这些人利用他甥女张氏犯法一事，想把他牵连下狱。后来事虽大白，他还是被贬往滁州。欧阳修是个个性刚直的人，读他的《与高司谏书》可知其议论之峻切。现在邪正颠倒，他无端被诬，心中怎么能没有愤懑，又怎么能自放于山水诗酒？十年前，因为支持范仲淹，贬为夷陵县令时，他曾写信给同案被贬的尹师鲁，肯定了尹在谪迁中"益慎职，无饮酒"的自处之道，并批评了那些一遭贬逐，便"傲逸狂醉"的人。十年后的今天，写这篇《醉翁亭记》，竟然畅言饮酒，自号"醉翁"，以至苍颜白发，颓然乎众宾之间，前后矛盾，判若两人。要说这完全是出于性爱游乐，纵情山水，是很难令人信服的。

那么，是不是果如另外一些评论者说的，山水之乐无非是沉郁、压抑心情的饰容，像李白那样，以耽酒自寓其愤世傲岸之情呢？考欧阳修之为人及其所为文，可贵处在一"真"字。他决不会矫情伪饰，自欺欺人。他之所以前后矛盾，其中必有一个难以具言的心理历程。十年前，他写了那封著名的《与尹师鲁书》，透露了一点消息。那信中说，不少前代名人，包括韩愈在内，"一到贬所，则戚戚怨嗟，有不堪之穷愁形于文字，其心欢戚无异庸人"。因此告诫余靖(安道)："慎勿作戚戚之文。"他显然看不起、更不屑做那种患得患失的庸人，他的心有更宽广的天地。再说，受到打击、遭到贬谪就忧戚怨嗟，反而使那些陷害他的人弹冠相庆，无异于为敌张目。因此，他诗酒山林，随遇皆乐，显示自己绝不曾因横遭打击垂头丧气；反而意气自若，心态安怡，表现出泱泱君子的坦荡风怀，铮铮铁骨。这是他在《醉翁亭记》里强调"其乐亦无穷也"的真正原因。再说,滁州"地僻而事简",他于无意中得此闲太守,正所谓不幸中之大幸。滁州又有琅邪林泉之胜足资畅游,可以涤荡胸中积悃。来滁时过一年,朝往暮归,便渐渐得到一种倏然自适之乐,冲淡了心底的烦忧。更何况,守滁一年,能使滁州的人民"乐其岁物之丰成",又幸滁州士人"喜与予游",而"与民共乐"正是"刺史之事"(以上几处引文均见作者写于与本文同时的《丰乐亭记》),更足以使他化忧为乐。怀此乐心,以涉山林,则寓目之景色无不献美于前;以临卮酒,则入口之涓滴无不"饮少辄醉"。"饮少辄醉"也不全限于酒量的大小,而且包含有心之所乐,未饮先如醉一层意蕴。于此可知,由诫人以"无饮酒"发展到"自号醉翁",经历了一个从毋为个人忧患戚戚然借酒浇愁,变为真正"得心寓酒"的心理历程。因此说,这篇文章写作背景相当复杂,分析时不能以偏概全。

从上述分析看,这篇散文涵蕴是非常丰厚的。唯其丰厚,故耐咀嚼。但此文之所以传诵千古,又不限于涵蕴的丰厚,还因为它在艺术上确有独特的成就。欧文最长于抒情。在这篇散文里,他要抒发的是被贬滁州一年后的生活情怀。因此,题目虽是《醉翁亭记》,在"亭"字上反而着墨不多,用主要篇幅来写"醉翁"。林壑泉亭,无不是醉翁活动的衬景;"日出""云归",无不荡漾着醉翁的诗情雅意。这样安排重点,写"亭记"却突出人物,不以亭为核心,乍看似乎离了题面,其实扣紧题旨,是这篇优美的抒情散文在裁剪上独具的特色。但命题既为《醉翁亭记》,当然又不能完全不点到"亭"。这篇散文写"亭"虽只寥寥数语,构思也很具匠心。全文先用"环滁皆山也"一语喝起,写大景、全景。但这仅仅是远处环视,只可能看见一片模糊的轮廓,故泛言其为"环滁皆山"。镜头拉近到"西南诸峰",渐渐望见那"蔚然深秀"之色;再拉近到"酿泉",便听到了流水潺潺之声;再拉近到醉翁亭,终于看清了亭子像鸟翼一般的具体形象。这样迤逦写来,切合步行入山远近视听之理,又显得层次丰富,胜境迭陈,使读者随着作者的脚印,信步神游于楮墨画图之间,有一种"引人入胜"的艺术效果。第三段写山林中的人,先写"负者""行者"的来往游人,次写坐起喧哗的众宾,镜头拉近,头像扩大,最终写核心人物——"颓然乎其间"的太守,推出"苍颜白发"的特写镜头。后段写人禽和谐共乐,也是先写禽鸟之乐,而后写众人之乐,最后归结到太守之乐,结尾一句直接点出"太守者,庐陵欧阳修也":都是从大到小,由远而近,最后集中到醉翁一人。这种移步换景、聚焦一点的艺术手法,使全文重点突出,"醉翁"始终居于画面的中心。所写事物虽不多,却纷繁有序;林壑之胜,朝暮四时之景,休息、行走的游人,以至喧哗的众宾,幽鸣的禽鸟,这众多杂沓的物态人情,都用一个"乐"字贯串,使文意辐辏,凝而不散。特别是结处"然而禽鸟知山林之乐,而不知人之乐;人知从太守游而乐,而不知太守之乐其乐也",四句中两用"知"与"不知",文势遒劲,一转一深,构成螺旋式层层推进,是一篇之警策,显示出作者炼句炼意的艺术功力。

人多称赞欧阳修的散文富于诗意,誉之为"诗化的散文"。称之为诗,首先要有诗的意境。前面论析过的人与自然,人与人的心灵沟通,情景相生,意与境偕,已具诗的意境。誉之为诗,还必须具备音乐之美,要求韵律悠扬,声情契合。在这方面,本文也有戛戛独造之处。这篇文章的中心人物醉翁的心情,是翛然自适、悠闲容与的。反映这种心情的句式韵律,也纡徐悠远,逸韵从容,自有诗一般的音乐境界。这就要说到本文连用"也"字的艺术效果。"也"这个助词,本多用来表判断语气,用于句末,往往表示语意顿结。欧阳修在这篇文章的许多句子里,却赋予"也"与今语"啊"字情韵相近的特殊的感叹意味,不是休止符而是一个延长音符。全文连用二十一"也"字,构成曼声咏叹的韵致,以表现醉翁悠然自得的心态,这是欧阳修的独创。欧的史传文字,多顿挫唱叹之美;这类记游乐情怀的文字,却不取顿挫转折而专一反复咏叹。可见他的散文,因情赋声,具有多种风调,多种情韵。所谓秋虫春鸟,各有新声,不拘于一格,却无往而不近乎诗。

(赖汉屏)

六一居士传

欧阳修

六一居士初谪滁山①,自号醉翁。既老而衰且病,将退休于颍水之上②,则又更号六一居士。

客有问曰:"六一,何谓也?"居士曰:"吾家藏书一万卷,集录三代以来金石遗文一千卷,有琴一张,有棋一局,而常置酒一壶。"客曰:"是为五一尔,奈何?"居士曰:"以吾一翁,老于此五物之间,是岂不为六一乎?"客笑曰:"子欲逃名③者乎?而屡易其号。此庄生所诮畏影而走乎日中者也④;余将见子疾走大喘渴死,而名不得逃也。"居士曰:"吾固知名之不可逃,然亦知夫不必逃也;吾为此名,聊以志吾之乐尔。"客曰:"其乐如何?"居士曰:"吾之乐可胜道哉!方其得意于五物也,太山在前而不见,疾雷破柱而不惊;虽响九奏于洞庭之野⑤,阅大战于涿鹿之原⑥,未足喻其乐且适也。然常患不得极吾乐于其间者,世事之为吾累者众也。其大者有二焉，轩裳珪组[7]劳吾形于外，忧患思虑劳吾心于内，使吾形不病而已悴，心未老而先衰，尚何暇于五物哉？虽然，吾自乞其身于朝者三年矣，一日天子恻然哀之，赐其骸骨[8]，使得与此五物偕返于田庐，庶几偿其夙愿焉。此吾之所以志也。”客复笑曰：“子知轩裳珪组之累其形，而不知五物之累其心乎？”居士曰：“不然。累于彼者已劳矣，又多忧；累于此者既佚矣，幸无患。吾其何择哉？”于是与客俱起，握手大笑曰：“置之，区区不足较也。”

已而叹曰：“夫士少而仕，老而休，盖有不待七十者矣[9]。吾素慕之，宜去一也。吾尝用于时矣，而讫无称[10]焉，宜去二也。壮犹如此，今既老且病矣，乃以难强之筋骸，贪过分之荣禄，是将违其素志而自食其言，宜去三也。吾负三宜去，虽无五物，其去宜矣，复何道哉！”

熙宁三年九月七日，六一居士自传。

〔注〕①初谪滁山：宋仁宗庆历六年(1046)，欧阳修被贬谪滁州知州。滁山，滁州周边群山，代指滁州(今属安徽)。②将退休于颍水之上：宋神宗熙宁元年(1068)，欧阳修在颍州(今安徽阜阳)修建宅舍，准备隐居。③逃名：避名声而不居。④畏影而走乎日中：《庄子·渔父》说：“人有畏影恶迹而去之走者，举足愈数而迹愈多，走愈疾而影不离身。自以为尚迟，疾走不休，绝力而死。”⑤九奏：即“九韶”，虞舜时的音乐。《庄子·至乐》：“咸池九韶之乐，张之洞庭之野。”⑥阅大战于涿鹿之原：《史记·五帝本纪》记黄帝与蚩尤战于涿鹿之野，遂擒杀蚩尤事。涿鹿，古地名，在今河北涿鹿一带。⑦轩裳珪组：分指古代大臣所乘车驾，所着服饰，所执玉板，所佩印绶，总指官场事务。⑧赐其骸骨：喻皇帝同意其告老退休。骸骨，古代官员告老退休称“乞骸骨”，即乞求归老残躯之意。⑨不待七十：古人认为，人到七十岁，便当退职；“不待七十”是说退休不一定要等到七十岁。⑩讫(qì)无称：终究没有值得称许的政绩。

善于谋篇的作家，都重视文章的结尾。举凡一篇的胜义，全文的主旨，精辟的议论，乃至警策的语言，往往安排在结尾处，使人读完全文，或留下深刻的印象，或产生无穷的感慨，或引起联翩的浮想。所谓掩卷沉思，低徊击节，起坐彷徨，种种艺术效果的取得，虽不能说完全系于一结，那精警的一结却起了重要的作用。像这篇小文，以“六一”命篇，中心意旨却并不在表现作者晚年徜徉琴棋书酒之间的至乐，而在于表明亟于辞官归老的心情；结尾“三宜去”，才是一篇的归趣。前面写“六一”之乐，只是一种向往，一种追求；这种“乐”只有在辞官归老后才能变为现实。预想“六一”之乐，旨在求得“三宜去”之早日得到理解和实现；把“三宜去”安排在结尾处，才能感动人心，引起同情，求得宋神宗及其执政者“恻然哀之”。因此，文章的题面虽然是“传”，其实不是一篇记叙性的传文，而是一篇藉议论以抒情的散文。

欧阳修的抒情散文，其独到之处，在于“美”而且“真”。他写这篇《六一居士传》时，已经六十四岁，自二十四岁应试及第，授西京留守推官，步入仕途，已整整四十年。他以其毕生精力献给了赵宋王朝。现在，既老且病，春蚕丝尽，蜡泪将干，应该得到休息的机会了。更何况，四十年中，群小与新党中人交相煎迫，以至三度贬官，历尽宦海风涛；到了暮年，还经历了“濮议”之争的惊涛骇浪：宋仁宗死，无子，欧阳修时在朝廷，与韩琦等议立英宗。英宗是濮安懿王赵允让的亲生子。濮王死后，英宗按例追赠尊亲。有人认为，英宗只能称生身之父允让为皇伯，不能称父。欧阳修力辟其非。御史弹劾欧阳修“首开邪议”，欧阳修著《濮议》来反驳。这场宫廷风波使欧阳修“形不病而已悴，心未老而先衰”，此时求去，完全是出之于至性真情。写这篇文章后一年，他才获准致仕；又过了一年，病逝颍州。他仅得一年的琴棋书酒之乐便溘然长逝。以后事证今言，再读这篇《六一居士传》，谁能不为这位老人的晚年遭际愀然动容？这便是文中真挚之情具有感发力量的明证。

这篇文章除了感情真挚动人之外，还深寓人生哲理。当作者对“客”说明更名“六一居士”的含义后，“客”指出他企图“逃名”，并引《庄子·渔父篇》的话，讥诮他这样做是“畏影而走乎日中”，必将“疾走大喘渴死”，而名终不可逃。封建社会的知识分子，在青年时代，无不想捷高科，干名位，汲汲于事功。一旦有了高科名位，才发现名位与劳苦忧患俱来，名愈高忧劳愈甚，居位愈久愈不可自拔，真所谓春蚕作茧，徒以自缚。欧阳修在北宋中期享大名数十年，深谙个中消长盈虚之理。如何解决这种矛盾？“客”所引《庄子·渔父》那段话，还有两句没有直接说出来，这就是“处阴可以休影，处静可以息迹”。人要逃避自己的影子，最简单的办法是从阳光下站到阴处来；人要是怕见自己的脚印，只消停下来不走，那脚印自然消失。这里的“处阴”“处静”，隐喻息影林泉，摆脱物累世虑；对于欧阳修来说，便是辞官归田。这话虽从客人引述道家之言中隐约其辞地泄露出来，其实就是欧阳修对人生哲理的清醒体认。这段客主问答，是十分含蓄的悟道之言，妙在引而不发，言而未尽，特别引人寻绎，耐人咀嚼。

从上面分析过的三点——巧妙的谋篇、真挚的感情、隐寓的哲理——来看，这是一篇文思十分缜密的短文。但作者写来，似乎信笔所之，轻松疏淡，娓娓而道，绝不经意。这就是文章家常常说的“举重若轻”，是欧文的一贯风格，不过在这篇《六一居士传》里体现得更为充分。文章第一段自叙其更名的因由（“既老而衰且病，将退休于颍水之上”），作平静的叙述；最后一段论“三宜去”，从议论中抒情。这两段文字仅占全文的四分之一；而以四分之三的篇幅设为客主问答。这种构局可谓精心结撰。客主问答的体例出于板重的汉大赋。但作者为什么要在一篇小文中采用这种形式呢？说仅仅出于模仿，那是唐突古人。试想，这一大段中包含的内容，如果不用这种设为问答的特殊形式而改用直接议论抒情，该多么板滞沉闷！用了这种形式，使文情顿生波澜，起伏荡漾，变板滞为活泼多姿，化沉闷为轻松流走，藉问答而层层推进。所谓“举重若轻”“娓娓而道”的风调，不是全赖此客主问答的形式展现出来的吗？“太山在前而不见，疾雷破柱而不惊”那一段精彩的答词，连用四句作形象化的描绘以写其翛然自适的专注之情，文势多么酣畅开扬！“于是与客俱起，握手大笑曰：‘置之，区区不足较也。’”把一场内容严肃的对话结束得多么轻松活脱！论古文者，向有“韩如海，柳如泉，欧如澜，苏如潮”（清俞樾《茶香室丛钞》卷八所引萧墨《经史管窥》）之喻。欧阳修的散文，确乎如沦漪层层，波澜荡漾；虽多唱叹，出以曼声，不为狂涛海啸；然疏淡安详之中，又非止水如镜，而是时有微风飘忽，吹皱一池春水。（赖汉屏）

祭石曼卿文　　欧阳修

维治平四年七月日[①]，具官[②]欧阳修，谨遣尚书都省令史李敭[③]，至于太清[④]，以清酌庶羞之奠，致祭于亡友曼卿之墓下，而吊之以文。曰：

呜呼曼卿！生而为英，死而为灵。其同乎万物生死而复归于无物者，暂聚之形[⑤]；不与万物共尽而卓然其不朽者，后世之名。此自古圣贤莫不皆然，而著在简册者，昭如日星。

呜呼曼卿！吾不见子久矣，犹能仿佛子之平生。其轩昂磊落、突兀峥嵘而埋藏于地下者，意其不化为朽壤，而为金玉之精。不然，生长松之千尺，产灵芝而九茎[⑥]。奈何荒烟野蔓，荆棘纵横，风凄露下，走磷[⑦]飞萤？但见牧童樵叟，歌吟而上下，与夫惊禽骇兽，悲鸣踯躅而咿嘤[⑧]。今固如此，更千秋而万岁兮，安知其不穴藏狐貉与鼯鼪[⑨]？此自古圣贤亦皆然兮，独不见夫累累乎旷野与荒城！

呜呼曼卿！盛衰之理，吾固知其如此，而感念畴昔，悲凉凄怆，不觉临风而陨涕者，有愧乎太上之忘情⑩。尚飨⑪！

〔注〕 ① 维：发语词。治平四年：1067年。治平为宋英宗年号。 ② 具官：唐、宋以后，在公文函牍或其他应酬文字上，常把应写明的官爵品级简写为"具官"。 ③ 尚书都省：即尚书省。都省，汉以仆射总理六尚书省，谓之都省。唐垂拱中，改尚书省曰都省。令史：指三省、六部及御史台的低级事务员。 ④ 太清：地名，指永城县(今河南商丘东南)太清乡。欧阳修《石曼卿墓表》："既卒之三十七日，葬于太清之先茔。" ⑤ 暂聚之形：躯体。 ⑥ 灵芝：菌类植物。古人以为芝为瑞草，故名灵芝。古以九为极数，故九茎灵芝尤为珍贵。 ⑦ 磷：磷火。人与动物尸体腐烂时分解出磷质，并自动燃烧，夜间发出白色带蓝绿色火焰，俗称"鬼火"。 ⑧ 咿嘤(yī yīng)：象声词，鸟兽啼叫声。 ⑨ 狐：狐狸。貉(hé)：兽名，形似狸，锐头尖鼻，昼伏夜出。鼯(wú)：鼠名，俗称飞鼠，别名夷由，形似蝙蝠，前后肢间有飞膜，能在树林中滑翔。鼪(shēng)：黄鼠狼。 ⑩ 太上：最上，指圣人。亦作"大上"。《左传·僖公二十四年》："大上以德抚民。"疏："然则大上，谓人之最大上，上圣之人也。"忘情：对喜怒哀乐之事不动感情，淡然自若。《世说新语·伤逝》记王戎丧子，悲不自胜，有人相劝，戎曰："圣人忘情，最下不及情，情之所钟，正在我辈。" ⑪ 尚飨(xiǎng)：旧时祭文通用的结语，意为希望死者来享用祭品。

石曼卿(994—1041)，名延年，曼卿为其字，宋州宋城(今河南商丘)人，一生怀才不遇，颓然自放。欧阳修与曼卿相识是在景祐元年(1034)，当时两人同官馆阁校勘，欧阳修二十八岁，曼卿四十岁。不到一年，他俩就分别了，一别就是四五年。再度相逢时，曼卿已心老貌癯。不久，四十七岁的曼卿就过早地去世了。欧阳修在《哭曼卿》一诗中说："嗟我识君晚，君时犹壮夫。信哉天下奇，落落不可拘。……胸山顷岁出，我亦斥江湖。乖离四五载，人事忽焉殊。……而今壮士死，痛惜无贤愚。"可以看出欧阳修对彼此相交较晚，相聚无多，是深感遗憾的。不过这并没有影响欧阳修对他的了解和敬仰，欧阳修在《石曼卿墓表》中，就曾对他的文章、才气、奇节、伟行作了全面的称赞。治平四年，距曼卿去世已二十多年了，作者又派人祭奠墓前，并作了这篇祭文，再一次抒发了他深情的怀念。

应该说，作者此时此举不无自己的境遇、情绪结合在内。嘉祐八年(1063)宋仁宗去世，英宗即位，英宗乃濮安懿王允让之子。因此到了治平二年、三年，朝廷便出现了崇奉濮王典礼一事的争论，欧阳修亦因此事遭到侍御史吕诲等人的指责，说他"首开邪议，以枉道说人主"。蒋之奇赞同欧阳修的意见，而后吕诲被谪，欧阳修荐举蒋之奇为御史，这又遭到一些人的非议。蒋之奇为了洗清自己，便反过来将别人诽谤欧阳修的"帷薄不修"的流言，上告朝廷。事情虽然澄清了，蒋氏却被贬了，欧阳修也因此上表力求去职。治平三年欧阳修解去尚书左丞、参知政事等职，出知亳州(治今安徽亳州市)。这虽然符合其求退之心，然而他已是六十一岁的老人，一生刚直敢言，却累遭挫折，一旦到了亳州之后，不平之情，孤寂之境，不免使往事常常浮现，而追忆那些"同病亦同忧"的亲朋故旧，便成为一种精神上的寄托，曼卿只是其中的一位。他六月到任，七月便派人祭奠，并作了这篇为后世传诵的祭文。

祭文的第一小节，虽然是一般性的交代，但读者应从那时间、"具官"（成文是要详写职衔。欧阳修此时为观文殿学士、刑部尚书、知亳州）等词语中，领略出上述内涵。这不但有助于理解这篇祭文，也揭开了这一时期作者之所以对许多亡友（如蔡襄、丁宝臣、吴奎等）致祭的背景。

第二节进入正文。"呜呼曼卿！"一声哀唤，劈面而来，悲情浓郁，扣人心弦。紧接着便是"生而为英，死而为灵"，情切语急，笔势突兀。它的完整的意思似乎是——一个高尚有为的人，不论是生还是死，总该有一个理想的境界，那就是"生而为英，死而为灵"。英，即英杰之意；灵，神灵，结合下文看，亦指由功德言行所体现出来的不逝之精神，不朽之英名。因此，人之死只不过是"暂聚之形（躯体）"，"复归于无物"，但其身后之英名则是卓然不朽的。请看那些与日月同辉、青史名垂的圣贤豪杰，不都是这样的吗！这一节虽是泛论，实际上是将曼卿包括在内的。

第三节与上文之间的暗转之意，读者亦须填补——曼卿啊！你在我心中留下的何止是"后世之名"呢！（作者不忍以"死"相称，只以"不见"代之，深情可见。）二十多年过去了，你那遇事洒脱、豪宕不拘的风格，乃至你的一言一笑，至今犹历历在目，"暂聚之形"何曾消失啊！因此，我也从不相信你那气宇轩昂的神态，坦荡磊落的心胸，优异出众的才华，会埋入地下变成腐土烂泥。我以为不化成金玉之精，也会化成千尺青松，九茎灵芝，岂能"归于无物"！可是事实不然——再以想象之辞（作者未亲临墓地）加以转折——你的墓地竟是野草遍地，荆棘丛生……现在已是如此荒凉破败，千百年之后，恐怕你的墓穴早就成了狐貉鼯鼪的栖身之处了。由墓外而墓内，由眼前而未来，愈转愈悲，愈思愈痛，如此悲痛，生者不堪，死而有灵亦不得安眠地下。文章至此如何收束得住呢？不必担心，作者忽接以"自古圣贤"两句加以逆挽，是所谓"顺其变以节其哀，故存者不至于伤生，逝者不至于甚痛"（韩愈《顺宗实录》）。开阖自如，方显得思路恢宏，文情多姿。

那么，作者的情绪是否得到一点平静了呢？没有。"盛必有衰而生必有死，物之常理也"（《祭蔡端明文》）。这道理虽然明白，但一想起当年的交往，昔日的情事，依然是悲不可抑，泪如泉涌，所谓"圣人忘情"，实在是自愧不能。似了非了，余情不尽。

这篇祭文不详于叙事，诸如曼卿的家世、生平、事业等等，一概略去（因为作者前已有《石曼卿墓表》），而重在抒情，这是它在内容上的特点。如何抒情呢？作者通过物之盛衰，人之生死，形、名之存亡等等的议论，而在这些议论中，始终交织着事实与情感、常理与心理、客观与主观的矛盾，一波一折，千回百转，而终究是事不胜悲悲不已，理不解情情更伤，低回凄咽，一往情深，真可谓善于言哀。这，便是它在表现上的特点，当然，也可以作为欧阳修的"纡徐委备，往复百折"的行文风格的一个生动的例证。　　（赵其钧）

祭城隍神文　　欧阳修

雨之害物多矣，而城者神之所职，不敢及他，请言城役。用民之力六万九千工，食民之米一千三百石。众力方作，雨则止之；城功既成，雨又坏之。敢问雨者，于神谁尸[1]？吏能知人，不能知雨。唯神有灵，可与雨语。吏竭其力，神祐以灵。各供厥职，无愧斯民。

〔注〕 ① 尸：这里是管理的意思。

旧时各郡县都有城隍庙，城隍神等于阴间的一城长官。小民在阳间受官吏管，到阴间便受城隍菩萨管。无形的阴间势力大于有形的阳间势力，所以连封疆大吏也要向城隍神乞援。

但城隍之"隍"，原义实指无水的城壕，《礼记·郊特牲》"天子大蜡八"中的蜡祭八神，其七为水庸（鄘），相传就是后来的城隍，所以古人的祭城隍文，多用于祈晴祈雨，如韩愈为潮州刺史时的祈晴，杜牧为黄州刺史时的祈雨。

欧阳修此文，作于知滁州时（知州相当于刺史）。他对滁州很有感情，从《丰乐亭记》和《醉翁亭记》两篇名文中即可看到。

这篇祭文，写当时修筑城池工程的艰巨：动用了六万九千工力，一千三百石粮食。工程才开始，便受到雨的阻力，工程将完成，又被雨破坏。他于是向城隍神质询：雨是什么神控制调节的？我们做官吏的，只能掌握人，不能掌握雨，唯有你城隍神才能和雨商量。末尾四句，意思是，只有使雨止城成，为神也好，为吏也好，才能对得起百姓。

这一篇是祈晴的，另有一篇《求雨祭文》，末尾有这样的话："呜呼！民不幸而罹其灾，修与神又不幸而当其事者，以吏食其禄而神享其祀也。今岁旱矣，令虽愚，尚知恐惧而奔走。神至灵也，得不动于心乎？"

古代科学技术不发达,逢到水旱失控时,只得向神灵乞告。欧阳修的两篇祭文中,还隐含对神灵责备之意,因为吏食之禄与神享之祀,都是民脂民膏,现在小民遭受灾难,我们做地方官的尚知恐惧奔走,神是能主宰雨和旱的,比官吏有更大的威力,只要凭神一句话,就能使百姓逢凶化吉,神能无动于衷么?

神终究是虚无缥缈的,最后自必无动于衷,也只好有愧于民。但这类祭文,作为讽刺小品看,却不无意趣,虽然作者的原意,是一本正经地怀着为民请命的愿望写的。

(金性尧)

岘山[1]亭记 欧阳修

岘山临汉上[2],望之隐然,盖诸山之小者。而其名特著于荆州者[3],岂非以[4]其人哉?其人谓谁?羊祜叔子、杜预元凯是已[5]。方晋与吴以兵争[6],常倚荆州以为重,而二子相继于此,遂以平吴而成晋业[7],其功烈已盖于当世矣。至于风流余韵蔼然被于江汉之间者[8],至今人犹思之,而于思叔子也尤深[9]。盖元凯以其功[10],而叔子以其仁[11],二子所为虽不同,然皆足以垂于不朽。余颇疑其反自汲汲[12]于后世之名者何哉?

传言叔子尝登兹山,慨然语其属,以谓此山常在,而前世之士皆已湮灭于无闻,因自顾而悲伤[13],然独不知兹山待己而名著也。元凯铭功于二石,一置兹山之上,一投汉水之渊,是知陵谷有变,而不知石有时而磨灭也[14]。岂皆自喜其名之甚而过为无穷之虑欤?将自待者厚而所思者远欤?

山故有亭,世传以为叔子之所游止也。故其屡废而复兴者,由后世慕其名而思其人者多也。熙宁元年[15],余友人史君中辉以光禄卿[16]来守襄阳。明年,因亭之旧,广而新之,既周以回廊之壮,又大其后轩[17],使与亭相称。君知名当世,所至有声[18],襄人安其政而乐从其游也,因以君之官,名其后轩为光禄堂[19],又欲纪其事于石,以与叔子、元凯之名并传于久远。君皆不能止也,乃来以记属[20]于余。

余谓君知慕叔子之风而袭其遗迹,则其为人与其志之所存者可知矣。襄人爱君而安乐之如此,则君之为政于襄者又可知矣。此襄人之所欲书也。若其左右山川之胜势[21]，与夫草木云烟之杳霭[22]，出没于空旷有无之间，而可以备诗人之登高，写《离骚》[23]之极目者，宜其览者自得之。至于亭屡废兴，或自有记，或不必究其详者，皆不复道。熙宁三年[24]十月二十有二日，六一居士欧阳修记。

〔注〕 ① 岘山：又称岘首山，在今湖北襄阳市南。其本是座无名小山，但却因晋代大将羊祜和杜预而闻名于世。 ② 临：靠近。汉上：汉水之上。汉水，长江最长支流。 ③ 特著：最显著。荆州：即湖北襄阳，宋为京西南路襄阳府。 ④ 以：因为。 ⑤ 羊祜叔子：羊祜(221—278)，字叔子，泰山南城(今山东平邑南)人。西晋杰出的政治家、文学家。晋武帝泰始五年(269)，都督荆州诸军事，镇守襄阳。其间开屯田，储军备积极筹备灭吴大计。咸宁四年(278)，羊祜带病入朝面陈伐吴之计。临终前举荐杜预自代。杜预元凯：杜预(222—284)，字元凯，京兆杜陵(今陕西西安东南)人。魏晋时期著名的军事家、经学家，有“杜武库”之称。咸宁四年(278)接替羊祜出任镇南大将军，镇守荆州。他积极备战，后成为灭吴的主帅之一，因功进封当阳县侯。 ⑥ 晋：此指西晋(266—316)。公元 266 年，司马炎代魏称帝，都洛阳，280 年，西晋灭东吴，完成统一。316 年，为前赵所灭。吴：即三国时之吴国。公元 229 年，孙权在武昌(今湖北鄂州)称帝，国号吴，同年迁都建业(今江苏南京)，280 年为西晋所灭。 ⑦ 遂以平吴而成晋业：羊祜和杜预相继镇守襄阳，筹谋平吴之策。他们在晋朝灭吴而完成统一大业中居功甚伟。 ⑧ 风流余韵：留下的遗迹。蔼然：盛貌。被：广布。 ⑨ 思叔子也尤深：羊祜去世后，南州士民为之罢市巷哭，连敌国吴国的守边将士也为之伤心哭泣。羊祜喜欢游览岘山，襄阳百姓就于岘山建碑立庙，岁时祭祀，而望其碑者，无不流涕，因此就将其称为“坠泪碑”。 ⑩ 盖元凯以其功：杜预领兵平吴事成，功劳极大，被封当阳县侯。 ⑪ 仁：仁爱。 ⑫ 汲汲：形容急切(得到)的样子。 ⑬“传言叔子”五句：《晋书》卷三十四《羊祜传》载：“祜乐山水，每风景，必造岘山，置酒言咏，终日不倦。尝慨然叹息，顾谓从事中郎邹湛等曰：‘自有宇宙，便有此山。由来贤达胜士，登此远望，如我与卿者多矣！皆湮灭无闻，使人悲伤。如百岁后有知，魂魄犹应登此也。’湛曰：‘公德冠四海，道嗣前哲，令闻令望，必与此山俱传。至若湛辈，乃当如公言耳。’”属，下属，指邹湛等人。 ⑭“元凯铭功”五句：《晋书》卷三十四《杜预传》载：“预好为后世名，常言‘高岸为谷，深谷为陵’，刻石为二碑，纪其勋绩，一沉万山之下，一立岘山之上，曰：‘焉知此后不为陵谷乎！’” ⑮ 熙宁元年：公元 1068 年。 ⑯ 光禄卿：光禄寺的主管长官，掌祭祀、朝会、宴飨酒醴膳馐之事。 ⑰ 轩：有窗的长廊或小屋。 ⑱ 所至有声：所到之处都有政绩，留有好的声望。 ⑲“因以”二句：所以把史中辉所任光禄卿的官职命名新修的后轩为“光禄堂”。 ⑳ 属：同“嘱”，托付。 ㉑ 胜势：独特的景致。 ㉒ 杳霭：亦作“杳蔼”，云雾缥缈貌。 ㉓《离骚》：战国屈原所著诗篇。这里指代诗歌作品。 ㉔ 熙宁三年：公元 1070 年。

熙宁元年(1068)，史中辉出任襄阳知府，睹岘山亭之旧，于是“广而新之”，在修复的基础上又加以扩建。事成之后，襄阳百姓有感史中辉的惠政使得“襄人安其政而乐从其游”，欲纪此事于石，以便让史中辉之名与羊祜、杜预之名“并传于久远”，史中辉“不能止”，故请欧阳修撰文以记之。欧阳修于熙宁三年(1070)，也就是他致仕的前一年写下此文。

襄阳百姓欲使循吏史中辉之名传于后世，欧阳修便以“名”为全文的脉络一以贯之。文章起笔先写岘山之名：“岘山临汉上，望之隐然，盖诸山之小者。而其名特著于荆州者，岂非以其人哉？”岘山在今天湖北省襄阳市南的汉水边上，本是一座不起眼的小山，但“其名特著于荆州”，名声在荆州一带最为显著。欧阳修指出这一奇怪的现象，并以反问的语气将肯定的答案托盘而出——“岂非以其人哉”？原来是历史名人使得岘山名声大振。此处因岘山之“名”自然而然地引出羊祜（叔子）与杜预（元凯）之“名”，并讲述二人为何有“名”。

羊祜是西晋杰出的政治家，在晋、吴相争之际，他以尚书右仆射都督荆州诸军事，镇守襄阳，其政深得民心。同时他又积极备战，筹划灭吴之计，去世前还举荐杜预接替其职。而两年之后，晋武帝依杜预之策灭掉吴国，完成统一。羊祜和杜预以军事重镇荆州为基地，相继于此筹备平定东吴大计而终成晋朝的一统天下之大业，二人的“风流余韵”传颂于长江、汉水之间，“至今人犹思之”。按理说，羊祜和杜预的功业“皆足以垂于不朽”，但欧阳修却奇怪为什么像他们这样“功烈已盖于当世”之人为什么还热切地追求后世功名而怕被世人遗忘呢？欧阳修接着讲述了羊祜和杜预“自汲汲于后世之名”的行为。就羊祜而言，“传言叔子尝登兹山，慨然语其属，以谓此山常在，而前世之士，皆已湮灭于无闻，因自顾而悲伤。然独不知兹山待己而名著也”。（《晋书》卷一百三十《羊祜传》）当时已“德冠四海，道嗣前哲”而名重当世的羊祜登上岘山时，面对“自有宇宙，便有此山”的场景，感慨自己也会像昔日的“贤达胜士”一样“湮灭无闻”，流露出对百年之后名声湮没的担忧。就杜预而言，“元凯铭功于二石，一置兹山之上，一投汉水之渊，是知陵谷有变，而不知石有时而磨灭也”。（《晋书》卷一百三十《杜预传》）《晋书》所言与欧阳修所说虽有不同，但都可见出杜预与羊祜一样，“岂皆自喜其名之甚而过为无穷之虑”，过分重视自己的后世名声而过度忧虑。

就“名”而言，相同的是，羊祜与杜预之名，至今人犹思之。不同的是，二人之中，羊祜比杜预更幸运，因为今人“于思叔子也尤深”。究其原因，恐怕是“元凯以其功，而叔子以其仁”吧。杜预以平定吴国之“功”绩而名世，而羊祜则是以其“仁”政而让百姓思念。《晋书·羊祜传》载，在羊祜逝世后，“襄阳百姓于岘山祜平生游憩之所建碑立庙，岁时飨祭焉。望其碑者莫不流涕，杜预因名为堕泪碑”。更令羊祜没有想到的是，他不仅并未如其担心的那样在历史的长河中“湮灭无闻”，相反，岘山却因其而名垂千史。羊祜与岘山、襄阳已密不可分，他登临岘山面对宇宙的慨然一叹、自顾悲伤，引发后人的不断共鸣，甚至成为了文学史或文化史上一个耳熟能详的典故，在后世文学作品中题咏不绝。如唐人孟浩然《与诸子登岘山》："人事有代谢，往来成古今。江山留胜迹，我辈复登临。水落鱼梁浅，天寒梦泽深。羊公碑尚在，读罢泪沾襟。"宋代范仲淹有《寄题岘山羊公祠堂》道：

休哉羊叔子，辅晋功勋大。化行江汉间，恩被疆埸外。中国倚而安，治为天下最。开府多英僚，置酒每高会。徘徊临岘首，兴言何慷慨。此山自古有，游者千万辈。湮灭皆无闻，空悲岁月迈。公乎仁泽深，风采独不昧。于今堕泪碑，观之益钦戴。

陆游亦在《水调歌头·多景楼》写下"不见襄阳登览，磨灭游人无数，遗恨黯难收。叔子独千载，名与汉江流"的词句。"岘山"一词在《全唐诗》中出现七十多次，十之八九皆吟咏羊祜。

由岘山之"名特著于荆州者"引出羊祜之名垂后世，而岘山亭也见证着"至今人犹思之"。襄阳百姓在羊祜所"游止"之处，建有亭以纪念他，亭子"屡废而复兴者"，盖因"由后世慕其名而思其人者多也"。由羊祜而引出此亭，接着又借此亭引出史中辉。史中辉以光禄卿守襄阳，"因亭之旧，广而新之。既周以回廊之壮，又大其后轩，使与亭相称"，不但翻新旧亭，还扩建了回廊与后轩。由史中辉扩建此亭又引出史中辉之"名"。其一，史中辉"知名当世，所至有声"，在他治下的襄阳政通人和，"襄人安其政而乐从其游也"。其二，襄阳百姓欲使之留名，百姓"因以君之官，名其后轩为光禄堂"，以史中辉的官名给扩建的后轩命名；"又欲纪其事于石，以与叔子、元凯之名并传于久远"，借记修亭之事将史中辉其人其政铭刻于石，让史中辉之名与先贤羊祜、杜预并传于后世已达不朽。襄阳百姓所为二事，欧阳修说史中辉"皆不能止，乃来以记属于余"，委婉道出史中辉欲与羊祜、杜预并传后世之私心，毕竟以史中辉的地位与权势要想阻止并非难事。至此，欧阳修已将史中辉与羊祜、杜预不着痕迹地联系起来。三人都与岘山有关，都因有功于民而名重当世，都渴望自己"名"流后世。

既然史中辉欲与"与叔子、元凯之名并传于久远"，欧阳修则借写记文之契机以羊祜来勉励他："余谓君如慕叔子之风而袭其遗迹，则其为人与其志之所存者可知矣。襄人爱君而安乐之如此，则君之为政于襄者又可知矣。此襄人之所欲书也。"既然史中辉倾慕羊祜之风采，可知他必定会以羊祜为榜样而施仁政于民；而襄阳百姓如此爱戴史中辉，又可知史中辉在襄阳之政绩卓然。用两个"可知"，以推理的口气道出史中辉的政绩，不但让欧阳修摆脱奉承阿谀之嫌，也倾注了自己对史中辉为政的莫大期许，希望他追步先贤，有所建树。同时，欧阳修说"此襄人之所欲书也"，表面上写出襄阳百姓对史中辉其人与其政的爱戴，实则亦替百姓道出他们对父母官的期许。史中辉只有如羊祜一般实施仁政,其人才能为襄阳百姓所念,其政才能为襄阳百姓所敬书而名传久远。欧阳修的三句话,看似简单实则暗藏劝勉之深意。清人何焯《义门读书记》卷三十八引长史云:"言外有规史君好名意……史君非其人而犹汲汲于名,公盖非之,妙在微讽中有引而进之之意。"正可谓此。

欧阳修以"名"作为行文脉络,以"岘山"引出对于"名"的思考,从而将使岘山闻名于世的羊祜和杜预托出,虽对二人"汲汲于后世之名"的行为颇有微词,但还是借二人尤其是羊祜来勉励朋友史中辉,期待其以羊祜为榜样而造福襄阳一方。唯有此,后人才会思之,其名也才会传于久远。清人朱宗洛《古文一隅》曾评此文:

> 一路婉转而入,其郁然深秀之致,自露行间,令人玩赏不穷。文与题正相称。通篇以"名"字作骨,入手从岘山之有名,跌起叔子、元凯,随把两人功业轻轻安放,紧紧将后人思慕两人意,吊起"名"字,此行文最紧凑处。其入"名"字,却用翻笔振出其作势险峭处。下就两人汲汲于名处分写,此申说之法,亦敷衍之法也。由山出亭,仍纽合"名"字,遥应"风流余韵"数句,此收足之法,亦呼应之法也。接入史君,正叙作亭,即插入"襄人安其政而乐从其游"句,仍借叔子形出史君志行政事之美,以推奖作亭之人,行文极宕逸之妙。

可谓是深谙欧阳修构撰此文的运思精巧与婉转多姿。

文题为《岘山亭记》,中涉亭子周边的山光风物与亭子的废兴,欧阳修皆一笔带过。山光风物,"可以备诗人之登高,写《离骚》之极目者,宜其览考自得之";亭子的屡废屡建,"或自有记,或不必究其详者",因此欧阳修"皆不复道"。可见欧阳修为文的详略得当,善于裁剪。

另外,《岘山亭记》也体现出宋代亭记文的特点。"亭"一开始是以实用主,六朝时亭的观赏、宴集等功能开始凸显,"亭"成为士大夫审美生活中不可或缺的一部分,其审美功能逐渐取代了实用功能。在唐及唐前的"亭记文"中,"亭"基本上是文章的叙述中心,多写亭及亭所在地或周边的美景,借以表达游览观赏之情,中晚唐的亭记文则慢慢地渗透着作者的主观情感或观点于其中。至宋代,以欧阳修为代表的文人使宋代亭记文的写作完成了由"记"到"议"的转变。欧阳修的亭记文已不再关注亭的风景或亭本身,更多地把"亭"作为一个媒介,触发作者对某些事、某些人的看法,写亭只是为了起"兴"。"亭记"文也由唐代的记叙描写中夹杂议论,在欧阳修手里转向了叙述和议论相辅相成甚至议论至上,真正地成为了作者表达自己主观感情的文体样式，如《李秀才东园亭记》对历史今昔对比的感慨，《峡州至喜亭记》对官吏为政的赞美或规劝，《游鯈亭记》对旷达之人生观的坚持，甚至如《丰乐亭记》对大宋朝廷歌功颂德，无不涉及，不受束缚。至欧阳修以后，"亭记"文写作的自由度增加了，所抒之感的范围更趋扩大。如苏舜卿的《沧浪亭记》通过对沧浪亭周围优美环境的刻画以及自己生活于其间的怡然情趣，而表达了对庸俗势利的官场的厌恶。文同的《拾遗亭记》起笔就陈子昂死后不得入史书佳传一事抒发己见，并为之鸣不平。王安石的《石门亭记》于文中揣摩县令造亭的用意，劝县令行仁政，以德化民。苏轼的《喜雨亭记》通过喜雨亭的得名经过来抒发与民同忧喜的情怀，而他的另一名作《放鹤亭记》写得更是摇曳多姿，抒发隐士的隐逸之乐。亭记文的这种由"记"转"议"的实质性变化，也体现出宋文重议论的为文倾向，欧阳修于其间起着举足轻重的作用，而《岘山亭记》无疑是其中的代表作。

（刘　城）

【作者小传】

苏舜钦

（1008—1049）　北宋诗人。字子美。绵州盐泉（今四川绵阳东）人，迁居开封。景祐进士。曾任大理评事。庆历中，范仲淹荐为集贤校理、监进奏院。岳父同平章事兼枢密使杜衍支持范仲淹改革，他遭反对派倾陷，被劾除名，退居苏州沧浪亭，以诗文寄托愤懑。诗与梅尧臣齐名，风格豪健。文多论政之作，辞气慷慨激切。又工书法。著有《苏学士集》。

沧浪亭记　　苏舜钦

予以罪废无所归，扁舟南游，旅于吴中，始僦舍以处。时盛夏蒸燠①，土居皆褊狭，不能出气，思得高爽虚辟之地，以舒所怀，不可得也。

一日过郡学，东顾草树郁然，崇阜②广水，不类乎城中，并水得微径于杂花修竹之间。东趋数百步，有弃地，纵广合五六十寻，三向皆水也。杠③之南，其地益阔，旁无民居，左右皆林木相亏蔽。访诸旧老，云钱氏有国④，近戚孙承祐⑤之池馆也。坳隆胜势，遗意尚存，予爱而徘徊，遂以钱四万得之。构亭北碕，号沧浪焉。前竹后水，水之阳又竹，无穷极。澄川翠干，光影会合于轩户之间，尤与风月为相宜。

予时榜小舟，幅巾⑥以往，至则洒然忘其归，箕而浩歌，踞而仰啸，野老不至，鱼鸟共乐。形骸既适则神不烦，观听无邪则道以明，返思向之汩汩荣辱之场，日与锱铢利害相磨戛⑦，隔此真趣，不亦鄙哉！

噫！人固动物耳。情横于内而性伏，必外遇于物而后遣，寓久则溺，以为当然，非胜是而易之，则悲而不开。惟仕宦溺人为至深，古之才哲君子，有一失而至于死者多矣，是未知所以自胜之道。予既废而获斯境，安于冲旷，不与众驱，因之复能见乎内外失得之原，沃然有得，笑傲万古，尚未能忘其所寓目，用是以为胜焉。

〔注〕①燠(yù)：热。②崇阜：高山，高丘。③杠：桥。④钱氏有国：五代十国时钱镠建立吴越国。⑤孙承祐：吴越王钱俶外戚。⑥幅巾：古代男子以细绢裹头的头巾。⑦磨戛(jiá)：摩擦撞击。

庆历四年(1044)，苏舜钦被人借故奏劾，说他讥讽时政，就此削职为民。这一案件的背景，实际是御史王拱辰、刘元瑜借此打击主张革新的杜衍、范仲淹等。舜钦为人固然刚强豪直，但他的集贤校理为范仲淹推荐，杜衍又是他的岳父，故而借舜钦以倾杜、范。同时被黜退的有十余人，名士一时俱空，拱辰、元瑜相庆说："为我一网打尽矣。"

次年四月，他废居吴中，始居回车院，因为盛夏炎热，便以四万钱购下五代时吴越广陵王钱元璙的花园，在园内建了沧浪亭，后便以亭名为园名。

第一段写购园的经过，和柳宗元的《钴鉧潭西小丘记》开头有相似处，洪迈《容斋三笔》卷九便将两记并论。第二段写园林景物，由自然与人工结合而成。寥寥数笔，略造其型，前竹后水，澄川翠干，光影会合，幽明交错，所以最适宜于赏风月，欧阳修所谓"清风明月本无价，可惜只卖四万钱"。到了这时，也只有风月最为可亲，最为可乐。他的《阻风野步有感呈子履》也说："抖擞尘襟莫回首，谤书终不到溪山。"

从第二段的"予时榜小舟，幅巾以往"看，他似乎并不固定住在园中，他的《独步游沧浪亭》也说："时时携酒只独往，醉倒唯有春风知。"

后半篇转入议论，表达了他在逆境中的人生观。他的所谓明道，我们不妨看作情操上的修养。他希望从抑郁委屈中解脱出来，不计较世俗的得失，保持心理上的稳定，周围的和谐宁静对他的精神生活便有极大的净化作用。人总是要活动的，内在的结伏情绪，必须通过外物来排遣宣泄，因而又易为外物所役，役久则沉湎，其中以宦海最使人沉溺而不能自拔，他能因废弃而自安，洞见得失之理，也颇有塞翁失马之感，但还不能忘情于目睹的现实，故作此记以为制约。但这其实很难做到。到了庆历八年，他又被任为湖州长史，也许非他本愿。同年十二月，便病逝于苏州。

到南宋时，沧浪亭为韩世忠所有，吴文英《金缕歌·陪履斋先生沧浪看梅》的“乔木生云气，访中兴、英雄陈迹，暗追前事”，即指其事。至清代，江苏巡抚宋荦，又于康熙间略加修缮。现在的沧浪亭已成为苏州名胜，但已非舜钦时旧貌了。

（金性尧）

【作者小传】

苏　洵

(1009—1066)　北宋散文家。字明允，眉州眉山（今属四川）人。早年发愤为学，宝元间应进士不第，归而穷六经百家之说，致力于古文写作。嘉祐间得欧阳修推荐，以文章著名于世。任秘书省校书郎，后迁霸州文安县主簿。所作《审势》《审敌》《广士》《田制》等文，主张抵抗辽的攻掠，对土地兼并、官僚特权等颇为关切。语言明畅，笔力雄健。与子轼、辙合称“三苏”，都被列入“唐宋八大家”。有《嘉祐集》。

名二子说　　苏　洵

轮辐盖轸①，皆有职乎车，而轼独若无所为者。虽然，去轼则吾未见其为完车也。轼乎，我惧汝之不外饰也。

天下之车，莫不由辙，而言车之功者，辙不与焉。虽然，车仆马毙，而患不及辙，是辙者善处乎祸福之间也。辙乎，吾知免矣。

〔注〕 ① 轮辐盖轸：古代马车的部件。轮，轮子。辐，轮毂中支撑轮圈的细条。盖，圆形的车盖。轸，车箱底部四周的横木。

苏洵这篇短文作于宋仁宗庆历七年(1047)。屡试不中之后，苏洵已深悟科举之弊端，他没有让自己去适应不合理的科举制度，决心摆脱名缰利锁，走自己的道路。于是，三十九岁的苏洵结束了自己的游学生活，返回家乡眉山。居家期间，他寄志学术，发愤于声律记问之学，同时，还抽出时间，精心辅导二子学业。《名二子说》即写于此时。

给孩子取名，人们除在形式上注意呼唤方便，悦耳动听之外，更多的是注重名字的内容。几乎每个孩子的名字中，都饱含着父母的苦心和美意。苏洵给二子分别取名为轼、辙，是以物名子，意在见微知著。作者在这篇短文中便解析了为二子取名轼、辙的缘由和用心。他先分析了"轼"在车上的地位和职能——似乎可有可无，然而舍之则不为完车；又分析了"辙"与车马的关系和作用——与车之功绩无缘，亦与车马之祸患无涉。然后，分别用"轼乎""辙乎"的呼唤语句，以轼、辙与二子比附，形象而恰切地指出了二子的思想性格特点，并语重心长地指明二子修养、处世的方向。轼是车上用作扶手的横木，是露在外面的，与长子豪放不羁的性格十分相似，因此，作者叮嘱长子轼，要"有职于车"，不要"无所为"，特别要注意外表修饰（检点言行）。辙是车轮经过的痕迹。辙虽与车马之祸福无涉，亦应为天下之车尽心尽力，因此，作者叮嘱次子辙，要保持自己冲和淡泊、深沉不露的个性，"善处乎祸福之间"。总之，作者希望二子既能充分发挥自己的作用，又能克服自己的缺点，自善其身，各尽其能，做一个对社会有益的人。作者对儿子们的希望、担心、关切、爱护，在这篇小文中体现备至。有趣的是，苏洵写此文时，长子苏轼十一岁，次子苏辙才八岁，而苏轼苏辙兄弟一生的际遇，又恰恰未出苏洵所预料之外。俗话说，"知子莫如父"，《名二子说》亦可谓对这一俗谚的一个印证。

这篇短文，仅八十余字，似乎很难承载作者对儿子们的深情重望。由于作者善于以事喻情，以事明理，熔深情、哲理于一炉，故能使尺幅之间流光溢彩。作一小文而能生这般效果，实非易事。

（荣　斌）

【作者小传】

周敦颐

（1017—1073）　北宋哲学家。字茂叔，号濂溪。道州营道（今湖南道县）人。曾官大理寺丞、国子博士。继承《易传》《中庸》和道教思想，提出宇宙构成论，认为"无极而太极"，"太极"一动一静，产生阴阳万物。主张通过主静、无欲，达到"纯粹至善"的"诚"这种道德的最高境界。又提出太极、理、气、性、命等理学基本范畴，是理学创始人之一。其学说对后世理学发展影响很大。著有《太极图说》《通书》等。后人编为《周子全书》。

爱莲说 周敦颐

水陆草木之花，可爱者甚蕃。晋陶渊明独爱菊。自李唐来，世人甚爱牡丹。予独爱莲之出淤泥而不染，濯清涟而不妖，中通外直，不蔓不枝，香远益清，亭亭净植，可远观而不可亵玩焉。

予谓菊，花之隐逸者也；牡丹，花之富贵者也；莲，花之君子者也。噫！菊之爱，陶后鲜有闻；莲之爱，同予者何人？牡丹之爱，宜乎众矣。

《爱莲说》是一篇短得出奇的论说文，全文只有119个字。

从表面上看，这篇题目叫《爱莲说》，文章也的确是做在作者对莲花的爱好上，而实际上，明眼人很容易看出来，作者并不是就莲论莲，乃是以莲自比——通过对莲花的形态和习性的描绘，来表现自己高尚的品德和情操。

文章以“水陆草木之花，可爱者甚蕃”开头，总冒一笔，先把题目中的一个“爱”字提了出来。接着便以“晋陶渊明独爱菊，自李唐来世人甚爱牡丹”作为陪衬，来衬托下面的“爱莲”。既然可爱之花甚多，为什么作者特别选中菊花和牡丹来作陪衬呢？这主要是为了便于同莲花相比较：莲花的清幽同菊花相似，却没有菊花那样的傲气；莲花的艳丽同牡丹相似，却没有牡丹那样的俗气：比较之下，莲花就显得十分突出了。同时，晋陶渊明“采菊东篱下，悠然见南山”的诗句，一向为人传诵；李唐一代世人崇尚牡丹，更是史有明文：这样说也有其事实上的根据。

再接下去，就说到“爱莲”的本身了，作者在“予独爱莲之……”的下面，一连用了七个句子，从各个方面极言莲花的美德，从而为后文的“君子”二字写照：“出淤泥而不染”，写君子操守之坚；“濯清涟而不妖”，写君子性情之正；“中通外直，不蔓不枝”，写君子德行之善；“香远益清，亭亭净植，可远观而不可亵玩焉”，写君子品格之高和声誉之盛：于此可见作者之爱莲，就在于莲花具有君子的美德。以上是文章的第一段。

文章进到第二段，作者用了拟人化的手法，将独抱幽芳的菊花，比作避居乡野的隐士逸民；将一味浓艳的牡丹，比作奔名逐利的豪富显贵；将具有前文所述种种美德的莲花，比作高尚的君子：这是对花品的精确评价。再从三种花联系到三种爱花的人：“菊之爱，陶后鲜有闻”，说明隐逸是人所难能；“莲之爱，同予者何人”，说明君子的可贵；“牡丹之爱，宜乎众矣”，说明富贵是人所共欲。这里的一个“鲜”字和一个“同”字跟前文的两个“独”字相呼应，“众”字跟“世人”相呼应。同时从用字中也可以看出作者对爱菊的陶渊明的景仰，对爱莲的自己的称许，而对于爱牡丹的为数众多的世人，则表示出无情的鄙薄。文章到此结束，可以说是“止于其所当止”。

《爱莲说》的作者周敦颐，是北宋有名的理学大师，《宋史》说“黄庭坚称其人品甚高，胸怀洒落如光风霁月”。文如其人，这篇托物寓意的文章，就正好表现出了他的这种高尚人品。至于这篇文章的行文，也有一些值得注意之处：第一是平淡自然，富有情味，通篇没有艰涩险怪的字句，也没有烦琐浮泛的文辞；第二是委婉含蓄，不露锋芒，以三种花比三种人，“内意能尽其理，外意能尽其像”：这些本来是宋代散文共有的特点，而在这篇短得出奇的论说文中，更是十分突出地表现出来了。

附带再说两个修辞上的问题。南宋文论家吕祖谦说得好：“文字一篇之中，须有数行齐整处，须有数行不齐整处。”《爱莲说》整篇都从三种花的比较落笔，基本上用的是排比的手法，但在三处比较之中，除了中间一处是完全齐整的以外，篇首一处和篇末一处的句式、词面，以至叙述的详略，排列的先后，都是不尽相同的；这样就显出了行文的错综变化，既能够适应表达思想内容的需要，又可以避免形式上的单调呆板。还有，“菊，花之隐逸者也；牡丹，花之富贵者也；莲，花之君子者也”这三句，以花比人，用的是比喻的手法，但这种比喻要比一般的比喻复杂一些，古代文论家特称之为“类喻”。所谓“类喻”，就是“取其一类，以次喻之”的意思。它有这样两个特点：一是连续使用几个比喻，彼此贯串起来，成为一个不可分割的整体；二是几个被比喻的事物必须是同类的，如这里的“菊、牡丹、莲”同属花卉一类，几个用来比喻的事物也必须是同类的，如这里的“隐逸、富贵、君子”同属人品一类。这种比喻手法，在古文中经常可以见到。 （陈榕甫）

【作者小传】

曾　巩

(1019—1083)　北宋文学家。字子固。建昌军南丰(今属江西)人。嘉祐进士。少以文章见赏于欧阳修。尝奉召编校史馆书籍，校定南齐、梁、陈三书，整理《国策》《说苑》《新序》。官至中书舍人。为王安石所推许。散文平易典重，为“唐宋八大家”之一。著有《元丰类稿》。

墨 池 记　　曾 巩

临川之城东,有地隐然而高①,以临于溪,曰新城。新城之上,有池洼然而方以长,曰王羲之之墨池者,荀伯子《临川记》云也②。羲之尝慕张芝临池学书,池水尽黑,此为其故迹,岂信然耶③?

方羲之之不可强以仕,而尝极东方,出沧海,以娱其意于山水之间④。岂有徜徉肆恣,而又尝自休于此耶?羲之之书,晚乃善,则其所能,盖亦以精力自致者,非天成也。然后世未有能及者,岂其学不如彼耶?则学固岂可以少哉!况欲深造道德者耶?

墨池之上,今为州学舍。教授王君盛恐其不彰也,书"晋王右军⑤墨池"之六字于楹间以揭之,又告于巩曰:"愿有记。"

推王君之心,岂爱人之善,虽一能不以废,而因以及乎其迹耶?其亦欲推其事,以勉其学者耶?夫人之有一能,而使后人尚之如此,况仁人庄士之遗风余思⑥,被⑦于来世者何如哉!庆历八年九月十二日,曾巩记。

〔注〕 ① 隐然:突起的样子。 ② 南朝宋代荀伯子曾任临川内史,他在《临川记》中云:"王羲之尝为临川内史,置宅于郡城东高坡,名曰新城。旁临回溪,特据层阜,其地爽垲,山川如画。今旧井及墨池犹存。" ③ 王羲之《与人书》:"张芝临池学书,池水尽黑,使人耽之若是,未必后之也。"张芝为东汉时人,善草书。 ④《晋书·王羲之传》记载:骠骑将军王述,少与羲之齐名。羲之作会稽内史时,述为扬州刺史。羲之耻为下属,称病辞官,并在父母墓前自誓不再做官。从此隐居会稽山阴,纵情山水,与当地文人名士以射猎、垂钓为乐,遍游东南诸郡,并曾泛舟出海,自言"我卒当以乐死"。 ⑤ 王右军:王羲之做过右军将军,后世遂称其为王右军。 ⑥ 庄士:端重、正直的人。遗风余思:留传下来的好风尚、令人思慕的美德。 ⑦ 被:影响到。

在一般情况下,道德文章总令人感觉是学者鸿儒们正襟危坐、居高临下、严辞厉色的箴戒、教诲或训导。其道固正,其理固宏,但那种咄咄逼人的情势所造成的压迫感和压抑感,往往很难使人真正做到从善如流。曾巩的这篇《墨池记》就其思想立意而言,属道德文章。它也宣扬"立德",但却丝毫没有古板严刻的道学味,也绝无强加于人的气色,而是从容温雅,循循善诱,将道德说教艺术化、审美化、情趣化,使人们在追求审美愉悦的同时,不期而然地受到深刻的道德熏陶。

而《墨池记》之所以得到历代人们的激赏，却还因为它的艺术形式所具有的独立价值，大大超越了其功利性的道德主题，从而进入了自由的审美境界。后世的人们从文学审美角度对它的欣赏，大于对它的道德主题的重视。这也许是曾巩本人所始料未及的。然而，审美是一种超越，对于文学艺术来说，“有意味的形式”正是一种最高的价值。

曾巩作文，以文字简洁凝练、章法严谨、布局分明和文气温醇安和著称于世。《墨池记》即其范例。人们惊叹的是，它以不满三百字的小记竟表达了如此丰富的内容：介绍临川墨池的地理位置；反复考证它作为王羲之遗迹的可信性；在叙述王羲之生平的同时，总结出他成就书法艺术的根本原因；又以后世无人达到他的书法成就为据，从反面论证力学的重要性，从而顺理成章地推出文章的主旨：人当力学以“深造道德”。作为一篇记，还优游从容地交代了写作《墨池记》的因由和州学教授扬善、劝学、立德的良苦用心。最后，由墨池的足以纪念，再次强调成就儒家道德的重大意义。这繁达十余层的语意竟被包容于区区数百字之中，作者驾驭语言的卓绝才能不能不令人拍案叫奇。

如此简短的篇幅非但有机地串联和容纳不同方面、不同层次的内容，而且写得自然清畅，曲折有致，圆转流荡，密而不塞，紧而不促，完全没有短文通常会给人的那种局促感和窘迫感。作者以谈古说今的口吻，在夹叙夹议中自然而然地推出道德培养问题，却又点到即止，让读者自己去思考。语气柔婉平顺，质朴而不枯槁。那种雍容博雅的风度，平易宽厚的气象，纡徐荡漾的文气，挥洒自如的笔调，确实令人心折。

（周　蕙）

拟岘台记　　曾　巩

尚书司门员外郎晋国裴君治抚之二年[①]，因城之东隅作台以游，而命之曰“拟岘台”，谓其山溪之形，拟乎岘山也。数与其属与州之寄客[②]者游其间，独求记于予。

初，州之东，其城因大丘，其隍[③]因大溪，其隅因客土以出溪上，其外连山高陵，野林荒墟，远近高下，壮大闳廓，怪奇可喜之观，环抚之东南者，可坐而见也。然而雨隳[④]潦毁，盖藏弃委于榛丛莽草[⑤]之间，未有即而爱之者也。君得之而喜，增甓[⑥]与土，易其破缺，去榛与草，发其亢爽，缭以横槛，覆以高甍[⑦]。因而为台，以脱埃氛[⑧]，绝烦嚣，出云气而临风雨。然后溪之平沙漫流，微风远响，与夫波浪汹涌，破山拔木之奔放，至于高桅劲舻[9]，沙禽水兽，下上而浮沉者，皆出乎履舄[10]之下。山之苍颜秀壁，巅崖拔出，挟光景而薄星辰。至于平冈长陵，虎豹踞而龙蛇走，与夫荒蹊聚落，树阴晻暧[11]，游人行旅，隐见而断续者，皆出乎衽席之内。若夫烟云开敛，日光出没，四时朝暮，雨旸[12]明晦，变化不同，则虽览之不厌，而虽有智者，亦不能穷其状也。或饮者淋漓，歌者激烈，或靓观微步，旁皇徙倚，则得之于耳目与得之于心者，虽所寓之乐有殊，而亦各适其适也。

抚非通道，故贵人富贾之游不至。多良田，故水旱螟螣[13]之灾少。其民乐于耕桑以自足，故牛马之牧于山谷者不收，五谷之积于郊野者不垣[14]，而晏然不知枹鼓[15]之警，发召之役也。君既因其土俗，而治以简静，故得以休其暇日，而寓其乐于此。州人士女，乐其安且治，而又得游观之美，亦将同其乐也，故予为之记。其成之年月日，嘉祐二年之九月九日也。

〔注〕 ① 尚书司门员外郎：尚书省刑部属官。晋国：晋阳，治今山西太原。 ② 寄客：寄居裴君门下的客人。 ③ 隍：护城壕。 ④ 隳(huī)：毁坏。 ⑤ 榛丛茀(fú)草：树丛野草。 ⑥ 甓(pì)：砖。 ⑦ 甍(méng)：屋脊。 ⑧ 埃(āi)氛：充满尘埃的大气。比喻尘世的污浊。 ⑨ 舻(lú)：船。 ⑩ 履舄(xì)：鞋。 ⑪ 晻(ǎn)暧：昏暗貌。 ⑫ 旸(yáng)：天晴。 ⑬ 螟螣(tè)：害虫。 ⑭ 垣(yuán)：砌墙(保护)。 ⑮ 枹(fú)鼓：战鼓或报警鼓声。枹，鼓槌。

宋仁宗嘉祐二年(1057)，抚州(今属江西)知州裴君作拟岘台，作者因其请而作记。

岘山在湖北襄樊市襄阳区南，也叫岘首山，晋代名臣羊祜镇襄阳时，尝登岘山，置酒吟咏，后人缅怀其功绩，树碑纪念。裴君命其台为“拟岘台”，显然寄寓了对羊祜功绩的仰慕。作者的好友王安石同时写有一首《为裴使君赋拟岘台》的七律，就是以拟岘台的命名与羊祜的联系来立意的。诗曰：“君作新台拟岘山，羊公千载得追攀。歌钟殷地登临处，花木移春指顾间。城似大堤来宛宛，溪如清汉落潺潺。时平不比征吴日，缓带尤宜向此闲。”

此文并不像常人一样在台名上作文章，而是紧扣题意，先叙缘起，继而转入对建台经过和风光、人物的描绘，最后抒发议论。不枝不蔓，结构谨严。其写景之笔简练传神，如总括拟岘台“脱埃氛，绝烦嚣，出云气而临风雨”的特点之后，一写水，一写山，而所写的山水皆具刚柔两种面貌。以溪水来说，水流湍急时是“波浪汹涌，破山拔木之奔放”；水流平缓时则是“平沙漫流，微风远响”。以山势而言，山上是“苍颜秀壁，巅崖拔出，挟光景而薄星辰”；山下的平冈长陵则是“荒蹊聚落，树阴晻暧”。写人之笔则出以想象，如“或饮者淋漓，歌者激烈，或靓观微步，旁皇徙倚，则得之于耳目与得之于心者，虽所寓之乐有殊，而亦各适其适也”。大有欧阳修《醉翁亭记》的神韵，而文字更为峻爽。议论之笔纡徐平和，温醇典重，由抚州之民的耕桑自足，抚州知州的简静之治，归结到拟岘台建造的宗旨：官民同乐，“而又得游观之美”。由此表达自己要求吏治清明、百姓安泰的政治观点，显示本文并非一般应酬，而是有为而作。

作为欧阳修的得意门生，曾巩的思想特点和散文艺术都深受乃师的影响，他自称“言由公诲，行由公率”(《祭欧阳少师文》)，本文即反映出曾巩散文的艺术渊源，而艺术上采用骈散结合、情景交融等手法，都与欧氏散文一脉相承。（高克勤）

【作者小传】

司马光

(1019—1086)　北宋大臣、史学家。字君实。陕西夏县(今属山西)涑水乡人。世称涑水先生。宝元进士。仁宗末任天章阁待制兼侍讲知谏院。治平三年(1066)撰成《通志》八卷上进，英宗时设局续修，神宗时赐书名为《资治通鉴》。王安石行新政，他竭力反对。神宗不从其议，任为枢密副使，坚辞不就，后出知永州军。次年退居洛阳，续撰《通鉴》，元丰七年(1084)成书。次年哲宗即位，太后听政，入京主国政。元祐元年(1086)任尚书左仆射，兼门下侍郎，废新法。为相八月病死。追封温国公。著有《司马文正公集》《稽古录》《涑水记闻》等。

独乐园记

司马光

孟子曰：“独乐乐不如与人乐乐，与少乐乐不如与众乐乐。”此王公大人之乐，非贫贱者所及也。孔子曰：“饭蔬食，饮水，曲肱而枕之，乐亦在其中矣。”颜子“一箪食，一瓢饮”，“不改其乐”。此圣贤之乐，非愚者所及也。若夫“鹪鹩巢林，不过一枝；偃鼠饮河，不过满腹”，各尽其分而安之。此乃迂叟[①]之所乐也。

熙宁四年，迂叟始家洛，六年，买田二十亩于尊贤坊北，辟以为园，其中为堂，聚书出五千卷，命之曰读书堂。堂南有屋一区，引水北流贯宇下，中央为沼，方深各三尺。疏水为五派注沼中，状若虎爪；自沼北伏流出北阶，悬注庭下，若象鼻；自是分为二渠，绕庭四隅，会于西北而出，命之曰弄水轩。堂北为沼，中央有岛，岛上植竹，圆若玉玦，围三丈，揽结其杪，如渔人之庐，命之曰钓鱼庵。沼北横屋六楹，厚其墉茨[②]，以御烈日。开户东出，南北列轩牖，以延凉飔[③]。前后多植美竹，为清暑之所，命之曰种竹斋。沼东治地为百有二十畦，杂莳[④]草药，辨其名物而揭之。畦北植竹，方若棋局，径一丈，屈其杪[⑤]，交相掩以为屋。植竹于其前，夹道如步廊，皆以蔓药覆之，四周植木药为藩援，命之曰采药圃。圃南为六栏，芍药、牡丹、杂花各居其二，每种止种两本，识其名状而已，不求多也。栏北为亭，命之曰浇花亭。洛城距山不远，而林薄茂密，常若不得见，乃于园中筑台，构屋其上，以望万安、轘辕，至于太室，命之曰见山台。

迂叟平日多处堂中读书，上师圣人，下友群贤，窥仁义之原，探礼乐之绪，自未始有形之前，暨四达无穷之外，事物之理，举集目前。所病者学之未至，夫又何求于人，有待于外哉！志倦体疲，则投竿取鱼，执衽采药，决渠灌花，操斧剖竹，濯热盥手，临高纵目，逍遥相羊，唯意所适。明月时至，清风自来，行无所牵，止无所柅。耳目肺肠，悉为己有。踽踽[⑥]焉，洋洋焉，不知天壤之间复有何乐可以代此也。因合而命之曰独乐园。

或咎迂叟曰：“吾闻君子所乐，必与人共之。今吾子独取足于己，不以及人，其可乎？”迂叟谢曰：“叟愚何得比君子，自乐恐不足，安能及人？况叟之所乐者，薄陋鄙野，皆世之所弃也，虽推以与人，人且不取，岂得强之乎？必也有人肯同此乐，则再拜而献之矣，安敢专之哉！”

〔注〕 ① 迂叟：迂阔、远离世事的老者，作者自谓。 ② 墉茨：墙壁和屋顶。 ③ 凉飔

(sī)：凉风。④莳(shì)：种植。⑤杪(miǎo)：枝条末端。⑥踽(jǔ)踽：独行貌。

司马光是站在王安石新政对立面的保守派领袖，曾公开在神宗皇帝面前与王安石争辩，大呼祖宗之法不可变。政治上失意之后，辞官不就，于熙宁四年(1071)退居洛阳，全力续修《资治通鉴》。从《独乐园记》中，我们可看出这一时期司马光的特有的心境。“记”独乐园要在抒发“独乐”之情，这种看来与世无争的“独乐”之情，又实则是与世抗争的另一种形式，心似灰而意未冷，其自贬自责及自乐正是对时局不满的发泄。因此，司马光十五年后重返朝廷，为相八个月而新法悉遭废止，便是很自然的事情了。

《独乐园记》，其结体可概括为两议夹一叙，所叙详尽平朴，时有形象性的生动描绘；所议似不经意，却蕴含着发人深省的哲理，而且，议、叙接续自然，无斧凿之痕；叙、议生发顺承，入情入理。中有“独乐”上下贯串，整个文章绵密衔接，浑然一体。细细读来，既见其园，尤见其人，展现在我们面前的是一幅清晰可见的迂叟独乐图。这其中，无论是叙还是议，或是叙与议的有机结合、自然过渡，都有不少可资借鉴的东西。

首段议论，扣题而发，先从“乐”字说开来，孟子倡“与人乐”“与众乐”，作者并非简单地直接地加论可否，而只是说“此王公大人之乐，非贫贱者所及”。孔子、颜回皆安于清贫，作者同样未置舍取，也只是说“此圣贤之乐，非愚者所及”。然后笔锋一转，直引庄子《逍遥游》中的话“鷦鷯巢林，不过一枝；偃(鼹)鼠饮河，不过满腹”以自明其志，情况不同，人各有异，“众人匹之，不亦悲夫”(庄子《逍遥游》)，需要的是“各尽其分而安之”。因此，身为迂叟，既非王公，又非圣贤，“独乐”可也。这段文字，称引先贤，不露锋芒，委曲婉转，寓大波于平静，道出了不甘失势而不得已遁世独乐的复杂心情，这也为下面一大段对独乐园的描述以及为其正名，提供了一个绝非纯自然的感情前提，从而使读者透过林林总总的园中景物而去体味那位“尽其分而安之”的“迂叟所乐”。

末段议论，承上段对景对人的描述设疑而答，还是从“乐”字生发，再一次透出独乐园中的这位迂叟其“独乐”的无可奈何。作者层层推进，守攻兼用，颇动感情地回答了“独乐不可”的责难，与首段的议论遥相呼应。先一层说“何得比君子”；再一层说“自乐恐不足，安能及人”；三一层说“所乐薄陋鄙野”，“皆世之所弃”，“推以与人，人且不取，岂能强之”；四一层说“必有人肯同此乐，则再拜而献之”，“安敢专之”，从而理直气壮地说明唯“独乐”可也。这段文字，设难而诘，自贱其身，自贬其乐，以退为进，连用诘问，寓雄辩于问答，使人如闻其声，如见其容，更见其并非恬静的心境。

联系那一大段关于独乐园的种种描绘，则会发现那位迂叟恐难安于园中独乐，正勤于经营，将有“待于外”也未可知。

由此可以看出，《独乐园记》中这一前一后的“议”，绝非是游离、等闲之笔，当然这种“议”诚非本文的主体，然而却是不可或缺的有机组成部分，它起着某种特有的深化、升华作用。这种“议”又是“记”类文章中难以写好的部分，作者如是写，确有可供学习之处，较之那种生硬简单的“穿靴”“戴帽”自是不可同日而语。

说到这篇文章中的“记”，也是很有特色的，其中当包括赋的手法的运用以及语焉有序、刻意描绘、“记”中见人等诸方面。对独乐园的介绍可以说是不厌其详，铺陈无遗，但这种铺述又并非是芜杂的堆砌，而是井然有序的逐一推出，在交代了某时某地于某处购地建园之后，便以兀立园子中心的读书堂为坐标，然后递次引出各具风采的弄水轩、钓鱼庵、种竹轩、采药圃、浇花亭和见山台，而后写迂叟“堂中读书”和“志倦体疲”而园中自娱之种种，最后承据此园之美此人之乐“因合而命之曰独乐园”而点题作结。这俨然是一幅布局清晰可见的鸟瞰图。而于整体鸟瞰之中，又有状物摹景写人的工笔细部，入细入微的描绘仿佛又是一个个特写镜头，其景物的鲜明特征，人物的特有心境，全部写活了，可以说，纵亲眼目睹也莫过如此。

（董正春）

【作者小传】

王安石

(1021—1086)　北宋政治家、文学家、思想家。字介甫，晚号半山。抚州临川(今江西抚州)人。庆历进士。初知鄞县，嘉祐三年(1058)上万言书，主张改革政治。熙宁二年(1069)，被任为参知政事。次年拜相，推行新法，遭到反对。熙宁七年辞退，次年再相，九年再辞，退居江宁(今江苏南京)，封荆国公，世称“荆公”。卒谥文。散文雄健峭拔，为“唐宋八大家”之一。其诗遒劲清新，其词风格高峻。著有《临川先生文集》《临川集拾遗》等。

读孟尝君传　　王安石

世皆称孟尝君能得士，士以故归之，而卒赖其力以脱于虎豹之秦。嗟乎！孟尝君特鸡鸣狗盗之雄耳，岂足以言得士？

不然，擅齐之强，得一士焉，宜可以南面而制秦，尚何取鸡鸣狗盗之力哉？夫鸡鸣狗盗之出其门，此士之所以不至也。

本文是作者读《孟尝君传》后的杂感，也是一篇驳论。这篇驳论仅九十字，相当简劲。起首开门见山，摆出靶子——“世皆称孟尝君能得士，士以故归之。”这个论点的理由是：“卒赖其力以脱于虎豹之秦。”作者不从这里驳起，先按下不表，却抛出对立论点有如当头棒喝：“孟尝君特鸡鸣狗盗之雄耳，岂足言得士！”将“鸡鸣狗盗之雄”与“士”断然切割，这是从古以来人们不曾想到过的，足以令人耳目一新。

这是一张，然后是一弛，转而说到什么样的人才称得上“士”，称得上真正的人才——“擅齐之强，得一士焉，宜可以南面而制秦。”原来作者心目中的士，是国士，是经世致用之士，是可以振兴一国之士，是可以使齐国抗衡于秦国之士，是像齐桓公时代管仲那样的人才。他说，有了这样的人才，孟尝君就不至于受辱于秦国了，又“何取于鸡鸣狗盗之力”呢？相形之下，“鸡鸣狗盗之雄”又怎么能称士呢？要说是士，只是伪士。

最后还剩下一个问题——孟尝君为什么得不到士、得不到真正的人才呢？作者结论道：“夫鸡鸣狗盗之出其门，此士之所以不至也。”这又是掷地有声。原来，孟尝君之实不得士与其有“得士”之名，是纠结着的。大千世界，物以类聚、人以群分。“鸡鸣狗盗之出其门”与“士所以不至”，是互为表里的。伪士至，真士所以不至——道理就这么简单。

曹丕说“文以气为主”，韩愈说“气盛言宜”，这篇文章不足百字，却有鞭辟入里的逻辑力量，就是以气胜，就是气盛言宜。这不是强词夺理，不是玩辩论技巧，而是光明正大地议论。

家事国事天下事，事情要办得好，首先在于用人。执事者须有识、有容——识即识别能力、容即肚量，这两件事是关联着的。就拿水泊梁山来说吧，一样的平台，白衣秀士王伦做寨主时，也就十几个人七八条枪，第二把交椅上坐着的杜迁，就已经号称“摸着天”了，却连个林冲都容不下。到及时雨宋公明做寨主时，英雄啸聚，那是什么阵容！真不可同日而语也！谚云：“武大郎开店，高人莫来。”——“鸡鸣狗盗之出其门，此士之所以不至也”，是一个道理。作者理直，所以气壮。

按，战国时齐国的贵族田文，封号孟尝君，家养食客数千。秦昭王曾请他到秦国为相，又听信谗言将他囚禁起来。食客中有人善偷，夜入秦宫盗得狐白裘，以赂昭王宠妃，孟尝君得以获释。当其连夜奔逃至函谷关时，关门未开。食客中又有人善学鸡叫，骗开关门，孟尝君才得以脱险。事见《史记·孟尝君列传》。后

世因以“鸡鸣狗盗”指毫末技艺。（周啸天）

回苏子瞻简

王安石

某启，承诲喻累幅，知尚盘桓江北，俯仰逾月，岂胜感慨。得秦君诗，手不能舍，叶致远适见，亦以为清新妩丽，与鲍、谢① 似之，不知公意如何？余卷正冒眩②，尚妨细读。尝鼎一脔③，旨可知也。公奇秦君数口之不置，吾又获诗手之不舍。然闻秦君尝学至言妙道，无乃笑我与公嗜好过乎？未相见，跋涉自爱，书不宣悉。

〔注〕①鲍、谢：鲍照、谢朓。②冒眩：头昏眼花。③尝鼎一脔(luán)：语出《吕氏春秋·察今》：“尝一脔肉，知一镬(huò，锅)之味，一鼎之调。”脔，肉片。

元丰七年(1084)八月，苏轼赴汝州，途过金陵，这时王安石已罢相，退居金陵，苏轼前往会晤，相见甚欢，同游多日，苏轼曾作《次韵荆公四绝》，中有“劝我试求三亩宅，从公已觉十年迟”句。事后，苏轼又写了两封信给王安石，在第二封中，说起他起先想在金陵买田，“庶几得陪杖履，老于钟山之下”，诗中的“劝我试求三亩宅”，或安石也有希望苏轼居金陵意。但这一意图未能实现，便想在仪真(今仪征)求田营居，如果成功，“扁舟往来，见公不难矣”，即王简中的“知尚盘桓江北”。其次是附去秦观诗文数十首，因这一年秦观自编《淮海闲居集》完成，所以苏轼向安石推荐，还说他“行义修饬，才敏过人”，要求安石在别人前加以赏誉，使增重于世。苏门四学士中，秦观与苏轼过从最密。苏轼名句“竹外一枝斜更好”，即是《和秦太虚梅花》中语，也作于元丰七年。

此书便是安石复信。信中说叶致远称秦诗“清新妩丽”，也颇中秦诗风貌。叶致远为叶涛，王氏之婿，曾从王安石学诗文，安石有《招叶致远》诗：“白下长干一水间，竹匀新笋已班班。明朝若有扁舟兴，日落潮生尚可还。”当是叶住在长干里一带，朝夕之间，可以乘舟往还。此虽小笺，亦足存文坛掌故。

王安石与苏轼，政见上不相同，但都出于谋国之忱，两人的品格都很正直，文学上都有卓越成就与崇高声望，所以私交上仍可文字唱和，声气流通。蔡上翔《王荆公年谱考略》说：“夫以两公名贤，相逢胜地，歌咏篇章，文采风流，照耀千古，则江山亦为之壮色。”虽然说得高了些，却也说明两人心地上还是宽坦的。安石和苏轼的诗文才艺，实在也不能不使两方倾服，何况这时安石已罢相，苏轼是谪黜余生，心理上更不同些，苏诗的“从公已觉十年迟”，虽有酬应意，未始没有真情,此亦古人风流之可以怀念者。

王楙《野客丛书》卷六云:“仆谓二公皆一时伟人,其所不相能者,特立朝议论间耳。然其文章妙处,各自心服,何尝以平日议论不相能之故,并以其所长者忌之,苟如是,何以为二公?”说得很平允。(金性尧)

伤仲永 王安石

金溪[①]民方仲永,世隶耕。仲永生五年,未尝识书具,忽啼求之。父异焉,借旁近与之。即书诗四句,并自为其名。其诗以养父母、收族为意,传一乡秀才观之。自是,指物作诗,立就,其文理皆有可观者。邑人奇之,稍稍宾客其父,或以钱币乞之。父利其然也,日扳[②]仲永环谒于邑人,不使学。

余闻之也久。明道中,从先人还家[③],于舅家见之,十二三矣;令作诗,不能称前时之闻。又七年,还自扬州,复到舅家问焉,曰:“泯然众人矣!”

王子曰:仲永之通悟,受之天也。其受之天也,贤于材人远矣;卒之为众人,则其受于人者不至也。彼其受之天也,如此其贤也,不受之人,且为众人;今夫不受之天,固众人,又不受之人,得为众人而已耶?

〔注〕① 金溪:古县名,治今江西金溪县。② 扳:挽引,拉扯。③“明道中”二句:指明道二年(1033)王安石随其父王益回家乡为其祖父守丧。明道,宋仁宗年号。

承认不同的人天生的资质不同,智商各异,恰恰是科学的唯物主义观点。王安石提到这个方仲永,用现代话来说,智商不低。虽然文中说方仲永五岁“未尝识书具”,却能作诗,而且能“指物作诗,立就”,说得比之今天的特异功能试验还玄,但如把传说打它个七折八扣,去除某些过度夸张的浮辞,说方仲永聪明过于常童,几岁(不一定五岁)能作诗,这已很了不起,人们容易接受得多。可是写文章的人总喜欢言过其实以取宠,往往产生负效应,为了宣传“神童”之“神”,硬说他未尝识书具却能作诗,既然如此,诗尽可做下去,有何“学”的必要呢?

王安石意图说明,上天给你一点小聪明,而不加上你本身的勤奋努力,早晚会“泯然众人”,这个立意很好。方仲永为什么从能作诗到诗才枯竭以至渐渐湮没无闻?不妨作出如下解释。退一步说,即便王安石所闻不虚,那些娃娃诗,到底受到环境的制约，除了写身边事物，还会有多少新题材呢？老是以“养父母、收族为意”，老是“指物作诗”，漫说小娃娃，大诗人也会“江郎才尽”的；加上爷老子把娃娃看成摇钱树，当成奇货可居，为了有钱可赚，哪顾得娃娃前途，这样支出大于收入，势必才源枯竭，或者写不出，或者粗制滥造，那有什么奇怪呵！

自《伤仲永》成为名篇众口传诵以来，有关议论，历代发表不少。漫说古代，今天也偶尔出现智商优异的儿童，但由于灌浇热水的“园丁”太多，最后昙花一现名声寂然，这的确应引以为戒。当然小时聪明的娃娃，未必都不能成材，只是一定要注意到，天生资质特优，也容易使娃娃成为自负傲人的资本，即使不像仲永那样流为凡俗，只要思想上长远背上一个恃才傲物的包袱，对社会和自己也未必是福。

（拾　风）

读柳宗元传　　王安石

余观八司马，皆天下之奇材也。一为叔文所诱，遂陷于不义。至今士大夫欲为君子者，皆羞道而喜攻之。然此八人者，既困矣，无所用于世，往往能自强以求别于后世，而其名卒不废焉。而所谓欲为君子者，吾多见其初而已，要其终，能毋与世俯仰以自别于小人者少耳！复何议于彼哉？

这篇读书随感，短至一百又十字，然而却涉及一个如何评价柳宗元等革新派人士的大问题。作者在直言不讳地表明对柳宗元等看法的同时，重笔对世俗“欲为君子者”进行了辛辣的讥讽和有力的抨击。文章明快犀利，言虽简而殊有新意。

这里涉及到一桩历史公案，即柳宗元等人参加王叔文革新集团而遭贬谪的史实，《旧唐书》《新唐书》中的《柳宗元传》对此皆有叙及。王叔文推行政治、经济及军事诸方面的改革，矛头直指豪族官僚集团和与之相勾结的宦官、藩镇势力，当政一百四十六天，惩贪官，罢宫市，免停盐铁史和地方官员的进奉，释放宫廷教坊的女乐……后因遭旧势力的猛烈反击而惨败，并受到了残酷的政治迫害。王叔文被贬为渝州（今重庆一带）司户，次年被杀害，其他被株连者柳宗元、韩泰、韩晔、刘禹锡、陈谏、凌准、程异和韦执谊等八人同被贬为边远地区的司马（郡的佐官），史称“八司马”。八司马参与革新而遭贬，罪在保守势力，退一步讲，即使所谓“陷于不义”，也不过是“为叔文所诱”，八司马何当遭此厄运！而“至今士大夫欲为君子者，皆羞道而喜攻之”，尤显见其天理不公！对此，作者针锋相对，于文章一开头便明确表明了自己的观点："余观八司马，皆天下之奇材也。"王安石对包括柳宗元在内的革新派的由衷评价，是中肯的，其不以成败论英雄的求实精神是可贵的。这也是作者自己革新思想的间接表露，又是对世俗"君子"的有力还击。

作者对八司马的评价还表现在对他们虽"无所用于世"，而"往往能自强以求别于后世"的不屈精神的赞扬上，说他们"其名卒不废"，永为世人所铭记。事情确系如此。以柳宗元为例，他贬居永州十年，改任柳州四年，尽其力之所及，为民众做了不少好事，史载"柳人以男女质钱，过期不赎，子本均，则没为奴婢。宗元设方计，悉赎归之"(《新唐书》卷一百六十八)。柳宗元于元和十四年(819)卒于柳州，年仅四十七岁。"柳人怀之，托言降于州之堂，人有慢者辄死。"(引同上)当地父老众庶于罗池筑庙立碑，以永为纪念。大文学家韩愈亲为撰写碑文《柳州罗池庙碑铭》，饱含深情地赞扬了柳宗元的才华、政绩、节义和文学上的卓越成就，对一位身处封建社会才华横溢、思想进步然遭迫害而早逝的知识分子，表示了极大的同情，连同柳宗元去世当年所写的《祭柳宗元文》及次年所写的《柳子厚墓志铭》，可谓拳拳三致意矣。"士穷乃见节义"(韩愈《柳子厚墓志铭》)，一班小人"闻子厚之风，亦可以少愧矣！"(引同上)诚如王安石所说："而所谓欲为君子者，吾多见其初而已，要其终，能毋与世俯仰以自别于小人者少耳！"面对"名卒不废"的柳宗元，"复何议于彼哉？"世俗"君子"们于柳宗元又有何脸面而置喙！？至若"羞道而喜攻"更足令人齿冷，如此一褒一贬，一颂一讥，爱恶之情溢于言表，而且作者留给后人以至今天的启迪也决不仅仅是对柳宗元的公正评价上，读古书、议古人，不囿成见，当是读《读柳宗元传》的应有之意。 (董正春)

书刺客传后 王安石

曹沫将而亡人之城，又劫天下盟主，管仲因勿背以市信一时可也。予独怪智伯国士豫让，岂顾不用其计耶？让诚国士也，曾不能逆策三晋，救智伯之亡，一死区区，尚足校哉？其亦不欺其意者也。聂政售于严仲子，荆轲豢于燕太子丹。此两人者，污隐困约之时，不妄愿知，亦曰有待焉。彼挟道德以待世者，何如哉？

《史记》中有一篇《刺客列传》，写了一些地位较低乃至市井细民的忠肝义举，他们的共同特点是为知己而不惜殒其身。司马迁借他们的口曾三次宣言其行为准则，即"士为知己者死，女为说(悦)己者容"(豫让语)，"政将为知己者用"(聂政语),“士固为知己者死”(聂政姊聂荣语)。这些人把所认定的正义事业或知遇知音之托,看得比生命更重要,舍生以赴,万难不辞,诚为慷慨悲壮之士,也曾赢得了千古不绝的赞誉。司马迁不仅以其生花之妙笔酣畅淋漓地叙写了感天动地震人肺腑的事迹,而且热情洋溢地褒扬了他们的优秀品质,其赞曰:“自曹沫至荆轲五人,此其义或成或不成,然其立意较然,不欺其志,名垂后世,岂妄也哉!”

好动脑筋的王安石,读了《刺客列传》之后,颇生感慨,除了赞叹之外,又多了缕缕惋惜之情。他对刺客们的行动及其有关的事件,大胆地提出了自己的看法,进行了中肯的分析,可谓好读书而求甚解。

据《史记·刺客列传》,鲁人曹沫,“以勇力事庄公”,“为鲁将”,在与齐国的交战中,三战“三败北”,以割地亡城而告结束。后借鲁、齐会盟之机,“执匕首劫齐桓公”,迫使齐桓公答应“尽归鲁之侵地”,风波一过,齐桓公竟食言赖账,这时齐相管仲晓大义于齐君,认为不能“贪小利以自快,弃信于诸侯,先天下之援”,终于使齐国将“曹沫三战所亡地尽复予鲁”。对此事件,王安石既赞扬了曹沫敢于“劫天下盟主”挟还失地的过人胆量,又肯定了管仲不背约失信的远虑深谋,这样的评论可谓会读书之一例。

而对另一刺客豫让的行动,作者则有所保留。晋人豫让事晋卿智伯,“智伯甚宠之”。后智伯被杀,豫让先是逃遁山林,后“变名姓为刑人”,唯思杀赵襄子而为智伯报仇。事败幸被释,又自残其身,“行乞于市”,死抱不怀二心的信条,不听友人劝告,在又一次行刺襄子中再次被捉,死前竟提出“请君(襄子)之衣而击之”的可笑要求,在“拔剑三跃而击之”之后,“遂伏剑自杀”,自认为已经遂了“国士报之”的心意。王安石对此颇不以为然,说“予独怪智伯国士豫让”,为什么不像曹沫知用权变之策呢?而且于事无补的区区一死,实不足为训,最大也不过是表明没有违背自己的心愿而已。

至于委身严仲子的聂政,养于燕太子丹的荆轲,皆是以死报主人。虽曾“自贵其身,不妄愿知”以待有用之时,但到头来也只是以死成就壮士的美名,同样也是于事无补。

王安石以其对四刺客的对比评述,婉转地表明了自己的看法:可以以死图大计,但只求一死,虽曰勇,未必曰智。作者主张的则是有勇有智,敢于献身,又善权变,唯其如此,才算得上是死得其所,这一些,正反映了作为政治家的王安石其高人一筹的见解和谋略。《刺客列传》中还有一位专诸,他刺杀吴王僚而使吴公子光得立,自身死,其子得封为上卿。王安石对此人此事皆未提及,盖非属一时的疏忽,大概是对被人用作篡位工具的这位“壮士”的更大保留吧。　(董正春)

沈　括

【作者小传】

(1031—1095)　北宋科学家、文学家。字存中。钱塘(今浙江杭州)人。嘉祐八年(1063)举进士。治平元年(1064)为扬州司理参军,三年居京师,编校昭文馆书籍。熙宁七年(1074)修起居注,次年为回谢辽国使,颇壮国威。九年权三司使,次年为蔡确诬劾罢。元丰五年(1082)为龙图阁直学士,后贬均州团练副使。绍圣初复官,二年卒于润州。著述甚丰,今存者仅《梦溪笔谈》《长兴集》等。

李世衡喜藏书　　沈　括

李学士[①]世衡喜藏书,有一晋人墨迹,在其子绪处,长安石从事[②]尝从李君借去,窃摹一本,以献文潞公[③],以为真迹。一日潞公会客,出书画,而李在坐,一见此帖,惊曰:"此帖乃吾家物,何忽至此?"急令人归,取验之,乃知潞公所收为摹本;李方知为石君所传,具以白潞公,而坐客皆言潞公所收乃真迹,而以李所收为摹本。李乃叹曰:"彼众我寡,岂复可伸,今日方知身孤寒。"

〔注〕①学士:古代封建王朝掌管文学撰述的官员。　②从事:地方军政长官延用的助理人员。　③文潞公:文彦博,北宋大臣,历仕四朝,任将相五十年,封潞国公。

伪造古书画是一门学问,鉴定古书画的真伪是一门更大的学问。高明的鉴定者,除了勤学苦练之外,还得具备更多的条件:首先他得是个收藏家,有广泛接触古书画的机会;其次他自己还得是个书画家,下过一番描摹古书画的功夫:如此收藏,创作、鉴定三者结合起来,方能取得预期的成功。那种以势压人或是以众压人的所谓鉴定,是决然得不出正确结论来的。《梦溪补笔谈》所记下的这则故事,从反面给了我们以有益的启示。　　(陈榕甫)

陈述古祠钟　　沈　括

陈述古密直[①]知建州浦城县日,有人失物,捕得莫知的为盗者。述古乃绐[②]之曰:"某庙有一钟,能辨盗至灵。"使人迎置阁后祠[③]之。引群囚立钟前,自陈不为盗者摸之则无声,为盗者摸之则有声。述古自率同职祷钟甚肃,祭讫,以帷围之,乃阴使人以墨涂钟。良久,引囚逐一令引手入帷摸之,出乃验其手,皆有墨。唯有一囚无墨,讯之,遂承为盗,盖恐钟有声不敢摸也。此亦古之法,出于小说。

〔注〕 ① 陈述古密直:陈襄,北宋官员,字述古,人称古灵先生。密直是枢密直学士的简称,陈襄曾任此职。 ② 绐(dài):哄骗。 ③祠:祭祀,供奉。

审判疑难案件,古人称为折狱。折狱不能靠严刑拷打,而要善于运用巧思,施展巧谋,最终使犯人招供服罪。本篇就是一个以巧折狱的例子。有人失窃告官,陈述古派人抓了几个嫌犯,但不知到底是谁,于是陈述古设下一个骗局,说是庙里有一口钟,能够辨认盗犯,于是把捉来的一群嫌疑犯人领到钟前,对他们说,如果不曾偷盗,手摸在钟上就没有声音;如果偷盗了,手摸在钟上就有声音。接着陈述古向钟祭拜完毕,用帐幕把钟围住,暗地里使人把墨涂在钟上,再叫犯人们一个个把手伸进帐幕里去摸钟,摸过以后,验看他们的手,发现除了一人手上无墨外,其他人手上都有墨;审问那个手上无墨的人,那人只好承认自己是盗犯,因为他怕钟有声音,所以不敢用手去摸。本篇文字写得十分滑稽可笑,其所以滑稽,就在于当事人假戏真做,"述古自率同职祷钟甚肃",做得是那样严肃,那样虔诚,叫人不得不信以为真,终于辨认出真正的盗犯来。史称陈述古"言行皆以古人为法",摸钟辨盗"亦古之法",当然这个古法决不能应用于今天。 (陈榕甫)

陨 星 沈 括

治平元年[①],常州日禺[②]时,天有大声如雷,乃一大星,几[③]如月,见于东南。少时而又震一声,移著[④]西南。又一震而坠在宜兴[⑤]民许氏园中。远近皆见,火光赫然[⑥]照天,许氏藩篱皆为所焚。

是时火息[⑦],视地中只有一窍如杯大,极深。下视之,星在其中,荧荧[⑧]然,良久渐暗,尚热不可近。又久之,发其窍,深三尺余,乃得一圆石,犹热,其大如拳,一头微锐,重亦如之。

州守郑伸得之,送润州[⑨]金山寺,至今匣藏,游人到则发视。王无咎[⑩]为之传甚详。

〔注〕 ① 治平元年:公元1064年。治平,宋英宗年号。 ② 日禺(yú):日落。古代传

说，日落处在禺谷。　③ 几：差不多。　④ 著：通“着”，着落。　⑤ 宜兴：今属江苏。　⑥ 赫然：光彩鲜明的样子。　⑦ 息：通“熄”。　⑧ 荧荧：光亮微弱。　⑨ 润州：州名，今江苏省镇江市。　⑩ 王无咎(jiù)：字补之(1024—1069)，南城(今属江西)人，王安石的学生。曾做过天台(今浙江天台)令。

本文节选自沈括的《梦溪笔谈》，记录了一次陨星坠落事件。作为一种自然天象，陨石在《春秋》中就有记录：“陨石于宋，五。”这事发生在鲁僖公十六年(前644)，是中国历史上最早的陨石记录。以后的史籍多有对陨石的记载。但就记述的准确、详细而言，没有哪条记载比得上沈括此文。文章对陨石的记录，语言精练，井然有序。文章第一段首先点明陨星事件出现的时间与地点：在治平元年的常州。接下来，详细叙述陨星坠落的过程。先是由声写起“大声如雷”；再描述所见“一大星，几如月，见于东南”；进而记录陨星的坠落过程：一忽儿又一声巨响，陨星已向西南移飞。再一震，就落在宜兴县一个姓许的人家的园子里，把他家篱笆都烧毁了，燃烧的火光把天空照得通亮。第二段作者把记叙的视角由天空转向坠落的地面。描述了陨石地面撞击坑的大小与深度，陨石的温度、色泽、形态、大小、重量等，记述严谨详细。结尾一段，则记述对陨石处置。州守郑伸得之，把它送到润州金山寺。陨石用匣子藏起来，供人发视。作者文末还特意加一句：“王无咎为之传甚详。”表明此事非虚，有王无咎详细的记述为证，显示出作者的科学精神。

本文的语言凝练生动，富有表现力。如第二段，描述陨星坠地变化过程，用“是时火息”“荧荧然”“良久渐暗”“尚热”“犹热”等词展现陨星坠地以后色泽、温度的细微变化，让人有身临其境的既视感。另外，行文长短句的运用，参差错落，富于变化，气势流动，使得文章的科学性与文学性得到了完美的统一。

（魏祖钦）

【作者小传】

苏　轼

(1037—1101)　北宋文学家。字子瞻，号东坡居士。眉州眉山(今属四川)人。苏洵子。嘉祐进士。神宗时曾任祠部员外郎，知密州、徐州、湖州。因反对王安石变法，以作诗“谤讪朝廷”罪贬谪黄州。哲宗时任翰林学士，曾出知杭州、颍州，官至礼部尚书。后又贬谪惠州、儋州。后北还，病死常州。追谥文忠。与父洵、弟辙合称“三苏”。其文汪洋恣肆，明白畅达，为“唐宋八大家”之一。其诗清新豪健，独具风格。词开豪放一派，与辛弃疾并称为“苏辛”。诗文有《东坡七集》等。

南行前集序　　苏　轼

夫昔之为文者，非能为之为工[①]，乃不能不为之为工也。山川之有云雾，草木之有华实，充满勃郁，而见于外，夫虽欲无有，其可得耶！自少闻家君之论文，以为古之圣人有所不能自已而作者。故轼与弟辙为文至多，而未尝敢有作文之意。己亥之岁，侍行适楚，舟中无事，博弈饮酒，非所以为闺门之欢，而山川之秀美，风俗之朴陋，贤人君子之遗迹，与凡耳目之所接者，杂然有触于中，而发为咏叹。盖家君之作与弟辙之文皆在，凡一百篇，谓之《南行集》。将以识一时之事，为他日之所寻绎[②]，且以为得于谈笑之间，而非勉强所为之文也。时十二月八日，江陵驿书。

〔注〕 ① 工：精巧，出色。 ② 寻绎：追思。

精妙的艺术作品，总是令人惊羡的：一片美好的风景，一缕婉转的天籁，一段难以名状的情愫，似乎都在刹那间，从艺术家的笔底，梦幻般地显现了——恰如迷蒙的烟波上，突然显现的葱郁缥缈的"海市"！

艺术创造的这一奇妙境界，往往引发人们神秘的猜想：艺术家仿佛是凭借于苦思冥索和突然获得的启示，从事创作的——在艺术家的心灵中，难道真的居住着一位不常显形的可爱"缪斯"（艺术女神）？

曾经创造了"凌空如天马，游戏如飞仙，风流儒雅，无入不得"的奇妙诗作的苏轼，则以"南行"途中的斐然收获，告诉了人们一个与此完全不同的体验。

嘉祐四年（1059）十月，早已考取进士的苏轼兄弟，随同父亲一起赴京受职。由于心境畅悦，又不急于赶路，他们出眉山，经嘉州，江行"适楚"（江陵），有机会饱览了沿途江山的秀奇清美之景。而且舟行闲暇，"博弈饮酒"，父子唱和，留下了近百篇诗作——这就是苏轼在江陵驿站编成的《南行集》之由来。

苏东坡虽然才气横溢，但正如他兄弟苏辙所说："其居家所与游者，不过邻里乡党之人；所见不过数百里之间，无高山大野可登览以自广；百氏之书，虽无所不读，然皆古人之陈迹，不足以激发其志气。"（《上枢密韩太尉书》）所以，早年居家虽"为文至多"，实无磊落壮奇之作传世。

这一次却不同了——一叶轻舟驰行于三峡奇境之中，两岸有望不尽的"山川之秀美”，沿途更有“贤人君子”的许多“遗迹”可供流连；至于异乡民间的“朴陋”风俗，更激发起这位年轻诗人多少感触和奇思！一篇篇浸染着山水灵气、夹带着峰矗浪奔之势的诗作，由此在苏轼“谈笑之间”挥洒而出。如被后世诗论家赞为“刻意锻炼，语皆警峭”的《入峡》，“波澜壮阔，繁而不沓”的《巫山》（纪昀语），以及“岩壑高卑，人物错杂，大处浩渺，细处纤微，无所不尽，可敌一幅王维《江干初雪图》”（汪师韩《苏诗选评笺释》）的《江上值雪》等等，无不作于这“南行”期间。

在总结“南行”收获时，苏轼提出了有关艺术创作的一个重要论断：艺术创造有赖于丰富的生活感受的触发。当这种感受为“耳目之所接”，而“杂然有触于中（心）”的时候，便是艺术家的创造奇气勃郁而兴的重要契机。这时，优秀作品的诞生，便不以艺术家主观的意志为转移了——它正如“山川之有云雾，草木之有华实”一样，当其“充满勃郁，而见于外，夫虽欲无有，其可得耶”！

苏轼的这一见解，虽然并非首创（欧阳修曾经提出过类似的看法），但毕竟是灿烂的！因为它来自“南行”途中活泼泼的创作体验，不仅推翻了那种视艺术创作为有某种神灵启示的荒谬猜想，也推翻了那种以为只要待在书斋斗室苦思冥索，“勉强”为文，就可以产生伟大艺术的天真想法。——不！艺术创作纵然离不开一定的资质和禀赋，纵然不排除坚毅不懈的“为文”技巧的训练，但仅仅具备这些，就“勉强”为之，是不会有多少收获的。因为它缺少了激发艺术创造力勃然“外见”的最重要的条件——那就是气象缤纷的外部世界及艺术家对它的新鲜活跃的感受。

有趣的是，几乎在此同期，苏轼的兄弟苏辙，也得到了同样的认识。当他在赴京途中，“恣观终南、嵩、华之高，北顾黄河之奔流”，以及“至京师”“而后知天下之巨丽”之际，终于领悟了孟子、太史公何以能有瑰玮之文惊动天地的道理：“此二子者，岂尝执笔学为如此之文哉？其气充乎其中，而溢乎其貌，动乎其言，而见乎其文，而不自知也。”（《上枢密韩太尉书》）——这“气”，不正是丰富的生活阅历和感受在艺术家心灵中突然激起的创造意气么？倘若没有丰富的生活感受在胸中磅礴奔突，又何能“溢乎其貌”而“见（现）乎其文”？明白了这一点，人们也便懂得：唐代书法家张旭，何以见公孙大娘剑器之舞，而悟得了奇妙的笔法；而大画家吴道子又何以于“画笔久废”、受请绘画天宫寺“鬼神数壁”之前，偏要请裴将军舞剑以助壮气，终于“援毫图壁，飒然风起，为天下之壮观”（郭若虚《图画见闻志》）了。

这样看来，苏轼的这次“南行”实在太重要了——诗歌创作的实践，所带来的理论上的豁然贯通，遥遥地指引着他，从此从书斋斗室走向社会、走向生活，而进

入了艺术创造的全新天地！　（潘啸龙）

书渊明饮酒诗后　　苏 轼

陶诗云："但恐多谬误，君当恕醉人。"此未醉时说也，若已醉，何暇忧误哉！然世人言："醉时是醒时语。"此最名言。

张安道[①]饮酒，初不言盏数，少时与刘潜、石曼卿饮[②]，但言当饮几日而已。欧公[③]盛年时，能饮百盏，然常为安道所困。圣俞[④]亦能饮百许盏，然醉后高叉手而语弥温谨[⑤]。此亦知其所不足而勉之，非善饮者。善饮者，淡然与平时无少异也。若仆者又何其不能饮，饮一盏而醉，醉中味与数君无异，亦所羡尔。

〔注〕 ① 张安道：张方平，字安道，南京人。慷慨有气节，任官四川时，赏识苏轼父子三人。曾荐苏轼为谏官，轼下狱，又抗章解救。轼终身敬事之。 ② 刘潜：字仲方，好为古文，与石延年为酒友。石曼卿：石延年，字曼卿，北宋文学家。 ③ 欧公：欧阳修，北宋文学家。 ④ 圣俞：梅尧臣，字圣俞，北宋诗人。 ⑤ 叉手：拱手。温谨：温和恭谨。

自从作诗惹出祸事，被贬谪到黄州之后，便开始了苏轼政治上失意，生活上波折迭起的时期。在黄州，他的职务是团练副使，实则徒挂虚名，不能参与政事。他也自知不容于在朝的政敌，所以极力约束自己，蛰居很少出门，更不敢发表意见和作诗了。尽管如此，但牢骚是满腹的。在这种困苦的环境里，惟一的排遣办法是从酒中寻找自己的世界。正如苏轼自己所说的："方其寓形于一醉也，齐得丧，忘祸福，混贵贱，等贤愚，同乎万物而与造物者游。"这样，似乎可以把痛苦的现实暂时忘得一干二净了。然而，到了这个境地就没有苦恼了么？不，他发现了更为令人懊丧、可畏的后果，这就是他曾慨叹过的"饮中真味老更浓，醉里狂言醒可怕"。也就是怕这个"醉时是醒时语"，万一醉后的心里话漏了出来，传到京师，那后果就难以设想了。

这篇题跋不但反映了苏轼此时的微妙心情，还生动地描述了与他同时代的一班大作家的饮时情态，将他们的一个生活侧面呈露在读者面前。在这短短的二百字中，苏轼写出自己的情怀、他人的醉貌。中间一段，着墨无多，而所写到的人，却是人人面目各具，人无赘语，语无赘词，每个人的酒量、酒后情态都活现纸上，表现了他们各自的素养和性格特征，使得我们如见其人，如闻其声。这些作家都有皇皇巨著的诗文集，还有别人为他们写作的传记、行述等，虽能反映他们一生的思想和行事，但是像这样生动活泼而又很有价值的生活细节的描绘，却是难得一见的。无他，传记等只着重记述他们的大节高行，而对生活琐事不屑涉笔，题跋之可贵和值得重视，大概恰在于此吧。（黄国声）

书东皋子[①]传后　　苏　轼

余饮酒终日，不过五合[②]，天下之不能饮，无在余下者。然喜人饮酒，见客举杯徐引，则余胸中为之浩浩焉，落落焉，酣适之味，乃过于客。闲居未尝一日无客，客至未尝不置酒，天下之好饮，亦无在余上者。常以谓人之至乐，莫若身无病而心无忧，我则无是二者矣。然人之有是者接于余前，则余安得全其乐乎？故所至当蓄善药，有求者则与之，而尤喜酿酒以饮客。或曰："子无病而多蓄药，不饮而多酿酒，劳己以为人，何也？"余笑曰："病者得药，吾为之体轻；饮者困于酒，吾为之酣适，盖专以自为也。"

东皋子待诏门下省[③]，日给酒三升，其弟静问曰："待诏乐乎？"曰："待诏何所乐，但美酝三升，殊可恋耳！"今岭南法不禁酒，余既得自酿，月用米一斛，得酒六斗。而南雄、广、惠、循、梅五太守间复以酒遗余[④]，余略计其所获，殆过于东皋子矣。然东皋子自谓"五斗先生"，则日给三升，救口不暇[⑤]，安能及客乎？若余者，乃日有二升五合入野人道士腹中矣。

东皋子与仲长子先游[⑥]，好养性服食[⑦]，预刻死日自为墓志，余盖友其人于千载，则庶几焉。

〔注〕①东皋子：王绩，字无功，号东皋子，绛州龙门（今山西河津）人。仕隋为秘书省正字，唐初以原官待诏门下省。性嗜酒，其诗多以酒为题材，赞美嵇康、阮籍和陶潜，嘲讽周孔礼教，表现出对现实的不满。　②五合：古人计量，十合为一升。　③待诏：唐初，以文辞经学之士及医、卜、棋、术等技艺人员置翰林院中，以待皇帝诏问驱使。门下省：唐官署名。　④南雄、广、惠、循、梅：均宋代广东州名。　⑤救口不暇：应付自己喝都不够。　⑥仲长子先：《旧唐书·王绩传》："绩河渚中先有田数顷，邻渚有隐士仲长子先，服食养性。绩重其真素，愿与相近，乃结庐河渚，以琴酒自乐。"　⑦服食：道家养生法，指服食丹药。

苏轼撰写本文的时候，正是他历尽波折、贬居广东惠州之日。长期的贬谪生涯，南北奔走不定的困苦，使他身心都蒙受极大的损害。此际，他已六十高龄，万死投荒之余，不得不承认"身无病而心无忧"这两种人生乐事是与自己无缘的了。

他屡遭贬谪的根本原因，是由于早年反对王安石变法而被卷入党争的漩涡中，但惹祸的却往往是所作的诗文。政敌们挑出他诗中的个别语句，加以歪曲诬捏，罗织成罪。所以，当他贬到惠州之时，弟弟苏辙以及朋好相识者都纷纷来信，要他痛戒作诗，以免被人抓住把柄，再起风波。他也自知危机常在，诗文不敢多作了，惟有饮酒以排遣这痛苦的日子。可是自己虽好饮而没有酒量，无法从中获得最大的乐趣，于是惟有常常施药与人和请别人饮酒，这样便可在别人无病和得到"至乐"时，他自己就感到开怀酣适，仿佛得到与己无缘的"至乐"了。

东皋子王绩是位纵酒不羁的人。他本不愿做官，但为了能得到公家每日配给的三升美酒，才勉强干下去。苏轼倒会宽慰自己，他认为王绩的酒连自用都不够，而他自酿的酒，数量远过王绩，可以随意用来招待宾客，宾客常乐而自己又得以酣适其中。这种自寻佳趣的作法，稍稍冲淡他贬居的痛苦心情。

苏轼常常用这种态度来对待现实生活中的不幸。这篇题跋行文委曲有致，通篇没有怨叹悲哀之词，尤为难得。苏轼的旷达洒脱的襟怀，与人同乐的人生态度，在这短文里充分表现出来了。　　（黄国声）

书柳子厚[①]牛赋后　　苏 轼

岭外俗皆恬杀牛[②]，而海南为甚。客自高、化载牛渡海[③]，百尾一舟，遇风不顺，渴饥相倚以死者无数。牛登舟皆哀鸣出涕，既至海南，耕者与屠者常相半[④]。病不饮药，但杀牛以祷，富者至杀十数牛。死者不复云，幸而不死，即归德于巫。以巫为医，以牛为药，间有饮药者，巫辄云神怒，病不可复治，亲戚皆为却药，禁医不得入门，人牛皆死而后已。地产沉水香，香必以牛易之黎[⑤]，黎人得牛皆以祭鬼，无乱者。中国人以沉水香供佛燎帝求福[⑥]，此皆烧牛肉也，何福之能得？哀哉！

余莫能救，故书柳子厚《牛赋》以遗琼州[⑦]僧道赟，使以晓喻其乡人之有知者，庶几其少衰乎！

庚辰三月十五日记。

〔注〕 ① 柳子厚：唐代文学家柳宗元，字子厚。《牛赋》是柳宗元被贬永州后感愤而作的。赋里以牛自喻，谓牛有耕垦之劳，虽有功于世而无益于己。苏轼这一"书后"却非取柳赋的本意，而是借其中所述牛的辛劳及耕垦之功来发表自己的见解，希望海南人不再因迷信活动而滥杀牛。 ② 岭外：指五岭以南直到海边的广大地区，包括今广东、广西、海南三省区。恬：习

惯。 ③ 高、化：宋代的高州、化州，即今广东的茂名市、高州市、化州市地。 ④“耕者”句：被驱往耕田与被屠宰的牛常常各占一半。 ⑤ 黎：海南省的土著少数民族。 ⑥ 中国：古代常称汉族活动的中原地区为中国。燎(liào)：古祭名。烧柴祭天。 ⑦ 琼州：治所在今海口市琼山区南。

长期担任地方官的苏轼，到过很多地方，有机会接触到社会的下层，因而能深悉现实的种种弊端和人民的疾苦。因此，他很重视农业，在各地任上，曾就力所能及实行过兴修水利、减轻农民负担、开仓赈济、推行秧马等善政，以促进农业生产，改善农民的处境。当他从惠州再远贬海南岛时，已经六十二岁，耄年投荒，自忖此去难有生还之望，临行时，“子孙恸哭于江边，已为死别；魑魅逢迎于海上，宁许生还？”景况之悲凄可想。但他到任之后，关心民间疾苦之情，依然如故。他目睹当地人民把重要的农业生产资料——耕牛屠宰以祭神“治病”，不免痛心，觉得这一陋俗既无补于病者，又严重地减少了农业的耕作畜力，其后果必然是“人牛皆死而后已”。因而写了这篇题跋，目的在劝谕人们要相信医药，不可迷信巫祝。当时苏轼在这海角穷荒之地，居处不宁，自顾不暇，却仍关注老百姓的切身问题，亦足见其为人了。

值得一提的是，海南岛僻处海外，中原人士除任官或贬谪者外，鲜有到此的。典籍中也较少有关海南的风俗文物的记载。这篇题跋能把当地的风习记述下来，无疑是一份值得重视的资料。

（黄国声）

书孟德传后　　苏轼

子由书孟德事见寄。余既闻而异之，以为虎畏不惧己者，其理似可信。然世未有见虎而不惧者，则斯言之有无，终无所试之。然曩余闻忠、万、云安多虎①。有妇人昼日置二小儿沙上而浣衣于水者。虎自山上驰来，妇人仓皇沉水避之。二小儿戏沙上自若。虎熟视久之，至以首觝②触，庶几其一惧，而儿痴，竟不知怪，虎亦卒去。意虎之食人，必先被之以威，而不惧之人，威无所从施欤？有言虎不食醉人，必坐守之，以俟其醒。非俟其醒，俟其惧也。有人夜自外归，见有物蹲其门，以为猪狗类也。以杖击之，即逸去。至山下月明处，则虎也。是人非有以胜虎，而气已盖③之矣。使人之不惧，皆如婴儿、醉人与其未及知之时，则虎畏之，无足怪者。故书其末，以信子由之说。

〔注〕 ① 曩(nǎng)：以前。忠、万、云安：今重庆忠县、万州区、云阳县。 ② 觝(dǐ)：顶。 ③ 盖：超过。

世人大多畏“虎”，因为这位“百兽之王”好吃人。苏辙所书《孟德传》，却有虎反畏人的说法，这便引发了乃兄探讨虎“心理”的浓厚兴趣。

东坡列举了两则传闻：一则是虎与“二小儿”在沙地上的对峙。文中以“虎熟视久之”，状其窥探小儿的迟疑心理；以“以首觝触”，表现其“先被之以威”的可笑情态。运笔颇见韵致。谁知小儿傻乎乎的，根本不知道害怕，依然嬉戏“自若”。“百兽之王”便只好从对峙的阵地上，怏怏地退了出来。另一则中的“山大王”遭遇更惨：它满以为守在门边，可以突如其来吓人一跳。谁知那“夜归”者竟把它认作了“猪狗”，举杖就“击”，还要追赶不舍。“山大王”挨了打，终于在月色下连吼带奔，逃了。

苏轼由此得出结论：虎之吃人“心理”，全在以“威”凌人，令你畏惧。倘若你能像“二小儿”一样，全不知惧，它就“威无所施”；倘若能像“夜归”者那样，以气概压倒它，那就更妙！

不要以为东坡所记，只是对付“老虎”的闲闻趣谈。他的小品文往往言在此而意在彼。山野中有老虎，社会中何尝没有鱼肉百姓的坏家伙？人们受他们欺凌多了，常常就增生了怯弱之心，一见到他们就害怕，唯恐避之不及。他们呢，也把握了人们的这种心态，欲有所夺掠，必先“被之以威”。人们既先就吓得“灵魂出窍”，哪还有反抗的余力？于是只好眼睁睁被“吃”。其实，坏人之于世亦如老虎，不过那么几匹。要与人众为敌，难道就不怕被揭露、打倒？对付他们，本不该如“浣衣”之妇那样惶恐，而应如“二小儿”那样不惧；非但不惧，还要如“夜归”者那样，将其视为“猪狗”，毫不手软地“以杖击之”。倘若人们都有这种疾恶如仇、视死不惧的勇气，则好人之浩浩荡荡、千军万马，又何惧几匹色厉内荏之“虎”的猖獗！

就这一点说，东坡这则小品，真可令怯者陡生勇猛之志，而令“虎冠”者为之气沮。但要仔细考究起来，则虎在通常情况下并不吃人，即使真要吃人，也如鲁迅所说：“抓着就是一口，决不谈道理、弄玄虚。”(《夏三虫》)社会上的人，有些要比老虎狡诈和有心计得多。从小处说，王熙凤之害尤二姐，根本不露凶相，反而让她感到亲热得像姐姐一样，至死都不明白怎么被害的！从大处说，遭万世唾骂的秦桧，还能“拉大旗作虎皮”，借用皇帝的金牌，以“莫须有”的罪名，置岳飞于死地。这些受害者，仅凭一个“不惧”，又如何能对付这种“虎”类？

尽管如此，“不惧”仍为第一要义。倘要惧死，便什么都谈不上了。

(潘啸龙)

书黄子思①诗集后　　苏　轼

余尝论书，以谓钟、王之迹②，萧散简远，妙在笔墨之外。至唐颜、柳③，始集古今笔法而尽发之，极书之变，天下翕然以为宗师，而钟、王之法益微④。至于诗亦然，苏、李⑤之天成，曹、刘之自得⑥，陶、谢⑦之超然，盖亦至矣。而李太白、杜子美以英玮绝世之姿，凌跨百代，古今诗人尽废，然魏、晋以来高风绝尘，亦少衰矣。李、杜之后，诗人继作⑧，虽间有远韵，而才不逮意。独韦应物、柳宗元发纤秾于简古，寄至味于淡泊，非余子所及也。唐末司空图，崎岖兵乱之间，而诗文高雅，犹有承平之遗风，其论诗曰：梅止于酸，盐止于咸，饮食不可无盐梅，而其美常在咸酸之外⑨，盖自列其诗之有得于文字之表者二十四韵⑩，恨当时不识其妙，余三复其言而悲之。

闽人黄子思，庆历、皇祐⑪间号能文者，余尝闻前辈诵其诗，每得佳句妙语，反覆数四，乃识其所谓。信乎表圣之言⑫，美在咸酸之外，可以一唱而三叹也。余既与其弟子几道、其孙师是游，得窥其家集，而子思笃行高志，为吏有异材，见于墓志详矣。余不复论，独评其诗如此。

〔注〕①黄子思：黄孝先，字子思，宋浦城(今属福建)人。②钟、王：晋代著名书法家钟繇、王羲之。迹：墨迹。③颜、柳：唐代著名书法家颜真卿、柳公权。④微：衰败不振。⑤苏、李：汉代的苏武、李陵。过去认为这两人是五言诗的创始者，但他们现存的诗作都是后人的伪托。⑥曹、刘：三国魏诗人曹植，汉末诗人刘桢。自得：出于自己的创造而非摹仿。⑦陶、谢：晋末和南朝宋初诗人陶潜、谢灵运。⑧作：起，出现。⑨以上四句的意思，见于司空图《与李生论诗书》中，原文较详，苏轼把它概括为这四句。⑩二十四韵：即《二十四诗品》，是司空图的论诗著作，内分二十四目，每目用四言韵语十二句写成，故云。⑪庆历、皇祐：均为宋仁宗年号，分别为1041—1048年，1049—1054年。⑫表圣：司空图字。

本文以书法的历史发展譬喻诗歌的发展变化，着重指出书法艺术同文学艺术都存在着类似的现象和规律。在这里，苏轼认为：萧散超然的作品，在艺术上达到了很高的境界，但后来者在参继古今艺术之妙谛后，也能写出凌跨前代的好作品来。但他有个保留，即认为这些后来者的作品虽极力求变，面目一新，无奈去古已远，古意渐微。换言之，新则新矣，终不及古意古貌的好。苏轼这种观点，显然是深受北宋当时学古风气的影响。因此,他只承认“苏、李之天成,曹、刘之自得,陶、谢之超然”是人们无法企及的高韵,而对后代能集众妙的李、杜虽给予很高的评价,终究认为比起汉、魏的“高风绝尘,亦少衰矣”。这无疑是苏轼的偏见,是他艺术认识上的局限。

苏轼在论诗方面,受到司空图《诗品》的影响。他推崇陶渊明诗“外枯而中膏”的艺术风格,正是“发纤秾于简古,寄至味于淡泊”理论的申述。但奇怪的是,苏轼本人的诗风,却是“天马脱羁,飞仙游戏,穷极变化而适如其意中所欲出”(沈德潜《说诗晬语》),并没有陶诗那种萧散简远的风格。即使在他所作的、并自认为“不甚愧渊明”的“和陶诗”百余首中,刻意学陶,由于才高,虽也有淡远自然的风格,可是与陶渊明的原作相较,仍然是有差别的。金代元好问讥评他的“和陶诗”是东坡自东坡,陶自陶。这话不错,因为苏轼虽然极力模仿陶诗的风格,还是要时时露出自己的本色来。

(黄国声)

书若逵所书经后　　苏 轼

怀楚比丘[①]示我若逵所书二经。经为几品,品为几偈[②],偈为几句,句为几字,字为几画,其数无量。而此字画,平等若一,无有高下、轻重、大小。云何能一?以忘我故。若不忘我,一画之中,已现二相,而况多画!如海上沙,是谁磋磨,自然匀平,无有粗细?如空中雨,是谁挥洒,自然萧散,无有疏密?咨尔楚、逵,若能一念,了是法门,于刹那顷,转八十藏[③],无有忘失,一句一偈。东坡居士,说是法已,复还其经。元祐七年[④]四月二十五日。

〔注〕①怀楚:和尚之名。比丘:和尚。②偈(jì):佛经中的颂词,一偈四句。③藏:佛教经典之总称。④元祐七年:1092年。元祐,宋哲宗年号。

“经为几品,品为几偈,偈为几句,句为几字……”层层铺展的奇妙行文,带着今天的读者,走进了九百余年前若逵所书的恢宏经书。

在“如海上沙”“如空中雨”的神奇境界中,你终于被那字画“无量”,却笔笔“匀平”、字字“萧散”的书写艺术震撼了——正如它当年曾深深震撼了苏轼一样!

若逵和尚何以能创造如许奇迹?东坡的回答只四个字:“以忘我故。”

“忘我”,就是“一念”,就是神志的最高度集中。当全身心都投入了对象的研探和创造之中,哪还有周围世界的存在?哪还能念及自我?

阿基米德在澡堂洗浴，脑中还思索着物理课题，终于从水溢澡盆的现象之中，悟出了伟大的“浮力定律”。当他狂喜地奔到街上，大声喊叫着“我发现了”时，全身上下竟一丝不挂——这正是对“忘我”境界的绝妙写照！

你也许会说：“忘我”，不就靠“刹那顷”的“灵感”？可惜你忘记了，“灵感”，包括一切灵思妙想的获得，都来自经久不舍的苦思、苦练。

《庄子·达生》中，记载一位驼背老人以竿粘蝉简直就如用手拾物。问他何以如此精妙？老人说：他每逢五六月间，总要苦练竿上“累丸”的技巧。练到“累五丸”而“不坠”，手便不再有丝毫颤抖。捕蝉时能身如“株枸”、臂如“槁枝”，达到“虽天地之大、万物之多，而唯蜩（蝉）翼之知”。如此，“何为而不得”！——捕蝉而能进此“忘我”之境，不正是常日苦练之故？

若逵和尚的书写，亦正如此。抄写两大部经书，字画“无量”，而竟能“平等若一，无有高下、轻重、大小”之差。你请想象一下吧，这凝神专注的挥写，曾伴着他度过多少冷月孤灯的长夜，付出过他何其巨量的心血！

倘若纯从实用价值着眼，则经书的抄写，无非为供诵读而已，又何须计较那笔画字行之“平等若一”？

若逵和尚却不这么看。在这位虔诚而充满热忱的佛教徒眼中，这事业简直高于生命！又何可有丝毫的苟且？那一笔一画，都表现着他对佛门经典的无上信仰和热爱呵！

正是这种无上的信仰和热忱，当年曾激励着无数僧徒，代代相继，开凿和创造了震惊世界的敦煌“莫高窟壁画”；而今又推动着若逵和尚，度过漫漫长夜，“忘我”地书写出字画无量、“匀平”、“萧散”的两大部经书。

唯信仰和热忱，能激发人们不避崎岖、劳苦跋涉的毅力；唯经久不舍的毅力，能引导人们进入“忘我”创造的最高境界——这就是东坡“以忘我故”四字中所包蕴的丰富内涵！

倘若与此相反，事事只考虑“我”之利害，让无穷“得失”之情翻沸胸间，神志既不能专注，又怎能企求“忘我”境界的实现？所以，东坡陡然回笔曰：“若不忘我，一画之中，已现二相，而况多画！”

你当然还可再推进一层：“而况比书写经文更壮奇、更宏丽的世间伟业之创造！”

（潘啸龙）

跋草书后　　苏　轼

仆醉后辄作草书十数行，觉酒气拂拂从十指间出也。

草圣张旭写字是"大醉呼叫狂走乃下笔，或以头濡墨而书，既醒，自视以为神"。苏轼写字却没有这份狂态，他文静多了，只觉得"酒气拂拂从十指间出"而已。这说法有点玄，却很有意思，活现微醉后陶然自适的自我感觉。在这种精神状态中挥笔写字，自然能摆脱羁绊，挥洒自如了。所以他自认"吾醉后能作大草，醒后自以为不及"。这话不假，因为大书法家怀素也是"醉来得意两三行，醒后却书书不得"的。

酒后字写得好，其理由和苏轼主张的"文理自然，姿态横生"的艺术观点是一致的。唯其醉中能脱去束缚，纯任本真，作品于是能好。因此，他同时又提到写字要"本不求工，所以能工"。写文章则提到欧阳修书帖的例子："此数十纸皆文忠公冲口而出，纵手而成，初不加意者也。其文采字画，皆有自然绝人之姿，信天下之奇迹也。"

那么，从苏轼十指间拂拂而出的，固然是酒气，却也是作者的真率自然之气，这气直薄纸上，便成功为上好的书法作品了。仅只两句的跋文，却使人仿佛见到那位真率不羁的东坡先生。可见文字的高下，原不在于数量之多少的。

（黄国声）

书吴道子[①]画后　　苏　轼

知者创物，能者述焉[②]，非一人而成也。君子之于学，百工之于技，自三代历汉至唐而备矣。故诗至于杜子美[③]，文至于韩退之[④]，书至于颜鲁公[⑤]，画至于吴道子，而古今之变，天下之能事毕矣。道子画人物，如以灯取影，逆来顺往，旁见侧出，横斜平直，各相乘除[⑥]，得自然之数[⑦]，不差毫末。出新意于法度之中，寄妙理于豪放之外，所谓游刃余地，运斤成风，盖古今一人而已。余于他画，或不能必其主名，至于道子，望而知其真伪也。然世罕有真者，如史全所藏，平生盖一二见而已。

元丰八年[⑧]十一月七日书。

〔注〕 ① 吴道子：唐代画家吴道玄，字道子，阳翟（今河南禹州）人。开元中召入供奉，为内教博士。其画笔法超妙，尤擅长画道释人物及山水，有"画圣"之称。 ②"知者"二句：知同智。智者创造出来的东西，由有技能的去遵循、承传。 ③ 杜子美：唐代诗人杜甫字子美。④ 韩退之：唐代文学家韩愈字退之。 ⑤ 颜鲁公：唐代书法家颜真卿曾封鲁郡公，世称为颜鲁公。 ⑥ 乘除：抵销。这是说上述的各种技法如顺逆、旁侧、斜直的合理运用，使之互相补充，从而获得平衡。 ⑦ 自然之数：符合自然和实物的要素。 ⑧ 元丰八年：1085年。元丰，

宋神宗年号。

这篇题跋表述了苏轼一个重要的创作理论,即艺术如何反映客观事物的理论。苏轼在《书鄢陵王主簿所画折枝二首》诗中,曾表达了"论画以形似,见与儿童邻"的艺术见解,于是有些人便由此误解他不重视艺术上的"形似"了。在本文中,我们可以看到苏轼不仅主张"形似",而且认为这是非常必要的艺术要求,是为达到更高的艺术境界所需要具备的基本功。

他赞扬吴道子画人物时忠实于客观对象的创作态度,"如以灯取影,逆来顺往,旁见侧出,横斜平直,各相乘除",于是得以符合"自然之数"——客观事物的固有特征和变化规律。他认为一切艺术家都应像吴道子那样,首先要力求形似,然后在此基础上,进而自由抒写。这种抒写要在法度的范围内自创新意,不能越出规矩;笔触可以豪放奔骤,而其妙处仍要合乎现实情理,即所谓"出新意于法度之中,寄妙理于豪放之外"。当艺术家做到了这些,那么,便从"形似"进而上升到"神似"的境界了。

（黄国声）

书蒲永昇[①]画后　　苏　轼

古今画水,多作平远细皱,其善者不过能为波头起状。使人至以手扪之,谓有洼隆,以为至妙矣。然其品格特与印版水纸[②]争工拙于毫厘间耳。唐广明[③]中,处士孙位[④]始出新意。画奔湍巨浪,与山石曲折,随物赋形,尽水之变,号称神逸。其后蜀人黄筌、孙知微[⑤],皆得其笔法。始,知微欲于大慈寺寿宁院壁作湖滩水石四堵[⑥],营度经岁,终不肯下笔。一日仓皇入寺,索笔甚急,奋袂如风,须臾而成。作输泻跳蹙[⑦]之势,汹汹欲崩屋也。知微既死,笔法中绝五十余年。

近岁成都人蒲永昇,嗜酒放浪,性与画会,始作活水,得二孙本意。自黄居寀兄弟、李怀衮之流皆不及也[⑧]。王公富人或以势力使之,永昇辄嘻笑舍去。遇其欲画,不择贵贱,顷刻而成。尝与余临寿宁院水,作二十四幅,每夏日挂之高堂素壁,即阴风袭人,毛发为立。永昇今老矣,画亦难得,而世之识真者亦少。如往时董羽、近日常州戚氏画水[⑨],世或传宝之。如董、戚之流,可谓死水,未可与永昇同年而语也。元丰三年十二月十八日夜黄州临皋亭西斋戏书。

〔注〕 ① 蒲永昇：苏轼好友、同乡。生平不详。 ② 印版水纸：宋代的一种高级加工纸，纸上有无色波浪纹。 ③ 广明：唐僖宗年号(880—881)。 ④ 孙位：唐末画家。黄巢之乱随驾避乱入蜀。善画人物山水，画龙水尤精。 ⑤ 黄筌：五代后蜀画家。善画花鸟，兼工山川龙水。孙知微：宋代画家。精于山水、仙官、人物等。 ⑥ 大慈寺：遗址在今成都市。堵：墙壁。 ⑦ 输泻：水流泻。跳蹙(cù)：水势汹涌奔腾。 ⑧ 黄居寀兄弟：即画家黄筌之子居宝、居寀、居实，皆善画。李怀衮：蜀都处士，善画。 ⑨ 董羽：南唐、北宋之际画家。戚氏：疑即常州山水画家戚文秀。

人们在艺术境界上的审美取向，有时往往与各自的人生态度密切相关，东坡这篇短文，即在画理的探讨中，表现了一种俊爽豪迈的人生意气。

许多评论家以为，这是一篇探讨“形、神”关系的文字，提出了不能满足于对事物的“外形”摹写，而应着力表现其内在“神理”的见解。其实不然。

倘若纯从“形、神”关系看，则“画水”之“平远细皱”，难道就只表现了水的“外形”，而不能同时传写其“风烟俱静”之际的“神理”？它那“波澜不惊，上下天光，一碧万顷”的博大和宏奇，不同样显示了一种生命的哲理，而能带给人们以“心旷神怡、宠辱偕忘”的美好意兴？为什么作者要斥此境界为“死水”呢？

当然，水之精神风貌，并非只有平和静远一态。当它为猎猎天风所激荡时，便有沸波浊浪“裂岸”“排空”——但它也只是水的众多动态之一。为什么孙知微“奋袂如风”，画出了这种“输泻跳蹙之势”，便不只画了“外形”，而成了“活水”？倘若这种画法，真是得了水之“真”精神，则后起画家能不蜂起仿效，又怎会令其“笔法中绝五十余年”？

看来，问题并不在“形、神”，而在于人们的审美爱好和与之相关的人生态度。

魏晋以降，我国艺术的发展，在相当大的程度上，为老庄哲学所赞美的“虚”“静”境界所笼盖。从积极意义说，这种境界与封建时代人们所处的尘俗嚣顽之境，特别是官场的风云险恶之境恰正对立，最能表现他们对世俗势利之争的蔑视和洁身自好的情操。从消极意义说，它又正适合于士大夫中普遍存在的、在强权面前怯于抗争的退避之性，可以在有限的宁静中求得心态上的自我平衡。所以，这种审美爱好，在无可奈何、又希望保持一定独立性的弱者中间，得以长久不衰。

而另一些志气宏放、桀骜不驯的人们，却往往具有“不平则鸣”的勇气和豪情。“万马齐喑”的沉默、“波澜不惊”的宁静，都不适合他们的情性。他们渴望着“破山颠海”的烈风，心许着“济彼苍生”的搏击。这种人生态度反映在艺术境界中，便更爱“金刚怒目”式的雄迈，而很少能满足于“悠然见南山”式的静穆。

苏轼认识的“成都人蒲永昇”,似乎就正如此。他“嗜酒放浪”,作画也不屈服于“王公富人”的“势力”,可知是一位豪放不羁、富于抗争精神的血性男儿。这样的作手,能满足于画那“平远细皱”之水么?当其块垒不平之气激荡胸际的时候,就非借那“奔湍巨浪”来“输泻”不可了!这就是所谓“性与画会”。人们只要看那“二十四幅”画水之作,“挂之高堂素壁”,即有“阴风袭人”,就可以想象:那画中的水势,该怎样“汹汹崩屋”了。按说这样的“活水”画法,应能为大多人们赏识才是。事实却是“永昇今老矣”,而“世之识真者”仍还寥若晨星。原因何在?除了其他因素外,是否也因为这“活水”所表现的桀骜不驯之“性”,与某些人追求宁静甚至苟且退避的人生态度大相径庭呢?

但苏东坡却是一位“道理贯心肝、忠义填骨髓”的俊爽豪迈之士。他在写作此文时,又值政治上遭受巨大打击而被贬斥黄州之初。“虽穷且老”,壮心未灭,对人生依然怀有“直须谈笑生死之际”(《与李公择二首》)的奋扬之气,故更爱好“惊涛拍岸,卷起千堆雪”的壮浪之境,向往“公瑾当年”“谈笑间、樯橹灰飞烟灭”的伟美人生。在这种境界之中,他当然要指斥那“平远细皱”之水为“死”,而把全部热情,寄于蒲永昇那样放浪恣肆、充满磊落之气的“活水”画法了。

笔者无意贬低艺术中平远、宁静境界之美好,也并不赞同用了“平远细皱”笔法画水就是“死水”。我只是要说:作画(包括作诗等)也如人生,是不宜沉湎于一种境界的。在“平远细皱”之“水”充斥于画中,而排斥了其他境界的时候,何不更创新意,挥洒巨毫,带给人们一些震荡天地的“汹汹”雄涛呢——在潮流前头坚毅拼搏的志士们,是很想听听这壮浪的涛声的……　(潘啸龙)

书舟中作字　　苏　轼

将至曲江[①],船上滩欹侧,撑者百指[②],篙声石声荦然。四顾皆涛濑,士无人色,而吾作字不少衰,何也?吾更变亦多矣,置笔而起,终不能一事,孰与且作字乎。

〔注〕①曲江:今广东省韶关市曲江区。②百指:一百只手指,即十个人。

北宋元符三年(1100),被长期贬谪的苏轼终于否极泰来,朝廷准许他从海南岛回内地“任便居住”了。这一年他越过南岭北归,本跋当作于其时。他早年因反对王安石变法,被卷入长期的党争漩涡中,从此种下祸根,吃尽苦头。后半生因此屡屡获罪,越贬越远,穷荒万里,颠沛余生,宦海风波可说尝过不少。而此际的自然界波涛,在他看来不见得比宦海更险恶、更可怕,何况身处险境,害怕张皇,实在亦无济于事,徒然自扰而已,倒不如我行我素,一任波涛变灭更好。本文短短的几十字中,前半写滩险舟危,以及舟子、乘客情状,着墨不多而极为警动;后半归到作者自己,寥寥数语,却充分写出了他患难余生的心情,以及乐观洒脱的人生态度。 (黄国声)

书李伯时山庄图后 苏 轼

或曰:龙眠居士作《山庄图》,使后来入山者信足而行,自得道路,如见所梦,如悟前世;见山中泉石草木,不问而知其名;遇山中渔樵隐逸,不名而识其人。此岂强记不忘者乎?

曰:非也。画日者常疑饼,非忘日也。醉中不以鼻饮,梦中不以趾捉,天机之所合,不强而自记也。居士之在山也,不留于一物,故其神与万物交,其智与百工通。虽然,有道有艺。有道而不艺,则物虽形于心,不形于手。吾尝见居士作华严相,皆以意造而与佛合。佛菩萨言之,居士画之,若出一人,况自画其所见者乎!

苏东坡论文学艺术,多次强调要"得心应手"。如《答谢民师书》论写作,对客观的事理、物理的奥妙要求先能够抓得住,"了然于心",但这东西如风如影,无形无质,把捉不住,做到这点已很难,虽"千万人而不一遇"的;还要进一步"使了然于口与手",就更难了。《文与可画筼筜谷偃竹记》论绘画,说他自己已经得了文与可所传的画竹理论与方法,"心识其所以然",但仍是"识其所以然而不能然者,内外不一,心手不相应",乃"不学之过也",艺术修养还没有到家。也是难。

这一篇《书李伯时山庄图后》,说的还是同一个问题,举的则是成功的例子。李伯时,名公麟,北宋名画家,晚年退居龙眠山,自号龙眠居士,画有《龙眠山庄图》。苏辙有《题李公麟山庄图二十首》。诗序云:"伯时作《龙眠山庄图》,由建德馆至垂云沜,著录者十六处。自西而东凡数里,岩崿隐见,泉源相属,山行者路穷于此。道南溪山,深清秀峙,可游者有四:曰胜金岩、宝华岩、陈彭潫、鹊源。以其不可绪见也,故特著于后。"由此可以略知图的大概。他何以能把《山庄图》画得那样逼真,"使后来入山者,信足而行,自得道路……"的呢?显然,李伯时不是靠一样一样地强记然后画出来的。他实在太熟悉自己的山庄了,已达到"了然于心"的一步,是"天机之所合"(天机,人的天生官能)。这句话有些玄。好在东坡在前面有个通俗的解说:饮酒(虽然是在醉中),必用口(不以鼻);拿东西(虽然是在梦中），必用手指（不以趾）。这是出于本能。与此相似，伯时把山庄融入“心”里，运用“心之官则思”的本能，故不必苦苦强记，加以艺事精熟，画出来自然“合”了。由此想起了《庄子·养生主》所述的庖丁解牛之事。庖丁为梁惠王解剖牛之时，已经历了多年操作锻炼，做到了“以神遇而不以目视”，不必察看就知道肉间纹理、经络走向所在，以及肉与骨、骨与骨的交接处，顺着下刀，一举成功，骨肉离解，刀刃不伤。其中有“道”，超过了“技”的范畴了。李伯时之用“心”认识山庄道路景物，犹如庖丁之以“神”认识牛身骨肉结构，所以说“其神与万物交，其智与百工通”。

当然，《山庄图》是艺术画，同导游示意图大不一样，理解了还要画得好，“形于心”还能“形于手”。李伯时是有“道”又有“艺”的。除了《山庄图》画得如此真实之外，东坡还提到了他画《华严经》中所叙之佛相，“皆以意造而与佛合”。《山庄图》是凭直接经验画的，“华严相”是凭间接经验画的，都获得了成功。东坡以此证其“得心应手”之说，很有说服力。

绘画、写文章，都应追求并达到这种境界。东坡另有一篇《跋子由栖贤堂记后》，说：“子由作《栖贤堂记》，读之便如在堂中，见水石阴森，草木胶葛。仆当为书之，刻石堂上，且欲与庐山结缘，他日入山，不为生客也。”子由写的，与伯时画的，都能对所要表现的景物绘形摄神，使观之者如临其境。文学、艺术，理正相通，成功者莫不体现了“心手相应”的道理。东坡的这条“理”，也是得自父亲所传。苏洵的《上田枢密书》，提出作文先“致思于心”，然后“得之心而书之纸”。东坡则说得更深刻，表述得也更具体，至今读之，还觉得很有意思。　（陈振鹏）

书摩诘蓝田烟雨图①　　苏　轼

味摩诘之诗，诗中有画；观摩诘之画，画中有诗。诗曰：“蓝溪白石出，玉川红叶稀。山路元无雨，空翠湿人衣。”② 此摩诘之诗。或曰非也，好事者以补摩诘之遗。

〔注〕 ① 摩诘：王维，字摩诘，唐代诗人、画家。　② 这首诗题为《山中》，后人把它编入《王右丞集》外编中。

“诗中有画，画中有诗”，这是对王维诗画艺术的精确评价，他的作品确是当得起这个评价的。

自从苏轼精辟地指出诗与画存在这种关系之后，人们开始注意这个问题。稍后的张舜民则认为“诗是无形画，画是有形诗”。表面看来，与苏轼的说法差不多,但实际上张氏的提法只不过是说"诗即画,画即诗",未免捉摸不到苏轼论点的真正含义。他可能只看到这两种艺术的相通和某些相同之处,而没有看到相同之中的不同。苏轼认为诗不能徒求词采之美,而要写出画的意境和神味来;同样,画不能徒求形似,而要表现出诗的意蕴。现代人在对苏轼这一理论深入研究之后,作出了精辟的解释。伍蠡甫先生指出:"诗诉诸听觉,画诉诸视觉,而王维的诗则从听觉引向视觉,他的画则从视觉引向听觉。因此王维的诗和画,体现了听觉和视觉的互相沟通。"(《试论画中有诗》)是的,苏轼正是从可以互相沟通这一创作规律提出他的见解的。

苏轼是诗书画兼擅的大家。他正是从长期的创作经验中概括出这一艺术理论。它不单是苏轼的重要艺术见解,同时又是他不断追求的艺术境界。

(黄国声)

题赵屼屏风与可竹[①]　　苏 轼

与可所至,诗在口,竹在手[②]。来京师不及岁,请郡还乡[③],而诗与竹皆西[④]矣。一日不见,使人思之。其面目严冷,可使静险躁,厚鄙薄。今相去数千里,其诗可求,其竹可乞,其所以静、厚者不可致,此余所以见竹而叹也。

〔注〕 ① 与可:北宋画家文同,字与可,梓州永泰(今四川盐亭东)人。擅画竹,名盛当时。苏轼见到赵屼屏风上有文同所画之竹,因为题此。 ②"诗在口"二句:意思是作诗不辍,画竹不停。 ③"请郡"句:京官请求调到州、县任职。后来文同因父亲去世,以"丁忧"名义回到四川。 ④ 西:向西去。文同家在四川梓州,地在汴京之西,故云。

苏轼和文同是中表兄弟,相处既深,评价自然是中肯的。他对人物的评量,不单看重其艺业,尤其着重于人品,虽属中表之亲,自然也不能例外。如今其人远去,诗尚可求,竹仍可乞,却不再能接其风裁,得其教益,见竹思人,不能不深深感叹了。

文同能诗能画,于艺事则墨竹一派载誉千古,于从政则堪称良吏,于人品则是位"操韵高洁"的人。同时的司马光由衷地评论他:"与可襟韵游处之状,高远潇洒如晴云秋月,尘埃所不能到,某所以心服者,非特辞翰之美而已。"王安石则赞扬他的政事:"中和助宣布,循吏缀前芳。"可见苏轼对文同的评论是客观的。

本来是题屏风上文与可的画竹,却撇开正题,一下子扯到文与可其人其事上去,足见苏轼对与可的敬佩、怀念之情,不能自已。真情一旦奔迸笔下,题目也管束不住了。在短短的篇章中,苏轼把文与可的爱好、人品、性格、经历以及两人的

交情，用十分简练形象的语言概括出来，文章大家略施小技，即有足观，是不由人不佩服的。（黄国声）

跋文与可墨竹　　苏　轼

昔时与可墨竹，见精缣[①]良纸，辄愤笔挥洒，不能自已，坐客争夺持去，与可亦不甚惜。后来见人设置笔砚，即逡巡避去，人就求索，至终岁不可得。或问其故，与可曰："吾乃者学道未至，意有所不适，而无所遣之，故一发于墨竹，是病也。今吾病良已，可若何？"然以余观之，与可之病，亦未得为已也，独不容有不发乎？余将伺其发而掩取之。彼方以为病，而吾又利其病，是吾亦病也。熙宁庚戌七月二十一日，子瞻。

〔注〕① 缣（jiān）：细绢。

文同字与可，苏东坡的从表兄，善画墨竹，自开一派，为东坡所师法。此跋作于神宗熙宁三年（1070），时两人都在京师供职，常相过从，关系密切。东坡尝言："予平生好与与可剧谈大噱。"（《跋文与可论草书后》）故此篇所写，既见了解之深，兼有谐谑之趣。

文与可画墨竹，为什么起先大画特画，任人争夺持去亦不甚惜，后来却又坚决不肯再画，"惜'墨'如金"呢？这事当时许多人都晓得。东坡的父亲苏洵就已揭开了其中秘密，他在《与可许惠所画舒景以诗督之》中写道："昼行书空夜画被，方其得意犹若痴。纷纭落纸不自惜，坐客争夺相漫欺。贵家满前谢不与，独许见赠怜我衰。我当枕簟卧其下，暮续膏火朝忘炊。"原来与可是不肯为"贵人"作画。执此以解东坡此篇中所称"人"啊"人"的，便可恍然。听文与可自己的解释，说是早先修养不够，遇不如意事脾气无处可发，借画竹宣泄一通，这是"病"；现在"病"好了，墨竹也就不画了。也颇能自圆其说。他不提辍画是为避贵人求索，盖此等事不宜自己说穿，心照便可。东坡偏不信他的，说你的病还没有好，还要发的，发时还要画的，画时我就偷偷地抢了过来。看他父子俩，一个在软讨，一个要硬抢，爱文与可的墨竹，也是到了"犹若痴"的地步了；又以"发病"作隐语，指与可的画竹和自己的酷爱其墨竹，读了都是大可发笑的。此本文人雅事也，而要无赖一至于此，如果不是他们亲厚无间，言语无禁，我们哪会看得到如此妙文？

与可得读此跋文，也一定会呵呵大笑的吧。他是很欢迎东坡在他的墨竹上题写的。苏诗《题文与可墨竹》小序云："故人文与可为道师王执中作墨竹，且谓执中勿使他人书字，待苏子瞻来，令作诗其侧。”与可殁后八年，东坡始还朝，见此画，为赋一诗，有句云：“举世知珍之，赏会独予最。知音古难合，奄忽(死亡)不少待。”对比当年戏语之时，何堪回首！

(陈振鹏)

书归去来辞赠契顺 苏 轼

余谪居惠州①，子由在高安②，各以一子自随，余分寓许昌、宜兴③，岭海隔绝。诸子不闻余耗，忧愁无聊。苏州定慧院学佛者卓契顺谓迈曰：“子何忧之甚，惠州不在天上，行即到耳，当为子将书问之。”绍圣三年④三月二日，契顺涉江度岭，徒行露宿，僵仆瘴雾，黧面⑤茧足以至惠州。得书径还。余问其所求，答曰：“契顺惟无所求而后来惠州；若有所求，当走都下矣。”苦问不已，乃曰：“昔蔡明远鄱阳一校耳，颜鲁公绝粮江淮之间，明远载米以周之⑥。鲁公怜其意，遗以尺书，天下至今知有明远也。今契顺虽无米与公，然区区万里之勤，傥可以援明远例，得数字乎？”余欣然许之。独愧名节之重，字画之好，不逮鲁公，故为书渊明《归去来辞》以遗之，庶几契顺托此文以不朽也。

〔注〕 ① 惠州：今属广东。 ② 高安：今属江西。 ③ 许昌：今属河南。宜兴：今属江苏。 ④ 绍圣三年：1096年。绍圣，宋哲宗年号。 ⑤ 黧(lí)面：脸污黑。 ⑥“昔蔡明远”三句：颜真卿抵抗安禄山时，曾被蔡明远救助，见颜真卿《与蔡明远书》。

东坡谪惠州，家属在宜兴。他的朋友钱济明时任苏州通判，欲为东坡长子苏迈致家书，通过定慧寺长老守钦派卓契顺去惠州打听情况。契顺是个行者，担任寺庙守护等杂事，勇任此役，其言行当中有几处很感动人。

“惠州不在天上，行即到耳！”说得干脆豪迈，好似《西厢记》中下书的惠明：“凭着这济困扶危书一缄，有勇无惭。”于是“涉江度岭，徒行露宿，僵仆瘴雾，黧面茧足以至惠州”。“行即到耳！”做到了实不容易。这与东坡同乡人巢谷字元修，年近七十，慨然自四川眉山徒步万里，访东坡、子由兄弟于海南、循州(在惠州东北)贬所，终于见到了子由，可谓后先辉映。子由惊喜地说：“此非今世人，古之人也。”(《栾城后集·巢谷传》)东坡也称他“笃于风义”。有利于他人的事，该做的便做，不计较个人得失，这就是“古道热肠”，任何时候都是值得人们尊敬的。

“契顺惟无所求而后来惠州，若有所求，当走都下矣。”这又是极可贵的风格。

替人家做事而“无所求”，且先定下了“无所求”的宗旨然后作此长途艰险之行；还添上了“若有所求当走都下矣”，从对面加倍申说，使东坡几乎不好再开口。仿照金圣叹批《水浒》的笔法品题之，此契顺可谓“上上人物”。

东坡对此自然很不好意思，“苦问不已”，这才得到“可以援明远例，得数字乎”的回答。“万里之勤”，仅需“得数字”以酬，在索要成风的世界里，无疑会被看作是“大傻瓜”的。可契顺却不这样想。“天下至今知有明远也”，他认为，如果您一定要报答的话，如此便是对他最优厚的报答。东坡另有一篇《记卓契顺答问》云：

> 苏台定慧院净人卓契顺，不远数千里，涉岭海，候无恙于东坡。东坡问：“将什么土物来？”顺展两手。坡云：“可惜许数千里空手来。”顺作担势，缓步而去。

他本来是空手而来，也要空手回去的，本篇说的“得书径还”，就包含这一节情事。东坡却一定要送他点东西，他只好领了这个几张纸的“秀才人情”。但是契顺回程，肚子饿了要填，鞋子破了要换，东坡穷窘，无力资助，只好写信给他的表兄程之才（字正辅，时任广南东路提点刑狱公事，巡视到惠州一带），由契顺带去，顺请“略赐照管”，打这么一个“秋风”，也是无可奈何又合情合理的事。

蔡明远事，见颜真卿《与蔡明远书》，其墨迹刻入《快雪堂法帖》。一个平凡的人，靠名人诗文写入得传不朽的事，古今多有，不过很多未被人意识到而加以点破。东坡倒曾指出了一位。杜甫诗：“黄四娘家花满蹊，千朵万朵压枝低。留连戏蝶时时舞，自在娇莺恰恰啼。”东坡说：“昔齐鲁有大臣，史失其名，黄四娘独何人哉，而托此诗以不朽。”（《书子美黄四娘诗》）杜甫传黄四娘之名出于无心，东坡传卓契顺则是有意。“有意”也并不坏，多流传一些好人好事，足以劝世！

这里还要探索一下东坡选择陶渊明《归去来辞》写给契顺的本意。盖他久有学陶赋“归去来”之愿而未能，自忖远谪岭南之后，此志更难得遂，故在赴惠州的路上，舟中无事，和《归去来辞》原韵，用颜鲁公书体写作长卷，以“暂舒胸中结滞”（见《题陶靖节归去来辞后》）。东坡是慕陶、学陶的，“饱吃惠州饭，细和渊明诗”（黄山谷《跋子瞻和陶诗》），对陶的《归去来辞》更有特殊喜爱：贬黄州时隐括为词作《哨遍》，又作《归去来集字》诗五律十首；贬海南时再有《和陶归去来兮辞》一篇；平日手书此辞见《题跋》所述者亦数遍，可谓念兹在兹。于今又写一卷以赠卓契顺，使“托此文以不朽”，表示契顺之名，非赖自己文字以传，不敢与颜鲁公之传蔡明远相比拟，而其对陶渊明《归去来辞》之感情，也见于字里行间了。

（陈振鹏）

自 评 文　　苏 轼

吾文如万斛泉源，不择地皆可出。在平地滔滔汩汩，虽一日千里无难。及其与山石曲折，随物赋形而不可知也。所可知者，常行于所当行，常止于不可不止，如是而已矣。其他虽吾亦不能知也。

这一篇或题《文说》，是东坡对自己文章的总评，也是自述其写文章的心得，虽短却精。

写文章有硬写与不得不写的区别。前者没话找话说，构思甚苦，文章一定写不好，这无须细论。后者如苏洵《上欧阳内翰第一书》所云："胸中之言日益多，不能自制，试出而书之；已而再三读之，浑浑乎觉其来之易矣。"东坡自幼承他父亲的教导，二十四岁时作《南行前集序》，就说过："夫昔之为文者，非能为之为工，乃不能不为之为工也。……自少闻家君之论文，以为古之圣人有所不能自已而作者。故轼与弟辙为文至多，而未尝敢有作文之意。""未尝敢有作文之意"，就是不为了作文章而作文章，必胸中有所蓄积，不能自已，然后发而为文。这里所说的"吾文如万斛泉源"云云，正是苏老泉的议论更为形象化的表述。

通篇以水流为喻。"吾文如万斛泉源，不择地皆可出"，即"胸中之言日益多"，必求一吐为快。于是写到淋漓酣畅处，便如水之出于平地，滔滔汩汩，顺流而下，有一日千里之势。文章亦须有曲折。东坡说："作文章，意之所到，则笔力曲折，无不尽意。"（苏籀《栾城遗言》引）黄山谷也说："长篇须曲折三致意，乃可成章。"（《苕溪渔隐丛话前集》卷四七引）在需要曲折尽意处，便如"奔湍巨浪，与山石曲折，随物赋形，尽水之变"。这几句原是东坡在《书蒲永昇画后》一文中，用以赞美唐末名画家孙位画水用笔之"神逸"的，这里移来说明他文章的变化多姿。这个"变"，不是故意炫奇示巧，而是如顺势奔腾的流水，忽遇山石阻挡，起伏进退，转折回旋，波澜叠生，仍然不离水的本性，还更能多方面地表现水之性，即所谓"尽水之变"。在文章，也就是"文理自然，姿态横生"（《答谢民师书》）。这是临文时灵感所至，笔下自然流出，不能预先规划的，所以说"随物赋形而不可知也"。总之，写文章要有丰富的思想、生活积累，下笔时意到笔随，该写下去时便写下去，该煞住了便煞住，——"行于所当行，止于不可不止"。这个"行"与"止"的论点，在东坡二十六岁时应制举，进策论二十五篇的《总叙》一开头就已说到："臣闻有意而言，意尽而言止者，天下之至言也。"而六十五岁时由海南北归，作《答谢民师书》,对谢君所作文字加以品评:“大略如行云流水,初无定质,但常行于所当行,常止于所不可不止。”评谢文也是自评其文,有“金针度人”之意。时隔数十年,立意用语,依然未变,可见他一生写作实奉此为信条。

东坡平生所作各体文字,在不同时期中固有绚烂雄豪与平淡自然的风格差异,但其根本点在于“有意而言,意尽言止”。在艺术表现上,他强调“意之所到,笔力曲折,无不尽意”,并“自谓世间乐事无逾此者”,故乐为之而信守之。在今天看来,均为至理名言。　（陈振鹏）

与章子厚　　苏　轼

某启:仆居东坡[①],作陂[②]种稻。有田五十亩,身耕妻蚕,聊以卒岁。昨日一牛病几死,牛医不识其状,而老妻识之,曰:“此牛发豆斑疮[③]也,法当以青蒿[④]粥啖之。”用其言而效。勿谓仆谪居之后,一向便作村舍翁,老妻犹解接黑牡丹[⑤]也。言此发公千里一笑。

〔注〕①东坡:位于湖北黄冈赤壁之西。元丰三年(1080)苏轼贬任黄州团练副使居此地,自号“东坡居士”。②陂(bēi):梯田。③豆斑疮:形如豆斑的疮疖。④青蒿:一种菊科草本植物,可用以入药。⑤黑牡丹:牛的戏称。

一个人在生活中遭受极度挫折时,该以什么样的态度去对待严酷的现实和纷繁的人生?或许他会颓废丧志,甘与蹇运共沦落;或许他会强作欢颜,故显洒脱,却掩饰不住心灵的失落。于是,一切自我的价值在丧失,生命的力量在消逝,最终无可奈何地卷入痛苦命运的旋涡。然而,宋神宗元丰二年(1079),当苏轼被朝廷的一些权贵罗织罪名,受弹劾而贬为黄州团练副使时,面对着残酷而痛楚的命运,他又是怎样一种态度呢?

也许是兴致盎然,也许是环境的磨难练就了他通达的性情,此时,身居贬地的苏轼,已无种种失落、愤懑的情绪。因为他已经领悟到,命运在无所顾忌地作弄着他,但他没有被折屈,他已用自己全部身心的力量,对现实痛苦的人生进行淡泊而又欢悦的自我调节。他轻松而又自豪地写信告知对方,他已亲自开垦梯田,播种稻谷,五十亩的田地,是他和患难与共的妻子自劳自作的自由天地。在以往的官场生涯里,他已尝够了冷漠、虚伪和逢迎的滋味,因而更感到劳动的轻快和洒落。尽管耕作或许艰辛而单调,收获又是那样微薄,仅能赖以度日,然而,正是这种富有乡村情调的劳作,弥合了他的心灵创伤,唤起他无限自豪感:这是一块无所拘束的天地，他洒下了汗水，留下了脚印；这是毫不依赖于他人的自我劳动，劳动的情趣在于他与自然融合成一体，并且通过有限的对自然的征服，实现他身心的全部价值，证明了现实生活环境中充满自信的自我的存在。

仿佛在同人拉家常，说故事，苏轼饶有兴趣地告诉对方一件有趣的事：一头耕牛发病，气息奄奄，而精于医术的牛医却诊断不出是何病症，不知所措，还是朝夕相处的老妻懂行，对症下药，果然药到病除。这真是一件不足挂齿的小事，然而苏轼却郑重其事地大书特书。不难想象他命笔诉说时那种眉飞色舞的神情，那种轻松、洒脱的情怀。他不是想以饭后茶余的琐事激起对方的兴味，而分明在倾吐自己领略乡间生活情趣之后的轻逸、愉快。 （郑利华）

与范子丰　　苏轼

临皋亭下不数十步，便是大江，其半是峨眉雪水，吾饮食沐浴皆取焉，何必归乡哉！江山风月，本无常主，闲者便是主人。问范子丰新第园池，与此孰胜？所不如者，上无两税及助役钱耳。

苏东坡以诗得罪，在知湖州任上被逮赴御史台狱，得不死，谪贬黄州团练副使本州安置不得签书公事。元丰三年(1080)二月到黄州(今湖北黄冈)，先寓居定惠院，五月迁临皋亭。这原是一处水驿，在州城南朝宗门外长江边上。

李白诗曾云："江带峨眉雪。"(《经乱离后天恩流夜郎……》)东坡在黄州，日对大江流水，也写出"认得岷峨春雪浪"(《南乡子》)、"犹自带、岷峨雪浪，锦江春色"(《满江红》)之句，并此而三了。盖因"我家江水初发源"(《游金山寺》)，江水引发了他久客思归、谪宦思乡之心，乃是人情之常，这里独加上"吾饮食沐浴皆取焉，何必归乡哉"这一笔，从反面拍入，其无可奈何、随遇而安之想，还有因受羁的自嘲之意，被谗的抑郁之情，都寓于洒脱的口吻之中，妙在不便说破，知者自能领会。

由此又转出"江山风月，本无常主，闲者便是主人"的感悟之言，其核心是一个"闲"字。这个"闲"是花了很大代价(得罪几死)才得到的，也算是"因祸得福"吧。看他自言此间"风涛烟雨，晓夕百变，江南诸山，在几席上，此幸未始有也"(《与司马温公书》)，显得多么随缘自适，乐以忘忧，这是他这一时期的基本生活态度。从而又不禁有"范子丰新第园池，与此孰胜"这一"问"。范子丰名百嘉，是蜀郡公范镇第三子，东坡的儿女亲家。范镇为神宗时大臣，与司马光齐名，反对新法。东坡下狱时，范镇已致仕，朝廷追索其与东坡往来书札文字甚急，仍上疏力救。——须知承受讥讽文字不上缴，在当时就是一项大罪的。两家关系可谓至深。从他意欲以临皋胜景与范家新第园池比高下，开玩笑而又认真，也可看到彼此间的率真随便。这个“孰胜”的问题是不需要答案的，提出比较的本身便自卜“必胜”。可巧南宋的陆放翁无意中替他们作出了评判。《剑南诗稿·读许浑诗》云：“裴相功名冠四朝，许浑身世落渔樵。若论风月江山主，丁卯桥应胜午桥。”裴度为唐朝名相，于洛阳午桥创别墅，花木万株，中起凉台暑馆，名曰绿野堂。许浑唐诗人，曾为州刺史，因病退居润州丁卯桥丁卯庄。论风光之美，甲第名园不如江山胜景；游赏之乐，朝中仕宦不及山野闲人。苏、陆二大诗人，可谓想到一处去了。

这封小简，临末却挂了一条不寻常的尾巴，说：居住郊野，风光虽好，但有两税和助役钱的负担，不及上边之无此。这里东坡又在借机会批评新法。他先在熙宁六年(1073)任杭州通判时作《山村五绝》，后被列为乌台诗案“讥讽朝政”的“罪证”之一。关于其中“杖藜裹饭去匆匆，过眼青钱转手空；赢得儿童语音好，一年强半在城中”一首，在“诗案”中曾自供：“言乡村之人，一年两度夏秋税，及数度请纳和、预买钱，今来更添青苗助役钱，因此庄家幼小子弟，多在城市，不着次第，但学得城中人语音而已。以讥新法青苗助役不便也。”不料创痛未定，在此处忍不住又要刺一下子，而且比诗中写得更直接。在大狱之后，已自知“醉里狂言醒可怕”(《定惠院寓居月夜偶出》)了，还作此等语，这在东坡黄州文字中，也可算是一个特例吧。所谓“骨鲠在喉，不吐不快”，但若非受信者是范子丰，恐怕东坡也不会如此下笔。

（陈振鹏）

与李公择　　苏　轼

某顿首。知治行窘用不易。仆行年五十，始知作活，大要是悭尔，而文以美名，谓之俭素。然吾侪为之，则不类俗人，真可谓淡而有味者。又《诗》云：“不戢不难，受福不那。”口体之欲，何穷之有，每加节俭，亦是惜福延寿之道。此似鄙俗，且出于不得已，然自谓长策，不敢独用，故献之左右。住京师，尤宜用此策也。一笑！一笑！

李公择名常，湖州“六客”之会的东道主，是苏东坡好友，曾称为“相好手足侔”(《送李公择》)的。东坡初贬黄州时，公择正任淮南西路提点刑狱，驻舒州(今安徽安庆),曾因公务之便赴黄相晤。元丰六年(1083)召回京师任太常少卿。大概因治理行装有点经济困难,东坡知道了,便给他写了这样一封信。

东坡自到黄州,收入既少,家口又多,不得不"痛自节俭"。他节约吃饭穿衣的日常用度,方法很具体,不止一次地写信告诉过朋友。如写给秦观(太虚)说:

> 日用不得过百五十。每月朔便取四千五百钱,断为三十块,挂屋梁上,平旦用画叉挑取一块,即藏去叉,仍以大竹筒别贮用不尽者,以待宾客,此贾耘老法也。

这个法子学自他人(贾耘老名收,是个穷处士,诗人,与东坡极熟),但东坡又有自己的体会:"大要是悭尔",属于吝啬的范围。"悭,吝也"(《集韵》),是带有贬义的;人们往往给它个好听的名称,叫作"俭素"。"俭,约也"(《说文》),节约是美德。东坡是宁自居于悭吝之列,而敬谢"俭素"的美名的。盖其行为实同于俗之"悭吝人",其原因则是"出于不得已"。这五个字,藏有许多潜台词。

但对于自己之"悭",他又进一步辨出味道来,说是与俗人不同。俗人之"悭",或由于生性吝啬,或竟为了积财发家,而他则是为了纾忧解困。看他此"法"一行,"度囊中尚可支一岁有余,至时别作经画,水到渠成,不须预虑,以此胸中都无一事"(《与秦太虚书》)。随遇而安,淡泊自甘,是他这一个时期的生活信条。

"不戢不难,受福不那",是《诗·小雅·桑扈》中的两句。三个"不"字都通"丕",助词,无义。"戢"是收敛,"难"是戒惧,"那",多也。东坡借用《诗》语,说明在窘境中"悭"的好处。这与同时期写给王巩(定国)信中说的"须少俭啬,勿轻用钱物,……灾难中节用自贬,亦消厄致福之一端",是同一个意思。王巩因与东坡交厚,在"乌台诗案"中受连累,由秘书省正字谪监广西宾州盐酒税,同病相怜。除也告以画叉挑钱之法外,又以此意相嘱,也可说是"相濡以沫"了。由此可见,东坡对于这一信条,是有深切体会,且切实奉行的,以至不肯自秘,与朋友共受其福为快。

说它是悭吝也好,节俭也好,总之是认真过好穷日子,"出于不得已"时是如此,稍微多了两个钱,也不好逞一时之快,以贻后患。李公择去作京官,住京师,"长安居,大不易",尤宜用此长策,"故献之左右"。老朋友了,说几句正经话,未免有"板起面孔"之嫌,故殿之以"一笑!一笑!"使这一封内容颇为苦涩沉重的小简,注入了轻松的情味,并不是无谓的一笔。

(陈振鹏)

与参寥子　　苏轼

某启。专人远来,辱①手书,并示近诗,如获一笑之乐,数日慰喜[2]忘味也。某到贬所半年，凡百粗遣，更不能细说，大略只似灵隐天竺[3]和尚退院后，却住一个小村院子，折足铛[4]中，罨[5]糙米饭便吃，便过一生也得。其余，瘴疠病人。——北方何尝不病；是病皆死得人，何必瘴气。但苦无医药。——京师国医手里死汉尤多。参寥闻此一笑，当不复忧我也。故人相知者，即以此语之，余人不足与道也。未会合间，千万为道自爱。

〔注〕①辱：谦辞，表示承蒙。　②慰喜：快慰。　③灵隐天竺：灵隐、天竺均为杭州寺院名。　④折足铛(chēng)：断脚的锅。铛，古代的锅，有耳、足，用于烧煮饭食。　⑤罨(yǎn)：本指捕鱼、鸟的网。此指捞取。

这封信写于哲宗绍圣二年(1095)正、二月间，时东坡在宁远军节度副使惠州安置不得签书公事贬所。僧道潜，号参寥，浙西於潜人，神宗元丰元年(1078)携诗卷到徐州见东坡，大蒙赏识，相与唱酬游赏达三个月。东坡谪黄州，参寥自吴中不远数千里往访，留居雪堂，相从逾年。以后东坡知杭州，为他改建孤山智果院，使为住持；调任赴京，临别赠词有"算诗人相得，如我与君稀"之句。绍圣元年(1094)，东坡被人指摘任中书舍人时所撰制诰有"讥讪先帝(神宗)"之语，贬到惠州，参寥即遣专人探问，参寥自己，随后也被人寻摘诗句中有"刺讥"，勒令还俗，与东坡也可谓"同病相怜"了。

从以上简括的叙述中，知道了参寥同东坡的交往之久，志趣之近，情分之深，则当东坡此时遭际、境况极不堪时，能自杭州遣"专人远来"，确乎令人十分感动。参寥自认为当然，东坡则出乎意外，为之"数日慰喜忘味"，诚然诚然。东坡同时有诗，题云："惠州近城数小山，类蜀道。春，与进士许毅野步，会意处，饮之且醉，作诗以记。适参寥专使欲归，使持此以示西湖之上诸友，庶使知予未尝一日忘湖山也。"身处逆境，他更从未忘记杭州友人。"相忘于江湖"，谈何容易呢。

以下东坡对参寥叙述他的近况与心境，情况一笔带过，不去多说。谈思想感受处，也只是说些"淡话"，然而充溢着东坡式的达观和幽默。他把自己被贬谪、限制居住地、虽挂着一个官衔却"不得签书公事"，比作退院的老和尚。退院，即卸去寺院主持职务。小村院子、折足铛、糙米饭，极言生活陋薄，但他"便过一生也得"！这与另外一处比喻同此风趣。《与程正辅书》说："某睹近事，已绝北归之望，然中心甚安之。未说妙理达观，但譬如元是惠州秀才，累举不第，有何不可。"

大劫之余,一切看得开了。这是说"生"。

其次,是"病"与"死"的问题。岭南有瘴气,最为北人所惧。东坡《到惠州谢表》有云:"但以瘴疠之地,魑魅为邻,衰疾交攻,无复首丘之望。"对皇帝要写得可怜点,说自己怕死得很;对老朋友就可以直抒心曲,说死并没有什么可怕了。信中"北方"云云,"京师"云云,讲得很彻底,也很坦然,又很诙谐,希望老朋友"闻此一笑",可以免忧。东坡初时并不是对死毫无恐惧的。他被逮赴御史台狱时,狱吏诟辱通宵,自忖不能堪,必死狱中,有"魂飞汤火命如鸡"之叹。当时不知陷阱深浅,怕连累戚友,又记挂亲人,怀念故乡,有种种思想负担。经历黄州、惠州两次贬谪,饱经忧患,学会了以佛老思想排遣苦闷,得失荣辱不系于心,对生死不再挂怀;不久又贬儋耳,与王敏仲书言:"今到海南,首当作棺,次便作墓,乃留手疏与诸子,死则葬于海外。"视死如归,竟没死掉,熬到了北返的日子,何尝不是心地宽阔有以致之呢?

(陈振鹏)

与程秀才 苏 轼

某启。去岁僧舍屡会,当时不知为乐,今者海外岂复梦见。聚散忧乐,如反覆手,幸而此身尚健。得来讯,喜侍下清安,知有爱子之戚。襁褓泡幻,不须深留恋也。仆离惠州后,大儿房下亦失一男孙,亦悲怆久之,今则已矣。此间食无肉,病无药,居无室,出无友,冬无炭,夏无寒泉,然亦未易悉数,大率皆无耳。惟有一幸,无甚瘴也。近与小儿子结茅数椽居之,仅庇风雨,然劳费已不赀矣。赖十数学生助工作,躬泥水之役,愧之不可言也。尚有此身,付与造物,听其运转,流行坎止,无不可者。故人知之,免忧。乍热,万万自爱。不宣。

苏东坡一生屡遭贬谪,到海南时已是第三次,政治压抑与生活困苦日益加剧。反复读此文,觉得正写出了个"海外东坡"来。有一点感觉特别深刻,就是他遇事至极不堪时,常常找出点可资宽慰之处来,或以自慰,或以慰人,这也是东坡在逆境中以达观排遣心怀的一贯态度。

如这首尺牍中所显示:失去友朋欢聚之乐,则以"此身尚健"自慰。他早有"但把穷愁博长健"(《除夜野宿常州城外》)的想头,谓宁忍穷愁,换取长健。而今确已是穷愁之极,而得"尚健",便是可"幸",除此还能想要什么呢?

友人丧子,己亦失孙,悲怆刚过,即以"襁褓泡幻不须深恋"转慰朋友。佛家谓“一切有为法，如梦幻泡影，如露亦如电，应作如是观”（《金刚经》）。东坡自贬谪以来，学会了从佛老思想中找到排遣苦闷之方，所谓“中年忝闻道，梦幻讲已详”，就是因其在黄州所生幼子遯未周岁夭殇后“作诗哭之”中的两句。虽然他为了此事“仍将恩爱刃，割此衰老肠”，但旋即觉醒而“知迷欲自反，一恸送余伤”，止哀了。此时丧孙，又仿佛重现十五年前这一幕，他还是以旧药方医治新创伤。以此方转赠友人，也是“相煦以湿”之意吧！

至于物质生活方面，想当年初贬黄州时，还说此地“长江绕郭知鱼美，好竹连山觉笋香”（《初到黄州》诗）；继在惠州，市况萧条，他只能买到羊脊骨，剔得骨间微肉，“意甚喜之，如食蟹螯，率数日辄一食，甚觉有补”（《尺牍·与子由弟》），还能从穷乏中寻出乐趣来。而到海南后，则历举“食无肉”等“六无”以至数不尽的“无”，条件较前两地可谓更差，再没有可以提起生活兴趣的事了，却又殿以最后一“无”：“惟有一幸，无甚瘴也”！事至苦，笔至奇，而意至深。惠州与钱济明书云：“瘴乡风土，不问可知，少年或可久居，老者殊畏之，惟绝嗜欲，节饮食，可以不死，此言已书之绅矣，余则信命而已。”今到海南，“幸无甚瘴”，确是值得一提之大事，非空言自慰者。留得此身，有屋数间可蔽风雨，便知足了，死生之事，付之天命。“流行坎止”之语，虽出于贾谊《鹏鸟赋》“乘流则逝，得坎则止”，但东坡这一思想，还是从陶渊明处来。陶《归去来兮辞》末云：“聊乘化以归尽，乐夫天命复奚疑。”东坡在《哨遍》词中隐括为“此生天命更何疑，且乘流、遇坎还止”，可见其消息。“流行坎止”，在这里意指生命的进行与停止。对此，自己不以为可忧，故亦告诉友人“免忧”，此非客套敷衍之闲文，乃是信笔流露的心声。

程秀才名儒，程天侔全父之子，是东坡在惠州的新交。到海南后，曾承其父子寄赠纸、茶、酒、药、米、酱、姜、糖等物。东坡贬谪中，到处多遇好人，友情可贵，正于平凡中见之也。

（陈振鹏）

游白水书付过[①]　　苏　轼

绍圣元年十月十二日，与幼子过游白水佛迹院[②]。浴于汤池[③]，热甚，其源殆可熟物。循山而东，少北，有悬水百仞[④]。山八九折，折处辄为潭，深者磓石五丈[⑤]，不得其所止。雪溅雷怒，可喜可畏。水崖有巨人迹数十，所谓佛迹也。暮归倒行[⑥]，观山烧[⑦]，壮甚。俯仰度数谷。至江，山月出，击汰[⑧]中流，掬弄珠璧[⑨]。到家二鼓，复与过饮酒，食余甘煮菜，顾影颓然，不复甚寐，书以付过。东坡翁。

〔注〕 ① 白水山：旧属广东惠州府，在今增城市东。一名白水岩，即罗浮山东麓。过：苏轼第三子，名过，字叔党，有《斜川集》。此文是作者畅游归来，即兴挥毫写成付给苏过的。② 佛迹院：在佛迹岩附近的寺庙。 ③ 汤池：温泉。 ④ 悬水：即瀑布。仞：古以八尺为仞，此当是泛指。 ⑤ 磓（duī）：向下投石。五丈：亦是估量之词。 ⑥ 倒行：即却行，倒退而行。苏轼《和陶〈归园田居〉六首》序云：“（绍圣二年）三月四日，游白水山佛迹岩，沐浴于汤泉，晞发于悬瀑之下，浩歌而归。肩舆却行，以与客言。”肩舆即今滑竿之类，由两人持竿共抬一竹椅，乘坐者可背向归途，面向山路，等于倒退而行。 ⑦ 山烧（shào）：山火，指焚烧山上野草以肥田。 ⑧ 汰：水波。“击汰”语出《楚辞·涉江》。 ⑨ 珠璧：喻星月在水中的倒影。

苏轼尝自评其文说：“吾文如万斛泉源，不择地皆可出。”又说：“常行于所当行，而止于所不得不止。”仿佛他写文章只是信手拈来，所谓“随物赋形”，自成格局体段。其实这话只说了一半。苏轼《志林》卷一曾记录欧阳修答孙莘老怎样才能写好文章的一段话云：“无他术，唯勤读书而多为之，自工。世人患作文字少，又懒读书，每一篇出，即求过人，如此少有至者……”就作文而论，“勤读书”，是吸收知识营养和学习写作技巧，“多为之”，则是要求在实践中下苦功。苏轼才高思捷，自不消说；但他同时也是一位多读多写勤学苦练的人，这一面却往往被人忽略。试看这篇小小游记，大约是没有起草就写成的。可是从文章结构上讲，仿佛几经斟酌锤炼而成。可见有了渊博学问和写作基本功，才谈得上“行”“止”自如。而控驭文字的能力并非全靠天才禀赋也。

写游记有两种。一种是正经严肃的写法，如姚鼐《登泰山记》；另一种则是信手拈来的记游小品，如本篇是。两者风格、面貌虽异，却有两个共同点。其一，它们皆出于史书笔法，如《登泰山记》乃正史《地理志》的写法，间有景语，亦似《水经注》；而此篇一开头便点明年月日，是史书纪年体例，然后写“人”（作者及幼子过）和“地”（白水佛迹院），也是作史通例。其二，不论写作态度如何，所记游踪必须有顺序，有层次，或按时间，或依路线，总之必须有条不紊。此文仅百四十字，当然属于小品，但时间由日及夜，游踪脉络井然，结构谨严，笔墨精练，而从事实上我们是知道它并非作者精心结撰而是随手写成的。这就值得我们注意了。

试看，作者把途中所见景物都放在回家的路上来写，而去时只写了一句“游白水佛迹院”，这就是文章必须有详略烦省的诀窍。只有这样写，文章才显得有分量、够经济。再如，白水岩本身之游所占篇幅仅二分之一强，途中景物和归来感受亦占了约二分之一，这才使文章活泼有情趣，而非刻板的一事一物的静态写生。

但作者在详略取舍上有没有原则或标准呢？答曰：有，只选择重点来写，只拣有特色的事物写，而不平均使用力量，把一路见闻记成流水账。其实这说来容易而写得恰到好处则很难。我们不妨略加分析。白水岩的名胜特点有三：即温泉（汤池）、瀑布（悬水）和佛迹。作者写汤池，只突出了个“热”字，用夸大的想象说了句“其源殆可熟物”，让读者感受到它真是够热也就行了。至于佛迹，实无特色可言，故仅以“所谓佛迹也”一笔带过。而写瀑布则最详。先写其所在方位“循山而东，少北”；继写见到“悬水千仞”；然后写瀑布落点“山八九折，折处辄为潭”，已是奇观；而究竟下距涧底有多深，虽似实而虚地写了句“硾石五丈”，终于还是“不得其所止”。这样，瀑布的起、落、折、险，全已写到，但还缺少声和色，于是用“雪溅雷怒”形容之，“雪溅”状其色，“雷怒”绘其声，且这声与色还都是动态而非静止的。最终写到人的感受：“可喜可畏”。寥寥三四十字，瀑布之奇伟瑰丽已尽收笔底。浓缩凝练至此，真是以诗为文，文胜于诗了。

归途之景有二：一是乘肩舆“倒行”，回顾半山在暮色苍茫中的“山烧”，衬着晚霞夕照，十分壮丽；二是江清夜静，身在舟中，“击汰中流”，星月交辉，把唐人于良史的诗句“掬水月在手”改为“掬弄珠璧”，便觉设想新奇而光彩照人，真是点铁成金。这归途景色显然是昼间所无，必须写入文中。如果作者一开头便把去时路线一一说明，则归途所见即使不重复也会减色不少。这就叫笔墨经济，重点突出。

最后写到家情景。由于入夜始归，进餐较晚，即使一般菜蔬也觉分外香甜。加上这一天游得尽兴，虽劳倦而尚不思睡，于是乘兴写成文字，付与苏过。从结尾处可体会出作者的兴致不浅。然而这却是作者远谪惠州的开始，明知有更严酷的考验等待自己，而从这篇小文便已看出作者的旷达和乐观，绝无半点矫情和虚伪。“日啖荔枝三百颗，不辞长作岭南人”，其心胸盖自初到惠州时便已豁然开朗了。

（吴小如）

记承天寺[1]夜游　　苏　轼

元丰六年十月十二日，夜，解衣欲睡。月色入户，欣然起行，念无与为乐者。遂至承天寺，寻张怀民。怀民亦未寝，相与步于中庭。庭下如积水空明，水中藻荇交横，盖竹柏影也。

何夜无月，何处无竹柏，但少闲人如吾两人耳。

〔注〕 ① 承天寺：湖北还有一处承天寺，在江陵西北，晋永和中所建。黄庭坚因作《承天塔记》被人告讦为“幸灾”，即此寺。

苏轼在黄州的谪居，始于元丰三年（1080），迄于七年。黄州和后来的岭海之谪，在他的政治上是挫折困顿，创作上却是发展与深化。他在《初到黄州》诗中写道："自笑平生为口忙，老来事业转荒唐。长江绕郭知鱼美，好竹连山觉笋香。逐客不妨员外置，诗人例作水曹郎。只惭无补丝毫事，尚费官家压酒囊。"黄州地处长江边上，在当时是荒僻穷苦地方，他以逐客而写此诗，却写得水曲鱼美，竹茂笋香，自己也显得洒脱优游。这中间，佛道两家的思想，对他的精神生活起了重要的稳定作用。他在《黄州安国寺记》中说，五年之中，每隔一二天，必到寺中焚香默坐，深自省察，故能物我相忘，身心皆空，"求罪始所从生而不可得"。可以看到他在黄州时觅取自我摆脱的方法。他的前后《赤壁赋》，也作于在黄州时期，更说明佛老思想在他文学作品中唤来的美感效果。

这篇月下小品，即作《赤壁赋》的次年所作。承天寺故址在黄冈市南。张怀民，一说即苏辙《黄州快哉亭记》中的张梦得，清河人，这时也贬居黄州。

江边的十月中旬，应该很凄清了，承天寺也并非名刹，然而月色入户，使他感到高兴，到了寺中，恰巧张怀民也没有入睡，便一道闲步于中庭。庭本无水，因月光而空明，遂使竹柏之影，有如水草交横；无水之庭，得月色而潋滟。《唐宋十大家全集录·东坡集录》卷九云："仙笔也。读之觉玉宇琼楼，高寒澄澈。"

世上并不缺少闲人，只是缺少坡公的慧心妙笔。文章本是写月夜小游，却颇有禅味。袁宏道说："东坡之可爱者，多其小文小说，使尽去之，而独存其高文大册，岂复有坡公哉?"（《苏长公合作引》）。这是说得很有识见的。 （金性尧）

记游定惠院　　苏 轼

黄州定惠院东，小山上，有海棠一株，特繁茂。每岁盛开，必携客置酒，已五醉其下矣。

今年复与参寥师二三子访焉，则园已易主。主虽市井人①，然以予故，稍加培治。山上多老枳，木性瘦韧，筋脉呈露，如老人项颈。花白而圆，如大珠累累，香色皆不凡。此木不为人所喜，稍稍伐去；以予故，亦得不伐。

既饮，往憩于尚氏之第。尚氏亦市井人也，而居处修洁，如吴越间人。竹林花圃皆可喜，醉卧小板阁上。稍醒，闻座客崔成老弹雷氏琴②，作悲风晓月，铮铮然，意非人间也。

晚乃步出城东，鬻③大木盆，意者谓可以注清泉，瀹④瓜李。遂畲缘[5]小沟，入何氏、韩氏竹园。时何氏方作堂竹间，既辟地矣，遂置酒竹阴下。有刘唐年主簿者，馈油煎饵，其名为甚酥，味极美。客尚欲饮，而予忽兴尽，乃径归。道过何氏小圃，乞其丛橘，移种雪堂之西。坐客徐君得之，将适闽中，以后会未可期，请予记之，为异日拊掌。时参寥独不饮，以枣汤代之。

〔注〕① 市井人：商贾。 ② 雷氏琴：雷氏，名威，唐代著名制琴家，后人以之名琴。③ 鬻(yù)：卖，此指买。 ④ 瀹(yuè)：浸。 ⑤ 畲(yín)缘：循依而行。

苏轼初到黄州时，暂住在黄冈的定惠院。这是一座小寺院，坐落在林木茂密的山坡上，离江边还有一段路。他的《定惠院寓居月夜偶出》写道："参差玉宇飞木末，缭绕香烟来月下。江云有态清自媚，竹露无声浩如泻。已惊弱柳万丝垂，尚有残梅一枝亚。"略可见定惠院的景物。

定惠院的东面，有一所园林，中有海棠一株，土人并不重视，他却极为赏识。后来作雪堂于东坡，家属仍住临皋亭，他仍常往定惠院游憩。据《东坡志林》卷十所记，元丰七年(1084)二月一日，苏轼曾与徐得之、僧人参寥步自雪堂，往游定惠，"且约后日携酒寻春于此"。徐得之名大正，黄州知州徐大受之弟，参寥为僧人，即道潜，是苏轼好友。这篇《记游定惠院》，作于同年三月三日，或即《志林》说的践后日携酒寻春之约。

苏轼于五醉海棠之后，再去时园林已经易主，但因苏轼之故，所以对海棠稍加培治，老枳也未被砍掉。否则，此花此树，早已活不成了。

赏花之余，又往憩于尚氏之第，醉卧小板阁上。到了晚上，又沿着小沟，入何氏(何圣可)、韩氏(韩毅甫)的竹园，王禹偁所谓"黄冈之地多竹"。苏轼《水龙吟》说"小沟东接长江，柳堤苇岸连云际"，可见这小沟东注长江。

苏轼受到这几位主人的款待，固然与他的名望有关，主要还是因为他平易豪爽，人家乐于和他接近。

苏轼为什么这样喜爱这株海棠呢？他曾这样写道："江城地瘴蕃草木，只有名花苦幽独。嫣然一笑竹篱间，桃李漫山总粗俗。也知造物有深意，故遣佳人在空谷。……先生食饱无一事，散步逍遥自扪腹。不问人家与僧舍，拄丈敲门看修竹。忽逢绝艳照衰朽，叹息无言揩病目。陋邦何处得此花，无乃好事移西蜀。寸根千里不易致，衔子飞来定鸿鹄。天涯流落俱可念，为饮一樽歌此曲。明朝酒醒还独来，雪落纷纷那忍触！"

他之所以赏识海棠,正是借花喻己。纪昀说:"纯以海棠自寓,风姿高秀,兴象微深;后半尤烟波跌宕。此种非东坡不能,东坡非一时兴到亦不能。"名花绝艳,诗人衰朽,同落天涯,故尤可叹息。同游虽有好友,但后会未知何日。此文题为《记游定惠院》,实则只是作个由头,还在抒写聚散之无常。

到了四月间,他便从黄州移赴汝州,但他对黄州还是很留恋。他的《满庭芳》词末说:"仍传语,江南父老,时与晒渔蓑。"江南指与黄州隔江相望的武昌(今鄂州),他常去游玩。意思是,我以后还会再来垂钓于江边,希望父老们把我旧时穿的渔蓑常常晒晾。

(金性尧)

方山子传　　苏 轼

方山子,光、黄间[①]隐人也。少时慕朱家、郭解[②]为人,闾里之侠皆宗之。稍壮,折节[③]读书,欲以此驰骋当世,然终不遇。晚乃遁于光、黄间,曰岐亭。庵居蔬食,不与世相闻。弃车马,毁冠服,徒步往来山中,人莫识也。见其所着帽,方屋而高,曰:"此岂古方山冠[④]之遗像乎!"因谓之方山子。

余谪居黄,过岐亭,适见焉,曰:"呜呼!此吾故人陈慥季常也,何为而在此?"方山子亦矍然[⑤]问余所以至此者。余告之故。俯而不答,仰而笑。呼余宿其家,环堵萧然,而妻子奴婢皆有自得之意。余既耸然异之。独念方山子少时,使酒好剑,用财如粪土。前十有九年,余在岐下,见方山子从两骑,挟二矢,游西山。鹊起于前,使骑逐而射之,不获。方山子怒马独出,一发得之。因与余马上论用兵及古今成败,自谓一世豪士。今几日耳,精悍之色,犹见于眉间,而岂山中之人哉?

然方山子世有勋阀[⑥],当得官,使从事于其间,今已显闻。而其家在洛阳,园宅壮丽,与公侯等。河北有田,岁得帛千匹,亦足以富乐。皆弃不取,独来穷山中,此岂无得而然哉?

余闻光、黄间多异人,往往阳狂[⑦]垢污,不可得而见,方山子傥[⑧]见之欤?

〔注〕 ① 光、黄间:光州,治所在今河南潢川。 ② 朱家、郭解:汉时侠士。 ③ 折节:改变从前的志向。 ④ 方山冠:似进贤冠,汉代祭祀宗庙时乐人所戴。 ⑤ 矍(jué)然:惊视

貌。⑥ 勋阀：功劳、功绩。 ⑦ 阳狂：即佯狂，装疯。 ⑧ 傥(tǎng)：或许。

陈慥，字季常，曾任凤翔知府的陈希亮(公弼)之子。嘉祐六年(1061)，苏轼任凤翔签书判官，两人的认识，当开始于此时，但苏轼和陈希亮不很融洽。后来苏轼贬黄州，陈慥居岐亭(在湖北麻城西南七十里)，便常相走动。四年之内，陈慥去看过苏轼七次，成为苏轼在黄州的一个最亲密朋友。苏轼《岐亭五首叙》说："元丰三年正月，余始谪黄州。至岐亭北二十五里山上，有白马青盖来迎者，则余故人陈慥季常也。为留五日，赋诗一篇而去。明年正月，复往见之，季常使人劳余于中途。"可见陈慥对苏轼的尊重，两人性格上自也有相投之处。

此传作于元丰四年(1081)，和传中说的"前十有九年"正相符合。第一段写陈慥的自少而壮而晚的概况。侠必带奇，文亦微含诡意。"方山子"并非陈慥自号，而是人家见了他戴的"方屋而高"的帽子信口叫的，等于是绰号。

第二段点出"此吾故人陈慥季常也"，隐含见面后相互惊喜之情。苏轼把来黄州的缘故告诉了他，又问他为什么居岐亭，他却俯而不答仰而笑，随即前往他家中。"环堵萧然"只是和从前在凤翔时的生活对照而言，并非真的穷到很狼狈。接下来的一段回忆，方山子的个性跃跃如见。

第三段故作疑问。按照陈慥的家世，原可取富贵而享安乐，如今却弃而不取，住于穷山中，"此岂无得而然哉？"

最后一段是推测。又据苏轼《陈公弼传》，陈希亮"当荫补子弟，辄先其族人，卒不及其子慥"。这是一个原因，另外也许因陈慥早年挥金如土之故。《宋史·陈希亮传》：希亮有四子，忱任度支郎中，恪任滑州推官，恂任大理寺丞，可见都做官的，但都只有一句话，写到慥时，即摘录《方山子传》中的记载，没有别的话，但方山子或陈季常的名气，却比他三个哥哥甚至父亲要响得多，就因为苏轼替他写了这篇传，而且写得很出色，《古文观止》又曾收录，于是方山子之名遂满天下。没有苏轼这篇传，谁知道宋代有个陈慥？像陈慥那样的性格和行为的人，古代多得很。

此文前人称为"变传"。苏轼文字长于议论，叙事非其所长，但此传隐现出没，写游侠须眉欲动，写隐沦姓氏俱沉。如龙游云中，不露全身。《三苏文范》引袁宗道云："方山子小有侠气耳。因子瞻用笔，隐见出没形容，遂似大侠。"说得也很风趣。赖山阳云："东坡自谓，轼虽能言语，于史事不是当行家。后人亦服其议论，不称叙事，然如此一传，可谓得龙门(指司马迁)神髓矣。"

其次，谈到陈季常，自会想到河东狮吼故事，恰巧又出在苏轼诗中。他的《寄吴德仁兼简陈季常》七古中，有这样四句话："龙丘居士(指陈慥)亦可怜，谈空说有夜不眠。忽闻河东狮子吼,拄杖落手心茫然。"洪迈《容斋三笔》卷三《陈季常》条:陈慥"好宾客,喜蓄声伎,然其妻柳氏绝凶妒",因杜甫《可叹》有"河东女儿身姓柳",柳宗元是河东人(清代的柳如是也叫河东君),便以为河东狮子指柳氏,明汪廷讷还编为《狮吼记》戏剧。但后人曾有辩驳。现在从这篇传文看,陈慥的性格似非惧内之人。苏轼《岐亭五首》之三云:"家有红颊儿,能唱《绿头鸭》。行当隔帘见,花雾轻幂幂。"隔帘见用《南史》夏侯亶伎妾见客隔帘奏伎典故,可见季常虽穷居,家中仍有"红颊儿",洪迈说季常"喜蓄声伎",这一点没有错。这时柳氏尚在世(殁于元丰六年),如果真是"凶妒",怎么还能容纳这个红颊儿?《方山子传》中也说"妻子奴婢皆有自得之意",所谓奴婢,当包括红颊儿在内,都说明惧内说不可信。

"狮子吼"本是佛家喻威严,拄杖也常与佛教有关,《全唐诗》记李洞《听白公话旧》,即有"净瓶光照客,拄杖朽生虫"语,苏轼还有"何似东坡铁拄杖,一时惊起野狐禅"语,故拄杖既可用于扶老,又可用于参禅。苏诗这四句,当是指季常夫妇共参佛典,柳氏说到佛法无边的足以警醒尘俗时,季常为之惊异,只是用诙谐的笔调写出。

方山子因苏轼文而著名,季常惧内又因苏轼诗而误传,也可看作苏陈之交的佳话。

(金性尧)

录文忠公语　　苏 轼

顷岁孙莘老①识欧阳文忠公,尝乘间以文字问之。云:"无它术,唯勤读书而多为之,自工。世人患作文字少,又懒读书,每一篇出,即求过人。如此,少有至者。疵病②不必待人指摘,多作自能见之。"此公以其尝试者告人,故尤有味。

〔注〕 ① 孙莘老:即孙觉,知湖州。东坡与他交往甚密,多次寄诗往还。 ② 疵(cī)病:缺点,毛病。

有志于文学创作的人们,谁不希望自己的文字出类拔萃?但事实有时总与愿望相反:"大山吼叫着要临盆,结果生出个小老鼠。"(布瓦洛《诗的艺术》)这究竟是什么原因呢?

原因恐怕很多。例如一定的禀赋和生活阅历等,都是不可或缺的。东坡所录欧阳修之语,则以亲身之所"尝试",告诉了人们一条重要体验:"唯勤读书而多为之。"

从一位雄峙北宋文坛的大手笔口中，说出的竟是这样一个人所共知的简单道理，也许会令某些人大失所望的罢——他们本以为听到的，应该是奇妙得多的不传之秘呢！

然而，世间的道理往往就是这样简单明了的，关键全在于亲身去“尝试”。

“勤读书”——“勤”到什么程度？欧阳修没有说。不过，风云战国的大纵横家苏秦，倒是提供了感人的一例：他进说秦惠王失败，回家又遭到父母妻嫂的奚落和冷淡，终于激发了一腔意气——“乃夜发书，陈箧数十，得太公阴符之谋，伏而诵之，简练以为揣摩。读书欲睡，引锥自刺其股，血流至足”。这就是苏秦勤于读书的“悲壮”写照。

许多人以为读书之“勤”，主要在“广搜博览”。这当然也有道理。不过，世界上的书实在太多，倘要只求其“广”，一辈子也读不完。又哪有工夫再去“作文”？苏秦之“勤”，不仅求“广”，更着眼于“精”。所以他在“数十”箱书中，只挑选了最急需的“太公阴符之谋”。而且就是这一种，也还“简练（选择最精要处）以为揣摩”，整整研读了一年。终于在进说六国之君时，取得了辉煌的成功。——如此深入的精研功夫，你可“尝试”过么？读书又很劳苦。长夜读书，灯昏力倦，只对付“瞌睡”一项，就够人受的了。苏秦却能“引锥刺股”，以至“血流至足”——如此坚毅的决心，你可痛下过么？倘若这些都做不到，又何得称之为“勤”！马克思在大英博物馆读书时留下的深深脚印，可不是心猿意马者所能想象的呵！

“多为之”——“多”到什么地步？欧阳修也没有说。不过，唐代书法家柳公权少年时代的一段轶闻，倒提供了惊人的消息：他在京城见到一位无臂老汉，用脚夹着大笔，挥洒自如地写出了一“脚”好字。老汉告诉他：“我自小用脚写字，风风雨雨已练了五十余年。家里有口能盛八担水的大缸，我磨墨写字用尽了八缸水”——无臂之人，乃能练得一“脚”好字，这就是“多为之”所创造的奇迹！

“勤读书”，可以日积月累，增长无穷见识；“多为之”，则可在反复实践中“自见”其疵病，而日加精进，“不必待人指摘”。两者都需要人们付出巨大的精力和心血。这道理好懂，而“尝试”实难。所以，欧阳修一针见血地指出：“世人患作文字少，又懒读书，每一篇出，即求过人。如此，少有至者。”

其实，这还是说得客气了些——不愿付出艰巨努力而欲一鸣惊人者，十个有十个进不了“美”的王国。法国诗人波德莱尔说得好：通往美的道路，是一条崎岖坎坷、难以达到目的地的道路。而写诗从来也不是一种快乐，它永远是“一件最累人的营生”。他因此大声告诉人们：要想写得快，就要多想。散步时、游泳时，甚至会情妇时，都要想着自己的主题——

"诗人们，请在刻苦的钻研中消磨时日！"

这见解正与欧阳修所说一样，出于他自身"尝试"的甘苦之谈。倘若东坡能够读到，也一定会释卷而叹："尤有味"也！ （潘啸龙）

记岭南竹 苏 轼

岭南人，当有愧于竹。食者竹笋，庇[①]者竹瓦，载者竹筏，爨[②]者竹薪，衣者竹皮，书者竹纸，履者竹鞋，真可谓一日不可无此君也耶？

〔注〕 ① 庇(bì)：遮蔽。 ② 爨(cuàn)：烧火做饭。

竹之高节，历来为文人雅士所赏叹。

"欲见凌冬质，当为雪中看"（阴铿），赞的是它披雪直上的贞质；"呵，你未出土时便已有节，直到凌云高处依然虚心"（管桦），叹的是它劲拔谦挚的虚怀。

所以，王子猷喜爱植竹，吟啸之际，便忘情而呼："何可一日无此君！"（《世说新语》）郑板桥喜爱画竹，山石之畔，总要有几竿"经春历夏又秋冬"的飒飒竹韵相伴。

竹之成为某种精神寄托，正与松菊兰草一样，在志士仁人心目中，坚挺地竖立了千百年！

苏东坡也爱竹。

早在谪居黄州时，他就曾以"好竹连山觉笋香"之句，表达过对它的低回流连之情；而今再贬岭南，他又欣喜地发现了竹的另一些闻所未闻的好处：

> 食者竹笋，庇者竹瓦，载者竹筏，爨者竹薪，衣者竹皮，书者竹纸，履者竹鞋。

其实还可加上"射者竹箭，卧者竹榻，居者竹楼"等。

这真是令人不可思议！

竹，本是远离世俗的幽人，伴石而栖的高士。它之被词人墨客所称叹，终究还是作了诗中、画上的点缀。

而在这里，它却从虚幻难即的幽雅之梦中醒来，以活生生的事实，证明了自身存在的真正价值；在这里，它才从山野走向村舍、都市，意气昂昂地闯入了人们的实际生活，逼迫人们正视它作出的巨大贡献和牺牲。

好以风雅自命的人们，也许会对东坡的发现扫兴：他居然会对岭南竹的"凡俗之用"如此赞美，志趣又何其低下也！

然而，孤芳自赏的风雅，较之于“岭南竹”既有节有操，又甘于将自身破碎成段、成片、成皮、成浆，无所保留地奉献世间，两者之境界究竟高下何如？“凡俗之用”又岂可看轻！

而且，东坡所赞美的，难道仅仅是“岭南竹”？它不同时是一种象征、一个化身？透过那连山接野的绿竹，他是否还看到了无数荷锸肩锄、裤管高挽，出没于草径禾垄的壮伟农夫？他们之生于艰难之世而不肯俯首折腰，不正如绿竹之劲挺有节；他们之经春历夏、劳瘁贡献，不正如绿竹之奉献“笋”“瓦”“皮”“筏”！

千百年来，正是这些“凡俗”者造就了世界、奉献着一切！但他们的高尚操节、伟美人生，谁曾真心关注和评说过？多少世纪以来，封建统治者、文人雅士们，所给予他们的，常常只是轻蔑和践踏。

东坡有鉴于此，故落笔即喟然而叹：“岭南人，当有愧于竹。”其实有愧于“竹”者，又岂止“岭南人”而已！

（潘啸龙）

在儋耳书　　苏　轼

吾始至南海，环视天水无际，凄然伤之曰：“何时得出此岛耶？”已而思之：天地在积水中，九州在大瀛海中，中国在少海中，有生孰不在岛者？覆盆水于地，芥浮于水，蚁附于芥，茫然不知所济。少焉，水涸，蚁即径去，见其类，出涕曰：“几不复与子相见。”岂知俯仰之间，有方轨八达之路乎？念此可为一笑。戊寅九月十二日，与客薄饮小醉，信笔书此纸。

戊寅年九月，即宋哲宗元符元年（1098），这是苏轼渡海来到儋州（今属海南）的第二年。看他“薄饮小醉”，其乐融融，“信笔书此纸”又能涉笔成趣，洒脱自如，哪里像一个身陷绝域、九死南荒的逐客？唐宋窜谪岭南者不少，韩愈马到五岭便哀哀哭告“好收吾骨瘴江边”；李德裕渡海到崖州，徘徊低吟“不堪肠断思乡处，红槿花中越鸟啼”，最后竟悒郁而死。相比之下，不能不惊叹苏轼为人之奇。

“有生孰不在岛者？”东坡这样来自我解脱，也许有人会嘲笑他自欺欺人。其实，生活是一门艺术，艺术需要的是想象力。你说他自欺欺人也罢，你说他了悟澄澈也罢，要旨总在于活得舒畅，活得潇洒。韩愈和李德裕不能忍受的，东坡不仅忍受了，而且获得了乐趣，这就是他高明的地方。韩愈真的应该读一读《南华经》，既然他自诩为道统的传承者，至少不能贬了官就一味寻死觅活，险些断了周公孔孟的一脉单传吧。

所以在东坡看来,韩愈李德裕之流大约都是芥上之蚁,一只哭哭啼啼,一只竟然掉在"盆水"里淹死了,这种人是不足与言"方轨八达之路"的。

但是原则呢? 理想呢? 有人要问。好吧,让我们看看那两只蚂蚁的原则和理想:李德裕终其一生卷入党争的漩涡不能自拔,韩愈复官之后再也没有了谏佛骨的勇气。而苏轼,只要在官就做到刚正不阿、坚持己见,这正是他一次又一次被排斥的原因。可见在官场上,东坡反而不如韩愈者流得心应手,"俯仰之间"皆"有方轨八达之路"了,所以达官显宦们把东坡嘲笑为官场上的蚂蚁也未可知哩。

(叶 丰)

别石塔 苏轼

石塔来别居士。居士云:"经过草草,恨不一见石塔。"塔起立云:"遮个是砖浮图耶?"居士云:"有缝。"塔云:"无缝何以容世间蝼蚁?"坡首肯之。元丰八年八月二十七日。

倘若只看《东坡志林》,这段文字便显得恍惚迷离,简直令人无从猜思:题目标为《别石塔》,则明是东坡居士"去"与石塔相别;而开篇下笔,却又突书"石塔来别居士",仿佛倒是石塔即将远行,故"来"与东坡辞别似的。更奇者还在这"石塔",本就是硬楞楞矗立大地的无情之物,竟还能"来别"、还能"起立"说话,真是不可思议!——东坡居士潇洒飘逸,为文每多奇幻之思。难道他此刻又进入了"明月几时有,把酒问青天"的醉意蒙眬之境,而与"石塔"之神梦接了么?

对照一下《东坡文集》,人们才恍然大悟:原来此篇又题作《记石塔长老答问》。那么,"来别""起立"云云者,皆非"石塔",乃是石塔"长老"了。疑云一经消散,读者也许反倒有些怅然若失——实在说,与其将此文题为《记石塔长老答问》,还不如径作《别石塔》更有情味些。而且从东坡行文故意省略"长老"二字看,也更暗合他那空中荡漾的奇妙笔意。又何须落实其究竟是"石塔"抑是"长老"呢?

不过,此文之妙,不仅在运笔之迷幻,更在于居士与石塔那充满禅机的对话。东坡之别石塔,似乎颇为"经过草草,恨不见石塔"而怅然。石塔呢,妙在不答反问:"遮个(这个)是砖浮图(塔)耶?"——看来它对东坡所住的"砖塔",似乎更感兴趣些。但砖塔又哪比得上石塔的浑然一体,坚固牢靠? 况且它还"有缝"。文中的"居士云:'有缝。'",正传达了东坡对这砖塔的不无遗憾之感。这便引出了石塔那机锋微妙的驳诘:"无缝何以容世间蝼蚁?"

这驳诘真可称得上“石破天惊”！人们之建塔，只有希望它坚固牢靠、永不倾颓的。从这一点看，“石塔”自然最能保存自己、经受岁月和风雨的侵蚀了。至于砖塔，缝隙纵横，常会招致蝼蚁掘穴筑窝，日久天长，砖块松动，难保不会倾废。这不是一大缺憾么？石塔的驳诘，却把这一世俗见解整个推翻了——“蝼蚁”又怎么样？它不也是降生世间的可贵生命！为什么就不能容许它与众生一样，争得一些生存的空间呢？如此说来，那砖塔之“有缝”，就不是自身的憾事，倒是莫大的幸运了——它虽然将毁伤了自己，却为世间的蝼蚁提供了生存、发展的欢乐！这正是它的价值所在。

不要以为这只是佛门那“普爱众生”的枯燥说教。石塔的驳难，实际上打开了一个观察问题的全新的视野，并提供了一种与世俗完全不同的价值观。在许多人看来，人生的价值似乎只在想方设法维护个体的生存，获取自身的快乐。石塔却揭示了人生的另一个境界：倘若是为了求得社会众生的生存、发展，那么，即使损害了自身，也是值得的，并且是可令人敬慕的！

从世俗的眼光看石塔的驳诘，几近乎“痴人说梦”——天下哪有这种损己利人的好事？但在有志于“兼济天下”的苏东坡眼中，这驳难无异于扫除了他坎坷道路上充塞的迷雾。我们从他的“首肯之”中可以窥见，此刻在他眼前，展开了人生的一个怎样辉煌的新境界……

（潘啸龙）

书李若之事　苏　轼

《晋·方技传》有幸灵者，父母使守稻，牛食之，灵见而不驱。牛去，乃理其残乱者。父母怒之，灵曰：“物各欲得食，牛方食，奈何驱之？”父母愈怒，曰：“即如此，何用理乱者为？”灵曰：“此稻又欲得生。”此言有理，灵故有道者也。吕猗母皇得痿痹病十余年，灵疗之。去皇数步，坐瞑目，寂然有顷，曰：“扶夫人起。”猗曰：“老人得病十有余年，岂可卒令起耶？”灵曰：“但试扶起。”令两人扶起，两人夹扶而立。少顷去扶者，遂能行。学道养气者，至足之余，能以气与人。都下道士李若之能之，谓之“布气”。吾中子迨，少羸，多疾。若之相对坐为布气，迨闻腹中如初日所照，温温也。若之盖尝遇得道异人于华岳下云。

本文之令笔者感到兴味，倒不是李若之的“布气”疗疾之奇，而是“幸灵”孩提时代的“守稻”趣闻。

东坡以简约传神之笔，为读者描述了一出牛食稻苗的喜剧性冲突，并将稚童与父母间争辩时的嬉笑、暴怒之态，表现得活灵活现——仅就行文艺术看，这充满情趣的描述，已可令人解颐！

不过，更发人深思的，还是幸灵那一番维护食稻之牛的奇语。人们之种稻，考虑的从来就是自身的食用(当然还有交租)。倘若让给牛吃，又何必种它？况且，牛又算得什么？蠢笨无知，只配给人们驾车、犁地。有一点草吃，就很不错了，哪还能让它食稻！

天真的幸灵，却提出了与此决然不同的看法：牛之于人，同为世间之物，都有“食”“生”之欲。它想吃点稻苗，为什么就不容许，非得把它赶跑？这道理真是惊世骇俗！但若仔细想想，你毕竟还得承认：它确实包含了某种真理——牛也一样有生存的权利，而且还为人们耕田种稻、出过“笨”力。为什么轮到它要享受一点比草好些的待遇，就该惹得父母们大喊大叫了呢？

一位未更世事的孩童，竟能说出这样一番令父母语塞的道理。苏东坡不禁为之赞叹了：“此言有理，灵故有道者也！”其实，幸灵何尝真是“有道”，他不过是凭着一颗纯真无私的孩童之心，说出了活泼泼的生活感受而已。

笔者由此想到了其他一些事。

人之由孩童进入成年，当然是件值得庆贺的事。因为他从此可以自立于天地之间，堂堂皇皇地做人了。然而，在私有制的社会里，所成长、造就的又是一些什么“人”呢？自私、狭隘、怯弱，这就是旧时代许多人的写照。因为，在这样的社会里，人们观察世界、考虑问题，大多围绕着自身的利害旋转，连“真理”都被深深地打上了自私自利的烙印！

在这样的社会里，涉世愈久，人性中那纯真、朴厚和无私之心，便丧失愈多；而虚伪、圆滑和贪婪之情，则与日俱增。所以，一位上世纪的哲人，曾惊疑地感叹：人们似乎愈活愈变得“渺小”了！在这些“渺小”的大人眼中，有些洞若观火的事实，便看不清了；有些简单明了的道理，便怎么也不能理解了。赵高指给秦二世看的，明明是鹿，大臣们却矢口咬定那是匹“马”！——他们为什么颠倒是非？安徒生童话中的皇帝，明明一丝不挂，臣民们却一致赞叹：他穿着一件多么“漂亮”的“新衣”！——他们为什么睁着眼说谎？

比起这样的大人来，未更世事的孩童则要可爱多了。他们的可爱，正在于阅世未深，而跳荡着一颗无私、无邪的赤子之心！所以，当臣民们怕被视为愚蠢、失去官职，而跟着说瞎话的时候，唯有一位孩子高声叫了起来：“可是他(皇帝)什么衣服也没有穿呀！”同样的，当父母们遵守着自古以来不可让牛吃稻的规矩时，幸灵则以无私之心推己及牛，说出了牛也有权利食稻的真理。

这正是纯真的孩童值得大人学习的地方。自立于天地之间的堂堂大人们，当你面对孩童那无私、无邪的目光的时候，何不也扪心自问一下：我是否不为狭隘、渺小的世俗之风所改变，依然保留着一颗纯真、无私而高尚的心灵？

（潘啸龙）

书吴说笔　　苏　轼

笔若适士大夫意，则工书人不能用；若便于工书者，则虽士大夫亦罕售矣。屠龙不如履豨①，岂独笔哉！君谟②所谓“艺亦工而人益困”，非虚语也。吴政已亡，其子说颇得家法。

〔注〕①履豨（xī）：用脚踩猪，此指屠夫之技。豨，猪。典出《庄子·知北游》。②君谟：蔡襄，北宋大书法家。

不是会写字的都能成为“书法家”，也不是一个书法家随便抓住什么笔都能写出好字。苏东坡是大诗人、大画家，又是大书法家，他对笔特有研究，他使用的宣城诸葛笔或鼠须笔，对他成功的书法艺术建立了殊勋。当然，再好的笔也不可能帮助平庸之徒灵感乍涌，技艺陡增，使用、驾驭这种笔是需要特殊本领的。一位文艺评论家评到中国书法时说：“中国批评家欣赏书法并不注重静态的比例和调和，而是暗中追溯艺术家从第一笔到末一笔的动作，如此看完全篇，仿佛观赏纸上的舞蹈。因此这种抽象画的门径和西方的抽象画不同。其基本的理论是美感即动感，这种基本的韵律观日后变成国画的主要原则。”（林语堂《苏东坡传》）比如苏东坡的《覆盆子帖》，真有“一舞剑器动四方”之神妙。寥寥六行四十四字，风韵异常，仪态万千。有人形容他“抽毫出入，提按顿挫，自在得很”，他的“剑器”就是手中的笔！人们简直可以感受到笔端的飞舞气势，弹跳纸上，一气呵成，有的字飘起一缕游丝，有的字则扬起意趣无穷的末笔，潇洒自若，存乎一心。如果没有一支得心应手的笔，哪能倾泻出诗人风云滚动的心潮和节奏！这种“便于工书”的笔，也只有工书人才珍爱它，至于一般“士大夫”不会用它，也用不上它，理所当然。

一句“屠龙不如履豨，岂独笔哉”，跳出了就笔谈笔的狭隘范围，把问题引向广阔无垠的天地。它指出“屠龙”这一绝艺的崇高及其不幸。正如科学门类中的尖端科学，比之攻研应用科学，实在需要多花成倍的心血和精力，而成果的显示机会却又相对地少。这又是它的不幸。龙不常见而猪常有，杀猪的机会当然比屠龙多。可是，一旦龙终于出现，杀猪的屠户徒呼奈何，无所用其技，这时只有屠龙勇士才能大显身手，也只有在这个时候，社会才会给屠龙者以肯定的充分的评价。

怀才不遇，黄钟毁弃，“屠龙不如履狶”，“艺亦工而人益困”，在对待人才问题存在短视和轻视的情况下，如此社会现象和历史现象不会绝迹。能不能从全局和战略眼光发掘人才、培养人才？是历代从政者是否有所作为的试金石。但对有志“屠龙”者来说，不仅需要学习那股“殚千金之家，三年技成”的苦劲、韧劲，而且要具有学成后“无所用其巧”的耐心和自信力。古往今来，无数事实告诉人们：一方面有成千上万身怀绝技的能人赍志以殁；而一方面还是有不怕挫折、不怕冷落，对事业付以倾心热爱、九死不悔的人在继续探索人们所没有走过的新路。

后者生不逢辰，备受折磨，未能充分发挥自己的才能，是可惋惜的。但人民是公道的，即便是身后若干年，也永远记着他“屠龙”的功绩。苏东坡留下的作品及其风格永垂不朽，就是一例。

（拾　风）

书　墨　　苏轼

余蓄墨数百挺[①]，暇日辄出品试之，终无黑者，其间不过一二可人意。以此知世间佳物，自是难得。茶欲其白[②]，墨欲其黑，方求黑时嫌漆白，方求白时嫌雪黑——自是人不会事也[③]。

〔注〕①挺：量词。②茶欲其白：意谓沸水泡茶，以泛起白色泡沫者为上品。③会事：解事、懂行之意。

苏东坡的《书墨》，文不到七十字而内涵丰富，落笔近平缓却陡见奇峰，然后转入丘壑，渐临佳境，曲径盘旋，意趣无穷。

以物抒情讽世，这类文章多多矣，读者不审时多思，未必能窥察其中奥妙。当时评墨论茶者忽然多了起来，颇有些奇怪，苏东坡也不止写了这一篇。根据手头零星资料，可以如此认定，第一位把茶、墨作比较的，不是苏东坡，而是司马光。张舜民《画墁录》里记着：“司马温公（光）曰：茶墨正相反：茶欲白，墨欲黑；茶欲新，墨欲陈；茶欲重，墨欲轻，如君子小人不同。至如喜干而恶湿，袋之以囊，水之以色，皆君子所好，玩则同也。”后来，在《东坡志林》里发现苏东坡又一番议论，显然是他与司马光的对话记录。“温公曰：‘茶与墨正相反。’余曰：‘二物之质诚然矣，然亦有同者。’公曰：‘何谓？’余曰：‘奇茶妙墨皆香，是其德同也；皆坚，是其操同也。譬如贤人君子，妍丑黔晳之不同，其德操蕴藏实无以异。'公笑以为是。"从这两则笔记小品看，两位大家都不是真的在评墨论茶，而在谈论识人用人之道。两人比较，司马光偏重形式上的差异，而东坡则侧重从本质上剖析。光罗列茶墨二者白黑、新陈、重轻之不同，实在意义不大，因为同属白、新、重的茶，也有奇茶庸茶之分；同属黑、陈、轻的墨也有凡墨妙墨之别。决定茶墨上品的是香味和硬度，正如决定君子小人的标准是德行和操守。苏东坡不以貌取，比司马光想得深，多一点辩证法。

《书墨》又是对《东坡志林》一段的补充。东坡既重人的德操，可又不把这提到不可攀的吓人高度。"茶欲其白，墨欲其黑"，当然是对的，但如"方求黑时嫌漆白，方求白时嫌雪黑"，要求黑到比漆还黑，白到比雪还白，总之，纯而又纯，那就脱离实际，"洪洞县里无好人"了。世间哪有尽如人意的佳物，又哪有尽如我意的人才？王猛扪虱，肯定不是优点，但如桓温因而鄙贱其人，就与这位经世奇才失之交臂了；魏徵之倔，之欢喜抬杠，确有冒犯龙颜之毛病，但如李世民嫌他不够乖，不够听话，那也就没有贞观之治。以此"纯"标准要求别人，必成孤家寡人无疑。

为什么司马光和苏东坡彼时对君子小人之议论特多？恐怕还得从北宋盛极一时的朋党之争去找原因。在此之前，欧阳修就写过有名的《朋党论》，划出"君子与君子以同道为朋；小人与小人以同利为朋"的界限，并提出"退小人之伪朋，用君子之真朋"的观点。我看茶墨文章，属政治小品，当是《朋党论》的续篇。参照《朋党篇》读来，对茶墨文章可以加深理解。话虽如此，朋党或曰宗派的是非，君子与小人的界限，究竟不是几篇名家名文讲得清楚的。试联系现状观察，若能说明一二问题就算不错了。

（拾　风）

荔枝龙眼说　　苏　轼

闽越人高荔子而下龙眼，吾为评之。荔子如食蝤蛑[①]大蟹，斫雪[②]流膏，一啖可饱。龙眼如食彭越[③]石蟹，嚼啮久之，了无所得。然酒阑口爽[④]，餍饱[⑤]之余，则咂啄之味，石蟹有时胜蝤蛑也。戏书此纸，为饮流一笑。

〔注〕①蝤蛑(yóu móu)：蟹类，螯长而大，生海边泥沙中。　②斫(zhuó)雪流膏：咬着蟹肉，蟹膏就流出来。雪，此处比喻蟹肉。　③彭越：即彭蜞，蟹的一种，体小肉少。　④酒阑：酒宴残尽之时。口爽：口味败坏。　⑤餍(yàn)饱：吃饱。

一纸"戏书"，似乎只为博得"饮流一笑"，其实说出了人生评价中的大道理——这就是东坡的奇妙小品《荔枝龙眼说》。

“闽越人高荔子而下龙眼”，当然有其根据。荔枝鲜肥而味美，曾为历代文人雅士所称叹：东汉王逸说它“卓绝美而无俦，超众果而独贵”；唐代诗人张九龄以为“百果之中，无一可比”；清人李渔，更誉之为“至尊无上”的百果之“王”，可见其品格之“高”。至于“龙眼”，核大而肉少，品尝起来，就远不如荔枝了。所以张九龄斥其为“凡品”，田从易更降之与“樱桃”“橄榄”同列，其品位之卑“下”，似已无可怀疑。

东坡的品评却没有这么简单。这位贬官惠州，写过“日啖荔枝三百颗，不辞长作岭南人”名句的文豪，自然深知荔枝之鲜美。在他看来，荔枝的好处，正如生长海边的“蝤蛑”（即“梭子蟹”），“斫雪流膏”、肥美鲜嫩，简直令人“一啖可饱”。相比而言，“龙眼”则如乡间的“彭越”（蟹之一种）、“石蟹”，壳坚少肉，“嚼啮久之，了无所得”。从这一点看，荔枝无疑胜龙眼。

但东坡并没有据此论定两者之“高下”。与“闽越人”的只看一点、不及其余不同，东坡还看到了问题的另一侧面：当着环境、条件改变了的时候，事物的价值也会随之发生变化。即以荔枝说，鲜美肥嫩本是它的长处，但在人们酒足饭饱之际，这肥美正如“蝤蛑大蟹”，反倒令人厌腻了。那时候剥食“龙眼”，恰正如壳坚少肉的“石蟹”，于“咂啄”之际，便能品尝到无穷余“味”。从这一点看，“龙眼”又岂必“下”于荔枝？

形象动人的“蟹”喻，就这样在人们眼前，打开了一个评价事物的新视野。在这样的视野上，反观“闽越人”（包括某些文人雅士）对荔枝、龙眼的“高下”之论，便显得多么偏执和扬抑不当呵！

荔枝、龙眼的“高下”尚且不能一概而论，对于复杂得多的人生价值之评判，就更须慎重了。例如要分诸葛亮与张飞之高下，似乎无须多加比较，张飞自当退居其后：论多谋善断、见微知著，论把握全局、指挥千军万马，莽撞急躁的张飞，能与潇洒磊落、运筹帷幄的诸葛亮一较短长吗？但若改换一下视角，让诸葛亮顶盔贯甲，手持丈八蛇矛，立于曹操百万军前，一声大喝：“吾乃隆中诸葛亮也！”看能不能像张飞一样，喝得夏侯杰倒栽下马，令曹操回马狂奔、倒退数里？可见在驰骋疆场、斩将搴旗的勇武和气概方面，诸葛亮也只能甘拜下风。

又如孔子，既被儒者颂之为百世“素王”，与村野俗夫相比，其“高下”似也立可判明。但孔子自己却不这么看：弟子樊迟请“学稼”，子曰“吾不如老农”；“请学为圃”，孔子又称“吾不如老圃”（《论语》）。“不如”即“下”也——倘要在种植庄稼、菜蔬方面一较技艺，孔子又岂能“高”于老农？

可见人生价值之评定，须顾及各人的特点和长处。以一时、一技的长短、得失妄论“高下”，是不科学的。东坡此文，以“蝤蛑”“石蟹”为喻，论说荔枝、龙眼的各有所长。虽属“戏书”，却意味隽永。非特可博好食蟹味的“饮流一笑”，亦可令那些在人生事业中，只因一时、一技屈居人下，便怀疑自身价值者，增生许多奋斗、创造的勇气罢？　（潘啸龙）

刘凝之与沈麟士[①]　　苏　轼

《南史》：刘凝之为人认所着屐，即予之。此人后得所失屐，送还，不肯复取。沈麟士亦为邻人认所着屐，麟士笑曰："是卿屐耶？"即予之。邻人后得所失屐，送还之。麟士曰："非卿屐耶？"笑而受之。此虽小节，然人处世，当如麟士，不当如凝之也。

〔注〕 ① 刘凝之：字志安，南郡枝江（今属湖北）人。南朝宋隐士。沈麟士：字云祯，吴兴武康（今浙江德清）人。南朝齐教育家。

大约南朝人“着屐”成风，所以“失屐”“认屐”的事也时有发生。否则世上哪有这样的巧事：刘凝之邻人“失屐”，沈麟士“邻人”也失屐；刘之邻人找他“认屐”，沈之邻人认屐也找到他——事情发生得如此凑巧，仿佛就准备着让后世的苏轼来评论似的！

如果先不看东坡的评论，那么你得承认：刘沈二位在处理邻人“认屐”这件事上，其实都表现了一种世所罕见的高风。邻人失屐而怀疑刘、沈“所着”之屐，则刘、沈即使算不上“偷”，至少也颇有将他人之物据为己有之嫌——对此关乎“人格”的怀疑，谁能忍受得了？然而二人居然都不以为忤，而且宁肯被误解，也都平心静气地把所着之屐让给了邻人。做到这点已非易事，何况据《南史》记载，刘凝之被认屐之时，还因为脚上的屐太旧，特意从家中找了双新的给邻人；沈麟士则恰在“行路”途中，最后竟“跣（光着脚板）而返”——换了刘、沈，谁又有如此气度？

但东坡却认为，刘凝之的处理，仍有不如沈麟士处。因为沈麟士为人认屐时，能够“笑曰：‘是卿屐耶？’”邻人还屐时，仍能“笑而受之”。刘凝之却不同：被认时既未微笑，送还时干脆就“不肯复取”。差别正有如此之大！

差别其实只在一个“笑”字，东坡为何就如此看重？原来这“笑”与不笑，所表现的情感大不一样。读者试设身处地思量一下：当邻人丢失所爱之屐时，心中能不焦急？而在刘、沈脚上发现“失屐”的时候，能不于欣喜之中，生出某种疑惧之感：万一认错了，岂不惹恼了刘、沈？至于后来的送还错认之屐，更是一大难题：心中既感歉疚，又怕遭到指责，可见是需要鼓起勇气的。对这一切，刘凝之似乎就全未考虑到。来人认屐时，他不言不笑，便使邻人的疑惧之心久悬难下；还屐时一言拒绝，则邻人的歉疚之情也无从消解。所以这处理看似颇豁达，但从情感上说，其实已使邻人深感不安了。而沈麟士的处理就没有这么粗疏了：邻人认屐，他微笑以对，令人感到他确实从内心不计较邻人之鲁莽；还屐时又笑而受之，邻人的歉疚之情，也因此在笑语中消散——如此善于体谅他人之心，不正表现了温暖动人的真诚感情么？

如果说，眼睛是心灵的"门窗"，那么，脸色便就是情感的"晴雨表"了。在人们相处之中，感情冷漠者，脸上往往缺少笑意；脸色铁青的人，心中便一定藏有令人生畏的寒冰；至于奸诈虚伪者的脸上，虽也时有笑色浮动，但那是"肉不笑"的"皮笑"，只能教人厌恶。唯有真诚的笑容，恰似灿烂的阳光，能消除人生的阴霾雾瘴，带给你友邻、主顾、宾客、病人，以温馨的慰藉、体谅和鼓励。苏东坡之感叹于"人"之"处世"，"当如麟士，不当如凝之"，所看重的正是这照耀人生的美好阳光——那发自心灵的真诚笑容呵！不知读者诸君，可也能像沈麟士这样，即使在被误解，或需要体谅他人的时候，也能以坦然、真诚的微笑，给人以宽慰和温暖？

最后需要说明一点：据《南史》记载，刘凝之在为人认屐时其实也是报以热情的笑语的。东坡不写其笑，似乎有点疏忽。好在他的本意，是在阐说为人处世的道理，非必是要故意贬低凝之。笔者猜想：这位热情好施、不慕荣华的南朝高士刘凝之，九泉之下有知，亦会对东坡的这一"疏忽"微笑以对的吧？ （潘啸龙）

日 喻

苏 轼

生而眇[①]者不识日，问之有目者。或告之曰："日之状如铜盘。"扣盘而得其声，他日闻钟，以为日也。或告之曰："日之光如烛。"扪烛而得其形[②]，他日揣龠[③]，以为日也。

日之与钟、龠亦远矣，而眇者不知其异，以其未尝见而求之人也。道之难见也甚于日[④]，而人之未达也无以异于眇。达者告之，虽有巧譬善导，亦无以过于盘与烛也。自盘而之钟，自烛而之龠，转而相之[⑤]，岂有既乎[⑥]？故世之言道者，或即其所见而名之，或莫之见而意之[⑦]，皆求道之过也。然则道卒不可求欤？苏子曰："道可致而不可求[⑧]。"何谓致？孙武曰："善战者致人,不致于人[9]。"子夏曰:"百工居肆,以成其事;君子学,以致其道[10]。"莫之求而自至,斯以为致也欤!

南方多没人[11],日与水居也。七岁而能涉,十岁而能浮,十五而能没矣。夫没者岂苟然哉?必将有得于水之道者[12]。日与水居,则十五而得其道;生不识水,则虽壮,见舟而畏之。故北方之勇者,问于没人而求其所以没,以其言试之河,未有不溺者也。故凡不学而务求道,皆北方之学没者也。

昔者以声律取士,士杂学而不志于道[13];今也以经术取士,士知求道而不务学[14]。渤海吴君彦律[15],有志于学者也,方求举于礼部[16],作《日喻》以告之。

〔注〕①生而眇(miǎo)者:先天的瞎子。眇,瞎一只眼,此泛指瞎子。②扪:摸。③揣龠(yuè):摸着一支笛状的乐器。龠,有三孔、六孔或七孔的管乐器。④道:道理,真理。此指儒家的学术思想而言。⑤转而相之:辗转相比。⑥既:尽。⑦意之:臆测它。⑧致:导致,自然而然地得到。求:指强求。⑨善战者致人,不致于人:语出《孙子·谋攻篇》,意谓善战者能使敌人就我,我不为敌所诱。⑩以上几句语出《论语·子张》,意谓工匠居住在作坊中,长期实践,故能精通其专业;君子若能勤学,则也能获得其道。子夏:孔子的弟子。⑪没人:能潜水的人。⑫水之道:指水性。⑬这两句说北宋前期承袭唐五代科举法,以诗赋(注重声律)取士,其流弊是使学者只注重声律等杂学而无明道的更高要求。⑭这两句话是说自神宗熙宁四年(1071)、亦即王安石当政以来,改以经术取士,其流弊又使学者只重空谈义理而不注重实学。⑮渤海:郡名,治所在今山东阳信县。⑯求举于礼部:指应礼部考试(进士考试)。

本篇作于宋神宗元丰元年(1078),时作者任徐州知府。从本文结尾一段中所说的"昔者以声律取士,士杂学而不志于道;今也以经术取士,士知求道而不务学……作《日喻》以告之"来看,苏轼此文,显然带有针对王安石"以经术取士"做法的不满与批评之意在内——在苏轼看来,北宋前期以"声律(诗赋)取士"的做法固然有导致士人"不志于道"的弊病,而自王安石变法、改为以"经术取士"的做法以后,却又导致了另一种空谈仁义之道而不讲求实际学问,亦即"不务学"的弊病。因而本文的主旨,即在于要纠正后一种"不学而务求道"的倾向。

对于苏轼与王安石之间的这种不同见解,由于时代久远,且两人对"道"的理解也并不尽同,所以我们已没有必要去作历史的、学术的评判。引起我们兴趣的倒是作者在本文中通过"盲人识日"与"北人学没"两个譬喻所表达的有益的思想论题。

盲人不识日。有人告之日之状如铜盘和日之光如烛,盲人就误以与铜盘之声相似的钟和与烛形相似的龠为日。这个比喻有点儿与人们熟知的"盲人摸象"相似，都是由于缺乏全面的认识而引出了违反客观实际的错误结论。这个"盲人识日"的譬喻就启示人们：看问题切忌片面、切忌主观臆测，而要力求全面、力求符合实际。

那么，怎样才能避免片面性与主观臆测的毛病呢？作者又用了"北人学没"的譬喻来强调实践躬行的重要性。南方人由于"日与水居"，自小游水，所以虽少年即能谙熟水性；而北方人由于"生不识水"，光想凭书本知识（即"问于没人"）而欲求游泳的真正本领，则"未有不溺者也"。这正反两方面的例证，就明白地揭示了实践躬行的必要。

所以，不管苏轼本人的"道"该作如何理解，也不论此文所包含的批评王安石新法的政治色彩，作为一篇说理文章来看，它是相当成功地说清了作者的见解的。我们之所以欣赏它，第一是由于它所表达的论题中含有符合辩证法的思想启迪（力避片面性，力避主观臆测，而要力求全面、重视实践），第二又是因着它的巧妙设喻，善于把抽象的道理表述得具体而生动。"深入"而能"浅出"，化"抽象"而为"形象"，这便可称是本文的显著特色。 （杨海明）

黠[1] 鼠 赋 苏 轼

苏子夜坐，有鼠方啮[2]。拊[3]床而止之，既止复作。使童子烛之[4]，有橐中空[5]。嘐嘐聱聱[6]，声在橐中。曰："嘻！此鼠之见闭而不得去者也。"发而视之[7]，寂无所有，举烛而索，中有死鼠。童子惊曰："是方啮也，而遽死耶[8]？向为何声，岂其鬼耶？"覆而出之，堕地乃走，虽有敏者，莫措其手[9]。

苏子叹曰："异哉！是鼠之黠也。闭于橐中，橐坚而不可穴也[10]。故不啮而啮，以声致人[11]；不死而死，以形求脱也[12]。吾闻有生，莫智于人[13]。扰龙伐蛟[14]，登龟狩麟[15]，役万物而君之[16]，卒见使于一鼠；堕此虫之计中，惊脱兔于处女[17]。乌在其为智也[18]。"

坐而假寐[19]，私念其故[20]。若有告余者曰："汝惟多学而识之，望道而未见也[21]。不一于汝，而二于物[22]，故一鼠之啮而为之变也[23]。人能碎千金之璧，不能无失声于破釜[24]；能搏猛虎，不能无变色于蜂虿[25]：此不一之患也[26]。言出于汝，而忘之耶?”余俯而笑,仰而觉。使童子执笔,记余之作。

〔注〕①黠(xiá):狡猾。②啮(niè):咬。③拊(fǔ):拍。④烛之:用烛照一下。⑤橐(tuó):这里指箱状的盛衣食的器具。⑥嘐(xiāo)嘐聱(áo)聱:象声词,形容鼠啮咬的声音。⑦发:打开。⑧这两句是说这东西正在啮咬,而突然死去了吗?是,这。⑨这句意思是说再敏捷的人也措手不及。⑩不可穴:不能咬出个洞孔。⑪这句指以咬声招引、支使人。⑫这句指以死鼠的样子求得逃脱。⑬这句意谓没有比人更有智慧的。⑭扰龙:侵犯龙,《左传》上说夏代的孔甲能够扰龙。伐蛟:擒蛟,《吕氏春秋·季夏》说:“令渔师伐蛟取鼍。”⑮登龟:用龟,古代占卜需用龟壳。狩麟:春秋时鲁哀公十四年出狩西郊,曾猎取到一个叫麟的动物。⑯这句是说人能役使万物而作它们的主宰。⑰这句意谓黠鼠在处女般的老实人面前像脱兔那样突然逃掉。《孙子·九地》形容用兵敏捷说:“始如处女,敌人开户,后如脱兔,敌不及拒。”⑱这句是说:怎么能算作有智慧呢?乌,何。⑲假寐:闭目打盹。⑳私:独自。念:想。㉑这两句意谓你只是多读了点书记了些知识,离得道还远呢!识(zhì):通“志”。㉒这两句意谓你自己不专心,而受外物的干扰、左右。㉓这句意谓有一个老鼠啮咬,你就安坐不下,不能不受其支配了。㉔这两句是说人有时砸碎一块璧玉也不动声色,有时破了一个锅却不禁发出惊叫。㉕这两句是说人能搏取猛虎,可有时不免见到蜂虿而变色。虿(chài),蝎子一类的毒虫。㉖不一:不专心。

人为“万物之灵”。在宇宙的无数生物中间,应该说,人是第一聪明的。正如本文所说的那样:“吾闻有生,莫智于人”。可是,聪慧如苏轼,以及他的书僮,却硬是让老鼠给骗了——它本已堕入一个中空的橐里,成了“瓮中之鼠”;不料它先狡猾地装死不动,然后乘人惊愕不备之际,一下子蹿出橐中,活生生地逃跑了——这个故事,就引发出了作者一大堆感叹与议论:人类如果能够保持精神状态的专一,则其智慧定能“役万物而君之”,成为主宰世界的主人;而如若不能专心致志,那么,即使连一只“黠鼠”,也无法对付。读了这篇富有故事性的杂文,我们不禁联想到《孟子》所讲过的弈秋授徒的寓言:弈秋是一位善于弈棋的名手,他的一位学生专心致志,很快学成;另一位却分心于外物,故终于不能学好。这则学弈的寓言与苏轼的这篇咏物小赋,讲明的都是同一道理:欲要成功,必须专一;如不专一,必致失败。不过在写法上,《孟子》显得比较朴实单纯,而苏文则带有几分“狡黠”——你看它先不触及主题,而从“夜坐”写起,然后用生动的文笔描写了一段“黠鼠”装死逃跑的情节,再后才引出作者的两段议论,推衍出必须“专一”的结论来。有人曾说,“东坡文只是拈来法,此由悟性绝人,故处处触着耳”(刘熙载《艺概·文概》)。此文就是一例:它从现实生活中所遇到的一件偶然性小事,悟出了“成功必须专一”“失败在于‘不一’”的道理,并用波峭风趣的寓言式文体,把这番触及“道”(规律)的认识表达得相当透辟,由此亦见苏轼的绝顶聪明和巧于作文。

（杨海明）

禽大无事省出入 苏 轼

艾子曰:“田巴居于稷下,是三皇而非五帝,一日屈千人,其辨无能穷之者。弟子禽滑厘辰出,逢嬖媪[①]揖而问曰:‘子非田巴之徒乎?宜得巴之辨也。媪有大疑,愿质于子。’滑厘曰:‘媪姑言之,可能折其理。’

“媪曰:‘马鬃生向上而短,马尾生向下而长,其故何也?’滑厘笑曰:‘此殆易晓事。马鬃上抢,势逆而强,故天使之短;马尾下垂,势顺而逊,故天使之长。’媪曰:‘然则人之发上抢,逆也,何以长?须下垂,顺也,何以短?’滑厘茫然自失,乃曰:‘吾学未足以臻此,当归咨师。媪幸专留此,以须[②]我还,其有以奉酬。’

“即入见田巴曰:‘适出,嬖媪问以鬃、尾长短,弟子以逆顺之理答之,如何?’曰:‘甚善。’滑厘曰:‘然则媪申之以须顺为短,发逆而长,则弟子无以对,愿先生折之。媪方坐门以俟,期以余教诏之。’巴俯首久之,乃以行呼滑厘曰:‘禽大禽大,幸自无事也,省可出入[③]!’”

〔注〕 ① 嬖:《说文》:“爱也。”《集韵》:“贱而得幸曰嬖。”于此处的“嬖媪”讲不大通。疑应是“躄”字。躄,《说文》作“壁”。有足而不能行也,即下肢瘫痪。“坐门以俟”亦略见其消息。今试取此义为说。 ② 须:等待。 ③ 幸自:本自。省可:休要。皆宋人口语。

本篇出于《艾子杂说》。南宋陈振孙《直斋书录解题》小说家类著录有《艾子》一卷,注:“相传为东坡作,未必然也。”说“未必然”,却没有提出怀疑东坡著作权的根据。今人孔凡礼点校《苏轼文集》对此有所考辨,认为《艾子杂说》仍应是东坡所作,收入《佚文汇编》的附录中,今从之。

书中的艾子是虚构人物,写成为战国田齐的一个客卿。各篇所述,艾子或亲身参与其事,或仅旁观记叙,间有评论,或不评论,总蕴含一点妙理,写来滑稽冷隽,引人入胜。

本篇内容与结构,丰富而曲折。田巴,见《史记·鲁仲连列传》正义引《鲁仲连子》:“齐辩士田巴,服狙丘,议稷下,毁五帝,罪三王,服五伯,离坚白,合同异,一日服千人。”齐国都临淄的稷下学宫,在齐宣王时聚集了各家学派的众多“文学游说之士”，著名者“皆赐列第，为上大夫，不治而议论”（《史记·田敬仲完世家》），展开“百家争鸣”。田巴自是其中的佼佼者，然而他却被十二岁的鲁仲连当面教训了一通：“今楚军南阳，赵伐高唐，燕人十万，聊城不去，国亡在旦夕，先生奈之何？若不能者，先生之言有似枭鸣，出城而人恶之，愿先生勿复言！”批评他空言无益于国，惹人讨厌，还是闭了尊口的好。于是田巴曰：“谨闻命矣。”自此终身不复谈论。这里艾子又把这位雄辩家挖出来做靶子，叫他再出一次洋相。人真而事假，是这类游戏文章的一个特点。

事件首先由田巴的弟子禽滑厘引起。禽滑厘，曾师事孔门的子夏，又为墨子弟子，这里又派他充当田巴大弟子的角色。信手拈来，给他改换门庭，俨然成为“‘弟子’专业户”，虽无深意，也能博人会心一笑。那天禽滑厘清晨出门，在门口便碰见一个风瘫的老婆子，向他提一个似乎不需费脑子便可解答的问题。不料如此这般的不消两个回合，禽君便吃了瘪，赶忙转身进去向师父讨救兵，想师父拿出智慧仓库里的一点边角料（余教）就可以打发掉这个老婆子。如实诉明之后，田巴听了也傻了眼，低头想了许久，也只好交白卷。他叫着禽滑厘的排行道：“禽大禽大，你本来没有什么事，少出出进进！”

类似老太婆所提的问题，现在的相声传统段子《论叫唤》中也有。如甲说鹅鸭脖子长，所以会叫唤；乙说虾蟆没有脖子，为什么也会叫唤？甲说笛子是竹做的，身上有窟窿，所以能吹出声音；乙说筛子也是竹做的，浑身是窟窿，为什么吹不出声音？这样的反问，的确令人一下子难以回答。其实《墨子·小取篇》中，讲逻辑推理的方法时已经说明白：“其然也，有所以然也；其然也同，其所以然不必同”，故“不可偏观”，即不能偏执一种方式来推断。如桃树的果子叫桃，棘树的果子却不叫棘（叫枣），“乃一是而一非者也”。如果不“察名实之理”，不具体分析，偏非照样套下去不可，就会陷入困境。而禽滑厘不明此理，被躄媪的诡问逼得哑口无言。但本篇的妙处，不在于使你得到欣赏这种诘难的机智的“艺术享受”，而是在于，作者处处运用前后影照手法，表现人物心态、神情、处境的变化，随着事情的进展，闲闲写来，于不知不觉中呈现出高度的讽刺效果，回想更觉韵味悠长。

请看，被戴上“田巴之徒，得巴之辨（辨通辩）”这顶高帽子的禽滑厘，在与躄媪的对答中，由“媪姑言之，可能折其理”的自信，“笑曰：此殆易晓事”的轻视，神气十足，到“茫然自失”，曰“吾学未足以臻此”的自认失败，前倨后恭的情状已活画出来，但还不承认是最终的失败，他要回头向师父掏点本领再来交锋。“媪幸专留此，以须我还，其有以奉酬”，对翻本还是蛮有信心的，“幸先生折之”之语可见，不料却落得个“没事休要出门惹麻烦”的申斥，连靠山也靠不住。这末后几句话，一石两鸟，既明责了禽大的冒失相，又暗画了田巴的狼狈相，语言含蓄幽默，余味无穷。

全文以主要篇幅写禽滑厘，但禽滑厘只是主中之宾，其对待问题的轻率自信，皆因背后有个田巴，故写禽滑厘仍是写田巴。田巴才是一篇的主要人物。看文章开头先介绍田巴“一日屈千人，其辨无能穷之者”，对弟子的第一次答问还赞曰“甚善”，而到最后却“俯首久之”，命令弟子闭门避战了事，高高捧起，重重摔下，完成了这一幕讽刺喜剧，这才是作者主意所在。田巴能“一日屈千人”，而当不住一个残疾老太婆的一问，与他之曾被一个十二岁童子所折服，正是后先相映成趣。

（陈振鹏）

游沙湖　　苏 轼

黄州东南三十里，为沙湖，亦曰螺师店。予买田其间，因往相田。得疾，闻麻桥人庞安常善医而聋，遂往求疗。安常虽聋，而颖悟绝人。以纸画字，书不数字，辄深了人意。余戏之曰：“余以手为口，君以眼为耳，皆一时异人也。”疾愈，与之同游清泉寺。寺在蕲水郭门外二里许。有王逸少洗笔泉，水极甘。下临兰溪，溪水西流。余作歌云：山下兰芽短浸溪，松间沙路净无泥。萧萧暮雨子规啼。　谁道人生无再少？君看流水尚能西。休将白发唱黄鸡！

是日剧饮而归。

苏东坡是一个历史上少有的伟大天才，散文气魄宏阔，可“雄视百代”，是唐宋八大家中的白眉，书法是宋代苏黄米蔡四大家之首，诗是一代卓然大家，可以说是宋诗的第一家；而我尤其喜爱他的小品散文与自然雄恣的词，觉得是潇洒有风致的精品。

《游沙湖》写于黄州（今湖北黄冈市），以极其朴素自然的笔致，抒写他当时的日常生活与友情交往，可内蕴着诗人对人生的深沉感喟，感情极为沉郁而恳挚，也吐露了他放达的怀抱。我觉得明清的散文小品，如归有光们的，就受到过他的深刻影响。

当时他才从所谓“乌台诗案”一个极其危险的文字狱中脱险。新党对东坡的直言变法“不便于民”是恨之入骨的。几个御史，李定、舒亶等，他们不仅罗织东坡“讪谤”朝廷的罪名上奏，而且审判时还很“锻炼”了一段时间。由于东坡早年就受过老庄玄学思想影响，心胸磊落，并不怎么在乎生死荣辱，才挺了过来。新党必欲置他于死地而后快，可皇帝宋神宗却觉得他有才华，批下以黄州团练副使安置。“安置”是流放罪臣，受当地州官监督管制的一种谪贬，比起后来的“流远州编管为民”，还算好一些。而当时的黄州太守因为他原是皇帝近臣，有重望，对他还算客气，除在照例的坐衙之日以属官的身份参见外，让他自由逍遥。而东坡自己，虽胸怀坦荡，并不在意，但觉得自己已无政治前途，所以在东坡筑屋，自号“东坡居士”，游山玩水，求田问舍，虽为韬晦，也像作久居之计；去沙湖就是为勘察田地，问价备购，不料竟得了病；为求医治病认识了民间医生庞安常。这个医生是个聋子，却十分聪明。东坡在纸上写不了几个字，他就深深了解东坡的意思。东坡就幽默地与他开了个玩笑，自然也在纸上。病好了，两人就成了朋友，东坡跟他去游清泉寺，看传说中王羲之的洗笔泉；作为一个杰出的书法家，对于王羲之这样一个书法艺术的大宗师，自然心仪已久，明知是假托的，却也觉山川清幽，不虚一行。见到寺下有兰溪，溪水是西流的，不像通常那么东流，就写了一首词《浣溪沙》，这首词前后分两片，各三句，上片先抒写乡间的光风霁月，山下清溪中有兰芽浸着，在松间行走，觉得沙路上清净无泥，而萧萧的暮雨中有杜鹃在悲啼，气氛是叫人伤怀的。可下片情绪却转为豁达：谁说人老了不能再挥洒少年情怀，你看：这流水还向西流着呢！可不要老是喟叹晨鸡相催，光阴似箭，不觉人已白头！

这儿写得那么坦率、自然，极平常的生活、友情，却写得那么有情趣，那首词像是脱口而出，是文章的顶点，那么自然、柔和地表现了他的达人情怀，与东坡词中常见的豪放气魄恰可成为对比，另有一种十分亲切的风格，虽不算是他的代表作，也常为人传诵。

东坡自己也深明医理，在北宋科学家沈括的《苏沈良方》中还收录了他的一些验方与有关医药的著作，所以他能与庞安常成为知心朋友；而庞安常原是蕲水的一个草泽医生，名不出当地，经东坡一宣扬，成了当时的一个名医。他著的《伤寒病论》，东坡原打算为他作序，后匆匆南迁，没有写成，由黄山谷替他写了跋，也流传于世。

（唐　湜）

二　红　饭　　苏　轼

今年收大麦二十余石，卖之价甚贱。而粳米适尽，乃课奴婢舂以为饭。嚼之，啧啧有声，小儿女相调，云是嚼虱子。日中饥，用浆水淘食之，自然甘酸浮滑，有西北村落气味。今日复令庖人杂小豆作饭，尤有味。老妻大笑曰：“此新样二红饭也！”

这篇小品写于贬居黄州(今湖北黄冈市)时期。苏轼到黄州年余(时元丰四年,1081),因生活困匮,故友马正卿为他请得城东的营防废地数十亩,让他躬耕其中,这便是著名的东坡(次年在东坡筑雪堂,始自号东坡居士)。文章云"今年收大麦"之大麦,即是东坡上的出产物。小文通过吃大麦与"二红饭"的简述,写出了苏轼一家在黄州贬地苦中作乐的生活片断。

苏家生活之困窘,苏轼于《答秦太虚书》中有详细描叙,而此文"粳米适尽"四字也透露了其中消息,即彼时之艰难,已到了如陶靖节似的"瓶无储粟"(《归去来兮辞·序》)之境地,所以才将卖价甚贱(因而不卖)的大麦,教奴婢捣去皮壳充粳米做饭吃。"饥者甘糟糠",此话不假。绝对不如粳米细口好吃的大麦,嚼在嘴中啧啧有声,孩子们不喊难吃,反互相调笑,说是嚼虱子;中午肚饥时,用浆水淘了烧吃,还觉甘酸浮滑,以为有西北村落气味;许是为了换换口味吧,这日苏家将大麦、小豆杂在一起做饭吃,一家子竟吃得十分有味,以至苏轼继室王闰之夫人大笑着称它为"新样二红饭"! 官宦之家遭政敌迫害落到此般地步,全家还自甘其苦、笑声不断,显然是受苏轼乐观态度的感染与影响,故而这篇娓娓而叙的十数句小文中,虽无作者本人形象,却仍可窥见他乐观开朗的性情。

所写乃生活琐事,也不作详尽的叙述与描写,而仅以非常经济、朴素的语言,就能传达出情趣盎然的气氛,给人留下深刻生动的印象,则令人不能不叹服于作者善于捕捉生活中典型细节的艺术功力。有明唐宋派散文家归有光《寒花葬志》诸名篇写得短小简洁、自然动人,即是颇得苏轼此类作品之神髓。 (周慧珍)

书临皋亭 苏 轼

东坡居士酒醉饱饭,倚于几上。白云左绕,清江右洄;重门洞开,林峦坌[①]入。当是时,若有所思,而无所思,以受万物之备。惭愧惭愧。

〔注〕 ① 坌(bèn):聚集。

《书临皋亭》以极简洁短小的篇幅,表现出了作者自在而无拘束的文风。在事、景、情俱备的特定境界中,予以生动表现的是一个旷达无羁的灵魂。

临皋亭,坐落在黄州(今湖北黄冈市)南长江岸边。苏轼于元丰二年(1079)"乌台诗案"后以犯官身份放逐黄州,曾一度寓居在这里。在此地,苏轼名义上任州团练副使,实际上这是个有名无实的闲散官职。他便在一片名为"东坡"的土地上自耕自种,聊补家用也聊为寄托,自号"东坡居士"。

文章开头曰:“东坡居士,酒醉饱饭,倚于几上。”这句既是叙事,也是作者在这篇短文中自我形象的最初刻画。在家修道的人才称“居士”,苏轼以此自称,显示出佛老思想对他的影响。这种思想内涵正与作者此时恣情适意的举止情状相吻合,一个一幅超然自得意态的苏轼出现在人们的面前。下面紧接着展现出一片壮观景象:左面白云缭绕,右边江水逆流,重重门扉洞然敞开,林木山峦齐聚眼底。这景色以其雄放而又深邃的气势,给人一种别开生面的美的感受。然而更重要的,还在于这景致又是作者——文中主人公的眼中景。这白云、江水、大开的重门,似乎聚集而来的林峦,在这一派雄深开阔的景象中,呈现的是作者经历一场大磨难之后从容超脱的意绪、旷达浩远的胸怀。这情调渗透于一切物色之中,表现了苏轼在政治失意后身处逆境随缘自适,不受羁绊的心态。这期间他还有一首题为《初到黄州》的诗作,亦可作为了解作者此时心境的参照:“自笑平生为口忙,老来事业转荒唐。长江绕郭知鱼美,好竹连山觉笋香。逐客不妨员外置,诗人例作水曹郎。只惭无补丝毫事,尚费官家压酒囊。”二者都表达了对自然之美的倾心和心灵自由的向往,一种达观幽默、力求自我主宰的胸次意绪。只是在这篇小品中,作者更突出了以自己的心镜照景,用洗练、简洁的文笔,使内涵丰富的景象与其人格情怀直接重合在一起,直透人的感情深层。而最后“当是时,若有所思、而无所思”的抒情,则将万物皆我所备,与之情景相生、交汇融合的境界充分烘托了出来。坦率风趣的结尾,更显得余音袅袅,那阔大乐观的胸襟,至此尽情显露。

（李少群）

记游松风亭　　苏　轼

余尝寓居惠州嘉祐寺①,纵步②松风亭下,足力疲乏,思欲就林止息③。望亭宇尚在木末④,意谓⑤是如何得到?良久,忽曰:“此间有什么歇不得处?”由是⑥如挂钩之鱼,忽得解脱。若人悟此,虽两阵相接⑦,鼓声如雷霆,进则死敌⑧,退则死法⑨,当恁么时⑩,也不妨熟歇⑪。

〔注〕 ① 寓居:寄居。惠州:今广东惠州市惠阳区。 ② 纵步:迈开大步走。 ③ 就:靠近。止息:停下来休息。 ④ 亭宇:此处指松风亭檐。木末:树梢。远远望去,亭宇在树梢,比喻松风亭距离很远。 ⑤ 意谓:心想。 ⑥ 由是:因此。 ⑦ 虽:即使。两阵:两军对阵交锋。 ⑧ 死敌:死于敌手。 ⑨ 死法:死于军法。 ⑩ 恁(nèn)么时:这时候。 ⑪ 熟歇:好好地休息。

绍圣元年(1094)四月,章惇担任宰相,以他为首的新党继续推行新法并开始极尽所能地对旧党实施打压。苏轼旋即被革去端明殿学士、翰林侍读学士之职，依前左朝奉郎，由定州改知英州。未至英州，又加贬为宁远军节度副使，惠州安置。同年十月二日，苏轼抵达惠州，寓居合江楼行馆，十八日迁居嘉祐寺。第二年三月十九日，复迁合江楼。

苏轼起笔即云"余尝寓惠州嘉祐寺"，点出文章作于寓居嘉祐寺期间。在这次游玩当中，苏轼迈开脚步走到松风亭下，感到腿脚疼痛，疲乏无力，很想找个能躺下的地方休息一会儿。可是当他抬头望向亭子，才发现自己离它还很远，因为远远望去，松风亭正"挂"山上树木的梢头，不知何时才能到达。思忖良久，苏轼突然醒悟："此间有什么歇不得处？"这里为什么就不能休息呢？为什么非得等到了远处的亭子躺着才能休息呢？想到这里，苏轼的心情一下就放松了，如同已经上钩的鱼儿忽然得到了解脱那样轻松。依眼前处境，苏轼又领悟到："若人悟此，虽两阵相接，鼓声如雷霆，进则死敌，退则死法，当恁么时，也不妨熟歇。"如果人们都能领悟到这道理，即便是置身于两军交锋之中，击鼓进军之声像隆隆雷声般震耳欲聋，前进杀敌也是死，后退逃跑受到军法处置也是死，这时候，也不妨好好地休息一番。由当前窘况而得到启发，苏轼认为在遭遇困境之际，不必忧愁、苦闷，而是要保持豁达开朗的自适之态，做到随遇而安，方能从眼前的困境中解脱出来而不受拘滞。

此时的苏轼已到晚年，又正遭遇仕宦生涯的第二次沉重打击。因政见不同，作为苏轼曾经的"密友"，章惇早已与苏轼交恶。重新得势的章惇对苏轼的迫害更是变本加厉。章惇不但将苏轼贬至瘴疠蛮荒，还严惩贬谪途中善待苏轼并为之提供生活便利的各州官员，以至于苏轼沿途多只能寄宿于寺庙之中，此外，章惇还将与苏轼有宿仇的政敌置于苏轼贬地为官或巡按流放属地，以便监控苏轼和折磨其身心。但早已见惯人生风浪的苏轼却处之泰然，丝毫不受影响，以一句"此间有什么歇不得处"回应这一切，表达出其一贯的随遇而安之态以及旷远通达的风度。

时间往前推十五年，即元丰二年(1079)四月，苏轼调任湖州知州。上任后他例行公事上表谢恩而作《湖州谢上表》，但其中一些词句被新党摘出以攻击苏轼讥讽朝廷、对皇帝不忠，罪大至死。新党还从苏轼诗文中找出影射朝廷的句子，欲置其于死地而后快。七月二十八日，上任才三个月的苏轼被逮捕押往京师，受牵连者达数十人，这就是北宋著名的"乌台诗案"。后经众大臣多方营救及神宗开恩，苏轼得以从轻发落，贬为黄州(今湖北黄冈)团练副使，"本州安置"。躲过杀身之祸的苏轼一度对政治及仕途心灰意冷，但这种人生沉浮却慢慢地磨炼着他的意志，让其对灾祸、险境有着更深刻的理解与更佳的化解能力。到达黄州第三年，他写下名篇《定风波·莫听穿林打叶声》，其小序云："三月七日，沙湖道中遇雨。雨具先去，同行皆狼狈，余独不觉。已而遂晴，故作此词。"众人突遇风雨而皆觉狼狈，唯独自己从容待之。其词云：

莫听穿林打叶声，何妨吟啸且徐行。竹杖芒鞋轻胜马，谁怕？一蓑烟雨任平生。

料峭春风吹酒醒，微冷，山头斜照却相迎。回首向来萧瑟处，归去，也无风雨也无晴。

此时虽是微冷的料峭春风拂面，但前方却是山头斜阳相迎。当"回首向来萧瑟处"时，你会发现其实"也无风雨也无晴"。遭遇风雨而不惧之，天空放晴亦不喜之。风雨和晴天，对于苏轼而言都已无所谓。人生的逆境与顺境，苏轼都视之如一，没有区别。所以，途中遭遇风雨，无雨具的苏轼却不觉狼狈而是吟咏自若，缓步徐行，展现出他旷达超脱的胸襟。

时间再往后退三年，即绍圣四年(1097)，六十二岁的苏轼从惠州被流放到更远的海南岛儋州。在宋代，这是仅比满门抄斩罪轻一等的政治惩罚。但他却并不在意，一边吟唱着"我本海南民，寄生西蜀州"(《别海南黎民表》)而将儋州视为自己的故乡，一边施行惠政，开办学堂，开启民智，从而成为了儋州文化的开拓者与破荒者，受到了儋州百姓的崇敬与缅怀。这正应了他在《定风波·南海归赠王定国侍人寓娘》所说的："试问岭南应不好，却道：此心安处是吾乡。""此心安处是吾乡"一句，蕴含着苏轼随遇而安、安之若素的人生态度和处世哲学。所以，面对着流贬儋州这么严重的政治迫害时，苏轼依然以一首《自题金山画像》调侃式地总结自己的一生：

心似已灰之木，身如不系之舟。问汝平生功业，黄州惠州儋州。

此诗作于苏轼去世前的两个月，快要走到生命尽头的苏轼将自己漂泊不定的一生视同无法拴系的小船，而将自己建功立业之地定于黄州、惠州和儋州三地。苏轼曾于熙宁、元丰年间任密州、徐州、湖州三地知州，元丰年间任登州知州，元祐年间又为杭州、颍州、扬州、定州等地知州，作为一州之长，苏轼实施惠政，造福百姓，政声颇显。苏轼也曾于元祐年间任兵部尚书、礼部尚书等职，到达仕宦顶峰。这些都应该是苏轼最可值得显耀的人生高光时刻，但令人意外的是他却将人生当中最至暗的三次挫折经历视为自己一生中最值得书写的骄傲。因"乌台诗案"差点丢掉性命而被贬往黄州，新党上台迫害旧党而被贬往惠州，新党欲置之死地而被贬往儋州，三个地点代表着苏轼所遭遇的三重磨难，但苏轼丝毫不减潇洒本色，视之为最能体现其功业之地。回首一生，只有失意的贬谪之途，本该悲伤哀叹的人生之痛，却被苏轼以自我调侃的方式来化解，试问古往今来，有几人能超越苏轼？

《记游松风亭》因生活中的一件小事而生"顿悟"，发明出禅宗"当下即是""看穿忧患"之思想，富有机趣之美。文辞简短，用家常话说深刻理，语淡自然却意蕴深永。而这同样也是苏轼小品文的特点，《记承天寺夜游》《游沙湖》《书上元夜游》均是这样的代表作，可相互参看。

（刘　城）

【作者小传】

苏　辙

（1039—1112）　北宋散文家。字子由，号颍滨遗老，眉州眉山（今属四川）人。苏轼弟。嘉祐二年（1057）进士，官尚书右丞、门下侍郎。政治态度与苏轼一致。工古文，所作秀洁从容，流畅有韵致。与父洵、兄轼，合称"三苏"，都被列入"唐宋八大家"。有《栾城集》。

答黄鲁直书　　苏　辙

辙之不肖，何足以求交于鲁直。然家兄子瞻与鲁直往还甚久，辙与鲁直舅氏公择①相知不疏。读君之文，诵其诗，愿一见者久矣！性拙且懒，终不能奉咫尺之书致殷勤于左右，乃使鲁直以书先之，其为愧恨，可量也？

自废弃以来，颓然自放，顽鄙愈甚。见者往往嗤笑，而鲁直犹有以取之。观鲁直之书所以见爱者，与辙之爱鲁直无异也。然则书之先后，不君则我，未足以为恨也。

比闻鲁直吏事之余，独居而蔬食，陶然自得。盖古之君子不用于世，必寄于物以自遣。阮籍以酒，嵇康以琴，阮无酒，嵇无琴，则其食草木而友麋鹿有不安者矣！独颜氏子饮水啜菽，居于陋巷，无假于外而不改其乐，此孔子所以叹其不可及也。今鲁直目不求色，口不求味，此其中所有过人远矣，而犹以问人，何也？闻鲁直喜与禅僧语，盖聊以是探其有无耶？

渐寒，比日起居甚安。惟以时自重！

〔注〕① 公择：李常(1027—1090)，字公择，南康建昌(今江西永修)人。黄庭坚舅。累官御史中丞，兼侍读，加龙图阁直学士。出知邓州。为宋代著名藏书家，另有著述百卷。《宋史》有传。

苏辙因上书言事被贬为汝州知府，这期间黄庭坚求交于苏辙，苏辙便写了这封书信致谢。

书信开头便用自谦语说自己"不肖"，不配与鲁直交往。这当然不是作者的本意，他还是很愿意与鲁直交往的，于是作者笔锋一转，写出了自己的本意，说明了与鲁直相交的三条理由：一是"家兄子瞻与鲁直往还甚久"，家兄的朋友当然也是自己的朋友，因而应该结交；二是自己"与鲁直舅氏公择相知不疏"，自己与鲁直舅父为友，自然该和鲁直结交；三是二人都喜爱文学创作，志趣相同，况且"读君之文，诵其诗"，极为倾慕鲁直的文才，以文会友，当然也应该相交，因此作者说出"愿一见者久矣"这样感情真实，具有浓厚的抒情意味的话来。既然有这样的愿望，而且积在心中"久矣"，按说应该主动求交于鲁直，然而自己"性拙且懒"，因而终不能"奉咫尺之书致殷勤于左右，乃使鲁直以书先之，其为愧恨，可量也"。开头这段文字可谓一唱三叹，纡徐曲折。

接着，作者紧承开头一段文字，从志同道合这一角度继续申说相交之理由。作者先说自己"自废弃以来，颓然自放，顽鄙愈甚"，"见者往往嗤笑，而鲁直犹有以取之"。为什么？作者说："观鲁直之书所以见爱者，与辙之爱鲁直无异也"，也就是说二人在甘居淡泊这一点上，思想情趣极为相近。既然如此，当然会有相交恨晚的心态。也就是在这之前双方早就视对方为知己了，因而"书之先后，不君则我，未足以为恨也"。这一段文字既申足了相知之由，又把内心的愧恨加以自我开解，使二人之间的感情距离与生疏隔膜逐步加以消除。至此，二人简直就像相交多年的朋友在倾吐肺腑，促膝谈心了。

书信的最后一段文字，紧承上文，具体写明鲁直"独居而蔬食，陶然自得"的思想情趣。作者先说古代君子不用于世，必寄于物以遣怀，说明鲁直的甘于淡泊有古代仁人君子之流风。接着举阮籍常常以醉酒的办法，以求在险恶复杂的政治斗争中保全自己，而嵇康隐居，常以弹琴来寄托自己的幽愤。然而他们都是借外物以自遣，如若失去外物，那么他们在深山隐居时也不会甘于寂寞。而颜回却能"饮水啜菽，居于陋巷，无假于外而不改其乐"，因而孔子"叹其不可及"，说："贤哉，回也！一箪食，一瓢饮，在陋巷，人不堪其忧，回也不改其乐。贤哉，回也！"(《论语·雍也》)言外之意是说颜回在自甘淡泊这一点上要胜过阮、嵇二人一筹，而鲁直的"目不求色，口不求味"，其过人处正与颜回相同。这显然是以颜回比鲁直，进一步表明了作者对鲁直自甘淡泊的赞扬。赞人实亦自赞，这无疑也反映了苏辙自己的思想情趣和心态。

这封书信构思巧妙，一波三折，层层深入，富有个性特征。短短四百余字，作者深醇温粹、自甘淡泊的性格和极乐于与鲁直结交的内心却毫发毕现，感情真实自然。书信随事敷文，脱手而成，不作过多思索和修饰，因而没有矫揉造作之弊，使我们感到作者的真实思想感情充溢于字里行间，具有浓厚的抒情意味。

（王少华）

【作者小传】

黄庭坚

(1045—1105)　北宋文学家、书法家。字鲁直，号涪翁，又号山谷道人。洪州分宁（今江西修水）人。自幼警悟好学，博闻强记，遍览经史百家之书。英宗治平四年（1067）举进士，历著作佐郎、秘书丞。绍圣初，以校书郎坐修《太宗实录》失实贬涪州别驾，黔州安置。徽宗立，召知太平州，九日而罢，复除名，编管宜州。三年而徙永州，未闻命而卒。为“苏门四学士”之一。诗与苏轼齐名，世称“苏黄”。又被推为江西诗派之宗主，影响极大。词与秦观齐名，号“秦七、黄九”。又长于书法，行草兼善，楷法亦自成一家，与苏轼、米芾、蔡襄合称“宋四家”。著有《豫章黄先生文集》《山谷词》等。

书梵志翻着袜诗　　黄庭坚

“梵志翻着袜，人皆道是错，乍可刺你眼，不可隐我脚。”一切众生颠倒，类皆如此，乃知梵志是大修行人也。昔茅容季伟，田家子①尔，杀鸡饭其母，而以草具饭郭林宗。林宗起拜之，因劝使就学，遂为四海名士，此翻着袜法也。今人以珍馔奉客，以草具奉其亲，涉世之事，合义则与已，不合义则称亲，万世同流，皆季伟之罪人也。

〔注〕 ① 田家子：农家子。

王梵志是唐代著名的通俗诗人，也是一个类似寒山、拾得，富于传奇色彩的佛教徒。他写了不少五言诗，寓人生哲理于嘲戏谐谑，寄嬉笑怒骂于俗言俚语。

深刺浅喻，出人意表，颇得后人喜爱。宋人的诗话笔记中，多称引他的诗句。黄庭坚虽然才高学富，名满天下，但却十分景仰这位唐代通俗诗人，称他是“大修行人”，特地亲书他的《翻着袜诗》，并撰文发表感想，据此规箴世人。

这篇小品开首所引梵志之诗，看似突梯滑稽然寓意却深。世人着袜，无不光面向外，粗里在内，只求人看好，不知己受苦。积习成俗，难以移易。梵志抗颜犯俗，不顾世人非议，翻着袜子，“乍可（宁可）刺你眼，不可隐（痛）我脚”。这无疑是个移风易俗的大胆革新之举。王梵志以身说法，针砭了人们这种习以为常，然又似是而实非的世俗人情。引而申之，那些专事沽名求誉，而忘记自养自尊的人又何尝不与之相似！所以黄庭坚文中第一句即道出了梵志《翻着袜诗》的底蕴：“一切众生颠倒，类皆如此。”

于是作者联类生发，引出了一个历史故事，进一步申明了梵志的诗意。东汉名士季伟未显时杀鸡奉母，拿粗食招待枉驾光临的名流郭（泰）林宗。郭林宗非但不怪罪他的轻慢，反而认为小子可教，培养他成为海内名士。黄庭坚认为季伟之所以被郭林宗赏识，就是因为他采取了有如梵志的翻着袜法。据此理解，则黄庭坚实将梵志的翻着袜诗意，概括为一种自养自尊，不求外誉，不邀虚名的涉世态度。此可谓一语中的，发梵志所未发。

然而，懂得此理的人在世罕有，山谷愤世嫉俗，遂变梵志之谐谑滑稽而为直言规箴：“今人以珍馔奉客，以草具奉其亲，涉世之事，合义则与己，不合义则称亲。”损高堂而求外誉，虽博好客之名，但似义而实不仁，如此损己求誉不知自养奉亲，实在是一种打肿脸充胖子的愚人之举。作者针砭世情，举例未必恰当。然提倡自养自尊，不求外誉虚名，尚不失为一种度世之语。可惜人心执迷，世情难移。一千多年后的今天，反穿袜子仍然没人响应，珍馔奉客，粗食养亲之习依旧。如此则“万世同流”“季伟罪人”，应该把我们也算进去。

王梵志诗，多主象喻，不谈义理，而黄庭坚这篇画龙点睛式的小品文，援事议论，更中肯綮，不特表示作者异代神交，惺惺相惜之意，就文章本身而言，其剀切痛快之语，与梵志诙谐任诞之诗，亦可谓是庄谐互济，各主其妙。　（祝振玉）

小山词序　　　　黄庭坚

晏叔原，临淄公之暮子也。磊隗权奇①，疏于顾忌，文章翰墨，自立规模，常欲轩轾②人，而不受世之轻重。诸公虽称爱之，而又以小谨望之，遂陆沉③于下位。平生潜心六艺，玩思百家，持论甚高，未尝以沽世。余尝怪而问焉，曰：“我槃跚勃窣④，犹获罪于诸公，愤而吐之，是唾人面也。”乃独嬉弄于乐府之余，而寓以诗人之句法，清壮顿挫，能动摇人心。士大夫传之，以为有临淄之风耳，罕能味其言也。

余尝论：“叔原，固人英也；其痴亦自绝人。”爱叔原者，皆愠而问其目，曰：“仕宦连蹇⑤，而不能一傍贵人之门，是一痴也；论文自有体，而不肯一作新进士语，此又一痴也；费资千百万，家人寒饥，而面有孺子之色，此又一痴也；人百负之而不恨，已信人，终不疑其欺已，此又一痴也。”乃共以为然。虽若此，至其乐府，可谓狎邪之大雅，豪士之鼓吹，其合者《高唐》《洛神》⑥之流，其下者岂减《桃叶》《团扇》⑦哉？

余少时，间作乐府，以使酒玩世。道人法秀独非余以笔墨劝淫，于我法中当下犁舌之狱⑧，特未见叔原之作耶？虽然，彼富贵得意，室有倩盼慧女，而主人好文，必当市致千金，家求善本，曰：“独不得与叔原同时耶！”若乃妙年美士，近知酒色之虞；苦节臞儒⑨，晚悟裙裾之乐，鼓之舞之，使宴安酖毒而不悔，是则叔原之罪也哉？山谷道人序。

〔注〕①磊隗权奇：形容才能卓越，性格奇特。　②轩轾（zhì）：褒贬抑扬。　③陆沉：比喻不为人知，有埋没之意。　④槃（pán）跚勃窣（sū）：槃跚，同“蹒跚”，跛行貌。勃窣，匍匐而上貌。　⑤连蹇（jiǎn）：遭遇坎坷。　⑥《高唐》《洛神》：指宋玉的《高唐赋》、曹植的《洛神赋》，两篇均寄寓君国之思，故作者称为“合”。　⑦《桃叶》《团扇》：王献之的《桃叶歌》与其妾的《答王团扇歌》。均为吟唱爱情之作。　⑧犁舌之狱：即犁舌狱，佛教用语，指犯恶口、大妄语等死后所入的地狱。　⑨苦节臞（qú）儒：因过度节制而消瘦的书生。

“满纸荒唐言，一把辛酸泪。都云作者痴，谁解其中味？”《红楼梦》开卷第一回载录的这首小诗，抒述了作家曹雪芹写作这部伟大小说时的深沉感慨，是大家熟知的。但人们未必了解，这些诗句脱胎自北宋黄庭坚为《小山词》所作的一篇序文。《小山词》的作者晏几道，乃黄庭坚同时代人，相距曹雪芹有六七百年之遥。是什么因素把他们沟通起来，以致曹雪芹能够从古人对晏氏的评价中唤起共鸣，从而将一些共同的人生感慨写进自己的小诗呢？

晏几道，字叔原，仁宗朝宰相晏殊的幼子。他父亲在世时家世豪贵，荣华显达独擅一时，养成了小晏“磊隗权奇，疏于顾忌”“常欲轩轻人，而不受世之轻重”的贵介子弟作风，一生未能改变。而到了父亲辞世、家道中落之后，他那种傲兀不群、不顺流俗的气质,同周围环境之间的矛盾便凸显了出来。据传他在颍昌府任小吏时,曾将词作呈送给当地知府又是父亲的门生韩维看,韩维复信批评他“才有余而德不足”,希望他捐才补德,加强修行(见《邵氏闻见后录》卷十九)。这就是黄庭坚序文中所说的“诸公虽称爱之,而又以小谨望之”的事由。在这种情况下,他只能“陆沉下位”,潦倒终生了。比照曹雪芹的出身钟鸣鼎食之家,而又历经人事沧桑之变,饱尝世态炎凉之苦,不很有几分类同吗?

再看他们所选择的人生道路。序文告诉我们,小晏受过很好的文化教育,精通六艺百家,“持论甚高”,加以才华洋溢,“文章翰墨,自立规模”。可讶的是,他并不打算拿这些显耀于世,偏要勤心溺志于时人视为小道末技的曲子词的制作上,这当然有其苦衷。按照他自己解说,便是担心一肚子愤世嫉俗的情怀宣泄出来后获罪于人,不得不加以掩抑。至于被称作“诗余”的小词,当时还多半用为歌台舞榭娱宾遣兴的工具,人们一般是不加重视的,而小晏恰恰在这个领域里开辟了独特的胜境。这跟曹雪芹的不走仕途经济之路,把自己的“传神文笔”交付给“不登大雅之堂”的小说,亦有“异曲同工”之妙。

但是,两位作者的最大相似处还在于他们的人品,其特点用一个字来概括,便叫做“痴”。序文着力渲染小晏的这一品格,列举四方面证据:一是仕宦不得意,却不肯干谒权贵;二是文章有自己的风格,不愿趋时;三是家产荡尽,家人寒饥,而能怡然自乐;四是受人亏负不生怨恨,诚信待人不起疑惑。从这些表现来看,所谓的“痴”,其实就是为人的“真”。真于自我,真于他人,真于处世,真于为文……真到了底,难免不合世情,于是被看作迂执,看作“痴绝”。“痴”之一语,恰切地成为小晏在那个欺诈成风、矫饰为习的社会环境里难能可贵地保持“赤子之心”的鲜明写照,无怪乎《红楼梦》的作者要汲汲借用来作自我品题。试想:我们的小说家全然不顾“举家食粥酒常赊”(敦诚《赠曹雪芹》诗)的生计煎迫,一力惨淡经营他那传写闺阁情事的“假语村言”,不惜“披阅十载,增删五次”,呕心沥血,死而后已,不也叫人感到“痴”得可笑,“痴”得可爱,“痴”得可敬吗?

唯“痴”,乃有真人格,乃有真情感,乃有真文学。曹雪芹以他的一片痴情,记述大半生所见所闻的辛酸往事,由于写得真切,尽管采用虚幻的形式,仍能感人肺腑,催人泪下,其意义又何止于“自传”而已!同样,《小山词》虽大多沿袭曲子词里惯见的男女情爱的题材,因有意无意地渗入词人身世之感,读来特别凄婉动人。序文高抬之为“狎邪之大雅,豪士之鼓吹”,固不能脱门面语,但看出其中郁勃顿挫,哀感沉绵,别有怀抱,不同于一般吟风弄月之作,则不能不谓独具只眼。当然,对于内涵层深的作品,难免见仁见智,各取所需。倩盼慧女,探其灵心;好文之士，节其藻采；甚而酒色之徒，亦可从中获得声色之娱。就好比《红楼梦》里的“风月宝鉴”，正照反照由人自取，怨得谁来？此所以曹雪芹要深深叹息解“味”者稀，而词序作者于士大夫们徒能传其词、罕能味其言，终只能感慨系之。

附带说一说为《小山词》作序的黄庭坚。他是一位多少受道学影响的正宗文士，但也写过一些香艳小词，颇为时人诟病。序文中特地提到这一节，与小晏比附，为自己开脱，可见思想并不那么纯正，这也许是他能够致同情于小晏的重要原因。不过严格说来，黄氏的艳词仅停留在男欢女爱的表面情事上，其深度是无法跟《小山词》相提并论的。但我们仍应该感谢他在这篇序文里用极经济而生动的笔墨勾画了小晏的人品和词品，留下了可贵的剪影。依据这幅剪影，我们得以确凿无疑地把握两位相距甚远的作家之间微妙而深刻的联系，发掘出古代知识分子群里一种特定的悲剧性格和悲剧命运。探讨这类悲剧的成因，深入辨析其多方面涵义，将成为文学史研究中饶有兴味的课题。饮水思源，不能忘记《〈小山词〉序》带给我们的启发。

（蒋哲伦）

胡宗元诗集序　　黄庭坚

士有抱青云之器，而陆沉[①]林皋之下，与麋鹿同群，与草木共尽。独托于无用之空言，以为千岁不朽之计。谓其怨邪？则其言仁义之泽也；谓其不怨邪？则又伤己不见其人。然则，其言不怨之怨也。

夫寒暑相推，草木与荣衰焉，庆荣而吊衰，其鸣皆若有谓，候虫是也；不得其平，则声若雷霆，涧水是也；寂寞无声，以宫商考之，则动而中律，金石丝竹是也。维金石丝竹之声，《国风》《雅》《颂》之言似之；涧水之声，楚人之言似之；至于候虫之声，则末世诗人之言似之。

今夫诗人之玩于词，以文物为工，终日不休；若舞[②]世之不知者，以待世之知者然。然其喜也，无所于逢；其怨也，无所于伐。能春能秋，能雨能旸[③]，发于心之工伎而好其音，造物者不能加焉。故余无以命之，而寄于候虫焉。

清江胡宗元，自结发[④]迄于白首，未尝废书，其胸次所藏，未肯下一世之士也。前莫挽，后莫推，是以穷于丘壑。然以其耆老于翰墨，故后生晚出，无不读书而好文。其卒也，子弟门人，次其诗为若干卷。宗元之子遵道，尝与予为僚，故持其诗来求序于篇。自观宗元之诗，好贤而乐善，安土而俟时，寡怨之言也。可以追次其平生，见其少长不倦，忠信之士也。至于遇变而出奇，因难而见巧，则又似予所论诗人之态也。其兴托高远，则附于《国风》；其忿世疾邪，则附于《楚辞》。后之观宗元诗者，亦以是求之。故书而归之胡氏。

〔注〕①陆沉：无水而沉，喻隐居。②弄：玩弄，戏侮。③旸（yáng）：日晒。④结发：代指成年。

胡宗元是位沉沦下僚、终生不得志的诗人。山谷（黄庭坚自号山谷道人）在这篇序中，借评论胡氏的诗歌，表达了自己一系列的文艺理论观点。

首先，山谷提出诗歌应有“不怨之怨”的精神境界。他认为诗可以怨，为个人的壮志未酬、沉埋草野而抒发出内心的愁怨，但这个怨是要有原则的，就是要能表现出“仁义之泽”，不能越出纲常伦理之道。这跟儒家怨而不怒、温柔敦厚的传统诗教是一致的。山谷多次说过：“其人忠信笃敬，抱道而居，与时乖逢，遇物悲喜，同床而不察，并世而不闻，情之所不能堪，因发于呻吟调笑之声，胸次释然，而闻者亦有所劝勉，比律吕而可歌，列干羽而可舞，是诗之美也。”（《书王知载朐山杂咏后》）无太过，无不及，既要把人所不能堪的情怀表现出来，又要胸次释然，保持平心静气的超然态度。这是贯穿着山谷全部创作的文艺观点。

古代的士大夫，最高理想是当个杰出的政治家，立德立功，致君尧舜。至于立言以期不朽，已是不得已的事，而立言而托之于诗，以文物为工，终日不休，则更是无可奈何的。山谷在序中也反映了这种复杂的内心矛盾。在北宋后期的政治斗争中，山谷也被卷入漩涡。他第一次贬谪黔戎，即因修《神宗实录》不实而得罪；第二次再贬宜州，又因作《承天院塔记》而被诬为“幸灾讪谤”。他虽不满当前的政治现实，但又无力抗争，他也曾写了不少文章表达自己的政治见解，但最后不得不把它们焚去三之二。所以他也只好像胡宗元那样，“好贤而乐善，安土而俟时”，以“寡怨之言”来寄托自己的志趣了。

在序中，山谷指出有三种类型的诗歌：一是像候虫那样的有谓之鸣，二是像涧水那样的不平之鸣，三是像金石丝竹那样，寂寞无声，动而中律。在三者之中，山谷最欣赏的还是后二者。他称赞胡氏的诗道：“其兴托高远，则附于《国风》；其忿世疾邪，则附于《楚辞》。”《国风》则是金石丝竹中律之声，《楚辞》则是声若雷霆的涧水之鸣。可见黄氏虽然一贯提倡“不怨之怨”的诗道，但也不是反对诗歌要有深刻广阔的思想内容的。

山谷还谈到，胡氏之诗，“遇变而出奇，因难而见巧”，这也可以说是夫子自道。他的诗作也力求“极风雅之变，尽比兴之体，包括众作，本以新意”(《东莱吕紫微诗话》)，刻意求变，努力出奇，以其奇字、奇句、奇意、奇境，造成特异的风格。故清人方东树赞道：“山谷之妙，在乎迥不与人，时时出奇，故能独步千古。”(《昭昧詹言》)山谷诗中严密的谋篇法度，特殊的句法字法，险拗的音律，都是难度很大的，山谷却能因难而见巧，以其深厚的学力和工力，不烦绳削，“而大巧出焉”(《与王观复书》)。正由于有了这些特点，山谷诗才能成为体现宋诗独特艺术风格的代表作品。

(陈永正)

题王荆公书后 黄庭坚

王荆公书字，得古人法，出于杨虚白①。虚白自书诗云：“浮世百年今过半，较它蘧瑗②十年迟。”荆公此二帖近之。往时李西台③喜学书，题少师④大字壁后云：“枯杉倒桧霜天老，松烟麝煤阴雨寒。我亦生来有书癖，一回入寺一回看。”西台真能赏音。今金陵定林寺壁，荆公书数百字，未见赏音者。

〔注〕 ① 杨虚白：杨凝式(873—954)，字景度，号虚白。华阴(今属陕西)人。晚唐五代书法家。笔迹雄强遒放，尤工颠草。 ② 蘧瑗(qú yuàn)：春秋卫人。字伯玉。《淮南子·原道》载其“年五十而知四十九年非”。 ③ 李西台：李建中(945—1013)，字得中。京兆(今陕西西安)人。宋初书法家。曾前后三求掌西京留司御史台，人称“李西台”。 ④ 少师：即杨凝式。杨曾官太子少师。

王安石是位大政治家、学问家，也是个杰出的诗人。他积极推行新法，遭到保守派的反对，因而受诬千载。对这位有强烈的个性的“一世之伟人”，他的同时代人究竟能了解得多少呢？黄庭坚在这篇文章中，叹息王安石的书法“未见赏音者”，恐怕还有言外之意吧！

王安石的书法，传世不多。从现存的墨迹本《过从帖》来看，王安石的字信笔写来，而流畅飞动，不是寻常规矩可以束缚得了的，自然也就不被俗人所欣赏了。山谷是位有独特眼光的鉴赏家，他赞美王安石的诗歌，说它“脱去流俗，不可以常理待之”(《跋王荆公禅简》)，又赞美王安石的书法，说它“书法奇古，似晋宋间人笔墨”(《跋王荆公书陶隐居墓中文》)，可知山谷是以王安石的“赏音者”自命的。

王安石的书法得力于杨凝式。杨凝式人称“风子”，纵诞不羁，有类颠狂，据说他久居洛阳，多游佛道祠庙，遇山川胜概，辄流连赏咏，有垣墙缺处，顾视引笔，且吟且书，若与神会。黄庭坚到洛阳时，曾遍观僧壁间书，以为杨凝式书无一不造微入妙，当与吴道子之画合称洛中二绝。王安石的书法，多率意而作，本不求工，而其艺术情趣，实与杨风子相近，作为大书法家的山谷，是能领会到这一点的。同时的书法家米芾也是位狂士，他说："文公（王安石）学杨凝式书，人鲜知之。余语其故，公大赏其见鉴。"可见艺术家的真正赏音者还是有的。

世间最怕的是偏见。理学家张栻说："平生所见王荆公书，皆如大忙中写，不知公安得有如许忙事。"（朱熹《跋韩魏公与欧阳文忠公帖》）朱熹由此而推出王安石"躁扰急迫"，并感叹地说："书札细事，而于人之德性其相关有如此者。"朱氏之论，则未免借题发挥，厚诬前人了。（陈永正）

题自书卷后　　黄庭坚

崇宁三年十一月，余谪处宜州①半岁矣。官司谓余不当居关城中，乃以是月甲戌抱被入宿子城南余所僦舍"喧寂斋"②。虽上雨旁风，无有盖障，市声喧愦③，人以为不堪其忧；余以为家本农耕，使不从进士，则田中庐舍如是，又可不堪其忧耶？既设卧榻，焚香而坐，与西邻屠牛之机相值④。为资深⑤书此卷，实用三钱买鸡毛笔书。

〔注〕①宜州：今广西壮族自治区宜州市。②子城：附于大城的子城，如内城及附郭的月城。僦（jiù）舍：租赁之屋。③喧愦（kuì）：嘈杂纷乱。④机：通"几"，几案。相值：相对。⑤资深：李定，字资深，扬州人。曾受学于王安石。

宜州在北宋时是个边远瘴疠之地，崇宁二年（1103），有人指摘黄庭坚所作《承天院塔记》中有幸灾谤国之语，遂被朝廷贬往此地。他由鄂州（今湖北武昌）动身，历经潭、衡、永、全、桂诸州，于第二年夏天到达贬所，在此只安顿了半年，当局又下令将他逐出城关，命他搬到子城居住。对于作者来说，这种政治迫害，生活打击已不是第一次了，早在绍圣元年（1094），他就因修《神宗实录》不实的罪名，被谪为涪州（今重庆涪陵区）别驾，黔州（今重庆彭水）安置，后来又因避亲嫌移住戎州（今四川宜宾），过了将近六年的拘禁生活，至元符三年（1100）才得放还。然不到三年，又罹此厄运。这时，作者已是个年届六旬的垂暮老人了。十年之中，他遭受了两次大的人生挫折，可谓历尽宦海沉浮，人间沧桑。但在作者笔下，却没有流露出一丝一毫的悲戚颓唐之意。

他将自己的陋室蜗居名之为“喧寂斋”，取闹中取静之意。黄庭坚在给朋友的诗中有“寄寂喧哄间，此道有汲引”（《次韵子实题少章寄寂斋》）句，正好作为自己此时此境的写照。说明自己虽身居喧愦闹市，甚至与“屠牛之机相值”，却没有烦恼萦心，而能宁静以致远，淡泊以明志，显示自己在困苦环境下所保持的修养操守。正因为他有如此襟怀，才会在“上雨旁风，无有盖障”的陋室之中，处之泰然。“人以为不堪其忧”句出自《论语》，孔子曾称赞其弟子颜回“一箪食，一瓢饮，在陋巷，人不堪其忧，回也不改其乐”。作者在元祐间已与苏轼齐名，被称为“苏、黄”，享誉天下，但作者并不以虚名为累，投荒遭贬，身陷逆境，旁人为之惋惜同情，以为不堪其忧，而作为当事人的作者却显露了豁达开阔的心怀：“余以为家本农耕，便不从进士，则田中庐舍如是，又可不堪其忧耶?”此数语是全篇的熠熠闪光之处。作者的父亲黄庶虽是个小有名气的诗人，但祖上却是躬耕南亩的农民。他没有因为自己的才名而讳言自己平民的出身与清寒的家世。甚至将贬所的陋室比之家乡的庐舍，以为假使没有那一段进士为宦的沉浮遭遇，则岂不恍若重返故居么？所以，旁观者以为他不堪其忧，而作者却认为无所可忧。如此看来，作者的贬远投荒，身居寒舍，只不过是归本返真而已。而他六十年的人生之旅，也只是一场轮回，一切又回到原来的起点上。宜州的贬舍与江西的故居，对于四海为家，随缘任运、归本返朴的作者来说，简直是没有区别了。既然如此，对于眼下还其本来面目的处境，还有什么值得忧虑的呢？这样一种难能可贵的思想境界，并不是他一时的故作姿态。而是始终表里一贯的。和他同时代的人评：“山谷老人谪居戎、僰，而家书周谆，无一点悲忧愤嫉之气，视祸福宠辱，如浮云去来，何系欣戚。”（宋张守《毘陵集》卷十一）如果孔子再世，恐怕更要发出“贤哉、贤哉”的赞叹了。

（祝振玉）

题东坡字后

黄庭坚

东坡居士[①]极不惜书，然不可乞。有乞书者，正色诘责之，或终不与一字。元祐中锁试礼部[②]，每来见过，案上纸不择精粗，书遍乃已。性喜酒，然不能四五龠[③]已烂醉，不辞谢而就卧，鼻鼾如雷。少焉苏醒，落笔如风雨，虽谑弄皆有义味。真神仙中人，此岂与今世翰墨之士争衡哉！

东坡简札字形温润，无一点俗气。今世号能书者数家，虽规模古人，自有长处，至于天然自工，笔圆而韵胜，所谓兼四子④之有以易之，不与也。

建中靖国元年⑤五月乙巳，观于沙市舟中，同观者刘观国、王霖、家弟叔向、小子相⑥。

〔注〕①东坡居士：宋代文学家苏轼自号东坡居士。②元祐：宋哲宗年号。锁试：考试时闭锁试场，以防止舞弊。礼部：宋代进士考试由礼部主试。③龠(yuè)："籥"的本字，古量器名。④四子：不详所指，照文义看，当是四位有成就的书法家。⑤建中靖国元年：公元1101年。建中靖国，宋徽宗年号。⑥小子相：小子，黄庭坚称自己的儿子。相是他儿子的名字。

黄庭坚很喜欢为别人写字，而且也像苏轼那样"不择笔墨，遇纸则书，纸尽则已"的。不过苏轼有时还更进一步，不待人家要求也写。他贬居海南岛儋州时，有一次醉后至姜秀才家，适姜外出，便向姜母索取纸笔，大书一番。他爱饮酒，但量小易醉，醉里狂写，其字往往独具真味。苏轼又自言，醒后无论怎样挥写总不及醉中所作的那样好。此文以黄庭坚眼中所见，记述了苏轼的醉、醒以及醒后的生活情态，很能表现出他性格中豪宕真率的一面。所以清代学者陈澧在读到庭坚此跋时，不禁感叹地写道："读此数过，如亲见东坡。"足见跋文确是写出了苏轼的性格和神态，使千载之下的读者有亲切的感受。

（黄国声）

题摹燕郭尚父图①　　黄庭坚

凡书画当观韵。往时李伯时为余作李广夺胡儿马②，挟儿南驰，取胡儿弓引满以拟追骑。观箭锋所直，发之人马皆应弦也。伯时笑曰："使俗子为之，当作中箭追骑矣。"余因此深悟画格。此与文章同一关纽，但难入人神会耳。

〔注〕①摹：临摹。燕：宴饮。郭尚父：唐代大将郭子仪。子仪曾平定唐代安史之乱，官至太尉、中书令。德宗时赐号"尚父"。②李伯时：宋代画家李公麟，字伯时，庐州舒城(今属安徽)人。擅画人物、鞍马、山水。李广：汉代陇西成纪(今甘肃静宁西南)人。善骑射，文帝时进击匈奴有功，为武骑常侍。武帝时为北平太守，匈奴畏不敢犯境，号曰"汉之飞将军"。胡儿：指匈奴人。据《史记·李将军列传》说：李广"出雁门击匈奴。匈奴兵多，破败广军，生得广……置广两马间……广佯死，睨其旁有一胡儿骑善马，广暂腾而上胡儿马，因推堕儿，取其弓，鞭马南驰数十里，复得其余军，因引而入塞"。

黄庭坚的这段画跋，可说是一篇题外的画评。"凡书画当观韵"，文章开首，提纲挈领，不啻一禅门棒喝。接着说了一个李公麟(伯时)为作者画"李广夺胡儿(匈奴)马"的轶事。那幅画描绘的是汉代的飞将军李广在一次战斗中遇险脱身，被匈奴追击，李广转身应战，但却盘马弯弓故不发，然观其箭镝所指，追兵必应弦落马。这时,李公麟不无得意地对黄庭坚说,这是他有意为之,如果让世俗画家为之,以李广百发百中的箭法,没入石棱的膂力,必然会描绘追兵的中箭之状。黄庭坚点头称许,也因此顿悟出绘事三昧。

那么,黄庭坚所说的绘事三昧或“画格”又是什么呢,那便是开首标举的“韵”,即气韵、神韵、雅韵,是精神范畴的情趣风致。如果本图画李广一箭而中,追兵翻身落马,那情节便一览无余。那就是俗子所为,不是大家笔墨了。所以,意到笔不到,留下艺术的空间让观者去体味,由读者去想象,才能做到书画有韵、文章有趣。这就是文学艺术虚实相生、有无相间的“同一关纽”。

至于这幅《摹燕郭尚父图》本身的内容与艺术水准,山谷并没有提及与评价,但却说了一个题外的轶事、一次赏画的感悟,所以这篇画跋对于《摹燕郭尚父图》到底是褒还是贬,也是盘马弯弓故不发,让读者自己去忖度了。总之,这篇画跋不主故常,脱落蹊径,触处生春,连类取比,言简意赅,含蓄无垠,可谓不拘画筌、不落理障,不愧一篇有韵有趣的大家小品。

（祝振玉）

书家弟幼安作草后　　黄庭坚

幼安弟喜作草,携笔东西家,动辄龙蛇满壁,草圣之声欲满江西,来求法于老夫。老夫之书,本无法也,但观世间万缘,如蚊蚋[1]聚散,未尝一事横于胸中,故不择笔墨,遇纸则书,纸尽则已,亦不计较工拙与人之品藻讥弹[2]。譬如木人舞中节拍,人叹其工,舞罢则又萧然矣,幼安然吾言乎?

〔注〕 ① 蚊蚋(ruì):蚊子。 ② 品藻讥弹:品评、讥讽和抨击。

黄庭坚是宋代著名的诗人与书法家。他的草书用笔瘦劲婉美,雄放瑰奇,体势纵横开阖,遒畅多姿,尤足称颂。当时有不少晚学后进曾请他传艺指教,他的妻弟(家弟)幼安亦是其中之一,这篇短文就是当时的题书作答。

妻弟兴冲冲地呈上自己的草书作品求取教益,作为姐夫的黄庭坚首先对他的勤书好学的精神予以肯定。同时,在热情的赞扬与鼓励中又包含着作者亲切的戏谑与调侃,体现了自己与内弟的亲密关系。开首三句很简洁形象地写出了幼安到处作草的豪兴。“动辄”指他挥毫下笔之快,“龙蛇”比喻书法线条之美。其典出李白《草书歌行》:“时时只见龙蛇走,左盘右蹙如惊电。”“满壁”形容作品之多。如此敏捷多产,前途当不可限量,所以黄庭坚要戏称之为“草圣之声欲满江西”。作者与幼安均为江西人,说他的书法之名欲满江西,实暗谓幼安已在向他争势挑战了。“草圣”是古人对草书大家的敬称，历史上只有东汉的张芝、唐代的张旭曾获此誉。黄庭坚以此来称赞向他求学的幼安，当然是过奖之词，但也无疑包含着他对晚学后进的奖掖之意。在这样热情的鼓励与亲切的戏谑后，作者才正面归到了向他学书的问题。不过他还要顿一顿。在“草圣之声欲满江西”后紧接上“来求法于老夫”，逗出“老夫又岂敢承当”的弦外之音，虚怀谦逊之意又顿时充溢于字里行间。

幼安急于求知的是作书之法，但黄庭坚却宕开一笔，回答是“老夫之书，本无法也”。这并非是作者过于谦虚，吝于指教，而是表示自己对具体规矩法度的超越，他要向内弟传授的，乃是作为一个书法家所必具的精神涵养，和一种更高境界的无法之法。于是谈起自己的创作三昧是“但观世间万缘，如蚊蚋聚散，未尝一事横于胸中”。“缘”即“因缘”，乃佛教术语，“万缘”此指一切事物。他主张摆脱一切世俗观念，不执着于任何事物，这就是他书法得心应手、纵横自如的成功秘诀。他在《道臻师画墨竹序》一文中亦说：“夫心能不牵于外物，则其天守全，万物森然出于一镜，岂待含墨吮笔，磅礴而后为之哉。”至于“不择笔墨”，也确有其事。他曾用三钱买鸡毛笔题书（见黄庭坚《题自书卷后》）。可见，保持自己心胸的澄澈空灵、天然澹泊，是作书之第一要务。正因为黄庭坚是遵循这样一种书法原则，所以他在挥毫时没有丝毫的功利意识，也就是“不计较工拙与人之品藻讥弹”。由此表明他的书法，只是充内形外的个性自然流露，言下之意，世人目他为书法大家，然这与他的初衷是了不关涉的啊！他很形象地将自己的书法比作木偶起舞，人们赞叹它的舞姿很合乎音乐的节拍，但它本身却并无取悦于人的动机。通之于书道，无非申明书法三昧首先在于澡雪精神，涵养心胸，忠于自性，不沽名求誉，这确实是离乎具体规矩之上的更高原则，一种无法之法。联系作者在文章开头对内弟幼安“携笔东西家”“草圣之声欲满江西”露才求誉的戏谑褒美。最后一句“幼安然吾言乎”？在作者亲切深长的语辞中，是否包含着作者委婉的劝喻？

黄庭坚不仅作书自成一体，而且论书道也脱落蹊径。这篇短文不仅说理精要中肯，而且笔法摇曳亲切、情意兼胜，无疑是山谷短札中的上品。（祝振玉）

跋范文正公帖 黄庭坚

范文正公书，落笔痛快沉着，极近晋宋人书。往时苏才翁[①]笔法妙天下，不可一世人，惟称文正公书与《乐毅论》[②]同法。余少时得此评，初不谓然，以谓才翁傲睨万物，众人皆侧目，无王法，必见杀也，而文正待之甚厚，爱其才而忘其短也，故才翁评书少曲董狐[3]之笔耳。老年观此书，乃知用笔实处，是其最工。大概文正妙于世故，想其钩指回腕，皆优入古人法度中。今士大夫喜书，当不但学其笔法，观其所以教戒故旧亲戚皆天下长者之言也。深爱其书，则深味其义，推而涉世，不为吉人志士，吾不信也。

〔注〕①苏才翁：苏舜元(1006—1054)，字叔才，号才翁。梓州铜山(今四川中江)人。与弟舜钦合称"二苏"。工篆隶，尤善草书，清劲老健。②《乐毅论》：晋王羲之所书小楷法帖。唐褚遂良称其"笔势精妙，备尽楷则"。被列为王羲之正书第一。③董狐：春秋时晋史官。孔子以其直书不讳，称为"古之良史"。

范仲淹的书法，前人赏者颇多。宋文同云："观文正书，如侍其人之左右，令人既喜而且凛然也。"明唐锦《龙江梦余录》称范书极端劲秀丽，无毫芒纵逸之态。清高士奇亦云范文正书法挺劲秀特，肖其为人。由于范仲淹是位名臣，每被误以为"书以人传"，甚至连山谷少时也认为苏才翁评书有"曲笔"，未免不够公正。其实类似苏才翁这样被误解，山谷本人也曾经历过，他称赞颜鲁公、杨少师二人"笔法超逸绝尘"，闻者皆瞠目，唯东坡独以为然，士大夫乃云东坡于山谷"爱而不知其恶"(黄庭坚《跋东坡书》)。直到山谷晚年，才体会到范仲淹书法的特色，"钩指回腕，皆优入古人法度中"，得出"落笔痛快沉着，极近晋宋人书"的结论。可见山谷对艺术的态度是实事求是、严肃认真的。

山谷还指出，范仲淹的书帖之所以被喜爱，除了它的艺术价值外，还有其深刻的思想教育意义。人们不但学习它的笔法，还学习其中的"长者之言"，深刻领会它的义理，用来指导自己的为人处世，以成为"吉人志士"。山谷在《跋范文正公诗》中也说过类似的话："范文正公在当时诸公间第一品人也。故余每于人家见尺牍寸纸，未尝不爱赏弥日，想见其人所谓'先天下之忧而忧，后天下之乐而乐'，此文正公饮食起居之间，先行之而后载于言者也。"范仲淹先有忧国忧民之行，而后有忧国忧民的诗文，"如斯人，不必以书立名于来世也，然翰墨乃工如此"(《跋范文正公书〈伯夷颂〉》)，这就说明，范仲淹帖的可贵，首先是他的为人，有高度的道德修养，然后是他的诗文，能够起着"载道"的作用，最后才是他翰墨书法之工，可供人欣赏和学习。

(陈永正)

跋东坡书寒食诗　　黄庭坚

东坡此书似李太白，犹恐太白有未到处。此书兼颜鲁公、杨少师、李西台笔意①,试使东坡复为之,未必及此。他日东坡或见此书,应笑我于无佛处称尊②也。

〔注〕 ① 颜鲁公:唐代著名书法家颜真卿,因曾封鲁郡公,世称颜鲁公。杨少师:五代后周书法家杨凝式,后汉时曾历官少傅、少师,世称杨少师。李西台:宋代书法家李建中,因喜爱洛阳风土,曾屡次要求任西京留司御史台之职,世称之为李西台。 ② 无佛处称尊:宋石霜慈明禅师至京师,见驸马都尉李遵勖,李问临行一句作么生,师曰:无佛处作佛。"无佛处称尊"意亦相同,谓于无能人处逞能。

苏轼的书法,在当时并不十分为人称道,甚至还受到不少的讥评,能够独具只眼,赏识他的书法的,首推黄庭坚。庭坚是苏轼的门下士,不仅景仰老师的人品、学问、文章,对他的书法也有独到的评价,而不人云亦云。庭坚另外还说过:"东坡书随大小、真、行,皆有妩媚可喜处。今俗子喜讥评东坡,彼盖用翰林、侍书之绳墨尺度,是岂知法之意哉!余谓东坡书,学问、文章之气,郁郁芊芊发于笔墨之间,此所以他人终莫能及尔。"指出书法要体现作者的个性,表现其人的品格、学问、才气,只有这样,才是好的艺术作品。如此见解,当然不是见惯了翰林、侍书等的俗书的人所能有,东坡书法在当时之不受人赏识,也就可以理解了。

（黄国声）

跋王荆公禅简① 黄庭坚

荆公学佛,所谓"吾以为龙又无角,吾以为蛇又有足"者也②。然余尝熟观其风度,真视富贵如浮云,不溺于财利酒色,一世之伟人也。暮年小诗雅丽精绝,脱去流俗,不可以常理待之也。

〔注〕 ① 王荆公:宋政治家、文学家王安石,晚年退居江宁,封舒国公,旋改封荆国,世称荆公。禅简:谈禅的书信。 ②"吾以为"二句:《汉书·东方朔传》说,汉武帝置壁虎于盂内,令人猜是何物。朔猜曰:"臣以为龙又无角,谓之为蛇又有足,跂跂脉脉善缘壁,是非守宫即蜥蜴。"这里用来比喻王安石学习佛学未得要领,只是靠猜的。

王安石因为推行新法,遭到保守派的强烈反对,终于酿成宋代有名的党争。反对者采取各种手段,捏造事实,捕风捉影,对他及新法进行攻击。谬说流传,王安石也受诬千载。可是,他的学问,他的人品,他的文学成就,即使反对派有时也不能不承认的。安石死后,反对新法的苏轼在执笔的制词里就称他:"名高一时,学贯千载……少学孔孟,晚师瞿聃。网罗六艺之遗文,断以己意;糠秕百家之陈迹,作新斯人。"黄庭坚虽也站在保守派方面,政治见解与王安石不同,不过看法稍为客观,对新法并未一概否定。对于王安石个人,却是赞扬备至的。庭坚行辈稍后,他是元丰年间才得与王安石这位前辈相见的。其时,安石已罢相闲居金陵。他虽已入暮年,但外出未尝乘马或坐肩舆,所居住宅不设垣墙,饮食朴素,连治病也不肯使用人参。(《王荆公年谱考略》卷二十三,《梦溪笔谈》卷九)这些事情想必给庭坚以深刻的印象,再结合过去的所见所闻,"熟观其风度",便不能不承认他是"一世之伟人"。至于安石暮年的小诗,载誉文坛,一直享有很高的评价。庭坚虽然诗风与他大相径庭,也仍然对他的诗作给以赞许,这表现了他的艺术眼光和客观求是的精神。 (黄国声)

跋米元章书 黄庭坚

余尝评米元章书如快剑斫阵,强弩射千里。所当穿彻,书家笔势亦穷于此,然似仲由未见孔子时风气耳。

米芾(1052—1108),字元章,北宋书画家,能诗文,精鉴别。行书、草书兼取前人之所长,用笔俊迈豪放,是著名的"宋四家"(苏轼、黄庭坚、米芾、蔡襄)之一,《宣和书谱》有"风樯阵马,沉着痛快"之评。然不及黄庭坚文中所论"快剑斫阵,强弩射千里,所当穿彻"更为形象传神。"快剑斫阵"取其峻峭劲疾,"强弩射千里"喻其力透纸背,书法重用笔,技止乎此,亦可叹为观止了,故山谷文中有"书家笔势亦穷于此"云云。

然而,作者本身也是个与之齐名的书法大家,既是大家,在书艺上必独具风格自有会心,因此,与他人所作亦有不尽苟同之处。所以,黄庭坚在对米芾书褒奖之余,亦不无微词,"然似仲由未见孔子时风气耳"最后一句透露了此中的消息。

据《史记·仲尼弟子列传》载,仲由字子路,原是卞地之村野人,未做孔子弟子前,"性鄙,好勇力,志伉直,冠雄鸡,佩豭豚,陵暴孔子。孔子设礼稍诱子路,子路后儒服委质,因门人请为弟子"。山谷借此比喻米芾之书,实揭出米书有两方面之短:首先是虽勇直而近乎鄙野,不合儒家礼化敦厚气象;其次是锋劲有余而内蕴不足,缺乏含蓄深远之致。然而,山谷将米书比作子路,其贬意尚不止于此,据史载,子路未见孔子时固已鄙野非礼,而既见孔子后,夫子亦终不喜欢,子路虽执弟子之礼,但孔子终称他是"升堂矣,未入室",认为他的才能也只够做个臣子而已。这当然是山谷的言外之意了。此中透露出黄庭坚对米芾书法的总体评价,虽然推誉他的笔力锋势,但对米书的意蕴气象是不以为然的。

黄庭坚论书最重一个"韵"字,他在《题摹燕郭尚父图》中说:"凡书画当观韵。”所谓“韵”，无非指创作主体通过笔法线条显示出来的气韵神采，它取决于书法家的主观修养。黄庭坚曾如此教导别人：“学书要须胸中有道义，又广之以圣哲之学，书乃可贵。”(《书缯卷后》)这当然是作者的一家之言，不过他敢于指摘名重一时的米芾之书，无疑说明了他在书法艺术上的独具只眼，以及不随波逐流的大家风范。

作者的书评传世很多，这是其中著名的一篇。后人常用此来赞美米芾之书，以为精要形象，中肯传神，但大多略去了文章的最后一句，这未免有违山谷言近旨远，讽而谲刺的本意了。

(祝振玉)

自评元祐间字[①]　　黄庭坚

往时王定国道余书不工[②]，书工不工，是不足计校事，然余未尝心服。由今日观之，定国之言诚不谬，盖用笔不知禽[③]纵，故字中无笔[④]耳。字中有笔，如禅家句中有眼[⑤]，非深解宗趣[⑥]，岂易言哉！

〔注〕①元祐间字：黄庭坚在元祐(宋哲宗年号)年间所写的字。　②王定国：王巩，字定国，自号清虚先生。莘县人。因与苏轼交好，受党争牵累，谪监筠州盐税。他与黄庭坚亦为好友。　③禽：同“擒”。　④笔：笔法，笔力。　⑤禅家：禅宗，佛教之别派。禅宗不立文字，不主张从经典中分析禅理，讲究顿悟、见性成佛。句中有眼：句子中某字特别能起警醒读者作用的称作眼。　⑥宗趣：禅宗的旨趣。

据陆心源《宋史翼》记载，王巩是位“跌荡傲世，好臧否人物，其口可畏，以是颇不容于人”的人物，亦即苏轼所称的“强力敢言，不畏强御”的人，这自然不能见容于封建社会了。但王巩同苏轼、黄庭坚的交情都很好。他曾因苏轼之累而贬官，却并无怨言。东坡集中与王定国酬答的诗很多，可见二人仍然交好无间。庭坚也重王巩的为人，引以为友，因此他才直率地批评起庭坚的书法来。这批评是中肯的，黄庭坚自己就曾承认过：“余在黔南未甚觉书字绵弱，及移戎州，见旧书多可憎，大概十字中有三四差可耳。”可见他到底有自知之明，并不敝帚自珍的。

北宋书家，苏(轼)、黄(庭坚)、米(芾)、蔡(襄)是齐名的，王定国竟直以黄书为不工，则庭坚的一时想不通，亦不奇怪。好在他后来并不掩饰自己当时“未尝心服”的心理，而到了洞见自己缺点的时候，又坦然承认王巩批评之不谬，自行指出“用笔不知禽纵，故字中无笔”的毛病。这种实事求是的精神，并无损于他的令名，倒是让人十分敬佩的。

(黄国声)

书嵇叔夜诗与侄榎① 黄庭坚

叔夜此诗豪壮清丽，无一点尘俗气。凡学作诗者，不可不成诵在心，想见其人；虽沉于世故者，暂而揽其余芳，便可扑去面上三斗俗尘矣，何况深其义味者乎！故书以付榎，可与诸郎皆诵取，时时讽咏，以洗心忘倦。余尝为诸子弟言：士生于世，可以百为，惟不可俗，俗便不可医也。或问不俗之状，余曰：难言也，视其平居，无以异于俗人，临大节而不可夺，此不俗人也。士之处世，或出或处，或刚或柔，未易以一节尽其蕴，然率以是观之。

〔注〕 ① 嵇叔夜：嵇康(224—263)，字叔夜，谯郡铚(今安徽宿州市西南)人，三国魏文学家，为"竹林七贤"之一。榎(jiǎ)：黄庭坚兄黄大临之子黄榎。

山谷对嵇康的诗作有深切的体会。嵇康生于魏晋易代之际，在政治上不满当时掌握政权的司马氏集团，声言"非汤武而薄周孔"，采取不合作的态度，曾寓居山阳，锻以自给。后又与魏宗室联婚，官中散大夫。在哲学思想上深受老庄的影响，提出"越名教而任自然"之说，反对封建世俗礼教。终于触忤了司马昭，坐吕安事见杀。本文中提及的嵇康诗，究竟是哪一篇，如今已不可考了，山谷称其"豪壮清丽"，则传世的《四言赠兄秀才入军诗》足以当之，如"风驰电逝，蹑景追飞。凌厉中原，顾盼生姿""目送归鸿，手挥五弦。俯仰自得，游心太玄"等语，真"无一点尘俗气"。

山谷欣赏嵇康的"不俗"，恐怕主要还是在他的处世哲学上。北宋中后期，以王安石为首的"新党"与以司马光为代表的"旧党"反复斗争，山谷属于旧党中人，他的政治生涯也随着党派斗争的消长变化而升沉不定。为了保持节操，他谨守儒家之道；为了应付逆境，他遵奉佛道之理。委心任运，和光同尘；是非分明，大节不夺。在山谷的诗文中，经常表现出这种"不俗之状"。如《次韵答王慎中》诗云："俗里光尘合，胸中泾渭分。"《戏效禅月作远公咏》云："胸次九流清似镜，人间万事醉如泥。"在《与无勛不伐书》中，他大谈要"溷浊而志刚"，在《跋欧阳文忠公〈庐山高〉诗》中，他赞赏"中刚而外和"。出处刚柔，方圆内外，山谷是深得其中三昧的。

山谷在《书缯卷后》一文中，又把"士生于世"至"此不俗人也"一段重述一遍后，再加以补充说："平居终日如含瓦石，临事一筹不画，此俗人也。"主张临事时要胸中有道义，懂得筹画大计，可见山谷的"不俗"的主张中还是有其积极用世的一面的。山谷尤其赞赏苏东坡这样的不俗之士："东坡之在天下，如太仓之一稊米；至于临大节而不可夺，则与天地相终始。"(《东坡先生真赞》之二)山谷也是用这样的标准来要求自己的。

山谷还把"不俗"这种高尚的精神境界用于文艺批评中。他强调作诗要"不使语俗"(《题意可诗后》)。评东坡诗词说："东坡道人在黄州时作，语意高妙，似非吃烟火食人语，非胸中有万卷书，笔下无一点尘俗气，孰能至此？"(《跋东坡乐府》)评书法时又云："余尝以右军父子草书比之文章，右军似左氏，大令似庄周也。由晋以来难得脱然都无风尘气似二王者。"(《跋法帖》)"东坡简札，字形温润，无一点俗气。"(《题东坡字后》)评画时又云："笔端真有造化炉，人间俗气一点无。"(《姨母李夫人墨竹》)"往时天章阁待制燕肃始作生竹，超然免于流俗。"(《道臻师画墨竹序》)"不俗"，是山谷进行艺术创作的基本点，也是山谷为人处世的立足点。

（陈永正）

答洪驹父[1]书　　黄庭坚

驹父外甥教授：别来三岁，未尝不思念。闲居绝不与人事相接，故不能作书，虽晋城[2]亦未曾作书也。专人来，得手书，审在官不废讲学，眠食安胜，诸稚子长茂，慰喜无量。

寄诗语意老重，数过读，不能去手，继以叹息。少加意读书，古人不难到也。诸文亦皆好，但少古人绳墨耳，可更熟读司马子长、韩退之文章。

凡作一文，皆须有宗有趣，终始关键，有开有阖；如四渎[3]虽纳百川，或汇而为广泽，汪洋千里，要自发源注海耳。

老夫绍圣[4]以前，不知作文章斧斤，取旧作读之，皆可笑。绍圣以后，始知作文章，但以老病惰懒，不能下笔也，外甥勉之，为我雪耻。

《骂犬文》虽雄奇，然不可作也。东坡文章妙天下，其短处在好骂，慎勿袭其轨[5]也。

甚恨不得相见，极论诗与文章之善病，临书不能万一，千万强学自爱，少饮酒为佳。

所寄《释权》一篇，词笔纵横，极见日新之效。更须治经，深其渊源,乃可到古人耳。《青琐》祭文,语意甚工,但用字时有未安处。自作语最难,老杜作诗,退之作文,无一字无来处,盖后人读书少,故谓韩、杜自作此语耳。古之能为文章者,真能陶冶万物,虽取古人之陈言入于翰墨,如灵丹一粒,点铁成金也。

文章最为儒者末事,然索学之,又不可不知其曲折,幸熟思之。至于推之使高,如泰山之崇崛,如垂天之云;作之使雄壮,如沧江八月之涛,海运吞舟之鱼,又不可守绳墨令俭陋也。

〔注〕 ① 洪驹父:洪刍,字驹父。豫章(今江西南昌)人。黄庭坚之甥。著有《老圃集》。 ② 晋城:进城。 ③ 四渎:《尔雅·释水》:"江、淮、河、济为四渎。四渎者,发源注海者也。" ④ 绍圣:宋哲宗年号(1094—1097)。 ⑤ 袭其轨:蹈其前辙。

本文是黄山谷五十九岁时的作品,可以说是江西诗派最重要的理论纲领,九百年来,在诗坛上有着广泛的影响,也引起诗论家们热烈的争论。

文中最受人注意的是"无一字无来处"和"点铁成金"的论点。批评者们以此作为山谷提倡蹈袭和剽窃的证据。宋人魏泰《临汉隐居诗话》就批评说:"黄庭坚作诗得名,好用南朝人语,专求古人未使之事,又一二奇字,缀葺而成诗。自以为工,其实所见之僻也。"金人王若虚《滹南诗话》也说:"鲁直论诗有夺胎换骨、点铁成金之喻,世以为名言。以予观之,特剽窃之黠者耳。鲁直好胜,而耻其出于前人,故为此强辞而私立名字。"近代学者也多认为山谷的主张,是以借鉴代替创造,以因袭拼凑代替推陈出新,带有片面追求形式的倾向。

其实,山谷的诗作及诗论,有个最主要的特色,就是在艺术上的革新精神。求变求新,自辟蹊径,戛戛独造,力争上游,以"自成一家"为最高目标。他的"无一字无来处",实质上是要尽可能地吸取前人诗文语言技巧,像杜甫、韩愈那样,在借鉴的基础上达到创新的目的,这就是"以故为新"。他的"点铁成金",是要把古人诗文中没有诗意或诗意不足的语句,点化改易为自己的有浓郁诗意的诗句,或是把古人诗中的意境、形象,换了一个形式更生动地表达出来。这种主张跟杜甫的"读书破万卷,下笔如有神"(《奉赠韦左丞丈二十二韵》)、韩愈的"沉浸酞郁,含英咀华,作为文章,其书满家"(《进学解》)并没有什么二致。文中批评洪驹父的诗文"少古人绳墨""用字时有未安处",并主张可更熟读司马迁和韩愈的文章,以期达到古代优秀作家的高境。只有认真学习前人,才能真正做到陈言务去,山谷是深明两者间的辩证关系的。

山谷在信中还强调:"凡作一文,必须有宗有趣。"宗,宗旨;趣,趋向。宗趣,即作品的主题思想。他取古人之陈言，只是供“陶冶”之用，而不是生搬硬套，摹拟因袭。我们结合起黄庭坚其他论述，则可知黄氏并不忽视文艺作品的社会功用。他认为文章应“规摹远大，必有为而后作”（《王定国文集序》）、“文章本心术，万古无辙迹”（《寄晁元忠》），所以对杜甫诗的“善陈时事”（《潘子真诗话》引）大为赞赏。山谷还强调说：“好作奇语，自是文章病，但当以理为主，理得而辞顺，文章自然出群拔萃。”（《与王观复书》）可见黄庭坚诗论中，除了重视诗歌的句法、律法等形式方面的“法”外，还有重视其思想内容的“理”的一面的。“法”与“理”相辅相成，不可偏废。

（陈永正）

书林和靖诗　　黄庭坚

欧阳文忠公极赏林和靖“疏影横斜水清浅，暗香浮动月黄昏”之句，而不知和靖别有《咏梅》一联云：“雪后园林才半树，水边篱落忽横枝。”似胜前句。不知文忠何缘弃此而赏彼？文章大概亦如女色，好恶止系于人。

林逋是位清苦的隐逸诗人，淡于名利，终身布衣，幽居于西湖孤山之畔，以梅为妻，以鹤为子。他有咏梅诗七律八首，前人誉之为“孤山八梅”。八梅诗中尤以《山园小梅》最为著名，欧阳修极赏其“疏影”“暗香”二语，谓“前世咏梅者多矣，未有此句也”（《归田录》）。后世诗家更推尊此联为“古今绝唱”“脍炙天下”。黄庭坚在本文中独持新见，认为林逋《梅花》诗“雪后”“水边”一联，“似胜前句”。此语一出，便招来诗坛八百年的争论。元人方回云：“山谷专论格，欧公专取意味精神。”（《瀛奎律髓》卷二十）明人王世贞又批评“疏影”一联“景态虽佳，已落异境，是许浑至语，非开元、大历人语”（《艺苑卮言》卷四）。清人冯班则不满黄庭坚之论，说：“山谷专喜硬语，山谷论未精。”（《瀛奎律髓》冯评）纪昀同意方回的说法，谓：“此论平允，然终当以山谷为然。”（《瀛奎律髓刊误》）查晚晴则折衷二家，说：“欧黄各赏一联，由其性之所近，而出于中心之好。非比后人人黑我白，人甲我乙也。近来强作解事，多祖涪翁。余谓二联神韵意趣具足，今人无二公之才识，不得妄为轩轾。”（见《瀛奎律髓汇评》）

山谷此论，是与他一贯的诗学观一致的，虽然他自己设喻说：“文章大概亦如女色，好恶止系于人。”其实并没有这么简单。山谷本人的诗，前人每许其“格高”，所谓“格”，在这里当指诗歌的艺术形式、语言风格而言。山谷诗的格高，亦从诗律句法而来，讲求琢句炼字，精研句法句眼，强调“自出己意”。林逋的两首梅诗，“暗香"一联，从南唐五代江为残句"竹影横斜水清浅，桂香浮动月黄昏"化出，虽是点铁成金，毕竟语非己出；"雪后"一联，则语意生新，戛戛独造，形神兼备，且力炼"才"字"忽"字，句中有眼。从山谷的诗学观看来，自然是后者胜于前者了。

千年之后，我们重读两首梅诗，撇开宗派家数的偏见，客观地去评量，则应该承认它们都是名篇佳制，不必强为轩轾。近代宋诗选本，多只选"暗香""疏影"一首，独钱仲联《宋诗三百首》采入"雪后""水边"一首，并认为是林逋咏梅诗的代表作，则钱氏可谓独具只眼了。（陈永正）

书幽芳亭　　黄庭坚

士之才德盖一国，则曰国士；女之色盖一国，则曰国色；兰之香盖一国，则曰国香。自古人知贵兰，不待楚之逐臣①而后贵之也。兰盖甚似乎君子，生于深山丛薄之中，不为无人而不芳，雪霜凌厉而见杀，来岁不改其性也，是所谓"遯世无闷②，不见是而无闷"者也。兰虽含香体洁，平居萧艾不殊，清风过之，其香蔼然，在室满室，在堂满堂，是所谓含章③以时发者也，然兰蕙之才德不同，世罕能别之。予放浪江湖之日，久乃尽知其族姓，盖兰似君子，蕙似士，大概山林中十蕙而一兰也。《楚辞》曰："予既滋兰之九畹，又树蕙之百亩。"以是知不独今，楚人贱蕙而贵兰久矣。兰蕙丛生，初不殊也，至其发花，一干一花而香有余者兰，一干五七花而香不足者蕙，蕙之虽不若兰，其视椒榝则远矣。世论以为国香矣，乃曰"当门不得不锄"④，山林之士，所以往而不返者耶？

〔注〕①楚之逐臣：指屈原。②遯(dùn)世无闷：意谓避世而不烦忧。遯，同"遁"。③含章：意谓包含美质。④当门不得不锄：《三国志·蜀书》载，张裕因触犯刘备下狱，诸葛亮表请其罪，刘备答曰："芳兰生门，不得不锄。"

这是一篇兰的颂歌，可与屈原《橘颂》、宋璟《梅花赋》、周敦颐《爱莲说》同读。

山谷称兰为"国香"，以与"国士""国色"同列，除了谓兰有香甲一国之意外，主要还是从其象征意义去说的。《左传·宣公三年》载，燕姞"梦天使与己兰"，"以兰有国香，人服媚之如是"。自此之后，人皆以国香称兰。兰之香，亦如士之才德，如女之色，自古以来，为人所贵。屈原则以美人香草设喻，兰更成为众芳之首，象征贤人君子了。

山谷在文中，指出兰之所以像君子，主要有三种独特的才德：它生在荒山野草之中，不因没有人去欣赏它而不发出芳香；它经过严寒霜雪的摧残后，依然不改它的本性；它平日跟野草没有什么区别，可是一到适宜的时节便远送幽香。这样的君子之操，其实也是山谷本人道德品质的具体写照。他在《晓起临汝》诗中说："玄云默垂空，意有万里润。寒暗不成雨，卷怀就肤寸。观象思古人，动静配天运。物来斯一时，无得乃至顺。"他要像雨云那样，沾溉万里山河，如果理想一时无法实现，那就收敛起来等待着。顺应时势，恬静寡欲，得失不介于怀。纵使无人赏识，也不改初衷，遭到困难挫折，依旧处之泰然。在北宋后期尖锐复杂的党争之中，山谷就以这种思想作为他的精神支柱。"平居"数句，可与《书嵇叔夜诗与侄榎》共参："视其平居，无以异于俗人，临大节而不可夺，此不俗人也。"平居时和光同尘，临事时则凛然大节。国士有如国香，山谷是深味其旨的。

文中复以兰蕙并论，以蕙作衬，加深一层写兰之才德。兰虽一干一花而香有余，蕙则一干五七花而香不足。在这里恐怕也是有所寄慨的。世上的士人，其才德不称为君子而自以为君子者比比皆是。在党争中，旧党中人，如司马光辈固然被认为是大节不夺的君子，而他的门生故吏及各式各样的攀附者也俨然以君子自命，借以猎取名声。这些人虽无过恶，或有微劳，但始终是不能与真正的君子相比的。

文中最末数语，为点睛之笔。世皆知兰为国香，复有"芳兰当门，不得不锄"之说，真足以令人闻之而寒心。刘备之杀张裕，纯因个人的积怨，并没有充足的理由，而他居然振振有辞地对诸葛亮说出那句话，与秦桧的"莫须有"三字狱或有一比。所以贤人君子，隐于山林，长往而不返，是有其客观因素的，更何况"香兰自判前因误，生不当门也被锄"（龚自珍《己亥杂诗》第一百二十首）呢？

最后顺便说一下，山谷在文中所引《楚辞》九畹之兰及"当门不得不锄"之兰，跟幽芳亭中"一干一花"之兰完全是两回事。前者之兰，指兰草，又称泽兰，为菊科植物，多年生草本，高三四尺，全体有芳香，秋末开淡紫色小花。后者之兰，则为兰科植物，开花时先抽出花茎，着花若干。宋朱熹《楚辞辨正》已详言之，可参看。

（陈永正）

写真自赞 黄庭坚

或问鲁直①："似不似汝？"似与不似，是何等语！前乎鲁直，若甲若乙，不可胜纪；后乎鲁直，若甲若乙，不可胜纪。此一时也，则鲁直而已矣。一以我为牛，予因以渡河而彻源底；一以我为马，予因以日千里计。鲁直之在万化，何翅太仓一稊米②。吏能不如赵、张、三王，文章不如司马、班、扬。期期以富贵鸩毒，而鸩毒不能入其城府；投之以世故豺虎，而豺虎无所措其爪角，则于数子有一时之长。

〔注〕①鲁直：黄庭坚字。②稊（tí）：一种形似稗的草，实如小米。

此题下共有六篇，兹选其第四篇。

“赞”是古代文体的一种。本用于颂美，后来也用于评述，一般篇幅简短句式整齐有韵。

这是一篇自题肖像赞，古人将摹画人物肖像称作写真。这幅像中人乃作者自己。

这篇像赞，写得很有玄学机趣，表现了作者豁达兀傲的襟怀，是山谷题赞中的佳作。

文章的开头很诙谐，是作者代人发问：“画中之人，像不像你呀？”此问提得平常，但作者的回答却睿智机敏，意味深长。他首先以不可思议的吃惊语气，否定了这个不确切的提问：“似与不似，是何等语！”他之所以觉得这个问题难以回答，是因为在黄庭坚看来，人之一生，是个迁流不息、生灭无常的过程，作为个体的我，亦无时无刻不处在这样一个生命的流转过程中，它稍瞬即逝，是我非我，没有恒常固定的主体存在，一个人从出生到幼年童年少年青年壮年老年直至死亡，是个我我相续的生命之流，过去之黄鲁直不可胜数，将来的黄山谷亦难以算计，那么，像中之人，到底应该像其中哪一位呢？我之为我，只存在于刹那之一时，故文中云：“此一时也，则鲁直而已矣。”过去之我与现在之我，画上之鲁直与生活中之鲁直，既同属一生命之流，但又各生分别，永不相同，这样，就有个既像又不像的问题。他在另一篇题像赞中也曾这样说：“道是鲁直也得，道不是鲁直也得；道似鲁直也得，道不似鲁直也得，世间八万四千，究竟谁分皂白。”（《题传神》）八万四千乃佛教术语，泛言其多。以上这些玄学机锋无疑取自佛教，佛教认为世界上一切事物（当然包括人）都是生灭无常，相续不断的，没有恒常不变的存在，黄庭坚在此是借机发挥，显示自己学佛有得。“一以我为牛”“一以我为马”，两句出自《庄子·应帝王》，原意是不辨物我是非，作者在此借用并有所增益。前句“渡河而彻源底”比喻自己道力深厚、坚定无比。他在《深明阁》一文中有“象踏恒河彻底，日行阎浮破冥”句，显示自己不变难移的恒常本性。而后句的日行千里之速，则象征着自己迁逝速化的生命之流。

黄庭坚这些取益于佛道的思想，对他的立身处世产生了深刻的影响，使之明了了自己在万物造化过程中所处的位置:“计鲁直之在万化,何翅(啻)太仓一稊米。”其句出自《庄子·秋水》:“不似稊米之在太仓乎?”以往人们常以沧海一粟形容自己在人生的长河中微不足道,渺小可悲。但作者太仓稊米的比喻,却无自怜自哀的情味。这是因为,他已将自己渺小而短暂的一生,融化于宇宙万物迁灭无常的造作之流中,于此明白了自己的人生意义与价值,从而形成为一种兀傲自信,淡泊名利,随缘任运,超尘拔俗的人生态度。所以,他能在文章最后不无自豪地宣称:“吏能不如赵、张、三王,文章不如司马、班、扬。期期以富贵鸩毒,而鸩毒不能入其城府;投之以世故豺虎,而豺虎无所措其爪角,则于数子有一日之长。”“赵”或指赵岐,“张”当指张良,“三王”或为东汉时王尊、王章、王骏,俱是佐君有功、吏治有声之臣。“司马”即司马迁,“班”指班固,“扬”为扬雄,均为汉代史家文豪。对他们的吏能文才,作者固自认弗如,但其兀傲豁达的襟怀,作者又自许是前人未有的。“富贵鸩毒”“世故豺虎”是古人对功名利禄、人情世态的贬词,比喻其伤人害人之酷烈。而黄庭坚却认为自己能出污泥而不染,保持淡泊自守的人格品节。这在相当程度上要归之于他出入释老的思想修养。文章中那些睿智机敏的言辞,不仅表现了作者深邃执着的玄学思辨,更是他卓荦不群,豁达自信的人品独白。他既是这样说的,也正是如此做的,所谓身体而力行之。作者一生踬仆困顿,虽几经贬谪,仍置生死荣利于度外。读了这篇《写真自赞》,亦可知其充内形外之渊源所自了。

(祝振玉)

题徐巨鱼 黄庭坚

徐生作鱼,庖中物耳。虽复妙于形似,亦何所赏,但令馋獠生涎耳。向若能作底柱折城,龙门岌嶪[1],惊涛险壮,使王鲔赤鲤[2]之流,仰波而上泝,或其瑰怪雄杰,乘风霆而龙飞,彼或不自料其能薄,乘时射势不至乎中流,折角点额,穷其变态,亦可以为天下壮观也。

〔注〕 ① 岌嶪(jí yè):高峻貌。 ② 王鲔(wěi)赤鲤(huàn):均为大鱼名。

一般的书画题跋,出于画侣书友的酬赠应答,多为褒美奖掖之辞。这一篇却不然。文章开门见山,即直截了当地指出了画形的不足:所画之鱼,只不过是庖厨中的死物,虽形似逼真,酷肖之处甚至可让馋獠(水獭)生涎,但却为绘画鉴赏家所不取。这意味徐巨所画之鱼只有生物意义而无审美价值。那么,如何才能体现审美价值被人作为艺术品鉴赏呢?作者在题跋中用文学语言,形象而扼要地指出了绘事三昧。就画鱼而言,根本是要将美人口腹的庖中之鱼,变为一种审美对象来描写,首先要画出鱼所生活的典型环境:"底柱折城,龙门岌嶪,惊涛险壮",形成山水激荡之势。"王鲔赤鱓"是鱼之大者,如此出入其里,"仰波而上泝,或其瑰怪雄杰,乘风霆而龙飞",才是供人鉴赏的画中之鱼。虽然"彼或不自料其能薄",对鱼未必然,但于画鱼人未必不然,因为"穷其变态"的创作目的,是"为天下壮观",不是为人们佐酒下饭。古人说:"凡画山水,最要得山水性情。"(唐志契《绘事微言》)写虫鱼亦不出其外,因为进入艺术表现的自然事物,不同于生活原型。由此可见艺术创作的真谛,不在于再现生活的真实,而是要体现高于生活的艺术魅力,它应该有想象、有夸张。在此,作者既表示了自己卓越的艺术见解,也对徐生提出了殷切的期望。

黄庭坚以诗名家,虽不善绘事,但精于画道,后人编集的《山谷题跋》中,多有真知灼见,且要言不烦,富于文采,此篇可供隅反。 (祝振玉)

解　疑　　黄庭坚

或议涪翁御奴婢不用鞭挞,能慈而不能威,涪翁笑曰:"奴婢贱人,不过为恶而诈善,慢令而诈恭,当其见效在前,虽我亦不能不怒,退而自省不肖之状,在予躬者甚多,方且自鞭其后,又何暇舍己之沐猴而治人之沐猴哉?"或曰:"孔子曰:'小惩而大戒,小人之福。'[1]然则非欤?"涪翁曰:"然。有是言也。不曰'不教而诛谓之虐,不戒视成谓之暴,慢令致期谓之贼'[2]乎?今之用鞭挞者,有能离此三过者乎?昔陶渊明为彭泽令,遣一力助其子之耕耘,告之曰:'此亦人子也,善遇之。'[3]此所谓临人而有父母之心者也。夫临人而无父母之心,是岂人也哉!是岂人也哉!"

〔注〕 ①"小惩"二句:语出《易·系辞下》:"小人不耻不仁,不畏不义,不见利不劝,不威不惩;小惩而大戒,此小人之福也。"意谓稍加惩罚,使接受教训,以免犯更大的错误,这对于小人来说是件好事。 ②"不教"三句:语本《论语·尧曰》。原文"诛"作"杀"。意谓不加教育便加以杀戮叫做虐;不加申戒便要成绩叫做暴;起先怠懈,突然作出限期叫做贼。 ③语见《南史·隐逸传·陶潜》。

本文中论述的虽是主人对待奴婢态度的问题,但其所喻者甚深,侧面反映了黄庭坚的处世为人的态度和教育思想,表达了一位有良知的读书人的心声。

文章的核心是:"临人而有父母之心。"用父母之心对待比自己地位低微的人,包括奴婢这样的处于社会最底层的人。作为封建士大夫的山谷,从小受着良好的教育,儒家的人本思想对他有着深刻的影响。山谷在自己的诗歌中,多次表达出对贫苦人民的关切和同情。他在江西任太和县官时,不怕劳苦,深入民间,体察下情,在《金刀坑迎将家待追浆坑十余户山民不至因题其壁》诗中写道:"属为民父母,未教忍先诛。"他非常痛恨那些"向来豪杰吏,治之以牛羊"(《己未过太湖……》)的苛政,提出"当官莫避事,为吏要清心"(《送徐景道尉武宁》)的做官原则。他赞美那些"佩刀买犊剑买牛,作民父母今得职"的"清如水"(《答永新宗令寄石耳》)官员。山谷在诗歌中抒写人民的疾苦,表示了深切的关怀。他尤其反对鞭扑百姓,说:"按省其家资,可忍鞭铁之?"可见"御奴婢不用鞭挞"是山谷一贯的主张。文中引述陶渊明的话:"此亦人子也,善遇之。"这也是孟子"老吾老以及人之老,幼吾幼以及人之幼"(《孟子·梁惠王》)的思想。如果一个人没有这种推己及人的"父母之心",那就不能算是人了。

在文中,山谷还进行了深刻的自省。奴婢是一般人,一般人自有其弱点和缺点,而山谷看到他们种种"不肖之状"时,起初也"不能不怒",但再一转念,这些不肖之状在自己身上也甚多,自责还来不及,哪里还能去指责别人呢?在山谷的诗作中,也反映出类似的自省自责的心情:"我愧疲民欲归去,麦田春雨把锄头。""我不忍敌民,教养如儿甥。""滕口终自愧,吾敢乏王师?""早衰观水鉴,内热愧邻邦。"放下了士大夫的身份和架子,把自己与一般人(甚至是奴婢)等同起来,经常感到不安和内疚,努力去自我完善,这在当时是很难得的。　　(陈永正)

【作者小传】

秦　观

(1049—1100)　北宋词人。字少游、太虚,号淮海居士。高邮(今属江苏)人。曾任秘书省正字,兼国史院编修官等职。政治上倾向于旧党,被目为元祐党人,绍圣后累遭贬谪。文辞为苏轼所赏识,是"苏门四学士"之一。工诗词,风格委婉含蓄,清丽雅淡。著有《淮海集》《淮海居士长短句》。

精骑集序　　秦　观

予少时读书,一见辄能诵。暗疏[①]之,亦不甚失。然负此自放,喜从滑稽饮酒者游。旬朔之间[2],把卷无几日。故虽有强记之力,而常废于不勤。

比数年来,颇发愤自惩艾,悔前所为;而聪明衰耗,殆不如曩时十一二。每阅一事,必寻绎数终[3],掩卷茫然,辄复不省。故虽然有勤苦之劳,而常废于善忘。

嗟夫!败吾业者,常此二物也[4]。比读《齐史》,见孙搴答邢词[5]云:"我精骑三千,足敌君羸卒数万。"心善其说,因取经、传、子、史事之可为文用者,得若干条,勒为若干卷,题曰《精骑集》云。

噫!少而不勤,无如之何矣。长而善忘,庶几以此补之。

〔注〕 ① 暗疏:默写。 ② 旬朔之间:指十天或一月之内。十日曰旬,每月初一曰朔,这里指代一个月。 ③ 寻绎数终:从头到尾翻寻数次。 ④ 二物:指上文所说的"不勤"与"善忘"。 ⑤ 孙搴答邢词:事见《北齐书·孙搴传》。孙搴字彦举,以文才著称,但学浅而行薄。邢邵曾对孙搴说:"更须读书。"孙搴回答如本文所引。

这是秦观为自编的古文选本《精骑集》作的序。序文交代了编选的因由、选本的内容和题名的用意。作者自叙少时"有强记之力,而常废于不勤",近数年来,颇为后悔,于是发愤以自惩戒,可是,"虽然有勤苦之劳,而常废于善忘"。为了弥补善忘之苦,他编辑了这个选本。内容选自经、传、子、史,选文标准为"可为文用者",题名《精骑集》是出于对北齐孙搴"我精骑三千,足敌君羸卒数万"一语的激赏。《精骑集》在当时是很有影响的选本。宋俞成《萤雪丛说》卷下说:"东莱先生吕伯恭尝教学者作文之法,先看《精骑集》,次看《春秋权衡》,自然笔力雄朴,格致老成,每每出人一头地。"《精骑集》在明季犹存,可惜后来亡佚了,为集子所作的序,则因它所特具的迥异于一般书序的内蕴而得以流传至今。

在序文中,作者并未离开选本去发表什么高论,但在交代编辑缘起、选文来源和标准、题名用意的同时,提供了许多令人品味的东西,这就是从自己切身体会中概括出具有普遍意义的人生经验。年少时,过目成诵,于是自恃记忆力强而放纵自流,把读书的时间花到饮酒交游上。待知道发愤时,记忆力又已减退,即使比年少时勤苦,学习效果也不及年少时的十之一二。古往今来,有多少这样"少小不努力"的人,但能反躬自省的又有几个?年长而醒悟者,能以好的学习方法弥补少而不勤、长而善忘的毛病的就更少了。秦观则是其中的凤毛麟角。正视生活的规律,以主观的努力夺回逝去的年华,总结人生的经验,以启迪来者珍惜宝贵的青春,这正是秦观超出常人之处,也是这篇书序最值得品味的地方。从这个意义上说,我们也不妨把它当作漫话人生哲理的劝学篇来读。

全文不足二百字,但结构完整,层次井然。先叙少时有强记之力而又不勤,再叙近数年来发愤勤苦却又善忘,接着长叹一声,小结上文,将"不勤"和"善忘"提到"败吾业"的高度来认识。然后,笔锋一转,叙说怎样从"精骑"之说得到启发,编辑了《精骑集》。最后,用一个"噫"字总绾上文,点出编辑目的正是为了弥补"长而善忘",又回到"不勤"和"善忘"上来,构成了一个首尾圆合的格局。小层次的结构也很谨严。写少时不勤,先写过目成诵,接着以能默写加以强调,然后用一个"然"字转折,从喜游和把卷无几日两方面写"负此自放",最后,用一个"故"字,对少时作出小结,也构成了一个小的首尾圆合。"善忘"一段,也是同样的格局。文中的大小转折、顿挫各有四五次之多,大有一波三折、一唱三叹之致,却又保持了工稳的圆形结构。文字平易却精当警策,"不勤""善忘""精骑"六字揭示事物本质,要言不烦;"虽有强记之力,而常废于不勤","虽然有勤苦之劳,而常废于善忘"两句,准确概括人生经验,是理性的升华,带有警句色彩。

本文是一篇书序,说理未占过多的比重,主要靠以事明理,作者在关键处安排一两点精辟的见解,犹如画龙点睛,给人印象特深。　（陆志平　吴功正）

书晋贤图后　　秦　观

此画旧名《晋贤图》,有古衣冠十人,惟一人举杯欲饮,其余隐几、杖策、倾听、假寐、读书、属文①,了无醑醉②之态。龙眠李叔时见之曰:"此《醉客图》也。"盖以唐窦蒙《画评》有毛惠远《醉客图》③,故以名之焉。叔时善画,人所取信,未几转相摹写,遍于都下,皆曰:"此真《醉客图》也,非叔时畴能辨之!"

独谯郡张文潜④与余以为不然。此画晋贤宴居之状,非醉客也。叔时易其名,出奇以眩俗耳。余旧传闻江南有一僧,以资得度,未尝诵经。闻有书生欲苦之,诣僧问曰:"上人亦尝诵经否?"僧曰:"然。"生曰:"《金刚经》几卷?"僧实不知,卒为所困,即诬生曰:"君今日已醉,不复可语,请俟他日。"书生笑而去。至夜,僧从邻房问知卷数。诘旦⑤生来,僧大声曰:"君今日乃可语耳,岂不知《金刚经》一卷也!"生曰:"然则卷有几分?"僧茫然,瞪目熟视曰:"君又醉耶?"闻者莫不绝倒。今图中诸公了无醉态，而横被沉湎之名，然后知昔所传闻为不谬矣。

虽然，余惧叔时以余与文潜异论，亦将以醉见名，则余二人者将何以自解也？叔时好古博雅君子，其言宜不妄，岂评此画时方在酩酊邪？图中诸客洎予二人，孰醉孰不醉，当有能辨之者。

〔注〕 ① 隐(yìn)几：靠着几案。杖策：拄杖。 ② 霑(zhān)醉：大醉。因酒醉时胸襟沾湿，故称。 ③ 窦蒙：唐扶风(今属陕西)人，字子全，以书法名。官至国子司业、太原令。毛惠远：南齐荥阳阳武(今河南原阳)人，师顾恺之，官至少府卿，绘有《酒客图》。此云《醉客图》，疑误。 ④ 张文潜：张耒(lěi)，字文潜，楚州淮阴(今江苏淮安淮阴区)人。北宋文学家，"苏门四学士"之一。 ⑤ 诘(jié)旦：清晨。

秦观与李叔时皆游于苏轼之门，交谊颇深，然而在这篇文章中却开了一个尖刻的玩笑。李叔时，一作伯时，名公麟，号龙眠居士，以文学名于时，尤善画，东坡有诗赞其画马云："龙眠胸中有千驷，不惟画肉兼画骨。"以他的识见，对这幅画的品评不为无见。但秦观却根据画中人物的状态，抓住对方所说《醉客图》中的一个"醉"字，大做文章，读之使人忍俊不禁。

小品文的特点，在于轻松活泼，谈言微中。此文深得其中妙谛。他驳斥对方的论点，不是摆一副严肃的面孔，据理力争，而是运用讲故事的方式，冷嘲热讽，谑而不虐。这个故事针对性之强，不禁令人叹服。世上竟有这般巧事：一面是李叔时名图曰"醉客"，一面是江南钝僧责人以醉。因为李叔时是著名画家，"学术权威"，尽管他疏于一时，作出了错误的判断，仍有许多盲从者跟着起哄，将他所鉴定的《醉客图》"转相摹写"，以致"遍于都下"。而江南钝僧，因为是无名小卒，不学无术，故其所云，惹人讥笑，"闻者莫不绝倒"。历史上像这样的事情并非绝无仅有，秦二世时的赵高指鹿为马，与李叔时的名图曰醉，便有某些相似之处。虽然李叔时的权威架势，作者并未作正面描写，但从他对钝僧的勾勒中似可令人想见李叔时的专横、武断与滑稽。钝僧之于叔时，好比一个哈哈镜中折射出来的影子。他们的社会地位、学术水平虽不相同，然而却有一个可比性：即不顾事实。李叔时或许是忽略了图中仅"一人举杯欲饮，其余隐几、杖策、倾听、假寐、读书、属文"的事实，钝僧则是无视书生懂得《金刚经》有几卷几分的事实。由此看来，表面上是驳对方所说的"醉"字，实际上是揭穿其不顾事实、颠倒是非的态度。在开玩笑中把对方驳得体无完肤，不得不为之折服。

古人谓诗有诗眼，其实，文也有文眼。所谓眼者，"乃神光所聚"，"前前后后无不待眼光照映”。(刘熙载《艺概》卷四)这篇文章的眼乃在一个“醉”字。第一段中先摆出双方的论点:一曰醉客,一曰非醉。第二段由醉字生出波澜,至以钝僧比叔时,以书生自喻。第三段以画中被冤之客,跌入张文潜(名耒,苏门四学士之一)及作者自已。最后又将叔时抬高,美言几句,实是虚晃一枪;紧接着又以疑问的语气说他评画时方在醉中,进行辛辣的讽刺。欲擒故纵,妙语横生。嬉笑怒骂,波澜迭起。近人林纾评曰:“将一醉字,弄玩如宜僚之丸,随心高下,真聪明臻于极地。”(《林氏选评〈淮海集〉》)此言信不诬也。　(徐培均)

龙井题名记　　秦　观

元丰二年中秋后一日,余自吴兴[1]过杭,东还会稽[2]。龙井辨才法师以书邀予入山。比出郭,已日夕,航湖至普宁,遇道人参寥。问龙井所遣篮舆[3],则曰:“以不时至,去矣。”

是夕,天宇开霁,林间月明,可数毛发,遂弃舟从参寥,杖策并湖而行。出雷峰,度南屏,濯足于惠因涧。入灵石坞,得支径上风篁岭。憩龙井亭,酌泉据石而饮之。自普宁经佛寺十,皆寂不闻人声。道旁庐舍,或灯火隐显,草木深郁,流水激激悲鸣,殆非人间有也。

行二鼓矣,始至寿圣院,谒辨才于潮音堂。明日乃还。

〔注〕 ① 吴兴:治今浙江湖州。 ② 会稽:治今浙江绍兴。 ③ 篮舆:竹轿。

读了此文,好似夜游西湖龙井,如饮香茗,心旷神怡。

夫名山胜水,人皆喜日游,殊不知夜游之乐,不仅有异于日游,抑且胜于日游者。东晋时王徽之雪夜访戴逵,从山阴到剡溪,不远百里,舟至戴门,却返棹而回,说是“乘兴而行,兴尽而返”。依我看,他的兴趣不全在访戴,而在于夜游,既然赏完了一路雪景,又何必访戴呢?宋代苏轼之夜游赤壁、夜游石钟山、夜游承天寺,恐怕也是被优美的夜景所吸引,于是产生了一篇篇奇文。

夜游之乐何以异于日游?一曰寂静,二曰朦胧。寂静使人排除一天的烦嚣,神清志爽,心理上得到最大的平衡。朦胧使客观景物披上一层轻纱,带有某种神秘之感和含蓄之美,使人沉思妙想,意味无穷。试读少游此篇,便有这样的感觉。“自普宁经佛寺十,皆寂不闻人声”,是写的寂静;“道旁庐舍,或灯火隐显,草木深郁”,这是在寂静中带有朦胧;“流水激激悲鸣”,这是以动衬静,所谓“鸟鸣山更幽”,同其况味也。夜行人至此,不能不产生一种神秘之感,不能不感受到一种含蓄之美。艺术上有一种藏和露的关系。袒露无遗,一眼看到底,便毫无意味,若有藏有露,便易引起联想,像国画中的断云山水,露出的只是一些峰峦,两峰之间唯有白云游荡。看到几朵白云,人们便会驰骋想象,感到"白云生处有人家",或是其中藏有深林幽谷,奇花瑶草……细读少游此文,我们不是也会产生诸如此类的审美情趣吗?

也许有人要问:少游文中也说过"是夕,天宇开霁,林间月明,可数毛发",说明夜空极其晴朗,岂复有朦胧之美?我说这是相对而言,夜间尽管月明如昼,但不等于白昼,何况少游乃是一种艺术夸张。正如东坡《记承天寺夜游》所云"庭下如积水空明,水中藻荇交横",决计不会有人把它当作真正的积水和藻荇。明乎此,少游"可数毛发"云云,亦用以喻月光也。作者此时林间步月,其心境之坦夷,神态之幽闲,可想而知矣。

此文作于宋神宗元丰二年(1079)中秋后一日。这年夏初,少游与杭僧参寥子(又名道潜)搭东坡官船南下,至会稽探视其大父承议公与叔父秦定。七月,东坡以乌台诗案被逮于湖州,少游闻讯赶来打听虚实,然后东还会稽,路过杭州,受到龙井寿圣院住持辨才的邀请,参寥子在西湖边的普宁寺迎候。于是乎便发生了以上的一幕。所谓"题名",据明徐师曾《文体明辨》云:"按题名者,纪识登览寻访之岁月,与其同游之人也,其叙事欲简而赡,其秉笔欲健而严……亦文之一体也。"少游此文,完全符合这一文体的要求。"简而赡",是指内容方面的,全文不过180字,除纪识登览寻访之岁月与其同游之人外,还生动地描绘了沿途景色、人物的行动和内心的感受。以诗相比,它不及一个中篇;以词相比,它不及一首240字的《莺啼序》,但其容量,则不可同日而语。"健而严",是指行文而言。作者一反他在填词时婉约缠绵、低回要眇之致,用笔劲健,文如行云流水,自然而又合乎法则,结构极其严谨。我们读此文中间一段,几乎被它的文气紧紧抓住,非得一口气念到底,当中无法停顿。

明王圣俞在选辑《苏长公小品》时说:"文至东坡,真是不须作文,只随时记录便是文。"少游为东坡得意门生,他的这篇小品文深受东坡影响,也是随时记录,不是故意作文。因此它给人的印象是娓娓而谈,如话家常,也好似一幅令人向往的导游图。

(徐培均)

眇[①] 倡 传　　　秦 观

吴[②]倡有眇一目者,贫不能自赡,乃计谋与母西游京师。或止之曰:"倡而眇,何往而不穷。且京师天下之色府也,美眄巧笑，雪肌而漆发，曳珠玉，服阿锡③，妙弹吹，籍于有司者以千万计。使若具两目，犹恐往而不售，况眇一焉。其瘠于沟中必矣。"倡曰："固所闻也；然谚有之：心相怜，马首圆。以京师之大，是岂知无我俪者？"遂行。

抵梁④，舍于滨河逆旅。居一月，有少年从数骑出河上，见而悦之。为解鞍留饮燕⑤，终日而去。明日复来，因大嬖⑥，取置别第中。谢绝姻党，身执爨⑦以奉之。倡饭，少年亦饭；倡疾不食，少年亦不食。嗫嚅伺候，曲得其意，唯恐或不当也。有书生嘲之曰："间者缺然不见，意有奇遇，乃从相矢者处乎？"少年忿曰："自余得若人，还视世之女子，无不余一目者。夫佳目，得一足矣，又奚以多为！"

赞曰：前史称刘建康嗜疮痂，其门下二百人，常递鞭之，取痂以给膳。夫意之所蔽，以恶为美者多矣，何特眇倡之事哉？传曰："播糠迷目，则天地四方易位。"余尝三复其言而悲之。

〔注〕①眇：一只眼睛瞎。　②吴：指东南(江苏南部、浙江北部)一带。　③阿(ē)：细缯。锡：通"緆"，细布。　④梁：汴梁，北宋都城，今开封。　⑤饮燕：即饮宴。　⑥嬖(bì)：宠爱。　⑦执爨(cuàn)：司炊事。爨，烧火做饭。

一个时代有一个时代的审美标准。秦观说："君子之论人，观其终身之大节。大节丧矣，虽有一时之美、一日之长足以夸污世而矫流俗，君子无取焉。"(《王俭论》)讲君子之美，首先看其大节；讲女子之美，首先品其容貌。故自屈原以来，中国文学史上便有美人芳草以喻君子的传统。但是这里秦观不用女子容貌之美喻君子之德，却用女子之丑喻君子之癖。这种审美标准的有意颠倒，确是抓住了小品文嬉笑怒骂、讽刺挖苦的特点。

秦观是著名的词人，也是编故事的能手。编故事要编得奇特，才能引人入胜。清代戏剧家李渔曾说："古人呼剧本为传奇者，因其事甚奇特，未经人见而传之，是以得名。可见非奇不传。新，即奇之别名也。"(《闲情偶寄·脱窠臼》)小品文也应讲究构思奇特，情节新颖，如此方可引起读者的兴趣。这篇文章中的故事，可谓奇之又奇，新而又新。首先它写这个倡伎不是品貌端丽，而是瞎了一只眼，是一奇也；其次写她不在吴地甘守清贫，却要到号称天下之色府的汴京(今开封市)去角逐一番,是二奇也;再次,竟有一位身从数骑的富家公子一见钟情,奉之唯恐不谨,是三奇也。

为了突出这一故事的新奇,作者又用了渲染与夸张等艺术手法。其一是以京师数以千万计的美倡与之对比:那些美倡就形体言,“美盻巧笑,雪肤而漆发”,可谓美艳动人;就服饰言,她们“曳珠玉,服阿锡”,一个个珠光宝气,华丽无比。她们还能歌善舞,妙于吹弹。尽管色艺俱佳,“犹恐往往而不售”。这一对比,使人增加了对眇倡命运的担心。其二是以富家少年作为烘托:那少年不仅对眇倡“见而悦之”,“明日复来”,而且把她置之别第,谢绝姻党,亲自执爨,“倡饭,少年亦饭;倡疾不食,少年亦不食”,痴情一至于此,盖世所罕见。这一烘托,突出了眇倡遭遇之奇。其三是在矛盾冲突中刻画人物。吴倡赴京之初,即有人劝阻道:“眇而倡,何往而不穷!”但她很自信:“心相怜,马首圆”,只要真心相爱,“岂知无我俪哉”!可见其性格之奇。那位少年也碰到一位好事者的嘲讽,但他却愤然回答:“夫佳目,得一足矣,又奚以多为?”真是妙极了!他俩不顾别人阻挠,冲破思想上的束缚,终于成为一对情侣。

故事愈是编得新奇,讽刺愈是辛辣有力。表面上是写那少年是在猎奇逐怪,实际上是借题发挥,讽刺那些“意之所蔽,以恶为美”的糊涂虫。以恶为美,是非颠倒,在封建时代可谓屡见不鲜。所以屈原就曾叹曰:“世溷浊而不清,蝉翼为重,千钧为轻,黄钟毁弃,瓦釜雷鸣。”(《卜居》)秦观身逢元祐党争,政局朝三暮四,谗人高张,贤士无名,面对如此现实,他不能不感到屈辱与愤懑。这种情绪在篇末赞词中表达得更为明显。刘建康,名穆之,官至尚书右仆射,此人嗜痂成癖,事见《南史》本传。播糠迷目,语出《庄子・天运》。少年之爱眇倡,犹刘穆之之嗜疮痂,他们都是鬼迷心窍,分不清美丑善恶。读到这里,我们更加恍然大悟,原来秦观编出如此荒诞离奇的故事,乃是为了讽刺像刘建康那样的达官贵人。在他们掌权的时代,不但美丑不分,连“天地四方”也变换了位置。我们三复其言,细细品味上述故事,不是会得到一些启迪么?

(徐培均)

二侯说 秦观

闽有侯白,善阴中[①]人以数,乡里甚憎而畏之,莫敢与较。一日,遇女子侯黑于路,据井旁,佯若有所失。白怪而问焉,黑曰:“不幸堕珥[②]于井,其直百金,有能取之,当分半以谢。夫子独无意乎?”白良久计曰:彼女子亡珥,得珥固可绐[③]而勿与。

因许之。脱衣井旁，缒[4]而下。黑度白已至水，则尽取其衣亟去，莫知所途。故今闽人呼相卖曰："我已侯白，伊更侯黑。"

余谓二侯皆俚巷滑稽之民，适相遭而角其技，势固不得不然，于其所亲戚游旧，未必尔也。而今世荐绅之士，闲居负道德、矜仁义、羞汉唐而不谈，真若无徇于世者，一旦爵位显于朝，名声彰于时，稍迫利害，则释易而趋险，叛友而诬亲，挤人而售己，更相伺候，若弈棋然。唯恐计谋之不工，侥幸一切之胜，而曾黑白之不若者，武相仍、袂相属也。则二侯之事，亦何所怪哉！

〔注〕 ① 阴中(zhòng)：暗害。 ② 珥(ěr)：珠玉耳饰。 ③ 绐(dài)：欺骗。 ④ 缒(zhuì)：以绳拴人而下。

古来荐绅之士，固然不乏正人君子，但也有金玉其外、败絮其中的小人。尤其到了发生利害冲突的时候，他们的"人际关系"更会变得钩心斗角，尔虞我诈。这篇小品文说的是闽中二侯相互欺骗的故事，实际上是把矛头指向这类荐绅之士。因此我们说，二侯的故事愈是生动，这类荐绅之士"皮袍底下的小字"愈是挖得深刻。作者用的是陪衬法。

秦观笔下所刻画的侯白，寥寥几笔便显示出他是个老谋深算、腹隐机关的惯骗。他善于暗中算计人，而人们受其害却抓不到他的把柄，只好敢怒而不敢言，更没有人敢和他较量高低。可是道高一尺，魔高一丈，他偏偏碰上侯黑，本来想弄到一副价值百金的簪珥，结果却落得剥光衣服，剩下一副赤条条的身体。"强中更有强中手"，害人终害己。读至此处，不禁使人欲浮一大白。

二侯确是坏透了，令人憎恨。但作者并未将他们一棍子打死，说他们的相骗不过是偶然斗智，"势固不得不然"，对于他们的亲朋好友，未必如此。文章至此来了一个顿挫——前面是在说故事，类笔记小说；后面却生发出一段议论，以"今世荐绅之士"同二侯作了一个比较。别看这些上层人物道貌岸然，满口的仁义道德，可是一旦得势，"稍迫利害"，便翻脸不认人，哪怕是他的"亲戚游旧"，再好的朋友，他也竭力陷害，无情打击，"唯恐计谋之不工"。这样的人物，不但过去有，现在有，将来很长一段时期内，恐怕还会有。可见作者洞察力之深之透，千载而下，他那枝犀利的笔还在解剖一些人的灵魂。在这里，他用了排句"释易而趋险，叛友而诬亲，挤人而售己"，把这些"荐绅之士"的特点作了极其精当的概括。从"一旦"起至"袂相属也"止，整整一大段，词意流走，一气呵成，如涧水之出谷，奔腾直泻，夹着一股搏动人心的力量。谁读了，都会对这样的人物产生比对二侯更大的憎恨。考秦观生平，元祐六年(1091)他由秘书省校对黄本书籍迁正字，不数月，那位推荐他的赵君锡因贾易弹劾秦观“薄于行”，遂“愿寝前荐”，转而攻讦秦观，并及苏轼。可见这种“稍迫利害”便“叛友而诬亲”的人和事，他在生活中确曾遇到过。那么这篇文章，也许是有感而发吧。 (徐培均)

·

【作者小传】

李格非

北宋文学家。字文叔。济南章丘(今属山东)人。李清照之父。早年用意经学。熙宁进士。元祐中为太学博士，以文章受知于苏轼。历任校书郎、著作佐郎、礼部员外郎、提点东京刑狱等官。建中靖国元年(1101)因涉及“党人”事罢官。工词章，文章精练有笔力。著有《洛阳名园记》等。

书洛阳名园记后

李格非

洛阳处天下之中，挟崤、渑之阻①，当秦、陇之襟喉②，而赵、魏之走集③，盖四方必争之地也。天下常无事则已，有事，则洛阳必先受兵。予故尝曰：洛阳之盛衰，天下治乱之候④也。

方唐贞观、开元之间，公卿贵戚开馆列第于东都者，号千有余邸。及其乱离，继以五季之酷⑤，其池塘竹树，兵车蹂践，废而为丘墟，高亭大榭，烟火焚燎，化而为灰烬，与唐共灭而俱亡，无余处矣。予故尝曰：园圃之废兴，洛阳盛衰之候也。

且天下之治乱，候于洛阳之盛衰而知；洛阳之盛衰，候于园圃之废兴而得。则《名园记》之作，予岂徒然哉？

呜呼！公卿大夫方进于朝，放乎一己之私意以自为，而忘天下之治忽，欲退享此乐，得乎？唐之末路是矣。

〔注〕 ① 挟：凭借。崤(xiáo)：山名，位于函谷关东端，地势险要。渑(miǎn)：渑池，在今河南渑池县西，为古代九塞之一。 ② 秦、陇：今陕西、甘肃一带。襟喉：衣襟与咽喉，比喻要冲之地。 ③ 赵：今河北南部、山西东部、河南北部一带。魏：今山西西南部、河北北部一带。走集：边界要塞。 ④ 候：征兆。 ⑤ 五季：五代(后梁、后唐、后晋、后汉、后周)。酷：残酷战争。

作文议事论理，要在逻辑严密、丝丝入扣。李格非是历来主张“文不可以苟作”的，他的这篇《书洛阳名园记后》，便体现了他那严肃的创作态度和严谨的创作风格。

“书……后”，即人们通常所说的“跋”。《洛阳名园记》，是李格非的传世之作，该记详细记述了洛阳当时的十九处著名园圃，最后，发表了这段议论，作为全文跋语。这篇小文，先写洛阳形势之险，地位之要，指出，洛阳之盛衰，是天下治乱的标志。接着，通过回顾历史上洛阳园圃之兴废，进一步指出，园圃之兴废，又是洛阳之盛衰的标志。然后揭示主题，说明作此《名园记》之意义——由园圃之兴废，知洛阳之盛衰；由洛阳之盛衰，知天下之治乱。最后，向“公卿大夫”们发出忠告：万万不可放纵一己之私意，忘却天下之治乱，重蹈唐末之覆辙。四段文字，步步深入，层层增重，逐渐迫近主题，最终揭明大义。其构思之精到，逻辑之严密，表述之圆熟，大大增添了文章的论辩力量。

以深刻的历史反思统领全文，是这篇小文的另一显著特点。作者将名园之命运和洛阳城之命运看作是窥视天下治乱的一个窗口，以极敏锐的政治嗅觉写洛阳之险要，写前朝之兴亡。在作者笔下，物移景迁和政治气候息息相关，世事治乱与名城名园血脉相连。其对历史的反思和慨叹，不是浮光掠影式的回顾和故弄玄虚式的怅吁，而是深沉的、凝重的、倾注着作者的一腔热血的。在文章的最后，作者又让历史的反思与严峻的现实相撞击，总结历史教训、忠告当朝权贵，提醒他们务必以史为鉴，居安思危，以求长治久安为己任，莫以一己私意误天下。在反思历史的基础上发出如此忠告，更显得情理兼备，语重心长。

该文作者李格非，是北宋时期一位文人兼学者的才子，著名女词人李清照的父亲。据《宋史·艺文志》记，李格非有《济北集》、《李格非集》五十四卷、《礼记精义》十六卷、《史传辨志》五卷、《永洛城记》一卷等。因其才学卓著，曾被时人誉为“后四学士”之一。遗憾的是，李格非的文集后来大多散佚，唯余《洛阳名园记》一篇传世。宋人惠洪在《冷斋夜话》（卷上）中曾记有李格非轶事，其中对李格非提出的“文章以气为主，气以诚为主”的文学主张十分称许。读罢《书洛阳名园记后》，可以看出，李格非的创作实践和他的创作理论是完全一致的。此文“气”之足，“诚”之著，当是其之所以成功的重要原因。　　（荣　斌）

【作者小传】

王辟之

字圣涂，临淄（今山东临淄东北）人。治平四年（1067）进士。历仕州县三十年，绍圣四年（1097），归里，以仕宦见闻。著《渑水燕谈录》。

真宗恶人奔竞　　王辟之

真宗尝谕宰臣一外补郎官①，称其才行甚美，俟罢郡还朝，与除监司②。及还，帝又语及之。执政拟奏，将以次日上之，晚归里第，其人来谒。明日，只以名荐奏，上默然不许。察所以，乃知已为伺察③密报矣。终真宗朝，其人不复进用。真宗恶人奔竞④如此。

〔注〕 ① 外补郎官：郎官是帝王侍从官员的通称，外补意为外放到地方上去补缺。 ② 监司：指监察州县的地方长官。 ③ 伺察：这里用作名词，指受帝王派遣暗地监督官员行踪的密探。 ④ 奔竞：为私利而奔走钻营。

"真宗恶人奔竞如此"，在《渑水燕谈录》中，这个故事列入"帝德"一门，可知作者是作为皇帝的美德来歌颂的。然而从今天读者的眼光看来，这里正好暴露出宋真宗在用人问题上的极端矛盾的作法。你看，宋真宗很称赞某郎官的才干，一再告诉宰相要提拔他作监司，可是等到宰相正式上奏推荐他时，宋真宗却坚决不同意了。宋真宗为什么突然变卦呢？就因为这位郎官头天晚上到宰相府上去拜见过一次，而且被密探侦查到，上报皇帝知道了。由此看来，宋真宗"恶人奔竞"——厌恶朝臣为了自己的私利而奔走钻营，说明他律下之严厉，而他的"伺察密报"——派遣密探暗地监督官员行踪，则说明他待下的苛刻。严厉是应该的，苛刻是不应该的，两者交织在一起，就构成了宋真宗的矛盾性格。当然这位郎官因为想走宰相的门路而落得个"终真宗朝不复进用"的下场，完全是咎由自取，并不能因为真宗的矛盾性格而宽恕他的劣迹。

（陈榕甫）

【作者小传】

苏　过

(1072—1123)，北宋文学家。字叔党，号斜川居士。眉州眉山(今属四川)人。苏轼第三子，时称为"小坡"。宋哲宗元祐六年(1091)，曾应礼部试，未第。绍圣元年(1094)，轼谪惠州，四年，复谪儋州，皆随行。元符三年(1100)，随父北归。轼卒后，依叔父苏辙居颍昌(今河南许昌)，营湖阴地数亩，名为小斜川。苏过于苏轼三子中文名最高，有《思子台赋》《飓风赋》行于世。另有词作数首，见黄昇《花庵词选》。

记交趾进异兽①　　苏　过

麒麟凤凰②，天所生也；虎豹蛇蝎，亦天所生也。生麟凤矣，必复生虎豹蛇蝎，苍苍③者或自有说。然天之生麟凤也不数④，而虎豹蛇蝎害人之物，往往蕃衍⑤于深山大泽间，耽耽焉，逐逐焉⑥，肆其爪牙之利，以逞其口腹之欲。宜乎麒麟凤凰，高飞远引，不一游于世也。

〔注〕①该记文当作于随父苏轼贬官南迁时。交趾：又作"交阯"，古国名，在今越南北部红河流域。北宋开宝初年，其主丁琏遣使上表内附，成为宋朝的属国。异兽：《宋史·五行志》载："嘉祐三年，交阯贡异兽二。初，本国称贡麒麟。既至，枢密使田况辨其非麟，诏止称异兽。"②麒麟：传说中的仁兽名。象征吉祥。《吕氏春秋·应同》："刳首食胎，则麒麟不来。"凤凰：传说中的鸟名。雄为凤，雌为凰。《管子·封禅》："今凤凰麒麟不来，嘉谷不生。"③苍苍：借指天。蔡琰《胡笳十八拍》："泣血仰头兮诉苍苍，胡为生兮独罹此殃。"④数：多。⑤蕃衍：滋生繁殖。司空图《蒲帅燕国太夫人石氏墓志》："蕃衍益盛，古今罕俦。"⑥耽耽焉，逐逐焉：出自《易·颐》："虎视眈眈，其欲逐逐。"耽耽，又作"眈眈"，瞪目逼视的样子。逐逐，急欲得到的样子。

苏轼"东坡"的名头早已为世人所知，据《宋史》记载，他的三个儿子（朝云所生苏遯早夭，通常不计）苏迈、苏迨、苏过也"俱善为文"，而这其中又以苏过为特出，号"小坡"。苏轼一生宦海沉浮，晚岁又因党争之故贬官岭南，漂泊岭表的岁月里，"独以少子过自随"（苏辙《亡兄子瞻端明墓志铭》）。当然，苦难和成功有时候就像一母同胞的两个弟兄，苏过在跟随苏轼尝尽了生活磨难的同时，也受苏轼熏陶最深，在三兄弟中文学成就最高。故而苏辙说道："吾兄远居海上，惟成就此儿能文也。"（《宋史》）

《记交趾进异兽》就是一篇颇能体现"苏氏特色"的小品文。文章以宋朝属国交趾进贡给北宋朝廷异兽为引子，对"麒麟凤凰"与"虎豹蛇蝎"进行了一番对比：麟凤之类是天生的，而虎豹之属也是天生的，有麒麟凤凰，就必然有虎豹蛇蝎，这样的结果或许是上天自有其考量，固然无可厚非，然而可气的是，麟凤一类数量稀少，反而虎豹蛇蝎这些害人的东西却藏在深山大泽之间繁衍不息，代代无穷，它们倚仗着自己锋利的爪牙，虎视眈眈、贪得无厌。既然坏东西这么多，那么适合麒麟凤凰的出路应该就只有"高飞远引，不一游于世"一途了吧！

苏过的这篇文章短小精悍，运用了对比的手法，在"麒麟凤凰"与"虎豹蛇蝎"的反复比较中把观点慢慢凸显，同时也将情感层层递进，而就文章的整体来看，又是一篇辛辣的讽刺小品，寄慨万端，颇有苏轼之风！该文是苏过随其父苏轼贬官南迁时所作，朋党之争、权臣倾轧，苏过耳闻目睹其父的遭际，愤而有此作。“麒麟凤凰”比喻仁人君子，“虎豹蛇蝎”正如奸佞小人，而化育这些的“苍苍”不正是那居高临下、雄视万天的皇帝陛下吗？讽刺的矛头直指北宋最高统治者，无怪乎清人王符曾说苏过此文：“借异兽摅写愤懑，玉斗可撞，唾壶欲碎”！

（刘勇刚 孙震宇）

【作者小传】

何 薳

(1077—1145) 北宋文学家。字子远，号韩青老农，浦城（今属福建）人。著有《春渚纪闻》一书，记述宋代名士遗闻轶事。

雍丘[①]驱蝗诗　　何 薳

米元章[②]为雍丘令。适旱蝗大起，而邻尉司焚瘗后遂致滋蔓[③]。即责里正[④]并力捕除。或言尽缘雍丘驱逐过此，尉亦轻脱[⑤]，即移文载里正之语致牒雍丘[⑥]，请各务打扑收埋本处地分，勿以邻国为壑者。时元章方与客饭，视牒大笑，取笔大批其后付之云：“蝗虫元是空飞物，天遣来为百姓灾。本县若还驱得去，贵司却请打回来。”传者无不绝倒。

〔注〕 ① 雍丘：古地名，今河南杞县。 ② 米元章：米芾(1052—1108)，字元章。宋代著名书画家。行多违世异俗，人称米颠。 ③ 尉：县尉，地位低于县令。瘗(yì)：埋葬。 ④ 里正：古代乡里小吏。 ⑤ 轻脱：轻率随便。 ⑥ 移文：以公文发往平行机关。牒：书札。此指官府公文。

俗称推诿责任为“打太极拳”，倒很形象，因为太极拳中“推”的动作特别多。本文这位县尉算得上是“打太极拳”的行家。所管县内发生了严重的蝗灾，事关民命与乌纱，何等紧要切己。按理县尉当亲往督治，责无旁贷。可是他懒得干吃力不讨好的事，施出了平昔最拿手的一招：推。往下一推，把一个烫手的球推到里正身上。里正如果呆头呆脑地接过这个球，那真要“吃不了兜着走”！里正太极拳功夫也不弱，他心中清楚，这个球往上推已是此路不通，往下推无人承担，于是，他匠心独运地耍了个“推”的绝招：蝗虫之所以成灾，都是邻县赶过来的！空灵奇妙，轻易地调整了球的方向，化险为夷，又博得上司的青睐。县尉对属下"青出于蓝"的绝招非常中意,他不加思索就闻风而动,立即亲自签发一角公文到邻县,责怪对方不该"以邻为壑"。多么神奇的太极拳功,竟把球推到了雍丘县。

这桩趣事,惟妙惟肖地勾画了历来官场的办事作风:一推了事。遇事"打太极拳"这种陈腐的官僚恶习,今天是否已经全然绝迹了呢?个中人不妨扪心自问一下。

雍丘县令米芾不同于蠢官俗吏,很有才气和风度。他接到这个莫名其妙的球,立即在公文上回批了一首打油诗,指出蝗虫是老天派遣来的,与我米某无关。"本县若还驱得去,贵司却请打回来。"多么幽默俏皮,充满奚落揶揄意味。倘然米芾也一本正经地发回文,义正辞严地据理驳斥,那岂不味同嚼蜡?他对付"打太极拳"的方法,别出心裁而又痛下针砭,是值得借鉴的一剂良方。

全文用夸张的手法,描述了喜剧性的事件,妙趣横生,堪称一则绝妙的讽刺小品。

(曹光甫)

【作者小传】

朱敦儒

(1081—1159)　南宋词人。字希真,号岩壑老人,洛阳(今属河南)人。早年隐居不仕。绍兴五年(1135),赐进士出身。曾任两浙东路提点刑狱。秦桧为相时,任鸿胪少卿。其词语言清畅俚俗,多写隐居生活的闲适放浪;南渡后,也有感怀、愤激之作。有《岩壑老人诗文集》,已佚。今存词集《樵歌》。

东方智士说　　朱敦儒

东方有人,自号智士,才多而心狂①,凡古昔圣贤与当世公卿长者,皆摘其短缺而非笑之;然地寒力薄,终岁不免饥冻。里有富人,建第宅甲其国中,车马奴婢,钟鼓帷帐惟备②。一旦,富人召智士语之曰:"吾将远游,今以居第贷子③,凡室中金宝资生之具无乏,皆听子用不计④。期年还则归我。"富人登车而出,智士杖策而入。僮仆妓妾,罗拜堂下,各效其所典簿籍以听命⑤,号智士曰假公⑥。智士因遍观居第,富实伟丽过王者,喜甚。忽更衣东走圊[7],仰视其舍卑狭,俯阅其基湫隘[8],心郁然不乐,召纪纲仆让之曰[9]:"此第高广而圊不称。"仆曰:"惟假公教[10]!"智士因令彻旧营新,狭者广之,卑者增之,曰如此以当寒暑,如此以蔽风雨。既藻其棁[11],又丹其楹[12],至于聚筹积灰,扇蝇攘蛆[13],皆有法度。事或未当,朝移夕改,必善必奇。智士躬执斤帚[14],与役夫杂作。手足疮茧,头蓬面垢,昼夜废眠食,忉忉焉[15],惟恐圊之未美也。不觉阅岁,成未落也[16]。忽阍者奔告曰[17]:"阿郎至矣[18]。"智士仓黄弃帚而趋迎富人于堂下。富人劳之曰[19]:"子居第乐乎?"智士恍然自失曰:"自君之出,吾惟圊是务。初不知堂中之温密,别馆之虚凉,北榭之风,南楼之月,西园花竹之胜,吾未尝经目。后房歌舞之妙,吾未尝举觞。虫网瑟琴,尘栖钟鼎[20],不知岁月之及,子复归而吾当去也!"富人揖而出之。智士还于故庐,且悲且叹,悒悒而死。市南宜僚闻而笑之[21],以告北山愚公。愚公曰:"子奚笑哉[22]?世之治圊者多矣,子奚笑哉?"

〔注〕 ① 心狂:心态狂傲。 ② 惟备:齐备。惟,语助词,无义。 ③ 贷子:借给你。 ④ 听子用不计:听凭你使用而不计较。 ⑤ 效:献出。听命:听候命令。 ⑥ 假公:假,借。假公,意含非"真主人"之讽刺在内。 ⑦ 圊(qīng):厕所,粪槽。 ⑧ 湫(jiǎo)隘:低下狭小。 ⑨ 纪纲仆:管理法度的仆人,即管家。让:批评。 ⑩ 惟假公教:听凭你"假公"吩咐。 ⑪ 藻其棁(zhuō):修饰梁上的短柱。棁:梁上短柱。 ⑫ 丹其楹(yíng):以朱红的染料漆饰厅堂的前柱。楹,厅堂的前柱。 ⑬ 扇蝇攘蛆:指进行大扫除,清除污秽。 ⑭ 躬执斤帚:亲自拿起工具。斤,刀。 ⑮ 忉(dāo)忉:忧心貌。 ⑯ 成未落:尚未完工。落成,指居室建成。 ⑰ 阍(hūn)者:看门人。 ⑱ 阿郎:指原先的主人。 ⑲ 劳之:慰劳。 ⑳ 虫网瑟琴,尘栖钟鼎:指一切享乐之具均被虫网灰尘笼罩,未及享用。 ㉑ 市南宜僚:《庄子·徐无鬼》:"市南宜僚弄丸,而两家之难解。"原指古代楚国的勇士。此指市南的人士。 ㉒ 奚笑:何必发笑,笑些什么。

《列子·汤问篇》所载述的愚公与智叟为移山而发生争论的故事,是大家所熟知的。本篇所撰写的东方智士与北方愚公的故事则是朱敦儒"新编"的。它的大体梗概如下:东方智士,才多而家贫。一天里中一位大富翁请他到家中,说自己将出外远游一年;在这一年中,家中的一切悉由智士支配调排。智士"上任"后,遍阅其家,深觉富实伟丽简直超过了王侯之家,但忽又发现东园的厕所实在糟糕得不像样子。于是下决心彻底整治,自己亲自率领奴仆苦心经营,弄得头蓬面垢,废寝忘食。正当新建的厕所快要完工时,主人已经返回。主人问他:你居住我家觉得快乐吗?智士答道:从您走后,我日夜为修厕所奔忙,家中其他一切的乐趣我一点都未享受过;现在您既已回家,我当归家去矣。说罢,智士便回到自家贫寒的陋室中去,十分懊悔,未几即悒郁而死。有人闻后,窃笑智士之愚蠢,且告之北山愚公,愚公答曰:你们笑什么?世上像智士那样专治厕所、不懂享福的人多着呢!

这则"故事新编"究竟寓有怎样的"大义"呢?对此,尽可有不同的理解。收录此文的《宾退录》作者赵与时认为:"世之人不能穷理尽性,以至于圣贤之乐地,而区区驰逐末务以终其身者,皆东方智士之流也。"赵氏是南宋理学家杨简之门生,也是一位理学观念甚深的文人。所以他认为朱敦儒此文在于阐发读书的要诀——照赵氏的理解,圣贤书中自有"乐地"存在,那就是"理"呀、"性"呀之类深奥的道理;而某些读书人却终其一生未能"穷理尽性",只在"末务"中间驰逐(这恐怕是指以训诂文字、考订名物制度为主的"汉学"学派),这真是丢了华屋高堂不住却偏要去整治厕所!

不过,若照我们看来,朱敦儒此文的主旨却并不如赵氏所说的那样,而是他本人人生观的一种形象性阐发。这只需结合朱敦儒本人的词作便知端倪。朱词有曰:"人生虚假,从古英雄总是痴"(《减字木兰花》)、"谁能留得朱颜住?枉了百般辛苦"(《桃源忆故人》),又曰:"新来省悟一生痴"(《朝中措》)、"老人谙尽人间苦,近来恰似心头悟"(《菩萨蛮》)。这些词句,都吐露了朱敦儒对于人生的"彻悟":人生本是"虚空"或"虚假"的,因而本该"及时行乐",又何必去"百般辛苦"地经营奔忙呢?由于他有了这种"省悟",所以顿觉那辈"英雄"不过是一批"痴人"而已。根据朱敦儒的这种人生观,我们就可把此文的主旨理解为:人生本是短暂的(就像东方智士在别人家中只做了一年的"主人"那样),故便应该抓紧机会尽情地享受它,而不该汲汲奔忙于蝇头微利(如文中的"厕所")的驰逐;否则,到头来只能懊悔无穷,遗恨终生!

应该指出,朱敦儒的这种人生观实是一种消极虚无的思想观念。但是,我们又该看到,这类"人生虚空"和"及时行乐"的人生观,在封建社会中却又是相当普遍地存在于不少文人中间的。比如李白那篇有名的《春夜宴桃李园序》就说过:"夫天地者,万物之逆旅;光阴者,百代之过客。而浮生若梦,为欢几何?古人秉烛夜游,良有以也。"不过,李白的话是正面直说的——他把天地比作人类的"旅馆",又把人类比作是历史的"过客",因而得出"结论":人们应该及时地、尽情地享乐。而朱敦儒的这篇《东方智士说》,却用了"寓言"的方式,从"反面"表述了与李白相似的观点：人们如不及时享乐，而去苦心专营那些“末务”，那就是大愚特愚的人了。文中的“智士”实是一种带有嘲笑意味的反称。所以，本文以“世之治圃者多矣，子奚笑哉”作结尾，意即含有“警世”之旨在焉。当然今天我们读它，并不在于欣赏它所表述的消极人生观，而主要在于欣赏它巧作“寓言”的相当成功的艺术表现手法。 （杨海明）

【作者小传】

米友仁

(1086—1165) 宋书画家、诗文家。原名尹仁，字元晖，小名寅哥、鳌儿、虎儿，晚号懒拙老人。祖籍太原(今属山西)，徙居襄阳(今属湖北)，后定居润州(今江苏镇江)。米芾长子，世称“小米”。早年以书画知名，徽宗宣和四年(1122)应选为书学博士。南渡后，官至兵部侍郎，敷文阁直学士。其画艺师承其父而又有创新。所作山水，多以水墨横点，连点成片，形成烟云变灭的画面，世有“米点山水”之称。其诗多题画之作，词作清逸潇洒。著作今传有《阳春集》及《阳春词》。

米元晖画题

米友仁

绍兴乙卯初夏十九日①，自溧阳来游苕川②，忽见此卷于李振叔家，实余儿戏得意作也。世人知余喜画，竞欲得之，鲜有晓余所以为画者。非具顶门上慧眼者③，不足以识。不可以古今画家者流画求之。老境于世海中，一毫发事泊然无着染。每静室僧趺④，忘怀万虑，与碧虚寥廓同其流荡。焚生事，折腰为米⑤，大非得已。振叔此卷，慎勿以与人也。

〔注〕 ① 绍兴：南宋高宗年号(1131—1162)。乙卯为绍兴五年(1135)。 ② 溧阳：今属江苏。苕川：即苕溪，源出天目山，东流经杭州，西流经苏州等地。 ③ 顶门慧眼：佛教传说摩醯首罗天有三眼，其竖之一眼称顶门眼，最超于常眼，后来常以慧眼比喻敏锐的眼力。 ④ 僧趺(fū)：僧人盘腿而坐。 ⑤ 焚生事：焚生事句本与下句“折腰为米”对文，疑应作“焚身生事”，才可解。《左传》襄二十四年“象有齿以焚其身”，注云：“焚，毙也。”焚身生事，意谓为生计而劳身损寿。折腰为米：《晋书·陶潜传》：“以(潜)为彭泽令……郡遣督邮至县，吏白应束带见之。潜叹曰：‘吾不能为五斗米折腰，拳拳事乡里小人！’”

米芾在绘画艺术上主张要“适兴”而作，要求“平淡天真”的风格。他认为“山水心匠，自得处高也”，即是要在作品中充分表现出画家本人的人品、胸襟和志趣。他的儿子米友仁也是如此，反对当时风行的“金碧辉煌，格法谨严”的院体画，本文所说的“不可以古今画家者流画求之”，大概就是指此而言的。友仁对“儿戏得意作”极为自赏，因为这恰好是随意着笔，自然流露，体现他本人“忘怀万虑”“平淡天真”意趣的作品。到了“折腰为米”的日子，则不复有这种兴会和情致，自然就不能画出往日那种好画来了。（黄国声）

【作者小传】

刘子翚

(1101—1147)　南宋学者、文学家。字彦冲，号病翁，建州崇安(今福建武夷山市)人。曾任兴化军通判。后退居屏山讲学，学者称为屏山先生。朱熹少时从其受学。其诗初学乐府，后出入众家。部分诗篇愤慨时事，《汴京记事》二十首尤具特色。有《屏山集》。

试梁道士笔　　刘子翚

善将不择兵，善书不择笔，顾所用如何耳！南渡①以来，毛颖②乏绝，幔亭黄冠以笔遗予，玉表霜里，视之皆触藩③之柔毳也。束缚精妙，驱使如意，亦管城之匹亚④焉。因念：神州赤县半没埃秽中，或言南兵剽轻不足仗者⑤，而春秋吴、楚之霸，六朝晋、宋之捷，不闻借锐于他方，选徒于外境。昔人云：“京口⑥酒可饮，兵可用。”岂用之自有道邪？书生过计，推此理于试笔之间，庶几鵕鸏⑦之裔，不得专美于旧谈；组练之军⑧，或有为于今日。

〔注〕①南渡：指1127年，宋王室迁于南方建都。　②毛颖：指兔毫笔。　③触藩：羊。　④匹亚：不相上下。　⑤剽轻：强悍而不能持久。　⑥京口：即镇江。　⑦鵕鸏(jùn nuò)：都是兔。　⑧组练之军：指南方的威武之师。

“工欲善其事，必先利其器”(《论语·卫灵公》)。孔老夫子的这个话当然是有道理的。但是，同样的“器”，在不同的人的手中会有不同的效果，这也是事实；甚至还会有高水平的“工”，使用一般的“器”，所产生的效果，并不亚于低水平的“工”使用较好的“器”，这样的事例也是不胜枚举的。因此，就这一面而论，问题又不完全决定于“器”，而在于“工”，而在于所用者的品格、气质、才能、素养、技巧等。所以，刘子翚说：“善将不择兵，善书不择笔，顾所用如何耳！”看来他的这个想法似乎已经思考得很久，感受也很深，待到下笔之时，便毫不迟疑地将它径直托出，其语气之直率肯定，似亦不许读者作丝毫的怀疑。下面笔势趋缓，将这一感触之由来，观点之形成，有根有据，娓娓叙来。他的感触不来自别人，而是来自他的时代，他的亲身经历，这就更显得真实有力。“南渡以来，毛颖乏绝”。毛颖，指兔毫笔。韩愈在《毛颖传》中说：秦将蒙恬“围毛氏（指兔）之族，拔其豪，载颖而归，献俘于章台宫，聚其族而加束缚焉。秦皇帝使恬赐之汤沐，而封诸管城，号曰管城子……”这就是传说中的兔毫笔的诞生，也就是蒙恬造笔的故事。“汉时诸郡献兔毫，出鸿都，惟有赵国毫中用”（王羲之《笔经》）。可见有关北方兔毫质地较优的看法早已有之，然而如今南宋偏安江南，于是便出现了“毛颖乏绝”的问题，这就为梁道士赠笔设置了背景，也为进一步说笔论兵，因小即大，缘事论理，暗下了伏线。我们先从赠笔说起，幔亭，山名，在武夷山顶；黄冠，道士帽，这里代指梁道士。梁道士所赠之笔，内外洁白，如玉如霜，再仔细一看原是柔细的羊毛所做，结扎得很精巧，用起来也令人满意。以上就笔的色泽、原料、制作和使用的效果，一一说来，文字简洁，清晰。接着以“亦管城之匹亚焉”一语，总上启下，承转自然。南方的羊毫完全可以与正宗的北方兔毫比美，这一发现不仅动摇了“专美”兔毫的“旧谈”，更使他想起了另一个，“南渡以来”流行的、虽是错误却也颇有市场的“新调”，诸如“南兵剽轻不足仗者”，“吴楚之脆弱不足以争衡中原”等。其实，这也正是与不知羊毫之价值一样的不尊重事实，事实是“春秋吴、楚之霸，六朝晋、宋之捷”，不都证明了“南兵”也曾是威武之师吗！所以一度攻入关中，收复洛阳，累建战功的东晋大将桓温，就颇有感慨地说过：“京口酒可饮，兵可用。”“兵可用”既是历史一再证明了的事实，“不足仗”之说也就不攻自破了。那么，问题也就自然不在“兵”，而在“用”了。因此，作者便顺势提出“岂用之自有道邪”？问得深刻，值得深思。我们“东方兵学的鼻祖”——《孙子》一书，对此正是这么分析的：“故善战者，求之于势，不责于人，故能择人而任势”。致于“笔”，又何尝不是如此呢！“兔毫无优劣，管手有巧拙”（王羲之《笔经》）。不也是人们从实践中总结出来的至理名言吗！那些遇事只求客观，不讲主观；只想借诸“他方”“外境”，不求诸“己方”“己境”的人，都可以、也应该从这些富有哲理的论述中得到有益的启发。当然，对于南宋统治集团来讲，问题倒并不仅仅在是否“善战”“善将”，他们之所以放出那些欺人之谈，就如鲁迅先生所说的那样，他们在敌人面前“抖成一团，又必想出一篇道理来掩饰”（《看镜有感》）。作者在这里缘事论理，巧加发挥，剥掉他们的"掩饰"，其面目便不言自明。笔力神韵，均在这"引而不发"之中。

这篇短文起得明快，接得从容，收得深沉。深沉之处自不在"魏魏之裔，不得专美于旧谈"，因为那已经有"触藩之柔毳……亦管城之匹亚"的事实为证了。而在于朝廷日益衰败，局势每况愈下，"组练之军"，能否有成于"今日"，这才是作者的希望，作者的忧愤，无疑也是文章的重心之所在。陈善说："文章亦应宛转回复，首尾相应，乃为尽善。"（《扪虱新话》）这篇文章采取双起、双承、双结，首以"兵"引出"笔"，终以"笔"归结到"兵"，首尾钩连，同而不同，双管齐下，而能主次分明，实可谓"善"中之"善"也。

（赵其钧）

【作者小传】

洪　迈

(1123—1202)　南宋文学家、学者。字景庐，号容斋，别号野处，饶州乐平(今属江西)人。洪皓之子。绍兴十五年(1145)进士，官至端明殿学士。主张与金议和。曾使金，几被拘留。以文章盛名，学识渊博，尤精熟宋代史实。曾主持修纂《四朝国史》。撰有《容斋随笔》《夷坚志》等，编有《万首唐人绝句》等。清人劳格辑录有《洪文敏公集》。

稼　轩　记

洪　迈

国家行在武林[①]，广信最密迩畿辅[②]。东舟西车，蜂午错出[③]，势处便近，士大夫乐寄焉。环城中外，买宅且百数。基局[④]不能宽，亦曰避燥湿寒暑而已耳。郡治之北可里所[⑤]，故有旷土[⑥]存，三面傅[⑦]城，前枕澄湖如宝带，其从千有二百三十尺[⑧]，其衡[⑨]八百有三十尺，截然[⑩]砥平，可庐以居，而前乎相攸[⑪]者，皆莫识其处。天作地藏，择然后予。济南辛侯幼安[⑫]最后至，一旦独得之，既筑室百楹，财占地什四[⑬]。乃荒左偏以立圃[⑭]，稻田泱泱[⑮]，居然衍十弓[⑯]。意他日释位[⑰]得归，必躬耕于是，故凭高作屋下临之，是为"稼轩"。而命田边立亭曰"植杖"，若将真秉耒耨[⑱]之为者。东冈西阜，北墅南麓，以青径款竹扉[⑲]，锦路行海棠[⑳]。集山有楼，婆娑有室，信步有亭，涤砚有渚。皆约略位置，规岁月绪成之。而主人初未之识也，绘图畀㉑予曰："吾甚爱吾轩，为吾记。"

余谓侯本以中州隽人㉒，抱忠仗义，章显闻于南邦㉓。齐虏巧负国，赤手领五十骑缚取于五万众中㉔，如挟毚兔㉕，束马衔枚㉖，间关西奏淮㉗，至通昼夜不粒食㉘，壮声英概，懦士为之兴起！圣天子一见三叹息，用是简深知㉙，入登九卿㉚，出节使二道㉛，四立连率幕府㉜。顷赖氏祸作㉝，自潭薄于江西㉞，两地震惊，谭笑扫空之。使遭事会之来，契中原还职方式㉟，彼周公瑾、谢安石事业㊱，侯固饶㊲为之。此志未偿，因自诡㊳放浪林泉，从老农学稼，无亦大不可欤？

若予者，伥伥㊴一世间，不能为人轩轾㊵，乃当急须袯襫㊶，醉眠牛背，与荛童牧竖肩相摩㊷。幸未黧老时，及见侯展大功名，锦衣来归，竟厦屋潭潭之乐㊸，将荷笠棹舟㊹，风乎玉溪之上㊺，因园隶内谒曰："是尝有力于稼轩者㊻。"侯当辍食迎门，曲席而坐㊼，握手一笑，拂壁间石㊽细读之，庶不为生客。

侯名弃疾，今以右文殿修撰再安抚江南西路㊾云。

〔注〕 ① 国家行在武林：朝廷以杭州为临时国都。行在，也称行在所，皇帝出巡时的临时住所。武林，临安(今浙江杭州)别称。当时南宋已迁都临安，称临安为"行在"有表示不忘北宋故都汴梁(开封)及欲收复故土之意。 ② 广信：宋信州上饶郡(今江西上饶)。最密迩(ěr)畿(jī)辅：距离京师最近。密迩，靠近、贴近。畿辅，国都所在之地，泛指京城附近的地区。③ 蜂午错出：如同蜜蜂一样纷乱错杂而出。蜂午，纷然并起貌。 ④ 基局：基础和格局。⑤ 可里所：一里左右。可，大约。所，犹"许"，约数。 ⑥ 旷土：空旷的土地。 ⑦ 傅：围绕、附着。 ⑧ 从：同"纵"。有：同"又"。 ⑨ 衡：同"横"。 ⑩ 截然：形容界限分明，像割断一样。 ⑪ 相攸(xiàng yōu)：察看、选择善地。 ⑫ 辛侯幼安：即辛弃疾，字幼安。古代州郡级长官如同古代的一方诸侯，故有此称。 ⑬ 财：通"才"。什四：十分之四。 ⑭ 荒左偏以立圃：留下左边的地皮建立园圃。荒，空出。 ⑮ 泱泱：广大貌。 ⑯ 衍：扩展，延伸。弓：丈量土地的计量单位，一弓为五尺。 ⑰ 释位：离去本职。 ⑱ 秉耒(lěi)耨(nòu)：拿着翻土和锄草的农具。秉，拿着。耒，古代指翻土用的农具。耨，古代锄草的农具。 ⑲ 青径款竹扉：绿色的小径直通简陋古朴的竹门。款，到。 ⑳ 锦路行海棠：行走在锦绣般的小路，两旁都是海棠树。行，排列路旁。 ㉑ 畀(bì)：给。 ㉒ 中州：中原。隽人：豪杰。 ㉓ 南邦：指长江以南，这里指南宋。 ㉔ "齐虏巧负国"二句：指张安国叛变起义军之事。绍兴三十一年(1161)辛弃疾参加耿京农民义军，任掌书记一职，并劝谏耿京归附南宋朝廷。后辛弃疾等人受耿京派遣赴临安，得到宋高宗任命后北归，途中闻知张安国等人已杀害耿京并投降金朝。辛弃疾遂联合南宋统制官王世隆率五十骑兵直奔济州(今山东菏泽巨野)，于五万兵的金营中擒获叛徒张安国兵。 ㉕ 挟：挟持，夹着。毚(chán)兔：狡兔，大兔。 ㉖ 衔枚：古代军队秘密

行动时，让兵士口中横衔着枚，防止说话，以免敌人发觉。枚，古代行军时防止士卒喧哗的用具，状如筷子，衔在口中。 ㉗间关西奏淮：从小路向西进入淮河地区。间关，道途崎岖艰险，不易行走。间，偏僻的小路。奏，走，往。 ㉘不粒食：不吃一粒粮食。 ㉙用是：因此。简深知：语出《尚书·汤诰》："惟简在上帝之心。"意为辛弃疾为皇帝所知。此指乾道六年(1170)辛弃疾被孝宗召对延和殿之事。 ㉚九卿：宋代九卿为太常、光禄、卫尉、太仆、大理、鸿胪、宗正、司农、太府。辛弃疾于淳熙五年(1178)任大理寺少卿。 ㉛出节使二道：指淳熙五年(1178)下半年和淳熙六年(1179)先后任荆湖北路转运副使、荆湖南路转运副使。 ㉜四立连率幕府：指先后四次任安抚使，分别为淳熙四年(1177)春任江陵知府(府治在今湖北江陵)兼荆湖北路安抚使，同年冬任隆兴知府(府治在今江西南昌)兼江南西路安抚使，淳熙六年(1179)任潭州知府(府治在今湖南长沙)兼荆湖南路安抚使，淳熙七年(1180)再任隆兴知府兼江南西路安抚使。连率，连帅，安抚使掌管一路军政、民政大权，故称为"帅"，后以之称地方长官。幕府，安抚使官署，凡立幕府者，可以辟置僚属将佐。 ㉝赖氏祸作：指淳熙二年(1175)茶贩赖文政为湖南茶贩起义军首领，转战江西、广东，后被江西提刑辛弃疾诱杀。 ㉞潭薄于江西：潭州迫近江西。潭，潭州，即今湖南省大部分地区。薄，通"迫"，迫近，接近。 ㉟还职方式：收归版图。职方式，周代官名，掌天下地图与四方职贡。 ㊱周公瑾：三国时吴国大都督周瑜，字公瑾，庐江舒县(今安徽舒城)人，曾在赤壁之战之中与诸葛亮合力大败曹操大军。谢安石：东晋谢安，字安石，陈郡阳夏(今河南太康)人，曾指挥过大败前秦苻坚的淝水之战，该战役是中国古代以少胜多的经典战役之一。 ㊲侥：超出，增加。 ㊳自诡：自言荒诞之语。洪迈于此不赞成辛弃疾在壮志未酬之时想要隐退。 ㊴伥(chāng)伥：茫然而无所适从的样子。 ㊵轩轾：车前高后低叫轩，车前低后高叫轾。比喻抑扬，褒贬。 ㊶袯襫(bó shì)：古时指蓑衣之类的雨具或粗糙结实的衣服。袯，蓑衣一类的防雨衣，或粗糙结实的衣服。襫，古代蓑衣一类的用具。 ㊷荛(ráo)童：打柴草的儿童。荛，采柴草的人。牧竖：牧童。黧(lí)老：老人。黧，黑中带黄的颜色。 ㊸竟：尽。厦屋：大屋，指"稼轩"。潭潭：庭院深广之貌。 ㊹荷笠棹舟：戴着斗笠，划着小船。荷，戴着。棹，划船。 ㊺风乎：语出《论语·先进》："浴乎沂，风乎舞雩。"风，吹风、乘凉。玉溪：即信江，亦称上饶江，发源于浙赣两省交界的玉山县怀玉山南的玉山水和武夷山北麓的丰溪，在上饶汇合后始称信江。 ㊻尝有力于稼轩者：曾为稼轩的修建出过力的，指自己曾为"稼轩"写过"记"。 ㊼曲席而坐：连席，座席相连接。一说盘膝而坐于一席；一说席一纵一横，相连如矩尺，叫做曲席。 ㊽壁间石：壁间石刻，指洪迈所写的这篇《稼轩记》。 ㊾今以右文殿修撰再安抚江南西路：指辛弃疾以右文殿修撰的职衔(宋代地方官例带京官职衔)任隆兴府(今江西南昌市)知府兼江南西路安抚使。江南西路安抚使是辛弃疾第二次担任，故称"再"。

辛弃疾虽出生于当时处金朝统治下的山东历城(今山东省济南市历城区)，但自小受祖、父辈的影响，他早已在青少年时代就立下了恢复中原的伟大志向。二十一岁入耿京的起义军并劝谏其归附南宋，二十三岁在南宋为官，二十六岁在主和派占上风之时向宋孝宗上《美芹十论》阐论恢复大计及战略战术，向右丞相虞允文上《九议》力陈抗金方略，任地方大员进行改革并创置"飞虎军"等，无不是为了抗金大业而为。但是他的所作所为却受权贵的猜忌与排挤，这使得辛弃疾逐渐认识到自己"刚拙自信，年来不为众人所容"(《论盗贼札子》)，在失望之余便心生隐退之意。因此，淳熙七年(1180)，正值壮年的辛弃疾还在隆兴府(今江西南昌)知府兼江西安抚使任上时，便打算在广信(今江西上饶)建庄园为退隐做准备，“凭高作屋下临之，是为‘稼轩’”。稼轩建成之后，请洪迈作记，遂有了这篇《稼轩记》。

洪迈与辛弃疾志同道合，也力主抗金、收复失地，他十分赏识辛弃疾，当然也深知辛弃疾的宏大抱负与所受不公。故年长辛弃疾十七岁的洪迈想借着写这篇《稼轩记》的机会，以兄友的身份对辛弃疾加以劝慰和鼓励。因此，在这短短六百多字的文章中，洪迈对辛弃疾倾注了复杂的情感，有惋惜，有赞扬，有规劝，但更有期待。

洪迈在文章起始采用先远后近、先大后小的写法将辛弃疾所建庄园的具体位置详加描绘并加以突出。“国家行在武林，广信最密迩畿辅……环城中外，买宅且百数……郡治之北可里所，故有旷土存”，先国家，后京城(武林)，再广信(上饶)，接着是环城(广信)中外，最后是辛弃疾庄园所在的“郡治之北”，空间距离上呈先远后近，地理面积是先大后小，最后将所写地点凸显出来。柳宗元《游黄溪记》曾云：“北之晋，西适豳，东极吴，南至楚、越之交，其间名山水而州者，以百数，永最善。环永之治百里，北至于浯溪，西至于湘之源，南至于泷泉，东至于东屯，其间名山水而村者，以百数，黄溪最善。”柳宗元也是用由远及近、由大道小的手法慢慢将镜头拉近，推出黄溪并加以突出。洪迈行文对柳文似乎有所借鉴。

接着，洪迈写广信地理位置的优越。广信离京城最近，“东舟西车，蜂午错出，势处便近”，交通便利却无京都的喧嚣烦扰，“士大夫乐寄焉”，很多士大夫在广信城里城外“买宅且百”，但因为“基局不能宽”，他们所建的房屋都不大，仅仅可供“避燥湿寒暑”而已。在这样的情况下，众人却忽略了一块极佳之地。洪迈于此细细道来：此地位置很好，离城大约一里左右(“郡治之北可里所，故有旷土存”)；土地平整，适合建筑房屋(“截然砥平，可庐以居”)；面积很大(“其从千有二百三十尺，其衡八百有三十尺”)，建屋百间，才用了十分之四的土地(“既筑室百楹，财占地什四”)；风景极佳(“三面傅城，前枕澄湖如宝带”)。这块地并非在偏僻处，之前人们都纷纷来过；可惜一批批前来勘察宅地的人却“莫识其处”，可谓身在宝山不识宝。这个宝，实际上亦是喻指辛弃疾。辛弃疾空有一身才华，却不为统治者所用，正如这块众人“莫识其处”之地一般。这一写法，颇类柳宗元的“永州八记”。柳宗元描绘的永州山水，多是遭世人遗弃、不被世俗所识的“不遇之景”，这些景致与柳宗元的遭际高度契合。首先，就本质而言，二者皆具美质。

“不遇之景”是风光美、景色奇，而柳宗元是才“美”、志奇。其次，就遭遇而论，二者皆被世人遗忘抛弃，价值无法彰显而出。柳宗元反复述及“不遇之景”的地理位置，其目的尤在于突出景物被遗忘于世，隐于荒凉僻远之地，其美无人发掘，更无人欣赏；而柳宗元谪贬远州，其满身才华却无处施用。柳宗元笔下的“不遇之景”，很大程度上即是“不遇”之自己。以美好风物之“美”的遭弃，来隐喻自己被朝廷和皇帝的弃用。但辛弃疾所居之地却并非偏僻之地，但还是被人所遗漏，其遭遇比永州之景更为悲惨，从而也更能衬托出辛弃疾怀才不遇的惨况。由此可见洪迈的写法既承自柳宗元，又有所改变。正如永州的山水等来了柳宗元，而广信的这块宝地也等到了辛弃疾，故洪迈感慨道：“天作地藏，择然后予。”洪迈赞赏了辛弃疾发现此地的慧眼，但同时也惋惜辛弃疾的“不遇”。

辛弃疾“乃荒左偏以立圃，稻田泱泱，居然衍十弓。意他日释位得归，必躬耕于是，故凭高作屋下临之，是为‘稼轩’”。他开荒种地，设想着辞官之后躬耕于此，并给这凭高而建、下临园圃之“屋”取名为“稼轩”。《宋史》卷四〇一《辛弃疾传》云：“（辛弃疾）尝谓：‘人生在勤，当以力田为先。北方之人，养生之具不求于人，是以无甚富甚贫之家。南方多末作以病农，而兼并之患兴，贫富斯不侔矣。’故以‘稼’名轩。”建造稼轩之外，辛弃疾还在田边立一亭名为“植杖”，好像他真的要拿着锄头和犁耙去耕作一样。辛弃疾还对庄园进行了精心地设计：“冈西阜，北墅南麓，以青径款竹扉，锦路行海棠。集山有楼，婆娑有室，信步有亭，涤砚有渚。”东边是山冈，西边是土丘，北边是田庐，南边是山麓，绿色的小径直通简陋古朴的竹门，行走在锦绣般的小路两旁都种着海棠树，有能饱览山色的楼阁，有荫于树影婆娑中的屋舍，有可供闲庭信步的亭子，有能洗砚的水，“皆约略位置，规岁月绪成之”。在对庄园的描绘中，洪迈再一次凸显出辛弃疾的眼识之高和雅致情调，也透露出辛弃疾想要归隐的心情。对于辛弃疾的归隐之意，洪迈当然持异议，而恰恰此时他接到了辛弃疾的邀约，正好借撰写记文之机对他加以委婉规劝。

于是，洪迈由亭及人，将辛弃疾的传奇故事一一道来，充满着褒赏之情。他先总评辛弃疾的声名卓著：“余谓侯本中州隽人，抱忠仗义，章显闻于南邦。”借着举两个事例分别表现辛弃疾的英雄气概与大将之风。首先洪迈讲述年仅二十二岁的辛弃疾生擒起义军叛徒张安国之事：“齐虏巧负国，赤手领五十骑缚取于五万众中，如挟毚兔，束马衔枚，间关西奏淮，至通昼夜不粒食。”辛弃疾亲率骑兵五十直突敌营，于五万敌军中勇擒叛徒张安国，足见其胆识与勇力；“束马衔枚”，严禁放纵马匹，让士兵衔枚而走以禁止行军喧哗，见出辛弃疾整顿军纪之严；“间关西奏淮”，从途经崎岖艰险的小路向西进入淮河地区，见出行军之难；“至通昼夜不粒食”，写出行军之急。这些短句，形象地将辛弃疾带兵指挥的才能与英勇谋略展现而出。如此“壮声英概”，让“懦士为之兴起”“圣天子一见三叹息”！皇帝“用是简深知”，委以重任，辛弃疾也因此“入登九卿，出节使二道，四立连率幕府”，接连担任要职。接着，洪迈讲述辛弃疾平定赖文政茶商军武装暴动之事：“顷赖氏祸作，自潭薄于江西，两地震惊，谭笑扫空之。”一个“薄”字写出武装暴动的形势严峻，暴动声势浩大、发展迅速，从湖南席卷江西，“两地震惊”，但却被辛弃疾在谈笑间轻松化解。苏轼《念奴娇·赤壁怀古》曾写三国吴将周瑜的风采：“遥想公瑾当年，小乔初嫁了，雄姿英发。羽扇纶巾，谈笑间、强虏灰飞烟灭。”辛弃疾平定茶商暴动的“谭笑扫空之”，与周瑜何其相似！洪迈不禁叹道：“使遭事会之来，契中原还职方式，彼周公瑾、谢安石事业，侯固饶为之。”如果有合适的时机，让辛弃疾去收复中原失地，他所取得的功绩必定超过周瑜和谢安。洪迈于此对辛弃疾的褒赏之情再次溢于纸上。有着如此文才武略的英雄，在壮志未酬之时却想着躬耕田野、放浪于山水林间，岂不是太不应该了？故洪迈说道：“此志未偿，因自诡放浪林泉，从老农学稼，无亦大不可欤？”赞赏之中带着惋惜之情，更隐含着批评、规劝之意。

在含蓄地表达自己的惋惜之后，洪迈憧憬着辛弃疾日后能建立丰功伟业，并想象出大功告成而衣锦归乡的辛弃疾与自己相聚的场景：

> 若予者，伥伥一世间，不能为人轩轾，乃当急须袯襫，醉眠牛背，与荛童牧竖肩相摩。幸未黧老时，及见侯展大功名，锦衣来归，竟厦屋潭潭之乐，将荷笠棹舟，风乎玉溪之上，因园隶内谒曰：“是尝有力于稼轩者。”侯当辍食迎门，曲席而坐，握手一笑，拂壁间石细读之，庶不为生客。

洪迈在这里将自己与辛弃疾相比。洪迈认为自己才是那个应该穿着蓑衣，醉了睡在牛背上，和打柴、放牛的孩子为伍的人，而辛弃疾是干大事业之人。洪迈希望自己在衰老之前，能够看见辛弃疾施展抱负，建立功业，衣锦荣归，然后尽享大屋深宅与山水田园之乐。而当洪迈拜见辛弃疾时也能骄傲地对园隶说自己也是曾为稼轩出过力的人，辛弃疾会“辍食”而到门口迎接自己，主客对坐，细读壁间石刻的《稼轩记》。洪迈构设出一幅多年之后的老友相见图，意在告诉辛弃疾，归隐并非不可以，但这种归隐不应是受主和派排挤所致的被动归隐，而是伟业建立之后的“锦衣来归”。等到那个时刻到来，你辛弃疾再躬耕田野，悠游山水也不迟，而我洪迈也会与你相聚共享那种真趣，这种快乐才是真正的快乐。洪迈对辛弃疾的期待之情,也饱含在这一幅老友相见图之中。期待之中,再次蕴含着规劝之意。

当初辛弃疾在庄园建成之时,绘图给洪迈说道:“吾甚爱吾轩,为吾记。”他大概不曾想到,洪迈在这短章之中倾注了如此丰富的情感:有以宝地无人识而喻指辛弃疾壮志无人识的惋惜之情,有对辛弃疾年纪轻轻就“壮声英概”闻于朝野的赞扬之情,有对辛弃疾在壮志未酬之时想着隐退田园的规劝之情,更有着憧憬辛弃疾完成收复大业之后两人再聚稼轩的期待之情。真可谓纸短情长。另外,为人作记,以赞颂肯定为主,甚至多有不实之谀辞。但洪迈此记不仅仅客观写出辛弃疾的眼界、胆识与谋略,还暗藏着对其欲辞官退隐而搁置恢复大业之举的不满之情与殷切规劝之意,故不同于一般的记体文。洪迈以直意曲说之法,将道理蕴含在叙事、抒情之中,使得文章婉曲多姿,极富韵味。（刘　城）

【作者小传】

陆　游

(1125—1210)　南宋诗人。字务观,号放翁,越州山阴(今浙江绍兴)人。绍兴中应礼部试,因论恢复,为秦桧所黜。孝宗时任枢密院编修官,赐进士出身。曾任镇江、隆兴通判。乾道间入蜀,任夔州通判,为四川宣抚使王炎幕府,投身军旅生活。嘉泰间召入修孝、光两朝实录,后官至宝章阁待制。一生主张抗金,收复中原失地。工诗词、散文,亦长于史。诗名最著,在“南宋四大家”中成就最高。著有《渭南文集》《剑南诗稿》等。

跋渊明集①　　陆　游

吾年十三四时,侍先少傅居城南小隐②,偶见藤床上有渊明诗,因取读之,欣然会心。日且暮,家人呼食,读诗方乐,至夜卒不就食。今思之如数日前事也。

庆元二年,岁在乙卯,九月二十九日,山阴陆某务观书于三山龟堂③,时年七十有一。

〔注〕①渊明集:晋诗人陶渊明的集。　②少傅:官名,作者的父亲陆宰,曾赠官少傅。小隐:隐居于山林。此处指作为闲居的住宅。　③庆元:南宋宁宗年号(1195—1201),乙卯为

庆元二年(1196)。三山：在陆游家乡绍兴城南之镜湖。陆游于宋孝宗乾道二年(1166)迁居于此。龟堂：陆游的堂名。

陶渊明的诗是不容易读的，黄庭坚就有过这方面的经验，他在《书陶渊明诗后寄王吉老》中说："血气方刚时，读此诗如嚼枯木。及绵历世事，知决定无所用知(智)，每观此篇，如渴饮泉，如欲寐得啜茗，如饥啖汤饼，今人亦有能同味者乎，但恐嚼不破耳。"无他，没有丰富的生活阅历，便难以领略陶诗的真趣罢了。十三四岁的童子陆游，却这么容易被陶诗所吸引，是很出人意料的。此外，还有一个有趣的现象，陶渊明读书曾有过"每有会心，便欣然忘食"的着迷境界，如今陆游诵读陶诗，竟也是"欣然会心"到至夜忘食，真是太巧合了。

自少喜爱陶渊明的诗，此后陆游对陶诗产生了深厚的感情，并从中学习，他曾自称："我诗学渊明，恨不造其微。"直到八十高龄时写的《自勉》诗，还主张"学诗当学陶"，可见他对陶诗的爱好和学习，至老依然。 (黄国声)

跋岑嘉州诗集[①] 陆 游

余自少时，绝好岑嘉州诗。往在山中，每醉归，倚胡床睡[②]，辄令儿曹诵之，至酒醒或睡熟乃已。尝以为太白、子美之后[③]，一人而已。

今年自唐安别驾来摄犍为[④]，既画公像斋壁，又杂取世所传公遗诗八十余篇刻之，以传知诗律者。不独备此邦故事[⑤]，亦平生素意也。

乾道癸巳八月三日山阴陆某务观题[⑥]。

〔注〕 ① 岑嘉州：唐代诗人岑参，曾任嘉州(今四川省乐山市)刺史，世称岑嘉州。其诗由后人杜确编集，称《岑嘉州诗集》。 ② 胡床：一种可以折叠的轻便坐具，也叫交椅、交床，由少数民族胡人传入，故名。 ③ 太白：唐代诗人李白字。子美：唐代诗人杜甫字。 ④ 唐安：今四川崇州。别驾：官名，原为州刺史的佐吏。宋置诸州通判，其职务近似古之别驾，世遂别称通判为别驾。摄：摄官，临时代理某官。犍为：嘉州古代为犍为郡。 ⑤ 故事：典故。 ⑥ 乾道：南宋孝宗年号(1165—1173)，癸巳为乾道九年(1173)。山阴：今浙江绍兴，陆游原籍。

少时"绝好岑嘉州诗"，中年以后，仍好之不衰，甚至在醉后"令儿曹诵之"。可以设想，此际的陆游在领略岑诗的声情之美的同时，难免不涌起对岑参的边塞豪情和功业的深深憬慕。他真可说是岑参的异代知己。

陆游既自少喜欢岑诗，到了任官嘉州，不免因地及人，勾起从前对岑参的景仰之情，于是绘岑像于斋壁并且刻诗其上。他这样作当然还有另外一层原因。因为在这之前一年，他从戎南郑，身居抗金前线，经常身穿戎衣，过着军旅生活。耳目所触，豪情激荡，诗境亦因而为之一变，多咏征伐恢复之事，寄策勋报国之志。因而对于岑参的从军绝域、立业建功的豪情伟绩，自然异代相应，引为同调了。他在是年所作的《夜读岑嘉州诗集》诗，很能说明当时的景慕心情，诗云："公诗信豪伟，笔力追李杜。常想从军时，气无玉关路……我后四百年，清梦奉巾屦……诵公天山篇，流涕思一遇。"毫无疑问，为岑参绘像刻诗正是他此时此地心情的充分流露。

有几位前辈大诗人的作品是陆游自少喜爱、终生诵读不衰的。除岑参之外，还有陶渊明和王维。在陆游所写的有关题跋里，常常可见他对这些前辈学习和赞叹之情。而我们则通过这些短小的篇章，清楚地看到了陆游诗歌创作中继承传统的脉络，认识到他的诗歌风格的变化过程。（黄国声）

跋王右丞集① 　　陆　游

余年十七八时，读摩诘诗最熟，后遂置之者几六十年。今年七十七，永昼无事②，再取读之，如见旧师友，恨间阔之久也。嘉泰辛酉③五月六日龟堂南窗书。

〔注〕①王右丞：唐代诗人王维，字摩诘，官至尚书右丞，著有《王右丞集》。　②永昼：长长的白天。　③嘉泰：宋宁宗年号(1201—1204)。辛酉为嘉泰元年(1201)。

陆游十三四岁时便爱读陶渊明的诗，十七八岁时又深深地被王维、岑参的诗集所吸引，竟至垂老不忘。偶然再翻阅他们的诗集时，便欣然如逢旧师友。由此可见他早年已博涉各家之长，打下了良好的基础。及后又向江西派诗人曾幾学习，被认为是曾幾的传人，因而有"剑南已见一灯传"之誉。但我们读陆游的诗时，却很少发现它有江西诗派的痕迹，反而觉得它的律对精整和风格温润，与曾幾的槎枒清快截然不同。现在，我们从陆游自道早年学诗途径的几篇题跋看来，可以憬悟他的诗歌艺术风格的形成，是有赖于"转益多师"，深受前辈伟大诗人的影响的。（黄国声）

跋花间集　　陆　游

一

《花间集》皆唐末五代时人作。方斯时天下岌岌，生民救死不暇，士大夫乃流宕如此，可叹也哉！或者亦出于无聊故耶？笠泽翁书。

二

唐自大中后，诗家日趣浅薄，其间杰出者，亦不复有前辈闳妙浑厚之作，久而自厌，然梏于俗尚，不能拔出。会有倚声作词者，本欲酒间易晓，颇摆落故态，适与六朝跌宕意气差近，此集所载是也。故历唐季五代，诗愈卑而倚声者辄简古可爱。盖天宝以后，诗人常恨文不迨，大中以后，诗衰而倚声作。使诸人以其所长格力施于所短，则后世孰得而议？笔墨驰骋则一，能此不能彼，未易以理推也。开禧元年十二月乙卯，务观东篱书。

陆游这两则题为《跋〈花间集〉》的短文，对唐末五代词忽贬忽褒，“似乎并无定见”，但细察其实际，前者是就思想内容说其短，后者是就艺术风格论其长，这在文艺评论来说，一分为二的方法原是正常的。绍兴年间，晁谦之重刊《花间集》，其跋语就说：“右《花间集》十卷，皆唐末才士长短句，情真而调逸，思深而言婉。嗟乎！虽文之靡无补于世，亦可谓工矣。”也是不满其思想内容而称道其艺术成就的。与晁同时的王灼也说：“唐末五代，文章之陋极矣，独乐章可喜；虽乏高韵，而一种奇巧，各自立格，不相沿袭。”(《碧鸡漫志》卷二)大意亦相近。“诗衰而倚声作”。词作为一种新兴文体，本出于民间，具有极强的生命力，一经文人染指，称为“诗客曲子词”，在音律、格律、构思、表现手法等方面加强了艺术性，就风行起来。彼时中原干戈扰攘，而西蜀(还有南唐)尚得偏安，豪家贵族，耽于逸乐，纵情声色，“诗客”们在绮筵绣幌之间，以清绝之词，助娇娆之态，到《花间》结集，以此类作品为多。南宋内外情况与之有相似处，在心系中原、志图恢复的陆放翁看来，对唐末五代词人的表现，生“流宕如此，可叹也哉”的感慨，作“或者亦出于无聊故耶”的发问，就是很自然的了。其心目中，应还浮现有并世某些文人清客的影子。

唐五代文人词，既然常是应乐工、歌妓演唱的需要而作，为适应歌女的水平和情趣(即所谓“欲酒间易晓”)，故多属“艳曲”。王国维《人间词话》说：“读《花间》《尊前集》，令人回想徐陵《玉台新咏》。”而徐陵《玉台新咏序》说他的书，正是“撰录艳歌，凡为十卷”的。《花间集》词中之写妇女容饰、爱怨感情诸作，气息清新，一变唐末诗家浅薄面貌，又在相当程度上突破了传统诗教的拘限，即所谓“颇摆落故态”，因此而与齐梁宫体、南朝乐府民歌的“跌宕意气差近”(跌宕通倜傥，放荡不羁)，表现男女慕悦的正常的爱情意识，其不涉庸俗者为历代传诵称扬。陆放翁说它“简古可爱”，不是没有道理的，在他的词集中，也还留有少数近似《花间》的作品，当然是他早年之作了。

放翁平生致力于诗，词作相对来说只占极少数，这同他对词的整体看法有关。他在淳熙十六年(1189)作的《长短句序》中自言：“予少时汨于世俗，颇有所为，晚而悔之。然渔歌菱唱，犹不能止。今绝笔已数年，念旧作终不可掩，因书其首，以识吾过。”这年他六十五岁，正是将要结束宦海生涯，开始长期家居生活的时候，同年冬他就免官回家了。自此至逝世的20年中，写诗甚多，在八十五卷《剑南诗稿》中约占七分之六，而词则罕见，夏承焘《放翁词编年笺注》勉强只编列了三数首。在表现他这时期的生活思想感情来说，诗的体裁自然比词适宜得多。他不再做词作者，但作为读者，还是很有兴趣的，对唐末五代词，还时有甚高评价。绍熙二年(1191)《跋后山居士长短句》云：“唐末诗益卑，而乐府词高古工妙，庶几汉魏。”此跋《花间集》的第二则，作于开禧元年(1205)，仍维持这个看法。可见《花间》词自有其不容忽视的地位与价值，重“豪放”轻“婉约”的论调，是没有多少道理的。

(陈振鹏)

跋李庄简公[①]家书　　陆　游

李丈参政罢政归乡里时[②]，某年二十矣。时时来访先君[③]，剧谈终日。每言秦氏[④]，必曰咸阳[⑤]，愤切慨慷，形于色辞。一日平旦来共饭，谓先君曰：“闻赵相过岭[⑥]，悲忧出涕。仆不然，谪命下，青鞋布袜[⑦]行矣，岂能作儿女态耶！”方言此时，目如炬，声如钟，其英伟刚毅之气，使人兴起。

后四十年，偶读公家书。虽徙海表[⑧]，气不少衰，丁宁训戒之语，皆足垂范百世，犹想见其青鞋布袜时也。

淳熙戊申五月己未，笠泽陆某题[⑨]。

〔注〕 ① 李庄简公：李光，字泰发，上虞(今浙江绍兴上虞区)人。宋高宗时官至吏部尚书、参知政事。因坚持抗金和反对秦桧的“盗弄国权，怀奸误国”而罢官。后又被秦桧党羽陷害，远贬琼州(今海南省)。卒谥庄简。　② 参政：官名，参知政事的简称。　③ 先君：自称逝去的父亲。　④ 秦氏：指秦桧。　⑤ 咸阳：咸阳是秦国的都城，此处用来影射秦桧。　⑥ 赵相：宋高宗时宰相赵鼎，因反对秦桧的和议，被秦陷害，贬死崖县(今海南三亚)。岭：泛指五岭

山脉。赵鼎虽由福建经广东到达贬所,不必经五岭,但古人对于入粤行程,已惯称为过岭或度岭。 ⑦ 青鞋布袜:借指平民服装。 ⑧ 海表:海外,此指海南岛。 ⑨ 笠泽:江苏省太湖。陆游祖籍甫里,濒临太湖,故又以此为称。

李光是南宋名臣,又是当时抗金派一位著名的领袖。《宋史》中有他的传记,内容详细,但都是他平生行事的大略,倒不如这篇题跋之出自同时人对他生活细节的描述,来得真切动人。这是篇上佳的叙事小品文,全文不过百余字,便将这位爱国者的音容气度生动地表现出来。尤其"目如炬,声如钟"二句,使读者仿佛觉得人物要从纸上跃出,英伟刚毅之气扑人。

陆游的题跋历来受到人们的重视,一致认为他写作态度谨严,言必有物,文字亦朴茂渊美。从这篇跋里,我们既看到了李光的英伟磊落的气概,即使四十年后,仍然深深地感动着陆游;还可以了解到陆游对祖国的热爱,对抗金事业的深切关注,是从小就在家庭和长辈的熏陶下培养起来的。 (黄国声)

巫山神女峰 陆 游

二十三日,过巫山凝真观①,谒妙用真人祠。真人,即世所谓巫山神女也。祠正对巫山,峰峦上入霄汉,山脚直插江中。议者谓太华、衡、庐,皆无此奇。然十二峰者,不可悉见。所见八九峰,惟神女峰最为纤丽奇峭,宜为仙真②所托。祝史③云:"每八月十五夜月明时,有丝竹之音,往来峰顶,山猿皆鸣,达旦方渐止。"庙后山半,有石坛平旷。《传》④云:"夏禹见神女,授符书于此。"坛上观十二峰,宛如屏障。是日,天宇晴霁,四顾无纤翳,惟神女峰上有白云数片,如鸾鹤翔舞,裴徊久之不散,亦可异也。

祠旧有乌数百,送迎客舟。自唐夔州刺史李贻⑤诗已云"群乌幸胙余"⑥矣。近乾道元年,忽不至。今绝无一乌,不知其故。泊清水洞,洞极深。后门自山后出,但黮闇⑦,水流其中,鲜能入者。岁旱祈雨颇应。

〔注〕 ① 凝真观:道教观名,内有巫山神女祠。 ② 仙真:指巫山神女。 ③ 祝史:古司祝之官。这里指祠中主持人。 ④ 传:指《神仙传》。 ⑤ 李贻:应是李贻孙,唐人,曾任夔州刺史。 ⑥ 群乌幸胙(zuò)余:意思是许多乌鸦以能食得祭祀后的祭肉为幸。 ⑦ 黮闇(dǎn àn):黑暗。

作者入蜀途中，一路观赏了祖国壮丽的山河，游览了大江两岸的名胜，体察了风土人情，写下了优美的游记散文。他的游记把记事、描写、抒情、考证熔为一炉，成为别具一格的山水小品，这里选录的巫山神女峰一篇，在写景手法上颇有独到之处。

巫山，由于它的神姿仙态，受到了历代人民的喜爱，引起过人们无限的向往与憧憬，关于它的许多美丽的神话传说，是同它的秀美姿容分不开的。陆游描写巫山景色的时候，有机地穿插了这些美丽的传说，使巫山景色蒙上了一层神秘的色彩，由此形成了这篇文章的突出特点：即巫山景色的神秘气氛。

关于巫山的神话传说，除《山海经》外，流传最广、影响最大的莫过于宋玉的《高唐赋》。《高唐赋》描绘了一个迷离恍惚的梦游故事，经过后人的加工润色，流传千古，直至今日。故事大意是说，楚先王游于高唐，怠而昼寝，梦见神女瑶姬，相与欢洽，临去乃言："妾在巫山之阳，高丘之岨。旦为朝云，暮为行雨；朝朝暮暮，阳台之下。"旦而视之，果如其言。这个荒唐幽梦，绝不是宋玉一人编造，而是有一个在当时已经流传很久的民间传说作为依据的。巫山的纤颖秀丽，可谓集天地造化之大成，而那如缠似绕的朝云暮雨，又常常引起人们无限遐想。古代人民把巫山主峰想象为神女的化身，反映了人民的审美理想。作为赤帝钟爱的小女儿，未嫁而亡，确实具有动人的悲剧意义，她内心的孤独、惆怅与执着追求，同那朝朝暮暮的巫山云雨，在意境上是多么相像！经过代代相传，这个美丽的神话传说，就同巫山连在一起。没有它，巫山的仙姿妙态就无法得到传神的表现，而离开巫山，赤帝少女的美丽就没有具体形象作依托。

陆游在描绘巫山时，着力渲染了它那艳丽的神话色彩。"所见八九峰，惟神女峰最为纤丽奇峭，宜为仙真所托。"写出了巫山神女峰的奇姿丽态。接着用庙中祝史的话来烘染它那神秘气氛："每八月十五夜月明时，有丝竹之音，往来峰顶，山猿皆鸣，达旦方渐止。"继而引用《神仙传》中的故事作为佐证，进一步加强了神奇感，最精彩的笔墨还是作者对巫山白云的描绘："是日，天宇晴霁，四顾无纤翳，惟神女峰上有白云数片，如鸾鹤翔舞，裴徊久之不散，亦可异也。"这既是客观之景，又是神奇之境，是神奇的现实，又是现实中的神奇。　（崔承运）

过下牢关　　陆　游

八日，五鼓尽，解船过下牢关。夹江千峰万嶂：有竞起者，有独拔者；有崩欲压者，有危欲坠者；有横裂者，有直坼者；有凸者，有洼者，有罅[①]者，奇怪不可尽状。初冬草木皆青苍不洞。西望重山如阙，江出其间，则所谓下牢溪也。欧阳文忠公有《下牢津》诗云："入峡江渐曲，转滩山更多。"即此也。系船与诸子及证师登三游洞，蹑石磴二里，其险处不可着脚。洞大如三间屋，有一穴通人过，然阴黑峻险尤可畏。缭山腹，伛偻自岩下至洞前，差可行。然下临溪潭，石壁十余丈，水声恐人。又一穴，后有壁，可居。钟乳岁久垂地若柱，正当穴门。上有刻云："黄大临、弟庭坚，同辛纮、子大方，绍圣二年三月辛亥来游。"旁石壁上刻云："景祐四年七月十日，夷陵欧阳永叔。"下缺一字。又云"判官丁"，下又缺数字。丁者，宝臣也，字元珍。今"丁"字下二字，亦仿佛可见，殊不类"元珍"字。又永叔但曰"夷陵"，不称"令"。洞外溪上又有一崩石偃仆，刻云："黄庭坚、弟叔向、子相、侄檠，同道人唐履来游，观辛亥旧题，如梦中事也。建中靖国元年三月庚寅。"按鲁直初谪黔南，以绍圣二年过此，岁在乙亥，今云辛亥者误也。泊石牌峡，石穴中有石如老翁持鱼竿状，略无少异。

〔注〕 ① 罅(xià)：裂开。

下牢关，又称下牢戍，今名南津关，在峡州夷陵县(今湖北宜昌市)西二十八里，为隋夷陵郡古城。陆游于孝宗乾道六年(1170)沿江西上赴夔州(治所在今重庆奉节)通判任时经此，时为十月八日。地当长江三峡东口，夹江多奇峰，如文中所述。连用九个"有……者"以写其不同姿态，使人有目不暇接之感，作者同时有《系舟下牢溪游三游洞二十八韵》诗，记所见山水奇景，可以合看：

及兹下牢戍，峰嶂毕自呈。下入裂坤轴，高骞插青冥，角胜多列峙，擅美有孤撑。或如釜上甑，或如坐后屏，或如倨而立，或如喜而迎。或深如螺房，或疏如窗棂，峨巍冠冕古，婀娜髻鬟倾。其间绝出者，虎搏蛟龙狞。崩崖凛欲堕，修梁架空横，悬瀑泻无底，终古何时盈？幽泉莫知处，但闻珩珮鸣。怪怪与奇奇，万状不可名。……

诗中"或如"诸句，状拟群峰体态，较游记所述，更为形象化。散文叙写简洁，古体诗则多事铺陈，这种手法，直接源于韩愈的《南山诗》。韩诗写终南山全貌，层层面面，曲尽形容。如"或连若相从，或蹙若相斗；或妥若弭伏，或竦若惊雊"等，连用五十一个"或"字，前人对之褒贬互见。贬者以为曼冗、辞费。近代程学恂《韩诗臆说》所论最为体贴精到，他说："读《南山诗》，当如观《清明上河图》，须以静心闲眼，逐一审谛之，方识其尽物类之妙；又如食五侯鲭，须逐一咀嚼之，方知其极百味之变。"读陆游此文及诗，对所写下牢关周围山景，亦当持此心眼，方不致囫囵读过。

下半篇写入三游洞的历程与感受。洞在下牢溪北。从前白居易自江州司马迁授忠州刺史，与弟行简同行，于唐宪宗元和十四年(819)春会元稹于夷陵，三人始游此洞，故名之为"三游洞"。居易有《三游洞序》述发现此洞的经过：

> 翌日，微之反棹送予至下牢戍。又翌日，将别未忍，引舟上下者久之。酒酣，闻石间泉声，因舍棹进，策步入缺岸。初见石，如叠，如削，其怪者如引臂，如垂幢。次见泉，如泻，如洒，其奇者如悬练，如不绝线。遂相与维舟岩下，率仆夫芟芜刈翳，梯危縋滑，休而复上者凡四五焉。仰睇俯察，绝无人迹，但水石相薄，磷磷凿凿，跳珠溅玉，惊动耳目，自未讫戌，爱不能去。

陆游至三游洞时，距前人初游又已三百五十年，当地景物，无论自然与人为的均有变化(如已有"石磴二里"，又"钟乳岁久垂地若柱"了)，就是经行路线也有不同，故所写及，有同有异：白所着重者水石，而陆仅一笔带过；陆所详叙者洞穴，而白未及之。盖寻幽探险，所经所感，未必尽同，各自写得真实生动，便都是好文字了。

名胜、古迹，往往连称，故览胜与访古，是游历内容中的两大项。本篇最后记述的北宋欧阳修、黄庭坚两家石刻题名，也很有资料价值，不可忽视。欧阳修被贬为夷陵令，于仁宗景祐四年(1037)继游，有《三游洞》诗。黄庭坚谪涪州别驾黔州安置，哲宗绍圣二年(1095)三月道经下牢关，游此洞；五年后徽宗即位，得放还，复至三游洞，慕白氏之言行文章，自写《三游洞序》刻石立之，有《跋自书乐天三游洞序》。另外，苏轼父子兄弟三人，仁宗嘉祐四年(1059)自家乡眉山赴京师，入嘉陵江，经长江出峡，同游三游洞，各有一绝句题于洞壁，时人谓之"后三游"。三游洞景物本奇，再经两代众多著名文学家留下纪游诗文，题名石刻，更增声价。陆游前题诗续云："题名欧与黄，云蒸苍藓平。"盖又经过百年上下，有自然剥泐痕迹了。若无陆游此记，数百年后，将泯灭无存，岂不可惜！　（陈振鹏）

肃王与沈元用[①]　　陆　游

肃王与沈元用同使虏[②]，馆于燕山愍忠寺。暇日无聊，同行寺中，偶有一唐人碑，辞皆偶俪，凡三千余言。元用素强记，即朗诵一再；肃王不视，且听且行，若不经意。元用归，欲矜其敏，取纸追书之，不能记者阙之，凡阙十四字。书毕，肃王视之，即取笔尽补其所阙，无遗者，又改元用谬误四五处，置笔他语，略无矜色。元用骇服。

〔注〕 ① 肃王：名赵枢，宋徽宗的第五个儿子，封肃王。沈元用：沈晦，字元用，徽宗宣和年间状元，历任建康、镇江等地知府。　② 虏：这里指长期与宋对峙的金国。

这是一场记忆力比赛的有趣实录。参加比赛的一方是沈元用，他很想夸耀自己的才思敏捷，三千多字的唐代碑文，他只朗读了几遍，就能全部默写在纸上，虽有缺漏讹误，但为数极少，这样的记忆力已经是很高超的了。然而更使人惊叹不已的，是参加比赛的另一方肃王赵枢，他没有看碑文一眼，你在朗诵，他且听且行，像是漫不经心的样子，等你把碑文默写完，他不假思索地立即把你缺漏的字补上，讹误的字一一改正过来，然后放下笔来谈论别的事情，一点没有表现出骄傲的颜色。故事全文着墨不多，但把肃王和沈元用两人的神态写得栩栩如生，特别是把沈元用的“欲矜其敏”和肃王的“略无矜色”对照起来写，更加使读者觉得肃王这人的记忆力实在是神乎其神。

（陈榕甫）

秦会之在山东[①]　　陆　游

秦会之在山东，欲逃归，舟楫已具，独惧虏[②]有告者，未敢决。适遇有相识稍厚者，以情告之。虏曰：“何不告监军？”会之对以不敢。虏曰：“不然！吾国人若一诺公，则身任其责，虽死不憾；若逃而获，虽欲贷，不敢矣。”遂用其言告监军。监军曰：“中丞[③]果欲归耶？吾契丹[④]亦有逃归者，多则被疑，安知公归而南人以为忠也。公若果去，固不必顾我。”会之谢曰：“公若见诺，亦不必问某归后祸福也。”监军遂许之。

〔注〕 ① 秦会之：即秦桧，南宋投降派代表人物。山东：宋代置京东路，辖境相当于今山东省大部分、河南省东北角和江苏省西北角；金军占领后改为山东路。　② 虏：这里指金人。　③ 中丞：秦桧曾任北宋政府御史中丞。　④ 契丹：这里指契丹人建立的辽国，后被金军灭亡，这个监军应是辽亡后降金的契丹人。

秦桧是我国历史上臭名昭著的奸相。公元 1127 年北宋灭亡时，秦桧正在朝中任御史中丞，因他曾经发表过激烈的抗金言论，被金军俘解到了北方，但他一到金朝就卖身投靠女真贵族，成了金太宗之弟挞懒的亲信。公元 1130 年秦桧带着老婆王氏随金军南下山东，从涟水航海到越州，自称乘隙杀死金军监视人员，夺船逃回南宋，实在是女真贵族特意放他回来从事投降活动的。本文所记叙的就是当时的实情。全文着墨不多，只用几段简短的对话，就把人物的内心活动表现得十分鲜明。秦桧早有逃回南宋之意，却要事先告诉金人，取得金人的许可；金人本想放走秦桧，却要在临行前对他作出种种暗示，甚至说出“安知公归而南人以为忠也”这样露骨的话来，这样看来，秦桧在回到南宋以后所从事的种种投降活动，就都是在与女真贵族默契之下进行的了。所有这些，在本文中都写得十分生动逼真，读来令人惊心动魄。

（陈榕甫）

烟　艇　记　　陆　游

陆子寓居得屋二楹[①]，甚隘而深，若小舟然，名之曰烟艇。客曰：“异哉！屋之非舟，犹舟之非屋也。以为似欤，舟固有高明奥丽逾于宫室者矣，遂谓之屋，可不可耶？”

陆子曰：“不然，新丰非楚[②]也，虎贲非中郎[③]也，谁则不知。意所诚好而不得焉，粗得其似，则名之矣。因名以课实，子则过矣，而予何罪？予少而多病，自计不能效尺寸之用于斯世，盖尝慨然有江湖之思，而饥寒妻子之累劫而留之，则寄其趣于烟波洲岛苍茫杳霭之间，未尝一日忘也。使加数年，男胜钼犁，女任纺绩，衣食粗足，然后得一叶之舟，伐荻钓鱼而卖芰芡，入松陵[④]，上严濑[⑤]，历石门、沃洲[⑥]，而还泊于玉笥[⑦]之下，醉则散发扣舷为吴歌，顾不乐哉！虽然，万钟之禄[⑧]，与一叶之舟，穷达异矣，而皆外物。吾知彼之不可求，而不能不眷眷于此也。其果可求欤？意者使吾胸中浩然廓然，纳烟云日月之伟观，揽雷霆风雨之奇变，虽坐容膝之室[⑨]，而常若顺流放棹，瞬息千里者，则安知此室果非烟艇也哉！”绍兴三十一年八月一日记。

〔注〕 ① 楹：计屋标准，一般都以屋一间为一楹。 ② 新丰非楚：汉高祖刘邦，楚丰县(今属江苏)人。高祖称帝，建都长安，因太上皇思归故里，乃于故秦骊邑仿丰地街巷筑城并将丰县的故人一齐搬来，以取悦太上皇。新丰故城在今陕西西安临潼区。 ③ 虎贲中郎：蔡邕，后汉名士，为王允所杀。其友孔融见到虎贲士(武士)的面貌和蔡相似，引与同座饮酒，并曰：“虽无老成人，尚有典型。” ④ 松陵：地名，在浙江绍兴、桐庐间。 ⑤ 严濑：水流沙上曰濑。严濑在浙江桐庐县，因严光(子陵)隐居此地而得名。 ⑥ 石门、沃洲：石门山在浙江青田县

西，沃洲山在浙江新昌县东。 ⑦ 玉笥：山名，在浙江绍兴市东南。 ⑧ 万钟之禄：六斛四斗为一钟。万钟之禄，古代高官的俸禄。 ⑨ 容膝之室：极狭小的居室。

绍兴三十一年(1161)，陆游在临安从敕令所删定官调任大理寺司直，寓居“百官宅”。据《乾道临安志》记载，百官宅属“府第”类，在石灰桥。一时名流周必大、李浩亦同时寓此，与陆游连墙为邻。而本文记述，他所住的小屋仅二间，“甚隘而深，若小舟然”，所以取了一个颇使人感到奇怪的名字：“烟艇”。文章就由这取名的奇特而引起——一位客人就代我们向作者提出了这个疑问：“屋是屋，舟是舟，屋之非舟，就像舟之非屋。若您认为二者有相似之处，所以把小屋取名为‘烟艇’；那么，有些舟船的高大明亮、深邃富丽甚至超过了宫室，您难道也把这些舟船称为‘屋’吗?”对此，就引发了作者一大通的议论，而其主旨即在于下面这句：“意所诚好而不得焉，粗得其似，则名之矣。”也就是说，作者虽然身困于小屋之中，但心所向往的却是“烟艇”，现在二者既有某些相似，那就何不借给小屋取名为“烟艇”，以之寄托自己的志趣，填补“求而不得”的心理缺憾? 文章就用“逗人悬念”的方法开头，然后结出本文的主题：“虽坐容膝之室，而常若顺流放棹。”——即是：身居陋室而心怀烟波浩渺的隐逸生活。

这里，有一个问题应该说清：在古代文学作品中，“烟艇”这个词语实际已成了隐逸生活的象征。古代文学作品中常有这样的现象：某些词语，或某种意象，由于历代作者反复在相似的感情环境中使用，因而就变成了一种特定的感情符号或感情象征，其中凝聚了一定的心理积淀，储蓄了一定的心理信息。比如，一提到“寒砧”二字，人们便会联想到闺妇对于征夫的思怨；而一提到“长亭”二字，人们心头马上又会涌现出“两情依依，难舍难分”的心理体验。而本文题目所标的“烟艇”二字，也同是这样一个“感情象征”；它所象征的，便是人们对于“放舟乎烟波之中”的隐逸生活的无限向往之情。这个“感情象征”的形成，时间很早，其源似乎可以推溯到《史记》中所记载的范蠡，他于辅助勾践灭吴之后“乃乘扁舟，浮于江湖”。这里就隐约出现了“烟艇”的“雏形”。后来，有许许多多文人又进一步对之“加工”，就形成了对于“烟艇”的更加生动优美的描绘。举其最常见者，如中唐人张志和，自称“烟波钓徒”，其平生大愿是“浮家泛宅，往来苕、霅间”；而他的“青箬笠，绿蓑衣，斜风细雨不须归”的《渔父》词，就更为他的“烟艇”生活披上了一层“诗”的美丽外衣。再如苏轼，在他有名的《前赤壁赋》中也出现过如此旷逸的意境：“纵一苇之所如，凌万顷之茫然”，“驾一叶之扁舟，举匏樽以相属”。这里的“一苇”和“一叶扁舟”，实际上也就是“烟艇”的另一种表现形式。至于陆游本人，他对“烟艇”生活亦即隐逸生活的向往，我们更可举其《澄怀录》中对朱敦儒隐居生涯的记述为例:"朱希真居嘉禾(今浙江嘉兴),与朋辈诣之。闻笛声自烟波起,顷之,棹小舟而至,则与俱归。"请看,朱敦儒放舟于烟波之间,吹短笛而唱渔歌的隐逸生活就是何等逍遥自在,优哉游哉!所以,陆游把自己的小屋命名为"烟艇",就明显地寄寓着他对这类隐逸生活"虽不能至,然心向往之"的无限企慕之情。对于这种生活理想,他在本文里也作了具体而生动的描写:"得一叶之舟,伐荻钓鱼而卖芰芡,入松陵,上严濑,历石门、沃洲,而还泊于玉笥之下,醉则散发扣舷为吴歌,顾不乐哉!"在这段话中,我们似乎看到了古代无数高人隐士的身影,也似乎预见了他在晚年所作《鹊桥仙》词中所勾画的"自我形象":"一竿风月,一蓑烟雨,家在钓台西住。卖鱼生怕近城门,况肯到红尘深处? 潮生理棹,潮平系缆,潮落浩歌归去。时人错把比严光,我自是无名渔父。"故而,陆游之为小屋取上一个奇特的"烟艇"之名,实有深意存焉。

现在需要进一步探究的问题是:陆游当时正值初入仕途之际,又年当身健力壮之龄(三十七岁),照理,一个人产生隐逸之思常是在倦于官场及年晚力衰之时,但现今为何提前出现了这种欲求退隐的心理倾向?对此,我们仍应从本文的字里行间去细求。文中一曰:"予少而多病,自计不能效尺寸之用于斯世,盖尝慨然有江湖之思。"二曰:"饥寒妻子之累劫而留之,则寄其趣于烟波洲岛苍茫杳霭之间。"这就提供了两方面的答案:第一,作者其实早有"用世"之大志(他早在三十二岁所作的《夜读兵书》诗中就说过"平生万里心,执戈王前驱"),但因投降派的打击(他三十岁赴礼部试时曾被主考官名列前茅,却为秦桧所黜落),迟迟未能伸展其大才。现今虽在京师任职,然而仍"不能效尺寸之用于斯世",所以就自然而然产生那种思欲归隐的思想。第二,作者尚有生计之累,于此,也生发了"做官不如回家种田打鱼"的牢骚。故而,陆游之名其小屋为"烟艇",一方面是表达了自己从中国士大夫传统思想中承传而得的隐逸情趣,另一方面却又可以看作是他怀才不遇、不满现实的愤懑情绪之表露。只有把这两方面综合起来看,始能比较全面与深刻地认识他此时此地的复杂心态。

中国古代文人常会遇到这样的心理矛盾:是"入世"好,还是"出世"好?是为国家建功立业好,还是退隐江湖,做一个高人隐士好?在他们看来,这两方面就像"鱼"与"熊掌"那样,都是"我所欲也"却又"不可得兼"。于是,便出现了李商隐那种思欲"调和"或"统一"这二者的诗句:"永忆江湖归白发,欲回天地入扁舟。"(《安定城楼》)也就是说:"隐逸江湖"之思,是终身所怀的愿望;不过,真正的归隐,当在干过一番回天转地的大事业、两鬓斑白之后方始心安理得地实行。可惜的是,这种理想除开极少数人(如范蠡)外,几乎都无法做到。因而,陆游在本文中就改从另一个角度来表述他那既不能效功于当世又不能真正归隐江湖，既身困于陋屋闲官又强烈心怀故乡田园的苦恼；而如果再深一层挖掘，我们便可从其“反面”发现，作者的真正愿望却仍在李商隐的那两句诗中！这样，我们通过“剥笋抽茧”式的分析，就能透过其表层的翳障而直探其心灵奥区：本文实际是以旷逸之语来发泄他思欲用世而不能的苦闷——果然，在此文写后不久，陆游便有机会积极投身于当时的抗金北伐战争中去了（先是上书《代乞分兵取山东札子》，主张北伐；后是改调镇江通判，筹划军事）；到那时，我们既不见了他困于“饥寒妻子之累”的倦色，也听不到他“自计不能效尺寸之用于斯世”的喟叹，而只看到一位“壮岁从戎，曾是气吞残虏”（《谢池春》词）的爱国志士，正奔忙出没于抗金前线……

根据以上分析，本文在写作上的特点，除开其发端的故设悬念、引人好奇之外，主要还在于它的借题发挥和弦外有音。“借题发挥”是指借给小屋取名为“烟艇”来抒发他那“身在魏阙，心存江湖”的隐逸志趣；“弦外有音”又是指它的表面作旷达语而实际寓“英雄无用武之地”的牢骚——作者在他后来回忆这段“百官宅”的生活时，尚有诗曰：“簿书衮衮不少借，怀抱郁郁何由倾？”（《往在都下时，与邹德章兵部同居百官宅，无日不相从……》）特别对于这后一点，读者须细心体味，方能察其真谛。

（杨海明）

书浮屠事　　陆 游

浮屠师宗杲，宛陵[①]人，法一，汴[②]人，相与为友，资皆豪杰，负气好游，出入市里自若。已乃折节同师蜀僧克动，相与磨砻[③]浸灌，至忘寝食。遇中原乱[④]，同舟下汴。杲数视其笠。一怪之，伺杲起去，亟视笠中，果有一金钗，取投水中。杲还，亡金，色颇动。一叱之曰：“吾期汝了生死，乃为一金动耶？吾已投之水矣。”杲起，整衣作礼曰：“兄真宗杲师也。”交益密。

於虖！世多诋浮屠者，然今之士有如一之能规其友者乎？藉[⑤]有之，有如杲之能受者乎？公卿贵人谋进退于其客，客之贤者不敢对，其不肖者则劝之进。公卿亦以适中其意而喜。谋于子弟，亦然。一旦得祸，其客其子弟则曰：“使吾公早退，可不至是。”而公卿亦叹曰：“向有一人劝吾退，岂至是哉！”然亦晚矣。

〔注〕①宛陵：古地名，今安徽宣城。②汴(biàn)：古地名，治今河南开封。③磨砻

(lóng)：切磋。 ④ 中原乱：指1126年北宋覆亡。 ⑤ 藉：假如。

一事一议，是小品文的常见写法。这种写法，要求记事必须生动典型，议论必须深刻精辟。记事倘欠生动，难以给人深刻印象；倘不典型，不易生发精辟之论。而议论倘欠深刻精辟，则记事无论何等生动，也将如活龙缺睛，无论何等典型亦必然失之于浅薄，功亏于一篑。这篇《书浮屠事》，其记事和议论都是写得十分成功的。文章记的是两个堪称至诚挚友的和尚，在避乱途中，当其中一人发现另一人稍有私心之后，为了使对方确实知道生世之无常，做一名不为一金所动的高尚僧人，他采取极其"不友好"的措施，割断了对方的私念，并对其进行了严肃的批评。受到批评的那位呢？他不仅没有为对方的做法"不友好"而心怀怨怼，反而对对方表示出真诚的敬意，心悦诚服地接受了对方的批评。经过这样一个小波折之后，二人关系更加亲密无间了。转入议论之后，作者首先反问世人：今天还有那种直言规劝朋友的人吗？还有那种真诚地接受批评的人吗？然后作者指出，那些热中利禄的达官贵人们，当他们欲谋求某种私利时，其宾客及子弟中那些贤明的人不敢进言劝阻，那些心术不正的人则怂恿他们去做。而达官贵人们又正中下怀，自以为得意。然而，一旦生祸，那些宾客子弟们又会说："假如你早早退步，就不至于如此了。"而他们自己呢，则只有叹息道："倘若当初有一人劝阻我，又哪至于发展到这种地步呢！"他们后悔也晚了。后段的议论，除了两句反问之外，全是举例为议，这样毫无刻板说教之嫌，增强了文章的说服力。

一事一议，将事记好不易，议论精到也不易，然而更难的还在记事与议论的结合上。结合得好，则有记为议增重，议使记生色之效。那样，文章或妙笔生花，巧夺天工；或高屋建瓴，大气盖出；或峰回路转，推陈出新；或前呼后应，继往开来。倘记与议结合得不好，不但不能产生以上效果，甚至可能会造成记与议各自孤立，两败俱伤的局面。这篇小文，是将记和议两部分牢牢地"焊"在一起的。作者准确地找到了最佳"焊接点"——朋友相处要诚心诚意地进行批评和自我批评。作者让两部分在这一共同点上对接，前呼而后应之，不偏不离，顺理成章。在技巧上，作者用"於虖"(即"呜呼")一声长叹，结束了对故事的叙述，引发出自己的感慨。这一十分动情的长叹，在记与议两部分的"焊接"中，起着举足轻重的作用，它使文章上下天衣无缝，前后浑然一体，舍此，则会使文章大大失色。此文记唱议和，相辅相得，其前后结合得牢、结合得巧，也是成功的一个重要原因。

一事一议写来不难，一事一议写好不易。这篇《书浮屠事》，无论从其思想内容还是从其写作技巧来看，都堪称古代小品上乘之作。此文虽属小品，却非大手笔难为也。

（荣　斌）

【作者小传】

孟元老

南宋散文家。号幽兰居士。北宋时居汴京(今河南开封),南渡后,著《东京梦华录》,追忆汴京繁盛。

东京梦华录序

孟元老

仆从先人,宦游南北。崇宁癸未到京师[1],卜居于州西金梁桥[2]西夹道之南。渐次长立,正当辇毂之下[3],太平日久,人物繁阜。垂髫之童,但习鼓舞,班白之老,不识干戈。时节相次[4],各有观赏。灯宵月夕,雪际花时,乞巧登高[5],教池游苑。举目则青楼画阁,绣户珠帘。雕车竞驻于天街,宝马争驰于御路。金翠耀目,罗绮飘香。新声巧笑于柳陌花衢,按管调弦于茶坊酒肆。八荒争凑,万国咸通。集四海之珍奇,皆归市易,会寰区[6]之异味,悉在庖厨。花光满路,何限春游,箫管喧空,几家夜宴。伎巧则惊人耳目,侈奢则长人精神。瞻天表[7]则元夕教池,拜郊孟享[8],频观公主下降[9],皇子纳妃。修造则创建明堂[10],冶铸则立成鼎鼐。观妓籍则府曹衙罢,内省宴回,看变化则举子唱名[11],武人换授[12]。仆数十年烂赏叠游,莫知厌足,一旦兵火。

靖康丙午之明年[13],出京南来,避地江左[14],情绪牢落,渐入桑榆[15]。暗想当年,节物风流,人情和美,但成怅恨。近与亲戚会面,谈及曩昔,后生往往妄生不然。仆恐浸久,论其风俗者,失于事实,诚为可惜。谨省记编次成集,庶几开卷得睹当时之盛。古人有梦游华胥之国[16],其乐无涯者。仆今追念,回首怅然,岂非华胥之梦觉哉?目之曰“梦华录”。然以京师之浩穰[17],及有未尝经从处,得之于人,不无遗阙,倘遇乡党宿德[18],补缀周备,不胜幸甚。

此录语言鄙俚,不以文饰者,盖欲上下通晓尔,观者幸详焉。绍兴丁卯[19]岁除日幽兰居士孟元老序。

〔注〕 ① 崇宁癸未：指崇宁二年(1103)。崇宁，宋徽宗年号。京师：汴京(今河南开封)。 ② 金梁桥：宋代汴河由城内经过，有十三座桥，此为其一。 ③ 辇毂(niǎn gǔ)之下：皇帝车驾之下。此指京城。 ④ 相次：一个接着一个。 ⑤ 乞巧：夏历七月七日晚间，妇女向织女星乞求智巧。登高：指夏历九月九日重阳节。 ⑥ 寰(huán)区：天下。 ⑦ 天表：皇帝尊容。 ⑧ 孟享：帝王宗庙祭礼。 ⑨ 下降：下嫁。 ⑩ 明堂：皇帝宣明政教处，一般举行庆赏、选士等大典。 ⑪ 唱名：举子中进士后在朝廷按名册点名。 ⑫ 换授：改授官职。 ⑬ 靖康丙午之明年：指靖康二年(1127)，金兵攻陷汴京。 ⑭ 江左：今江浙一带。 ⑮ 桑榆：晚年。 ⑯“古人”句：《列子·黄帝》：“(黄帝)昼寝，而梦游于华胥氏之国。” ⑰ 浩穰(rǎng)：人众多。 ⑱ 宿德：年老德高望重之人。 ⑲ 绍兴丁卯：指绍兴十七年(1147)。绍兴，宋高宗年号。

孟元老的生平不详。据自序说，他于崇宁二年癸未(1103)，随先人至京师，住在金梁桥西夹道之南，金梁桥在大梁门外白眉神庙南。假定这时他是十三四岁，那么，到北宋亡时，他在汴京已住过二十余年，到南宋绍兴十七年丁卯(1147)写此序时，已有五十余岁，序中所谓“渐入桑榆”。

靖康之难，中原人士流离两浙，故老闲谈，必谈汴京风物，并且感慨系之，所以《清明上河图》曾刻板印行。《东京梦华录》中所记述的，即为汴京城坊河道、节令风俗、典章仪卫等，《四库全书总目提要》称其可与《宋史》互相补证。徐梦莘《三朝北盟会编》，靖康二年，录赵甡的《中兴遗史》，即全录《东京梦华录》元旦朝会一则。卷五《民俗》一则，记汴京居民，见外来旅人被都中人欺凌，必相救护，对新来落户之人，则借措服务，馈赠汤茶，指引买卖，颇为殷勤。邻里之间，每日互相送茶，关心动静，犹可见当时的人情高谊。又如茶楼酒馆，卖唱奏艺的市井生活，也令人想起《水浒传》等小说里的一些故事。前几年海外曾有“宋城”的展赏，读了《东京梦华录》，也可通过书本，神游宋城。

作者不是一位长于文学的人士，所以叙述没有章法，常用俗语俚称，但也于拙中存真。

序的前部分，溯述汴京沦亡前的繁华景象，后半部分则为感慨，就像做了一场梦。作者是北宋遗民，南迁牢落，对故都自也分外留恋渲染，而且徽宗时的所谓太平气象，也只是蔡京说的“丰、亨、豫、大”的局面，《朱子语类》七三《易》九说得好：“宣(和)政(和)间，有以奢侈为言者，小人(指蔡京辈)却云丰亨豫大之时，须是凭地侈泰方得，所以一面放肆，如何得不乱。”

南渡以后，习于苟安，文恬武嬉，则又出现了小朝廷“直把杭州作汴州”的局面。“风景不殊，举目有河山之异”，洛阳汴京，同属中原，晋宋渡江，同为不堪回首。元老所谓华胥梦觉者，实亦相类于新亭对泣。

继《东京梦华录》之后，便有耐得翁的《都城纪胜》、周密的《武林旧事》、吴自牧的《梦粱录》,吴录即效仿孟录。就记载风土民俗一端说,明清间刘侗的《帝京景物略》、张岱的《陶庵梦忆》、李斗的《扬州画舫录》,顾禄的《清嘉录》、震钧的《天咫偶闻》,都是以小品形式,追述一时一地风物节令的盛衰,也是社会史的资料,文学价值则高出于《东京梦华录》。其中《陶庵梦忆》作于明亡之后,故有"余今大梦将寤,犹事雕虫,又是一番梦呓"语,和孟录、吴录的撰作同样心情。

(金性尧)

【作者小传】

范成大

(1126—1193) 南宋诗人。字致能,号石湖居士。苏州吴县(今江苏苏州)人。绍兴进士。历任知处州,知静江府兼广南西道安抚使、四川制置使、参知政事等职。曾使金,抗争不屈,几遭杀害。晚年退居故乡石湖。素有诗文名,亦能词。著有《石湖居士诗集》《石湖词》《揽辔录》《吴船录》等。

骖鸾录(五则)①

范成大

三日,始泛湘江,自此至六日,早暮行,倦则少休,不复问地名。湘江岸,小山坡陀,其来无穷,亦不间断,又皆土山,略无峰峦秀丽之意,但荒凉相属耳。

七日,宿衡山县。西望岳山,苕荛②半空。湘中山既皆冈阜,迤逦至岳山,乃独雄尊特起,若众山逊其高寒者。

八日,入南岳,半道憩食。夹路古松三十里。至岳市,宿衡岳寺。岳市者,环皆市区,江浙川广种货之所聚,生人所须,无不有。既憧憧③往来,则污秽喧杂,盗贼亡命,多隐其间,或期会结约于此,官置巡检司焉。

九日,上谒南岳庙。……衡岳寺在门西集贤峰下,有善果尊者铁锡④存焉。孟氏有蜀,特来施。此寺藏经,其帘衣⑤,则蜀人户部侍郎欧阳彬所施,织文妙绝。胜业寺在庙前。登玉书阁以望岳,晚晴,众山云尽卷,石廪、紫盖、岣嵝诸峰毕见,惟祝融[6]在云气中。岳庙正直紫盖峰下一小山,曰赤帝峰。南台寺在瑞应峰上,登山之最近者。胜业寺有隋柏盘踢于地,几一亩,甚怪奇。柳子厚《般舟和尚碑》,子厚自书,亦有楷法。余病寒,不能风雨中登山,遂还。

十日,行舟数里,即再见南岳峰,崛敦[7]可尊而仰。带江别有小山一重,山民幽居点缀其上。桃李花方发,望之如临皋道中。卢仝诗"湘江两岸花木深",至此方有句中意。

〔注〕①范成大(1126—1193),字致能,南宋吴县(今江苏苏州市)人,著名文学家,晚年归隐石湖,自号石湖居士。《骖鸾录》是范成大于南宋孝宗乾道八年(1172)冬从吴郡出发去广西沿途所写的日记,这里选的是次年二月初经湖南衡山时的几天。②苕荛(tiáo ráo):山高峻貌。③憧憧:来去不定的样子。④铁锡:铁杖。僧人手杖原多锡制,故他们驻足何地时称驻锡或驻杖。⑤袠(zhì):书套,书函。⑥祝融:山名,衡山最高峰。⑦崛敦:突起。

日记的随时记叙沿途所见山水风物,与游记的专记湖光山色、秀峰丽水,至少有两点不同。一是前者系不求而得,随见随录,是旅途被动的接受,后者则往往属专程访游,意在探幽挹秀,以饱餐山川雄奇或秀美之色。二是由于日记乃随见随录,所以大抵好就说好,无甚可观则也如实写"无可观"云云,而游记的形成文字必是周详地记其美景,几乎没有一篇游记专写失望而去的心情或贬斥恶山水的。这种差异,其实是"真""自然"与否的差异。游记当然大多记写很真实自然,但也不免有叫人读后非常想一游,待实地一看却"百闻不如一见"或言过其甚之感顿生,日记则几乎没有这样的矫饰或刻意雕琢过头的现象。

范成大旅程经过衡岳一带的日记,就是一组十分自然真实的文字,在不经意的记叙中,予人一种纯乎自得的美感享受。他在进入湘江之旅的头六日的记录,表现得异常闲散潇洒,有晋人的韵趣。"倦则少休,不复问地名",这九个字自然之至,又将沿途无可观的心绪表露以尽。别以为湘江美就是美遍湘水流域的,一路土山小坡,"略无峰峦秀丽之意"的荒凉有什么可观?传神文字不一定只传美之"神",荒凉也是一种"神"。范石湖闲闲一笔,同样出了境界。

奇与不奇,秀丽与否,本也是相对而言的。写荒凉一路景象,既是范成大胸中饱有的山水景物的相对照,即经验的观照后的感受,又何尝不是为下文的"苕荛半空"的南岳衡山的衬托,一抑一扬中,衡岳的"神"也就跃出。这是从文章笔法角度得出的"衬托"感,而且是在读下去后发现的。在作者写"但荒凉相属耳"时,当然毫无在着意为下文作陪衬而预作安排。他是自然地在走笔。

写衡山雄丽,范氏其实又没作实写,而是置于大空间里,在拉开距离的观摩中显示其高峻的。七日的“西望岳山……乃独雄尊特起”和十日的“再见南岳峰，崛敦可尊而仰”，就是远距离，大空间地表现“众山逊其高寒”的。至于身在衡岳诸峰的腹部时，只用“晚晴，众山云尽卷”，“惟祝融在云气中”，又是置祝融峰于整座衡山的群峰空间中来显其最为高耸。这都是很传山峰神貌的文字。

天下名山僧占多，当你深入这些名山，特别是号称五岳之类曾被历代帝王敕封过的景点，更是如此。范石湖入南岳所见，至少写了三座庙宇，而且分别标出其坐向，此类皆写实的具体表现。这些庙寺引起他兴趣的，主要是胜业寺的“盘踞于地”的古柏和柳宗元书刻的一碑，从中可以看出石湖先生的审美情趣和取舍所在。俗物难入法眼，一个文学家的眼光由此射出，这又是传神处。

三湘风物，以自然景观而言，实在是渐南渐丽，渐西渐奇。范成大此去广西，离衡山南行西去，正乃渐入佳境。十日所见“山民幽居”，桃李花发，顿使他神旺兴高，显然他不复“倦则少休”地兴味索然了。结句引唐人卢仝诗，“花木深”一“深”字确实扣住了范氏此番湘游的渐游渐深，渐深渐幽，渐幽渐奇的境界。

这几天日记的轻捷放逸的情调有此借前人诗的一结，尤觉韵味十足。范成大有著名的《游峨眉山记》，文笔极佳，然读时既觉奇丽又感灵秀中予人重力感，犹如登峨眉金顶时有些累人。比较起来，还是这几则湘中游的日记轻灵多了。

（严迪昌）

【作者小传】

周必大

(1126—1204)　南宋政治家、文学家。字子充，一字洪道，自号平园老叟。吉州庐陵(今江西吉安)人。绍兴二十一年(1151)进士，中博学宏词科，授徽州司户参军。历官权给事中、中书舍人，言事不避权贵。任枢密使，创诸军点试法，整肃军政。孝宗淳熙末年拜左丞相。光宗时封益国公，后以观文殿大学士出判潭州。宁宗初致仕。卒谥文忠公。有《玉堂类稿》《玉堂杂记》《二老堂诗话》等，后人汇编为《益国周文忠公全集》。

又跋王禹玉[1]谢翰林学士承旨表本　　周必大

翰苑多杂著[2]，故其体不一。某以乾道庚寅岁初忝寓直[3]，凡词头[4]之小者，院吏辄以片纸录旧作，谓之屏风儿。余笑曰："此陶榖所谓'一生依本画葫芦'。"[5]今观王岐公谢承旨表稿，亦连别本[6]，殆屏风之类矣。其词谓"由西掖入北门，行将二纪"，又云"鼎圣历之肇新，顾藩麾之屡易"，则为张文定公安道[7]无疑。然"闳博燕闲，浮鳌宣精"等语，岐公表实用之，文体大略亦相类。二公盖同直者，顾不嫌于同，此前辈广大规模[8]也。

淳熙戊戌十月十四日。

〔注〕① 王禹玉：王珪，字禹玉，宋华阳(今四川成都)人。累官尚书左仆射兼门下侍郎，封岐国公。　② 翰苑：指翰林学士院，其学士负责在内朝替皇帝起草诏旨、文书。杂著：起草的文书有制诰、赦敕、国书以及宫廷所用文书，内容各异，故用杂著形容它。　③ 乾道：南宋孝宗年号。寓直：入宿值班。翰林学士要定期入宿学士院值班，以备皇帝命令，起草文书。④ 词头：起草文书的内容提要，和昔日公牍中的"要由"差不多。　⑤ 陶榖：字秀实，宋初曾任翰林学士承旨。依本画葫芦：比喻模仿别人，毫无自创。宋魏泰《东轩笔录》卷一记有此事：陶榖精于文翰，久在翰林院供职。意谓可升任宰相。于是示意他的党羽向宋太祖推荐，"太祖笑曰：'颇闻翰林草制，皆检前人旧本，改换词语，此乃俗所谓依样画葫芦耳，何宣力之有？'"⑥ 别本：另一段纸头。　⑦ 张文定公安道：张方平，字安道，宋神宗时累官参知政事，卒谥文定。　⑧ 规模：榜样。

陶榖人品不高，又曾历仕数朝，节操有亏，宋太祖赵匡胤本来就有点看不起他。而陶榖没有自知之明，自恃在翰苑多年效力，颇有功劳，便想当宰相了。怎料赵匡胤毫不客气，讥讽他多年功绩不过是"依样画葫芦"的营生。由此也可看出，翰林学士们起草诏旨时的互抄陈词，拼凑了事的习惯，在宋初便已经常见了。然而其中抄袭的方法，常用的惯例，却是周必大这篇题跋才详细揭露出来。原来猗欤盛哉的皇帝诏谕，却是这样马虎弄出来的，读之可发一笑。　（黄国声）

【作者小传】

王　质

(1127或1135—1189)　南宋诗人。字景文，号雪山。郓州(治今山东东平)人，徙居兴国(今属江西)。曾为枢密使张浚幕僚，入为太学正，上疏请孝宗早定战守之策，忌之者指为异论，罢去。虞允文宣抚川陕，征与同行。后历敕令所删定官、枢密院编修官，允文荐可任右正言，为权宦所阻，遂奉祠山居。笃志经学，于《诗》尤所长，著《诗总闻》。诗风流畅平易，有《雪山集》。

游东林山水记 王 质

绍兴二十八年①八月三日欲夕，步自阛阓②中出，并溪南行百步，背溪而西又百步，复并溪南行。溪上下色皆重碧，幽邃靖深，意若不欲流。溪未穷，得支径，西升上数百尺。既竟，其顶隐而青者，或远在一舍外，锐者如簪，缺者如玦，隆者如髻，圆者如璧。长林远树，出没烟霏，聚者如悦，散者如别，整者如戟，乱者如发，于冥蒙中以意命之。水数百脉，支离胶葛，经纬参错；迤者为溪，漫者为汇，断者为沼，涸者为坳。洲汀岛屿，向背离合；青树碧蔓，交罗蒙络。小舟叶叶，纵横进退：摘翠者菱，挽红者莲，举白者鱼；或志得意满而归，或夷犹容与③若无所为者。山有浮图宫④，长松数十挺，俨立门左右，历历如流水声从空中坠地。既暮不可留，乃并山北下，冈重岭复，乔木苍苍。月一眉挂修岩巅，迟速若与客俱。尽山足，更换二鼓矣。

翌日，又转北出小桥，并溪东行，又西三四曲折，及姚君贵聪门。俯门而航，自柳竹翳密间，循渠而出。又三四曲折，乃得大溪，一色荷花，风自两岸来，红披绿偃，摇荡葳蕤⑤，香气勃郁，冲怀罥⑥袖，掩苒⑦不脱。小驻古柳根，得酒两罂⑧，菱芡数种。复引舟入荷花中，歌豪笑剧，响震溪谷。风起水面，细生鳞甲；流萤班班⑨，若骇若惊，奄忽⑩去来。夜既深，山益高且近，森森欲下搏人。天无一点云，星斗张明，错落水中，如珠走镜，不可收拾。隶而从者，曰学童，能嘲哳⑪为百鸟音，如行空山深树间，春禽一两声，翛然使人怅而惊也；曰沈庆，能为歌声，回曲宛转，嘹亮激越，风露辅之，其声愈清，凄然使人感而悲也。

追游不两朝昏，而东林之胜殆尽。同行姚贵聪、沈虞卿、周辅及余四人。三君虽纨绮世家，皆积岁忧患；余亦羁旅异乡，家在天西南隅，引领长望而不可归。今而遇此，开口一笑，不偶然矣。皆应曰："嘻！子为之记。"

〔注〕 ① 绍兴二十八年：公元1158年，绍兴，宋高宗年号。 ② 阛阓(huán huì)：街市。

③ 夷犹、客与：均为从容自得貌。 ④ 浮图宫：佛殿。 ⑤ 葳蕤（wēi ruí）：草木繁盛，枝叶下垂貌。 ⑥ 罥（juàn）：缠绕。 ⑦ 掩苒：萦绕貌。 ⑧ 罂：古代一种小口大腹的瓦器。 ⑨ 班班：同“斑斑”。 ⑩ 奄忽：疾速。 ⑪ 嘲哳（zhāo zhā）：鸟鸣声。

王质在南宋朝是以学问渊博、文采过人著称的文人，他的创作曾受到著名词人张孝祥父子的赞赏。这篇《游东林山水记》很能代表他的创作风格。

东林山，又名贝锦山，在浙江省湖州西南五十里，是江南以山水兼美著称的名山。文章开首两句用“欲夕”二字点明从城里步行到达东林山的时间。天色已晚，又有五十里的风尘，作者本该驻足山下，游待明日。但是，东林山水幽美的景色产生了巨大的魅力，使旅游者来不及驻足歇息，而是乘着傍晚的余晖并溪而行进入了东林山中。因此，文章从第三句开始直接切入对东林山水的描绘和这次游历的记叙，既略去了与文章主题无关的冗杂，保证了主题的突出，又含蓄地暗示了东林山水之美和作者游兴之高。接下去，文章先写作者与同伴们徒步乘夜游山，以描绘山景为主，兼写观水；再写第二日昼夜泛舟，以描绘水色为主，兼写观山。这样，文章的前两段在记叙描写上各有宾主，层次分明；同时，又宾主兼写，错落有致。两者相糅，织就了一幅东林山水的优美图案。最后一段，作者直抒为这次游东林山作记的原因：作者与同伴或“皆积岁忧患”，或长期羁旅异乡而不可归，有着深深的“同是天涯沦落人”的悲绪。而游东林山使他们暂时忘却这时刻萦绕于怀的凄情愁绪，博得尽情一乐，岂不值得作记珍视；末段乍看好像与描写东林山水无关，细细推敲，实则赋予东林山水以善解人意的情感，使东林山水之美更加突出。

“横看成岭侧成峰，远近高低各不同”，这是北宋大文学家观察庐山的体会，道出了得山之美的奥诀。王质对此也深得其中三昧。他写东林山水皆注意从各个不同的角度，写出它们妖冶多姿的情态。如写近观溪水“色皆重碧，幽邃靖深，意若不欲流”；站在高岗上远观东林山的数百脉溪水则“迤者为溪，漫者为汇，断者为沼，涸者为坳”；白日，风动之时，溪水则“细生鳞甲”；星空朗夜，则“星斗张明，错落水中，如珠走镜，不可收拾”。他写山画水，绝不只从客观入手，而是融注进主观的情意，发挥奇特的想象，自然的山光水色在他的笔下变成了有生命的精灵。如“山益高且近，森森欲下搏人”；“月一眉挂修岩颠，迟速若与客俱”；“长林远树，出没烟霏；聚者如悦，散者如别，整者如戟，乱者如发”。在这幅由山、水、树、月的精灵编织而成的图画中，作者再穿插进采莲、打鱼的叶叶轻舟；泛舟举酒，“歌豪笑剧”的风流游客；若骇若惊、“奄忽去来”的班班流萤；以及学童、沈庆的鸟啭清歌，使东林山水更加生机盎然，引人入胜。

这篇作品富有极强烈的艺术感染力，还得力于作者对词赋铺陈、排比、拟人、比喻等修辞手段的妥帖运用。如写山“锐者如簪，缺者如玦，隆者如髻，圆者如璧”。写纵横进退的渔舟上的人“摘翠者菱，挽红者莲，举白者鱼；或志得意满而归，或夷犹容与若无所为者”。这不仅使被描写的对象穷形尽相，而且使文章气脉贯通，酣畅淋漓。另如，句式整齐，多四字对偶句，读起来朗朗上口，富有音乐感，也是这篇游记的特点之一。 （武卫华）

【作者小传】

杨万里

(1127—1206) 南宋诗人。字廷秀，号诚斋。吉州吉水(今属江西)人。绍兴二十四年(1154)进士，孝宗初，知奉新县，历太常博士、太子侍读等。光宗即位，召为秘书监。主张抗金。其诗歌成就尤著，与陆游、范成大、尤袤号称“中兴四大诗人”。初学江西诗派，后学陈师道之五律、王安石之七绝，又学晚唐诗，终自成一家，时称诚斋体。著有《诚斋易传》《诚斋集》传世。

题曾无逸①百帆图 杨万里

千山去未已，一江追之。余观百余舟出没于风涛缥缥②、云烟有无之间，前者不徐③，后者不居④，何其劳也！而一二渔舟往来其间，独悠然若无见者，彼何人耶？

〔注〕 ① 曾无逸：曾三聘，字无逸，临江新淦(今江西新干)人。宋乾道二年进士。 ② 缥缥：轻举貌。 ③ 徐：缓慢。 ④ 居：停留。

画，我们没法见到，可题跋却把画给描绘出来了。请看：千山重叠，山在相随着往远处而去；一条大江，却紧追住千山不放。在那山与水之间、烟云风涛之上，错落着许多大船小舟，它们也是“不徐不居”地往远处去。一切都在动，只有那一二小渔舟仿佛是静止的，毫不理会那劳扰远去的一切。渔舟中悠然置身于劳扰之外的人是谁呢？作者故作问语，留给读者去寻味了。

杨万里以善于描写山川风物见长，同时代的诗人姜夔曾有诗称誉他是“处处山川怕见君”就是说山川景物都怕碰上这位写景高手，生怕让他把它们描写了去。杨万里的诗固能如此，这篇题跋也表现出他那描写的本领来。 （黄国声）

跋李成[①]山水　　杨万里

余葺茅栋而工徒病雨，扰扰不肯毕也。今日偶小斋鸟乌之声乐[②]，吾友王才臣偶携李成山水一轴来[③]，展卷烟雨勃兴，庭户晦冥，吾庐何日可了耶？

〔注〕 ① 李成：唐五代画家，擅山水，与关同、范宽并称五代、北宋山水画三大宗师。 ② 鸟乌之声乐：鸟乌鸣唱，意谓天气转晴。 ③ 王才臣：王子俊，字才臣，曾做过周必大、杨万里的幕客。

作者要赞美李成山水画的超神入妙，却偏不从正面着笔。他先由修房子说起，仿佛毫不在意，接下来说天气，最后才提到画。到此，他只用“展卷烟雨勃兴”等两句概括画的客观效果，用“吾庐何日可了耶”一句话表达此时的情绪。分明要赞它，却不用一句赞美的话，把没说的留给读者去联想，去体味，这是作者的高明手法。

五十来字的短文，看似平铺直叙，仔细一琢磨，却是作者着意安排下忧、喜、忧三层转折，循此转折组织成文。开始是修房子遇着雨天，老是完不了工，是忧。好不容易盼到天晴，可以复工了，是喜。不料友人携李成画来，展卷烟雨勃兴，又马上由喜变忧。短篇而能具三重转折，可见作者构思行文的精妙。

文章最后用“吾庐何日可了耶”这一懊恼语作结，最见作者匠心，是全篇最精彩的笔墨。当画面所产生的强大表现力作用于作者视觉时，他便不由自主地被推离了现实，被推入艺术所造设的那个天地里，同时脱口而出说了那句恼话。仅只一句，便间接地证明了那幅画的巨大艺术力量。它是不带赞美词句的最好赞词，杨万里的巧思妙笔，不能不使人佩服。　　（黄国声）

跋章友直[①]草虫　　杨万里

春寒尔许，新蝉飞蝇辈遽出耶？细观盖章伯益墨戏[②]也。庚寅三月上巳日，杨万里跋。

〔注〕 ① 章友直：宋书画家，字伯益。善篆书，擅画龟蛇。 ② 墨戏：写意画。

要评价章友直这幅画，本可以写它一二百字，从其构图、笔墨、意境以至艺术渊源着笔，表示自己的感想和评价。杨万里却不这样做，他只题了三句话。这样一来，读者会嫌他敷衍么？不，这就够了。试看三句话中，第一句点出观画的时间，兼为下句作垫。第二句写自己骤观画面时的感觉，第三句则是细看之下的恍然大悟。总归一个意思是“真假难分”。这里无一言以赞美,而赞赏佩服之意,自在言外。这篇题跋如此构思,又用如此简练含蓄的文字写出,以少许胜人多许,是十分难得的。至于笔墨之间所透出的那份机灵和风趣,则是杨万里的本色,在他的诗里,倒是常见的。 (黄国声)

送郭银河序 杨万里

予闻郭银河妙于数,其谈祸福多奇中,其言杉溪先生、尚书刘公又其奇中之尤者也。乾道戊子十一月二十日来谒予,貌甚古,辞甚辩,如轩辕弥明之长颈楚语也①。于十二子、五运、六气,言之如汉庭诸老生之论治也,如秦医和、汉太仓公之知病也。予惊且奇之,与旧所闻无所不及而有加焉。予问之曰:“子之技前于人,而子之贫亦前于人,独何欤?”银河仰而笑、俯而叹曰:“技不负予也,予唯恐负技也。唯恐负技,故以人徇技,而不以技徇人。其于人也不有所迎而有所撄,以至于斯也。然予之贫可守,而予之守不可悔。”予益奇之。如银河者,其隐于技者欤?挟技者必有求,求不得则罪其技。自技而之贫,自贫而悔而无所不之也。不为此者希矣!如银河者,其隐于技者欤?谨序。

〔注〕 ① 轩辕弥明:唐代衡山道士。唐韩愈《石鼎联句诗序》谓其“貌极丑,白须黑面,长颈而高结,喉中又作楚语”。

本文是一篇赠序,系赠别郭银河之作。但作品并未抒写离别之悲和惜别之情,而是赞美了郭银河胸怀绝技而甘于贫困的高尚品格。文章先叙未识郭银河之前,就听说他对于数(气数、命运)十分精通,预言人的祸福常常是异常准确。未见其人,先闻其名,一开始便给人一个奇士的印象。接着写郭银河首次来谒所给予作者的印象:他“貌甚古,辞甚辩”,谈起算命的十二地支和医学上的五运、六气,滔滔不绝,不愧行家里手,比听说中的郭银河更加不凡,作者不禁为之惊奇。但是,这样一位才技过人的奇人,生活却十分贫穷。对此,他一面叹息,一面又付之一笑。他恐怕负于技,故宁可以人徇技。而技扰人至穷,他却宁愿守贫而不悔。对这样一种旷达而清高的态度,作者更加惊奇而钦佩。对于一般人来说,胸怀绝技必有所求,求之不得而至于贫,必有所悔,而像郭银河这样的怀技而守贫不悔者实在是太少了。作者认为，像郭银河，可谓是“隐于技”的人了。在封建社会里，满怀政治、文学才能而不遇的人比比皆是，而怀有一技之长而不遇的人更不乏其人，郭银河即其一。作者对郭银河的怀技而穷深表同情，对他的守贫不悔又加以赞美，实际上这不过是无可奈何的安慰罢了，从中我们不难体会到作者对造成这种不合理现象的社会现实的不满。

本文作为一篇赠别之作，送别之际，要说的话当然很多。但作品却仅仅抓住郭银河妙于数而穷、穷而不悔这一个方面来写，选材集中，中心极为突出鲜明。文章先写闻其“奇”，再写见而“惊且奇之”，接写听郭氏谈技与贫而“益奇之”，最后写作者的感慨，条理分明，层层深入。作品的语言简洁省净，无任何浮言赘语，不施藻彩，不加雕饰，但写人、议论却仍生动而有情味。（许金榜）

【作者小传】

朱　熹

(1130—1200)　南宋哲学家、教育家。字元晦，一字仲晦，号晦庵，晚号晦翁，曾主讲紫阳书院，故别称紫阳。徽州婺源（今属江西）人，侨居建阳（今属福建）。绍兴进士。曾任秘阁修撰等职。主张抗金，强调军备。为程颐三传弟子李侗的学生。博极群书，广注典籍，对经学、史学、文学、乐律以至自然科学都有贡献。在哲学上发展二程关于理气关系学说，集理学之大成，建立了完整的客观唯心主义的理学体系，世称程朱理学。在明清两代被提到儒学正宗的地位。著有《四书章句集注》《周易本义》《诗集传》《楚辞集注》《朱子语类》等。今人辑有《朱子大全集》。

跋韩魏公与欧阳文忠公帖①　　朱　熹

张敬夫②尝言：“平生所见王荆公③书，皆如大忙中写，不知公安得有如许忙事。”此虽戏言，然实切中其病。今观此卷，因省平日得见韩公书迹，虽与亲戚卑幼，亦皆端严谨重，略与此同，未尝一笔作行草势。盖其胸中安静详密，雍容和豫，故无顷刻忙时，亦无纤芥忙意，与荆公之躁扰急迫正相反也。书札细事，而于人之德性其相关有如此者，熹于是窃有警焉，因识其语于左方。

庆元丁巳十月庚辰，朱熹。

〔注〕 ① 韩魏公：韩琦，字稚圭，宋安阳（今属河南）人，封魏国公。欧阳文忠公：宋文学家欧阳修，谥文忠。 ② 张敬夫：南宋理学家张栻，字敬夫。与朱熹、吕祖谦等为讲学之友。 ③ 王荆公：北宋王安石曾封荆国公，后遂称为王荆公。

王安石的书法是怎样的呢？且看他同时代人的评论。苏轼跋王安石书云"荆公书得无法之法，然不可学"，不誉不毁，总之没有说他的书法"躁扰急迫"。黄庭坚则说王安石"书法奇古，似晋宋间人笔墨"，却是赞誉有加，显然不是躁急一类了。苏、黄与安石都有交往，又都是书法名家，所说自然可信。奇怪的是不同时代的张栻的几句戏言，竟被朱熹捡来发挥一通，妄加评论，厚诬前人，用心如何，就难说了。其实朱熹的父亲也学王安石的书法。论品性，朱熹也曾检讨自己"我亦平生伤褊迫"，又怎好意思用这个缺点来攻击安石？那么，他之所以借题发挥，不免是出于道学家的本性，道学家多是反对王安石的，而且常常不择手段。

元人黄溍见过王安石的书帖，他并不同意张栻的评论。他说："今观此帖风神闲逸，韵度清美，临学之家，宜有取焉，评书者未可以彼（按：指张栻的话）而废此也。"

古今被人造谣最多、诬捏最苦的，恐怕要数王安石了。他同时代的以及后世的反对者们，动用了文章、诗歌、诗话、随笔、小说等来造他的谣。甚至还有卑劣到伪造文章，影射攻击他的。造谣的内容，则从他的理论主张、政治措施乃至个人生活，无所不有，甚至说他蓬首垢面，处事不近人情。而到了朱熹的这篇题跋里，则连他的书法也成了他"坏"德性的产物了。

（黄国声）

记孙觌事　　　　朱　熹

靖康之难[①]，钦宗幸[②]虏营。虏人欲得某文[③]。钦宗不得已，为诏从臣孙觌为之；阴冀觌不奉诏，得以为解。而觌不复辞，一挥立就：过为贬损，以媚虏人；而词甚精丽，如宿成者。虏人大喜，至以大宗城卤获妇饷之。觌亦不辞。其后每语人曰："人不胜天久矣；古今祸乱，莫非天之所为。而一时之士，欲以人力胜之，是以多败事而少成功，而身以不免焉。孟子所谓'顺天者存，逆天者亡'者，盖谓此也。"或戏之曰："然则子之在虏营也，顺天为已甚矣！其寿而康[④]也宜哉！"觌惭无以应。闻者快之。

乙巳⑤八月二十三日，与刘晦伯语，录记此事，因书以识云。

〔注〕 ① 靖康：宋钦宗的年号(1126—1127)。难：祸难，指汴京沦陷，徽、钦二宗被掳。 ② 幸：指皇帝出行至某地。 ③ 某文：指降表。 ④ 寿而康：长寿、安康。 ⑤ 乙巳：即淳熙十二年，公元1185年。

朱熹的《记孙觌事》，是一篇绝妙的小品文。寥寥二百字，活画出卖国贼的嘴脸。

孙觌工诗文，尤长于四六，与汪藻、洪迈、周必大齐名，著有《鸿庆居士集》。《宋史》中没有他的传，《四库全书总目》卷一五七撮取南宋人的记述，对其人其事作了如下评介：

觌，字仲益，晋陵人。徽宗末，蔡攸荐为侍御史。靖康初，蔡氏势败，乃率御史极劾之。金人围汴，李纲罢御营使，太学生伏阙请留，觌复劾纲要君，又言诸生将再伏阙。朝廷以其言不实，斥守和州。既而纲去国，复召觌为御史。专附和议，进至翰林学士。汴都破后，觌受金人女乐，为钦宗草表上金主，极意献媚。建炎初，贬峡州，再贬岭外。黄潜善、汪伯彦复引之，使掌诰命。后又以赃罪斥，提举鸿庆宫，故其文称《鸿庆居士集》。孝宗时，洪迈修国史，谓靖康时人独觌在，请诏下觌，使书所见闻靖康时事上之。觌遂于所不快者，如李纲等，率加诬辞。迈遽信之，载于《钦宗实录》。其后朱子与人言及，每以为恨，谓小人不可使执笔。故陈振孙《书录解题》曰："觌生于元丰辛酉，卒于乾道己丑，年八十九，可谓耆宿矣；而其平生出处，则至不足道。"岳珂《桯史》亦曰："孙仲益《鸿庆集》大半志铭，盖谀墓之常，不足诧。独《武功大夫李公碑》，乃俨然一珰耳，亟称其高风绝识，自以不获见之为大恨，言必称公，殊不为怍。"赵与时《宾退录》，复摘其作《莫幵墓志》极论屈体求金之是、倡言复仇之非；又摘其作《韩忠武墓志》极诋岳飞，作《万俟卨墓志》极表其杀飞一事：为颠倒悖缪。则觌之怙恶不悛，当时已人人鄙之矣。

这里通过一系列秽迹恶行的叙述，说明了孙觌其人的"怙恶不悛"；但人物形象并不鲜明。因为这本来不是文艺性的作品，著者的目的，只在于列举有关事实，不在于刻画人物形象。

朱熹的《记孙觌事》，却只选取前文所记的一件事实：

汴都破后，觌受金人女乐，为钦宗草表上金主，极意献媚。

同样记这件事，不是简单地给人物加上"极意献媚"的评语就完事，而是通过记事表现他的精神世界。所记之事很简单，而用笔却有如剥笋，层层深入，直剥到孙觌的灵魂深处。

“靖康之难，钦宗幸虏营。虏人欲得某文。”这三句是第一层。朱熹追记本朝皇帝投降的事，不愿说被俘虏，而说“幸虏营”；不忍说写“降表”，而说写“某文”。文章单刀直入，以两句写汴京沦陷、钦宗被掳，以一句写金人欲得降表，以便促使宋朝正在抗金的军民望风投降，从而把北宋的灭亡集中到金人威逼钦宗上降表上。

“钦宗不得已，为诏从臣孙觌为之；阴冀觌不奉诏，得以为解。”——这是第二层。由金人勒索降表转到钦宗诏孙觌，进入“记孙觌事”的主题。钦宗命孙觌写降表，出于“不得已”；口头上要孙觌写，内心里却希望孙觌坚持气节，毅然拒绝。汴京沦陷之时，宋朝的臣子及太学生等威武不屈，以死相抗者不乏其人，钦宗的希望是有根据的。作者以“阴冀觌不奉诏”一句写钦宗的心理活动，从而把关系国家存亡的大事摆在孙觌面前，也把读者的注意力引到孙觌身上，看他在关键时刻，将采取什么行动。关键时刻的行动，最足以表现人物的品质。

“而觌不复辞，一挥立就：过为贬损，以媚虏人；而词甚精丽，如宿成者。”——这一层，已剥出孙觌灵魂中最卑污的东西。“而”是转折词，承钦宗“阴冀觌不奉诏，得以为解”而转。他不是“不奉诏”，而是“不复辞”，颇有当仁不让、舍我其谁的气概。他不是下笔艰难，而是“一挥立就”，颇有文思泉涌、兴会淋漓的神情。读者不禁要猜想：他也许并非写降表，而是草檄文、抒忠愤、斥仇敌吧！这样的猜想是合乎情理的，然而猜错了。他不仅写的是降表，而且比一般的降表更不像样子：“过为贬损，以媚虏人！”这封降表，被收入《大金吊伐录》卷下，里面有这样的句子：“背恩致讨，远烦汗马之劳；请命求哀，敢废牵羊之礼？”以宋朝的臣子而写出这样辱国媚敌的文字，够无耻的了！行文至此，已揭露得十分深刻；但作者意犹未尽，继“一挥立就”之后又“赞”了一句：“词甚精丽”。“一挥立就”，言其不假思索；“词甚精丽”，言其精雕细刻。既“一挥立就”，又“词甚精丽”，就引出了关键性的一句：“如宿成者”。意思是：那降表好像早就写好了一样。用了个“如”字，话没说死，却更耐人寻味。看样子，这家伙早就瞅准了这笔媚敌求荣的买卖，事前打好了腹稿。

孙觌写降表“过为贬损，以媚虏人”，效果如何呢？以下就写效果：“虏人大喜，至以大宗城卤获妇饷之。”“大宗城”，语出《诗经·大雅·板》“大宗维翰”“宗子维城”。大宗，强族；宗子，同姓。“大宗城”在这里指金统治者的同姓权贵。“虏人”见降表“大喜”，“喜”得以至于把同姓权贵抢来的妇女赏给他。那么，他是否当着钦宗的面领赏呢？“觌亦不辞”，他公然领了赏！他领的赏不是别的什么，而是敌人抢来的妇女啊！这一层只三句，作者从敌人喜而给赏和孙觌欣然领赏两方面对这个无耻之徒作了进一步揭露。

孙觌写降表，其原因、经过、效果都写了，还有什么可写呢？读下文，看到作者还写了更重要的东西：

(孙觌)其后每语人曰："人不胜天久矣；古今祸乱，莫非天之所为。而一时之士，欲以人力胜之；是以多败事而少成功，而身以不免焉。孟子所谓'顺天者存，逆天者亡'者，盖谓此也。"

第一句中的"其后"，特意指出这是在写降表之后。孙觌经常向别人宣传他写降表的理论根据，其要点是：金人入侵，中原人民处于水深火热之中，这是"天之所为"。一切民族英雄、爱国人民浴血抗战，都是"逆天"；"逆天者亡"，咎由自取。他自己写降表，媚敌求荣，则是"顺天"；"顺天者存"，还得了赏赐。——这一套卖国理论、汉奸逻辑，稍有正义感的人连听都不愿听。而孙觌这家伙，不但好意思讲出口，还经常地、振振有词地向别人宣扬，真不知人间还有什么羞耻事！

写降表的理论根据，通过孙觌的"每语人"，也写完了，还写什么呢？还写别人听到他的宣传之后的反应：

或戏之曰："然则子之在虏营也，顺天为已甚矣！其寿而康也宜哉！"

这位听了孙觌投降理论的人把那投降理论运用于孙觌写降表的实践，刺了他一下："既然如此，那么，你在敌营中写降表，'顺天'的确顺得太过分了，你如今这样长寿，又这样安康，这真是很应该的啊！"

作者接着写了两句："觌惭无以应。闻者快之。"就结束了全文。作者从惩罚民族败类的创作心理出发，是要写出"闻者快之"才肯搁笔的；而"觌惭无以应"，则是"闻者快之"的前提。然而从孙觌其人的本质看，他在听到人家说他"寿而康也宜哉"之后，很可能洋洋得意地重复说："宜哉！宜哉！"在《万俟卨墓志铭》里，他不是公然说岳飞该杀，杀岳飞是万俟卨的"功劳"吗？

这篇短文有几个特点值得注意。孙觌的丑行秽迹很多，都可记；作者只记其写降表，突出一斑而全豹可见。此其一。先以"靖康之难"四字勾出历史环境，然后写"虏人"勒索降表而钦宗不愿，从而把国家存亡的焦点集中到是否写降表上，让孙觌其人经受考验。此其二。用"一挥立就"，"词甚精丽"等句写孙觌辱国媚敌的行动已不堪入目，又用"如宿成者"以诛其心。此其三。"虏人大喜"给赏，这是写了的；钦宗的反应如何，没有明写，但已从"不得已"，"阴冀觌不奉诏"，"过为贬损"等句中作了暗示，从"虏人"与钦宗的不同反应中暴露孙觌写表、领赏的丑态。此其四。写孙觌当众宣扬其卖国理论而恬不知耻，以见此人良心丧尽，什么坏事都干得出来,写降表并非偶然。此其五。以听众的辛辣讽刺和"闻者快之"结束全文,伸张了民族正义,歌颂了民族气节。此其六。

全篇文字精练,既有思想深度,又有文学意味,确是散文小品的佳制。

(霍松林)

【作者小传】

陈傅良

(1137—1203) 南宋学者。字君举,号止斋,温州瑞安(今属浙江)人。乾道进士。历任吏部员外郎、中书舍人,官至宝谟阁待制。师事薛季宣。以文名当世。为学重"经世致用",反对性理空谈,对古井田、王制、兵法等有研究。把陈亮的功利思想归结为"功到成处便是有德,事到济处便是有理"(《致陈同甫书》),对后世影响很大。和薛季宣同开永嘉学派先声。著作有《春秋后传》《止斋文集》等。

怒蛙说

陈傅良

日有乌,月有蛙。蛙与乌相遇,乌戏蛙曰:"若,脔肉[①]耳。跃之高不咫尺,焉能为哉!"蛙曰:"吾已矣,若无靳[②]我!"乌曰:"若亦能怒邪?"蛙曰:"吾翘吾腹,翳太阴之光;呀吾颐[③],啖其壤;瞠[④]吾目,列星不能辉,奚而不能怒!若不吾信,月于望[⑤],吾怒以示若。"其望,月果无光。

他日,蛙遇乌曰:"曩吾怒,得毋惕[⑥]乎?"乌曰:"若焉能惕我哉!吾振吾羽,翳太阳之光;肆吾咮[⑦],啄其壤;徐以三足蹴之,天下不敢宁而居。吾视若之怒眇矣,奚以若惕为!若不吾信,月于朔[⑧],吾怒以示若。"其朔,日果无光。啬人[⑨]伐鼓,驰且走焉。

又他日,乌遇蛙曰:"吾怒也,何如?"蛙曰:"始吾谓极威矣,而不知子之威震于我也。"日之驭曰羲和,傍闻之曰:"噫!何谓威!吾疾其驱,六龙不敢稽吾辀[⑩];吾赫其燥,云不敢云,雨不敢雨,风不敢风;八土之埏[⑪],吾能赫其肤;万壑之阴,吾能充其毛；百川之流，吾能杜其液；且彼与若敢言怒哉！若不吾信，吾怒以示若。”于是果旱暵[12]者半载。凡天地之间病之。

他日，羲和遇乌曰：“吾怒也，何如？”乌吓然曰：“始吾谓极威矣，而不知子之威震于我也。”飞廉、丰隆、屏翳者闻之，相与造羲和，诮焉曰：“若矜而怒邪！吾当威示若。吾三人焉，嘘其气，足以幂乾坤之倪；噀[13]吾沫，足以赭嵩华之峰[14]；啸吾声，足以簸四海掀九州而覆之也。果尔，若乌能威！”言未既，丰隆嘘焉，屏翳噀焉，飞廉啸焉。莫昼莫夜，弥山漫谷者，亦半载。

呜呼，司造化之权而私以怒竞，民物奚罪哉！

〔注〕 ① 脔(luán)肉：块肉。 ② 靳：嘲笑。 ③ 呀(xiā)：张开。颐：下巴。 ④ 瞠：瞪眼。 ⑤ 望：阴历每月十五。 ⑥ 愓：紧张害怕。 ⑦ 肆吾咮(zhòu)：尽量张开我的嘴。咮，禽鸟嘴。 ⑧ 朔：阴历每月初一。 ⑨ 啬人：农人。 ⑩ 稽：留止。辀(zhōu)：车。 ⑪ 埏(yán)：边际。 ⑫ 旱暵(hàn)：干旱。 ⑬ 噀(xún)：喷。 ⑭ 赭嵩华之峰：使嵩山、华山树木尽毁露出红土本色。

《韩非子·内储说上》有这样一段文字：“越王虑伐吴，欲人之轻死也，出见怒蛙，乃为之式(轼，敬礼)。……御者曰：‘何为式？’王曰：‘蛙有气如此，可无为式乎？’士人闻之曰：‘蛙有气，王犹为式，况士人之有勇者乎！’”这就是勾践曲躬于怒蛙而戎卒轻死的故事。

陈傅良在这里虽以“怒蛙”为题，但与此事毫无干涉。那么，这篇《怒蛙说》写的是什么呢？我们想用两个字来概括，那就是“神竞”。神，是指古代神话传说中的一些形象，如“蛙”(指月亮中的蟾蜍)，“乌”(指太阳中的三足乌)，“羲和”(为太阳驾车的神)，还有“飞廉、丰隆、屏翳”，分别为风神、雷神和雨神。他们“竞”什么呢？不是竞其聪明才智，为人类增辉；也不是竞其美妙灿烂之光华，呼风唤雨之神力，以造福万物，而是各竞其“怒”，看看谁的“怒”能在天地之间，造成更大的变异和毁坏。听来也许觉得奇怪，然而奇怪的故事正从蛙之怒拉开了序幕，这大概就是作者以此作题的原因吧。试看：怒蛙鼓起肚皮，张大其口，瞪着两眼，不仅月亮不见了，连星星也随之黯然失色(此处暗指月蚀)；乌之怒，扇起翅膀，大张其口，太阳也不见了，再用三只脚稍稍一踢，天下之人皆惶惶然奔走不安(此处暗指日蚀)；羲和之怒，弄得干旱炎热持续半年之久，万物大受其害；飞廉、丰隆、屏翳三者齐怒，则狂风席卷，雷雨大作，“莫昼莫夜，弥山没谷者，亦半载”，则人世间之灾难，更不待言了。

“海客谈瀛洲，烟涛微茫信难求”(李白《梦游天姥吟留别》)。作者讲的这个诸神猖狂自彰，竞怒作恶，以示其威的故事，当亦属于难以凭说的“微茫”之辞。不过舍其事，取其意，以其意，去察看那“不仁者在高位，是播其恶于众也”的社会，倒也不难发现此中颇有神似者，就比如西晋的王恺、石崇等人，他们虽不是“竞怒”，而是竞以奢侈相高，然其实质不也是在随心所欲，虐人害物，以示其威吗！再看看商纣王对梅伯、比干的直言谏诤，大为恼怒，一个被杀而醢之，一个被剖视其心，这比起夏桀怒杀谏臣关龙逢，其残暴的程度也是后来居上了。不怒不威，不暴不威，愈暴愈威，自古以来，持这种逻辑的“不仁者”，为数不少吧？“满纸荒唐言，一把辛酸泪。”“神竞”之事虽属“荒唐”，然“荒唐”之事，恰恰是阶级社会中一种病态的投影。若是再问这病态的成因何在？请注意“司造化之权而私以怒竞”一语，作者在这里将“权”与“私”联系起来，实在高明，值得细味，调过来说之所以能“私以怒竞”，就因为有了“司造化之权”。是的，这才是问题的实质，病态的根源。“神”是如此，那些残暴的帝王，以及“考事则受赂，临民则采渔，处右则弄权，幸上则卖将”(王充《论衡・程材篇》)的“官虎”“吏狼”们，不也都以其大大小小、各式各样的权力，竞相作恶，以示其威，去满足一己之私情私欲的吗！无怪文章的结尾作者再也抑制不住地喊出了他的质问、他的控诉——“民物奚罪哉”！

这篇文章不仅立意深刻，切中时弊，构思亦颇别致，它借神话传说中的形象来写寓言，用“神”之“怒”，渲染出各种自然变异、自然灾害，并以“竞”字巧妙地贯串起来，造成一个有意识、有目的的层层推进、愈演愈烈之势，这样不仅把“神”的形象写“活”了，也使故事有了生动的情节。作者在以大量的篇幅描述了“神”的心态、言行，以及“私以怒竞”的情景和结果之后，急转直下，一叹一议，一语破的，比物连类，不露痕迹。如此一结，既使满腔郁勃之情，亘古不平之气，痛快出之，更以其深邃之识见，开人眼界，发人深思。　　(赵其钧)

【作者小传】

辛弃疾

(1140—1207)　南宋词人。字幼安，号稼轩。历城(今属山东济南)人。绍兴末，聚众从耿京抗金，不久即归南宋。历任湖北、江西、湖南、福建、浙东安抚使等职。一生坚决主张抗金。曾奏《美芹十论》《九议》等，均未被采纳。遭主和派打击，长期落职闲居于江西上饶、铅山一带。晚年韩侂胄当政，一度起用，不久病卒。其词风格悲壮激烈，为豪放词派代表，与苏轼并称“苏辛”。著有《稼轩长短句》，今人辑有《辛稼轩诗文钞存》。

跋绍兴辛巳[1]亲征诏草　　辛弃疾

使[2]此诏出于绍兴之初，可以无事雠[3]之大耻。使此诏行于隆兴[4]之后，可以卒不世之大功[5]。今此诏与此虏犹俱存也，悲夫。

嘉泰四年[6]三月门生[7]弃疾拜手谨书。

〔注〕①绍兴辛巳：公元1161年。绍兴指宋高宗年号。②使：假使。③雠：仇敌。④隆兴：宋孝宗年号(1163—1164)。⑤卒：完成。不世：世上少有。⑥嘉泰四年：1204年。嘉泰，宋宁宗年号。⑦门生：作者的自称，表明和“亲征诏草”的代拟者陈康伯的师生关系。

辛弃疾的《跋绍兴辛巳亲征诏草》，文词简约而含义无穷，在古代散文中实属罕见。全文由四句话构成，第四句话是交代写作时间，为此类跋文的一般格式，我们可以略而不提。其余三句，每句构成一个单独的意思。那么，该文的特点何在呢？特点就在作者独特地抓住了“时间”，三个不同的历史时期：绍兴之初，隆兴之后，嘉泰四年。为了弄清这篇散文的特色，我们有必要简略地介绍一下有关的史实：辛文题目中的“辛巳”指的是宋高宗绍兴三十一年，即公元1161年。“亲征诏草”指的是宰相陈康伯劝高宗亲征金朝，所代拟的诏草。隆兴是孝宗年号。“嘉泰”是宁宗年号；“嘉泰四年”即公元1204年，就是辛弃疾写这篇跋文的时间。

“使此诏出于绍兴之初，可以无事雠之大耻。”如果在绍兴初年实行这份诏书的战略方策，就不致会有向敌称臣纳贡的奇耻大辱。“使此诏行于隆兴之后，可以卒不世之大功。”如果在隆兴之后实行这份诏书的战略方策，就可以建立历史上少有的大功，报仇雪恨，收复失地。但是，在今天，嘉泰四年，“此诏与此虏犹俱存也”，诏书犹存，国耻尚在，敌寇依然气焰熏天，铁骑蹂躏着大好的河山。作者抓住三个历史时期，根据诏书在三个历史时期的不同历史效果，加以尖锐的对比，指出了南宋朝廷如何地坐失了大好的战机，丧权辱国的重大历史教训。作者在这里不是信笔写来，也没有繁文缛词，仅仅用三两言词，就概述了南宋输权事敌的历史过程，也将国家兴亡的沉痛教训，表现殆尽。这样的语言，简约到无法再省俭的地步，字凝句炼，然而，其中概括的历史内容却有万语千言，异常深邃，人们从这里简直看到了宋、金关系的一部历史，领略到历史的经验教训。作者具有高超的表达才能，善于抓住事物的根本特点，从丰富的历史生活中去提炼最本质的东西，然后再用最凝练、俭约的语言文词加以表达，这样，当然就会达到字少意多的效果了。

任何文学创作都蕴容着作者的思想感情。如果仅仅是满足于写景、述事则是不行的，还必须表达出在凝练的文词中所渗透的深长的思想感情，才能达到含意无穷的效果。这里，一方面要文词简洁，所概括的客观内容丰富；一方面又要语言洁爽，所表达的主观内容，即作者的思想感情深长。辛弃疾的这篇散文提供了范例。这篇文章是述事，但述中有慨。开始两句，乍一看，似无感情，但细加品味，却感到感情浓烈。在语言的对比中，包含着对南宋小朝廷的指责。这种感情随着语言的变化在加深加浓。往事辛酸，不堪回首，战机坐失，徒唤奈何！当作者回顾往昔时，已是字字血泪，所以，一旦触及今事，"诏""虏"俱存，他胸间池蓄的感情潮水，终于喷发而出，喟然长叹，仰天一声："悲夫！"如巨浪排空，似有无限的悲愤和感慨。作者炽烈的爱国主义感情如一股热流，猛烈地冲击着读者的心扉。

这篇跋字少情深，寄慨遥深，字唯其少，意味饶多，是一篇弥漫着悲慨的小品。

（古林士）

【作者小传】

姜夔

（约1155—1209） 南宋词人、音乐家。字尧章，号白石道人，饶州鄱阳（今属江西）人。寓居武康。一生未仕。往来鄂、赣、皖、苏、浙间，与当时诗人词客交游，卒于杭州。工诗，词尤有名，且精通音乐。词喜自创新调，重格律，音节谐美。多为写景咏物及记述客游之作，《扬州慢》等作品，感时伤事，情调较为低沉。词集《白石道人歌曲》中，其自度曲旁记俗字谱和律吕字谱，琴曲《古怨》旁记减字谱，是现存的一部词和乐谱的合集。又著《琴瑟考古图》，未见传本。其他著作有《白石道人诗集》《诗说》《绛帖平》《续书谱》等。

自叙

姜夔

某早孤不振，幸不坠先人之绪业。少日奔走，凡世之所谓名公巨儒，皆尝受其知矣。内翰梁公于某为乡曲，爱其诗似唐人，谓长短句妙天下。枢使郑公爱其文，使坐上为之，因击节称赏。参政范公以为翰墨人品，皆似晋、宋之雅士。待制杨公以为于文无所不工，甚似陆天随，于是为忘年友。复州萧公，世所谓千岩先生者也，以为四十年作诗，始得此友。待制朱公既爱其文，又爱其深于礼乐。丞相京公不特称其礼乐之书，又爱其骈俪之文。丞相谢公爱其乐书，使次子来谒焉。稼轩辛公深服其长短句如二卿①。孙公从之、胡氏应期、江陵杨公、南州张公、金陵吴公，及吴德夫、项平甫、徐子渊、曾幼度、商翚仲、王晦叔、易彦章之徒，皆当世俊士，不可悉数，或爱其人，或爱其诗，或爱其文，或爱其字，或折节交之。若东州之士则楼公大防、叶公正则，则尤所赏激者。嗟乎！四海之内，知己者不为少矣，而未有能振之于窭困②无聊之地者。旧所依倚，惟有张兄平甫。其人甚贤，十年相处，情甚骨肉，而某亦竭诚尽力，忧乐关念。平甫念其困踬场屋③，至欲输资以拜爵，某辞谢不愿，又欲割锡山之膏腴以养其山林无用之身。惜乎平甫下世，今惘惘然若有所失。人生百年有几，宾主如某与平甫者复有几，抚事感慨，不能为怀。平甫既殁，稚子甚幼，入其门则必为之凄然，终日独坐，逡巡而归。思欲舍去，则念平甫垂绝之言，何忍言去！留而不去，则既无主人矣，其能久乎？……

〔注〕① 二卿：指温庭筠(飞卿)、柳永(耆卿)。二人皆精通音律，又工长短句。 ② 窭(jù)困：穷苦。 ③ 困踬(zhì)：受挫。场屋：科场。

姜白石多才多艺，品格清高。父亲姜噩，绍兴三十年进士，知汉阳县，卒于任所。白石幼年随父赴宦，父卒依姊(嫁于汉阳)生活，视汉阳为第二故乡。他早年读书应举，所谓"不坠先人之绪业"者指此。而一生不得志，穷困依人，布衣以终。推其原因，与他自己所说的"困踬场屋"实大有关系。他几次还乡(江西鄱阳)应试，都未得解，即不能进一步参加京师礼部试和殿试(中式后得出身授官)。类似者如南宋诗人刘过，"儿时鼓箧走京国，渐老一第犹未叨"(《从军乐》)；如词人史达祖，"好领青衫，全不向诗书中得""老子岂无经世术，诗人不预平戎策"(《满江红》)，皆因不得进士出身，一则旅食江湖，一则屈身僚吏。封建时代，读书人如不能做官，无位无权，有才能也不易施展，甚且生活困难。当然，做了官也未必都能尽展长才，宦海波涛，簿书困扰，分散许多精力，深以为苦者也很多。故其同时人黄景说谓："造物者不欲以富贵浼尧章，使之声名焜耀于无穷也，此意甚厚。"这是从另一面说，使他能摆脱俗务，潜心学问，多所著述，留名后世，失于彼而得于此，固亦言之成理，但也是有所激而发。

不过，虽不欲富贵，人总得生活。白石"早岁孤贫"(《昔游诗序》)，既不得官禄自养，遂挟才艺奔走，以其诗词文章、书法音乐，为诸公所称赏。文中所列，如范成大、杨万里、萧德藻、朱熹、京镗、谢深甫、辛弃疾、楼钥、叶适，皆当世名流，其中居高位的也有数人，但仍"未有能振之于窭困无聊之地者"，此无他，还是根本的仕禄问题未得解决，虽"四海之内，知己者不为少"，他们也只能款留接济他于一时，而不能加以振拔。

白石约于三十九岁时，结交清河郡王张俊之孙张镃(功甫)、张鉴(平甫)，三四年后即移家杭州，依张氏。张氏兄弟在杭州有宅第，无锡有庄园，白石自此生活渐得安定，宴游酬唱之外，还写了多种有关音乐书法的著作。大约自念依人过活终非长策吧，于是在宁宗庆元三年(1197)向朝廷上书论雅乐，并进《大乐议》一卷、《琴瑟考古图》一卷。《大乐议》中建议"作鼓吹曲以歌祖宗功德"，"愿诏文学之臣追述(宋太祖、太宗、真宗、仁宗、高宗)功业之盛，作为歌诗，使知乐者协以音律，颁之太常，以播于天下"(见《宋史·乐志六》)；旋作《圣宋铙歌鼓吹曲》十四篇，庆元五年上于尚书省，自称"鄱阳民姜夔"。前此《大乐议》中的建言，便为随后的自撰与进献此《鼓吹曲》作张本了。这些行动，自然有借此求个出身的意思。这种事例前朝屡见。如词人周邦彦，"元丰初游京师，献《汴都赋》万余言，神宗异之，召赴政事堂，自太学诸生一命而为(太学)正"；江西派诗人韩驹，"(徽宗)政和初以献颂补假将仕郎，召试舍人院，赐进士出身，除秘书省正字"(均见《宋史》本传)。白石于此所得的优遇，是"诏免解，与试礼部"(明张羽《白石道人传》)，跨过科举的第一步了。不料参加礼部试，"复不第"，吃了一个"空心汤团"。文中"平甫念其困踬场屋"，便是指这次"复不第"之事而言。为此平甫要出钱替他捐个官，白石不愿。后来打算将无锡庄园的田地分一部分供他下半世的生活，不料平甫因病去世，这给白石以很大的打击。

"惜乎平甫下世"以下一段文字，句句伤感，字字沉痛，其自画形象，自写心情，真实朴素，千载下读之犹撼动人心。白石、平甫之间，贫富悬殊，生死异路，而挚厚的情谊终始如一，是很难得的。

白石是深于情的。于汉阳姊弟之亲，则"中去复来几二十年"；合肥男女之爱，则离别相思，屡形梦寐；与平甫宾主之交，则"情甚骨肉"，"忧乐关念"。即如此篇前半列举当世诸名公巨儒姓字与自己文学艺术所长，却并不是为了自我标榜，其中蕴含着知己之感与坎坷之泪，读之只觉事本实在，语又真诚，绝非"肉麻"文字。王国维却谓"南宋词人，白石有格而无情"(《人间词话》)，无论是说其人，或评其词，都欠准确，借用王氏自己的话来说，是"犹有隔雾看花之恨"。

白石文稿不自收拾，散佚甚多。此篇由周密收得，云“近得其一书”，可见是一封书简，录存于《齐东野语》，题《姜尧章自叙》。文末“其能久乎”句下，有“云云”二字，知录载时下有删略，现补一删节号于后。（陈振鹏）

【作者小传】

岳　珂

(1183—约1242)　南宋文学家、史学家。字肃之，号亦斋、倦翁，相州汤阴(今属河南)人。岳飞之孙，岳霖之子。官至权户部尚书、八路制置茶盐使。曾作《金陀粹编》(珂有别业在嘉兴金陀坊，故以名书)，辑集有关其祖岳飞的资料，为飞辩诬。亦能诗词。著作另存《刊正九经三传沿革例》《宝真斋法书赞》《桯史》《愧郯录》等。

朝士留刺[1]　　岳　珂

秦桧为相，久擅威福。士大夫一言合意，立取显美，至以选阶一二年为执政[2]。人怀速化之望，故仕于朝者，多不肯求外迁，重内轻外之弊，颇见于时。

有王仲荀者，以滑稽游公卿间。一日，坐于秦府宾次，朝士云集，待见稍久。仲荀在隅[3]集，辄前白曰：“今日公相未出堂，众官久俟，某有一小话愿资醒困[4]。”众知其善谑[5]，争竦听之。乃抗声[6]曰：“昔有一朝士，出谒未归。有客投刺于门，阍者[7]告之以某官不在，留门状，俟归呈禀。客忽勃然发怒，叱阍曰：‘汝何敢尔！凡人之死者乃称不在。我与某官厚，故来相见，某官独无讳忌乎？而敢以此言目之耶！我必俟其来，面白以治汝罪。’阍拱谢曰：‘小人诚不晓讳忌，愿官人宽之。但今朝士留谒者，例告以如此；若以为不可，当复作何语以谢客？’客曰：‘汝官既出谒未回，第云某官出去可也。’阍愀然蹙頞[8]曰：‘我官人宁死，却是讳出去二字。’”满坐皆大笑。

仲荀出入秦门，预亵客[9]，老归建康[10]以死。谈辞多风，可隽味。秦虽煽语祸，独优容之，盖亦一吻流[11]也。

〔注〕 ① 刺：名刺，名片。 ② 选阶：选拔登上官阶。 ③ 隅：一角，角落。 ④ 醒困：解除疲劳。 ⑤ 善谑(xuè)：善于开玩笑。 ⑥ 抗声：高声。 ⑦ 阍(hūn)者：守门者。 ⑧ 蹙頞(cù è)：皱鼻翼。 ⑨ 亵客：亲昵狎近之客。 ⑩ 建康：今江苏南京。 ⑪ 吻流：掉弄口舌的人。

宋代官僚迷恋京官，不愿外任，为的是早日升官，飞黄腾达。本文即以俳谐的笔致，予以辛辣的讽刺。

诙谐滑稽的王仲荀，对聚集于秦桧相府客厅里的众多朝士，即兴讲了段小故事：有个朝士外出钻营，刚巧有客来访。守门人回说主人不在。不料客人勃然大怒，指斥道："你胆大包天！人死了才称'不在'，你敢对主人如此无礼。我一定要等他回来当面转告，狠狠治一治你。"守门人吓了一跳，连忙拱手谢罪，并请教说："我向来都是这样回话的，现在您说犯忌，那么该怎么回答才好？"客人说："你只要答'主人出去'就行了。"守门人更加吓一跳，立即皱起眉头说："我家主人死倒还在其次，他最忌讳'出去'两字呐！"

这则《朝士留刺》故事，巧妙利用"不在""出去"的两种不同含义，嘲讽当时官场的腐败风气。无怪乎"满座"的朝士听了都会心地"大笑"。于是，作者也在轻松幽默之中，揭示了宋代官僚宁可"不在"("死"的婉辞)，也不愿"出去"("离京外任"的俗称)的普遍心态，可谓机巧隽永，鞭辟入里。 (曹光甫)

【作者小传】

罗大经

(1196—1252后) 南宋学者。字景纶。庐陵(今江西吉安)人。宝庆二年(1226)进士，历仕容州法曹、辰州判官、抚州推官。在抚州时，因朝廷矛盾纠纷株连，被弹劾罢官。此后再未重返仕途，闭门读书，博极群书，专事著作。著《易解》十卷。取杜甫《赠虞十五司马》诗"爽气金天豁，精谈玉露繁"之意写成笔记《鹤林玉露》。

山静日长

罗大经

唐子西诗云："山静似太古，日长如小年。"余家深山之中，每春夏之交，苍藓盈阶，落花满径，门无剥啄，松影参差，禽声上下。午睡初足，旋汲山泉，拾松枝，煮苦茗啜之。随意读《周易》、《国风》、《左氏传》、《离骚》、太史公书及陶杜诗、韩苏文数篇。从容步山径，抚松竹，与麛犊[1]共偃息于长林丰草间。坐弄流泉，漱齿濯足。既归竹窗下，则山妻稚子，作笋蕨，供麦饭，欣然一饱。弄笔窗间，随大小作数十字，展所藏法帖、墨迹、画卷纵观之。兴到则吟小诗，或草《玉露》一两段。再烹苦茗一杯，出步溪边，邂逅园翁溪友，问桑麻，说秔稻[2]，量晴校雨，探节数时，相与剧谈一饷。归而倚杖柴门之下，则夕阳在山，紫绿万状，变幻顷刻，恍可人目。牛背笛声，两两来归，而月印前溪矣。味子西此句，可谓妙绝。然此句妙矣，识其妙者盖少。彼牵黄臂苍[3]，驰猎于声利之场者，但见衮衮马头尘，匆匆驹隙影耳，乌知此句之妙哉！人能真知此妙，则东坡所谓"无事此静坐，一日是两日，若活七十年，便是百四十"，所得不已多乎！

〔注〕①麛(mí)犊：小牛。②秔(jīng)稻：粳稻。③牵黄臂苍：手上牵着猎犬，臂上架着鹰隼。黄，指狗。苍，指猎鹰。

此文开门见山，以宋人唐庚的两句诗点出《山静日长》的题目。作者隐居山中，对山静日长的环境深有体会，因而下文便对这种环境展开具体描述。先写山静：地处深山的庭院，苍苔盈阶，落花满径，松影参差，门口无敲门之声，上下有鸟儿鸣叫，正是"鸟鸣山更幽"的境界。接着通过作者下午的生活写日长：午睡之后，煮茗读书；山间散步，憩息泉林；归家用餐，写字吟诗；步出溪边，与友共话；倚杖柴门，面对夕阳溪月、牧童晚归。文章按时间顺序具体记述作者一个下午的生活经历，由丰富的生活内容以见日长。因为作者对山静日长的境界具有切身体会，因而就更加感到唐庚"山静似太古，日长如小年"之句可谓妙绝。如果文章至此而止，那么就只不过停留在描述清幽之境、赞赏绝妙之句的水平上。然而，作者的笔锋突然一转，说作者虽识此句之妙，其他人却多不识之。原因就在于那些追逐名利的人，但见"衮衮马头尘，匆匆驹隙影"，亦即与山静日长相反，只见尘世的喧嚣，光阴的迅疾。相对之下，表现了作者对追名逐利者的鄙视。最后，文章引用苏轼的诗句再次肯定山静日长的生活，使作者的思想观点更加突出鲜明。

罗大经一生只做过几任小官，终因官场矛盾而被劾罢官，隐居深山。因此他厌恶官场的角逐，热爱清幽的山居生活。本文正是他个人生活和思想的写照。作品扣紧唐庚的两句诗展开记述和议论。开始引出这两句诗之后，忽然宕开，记述作者的山居生活。实际上,作者的山居生活正是这两句诗的具体表现。然后,由山居生活再回到唐庚的诗句,个人因切身的生活经验而深深体会到这两句诗的绝妙,而追名逐利者却不可能知此诗之妙,从而使文章前后呼应绾合。全文开阖自然,浑然一体。厌弃官场,歌颂隐逸,是古代文人写得很多的题材,但此文以貌似论诗的形式出之,便觉面目一新。作品叙事简明扼要,写景虽寥寥数语而鲜明如画,议论由叙事写景自然引出,要言不烦,从而形成了作品简朴生动的语言风格。

(许金榜)

能言鹦鹉 罗大经

上蔡先生①云:"透得名利关,方是小歇处。今之士大夫何足道,直能言之鹦鹉也。"朱文公曰:"今时秀才,教他说廉,直是会说廉;教他说义,直是会说义;及到做来,只是不廉不义。"此即能言鹦鹉也。

夫下以言语为学,上以言语为治,世道之所以日降也。而或者见能言之鹦鹉,乃指为凤凰、鸑鷟②,惟恐其不在灵囿③间,不亦异乎?

〔注〕 ①上蔡先生:指谢良佐,理学家程颐弟子,字显道,上蔡(今属河南)人。 ②鸑鷟(yuè zhuó):古书中的一种水鸟。有人说是凤凰的一种。 ③灵囿(yòu):帝王畜养动物的园林。

形象丑陋或叫声刺耳的鸟雀,与人类的审美观念不合,总是受到诅咒的。其实冤哉枉也!猫头鹰长相难看,被定性为"不祥之鸟",殊不知它捉食田鼠,客观上倒有益于人类呢!乌鸦则以叫声聒耳,被认为是"灾难的预报",当然也属不实之辞。谁要牵强附会给乌鸦"摆功",它的"反哺事亲",倒真的比人世间不肯赡养父母的逆子强多哩,而且,在小小地球上,讨厌乌鸦,也只是我国某些地区的习俗,西方人并不讨厌,他们讨厌的倒是我们偏爱的喜鹊,可见审美观念并非四海之内都同一的。

对悦目悦耳的鹦鹉,也不是所有人都喜欢的。就鹦鹉外貌来看,红嘴彩羽,姿态大方,似乎不必挑剔。毛病出在它经过人工训练后那条能讲话的舌头。如果没有这条舌头,它仅仅是一只虽有光彩但无特色的凡鸟,那也罢了,自从有了会学人话的舌头,它的誉和毁、荣和辱,一齐来到了。

这篇小品显然不是在议论鹦鹉,鹦鹉是没有头脑的,学会几句人话,并不知道话的含意。而人不同。小品讽刺的是鹦鹉式的人,或曰徒具人形的鹦鹉。这种鹦鹉人的特点,上蔡先生谢显道和朱元晦已概括言之,通俗点说,可以归纳为:一,人云亦云;二,动口不动脑;三,动口不动手;四,心口不一。鹦鹉人比之鹦鹉可恶得多。人为何堕落为鹦鹉人?谢显道的解释是,因为可以获得名利。此言不虚。一旦社会上空话、大话、废话流行,鹦鹉人有名有利有福了;以听空话、大话、废话为乐的统治者也乐滋滋地感到天下大治了。鹦鹉人一多,世道日降;反过来,世道日降,鹦鹉人越是吃香,而真正有头脑、讲真话、干实事的人必然遭到排斥和打击,要是这样的鹦鹉人真如罗大经所说被帝王视为"祥瑞",提到"灵囿之间",给予极大权力,国事还堪问吗?

(拾　风)

【作者小传】

周　密

(1232—1298)　南宋词人。字公谨,号草窗、苹洲、四水潜夫等。原籍济南,后为吴兴(今浙江湖州)人。宋末曾任义乌令等职,宋亡不仕。其词格律严谨,与吴文英(梦窗)并称"二窗"。又能诗,善书画。著述繁富。著有《武林旧事》《癸辛杂识》《齐东野语》《云烟过眼录》《草窗词》等,还编有《绝妙好词》。

观　潮　　　　周　密

浙江[①]之潮,天下之伟观也。自既望以至十八日为最盛。方其远出海门,仅如银线;既而渐近,则玉城雪岭[②],际天而来,大声如雷霆,震撼激射,吞天沃[③]日,势极雄豪。杨诚斋诗云[④]:"海涌银为郭[⑤],江横玉系腰"者是也。

每岁,京尹出浙江亭[⑥],教阅水军。艨艟[⑦]数百,分列两岸,既而尽奔腾分合五阵之势,并有乘骑弄旗、标枪舞刀于水面者,如履平地。倏尔[⑧]黄烟四起,人物略不相睹,水爆轰震,声如崩山;烟消波静,则一舸无迹,仅有敌船为火所焚,随波而逝。

吴儿善泅者数百,皆披发文身[⑨],手持十幅大彩旗,争先鼓勇,溯迎而上[⑩],出没于鲸波万仞中[⑪],腾身百变,而旗尾略不沾湿,以此夸能。而豪民贵宦,争赏银采。

江干⑫上下十余里间,珠翠罗绮溢目,车马塞途。饮食百物,皆倍穹常时⑬,而僦赁⑭看幕,虽席地不容间也⑮。

禁中例观潮于天开图画⑯,高台下瞰,如在指掌。都民遥瞻黄伞雉扇⑰于九霄之上,真若箫台蓬岛也⑱。

〔注〕 ① 浙江:钱塘江。 ② 海门:即鳖子门,在浙江入海处的龛、赭二山间,离浙江亭三十多里。玉城雪岭:形容潮水状如玉砌的城堡,雪堆的山岭一般。 ③ 沃:灌,浇。 ④ 杨诚斋:南宋诗人杨万里,号诚斋。诗题是《题文发叔所藏潘子真水墨江湖八境小轴·浙江观潮》。 ⑤ 郭:城。 ⑥ 京尹:即京兆尹,官职名,掌治京师,宋时不常置。南宋京城在临安,此处京尹系临安府尹。浙江亭:亭名,在杭州候潮门外。 ⑦ 艨艟(méng chōng):古代战船。 ⑧ 倏(shū)尔:忽然,一瞬间。 ⑨ 文身:身上刺花纹。 ⑩ 溯(sù)迎而上:逆潮而上。 ⑪ 鲸波:鲸鱼所到之处,波涛汹涌,故这里以鲸波形容波涛之大,并非一定有鲸鱼。万仞:形容潮头之高。 ⑫ 江干:江岸。 ⑬ 倍穹常时:指货物比平时加倍丰富。穹,隆起。 ⑭ 僦赁(jiù lìn):租借。 ⑮ 席地:一席之地。 ⑯ 禁中:宫中。古代帝王所居之处,禁止常人入内,故称禁中。这里指皇帝及宫中侍从们。天开图画:台名。 ⑰ 黄伞雉扇:封建帝王所用的仪仗。雉扇,雉尾毛羽做的扇,上圆下方,中绣双孔雀,四周以雉羽为饰,直柄。 ⑱ 箫台:传说秦穆公时萧史善吹箫,穆公女儿弄玉跟萧史学吹箫,作凤鸣,把凤召来了,二人飞升去,穆公为筑凤台。此处箫台意指神仙所居之台。蓬岛:古代神话说渤海中有神山名蓬莱,神仙所居。

本篇选自《武林旧事》卷三。《武林旧事》一书系周密于宋亡之后所写,内容主要追记南宋岁时风俗、市井琐细,兼及游观之盛、娱乐之资,相当详备细致;而渗透于其中的,又是一种"恻恻兴亡"的盛衰感慨。

本篇主要描绘"钱塘观潮"的盛况。对此,另外几部杭州的风俗志(《都城纪胜》《西湖老人繁胜录》和《梦粱录》)都先已有过记述,不过都远不如此文生动形象。全文可分四层:

第一层写潮来之状。它用动态的"镜头摄像法"描写了初来之状("仅如银线")、既来之状("既而渐近,则玉城雪岭"),又配之以"音响效果"("大声如雷霆"),收到了文字尽管简约而令人视听应接不暇的艺术功效。

第二层写教阅水军的场面。其中的"场景"又多次转换:先是"艨艟数百,分列两岸"和乘骑弄旗、舞刀弄枪于水面的雄伟场面;接着写两军(假设的军事演习)交战、硝烟弥漫的场面;最后写烟消波静、"敌船"匿迹的场面。使人如同亲眼看见这一番水战那样,感到十分真切。

第三层写"弄潮儿"的竞技。他们披发文身,手持大旗,争相逆潮而上;虽于鲸波万顷之中,却能不湿旗尾!读后使人为之咋舌鼓掌。

第四层写杭城市民和皇室的观潮情景,其中突出描写了杭州城的豪奢:请看，江岸十余里间，触处珠翠罗绮；而皇帝在“天开图画台”上观潮，远望去简直就像是在神仙台上那般。读到这里，虽然文字戛然而止，但作者在提笔追忆往事时的那种“时移物换，忧患飘零，追想昔游，殆如梦寐”的兴亡盛衰之感，却又“言在纸外”地悄然升起矣。

总观全篇，尽管篇幅不长，而场面热闹、内容丰富，这大大得力于作者善于剪裁、善于描绘的文字功力。首先，它剪裁得当，叙次井然，给人以场面多变而层次井然的印象；其次，它语言简练，却又描绘细致，又给人以“尺幅之中展千里之势”的艺术享受。应该感谢周密——他给我们留下了这幅十三世纪南宋优美的杭城风俗图画。（杨海明）

蹇材望　　周密

蹇材望，蜀人，为湖州倅[①]。北兵之将至也，蹇材望毅然自誓必死。乃作大锡牌，镌其上曰“大宋忠臣蹇材望”。且以银二笏[②]凿窍，并书其上曰：“有人获吾尸者，望为埋葬，仍见祀，题云‘大宋忠臣蹇材望’。此银所以为埋瘗[③]之费也。”日系牌与银于腰间，只伺北军临城，则自投水中；且遍祝[④]乡人及常所往来者。人皆怜之。

丙子正月旦日，北军入城。蹇已莫知所之，人皆谓之溺死。既而北装乘骑而归，则知先一日出城迎拜矣。遂得本州同知[⑤]。乡曲人皆能言之。

〔注〕①倅（cuì）：副官。②笏（hù）：条、块。③瘗（yì）：葬。④祝：告。⑤同知：佐官。

“虫蛆也许是不干净的，但它们并没有自鸣清高，鸷禽猛兽以较弱的动物为饵，不妨说是凶残的罢，但它们从来就没有竖过‘公理’‘正义’的旗子……”（鲁迅《狗·猫·鼠》）。但是，人毕竟是“万物之最灵”者。不过这“灵”气在有的人身上，主要是用于“表演”，说得准确些就是巧于伪装、善于做作。本是假的，可以装成真的；本是恶的，可以装成善的；本是丑的，可以装成美的；于是乎人世间便出现了像口蜜腹剑者如李林甫之流，《伪君子》中的达尔丢夫之类，还有“静默十分钟，各自想拳经”的“正正经经”的“强盗”们……这位湖州副州官蹇材望也是颇有这种“灵”气的角色。文章开头交代蹇材望的祖籍、身份，虽是平平而起，却也增强了人物的真实感，同时也为下文作了必要的准备，因为有如此身份，才有自封

“大宋忠臣”的可能。“时危见臣节，世乱识忠良”（鲍照《代出自蓟北门行》）。所以，那“北兵之将至”的形势，正为蹇材望的“表演”提供了最佳的背景。“毅然自誓必死”，何等坚贞！要显示如此决心，并能让人们相信，一般的“表演”恐怕是难以奏效的，所以他便作了一番精心地设计。首先“作大锡牌”，“大”则引人注目，“锡”是入水不化不烂，这样“大宋忠臣蹇材望”几个字可保无损无伤；其次，再拿出两锭银子，凿个小孔，孔有何用？稍后便知。他还在银锭上写了几句话，那段话有这么三层意思：“有人获吾尸者，望为埋葬”，这是重申“自誓必死”之意；还望获尸者代为祭祀、刻碑、埋葬，意在使这位“大宋忠臣”得以昭然于世，流芳百代，无疑这一切也是以“必死”为前提的；自己虽有这些想法、要求，却也不打算亏待他人，那两锭银子便是安葬的费用。身前身后，安排得多么周到！道具是要在舞台上发挥作用的，蹇材望的锡牌、银锭自然也不会藏之于密室，不过你大概也未曾想到他要整天系于腰间，叮叮当当，招摇于世。原来“凿窍”之举，乃在于“系”，实在煞费苦心。试想这副装扮，已够令人耳目一新，然而蹇材望尚嫌不足，遇到乡人和经常来往的人，总要把自己的打算唠叨一通。缜密的设计，别出心裁的表演，加之反复宣传，果然获得了预期的效果——“人皆怜之”。

时局不出所料，德祐二年丙子(1276)正月初一，元军入城了。此刻，蹇材望到哪儿去了呢？虽无人知晓，但“人皆谓之溺水”。再一次证明了他的表演确是卓有成效，不可低估。不过戏还没有完，就在大家认为这位大宋忠臣已经杀身成仁之际，他已换上元人的服装，骑着高头大马，得意洋洋地向人们走来。人们在一阵惊讶之后，恍然大悟，原来“莫知所之”之日，便是他“出城迎拜”之时。于是乎这位“自誓必死”的“大宋忠臣”，摇身一变成了“大元忠臣”，照样做他的州官。对于这一切作者只是如实写来，不动声色，不作议论，然其前后表演，两两相形，画皮自落，见之者，闻之者，岂能无动于衷！但是作者依然笔墨沉着，言辞简净，只以“乡曲人皆能言之”一语了之。至于怎样“言之”？“言”他什么？生活在宋末元初的周密大概是不便道破的，而且“人皆能言”，又何必细说呢！因此，对于文章的结尾，既需要谅解，更需要称赞，称赞其简括得妙，含糊得妙，不言之言，而又人人心知，是所谓善用笔者，在虚实之间。

蹇材望的表演已成过去，但是人类这点“灵”气并没有消失，人们不能指望在生活中不再出现这类真真假假的“表演”，不再出现这类“虫蛆”不如之物，而只能从“人皆怜之”“人皆谓之溺水”中去吸取教训，那就是管他什么“毅然自誓”之言，还是什么新奇精巧的“表演”，都不得轻信。其实这话也并不新鲜，马克思不早就把轻信视为不可宽恕的过失吗！我们的先人也说过：“察其言，观其行，而善恶彰焉";"善欲人见,不是真善;恶恐人知,便是大恶";等等。看来人类在这个问题上,教训颇多,总结也不少,问题是要时时记取。当然,有谁能在他们"表演"的时候,就掀开麒麟皮露出马脚,"使不是东西之流缩头",使善良的人们免遭其骗,免遭其害,自然更好,更值得大大称赞!（赵其钧）

武林旧事序　　周　密

乾道、淳熙[①]间,三朝授受,两宫奉亲,古昔所无,一时声名文物之盛,号"小元祐[②]"。丰亨豫大,至宝祐、景定[③],则几于政、宣矣[④]。予曩于故家遗老得其梗概,及客修门,间闻退珰老监谈先朝旧事[⑤],辄耳谛听,如小儿观优[⑥],终日夕不少倦。既而曳裾贵邸,耳目益广,朝歌暮嬉,酣玩岁月,意谓人生正复若此,初不省承平乐事为难遇也。及时移物换,忧患飘零,追想昔游,殆如梦寐,而感慨系之矣。岁时檀栾[⑦],酒酣耳热,时为小儿女戏道一二,未必不反以为夸言欺我也。每欲萃为一编,如吕荥阳《杂记》而加详,孟元老《梦华》而近雅,病忘慵惰,未能成书。世故纷来,惧终于不暇纪载,因摭大概,杂然书之。青灯永夜,时一展卷,恍然类昨日事,而一时朋游沦落,如晨星霜叶,而余亦老矣。噫!盛衰无常,年运既往,后之览者,能不兴忾我寤叹之悲乎? 四水潜夫书。

〔注〕①乾道、淳熙:南宋孝宗赵昚年号(1165—1190)。②元祐:北宋哲宗赵煦年号(1086—1094)。③宝祐、景定:南宋理宗赵昀年号。宝祐(1253—1259),景定(1260—1265)。④政、宣:政和、宣和,北宋徽宗赵佶年号。政和(1111—1118),宣和(1119—1126)。⑤退珰(dāng):退休的宦官。珰系太监的官服饰品。后代指太监。⑥优:优伶、演戏。⑦檀栾:悠闲。

武林是山名,即今杭州西的灵隐、天竺诸山。据《汉书·地理志·会稽郡》载,"钱唐,西部都尉治,武林山、武林水所出",后遂多以指杭州。因本书成于元人据国后,是以周密追忆前朝轶闻掌故,涉及都城政治、经济、文化生活与节候风俗等诸多方面,故总名曰"旧事",向与吴自牧《梦粱录》并称,不仅是重要的杭州地方文献,而且慨叹偏安一隅的南宋王朝不仅不图振作,反倒是奢侈荒淫,宴安鸩毒以致覆亡,深含沧桑遽变的悲痛。《四库全书总目〈武林旧事〉提要》认为"是书记宋南渡都城杂事,盖密虽居弁山,实流寓杭州之癸辛街,故目睹耳闻,最为真确。……其间逸闻轶事，皆可以备考稽。而湖山歌舞，靡丽纷华，著其盛，正著其所以衰，遗老故臣，恻恻兴亡之隐，实曲寄于言外，不仅作风俗记都邑簿也”，所把握的作者撰写意图和对此书的评价都是比较恰切的。

这篇“序”大致可分为两段看。从开篇到“初不省承平乐事为难遇也”以极简略的笔法记叙了前朝由盛转衰的史实，虽无疾言厉色，但对照比并中褒贬之意昭然毕见，类似平实客观的语言里涵纳着极沉重的慨叹憾惋之情。可视作前段。“乾道、淳熙”均系孝宗赵昚年号，所谓的“三朝授受，两宫奉亲”系指南宋初高宗、孝宗、光宗内禅事，当时政势较为安定，与金兵形成长期对峙局面，江南富庶，经济发达，文化也算繁盛，故周密以之与北宋元祐间高太后执政，司马光等贤哲在朝的情况共称。又，“政、宣”，政和、宣和，皆北宋末徽宗赵佶年号，时蔡京、高俅、童贯等权奸当国，朝政腐败，致金兵南侵、汴京（今河南开封）沦陷，北宋王朝遂灭亡。按“丰亨豫大”，丰，富饶；豫，安适。二卦名，《易·丰》“丰亨，王假之”，又《序卦》“有大而能谦，必豫”，形容富足隆盛的太平安乐景象。此处谓奢靡汰侈，即朱熹《朱子语类·易九》所说的：“宣、政间，有以奢侈为言者，小人却云当丰亨豫大之时，须是恁地侈泰方得，所以一面放肆，如何得不乱。”《宋史·蔡京传》亦谓：“时承平既久，帑庾盈溢，京倡为丰亨豫大之说，视官爵财物如粪土。”“序”文中至此一转，云：“宝祐、景定，则几于政、宣矣。”是惋叹理宗赵昀（宝祐、景定皆其年号）任用阉宦董宋臣、奸佞丁大全当权，诛除异己，残害忠贤，使国势大衰，加速了南宋的覆灭，那局面正像北宋末徽宗朝一样。并表明这些情况都是从前于故家遗老、退珰老监处听来，自己当时也是“朝歌暮嬉，酣玩岁月”，一味优哉游哉：“意味人生正复若此”，毫不知亡国之祸已迫在眉睫了。字里行间，隐隐透出自我忏悔谴责的感情，就使一般历史事件过程的叙述更深化一层，为后段的铺写抒发充分拓出天地。

“及时移物换，忧患飘零，追想昔游，殆如梦寐，而感慨系之矣”几句，既总领下文，也为全篇的要端点睛之笔。它说明今值易代国替之际，对原来的许多事情才产生出新的不同认识：这暗暗呼应了前段“初不省承平乐事为难遇”的话题，又以现在忧患飘零、措生无计的艰难处境来对比昔时的歌舞宴游，形成巨大反差，推出国破家亡的悲恸。但是，前朝“声名文物之盛”偶尔同后辈讲起，他们竟然都不相信了；为了使之不被遗忘，留下点凭据在人世，才效法吕希哲《岁时杂记》和孟元老《东京梦华录》而撰成是书。这固然是介绍成书的缘由，然而心灵的更深处，还是藉以永志故国之思，不欲其随着时间流逝而泯灭，用意实在苦极了。纵观《武林旧事》，条陈缕举、详赡赅备，正是要存一代风貌。自“青灯永夜”至结尾，紧扣“殆如梦寐”生发，喟叹今昔沧落，年华迟暮，盛景难驻，仅剩孑然一老翁，将何以为堪呢！这里不作一般事件物况的叙述，全从主观感知出发，率然袒露襟怀，充满苍凉悲慨情调，就迥异于前段的表现手法，但在构思格局和时空过程场境方面，却承前而来，自远至近、由大转小、从家国兴亡到自我穷达，有着内在的连续递进性，造成浑灏一气、滔滔倾下而沉郁回荡的艺术格调，感人至深，味之无穷尽。所以，周密自己也寄希望于后世读者，能共兴忾其“寤叹之悲”，而清人宋廷佐的《武林旧事跋》说：“杭郡地卑隘，不可以国，宋高宗南播，乐其湖山之秀，物产之美，遂建都焉。传五帝，享国百二十有余年，虽曰偏安，其制度礼文，犹足以仿佛东京之盛。可恨者当时之君臣，忘君父之仇，而沉酣于湖山之乐，竟使中原不复，九庙为墟。数百载之下，读此书者，不能不为之兴叹。”可谓深得周密用心，庶不负其数载寒暑青灯孤夜之苦了。

又“序”尾署“四水潜夫”，乃周密别号。周密祖籍济南，然自曾祖父即随宋室南渡，流寓湖州（今属浙江），因湖州有苕水、余不水、前溪水、北流水等四条河合而入霅溪，诚如唐人诗云：“四水交流霅霅声”，故自名为“四水潜夫”。（乔　力）

【作者小传】

文天祥

(1236—1283)　南宋大臣、文学家。字履善，一字宋瑞，号文山。吉州庐陵（今江西吉安）人。宝祐四年(1256)进士第一。历知瑞、赣等州。德祐二年(1276)任右丞相，出使元营谈判，被扣留。后于镇江逃脱至福建，兴师抗元。景炎二年(1277)率兵在江西、福建、广东一带坚持抵抗。次年在五坡岭（在今广东海丰北）被俘。元廷威逼利诱，始终坚贞不屈。至元十九年(1283)在柴市被害。著有《文山先生全集》。

跋周汝明自鸣集　　文天祥

天下之鸣多矣。锵锵凤鸣，雍雍雁鸣，喈喈鸡鸣，嘒嘒[①]蝉鸣，呦呦鹿鸣，萧萧马鸣，无不善鸣者，而彼此不能相为[②]，各一其性也。其于诗亦然，鲍、谢自鲍、谢[③]，李、杜自李、杜[④]，欧、苏自欧、苏[⑤]，陈、黄自陈、黄[⑥]。鲍、谢之不能为李、杜，犹欧、苏之不能为陈、黄也。吾乡周君性初善为诗，署其集曰《自鸣》。余读之能知其激扬变动，音节之可爱而已。余亦好吟者，然余能为余之言，使余仿佛性初一语，不可得也。余以余鸣，性初以性初鸣，此之谓自鸣。虽然，凡音生于人心，其所以鸣则固同矣。

〔注〕 ① 嘒(huì)嘒：蝉鸣声。 ② 相为：互相做对方所做的事。 ③ 鲍、谢：南北朝诗人鲍照、谢灵运。 ④ 李、杜：唐诗人李白、杜甫。 ⑤ 欧、苏：宋诗人欧阳修、苏轼。 ⑥ 陈、黄：宋诗人陈师道、黄庭坚。

本文从自然界里各种动物的鸣声不同，印证了诗歌史上各个作家各自鸣其所鸣，自成面目，彼此“不能相为”的事实。确实，古代无数作家的作品，虽然不乏风格近似的，但却绝不是雷同的。这是因为每个人都有自己的生活道路、艺术素养与气质，表现在作品上自然就各具“鸣声”，各有特色了。但人们并不都懂得这个道理。比如明代有些诗人曾经采取复古摹拟的办法，认准了某一位古代作家，对他亦步亦趋地模仿，直到把自己放入那个古人模子里印将出来，才肯罢休。其结果是完全取消个性，全无自己的特色。这样的作品，又有何价值？明代文学家、书画家徐渭目睹这种不良现象，曾慨然指出：“人有学为鸟言者，其音则鸟也，而性则人也。鸟有学为人言者，其音则人也，而性则鸟也。此可以定人与鸟之衡哉。今之为诗者，何以异于是。不出于己之所自得，而徒窃于人之所尝言，曰：某篇是某体，某篇则否；某句似某人，某句则否，此虽极工逼肖，而已不免于鸟之为人言矣。”(《叶子肃诗序》)那么，办法只有一条，就是“自鸣”，只有“出于己之所得”，才能免于学舌鹦鹉之讥。

(黄国声)

【作者小传】

赵秉文

(1159—1232) 金文学家。字周臣，号闲闲老人，磁州滏阳(今河北磁县)人。大定二十五年(1185)进士。官至礼部尚书。能诗文。理论上，主张为文“明王道，辅教化”(答李天英书)，注重社会功用，主张“自然成文”(《承旨党公神道碑》)。其文长于辨析，以周程理学为主。其诗多近体，笔势纵放，亦有学陶之作。有《闲闲老人滏水文集》。

米元章多景楼诗跋①

赵秉文

海岳老人书，惟《华陀帖》与《多景楼诗》最为豪放②。偃然如枯松之卧涧壑，截然如快剑之斩蛟鼍[3]，奋然如龙蛇之起陆，矫然如雕鹤之盘空。乌获[4]之扛鼎，不足以比其雄且壮也；养由基之贯七札[5]，不足以比其沉着痛快也。千石之钟，万石之簴[6]，其厚重有如此者；浙江之潮，涿鹿之战，其喷薄蹴踏有如此者。钟、王之清润，欧、虞之简净，颜、柳之端严[7]，诚为鲜俪。至于雄入九军，气凌百代，而于古人有一日之长，其笔阵之堂堂乎！

〔注〕 ① 米元章：米芾，北宋著名书画家，别号海岳老人。多景楼：在今江苏镇江北固山甘露寺内，是寺内风景最佳处。北宋时镇江知州陈天麟所建。据说原地有临江亭，因唐李德裕《临江亭》诗中有“多景悬窗牖”诗句，重建时改名。自北宋以后骚人墨客题咏颇多，以赞赏其地风光。神宗熙宁七年(1074)冬，苏轼从杭州通判调任密州知州，途经润州与州守孙巨源、王正仲聚会多景楼，即席写下《采桑子·润州多景楼与孙巨源相遇》。词有序言：“润州甘露寺多景楼，天下之殊景也。”山水独特的多景楼自是“天下之殊景”，文人雅士高会也是人生之乐事。惜此胜登临胜地今已毁。 ②《华陀帖》：米元章传世书法，二十八字。金元好问《换得云台帖喜而赋诗》：“世间曾有华陀帖，神物已化延平津。”《多景楼诗》：据上海荣宝斋 1973 年 10 月影印本，全诗内容为：华胥兜率梦曾游，天下江山第一楼。冉冉明廷万灵入，迢迢溟海六鳌愁。指分块(块)乩方舆露，顶矗昭回列纬浮。衲子来时多泛钵，汉星归未觉经牛。云移怒翼搏千里，气霁刚风御九秋。康乐平生追壮观，未知席上极沧州。整首诗渲染江山胜景，将神话与现实融为一体，豪言壮语与离奇意境相得益彰，可见风格遒劲，笔调不凡。 ③ 蛟鼍(tuó)：指水中凶猛的鳄类动物。司马相如《子虚赋》：“其中则有神龟蛟鼍瑇瑁鳖鼋。”唐·韩愈《石鼓歌》：“年深岂免有缺画，快剑斫断生蛟鼍。”黄庭坚《次韵和台源诸篇九首之云涛石》：“蛟鼍出没三万顷，云雨纵横十二峰。” ④ 乌获：秦国的大力士。与任鄙、孟贲齐名。后用作力士的泛称。 ⑤ 养由基：嬴姓养氏，字叔，名由基，养国(今安徽阜阳临泉县杨桥镇)人。春秋时期楚国将领、神射手。《战国策·周策》记录：“楚有养由基者，善射，去柳叶者百步而射之，百发百中。”七札：七层铠甲。札，甲的叶片。 ⑥ 簴：古代挂钟磬的架子上的立柱。 ⑦ 钟、王、欧、虞、颜、柳：分别指钟繇、王羲之、欧阳询、虞世南、颜真卿、柳公权六位书法家。

全文可分为三部分。第一段总起全篇，奠定基调，以豪放一词概括米芾《华陀帖》与《多景楼诗》的艺术特色，可谓一语中的。第二部分以文字排比句式盛赞米芾书法之佳。首先是“偃然、截然、奋然、矫然”句为第一层，将米芾书法比作端庄威严的枯松伫立于深幽的涧壑之间，又如斩钉截铁般的快剑，腾空奋起的龙蛇，以及矫捷盘空的雕鹤。连用四个比喻，令人目不暇接的同时，感受到了米芾字画的力量。接着以两个历史人物作更进一步的类比。乌获扛鼎的力量、养由基百步穿杨的力度，都不足以与米芾书法的雄壮和沉着痛快相提并论。那究竟米芾的书法具体是什么样的足以媲美呢？作者再次以“千石之钟”“万石之簴”的厚重之声，“浙江之潮”“涿鹿之战”的浩荡气势加以说明。如果这些比喻都还不够形象直观，那便以同为书法大家之人来比照。历史上的著名书法家钟繇、王羲之是清润的，欧阳询、虞世南是简净的，颜真卿、柳公权是端严的，而米芾兼各家之长，罕见其匹。豪放是米芾不可忽视的风格特色，鲜俪亦是其别具一格的鲜明标志。最后一部分仍以气势宏大的“雄入九军”收尾，再次呼应米芾书法的盛大、有气魄。

从整体来看，赵秉文这篇小品文由数十个比喻和类比的排比句式，层层递进，环环相扣，一气呵成的笔势又给以动人心魄的美感体验。从细节来看，作者更是字字珠玑，精彩绝伦的语句恰如其分地写出了米芾的豪放特色，但也不失为作者此文的特色也。

（刘勇刚　梅国春）

【作者小传】

王若虚

(1174—1243)　金文学家。字从之，号慵夫、滹南遗老。藁城（今属河北）人。承安进士。官翰林直学士。金亡不仕。论文主张辞达理顺，于诗反对模拟雕琢。著有《滹南遗老集》。

焚　驴　志

王若虚

岁己未[①]，河朔大旱，远迩焦然无主赖[②]。镇阳帅自言忧农，督下祈雨甚急。厌禳小数[③]，靡不为之，竟无验。既久，怪诬之说兴[④]。适民家有产白驴者，或指曰：“此旱之由也。云方兴，驴辄仰号之，云辄散不留。是物不死，旱胡得止？”一人臆倡[⑤]，众万以附。帅闻，以为然，命亟取，将焚之。

驴见梦于府之属某曰[⑥]：“冤哉焚也！天祸流行，民自罹之，吾何预焉[⑦]？吾生不幸为异类[⑧]，又不幸堕于畜兽。乘负驾驭，惟人所命；驱叱鞭箠[⑨]，亦惟所加。劳辱以终，吾分[⑩]然也。若乃水旱之事，岂其所知，而欲寘斯酷欤[⑪]？孰诬我者，而帅从之！祸有存乎天，有因乎人，人者可以自求，而天者可以委[⑫]之也。殷之旱也，有桑林[⑬]之祷，言出而雨；卫之旱也，为伐邢[⑭]之役，师兴而雨；汉旱，卜式请烹弘羊[⑮]；唐旱，李中敏[⑯]乞斩郑注。救旱之术多矣，盍亦求诸是类乎？求之不得，无所归咎，则存乎天也，委焉而已。不求诸人，不委诸天，以无稽之言，而谓我之愆[17]。嘻，其不然！暴巫投魃[18]，既已迂矣，今兹无乃复甚？杀我而有利于人，吾何爱一死？如其未也，焉用为是以益[19]恶？滥杀不仁，轻信不智，不仁不智，帅胡取焉？吾子，其属也，敢私以诉[20]”。

某谢而觉[21]，请诸帅而释之。人情初不怿也[22]。未几而雨，则弥[23]月不解，潦[24]溢伤禾，岁卒以空[25]。人无复议驴。

〔注〕 ① 岁己未：金章宗承安四年(1199)。 ② 迩(ěr)：近。焦然：禾苗枯焦的样子。无主赖：没有依靠。 ③ 厌禳(ráng)：祈祷解除灾难。小数：小法术。 ④ 怪：怪异。诬：无根据。 ⑤ 臆倡：胡乱提倡。 ⑥ 见梦：托梦。府之属：帅府中的僚属。 ⑦ 预：相干。⑧ 异类：非人类。 ⑨ 箠(chuí)：鞭打。 ⑩ 分：本分。 ⑪ 寘：置。酷：酷刑。 ⑫ 委：听之任之。 ⑬ 桑林：地名，桑山之林。 ⑭ 邢：古国名，在今河北省邢台市西南。 ⑮ 卜式：汉代河南人。弘羊：桑弘羊，汉代洛阳(今属河南)人，汉武帝时任治粟都尉，领大司农。⑯ 李中敏：唐时陇西(今属甘肃)人，曾任监察御史等。 ⑰ 愆：过失。 ⑱ 暴：同“曝”。投：驱赶。魃(bá)：旱神。 ⑲ 益：增添。 ⑳ 私：私自。诉：申诉。 ㉑ 谢：道歉。觉：醒。 ㉒ 怿：高兴。 ㉓ 弥：满。解：停止。 ㉔ 潦(lào)：涝灾。 ㉕ 空：没有收成。

这篇寓言小品，托物兴讽，形象生动，对比突出，讪刺尖锐。白驴托梦是全文主体。通过驴的自述，作者勾画出一个鲜明的动物形象，寄寓了对现实的不满，对世情的激愤，对执权要者的鄙薄。梦中陈词，转折深入。先鸣冤：“冤哉焚也！”一声愤怒的呼喊后，著十二字说明民罹天祸，与其无干，结论明确，出语爽捷，适足震动帅府僚属。继之诉苦伐功“乘负驾驭，惟人所命；驱叱鞭箠，亦惟所加”，仅四句便写足受苦负重，忠于职守之状。水旱灾祸有无，完全非其所知，“而欲寘斯酷欤?”以反问句对罚不当罪提出抗议。接着问罪责帅：“孰诬我哉，而帅从之！”既追究兴谤之人，又责备定罪官长，义正辞严，毫无畏葸之态。以下自“祸有存乎天”至“而谓我之愆”，分析祸因，陈说除祸之术，是白驴托梦亦全文重笔所在。白驴的精辟见解在于：“祸有存乎天，有因乎人，人者可以自求，而天者可以委之也。”它正确地看出，对待世间灾异，人若能加以防范或事发后迅速采取措施，则可化险情，减后果，人事是灾祸消长的决定因素。“人者可以自求”六字为全文枢纽，贯通上下。以下引典故来证实己论。述典之意，以古律今，暗含抨击。笔意冷峻。“殷之旱也，有桑林之祷”，是讲汤因天下大旱“以身为牺牲，用祈福于上帝。民乃甚悦，雨乃大至”。赞扬汤勇于引咎自责，实为不满当时统治者之诿过于人，嫁祸于物。“卫之旱也，为伐邢之役”，肯定卫旱时讨伐无道之邢的义举，意亦在不满于当时国多无道之行。引二典为明一意，即希望最高统治者在灾异发生时应承担责任，采取措施。“汉旱，卜式请烹弘羊；唐旱，李中敏乞斩郑注。”郑注为唐文宗时奸佞，惯于诬陷忠良；桑弘羊于汉武帝时推行盐铁酒类官营专卖政策，采取了改革的进步措施，其功其过，历来有纷争，此处不论。而引此二典的含义亦很显然：灾异发生，需在人事中寻求止险弭祸的办法。引四典后，驴发一问：“救旱之术多矣，盍亦求诸是类乎?”——救止旱灾的方法多得很，何不寻求汉唐这些作法呢？这分明是借古喻今，对金朝章宗承安年间奸佞当道、弊政百端流露了愤慨。实际上是问：何不烹今日之桑弘羊、斩今日之郑注！据《金史》本纪第十一载，金章宗承安四年(1199)五月发生旱灾，时应奉翰林文字陈载曾上疏言四事：“其一，边民苦于寇掠；其二，农民困于军须；其三，审决冤滞，一切从宽，苟纵有罪；其四，行省官员，例获厚赏，而沿边司县，曾不沾及，此亦干和气，致旱灾之所由也。”由陈载所言可窥见当时政局多么混乱，内外交困，朝野不和，民间扰扰，险象丛生。这次旱象持续月余即雨。实在是天灾并不可怕，而所畏唯人！在分析祸因，提示救止方法后，驴又说：“不求诸人，不委诸天，以无稽之言，而谓我之愆。”对委过于人的执政者发出愤怒指斥，这是驴愤激情绪的高潮，一个反抗的形象勃然而立。再下则指陈后果，白驴指出发生灾异而委过于物，这是愚蠢的，既会益恶，又会贬己。“暴巫投魃，既已迂矣，今兹无乃复甚?”这是指出焚驴祈雨比其他厌禳小数更为愚妄可笑。“杀我而有利于人，吾何爱一死？如其未也，焉用为是以益恶?”着一假设，再一推断，指出焚驴只能助长怪诬之说，助长臆倡之言。“滥杀不仁，轻信不智，不仁不智，帅胡取焉?”以斩截急速的语调，警告镇阳帅不要自取恶名。最后提出要求，寄希望于僚属陈情。

寓言小品，一般都在生动的物类形象中寄寓作者的思考和理念。柳宗元笔下一麋一鼠一驴诸等，或讽恃宠骄纵者丧身，仗势胡为者毙命，或刺外强中干者下场可悲，攀高负重追名逐禄者丑恶可耻，都在讽刺物类所象征的人情。此文赋驴以正面形象的特点，寓意似更积极。驴勉力“乘负驾驭”，任人“驱叱鞭箠”，劳辱终身，很容易使读者想起牲口一般穷年辛苦的农夫。他们“才了蚕桑又插田”，“……浚河才了又修城。挑泥锹镬无休日，失业妻儿有叹声”。他们不遑寝处，流血流汗。然而不同的是，白驴远非忍泪吞声、甘受宰割之辈。它敢于向府衙僚属陈情，凭心而诉；敢于分析人世祸因，敢于征古证今，暗示斩却人间奸佞；它敢于唐突一方大帅，斥其不智不仁，警告他不要委过无辜而益恶招尤，透出一股桀骜不驯的反抗精神。它甚至声言，“杀我而有利于人”便不吝一死，表现出敢于牺牲的献身精神。这是正直敢为、有胆有识的人的象征，包含着作者为受欺压者鸣不平，愤激于世道昏暗的战斗意向。

文章对比手法运用突出。为了勾画白驴形象，注意将白驴与帅比照，堂堂镇阳帅在“河朔大旱，远迩焦然无主赖”的情况下，他毫不考虑勤政爱民以减轻旱象后果，只是“督下祈雨甚急”，愚妄之甚而“自言忧农”；“厌禳小数，靡不为之”，尸位素餐，面目可憎；既而又轻信怪诬之说，“命亟取”白驴“将焚之”，把一场自然灾害的解除，寄托在杀害无辜之上，何其粗蠢无知。作为封建社会的一方之长，就是这样的昏庸，这个形象有极大的概括性。又，驴与众人比，驴之险遭焚杀，全为“一人臆倡，众万以附”，“云方兴，驴辄仰号之，云辄散不留。是物不死，旱胡得止?”久旱之中忽见云兴，驴异而仰号，物之常情；愚人妄测，实为荒唐。而尤为危险的是“众万以附”，万口一词便形成强大压力，将置驴于死地。而驴被释后，“人情初不怿也”，众犹顽固不化；在雨潦伤禾的事实面前，才“人无复议驴”。这样写，深刺了无知妄测、人云亦云的可惊可骇。与两种人相比，驴便愈益显得卓然挺立，胆识可佩。驴向被视为蠢物，如柳宗元笔下之黔驴。此文则在物形象征上，作了翻案笔墨。一方之帅也好，衙门佐吏也好，一倡万和的众人也好，他们原来与蠢笨的驴还相去千里。“文章自得方为贵，衣钵相传岂是真”(王若虚《论诗诗》)。这篇正是作者的自得之文。它好在既无雕琢过甚处，又深含意旨；既无经营过深处，又“辞达理顺，无可瑕疵”(王若虚《滹南诗话》)。通篇比照鲜明，物象突出，讥刺深刻。正如鲁迅在《小品文的危机》里，评价晚唐皮、陆小品所言，我们可以说《焚驴志》是金元时期“一塌糊涂的泥塘里的光彩和锋芒”。 (夏春豪)

【作者小传】

杨　奂

(1186—1255)　金末元初文学家、诗人。本名焕，改为奂，又名英，字焕然，号紫阳，后称关西先生，乾州奉天(今陕西乾县)人。金亡之前，杨奂五赴廷试，均遭黜落。其间曾教授终南山下，门人上百。后出参乾、恒二州军事。大蒙古国时期，连中“戊戌(1238)试”东平路词赋、策论第一，随即被委派到云、燕充当考试官。受耶律楚材荐，出任河南路征收课税所长官兼廉访使，在任十三年，颇有善政。

射虎记

杨奂

吾友陇东康楫，来乞《射虎记》。问其故，为鄜尉曹侯设也。吁，人之所欲详，诚吾之所欲略。子徒知其去虎之虎，焉知其去非虎之虎，众且多乎哉！夫虎之杀人也，见于迹，人犹得而避之，其害细。所谓非虎之虎杀人也，藏于心，使人不知其所避，必狎而就之，其害巨。一扰之后，无地无之，奚独鄜也哉！若夫啸凶嗥[①]丑，伏昼伸夜，禁缓则跳踉[②]，势穷则腾踯[③]者，盗虎也。气吞一邑，块视四乡，逞贪婪之欲，啖孤羸之利者，豪虎也。矇昏昧由，诬下罔上，掉难折之舌，吐无证之辞者，讼虎也。假威官符，择肉墟落，志在攫拏[④]，情忘畏惕者，此吏虎也。爪牙为名，意气自若，倚事以下乡，幸赃以中人者，此兵虎也。又若钩距[⑤]成性，击搏克己，据案弄威，攘权[⑥]护失者，同僚之虎也。公衔上檄，私争己忿，拥妖抱妍，醉浓饱鲜者，过客之虎也。人谓鄜有曹侯，则盗者遁，豪者慑，讼者弭，吏为之缩首，兵为之敛迹，同僚伏廉而更让，过客惮正而引避。纲而举之，其政亦足知矣。宜乎！邑之民途不掇遗，寝不阖户，熙熙然，坦坦然，各保其性命。子以射虎为勇，则汉岂无李广，唐岂无裴公[⑦]？勇于政，斯可矣。裴、李世闻其射，而未闻其政，如曹侯者，可谓两得之矣。然吾不以去虎之虎为贤，而以去非虎之虎为贤者，鄙志实在兹。

侯讳大中，字时正，隆安人。家世官职，孔临洮尝载之，皆不书。子袖此以归，其告鄜人，既去而思，当泪吾文。元光二年十月初四日，紫阳杨奂记。

〔注〕 ① 嗥：指猛兽的嚎叫。 ② 跳踉：跳跃，也指跋扈的样子。 ③ 腾踯：腾空跳跃。 ④ 攫拏(jué ná)：猎取，夺取。 ⑤ 钩距：爪子如钩，牙齿如锯，形容一个人的凶残。 ⑥ 攘权：争夺权力。 ⑦ 裴公：即裴旻，开元年间人，曾镇守北平郡，有一日射杀三十一只老虎的经历。

这是一篇应朋友的邀请而写的记文，也是针对当时社会发出的一篇檄文。因为鄜尉曹侯射杀了猛虎，好友就向作者请求作一篇《射虎记》来纪念此事。作者却借题发挥，“人之所欲详，诚吾之所欲略”，借此控诉了当时社会的黑暗与不公，指斥了“非虎之虎”带来的巨大危害，发人深省，意味深长。

曹侯曹大中在鄜地射杀了老虎，为民除害，这本来是一件拍手称快的好事，自古以来能射杀老虎的勇士有几个呢？但作者却认为真老虎虽然会吃人，人们尚可以躲避，这种祸害反而相对较小；而“非虎之虎”包藏祸心，人们无法躲避，其危害则非常巨大。而所谓的非虎之虎，就是世间形形色色的人，作者将他们描绘得非常形象：有昼伏夜出，凶狠暴戾的“盗虎”；有独霸乡邑、贪婪嗜利的“豪虎”；有欺上瞒下、颠倒黑白的“讼虎”；有狐假虎威、暴虐无度的“吏虎”；有横行乡里、欺侮贪赃的“兵虎”；有弄权弄威、凶残成性的“同僚之虎”；还有挟行私忿、巧言令色的“过客之虎”。这些“非虎之虎”比真正的老虎要凶残得多，危害也更加的大，他们才是百姓最大的敌人。读到这里，不禁让人想到了《礼记》当中“苛政猛于虎”的故事，也让人对柳宗元《捕蛇者说》中蒋氏宁可冒着生命危险捕蛇，也不愿恢复赋税抱有更深的同情。

所以作者提出了“吾不以去虎之虎为贤，而以去非虎之虎为贤者”的观点，射杀真老虎只是去除了小小的祸害，只有去除这些“非虎之虎”才是真正的大举。因此文章的后半部分作者在夸赞曹侯射虎之勇的同时，更多的是赞扬其“勇于政”的品质，能够在郿地去除弊政，令盗贼兵祸消弭，豪民猾吏束手敛迹，社会出现了“途不掇遗，寝不阖户”的面貌，百姓过上了“熙熙然，坦坦然，各保其性命”的生活，这才是真正的大勇。这种“勇”远超汉代李广、唐代裴旻的射虎之勇，更加值得肯定和赞扬。

读完这一篇文章，我们可以深切地感受到作者忧国忧民，心怀天下的热衷。作者杨奂，是金代末年元代前期著名的文学家、诗人和官员。杨奂博学强记，文章力行与唐代的韩愈一样务去陈言，以因袭古人为耻，立意高远，文词俊朗，《四库总目提要》里评价他“诗文皆光明俊伟，有中原文献之遗”，著有《还山集》六十卷，《天兴近鉴》三卷，《正统书》六十卷。杨奂一生历任要职，曾受耶律楚材的推荐，担任过河南路征收课税所长官，兼廉访使等职，丰富的为官生涯使其对于当时社会弊政有着很深刻的了解，对于贫苦百姓也抱有更深的同情。因此这一篇文章，不仅是作者心声的表露，更是对后世为官者强有力的训诫，又怎么能不引起为官者的深思呢？

（刘勇刚　石　峰）

【作者小传】

元好问

（1190—1257）　金文学家。字裕之，号遗山。秀容（今山西忻州）人。祖系出自北魏拓跋氏。兴定进士。历任内乡令、尚书省掾、左司都事、行尚书省左司员外郎等职。金亡不仕。工诗文，在金元间颇负重望。晚年致力收集金君臣遗言往事，多为后人纂修金史所本。著有《遗山集》，编有《中州集》。

跋东坡和渊明饮酒诗后[①]　　元好问

东坡和陶,气象只是苏诗,如云:“三杯洗战国,一斗消强秦[②]”,渊明决不能办此。独恨“空杯未尝持”之句[③],与论无弦琴者自相矛盾[④]。别一诗云:“二子真我客,不醉亦陶然”[⑤],此为佳。

丙辰秋八月十二日题。

〔注〕 ① 苏轼有和陶渊明《饮酒》诗二十首。 ② 这两句是和陶《饮酒》诗第二十首中的句子。 ③ 和陶《饮酒》诗第一首结句云:“偶得醉中趣,空杯亦尝持。”本文误“亦”为“未”,意思刚好相反了。 ④ 无弦琴:《晋书·隐逸传》:“陶潜……性不解音,而蓄素琴一张,弦徽不具(无弦),每朋酒之会,则抚而和之,曰:‘但识琴中趣,何劳弦上声。’”苏轼的“偶得醉中趣,空杯亦尝持”,正和渊明的只求寄意相同。可是苏轼的《和顿教授见寄》诗却说:“我笑陶渊明,种秫二顷半。妇言既不用,还有责子叹。无弦则无琴,何必劳抚玩。”立论又有不同。 ⑤“二子”二句:见苏轼《和陶岁暮作和张常侍》诗。

苏轼从早年任扬州知州时起,就开始和陶渊明的《饮酒》诗。以后乐此不倦,继有和作,而以被贬岭南时期为多。在岭南的那段日子里,是他一生中被打击最甚、处境最困难的时期。这时,他尤喜读陶诗,当他反观渊明能及时抽身宦海,遂得优游林下,比照自己的流离转徙,自然感叹横生。他之喜爱陶诗和多有和作,与此或不无关系。

苏轼前后共和陶诗一百余首,他在给弟弟苏辙的信中说:“然吾于渊明岂独好其诗也哉?如其为人实有感焉。渊明临终,疏告俨(渊明子)等:‘吾少而穷苦,每以家弊,东西游走。性刚才拙,与物多忤。自量为己,必贻后患,黾勉辞世,使汝等幼而饥寒。’渊明此语,盖实录也。吾真有此病,而不自知。半生出仕,以犯世患,此所以深愧渊明,欲以晚节师范其万一也。”自述了和陶诗的原因。

对于和陶的作品,苏轼的自我评价是:“至其得意,自谓不甚愧渊明。”黄庭坚也指出:“彭泽(渊明)千载人,东坡百世士,出处虽不同,风味乃相似。”(《跋子瞻和陶诗后》)现在看来,苏轼的和作与渊明原作之间,有所咏内容近似的,也有内容不相涉而仅借用其韵的。总的来说,风格上大致保持渊明那种“质而实腴”、自然平淡的特色。但由于苏轼所处的地位、环境、经历毕竟与渊明不同,性格与诗风又存在较大差异,虽然极力模仿陶诗,终不免时露本相。清人王文诰说:“公之和陶,但以陶自托耳。至于其诗,极有区别。”是看得很清楚的。元好问则具体地挑出“三杯洗战国,一斗消强秦”这样的句子,认为在渊明笔下是绝不会出现的。

清人宋湘《与人论东坡诗二首》之一云："一生心醉陶彭泽，暗地师资杜少陵。毕竟要还真面目，人豪本是戒来僧。"认为苏轼学陶之外，还暗地取法杜甫。对此，黄海章先生加以辨析说："芷湾（宋湘字）以为东坡'心醉陶彭泽'，然所作并不似陶；'暗地师资杜少陵'，然其诗不以锻炼为工，全不着力，而自然沁人心脾，和少陵之'新诗改罢自长吟''语不惊人死不休'者，完全异趣（我以为东坡诗近李而不近杜，其七言古诗，却于李、杜之外，自成一家。芷湾的看法，吾未敢赞同）。"（《评宋湘〈说诗〉》，载《中国文学批评论文集》）对了，"三杯洗战国"二句，不正近似李白的风格么？苏轼一意摹陶，不经意中还是露出自己"诗风近李白"的本色来。

（黄国声）

市隐斋记　元好问

吾友李生为予言："予游长安，舍于娄公所。娄，隐者也，居长安市三十年矣。家有小斋，号曰市隐，往来大夫士多为之赋诗，渠欲得君作记。君其以我故为之。"

予曰："若知隐乎？夫隐，自闭之义也。古人之隐于农、于工、于商、于医卜、于屠钓，至于博徒、卖浆、抱关吏、酒家保，无乎不在，非特深山之中、蓬蒿之下，然后为隐。前人所以有大、小隐之辨者，谓初机之士，信道未笃，不见可欲，使心不乱，故以山林为小隐；能定能应，不为物诱，出处一致，喧寂两忘，故以朝市为大隐耳。以予观之，小隐于山林，则容或有之，而在朝市者未必皆大隐也。自山人索高价之后，欺松桂而诱云壑者多矣[1]，况朝市乎？今夫干没氏[2]之属，胁肩以入市，叠足以登垄断，利嘴长距，争捷求售，以与佣儿贩夫血战于锥刀之下，悬羊头，卖狗脯，盗跖[3]行，伯夷语，曰'我隐者也'，而可乎？敢问娄之所以隐奈何？"

曰："鬻书以为食，取足而已，不害其为廉；以诗酒游诸公间，取和而已，不害其为高。夫廉与高，固古人所以隐也，子何疑焉？"

予曰："予得之矣，予为了记之。虽然，予于此犹有未满焉者。请以韩伯休[4]之事终其说。伯休卖药都市，药不二价，一女子买药，伯休执价不移。女子怒曰：'子韩伯休邪？何乃不二价？'乃叹曰：'我本逃名，今乃为儿女子所知！'弃药径去，终身不返。夫娄公固隐者也，而自闭之义，无乃与伯休异乎？言，身之文也，身将隐，焉用文之？是求显也。奚以此为哉？予意大夫士之爱公者强为之名耳，非公意也。君归，试以吾言问之。"

贞祐丙子十二月日，河东元某记。

〔注〕 ①"欺松桂"句：南齐孔稚圭作《北山移文》，借灵山之口，斥责当时周颙隐居钟山是"诱我松桂，欺我云壑"，非真隐。 ②干没氏：谋求利益之人。 ③盗跖(zhí)：史传中春秋末期鲁国的大盗，名跖，柳下屯(今山东西部)人。故又称为"柳下跖"。 ④韩伯休：东汉隐士韩康，字伯休，霸陵(今陕西西安长安区东)人。

中国的士大夫中，有一种职业叫做"隐士"，隐居不仕，崖岸自高。现在大家比较熟悉的，大概一个是陶渊明，一个是林和靖。陶渊明不为五斗米折腰，"采菊东篱下，悠然见南山"，为人所知；林和靖的隐居杭州孤山，梅妻鹤子，孤高自赏，现今到杭州去旅游的人，大抵都会去放鹤亭转一下的。

其实说穿了，"隐士"也者，有的是逃避现实的一种手段，也有的则是一种猎取名利的手段，欲擒故纵，以退为进罢了。历史上最早称为隐士的，一个是巢父，一个是许由。据说，尧要把君位让给巢父，他不受，躲到树上去了；后来尧要把君位让给许由，他也叫许由不受，逃到箕山去了。其实尧之世，水旱频仍，生活艰苦，做君主实在没有什么好处。春秋时有个老莱子，此君是《二十四孝》以《彩衣娱亲》出名的人物，《史记》中说他"亦楚人，著书十五篇，言道家之用，与孔子同时云"。既然著书自显，他的"隐士"也者，也是假的了。西汉初的商山四皓，以"隐士"闻名，结果成为汉惠帝的保驾人。吕尚没有发迹时，隐于渭水；孔明没有出仕时，隐于隆中。其实，后者倘没有出仕之想，何必去研究他的《隆中对》呢？

至于陶渊明先生的归隐，有人说他因为官太小，不高兴做；也有人认为他同当时的"五斗米道"有点纠葛。因为照古代的薪给，任何一个小官也不可能一月只值五斗米的，汉朝的时候，不是有万石君吗？更有人认为东晋末世，他实在不想做什么官了，只要读读他"刑天舞干戚，猛志固常在"的诗句，也可见他的"采菊东篱下"，不过是形势所迫罢了。

越到后来，这个"隐"字越来越可笑。五代的冯道，历仕几君，历史上对他都不曾有什么好评。明朝的李卓吾先生，却说他是"隐于吏"。不知是谁写过这样一首诗,"可怜一只云中鹤,飞来飞去宰相家",描绘以隐为饵,自高身价者,惟妙惟肖。元好问的《市隐斋记》,倒是直刺这些"隐君子"之心,挑开了"隐君子"的面幕。"悬羊头,卖狗脯,盗跖行,伯夷语。"这四句话,就写尽了这些假隐者的面目。不过那位不食周粟,饿死在首阳山上的伯夷先生,也谈不上什么隐居,不过是逃亡而已。

(冯英子)

送秦中诸人引 元好问

关中风土完厚,人质直而尚义,风声习气,歌谣慷慨,且有秦、汉之旧。至于山川之胜,游观之富,天下莫与为比。故有四方之志者,多乐居焉。

予年二十许时,侍先人官略阳①,以秋试留长安中八九月。时纨绮气未除,沉涵酒间,知有游观之美而不暇也。长大来,与秦人游益多,知秦中事益熟,每闻谈周、汉都邑及蓝田、鄠、杜②间风物,则喜色津津然动于颜间。二三君多秦人,与余游,道相合而意相得也。常约近南山③,寻一牛田,营五亩之宅,如举子结夏课时,聚书深读,时时酿酒为具,从宾客游,伸眉高谈,脱屣世事,览山川之胜概,考前世之遗迹,庶几乎不负古人者。然予以家在嵩前④,暑途千里,不若二三君之便于归也。清秋扬鞭,先我就道,矫首西望,长吁青云。

今夫世俗惬意事,如美食大官、高赀⑤华屋,皆众人所必争,而造物者之所甚靳,有不可得者。若夫闲居之乐,澹乎其无味,漠乎其无所得,盖自放于方之外者之所贪,人何所争,而造物者亦何靳耶?行矣诸君,明年春风,待我于辋川⑤之上矣。

〔注〕 ① 先人:指其继父元格。略阳:古郡名,晋置,治所在临渭(今甘肃天水东北),北魏移治陇城(今秦安东北陇城镇)。 ② 周、汉都邑:西周国都镐(hào)京,在今陕西西安市西南。西汉国都长安,在今西安市西北。蓝田:县名,今属陕西,以产美玉出名,又为唐王维辋川别业所在地。鄠(hù):县名,今陕西西安鄠邑区。杜:杜陵,古县名,原为杜县,因汉宣帝葬于此,故改名,治所在今西安市东南。鄠、杜之间有杜曲、杜陵等名胜古迹。 ③ 南山:即终南山,在西安市南。 ④ 嵩前:嵩山之南。金正大元年(1224)作者中博学鸿词科,只身在汴京(今河南开封)任职,而寄家属于嵩山之南。 ⑤ 高赀(zī):富户。 ⑥ 辋川:水名,在蓝田县南。唐王维筑别墅于此。

本文约作于金哀宗正大二年(1225)左右,作者中进士出仕不久。秦中,即关中(函谷关以西),今陕西境内。引,序,徐师曾以为"盖序之滥觞"。文章属"赠序"体。

江淹《别赋》云:"黯然销魂者,唯别而已矣。""别方不定,别理千名,有别必怨,有怨必盈。"然元好问的《送秦中诸人引》则不见哀婉之词,依依惜别之情,纵有别绪,也写得洒脱自然,不落窠臼,格调高奇。题为"送秦中诸人",文章耗墨处则并不在此,仅"清秋扬鞭"四句及末句提到相别一事。而这种离别,竟又是诸君大幸,近水楼台"先我就道",还急告二三子来年春天辋川相待。其中绝无隔绝之苦、伤心之色,反有对秦中诸人"得其所哉"的羡慕。可见,作者为文,自有异趣。

开篇落笔,便直写秦中风土民情之美,并以"天下莫与为比"的赞语和"有四方之志者,多乐居焉"的事实加以突现。接着是回忆秦中往事。随着阅历增多,作者由"沉涵酒间,知有游观之美而不暇",以至于每闻谈及秦中风物"则喜色津津然动于颜间"。然后引出送别之人,言昔日常相约在终南山"寻一牛田,营五亩之宅","脱屣(脱鞋,这里喻无所顾念地弃掉)世事",过游山访古的自在日子。只可惜"家在嵩前",终难如愿,不禁为"二三君之便于归"慨叹不已了。若是一般送别文字,到此当可收煞。然而作者笔锋陡转,另起一端,锐意讽刺那些沽名钓誉、追名逐利的仕途小人,表达自己对朴素、恬淡的田园生活的神往。显然,作者巧妙地以送别为名写秦中之美,其最后归向是表白自己洁身自好、愤世嫉俗之心,故冲淡了离情,而由归去之乐占据上风。文中固然标榜了归隐思想,但简单地斥之情调消极,似欠斟酌。在《新斋赋》中,作者自谓:"动可以周万物而济天下,静可以崇高节而抗浮云。"观此便知,这一切皆失意时的牢骚。相反,暗藏于澹乎寡味躯壳之下的却是不可阻遏、穷且益坚的青云之志。况且,作者向往的,不过是有志者乐居的秦中,以及文豪贤士出没的终南山。所以,归隐之想并不有损于文章的基调。位居八大家之首的韩愈,大概是其中最擅长、也是最多创作赠序文章的了。其突出风格在于极少应酬告别之辞,常常借题发挥,别出奇径,如《送孟东野序》等。"元才子"此篇实同出一辙。

文章以浓墨重彩极写山川之胜,人情之美,且皆从大处着手,虚处落笔。如介绍秦中奇观天下为尊,一概粗略勾勒,在整体上给人大致印象。虽提及周汉都邑、蓝田、鄠、杜,却又似蜻蜓点水,不作深入细致描写,仅以自己对秦中由来已久的切身体会来着意渲染,字里行间真情洋溢。同时,写秦中诸人,以"二三君多秦人,与余游,道相合而意相得也"一笔带过,然后补叙闲居南山的旧约。"二三"乃虚数,实为几人不得而知,其余就更是无可奉告了。虚写秦中秀色,易激发读者好奇心，探寻关中究竟美在何处，于是就蒙上一层神秘色彩，引人神往；“二三君”不明其人，不妨看作“质直尚义”的关中人物代表。作者与之志同道合，反衬出秦中人情之醇美古朴，民风的慷慨耿介。作者此笔，虚实相映，于空灵中见深意。同时，人情美与自然美的融合，使读者从整体上把握秦中之美。而这种浑然一体的美，又恰好与后文作者所竭力鞭挞的“众人所必争”“造物者之所甚靳（吝惜）”的“美食大官、高赀华屋”相比较，关中自成了净土和归宿。

缘情而化，跌宕成韵，显示了文章的语言风格。“关中风土完厚，人质直而尚义，风声习气，歌谣慷慨，且有秦、汉之旧。至于山川之胜，游观之富，天下莫与为比。”皆四六句相间，整饬精巧而又流转活脱，胸中情致随之直泻而出；抒写“二十许时”“长大来”对关中的不同感受，则又笔法酣畅悠忽、疾徐有致，“津津然”喜气溢于言表；提及闲居之乐，则不乏桃源之风，至于淡泊清纯，语言也近乎典雅，往往使人想起终南山、“五亩之宅”（《孟子·梁惠王下》）、“伸眉”高谈（司马迁《报任安书》）等著名掌故；指斥世俗污浊，歌咏“方之外者”（《庄子·大宗师》引孔子语），顿然浩气充溢。文风沉稳而峭拔，句式不求工巧，唯在气魄。篇末以呼告式语句“行矣诸君，明年春风，待我于辋川之上矣”结束，又与前之“清秋扬鞭，先我就道，矫首西望，长吁青云”一气贯通，文人才子潇洒飘逸、倜傥风流之态，呼之欲出。

（秦岭梅）

【作者小传】

戴表元

（1244—1310）　元文学家。字帅初，一字曾伯。奉化（今属浙江）人。宋咸淳进士。任建康府教授。入元，任信州教授。学识渊博。曾力图改革宋季萎敝文风。为文清，名重一时，被视为东南文章大家。著有《剡源戴先生文集》。

题　画

戴表元

子昂①作画，初不经意，对客取纸墨游戏点染，欲树即树，欲石即石，然才得少许便足，未尝见从容宛转如此卷十余尺者。昔有送长缣于郭恕先②，恕先意所不乐而不得已，为作小手轮牵一丝，劲直终幅，系以纸鸢还之。其人愠不敢言，然不害为奇笔。子昂才气不减恕先，乃能为求者委曲至此，殆其人有以得之耶[3]？

〔注〕 ① 子昂：元书画家赵孟𫖯，字子昂。 ② 缣(jiān)：供书画用的绢帛。郭恕先：宋代书画家郭忠恕，字恕先。 ③ 得之：取得(他的)好感。

做了书画家，求取作品的人便会纷至沓来，自然穷于应付，成为苦事了。清代画家郑板桥是以画画为生的，为了生活，有人来求不得不画，画多了便憋了一肚子闷气，要骂人。他的前辈宋人文与可，被求画的人弄得烦了，便发怒说要将送来的丝绢统统拿去做袜子。这样，纷纷来求画的大概总得收敛点吧。另一位宋代的大画家郭恕先虽是个愤世疾俗的人，但对于贪求者却另有一套对付办法，很有点幽默感。试想那十余尺的长绢，得花多少工夫才能画满。而郭恕先灵机一动，给那人开了个玩笑。虽是玩笑，却无可指摘，来人虽怒而终于无可奈何。恕先的这一手，显然比较高明，而且十分有趣。

元代书画家赵孟𫖯也"颇厌人求索"，求之者往往遭到他的"盛气变色"，坚决拒绝。而且赵孟𫖯作画常常"才得少许便足"，像戴表元所看到的这样宛转十余尺的长卷，实属罕见，所以戴氏猜测求赵孟𫖯作画的人或许是博得了他的好感。这则题画小跋，让人莞尔的不是赵孟𫖯的画，而是郭恕先那极富智慧的谐谑之作。

(黄国声)

【作者小传】

张养浩

(1270—1329)　元文学家。字希孟，号云庄，济南(今属山东)人。早年被荐为东平学正。至大元年(1308)召为太子文学，历监察御史、礼部尚书等，因触怒权贵而辞官归隐，屡召不赴。天历二年(1329)关中大旱，召拜为陕西行台中丞，以赈灾积劳病卒在任上。谥文忠。诗文自成一家，与元明善、曹元用并称"三俊"。散曲以豪放著称。有政论集《三事忠告》、诗文集《归田类稿》、散曲集《云庄休居自适小乐府》。

标山[1]记

张养浩

绰然亭西三四里，有双山曰标。各广四十亩，童[2]无树林。东西并峙，皆青石叠矗，势陂陀[3]，可步而上。按舆图经[4]无其名，盖土人以旁无他山，惟此若标可望，故以名之。其居东者，上有洞如屋，可避风雨。

泰定甲子[5]三月，命童携酒肴，偕官客清江谕仁本登焉。始有小劳，既戾[6]其上，神超气逸，身欲羽飞。环视众山，手若可即。其联岩属巘，盛于东南，而微杀[7]于西北。诸支流之水，萦络交碧，纵横绳引，析而复合。盖郊外可登眺者，莫此胜焉！

尝欲构亭其上，时杖履往来，以豁心目，因仍未暇。既而坐洞屋中，出觞更酌，咏古人闲适之诗，如陶、谢、韦、柳[8]者数篇，其清欢雅思，悠悠而集，若世若形，两忘其所恃。加以烟岚坌涌[9]，相与冥合，窅[10]乎不知余之为山，而山之为余也。

于是，仁本举酒相属曰："乐也哉，公之游乎，殆不可以无记！"遂书而贻之。

〔注〕 ①标山：山名。在今山东济南城北。 ②童：光秃。 ③陂(pō)陀：不平坦。 ④舆图经：记载地理风土知识的书。 ⑤泰定甲子：元朝皇帝也孙铁木儿泰定元年，公元1324年。 ⑥戾(lì)：到。 ⑦微杀：渐渐收束。 ⑧陶、谢、韦、柳：晋代陶渊明、谢灵运，唐代韦应物、柳宗元四位诗人。 ⑨坌(bèn)涌：涌出。 ⑩窅(yǎo)：深远。

张养浩是元代文学大家，曾官至参知政事，因不满于弊政，退官隐居。这篇文章就是他退隐故乡济南后所作。

文章全篇共四百余字，却相当有特色地勾画了标山和标山周围的自然景色，表现了作者优游林下、寄情山水，以隐居为乐的思想。这篇文章名曰"标山记"，其实，标山除了青石叠矗稍有可观外，缺少岱岳的雄伟峻拔，也没有黄山的流云飞泉，甚至光秃秃的连树木花草都没有。这不能不说给以描绘自然风光为主要对象的游记小品造成了难以逾越的困难。但作者却另辟蹊径，用凌标山之顶后远观近视到的众山诸水的各种情态，弥补了标山本身的缺憾。在作者的笔下，那东南高，西北低的重山峻岭手牵衣连，像一群游戏的孩子，它们顽皮的脸庞，站在标山上，几乎手若可即。山下，碧绿的溪水，互相交叉萦绕，像匹匹白绸纵横交错，如条条绳索互相牵动，它们时而分流各西东，时而合流汇巨波，而这一远一近、一高一低的秀美风光唯有登上标山才可见到。读到这里，标山在人们的感觉里，已经不再是光秃秃的，而是集众山诸水之美于一身的秀丽名山了。此文最有特色的不仅是以"他山之石，可以攻玉"的艺术手法描绘标山的自然风光，而且以情景交融的笔触刻画了一位优游林下，寄情山水，以隐居为乐的主人公形象，从中也含蓄地表达了主人公对朝廷政治的不满情绪。文章每写登山之景，必写登山主人公感受之情；每写登山主人公感受之情，又必以恰当风景配之。如文章对远山、近水勾勒之后，接着写主人公“欲构亭其上”，暗示游山、建亭是为了开阔胸怀，出世避俗，隐居而乐。洞中的野宴，也不是为了吃喝热闹，而是以吟诗咏古，寄托自己的闲适之情，以酒兴、诗兴抒发郁悒难展的愁怀。山岚云气的蒸腾，天气阴暗幽晦的变化，更加牵动起主人公情感的奔泻，以至于发出“不知余之为山，而山之为余也”的妙语，真可谓情景俱佳，水乳交融，相得益彰。至于本文结构布局的精巧玲珑，语言的简洁流畅都比较突出，这里就不一一叙说了。（武卫华）

【作者小传】

柳　贯

(1270—1342)　元诗文家。字道传，号乌蜀山人。浦江(今属浙江)人。早年受经于金履祥，学文章于方凤、谢翱等。大德间为江山县教谕。累迁至翰林待制兼国史院编修官。文章根底深厚，雄浑严整，长于议论。为“儒林四杰”之一。诗则慷慨激烈、忧深思远，如《过大野泽》等，指陈国事，抱负非凡。有《柳待制文集》传世。

跋赵文敏行书千文[1]　　柳　贯

吴兴公[2]少时喜临智永千文，故能与之俱化。自登显仕[3]，负书名，颇厌人求索。有出缣楮袖间，辄盛气变色，深闭固拒之乃已。然名士大夫相知之厚与挟贵而来者，间亦欣然行笔。好事之友又或鼓勇旁噪，至其得意，自谓追迹古人，亦近世书家之一奇哉。此卷用蜀中粉笺作书，而正、草杂出，不区区泥古而无一毫窘束之态。今人欲以摹印脱墼[4]之工而望闯其藩，难矣！

〔注〕 ① 赵文敏：赵孟頫，字子昂。书画兼擅，能诗文，卒谥文敏。千文：即《千字文》。原为南朝梁武帝萧衍命给事郎周兴嗣用一千个不同的字编写的小册子。这里指的是赵孟頫临写的、释智永所写的千字文法帖。 ② 吴兴公：指赵孟頫，赵是湖州(今属浙江)人。 ③ 显仕：大官。 ④ 墼(jī)：砖坯。

写字作画，本是陶情适意的艺术活动，一旦被人催逼着干，不仅意气索然，有时甚至很烦恼的。清代的郑板桥，他以卖画为生，于是“终日作字作画，不得休息，便要骂人”，赌起气来，“索我画偏不画，不索我画偏要画”，这并非儿童般的任性淘气，而是艺术家的倔强性儿，是对贪求他作品的豪贵们的愤慨。但赵孟頫可不能这样，他以宋宗室后裔而入仕元朝，不免常遭到朝中同僚的猜忌排挤，拿他这身份造作谗言。孟頫不是傻瓜，也自知处境困难，便遇事小心谨慎。他的门人杨载所作的赵孟頫行状便说：“公性持重，未尝妄言笑。与人交，不立崖岸，明白坦夷，始终如一。”好一副小心翼翼做人的样子。所以，“名士大夫相知之厚与挟贵而来者”有时不得不勉强应酬，对其余的人，就难免要“盛气变色，深闭固拒之乃已”了。此无他，被求画者弄得烦死，连持重谨慎的赵孟頫也要一反常态，顾不得得罪人的。

元末陶宗仪曾见过赵孟頫的“千字文一卷，以为唐人字，绝无一点一画似公度，阅至后，方知为公书”。这卷千字文后有孟頫的自跋：“仆廿年来，写千文以百数，此卷殆数年前所书，当时学褚河南孟法师碑，故结字规模八分，今日视之，不知孰为胜也。”（陶宗仪《南村辍耕录》卷七）可见他的书法是博采前辈名家之所长，而自成面目的，即这里所说的“不区区泥古而无一毫窘束之态”。至于陶宗仪所见的赵氏书千字文，是否即这里所跋的那一本，就难以断定了，因为赵氏自己说过“写千文以百数”的话。

（黄国声）

【作者小传】

舒　頔

(1304—1377)　元文学家、书法家。字道原，号贞素，绩溪（今属安徽）人。后至元三年(1337)辟为贵池教谕，秩满调丹徒，复转台州学正。以道梗不赴，归隐山中。入明，屡征不出。其诗盘郁苍古，不尚纤巧。亦善书法。有《贞素斋集》。

猫不捕鼠说

舒　頔

予家罹壬辰寇①，劫后居无恒，居城北曹氏寓，廨②仅存，予往来假寓焉。草眠缶食，苟尔延息。迨至乙未③，时事犹未靖，朝夕惕惕④。暮则群鼠跳跃叫啸，甚至不假寐⑤。邻媪畜狸奴⑥甚驯，假⑦而归之，时而食焉，将俾⑧捕而宁寝。乃狸奴者，馋于食而不馋于鼠；鼠得以自恣，啮而无忌作，劳而无畏惮。狸奴若懵然，乃呼狸奴而告诸：“汝食我食，同我居寓，群鼠跳跃叫啸而无畏惮，亦莫汝捕，殆如无某氏，食[⑨]汝何耶？吾将再于他氏假！”狸奴俯首欲答而不能。乃因叹曰：“吾惧夫鼠，窃为狸奴是托。兹不捕而恣鼠虐，岂惟负所托，亦窃耳。彼利其利，而不利于物，与汝窃吾食而莫吾捕，奚[⑩]其异？”乃即携狸奴归于邻媪。邻媪笑而受之，予亦发一笑。

〔注〕 ① 罹：遭遇。壬辰寇：“壬辰”即至正十二年(1352)，元至正十一年(1351)五月初，韩山童、刘福通等率众起义，此处所言即指此事。 ② 廨(xiè)：官署，旧时官吏办公处所的通称。 ③ 乙未：至正十五年(1355)。 ④ 惕(tì)惕：忧心，恐惧。 ⑤ 假寐：不脱衣服小睡。 ⑥ 狸奴：猫的别名。陆游《赠猫》诗：“裹盐迎得小狸奴，尽护山房万卷书。” ⑦ 假：借用。 ⑧ 俾：使。 ⑨ 食：通“饲”，喂养。 ⑩ 奚：疑问代词，为什么，相当于“胡”“何”。

绩溪人舒頔能诗善文，其后半生处于元末动乱时期，他忠于元室，至正十七年(1357)，朱元璋军定徽州，闻舒頔之博学，请其出山，而舒頔以疾辞，命名自己居所为“贞素斋”，表明自坚操守之志。

历史上，凡是这样的人，生不逢时处于末世时，必然会对人民的遭遇深表同情，对官府的腐败无能表示不满，对世道的混乱充满忧虑。尤其是当他开始对官吏整顿混乱的社会现实充满希望，而后发现这些官吏不过是尸位素餐时，“劝不醒当朝贵”，失望感一定会高于一般人，“不如他瞌睡，不如咱沉醉，都不管天和地”(《朝天子》)。但是，这种失望之感怎么可能让一位忧国忧时忧民的、寻找救世良方的文士真的闭口不言呢？《猫不捕鼠说》就是在作者这样的心理状态下写出来的。

这篇小品文与一般的以动物为主角的寓言不同。因为猫作为寓言的主角，没有说一句话，没有心理活动，而是作者在发表言论，而且有对牛弹琴之嫌，因为猫根本听不懂人话。从这个角度看，这篇小品文就是小故事。但是很明显，作者在发表言论时，有明显的借题发挥，意有所指，如“彼利其利，而不利于物，与汝窃吾食而莫吾捕，奚其异？”，就是明显地提醒读者这不是一篇写猫不捕鼠的故事，而是在指责现实生活中的人。因此，要把它当作一篇寓言来看。它用一只不愿意履行捕鼠之责的猫来讽刺那些尸位素餐的官吏。他们空占着官位，却不愿意或者真的没有能力为国分忧，为民做主。因为有了这样的猫，导致“予”寓居的地方连小睡都不能，本是因避战乱而逃难，“朝夕惕惕”，恐惧再加上无法入睡，岂不是雪上加霜！不仅如此，还要喂养它，浪费食物。现实生活的一些官吏，食朝廷之俸禄，搜刮民脂民膏，却不履行官吏之责，导致民不聊生，这样的官员与只吃不捕鼠的猫有何区别？

“予”对猫本来是寄予很大的期望的，“窃为狸奴是托。兹不捕而恣鼠虐”，但最终猫负已所托，这不是和现实生活中百姓开始对官吏抱有希望而最终失望是一样的吗？对于这样的猫，只不过是吓唬猫另外借一只，把猫归还给“邻媪”。邻媪难道早不知自家的猫不捕鼠吗？“予”对着不捕鼠的猫又能怎样呢？除了讽刺和无奈地一笑，还能做什么呢？被解雇了的猫，仍然有主人喂养它；尸位素餐的官吏，百姓再不满却没有任何办法。这种无奈，以及当下战乱带来的悲苦无依，以及末世之感，混在一起，在“亦发一笑”中，自是感慨万千。（袁　茹）

【作者小传】

贝　琼

(1314—1378)　元末明初文学家。字廷琚，一名阙，字廷臣，崇德（今浙江桐乡西南）人。早年从杨维桢受学，工诗善文。元至正间举于乡，张士诚据吴，累征不就。明洪武初应聘预修《元史》，除国子助教，改中都国子助教。诗风平易，有温厚之旨而自然高秀；文亦冲融和雅。有《清江诗集》《清江文集》。

木偶对　　贝琼

岸海有古祠，奉捍沙神者，余暇日过之。循其垣，则恶木枓然[①]而乌鸢噪其颠；入其户，则毒草茀然而蛇虺蟠乎中[②]。有屋焉，仆而不支[③]；有像焉，剥而不完[④]。老巫揖而进曰：“是祠阅五百春秋矣，尝能以祸福恐乎人。有疾必祷，水旱必祷，海贾溯涛往来者必祷，神皆答之如响。百谷岁登，无蜚蝗、霜雹、大疫之灾。人既乐业，至者如归，由是剪荆棘而宫室之，或光怪夜见，仿佛金支翠旗[⑤]自天而降，而日有事于是者麕[⑥]至。及其废也，咸玩而侮之，神亦不能祸福于人。岂盛衰关于造物者乎？”余曰：“嘻！是土木而衣冠也。昔非神也，而神之者人也；今非弗神也，而人弗之神也，若何怪焉？”

是夕宿于祠之旁，有介而弁者[⑦]见于梦曰：“吾辱子，子何毁之过邪？子见吾土木而衣冠也，独不见衣冠而土木乎？小而为邑，邑有令；大而为郡，郡有守，其为祸福甚于神也。罢软者苟禄[8]，贪纵者败法，非守令而土木与？内附百姓，外柔四夷[9]，生杀系其喜怒，黜陟繇其向背[10]，执天子之柄[11]而位百僚之首，不啻神之魁然而贵者也[12]。出则陈兵而驱，入则复壁而居，目瞽[13]而黑白相混，耳塞而淫雅不殊[14]，非宰相而土木与？吾假丹青之饰而托乎太阴，使玩者有时而惧。彼肖[15]天像地，握珠玉，被锦绣，且伥伥焉[16]，尸居而鬼躁[17]，未知见德于人，子奚不以诮[18]吾者诮彼与？万金虽积，不救燃脐[19]之祸；三窟[20]虽营，岂免排墙之厄[21]？吾恐栋焚而及巢燕，基圮而殃穴蚁[22]，其不为吾祠之毁者，几希[23]！"余应之曰："汝之所斥者似矣，而非其实也。昭昭[24]者或愚，皎皎[25]者或污，安知其才足有为而时不可为乎？"介者又曰："胡广历六帝而称于时，一卢怀慎耳[26]；张华、裴頠祸至而不图[27]，一曹爽兄弟耳[28]。人物不同，而同为土木已！"余无以诘，觉而识[29]其语。将献诸上，惧执政者之不悦也，故厄[30]。

〔注〕 ① 枓(dǒu)然：弯曲而又枝丫纵横交错的意思。 ② 茀(fú)然：丛生的样子。虺(huǐ)：毒蛇，毒虫。蟠：盘曲而伏。 ③ 仆而不支：向前倾斜而不能支撑。 ④ 剥而不完：剥蚀脱落而不完好。 ⑤ 金支翠旗：《汉书·唐山夫人歌》："金支秀华，庶旄翠旌。"注："乐上众饰，有流溯羽葆，以黄金为支，其首敷散，若草木之华也。" ⑥ 麕(jūn)：鹿类动物。 ⑦ 介而弁(biàn)者：披着铠甲、戴着头盔的人。 ⑧ 罢(pí)软者：软弱无能的人。苟禄：只顾眼前的俸禄。 ⑨ 柔：怀柔。四夷：古时对四方少数民族的蔑称。 ⑩ 黜陟(chù zhì)：贬职、升官。繇：通"由"。向背：拥护、反对。 ⑪ 柄：权柄。 ⑫ 不啻(chì)：无异于。魁然：高大的样子。 ⑬ 瞽：瞎。 ⑭ 淫雅不殊：分辨不了淫辞雅言。 ⑮ 肖：像。 ⑯ 伥(chāng)伥：迷茫不知所措的样子。 ⑰ 尸居而鬼躁：形容人即将死亡。《三国志》注："夫邓之行步，则筋不束骨，脉不制肉，起立倾倚，若无手足，谓之鬼躁。" ⑱ 诮：谴责。 ⑲ 燃脐：东汉董卓很肥胖，被吕布刺死后陈尸于市，守吏从他的肚脐点起火来。 ⑳ 三窟：冯驩曾对孟尝君说："狡兔有三窟，仅得免其死耳。"比喻藏身之地很多，便于躲避灾祸。 ㉑ 排墙之厄：倒塌墙壁的灾害。 ㉒ 基：屋基。圮(pǐ)：毁坏。 ㉓ 几希：很少。 ㉔ 昭昭：明辨事理。 ㉕ 皎皎：洁白无瑕。 ㉖"胡广"二句：意谓东汉胡广历事六个皇帝而没有称著于世，只不过像唐代卢怀慎那样一个角色罢了。 ㉗ 张华、裴頠(wěi)：都是西晋人。张于惠帝时拜为太子少傅，后被司马伦和孙秀所害。裴于惠帝时官至尚书左仆射，后来也被司马伦所害。 ㉘ 曹爽：三国时魏人。由于他的饮食车服拟于皇帝，被齐王芳罢免官职。不久又将他杀死，并夷戮三族。 ㉙ 识：记。 ㉚ 厄：这里意为窘厄，为难。

这篇对问式的政治讽刺小品，脱胎于《战国策·齐策》中关于土偶与桃梗的对话；其辑裁巧密，笔锋犀利，又深受唐柳宗元《愚溪对》、陆龟蒙《野庙碑》一类文章的影响。

作者从所见海边捍沙之神"剥而不完"的偶像及其"仆而不支"的古庙说起，进而引出老巫的一段陈辞，抒发其兴盛废替之叹；又由对于神灵有所忝辱的对白，勾出梦境，并巧妙地借助神灵之口，对朝政窳败、世风颓靡、缇骑四出、文网森严的社会现实，进行无情的揭露和辛辣的讽刺。作者指斥封建社会的各级官吏，都不过是一些"衣冠而土木"之类的政治偶像：有的软弱无能，只顾眼前的利禄；有的贪婪放纵，败坏国家的纲纪；即使那"执天子之柄而位百僚之首，不啻神之魁然而贵者"的宰相，也"目瞽而黑白相混，耳塞而淫雅不殊"，作威作福，肆意妄为，单凭自己的"喜怒"与"向背"，就决定对别人的"生杀"和"黜陟"。然而，从县邑到州郡，从地方到京城，那些"肖天像地，握珠玉，被锦绣"的大小官员，虽然"人物不同"，却"同为土木"，都"未知见德于人"，都已尸居余气，末日来临，就像海边那座曾经兴盛一时的古庙，总有"栋焚而及巢燕，基圮而殃穴蚁"的坍塌之日。

徐伯鲁说："对问者，文人假设之辞，反复纵横，可以舒愤郁而通意虑者也。"自"宋玉含才，颇亦负俗，始造对问，以申其志"（《文心雕龙·杂文第十四》）以来，汉东方朔，晋鲁褒，梁刘峻，唐韩愈、柳宗元，宋王令、陈傅良等，都在他们的杂文、小品中，采用过这种借助问答展开议论的方式。贝琼这篇文章也是如此。"介而弁者"与作者前后的两次对问，只不过是一种"假设之辞"，而木偶的层层进逼，作者的理屈词穷，对照鲜明，揭露出封建官场的腐败和黑暗。全文通过问答而展开形象化的议论，融入作者自己的生活体验和政治见解，虚中见实，言近旨远，在元末明初散文中别具风采。

（贝远辰）

【作者小传】

陈 高

（1315—1367） 元诗人。字子上，号不系舟渔者。平阳（今属浙江）人。性耿介不羁，尝仗剑去乡，远游淮楚。年届不惑，始登进士第。翰林欧阳玄、太常张翥等荐于朝，而以亲老请南还授职，任庆元路（今浙江宁波）录事。甫及二载，自免职，归耕田园，逍遥林壑。至正二十六年（1366），浮海北上。卒于河南。著有《不系舟渔集》。

栖云巢记　　陈　高

人有居于巢者乎？上古之世，其民盖尝为巢而居矣。自上栋下宇之制兴，易营巢以宫室，于是乎高堂邃宇，重屋广厦而犹不足于居也。讵庸处危巢以取颠踬哉①！予来华亭，乃闻有巢居者。意其必遁世俗，离人群，而与鹳鹤并栖于丛木之上也。及往窥其居，则为屋数楹，深广丈余，而表其名曰栖云巢。怪而问之主人，主人曰："若岂疑吾之名室乎，夫鹪鹩②巢于深林不过一枝，而人之寓形宇内，偃仰一室者，亦若是而已。百堵九埏③，千门万户，穷雕巧而极壮丽。其自处也，不过容膝，又有异乎鹪鹩之巢者哉？"

"然则吾之兹室，岂非吾巢乎？且吾之居是巢也，除风雨，绝尘嚣，俗虑不至焉，惟白云往来其间，与吾同处同休。吾游而嬉，云兮我随；吾倦而息，云兮我即。我卧云衾，我坐云席。吾依云而栖，而云之与吾，未始相离也，是故有栖云之名。若以吾之巢为小乎，大而观之万物，以天地为巢，天地一巢也。寄吾巢于天地之内，六合八荒，皆吾户牖也。吾又泛观乎天下之物，苟可以玩目娱心者，非有力不能致。彼造物者，复靳④于人；惟云也，出入无常，变化无方，不以我贫而独与我亲。取之以自怡，而人莫与争。吾将与云始终栖于是巢之中，淡泊乎相安，逍遥乎无为。世有知我者，必且以我为有巢氏之民。"

予于是释然而喜，谓主人曰："子之言似有道者，吾为子笔之。"遂书以为记。

巢之主人，杨君伯成也；记之者，永嘉陈高也；其时则至正甲午八月朔日也。

〔注〕 ① 讵庸：哪里需要。颠踬：倒仆。 ② 鹪鹩(jiāo liáo)：鸟名。形小，羽毛赤褐色。 ③ 埏(yán)：边际。 ④ 靳(jìn)：吝啬。

乱世是令人厌恶的。乱世，一般来讲，离不了战争，离不了杀烧掳掠，也离不了残酷与凶恶。总之，人世间一切可诅咒的事物，都可能在乱世出现；辞书中一切非吉祥词语也都可用来修饰乱世。面对乱世，人们由厌恶而至于害怕，由害怕而至于尽力躲避，也就是世俗所谓"逃难"了。

然而，在交通落后，邮驿通讯极不发达的中国古代封建社会，想要"苟全性命于乱世"，又谈何容易。尤其是每一朝代之末的大规模战乱更是如此。例如东汉末年黄巾起义以后的军阀混战，引起了全国大动乱，不过几十年间，人口减为桓灵时代的几十分之一，那些成千上万的牺牲者，难道不知"逃难"？他们绝非甘于赴死，都因无处可避，无路可走，于是只好惨遭杀戮了。昔人谓："宁为治世犬，毋作乱世人"，就是这个意思。

对于中国古代部分文人来说，如逢大乱之世（包括将乱未乱之际），他们除了随众"逃难"之外，还要作一些心理上的调整：第一，作好"齐万物""等生死"的理论准备。个人生命十分渺小，如有战乱，一死何惜；第二，作好看破红尘的理论准备，人生在世宛若梦幻，战乱只是场噩梦，何足道哉；第三，作好轻仕重隐的思想准备，"天下有道则见，无道则隐"（孔子语），乱世之时，生命且不保，遑论入仕。元末陈高作于元至正十四年（元末农民大起义，军阀混战，引起的社会大动荡，在至正十一年）的《栖云巢记》，和他的某些丧乱诗一样，绝非单纯讴歌高人隐士的泛泛之作，也非愤世嫉俗的警世之篇，而是他在乱世将至（其时，陈高家乡浙江永嘉尚未有战乱）前的一篇心理调整之文。

陈高原任元庆元路录事，是元地方政府的一名基层官员。他忠于元室，秉公执法，"明敏刚决"，是一名积极用世者。在这世道将乱未乱之时，他权衡利害得失，并根据儒家"穷则独善一身"的精神，借"栖云巢"主人杨伯成之口隐晦曲折地把自己独特的心理调整表述了一番。

作者"以天地为巢"，"六合八荒，皆吾户牖也"，是将"天地""六合八荒"等同于杨伯成之住处"栖云巢"，这是看小了"天地""六合八荒"。他又以人生在世比诸鸟之巢于一枝，将人比鸟，是看大了鸟，或看小了人生。这就是说，天地无所谓大，人也不比天地小；人无所谓大，鸟也不比人小。于是，朦胧间恍然进入庄子"齐物"的境界。同样，无论是"为巢而居"的上古之民，还是"百堵九埏，千门万户，穷雕巧而极壮丽"的元末豪绅人家，他们的居住条件，从宏观上讲，也应当没有差别。于是，贫富、战和、生死等，它们彼此之间都不应当有所差别。既然都无差别，就不必再忧虑乱世，害怕死亡了。

再说白云本为虚浮之物，飘飖天际，与人之一生浪迹天涯，踪迹难定同，是人犹云也。"世事一场大梦"，今逢乱世，譬如噩梦。噩梦还是梦，又何必过多计较。

作者道，杨伯成居住"除风雨，绝尘嚣，俗虑不至"之所在。这个所在只有白云，而白云与“吾游而嬉，云兮我随；吾倦而息，云兮我即……云之与吾，未始相离也”，这些乐趣，是“彼造物者”的赏赐，“而人莫与争”。吾与云“淡泊乎相安，逍遥乎无为”，在这乱世中，只有看破红尘，不求仕进，隐居山间水上以求自乐，才能取得心理上的平衡。

当然，世无桃花源，这一点作者可能也知道，但是，他的目的只是求得某一段时期或某一个处所的心情安宁，那就行了。如正逢两军对垒，或者甚至是乱兵的大刀架在脖子上呢，作者怕也没有什么良法，只得“死”了。好在他是持等生死观的，至少已在理论上作好了准备。

陈高病殁于至正二十七年。二十八年元亡。 （刘明浩）

【作者小传】

钟嗣成

元戏曲家。字继先，号丑斋。大梁（今河南开封）人。寄居杭州。累试不第，遂从事戏曲创作。著有杂剧《章台柳》《钱神论》等，均佚。今存顺帝元年（1330）所著《录鬼簿》二卷，记元初曲家及剧目。

录鬼簿[①]序

钟嗣成

贤愚寿夭、死生祸福之理，固兼乎气数而言，圣贤未尝不论也。盖阴阳之屈伸，即人鬼之生死。人而知夫生死之道，顺受其正，又岂有岩墙[②]、桎梏之厄哉！虽然，人之生斯世也，但知以已死者为鬼，而未知未死者亦鬼也。酒罂[③]饭囊、或醉或梦、块然[④]泥土者，则其人虽生，与已死之鬼何异？此曹固未暇论也。其或稍知义理，口发善言，而于学问之道甘为自弃，临终之后，漠然无闻，则又不若块然之鬼之愈也。

余尝见未死之鬼吊已死之鬼，未之思也，特一间[⑤]耳。独不知天地开辟，亘古迄今，自有不死之鬼在。何则？圣贤之君臣，忠孝之士子，小善大功，著在方册者，日月炳焕，山川流峙，及乎千万劫无穷已，是则虽鬼而不鬼者也。今因暇日，缅怀古人，门第卑微，职位不振，高才博识，俱有可录。岁月弥久，湮没无闻，遂传其本末，吊以乐章。复以前乎此者，叙其姓名，述其所作。冀乎初学之士，刻意词章，使冰寒乎水，青胜于蓝，则亦幸矣。名之曰《录鬼簿》。

嗟乎！余亦鬼也，使已死未死之鬼，作不死之鬼，得以传远，余又何幸焉！若夫高尚之士、性理之学，以为得罪于圣门者，吾党且啖蛤蜊，别与知味者道。

至顺元年，龙集庚午⑥月建甲申二十二日辛未，古汴钟继先⑦自序。

〔注〕 ① 录鬼簿：元杂剧史料著作，钟嗣成著。共记述作家一百五十二人，著录剧目四百余种。钟氏还对其中十八位亡友作《凌波仙》曲子以吊之，即文中所谓“吊以乐章”。 ② 岩墙：指牢狱。 ③ 罂(yīng)：一种口小腹大的瓮。 ④ 块然：无知觉貌。 ⑤ 一间：(相差)一点点。 ⑥ 龙：岁星名称。庚午：指1330年，即元文宗至顺元年。龙集庚午：即岁星在庚午年。 ⑦ 古汴：即汴梁(今河南开封市)。钟继先：钟嗣成字继先。

元代散文，本无大家；等而下之的名家之列，钟嗣成也是挤不进去的。他的诗文，多已不传，存者仅散曲若干及此《序》而已。但虽仅存此篇，即可使作者垂名不朽，这一节，又可羞煞所谓名家者流。盖由今观之，元代文学中，当时被视为下里巴人的杂剧，其价值远胜于虞集、范梈等人的诗文；故同理推之，钟氏此文，为杂剧家正名立传，其价值当亦超出摹写风物、略工感慨的文字不啻百倍。因为，他人之作，不过因袭唐宋前贤、稍加变化而已，此文则传一时代文学之风气，其间差异，正未可以道里计。至于文字之工拙高下，则固非论者所当措意者。

然此文的文字虽不具美，而辞锋咄咄，亦自有可观者。往昔论者，见本文所谈多鬼，因而称其滑稽不庄，此可谓一大失。本文从头至尾，皆具挑战性。所挑战者，曰义理，曰性理，要之，即正统儒教观念是也。不见其挑战性，则可谓不知本文。

本篇开首，先论生死。但所论生死之观，不过是“圣贤未尝不论”者；而作者紧踵其后，突加一句“未死者亦鬼也”，这便是第一记挑战：圣贤不是论过许多生死之理么？然而他们尚有“未知”！那么，“知”者为谁？自然是我作者！——故此，作者在文章之始，虽不曾公然启称胜过圣贤，然其小觑圣贤之心，已隐然跃于纸上了。

“未死者亦鬼也”？圣贤若地下有知，当报以宽容的一笑：钟某，你休以为自己发现了什么大秘密，咱也早知道啦！你说的，不就是那些醉生梦死的酒囊饭袋吗？——对此，作者忙施出第二记挑战："此曹固未暇论也"！我哪有闲工夫说那种人！我要说的，是另一种"未死之鬼"。他们，学了你们圣贤的片言只句，自以为懂了你们儒学的"义理"，从此甘当乡愿，不思进取。他们，除了你们给的，还有什么独创？他们，非但死后必将默默无闻，活着也还不是未死之鬼？他们，还最可怜，自以为学了"义理"可垂不朽，孰不知一死即与草木同腐，还不如那些"块然之鬼"本来就无知无识，死得也心平气和呢！

这一记挑战，挑得地下的圣贤们晕了：自己辛苦著书，传与后人，谁知这群传人，全被钟某定为"未死之鬼"，见他们去凭吊"已死之鬼"，还要笑其"未之思也""特一间耳"！真真气煞！不过，圣贤们也只晕了一小会儿，马上又高兴了：钟某开始论及"不死之鬼"了，谁是不死之鬼？他说，有圣君、贤臣，有忠士、孝子，功德不论大小，都可不朽，还与日月同辉、与山川共存呢！好啦好啦，这狂夫总算醒了，说人话了！

然而，再看下去，圣贤又呆了：这钟某，自称"缅怀古人"，恐其"湮没无闻"，于是编起了《录鬼簿》，把那些已死未死的鬼一一登录。登录本身也不算坏事，可他要使之"及乎千万劫无穷已"的是谁呢？是"门第卑微"如关汉卿，是"职位不振"如马致远，是"高才博识"如白朴、王实甫之类，他们能与"圣贤之君臣，忠孝之士子"比肩并论吗？他们的杂剧及得上"义理"吗？可钟某却偏要给他们立传，还以后人能学之超之为"有幸"！大胆，狂悖！

至此，钟嗣成以他的将杂剧家与圣贤忠良并重的惊人之笔，打出了第三记挑战之拳。这是一记重拳，大大得罪了圣贤门下。对此，他自己也是明白的。把"高尚之士、性理之学"撇在一旁，自顾去为杂剧家树碑立传，且以为幸何如之：这，圣门诸公恐怕不免群起而攻之吧？现在是对方来挑战了，应战吗？不，不，钟嗣成只轻巧地用一个典故解消了可能有的挑战。《南史·王融传》载，王融在沈昭略前自夸名满天下，无人不知；沈却道不曾听说过，只管吃自己的蛤蜊。"吾党且啖蛤蜊，别与知味者道"，钟嗣成这话，说得还算文雅，若用粗话翻译，就是"管他娘的"之意了。文首对圣贤的小觑，到文末竟成了轻蔑！

因此，本文非但是挑战，还是宣言。你说知"义理"者当传，我就说他们虽生犹死，不传；你说杂剧家下贱，不比圣贤忠良，我就说他们并无轩轾，可传；你有你圣门的品骘标准，随你；我有我杂剧家的文学价值观，你也休管！你若想管，我也不理！

元杂剧发展到钟嗣成的时代，已趋鼎盛，应该有自己的宣言了。这篇《〈录鬼簿〉序》，正是适当其会的一篇措词强硬的宣言。 （沈维藩）

明代

【作者小传】

宋　濂

(1310—1381)　明初文学家。字景濂，号潜溪。浦江（今属浙江）人。元末荐授翰林编修，辞不就，入龙门山著书。明初奉命主修《元史》，官至学士承旨知制诰。后因长孙宋慎牵涉胡惟庸案，全家谪茂州，中途病死于夔州。散文简洁，颇有名。著有《宋学士文集》。

尊卢沙

宋　濂

秦有尊卢沙者，善夸谈，居之不疑，秦人笑之，尊卢沙曰："勿予笑也，吾将说楚以王国之术。"翩翩然南。迨至楚境上，关吏系之，尊卢沙曰："慎毋系我，我来为楚王师。"关吏送诸朝，大夫寘[①]馆之。问曰："先生不鄙夷敝邑，不远千里，将康我楚邦，承颜色日浅，未敢敷布腹心，他不敢有，请姑闻师楚之意，何如？"尊卢沙怒曰："是非子所知。"大夫不得其情，进于上卿瑕[②]，瑕客之，问之如大夫。尊卢沙愈怒，欲辞去，瑕恐获罪于王，亟言之王，趣[③]见，未至，使者四三往。及见，长揖不拜，呼楚王谓曰："楚国东有吴越，西有秦，北有齐与晋，皆虎视不瞑。臣近道出晋郊，闻晋约诸侯图楚，刑白牲，列珠盘玉敦歃血以盟，曰：'不祸楚国，不相见也。'且投璧祭河，欲渡，王尚得奠枕[④]而寝耶？"楚王起，问计。尊卢沙指天曰："使尊卢沙为卿，楚不强者有如日[⑤]。"王曰："然。敢问何先？"尊卢沙曰："是不可以空言白也。"王曰："然。"即命为卿。居三月，无异者。已而晋侯帅诸侯之师至，王恐甚，召尊卢沙却之。尊卢沙瞠目视，不对。迫之言，乃曰："晋师锐甚，为王上计，莫若割地与之平耳。"王怒，囚之三年，劓[⑥]而纵之。尊卢沙谓人曰："吾今而后知夸谈足以贾祸[⑦]。"终身不言，言，扪鼻即止。君子曰：战国之时，士多大言无当，然往往藉是以媒[⑧]利禄，尊卢沙亦其一人也。使晋兵不即止，或可少[⑨]售其妄。未久辄败，亦不幸也哉！历考往事，矫虚以诳人，未有令[⑩]后者也。然则尊卢沙之劓，非不幸也，宜也。

〔注〕 ① 寘(zhì)：楚国大夫名。 ② 瑕：楚国上卿名。 ③ 趣(cù)：催促。 ④ 奠枕：犹安枕。 ⑤ 有如日：赌咒语。 ⑥ 劓(yì)：割鼻，古时五刑之一。 ⑦ 贾祸：贾(gǔ)，招引，招致。 ⑧ 媒：通“谋”。 ⑨ 少(shāo)：同“稍”。 ⑩ 令：善，美。

宋濂写过两部具有强烈讽刺意义的寓言体散文集：《燕书》和《龙门子凝道记》。《燕书》共四十篇，多叙战国故事，《尊卢沙》是其中之一。

尊卢沙本为秦国人，因太爱夸谈而受到秦人的耻笑。那些大而无当的言谈在秦国没有市场，于是他跑到楚国，希望能“售其妄”。他历尽周折，去见楚王。为取得楚王的信任，他先以“晋约诸侯图楚”相恐吓，迫使楚王向他讨教计策；然后对天发誓，说，若用我尊卢沙为卿，楚国必能富强。楚王将信将疑，欲知其详，尊卢沙装出一副神秘的样子，仿佛天机不可泄露。楚王任他为卿，上任三月，安然无事。但好景不长，三月后，晋国真的联合诸侯攻楚，楚王急召尊卢沙问退敌之计，尊卢沙无法推诿，乃献割地之计。楚王闻言大怒，囚之三年后割鼻而放之。尊卢沙终于明白一个道理：“夸谈足以贾祸。”

所谓夸谈者，即“大言无当”“矫虚以诳人”者也。究其实质，在于一个“诳”字。“诳”者，骗人也。尊卢沙既没有过硬的本领，也没有富国强兵的策略，为了谋取功名利禄而用大而无当的夸谈骗得楚王的信任，官也得了，利禄也有了，虚荣心也满足了。可是，晋兵一到，就彻底粉碎了他的无耻谎言。谎言家理所当然地得到了可耻的下场。

(龚德才)

束氏狸狌[①] 宋 濂

卫人束氏，举世之物，咸无所好，唯好畜狸狌。狸狌，捕鼠兽也，畜至百余，家东西之鼠捕且尽。狸狌无所食，饥而嗥[②]。束氏日市肉啖之。狸狌生子若[③]孙，以啖肉故，竟不知世之有鼠；但饥则嗥，嗥则得肉食，食已与与如[④]也，熙熙如[⑤]也。

南郭有士病鼠，鼠群行有堕瓮者，急从束氏假[⑥]狸狌以去。狸狌见鼠双耳耸，眼突露如漆，赤鬣[⑦]，又磔磔然[⑧]，意为异物也，沿鼠行不敢下，士怒，推入之，狸狌怖甚，对之大嗥。久之，鼠度其无他技，啮其足。狸狌奋掷而出。

〔注〕 ① 狸狌(shēng)：亦作“狸鼪”。野猫。 ② 嗥(háo)：吼叫。 ③ 若：与，和。④ 与(yú)与如：走路安乐舒适貌。如，同“然”。 ⑤ 熙熙如：和悦快乐貌。 ⑥ 假：借。

⑦ 赤鬣(liè)：红色的须。 ⑧ 磔(zhé)磔然：形容老鼠吱吱的叫声。

世上只有怕猫的老鼠，没有怕老鼠的猫。但凡事总有例外，宋濂《束氏狸狌》中的狸狌就是怕老鼠的猫。

猫之畏鼠，原因何在？捕鼠乃猫之天性，束氏狸狌何以会反被老鼠所咬，出尽洋相，丢尽脸面呢？一是束氏娇生惯养之过，二是狸狌自己养尊处优带来的后果。倘束氏未“畜至百余”，“家东西之鼠”未“捕且尽”，束氏未“日市肉啖之”，猫们大概不会“竟不知世之有鼠”；倘猫们能刻苦锻炼，不忘自己的本分，不贪图束氏提供的安逸，大概也不会如此丧失斗志。

世上因贪享逸乐而变得馋懒、怯懦者，何止束氏之狸狌？本来励精图治的唐玄宗，因贪恋杨妃竟至“从此君王不早朝”，引得“渔阳鼙鼓动地来”，狸狌之类也。时下国人深恶痛绝的贪污腐化者，亦其同类。由此可以得出一个结论：养尊处优、贪求安乐舒适者，没有不蜕变的。

（龚德才）

【作者小传】

刘　基

(1311—1375)　明初大臣。字伯温。青田(今属浙江)人。元末进士。曾任江西高安县丞、江浙儒学副提举，后弃官隐居。元至正二十年(1360)至应天(今江苏南京)辅佐朱元璋。明初任御史中丞兼太史令，封诚意伯。后辞官，为胡惟庸所谮，忧愤而死。一说被胡惟庸毒死。谥文成。通经世之学，尤精天文及兵法。诗文俱有名。其散文古朴犀利，寓意深远，有些作品对元末丑恶的社会现象有所讽刺。著有《诚意伯文集》。

卖柑者言

刘　基

杭有卖果者，善藏柑，涉寒暑不溃①。出之烨②然，玉质而金色，置于市，贾十倍，人争鬻③之。予贸得其一，剖之如有烟扑口鼻，视其中，则干若败絮。予怪而问之曰：“若所市于人者，将以实笾豆④、奉祭祀、供宾客乎？将炫外以惑愚瞽⑤乎？甚矣哉为欺也！”卖柑者笑曰：“吾业是有年矣，吾赖⑥是以食吾躯；吾售之，人取之，未尝有言，而独不足于子所乎？世之为欺者不寡矣，而独我也乎？吾子未之思也。今夫佩虎符、坐皋比者[7]，洸洸乎干城之具也[8]，果能授孙吴[9]之略耶？峨大冠、拖长绅[10]者，昂昂乎庙堂之器也，果能建伊皋[11]之业耶？盗起而不知御，民困而不知救，吏奸而不知禁，法斁[12]而不知理，坐縻廪粟而不知耻[13]，观其坐高堂、骑大马、醉醇醴而饫[14]肥鲜者，孰不巍巍乎可畏，赫赫[15]乎可象也？又何往而不金玉其外，败絮其中也哉！今子是之不察，而以察吾柑？"予默然无以应。退而思其言，类东方生滑稽之流[16]，岂其愤世嫉邪者耶？而托于柑以讽耶？

〔注〕①溃：腐烂。②烨(yè)：光彩鲜明的样子。③鬻(yù)：卖。此指买。④笾(biān)豆：古代祭祀及宴会时常用的两种礼器。竹制为笾，木制为豆。⑤瞽：盲人。⑥赖：依靠。⑦虎符：古代调兵凭借，为虎形。皋比(gāo pí)：虎皮。此指武将座席。⑧洸(guāng)洸：威武貌。干城之具：捍卫国家的将才。⑨孙吴：孙武、吴起，均为古代著名军事家。⑩绅：古代士大夫束于腰间，一头下垂的大带。⑪伊皋：伊，伊尹，商代名相；皋，皋陶，舜时大臣，常并称喻良相贤臣。⑫斁：败坏。⑬縻：通"靡"，浪费。廪(lǐn)粟：俸米。⑭饫(yù)：饱食。⑮赫赫：显赫盛大貌。⑯东方生：即东方朔。滑稽：能言善辩。

刘基巧妙地运用设辞问答的艺术手段，借"卖柑者"之口说出自己的话。"金玉其外，败絮其中"这句话如此富于生命力，以致刘基死后六百多年还常常被人们提及，那是因为社会上欺世盗名、名不副实的骗子实在太多了。

值得注意的是，刘基这个寓言，不是批判一般的世态，而是特有所指。他指的是身居朝堂、尸位素餐的大骗子，"盗起而不知御，民困而不知救，吏奸而不知禁，法斁而不知理，坐縻廪粟而不知耻"的"五不知"人物。为什么这种"柑子"照样有人买？这种人物照样有人重用呢？刘基借卖柑者之口指出了这种怪现象，却把问题留给读者去解答。

（拾　风）

蜀贾卖药　　刘 基

蜀贾三人，皆卖药于市。其一人专取良，计入以为出，不虚贾[1]，亦不过取赢。一人良不良皆取焉，其价之贱贵，唯买者之欲，而随以其良不良应之。一人不取良，唯其多，卖则贱其价，请益则益之，不较。于是争趋之，其门之限，月一易，岁余而大富。其兼取者，趋稍缓，再期亦富。其专取良者，肆日中如宵，旦食而昏不足。

郁离子见而叹曰：今之为士者亦若是夫！昔楚鄙三县之尹三，其一廉而不获于上官，其去也，无以僦舟，人皆笑，以为痴。其一择可而取之，人不尤其取而称其能、贤。其一无所不取，以交于上官，子吏卒而宾富民，则不待三年，举则仕诸纲纪之司，虽百姓亦称其善。不亦怪哉！

〔注〕①虚贾(jià)：虚高价格。贾，同"价"。

协助朱元璋平定天下的刘伯温，在民间传说和戏曲舞台上，是诸葛孔明型的传奇人物，甚至有好事之徒托他的大名，杜撰一首《烧饼歌》，说他能"前知五百年，后知五百年"，比孔明还神，显然把他神化、妖化了。不过，刘伯温在政治、文学方面确有才能，绝非庸碌之辈。他所著的《郁离子》，揭露和抨击元代弊政，可说"入木三分"。这部著作的光彩，多少由于他在政治上的显著成就而被掩盖了。

且看他这篇寓言小品《蜀贾卖药》里对元代官场人物的刻画，可谓绝妙。

他说了楚国边境三个县的县太爷由于对廉贪的态度各异得了迥然不同的结局。一位是清官(当然不是清代纪晓岚讽刺的廉而无能的"木偶")，但"不获于上官"，就是说不能讨好上司，结果，卸任后，连回家的旅费也成问题，"人皆笑，以为痴"。另一位比较乖巧，"择可而取之"，视情况许可，悄悄地捞它几笔，此公称不上廉，也似乎够不上贪，但污是有一点的，舆论对他"不尤其取而称其能、贤"。再一位就与前两位的"气魄"很不一样，他是"无所不取"，大肆搜刮，可是他手段高明之极，刮来的不义之财，用来"交于上官"，用来"子吏卒而宾富民"，译成现代话，即：孝敬上司，以小恩小惠拉拢部属，在周围搞一个关系网。不到三年功夫，他被提拔了，"虽百姓亦称其善"。

刘伯温对这种是非混淆，香的不香、臭的不臭的官场弊端发出了一声长叹："不亦怪哉?"这声长叹，说明刘伯温的义愤，但也暴露出他认识事物的局限性。他不可能站到高处看到"上下交征利"的封建所有制必然孳生出的毒虫，这不是义愤、谴责所能消除的。君主为了维持"普天之下，莫非王土，率土之滨，莫非王臣"的剥削统治，他需要的是二三类的"贤良"和"能臣"。当时社会风尚把廉者视为"痴"，贪者视为"好官"，在那个畸形的社会何怪之有！不过，文中说到百姓对贪官"称善"，恐怕也得分析。或由于百姓不知道其内幕，或由于受到某些表面现象包括小恩小惠所迷惑，那是可能的。一旦奸情败露，籍没入官，老百姓也会恨之入骨。历史上这种例子也不少。

刘伯温究竟是书生一个。他在辅助朱元璋朝政时期，也曾寄望于新主在整饬吏治方面有所作为。朱元璋也确乎狠狠地在表面上做了些动作，但刘伯温到底抵挡不住恶势力，晚年他受到胡惟庸的诬陷，丢了官，忧郁而死。连自己的命运也没法预计，可见“后知五百年”纯属荒唐话。可悲也夫！

话又说回来，这篇寓言，今天读读仍有好处。如果我们社会主义国家竟也出现这种是非不分、香臭不辨的怪现象，那实在应该引起特别注意，仅仅惊呼“不亦怪哉”，肯定是不够的。 （拾 风）

子余造舟 刘 基

越王使其大夫子余造舟。舟成，有贾人求掌为工，子余弗用。贾人去，之吴；因[①]王孙率以见吴王，且言越大夫之不能用人也。

他日，王孙率与之观于江。飓作，江中之舟扰；则收指以示王孙率曰：“某且覆，某不覆。”无不如其言。王孙率大奇之，举于吴王，以为舟正[②]。

越人闻之，尤[③]子余。子余曰：“吾非不知也。吾尝与之处矣；是好夸，是谓越国之人无己若者。吾闻好夸者，恒是己以来多谀[④]；谓人莫己若者，必精于察人，而暗于自察也。今吴用之，偾[⑤]其事者，必是夫也！”越人未之信。

未几，吴伐楚。王使操余皇[⑥]。浮五湖而出三江，迫于扶胥之口，没焉。越人乃服子余之明，且曰：“使斯人勿试而死，则大夫受遗才之谤，虽咎繇[⑦]不能直之矣。”

〔注〕 ①因：通过。 ②舟正：官名。 ③尤：责备。 ④“恒是己”句：总是认为自己是正确的，从而招致别人的奉承。 ⑤偾（fèn）：败坏。 ⑥余皇：船名。 ⑦咎繇（gāo yáo）：即皋陶，舜时贤臣。咎，通“皋”。

这是刘基又一篇谈用才之道的小品。用才之道，几千年来从来是“热门话题”，而《子余造舟》的独到之处在于谈的是由于荐选人才标准的不同引出截然不同的结果。贾人才能如何？越大夫子余因为此人好夸，好虚荣，不肯引见；而吴大夫王孙率则相反，他喜欢贾人的“高论卓见”，特别在江上亲见贾人“某不覆，某且覆”的判断“皆如其言”，王孙率把贾人作为真才推荐，似乎也不错。假如没有吴楚之战，吴兵在贾人指挥下的全军覆没，越大夫子余的确难免"遗才之谤"；如果说子余不能识人、用人，大概也不会有人持异议。

问题在于贾人打败仗，到底是偶然还是必然？是在子余意料之中还是偶然言中？从子余事先的观察分析来看，那个好吹牛的贾人"精于察人，暗于自察"，这个致命毛病，肯定会给吴国带来不幸。子余同贾人相交很久，知之甚深，对贾人的论断有科学根据，因此，子余不肯推荐贾人，恰恰是出自对越国的负责态度。对比之下，王孙率略逊一筹了。当然他也在江上经过一番考察，贾人是得个满分的，可是，江上看翻船，仅仅说明他"精于察人"，可不能说明他精于察己，贸贸然受命去指挥水上战斗，不打败仗才是怪事！

由此看来，选才用才之标准确实不易掌握。敢于抵制不合格的人，不怕人说"遗才"，同敢于在众议纷纷之际选用真才，都是需要勇气的。勇气从何而来呢？唐代魏徵说得好："知人之事，自古为难，故考绩黜陟，察其善恶。今欲求人，必须审访其行。若知其善，然后用之！设令此人不能济事，只是才力不及，不为大害。误用恶人，假令强干，为害甚多。"魏徵这番话，似可与这篇小品同读。

（拾　风）

良桐为琴　　刘　基

工之侨得良桐焉，斫[①]而为琴，弦而鼓之。金声而玉应，自以为天下之美也。献之太常[②]。使国工视之，曰："弗古！"还之。

工之侨以归，谋诸漆工，作断纹焉；又谋诸篆工，作古窾[③]焉；匣而埋诸土。期年出之，抱以适市。贵人过而见之，易之以百金，献诸朝，乐官传视，皆曰："希世之珍也！"

工之侨闻之，叹曰："悲哉，世也！岂独一琴哉？莫不然矣！而不早图之，其与亡矣。"遂去，入于宕冥[④]之山，不知其所终。

〔注〕①斫（zhuó）：砍、削。②太常：官名。掌祭祀礼乐。③古窾：古代款式。窾，通"款"。④宕冥：昏暗。

这篇《良桐为琴》，可以和《卖柑者言》一道读。后者讽刺"金玉其外，败絮其中"的流行骗局，前者则是从另一个角度，为金玉其中的珍品，受到假国士的奚落抱不平。由于没有趋时媚俗作一番乔装打扮，真货色反被弃置、排斥。刘基一句

"悲哉，世也"，足令天下"工之侨"同声一哭。

工之侨是作者虚构的人物，是历史上确有其人的卞和与作者另一位虚构人物卖柑者的混合体。工之侨和卞和都因身怀珍品不遇识主而受到冷落，但是工之侨不像卞和那样憨直，他从卖柑哲学里懂得一些狡黠的处世诀窍，终于使他的作品得到乐官"希世之珍"的好评，而且幸运地保住了两只脚。

然而，刘基笔下的工之侨并没有因为略施小技使得明珠重光深感满意，反而为此感到悲哀。怎么不呢？有权定优劣、辨良莠的国士、乐官，却是些不学无术的人。这些人掌握人才黜陟的大权，国家不衰败，政权不腐化，才是怪事，刘基自己谈得明白："岂独一琴哉？莫不然矣！"他并非谈琴，谈的是社会的悲剧。

刘基颇为赞许工之侨选择的那条路，让他怀着伤感厌世情绪逃到深山去了。当然，这不是个办法，刘基自己也没走上这条路，他积极参加了推翻腐朽的元王朝的斗争。尽管在明王朝建立以后，他遭到诬陷，忧郁而死，但他终究没有逃世避世。

（拾 风）

僰人[1] 舞猴

刘 基

僰人养猴，衣之衣而教之舞，规旋矩折，应律合节。巴童观而妒之，耻己之不如也；思所以败之，乃袖茅栗以往。筵张而猴出，众宾凝伫，左右皆蹈节。巴童佁然[2]挥袖而出其茅栗，掷之地。猴褫衣[3]而争之，翻壶而倒案。僰人呵之而不能禁，大沮。

郁离子曰：今之以不制之师战者，蠢然而蚁集，见物而争趋之，其何异于猴哉！

〔注〕 ① 僰(bó)人：先秦时对西南少数民族的称呼。 ② 佁(yí)然：安安静静，不慌不忙。 ③ 褫(chǐ)衣：剥去衣服。

一篇生动有趣而富于哲理的寓言。题为《僰人舞猴》，其实题不对文，应该叫《巴童戏猴》才是。

文中的巴童，是占主要地位的人物。"观而妒之，耻己之不如"，很难说有何不好，问题在这个"妒"引出的手段。有人把嫉妒分成西方、东方式两类，说什么西方的嫉妒引人暗下决心超过对手，而东方的嫉妒则使用各种暗害中伤手段使对手失败。分类并不科学，多少有些美化西方之嫌，但得承认因嫉妒而损人利己的人，确是古已有之，随手可以拈出几例来。刘基笔下的巴童就是一例。

毫无疑问,养猴的楚人是一位优秀的驯兽师。他可以把顽劣好动的猴群,“衣之衣而教之舞”,训练到“规旋矩折,应律合节”的熟练程度,应该说是很成功的。可是,这个狡黠的巴童仍然从“规旋矩折,应律合节”的猴群中看出它们致命的弱点。他抓出几把茅栗,就使得猴性大发,原形毕露,翻壶倒案,溃不成军。巴童达到了他预期的目的。他所以能取胜,因为他熟悉猴性猴情,这种动物可以在表面的规定动作上达到某些要求,但它的贪婪好动,经不起食物引诱的本性,是难以改变的。以利攻其心,必胜无疑。由此,刘基在文后慨乎言之:“今之以不制之师战者,蠢然而蚁集,见物而争趋之,其何异于猴哉!”今天读来,仍觉其味酸苦,回味无穷!

（拾　风）

子侨包藏祸心　　刘　基

西郭子侨与公孙诡随、涉虚,俱为微行①。昏夜逾其邻人之垣,邻人恶之,坎其往来之涂而置溷焉②。一夕,又往。子侨先坠于溷,弗言,而招诡随,诡随从之坠,欲呼,子侨掩其口曰:“勿言。”俄而涉虚至,亦坠。子侨乃言曰:“我欲其无相咥③也。”君子谓:“西郭子侨非人也。己则不慎,自取污辱,而包藏祸心以陷其友,其不仁甚矣。”

〔注〕①微行:不事声张的出行。　②坎:坑。此指挖坑。涂:通“途”。溷(hùn):粪便。　③咥(xì):讥笑。

古人以为“拔一毛而利天下,不为也”的人就是最卑鄙最自私最可恨的人了,真正天真之至,幼稚之至。

古人以为“损人不利己”,就把自私而无聊的神情心态勾画出来了,同样天真之至,幼稚之至。

到了元末明初,刘基终于在看透世故人情之后,以他高超的文学才能、卓越的思维力量写出了这样一个寓言。

令人寻味的是,这位西郭子侨与公孙诡随、涉虚二人非冤非仇,且是同伴。“子侨先坠于溷”,他觉得独享其臭不好,非要公孙诡随亦步后尘不可。虽然公孙诡随之坠溷,无补于西郭子侨,他偏要这样做。到了这一步,西郭子侨仍不甘心,仍不满足,所以非要公孙诡随“勿言”不可,直到涉虚也坠溷为止,他才称心如意了。

文内有“包藏祸心”四字,我以为用“子侨包藏祸心”不能反映此一奇文之妙,盖此种"祸心"非同一般,乃是史无前例的,乃是"呕心沥血"而想出来的。

西郭子侨固然"非人也",公孙诡随对之个人崇拜而不敢略有违拗,唯命是从,牺牲涉虚而迁就西郭子侨,很难说"是人也",涉虚最后下,亦坠溷,未闻对西郭子侨、公孙诡随有任何怨言,任何不满,其奴隶道德已臻化境,对之同情,岂不浪费也哉!

或曰:天下有形之溷视之可见,为数有限。无形之溷视之无形,无法得见。或坠其中,反以为人间天堂、异香扑鼻,亦未可知。则对西郭子侨感激涕零之不暇,何言警惕?何言反抗?不仅视西郭子侨为大恩人,亦视公孙诡随为大恩人矣!

(蒋星煜)

蟾 蜍　　刘 基

蟾蜍游于泱瀼[①]之泽,蚵蚾[②]以其族见。喜其类已也,欲与俱入月,使鼁䶈[③]呼之。问曰:"彼何食?"曰:"彼宅于月中,身栖桂树之阴,餐泰和之淳精,吸风露之华滋,彼无所食也。"蚵蚾曰:"若是,则予不能从矣。予处泱瀼之中,一日而三饱,予焉能从彼单栖于泬寥[④],枵[⑤]其胃肠,而吸饮风露乎?"问其食,不对。鼁䶈复命,使返而窥之,则方据溷而食其蛆,盬[⑥]粪汁而饮之,满腹然后出,肭肭[⑦]然。鼁䶈返曰:"彼之食,溷蛆与粪汁也。一日不可无也,而焉能从子?"蟾蜍蹙额而咍[⑧]曰:"呜呼!予何罪乎?而生与此物类也!"

〔注〕 ① 泱瀼(yāng nǎng):水流动貌。 ② 蚵蚾(kē bǒ):癞蛤蟆的一种。 ③ 鼁䶈(qù qiú):癞蛤蟆的一种。 ④ 泬寥(xuè liáo):清朗的天空。 ⑤ 枵(xiāo):空虚。 ⑥ 盬(gǔ):吸。 ⑦ 肭(nà)肭:肥胖。 ⑧ 咍(hāi):同"咳",感叹语。

蟾蜍和蚵蚾都在沼泽地带栖息,蚵蚾竟然以为蟾蜍是它的同类了。也许蚵蚾是受了"物以类聚"这一类理论的影响,所以产生了原则性的错误。

理论总得受实践的检验。蚵蚾总是到茅坑边上去吃粪便和蛆虫充饥,而且一定要把肚子吃得发胀才肯罢休。而蟾蜍是住在月亮之中,很爱干净,不吃那些脏东西,只是到桂花树丛里餐露珠沐清风而已。

蚵蚾真想追随蟾蜍到月亮中去,可以博得清高文雅的名声,比较体面一些。但是想到月亮里无粪便可吃,便兴趣索然,不打算去了。在虚名与实惠之间进行选择,蚵蚾选择了实惠。

蟾蜍羞与蚵蚾为伍，所以沉痛地感叹："予何罪乎？"

当然，这"予何罪乎"并非出之于蟾蜍之口，而是出之于作者刘基笔下。在《郁离子》一书中，在刘基其他诗文中，这种"羞与为伍"的思想时有流露，典型地反映了中国古代大知识分子的思想苦闷。

在元代末年，刘基屈处下僚，所乐于交往的人也只是宋濂、高则诚等有限的几个，对其他的达官贵人颇为轻视。到了明代初年，他进入朱元璋的宫廷而成为肱股心腹，对于贪鄙的汪广洋之辈，免不了也视之为蚵蚾之类的东西。

刘基以蟾蜍自况，处浊世而自命清高。然而，身处沼泽之中，与蚵蚾们为伍，又是现实的存在，因而以蟾蜍之叹表明心迹。事实上，无论在元末或明初，他的处境都极微妙，"人怕出名猪怕壮"，不出山做官，便有危险。因为名声太大了，既有博学多才的美誉，又有强大的地方武装势力，假使坚决不出山，很可能被朝廷怀疑，怀疑他要拥山自立为王，那后果就不堪设想了。　（蒋星煜）

【作者小传】

高　启

(1336—1374)　明诗人。字季迪，号槎轩。长洲(今江苏苏州)人。元末隐居吴淞青丘，自号青丘子。与杨基、张羽、徐贲齐名，称"吴中四杰"。明洪武初，召修《元史》，为翰林院国史编修。后擢户部右侍郎，辞不就。尝赋诗有所讽刺，被太祖借故腰斩于市。能诗文，尤精于史。著有《高太史大全集》《凫藻集》等。

跋眉庵[①]记后　　高　启

右嘉陵杨君《眉庵记》。谓眉无用于人之身，故取以自号。夫女之美者，众嫉其蛾眉；士之贤者，人慕其眉宇。而不及口鼻耳目，则眉岂轻于众体哉！盖众体皆有役[②]，眉安于其上，虽无有为之事而实瞻望之所趋焉，其有类乎君子者矣。世方以仆仆[③]为忠，察察为智[④]，安重而为国之望者[⑤]，则以为无用。杨君亦有感于是欤？读之为之太息。

〔注〕 ① 眉庵：明初诗人杨基，字孟载，号眉庵。嘉定州(今四川乐山)人。生长吴中，与高启同为"吴中四杰"之一。　② 役：任务。　③ 仆仆：烦扰，劳顿。　④ 察察为智：意即察

察为明。此句谓苛察小事而自以为精明。 ⑤ 国之望者：一国之所瞩望的人。

杨基是明初的著名诗人，他“幼颖敏绝人，九岁背诵六经，著书十万余言，名曰《论鉴》”（《列朝诗集小传》甲集《杨按察基》）。可是，一生的遭际却不怎么如意。他的取号眉庵，虽由于文人习惯的自谦，骨子里却是自嘲，寄寓着胸中的愤激与不平。高启深知这位友人的苦闷愤懑，便从眉之有用无用上生发成文，发表见解。文中用眉为人们瞻望之所趋有类乎君子的话来慰解杨基，又进而指出世人之不察，“安重而为国之望者，则以为无用”的可悲现实。文章写得很紧凑，在有限的篇幅里，作层次分明的论析，透辟简练。这样的小品文，使人读来有畅爽之感。

（黄国声）

【作者小传】

方孝孺

（1357—1402） 明学者。字希直，一字希古，号逊志，人称正学先生。浙江宁海人。宋濂弟子。惠帝时任侍讲学士，主修《太祖实录》。燕王兵入京师（今江苏南京）后，拒为成祖起草登极诏书，慷慨就义，被灭十族。著有《逊志斋集》。

蚊　对

方孝孺

天台生[①]困暑，夜卧絺帷中，童子持翣[②]飚于前，适甚就睡。久之，童子亦睡，投翣倚床，其音如雷，生惊寤，以为风雨且至也。抱膝而坐，俄而耳畔闻有飞鸣声，如歌如诉，如怨如慕，拂肱刺肉，扑股嘬[③]面，毛发尽竖，肌肉欲颤，两手交拍，掌湿如汗，引而嗅之，赤血腥然也。大愕不知所为，蹴童子，呼曰：“吾为物所苦，亟起索烛照。”烛至，絺帷尽张，蚊数千皆集帷旁，见烛，乱散如蚁如蝇，利嘴饫[④]腹，充赤圆红。生骂童子曰：“此非嘬吾血者耶？皆尔不谨，褰帷而放之入。且彼异类也，防之苟至，乌能为人害？”童子拔蒿束之，置火于端，其烟勃郁，左麾右旋，绕床数匝，逐蚊出门，复于生曰：“可以寝矣，蚊已去矣。”生乃拂席将寝，呼天而叹曰：“天胡产此微物而毒人乎?”童子闻之,哑尔笑曰:“子何待己之太厚,而尤天之太固也? 夫覆载⑤之间,二气细缊⑥,赋形受质,人物是分。大之为犀象,怪之为蛟龙,暴之为虎豹,驯之为麋鹿与庸狨,羽毛而为禽为兽,躶身而为人为虫,莫不皆有所养。虽巨细修短之不同,然寓形于其中则一也。自我而观之,则人贵而物贱;自天地而观之,果孰贵而孰贱耶? 今人乃自贵其贵,号为长雄,水陆之物,有生之类,莫不高罗而卑网,山贡而海供,蛙黾莫逃其命,鸿雁莫匿其踪,其食乎物者,可谓泰矣,而物独不可食于人耶? 兹夕蚊一举喙,即号天而诉之,使物为人所食者,亦皆呼号告于天,则天之罚人又当何如耶? 且物之食于人,人之食于物,异类也,犹可言也,而蚊且犹畏谨恐惧,白昼不敢露其形,瞰人之不见,乘人之困怠,而后有求焉。今有同类者,啜粟而饮汤同也,畜妻而育子同也,衣冠仪貌,无不同者,白昼俨然,乘其同类之间而陵之,吮其膏而盬⑦其脑,使其饿踣⑧于草野,离流于道路,呼天之声相接也,而且无恤之者。今子一为蚊所噆,而寝辄不安;闻同类之相噆,而若无闻,岂君子先人后身之道耶?”天台生于是投枕于地,扣心太息,披衣出户,坐以终夕。

〔注〕 ① 天台生:作者自号。方孝孺是浙江临海人,临海为台州府首县,府境有天台山,故称。 ② 翣(shà):扇子。 ③ 噆(zǎn):咬;叮。 ④ 饫(yù):肥。 ⑤ 覆载:代指天地。 ⑥ 二气细缊(yīn yūn):言天地间阴阳二气交互作用,万物感之生长变化。 ⑦ 盬(gǔ):吸饮。 ⑧ 踣(bó):倒仆。

“对”,乃文体之一种,《文心雕龙》有《议对》一篇,说它是用来“陈政”“献说”的。最早的作者是西汉的晁错和董仲舒,他们的作品是“辞裁而辨,事通而赡”,既“非迂缓之高谈”,又“非刻薄之伪论”,堪称这种文体的楷模。迨魏晋以九品用人,这种文体因以衰落;唐宋以对策取士,因而它又逐渐繁荣起来,柳宗元的文集就编有“对”一卷,“对”中往往设为问答,互相辩难,使事理愈辩而愈明,论点愈析而愈深,其中的《天对》《愚溪对》和《设渔者对智伯》等,寓意深远,析理透彻,一直流传众口,具有强大的艺术生命力。明清继续推行科举制度,这种文体也得到了进一步的繁荣,方孝孺就是擅长这种文体的。《蚊对》《鼻对》和《公子对》,虽是他二十多岁时的作品，但却理明辞达，言简意丰，文采风流，才华横溢，读来令人爱不忍释。

《蚊对》借童子之口，阐发了“民胞物与”的大道理。认为天之生物，虽有巨细修短之不同，然天之视物，并无贵贱爱憎的区别。人虽自命为万物的“雄长”，而在天看起来，同样是“二气细缊，赋形受质”于宇内的。彼此互相为养，互相依存，人可以食物，物亦可以食人，天不会因“物之食于人”而罚人，亦不会因“人之食于物”而谴物。这就是天的“齐物论”和“平等观”。人则不然，其视“异类相残”也为自然的淘汰，所以，“高罗而卑网，山贡而海供”，使禽兽鱼虫，“莫逃其命”，“莫匿其踪”，似乎这些都是生来供养人的。人们饮其血，吸其髓，敲其骨，食其肉，乃是理有固然，事有必至的，毫无恻隐之心，同情之意。一旦物出而食人，则怒形于色，愠见乎辞，以为猛兽鸷虫，伤天害理，于是集其同里，奋其智能，举其刀矛，发其弓矢，必欲歼其族类、不留后患而后快，这能够说是平等待物么？其视“同类相残”则完全是另一种态度。看到有的人白昼不动声色，俨然正人君子，而在暗地里却伺人之间，乘人之危，落井下石，构煽成罪，使之“饿踣于草野，离流于道路”，甚至“吮其血而盬其脑”，被害者的号哭之声，上于云霄，惨怛之色，可泣鬼神，而他却视而不见，听而不闻，曾无丝毫戚戚于心的感情，这难道是“先人后身之道”么？天台生毕竟是有血性的，在童子的严词诘责下，天良发现，于是“投枕于地，扣心太息”，“终夕”反思。

从人视“异类相残”和“同类相残”的不同态度，可见人是极端自私自利的。当他认为自己的才高于物、力大于物时，就把物作为自己的养生之具，捕之食之，心安理得，哪里还有一点“仁民爱物”的心理？当他看到别人依仗自己的权势和机巧，“瞰人之不见，乘人之困怠”，凌压自己的同类时，为了明哲保身，远害避祸，便采取“事不关己，高高挂起”的自由主义态度，缄口而不言，裹足而不前，正义感和同情心都被抛到东洋大海里去了。在这样的人心里，只有强权，没有真理；只有成败，没有是非；只有阴险手段，没有平等观念，与天台生是不可同日而语的。这种心态，旷古如斯，而能够见其肺肝，发其隐秘者，却只有涉世不深、阅历甚浅的“童子”，可见人性复归之难。

（羊春秋）

吴 士

方孝孺

吴士好夸言，自高其能，谓举世莫及。尤善谈兵，谈必推孙吴①。遇元季乱，张士诚②称王姑苏，与国朝争雄，兵未决，士谒士诚曰：“吾观今天下形势莫便于姑苏，粟帛莫富于姑苏，甲兵莫利于姑苏。然而不霸者，将劣也。今大王之将，皆任贱丈夫。战而不知兵，此鼠斗耳。王果能将吾，中原可得，于胜小敌何有?”士诚以为然，俾为将，听自募兵，戒司粟吏，勿与较赢缩。士尝游钱塘，与无赖懦人交，遂募兵于钱塘，无赖士皆起从之，得官者数十人，月縻粟万计，日相与讲击刺坐作③之法，暇则斩牲具酒，燕饮其所募士，实未尝能将兵也。李曹公④破钱塘，士及麾下遁去，不敢稍格。搜得，缚至辕门诛之。垂死犹曰:“吾善孙吴法。”

〔注〕 ① 孙吴：孙武、吴起。均为著名军事家。 ② 张士诚：泰州(今属江苏)人，盐贩出身，元末起兵，占据江浙一带，称吴王。后为朱元璋所擒，解至金陵(今江苏南京)，自缢死。 ③ 击刺坐作：击剑、刺枪、跪倒、起立，泛指练武动作。 ④ 李曹公：朱元璋外甥李文忠，封曹国公。

《吴士》这篇讽刺小品，像投枪，像匕首，像一团熊熊的烈火，既刺中了夸者的要害，也烧掉了好大喜功、缺乏知人之明者的官气。读完了它，吴士之夸夸其谈，如萦耳际；士诚之挚挚求功，如在目前，刻画之妙，可谓入木三分了。

赵括、马谡都是“善谈兵”的，在纸上谈得头头是道，娓娓动听，一旦指挥实战，则茫然不知所措，以致身败名裂，为天下后世所指目，这是军事上的教条主义所导致的悲剧。至于“谈必推孙吴”的吴士，则是无赖，是骗子，只知“斩牲具酒”，呼朋燕饮，于用兵之道，一无所知，而乃大言不惭，“自高其能”，以恶战为“鼠斗”，以强兵为“小敌”，以宿将为“贱丈夫”，吹嘘什么“中原可得”，胜算在握，骗取了张士诚“听自募兵”，“月縻粟万计”而不“较赢缩”的绝对信任，及其闻金鼓之音，见旌旗之色，即辟易远遁，“不敢稍格”，垂死犹曰:“吾善孙吴法”，叫人笑掉了牙，非夸而近乎痴，夸而近乎狂么?

然而张士诚非但闻其夸辞而不疑，见其忲色而不憎，而且居然推之以诚，信之以专，縻之以官，委之以兵，像汉高解衣推食于淮阴一样，其用才之心切，进贤之意决，非雄才大略之主，其孰能如是?然而士诚确实被蒙蔽了，吴士确实误了乃公的大事，其蔽就在于急近功而无远虑，好谀辞而失考察。张士诚一听到“形势莫便于姑苏，粟帛莫富于姑苏，甲兵莫利于姑苏”的话，便踌躇满志，夜郎自大，以为形势之便，粟帛之富，甲兵之利，皆在掌握之中，加上“吴士”这员猛将，便可以指挥若定，得胜有日；而不知所任之将，乃承意迎合之小人，非战胜攻取之大材，与二世之任赵高，哀平之任王莽，异世而同调，宜乎败亡之速，覆巢之惨，无异于二世、哀平也，呜呼，像张士诚这样好大喜功的，史不绝书，而没有引起人们"覆辙之鉴"的原因何在呢？

（羊春秋）

越 巫 方孝孺

越巫自诡善驱鬼物。人病，立坛场，鸣角振铃，跳掷叫呼，为胡旋舞禳①之。病幸已，馔酒食，持其资去。死则诿②以他故，终不自信其术之妄。恒夸人曰："我善治鬼，鬼莫敢我抗。"恶少年愠其诞，瞷③其夜归，分五六人栖道旁木上，相去各里所，候巫过，下砂石击之。巫以为真鬼也，即旋其角④，且角且走，心大骇，首岑岑⑤加重，行不知足所在。稍前，骇颇定，木间砂乱下如初。又旋而角，角不能成音。走愈急，复至前，复如初。手栗气慑，不能角，角坠；振其铃，既而铃坠，惟大叫以行，行闻履声，及叶鸣谷响，亦皆以为鬼号，求救于人甚哀。夜半抵家，大哭叩门，其妻问故，舌缩不能言，惟指床曰："亟扶我寝，我遇鬼，今死矣。"扶至床，胆裂死，肤色如蓝。巫至死，不知其非鬼。

〔注〕 ① 禳（ráng）：除去邪恶、灾异。 ② 诿（wěi）：推脱。 ③ 瞷（jiān）：窥视。 ④ 旋其角：吹起他的号角。 ⑤ 岑岑：胀痛貌。

故意诡其说，神其事，像越巫那样"鸣角振铃，跳掷叫呼"，为人禳福，以惑愚夫愚妇，馔其酒食，骗其资财，此乃巫觋之故技，是骗之小者。至于伪造资历，炫耀技能，以骗取人们的信任，然后窃其爵禄，盗其名器，此贪夫夸者之所为，其为骗又大于巫觋了。甚至玩弄权术，盗窃国柄，生杀在我，笑骂由人，若王莽之伪为谦恭下士，卒移汉祚，其为骗又大于贪夫夸者了。然而"窃钩者诛，窃国者侯"，其术愈神，其骗愈大，法网越不能禁，百姓越莫可谁何，所谓"网漏吞舟之鱼"者也。故因骗而被鞭挞的，往往是"越巫"之辈，而不是"窃国"之流。世无张网，自然只抓"狐狸"，不问"豺狼"了。

"偶然题作木居士，便有无穷求福人。"越巫"立坛场"，"为胡旋舞"，给病人"驱鬼"，完全是自己塑造的木偶，自己编造的谎言，但久而久之，连自己也"终不自信其术之妄"了。当"恶少年"扮作鬼魅，"下砂石击之"，便以为真的是"鬼"，吓得他"手栗气慑"，角哑铃坠，"舌缩不能言"，至死不悟，为天下笑。这自然是"愚不可及"的。然而，在现实生活中，"越巫"之流往往披着神圣的外衣，不容置疑。其实，现代造神之荒唐与越巫之诞，又有什么质的区别？

在科学日益昌明的今天，人们应该是不信鬼、不怕鬼的。但严峻的事实摆在人们的面前，有"不宜爱而受宠，不当亲而得附"的；有"赏而信者未必真，罚而疑者未必伪"(以上见《论衡·幸偶篇》)的，因而滋长了"幸与不幸"，"偶与不偶"的思想，不仅愚夫愚妇谈起鬼神来，往往毛骨悚然，好像真有冥冥者在主宰人们的祸福；连那些号称懂得科学的，也往往谈的是"怪力乱神"，信的是巫觋卜祝，岂非咄咄怪事？但祸福如果不是取决于人们的思想品德，而是取决于有幸有不幸；赏罚不是取决于人们的劳动技术，而是取决于有偶有不偶，偶然性超过了必然性，机会主义取代了唯物主义，那么，相信鬼神、相信命运的思想，就有滋生的土壤，越巫那种"我善治鬼，鬼莫敢我抗"的声音，还会甚嚣尘上。方孝孺说得好：那种怪妄的言论，"欲稽其故，则荒幻而无由；欲弃其说，则似是而可喜"(《启惑》)。唯其"似是"，所以它具有欺骗性；唯其"可喜"，所以它还有一定的市场。(羊春秋)

里社祈晴文　　方孝孺

民之穷亦甚矣。树艺[①]畜牧之所得，将以厚其家[②]，而吏实夺之。既夺于吏，不敢怨怒，而庶几[③]偿前之失者，望今岁之有秋[④]也。而神复罚之：嘉谷垂熟[⑤]，被乎原隰[⑥]淫雨暴风，旬月[⑦]继作，尽扑而捋[⑧]之。今虽已无可奈，然遗粒委[⑨]穗，不当风水冲者，犹有百十之可冀。神曷[⑩]不亟诉于帝而遏之？吏贪肆而昏冥[⑪]，视民之穷而不恤，民以其不足[⑫]罪，固[⑬]莫之罪也；神聪明而仁闵[⑭]，何乃效吏之为，而不思拯且活之？民虽蠢愚，不能媚顺于神[⑮]，然春秋报谢[⑯]，以答神贶[⑰]者，苟[⑱]岁之丰，未尝敢怠。使[⑲]其靡[⑳]所得食，则神亦有不利焉，天胡为[㉑]而不察之？民之命悬[㉒]于神，非若吏之暂而居，忽而代者之不相属也。隐而不言，民则有罪；知而不恤，其可与否，神尚[㉓]决之！敢告。

〔注〕 ① 树艺：种植。 ② 厚其家：使他家庭富裕。 ③ 庶几：表示希望的语气词。 ④ 秋：好收成。 ⑤ 嘉谷垂熟：就要成熟的稻谷。 ⑥ 原隰(xí)：广平而低湿的土地。 ⑦ 旬月：一个月。 ⑧ 捋(lǚ)：本指手指弄顺某物，此指暴风雨打掉了谷穗。 ⑨ 委：剩下的。 ⑩ 曷：为什么。 ⑪ 昏冥：昏庸。 ⑫ 不足：不值得。 ⑬ 固：同"故"。 ⑭ 仁闵：

有仁慈怜悯之心。 ⑮媚顺于神：顺从取悦于神。 ⑯春秋报谢：指春季、秋季村民祭祀土地神。 ⑰贶(kuàng)：赐。 ⑱苟：只要。 ⑲使：假如。 ⑳靡：没有。 ㉑胡为：为什么。 ㉒悬：掌握。 ㉓尚：希望。

这是一篇祈求神灵使天放晴的文章。里社，古时村镇祭祀土地神的地方。古人常在这里祈求神灵保佑风调雨顺。该文名为"祈"晴，实为"斥"雨；表面是祈求神灵的保佑，其实是在斥责神之昏暗不明；主要是在斥神，其实连带着骂官；求神是带着敬畏之心的恳求，以情感动神，该文却是在和神讲道理，甚至指责神灵既然接受百姓祭祀而不为百姓办事，认为神不应该"淫雨暴风，旬月继作"，让百姓几乎颗粒无收。

人在什么情况下才会祈求老天爷给个公道？那是在人间无公道之时。所以作者在斥责神之无情时，立刻就会想到人间官吏的强取豪夺，而老百姓认为这些官吏已经坏透了，不值得去怪罪，这是对人间的官吏已经完全失去了信心，才会去问责神灵。就像窦娥遭遇奇冤，面对是非混淆、黑白不分的世道，知道自己在人间已经找不到公道出路，她愤怒地指天骂地："地也，你不分好歹何为地。天也，你错勘贤愚枉做天！"窦娥是在遭遇官吏的欺压时代表自己斥责天地，而方孝孺是在遭遇淫雨暴风的天灾时代表受灾的百姓斥责神灵。

作者反复将人间官吏与神灵相比较，通过讲道理来指斥神灵。一是认为神灵比官吏有人情味，结果却发现神灵不及时向天帝报告阻止下雨，也和人间的贪官污吏一样对百姓毫无同情之心；二是认为神灵比官吏多享受人间的祭祀，自然应该给农民带来丰收，这样也会对祭祀神明有利，可是神明却让农民几乎颗粒无收，做对自己对农民都没有利的事情，可谓愚蠢；三是认为神是长久的，与百姓的关系更密切，官吏只是暂在位置上，随时会有人代替，百姓疾苦与他们几乎不相关。最后总结，既然现在知道了百姓的疾苦，请神明自己决断，是不是尽快上报天帝，立刻停止下雨。

方孝孺在斥责神灵之前，是从百姓的粮食和畜牧之所得被官吏强取开始指责。作者用"民之穷亦甚矣"诉说百姓的疾苦；用"吏贪肆而昏冥""既夺于吏，不敢怨怒""天胡为而不察之？""知而不恤，其可与否"等语言去指责人间高高在上的官员，去指斥人们心目中高高在上的、十分敬畏的神明，放在任何一个时代都是犀利的。在方孝孺的时代，随时可能祸及自身，轻者影响仕途升迁，重则掉脑袋。自古说文如其人，方孝孺在面临"灭九族"的威胁时也不肯为朱棣写即位诏书。这种宁折不弯的铁骨，写出这样的直接指斥神灵和官吏、为民请命的文章，绝非偶然。

（袁 茹）

【作者小传】

薛　瑄

(1389或1392—1464)　明学者。字德温,号敬轩。河津(今属山西)人。永乐进士。官至礼部右侍郎兼翰林院学士,入阁参机务。谥文清。性刚直,曾因触怒王振下狱。学宗程、朱,以复性为主。有“河东派”之称。著有《读书录》《薛文清集》等。

猫说　　薛瑄

余家苦鼠暴,乞诸人,得一猫。形魁然大,爪牙铦①且利。余私计鼠暴当不复虑矣。以其未驯也,絷维②以伺,候其驯焉。

群鼠闻其声,相与窥其形,类有能者;恐其噬己也,屏不敢出穴者月余日。既而以其驯也,遂解其维絷。适睹出壳鸡雏,鸣啾啾焉,遽起而捕之,比③家人逐得,已下咽矣。

家人欲执而击之,余曰:“勿庸。物之有能者,必有病。噬雏,是其病也;独无捕鼠之能乎?”遂释之。

已则伈伈泯泯④,饥哺饱嘻⑤,一无所为。群鼠复潜视,以为彼将匿形致己⑥也,犹屏伏不敢出,既而鼠窥之益熟,觉其无他异,遂历穴相告曰:“彼无为也。”遂偕其类,复出为暴如故。余方怪甚,然复有鸡雏过堂下者,又亟往捕之而走,追则啮者过半矣。余之家人执之至前,数⑦之曰:“天之生材不齐,有能者必有病。舍其病,犹可用其能也。今汝无捕鼠之能,而有噬鸡之病,真天下之弃才也哉!”遂笞而放之。

〔注〕①铦(xiān):锋利。　②絷(zhí)维:系缚。　③比:等,待。　④伈(xǐn)伈:恐惧。泯泯:茫然无知。　⑤饥哺饱嘻:饥则吃食,饱则嬉闹。　⑥匿形致己:意为故意躲藏以捕获自己。　⑦数(shǔ):责备,斥责。

世上的事无奇不有,就说猫吧,宋濂《束氏狸狌》中的猫不但不捕鼠,反而被老鼠所咬,可谓怪矣;薛瑄《猫说》中的猫虽不畏鼠,却也不捕鼠,只捕食刚出蛋壳的雏鸡,亦是奇事。

薛家鼠患成灾,好不容易讨得一猫,用绳子系着喂养了一段时间后,解放了它，获得自由的猫做的第一件事就是捕食了一只雏鸡，家人非常气愤，薛瑄却还对它抱有一点希望：既然会捕食小鸡，一定能捕捉老鼠的。但这猫居然饱食终日，一无所为，任老鼠们为害如故。薛瑄正失望之时，猫又追捕一只小鸡，于是再也不能原谅它，“遂笞而放之”。

这则寓言中的猫，很显然是指“无能”而又“有病”的一类。作者认为：“物之有能者，必有病”，也就是说，金无足赤，人无完人，猫无完猫，有缺点并不足怪，若能发挥一己之长，仍非弃物。而文中的猫，既无捕鼠的才能（抑或有而不肯发挥），又有噬鸡的毛病，真正是无用而有害的弃物，其得到“笞而放之”的下场，确实是咎由自取。

《猫说》与唐柳宗元的《黔之驴》有些类似，两相对照，在构思上《猫说》无疑受了《黔之驴》的影响，但在层次安排上有其独到之处。第一层写猫的必有能。它“形魁然大”，“爪牙铦且利”，具备捕鼠的条件，因此猜想“鼠暴当不复虑矣”。第二层写猫的或有能。一方面，群鼠闻其声而不敢出穴，证明它还是有威慑力的；另一方面，它捕食小鸡从侧面展示了它捕获猎物的本领。第三层写猫的无能而有病。事实证明它不会捕鼠，只会捕鸡。全文以作者的心理活动为线索，着重表现作者对猫由希望到失望的心理过程，吞吐反复，委折有致，又不乏理性启迪。

（龚德才）

【作者小传】

李 贤

(1408—1466) 明诗文家。字原德。邓州（今属河南）人。宣德八年(1433)进士。景泰初由文选郎中超拜吏部侍郎。英宗复辟，进吏部尚书，入直文渊阁。宪宗即位，进少保、华盖殿大学士、知经筵事。以善于识拔人才知名。卒谥文达。著有《古穰集》，又著有笔记《天顺日录》《古穰杂录》等，奉敕编《明一统志》。

士奇泥爱[1] 李 贤

士奇晚年泥爱其子，莫知其恶，最为败德事。若藩、臬、郡、邑或出巡者见其暴横[2]，以实来告，士奇反疑之，必以子书曰：“某人说汝如此，果然，即改之。”子稷得书，反毁其人曰：

"某人在此如此行事,男以乡里故,挠其所行,以此诬之。"士奇自后不信言子之恶者。有阿附誉子之善者,即以为实然而喜之。由是子之恶不复闻矣。及被害者连奏其不善之状,朝廷犹不忍加之罪,付其状于士奇。乃曰:"左右之人非良,助之为不善也。"而有奏其人命已数十,恶不可言,朝廷不得已,付之法司。时士奇老病不能起,朝廷尤慰安之,恐致忧。后岁余,士奇终,始论其子于法,斩之。乡人预为祭文,数其恶流③,天下传诵。

〔注〕①士奇:即杨士奇,明江西泰和(今江西泰和县澄江镇)人。惠帝时以史才被荐入翰林。成祖时为翰林编修。仁宋时为大学士。英宗时为少师,与大学士杨荣、杨溥共同执政,合称"三杨",是明代中期名臣。泥(nì):溺爱,宠爱。　②藩、臬(niè)、郡、邑:即藩司、臬司、郡守、县令。　③恶流:一系列的罪恶。

杨士奇才能卓荦,连事四帝,建有很多勋劳,深得朝廷器重。史书上称颂他说:"玉质金相,通达国体,随事纳约,不诡于正。而意尝近厚,转导监国,保身济主,有大雅之明哲焉。"其立身处世,称得上是封建王朝的栋梁和楷模。但他的晚年,却有一件最为"败德"的事,那就是溺爱儿子,姑息养奸,怂恿为恶,玷污了一世盛誉,断送了儿子性命。

爱子之心,人皆有之,关键是如何爱法。战国时赵太后爱小儿子长安君,抵死不肯让儿子为质于齐而拯救赵国之危。老臣触龙委婉进谏后,赵太后终于改变主意,让长安君为国效力,这才是有长远眼光的真正爱子之道。而杨士奇呢?居高官,享厚禄,儿子养尊处优且不说,并在乡里横行,作恶多端,已可见杨士奇平时疏于教训。当地方官屡次据实向他报告其子劣迹,他始而"疑",继而"不信",反而嗔怪地方官刁难生事。忠言不被采纳,谎言必然入耳,于是一般阿谀逢迎的宵小之徒,经常向他称颂公子的"善"行,他却信以为真而"喜之"。儿子得到老子的庇护,有恃无恐地放肆作恶,犯下数十条人命案子。恶有恶报,杨士奇一死,他的儿子也被正法斩首。杨士奇的爱子,实质是害子,是他的刚愎与昏聩,把儿子推向了绝路。相比之下,在爱子这一点上,杨士奇不如赵太后远甚。

"养不教,父之过。"杨士奇溺爱儿子的悲剧,是非常沉痛的历史炯戒。做父亲的不仅要严于律己,而且要严于律子,千万不要重蹈杨士奇的覆辙。

(曹光甫)

【作者小传】

沈 周

(1427—1509) 明诗文家、书画家。字启南，号石田，又号白石翁。长洲(今江苏苏州)人。父祖均为隐士。少从邑人陈孟贤游，年十一游南京，作百韵诗上巡抚。及长，郡守欲荐贤良，决意隐遁终身。以奉母不远游，居恒厌入城市。书无所不览，文摹《左传》，诗学白居易、苏轼、陆游，字仿黄庭坚。尤工于画，与唐寅、文徵明、仇英并称为明四大家，评者以其为明世第一。著有《石田集》，另著有笔记《客座新闻》《石田杂记》等。

听 蕉 记

沈 周

夫蕉者，叶大而虚，承雨有声。雨之疾徐、疏密，响应不忒①。然蕉曷尝有声，声假雨也。雨不集，则蕉亦默默静植；蕉不虚，雨亦不能使为之声：蕉雨固相能②也。蕉静也，雨动也，动静戛摩而成声，声与耳又相能相入也。迨若匝匝涌涌③、剥剥滂滂，索索淅淅、床床浪浪，如僧讽堂，如渔鸣榔，如珠倾，如马骧④，得而象之，又属听者之妙矣。长洲胡日之种蕉于庭，以伺雨，号"听蕉"，于是乎有所得于动静之机者欤？

〔注〕 ① 不忒(tè)：没有差别。 ② 相能：相互配合，关系和睦。 ③ 涌(zé)涌：象声词。 ④ 骧(xiāng)：奔驰。

芭蕉在传统文化中常常象征着典雅高贵，而"雨打芭蕉"作为一种富于韵味的自然情景，又往往被古代的文人墨客渲染成极具音乐美的篇章。我们从沈周的《听蕉记》中自然很容易发现它以文字而造就的种种音乐效果，也可以透过全篇文字把握到被作者用心描绘的雨中芭蕉的典雅气质。然而，这篇两百字不到的小品最引人注目的地方，却是它那超越表层描述的哲学思考。

这是很让人迷惑不解的，像沈周这样一位对于事物的形体、色彩有敏锐感受的著名画家，何以面对葱绿的芭蕉，不是着意用他的眼，却是用他的耳去"听"这生命成长的节奏。而当他静心倾听那雨打芭蕉的淅沥声时，他脑海里浮现的，不是蕉叶上晶莹的水珠，而是形而上的抽象命题：芭蕉承雨有声，其声假之于雨；雨不集，蕉不虚，声无从起，因而声乃蕉雨相合之结果；蕉静雨动，动静相配以起声，等等。如果你对中国古代绘画的特性有比较充分的了解的话，你会很快悟到这实际上是中国绘画重神似甚于重形似的基本理论在沈周身上的一种曲折的反映；或许可以进一步说，正因为沈周是一位一流的中国画家，而不是普通的画匠，所以他面对熟悉的绘画对象——芭蕉，才不会古板地专注于它的形，而着眼于它的神，把雨打芭蕉的动人场景当作一个哲学问题来思考。

但沈周的这篇《听蕉记》终究不是一篇高深的哲学论文，而是一曲富有思辨色彩的乐章。这乐章的形式在文章的后半部分尤为明显。当作者用"匝匝涵涵、剥剥滂滂、索索淅淅、床床浪浪"四串叠用象声词来表现雨点或快或慢、或大或小、或疏或密地打在芭蕉叶上时，我们无疑感到了一阵新鲜感。作为一位喜欢与僧侣交朋友而又生活于姑苏水乡的画家，沈周把这种声音同时比喻为如僧人在佛堂内同声诵经与如晚归的渔舟敲响梆榔，也是顺理成章的事。但透过这种象声词的娴熟运用与生活化比喻的巧妙设置，我们是否也感到一点钱锺书先生所谓的"通感"在沈周身上有着突出的表现呢？沈氏之所以对于声音的感受如此细致，或许与他对于形体与色彩的敏锐感觉颇有关联，亦未可知。（陈正宏）

记雪月之观　　沈　周

丁未之岁[①]，冬暖无雪。戊申[②]正月之三日始作，五日始霁。风寒沍[③]而不消，至十日犹故在也。是夜月出，月与雪争烂，坐纸窗下，觉明彻异常。遂添衣起，登溪西小楼。楼临水，下皆虚澄，又四囿于雪，若涂银，若泼汞，腾光照人，骨肉相莹。月映清波间，树影晃弄，又若镜中见疏发，离离然可爱。寒浃肌肤，清入肺腑，因凭栏楯[④]上。仰而茫然，俯而恍然；呀[⑤]而莫禁，眄[⑥]而莫收；神与物融，人观两奇，盖天将致我于太素之乡[⑦]，殆不可以笔画追状，文字敷说，以传信于不能从者。顾所得不亦多矣！尚思若时天下名山川宜大乎此也，其雪与月当有神矣。我思挟之以飞遨八表[⑧]，而返其怀。汗漫虽未易平，然老气衰飒，有不胜其冷者。乃浩歌下楼，夜已过二鼓矣。仍归窗间，兀坐若失。念平生此景亦不屡遇，而健忘日寻，改数日，则又荒荒不知其所云，因笔之。

〔注〕 ① 丁未之岁：明宪宗成化二十三年（1487）。 ② 戊申：明孝宗弘治元年（1488）。 ③ 寒沍（hù）：寒冷凝冻。 ④ 栏楯：栏杆扶手。 ⑤ 呀（xiā）：张口。 ⑥ 眄

(miǎn)：看，望。 ⑦太素之乡：约相当于今言之宇宙。 ⑧八表：八方之外，形容非常远之地。

对于传统中国社会中的知识分子来说，六十岁是人生的一个里程碑。他们中有的人将这花甲再转当成了人生再世，童心复萌，一任其心行事；而更多的人则把那已经消失的六十年岁月细细抚摸，期望在来日无几的时间里，自己能获得某种人生的真谛。但这后一种人最终也分为二途：或是苦苦寻求终不得道，带着满心的遗憾撒手归天；或是茅塞顿开，如鱼得水，在人生的最后一段岁月里抱着一种心静似水不起波澜的姿态迎接那冥冥的召唤。沈周，这位被誉为“明代第一”的大画家，可以说是那最后一种人的代表。何以见得？请看他六十二岁时写的这篇《记雪月之观》。

初读此文你会觉得它不过是一段登楼赏雪望月的雅趣记录。对于前一年的整个冬天暖和无雪以及新春里从天而降大雪的惊讶，对于夜坐低窗下，兴来披衣起的情致，你都可以从明代以前的文人墨客那里找到相似的范例。如果你没忘记作者沈周是位出色的画家，那么你想必也就很容易理解这篇小品中有关雪与月的描述何以会那样的精细而生动：把围于小楼四周的白雪比喻为“若涂银，若泼汞”，抒写清波中的月影由于有树影的晃弄而“若镜中见疏发，离离然可爱”，这些无疑是一位对色彩与形体有相当敏锐感受的作者才能落笔而出的文句。

再读此文，你或许会对它只是一份雅趣记录的看法稍表怀疑。追求某种雅趣的传统士大夫们往往为雅趣而雅趣，他们的思维更多的是集中在能引起这种或那种雅趣的事物的表层，比如赏月，传统的做法便是饮酒加赋诗。不能说这种格式没有诞生出一些优秀的文学作品，但这种格式一旦成为一种套路，它便束缚住了人们的思绪与想象力。沈周则不同，当月明雪白之夜他独自登上那临水的小楼时，他一任自己的思绪自由翱翔。时而迷茫无措；时而恍然大悟；时而谓“天将致我于太素之乡”，并立下“飞遨八表”的宏愿；时而又感到“老气衰飒”，不能抵御这初春寒夜的冷气。需要特别指出的是，沈周这时的种种情绪波动不是那种漫无目的的感情泛滥，而是一种富有清醒理智根柢的自由思考，否则他就不会有“神与物融”的感受，也不会得意地宣称那种只可意会不可言传的妙悟已深藏在他的心中，他已经从这次寒夜观雪月中收获了许多东西。正因为如此，他才能够有效地控制自己的情绪，在夜过二鼓时回到他那宜于闲坐的居室窗下，并居然还是悠闲地唱着歌而不是兴味索然地走下楼来。这一颇可玩味的小结局很生动地体现了中国古代社会中绝大部分知识分子毕生追求的一种人生境界——自由的行动与有效的自律完美融合。但由于这一融合的实现往往要付出诸如阻断各种欲望、心甘情愿地斧斫自己不合常规的个性等高昂的代价，所以真心诚意追求并且达到那样一种人生境界的人，实在是不多的。写这篇《记雪月之观》的沈周做了一辈子的隐士，当了大半辈子的孝子，才有如许心静似水的超脱境地，可见其多么不易达到。　　（陈正宏）

【作者小传】

吴　宽

(1435—1504)　明诗文家。字原博，号匏庵。长洲(今江苏苏州)人。早年为诸生即有文行。成化八年(1472)会试、廷试均为第一，授翰林修撰，侍明孝宗于东宫。孝宗即位迁左庶子，预修《宪宗实录》，进侍读学士。弘治八年(1495)擢吏部右侍郎，弘治十六年进礼部尚书。卒于任所，谥文定。学有根柢，在馆阁三十年，制作多出其手。学宗苏轼，字体亦酷肖之，颇受时人重视。著有《匏翁家藏稿》。

跋宋虞忠肃[①]公手帖　　吴　宽

虞忠肃公采石之战[②]，日星晦蒙，江水震荡，功烈赫然于时，足以詟服[③]强虏，愧死名将。疑其平日为人，有喑噁叱咤[④]，千人皆废[⑤]之状。及观其手帖，词语详雅，气象雍容，乃真一书生耳。公之子孙居吴中[⑥]者，世藏此帖，今为葑门朱性甫得之[⑦]。夫性甫虽好文事，藏此，吾固知其意不在笔墨间也。

〔注〕 ① 虞忠肃：虞允文，字彬甫，仁寿(今属四川)人。南宋绍兴进士，官至宰相，封雍国公。卒谥忠肃。　② 采石之战：南宋绍兴三十一年(1161)，金完颜亮率大军攻宋，淮西宋军败退。金军将渡河。时翰林学士虞允文奉命犒师至采石(今安徽马鞍山西南)，目睹危急，立召诸将，激励将兵，遂于采石大败金兵。金国不久内讧，完颜亮被杀，南宋遂转危为安。　③ 詟(zhé)服：畏服。　④ 喑噁(yìn wù)叱咤：发怒喝叫声。　⑤ 废：跌下。　⑥ 吴中：昔日苏州府的别称。　⑦ 葑(fēng)门：吴县城的东门。朱性甫：朱存理(1444—1513)，字性甫，明长洲(今江苏苏州)人，博学工文，闻人有好书帖，必访求，以必得为志。著有《珊瑚木难》。

当金主亮大兵压境、行将强渡淮河之际，仅余半壁的南宋江山，已经到了岌岌可危的地步了。此时虞允文正奉命犒师前线，来到了采石矶。淮河防务，本由抗金名将刘锜主持，但刘已年老有病，指挥无方，部下王权的部队与金兵一触即溃。面对危局，允文的随从劝他不要插手，因为他的任务是犒军而不是督师，大可不必去管这注定失败的事。但年轻有志的虞允文没有接受,反而不顾个人得失,毅然收拾王权残部,一面调集民兵协同作战,终于以弱御强,打了胜仗。这场战事,系南宋朝廷的安危于一发之间,至关重要。难怪后来刘锜执着允文的手说:“朝廷养兵三十年,大功乃出书生手,我辈愧死矣。”

后世想象这位危难中挺身而出指挥这场大战并取得胜利的人物,应该是位“喑噁叱咤,千人皆废”的猛士,原是自然的事。却不料刚好相反,竟是笔下“词语详雅,气象雍容”的一介书生。可见凭主观印象去测度一个人,常常犯错,甚至会适得其反的。这种事多的是,比如明代的海瑞,是以不怕死、不爱钱出了名的,刚直之声震天下,于是又相传他的书法可以辟邪。既有此妙用,便有人争相伪造,但伪造者恰恰也犯了上述的毛病,以为这位别号刚峰、使江南地方豪强吓破了胆的海老先生的书法必如其人,于是多作“粗硬奇崛之态,以求肖公之为人”。谁知海瑞的书法并不是那么回事,倒是“神采秀发,光艳动人”的,“未尝见有峭厉不可犯之色”(卢文弨《抱经堂文集》卷十六《海刚峰墨迹跋》)。这却是作伪者所万万想不到的。

(黄国声)

【作者小传】

桑 悦

(1447—1503) 明诗文家。字民怿,号思玄居士。常熟(今属江苏)人。成化元年(1465)举人。为文以奇古称,鄙薄当时流行的翰苑文章。论诗亦倡导《离骚》及曹、阮等“激愤风云”“气撼山岳”之作,批评台阁体作家柔熟和平的声调,实为明中期七子派诗论之先导。著有《思玄集》及笔记《桑子庸言》。

独坐轩记

桑 悦

予为西昌校官,学圃中筑一轩,大如斗,仅容台椅各一,台仅可置经史数卷。宾至无可升降,弗肃以入,因名之曰“独坐”。予训课之暇,辄憩息其中,上求尧舜、禹汤、文武、周公、孔子之道,次窥关闽濂洛①数君子之心,又次则咀嚼《左传》、荀卿、班固、司马迁、扬雄、刘向、韩柳欧苏曾王之文,更暇则取秦汉以下古人行事之迹,少加褒贬,以定万世之是非,悠哉悠哉,以永终日。轩前有池半亩，隙地数丈，池种芰荷，地杂植松桧竹柏。予坐是轩，尘坌[2]不入，胸次日拓，又若左临太行，右挟东海，而荫万间之广厦也。且坐惟酬酢[3]千古，遇圣人则为弟子之位，若亲闻训诲；遇贤人则为交游之位，若亲接膝而语；遇乱臣贼子则为士师之位，若亲降诛罚于前。坐无常位，接无常人，日觉纷挐纠错，坐安得独？虽然，予之所纷挐纠错者，皆世之寂寞者也。而天壤之间，坐予者寥寥，不谓之独，亦莫予同。作《独坐轩记》。

〔注〕 ① 关闽濂(lián)洛：指宋代理学的主要学派，其代表人物为关中张载，闽中朱熹，濂溪周敦颐，洛阳程颢、程颐。 ② 尘坌(bèn)：灰尘。 ③ 酬酢：宾主相互敬酒，为古礼仪之一种。

"山不在高，有仙则名。水不在深，有龙则灵。斯是陋室，惟吾德馨。"读罢明代文人桑悦写的《独坐轩记》，我们大概都会很自然地联想起唐代诗人刘禹锡写的《陋室铭》。桑、刘二人的生活年代虽然相隔七百年，作为传统文人而持有的生活方式是何等相似！

一切的物质享受都可以降低到最低点，简陋的斗室对刘禹锡来说是"何陋之有"，狭小的书轩在桑悦看来也是可以"悠哉悠哉"的好处所。相对来说，他们更重视环境的清雅与心理的平衡。所以刘禹锡得意于"苔痕上阶绿，草色入帘青"的自然意趣，桑悦则喜欢在轩前的半亩池塘里种荷花，于屋外隙地上植绿树。因为都是读书人，自然嗜书如命，刘禹锡常在他的陋室中"阅金经"，而桑悦则将他的书轩当成了圣贤接待站，忙得不亦乐乎。七百年的悠悠岁月，没有洗刷尽中国普通文人所留存的共同爱好与旨趣，这大约只能从儒家"安贫乐道"的古训中去找寻一点答案了。

然而桑悦又毕竟不同于刘禹锡。刘氏在他的陋室里热情接待来宾，"谈笑有鸿儒，往来无白丁"。虽然因文化层次的不同而拒斥了低阶层百姓的介入，对于同一层次的当代人还是门户开放的。桑悦则坚持"独坐"的标准，只与书中的古圣贤为师生为好友，而不接受同代人的亲近。我们固然可以说这是因为独坐轩太小，条件限制之故，桑悦自己不也说，轩"大如斗，仅容台椅各一，台仅可置经史数卷"。然而这其实只是作者拒绝与外界交往的一种特殊形式。何以见得？《独坐轩记》最后便泄露了天机："予之所纷挐纠错者，皆世之寂寞者也。而天壤之间，坐予者寥寥，不谓之独，亦莫予同。"这就是说，桑悦之所以喜欢在独坐轩里接待那些书中的古人，其根本的原因在于那些古人本也是孤独的寂寞者。而相反地在现实世界中，他却难以找到这样能深深体味到孤独寂寞的知音，所以他便只能“独坐”了。

在刘、桑二人或群处、或独坐的生活方式间分出轩轾来是没有必要的，因为它们是不同时代的产物。我们感兴趣的是，桑悦这种独处的意识其实是反映了明代中叶以来知识分子个性意识的觉醒。任何时代任何企图超越该时代正统意识思考的人都会萌发出一种孤独感。但不同时代的人对于这种孤独感的处置却大相径庭。明代中叶以前的知识分子遇到这种情况时，更多是采用自我压抑或怨天尤人的方式，其基点是落在“我”的意识可以并且应该与流行意识同一的考虑上。而明代中叶以后的知识分子则大多认为“我”的意识是第一位的，没有必要非与正统的一致。因此，他们对于这种孤独感便更多的是采取肯定的态度，乃至像桑悦这样，对此还沾沾自喜。如果我们考虑到当时明代社会政治的黑暗与腐败，我们是不能不对桑悦的思想行为表示赞许的。

自然，桑悦之所以写这篇《独坐轩记》，还有其直接的动因。成化年间，他两次参加会试，均因“答策语不雅驯”而被斥，第三次得了个副榜，上报年龄时又被昏庸的官僚看花了眼，误将二十六岁认作六十六岁，发往泰和（也就是文中所说的西昌）去做一个小小的学官——训导。以桑氏之高才，竟被埋没如此，真不免令人扼腕长叹。而桑悦到泰和任上后写这篇《独坐轩记》，也就不是无的放矢了。

（陈正宏）

【作者小传】

祝允明

(1461—1527) 明诗文家、书法家。字希哲，生而枝指（六指），自号枝山。长洲（今江苏苏州）人。弘治进士，授兴宁知县，迁应天府通判后以病辞归。其诗取材颇富，下撷晚唐，上薄六代；其文亦潇洒自如，不甚傍依门户，而才气自足。与唐寅、文徵明、徐祯卿被称为“吴中四杰”或“吴中四才子”。著有《怀星堂集》《祝氏集略》，另著有笔记杂著及志怪小说《九朝野记》（简称《野记》）、《苏材小纂》、《前闻记》、《祝子小言》、《语怪编》、《猥谈》、《志怪录》等。

谯楼鼓声记

祝允明

居卧龙街之黄土曲北，鼓出郡谯[①]。声自西南来，腾腾沉沉，如莫知其所在。呜呼！鸣霜叫月，浮空摩远，敲寒击热，察公儆私；若哀者，若怨者，若烦冤者，若木然寡情者，徒能煎人肺肠，枯人毛发，催名而逐利。吊寒人，惋孤娥，戚戚焉。天涯之薄宦，岭海之放臣，岩窦之枯禅[②]，沙塞之穷戍，江湖之游女，以至茕孽[③]背灯之泣，畸幽玩剑之愤，壮侠抚肉之叹，迨于悲鸦苦犬、愁螀[④]困蚓，且鸣号不能已。呜呼！鼓声之凄感极矣。岁庚戌五月十八日丙夜，闻之以为记。

〔注〕①谯：城角之鼓楼。②岩窦(dòu)：岩穴。枯禅：老僧。③茕(qióng)：指无兄弟或无依靠之人。孽：庶子，指非嫡母所生之子。④螀(jiāng)：寒蝉。

明弘治三年庚戌(1490)，祝允明(号枝山)刚满三十岁。古人云："三十而立。"这话对祝氏说来似乎是分外沉重的，因为这位五岁便能写径尺大字，九岁就会赋诗的才子，至今却未成就任何功名。尽管他白天是个仿佛已经看穿一切的疏狂放诞的怪杰，到晚上却不免露出他那被现实压抑着的沉重之心。所以当那年五月十八日夜里听到城角鼓楼上传来的鼓声时，他会有那么多的联想与感慨。

祝氏的文章以轻俊流畅著称，这篇小品由于主题的关系，格调稍显低沉，但文辞之流畅若水，还是一眼便可看出的。因为写的是夜晚的场景，整篇文章采用了一种低调朦胧、着意幻化的形式。除了开首交代作者所居之地及鼓声所来之方外，其余的文字都是联想的产物。为了衔接实在的鼓声与幻生的联想之间的联系，祝氏十分巧妙地形容鼓声"腾腾沈沈，如莫知其所在"。之后，便让想象乘着那极富感情色彩的文辞自由翱翔。从鼓声似在自然的旷野里呼唤霜月，到好像是各式人物在表露心绪；从人受鼓声的感染而呈现各种悲愁之态，到动物因声而起鸣号。其思路之开阔令人惊异自不待言，便是文字描摹之准确、语言之生动，也足以令人叫绝。

但是，不知您感觉到没有，这篇小品的字里行间，总有一股承受压抑而难以排遣的沉重情绪在游荡。它好似梦中的一场厮杀，又仿佛是梦醒之后若有所失又极想找回的某种记录。文中用了许多相互矛盾的形象化叙述来表现鼓声在作者心中引起的反响，所谓"若哀者，若怨者，若烦冤者，若木然寡情者"，所谓"茕孽背灯之泣，畸幽玩剑之愤，壮侠抚肉之叹"，等等，这些其实都是作者自我的再创造，因为鼓虽为鼓楼之人所击响，但其目的只是为了报时，不可能也没必要将鼓声敲得那么变化多端。那么，为什么祝允明听起来会是那样有声有色呢？这全在于听鼓人的心境。祝氏写作这篇文章时正届而立之年，同时祝氏又一贯是疏狂放诞的，这在传统中国社会中无疑是一种矛盾。因为传统规范要求每一个读书人在那一个年龄段里成就功名，同时性格上趋于平和稳重，不再像年轻人那样血气方刚而缺乏涵养。这种要求对其他人来说或许是理所当然的，但对祝允明来说却不一定是。他天生是个任性任情行事的人，从理论上说，他无疑完全倾向于彻底表露个性的生活方式。但他毕竟又是那个时代的人，他的生活地——苏州虽然经济发达而文化上空气比较自由，但对于过分背离传统之举还是难以容忍的。因此当夜深人静、鼓声传来之时，祝允明感到那“腾腾沉沉”的鼓点仿佛是敲在他的心上，人生的压抑与苦痛、世间的烦怨与不平全都涌上心头。

也许正是为了从这种现实与理想相矛盾的困境中解脱出来，祝氏在写这篇《谯楼鼓声记》后的第二年，参加了举人考试，并从此走上仕途。他既当官，也做怪人狂人，这样才算一生潇洒，两不失落。

（陈正宏）

【作者小传】

唐 寅

(1470—1524)　明诗文家、书画家。字伯虎，一字子畏，号六如。吴县(今江苏苏州)人。弘治十一年(1498)乡试第一，故又称“唐解元”。会试时受科场舞弊案牵连下狱，被革黜功名。此后绝意仕进，致力于书画。为宁王朱宸濠聘至南昌，觉其有异谋，佯狂脱身。晚年皈依佛理，病故于家。其诗文不受“七子”风格影响，与文徵明、祝允明等独树一帜，以抒写个人真实感受为长。其画声名颇著，与沈周、文徵明、仇英合称“明四家”，又称“吴门四大家”。江南民间多有其纵情诗酒的风流韵事流传。有《六如居士集》(又称《唐伯虎全集》)传世。

中州览胜序　　唐 寅

吾党袁臣器，少年逸器①，温然玉映，盖十室之髦懿②也。弘治丙辰五月，忽翻然理簦檝③，北乱④杨子，历彭城，渐于淮海，抵大梁⑤之墟，九月来归。乃绘所经历山川陵陆，并冲隘名胜之处，日夕展弄，目游其中。予忝与乡曲，得藉访道里，宛宛尽出指下，盖其知之素而能说之详也。予闻丈夫之生，剡蒿体，揉柘干，以丽别室，固欲其远陟遐举，不龌龊牖下也。而愿悫者⑥怀田里，没齿不窥闉阇⑦，曰："世与我违，甘与菑木⑧委灰同弃。"虽有分寸，而人莫之知也，后世因莫之建白也。是余固自展以异，而颓然青袍掩胫，驰骛士伍中，而身未易自用也；虽然，窃亦不能久落落于此。臣器所从魏地来，今不知广陵有中散之遗声⑨欤？彭城项氏之都也，今麋鹿有几头欤⑩？黄河故宣房之基⑪在否欤？大梁墟中有持盂羹为信陵君⑫祭欤？无也，臣器其为我重陈之，余他日当参验其言。

〔注〕①逸器：才具非凡。②髦(máo)懿：俊美。③篙檝：即篙楫，桨等行船工具。④乱：横渡。⑤大梁：战国魏都。今河南开封。⑥愿悫(què)者：谨慎朴实之人。⑦闉阇(yīn dū)：曲城，泛指城门。⑧菑(zì)木：枯死的草木。⑨广陵有中散之遗声：三国魏时名士嵇康善鼓琴，而独不传《广陵散》一曲与后学。景元三年嵇氏被杀，该曲遂绝。唐寅此处用此典而发问。⑩"彭城"二句：彭城故址在今江苏徐州，秦汉之际西楚霸王项羽曾都于此。又古人凡叙写故城荒凉之况，多以麋鹿多生作喻，唐寅故有此问。⑪黄河故宣房之基：汉元光三年(前132)，瓠子(今河南濮阳市西南)段黄河决口。元封二年(前109)，汉武帝发数万卒塞决口，功成，于其上筑宫，名宣房宫。⑫信陵君：战国四公子之一，名无忌，魏安釐王异母弟，以礼贤下士著称。传见《史记》卷七十七。

许多人都喜欢唐寅，尤其喜欢三十岁之后的唐寅，因为那时的唐寅虽受了弘治十二年(1499)科场案的牵连而遭罢黜，其反传统的意识却强化了；也因为那时的唐寅更加风流洒脱，无所顾忌，颇有现代意义上的人格觉醒、个性自由先锋的意味。但是，已过而立之年的唐寅，他自己是否喜欢那样的生活呢？

找不到十分明确的证据说他不喜欢那种放浪形骸的生活。然而他写的诗，像"闲来写幅青山卖，不使人间造孽钱"，多的是激愤；而"半醒半醉日复日，花落花开年复年"，又隐约透露出一丝凄凉。倒是三十岁以前写的东西词调高亢，颇多神采飞扬之气，《中州览胜序》便是一例。

虽然写序那年(弘治九年丙辰，公元1496年)唐寅不过二十七岁，但文辞表现出的理性色彩却相当浓厚。年轻的同乡友人袁臣器北上中州游历一过，在唐寅心头产生的激荡并非是山川绮丽的遐想与艺术创造的冲动，而是非常现实的"欲其远陟遐举，不龌龊牖下"的豪情，以及"身未易自用"却"窃亦不能久落落于此"的志向。这说穿了还是那个时代年轻人所共有的一种理想模式——成就功名。唐寅在文中区分了两种人：一是他所谓的"丈夫"。这些大丈夫对经营自己的安乐窝并不感兴趣，仅以蒿草、栝干装饰别业，而心之所向，乃在“行万里路”。二是他所谓的“愿悫者”，也就是谨慎朴实的乡间隐士。这些人至死不入城郭，虽然有自己的志向，人们却都不知道。唐寅崇尚前者，而对后者却因其默默无闻而颇感惋惜。因此他在这篇小序中公开宣称：我今天虽然只是个普通的书生，与清狂之士为伍，但我决不以此为长久之计。这也就是说，他要当一个有功名的大丈夫，而不愿做那无名的“愿悫者”。

袁臣器的中州之行也触发了唐寅的一点历史感慨：“臣器所从魏地来，今不知广陵有中散之遗声欤？彭城项氏之都也，今麋鹿有几头欤？黄河故宣房之基在否欤？大梁墟中有持盂羹为信陵君祭欤？”这几问中除了最后对于礼贤下士的信陵君颇表怀念的那一句可与上面企望成就功业的宣言稍稍挂上一点钩之外，其余的都只是应场景而用典故，与唐寅在这篇小序中所要表现的主旨关系并不十分密切——如果袁臣器不赴中州而去了塞北，作者同样可以找一批典故来完成这样的问句。但唐寅在序中如此用典这一事实却是很有意味的，它正好体现出一位豪情满怀的年轻书生着意使自己沉浸于历史氛围之中的良苦用心，与宋词中所谓的“少年不识愁滋味”“为赋新词强说愁”颇为类似。

也许，我们现在可以对本文开头所提那冒昧的一问作出一个解答。那便是三十岁之后的唐寅尽管不讨厌他后半生的那种放浪形骸的生活，但过那样的生活并非他的初衷，他为此付出了自己青春的理想（虽然这理想在现代人看来远不如他后来的实际生活有新意），而换来的却是几个世纪中正统士大夫圈子对他的冷淡、鄙视，数百年来民俗文化层对他的嘲谑与漫画化。从这个意义上说，《中州览胜序》作为一篇文学小品虽然算不得十分出色，但作为唐寅早年的一篇重要的思想自传，却是意味深长的。

（徐静波 陈正宏）

菊隐记 唐寅

君子之处世，不显则隐，隐显则异，而其存心济物，则未有不同者。苟无济物之心，而泛然杂处于隐显之间，其不足为世之轻重也必然矣。君子处世而不足为世之轻重，是与草木等耳。草木有可以济物者，世犹见重，称为君子，而无济物之心，则又草木之不若也。为君子者，何忍自处于不若草木之地哉？吾于此，重为君子之羞。草木与人，相去万万，而又不若之，则虽显者亦不足贵，况隐于山林邱壑之中者耶？吾友朱君大泾，世精疡医①，存心济物，而自号曰菊隐。菊之为物，草木中最微者，隐又君子，没世无称之名。朱君，君子也，存心济物，其功甚大，其名甚著，固非所谓泛然杂处于隐显之中者，而乃以草木之微，与君子没世无称之名以自名，其心何耶？盖菊乃寿人之草，南阳甘谷之事验之矣②，其生必于荒岭郊野之中，惟隐者得与之近，显贵者或时月一见之而已矣。而医亦寿人之道，必资草木以行其术，然非高蹈之士，不能精而明之也。是朱君因菊以隐者，若称曰："吾因菊而显。"又曰"吾足以显夫菊，适以为菊之累，又何隐显之可较"云。余又窃自谓曰："朱君于余，友也。君隐于菊，而余也隐于酒。对菊令酒，世必有知陶渊明、刘伯伦者矣。"因绘为图，而并记之。

〔注〕①疡(yáng)医：治疗疮痈。　②"南阳甘谷"句：据《风俗通》记载，南阳郦县有甘谷，谷水甘美，上有菊花，水从山上流下，谷中人饮此水皆长寿。

几千年来，孔孟所谓"天下有道则见，无道则隐"(《论语·泰伯》)、"穷则独善其身，达则兼善天下"(《孟子·尽心上》)的处世思想，似乎已经深深渗入中国士大夫的人格精神中。即便很有些蔑视礼教的名士气派的唐寅也不例外，他的这篇《菊隐记》，便弥漫着很浓的孔孟气息。

作者提出，"君子之处世"，无论显隐，"而其存心济物"，则应贯一始终。继而又指出，一个人若无济物救世的心志，而只是一浑然泛然的俗夫，于隐显之间全无自觉，自然会在芸芸世间消声没迹，低微得如同草木，甚至连草木也不如。

显隐的故事，屡见于中国的史籍。显者如早年的管仲、商鞅，辅佐君王，变法图强；三国时有诸葛孔明，为复兴汉家天下，运筹谋划，一生驱驰，鞠躬尽瘁；又如北宋的范仲淹，为救黎民免遭涂炭之苦，厉行"庆历新政"，为时人和后代所称颂。他们之所以丹青留名，为后世敬仰，胸存济物之志，是一个重要原因。至于隐士的事迹，在中国古代典籍中也俯拾皆是。东汉初年的严子陵，东晋末年的陶渊明，是中国最出名的两大隐士。一位垂钓富春，一位躬耕南亩，都远离华盖云集的繁华京都，甘处于荒远的郊野山林中。但倘若他们只是蓑衣悬钓的渔翁或荷锄耕作的农夫，人们大约就不会记得他们的姓名。《后汉书》上说严子陵"少有高名，与光武同游学"，显然不是个寻常人物，只是他深谙官场的污浊和君王的昏戾，才辞弃光武帝刘秀赏赐的厚禄高官，而甘愿垂钓于富春江畔。至于陶渊明，在"采菊东篱下，悠然见南山"的恬淡情怀中，仍常有"刑天舞干戚，猛志故常在"

的勃然豪气，只是因处在"真风告逝，大伪斯兴"的黑暗年代，他才不得不隐迹于田舍茅篱之中。鲁迅说他"于世事也并没有遗忘和冷淡"，是很中肯的。因此，大凡真正的隐士，仍是胸怀济物之心的。唯其如此，才为世人所敬重和仰慕，在唐寅看来，"存心济物"是士大夫知识分子人格精神的根本，若无此心志，"则虽显者，亦不足贵，况隐于山林邱壑之中者耶?"

唐寅的朋友朱大泾并非官位显赫的贵介，而只是一个隐于民间的君子，然而他"世精疡医，存心济物"，是一位不同凡响的高蹈之士。唐寅由他的人品医术，而赞慕他的号"菊隐"，因为"菊隐"两字的内涵确实包蕴了处于江湖的中国士大夫阶层(自然包括唐寅自己)内心孤高清芬的意味。诚然，菊没有牡丹那份"花开时节动京城"的"好颜色"和富贵艳紫气，它总是同潇潇秋雨、飒飒秋风相系联，但在中国古代士人的心目中，却透发出那种孤高雅洁、清芬沁人的山林旨趣，尤为退离仕宦的士人所喜爱。唐寅说它"生必于荒岭郊野之中，惟隐者得与之近"，就更突出了它的高洁之性。朱君以医行道，"其功甚大，其名甚著"，却毫不爱恋牡丹的宫廷脂粉气，而一心倾慕菊的那份山林荒野气，从中可以透视他内心的精神品格，而这正是作者唐寅自己的襟怀胸臆。

在古代中国，人们总是将"菊""酒"同"隐"相联，因为这确能体现出不同于朝廷命官的执笏肃立或正襟危坐的那种肃穆简傲的姿态。唐寅在文末说:"君隐于菊，而余也隐于酒。对菊令酒，世必有知陶渊明、刘伯伦矣。"虽然陶渊明爱菊，刘伶(字伯伦)耽酒，但他们都厌恶官场，蔑视权贵，追求个性的自由放达，推崇精神的独立不羁，其内在的精神品性并无二致。他们胸存济物之心而无以报国，只得行吟山水、笑傲江湖的内心体味，正是唐寅所要叹发的感慨，实际上也是他自己精神生活的写照。

(徐静波)

【作者小传】

文徵明

(1470—1559)　明诗文家、书画家。原名文璧，字徵明，以字行，改字徵仲，号衡山。长洲(今江苏苏州)人。文林子。早年学文于吴宽，学书于李应祯，学画于沈周。正德末年以荐授翰林待诏；世宗立，预修《武宗实录》。致仕归。四方乞诗文书画者，接踵于道。与祝允明、唐寅、徐祯卿被称为"吴中四杰"或"吴中四才子"；与沈周、唐寅、仇英是画史有名的"吴门四大家"。是明代最主要的书画家之一。著有《甫田集》，今人编有《文徵明集》。

游洞庭东山诗序　文徵明

洞庭两山，为吴中胜绝处。有具区①映带，而无城闉②之接，足以遥瞩高寄。而灵栖桀构③，又多古仙逸民奇迹，信人区别境也。

余友徐子昌国④近登西山，示余纪游八诗，余读而和之。于是西山之胜，无俟手披足蹑，固已隐然目睫间；而东麓方切倾企⑤。属以事过湖，遂获升而游焉。留仅五日，历有名之迹四。虽不能周览群胜，而一山之胜，固在是矣。一时触目摅怀，往往托之吟讽。归而理咏，得诗七首。辄亦夸示徐子，俾之继响。

昔皮袭美⑥游洞庭，作古诗二十篇，而陆鲁望⑦和之。其风流文雅至于今，千载犹使人读而兴艳。然考之鹿门所题，多西山之迹；而东山之胜，固未闻天随有倡也。得微陆公犹有负乎？予于陆公不能为役，而庶几东山之行，无负于徐子。

〔注〕① 具区：又名震泽，即太湖。 ② 城闉(yīn)：城外曲城的重门，亦泛指城门。 ③ 灵栖桀构：人杰地灵之意。桀，同“杰”。 ④ 徐昌国：即徐祯卿，昌国为其字，吴县(今江苏苏州)人，少与唐寅等号“吴中四子”，著有《迪功集》等。 ⑤ 方切倾企：正急切地盼望一游。 ⑥ 皮袭美：即皮日休，袭美为其字，外号鹿门子等，晚唐文学家，襄阳(今属湖北)人，著有《皮子文薮》。 ⑦ 陆鲁望：即陆龟蒙，鲁望为其字，自号天随子等，晚唐文学家，姑苏(今江苏苏州)人，著有《甫里集》。

翻开《文徵明集》，山水田园的诗文几乎占了一大半，可见文徵明对于自然的浓郁兴趣。他少时曾有济世之志，然屡试不第，遂有隐逸之想，书画极负盛名。后虽一度厕身朝廷，然身处庙廊而心存泉石，三年后即挂冠归乡，一生遍游吴中山水。他的洞庭两山记游诗一直很受人称诵。此篇《游洞庭东山诗序》，表露了他对古人高洁之操、旷远之怀的追慕，同时也发抒了一种恬淡萧远的情怀。

《诗序》中写道：“昔皮袭美游洞庭，作古诗二十篇，而陆鲁望和之。其风流文雅至于今，千载犹使人读而兴艳。”皮日休和陆龟蒙都是晚唐诗人，生性傲诞，早年虽有佐国之志，然场屋屡屡受挫，遂隐居乡间，放浪山水，一号闲气布衣，一称江湖散人。懿宗咸通年间，皮日休东游至苏州，与陆龟蒙相识，彼此唱和，

《诗序》中提及的洞庭西山诗，即是此时所作。皮、陆的诗，颇有韩愈遗风，奇峻冷峭，透发出一股清逸之气。如皮日休的《初入太湖》诗："悠然啸傲去，天上摇画艋。"他的《明月湾》诗则表现了一种退居林壑、流连泉石的闲情："野人波涛上，白屋幽深间。晓培橘栽去，暮作鱼梁还。清泉出石砌，好树临柴关。对此老且死，不知忧与患。"文徵明追慕这种旷达的襟怀和萧远的逸气，所以说："千载犹使人读而兴艳。"他的七首《游洞庭东山诗》，与皮、陆的洞庭诗在精神上是一脉相通的。如他的《宿静观楼》："秋山破梦风生树，夜水明楼月在湖。"又如《翠峰寺》："空翠夹舆松千里，断碑横路寺千年。遗踪见说降龙井，裹茗来尝悟道泉。伏腊满山收橘柚，蒲团倚户泊云烟。书生分愿无过此，悔不曾参雪窦禅。"一股清逸之气如晓风拂来，爽人心怀。山水本无性灵，而一经中国文人的体味绘摹，即所谓"一时触目摅怀，往往托之吟讽"，就使人感到一种平静悠远的意味。

中国的诗画绝少描绘惊涛骇浪、乱石穿空的动态场景，文徵明的《石湖清胜图》《浒溪草堂图》诸画，都氤氲着一片娴静之气。诚如林语堂所说："平静与和谐是中国艺术的特征，它们源于中国艺术家的心灵。中国的艺术家是这样的一个人：他与自然和睦相处，不受社会枷锁束缚和金钱的诱惑，他的精神深深地沉浸在山水和其他自然物象之中。"（《吾土吾民》）可见，中国文人的诗画所渗透的对于自然山水永无倦意的徜徉流连，以及透过自然山水而表现出来的幽深清雅的审美情趣，体现了中国艺术特有的境界。文徵明的此篇诗序就是一个佐证。

（徐静波）

【作者小传】

归有光

（1506—1571） 明散文家。字熙甫，人称震川先生。昆山（今属江苏）人。嘉靖进士。官湖州长兴知县、南京太仆寺丞，与修《世宗实录》。曾长期在嘉定读书讲学。论文力排王世贞等"文必秦汉"的拟古主义文风，与唐顺之、王慎中、茅坤等同被称为"唐宋派"。所作散文朴素，善于叙事，甚为当时推重。著有《震川先生集》。

寒花葬志

归有光

婢，魏孺人[①]媵[②]也。嘉靖丁酉[③]五月四日死，葬虚丘[④]。

事我而不卒，命也夫！

婢初媵时，年十岁，垂双鬟，曳深绿布裳。一日，天寒，爇[5]火煮荸荠熟，婢削之盈瓯[6]。予入自外，取食之；婢持去，不与。魏孺人笑之。孺人每令婢倚几旁饭，即饭，目眶冉冉动。孺人又指予以为笑。

回思是时，奄忽便已十年。吁，可悲也已！

〔注〕①魏孺人：作者之妻，南京光禄寺典簿魏庠次女。孺人，旧时对妇女的尊称。②媵(yìng)：古时随嫁的人。③嘉靖丁酉：1537年。嘉靖，明世宗年号。④虚丘：作者家乡昆山东南有丘墟镇，二字或颠倒。一说，"虚"同"墟"，即大丘、土山。⑤爇(ruò)：点燃。⑥瓯(ōu)：盆盂一类瓦器。

人生聚散离合，总排列着如烟往事，待人追忆怀想。

明世宗嘉靖七年(1528)，归有光二十二岁，娶妻魏氏，十岁的寒花作为随侍的婢女到归家。五年后，妻殁。又四年，寒花也亡。这篇悼文，是安葬寒花的记事。

嘉靖丁酉五月四日，寒花青春早夭，芳魂一缕付诸春风，时年不过二十岁。奴婢身份，自不得葬入主人家坟茔，择荒凉的土冈而葬，正是薄命薄葬了。时当春日，万木欣荣，一丘黑土，却要掩埋一段黄金似的年华。命运遭际，令人唏嘘长叹。

旧梦轻启，尘封的往事，便都在悼婢之时鲜活起来。

记忆中，全是"奄忽便已十年"的些些旧事，琐屑而微小，平凡而真切，却那样清晰地铭在作者心灵深处。

第一件小事，是写一个十岁的小女孩，垂环形发髻，曳深绿布裙，步入归家，这是寒花给人的第一印象。"垂"者，如见发髻随步颤动，"曳"者，如感长裙轻轻扬起，二字化静为动，写活了一个天真女孩的形态。第二件小事，写寒花满含童稚的心态。一个极冷的冬日，寒花煮熟荸荠，削满一盆，正值作者从室外回家，伸手便去取那热腾腾的荸荠，寒花却急忙端走了盆子，不让他吃。这时的女孩，还不懂得小姐与作者的夫妻关系，她对小姐幼稚地袒护的心态情态，天真的痴情憨态，宛然可掬。怪不得妻不仅不因她行为失礼、唐突夫君而责怪气恼，反而觉着有趣地笑了呢！这一笑里，夫妻二人对寒花的怜爱、欣赏，尽在其中。最后，写寒花的一个生理习惯。妻常喜让寒花"倚几旁饭"，每吃饭，女孩的眼珠总不由自主地一眨一眨，徐缓而生动。妻见了，就笑，并指给作者看，觉得很有趣。寻常习性，却是每饭必见，念及往事，能不忆及？这二笑中，主仆三人融洽无间的亲情也自可见了。

一段回忆，三件小事，处处写寒花，却又处处可见妻的音容。当寒花垂髫年华，步入归家时，初为新娘的妻一定娇媚地站在她的前面；寒花煮荸荠，初作少妇的妻一定倚着夫君，忍俊不禁；“指予以为笑”，更见妻的动态神情。寒花是作者身边与妻最贴近的人，追忆寒花，能不忆妻？可以说，悼念寒花，正是为了同时悼妻。显然，这轻启的回忆中，鲜活的不只是小丫环，伉俪敦伦的温馨，也在文中弥散开来，很浓；妻的笑貌音容，也在这尘封的往事中洋溢开来，很美。一个和谐完满的家，一段温馨甜蜜的岁月，两个可爱的女性，就这样，款款步入人们心中。

然而，二位善良的女性都先后辞世了。回想当年，片羽一脔，却都是很久以前发生的事了，转瞬间十年已过。往昔的幸福已成幻影，浮生若梦，人生无常的慨叹，世事沧桑，悲婢悼妻的凄伤，油然而至，怎能不叫人深深长叹命运的可悲呢！

生命短暂，却总会在这里那里留下一鳞半爪的旧事。逝者逝了，却依旧尘封在活人心中，感思怀念，靡有止极。

（徐　枫）

项脊轩志

归有光

项脊轩，旧南阁子也[①]。室仅方丈，可容一人居。百年老屋，尘泥渗漉[②]，雨泽下注，每移案，顾视无可置者。又北向，不能得日，日过午已昏。余稍为修葺，使不上漏；前辟四窗，垣墙周庭，以当南日，日影反照，室始洞然[③]。又杂植兰桂竹木于庭，旧时栏楯，亦遂增胜[④]。积书满架，偃仰啸歌，冥然兀坐，万籁有声[⑤]。而庭阶寂寂，小鸟时来啄食，人至不去。三五之夜，明月半墙，桂影斑驳，风移影动，珊珊可爱[⑥]。

然余居于此，多可喜，亦多可悲。先是庭中通南北为一；迨诸父异爨，内外多置小门墙，往往而是[⑦]。东犬西吠，客逾庖[⑧]而宴，鸡栖于厅。庭中始为篱，已为墙，凡再变矣。家有老妪，尝居于此。妪，先大母婢也，乳二世，先妣抚之甚厚[⑨]。室西连于中闺[⑩]，先妣尝一至。妪每谓余曰：“某所而母立于兹[⑪]。”妪又曰：“汝姊在吾怀，呱呱而泣，娘以指扣门扉曰：‘儿寒乎？欲食乎？'吾从板外相为应答……"语未毕，余泣，妪亦泣。余自束发，读书轩中。一日，大母过余曰："吾儿，久不见若影，何竟日默默在此，大类[12]女郎也？"比去，以手阖门[13]，自语曰："吾家读书久不效，儿之成，则可待乎！"顷之，持一象笏至[14]，曰："此吾祖太常公宣德间执此以朝[15]，他日汝当用之！"瞻顾遗迹，如在昨日，令人长号不自禁[16]。

轩东，故尝为厨；人往，从轩前过。余扃牖[17]而居，久之，能以足音辨人。轩凡四遭火，得不焚，殆有神护者。

项脊生[18]曰："蜀清守丹穴，利甲天下，其后秦皇帝筑女怀清台[19]。刘玄德与曹操争天下，诸葛孔明起陇中。方二人之昧昧[20]于一隅也，世何足以知之？余区区处败屋中，方扬眉瞬目，谓有奇景；人知之者，其谓与坎井之蛙何异[21]？"

余既为此志，后五年，吾妻来归[22]。时至轩中，从余问古事，或凭几学书[23]。吾妻归宁[24]，述诸小妹语曰："闻姊家有阁子，且何谓阁子也？"其后六年，吾妻死，室坏不修。其后二年，余久卧病无聊，乃使人复葺南阁子，其制稍异于前。然自后余多在外，不常居。

庭有枇杷树，吾妻死之年所手植也，今已亭亭如盖矣。

〔注〕①项脊：原是地名，在太仓（今属江苏），作者的远祖归隆道曾在此居住。以此名轩，有纪念先祖的意思。阁子：阁楼。　②渗漉（shèn lù）：渗透，下漏。　③垣墙周庭：用短墙把庭院四周围住。洞然：明亮的样子。　④栏楯（shǔn）：栏杆。增胜：增加了光彩。⑤冥然兀坐：静静地坐着。籁：窍孔。　⑥三五之夜：阴历十五夜。斑驳：色彩杂乱错落。珊珊：风吹桂树发出的簌簌声。　⑦迨：等到。诸父：伯，叔父。异爨（cuàn）：各起炊灶，就是分居自炊。往往：到处。　⑧逾庖：经过厨房。　⑨先大母：死去了的祖母。先，对死者的尊称。乳二世：做过两代的乳母。先妣（bǐ）：死去的母亲。　⑩中闺：内室。　⑪而：同"尔"，你。兹：此，这里。　⑫大类：很像。　⑬比去：等到离开。比，及，等到。阖门：闭门。　⑭顷之：一会儿。象笏（hù）：象牙做的狭长板子，也有用玉或竹制的。古时朝臣见驾时用的，上面记着要启奏的事情，以备遗忘。　⑮太常公：指归有光祖母的祖父太常寺卿夏昶。宣德：明宣宗朱瞻基年号（1426—1435）。　⑯瞻顾：瞻仰回顾。长号（háo）：大哭。　⑰扃牖（jiōng yǒu）：关着窗子。　⑱项脊生：作者自称。　⑲"蜀清"三句：据《史记·货殖列传》载，巴蜀有一个叫做清的寡妇，守着祖宗遗留下来的丹砂矿，牟取厚利，财富为天下第一，秦始皇曾为她修了一座女怀清台。丹穴，丹砂矿。　⑳昧昧：不明，即声名不显，默默无闻。㉑坎井之蛙：浅井里的青蛙，比喻见闻浅陋的人。　㉒来归：嫁到我家来。　㉓学书：学写

字。　㉔归宁：已婚女子回娘家看望父母。

《项脊轩志》，是我国古代散文中的名篇。它的最大成功在于以情动人。每一个细细咏读此文的人，几乎没有不被它那极为平淡的文字中所蕴藏的极为诚挚的人情味所感动的。

人皆有情。此文中所表现的人情，细析下来，大致有如下几层：

第一层是“今昔盛衰”之情。作者祖上做官，有过一阵家业发达、人丁兴旺的“盛时”；但现在，“诸父异爨”“鸡栖于厅”，弄得家业败落，诸亲反目。这种封建大家庭走向败落离析的凄凉情景，自然激发了作者“华屋山丘”“抚今追昔”之感。因此，我们从作者笔下这间“尘泥渗漉”的“百年老屋”中，不能不感受到一种末世的悲凉感。

第二层是“物在人亡”之情。作者写了两位女性形象：一位是盼望孙儿早日成才的老祖母，她以年迈之身犹念念不忘孙儿他日能够继承祖业和重振家风，特别是她生怕室外有什么动静会干扰孙儿读书而“比去，以手阖门”的细节，实在感人至深。另一位是慈爱的母亲，她时刻关心着孩子的饮食起居，“以指扣门扉曰：‘儿寒乎？欲食乎？’”这种铭心刻骨的母爱真是天底下第一感人的挚情，令每一个人读后不由会生“谁言寸草心，报得三春晖”的感触。另外，本文的最后两小节，是作者在三十五岁后补写的(前面四节写于十八岁)。他在补写的两节文字中，又给我们描绘了他亡妻的形象——她“从余问古事，或凭几学书”，真是伉俪相得，和谐融洽。可是，老天悭缘，竟连她也已物在人亡！而今目睹她亲手所植的枇杷树亭亭如盖，怎能不叫人睹物思人，黯然神伤！

第三层是“贫士蹭蹬”之情。作者本是一位志高才富的文人，可是在仕途上却很不得意，到三十五岁始中举，直到花甲之年才当了个长兴知县。因此，他所描写的于室仅方丈的项脊轩中“偃仰啸歌，冥然兀坐”情状，以及他所感发的“余区区处败屋中，方扬眉瞬目，谓有奇景；人知之者，其谓与坎井之蛙何异”的自嘲，实际都包含着他“贫士失职而志不平”的郁闷与牢骚。这在旧时代也是最易引起共鸣与同情的。

由于本文交织着上述三种复杂的感情，所以全文虽只以平淡的语言记叙了一些家常琐事，然而却处处渗透着人情，为失意的人们唱出了一支深沉的人生哀歌。在写法上，它突破了一般“古文”的写法，融进了某种程度的“小说”笔法(如描写细节，刻画人物)，因而别具一种既简约通畅又富有风韵的情味，令人读后掩卷沉思，回味无穷。

(杨海明)

【作者小传】

陆树声

(1509—1605)　明文学家。本姓林,字与吉,号平泉。松江华亭(今上海市松江区)人。嘉靖进士。历官编修、太常寺卿,掌南京国子监祭酒,神宗即位,召拜礼部尚书。万历元年(1573)忤权臣,遂请病归。授学乡里,学问终老。善诗文,工书法。卒谥文定。著作有《平泉题跋》《汲古丛语》《病榻寤言》《陆文定公书》等。

东坡海南食蠔　　陆树声

东坡在海南,食蠔而美,贻书叔党[①]曰:"无令中朝[②]士大夫知,恐争谋南徙,以分此味。"使士大夫而乐南徙,则忌公者不令公此行矣。或谓东坡此言,以贤君子望人。

〔注〕①叔党:苏轼少子苏过,字叔党,号斜川居士。绍圣元年苏轼谪岭南,过随行侍奉。　②中朝:即朝中。

记载在《清暑笔谈》中的这则东坡轶事,是颇能反映苏轼幽默感的一篇小品文。苏轼因为喜欢吃海南的牡蛎(蠔),便急忙忙地写信给儿子苏过,让他别将此事透露给京城的士大夫们,否则那些没吃过海南美味牡蛎的京城官吏闻讯都要求调到海南来工作,那苏轼自己就没法独享牡蛎佳肴了。

不过如果苏轼果真是为海南美味而有此举,则他的幽默只能算是比较浅层的调侃,而不是真正的幽默。今人曾云:"幽默是痛苦与欢乐交叉点上的产物。"此言深得幽默三昧。苏轼在海南"食蠔而美"并有贻书苏过之举,实在是有一份深沉的悲愤与企求在,而与这深沉的悲愤与企求共存的,又是一种知足的快乐。

此话怎讲?这还得翻翻东坡的履历。苏轼在政治上不得志,晚年值绍圣年间贬斥元祐旧臣,被一贬再贬,最后的放逐地竟远至儋州(今属海南)。在儋州,他的实际生活面貌是"饮食不具,药石无有"。而处于这样恶劣的环境与心境中,他仍能"食蠔而美",这不能不归功于他不断的"修炼",使自己"修炼"成了一个能知足常乐的典型的中国士大夫。不过苏轼又不是一个性格简单的普通文人,他的知足并非是一种万事皆休、余生几何的漠然,而是一种承认现实又不满现实的矛盾。他在给苏过的信中所谓"无令中朝士大夫知"云云,真正的含义是不希望再有人像他那样被远贬到海南来,因而他写这番话语时的心情,是不平与悲愤的。但是他又是一个很现实的人,很可能在他的内心,隐约有一种悲凉的预感:

还有人会像他一样被贬斥，被远逐。因此当他要表述自己的想法时，他采用了一种反语，那便是不希望士大夫们争先恐后地南徙，来分享他的美味。这种正话反说，悲愤之情以欢快之语出之的风格，不正是真正的幽默吗？

《清暑笔谈》的作者陆树声记载后人对苏轼所言的评价，是“或谓东坡此言，以贤君子望人”，言下之意是苏轼希望朝廷的同僚不要老干相互倾轧的勾当。这话或许有道理，但以敦诚老儒之心度东坡落拓名士之腹，显得不那么般配。而陆氏自己解释东坡之言，竟谓“使士大夫而乐南徙，则忌公者不令公此行”，那就似乎太缺乏幽默感了。

（陈正宏）

墨

陆树声

墨以陈为贵，余所蓄二墨，形制古雅，当是佳品。独余不善书，未经磨试；然余惟不善书也，故墨能久存。昔东坡谓：吕行甫好藏墨而不能书，则时磨墨汁小啜之。余无啜墨之量，惟手摩香泽，足一赏也。

此文既不谈制墨，也不谈用墨，而只谈赏墨。墨为文房四宝之一。古人喜书，墨于书不可或缺，所以是宝。但是，钟爱得如吕、陆二君以眼、舌、鼻赏之，似不可思议。其实说怪也不怪，至少陆树声的墨“古雅”可观，“香泽”可嗅，赏一赏也无妨；至于说到“墨”于才学修养至关重要，当然也并不勉强，譬如今人常用“胸无点墨”来形容无知鄙陋之辈——能说墨不是宝吗？

诚然，吕行甫既不能书，即使大喝墨汁，同样不能书。不过，倘使不知墨，不识墨，吕君断不会爱到“小啜之”的程度。墨由烟煤与胶合成，以徽州出产的最负盛名，吕、陆二君之所藏，必为徽墨无疑。古人制墨、用墨非常讲究，东坡还说过：“光而不黑，索然无神气，亦复安用？”可见不仅讲究光，而且讲究色，藏墨者显然还讲究形状及制作时期。

收藏本为了占有和欣赏，占有何物欣赏何物则可显示收藏者的才识和趣味。拿藏书来说，皇皇巨著搁于书架，不仅可随时翻阅赏读，而且满室生辉，颇可显示主人的修养。今人与古人一样爱收藏，只是今人除书籍、书画、古玩外，还收藏邮票、火柴盒、香烟盒、名胜游览券、各国纸币和硬币，名目繁多，不一而足；其动机与意义除占有和欣赏外，自然也添了不少，如某些收藏物或可带来的商业价值，足以叫收藏者倍加珍爱，与古人毕竟有所不同。

不过不管怎么说，收藏物必是收藏人的心爱之物，是收藏人的宝物，古今一样。墨若非古人文房之宝，这等煤胶合成的黑物，其形、其味、其香再怎么悦人感官，也不会受吕、陆二君垂爱如此。古人爱墨，此二君可算是典型了，算得上“墨痴”。

（孙　伟）

砚　室　记　　　　陆树声

余性寡嗜好，平生所蓄，舍书史外，无长物①。自为史官②，蓄一端砚③，及官南雍④，得一砚，歙石⑤也。已前后得石，属工理⑥之，凡得砚者十，曰：“蓄此足矣，越十吾无取焉。”因自号“十砚主人”。椟⑦藏之，题曰“砚室”。间⑧一出之，置几上，兀傲相对。客有规余好之癖者⑨，余曰：“癖此不犹愈于癖他好乎？”

异日，客有具辨眼者⑩，视之，举⑪非佳品也。余曰：“客知余癖砚矣，宁庸⑫以佳品为癖乎？且昔之论砚者多矣，自欧阳永叔、蔡君谟、洪景伯推龙尾良者出端石上⑬，而苏子瞻至，列以牛后⑭，乃复为罗文作传⑮，岂物无定论，其轻重一出士人之喙耶⑯？又安知余所蓄之果⑰佳乎否乎也？如使余嗜砚而取必于佳，则珍玩殊品，世不有万于砚者乎？夫珍玩殊品，非有力者不能致，而往往规夺⑱所好于他人，故不以移余之嗜。独余薄才无文，知嗜砚矣，不能为之重。以余之不足以重砚也，又何暇计其品之高下？虽然，如余之嗜砚，不移于珍玩殊品，则砚之托于余而见嗜也，安知不因以为重乎？然则余之癖未解也。”

他日，璋子⑲学书，出其一授焉，曰：“俟汝能书，吾将举全室畀⑳之。”有问者，曰：“此余家青毡㉑也，惟勿以籝金㉒例之。”十砚主人记。

〔注〕① 长物：多余的东西。长物，旧读“长(zhàng)物”。 ② 史官：主管文书、典籍之官，明代翰林院学士兼任史事，故翰林有太史之称。陆树声于嘉靖二十年(1541)辛丑会试第一，选庶吉士，授编修。 ③ 端砚：用广东高要(今属肇庆市)端溪地方出产的石头制成的砚台，是砚台中的上品。 ④ 南雍：明代称设在南京的国子监。雍，辟雍，古之大学。辟，通“璧”。 ⑤ 歙(shè)石：婺源歙溪所产的石砚。婺源古属歙州，故名。歙砚又称婺源砚、龙尾砚，始制于唐开元间，与端砚并称于世。 ⑥ 理：加工，雕琢。 ⑦ 椟(dú)：木匣子。

⑧ 间：隔一段时间。 ⑨ 规：规劝。癖：对事物的偏爱成为习惯。 ⑩ 辨眼者：具有敏锐眼力的人。 ⑪ 举：全部。 ⑫ 庸：用作副词，表示反诘的语气，可译作"难道"。 ⑬ 欧阳永叔：欧阳修，字永叔，曾有《砚著》一书。蔡君谟：宋蔡襄，字君谟，著名书画家。洪景伯：洪适，字景伯，好藏金石拓本。龙尾：龙尾砚，歙砚中的上品，由婺源龙尾山石做成。 ⑭ 牛后：牛的肛门。谚云："宁为鸡口，无为牛后。"比喻从属地位。 ⑮ 罗文作传：苏轼作《万石君罗文传》。罗文，指罗纹砚，由婺源罗纹山石做成，砚石上有粗细、形状、色泽不同的纹路。 ⑯ 一：完全。喙：嘴巴。 ⑰ 果：果真。 ⑱ 规夺：设法夺取。 ⑲ 璋子：陆树声的儿子陆璋。 ⑳ 畀(bì)：给予。 ㉑ 青毡：语自《晋书·王羲之传》："(王献之)夜卧斋中，而有偷人入其室，盗物都尽。献之徐曰：'偷儿，青毡我家旧物，可特置之。'群偷惊走。"后以"青毡"指士人家中的旧物，此处指砚石。 ㉒ 籯(yíng)金：满笼黄金。籯，竹笼。

松江华亭人陆树声，谥文定，历任南京国子监司业，左谕德、太常卿等职，后召为吏部右侍郎、礼部尚书，皆不就。"通籍六十余年，居官未及一纪"，可见其不乐仕进；其为人"端介恬雅，悠然物表"。其对仕途进退的态度是"难进易退"，即做官前要再三考虑，去官时唯恐不速。这是典型的江南文人的做派。西晋张季鹰因"莼鲈之思"立刻辞官返回故乡吴县，陆树声《吴淞风味册后序》谦逊表明自己也是秉承张翁遗风之人。与汲汲于功名的文人不同，与同出吴县的范仲淹"进亦忧退亦忧"也有不同。陆树声"进退有度"，他具有超乎平常人的为官及处事能力，没有对功名利禄的贪欲，因而有能掌控自己人生进退的理性。虽然他"难进"，即"屡辞朝命"，有多次为高官的机会都以各种理由辞去，以至于"中外高其风节"，但是他真正为官时能做到以天下为己任，方正耿介，如其掌南京祭酒事时，"严敕学规，著教以励诸生"；张居正当国时，"北部要增岁币，部将许之，其力争之。岁终，陈四方灾异"，提出多种建议。这与其《九山散樵传》中的"九山散樵"性格一致，即虽然厌倦仕途，有着对自由适意生活的渴望，但还是做一些"入世"的事，显示出他作为正直的封建文人的社会责任感。他的思想生活方式也与范仲淹的"居庙堂之高则忧其民"相同，但他"居江湖之远"时不是"忧其君"或者沉醉于山水之间不问世事，而是把精力放在著述上，表现出对学术文化传承的社会责任感。

陆树声以上的人生理想和人格特征，在《砚室记》这篇小品文中通过"主客对答"的形式表现出来。作者首先自陈嗜好是收藏普普通通的砚台，而且收藏到十方砚台就觉得足够了，其实就是通过这一嗜好来表明自己是如何立身处世的。砚台端方朴素，犹如世人对其"端介"的评价；收藏十砚即止，说明自己知足不贪，收藏不是为了聚财。接着作者引出第一个"客"来规劝自己不该有特殊的癖好，陆树声以一句"癖此不犹愈于癖他好乎"(即自己嗜好砚台比嗜好其他物好)终结了"客"的规劝；第二个"客"以陆树声所藏砚台全不是"佳品"来否定他收藏的意义，这才引起陆树声长篇大论的反驳。他的反驳是围绕自己嗜砚“只讲实用不求佳品”的观点展开的，声明自己和世人所说的“佳品”标准不一致，他不稀罕那些“珍玩殊品”式的好砚。第三个“客”问的是：既然你要把砚台全部留给儿子，是不是跟其他把遗产留给后人的行为是一样的？作者的回答是：这不过是家中的旧物的留传，而不是和其他人一样把值钱的财产留给后人。表面上看留传的是“砚台”之物，不如说传下的是家风，端方严正，知足不贪，务实不尚虚，不追名逐利，都是陆树声希望借这十方砚台传下去并影响后人的立身处世的品格。

当自己的思想观点与行为方式与众不同时，必然会招来他人的反对。文中的“客”，未必真实存在，但是他代表的是一群人，尤其是第二个“客”代表了视收藏的价值在于“珍贵”聚财的一类人。作者的长篇大论应该说服不了这类人，因为现实中这类逐利之人是不能理解陆树声这种追求精神生活和脱离世俗趣味的收藏嗜好的，而陆树声反驳“客”的目的首先是直抒胸臆表明自己的人生见解和精神世界，至于最终能改变谁，端看谁的领悟力罢了。就像其在《九山散樵传》中，遇到有“客”在“讥其诞”时，也是这样直接表白自己的心迹的。　（袁　茹）

【作者小传】

徐　渭

(1521—1593)　明文学家、书画家。初字文清，改字文长，号天池山人、青藤道士，或署田水月。山阴(今浙江绍兴)人。年二十为生员，屡应乡试不中。中年为浙闽总督胡宗宪幕僚，于抗倭军事，多所筹划。胡入狱后，他怕被牵连，一度发狂。后编写《会稽县志》。善诗文，评者谓得李贺之奇、苏轼之辩，不落窠臼。所作戏曲论著、杂剧，颇有超越前人见解和打破陈规之处。又工书画。著有《徐文长全集》《徐文长佚稿》《徐文长佚草》等。

评朱子论东坡文　　　　徐　渭

夫子不语怪，亦未尝指之无怪。《史记》所称秦穆、赵简事，未可为无。文公件件要中鹄，把定执板，只要人说他是个圣人，并无一些破绽，所以做别人者人人不中他意，世间事事不称他心，无过中必求有过，谷里拣米，米里拣虫，只是张汤、赵禹伎俩。此不解东坡深。吹毛求疵，苛刻之吏，无过中求有过，暗昧之吏。极有布置而了无布置痕迹者，东坡千古一人而已。朱老议论乃是盲者摸索，拗者品评，酷者苛断。

朱子即朱熹，南宋著名的理学家。东坡是苏轼的号，他是北宋成就最高的文学家。朱熹对苏轼的为人、特别是他的文章，批评很多。一个原因是：在宋哲宗时，有“洛蜀党争”，洛党指洛阳人程颢、程颐兄弟，蜀党指四川人苏轼、苏辙兄弟，而朱熹的理学是继承二程的，所以他要帮自己的先辈骂政敌。但还有更重要的原因：苏轼说起来也是个经学家，却很不纯粹，又喜欢佛教，又喜欢老庄，芜杂得很。他的文章，说起来是为了宣扬儒道，其实也是不纯粹，常常只是从文章的漂亮与否考虑。有时还偏离儒道，胡说一气。但他的影响却很大。所以作为纯粹儒者的朱熹，非要把他驳倒、还其本来面貌不可。说到底，这是为了维护道统的纯洁性。

徐渭对宋人，最喜欢的是苏东坡。因为这人不仅文章写得好，为人也有情趣。唯一的缺点，就是太喜爱吃江瑶柱(干贝)，而不懂得蟹才是上味。他最讨厌的，则是朱熹。因为这人最爱说大道理，要人修身养性，容不得半点偏差。他的最有名的话头叫做“存天理，灭人欲”，那是不让人有一点活气了。本来朱熹早死了，关徐渭屁事。只是他的学说却是明代钦定的官方思想，依旧勒人脖子，而且当代一大帮口是心非的假道学，都该算作朱家子孙，那是非骂不可了。正面地骂似乎不方便，所以假借反对朱熹对东坡文章的评论，大骂朱熹。

这篇短文原来大约是各自独立的二节，后来才合抄在一起，所以前后有些重复。涉及朱熹对东坡文章的评论有二点，都见于《朱子语类》。一是朱熹批评东坡好谈怪异，徐渭的反驳只是：孔子不说怪异事(即《论语》所谓“子不语怪乱力神”)，却也未曾说一定没有；《史记》所载秦穆公、赵简子的事迹，未必都是虚假的。这道理并不充分。二是朱熹批评苏轼文章无“布置”(指结构)，徐渭的反驳只是：东坡的文章极有布置却无布置痕迹，称得千古一人。这至少是过于简单，不够透彻。

但徐渭主要不是和朱熹争辩东坡文章的优劣，而是借题发挥。朱熹是一个把儒学理论加以严密化、精细化的人物(他的分析方法还是有意义的)，对历史上许多他认为不纯粹的儒者都加以严格的批评，实际标志了宋代封建专制的加强和思想统治的深入(所以明清时朱子学成为儒学正宗)。而徐渭就是紧抓住这一点，刻薄他一心要做圣人，且立意不让别人活下去，看世上人都不中意，世上事都不称心。将这位已经成为钦定偶像的“文公”(“文”是朱熹的谥号)比喻为汉代的酷吏赵禹、张汤，专会罗织罪名，锻炼成狱，残害好人。整篇文章反反复复，就只说这一层意思。其实际意义，是反映了明中叶江浙文人的一种自由倾向，即要求承认个人有追求生活满足、发扬个性、独立思考、自由选择的权利。这是明代较早的一篇公开表示要唾弃朱子学说、打破思想禁锢的文章，虽不是正面批判，但从文中的尖刻语气和憎恶情绪，完全可以看出其真意所在。

徐渭的文章，通常看似随便，其实颇为讲究，语言都很漂亮。这一篇则不同，只是一味地讥讽嘲骂。但方法巧妙，思想敏锐，性情彰露，仍是很有味道。

（骆玉明）

书草玄堂稿后　　徐　渭

始女子之来嫁于婿家也，朱之粉之，倩之颦之，步不敢越裾，语不敢见齿，不如是，则以为非女子之态也。迨数十年，长子孙而近妪姥，于是黜朱粉，罢倩颦，横步之所加，莫非问耕织于奴婢，横口之所语，莫非呼鸡豕于圈槽，甚至龋齿而笑，蓬首而搔，盖回视向之所谓态者，真赧然以为妆缀取怜、矫真饰伪之物。而娣姒者犹望其宛宛婴婴也[①]，不亦可叹也者？渭之学为诗也，矜于昔而颓且放于今也，颇有类于是，其为娣姒哂也多矣。今校郦君之诗，而恍然契，肃然敛容焉，盖真得先我而老之娣姒矣。

〔注〕 ① 娣姒（dì sì）：古代诸妾的称呼。长者为姒，幼者为娣。宛宛婴婴：细弱文静娇羞貌。

这是徐渭为一个晚辈朋友的诗集所写的跋语，主要却是谈自己的诗从早年到晚年的变化，以及他对诗歌美学的一种理解。最后才点到这位“郦君”的诗，与自己晚年风格相契，如此少年老成，令人肃然起敬。这种写法非常自由，无端而来，只顾自说自话，丝毫不受文体的拘束，最后结穴，回顾前文，又一语不落空。徐渭称赞苏东坡的文章“极有布置而了无布置痕迹”，本篇亦可当此赞语，同属写得精心而读来轻松。

就是谈自己的诗，也不是从诗本身入手，而是用大半文字，写了一个比喻。这是徐渭惯用手法：把抽象的理论问题，化成形象的描绘，再一语点出象征的意义。只是要写得既生动又切合，饶有情趣而不致喧宾夺主，并非易事。文中所要说明的问题，是诗的循规蹈矩与越出规矩，也就是以人为主还是以我为主的区别,所用的比喻是女子初嫁时与年老后的不同情态。这比喻极漂亮。女子初嫁,行止谨慎,装扮细心,不敢有一点放肆,一点轻忽,那是按他人公认的标准学做好女人,极为不自由。初学诗者,也必经过这样一个看别人眼色的阶段。至媳妇成婆,养育子女成人,已是俨然一个"老祖宗",再不必取媚于人,令由己出,行动随便,遂进入自由境地。这时若要老太太涂脂抹粉,扭腰摆屁股,是极不成话的。诗人到了成熟的时候,不再注重表面的好看,也不屑于旁人的批评,只顾自己任意抒发,也类此模样。当然,并不是所有的诗人到后来都会走向"颓而放"的风格,也不是所有的人都承认无修饰的美才是真美,徐渭所说的只是他所追求的美。但形象具有直接的感染力,读了这篇文章,你就很容易接受他的看法。

关于"颓放",还需要作些说明。"颓放"不仅是徐渭晚年诗歌的风格特征,他的书法有时笔墨狼藉,偃蹇横斜,他的绘画常常放纵淋漓,随意涂抹,也都可以用"颓放"来概括。而且,明清两代的艺术家中,具有这种美学倾向的,如八大山人、扬州八怪等,为数也不少。所以,这是很值得注意的美学趣味。从徐渭来说,归于"颓放",首先是以真性为美,为此可以不要技巧,不计工拙,不问成败,甚至根本不必抱着要做好诗(或书画)的念头。但这又并不是真的乱涂一气,而是包含了一个潜在的前提:技巧之类,早已成为内在的、自然的、无须刻意追求的东西。得之于心,即可应之于手。所以"颓放"往往是天才的艺术。

再则,"颓放"也是一种特殊人格的美学形式。《四库总目提要》论徐渭晚年诗歌说:"及乎时移事易,侘傺穷愁,自知决不见用于时,益愤激无聊,放言高论,不复问古人法度为何物。"可以说,"颓放"的艺术,产生于因个性遭受压抑而产生的悲愤与失望,产生于对社会势力既不抱期望亦不甘屈服的态度。而其他倾向于"颓放"风格的艺术家的情况,多少与徐渭有相似之处。 (骆玉明)

抄代集小序 徐 渭

古人为文章,鲜有代人者。盖能文者非显则隐,显者贵,求之不得,况令其代;隐者高,得之无由,亦安能使之代?渭于文不幸若马耕耳,而处于不显不隐之间,故人得而代之,在渭亦不能避其代。又今制用时义,以故业举得官者,类不为古文词,即有为之者,而其所送赠贺启之礼,乃百倍于古,其势不得不取诸代。而代者必士之微而非隐者也。故于代可以观人,可以考世。

明嘉靖四十五年(1566),徐渭四十六岁,历经艰难人生,积郁成狂,在病中杀死妻子,被逮下狱。他自料难免一死,在狱中整理自己的文稿,希图留些痕迹在人间。其中一种,称为"代集",均是代人写作的文章。《代集》没有单独传世,但这篇序和集中大多数文章仍在后人为他编的文集中保存下来。那些代作的文章,上至他的幕主、东南抗倭军务总督胡宗宪上皇帝的奏章及致京城贵要的信函,下至绍兴某士绅清明扫墓烧给爹妈的祭文,种类繁多,数量庞大。对徐渭来说,这是他糊口养家的手段。

在这篇短短的序中,徐渭表现了颇为深刻的历史意识。中国本是崇文的国度,舞文弄墨,不仅是个人的爱好,而且是区别社会不同阶层的文化标志,是一般人踏入上层社会的凭借。所以,"古之能文者非显则隐"。"显"固是指官僚而言,"隐"亦是有资格做官而无意做官的人。他们是不肯代人写文章的(个别的例外现象不具有普遍意义)。徐渭自幼有"神童"之誉,也企图凭借文才振兴家族,求取个人功名,却料不到屡屡败于场屋,终于成了别人的文字工具。他于此觉得辛酸,发出"渭于文不幸若马耕耳"的叹息。马本该驰骋奔飞于原野,如今却垂首负犁,踉跄于田垅,是为不幸。

但代作文章成为普遍的现象,却有其社会原因。一是由于科举用"时义"即八股文取士,这种僵死的、模式化的东西未必需要多少才能(据记载,明代有考中进士而不知司马迁为何人的),而有才能的人又未必曲合规矩,于是造成习"古文词"(指传统诗文)与求仕登官的分离。二是由于文化总是不断地普及,各种社会交往及礼仪场合对文章的需求量也随之增加。做官的人或不善作文,或难以应付,就需要请人代笔。关于第二点,因这是文集的序,尚未说透。实际不仅是文章,书法、绘画等,在明代都因文化的普及形成一定的需求市场。落魄文人如唐伯虎、徐文长等,本来用以求仕的文章才能和用以自娱的书画才能,便可以作为商品出卖。这样的人,总是属于士林中寒微而又并非隐逸者。

"于代可以观人,可以考世。"确实,这篇小文章点出了一些很重要、引人深思的社会现象,有识见,有情感。牢骚、讥刺都在平静的调子中流出,见出大家风度。

(骆玉明)

叶子肃诗序　　徐　渭

人有学为鸟言者,其音则鸟也,而性则人也;鸟有学为人言者,其音则人也,而性则鸟也。此可以定人与鸟之衡哉!今之为诗者,何以异于是。不出于己之所自得,而徒窃于人之所尝言，曰某篇是某体，某篇则否；某句似某人，某句则否，此虽极工逼肖，而已不免于鸟之为人言矣。若吾友子肃之诗则不然，其情坦以直，故语无晦；其情散以博，故语无拘；其情多喜而少忧，故语虽苦而能遣其情；好高而耻下，故语虽俭而实丰。——盖所谓出于己之所自得，而不窃于人之所尝言者也。就其所自得，以论其所自鸣，规其微疵而约于至纯，此则渭之所献于子肃者也。若曰某篇不似某体，某句不似某人，是乌知子肃者哉？

在徐渭之前及同时，明代诗坛上出现了两个声势盛大的文学流派——以李梦阳、何景明为首的“前七子”和以李攀龙、王世贞为首的“后七子”。他们的文学理论和创作情况各有区别，但有一点是共同的，即主张学诗要从古代最上乘的作品入手，把握古人的规度，模拟古人的气韵格调，然后从中脱化出自己的东西来。这种复古和摹拟的论调，到了大量没有才气的文人手中，便把写诗变成木拙的临帖，造成一股浮薄粗滥的风气。“某篇似某体，某句似某人”，成为论诗者最常用的评语。

这篇序便是针对上述情况而发的。文学理论的问题，讨论起来十分复杂，徐渭将一切撇开，用一个形象的比喻，直切核心，简捷明白地提出自己的论点：诗歌的本质是表现作者的“性”，所以创作必须出于真实的生活感受和真实情感，由此形成个人独特的风貌。否则，不管向谁模仿，哪怕学到“极工逼肖”，也不过是鸟作人言，毫无价值。这些话虽然说得相当简单，却是至关重要的。在中国传统的文学批评中，一般人往往热衷于论辩什么是最好的规范，企图建立一种或若干种通行的标准。在创作中，推崇和学习某些典范，也是很普遍的现象。然而，实际生活和活生生的情感却是无限丰富的。只有每个作者都从本身的真实感受、真实情感出发从事创作，诗歌才会呈现出精彩纷呈的面貌。当前后七子的理论和他们所掀起的文学风潮盛极一时之际，徐渭鲜明地从根本上提出截然对立的意见，具有十分重要的意义。他的文学观，成为晚明公安派文学的先导。

从更广泛的意义上说，徐渭在这篇序文中所表达的思想，乃是明代中叶出现的个性解放的社会思潮对文学所提出的要求。王阳明的“心学”，从哲学认识论方面强调了自我意志的重要：“夫学贵得之心；求之心而非也，虽其言之出于孔子，不敢以为是也。”徐渭是王学的信徒，而且他的思想往往比王学本身更单纯直捷。他认为“真我”才是自我生存和创作的根本条件，否认所谓“圣人”具有高出常人的价值，认为理想的政治不但要承认一般的人性，而且要顺应每个人的特殊个性。把这样的认识推展到文学领域，于是就提出了模拟的假文学（“鸟言”）与独创的真文学（“人言”）的区别。

叶子肃名雍，子肃是其字。他是徐渭年轻时代的好朋友。（骆玉明）

与马策之　　　　徐　渭

发白齿摇矣，犹把一寸毛锥，走数千里道，营营[1]一冷坑上，此与老牯踉跄以耕，拽犁不动，而泪渍肩疮者何异。噫，可悲也！每至菱笋候，必兀坐神驰，而尤摇摇[2]者，策之之所也。厨书幸为好收藏，归而尚健，当与吾子读之也。

〔注〕①营营：往来不绝貌。　②摇摇：心神不安貌。

徐渭一生潦倒，发狂杀妻，坐牢七载，出狱时已经五十多岁。他年轻时的朋友吴兑，却一帆风顺，在这时升到以兵部右侍郎兼宣府（治所在今河北宣化）巡抚的高位，是长城边关上的封疆大吏。万历四年（1576），徐渭应吴兑之邀北上，做他的幕宾。其主要目的，是为了积些钱财，应付晚年生活。吴兑对徐渭不错。但在徐渭说来，当年论才华名气，吴兑岂能与他相比，而如今之地位遭际，他较之吴兑何啻天壤？以落魄之身打秋风于老朋友门下，以为庆幸，便是甘居下贱，若自诩高傲，无非装腔作势。此时他寄书给门生马策之，除却悲凉，更无其他可说。

下笔便说“发白齿摇”，不仅指年岁已老，兼涵由壮及暮的经历在四字中，有许多难言之苦。而后将北上行程及在宣府所为，画成一幅可见的图像：手持一支毛笔（他的吃饭家伙，笔头长近寸，尖似锥，故谓“一寸毛锥”），走千里风尘，坐一“冷坑”上，为人作应酬笔墨、官样文章。其实徐渭在宣府也常跟人喝酒吹牛，四处游览，不乏快活的光景。只是从人生境遇上，尤其是从他的出众天赋、高傲性情、爱好自由的气质上体味这一番出游，才有如此辛酸的感觉。所以还嫌不够，再画一幅老牛泣耕图更加渲染。他原是艺术大师，用文字勾勒，“踉跄以耕”“拽犁不动”“泪渍肩疮”，每一笔都很精到。才情如此，落魄如此，人生的不可理解已经写透。

因此想到江南山温水软之可念，尤其是春日（“菱笋候”），绍兴鉴湖风光，秀媚娟丽，如多情女郎。况且有马策之这样忠心耿耿、对先生佩服得五体投地的一群门生，簇拥在侧，酒中颠倒，指说古今，目空一切，何其有趣？难免要“兀坐神驰”，心中摇摇了。这其实是徐渭在人世间屡屡碰壁以后所找到的唯一退路，也是他晚年生活的实际状况。

知道徐渭作此书时的生活情况和心理状态后，再来谈这一篇短文，不能不惊叹它的文字随意而精警，传神写照，生动感人。只有把文章当作自我抒发的手段，而又能任意运用极高的语言修养，才会产生这样的作品。 （骆玉明）

与许口北 徐 渭

昨漫往观锻，因伫柳下，思叔夜好此，久之不得其故。遂失二公高盖，悚惶悚惶。公与群公并膺贺典，生野人耳，以不贺为贺。承命作启与联，奉上。猥耳，抹却掷却。

万历四年(1576)，徐渭应宣府巡抚吴兑之邀，北上作幕宾。他与吴兑是老朋友，宣府官员或为了应酬巡抚大人的面子，或出于真心钦佩，对徐渭很热情，来往颇多。而徐渭则注意保持距离(包括对吴兑)，采取不亢不卑的态度。这些官员中，有一位叫许希孟(名见于《宣化县志》)，与徐渭关系较好。他是宣府下属口北道的长官，所以称他为“许口北”。写这篇尺牍的起因，从文中看，是许希孟与另一官员去徐渭住处，邀他一起去参加一个庆典(当时因吴兑处理与蒙古俺答部落的关系得法，他和属下官员得到朝廷的封赏)，而徐渭不知有意还是无意，恰巧不在，所以作此短书以致歉，并派人送上许希孟托他写的启文(给上司的信件)和对联。这从性质上说，不过相当于今日的便条，却写得极有情趣、极有个性，令人不禁会心一笑。

开头说错过对方来访的原因，是出门看人打铁，想起嵇康(字叔夜)，一站就站了好久。嵇康是魏晋之际的名士，“竹林七贤”之一，为人正直而纵疏不拘礼法。尤其当司马昭谋篡曹魏政权之际，他公然表示不合作态度，高傲放浪，蔑视权贵。徐渭的为人与嵇康颇有相近之处，对他深怀钦慕。但徐渭也搞不懂：嵇康本是魏宗室之婿，属于贵族，为什么会有喜爱打铁的奇怪嗜好？于是伫立柳树下，随着“当当”的锻铁声，遥想嵇康的人品风采，沉入悠悠怀古之思。从这几句中，透出浓厚的情味。

不仅如此。史载，司马氏的宠臣钟会某次丽服盛众拜访嵇康，嵇康只顾打铁，毫不理睬，弄得钟会十分尴尬，这是一个很有名的故事。明代的“道”介于省与府之间，这位“许口北”的地位也不低。他与另一位官员访问徐渭，多少有些派头。不管有意无意，徐渭是冷落了他。但徐渭并不是自比于嵇康，而拿钟会比喻对方。他只是作一种微妙的暗示，一切都在若有若无之间。

往下说到关于庆典的事。徐渭与官场中人打交道，都要求彼此抛开身份地位的差别，只是以朋友关系相对待。他在家乡时，有一次县太爷慕名求见，被他拒绝了。后来这位县太爷换了便服单身前来，他便高高兴兴地开门相见，聊了一阵。这种做法，是出于平等意识和维护自我尊严的需要。但在官方正式的庆典上，他的要求是无法满足的。所以徐渭自称"野人"（草野之人），对许希孟等官员的荣耀，表示"以不贺为贺"，都是带有暗示性的，表明自己不便参与庆典。由此看来，他不在住所似乎是有意识的。

最后说自己写的文章和对联都很蹩脚，"抹却掷却"——涂完就扔在一边，貌似谦虚，却透出名士的高傲派头。

这么短短几十字，好像随便说了几句，前后也看不出连贯，其实是很巧妙地表白了自己，既照顾到彼此间的交情和场面上的礼节，又自重身份，维护了一个平民对于官员的骄傲。仔细读下来，你会觉得徐渭真是有意思。　（骆玉明）

答张太史　　　　徐　渭

仆领赐至矣。晨雪，酒与裘，对证药也。酒无破肚脏，罄当归瓮；羔半臂，非褐夫常服，寒退拟晒以归。西兴脚子云："风在戴老爷家过夏，我家过冬。"一笑。

张太史即张元忭，他是徐渭的老同学张天复的儿子，隆庆年间的状元，授官翰林编修。明人习惯以"太史"这个古官名作为翰林官员的美称。当徐渭因发狂杀妻被逮下狱以后，张家父子是救援最有力的人物。所以在万历八年（1580），徐渭虽年已六十，仍接受了张元忭的邀请，去北京为他处理文书。这篇尺牍便是当年冬天，徐渭为答谢张元忭赠送酒和羔羊皮半臂（短袖外套）而写的。

说起张、徐两家的关系，是很有意思的。他们两家原来都是绍兴城内富裕的市民，并且都有经商的传统。徐家发达较早，徐渭的父辈就已成为中级官僚，但衰落也快，到徐渭这一代就再也没有人做官，并且越来越穷；张家则从张天复开始不断上升，后来成为绍兴城内的巨室。张岱（张元忭曾孙，明末著名散文家）的《陶庵梦忆》等书中所叙其家庭生活情况，那种奢靡程度是令人咋舌的。总之，在万历八年，徐渭和张元忭（张天复已死）已经分属于不同的社会集团，他们的关系，反映了明代市民阶层的分化。

从徐渭来说，他一生坎坷，怀才不遇，又屡遭官僚的欺辱，思想便往异端方向发展，对封建政治制度和封建道德采取蔑视和对抗的态度，任诞放浪，自称"纵疏不为儒缚”。张元忭本来与徐渭在思想情趣上颇有投合之处,但待到中了状元,选了翰林(这是当时政治上最有前途的职务),便把原有的非正统的东西收束起来,使自己成为恪守礼法、坚定地维护封建传统的正人君子。徐渭在北京交往甚杂,行为放浪,张元忭看不顺眼,常“引以礼法”,要他循规蹈矩,这就造成双方的激烈冲突乃至最后决裂。徐渭后来甚至对张元忭的儿子张汝霖说:“我在牢中很好,你老子把我弄出来,反而误了我!”

写这信时,徐渭与张元忭的矛盾显然已经很深。它用幽默的语调,从骨子里透出一股辛辣的傲气。酒喝了,总不能剖开肚子追索,但酒瓮仍旧还你;羊羔皮的短袖衣,不是穷人日常的衣服,等天暖晒过,仍旧退还。这话说得好像不近情理。但徐渭不是没有接受过别人的赠予,两年前在宣府作客时,光貂皮他就收下了十几条。问题在于彼此是否以真诚的朋友关系相待。既然张元忭向他显示了双方地位的区别,并且不能容忍他的个人生活态度,那么,他决不肯领对方的情。那种纯属礼节的赠予,在徐渭看来是毫无意义的。最后一句似乎是笑话,其实是更严厉更明白的表示。在世交的关系上,他是张元忭的长辈;从个人恩怨来说,张元忭又救过他的命,许多话都不好说。所以徐渭就借了一句笑话,转个弯称对方为“老爷”,而自比为“西兴脚子”(西兴是杭州地名,近有渡口,脚子即挑夫),表示:咱们贵自贵,贱自贱,穷自穷,富自富,不必鬼混一气!这是拿幽默作间接的攻击。明代小品的发达,与这种表达态度有密切的关系。

顺带再说一桩趣事:过了几十年,张家的后代精英张岱,却成了徐文长迷,不仅专学徐渭的诗,还费力出钱,将徐渭散佚的诗文编成一部《徐文长逸稿》刻印出来,也可算是徐氏功臣。在文学关系上,徐渭是晚明文学的先驱,张岱则可称为它的殿军。张、徐两家的恩恩怨怨,真难一言道尽。 (骆玉明)

记梦 徐渭

历深山皆坦易。白日,道广纵可数十顷。非甃[1]者,值连山北址,衙署四五所,并南面而阖。戎卒数十人守之。异鸟兽各三四羁其左,不知其名。予步至其中署,地忽震几陨。望山北青林茂密,如翠羽。亟走,直一道观,入。守门者为通于观主人,黄冠布袍,其意留彼,主人曰:“此非汝住处。”谢出。主人取一簿,揭示某曰:“汝名非渭,此哂字,是汝名也。”观亦荒凉甚,守门及主,亦并蓝缕[2]。

〔注〕 ① 甃(zhòu)：砌，以砖瓦砌的井壁。《正义》："《子夏传》曰'甃，亦治也'，以砖垒井，修井之坏，谓之为甃。" ② 蓝缕：亦作"褴褛"。指衣服破烂。

徐渭此文以简约含蓄的语言记述了一场梦中游历，梦中所见之境、之景，如在目前。主要描述了徐渭梦中的场景，短短几行文字却能使人体味其梦中情景的光怪陆离、妙趣横生，毫无隐饰地宣泄真实感情，充满个性色彩。

前七句是对梦中之景的形象记述，前两句写"深山皆坦易""道广纵数十顷"，给人以豁然开朗、柳暗花明之感。中间四句写梦中所见连山北的衙署，与真实生活中衙署不同之处在于，梦中与戍卒一同守卫的竟有不知名异鸟兽，充满神异色彩和神秘气息，而当文人想走入衙署一探究竟，却又有忽然而来的地震。此等境界，只是梦中才能出现，作者率心而行、不假修饰地写出梦中所见，对于有同样奇幻梦境经历者而言，正可谓有伯牙子期之意；而对于未曾"看到过"此境者而言，确实是一次极其新颖的体验。后一句他望向如翠羽般"青林茂密"的山北而引出梦中另一主要场所：道观，另两位主人公——观主人和守门者。

由"入道观"开始，此五句则是对梦中所遇之人、之事的记录。徐渭"亟走"入观中，先是见到想留下徐渭做客的守门人，再遇为徐渭指出名字"非渭是哂"、黄冠布袍的观主人。正如一般做梦一样，徐渭没有记下自己在梦中的言语，而是以观察到衣衫褴褛的主仆二人及门庭荒凉的道观为终，戛然而止，似幻似真的梦境与迫不及待分享梦中趣事的文人，也可谓是趣事趣人的碰撞，也透露出晚明文人的生活情调。

全文描述真实自然，饶有谐趣，徐渭从自己生活中的小事——一场梦境出发，感情真挚，语言质朴，深得自然之意趣。作者于自然中追求美、发现美、鉴赏美，却并不矫揉，只是客观记述梦中之事，用不加藻饰的白描语言表现出生动传神的梦中之景，借助生活化、日常化的笔法，用一场梦展现了文人日常生活中的一点小趣味，给人以亲切之感。

（刘勇刚　张　琳）

【作者小传】

宗　臣

(1525—1560)　明文学家。字子相，号方域。兴化(今属江苏)人。嘉靖进士。授刑部主事，谢病辞归，后任稽勋员外郎。出为福建布政参议，以击退倭寇功升福建提学副使。诗文主张复古，与李攀龙齐名，为"后七子"之一。著有《宗子相集》。

报许性之 宗 臣

零霜握别，倏已残春，岁序殷流①，离心超忽②。忆昨沧洲③聚首，风雨停卮，谑语雄谈，千古一快。红尘忽接，青山顿远。言念昔游，茫然兴叹。祖筵④一酌，情共杯深，载锡之言⑤，金声满楮⑥。孤舟远情，彼此同之矣。春波正深，芙蕖渐绿。足下向所拟赋，可得遽闻乎？延结延结⑦。

〔注〕 ① 岁序殷流：时光不停地流逝。殷，勤，经常。 ② 超忽：遥远貌。也可以是“怊惚”的假借字，悲怅的意思。这里似用后一说更适当。 ③ 沧洲：水边之地，借指隐者的居处。 ④ 祖筵：饯别的酒筵。 ⑤ 载：虚词。锡：赐，赠。这句指临别时许的赠诗或文章。 ⑥ 金声：形容文辞浏亮而内容有价值。楮(chǔ)：纸。 ⑦ 延：长久。结：思念。这句说自己一直想着对方。

选析这篇短札，目的有二。其一，宗臣是明代嘉靖七子(即“后七子”)之一。由于文学史教材总把明代前后七子看成拟古主义者，认为他们无论写诗或作文章都属假古玩一类，且多为载道说教之作，缺乏真性情。其实这不可一概而论，本篇就写得精美简练，是一篇值得吟玩的抒情小品。其二，宗臣的《报刘一丈书》早脍炙人口，人们总以为他是古文家，其实他能写很“帅”的骈文，本篇就是一例。而且我以为用骈体写小品文，有时甚至比散体文更含蓄有深度，更能体现我国语言文字在艺术上的特点，显得情韵不匮。当然，写骈文要比信笔写散文难度大，更要讲修辞艺术，可见小品文的写作并不排斥作者的精心构思和刻意修辞。这篇短札不是纯粹的骈文，但句型整齐，对仗工巧，间有散句却以骈俪为主，是一篇不可多得的佳构。

宗臣，字子相，兴化(今属江苏)人，早年住在家乡。中进士后长期在京城做官。从他的诗文中我们知道他在做京官期间曾告假回过故乡，不久又返京任职。这封短信就是他回到京城后写给家乡好友的。但信中写到他跟许性之一同饮酒却是两次。“忆昨沧洲聚首”以下四句是指他未出仕时与许聚饮的豪情乐趣，而“祖筵一酌”以下六句则是指不久前再次入京时的饯行酒筵。这两次聚会是有区别的。

开头四句是从最近一次分手说起。作者是上一年秋末离乡的，而写此信时已到这一年的暮春时节。光阴易逝，离开好友，心中也感到悲伤惆怅。最精彩的描写是从“忆昨”句开始的。那时作者还未出仕，所以说“沧洲聚首”。当时他们正在饮酒，风雨忽至，于是大家把注意力移向户外，不知不觉放下酒卮。

这种情景我们也是有亲切体会的。由于外面风狂雨骤，一时不能散去，爽性边饮边谈，再度兴高采烈。我们都从青年时代经过。设想几个情投意合的年轻人，或在学生宿舍，或在酒肆茶楼，或在朋友住宅，或在旅游胜境，彼此海阔天空，无话不谈，一会儿开玩笑，一会儿谈理想，那该是一生中最欢乐、最痛快的事了。而宗臣却用八个字概括了这种场面："谑语雄谈，千古一快。"这两句句内自成对仗，"谑语"对"雄谈"，"千古"对"一快"，多么凝练，多么精巧！仅此八字，任凭读者结合自己的生活经历去填充，去联想，各种情趣都包蕴在其中了。

"红尘"两句也足够引起人们的联想。宗臣从家乡到京城做官，固然是"红尘忽接，青山顿远"，而从秦汉时代的以游子为主题的多少诗篇，直到"五四"以后多少著名作家如鲁迅、郭沫若、郁达夫、巴金、沈从文等自浙江、四川、湘西等山水幽僻处离乡背井，辛苦艰难地来到十丈软红尘的大城市如北京、上海，不也是"红尘忽接，青山顿远"么！"红尘"指闹市，指宦途，也指世俗竞相角逐的名利场；"青山"指故乡的美好景色，指清幽的自然环境，也指一尘不染、高尚纯洁的精神世界。这八个字又概括了多少人生世相，以及生活对每个人的影响啊！这正是祖国的语言文字表现在文艺形式中的无穷魅力！

有人怀疑"情共杯深"这一句似乎不合逻辑，酒杯很浅，能装得下多少"情"？比起"桃花潭水深千尺"和"一江春水向东流"来，显得太微乎其微了。这样理解，未免胶柱鼓瑟。"杯"固不深，"酒"却无尽。由于情深，于是一杯复一杯地不停地饮下去；反过来说，不停地饮酒以至于忘醉，不正是由于彼此依依惜别的缘故么！所以下文说，我虽乘孤舟而去，而我们彼此间的远别之情却是共同的。"春波"二句与篇首"残春"字样相映照。由许性之的临别赠言而想到他在分手时曾说过打算写一篇作品（"向所拟赋"，应译作"彼时打算要写的作品"，不一定是作赋，也可能是赋诗），不知写得怎么样了，能使自己尽快知道吗？盖朋友既不能相见，互读作品也是沟通情感的最佳渠道。末一句译成现代汉语："你知道我是一直在想着你啊！"语短情长，莫过于此。

（吴小如）

【作者小传】

陈皋谟

明代诗人。字思赞，号横江。江阴（今属江苏）人。嘉靖二十三年（1544）进士，任蒲州知州、刑部员外郎。有《北游稿》等。

凶　人

陈皋谟

一翁好施，天大雪，见一人避雪于门，怜而延入①，暖酒与敌寒，遂留一宿。次日雪又大下，不可行，又留之，如是三日。天晴，此人将别去，因向翁借刀一用，翁取刀出，持以谓翁曰："素不相识，承此厚款，无可以答，唯有杀此身以报耳。"遂欲自刃②，翁惊止之曰："如此则害我矣！"其人曰："何也？"翁曰："家中死了一个人，零碎吃官司不必说，一些无事，烧埋钱也要十二两。"其人曰："承翁好意，不好算得许多零碎，竟拿烧埋钱十二两与我去罢。"翁大怒，遂喧嚷惊动邻里，为之劝解，减其半以六两与之。临去，翁叹息曰："谁想遇此凶人！"其人曰："不说你凶，倒说我凶。"翁曰："如何是我凶处？"其人曰："既不凶，如何留得我三夜，就扣除我二两一夜？"

〔注〕 ① 延入：请进。 ② 自刃：自杀。

《伊索寓言》中的《农夫与蛇》和明代马中锡的《中山狼传》都是描写好心人因同情恶人而遭恶报的故事，两个故事都对恩将仇报的恶人作了鞭挞。此篇也是写恩将仇报的恶人的，但此人与"蛇""中山狼"的赤裸裸的凶恶不同，他的恶集中表现在"无赖"上。因为他不仅是"恶"概念的具体化，而且是一个典型的市井流氓形象。这种人是随着城市繁荣而产生的。他们失去产业，又不愿意从事任何劳动，专靠敲诈行骗度日。遇到厉害的，他就软；遇到软的，他就硬。总之，他们是一群无原则、无操持之徒，但又因为见多识广，他们大多富于谋略，能言善辩。明代许多通俗文学作品中写到这等人物。如《水浒传》中的没毛大虫牛二，江盈科《雪涛谐史》中剃眉度岁的恶少，赵南星《笑赞》中为祸尊崇自己的神像都是市井无赖的典型。此篇把这类恶人形象刻画得十分生动。他本来已经十分落魄，天降大雪，在人门下避雪，也许已处于冻饿而死的边缘。此时好心的老翁收留了他，不仅"怜而延入"而且"暖酒与敌寒"，一连留宿三日，天晴而去。临别向翁借刀并言："素不相识，承此厚款，无可以答，唯有杀此身以报耳。"从表面上看这是一段多么慷慨的知情知义之言，可是其目的是为了向此翁敲诈，因之这段话更令人感到可笑。恶人假装自杀，吓倒了此翁。翁毕竟太忠厚了，马上讲出了他之所以害怕他自杀的原因："家中死了一个人，零碎吃官司不必说，一些无事，烧埋钱也要十二两。"这正是授人以柄。奸猾的市井流氓马上抓住了这个把柄。他仿佛还很大方:"承翁好意,不好算得许多零碎,竟拿烧埋钱十二两与我去罢。"图穷匕首现,这时才暴露出其以怨报德的丑恶面目。后经过邻人调解,他只诈去六两银子,但最后又补一笔进一步刻画其无赖个性。当此翁叹息"谁想遇此凶人"时,他竟反打一耙,称翁为"凶人",并言"既不凶,如何留得我三夜,就扣除我二两一夜?"他把原想诈骗到手的银两,作为自己的原有之物。翁只被其敲诈走六两,就是翁吞没其半。可见这个流氓贪婪和巧言善辩。这个故事是用貌似有理的语言描写其嚣张已极的恶行。为什么这个市井恶徒敢如此肆无忌惮地作恶呢?看来与好人对他的宽容让步是有关的。故事中的老翁和邻里或是徒有好心,或是一味息事宁人,既无与坏人斗争的勇气和意志,也不懂斗争的策略,结果不仅在物质上受到了损失,而且被流氓诬以"凶人"的恶名。这个结果真是既令人同情,又使人感到可气。可见鲁迅说"忠厚是无用的别名"并非是唆人作恶之谈。

(王学太)

【作者小传】

王世贞

(1526—1590)　明文学家。字元美,号凤洲、弇州山人。太仓(今属江苏)人。嘉靖进士。官至南京刑部尚书。与李攀龙同为"后七子"首领。倡导复古摹拟,主张文必秦汉,诗必盛唐,晚年略有改变。对戏曲也有研究。著有《弇州山人四部稿》等。

题海天落照图后　　王世贞

海天落照图,相传小李将军昭道①作,宣和秘藏②,不知何年为常熟刘以则③所收,转落吴城④汤氏。嘉靖⑤中,有郡守,不欲言其名,以分宜子大符意迫得之⑥。汤见消息非常,乃延仇英实父别室⑦,摹一本,将欲为米颠狡狯⑧,而为怨家所发⑨。守怒甚,将致叵测⑩。汤不获已,因割陈缉熙等三诗于仇本后⑪,而出真迹,邀所善彭孔嘉⑫辈,置酒泣别,摩挲三日而后归守,守以归大符。大符家名画近千卷,皆出其下,寻坐法⑬,籍入天府⑭。隆庆⑮初,一中贵⑯携出,不甚爱赏,其位下小珰⑰

窃之。时朱忠僖领缇骑，密以重赀购，中贵诘责甚急，小珰惧而投诸火，此癸酉秋事也⑱。

余自燕中闻之拾遗人⑲，相与慨叹妙迹永绝。今年春，归息弇园⑳，汤氏偶以仇本见售，为惊喜，不论直收之。按《宣和画谱》㉑称昭道有落照、海岸二图，不言所谓海天落照者。其图之有御题㉒，有瘦金瓢印与否㉓，亦无从辨证，第睹此临迹之妙乃尔，因以想见隆准公之惊世也㉔。实父十指如叶玉人㉕，即临本亦何必减逸少《宣示》、信本《兰亭》哉㉖！老人馋眼，今日饱矣，为题其后。

〔注〕 ① 小李将军昭道：唐代著名画家李思训之子李昭道。李思训曾任右武卫大将军，因此人们对李昭道称小李将军。 ② 宣和：宋徽宗年号(1119—1125)。这里指宋徽宗。秘藏：内府所藏。 ③ 刘以则：明代一收藏家。 ④ 吴城：苏州。 ⑤ 嘉靖：明世宗年号(1522—1566)。 ⑥ 分宜：明代奸臣严嵩，因其是江西分宜人，故称为分宜。大符：严嵩之子严世蕃，字大符。迫得：逼迫取得。 ⑦ 延：请。仇英：字实父，号十洲，明代著名画家。别室：指密室。 ⑧ 米颠；宋代书画家米芾。狡狯：狡猾的手段。 ⑨ 怨家：仇家。发：揭发。 ⑩ 致：加。叵测：指灾祸。 ⑪ 割：裁去。陈缉熙：名鉴，当时著名收藏家。 ⑫ 彭孔嘉：名年，苏州人，书画家。 ⑬ 寻：不久。坐法：受法律制裁。 ⑭ 籍：登记没收。天府：内府。 ⑮ 隆庆：明穆宗年号(1567—1572)。 ⑯ 中贵：太监。 ⑰ 小珰(dāng)：小太监。 ⑱ 朱忠僖：名希孝，谥忠僖。缇(tí)骑：明代的缉捕人员。癸酉：明神宗万历元年(1573)。 ⑲ 拾遗人：旧货商人。 ⑳ 弇(yǎn)园：王世贞家花园名。 ㉑《宣和画谱》：宋徽宗时记录内府名画的册子。 ㉒ 御题：指宋徽宗的题字。 ㉓ 瘦金：宋徽宗自号其书体为瘦金体。瓢印：宋徽宗使用的瓢形印。 ㉔ 隆准：高鼻梁，古人说隆准龙颜是帝王的相貌。隆准公：指李昭道，因他是唐宗室。 ㉕ 叶玉人：典出《列子·说符》，一匠人能把玉雕刻成薄叶。 ㉖ 逸少：王羲之，晋代书法家。《宣示》：三国魏钟繇所书《宣示表》，楷书书帖。传世者为王羲之所临。信本：欧阳询，字信本，唐书法家。《兰亭》：《兰亭序》，传世之定式兰亭帖为欧阳询所临。

作为明代“后七子”的领袖王世贞，在李攀龙死后，曾独主文坛二十年。所谓“一时士大夫及山人词客衲子羽流，莫不奔走门下，片言褒赏，声价骤起”(《明史·王世贞传》)，可想见当日盛况。“文必秦汉，诗必盛唐，大历以后书勿读”(同上)，代表了他文学上的复古主义主张。但到了晚年，他放弃了复古主张，诗风、文风渐趋平淡自然。《题海天落照图后》就是他晚年的作品。

《题海天落照图后》委曲详尽而又简洁明了地叙述了《海天落照图》收藏得失的经过，揭露了严世蕃的贪暴行为，字里行间隐藏着很深的愤慨，因此，我们不能把它作为一般的题跋文来看待。文章由两个部分组成。前一部分写《海天落照图》真迹收藏得失的经过。后一部分写作者得到《海天落照图》仇英摹本的情况和喜悦心情。

在第一部分里,作者叙述了宝图屡遭磨难、几易其主的经过。作者所知道的最早的民间收藏者是明代收藏家刘以则,至于宝图怎样自宣和内府流落到民间,已经不得而知。自刘以则起,至小太监止,宝图先后几易其主,但在作者写来,却既委曲而详尽,又简洁而分明。这是由于作者把时间线索交代得非常清晰,"宣和""不知何年""嘉靖中""寻""隆庆初""癸酉秋",前后映带,了了分明。同时,也由于作者用词简洁传神,"宣和秘藏"的"秘"字,"名画近千卷,皆出其下"的"皆"字,"密以重赀购"中的"密"字、"重"字,都十分传神地写出了《海天落照图》的珍贵。再如:写太监窃画,用一个"携出",就活脱脱地写出了中贵利用出入皇室之便,顺手牵羊偷窃宝图的劣迹。在第一部分里,作者叙述的重点是严世蕃逼取《海天落照图》的经过。通过这个经过的叙述,有力地揭露了严世蕃的贪暴行为。严世蕃为了得到《海天落照图》,指令郡守大张挞伐。郡守先是借势凌人,强行索取。逼取不得,又企图以法治人,欲置汤氏于死地。为了一幅名画,竟然明火执仗,动用国家机器逼害无辜,这就充分暴露了严世蕃的凶残暴虐,暴露了明代社会的黑暗。同时,通过这段经过的叙述,我们也看到了汤氏对名画的挚爱之深。汤氏明知大祸临头,仍敢冒死秘请著名画家仇英临摹一本,希望能够以假乱真,不料被冤家告发,在万不得已的情况下,汤氏才交出真迹。在交出真迹之前,汤氏先是从真迹上割下陈缉熙等三诗补在仇本之后,既而,邀请自己的好朋友置酒泣别,然后,又摩挲三日,这才恋恋不舍地交出真迹。一个古董商人对一幅名画挚爱,面对权贵却不摧眉折腰,实在可敬可佩。严世蕃为得到《海天落照图》而不择手段,吴城汤氏为保护这幅画而敢冒风险,这又进一步证明了这幅画的珍贵。

第二部分一开始,作者写道:"余自燕中闻之拾遗人,相与慨叹妙迹永绝。"这里前一句话交代了上面消息的来源,后一句话表现了作者对《海天落照图》真迹亡绝的深深的惋惜,而这种惋惜中又包含了作者对严世蕃暴行的强烈的怨愤。作者用这两句话作为衔接上下文的纽带,显得非常自然。正当读者与作者相与慨叹之时,忽然传来得见仇本的喜讯,特别是,作者不说"真迹永绝",而是下一个"妙"字,这就为下文仇本使妙迹再现,制造了一个反铺垫,大有山穷水尽、柳暗花明之妙。仇英摹本使《海天落照图》妙迹再现,作者的欣喜心情溢于言表。他先是"为惊喜,不论直收之",决心不惜一切代价来充当这幅名画摹本的保护人,使它不至于像真迹一样横遭不测。接着,盛赞仇本临迹之妙。最后,以"老人馋眼,今日饱矣",作为全文的结语,抒发了自己欣赏艺术妙品以后心理上的一种极大的满足。在盛赞仇本时，作者连用传说中的叶玉人、王羲之临的《宣示表》和欧阳询临的《兰亭序》作比，给仇英的临摹技艺和《海天落照图》的摹本以很高的评价。这里，作者毫不掩饰的喜悦与上文深深隐藏着的愤慨，形成了鲜明的对比。上文的愤慨不便直说，所以，只是深深隐藏在不动声色的客观叙述之中；而这里的喜悦直说无碍，所以，作者毫不掩饰。但是，由于喜悦心情的坦露，与上文的气氛形成了明显的不和谐，这又自然地把上文中隐藏着的怨愤显露出来。这正是本文的一大特色。

王世贞对严嵩父子的倒行逆施是深恶痛绝的，特别是其父王忬为严嵩所害，使他更清醒地认识到严嵩父子的真实面目。人们曾因此而附会出"苦孝说"，说王世贞作《金瓶梅》，以毒水印刷，想毒死严世蕃。这种说法并无凭据，但是，王世贞曾写了一些诗文揭露严嵩父子的暴行，却是事实。著名的诗有《太保歌》，揭露了严嵩炙手可热的声势。散文方面，《题海天落照图后》可以作为一个代表。本文为《海天落照图》而题，却并不介绍和描写《海天落照图》本身，而是以叙述宝图的得失经过为线索，来揭露严世蕃的贪暴行径。这正表明了本文的主旨乃在揭露，而不在题跋。

（陆志平）

【作者小传】

李 贽

(1527—1602) 明思想家、文学家。号卓吾，又号宏甫，别号温陵居士。晋江(今福建泉州)人。嘉靖举人。历任河南共城教谕、南京国子监博士、南京刑部主事、云南姚安知府。五十四岁辞官，晚年寓居湖北麻城龙潭湖芝佛院，从事著述。公开以异端自居，大胆抨击孔孟之道，批判宋明理学，提出"童心"说。终以"惑乱人心"罪被捕入狱，自刎而死。重视小说、戏曲在文学上的地位。著有《焚书》《续焚书》《藏书》《续藏书》等。又曾评点《水浒传》。

题孔子像于芝佛院①　　李 贽

人皆以孔子为大圣，吾亦以为"大圣"；皆以老、佛为异端，吾亦以为"异端"。人人非真知大圣与异端也，以所闻于父、师之教者熟也；父、师非真知大圣与异端也，以所闻于儒先之教者熟也；儒先亦非真知大圣与异端也，以孔子有是言也。其曰“圣则吾不能”，是居谦也；其曰“攻乎异端”，是必为老与佛也。

儒先臆度而言之，父、师沿袭而诵之，小子曚聋而听之。万口一词，不可破也；千年一律，不自知也。不曰“徒诵其言”，而曰“已知其人”；不曰“强不知以为知”，而曰“知之为知之”。至今日，虽有目，无所用矣！

余何人也，敢谓有目？亦从众耳。既从众而圣之，亦从众而事之，是故吾从众事孔子于芝佛之院。

〔注〕 ① 芝佛院：佛寺，位于湖北麻城，李贽曾在此讲学。

正话反说，层层入理，冷嘲热讽中饱含着李卓吾对当时世道学风的强烈愤慨和深沉苦痛。

人脑是思维活动器官，它本来应该是通过对外界事物的加工然后独立思考决定自我行动的器官。可是，自从人类分为对立阶级，出现统治者与被统治者，思想垄断的现象随之出现，人脑功能就趋于退化了，适合统治阶级文化专制的学说，于是受到重视，得到普及。孔子被尊为“圣人”，他的学说被奉为万世不易的“经典”，人皆以孔子之是为是，以孔子所非为非。代代相传，陈陈相因，人云亦云，蔚成风气。到了李贽时代，宋儒道学猖獗，更把孔学抬到吓人的高度。孔子明明说“圣则吾不能”，道学先生曰：“不，这是他老人家自谦，孔子是无所不能的。”孔子说“攻乎异端”，道学先生就随心所欲注释：“圣人所说的‘异端’，就是老子学说和佛学。”尽管孔子当时佛教还没有输入中国，李卓吾这篇文章是对盲目尊孔，排斥“异端”的学阀尖锐的一刺！

李卓吾看透了这些道学先生的“家底”，他们除了在孔子著作中断章取义地摘出一些圣人语录，加上随意的注释以欺世盗名而外，他们并不真正懂得孔子和孔子学说的精髓；他们除了念念有词地重复孔子几句老话，自己并没有多大本事。但是他们凭借“皇恩浩荡”，俨然成为注解圣人之学的专家、泰斗，然后理所当然地在中国大地出现“儒先臆度而言之，父、师沿袭而诵之，小子曚聋而听之”的学术禁锢、板结和沉闷的局面，人民徒诵其言不知其人；唯几千年的圣人之言是听，不容怀疑，更不容持异议，这样的民族、这样的社会还会有希望，还会有活力么？

历代统治者造成了“万口一词”“千篇一律”的沉沉黑夜氛围，凝固得似铁似墨，人们似乎也已安于奴隶，安于愚昧，有点“乐不思蜀”的味道，但是思想界先驱的志士仁人却为这众生沉睡的局面感到不安，为了唤醒民众，他们不惜以自己的生命鲜血，在凝固的黑夜燃起一支蜡烛，投射到那些封建帝王以及御用学阀的嘴脸上，让人们看出其残忍、伪善、诈骗的原形。李卓吾就是这样一位可敬的先驱。

文末几句话，是辛酸而又辛辣的。“余何人也，敢谓有目？亦从众耳。既从众而圣之，亦从众而事之，是故吾从众事孔子于芝佛之院。”游戏笔墨，道出个中隐情。古往今来，文章都是发自内心的真话、实话么？李卓吾承认这是随大流的违心之作，倒是道地的真话。

（拾　风）

答友人书　　　　李　贽

或曰：“李卓吾谓暴怒是学，不亦异乎！”有友答曰：“卓老断不说暴怒是学，专说暴怒是性也。”或曰：“‘发而皆中节’方是性，岂有暴怒是性之理！”曰：“怒亦是未发中有的。”

吁吁！夫谓暴怒是性，是诬性也；谓暴怒是学，是诬学也。既不是学，又不是性，吾真不知从何处而来也，或待因缘而来乎？每见世人欺天罔人之徒，便欲手刃直取其首，岂特暴哉！纵遭反噬，亦所甘心，虽死不悔，“暴”何足云！然使其复见光明正大之夫，言行相顾之士，怒又不知向何处去，喜又不知从何处来矣。则吾谓吾暴怒可也，谓吾不迁怒可也。

晚明时代，出现了一大批同传统封建伦理观念相背逆的文学家、思想家，他们著书立说，广加传播，形成了反封建传统思想的社会思想氛围。在新颖的时代人士的队伍中，有不满于世俗而偶露异端锋芒者，有早先奋身而起而终于悄然退缩者，更有始终如一、无所畏惧地冲向传统道教伦理纲常的战士，尽管他们是凤毛麟角，却是那样光彩动人，垂青万世。李贽，正是这样一位奋不顾身地揭露当时封建假道学的思想先驱，《答友人书》，既是这位思想家内心的自我解剖，又是一篇面对封建道学而毫不屈服、勇于揭露的檄文。

人人都有喜怒哀乐，喜与怒两极背反的情感，既是人们自身的生理感应，又是他们对社会环境审美意识的流露。人类的呱呱坠地，意味着伴随人类生命的内心纷繁复杂的情感世界的诞生，生命给予情感具象的实在，情感赋予生命无极的活力。生命与情感的共同的生发，并非生命先天规定了情感。“夫谓暴怒是性，是诬性也。”“性”是人类先天纯白的精灵，是一块还未着色的调色板，自然它不会带有无缘无故的“暴怒”的色调。“谓暴怒是学，是诬学也”。后天的勤学，也并非一定是勃然大怒、咬齿痛恨的契机。

对世俗的“暴怒”,对于一位抱残守缺的封建士大夫来说,不言而喻是道德修养的缺陷。你有不愉快的事吗?那么不要“暴怒”,还是竭力忍耐,不动声色,这样方显示你温文尔雅的道德情操和君子风度。你要投入封建道学的怀抱吗?那么更不要怒火中烧,否则你就是擅自摆弄那套温柔敦厚封建礼教的背逆者。于是一切情感荡然无存,一切五颜六色的个性应该磨灭,在道貌岸然的理性的道德堡垒中,筑起扼杀个性独特情感的藩篱。然而,“暴怒”诚然是人们感情失去平衡而作用于相应对象的一种内在发泄,它或许让人失去理性,或许让人备感畏惧,但它却像是山间汩汩奔流的溪泉,悬崖上一泻而下的瀑布,是那样的自然,它毫不费力地冲破人们温情脉脉的感情闸门,迸出赤裸裸真实的心声,那就是李贽书中所谓的“吾真不知从何处而来也,或待因缘而来乎”?感情随机缘而来,随具体的生命的实践而不由自主地滋生、迸发,所谓一触即发的“暴怒”也是如此。李贽在指出自己不可抑制的“暴怒”的同时,毫无掩饰地袒露了他爱憎的内衷和勇气,那些“欺天罔人”的假道学家们才是为人所痛恨的对象,这是一位勇敢的战士,他对披着虚伪面纱而内心险毒的假道学家岂止是“暴怒”,更是“欲手刃直取其首”;这又是一位执着的战士,纵然他遭到那些道学家的诬陷,也在所不惜,“虽死不悔”;这也是位热烈的战士,他爱惜胸襟坦荡、言行相一而表达真情实感的有识之士。

此书信措词直率激烈,感情洋溢,恰好地表达了李贽这位“异端”之士内在的爱憎世界,字里行间流露出对道学虚伪实质的无比憎恶,同时反映出李贽本人欲与之抗争到底的不甘屈服的勇气。这是一篇声讨假道学的檄文,它充满声声怒吼;这又是斩钉截铁的誓言,洋溢着李贽精神世界孜孜不倦的追求。

（郑利华）

赞　刘　谐①　　李　贽

有一道学,高屐大履,长袖阔带,纲常之冠,人伦之衣,拾纸墨之一二,窃唇吻之三四,自谓真仲尼之徒焉。时遇刘谐,刘谐者,聪明士,见而哂曰:“是未知我仲尼兄也。”其人勃然作色而起曰:“‘天不生仲尼,万古如长夜。’子何人者,敢呼仲尼而兄之!”刘谐曰:“怪得羲皇以上圣人,尽日燃纸烛而行也!”其人默然而止;然安知其言之至哉!

李生闻而善曰："斯言也，简而当，约而有余，可以破疑网而昭中天矣。其言如此，其人可知也。盖虽出于一时调笑之语，然其至者百世不能易。"

〔注〕 ① 刘谐：字宏源，麻城（今属湖北）。隆庆五年（1571）进士，也是一位反传统的文人。

"怪得羲皇以上圣人，尽日燃纸烛而行也。"——刘谐一句调笑之语，李卓吾推崇他是"百世不能易"的真理，并非过誉。

真理就是如此朴素、简单，但道学先生发现不了，因为他们把孔子当作神来盲目崇拜，脑子已经僵化到死硬程度，他们并不了解孔子，只是学一点皮毛，便自封"圣人之徒"，招摇过市；他们抬高、神化孔子，实际上是为了抬高和美化自己，以此来吓唬"蚩蚩愚氓"。自然，历史上未必没人发现这些高屐大履、长袖阔带的先生们的荒唐和悖谬，但是他们碍于社会上"尊孔"的强大舆论，不敢冒天下之大不韪，说上几句真话，正为此，刘谐敢于驳斥"天不生仲尼，万古如长夜"的谬论，敢于直呼"至圣先师"为"仲尼兄"，算得上学术史上的勇士，李卓吾能够为刘谐叫好，也不愧是独具慧眼、光明磊落的英雄。

李卓吾赞扬刘谐什么？因为他同样不同意过分夸大孔丘在历史上的地位和作用；他赞成以平等态度对"仲尼兄"作出公正评价，但绝不赞同把孔子作为偶像来顶礼膜拜。从李卓吾的著作中可以看到他对那些只知膜拜孔子并不知道孔学的道学先生的轻蔑和嘲笑。他自信是了解孔子的，事实上，从他的著作里，会发现许多对孔学的精辟论述。他认为"圣人（指孔子）只教人为学耳！"并未教人学孔子，也未尝以孔子教人学。他对孔子的"言顾行，行顾言"，极为赞赏，认为孔子能实事求是承认自己有些事"未能"和"不能"，"故为慥慥，故为有恒，故为主忠信，故为毋自欺，故为真圣人耳。不似今人全不知己之未能，……所求于人者重，而所自任者轻，人其肯信之乎"？显然他骂的是道学先生，对孔子，则仅仅要求人们不把他当作神，而把他当成人。他这种评价个人在历史上的作用的观点，可说是进步的。"天不生仲尼，万古如长夜"的说法，恐怕连孔子本人也难于接受，因为孔子极力推许尧舜禹汤文武的盛世，如果这些孔学引为楷模的年代也成了"长夜"，那就切断了孔学的渊源，动摇了孔学存在的基础，从而也否定了孔学自身。孔子的高明处在于他把前人的经验作了理论的总结，而不是天上掉下个孔仲尼，才使得世界大放光明的。把孔子捧到云端上去，正说明道学先生既不知孔子也不知孔学。

李卓吾以反对宋儒道学，被明代统治者加上“敢倡乱道，惑世诬民”的罪名，关进监牢，迫害致死，死后三百多年，“四人帮”又出于反革命政治目的，给李卓吾带上“法家”的桂冠，奉他为“批孔”的英雄。其实，李卓吾批的是道学，道学不等于孔学；李卓吾通过写文章，同“仲尼兄”平等论道，有时开开小玩笑则有之，算不得“批孔”的。李卓吾应该大呼冤枉：明代统治者欲加之罪，何患无辞；“四人帮”呢，欲加之冠，何愁无据！加罪者加冠者有个共同点，都是把孔子看成是神圣不可侵犯的偶像。不是这样么？

（拾　风）

张氏雀鼠　　李贽

张士简名率，嗜酒疏脱，忘怀家务。在新安，遣家僮载米二千斛还吴，耗失大半。张问其故，答曰：“雀鼠耗也。”张笑曰：“壮哉雀鼠！”

南朝名士张率的这则遗闻逸事，在被晚明怪杰李贽收入所辑小品集《山中一夕话》之前，已经载入了二十四史之一的《南史》中。《南史》所记与《山中一夕话》稍有不同，那便是张氏被所谓的“雀鼠”耗失的米不是二千斛，而是三千石。但不论是二千斛还是三千石，都不是一个小数目，张氏对之竟能以一句笑语“壮哉雀鼠”遣之，这是不能不令现代人感到惊讶的；这惊讶之中，自然也免不了带上几分赞叹：瞧人家古代人，多有气度，多么超脱！

但是我倒愿意奉劝读者诸君，且收起那迂阔的赞叹，去读一读《南史》卷三十一里那些张氏家族中人的传记罢。当您知道张氏本为吴郡大家，张率的曾祖张裕、祖父张永、父亲张环在南朝的宋、齐、梁各代不得空闲地做着大官儿，张率本人曾官至秘书丞，梁武帝还亲口对他说：“卿东南物望，朕宿昔所闻。卿言宰相是何人，不从天下，不由地出。卿名家奇才，若复以礼律为意，便是其人。”那么您便会明白张氏的气度从何而来。而当您知道张氏家极豪富，当江南有人试图犯上作乱时皇帝也不得不依靠其部曲势力时，那么您就又可以理解为什么张率后来虽然左迁新安太守的低职，却依然对失去二千斛或者三千石的米毫不在意，表现得那样超脱。两晋南北朝的政治经济舞台上最活跃的势力是门阀士族阶层，那时大多数王朝的存在与更替，首先都必须依靠这一阶层。而这一阶层中的上层分子，虽然在社会生活领域里掌握着难以摧毁的政治经济力量，在个人生活方面却喜欢表现出一种优雅超脱的姿态，仿佛一切物质的因素对他们来说都是无所谓的东西，唯有精神的愉悦与心灵的通达，才是他们毕生追求的最高境界。殊不知这种表面上的物质与精神极端化的分离，其真实的背景却是物质与精神两方面统治的高度统一。因此一旦物质的基础改变了，精神的面貌也必然或疾或缓、或多或少地随之更改。不信请看隋唐以来的文人学士们，那些人尽管有千般风流，万种潇洒，可还有哪一位破费得起上千石米的？　（陈正宏）

【作者小传】

屠　隆

(1542—1605)　明戏曲作家、文学家。字长卿、纬真，号赤水、鸿苞居士，浙江鄞县(今宁波鄞州区)人。万历五年(1577 年)进士。曾任青浦知县、礼部郎中。风流豪放，工于声律。作有传奇《昙花记》《修文记》《彩毫记》三种，合称《凤仪阁乐府》，均存。其风格属骈俪一派。诗文有《白榆集》《由拳集》《鸿苞集》等。

在京与友人书　　屠　隆

燕市带面衣①，骑黄马，风起飞尘满衢陌。归来下马，两鼻孔黑如烟突。人、马屎和沙土，雨过淖泞②没鞍膝。百姓竞策蹇驴③，与官人肩相摩。大官传呼来，则疾窜避委巷不及，狂奔尽气，流汗至踵。此中况味如此。遥想江村夕阳，渔舟投浦，返照入林，沙明如雪；花下晒网罟④，酒家白板青帘，掩映垂柳，老翁挈鱼提瓮出柴门。此时偕三五良朋，散步沙上，绝胜长安骑马冲泥也。

〔注〕 ① 面衣：遮蔽脸面的巾，用以御寒或挡风沙。　② 淖泞(nào nìng)：泥泞。③ 蹇(jiǎn)驴：驽弱的驴。　④ 罟(gǔ)：网。

很少有人能像屠隆那样，用如此漫不经意却又生动无比的笔调，描绘都市与乡村生活的强烈反差。隆冬季节，披着厚沉沉的御寒衣服，跨上瘦弱的黄马，在满是风沙的北京街头艰难地行进，待回转到家时，两个鼻孔已被风尘吹得黑呼呼地像两支烟囱口，身上也免不了沾上马屎与沙土。这也许是当年在京城里当礼部主事的屠隆为公务奔波而常遭遇的经历，所以随意落笔，便比喻贴切，形象逼真。再转过身来看看街头的平民百姓，那景象似乎更惨：一场大雨过后，路上的泥泞可以没过马鞍、人膝。为了赶路，那些百姓不顾一切地鞭策着他们笨拙的驴子，即便与体面人摩肩接踵也顾不上了。忽然间，前边传来盛气凌人的喝道之声，那必定是某位大官的轿子过来了。这可不让牵驴的小民吓煞？赶忙掉头逃避到小巷子里去。一阵狂奔之后，气力耗尽，只有虚汗滴滴嗒嗒地从头直流到脚跟。这就是京都的生活，除了豪华的宫殿，繁盛的市面，还有种种污浊与艰辛，不平与惊恐。

可屠隆心中还有另一个世界，与这都市完全不同，那便是宁静与欢乐的江边小村。夕阳西下，渔舟都驶进了港湾。阳光返照到江畔树林中，同时又将沙滩映成了一片雪白色。这边归来的渔民们在花树下晒着他们的渔网；那边酒家的白门青帘掩映在垂柳丛中，而悠闲的老翁正左手拎条鲜鱼右手提个酒壶走出柴门来。这如诗如画的景象对屠隆来说是非常熟悉的，因为他就出生于浙江一个临江的小城——鄞县。或许他年轻时便常与三五好友散步江边沙滩，所以当他身处北京那风沙弥漫、人声嘈杂的闹市中时，他才特别怀念江边小村的这一切，而他笔下的江村，也由此显得如此诗意盎然，妙趣横生。

屠隆在将都市生活与乡村生活作了一番比较后，毫无疑义地认为在江村散步"绝胜长安骑马冲泥"。这大约不单是表现了作者对于不同物质生活的基本取向，也反映了作者所更感兴趣的精神生活，不是喧闹的官场，而是宁静的乡野。与中国传统士大夫们大多奉行"达则兼济，穷则独善"的常例相反，屠隆似乎较少考虑那种功利性较强、圆滑世故的生活方式，而更喜欢有绝对个人自由意味、超脱尘世的生活方式。他不仅认为当一名终日在飞扬的尘土中奔波的小官僚是人生的一大痛苦，甚至认为做一个处处受限制的京都顺民也未尝不是人生的一种悲哀。与其在繁华与喧闹中乞求一种自己也无法把握的生活，不如远离都市，到那朴素而宁静的乡野去品尝自由的美酒。所以尽管屠隆此时身虽在京都，心却飞到了江畔，半醉半醒地做起与三五好友漫步沙上的美梦来了。

但是，后来将这篇小品选入《翠娱阁评选屠赤水先生小品》一书的翠娱阁主人陆云龙，对屠隆的这种精神生活要求似乎颇有微词。他在文末的评语中写道："犹是独善语，然可以冷骛夫热肠。不然人尽野处，国事付之阿谁？"除了赞赏屠隆的文字可以给那些热衷仕途的人泼上一点冷水外，又担心屠隆的做法会导致无人操心"国计民生"。这张严肃的"正统"面孔，倒是屠隆那热烈追求个人自由的形象的绝妙对照。（陈正宏）

与元美先生　　屠　隆

长安人事，如置弈然，风云变幻，自起自灭，是非人我山高矣。南华先生云:“与其是尧而非桀,孰若是非之两忘。”诸君子下地狱种子,仆洗耳不闻也。乃先生之耳,无所用洗矣。赵汝师,落落然鸡群野鹤哉!然不离是非,此行谋石隐矣。仆又以为且不必尔。汝师在国家若狮豹,即喑喑无声,能令百兽震恐,以此为三千八百①,他日名书上清,何急而息影灭迹也?

闻先生近日神大王,甚喜。抱云雾长往,在先生固其所,海内君子,头颅种种,脱就一官,辄丧其平生,老至而耄及,利令智昏邪?先生福德完矣。阳涤山中之约,颇有近耗不?

〔注〕 ① 三千八百:三千功八百果。佛道所言修炼功夫。

元美是王世贞的字。世贞明太仓(今属江苏省)人,官至南京刑部尚书,文学流派“后七子”的领袖。他万历五年(1577)罢官隐居故里,十八年(1590)死去。这封信当是罢隐初期屠隆写给他的。当时张居正任宰相,朝内斗争十分激烈。本文作者的朋友赵用贤、吴中行等受到排斥和打击,赵用贤“抗辩求去”(《明史·赵用贤传》)。作者对朝政深表不满,对赵的遭遇深表同情,因此写这封信与王元美,倾诉不平之鸣。

“长安人事”,指京师之朝政。长安(今西安市)为古代帝都,因而在文学作品中常用为京师的代称。“如置弈然”数句,指朝内斗争激烈,风云变幻。引庄子(南华先生)语是说明不如是非不问,避开不必要的烦恼。为什么这样烦恼,愤懑呢?作者点出了赵用贤的事。赵用贤字汝师,常熟人。在朝内做官,他“负气傲物,数訾议大臣得失”,并直接批评过张居正,因此备受打击。这里作者用“鸡群野鹤”形容赵用贤才能出众;用“在国家若狮豹,即喑喑无声,能令百兽震恐”形容赵用贤立朝刚毅及其威望。作者不同意赵“抗辩求去”,而是主张他应该斗争下去,等待时日“名书上清”。

文章最后对王元美的归隐表示赞同,并认为别人是做不到的,“脱就一官,辄丧其平生”。只有王元美能急流勇退,避开政治斗争的漩涡,“福德完矣”。

本文的写作特点是:不受章法结构之束缚,直抒胸臆,信笔写来。同时不以叙事写实为主,而重在抒情写意。文章开始写“如置弈然”“南华先生云”,皆属虚写,为抒情写意之笔。写到赵用贤的时候,虽叙写了事实,但又用比喻、描写等手法使虚写仍胜过实写。这样就形成本文抒情写意及笔墨自由不受拘束的特点。

（李献芳）

归田与友人　　　　屠　隆

一出大明门，与长安隔世，夜卧绝不作华清马蹄梦。家有采芝堂，堂后有楼三间，杂植小竹树，卧房厨灶，都在竹间。枕上常听啼鸟声。宅西古桂二章，百数十年物，秋来花发，香满庭中。隙地凿小池，栽红白莲。傍池桃树数株，三月红锦映水，如阿房、迷楼万美人尽临妆镜。又有芙蓉蓼花，令秋意瑟。更喜贫甚道民，景态清冷，都无吴越间士大夫家华艳气。

这是屠隆晚年回到宁波故乡后的作品。在此之前，他因上疏辩白奸险小人俞显卿的“挟仇诬陷”，反遭罢黜，已经看穿官场的龌龊，深深厌倦仕途生涯。“归田”对他这位早就向往山水、酷爱自然的“仙令”来说，无疑是轻松、愉悦的解脱。“帝都名利场，鸡鸣无安居”；“人间荣与利，摆落如尘泥”。正因为他具有此种人格和心境，所以他的这篇短文，才能以普通住宅为题材，写出一个乐趣无穷的“世界”，令人于楼堂、厨灶、卧房、古桂、小池等十分平凡的事物里，感受到别有天地的美。

文章若信手写出，任性适情，直抒胸臆，自成气象，但是在这种似乎漫不经意的挥洒之中，也蕴含着作者独具的匠心。

开首一句：“一出大明门，与长安隔世，夜卧绝不作华清马蹄梦。”起势突兀，如危崖坠石，不知其来但紧接着却匆匆带过，迅疾转换成对自己“新天地”的描写，既表现出作者对“帝都名利场”的毫不留恋，又反映出作者摆脱“樊笼”之后按捺不住的轻松和欣喜，可谓神来之笔。

“以仙令自许”的屠隆，在文笔的简繁、剪裁的详略上，显然是作了精心安排的。你看，他写归来，只用了半句话，即“一出大明门，与长安隔世”，似乎对过去那段长达数十年的官场生活想也不愿想，提也不愿提，简直觉得不屑挂齿，厌倦、决绝之情，溢于言表。而写到自己那所实在也并没有什么新鲜东西的田园住宅时，却不厌其详：家中有堂，堂后有楼，杂植小竹，屋在竹中，宅西有桂，隙地凿池……位置、方向、数量、名称，都作了精确的介绍，简直像画了一幅建筑平面图。这种守财奴数家珍似的写法，不但令读者感到轮廓分明，历历在目，而且也把作者那欣欣自得的乐趣,表现得淋漓尽致。

为了写出自己的愉悦、适意,也为了写出住宅的幽美、可爱,作者从听觉、嗅觉、视觉三个方面作了刻画。“枕上常闻啼鸟声”,以听觉映衬清幽而不僻冷阒寂。写古桂“秋来花发,香满庭中”,则由嗅觉以示古雅,而又生意盎然。视觉上,是连用两个精巧的比喻状写池中之莲、池旁之桃并映水面的情景:如“红锦映水”,如“阿房、迷楼万美人尽临妆镜”,在清幽、朴素的住宅里又渲染出一池五彩缤纷、繁华绮丽。写至此,作者猛然感到这满池烂漫,似乎和幽居之境有点欠协调,于是赶紧补上两句:“又有芙蓉蓼花,令秋意瑟。更喜贫甚道民,景态清冷,都无吴越间士大夫家华艳气。”如此一来,便不失时机地保持了意境的和谐和画面风格的统一,令读者感到这仍然是一个幽人独居、绝无尘嚣的小天地,且与首句“与长安隔世”相呼应。

(荆立民)

青溪集序　　屠 隆

青溪者何?青浦也。青浦古由拳地,居云间西鄙,为泽国。空波四周,多鸥凫菱芡,景小楚楚。每乘月荡桨,如镜中游,九峰三泖[1]落几席。湖上盖又有二陆先生墓云。余雅抱微尚,缅怀哲人,而余乡沈嘉则先生、就李冯开之吉士,适以七夕至。至即相与操方舟,出郭行游苇萧野水间。是夜云物大佳,天星并丽,余三人扣舷和歌,仰视青汉,因风而送曼声,乐甚。已复相携泛泖湖,登湖上浮屠,寻余立蹑天马,吊二陆祠,慷慨兴怀焉。盖流连三日,而开之别去,嘉则留斋头旬日,余退食既相与扬扢风雅[2],讽咏先王,不及于政。嘉则得诗若干首,余诗与之略相等。先生发短矣,而心甚长,诸所撰结更雄丽,神王哉!余与对垒,逡巡畏之。于是谋刻先生诗,余与开之附焉,而用“青溪”命集。

〔注〕 ①三泖(mǎo):古湖名。 ②扬扢(jié)风雅:品评诗文。

《青溪集》是屠隆与诗友同游青溪而作的诗集,这篇小品即作者为诗集所作的序。题目是《青溪集序》,因此文章一开始即破题而入,介绍青溪的地理位置:“青溪者何?青浦也。青浦古由拳地,居云间西鄙,为泽国。”据《明史·文苑传》记载,作者于万历五年进士,任颍上和青浦知县。在青浦时,“时招名士饮酒赋诗,游九峰、三泖,以仙令自许”。看来作者十分喜欢游历山水,喜欢青溪的风景,因而作者不仅对青溪的地理位置了如指掌,而且十分熟悉青溪的景物风光。接着,承“泽国”二字,作者对青溪的景物风光作了进一步介绍:“空波四周,多鸥凫菱芡,景小楚楚。”这里碧波荡漾,四面皆水,鸥凫乱飞,菱芡茂盛,一派水泽之乡的景色。这种优美景色吸引着作者,他常常乘着月色,驾一叶扁舟,到水中游玩。作者只用“如镜中游,九峰三泖落几席”两句,即把平时游历青溪的独特审美感受概括地抒写出来,在我们面前展现了一个静谧、开阔的画面。三泖即泖湖,湖有上中下三泖,上承淀山湖,下流合黄浦江入海。“如镜中游”一句写得绝妙,它不仅用生动的比喻写出了水平如镜,写出了湖水的清澈,而且写出了作者内心世界的恬静。接着,作者又写明“湖上盖又有二陆先生墓云”,说明吸引作者的不仅是这里的自然风光,而且还有西晋二位大诗人陆机、陆云二兄弟的不朽英灵。二陆的墓地,给青溪风光增添了古色古香的情调。

作者正“雅抱微尚,缅怀哲人”,游兴大发,老师沈明臣(字嘉则)、朋友冯开之(就李,地名,在今浙江嘉兴)“适以七夕至”。这岂不是正合作者心愿!因而“至即相与操方舟,出郭行游苇萧野水间”。两个“至”字构成顶针句,又紧承以“即”字,就逼真地写出了三人游兴之浓,行动之快,一时之间,小船已飘荡于“苇萧野水间”了。“是夜云物大佳,天星并丽”二句是写景,“余三人扣舷和歌,仰视青汉,因风而送曼声,乐甚”四句是写人,而写景写人之中又有作者的真情至性的自然流露。天上五光十色的彩云,璀璨夺目的群星,把他们的倒影映照在碧波粼粼的细浪中,星星的光辉倾泻在湖水里,此时的天穹地壤之间,是一片空明澄澈。这是多么纯净的世界!又是多么晶莹佳丽的境界!作者与诗友的心仿佛已被宇宙的空明净化了,而宇宙的景,也被作者纯洁净化了。在这里,天与人浑然一体,使他们已完全陶醉于这纯净美丽的境界之中。于是他们像当年张孝祥夜游洞庭那样扣舷而歌,“悠然心会,妙处难与君说”(《念奴娇·过洞庭》)!在如此浩渺无际的湖波上,在如此神秘幽冷的星夜里,作者与师友不但没有常人于此时此地所极易产生的陌生与恐惧感,而且感到无比的亲切与快意,感到物我相惬、天人合一的极大快乐。因而他们又“相携泛泖湖,登湖上浮屠,寻余立蹑天马,吊二陆祠,慷慨兴怀焉”。可以想象,作者与师友三人泛舟湖上,凭吊湖上浮屠与二陆祠时,怎能不“慷慨兴怀”,吟唱出许多雄丽幽美的诗句呢?他们在青溪“流连三日”,冯开之先作别而去,而嘉则则留下来与作者又作了“若干首”诗。因作者“尝学诗于明臣”(《明史·文苑传》),所以作者以仰慕谦恭的语气写道:“先生发短矣,而心甚长,诸所撰结更雄丽,神王哉!余与对垒,逡巡畏之,于是谋刻先生诗,余与开之附焉,而用'青溪'命集。"

这篇序文紧扣题目,记述了《青溪集》的来由,作者把记事、写景、抒情、议论融为一体,以"万物大佳"的夜空和寥廓浩荡的湖面为背景,创造了一个光风霁月、坦荡无涯的艺术意境和精神境界,是一篇富有诗情画意的散文小品。(王少华)

与张肖甫大司马 屠 隆

连朝冻云垂垂,都城雪花如手,含香之署,凄然怀冰矣。日与二三同心,拥榾柮①,煨蹲鸱②而啖之,有少黄米酒佐名理,差遣寂寥。一出门,骑马冲泥,手皲肤折,马毛猬缩,仆夫冻且欲僵,朔风有权,浊酒无力。此时念明公正在边徼,人烟萧疏,积雪丈许,寒气当十倍于都城。胡马一鸣,铁衣不解,绣旗夜卷,笳吹乱发,按垒行营,想见凄绝。帐中取琥珀大碗,侍儿进羊羔酒,而听歌者歌出塞入塞之曲,朝提猛士,夜接词人,虽凄其亦大雄豪,有致哉!不知幕下颇有差足当明公鼓吹,如昔陈琳、孟嘉其人者不?此时恨小子不得奉么麽六尺而侍明公床头捉刀之旁。国家倚明公如长城,驱明公如劳薪,亦以雄略不世出故,此庄生所以有栎社之嗟也。虽然,春明门中,终当借明公盈尺之地,列侯东第,计亦非遥,但不知何时西谒青城先生?

〔注〕 ① 榾柮(gǔ duò):木块或树根疙瘩。 ② 蹲鸱(chī):即大芋头,因形似蹲伏之鸱,故称。

史载:屠隆仕宦期间,"时召名士饮酒赋诗,游三峰九泖,以仙令自许,然于吏事不废,士民皆爱戴之"(明史《文苑传》)。可见,此公虽酷爱自然,却并非浑身静穆,胸中全然不装"君国之事"。这篇短文,大约是屠隆在北京任礼部主事时所写,反映他深感官场无聊因而渴望投身边塞征战生活的心情。这是一种寂寞中的跃动,苦闷中的奋发。

《与张肖甫大司马》如屠隆的其他散文一样,信手写胸臆,似行云流水,情意所到,笔法自变。当他写官署生活的平淡、无聊和京城气候的恶劣时,因为是眼前之景,便采用实写。当他写边塞苦寒和军旅征战生涯时,因为并非亲历,便凭借想象,采用虚写。但是,无论实写还是想象,其中都不乏真切的细节刻画:"与二三同心，拥榾柮，煨蹲鸱而啖之，有少黄米酒佐名理。”活生生画出数位无聊者的形象：在这天寒地冻季节，他们终日无所事事，闲得难受，便在官署办公室里，燃起一堆断木头，一边烘烤白薯吃，一边围火喝酒，高谈阔论，打发日子。“骑马冲泥，手皲肤折，马毛猬缩，仆夫冻欲且僵”，生动渲染出气候的酷寒、道路的难行，致作者一出门，便只好抖抖索索，颠簸前进。此处应当注意的是“朔风有权，浊酒无力”八个字，这是本文抒发作者内心活动的关键所在。它表面上似乎是说：北风恣肆咆哮，笼天罩地，自己体内喝下几杯浊酒所生成的热力，瞬间消失。实际上一语双关，暗作比喻，真正意蕴是：最高统治者和上层权势集团，主宰大计，压抑人才，以其昏昏，独断一切，沉沦下僚者，纵有为国出力之心，亦无尽瘁报国之门。是啊！这眼前日复一日的浑浑噩噩，年华虚掷，不就是那些昏庸的“执政柄者”所造成的吗？由此种意蕴，转入下文，自然而然想起跃马横戈于边陲的将军，并向往艰苦而雄豪的军旅生活，这才顺理成章。

作者对边塞生涯，虽是凭借想象虚写，但依然给人以历历在目的真实感。状苦寒，则曰“人烟萧疏，积雪丈许”；言征战，则曰“绣旗夜卷，笳吹乱发”；写豪兴，则曰“帐中取琥珀大碗，侍儿进羊羔酒，而听歌者歌出塞入塞之曲”，都紧扣边疆特点。其境界之壮阔，意气之雄豪，与前面所写官署无聊、京师泥冻、行人瑟缩的情景，恰成鲜明对比。

这篇短文的另一个重要特点是感情的变化起伏、思路的活泼不羁。这种变化起伏反映着作者也反映着晚明士大夫所常有的思想矛盾：平庸的官场使作者百无聊赖，难耐寂寞，然而欲一展生平抱负，在京师却寸步难行，这又使他深感苦闷。于是，他渴望投身塞漠，追随名将，驰骋疆场，为国效命。想到这里，他跃跃欲试，豪兴大发，竟以随侍曹操、桓温且为他们所宠信的陈琳、孟嘉自许。但是，转念一思：朝政如此腐败，皇帝如此昏聩，即使怀不世雄略如张明公者，国家虽一时倚重，然而终不免被驱使得东奔西走，心劳力瘁，绝无宁日。那些于国无用的饭桶权贵，反倒安安稳稳，终日舒服。这是多么不公平啊！看来，张司马博取封侯之赏，并非难事，但情形既然如此，“列侯东第”又有何意趣？想到这里，他的避世思想又占了上风，禁不住用一句“不知何时西谒青城先生”（明朝毛起号青城先生，但此处还是释作道家青城山诸仙人、道长为妥，似非实指某一个人）的问话，暗示张佳胤（字肖甫）功成身退，莫恋禄位。这是对友人的劝告，也是“以仙令自许”的作者本人的最后人生打算。

这篇短文句式自由不拘：叙述句，问句，叹句，四字句，意之所至，随手使用，于参差错落中，显示出整齐的美。

（荆立民）

刘元卿

【作者小传】

明学者。字调父,号泸潇。安福(今属江西)人。隆庆举人。会试时对策极陈时弊,主者不敢录。既归,师同邑刘阳。万历二年(1574)会试不第,遂绝意科名。后累被推荐,召为国子博士。擢礼部主事。寻引疾归,致力于撰述。除与喻均共著《江右名贤编》外,尚著有《诸儒学案》《礼律类要》《大象观》《思问编》《山居草》《刘聘君全集》等。

两　瞽

刘元卿

新市有齐瞽者,行乞衢中,人弗避道,辄忿骂曰:"汝眼瞎耶?"市人以其瞽,多不较。

嗣有梁瞽者,性尤戾,亦行乞衢中。遭之,相触而踬[①]。梁瞽故不知彼亦瞽也,乃起亦忿骂曰:"汝眼亦瞎耶?"两瞽哄然相诟,市子姗笑[②]。

噫!以迷导迷,诘难无已者,何以异于是?

〔注〕 ① 踬(zhì):跌倒。　② 姗笑:嘲笑。

这可笑么?不!这是人生经常遇到的富有悲剧色彩的情节。

有这样的人,总觉得自己是世界上最不幸的,最痛苦的,而这种不幸和痛苦,是全人类(除自己而外)给予他的,他认为,谁也不理解他,当然他也不准备去理解别人。在他眼前呈现一片漆黑,他咒骂所有他所接触到的人。因此,别的人只能躲避、容忍他,而绝不能触犯他。这种人的词典里没有"谦让""理解""谅解""宽容""合作"那一类词语的。

可惜,这种人在我们这个社会不是个别,也不会是个别。有齐瞽,还有梁瞽,还有别的什么"赵钱孙李"瞽,这类人一旦相遇,必然是彼亦一忿骂,我亦一忿骂;互相指责对方"汝眼瞎耶",而从不反省自己。天下从此多事矣!

从刘元卿的时代到今天,四百年过去了,这类"以迷导迷,诘难无已"的现象是否有何改变呢?应该说,还存在这种现象。齐瞽、梁瞽式的毫无原则的盲斗,往往是:细微得不值一提的起因,引起一场纠缠不清,甚至你死我活的争斗,最后是什么结果也没有的结局。说这种现象是中国人的"特产",不完全是事实;要否认这种现象在中国社会比较长期地和顽固地存在,也不是事实。要解决这种

"两瞽"现象，恐怕还得从发展经济、发展教育两方面着手，小生产者、私有者狭隘心理的改变，是一个巨大而复杂的、历史性的工程。民族素质的提高，需要若干代坚持不懈的努力。首先是社会上形成一个宽容友爱的好环境，包括对"两瞽"的"哄然相诟"，能不能不止于旁观，不止于"讪笑"呢？（拾 风）

盲　　苦

刘元卿

有盲子道涸溪①。桥上失坠，两手攀楯②，兢兢③握固，自分④失手必坠深渊已。过者告曰："毋怖，第⑤放下，即实地也。"盲子不信，握楯长号。久之，力惫，失手坠地。乃自哂⑥曰："嘻！早知即实地，何久自苦耶！"夫大道甚夷⑦，沉空守寂⑧，执一隅以自矜严者⑨，视此省哉！

〔注〕 ① 涸(hé)溪：干涸小溪。 ② 楯(shǔn)：栏杆。 ③ 兢兢：恐惧状。 ④ 分(fèn)：料想。 ⑤ 第：只。 ⑥ 哂(shěn)：嘲笑。 ⑦ 夷：平坦。 ⑧ 沉空守寂：沉溺于空洞的学问和玄想中。 ⑨ 隅(yú)：角落，局部。矜严：矜持自严。

人类对于他所不了解的未知世界，总不免会感到惊奇、神秘和恐惧。在人类的童年时代，荒漠、高山和大海还没有被认识的时候，人们想象其中会有许多可怖的神怪鬼物，使人不敢涉足。随着文明的进步，这些领域逐渐被人们征服。登山、航海、乘车横穿广漠，在大多情况下已经不能引起人们的恐惧。但南极、宇宙太空，乃至其他星球，因为人迹未至，或者所至不多，想到它们或者去探险仍不免有些惴惴。对于个人来说，不可能事事亲历，通过个人实践所获得关于世界的知识极为有限，大多数情况下，个人是通过书本或通过他人的教诲认识世界、社会和获得知识的。既然有"知"了，那么恐惧就应该消除，就应该勇敢地走路和过桥。

《盲苦》的故事看似笑话，实际上是很严肃的。它揭示了抱残守缺、不敢认识真理的人们的可笑与可悲。盲人双目失明，他们比正常人认识世界就更困难一些。这位盲人从桥上失坠，幸而没有摔下去，他两手攀住栏杆，战战兢兢，生怕坠入"深渊"。实际上，桥下只是平浅的、已经干涸的溪道。盲人之情可悯，也可以理解，因为他不知道一松手对他来说意味着什么。过路人善意地告诉他："你不要害怕，只要放开手，下面就是实地。"可是他不相信路人的话，依旧紧握栏杆，放声长号。此时就未免滑稽，令人感到可笑了。最后盲人体内力量消耗殆尽，终于跌了下去。他双脚落地后，才自我嘲笑地说："哈，早知道放手即是实地，何必让自己吃苦呢！"这个结局是喜剧性的，可是盲人的性格却是悲剧性的。他对未知事物充满了恐惧,还可以说是人类的普遍弱点,但对别人的告诫无故不肯相信则说明他不仅盲于目,而且还盲于心;因为盲于心,所以恐惧更烈。“盲苦”不仅指盲目之苦,更重要的是指“盲心”之苦。盲目是生理缺陷,令人同情,而“盲心”则不禁令人深感遗憾了。当然,盲人如果吃过受骗上当之苦,他此处的听不进别人告诫就又另当别论了。

（王学太）

猱[1]

刘元卿

兽有猱,小而善缘,利爪。虎首痒,则使猱爬搔之;不休,成穴,虎殊快不觉也。猱徐取其脑啖之,而汰其余以奉虎曰:“余偶有所获,腥不敢私,以献左右。”虎曰:“忠哉,猱也!爱我而忘其口腹。”啖已又弗觉也。久而虎脑空,痛发,迹[2]猱,猱则已走避高木,虎跳踉大吼乃死。

世人谓邯郸挟瑟而倡者类之。于是乎,宁独一倡哉!

〔注〕 ① 猱(náo):猿猴。 ② 迹:寻找其踪迹。

看来刘元卿对靡靡之音甚为反感,他把“邯郸挟瑟”的倡女比作猱,确有近似之处。近似处在靡靡之音也会使人感到“爬搔”般的愉快。这种潜移默化的渗透方式,不知不觉地在欣赏者脑子里从打开缺口到逐步占领,最后舒舒服服地变成牺牲品。寓言里的老虎,临死还有痛感,还会跳踉大吼一番,而为靡靡之音所迷者,大概至死也不知脑袋是怎么掉的。

比喻总是跛脚,作者也指出:“宁独一倡哉!”启发人们从社会的众生相多方去观照。会不会有别的社会现象比猱吃虎这个例子更为贴切的呢?

我看是有的。历代君王身边都混有猱性人物。这种人有一大本领,就是善于研究皇帝老倌的痒点所在,一旦发现了痒点,他们就探头探脑下手了。常言“伴君如伴虎”,猱是例外,他们可以用“抓搔”战术,使你浑身舒泰,精神上反而做了他的奴隶,为他所用。刘元卿后二百年,清乾隆身边有一只猱,其名曰和珅,为刘元卿这篇小品作了有力的注解。乾隆并非头脑简单的昏君,但和珅的“抓搔”功夫把他整治得昏头昏脑。于是,乾隆大兴文字狱、滥杀无辜,使得满朝文武胆战心惊的年代,成了和珅一面甘言事君,一面贪污受贿的大好时机。和珅算得上中国历史上的特大贪污犯,乾隆死后,他被抄了家。近人推算和珅全部家产当在八亿两左右,相当于清政府十年以上的财政收入,这同猱把虎脑掏空有何两样啊!

小品《猱》之可取处,在于它的思想内涵丰富,其影响也就必然深远。如果自以为精明的乾隆能看到《猱》这篇小文章，再把周围的人和事认真“扫描”一番，和珅的伎俩会不会被识破？八亿两白花花银子会不会不被这贪污犯搬走？难说呢！

苏东坡有句名言：“忍痛易，忍痒难。”人在权力和物质利益诱惑下常常痒得难煞，非要别人抓搔才感觉舒服，这不是人的生理缺点，而是人的心理弱点，实在应该以此“虎”为鉴，警惕而又警惕！（拾　风）

猫　号[①]　　刘元卿

齐奄家畜一猫，自奇之，号于人曰“虎猫”。客说之曰：“虎诚猛，不如龙之神[②]也，请更名曰‘龙猫’。”又客说之曰：“龙固神于虎也，龙升天，须浮云，云其尚[③]于龙乎？不如名曰‘云’。”又客说之曰：“云霭[④]蔽天，风倏[⑤]散之，云故不敌风也，请更名曰‘风’。”又客说之曰：“大风飙起[⑥]，维屏以墙[⑦]，斯足蔽矣，风其如墙何！名之曰‘墙猫’可。”又客说之曰：“维墙虽固，维鼠穴之，墙斯圮[⑧]矣。墙又如鼠何！即名曰‘鼠猫’可也。”

东里丈人嗤之曰[⑨]：“噫嘻！捕鼠者故猫也，猫即猫耳，胡为自失本真哉？”

〔注〕①猫号：指猫的别号。②神：变化神奇。③尚：超出。④云霭：云气。⑤倏(shū)：忽然。⑥飙(biāo)起：如狂风暴起。⑦维屏以墙：墙可对风起屏蔽作用。⑧圮(pǐ)：坍塌。⑨东里丈人：作者虚拟的人物。嗤之：讥笑。

先秦哲学家们很重视名实之辨，而社会的剧变自然会引起名实的分离。最初，哲学家们还强调名实相符，后来由于“实”发展变化太快，一些思想家无力改变“实”而又不愿意屈从于“实”，于是强把新“实”加以旧“名”，以安慰自己的心灵，求得精神上的胜利。改“名”容易，改“实”难，用变换名称的方法以替代实际的努力，可以节省许多气力，同样也可以弥补心灵的缺憾。不仅如此，给对自己有利的、但不甚光彩的事物披以美名，既有虚名，又得实利，何乐而不为。因此，鲁迅说：中国古书有许多是教人“怎样敷衍、偷生、献媚、弄权、自私，然而能够假借大义，窃取美名”的(《十四年的读经》)。

这一篇笑话，正是批评人们怎样为了讨得主子的欢心，用些虚夸不实之词以美化平淡无奇之物的。“主子”名为“齐奄”，这个命名，恐怕是有深意的。先秦齐国学风夸诞，富于玄想，故把这位多妄想的人命之姓“齐”。“奄”可能是影射“阉人”(宦官)。明代很长时期内宦官权倾朝野，故谀之者众。齐奄养了一只猫，自以为"奇",于是"号于人"曰"虎猫"。这位有权者有意自夸于人,自然帮闲者纷至沓来。他们为了讨得主子的欢心,察言观色,搜索枯肠,拼命抬高这只猫的身价。谁料五个客人层层加码的结果,竟是以"鼠猫"来命名。阿谀者的目的原在于抬高猫的身价,可是转了一圈之后却弄巧成拙帮了倒忙。这真是始料未及,出了齐奄和众帮闲者的丑。然而,这种结局是与齐奄图虚名的心理和帮闲者们胡吹乱捧的作风密切相关的。他们总认为给猫加一个美名,它就起了实质性的变化,就使得猫变得如虎似龙了,实际上他们是一群名词崇拜症患者。东里丈人嗤笑他们这样做的结果使猫失去了"本真",其实,这些人之所以费尽心机,在名词上下功夫,就是要失其"本真"。

举一个与明代宦官有关的例子,以见一斑。"监生陆万龄至,谓孔子作《春秋》,忠贤作《要典》;孔子诛少正卯,忠贤诛东林党人。宜建祠国学,与先圣并尊,并以忠贤文配启圣公祠。司业朱之俊辄为举行。"(赵翼《廿二史劄记》)这位太学生上书把太监魏忠贤与孔子并尊,把魏忠贤令人拼凑的《要典》比之于《春秋》,把他诛杀东林党人比作诛少正卯。主持者总认为有了美名就可以失去其丑恶的"本真",就可以得到千秋万世的认可。当时魏忠贤生祠与孔庙一样,几遍天下,可是现在还存留吗?"美名"早已随着他的倒台而消失,符合其"本真"的恶名却永远地流传下来了。

(王学太)

【作者小传】

李维桢

(1547—1626) 明文学家。字本宁,号翼轩,又号大泌山人,京山(今属湖北)人。隆庆二年(1568)进士,授编修。后浮沉外僚,几三十年。天启初,以布政使家居,后官至南京礼部尚书。其文弘肆有奇气,负重名数十年。有《大泌山房集》。

绿天小品题词[①] 李维桢

王氏故多酒人。"酒正使人自远",光禄[②]之言也。"酒正自引人着胜地",卫军[③]之言也。"三日不饮,使人形神不亲",佛大[④]之言。"名士不须奇才,得无事痛饮酒,熟读《离骚》,便可称名士",孝伯[⑤]之言也。唐无功[⑥]所著《醉乡记》《五斗先生传》，及他诗歌，率可传。娄东[⑦]王时驭，自号“酒懒”，好酒不减五君。其诗文所谓《绿天馆小品》者，清言秀句，多人外[⑧]之赏。起五君九原[⑨]，挥麈酬酢[⑩]，定入《世说》“言语”“文学”“任诞”三则中。其妹婿潘藻生为梓行[⑪]之，以示余。余惟五君皆有官职，而时驭相国[⑫]从弟，布衣早死，即无功传《唐书》《隐逸》，当逊一筹，是又乌衣马粪[⑬]，佳子弟之所罕有也。

〔注〕①这是李维桢为王时驭诗文集《绿天馆小品》作的题词。②光禄：指王蕴(330—384)，晋太原晋阳(今山西太原西南)人，晋孝武帝皇后王法慧之父，曾官光禄大夫，故称。刘义庆《世说新语·任诞》：“王光禄云：‘酒正使人人自远。’”自远，疏远自己，忘掉自己。③卫军：指王荟，晋琅邪临沂人，又称王卫军。刘义庆《世说新语·任诞》：“王卫军云：‘酒正自引人著胜地。’”④佛大：王忱(？—392)，晋太原晋阳人，又称王佛大。刘义庆《世说新语·任诞》：“王佛大叹言：‘三日不饮酒，觉形神不复相亲。’”⑤孝伯：王恭(？—398)，晋太原晋阳人，字孝伯。刘义庆《世说新语·任诞》：“王孝伯言：‘名士不必须奇才。但使常得无事，痛饮酒，熟读《离骚》，便可称名士。’”⑥无功：王绩(589—644)，字无功，唐绛州龙门人，著名诗人。《醉乡记》《五斗先生传》是其散文名作。⑦娄东：指江苏旧太仓州之东。因境内娄江得名。⑧人外：世俗之外。⑨九原：指墓地。晋卿大夫之墓地在九原(今山西新绛县北)，后世因称墓地为九原。⑩挥麈：晋人清谈时，每执麈尾挥动，以为谈助，后人因称谈论为挥麈。酬酢：互相敬酒。⑪梓行：刻版发行。⑫相国：对任宰相者的尊称。此指王锡爵(1534—1611)，字元驭，曾任礼部尚书兼文渊阁大学士，参机务。⑬乌衣：即乌衣巷，在今南京市东南，曾是三国东吴时的禁军驻地。当时禁军身着黑色军服，所以此地俗语称乌衣巷。东晋时王导、谢安两大家族，都居住在乌衣巷，人称其子弟为“乌衣郎”。马粪：巷名。故址在今江苏省南京市。《南史·王志传》：“家居建康禁中里马粪巷，父僧虔，门风宽恕，志尤惇厚……兄弟子侄，皆笃实谦和，时人号马粪诸王为长者。”清李慈铭《越缦堂读书记·南史》：“王谢子弟，浮华矜躁，服用奢淫，而能仍世贵显者，盖其门风孝友，有过他氏。马粪、乌衣，自相师友，家庭之际，雍睦可亲。”

这是为王时驭诗文集《绿天馆小品》而作的一篇题词。作为一种文体，“题词，小引，总是序之别名”(张谦宜《絸斋论文》卷三)，主要是用来对著作表示赞扬、评议或叙述读后感想的。

这篇小品构思新颖独特。中国自古有“知人论世”的传统，《孟子·万章下》：“颂其诗，读其书，不知其人可乎？是以论其世也。”本文欲论王时驭诗文集，先论其人；欲论王时驭其人，先论其姓与“酒”。这样，文章就先从王姓与酒开篇，然后反向迤逦说开去，由此逗出王时驭其人及其作品。

文章开篇云：“王氏故多酒人。”把其姓与酒巧妙地联系了起来。然后历叙王氏酒人及涉酒言论：晋代王蕴云“酒正使人人自远”，意思是酒能使人疏远自我、忘掉自我，而能够实现超脱。王荟云“酒正自引人着胜地”，意思是酒能让人进入一种自由超然的人生妙境。王忱云“三月不饮,使人形神不亲”,意思是酒能使自身之形体与心灵相亲相近,使人之形别具风神。若三月不饮,就会两向疏离乖违,使人徒具形骸。王恭云:“名士不须奇才,得无事痛饮酒,熟读《离骚》,便可称名士。”强调诗文与酒对于名士风流至关重要。以上王姓诸人轶事载诸《世说新语·任诞》,广为人知,足以流传千古。更有唐代王绩,嗜酒而能文,其《醉乡记》《五斗先生传》亦足使其不朽。作者不厌其烦地列举王氏嗜酒名士与名言,实为王时驭的出场做铺垫,并暗寓对王时驭及其诗文的褒扬。

铺垫之后,作者才正式介绍王时驭,称他为娄东人,好酒,自号“酒懒”,好酒不亚于上述王姓五君。再提到其诗文集《绿天馆小品》,称赞其作品“清言秀句,多人外之赏”,若能把五君从九原叫起,与之挥麈清谈,一定可“入《世说》‘言语’‘文学’‘任诞’三则中”。这种评价虽着墨不多,但由于《世说新语》的不朽价值,拿王时驭与诸人作比较,其实是对其人、其作的高度评价。

文末再生波澜。先叙述写作缘由:其妹婿潘藻生刊刻其集并请序;再言王时驭虽为相国王元驭从弟,但实是布衣,与五君皆有官职不同(即便是王绩早年也做过官,且《唐书》列入《隐逸传》里面),但这却又是那些乌衣巷、马粪巷里居住的贵族佳子弟所罕有的品性。文末一段文字,既交代写作缘由,又刻意突出王时驭的布衣身份及所谓“贵族佳子弟”所罕有的隐逸品格,通过赞美其人,而让其《绿天馆小品》增添一层耀眼的光环。 (魏祖钦)

【作者小传】

汤显祖

(1550—1616) 明戏曲作家、文学家。字义仍,号海若、若士、清远道人,临川(今江西抚州)人。所居名玉茗堂。早年即有文名,曾拒绝首辅张居正延揽。万历十一年(1583)进士。历任南京太常寺博士、礼部主事,万历十九年上《论辅臣科臣疏》,弹劾大学士申时行,降为广东徐闻典史。后改任浙江遂昌知县,又以不附权贵而被议免官,未再出仕。曾从泰州学派罗汝芳读书,后又受李贽的影响,并和僧人达观相友善,思想上崇尚真性情,反对假道学。在戏曲创作上主张“言情”,反对拘泥于格律。作有传奇《紫箫记》、《紫钗记》、《还魂记》(即《牡丹亭》)、《南柯记》、《邯郸记》五种,后四种合称《玉茗堂四梦》或《临川四梦》。作品颂扬人性真情,对封建礼教和当时黑暗政治有所暴露和抨击。以《还魂记》最著名。诗文有《红泉逸草》《问棘邮草》《玉茗堂集》等。

牡丹亭记题词　　汤显祖

天下女子有情宁有如杜丽娘者乎！梦其人即病，病即弥连①，至手画形容传于世而后死。死三年矣，复能溟莫中求得其所梦者而生，如丽娘者，乃可谓之有情人耳。

情不知所起，一往而深，生者可以死，死可以生。生而不可与死，死而不可复生者，皆非情之至也。梦中之情，何必非真，天下岂少梦中之人耶？必因荐枕②而成亲，待挂冠③而为密者，皆形骸之论④也。

传杜太守事者，仿佛晋武都守李仲文、广州守冯孝将儿女事，予稍为更而演之。至于杜守收拷柳生，亦如汉睢阳王收拷谈生也。

嗟夫！人世之事，非人世所可尽。自非通人，恒以理相格耳。第云理之所必无，安知情之所必有邪！

万历戊戌秋清远道人题。

〔注〕 ① 弥连：久不愈。 ② 荐枕：亦作“荐枕席”。宋玉《高唐赋》：“闻君游高唐，愿荐枕席。”李善注：“荐，进也，欲亲于枕席，求亲昵之意。” ③ 挂冠：辞官。 ④ 形骸之论：肤浅之说。形骸，此处相对于精神而言。

汤显祖之所以被明末自命为卫道士的夫子们恨之入骨，视之为毒蛇猛兽者非它，端为《牡丹亭记》一剧耳。所以直到清代，还有些笔记，说亲眼看到汤显祖因《牡丹亭记》败坏礼教而在阴曹地府下油锅上刀山呢！

那些连篇鬼话，无非证明汤显祖罪该万死。在理论上驳他不倒，也无权下一道禁演停演的法令，“革命”的大字报此时尚未发明，就只好出此下策了。明知没有人置信，除此之外，再也想不出别的高明办法，就这样胡乱说一通。可恶固然可恶，却也可怜。

那么汤显祖为什么要写《牡丹亭记》呢？何必如此冒天下之大不韪呢？在此之前，他的诗文和奏疏已经捅了不少乱子了。现在居然仍旧不肯安分守己，在世俗的眼光中，原是无法理解的。

看来，汤显祖对这个题材，对这个主题，对这个“一生爱好是天然”的杜丽娘，在感情上已经爱之甚深，到了自己无法控制的程度了。一旦到了他在这篇题词中所说的“情不知所起，一往而深，生者可以死，死可以生”的程度，要他放下笔来,那是不可能的了。

汤显祖既写了《牡丹亭记》,深恐别人予以曲解,因此又写题词。题词公开宣称:"自非通人,恒以理相格耳。第云理之所必无,安知情之所必有邪!"这就不是为《牡丹亭记》一个剧本作辩护,矛头所指是为一切"恒以理相格"的"通人",所树的对立面是一大群。

"梦中之情,何必非真"。这是汤显祖的快人快语。任何卫道君子,要在梦中绝对排除七情六欲的干扰也是困难的。曹操、秦桧之类也难免有冤魂向之索命的梦,这原不是以人的意志为转移的。古人对心理学虽缺乏研究,"日有所思,夜有所梦"还是说出了一些道理的。

作者在剧本中,也写了一个"以理相格"的通人,名叫陈最良,是杜丽娘的塾师。所不同者,这是一个可怜的小人物,道貌岸然的伪装还有一定的限度,不像汤显祖在政治生涯、文艺生涯所遇到的那些通人那样面目狰狞罢了。

《〈牡丹亭记〉题词》和《牡丹亭记》都是中国古代文化遗产中的瑰宝,都闪耀着"资本主义萌芽时代"的对于人的价值重新认识的思想光辉,和西方的莎士比亚的剧作的人文主义思想东西互为映衬,不约而同,堪称奇迹。

可悲的是,所谓"资本主义萌芽时代"随着明末阶级矛盾、民族矛盾的尖锐化所导致的明代的灭亡而夭折了。人们所能做的,无非是围绕着"生者可以死,死可以生"作些文字游戏般的诠释而已。如此等等。

当然,也正因为如此,汤显祖也就显得格外伟大。

杜丽娘成了"有情人"的典型,也造就了无数扮杜丽娘的表演艺术家。个别的杜丽娘在"梦"中相会的也许是外国的柳梦梅,这不能要求汤显祖负责的。因为不演戏,不扮杜丽娘的女性,也会做这种梦的。 (蒋星煜)

答吕姜山 汤显祖

寄吴中曲论良是。唱曲当知,作曲不尽当知也,此语大可轩渠。凡文以意趣神色为主。四者到时,或有丽词俊音可用,尔时能一一顾九宫四声否?如必按字摸声,即有窒滞迸拽之苦,恐不能成句矣。弟虽郡住,一岁不再谒有司。异地同心,惟与儿辈时作磻溪之想。

汤显祖的《牡丹亭记》问世以后,虽然被某些士大夫目为淫词艳曲,虽然没有得过什么创作奖,当然更没有被定为"样板",但在剧坛确是广泛流行了。

由于汤显祖对于音律不像沈璟等人那么重视，而是把表达人物的思想感情放在第一位，然后才考虑曲词是否协律的问题，这就招致沈璟等人的非议。

沈璟对曲律音韵确有研究，他凭自己这方面的造诣，把《牡丹亭记》改成了《同梦记》。沈璟终究也是书生，所以他老老实实承认是改编，并没有篡夺原著的著作权，更没有把《牡丹亭记》说成是有毒的，而将汤显祖从政治上加以打击。但另一方面，他虽然声称仅仅改了个别不合韵律的字句，实际上却把人物的思想感情也作了较大的改动，汤显祖自然不可能不产生反感。

《答吕姜山》信文字不长，却是鲜明地表达了他的创作思想。他毫不含糊地指出创作应从内容出发，而不是从形式出发。

我们如果繁琐地论证汤显祖与沈璟之间的谁是谁非，意义不大，因为事实本身已经说明了问题：精通音律的沈璟也写了不少传奇剧本，演唱当然毫无困难，为什么反而极少人去唱呢？为什么演唱者偏偏喜欢不太协音律的汤显祖的原著呢？为什么听众观众也是如此呢？

吕玉绳将沈璟的《唱曲当知》和改本《同梦记》寄给了汤显祖，汤显祖不考虑得罪了沈璟等人会有什么严重的后果，毫不保留地坦率地提出了自己的看法。这也是一种“一生爱好是天然”的真实感情的流露，一种“童心”的流露。

如果汤显祖略有世故，他会将信收下而不复，或者声称他和沈璟其实毫无矛盾而精神是一致的。自然这样一个汤显祖也就没有什么可爱之处，根本不是伟大的戏剧家了。

古文古书原稿无精详标点符号，因此，“意趣神色”四字现在成了众说纷纭的一个没有定论的课题。作“意、趣、神、色”者有之，作“意趣、神色”者有之，认为“意趣神色”是浑然一个整体者有之，无不言之成理。我意不必求其统一，亦即不必要有一个定论。不求甚解，固有思想懒汉之嫌；过于求“甚解”，我认为恐怕也扭曲了汤显祖的原意。领会精神，原不一定要将原文作图解也。　（蒋星煜）

合　奇　序[1]　　汤显祖

世间惟拘儒[2]老生不可与言文。耳多未闻，目多未见，而出其鄙委牵拘之识[3]，相天下文章。宁复有文章乎？予谓文章之妙，不在步趋形似之间[4]。自然灵气，恍惚而来，不思而至。怪怪奇奇，莫可名状。非物寻常得以合之。苏子瞻画枯株竹石[5]，绝异古今画格。乃愈奇妙。若以画格程[6]之，几不入格。

米家[7]山水人物，不多用意。略施数笔，形像宛然。正使有意为之，亦复不佳。故夫笔墨小技，可以入神而证圣。自非通人，谁与解此？

吾乡丘毛伯选《海内合奇》文，止百余篇，奇无所不合。或片纸短幅，寸人豆马；或长河巨浪，汹汹崩屋；或流水孤村，寒鸦古木；或岚烟[8]草树，苍狗白衣[9]；或彝鼎商周[10]，丘索坟典[11]。凡天地间奇伟灵异、高朗古宕[12]之气，犹及见于斯编。神矣化矣。夫使笔墨不灵，圣贤减色，皆浮沉习气为之魔。士有志于千秋，宁为狂狷[13]，毋为乡愿[14]，试取毛伯是编读之。

〔注〕 ① 本篇是为汤显祖乡人丘毛伯《海内合奇》所作的序。丘兆麟，字毛伯，临川（今江西抚州）人。万历年间(1573—1620)进士，擢御史，后出任河南巡抚。 ② 拘儒：褊狭。《后汉书·左雄周举等传论》："急登贤之举，虚降己之礼，于是处士鄙生，忘其拘儒，拂巾衽褐，以企旌车之招矣。"李贤注："拘儒，犹褊狭也。" ③ 鄙委：庸俗委琐。牵拘：拘泥，拘束。 ④ 步趋：追随，效法。形似：中国古代美学的范畴，指艺术形象逼真地反映出客观事物的外部形貌。与"神似"相对。 ⑤ 苏子瞻画枯株竹石：宋代文学家、书画家苏轼，字子瞻。苏轼的画名重一时，其所画"枯木竹石，万金争售"（费衮《梁谿漫志》），现有《古木怪石图》等传世。 ⑥ 程：衡量、品评。 ⑦ 米家：指宋代书画家米芾及其子米友仁。他们的画不求工细，多用水墨点染。米芾自谓"信笔作之，多以烟云掩映树石，意似便已"。 ⑧ 岚烟：烟雾之气。 ⑨ 苍狗白衣：即"白衣苍狗"，也作"白云苍狗"。形容天上浮云变化。唐代杜甫《可叹》："天上浮云如白衣，斯须改变如苍狗。" ⑩ 彝鼎商周：指商周彝鼎上的文字。 ⑪ 丘索坟典：古代典籍。《左传·昭公十二年》："是能读三坟五典八索九丘。"杜预注："皆古书也。" ⑫ 古宕：古朴流荡。 ⑬ 狂狷：指不拘礼法、狂放不羁、特立独行。《论语·子路》："不得中行而与之，必也狂狷乎？狂者进取，狷者有所不为也。"包咸注："狂者，进取于善道；狷者，守节无为。" ⑭ 乡愿：也作"乡原"。指外有谨愿之名，实与流俗合污的伪善者。《论语·阳货》："乡原，德之贼也。"

这篇文章作于万历三十九年(1611)，是汤显祖为其乡人丘兆麟《海内合奇》所作的序。丘兆麟，字毛伯，编有《汤若士绝句》。汤显祖很器重他，多次为其文集作序，赞扬其文学才华。

汤显祖在序中首先阐述了其反对"形似"之论。文章首句以"世间惟拘儒老生不可与言文"突兀而起，以冷言峻语指责见识短浅、迂腐狭隘的学究不懂文章。接下来，剖析这样下判断的原因：见闻不广，识见鄙陋，使其难以"相天下文章"。作者说："予谓文章之妙，不在步趋形似之间。"意思是，机械规模外在形体逼真的"形似"难以成就"文章之妙"。这种主张有现实的针对性。汤显祖生活的时代，"前、后七子"等复古派影响犹在。复古派主张"诗必盛唐""文必秦汉""大历以后书勿读”，汤显祖对此显然是不认同的。他在本文中提出的“自然灵气”是不能从机械的步趋规模中得到的。他特别引苏轼画竹石、米氏父子画山水为证，论述其观点。他在文中称赞“苏子瞻画枯株竹石，绝异古今画格。乃愈奇妙”。苏轼的画名重一时，尤其擅长画枯木竹石。他的《古木怪石图》画了一株状如鹿角的枯木，一具形如蜗牛的怪石以及几点矮竹，不求形似，但笔墨灵动，神韵悠长。苏轼的画不受固定程式约束，而“愈奇妙”。汤显祖又称：“米家山水人物，不多用意。略施数笔，形像宛然。正使有意为之，亦复不佳。故夫笔墨小技，可以入神而证圣。自非通人，谁与解此？”米家的山水画不求工细，多用水墨点染，以意统笔，别具风神。米芾自谓“信笔作之，多以烟云掩映树石，意似便已”。吴海《闻过斋集》云：“前代画山水，至两米而法大变，盖意过于形。”米芾在作画时往往将文人理想与情怀寄寓在草草而就图画上，并不在意工笔细描的技法，无所模拟，而能“入神而证圣”。

汤显祖文中还论述了他的“尚奇”文学观。他说：“予谓文章之妙……怪怪奇奇，莫可名状。非物寻常得以合之。”又称赞毛兆麟编选《海内合奇》之举：“吾乡丘毛伯选《海内合奇》，文止百余篇，奇无所不合。”文章对于“奇士”（创作主体）与“奇文”（文学创作）的关系探讨贯穿全篇。文章开篇曰“世间惟拘儒老生不可与言文”云云，就是因为“拘儒老生”有“鄙委牵拘之识”，受成规束缚较多，不能驰骋想象，作文自然无法出奇，论文也不能独具慧眼。后来又称：“夫使笔墨不灵，圣贤减色，皆浮沉习气为之魔。”所谓浮沉习气，就是创作上与世沉浮的习气。易受社会成规腐见所束缚，缺乏独立识见和不羁个性的创作者，自然写不出笔墨灵动的奇文。最后，汤显祖正面提出：“士有志于千秋，宁为狂狷，毋为乡愿。”有志于千秋，就是立志使文章传之千秋。儒家自来有“三不朽”之说，强调“立言”可以不朽，曹丕也称“夫文章，乃经国之大业，不朽之盛事”（《典论·论文》）。汤显祖认为，要使文章之不朽，需要创作主体具有不拘礼法、狂放不羁、特立独行的狂狷个性。这种观点汤显祖在其很多文章中都有表述，如《萧伯玉制义题词》中引唐人“不颠不狂，其名不彰”之语为证；《序毛丘伯稿》中云“天下文章所以有生气者，全在奇士。士奇则心灵，心灵则飞动。能飞动则下上天地，来去古今，可以屈伸长短生灭如意，如意则可以无所不如”。汤显祖受当时思想解放思潮的影响，也崇尚个性解放。其“宁为狂狷，毋为乡愿”，体现出鲜明的时代特色。在汤显祖看来，不拘礼法、狂放不羁、特立独行的狂狷之士，心性灵敏，敢于无所顾忌地驰骋想象、表情达意，因而文章鲜活奇妙。

本文论文尚奇，而自身亦呈现出“奇”的风格。文中反对“步趋形似之间”的创作倾向,有很强的现实针对性,见识高,文笔奇。本文开篇突兀简峭,论述逻辑清楚,要言不烦,有点王安石论说文的特色。文中对丘毛伯《海内合奇》选文的描述,句式整齐,语言清丽,于藻丽中显遒劲之骨,可读性强。陆云龙总评《合奇序》时连用五"奇"字,称"序中是为奇劲,奇横,奇清,奇幻,奇古,其狂言鬼语不入焉,可知奇矣"(《皇明十六家小品》)。屠隆评价汤显祖云:"极才情之滔荡,而禀于鸿裁;收古今之精英,而熔以独至。其格有似凡而实奇,调有甚新而不诡。"(《玉茗堂文集序》)汤显祖论文推尚奇文隽语,他的小品文也实践了其主张,本文就是一例。

(魏祖钦)

【作者小传】

赵南星

(1550—1627) 明代文学家。字梦白,一字拱极,号侪鹤,别署清都散客,高邑(今属河北)人。万历进士,官至吏部尚书。天启中,为魏忠贤矫旨削籍,戍代州而卒。崇祯初追谥忠毅。工诗文,善散曲。有《赵忠毅公诗文集》、《味檗斋文集》、《芳茹园乐府》(散曲集)、《笑赞》(笑话集)、《史韵》、《学庸正说》等。

端 公

赵南星

北方男子跳神,叫做端公。有一端公教着个徒弟。一日端公出外,有人来请跳神。这徒弟刚会打鼓唱歌,未传真诀,就去跳神。到了中间不见神来附体,没奈何信口捲①了个神灵,乱说一篇,得了钱米回家。见他师傅,说道:"好苦!"把他跳神之事说与师傅。师傅大惊:"徒弟你怎么知道,我元来②就是如此。"

赞曰:此端公过于忠厚。徒弟问他,何不说:"跳神极是难事,妙诀不可轻传,恐泄天机,鬼神责谴;须是三年五载,方可传授。你既行的去,且将就应付。"可惜轻易说了实话,所谓"若将容易得,便作等闲看"也。

〔注〕① 捲:同"扯"。 ② 元来:即今所说"原来"。

巫师巫婆历来以人神之间的中介自居，因此，装作弄鬼、神秘其事是他们职业的命根子，不到紧急关头不会说出真情实相。战国时魏国邺地大巫祝为河伯娶妇，邺令西门豹为了破除这个迷信和陋俗，借口所娶女子不好，将巫妪及其女弟子三人接连投入河中，让其“入报河伯，得更求好女，后日送之”。就是如此，巫婆们也未承认她们不能沟通人神，也未揭破为河伯娶妇的真相。赵树理小说《小二黑结婚》中的巫婆三仙姑在“下神”之际，适逢求神者外出，她急忙告诉女儿小芹锅中所煮的“米烂了”，又恰恰被人听见，从此留下话柄，为人所笑，其术也受到了怀疑。可知，神秘化与其职业生计相关，并关系着所有巫者的形象，不可不慎重对待。当然，有些巫师巫婆则完全进入了角色，他们从理智到感情都投入了神灵的氛围之中，他们不仅需要欺骗别人，也需要欺骗自己，这大约是巫者的最高境界了。

这篇故事的端公不仅没有达到巫者的最高境界，而且过于“忠厚”，缺乏临事应变能力。他的徒弟“信口搀了个神灵，乱说一篇”，骗得钱米回家，向他诉说了并未有神灵附身的实情，他竟“大惊”，并说道：“徒弟你怎么知道，我元来就是如此。”把巫师巫婆装神弄鬼的底蕴全部端出，使读者看清了迷信的欺骗的本质，不禁令人哑然失笑。当然，如果他圆滑一些，会说出如“赞”中作者所设计的那段话，什么“妙诀不可轻传，恐泄天机”云云，但这是一般端公的口头禅，而不是“这一个”忠厚端公的语言了。我们在慨叹这些打穿后壁者的“忠厚”之余，也应该对一些貌似神秘的职业进行整顿、规范。例如，对于迷信职业者，就不应该让他们重操旧业，进行欺骗活动等。　　（王学太）

瞽　者[①]　　赵南星

二瞽者同行，曰：“世上惟瞽者最好，有眼人终日奔忙，农家更甚，怎得如我们清闲一世。”适众农夫窃听之，及假为官人，谓其失于回避[②]，以锄把各打一顿而呵[③]之去。随后复窃听之，一瞽者曰：“毕竟是瞽者好，若是有眼人，打了还要问罪。”

赞曰：北方瞽者叫做先生，自有好处，世上欺天害理，行凶作霸，俱是有眼人，无一瞽者。只看这些农夫，扮作假官，擅自打人，如此事瞽者却做不出来，此便胜似有眼人也。

〔注〕①瞽(gǔ)者：盲人。　②失于回避：封建社会官吏出行，前有开道，平民应该回避，此指瞽者犯了没有回避官长之罪。　③呵：喝斥。

文学作品的客观意义与作者的主观意图经常出现背离、甚至对立的现象。从这个小故事也可以看出这点。作者的目的在于揭露“有眼人”的“欺天害理、行凶作霸”的行为,并表彰和赞扬了这位瞽者易于满足,与能忍者自安的品质,可是我们从这个故事中看到的是不知进取者的悲剧。

双目失明已经很不幸了,而瞽者却善于自我安慰:“世上惟瞽者最好,有眼人终日奔忙,农家更甚,怎得如我们清闲一世。”被众农夫假托官人打了一顿,更属无妄之灾。他们却能设想一个更坏的结局,从而为逆来顺受、忍而后安制造了心理依据。读到这里,在苦涩地笑了之后,不由得感到悲哀,因为瞽者正体现我们民族性格中的消极一面。这种性格只是以生存安全为第一需要,缺乏自我意识和自尊。这是自我萎缩性的性格。持这种性格的人们,对由于社会的不平与不公造成的不幸,不是去努力抗争,铲除不平,纠正不公,从而取得较好的结果,而是凭借幻想,制造一个更坏的结局,以此作为现状的参照系,并用以慰藉自己,从而达到内心的平衡。人间的幸福,仿佛不需要物质条件作为基础,不需要克服社会的不平与不公,不需要积极的追求,只要修养成为退缩的、易于满足的个性就可以了。这种没有自尊、没有追求的性格实际上是符合封建统治者需要的顺民和草奴性格。持这种性格的人还不如阿 Q,阿 Q 还有变态的自尊,对于有损其“尊严”的,“口讷的他便骂,气力小的他便打”。阿 Q 还有“抗争”,尽管这种“抗争”大多在精神领域中驰骋;阿 Q 也还有“积极的追求”(例如“造他妈妈的反”),虽然这种“积极追求”带有明显的破坏色彩。而瞽者身上缺少一切向外的积极精神,他们在苦难面前的麻木状态和自我解脱,从心理学上说这是自我防御机制的一种,是个体用正常的和理性的方法难以排遣烦扰和痛苦时所采取的非正常和非理性的方法。它的形成与社会环境、文化指令以及社会赏罚机制有着密切的关系。作者对瞽者的赞扬,实际上反映封建统治阶级对于逆来顺受奴才性格的赞许。

（王学太）

贫　士　　　　赵南星

一贫士冬月穿夹衣[①],有谓之者曰:“如此严寒,如何穿夹衣?”贫士曰:“单衣更冷。”

赞曰:夹衣胜单衣,单衣胜无衣,作如是观,即能乐道安贫。有一人耻说家贫,单衣访友,其友问他如此天寒,如何单衣?其人答曰:“我元来有个热病。”其友知他是诈,留至天晚,送他在凉亭内宿歇，冻急了随即逃走。又一日相遇，问他前日留宿，如何不肯次日再会，其人说："我怕日出天热，趁着早凉就行了。"

〔注〕 ① 夹衣：有面有里，中间不衬垫絮类的衣服。

这则笑话之所以可笑，是因为读者与"贫士"的思维心理定势不同，两者在情节进展中发生了矛盾。"贫士"到了冬天还穿着夹衣，大背于时令，所以有人十分惊讶，问他："如此严寒，为什么还穿着夹衣？"作者通过简单的叙述把读者思维活动意向引导到贫士应该穿棉衣或皮衣以御严寒上。可是"贫士"回答却出人意料："单衣更冷。"这与读者期望相反，突破了读者的心理定式。这种突破引出了笑声。而且"贫士"的回答也不是幽默滑稽中惯用的故意的所答非所问，从而使读者（或听众）"期望受挫"，引起发笑。"贫士"的回答是诚实的，他也有其特殊的思维心理定势，因为穷困，他只有夹衣和单衣，不穿夹衣即穿单衣，所以他只能作此回答。因此这个笑话读时可笑，思之更令人感到可笑，但是这是善意的笑和同情的笑，人们自然会同情"贫士"的贫穷和诚实。与作者在"赞"中所说"乐道安贫"不相干。"贫士"是个老实人，不以贫穷为耻。如果他是现实的人，大家也许都愿意帮他一把。"赞"中所提到的那个穷人，可说是与诚实"贫士"对立的典型。他以贫穷为耻，不仅讳言穷，而且百般掩饰，打肿了脸充胖子，结果不仅得不到人们的普遍的同情，连朋友也戏弄他，夜晚把他安排在凉亭中度过严冬寒夜。半夜他被冻得跑回了家，再次相会时友人还要出他的丑，问他："如何不肯次日再会。"他还要再次掩饰说："我怕日出天热，趁着早凉就行了。"这只能引起读者的笑，而且这笑带有很大的"哂笑"和"耻笑"的成分。可见人们对虚伪、谎言的厌恶，说明做人第一重要的是真诚，如果缺少了这点做人的基本品质，那么即使有了不幸，也得不到人们的同情。

（王学太）

神 像　　赵南星

乡村路口有一神庙，乃是木雕之像。一人行路因遇水沟，就将此神放倒，踏着过水。后有一人看见，心内不忍，将神扶在座上，此神说他不供香火，登时就降他头疼之灾。判官小鬼都禀道："踏着大王过水的倒没事，扶起来的倒降灾，何也？"这神说："你不知道，只是善人好欺负。"

赞曰：此神虑的甚是。踏神过水是何等凶猛，惹下他，甚事不做出来。善人有病，只是祷告神祇；但不合轻扶神像，搅祸招灾，只该远远走去。所以孔子说，“敬鬼神而远之”也。

“鬼神怕恶人”这是中国人民多少年来与恶势力、恶人作斗争而得出的经验之谈，也是此篇要说的主题。作者认为“恶人”既然可怕，“神”的威力无所施，必施之于善人。因此善人要“敬鬼神而远之”，即使“神”有难，被人踏倒，也不要轻易扶起，“只该远远走去”，免得招灾惹祸。

鬼神之事本属渺茫，它们大多为人心所造，古今谈鬼论神，实际都是说人事。故事中的“神”是指人们自己所造的，而又异化于自己的力量。人们造神的目的大抵有二。一是：自求多福，企图从神的福祐中得到好处。二是帮助自己打倒与己敌对的人。事实上神一旦树立起来，它并不听从树立者的意志，而且往往与树立者意志相悖，这是为无数事实所证明的。唐高宗时，高宗欲立武则天为皇后，征求朝内元老的意见，他们大多不同意，后来凭着开国功臣李勣（徐茂公）的一句话才得立为皇后。但是这支持高宗立武氏为后的唯一的元老重臣却没有得到好报，武氏的打击首先落在他和子孙头上。李勣被开棺戮尸，其孙徐敬业被诛灭九族。近代的袁世凯也是如此，他之所以顺利地登上民国大总统的宝座，其中一个重要的原因就是革命阵营中一些人企图通过拥戴他以控制清朝残余军事力量和各级大小官僚。而这些残渣余孽后来均成为袁世凯的基本力量，作为打击、镇压进步力量和革命人们的工具。这些统治者一旦成为耸立在人们头上的“神”，就会为所欲为。他们以怨报德，倒行逆施，在历史上留下深刻的教训。

故事中所说的“恶人”实际上是指对于人造偶像不买账的人。偶像、权威本来就是相对的，它是人们树立起来的，人们只有匍匐在它的脚下时，它才是顶天立地的。当你一旦站起来的时候，就会发现自己与之相差也不甚大。“恶人”敢于践踏“神像”，打破对偶像、权威的崇拜和迷信（明代产生一些蔑视传统权威的思想家和文人，如李卓吾、袁中郎等），他们所冒犯的不仅是神、权威，而且还有传统意识。因为古代传统意识是以丧失自我、自我迷失和丧失人的主体性为特征的，人们崇拜迷信权威，有很强依赖感。他们自然敌视践踏偶像的人，把他视为异类、恶人。可是，当他们看到虚弱的偶像和权威对这些异类、恶人无可奈何的时候，又不觉对他们产生几分羡慕和嫉妒，这一点是隐藏在作者的潜意识之中的。所以，作者不无醋意地写道：“踏神过水是何等凶猛，惹下他，甚事做不出来。”颇有意效颦。对于“善人”亦只告诫他要远于神鬼，甚至叫他们不必管“偶像”的危难，这一点是颇有见识的，不像某些东林党人那样迂。　（王学太）

【作者小传】

张大复

明末清初戏曲作家。亦名彝宣，字心期(一作星期)，号寒山子，江苏苏州人。所作杂剧、传奇今知有30余种，现存《如是观》《醉菩提》《海潮音》《快活三》《金刚凤》等10种，其中《如是观》写岳飞抗金故事，《海潮音》《醉菩提》等与佛教故事有关。传奇《天下乐》写钟馗嫁妹的故事，现仅存《嫁妹》一折。又曾得李玉、钮少雅等人协助，编纂《寒山堂曲谱》。

茶说　　张大复

天下之性，未有淫①于茶者也；虽然，未有贞于茶者也。水泉之味，华香之质，酒瓿②、米椟③、油盎④、醯罍⑤、酱罂⑥之属，茶入之辄肖其物；而滑贾奸⑦之马腹，破其革而取之，行万余里，以售之山栖卉服⑧之穷酋，而去其膻熏臊结、滞⑨膈烦心之宿疾，如振黄叶——盖天下之大淫而大贞出焉。世人品茶而不味其性，爱山水而不会其情，读书而不得其意，学佛而不破其宗，好色而不饮其韵：甚矣，夫世人之不善淫也！顾邃之⑩怪茶味之不全，为作《茶说》，就月而书之。是夕船过鲁桥，月色水容，风情野态，茶烟树影，笛韵歌魂种种，逼人死矣。

〔注〕①淫：沉迷，迷乱。②瓿(bù)：一种圆口深腹圈足的容器。③椟(dú)：藏物器。④盎(àng)：一种腹大口小的盛器。⑤醯(xī)：醋。罍(léi)：一种小口大肚的瓶子。⑥罂(yīng)：一种形状像壶的盛器。⑦奸：犯禁走私。明代茶由国家专卖，故出现走私。⑧卉(huì)服：缔葛做的衣服。⑨滞(zhǐ)：败坏，不和谐。⑩顾邃之：当是张大复友人，生平不详。

谚语说："开门七件事，柴米油盐酱醋茶。"茶虽排位最末，但前六位莫不与膳食有关，没一样属于饮品，由此也可看出茶于日常生活何等重要，连酒也无法与之匹比。茶是中国第一饮品，不仅古代第一，今世也第一，只是今人饮茶，比之古人要简便许多。古人煮茶而饮，不仅讲究用水、燃料，并且讲究煮法、饮法以及茶壶、茶盏的品质，过程又繁又长，乐趣也多。讲究，也就是尽可能利用和发挥其固有特点，以满足较高的要求。这篇《茶说》并不讨论茶的色、香、味，但说的也正是茶的特性。

茶只要一接触酒米油醋酱，便会失去其"水泉之味，华香之质"，所以说茶"淫"；但茶又能克"膻熏臊结"而不变其"性"，所以又说茶"贞"。失身如此容易，守节又如此坚定，所以说茶“大淫而大贞”。不过，张大复所珍视的倒不是茶的“大贞”，而是茶的“大淫”。所谓“不善淫”，即不善沉湎，不善迷失自我。品茶而不能陶醉于“水泉之味，华香之质”，游青山绿水而不能悠然忘返，读书而不能为其奥妙着魔，觉“月色水容，风情野态，茶烟树影，笛韵歌魂”而不能丢魂，如此枉为人生，岂不是太窝囊、太不划算了吗？

张大复作《茶说》，意在褒扬“善淫”，勉励世人效法茶“性”，追求人生至乐。至于在品茶中怎样才算“淫”，本文并未说到，幸好唐代卢仝有诗可证：“柴门反关无俗客，纱帽笼头自煎吃。碧云引风吹不断，白花浮光凝碗面。一碗喉吻润；两碗破孤闷；三碗搜枯肠，唯有文字五千卷；四碗发轻汗，平生不平事，尽向毛孔散；五碗肌骨轻；六碗通仙灵；七碗吃不得也，唯觉两腋习习清风生！”真是何等快活！

（孙　伟）

此　座　　张大复

一鸠呼雨，修篁静立。茗碗时供，野芳暗度，又有两鸟咿嘤林外，均节天成。童子倚炉触屏，忽鼾忽止。念既虚闲，室复幽旷，无事坐此，长如小年。

这篇短文风韵疏淡，写景细致缜密，宛若一幅旷野幽居图，然此中又有画不就之处。

文章开首二句即白描写景，突出一个“静”字。“鸠”即鸤鸠（又称斑鸠），民间称为布谷鸟。相传它能催耕报农，宋蔡襄《稼村诗》中有“布谷声中雨满犁，催耕不独野人知”的句子。由此亦可知道文中所描绘的景物节候在初春。“修篁”是高大丛生的竹林，“静立”形容其肃穆挺拔之状，南朝谢庄《月赋》有“风篁成韵”句，但此时没有风，林中一片凝寂，唯有一布谷鸟在鸣叫传响，报告雨天的来临，此中的动静之致，颇像王籍“蝉噪林愈静，鸟鸣山更幽”（《入若耶溪》）的韵味。此二句写室外之景。“茗碗”以下转入室内，落到人事。描写作者品茗啜茶时的雅趣，他一盏在手，茶香更兼花香，其传神处在于“暗度”二字，不知不觉，似有似无，馥郁如缕，沁人心脾，此“暗度”之谓也。更何况是“野芳”，它不同于市井苑囿中浓郁袭人芬香，而别具幽邃清远的自然韵致。“又有”二句承上面文意，进一步描写自己在品茶时的野趣。“两鸟咿嘤林外，均节天成。”“均”是中国古代乐器的调律器；“节”是一种民族古乐器，用竹编成，可以拍之成声。这里比喻二鸟鸣叫对语，犹如发自天籁、不假人为的自然音乐。如此，则佳茗花香伴之以咿嘤鸟语，其幽寂的雅致，林野的情趣，已宛然若在目前。环顾周围，更有疏懒的僮仆，身倚香炉，肩靠画屏，憨态可掬，时鼾时止，衬托出主人闲居无事，清寂至极的生活氛围。最后四句是绾合题目，抒发作者野居此坐的情趣。"念既虚闲，室复幽旷，无事坐此，长如小年。""小年"在此形容一日之长。宋唐庚《醉眠诗》有"山静似太古，日长如小年"。作者心虚身闲，地远室旷，既无功名利禄之心累，亦无车马往返之身累，村野幽居，聊此卒岁，清闲静寂之极，几乎泯绝了时间的界限，凝结为太古时的永恒。

据《四库全书总目提要》引《江南通志·文苑传》云，其《梅花草堂笔记》，"乃其丧明以后追忆之作"。故此文中抒发的幽野清寂之趣，实亦透露出作者在明亡后不复与世相闻的遗民之哀。（祝振玉）

【作者小传】

江盈科

(1553—1605)　明诗人。字进之，号渌萝山人。桃源(今属湖南)人。万历二十年(1592)进士，授长洲知县。时袁宏道为吴县令，二人诗酒唱和，过从甚密。后袁氏兄弟在京师结蒲桃社，江亦与之。其诗不拘格调，不避俚俗。推宗白居易、苏轼。著有《雪涛阁集》。

甘　利　　　江盈科

呜乎，味之至甘者，莫过于利，人之至苦者，莫甚于贫，以至甘之味，投至厌苦之人，往往如石投水，有受无拒。故四知却馈，杨震标誉于关西[①]；一钱受选，刘宠著称于东汉[②]。挥锄隐居，视同瓦砾[③]；披裘老子，耻食道遗[④]。史册所书，晨星落落；而垂涎染指，曲取贪图者，则天下滔滔也。

尝闻一青衿[⑤]，生性狡，能以谲计[⑥]诳人。其学博[⑦]持教甚严，诸生稍或犯规，必遣人执之，扑无赦。一日，此生适有犯，学博追执甚急，坐彝伦堂[⑧]盛怒待之。已而生至，长跪地下，不言他事，但曰："弟子偶得千金，方在处置，故来见迟耳。"博士闻生得金多，辄霁怒[⑨]，问之曰："尔金从何处来?"曰："得诸地中。"又问："尔欲作何处置?"生答曰："弟子故贫，无资业，今与妻计：以五百金市田，二百金市宅，百金置器具，买童妾，止剩百金，以其半市书，将发愤从事焉，而以其半致馈先生，酬平日教育，完矣。”博士曰：“有是哉！不佞[10]何以当之？”遂呼使者治具[11]，甚丰洁，延生坐觞之[12]，谈笑款洽，皆异平日。饮半酣，博士问生曰：“尔适匆匆来，亦曾收金箧中扃钥[13]耶？”生起曰：“弟子布置此金甫[14]定，为荆妻转身触弟子，醒已失金所在，安用箧？”博士蘧[15]然曰：“尔所言金，梦耶？”生答曰：“固梦耳。”博士不怿[16]，然业与款洽，不能复怒。徐曰：“尔自雅情[17]，梦中得金，犹不忘先生，况实得耶？”更一再觞出之。

嘻，此狡生者，持梦中之金，回博士于盛怒之际，既赦其扑，又从而厚款之；然则金之名且能溺[18]人，彼实馈者，人安得不为所溺，可惧也已。尝观韩非以出妇喻黜官[19]曰：“为妇而出，常也，所贵善营私耳；居官而黜，亦常也，所贵善货殖[20]耳。”呜乎，韩子之言，世情也。楚有一人为令，以墨[21]罢官归，而美衣媮食[22]，歌童舞姬，受享拟王者。醉中语人曰：“我若无主意，听孔夫子说话，今且无饭吃，安得有此？”噫，此造业[23]之人、造业之言。然彼直狂诞，敢为此语，世之口不若人心若人者，可胜数哉！

〔注〕 ①“四知却馈”二句：此典出自《后汉书》。东汉杨震为东莱太守道经昌邑，邑令王密谒见。至夜怀金十斤赠震，并言：“暮夜无知者。”杨震回答说：“天知、地知，我知、子知，何谓无知？”拒而不受。　②“一钱受选”二句：典出《后汉书》，东汉刘宠为会稽太守，有善政。内迁时，山阳县五六老人相率共送，人赠百钱，刘只选受一大钱，表示对他们盛情的感谢，人称“一钱太守”。　③“挥锄”二句：典出《世说新语·德行》，东汉末年管宁与华歆共在园中锄菜，见地有片金，管挥锄与瓦石无异。　④“披裘”二句：典出《韩诗外传》。春秋时吴季子出游，见路有遗金，时值五月，有披裘打柴者，季子呼之拾金。打柴者瞋目拂手而言曰：“吾当夏五月，披裘而薪，岂取金者哉？”　⑤ 青衿：秀才。　⑥ 谲(jué)计：诡计。　⑦ 学博：这里指学官，如教谕、训导之类。　⑧ 彝伦堂：一般指学府正堂。　⑨ 霁(jì)怒：息怒。　⑩ 不佞：不才。用以自称之谦辞。　⑪ 治具：指筹备酒宴。　⑫ 觞(shāng)之：向人敬酒。　⑬ 扃(jiōng)钥：关闭加锁。　⑭ 甫：刚才。　⑮ 蘧(qú)然：惊讶的样子。　⑯ 不怿(yì)：不高兴。　⑰ 雅情：高尚的感情。　⑱ 溺：沉湎其中。　⑲ 黜官：官职被废黜罢免。　⑳ 货殖：生财。　㉑ 墨：贪污。　㉒ 媮(tōu)食：苟且而食。　㉓ 造业：制造业障，制造恶端。

“利”对人来说是必需的，它是人们赖以生存的保障。正是从这个角度说，司马迁所言“天下熙熙，皆为利来；天下攘攘，皆为利往”是正确的。但这只是问题的一面。人又是有精神追求的，作为一个正直的人，应该能分清哪些利是应该追求的，而哪些是应该摒弃的。孔子就说："不义而富且贵，于我如浮云。"文中所标举的杨震、刘宠、管宁、披裘老子都是不贪利、不苟取的典型。他们不是不需要"利"，管宁种菜，披裘老子打柴，不也是在求利吗？他们所不取的是不属于自己的"利"，他们把保持自己正直的品格和做人的尊严看作人生的第一需要，所以才能安贫乐道。与此相反的是临"利"不让、唯"利"是图。作者用"狡生梦金"的故事和楚人县令的自白揭露了这些人在"利"面前的丑态。

"狡生梦金"中的学博是个十分生动的形象。他为人师长，又是学官，平日"持教甚严"，可以想见在日常他不知用多少"义利之辨"、"君子固穷"、君子"忧道不忧贫"这类的话头教育莘莘学子。对于偶然犯规的学生，一律体罚，绝不宽赦。因此，当出了"狡生"犯规时，"学博追执甚急，坐彝伦堂盛怒待之"。"严师"态度严峻、郑重，一丝不苟，气氛十分紧张。可是当他听到"狡生"说"弟子偶得千金"云云，马上息怒，态度有了一百八十度的转变，一连问了学生几个问题，对他十分亲切、对"金"关心备至。从这些问话中可见他对金钱垂涎三尺的情状。当"狡生"说到"以其半数致馈先生，酬平日教育"时，"学博"完全被俘虏了。他一面假惺惺地推辞，一面"呼酒治具"，"延生坐觞之"，"谈笑款洽，皆异平日"。此时"学博"仿佛不是"严师"，而是密友了，师生之间的对立界限完全泯灭了，两人之间充满了其乐也融融的气氛。这完全是金钱在起作用了。至此，学博，已经完全站在狡生一边，不仅不责备其来迟，反而殷勤相问："尔适匆匆来，亦曾收金箧中扃钥耶？"唯恐金子有失，以致影响他的那一份，并借此向"狡生"讨好。当"狡生"点明此乃南柯一梦时，学博遽然曰："尔所言金，梦耶？"一声惊呼，揭示了这位学博士的灵魂！惊讶、愤怒、惋惜兼而有之，这个转折打断了读者的思维惯性，产生了喜剧效果。最后这位学博只好自我解嘲地说："梦中得金，犹不忘先生，况实得耶？"他为了维护面子，不得不把他已经不情愿的酒宴进行到底。从塑造人物、安排情节等方面来看，这个故事已是相当完整的一篇小小说了。

如果说"狡生梦金"的故事揭露了为人师表的伪君子的贪财好货的品质，最后作者用因贪污而被罢官的楚人自白，直接表明了做官者的心声。楚人被罢官后仍有余财，享受可与侯王相比。他说："我若无主意，听孔夫子说话，今且无饭吃，安得有此？"这确实是大多当官者的想法，只不过有的说出，有的没有说出罢了。所以作者感慨地说："世之口不若人心若人者，可胜数哉！"可见封建时代无数先圣昔贤的谆谆的言教与身教只能对少数人起作用，至于大多数，一颗虚假的"糖弹"都可以使他们原形毕露。因此，对于有权者的约束必须依靠制度和法律，

教育、道德、舆论，虽然起些作用，但微乎其微，特别是在衰世的时候。（王学太）

妄　心　　江盈科

见卵求夜，庄周以为早计[①]；及观恒人[②]之情，更有早计于庄周者。一市人贫甚，朝不谋夕。偶一日拾得一鸡卵，喜而告其妻曰："我有家当矣。"妻问安在，持卵示之，曰："此是。然须十年，家当乃就。"因与妻计曰："我持此卵，借邻人伏鸡[③]乳之，待彼雏成，就中取一雌者，归而生卵，一月可得十五鸡，两年之内，鸡又生鸡，可得鸡三百，堪易[④]十金；我以十金易五牸[⑤]，牸复生牸，三年可得二十五牛，牸所生者，又复生牸，三年可得百五十牛，堪易三百金矣；吾持此金举责[⑥]，三年间，半千金可得也；就中以三之二市田宅，以三之一市僮仆，买小妻，我乃与尔优游以终余年，不亦快乎？"妻闻欲买小妻，怫然大怒，以手击鸡卵碎之，曰："毋留祸种。"夫怒挞其妻，仍质[⑦]于官，曰："立败我家者，此恶妇也，请诛之。"官司问家何在？败何状？其人历数自鸡卵起，至小妻止。官司曰："如许大家当，坏于恶妇一拳，真可诛。"命烹之。妻号曰："夫所言皆未然事，奈何见烹？"官司曰："你夫言买妾，亦未然事，奈何见妒？"妇曰："固然，第除祸欲早耳。"官笑而释之。噫，兹人之计利，贪心也；其妻之毁卵，妒心也；总之皆妄心也。知其为妄，泊然无嗜[⑧]，颓然无起[⑨]，即见在者[⑩]，且属于幻，况未来乎！嘻，世之妄意早计，希图非望者，独一算鸡卵之人乎！

〔注〕 ① 夜：司夜，指鸡。语出《庄子·齐物论》：长梧子曰："……且汝亦大早计：见卵而求时夜……""时夜"即司夜。 ② 恒人：常人。 ③ 伏鸡：孵卵之鸡。 ④ 易：交换。 ⑤ 牸(zì)：母牛。 ⑥ 举责：放债。责，同"债"。 ⑦ 质：对质，对簿。 ⑧ 泊然无嗜：心境淡泊而无嗜欲。 ⑨ 颓然无起：颓唐放浪而不起竞利之心。 ⑩ 见在者：现实所存在的。

"妄心"是指非分的妄想之心。文中"市人"的贪心，妻子的妒心，作者认为都是"妄心"。表面上看，他们的妄想并不严重，特别是"市人"的贪心，粗略一看甚至算不上妄心。他的十年发家计划是有步骤的，而且每个步骤之间都有一定的逻辑次序和精确的计算，不仅当事者不觉得可笑，就是读者也似乎感到有些道理。如果事仅至"半千金可得也"而止，那么"市人"的发家计划，也许不仅不被人视为笑话，而且会被一些不明事理之人看成是白手起家的“致富模范”呢！可是当“市人”得意扬扬地谈到发家后要“市僮仆，买小妻”、其妻“怫然大怒，以手击鸡卵碎之”时，“市人”的发家理想即被击碎，读者也因之而哑然失笑，并感到“市人”的愚蠢和“突然发现自己的优越”，同时指摘其发家计划都建筑在空想的基础上。的确，如果仔细推敲“市人”发家计划，即可发现其每个步骤都缺少物质条件的保证。例如养鸡、养牛都需要饲料粮食和屋舍，这些“朝不谋夕”的“市人”都具备吗？另外饲养业和放债都有很大的风险，“市人”对这些有足够的估计吗？他想的只是无条件的一面和顺利的一面，这种思维趋势反映了人性中的趋利性一面。正如一位心理学家所说：人们买彩票中彩的概率与交通事故的概率几乎一样大小，可是买彩票者大多认为自己会中彩，而上大街的人们很少想到自己可能是交通事故的受害者。因此，我们在嘲笑“市人”的同时也应该想到俄国喜剧大师果戈理的名言：“笑你们自己吧！”

至于作者为了纠正妄心，把现实看成幻象主张“泊然无嗜，颓然无起”，杜绝一切欲望。这是消极思想。如果人人都这样，社会则不能进步，人们的生活也不能改善。重要的是要把对未来的理想建筑在科学的规划上。（王学太）

任　事　　江盈科

天下有百世之计，有一世之计，有不终岁之计。计有近久，而治乱之分数因之①。国家自洪武②至于今，二百四十年，承平日久，然所以保持承平之计，则日益促。自宗藩③、官制、兵戎、财赋以及屯田、盐法皆敝坏之极。收拾无策，整顿无绪。当其事者，如坐敝船之中，时时虞溺④，莫可如何。计日数月，冀幸迁转⑤，以遗后来，后来者又遗后来，人复一人，岁复一岁，而愈敝愈极。虽有豪杰，安所措乎？

盖闻里中有病脚疮者，痛不可忍，谓家人曰：“尔为我凿壁为穴。”穴成，伸脚穴中，入邻家尺许。家人曰：“此何意？”答曰：“凭他去邻家痛，无与我事。”又有医者，自称善外科，一裨将阵回⑥，中流矢，深入膜内，延⑦使治，乃持并州剪⑧剪去矢管，跪而请谢。裨将曰：“簇⑨在膜内者须亟治。”医曰：“此内科事，不意并责我。”

噫，脚入邻家，然犹我之脚也；簇在膜内，然亦医者之事也；乃隔一壁，辄思委脚⑩，隔一膜，辄欲分科。然则痛安能已[11]，责安能诿[12]乎？今日当事诸公，见事之不可为，而但因循苟安，以遗来者，亦若委痛于邻家、推责于内科之意。

〔注〕 ①"计有"二句：意为国家治乱之数决定于计之久长。 ②洪武：明开国皇帝太祖朱元璋年号，自公元 1368 年至 1398 年。 ③宗藩：受分封的皇族。 ④虞溺：担心沉溺。 ⑤冀幸迁转：希望侥幸升官调任。 ⑥裨（pí）将：副将。阵回：从战场返回。 ⑦延：请。 ⑧并州：古州名，在今山西省太原一带，以产剪刀闻名。 ⑨簇（cù）：箭头。 ⑩委脚：把脚托付于人。 ⑪已：止。 ⑫诿：推辞。

作者江盈科对于当时社会现实有着清醒的认识，他的许多诙谐性的寓言都是针对明朝重大政治问题与社会问题，此篇尤其突出。

明朝中叶以后，"下世的光景"从各方面显露了出来，在吏治方面更是如此。其中为害最烈，平时对它又无可如何的则是各级官吏拖拉推诿的办事作风。这种作风使得国家机器的正常运转失灵，使一切改革变通的设想无不落空，把上面企图贯彻的良法美意都化为泡影。作者对这种作风十分痛恨而又无可奈何。他写《任事》就是企图唤起官吏们的"任事"意识，以拯衰救弊，使得明朝这艘敝船，不至于沉溺。他历数了自洪武以来，国家安定了二百四十年，举凡经济、财政、政治等方面的各种制度、各种法律无不弊坏已极。明朝这间巨大的房屋已面临着即将坍塌的局面。而法律、制度的弊坏与其执行者作风有着直接的关系。因为任何行政措施都得用人去执行，官吏们拖拉推诿，不要说拯衰救弊，就是连日常工作都无法进行。作者用笑话生动描绘了官吏们缺乏职责意识的情况。

在脚疼诿邻的笑话中，主人公仿佛是愚人，他以为把自己因长疮而疼痛的脚伸到邻家就不关己事了。这比古代"以邻为壑"的白圭还愚蠢。白圭是真的把祸水引到邻国了，而这位愚人的疼脚还长在自己的身上。这一点，江氏是从整个统治阶级角度来看问题的，他认为朝政之弊与每个士大夫、每个出仕的官吏全都痛痒相关，船沉了，大家都要溺死。实际上到了封建末世绝大部分士大夫早已丧失了以天下为己任的气度。朝廷的弊政毕竟不是自己脚上的疮，它并不连着生疮者的心。中国文化中弱化个人独立性格的倾向，实际上也削弱了个人的责任感。

"外科"医生的笑话更为典型地反映了官僚们对于所负责任的推诿作风。这位"外科"医生竟将取出射入裨将肌肤之内的箭头说成是"内科"之事。对于裨将要求他取出箭头竟惊讶地说："不意并责我。"（没有想到内外科之事一并要求我干。）这种作风，民国时四川畸人李宗吾把它称之为"锯箭杆法"。李氏当时大讲"厚黑学"，揭露封建时代成大事者皆"脸厚心黑"。其中官场办事二妙法，"锯箭杆法"就是"二妙法"之一。他说："现在各机关的大办事家，多半采用这种法子。

例如批呈词:‘据呈某某情,实属不合已极,仰候令饬该县长,查明严办。’‘不合已极’四字是锯箭杆,‘该县长’是内科;抑或‘仰候转呈上峰核办’,那‘上峰’又是内科。又如有人求我办一件事情,我说‘这个事情我很赞成,但是,还要同某人商量’。‘很赞成’三个字是锯箭杆,‘某人’是内科。又或说:‘我先把某部分办好了,其余的以后办。’‘先办’是锯箭杆,‘以后’是内科。此外有只锯箭杆,并不命其寻找内科的,也有连箭杆都不锯,命其径寻内科的,种种不同,细参自悟。”(见张默生所著《厚黑教主传》)他把官场的推诿作风形容得淋漓尽致,把它的可厌可恨、荒谬绝伦之处都显豁地摆在读者面前。这可以与江氏所写的笑话相印证,亦可见只要官僚制度存在,这种作风就不会自动消失。

作者由此思及了这种官僚作风形成的原因。在我们删去的最后一部分中,作者认为因为朝廷赏罚不明,像勇于任事、在国家危难时挺身而出挽救危亡的于谦,最后含冤被斩。在忠奸不分、是非颠倒的时代谁还肯作忠臣呢?当然,问题实际上没有这么简单,其他诸如每个官吏职责缺乏明确的规定,没有切实可行的考核制度,对于渎职者没有必要的惩处等,都是这种作风产生的缘由。其中最关键的是官吏们,只对上负责,不对下负责,百姓不能、也没有意识到要对官吏进行监督。当然这远不是封建社会所能解决的了。　（王学太）

催　科　　江盈科

昔有医人,自媒能治背驼,曰:“如弓者,如虾者,如曲环者,延吾治,可朝治而夕如矢。”一人信焉,而使治驼。乃索板二片,以一置地下,卧驼者其上,又以一压焉,而脚躧[①]焉。驼者随直,亦复随死。其子欲鸣诸官,医人曰:“我业治驼,但管人直,那管人死?”

呜呼!世之为令,但管钱粮完,不管百姓死,何以异于此也哉!虽然,非仗明君躬节省之政,下宽恤之诏,即欲有司不为驼医,可得耶?

〔注〕 ① 躧(xǐ):踩。

人们常说“庸医杀人”,这就是一个讽刺庸医的笑话。川剧《幽闺记》中之一折《请医》,那位丑角扮演的医人温德栋(四川方言谐音为“瘟得痛”)就是“治驼”而致人于死的“高手”。这折戏语言诙谐而辛辣,讽刺江湖庸医入木三分。

然而,就事论事,说这位医人是庸医,似乎不尽合适。庸医误诊误药,没有本事,而此人不然,他确有方案,有措施,而且确有成效,硬是在转眼之间"妙手回春"把驼背压直,能说他"庸"? 正如他在整人致死后辩解的:"我业治驼,但管人直,那管人死?"振振有词啊! 即便对簿公庭,也很难判他故意杀人或者过失杀人罪。就驼治驼,何罪之有! 不过,严重后果毕竟造成了,恰似治好雀斑毁了容的官司一样,你能脱离干系,把责任推脱得干干净净么? 离开了救死扶伤的行为准则,不尊重事实,不择手段,急于求成,不顾后果,说他不是庸医胜似庸医,不为过的。

江盈科这篇讽刺小品,算不上佳作,以治驼的江湖医生比喻"但管钱粮完,不管百姓死"的官吏也不是贴切的比喻。前者是骗,后者是逼,手段也有很大区别的。可取之处,在于作者指出了横征暴敛的官吏背后有个"明君"在。封建统治的高层集团才是老百姓受苦受难的罪恶根源。江盈科比一般士大夫清醒,可是清醒中也有其糊涂处,他把希望寄托于"明君""躬节省之政,下宽恤之诏",等于乞求豺狼虎豹改肉食为素食。书生气天真至此! 一叹! （拾　风）

王　见　之

江盈科

有中贵[①]者,奉命差出,至驻札地方,亦谒庙[②]、行香、讲书[③]。当讲时,青衿[④]心厌薄之,乃讲《牵牛而过堂下》一节。中贵问曰:"牵牛人姓甚名谁?"青衿答曰:"就是那下面的王见之。"中贵叹曰:"好生员[⑤],博雅乃尔。"

〔注〕 ① 中贵:宦官。 ② 谒庙:指拜谒孔庙。 ③ 讲书:指讲儒家经典"四书"。 ④ 青衿(jīn):秀才。 ⑤ 生员:经过考试取入府、州、县学学习者。此指秀才。

明代永乐以后宦官擅权,它是明代政治腐败、社会黑暗的根源之一。特别是明中叶以后,君臣隔绝,皇帝很少坐朝。许多"圣旨",均由宦官传达。他们不仅掌握了军政大权,而且还经常被派遣外出,执行皇帝使命。宦官本是宫廷奴隶,一旦外出而为主子,狐假虎威,专横跋扈,不可一世,远远超过一般官吏。他们所经之处,敲诈勒索,鱼肉百姓,也是自然而然之事。因此明代中叶以后,许多文学作品,如诗歌、戏剧、小说,描写了宦官外出的专擅威福和人民对宦官的不满和反抗。这篇小品表现了士大夫对宦官的讽刺与讥笑。

明代宦官大多也有一定的文化修养,宣德间宫廷内设"内书堂",对宦官进行文化教育。只有从"内书堂"学满肄业的宦官,才称为"正途"。如同士大夫从科举出身一样,受到人们的尊敬。然而一些宦官不是"正途"出身,甚至不识之乎,外出却要冒充风雅,以抬高自己的地位,这自然要闹出许多笑话。

这篇笑话中所写的宦官即是胸无点墨的;可是他所至之处也要拜谒孔子庙,烧香祭祀和开堂讲书。这种行为本身在读者现在看来,都带有点滑稽,何况当时身临其境的文人士大夫。于是一个有正义感、不畏权势的秀才就讲了《孟子·梁惠王》中"牵牛而过堂下"一节。这实际是嘲笑宦官,目之为牛。可是这个宦官由于根本不懂,毫无觉察,而且进一步装作对此很有兴趣而且又十分内行的样子问道:"牵牛人姓甚名谁?"这一问暴露了他的无知和可笑。因为《孟子》中根本没有提到牵牛者"为何人"。这句问话给秀才以勇气,并进一步调侃他说:"就是下面的王见之。"(这一节本是孟子对齐宣王言:"臣闻之胡龁曰:'王坐于堂上,有牵牛而过堂下者',王见之,曰:'牛何之?'")"王见之"本意为:齐宣王见之。秀才截取"王见之"三字,指为人名。用以揶揄、戏弄宦官。如果这被宦官发现,一定会受到严厉的惩罚。不料,秀才不仅没有受到处罚,反而受到表彰:"叹曰:'好生员,博雅乃尔。'"他装出一副爱才、惜才的样子,这更暴露了其愚蠢、无知。

这则笑话不仅是讽刺不懂装懂,更重要的是表达了明中叶以后人民的普遍情绪,反映了他们对宦官的厌恶和憎恨。

（王学太）

博士[1] 家风　　江盈科

有学博者,宰鸡一只,伴以萝卜制馔[2],邀青衿[3]二十辈飨之。

鸡魂赴冥司[4]告曰:"杀鸡供客,此是常事,但不合一鸡供二十余客。"冥司曰:"恐无此理!"鸡曰:"萝卜作证。"及拘萝卜审问,答曰:"鸡你欺心!那日供客,只见我,何曾见你?"

博士家风类如此。

〔注〕 ① 博士:原为官名,此指私塾老师,亦即文中的"学博"。 ② 馔(zhuàn):食物。 ③ 青衿(jīn):秀才。 ④ 冥司:即迷信者所称主宰阴间的阎王。

嘲笑、讽刺人们的悭吝,几乎是笑话、喜剧的永恒主题。这篇作品立意亦在讽刺吝啬,但是角度十分新颖。他并没有正面描写吝啬者如何对待钱物,而写其在请客之后被宰杀的鸡魂赴阴司告状,并通过它的口讽刺私塾先生请二十余人吃饭,只宰杀一只鸡。阎王不信,于是产生了一个"反转",似乎要推翻"鸡魂"的讼诉。"鸡魂"引"萝卜"来作证明。按照正常的预想,萝卜对于"鸡魂"状词或赞同、或否定。不料作者避开了正常的预想,萝卜指责"鸡魂""欺心",并说:"那日供客,只见我,何曾见你?"它不是证明当时鸡的多少,而是根本不承认有鸡。说明了鸡完全淹没在萝卜之中,这更增加了幽默效果。作者最后说:"博士家风类如此!”大有把穷读书人一笔抹倒之势。

但我读到此,则在笑中不免要感到一些悲凉。为什么私塾先生的“家风”都是这样呢?为什么为官作宦者没有这种家风呢?有些私塾先生也会发迹,成为达官显宦,《红楼梦》的贾雨村就是一例。到了这个时候他们还会有此“家风”吗?看来“博士”之所以有此“家风”主要还是因为他们生活贫窘、经济地位低下。

封建社会末期(特别是明清时代)造就了大批的知识分子,可是官吏队伍有限,他们之中的绝大部分不能挤入,除了家有恒产,可以安心作地主外,大部分要靠出卖“知识”以维持生活。他们出路只有两条,一是到官府去作幕僚(这需要有关钱、谷、刑、名的知识);一是作私塾老师,后一条路几乎是每个没有发迹的读书人都能走的。因此他们受到有功名的读书人的轻视,收入也很低,生活非常苦。他们教几个学生,混一饭亦属不易。《儒林外史》中写到不少塾师。收入高的如虞育德(后来的虞博士)馆金每年三十两,用这些钱养活自己略有余裕,这是较好的。另一个收入较差的是周进,每年十二两。用这点收入养活自己都有点艰难,每日吃的不过是老菜叶、萝卜、白饭而已。这些“学博”欲不吝啬,岂可得乎?他们能够几经拼凑、捉襟见肘地做东请客已属不易。作者借此一事把一切沉沦在社会下层的知识分子都说成是悭吝者,这是不够公正的。

(王学太)

智过君子

江盈科

语云:“贼是小人,智过君子。”

余邑[①]水府庙,有钟一口。巴陵人泊舟于河,欲盗此钟铸田器[②],乃协力移置地上,用土实其中,击碎担去。居民皆窅然[③]无闻焉。

又一贼,白昼入人家,盗磬[④]一口,持出门,主人偶自外归,贼问主人曰:“老爹,买磬否?”主人答曰:“我家有磬,不买。”贼径持去。至晚觅磬,乃知卖磬者,即偷磬者也。

又闻一人负釜[⑤]而行,置地上,立而溺[⑥]。适贼过其旁,乃取所置釜,顶于头上,亦立而溺。负釜者溺毕,觅釜不得。贼乃斥其人曰:“尔自不小心,譬如我顶釜在头上,正防窃者;尔置釜地上,欲不为人窃者,得乎?”

此三事,皆贼人临时出计,所谓智过君子者也。

〔注〕① 余邑:指作者家乡湖南省桃源县。② 田器:指农具。③ 窅(yǎo)然:深远,

不闻音声。 ④ 磬(qìng)：古代打击乐器，形如曲尺，系用玉或石制成。 ⑤ 釜(fǔ)：炊具，圆形，略如今日之锅。 ⑥ 溺：小便。

人们的大脑往往因为职业的需要或某种紧急情况全部被调动起来了，因而表现出应变能力和某种聪明才智。与此相反，如果过着衣来伸手、饭来张口、四体不勤、五谷不分的生活，那么多么高智商的头脑也会萎缩。从这个角度说，“贼”，智过于“君子”，一点也不奇怪。否则这个“贼”早就会被捉拿下狱，不得混迹朝市了。而“君子”者尸位素餐者众，在哪朝哪代都是如此。他们的智慧不能不受到饱食终日，无所用心生活的影响。我们读完这三个故事感到可笑的不是盗贼，而是那些财物的主人。在盗贼还存在的社会中为什么不提高自己的应变能力和防盗的警惕性呢？我们细分析这三个失窃的故事都与其中主人有关。第一个故事中的大钟是公共财产，而众“盗”在庙中协力移钟置地上，竟不为人所知，可见大家都没有责任心。第二个故事中的主人是毫无警惕性的，盗于白昼入人家，持磬出门，主人偶归，与盗相遇，两人还搭了话。可是主人直到晚上才发现失磬，真是麻痹已甚。第三个故事中的失釜者简直是近于愚蠢了，竟让盗贼从自己身边窃走釜，而且还甘心受其斥责，竟连一点脑筋也不动，不想一想盗贼头上顶的釜是否是自己的。由此可知有时失盗不是由于盗贼智慧极高，而是因为失主没有警惕性或智力太低。饱食终日的“君子”们或高枕而卧，或专心玩乐，脑子中甚至没有防盗这根弦，那么盗贼也不需要很高智慧和能力，就可以窃得相当于百倍、千倍、万倍于钟、磬、釜的价值的财物了。 （王学太）

虎骇化缘　　江盈科

一强盗与化缘僧遇虎于涂①。盗持弓御虎，虎犹近前不肯退。僧不得已，持缘簿掷虎前，虎骇而退。虎之子问虎曰：“不畏盗，乃畏僧乎？”虎曰：“盗来，我与格斗；僧问我化缘，我将甚么打发他？”

〔注〕 ① 涂：同“途”。

巧取豪夺是剥削者经常采取的两种剥削手段。“豪夺”直来直去，明火执仗，虽然野蛮，但无论是受害者还是旁观者都看得清清楚楚，是非公开，冤头债主，亦可俟报于异日；孔武有力者，更可以枪来剑去，争个高下。用虎所言，就是“我与格斗”，不叫他夺。而“巧取”与“豪夺”相反，或隐蔽、或曲折、或伪托善名、或假借种种名义，使人拒之而不得。受损失者往往吃了亏也难于言传，是痛在心中而笑在脸上。因之巧取者也就更可恶。

佛门的募化往往就属于“巧取”(当然也有一些强募恶化者,类于“豪夺”)民财之一种。本来佛门标榜参透人生真谛,摒弃了人的七情六欲。可是佛门弟子真正看破红尘、终日枯坐蒲团、诵经烧香、粗茶淡饭、青灯古佛,以培来世善根者又有多少?把“出家”当作吃饭之道,因此奔走尘寰,争名逐利者比比皆是,他们往往借口供养僧众、修饰庙宇、重塑佛身,无孔不入地到处求施主们结善缘、掏腰包,此去彼来,没完没了。就连一些贵富豪门对这样的化缘也会感到厌恶和可怕。《红楼梦》第二十九回贾母打醮清虚观,王凤姐向张道士要寄名符,张用一个茶盘子托出,凤姐笑道:“你只顾拿出盘子来,倒唬我一跳。我不说你是为送符,倒像是和我们化布施来了。”这话虽属玩笑,但也反映了凤姐这个封建大家庭当家人对于佛道之类化缘的态度。

和尚在当时看来是导人为善、普度众生的,作者却把化缘僧与强盗等同起来。虎为百兽之王,是恶中恶者,它敢与全副武装的强盗抗衡,而且“犹不肯退”。正当此时“僧不得已,持缘簿掷虎前,虎骇而退”。和尚以“化缘簿”为武器,已属意外,虎被化缘簿吓退则更使人感到突然。这给读者留下一个悬念,后借虎之子口说出:“不畏盗,乃畏僧乎?”虎揭示了它害怕和尚的“理由”:“僧问我化缘,我将什么打发他?”解开了悬念,引起读者的哄笑。这种幽默中包含着深刻的生活哲理。它所展示的意义,不仅在于揭露僧人的贪财好货;也不仅在于说明“巧取”比“豪夺”更为可怕;而且还向读者揭示了假借种种美名的伪善比赤裸裸的凶恶更可恶、更可畏、更难令人抵抗。

(王学太)

【作者小传】

虞淳熙

(1553—1621) 明代文学家。字长孺,号德园。钱塘(今属浙江)人。曾任兵部职方事、礼部员外郎等职,因万历党论而去官归田。三岁时唱念佛号不绝于口,一生与佛结缘,禅根深厚。人奇,文也奇。小品中常充斥密集的比喻与想象,颇具情趣,字里行间透露出幽奇奥渺的色彩。著有《德园集》等。

书座右

虞淳熙

“有士人贫甚,夜则露香祈天[①],盖久不懈。一夕,方正襟[②]焚香,忽闻空中神人语曰:'帝悯汝,诚使我问汝何所欲?'士答曰:'某之所欲甚微,非敢过望,但愿此生衣食粗足,逍遥山间水滨,以终其身足矣。'神人大笑曰:'此上界神仙之乐,汝何从得之?若求富贵则可矣。'予因历数古人极贵念归,而终不能遂志者,比比皆是,盖天之靳惜清乐,百倍于功名爵禄也。"右《梁谿漫志》[③]所纪。此乐予近已得之,无用爇许都梁[④],祷祠而求矣。乃故求神仙不置,一何贪耶?神者地祇之申,仙者山人耳,上界大多官府,即洞官佐吏,正尔庄语肃仪倍人间,问庄生作太极闱编郎[⑤],得逍遥曳尾[⑥]否?今日龙山凤泉,有食禾衣苎[⑦],逍遥神仙,犹故不自足,帝且罚守天圊[⑧],敕[⑨]之没溜尘欲火中,大可怖畏。书一通座右,自警贪志。

〔**注**〕①露香:露天焚香。祈天:向天祈福。　②正襟:整理衣襟以示庄肃。　③《梁谿漫志》:南宋费衮撰,共十卷。内容涉及宋代政事典章、考证史传、评论诗文与传闻琐事。　④爇(ruò):焚烧,点燃。都梁:香名。　⑤太极闱编郎:据道教《真诰》等经书记载,庄子拜长桑公子为师,隐于抱犊山修道,服丹后白日升天,在天官封太极闱编郎。　⑥逍遥曳尾:据《庄子·秋水》,云庄子"宁其生而曳尾于涂中",宁做一只逍遥的泥龟,也不愿做一只没有生命让人供奉的神龟。　⑦苎(zhù):苎麻,多年生草本植物,可用于纺织。　⑧天圊(qīng):天上的厕所。　⑨敕(chì):帝王的诏书。

由篇名可知,这是作者写给自己的座右铭。古人多通过书写铭文,置于座位右侧,时刻阅读以达到激励、鞭策、警诫等目的。文中最后一句"自警贪志"即作者表达的主旨。我们来看看作者是如何自勉自警的。

开篇先引用《梁谿漫志》中的一则笔记切入,通过士人与神人之间的对话点明了两点:一是指出凡人之欲与神仙之乐的区别,凡人多求富贵之欲,而神仙则有"衣食粗足,逍遥山间水滨"之乐,这两者其实就是物质追求与精神追求的不同;二是点出神仙之乐极为难求。古往今来多少人在拥有富贵之后想要寻得神仙之"清乐",回归山野之间而逍遥自在,但"终不能遂志者,比比皆是",原因在于上天对"功名爵禄"是慷慨大度的,对"清乐"则更为"靳惜"。寥寥几笔,我们已能感受到精神追求的难得。

接着,作者写道:"此乐予近已得之,无用爇许都梁,祷祠而求矣。"原来神仙之乐作者已得之,不用再焚香祷求了。接着用一反问,如果再求神仙,那是多么贪婪啊!况且天界"庄语肃仪倍人间",庄周在天上做官,能得人间"逍遥曳尾"之乐吗？如今“食禾衣苎，逍遥神仙”，要是再不知足，即便是神仙也会得“罚守天圃，敕之没溜尘欲火中”的惩罚。作者此处要表达的是，不论凡人还是神仙，当你获得属于你的那份“乐”时，就不该再艳羡别人，不知满足，否则甚至会失去原本的那份快乐。进而点明主旨：“自警贪志”。作者之用意，一目了然。

虞淳熙的小品文写得富有谐趣，即便是座右铭这种带有教化意味的文章也能脱离俗味。这篇座右铭的亮点就是开篇选录一篇笔记，虽占了文章一半篇幅，但却起着画龙点睛的作用。而后作者只要稍加点拨、层层递进，就能达到目的，警醒人们不可有贪志，要学会满足。这种写作方式不仅能够快速吸引读者阅读兴趣，拉近读者与文章的距离，而且避免了一般说理文的直白、枯燥的弊端，于无形中达到说理教化的目的，读来回味无穷。

（刘勇刚　邹　露）

【作者小传】

潘之恒

(1556—1622)　明文学家。字景升，号鸾啸生、冰华生等，歙县（今属安徽）人。少习举子业，入太学，再试不遇，遂弃去。早年曾从其乡人汪道昆结白榆社，继而师事王世贞，颇受复古派影响。中年倾心公安派，与三袁兄弟和江盈科时相唱和；与竟陵派钟惺也有交往。又喜征歌度曲，结识女优甚多，与戏曲家汤显祖、沈璟等交好，故多评剧品优之文。诗文有《涉江诗选》《鸾啸集》《鸾啸小品》等，编有《亘史》《黄海》等。

仙　度

潘之恒

杨姬行六，子字，更名曰超超。

人之以技自负者，其才、慧、致三者，每不能兼。有才而无慧，其才不灵；有慧而无致，其慧无颖；颖之能立见，自古罕矣！

杨之仙度，其超超[①]者乎！赋质清婉，辞气轻扬，才所尚也，而杨能具其美。一目默记，一接神会，一隅旁通，慧所涵也，杨能蕴其真。见猎而喜[②]，将乘而荡，登场而从容合节，不知所以然[③]，其致仙也，而杨能以其闲闲[④]而为超超。此之谓致也，所以灵其才而颖其慧者也。

余始见仙度于庭除之间，光耀已及于远；既觏[⑤]于坛坫之上，佳气遂充于符；三遇于广漠之野，纵横若有持，曼衍[⑥]若有节也。西施淡妆，而矜艳者丧色。仙乎！仙乎！美无度矣，而浅之乎？余以“度”字[⑦]也。“仙”，仙乎？其未央哉！

〔注〕 ① 超超：高妙而不着形迹的样子。语见晋人陶潜《扇上画赞》：“超超文人，日夕在耘。” ② 见猎而喜：语本宋代《二程全书·遗书七》：“明道（程颢）年十六七时，好田猎。十二年暮归，在田野间见田猎者，不觉有喜心。” ③ 不知所以然：语出《庄子·达生》：“吾生于陵而安于陵，故也；长于水而安于水，性也；不知吾所以然而然，命也。” ④ 闲闲：从容自得的样子。 ⑤ 觏（gòu），遇见。坛坫（diàn）：古时盟会的场所，这里指庙台之类演出场所。 ⑥ 曼衍：变化无穷。 ⑦ 以“度”字：杨姬原字“子”，潘之恒拟更其字为“仙度”，所以说“以‘度’字”。

中国是一个戏剧大国，历来无论朝野士民，常常把演戏看作是升平喜庆的盛事。故而演唱之声不绝于厅堂、庙台之上，也不绝于草野、集会之间。但中国古代专门谈论表演艺术的文字却很少。原因是封建文人大多对戏曲艺人持有一种偏见，因此就不愿涉笔于此，即使偶有涉及，也多是游戏笔墨，视优为娼，把艺术混同于青楼卖笑。

但是在中国的历史上，也曾经出现过几个不顾世俗偏见的文人，把平生很大精力花在看戏、评戏上，以演员为友，以介绍演剧艺术为己任，如元代的夏庭芝，明代的潘之恒、张岱等人。

《仙度》是一篇生动的谈艺小品，评论的是当时南京的著名女演员杨润卿。润卿字子，因排行第六，人称杨六。后由潘之恒改其名为“超超”，又改其字为“仙度”。潘之恒之所以称她为“仙度”，有“其度若仙”的意思。度，既是风度，又是尺度，作为演员来说，这是指形象风貌以及表演的分寸感。仙度者，风姿绰约，行止得体，翩然若仙之谓也。

“才”“慧”“致”，是一个好演员必具的素质。“才”指才华，“慧”指聪慧，“致”指风致。“才”是一种禀赋，“慧”是一种智能，两者都是内涵的素质。而“致”则是外现的风采。三者并提，就是要求演员兼具内在与外在两方面的素质。因为演员不仅要有超众的声容、才气，深厚的内心世界，而且要有能力把一切内心生活外化为可视的外在形象。只有三者兼备，才有可能成为十分优秀的表演艺术家。但事实上，这三者相兼是很不容易的。如果有才而无慧，这种才就缺少灵动的生气；如果有慧而无致，这种慧也不能脱颖而出。杨超超能够兼备这三者，因而她就成为一个很优秀的演员。

先论她的才：她气质清丽婉约，举止细腻明快，言谈轻爽敏捷。演员的“才”

要从两个方面来看：作于表演的“材料”，要看形貌气质；作为表演的“才赋”，则要看动作谈吐。超超既有天生丽质，又有举止风韵，可谓数美毕具。

次论她的慧：她遇事能够过目不忘，可见记忆力强；初次涉及事理就能心领神会，可见理解力强；还能举一反三、触类旁通，可见想象力强。真是一个极端聪慧的女子。但是她聪明而不外露，以葆养其真纯而防止流于浅薄。

再论她的致：“见猎而喜”，喜欢打猎的人见别人打猎，就不由得心动，也总想试一试；比喻旧习难改，一触及所好，就跃跃欲试。作为演员，这就是见舞台而心动，有一种上台表演的欲望。“将乘而荡”，即将驾乘车船，心中先就奔腾动荡起来；比喻行动之前的心理动势。作为演员，这就是在登台之前，全身心已先进入了剧中的情境。“不知所以然”，意谓自然而然的现象，属于天机自动，而不是人为可及的。“以其闲闲而为超超”，以从容自得的神态进入一种无法言传的高妙境界。总之，她有强烈的表演欲望，有迅速进入创作状态的能力，而且有良好的舞台感觉能力和控制能力，故而能自然而又自如地适应舞台情境和节奏的规定，完美地体现出舞台形象的风貌。

如果说，“才”是一种禀赋，“慧”是一种内在的智能，那么“致”也就是一种体现的能力。这些构成了一个优秀演员所必须具有的由内至外的艺术素质。由于杨超超三者兼而有之，所以就有可能“灵其才而颖其慧”。

但是，有了优秀的个人素质，只是具备成为一个优秀演员的可能性和良好基础，而真正的艺术创造能力还要在艺术实践中不断获得。作者始见超超于私家庭院，再见于庙会坛台，后见于村野广场，活动的空间越来越宽广，可见她在不停歇的社会艺术活动中，得到磨炼，步步成熟起来，渐渐臻于完美。她始而以光彩动人，进而充溢着灵气，终而显得优游无极而又挥洒有度，真是到了风度如仙的化境。

一篇三百余字的短文，却能如此错落有致地道出演员的主体精神及其艺术表现的奥秘，的确有描风镂空的妙处。明珠虽小，却能照映六合。谁能说作者的传神之笔仅仅展现了一个绝代名伶杨超超的仪态和丰姿呢？ （叶长海）

【作者小传】

黄汝亨

(1558—1626)　明学者。字贞父，号泊玄居士、寓林居士。仁和（今浙江杭州）人。万历进士。除进贤知县，授南京工部主事，历礼部郎中，出为江西提学佥事，迁参议。书室名云上轩。著有《廉吏传》《古奏议》《寓林集》《天目游记》等。

复吴用修 黄汝亨

怀足下意非楮墨可了，彼此穷愁，亦复默会，姑与足下陈说两境。

泉声咽石，月色当户；修竹千竿，芭蕉一片。或探名理，时对佳客。清旷则弟蓄嵇阮，飞扬则奴隶原尝①。萧然四壁，傲睨千古。——此一境也。

采薇颇艰，辟纑②不易。内窘中馈③之奉，外虚北海之尊④。更复好义先人，守雌去道。食指如林，多口苦棘，风雅之趣既减，往来之礼务苛。——此又一境也。

两境递进，终归扰扰，半是阿堵⑤小贼坐困英雄耳！吾与足下俱不免，故敢及之，此未可以示俗客也。

〔注〕 ① 原尝：即战国时赵、齐著名的贵公子平原君、孟尝君。 ② 辟纑(lú)：绩麻。战国人陈仲子为逃避楚王国相之聘，携妻逃走，仲子做鞋，"妻辟纑"。 ③ 中馈：操持家中饮食。 ④ 北海之尊：指东汉孔融，献帝时任北海相。 ⑤ 阿堵：指钱。

就对个性的崇扬和自由的追求而言，魏晋与晚明是两个相似的历史阶段。这两个历史时期的知识分子都崇尚自然，蔑视礼法，注重真情，性格上带有明显的狂诞气质。但是，魏晋名士毕竟有许多出身在有庄园经济收入以保障悠闲的生活的豪族家庭，因而个性表现带有政治性和贵族性，加上与当时清谈之风密切相关，更显得超俗和玄虚。明代由于城市生活的背景，使得每个人都必须通过横向竞争在这个社会上谋得经济上的自立，因而情形便完全不同。这也就使得他们的个性表现是以肯定普通人物质性的生活欲望为前提，显示出明显的世俗化倾向。

这封书信所陈说的两境，实际上反映了作者的理想人格与现实生活处境的冲突。这种冲突，魏晋名士或不曾体验，或不屑挂齿；而对明代的读书人来说不仅无可回避，而且，正视这一冲突，恰恰表现了他们完整的人生观，标志着中国古代士人对自我内涵的认知之深化。纵情自然，率性而行，于泉声月色、修竹芭蕉之中感悟生命之真谛，这固然让人感受到一种精神上超越的愉悦，但在现实生活当中，人又必定要被世俗的物质利益所拘羁，因为人首先表现为肉体的存在，不然的话，就连起码的生存也成问题。作者在这里虽然没有像李贽喊出"好货好色"的粗豪口号，却在"扰扰"之中让我们感受到精神上的强

烈躁动。　　（陈广宏）

题懒园记　　黄汝亨

天地间人，懒者多矣，而独一嵇叔夜[①]当之。懒亦未易言。真懒者世外而得身，外身而得性。性便神逸，形骸不能束，尘鞅不能绁[②]，故足尚也。叔夜之懒，见于绝山巨源一书[③]。鄙薄荣进[④]，遗弃世俗，即肢体骨节，非其所检[⑤]。而于琴于锻[⑥]，于往古高士，于当世之名流仙品，欣然有合，率尔天放[⑦]，此真懒者也。

吾里有秦心卿[⑧]，亦以懒自命，即以懒名园。园之中，玄对山水[⑨]，而尤寄兴于画。所逢旷达之士，醉眠任意，而亦不奈见俗人，酬俗务。即楚楚[⑩]风仪，而颓然土木。识者谓心卿之类叔夜，犹长卿之慕相如[⑪]，有之似之耳。余笑谓心卿："请以子之园，以葛天无怀为懒祖[⑫]，巢许卞务[⑬]而下，若子陵渊明嗣宗叔夜一辈人[⑭]，高列两庑[⑮]，若五斗先生之祠杜康[⑯]，配以焦革[⑰]。心卿即于此中参一座。且著我作懒侯，附庸如何？"

心卿亦笑不答，遂书其语云。

〔注〕 ① 嵇叔夜：嵇康(224—263)，字叔夜，谯国铚县嵇山(今属安徽涡阳)人，授中散大夫，世称"嵇中散"，司马氏掌权后，拒绝出仕，景元四年(263)，因受司隶校尉钟会构陷而被处死。 ② 尘鞅(yāng)：尘世中的种种羁绊与束缚。鞅，古代用马拉车时套在马颈上的皮套子。绁(xiè)：系，拴。 ③ 绝山巨源一书：即嵇康《与山巨源绝交书》，山巨源即山涛，竹林七贤之一，景元二年(261)，山涛从尚书吏部郎位置上左迁，在司马昭的授意下，举荐嵇康补自己留下的空缺，嵇康拒绝，并写此信绝交。嵇康临刑前，把儿子嵇绍托付给山涛，谓绍曰："巨源在，汝不孤矣。"(《晋书·山涛传》)在嵇康被杀20年后，由山涛举荐，嵇绍被任命为秘书丞。 ④ 荣进：荣升高位。 ⑤ 检：约束。 ⑥ 于琴于锻：嵇康性好弹琴咏诗，又好锻，夏日常锻大柳下。传钟会过之，康锻如故，曰："何所闻而来？何所见而去？"会曰："有所闻而来，有所见而去。"后康因事系狱，临刑自若，援琴而鼓曰："《广陵散》于今绝矣！" ⑦ 率尔：随便，无拘束貌。天放：放任自然。 ⑧ 秦心卿：秦舜友，字心卿，号冰玉，后因建懒园，故又号"懒宜主人"，宣城人，徙钱塘，能诗，工书，善画。 ⑨ 玄对山水：欣赏者以超凡绝俗的心胸面对山水，用充满玄思的眼睛，以直觉感悟为途径，从而达到体玄的最终追求。 ⑩ 楚楚：鲜亮整洁、卓越出众的样子。 ⑪ 长卿：司马相如的字。相如：指蔺相如。《史记·司马相如传》："(司马)相如既学，慕蔺相如之为人，更名相如。" ⑫ 葛天：葛天氏，传说中的上古帝王，其治世不言而信，不化而

行，是远古社会理想化的政治领袖人物。无怀：无怀氏，传说中远古部落名。一作亡怀氏。传其民安居乐业，鸡犬之声相闻，老死不相往来。 ⑬ 巢许卞务：即巢父、许由、卞随、务光，传说尧闻巢父、许由之贤，欲以天下让之，皆不受。卞随、务光为上古时期隐士，商汤曾欲让天下给他们，皆投水而死。 ⑭ 子陵：严子陵，东汉著名高士，光武帝刘秀多次征召其为谏议大臣，严子陵婉拒后隐居富春江一带，终老于山林间。嗣宗："竹林七贤"之一阮籍的字。 ⑮ 两庑(wǔ)：指宫殿或祠宇的东西两廊。 ⑯ 五斗先生：唐初王绩别号，传说他饮酒五斗不醉，故有《五斗先生传》。杜康：传说最早酿酒之人，后来把酒称为"杜康"。 ⑰ 焦革：初唐时为太乐署史，擅长酿酒。

钱穆曾论，中国史学与西方史学不同，其中之一即表彰"无表现的人物"传统。明黄汝亨为同里秦心卿的园林"懒园"所作《题懒园记》中的"懒人"，都属于历史上的"无表现的人物"。作者在表明自己的超脱凡尘的心态之余，也想通过这篇文章表明，历史上有的人没有什么事功，但仍然有其存在的价值。这一点，在司马迁《史记》中就有所表现。比如《史记》将伯夷置于七十列传之首，是在有意表彰历史上无表现的人物。论其事业的成功，是不够载入历史的，但在其无表现之背后的人格力量，仍有其历史意义。他们在历史上的影响，甚至超过了那些事业成功人士。

本文围绕一"懒"字，阐发"懒人"之义，揭示秦心卿将园林名为"懒园"之意。开头言"天地间人，懒者多矣"，但"懒亦未易言。真懒者世外而得身，外身而得性。性便神逸，形骸不能束，尘鞅不能绁"。作者所认为的真懒者嵇叔夜，"鄙薄荣进，遗弃世俗，即肢体骨节，非其所检。而于琴于锻，于往古高士，于当世之名流仙品，欣然有合，率尔天放"，说明作者所谓懒人，非真正懒惰之人，而是懒于应酬俗务之人。文章继而转写秦心卿也是"不奈见俗人，酬俗务"之人，将秦心卿与嵇康相比。文末以"以葛天无怀为懒祖，巢许卞务而下，若子陵渊明嗣宗叔夜一辈人，高列两庑"等一系列"懒人"作结，希望自己也能做这些"懒人"的附庸，可见作者对历代隐逸之士的向往与推崇。

黄汝亨是万历年间进士，授江西进贤知县，历南京工部主事、礼部郎中、江西布政参议等，可见是有事功之人，在当代超越了很多人，必然会青史留名的。但是他去赞赏像秦心卿这样的隐逸之士，表明其倡导世外隐逸之趣，对超尘脱俗、以旷达心境处世的状态的追求，对追求世俗名利、荣华富贵者的鄙弃。比起秦心卿这样擅长书画的文人来说，黄汝亨对历史上这些"懒人"的所作所为应该体会更深，因为他在仕途中肯定会有更多世俗的束缚。 （袁　茹）

【作者小传】

朱国桢

(1558—1632)　明学者。字文宁,号平涵。乌程(今浙江吴兴)人。万历十七年(1589)进士,累官祭酒,谢病归。天启三年(1623),拜礼部尚书兼东阁大学士,与顾秉谦等并命,后改文渊阁大学士,累加太子太保。魏忠贤窃国柄,国桢佐叶向高,多所调护。及叶向高、韩爌罢去,国桢为首辅。四年为阉党李蕃所劾,遂引疾去。崇祯五年(1632)卒,赠太傅,谥文肃。一生著述甚丰,主要有《明史概》《大政记》《涌幢小品》《皇明纪传》等。

黄山人小传

朱国桢

苏州黄勉之省曾,风流儒雅,卓越罕群。嘉靖十七年当试春官①,适田汝成②过吴门,与谈西湖之胜。便辍装不果北上,来游西湖,盘桓累月。勉之自号五岳山人,其自称于人亦曰山人。田尝戏之曰:“子诚山人也。癖耽山水,不顾功名,可谓山兴。瘦骨轻躯,乘危涉险,不烦筇策③,上下如飞,可谓山足。目出清辉,便觉醉饱,饭才一溢④,饮可旷旬,可谓山腹。谈说形势,穷状奥妙,含腴咀隽⑤,歌咏随之,若易牙⑥调味,口欲流涎,可谓山舌。解意苍头⑦,追随不倦,搜奇剔隐,以报主人,可谓山仆。备此五者而谓之山人,不亦宜乎!”坐客为之大笑,此虽戏言,然人于五者无一,而漫曰游山,必非真赏。

〔注〕① 试春官:参加礼部的考试。春官,礼部别称。　② 田汝成:字叔禾,明代文学家。　③ 筇(qióng)策:拄杖和马鞭。　④ 溢:古代容量单位。　⑤ 含腴咀隽:品味咀嚼山川精华。　⑥ 易牙:春秋时齐桓公近臣,任主烹割之官,善于调味。　⑦ 苍头:仆隶。

朱国桢的这篇《黄山人小传》,处处渲染山人真气,大抵表现了老庄情调浓郁的一派士大夫对真人逸士的追慕之情。溯历史之源而言,它主要沿承了阮籍的《大人先生传》、刘伶的《酒德颂》、陶渊明的《五柳先生传》、欧阳修的《六一居士传》一流的传统,通过田汝成的一番戏言,把黄省曾的“风流儒雅、卓越罕群”的山人形象举托出来了,立即使人联想到“止则操卮执觚,动则挈榼提壶”“无思无虑,其乐陶陶,兀然而醉,豁然而醒”的大人先生;“闲静少言,不慕荣利。好读书,不求甚解,每有会意,便欣然忘食”,“造饮辄尽,期在必醉;既醉而退,曾不吝情去留”的五柳先生;或自乐于藏书一万卷、金石遗文一千卷、琴一张、棋一局、酒一壶的六一居士。所不同的是,除了欧阳修以外,阮籍、刘伶、陶潜诸人的文章,皆是虚拟一人以自况,虽有实际的影迹,而那种“以天地为一朝,万期为须臾,日月为扃牖,八荒为庭衢”的浪漫豪情,都是出于想象的虚写,只是寄托了作者的一种高迈襟怀或激远理想而已,而朱国桢的这篇小文,则是在对世间人的实写中,融入了自己“抱琴行吟,弋钓草野”的人生理想,活现了“独与天地精神往来”、“忘”与“游”的老庄精神。这样的理想与精神,与礼法名教自然是扞格不入的了,因此此文与前述的诸文一样,颇有些反对刻板的儒家传统的意味了。

在朱国桢的笔下,黄省曾确是一位高迈超群的风雅之士。本当上京赴试,行装亦已打点停当,不意田汝成此时恰过吴门,“与谈西湖之胜,便辍装不果北上,来游西湖”,仅此一举,便令世人俗夫惊愕不已,足见其卓尔不凡的风采。至于田汝成以山兴、山足、山腹、山舌、山仆数者来点出黄省曾的山人气质,更使人如睹宋人李唐的《采薇图卷》、元人盛懋的《秋林高士图轴》、明人仇英的《柳下眠琴图轴》诸画,目前飘然一山翁,逍遥于泉石林壑之间,或偃然醉卧,或凝神睇望,以山岚山气山风山水洗尽尘间铅华粉脂,如此一来,中国的文与中国的画便在老庄的意韵中浑然融为一体了。

(徐静波)

【作者小传】

陈继儒

(1558—1639)　明文学家、书画家。字仲醇,号眉公、麋公,华亭(今上海市松江区)人。诸生,年二十九即焚弃儒生衣冠而自命隐士,后虽屡奉征召,皆以疾辞,然亦周旋官绅间。诗文书画兼擅,与董其昌齐名。其诗文主张,与公安派较为接近。书法师法苏轼、米芾,萧散秀雅。善画水墨梅花、山水,倡导文人画,持南北宗论。一生著述颇丰,有《陈眉公先生全集》以及《闲情野史》《珍珠船》等。另编《宝颜堂秘笈》《古文品外录》《国朝名公诗选》等。

牡丹亭题词

陈继儒

吾朝杨用修[①]长于论词,而不娴于造曲。徐天池[②]《四声猿》能排突元人,长于北而又不长于南。独汤临川[③]最称当行本色。以《花间》《兰畹》[④]之余彩,创为《牡丹亭》,则翻空转换极矣,一经王山阴[⑤]批评,拨动髑髅之根尘[⑥],提出傀儡之啼笑,关汉卿、高则诚[⑦]曾遇如此知音否?张新建[⑧]相国,尝语汤临川云:"以君之辩才,握麈而登皋比[⑨],何讵出濂、洛、关、闽[⑩]下?而逗漏于碧箫红牙队[⑪]间,将无为'青青子衿[⑫]'所笑!"临川曰:"某与吾师终日共讲学,而人不解也。师讲性,某讲情。"张公无以应。夫乾坤首载乎《易》[⑬],郑卫不删于《诗》[⑭],非情也乎哉!不若临川老人,括男女之思而托之于梦,梦觉索梦,梦不可得,则至人与愚人同矣。情觉索情,情不可得,则太上与吾辈同矣。化梦还觉,化情归性,虽善谈名理者,其孰能与于斯?张长公、次公[⑮]曰:"善!不作此观,大丈夫七尺腰领,毕竟罨杀五欲瓮中。"临川有灵,未免叫屈。

〔注〕①杨用修:杨慎,字用修,明代文学家。②徐天池:徐渭,初字文清,改字文长,号天池山人。有杂剧《四声猿》。③汤临川:汤显祖,临川(今江西抚州)人。④《花间》《兰畹》:词集名。⑤王山阴:王思任,山阴(今浙江绍兴)人,明代文学家。⑥根尘:佛教语。佛教有六根和六尘,根尘相接产生嗜欲和烦恼。⑦关汉卿、高则诚:关汉卿,元代戏曲作家,有《窦娥冤》等。高则诚,元末明初戏曲作家,有《琵琶记》等。⑧张新建:张位,新建(今江西南昌新建区)人,明代大臣。⑨握麈(zhǔ):古人清谈时所执。此指谈论名理。皋比:古人坐虎皮讲学。此指请席。⑩濂、洛、关、闽:宋代理学的四个主要学派。濂学代表人物为周敦颐,因其原居道州营道(今湖南道县)濂溪,故名;洛学代表为洛阳程颢、程颐;关学代表张载,其曾讲学于关中;闽学代表朱熹,其曾讲学于闽。⑪碧箫红牙队:表演戏曲的优伶。碧箫,管类乐器。红牙,檀木制的拍板。⑫青青子衿:学子。⑬"夫乾坤"句:《周易》:"乾坤者,万物之男女也;男女者,一物之乾坤也。"⑭"郑卫"句:郑、卫民歌多反映男女爱情,编集《诗经》时并未删除。⑮张长公、次公:张瑞图兄弟。张瑞图,字长工,明代书画家。

《牡丹亭》是《西厢》的后劲,《红楼》的先导,不仅在艺术上,"古今雅俗,泚笔皆佳","翻空转换极矣";而且在内容上,开启了一代的新思潮。用一个"梦",编织出一幅"情"的画卷,又用一个"情",树立起一面与"理"相对立的思想旗帜,在当时的思想界、艺术界产生了巨大而深远的影响。它让杜丽娘在大自然的怀抱中,第一次发现了自己,认识了自己,要求拥抱自己的生活、自己的青春。一种强烈的感情冲动,使她做了一个与封建礼教极不相容的梦,还要背着人到花园里把那个桃色的梦寻回来,说明她已经下定决心要与封建礼教彻底决裂。正是这种梦境与实境的分裂,理想与现实的矛盾,促使她成为义无反顾的封建礼教的叛逆者;也只有这种超越生死的"至情",才有力量与根深蒂固的封建礼教挑战。汤显祖“以《花间》《兰畹》之余彩”，画出了杜丽娘如何勇敢地越过封建礼教的“雷池”，奔向梦境，奔向理想，奔向她热切向往的人生。从而撬开了封建礼教的闸门，放进了一股清新活泼的空气，这就是《牡丹亭》所作出的伟大的历史贡献。所以这部划时代的剧作一问世，一些著名的文学家、理论家就给予极高的评价，王思任，也就是陈继儒所说的“王山阴”说：“若士以为情不可以论理，死不足以尽情。百千往事，一死而止，则情莫有深于阿丽者矣。”意思是“理”不能解释“情”的作用，“死”不是结束“情”的终点，只有“生可以死，死可以生”的“阿丽”，才是真情、至情的化身，真足以“拨动髑髅之根尘”，不愧临川之“知音”。略后于他的张岱，也在尖锐地指出当时剧坛的通病是“但要出奇，不顾文理”，只有《牡丹亭》把“奇”和“理”很好地结合了起来，“灵奇高妙，已到极处”，也够得上《牡丹亭》的“知音”了。然而真正能使髑髅生肉、傀儡动情、临川相视而笑者，我以为还是陈继儒的“化梦还觉，化情归性，虽善谈名理者，其孰能与于斯”的评论。就是说《牡丹亭》通过一个离奇的梦，使人们觉醒；通过一片纯真的情，叫人性复归，这是那些侈谈名理者，所没有梦想到的。真是舌底翻澜，笔底生花，寥寥数语，把汤显祖的“梦中之情，何必非真”，“第云理之所必无，安知情之所必有耶”种种妙谛，揭示得如此明白，如此深刻，非“善谈名理者”，何克臻此！

“阿丽”那种超越生死的“至情”，带有个性自由、个性解放的思想实质，带有认识个人价值、人生价值的思想萌芽，对于封建社会的思想文化、伦理道德，都带有明显的反叛性，难怪它只在黑暗的长空中放出一线耀眼的光辉，很快就被聚集起来的乌云吞没了，而青年男女依旧被关在黑暗的封建的闸门里面。

（羊春秋）

花史题词　　　　陈继儒

吾家田舍，在十字水中。数重花外，设土剉①、竹床及三教书。除见道人外，皆无益也。独生负花癖，每当二分前后，日遣平头长须移花种之。犯风露，废栉沐。客笑曰：“眉道人命带桃花。”余笑曰：“乃花带驲马星②耳。”幽居无事，欲辑花史传示子孙，而不意吾友王仲遵先之。其所撰《花史》二十四卷，皆古人韵事，当与农书、种树书并传。读此史者，老于花中，可以长世；披荆畚砾，灌溉培植，皆有法度，可以经世；谢卿相灌园，又可以避世，可以玩世也。但飞而食肉者，不略谙此味耳。

〔注〕① 土剉：当为“土锉”，即瓦锅。② 驲(rì)马星：驿马星为星命学中的一星，主福禄之事。驲，即“驿”。

让生活在现代都市里的花迷们读一读陈继儒的这篇《〈花史〉题词》，大约是会使他们羡慕不已，悔不早生数百年的。今天的小康人家虽然大都有了全套的家用电器，但即便是在花迷的家里，一丛玫瑰、数株文竹，也往往只能屈居于阳台的一角，与陈继儒当年田舍间拥“数重花”之景断不可比。而每天为生计奔波的现代人，就是他嗜花如命，也没法像陈继儒那样悠闲地在春秋二分之际，派几个或年轻或年长的仆人，移种自己喜爱的鲜花于庭前——他顶多只能在星期日到花店里去转上半天，权衡再三，在不亏待肚子又不失去所爱花卉的两难条件下，狠心买回一盆花来，此后每天上班之前下班之后洒水一过、怜顾一番，仅此而已。生活的车轮越转越快，当大背景已经转换成完全不同的场面时，保持某种传统的东西往往就颇费周折。养花虽是怡情雅韵之事，但伴奏的曲调已经改了拍子，除了装聋作哑，自行其是，否则是断断没有韵味可寻的，这大概可以解释为什么现代的花迷们大都是些老人或者耐心特好之人。但是无论如何，像当年陈继儒与来客那样面对花丛相答对的场景，是再也不可能重现了；陈继儒与他的友人王仲遵争相编纂集“古人韵事”于一书的《花史》，那样的热情也很难再涌现在现代人的心头：不是没有赏花人，也不是没有著书者，而是那种赏花著书时所特有的心理氛围、社会环境早已烟消云散了。

不过我们也没必要为此过于伤感。生活于四百年前的陈继儒虽有春兰秋菊伴他度过闲暇的岁月，却无缘得见一个充满了新奇、有趣事物的更为广阔的世界。而我们却能够在接受这个热闹非凡的新世界的同时，带上一卷陈继儒的文集，随便找一个宁静的去处，独自体味其中的余韵。那不也很好吗？

顺便提一下，陈继儒在这篇《〈花史〉题词》的后半部分竭力推崇王仲遵所撰的《花史》，谓“读此史者，老于花中，可以长世；披荆畚砾，灌溉培植，皆有法度，可以经世；谢卿相灌园，又可以避世，可以玩世也。”这话半真半假。以其颂扬专注于花可忘却时世、怡情养性一端论，是真的；而就其附会牵强，将植种之事与经世相联系，又排比工整，文辞修饰一面看，则是假的。不过文章的最后一句，“但飞而食肉者，不略谙此味耳”，倒是这位负有花癖的乡间隐士的真心话，瞧话里那股鄙视、嘲讽权贵又洋洋自得的劲儿，就可以明白了。 （陈正宏）

文 娱 序 陈继儒

往丁卯前，珰①网告密，余谓董思翁②云：“吾与公此时，不愿为文昌[3],但愿为天聋地哑,庶几免于今之世矣。”郑超宗[4]闻而笑曰:“闭门谢客,但以文自娱,庸何伤?”近年缘读《礼》之暇,搜讨时贤杂作小品而题评之,皆芽甲[5]一新,精彩八面,有法外法,味外味,韵外韵,丽典新声,络绎奔会,似亦隆、万[6]以来,气候秀擢之一会也。往弇州公[7]代兴,雷轰霆鞫,后生辈重趼[8]而从者,几类西昆之宗李义山[9],江右之宗黄鲁直[10]。楚之袁氏[11]思出而变之,欲以汉帜易赵帜,而人不尽服也。然新陈代变,作者或孤出,或四起,神鹰掣鞲[12]而擘九霄,天马脱辔[13]而驰万里,即使弇州公见之,亦将感得气之先,发起予之叹。白乐天[14]有云:“天下无正声,悦耳即为娱。”岂是之谓耶?超宗曰:“吾侪[15]草士,岂敢洋洋浮浮,批判先觉。但古豪俊必有寄,如皇甫淫[16],杜预癖[17],柱下之五千言[18],毗耶[19]之四十九年法,即至人累世宿劫,不能断文字缘,而况吾辈乎?尝反复诸贤文,一读之蠲[20]愁,再读之释涕,三读之不觉呻吟疾痛之去体也,其庶几大祥[21]之援琴乎哉?”余曰:“宁唯是。”开元[22]中,将军裴旻[23]居丧,诣吴道子[24]请画鬼神于东都天官壁,以资冥福。答曰:“将军试为我缠结舞剑一曲,庶因猛厉以通幽冥。”旻唯唯,脱去缞服[25],装束走马,左旋右转,挥剑入云,高数十丈,若电光下射,旻引手执鞘承之,剑透室而入,观者数千人,无不惊栗。道子于是援毫图壁,飒然风起,为天下之壮观。郑超宗磊落侠丈夫,文章高迈,名流见之皆辟易[26],出其精鉴,选为文娱,斯亦吴道子东都之画壁耳。若康乐[27]娱于清宴,玄晖[28]娱于澄江,未足比于文娱之壮观也。眉道人陈继儒书于砚庐中。

〔注〕 ① 珰(dāng):本指古代妇女的耳饰。汉代宦官充武职者,其冠以貂尾、金珰做装饰,故后来用以指代宦官。 ② 董思翁:指董其昌,字玄宰,号思白、香光居士,又自署思翁。明代书画家。 ③ 文昌:星名,即文昌星或文曲星。北斗魁上六星的总称。古时认为其主文运,常用来喻指重要文职官员或文人。 ④ 郑超宗:郑元勋(1603—1644),字超宗。明代画家、徽商,在江南文坛有盛名。 ⑤ 芽甲:草木初生的嫩芽。 ⑥ 隆、万:隆,指明穆宗年号隆庆(1567—1572)。万,指明神宗年号万历(1573—1620)。 ⑦ 弇(yǎn)州公:指王世贞,明文学家。其号为弇州山人,故称。 ⑧ 重趼(jiǎn):久磨产生的厚茧。借指辛苦跋涉。 ⑨ 李义山:李商隐,字义山,唐代诗人。北宋真宗时出现的诗风西昆体,专门从形式上模拟李商隐,

故曰西昆之宗。 ⑩ 黄鲁直：黄庭坚，字鲁直，北宋诗人。开创了江西诗派，被元方回尊为江西诗派“三宗”之首。江右，古代泛指长江下游以西地区，后亦指江西省。 ⑪ 楚之袁氏：指明末公安派代表作家袁宗道、袁宏道、袁中道。他们均为公安（今属湖北）人，湖北古为楚地，故称。 ⑫ 韝（gōu）：革制套袖，打猎时用来停立猎鹰。 ⑬ 辔（pèi）：缰绳。 ⑭ 白乐天：唐代诗人白居易，字乐天。 ⑮ 侪（chái）：辈，类。 ⑯ 皇甫淫：皇甫谧，魏晋作家。《晋书·皇甫谧传》：“耽玩典籍，忘寝与食，时人谓之‘书淫’。” ⑰ 杜预癖：杜预，西晋将领、学者。《晋书·杜预传》：“预常称‘济有马癖，峤有钱癖’。武帝闻之，谓预曰：‘卿有何癖？’对曰：‘臣有《左传》癖。’” ⑱ 柱下：指柱下史，即御史，常立于殿柱下，故称。相传老子曾为周柱下史，此指老子。五千言：《道德经》的代称。《史记·老子韩非列传》：“老子乃著上下篇，言道德五千余言而去，莫知其所终。” ⑲ 毗耶：即毗耶娑，印度古代传说中的圣人。相传他把《吠陀》整理成现有形式。 ⑳ 蠲（juān）：解除。 ㉑ 大祥：古时父母去世二周年的祭礼。 ㉒ 开元：唐玄宗年号（713—741）。 ㉓ 裴旻：唐将领。唐文宗时，诏以李白诗歌、裴旻剑舞、张旭草书为三绝。㉔ 吴道子：唐画家，擅画佛道人物。 ㉕ 缞（cuī）服：用粗麻布制成的孝服。 ㉖ 辟易：退避。 ㉗ 康乐：南朝诗人谢灵运，为谢玄之孙，晋时袭封康乐公，故称谢康乐。常纵情山水，游娱宴集。 ㉘ 玄晖：谢朓，字玄晖，南朝齐诗人。其《晚登三山还望京邑》有“澄江静如练”句。

明代阉珰横行，缇骑四出，往往构陷罗织，陷人于罪，人们不得不钳口结舌，葫芦提一向装呆。“不愿为文昌，但愿为天聋地哑”，以求免于当世，正是当时知识分子的共同心态。不知我国知识分子是受了“童心说”的影响，还是受了“良知说”的熏陶，偏偏有那么多的忧患意识，什么“穷年忧黎元”呀，什么“欲为圣朝除弊事”呀，不怕批逆鳞，捋虎须，议论朝政，月旦人物，即使捉将官里去，丢掉老头皮，也还要摆出“苟余心之所善兮，虽九死其犹未悔”的架势来。这是古代知识分子的一种类型。有的则躲进书斋，以文为娱，成为皇甫谧之“书淫”，杜元凯之“左癖”，历尽坎坷，不肯“断文字缘”，甚至还天真地认为“闭门谢客，以文自娱，庸何伤”？不知你在品题时贤的杂作小品，以为“芽甲一新，精彩八面”者，人且视为“鬼趣”，视为“兵象”；你以为有“法外法，味外味，韵外韵”者，人且斥之为“诗妖”“诗魔”；你想“出而变之，欲以汉帜易赵帜”，人且视为异端邪说，是“灭裂风雅，登进淫靡”，其为祸自当难“免于今之世”，虽欲“蠲愁”“释涕”，去“呻吟疾痛”，不啻缘木而求鱼，南辕而北辙也。这是古代知识分子的又一种类型。这些类型的知识分子，自然是“纵横志不就”的，然而正是他们形成中华民族的脊梁，造就中华民族的文化，成为中华民族的骄傲。

“防民之口，甚于防川”，这是封建统治阶级从无数血的教训中总结出来的一条颠扑不破的真理。因而许多有为之君，立谏鼓，树谤木，亲诤臣，奖善言，鼓励人民群众，特别是那些具有忧患意识的知识分子面刺其过，以期“战胜于朝廷”。禹拜善言，齐威王奖谤者，唐太宗以人为鉴，都是鼓励臣下进谏的好典型。然而在我国历史上，也有一些君主禁止庶人议政，以诤谏为讪谤，以革新为滋事。殷纣之拒谏，周厉之弭谤，秦皇之禁止偶语，弄得万马齐喑，道路以目，最后把自己钉在历史的耻辱柱上，就是拒谏饰非的坏典型。正是这么一些坏的典型，在广大知识分子中造成“避席畏闻文字狱”那种临深履薄、畏谗忧讥的心态。他们宁愿“种春风二顷田，远红尘千丈波”；宁愿槁项黄馘，以老死于布褐，而不愿纡青拖紫，揖让于庙堂。终其身只能“出其精鉴，选为文娱”，而且“未足比于文娱之壮观”，才不为世知，学不为世用，岂非大不幸欤？　　（羊春秋）

茶董小序　　陈继儒

范希文云：“万象森罗中，安知无茶星①？”余以茶星名馆，每与客茗战②，自谓独饮得茶神，两三人得茶趣，七八人乃施茶耳。新泉活火，老坡窥见此中三昧③，然云出磨，则屑饼作团矣。黄鲁直④去芎用盐，去桔用姜，转于点茶全无交涉。今旗枪⑤标格天然，色香映发，岕⑥为冠，他山辅之，恨苏、黄不及见，若陆季疵⑦复生，忍作毁茶论乎？江阴夏茂卿⑧叙酒，其言甚豪，予笑曰：“觞政不纲，曲爵分愬，诋呵监史，倒置章程，击斗覆觚，几于腐胁，何如隐囊纱帽，翛然林涧之间，摘露芽，煮云腴，一洗百年尘土胃耶？醉乡网禁⑨疏阔，豪士升堂，酒肉伧父⑩，亦往往拥盾排闼⑪而入。茶则反是。周有《酒诰》，汉三人聚饮，罚金有律，五代东都有曲禁⑫，犯者族⑬，而于茶，独无后言。吾朝九大塞著为令，铢两茶不得出关，正恐滥觞于胡虏耳，盖茶有不辱之节如此。热肠如沸，茶不胜酒；幽韵如云，酒不胜茶。酒类侠，茶类隐，酒固道广，茶亦德素。茂卿，酒之董狐⑭也，试以我言平章⑮之，孰胜？”茂卿曰：“诺。”于是退而作《茶董》。

〔注〕 ① 范希文：范仲淹，字希文。北宋文学家。“万象”句：语出范仲淹《和章岷从事斗茶歌》：“森然万象中，焉知无茶星。”茶星，茶界名人。 ② 茗战：斗茶。 ③ 老坡：指苏轼，号东坡居士，故称。三昧：事物的要诀、精义。 ④ 黄鲁直：黄庭坚，字鲁直。 ⑤ 旗枪：绿茶名。由带顶芽的小叶制成，茶芽舒展成叶称旗，尚未舒展称枪。 ⑥ 岕(jiè)：浙江长兴境内的罗岕山。所产茶为岕茶，是茶中上品。 ⑦ 陆季疵：陆羽，字鸿渐，一名疾，字季疵。撰有《茶经》，被尊为“茶圣”。 ⑧ 夏茂卿：夏树芳，字茂卿，江阴(今属江苏)人，编有《酒颠》。 ⑨ 网禁：法网。 ⑩ 伧父(cāng fǔ)：粗野之人。 ⑪ 排闼(tà)：撞开门。 ⑫ 曲禁：造曲制酒的禁令。 ⑬ 族：诛杀。 ⑭ 董狐：春秋时晋国史官。晋灵公十四年(前607)，晋卿赵盾因避灵

公杀害而出走，未出境，其族人赵穿杀灵公，董狐认为赵盾应负其责，在史书上写“赵盾弑其君”，被孔子称为“古之良史”。 ⑮ 平章：评处，商酌。

史有史董，鬼有鬼董，茶亦有茶董。史也，鬼也，茶也，未必都能秉笔直书、持论无颇的。谓余不信，请看好酒者，谓酒可以骂座，可以浇愁，可以逐客，可以辞婚，可以求得人的宽恕，可以“一醉累月轻王侯”。故刘伶有《酒德颂》，王绩有《醉乡记》，白居易有《醉吟先生传》，极言酒之为德，酒之为用大矣哉，至夏茂卿叙酒颠，为东方、郦生、毕卓、刘伶辈策勋叙爵，而酒德之颂至矣尽矣，蔑以加矣。非之者则曰：《尚书》有《酒诰》，扬雄有《酒箴》，曹操有酒禁，五代有曲禁，俗呼好酒者为酒徒、酒魔、酒囊饭袋、酒肉伧父，恶之亦已极矣，然皆非笃论也，人们是不会衷心悦而诚服的。至于茶呢？可以止渴，可以清心，可以待客，可以当酒，可以解除胸中之烦嚣，故杜荀鹤有“满添茶鼎待吟僧”，方岳有“茶话每无尘土杂”的诗句。自唐陆羽著《茶经》，宋蔡衮撰《茶录》，清陆廷灿写《续茶经》，品茶、烹茶、茶器之讲究，越来越受到人们的注意，特别是东坡居士在《试院煎茶》《汲江煎茶》诸什中，提出“贵从活火煮新泉”“活水还须活火烹”以及“蟹眼已过鱼眼来”的茶道；山谷道人在《茶磨铭》中，又以“楚云散尽，燕山雪飞，江湖归梦，从此袪机”的铭辞中，将茶诗化了，而茶之身价日高，茶之爱好者日多，骎骎乎凌驾于“酒”而上之矣。然而酒与茶各有其品，各有所用，决不能妄加轩轾，遁于酒也好，隐于茶也好，只是一致百虑、殊途同归而已。善夫陈继儒之言曰：“酒类侠，茶类隐，酒固道广，茶亦德素。”无适无莫，无厚无薄，不愧为酒和茶的董狐。

我喜清茶而恶烈酒，并不是有什么哲学和主义，有什么功利或操守，只是顺吾之性、适吾之志而已，绝不像陈继儒所说的：“吾朝九大塞著为令，铢两不得出关，正恐滥觞于胡虏耳，盖茶有不辱之节如此。”噫！亦过矣。不教铢两出关，就誉之为“有不辱之节”，完全是闭关锁国的观念，今则惟恐关塞之不畅通，出关越多，标格越高，为国家所作的贡献也越大，才是茶的真正“不辱之节”。可惜的是，我国传统的“茶道”“茶话”“茶战”已经逐渐被那些洋场阔少、豪门名娃所冷落，而代之以咖啡、可可、可口可乐，洋饮料充斥于华夏，国产茶冷落于商场，用夷变夏，惟洋是崇，“不辱之节”，在国人中已经淡化了。不知陈公见了，“忍作毁茶论乎”?!

（羊春秋）

酒颠小序　　陈继儒

夏茂卿[①]撰《酒颠》，侈引东方、郦生、毕卓、刘伶[②]诸人，以策酒勋[③]，辩哉无以应矣。予不饮酒，即饮未能胜一蕉叶[④]，然颇谙酒中风味。大约太醉近昏，太醒近散，非醉非醒，如憨婴儿。胸中浩浩，如太空无纤云，万里无寸草，华胥[5]无国，混沌无谱，梦觉半颠，不颠亦半，此真酒徒也。毕忘盗，未忘瓮；刘忘埋，未忘锸。俗人治生，道人学死，圣人之教，生荣而死哀，是皆犹有生死耳。然则将何如，乐天[6]不云乎："吾尝终日不食、终夜不寝以思，无益，不如且饮。"

〔注〕 ① 夏茂卿：夏树芳，字茂卿。 ② 东方、郦生、毕卓、刘伶：东方，东方朔，西汉文学家。郦生，郦食其，刘邦起义至高阳时，自称"高阳酒徒"，献计克陈留。毕卓，东晋官员，曾因酗酒废公事。刘伶，"竹林七贤"之一，嗜酒，作《酒德颂》。 ③ 策酒勋：记录酒的功德。 ④ 蕉叶：浅底的酒杯。 ⑤ 华胥：传说中的国名。《列子·黄帝》："(黄帝)昼寝而梦，游于华胥氏之国。" ⑥ 乐天：白居易，字乐天，唐诗人。

陈继儒自诩"颇谙酒中风味"，以为只有非醉非醒，半醉半醒，进入无生死、无荣辱的境界，才够得上所谓"真酒徒"。这话是有道理的。屈原的"世人皆醉，而我独醒"，因为醒过了头，最后只好自沉汨罗。陶潜的"造饮辄尽，期在必醉"，因为醉过了头，最后也只能抛却乌纱帽，只好过着"饥来驱我去，不知竟何之"的"乞食"生活。两者都没有掌握"醒"和"醉"的火候。

但是，刘伶一眼觑定"醉"比"醒"好，他的人生哲学便是"兀然而醉，豁尔而醒，静听不闻雷霆之声，熟视不见泰山之形"。意思是不关己事，就要闭目塞听，虽猛如雷霆，大如泰山，也要静听而不闻，熟视而无睹，以免越俎代庖之嫌，越位议政之讥。后来东坡居士在《放鹤亭记》中加以肯定说："刘伶、阮籍之徒，以此全其真而名后世。""斗酒学士"王绩深得此中三昧，索性来一个餔糟歠醨，与世同醉，声称"眼看人尽醉，何忍独为醒?"即要以醉对醉，以糊涂对糊涂。号称希夷先生的陈抟，又把它发展到了极致，他说："凡人于梦处醒，故醒不醒；吾心于醒处梦，故梦不梦。"有意把"醒"和"梦"的界线抹掉，说是梦他又有点醒意，说是醒他又还在梦中，需要醒的时候就醒，需要梦的时候就梦。在"醒"与"梦"之间，做到了"随心所欲，不逾矩"，进入了"自由王国"的最高境界。"视之不见名曰希，听之不见名曰夷。"这就是他号称希夷先生的道理。

环顾周围，似乎今天有些人在"醒"与"醉"的关系处理上，又达到了新的水平：对于国家的兴衰，以醉眼视之，醉态处之，达到了"华胥无国，混沌无谱"的境界；而对于"无远不往，无深不致"的孔方兄，则睁大了眼睛，改变了醉态，巨细不捐，锱铢必较。这是因为"钱之所在，危可使安，死可使活；钱之所去，贵可使贱，生可使杀"(鲁褒《钱神论》)的缘故，所以绝对醉不得，糊涂不得。可见"醉"与

“醒”不但打上了阶级的烙印,也打上了时代的烙印。陈公有知,“试以我言平章之,孰胜?” (羊春秋)

花史跋 陈继儒

有野趣而不知乐者,樵牧[①]是也;有果蓏[②]而不及尝者,菜傭牙贩是也[③];有花木而不能享者,达官贵人是也。古之名贤,独渊明寄兴,往往在桑麻松菊、田野篱落之间。东坡好种植,能手接花果,此得之性生,不可得而强也。强之,虽授以花史,将艴然[④]掷而去之。若果性近而复好焉,请相与偃曝[⑤]林间,谛看[⑥]花开花落,便与千万年兴亡盛衰之辙何异?虽谓《二十一史》[⑦],尽在《左编》一史[⑧]中可也。

〔注〕 ① 樵牧:打柴放牧之人。 ② 果蓏(luǒ):瓜、果的总称。蓏,通“蓏”,瓜类植物的果实,在木为果,在地为蓏。 ③ 菜傭:卖菜的人。牙贩:古时买卖的中间人。此指小贩。 ④ 艴(bó)然:恼怒貌。 ⑤ 偃曝:仰卧曝日。 ⑥ 谛看:仔细看。 ⑦《二十一史》:明嘉靖时校刻史书,将《史记》《汉书》《后汉书》《三国志》《晋书》《宋书》《南齐书》《梁书》《陈书》《魏书》《北齐书》《周书》《隋书》《南史》《北史》《新唐书》《新五代史》《宋史》《辽史》《金史》《元史》,合称“二十一史”。 ⑧《左编》一史:指王路所撰《花史左编》,简称《花史》。

在鲁迅眼中,小品文的作者“有国时是高人,没国时,还不失为逸士”(《且介亭杂文二集·杂谈小品文》)。陈继儒主要生活在万历、天启年间,死的那年,下距崇祯自缢煤山还有五年,算是“有国”的,也不失为“高人”。自然要高过“有野趣而不知乐”的“樵牧”,“有果蓏而不及尝”的“菜傭牙贩”,“有花木而不能享”的“达官贵人”。但“樵牧”要打柴换米,哪有时间去欣赏“野趣”;“菜傭牙贩”要卖瓜果糊口,哪有资格去品尝它,我以为对他们投以轻蔑的嘲笑,是不公平的。只有那些“达官贵人”,把宝贵的时间和精力,用在声色之娱、游宴之乐上,虽有奇花异卉,也来不及观赏,对之加以鞭挞和批判,是完全应该的。读到这里,不禁要浮一大白。

鲁迅还说:“晚明小品虽然比较颓放,却并非全是吟风弄月,其中有不平,有讽刺,有攻击,有破坏。”(《南腔北调集·小品文的危机》)陈继儒这篇《〈花史〉跋》,谈的虽然是花卉,弄的却不是风月;抒发的虽有些不平之气,落脚点却不在于“破坏”;提倡的是渊明的“寄兴”、东坡的莳花,但丝毫也不是“颓放”。读了它可以提高人们的审美情趣,净化人们的精神境界,其积极意义是明显的。特别是他妙想天开,笔有神助,忽然从“花开花落”的自然现象中,悟出“千万年兴亡盛衰之辙”来,以为那汗牛充栋的《二十一史》,其内涵完全包含在一编《花史》之中,不能不使人想起徐文长赞美汤显祖“此牛有万夫之禀”的话来。盖秦亡汉兴,唐衰宋盛,无非“花开花落”而已。方其盛时,花闹枝头,蝶翻花底,怎不令人魂销?及其既衰,飘扬随风,零落成尘,又怎不叫人气短?然其所以兴,则是花户不断地培育灌溉,及时地修枝剪叶的结果;如果绝其水,断其肥,爪其肤,摇其本,则未有不望秋先衰的。由是知陈公所发的这些感慨,谓之为暮鼓晨钟也可,谓之为投枪匕首也,亦无不可。

（羊春秋）

跋姚平仲小传　陈继儒

人不得道,生老病死,四字关,谁能透过?独美人名将,老病之状,尤为可怜。夫红颜化为白发,虎头健儿化为鸡皮①老翁,亦复何乐?西子入五湖②,姚平仲入青城山,他年未必不死,直是不见末后一段丑境耳。故曰:神龙使人见首而不见尾。

〔注〕①鸡皮:比喻老年人起皱的皮肤。②西子入五湖:西子,即西施。夫椒之战越国战败后,越王献西施于吴王夫差,欲使其迷惑忘政。传说吴亡后,西施与范蠡入五湖而去,不知所终。事见《吴越春秋》等。

宋代战将姚平仲一生的经历,实在是那个荒谬时代的一出悲剧。姚氏字希晏,五原(今内蒙古包头西北)人,世为西陲大将。他自幼便成孤儿,由从父姚古抚养。十八岁那年与西夏人交战,即身手不凡,斩获甚众。靖康元年(1126)金兵进犯宋都开封,他又率军入援京师。只是当时夜袭金营未获成功,他才不得不亡命四川,躲到了青城山里。那年他不过二十来岁。待南宋乾道、淳熙间他再次露面时,已成了一位年逾八旬的老翁了。一位出色战将的大半生岁月,竟被一次偶然的战斗葬送了。这不能不说是宋代贫弱的政治格局所结出的一枚苦果。

但五百年后,隐居江南的大名士陈继儒在为这位宋代名将的小传作跋时,他看到的,却不是一个可悲的姚平仲,而是一个可庆幸的姚平仲。在《跋姚平仲小传》这篇仅有九十个字的小品中,陈氏开首即冷不丁地发问:谁能逃过“生老病死”这四字关?不待回答,他又转而叹道:惟有美人与名将两种人,那老态病况,让人见了尤觉可怜。他似乎也没有什么新奇的理由,只是说红颜变白发,健儿变老翁,实在是再也没什么乐趣可言。他举西施在吴亡后随范蠡游五湖,姚平仲战败后遁入青城山两个例子,说他们未必没有老死的那一天,只是没让人看到末路的丑相,这理论倒是颇为新奇的。也许这正是明代文人与前代人以及后来人观念不同的地方,他们更看重人本身的纯粹的美,而轻视那些与某个具体的人有关联的一切社会的历史的因素。姚平仲的隐居青城山,在我们看来,是失去了作为一名战将杀敌立功的宝贵时光;而在陈继儒看来,却是保全了他最初留给人的英俊勇武、年轻有为的美好印象。这种见解反映了那个时代人对人本身的美的重视,由此也透露出的史家公认的"明人空疏"的消息。

陈继儒在这篇短跋的末尾,提倡做人要像"神龙","使人见首而不见尾",所以他自己二十九岁那年便放火把儒衣冠烧掉,到昆山做隐士去了。据说他晚年还是与达官贵人多有交往,时人讥讽他"翩然一只云间鹤,飞去飞来宰相家"。看来要做"使人见首而不见尾"的"神龙",还是颇为困难的,因为美的呼唤往往敌不过功利的诱惑。

(陈正宏)

游桃花记 陈继儒

南城独当阳,城下多栽桃花,花得阳气及水色,大是秾华[1]。居民以细榆软柳,编篱缉墙,花间菜畦[2],绾结相错如绣。予以花朝[3]后一日,呼陈山人[4]父子,暖酒提小榼[5],同胡安甫、宋宾之、孟直夫,渡河梁踏至城以东,有桃花蓊然。推户闯入,见一老翁具鸡黍[6]饷客,予辈冲筵前索酒,请移酒花下。老翁愕视,恭谨如命。予亦不通姓字,便从花板酒杯[7],老饕一番。复攀桃枝坐花丛中,以藏钩[8]输赢为上下,五六人从红雨[9]中作活辘轳,又如孤猿狂鸟,探叶窥果,惟愁枝脆耳。日暮乃散。是日也,老翁以花朝为生辰,予于酒后作歌赠之,谓老翁明日请坐卮脯[10]为寿。十四日,予与希周、直夫、叔意,挈酒榼,甫出关,路途得伯灵子犹,拉同往,又遇袁长史披鹤氅入城中,长史得我辈看花消息,遂相与反至桃花溪。至则田先生方握锄理草根,见予辈便更冠出肃客[11],客方散踞石上,而安甫、宾之、箕仲父子,俱挈酒榼佐之,董、徐、何三君,从城上窥见,色为动,复踉跄下城,又以酒及鲜笋、蛤蜊佐之。是时不速而会者凡十八人,田先生之子归,骈为十九,榼十一,酒七八壶觞。酒屈兴信，花醉客醒，方苦瓶罍⑫相耻，忽城头以长绠缒酒一尊⑬，送城下客，则文卿、直卿兄弟是也。予辈大喜，赏为韵士。时人各为队，队各为戏，长史、伯灵角智局上，纷纷诸子饱毒空拳，主人发短耳长，龙钟言笑。时酒沥尚余，乃从花篱外要路客，不问生熟妍丑，以一杯酒浇入口中，以一枝桃花簪入鬓角，人人得欢喜吉祥而去。日暮鸟倦，予亦言旋，皆以月影中抱持而顾，视纱巾缥袖，大都酒花花瓣而已。昔陶征君⑭以避秦数语，输写心事，借桃源为寓言，非有真桃源也。今桃花近在城齿，无一人为花作津梁，传之好事者。自予问津后，花下数日间，便尔成蹊。第赏花护花者，舍吾党后能复几人？几人摧折如怒风甚雨，至使一片赤霞，阑珊狼籍，则小人⑮于桃花一公案，可谓功罪半之矣。

〔注〕 ① 秾华：繁盛，娇艳。 ② 菜畦：菜地。 ③ 花朝(zhāo)：旧俗以农历二月十五日为百花生日，称为花朝节，又称花朝。一说为二月初二或二月十二日。 ④ 陈山人：陈鹤，子鸣野，号海樵山人，明代诗人。 ⑤ 榼(kē)：古时盛酒的器具。 ⑥ 鸡黍：指招待客人的饭菜。 ⑦ 花板酒杯：即梨花杯，一种较小的酒杯名。 ⑧ 藏钩：古代的一种游戏。 ⑨ 红雨：比喻落花。 ⑩ 卮脯：酒肴。卮，盛酒器。脯，干肉。 ⑪ 肃客：迎接客人。 ⑫ 瓶罍(léi)：皆为盛酒的器具。 ⑬ 绠(gěng)：汲水用的绳索。缒(zhuì)：以绳悬物使下坠。 ⑭ 陶征君：指陶渊明。征君，经朝廷征聘而不肯受职的人。 ⑮ 小人：地位低的人。此处为作者自称。

这篇山水小品，出于灵窍，吐于慧舌，任性而发，信笔而写，以充满诗情的笔调，点染出秀丽的风光，描绘出高雅的人物，是写景，也是抒情；有叙事，也有议论，有机地把写景、抒情、叙事和议论融为一体，情景相生，物我交融，细腻而自然地表现出作者的生活情趣和审美感受。不造作，不虚浮，洒脱自然，擒纵自如，目之所见，心之所想，随意拈来，便有流水行云之妙，完全摆脱了山水游记的传统写法。题作“游桃花”，却偏偏把主要篇幅去写人的活动，写士大夫的生活情趣，有意避免正面去写桃花。写他们“不通姓字”，在陌生的老翁那里“筵前索酒”“老饕一番”；写他们藏钩为戏，在“红雨中作活辘轳”，像“孤猿狂鸟”似的在那里“探叶窥果”；写他们挈榼出关，沿途拉人，欢饮尽兴，角智猜拳的种种韵事；篱外要客，簪花入髩，月照归途，花瓣满袖的种种狂态。情趣盎然，韵味无穷，具有浓厚的诗情，优美的意境。而于桃花，则淡淡几笔，寥寥数语，写它的秾华蓊然，“相错如绣”，如“红雨”、如“赤霞”而已。或用墨如注，或着色似无，信手涂抹，无不如意。

看似避花以写人，实是即人以写景；看似记游以备忘，实是抒情以见志；乍看全文的重点在写人，细看作者的墨光所射，仍然不离乎花。构思新奇，不落俗套；涉笔成趣，益觉隽永，正是晚明山水小品的艺术特色。

结尾数语，富于感情色彩地发出"功罪参半"的议论，更是拓开奇境之笔。作者从陶渊明"借桃源为寓言"，引出"近在城齿"的桃花溪，而"无一人为花作津梁，传之好事者"，暗示"为花作津梁"者舍我其谁，在感叹中流露了自豪之情。方欣自"余问津后"，不数日而花下成蹊，倡导之功，自然非己莫属了。忽然笔锋一转，写出那些趁热闹、装风雅的俗人，毫无"赏花护花"之心，却像"怒风甚雨"，把好端端一片如绣如霞的桃林，糟蹋得"阑珊狼籍"，渲染出与"赏花护花"极不协调的气氛，以烘托他人之庸俗，"吾党"之高雅。使人联想到柳宗元在《憎王孙文》中所描写的那群小猴。它们喜欢践踏禾稼，毁损花木，见到"山之小草木必凌挫折挽，使之瘁然而后已"，故它"所居山恒蒿"，"所过狼籍披攘"。那些若风雨之摧残花卉的庸夫俗子，不正是"甚可憎"的小猴吗？然而，世之沐猴而冠者，岂止"好践稼"、喜折花而已哉！

（羊春秋）

【作者小传】

李日华

明戏曲、散曲家。字实甫，长洲（今江苏苏州）人。明海盐人崔时佩把王实甫杂剧《西厢记》改编成传奇，他又据崔本加以更订，一般称为《南西厢记》，嘉靖时已行于世。此外，还撰有传奇《四景记》，已佚。所撰散曲，见于《南词韵选》《南北宫词纪》《吴骚合编》等书，今已辑入《全明散曲》。

论书法与人品　　李日华

姜白石论书曰：一须人品高。文徵老自题其米山①曰：人品不高，用墨无法。乃知点墨落纸，大非细事。必须胸中廓然无一物，然后烟云秀色，与天地生生之气，自然凑泊②笔下，幻出奇诡。若是营营世念，澡雪③未尽，即日对丘壑，日摹妙迹，到头只与髹采圬墁之工④，争巧拙于毫厘也。

〔注〕 ① 米山：宋代书画家米芾及子友仁，皆善画山水，所作疏秀脱俗，自成一派，世称为米家山，简称米山。这里指山水画。 ② 凑泊：会合、聚集。 ③ 澡雪：清洗，洗涤。 ④ 髹

(xiū)采圬墁之工：负责涂漆、粉刷的工匠。

唐人裴行俭有句名言："士先器识而后文艺。"南宋词人姜夔(字白石)论书、明代书画家文徵明题画，均本于裴氏之观点，李日华这则笔记中的论述，也是强调作家、书画家应把个人修养放在第一位。

人们常说：字如其人。的确，每个人写出的字都各具特点，不尽相同。作为创造性艺术的书法作品更是如此。唐代草书圣手怀素平生气概轩昂，性情通疏，其书飘逸飞动，跌宕多姿，时人称誉为"醉仙书"；唐代楷书名家颜真卿雄肆笃实、宏伟端庄的字体，原本于他刚正不阿、宁死不屈的浩然正气；而元代赵孟頫一身媚骨，其书则绮丽媚柔。字如其人，究其原因，就在于运笔点墨看似简单，其实正是一个人美学趣味的形象反映。而美学趣味的形成，则又与人的思想品格、性情气质乃至学识修养有着密切的联系。因此，历代书法家都十分强调在谙熟技法的同时，还要努力提高自身的思想境界。

书法是一种高尚的精神活动。书法家进行创作时，必须屏气凝神，排除一切尘杂之念。只有进入思想纯净、精神集中的最佳状态，才能创作出富有鲜明个性的艺术佳品。反之，即使每日临池泼墨，发奋苦练，也难以摆脱尘俗的匠气。

书品出于人品，人品制约着书品。这个道理，值得深思。　　(诸天寅)

竹　册　　李日华

古人称韵士必曰有林下风气，然惟松竹桄榔[①]乃得称林，其他臃肿支离各自傲兀者不与焉。顾竹之生江湖滨者琐细攲斜[②]，其在岩崖窟穴者孤挺无伴，俱非林下。成林之竹，止吴越[③]有之。绘者欲写全林，恐难位置。即全竹根梢俱露者亦无妍态。余友鲁孔孙[④]天资高亮，神用沉郁，居恒袪俗自恣，走入林中，浥其飒爽之气，兴到一呼，墨君登案，疏浓单复，无不尽意。但不作全竹，止以斜梢侧叶遮露于石坳树底，此如半面低眉，美人无限生趣溢出楮间，可谓居多竹之乡而工于选胜者矣，斯真不负林下风气哉！

〔注〕①桄榔(guāng láng)：俗称砂糖椰子。一种常绿乔木，羽状叶。　②攲斜(qī xié)：歪斜。　③吴越：指江浙一带。　④鲁孔孙：字得之，明画家，擅长墨竹。

自曹魏时代有竹林七贤以来，竹与文人韵士便结下了缘分。未有韵士时，竹并不见得清奇，与"臃肿支离，各自傲兀者"没什么区别，有了七贤，竹子的精神才日益显得突出。这段缘分可以说是彼此倾慕、互相发现的。

中国画中竹子占有重要地位,历代画竹者所求实非竹之外形,而是竹之精神,所谓"劲挺振奇节,萧疏拔俗形"。所以,"琐细欹斜"者,"孤挺无伴"者,虽无一而不是竹,但俱无飒爽之气,故不足以取材。作者是深爱竹者,自己工墨竹,且生于多竹之乡,其推举成林之竹正显示了对竹的深切理解。

然而取材正确并不一定就能画出竹下风气,即使画得"全竹根梢俱露",无一遗漏,也无所裨益,反而离真竹更远,画竹的真正秘密在绘画者本身。画者身上要有竹气,要能神与竹游,意与竹会,精神协契,临纸胸有成竹,一气呵成,这样才会"疏浓单复,无不尽意",似与不似,全成妙意,皆有神趣。这种功夫唯有身怀林下风气者才能做到,"断断非尘襟俗韵所能摹肖"。中国画的精粹、灵魂、诀窍其实都在于此。既然竹林就是韵士,韵士神同竹林,写生者倘若非韵士之流,如何能得竹之神韵?因此画竹又是画自己。

此文中评论的鲁孔孙即以此种精神作画,所以深得作者赞赏。他的特点在工于位置,"不作全竹,止以斜梢侧叶遮露于石坳树底",半遮半露,体现出了一个"隐"字。林下风气者即不受羁绊、隐啸山林的名士之风,"欲向山林夸气格,无非倔强与萧疏",所以全竹不如半竹,正枝不如斜梢,加上石坳树底相衬,创造了一个山林旷野的气氛,故意蕴无穷。位置的取舍不只是个技巧问题,没有精神会通的过程,决难获得,可见作画者也是一个深识林下风气的人。

解竹者方能画竹,识画者方能评画,有林下之风才能作此林中写生。中国画之所以在世界绘画林中别树一帜,备受青睐,原因恐怕就在画卷中的无限人格魅力,其引起世界各国画迷的共鸣与倾慕是理所当然的。 (王小舒)

味水轩日记(之一)

李日华

〔万历三十七年己酉岁十月三日〕 客持文衡山[①]着色小景一帧,渲染虚浑用赵文敏[②]家法。一古柏,一草亭,四面竹篆,旁有涧流。上系一诗曰:"茗杯书卷意萧然,灯火微明夜不眠。竹树雨收残月出,清华凉影满窗前。"

又文五峰[③]《溪山飞雪图》一轴,凡层累四五段,杂树大小偃仰,坡麓错沓,深山雪中之观。中段石冈上一人张盖,一人披褐,一童子以袖蒙顶,而皆曳屐,其将为袁安之访乎?上段一舟维坡岸,一舟行树杪,一翁执盖坐舫头,其将为山阴之棹乎？又上一层，作平屋二间，青帷素几，一客拥书孤坐，意态傲兀，岂所谓云隐山房五峰子自寓耶？笔法学营丘、摩诘④，较衡老觉多苍涩之气。大、小阮⑤声价，当付千古后人着眼。

又祝京兆⑥行草《牡丹歌》一轴，仿李太和福清牡丹诗笔意，有元美二字印，又琅琊王敬美图书印，又许氏元复印，又吴中三让里居印，知其为娄东物也。

五峰画题云："隆庆己巳冬十二月至岁终，凡八度飞雪，时寓云隐山房，漫尔写此，以适其兴。"

〔注〕 ① 文衡山：明书画家，初名壁，字徵明，以字行，更字徵仲，号衡山居士，长洲(今江苏苏州)人。　② 赵文敏：赵孟頫，书画家，谥号文敏。　③ 文五峰：明画家，名伯仁，字德承，号五峰。文徵明侄。　④ 营丘、摩诘：营丘，李成，五代宋初画家。原籍长安(今陕西西安)，迁居青州益都(今山东青州)。宋人以营丘为青州的代称，故称其李营丘。摩诘，王维，字摩诘，唐诗人、画家。　⑤ 大、小阮：指阮籍与其侄阮咸，二人都属"竹林七贤"。此比喻文徵明与文伯仁叔侄。　⑥ 祝京兆：即祝允明，明书法家、文学家，字希哲，号枝山，长洲(今江苏苏州)人。官广东兴宁知县，迁应天府通判。

李日华工于书画，擅长鉴别。其《味水轩日记》《六研斋笔记》中颇多品评书画的作品。这则日记，就是其中佳作之一。

有客人携带文徵明画一帧、其侄文伯仁画一轴，以及祝允明墨迹一轴，请作者鉴赏。以日记记之，极容易写成索然寡味的流水账。然而，作者却出以清隽的笔调，语言简洁流畅，如同淙淙山泉流淌，饶富小品的意致。如评文徵明画帧时云："一古柏，一草亭，四面竹篆，旁有涧流。"寥寥数语，描绘出一种清幽的意境。评文伯仁画轴时则云："凡层累四五段，杂树大小偃仰，坡麓错沓，深山雪中之观。"仅用几笔，便勾勒出其山水画岩峦郁密、布景奇兀的特点。作者擅长于山水丹青，又精于鉴别品评，笔端自有一种清隽喜人的风韵。《四库全书·六研斋笔记提要》称，"其体皆类题跋，盖锦褫玉轴，流览既久，意与之化，故出笔辄肖之也"，并非虚言。

不仅如此，这则日记对人物的描写尤具特色。在记述《溪山飞雪图》的观感时，寥寥数笔，就使人如观其画，如睹其形。这自然要归功于他的精湛画技，更重要的是，他在观照画面时还移入了自己的感情，因此能曲曲传神，使那些画面上的人物也仿佛"活"了起来，不再成为山水景物的纯粹点缀。作者驰骋形象思维的翅膀，由层层画面而浮想联翩，"中段石冈上一人张盖，一人披褐，一童子以袖蒙顶，而皆曳屐"，难道他们是像东汉时的洛阳令那样，要在大雪天按行时去寻访袁安这样的贤者吗?“上段一舟维坡岸,一舟行树杪,一翁执盖坐舫头”,难道他也像东晋时居住山阴的名士王徽之那样,要在夜雪初霁时连夜乘兴坐船去拜访戴逵吗?再上一层,“平屋二间,青帷素几,一客拥书孤坐,意态傲兀”,难道这不就是隐逸山中的画家本人的自我写照吗?作者的这种“迁想”,显然渗透了个人的情感。

作者曾官至太仆寺少卿,因其时朝廷昏暗,廷臣结党,互相攻讦,遂洁身引退,“侍养乞休者四十年,杜门却扫,所居曰‘味水轩’,日坐其中,以法书名画自娱”,时或寄情于山水,可见其胸次之高旷。当他观赏文五峰的这轴山林隐士图时,就不期而然地产生共鸣,并且浮想联翩。当我们欣赏这则随笔时,也能够感触到作者所抒发出的那种情感,根据其勾勒的艺术形象,进行艺术上的二度创造,通过再造想象,更深切地感受到画面中人物的神情风貌。

全文并不长,却将所观书画上的题诗、题字、年月、姓名、收藏者的印章都记录得清清楚楚,间或加以考察。“每一真迹,必备录其题咏、跋语、年月、姓名,尤足以资考证。”这也是李日华这类作品的一个特色。　(霍有明)

味水轩日记(之二)　李日华

〔万历三十八年庚戌九月十三日　大晴〕　自颊口起行,五里至高路,五里至横溪桥,十里至岭脚。过车盘岭,五里至顺溪,五里至杨家塘,五里至昱岭关,五里至新桥铺,上老竹岭。岭当两山回合处,岭以东水皆流入太湖,岭以西水皆流入浙江,山势两背相抵,曲涧蛇行其间,万杉森森,四望疑无出窦,而竹岭稍通一线,亦半假人力凿治,真一夫当关之胜也。气候新晴,愈觉澄朗,诸峰晓色,澄翠拖蓝,日光射之,远者如半空朱旗,近者如涂金错绣,丹枫苍桧,点缀其间,万壑屯云,千流漱玉。到此,又思李昭道父子画法不为虚设!大、小米如中书堂,淡审判押,挈其总领而已。山有草花,红媚可人,叶如牡丹而小,土人名之秋海棠。我地秋海棠生墙阴湿地,花如豆蔻,叶如苋,乃断肠草,非此种也。今因改名秋牡丹以配之,且令僮辈携其种回,不知肯滋殖否?度老竹岭西脚,鲍店酒颇醇美。十里至王干巡司广叶岭、钟岭、黄土岭,所谓王干三岭也。一过老竹,即为歙地,山势非不雄壮,而势稍散阔。土人工殖利，山下开塘蓄鱼，虑人窃取，则作砖墙围之。每亘数十百步，以杂树与柏子利薄，多改殖橦子，砟油转售，故无红叶点缀。凿石煅灰，多作窑穴，白垩淋漓可厌。盖陶、白、猗、卓[①]之策行，则孙绰、谢朓、卢浩然之趣不免减损[②]。物之不能两大，固其理欤！又十里，至杞梓里宿。

〔注〕 ① 陶、白、猗、卓：指古代富人陶朱公(范蠡)、白圭、猗顿及卓氏。 ② 孙绰：东晋文学家。谢朓：南齐诗人。卢浩然：卢鸿，唐画家，一作鸿一，字颢然，亦作浩然。

这是一则山水游记。

作者以“侍养乞休”为名引退、回乡之后，除书画自娱外，便纵情于山水之间。万历三十八年庚戌九月八日至二十四日，作者游览齐云山。这则日记所记的便是当天途中的观感。

齐云山在今安徽省南部休宁县境内，有香炉峰、五老峰等胜景。作者先走了几天水路，然后舍舟登岸，开始山行。十二日，到达位于万山丛中的昌化县。“是日，雨不止，衣袍沾湿”，“至结口宿焉”。

十三日早晨，天气大晴，作者自颊口出发，途经高路、横溪桥、车盘岭、顺溪、杨家塘、昱岭关、新桥铺等处，来到了老竹岭。由于雨后初晴，山间景色转奇，在作者眼前展现出一幅“气候新晴，愈觉澄朗”的迷人的风光。面对此景，他自然地产生了一种人在画中的感觉，并由衷感慨“李昭道父子画法不为虚设”。

这种议论，原是针对当时偏见所发。与作者同时的画家董其昌，借佛教宗派之说来论山水画派，分“南北宗”，且尊“南宗”为文人画正脉，影响颇大，形成了当时画坛上崇“南”贬“北”的偏见。且认为李思训之派“非吾曹当学也”(《容台别集·画旨》)。对此，作者并不以为然，相反，却肯定李思训父子的金碧青绿山水画法“不为虚设”。李昭道父子指李思训、李昭道，并称“二李”。李思训是唐画家，擅画山水树石，其用泥金、石青、石绿三种颜料着色，绘“湍濑潺湲、云霞缥缈”之景，金碧辉映开一家法。作者实事求是地肯定李思训父子的创造，并不人云亦云，这是值得称道的。而且，作者并非凭空而发，而是建立在“师法自然”的美学观之上，并基于其亲眼所睹“澄翠拖蓝”“涂金错绣”的自然界风光之上。于是，景、情、论三者在这里得到了和谐的统一。

整则日记中，作者都采用夹叙夹议的手法。如前面描绘刚上老竹岭的观感时写道：“曲涧蛇行其间，万杉森森”，笔墨不多，却即时使人感受到山中的幽邃冷清气氛。而叙述沿途所见景观时，又表达了“物之不能两大”的看法。根据那种

“殖利”造成的“无红叶点缀”和“白垩淋漓可厌”的煞风景现象，得出了“陶、白、猗、卓之策行，则孙绰、谢朓、卢浩然之趣不免减损”的结论。显而易见，作者从观赏的角度出发，是倾向于那种天然之趣的。（霍有明）

味水轩日记(之三)　李日华

〔万历四十年壬子岁八月三十日〕 项于藩示余沈石田仿梅沙弥阔幅山水①，验系临本。题云：“梅沙弥，梅沙弥，水墨真传世有谁？越水吴山开惨澹，墟烟云墅生淋漓。淋漓水无功，惨澹墨胡为？沙弥窃取造化巧，游戏三昧手不知。老夫年老鬓全秃，亦种梅花绕茅屋。五更忽梦见沙弥，急起敲冰写长幅。长幅虽穷意转豪，任渠楮颖日相嘲。沙弥化去不可作，槜里荒烟今寂寞。此图为匏庵先生配云林旧拙笔也②，时正德丙寅秋八月三日。”

沈周此幅真者，为余亡友吴伯度购得，悬之堂中，大有气韵，余每见必袖手恣观嗟赏不已。伯度欲撤以赠，余固辞之，曰：“鄙性喜观古人翰墨，子室中所有将悉置目，焉能尽见与耶？”伯度笑而止。庚子春，伯度访余白苎，曰：“君诞日近矣，将以梅沙弥为寿，何如？”余胡卢③应之。伯度既去，亦忘之矣。俄伯度病胸疽甚剧，余往视别去，忽一僮持画轴追余，且传主命曰：“此向所欲赠者，幸持去，恐负诺责于九原④也。”时已暮色，语又酸甚，因不开视，抵舍展之，则他作极谬者。吴氏故多黠仆，余心知为所易，念伯度善怒，病中不可语，俟其愈日审之。越三日，而伯度绝矣。绝后所蓄书画，纷纷散落，独此不可物色。今对所临，真如活人影像，生气断矣。然念伯度，涕泪犹苏苏也。

〔注〕 ①沈石田：沈周，号石田，“明四家”之一。梅沙弥：即“元四家”之一的吴镇，号梅沙弥。 ②匏(páo)庵：即吴宽，号匏庵，明代书法家。云林：即“元四家”之一的倪瓒，字元镇，号云林子。 ③胡卢：喉间的笑声。 ④九原：春秋时晋国卿大夫的墓地。后亦泛指墓地。

这是一篇悼念亡友之作，感情极为真挚动人。

怀念一个已故的朋友，可追忆的事情自然很多。然而，作者的高明之处，便在于他能抓住生活中的典型细节,紧紧地围绕着一幅“梅沙弥”写起。

作者不仅工于书画,擅长鉴别,并且喜欢收藏前人字画。遇有佳者,辄不惜以重金购之。观其日记,时有远路持字画者上门求售。而其亡友吴伯度,恰也是这样的一位文人雅士。因此,二人志趣爱好极为相投,关系十分密切。

吴镇是元画家,字仲圭,号梅花道人、梅沙弥,嘉兴人。擅画水墨山水,尤其善用湿墨表现山川林木郁茂的景色,笔力雄劲,墨气沉厚,是“元四家”之一。其生活的年代,距作者当时撰写此文已近三百年,存世真迹自然极难购求。即使是一幅百余年前同朝名家沈周的仿吴镇阔幅山水真迹,也属“得之不易”!因此,当“沈周此幅真者”被亡友吴伯度购得后,便“悬之堂中”观赏。作者时常去看望老友,每当他登门拜访,见到堂上这幅“大有气韵”的佳作,“必袖手恣观嗟赏不已”。伯度见状,“欲撤以赠”,作者却“固辞之”。伯度的“欲撤”,是因见到作者如此喜爱,便欲慷慨相赠;作者的“固辞”,则是深知此画得之不易,不愿夺人所好,遂以戏谑之语作托词。而作者的幽默谢绝,及伯度的“笑而止”,又反映出两人平日关系的无拘无束、举止潇洒。文字精练而传神,人物的声容笑貌跃然纸上,作者啧啧赞叹、赏玩不已的神情和戏谑的口吻,朋友的开怀笑语,莫不毕肖。

庚子年春,即作此文十二年前,伯度又去拜访作者。因深知作者心里实爱此画,却又不愿无由受此厚赠,便打算在作者生日时,以祝寿的名义相赠。征询作者意见,作者“胡卢应之”,事后也就忘了。然而,不久老友即得了重病。当作者探视后还家的途中,老友派家僮持画轴追赠作者。后作者明知画被家僮调换,却“念伯度善怒,病中不可语,俟其愈日审之”。对老友的一片深切情谊沛然流溢在字里行间。

赠“梅沙弥”的情节,一次比一次生动;两人的友情,展现得越来越充分;亡友的性格豪爽、深重然诺的形象,也描绘得越来越鲜明。不难理解,为什么老友“绝后”已经十二年,作者的怀念之情犹如此沉痛。当作者突然看到这样一幅临本时,尽管是没有“生气”如同“活人影像”的赝本,却又勾起了对老友的回忆。老友已无法同游,此画已不可物色,不得与老友再同观此画,得无恸乎?二人初以此画相交游,终以此画相诀别,忆及往事,作者不由悲伤抽泣而不能自已,读者也不能不为作者这种沉痛的感情所打动,久久感到心灵上的一种震颤。

这类文章,本应先写与亡友的当年交往,最后写见到临本,引起对老友的怀念。而作者却逆笔倒挽,先从见到临本写起,引起悬念,然后叙述事情的开端和经过,情致宛然,更扣人心弦。　　(霍有明)

味水轩日记(之四)　李日华

〔万历四十三年乙卯正月四日　雨〕 购得盆梅红白二树,树高三尺,各敷五百余花。因忆少时读书亡友吴伯度园斋有蟠梅绿萼者两株,高五尺,结干三层,敷万余花。时望之,万玉玲珑,如珠幢宝盖,香气浮动。每岁首,即已放白。伯度性豪饮,又喜以酒醉客,月下花影中,往往有三四醉人齁卧,醒乃散去。余独取屏障遮围,置床其中,甘寝竟夕,曙色动始起坐,觉遍体肌肤骨节俱清梅花香气中,不知赵师雄罗浮梦视此何如也。俄伯度殁,双梅为徽人购去,移植不得其所,询之,已供爨[1]火矣。乃知盆玩虽微,皆主人福荫所持。唐人牡丹诗云:"看到子孙能几家。"旨深矣。

〔注〕 ① 爨(cuàn):烧火煮饭。此处意为灶。

公安派作家认为,"出自性灵者为真诗",好诗好文,都是"任性而发","一一从自己胸中流出"。从公安派的创作看,尽管"任性而发",多局限于描写自然景物以及日常琐事,抒写"文人雅士"的情怀,但对廓清复古派长期笼罩文坛的死气沉沉的迷雾来说,确曾起到过积极作用。

作者与三袁的活动时期大体相同。从其文学见解看,虽没有标举"性灵",但创作倾向却与三袁十分相似。这篇散文,便可说是"任性而发",抒写出了作者的真情实感。

本文仍是怀念亡友吴伯度。作者因花忆人,由自己购得的盆梅,回忆起亡友的蟠梅,再由此回忆起与亡友交游的往事,最终由蟠梅不得其植而付之爨火,抒发了一种"盆玩虽微,皆主人福荫所持"的感慨。

作者于岁首购回红白梅树两盆,高三尺,各发五百余花,开得十分繁密。然而,他却由此回忆起少时读书亡友吴伯度园斋内那两株绿萼蟠梅;由两株蟠梅,忆起亡友待客的往事。老友性格豪爽,不仅自己喜欢痛饮,而且还喜欢以酒醉客。每当岁首蟠梅怒放时,月明之夜,便邀请客人前来园中赏花对月,侑之以酒。由于主人的盛情,客人们也往往喝得酩酊大醉,在月下花影中齁卧,"醒乃散去"。然而,作者却不同于其他赏花宾客,中夜观之不足,竟至于要终夕伴之。

据《龙城录》载:隋开皇中,赵师雄迁罗浮,一日天寒渐暮,于醉醒之间憩于松林，忽见一淡妆素服女子来迎，与之语，但觉芳香袭人，言语极清丽。持杯相与饮，又一绿衣童子来，笑歌戏舞。"顷醉寝，师雄亦懵然，但觉风云相袭久之。时东方已白，师雄起视，乃在大梅花树下，上有翠羽啾嘈，相须月落参横，但惆怅而已。"这是一个颇具浪漫意味的故事，结尾却不免惘然。而作者起坐时，却充满了愉悦之情：一夕甘寝后，觉得整个肌肤骨节都浸透了梅花的馨香，遍体清芬，俗气皆无，大有脱胎换骨、飘飘欲仙之感。作者不由地产生联想，即使是赵师雄的罗浮之梦，又岂能与此景此情相比呢？这一段描述，完全是"任性而发"，流自胸臆，因而充分地发抒出作者的个性。从作者的这种反客为主，不拘礼数，放浪形骸，恣意寻欢中，表现出的是封建士人的一种闲情逸致，一种"清高脱俗"的幽雅情怀。然而，从某种意义上说，这种清狂无羁，这种随心所欲，"独抒性灵"，也体现出一种对传统的封建礼教的冲击，一种生命本体意义的张扬，一种对自由的渴望，在当时来说不无进步意义。由于发自胸臆，没有矫伪之情，因而能够笔抒心声，连笔也仿佛经过了梅花香气的淘洗，显得清新动人。这样的文章，与那种复古派"视古修辞，宁失诸理"（李攀龙《送王元美序》）所炮制的散发出霉气的"假古董"比起来，自然不可同日而语。

（霍有明）

【作者小传】

袁宗道

(1560—1600)　明文学家。字伯修。公安(今属湖北)人。万历进士。官右庶子。与弟宏道、中道并称"三袁"。论文反对前、后七子摹拟、复古主张，崇尚本色。世称"公安派"。推崇白居易、苏轼。著有《白苏斋类集》。

极乐寺纪游　　袁宗道

高梁桥[①]水，从西山深涧中来[②]，道此入玉河[③]。白练[④]千匹，微风行[⑤]水上，若罗纹纸[⑥]。堤在水中，两波相夹，绿柳四行，树古叶繁[⑦]，一树之荫[⑧]，可覆[⑨]数席，垂线[⑩]长丈余。岸北佛庐道院甚众[⑪]，朱门绀殿[⑫]，亘[⑬]数十里。对面远树，高下攒簇[⑭]，间[⑮]以水田。西山如螺髻[⑯]，出[⑰]于林水之间。极乐寺去桥可三里[⑱]，路径亦佳，马行绿荫中，若张盖[⑲]。殿前剔牙松[⑳]数株，松身鲜翠嫩黄，斑剥[㉑]若大鱼鳞，大可七八围许[㉒]。予弟中郎[23]云："此地小似钱塘苏堤[24]。"予因叹西湖胜境[25]入梦已久，何日挂进贤冠[26]，作六桥下客子[27]，了此山水一段情障[28]乎！

〔注〕 ① 高梁桥：北京西直门外高梁河上所架设的桥。 ② 西山：北京西郊名胜，是太行山支脉，众山连接，山名很多，总名为西山，又名小清凉。涧：夹在两山间的流水。 ③ 道：道路；这里作动词用，是取道、流经的意思。玉河：水源出自北京市西北玉泉山下，流为玉河，汇成昆明湖。出而东南流，环绕紫禁城，注入大通河。 ④ 练：白色的熟绢。 ⑤ 行：经历，引申为吹过。 ⑥ 罗纹纸：一种表面有着像质地轻软的罗那样的椒眼纹的纸。 ⑦ 叶繁：树叶茂盛。 ⑧ 荫：树荫。 ⑨ 覆：遮盖，掩蔽。 ⑩ 垂线：下垂的柳丝。 ⑪ 佛庐：佛寺。道院：道观，道教的庙宇。 ⑫ 朱门：红漆门。绀(gàn)：天青色，深青透红之色。绀殿：绀色的佛、道殿宇。 ⑬ 亘(gèn)：连接。 ⑭ 攒(cuán)：聚集。簇(cù)：丛聚。 ⑮ 间(jiàn)：隔。 ⑯ 螺髻：螺壳状的发髻。髻，把发挽在头顶上打成的结。 ⑰ 出：显露。 ⑱ 去：距离。可：大约。 ⑲ 张盖：打伞。盖，伞。 ⑳ 剔牙松：针叶像牙签一样的松树。 ㉑ 斑剥：色彩相杂的斑点。 ㉒ 围：计圆周的量词，有几种说法，一说"径尺为围"，一说五寸为围，一抱也叫围。许：表示约略估计之词。 ㉓ 中郎：袁宏道(1568—1610)，字中郎。明公安(今属湖北)人，万历二十年进士，曾任吴县令、稽勋郎中等职。与兄宗道、弟中道并称"三袁"，是公安派最有成就的作家，著有《袁中郎集》《觞政》《明文隽》等。 ㉔ 钱塘：古县名，即今杭州。苏堤：在杭州西湖，宋苏轼知杭州时所筑，横截湖面，中为六桥九亭，夹道植柳。 ㉕ 胜境：优美的境地。 ㉖ 挂进贤冠：进贤冠，古代儒者所戴的缁布冠。汉制，自公侯下至小吏，以三梁、二梁、一梁分别贵贱，元以后废除这一规定。挂冠，弃官而去。 ㉗ 六桥：见前"苏堤"注。客子：旅居异地的人。 ㉘ 情障：情怀。

晚明文坛上的公安派，反对前后七子的复古主张和对古人作品的摹拟剽窃，标榜"独抒性灵，不拘格套"，以清新活泼的文字，"一扫王(世贞)李(攀龙)云雾"(《公安县志·袁中郎传》)，解放了文体，对散文的发展作出了贡献。由于当时宦官专权，政治腐败，朝中党派斗争剧烈，一般不敢参加斗争、又不愿同流合污的士大夫，多遁迹园林，寄情山水，想求得精神上的解脱和乐趣。公安派的领袖"三袁"(袁宗道、袁宏道、袁中道三兄弟)就是这样的人物。他们在那种环境里，又受到李贽"童心"说的影响，创作不是为着表现生活，而是为着表现"心灵"，因此，多描写自然景物和身边事，追求"韵"和"趣"。他们的一些清丽的山水小品，写得非常出色。

《极乐寺纪游》为袁宗道在北京任职时所写。全文可分三段，第一段写高梁河一带的景色。作者公事之暇，出北京西直门，往极乐寺游览。当他向西北行至高梁桥时，立即被美丽的风光吸引住了。文章就从桥下的流水写起："高梁桥水，从西山深涧中来，道此入玉河。"这个起笔，寓描写于叙述之中，通过交代高梁河水的来龙去脉，绘出了辽阔的意境。接着，文章描写水的状态，用"白练千匹"作比，高梁河水从上游到下游，既清澈又明亮，像千万丈白色的熟绢在轻轻晃动，给人以柔和洁净之感。再看近处的水面上，微风吹过，激起层层微波，“若罗纹纸”，大自然画出的图案多么美妙！开篇至此是第一段的第一个层次，这一层写河水，并以水带出其他景物。文章接写河堤，这是第二层。先点明堤的位置是在水中。“两波相夹”，这一隽语令人想起李白的诗句“两水夹明镜”，如果移来形容这条堤，一定十分恰当。至于堤面上的景物，也很有特色，文章写道：“绿柳四行，树古叶繁，一树之荫，可覆数席，垂线长丈余。”我们读到这里，不禁为之神往。且不说二三月春水平堤，柳烟凝碧；八九月长堤秋柳，依依可爱；就是作者面临的垂柳迎风，翠堤如带，也已经十分动人了！它使人联想到“柳浪闻莺”的胜境。第三层写高梁河两侧的风光。先写瞭望河北岸时看到的异境：“岸北佛庐道院甚众，朱门绀殿，亘数十里。”作者以撩人的彩笔，勾画出了一个庞大的宗教建筑群的形象，激起人们的游兴。我们可以体会到，这所谓“方外”之地，对于袁宗道这样厌恶腐败朝廷，抽暇出来换换空气的士大夫，是有很大的吸引力的。作者在这里看似泛写河北的景物，实际上是为下文写游极乐寺暗示去处。这正是文中的紧要之笔。接着，再写河南岸景物：“对面远树，高下攒簇，间以水田。西山如螺髻，出于林水之间。”这几句写出了另一种境界，绿树青山，田园如画，既恬静，又淡雅。那里虽不是作者这次出游的目的地，但是对于从泥淖般的官场中走出来的作者来说，望之怎不感到心胸开阔，烦忧顿消，而且悠然意远呢？这一笔紧接“朱门绀殿”的描写之后，从侧面烘托了主题。第一段以高梁桥为立足点，随着视线的转移，分上面三个层次鲜明地描绘出了高梁河一带的景色。虽未提到极乐寺，但极乐寺已隐于笔端；虽未言情，而情已寓于景中。这样写不但耐人寻味，而且为下文埋好了伏笔。

第二段紧接上文，写游览极乐寺。先交代寺的位置，但是文章只说它距高梁桥“可三里”，却没有点出方向。这是为什么呢？因为上文已写明“岸北”有许多“佛庐道院”，不言而喻，极乐寺即其中的“佛庐”之一，方位是在高梁桥之北。不过，上文说那些寺院相连有几十里长，所以这里点明极乐寺与桥的距离是非常必要的。作者用笔既惜墨如金，又极其绵密。接着，描述去极乐寺的路径，作者先叙述自己总的观感，然后再以形象的描写来加以坐实：“马行绿荫中，若张盖。”这与上文所写的堤柳相映成趣。然而，这些行道树又与堤柳不同，不是“垂线长丈余”，而是“若张盖”。作者的笔触十分细腻，同是写佳树美荫，却写出其差别，别有一番情趣。这里，作者虽是写路上的景色，但他自己也已融入景色之中，成为“景”的一个有机组成部分。我们仿佛看到，作者骑着马在绿荫下行走，而那些树木就像打着一把把绿色的伞,侍立在道旁,俨然一幅活灵活现的图画。在描述路径之后,文章突接殿前剔牙松的描写,而极乐寺的殿堂院宇以及作者在寺内的活动等,皆一字未着。这是因为上文关于"佛庐道院""朱门绀殿"的描写中,已包括着极乐寺的形象,极乐寺的建筑与一般寺庙相仿;同时,作者在寺内的游览情况,也没有特殊之处,读者完全可以凭借自己的生活经验,把它们想象出来,文中无须赘述。而且,不写还更能调动读者的想象。这种文笔,真是既俭省,又传神,达到了"不着一字,尽得风流"的化境。至于殿前的几株剔牙松,作者形容它们的形态是:"松身鲜翠嫩黄,斑剥若大鱼鳞,大可七八围许。"这的确是不同寻常的古松,值得一写。而且,松树的经霜不凋,与作者不愿与恶势力同流合污,在精神上有相通之处,这大概也是他特别留意几株古松,并给予细致描绘的原因之一吧。第二段写极乐寺之游,只就路径和剔牙松加以点染,主要部分全用虚写;通过暗示和启发,使读者"思而得之",收到了"镜花水月",倍觉鲜妍的效果。

第三段写游极乐寺的感想。文章从作者的弟弟袁中郎的话着笔,袁中郎说:"此地小似钱塘苏堤。"此语概括了极乐寺一带的景色特点,不但照应了上文关于河堤的描写,而且使文中先后所写的各种景物都连成一片,在读者心中形成完整的画面;同时,令人想起杭州苏堤的风光,并以之对心目中极乐寺一带的景色进行调整和补充,使极乐寺风景区显得更为优美。作者写出他弟弟的话,既总结了上文的景物描写,又交代了同游的还有他的弟弟袁中郎。笔法巧妙,不露痕迹。而且,这样写还引出了此游的感想,达到卒章显志的目的。文章紧接袁中郎的话之后,很自然地写道:"予因叹西湖胜境入梦已久,何日挂进贤冠,作六桥下客子,了此山水一段情障乎!"作者的这一番感叹,表面上只是表示自己酷爱游山玩水,因思慕"西湖胜境",连官也想弃而不为了。其实,这里曲折地表达了他对腐败朝廷的不满,有挂冠入山之意。他并不是只因酷爱山水,便想弃官闲游,而是因为厌恶当时官场的黑暗,才加剧了遁迹园林、寄情山水之思。作者记极乐寺之游,以愿"作六桥下客子"作结,不但奏出了更为响亮的山水赞歌,而且使读者听出了他的弦外之音。如此以侧笔点睛,真是去路悠然,挹之不尽。

纵观这篇文章,作者通过景物描绘,抒写了不愿与阉竖权奸同流合污的情怀。一字一句都是"从自己胸中流出",确是"独抒性灵"之作。还应看到,当时具有这样的思想感情的士大夫,并不是个别的,所以,作者虽是抒写自己的个性,却表现了朝中一部分不愿助纣为虐,想从园林山水中获得精神解脱的士大夫的共性。可以说,文中抒写的是一种典型情绪。

在写法上,本文完全打破了一般游记文的“格套”。第一段以全文一半以上的篇幅,描写高梁河一带的景色,绝口不提极乐寺。但是,读者从下文的启示中,却领悟到写高梁河一带的景色,正是在写极乐寺及其附近的风光。第二段明写游极乐寺,却对寺内游览活动一字不提,把这个在游记中通常要详加记述的部分,完全留给读者去体会,去想象,使读者得到更多的美的享受。还有,关于同游者的姓名,按游记通常的格式,要放在篇末加以说明,但是本文却通过记述其弟袁中郎对景色的评论,顺便带出,显得自然、巧妙。凡此种种,都使读者在会心之余,感到韵味深长,妙趣横生。再就语言来说,不用典,不拾古人牙慧,既平易,又凝练,生动形象,色彩鲜明,具有散文诗的情味。　(陈玉麟　苏来琪)

陶编修石篑①　袁宗道

吴越间名山胜水,禅侣诗朋,芳园精舍,新茗佳泉,被兄数月占尽,真不虚此一归。而弟也,踯躅一室之内,婆娑数树之间,得意无处可说,虽居闹市,似处绝崖断壑,耳目所遇,翻助愁叹,乃知世外朋俦,甚于衣食,断断不可一刻不会也。岑寂中,读家弟诸刻,如笼鸲鹆②忽闻林间鸣唤之音,恨不即掣絛裂锁③,与之偕飞。家弟④书云:“石篑无日不禅间一诗,弟无日不诗间一禅。”禅即不论,诗可录数篇教我。杖履所至,应有纪述,并乞录寄。燕中求友,亦甚艰难,近又寻得一人,曰颜与朴,相遇无几,又别去矣。此君气和骨硬,心肠洁净,眼界亦宽,第学问稍有异同处,家弟亟口赞叹,令弟今秋倘得俊⑤,偕计入都,可得晤谈矣。社友颇参黄杨木禅⑥,非是不聪听,不精神,可惜发卖⑦向诗文草圣中去,一时两散,关山万里,从此耳根恐遂不闻“性命”二字。熟处愈熟,生处愈生,亦可虑也。谢宛委从塞上来,闲谈二日,稍破寂寞,惜便别去。拙诗数首,请正。聊见近况。

〔注〕 ① 陶编修石篑:陶望龄(1562—1609),字周望,号石篑,会稽(今浙江绍兴人)。曾官翰林院编修。 ② 鸲鹆(qú yù):鸟名,八哥。 ③ 掣絛(tiáo)裂锁:抽出绳子打开锁。絛,丝带。 ④ 家弟:此指其弟袁中道。 ⑤ 得俊:科举及第。 ⑥ 黄杨木禅:禅宗指参禅者久参不悟之语。如黄杨木生长缓慢,遇闰年还反缩一寸。 ⑦ 发卖:卖弄。

这是一篇书信体小品,信中表达了作者向往山林的心态和对朋友的思念之情。

开头一节文字，作者先把自己的都市生活与友人啸傲山林的生活加以对比，从而表现了作者对山居生活的向往。遨游名山胜水，结交禅侣诗朋，居于茅园精舍，品尝用佳泉浸泡的新茶，这些都是晚明士大夫阶层所追求的一种山人名士的生活。而这些生活情趣让友人石篑独自领略了，因而作者非常羡慕，说他"真不虚此一归"。接着，作者由友及己，写到了自己的生活：徘徊于斗室之内，盘旋于数树之间，没有朋友可以交谈，虽然居于闹市，却好像处于绝崖断壑之间，所见所闻，没有一种景物不使作者忧愁感叹。因而作者急于想见到朋友，其"甚于衣食，断断不可一刻不会也"一句，生动地表达了这种迫切心情。在百无聊赖之中，当读到家弟所刻诸书时，自然"如笼鸲鹆忽闻林间鸣唤之音，恨不即掣絛裂锁，与之偕飞"。这种比喻，进一步写出了作者对都市生活的厌倦和寂寞难耐的情景以及对山林生活的无限向往。

接着，作者把话题转到求友之难上。在燕地寻求朋友，颇不容易，而好不容易寻得一颜与朴，却又匆匆别去。颜与朴是个什么人呢？"气和骨硬"写其外柔内刚、刚柔相济的性格，"心肠洁净"写其不同流俗、冰清玉洁的心灵，"眼界亦宽"写其高远超人的识见。"家弟亟口赞叹"一句，又从侧面衬托出其为人之好，这样的人，谁不愿意与其结交呢？因而作者说，"令弟今秋倘得俊，偕计入都，可得晤谈矣"，表达了与之清谈的愿望。清谈是晚明山人名士生活的一个重要部分，不善清谈，则无以为名士，至于清谈的内容，则以禅语及所谓山林会心语为主，其目的不外表现其人之通脱、达观、辩机与才华。晚明的小品作家大都有点名士派头，因此袁宗道也不免此习。接着，作者又向对方谈了社友参禅的情况。禅宗人物的言行，带有非常浓厚的艺术气氛及浪漫色彩，再加上一层宗教的薄纱，使人可望不可及，愈觉其高，甚合山人名士的脾胃。

这篇小品在艺术上即兴写来，任情挥洒，意到笔随，追求的是一种"情""趣"与"韵"。情即个性，读此小品，作者向往山林、善于清谈的名士派头可以想见，读其文有如见其人之感。趣即性情见诸言行举止。作者通过对友人的诉说，将举止言行，生活起居之小节写入文章，体现了作者率性而行、追求闲情逸致与魏晋以来所崇尚的高蹈嘉遁境界的情趣。韵是"趣"的净化。从作者在文中所体现的这种"韵"，我们可以发现有道家的自然，佛家禅宗的顿悟，士大夫的闲雅和艺术的人生观。在写作技巧上，作者灵活地将口语夹进文字，有时是自叙，有时是引述他人之语，用最直接的方法将自己的个性思想鲜明地表现出来，给人以清新轻婉之感。

（王少华）

【作者小传】

程嘉燧

(1565—1644)　明诗人、画家。字孟阳,号松圆、偈庵,休宁(今属安徽)人,寓居嘉定(今属上海)。少不羁,弃举子业,学剑未成,乃折节读书。工诗,时人称之为“松圆诗老”。论诗主张先立人格,然后有诗格,反对诗坛剽窃摹拟之风,所作风格清丽温婉。善画山水,偏于闲静,也画花卉。与唐时升、娄坚并称“练川三老”,加李流芳合称“嘉定四先生”。有《松圆浪淘集》《偈庵集》《破山兴福寺志》等。

与郑闲孟　　程嘉燧

每得兄①书,必娓娓竟幅,琐细曲折,真当面谈。去冬闻饮量大减,情兴萧飒,并不得兄一字,固已悬念。夏间正叔长蘅书中②,乃闻兄病渐损眠食,久欲奉讯。前发家书时,偶一恸,遂不能执笔。大抵吾辈多属情痴,少年志猛气盛,又不自爱,今各半百,垂白③衰病,岂非应得?屈指交旧,入鬼录④者,侥幸已多。若论五浊恶世⑤,阳焰空花⑥,本不足沾恋。兄是有信根⑦人,趁此病苦,当勤精进,如救头然⑧。平日信服,不论僧俗胜友道师⑨,得其一言半偈,自求解脱,悬崖撒手,明了一大事,所谓朝闻夕死,正在于此,才不枉却平日些子⑩聪明也。身方在二千里外,循方乞食巴吉家口⑪,作法语⑫相劝勉,岂不可笑!然正可见世缘如恶又聚爱网⑬,极罨杀⑭好汉。兄比我有女无子,省却大半挂碍,勿作世人“有子万事足”蠢话头死见识下寻求也。急亲近明眼人求出头路,千万千万!吾乡既无国医⑮,宜谨慎调养,少进药物。彦逸⑯友爱极笃,当用吾言,不更作字。

〔注〕 ① 兄:即郑闲孟。闲孟,郑允骥字。《(嘉庆)直隶太仓州志》卷三十七:“字闲孟,博闻强记,诗长于五言古,所交皆知名士,尤与李流芳善,时以李郑并称,为诸生,不得志,纵酒自放而没。”程嘉燧《松圆偈庵集》卷下有《祭郑闲孟文》,注为“乙丑夏”,知其卒于天启五年(1625)。 ② 正叔:唐正叔,诗人。程嘉燧有《过唐正叔僧房》《过唐正叔郊居漫题索和》诸诗。唐时升(1551—1636)有《唐正叔诗稿序》,言其少即工于制艺之文,后连年不得志。长蘅:李流芳字,程嘉燧与唐时升、娄坚、李流芳合称为“嘉定四先生”。 ③ 垂白:白发下垂。谓年

老。 ④ 入鬼录：指人过世。鬼录，迷信者所谓阴间死人的名簿。 ⑤ 五浊恶世：佛教谓尘世中烦恼痛苦炽盛，充满五种浑浊不净，即劫浊、见浊、烦恼浊、众生浊和命浊。 ⑥ 阳焰：指浮尘为日光所照时呈现的一种远望似水如雾的自然景象。佛经中常用以比喻事物之虚幻不实者。空花：佛教语。隐现于病眼者视觉中的繁花状虚影。比喻纷繁的妄想和假相。 ⑦ 信根：佛教语，二十二根之一，指信三宝（佛、法、僧）四谛（释迦牟尼最初说教的内容，即苦、集、灭、道四谛）等道理者。根，梵文意译，涵义为能生，为促进增生作用的根本，如眼根能生眼识。 ⑧ 如救头然：比喻不能等待，要立即去做。《大般若经》："勤修精进，如救头然。"然，通"燃"。 ⑨ 胜友道师：良友与道行高深者。 ⑩ 些子：少许，一点儿。 ⑪ 循方乞食：指僧人顺着所行的方向向施主乞食，不作选择。巴吉：在贵州义兴市东南，今作"巴结"。 ⑫ 法语：宗教的教言。 ⑬ 爱网：犹情网。佛教谓人受其束缚，如坠网中，故称。 ⑭ 罨（yǎn）杀：捕杀。罨，捕鸟的网。 ⑮ 国医：中医师旧称。 ⑯ 彦逸：郑闲孟弟，名允骕。

这封书信是问候病中的友人郑闲孟的。程嘉燧此时已皈依佛教，此信中劝友人拜师修佛是真诚的，所表达的观点也是自己对生死的深切感悟，因此才会劝郑闲孟看破红尘，皈依佛门才是正道，才能解脱疾病带来的烦恼："兄是有信根人，趁此病苦，当勤精进……不论僧俗胜友道师，得其一言半偈，自求解脱，悬崖撒手，明了一大事，所谓朝闻夕死，正在于此，才不枉却平日些子聪明也。"所以程嘉燧用的是佛家对生命和尘世的看法，认为红尘充满欲望、污浊与虚幻，是为"五浊恶世，阳焰空花"，本不值得留恋，言下之意是即使离开它也没有什么值得留恋的。程嘉燧这样劝说友人，并不是说友人生死无所谓，而是让友人这样看淡生死，反而可以精神放松，不胡思乱想，有利于康复。从这样的劝说中也可以看出两人友谊之深厚，一般朋友会顾忌对方不能深解自己的用意，甚至会曲解。

在安慰别人的时候，一般的友情深厚且能起到作用的方式，就是找自己和对方的共同点，拉近彼此的心理距离。就如苏轼《临江仙·送钱穆父》中的"人生如逆旅，我亦是行人"，王勃《送杜少府之任蜀川》中的"与君离别意，同是宦游人"。很显然，程嘉燧在劝生病的郑闲孟时，也以这个方式来安慰他。如"大抵吾辈多属情痴，少年志猛气盛，又不自爱，今各半百，垂白衰病"，即说明自己和友人一样都是年过半百，都是因为年轻时同样的心性而衰老生病；又说"兄是有信根人"，此时病中应该看淡一切，自求解脱。除此之外，程嘉燧还在无法从两人的共同点中找共同点时，"贬低"自己之所有，"抬高"对方之所无。如说"兄比我有女无子，省却大半挂碍"，自己有子友人无子，且当时的主流思想是"有子万事足"，虽然程嘉燧很可能是真心感觉自己有子而"挂碍太多"，郑闲孟未必能接受这种说法。但是郑闲孟即使不接受这种观点，他反而更能感受到程嘉燧对自己的真心关切之情，因为这样他更会觉得程嘉燧是为了安慰他才会这样"贬低"自己有儿子这件"完美"的事。这种处处从友人的角度来安慰的话语，正能体现友情之深和友人期待自己尽快病愈的善意。

与苏轼、王勃不同的是，程嘉燧安慰的是生病的人，而且这位友人面临疾病困扰且病情不算乐观。从作者劝友人“少进药物”可以看出，郑闲孟及其家人有“病急乱投医”之嫌，说明病情不算轻，此时一般的吉言安慰诸如让对方放心病肯定会好之类，是不可能起到安慰的作用的；程嘉燧佛家思想的看淡生死的道理，也未必能说服郑闲孟。尽管如此，作为友人的郑闲孟即使未必接受程嘉燧的劝慰之语，但是他能感受到友人对自己的关切与挂念，这种关切所伴随的温暖与真情，自然会起到安慰的作用。（袁　茹）

【作者小传】

谢肇淛

（1567—1624）　明文学家。字在杭，福建长乐人。万历进士，官至广西左布政使。博学，工诗文。初服膺王、李复古之学，已而醉心于王稚登，风调谐合，不染叫嚣之习，为当时闽中诗人领袖。有《小草斋集》（诗集）、《小草斋文集》、《五杂组》、《文海披沙》、《长溪琐语》、《北河纪》、《滇略》等。

寄郑孟麐　　谢肇淛

家室至。得手书甚慰，兼悉近况。

水部①自不恶，而河上翁②尤不恶。俗言纷纷，但患贫耳！而贫非不佞所患也。老母在堂，不乏菽水③；先人敝庐，足以蔽风雨；百亩之田，足以供饘粥④。视一二善官者，诚贫；回首作措大⑤时，已过之远矣！

吾尝谓人生苟存一知足之心，何官不可为？何地不可居？如不知足，则卿相不已，必思帝王；帝王不已，必思神仙；神仙不已，必思作玉皇大帝。而元会运世、百六阳九⑥之期，于心尚以为未足也。

历观古今人所为，知止知足、不贪得、不竞进者，皆虚言耳。以敬通、仲翔⑦，塞门不仕，左对孺人⑧，右顾稚子——此天下之至乐，而犹然怨天尤人，赍志⑨长恨，至谓“死之日，以青蝇为吊客，使天下有一人知己，死不恨”！宁知知己之有无，于自家面目分毫有何干涉⑩？此仆所常考镜千古，而不胜窃笑者也！

〔注〕①水部：官署名。②河上翁：此借指治理河流之官员。③菽(shū)水：豆和水。常作敬养父母之称。④饘(zhān)粥：稠粥。⑤措大：旧指贫寒的读书人，含轻慢意。⑥元会运世、百六阳九：古代的一种计时概念，此极言时间之长。⑦敬通、仲翔：指冯衍和虞翻。冯衍，字敬通，东汉辞赋家。曾从刘玄起兵，玄死，从光武帝，未受重用。后因事免官，潦倒老死。江淹《恨赋》：“至乃敬通见抵，罢归田里。闭关却扫，塞门不仕。左对孺人，右顾稚子。”虞翻，字仲翔，三国吴经学家。《三国志·吴志·虞翻传》裴松之注引《虞翻别传》：“生无可与语，死以青蝇为吊客。便天下一人知己者，足以不恨。”⑧孺人：古时对妻子的通称。⑨赍(jī)志：怀抱大志。⑩干涉：关系。

对于凡胎俗骨而言，贪欲是一种与生俱来的情感。置身于纷乱污浊、弱肉强食的尘世之中，很少有人能完全摒弃对于身外之物（诸如官位、名誉、金钱之类）的追求。围绕着对物质欲望的追求，人类历史上曾上演了多少尔虞我诈甚至残酷血腥的活剧。因此，人类自身的欲望对人类造成的危害有时甚至可以超过自然的灾害。

幸好人类毕竟已经超越了野蛮蒙昧的自然动物状态，人类在走向文明的过程中为自身制定了种种法律以及道德伦理规范，这些外在的准则多少限制了人们对物质欲望的追求方式，然而所有这一切有时却显得异常的苍白无力和不堪一击。难填的欲壑促使着个人、集体、民族直至国家为满足无休止的欲望而不择手段地进行争斗，贪欲经常成为罪恶和堕落的渊薮。

既然外在的规范和准则不能根绝欲壑难填所带来的丑恶，于是有时人们转而寻找个体对自身的精神约束，以洁身自好来对抗外来的诱惑。作为一种精神素养，在中国封建社会时代，就有一些知识分子以无欲无求、淡泊明志、知足常乐等信念来克制自己的物质欲望，明代文学家谢肇淛在这封小简中就表述了他知足常乐的生活准则。

谢肇淛当时正出管治河事务。一般人都认为这种职务油水甚少而不愿出任，但他却表示“贫非不佞所患也”，以为“有百亩之田，足以供饘粥”。但对于当时许多为官者来说，物质贪欲是无止境的，绝非仅“供饘粥”就可以满足的，他们即使地位再高、寿祚再长，也“于心尚以为未足”。这既是对贪得无厌者的一种针砭，也是对自己的一种警诫。

除了物质贪欲之外，人还有精神上的需求，它也表现为欲望。这种精神欲望，只要是建立在有益于人类发展或者不损害他人利益的基础之上，就是无可非议并且可以提倡的。如果一个人真的无欲无求、心如止水，那么他的存在也就没有意义了。作者却以东汉的冯衍和东吴的虞翻为例，指责他们虽已“塞门不仕”，却仍有得一知己的欲望，这实际上并未彻底做到“知止知足”，因为“宁知知己之有无，于自家本来面目分毫有何干涉”？平心而论，这样的指责至少是言重了，因为精神的需求实在是不同于物质的贪欲的。（卢　强）

【作者小传】

袁宏道

(1568—1610)　明文学家。字中郎，号石公。公安(今属湖北)人。万历进士。官吏部郎中。有文名，与兄宗道、弟中道，并称“三袁”，在“三袁”中成就最高。他是“公安派”创始人，思想受李贽影响较深。论文反对前后七子摹拟、复古主张，强调抒写“性灵”。著有《袁中郎全集》。

小修诗叙[1]　袁宏道

弟小修诗，散逸者多矣，存者仅此耳，余惧其复逸也，故刻之。弟少也慧，十岁余即著《黄山》《雪》二赋，几五千余言，虽不大佳，然刻画饤饾[2]，傅以相如、太冲[3]之法，视今之文士矜重以垂不朽者，无以异也。然弟自厌薄之，弃去。顾独喜读老子、庄周、列御寇诸家言，皆自作注疏，多言外趣，旁及西方之书，教外之语，备极研究。既长，胆量愈廓，识见愈朗，的然以豪杰自命，而欲与一世之豪杰为友。其视妻子之相聚，如鹿豕之与群而不相属也；其视乡里小儿，如牛马之尾行而不可与一日居也。泛舟西陵，走马塞上，穷览燕、赵、齐、鲁、吴、越之地，足迹所至，几半天下，而诗文亦因之以日进。大都独抒性灵，不拘格套，非从自己胸臆流出，不肯下笔。有时情与境会，顷刻千言，如水东注，令人夺魄。其间有佳处，亦有疵处，佳处自不必言，即疵处亦多本色独造语。然予则极喜其疵处，而所谓佳者，尚不能不以粉饰蹈袭为恨，以为未能尽脱近代文人气习故也。

盖诗文至近代而卑极矣，文则必欲准于秦、汉，诗则必欲准于盛唐，剿袭摹拟，影响步趋，见人有一语不相肖者，则共指以为野狐外道。曾不知文准秦、汉矣，秦、汉人曷尝字字学六经欤？诗准盛唐矣，盛唐人曷尝字字学汉、魏欤？秦、汉而学六经，岂复有秦、汉之文？盛唐而学汉、魏，岂复有盛唐之诗？唯夫代有升降，而法不相沿，各极其变，各穷其趣，所以可贵，原不可以优劣论也。且夫天下之物，孤行则必不可无，必不可无，虽欲废焉而不能；雷同则可以不有，可以不有，则虽欲存焉而不能。故吾谓今之诗文不传矣。其万一传者，或今闾阎妇人孺子所唱《擘破玉》《打草竿》④之类，犹是无闻无识真人所作，故多真声，不效颦于汉、魏，不学步于盛唐，任性而发，尚能通于人之喜怒哀乐、嗜好情欲，是可喜也。

盖弟既不得志于时，多感慨；又性喜豪华，不安贫窘；爱念光景，不受寂寞。百金到手，顷刻都尽，故尝贫；而沉湎嬉戏，不知撙节，故尝病；贫复不任贫，病复不任病，故多愁。愁极则吟，故尝以贫病无聊之苦，发之于诗，每每若哭若骂，不胜其哀生失路之感。予读而悲之。大概情至之语，自能感人，是谓真诗，可传也。而或者犹以太露病之，曾不知情随境变，字逐情生，但恐不达，何露之有？且《离骚》一经，忿怼之极：党人偷乐，众女谣诼，不揆中情，信谗赍怒⑤，皆明示唾骂，安在所谓怨而不伤者乎？穷愁之时，痛哭流涕，颠倒反覆，不暇择音，怨矣，宁有不伤者？且燥湿异地，刚柔异性，若夫劲质而多怼，峭急而多露，是之谓楚风，又何疑焉！

〔注〕 ① 小修诗叙：公安派代表人物袁宏道的第一篇文论，明万历二十四年(1596)作于吴县令任上。小修，宏道弟中道的字。 ② 飣餖(dìng dòu)：亦作“餖飣”，指堆砌文辞。③ 太冲：指西晋文学家左思，太冲为其字。 ④《擘破玉》《打草竿》：明万历年间广为流行于南北各地的民歌曲调。“打草竿”又作“打枣竿”。 ⑤ 赍怒：暴怒。

有这么一种说法，谓袁宗道是公安派的倡导者，笔者对此断断不敢赞成。或谓：宗道先生是袁中郎的胞兄，他的《论文》上下篇，你可读过？先生主张为文以达为主，反对前后七子摹拟雷同于古人，其意与乃弟何异？如何不是倡导者？后生小辈不学无识，如何可妄议先贤？对曰：唯唯、否否，然而不然。那是形似，不是神似。《论文》主达、主独创则有之矣，却又言古人亦须学，不学古人，不知古人独创之理，怎能自家去创；《论文》反对前后七子则有之矣，却又说李梦阳文章也有可取，李攀龙、王世贞集子也有佳处。一篇文字，做得曲曲折折，吐吐吞吞，面面皆至，四平八稳。然而，这管用么？能打倒王、李么？你要劝阻友人大日头下赶路，该如何说？是说：友君，大凡人足不出户，不见阳光，必非长寿之道。是故日光之浴，于身体实大有益焉。只是现下日头太毒，走出去恐有中暑之忧，还是请缓行吧。还是说：这该死的太阳，要晒死人的，你此刻出去，不要命了？既然如此，诸君可知道那时节王、李的影响力之大之巨？可曾听说过"黄茅白苇，弥望皆是"的形容？那何尝不也是赤日炎炎？此时还容你从容说法、徐徐道来么？此时须得振臂狂呼，戟指怒骂，须髯尽张，目眦欲裂；须得将王、李之流骂个一无是处，狗血喷头，令人直欲唾，直欲杀；须得叫王、李末流徒孙读你之作，拍案大骂、抵之于地犹不足，还要跳到大街上骂你是当世第一个混账文痞；须得叫王、李的叛臣贰子及茫然不知所从者流读你之作，长声高吟、焚香肃拜之不遑，还要袖了你的文，逢人便拉了共赏，赞你是当世第一个巨眼先觉。唯有如此，你的言论，始有破坏力、冲击力，始能震人耳目，发人盲聩。宗道先生的《论文》，有此效力否？所以，宗道先生是名士，但此处却是拘儒，非达士快人之所为。

而中郎此文则不然。你看他开头数语，便令凡庸者咋舌。司马相如、左太冲又怎的？当今名士自矜可垂不朽者又怎的？中郎只待以全文中最短的一句话："弃去。"直是不屑多语。这是大雨前狂风的青萍之末，然已不凡矣。接下几句，语语是说小修，却语语是中郎自家的眼光。喜异教之学，以豪杰自命，中郎何尝不然？有妻儿，是穿破棉衣走荆棘丛般的牵扯；恋家乡，是癞蛤蟆的想头：这也是中郎的妙喻。惟惺惺始识惺惺，中郎胸中若无这番境界，安能推赏乃弟？行文至此，只觉无一语不鲜奇，无一语不是习俗之反调，足可预感到此文将开出新天地；犹如见天中风声大作、电光闪闪，则知倾盆大雨之至不远矣。果然，"独抒性灵，不拘格套"，一声焦雷，震绝凡俗。"性灵"，犹之言性情也。凡人谁无性情，诗，抒发你性情即可。汉魏盛唐之法，明明是他家的门户，如何你拆来装在自家门框子上，日日夜夜进进出出、而欣欣然自谓是出身华府？你不觉没出息、无志气么？你没门扇，宁可翻墙出去，姿势虽然不雅，到底是你自已想的进出之法，虽是"疵"，却胜似拆来的"佳"。"独抒性灵，不拘格套"，说得何其明快而又截然！这是公安派的宗旨，是中郎用以指麾冲决王、李罗网的令旗。相形之下，宗道先生标举白乐天、苏东坡，以白、苏的铁皮铜钉门换了汉、唐的朱漆大门，面目虽然一新，却还是傍人门户，毕竟落了第二义，这也是笔者不敢许之为公安派倡导者的因由之一。

言归正传。文由小修的"佳处"导入近代文人的拟古蹈袭恶习，笔势流转之至，犹如雷声的隆隆余势，传向天边。便在这余势将尽未尽处，轰然又是一声大响。"诗文至近代而卑极矣"，一笔骂倒，一网打尽，痛快之极。这场大雨，由雷电交加，蓄势已足，终于喷然而下了！以下数十句，文势成一直线，绝无一丝后缩，如狂泻、如猛注，劈头盖脑，淋漓酣快。什么两京大赋，什么建安风骨，什么李杜文章，中郎大声断喝：都去他的吧！"代有升降""法不相沿"，我有我的法，我自会变法，要他何来？雷同汉魏者，一文不值，岂能传世？自创其法者，值价千金，谁能废之——何等的惊世骇俗之语！王、李之徒听此惊雷，能不震得面如死灰？尚在懵懂之辈能不个个如雷开蛰户、欣然喜跃？那么，汉唐这般好文章，还看不看、学不学——若有人这么发问，中郎已断然作答：不看！不学！"无闻无识"，不受古人拘束，最好！你不见里巷民歌，只唱自家喜怒哀乐，何尝有一点汉唐影子？那才是真性灵，就照那样去做罢！那么，就这样心里有什么，手底写什么，哭便写哇哇，笑便写哈哈，措词上不讲究点古朴典雅，笔法上不注意些含蓄委婉，能写出传于后世的好诗么——若有人又这么问，中郎又已断然作答：只须你哭非装哭，笑非假笑，就这么写，便是真诗。真诗，便是好诗，便能传于后世。还怀疑什么！说得是再明白不过了，当真是快同并州剪、爽若哀家梨。闻听此说，谁不会幡然大悟，操起笔就直写自己胸中性情，又省力，又好扬名后世？谁还愿学王、李那一套，写一句对一遍古书，又吃力，又惹人笑？雨过天青，空气鲜美，谁不愿畅快呼吸，自由舒展？谁还会追恋那雨前的沉闷昏暗？

请读者注意，这是在明万历二十四年，正式树起公安派旗帜的袁中郎先生的文论。钱牧斋云："中郎之论出，王、李之云雾一扫。"面对弥天云雾，了无一丝惊骇，挥起鲁阳回日戈一般的大扫帚，朝天空霍霍扫去，这便是袁中郎。若无这种冲决一切的气概、这般傲瞰今古的魄力、这等肆意挥洒的笔势，仅仅是持论上相似，又安能算真正的公安面目、公安精神？若只看到其论说的犀利，而不击节激赏其以一介无名之士排击"诗坛祭酒"、以孤身一人力挽时俗流弊的胆识与勇气，又岂是真知袁中郎者？至于后世貌似公正者，言道：中郎之功甚巨。然而说得太过头了，弄得人不重文学修养，随手涂抹就算是诗。一时风雅扫地，中郎亦不得辞其咎焉。云云。噫，此辈岂只是宗道先生的拘儒而已，直乡愿耳，安足与言知世论人之道哉！

（沈维藩）

会心集叙[1] 袁宏道

世人所难得者唯趣。趣如山上之色、水中之味、花中之光、女中之态,虽善说者不能下一语,唯会心者知之。今之人慕趣之名,求趣之似,于是有辨说书画、涉猎古董以为清,寄意玄虚、脱迹尘纷以为远,又其下则有如苏州之烧香煮茶者。此等皆趣之皮毛,何关神情?夫趣得之自然者深,得之学问者浅。当其为童子也,不知有趣,然无往而非趣也。面无端容,目无定睛,口喃喃而欲语,足跳跃而不定,人生之至乐,真无逾于此时者。孟子所谓不失赤子[2],老子所谓能婴儿[3],盖指此也,趣之最上乘也。山林之人,无拘无缚,得自在度日,故虽不求趣而趣近之。愚不肖之近趣也,以无品也,品愈卑,故所求愈下。或为酒肉,或为声伎,率心而行,无所忌惮,自以为绝望于世,故举世非笑之不顾也,此又一趣也。迨夫年渐长,官渐高,品渐大,有身如梏,有心如棘,毛孔骨节俱为闻见知识所缚,入理愈深,然其去趣愈远矣。余友陈正甫,深于趣者也,故所述《会心集》若干人,趣居其多,不然,虽介若伯夷、高若严光,不录也。噫,孰谓有品如君、官如君、年之壮如君、而趣如此者哉!

〔注〕 ①《会心集叙》:明万历二十五年(1597)作于徽州。《会心集》,袁宏道友人陈所学所编,今不存。陈所学,字正甫,景陵(今湖北天门)人,官至山西巡抚,时任徽州知府。 ②孟子所谓不失赤子:见《孟子·离娄下》:"大人者,不失其赤子之心者也。" ③老子所谓能婴儿:见《老子》十章:"专气致柔,能婴儿乎?"

李卓吾一篇《童心说》,袁中郎昔取其下半幅,化而为《小修诗叙》;今又取其上半幅,化而为本篇。然《小修诗叙》将卓吾的"童心者之自文",结括为"独抒性灵",解得更彻,当属青出于蓝;而本篇则将"童心"暗换成"趣",说得更活,亦可谓别具风味了。

房内挂一幅松竹立轴,说是慕其高;房外种几盆冬梅秋菊,说是喻其志;架上置几具青铜尊爵,说是爱其古;地下焚一炉龙涎瑞脑,说是静其心。一部佛经,一杯清茶,凝神危坐,若有所思。出门环睹,无非酒肉尘埃,于是慨叹举世皆浊;入室自顾，触目古色古香，于是深喜唯我独清——这等角色，既自许为知雅趣者，常人见之，大抵也不敢不以知雅趣者归之。无奈若八字里注定着要撞上袁中郎的扫帚笔，那就惨了，免不得给扫落了“雅”字头巾，挑开了“趣”字长衫，活脱脱露出遍身刺着的“俗”字。字画也，古董也，寄意玄虚也，烧香烹茶也，哪般算不得风雅道上物？今言其俗，非但角色们将大鸣其冤，恐怕读者也将大惑不解。然而中郎自有一张利口、三寸辩舌叫你不容不服：砌假山、修树木，巧则巧矣，总不是真山色，自然葱绿；造琼浆、酿玉液，甘则甘矣，总不是真水味，自然清冽；莳异花、养名卉，贵则贵矣，总不是真花光，自然辉映；描丹铅、梳云髻，丽则丽矣，总不是真女态，自然婉转。彼砌与修、造与酿、莳与养、描与梳，皆出自人力，欲缘此求自然之趣，无异于缘木求鱼。袁中郎既已豁然说破这一层，读者想也欣然首肯这一说，那么，人生之趣，又怎能从辨字画、识古董中得之？徒知烧香烹茶之徒，又怎么不是皮相之士，怎么不是似雅而实俗？

山上之色，唯苍岩翠树间有之；水中之味，唯清溪白石间有之；花中之光，唯在桃之夭夭、灼灼其华；女中之态，唯在巧笑倩兮、美目盼兮。此色、此味、此光、此态，莫不是天然浑成、不假人力的，然则人中之“趣”，也唯有于自然而然的“人”中得之，识见、道理、礼教、宗法，都是人力所为，与“趣”何涉？中郎在《小修诗叙》里，第一推崇民间“无闻无识真人”所作民歌；此篇将最不知道理的孩童尊为最有趣者，也是出于同一机杼、同一心迹：民歌正因其随口唱出，最是自然之音，最不符格律，所以纯然是真诗；孩童正因其面容变幻无常，手足动跃不停，最是自然之人，最不合礼法，最不守规矩，所以纯然是真趣人。但是，人大抵总要不幸而长大，而成人的，如孟子所言“不失其赤子之心”的“大人”、如老子所言“专气致柔”的“婴儿”，又少得绝无仅有，大抵多少总有些儿“懂事”；而本篇又偏偏是写给成人读的，成人若自觉没了“趣”，个个痛哭流涕、不复聊生起来，将为之奈何？然而不须着忙，中郎自有妙药。第一是遁形山林，山林中人最不涉外界，所有“识见”顶多是樵采渔猎之术，所知“道理”顶多是不偷不抢、供养爹娘，绝不会诵诗读经、知书达礼。这般以食色为天性、自自在在了此一生，虽不免长大成人，心思却与孩童相去无几，说是真趣人，也八九不离十了。但山林毕竟有限，芸芸众生到底还得在皇上的文治光华下度日，又为之奈何？然而这也不打紧，中郎告诉大家：你不见那与“士君子”正相对照而又截然相反的“愚不肖”么？士君子处则且为良民，进则将为良吏，是以官府禁令不敢不从，宗庙灵位不敢不祭，婚丧喜庆不能操办得惹人闲话，衣食住行不能出格得令人侧目，算计下来，在礼法下奔走的日子多，大约也没空寻“趣”。愚不肖则不然，平居时全不存为人伦楷模的志向，睡梦里也不转作朝廷栋梁的念头，一味地沉酣酒色、纵情声乐。说他是堕民，也怡然处之；笑他是浪子，也不见回头：你骂你的，我行我的。虽不免应酬亲友时要一番客套，逢迎尊长时要尽到礼数，但算计下来，还是自得其乐的日子多。这般得了空便从心所欲，马马虎虎，也可算有趣之人。世间最没“趣”的是什么人？辨字画、识古董自然不算有“趣”，但照中郎的说法，这等角色还知道“慕趣之名、求趣之似”，沾了点“趣”的皮毛，因此不过可卑可厌而已。唯有那年岁又长、官位又高、替朝廷卖力的抱负又大的正人君子之流，真个儿动静不逾常矩，俨然是一代完人，浑身散发着礼教宗法之“理”的气味，那才是纯然无“趣”之人，非但可卑可厌，且又可憎可怕！如此看来，“理”之害人不浅，“趣”之专为救人，“趣”与“理”之作对，还不一目了然么？

中郎说“趣”唯会心者可知，笔者费了许多口舌，读者大约亦已会心了吧？如还嫌“趣”的定义不明，则笔者只有引《童心说》一段以明之了：“夫童心者，绝假纯真、最初一念之本心也。若失却童心，便失却真心；失却真心，便失却真人；人而非真，全不复有初矣。”“趣”，不就是“童心”么？中郎口口声声要人领会“趣”，不也正如卓吾老子奋力疾呼要人不“失却童心”么？《童心说》之震世骇俗，读者当无不知者，然则本篇标举“趣”字，其意义又焉可小看？（沈维藩）

识张幼于惠泉诗后[1] 袁宏道

余友麻城丘长孺[2]东游吴会，载惠山泉三十坛之团风[3]。长孺先归，命仆辈担回。仆辈恶其重也，随倾于江，至倒灌河，始取山泉水盈之。长孺不知，矜重甚。次日，即邀城中诸好事尝水。诸好事如期皆来，团坐斋中，甚有喜色。出尊取磁瓯，盛少许，递相议，然后饮之。嗅玩经时，始细嚼咽下，喉中汩汩有声。乃相视而叹曰：“美哉水也！非长孺高兴，吾辈此生何缘得饮此水！”皆叹羡不置而去。半月后，诸仆相争，互发其私事。长孺大恚，逐其仆。诸好事之饮水者，闻之愧叹而已。又余弟小修向亦东询，载惠山、中泠泉各二尊归，以红笺书泉名记之。经月余抵家，笺字俱磨灭。余诘弟曰：“孰为惠山？孰为中泠？”弟不能辨，尝之亦复不能辨，相顾大笑。然惠山实胜中泠，何况倒灌河水？自余吏吴来，尝水既多，已能辨之矣。偶读幼于此册，因忆往事，不觉绝倒。此事政与东坡河阳美猪肉④事相类，书之并博幼于一笑。

〔注〕 ① 张幼于：张献翼。惠泉：指无锡惠山泉。 ② 麻城：今湖北省麻城市。丘长孺：名坦，字坦之，号长孺，湖北麻城人。武举出身，官至海州参将。与袁宏道兄弟为挚友。 ③ 团风：地名，在今湖北省黄冈市境内。 ④ 东坡河阳美猪肉：宋苏轼闻河阳猪肉美，使人购之，猪中途逸走，买者以他猪代之。轼之客不辨而美之。后事发，诸客皆惭。见苏轼《仇池笔记》。

“好事每供梅月水，清斋长试谷前茶。”这是袁中郎赠给他所推崇的苏州大名士王稚登的诗句。好事和多情一样，本是名士风流的一种。若不好事，日常过活与常人一般，便不显其名士的与众不同；若不好事，便难以发泄胸中才情，不能使人知名士者究竟何如。所以，王稚登的供水试茶，雅致高品，是真好事，中郎亦极赏识。不过，如本是常人，却扮出不凡之貌，本乏才情，还强要卖弄：这等假名士，侥幸不撞见真名士，算他造化；若撞着时，那就不免要领教真名士的另一番风流工夫——嬉笑怒骂了。中郎不消说是真名士，而于嘻笑怒骂一道，偏生又深得其中三昧。你看他《锦帆集》《解脱集》的笔法，锋利时自锋利，刻薄时也刻薄，便如《水浒》中董平的双枪一般，使得既流利又精神，左盘右旋，风雨不透，所以能骂倒李攀龙、王世贞这般庞然大物。麻城那几个，不过小巫而已，不必劳动中郎的双枪，只须祭起那管刻薄枪或云嘻笑枪便足矣。只是中郎平生最爱一个“真”字，“假”门诸君落到他的笔底，便是小鬼见阎王，无论如何也休想超生了。

闲话休多，且看本文。丘长孺是个带有狂生气的快士，本属中郎的“我辈中人”，只是风鉴似乎差了些，遂误将城中假好事当作真名士，未免可笑。但最可笑的还是这班假好事，长孺一招，居然一个不漏地端着名士架子来了，将盛着名为惠山泉水、实是倒灌河泉水的坛子团团围定，“甚有喜色”。这并非是为尝水而喜，喜的是今朝躬逢盛会，身价自然大增，可厕于名流之列了，犹如小妖食了唐僧肉，便可长生不死，如何不喜？尝水大典开始，我辈既忝为名流，如何可亏待了这金茎玉露？所以粗碗是断断盛不得水的，须是细磁小盆，浅浅地注上少许，多也多不得，多了便是哗哗地倒，便不合名流雅致，名流岂是牛饮之辈？我辈既惠然肯来，这“品水名家”之号，自然不敢多让，“惠泉水”之清之澄之不凡，也自然凿凿可辨；此时正是卖弄的好时辰，机不可失，所以且不忙饮，第一须先把高论去惊动四座——只可惜肚里毕竟有限，所以听来只是一片嘎嘎之声，不见一首《赋得惠泉水》的五言四韵做出来。好容易议毕，正式进入品尝。我辈名流又岂是猪八戒吞人参果，食而不知其味？且看我辈如何深得这“品”字之神——先是鼻翼鼓动，凑在水面上作深呼吸，这惠泉水中清香，俗物岂能识之？知己在我辈耳。其次是啜一口,含在嘴里细细咀嚼。水至软者,何须用牙齿?笑话,君不闻苏东坡"滑者水之骨"的妙语?我辈定要吐出水的骨头让你俗物吓一跳!终于要咽下去了,可心中实在不舍——一经下肚,卖弄的午时三刻便过了!万般无奈、无限留恋之下,这水才一小口、一小口过喉。"喉中汩汩有声",这不会是长孺的转述之语,定是中郎超人想象的神来之笔,是一篇的颊上三毫!读者至此,始不仅如见丑态,且如闻丑声,中郎之状丑,直如曹将军之画马,筋骨毕现!若使金圣叹、毛宗岗评本文,定要在此句下重重批上"恶极妙极"四字。文至此,形容已至于极矣,然而中郎还不罢休,定要叫他们面面"相视"——一网打尽,无人能免;定要叫他们高叹"美哉"——亲口招供,无可抵赖。假物丑物,若不赶尽杀绝,怎显得中郎这管刻薄枪的锐不可当!半月后,真相大白,一班假好事,只落得一片"愧叹"之声,与前"相视而叹""叹羡不已"之声恰好相映成趣。一个"愧"字,足以死人,甚于杀、甚于剐。但中郎又何必费牛刀去杀之剐之呢?所以只消轻轻一句"闻之愧叹而已",便犹如薄薄一纸鬼画符,将这班东西送进了鬼门关。麻城诸君撞上中郎,造化真是低了。

不过,不是真能辨水者,就讪笑了假知水者,也不能尽服人心。这一点,中郎还是细心地想到了,所以文末他便补了一笔。然而他又不屑与麻城那班俗物作比,所以中间又插进袁小修一段,和乃弟相比,始不失身份。如此,文章也有层递之妙。但此妙远不如形容丑态之妙,这里不多说了。　（沈维藩）

识伯修遗墨后[1]　袁宏道

伯修酷爱白、苏二公,而嗜长公[2]尤甚。每下直,辄焚香静坐,命小奴伸纸,书二公闲适诗,或小文,或诗余一二幅。倦则手一编而卧,皆山林会心语,近懒近放者也。余每过抱瓮亭[3],即笑之曰:"兄与长公,真是一种气味。"伯修曰:"何故?"余曰:"长公能言,吾兄能嗜,然长公垂老玉局[4],吾兄直东华[5],事业方始,其不能行一也。"伯修大笑,且曰:"吾年止是东坡守高密时[6],已约寅年入山[7],彼时才得四十三岁,去坡翁玉局尚二十余年,未可谓不能行也。昔乐天七十致仕,尚自以为达,故其诗云:'达哉达哉白乐天。'此犹白头老寡妇,以贞骄人,吾不学也。"因相与大笑。

未几而伯修下世。嗟乎!坡公坎坷岭外,犹得老归阳羡[8];乐天七十罢分司,优游履道[9]尚十余年。使吾兄幸而跻下寿[10]，长林之下，兄倡弟和，岂二公所得比哉？弟自壬辰得第[11]，宦辙已十三年，然计居官之日，仅得五年。山林花鸟，大约倍之。视兄去世之年，仅余四载。夫兄以二老为例，故以四十归田为早，若弟以兄为例，虽即今不出，犹恨其迟也。世间第一等便宜事，真无过闲适者。白、苏言之，兄嗜之，弟行之，皆奇人也。甲辰闰九月九日，弟宏道书于栀子楼[12]。

〔注〕①识伯修遗墨后：万历三十二年(1604)作。时袁宏道隐居于公安(今属湖北)故乡。伯修，宏道兄宗道的字，宗道已于万历二十八年(1600)去世。②长公：指苏轼。③抱瓮亭：袁宗道在京居所的亭名。④长公垂老玉局：苏轼晚年任提举成都府玉局观。⑤吾兄直东华：指袁宗道时以右春坊右庶子充皇长子日讲官。⑥吾年止是东坡守高密时：苏轼39岁至41岁知密州。袁宏道与袁宗道同仕于北京时，宗道亦年39岁至41岁。⑦已约寅年入山：寅年，指万历三十年(1602)壬寅。袁氏兄弟及陶望龄、黄辉等名士在京谈禅论佛，为执政者所恶，因相约于万历三十年一齐去官。⑧阳羡：今江苏宜兴。⑨履道：洛阳履道里，白居易晚年所居。⑩下寿：古人以六十为下寿，一云八十。⑪壬辰得第：袁宏道万历二十年(1592)壬辰中进士。⑫栀子楼：袁宏道在公安居所的楼名。

白乐天、苏子瞻、袁伯修，给袁中郎的笔一搅，全给缠一起了；非但如此，他自家也跳进了这个茧团，四个人翻滚作一团，难分难辨。到底是卓尔不群的袁中郎，看起古人来也与众不同。前后七子之徒，标举汉魏之文、盛唐之诗，横一个"必"、竖一个"必"，顶礼膜拜，奉古人如阎罗天尊。袁伯修名斋曰"白苏"，其爱二公无人不晓；袁中郎之爱二公，若细看《瓶花斋集》，便也知实在也不减乃兄。然而爱则爱矣，敬则敬矣，他二人却待古人始终如佳宾、如老友，不曾露半点奴相婢态。公安派终能扫涤复古派，其原因世人论列了许多许多，唯公安诸士那副平视古人的神情，却不见有人好好描说过，实是大可遗憾的事。

此文是题在伯修遗墨上的，故先从伯修处写起。这起头一笔便含有深意。每有余暇便要肃然焚上一炉香，端正了姿态书写白、苏二公诗文，写不动时，便看看也好——这等流连不倦，谓之酷嗜、酷爱，有何夸张？然而袁伯修之爱白、苏，却不是葫芦提照单全收。李攀龙嗜古嗜到抛了今地名不用，用古地名，这便如爱美人爱到她嗑下的瓜子壳，既属可笑，亦复不得要领。伯修则不然，所写所读所乐者，单在一个"闲适"——山林也、懒放也，皆悠然会于我心者，故我取之；若是高头讲册，则何有于我？惟有作如是想，始是真能读古书者；惟有如此待古人，始真堪与古人作友。伯修能如此写、读，已是可儿；中郎能知赏其所写所读，更具眼力。这一对好兄弟在一处谈论起古人来，自然可听。接下一段，在一笑二笑三笑之中，将白、苏与“我”拉得近近的，两兄弟平视古人的神情跃然纸上。先中郎这一出口便一鸣惊人：“坡仙”与乃兄，一个费尽心思地“言”，一个现现成成地“嗜”，居然相提并论了！狂妄乎？不然也。言者能道得“闲适”浑成，固然高明，然不逢知音，岂不将寂寞千古？晋人有言：“正索解人亦不得。”这嗜者如何可缺？嗜者不是学步者，只是古人已止于至善，他便甘心服善，不肯再添蛇足，胸中光风霁月，原不比古人少，如何不可并肩古人？此中郎之意也，常人听说，自当惶恐逊谢、连称不敢不敢者三，不料伯修却顺着竿子就朝上攀，出语益发石破天惊：东坡又怎地？我还打算比他早离魏阙呢！乐天又怎地？他的“达”我还不放在眼里呢！古人又怎地？我最爱慕的古人又怎地？好便好，不好也须调侃上几句！将自家与白、苏并列，世人已要瞠目了，再将自己压住白、苏，世人直要暴跳了；然而伯修能说，中郎能会，相视而笑，莫逆于心——人间真有这等好兄弟！再下一段，“嗟乎”一声，笔意转而沉重，念及伯修已逝，笑声亦为之戛然。然沉重则沉重矣，中郎平视古人之意未少减。先假设寅年之约果然成行，兄弟山林聚首，倡和之乐，即白、苏亦不能比拟——不是么？东坡晚年念念不忘与子由同住，却至死不能如愿；若伯修不早逝，苏家兄弟地下闻说袁氏昆仲之乐，能不羡杀？再看如今，虽只剩一人，却既已四十不到便抽身，自可笑傲白、苏了，与之并称为“奇人”，又有何愧色？——古人固然巍乎高哉，却也不是不可仰攀的！

或曰：此篇主旨，全在“闲适”二字上，袁中郎鄙弃仕禄，追求身心自由，胸中有这等境界，你为何不说上一说？曰：此文乃中郎一时兴到之作耳！两年后他又重新名登《缙绅》了。文中“即今不出，犹恨其迟”云云，便如《聂化南》一文中“永作逍遥缠外人”一般，他生性放达，不为自家所言拘缚，你却信以为然，抱着赏玩不置，不亦迂乎？故笔者于文中所谈闲适之情，一字不及，单提他如何平视古人，不亦宜乎？

（沈维藩）

碧晖上人修净室引　　袁宏道

净寺有圣僧二。其一余不知名，亦不识面貌，每日以沉湎为工课。凡所得斗米尺布，尽以沽酒。酒酣，则拳两手相角，左胜则左手持杯饮，右亦如之。或指草束木桩，相对嫚骂，或唱或哭，或作官府叱喝之声，或为皂卒[①]，坐复跪，跪复坐，喧呼不达旦不休。室中一破灶，一折脚床，经年不见人，唯酒尽间出一募化[②]而已。寺僧恶之甚，余独喜之，呼为“酣圣”。夜深无聊，尝与诸友穴窅③窃听以为乐。

其一即碧晖，晖貌若老妪，儿童呼为碧婆。持具断荤，不饮酒，爱登山，虽猱④宫鬼穴，务穷其胜。尝从余于天目、白岳，以此知之。性喜收茶供宾客。听经三期，入西洞庭一，登天台二，涉潮音洞三。余尝戏谓晖，它时见阎罗，脚色甚可观。晖然之，以此一意行脚。虽其履历与酣圣大不相类，然身心轻快，无室无徒，颇亦同之。近日始有教之修净室、学坐禅者，余谓碧晖自此多事矣。昔余乡有一匠，箧中常贮数金，鳏居⑤二十年，无日不饮酒欢歌。余作秀才时，与之为浪友。后因年饥，有讽其娶妻者，匠利其直少取之。不一二年，憔悴欲死，朝夕奔波，无糊口之策，始悔其妻之多也。碧晖，尔无以庵为若悔哉！晖攒眉曰："是，是。然此诸檀越意也，晖不敢拂。"虽然，晖若无庵，他日余辈过西湖，安得好茶？是可庵也夫，是可施也夫！

〔注〕 ① 皂卒：下役、杂役。 ② 募化：化缘。 ③ 穴窅(yǎo)：从孔隙中远望。 ④ 猱(náo)：猿类。 ⑤ 鳏(guān)居：独身无妻室。

李太白一生好入名山游，袁中郎半生好与怪人游。少年时节，他与爱吃蜈蚣蝎子、爱踞坐痛饮、见人讲礼貌就光火的醉叟，与打着绑腿、粗衣破帽去教坊朱栏喝美酒、玩美人的唐医，以及本文里那位同乡匠人，都着实浪荡过一阵。世人只知道袁中郎作诗不拘格套，见了笔意奔放的徐文长诗便如痴如狂；却不知他这人就是最不守规矩的，见了异人怪物就最亲近。若不是这样的人，又哪来这样的诗文？如今中郎虽说年届三旬，又有了官身，不能如年轻时那般狂放了，但旧习毕竟难改，一见到杭州净慈寺区区小庙出了两个怪物，一个疯头疯脑，一个呆头呆脑，便禁不住浑身痒将起来。疯头疯脑的见不着面，挖个洞偷听一会也好；呆头呆脑的容易上钩，干脆拖了一块去游山玩水。听了拖了，还不解气，凑巧那呆头呆脑的要盖净室，正需有篇募捐文来招人布施，于是他那管痒痒的扫帚笔也终于发了利市，划弄出了一大篇胡说八道。

疯头疯脑的，袁中郎刻画得极生动，极传神：这醉鬼和尚，成天懒在破床上，就着破灶头，不是喝，便是发酒疯。疯起来的花样经也好生可观：他会自己和自己比赛着打架，会和稻草人木头人吵嘴，会不是唱戏胜似唱戏地通宵达旦闹腾——这不是地地道道的疯子是什么？呆头呆脑的，中郎勾勒得极简略，却也极传神：中郎戏谓他脚色好，他却一本正经地“然之”，一心一意行脚；施主们要给他盖净室，他不敢不从，中郎说净室盖了不好，他也道“是，是”——这般把别人的笑话当补药吞，又全无主见，不是呆子是什么？这两节的刻画与勾描，显出中郎摹写人物的功力，自不可谓不精彩。然而读此文者，肯定不会首先去赏叹这些，因为劈头第一句“净寺有圣僧二”已将读者震得忘了什么摹写之工了。既说是“圣僧”，浅学者便马上希望下文跑出《西游记》里的唐三藏，博学者也可能联想到鸠摩罗什、慧远、慧能一类高僧，殊不料出场的却是疯子和呆子。“圣僧”？莫非袁中郎也疯了呆了不成？然而中郎自有他的道理。僧人不是讲究个“禅定”么？照中郎看来，禅定也有大中小三等可分。什么数息静坐、吐纳导引之类眼观鼻鼻观心的勾当，都只算作防病的“小定”、防老的“中定”，做起来极其枯寂不堪。少壮能有几时，怎能虚耗在这种“浮泛不切之事”上？至于李卓吾传授的“大定”，就崭然不同了。那是生病也算定，衰老也算定，游览灿烂名园，追逐粉黛歌女，统统是“定”。这么自在度日，“无处非定”，才是真正的“禅定”。既然如此，酣圣的沉湎酒中、发疯发痴，碧晖的一意行脚、穷览名胜，都属“身心轻快”、无拘无束、任性而为，这不已经修炼到了“大定”了吗？既已臻于禅定的最高境界，岂可不谓之“圣僧”？净慈寺里的长老、首座、书记、维那，就算一个个苦苦面壁、戒律精严，细细算来也只能勉强挤入“中定”，如今碧晖也要“修净室、学坐禅”，岂不是向长老、首座看齐，由大定倒跌进中、小定？袁中郎的讨厌妻子，咒之为“撇之不得、傍之可厌”，读者在《孤山》中业已领教了；他的那位同乡匠人放着自在饮酒的日子不过，反去讨便宜老婆，自己找枷扛，中郎已是极为痛惜的了。如今碧晖也要丢了“圣僧”的排场，往净室的笼子里钻，中郎能不出力阻挡，喝一声“休得后悔”么？

此文的结束也是绝妙的：碧晖不是有“喜收茶供宾客”的“性”么？那么，造个净室让他烹茶待客，以遂其本“性”，总还不算辱没了他“圣僧”的体面——至于“学坐禅”，那就免了罢。中郎真是妙人，在发了一大通反对修静室的谬论之后，又转而赞成修净室；而这赞成的立足点，又与反对的立足点相同！这等妙文，不解语者读过，自然休想指望他捐一文；若逢上真识趣者，则碧晖的受施之富，是可想而知的了。 （沈维藩）

与董思白书　　袁宏道

一月前，石篑见过，剧谭五日。已乃放舟五湖，观七十二峰绝胜处，游竟复返衙斋，摩霄极地，无所不谈，病魔为之少却，独恨坐无思白兄耳。

《金瓶梅》从何得来？伏枕略观，云霞满纸，胜于枚生《七发》多矣。后段在何处，抄竟当于何处倒换？幸一的示。

万历二十四年(1596)夏，袁中郎在苏州吴县已做了一年多的县令，感到乏味透顶，不料又患上疟疾，一病数月，心绪甚恶。这封给董其昌的信写于当年十月间，信中回顾月前陶望龄来访，得以快谈遨游，病亦为之少却，但又遗憾董其昌不在一起，表达了对友人的思念。然而这封信最引人注目的是对当时新出现的小说《金瓶梅》的激赏，在现有资料中，它是有关这部奇书最早的文字记载，对于研究《金瓶梅》的成书和传播都有重要的价值。

中郎是学识宏富、交游广泛的人，当他从董其昌处借得《金瓶梅》，初读之下即感到十分诧异："《金瓶梅》从何得来？"可见在这之前他对这部奇书还一无所知，问语中流露出按捺不住的兴奋和惊喜。进而他又情不自禁地赞叹这部奇书非凡的艺术魅力："伏枕略观"，即觉如云蒸霞蔚，美不胜收，使自己这个长期卧病之人有霍然病愈之感，这种神奇的鉴赏效应，远远胜过当年枚乘的《七发》。汉代枚乘的《七发》写楚太子患病，吴客去探问，逐次叙说音乐、饮食、车马、游观、田猎、观涛、论道等七事，指出腐朽的享乐生活的弊害，最后以"要言妙道"使楚太子"涊然汗出，霍然病已"。中郎以《金瓶梅》与《七发》相比，也许他已看出《金瓶梅》含有某种讽世之意吧。他把世所公认的汉代名文与当时尚不被人知而又不登正统文学之堂的小说相提并论，且竟认为前者不如后者，充分显示了这位"公安派"首领倡性灵、反僵化的文学主张以及独特的鉴赏眼光。10年后，中郎又在《觞政》中称《金瓶梅》为"逸典"，将它与《庄子》、《离骚》、《史记》、《汉书》、李白、杜甫等并提，这种异乎寻常的推许，说明在《金瓶梅》问世之初，中郎即已敏锐地看出这部书的重大价值，他真不愧为《金瓶梅》的知己了。

"后段在何处"云云，说明中郎当时看到的《金瓶梅》只有前半部，他渴欲一睹全豹，且要抄录珍藏，故急切向董其昌探问。可惜现在我们看不到董其昌的回信，不然对于这部奇书的来历也许可以知道得多一点。

董其昌字玄宰，号思白，华亭(今上海松江)人，以书画负重名，但居乡豪横，为乡人所愤。《骨董琐记》谓其"老而渔色，招致方士，专讲房术"。他之所以收藏《金瓶梅》，也许意不在文学鉴赏吧。

(吴战垒)

答梅客生[①]

袁宏道

一春寒甚，西直门外，柳尚无萌蘖[②]。花朝[③]之夕，月甚明，寒风割目，与舍弟闲步东直道上，兴不可遏。遂由北安门至药王庙，观御河水。时冰皮未解，一望浩白，冷光与月相磨，寒气酸骨。趋至崇国寺，寂无一人，风铃之声，与猧犬④相应答。殿上题额及古碑字，了了可读。树上寒鸦，拍之不惊，以砾投之，亦不起，疑其僵也。忽大风吼檐，阴沙四集，拥面疾趋，齿牙涩涩有声，为乐未几，苦已百倍。

数日后，又与舍弟一观满井，枯条数茎，略无新意。京师之春如此，穷官之兴可知也。

冬间闭门，著得《广庄》七篇，谨呈教。

〔注〕 ① 梅客生：梅国桢，字客生，麻城（今属湖北）人。万历十一年进士，官至大同巡抚、兵部右侍郎总督宣大山西军务。 ② 萌蘖（niè）：《孟子·告子》："非无萌蘖之生焉。"朱熹注："萌，芽也；蘖，芽之旁出者也。" ③ 花朝：古代俗以二月十二日为百花生日，称花朝。亦有以二月十五日或二月二日为花朝者。 ④ 猧（wō）犬：小狗。

这是万历二十七年（1599）之仲春，作者时年32岁。在此之前，中郎曾在吴县令任上，因为不堪忍受为官之丑，所谓"人间恶趣，令一身尝尽矣"（《与丘长孺》），又加上病疟，故再三上牍乞改教职，终于于去年辗转抵京候补；不久，任顺天府教授。

北京的初春，犹然一片肃杀之冬意。一冬闭门著书的袁宏道，一直为人生的走向、生命的意义所困惑，苦苦思索，胸中涌满烦懑和忧郁。或许是为了排遣这莫名的情绪，花朝这一日的傍晚，他忽然兴起，要与弟弟小修相携散步，去感受大自然微妙的生机。然而，寒冷窒息了一切可能产生的活力。皓月当空，辉映冰面，固然给人以清泠无比的感觉，这却是一个凝固而幽冷的世界，寒气彻骨；崇国寺一片死寂，风铃与猧犬的应答之声，断垣残碑之斑斑陈迹，除了给这死一般的沉寂更增添凄惨和绝望之外，不会让人感到生命的存在；更有那拍之不惊、投砾不起的寒鸦，寒冷冻钝了它所有细敏的感官，使之变成了一具没有灵魂的躯壳；而主宰这毫无生机的世界的，是专横而肆虐的阴风，它仿佛成为宿命的某种象征。这一切，怎不叫人感到幻灭，感到痛苦不堪?! 其实，袁宏道一直就闲步在非但没有摆脱、而且是早已设置的心境中，不断咀嚼着探索人生终极价值的无解所带来的落寞和虚无，以及这种对生命意识的彻底感悟油然而生的崇高和愉悦之感。

数日之后，他与弟弟一起又一次确认了这样一种复杂的体验。于是，欣然提笔,通过如此冷艳静穆的景色描绘,向好友全息传递了难以状摹的满腔情感。

(陈广宏)

答林下先生① 袁宏道

数年闲适,惹一场忙在后。如此人置如此地,作如此事,奈之何?嗟夫,电光泡影,后岁知几何时?而奔走尘土,无复生人半刻之乐,名虽作官,实当官耳。先生家道隆崇,百无一阙,岁月如花,乐何可言。然真乐有五,不可不知。目极世间之色,耳极世间之声,身极世间之安,口极世间之谭,一快活也。堂前列鼎,堂后度曲,宾客满席,觥罍②若飞,烛气熏天,巾簪委地,皓魄入帷,花影流衣,二快活也。箧中藏万卷书,书皆珍异。宅畔置一馆,馆中约真正同心友十余人,就中择一识见极高如司马迁、罗贯中、关汉卿者为主,分曹部署,各成一书,远文唐、宋酸儒之陋,近完一代未竟之篇,三快活也。千金买一舟,舟中置鼓吹一部,知己数人,游闲数人,泛家浮宅,不知老之将至,四快活也。然人生受用至此,不及十年,家资田地荡尽矣。然后一身狼狈,朝不谋夕,托钵歌妓之院,分餐孤老之盘,往来乡亲,恬不为怪,五快活也。大抵世间只有两种人,若能屏绝尘虑,妻山侣石,此为最上;如其不然,放情极意,抑其次也。若只求田问舍,挨排度日,此最世间不紧要人,不可为训。古来圣贤,如嗣宗、安石、乐天、子瞻、顾阿瑛③辈,皆信得此一着及,所以他一生得力。不然,与东邻某子甲蒿目而死者何异哉!

〔注〕 ① 答林下先生:万历二十三年(1595)作于吴县(今江苏苏州)。本文武林佩兰居本《袁中郎全集》题作"龚惟长先生",龚惟长,名仲庆,袁宏道舅,官至兵部员外郎,时退隐于公安(今属湖北)家乡。 ② 觥罍(gōng léi):皆酒器之名。 ③ 顾阿瑛:即顾瑛,元末诗人。

袁中郎的主张多受李卓吾影响,这是尽人皆知之事。不过,亦步亦趋,便不是袁中郎了。你看他高唱入云的"独抒性灵",明明源出卓吾《焚书》的《童心说》,然而在历数当代真文字时,却撇去了卓吾所标举的"举子业"(八股文),而代之以里巷民歌《擘破玉》《打草竿》——这一笔,非但补去了《童心说》的白璧微瑕,且亦足证他虽号称卓吾的高足，却绝非呆徒儿。本文亦是如此。细细看来，本文宗旨还是源于《焚书》的《答邓明府》。卓吾在那里，将理学的“存天理、灭人欲”彻底颠倒过来，明明白白地说道，人人都是圣人，凡人喜欢钱财、喜欢女人、读书做官、多积金银、买田买宅买风水宝地等，所有为自己活得舒服、为自己增添产业的打算追求，统统是圣人的心意。只是凡人还不曾“自圣”（觉悟到自己就是圣人），故不曾察知这一点。本来，圣人只一孔夫子，人人都得在他老人家的纲常伦理下讨生活，经卓吾一捅破，满街都是圣人，世俗欲念都成了伦理纲常，这样孔夫子的封建道德，就只有去他的了。这番话说得透彻之至，乃是这位一代怪杰叛逆思想之结晶，倾其一生精力浇铸而得者，非同小可。常人能领悟其中精神，已是不易。然而，就是这卓吾老子的平生绝学，到了中郎手里，居然更翻进了一层。谓予不信，请看下文。

此篇与其说是书信，不如说是论文，开头胡乱扯几句淡，“名虽作官，实当官耳”，甚至忘了“作”“当”实无甚别，便匆匆抓了个“乐”字，片帆飞渡到“真乐有五”的宏论上去了。一张口，这也是“极”，那也是“极”，哗哗地一泻如注，文势也不留半点吞缩，中郎畅快起来真是可爱。其中前三句还是卓吾好货好色的影子，算不得新奇，末一句“口极世间之谭”，始是中郎的青出于蓝。常人的嘴管吃时多、管说时少，而士大夫（知识阶层）生就一张嘴，最难受的不是无美味进口，而是胸中学问意见不得出口。李卓吾注目的是凡俗大众，但晚明的思想解放、个性自由，毕竟还是士大夫们谈论与实践的内容，所以中郎拈出一个“谭”字，便适合了士大夫“自圣”的口味，可谓独具只眼，卓吾老子见了，想也要自愧一时疏忽，让徒儿占了先筹。这四句是一篇之大纲。第二快活则合说声色中之真乐，刻意造出一番好境界；这快活前后相随、上天入地，不仅人杂声嘈、喧闹非凡，且明月花影亦来凑趣。“觥罍若飞”“皓魄入怀，花影流衣”，另一本作“男女交舄”“金钱不足，继以田土”，若是这样，这场宴席非但是有歌妓杂坐劝饮，娇啼媚波令人色迷心醉，且还是挥掷家产，以博一夕之欢，人生畅美豪快之时，莫逾于此了！这番境界，不只是令人神往，直要人垂涎欲滴！这境界若让理学先生、圣人门徒窥见了，定要捶胸顿足于世道人心之不古，而切齿痛恨于中郎之倡言惑众。但引诱士大夫纵情世俗之乐，还是礼教的癣疥之患，中郎叫理学先生们感到切骨之痛者，更在后头。第三快活，全从“谭”字诀上展开。中郎一人乱“谭”、与名教作对，为害尚浅，他却指望命俦啸侣、兵分数路、大举总攻，这在理学先生眼中，便是第一可恶该打处；他的总攻目标，是唐宋——毋宁说是所有前朝历代——先贤先儒的道德文章，那是何等巍巍煌煌的盛业，他却信口而“谭”，以“酸”“陋”二字骂倒，骂之不足，还要“文”上一遍——妄加评点改窜，放肆如此，二该打；将先贤先儒抹杀了还不算，还要自编一套“近代之文”公然唱反调，狂悖之至，三该打；他心目中的主帅人物，不是如杜诗圣般忠君忧民、如韩文公般力排异端，却是“是非颇缪于圣人”的司马迁、是文体若引车卖浆者流的罗贯中、是出入勾栏嫖院宿娼的关汉卿，且谁知他就不以这主帅自命？四该打；由他这么煽鼓士林，闹将起来，“谭”之不足，更笔录成书，流毒世间，贻害后进，先贤先儒将痛哭于九原，偏他还要高叫“快活也”，是何心肝？五该打。有此五该打，衮衮圣门诸公能不纷纷投下签来，要决中郎一万臀？甚矣，“谭”之可恶也如此，可畏也如此！第四快活，复从“安”字诀上展开，尤能令理学先生恨得发痒：已是如此该打，却不来伏地受杖，还要教人乘舟远飏，听乐清谈，不践尘土，不受王法、礼教、官府之限。这等人，《战国策》上勤政爱民的赵威后早说过：“上不臣于王，下不治其家，中不索交诸侯，此率民而出于无用者，何为至今不杀?”士人读书习礼，所为何事？自然是为圣天子振纲纪、除朽弊，有裨于世道人心。袁中郎教人以做名教外弃民为快活、为身安，非但其心可诛，依着古训，其人亦可诛了。其第五快活，最最可恶，看他教唆得人倾家荡产还不算，还要廉耻扫地，做了浪子，尚不许回头。那李卓吾言人人都是圣人，已罪不容诛，他倒说得更具体而微，连叫化子也是圣人，学郑元和唱莲花落、上济养所领粥，也成了伦理纲常，居之不疑，乡里的白眼只作不见，甚或肚子里还要非笑乡亲是学孔夫子礼义廉耻的舌，算不得“自圣”！五大快活说完，已不知要教坏多少人，这袁中郎还怕说得不明白，先“最上”云云虚晃一枪，便将五大快活作一总提曰：“放情极意”。这般下去，真不知又有多少人将人欲横流、蔑弃圣贤、一意孤行而至于死不悔改。“世间两种人”一段，另一本作“士有此一者，生可无愧，死可不朽矣”。若是这样，则中郎的“真乐有五”，全是为士大夫所设，以“五快活”挤走圣人教诲的“三不朽”，真真是名教罪人，死有余辜。

袁中郎实在是可恶。同是要败坏名教礼法，李卓吾是为大众说法，普救世人；中郎却看准了只须将士大夫点化，伦理纲常无人扶持，日暮终将自倒。同是教人“自圣”，李卓吾是沧桑老人的面目，以平生实证经验，说得人信服地照他指的路走；中郎却通篇不说一句理，辞采之考究、语句之流动、骈偶之精工、所绘景象之迷人，宛然是狐媚子的面目，全靠眉眼弄俏，诱得人身不由己地随他而去。二者相较，中郎虽不如卓吾深切，却比他实用。二人师徒之分固不可易，然读了本文，则不能不套用一句古语曰：卓吾难为师，中郎难为徒。 （沈维藩）

初至西湖记[①] 袁宏道

从武林门[②]而西，望保叔塔[③]突兀层崖中，则已心飞湖上也。午刻入昭庆④，茶毕，即棹小舟入湖。山色如娥，花光如颊，温风如酒，波纹如绫，才一举头，已不觉目酣神醉，此时欲下一语描写不得，大约如东阿王⑤梦中初遇洛神时也。余游西湖始此，时万历丁酉二月十四日也。

晚同子公⑥渡净寺，觅小修⑦旧住僧房。取道由六桥、岳坟归。草草领略，未及遍赏。阅数日，陶周望兄弟⑧至，湖山好友，一时凑集矣。

〔注〕①此文一题作《西湖一》。②武林门：古杭州的城门。③保叔塔：应作“保俶塔”，在西湖边山上。④昭庆：和下文的净寺都是西湖的僧寺名。⑤东阿王：即三国魏曹植，曾封东阿王。⑥子公：方文僎，字子公，新安（治今安徽歙县）人，袁宏道在吴县时的幕友，时随宏道同游杭。⑦小修：袁宏道弟中道，字小修，上年曾游西湖。⑧陶周望兄弟：陶望龄，字周望，号石篑，会稽（今浙江绍兴）人，袁宏道的至交。万历十七年进士，官至国子祭酒。其弟名奭龄，字公望，万历举人，官至济宁知州。

你在元宵夜的人丛里千百度地寻觅意中佳人时，可还能留意远近的凤箫声动、笑语盈盈？你终于在万头攒动中望见她的依稀俏影时，可还能斜视道旁的宝马雕车、鹅儿雪柳？袁中郎为了辞官上西湖，一年里两回杜门不视事，辞呈上了七回，称病足有六月，直到最后挂印封库，不辞而别，才好容易得到罢官的允准。如今他终于进了天堂杭州的大门，那高耸的保俶塔，便是意中佳人头上的玉簪螺髻，一望见它，眼里能不只剩塔尖的步步移近？有情之痴，终属中郎，你看这初入杭州的一笔，才点到武林门，即飞掠往昭庆寺，道中杂碎，纤毫不及，便可知他那时实实在在是魂魄爽失、心无旁念，直待到了下榻地——亲近在佳人身边，才算回过魂来。世间文人若无这段痴情，倒全似桐城姚老先生《登泰山记》悠悠然地左顾右盼、细大不捐，则后世人到何处去感受这文笔的飞动之妙？

“精移神骇，忽焉思散”（曹植《洛神赋》），这是曹子建乍睹洛神时的情景。西湖之美，何难拟之宓妃？袁中郎初棹湖上，见湖外美女般娟秀的山岭、湖岸粉颊般鲜嫩的桃花、湖上醇酒般香浓的暖风、湖面绫缎般起伏的波纹，其神魂之颠倒，亦何减子建？娥也、颊也、酒也、绫也，都是极常见的喻物，看似至浅，远不及子建的“翩若惊鸿，婉若游龙”奇妙，其实不暇择词，脱口而出，正是中郎爱慕西湖的至深。此时若也学《洛神赋》镂金错银地刻写，则读者将击节叹赏于中郎的才情之富，西湖美人岂不反受冷落？且若一见美人便想借她容颜来卖弄自家才情，岂不是不识风情的俗士所为？唯有如中郎这般语若至浅，令人读来浑不感人力雕凿，不知不觉中已迷醉于美人的天生丽质，始是真能为美人传神生色的多情种子。

“才一举头”以下,尤见中郎的深致:西湖美人之仪态万方,一见之下便不由你不倒身伏拜,哪还容你抬头平视?西湖美人之容光明丽,一见之下便不由你不心醉如死,哪还容你萌生他念?世之俗士,每逢佳景,便打熬不住要即刻诵一通烂熟套语、诌几句打油歪诗,似不如此就不算山水知己,其实这正是杀风景的恶道,该拖去掌嘴一百的。唯有似中郎这般默然酣醉于西湖美人的芳馨气息之中,不妄置一喙以唐突美人,才是真正敬重美人、真正爱惜美人。《诗品》有“不着一字,尽得风流”之语,袁中郎不下一语,岂可不谓之风流佳士?

初至西湖佳丽地,是极叫人欣跃、极引人感叹万千的事。而此篇字句极平易、感想极简单,似无多少奇思巧构,不足以副西湖之美。但若要将此景不放在西湖,而移于别处;将此感不放在初至,而移于他时:则又断断不能够。文章最难是本色,而唯大英雄能真本色,岂不信然!(沈维藩)

晚游六桥待月记[①] 袁宏道

西湖最盛,为春为月[②]。一日之盛为朝烟,为夕岚[③]。

今岁春雪甚盛,梅花为寒所勒[④],与杏桃相次开发[⑤],尤为奇观。石篑[⑥]数为余言:“傅金吾[⑦]园中梅,张功甫[⑧]家故物也,急往观之。”余时为桃花所恋,竟不忍去。湖上由断桥至苏堤一带,绿烟红雾[⑨],弥漫二十余里。歌吹为风,粉汗为雨,罗纨之盛,多于堤畔之草,艳冶极矣。

然杭人游湖,止午、未、申三时[⑩]。其实湖光染翠[⑪]之工,山岚设色[⑫]之妙,皆在朝日始出,夕舂未下[⑬],始极其浓媚[⑭]。月景尤不可言,花态柳情,山容水意,别是一种趣味。此乐留与山僧游客受用[⑮],安可为俗士道哉!

〔注〕 ① 此文一题作《西湖二》。 ② 为春为月:是春天,是月夜。 ③ 夕岚:暮霭,傍晚山林中的雾气。 ④ 勒:逼迫。 ⑤ 相次开发:依次开放。 ⑥ 石篑(kuì):陶望龄(1562～1609),字周望,号石篑,晚号歇庵居士。会稽(今浙江绍兴)人。万历进士,官至国子祭酒。袁宏道友人。 ⑦ 傅金吾:任金吾官的傅某。当时杭州绅士,其花园在西湖小瀛洲。 ⑧ 张功甫:张镃,字功甫,号约斋。南宋名将张俊曾孙,宋时官奉议郎、直秘阁。以养梅著称,其家园林中玉照堂有梅花四百株。撰有《梅品》。 ⑨ 绿烟红雾:绿柳如烟,红桃似雾。 ⑩ 午、未、申三时:即午时、未时、申时,从上午十一至下午五点。 ⑪ 湖光染翠:湖水成为绿色。 ⑫ 设色:用颜色描绘。 ⑬ 夕舂:夕阳。旧习日落时舂米,故称。 ⑭ 极其浓媚:把它的浓媚姿态发挥到极点。 ⑮ 受用:享受。

明万历二十五年(1597),袁宏道辞去吴县县令,与友人陶石篑(陶望龄)等人漫游吴越名胜。他在游览西湖时,深为湖光山色之美所吸引,一口气写了十六篇游西湖的文章。本篇为第二篇,是袁宏道山水小品文的代表作之一。

文章第一段总论西湖之景。作者以议论开篇,强调一年中西湖最美的时候,当数春日与月夜。一日之中最美之景当数朝霭与夕岚。本段议论横空而来,总提西湖最盛之景,直抒己见,是"从自己胸臆流出"(袁宏道《叙小修诗》)之语,又为后文的叙议埋下伏笔。

第二段,描述春日游西湖所见之景。本段又分三层来写。第一层先说今春西湖之景为罕见奇观。因为春雪多,梅花因寒冷而迟开,与桃杏依次竞相开放,所以"尤为奇观"。第二层写作者拒绝了友人陶石篑(陶望龄)的赏梅邀请。石篑好几次对作者说:"傅金吾家园中的梅花是宋代张功甫(张镃)家的旧物,赶快前去观看。"可作者竟因恋着桃花而不忍离开。这一层为描写西湖春日美景蓄势。中国古来的文人雅士都偏爱梅花,况且这是宋代名士张功甫家的旧物,有足够的吸引力。但作者拒绝了邀请,可见在作者心目中,西湖春景更令人神往。第三层写作者游西湖所见之景。作者用极清丽的语言,描绘西湖春日盛景:湖上从断桥到苏堤一带,绿如烟,红如雾,弥漫二十余里。歌箫如风,粉汗如雨,盛装的男女多于堤畔之草,艳冶到了极点。本层照应了首段的议论"西湖最盛,为春为月"之中的"为春"二字,写足了西湖春日盛景。

第三段再转入议论。作者认为,杭州人游湖,只限于上午十一时到下午五时之间,其实湖光山色最可看之时,皆在朝日初升或夕阳未下之际,那时景色才最明媚。这在行文上照应了首段的"为朝烟,为夕岚"六字。作者又云:"月景尤不可言,花态柳情,山容水意,别是一种趣味。"意思是说,月景更是不可名状、妙不可言,那花儿的姿态,柳的情韵,山的容貌,水的意态,都别有一种情致。如果说作者前此对西湖春景的描写为实的话,那么本段对西湖月景描写则为虚。作者有意以议论勾起读者的想象,让人畅想西湖月夜之美。原来上段对西湖春日盛景的描写,也还不是西湖最动人之处。所以,前面之景亦不过是"宾",作者心心念念的"主"却是西湖"月景"! 但对月景之描写,作者仅用"花态柳情,山容水意,别是一种趣味"几句概括,其具体的"态""情""容""意"却被作者藏在了文字的背后,只能靠读者想象补充了。行文上也照应首段对西湖盛景的总述。作者最后再补一笔:"此乐留与山僧游客受用,安可为俗士道哉!"以此收束全篇,结得峭,却逗起读者无穷想象与思考。从整篇来看,作者行文摇曳多姿,灵动有趣。刘士鏻《古今文致》引王永启语评论此文曰:"文情逸宕。"确实如此,其妙处亦需雅士高赏慢论细品。

作为“公安派”作家，袁宏道论文主张“独抒性灵，不拘格套”，他的散文不依傍古人，形式灵活，文风平易近人，清丽秀逸。本篇文字很能体现其一贯的文学主张与创作风格。

（魏祖钦）

雨后游六桥记

袁宏道

寒食[①]后雨，予曰此雨为西湖洗红[②]，当急与桃花作别，勿滞也。午霁[③]，偕诸友至第三桥，落花积地寸余，游人少，翻[④]以为快。忽骑者白纨[⑤]而过，光晃衣，鲜丽倍常，诸友白其内者皆去表[⑥]。少倦，卧地上饮，以面受花，多者浮[⑦]，少者歌，以为乐。偶艇子出花间，呼之，乃寺僧载茶来者。各啜一杯，荡舟浩歌而返。

〔注〕 ① 寒食：节令，在清明的前一天（一说清明前两天）。古人从这一天起三天内禁火冷食。 ② 洗红：洗去红妆。此处喻指雨水将花打落。 ③ 霁（jì）：天气放晴。 ④ 翻：同“反”，反而。 ⑤ 纨（wán）：洁白光亮的丝织品。 ⑥ 白其内者：里面穿着白色衣服的人。去表：脱去外衣。 ⑦ 浮：满饮。

名士之中多雅士，而趣士、达士、快士少。雅士或能琴棋书画，或能酒茗诗谭，以此得名于世。望其仪态之雍容、举止之有节、言语之清雅，真个恍若神仙。然入其室庐，一纸一砚莫不精华，步其庭院，一草一木无不修葺，直令人屏息摄步，不敢高声笑语，更无论脱帽露顶，踞坐喧欢了。是以雅士虽可敬可慕，却大抵不可喜可爱、可亲可近。其可喜可爱、可亲可近者，在于趣士、达士、快士。趣士识趣多情者，岂不可喜？达士放达不羁者，岂不可爱？快士爽快无所避忌者，岂不可亲可近？中郎后来作《瓶史》《觞政》，挥麈谈禅，宛然是雅士面目，但在江南这一阵，却是趣士、达士、快士兼而有之，自然，也有雅士的成分在，但不多见。

你看这篇小小游记。天下爱赏桃花盛开的凡人多矣，天下怜赏落红的文士骚客亦多矣，但一见寒食后雨，便想到须急与桃花作别，赏之于已落未尽落之际，如此者能有几人？一时与中郎同游者，如陶望龄昆仲，如乃弟小修，岂不也是当世名士？而“予曰此雨为西湖洗红”，却是中郎先起的念，情深于桃花者，毕竟还推多情识趣的袁中郎为第一。既至矣，既见落花矣，“游人少，翻以为快”，又变而为达士口吻。或曰：君误矣。游人者，俗人也。俗人畏雨多不来，中郎自庆俗尘少，这是雅士的想头，如何算作达士的胸襟？曰：此语岂不然哉。但请再细细品味这两句。雅士自命雅洁,避俗如仇。你不见张岱的《西湖七月半》,一众雅士定要等到夜深人去,俗氛悉静,才从湖边树丛中钻将出来游湖。但这样雅是极雅了,清是次骨的了,然而怕见"俗"字到了这地步,恐不能算"达"。达士则不然,他胸中充然只一个"我"字,"我"所钟之情,纯由"我"量定其深浅,雅人固不得加,俗人亦不能减。游人少,固然清静些;游人多呢?于我之乐亦无所损,盖我本未将此类俗人放在胸中、思量着如何避之。见人多不大惊,见人少不大喜,淡然处之,淡语道之,正是中郎达士胸襟。回到正题。忽而又有骑马穿绸者驰过,衣上白光晃动,令人目眩。于是众友都脱了杂色外衫,露出白内衣来。满地深红,正该由浅白衬之,这班友人亦趣极,不然,何足为中郎之友?中郎记之,赏识诸友觉得好就做、不论是否学步于人的通达,也是达人之笔。少顷倦了,这班进士、秀才,就往地上一横,也不管路人见了不雅相,这不仅是不以俗人置怀的达士,且是敢作敢为的快士了。西湖上风声簌簌,桃花片片飞下,落在众人面上。文人的雅习上来,顿时生了行乐的法子:脸上落花多的,浮一大白;少的罚其唱曲。这么自得其乐了一番,等到兴尽,偶有便艇,就荡舟泛湖而归。众友人心中畅快,便干脆一齐放开喉咙大唱起来,旁若无人。来得已是随意,去时又是这等潇洒,快士行径若此,笔者读之也要浮一大白了!

古来咏西湖、记西湖者多矣。此文在措词造句上并无高出古人之处,唯中郎秉达士之怀、具趣士之想、有快士之风,故区区二三十句间,语语跳荡,字字迸跃,于不经意间横生妙趣,有古人所不到之处。触处便可生春,真名士风流也。

(沈维藩)

虎 丘

袁宏道

虎丘去城可七八里,其山无高岩邃壑,独以近城故,箫鼓楼船,无日无之。凡月之夜、花之晨、雪之夕,游人往来,纷错如织。而中秋为尤胜。每至是日,倾城阖户,连臂而至,衣冠士女,下迨蔀屋[①],莫不靓妆丽服,重茵累席,置酒交衢间。从千人石[②]至山门,栉比如鳞,檀板[③]丘积,樽罍[④]云泻。远而望之,如雁落平沙、霞铺江上,雷辊[⑤]电霍,无得而状。

布席之初,呕者百千,分曹部署,竞以新艳相角,雅俗既陈,妍媸自别。未几而摇首顿足者,得数十人而已。已而明月浮空,石光如练,一切瓦釜[⑥],寂然停声。属而和者,才三四辈,一箫，一寸管，一人缓板而歌，竹肉⑦相发，清声亮彻，听者魂销。比至夜深，月影横斜，荇藻凌乱，则箫、板亦不复用。一夫登场，四座屏息，音若细发，响彻云际，每度一字，几尽一刻，飞鸟为之徘徊，壮士听而下泪矣。

剑泉深不可测，飞岩如削。千顷云得天池诸山作案，峦壑竞秀，最可觞客，但过午则日光射人，不堪久坐耳。文昌阁晚树尤可观，面北为平远堂旧址，空旷无际，仅虞山一点在望。堂废已久，余与江进之⑧谋所以复之，欲祠韦苏州、白乐天诸公于其中，而病寻作，余既乞归，恐进之兴亦阑矣。山川兴废，信有时哉！吏吴两载⑨，登虎丘者六。最后与江进之、方子公⑩同登，迟月生公石上，歌者闻令来，皆避匿去。余因谓进之曰："甚矣，乌纱之横、皂隶之俗哉！他日去官，有不听歌此石上者，如月！"今余幸得解官称"吴客"矣，虎丘之月，不知尚识余言否耶？

〔注〕 ① 蔀(bù)屋：贫家之意。蔀，遮蔽光明之物。 ② 千人石：与下剑泉等皆虎丘山上景名。 ③ 檀板：演奏时打拍子用的板，以檀木制成。 ④ 樽罍(léi)：盛酒器。 ⑤ 辊：如车轮般快速转动。 ⑥ 瓦釜：古代用作简单的乐器。此后指低劣的乐曲，语出《楚辞·卜居》："黄钟毁弃，瓦釜雷鸣。" ⑦ 竹肉：指箫管和歌喉。 ⑧ 江进之：江盈科，字进之，桃源(今属湖南)人，万历进士，官至四川学政，袁宏道的挚友，时任长洲知县。 ⑨ 吏吴两载：指袁宏道任吴县知县二年(1595年至1596年)。 ⑩ 方子公：方文僎，字子公，新安(治今安徽歙县)人。袁宏道在吴县时的幕友。

游戏笔墨的袁中郎，有时也会写出笔力强健之作，如这篇《虎丘》便是。"笔力强健"？《虎丘》是常被拉进选本的名作，这四字读者却大约闻所未闻，乍听之下，定然大觉刺耳。或曰"月之夜、花之晨、雪之夕"，风花雪月四字占了三，哪来的强健？何物小子，在这里妄自置喙？——逢上这等正颜厉色，笔者只有打起精神，辩曰：袁中郎此篇，一上来就鼓足了大气。虎丘一地游人游船"无日无之"，先将日子排满了，这犹如曲子的起调，便不是平平的正宫。下面进一步充气。到了月夜花晨，人又多达"纷错如织"，纷至沓来，交错络绎，犹如织机上丝丝缕缕密密地挤在一起来来回回。这调子骤然便到了变徵，此刻高潮却还不曾到，下面这"中秋尤胜"才是引商刻羽的高音。如何令这曲调自然昂进，又保这弦索不戛然而绝？至此便是国手善才，怕也难措手了吧？然而中郎却举重若轻，走笔直下：

中秋游人之盛，进而至于“连臂而至”！机杼上丝丝之间，总还留些间隙；往日游人如织，总还不至于相撞相冲。如今却是肩臂相接、挤成一片，又是倾城倾国介涌来——这等形容，比之写花朝月夕的盛况，读者不觉更胜一筹么？这等笔力，谓之不强健可乎？然而袁中郎卖弄精神之念还远远未衰，再看他状写虎丘摆宴之盛：看不足的靓妆丽服，望不尽的酒席豪筵。往日便闲游无定的衣冠名流、贵家女眷，此刻自然一个不缺；就是小户细民艰难捱日了年把，如今也要头面整饰一新，舒一口气、寻一夜乐了。于是乎垫子、褥子、席子，重重叠叠，蔓延无际，直叫山坡也乱了颜色，大街也没了轮廓！写足了，写满了，月在三五了，弦成浑圆了，还能再增一分么？可不要太勉强，小心折了弓、小心添了蛇足！好个袁中郎，到了百尺竿顶，却绝不作韩退之华山绝巅之哭，居然又进得一步，那胆量、那笔力，真能令笔者从心底里暴雷也似喝一声大彩：你看他墨蘸得浓浓的，把笔重重地往千人石到虎丘山门之间点去，去势何其凌厉！那里的宴席更了不得，岂止是排得如梳子、如鱼鳞，密匝匝填满了地面，闹嚷嚷掀翻了夜空；而且那按节唱曲的檀木板地面上已容不得，只顾往空中堆，那你敬我劝的金樽兕觥已浑不是地上物，倒似是天际的流云在舞动！若远远望上一眼，那益发叫人咋舌瞠目：平沙上无数雁头攒动，江面上一片锦霞烂然，哪比得上虎丘之夜的人山人海、喧哄腾沸？雷声滚滚而至，电光霍霍飞闪，哪比得上虎丘山上声乐震天、响传百里？——这一番形容下来，读者能不感喟通衢大街已是盛极一时，虎丘山上却还天外有天？袁中郎由高而往极高，危若负巨石而登羊肠，却精神愈往后愈见焕发，足证他元气的确充沛；由满而往更满，难若持盆水而攀蜀道，文气却不喘不息、始终一以贯之，足见他底气果然悠长。这笔力，谓之不强健可乎？《二十四诗品·劲健》云：“行神如空，行气如虹。”清人杨廷芝解“如空”曰“劲气直达，无阻隔也”，解“如虹”曰“其气之长无尽处也”。这二解，移来评中郎之文尽确。有诗如此，即可谓之“劲健”；袁中郎有文如此，称其笔力强健，读者平心而论，可也不可？

上述胡辩，读者若以为有一二分可取，笔者便大言不惭下去了。请再欣赏中郎形容那虎丘上的歌吹竞逐：既是檀板如丘，宴席初开之时，自然是千百张嗓子一齐开放，自恃喉粗者、自谓新艳者，纷纷粉墨登场，胡吹大气踢腾。然毛嫱西子一出，东施嫫母自然掩面而走，瞬时间风流云散，只剩下数十可儿。这一节，写来如钱塘潮落，便是去势也极壮观。然而这尚是楔子，往下才正剧开幕。中秋明月姗姗地，终于大登殿了。“浮”字妙绝，底下是云也似的樽罍、霞也似的人流，叫这月如何不浮？谢玄晖得句“澄江静如练”，千古下不知被圈点了多少回，殊不知那中秋月光尽洒下来，填平了一切峥嵘嵯峨，山石反射着月光，居然也平展如白练了。江之静，尚是实境，石之平，全出慧眼，这一节，又该惹动多少圈点？境象如此明净，谁个咿哑之声敢来煞风景？于是瓦釜非但不雷鸣，连轻碰之声也无闻了。此际登场的若多于三四辈，还成何滋味？此时若还羌管弄晴、菱歌泛夜，月里嫦娥岂不要柳眉倒插？于是三四出类拔萃者，便只有一个个轮着一抒亮彻的歌喉，伴着低低的箫、短短的笛、缓缓的节拍，唱出月色一般澄澈的曲。明月出而浮云扫，最是令人舒快；清歌发而人"霞"凝，岂不最叫人魂销？这一节，收极闹至于极静，百十字间，已暗换了炎凉，笔法绝不涩滞。笔者已不知何以形容之，只有再求助于《诗品》，还是《劲健》中语："巫峡千寻，走云连风。"还是杨先生的解："大气流行，片刻不停。"此语此解，读者试思，配也不配？然而袁中郎才渊之深，还不即此可测。文势已收得细如针芒，他还要逼到微如游丝。月色阑珊了，荇藻无力了，夜深了，箫、板也觉过喧了。于是袁中郎收紧了笔，歌者之"三四辈"给逼剩一人，人声之"寂"给逼到屏息如死，歌声之"清"给逼到细发一般，歌声之"彻"给逼到响入云霄，歌声之"缓"给逼到漏下一刻才吐完一字，听者之"魂销"给逼到壮士也须潸然泪下，又加之以飞鸟的徘徊不忍去——无一笔不是极尽形容，无一笔不是深透骨髓，这岂止是工笔在绘，这分明是刻刀在镂！刻出的画面，固然是极工极细，然而那握刀的指力，除了"强健"二字还该作如何说？

剑泉以下，皆是巫山外云、沧海外水，中郎一片深情唯在虎丘之月之歌，观文末自然可知，故笔者不敢再卖弄口舌，怕违了中郎本意。唯世间更有大违中郎本意，将中郎与江进之云云说成是"与民同乐"的精神，此则不可不再费口舌。中郎本意，不过是有憾于歌儿之畏衙役、避县官而已，他可惜的是听不着清歌，哪里是合不着百姓？且中郎直到丢了乌纱在西湖上过久了，才始觉与"市井屠沽""街谈市语"勉强"同得去"，然而"尚不能合污"（见《解脱集》四《朱司理》）；至于此前对"刁民"的厌倦，《锦帆集》中并非少见。将名士风流的袁中郎，拔高到"与民同乐"，这便如选忧患时政的《感事》诗为中郎的代表作，硬将他扯进忧国忧民杜诗圣的门墙里肃立着一样，虽是好心，终属好笑。 （沈维藩）

上　方　　袁宏道

去胥门十里，而得石湖。上方踞湖上，其观大于虎丘，岂非以太湖故耶？至于峰峦攒簇，层波叠翠，则虎丘亦自佳。徒倚孤亭，令人转忆千顷云耳。大约上方比诸山为高，而虎丘独卑。高者四顾皆伏，无复波澜；卑者远翠稠叠，为屏为障，千山万壑，与平原旷野相发挥，所以入目尤易。夫两山去城皆近，而游人趋舍若此，岂非标孤者难信，入俗者易谐哉？余尝谓上方以山胜，虎丘以他山胜。虎丘如冶女艳妆，掩映帘箔；上方如披褐道士，丰神特秀。两者孰优劣哉？亦各从所好也矣。乙未秋杪，曾与小修、江进之[1]登峰看月，藏钩[2]肆谑，令小青奴罚盏。至夜半，霜露沾衣，酒力不能胜，始归。归而东方白矣。

〔注〕 ① 小修：袁中道，字小修，明文学家，为袁宏道弟。江进之：江盈科，字进之，明文学家，是袁宏道的挚友。 ② 藏钩：古代一种猜物游戏。

此文记明万历二十三年乙未(1595)秋末游上方山事。上方山若有灵，对这篇游记，怕是不尽满意的。上方山离苏州城西胥门十里，虎踞于城南石湖之上。说上方卓然而高，众山唯有拜伏、难以比肩，非如虎丘地处卑下，远近山壑与它称兄道弟，平原旷野与它沾亲带故；这便如说上方乃是有道高士，遗世独立，落落寡合，不肯和光同尘，与世沉浮：这，上方山当欣然首肯。

说上方是以其自身面目称胜，而非如虎丘一般全靠翠山屏障的帮衬称胜，这便如说此高士乃是凭其砥砺名节而获人敬仰，不曾假借得旁人丝毫的贴金揄扬！这，上方山更是听来极惬意的。

然而，“标孤者”虽然“难信”，毕竟是高雅的阳春白雪；“入俗者”虽然“易谐”，终究是俚俗的下里巴人；至于道装高士的丰神秀逸，与艳妆美女的呈媚弄俏，格调上更有天壤之别：这些道理，应当——至少在士君子看来——是不言而喻、不容含糊的。如何厕身士大夫之列的袁中郎，却分不清个中“优劣”，糊糊涂涂将“道士”与“冶女”扯平了高下，让众人去“各从所好”？这，上方山听来怕是不满的。

至于中郎到了上方山顶，不去赞颂“孤亭”的拔俗，却“转忆”起虎丘景点千顷云的风光，这便是暗嫌“道士”的褐服虽素洁，却终不及“艳妆”好看，易于“入目”：这，上方山听来，怕要怫然了吧！

那么，是中郎褒贬不明，语意矛盾么？否。夫道士披褐，本极平常，冶女艳妆，亦是常事，二者本无高下，如何褒贬？道士只是甘于平常，旁人始视以为高；若他自为端起“披褐”的臭架子便可看人不起，岂不反而大俗？中郎论人如此，论山亦复如此。故他不让上方与虎丘争高，正是写出了上方之高；不硬说“披褐”胜过“艳妆”，才写出了“披褐”的高雅。此亦正是中郎的胸襟的高处：若要说“雅”，便绝不从俗套中求之。　（沈维藩）

孤　山　　袁宏道

孤山处士[①]，妻梅子鹤，是世间第一种便宜人。我辈只为有了妻子，便惹许多闲事，撇之不得，傍之可厌，如衣败絮行荆棘中，步步牵挂。近日雷峰[②]下，有虞僧孺[③]，亦无妻室，殆是孤山后身。所著《溪上落花诗》[④]，虽不知于和靖如何，然一夜得百五十首，可谓迅捷之极。至于食淡参禅，则又加孤山一等矣，何代无奇人哉！

〔注〕 ① 孤山，西湖边的名山。孤山处士指北宋隐士林逋，卒谥和靖，相传他隐居孤山，以梅为妻，以鹤为子，终身不娶。 ② 雷峰：西湖边山名。 ③ 虞僧孺：名淳贞，钱塘(今浙江杭州)人，与其兄淳熙皆好仙佛，以隐居终。 ④《溪上落花诗》：虞淳熙、淳贞兄弟合作，曾被汤显祖所称赏。

虽然袁中郎自己不曾提到，但据笔者观察，他对《世说新语》是极喜爱而又极熟悉的。他的《锦帆》《解脱》二集中所提《世说新语》人物、所用《世说新语》语词，多得排出来足可作一篇大文章，本篇里“如衣败絮行荆棘中”的妙喻，便是一例。这其实是化用了《世说新语·排调》中的“如着弊絮在荆棘中，触地挂阂”之句，只不过《世说新语》里是形容辩论时理屈词穷的窘态，而中郎则移来形容妻儿的恼人了。

《世说新语》里的魏晋人都是极放达不拘正统观念的，便如号称苍生救星的东山谢安，总能算是人伦表率了吧，却也曾大惑不解地问：子弟们到底关了父兄什么事，非要费心血让他们好？(《世说新语·言语》)似乎宗法人伦他倒不曾学过。这一节，笔者猜想中郎读到时必定浮上一大白、圈过几个大圈；而读者看了中郎本篇的一大通谬论，也定然不会笑笔者联想太丰富。若中郎不是中了谢安糊涂话的毒，而又变本加厉(谢安只说子弟，中郎又赔进了夫人；谢安只犹犹豫豫地说不关我闲事，中郎却明明白白地讲简直讨厌)，他就不会卸官后把老婆孩子朝素昧平生的无锡华中翰家里一寄，便独自上西湖来了；他也不会到了孤山前，不瞩目林处士梅妻鹤子里“梅”与“鹤”的清雅绝尘，却艳羡于处士无“妻”无“子”的无牵无累；他也不会不尊一声林处士是世间第一等高士，却编排他是世间第一等“便宜人”。何谓“便宜人”？据着中郎自己的解释，就是《庄子·逍遥游》里大鹏一般的人，既不像被人关在笼里的鸡鸭，也不像为人负重致远的牛马(见《锦帆集》三《汤义仍》)；据笔者笨拙一点的抽象概括，就是一不受任何人管，二不对任何人负责(包括不为任何人用),三不干任何事业的人。依中郎看来,梅妻鹤子的那段好处,不在什么高洁、什么超俗,而在于符合了上面这几条尤其是第二条。假若你还不明白、还嫌中郎说得不透,他就再捧出个虞僧孺让你瞧仔细了:单凭了不娶妻生子这一条,这个无藉藉之名的不僧不俗之人,就可被中郎封个林处士转世!至于作诗、吃素、打坐,雅是极雅,高是极高,且一夜间便胡乱做一百五十首,也极合中郎"信心而出、信口而谈"(《解脱集》四《张幼于》)的作诗法门,但要做"便宜人",这些还不算最打紧的,最基本的一条,还在于"无妻室"。你这会该懂了吧!

"成孝敬、厚人伦、美教化、移风俗",一步步拾级而上,便可走到"三代之治",而这几个台阶前面的第一阶是什么呢?《毛诗大序》告诉莘莘学子,是"经夫妇"。"礼始于谨夫妇"(《礼记·内则》),经书上说得何等明白。谢安石那会儿,满世界读的是《老子》《庄子》,谈的是玄学、佛学,他记不熟经书,一时糊涂说了混账话,念着他后来淝水之战为朝廷出过一把大力,这点小过失或许还可以不究;至于袁中郎,生逢圣道昌明之世,他又是三甲进士出身,四书五经是从小念烂了的,这夫妇之道关系礼教的要紧,绝不会不知道,却偏生要把"修身"地板上架着的"齐家"梯子抽掉,让人爬不上"治国平天下"的楼:如此狂悖,还有什么可恕的么?

(沈维藩)

灵 隐　　　　袁宏道

灵隐寺在北高峰下,寺最奇胜,门景尤好。由飞来峰至冷泉亭一带,涧水溜玉,画壁流青,是山之极胜处。亭在山门外,尝读乐天记有云:"亭在山下水中,寺西南隅,高不倍寻,广不累丈。撮奇搜胜,物无遁形。春之日,草薰木欣,可以导和纳粹;夏之日,风泠泉渟,可以蠲烦析酲。山树为盖,岩石为屏,云从栋生,水与阶平。坐而玩之,可濯足于床下;卧而狎之,可垂钓于枕上。潺湲洁澈,甘粹柔滑,眼目之嚣,心舌之垢,不待盥涤,见辄除去。"[①] 观此记,亭当在水中,今依涧而立,涧阔不丈余,无可置亭者。然则冷泉之景,比旧盖减十分之七矣。

韬光[②]在山之腰,出灵隐后一二里。路径甚可爱,古木婆娑,草香泉渍,淙淙之声,四分五路,达于山厨。庵内望钱塘江，浪纹可数。余始入灵隐，疑宋之问诗[3]不似。意古人取景，或亦如近代词客捃拾[4]帮凑。及登韬光，始知"沧海""浙江""扪萝""刳木"数语，字字入画，古人真不可及矣。宿韬光之次日，余与石篑、子公同登北高峰绝顶而下[5]。

〔注〕 ① 引文出自白居易《冷泉亭记》。 ② 韬光：指韬光寺。 ③ 宋之问诗：指宋之问的《灵隐寺》。中有句云："楼观沧海日，门对浙江潮""扪萝登塔远，刳木取泉遥"。 ④ 捃(jùn)拾：收集。 ⑤ 石篑(kuì)：陶望龄，号石篑，会稽(今浙江绍兴)人。明文学家，与袁宏道兄弟等交善。子公：方文僎，字子公，新安(治今安徽歙县)人。袁宏道在吴县时的幕友。

灵隐是西湖边一个绝大去处，游杭不至灵隐，大约与不游同。至则不免有记，然而"崔颢题诗在上头"，又难以措笔，奈何？搜索枯肠，来一篇"刻鹄不成犹为鹜"的么？袁中郎既不是自甘人后的人，又最景仰"便宜人"，绝不会做费力不讨巧的事，私忖写不过古人，那就干脆拉倒不写，倒也爽利。反正此处不落笔，自有落笔处，去找古人未及之处卖弄精神罢！

由飞来峰到灵隐寺前这一段路径，"涧水溜玉，画壁流青"，涧里本是流水，然缓缓流动又像是凝着的碧玉；山壁上萝藤本如静画，然四处蔓延，姿态横生，又像在流动飞舞——水是动里有静，山是静里见动：景是好景，笔是妙笔，如此珠联璧合，又何让古人？看来，在寺里被古人逼得一肚子笔意没处泄，于中郎是不幸，于这段山径却是万幸，不然，中郎一双慧眼，又如何有工夫在此地暴射出精光来？

然而，才捧他精光闪动，却又见他到了寺门前，胡乱背一通白乐天旧文，再加上几句议论，便把笔一掉，径自往韬光寺去了。这么看来，倒似他不曾探头到寺里张望过，虽说简洁，却又不免疏忽太甚。中郎果真如此捧不起么？其实不然，读到后来才知道，他非但进了寺，且着实留意过，肚里揣了对宋之问的讥笑出来，盘算着回去把古人和当代王、李七子的末流作一块儿好好刻薄刻薄。殊不料到了韬光顶上，却望见钱塘江赫然在目，连浪潮的纹路也一缕缕数得出来，这才恍然大悟：原来宋老前辈《灵隐寺》诗里气象阔大的"楼观沧海日，门对浙江潮"，全是实景，绝不是李攀龙的黄金白雪、中原紫气那么徒作壮语！这一顿悟，把个目空千古的袁中郎弄得爽然若失，非但韬光，连灵隐也没精神形容了，还是照老套子，把"路径"拾遗补阙一番。那古树的风姿、芳草的气息，古人或许未曾留神；尤其是在泉水的一派纷流声中，居然能辨出其四面而去的方向，非驻足凝神久之者不能为之，这倒是中郎的独得处，写下来绝无剿袭前人或不如前人之虞，即不足自豪，亦足以自慰。至于其他，范仲淹有云："前人之述备矣。"今日到此，如与古人晤面，已极欣悦，还添什么蛇足？宿了一夜之后，自然只有心满意足地无语而去了。

袁中郎是极潇洒的人。然做人一味地风度翩翩、做文一味地汪洋恣肆，还算不得潇洒：唯有该攻人时便剑拔弩张，该服善时也须敛手低眉，该极写时便一泻千里，该不写时也须一言不发：如此，进退皆宜，收放自如，始是“潇洒”之神。笔者观《灵隐》，知中郎得其神矣。（沈维藩）

龙井　　袁宏道

龙井泉既甘澄，石复秀润，流淙泠泠，从石涧中出。僧房爽垲[①]可栖，尝与石篑[②]汲泉烹茶于此。石篑问，龙井茶与天池[③]茶孰佳？余谓龙井亦佳，但茶少则水气不尽，茶多则涩味稍出。天池殊不尔。大约龙井茶虽香，尚作草气，天池作豆气，虎丘作兰气，唯岕[④]韵致清澈，风味如泉石，茶之逸品也。岕茶叶粗大，洗净方可注汤，下者犹能蠲[⑤]烦涤滞。往余嗜岕久，饮天池则胀，然皆岕之下者。岕去长兴近，山中富人每以重资先一岁购下，而山中所出复不多，以是极为难得。近日徽人有寄松萝[⑥]茶者，轻清略胜天池，而风韵少逊。龙井之岭为风篁，石为一片云、神运石，皆有致。独近时妆点过丽，微伤俗耳。秦少游旧有《龙井碑记》，今不知在何所矣。

〔注〕 ① 爽垲(kǎi)：高爽干燥。 ② 石篑(kuì)：陶望龄，号石篑，会稽(今浙江绍兴)人。明文学家，与袁宏道兄弟等交善。 ③ 天池：与下虎丘皆为苏州山名。 ④ 岕：罗岕山，在今浙江长兴。 ⑤ 蠲(juān)：去除。 ⑥ 松萝：山名，在今安徽歙县。

到龙井谈茶，不奇，袁中郎到龙井谈茶，大奇；到龙井说茶好，不奇，到龙井说茶好又说歹，大奇；到龙井单说龙井茶，不奇，到龙井杂说茶种种，大奇；到龙井以龙井茶为主人，不奇，到龙井以龙井茶为陪宾，大奇。这一篇《龙井》，看似全是娓娓道来，文字全无跳荡，但有此四奇，岂可不谓之奇文？若中郎者，岂可不谓之奇士？

世之凡庸，寻常士流，久心仪于龙井茶名，也有乘游杭之便、前往品尝一番者。然其所谓品茶，要之不过图个新鲜、开个眼界而已。是以不拘什么人多嘴杂的茶肆酒楼，只顾寻座位落下身子；不拘什么湖水溪水泉水井水，只顾滚沸地将茶叶泡上，忙忙地灌了半肚，歪了头啧一通色之清纯、味之甘滑、香之扑鼻，面面相觑道一通“平生渴怀，一朝得副，幸何如之，幸何如云”，便丢下茶碗，拿起腿往别处名胜赶趁去了。如此亦谓之“品”,直视龙井茶为尽人可狎的倚楼倡女,茶神岂不恨死羞死?而中郎与陶石篑则不然。先这品茶之地,就须得如僧房之洁净明敞,红粉之耀眼、酒气之冲鼻、俗舌之刺耳,一概屏绝,始能一意品尝,悠然神会。其次这烹茶之水,纵急切里难觅积年的雪水雨水,也须是甘泉活水,汲之于石色秀润之间,始与龙井身份相宜。三是这品茶之人,须得口无俗谈,语语关情,非但能辨茶之味,且能识茶之气,尤能品茶之韵,一字褒贬,皆得中道,始是茶之真董狐、南史。如此则其言龙井佳处,自可使茶神欣然色喜;即言其不逮,亦可令茶神俯首服善,敛衽受教。世之恶道,捧人诗作,辄曰置之盛、中唐无愧色;捧人书法,辄曰出入欧、王之间莫辨:其实世上哪来这许多大笔?若中郎的品第龙井,则谓其虽非茶之李、杜,然亦足以雁行于王、孟、岑、高。评骘允当,想茶神亦乐闻也。如此择地、择水、择言,始当得起一个“品”字;若袁、陶二人,始可称龙井之真知己。真名士与假名士,所争只是一字,风雅与附庸风雅,所差只是二字,然而那品位、那神韵,相去又何啻霄壤?

中郎论茶,笔者自知不能望其项背,故不敢置一词。如强查了《茶经》来诠释,则徒然为中郎嗤笑于地下。唯对于此篇里中郎的一番高致,尚有二三会心之处,不敢自爱,谨笔之以芹献于读者诸君。(沈维藩)

天目(其一) 袁宏道

天目幽邃奇古,由庄①至颠,可二十余里。凡山深僻者多荒凉,峭削者鲜迂曲,貌古则鲜妍不足,骨大则玲珑绝少,以至山高水乏,石峻毛枯,凡此皆山之病。天目盈山皆壑,飞流淙淙,若万疋缟②,一绝也。石色苍润,石骨奥巧,石径曲折,石壁竦峭,二绝也。虽幽谷县③岩,庵宇皆精,三绝也。山间雷声,仅似儿啼,四绝也。晓起看云,在绝壑下,白净如绵,奔腾如浪,诸山尖出云上若萍,五绝也。虞长孺④云,云变态最不常,其观奇甚,非山居久者不能悉其形状。山树大者,几四十围,松不逾数尺,而偃蹇⑤辄数丈,六绝也。头茶之香者,远胜龙井,笋味清远,非他处所及,七绝也。余谓大江之南,修真栖隐之地,无逾此者,便有出缠⑥结室之想矣。

宿幻住⑦之次日,晨起看云,已后登绝顶,晚宿高峰死关。次日由活埋庵寻旧路而下。数日晴甚霁,山僧以为异,下山率相贺。山中僧四百余人,执礼甚恭,争以饭相劝。临行,诸僧进曰:"荒山僻小,不足当只眼,奈何?"余曰:"天目山某等亦有些子分,山僧不劳过谦,某亦不敢面誉。"因大笑而别。

〔注〕 ① 庄:指双清庄,在天目山下。 ② 疋(pǐ):同"匹",量词。缟(gǎo):细白的生绢。 ③ 县:通"悬"。 ④ 虞长孺:虞淳熙,字长孺,钱塘(今浙江杭州)人,明文学家。 ⑤ 偃蹇(yǎn jiǎn):伸展貌。 ⑥ 出缠:摆脱烦恼。缠,佛教语,烦恼的异名。 ⑦ 幻住:天目山峰名。

《论语》云:"知(智)者乐水,仁者乐山。知者动,仁者静;知者乐,仁者寿。"(《雍也》)袁中郎与"仁者"绝无缘分,可否算作孔圣人意下的"智者"也绝无把握;虽然"动""乐"二字倒颇合中郎的气性,而孔老夫子也曾高抬贵手,让管仲"如其仁",但圣人则可,常人则不可,如笔者也马马虎虎让袁中郎"如其智",岂不是妄想方驾圣人,有僭越大罪?但中郎"智者"位子虽然坐不稳实,但却是荆州府公安县人氏,那长江水的涨落、起伏、曲折,种种变幻,是自幼看得精熟的,称之为能乐水,则可庶几无愧。然而年纪之限、经历之限,以及宦网之限,使得袁中郎活了三十岁,才第一次作名山之游。天目山不是寻常之处,游记也不是寻常笔墨可以交账的,中郎那管惯于戏水的笔,能否写出"乐山"的境界呢?

此篇开头便不像"乐山"。山之深幽,不正像仁道的玄邃精微么?他却嫌太荒凉,没点大江的咆哮热闹劲;山之峭削,不正像仁道的一以贯之么?他却嫌迂曲太少,没点大江的回流千折味;山的相貌苍古,不正像仁者的"寿"么?他却嫌不够鲜妍,不似江水能常逝常新;山的骨相厚重,不正像仁者的"静"么?他却嫌欠玲珑,不似波澜有千姿万态。挑了半天毛病,说穿了还是一双看水的眼睛不曾变,便是指陈山病,也如在说河枯,到最后便干脆直呼"水乏"了。然而到了天目山,却不曾见这种种脱水的症候,中郎自然意下大惬,一支笔也自己管不住了,只顾往"水"字上奔,一气说出七个"绝",游历的线路却给搁到后头去充当补笔了。这七个"绝",大抵与"水"字有关。首先入目的,自是满山的万道瀑流,这是中郎的命根子,所以跃然居于首座。飞泉是治"乏水"病的良药,山石服之,面色虽苍苍,却见滋润,不落枯瘦之态,是最可喜,故紧接着记之;至于石骨之奥之巧,便似大江的多港汊,石径之曲折,便似大江的多回流;这些统是石的水性,故居于次席。幽谷之端、悬崖之顶,有小庙插立,钟声隐隐,这就如江天一色之际,有渔舟唱晚,岂不是绝景?至于云之如浪,山尖之如波上浮萍,其取象于水,更是自不待言了。第六绝数尺松的偃蹇数丈,自可令人联想到荆江的九曲回肠;第七绝的烹茶煮笋,自当汲泉为之;除了第四绝雷声,七绝中倒有六绝可闻水声,可嗅水味。

一篇天目山记，“形”是写山，“神”却在水，余波所及，连那四百寺僧的劝饭，也个个如水中之鱼，争着喁喁向上了。道士点铁成金，自属虚妄之谈，袁中郎点山成水，却是动了真格！

如此看来，袁中郎到底不配做“仁者”，身处于名山，“乐”起来也如面对着长川，一种“乐水”的禀性，实在难移。然而这般“乐”法，不算“乐山”呢？还是真能“乐山”呢？常士与才士，见解自然不一。中郎其常士乎？其才士乎？

（沈维藩）

天 池① 袁宏道

从贺九岭而进，别是一洞天。峭壁削成，车不得方轨；飞楼跨之，舆骑从楼下度。逾岭而西，平畴广野，与青峦紫逻相映发。时方春仲，晚梅未尽谢，花片沾衣，香雾霏霏，弥漫十余里，一望皓白，若残雪在枝。奇石艳卉，间一点缀；青篁翠柏，参差而出。种种夺目，无暇记忆。归来思之，十不得一，独梦境恍惚，余芬犹在枕席间耳。土人以茶为业，隙地皆种茶。室庐不甚大，行旅亦少。鸡犬隐隐，若在云中。因诵苏子瞻“空山无人，水流花开”之偈，宛然如画。四顾参曹，无一人可语者。余因下舆，令两小奚掖而行，问若佳否？皆云：“疲甚，那得佳！”行数里始至山足，道旁青松，若老龙鳞，长林参天，苍岩蔽日，幽异不可名状。才至山腰，屏山献青，画峦滴翠，两年尘土面目，为之洗尽。低回片晷，宛尔秦余②，马首红尘，恍若隔世事矣。天池在山半，方可数十余丈，其泉玉色，横浸山腹。山巅有石如莲花瓣，翠蕊摇空，鲜芳可爱。余时以勘地而往，无暇得造峰顶，至今为恨。寂照庵在池旁，内有石室三间，柱瓦皆石，刻镂甚精。室后石殿一，殿甚宏敞，内外柱皆石，围三尺许，禅堂僧舍，周绕其侧，亦胜地也。时寺僧方有构，庵内行脚挂搭者多，余意欲讽其去，因大书简板以散之。

〔注〕 ① 天池：与下贺九岭皆为苏州山名。 ② 秦余：或谓即秦余杭山，在苏州，又称阳山。但从上下文看，此处“秦余”似应指陶渊明笔下的桃花源，因桃花源中皆是秦之余民。

袁中郎《虎丘》，津津乐道于苏州虎丘山的游人之盛，声乐之喧，而于山上诸处胜境，则不过略说一二语便带过了，在别文中又以“虎丘之丽，辟则名姝冶客(按:“客”疑应作“容”)，置之园亭，与盆景假山争胜可也”(《上方》)数语概之。靓妆名妓，冶容歌儿，现身于园亭之中、宴乐场上，眩目固眩目矣，但其一番艳抹浓妆的做作，无非都是为了呈媚献娇于座上贵客而已，与假山之精心凿镂以供人流连、盆景之着意摆设以求人赏玩，别无二致。故中郎不高许虎丘，诚为有见。然则中郎心目中的“真美人”又该当如何呢？读者试看此文。

“窈窕幽谷，时见美人。”若是市井优倡，随处可逢，招之即来，又有何名贵可言？绝代佳人，幽居空谷，不识尘世，清丽绝俗，始为难得。贺九岭前的峭壁狭道，便是这幽谷的谷口；逾岭而西的别有洞天，便是这佳人的俏影。佳人难得，而能知之赏之者亦复难得。寻常游人，不过奔走于虎丘、灵岩之类名声早著的山峦，谁能别觅佳境？姑苏山川之胜，早已发掘殆尽，谁又敢自言觅得更胜者、而笑苏人无目至今？惟有性耽山水、夙具幽韵而又绝不拘囿成见的袁中郎，始能逾山度岭，轻车快马，翩然而至。先看这美人的身姿。时而平地，时而山峦，高高低低，蜿蜿蜒蜒，犹如窈窕曲线，勾勒出美人绰约的体态，已可以使人销魂。然此犹其美之浅者。再看美人的头饰。市井优倡，珠翠盈鬓，足以陪衬其媚眼笑语而已，中郎自然不赏。苏州梅花之盛，首推邓尉山，中郎《锦帆集》游记中却不着一赞语，大约也是因为其名声太大，来往观看的俗物太多，梅花本身虽不俗，却也熏染了俗气，似与俗物同乐，有媚人之嫌的缘故。而这里的梅花则不同。非但香雾十里，犹如美人的吹气胜兰；而且因这香雾中并无俗氛掺杂在内，所以这一片皓白，也宛然是美人满头的乱插山花，只是清疏可喜，绝无刻意装扮之感。唯其如此，中郎才欣然色喜，形诸笔墨。美人固然可爱，而中郎慧眼，也是可敬。美人之为美人，要之在于气息清雅，仪态端方，丰采照人。此数者有其一，大约便足以使人遇之，不暇细看，便已心旌摇摇、如痴如醉、直欲伏拜于地了。若徒恃颜色之好，而气质不胜，便算不得美人；若只是贪看春山之眉、秋水之目、及云鬟、樱口之类，则是将歌舞场上娇娃狎玩膝上的恶道，那得称为风流？是以中郎既歆领了美人的芳馨气息，彼之神情已得，此外便无复他求了。山间花、石、竹、木，只是彼姝的眉眼盈盈，虽也惊心夺目，但此时若要细看，便是奢求无厌，不以美人神情为重：你不快快为美人的气息清雅伏拜，岂不要取嗔美人？若实在不能忘情，也只应去梦寐中依稀仿佛、回味余馨。这一段文字，最得“风流蕴藉”之神，而“余芬犹在枕席间”，又是多情语，中郎信风流多情者也。再看美人的服饰。隙地种茶，鸡犬隐隐，便如美人的荆钗布裙，绝弃浮艳，林下风气，自当如此。若是莳花养鸟，便又是遍体绮罗了。中郎将此朴质无华之景一一道来，又吟诵苏东坡那清新自然的佳句以概括提炼之，足见他对这位美人该有何样服饰，是早已了然于心的。若无中郎这般胸襟，谁能赏此稚野之景、得其真趣？君不见左右僚属，虽其中不乏文士，却个个犹同无目。那小仆比起这班僚属，倒心直口快些，一语道破这班人的共同心声："那得佳！"然而，中郎却不曾发作，说其败兴，反记下其辞，又不置一贬语——设使此辈亦以为佳，又何须我中郎色色道来？设使身边这些假斯文、真无知，到了邓尉这样的名山，能不或卖弄几句歪诗、或猛嗅一番浓香，又何须我中郎问其佳否——其言不佳，自在中郎意中；其言不佳，正是中郎自负处：贺九岭至天池山间这一带粗服乱头，如不得我中郎的知遇，谁能辨其国色天香之本相？山水知己，非我中郎而谁？

此篇题为《天池》，但至此文已过半，尚未说到天池。往下半篇，写天池与写寂照又平分秋色。然则上半篇之别觅佳境，是中郎得意笔，是全文神情，天池、寂照，不过眉眼盈盈耳。笔者既说尽神情，若再奢求眉眼，则是引导读者堕于第二义，恐也要取嗔中郎了。况天池名山名泉久著人耳目，中郎已不愿多说以与人争胜，笔者又焉敢于中郎脱略之处刺刺不休？所以这下半篇，也只有留给读者去依稀仿佛了。

（沈维藩）

满井游记

袁宏道

燕[1]地寒，花朝节后，余寒犹厉。冻风时作[2]，作则飞沙走砾，局促[3]一室之内，欲出不得。每冒风驰行，未百步，辄返。

廿二日，天稍和，偕数友出东直[4]，至满井。高柳夹堤，土膏[5]微润，一望空阔，若脱笼之鹄。于时冰皮[6]始解，波色乍明，鳞浪层层，清澈见底，晶晶然如镜之新开，而冷光[7]之乍出于匣也。山峦为晴雪所洗，娟然[8]如拭，鲜妍明媚，如倩女之靧面而髻鬟之始掠也[9]。柳条将舒未舒，柔梢披风，麦田浅鬣[10]寸许。游人虽未盛，泉而茗者，罍[11]而歌者，红装而蹇[12]者，亦时时有。风力虽尚劲，然徒步则汗出浃背。凡曝沙之鸟，呷浪之鳞，悠然自得，毛羽鳞鬣之间，皆有喜气。始知郊田之外，未始无春，而城居者未之知也。

夫能不以游堕事[13]，而潇然[14]于山石草木之间者，惟此官也。而此地适与余近，余之游将自此始，恶能无纪[15]？已亥[16]之二月也。

〔注〕 ① 燕：旧时河北省的别称。北京古称燕京。 ② 冻风：冷风。作：兴起。时：经常。 ③ 局促：兼有狭窄、拘束之义。 ④ 东直：东直门，北京城东面最北的门。 ⑤ 土膏：肥沃的泥土。 ⑥ 冰皮：冰覆水面，如水有皮。 ⑦ 冷光：清亮的光。 ⑧ 娟然：美好的样子。 ⑨ 倩女：妩媚的女子。 靧(huì)面：洗脸。 ⑩ 浅鬣(liè)：以兽类颈毛或鸟首毛喻麦苗。下文"鳞鬣"之鬣，则指鱼颌旁小鳍。 ⑪ 罍(lěi)：盛酒器。这里以名词代动词，指喝酒。下文"蹇"字用法同。 ⑫ 蹇(jiǎn)：指骑驽钝的马或驴。 ⑬ 堕(huī)事：误事。 ⑭ 潇然：舒畅、轻快的样子。 ⑮ 恶(wū)能无纪：怎能没有纪游的文章。恶，疑问代词。 ⑯ 己亥：明万历二十七年(1599)。

艺术家面对着社会和自然界的森罗万象，需要具备精细的感受能力和敏捷的捕捉能力。唐代杨巨源说："诗家清景在新春，绿柳才黄半未匀。若待上林花似锦，出门俱是看花人。"(《城东早春》)从"绿柳才黄半未匀"这一活生生的形象里捕捉住春天的消息，这才算得上是艺术家独一份儿的成就；待到"上林花似锦"，你才跟在人家后面嚷嚷着赏花，那还有啥稀罕呢？韩愈诗云："天街小雨润如酥，草色遥看近却无。最是一年春好处，绝胜烟柳满皇都。"(《早春呈水部张十八员外》)表示的意思差不多。他们是在用比喻的手法说明艺术家对待新鲜事物要有敏感；我们现在则正好借用它来谈谈艺术家怎样表现春天——这里着重指的是早春。你看，"绿柳才黄半未匀"，"草色遥看近却无"，艺术家的感觉多么细腻，表达得又是多么恰到好处啊！诗人主要凭借视觉，以自然界色彩的微妙变化——那似有若无的嫩绿微黄的色泽，来表现早春的降临。

散文比起绝句来，容量要大得多，作家因此可以拥有更多的手段。十九世纪初英国作家威廉·柯贝特是这样写早春的："入春以后，整整两个月间，它们(灌木丛)的色泽天天都在变化，也就是从桦树的嫩叶初次呈现到槐叶的丰满茂密这一段时期；甚至在树叶还没有完全繁盛到遮眼翳目之前，整个万绿丛中还有什么比见到灌莽之间缀满着淡黄的樱草和蓝色的吊钟更令人心悦的呢？桦木刚刚吐叶抽芽便是山鸡开始啼叫、画眉鸣啸和鸫鸟歌唱的信号；而且恰恰就在栎木的嫩芽初露微红的时候……"(见高健编译《英美散文六十家》)除了视觉，还加上听觉，艺术家用来有层次地表现出春天的姗姗来临，读者的感受当然会比前引的两首绝句丰富一些(虽然它给予读者的印象不一定比那两首绝句来得深刻)。

袁宏道(字中郎)比柯贝特要早生二百多年，而在以散文表现早春形象上，却显得范围更广，容量更大，手段也更多，读者的感受也因而更为丰富和深刻。

这里说的是袁中郎的《满井游记》。

在这篇游记里，袁中郎像是一位高明的现代摄影师，使用望远镜头、广角镜头和变焦距镜头，采取仰摄、俯摄、摇摄、移摄等方法，多方位、多角度、多侧面地摄取下满井的风物。如果说柯贝特只是以树木花鸟构成早春的画图，那么我们从袁中郎的画幅里看到的就丰富得多了。这里有山，有水，有树木，有田稼，有鸟，有鱼，有游人，游人又各有姿态。这些景物映在读者眼里，有全景——“高柳夹堤”，“一望空阔”；有远景——“山峦为晴雪所洗”；有中景——游人“茗者”“歌者”“蹇者”；有近景——“鳞浪层层，清澈见底”；还有特写——“曝沙之鸟”，“呷浪之鳞”。所有这些，构成了一幅表现春天来临的蒙太奇组合。它不是单一的，不是单色的，而是繁复的，千姿万态的。这种技法正与所表现的内容(生机勃发的春天)相适应。这是《满井游记》的艺术特色之一。

我们说，柯贝特的早春的画图基本上是静止的，像是映现在幻灯机上的图片；袁中郎的画面却是动态的，连续的，是一组电影镜头。作者特别注意摄取景物的动态。“冰皮始解，波色乍明，鳞浪层层”，这是水和风的流动；“柔梢披风”，这是树的枝条在风中摇曳；鸟在“曝沙”，鱼在“呷浪”，游人在品茗、饮酒、歌唱、乘骑，也无一不在运动。就连本来是静态的山峦，在作者笔下也动起来了，你看：“山峦为晴雪所洗，娟然如拭，鲜妍明媚，如倩女之靧面而髻鬟之始掠也。”一个“洗”字，一个“拭”字，一个“掠”字，不是山的“动”态的极活泼的表现吗？山峦从寒冬的沉睡中苏醒过来，清丽的山色在明媚的阳光照耀下浮动。这引起了作者的“倩女掠鬟”的联想，于是产生这一极妙的写生。着力写景物的动，这一技法也是与本文所描写的生机勃发的春天的内容相适应的。这是《满井游记》的又一艺术特色。

中郎在这篇游记中还特别扣紧时与地两个条件，突出北国早春的特点。袁中郎于万历二十六年(1598)暮春到北京，任顺天府教授。次年花朝(古人以夏历二月十二日或十五日为百花生日，称花朝)节后游满井(北京郊外的一个风景区)。是北国，是初春，中郎全力抓住这个特点，遣词造句都极恰当。像写水是“冰皮始解，波色乍明”，一“始”字，一“乍”字，既写了是在北国，又写了是在早春。“土膏微润”，“柳条将舒未舒”，也是十分精彩的描画。我们从“微润”，特别是从“将舒未舒”的语词上，看出作者用心之细，体物之精，而且看出了作者把写诗“炼字”的技法用到了散文写作上。而游人至郊外之如“脱笼之鹄”，鱼鸟之“悠然自得，毛羽鳞鬣之间，皆有喜气”，也都表明人和生物在经历了北国的长长的冬天之后，迎接春天来临时的喜悦。我们比较一下中郎在两年前的二月里，是怎样写杭州的春天的，那是——“山色如娥，花光如颊，温风如酒，波纹如绫，才一举头，已不觉目酣神醉”(《西湖一》)。“湖上由断桥至苏堤一带，绿烟红雾，弥漫二十余里。歌吹为风，粉汗为雨，罗纨之盛，多于堤畔之草，艳冶极矣。”(《晚游六桥待月记》)写江南春光,中郎设色秾艳,用笔酣畅,与这篇《满井游记》的清丽波俏,显然不同。我们从这里可以悟出描写技法与描写对象之间的关系。

中郎在文章中说:"夫能不以游堕事,而潇然于山石草木之间者,惟此官也。"当上一个闲差事(学官),这才不怕因为游览而妨碍办理公事,可以尽情地徜徉于山水之间。这使我们想起万历二十四年(1596)六月,袁中郎以吴县地方官身份勘察灾情,在短文《天平》中略记山石泉亭,末云:"余过天平时,天已垂黑,驻足未定,山下水灾状子雪片飞来,余不知山为何物矣。"这是一个忙和闲的对照。这篇游记本身还有一个城市和乡野的对照。在城内时,只感到"冻风时作","余寒犹厉",而不知春在"郊田之外"。这又使我们想起辛弃疾的两句词:"城中桃李愁风雨,春在溪头荠菜花。"(《鹧鸪天》)辛词当然自有寓意,但他却真实地写出田野山村春色无涯的景象,不比在城市里,只能凭着一两株桃李来领略春天的韵味。袁中郎性爱游览,他说过,"余性疏脱,不耐羁锁……虽霜天黑月,纷庞冗杂,意未尝一刻不在宾客山水"(《游惠山记》)。在这篇文章里,也能看出中郎对于自然风光的倾慕之情,最后说:"余之游将自此始,恶能无纪?"豪兴遄飞之状,跃然纸上。

中郎好游览,因此他的散文作品中占了很大一部分的是游记。中郎的性格是开放型的,在文学上主张抒性灵,去陈言,因此他的游记作品不拘一格,不落窠臼,不但在众多散文作家中矫然不群,独具异彩,即使排比他自己的诸篇游记,我们也能看出它们的构思并不雷同,更没有什么固定的格式。这篇《满井游记》固然和大多数游记一样,主要是摹写山水景物,但在另一些游记里,中郎往往另辟蹊径,如《灵岩》议论史事,《西施山》写同游者的笑谑,《华山后记》谈探险者的心理作用,隐寓某种人生哲理,《湘湖》写莼,《惠山后记》写茶,《嵩游第二》专写瀑布。这篇《满井游记》固然是和一般游记一样,写了游览者如何赏心悦目,而他在《天池》中写了自己观赏花木以后,问扶持他的童仆"佳否"?得到的回答却是:"疲甚,那得佳?"在《云峰寺至天池寺记》中极写山石云雾之奇以后,却以"走告山僧,僧曰:'此恒也,无足奇。'"结束全篇。这些,在文风上给人以突兀新异之感,却又蕴含着常情和至理,耐人寻味。如果读者欣赏了《满井游记》之后,再找寻中郎的其他游记作品来读,便会懂得以袁中郎为中坚的公安派文学主张的可贵,因为只有摈弃掉千篇一律的公式化、因循守旧的"样板"等劳什子,精彩的艺术珍品才有可能产生,创作也才会有生气。　　(姚　虹)

王以明[①]　　袁宏道

世上未有一人不居苦境者,其境年变而月不同,苦亦因之。故作官则有官之苦，作神仙则有神仙之苦，作佛则有佛之苦，作乐则有乐之苦，作达则有达之苦。世安得有彻底甜者？唯孔方兄[②]庶几近之。而此物偏与世之劳薪为侣，有稍知自逸者，便掉臂不顾，去之惟恐不远。然则人无如苦何邪？亦有说焉。人至苦莫令若矣，当其奔走尘沙，不异牛马，何苦如之。少焉入衙斋，脱冠解带，又不知痛快将何如者。何也？眼不暇求色即此色，耳不暇求音即此音，口不暇求味即此味，鼻不暇求香即此香，身不暇求佚即此佚，心不暇求云搜天想即此想。当此之时，百骸俱适，万念尽销，焉知其他。始知人有真苦，虽至乐不能使之不苦；人有真乐，虽至苦不能使之不乐。故人有苦必有乐，有极苦必有极乐。知苦之必有乐，故不求乐；知乐之生于苦，故不畏苦。故知苦乐之说者，可以常贫，可以常贱，可以长不死矣。中郎近日受用如此，敢以闻之有道。

〔注〕①王以明：王辂，字以明，公安（今属湖北）人，袁宏道的举子业师，精于禅学和性命之学，李贽、袁宗道等皆与交游。②孔方兄：钱的谑称。古时钱币中有方孔，故名。

戏法人人会变，各有巧妙不同；苦经人人会叹，叹术却大抵一律。满肚苦气积着时，谁个有心思吞吞吐吐做那起承转合文章，曲曲折折求那峰回路转之趣？自是恨不能一气泄出落个畅快。然而普普通通走一直线，常人为之则一万个都成，袁中郎为之则不成袁中郎。尤其对面是半师半友、亦佛亦儒的“性命”之友王以明，不亮一手或庄或谐、似禅非禅的趣文字，他如何能放在眼里？自然少不得费些心思玩花样。到底是游戏笔墨的好手，这一篇苦经叹得实在妙不过——要说的是“苦”，却借径于“乐”！

奔走如牛马，寻常之喻也，可知中郎这一回全不打算从正面去说道这做县令的“至苦”，只虚晃一枪，便从背面厚厚地敷起粉来。牛卸了犁归棚，马解了鞍进槽，袁中郎脱了官服回私斋，这段痛快这段乐，看看他如何形容。还管他看见什么，私斋里看见什么都悦目；还管他听见什么，私斋里听见什么都悦耳。随你荤的素的咸的酸的，吃在嘴里全是美味；随你酒香肉香粉香烟香，跑来鼻子无不受用。坐也罢、倚也罢、歪也罢、趴也罢，管他规矩还是不规矩，身子摆个什么姿势都说不出的舒泰；忽而想起作诗，忽而想起听曲，忽而想起看花，忽而想起访友，管他做得到做不到，脑子里就这么胡乱想想也是好的。袁中郎呆了？袁中郎傻了？袁中郎就这么好伺候？袁中郎就这么不讲究？非也，非也！不然，不然！你须知他官场里，驿亭上，参见上司，恭候大吏，是怎样一副嘴脸？这一层，中郎自家不曾说，然回斋时这般痛快无极，自能叫笔者想象其回斋前的那般不人不鬼相；他不曾说，倒作成了笔者一番卖弄——他能看什么好色彩？除非是官袍的绯紫、官帽的乌黑。他能听什么好声响？除非是官长的教训，皂隶的吆喝。就算有八珍佳肴，一张嘴却早说得唾沫全干，咽不下半点；就算有袭袭花香，一管鼻却早钻满了尘埃，闻不着一丝。作揖呀，叩拜呀，肃迎呀，恭送呀，上半身直了折、折了直，下半身起了屈、屈了起，若不是身子骨一天就这么操练着，回私斋怎会"百骸俱适"？至于他的"万念尽销"，你更可由此推想到他上官发话时自要竖耳敬聆，不发话也要鉴貌辨色，一天下来脑子就这么战战兢兢着，哪还能经营旁的念头？——诚然，笔者这一番敷说挂一漏万，实在算不得高明；读者高明，自能从中郎回斋后眼、耳、口、鼻、身、心的快意无限之中，将他此前所受的"至苦"莫比推算得更全更完整；但是，若读者肯费心去推算，则中郎借"乐"说"苦"之妙，不就跃然于读者面前了吗？

这封信头尾也自可观。其头里则明明自家受苦，偏扯了天上仙、西方佛、人间快乐放达士一块儿陪着，然则我亦仙亦佛亦快乐放达士——不是袁中郎，谁能讨这等便宜？其尾里则明明正自受苦，七颠八倒倒腾了一阵，却成了正自行乐——不是袁中郎，谁玩得了这手翻云覆雨？然而可观虽然可观，中郎的本意却不在此。他将苦与乐绞作一块撕粉碎了漫天价撒，看起来眼睛迷离头昏昏，全是为了让王以明看看自家的谈禅弄玄工夫也不差，兴起一派似禅非禅的大雾，叫满腹苦经如绵里藏针一般难捉难捏。这一节，王以明看过自是理会得，读者也幸勿被中郎瞒过了。（沈维藩）

聂　化　南①　　袁宏道

败却铁网，打破铜枷，走出刀山剑树，跳入清凉佛土，快活不可言、不可言！投冠数日，愈觉无官之妙。弟已安排头戴青笠、手捉牛尾，永作逍遥缠外人矣。朝夕焚香，唯愿兄长不日开府楚中，为弟刻袁先生三十集乙部，兄尔时毋作大贵人哭穷套子也。不诳语者，兄牢记之。

〔注〕 ① 聂化南：聂云翰，号化南，曲周人（今属河北）。万历二十年进士，官至礼部郎，时任昆山知县，以公廉强直称。

这是《锦帆集》的最末一篇。袁中郎在吴县知县任上挨了两年，打上年起辞牍呈了七回。先求辞了官，不成；再求改个官，不允；谎报祖母病危，不信；夸称害疟几死，不理。上司先扮红脸喻他不得杜门，次扮白脸叫他请假调养，摆明了就是不许这能员辞走。袁中郎走投无路，临了只得把官印封起来往苏州府一投，掉起臂膀往无锡一走了之。缠磨挣扎了十个月，总算一朝脱颖而出了，心底的快活劲直往上鼓。所以中郎到无锡喘息才定，便不管是苏州司理朱一龙、长洲县令江盈科这些旧时同僚，还是歙县令倪大器、金坛县令黄兰芳这些天各一方的同年进士，统统横一封信，竖一张笺，寄去逼他们和自己同乐，也不管人家宦肠热也不热。聂化南是中郎同年，平日还通些书信，所以也少不得吃中郎这一兜头的热气。

这信劈头就写得兔起鹘落。仕途是“尘网”么？不，不，十个月才冲出，当然是铁网，然而是铁又怎地？还不是给我袁中郎“败却”了么？痛快！进贤冠是“木枷”么？不，不，扛了两年才卸脱，当然是铜枷，然而是铜又怎地？还不是给我袁中郎“打破”了么？痛快！铁的铜的都做了官箴杀人刀、官服害人剑，官场里蜂酿蜜也似乱纷纷、蝇争血也似闹嚷嚷，不就是刀山剑林、不但见得刀光剑影么？然而纷纷攘攘又奈我何，袁中郎轻轻“走出”，飘然而去，痛快！至于跳出尘埃，大气清澄，引领深吸，彻心彻肺介清凉，此时便是置身西方极乐世界，这一番快活更是无可名状。“不可言，不可言”，不长声连呼，怎能一抒胸中畅美？“投冠”才数日，却一日甚似一日地觉那“无官之妙”，中郎想扔官帽真是快想疯了。乌纱帽丢了，头顶上戴一顶竹笠；朱砂笔撇了，手心里握一把牛尾——中郎想得美，也想得巧：纱帽砂笔是龌龊尘中物，青笠牛尾自然是逍遥世外人了。可以想见他那时大笔在手，“永”字先飞舞而起，再一路直书下去，到“矣”字把末笔拖得长长的，满肚子快意一泄如注，快活无限！这般得意忘形之后，中郎才想起还该替聂年兄也说几句。此时一身轻快，官场停年格也浑忘到爪哇国去了，只有玩笑话从笔底直流出来：化南还只是微末一令，中郎却已焚香礼拜，恭祝他不日就高升湖广大中丞，做自己父母邦的父母官，于是野人袁某便有了秋风可打，野居时一心一意构写的离经叛道一派胡言也有钱刊刻出来流毒世俗了。袁中郎脱了宦程真的乐疯了，他竟揪住自造出来的“大贵人”，不许他到时候赖账哭穷！化南即使一上来给铁的铜的砸个晕乎乎，看到此也将忍俊不禁了。

袁中郎后来又上北京守着冷官去了，风流名士是不拘什么言必行、行必果的，“永作”云云自然也当不得真。但他一时高兴信手挥洒出的这叶小笺，字字珠玑，跳跳蹦蹦，着实有趣好玩，说由这一斑可略窥其性格的潇洒脱略，却大约是可以当真的。

（沈维藩）

李　子　髯①　　袁宏道

髯公近日作诗否？若不作诗，何以遣此寂寞日子？人情必有所寄，然后能乐。故有以弈为寄，有以色为寄，有以技为寄，有以文为寄。古之达人，高人一层，只是他情有所寄，不肯浮泛虚度光景。每见无寄之人，终日忙忙，如有所失，无事而忧，对景不乐，即自家亦不知是何缘故，这便是一座活地狱，更说甚么铁床铜柱刀山剑树也！大抵世上无难为的事，只胡乱做将去，自有水到渠成日子。如子髯之才，天下事何不可为？只怕慎重太过，不肯拼着便做。勉之哉！毋负知己相成之意可也。

〔注〕 ① 李子髯：子髯名元善，公安（今属湖北）人，袁宏道的妻舅和密友，官至惠州府推官。

本篇里跳荡着五六个"寄"字，其义究竟何居？中郎《瓶史》之十《好事》云："嵇康之锻也，武子（王济，字武子，东晋人，《世说新语注》称其"性爱马"）之马也，陆羽之茶也，米颠（北宋画家、书法家米芾的外号）之石也，倪云林（倪瓒，号云林子，元代画家，相传其有"洁癖"）之洁也，皆以癖而寄其磊傀俊逸之气者也。余观世上语言无味面目可憎之人，皆无癖之人耳。若真有所癖，将沉湎酣溺，性命死生以之，何暇及钱奴宦贾之事？"这一节，虽是距本篇三年后所作，但二者却相互发明，实可作一篇读。嵇康诸人，不就是"古之达人"么？锻铁诸癖，不就是"情有所寄"么？无癖之人的无味可憎，不也正如无寄之人的徒忧不乐么？所以，"寄"只是中郎爱拈弄新鲜字眼，说穿了就是一个"癖"字。"癖"这玩意，世人有之者不少，雅些的癖于琴棋书画，俗些的癖于酒色财气，古怪些的如东晋阮孚之癖屐，乖僻些的如南朝刘邕之癖痂。凡此种种，不一而足。然以常理揆之，癖之美丑固可据以论人品之高下，癖之有无则似与人品无关。殊不料，到了言论动逾常规的袁中郎笔下，不起眼的癖居然身价暴增起来。你看他把这癖或云寄说得何其非同小可：人若无癖，便足证他是碌碌凡夫，可憎可厌，须有了寄，才是达人高士，可敬可慕；人若不嗜于癖，便是白活了一场，是地狱里鬼，须沉溺于所寄，才算不同凡响，是天界上仙。照此说来，癖或云寄，倒成了衡量人品——不，毋宁说是衡量人生价值——的唯一天平，身价岂不是骤然百倍了么？

癖或云寄既要紧到这步田地，那么其内容又究竟何居？中郎举的例子将令你顿开茅塞。先看“癖”例，嵇康的锻铁之癖，谁都知道其中所寄的“磊傀俊逸之气”，就是“非汤武而薄周孔”，其余癖马癖茶、癖石癖洁，虽不公然同礼法作对头，要之亦于礼法无益。再看“寄”例，那就更了不得了。弈，三国时韦昭先生早就痛陈过其弊端种种，曰“妨日废业，终无补益”，曰“人事旷而不修，宾旅阙而不接”，曰“廉耻之意驰，而忿戾之色发”，玩物丧志，莫此为甚。且弈“伎非六艺，用非经国，立身者不阶其术，征选者不由其道”（《博弈论》），也绝不是欲为朝廷柱石的有志之士所宜从事的。色，那是万恶之首，不消说的。技，那是“士农工商”“四民”里“百工”营生的勾当，士君子若涉足了，岂不有辱斯文？文……那也得看何等样的。若是如韩文公那般为载道而文，则其头童齿豁“癖”之不倦，自然是极可嘉可许的。但中郎却并不作如是想。你看他“勉”李子髯作诗，不教他深味乎风人之旨，学着点温柔敦厚，却说世上无难事（然则作诗自也不难），只胡乱做去即可成功（言下之意作诗也无须讲究用功），便可知他心目中的“文”，乃是《小修诗叙》里提及的《擘破玉》《打草竿》一类芜秽不堪入耳的俚曲俗词。士君子癖上这类“文”，还能替圣天子鼓吹休明，还能成为粹然纯儒么？八个例子看完，不是小道，就是邪魔外道，无一乃名教内自有之乐地；而中郎还将这些“寄”“癖”高高捧起，直当作免堕地狱的护身符、身登天堂的青云梯，则其蔑弃名教的心迹，还须笔者再赘作说明么？

标举“寄”的目的是教人离经叛道，这已经是明明白白的了吧？然而，一则堂堂皇皇地教人离经叛道，在那个时代到底还不成；二则正正经经地布道说法，也不合游戏笔墨的袁中郎的脾性。所以文中说道：“人情必有所寄，然后能乐。”把“寄”的目的说成教人行“乐”，这正是中郎的尤为可恶之处。人孰不愿活得快乐？既然要快乐就必先取道于“寄”，则人孰敢不“寄”？若中郎的话真个儿人人都信服了，大伙儿你也去“寄”，我也去“寄”，则学宫里自然传不出诵《诗》讲《礼》之声，庙堂上自然听不到尊圣宗经之论，礼崩乐坏的日子还会远么？在中郎或许只是以“寄”行乐而已，然其流毒所及，却是叫人心甘情愿地离开名教正道，被“乐”字牵着诱着走上邪道。中郎真是可恶！

（沈维藩）

沈　博　士[1]

袁宏道

作吴令，无复人理，几不知有昏朝寒暑矣。何也？钱谷多如牛毛，人情茫如风影，过客积如蚊虫，官长尊如阎老。以故七尺之躯，疲于奔命；十围之腰，绵于弱柳。每照须眉，辄尔自嫌。故园松菊，若复隔世。夫伯鸾[2]佣工人耳，尚尔逃世；彭泽乞丐子耳，羞见督邮；而况乡党自好之士乎？但以作吏此中，尚有一二件未了事欲了，故尔迟迟，亦是名根未除，若复桃花水发，鱼苗风生，请看渔郎归棹，别是一番行径矣。嗟乎，袁生岂复人间人耶？写至此，不觉神魂俱动，尊丈幸勿笑其迂也。

〔注〕①沈博士：沈存肃，荆州府学教授。博士，教授的习惯称法。②伯鸾：梁鸿，字伯鸾，东汉隐士，曾为人作佣工，后隐居吴地以卒。

钱谷以“牛毛”喻之，看似平平，其实不然，盖其非谓银子、米粮，乃衙门算计赋税之事。“牛毛”向以喻物，今移来喻事，平常不平常？若谓这是曲说，亦悉从君便，然再下几句，便不容你不称奇。人情也者，请宴席的大老，贡土仪的乡绅，献拙作的山人，呈时艺的学子；或为套个世交，或有私情请袁大令“作主”，或要借助大名为其揄扬，或想请宗师前美言几句。如此种种，不一而足。读者试想自己下笔，此际形容传神之字，该是何者？“多”？“杂”？皆平平。人太多、声太杂，袁大令哪得工夫都去记忆？闹腾一天，脑里满满的是人打架，纵要分辨，终属茫然。多才毕竟是中郎，拈出个“茫”字，得当不得当？干谒诸君，倏来忽往，岂不如风？袁大令送往迎来，身病惫矣，目呆直矣，眼前晃动的，岂不只是人影憧憧？以“风影”补足“茫”，地道不地道？再看。富甲天下、文物大邦、水陆要冲，这吴县每日游人，何减市朝？就中求名的、求攀扳的、打秋风的，闻说袁知县是当今才子，品鉴又高明，人物又俊爽，能不如群蚊嗡嗡而至？这里一个“积”字便奇。积水是死水，积钱是死钱，积沙便不算流沙，可曾听说塘中积着鱼，林中积着鸟？唯这班碌碌酸俗客，昨日今日衙役回了大人不得空，明日后日还挨排着等。陈陈相因起来，吴县衙门便添了“积客”一奇观。缘何不言如蜂如蝶，偏言蚊虫？蚊之嗡嗡，为刺血也；客之嘈嘈，来耗袁大令元气也。这般形容，精妙不精妙？再看，县令区区七品芝麻官耳，头顶上抚台、按台、道台、府台，一佛一世界，仰而瞻之，岂不尊严？但如何形容这“尊”，又是难措笔处。中郎“如阎老”极到火候：若说如菩萨，官长没这份慈祥；如王侯，官长没这派雍容；如玉皇大帝，官长又没这般堂堂皇皇。唯有凶霸霸、傲狠狠、阴沉沉，才是阎罗的尊容、官长的嘴脸。这般形容，刻毒不刻毒？成日厮混在这些人堆里，“无复人理”“不知昏朝”，读者信也不信？

袁中郎以二十多岁一个了无仕宦经验的青年进士，骤然做吴县这大都会的知县，虽政绩着实不少，至今方志具载着，但拘束苦烦之处，也着实不少。他本是疏放惯的，初尝这冠带磬折滋味，自不免大呼大叫。《锦帆集》中，触处可见其牢骚。且同是说一个苦烦，却横看成岭，侧看成峰，例如“迎上官则奴，候过客则妓，治钱谷则仓老人，谕百姓则保山婆”(《丘长孺》)，例如“苦瘦，苦忙，苦膝欲穿，腰欲断，项欲落”(《杨淇园》)，各有妙到之处。然细细较量，则上四句句子极整饬，而字眼又极鲜活；取喻极考究精当，而写去又挥洒自如；用力实极深，而看来又极不经意：如此，又可算个中翘楚了。然此篇之妙尚不仅此而已。下面“七尺”“十围”之喻，虽亦夸张其词，却如轻舟下峡江，唯觉自然该当，不见丝毫费力，盖上文已劈波斩浪、将船力挽上峡了。二者同是极尽形容，读来却强弱悬殊，这是中郎运笔的轻重之妙。人疲极弱极，至于自亦嫌恶，下面该要说到丢官而去了吧？然而中郎绝不这么直拙。“故园松菊”二句，意思还是承上，境界却已别拓；刚才还是密雾匝地，缕陈眼前之事，倏间已轻烟穿空，想落云天之外。笔势既已宕开，往下千年前高人逸士纷纷奔走笔底，便亦不足为怪了。这是中郎运笔的超迈之妙。说梁鸿是佣工、渊明是乞丐，固不甚确，却由此对比出“乡党自好之士”，又落到自己身上，且平添了自己身份，手法轻灵之至，这是中郎运笔的舒卷之妙。佣工乞丐皆逃世，我自好者这一回总要丢官了吧？然而还有事未了毕，还有好名之心未除尽：这是中郎运笔的顿挫之妙。经过了这些羊肠九曲，一个“归”字才姗姗而来。这“归”字是深闺中人，千呼万唤，始回转半面，若是姿色平平，岂不倒人胃口？于是到了中郎动真才情的时刻了。“桃花水发，鱼苗风生”，春风起，春水涨，岸边桃花吐绽，水中鱼苗潜长，这境界何其绮丽！这佳人果然秀色可餐！再定睛看时，中郎已一领芰衣，掩映于桃红丛中；扁舟轻飏，竞与鱼儿戏逐。境是神仙境，人是天上人，“归”之美也若斯，能不“神魂皆动”？至此全篇悠然结住，与“钱谷”四句的恶俗气迫人，恰成霄壤之别。百余字的文章，既一气流走，又回环曲折，末了还能臻于胜境，如此谋篇，妙也不妙？读者诸君，心服不心服？

或问笔者曰：你只顾说这个妙那个妙，文中表达了作者对功名利禄的鄙弃，显示了作者洁身自好的情怀，和对于大自然的向往，这些进步思想，为何只字不提，你的欣赏趣味偏到哪里去了?! 谨对曰：王维“即此羡闲逸，怅然吟《式微》”(《渭川田家》)，他又何尝真要归田？中郎表清高归表清高，做知县归做知县，二者并行不悖，始活得有滋有味。至于他后来弃官，实非本意，这里不暇烦琐考证了，但真知中郎者自然理会得。他在舞弄才情，你却当作披肝沥胆，中郎地下有知，恐不免转要笑你之迂了。

(沈维藩)

瓶史(三则)

袁宏道

一、花　目

燕京[1]天气严寒，南中[2]名花多不至。即有至者，率为巨珰大畹[3]所有，儒生寒士无因得发其幕[4]，不得不取其近而易致者。夫取花如取友，山林奇逸之士，族迷于鹿豕[5]，身蔽于丰草，吾虽欲友之而不可得。是故通邑大都之间，时流所共标共目，而指为隽士[6]者，吾亦欲友之，取其近而易致也。

余于诸花，取其近而易致者：入春为梅，为海棠；夏为牡丹，为芍药，为石榴；秋为木樨[7]，为莲、菊；冬为蜡梅。一室之内，荀香何粉[8]，迭为宾客。取之虽近，终不敢滥及凡卉，就使乏花，宁贮竹柏数枝以充之。“虽无老成人，尚有典刑”[9]，岂可使市井庸儿溷[10]入贤社，贻皇甫氏充隐之嗤哉[11]！

五、宜　称

插花不可太繁，亦不可太瘦，多不过二种、三种，高低疏密，如画苑布置方妙。置瓶忌两对，忌一律，忌成行列，忌以绳束缚。夫花之所谓整齐者，正以参差不伦，意态天然；如子瞻[12]之文，随意断续，青莲[13]之诗，不拘对偶，此真整齐也。若夫枝叶相当，红白相配，此省曹墀下树[14]，墓门华表也，恶得为整齐哉！

十一、清　赏

茗赏者上也，谈赏者次也，酒赏者下也。若夫内酒、越茶及一切庸秽凡俗之语，此花神之深恶痛斥者，宁闭口枯坐，勿遭花恼可也。

夫赏花有地有时，不得其时而漫然命客[15]，皆为唐突。寒花宜初雪，宜雪霁，宜新月，宜暖房。温花宜晴日，宜轻寒，宜华堂。暑花宜雨后，宜快风，宜佳木荫，宜竹下，宜水阁。凉花宜爽月，宜夕阳，宜空阶，宜苔径，宜古藤巉石[16]边。若不论风日，不择佳地，神气散缓，了不相属，此与妓舍酒馆中花何异哉！

〔注〕 ① 燕京：北京的旧称，明成祖朱棣永乐十九年(1421)由南京应天府迁都北平顺天府，并改名北京。 ② 南中：泛指南方地区，相对于北京而言，气候温暖，盛产花卉。宋代陈善《扪虱新语·南地花木北地所无》：“南中花木，有北地所无者，茉莉花、荅笑花、阇提花、渠那异花之类。” ③ 巨珰：珰是古代妇女耳垂上的装饰品，也是汉代武职宦官帽子上的装饰品，后代指宦官。巨珰则是有权势的宦官。畹：古代的土地面积计量单位，三十亩(一说十二亩)为一畹，大畹则是手握富贵的外戚。巨珰大畹大体指代有权势的士绅富豪。 ④ 发幕：同“发镘”，

挥霍。 ⑤ 鹿豕：鹿和猪，比喻山野无知之物。 ⑥ 隽士：同“俊士”，俊秀之人。 ⑦ 木樨(xī)：桂花。 ⑧ 荀香：相传汉代荀彧曾得异香，至人家坐，三日香气不绝，因其做过尚书令，故又有“令公香”之称。何粉：指“何郎傅粉”的典故，刘义庆《世说新语·容止》：“何平叔美姿仪，面至白，魏明帝疑其傅粉。”三国魏何晏面白而风姿绰约。荀香何粉指风雅人士的风采。 ⑨ 虽无老成人，尚有典刑：出自《诗经·大雅·荡》，此诗假托周文王作以自儆并刺王室，诗人借古讽今，警告周厉王接受殷王朝灭亡的历史教训，改弦更张。此句意为告诫周厉王尽管没有像伊尹这样阅历广、世事练达的老臣，但是还有遗留下来的规范可以遵循。 ⑩ 溷(hùn)：同“混”。 ⑪ 据《晋书·桓玄传》，桓玄因为历代都有隐居不仕的高士，唯独自己这一朝没有，决意制造假隐士。于是征召皇甫谧的六世孙皇甫希之为著作，“并给其资用，皆令让而不受，号曰高士。时人名为充隐”。 ⑫ 子瞻：宋代文学家苏轼，字子瞻。 ⑬ 青莲：唐代诗人李白，号青莲居士。 ⑭ 省曹：官署。墀(chí)：台阶。 ⑮ 命客：宴请客人。 ⑯ 巉(chán)石：高峻险峭的石势。

花，在人类物质生活与精神生活中是必不可少的。《诗经》中的男女常常借送花这一方式表达自己对爱侣的爱慕之情，《楚辞》“制芰荷以为衣兮，集芙蓉以为裳”则增添了以花咏志的文化内涵，使花草在审美的基础上更具有了文化语码的深层意义。瓶花艺术则是插花艺术的一种门类，它以瓶器为载体，使得花、瓶与室内陈设形成饶有兴味的审美环境，成为古代文人日常生活中的高雅艺术。明代文人瓶花艺术极为考究，留下了数量颇丰的相关作品，如高濂的《瓶花三说》、张谦德的《瓶花谱》以及袁宏道的《瓶史》，其中尤以《瓶史》成书最晚，但理论建构最为完善，影响最为深远。

《瓶史》写于明万历二十七年(1599)，作者袁宏道三十二岁，有着辞官、周游山川、又起为顺天府(今北京)教授的经历，颇富传奇色彩。万历二十八年(1600)，宏道又因兄宗道离世，决然弃职隐居，“宁乞食而不悔”，寄情山水诗文，于柳浪湖筑馆，“疏瀹性灵”。其书斋名为“瓶花斋”，文集名为《瓶花斋集》，由此可见其对于瓶花艺术之痴迷。《瓶史》附引文一篇，包含花目、品第、器具、择水、宜称、屏俗、花崇、洗沐、使令、好事、清赏、监戒十二篇，集中探讨了瓶花艺术的基本原则，包括选、插、养、护、赏各方面的方法与技巧，既是文人雅士生活片段的记录、个体插花艺术的经验之谈，又在客观上具有着金针度人的效用，对瓶花艺术的操作有着实际的指导意义。

第一则《花目》即选取花目的原则，在中国比德传统的影响下，作者主张取花如取友。选花必然有着各方面的难处，由于运输及保管条件的简陋，南方的花卉无法在北京久存，并且名贵的花卉也必为士绅富豪所霸占，不如就近取材。由此可见，作者将无情之物作有情之友来看待，极富生命热情。同时，作者又有着极强的审美经验，其择花、择友不存在一丝一毫功利主义的念想，《瓶史·小引》中就谈到:“夫山水花竹者,名之所不在,奔竞之所不至也。天下之人,栖止于嚣崖利薮,目眯尘沙,心疲计算,欲有之而有所不暇。故幽人韵士,得以乘间而踞为一日之有。夫幽人韵士者,处于不争之地,而以一切让天下之人者也。”插花的这一书斋,就是摒弃“目眯尘沙,心疲计算”的一方纯粹天地,能够激发插花人、赏花者绝对的审美感受。袁宏道择花极为实际,因地更要因时,根据春夏秋冬有着具体的花目。但作为文人雅士,他择花虽不离怡情娱乐这一实际功能,但也不离“雅”这一基本要求。如果缺少所需花目,可用竹柏替换,而不可用凡花替代。二百余字,将花目选择的基本原则、挑选内容、特殊情况一一做了交代,作者笔力刚健,文字容纳力强,可谓尽短篇之极则。

第五则《宜称》是插花的具体指导。插花切忌太繁、太瘦,一个瓶中花的种类不必多,花的放置忌两对,忌一律,忌成行列,忌以绳束缚,极为翔实。这里我们可以发现作者追求的插花艺术所呈现的审美效果是“参差不伦,意态天然”,疏宕中有着密丽,形散而神聚合,这是自然形态的整齐。一种稳定的艺术形态中呈现出相反形式的和谐统一,这才呈现出一种美的张力,因此其审美理念中的“整齐”观念,是辩证的、是科学的。作者并非是追求绝对的一致,就如官署台阶下的树木,抑或是墓门前的华表,这种千篇一律只能带给观赏者视觉上的疲劳与厌倦。自然界的花草互相映衬,搭配得当,能够将给予人视觉上的美感放大。值得注意的是,作者认为艺术、文学门类是相通的,插花与绘画乃至诗文都有着一定的联系。插花所能够得到的审美体验无异于苏轼文、李白诗,这就与作者“独抒性灵”的文学观念相关,强调自我独立的审美体验,不得不说是目光灼灼,这种审美感悟是切合的。

第十一则《清赏》由择花、插花,再谈至赏花。赏花的关键词是“清”,实质是作者所崇尚的清雅、简淡、自然的审美趣味,这一原则贯彻在《瓶史》的各篇之中。赏花可配清茶,但不可携入俗物,如酒,则坏了兴致。同样的,赏花也必须因时、因地制宜,所谓“不得其时而漫然命客,皆为唐突”,这是为花寻求一个适合它的环境,让花得天时地利人和,得到一个纯粹的、不掺杂世俗气息的审美环境,与作者追求一种自然简淡、诗意化的人生相契合。如苏轼所言“人瘦尚可肥,士俗不可医”,避俗寻雅也是袁宏道这类文人的共同追求。但是明代文人所面临的问题不同,城市的空前扩张、市民阶级的壮大使得文人雅士意欲寻求城市中的自然空间,在日常生活中追求一种脱离世俗的清净人生。因而只能将情感与兴趣寄托于瓶花艺术,将自身对于理想人格的追求灌注于对花卉的培育与欣赏方面。正如作者诗作《戏题黄道元瓶花斋》中所言“朝看一瓶花,暮看一瓶花”“宜直不宜曲,斗清不斗奢”,始终如一,简淡古朴。

由《花目》《宜称》《清赏》三则而言，袁宏道小品文有以下特征：一、思力、笔力双绝。三则短文中心明确清晰，逻辑严谨，文字容纳性强，言而有物，凝练遒丽。二、如有论者所言，袁宏道小品文涵容了散文中的辞赋气势。《花目》中择春夏秋冬之花，《清赏》中因花择时、择地的语句，句式整炼，条达舒畅，气势磅礴，字词中又有意脉纵横，读起来又有音韵之美。三、短文虽短，却用典颇多，事典和语典兼得，尤其是“曹墀下树，墓门华表”用其表面意，而并未用其事典原意，以故为新，意蕴又极为妥帖。

（刘勇刚 王 毅）

与丘长孺[①] 袁宏道

闻长孺病甚，念念。若长孺死，东南风雅尽矣，能无念耶！弟做令备极丑态，不可名状，大约遇上官则奴，候过客则妓，治钱谷则仓老人[②]，谕百姓则保山婆[③]。一日之间，百暖百寒，乍阴乍阳，人间恶趣，令一身尝尽矣。苦哉！毒哉！家弟秋间欲过吴，虽过吴，亦只好冷坐衙斋，看诗读书，不得如往时携侯子登虎丘山[④]故事也。近日游兴发不？茂苑主人[⑤]虽无钱可赠客子，然尚有酒可醉，茶可饮，太湖一勺水可游，洞庭一块石[⑥]可登，不大落莫也。如何？

〔注〕 ① 丘长孺：丘坦，字坦之，号长孺，湖北麻城人。 ② 仓老人：管理官仓的老吏。 ③ 保山婆：媒婆。 ④ 虎丘山：在今苏州。 ⑤ 茂苑主人：作者自称。茂苑，苏州的别称。语出晋左思《吴都赋》：“佩长洲之茂苑。” ⑥ 洞庭一块石：太湖中的洞庭山。

这是明神宗朱翊钧万历二十三年(1595)袁宏道在吴县(今江苏苏州)县令任上写给朋友的一封信，随意挥落，无假丝毫雕饰造作，却自有真性情袒露，故教人觉得亲切厚挚中多具潇洒悠远之致，正属才士风雅朗达本色。

开首即从丘长孺病况说起，“若长孺死”三句忽作恶语凶言，乍看似怪诞极不近情理者，其实正缘于友谊的深切和相知己，才完全脱略形迹，不拘世俗习套，反倒显出珍重关念尤甚的心意。接下来从“弟做令备极丑态”至“苦哉！毒哉”转过笔势，叙写自我窘急境状及心态，直到最深隐处，正属老朋友间基于理解与信任的倾谈。有关为令苦况“则奴”“则妓”“则仓老人”“则保山婆”的四个比喻，鲜明生动，富有生活气息，似不经意中便表现了高超的艺术手法，其实，这也是袁宏道的真切现实感受与思想流露，因为早在中进士于北京谒选时他就曾赋诗明志：“如何囚一官，万里枯怀抱。”(《为官苦》)这使我们联想到唐代诗人高适的《封丘作》:“我本渔樵孟诸野,一生自是悠悠者。乍可狂歌草泽中,那堪作吏风尘下。只言小邑无所为,公门百事皆有期。迎拜长官心欲碎,鞭挞黎庶令人悲。”即同样表述了一个下层官吏的痛苦,恰共袁宏道“苦哉！毒哉”的叹息遥为映照,呈现出历史性的矛盾和悲剧。所以,明人陆云龙评论此文道:“比拟肖绝,亦是随处现身说法。”可谓中的之言。

以上是第一层意思。下面沿此转下,推出第二层意思,仍然是暗中隐隐照应前者所谓为官苦况。

秋天袁中道“欲过吴”探视作县令的哥哥,以兄弟情谊计,袁宏道本该按惯例领他游览虎丘山等胜迹,诚天伦乐事,亦不虚此行,但现在做不到了:“亦只好冷坐衙斋,看诗读书”,寞寞枯守。为什么呢？官职压身,百事焦虑,大不像昔日未仕的闲暇。这一层似乎只叙述家庭琐事,但那种无可奈何的苦闷情绪已和盘托出,正因郁结之极,故对着知己老友倾诉。

最后一层仍回到丘长孺身上,以对应起首“能无念耶”之句。“近日游兴发不”的动问,自然意味着他“病”已愈,所以才发出邀请,情意殷殷,纯出于一片挚诚,又率直亲切,自是老朋友的关系。首先说明自己经济困窘,无钱可赠,然这里却不乏醉酒品茗、游水登石的雅趣,足供赏心逸志,流连徜徉不去。除此之外,还有什么可求呢？“如何”的探问,活画出袁宏道作为主人的急切期待神态。

要之,这通朋友间来往的书简写得随便真挚,纯用口语,不事修饰,但却显得高雅风趣,不涉俗庸市井气。其实,越在不经意间,才真正体现出作者疏朗清澈的品格襟怀与高度的文化素养。

（乔　力）

【作者小传】

宋懋澄

(1569—1622)　明文学家、藏书家。字幼清,号稚源,一作自源,华亭(今上海松江)人。幼孤,少年即能文。万历四十年(1612)举人,屡应会试不遇。好藏书,与王圻、施大经、俞汝楫为万历间四大藏书家。尤多秘本及名人抄本。工诗文,亦擅作稗史小说。有《九籥集》《九籥别集》。

悔读古书记

宋懋澄

始余先人①蓄古今籍甚备,八岁时,涉猎司马《通鉴》,不知有《新唐书》,遇见先人补之,因叩问何书,先人笑曰:"是当留之以待汝读者。"已而先人客京师旅亡,余兄濙父[②]课余制举艺[③],一切古今书皆秘之。年十一,始习《春秋》,读《左氏》,窃向书肆,欲购《韩昌黎全集》,误得《韩非子》以归,喜其文词,每篝灯[④]读至子夜。又二年,窃《史记》,卒业未半,辄为藏书老奴索去。会有以《唐诗选》见遗者,得之如得醍醐[⑤],朝夕朗诵,与天籁相和,于是始成吟焉,时年十五矣。自是害举业之事不一,而诗与古文词居半焉。二十内阈[⑥]于古,遇两汉以下则勿视,曰:"是蚀吾古色者也。[⑦]"二十外虽稍纵目,然遇六朝以下则掩卷曰:"既不慎而蚀先秦,忍蚀其余乎?"其于诗,则三十内非唐人未与眉睫遇也。至三十外,老于世途,精神业已销亡,而始悔株守[⑧]之非,则无及[⑨]于时日矣。

〔注〕 ① 先人:指已故的父亲,即宋懋澄的父亲宋尧俞,嘉靖时举人,曾因呈自己所撰《皇明史编》而被张居正留家坐馆。因张居正遭父丧而夺情事,上书数千言,责以大义。诗宗六朝,晚作先秦文,气势磅礴。其性格豪迈,行侠仗义。 ② 濙(yíng)父:宋懋澄兄宋懋濙,平生习于文辞,富才情,性豪侠慈善,屡试不第,遂决意科举。 ③ 制举艺:指八股文。八股文是明、清两代科举考试时规定的应考文体,又称为"制义""制艺""八比文""时艺""时文"等。明成化以后渐成定式,清光绪末年废除。 ④ 篝灯:置灯火于笼中。 ⑤ 醍醐:古时指从牛奶中提炼出来的精华,甘美温润,气味清凉,古以此为纯一无杂的上味。佛教比喻最高的佛法。 ⑥ 阈:门槛,泛指界限或范围。 ⑦ 蚀:损害。古色:古雅的意趣、色调。 ⑧ 株守:比喻拘泥陈规,不善变通。 ⑨ 无及:没时间,来不及。

宋懋澄为华亭著名文学世家之传人,也是万历年间华亭四大藏书之家(王洪州圻、施石屏大经、宋幼清懋澄、俞仲济汝楫),其父亲在其八岁时已经"蓄古今籍甚备",他在家乡筑"九籥楼",所收藏的书籍丰富多样。

从题目《悔读古书记》看,第一感觉就是作者宋懋澄后悔年轻时读了"古书"。再读文章,发现其中所记,确实有因为"年十一"时"窃向书肆,欲购《韩昌黎全集》,误得《韩非子》以归,喜其文词,每篝灯读至子夜";年十三又"窃《史记》",年十五读《唐诗选》,"自是害举业之事不一,而诗与古文词居半焉",直言读这些"古书"耽误了举业。宋懋澄也确实至万历十四年(1612)年过不惑后才乡试中举,后三次参加进士科举都未中第,最终返乡,可见事实上在准备参加科举考试的过程中,确实因为读古书耽误了科举考试,以致大半生科场蹭蹬,不能踏上仕途。

但接着读下去，却发现其后悔的“方向和目标”开始悄悄发生变化：宋懋澄说他二十岁以内时，把自己读书的范围限制在两汉以前的先秦古书，“遇两汉以下则勿视”，原因是那些书“蚀吾古色者也”。到二十开外后，“遇六朝以下则掩卷”，原因是“既不慎而蚀先秦，忍蚀其余乎?”他所读的诗也是局限于唐诗，等到三十岁以后，因“老于世途，精神业已销亡”，开始后悔以前的“株守之非”。那么，宋懋澄年轻时“株守”了什么陈规陋习？当然是后悔没有读六朝以后的古书，没有读唐代以后的诗词。

以此和前文对比来看，貌似宋懋澄后悔的对象是矛盾的。他到底是后悔读了太多的古书耽误了举业？还是后悔为“制举艺”而读的经书之外的古书读得太少太单一？

很显然，两种后悔都有。从举业而论，能够科举顺利，是家族的期望，是“先人”临终遗言的期许，也是作为一个封建时代读书人从小就根深蒂固的目标。因此，这些都让他立志，只要是“目未瞽，腕未颤”，都要带着希望去参加科举，“以谢先人于九京”。然后，因为年少和对于子史诗歌的喜爱，导致他耽误了举业，半生蹭蹬，未遂先父遗愿，当然会后悔。

但是，穷尽大半生，最终举业屡遭失败，这对爱好子史诗词等古书的宋懋澄来说，也是后悔的事。为参加科举考试的复习那么紧张，他还是偷偷地读那么多的古书，可见其对子史之类书籍的热爱。但是他在偷读这些古书的时候，因为当时的“主流”思想的羁绊，读古书也不能尽兴，觉得自己读到汉代的书就不敢再去读汉以后的史书了；囿于自己年少时的一些偏见，也不敢读六朝以下书籍，只局限于读唐诗，忽略了很多的好书。

因为读诗词子史之类的古书，耽误了举业；因为每天都读与制艺有关的书籍，自然也影响了对诗词子史之类书籍的选择与理解。最终，两者都被耽误了，哪里能不后悔呢？如果只悔偷偷读古书而影响了举业，下面就不会写年轻时未读西汉以后的史书、六朝以后的子集、唐诗以后的诗词。

再看宋懋澄传世的作品。他诗文兼善，且偏好小说创作，像著名的杜十娘的故事就是出自他之手。宋家的“九籥楼”，就是为了收藏更丰富的书籍。宋懋澄在参加万历四十年壬子(1612)一试前，曾决定，如果这次考试不能得中，此后“当僦数廛于金陵，汇坟典，诵读其中，穷群经诸史之奥，及国朝掌故与百家言，暨《周髀》、《甘石》、稗官、艺术之书，以迄二氏”(《将迁居金陵议》)。这些话应该是《悔读古书记》最好的注脚：万历四十年以后，小说、史书，甚至算术等书，都是安顿他心灵之所在。就像他在《与家二兄书》所炫耀的爱好广泛的读书生活：“吾妻经，妾史，奴稗，而客二氏者，二年矣。然侍我于枕席者文赋，外宅儿也。”

以上种种，可见宋懋澄对于读书的喜爱超越了其他，也冲淡了他对举业不成的懊悔。因此，相比较而言，他最后悔的，还是年轻的时候没有读更多的古书。此时的后悔，更像是幡然醒悟。他后悔的少时读古书而耽误了举业，岂不知读古书偶能“如得醍醐”之感觉，“朝夕朗诵”至于“与天籁相和”，恰恰是读书之乐，是一味读经书无法得到的乐。从这个角度上说，是悔读古书，还是乐读古书呢？

从这篇文章中可以看出明代读书人所面临的读书环境：为了参加科举考试，不仅是关心自己的兄长“一切古今书皆秘之”，以至于连《新唐书》《韩昌黎全集》《韩非子》《史记》《唐诗选》这样的书都要偷偷地读，甚至连家里的老仆人都理直气壮地把这些考试之外的“杂书”拿走。一个人从小到老除了四书五经不准读其他的书，这样的读书生涯该有多枯燥！这样的生活该是多么禁锢人性！当今的读者，在不理解的同时，一定会支持宋懋澄，觉得他后悔有理吧！

（袁　茹）

【作者小传】

袁中道

(1570—1627)　明诗文家。字小修。公安(今属湖北)人。袁宗道、袁宏道弟。万历进士。由徽州教授，历国子博士，南京礼部主事。天启四年(1624)进南京吏部郎中，卒于官。其文学主张，反对摹拟，崇尚性灵，与其兄力排七子之学，号“公安三袁”，又被称为“公安派”。一生著述繁富，有《珂雪斋前集》《珂雪斋近集》《珂雪斋集选》《游居杮录》等，今人合辑为《珂雪斋集》。

游居杮录

袁中道

王中翰新居，亦枕山。门前有方塘，贮水可十亩。松桂数十株，森秀蓊郁。寿藤[①]一大壁，作殷红色，杂以碧绿。旁有磐石一具，可弈。中翰云：“此处有洞，可容数十人。今封闭未开，其径路亦迷，恐有他藏，亦未敢开也。”由此登山，可[②]数百步，岩石磊磊，至左极高阜，望见江及远山，可亭[③]。中翰乞名，予曰：“可名为‘远帆亭’。”乞联，书曰：“云中辨江树，天际识归舟。”

〔注〕 ① 寿藤：老藤。 ② 可：大约。 ③ 可亭：认为可以作一亭。

在“公安三袁”中，小修（中道）才气机趣逊于中郎（宏道），飘逸潇洒的气韵胜过伯修（宗道），他的文笔轻灵隽秀，别有风情。这是《游居杮录》中的一则，虽不同于通常日记形式，但实是袁小修万历三十六年（1608）秋冬后的日录。其时正值他礼部试落榜，大哥伯修去世不久，中郎又远去京师就职，小修心境很落寞。所以取名《游居杮录》显有自慰自勉、自我宽心意。

这篇小品与其说是文，不如说是画。古人称画为“无声诗”，诗为“有声画”，诗画一理可通。然而，好的小品，不管是记事叙人，还是状物写景，同样也都能入画，而且有时本身就是一幅无声画，此是一例。

布局是清晰的，空间界划极分明。屋枕山，前有方塘十亩，此“新居”的背山临水的秀美格局已在眼前。松桂数十株，“森秀蓊郁”，一片苍翠之色浮出，尤妙是“作殷红色”的老藤满一墙壁，“杂以碧绿”，空间画面顿然灵动起来，色彩引起人们视觉上的具象美感。屋旁树下有一大石，可作下棋场所，我们常见的山水画幅上那种悠然手谈于青山绿水间的境界已想象可见。

但文字又有画笔所不能取代的妙处，如“此处有洞”一段，画家只能画一洞穴，“恐有他藏，未敢开也”的意理就无法以画笔表述。而这颇为神秘化又很空灵的夹叙，使这“新居”既有实感又自具个性特点，不是照搬前人图式加以构建者。这一石洞的天然性，为这“新居”横添了一抹野趣。

屋既“枕山”，山也就为此居服务，环境更丰富多彩。登山数百步到岩石磊磊的最高处，可以远望大江与群山。屋前的清丽古雅与山上的开阔浩茫，组构为一，气势泻出。山下静美，山上动美，互为补足。“可亭”，是联结点，是文眼，“远帆”的取名则是点睛。袁中道不仅仅为王氏新居的幽邃雅秀而倾倒，更为旷朗可远眺极目而神往。他的大笔一挥，预题亭名，预作楹联，均能窥见他此番出游的心境——“可以涤浣俗肠”，即洗刷肮脏气，借山水来陶写心中的块垒。

作为如画之文，读时能感觉到此图自下而上，从左下角而到右上角的由实渐虚、由繁渐简，以及由浓而淡的线条和色彩，右上角无疑是一片空濛布白，气韵从布白中流转而出。云中的江树，天际的小舟，足能令人遐思飞腾，自己去再创造。

（严迪昌）

香 山 寺[①] 袁中道

自玉泉山初日雾露之余，穿柳市花弄，田畴畛畦之间，见峰峦回曲萦抱，万树浓黛，点缀山腰，飞阁危楼，腾红酣绿者，香山也。此山门径幽邃,青松夹道里许,流泉淙淙下注。朱栏千级,依岩为刹,高杰整丽。憩左侧来青轩,尽得峰势,右如舒臂,左乃曲抱,林木绣错,伽蓝棋布。下见麦畴稻畦,潦甃柳路,村庄疏数,点黛设色。夫雄踞上势,撮其胜会,华榱[2]金铺,切云耀日,肖竹林于王居,失秽都之瓦砾,兹刹庶几有博大恢弘之风。至于良辰佳节,都人士女,连珮接轸,绮罗从风,香汗飘雨,繁华巨丽,亦一名胜。独作者骋象马之雄图,无丘壑之妙思,角其人工,不合自然,未免令山泽之癯[3],息心望岫。然要以数十年后,金碧蚀于蛛丝,阶砌隐于苔藓,游人渐少,树木渐老,则恐兹山之胜,倍当刮目于今日也。

〔注〕 ① 本篇为《西山十记》之《记三》。香山寺:在北京西山。时袁中道以国子监生在京。 ② 榱(cuī):屋椽。 ③ 癯(qú):瘦。

看山看水不看寺,看寺只为看山水,此袁小修胸中意趣超然于凡庸之上者。香山寺有山有寺,正凑着这一段意趣的流露,是小修使精神的时候了。

此篇上半幅写景,自下而上,自上视下,一般景物,两样观之,便觉趣味不同。文最忌平,此理小修自然悟得,故行文也着意要见出错落之致来。在下时,柳如市集,花畦如弄,用个"穿"字,好不轻快;及登山一望,雨水所积之甃、人烟所积之村,都成了齐州九点烟了——山之高峻,即无"朱栏千级"之语,有这般形容也足以令读者肃然。这是由大而小,是陪笔;由小而大者,则是写山,是主笔。自下而望香山,峰峦茫茫,但见曲折,莫能细辨;树称"万",夥矣,又加"浓"字,密矣,却也不过仅供点缀山腰之用。山则详写,寺则略之,唯高巅处楼阁,其势飞动,红绿诸色"腾"也"酣"也,均呈跃跃之态,若欲与山树之青黛相戏,洵可乐之,由此得以收入小修笔下。笔之是为山生色,非为寺也。远望既已,小修徐步登山。青松流泉,是山之身份,如文士之笔砚随携,不可不有,有之不可不记。至千级以上,静心休憩于山左轩中,这一番才是真看山,又与在下翘首时全然二致:峰峦走向尽呈眼前,此时才觉非但有曲折,也有舒展;树木密迩眼底,此时才觉真个如绣织、如错镂,不然远望时如何能蔚然一片?至于伽蓝,此时自然也纷纷涌入眼中,与前番但望见飞阁危楼不同,此亦可乐之事,故记之。这般,读者被小修引导着,已看过了山树的渐渐放大、柳田的渐渐缩小。这等能把景物移动的笔法,读者不觉趣味横生么?

至此,小修的笔已写进寺里,读者却只觉在山道上升降,全不知已踏进了庙宇，也不曾瞥见如来的大慈大悲、闻到香烟的缭绕氤氲。由此足见小修的意趣全在自然山色之间，所以他在下半篇把笔运得抑扬顿挫，穷诋人力的无聊无谓，也就不足怪了。寺占势已雄，又兼装饰华丽，高可切着云，明可耀于日，自然气象不凡：这一节是一扬。（唯“肖竹林”二句不同调，笔者窃谓此是篇中之瑕，或可移之于文之上半幅中）良辰佳节，游客云集，至于身上的佩玉、所乘的车辆，都撞击到了一块，绮罗之衫如风动，美人香汗如雨飘。寺之繁华，还比不上人之繁华：这一节是二扬。然而写得虽极其夸张，细心的读者却不难发现，上半篇句句是实景，并无浮语；此段虽然热闹，却全是虚笔！两下照映，又足见小修于彼寺彼人，全不曾细看，也不想细看，如此高高扬起，只是为了下文重重跌落。为造一个香山寺，出了象一般、马也似的气力，也算“雄图”了，小修却冷冷地评个“人工”：此一抑。如此人工，岂合自然之道？如许游人，却皆为欣赏人工而来！所以人工掩没了真山，自当受报应，金碧、阶砌也给蛛网苔藓去掩没了；游人既为人工而来，也就注定了看不到真山：此二抑。有此二扬二抑，说“博大”也罢，说“名胜”也罢，谁还敢在寺庙里流连，在人堆里拥挤？八股文有“代圣人立言”之体，“博大”“名胜”不过小修代常人立言而已，树木渐老人渐少，才是他心目中的真“胜”，不然，上半篇里为何有山有树独无人？

香山寺有山有寺，袁小修视山如渭，借以传我雅慕自然之情，如洗我缨；视寺如泾，亦借以表我素恶尘俗之意，如濯我足。读者若自谓是小修的解人，来日到名山大刹，将看山耶？抑看寺耶？　　（沈维藩）

碧　云　寺[1]　　袁中道

从香山俯石磴行柳路，不里许，碧云在焉。刹后有泉，从山根石罅[2]中出，喷吐冰雪，幽韵涵澹[3]。有老树，中空火出，导泉于寺，周于廊下，激聒石渠，下见文砾金沙，引入殿前为池，界以石梁，下深丈许，了若径寸。朱鱼万尾，匝池红酣，烁人目睛，日射清流，写影潭底，清慧可怜。或投饼于左，群赴于左，右亦如之，咀呷有声。然其跳达刺泼游戏水上者[4]，皆数寸鱼。其长尺许者，潜泳潭下，见食不赴，安闲宁寂，毋乃静躁关其老少耶？水脉隐见，至门左，奋然作铁马水车之声，迸入于溪。其刹宇整丽不书，书泉，志胜也。或曰：此泉若听其喷溢石根中，不从龙口出；其岩际砌石，不令光滑，令披露；山骨石渠，不令若槽臼：则刹之胜，恐东南未必过焉。然哉。

〔注〕 ① 本篇为《西山十记》之《记四》。碧云寺：在北京西山。时袁中道以国子监生在京。 ② 罅(xià)：裂缝。 ③ 涵澹：水激荡貌。 ④ 跳达：同“佻达”，举止轻浮。此指鱼欢快游动貌。刺泼：鱼击水声。

“刹宇整丽不书，书泉，志胜也。”袁小修目光最是灵慧，进了碧云寺，惹世人顶礼膜拜的玩意儿都不放在眼里，直待见了大殿前的活水池，才顿时浑身上劲，忙忙地跑到寺后去找泉源——抓寺的灵魂去了。一旦抓到，一管笔便倒撞出来，从寺后反奔寺前。这等眼力，笔者还有何说？只得老老实实循了他的笔路，先从寺后说起。

小修年不到三十，登山看泉却是老于此道了，寻常的轻易不落进笔里。这泉水却起头即不凡，只见它在山肚子里憋了好大劲乱冲乱撞，好容易才冲开条石缝钻出来，所以才得露头便蓬地猛喷，吐出来的不是潺潺流水，却连片大块，形态奇崛，有如冰雪。有这番身份，小修才肯赞一句“幽韵涵澹（荡漾）”，点一点头收入笔底。这泉水劲力可真大，便奔到寺里还不减，穿过空心老树之际，树口竟同喷火一般激溅。甚至到了廊下水渠里兜了一圈，水势已经缓了许多，还能在渠沿扑跌出一片聒噪。当真是野性未驯。有此活泼泼的水，池子里鱼儿也纷纷活跃起来。先这“万尾”已觉声势浩大，次这一片炫目的“红”更显热烈，袁小修画龙点睛，再点个“酣”字，真个儿满池欢腾、全篇皆活。水的至清，鱼的写影，令人联想到柳宗元笔下的小石潭。然而子厚心是冷冷的，结果水、鱼也都陪着他发呆。小修却是一腔的酣热，这从他细掰着饼子左右逗玩鱼儿，倾耳细听鱼儿嚼食呷水之声，努目细辨鱼儿的老小、浮沉、举止轻薄还是稳重，另外又像模像样地悟出个“静躁关其老少”之理，便可知了。所以他笔下的水，纵然清得一丈犹如一寸也似明净，读者也不觉半分凝滞；他笔下的鱼影，纵然明晰，但既是在绕池大游行，那影儿想必与“四厢花影怒于潮”有相同意趣。末了，这泉水要出寺了，然而来时已争先恐后，出门自也休指望它温文尔雅。袁小修深明乎此，所以腕下注力，但见那泉水忽然生了蛟龙之性，奋力大吼，声如金戈铁马，又如水车轰隆，昂起头来，鳞光一闪，迸进大溪，其形虽没，其威犹存！有泉如此，碧云寺里还有什么敢不黯然失色？有龙如此，碧云寺僧却枉费心机造龙口、开石渠，不任它自由自在、恣意纵横，却逼它循规蹈矩、屈就槽头，又怎能不惹起袁小修好大议论？

泉水是奔流跳荡，文笔也奔流跳荡，泉耶？文耶？戛戛乎难辨。然而这还是袁小修放着豪士不做做居士、一意息心守枯寂时所为之文呢！然则其文心究竟有多少奇构逸想，谁又能测知呢？ （沈维藩）

寄八舅　　袁中道

自别老舅入山①,无日不快。仰看堆蓝②山色,俯听跳珠③水声,神骨俱清,百病消除。寺内有旧庵基,正据山水之胜,已倾囊鬻得④,旦晚市木⑤修造,有次第⑥矣。此去十五六里,即为青溪⑦,峰峦洞壑,殆非人境。到此饭伊蒲⑧,绝嗜欲,觉得容易遣日⑨。自信于山水有缘,联榻不寐⑩,遂有此一番佳境界。

非愚甥不能造⑪此思维,非老舅不能赏鉴也。已矣⑫已矣!胸次⑬舒泰,耳目清净⑭,岂非福耶?二三月内,此中山色泉声,更当十倍。老舅如有山行之兴,当扫乳窟⑮以待。

〔注〕①老舅:称兄弟排行最末的舅舅,此处指八舅龚惟静,名仲安,号静亭,学佛法号能者。八舅长作者一岁。入山:入湖北当阳西北玉泉山。②堆蓝:玉泉山的别称。袁中道万历四十年(1612)作于玉泉山的《堆蓝(三首)》其一云:"朝自堆蓝去,暮自堆蓝还。堆蓝无所虑,只虑树遮山。"可见"堆蓝"以玉泉山山青而得名。③跳珠:喻指溅起来的水珠或雨点。④鬻(yù)得:买到。⑤市木:购买建房用的木料。⑥次第:头绪。⑦青溪:山名,在玉泉山附近。⑧伊蒲:即伊蒲馔,供僧侣食用的素食。⑨遣日:消遣、打发时光。⑩联榻不寐:床前就是景致可供欣赏,让人流连其中,毫无睡意。榻,床。⑪造:达到。⑫已矣:算了,罢了。⑬胸次:心中。⑭清净:心境洁净,不受外扰。⑮乳窟:玉泉山洞,钟乳石形成的洞窟。

《寄八舅》是一封书信,袁中道向舅舅龚惟静诉说自己在山中悠闲自在的生活,既是晚辈向长辈报平安,又是晚辈对长辈的邀请。这种邀请,因为是对着仅比自己大一岁的舅舅,在向对方诉说自己山中生活的美好感受时,没有晚辈对长辈的拘谨,也没有书信惯用的寒暄,更多的是带有一定的炫耀味道的亲近与热情,一片天然率真之气。比如,说自己与老舅分别后进山,"无日不快",毫无顾忌,这种无顾忌,是建立在自己坚信自己的快乐传递到对方那里,对方肯定会和自己一样快乐,甚至会比自己更开心,以及视老舅为自己的知音的基础上。接着他又具体为自己塑造非常有画面感的形象,"仰看堆蓝山色,俯听跳珠水声",俯仰之间,"神骨俱清,百病消除"。潇洒飘逸、自得其乐的样子,如在目前。然后袁中道把自己的住所、周围的环境以及饮食都写得令人神往,尽兴写完当下的美景后,又提到山间饮食是"饭伊蒲",因为这也是八舅所好。袁中道为八舅作墓志,称仲安"时或伊蒲为食,水田为衣"。袁中道自己好佛入山读佛经,日常与僧人游山，如其作于万历四十年(1612)的《乳窟同无迹、伏之闲步》，无迹就是公安二圣寺的主持，《玉泉夏日山居(四首)》提到其与来往的高僧谈佛论道，每天“伊蒲饱后罢安禅”，常常“峰头趺坐忘归去”，几乎按照僧人的方式生活。八舅也是好佛，两人这方面确为知音。接着又设想“二三月内，此中山色泉声，更当十倍”。自觉把能够邀请到八舅入山的理由写足了，才向八舅发出直接邀请：“老舅如有山行之兴，当扫乳窟以待。”相信八舅读到这封信时，一定会被外甥所描绘的美景和自由自在的生活状态所吸引，外甥那神骨俱清、胸次舒泰的跳脱的样子顿时立于纸上，也会倍感欣慰，还有什么比自己的亲人过得好更让自己高兴的事呢？全文表现出的甥舅之间的亲密无间，没有直接地写出，但处处都能感受出这种真情。

袁中道另有一篇《寄四五弟》，是邀请弟弟来山中春游的，当与《寄八舅》写于同时：“山中已有一亭。次第作屋。辰起阅藏经数卷，倦即坐亭上，看西山一带，堆蓝设色，天然一幅米家墨气。午后闲走乳窟听泉，精神日以爽健，百病不生。吾弟若有来游意，极好。三月初间，花鸟更新奇，来住数日，烟云供养，受用不尽也。”从两封书信中提及自己“精神日以爽健，百病不生”“神骨俱清，百病消除”可见，袁中道是到玉泉山读书休养身心的，每天晨起即“阅藏经数卷”，倦了就观游山水。

《寄八舅》又是一篇山水小品文，清新活泼，自然亲切，作为“公安派”领袖人物之一，本文正是践行其所提倡的“独抒性灵、不拘格套”的文学主张而创作出来的。关于具体的写作时间，有认为这封信约写于1616年。因八舅卒于万历四十二年(1614)七月二十三日，本文当写于此时之前。观其于玉泉山读书休养的诗歌，多作于万历四十年(1612)，此篇也当作于此年。袁中道在十六岁考中秀才后，三十四岁时才考中举人，直到四十七岁时才考中进士，其间几经落第，烦闷苦恼肯定比较常见，只有深切感受到其中的羁绊烦恼的人，才会更强烈真切地感受到山水的解压解忧。再加上身体不适，万历三十八年(1610)，其兄袁宏道病逝，心中自然非常悲痛。种种压力和郁闷，唯有山水可以治愈。这里体现出袁中道对于赏玩山水的看法：山水对个体生命不仅能补益生理，还有调节心理的作用；山水美景不但可以疗疾，还能疗俗，“山水之乐，能濯俗肠”(《助道品序》)。自称有“山水癖”的袁中道在山中读佛经，茹素食，徜徉于“堆蓝山色”如画的山水之间，聆听自然界的天籁之音，感觉到“百病消除”。这种难得的快意，让他忍不住想与亲人分享，特意写信邀请引为知音的八舅以及自己的弟弟们快来山中一起欣赏。

(袁　茹)

楮[①]　亭　记　　　　袁中道

金粟园后，有莲池二十余亩，临水有园，楮树丛生焉。予欲置一亭纳凉，或劝予："此不材木也，宜伐之，而种松柏。"予曰："松柏成阴，亦须四五年，道人之迹如游云，安可枳[②]之一处？予期目前可作庇阴者耳。楮虽不材，不同商丘之木[③]，嗅之狂酲[④]三日不已者，盖亦界于材与不材之间者也。以为材，则不中梁栋枅栌[⑤]之用；以为不材，则皮可为纸，子可为药，可以染绘，可以頮面[⑥]，其用亦甚夥。昔子瞻作《宥老楮诗》，盖亦有取于此。"

今年夏，酷暑，前堂如炙，至此地则水风泠泠袭人，而楮叶皆如掌大，其阴甚浓，遮樾一台。植竹为亭，盖以箬[⑦]，即曦色不至，并可避雨。日西，骄阳隐蔽层林，啼鸟沸叶中，沉沉有若深山。数日以来，此树遂如饮食衣服，不可暂废，深有当于予心。自念设有他树，犹当改而植此，而况已森森如是，岂惟宥之哉？且将九锡[⑧]之矣，遂取之以名吾亭。

〔注〕 ① 楮(chǔ)：又称"构树"。落叶乔木，纹理较粗，可造纸。 ② 枳(zhǐ)：谓阻塞、滞留。 ③ 商丘之木：《庄子·人间世》中所说的有害之木。 ④ 酲(chéng)：醉后神志不清。 ⑤ 枅栌(jī lú)：房柱上的方木。 ⑥ 頮(huì)面：洗脸。 ⑦ 箬(ruò)：箬竹叶片。 ⑧ 九锡：古代天子赐给诸侯大臣的九种器物。后表示皇帝给予的最高奖赏。

本文记述了"楮亭"建造命名的过程。借置亭环境用材的取舍阐述了"材"与"不材"的辩证关系。

起笔扣题，经由楮树拎起。金粟园后环境幽美，适宜建纳凉亭，但其地"楮树丛生"。楮树，较之可作栋梁之材的松柏一类，它是一种"不材"之木，于是有人劝作者伐楮植松。从而引发了下面的一番"材"与"不材"须以辩证看待的见解。不材的东西未必没有可用的地方，此处"不材"，他处或者可为材，楮树固然不能如松柏之为栋梁，可是它的"皮可为纸，子可为药，可以染绘，可以頮面，其用亦甚夥"，这些方面，是它的长处，况且中道置亭的目的为纳凉，现成的楮树即可利用，比较再植松柏要成荫"亦须四五年"，优劣自辨。"天生我材必有用"，尽管不一定为栋梁，亦不必因不能为栋梁而羞惭也。人生的哲理，岂不如是乎！寓丰富的哲理于寻常的事物记叙中，是为健笔。

事实证明，楮树在让人纳凉这点上的确没有辜负主人的期望。时至酷暑之夏，“堂前如炙”，来到金粟园后，因有楮树，“至此地则水风泠泠袭人”，奇效既见，中道即盖亭其间。来到这里，可避日晒，可享清凉，可闻鸟鸣，“沉沉有若深山”，体会了其中三昧，不几日已到了难舍难分的程度，视它“如饮食衣服，不可暂废”了。楮树既然能给予人以这般满足，如仅仅是像当年苏子瞻因老楮尚有其用而出于怜悯宽宥之心不伐除它，就太不够意思了，相反，更应对它礼敬有加。“九锡”，是古代帝王尊礼大臣所给的九种器物，通常受九锡者大都有掌权执政的含义，此说“且将九锡之矣”，用以强调对楮树厚爱日深。于是乎水到渠成，“楮亭”的命名也产生了。

文章下半部分抒写楮树下置亭纳凉的惬意，既将“不材”者未必无用、甚或有妙用之意补足，且自然引向“楮亭”的命名，可谓运笔行云流水，结构浑然紧凑。

（宫晓卫）

【作者小传】

王心一

(1572—1645) 明书画家。字纯父，别号玄珠，吴县（今江苏苏州）人。万历四十一年进士，仕至刑部左侍郎，署尚书。曾抗疏言事，屡遭降斥。山水仿黄公望，而笔墨秀逸，简澹中另有寒冷之气，怡人心目。著有《兰雪堂集》。

净业寺观水记

王心一

长安以水为奇遇，每坐对砚池盂水，与天光相映，便欲飞身溟海，一泝洪流。而净业寺在都城之北，面临清波，汪洋数十顷，两涯之间，几不辨牛马。而一望镜彻，直令人心一空。招提金碧，与林木森疏，时时吞吐水练上，即此便是方丈蓬丘。

予厌苦尘污。一日，舍舆循涯而步，见有败荷如盖，余香乘风来扑人鼻。忽木鱼响歇，隔林笙歌，隐隐出红楼中，觉耳根如洗。转视昔日从马驴间听传呼声，顿隔人天。已而穿萝寻径，复有小筑，自为洞天。四顾竹树，交加成帷，更为奇绝。予乘小酣，暂憩草裀。尔时欲有题记，觉我宁作我，不可更著名言。顷刻，西山落日，斜挂树杪，如轮如烛，返照水面矣。

归来抱膝对砚池盂水，余兴欲勃，便欣然神往，遂漫为追次其事。倘他日乞得冷曹，借吏隐闲身，再为觅句以志胜事，当不负此佳境也。

假如作者一直生活在水乡吴门，也许就不会写一篇"观水记"，但是当他风尘满面，客居旷旱的黄土高原，而有幸观赏一碧清波，那么也就难怪他要"飞身溟海，一泝洪流"了。正因为他有这样一种心境，这样一种对水的特殊情感，那水景在他笔下展示出来，也就格外轻倩，格外富有摄人魂魄的魅力。

假如作者闲居林下，日与上人往还，也许就不会对水边幽寺那么神往心驰，但他仕途奔波，厌苦驴马红尘，而有暇徜徉于招提竹径之间，那么也就难怪他要陶醉其中了。正因为他对超尘拔俗的境界有一种内在的渴望，所以那"时时吞吐水练上"的"方丈蓬丘"，便有了一种神秘的暗示力。而作者的特殊经历，使他对水和寺有一种独特的感悟。

这样，外在的水和寺的统一，也就转化成了作者心灵中的统一，于是，在文章的第一段也就仿佛看到了那种可望而不可即的海上蓬莱一样的意境。而一旦作者循涯而游，身临其境，也就仿佛是在梦游仙界一般。作者有"顿隔人天"之感，而读者品赏之际，又何尝不由文字产生出"顿隔人天"之想呢？（马亚中）

【作者小传】

钟　惺

(1574—1624)　明文学家。字伯敬，号退谷。竟陵（今湖北天门）人。万历进士。授行人，迁工部主事，改南京礼部郎中，官至福建提学佥事。晚年逃于禅。与谭元春同为竟陵派的创始者，曾同评选古诗，编为《古诗归》《唐诗归》，时人称其诗文为"竟陵体"。著有《隐秀轩集》。

自题诗后

钟　惺

李长叔曰："汝曹胜流，惜胸中书太多，诗文太好，若能不读书，不作诗文，便是全副名士。"余忻然曰："快哉快哉！非子不能为此语，非我不能领子此语。惜忌者不解，使忌者解此语，其欲杀子，当甚于杀我。然余能善子语，决不能用子语。

子持子语归，为子用。吾异日且用子语。”数日后，举此示友夏，友夏报我曰：“长叔语快，子称长叔语尤快，仆称长叔与子语快者，语亦复快！”

夫以两人书淫诗癖，而能叹赏不读书、不作诗文之语，则彼能为不读书、不作诗文语者，决不以读书、作诗文为非也。袁石公有言：“我辈非诗文不能度日。”此语与余颇同。昔人有问长生诀者，曰：“只是断欲。”其人摇头曰：“如此，虽寿千岁何益？”余辈今日不作诗文，有何生趣？然则余虽善长叔言，而不能用，长叔决不以我为非。正使以我为非，余且听之矣。

这是一篇寓哭于笑、寓愤激于调侃的小品文。乍一看来，似乎是无理的；仔细一想，却有天下之至理在。“名士”者，名望甚高的知识分子也。在人们心目中的形象，一般是不修边幅，不拘礼节，以清淡为高，以清流自许，而又能口吐珠玉，笔驱风雷，学富五车，才高八斗，岂有“不读书，不作诗文”之理？然而社会上确有一些胸无翰墨、附庸风雅的“斗方名士”，像《儒林外史》中的牛布衣、权高士、匡超人之流，明明是一群“不中用的货”，却要“做个高人”，挤进“名士”的队伍中去，镇日价“在口里说甚么天文地理、经纶匡济的混话”，别人也廉价地吹捧他们是甚么“管、乐的经纶，程、朱的学问”，他们也居然飘飘然起来，以为天下之美尽在是矣，恬不知耻地以“吏部文章工部诗”相推许。这些人成了“名士”，那些“宁自混以为高，不少屈以合世”的“自重之士”，自然要“耻与同列”了。所谓“鸡鸣狗盗之出其门，此士之所以不至也”，便是这个道理。像《儒林外史》中所描写的“斗方名士”，我们似乎也是“似曾相识”的。年来结社联吟、选诗成集的风气，可谓“郁郁盛哉”了，然而连篇累牍，尽是官诗、恶诗，既不当诗的律令，更谈不上诗的韵味。可他的姓名一入诗社，作品一入诗选，便高人一等，身价十倍，俨然一方骚人，一时“胜流”。要作这样的“名士”，自然书不能读得太多，诗不能写得太好了。揭穿“名士”之秘的李长叔自然是“快语”，领悟此语真谛的钟惺和谭友夏，自然也是“快人”了。这是第一层意思。其次，一些“书淫诗癖”，“非诗文不能度日”，认为“不作诗文，有何生趣”的人，竟然弹起“不读书，不作诗文”的调子来，宁非咄咄怪事？然而闭目一想，却也有几分道理。这不仅因为那些“全副名士”，窃取了名位，玷污了斯文，使斯文扫地以尽；而且因为“千首诗轻万户侯”的时代，已经一去不复返了。“千金谁买相如赋”，“文章不值一文钱”，有文章卖不出去，卖出去了也不抵钱，谁还去读书呢？谁还去作诗文呢？但“文章乃经国之大业，不朽之盛事”的影响，“万般皆下品，唯有读书高”的流毒，仍然在那些“乐此不疲”的“书淫诗癖”中泛滥，所以他们虽然能善其语，而“决不能用其语”。“长歌之哀，甚于痛哭”，正是他们说这番话的心态。说明这篇小品文，不仅对所谓“名士”的讽刺是辛辣的、深刻的；而且对读书无用、对诗文不值钱的现实，也给予了深刻的批判和有力的鞭挞。

（羊春秋）

题潘景升募刻吴越杂志册子　　钟　惺

富者余资财，文人饶篇籍。取有余之资财，拣篇籍之妙者而刻传之，其事甚快。非惟文人有利，而富者亦分名焉。然而苦不相值者何也？非人也，天也。奚以明之？资财者，造化之膏脂；篇籍者，造化之精神。浚[①]膏脂以泄其精神，此其于事理两亏之数也。人不能甘，而造化肯听之乎？故曰天也。呜呼，此资财之所以益蠹，而篇籍之所以益晦也。友人潘景升[②]著书甚多，所辑三吴越中杂志，事辞深雅，心力精博，盖地史之董狐[③]也。募刻于好事者，而多不能给。予谓此雅事也。昔扬子云作《太玄》，蜀富人赉[④]钱十万，求载一名不许；今开口向人，已出下策矣，况言之而不应乎！钱受之曰：今天下俚诗恶集，阗咽[⑤]国门，此其剞劂[⑥]之费，岂非资财所为乎！予曰：此非造化精神所存也。无损于精神，而徒用其膏脂，亏其一焉，或亦天之所不甚忘也。

〔注〕 ① 浚(jùn)：掘取，榨取。 ② 潘景升：即潘之恒，景升其字，歙人。倜傥奇伟，所友皆一时文坛领袖。以诗称金陵。 ③ 董狐：春秋时晋国史官。其不惧权贵，敢于实录史事，被孔子称赞为“古之良史”。 ④ 赉(lài)：赐予。 ⑤ 阗(tián)咽：填满，堵塞。 ⑥ 剞劂(jī jué)：刻印。

友人募刻吴越杂志不利，钟惺为之作说，宽解一番。不过，所题绝非强作劝慰，实也有感于时风而发，并且，论说之中，处处体现了钟惺自已的文学标准与原则。

正如与他同年进士及第的钱谦益(字受之)所指出的：当时东南之都，号称人文渊薮，作者云集，其中自然不乏附庸风雅、滥竽充数之辈。而此辈犹不惜资财，广为刊行其集，致使恶俗粗劣之作泛滥不已。其后果，不仅浪费大量“造化之膏脂”，使之难以用之正途；而且那些以文人自居者因此淆乱了对真正的文学性质之认识。这就是所谓“资财之所以益蠹，而篇籍之所以益晦也”。

在钟惺看来，文学（即他所说的“篇籍”）应属“造化之精神”，这是一个铁定的标准，决不能降格以求。那些大量刊刻的庸劣之作，根本不是造化精神所存，因而不得列入文学之林。文中虽没有对“造化之精神”作详解，但我们参照他其他有关文论的篇什可知，此“精神”并非泛指，而是要求作者虚怀定力，厚养性灵，独往冥游于寥廓之外，方有可能悟得。　（陈广宏）

秦淮灯船赋序　　钟　惺

小舫可四五十只，周以雕槛，覆以翠帷。每舫载二十许人，人习鼓吹，皆少年场中人也。悬羊角灯于两傍，略如舫中人数，流苏缀之。用绳联舟，令其衔尾，有若一舫，火举伎作，如烛龙焉。已散之，又如凫雁蹒跚波间，望之皆出于火，直得一赋耳。

晚明的南京秦淮河，富丽甲于天下。作为当时的陪都，南京城聚集了大批偃仰闲曹的官宦缙绅和流寓侨居的文人骚客；又因为其独特的人文地理位置，正好处于江南五大特色手工业区域的枢纽，行商坐贾，五方杂处，因此，不同层次的娱乐性文艺社交圈和文化消费市场便就应运而生，像秦淮河就是一个名妓荟萃的游乐场所。据当时人描绘：“两岸河房，雕栏画槛，绮窗丝障，十里珠帘。”尤其是秦淮之夜，灯船之盛简直是世间所无，“火龙蜿蜒，光耀天地；扬槌击鼓，踏顿波心。自聚宝门水关，至通济门水关，喧阗达旦……”（见《虞初新志》卷二十）

钟惺所赋，正是秦淮乐游时所见的这一场景。然而，若我们细读小序，似可辨出作者有意滤却了震耳欲聋的喧闹和眼花缭乱的繁华背景，而着意于精致的小舫，闲雅的少年，悠扬的声声鼓吹，迷离的点点灯火；尤其在最后从隔岸的视角，抓住浓重的夜色中秦淮灯船聚若烛龙游弋、散如凫雁蹒跚的形象感受，向我们展示了一个无比清丽、缥缈的境界。在这个境界中，我们便感觉到了作者的幽情单绪、孤行静诣。要知道，钟惺最擅长以一种超脱的姿态，独往冥游于纷纭的尘世之外，慢慢咀嚼着沉重的人生在情感深处烙下的凄清寒峭。　（陈广宏）

与陈眉公　　钟　惺

相见甚有奇缘，似恨其晚。然使前十年相见，恐识力各有未坚透处，心目不能如是之相发也。朋友相见，极是难事，鄙意又以为不患不相见，患相见之无益耳，有益矣，岂犹恨其晚哉！

万历四十五年丁巳(1617)八月，当时名震东南的华亭山人陈继儒(号眉公)过访南京，特地拜会了僦居金陵的竟陵派领袖钟惺，倾慕已久的两位文坛闻人仿佛都觉得这次历史性的订交终于没有让自己失望，因而各自庆幸不已。继儒归后，钟惺即修短简一封，表达对初次相见的感受和评价。

历来名士相交虽易，相知却难，尤其像钟惺，生性严冷，不喜无故交接海内名人，处世唯忌近俗，一般得时的诗人墨客更难与之输心。然而，事实上所谓"严冷"，并非不近情理的孤僻，忌俗也并非是莫名其妙的清高，高朋相处，以道自见，访者几于一逢，求者幸于一获，关键只在是否能够感发性灵。一旦各藉识力，窥得彼此机情，虽语默亦是无隔，便算是有奇缘，便能算作知己。

照时尚来看，凡相知，必恨晚，钟惺偏不以为然。在他看来，为人之道与为诗文之道同，欲获得内心的感应和共鸣，一定须有识力作为条件，而这种识力的培养，并非一朝一夕之功，唯有厚养其气，方可得其灵心，这也就是他所说的识力之坚透处。因此，恐怕早些年相见，未必能够相知如此，那么，那样的相见又有什么意义呢?!

(陈广宏)

自题小像　　钟　惺

万历丁巳，余年四十有四，始画一小像，野服杖松下，松又友人胡彭举所补。题曰：

颜胡以不少，余不以此始也；服胡以不官，余欲以此止也。胡子曰：置我于长松之下。知我者，胡子也。

又

以若人而野服杖松下，其谁曰不宜？舍而求所以簪绂之故，余亦不自知。亦既簪且绂矣，如是而有溢思。天与人终不益汝一丝，又将汝瑕疵。戒之哉！视此野服杖松下者，念兹在兹。

中国古代知识分子一向苦苦摆脱不了在进退出处的夹缝中寻找自我。仕途对他的诱惑，不仅意味着从此具备了一种象征性的资本——文化的积累；而且确确实实来说，要实现自我，无法完全超越社会上世俗公认的价值标准。同时，我们如果撇开任何附庸风雅或伪超脱，隐逸对他来说，也确实是追求独立自由的自我，挣脱任何物役羁绊的可行途径；不过，一旦人超越现实而获得完整的个性，那他将孤立于世，幻灭感将会吞噬他，一切仿佛都在他眼中失却意义。因此，从这个意义上说，历代知识分子恐怕有不少人具备看破人生出处的识力，也常常为追求自由的自我呐喊，但真正有勇气为获得完全独立自由的个性奋争到底的毕竟极少极少。

万历四十五年丁巳(1617)，已入不惑之年的钟惺正在南京怀着焦躁不安的心情等待考选的结果。当时政坛上的局势，既不为其所喜，实也对他不利：齐、楚、浙三党鼎峙，相互攻讦倾轧不已。像他这样生性不喜泛爱容众，更不用说入谁门户，除了享有诗名，他再也没有其他什么进身之阶，仕途叵测。应该说他已经估计到这一点，然而他对仕途的期望使他又不愿相信未成事实的估测。就在这期间，他在给挚友谭元春的信中还说："若将此暇日粗了文事，此后尽力官职一番，而晚节仍以此结局，不枉作文人……"他的理想仍是期待着尽力官职一番，然后功成名就，再去玩他的文学。因此，他一方面耿耿于自己的政治前程，同时又拼命抑制这一强烈的欲望，目的是为了到时候能缓解他自己曾经意料的可能出现的失望结果。于是，他又认真祈求出现一个超脱任何物役的自然的我，野服松下，逍遥自在，不再有任何焦虑和烦恼，那就是他在《自题小像》中向我们展示的形象。尽管他在此中一再理智地告诫自己应知止于长松之下，终究难以掩饰本我的极度焦躁和茫然。

（陈广宏）

浣花溪[1]记 钟 惺

出成都南门，左为万里桥[2]。西折，纤秀长曲，所见如连环、如玦、如带、如规、如钩[3]，色如鉴、如琅玕、如绿沉瓜[4]，窈然[5]深碧，潆回[6]城下者，皆浣花溪委[7]也。然必至草堂[8]而后浣花有专名，则以少陵浣花居在焉耳[9]。

行三四里，为青羊宫[10]。溪时远时近，竹柏苍然[11]，隔岸阴森者尽溪，平望如荠[12]，水木清华[13]，神肤洞达[14]。自宫以西，流汇而桥者三[15]，相距各不半里。舁夫云通灌县[16]，或所云"江从灌口来"[17]是也。人家住溪左，则溪蔽不时见。稍断，则复见溪。如是者数处，缚柴编竹[18]。颇有次第。

桥尽，一亭树道左，署曰"缘江路"。过此则武侯祠[19]。祠前跨溪为板桥一，覆以水槛⑳，乃睹“浣花溪”题榜。过桥，一小洲横斜插水间如梭。溪周之，非桥不通，置亭其上，题曰“百花潭水”。由此亭还，度桥，过梵安寺㉑，始为杜工部祠㉒。像颇清古，不必求肖，想当尔尔㉓。石刻像一，附以本传，何仁仲别驾署华阳时所为也㉔。碑皆不堪读。

钟子曰：杜老二居，浣花清远，东屯㉕险奥，各不相袭。严公㉖不死，浣溪可老，患难之于朋友大矣哉！然天遣此翁增夔门一段奇耳㉗。穷愁奔走，犹能择胜㉘，胸中暇整㉙，可以应世。如孔子微服主司城贞子时也㉚。

时万历辛亥㉛十月十七日。出城欲雨，顷之霁㉜。使客㉝游者，多由监司郡邑招饮㉞，冠盖稠浊㉟，磬折喧溢㊱，迫暮趣㊲归。是日清晨，偶然独往。楚人㊳钟惺记。

〔注〕 ① 浣花溪：浣花溪又称百花潭，在成都西部，唐朝大诗人杜甫曾卜居于此，并在溪畔建有草堂。 ② 万里桥：在今四川成都市南，旧名长星桥。唐李吉甫《元和郡县图志》卷三一载，三国时蜀国费祎出使吴国，诸葛亮在这里为他饯行，费祎感慨道：“万里之行始于此。”因此改称万里桥。 ③ 玦(jué)：似环而有缺口的玉佩。规：画圆形的工具。这里指圆弧。 ④ 色如鉴、如琅玕、如绿沉瓜：颜色像镜子，像珠玉般的美石，像绿沉瓜。琅玕，似珠玉的美石，诗人多以青琅玕来比竹。绿沉瓜，一种深绿色的瓜，史载梁武帝西苑食绿沉瓜。 ⑤ 窈(yǎo)然：幽深的样子。 ⑥ 潆(yíng)回：水流回旋的样子。 ⑦ 委：古指水流的末尾，与其他流水相汇合之处。 ⑧ 草堂：杜甫寓居成都时，曾在浣花溪畔盖了一所草堂。 ⑨ 少陵：指杜甫，他曾居于京兆(长安)杜陵，故在诗中常自号“少陵野老”。浣花居：在浣花溪的住所，就是草堂。 ⑩ 青羊宫：道观名，在今四川成都市西南浣花溪附近。相传老子曾与关尹喜于此会面，明初蜀王朱椿重建。 ⑪ 苍然：幽深碧绿的样子。 ⑫ 平望如荠：平望过去，树木像荠菜一样。平望，平视。荠，草本植物，花白色，嫩叶可食，全草入药。 ⑬ 水木清华：指景色清幽秀丽。清，清幽。华，美丽有光彩。语出谢混《游西池》诗：“景晨鸣禽集，水木湛清华。” ⑭ 神肤洞达：指精神与身体都清爽透达。 ⑮ 流汇而桥者三：溪水所流经的桥有三座。 ⑯ 舁(yú)夫：抬轿子的人。舁，抬。灌县：今四川都江堰市。 ⑰ 江从灌口来：语出杜甫《野望因过常少仙》诗，其云：“野桥齐度马，秋望转悠哉。竹覆青城合，江从灌口来。入村樵径引，尝果栗皱开。落尽高天日，幽人未遣回。”江，指锦江。灌口，即灌口山，在彭州导江县西北二十六里，蜀州东北至彭州一百二十里，汉文翁穿湔江灌溉，故以灌口名。 ⑱ 缚柴编竹：用柴、竹编为篱、门之类。 ⑲ 武侯祠：即武侯庙，在今四川成都西南，祭祀三国时期蜀国武乡侯诸葛亮。 ⑳ 水槛：临水的栏杆。 ㉑ 梵安寺：在今成都市西南，隋代名为桃花寺，唐大历中改名浣花寺，宋改梵安寺，因与杜甫草堂相近，俗称草堂寺。 ㉒ 杜工部祠：宋人吕大防就杜甫草堂故址建祠，因杜甫曾任工部员外郎，称杜工部祠。 ㉓ 想当尔尔：谓想象中的杜甫大概是这个样子。尔尔，如此。 ㉔ 何仁仲：万历时为夔州通判。别驾：官名，明代为通判的别称，辅佐知州

或知府处理政务。华阳：古县名，明为成都府治，今并入成都市双流区。 ㉕东屯：即夔州(今重庆市奉节县)东瀼溪。据《杜工部年谱》载：永泰元年(765)，严武卒后，杜甫南下到云安(县名，唐时属夔州)，次年至夔州。大历二年(767)春，迁赤甲(奉节县东)，再迁瀼溪，秋后迁东屯。 ㉖严公：指严武(726—765)，字季鹰，官至剑南节度使兼成都尹，封郑国公。杜甫漂泊四川之时得到镇守成都的严武多方照顾，后在浣花溪构筑草堂安居。代宗永泰元年(765)四月，严武卒后，杜甫旋即离开成都并作《八哀》诗悼之。 ㉗天遣：天意驱使。夔门：即长江瞿塘峡，位于重庆市奉节县瞿塘峡夔门山麓，是古代东入蜀道的重要关隘，两岸高山凌江夹峙，是长江从四川盆地进入三峡的大门，故有此称。杜甫在唐永泰元年(765)离成都至夔州停留一年十个月，作诗四百三十多首，占现存杜甫诗歌近三分之一，代表着杜诗创作的巅峰。 ㉘择胜：选择风景佳地。此指杜甫徙居夔州东屯。 ㉙暇整：即"好整以暇"，形容遇事从容不迫，安详不乱。语出《左传·成公十六年》："日臣之使于楚也，子重问晋国之勇，臣对曰：'好以众整。'曰：'又何如？'臣对曰：'好以暇。'" ㉚如孔子微服主司城贞子时：《史记·孔子世家》："孔子去曹适宋，与弟子习礼大树下。宋司马桓魋欲杀孔子，拔其树。孔子去。弟子曰：'可以速矣。'孔子曰：'天生德于予，桓魋其如予何！'孔子适郑，与弟子相失，孔子独立郭东门。郑人或谓子贡曰：'东门有人，其颡似尧，其项类皋陶，其肩类子产，然自要以下不及禹三寸。累累若丧家之狗。'子贡以实告孔子。孔子欣然笑曰：'形状，末也。而似丧家之狗，然哉！然哉！'孔子遂至陈，主于司城贞子家。"这里以孔子的遭遇比喻杜甫当时的处境。微服，变换服装。主，以……为主人。司城贞子，春秋时陈国人，陈湣公大夫，失名，谥贞子。司城，官职，相当于鲁国司空。 ㉛万历辛亥：明神宗万历三十九年(1611)。 ㉜顷之霁(jì)：一会儿天晴了。霁，天放晴。 ㉝使客：朝廷派的使臣。 ㉞监司：监察州郡的官。郡邑：这里指地方官。 ㉟冠盖：指官员的冠服和车乘。稠浊：指繁多杂乱。 ㊱磬(qìng)折：人弯腰敬礼如磬状，以示恭敬。磬，古代打击乐器，形状像曲尺，用玉、石制成，可悬挂。喧溢：喧嚣闹腾。 ㊲趣(cù)：通"促"，急速。 ㊳楚人：钟惺是湖广竟陵(今湖北天门)人，竟陵在战国时为楚地，故钟惺自称楚人。

唐代玄宗天宝十四载(755)爆发安史之乱，肃宗乾元二年(759)冬天，杜甫为避战乱，携带家眷由甘肃辗转抵达成都，寄寓于浣花溪边的梵安寺里。肃宗乾元三年(760)春至上元二年(761)春，杜甫在严武的帮助下，终在梵安寺旁修葺了一座草堂安顿下来，这就是杜甫草堂，也称浣花草堂。杜甫住在草堂四年左右的时间，生活安稳，创作了很多脍炙人口的诗歌，这也是他创作生涯中最为重要的时期。唐代宗永泰元年(765)，严武病逝后，杜甫举家搬离成都，草堂也倾毁不存。但随着杜甫诗名在宋代之后的逐步提升，杜甫草堂也在后世得到不断的重修扩建，成为兼具景观与文化双重意义的圣地。很多知识分子会前往草堂凭吊中国最伟大的诗人之一——杜甫，并留下吟咏草堂和杜甫的佳作。钟惺就是其中颇具代表的一位。钟惺在明朝万历三十八年中(1610)进士之后，授行人，掌管诗诣及册封事宜，次年，以奉节使臣出使成都，在游览浣花溪及杜甫草堂之后，于十月十七日写下这篇《浣花溪记》以纪此行，表达对杜甫的崇敬之情，展现自己孤傲高洁的节操。

文章提笔即交代浣花溪的地理方位。“出成都南门，左为万里桥”，这里先提到出成都南门往左则见万里桥，此桥曾多次出现在杜甫的诗歌中，如《野望》中的“南浦清江万里桥”、《狂夫》中的“万里桥西一草堂”和《怀锦水居止二首》中的“万里桥南宅，百花潭北庄”等，使得文章一开始隐然已与杜甫发生了关联。“西折，纤秀长曲”写出浣花溪水的走向与形状。接着以“如连环、如玦、如带、如规、如钩”五个比喻状出“纤秀长曲”的溪水“西折”时流经不同地段时所成之形态，又以“色如鉴、如琅玕、如绿沉瓜”绘出溪水的颜色。作者连用八个比喻生动将浣花溪水曲折多变的婀娜之姿和清澈如镜的澄碧之色展现在读者眼前。此后的一句“窈然深碧，潆回城下者，皆浣花溪委也”又有着承前启后之用，“窈然深碧”近承刚刚所绘溪水之色，“潆回城下者”远承开篇所状溪水之态，而“皆浣花溪委也”则引出文章所写主题——“浣花溪”，显出作者为文构思之巧。幽远深碧、潆洄于城下的都是浣花溪水聚集之处，但这溪水只有流到草堂，才能专门称之为“浣花溪”，因“少陵浣花居在焉耳”，原来浣花溪之所以享有盛名也是因为杜甫啊。继文章起笔点出万里桥与杜甫的关联之后，此处点出浣花溪与杜甫亦有关联。

接着，作者以浣花溪为脉络组织下文，写随溪水前行所见之景。“行三四里，为青羊宫”，看似笔墨偏写青羊宫，但“溪时远时近”一句可知，在去往青羊宫的路上，溪水时远时近，并不曾离开过作者的视线。而“竹柏苍然，隔岸阴森者尽溪，平望如荠”则写溪水隔岸的青竹翠柏，它们长得茂密郁葱，以至于远望过去显得幽暗阴沉；它们长得很多，一直到溪水的尽头，以至于远望过去就像无边的荠菜。眼前的溪水与树木所构设的图景，让人的身心都清爽透达。溪水与树木，一动一静，绘出浣花溪一带幽远寂静、清新秀丽之景。“自宫以西，流汇而桥者三，相距各不半里”，说青羊宫往西有三处溪水汇聚，上面各架着一座桥，而这三处相距不到半里路。“舁夫云通灌县，或所云‘江从灌口来’是也”，轿夫所说的“通灌县”，或者杜甫《江从灌口来》诗中所云“江从灌口来”，应该指的就是这三处地方。在这里，作者再次将地名与杜甫加以联系。

钟惺紧接着写浣花溪岸上的人家：“人家住溪左，则溪蔽不时见。稍断，则复见溪。如是者数处，缚柴编竹。颇有次第。”溪水左边住着人家，有房屋之处，溪水被遮蔽而不见，而到空旷之地，溪水复见，时隐时现，远看别有一番风貌。“缚柴编竹。颇有次第”则是写岸上人家的近景。从远景拉到近景，呈现出错落有致的画面。作者不断地前行，他发现“桥尽，一亭树道左，署曰‘缘江路’”，桥的尽头有一座亭子坐落在缘江路的左边。而过了亭子，则会见到祭祀诸葛亮的武侯祠。

诸葛亮是杜甫最为敬仰的先贤之一,杜诗中曾多次提及。《蜀相》云:

> 丞相祠堂何处寻,锦官城外柏森森。映阶碧草自春色,隔叶黄鹂空好音。三顾频烦天下计,两朝开济老臣心。出师未捷身先死,长使英雄泪满襟。

杜甫称赞诸葛亮的雄才大略及精忠报国,惋惜他出师未捷而身死。《咏怀古迹》其五:

> 诸葛大名垂宇宙,宗臣遗像肃清高。三分割据纡筹策,万古云霄一羽毛。伯仲之间见伊吕,指挥若定失萧曹。福移汉祚难恢复,志决身歼军务劳。

《八阵图》:

> 功盖三分国,名成八阵图。江流石不转,遗恨失吞吴。

杜甫的这些诗歌对诸葛亮都是在崇高的赞美中透着深深的惋惜。其余的如《诸葛庙》《武侯庙》等均是杜甫致敬诸葛亮的作品。钟惺于此写武侯祠,实际上也暗有称颂杜甫抱负之意,亦有将武侯祠与杜甫相联系之意。“祠前跨溪为板桥一,覆以水槛,乃睹‘浣花溪’题榜”,武侯祠前有一座横跨溪水的板桥,其临水的栏杆上有“浣花溪”的匾额。“乃睹‘浣花溪’题榜”,与前文的“然必至草堂而后浣花有专名,则以少陵浣花居在焉耳”一句遥相呼应,也暗示作者已离杜甫草堂不远。过了桥之后,有一个溪水围绕着的小洲,没有桥则不能过去。洲上有一个题有“百花潭水”的亭子。“由此亭还,度桥,过梵安寺,始为杜工部祠”,由亭子折回原路,走过桥经过梵安寺,才到达宋人吕大防就杜甫草堂故址所修建的杜工部祠。祠中有杜甫像及《唐书》中作者传的碑文,杜甫像的“清古”,似又与此前溪边“水木清华”之景相互映衬。从“然必至草堂而后浣花有专名,则以少陵浣花居在焉耳”,再到“乃睹‘浣花溪’题榜”,终至“始为杜工部祠”,文章形成三个递进的层次,钟惺在开始游览之前先告诉读者浣花溪与杜甫草堂的关系,然后引出浣花溪,最后引至杜甫草堂,可见作者行文布局的精妙与用心。

作者的游览自此结束。但面对着杜甫草堂,钟惺岂能心绪平静?他感慨道:

> 杜老二居,浣花清远,东屯险奥,各不相袭。严公不死,浣溪可老,患难之于朋友大矣哉!然天遣此翁增夔门一段奇耳。穷愁奔走,犹能择胜,胸中暇整,可以应世。如孔子微服主司城贞子时也。

钟惺对杜甫的漂泊不定、寄人篱下的生活表示同情,但又借孔子流亡到陈国而住在司城贞子家的典故,将杜甫在穷愁窘迫之际还能择胜地而居、泰然处之的胸襟气度与孔子的应变处世能力相提并论。而“择胜”二字,再一次将浣花溪的清幽美景与杜甫的高尚品格加以联系，点明了文章主旨。

文章最后，作者交代游览的时间、天气，比较自己与“使客游者”不同的游览境况，表现作者厌恶官场虚假做派、追求超脱自适的生活态度。明代后期，身为竟陵（今湖北天门）人的钟惺、谭元春开创竟陵派，其所持文学主张大多与公安派无异，反对摹古，提倡抒写性灵，但不满公安派的俚俗浮浅，故又倡导幽深孤峭的风格以纠之，作品常写“幽情单绪”和“孤行静寄”，文词求新求奇，刻意雕琢，字意深奥，以至于很多作品多有艰涩隐晦的弊端。但钟惺的这篇《浣花溪记》体现出竟陵派之风而无其弊。钟惺把浣花溪一带的景致描绘成一个幽静深远、清新秀丽的画面，写出杜甫所居草堂之清远险奥，除了致敬杜甫“穷愁奔走，犹能择胜，胸中暇整，可以应世”的气度之外，还试图以这种意境深邃之景呈现出自己的“幽情单绪”和“孤行静寄”。一方面，钟惺“是日清晨，偶然独往”，他拜访杜甫草堂，探幽选胜，欲借此缅怀杜甫，追求一种精神上的共契。而另一方面，“使客游者，多由监司郡邑招饮，冠盖稠浊，磬折喧溢，迫暮趣归”，朝廷使臣出来游玩，则多是参加按察使或州县长官举办的饮宴，官场中人员稠杂浑浊，弯着身子像石磬那般作揖彼此奉承，喧嚣闹腾到黄昏时又急急忙忙赶回家。钟惺的“偶然独往”与“使客游者”的附庸风雅、冠盖喧哗形成鲜明强烈的对比，显示出钟惺对这些达官显贵的鄙夷与不屑，烘托出自己的“幽”“单”与“孤”“静”，而自己的高洁孤傲，与杜甫在“穷愁奔走”之中“犹能择胜，胸中暇整，可以应世”的非凡气度不也有相似之处吗？

在这篇文章中，浣花溪水时隐时现却从未离开过作者视线，作者所见景致也处处关涉杜甫，钟惺借写浣花溪而引出杜甫草堂进而赞颂杜甫，进最后彰显自己的志趣。文章并非铺陈直叙，而是善于转折照应，犹如曲折逶迤的浣花溪水，一步一步将读者带至景观胜景与文章胜境，使得该文有委婉多姿之态，的确堪称钟惺的必选之作。

（刘　城）

断香铭　　钟　惺

断香铭者，铭吾友蜀人刘晋仲之妇尹氏之墓也。君讳纫兰，叙州府宜宾县人，大参尹子求先生之女也。记己酉予以丧子狂走白门，先生为南职方郎，尝为余言其婿刘郎七岁能诗。刘郎者，给谏勿所公仲子，即今所称刘晋仲者是也。安知其有女慧如是？然其时犹然女儿，习玩不知书。既归晋仲，见晋仲妹文玉词翰妙敏，心悦而好之，相与为友。始读书，稍稍为诗，精神起落，常出人外。佳处不必由思，思者反是无关系处。久之从晋仲省尊公于燕，由蜀江入峡，由峡入江，由江达运河。峰树逢迎，烟日争让，舟行邅缓，可以为家，得一意为诗。其篇时全时缺，缺则听之。缺于此或全于彼，有弦摧柱折，援他琴以续之之意。予读其诗，骨散神寒，音节清巉，如病叶偶脱，从风而坠；或中罥之，附枝翅鸣，不能自致于地。如暗泉之阨于石，而不能自竟其响。此"断香"之旨也。至燕亦有诗，全缺如之。久之，意忽忽无主，有秋冬气。晋仲忧之，曰："我亦不知。"至是，亦不甚作诗，作亦不以示人。晋仲检其枕中所藏，如其全与缺而存之。倾之卒，年甫十九。钟子曰："世所不常有者才，人所不可无者友。才而为我友，友而为我妇，妇而才相当，晋仲以为能永乎？不能永乎？"铭曰：丈夫才而鬼瞰之，矧其在女子之躬也？好友在四方而造物或收之，矧其在闺阁之中也。刘子者，怜才乎？求友乎？悼亡乎？能寻香于落叶暗泉之间，而迹其所终也乎？噫！

青春、才情的转瞬即逝和尹氏抑郁的诗人气质，在钟惺的心灵深处引起强烈的震撼，因而他饱蘸难以排遣的哀惋之情，为这位早逝的才女写下这篇真意独到、感人至深的志铭。

作者有意无意地将铭主之死笼罩在一种宿命般的阴影之中，而她那凄厉暗哑的诗歌则成为某种神秘的昭示。诗篇的或全或缺，多少是神意衰微、自怜哀绝的表征；诗境的萧散清冷，如风叶咽泉，更体现出这位妙龄少妇在体验自己的生命之火日益走向熄灭时的全部感觉。钟惺凭借诗人特有的敏感，真正将诗视作是生命意识的体现，因而他省略了尹氏在生命的最后阶段其他任何屑琐的活动，一味描写作诗的情景，洋洋洒洒，不嫌重复。诗的全缺由之和才女的香断玉摧是他在文本和意义层面上交织叙述的主线。

美满毕竟难以永恒——这是钟惺在结语和铭词中用以宽慰友人丧妻的真实意思，也是多少年来人世沧桑的真切感受。这世界何以充满了缺憾？他自己也莫识其涯，只知道一切无可挽回，于是，为刘子设问的一连串揣度，显得恍恍惚惚，如梦幻冥游，情深之极，反为凄声寒魄。翠娱阁主人陆云龙评点该篇时，说是

"铭处雅如其诗",可谓知其诗也。 (陈广宏)

夏 梅 说 钟 惺

梅之冷,易知也,然亦有极热之候。冬春冰雪,繁花粲粲,雅俗争赴,此其极热时也。三四五月,累累其实,和风甘雨之所加,而梅始冷矣,花实俱往。时维朱夏,叶干相守,与烈日争,而梅之冷极矣。

故夫看梅与咏梅者,未有于无花之时者也。张谓《官舍早梅》诗,所咏者花之终,实之始也。咏梅而及于实,斯已难矣,况叶乎?梅至于叶,而过时久矣。廷尉董崇相官南都,在告,有《夏梅》诗,始及于叶。何者?舍叶无所谓夏梅也。予为梅感此,谊属同志者和焉,而为图卷以赠之。夫世固有处极冷之时之地,而名实之权在焉。巧者乘间赴之,有名实之得,而又无赴热之讥。此趋梅于冬春冰雪者之人也,乃真附热者也。苟真为热之所在,虽与地之极冷,而有所必辩焉。此咏夏梅意也。

钟惺此说,纯系借他人杯中之酒,浇自己胸中之块垒。经考,董应举(字崇相)作《夏梅》诗在万历四十六年戊午(1618),当时钟惺即有和诗及此《夏梅说》。是年夏天,考选仍未下。屈指算来,钟惺自进士及第以来,为行人八年,又拟部二年,一直沉浮于闲曹,未曾做得热官,因而,可想而知,这么些年周旋于两京是非之地,必定饱经世故,感喟万千。

此文拨幽抉微,独辟蹊径。就咏梅而言,一般皆服从于傲骨凌霜即是在逆境中持节奋争的象征这样一个固定思路。然而,钟惺的体验恰好相反。他视冬春之季的梅花为最为得时的宠儿,招展争春,占尽风流,趋附者为之日众,故而虽处极冷,实为极热之时。一旦进入盛夏,花实俱落,唯有黯然失色的枝叶向烈日抗争,便也不再有谁问津,虽处极热,却为极冷之候。对冷热遭际的强烈感受,仿佛在冥冥之中不断泛起,刺激着他,夏梅成为他苦涩的自况,更确切地说,成为英雄失路而又孤芳自赏的一种象征。他为之慨叹,他为之不甘,他也以之用来标榜,用来自慰。通篇只在"冷""热"两字上做文章,正是因为它们确实是钟惺这些年来对人生最为切实、最为突出的体验和感受。 (陈广宏)

【作者小传】

王思任

(1574—1646) 明文学家。字季重，号谑庵。山阴(今浙江绍兴)人。万历进士。曾任九江佥事。清兵破南京后，鲁王监国，以他为礼部右侍郎，进尚书。顺治三年，绍兴城破，绝食而死。诗重自然，文章笔调诙谐，时有讽刺时政之作，隐寓愤激之情。著有《王季重十种》。

南明纪游序

王思任

司马子长善游，天未启其聪，不晓作记，记自柳子厚开。其言郁塞，山川似藉之而苦，吾何取焉。苏长公之疏畅、王履道之幽深、王元美之萧雅、李于鳞之生险、袁中郎之俏隽，始各尽记之妙，而千古之游，乃在目前。

南明吕大来，快士也，居南明而游南明，譬之写东邻对户之照，熟察其意思所在，已非一年一日，酌墨呼酒，生描而活绘之，遂使山川自笑，草木狂舞。又得其巇衮鼎彝，为之布置，近水楼台，儿孙佛膝，亦南明所生之地，与大来朝夕俱近也。

幸也大来，将持此记以示旧令尹万柱下史，史且将曰：吾之并州山水，不得携来，止有梦寐一道，而子乃收之袖中。庐山是故人，请延南明还我几上，大来徒作一邮使矣。

小品文的特点在于萧散而有韵味，不作长篇大论，却能于三言两语中表现出深邃的哲理，就如一幅淡淡的水墨画，寥寥数笔，却有无限回味，王思任(季重)的这篇《南明纪游序》就是如此。

序的落笔绵邈，从游记的起源谈起。《史记》中的《太史公自序》说司马迁自己："二十而南游江淮，上会稽，探禹穴、窥九疑，浮于沅湘，北涉汶河。"虽然太史公周游天下，但是毕竟没有写出专门的游记来。自唐代的柳宗元始以"记"来称描摹山水、记录游踪的文章。当然记游之作非肇自柳氏，如在六朝人的小品中已可见到，然而能在游记中摄取山水的精神，融入自我之人格，自当首推柳宗元的山水小记。自此以后，苏轼、王安中，王世贞、李攀龙、袁宏道等人的游记也各尽其妙，有着强烈的个人风格，留下了千古以来文人墨客的雪泥鸿爪，绘出了奇山异水的面貌与精神，令后人读之恍如置身于自然的怀抱之中，随着作者的步履而漫游在山巅水涯，一切景物历历如在目前。“千古之游，乃在目前”一句便成为此篇立论的关键，它将第一段的引论与后面褒扬吕大来之游记的文字结合起来。

南明是指浙江新昌县南的南明山一带，其地风景秀逸，古迹宛然，晋代的高僧昙光曾隐居于此，据说天台宗祖师智者大师即在此圆寂。然而，此文中并没有详细介绍《南明纪游》的内容，只是突出了作为“快士”的吕大来，居住在南明而写南明的事实，由此说明他笔下的事物风光十分真切自然，令人览之而想见其真山真水。

记游之作本不必定要去描绘名山大川，即便是无名的荒山野水，只要捕捉到山水的情韵，表现出作者的真实感受，亦不失为上乘之作。所以王思任以为吕大来游记的可贵之处在于所写之物的细致真切，就像是写东邻西舍、隔墙对户的寻常之物，熟悉到了如数家珍的地步。因而他笔下的山川草木、堂庑人物都活泼泼地充满了生机，它是真实的自然与生活的写照，所以不乏情趣。故于最后一段作者宕开笔去，纯从想象落墨，刻画吕大来所作的奇趣。

吕大来大概是有将此记游之作呈给以前的令尹去看的打算，于是产生了王思任的一番推测。他说令尹看后定会惊异于吕氏竟能将山水景物摄入这小小的一册之中，因而怅叹自己没有将家乡的山水容诸尺幅之中的本领，成为终身憾事。由此，从侧面赞扬了吕大来传神写照、出神入化的文章艺术。

王思任的这篇序文写得极为灵动轻巧，我们虽然没有见到吕大来的原作，然通过此文已可想见其作的清通明白，真切自然，将他朝夕相处、嘘吸其间的南明山水景物已和盘托出了。同时，此文还告诉了人们这样一个道理：山水游记的成败并不取决于所写对象的宏伟壮丽，而在寻常的景物中也可发现令人流连忘返的美感。诚如柳宗元的小记，所写的只是无名的山丘林木、清溪碧潭，然一经作家的生花妙笔，便成为人们千古传诵的名篇。所以王思任以为吕大来的成功在于他能将山水携于袖中，置之几上，而这正适合于风流儒雅的士大夫文人所倾慕的散淡情趣，特别是对于远离家乡、久处官场的人们说来，这种借着文字与自然沟通的途径可令其放情山水、留恋乡情的愿望得到满足，所以王思任又引出令尹的话来。吕大来不过是一个“邮使”而已，而其可贵也正在“邮使”，他将自然的魅力与韵味传递给他人，这正是王思任所十分赞赏的，明人疏放恬淡的襟抱于此可见。文章也写得疏淡而不著力，而于平淡之中包蕴了无限情趣，达到了内容与艺术的高度和谐。

（王镇远）

落花诗序　　王思任

诗三百，皆性也，而后之儒增塑一字曰：诗以道性情。不知情即性之所出也。性之初,于食色原近,告子曰:"食色,性也。"其理甚直,而子舆氏出而讼之,遂令覆盆千载,此人世间一大冤狱也。国风好色而不淫,若非魁三百篇者乎?未得《关雎》,不胜其哀哀之旨。向使不必得之,又得之即不寿,参差其语,文王将默默已耶。"宁不知倾城与倾国,佳人难再得。"武帝雄风大略,开口称善。五脏俱见,至姗姗来迟,叹与烛荧惚恍,而读者先已心伤矣。此皆性之所呼也。若必建鼓而别之曰:文王德也,武帝色也。武帝诚已具服,而文王独非人性也哉。何以知窈窕之必训幽闲也,何以知佳侠之不为樛木也。是伯鸾必见赏而奉倩必见诛也。甚矣宋先生之拘也。

客从燕中来,出戴大圆《落花诗》六十首相示,乃其刻烛而和友生者,宛妙悲掣,杂之苏、杜,一时难问须眉。

门人喻安烇王巍测之曰:使君如蕃秀之向朱明,何以霜落水收乃尔。予笑而不应,徐开之,诗中云心澹荡,石火世尘,岂在一蜗角,使君自有妇,不胜其回风无处之盛也。故以吟代其涕耳。使君昔令我会稽,腹廉而骨傲,惟单弱者爱之。夫惟单弱者爱之,自不应得美官,是与予同病。予向者知其人与其官,而不知其能诗,彼必以我为非人也。

晚明小品文的精神在于人性的解放,小品文的作者们冲破了传统礼教的束缚,一反"发乎情,止乎礼义""好色而不淫,怨诽而不乱"的儒家文艺思想的戒律,而敢于提倡抒写个人的情感,表现自己的七情六欲。王思任的这篇《落花诗序》完全可以说是借题发挥,表达了自己对文艺的主张,虽然鲜为文学批评史家所注意,却也可谓是晚明个性解放思想在文艺理论中的一次闪光。

作者对性情欲望的推尊与对传统理学的非难首先就针对了儒家奉为至高无上的经典——《诗经》。他以为《诗经》的产生正标志着人性的展现。后代的儒学家往往以性、情分而论之,以为性是天生的、本质的,而情则是后天的、由欲望而生的。然而王思任以为性与情本来就是二而一的,性基于情,人们有了七情六欲,才有了人的天性,因而食欲与性欲正是根植于人本身的天性,是任何力量都不能否认与压抑的。告子曾经讲过"食色,性也"的话,并以为仁由内出,义由外生,非出乎人之本性,因而遭到了孟老夫子(子舆)的非难,王思任则表示了不同的看法，他以为孟子对告子的辩诘构成了“人世间一大冤狱”，显然是违背人之天性的。他还是举出《诗经》的例子来，《诗经》中的《关雎》本来就是一篇男女求爱的情歌，然而因为它是《诗经》的头一篇，所以后来解经的人引出了“后妃之德也”的一大篇议论，把它视为“好色而不淫”的典范。后来的汉武帝因听到李延年歌“北方有佳人，绝世而独立，一顾倾人城，再顾倾人国，宁不知倾城与倾国，佳人难再得”，遂大加赞叹，并召见延年之妹，纳为夫人，宠爱异常。至于后来李夫人去世，武帝黯然神伤，恋情不绝，曾于夜阑灯昏之时，恍惚如见其玉容花貌，遂歌曰：“是邪非邪，立而望之，偏何姗姗其来迟。”武帝对李夫人的感情可谓“天长地久有时尽，此恨绵绵无绝期”，然而在道学家的眼中看来自然难免“好色”之讥。但王思任以为《关雎》与汉武帝的歌同样出于诚挚的感情，是人性的真实体现，不应有高下善恶之分，而这种人性便是艺术的生命之所在，诗所以能感人，便在于表现了作者的性情，无性情的诗只是优孟衣冠，没有生气的木偶。

戴大圆的这六十首《落花诗》，我不知是否还存留人间，然而从王氏的这篇序文来看，可以推想它们一定写得哀感顽艳、悽恻动人。这是他刻烛而与朋友们唱和所作的，可见其诗思敏捷，才华横溢。王思任以为这些诗就是放在苏轼、杜甫的诗集中也毫无愧色，可谓推尊到了无以复加的地步。

最后一段突然从诗而写到了人，由戴大圆诗中的“云心澹荡，石火世尘”可知戴氏本是个淡于名心，超尘脱俗的人；同时他又是个感情丰富的人，所以怜香惜玉，伤时感物，就有了这伤春惜花的诗作。这虽然在那些视诗文为经国大业、不朽盛事者和视诗文为雕虫小技、玩物丧志者的眼里是不登大雅之堂的，然而却是戴氏本人真情实感的表露。文章说他作地方官时腹廉骨傲，而“单弱者爱之”，可见其品格高迈而富于同情心，因而他一方面是个有正义感的循吏，另一方面也不失为吟风弄月的雅士，这正是王思任所提倡的人性真实而可贵的一面。文章最后突然说“夫惟单弱者爱之，自不应得美官”，而在这一点上王思任与戴大圆颇有共鸣。可见作者将人性的纯朴与官场的虚诈作为格格不入的两面，那么，本文的意义也就不仅在于肯定文学创作中的吟咏性情，而有了针砭时事、颂扬人性的更深一层的意蕴了。

（王镇远）

屠田叔[①]笑词序 王思任

古之笑出于一，后之笑出于二，二生三，三生四，自此以后，齿不胜冷也。王子曰：笑亦多术矣，然真于孩，乐于壮，而苦于老。海上憨先生者老矣，历尽寒暑，勘破玄黄[②]，举人间世一切虾蟆傀儡马牛魑魅抢攘忙迫之态，用醉眼一缝，尽行囊括。日居月储，堆堆积积，不觉胸中五岳坟起，欲叹则气短，欲骂则恶声有限，欲哭则为其近于妇人，于是破涕为笑。极笑之变，各赋一词，而以之囊天下之苦事，上穷碧落，下索黄泉，旁通八极，由佛圣至优旃[3]，从唇吻至肠胃，三雅四俗，两真一假，回回[4]演戏，绦龙打狗；张公吃酒，夹糟带清，顿令虾蟆肚瘪，傀儡线断，马牛筋解，魑魅影逃，而憨老胸次，亦复云去天空，但有欢喜种子，不知更有苦矣。此之谓可以怨，可以群，此之谓真诗。若曰打起黄莺儿，摔开皱眉事，憨老笑了一生矣，近又得聋耳长进笑矣，奚其词也！

〔注〕 ① 屠田叔，明末浙江鄞县屠本畯的字，官至湖南辰州知府。诗文家，晚年自号憨先生。 ② 玄黄：天地。 ③ 优旃（zhān）：古代的优人，即以乐舞戏谑为业的曲艺演员。 ④ 回回：古代对波斯族或信伊斯兰教的民族的统称。

王思任擅以"谑"语为文，自号"谑庵"，其实他这种嬉笑怒骂，怪怪奇奇，乃是一种愤慨心态的变异表现，"虽谑而庄，虽迂而急"（《王季重十种·李太虚大椿堂集序》），如此而已。这篇为屠田叔《笑词》写的序，畅论以笑为哭，"囊天下之苦事"，正可作为观照王氏及其小品文的一种注脚或旁证来读。读此文时只觉得一股怒气、苦情鼓起在一串串的排比短句的字里行间，他在阐解屠田叔何以好笑并作《笑词》的种种心态，不啻是其所以为谑的夫子自道。

王思任是以笑之为真笑和衍变为伪笑、冷笑、苦笑、媚笑、讥笑……的人生体验、人生众相的角度启开本序文的，这即是所谓"古之笑"与"后之笑"之不同。进而分"真""乐""苦"三种笑隶属人生的三个阶段，这样，引出"海上憨先生"即屠田叔的"老矣"之笑及作《笑词》之用心本意。

王氏尖锐地揭出屠田叔阅尽人间一切肮脏事、不平事、愤懑事，因而"胸中五岳坟起"，块垒难平。这种丰富而又深切的生活感受，使老年憨先生只要"醉眼一缝"，种种丑态"尽行囊括"。心中有气，怎样宣泄呢？"叹则气短"，不足以吐其郁闷；"骂则恶声有限"，难以词达其意、尽情吐喷；哭吧，大丈夫有泪不轻弹，而且泪水也洗不净这肮脏一片。"于是破涕为笑"，于是各赋一词系其词，"以之囊天下之苦事"！

穷形极相，恣意描摹，尽情刻画，不仅仅限于为山水图貌、为人事作记，剖理析义，同样如此，同能如此，这篇序是个佳例。"气短""恶声有限"等极平常字却极深切有力、道出人间心中有而笔下难有的想法。

“上穷碧落，下索黄泉”起，揭示的是《笑词》用种种可笑事例入词，犹如一面面明镜寒光，照出了虾蟆、傀儡、马牛、魑魅的真相、狼狈相、丑相，一切无以遁其貌。用沪上俗语说就是“戳穿西洋景”，暴露真相于天下。

王思任说：你憨老先生写了《笑词》，心胸块垒一吐，真如“云去天空”，很开心的。可是，世上之苦事、愤事你写得尽吗？“近又得聋耳长进笑矣”，意即一笑难以了之的“苦”又来了，你“奚其词也”！这个结句是意味深长的。

此文当然是深赞之文，“此之谓真诗”一语即是定论。可是，个中又有苦涩在，这个“真”，是诗，是真情流露的诗，但又毕竟不是“真于孩”那个阶段的笑之“真”。由此而言，“此之谓真诗”的《笑词》的存在，不免表征着一种人生的大可悲！什么时候能回复一种“真于孩，乐于壮”的那种真正的舒心的笑呢？王思任此序是否有点这样的弦外之音？值得回味。　（严迪昌）

天　姥[1]　　王思任

从南明入台，山如剥笋根，又如旋螺顶，渐深遂渐上。过桃墅，溪鸣树舞，白云绿坳，略有人间。饭斑竹岭，酒家胡[2]当垆艳甚，桃花流水，胡麻正香，不意老山之中有此嫩妇。过会墅，入太平庵看竹，俱汲桶大，碧骨雨寒，而毛叶离屣，不啻云凤之尾。使吾家林得百十本，逃帻去裈其下，自不来俗物败人意也。行十里，望见天姥峰大丹郁起[3]，至则野佛无家，化为废地，荒烟迷草，断碣难扪。农僧见人辄缩，不识李太白为何物，安可在痴人前说梦乎？山是桐柏门户，所谓“半壁见海”，“空中闻鸡”，疑意其颠。上至石扇洞天，青崖白鹿，葛洪丹丘，俱在明昧之际，不知供奉[4]何以神往？天台如天姥者，仅当儿孙内一魁父[5]，焉能“势拔五岳掩赤城”耶？山灵有力，夤缘[6]入供奉之梦，一梦而吟，一吟而天姥与天台遂争伯仲席。嗟呼！山哉！天哉！

〔注〕①天姥：山名，在浙江新昌县东五十里，东接天台华顶峰。②酒家胡：酒家妇。③大丹：丹，指代庙观。④供奉：李白曾官供奉翰林院，故称。⑤魁父：魁伟男子。⑥夤(yín)缘：攀附上升。

世上名不副实的事常有，原因固多种。如有些名山名川，声誉甚高，一到身临其境，难免呼冤叫屈，实在百闻不如一见。浙东有天姥山，其出名是因唐代大诗人李白有《梦游天姥吟留别》，诗中写道："天姥连天向天横，势拔五岳掩赤城。天台四万八千丈，对此欲倒东南倾！"

天姥究竟雄伟得怎样地"势拔五岳掩赤城"呢？王思任以自己的实践回答说：这实在是一场玩笑，幽默的玩笑，李太白开了世人一个大玩笑！王氏亲历了天台全境，再以天姥相与比较，原来天姥只能充当天台山的一个儿孙而已，充其量不过身材较为魁梧而已！"焉能'势拔五岳掩赤城'耶"？李供奉是怎么回事呀？

然而，李白写诗是说的"梦游"，是别有情寄，王思任是个大文学家，岂能无知，而与李白先生作斤斤计较？事实上，王氏此游记的后段同样意在言外，别有所讽："山灵有力，夤缘入供奉之梦，一梦而吟，一吟而天姥与天台遂争伯仲席！""夤缘"即高攀名人权势，走门路。此篇小品的要害即在此，借题发挥也在此。山都可以夤缘成大名，人呢？可以不必戳穿了，这把戏人间随处可见！王思任的"谑"的风格又显露了，于是再读"嗟呼！山哉！天哉！"其慨然之意明甚。

作为游记，当然不是政论文。"从南明入台"起，一路所见，山景也是有可看处的，特别是天姥山中"碧骨雨寒"的大竹，王思任羡慕极，喜欢极。"使吾家林得百十本"，脱去头巾（帻），卸掉衣裈，徜徉其下，"自不来俗物败人意"了！这是又在"谑"了，以"谑"笔骂俗世的小丑们。

这样一想，前后文显得密合无缝，绝非任意捏合。竹之有高节，无俗气，持清操，与世风盛行的"夤缘"恰成对照。写竹之可观可喜，论山（天姥）之徒有盛名，正好从两个不同侧面讽喻宦海官场，抒露了一己不与合作的情操。

小品文的品位不小，此又一例。

（严迪昌）

让马瑶草[①]

王思任

阁下文采风流，吾所景羡。当国破众散之际，拥立新君，阁下辄骄气满腹，政本自出，兵权在握，从不讲战守之事，而但以酒色逢君，门户固党。以致人心解体，士气不扬。叛兵至则束手无措，强敌来则缩颈先逃，致令乘舆[②]迁播，社稷邱墟。观此茫茫，谁任其咎！职为阁下计，无如明水一盂，自刎以谢天下，则忠愤之士，尚尔相原。若但求全首领，亦当立解枢柄，授之守正大臣，呼天抢地，以召豪杰。今乃逍遥湖上，潦倒烟霞，效贾似道[3]之故辙，人笑褚渊[4]，齿已冷矣。且欲求奔吾越，夫越乃报仇雪耻之国，非藏垢纳污之地也。职当先赴胥涛[5]，乞素车白马，以拒阁下。此书出，触怒阁下，祸且不测，职愿引领以待钼麑[6]。

〔注〕①让马瑶草：让，即古之"攘"字，怒斥意。马瑶草，马士英的字。马氏于乙酉(1645)拥立福王弘光朝于南京，为权相，起用阮大铖等，专擅祸国政。五月南京被清军攻占，他南逃至浙中。②乘舆：帝后的轿车。③贾似道：南宋末期权相。④褚渊：南朝宋文帝婿，后参与萧道成代宋的活动，在南齐封南康郡公，任尚书令。⑤胥涛：浙江涛之别称，相传伍子胥死后为浙江潮神，故称。⑥钼麑(xú ní)：春秋时晋国力士，晋灵公曾派其行刺大臣赵盾，后不忍而触槐自杀。泛指刺客。

这是一篇檄文，王思任风骨峥嵘，大义凛然之气充斥全篇，较之唐代骆宾王《讨武曌檄》，无论就认识意义抑或是审美意义，均有过之而无不及。明末小品文有如匕首之犀利者，当首推此文。

马士英的祸国，导致南明弘光政权的迅速土崩瓦解，东南士气为之大挫。南京城破，马士英假借皇太后旗号，逃窜入浙，浙人愤怒。王思任这篇声讨文其实是代表了两浙公愤民众，痛诋马氏罪恶。马氏罪行，归结起来是：弄权，惑君，重开党祸、起阉党陷害清流。"骄气满腹，政本自出"即弄权，"门户固党"即重开党争，"但以酒色逢君"即惑君，其恶果必然是"人心解体，士气不扬"。然而就是这个马士英，逃入杭州后，竟仍在"逍遥湖上，潦倒烟霞"，俨然又一个贾似道，眼看又要出一个卖故主媚新朝的褚渊了！

王思任愤火四射地指出，"为阁下计，无如明水一盂，自刎以谢天下"，你应该早早结束罪恶生涯。如果你"欲求奔吾越"，我王某誓不与共戴天。"当先赴胥涛，乞素车白马，以拒阁下"云云，是以死相抗，所以，结句的"愿引领以待钼麑"即准备遭到马氏的加害，就不是空话一句。文论家谈到王思任"谑庵"的小品，一致认为是"笔悍而胆怒"，但大致又都是以此风格评定他的游记或闲适之篇，其实，真正显示"笔悍而胆怒"之神采的当首推这篇檄文。

"夫越乃报仇雪耻之国，非藏垢纳污之地也"，这是光照华夏的警句、醒人心眼的名言。当年鲁迅在散文《女吊》中，深深感佩此名句，因为这体现了卓然不屈的民族脊梁的正气。

（严迪昌）

游满井记　　王思任

京师渴处，得水便欢。安定门外五里有满井，初春，士女云集，予与吴友张度往观之。

一亭函井，其规五尺，四洼而中满，故名。满之貌，泉突突起，如珠贯贯然，如蟹眼睁睁然，又如渔沫吐吐然，藤蓊草翳资其湿。

游人自中贵外贵以下，巾者帽者，担者负者，席草而坐者，引颈勾肩履相错者，语言嘈杂。卖饮食者，邀呵好火烧①，好酒，好大饭，好果子。贵有贵供，贱有贱鬻，势者近，弱者远，霍家奴②驱逐态甚焰。有父子对酌，夫妇劝酬者；有高髻云鬟，觅鞋寻珥者；又有醉詈泼怒，生事祸人，而厥夭陪乞者。传闻昔年有妇即此坐蓐，各老妪解襦以帷者，万目睽睽，一握为笑。而予所目击，则有软不压驴，厥夭扶掖而去者，又有脚子抽登复堕③，仰天露丑者，更有喇吓恣横，强取人衣物，或狎人妻女，又有从旁不平，斗殴血流，折伤至死者，一国惑狂。予与张友贳酌苇盖之下，看尽把戏乃还。

〔注〕①邀呵：即"吆喝"。火烧：一种食品。②霍家奴：指豪门权贵的家奴。霍，指汉代大将军霍光。③脚子：即脚夫。登：即凳。

人生犹如一个大舞台，其中曾演出过多少千古兴亡、风云变幻的历史，而每个现实生活中的人就像这舞台上的演员，扮演了种种五花八门的角色。然而，当人们一旦发现了人生竞技场上角逐争夺的无谓与无聊之后，便幡然憬悟，以旁观者的态度去看待尘世的贵贱贫富、你争我夺。如此，一切人生的闹剧只会博得一笑而已。随着晚明知识分子个性解放思想的觉醒，对于人生自身价值的思索导致了对外在事物观念的改变和对社会责任感的淡薄。于是，以冷淡的眼光去看待现实人生，追求超凡脱俗、远离尘嚣，以此寻回失落了的人生价值，便成了明代知识分子的一种处世哲学。王思任的这篇《游满井记》便是此种思想的反映。

这篇游记一反前人记游之作的常规。作者并没有花很多笔墨去写满井周围的自然风光与人工建筑，只是以简括凝练的文字介绍了满井的位置和形状，而以很大的篇幅去写了来满井游览的人们。游人中有衣冠楚楚的达官贵人，也有寒俭贫困的平民百姓，有趾高气扬的势家，也有趋炎附势、阿谀逢迎的奴才，有父子对饮、夫妻同游者，有梳妆入时、云鬟高结的仕女，也有醉酒使性、惹是生非的无赖,有竟在此坐蓐临产的妇女,也有烂醉如泥、丑态百出的醉汉,甚至有巧取豪夺、调戏妇女,因而斗殴流血、受伤乃至送命的人。凡此种种,各色人等,构成了五光十色的大千世界,作者笔下的芸芸众生简直是一幅逼真的市井风俗画。然而,这些追名逐利、寻欢作乐的人们,在一个冷峻的局外人眼中只不过是人生舞台上匆匆而过的演员,他们的呼号、奔走、吵嚷、争夺,都不过是一出闹剧而已。文章的最后点出"看尽把戏"云云,分明逗露出作者冷眼旁观的态度,将上面所描绘的种种热闹场面陡然推倒,只此一句,可见全文的宗旨与意蕴所在。

在王思任之前,袁宏道也曾经写过一篇同名之作,是他游记中的名篇。文中描绘了满井周围初春的景色,一片春意盎然、欣欣向荣的景象与作者愉悦闲适的心情浑然一体,因而袁氏游满井的体会是:"始知郊田之外,未始无春,而城居者未之知也。"文中充满着作者独特的审美个性。因为袁宏道视自然为一种可亲可爱的对象,一种可以净化灵魂、给人快感的源泉,游记的目的便在于描写自然而反映快感。然而,王思任的文章则撇开了自然而去写人世,通过对人间众生相的刻画,来表明世俗之徒的可怜与可悲,而自己超然物外的襟抱则于此可见。因而,假如说袁宏道的《满井游记》是审美的,那么王季重的《游满井记》则是哲学的;前者是用了印象的、直观的手法,而后者则采取了冷峻的、理智的描述;前者是对自然之美的追求,后者是对人生之丑的蔑视。袁文通过人对自然的冥契,达到灵魂的净化,从而追求人性的解放;王文则由人对尘世的淡漠而达到思想的超脱,从而发现人的自身价值。因而他们两人的文章虽然内容与表现手法迥异,而其所表现的思想底蕴却不无相通之处。正因为如此,两者都不失为明人小品中的奇葩,貌异神同,各吐芬芳。

至于此文语言上的特色是极其显而易见的,全文不避俚俗,而注重形象的刻画,如写满井:"泉突突起,如珠贯贯然,如蟹眼睁睁然,又如渔沫吐吐然。"虽非壮伟典雅的比况,然于寻常取譬中令文章平易可亲,甚至隐然有突梯滑稽的意趣。又如写卖吃食的小贩:"邀呵好火烧,好酒,好大饭,好果子。"冲口而出,绝无锤炼。如此纯朴的口语,显然是为正统的古文家所不取的,因而,这种平易明畅的文风本身也就是一种对传统的反叛,与其文章所要表达的精神是一致的。

(王镇远)

游敬亭山记　　王思任

"天际识归舟,云中辨江树。"不道宣城,不知言者之赏心也。姑孰据江之上游,山魁而水怒。从青山讨宛,则曲曲镜湾，吐云蒸媚，山水秀而清矣。曾过响潭，鸟语入流，两岸互答。望敬亭绛雾浮巘①，令我杳然生翼，而吏卒守之不得动，既束带竣谒事，乃以青鞋走眺之。一径千绕，绿霞翳染，不知几千万竹树，党结寒阴，使人骨面之血，皆为酱碧②，而向之所谓鸟啼莺啭者，但有茫然，竟不知声在何处。厨人尾我，以一觞劳之，留云阁上，至此而又知"众鸟高飞尽，孤云独往还"造句之精也。朓乎，白乎，归来乎，吾与尔凌丹梯以接天语也。日暮景收，峰涛沸乱，饥猿出啼，予慄然不能止。归卧舟中，梦登一大亭，有古柏一本，可五六人围，高百余丈，世眼未睹，世想不及，峭崿斗突，逼嵌其中，榜曰敬亭，又与予所游者异。嗟乎，昼夜相半，牛山短而蕉鹿长，回视霭空间，梦何在乎？游亦何在乎？又焉知予向者游之非梦，而梦之非游也，止可以壬寅四月记之耳。

〔注〕 ① 巘(yǐn)：高耸突兀的山峰。 ② 酱(yǒng)碧：醉人的碧色。

敬亭山千岩万壑，山魁水怒，一径千绕，移步换形，是奇山胜水中之尤奇尤胜者。一自谢朓有"兹山亘百里，合沓与云齐"的描绘，李白有"相看两不厌，只有敬亭山"的赞美，而更加声播遐迩，名闻天下。"名山还要伟人扶"，这话是千百年来人们在生活实践中体认出来的真知，读了柳子厚的《永州八记》，袁中道的《西山十记》，没有不为他们所描写的山容水态、花笑鱼乐，入怀入梦，向往不已的。如果你真的着屐裹粮，到那里去寻幽探胜，你心目中那张美丽的图画就会撕破，那种审美的情趣就要幻灭，并油然产生上当受骗之感。原来在游记文学中，与其说作者在模山范水、传神写照，不如说他们在描绘自己胸中的丘壑，记录自己审美的感受。王夫之在评论谢朓"天际识归舟，云中辨烟树"时说得好："从此写景，乃为活景。故人胸中无丘壑，眼底无性情，虽读尽天下书，不能道一句。"(《古诗评选》卷五)说明游记文中所写之"活景"，大都是作者自写丘壑，自道性情，而作为审美客体的大自然，不过是激发创作灵感、引起创作冲动的"触媒"而已。本文作者王思任在游了天姥山之后，大呼上了诗仙李白的当说："台山如天姥者，仅当儿孙内一魁父，焉能'势拔五岳掩赤城'耶？山君有力，夤缘入供奉(李白)之梦。一梦而吟，一吟而天姥与台山遂争伯仲席。嗟乎！山哉！人哉！"(《天姥》)原来李白所描写的那个天姥峰，不过以梦游驰骋想象，驱使仙之人兮纷纷而来下，虎为鼓瑟，鸾为回车，日月照耀，丘峦崩裂，创造了奇伟瑰丽的神仙世界，到底是“山”的本来面目？还是“人”的胸中丘壑？不是明摆着的嘛。

朱自清有句名言：“游记里满是梦。”李白写《梦游天姥吟留别》是说“梦”，王思任在这篇游记中不也是在说“梦”吗？他梦登一“世眼未睹，世想不及”“与所游者异”的“敬亭”，那里有“可五六人围”的古柏，有“峭崿斗突”的叠嶂，及其蕉鹿梦醒，顿失向时之烟霞，不禁牛山泪堕，从而大发感慨说：“梦何在乎？游亦何在乎？又焉知予向者游之非梦，而梦之非游也？”把游说得似梦似真，亦真亦梦，谓之“痴人说梦”也可，“白昼说梦”亦无不可。汤显祖说：“谁谓梦无根？”“似幻实真，似奇实确。”（《玉茗堂评异梦记》）祁彪佳说：“词以淡为真，境以幻为实。”（《远山堂曲品》）然则游记中所写之梦，所造之境，皆幻中之真、奇中之确耶？皆以淡为真、以幻为实耶？抑如王思任所说：“境物所遇，皆吾性情”“一见而洽”“彼我趣通”（《石门》）耶？吾不得而言之也，然梦游之妙，则可得而道也。一曰：梦是最自由的。它不受经济、交通、精力、时间的制约，没有“老游不前、少游不解”之虑，没有“便游不敬，忙游不慊”之嫌，没有“买游不远，赊游不偿”之忧，也没有“苦游不继，限游不逍”（以上皆作者《纪游》文中的话）之苦，而是自由自在，无拘无束，“精骛八极，心游万仞”，可以“枕上片时春梦中，行尽江南数千里”，可以招小谢于青山，共斫惊人之句；邀太白于采石，共为捉月之游，所谓“朓乎，白乎，归来乎？吾与尔凌丹梯以接天语也”。此时心中无事，目中无人，汗漫而游九垓，须臾而观古今，不亦快哉？二曰：梦是最美丽的。那里风光如画，花木欲笑，一切未经之境，未赏之景，都五彩缤纷地在自己的梦境中呈现出来。那里没有“密匝匝蚁排兵，乱纷纷蜂酿蜜，闹攘攘蝇争血”（马致远《双调·夜行船·秋思》）的丑恶现实，没有“取富贵青蝇竞血，进功名白蚁争穴”（马谦斋《双调·沉醉东风·自悟》）的溷浊官场，有的是大自然的幽静、明洁和浑厚。纤尘不染，机心不生，没有名缰利锁的羁绊，没有明枪暗箭须要提防，岂不快哉？三曰：梦是最丰富多彩的。那里“无丝竹之乱耳，无案牍之劳形”，那里“阳春召我以烟景，大块假我以文章”。有诗一般的韵致，有哲学一样的奥妙；有现实生活的剪影，有历史沉淀的堆积。梦里可以评山品水，说古道今；可以浅斟低唱，铺笺挥毫；可以超然物外，神游宇内；可以发思古之幽情，倾胸中积愫，不罹文网，不干法纪，口不必嗫嚅，足不必趦趄，恣意而行，信口而发，岂不快哉？这大概就是游记文学中充满了梦的道理。

然而，梦是有“根”的。这里描绘的水容山态，山光水色，并不都是作者自写胸中之丘壑，自写眼底之性情，而是作者通过自己的审美感受，捕捉自然美的物质的产物。观其“不道宣城，不知言者（谢朓）之赏心”，不到敬亭，不知李白造句

之精，说明这条迷人的风景线，早就存在于审美客体之中的，吾人正不必惴惴于上当受骗也。 （羊春秋）

游慧锡两山记[①] 王思任

越人自北归，望见锡山，如见眷属，其飞青天半，久暍[②]而得浆也。然地下之浆，又慧泉[③]首妙。居人皆蒋姓，市泉酒独佳。有妇折阅[④]，意闲态远，予乐过之。买泥人，买纸鸡，买木虎，买兰陵面具[⑤]，买小刀戟，以贻儿辈。至其酒，出净磁，许先尝论值。予丐洌者清者，渠言燥点择奉，吃甜酒尚可做人乎？冤家，直得[⑥]一死。沈丘壑曰："若使文君当垆[⑦]，置相如何地也？"入寺礼佛后，揖泉而酌之。

同上慧颠，望太湖茫茫然，铜墨之影，亦在云凫霞雁之际。下则客肆具整，鱼鲜肉旨，此维扬、白下所不敢望者[⑧]。湎沃[⑨]后，探愚谷园，已废。但其泉犹屐响，终不若秦园之石盘骨洁、老树丰稜也。西上锡山，看城内万室鳞次，绣膏锦水，真吴会[⑩]一福壤也。浮图[⑪]初建而孙鼎元出，再修而华会榜兴，则信乎有地脉哉。

归舟则人士联翩，笙歌弦索，如五色云中特闻琉璃霓羽[⑫]，恍然叶法善挈三郎与玉环走月桥[⑬]，看广陵灯事者[⑭]。不亦乐乎，不亦悦乎。

〔注〕 ① 慧山：在江苏无锡西郊，又名惠山、惠泉山。锡山：慧山东峰脉断处突起的小峰。 ② 暍(yē)：中暑。 ③ 慧泉：在慧山第一峰白石坞下，唐陆羽以此为天下第二泉。 ④ 折(shé)阅：折本，亏本。 ⑤ 兰陵面具：北齐高长恭封兰陵王，常戴面具对敌。此指各种面具。 ⑥ 直得：值得。 ⑦ 文君当垆：卓文君私奔司马相如后，生活穷困，二人在临邛开一酒店，卓文君当垆卖酒，司马相如与佣人洗涤器皿。见《史记·司马相如列传》。 ⑧ 维扬：扬州。白下：南京。 ⑨ 湎沃：指饮酒。 ⑩ 吴会：秦汉时会稽郡郡治在吴县，郡县连称为吴会，在今苏州一带。 ⑪ 浮图：塔。 ⑫ 霓羽：指《霓裳羽衣曲》，相传唐明皇游月宫，闻仙乐，归而记之，遂成此曲。 ⑬ 叶法善：唐玄宗时道士，相传曾引导唐玄宗游月宫。三郎：唐玄宗。玉环：杨玉环。 ⑭ 广陵：扬州。

游记的范山模水，贵在抉出一山一水的独具精神之处，尤贵借山水而传述出抒情主体的心魂。所谓心魂，也就是独特的感受。

吴越之地最称山灵水秀，生于斯长于斯的吴越人民几乎是在山水窟中泡大的，一旦辗转于北地风沙黄尘、童山秃岭间时，其魂牵梦萦，渴盼重亲青绿溪壑的思归心绪完全可以想见，所以，当自北方南归，望见吴越界域边缘的无锡的锡山一塔翘首之势，他所以欣喜、激动、跃起也就毫不奇怪了。王思任小品素以“眼俊而舌尖”饮誉于世，此处“如见眷属”四字，既贴切又奇崛地将上述心态抉露以尽。

锡山其实高仅百尺，在东南峰岭中只是一小丘而已，但是，“飞青天半”的蓊翳绿色，标志着吴越妩媚风情从此始，对越人如王思任氏实在是久喝而终于得畅饮一壶清浆，这种感受是真实之极，表现得也灵巧自然之极。

锡山慧山(今人又作惠山)，重点自是应在慧山，要说“浆”即清泉之饮，更数慧山的“天下第二泉”。此文由“喝”而引出“浆”，又由“浆”而从锡山转向慧山，文理紧密如抽丝于茧，简净利落，洗练无一多余的字，足显一种老辣情韵。

慧山山势也并无奇秀处，特别是对胸有两浙丘壑的王思任来说，此山风韵没什么可醉心的。然而，慧山有慧山的风情，有它独具的“神”味，王氏的手眼集注所在正是慧山的风物人情。“买泥人，买纸鸡，买木虎，买兰陵面具，买小刀戟”，这些全是此间独擅格调的工艺小品，为别地所难以媲美之物。而“泉酒独佳”，则这个“泉”更是慧山的魂。

写泉又不泥于此泉，王思任侧转其笔，写一酒家妇。不必简单化地先警惕封建文人是否又流露狂佻轻薄的故伎，如果你体察一下购售佳品而无一个热情风趣的售货人，碰不到能与顾客情绪沟通的服务者，是一种怎样地败坏兴致的事时，你读到“有妇折阅，意闲态远，予乐过之”这十二个字就会发出会心之笑了。愿意薄利多销，甚而赔本，可以“先尝”其酒，按质“论价”，这样的酒家你是否“乐过之”？至于作者“丐洌者清者”即泉质要好的酒，酒家妇答以选择一种稍高度数、有点烈性的给你，不然男子汉“吃甜酒尚可做人乎”云云，一个神情意态虽“闲远”而又风趣爽辣、善与顾客周旋的店主妇的形貌确实呼之欲出。结句的“冤家，直得一死”不免有点佻达，但酒客的得意又带点幽默的神情也不觉可恶，狂得很有分寸。毫无疑问，王思任接下来一定喝得烂醉如泥的，这个原是生于酒乡绍兴的王思任！

接下来两段，一段写作者登上慧山、锡山所看到的无锡“万室鳞次，绣膏锦水”“客肆具整，鱼鲜肉旨”的繁盛景象，甚至扬州、南京也比不上。一段写归舟上的所见所感，恍然有开天盛世之感。意韵悠远，回味绵长。

张岱《王谑庵先生传》说：“盖先生聪明绝世，出言灵巧，与人谐谑，矢口放言，略无忌惮。”此评洵非虚誉。诙谐笑谑而又清峻灵动的风格，在此小记中鲜活得见。

（严迪昌）

钓 台[①] 王思任

七八岁时，过钓台，听大人言子陵事，心私仪之。以幼，不许习险。前年到睦州[②]，又值足中有鬼[③]，且雨甚，不得上。今从台荡[④]归，以六月五日上钓台也。肃入先生祠，古柏阴风，夹江滴翠，气象整峻，有俯视云台[⑤]之意。由客星亭右，径二十余折，上西台，亭曰"留鼎一丝"，复从龙脊上骑过东台，亭曰"垂竿百尺"。附东台一平屿，陡削畏眺；一石笋横起幽涧，蹇仰恣傲，颇似先生手足。磴道中俱老松古木，风冷骨脾。此两台者，或当日振衣之所，空钩意钓，何必魴鲤，吾不以沧桑泥高下也。亭中祠中，俱为时官匾尽，夫子陵之高，岂在一加帝腹，及卖菜求益数语乎？人止一生，士各有志，说者谓帝不足与理，此未曾梦见文叔[⑥]，何知子陵？子陵诚高矣，而必求其所以高在不仕，则蟠溪[⑦]之竿，将投灶下爨耶？尧让天下于许由[⑧]，许由不受，子陵薄官，许由薄皇帝，人不咏许由而但咏子陵者，则皇帝少而官多也。身每在官中，而言每在官外也。夫兰桂之味，以清口出之，则芳；以艾气出之，则秽；咄咄子陵，生得七里[⑨]明月之眠，死被万人同堂之哄，子陵苦矣。然则尽去其文乎？曰："山高水长，存范仲淹一额可也。"

〔注〕① 钓台：严子陵钓台，在浙江桐庐县富春江畔。 ② 睦州：浙江建德，唐宋时为睦州。 ③ 足中有鬼：足患疾病。 ④ 台荡：台州雁荡山。 ⑤ 云台：汉朝台名，东汉初图画二十八中兴功臣于南宫云台。 ⑥ 文叔：南宋新昌人黄度的字，官焕章阁大学士，每曰"无以报国，唯有此耳"。是个以"为官"图"报国"的典型。 ⑦ 蟠溪：四川仁寿县东，唐末张鸿隐此。 ⑧ 许由：上古尧时隐士。 ⑨ 七里：七里泷，富春江桐庐流段，以清幽秀丽著称。

高峙于桐庐富春江畔的严子陵钓台，既是个自然景观，更是一处名著千古的人文景观。人们拾级登台，与其说是为远眺青山绿水、观赏七里泷一带幽秀溪壑，还不如说是仰瞻东汉之初的这位严高士的清风洁操。所以，钓台之胜，不仅仅在于山水，重要的当是此地刻记着一段可为人鉴的史迹，而且这种铭刻远不是一块或若干块碑石所能载存的，它化合在天地时空之际。王思任正是以这样的一种观照心绪写下了这篇《钓台》的。

"心私仪之"是作者自孩提时起，即油然而生了，当然，认识随着年岁阅历的增长在深化。这种深化，从“肃入先生祠”起，深深感受那种“有俯视云台之意”的“整峻”气象的记叙中已流露无遗。特别是对东西二亭的“留鼎一丝”与“垂竿百尺”题额为着重拈出，可以见出王思任此游的志旨所寄。而尤以“留鼎一丝”四字为醒人心目。

那么，严子陵的“高”，他存留的这九鼎一丝之气究是怎样的内涵？世人都喜言他的与刘秀同卧，以一足加帝腹等事，以为这是其清高处。王思任不以为然，他认为专门注意这些，似乎严子陵是有意放浪清脱以示其清高。倘若如此，就是矫情而失落自然的品性。王氏认为，严子陵的与汉光武的平视而卧起并隐退而不出，乃“士各有志”的表现。如果认为是因为“帝不足与理”而高隐，持这种观点的人连黄度都无法“梦见”，遑论对严子陵的认识。因为黄度尽管处于危世，帝王庸懦，仍思出仕报国，严子陵难道连这点品质也没有？照这样的认识逻辑，这种“清高”有何价值，无视民瘼，无关痛痒于人间，要此清高何用？

王思任论定严子陵之高，并非只是“不仕”，而是纯乎己情的“士各有志”。他紧紧抓住这一点，意在抨击“身每在官中，而言每在官外”的假清高！热衷于宦海却啖住“清高”二字以装门楣，这是沽名钓誉的丑恶行径，他们给严子陵送来大批赞谀之匾，实在是糟蹋这位高人。矫饰假情犹如“兰桂之味”出之以艾气，脏极臭极。这是对钓台亭中祠中“俱为时官匾尽”的愤慨的抨击，对世风、对官场的无情嘲骂。

所以，王思任认为，只要留范仲淹的一额即“山高水长”就足够，这四字最得严子陵精神，是真正的清与高，是出于纯情的清与高。

此记中，“空钩意钓”四字是文眼，严子陵的“垂竿百尺”是一种自然的情态的追求，其意原不在有所求获，正如出处进退并非以能否获大利益为准则一样。“吾不以沧桑泥高下也”，就是不以社会变化，特别是不以朋友的身份随着社会形势而升迁而高贵华清，来取决应对态度。由此而言，当年其足“一加帝腹”本是睡梦中自然之事，有何可渲染的？

关于严子陵的评价，从史学观念言，当然复杂些，不是三言两语得以尽之。王思任突出一点，显然是有感于假清高之可厌。在王思任看来，你既在位，就得如黄度那样，思有所报国；你真不想出仕，那就下来，不要屁股钉在爵禄之位，嘴上高喊向严子陵致敬。虚伪！

此记前半篇凡写景物处全是为写严氏精神，“老松古木，风冷骨脾”八字冷峻清苍；又说“一石笋横起幽涧，蹇仰恣傲，颇似先生手足”，都是传神处。之所以如此老辣行文，其文思其眼光全在意欲以严氏为人鉴，犹如一面镜子，照出世上的

种种丑态和惹人厌的貌相！ （严迪昌）

剡　溪　　王思任

浮曹娥江上，铁面横波，终不快意。将至三界址，江色狎人，渔火村灯，与白月相上下，沙明山净，犬吠声若豹，不自知身在板桐也。昧爽，过清风岭，是溪江交代处，不及一唁贞魂。山高岸束，斐绿叠丹，摇舟听鸟，杳小清绝。每奏一音，则千峦嚮答。秋冬之际，想更难为怀。不知吾家子猷，何故兴尽？雪溪无妨子猷，然大不堪戴。文人薄行，往往借他人爽心脾，岂其可！过画图山，是一兰苕盆景。自此万壑相招赴海，如群诸侯敲玉鸣裾。逼折久之，始得豁眼一放地步。山城崖立，晚市人稀，水口有壮台作砥柱。力脱帻往登，凉风大饱。城南百丈桥翼然虹饮，溪逗其下，电流雷语。移舟桥尾，向月碛枕漱取酣，而舟子以为何不傍彼岸，方喃喃怪事我也。

山水小品，写得若图画，若浮雕，形象、生动，富有诗情画意，显示了作者描绘自然景物的高超技巧。在这不满三百字的篇幅中，描绘了景色各异的五个景点，从曹娥江，至三界址，过清风岭，经画图山，到水口壮台，或寥寥数语，概括它的整体形象；或细腻刻画，使描写的对象具有一种立体感。而又夹叙夹议，亦景亦情，把自己的清新感受和喜悦之情，毫无遗憾地传达给读者，让读者在那空灵幽渺的境界中，寂静深沉的氛围中，与大自然的妙理佳趣在精神上相往还、相赠答，达到了“洗涤万物，牢笼百态”的艺术境界。

它展现在读者面前的第一个画面，是“铁面横波”的曹娥江，作者只用了“终不快意”四字，交代了那里缺乏山水之胜。但一到了三界址，使用重彩浓墨，泼画了那里的迷人景色：江狎山媚，灯红月白，沙明水秀，渔火如星，犬声若豹，恍如置身瑶台仙境的昆仑之巅、阆风之上。在这里作者虽着墨不多，但他笔下的景物却呈现出一种动态，带上一股生机，着一“狎”字，而江色便成了主动的挑逗者；着“上下”二字，而红色之渔火与白色之凉月就有了动势。红白相映，动静相形，不但描绘了自然景物的“形”，而且传达了自然景物的“神”。清风岭是作者着重刻画的一个景点，它以“不及一唁贞魂”的慨叹开端，以“文人薄行”的感喟结尾，中间精雕细刻，风景历历如绘。山之高，岸之狭，花之纷红骇绿，鸟之鼓笙吹簧，一音既奏，千峦回响，不但把景物写活了，而且化景为趣，把自己的主观情感，融进山光水色、鸟语花香之中，令人悠然神往，不但得到了山水形胜的美感享受，而且获致了崇高情趣的精神陶冶。“秋冬之际，尤难为怀”两语，虽系王子敬赞美山阴“山水之美”的话，但作者用在这里，却天然凑泊，毫无补缀的痕迹。至其对王子猷“雪夜访戴”的怪诞举动，一则提出“何故兴尽”的质疑，再则作出“文人薄行”的谴责，似非解人。其实王子猷的“乘兴而行，兴尽而返”的话，正好反映了知识分子一种理想的生活态度，一种对于自由自在的美好生活的渴望与追求，绝不是“借他人爽心脾”的轻薄行为。

写到画图山与水口壮台，作者又改变了以动写静和化景为趣的手法，而是以具体形象的比喻，表现千姿百态的山光水色。说画图山的整体形象“是一兰苕盆景”，把那万壑赴海的壮丽景观，说成“群诸侯敲玉鸣裾”，说百丈桥如“虹饮”，说溪逗其下如“电流雷语”，这些贴切的比喻，使景物具有可感、可睹、可信的具体形象，获得了“状难写之景如在目前”的艺术效果。末以舟子的“喃喃责怪”烘托自己“枕漱取酣”的高雅情趣，说明人的怀抱、情操、趣味有雅俗之分，对于山情水意的领会也大相径庭，我之所乐者，人且以为痴为怪；人之所好者，我且以为庸为俗，语甚含蓄，理至透辟，表现了作者超尘绝俗的自得之意和自豪之感。从而创造了更高的意境，表现出更好的韵味。（羊春秋）

东　山　　　　王思任

出关东，得箬舟，雾初醒，旭上，望虞山一带，坦迤綷直，絮绵中埋数角黑幕，是米颠浓墨压山头时也。然不可使颠见，恐遂废其画。亭午，过蒿坝，江鱼入馔。两岸山各以浅深色媚行。伸脚一眠，小醉而梦。舟子突叫看东山，山麓巉石兽蹲，守江如拒。从谢公棹楔上磴路，每数十武，长松绣天，涛声百沸。又壑中时时有哀玉淙淙，草多远志。看洗屐池，一泓不渴，可当万里流也。池上数级，得蔷薇洞，文靖携妓常憩此。李供奉《忆东山》词，花开月落，几度谁家？何物少年轻薄，然致语大是晓语，可以唤起文靖，不必多憾。窈蔼曲折入国庆寺，寺僧指点调马路，英风爽然。上西眺，西眺名韵甚。白天布曳，直入大海，浩然不疑，独琵琶一洲，宛作当年掩袂态。古今人岂甚相殊，那得不为情感？东山辨，见宋王铚记甚详。吾以为山之所在，偶然四隅耳，何以喜东不喜南也？夫东山之借鼎久矣，足忌之而口祥之，人遂视东山为南山。絜令家有，从未面识，而辄谓其知情者乎？吾安能倒决曹江之水，一为洗清两字冤也。山，可矣，去其东而可矣。

晚明游记小品，“独抒性灵，不拘格套”，“信口而出，信口而谈”，潇洒自如，机锋时出，冶写景、抒情、叙事、议论于一炉，给人以清新、自然、隽永、飘逸的美感享受。显然是“句比字摹”“假人假言”的复古主义的一种逆反。王思任是竟陵派文学的巨子，承钟惺、谭元春的余波，以力矫公安派文学的俚俗浅薄为己任，不免故作艰辛，走上求尖、求新、好奇、好怪的道路，然而绝不是王夫之批评的“灭裂风雅”(《明诗评》卷七)，钱谦益批评的“如梦而入鼠穴，如幻而之鬼国”(《列朝诗集小传·钟提学惺》)，而是一种颇有特色的文风改革。如记中的“巉石兽蹲，守江如拒”，“长松绣天，涛声百沸”，“白天布曳，直入大海”，句奇字新，皆从千锤百炼中来，不肯行乞班、马之前，募缘《左》《国》之后，无一字拾取古人牙慧，正是竟陵派遣词琢句的特点。

游记历叙其出东关，过蒿坝，看东山，历洗屐池，得蔷薇洞，曲折入国庆寺，至琵琶洲，一路风光，尽赴眼底。只见雾若絮棉，若浓墨，笼罩峰峦数角；山则或浓抹，或淡妆，以取媚于行人；石之岩岩，若兽之蹲于地；涛之浩浩，若水之沸于鼎；一泓秋水，可当万里之流；半面琵琶，犹作掩袂之态，可谓好语珠穿，妙喻璧联，让读者跟着他的审美情趣，历观沿途的景点，产生移步换形的审美愉悦。明为叙游，实是写景，好像信笔所之，随意涂抹，一切显得那么随便、自然，一切又无不体现主体的审美感受，所谓“情与景会，顷刻千言”，正是竟陵派山水小品的又一特色。

最出人意表的，是他用浓墨重彩描绘洗屐池、蔷薇洞的自然景色时，忽然笔锋一转，针对诗仙李白的《忆东山》，发出一通宏论，既批评了李白的“少年轻薄”，又肯定了诗中的话“大是晓语，可以唤起文靖，不必多憾”。这与传统的游记文章大异其趣，它在形式上没有一定的格套，在内容上又不代圣人立言，而是根据自己对人生哲学的理解，发出“石破天惊”的议论，这也是竟陵派山水小品的一个特点。李白写了一首《东山吟》，说是“携妓东山去，怅然悲谢安。我妓今朝如花月，他妓古坟荒草寒。”此外，李白还写了两首《忆东山》，说是“不向东山久，蔷薇几度花。白云还自散，明月落谁家？”无情地揶揄和嘲讽了那位声名显赫的谢安。东土山、蔷薇洞、白云堂、明月轩，曾经是谢安往来游集、携妓寻欢之处，而李白说谢公之妓，早已云散月落，只剩下了荒坟一堆；他所携之妓则如花之艳，如月之洁，自然有些“少年轻薄”；世上无不谢之花，天上无不散之云，无不落之月，则谢公又何必为花谢、云散、月落，而抱无穷之恨乎？确亦“大是晓语”。这段议论，已经是奇文奇想、匪夷所思了，不意作者又要为东山辩证、洗冤，谓“山，可矣，去其东而可矣”。这自然是从《说苑·至公》那里偷来的思想资料。相传楚共王出猎，遗其宝弓，左右请求之，共王曰：“止，楚人遗弓，楚人得之，又何求焉。”仲尼闻之曰：“去楚，斯可矣，人失之，人得之，何必曰楚？”这自然是“大道之行，天下为公”的光辉思想。然而，人们在现实生活中，总是把“私”字作为分母，把“公”字作为分子，分母无限扩大，分子的值也就接近于零了，“楚弓楚得”，已经是“大公”了，谁还愿意把“楚”字去掉呢？十一世纪的改革家王安石也未能免俗，竟和谢安争起“墩”来。他在题《谢公墩》的诗中说：“我名公字偶相同，我屋公墩在眼中。公去我来墩属我，不应墩姓尚随公。”不知王思任读了这首诗，是否也要骂一声“轻薄”，是否也要劝他们去“谢”、去“王”呢？

（羊春秋）

徐伯鹰天目游诗记序　王思任

尝欲佞[①]吾目，每岁见一绝代丽人，每月见一种异书，每日见几处山水，逢阿堵举却[②]，遇纱帽则逃入深竹，如此则目著吾面，不辱也。徐伯鹰铁脊万丈[③]，突中时魔，大纛[④]出镇，短后削归[⑤]，绝无矜拂[⑥]之意。每至我草亭，谈谐索酒，玄对会稽千万峰，辄半晌[⑦]痴去。无何[⑧]，伯鹰出走，两月不晤，忽从天目言[⑨]旋，以记绘其像，以诗绣其神。吾读之，若瀑落冰壶，若霞飞鹤背，若半夜招提[⑩]，妙香清梵[⑪]，梦魂犹冷，若坐我于老岩古壁之下，嚼梅蕊，嗅雪兰，时有山鸟赠舌，又若松风溪月，谡谡溶溶也[⑫]。伯鹰曰：“色易衰，书易倦，无斁[⑬]无妒，世间惟山水。吾偶思天目，即抽胫[⑭]诣之，以雨濛故，仅放只眼。”嗟乎！造物何常，人心不足。使当日生人之初，增设四眼，尽如苍颉[⑮]，犹以为未供其观也；使人人而皆只眼，与玉垄[⑯]分面称孤，则亦相安无越思矣。伯鹰曰：“然，吾第[⑰]欲还我双眼。所愿一眼如天，一眼如海。”问曰：“何须恁底[⑱]睁大？”曰：“不但看山水，亦看伊[⑲]也。”

〔注〕 ① 佞(nìng)：逢迎讨好。此处是谐谑口气。 ② 阿(ē)堵：即阿堵物。阿堵，六朝时口语“这个”。“物”为“东西”意。“阿堵物”表示“这个东西”，指对钱的蔑称。《世说新语·规箴》：“夷甫晨起，见钱阂行，呼婢曰：‘举却阿堵物。’”举却：全推辞不受。 ③ 徐伯鹰：王季重

友人,生平事迹不详。据文中"铁脊""大纛""短后削归"等语可推测其为解甲归田之人。铁脊:铁脊梁。此处比徐伯鹰,强调其壮士的外形与铮铮铁骨。 ④ 大纛(dào):此指军中的大旗。 ⑤ 短后:衣的后幅较短,便于行动或操作。这里指军衣。削(xuē)归:削迹而归,即隐居。 ⑥ 矜:自负贤能。拂:不顺失意。 ⑦ 半晌:好久。 ⑧ 无何:不久。 ⑨ 言:语助词,无义。 ⑩ 招提:梵语。后用作寺院的别称。 ⑪ 清梵:僧尼诵经的声音。 ⑫ 谡(sù)谡:劲风声。溶溶:水流动的样子。 ⑬ 斁(yì):厌弃。 ⑭ 抽胫:迈开脚步。 ⑮ 苍颉:传说始创文字的人,有四只眼睛。 ⑯ 玉垄:道家语,指鼻。 ⑰ 第:但,且。 ⑱ 恁底:即"恁地",如此。 ⑲ 伊:你。

王思任二十岁中进士之后,一生三仕三黜,有一半时间闲居。顺治三年(1646),绍兴失守,王思任不剃发,绝食而亡。这样的讲求气节之士,生活中并不是严肃冷峻,而是性好谐谑,其文章也"出言灵巧,与人谐谑,失口放言,略无忌惮"(张岱《王谑庵先生传》)。这篇为徐伯鹰《天目游诗记》而作的序,就显示出这一特色。

本文构思巧妙,尤其表现在将自己之"目"与天目山之"目"联系起来,以"目"开篇,以"目"的讨论结篇,前后照应,饶有风趣。文章开篇就以谐谑的口气,说自己"尝欲佞吾目",即自己谄媚讨好自己的眼睛,让它欣赏美色,品味异书,观赏山水,远离金钱和权势,这样,眼睛长在自己的脸上才不会觉得受到侮辱,这种表达就非常诙谐,新鲜活泼,让读者读来哑然失笑。表面是信口胡言,"失口放言,略无忌惮",实际上表明自己爱美人、爱异书、爱山水却轻钱财、贱官职的个性,可谓庄谐杂陈。

文章继而描写徐伯鹰与其性格相合的交往,并以一连串的比喻称许徐伯鹰的天目诗文。结尾仍以"目"为由头,由自己之"目"到天目,再到关于"只眼""四眼""双眼"的讨论,说明欣赏山水之意趣,不在于目多目少,而在于自己有寄情山水的心境。当伯鹰说希望自己"一眼如天,一眼如海"时,本来是具有文学性浪漫的表达,希望自己用双眼看尽天下美景,而王思任却追问:"何须恁底睁大?"顿时把大雅之言拉回现实之俗,让人忍俊不禁。让徐伯鹰也受其感染,也以戏谑之辞"一眼看山水,一眼看你"来回答。可以想见,二人都在领会对方之谐趣与观点之后必然是相对大笑,更会以为同道,引为知音。 (袁 茹)

小 洋①

王思任

由恶溪登括苍②,舟行一尺,水皆污也。天为山欺③,水求石放④,至小洋而眼门一辟。

吴闳仲送我,挈睿孺出船口,席坐引白⑤,黄头郎以棹歌赠之⑥,低头呼卢⑦,俄而惊视,各大叫,始知颜色不在人间也。

又不知天上某某名何色，姑以人间所有者仿佛图之。

落日含半规[8]，如胭脂初从火出。溪西一带山，俱似鹦鹉绿，鸦背青，上有猩红云五千尺，开一大洞，逗出缥天，映水如绣铺赤玛瑙。

日益曶[9]，沙滩色如柔蓝懈白[10]，对岸沙则芦花月影，忽忽不可辨识。山俱老瓜皮色。又有七八片碎剪鹅毛霞[11]，俱黄金锦荔，堆出两朵云，居然晶透葡萄紫也。又有夜岚数层斗起，如鱼肚白，穿入出炉银红[12]中，金光煜煜[13]不定。盖是际，天地山川，云霞日彩，烘蒸郁衬，不知开此大染局作何制。意者，妒海蜃[14]，凌阿闪[15]，一漏卿丽[16]之华耶？将亦谓舟中之子，既有荡胸决眦[17]之解，尝试假尔以文章，使观其时变乎？何所遘[18]之奇也！

夫人间之色仅得其五，五色[19]互相用，衍至数十而止，焉有不可思议如此其错综幻变者！曩吾称名取类，亦自人间之物而色之耳，心未曾通，目未曾睹，不得不以所睹所通者，达之于口而告于人；然所谓仿佛[20]图之，又安能仿佛以图其万一也！嗟呼，不观天地之富，岂知人间之贫哉！

〔注〕① 小洋：水名，恶溪的下游，在浙江青田县境内。 ② 恶溪：亦名好溪，瓯江支流。括苍：山名，在今浙江丽水至临海一带。 ③ 天为山欺：形容山势高峻。 ④ 水求石放：形容江中乱石很多，水流纡曲前行，像是请求乱石放行。 ⑤ 引白：犹言举杯。白，太白，酒杯。 ⑥ 黄头郎：指船夫，以头戴黄帽而称。棹(zhào)歌：船歌。 ⑦ 呼卢：古代博戏，其头彩曰"卢"，掷子时高呼其名，故称。此处指劝酒声。 ⑧ 半规：半圆形。 ⑨ 曶(hū)：天色昏暗。 ⑩ 柔蓝懈白：柔弱的蓝、白色，即浅蓝、灰白色。 ⑪ 鹅毛霞：指松软如鹅毛的云霞。 ⑫ 银红：即银朱，由水银和硫黄加热制成。此指夜雾中闪耀银光的红色。 ⑬ 煜煜：明亮貌。 ⑭ 海蜃：即海市蜃楼。因光线的折射作用出现于海上或沙漠上空的景物幻影。 ⑮ 阿闪：即阿閦(chù)，佛名。此指佛光。 ⑯ 卿丽：美丽的彩云。卿，卿云，古时视为祥瑞。 ⑰ 荡胸决眦：心胸荡漾，眼眶欲裂。杜甫《望岳》："荡胸生层云，决眦入归鸟。" ⑱ 遘(gòu)：遇到。 ⑲ 五色：指青、黄、赤、黑、白。古人以此五色为正色。 ⑳ 仿佛：大概。

王思任，号谑庵，其为人好诙谐，表现在文字中，也使文风诙谐有趣。

要想达到诙谐有趣的文风，不仅在于作者本人是谐趣之人，更在于作者有能力将种种趣思表现在文字中。在这篇游记中，作者巧弄文笔，务求陈言尽去，运用各种修辞来表现。如拟人，作者将眼前的无生命的景物全部化为能与之互动的"人"，写山之高就是"天为山欺"，写水流之湍急曲折就是"水求石放"，用"欺"

"求"等字眼来表达,山与天、水与石就像两个互相争斗的人,输了的那个在恳求赢的一方。在写沙滩的颜色时,用"柔蓝懈白"来表示浅蓝色和灰白色,仿佛人柔弱和懈怠之后才变成这个颜色。又如比喻,本着"以人间所有者仿佛图之"的宗旨,将眼见所见比成众人熟悉的物来增加表现力,与众不同的是,作者没有把它们比成高雅之物,而是比成日常生活所见之俗物,本身就容易增加趣味性。如溪西一带的山色似"鹦鹉绿,鸦背青",天色昏暗后又呈"老瓜皮色",云霞状如"鹅毛",色如"荔枝",云似"葡萄紫",夜间山中雾气如"鱼肚白",更将各种颜色比成"开大染坊"等,联珠比喻,新鲜活泼,将"天工"之自然景色巧妙描摹出来,正如古人所评:"逞枯管与天写色,人巧也。"(陆云龙《皇明十六家小品》)

除此之外,作者所描绘的观赏者感受的画面也是让人觉得有趣,如一群人正在喝酒猜拳,突然看到美景,统一的反应是"各大叫",一群平时自以风雅的文人像普通的观赏者一样大叫,和普通人一样被眼前的景色美到"词穷",只能大声叫喊,会引起更多读者的共鸣,因为这种感觉几乎是每个普通人都有的感觉啊。

即使王思任有如此高超的语言驾驭能力,他仍然感觉到表达之难。这样的感觉,古人常有之。本文也是主要突出自然界美景之丰富难以被描摹出来。被赵翼赞为"天生健笔一枝,爽如哀梨,快如并剪,有必达之隐,无难显之情"的苏轼,其实也曾感慨过"求物之妙,如系风捕影;能使是物了然于心者,盖千万人而不能一遇也,而况能使了然于口与手者乎!"(《答谢民师书》)。即认为心里能完全明白事物的奥妙的,千万人也不能遇到一次机会,何况要嘴里说出来并且用笔写出来呢?由此可见何薳《春渚纪闻》所记东坡,"尝谓刘景文与先子曰:'某平生无快意事,惟作文章,意之所到,则笔力曲折,无不尽意。自谓世间乐事无逾此者。'"倘若为真,也是苏轼与友人畅谈间一时自得之语,而他自己不会诉诸笔端。

(袁 茹)

【作者小传】

曹学佺

(1574—1647) 明文学家。字能始,号石仓、泽雁,侯官(今福建福州)人。万历二十三年(1595)进士,历户部主事、四川按察使等。天启间官广西参议,以私撰《野史纪略》得罪魏忠贤党,被削籍,家居著书立说。崇祯初起广西副使,力辞不就。南明唐王时授礼部尚书。清军入闽,在山中自缢死。清乾隆时追谥忠节。有《石仓全集》《蜀中广记》,编有《石仓历代文选》《石仓十二代诗选》。

石头庵募米疏[1] 曹学佺

石头庵有竹盈亩,有水半溪,有高人韵士来往。愚公[2]日坐竹林,涧水急则响,缓则文,与高人韵士睡听无穷,亹亹酬酢不倦[3]。而后乐可知也。假令犁竹径为田,以水灌之,易高人韵士而为庸俗有金钱之人来往,则师所不乐也。夫使师日乐其中,挥麈[4]谈道,学人数百而不苦于乏绝,则其徒之事也。其徒某,有威仪,法可以劝缘者。

〔注〕 ① 募米疏:本文属于募缘疏。募缘疏是古代的一种文体,佛、道用以募化财物的文字,初多用对偶文,明后以散文为之者渐多。明徐师曾《文体明辨序说·募缘疏》:"按募缘疏者,广求众力之词也。桥梁、祠庙、寺观、经像与夫释老衣食器用之类,凡非一力所能独成者,必撰疏以募之。词用俪语,盖时俗所尚。" ② 愚公:释如愚,字蕴璞,江夏(今属武汉)人,生卒年不详。断发后曾居于衡山石头庵。善诗文,有《石头庵集》《饮河集》等存世。曹学佺与其多有交往,并为他的《石头庵集》作序,谓其诗曰:"愚公诗,古体有气力,五言律奇而险,顾多慷慨悲愤句,不作禅语,所以为佳。" ③ 亹(wěi)亹,指诗文或谈论动人,有吸引力,使人不知疲倦。钟嵘《诗品·晋黄门郎张协》:"词采葱蒨,音韵铿锵,使人味之亹亹不倦。"酬酢(chóu zuò):交际应酬。 ④ 挥麈(zhǔ):挥动用麈尾做的拂尘。晋人清谈时,挥动麈尾以为谈助。

本文是为如愚和尚的石头庵募米、解决经济困难而作的。本文短小精悍,构思巧妙,语言清新隽永。文章为募米而作,但通篇却不言募米、捐钱之事。文章先从愚公居住的石头庵环境写起。用"有竹盈亩,有水半溪"八字描绘石头庵清幽秀丽的景色。竹林幽深,流水潺湲是极富诗意居住环境,是文人们的"诗意栖居地"。在中国文化里,竹林溪涧,向来是文人雅士乐居之地。如"竹林七贤"经常在云台山的竹林中开怀畅饮、放歌长啸、抚琴赋诗、谈玄论道,成就千古文坛佳话。王徽之酷爱竹子,有一次借住在朋友家,立即命人来种竹,人问其故,他说:"何可一日无此君。"(《世说新语·任诞》)苏轼《於潜僧绿筠轩》云:"宁肯食无肉,不可居无竹。"本文开篇对景致的描写为后文做第一层铺垫。用烘云托月的方法映衬愚公的高雅不俗。接下来再用"有高人韵士来往"一句点明与愚公交往者都是文人雅士,为愚公的出场再做一层铺垫。接下来,才推出主人公的生活状态:"日坐竹林,涧水急则响,缓则文,与高人韵士睡听无穷,亹亹酬酢不倦。而后乐可知也。"用极洁净优美的语言描写如愚与高人韵士赏景作文、酬唱往来的乐趣,令人艳羡。作者在引出愚公的高雅生活之后,再反笔假设,如果竹林被砍伐,耕垦为田地,饮水灌溉,再有富人俗士往来其间,一定会大煞风景,是"师所不乐也”。最后委婉地道出希望信徒出力帮助解决石头庵的日常食用和经济困难，让愚公与高人韵士，有一方参禅悟道的乐土。文中云：“夫使师日乐其中，挥麈谈道，学人数百而不苦于乏绝，则其徒之事也。其徒某有威仪，法可以劝缘者。”作者用“其徒之事”四字委婉地表达要信徒施舍钱粮之意，这样作者就完成了向人募米的任务。整篇文章只有一百二十多字，但却写得隽永有致，使人不觉其短，这得益于作者巧妙的构思，灵动的笔墨和高超的语言组织与表达技巧。

（魏祖钦）

【作者小传】

冯梦龙

(1574—1646) 明文学家、戏曲家。字犹龙，又字子犹、耳犹，别号龙子犹、顾曲散人、茂苑野史、无碍居士、墨憨斋主人等，长洲（今江苏苏州）人。少为诸生，晚年以贡生历官丹徒县训导、寿宁知县。倡导言情文学，抨击伪道学。虽工诗文，但主要致力小说、戏曲和其他通俗文学的研究、整理与创作。小说方面，除编纂“三言”（《喻世明言》《警世通言》《醒世恒言》）外，还增补罗贯中的《平妖传》为《新平妖传》，改写余劭鱼《列国志传》为《新列国志》。戏曲方面有《墨憨斋定本传奇》。另编有时调集《挂枝儿》《山歌》，散曲选集《太霞新奏》，笔记小品《智囊》《智囊补》《笑府》《古今谭概》《情史类略》等。

情史类略序

冯梦龙

六经皆以情教也：《易》尊夫妇，《诗》有《关雎》，《书》序嫔虞之文，《礼》谨聘、奔之别，《春秋》于姬、姜之际详然言之。岂非以情始于男女，凡民之所必开者，圣人亦因而导之，俾勿作于凉①，于是流注于君臣、父子、兄弟、朋友之间而汪然有余乎！异端之学，欲人鳏旷以求清净，其究不至无君父不止。情之功效亦可知已。是编也，始乎“贞”，令人慕义；继乎“缘”，令人知命；“私”“爱”以畅其悦，“仇”“憾”以伸其气；“豪”“侠”以大其胸，“灵”“感”以神其事；“痴”“幻”以开其悟，“秽”“累”以窒其淫，“通”“化”以达其类；“芽”非以诬圣贤，而“疑”亦不敢以诬鬼神。辟诸《诗》云兴、观、群、怨、多识,种种俱足,或亦有情者之朗鉴,而无情者之磁石乎?耳目不广,识见未超,姑就睹记凭臆成书,甚愧雅裁,仅当谐史。后有作者,吾为裨谌②,因题曰《类略》,以俟博雅者择焉。

〔注〕 ① 勿作于凉:不让某样东西在人们心中淡薄下去。凉,薄之义。 ② 裨谌:春秋时郑国的大夫,因足智多谋,故凡郑国与诸侯会盟时的应对之辞,皆由其先作草稿。冯梦龙在序中自比裨谌,乃自谦之辞。

善于以旧瓶装新酒是古代中国文人的一大特长,任何与正统观念有偏差的事情在怀有这种特长的中国文人手中,都会通过三言两语而化解成名正言顺的东西。但是,自宋代理学昌盛以后,有一样东西很难因而也很少被化解成正宗之物,那便是"人欲",或者单叫一个字:情。它背离我们古已有之的正统观念——儒家思想太远了。

但是很有意思,十六、十七世纪的时候,在中国最富裕的地区之一——江南水乡苏州府里,却冒出一个通俗小说家冯梦龙来,此人将那些言情述欲的白话小说编写纂辑起来,一本又一本地让它们流传到社会上去;他又精心构筑了一套颇具逻辑的言情理论,在一部题名《情史类略》的文言笔记小说集里以《序》的形式公之于众,而且说得头头是道。

谁也不会想到冯氏竟会将儒家六经与那崇儒者视为万恶之首的"情"联系起来,而且联系得那么紧密:"六经皆以情教也。"但你又能提出什么反驳意见呢?你能说《易经》中的阴阳之合不代表男女之事、夫妇之情吗?你能否认《诗经》的第一篇"关关雎鸠"是君子爱上淑女的生动记录吗?《尚书·尧典》中记载了尧帝嫁二女于虞,你能说那无关宏旨吗?《三礼》中讲了那么多士婚的礼仪与大家闺秀的规范,你又怎能斥责它小题大作?而《春秋》将姬姓的周王室与姜姓的齐国通婚之事记录得那样详尽,难道不是寄寓着深意吗?你无法反驳,因此接下来你便只好承认冯氏的推论,"情"这东西充当着君臣、父子、兄弟、朋友之间的润滑剂,汪洋恣肆,不可遏止。但冯氏不善罢甘休,紧接着又以正统的姿态出现,将那"欲人鳏旷以求清净,其究不至无君父不止"的论调指斥为"异端之学"。也许你已经觉察出来,冯氏所谓的"异端",其实便是宋代以来十分流行的以"存天理,灭人欲"为主旨的理学思潮,冯氏在这里将有关的理论转换成"欲人……不止"这样一句话,只不过是倒打一耙,将"存天理,灭人欲"六个字衍化为小民百姓都能懂得的一种孤独悲惨的场景。谁愿意过鳏居无聊的生活呢?谁愿意落个无君无父的下场呢？所以那为人所特有的感情、人欲，冯梦龙以十分肯定的口气告诉你，它可以而且有充分的理由存在于这个世界上。

自然，因为是旧瓶装新酒，瓶底就难免剩些未倒尽的旧酒。冯梦龙从提高“情”的地位出发，编了这本《情史类略》，取材与分类之间，也难免混杂些不如他的理论那般清晰的东西。洋洋洒洒的二十四卷故事，每卷都标一类目，起于“情贞”，继以“情缘”“情私”诸类，而最终以“情迹”作结。这其中自然有生死不渝的爱情，也有无可奈何的婚姻；把帝王们的荒淫污秽展示在你面前，你会感到恶心；而将牛鬼蛇神与人间纯情相糅合，你又会觉得无聊。但是冯梦龙本人对于这部情之大观的著作颇为自豪，特意在《序》中对几大分类加以介绍。也许，我们也不该太扫这位四百年前的大才子的兴，不妨将这部《情史类略》当作历史长河中人情观照这一段来细读；更何况，冯氏还写了这么一篇难得的主情序文呢！

（陈正宏）

笑府序 冯梦龙

古今来莫非话也，话莫非笑也。两仪之混沌开辟，列圣之揖让征诛，见者其谁耶？夫亦话之而已耳。后之话今，亦犹今之话昔。话之而疑之，可笑也；话之而信之，尤可笑也。经书子史，鬼话也，而争传焉；诗赋文章，淡话也，而争工焉；褒讥伸抑，乱话也，而争趋避焉。或笑人，或笑于人，笑人者亦复笑于人，笑于人者亦复笑人，人之相笑宁有已时？《笑府》，集笑话也，十三篇犹云薄乎云尔。或阅之而喜，请勿喜；或阅之而嗔，请勿嗔。古今世界一大笑府，我与若皆在其中供话柄。不话不成人，不笑不成话，不笑不话不成世界。布袋和尚，吾师乎！吾师乎！墨憨斋主人题。

绝大多数人看《笑府》之类的书都是为了消遣，他们很少有人会去注意卷首的这篇序，这篇不伦不类，读了让正人君子很不是滋味的序。

冯梦龙在这篇序中宣称一切都很可笑，自从盘古开天地，三皇五帝至今，经书子史圣贤之作，鬼话连篇；诗辞歌赋，矫揉造作；而各种逢迎拍马和贬损责骂，更是胡言乱语、胡说八道。人们对这些鬼话、胡话、乱话偏又看得很重，无法摆脱，尤其荒唐，可笑！不仅如此，冯梦龙最后宣称连笑的人也是可笑的。你笑我、我笑你，笑与被笑，被笑与笑，是分不开的。然而尽管如此，我们读了这篇序以后却无论如何也笑不出来,冯梦龙的"笑"中是有某种让人笑不出的东西。

人是一种非常奇怪的东西。笑往往是情不自禁的,有时想笑却又笑不出。笑在最后才笑得最好,笑得最妙,所以人人都想抿住嘴不笑,以便到最后笑一切人。但是冯梦龙却说笑是没有时间、不分先后的,一个人尽可以憋住气等到他哑然失笑的那一天,但到得那时,恐怕他首先要笑的就是他自己了。

这样,冯梦龙就在一定意义上通过他的笑把世界把人生怪诞化、荒诞化了。冯梦龙实际上是在展示他的人生观于读者面前。古今世界一大笑府,不话不成人,不笑不成话,不笑不话不成世界,我与你皆在笑府中充笑柄。

这里,冯梦龙省略了他对现实世界矛盾冲突的描绘,但很显然,他所展示的这种把世界当笑府、把人生当笑话的人生观却正是针对这种矛盾冲突而确立的。人类天性追求安宁舒适,和谐美满,但其生活却无往而不在矛盾与冲突之中。对此,人们既可以奋发图强,积极进取,又可能灰心丧气,消极无为,这些都是人类面对现实世界所采取的条件反射式的态度。但冯梦龙却认为这两种方式都未免太机械被动了,而应该给世界加入人为的色彩,使它怪异有趣起来,荒唐可笑起来,这样生活才有价值。

这种近乎荒唐和怪诞的幽默和超然至今仍然是我们可以使用的建设人生的高级艺术。

（王　元）

太　史　公　　　　冯梦龙

山人某姓者,自负其才,旁无一人。途中闻乞儿化钱声甚凄惋,问曰:"如此哀求,能得几何?若叫一声太史公爷爷,当以百钱赏汝。"乞儿连唤三声,某倾囊中钱与之,一笑而去。乞儿问人云:"太史公是何物?值钱乃尔!"

明代社会曾涌现一大批山人形象,人数之滥,当时称"遍天下"(《万历野获编》)。他们大多交结名贵,附庸风雅;或故作诡行,沽名钓誉;其品愈下,愈是愚妄狂傲,故常常成为时人调侃的对象。

我们当然可以将这则笑话看作是作者对恃才傲物到了迂腐不堪地步的山人的一种机智的嘲讽;他不管什么场合、对象,也不管使用什么手段,只要能被承认是太史公,就感到十分满足;可笑的是,他用钱买来的这一声"承认",没有任何实际意义,乞儿根本不知"太史公"有什么价值,他的满足也就变得虚妄起来了。

但是，我们在窃笑之余，会从这荒谬的表现形式中渐渐品出点苦涩味儿来。这个山人，实际上也可以说是怀才不遇的知识分子被扭曲了的典型，他们求赏识、求理解，希望社会承认自己的价值，然而现实常常以虚妄击碎他们的理想。试想，他们的执着在这种虚妄面前不就变成了愚妄痴绝？在这个意义上，难以否认像冯梦龙这样心智宽拓的人，在叙述这样一则笑话时，会没有一丝自我揶揄的意味。（陈广宏）

刘端简公令 冯梦龙

古亭刘端简公居乡，邑大夫或慢之。值宴会，端简公出令佐酒，各用唐诗一句，附以方言，上下相属。刘云："一枝红杏出墙来，见一半，不见一半。"含有诮意。一士夫云："旋斫松柴带叶烧，热灶一把，冷灶一把。"邑大夫云："杖藜扶我过桥东，我也要你，你也要我。"一时喧传以为绝唱。

一说又云："隔断红尘三十里，你也看不见我，我也看不见你。"解之者曰："点溪荷叶叠青钱，你也使不得，他也使不得。"

中国的古代文化，由于向来是以儒家学说为核心，因而总显得正经有余，滑稽的文字和思想历来不很发达。明代中晚期，随着城市商品经济的发展，开始滋生一种由社会闲暇的消费所致的娱乐性市民文化氛围，文学便也走向世俗化，反映普通人的生活意欲和情趣。因此，在创作上除了须注意通俗性、传奇性之外，尤需注重趣味性。对谐谑之趣的追求成为当时文学的重要特征之一。

冯梦龙此条见比他稍前一时代的黄冈人王同轨所撰《耳谈类增》卷三七《雅谑篇》中《用诗句令》条，字句小异。冯氏虽说亦属荐绅学士，却是通俗文学的积极推动者。他曾专门从事笑话一类娱乐性散文的搜集、整理和创作活动，除了编撰本篇所出的《古今谭概》，还编撰了《笑府》《广笑府》《智囊》等。此外，他还专门搜辑了像谜语、酒令及俗语联句等游戏之作。这类作品与他们用来自娱性灵的小品性质当然不同，不过，对作者来说，两者在追求的审美情趣与风格上多有相通之处，而且，这类作品必然可以洞悉喜闻乐见的市民的普遍心态。从这一点可以说，冯梦龙具有卓越超群的文化意识。

这个脍炙人口的酒令趣话，实际上表现了一个斗智的场面，只不过参加者不仅需要机灵警敏，而且还需有幽默感。刘公之令是含蓄地表示对邑大夫怠慢他的不满，谴责他们对自己的态度暧昧；而其中一士夫之令则咄咄逼人，言下之意，你现在的存在不过是发挥余热而已，何必苛求；最后的自然便是和事佬。每个人的酒令都非常贴切、自然、巧妙。（陈广宏）

好好先生　冯梦龙

后汉司马徽[①]不谈人短，与人语，美恶皆言好。有人问徽安否，答曰："好。"有人自陈子死，答曰："大好。"妻责之曰："人以君有德，故此相告，何闻人子死，反亦言好？"徽曰："如卿之言亦大好。"今人称好好先生本此。

〔注〕①司马徽：颍川阳翟（今河南禹州）人，字德操。清雅善知人。刘备曾访士于徽，因荐诸葛亮、庞统。

游戏笔墨，一半在于表现机智的才辩和犀利的见地，一半却也出于天然凑泊，反映晚明作家恶拘检而乐旷达的真性情。譬如对《世说新语》卷上关于司马徽该条善加润色，实在也算是一种闲情逸致，其旨大概绝不会是为了补注经史，裨益教化。然而，正是在那种轻松的消遣之中，生活中的一切对象才会显得妙趣横生，人的性灵才会获得高度的舒张。用我们现在的俗话来说，这是"开开心"，但绝非是浮滑和饶舌，它确实体现了当时这批追求个性与自由的思想先驱严肃、真诚的人生态度。

原作品并无"问安"与"报丧"两个细节，仅笼统以"初不辨其高下，每辄言'佳'"一笔带过。乍一看，"好"与"大好"两层无任何发噱之处，然而事实上却是必不可少的铺垫。待推进到最后一层"妻责"，"亦大好"三字立刻被点染了意味，通篇才显得诙谐起来，令人捧腹。另外，从某种意义上说，原来因政治原因不谈论时人的司马徽，在这里被描绘成具有"痴""癖"的人格表现，然恰因此，其个性色彩才更为鲜明和集中，表现出来才能那么真切和富于情趣。看来，游戏之笔虽属随兴而来，但如何"点睛""传神"却也大有讲究。（陈广宏）

书马犬事　冯梦龙

欧阳公[①]在翰林时，常与同院出游。有奔马毙犬，公曰："试书其一事。"一曰："有犬卧于通衢，逸马蹄而杀之。"一曰："有马逸于街衢，卧犬遭之而毙。"公曰："使子修史，万卷未已也。"曰："内翰云何？"公曰："逸马杀犬于道。"相与一笑。

〔注〕 ① 欧阳公：即欧阳修。宋陈善《扪虱新话》认为此故事主人公不是欧阳修，而是穆修。明郎瑛《七修续稿》卷五《诗文类·马践犬》辩称“文意固似欧阳者”。

明代中晚，士风崇尚通脱、适趣，故为文要求平实真率而又空灵剔透，体制上也趋向于小摘短拈，往往语不费饰，而清味自悠。于是，像《世说新语》那样的境界和表现，不仅成为明代士大夫用来斟衡人品的标尺，其清言秀句、拔幽领异亦往往成为明代文人所追求的美学风格。一时间，“小品”在晚明极为风靡，而文章贵约，成为写作上的首要法则。

这段故事，见于宋代毕仲询撰的《幕府燕闲录》(见《说郛》卷十四)，宋人龚颐正《芥隐笔记》亦载，冯梦龙加以摘选下来，略作润色，我想自有其用意。至少表现了他在文学的审美价值取向上的认同。作为一个作家，以最为简练有力的文字揭示事物的特质，是其起码必须具备的素质条件，然而，事实上却并非个个都能做到，更何况片字还必须镂神辟幽，烛照事物的意义。因此，一代文宗的这么一段小小的文字佳话就显得极有意义。

不过，我们在欣赏这一佳话的时候，切不可被欧阳修的字字落实迷住了视线。当你试着在冯梦龙修饰过的叙述文字上删去一二字时，你会发现自己一筹莫展。文末“相与一笑”尤有兴味。　(陈广宏)

金　老　童　　冯梦龙

乌程金生，七十余犹应童子试，为文鄙俚，而高自矜期。人见之，无不笑者，因绐之云：“凡文章令人赞美，尚非其至；若奇快之极，不禁欢笑。古名人之笔，赞美有之，其能发人笑者，即王唐不数数也。”金信之。自是有笑其文者，金亦随之抚掌。尝对人云：“吾某文为某某先生所笑。”以此自炫焉。遇缙绅，辄拜称门生，冀其荐达；缙绅亦利其呈课，以为笑端。适陈令(经正)试士，缙绅预言老童之状。令独标其名为一案，召语之曰：“汝的是奇才，不愧案首。惜汝齿长，留作来生未了事可也。”金逢人辄道令之知而不举，以为忌才，欲持卷讼之学道。众言：“令惜汝才，奈何仇之？”苦谕乃止。

余亲见此老数艺，犹记其“牛羊父母”题破云：“二兽归二亲，弟肆杀兄论也。”“校人烹之”破云：“校人方畜鱼之命，而必熟之焉。”又自言“曾诣友人家，值会课，题为‘闵子骞冉伯牛’，众方阁笔，苦于难破，吾破之曰：‘四贤中二贤，德行中可取也。’友人见我二‘中’字切题，喜极，无不笑倒者”。

金某无疑是一个悲剧形象。八股取士制度仿佛是一种弥散的病毒，浸淫其中者简直沦肌浃髓，以至迷失本性而无可救药。作为白首老童，虽因屡遭挫跌而饱经辛酸冷眼，却仍须不断扭曲和麻醉自己，以重整之精力消磨于令人绝望的场屋之中。应该说，他们一辈子受到科举的戕害而不醒悟，是这个制度最为不幸的牺牲品。但是，换一个角度而言，他们何迷之有，他们清醒地知道，他们终生所搏的是一世的利禄，是整个家族的荣辱。这是那个时代的现实。

鉴于此，我们注意到作者将噱头放在其为文可笑而又自命不凡的反差之上，而不是放在对老童百战不利、然其志愈锐的嘲谑。老童的“高自矜期”之可笑，是因为他对自己的才华文章无自知之明；被人捉弄而不自知，同样是对自己的才华文章没有一个较为正确的估价。制艺鄙俚如此，却满腹天生我才、不得世用的委曲，戏谑的效果可想而知。

不过，作者带着某种善意和狡黠的讽刺只是针对一些性格和能力具有明显缺陷的士子，却没有也不可能自觉地批判八股科举制度对所有读书人本性的扭曲。冯梦龙自己屡屡蹭蹬不遇，还是想通过贡途取得仕籍。不仅如此，他还著下不少指导应考门径的书，希望自己在几十年的科场沉浮中积累的经验能对他人有益。如此执迷不悟，才真正充满讽刺意味。从某种意义上说，冯氏自身又何尝不是一个悲剧形象！

（陈广宏）

呆　子　　冯梦龙

吴中某富翁有呆子，年三十，倚父为生。父年五十矣，遇星家①推父寿当八十，子当六十二。呆子泣曰：“我父寿止八十，我到六十以后，那二年靠谁养活？”

〔注〕 ① 星家：指依据星象预卜吉凶的人。

在欧洲和美国一些家庭中，孩子长到十八岁，经济要独立，自己谋取衣食。如果继续住在父母家中是要交食宿费的。他们读大学也主要靠自己，即使父母是腰缠万贯的富翁，儿女也不愿依赖他们。这些在西方的常事常情，却往往被我们看成是人情之薄，因为这和我们的传统是大相径庭的。在中国，只要父母在，孩子仿佛永远长不大。不仅四五十岁的中年人，在七八十岁的父母的眼中往往是“娃娃”，而且子女满堂的人，只要父母在，并有一定的地位，他就永远以父母为靠山。甚至,父母作古了,他也是某某人的儿子。这好像成为一种习见而不怪的风俗。笑话中的“呆子”,由于其父是富翁,已经三十岁了,还靠五十岁的父亲养活。他是立志吃父亲一辈子的,因此,当算命者推算其父寿数可至八十岁,子寿数为六十二岁时,他竟哭了起来,担心父亲去世后两年,无人养活他。这是个极端的例子,因此引起人们的讪笑,并会斥责“呆子”没有出息。可是靠老子、吃老子的现象可以说还未消失,因此这个笑话还有强烈的现实意义。有人利用这种旧习,假冒有个阔老子,居然能招摇撞骗,身价百倍。更为可笑的是,那些没有阔老子可倚靠的,也要造出一个,作为自己的精神支点。像阿Q这样倒运的人物,他上无片瓦、下无立锥之地,而且是茕茕孑立,形影相吊,并无靠山。可是他在与人口角时,也会瞪着眼睛说:“我们先前——比你阔的多啦!你算是什么东西。”可是“先前阔”并没有给他带来什么实际利益,他没有因此获得未庄村民的尊敬,也未使他能够力克强敌、战胜对手,甚至不能以此骗得一饱餐。“先前阔”所招致的只是人们的嘲笑和侮蔑,它只给阿Q带来了精神上的满足,这一点直到死他都没有觉悟,可哀也夫!

由此想及我们的民族有一种集体无意识形象,即习惯于把精神的支撑点放在过去,托庇于祖荫。在不顺利的时候,总爱搬出祖宗的光辉业绩为自己打气,却很少向未来汲取激情。这是在精神上缺少独立性的表现,是一种精神萎缩。一个民族真正要自立于世界民族之林,首先就必须战胜这种精神萎缩。

(王学太)

不佞神佛　　冯梦龙

彭脊庵[①]七岁,从乡父老入佛寺,不拜。寺僧强之,不从,反叱之曰:“彼佛裸跣不衣冠,我何拜为!”

周文襄公[②]在吴中,好徜徉梵刹,见佛即拜,士夫笑之。文襄曰:“论年齿亦长我二三千岁,岂不直得一拜?”子犹[③]曰:“一是达者之言,一是长者之言。”

绍兴王元章[④],国初名士,所居与一神庙切近。爨下缺薪,则斫神像爨之。一邻家事神惟谨,遇元章毁像,辄刻木补之,如是者三四。然元章家人岁无恙,而邻之妻孥时病。一日,召巫降神,诘神云:“彼屡毁神,神不责;吾辄为新之,神反不我佑,何也?”巫者作怒曰:“汝不置像,像何从而爨?”自是其人不复补像，而庙遂废。

李梦阳督学江右，渡江，有司请祀水神。公怒，命从者缚神投诸江，曰："以水神投水，得其所哉！得其所哉！"

〔注〕①彭脊庵：即彭勖，字祖期，永丰人，永乐进士。②周文襄公：当即周忱。忱字恂如，号双崖，吉水人，永乐二年进士。卒年七十三，谥文襄。③子犹：冯梦龙别署龙子犹。④王元章：即王冕，元章其字。

宗教是一种极为复杂的社会意识形态和文化现象，对之认识和批判的自觉程度，多少反映了人类思想发展的总体进程。冯梦龙所处的明代中晚期，佛、道两教交替活跃，与儒教一起渗透政治生活的各个方面，尤其成化之后，佛、道几乎成为政治集团中不可忽视的力量。帝王的带头崇信，刺激了诸教世俗化的进程，于是，下层社会怀着现世各种各样功利的目的，陷入对佛、道及民间诸神的迷狂信仰和无穷奢望。也就在这时，宗教开始日益显露出它的堕落和虚伪，不仅洋相百出，而且为害甚烈。

另一方面，在属于文化上层的士大夫阶层中，因受到禅宗佛理的直接影响，已经酝酿发展了一种从传统儒学中蜕变出来并走向背叛的良知之学，由于这种学说强调人所追求的人性具有天然合理性质，因而很快演为社会性思潮。这批思想家(包括冯氏)往往出入佛老，归宗儒家，由于具有开放的思想意识，宗儒却指斥其禁锢和虚伪，尚佛却呵佛骂祖，不膜拜任何偶像，不崇信任何教条，一切只在直悟其心，因而对宗教及其宗教精神具有极大的破坏力。

冯梦龙所讲述的几个不佞神佛的小故事，以及故事中人物身上那种勇毅的批判精神，我想只能从上述的思想和社会背景中求之；冯梦龙自身所表示趋同的戏谑精神，也只能从上述的思想和社会背景中求之。

第一则小故事，显然是援儒斥佛，一副以正统礼教呵斥邪教的庄严面孔，读来却叫人忍俊不禁。注中一则倒是憨态可掬，毕恭毕敬，语言之中却充满反讽意味。第二则小故事，好像也讲因果报应，不过是反其意而用之，你事神愈谨，就愈让你遭恶报，你看神灵验不灵验?！至于第三则小故事更是以其神之道还治其神之身，好不快哉！

（陈广宏）

三十而立　　冯梦龙

魏博节度使韩简，性粗质，每对文士，不晓其说，心常耻之。乃召一士人讲《论语》，至《为政》篇。明日喜谓同官曰：

“近方知古人禀质瘦弱，年至三十，方能行立。”

如此解，则四十无闻，便是耳聋；五十知命，便是能算命矣。

这个故事见五代孙光宪《北梦琐言》卷十三，冯梦龙作了些改写。在从事笑话等的搜集、整理工作过程中，冯梦龙在文字上曾做过一番统一的修饰，力求体现出简洁、通俗、质朴而又生动的风格特征。途径之一是剪其枝蔓，去其浮文，使原来口头流传的作品更加精约而又规整；另一途径则是加工改写，一方面使古代流传至今的作品更加通俗易懂，做到妇孺皆知；另一方面则在关键扣眼上点铁成金，演化成文，使原作更富有传奇性和幽默感。

在《古今谭概》中，本篇列入无术部，作者对当时社会上的达官贵人不学无术而又附庸风雅的鄙视和憎恶，在这篇作品中得到了充分的发泄。韩简是个大老粗，往来鸿儒之间而不知其所云，觉得实在太丢面子；他请人讲授《论语》又岂止是不求甚解，简直是完完全全在装门面给人看。这倒也罢，干脆来个“真人不露相”，可他偏偏还要自以为是地在同僚面前炫耀自己的渊博，结果自然是面子被撕，败絮曝光。虽是寥寥几笔，使这位达官贵人蠢态毕显，显得荒谬可笑。注中两句，尤为醒目，虽是作者凑趣，却表达出他的机智和幽默，再严肃的人，读到这里定会忍俊不禁。

（陈广宏）

半　日　闲　　冯梦龙

有贵人游僧舍，酒酣，诵唐人诗云：“因过竹院逢僧话，又得浮生半日闲。”[①]僧闻而笑之。贵人问僧何笑，僧曰：“尊官得半日闲，老僧却忙了三日。”

〔注〕 ① 见李涉《题鹤林寺僧室》。

追求自由放达的个性和闲适的日常生活情趣，已成为明代中晚期全社会普遍的生活风尚；与此同时，禅宗的那种在平静如常的世俗生活中，尤其在与静穆的大自然的交流中，获得淡泊心境和解脱的愉悦，也成为士大夫刻意追求和崇尚的目标。于是，人们遁栖山林，与僧道交游，诗文酬酢，纵谈性命。且因此涌现了一大批所谓的“山人”。

然而，一种崇尚一旦演为一种风气，那么其中必定大半是出于各种各样功利目的的附庸风雅，这则小故事中的主人公便属其一。作者用的是冷讽，或许这也算是一种平民意识。贵人为了标榜超脱、高雅的性情风神，偶尔偷闲要去山林寺庙消遣，结果底下人（包括和尚）却实在煞费苦心，忙得不亦乐乎。试想如此做派还有什么自然可言？偏偏他还不知趣，对着曾经忙煞的和尚吟上一句唐诗表示闲情逸致。那和尚倒是机警得很，虽然是笑吟吟地点破，却无疑是大煞风景。作者最善于在紧要处，用看似简洁、质朴的陈述，使故事生动起来，冷讽虽不同于热骂，可也够痛快淋漓的。

（陈广宏）

李　三　老　　冯梦龙

有持竹竿入城者，横进之不得，直进之不得，截之则又可惜也。正踌躇间，旁人曰："十里外有李三老，智人也，盍①与商之。"适三老骑驴而至，众欣跃往迎，见其坐于尻②上，问云："曷不坐中央？"曰："缰绳长耳。"

〔注〕①盍(hé)：何不。　②尻(kāo)：臀部。

一个蠢人拿着长竹竿进城，横直皆不能进，从中截断又觉可惜。他周围还有许多围观者，群聚而无良法，读至此，令人忍俊不禁。有人说："十里之外有个叫李三老的，是个智多星，何不向他请教？"此时读者也一定把期望也集中在李三老身上。这时李三老恰恰骑驴而至，"众欣跃往迎"，可见人们对他瞩盼之殷。很奇怪，他骑在驴的屁股上。问之，他回答说：是因为缰绳太长的缘故。故事到此结束。作者没有写明李三老如何为持竹竿的蠢人出谋划策，但一切俱见于言外了。

令人不解的是像李三老这种蠢货为什么被众人推许为"智者"，并受到众人一致的信任。推其原因大约不外两点。一是由于偶然的机缘，或误打误撞地做过一两件漂亮的聪明事，被众人看到眼中，记在心上，从此被树为"智者"的形象。"众人"，特别是封建时代多为文盲的"众人"，他们的智力水平尚处于童年时代，缺乏独立思考的习惯，在思想意识上和感情趋向上都有一种很强烈的依赖感，他们有了疑难之事，自然而然要想到自己所树立的形象(包括神灵和现实中的人)。李三老既然有了偶然机缘被众人树为智者，便自然会受到众人的迷信乃至崇拜。另外一点是名声浪得，以讹传讹。封建时代传播工具不发达，人们口耳相传，遂失其真。人们往往喜欢根据自己的好恶去改变所传播的事实，一件事情经过三四次传播，大多失去了本来的面目。古有从"春雨如膏"讹传为"周文王像大饼"的笑话(从"春雨如膏"被人发挥成"夏雨也如膏"，继而讹传为"夏禹也如糕"，再被发挥成"周文王像大饼")，李三老这样的人被人们称为智者，甚至被众人迷信和崇拜，一定也有个以讹传讹的过程。古往今来的"盛名之下，其实难副”大约是共同的。李三老骑驴尻的故事不过把这个道理漫画化了而已。

（王学太）

露水桌子 冯梦龙

一人偶于露水桌子上以指戏画“我要做皇帝”五字。仇家见之，即掮桌赴府，首①彼“谋反”。值官府未出，日光中，露水已灭迹矣。众问：“汝掮桌至此何为？”答曰：“我有桌子一堂②，特把这张来看样，不知老爷要买否？”

〔注〕 ① 首：出面告发。 ② 一堂：一屋。

故事中“仇家”的形象对于大多数读者也许是不陌生的。他们用心险恶，时刻盯住别人（未必就是他的仇人）的一言一行，伺机抓住其把柄（未必就是错误或过失），揭发、诬告，必欲置之于死地而后快。这种人的行为搞得人人自危，也毒化了社会风气。这个故事便活画出这种人的丑态。

故事中的被揭发者，于露水桌子上以手指戏写了“我要做皇帝”五字。当然这是偶然为戏，一个平民百姓，没有任何凭借，亦非天下大乱之时，他能做什么皇帝？但在封建社会，它便构成了“罪行”。尤其在极端专制的明代，即使“口陈欲反之言，必无真实之计者”，也要按“谋反”律处理，被夷灭三族。由此可见事情的严重性和首告者用心的歹毒。为了使告发证据充足，首告者扛起用露水写了字的桌子前往官府。然而恰逢官府未出，而太阳却将露水晒干了，证据没有了，他的告发愿望也落了空。此时官府中众衙役感到十分奇怪，大清早为什么“掮桌至此”，衙役相问使得这位首告者十分尴尬，因为没有证据的告发，容易反坐成诬告，特别是涉及“谋反”这样的大案。但他善于随机应变见风使舵，马上回答说：“我有一堂桌子，扛来这张作为样子，不知老爷要买否？”这个回答活画出这个流氓无赖的丑恶嘴脸。作者借助这个情节揭露了其无特操、无原则，一切都以个人私利为转移的本质。他告发别人“谋反”，并不表明他对“国朝”多么拥护和忠诚；他揭发、反对别人想做皇帝，也不表明他多么忠君、爱君。实际上，在他眼中朝廷、王法、官府都是可利用之物。他的告发不仅不能维护封建王朝、封建法律，相反在起着破坏的作用。这种人多了，他们的诬告就会败坏风气。这种现象也说明其时封建社会已趋没落，它的崩溃亦为期不远了。

（王学太）

【作者小传】

李流芳

(1575—1629) 明诗文家、书画家。字茂宰、长蘅,号香海、泡庵,晚号慎娱居士。嘉定(今属上海)人。万历三十四年(1606)举人,天启初,北上会试,抵京郊闻警,赋诗而返,遂绝意仕进。工诗善书,尤精绘事,知名于乡里,与娄坚、程嘉燧、唐时升并称"嘉定四先生"。著有《檀园集》。

江南卧游册题词·虎丘 李流芳

虎丘,宜月,宜雪,宜雨,宜烟,宜春晓,宜夏,宜秋爽,宜落木,宜夕阳,无所不宜。而独不宜于游人杂沓之时,盖不幸与城市密迩,游者皆以附羶①逐臭而来,非知登览之趣者也。

今年八月,孟阳②过吴门,余拏舟往会。中秋夜,无月。十六日,晚霁,偕游虎丘,秽杂不可近,掩鼻而去。今日为孟阳书此,不觉放出山林本色矣。

丁巳九年六日,清溪道中题。

〔注〕 ① 羶(shān):即"膻"。 ② 孟阳:程嘉燧字。

读了这篇小文,心中不快者一定不少。虎丘是大家的,各有各的兴趣和爱好,你喜欢独游,难道就不许别人集体旅游吗?你不喜欢凑热闹,别人就不能凑热闹吗?再者,你以为虎丘宜春晓,宜秋爽,宜夕阳,这还说得过去,宜月就不怎样,那地方巨石嶙嶙,坎坷不平,月下看不真切,崴了脚怎么办?宜雨、宜雪更为荒唐,还有打着雨伞爬山,冒着雪寒赏景的么?这位作者自己是怪人,却以他人为怪,未免太偏激了吧?

说真的,如今旅游热大兴,像虎丘这样位于城市近郊的风景名胜,慕名前来的着实不少。其中既看山也看人,还看土特产、装饰品,甚至于看自己的也大有人在。仔细想来,这也没有什么不好,第一,可以增加旅游收入,促进经济建设;第二,可以了解各地的风土人情,增长见识;第三,在照相机前留个影,回家后不但可以自己看自己,也可向同事、朋友展示,引起他人的旅游兴趣。益处很多,本不必横加鞭挞。不过,如有人想认识山林的真面目,进而与自然山水达成某种精神交流,陶冶自己的心境、情操,那就是另外一回事了。其实,游览山水也类似于谈恋爱,是一对一的交流,尤其忌讳众目睽睽之下,把整个情绪都破坏了。李白游敬亭山时说:"众鸟高飞尽,孤云独去闲,相看两不厌,只有敬亭山。"山水在这种时候才会真正向你展示它的本来面目,它的奥秘和魅力。

祖国的名山大川虽然广博,但对于十几亿人口来说,毕竟是有限的。目前热爱山水的人与日俱增,要想找到清静的时刻恐怕很难了。也许还真得于雨雪交加的日子去方能如愿。

(王小舒)

江南卧游册题词·横塘

李流芳

去胥门[①]九里,有村曰横塘,山夷水旷,溪桥映带村落间,颇不乏致。予每过此,觉城市渐远,湖山可亲,意思豁然,风日亦为清朗。即同游者未喻此乐也。

横塘之上,为横山。往时曾与潘方孺阻风于此,寻径至山下,有美松竹,小桃方花,恍若异境,因相与攀跻,至绝顶,风怒甚,几欲吹堕。二十年事也。

丁巳中秋后三日画于孟阳阊门寓舍,九月复同孟阳至武林[②],夜雨,泊舟朱家角补题。

〔注〕 ① 胥门:今江苏苏州城西门。 ② 武林:杭州的别称。

横塘是苏州郊外著名的一景,既有山林野趣,也有田园风光,离城市不甚远,恰好成为一种对照。

作者每每过此,获得不少乐趣,这是一种对照的乐趣。一个人城市待惯了,就有腻烦的感觉,特别是那种"性本爱丘山"的人,从本性上说就是与自然相亲的。城市文明把人类带到了一个更高的阶段,整个文化因此获得了更快的发展,但同时也对人性造成了某种束缚和扭曲,人们离自己的自然状态更远了。当置身于山夷水旷、小桥流水之中时,人们忽然会产生一种亲切感、回归感,即作者说的"湖山可亲,意思豁然"。当然,人们不可能都返回自然状态去,热爱山水的也并非期望避开城市,搬到乡下去住,陶渊明之所以返归田园,完全是出于不得已。但是人类却不能割断与自然的精神联系,不能让城市文明与整个大自然对立起来,这样做势必使人类走向异化,走向自己的反面。大自然实际上就是人们自己本性的母体,足以为人类文明提供补充,不懂得热爱自然的人就是不懂得自我调整的必要和价值。

当你步入青松秀竹、小桃方花的境界,也许会想到童年,想到自己的青春、爱情和追求,想到一切美好的东西,这种体验是本性的体验。谁都应该有这种体验,哪怕一年一次。

(王小舒)

题断桥春望图　　李流芳

往时至湖上，从断桥一望，便魂消欲绝！还谓所知：湖之潋滟熹微，大约如晨光之着树，明月之入庐，盖山水相映发。他处即有，澄波巨浸不及也。壬子正月以访旧，重至湖上，辄独往断桥，徘徊终日。翌日为杨谶西题扇曰：

十里西湖意，都来在断桥。
寒生梅萼小，春入柳丝娇。
乍见应疑梦，重来不待招。
故人知我否？吟望正萧条。

又明日作此图。小春四月，同子阳、子与夜话偶题。

到过西湖的人都忘不了断桥。为什么？似乎难以言说。苏轼有诗："欲把西湖比西子，淡妆浓抹总相宜。"他认为，不论在什么天气看西湖，它都是美不可言的，美的风韵又各有不同。那么，在不同的方位又如何呢？是不是东南西北总相宜呢？对这一点恐怕有不同的看法。一般地说，站在任何角度观照西湖，她也依然是美的。然而要见到西湖的真面目，真性格，就非到断桥不可！

当你穿过了富丽堂皇的台榭，踱过了游人如云的苏堤，向东一拐，一番宁静、素洁的天地便出现在眼前。这里人迹稀少，路面空旷，只有风吹柳枝，自舞自扬，白堤落红，残迹斑斑。西湖的富贵气已经消尽了。登上断桥，向湖面远眺，烟波渺渺，雾气蒙蒙，远处绿树如云，青山隐隐，近处碧波如縠，凝敛不兴，与静穆之白堤合为一个深沉、凄静的世界，怎不叫人"魂消欲绝"！

西湖是一个素雅的美人，一个有着深沉忧愁的美人，经历了几度沧桑，她的心灵也受到了创伤。如果称为"病西施"，真是再恰当不过。这是真西湖，真西子，所谓"十里西湖意，都来在断桥"，就是指的这种感受。作者徘徊不去，依依不舍，当是与西湖深深默契。只有具备类似心境的人才能认识西湖的真面目。

断桥堪称西湖之眼，作者则可称为西湖的真朋友、真相知了。　（王小舒）

题孤山夜月图　　李流芳

曾与印持[①]诸兄弟，醉后泛小艇，从西泠而归。时月初上，新堤柳枝皆倒影湖中，空明摩荡，如镜中复如画中。久怀此胸臆，壬子在小筑[②]，忽为孟阳写出，真是画中矣。

〔注〕 ① 印持：僧人名。 ② 小筑：规模小又比较雅致的住宅。

凡爱山水爱到非同一般程度的人，就会做出些怪痴的事情来，这是一种癖。其实对任何一种事物的爱好深入之后都会入痴入迷的。而对山水的爱好更会在人心理上造成一种泛自然现象，也就是以自然的态度观照人生，体验自我。

西湖日游不足，偏要夜游，夜游不足，又要醉游，月夜醺醺，久存胸中，定要写出而后快，这种热爱山水的方式和程度非同一般了吧？从常人眼睛里看去，确有点着魔的样子。然而月西湖的情景却是体验得异常真切的：水面明澈如空，凝敛如冰，似镜，堤上垂柳挂下来，与水里的影子对接，长长的，不知哪处是头。月亮从天上下到了水里，又从水里反映到天上。人在水中还是在空中，一时分辨不清，是醒着还是梦里也觉不出来。这种醉后的幻觉与夜景造成了非同寻常的境界。你说这是真西湖还是假西湖，是真感觉还是假幻觉，都不重要，重要的是作者在寻觅这种画中景，醉中情，这是个性化的西湖，是对人生的透彻领悟。这样的生活才是真的生活，是精神与肉体都合乎本性的生活，而平时的生活却是违背本性的苟且。醉态是真的清醒，清醒是混沌的醉态。同样地，山水才是真的归宿，社会却反而成了人的枷锁。一个美到了极致，一个丑恶到了极点。

能看到作者画中的美景，就能看到他对社会的厌恶和憎根。创造美的人不一定都是憎恶现实的人，但在封建社会十有七八却是这么回事。这样说，是不是太夸张了呢？

（王小舒）

【作者小传】

陈仁锡

(1581—1636)　明诗文家。字明卿，号芝台、澹退居士。长洲（今江苏苏州）人。天启二年(1622)进士，授翰林编修。因不肯为魏忠贤撰铁券文而落职。崇祯初复官，迁国子监祭酒。卒谥文庄。《明史》本传称其“讲求经济，有志天下事，性好学，喜著书，一时馆阁中博洽者鲜其俦”。著有《陈明卿集》《陈明卿别集》《无梦园集》等，编有《古文奇赏》《苏文奇赏》《奇赏斋广文苑英华》等。

题春湖词

陈仁锡

尝笑红粉心长，节侠气短，西湖不然。节侠心即红粉心，拜岳先生，齿牙尽裂；才过第一桥，浑眼娇粉，以此二障牵惹，湖光消去一半。夫缟衣綦巾[①]，齿于蝤蛴[②]，衷怀悒悒，属云义愤，缘红粉心不真耳。初抵杭，忽见撩草人，如睹西湖面。古今怀古诗，鹧鸪宫草，一经摹拟，便成丑恶。词云："见说当年歌舞地，钱塘三日断江潮。"老劲，他诗称是。月之十，泊岳坟，坐楼舟，"美人跃马如飞电，琵琶消尽第三桥"。归作《春湖词序》。

〔注〕 ① 缟(gǎo)衣綦(qí)巾：白绢上衣与浅绿色围裙。古时女子的衣服。 ② 蝤蛴(qiú qí)：天牛幼虫，色白身长，多用比喻美女之颈。

此文妙处在"节侠心即红粉心"。英雄气可壮，儿女情可耻，历来士大夫存身立命之处在于此，而作者游西湖之后，独有所悟，以为"西湖不然"。理由是：西湖兼而有之。岳坟即西湖的英雄气，游人过此，无不齿牙尽裂，侠气骤升，天下忠魂义胆一时皆来奔赴；而柳烟桃云，佳人成队又使西湖占尽妩媚，酷肖西子。节侠、红粉偏偏和睦相处，相得益彰。前人以西湖佳丽地，易致人沉酣以致误国；而作者此处则大有为西湖翻案平反之意。其实兴亡衰变与湖光山色、红粉佳人有何相干？一朝翻覆，便迁怒于山水，"乃比于尤物，岂不悲哉"！然而为西湖申冤仅仅是个引子，文章的真意在于为红粉心立碑，证明儿女私情与英雄豪气本为一回事。对此离经叛道、冒天下大不韪的立论，作者只用了一句话便判定泾渭："夫缟衣綦巾，齿于蝤蛴，衷怀悒悒，属云义愤，缘红粉心不真耳。"好家伙，倒打一耙，原来中国士大夫以红粉心为耻，原因就在缺少真正的红粉心。既有卑劣之性爱态度，又要用节侠之气来横加排斥，这便是传统文人、武士的真实嘴脸，岂能称得上真正的"红粉心"？其实作者意中的红粉心就是汤显祖的"至情"："情不知所起，一往而深，生者可以死，死者可以生，生而不可与死，死而不复生者，皆非情之至也。"不爱则已，一爱便以身家性命付之，舍弃一切，不顾一切，而又包容一切，代表一切，这与生命共存亡的儿女情才是真正的红粉心。所以"节侠心即红粉心"。

不到西湖，作者决计生不出此等体验，而到过西湖的人千千万，又有谁写出过此等绝妙文字的呢？ （王小舒）

重建焦山塔记　　　　陈仁锡

大江中一笔判吴楚，吸江海，如高才生，滔滔无择言，其笔雄浑而奔放；一笔闯飞仙之窟，挟万丈云霞，呼三诏精爽，其笔幽寄而峭兀。故金山有笔,写波涛,亦写牙筹。其僧如妓,其庐如市,笔自不俗,用笔者俗之尔。焦山无笔,如读万卷书不作一篇文字,如待诏金马门,十问不一答,非体也。焦山宜蒲柳,宜葵菜病僧,宜黄叶。入山惟见挑水道人,洗菜老僧,惟闻经声、鸟声、水声。十六年前,与何孺龙共坐水晶庵,绝去药饼,沉疴顿愈。再读书松寥阁,阁主人见源煮豆腐,夜半披衣,与冶净、孺龙跳荡海门。月吐四更,则万如烧红桔一萝,而待我于云声庵竹篱之下。以此风风雨雨,思思不置。丙寅服阕重来,初棹金山石,予置浮玉十廊,山起五州,予与冶净开山构庐,遥挹山容,接万顷天杯,因笑世人知三山,不知五州。是日,放舟焦山,五色云起,俄见墙下风帆,错疑塔影欲移,急询山头着笔处,嶷然作势。或曰圌山重镇,称江上羽林,上宵旰求治,鞭挞四夷,此地不可无一笔。而予有感于用笔之难,在古人有李卫公笔,今北固之上,铁笔一枝,有余劲哉。

塔本像笔,颖锐挺直,下圆上尖,久立不辍,阅尽沧桑。而镇江金、焦二塔又立于长江之滨,如两枝蘸水狼毫,各擅风流。所以作者神游八极,突发奇想。

金山塔壮伟峻拔,如豪侠手中凌云健笔,雄浑而奔放,焦山塔幽奇峭兀,如真人隐士超尘之笔,独绘飞鸟云霞,林风帆影。同是一处江山,同是一番经历,气派、格调竟如此不类,看来塔像笔,亦像人,千塔千面。

有山有水而无立塔,精神无从表现,焦山塔一倒,焦山"如读万卷书不作一篇文字,如待诏金马门,十问不一答,非体也"。正如有生活还要有文学,有才华还要能实现,塔又是山水精神的体现。然而有笔不等于万事俱备,还要会用。金山原本气概非凡,志高意远,久之,渐生俗气,"其僧如妓,其庐如市",雄心不存,豪气全销,"笔自不俗,用笔者俗之尔"。同样一支笔也会写出完全不同的历史,作出格调迥异的文章,俗与不俗,壮与不壮;或仕或隐,有成有毁,全在运笔者自己。于是作者不由感叹"用笔之难"。北固山顶有一唐代名臣李德裕立下的铁塔,铮铮有力,像一座永世不废的纪念碑,嶷然作势,千古不变。一笔写出两种精绝文章:体内与体外,精神与现实。不但金山为之失色,连焦山的超尘脱俗也顿时黯然无光,这是塔、笔、人三而一的典范,是作者真正仰慕之所在。文章由塔而笔,由笔而人,一片壮烈之心到此才和盘托出,一段精光终于投射下来。(王小舒)

【作者小传】

沈　承

（约1583—1624）　字君烈，号即山。太仓（今属江苏）人。诸生，少负异才，然屡试不中。天启中，秋闱报罢，遘病旋卒。有《即山集》。

云彦小草序　　沈　承

余所居，膝头支壁，矮窗罥秋莽中，客至幽辖，不能竟一语。一日云彦入访，解衣坐户限上，呼主人曰："来！来！吾有近草在，子谓我何？三年磨铁，袖里蛟飞，笔若不灵，终当烧作灰吞耳。"因纵论当今逢年伎俩。双眼俱白，须髯怒张，快风簌簌，穿窗纸而出，豆花瓜叶齐响。予释草尾，抗声谓曰："时无英雄，故竖子成名。咄咄奇文，不可共世欣赏耶！请版行一二，立望国门尘起，是吾党吐气之秋也。"云彦大喜，携其草便去。

沈承"才故空群而气横思奇"，尤好写赠序，常以这种临别赠言式的小文抒发自己的情怀意绪。《云彦小草序》就是一篇写得十分精彩的赠序。

文一开始先写了作者自己居处的破陋不堪。"膝头支壁"，极言房屋之低矮；"矮窗罥秋莽中"，言低矮的窗户像是悬挂在秋色笼罩的荒原之上。这里既点明了季节，又以一个"罥"字，生动地表明了窗之简陋，兼衬荒原的辽阔。有客来时，这昏暗的屋室中几乎无法交谈。

然而，就是这荒僻的陋室，却有奇人光临，真可谓"山不在高，有仙则名；水不在深，有龙则灵"。居室之陋，反衬出来客之奇和陋室主人之不凡。作者并未对来客作一句旁白式的介绍，而是让人物以自己的举止、言谈、神态，塑造出一个熠熠生辉的形象。他解开衣服，坐在门槛上，然后不等主人迎接，便大喊着"来！来！"。接着，来客开门见山，呈出最近写好的文章，并夸赞自己三年苦练，若主人认为不佳他便烧之。云彦其人直率豪迈的性格已灼然可见了。于是，主客二人抚卷共览，云彦自诵其文。作者以夸张而传神的几笔，勾勒出了云彦奇特不凡的风采。云彦纵论当世流弊，情绪激昂时，"双眼俱白"，完全是魏晋名士阮籍对不屑之辈报以白眼的遗风；"须髯怒张"，其强烈的气势竟使室内疾风顿生，破窗而出，刮得窗外豆花瓜叶沙沙作响。主人被他的神情意态所感染、激动，不禁高声赞叹。"时无英雄，故竖子成名"，抨击世风，措语激烈；"咄咄奇文，不可共世欣赏”，乃言如此奇妙之文一般世俗之辈是不能欣赏的。而主人无疑是云彦的知音，他领略到了其文的价值，因而鼓励其刻版印行，激起广泛影响，并预言这便是我们这些人扬眉吐气之时。这番话体现出他与云彦思想的相通相契。

这篇小品文尚不足二百字，却叙事完整，人物生动，意旨鲜明，出色地表现了明末那些生活困顿、位卑不忘忧国的正直文人的精神面貌，奇警可赏。

（李　娜）

考卷帜序[①]　沈　承

窗下命，场中文，自是闲花草，不消[②]十分认真。从今论，则窗下文，场中命，亦是冷鼓板[③]，不消十分按定[④]。

只如开口时，暗玛玛[⑤]，若个不了事[⑥]；下手时，黑漆漆，又若个了事来；读书时，悠悠泛泛[⑦]，若个不一味靠天；奔竞时，波波喳喳[⑧]，又若个肯靠天来。故酸子[⑨]谈文，政如盲子谈命，会排八字，自然猜着两句；会学八股，自然逗着两篇。世人不知命造文章，而妄意文章造命，抵死将葫卢样看做定盘星[⑩]，则是以酸子谈命，又如以盲子谈文，可谓痴绝。

然科策[⑪]一出，四方毕竟炙手，却又何曰“文坛哄市[⑫]也，遇合之文狂泉也[⑬]？”但稍落魄[⑭]，奇字即怪魁[⑮]，佳话即笑柄。即回头自检一番，颇亦自疑。但稍战胜，憎者亦首点，忌者亦神伏。即回头自读，颇亦自喜。且勿论此种奴态。真有平时扣钵[⑯]就，而一夕髯枯[⑰]，平时拥被踢壁苦不休[⑱]，而一日长廊可扫[⑲]。仔细思量，是谁调弄人？端的[⑳]小小得失，各有一小势利之鬼，牵人之肘，而集人之鼻端，此乃所谓命乎！

仆于虎鼠[㉑]滋味，险些尝透，初似苦海，久之直作逍遥游矣。急为传语世曰：“文耶？命耶？两枝皮灯[㉒]，一条铁限[㉓]，遇不遇，皆须撞破。不然，不被闷杀，恐被瞒杀也。”

〔注〕 ① 考卷帜序：这是沈承为八股文试卷选集所做的序言。② 不消：不需要，不必。 ③ 冷鼓板：比喻无人问津。鼓板，说唱时用的拍板，用来打拍子。 ④ 按定：依节拍，循节奏。 ⑤ 暗玛玛：昏暗无知貌。 ⑥ 若个：方言，犹云那个。不了事：不懂事。《南史·蔡撙传》：“卿殊不了事。” ⑦ 悠悠泛泛：悠然飘浮貌。 ⑧ 波波喳喳：竞逐貌。 ⑨ 酸子：穷酸的文人。 ⑩ 抵死：拼命。定盘星：定盘星是秤杆上的第一颗星，它的作用是使秤杆上的

零刻度与空的秤盘重量平衡,相当于杆秤的零刻度。定盘星被用来比喻事物的准绳。⑪ 科策:设科射策。指科举考试。汉代行策士之制,有射策、对策之别。《文心雕龙·议对》:"对策者,应诏而陈政也;射策者,探事而献说也。" ⑫ 哄市:哄抬市价。 ⑬ 遇合之文,狂泉也:指为考官所中意之文章被誉为文思如狂泉。 ⑭ 落魄:潦倒失意,指不被考官看中。 ⑮ 奇字:指文章用字奇特新鲜。怪魁:怪异之首。意谓不可取。 ⑯ 扣钵:形容才思敏捷,作文神速。《南史·王僧孺传》:"乃与令楷、江洪等共打铜钵立韵,响灭则诗成,皆可观览。" ⑰ 髯(rán)枯:形容苦心作文。 ⑱ 拥被:拥被而卧,静心创作。《宋诗纪事》卷三十三引朱熹云:"陈无己平时出行,觉有诗思,便急归,拥被卧而思之,呻吟如病者,或累日而后起,真是'闭门觅句'者也。"蹋壁:蹋壁而卧,凝神构思。《隋书·薛道衡传》:"道衡每至搆文,必隐坐空斋,蹋壁而卧,闻户外有人便怒,其沉思如此。" ⑲ 长廊可扫:指杂虑被清除干净。 ⑳ 端的:果真。㉑ 虎鼠:指升沉得失。东方朔《答客难》:"抗之则在青云之上,抑之则在九渊之下;用之则为虎,不用则为鼠。" ㉒ 两枝皮灯:两枝,指文与命。皮灯,用皮制作的灯笼。比喻外视朦胧模糊,洞穿则明,故下文言"皆须撞破"。《渔樵闲话》二折:"相看,难将众眼瞒,正似那皮灯毬,不解明和暗。" ㉓ 铁限:铁门限,锁门横档,比喻障碍。

这是沈承为八股文试卷选集所做的序言。沈承是"太仓诸生,少负隽才,工诗古文。一时声名甚著"(《江南通志》卷一六六)。毛一鹭督学三吴时,特别赏识沈承,拔其高等。佚名氏《研堂见闻杂记》云:"吾娄前故有沈君烈者,名承,亦才士,试辄高等,三居第一,声价蔚起,四方高才,皆与结社,竟于甲子下第,死。"(《中国野史集成》第三十七册)可见沈承很有才华,也历经科场考试的历练,对士子在科场上的酸苦,有深刻的切身体验。本文以辛辣的笔调、诙谐的语言揭露封建科举考试对士子的禁锢、误导与戕害,提醒士子要"撞破",看清楚科场实质。郑元勋云:"尝尽秀才滋味,言之可啼可笑,亦复啼笑俱穷。"(《媚幽阁文娱》)

文章首段向士子提出了"文"与"命"的问题,认为无论是"窗下命,场中文",还是"窗下文,场中命"俱不可太过认真。这对于热衷于科举考试,希望借此跳龙门、赚乌纱的士子来说,无疑是当头棒喝。在封建社会里,广大士子的晋身途径有限,都寄希望于寒窗苦读来练就作文本领,然后借科场崭露头角,一举飞天。为此他们皓守穷经、孜孜以求,深信学问文章可以改变命运。在作者看来,究竟是窗下士子的命运由场中之文决定,还是平时窗下练就之文决定在科场中士子命运这个问题,其实可以淡然视之,不必太过较真。

第二段作者以辛辣的语言揭露科场对士子的戕害,并否定"文章造命"的说法。作者首先形象描绘了科举制度给士子造成的人格分裂"开口时"与"下手时","读书时"与"奔竞时",截然不同。然后指出科场之文亦无甚重要。作者以为,穷酸书生谈文,就像瞎子谈命,会排八字,自然能猜着两句。会学八股文,自然能逗着两篇。所以事出偶然,岂可太过认真?这其实是愤激语。沈承本人才学出众，诗文俱佳，也屡次在科场考试中拔为高等。但在这里，却把士子视为生命的八股文，说得一文不值，有质疑考官不明，选拔不公的愤激情绪在里面。最后质疑世人“文章造命”的说法，以为是“命造文章”。意思是说科场的命造就好文章，而不是好文章帮助成就了好命运，所以万不可把依葫芦画瓢的葫芦误认为定盘星。这就根本否定了文章造命。这种观点揭穿了科举考试误人本质，在那个众多士子沉溺于科举不能自拔的时代是极为清醒的，有振聋发聩的效果。

第三段具体描写科举考试对士子们误导。凡落榜的文章，“奇字即怪魁，佳话即笑柄”，连作者自己也不自信。反过来，一经考官看中，文章就会身价百倍，被誉为文思如狂泉，别人也甘居下风，作者自己也沾沾自喜。沈承就此进一步指出，出现这种情况的原因在于“有一势利鬼”作怪。它“牵人之肘，而集人之鼻端”，把人们调弄得精神错乱而不知。

最后一段，作者现身说法，劝世人看清科场的实质。作者说自己于“虎鼠滋味，险些尝透”，虎鼠滋味是化用东方朔《答客难》“抗之则在青云之上，抑之则在九渊之下；用之则为虎，不用则为鼠”之语批判考官对士子命运的摆布，并借以点醒士子。最后再殷殷劝告世人说：“文耶？命耶？两枝皮灯，一条铁限，遇不遇，皆须撞破。不然，不被闷杀，恐被瞒杀也。”意思是说文与命就像两枝用皮制作的灯笼，向外看朦胧模糊，必须洞穿则明。又像栓门的铁门限，必须撞破门才能开。不管是侥幸考中的还是一直不中的，都需要撞破。否则要么被闷杀，要么被瞒杀。

本文称得上一篇奇文，全文围绕“文”与“命”展开讨论，夹叙夹议，用辛辣生动、诙谐幽默的语言表达了自己的科场考试的透彻之悟，语含愤激，亦有深痛。马一鹭云：“谑浪之文，深于痛苦，使读之者神恻而胆张。”（《即山集》）文中口语化的语言与作者深见卓识相互配合，使文章呈现出亦庄亦谐、可啼可笑的特色。刘彦云：“君烈之飞才惊语，盖自心骨中流出，宁渠文之精彩不容掩遏，要其人之精彩不容掩遏也。”（《即山集序》）对照本文，刘彦的评价是很精准的。 （魏祖钦）

【作者小传】

文震亨

（1585—1645） 明书画家。字启美。长洲（今江苏苏州）人。天启恩贡生。授中书舍人。明亡绝食而卒。工书画。著有《长物志》，为中国造园文献之一。

香　茗　　文震亨

香茗之用，其利最溥。物外高隐，坐语道德，可以清心悦神。初阳薄暝，兴味萧骚，可以畅怀舒啸。晴窗榻帖，挥麈闲吟，篝灯夜读，可以远辟睡魔。青衣红袖，密语谈私，可以助情热意。坐雨闭窗，饭余散步，可以遣寂除烦。醉筵醒客，夜雨蓬窗，长啸空楼，冰弦戛指，可以佐欢解渴。品之最优者，以沉香岕茶[①]为首。第烹煮有法，必贞夫韵士，乃能究心耳。志香茗第十二。

〔注〕 ① 岕(jiè)茶：茶名。产于浙江长兴县境，因在宜兴、罗岕两山之间，故名。

文震亨的《长物志》为杂家类书，分室庐、花木、水石、禽鱼、书画、几榻、器具、位置、衣饰、舟车、蔬果、香茗十二类，此为末篇开首之序。

中国的饮茶之俗，据史载是始于三国时期，《三国志·吴志·韦曜传》载孙皓曾以茶代酒，密赐亲随。而见诸文人赋咏，当始于晋杜育的《荈赋》(荈为茶之别称)。唐宋以还，饮茶品茗成为文人士大夫精神文化生活的一个重要组成部分，由此产生了不少咏茶论茶的文学作品，直至明清之际，斯风不减，文震亨的这篇小品，正是这种文士风雅的产物。

文章论香茗之用，重在文人意兴，且辞句典丽，韵律谐婉，堪称是一篇富于文学情味的茶德颂。

作者在文中大谈饮茶之利，几乎泽被文人生活的各个方面。从高人隐士，骚人墨客，到才子佳人，酒徒醉客，无不与茶有难解之缘。作者在文中用了五个“可以”，指出了饮茶在文人生活中的各种功效，无论是清心悦神，畅怀舒啸，还是遣寂除烦，佐欢解渴，茶之为饮，莫不表现出一种属于文人士大夫的娴雅意兴，这与一般人们消渴生津的口腹之需是完全不同的。早在宋代，宋徽宗赵佶就认为饮茶有“祛襟涤滞，致清导和”之效，然此“非庸人孺子可得而知”(《大观茶论序》)。这是因为，饮茶不仅需要清闲脱俗的氛围，更要体现一种优雅从容的情调，“坐语道德”“挥麈闲吟”“饭余散步”等，莫不备具文人雅致，而香茶一盏，更佐以逸兴才思，此与庸人驴饮，当然不可同日而语。由于饮茶反映了文人士大夫的生活意兴，所以，它不仅有资生之利，更具养性之功。因此，作者在文中最后说：“第烹煮有法，必贞夫韵士，乃能究心耳。”将茶事与人品联系起来，本是中国古代茶俗的一大特点。宋徽宗提倡在饮茶中要体现“冲澹闲洁，韵高致静”(《大观茶论序》)

的精神风范，与作者同时的屠隆也说：“茶之为饮，最宜精形修德之人。兼以白石清泉，烹煮如法，不时废或兴，能熟习而深味，神融心醉，觉与醍醐甘露相抗衡，斯善赏鉴者矣。”(《考槃余事·人品》)古人饮茶，是焚煮烧沸饮用的，其中的规矩条例繁多，不遑陈述，但是，他们特别强调饮者之高尚人品，以为非此不足以深谙茶道三昧。作者在文中所说的“贞夫韵士”即指文人墨客中高标脱俗的有节之士，认为必具如此人品，方能体会茶事之精微惬心处。这实际是把喝茶与做人联系起来，反映出中国传统士大夫力求以小见大的涵养品节，由此，则小小之茶事亦由技进乎道，成为中国文人士大夫精神风貌的一种写照了。

这篇小品，颇道出我国文人风雅茶事的基本特色，亦不啻一篇劝茶嗜饮的广告书，其意境之美，藻辞之雅，使之本身亦如一盏清醇沁人的佳茗，读之令人逸兴勃发，口舌生香。

(祝振玉)

【作者小传】

谭元春

(1586—1637) 明文学家，复社四十八友之一。字友夏，号鹄湾、蓑翁。竟陵(今湖北天门)人。多年奔波于科举路上，天启七年(1627)举乡试第一。和同里钟惺齐名，世称“钟谭”，共同开创竟陵派并编订了《古诗归》《唐诗归》。论文反对摹古，提倡抒写性灵，诗文风格艰涩隐晦、幽深孤峭。著有《谭友夏合集》等。

官子时文稿序

谭元春

士之有文，如女之有色，文之有先辈时辈，如色之有故人新人。善论色者曰：“颜色虽相似，手爪不相如。”又曰：“将缣来比素[①]，新人不如故。”知手爪之所以妙，又知素人之所以胜，此一人也，岂目挑而心招，倚门而刺绣，可以徼幸于欢侬之交者哉？

夫时文中有多数句者，而先辈常少数句；有重后半者，而先辈常重前半；有用过文者，而先辈常用本文；此论色者之及于手爪也。时文中有读之欲笑者，而先辈不苟嬉[②]；有读之欲泣者，而先辈不苟悲；有读之动人心目，快人口齿者，而先辈不苟艳；此论色者之明于缣素也。前辈沦亡，莫究此义，有志之士，多伤心焉。

友人官子，以其文投予。予惊而相向，退而告人，此于元词宋曲中而有人焉，独宗《离骚》者也。此于繁弦急管③中而有人焉，独弹素琴④者也。已而掩袂⑤叹息于官子之前曰："予不得与倚门者争旦夕之效，正坐此耳。子胡为然哉！孔子曰：'吾未见好德如好色者也。'当此之时，吾亦未见好色者也，悔不盛年时嫁与青楼家。子盛年，子勿贻此悔。"官子曰："非也，穷达天为，智者不愁，泻水置地，任其所流。"予乃跃然而起，官子之见达⑥矣，所以有官子之文，岂诬哉？

〔注〕 ① 缣（jiān）：双股丝织的细绢。素：白色丝绢。 ② 不苟嬉：不轻易流露喜悦。 ③ 繁弦急管：繁密急促的管弦之音。 ④ 素琴：不加装饰的琴。 ⑤ 掩袂（mèi）：用衣袖遮面。 ⑥ 达：通达。

官子姓官，名暂不得知。这是一篇为其文稿所作的序文，但是作者并没有开门见山地介绍官子文稿的具体内容，而是先花了大量篇幅就时文与先文的比较发表自己的见解，而后引出其对官子文章的赞赏之情。

文章开头，作者先用一比喻，将文章用女子作比，文章分先文时文，就像女子分故人新人。接着引用《古诗·上山采蘼芜》的诗句，男子看待故人新人，不是从长相来评价的，而是看其手上的纺织技巧，新人所织黄绢不如故人所织白绢，自然无法像故人那般更招人喜爱与眷恋。进而得出结论，文章就像女子一般，不是靠"目挑而心招，倚门而刺绣"就可以招来读者的。这里可以看出作者对当下讨好时俗之文所持的是否定态度。

接着作者从两个方面对比了先辈之文与时辈之文的不同，就像"手爪"和"缣素"之于故人新人的区分一样，先辈之文与时辈之文在形式与内容等方面也有不同的侧重，时辈之文虽然辞采华丽，读之欲笑，动人心目，但是先辈之文"不苟嬉""不苟悲""不苟艳"，感情真挚而不悬浮，这就是时辈之文比不上先辈之文的根本原因。当然，时辈之文并不是一无是处，作者也认为无需对时文加以责难，否则"有志之士"会感到伤心。此句说完，话锋一转，就转向了官子的文章。

那么作者如何评价官子的文章呢？"此于元词宋曲中而有人焉，独宗《离骚》者也。此于繁弦急管中而有人焉，独弹素琴者也。"官子之文不像时辈学元词宋曲而宗法《离骚》，如同一阵繁密紧促的管弦声传来不加装饰的素琴之音，清新脱俗。作者赞赏的正是如同官子这样的“有志之士”所写的文章啊。最后，作者借官子之口表达文章的写作是顺其自然的，即“穷达天为，智者不愁，泻水置地，任其所流”。东坡论文：“大略如行云流水，初无定质，但常行于所当行，常止于所不可不止。”(《答谢民师书》)像官子一样为人通达，所作之文必然文如其人，岂是能轻易被人诬哉的啊！

这篇序文笔法灵活，作者不拘泥于对官子文章的叙述，而是通过鲜明生动的譬喻展开说理，文间掺有议论与对话，行云流水般表达了对官子之文的肯定。同时，作者也借这篇序文，表达了自己的文学见解，耐人寻味。（刘勇刚 邹 露）

谭叟诗引[1] 谭元春

隔寒河[2]四五村，有谭叟者，教童子村中。或[3]邀其童子去，不得馆[4]，即行吟沟塍间，称诗里中[5]。里中人辄笑骂之曰：“牛亦自称作诗耶？[6]”叟闻之大笑。

尝袖[7]其诗过余，余多外出，叟即袖其诗去。后数日复来，又不值[8]，又去。如是者三年，无倦容怒色。园丁问翁何事，翁亦不告以袖中物。一日逢舍弟，搜袖中良久，出一帙[9]投之曰：“尔兄归，为我示之。”舍弟手其本[10]，荒荒然[11]无全纸，笑而应之曰：“诺”。余客归，舍弟出其迭如叟旨[12]。余性不敢妄测人高下，虽褐夫星卜[13]，必凝思穷幅[14]，度其所以笔起墨止[15]。故得叟诗，即屏人[16]深读，其蛩蛙之音[17]，唾败之句，已了半帙，余犹望其能佳。而最后乃得《老夫病起》三诗，如闻其呻吟，如见其枯槁[18]，如扶筇[19]待老友至，如白发妻在房喃喃不已。人固贵自重。余虽年如叟，病如叟，不能为此奥语也。自是始与叟往来如三党[20]。

久之，阅一诗，复佳。积之，得二三十首，刻焉。叟僵羸如柴，举止语气，如初[21]不识字人，听予去取其诗，皆茫然，觉非其初意。叟名学，未有字，或呼之曰讷庵。谭居士[22]曰：“安知古工诗者，不尽如此叟欤？”

〔注〕 ① 谭叟：谭学，或呼为讷庵，谭元春家乡寒河邻村的一位老叟。以设馆授童为业，为人朴讷，能诗，贫病以死。谭元春集子里有多首写给谭讷庵的诗。引：文体名，如序而稍为简

短。 ② 寒河：在今湖北天门市西南二十五里。《天门县志》卷三："寒河，在县西南，汉北小河也。其北有寒土岭，邑解元谭元春结庐在其南焉，中有蓑桥、柳庵、红湿亭、简远堂、剪石台诸胜，凡名贤悉有题咏。" ③ 或：有人。 ④ 不得馆：不得教蒙馆。 ⑤ 里中：这里指乡里。古代五家为邻，五邻为里。 ⑥ 牛亦自称作诗耶：这句是乡里之人对谭叟侮辱轻蔑的语言。他们视老叟蠢笨如牛，质疑其能作诗。 ⑦ 袖：把……藏于袖中。 ⑧ 不值：未遇到。 ⑨ 帙(zhì)：量词。一套线装书叫一帙。 ⑩ 手其本：以手持阅诗册。 ⑪ 荒荒然：色泽黯淡的样子。 ⑫ 如叟旨：依照谭叟的意思。 ⑬ 褐夫：指穿粗布衣服的人，古代用以指贫贱者。星卜：以星象替人占卜吉凶的术士。 ⑭ 凝思穷幅：凝神静虑看完整本诗册。 ⑮ 度其所以笔起墨止：揣摩他起笔落笔的道理。 ⑯ 屏人：让人回避。 ⑰ 蛩(qióng)蛙之音：喻诗文拙劣。蛩，蟋蟀。 ⑱ 枯槁：枯萎憔悴。 ⑲ 笻(qióng)：竹杖。 ⑳ 三党：指父党、母党、妻党。 ㉑ 初：全然。 ㉒ 谭居士：作者自谓。

本文是为谭元春邻村的一位乡间塾师、无名诗人谭学所作的一篇诗序。文章介绍了谭学乡间作诗的遭遇、自己与其相识交往的过程，以及为之选诗、作序并加以刊刻的原委。

文章第一段首先介绍谭叟职业与经历。谭叟以教书为生，但后来却招不到学生了，生活很是清贫。他行吟乡里，在当地以能诗知名。但却受到乡里人的奚落，有人甚至用"牛亦自称作诗耶"这样尖刻的语言嘲笑他。谭叟对此只能以"大笑"尴尬而无奈地应对。

第二段记述谭叟向自己投诗请教的过程。文中记述，谭叟用袖筒装着诗拜访谭元春，但连续三年拜访未果，谭叟也未向人说明来意。直到有一次，他见到谭元春的弟弟，才把破旧不堪的一帙诗拿出来，让其转交给谭元春。拿到书稿后，谭元春进行了深入细致的研读。虽然大部分诗无足可取，但谭元春还是发现了三首好诗。读这些诗，仿佛让人听到他的呻吟，看见他枯槁的身形，拄竹拐棍盼望老朋友来见的背影，听到他的白发老伴在旁喃喃不已。谭元春谦虚地表示甚至自己也写不出谭叟那样的诗句。从此，谭元春与谭叟开始交往，关系日渐亲密。本段对谭叟几次拜访谭元春未果的叙述非常生动，言语间刻画出谭叟朴讷憨厚、坚定执着、小心谨慎的个性特色。

最后一段介绍谭叟选诗、刻诗、作序原委。文章最后才点明谭叟的名字，并以"安知古工诗者，不尽如此叟欤"的议论结束，肯定了谭叟有类工于写诗的古人。

谭元春是竟陵派作家，他的诗文坦诚率性，灵动自然，真切感人。"友夏诗文皆真率。"(曾文饶《岳归堂遗集序》，见《谭元春集》附录一)本文为一个不知名的乡间诗人的集子作序，以饱含同情的笔墨记述一个不被人理解、受人奚落的乡间诗人与自己结识的过程以及为其作诗序的原委，以质朴无华的语言刻画谭叟的言行意态。作为一位在当时"名满天下"(《明史·文苑传》)的文坛巨擘,谭元春对清贫诗人所投献的诗歌,不敢有丝毫怠慢,而是做了认真的品读鉴赏工作,为其选诗、刻诗、作序,也显示出谭元春谨慎谦虚、乐旌人善的热肠。陆云龙云:"伯敬之传白云,友夏之引谭叟,俱是大舜乐善肺肠,周公吐握心事。"(《明文归》)

(魏祖钦)

秋寻草自序　　谭元春

予赴友人孟诞先之约,以有此寻也。是时秋也,故曰"秋寻"。

夫秋也,草木疏而不积,山川澹而不媚,结束凉而不燥。比之春,如舍佳人而逢高僧于绽衣[①]洗钵也。比之夏,如辞贵游而侣韵士于清泉白石也。比之冬,又如耻孤寒而露英雄于夜雨疏灯也。天以此时新其位置,洗其烦秽,待游人之至,而游人者不能自清其胸中以求秋之所在,而动曰"悲秋"。予尝言宋玉有悲,是以悲秋,后人未尝有悲而悲之,不信胸中而信纸上,予悲夫悲秋者也。天下山水多矣,老子[②]之身不足以了其半,而辄于耳目步履中得一石一湫[③],徘徊难去,入西山恍然,入雷山恍然,入九峰山恍然,何恍然之多耶!然则予胸中或本有一恍然以来,而山山若遇也。予乘秋而出,先秋而归,家有五弟,冠者四矣,皆能以至性奇情佐予之所不及,花棚草径,柳堤瓜架之间,亦可乐也。曰"秋寻"者,又以见秋而外皆家居也。诞先曰:"子家居诗少,秋寻诗多,吾为子刻《秋寻草》。"

〔注〕①绽(zhàn)衣:缝补衣服。②老子:义同"老夫",老年人自称。③湫:水塘。

谭元春以第一名中乡试;再赴会试,殁于旅店。与乡人钟惺同纂《诗归》,世称"钟谭"。以"深幽孤峭"的诗风相号召,以期超越于古人之上,于是海内作诗者靡然从之,谓之"钟谭体"。事实上,谭元春的诗歌创作成就并不高,清人钱谦益对其有尖刻的评价:"谭之才力薄于钟,其学殖尤浅,谫劣弥甚,以俚率为清真,以僻涩为幽峭,作似了不了之语,不知求深而弥浅;写可解不解之景,以为物外之象,不知求新而转陈。"(《列朝诗集小传》)谭元春的散文不乏清新俊爽之作。他的序跋往往别出心裁，自成篇章；游记则不拘一格，徐徐道来，毫无晦涩之病。较之诗，谭元春的散文成就更高。

历代文人，悲秋者多而颂秋者少；若论悲秋之祖，当推战国时楚国的文学家宋玉，他在《九辩》中说："悲哉秋之为气也。"从此之后，文人墨客们每到秋天，便纷纷效法，在诗词文赋中哀声叹息，悲秋伤怀；其中，有因境生情、情文并茂的佳作，但也不乏无病呻吟、敷衍应酬的篇章。总之，悲秋，成了中国古代文学中一个极其引人注目的传统主题。在这篇题为《秋寻草自序》的诗序中，作者一反传统，作了一篇文学史上并不多见的"金秋颂"。

作者应友人孟诞先之约，在秋日出游，他把这次秋游途中的诗作编成一本诗集，即《秋寻草》。在诗集的序文中，作者首先围绕着"秋"字大做文章。在他看来，秋天是一年中最佳的季节："草木疏而不积，山川澹而不媚，结束凉而不燥。"从花草树木、山河景致、人的感受三方面竭力歌颂秋天的美好，一扫传统文人笔下满地黄叶、一潭秋水的悲凉意境。作者对秋天下的这段定义，从一个侧面反映了他反传统、独辟蹊径的文学思想。为了证明秋天"最佳季节"的地位，作者又把它同其他几个季节一一作了比较：同春天相比，春天像浓妆艳抹的美人而秋天像简朴深沉的高僧；同夏天相比，夏天像珠光宝气的贵人而秋天像超凡脱俗的隐士；同冬天相比，冬天像孤寒的贫儒而秋天像"夜雨疏灯"下的英雄。通过比较，作者心目中的秋天就更加鲜明、形象地凸显在读者的面前，它是作者，也是竟陵派所孜孜追求的"奇趣别理""幽情单绪"的审美理想的体现。

接着，作者又开始论析"悲秋"的是非。在他的眼里，冥冥之中主宰一切的造物主之所以安排秋天，是要更新自然界的面貌，去除其烦复和污秽，根本无"悲"之理；而"游人"不能净化自己的灵魂以与自然界相协调、与造物主的本意相一致，动不动就说"悲秋"，其实是违背了天意。致于宋玉的悲秋，那是与"游人"完全不同的心理过程："宋玉有悲，是以悲秋，后人未尝有悲而悲之。"意即宋玉是"为情造文"，而"后人"是"为文造情"，就像辛弃疾说的"少年不识愁滋味，为赋新诗强说愁"。作者的倾向，显然是赞成前者、排斥后者的。既然"后人未尝有悲而悲之"，那么他们的这类作品，不管是诗、词还是文、赋，就都是一种模拟，甚至是一种改头换面的剽窃，这样，作者实际上已经把批评的矛头含蓄地指向了弥漫着明代文坛的拟古主义文风。

行文至此，作者言犹未尽，笔锋一转，现身说法。他说自己"入西山恍然，入雷山恍然，入九峰山恍然"，于是发生了怀疑："何恍然之多耶！"后来得出结论：原来自己胸中本有一"恍然"，所以所见诸山，都觉"恍然"。这段文字与上文"宋玉有悲，是以悲秋”相呼应，实际上论述了文艺理论中两个极其重要的范畴——情与境的关系。作者已经认识到自然景物本无哀乐可言，悲秋、伤春，都是由诗人、文人当时的主观情志决定的。他所涉及的理论问题，后来王国维在《人间词话》中概括为“有我之境”，他说：“有我之境，以我观物，故物皆著我之色彩。”当然，王国维的论述更为精辟，但谭元春在晚明的历史条件下能较为准确地论述这一问题，也是难能可贵的。

作为一篇诗序，本文严密的结构也很值得称道。全文紧扣“秋寻”二字展开论述，环环紧扣，首尾呼应，起伏跌宕，顺其自然，不露丝毫雕琢的痕迹，是诗序中的佳作。（王兴康）

再游乌龙潭记　　谭元春

潭宜澄，林映潭者宜静，筏宜稳，亭阁宜朗，七夕宜星河，七夕之客宾宜幽适无累。然造物者岂以予为此拘拘者乎？

茅子[①]，越中人，家童善篙楫[②]；至中流，风妒之，不得至河荡，旋近钓矶系筏。垂垂下雨，霏霏湿幔，犹无上岸意。已而雨注下，客七人，姬[③]六人，各持盖[④]立幔中，湿透衣表，风雨一时至，潭不能往。姬惶恐求上，罗袜无所惜。客乃移席新轩，坐未定，雨飞自林端，盘旋不去，声落水上，不尽入潭，而如与潭击。雷忽震，姬人皆掩耳欲匿至深处。电与雷相后先，电尤奇幻，光煜煜入水中，深入丈尺，而吸其波光以上于雨，作金银珠贝影，良久乃已。潭龙窟宅之内，危疑未释，是时风物倏忽，耳不及于谈笑，视不及于阴森，咫尺相乱。而客之有致者，反以为极畅，乃张灯行酒，稍敌风雨雷电之气。忽一姬昏黑来赴，始知苍茫历乱，已尽为潭所有，亦或即为潭所生。而问之女郎来路，曰：“不尽然。”不亦异乎？

招客者，为洞庭吴子凝甫。而冒子伯麟，许子无念，宋子献孺，洪子仲韦，及予与止生为六客，合凝甫而七。

〔注〕①茅子：茅元仪(1594—1640)，字止生，归安(今浙江湖州)人。茅坤孙。②善篙楫：善于驾船。③姬：歌舞女子。④盖：如伞的遮雨用具。

乌龙潭在六朝古都金陵城里，谭元春的朋友茅止生建宅于潭边，筑轩其上。

作者受茅之邀，曾多次游潭，并写下了三篇游记。这篇《再游乌龙潭记》，就是记作者与友人再次筏游乌龙潭的。

作文记游，本应先从叙事写景着笔，而作者却别出心裁，先以一段议论作为全篇的引子。“潭宜澄，林映潭者宜静，筏宜稳，亭阁宜朗，七夕宜星河，七夕之宾客宜幽适无累。”“宜”字六出，以排比的句式从时间、地点、人物三方面写明作者认为宜于游览的条件。“然造物者岂以予为此拘拘者乎”一句，文意突转，为再游乌龙潭所见奇幻之景先伏一笔，使文章有开有合，摇曳生姿，引人入胜。

从“茅子，越中人”至“不亦异乎”是全文的主干，描绘作者于雷雨中再游乌龙潭的情景。先写水上之游。作者先写茅止生的“家童善篙楫”，继写其敌不过顶头风，以反衬风之大。风大林木映于潭中则不会静穆，所乘小筏也不会平稳，这又照应开头“林映潭者宜静，筏宜稳”二句，说明再游乌龙潭并不具备这些条件。作者不写大风骤起而写风嫉妒人们的纵情快游，这种拟人化的手法，生动地烘托出人们的游兴之高，同时又巧妙地预示了暴风雨的即将来临。因此，下面接着写雨。霏霏细雨，打湿了帐幔，因而潭水也不会呈现出澄清的面貌，尽管是七夕，也不会有星河出现，这就照应开头的“潭宜澄”“七夕宜星河”二句，说明再游乌龙潭又失去两个条件。虽然天公不作美，而游潭者“犹无上岸意”。这时风雨已由“霏霏湿幔”到“雨注下”，“湿透衣表”，变得骤然迅疾，来势猖狂，平静的乌龙潭也由于“风雨一时至”而“不能往”，人们也先由“各持盖立幔中，湿透衣表”到“姬惶恐求上，罗袜无所惜”。这就由风到潭再及人，极写狂风暴雨的惊心动魄。着一“求”字，又写明七位男游客仍“无上岸意”，“移席新轩”只不过是应歌女之求而已。

文章接着写上岸后乌龙潭上电闪雷鸣，风雨大作的情景。“客乃移席新轩”一句写上岸避雨。照应开头，说明“亭阁”亦不“朗”。“坐未定，雨飞自林端，盘旋不去，声落水上，不尽入潭，而如与潭击”，这几句又从视觉、听觉及幻觉等角度写林中和潭中的雨势。然后以“姬人皆掩耳欲匿”反衬“雷忽震”的音响效果，其惊雷的声威和歌女的胆小又为后文描述友人的“张灯行酒”的神态做了伏笔和反衬。接着又进一步写雷电之奇幻及其创造出的种种幻境。云层深处，电闪雷鸣，先后相交。闪电之光，更是奇幻无比，它明亮耀眼，直射水中有尺丈，并与潭中的水波，潭上的雨注交映，构成“金银珠贝”的幻景，无疑是乌龙潭上出现的海上蜃楼。作者并由乌龙潭的名字联想到龙宫，想象这场雷雨一定会搅得龙宫也不得安宁，以至不知缘故的龙王也满腹疑虑。作者从视觉、听觉、幻觉几个角度写足了种种奇情异景。作者笔下的乌龙潭，是惊雷疾电，狂风飞雨。是潭不澄，林映潭者不洁净，筏不稳，亭阁不朗，七夕无星河。那么，作者是否还能“幽适无累”

呢？当然是的。文章的下面就写作者及友人们再游乌龙潭的主观感受。轩外“风物倏忽”，轩内“耳不及于谈笑，视不及于阴森，咫尺相乱”，而游客中有兴致的，却认为十分畅快，于是干脆点亮灯火，把酒痛饮，这说明他们从游乌龙潭中所得到的不仅仅是奇幻阴森，更多的是审美的愉悦、惊喜与陶醉。作者对乌龙潭雷雨景色的独有会心的欣赏，已显出他的“幽适无累”、心胸闲适与旷达。

接着，作者又节外生枝，奇想天外，写了一段风雨赏景的余文。这既补充说明了前文为何“客七人”而“姬六人”，又写出了“夏雨隔牛背”的夏天雷阵雨的特点，而雷雨“亦或即为潭所生”，这再一次从乌龙潭名字所产生的联想，更给乌龙潭的大雷雨增添了奇幻的色彩，使文章显得更加空灵而趣浓。

作为竟陵派的创始人之一的谭元春，提倡幽深孤峭的文章风格。这篇文章以幽峭瑰奇之笔，多层次地写出了乌龙潭雷雨的景象，境界幽深冷峭，形象飞动，表现了作者对“荒寒独处，稀闻渺见”（《渚宫草序》）的美学追求。　（王少华）

自题秋冬之际草　　谭元春

昔人言：“秋冬之际，尤难为怀[①]。”以之命篇，非是之谓也。何尝快，独无忧，予之为怀良易矣。然则曷取焉？夫已冬而秋，不犹之方春而夏乎哉？鹦花藻野，则春全在夏矣；红黄振谷，则秋不遽冬矣。故君子际之[②]以答岁也。况独往苦少，同志苦多；泛则方舟，登或共屐；非甚喑[③]滞，其何默焉。然当斯际也，以游则山澹澹而不至于癯[④]，水岩岩[⑤]而不至于嬉，故渊明所谓“良辰入奇怀”[⑥]，灵运所谓“幽人尝坦步”[⑦]。每临境下笔，皆抱此想矣。

〔注〕 ①“秋冬”二句：见《世说新语·言语》：“王子敬云：‘从山阴道山行，山川自相映发，使人应接不暇。若秋冬之际，尤难为怀。’” ② 际之：与其相逢。 ③ 喑(yīn)：沉默不语。 ④ 澹澹：恬静。癯(qú)：瘦。 ⑤ 岩岩：沉静严整貌。 ⑥“渊明”句：出自陶渊明《和刘柴桑》诗。 ⑦“灵运”句：出自谢灵运《登永嘉绿嶂山》诗。

谭元春的这篇小品，抒写了昂藏自立的精神状态，表现出封建士大夫追求孤清、闲适的思想情趣。

本篇小品题目是《自题秋冬之际草》，因而作者先以“秋冬之际”四字点题，引用古人的话来说明“秋冬之际”四顾萧条，最易引起人们的悲凄之感。宋玉《九辩》就说：“悲哉！秋之为气也。萧瑟兮，草木摇落而变衰。憭栗兮，若在远行。

登山临水兮，送将归。”即使像汉武帝刘彻这样雄才大略的君主，面对秋风，也吟出了“秋风起兮白云飞，草木黄落兮雁南归。兰有秀兮菊有芳，怀佳人兮不能忘。泛楼船兮济汾河，横中流兮扬素波。鼓鸣兮发櫂歌，欢乐极兮哀情多，少壮几时兮奈老河”（《秋风辞》）的诗句，北宋的词人柳永，在与情人离别之际，更唱出了“多情自古伤离别，更那堪冷落清秋节”（《雨霖铃》）的悲歌，因此“昔人言：秋冬之际，尤难为怀”。然而作者又说：“以之命篇，非是之谓也。”为什么？因为“何尝快，独无忧，予之为怀良易矣”。写明作者在“秋冬之际”的感受与一般人并不相同，面对一派肃杀清寥的景象，作者虽然并没有过多少快乐，但也并没有生出多少忧愁悲戚。那么，“秋冬之际”给作者带来了什么独特的感受呢？作者写道：“夫已冬而秋，不犹之方春而夏乎哉？鹦花藻野，则春全在夏矣；红黄振谷，则秋不遽冬矣。故君子际之以答岁矣。”在作者的笔下，秋冬之际的景色，是用淡淡的笔墨勾勒而成的画面。那山林中的几片红枫，那如旗摇动的黄栌，在“秋风萧瑟天气凉，草木摇落露为霜”（曹丕《燕歌行》）的季节，显得格外耀眼。它使得整个画面增添了生机勃勃的气象，仿佛秋天的神气还充溢其中，酣畅未尽，润而不枯，干而不涩。这秋冬之际的绚烂，丝毫不减由春入夏的那种“鹦花藻野”的斑斓色彩，自有一种昂藏自立、奋发向上的力量，这无疑是作者精神状态的流露。在秋冬之际，作者似乎对“泛则同舟，登或共屐”的结伴游览并无多少兴趣，而喜爱独来独往的游山寻水、探奇访胜，因为这样更能深刻地体味出幽隐之士的那份悠然自得的情趣来。因而他说：“独往苦少，同志苦多。”而对于山水，他似乎不喜欢春夏之际一片郁郁葱葱的山光，波光潋滟的水色，而喜欢秋冬之际的“澹澹而不至于癯”的山光，“岩岩而不至于嬉”的水色，这无疑是作者追求孤清、闲适情调、追求寓醇厚于平淡之中的境界的独特审美观的体现，这种对山水及田园景色的体味，与陶渊明、谢灵运有某些共同之处，因而作者又拈出他们的“良辰入奇怀”“幽人尝坦步”的优美诗句来加以印证。

小品表情曲折，意境幽美，语言淡而有味，体现了幽深孤峭的艺术风格。

（王少华）

【作者小传】

华　淑

（1589—1643）　字闻修，号断园先生。无锡（今属江苏）人。家有小筑曰断园，常引客唱和其中。于诗苦心数十年，别成杼轴。著有《雪蕉集》，今已佚。

题闲情小品序　　华　淑

夫闲，清福也，上帝之所吝惜，而世俗之所避也。一吝焉而一避焉，所以能闲者绝少。仕宦能闲，可扑长安马头前数斛红尘；平等人闲，亦可了却樱桃篮内几番好梦。盖面上寒暄，胸中冰炭。忙时有之，闲则无也；忙人有之，闲则无也。昔苏子瞻晚年遇异人呼之曰："学士昔日富贵，一场春梦耳。"夫待得梦醒时，已忙却一生矣。名埼利垄，可悲也夫！

余今年栖友人山居，泉茗为朋，景况不恶。晨推窗，红雨乱飞，闲花笑也；绿树有声，闲鸟啼也；烟岚灭没，闲云度也；藻行可数，闲池静也；风细帘清，林空月印，闲庭悄也。以至山扉昼扃，而剥啄每多闲侣；帖括困人，而几案几多闲编；绣佛长斋，禅心释谛，而念多闲想，语多闲辞。闲中自计，尝欲挣闲地数武，构闲屋一椽，颜曰"十闲堂"，度此闲身。而卒以病废，亦以好闲不能致也。

长夏草庐，随兴抽检，得古人佳言韵事，复随意摘录，适意而止，聊以伴我闲日，命曰《闲情》。非经，非史，非子，非集，自成一种闲书而已。然而庄语足以警世，旷语足以空世，寓言足以玩世，淡言足以醒世。而世无有醒者，必曰此闲书不宜读而已。人之避闲也，如是哉！然而吾自成其非经、非史、非子、非集之闲书而已。

人活一辈子，是忙碌一世为好，还是闲散一生为好，各有不同的看法，不能强求统一的。大致如作者所说，喜欢忙碌的要占大多数，因为人总有些事要办，哪怕谋身糊口，也不能靠闲坐得来，更何况有所追求呢？然而到了晚年，后悔、失望的也就不少，像苏东坡"一场春梦"的慨叹大有人在，向往闲散的一派似乎又略占上风。对于忙、闲的态度，人们并不是一以贯之的，这个问题不那么简单。

更为复杂的是，忙有不同的忙法，闲也不限于清福一类。就拿忙来说，耕耘名利固然占多数，升官，发财，建功立业，垂名千古，似乎都可归入，但也还有为民请命，为国捐躯，为爱情颠簸，为子女奔忙，等等。上帝之所以吝惜清闲，不轻易赐人，恐怕也因为世界要靠忙碌来推动，无忙碌便无历史，更无文明。闲呢，也不单纯,作者所向往的山居野宿,与自然为伍,确称得上一种清福,但也还有飞鹰走马,赌博斗鸡,纵情声色,酗酒撒野,等等。“面上寒暄,胸中冰炭”,固是忙中丑类,放纵不羁大概也未必尽属高尚行为。仅仅以忙闲判定是非,是很难令人信服的。

何况忙中亦有闲在,闲中也有所忙呢!作者一心想建一座十闲堂,风清月朗,闲趣萦绕,寂寂度此闲身,其向往闲散的愿望不可谓不真切了。而闲居之余也要编纂《闲情小品》,企图警世、空世、玩世、醒世,沙里淘金,用心良苦。虽称闲书,入世之心何尝尽废?这种身闲心不闲的清福,说穿了,就是今天人们常常称道的“品味人生”。忙是各式的追求,闲则是生活的反省,忙人无暇自视,常常误入歧途,闲人则可冷眼旁观,时时加以警醒。忙者不可避弃此闲,否则如同盲人探路,闲者离开了忙碌的世界,自身又有何种价值?上帝固然不轻易赐人闲福,除了鞭策世人,令其自奋之外,大概也有担心不会使用此闲之虑,忙不容易做到,闲又谈何容易!人生实在是最难做的一篇大文章,忙者、闲者谁也逃避不了。

(王小舒)

【作者小传】

叶绍袁

(1589—1648)　明文学家。字仲韶,号粟庵、天寥,吴江(今属江苏)人。天启进士,官至工部主事。早负才名,诗词韶秀,间出香奁,有韩偓之遗风。与妻沈宜修及五子三女时相唱和,一门之内,并尚风雅。有《秦斋怨》《窃闻》《叶天寥四种》等。

甲行日注[①](之一)

叶绍袁

二十七日,丙午。雨。晓起理装。家人辈至庵中拜别,余曰:“此行也,若幸中兴有期,则归来相见亦有日。不然,从此永诀矣。两幼主室家之好未完(倌、倕未婚)[②],岂不痛心。然留之事虏,必不可,我亦无可奈何耳,三孙[③]不及见其长大,幸为我善视之。踞湖山先陇松楸,幸念之毋忘。闻虏令遁不降者,籍入。不腆数亩与环堵之室,不暇计矣。顾夫人与公子[④],向受钱塘公之托,今亦有愧九原,当令善返昆山耳。诸妇女可寄西方尼庵,汝辈但为谋其糊口者,俾无冻馁以死,感且不朽。”室人皆伏地哭,余亦泣。登舟,二兄幼舆、叔秀侄⑤来送;侄孙舒胤⑥亦来,时年十五,泪潸潸不止矣。既发,冒雨至栖真寺(即香上人简庵)。夜,可生上人为祝发焉。即此后,或有黄冠故乡之思,但恐彭泽田园,门非五柳,辽东归鹤,华表无依耳。

〔注〕 ①《甲行日注》为《叶天寥四种》之一,系叶氏一部流亡日记,起乙酉(1645),止戊子(1648)九月二十五日,即卒前二日。叶绍袁出行为僧是乙酉年八月二十五日甲辰,故取《楚辞》“甲之朝吾以行”句名日记为“甲行”。 ② 倌、倕未婚:叶绍袁有子八,倌,第六子世倌,后改名燮,即清初著名诗论家,《原诗》的作者;倕,第七子世倕,后改名孚,顺治乙未年(1655)二十七卒。 ③ 三孙:长名舒崇,时年六岁,后亦为名诗人;次舒徽,时四岁,均为绍袁第四子世侗所出;幼舒嶷,时二岁,夭折。 ④ 顾夫人与公子:顾咸建之妻与子,咸建崇祯末任浙江钱塘知县,守节不屈,被杀。昆山顾氏(明武英殿大学士顾鼎臣一支)与汾湖叶氏世有姻亲,绍袁次子世偁之妻即为顾氏,故《甲行日注》引言中有“亡何,有钱塘公之难,余以婚姻孔云,几中于祸”之说。 ⑤ 幼舆:叶绍衡的字,绍袁堂兄。叔秀:叶世倜的字,绍袁族侄。 ⑥ 舒胤:后改名舒颖,叶绍鼎之孙,叶世俨之子,后亦为清初名诗人。

崇祯十七年甲申(1644),明王朝覆亡,次年乙酉,清兵南下,南京弘光政权瓦解,烽火遍江东。覆巢之下,难有完卵,血与火的严峻形势,震撼着江南的士大夫群,在明朝屡世成进士的汾湖叶氏家族无疑也陷于凄惶悲慨的境地中。叶绍袁是个正直的官僚士大夫,又是位饮誉文坛的大名士。他原有个温馨而风雅的家庭,妻子沈宜修,系出“吴江派”戏曲大师沈璟之族,叔伯、兄弟、妯娌中词曲家与诗人辈出,宜修与三女叶纨纨、叶小纨、叶小鸾均以才名文华惊当世,八个儿子除最小的早殇外,也无不秀颖多慧才。谁知祸不单行,先是幼女小鸾与长女纨纨早逝,接着沈宜修病故,叶绍袁心境深深地沉浸在无尽的悲苦里。但他还没从这种苦哀中挣脱出来,一场山崩海立的亡国破家的灭顶灾祸又汹涌袭来。乙酉年春夏间,汾湖这个地处江、浙交界的幽僻之地,一度成为北来的流亡者聚集场所,他们会合于叶绍袁家,义愤填膺地思有所图谋。然而很快清兵进入苏州地界,流亡者们作鸟兽散,一度振起精神的叶绍袁也仓皇离家,变僧服迁徙逃亡于太湖流域及杭嘉湖一带。从《甲行日注》散见于字里行间的记载可以看出,他暗中与那个地区的抗清义师保持着千丝万缕的联系。这则“二十七日丙午”的日记,所载的即是他辞祖坟、别族众,落发出走时的悲壮而又凄楚的情境,从中可以触摸到一颗慨然于“国破家难全”的饱含血泪的心。

忠君报国,作为封建时代的一种观念,既是个很复杂的意识形态,又是个并不鲜见的问题。但是,在《甲行日注》中,在叶绍袁笔底,那种特定年代里渗透着忠爱观念的家国之恨,既无酸腐的头巾气或空洞的迂阔论调,又不作浮泛的、咬牙切齿式的呼啸,而是表现出一种流自心底的凄苦情,切实细微,真挚浓郁,文笔又显得那么简捷明洁、清丽隽永,事与情洽,情见乎辞。以这则日记言,要旨在载录"永诀"即生离犹死别的那种去国离乡的凄凉心情。然而叶绍袁的这一心态是透过一件件具体情事的嘱托与表白来表现,而没发多少宏论高调。他说,两个幼子婚姻未完,作为父亲的原是职责未了,于心难安,但"留之事虏,必不可",一"必"字将先国后家之意已写尽,"我亦无可奈何耳"一语是沉痛而逼真,毫不矫饰,益显出"必不可"的分量。心绪几个转折,感人甚深。三个孙子"不及见其长大",做祖父的本舐犊情深,临此境地,辛酸可想!"幸为我善视之"的拜托,该是怎样的一种痛苦行为?难以忘怀的还有"先陇"祖坟,弃之而去本属大不孝,然而忠孝难两全呵!紧接一句说:至于"不腆"即并不丰厚的田园财产"不暇计矣",尤衬出前面的"孝"之重量,以及忠孝权衡当先尽"忠"的情怀。关于对"顾夫人与公子"的关注,是怀着愧对地下忠烈的苦涩,但以一己弃家去国的忠烈心意的付诸实践,岂不又是与殉国的同志殊途同归了?至于嘱"诸妇女可寄西方尼庵"云云,集注之点是要争一个"清白",其意甚明,清白也者,忠烈节操的另一说法而已。综观叶绍袁的辞家而行的诀别语,无一句不归结到忠爱之旨,无一语不酸苦辛涩,但读来不觉其陈腐。到"室人皆伏地哭,余亦泣"一段,情景毕出,祖孙三代,合族人等的惨绝情怀溢见纸上。结句的"或有黄冠故乡之思,但恐彭泽田园,门非五柳;辽东归鹤,华表无依耳",虽是翻用常典,但情思贴切,自具感染力。既然抱着倘"中兴"无期,则"从此永诀"之心,那么即使梦归故乡、神思有寄,也会痛苦万分的,因为山河尽管依然,人事已是全非。陶渊明式的归隐家园也"门非五柳",无家园可隐;丁令威化鹤归来同样"华表无依",新朝非复故国!由此能让人们体味到,叶绍袁一想到未来也许连"或有"之思都完全可能幻灭,其时其人的心境该是怎样地凄楚茫然?事实是,他的这种怔忡之思却被不幸而言中,他的苦梦终也未能圆成。说实在的,这不能不算是封建士大夫文人的最大悲剧了。

(严迪昌)

甲行日注(之二)　叶绍袁

初四日,壬子。曈昽[①]日出矣,方鼓枻[②],又雨。过石门[③],颓墙废垣,残毁驳裂,野店无烟,晨星数点,兵火后光景,真可太息。次塘西,又值虏舟,幸疾雨飞注,虏遥不见。津梁疲矣[④],迷途生怅。昏雾归鸦,荻花无语,又如爇道[⑤]漏天,淋漓不止。正彷徨间,有漾永庵,屹然水湄,系缆而登。主僧嗣明,留宿水阁中。绿萍覆池，衰柳依依堤上，笼烟曳雨，满目凄凉。

〔注〕 ① 曈昽：太阳初出由暗渐明情景。 ② 鼓枻(yì)：枻，船的桨舵，鼓枻是扬桨驾舵，船起行。 ③ 石门：镇名，今属浙江桐乡市。 ④ 津梁疲矣：翻用《世说新语·言语》"此子疲于津梁"。津梁，佛家语意为引渡众生，叶氏此时已易僧服，故借此表示奔波疲惫。 ⑤ 僰(bó)道：古县名，治所在今四川宜宾西南，在此借喻如蜀道之难。

"初四日，壬子"日记是叶绍袁父子出亡第七天的载录。九月重阳前后通常是一派秋高气爽，自然氛围呈开朗状居多，这年却是秋雨淋漓、阴冷凄清，叶氏别家流亡以来终日困苦在雨舟中。这天拂晓后眼见日照渐朗，心绪不禁为之一宽，谁知小舟刚启行，又转了雨。自然景象与心境互为渗合，本就沉重阴郁之极，而舟过石门镇，触目皆是兵火后光景，疮痍满目，炊烟不起，更觉惨不忍睹，哀涌心底。

前人说："一切景语皆情语也。"诚是笃论，不独诗如此，文亦如此，《甲行日注》随处可以拈举为证，这则日记即是一例。"颓墙废垣"四个短语组合的一幅图像，深沉地道出了叶绍袁的痛苦。

折叠转进，张弛兼用，是叶绍袁控纵文笔的一个大特点。晴雨递变、心态随着自然和社会的景象已有几番折转，紧接以"又值虏舟"，惊波叠起，心旌摇荡，递增出一个大起落，"幸疾雨飞注"的掩护，"虏遥不见"则张而又弛。这样，一"疲"字，一"怅"字，自然真切，情溢纸端，人物形象也跃现了。"昏雾归鸦，荻花无语"，实是惊心一日、凄苦一日的总写，鸦犹有归宿处，人则无所归！荻花无语自摇曳于风雨间、水荡中，人岂不犹如这无语之草花？然而，正在无语彷徨，忧思百结之时，"有漾永庵，屹然水湄"，又出一转折，勉强有一夜可寄居处所了。

《甲行日注》中出现大批僧人，接应着困顿哀苦中的叶氏父子。虽已难以详考这大批僧人行迹生平，但是这系一支隐身于释门的地下抗清阵线，则很清楚，把握这一点，对理解阅读《甲行日注》关系甚大，《日注》原非只是一部善写景物的小品而已。事实上，即以写景而言，也只是如前述的那样乃心境的外现，本则日记结句的"绿萍覆池，衰柳依依"的描述，究其实情，应是"留宿水阁中"与住持僧人嗣明夜话时的心态表现。嗣明，这个法号正可耐人寻思的。 （严迪昌）

甲行日注(之三)

叶绍袁

八月十六日，己丑。阴。天色萧疏催冷，凄况郁人。吴山① 多生灵芝，王荆公②云："神奇之产，销藏委翳③于蒿藜榛莽之间。而山农野老，不复知为瑞也。"岂不然哉？因思风庐旁，得更结一茅，名曰芝草堂，佛书棕④具，足了暮年。而乱离之世,力艰衣食,亡妇儿女,亦未有蓬颗之蔽焉,安从余力及此?书之以识我之意也。

〔注〕 ① 吴山:此指苏州尧峰山。 ② 王荆公:即北宋王安石。 ③ 销藏委翳(yì):销声匿迹,衰败。 ④ 棕:即棕木,棕丝可编织器具。

这是顺治三年(1646)丙戌农历八月十六日的日记,叶绍袁易僧服出亡已一年。其时吴易、陈子龙等正聚兵太湖一带,游击抗清,叶绍袁时与他们通音讯,联络频繁,而吴易就在这年秋冬在嘉善被俘遇难。

初读这则日记,似叶氏在抒述一种闲逸襟怀,思结"芝草堂"以了暮年。细一辨味,他借用王安石的话其实是在赞颂一种伏处于草莽中的英才奇士,而且心以为这些均是一种瑞兆的表征。何以为"瑞"呢?叶绍袁所企盼的瑞兆是什么?当是"幸中兴有期"的预期之心。

正是如此,所以,在"佛书棕具,足了暮年"看似衰飒的话头之后,他一转笔带出"亡妇儿女,亦未有蓬颗之蔽焉,安从余力及此?"。亡妇儿女之所以未有"蓬颗之蔽",是因为国亡家破、流离无定。倘若"中兴有期",则亡妻儿女可得安蔽地下,自己也可"佛书棕具,足了暮年"了。这就是"书之以识我之意也"的本"意"。闲闲写来,笔底淡逸的气韵中牢系着的是企盼焦渴的心魂。

起首的"萧疏催冷,凄况郁人"的那个"郁"字实为全篇精神集注的文眼。

(严迪昌)

甲行日注(之四)　　叶绍袁

十二月初九日,乙亥。晴。佺[①]就医邓尉[②],二十余日矣,杳无消息来,故倌、倕往视之,先至溪,拉侗偕去。晚间枯林戢响,斜月皎幽,东窗对影,一樽黯绝。颜子[③]之乐,自在箪瓢,予不堪忧者,家国殄瘁,岂能忘心!李陵[④]所云:"胡笳互动,边声四起,独坐听之,不觉泪下。"

〔注〕 ① 佺:即叶绍袁长子世佺。下文的倌、倕、侗,是六子叶世倌(燮)、七子叶世倕和四子叶世侗。 ② 邓尉:山名,在苏州。 ③ 颜子:孔子弟子颜回。 ④ 李陵:西汉名将,后为匈奴所俘。

这是顺治四年(1647)丁亥农历十二月初九的日记。如果说前一则"丙戌八月十六"的日注,其内心独白虽也"凄况郁人",那么此夜"东窗对影"独樽自对时,心境就更为黯淡了,连前一年的"瑞兆"之想也已消沉不可再得。因为顺治四年的严冬之际，太湖义师已覆亡，陈子龙等均殉难，显然绝无"中兴"之望，一切幻想全成了泡影。

其时叶绍袁父子数人已在山野流徙两年半，贫病交迫，艰辛之甚。绍袁深感自己与颜回的一箪一瓢、安贫乐道的境界不同，此身已完全陷入了如李陵的独听四边胡笳的境地，成为道道地地的亡国亡命人，"家国殄瘁"，百忧攻心。

枯林戢响，万籁无声，斜月皎幽，凄寒惨淡，寂静得令人悚然木然，整个人间似沉了下去，深深地沉入绝壑之渊。叶氏只以"晚间枯林戢响，斜月皎幽"十个字勾勒出一种阴寒的氛围，"一樽黯绝"的那颗心就被冷色调衬得令人发怵。至此，人们对这位"不堪忧者"的老人不由深具敬意。

（严迪昌）

【作者小传】

曾异撰

（1591—1644）　明文学家。字弗人。晋江（今福建晋江）人。个性耿介，终身不求仕进。家境贫寒，善为文，有《纺授集》传于世。

与丘小鲁

曾异撰

某未衰而老，颠毛①种种，每顾影自叹。唇腐面皱于八股②中，而又似不愿处其罗笼之内。私念我辈，既用帖括应制③，正如网中鱼鸟，度无脱理。倘安意其中，尚可移之盆盎④，蓄之樊笼，虽不有林壑之乐，犹庶几苟全鳞羽，得为人耳目近观；一或恃勇跳跃，几幸决网而出，其力愈大，其缚愈急，必至摧鬐⑤损毛，只增窘苦。

如某得无类是？缚急力倦，正不知出脱何日！小鲁何以教之？

〔注〕 ① 颠毛：头发黑白相杂。 ② 八股：明清时科举制度规定的文体，只准"代圣贤立言"，不允许作者自由发挥。 ③ 帖括应制：帖括，唐代取士制度。应制，指应试。帖括应制即指科举制度。 ④ 盎（àng）：一种腹大口小的容器。 ⑤ 鬐：通"鳍"。

世上每一人，从他降临到这个世界时起，便不可避免地与社会发生种种联系，而在此后的生命旅程中，也必然会不断地在社会中建立与调整自身的地位。为了生存和发展的需要，人们必然要从事某种社会事务，也必然要承担一定的社会义务，接受一定的社会规范。这是一种普遍而正常的现象。但在具体的发生过程中，事情往往不是朝着人们所期望的方向发展，而常常会发觉它是与自己的意愿相违背的。此时，人们或是屈服于命运而逆来顺受，或是想方设法摆脱困境，而后者又经常具有对社会的叛逆性，因而要冒很大的风险。明末曾异撰的这篇与友人书，便反映了封建时代知识分子在受到不合理的社会约束时的矛盾心情。

在作者所处的时代，八股取士制度使得许多知识分子不得不终日埋首于机械陈腐的八股文的制作中，这其实是文化政策的制定者对知识分子的治学道路和生活道路的专制，其结果必然导致思想的僵化和文化的堕落。有识之士对之痛心疾首，并且进行不同程度和不同方式的抵制。曾异撰便是其中之一。

作者以调侃的笔调描绘的这幅未老先衰、体弱多病的自画像，正是对八股制度的最形象的控诉。作者将这种摧残个性、扼杀创造力的制度比喻成牢笼和罗网，而许许多多踏上科举应试之途的士子学人则无异于网中的鱼鸟，从此失去了思想的自由。在作者看来，既已入网，再想挣脱是不可能的，于是进一步描述了身处罗网的知识分子对待自身处境的两种态度和由此带来的两种不同后果。绝大多数读书人所能做的第一种选择是“安意其中”，如果是这样，那么他可能会得到虚假的安全与廉价的安抚。就好比供人“耳目近观”的笼中之鸟、缸中之鱼那样，看上去无忧无虑，不会受到皮毛的损伤。然而，鱼鸟失去了林壑之乐就等于失去了自由，皮毛虽可以不受损伤，但生命和意志已控制于人的手中。这种可悲的处境不正是那些“安意其中”者的生动写照吗？第二种选择是“恃勇跳跃”，作出这种选择的人是想以自身的努力来摆脱困境，但这样做往往使处境恶化，所谓“其力愈大，其缚愈急，必至摧鬐损毛，只增窘苦”。因为个人的力量相对于专制的制度实在是太微不足道了。如此，无论知识分子作何种选择，他都难逃罗网，这不能不说是那种时代知识分子的悲剧。如果不是对这种制度有切肤的体验，作者的笔触也不会如此地愤激，文章也不会具有如此震慑人心的力量。

（卢　强）

【作者小传】

张　鼐

（？—1629）　明小品文作家。字世调，号侗初。松江华亭（今上海市松江区）人。万历进士。改庶吉士，授检讨，迁司业。天启时擢南京礼部右侍郎，为阉党所劾，削籍归。崇祯初平反，任南京吏部右侍郎。有《宝日堂初集》。

程原迩稿序　张　鼐

南高峰下，松梢乱云，竹影蔽日。刳竹引泉，其声潺潺，出于涧底。啼鸟上下，与行人唱和。境过清，非韵士不能耦[①]而居，非胸中夙有烟霞者，不能鬯[②]其文章之灵气。吾友程原迩，从新安来，同王象斗读书于此。余偶过其室，瀹[③]茗焚香，出文章数篇读之，旷远卓绝，涧水松风，宛在笔底。吾尝叹人生于世，凡浓艳之物可争掬取者，以吾澹然当之，其味立尽。惟天下名山水、高人韵士与奇文章相逼而来，领此趣者，觉神魂飞动，手足鼓舞，盖游不奇不旷，交不奇不王[④]也。文章之借灵于湖山，如草色借润于酥雨。其于朋友之助，如鸟遡风而鱼沫水也[⑤]。挟册子咿唔，仰面看屋梁索解句者，恶足以语此？原迩之文饶于韵，而远于趣；入于正，而出于奇。倘非湖山之助，安能笔笔生动？今而往，原迩益勉之矣。吾归山中，晨起见远烟一抹，起玳瑁湖上，九峰隐隐在西楼可数者，不觉旷然远览，有南峰之怀焉。原迩其时寄我新篇，令我数浮大白，为原迩展山水之清音也。

〔注〕①耦(ǒu)：二人并肩耕作。②鬯(chàng)：通"畅"。盛。③瀹(yuè)：煮。④王：通"旺"。盛。⑤如鸟遡风而鱼沫水也：像鸟乘风拍翅，鱼用口沫互相润湿一样。遡，向，面临。沫，唾沫。《庄子·大宗师》："泉涸，鱼相与处于陆，相呴以湿，相濡以沫，不如相忘于江湖。"

这篇小品是谈文章如何才能灵气充沛。依作者之见，文章若没有"湖山之助，安能笔笔生动"？南宋杨万里有同样见解，说："无山安得诗？"又说："不是风烟好，何缘句子新？"

其实湖山自己无所谓有否灵气，只不过远隔尘世而已。窘迫于尘世的人往往会凝神观照湖山，而不知不觉把"旷远卓绝"这种气质和品格移注湖山，觉得湖山本身"旷远卓绝"，甚而觉得自己被湖山带入"旷远卓绝"的境界，自己也变得"旷远卓绝"了，最后自我与湖山浑同为一体。东晋陶渊明有诗云："结庐在人境，而无车马喧。问君何能尔？心远地自偏。采菊东篱下，悠然见南山。山气日夕佳，飞鸟相与还。此中有真意，欲辨已忘言。"刚好说明湖山缘何会有"灵气"。唐李白则有一诗表现了"移情"过程："众鸟高飞尽，孤云独去闲。相看两不厌，只有敬亭山。"

但是，光有湖山还不行，作文章的必须是“韵士”。湖山再美，不能“情动于中而形于言”，“奇文章”还是作不出来的。所以“奇文章”出自“名山水”之灵与“韵士”之手，两者缺一不可。至于说到“名山水”与“韵士”的关系，看来只有“名山水”才能感动“韵士”，只有“韵士”才能“胸中（而不是眼中）夙有烟霞”，二者简直是互为条件，离开了对方，各自就都不存在了。古人拿“泰山”来称谓卓越的人，今人还在说“有眼不识泰山”这句话，到底不是偶然的。总之，是韵士把名山水化成奇文章，既展示了名山水之“清音”，又表现了韵士之“韵”。

古人好隐居，仕途失意，处山水田园而躬耕读书，修身养性，最后以其诗文盛名天下的，不乏其人；隐士道高学博，朝廷于是招之为官，走这条以隐求仕的“终南捷径”的，也不乏其人。反正要么做士大夫，要么做高人韵士，条条道路通“功名”。完全避世的隐士，也就没有事迹可资传颂，也就不是高人韵士。不管怎么说，“盖文章，经国之大业，不朽之盛事。年寿有时而尽，荣乐止乎其身，二者必至之常期，未若文章之无穷”。这类功名纵然就是“浓艳之物”，也不容“澹然当之”，想必醉心于“奇文章”的张鼐先生也会同意这么说。（孙　伟）

题王甥尹玉梦花楼　　张　鼐

辟一室，八窗通明，月夕花辰①，如水晶宫、万花谷也。室之左构层楼，仙人好楼居，取远眺而宜下览平地，扼其胸次②也。楼供面壁达摩③，西来悟门④，得自十年静专也。设蒲团，以便晏坐；香鼎一，宜焚柏子；长明灯一盏，在达摩前，火传不绝，助我慧照。《楞严》⑤一册，日诵一两段，涤除知见，见月忘标；《南华》⑥六卷，读之得“齐物”“养生”之理⑦。此二书，登楼只宜在辰巳⑧，时天气未杂，讽诵有得。室中前楹，设一几，置先儒语录——古本“四书”白文⑨。凡圣贤妙义，不在注疏，只本文已足；语录印证，不拘窠臼，尤得力也。北窗置古秦、汉、韩、苏文数卷，须平昔所习诵者，时一披览，得其间架脉络；名家著作通当世之务者，亦列数篇卷尾，以资经济⑩。西牖广长几，陈笔墨古帖，或弄笔临摹，或兴到意会，疾书所得，时拈一题，不复限以程课⑪。南隅古杯一，茶一壶，酒一瓶，烹泉引满，浩浩乎备读书之乐也。

〔注〕 ① 辰：通“晨”。 ② 胸次：胸间。 ③ 面壁：佛教称坐禅，谓面向墙壁，端坐静修。达摩：全名菩提达摩，相传为南天竺人。南朝宋末航海到广州，又往北魏，住嵩山少林寺静修九年(本文作十年)。被认为中国佛教禅宗的“初祖”。 ④ 悟门：佛教以觉悟为入门径。⑤《楞严》：即《楞严经》，佛教经籍。 ⑥《南华》：即《南华经》，也叫《南华真经》，《庄子》的别名。 ⑦“齐物”：即《庄子》中的“齐物论”篇，内容以齐是非、齐彼此、齐物我、齐夭寿为主。“养生”：即《庄子》中的“养生主”篇，认为摄养身心的方法莫过于顺应自然。 ⑧ 辰：十二时辰之一，上午七时至九时。巳：十二时辰之一，上午九时至十一时。 ⑨“四书”：即《论语》《大学》《中庸》《孟子》。白文：不附加评点注解的书的正文。 ⑩ 经济：治理国家，济助百姓。⑪ 程课：即课程，指规定的学业内容和进度。

古人为何如此好学不倦？为何如此安于苦读？也许是“书中自有黄金屋”，也许是“吃得苦中苦，方为人上人”。当然也有安于苦读又安于贫困的，比如大名鼎鼎的颜回，既好学，又安贫，“一箪食，一瓢饮，在陋巷，人不堪其忧，回也不改其乐”。不管是为了增长学问，还是为了做官发财，古人信奉的就是“万般皆下品，唯有读书高”。

那么，读书本身究竟有无乐趣呢？有。张鼐的这篇文章就是极写读书之乐的。请看：拥一间宽敞、明亮而安静的书斋，手捧大智大慧的书册，专心析读，旁有香茗润喉，美酒助兴，为其妙义怦然心动时，信笔录下所悟——如此悠然读书，不为俗事困扰，不觉日月旋转，爱读书的人谁不为之心向神往？然而，要获得这样的“读书之乐”，起码得有两个前提：一是不必为生计艰辛劳碌以至无暇顾及这种乐趣，二是足以领悟“圣贤妙义”的学识。其实对古人来说，要备全这两项有时也难乎其难。比如像杜甫这样“读书破万卷，下笔如有神”的人，还会“残杯与冷炙，到处潜悲辛”，还要哀“茅屋为秋风所破”，其他寒士寒儒穷秀才的处境又该会怎样？无“梦花楼”倒也不碍事，居陋室足矣；可是，如果身居陋室而家徒四壁，无力置圣贤之书，又缘何得其“读书之乐”呢？

（孙　伟）

与姜箴胜门人　　张　鼐

杜门不见一客者，三月矣。留都散地，礼曹冷官，而乞身之人，其冷百倍。然生平读书洁身，可对衾影，即乡曲小儿忌谤相加，无怪也。独念国家所重者人才，君子所惜者名行；今设为风波之世局，令小人得驾为陷阱，而驱局外之人以纳其中，纵不为斯人名行惜，其如国家人才一路何？人才坏而国事坏，国事坏而士大夫身名爵位与之俱坏。吁，可惧也！不佞归矣！有屋可居，有田可耕，有书可读，有酒可沽；西过震泽，南过武林，湖山之间，赋诗谈道，差堪自老。官居卿贰，年逾五十；而又黄门弹事，止云文章无用，恐滥金瓯①，不减一篇韩昌黎《送杨少尹序》②。嘻，可以归矣！况又朝局以为庸縻，而天子以为才望；即宗伯墓门一片石，即年邀惠惇史③，不称好结局哉！可以归矣！

谛观年来士大夫风尚，愈趋愈下，鳃鳃惟异己是除，私人是引。楚人为楚人出缺，秦人为秦人营迁；不论官方，不谈才品；目中岂复有君父，而堪以服天下挽世运乎？足下，讲臣也，朝夕对扬重瞳④，须留一段光明于胸中，即不宜轻发，以逢时忌；而因事陈规，婉词微讽，当有旋转妙用，莫负此千载遭逢也！吾辈口不宜快，而心固不可不热。二疏已上，速去为幸，扁舟已买江上矣。

〔注〕①滥：败坏。金瓯：比喻疆土完整牢固。　②《送杨少尹序》：写杨巨源年老辞官还乡事，这里用来比喻自己"可以归矣"这层意思。　③惇史：即良史、青史。　④重瞳：眼内双瞳，指天子。

正统的封建士大夫总有一个自己走不出去的圈子，有时离开存身的立足点，到外面绕一大转，末了又回到原来的出发处。好像一只圆规，一条腿活动，另一条腿死死地定在那里，成为轴心，这实在是一件可叹可悲的事情。然而中国封建社会的大厦就在这一根根圆形的运动者身上支撑着，没有他们的忍辱负重，大厦早就坍塌了。

张鼐大概称得上晚明王朝的一根圆柱吧。朝廷中奸佞横行，党同伐异，忠正之士皆遭贬斥，作者也受到了魏忠贤的弹劾，真是"其冷百倍"。看起来朝廷是站不住了，"可以归矣"。悲愤之下，便做起了田园一梦，"有屋可居，有田可耕，有酒可沽；西过震泽（太湖），南过武林（杭州），湖山之间，赋诗谈道，差堪自老"，顷刻间，山水之乐已到眼前，万千烦恼皆抛诸脑后，"可以归矣"。

真的归去了吗？像羁鸟出笼，池鱼归渊，脚夫卸下了担子，孩子逃离了学堂，真的自由和解放了吗？可惜不是。担子本是自愿挑的，笼子也是自愿进的，士大夫替国家出策，为社稷分忧，这是命，是轴心，是立身的根本。凉水浇透了，"而心固不可不热"，忧不可不担。人可以归田，心却无法归去，"身在江湖，心存魏阙"。天上的风筝，看上去多么自由，可是生命线仍然牵在君主和社稷手中。这就是圆规的命运。

"须留一段光明于胸中",这句话让人生出多少感慨!封建王朝的光明,士人的自我燃烧,正在被这个黑暗的社会用冷水浇灭;封建王朝的支柱被一根根地拔起,捺进陷阱和泥潭之中;而追求光明的人们依旧在走那走不完的圆圈,点燃那已经冷却下去的残烛。

(王小舒)

补孤山种梅叙　　张　鼐

夫人标物异,物借人灵。古往而今自来,风光无尽;景迁而人不改,兴会长新。是知有补斯完,无亏不满。虽非造化,转水光山色于眼前;繄[①]此人功,留雪月风花于本地。维昔孤山遗老[②],曾于瀛屿栽梅,偃伏千株,淡荡寒岚之月;崚嶒[③]数树,留连野水之烟。自鹤去而人不还,乃山空而种亦少。庾岭之春[④]久寂,罗浮之梦[⑤]不来。虽走马征舆,闹前堤之景色;奈暗香疏影,辜此夜之清光。是以同社诸君子,点缀冰花,补苴[⑥]玉树,种不移于海外,胜已集乎山中;灌岩隙而长玉龙,纷披偃仰;坌润湄而栖白凤,布置横斜。幽心扶瘦骨同妍,冷趣植寒枝共远。西泠桥[⑦]畔,重开玄圃印清波;六一泉[⑧]边,载启琼楼邀皓月。非为借风霜之伴,与岸花江柳斗春光;亦将留山泽之臞[⑨],令溪饮岩居生气色。倘高人扶筇[⑩]扫石,政堪读《易》说诗;若韵士载酒飞觥,亦足吟风弄月。使千古胜场,不沦寂寞;将六堤佳景,尽入包罗。岂独处士之功臣,亦是坡仙[⑪]之胜友。余薄游湖上,缅想孤踪,策月下之驴,为问山中谁是主;指云间之鹤,来看亭畔几株花。爰快述其良图,用同贻于好事云尔。

〔注〕 ① 繄(yī):是。 ② 孤山遗老:指林逋。 ③ 崚嶒(líng céng):高耸突兀。 ④ 庾岭之春:庾岭为山名,在今江西省。岭上多植梅树,故又名梅岭。《倦游录》载,英州司寇路过此地,种梅三十株,并题于佛祠壁:"滇江今日掌刑回,上得梅山不见梅。辍俸买栽三十树,清香留与雪中开。" ⑤ 罗浮之梦:传说隋开皇中,赵雄师于罗浮山遇一女郎。与之语,则芳香袭人,遂相饮竟醉,及醒,乃在大梅树下。 ⑥ 补苴(jū):缝补。此指补种。 ⑦ 西泠桥:在杭州孤山西北尽头,是由孤山入北山的必经之路。 ⑧ 六一泉:在杭州孤山西南麓。欧阳修晚号六一居士,曾与西湖僧惠勤友善。苏轼再守杭州时,二人皆已死,忽有清泉出惠勤讲堂之后,为纪念欧阳修,命名为六一泉。 ⑨ 山泽之臞(qú):即臞儒,清瘦的儒者,含有隐居之意。 ⑩ 扶筇(qióng):扶杖。 ⑪ 坡仙:指苏轼。仰慕者称其为坡仙。

提起梅花，人们都会想起苏州的香雪海，无锡的梅园，当然也忘不掉杭州西湖的孤山。提起梅花，人们也会想起庾信、陆游，当然更忘不掉林逋。林逋(967—1028)，北宋诗人，隐居西湖孤山，植梅蓄鹤，终生不仕，因此留下了“梅妻鹤子”的佳话。林逋爱梅，爱得发痴，以致终生不曾婚娶。梅亦不负林逋，作为林逋的精神寄托，她曾给这位和靖先生(林逋谥号)以极大的慰藉。今天，每当人们想起梅花，就会想起林和靖，想起他那脍炙人口的咏梅诗篇，想起“疏影横斜水清浅，暗香浮动月黄昏”……明人张鼐于林逋仙逝几百年后，曾在孤山补种梅树，并于事后写下了这篇叙事抒情体小品。

作者首先以“人标物异，物借人灵”这一格言式的警句开篇，对下文之写孤山、写种梅，起了很好的引导作用，形成了一发而不可收之势。然后，作者又用“有补斯完，无亏不满”，这一富有哲理的语言为转折，写了孤山之昔今，告诉人们：孤山之梅虽系人功而非造化，但他不忍心眼看着梅树日渐稀少，正是出于爱梅之心，爱孤山之心，他才决心与诸同志在孤山补种梅树的。然后，作者转而运用形象的描绘，记述了补种梅树的经过，运用极浓重的抒情笔法，说明了此举之意义。作者告诉人们，他与诸同志孤山补梅，不仅只是缅怀先人，也是为了给当今的“高人”“韵士”们提供一个良好的研读、憩息场所，“使千古胜场，不沦寂寞”。最后，作者说明了作此文的目的——“用同贻于好事”。

读罢全文，可以看出，作者写此文几乎是一气呵成的。文章没有严格划分层次，只是有条不紊地向前推进，笔至意随，水到渠成。作者没有人为地制造波澜，写得十分轻松活泼，毫无淤滞刻板之嫌。由于使用了比较工整华美的四六句式，文章更显得流利晓畅，读之上口，思之有味。可见，作者对形式美的追求，于思想感情的表达是大有助益的。

在阅读此文的时候，我们不能不注意到这样一种历史现象，即我国古代的知识分子(尤其是南北朝以后)，普遍热衷于赏梅咏梅，似乎人人都能在梅的风骨气韵中找到自己的精神寄托。千百年来，有人赞赏梅那种凌寒冒雪、坚贞不屈的斗争精神；有人倾慕梅那种清臞高雅，不卑不亢的高标逸韵；有人歆羡梅那种不随众俗，独占春光的独特个性；有人欣赏梅那种与世无争，甘心寂寞的淡趣闲情。总之，他们都从梅那里或是受到了鼓舞，或是得到了启迪，或是找到了榜样，或是认识了世事和自我。本文作者张鼐曾因反对阉党而被魏忠贤革职为民，对当年隐居孤山终生不仕的林逋，他表现出景仰、向往之情，是在情理之中的。作者种梅，毫无疑问是因为爱梅，虽然其爱梅未必爱到林和靖那般程度，但其“扶瘦骨”之“幽心”，与和靖先生是相同的。由此看来，如果仅将作者之种梅看作是为了点缀西湖孤山，为了给当

今高人韵士提供服务的话,恐怕尚未完全窥得作者种梅之苦心。(荣 斌)

【作者小传】

萧士玮

明学者。字伯玉,吉安泰和人。天启二年(1622)进士。历官礼部员外郎中。福王时,拜太常卿。有《春浮园集》。

萧斋日记(选一)

萧士玮

乙亥十一月十九。余作诗最少,稿复散在诸帙① 中,兹稍葺② 而录之。马季房语余云:"近人之诗,羌音最多,切响甚少,何也?"余谓:律细格老,与年俱进,皮毛脱落,乃见真实。如畜良马,初不令其跳踯③,每夜必紧其衔勒,不容亲水草,旬余,浮膘尽消,筋力怒张,日驰数百里不倦,饥渴不能为之困。作诗而多羌音累气④,皆由浮膘未尽耳。

〔注〕 ① 帙(zhì):书套,指代书集。 ② 葺(qì):原指整理修治房屋,此处意为整理编排稿子。 ③ 跳踯(zhí):跳跃踱步,徘徊不前状。 ④ 累气:累赘疲软的习气。

中国古典诗歌的特点是重气韵,贵意境,精意象,主感悟。中国的古典诗论也由于研析对象的特点而形成一套以感悟为法门的、言简意赅的意象批评法。这种意象批评法从钟嵘就开始运用了,到宋代敖陶孙、清代洪亮吉则尤加发挥。如敖氏《臞翁诗评》说"魏武帝如幽燕老将,气韵沉雄","鲍明远如饥鹰独出,奇矫无前",等等。但这种意象批评大抵用之于诗人论,而较少具体化地运用在一般理论或关于诗的修养、作法等方面。萧士玮这则日记论诗用的就是意象批评法,所论则是如何去弊端,炼格调。

日记中论学问论诗在明清二代常见,然萧氏是较早而又谈得活泼空灵的。他的文字富有趣味,略无枯燥的学究气和酸腐的八股腔。这就使这则本易板实的日记获得了灵动的小品情韵,"信笔点染",又"自有风范"。

明代诗歌不无佳制,但浮肿是有明一代诗的大通病,浮而不实,徒讲气象、学盛唐,而实际缺乏"筋力怒张"的力感和奋发的意气。萧士玮用养马作譬喻,三言两语就将利弊功过揭出,锋利又多机趣,很不容易。这种快刀斩乱麻式的设喻析理,棒喝当头,多少可见受禅宗语录影响。

萧士玮与钱谦益相知，在诗的艺术倾向上，萧氏的“律细格老”之说，显然也较为心仪江西诗派为代表的宋诗，以瘦劲为极致。其理想是由此上窥杜甫的“晚节渐于诗律细”“庾信文章老更成，凌云健笔意纵横”的境界，这是无疑的。

问题是同样论诗甚至以类似的风格律调的追求，我们试比较一下这日记与那些诗话笔记的异同，会发现高头讲章与小品随札一则艰涩、一则轻灵通达，读时兴味绝对不一样。

（严迪昌）

【作者小传】

倪元璐

(1594—1644) 明文学家、书画家。字玉汝，号鸿宝、园客，浙江上虞人。天启进士，官至户部尚书。李自成克京师，自缢死。南明谥文正，清初改谥文贞。能诗文，又善行草书，工画竹木山石。有《倪文贞集》等。

王谑庵悔谑钞序

倪元璐

谑庵之谑，似俳[①]似史，其中于人，忽醴忽酖[②]。醉其谐而饮其毒，岳岳者[③]折角气堕，期期者[④]弯弓计穷。于是笑撤为嗔，嗔积为衅[⑤]，此谑庵所谓祸之胎而悔尔。虽然，谑庵既悔，谑祸将定，须庄语乞福。夫向所流传，按义选辞，摛葩敲韵[⑥]，要是谑庵所为庄语者矣。而其中于人，不变其颜，则透其汗，莫不家题影国[⑦]，人号衙官[⑧]；南荣弃书，君苗焚砚[⑨]；《暑赋》不出[⑩]，灵光罢吟；在余尹邢[⑪]，尤嗟瑜亮[⑫]。蜂虿[⑬]之怨，着体即知。遂有性火上腾，妒河四决，德祖可杀[⑭]，谭峭宜沉[⑮]，岌乎危哉！亦谑庵之祸机矣。谑庵不悔庄而悔谑，则何也？且夫致有诙而非谩也，不可以刃杀士，而诡之桃以杀之[⑯]；不可以经断狱，而引非经之经以断之。《春秋》斩然严史，而造语尖寒，有如盗窃，公孙天王狩、毛伯来求[⑰]之类，研文练字，已极针锥。正以《春秋》一书使宣尼腾乎辅颊，岂容后世复有淳于隐语、东方雄辩[⑱]者乎！史迁序赞滑稽，其发言乃曰：“《易》以神化，《春秋》道义。”是其意欲使滑稽诸人宗祀孔子耳。滑稽之道无端似神化，有激似义。神化与义，惟谑庵之谑皆有之。谑庵史才，其心岂不曰："世多错事，《春秋》亡而《史记》作。吾谑也乎哉！"如此即宜公称，窃取正告吾徒。而书既，国门逢人道悔，是则谑庵谑矣。孔子曰："罪我者，其惟《春秋》乎？"斯言也，谑庵读之而悚然也。

〔注〕 ① 俳(pái)：滑稽。 ② 醴(lǐ)：甘甜之酒。酖(zhèn)：毒酒。 ③ 岳岳者：锋芒毕露之人。 ④ 期期者：口吃之人。这里指懦弱老实者。 ⑤ 衅(xìn)：争端。 ⑥ 摛葩敲韵：指抒发文意，推敲辞语。 ⑦ 家题影国：影国是指名存实亡或已消失的文明古国。"家题影国"与下"人号衙官"意义相类，都表示王思任文章好，别的什么东西或人与它放在一起都比不上或不存在了。 ⑧ 人号衙官：衙官是属官，非正职。唐杜审言曾夸口说："吾之文章，合得屈宋作衙官。"这里即用此典。 ⑨ 君苗焚砚：《艺文类聚》卷五十八："陆云与兄机书曰：'君苗能作文，见兄文，辄云欲烧笔砚。'"按：君苗即崔君苗，晋朝人。 ⑩《暑赋》不出：齐陆厥《与沈约书问声韵》有"杨修敏捷，《暑赋》弥日不出"之语。 ⑪ 尹邢：尹、邢二夫人为汉武帝二宠，然帝不使二人相见。尹氏某日见邢氏，自痛不如其妍，低首而泣。后因以"尹邢"喻嫉妒。 ⑫ 瑜亮：指三国时的周瑜与诸葛亮。周瑜因妒恨诸葛亮而死。 ⑬ 寍(máng)：同"虻"，虫名。 ⑭ 德祖可杀：东汉杨修字德祖，有俊才，为曹操主簿。后以他事被诬杀。 ⑮ 谭峭宜沉：南唐谭峭字景升，幼聪敏，好仙术，入南岳炼丹，相传入水不濡，入火不灼。 ⑯ 不可以刃杀士，而诡之桃以杀之：传说春秋时齐景公当政，有公孙接、田开疆、古冶子三勇士，居功自傲。晏婴设计为景公除去三人，让景公送去两个桃子，对三人说以功劳大小领取此桃。结果三人互不相让，争论起来，最后又因为自己的争功行为而羞愧自杀。此典故即著名的"二桃杀三士"。 ⑰ 公孙天王狩、毛伯来求："公孙天王狩"出典不详。"毛伯来求"，见《春秋》文公九年，经曰："春，毛伯来求金。"《正义》注："求金以共葬事。虽逾年而未葬，故不称王使。" ⑱ 淳于隐语、东方雄辩：淳于髡，春秋时齐人，好作隐语谏齐王。东方朔，汉武帝时人，能言善辩。二人传均见《史记》卷一二六《滑稽列传》。

晚明的两位文学家王思任与倪元璐除了原籍均为浙江，明亡后皆自杀——王以绝食而终，倪则自缢身亡——两点相同之外，性格、文风等都有很明显的差异。王氏性诙谐，文章恣肆，语多嘲谑，故自号"谑庵"；倪氏则较为严肃，文辞奏疏虽也有激情，但情趣颇乏。有意思的是，王思任的那本很有些幽默意味的《悔谑钞》，其作序者却恰恰是这位并不特别富有幽默感的倪元璐。

文中对于王思任之所以为"谑"而"悔"所作的探寻，只不过是将嘲谑所易引起的反响比较生动地描摹了一番，并不深刻。而对所谓"庄语"与"谑"的比较，也不过是将王思任所写的那些相对正规化的严肃文字抬到一个相当高度，借以肯定王氏的文学成就。这些都算不上有什么新意。比较有新意的是将王思任的"谑"与司马迁《史记》的"滑稽"相联系，又由《史记·滑稽列传》开首数语与《春秋》相联系。孔子作《春秋》，语含褒贬，这是人所共知的事实。司马迁作《滑稽列传》，开篇即云："孔子曰：'六艺于治一也。《礼》以节人，《乐》以发和，《书》以道事，《诗》以达意，《易》以神化，《春秋》以义。'太史公曰：天道恢恢，岂不大哉！谈言微中，亦可以解纷。"这话的意思很明确，是说作为儒家正宗的六经，它们治国的方式虽然不同，但殊途同归；而那"谈言微中"的滑稽之道，则有助于解决世道之纷乱，所以终极目标与六经无二。可见司马迁并无要单独将他的"滑稽"与《春秋》相联系的意思。但到了倪元璐手里，司马迁的话却被断章取义，只引了"《易》以神化，《春秋》道(以)义"两句：倪氏并由此推断，司马迁的本义是"使滑稽诸人宗祀孔子耳"。这并不是倪氏的误解，而是他有意的造作，借古典而造新义。因为他以为："滑稽之道无端似神化，有激似义。"这样就把滑稽这一本来是比较纯粹的娱乐形式，提高到一个可以治国安邦的高度。而这样一提高，在倪氏看来是承司马迁之"滑稽"而来的王思任的"谑"，也便得到了相应的提高，因为"神化与义，惟谑庵之谑皆有之"；因为据倪元璐推测，王思任本身也非为谑而谑，他很可能内心在说："世多错事，《春秋》亡而《史记》作。吾谑也乎哉！"明眼人一眼就可以看出，这里的"谑"，其实已经与"庄语"的地位等同了。

有必要指出的是，王思任的"谑"，很可能的确不单单是纯粹的嘲谑，而有着某种寄寓与讽刺，这在中国古代文人中是常见的。但是，将这种"谑"拔高到与传统中国社会中占统治地位的儒家思想相同的层次，认为这种带有风趣诙谐的生活方式或者文学形式与它所包含的实际内容处于一种分离的状态(形式是低级的，内容是上等的)，则是倪元璐的独创。我们无法赞同这种独创，但透过这一现象，却看到了这样一个事实：即使是在个性解放思潮颇为汹涌的晚明时期，儒家的正统观念在普通士大夫心里还是占有相当重要的位置的。　　(陈正宏)

【作者小传】

刘　侗

(约1594—约1637)　明文学家。字同人，号格庵。湖广麻城(今属湖北)人。崇祯进士。于赴任吴县知县时，死于扬州。其文属竟陵派。文笔峻削奇崛，流于怪僻。曾与于奕正合撰《帝京景物略》，详记北京风物，颇有资料价值。

高梁桥　　刘　侗

水从玉泉来，三十里至桥下，荇尾靡波，鱼头接流。夹岸高柳，丝丝到水。绿树绀宇，酒旗亭台，广亩小池，荫爽交匝。岁清明，桃李当候，岸草遍矣。

都人踏青高梁桥，舆者则褰[①]，骑者则驰，蹇[②]驱、徒步，既有挈携。至则棚席幕青，毡地藉草，骄妓勤优，和剧[③]争巧。厥有扒竿、觔斗、啁喇[④]、筒子、马弹解数、烟火水嬉。

扒竿者，立竿三丈，裸而缘其顶，舒臂按竿，通体空立移时也。受竿以腹，而项手足张，轮转移时也。衔竿，身平横空，如地之伏，手不握，足无垂也。背竿，髁夹之，则合其掌，拜起于空者数也。盖倒身忽下，如飞鸟堕。斛斗者，拳据地，俯而翻，反据，仰翻，翻一再折，至三折也。置圈地上，可指而仆尔，翻则穿一以至乎三，身仅容而圈不动也。叠按焉，去于地七尺，无所据而空翻，从一至三，若旋风之离于地，已则手两圈而舞于空，比卓于地，项膝互挂之，以示其翻空时，身手足尚余闲也。啁喇者，掐拨[⑤]数唱，谐杂以诨焉，鸣哀如诉也。筒子者，三筒在案，诸物械藏，示以空空，发藏满案，有鸽飞，有猴跃焉。已复藏于空，捷耳，非幻也。解数者，马之解二十有四，弹之解二十有四。马之解，人马并而驰，方驰，忽跃而上，立焉，倒卓焉，鬣悬，跃而左右焉，掷鞭忽下，拾而登焉，镫而腹藏焉，鞦[⑥]而尾赘焉：观者岌岌，愁将落而践也。弹之解，丸空二三，及其坠而随弹之，叠碎也。置丸童顶，弹之碎矣，童不知也。踵丸，反身弹之，移踵则碎，人见其碎，不见其移也。两人相弹，丸适中，遇而碎，非遇，是俱伤也。烟火者，鱼、鳖、凫、鹭[⑦]形焉，燃而没且出于溪，屡出则爆，中乃其儿雏。众散，亦没且出，烟焰满溪也。

是日，游人以万计，簇地三四里。浴佛、重午[⑧]游也，亦如之。

〔注〕 ① 褰(qiān)：撩起(衣襟)，形容乘客斜跨轿车车辕时，撩起衣襟，既防衣襟被车轮所污，兼示乘者风度仪态。 ② 蹇(jiǎn)：本义为行动迟缓，这里借喻为疲驴。 ③ 和剧：和，和谐，协调；剧，迅速，激烈。 ④ 啁喇：今作叨唠。 ⑤ 掐：轻按；拨：挑动。此处指以演奏弦乐器来伴唱。 ⑥ 鞦(qiū)：拴在马屁股周围的皮带。这里用作动词，指手握此皮带而把身

子悬于马尾之上。　⑦ 鹥(yī)：即鸥。此处凫鹥连称，暗用《诗经》“凫鹥在泾”句意。　⑧ 浴佛：佛教的节日。佛教徒于农历四月八日释迦生日举行浴礼，以水洗佛像，谓之浴佛。重午：即农历五月五日的端午节。

《帝京景物略》是明末刘侗、于奕正合著的一本考实性作品，记载了北京的山川、人物、园林、风俗等，是一部优美的小品文结集。《高梁桥》一文，描写清明佳节都城人倾城出游的风俗，堪称集良辰、美景、赏心、乐事于咫幅之中的明代《清明上河图》。

清明踏青，以京郊高梁桥为游嬉胜地。此处有水来自玉泉，水藻游鱼，澄澈可见。写藻则用“荇尾靡波”，以动写静，如见水藻在水流冲击下披靡之态。写鱼则用“鱼头接流”，一个“接”字凸显出鱼性喜逆流而游的特点，又暗示鱼群弄波，张口呷呷有声。写树则用“荫爽交匝”，“荫”，描绘出树木的蓊郁；“爽”，写出了树木的参差。而交相掩映于树木中的，则是与绿叶相衬的绀色房屋。生机盎然的沿岸高柳，用“丝丝到水”以见其枝条柔韧漫长；含烟媚态，倾水娇姿，均可想象得之。把一般春日景色，写得如此不落俗套，颇能显示竟陵作家写景特色：喜用短句，以少总多；骈散交错，时见对仗；而用字遣词，均精心锤炼，务期觅到最恰切的词语，因而不避冷僻字词，一以用最少文字，包含最大容量，表现出一种特有境界为指归。

写游人，则写不同阶层人的不同动态：乘者褰之，骑者驰之，蹇者驱之，步者行之；熙熙攘攘，从四面八方涌向高梁桥，等候着那些“骄妓勤优”献演各具特色的高超技艺。

写杂技百戏，宛如丹青妙手，画出一幅幅风俗画来。由于能抓住每一种技艺特点，所以尽管写了六七种技艺，而笔墨绝无一丝雷同。

写扒竿，抓住一个“高”字。不论以手按竿，以腹受竿，以口衔竿，以髁夹竿，莫不在竿顶完成动作。特别是在下竿时，“倒身忽下，如鸟飞堕”，迅捷灵巧，落地无声。

写觔斗，抓住一个“狭”字。圈仅容人，“可指而仆”，艺人于圈中做纵深翻、高空翻，并乘其翻空时，迅取两圈舞于空中，而落地时又挂之于项膝上，从容不迫，好整以暇，令人惊叹。

写刚喇，抓住一个“诨”字。从其“数唱，谐杂以诨”来看，颇像曲艺中的快板或数来宝。

写筒子，抓住一个“捷”字。三筒空空，霎时变有，顷刻变无，手法之快，目不暇接。

写解数，先介绍马戏，抓住一个“惊”字。马跑如惊，而骑手于骏马飞驰中做了跃立马背、倒立马背、左悬右挂、马上拾鞭、镫里藏身、空悬马尾等高难动作，技艺精湛，气势雄武。再介绍弹弓，则抓住一个“险”字。置丸童顶，儿童有被击毙之险；置丸踵上，踵骨有粉碎之险；对面互弹，有两败俱伤之险。而艺高人胆大，履险如夷，可与《庄子》书中的庖丁解牛、匠石运斤相媲美了。

最后写焰火，抓住一个“巧”字。焰火之巧，不在外形而在机关。焰火燃之尽则形爆，凫鹭爆而幼雏出，生生不已之情，变生意外之感，同时由一爆而共生。而游人散去之时，正是焰火连爆之际。硝焰满溪，蔚为壮观，把清明之游推向了高潮。

《高梁桥》是一篇记习俗的小文。作者认为闾里习俗，今昔殊异，记载下来，可供采风者深思。今日读来，明代之高梁桥真堪与唐代之曲江，宋代之汴河前后辉映。文中虽无杜子美之讥讽丽人，孟元老之哀思故国，而无信不征，事必实之，是一幅既形象又真实的晚明春游图。（关代濳）

温　泉　　　刘　侗

西堂村而北，曰画眉山。产石，墨色，浮质而腻理，入金宫为眉石，亦曰黛石也。山北十里，平畴良苗，温泉出焉。泉如汤未至沸时，甃而为池，以待浴者。泉虽温乎，其出，能藻、能虫鱼；禾黍早成，早于他之秋再旬；林后凋，草色久驻，晚于他之秋再旬。资泉之民，无苦疡躄①。泉前数武，有碧霞②殿，单楹板扉。泉而东六十里，大汤山，又一温泉。再东三里，小汤山，又一温泉。

〔注〕①疡躄（yáng bì）：足有恶性脓疮而行动不便。　②碧霞：碧霞元君的简称。相传为泰山女神，宋以后各地多建祠供奉。

一篇一百多字的短文，直接写温泉的部分仅五句，不足七十字，却从不同角度，把温泉写得面面俱到，以短见长，堪称妙笔。

按游踪，先描绘温泉所在的地理位置和环境：位于眉山之北，从山上迤逦而下，行十里，地势就豁然开朗，展现出一个“平畴良苗”的怡人境界，在此胜境中见到汩汩涌出的温泉，游人欣喜之情，自不难想象。

温泉之温，用模糊语言“泉如汤未至沸时”表达之，其炙手可知。而当其流出，不因其温而绝生物，水藻从生，鱼虫泳跃，却是一派生机。更可喜的是温泉能使当地庄稼早熟二十天，而林木百草又晚凋于其他地方二十天，可谓得天独厚了。此外,凭借这股清泉,甃池入浴,则人无疡躄之苦,温泉之于人,真是太优渥了。

写短文最忌"穿靴戴帽",此文兼而有之,却得映衬之妙。写泉之前,先写眉山黛石可以描眉,金朝宫人用此化妆,牵连写来,既存历史故实,又增行文情致。写泉之后,又写佛殿。碧霞女神,竟取龙王而代之,当地居民好恶之不同流俗,也颇值特书一笔。最后用"泉而东六十里,大汤山,又一温泉。再东三里,小汤山,又一温泉"作结,句式笨拙重复,初读有蛇足之嫌,而细细玩味,就会发现拙中见巧:作者既对当地温泉有无限深情;那么"又一温泉""又一温泉"不正是表现他惊叹温泉资源之丰富,流露出喜悦之情吗?

小品之妙,在婉约而有意境,此文则兼得之。山行之后,忽现"平畴";胸襟为之一畅;处处葱葱茏茏,"良苗"覆垅,心情又为之一喜。"平畴良苗"显然是从陶诗"平畴交远风,良苗亦怀新"约取而来。所取不仅其文字,更取其田园境界,此间妙境就颇可和陶翁笔下的诗境比美了。燕地霜早,稼禾常遭其害,而此地有温泉之利,禾黍早熟,年成大有,富庶可知;树木花草他处凋零,此处仍苍翠独秀;岂非仙境!非但如此,入浴于泉,人无疡躄之苦,足见物阜、年丰、人寿,一派熙熙然、陶陶然景象。所以如此,全在于泉。泉可饮,可濯,可疗,可饲,可育万物。有泉如此,有境如此,读之兴驱车往游之意也就不足为怪了。　(关代澂)

雀儿庵　　刘侗

雀儿庵,在潭柘①后山五里。在千峰万峰中,在四时树色、四时虫鸟声中。庵,方丈耳!一灯满光,一香满烟。然佛容龛,容供几;僧容席、容榻、容厨;客来,客坐庵矣。山田给粥饭,叶给汤饮,蔬果给糗饵②,庵③矣。庵名雀儿者:金章宗④幸此,弹雀,弹往雀下,发百不虚。盖山无人,雀无机,树有响,弦无声也。章宗喜,即行幄⑤庵之,曰雀儿。后方僧来往,未悉本所名义,以臆造佛母孔雀明王佛像。又后僧曰:明王佛修行处。或又曰:显化处也。今者,僧确然对客曰:孔雀庵也,雀儿名为当更。而人呼雀儿庵如初。

〔注〕 ① 潭柘,山名,在北京市西,为西山支脉,以潭柘寺闻名。 ② 糗饵(qiǔ ěr):糗,干粮;饵,糕点。此处泛指正餐以外的瓜果等食品。 ③ 庵:使动用法,意为建庵。 ④ 金章宗:名完颜璟,1190—1208年在位。 ⑤ 行幄:皇帝外出临时驻跸的帐篷。

位于潭柘山后五里的雀儿庵,是个幽静的小庵,又是因其命名争论不休的名庵。作者拈出"幽""小""名"三字，写出了雀儿庵的特点。

一写"幽"。层峦叠嶂，万山环绕，可见其境之深；杂树千章，松柏万株，四时着绿，可见其境之幽；虫鸟长鸣，四时不断，因声以见其境之静。非但表现出一种幽深静谧的境界，也勾勒出一幅图景。惜墨如金，简洁可喜。

二写"小"。"方丈耳"三字本已写足"小"，作者又从灯光的亮度("一灯满光")、香烟的弥漫("一香满烟")描叙，角度新，富形象感。庵虽小，对佛来说，可以放佛龛、放供桌；对僧来说，可以放席、放床，又可放橱柜。小中见大，更见慧思。而当客人来了，就只有客人坐的地方了。这样就又由小中之大回到大中之小来了。庵小明其体，庵大明其用。小大由之，真可谓左右逢源了。

三写"名"。庵以雀儿名，本因金章宗于此地弹雀得名。与佛教毫不相涉。佛教戒杀，而此庵因杀而建、因杀得名，但由于此地"山田给粥饭，叶给汤饮，蔬果给糗饵"，僧人便据有此庵，硬把雀儿当孔雀，胡说什么此庵是佛祖修行处，无法自圆其说，又改成说是佛祖显化处。衣钵相传，到现在僧人就公然叫它做"孔雀庵"，对于这种胡拉硬扯，人们当然不予理睬，仍然叫他雀儿庵！这难道不是对僧人意味深长的嘲讽吗？

一篇不满二百字的小品，把一小庵，写得有声有色。在谋篇上，采用纵横交错手法，横写小庵周围环境，以见其幽静、富饶；纵写建庵经过及建成后僧人盘踞的丑行，以见僧人之既狡狯又无知。纵横交错，既富形象美又有历史感。在遣词造句上，既求凝练简约，更能简中见繁，不避重复。写庵屡出"容"字，写景于寥寥十七字中竟有五字重出，真是繁所当繁，简所当简，以此来追求其"幽深孤峭"的风格。在写作态度上，作者虽一再强调"不褒不讥"，但行文所至，皮里阳秋不时可见：如对章宗弹技之"发百不虚"，绝不作一句颂圣语，而以"山无人，雀无机，树有响，弦无声"这样平实的叙述显出章宗的弹法不过如此而已。对僧人强拉硬扯，造谣生非，拼命企图改变庵名，以达其指佛穿衣、赖佛吃饭的目的，更不加任何评论，只在僧人提出"雀儿名为当更"后，继以"而人呼雀儿庵如初"，何其冷隽乃尔！这就是作者所说的褒讥当于"言外得之"吧？ （关代溦）

吏部古藤 刘 侗

吴文定公[①]手所植藤，在吏部右堂。质本蔓生，而出土便已干直。其引蔓也，无弹委[②]之意，纵送千尺，折旋[③]一区，方严[④]好古，如植者之所为人。方夏而花，贯珠络璎[⑤]，每一鬣[⑥]一串，下垂碧叶阴中，端端向人。蕊则豆花，色则茄花，紫光一庭中，穆穆闲闲⑦，藤不追琢而体裁⑧，花若简淡而隽永，又如王文恪⑨之称公文也。公植藤时，维弘治六年⑩，距今几二百年矣。望公逾高以遐，而藤逾深芜。莆田方公兴邦⑪有《古藤记》，刻石藤下。又仁和郎公瑛⑫、秀水李公日华⑬所记礼部仪制司，有优钵罗花⑭焉，金莲花也，开必自四月八日，至冬而实，如鬼莲蓬，脱去其衣，中金色佛一尊者，核也。花不知何人植之，而奇以其花。今其种不存，亦不更传。然唐岑嘉州⑮有《优钵罗花歌》，则是花东渡久矣。吏部司厅亦藤，无奇者，重以其人。文定诸所服用，砚石、一竹冠、一竹杖，人间传宝之。士尚介尚玄⑯者，或记，或铭之。

〔注〕 ① 吴文定公：即明代名臣、诗人、散文家吴宽(1435—1504)，字原博，号匏庵、玉亭主，长洲(今江苏苏州)人。明宪宗成化八年(1472)状元，弘治八年(1496)为吏部侍郎，卒赠太子太保，谥号“文定”。 ② 亸(duǒ)委：盘曲下垂貌。 ③ 折(shé)旋：曲折盘旋。 ④ 方严：方正严肃。 ⑤ 络璎：古代一种用珠玉穿成串、戴在颈项上的装饰品。 ⑥ 鬣(liè)：扫帚的末端。此处指古藤下垂的花冠。 ⑦ 穆穆：柔和的样子。闲闲：从容悠闲的样子。 ⑧ 追琢：雕刻。体裁：有风度姿态。 ⑨ 王文恪：王鏊(1450—1524)，明代名臣，文学家，吴县(今江苏苏州)人，谥文恪，学者称震泽先生。 ⑩ 弘治六年：明孝宗弘治六年，公元1493年。 ⑪ 莆田方公兴邦：福建莆田人方兴邦，字懋藩，嘉靖十九年(1540)举人。 ⑫ 仁和郎公瑛：浙江仁和(今杭州)人郎瑛(1487—1566)，广览博识，著有《七修类稿》。 ⑬ 秀水李公日华：浙江秀水(今嘉兴)文人李日华(1565—1635)，字君实，万历年间进士，官至太仆寺少卿。生性淡泊，和易安雅，工书画，精鉴赏，世称博物君子。 ⑭ 优钵罗花：植物名，梵语，又译为乌钵罗、沤钵罗、优钵剌。即青莲花，多产于天竺，其花香洁。 ⑮ 岑嘉州：唐代诗人岑参，官至嘉州刺史。 ⑯ 尚介尚玄：尊尚耿介，向往玄远。

《吏部古藤》先是通过写古藤来颂扬吴宽的为人，再通过古藤与优钵罗花的对比，来阐明古藤被世人推重是因为“重以其人”的道理。

刘侗首先是以直写来赞吴宽人品与文品之高。本文不需细读，就直觉是在以藤写人，不仅是它明显地运用了象征的手法，采用古代文学传统的借物喻人、托物言志的写作方式，而且在于作者直接采用了很多拟写人物的词句。如写古藤，出土便已“干直”，让读者想到人的“干练正直”；写藤条本来有送千尺的枝蔓，可以高调展现自己的风姿，但是它却曲折盘旋在一处，“方严好古”，想到人性格的“方正内敛”，不流于时俗；古藤开的花朵不仅像女子佩戴的一串珍珠美玉，更是在绿荫中“端端向人”，庄重典雅；花蕊呈紫光，“穆穆闲闲”，美好柔和，从容悠闲。不仅如此，作者还在写藤条“方严好古”后接“如植者之为人”，直接说明自己明是写物明也是写人的意图。在总结古藤的藤条与花朵的特性时，以“藤不追琢而体裁，花若简淡而隽永”来说“又如王文恪之称公文也”，直接说明王鏊称赞吴宽的文章时就是类似的评价，就像古藤一样质朴自然、不事雕琢，像紫藤花一样简朴淡泊、意味深长。王鏊与吴宽“生同乡，仕同朝，相知最深最久”，又都是一代文章大家，王鏊对吴宽文章的评价自然会很中肯。作者刘侗又发现此评价与吴宽手植紫藤的特性一致，道德文章高度统一。这些直白的叙述与比拟，把作者对吴宽为人为文的推重与崇敬，也是表现得质朴自然，不假修饰。这种尊重因睹物思人、人亡藤在而转化成绵绵的追思之情，“望公逾高以遐，而藤逾深芜”。

然后再以“不奇”与“奇”对比，来阐明道理。文章在写完古藤的特点之后，特别提到了吏部右堂曾经栽种过的奇花——优钵罗花，以之对比。金莲花作为佛教中的花，其一奇在“开必自四月八日”的佛诞节，于释迦牟尼的诞辰日开放；其二奇在其核如“金色佛一尊”。但是这样神奇的花没有传下来，通过强调吏部右堂所植紫藤不过就是普通的紫藤，没有什么奇处，来对比“不知何人植之”的奇花，也不像古藤被后来诸多“尚介尚玄者，或记，或铭之”。说明“奇以其花”本身并不能让奇特的金莲花被人推重，而“重以其人”才是普通的古藤被推重的根本，即根本原因是栽植者吴宽的人品与文品之高而被推重，并以吴宽所用的物品“砚石、一竹冠、一竹杖”被“人间传宝”作为证据来证明自己得出的结论。

《吏部古藤》选自刘侗、于奕正合著的《帝京景物略》，该书详细记载了明代北京风物，两人分工明确，于奕正负责收集资料，刘侗负责文字，因此一书体现的是刘侗的风格特色。刘侗，湖北麻城人，与竟陵派首领谭元春是同乡，被视为竟陵派。竟陵派追求幽深孤峭的风格，文笔冷峻尖新。以此与本文比较，竟不似竟陵派文风，而体现出质朴自然、直白流畅、意味深长之特点。 （袁　茹）

【作者小传】

魏学洢

(1596—1625)　明散文家。字子敬。浙江嘉善人。诸生。其父魏大中因弹劾魏忠贤而被捕入狱，死于狱中。他受阉党威逼悲愤致死。善为文。著有《茅檐集》。

核　舟　记

魏学洢

明有奇巧人曰王叔远，能以径寸之木，为宫室、器皿、人物，以至鸟兽、木石，罔不因势象形，各具情态。尝贻余核舟一，盖大苏泛赤壁云。

舟首尾长约八分有奇，高可二黍许。中轩敞者为舱，箬篷覆之。旁开小窗，左右各四，共八扇。启窗而观，雕栏相望焉。闭之，则右刻“山高月小，水落石出”，左刻“清风徐来，水波不兴”，石青糁之①。

船头坐三人，中峨冠而多髯者为东坡，佛印居右，鲁直居左。苏黄共阅一手卷②。东坡右手执卷端，左手抚鲁直背。鲁直左手执卷末，右手指卷，如有所语。东坡现右足，鲁直现左足，各微侧，其两膝相比者，各隐卷底衣褶中。佛印绝类弥勒，袒胸露乳，矫首昂视，神情与苏黄不属。卧右膝，诎右臂支船，而竖其左膝，左臂挂念珠倚之，珠可历历数也。

舟尾横卧一楫。楫左右舟子各一人。居右者椎髻仰面，左手倚一衡木，右手攀右趾，若啸呼状。居左者右手执蒲扇，左手抚炉，炉上有壶，其人视端容寂，若听茶声然。

其船背稍夷，则题名其上，文曰“天启壬戌秋日，虞山王毅叔远甫刻”，细若蚊足，钩画了了，其色墨。又用篆章一，文曰“初平山人”，其色丹。

通计一舟，为人五；为窗八；为箬篷，为楫，为炉，为壶，为手卷，为念珠各一；对联题名并篆文，为字共三十有四。而计其长曾不盈寸。盖简③桃核修狭者为之。

魏子详瞩既毕，诧曰：嘻，技亦灵怪矣哉！《庄》《列》④所载，称惊犹鬼神者良多，然谁有游削于不寸之质，而须麋⑤瞭然者？假有人焉，举我言以复于我，亦必疑其诳。今乃亲睹之。繇⑥是以观，棘刺之端⑦，未必不可为母猴也。嘻，技亦灵怪矣哉！

〔注〕 ① 石青糁(sǎn)之：用青绿色颜料涂在所刻字上。 ② 手卷：只供阅读，不能悬挂的书画长卷。 ③ 简：同“拣”。 ④《庄》《列》：指《庄子》与《列子》。 ⑤ 须麋：同“须眉”。 ⑥ 繇：同“由”。 ⑦“棘刺”句：战国时有宋人在燕王面前夸说能在棘刺的尖端雕刻母猴。见《韩非子·外储说左上》。

我国古代诗文中有不少描写绘画、雕刻、音乐等艺术的作品。在某种意义上说，这是不同艺术语言的移译，是艺术表现手法的改换。它们的成功决定于两个方面，一是被描写的艺术品本身必须是精美的，二是作家的描摹必须是出色的，两者缺一不可。这篇《核舟记》是描写微雕工艺的，它之所以成为脍炙人口的作品，就来自这两个方面。

作者所见到的这只核舟无疑是精美绝伦的：一是构思的匠心独运，二是刀法的精细娴熟。它刻的是苏东坡泛舟赤壁，这是实有其事的。东坡泛赤壁共有两次，均在元丰五年(1082)，一次在七月，一次在十月，有苏轼自己写的前后《赤壁赋》可稽。雕刻家就在核舟上刻着这两篇赋中的名句，一是后赋中的"山高月小，水落石出"；一是前赋中的"清风徐来，水波不兴"。其用意就在于借二赋中的写景名句，标示泛舟时的景色特点。仅从这一点就可显示其构思上的创造性。更为别出心裁的是在同游人的安排上。大苏的两次泛赤壁，同游人均为不知姓名的一般士人，而核舟的船头上与东坡同坐的居然是黄庭坚与佛印二人。这自然与事实不符，黄庭坚此时远在江西泰和任知县，佛印也远在杭州的寺庙，或扬州自己的庄园，不可能同一时间跑到苏轼的贬地黄州来凑热闹。雕刻家之所以要把他们拉在一起，是因为泛赤壁的船及船上的人物器件再细微也可雕刻，唯独其题蕴，其境界，不好直接表现，像苏轼泛舟时那种不以贬谪为事的豁达胸怀，及其对宇宙、自然、人生、自我所作的哲理性的思考，则不是用刀子刻得出来的，只能从同游人的身份与关系上作某种暗示。苏轼与黄庭坚是半师半友，志同道合，仕途上有着共同的命运；而佛印又是苏轼的知己僧友，浪漫机智，常以其幽默的言谈给东坡以某种启示和欢愉。苏轼若与他们在一起游览，必然既可得到劝勉与安慰，也能够比较超脱地看待眼前变幻不定的政治风云。如此，那泛舟赤壁的深层意蕴就庶几乎可以表露出来了。

此文不是评论文章，当然不能把雕刻家的这种构思上的匠心独运当作描述重点，它的笔墨主要放在描述核舟的精细奇巧上。而微雕工艺是否精巧就在于看它是否以最小的体积表现了最丰富的内容，此文也就是在这个体积与容量的反差上大做文章。

前面交代"舟首尾长八分有奇，高可二黍许"，后面又再次提到"计其长曾不盈寸"，就是极言其船体之小。中间从船舱、船头、船尾、船背四部分作详细描述，就是为了说明其容量之大。对这四部分的描述也各有所侧重，凡没有人物的部分着重记叙其所刻东西之多。如船舱部分，不仅记其上有箬篷，外有雕栏，旁有八个小窗，还能记下这八扇小窗能启能闭，闭上窗门，还能见左右窗门上各刻有八个字，涂有石青，了了可辨。仅有黍粒大的船舱里能刻下这么多东西，自然精巧之至了。凡刻有人的部分则着力描述人物的姿势情态。船头坐着的苏、黄、佛印的姿态与神情有离有合，苏、黄共阅一手卷，相依相靠，会心会意，可见出其志趣爱好的相同。佛印却是袒胸露乳，矫首昂视，对于苏黄手中的手卷不屑一顾，漠然傲然。舟尾两个舟子，一个倚横木攀脚趾，仰面啸呼；一个聚精会神地烧茶，为船头的游客服务，都那么活灵活现。一个长不盈寸的核舟上，居然刻有分为两组的五个人物形象，而且都是如此栩栩如生，呼之欲出，其技艺之精湛无比自不待言。

以上是对核舟的集中描摹，也是文章的核心。为了加强这种描摹效果，作者又在开头对这位微雕艺术家作了一个简括的介绍，在结尾部分又发了一通感慨，大赞其如有神助，堪称灵怪。这样一来，这篇短文的价值就不仅在于神奇地再现了这件微雕工艺品的艺术魅力，就自身的结构来说，也是条理清晰，层次井然，小巧玲珑，足资赏爱的。

（谢楚发）

【作者小传】

张 岱

(1597—1679) 明文学家。字宗子，又字石公，号陶庵。山阴（今浙江绍兴）人，侨寓杭州。清兵南下，入山著书。通晓音乐、戏剧，尤以散文著称。文笔清新峭拔，时杂诙谐风趣。作品多写山水景物、日常琐事，时时流露明亡后怀旧感伤情绪。著有《琅嬛文集》《陶庵梦忆》《西湖梦寻》等。又有《石匮书》（现存《石匮书后集》），记载崇祯至南明史事。

陶庵梦忆序

张 岱

陶庵国破家亡，无所归止。披发入山，駴駴[1]为野人。故旧见之，如毒药猛兽，愕望不敢与接。作《自挽诗》，每欲引决，因《石匮书》未成，尚视息人世。然瓶粟屡罄，不能举火。始知首阳二老[2]，直头[3]饿死，不食周粟，还是后人妆点语也。

因思昔人生长王谢，颇事豪华，今日罹此果报：以笠报颅，以蒉[4]报踵，仇[5]簪履也；以衲报裘，以苎报絺[6]，仇轻暖也；以藿[7]报肉，以粝报粻[8]，仇甘旨也；以荐[9]报床，以石报枕，仇温柔也；以绳报枢，以瓮报牖，仇爽垲[10]也；以烟报目，以粪报鼻，仇香艳也；以途报足，以囊报肩，仇舆从也。种种罪案，从种种果报中见之。

鸡鸣枕上，夜气方回。因想余生平，繁华靡丽，过眼皆空，五十年来，总成一梦。今为黍熟黄粱[11]，车旅蚁穴[12]，当作如何消受？遥思往事，忆即书之，持向佛前，一一忏悔。不次岁月，异年谱也；不分门类，别《志林》也。偶拈一则，如游旧径，如见故人，城郭人民[13]，翻用自喜。真所谓痴人前不得说梦矣。

昔有西陵脚夫，为人担酒，失足破其瓮。念无以偿，痴坐伫想曰："得是梦便好！"一寒士乡试中式，方赴鹿鸣宴[14]，恍然犹意未真，自啮其臂曰："莫是梦否？"一梦耳，惟恐其非梦，又惟恐其是梦，其为痴人则一也。余今大梦将寤，犹事雕虫，又是一番梦呓。因叹慧业文人[15]，名心[16]难化，政如邯郸梦断，漏尽钟鸣，卢生遗表，犹思摹榻二王，以流传后世[17]。则其名根[18]一点，坚固如佛家舍利，劫火猛烈，犹烧之不失也。

〔注〕 ① 骇(hài)骇：可怕的样子。 ② 首阳二老：指殷周之际的隐士伯夷、叔齐。 ③ 直头：实在。 ④ 蒉(kuì)：草鞋。 ⑤ 仇：相配、相对的意思。 ⑥ 苎、絺：苎指麻布，絺指细葛布。 ⑦ 藿：豆叶。 ⑧ 粝(lì)、粻(zhāng)：粝是粗米，粻是精米。 ⑨ 荐：草垫。 ⑩ 爽垲(kǎi)：明亮、高燥的地方。 ⑪ 黍熟黄粱：用卢生黄粱一梦之典，见唐·沈既济《枕中记》。 ⑫ 车旅蚁穴：用淳于棼梦游大槐安国，醒而乃知大槐安国为一蚁穴之典，见唐人李公佐《南柯太守传》。 ⑬ 城郭人民：用丁令威之典为"城郭如故人民非"之意。《搜神后记》载，汉丁令威学道成仙，后化鹤归辽，徘徊空中曰："有鸟有鸟丁令威，去家千年今始归。城郭如故人民非，何不学仙冢累累。" ⑭ 鹿鸣宴：明清时乡试揭晓，例宴主考以下各官及新进举人，称之为鹿鸣宴。 ⑮ 慧业文人：有智慧的文人。 ⑯ 名心：好名之心。 ⑰ 邯郸梦断……以流传后世：卢生希望将其摹榻的王羲之、献之父子书法流传后世一事，亦见沈既济《枕中记》。 ⑱ 名根：佛家以能派生者为根，"名"能使人产生种种情感、行为，故称"名根"。

因果报应是佛教自天竺传入中土以后影响华夏士民最深的观念之一，低阶层的信佛的普通百姓将之视为不可抗拒的自然规律，有文化而不甚信佛的士大夫则把它当作一种解释身处困境的思想工具；前者可以今天一般传统观念较深的市民的一句口头禅为证："真是前世作孽！"后者则可举上面的这篇《〈陶庵梦忆〉序》为例。

陶庵老人张岱生当明清社会大变动之际，由贵族公子而沦为山间"野人"，由鲜衣美食而降为衲苎粗粝，此种转换无足够的准备期，突然发生，因此要对之作一种心平气和的理性认同，在张岱几乎是不可能的。他只能在出世的佛教理论寻找依据，用佛教的因果报应思想把他以前的所有物质享受与精神欢愉都视为是“恶”的罪过，从而勉勉强强地在逻辑上接受那现实的与昔日豪华风流生活完全异趣的孤寂贫寒的生活。

但是在感情的层面上，无论是作为明遗民的张岱，还是历史学家的张岱，抑或是晚明小品文大家的张岱，都无法接受并且认同那种天荒地老般的突变。朱明王朝对张岱来说并不是一套抽象的制度，甚至也不是一种可以感知而不可触摸的汉族意识，而是非常实在的“湖心亭看雪”“西湖七月半”赏月以及兰雪茶、目连戏等风雅的享受，正因为在明代有这些说不尽数不完的风雅享受，而一入满清他又失去了它们，所以张岱才那么执着地做明遗民，撰晚明史，写那记录昔日繁华与风雅的小品文集——《陶庵梦忆》。

如此一来，被张岱安排在《陶庵梦忆》序里的那种因果报应思想，与其说是在为自己解释，平衡自我的心理，倒不如说是在向读者作一种似是而非的解说，以换取普通人的理解与同情了。只是作者自己实在不甘心认同那突如其来的失落，因而情愿再降低一格，自称是说梦的“痴人”；非得说说那难以忘却的绮丽的昔日不可；到末了，他干脆扯下了那似乎崇佛的面具，公然宣称“慧业文人，名心难化”，“名根一点，坚固如佛家舍利，劫火猛烈，犹烧之不失”，这哪里还是在把昔日的“罪过”“持向佛前，一一忏悔”，简直是热烈地拥抱那名为“罪案”的昔日风流，而与释迦牟尼开玩笑了。

张岱的文章有这样的结尾其实是不奇怪的。包括张岱在内的一大批经受过晚明个性解放思潮洗礼的文人士大夫都喜欢谈禅说佛，但他们心目中的佛与佛的理论，都仅仅是一种思想工具，而不是一种古板的信仰。既然是工具，那么只要好使就行了，因此有时也不妨反其道而行之——比如张岱的肯定“名根”，就是从佛家的断“名根”而来的；在张岱看来，包含着种种行为、感情的“名根”背后既然有着那么多值得怀恋的幸福与快乐，而这些幸福与快乐又一去不复返了，那么“名根”难断，也是理所当然的。

（陈正宏）

西湖梦寻序　　张　岱

余生不辰，阔别西湖二十八载，然西湖无日不入吾梦中，而梦中之西湖，实未尝一日别余也。前甲午丁酉，两至西湖，如涌金门商氏之楼外楼、祁氏之偶居、钱氏余氏之别墅及余家之寄园，一带湖庄，仅存瓦砾，则是余梦中所有者，反为西湖所无。及至断桥一望，凡昔日之弱柳夭桃、歌楼舞榭，如洪水湮没，百不存一矣。余乃急急走避，谓余为西湖而来，今所见若此，反不若保吾梦中之西湖，尚得完全无恙也。因想余梦与李供奉[①]异：供奉之梦天姥也，如神女名姝，梦所未见，其梦也幻；余之梦西湖也，如家园眷属，梦所故有，其梦也真。今余僦居他氏已二十三载，梦中犹在故居；旧役小傒，今已白头，梦中仍是总角。夙习未除，故态难脱，而今而后，余但向蝶庵岑寂，蘧榻[②]于徐，惟吾旧梦是保，一派西湖景色犹端然未动也。儿曹诘问，偶为言之，总是梦中说梦，非魇即呓也，因作《梦寻》七十二则，留之后世，以作西湖之影。余犹山中人归自海上，盛称海错之类，乡人竟来共舐其眼。嗟嗟！金齑[③]瑶柱，过舌即空，则舐眼亦何救其馋哉！岁辛亥七月既望，古剑蝶庵老人张岱题。

〔注〕 ① 李供奉：即唐代大诗人李白，李白曾任翰林供奉，写有《梦游天姥吟留别》一诗。 ② 蘧（qú）榻：即蘧蒢之榻；蘧蒢，用苇或竹编的粗席。 ③ 金齑（jī）：切成细末的精美食物。

二十八年对一个人来说不是一段很短的岁月，春去秋来，大浪淘沙，悠悠的二十八载足以使人忘却许多事情，获取无数由新变旧的感知。然而，当康熙十年（1671）秋天张岱为他的小品集《西湖梦寻》写这篇序文时，他对二十八年以前自己在杭州西湖的一切却记忆犹新，这种记忆甚至使他力图要从脑海里赶走顺治年间他两赴杭州时所得的片段印象，即便自知那一切都已成泡影也在所不惜。

这是为什么呢？我们首先不妨翻一翻历史。康熙十年上推二十八载，当明崇祯十六年（1643）。那一年是明朝末代皇帝的最末一个整年，次年（1644）三月李自成军便攻进了北京城，又次年（1645）六月清兵进入了杭州府。以崇祯十六年为界，如果依照旧时代的正统观念，张岱便是两朝臣民。这两朝臣民做起来并不舒服，张岱在明王朝行将毁灭之际离开杭州，入山隐居，便说明他内心的痛苦是不小的，而有了这种做两朝臣民的经历，再来回顾那和平天子下的平静生活，记忆犹新也就可以理解了。

但二十八年以前张岱在杭州西湖的生活又远不止是平静，而是轻松、风流与得意。看他以自己二十八年前在杭州的生活为背景的《西湖梦寻》一书，那其中对西湖名胜如数家珍般的详尽记录，对六桥烟柳情丝难断的回忆，对风流前辈所作湖山诗文一唱三叹式的咏诵，无不生动地展示出他昔日吟风弄月、徜徉山水的公子哥儿生活真相。这种充满了欢乐的生活与张岱后来入山隐居、布衣疏食的艰难岁月反差太强烈了，这就无怪乎他在事实上已经失去了公子哥儿生活之后，还要力图在非现实的梦中保留那种生活的幻影了。

在这样的情形下，打破幻影无疑是残酷的。因此当顺治十一年(1654)、十四年(1657)张岱两度回杭州，看到鼎革以后的西湖"一带湖庄，仅存瓦砾"，"昔日之弱柳夭桃、歌楼舞榭，如洪水湮没，百不存一"时，他无法像同时代的大画家陈洪绶那样正视现实，含着满腔的悲愤写下"外六桥头杨柳尽，里六桥头树亦稀。真实湖山今始见，老迟行过更依依"的诗句，而只能逃避，去"保吾梦中之西湖"。但谁都看得出，张岱此时的那个梦，已非全梦，而是一个残梦，因为他是在有意造作自己的梦，而不是真的在熟睡中做一个甜美的梦。也许这一点张岱自己也清楚，在序文的最后，他不也说"金虀瑶柱，过舌即空，则舐眼亦何救其馋"么？这话虽是就读者而言的，然而作为一个圆梦者，那讲的情形不也正切合他自己么？

张岱的小品文是写得极为漂亮的，这篇序文也是如此，为《西湖梦寻》作序，句句不离"梦"字，真梦、假梦、梦中说梦，起承转合，颇有章法。但是透过这众多个"梦"字，读者诸君，你们或许还感觉到了作者隐含在回忆与梦幻中的那一丝真切的悲凉，那一种抹不掉的无奈罢。

（陈正宏）

跋徐青藤[1]小品画　　　　张　岱

唐太宗曰："人言魏征倔强，朕视之更觉妩媚耳[2]。"倔强之与妩媚，天壤不同，太宗合而言之，余蓄疑颇久。今见青藤诸画，离奇超脱，苍劲中姿媚跃出，与其书法奇崛略同。太宗之言，为不妄矣。故昔人谓摩诘[3]之诗，诗中有画；摩诘之画，画中有诗。余亦谓青藤之书，书中有画；青藤之画，画中有书。

〔注〕 ① 徐青藤：明文学家、书画家徐渭，自号青藤道士。 ② 魏征：唐太宗时大臣，以能犯颜直谏著称。他对太宗进谏，每每执拗到底，不肯让步。太宗曾说："人言魏征举动疏慢，我但觉妩媚。" ③ 摩诘：唐代诗人王维的字。

说魏征的倔强中有妩媚，粗看起来，似乎不大可能，但现实生活中恰恰有这种矛盾的统一。《水浒》中的鲁智深是何等鲁莽粗豪的人物，但他打死"镇关西"

后搭救金氏父女，以及救护被充军的林冲等一系列行动中，所表现的思虑周密、细心熨帖，却又使人觉得这关西大汉是何等的妩媚！

既然现实生活中存在这种情况，那么，来源于现实生活的文学艺术，同样有此现象，自是必然的事。比如苏轼提出的“端庄杂流丽，刚健含婀娜”的艺术境界，尽管只是就书法而言，其实也相通于诗文的。李白的五七言律诗便是“工丽中别有一种英爽之气”（赵翼《瓯北诗话》卷一）。清代诗人宋湘《说诗八首》之一，也指出文章中有这种例子。诗云：“文章绝妙有丘迟，一纸书中百首诗。正在将军旗鼓处，忽然花杂草长时。”说的是南北朝时丘迟《与陈伯之书》中的一段。那信中的“暮春三月，江南草长，杂花生树，群莺乱飞”几句，写的是非常绮丽的景象，可是紧接下来是“见故国之旗鼓，感平生于畴昔，抚弦登陴，岂不怆恨？”几句，则又是何等英雄悲慨！张岱在本文中评价徐渭的画于“苍劲中姿媚跃出”，则诗文之外，绘画艺术也同样存在这种风格了。

（黄国声）

自题小像　　张　岱

功名耶落空，富贵耶如梦。忠臣耶怕痛，锄头耶怕重，著书二十年耶而仅堪覆瓮①。之人耶有用没用？

〔注〕 ① 覆瓮：原作覆瓿。比喻著作毫无价值，只可以作盖酱罐用，多用为谦辞。语出《汉书·扬雄传·赞》。据载刘歆看了扬雄的《太玄经》《法言》后，对他说：“空自苦！今学者有禄利，然尚不能明《易》，又如《玄》何？吾恐后人用覆瓿也。”

诗人自咏，犹如画家自画，不贵传其形，而贵传其神。如能笔少意多，出之幽默，那就更能令观者神飞色舞，为之拍案，为之倾倒。

历来自画其像者，旨趣大不相同。有人遮其丑而显其美，隐其恶而扬其善；有人则反其道而行之，不以露己之丑为羞，不以揭己之恶为辱。

元代戏曲家关汉卿曾自谓劣迹不改：“除是阎王亲自唤，神鬼自来勾，三魂归地府，七魄丧冥幽，天哪，那其间才不向烟花路儿上走！”（《一枝花·不伏老》套曲）但谁能说他是一个存心死在烟花路上的恶人？戏曲家钟嗣成曾自画外貌之丑：“争奈灰容土貌、缺齿重颏，更兼着细眼单眉，人中短、髭鬓稀稀。……有一日黄榜招收丑陋的，准拟夺魁。”（《一枝花·自序丑斋》套曲）谁又能说他是一个鄙陋不堪的丑人？

张岱的《自题小像》，与关、钟的自我写照颇有同工之妙。其特色同样是极尽自我嘲讽之能事，但戏而不谑，字里行间的那种愤懑不平之气宛然可见，是一首末世文人无可奈何的感叹调。

《自题小像》六句话虽句句是戏语，却也句句是实。他少年灵隽，人皆以为他可在功名路上步入青云，结果在举业上却一事无成。此即“功名耶落空”。他出生在一个累世通显的官宦之家，少时即为豪贵公子，过了四十多年的繁华生活，结果国破家亡，避迹山居。他曾自谓“繁华靡丽，过眼皆空，五十年来，总成一梦”（《陶庵梦忆·自序》）。此即“富贵耶如梦”。

在清兵南下时，明代许多人士勠力抗清，以身殉国。如张岱的同乡人祁彪佳在1645年清军破山阴时即投水自尽，忠烈可歌。张岱是尊敬忠臣义士的，他曾说过：“忠臣义士多见于国破家亡之际，如敲石出火，一闪即灭，人主不急起收之，则火种绝矣。”（《琅嬛文集·绝越诗小序》）那么他自己为什么不像祁彪佳那样献身成仁呢？他曾说：“因《石匮书》未成，尚视息人世。”（《陶庵梦忆·自序》）这里说是因为怕赴死的苦痛，这自然是一种解嘲式的自我解剖。至于不耐艰苦而不能务农，则是封建社会文人的一种通病，张岱也不能例外。这就凝成了这样两句话：“忠臣耶怕痛，锄头耶怕重。”他在明亡后又花二十多年时间，完成了明史巨著《石匮书》，藏之名山，故有“著书二十年耶而仅堪覆瓮”之嘲。

“之人耶有用没用？”一句结语，由谐入庄，让满腔悲愤在控诉式的反语中一吐为快，写尽平生感叹遗恨。

李贽曾作一篇《自赞》，写尽自己的坏处，称自己行事乖僻不近人情，“其性褊急，其色矜高，其词鄙俗，其心狂痴，其行率易”，结果令乡人皆恶之。他所“赞”者，不是自己的与人为善，而是自己的与人为恶，显然都是反语。

徐渭写过两篇《自书小像》，对自己的形貌加以嘲弄，如说“龙耶猪耶？鹤耶凫耶？蝶栩栩耶？周蘧蘧耶？畴知其初耶？”等，通篇透露出一种与众不谐、与世不合的精神。张岱的前辈与徐渭是通家之好，他的曾祖父张元忭是徐渭的知交。因而张岱对徐渭有特殊的感情，非常崇敬他。人称张岱“生平有徐文长之癖”（清王惠《琅嬛文集·跋》）。他的《自为墓志铭》曾自称是模仿徐渭而作，这篇《自题小像》也是如此。

许多历史事实已足以证明，凡是爱作自嘲自骂文字、喜作惊世骇俗之语者，常常是与当时社会格格不入的叛逆者。他们在自嘲中讽世骂时，显示自己的卓然独立，表示决然不为世奴，不为时欺，敢于与面临的力量强大的伦理世界背道而驰，终生不悔。李贽、徐文长等人如此，张岱也是如此。（叶长海）

自为墓志铭　　张　岱

蜀人张岱，陶庵其号也。少为纨袴子弟，极爱繁华，好精舍，好美婢，好娈童，好鲜衣，好美食，好骏马，好华灯，好烟火，好梨园，好鼓吹，好古董，好花鸟，兼以茶淫橘虐、书蠹诗魔，劳碌半生，皆成梦幻。

年至五十，国破家亡，避迹山居，所存者，破床碎几，折鼎病琴，与残书数帙，缺砚一方而已。布衣蔬食，常至断炊。回首二十年前，真如隔世。

常自评之，有七不可解：向以韦布[①]而上拟公侯，今以世家而下同乞丐，如此则贵贱紊矣，不可解一；产不及中人，而欲齐驱金谷[②]，世颇多捷径，而独株守于陵，如此则贫富舛矣，不可解二；以书生而践戎马之场，以将军而翻文章之府，如此则文武错矣，不可解三；上陪玉皇大帝不谄，下陪悲田院乞儿而不骄，如此则尊卑溷[③]矣，不可解四；弱则唾面而肯自干，强则单骑而能赴敌，如此则宽猛背矣，不可解五；夺利争名，甘居人后，观场游戏，肯让人先，如此则缓急谬矣，不可解六；博弈摴蒱[④]则不知胜负，啜茶尝水则能辨渑淄[⑤]，如此则智慧杂矣，不可解七。有此七不可解，自且不解，安望人解？

故称之以富贵人可，称之以贫贱人亦可；称之以智慧人可，称之以愚蠢人亦可；称之以强项人可，称之以柔弱人亦可；称之以卞急人可，称之以懒散人亦可。学书不成，学节义不成，学文章不成，学仙、学佛、学农、学圃俱不成。任世人呼之为败子，为废物，为顽民，为钝秀才，为瞌睡汉，为死老魅也已矣！

初字宗子，人称石公，即字石公。好著书，其所成者，有《石匮书》《张氏家谱》《义列传》《琅嬛文集》《明易》《大易用》《史阙》《四书遇》《梦忆》《说铃》《昌谷解》《快园道古》《傒囊十集》《西湖梦寻》《一卷冰雪文》行世。

生于万历丁酉八月二十五日卯时。鲁国相大涤翁之树子也[⑥]，母曰陶宜人[⑦]。幼多痰疾，养于外大母马太夫人者十年。外太祖云谷公宦两广，藏生牛黄丸，盈数簏[⑧]，自余囡地以至十有六岁，食尽之而厥疾始瘳。

六岁时，大父雨若翁携余至武林[9]，遇眉公[10]先生，跨一角鹿，为钱塘游客，对大父曰："闻文孙善属对，吾面试之。"指屏上《李白骑鲸图》曰："太白骑鲸，采石江边捞夜月。"余应曰："眉公跨鹿，钱塘县里打秋风。"眉公大笑，起跃曰："那得灵隽若此！吾小友也。"欲进余以千秋之业，岂料余之一事无成也哉！

甲申以后，悠悠忽忽，既不能觅死，又不能聊生，白发婆娑，犹视息人世。恐一旦溘先朝露，与草木同腐。因思古人如王无功、陶靖节、徐文长[11]，皆自作墓铭，余亦效颦为之。甫构思，觉人与文俱不佳，辍笔者再，虽然，第言吾之癖错，则亦可传也已。曾营生圹于项王里之鸡头山，友人李研斋[12]题其圹曰："呜呼有明著述鸿儒陶庵张长公之圹。"伯鸾[13]高士，冢近要离[14]。余故有取于项里也。明年，年跻七十，死与葬，其日月尚不可知也，故不书。

铭曰："穷石崇，斗金谷，盲卞和[15]，献荆玉，老廉颇[16]，战涿鹿，赝龙门[17]，开史局，馋东坡，饿孤竹[18]，五羖大夫[19]，焉肯自鬻？空学陶潜，枉希梅福[20]，必也寻三外野人[21]，方晓我之衷曲。"

〔注〕① 韦布：韦带布衣，古代未仕者或平民的粗陋之服。 ② 金谷：指巨富石崇的金谷园。 ③ 溷(hùn)：通"混"。 ④ 摴(chū)蒲：一种博戏。 ⑤ 渑(shéng)淄：指渑水和淄水。均在今山东省，相传二水味道各异，但合则难辨。 ⑥ 大涤翁：张岱父亲张耀芳，号大涤。树子：嫡子。 ⑦ 陶宜人：张岱母亲为陶允嘉之女。宜人，明、清时五品命妇的封号。 ⑧ 簏(lù)：用竹子、柳条等编成的圆形盛器。 ⑨ 大父雨若翁：张岱的祖父张汝霖，号雨若。武林：杭州的别称。 ⑩ 眉公：陈继儒，号眉公，明文学家、书画家。 ⑪ 王无功、陶靖节、徐文长：王绩、陶渊明、徐渭。 ⑫ 李研斋：李长祥，字研斋，明大臣。 ⑬ 伯鸾：梁鸿，字伯鸾，汉代高士，与其妻隐居山中，以耕织为业。 ⑭ 要(yāo)离：春秋时刺客，吴王阖闾派其刺杀公子庆忌。 ⑮ 卞和：楚国玉匠，曾得玉璞，两次献于楚王，被认为是欺诈而砍去双脚，后琢璞得宝玉。 ⑯ 廉颇：战国时赵国名将。 ⑰ 赝：伪。张岱有修史之志，此为作者自嘲语。龙门：指司马迁。《史记·太史公自序》："迁生于龙门。" ⑱ 孤竹：指商末孤竹君二子伯夷、叔齐。两人一起投奔周文王，路遇武王伐纣，劝阻无效后隐居首阳山，不食周粟而死。 ⑲ 五羖(gǔ)大夫：指百里奚，原为虞大夫，虞亡时被晋俘，后出走楚，被楚人所执。秦穆公以五张牡黑羊皮赎回，用为大夫，故称。羖，黑色公羊。 ⑳ 梅福：字子真，王莽篡权后，其隐居避世。 ㉑ 三

外野人：郑思肖，号所南，以示不忘宋室，又号三外野人。宋亡后，隐居苏州。

墓志铭是中国古代人物传记的一种常见形式，一般是传主亡故之后，其家属请托著名文学家或官员为之撰写的。或者就请死者的知心朋友撰写，执笔者则不一定是知名人士了。

自行撰写墓志铭的人，古往今来，极少极少，只有陶渊明、徐渭等极有限的几位。在封建社会中，一直被认为是玩世不恭的行为。其实，这仅仅是问题的一面。乍看起来，人尚健在，自己就为自己写起墓志铭来，确有些滑稽，近乎自我嘲弄。如果再深入一步探索，则并不简单。将死者鉴于缺少知音，担心盖棺之后被后人所误解，这才会在生前为自己写墓志铭的，可以说用心良苦也。

张岱是一个奇人。由于他写这篇文章时，已经是七十老翁，经历过明亡清兴这一沧桑巨变，他成了身居岩穴的隐逸了。对生死、荣辱、得失的顾虑不是太多，所以话说得相当坦率，相当真诚，基本上把奇人的精神面貌生动地勾勒了出来，成为一篇文如其人的奇文。

张岱生于浙江绍兴，其先世移居此地已有好几代了。他却仍自称“蜀人”，说明了他对故乡四川的深厚感情。蜀江水碧蜀山青，张岱对之憧憬不已，也许他因此而有一种自豪感吧！

真正的纨绔子弟，胸无点墨，以嫖赌吃喝消磨光阴，却从来不肯承认自己是纨绔子弟。别人如此相称，他们免不了恼羞成怒。张岱却一反世俗常情，自称为纨绔子弟。并列举自己的生活爱好与癖嗜，坦率到了一无顾忌的程度。尤其“爱娈童”等，确是伤风败俗的丑事，张岱也讲了出来。根据这些情况判断，张岱可以说是一个典型的纨绔子弟。至于他的生活情趣相当广泛，生活经验非常丰富，则任何人也无法否认。

一个纨绔子弟，会在史学、文学、艺术各方面获得杰出的成就，而且在衣、食、住、行等各个方面都懂得生活享受，成了一个杂家，或生活美学家，仿佛无法理解，看来关键在于他到五十岁时就因明代的衰亡而和声色犬马的生活彻底告别了，隐居山林中，有充分的时间对过去的经历进行沉痛的回顾与反思，并尽可能从学术的角度出发，加以分析，加以总结。我们读他所著的《陶庵梦忆》《西湖梦寻》诸书，都会感觉到这一点。

所谓“劳碌半生，皆成梦幻”，所谓“回首二十年前，真如隔世”，说的是同一件事情，发的是同一种感慨。二十年以前的穷极奢华的享受，一去不复返了。而今天的山风夜雨的寂寞凄清的残生，同二十年以前相比，其对照当然是鲜明而强烈的。

张岱提出的“七不可解”,最后用“自且不解,安望人解”作结,这是故意闪烁其词,他自己最了解自己不过了,同时也是希望后人能理解他的。否则的话,写这篇文章就多此一举了。

这七不可解,是张岱对自己的思想感情乃至风度品德的剖析,带了较多的自我欣赏的成分,也是他充分理解他自己的有力佐证。

列在前面的三不可解比较一般,是作为陪衬用的,后面的四不可解则震世惊俗,更能显示张岱的处世奇特之处远远超越人之常情。他的一生真的遇见高官显爵绝不谄媚,面对乞丐贱民也不趾高气扬,不去计较尊卑。弱者得罪了他无所谓,强梁者对他无礼,他非要与之见个高下不可。争名夺利,总是让别人;看戏游乐,倒反一点下风也吃不得。下棋竞技,根本没有把胜负放在心上;吃茶时对茶叶和用水当作学问而认真辨味。以上四个方面是他的精神面貌传神的写照,别人来勾画,肯定不可能如此生动而形象化。

所以的确很难简单化地把他说成是富贵人或贫贱人,聪明人或愚蠢人,强项人或柔弱人,性急人或懒散人。说是都是,说不是都不是。

“学书不成”“学节义不成”以及其他许许多多“不成”,不能看成是他的自谦,恐怕仍旧是一定程度的自满,甚至有一点狂妄。实际上,他的经史学术、明亡后的坚守民族气节、他的散文小品、他的戏曲造诣,不仅在明末清初是第一流的,在整个中国二千多年封建社会中也是第一流的。

他自己知道自己不是败子,不是废物,不是顽民,不是钝秀才,不是瞌睡汉,不是死老魅,所以任凭别人如此称呼他,他根本不在乎,无所谓。

对自己进行了如此的分析,评价之后,这才开始叙述名号和著作。并开列了在经史文学等各方面的著作书目。这岂是“学书不成”“写文章不成”的“败子”“废物”“钝秀才”所能写得出的。这些著作涉及的面很宽广,数量甚多,论质量亦备受赞扬。即以《石匮书》而论,《明史纪事本末》的作者谷应泰就曾参考过此书,十分钦佩此书内容详备,观点新颖,可惜《石匮书》今已散佚无存了。

所说从小到十六岁始终有痰疾,吃了大量生牛黄丸才痊愈。这是对牛黄丸医疗功用的翔实记载,也反映了张岱对医疗方面也有研究和兴趣。

值得重视的另一个具体问题,是整篇文章只记载了一件故事的始末,即他在六岁时和陈眉公的那一次巧遇。陈眉公一开始还不太相信别人对小张岱的夸奖,想试试他的才学,出了上联:

太白骑鲸,采石江边捞夜月。

陈眉公是根据当时厅堂中所悬一幅图画而命题的,哪知张岱回对时,既不用经史

子集,也不提琴棋书画,而是径用陈眉公为题材,对曰:

眉公跨鹿,钱塘县里打秋风。

真是出口成章的神来之笔,对陈眉公的假名士、真市侩作风作了尖锐的讽刺。如果是陈眉公同辈中人如此相嬉谑原不必大惊小怪,现在出之低他两辈的六岁孩童之口,就很不寻常了。因为仅仅敏捷,仅仅熟谙诗文,还不够,这里面还包括对陈眉公这些人的深刻的批判,对世故人情的理解,同时又要敢于对这样一位"长者"冒犯,这些因素缺一不可。由此可见六岁的张岱在文学、社会学两方面都有了相当高的水平,而且不怕得罪人。可以设想,张岱对这一次应对十分得意,事过六十四年之后还记忆犹新,还要写进墓志铭中。

就在张岱笔下,陈眉公毕竟比一般假名士要高明,胸怀也相当宽广,根本没有因此而恼怒,反而开朗地大笑一场,赞扬了六岁的张岱的灵隽,并且愿意结交这个小朋友。最后,张岱又出人意表,以没有能副陈眉公的厚望而无比遗憾。可以认为他对陈眉公贬中有褒,或者说是明贬实褒。明末清初诸名家著作中,对陈眉公的形象分寸掌握得最恰当的,首推这篇文章。其次是李渔的传奇《意中缘》。别的未免失之于盲目歌颂或漫画化。

文章中提到明亡以后的具体的思想活动,既不甘心自尽,也不甘心无所作为消磨余生,更怕被人遗忘或肆意曲解,这才效法古人,自为墓志铭。"辍笔者再",透露了若干信息,既说明了作者对文章的重视程度,经过了多少思索和推敲,也说明了今存者可能已经是数易其稿以后的产品。

他自己选择了墓地,在项羽的墓地不远之处,看来他也和司马迁一样不以成败论英雄,认为项羽的才智、气魄都高于刘邦吧!

结束全文的铭文,强调了他自己的不伏穷、不伏老、不伏时乖命蹇,对这一切,他固然无可奈何,无法加以改变,但他绝不是一味消极,和某些消极等死的隐士完全不同。

(蒋星煜)

扬州清明　　张　岱

扬州清明,城中男女毕出,家家展墓。虽家有数墓,日必展之,故轻车骏马,箫鼓画船,转折再三,不辞往复。监门小户,亦携殽核纸钱,走至墓所,祭毕,席地饮胙①。自钞关、南门、古渡桥、天宁寺、平山堂一带,靓妆藻野,袨服缛川②。随有货郎,路旁摆设骨董古玩并小儿器具。博徒持小杌坐空地,左右铺袒衫[3]半臂、纱裙汗帨[4]、铜炉锡注、瓷瓯漆奁，及肩彘[5]鲜鱼、秋梨福橘之属，呼朋引类，以钱掷地，谓之跌成，或六或八或十，谓之六成八成十成焉，百十其处，人环观之。是日，四方流寓及徽商西贾，曲中名妓，一切好事之徒，无不咸集。长塘丰草，走马放鹰；高阜平冈，斗鸡蹴鞠；茂林清樾，劈阮弹筝。浪子相扑，童稚纸鸢，老僧因果，瞽者说书。立者林林，蹲者蛰蛰。日暮霞生，车马纷沓。宦门淑秀，车幕尽开，婢媵[6]倦归，山花斜插，臻臻簇簇，夺门而入。余所见者惟西湖春，秦淮夏，虎丘秋，差足比拟。然彼皆团簇一块，如画家横披，此独鱼贯雁比，舒长且三十里焉，则画家之手卷矣。南宋张择端[7]作《清明上河图》，追摹汴京景物，有西方美人之思，而余目盱盱，能无梦想？

〔注〕 ① 饮胙(zuò)：即吃喝。胙，本指祭祀用的肉食，此处用作动词。 ② 袨服缛川：指黑色的礼服遍及河川、桥头。“缛”与上文的“藻”均作动词用。 ③ 袒(rì)衫：即内衣。袒，贴身衣。 ④ 帨(shuì)：巾帕。 ⑤ 彘(zhì)：猪。 ⑥ 婢媵(yìng)：婢妾。 ⑦ 张择端：北宋画家，字正道，东武(今山东诸城)人。早年游学于汴京，徽宗时供职翰林图画院，工界画宫室，尤擅舟车、街市、桥梁、城郭。他的《清明上河图》描写了汴京清明时节繁盛、热闹的广阔景象，是美术史上有重要历史价值的风俗画杰作。

我国古代人民特别重视清明节，因为它是一个春天的节日，也是一个播种希望的节日。人们盛装艳服，“踏青”“祭扫”，就连长久禁闭闺中的妇女也能得到一次郊游的机会，到桃红柳绿、芳草如茵的大自然中去呼吸一下春天的气息。

张岱客居扬州，亲睹扬州清明盛况，不能不为其感染。他舒笔描绘，铺陈扬励，情调洒脱，不啻为一幅用美文描绘的《清明上河图》长卷。

扬州清明，全城毕出，家家上坟(展墓)，户户祭扫。大街小巷，桥头郊野，到处是络绎不绝的人群。这里有“轻车骏马，箫鼓画船，转折再三，不辞往复”的清明节气氛，又有“监门小户”，祭扫后“席地饮胙”的情景。从钞关至平山堂，“舒长三十里”，可谓遥遥迢迢。钞关，在扬州旧城。李斗《扬州画舫录》：“自旧城东南角起，折而南，循运河而东，折而北，复折而西，极于旧城之东北角止，东与南北三面，约八里有奇，计一千五百四十二丈。门七，曰挹门，曰钞关。”南门，位于旧城正南，即安江门，又叫镇淮。古渡桥以石为之，距南门不远。“南门马头在响水桥下，市河出头钓桥北岸，循城南岸。沿中埂下岸，至古渡桥”(《扬州画舫录》卷七

《城南录》)。天宁寺位于新城拱宸门外,为"扬州八大刹"之首。至于位于蜀冈之上的平山堂,更是扬州引人注目的名胜古迹。《扬州画舫录》卷十六《蜀冈录》有云:"今蜀冈在郡城西北大仪乡丰乐区,三峰突起:中峰有万松岭、平山堂、法净寺诸胜。"李斗还引《寰宇记》说:"宋庆历八年二月,庐陵欧阳文忠公继韩魏公之后守扬州,构厅事于寺之坤隅。江南诸山,拱揖槛前,若可攀跻,名曰'平山堂'。寄魏公书有云:'平山堂占胜蜀冈,一目千里。'谓此。"在这样广阔的画面上,作者只着"靓装藻野,袨服缛川"八个字,谓整个郊野、河川,均为鲜衣艳裳所晕染,亦为黑色的礼服所点缀。这就如同在明媚鲜妍的春的背景上,点染以不同的色块,整个画面更加明快、诱人。

张岱观察生活细致入微,又多奇思妙想,善于将独特的感受形诸于传神入化的细微末节之中,尤擅以简捷的文字构成画面。他写货郎、商贾、博徒、名妓、浪子、僧人以及说书瞽者、稚童婢媵,更写宦门闺淑、如云仕女,无不神情酷肖,无不姿态横生。每句都是一幅跃动的画面,组组画面又彼此映衬,连缀成长卷巨幅。文中以四字句排比,间或杂以多字句以错落之,不仅意境迭出,读来顿挫抑扬,声韵优美,几不异于一篇洋洋洒洒之"游春赋"。

他写人群:"百十其处,人环观之";"立者林林,蹲者蛰蛰"……所谓"鱼贯雁比",各色人等,林林总总,分明一幅扬州风情之风俗画。

他又写春景:"长塘丰草""茂林清樾";"日暮霞生,车马纷沓"……乱煞年光,无处不飞悬,俨然一卷生机盎然的春色图。

他以为扬州之清明,只有西湖之春、秦淮之夏、虎丘之秋,"差足比拟"。又以张择端《清明上河图》相比,给人一个完整的艺术印象,强调了其艺术的构思仿佛于长卷之构图。

与笔记杂纂类记载清明的文字相较,张岱此文的文学性显得强烈得多,艺术趣味也浓厚得多,除民俗史料价值之外,它在文学史上也是独标异格的佳作。

(王星琦)

品山堂鱼宕　　张 岱

二十年前强半住众香国,日进城市,夜必出,之品山堂,孤松箕踞,岸帻入水。池广三亩,莲花起岸,莲房以百以千,鲜磊可喜。新雨过,收叶上荷珠煮酒,香扑烈。门外鱼宕,横亘三百余亩,多种菱芡。小菱如姜芽,辄采食之,嫩如莲实,香似建兰,无味可匹。深秋橘奴饱霜,非个个红绽,不轻下剪。季冬观鱼，鱼艓千余艘，鳞次栉比，罱[1]者夹之，罛[2]者扣之，簎者罨之[3]，羂[4]者撒之，罩者抑之，罣[5]者举之，水皆泥泛，浊如土浆。鱼入网者圉圉，漏网者噞噞，寸鲵纤鳞，无不毕出。集舟分鱼，鱼税三百余斤，赤䲟[6]白肚，满载而归。约吾昆弟烹鲜剧饮，竟日方散。

〔注〕 ① 罱(lǎn，又读 nǎn)：同"罶"，夹鱼具，亦指捞取。 ② 罛(gū)：大网。 ③ 簎(cè)：以叉刺泥水中搏取。罨(yǎn)：从上覆盖下来的渔网，俗称撒网。 ④ 羂(xuǎn)：或从足作蹍，亦作罥，缚鸟兽之足也。 ⑤ 罣：同"挂"。 ⑥ 䲟(yú)：本指马目似鱼目，即环眼马，为马之最下者。通作鱼。

尝读沈复《浮生六记》，其卷二《闲情记趣》中有关于沈妻陈氏烹茶的描写，非常有趣："夏月荷花初开时，晚含而晓放。芸用小纱囊撮茶叶少许，置花心。明早取出，烹天泉水泡之，香韵尤绝。"张岱此篇中的"新雨过，收叶上荷珠煮酒，香扑烈"的描写，说的则是煮酒。荷香熏茶与荷珠煮酒，都与荷有关，意境美，而情趣雅。读到此，每每会萌生起一种跃跃欲试的欲念，谁不想一尝其风味呢！

张岱此文以清新隽永见长，犹如一首优美的田园诗，一幅生动的渔乐图，读之使人赏心悦目，神畅气氲。

张岱生于世代富贵的家庭，曾有过锦衣玉食的繁华享乐生活。他的"日进城市，夜必出"，大半居于"众香国"，完全是一种雅兴。"众香国"，本为佛家虚设之境，谓楼阁苑囿皆香，香气周流十方世界。这里大约是虚指，而品山堂却是实有。"孤松箕踞，岸帻入水"，指无拘无束，率意放松。箕踞，又作"箕倨""踑踞"，谓坐时两脚伸直岔开，形似簸箕；岸帻，指推起头巾，露出前额。这里是说在松树下随意坐卧，松开头巾，让自己的影子倒映水中(或泛舟水上)，总之，是放浪于形骸之外了。以下写荷，写鱼宕，笔墨灵动传神。他写鱼宕，先写小菱，又写橘实，尔后反复写鱼。菱，写其味美；橘，摹其色佳；鱼，则状其千姿百态。

人们都有这样的体会：曾经吃过的美味，一旦深深印在记忆中，就会显得格外诱人。小时候吃过一次嫩笋、青玉米，以至其他的尝鲜，往往一辈子忘不了。若果然再去吃吃，亦不过尔尔。记忆这东西有特殊的魅力，或称魔力，它就同隔着一定的距离观画一样，能使美的事物倍增其美。鲜嫩如姜芽般的小菱是否就真的是世间"无味可匹"了？这只是作者的感觉和意念，它带着浓厚的个人感情色彩。第若硕橘红透，在记忆中如火团簇簇，那感觉亦复强烈，直欲令人兴奋不已。写鱼的各种姿态，作者用了一系列排比，节奏很快，好似镜头的叠印，令人目不暇接。最是"鱼入网者圉圉，漏网者噞噞"的点染，传神摄魄，历历在目。想想看，网中鱼挨挨挤挤，欲跳不能，便是"圉（yǔ）"字本意所说困而未舒的样子，何其生动！写漏网之鱼更妙。噞（yǎn），鱼在水面张大口呼吸的样子。出网之鱼经过了一番苦挣苦扎，气力几尽，就只能在水面上张大了口，上气不接下气了。观察之细微，描摹之传神，直令人叹绝。张岱笔墨之灵异若此，正须观之以巨眼。

（王星琦）

二十四桥风月　　张　岱

广陵二十四桥风月，邗沟尚存其意。渡钞关，横亘半里许，为巷者九条。巷故九，凡周旋折旋于巷之左右前后者什百之。巷口狭而肠曲，寸寸节节有精房密户，名妓、歪妓杂处之。名妓匿不见人，非向道[①]莫得入。歪妓多可五六百人，每日傍晚，膏沐薰烧，出巷口，倚徙盘礴于茶馆酒肆之前，谓之"站关"。茶馆酒肆岸上纱灯百盏，诸妓掩[②]映闪灭其间，䯄䶒者帘[③]，雄趾者阈[④]，灯前月下，人无正色，所谓"一白能遮百丑"者，粉之力也。游子过客，往来如梭，摩睛相觑，有当意者，逼前牵之去，而是妓忽出身分肃客先行，自缓步尾之。至巷口，有侦伺者向巷门呼曰："某姐有客了！"内应声如雷，火燎即出，一一俱去。剩者不过二三十人。沉沉二漏，灯烛将烬，茶馆黑魆无人声。茶博士不好请出，惟作呵欠，而诸妓醵钱[⑤]向茶博士买烛寸许，以待迟客。或发娇声唱《劈破玉》等小词，或自相谑浪嘻笑，故作热闹以乱时候，然笑言哑哑声中，渐带凄楚。夜分不得不去，悄然暗摸如鬼，见老鸨，受饿、受笞，俱不可知矣。余族弟卓如，美鬚髯，有情痴，善笑，到钞关必狎妓，向余噱[⑥]曰："弟今日之乐，不减王公。"余曰："何谓也？"曰："王公大人侍妾数百，到晚耽耽望幸，当御者亦不过一人。弟过钞关，美人数百人目挑心招，视我如潘安，弟颐指气使，任意拣择，亦必得一当意者呼而侍我。王公大人，岂遂过我哉！"复大噱，余亦大噱。

〔注〕 ① 向道：指引道路的人。 ② 掩：通"掩"。 ③ 䯄䶒（bā lì）：面有疤痕，鼻梁不直。帘：半躲在帘后。 ④ 雄趾：脚大。阈：门槛。此指将大脚藏在门槛后。 ⑤ 醵（jù）钱：

犹凑钱。　⑥ 噱(jué)：大笑。

自从杜牧写了那两句有名的“二十四桥明月夜，玉人何处学吹箫”后，扬州城里这个本不闻名的小地方便声名鹊起，令多少人心向神往！宋朝的欧阳修写了“都将二十四桥月，换得西湖十顷秋”，苏东坡写了“二十四桥亦何有，换此十顷玻璃风”，晚明的张岱又写了这篇《二十四桥风月》。

先前风流倜傥的杜牧不惜落下“薄倖”之名，也要那“娉娉袅袅十三余”的“玉女”侍奉左右。张岱此来，玉人何在？是否仍复楚腰纤细、卷帘视人？

但是张岱看到的，却是败巷颓垣，其间烟花女子穿梭往来。本存“寻芳”之意的作者，怎么能将前人传说中的“玉人”和眼前这些涂脂抹粉的妓女联系起来！杜牧笔下梦魂牵萦的玉人应该是歌舞檀板、无忧无虑的少女，如今触处但见为生存而不得不出卖自己肉体的女人！

这里有名妓，也有杂妓，任人挑拣，就像牲口市场上的“看牙口”。世上原有人为生存而东西奔波，流血流汗，可是，最悲哀的生存者恐怕是遭人蹂躏却必须强颜欢笑的烟花女子了。“沉沉二漏(夜已很深)，灯烛将烬……或发娇声唱《劈破玉》等小词，或自相谑浪嬉笑，故作热闹以乱时候。”一个“故作”已隐隐逗出众妓心底的凄楚。接着又全然挑明：“然笑言哑哑声中，渐带凄楚。”设若潇洒俊逸的杜牧能重返这时的二十四桥，看“游子过客，摩睛相觑，有当意者，逼前牵去之”，知道当年的玉人如今“见老鸨，受饿、受笞，俱不可知矣”的真相时，会不会彻底击碎他那美好的“十年一觉扬州梦”？从杜牧到张岱，几百年过去了，历史的巨轮应当缓缓驶向文明的彼岸，可谁曾想到昔日文人骚客的相思处，如今成了人欺人甚至人食人的凄凉地？杜牧地下有知，会不会为被他留恋的这二十四桥一掬同情之泪？

张岱在冷静叙述的表象之下又是一种什么样的心态呢？“美人数百人目挑心招”，狎客大谈“颐指气使，任意拣择”，且“大噱”，张岱只能“亦大噱”。同是“噱”，两人的旨趣却大异：一是狎妓者的淫笑，一是同情妓女、感慨时世的苦笑。这苦笑，不就是埋藏在张岱心底对乡园不复旧山河的故国之痛？谁又能说此中没有寄寓亡国之哀？

(朱起予)

金山竞渡　　张　岱

看西湖竞渡十二三次，己巳竞渡于秦淮，辛未竞渡于无锡，壬午竞渡于瓜州，于金山寺。西湖竞渡，以看竞渡之人胜，无锡亦如之。秦淮有灯船无龙船，龙船无瓜州比，而看龙船无金山寺比。瓜州龙船一二十只，刻画龙头尾，取其怒；旁坐二十人持大楫，取其悍；中用彩篷，前后旌幢绣伞，取其绚；撞钲①挝鼓，取其节；艄后列军器一架，取其锷②；龙头上一人足倒竖，敁敪③其上，取其危；龙尾挂一小儿，取其险。自五月初一至十五日，日画地而出，五日出金山，镇江亦出。惊湍跳沫，群龙格斗，偶堕洄涡，则百蛣④捷捽，蟠委出之。金山上人团簇，隔江望之，螘⑤附蜂屯，蠢蠢欲动。晚则万艓齐开，两岸沓沓然而沸。

〔注〕 ① 钲(zhēng)：古代乐器，形似钟而狭长，有柄可执，口向上，以物击之则鸣，初为行军时所用。又，鼓之敲击处曰钲。 ② 锷(è)：本指剑刃，此处指兵器的威威耸立。 ③ 敁敪(diān duó)：本指用手估量轻重，掂量斤两，此指人倒悬之危势。 ④ 蛣(jié)：节足动物，即石蜐。《广韵》引《南越志》："石蜐生石上，形如龟脚，得春雨而生也。"一说石蜐状如蟹螯，紫色，居水石中。 ⑤ 螘(yǐ)：蚁之本字。

本篇写赛龙舟，此俗至今两广、福建等地仍很活跃。作者写的是金山龙舟比赛，时在崇祯十五年(壬午)，即公元1642年，距明亡只有两年的时间。

张岱此文的写法别是一调，真正写龙舟竞渡的文字并不多，却花费不少笔墨进行铺排，反复描写龙舟的外形装点以及舟上设施。怒，悍，绚，节，锷，危，险，共是七状，文字大体是整齐排比的，每一状都抓住了最典型、最有代表性的东西，刻画生动，重在气象渲染。这里，文字上的技巧比较明显，见得经营但并不拘谨，总体感很强烈。好像一组特写，最终才推出全景，及待写至金山上的游人团团围聚山顶，隔江相望，可就是大场面的俯瞰了，故船如蚁附蜂聚，熙攘辏集。"蠢蠢欲动"者，虫蛰之苏醒也。居高临下，观大面积人船攒动，情形正相仿佛。"螘附蜂屯，蠢蠢欲动"这八个字写出了龙舟盛会赛前场面之神韵。"惊湍跳沫"至"蟠委出之"只不过写各队龙舟之聚集，似非正式比赛，但已使人惊心动魄。及至大赛开始，只有一句："两岸沓沓然而沸。"余则留待读者创造性的想象了。"丹青难写是精神"，张岱文佳，佳就佳在能以简笔传达"精神"，写出事物之神韵风采，绝非一味刻意实写。

张岱不少精彩的文字常常是"无法而法"，"法极无迹"，即技巧精绝，令人看不到技巧。这一篇不仅文字上的技巧可以循到，就连结尾的技巧亦可见消息，即是所谓"费却无数笔墨，只为妙处；乃既至妙处，即笔墨却停"(金圣叹《贯华堂第六才子书》卷八批)。可见，技巧永远是必要的，便是大家，亦复如是。钱锺书先生在《谈艺录》中说:“大家之异于常人,非由于技巧熟练,能达常人所不能达;直为想象高妙,能想常人所不能想。”同时又说:“专恃技巧不成大家,非大家不须技巧也,更非若须技巧即不成大家也。”说得多么清楚!张岱此文直可视为既见技巧又不失大家风采的一篇佳作。

(王星琦)

金山夜戏　　张　岱

崇祯二年中秋后一日,余道镇江往兖[①],日晡,至北固,舣[②]舟江口。月光倒囊入水,江涛吞吐,露气吸之,噀[③]天为白。余大惊喜,移舟过金山寺,已二鼓矣,经龙王堂,入大殿,皆漆静。林下漏月光,疏疏如残雪。余呼小仆携戏具,盛张灯火大殿中,唱韩蕲王金山及长江大战诸剧,锣鼓喧填,一寺人皆起看。有老僧以手背挼眼翳[④],翕然张口,呵欠与笑嚏俱至,徐定睛,视为何许人,以何事何时至,皆不敢问。剧完将曙,解缆过江,山僧至山脚,目送久之,不知是人、是怪、是鬼。

〔注〕 ① 兖:兖州府,治滋阳(今山东济宁市兖州区)。 ② 舣(yǐ):将船靠岸。 ③ 噀(xùn):喷,吐。 ④ 翳(yì):指眼球上所生障蔽视线的膜。这句是描写用手背揉眼睛,是睡起时的动作。

张岱是一位负奇才的杂家,他在戏曲方面造诣尤深,其戏曲评论散见于《梦忆》等散文小品中,时见精辟见解。同时,他又是一位戏曲作家,可惜其戏曲作品未能流传下来。《远山堂曲品》著录有张岱作《乔坐衙》一剧,列入“逸品”,并谓“慧眼文人,才一游戏词场,便堪夺王、关之席”。这剧本大约也是感叹人生,寻梦无着的悲慨流露吧,故祁彪佳有“便博得宗子一传”的说法。张岱写戏,不过是偶然为之,所谓“游戏词场”,但他酷爱戏曲艺术却是显而易见的。这则《金山夜戏》足以说明他的戏瘾之大。出门要带上戏班子,羁旅途中,风尘仆仆,且又在深更半夜,这位宗子先生竟然突发奇想,在金山寺大殿前唱起戏来,弄得僧人睡梦中惊起,茫茫然不知何故何为,这不是发神经病吗?细细想来,其中缘故自可寻得,张岱急呼小仆命串戏绝非全无端由。

首先,是人的情绪非常之好。停舟江口,月光溶溶,江涛漭漭,因之才有“余大惊喜”之情绪。于是乘兴又开船游于江上,这个乘兴,当是忽发奇想的第一契机。时至二鼓,来到大殿前,景致又自不同:四围寂寂,月光如霰。这又是一个刺激,人的情绪更加兴奋。其次,也是更主要的,是由于金山寺这个特定的地方,古往今来，就是征伐鏖战之处。油然间，作者想起了与京口有关的历代兴亡遗事：王濬楼船，旧垒神鸦，京江怒涛，金山战鼓……当年韩世忠、梁红玉不就是在这里以八千兵勇大败兀术金兵十万吗？因而，作者遂有"唱韩蕲王金山及长江大战诸剧"之想。韩蕲王，即南宋爱国将领韩世忠，他孝宗朝时被追封为蕲王。张岱在金山寺演的戏，名目不详，内容是很清楚的，后世京剧中有《战金山》，又叫《黄天荡》，都是取材《宋史》韩世忠本传及《说岳全传》《双烈记》传奇的。张岱金山夜演的或即《双烈记》传奇的选出，亦未可知。《双烈记》为明人张四维撰，又别题《麒麟记》，凡二十二出，今有《古本戏曲丛刊二集》本。

崇祯二年己巳，是公元1629年，作者赴兖州途经镇江。参读《陶庵梦忆》卷四之《兖州阅武》，中有"辛未三月，余至兖州"的话，可知此行历时不短。辛未为崇祯四年，公元1631年。由此推测，作者大概是在游历访古。金山夜戏演的是武戏，到了兖州又有阅武之举，这隐约透露出作者这一时期对国力不支所感到的忧虑，联系明亡后他对故国的深沉怀念以及"披发入山"，不与满清统治者合作的气节，颇有助于我们了解张岱其人的思想。

张岱为文，似无意于感人，然每每于寻常细事的娓娓道来中，洋溢着深沉的情感，无论欢愉愁苦，都令人心驰神往，抚玩无厌。他特别善于点染，常常是在片言只语中传神入化。此则中写江上景物笔调十分别致："月光倒囊入水"的"囊"字，"噀天为白"的"噀"字，都是神来之笔，颇耐寻味。特别是写老僧夜起看戏的一段，更令人叹为观止！写得一老僧活脱脱如在目前，一寺僧人便尽在眼底了，是谓一笔作百十笔用也。读张岱文，须特别注目于类似的筋节窍髓，其妙处每每在此。

（王星琦）

西湖七月半 张 岱

西湖七月半，一无可看，止可看看七月半之人。看七月半之人，以五类看之。其一，楼船箫鼓，峨冠盛筵，灯火优傒[①]，声光相乱，名为看月而实不见月者，看之；其一，亦船亦楼，名娃闺秀，携及童娈，笑啼杂之，环坐露台，左右盼望，身在月下而实不看月者，看之；其一，亦船亦声歌，名妓闲僧，浅斟低唱，弱管轻丝，竹肉[②]相发，亦在月下，亦看月，而欲人看其看月者，看之；其一，不舟不车，不衫不帻，酒醉饭饱，呼群三五，跻入人丛，昭庆[③]、断桥，嘄[④]呼嘈杂，装假醉，唱无腔曲，月亦看，看月者亦看，不看月者亦看，而实无一看者，看之；其一，小船轻幌⑤，净几暖炉，茶铛旋煮，素瓷静递，好友佳人，邀月同坐，或匿影树下，或逃嚣里湖⑥，看月而人不见其看月之态，亦不作意看月者，看之。杭人游湖，巳出酉归⑦，避月如仇，是夕好名，逐队争出，多犒门军酒钱，轿夫擎燎⑧，列俟岸上。一入舟，速舟子急放断桥，赶入胜会。以故二鼓以前，人声鼓吹，如沸如撼，如魇如呓，如聋如哑，大船小船一齐凑岸，一无所见，止见篙击篙、舟触舟、肩摩肩、面看面而已。少刻兴尽，官府席散，皂隶喝道去，轿夫叫船上人，怖以关门，灯笼火把如列星，一一簇拥而去。岸上人亦逐队赶门，渐稀渐薄，顷刻散尽矣。吾辈始舣⑨舟近岸，断桥石磴始凉，席其上，呼客纵饮，此时月如镜新磨，山复整妆，湖复颒面⑩，向之浅斟低唱者出，匿影树下者亦出，吾辈往通声气，拉与同坐。韵友来，名妓至，杯箸安，竹肉发。月色苍凉，东方将白，客方散去。吾辈纵舟，酣睡于十里荷花之中，香气拍人，清梦甚惬。

〔注〕 ① 优傒(xī)：倡优和奴仆。 ② 竹肉：管乐和歌喉。 ③ 昭庆：指杭州昭庆寺。 ④ 嘄：同“叫”。 ⑤ 幌(huǎng)：巾幔。 ⑥ 里湖：靠近岳庙、有堤与外湖相隔的一小片僻静湖面。 ⑦ 巳：上午九时至十一时。酉：下午五时至七时。 ⑧ 擎燎：举着火把。 ⑨ 舣(yǐ)：泊舟。 ⑩ 颒(huì)面：洗面。指湖面重现明洁之态。

世界由杂色人等组成。男女老少，俊美丑陋，清雅粗俗，高下贵贱，士农工商，因各种缘故构成各种区别。区别是重要的，尤其在等级社会中，它是社会有序运转的基础。平日里，人际交往，通常在一定的层次与群体内进行，彼此虽有沟通却不相淆乱。

但在各地区的文化中，又都自然而然地形成了某些特定的节日，令社会各层次、各群体可以打破彼此的界隔，欢聚在同一场合。西方的狂欢节、中国西南少数民族的泼水节，多少有这样的意义。在这些节日里，人们忘怀嬉游，享受着平日少有的快乐。西湖七月半，原是个赏月的日子，但渐渐丧失了本义，变成杭州人群聚欢闹的节日。大多数人不是为了观赏风景，而是为了“轧闹猛”才赶到西湖来。太热闹了，自然景致变得毫无味道，故曰“一无可看”；但正是因为热闹，反而成了观众生相的好机会，故曰“止可看看七月半之人”。

在这样的节日里，人们会忘记自己的身份，混为一体吗？绝不。这只是把原来相对隔绝的社会群体聚合在一起，至于因各种缘故造成的行为态度、仪表风貌的区别，仍旧截然分明。并且，正因为各色人物杂处一时一地，相互映照，彼此的区别更加鲜明。——这才能“观众生相”。文章所说“以五类观之”的人：“楼船箫鼓、峨冠盛筵”者，显然在炫耀富贵；“名娃闺秀”们“环坐楼台，左右盼望”，那是享受难得的“开放”生活；“名妓闲僧”，本来就是拘束较少的一群，此时“浅斟低唱”于舟中，“欲人看其看月”，颇有卖弄风情的味道；至于市井闲汉，最不引人注意，也最希望被人注意，所以装醉弄傻，到处起哄，什么都看，什么也不看；文人雅士不愿与凡夫俗子同伍，好热闹却又避热闹，于是“或匿影树下，或逃嚣里湖”，作矜持之态。五类人“如沸如撼”，齐集西湖，汇成了杭州人无贵无贱、无老无少、无男无女、无俗无雅，统统“轧闹猛”的洪流。毕竟，除去一切区别，人只是人，本性里有着共通的东西。

好笑吗？确实五类人各有可笑的地方。但人都难以摆脱某些可笑之处，特别是在这样的场合，几分忘乎所以，几分装腔作势。然而这种可笑却又是可爱的，因为这时候的人较少虚伪，较少险恶之心，更少有敌意。在这种似乎可笑的场合，展开了人类社会轻松愉快的一面。

只是，并非所有人都能够如此看待人生，看待西湖七月半的盛会。那些拘囿于自身的生活方式与价值准则，心怀促狭而喜欢妄下是非的人，便不具备“观众生相”的眼光。必须知道各种生活方式均有其自身的原因和自身的理由，各色人物均有其可笑亦复可爱的一面，才能够以看人之乐为乐，才理解西湖七月半世俗风习的情味。张岱列述五类人物，均有戏谑之意，但他始终是友善的，几分嘲弄，几分玩笑。所以，这文章带给我们的，是睿智、幽默与愉悦情趣的混合，令人不禁莞尔一笑。

那么，张岱究竟把自己算作哪一类呢？显然是在五类之外。且五类人物，亦有区别：贵门豪富，名娃闺秀、市井闲汉，三者与月无缘，只为热闹，欢笑一番，早早散去；名妓闲僧、文人雅士，颇有闲逸之情，人潮退后，复散荡湖上，流连水光月色。至于张岱，虽与后二者同游，却更多一层对于清虚境界的爱好。他是人也看，月也看，到无人无月时，别有一番悠悠余味。结尾写“酣睡十里荷花之中”，“清梦甚惬”，便显示了自己同一切人的区别。这里终究还是有自命风雅、自赏清高的意思，不也是有点可笑吗？所以，读《西湖七月半》，可看之人，不只五类，仿张氏笔调，曰：其一，以看人之乐为乐，无人可看则自看自者，看之。（骆玉明）

湖心亭看雪　　张　岱

崇祯五年十二月，余住西湖，大雪三日，湖中人鸟声俱绝。

是日更定矣，余拏①一小舟，拥毳衣②炉火，独往湖心亭看雪。雾凇沆砀③，天与云、与山、与水，上下一白，湖上影子，惟长堤一痕、湖心亭一点，与余舟一芥、舟中人两三粒而已。到亭上，有两人铺毡对坐，一童子烧酒，炉正沸。见余大喜，曰："湖中焉得更有此人？"拉余同饮，余强饮三大白④而别。问其姓氏，是金陵人，客此。及下船，舟子喃喃曰："莫说相公痴，更有痴似相公者！"

〔注〕 ① 拏(ná)：牵引，引申为划舟。 ② 毳(cuì)衣：毛皮所制衣。 ③ 雾凇沆(hàng)砀(dàng)：乳白色的夜雾笼罩一切。凇，寒气结成的冰花。沆砀，白气弥漫的样子。 ④ 三大白：三大杯酒。

西湖风光，以温媚俏丽为特色。苏东坡说："若把西湖比西子，淡妆浓抹总相宜。"就说是"淡妆"吧，毕竟还是个"西子"。袁中郎描绘得更为艳气，道是"山色如娥，花光如颊，波纹如绫，温风如酒"。又由于邻近杭州城，这里日常车水马龙，士女群集，歌吹如沸，其繁华喧闹也是一般风景名胜所少见的。

张岱久在西湖边流连，可算常客。——竟或不是客，而是一个多情的恋人。他的两种笔记，一种便叫《西湖梦寻》，另一种《陶庵梦忆》，也多有关于西湖的文字。他曾说："西湖如名妓。"那是很体味了她的娇艳迷人的风采。

然而在这一篇，张岱笔下的西湖，却呈现异乎寻常的面貌。只有白色的雪同白色的雾气，笼罩了湖山，游漾在天空，除此以外更无一声一色，纯然是一个素洁而凝静的世界。对熟悉西湖的人来说，因为日常见惯了它的俏丽与繁华，此时对它的凝静，感觉更为强烈。犹如眼看流光溢彩、嬉声如潮的舞场变得昏暗空寂，造成的印象格外异样。那么，人们从中可以体味到什么？也许是：在纷繁多彩、光怪陆离的物相背后，宇宙还有一种深邃不可测的虚寂无形的本质？或者想到：一切繁华景象、一切美丽事物，都将消亡净尽？但张岱什么也没有说，只是描绘了一幅清绝的图景，覆盖在人们熟悉的西湖印象上。

写景的手段巧妙得很。西湖的范围不算大也不算小，若在湖边或湖中看，特别是在夜里或雨天，水面颇显得空阔浩渺；若登上湖旁的山峰俯视，则见长堤如细带，舟船如草叶，人形如豆粒。作者好像电影摄影师在操纵镜头，或用平视，让人看到天地一色的空蒙；或用俯视，让人看到湖中景物的渺小。两者结合，西湖之游，似乎成了一粟幻影漂泊于沧海。

张氏游西湖，在十二月，在大雪三日、人鸟声俱绝之时，又在更定即深夜以后，小舟独往，显是着意追求孤独之境。其实人生无处不孤独。譬如在万千众中，未尝不觉得周际漠漠；即如亲朋满座，酒酣情浓，笑语四起，忽视之恍恍，犹在陌路，自觉彼此了不相干，亦是常事。说来人生本是偶然，在这路途中结成的所谓亲疏远近，更是偶然中的偶然。但在人群中所感觉的孤独，常伴随失落的迷惘、空洞无所附着的悲哀。只有在凝静的自然中，孤独才是充实而平静的。因这种孤独令人体验到自我与天地宇宙之间的某种内在的、神秘的联系。也许，自然深处无声的韵律，即是生命深处的韵律。那么，张岱是否因为在他那挥金如土、纵情嬉游的生活中意识了生命的空洞与疲倦，来这凝静的自然探求生命的依归？但他什么也没有说。

如果懂得人世无处不孤独，也就懂得人世无处不可亲近。有时偶入异乡，逢村姑当垆，夸说酒好，老妪献茶，闲话儿孙，虽是片刻邂逅，却也并无阻隔。其实，人与人之间，近则有利害之计较，有利害则远；远则无利害之计较，无利害则近。——远近本是难说。当张氏划船到湖心亭时，见二客对坐，一童子煮酒，自是大出意外，文章忽起波澜。但这意外之遇，并未破坏此番夜游的兴味。因为彼此在对方身上，感受到了共同的人生情趣与共同的美感。一时知己，别后不见，浮三大白，挥袖而散，真是难得的机缘。这机缘告诉人们什么？是不是说，人与自然可以有一种神秘的感通，人与人，只要脱略利害，同样可以相互感通？是不是说，人世常孤独又常不孤独？但作者还是什么也不说。

张岱的小品从来不爱讲道理，他只是感受人生，描绘人生。在这篇游记中，作者的态度、举止，也只是静静地观赏、静静地体味。凡是情绪比较活跃的地方，都是从他人写出。见知己而大喜的是“客”，喃喃言雪夜游湖之痴的是“舟子”。他始终是淡然的，似乎深深有会于心而难以言说，亦令读者有会于心而已。

（骆玉明）

明圣二湖　　张　岱

自马臻[①]开鉴湖，而繇汉及唐，得名最早；后至北宋，西湖起而夺之，人皆奔走西湖，而鉴湖之澹远，自不及西湖之冶艳矣。至于湘湖[②]，则僻处萧然，舟车罕至，故韵士高人无有齿及之者。余弟毅儒，常比西湖为美人、湘湖为隐士、鉴湖为神仙。余不谓然。余以湘湖为处子，眠娗[③]羞涩，犹及见其未嫁之时；而鉴湖为名门闺淑，可钦而不可狎；若西湖则为曲[④]中名妓，声色俱丽，然倚门献笑，人人得而媟亵⑤之矣。人人得而媟亵，故人人得而艳羡；人人得而艳羡，故人人得而轻慢。在春夏则热闹之至，秋冬则冷落矣；在花朝则喧哄之至，月夕则星散矣；在晴明则萍聚之至，雨雪则寂寥矣。故余尝谓，善读书无过董遇"三余"⑥，而善游湖者亦无过董遇"三余"。董遇曰："冬者，岁之余也；夜者，日之余也；雨者，月之余也。"雪巘古梅，何逊⑦烟堤高柳！夜月空明，何逊朝花绰约！雨色空濛，何逊晴光滟潋！深情领略，是在解人。即湖上四贤⑧，余亦谓乐天之旷达，固不若和靖之静深；邺侯之荒诞，自不若东坡之灵敏也。其余如贾似道⑨之豪奢、孙东瀛⑩之华赡，虽在西湖数十年，用钱数十万，其于西湖之性情，西湖之风味，实有未曾梦见者在也。世间措大⑪，何得易言游湖！

〔注〕①马臻：东汉人，任会稽太守时，开凿鉴湖（亦称镜湖，在今浙江绍兴市西南）。②湘湖：在今杭州萧山区西。③眠娗：同"腼腆"，害羞。④曲：指妓女居住区。⑤媟（xiè）亵：轻薄、玩弄。⑥董遇"三余"：董遇，三国时魏人，好学不倦，尝谓读书须利用"三余"时日，即"冬者，岁之余；夜者，日之余；雨者，时之余"。⑦何逊：哪会比不过。逊，逊色。⑧湖上四贤：指白居易（字乐天，曾任杭州刺史）、林逋（谥和靖先生，隐居孤山）、李泌（封邺侯，唐代宗时任杭州刺史，生平向往神仙不死之术）、苏轼（号东坡居士，曾任杭州知州）。⑨贾似道：南宋有名奸相，宅第在西湖葛岭。⑩孙东瀛：明万历间太监孙隆，号东瀛，任苏杭织造时，不惜重金修葺西湖名胜。⑪措大：指穷读书人。

这是《西湖梦寻》开宗明义的第一篇——西湖总记。明圣湖为西湖旧名，据传说，"汉时，金牛见湖中，人言明圣之瑞，遂称明圣湖"（《西湖游览志》）。二湖者，以西湖早有外湖、里湖之别，柳永《望海潮》词所谓"重湖叠巘清嘉"是也。

话说"这西湖乃是天下第一个真山真水的景致"，如《儒林外史》所描写的：灵隐幽深，天竺清雅，一处处金粉楼台，竹篱茅舍，桃柳争妍，桑麻遍野；卖酒的青帘高扬，卖茶的红炭满炉，士女游人，络绎不绝。自东坡居士将她比作西子之后，种种品藻评赞，给这位大美人涂脂抹粉，陈陈相因，够腻味的了。如今，西湖寻梦的张岱，冷眼向湖，悉心审美，却大发了一通惊世骇俗之论。

一曰："西湖为曲中名妓，声色俱丽，然倚门献笑，人人得而媟亵之。"实在唐突西施！怪论奇谈孰有逾于此者！然而，且莫摇头，先听析理。不同于世人"比西湖为美人、湘湖为隐士、鉴湖为神仙"之类泛泛的常谈，张岱别具手眼地指出：湘湖是腼腆僻处的未嫁处子；鉴湖是可钦而不可狎的名门闺淑；只有冶艳的西湖,人人得而媟亵之,艳羡之乃至轻慢之。因为对她太随便了,太熟识了,司空见惯浑闲事,俗人逛西湖还不就是当成狎妓那样,热闹一番、喧哄一阵、亲热一刻!这段议论,自然不是为的贬低西子的身价。揶揄调侃,讽世刺俗,真乃入木三分,触着了痛痒处。

二曰:“世间措大,何得易言游湖!”这又不啻将一盆冷水泼向随大流、赶热闹的游客骚人头上。可能令人不快,却是引人深思。西湖性情怎样,西湖风味如何,西湖最真最美的面目究竟在哪里,俗人何曾梦见!作者提示游湖存在着善游与否的绝大差别,他灵巧自然地引用董遇“三余”之说,指点迷津,示现妙境,点出世人心醉的这位绝世婵娟,门庭冷落鞍马稀之际,正是她显其真面目、露其真性情之时。湖上的秋冬远胜于春夏,月夕远胜于花朝、雨雪远胜于晴明!也许作者讲得太绝对化了一点儿,但好不容易呵,西子终究找到了自己的旷代知音。她那雪巘古梅之姿、夜月昽明之景、雨色空蒙之状、静深灵敏之趣,一言以蔽之,别有风味之美,若非解悟此中真意者,断不能深情领略。月明林下,雪满孤山,雨中西子,常为游人所冷落,作者为西子悲,为“杭人不看月”“避月如避仇”(张岱《西湖十景诗》《西湖七月半》)憾,故不得不出此愤世嫉俗之言。他的笔锋也并非指向有兴游湖的穷读书人。

清人李鼎《西湖小史》云:“今游湖者春时最盛,然半属‘看忙’;领幽味、赏清韵者有几?吴人嘲杭人为怕月,信非虚也。”空谷足音,录以备考。　（顾复生）

孤　山　　张 岱

《水经注》曰:水黑曰卢,不流曰奴;山不连陵曰孤。梅花屿[①]介于两湖之间,四面岩峦,一无所丽,故曰孤也。是地水望澄明,皦焉冲照[②],亭观绣峙两湖,反景若三山之倒水下[③]。山麓多梅,为林和靖放鹤之地。林逋隐居孤山,宋真宗征之不就,赐号和靖处士。尝畜双鹤,豢之樊中。逋每泛小艇游湖中诸寺,有客来,童子开樊放鹤,纵入云霄,盘旋良久,逋必棹艇遄[④]归,盖以鹤起为客至之验也。临终留绝句曰:“湖外青山对结庐,坟前修竹亦萧疏。茂陵他日求遗稿,犹喜曾无封禅书。”绍兴十六年建四圣延祥观[⑤],尽徙诸院刹及士民之墓,独逋墓诏留之弗徙。至元,杨连真伽[⑥]发其墓,唯端砚一、玉簪一。明成化十年,郡守李端修复之。天启间有王道士,欲于此地种梅千树。云间张侗初太史补《孤山种梅序》⑦。

〔注〕 ① 梅花屿：即孤山，“地故多梅，寒香稠叠，又名梅花屿”（《西湖新志》）。 ② 皦焉冲照：清晰空明。《水经注·漯水》：“清水流潭，皦焉冲照。” ③ 反景：倒影。三山：原指蓬莱、方丈、瀛洲三座海上神山，此喻孤山之碧岑楼馆。 ④ 遄（chuán）：迅疾。 ⑤ 四圣延祥观：宋高宗绍兴年间所建，祀天篷、天猷、玄圣、真武四神将。 ⑥ 杨连真伽：元代僧人，曾任江南释教总统，大量掘发钱塘、绍兴一带南宋帝王大臣名贤冢墓，作恶多端。 ⑦ 云间：今上海松江。张侗初：名鼐，万历进士，曾在翰林院供职，故称太史。

“钱塘之胜在西湖，西湖之奇在孤山，而山之著闻四方，则由宋和靖处士始”（元李祁《巢居阁记》）。故孤山放鹤亭昔人有楹联云：“梅横孤影自绝俗，山附高人亦可传。”孤山意态与和靖风神盖已密不可分，合二为一，而《西湖梦寻》孤山之绍介亦缘此意着笔。

山以人传，此篇文字侧重点不在铺陈“孤山雪霁”之类具体景物，仅将林和靖有关轶事点缀一二，略去陈言熟套。通篇清疏淡逸，文笔萧然有林泉之风，与所揽之胜、所传之人谐合无间；然疏散中自见章法，情事隐约关联，掩映生姿，读来饶有余味。

先从孤山之命名释起，交代此山地势特征，笔墨富有暗示性。孤山四面岩峦，一无依附，碧波环绕，独立不群，此种孤高拔俗之标，岂不令人顿生潇洒出尘之想！“是地水望澄明，皦焉冲照”，西湖绣峙，三山倒影；如此湖山，若非和靖一流人物又谁能管领！再由山麓之梅，自然引出和靖放鹤之地。关于这位隐士传说甚多，世人耳熟能详，作者不须赘语，略叙生平事迹之后，只就一件琐事点染细节：和靖先生蓄有双鹤，驯养笼中，每当泛艇游湖中诸寺时，佳客来访，则童子开笼放鹤，纵入云霄，盘旋良久，主人得此信号，即棹艇返程。这一节情趣浓郁的描述，寥寥数句，却有颊上添毫之妙。试想，双鹤盘空，轻舟接远客，是何等画意诗情，发人多少遐想！

读者也许奇怪，述孤山、记林逋，而无一语提到林处士著名的几首咏梅诗句，例如“疏影横斜水清浅，暗香浮动月黄昏”等。看来张岱对这些传香绘影的咏物诗兴趣不大，他只引录了处士临终那首言志的遗篇：“茂陵他日求遗稿，犹喜曾无封禅书”（茂陵，指代汉武帝。《汉书·司马相如传》载，相如病危，武帝遣使者至家求其文，遗稿之中发现一篇歌功颂德的《封禅书》）。林逋以一生未曾著述媚主、品格高于司马相如而自慰，同时寓讽宋真宗好封禅之意。录此一诗，足见张岱对林逋最景仰的是他那真正鄙弃功名富贵的亮节高风，词章之美非其所重。

日本近代知名汉学家竹添光鸿来中土时，游历西湖，以眷属自随，曾言“东国之人，来游西湖者亦多，然携妻孥上孤山吊梅妻鹤子者，止仆一人，颇足夸故乡诸友也。”（见俞樾《春在堂随笔》卷七）处士风流，芳至今而未歇；赤县扶桑，心有灵而相感。此亦学林佳话，洵足采摭入《孤山志》者。 （顾复生）

绍兴灯景 张 岱

绍兴灯景，为海内所夸者无他，竹贱、灯贱、烛贱。贱，故家家可为之；贱，故家家以不能灯为耻。故自庄逵以至穷檐曲巷，无不灯，无不棚者。棚以二竿竹搭过桥，中横一竹，挂雪灯一，灯球六。大街以百计，小巷以十计。从巷口回视巷内，复叠堆垛，鲜妍飘洒，亦足动人。十字街搭木棚，挂大灯一，俗曰“呆灯”，画《四书》《千家诗》故事，或写灯谜，环立猜射之。庵堂寺观以木架作柱灯及门额，写“庆赏元宵”“与民同乐”等字。佛前红纸荷花琉璃百盏，以佛图灯带间之，熊熊煜煜，庙门前高台鼓吹。五夜市廛，如横街轩亭、会稽县西桥，闾里相约，故盛其灯。更于其地斗狮子灯，鼓吹弹唱，施放烟火，挤挤杂杂。小街曲巷有空地，则跳大头和尚，锣鼓声错，处处有人团簇看之。城中妇女，多相率步行，往闹处看灯；否则大家小户杂坐门前，吃瓜子糖豆，看往来士女，午夜方散。乡村夫妇，多在白日进城，乔乔画画，东穿西走，曰“钻灯棚”，曰“走灯桥”，天晴无日无之。万历间，父叔辈于龙山放灯，称盛事，而年来有效之者。次年，朱相国家放灯塔山，再次年放灯蕺山，蕺山以小户效颦，用竹棚多挂纸魁星灯。有轻薄子作口号嘲之曰：“蕺山灯景实堪夸，葫筱竿头挂夜叉。若问搭彩是何物？手巾脚布神袍纱。”繇今思之，亦是不恶。

我国民俗中各地都有灯节灯会，灯市之盛，灯品之繁，历代不乏。只要翻翻《东京梦华录》《武林旧事》这类书，都有详尽的记载。张岱写的是家乡灯景，场面自是不同于其他地方。文章起首便突出特色，不言其他，但言“三贱”，因其制灯材料便宜，故能普遍，其灯盛便成为自然而然了。这颇有点敝帚自珍的味道。文章结尾用轻薄子弟的顺口溜以作谐谑，一方面应了黄山谷“作诗如作杂剧，临了须打诨，方是出场”的话，张岱为文有时亦作谑语；另一方面也带着一股浓厚的怀旧情绪，昔日家乡一切都使人留恋，末了一句“亦是不恶”，不是解嘲，而是眷恋。因为特殊的感情，纵是恶俗也变得可爱了。

写灯，先从村庄穷巷写起，接着是小巷大街，十字路口，乃至庵堂寺观，佛龛庙堂。“雪灯”，当是指较明亮的灯，“灯球”，大约是圆形灯笼了。宋吴自牧《梦粱录》卷一“元宵”条也提到过“灯球”，谓“诸酒库亦点灯球”，看来浙江观灯以及灯品是由来已久的。“从巷口回视巷内”一段，作者选取了一个纵观的角度，一条巷内由近及远，犹如一条火龙，便是所谓“复叠堆垛，鲜妍飘洒”。及写到十字街上的“呆灯”，则又取近观之式了，上面的画图皆清晰可见，灯谜亦历历在目。如此远观近取，方是逛灯。灯上写有谜语，供人猜射，故谓灯谜。宋周密《武林旧事》卷二“灯品”条也说到这种灯：“又有以绢灯剪写诗词，时寓讥笑，及画人物，藏头隐语，及旧京诨语，戏弄行人。”灯谜在我国亦复源远流长。

观灯须是夜间，这里却说乡村夫妇白日“钻灯棚”“走灯桥”，这是为什么呢？原来元宵灯会非只一天即罢，《梦粱录》上说是由十四日始，至十六日夜半才收灯，或许有的地方时间更长些。乡间人夜里观灯无法归家，只能白天来看了。文中提到的朱相国家放灯，想更是气派，贵家财力雄厚，放灯气象当然不同。朱相国，当是指山阴人朱赓，字少钦，为隆庆间进士，万历间累官礼部尚书，兼东阁大学士，一度势倾朝野，独当国。后屡屡遭劾，卒于官。朱相国家放灯盛状，作者语焉不详，而以小户效颦虚之，意在发挥读者的想象力。词话本《金瓶梅》第七十八回“吴月娘玩灯请兰氏”中描写了西门庆家放灯，也算是个大户了，抄录一段，以相发明：

> 正面设石崇锦帐围屏，四下铺玳筵广席。花灯高挑，彩绳半拽。雕梁锦带低垂，画烛齐明宝盖。鱼龙山戏，恍一片珠玑，殿阁楼台，簇千团翡翠。左面厢九姊十妹美人，图画丹青；右首下九曜八洞神仙，妆成千碧。

由此联想开去，朱相国家放灯的场面一定比西门庆家要阔绰得多吧。

（王星琦）

西湖香市　　张　岱

西湖香市，起于花朝①，尽于端午。山东进香普陀者日至，嘉湖进香天竺者日至，至则与湖之人市焉，故曰香市。

然进香之人，市于三天竺②，市于岳王坟，市于湖心亭，市于陆宣公③祠，无不市，而独凑集于昭庆寺，昭庆寺两廊无日不市者。三代八朝之骨董，蛮夷闽貊④之珍异皆集焉。至香市，则殿中甬道上下，池左右，山门内外，有屋有摊，无屋则厂，厂外又棚，棚外又摊。节节寸寸，凡胭脂、簪珥、牙尺⑤、剪刀，以至经典、木鱼、孩儿嬉具之类，无不集。

此时春暖，桃柳明媚，鼓吹清和，岸无留船，寓无留客，肆无留酿。袁石公⑥所谓“山色如娥，花光如颊，波纹如绫，温风如酒”，已画出西湖三月，而此香客杂来，光景又别；士女闲都，不胜其村妆野妇之乔画⑦；芳兰芗泽，不胜其合香芫荽⑧之熏蒸；丝竹管弦，不胜其摇鼓欱笙之聒帐⑨；鼎彝光怪，不胜其泥人竹马之行情；宋元明画，不胜其湖景佛图⑩之纸贵。如逃如逐，如奔如追，撩扑不开，牵挽不住。数百十万男男女女、老老少少，日簇拥于寺之前后左右者，凡四阅月方罢。恐大江以东断无此二地矣。

崇祯庚辰三月，昭庆寺火，是岁及辛巳、壬午洊饥⑪，民强半饿死。壬午虏鲠山东，香客断绝，无有至者，市遂废。辛巳夏，余在西湖，但见城中饿殍舁⑫出，扛挽相属。时杭州刘太守梦谦，汴梁人，乡里抽丰⑬者多寓西湖，日以民词馈送⑭。有轻薄子改古诗⑮诮之曰：“山不青山楼不楼，西湖歌舞一时休。暖风吹得死人臭，还把杭州送汴州。”可作西湖实录。

〔注〕 ① 花朝：民俗以农历二月十二日为百花生日，称为花朝。 ② 三天竺：杭州西湖北高峰下、灵隐寺上有三寺，名为上天竺、中天竺、下天竺。 ③ 陆宣公：唐代名臣陆贽，谥忠宣公。西湖上有他的祠堂。 ④ 蛮夷闽貊(mò)：旧时对少数民族的称呼。 ⑤ 牙尺：象牙尺。 ⑥ 袁石公：袁宏道，字中郎，号石公。湖北公安人，与其兄宗道、弟中道，并称公安三袁。 ⑦ 乔画：妆饰、打扮，含有贬义。 ⑧ 合香芫荽：此代指廉价的化妆品。 ⑨ 欱(hē)笙：以口吹笙。聒帐：即聒噪、喧闹。 ⑩ 湖景佛图：西湖十景与佛像的图片。 ⑪ 洊(jiàn)饥：连年饥荒。 ⑫ 舁(yú)：抬。 ⑬ 抽丰：有人做了官，有钱有势，乡亲们都来向他借钱或求工作。意思是抽取他的富裕。俗语又作“打秋风”。 ⑭ 民词：百姓的词讼(诉讼)。此句意为太守默许他的乡亲们包揽百姓诉讼案件，收受贿赂，即作为他送给乡亲们的礼物。 ⑮ 古诗：指南宋诗人林升的《题临安邸》诗：“山外青山楼外楼，西湖歌舞几时休？暖风熏得游人醉，直把杭州作汴州。”

本文分三段。第一段先解释“香市”，接着便缩小范围，叙述昭庆寺的香市。因为这里是香市的典型。第二段叙述香市期间，西湖上的游人不同于其他季节。这时候，游西湖的，虽然也有上层社会的“士女”，但最多的却是从各地来进香拜佛的农村劳动人民，这些游客，被称为“香客”。作者用五个“不胜其”来作衬比，句法也极为精炼利落。第三段立刻转到香市的衰落。辛巳是1641年，崇祯帝自尽于煤山的前三年，作者也举三件事来反映当时国家形势。一是“虏鲠山东”，就是说农民起义已爆发，二是人民天天饿死，三是官僚依然贪污腐化。

最后，引用一首讽刺诗来反映人民的悲愤，也为西湖香市的今昔作了结论。

（施蛰存）

虎丘中秋夜　　张　岱

虎丘八月半，土著流寓、士夫眷属、女乐声伎、曲中名妓戏婆、民间少妇好女、崽子娈童，及游冶恶少、清客帮闲、傒僮走空之辈，无不鳞集。自生公台、千人石、鹤涧、剑池、申文定①祠，下至试剑石、一二山门，皆铺毡席地坐。登高望之，如雁落平沙，霞铺江上。

天暝月上，鼓吹百十处，大吹大擂，十番铙钹②，渔阳掺挝③，动地翻天，雷轰鼎沸，呼叫不闻。更定，鼓铙渐歇，丝管繁兴，杂以歌唱，皆“锦帆开”“澄湖万顷”同场大曲④。蹲踏和锣，丝竹肉声⑤，不辨拍煞⑥。更深，人渐散去，士夫眷属皆下船水嬉。席席征歌，人人献技。南北杂之，管弦迭奏，听者方辨句字，藻鉴⑦随之。

二鼓人静，悉屏管弦，洞箫一缕，哀涩清绵，与肉相引，尚存三四，迭更为之。

三鼓，月孤气肃，人皆寂阒⑧，不杂蚊虻。一夫登场，高坐石上，不箫不拍，声出如丝，裂石穿云，串度抑扬，一字一刻，听者寻入针芥⑨，心血为枯，不敢击节，惟有点头。然此时雁比而坐者，犹存百十人焉。使非苏州，焉讨识者⑩？

〔注〕①申文定：明人申时行，卒谥文定，长洲（今江苏苏州）人，曾任嘉靖时首辅。②十番铙钹（náo bó）：亦称十番锣鼓，民间器乐乐种，以吹打乐器为主，常用于喜庆婚丧等场合。③渔阳掺挝：鼓曲名。掺挝亦作“参挝”。《后汉书·祢衡传》：“衡方为《渔阳参挝》，蹀躞而前。”李贤注：“参挝是击鼓之法。”④锦帆开、澄湖万顷：“锦帆开”指传奇《浣纱记》第十四出《打围》中的[普天乐]曲。这是旦贴扮宫女领唱的合唱曲，首句为“锦帆开，牙樯动”。“澄湖万顷”指该剧第三十出《采莲》中的[念奴娇序]曲。这是净扮吴王领唱的合唱曲，首句为“澄湖

万顷,见花攒锦绣,平铺十里红妆。” ⑤ 丝竹肉声:指弦乐(丝)、管乐(竹)和歌唱(肉)声。 ⑥ 拍煞:拍指整套曲的中段,煞指其结尾曲。 ⑦ 藻鉴:指评量和鉴别人才,多指考试甄别。 ⑧ 寂阒(qù):寂静。 ⑨ 寻入针芥:旋即进入细微之处。针芥,比喻极其细小的事物。 ⑩ 使非苏州,焉讨识者:假使不是在苏州,哪里寻取这么多知音的人。

明代嘉隆以后,民间戏曲艺术活动分外繁盛,张岱《陶庵梦忆》中所记载的西湖之春、扬州清明、秦淮之夏、虎丘中秋等都是民间的演唱盛会。

每年中秋,在苏州虎丘山举行的昆曲大会,是以演剧与唱曲竞赛为娱乐的民间节日。这种曲会从明代中后期至清代中期持续了一二百年。其间数辈文人,有很多咏唱这个节日的诗文,尤以明万历间诗人袁宏道所作的《虎丘》一文,生气活现,论家以为“虎丘之胜,已尽于笔端矣”(陆云龙评选《翠娱阁评选袁中郎先生小品》)。

而张岱的这篇《虎丘中秋夜》,以戏曲行家的那种晰毛辨发功夫,在袁文之后百尺竿头,更进一步,至妙至绝,真可令千古才人心死矣。

张岱之笔,犹如摄影机镜头,把虎丘中秋的情景尽收眼底。

首写赴会。袁宏道当年已把游人写得纷错如织,曾谓“倾城阖户,连臂而至”,“从千人石上至山门,栉比如鳞”。张岱则把倾城而出的各色人及千人石至山门的各个地点也一一点示出来。如果说袁文是散文式的铺叙,张文则是多种镜头的叠映,使簇拥纷错之状,更加立体地映现出来。

次写初更。初夜时,这里是一番热闹景象,四方游人初集,唯有锣鼓吹打,才足以表达兴奋之情。及至更定,开始演唱,但因人物错杂,雅俗不分,大家都只以自娱为乐,所以无论吹弹歌唱,总是选择“锦帆开”“澄湖万里”之类热闹的合唱曲。在行家张岱看来,真是“丝竹肉声,不辨拍煞”,这似乎是为那种天真可爱所逗乐,又像是因那种幼稚浅俗而微微摇头。更深时,凑热闹的游客渐次散离,留下的是真正的听众,都在耐心地品赏管弦伴奏中的南北曲的清唱。

继写二鼓。经过竞争汰选,只留下三四人,由一缕洞箫伴托着演唱。其特点是一片静穆,只有深于昆曲雅致的听众在等待最后的优胜者上台。

终写三鼓。被认为最有水平的演唱者当于此时登台献艺,故而特别引人注目。袁文与张文都以饱含深意的笔调写出一段极优美的文字。先看袁文:“一夫登场,四座屏息,音若细发,响彻云际,每度一字,几尽一刻,飞鸟为之徘徊,壮士听而下泪矣。”这是诗人的感知,引譬取喻,以文字的形象音韵感人。再看张文:“一夫登场,高坐石上,不箫不拍,声出如丝,裂石穿云,串度抑扬,一字一刻,听者寻入针芥,心血为枯,不敢击节,惟有点头。”这是行家的体悟,析微通幽,字字切中肯綮，将真确的理性分析如盐入水般地融进生动形象的表述之中。昆曲清唱到了明末，极其繁缛柔曼，一字三折，声多字少，一般人无法听懂唱词，而行家则乐此不疲，自得"曲高和寡"之趣。张岱以为，演艺到了令人"不敢击节，惟有点头"的情境，是为极境矣。此时，表演者与观众的神情契合无间，却又不知其所以然。八个字传写出了那种不可言传的意境。至此，读者亦"不敢击节，惟有点头"了。

文章反映了广大群众对社会交际的需求和对艺术生活的热爱，也反映了民间演出水平的高妙和群众组织社会活动的非凡能力。既写出少数"寻入针芥"的曲迷的品位，也写出"雷轰鼎沸"的群众大场面。既写出"演者"的踊跃献艺，也写出"听者"的心理活动。这里的"听者"首先就是老于此道的作者本人。正因为他作为"听者"始终活动在当时的情境中，而且又以一名行家里手的身份，有条不紊地剖析、描述，自然而然地把读者引入曲会的胜迹中去，又鬼使神差般地把读者引入当时那些曲迷的心理中去，与他们一起呼吸，一起观摩，一起凝神于微妙的艺术之中。

（叶长海）

杨神庙台阁　　　　张　岱

枫桥杨神庙，九月迎台阁。十年前迎台阁，台阁而已，自骆氏兄弟主之，一以思致文理为之。扮马上故事二三十骑，扮传奇一本，年年换，三日亦三换之。其人与传奇中人必酷肖方用。全在未扮时，一指点为某似某，非人人绝倒者不之用。迎后，如扮胡槌者直呼为胡槌，遂无不胡槌之，而此人反失其姓。人定，然后议扮法，必裂缯为之。果其人其袍铠须某色某缎某花样，虽匹锦数十金不惜也。一冠一履，主人全副精神在焉。诸友中有能生造刻画者，一月前礼聘至，匠意为之，唯其使。装束备，先期扮演，非百口叫绝又不用。故一人一骑，其中思致文理，如玩古董名画，一勾一勒不得放过焉。土人有小小灾祲，辄以小白旗一面到庙禳之，所积盈库。是日以一竿穿旗三四，一人持竿三四走神前，长可七八里，如几百万白蝴蝶回翔盘礴在山坳树隙。四方来观者数十万人，市枫桥下，亦摊亦篷。台阁上马上有金珠宝石堕地，拾者如有物凭焉不能去，必送还神前。其在树丛田坎间者，问神，辄示其处不或爽。

这篇文章集中讲述了选拔戏曲演员和进行表演创造的一些特殊规律问题，大约有三。

其一，选择演员时，“其人与传奇中人必酷肖方用”，似乎是在提倡选用本色演员。戏曲的确存在这个习惯，旧时学戏的孩子进了科班，练过几个月基本功，师傅就要给他们分行当了。但凡身材苗条、细声细气、瓜子儿脸的，学旦角；如果虎背熊腰、瓮声瓮气的，学花脸；要是个头儿矮小、油腔滑调的，当然就是丑角的材料了。这是以外在的身体特点做区分的，外在的本色像什么，你就演什么。等搭班演出过一段时间，本色就会从外在进入内在，这时仍然注重本色，但首先是气质上的本色了。比如郝寿臣与袁世海师徒，是京剧著名的两代架子花演员，都有“活曹操”的美称。他俩“活”在哪里？既外也内，既有宽宽的肩膀、大大的脸盘，又有“眉峰一耸，多疑多诈”的意态。在日常生活中遇到他们爷儿俩的任何一位，你若指着他去问并不熟悉京剧的朋友：“您看，这位（或郝或袁）像不像曹操啊？”朋友必然先是一愣，眨眼间又必然挑起大拇指：“像！别提多像了！”如果眼前的京剧名伶稍稍耸耸肩膀、皱皱眉峰，那么这伙朋友都非被“绝倒”不可。显然，这种由外到内的本色演员大受欢迎。但事情是复杂的，与郝寿臣并世齐名的还有一位花脸，叫侯喜瑞。此人身材矮小，脸条也瘦，似乎根本不是演花脸的材料。然而通过刻苦努力，侯喜瑞功到自然成，把张飞、李逵一类“活泼”花脸演得异常生动。这还不算，他还要碰碰郝、袁爷儿俩的“世袭领地”——曹操。这事好说难做，因为侯缺少曹操的外，这是先天的不足；然而在《战宛城》的“马踏青苗”一折当中，侯通过准确优美的舞蹈，形象地揭示了曹操自我违犯将令之后的惊慌，成功地表现了曹操的“内”——因此在“这一出”曹操戏中，反倒占了上风。由此可见，戏曲固然大力提倡由外到内的本色演员，但非绝对之理。没有“外”的演员，只要在“内”上格外下功夫，反倒可能出奇制胜，达到性格演员的高度。

其二，在准备创造时，“人定，然后议扮法，必裂缯为之。果其人其袍铠须某色某缎某花样，虽匹锦数十金不惜也”。这就是说，扮相问题的解决常常先于其他。这对许多人都是疑问，因为在人们心目中，包括心理和形体两方面的动作才是第一位的。其实，这正是戏曲的特殊性所在。只有扮相解决了，心理和形体的动作范式才能相应确定。因为在戏曲中，不同扮相有不同的动作范式，丝毫混淆、替代不得。文中讲到骆氏兄弟肯于一掷千金求得扮相的准确，精神当然很好，但做法显然矫枉过正。京剧俗谚曰：“宁穿破，不穿错。”最理想的扮相不仅要尽力靠拢人物的身份、朝代，而且更应让人物动作时取得方便。扮相不仅要是历史的，更应该是艺术的。而艺术当先的扮相，要的就是“一冠一履，主人精神在焉”，哪里用得到“虽匹锦数十金不惜”呢？

其三，讲到人情戏理应仔细琢磨，“故一人一骑，其中思致文理，如玩古董名画，一勾一勒不得放过焉”。这句话很有学问，但凡经过千锤百炼的传统文艺作品，无论整体结构还是每一细部，都是极其讲究的，都是耐得起推敲的。梅兰芳讲传统老戏大多“有谱儿”。什么叫“谱儿”？就是一切身段动作都相对稳定，都有准尺寸、准地方。这是历代艺人们创造性劳动的积淀，不像某些新编的戏光有不错的故事情节，而缺乏艺人身上有魅力的“玩意儿”。后者如不努力在“谱儿”上下功夫的话，是很难流传下去的。

上面三条，说明骆氏兄弟在艺术上已经完全“入港”，有些地方还真内行，这样的艺术管理者是戏曲发展不可或缺的。（徐城北）

闰　中　秋　　张　岱

崇祯七年闰中秋，仿虎邱故事，会各友于蕺山亭。每友携斗酒、五簋、十蔬果、红毡一床，席地鳞次坐。缘山七十余床，衰童塌妓，无席无之。在席七百余人，能歌者百余人，同声唱“澄湖万顷”，声如潮涌，山为雷动。诸酒徒轰饮，酒行如泉。夜深客饥，借戒珠寺斋僧大锅煮饭饭客，长年以大桶担饭不继。命小傒岕竹、楚烟，于山亭演剧十余出，妙入情理，拥观者千人，无蚊虻声，四鼓方散。月光泼地如水，人在月中，濯濯如新出浴。夜半白云冉冉起脚下，前山俱失，香炉、鹅鼻、天柱诸峰，仅露髻尖而已，米家山雪景仿佛见之。

此篇确系神品。神品何以得之？我以为像这样的回忆文章，必须当日“玩”得神了，以后在一定的契机启迪之下，想象、思索得也神了，下笔时才能一挥而就，如有神助。

神——神的境界、神的意象、神的氛围等，都是由人——有文化的人自己创造的。有文化的人参加一般活动，能把没文化的或少文化的变成有文化的；而一旦参加本身含有文化的活动，就会使其中的文化成分变得更加浓郁、更加深厚。原因何在？我想恐怕是与文化人的活动方式有关。其中最主要的就是，一方面是文化的创造者，同时又是欣赏者。这一次中秋，是群众自发进行的，在歌咏、演戏、饮酒观景的过程中，谁能说欣赏活动只是单方面的？唱歌的人不是同时在欣赏听歌者的感受情形吗？唱戏的人不也因鼓掌喝彩而神采倍增吗？喝酒固然是一乐趣，看别人喝——尤其是喝醉时，不是更加有趣？至于观望美丽的风景，在一般人可能是单方面的，但在文化人眼里则大不相同。“我见青山多妩媚，料青山见我应如是。”文化人眼中的自然是人化的自然，是有感情、有文化的自然，文化人能感受到自然对于自己宣泄感情的反馈。文化人的这种活动方式，不仅推动了文化的前进，而且也改造了自己，还把没文化和少文化的广大群众邀集到这个浩浩荡荡的文化洪流中去。应该说，这一次中秋节的庆祝活动，是一次调集当时、当地各阶层人们共同继承传统文化的盛举，以继承为名，发展也就在其中了。

联想到我们近年经常举办的各种文化活动，往往因为把创造和欣赏的两重关系截然分开，使参加者难以享受到同时兼有两种身份的快乐。更何况文化的推进，是要在实践中曲曲折折地行进，要通过摸索和顿挫取得真知；不要把什么全都挑明，不要像某些蹩脚的话剧演员那样，一上舞台就“直奔目标”，用图解的办法解释这个人正在想什么和将要干什么。真走到那一步，不仅不可能成为神品，恐怕距离能品也差一大截呢！

（徐城北）

秦淮河房　　张　岱

秦淮河河房，便寓，便交际，便淫冶，房值甚贵而寓之者无虚日。画船箫鼓，去去来来，周折其间。河房之外，家有露台，朱栏绮疏，竹帘纱幔。夏月浴罢，露台杂坐，两岸水楼中，茉莉风起动儿女香甚。女客团扇轻纨，缓鬓倾髻，软媚著人。年年端午，京城女士填溢，竞看灯船。好事者集小篷船百什艇，篷上挂羊角灯如联珠。船首尾相衔，有连至十余艇者。船如烛龙火蜃，屈曲连蜷，蟠委旋折，水火激射。舟中镦钹星铙，宴歌弦管，腾腾如沸。士女凭栏轰笑，声光凌乱，耳目不能自主。午夜，曲倦灯残，星星自散。钟伯敬①有《秦淮河灯船赋》，备极形致。

〔注〕①钟伯敬：即“竟陵派”代表作家钟惺（1574—1625），字伯敬，万历三十八年进士，曾任工部主事、南京礼部郎中，后擢为福建提学佥事，有《隐秀轩集》。

南京的秦淮河，是明清时期冶游佳地，读《板桥杂记》以及《桃花扇》，均可略见那里的笙歌旖旎、闹热非凡。珠泉居士《续板桥杂记》有云：“秦淮古佳丽地，自六朝以来，青溪笛步间，类多韵事。洎乎前明，轻烟淡粉，灯火楼台，号称极盛。迨申酉之交，一片欢场，化为瓦砾，每览《板桥前记》，美人黄土，名士青山，良可慨已!”描写秦淮河的诗词歌赋、野史稗官,称得上是汗牛充栋,不可数记。张岱此篇,选取旧院夏夜以及端午灯会等数景,类似速写画,而非《清明上河图》那样的长卷细描,感受独特,别饶一番情味。

黄裳先生说:“张岱是秦淮河上的常客,他对这种生活是非常熟悉的。但也只有他在热闹中能看出冷静,喧笑中发现眼泪。他有一双与众不同的敏锐的眼睛。”(《绝代的散文家张宗子》)你看他写曲中女子浴罢的一段,一个“杂”字,写出了人之众多,也勾出了妓女们慵懒娇娆的神态。“茉莉风起动儿女香甚”,以弥漫着的袭人花香衬托儿女们之妖冶,人非众何能构成香风四起!古人有以为茉莉虽香,品却低下的说法,谓“茉莉是香中小人,故须借人之势,其香也如胁肩谄笑”。故往往将其与狎邪游冶联系在一起。至于“团扇轻纨,缓鬓倾髻,软媚著人”诸句,乃是经心点染之处,一句一个姿态,有如一幅幅仕女图。这写法与《王月生》自是不同,一在写众相,一在写个性;一着意于气氛渲染,一用力于心态刻画。个中消息,是不难悟到的。

写端午看灯船,亦以场面气氛胜。余澹心《板桥杂记》云:“秦淮灯船之盛,天下所无。两岸河房,雕栏画槛,绮窗丝障,十里珠帘,客称既醉,主曰未归,游楫往来,指目曰某名姬在某河房,以得魁首为胜。”可见观灯必是“女士填溢”,闹热中须伴狭邪艳冶。《板桥杂记》写秦淮水上灯船是:“薄暮须臾,灯船毕集,火龙蜿蜒,光耀天地,扬槌击鼓,蹋顿波心,自聚宝门水关至通济门水关,喧阗达旦,桃叶渡口,争渡者喧声不绝。”两相印读,庶几可见秦淮灯船之胜。张、余二子皆处易代之时,其对前尘昔梦的留恋、追怀之情也是相通的。因是怀旧,寻梦,故有一种迷茫的距离感,张岱此文中的描写尤使人有一种淡淡的凄凉和忧伤。“曲倦灯残,星星自散”的描写带着强烈的主观意绪,它不禁使人联想起《桃花扇》中孔尚任所说的“灯炧酒阑,唏嘘而散”(《桃花扇本末》)的话,甚至联想到《红楼梦》中秦可卿托梦王熙凤时所说的“盛宴必散”,其中的感伤意绪是相当浓厚的。这种由闹热转而为冷寂,也形成了一种显明的对照,前文的“水火激射”“声光凌乱”何其热烈,因了“曲倦灯残,星星自散”,那前面的铺排渲染便显得倍加强烈,这正是张岱的高明之处。短短一篇不足三百字的小品中竟能如此灵转自如,腾挪再三,愈见作者笔笔不闲,文心灵透。

(王星琦)

孔　庙　桧

张　岱

己巳[①],至曲阜谒孔庙,买门者门以入。宫墙上有楼耸出,匾曰“梁山伯祝英台读书处”,骇异之。进仪门,看孔子手植桧。桧历周、秦、汉、晋几千年，至晋怀帝永嘉三年而枯；枯三百有九年，子孙守之不毁，至隋恭帝义宁元年复生；生五十一年，至唐高宗乾封三年再枯；枯三百七十有四年，至宋仁宗康定元年再荣；至金宣宗贞祐三年，罹于兵火，枝叶俱焚，仅存其干，高二丈有奇。后八十一年，元世祖三十一年再发；至洪武二十二年己巳，发数枝蓊郁；后十年，又落。摩其干，滑泽坚润，纹皆左纽，扣之作金石声。孔氏子孙恒视其荣枯，以占世运焉。再进一大亭，卧一碑，书"杏坛"二字，党英②笔也。亭界一桥，洙、泗水汇此。过桥，入大殿，殿壮丽，宣圣及四配、十哲俱塑像冕旒③。案上列铜鼎三、一牺、一象、一辟邪，款制遒古，浑身翡翠，以钉钉案上。阶下树历代帝王碑记，独元碑高大，用风磨铜赑屃④，高丈余。左殿三楹，规模略小，为孔氏家庙。东西两壁，用小木匾书历代帝王祭文。西壁之隅，高皇帝殿焉。庙中凡明朝封号俱置不用，总以见其大也。孔家人曰："天下只三家人家：我家与江西张⑤、凤阳朱⑥而已。江西张，道士气；凤阳朱，暴发人家，小家气。"

〔注〕 ① 己巳：明崇祯三年(1629)。 ② 党英：金代文学家党怀英。 ③ 冕旒(liú)：礼冠。 ④ 赑屃(bì xì)：蠵龟的别名。旧时石碑下的石座，常雕作赑屃状，取其力大能负重之义。 ⑤ 江西张：江西龙虎山张天师家族。 ⑥ 凤阳朱：安徽凤阳明朝开国皇帝朱元璋家族。

这篇文章着重记叙了孔庙桧的经历、功用和在孔氏后人心目中的憧憬，因为是孔子手植，树也就成为人的象征。孔子在漫长的封建社会一直被奉为"至圣先师"，并且成为全体统治者、全体读书人共同崇拜的对象，这就不可避免地增加了孔氏家族的骄傲。他们希望保持这种骄傲，他们希望发扬这种骄傲；但是，他们无法像孔子那样奔波劳碌一生去取得这种骄傲，无法对外部世界和内部世界取得世人所认可的权威评论，于是只能吃祖宗的老本，依靠世人对祖宗的崇拜来获得对自己的尊重。这是自古已然的一种相当普遍的心态，一种极要不得的心态，既害他人，更害自己。

具体说到这一株桧树，以荣枯"占世运"的做法是既可笑又典型的。说可笑，是因为在经历"周、秦、汉、晋"的几千年中，它忽荣忽枯，荣枯的时间又忽长忽短，丝毫也没有规律，发生变化的年份也多不是历史转折的重大关头。我真搞不明白,孔氏子孙是如何运用不规律的现象去说明规律的。但是再一想,觉得其中还是存在一些“没道理”的道理。那就是在春秋战国之后的几千年中,孔子人不在了,其思想却还活着,通过《论语》等主要著作活着,更通过统治者和读书人的行为活着,这是孔子精神力量的主要存在。但这还不够,还需要有补充调剂,而类如孔庙桧这样的“生灵”,就是对死板呆滞的孔氏学说的一种最好的补充调剂。荣枯的时间程度如果恰好与历史事实相吻合,当然说明孔子显灵;如果有差,也丝毫无妨,历史通常需要一层神秘的面纱才更具魅力。在封建社会,用一些“障眼法”之类的东西去解释不合逻辑的事物是不困难的,往往魅力就存在于虚虚实实、是是非非之间。越是把一些矛盾缠绕的事物解释“通”了,也就越能显示出孔氏国学的博大精深。从这一点看,孔庙桧的存在和延续,又是非常合乎逻辑、非常典型的了。

（徐城北）

菊 海　　张 岱

兖州张氏期余看菊,去城五里,余至其园,尽其所为园者而折旋之,又尽其所不尽为园者而周旋之,绝不见一菊,异之。移时主人导至一苍莽空地,有苇厂三间,肃余入,遍观之,不敢与菊言,真菊海也。厂三面砌坛三层,以菊之高下高下之。花大如瓷瓯,无不球,无不甲,无不金银荷花瓣,色鲜艳,异凡本,而翠叶层层无一叶早脱者,此是天道,是土力,是人工,缺一不可焉。兖州缙绅家风气袭王府,赏菊之日,其桌,其炕,其灯,其炉,其盘,其盒,其盆盎,其肴器,其杯盘大觥,其壶,其帏,其褥,其酒,其面食,其衣服花样,无不菊者。夜烧烛照之,蒸蒸烘染,较月色更浮出数层。席散,撤苇帘以受繁露。

中国的花很多,品种多,特点多,欣赏的方法也多。欣赏要根据花的品种特点来定,忽视了品种特点,往往越是热情也就越是亵渎,《菊海》就是一例。菊花特点何在?晚秋傲霜而开,这是它与百花卓然不群之处。由于有了“傲”的心性,所以一般地讲,菊花宜单独种植和欣赏,陶渊明“采菊东篱下,悠然见南山”的诗句,可以认作是最得菊花意趣、最与中下层人民思想感情相通的。这里的菊,可能只是很平常的品种,三株五株,一丛两丛,不可能是名贵品种,更不可能是极尽雕琢、堆砌之能事的菊海。

这是一个带普遍意义的教训:许多民间的好东西、好习惯,一旦间被帝王官府所吸收，很快就会把当初最本质的长处糟蹋了。仍以菊为例，兖州张氏以“菊海”名世，果真是懂得、怜惜菊花吗？未必。他的园子“去城五里”，本来地理位置不错，完全可以为展览菊花找到一个合适的天然环境。也就是说，很可以造成一个或几个类如“采菊东篱下，悠然见南山”的艺术氛围。然而园子主人故弄玄虚——来客进园之后，任其左寻右找，“绝不见一菊”，非让来客大大地“异之”一番不可。这不是艺术创作所必需的欲扬先抑，而是故意吊来客的胃口，是一种廉价的“剧场效果”。等到来客进入苇厂，主家这才陡地把自己的经营贮存，一股脑地“倒”给来客！所谓“倒”，就是违背菊花本身的天性素质去另搞一套，意在炫耀自己。主家集中了天道、土力、人工三大优势，惨淡经营，才搞出了自以为满不错的“菊海”。谁料本身不但不美，反而恰恰糟蹋了菊花最本质的美！兖州张氏大约属于当地的富绅，而他们所秉袭的王府习气，对于菊花的欣赏口味就更加不堪：“赏菊之日，其桌，其炕，其灯，其炉，其盘，其盒”……可以说，一切器物吃食皆“无不菊者”。这是在干什么？这哪里是在赏菊，而是在以菊比势、以菊摆阔；这不是瞻仰、体味菊花本体给人的种种启迪，而是把菊花也视为奴才仆役，为自己附庸风雅装点一个门面！我以为，无论是赏菊，还是赏其他的花，都应该有一个前提，那就是必须尊重被欣赏者。换言之，就是菊（以及其他的花）的天性素质是第一位的，绝不应该因欣赏者的不同口味而有所删削、变异。陶渊明的诗和行为，之所以得到传颂，无非就是因为他把天然的菊花摆到了第一位。能否做到这一点，就是真正意义上的品评鉴赏与附庸风雅的区别所在。（徐城北）

柳敬亭说书 张 岱

南京柳麻子，黧黑，满面疤瘤，悠悠忽忽，土木形骸。善说书。一日说书一回，定价一两，十日前先送书帕下定，常不得空。南京一时有两行情人：王月生、柳麻子是也。余听其说《景阳冈武松打虎》白文，与本传大异。其描写刻画，微入毫发，然又找截干净，并不唠叨。勃夬[①]声如巨钟，说至筋节处，叱咤叫喊，汹汹崩屋。武松到店沽酒，店内无人，謈[②]地一吼，店中空缸空甓皆瓮瓮有声。闲中着色，细微至此。主人必屏息静坐倾耳听之，彼方掉舌。稍见下人呫哔[③]耳语，听者欠伸有倦色，辄不言，故不得强。每至丙夜，拭桌剪灯，素瓷静递，款款言之，其疾徐轻重，吞吐抑扬，入情入理，入筋入骨，摘世上说书之耳而使之谛听，不怕其不龇[④]舌死也。柳麻子貌奇丑，然其口角波俏，眼目流利，衣服恬静，直与王月生同其婉娈，故其行情正等。

〔注〕①勃夬(guài)：形容大而刚决的声音。夬，本为卦名，此处为刚决义。　②謈(pó)：大呼。　③呫哔(chè bì)：低声絮语。　④龇(zé)：咬。

这篇文章旨在介绍南明时期的一位评书艺人。如果是向听过评书的同时代人介绍，肯定不是难事，只要一提他的名字，马上一个囫囵生动的形象便会浮现出来。但是如果打算向后世的读者介绍，又没有音像资料的帮助，这就会很不好办，因为无论你怎么用文字"说"，也难于表现评书艺人全身心沉入表演的半醉半醒的状态。评书艺人之"说"，是以说带动了演（身段、表情等），是一个全方位的概念，是任何作家在纸面上难于正面描绘的。一旦正面描绘——又要介绍故事情节，又要渲染艺人技能，很快就会陷入捉襟见肘的尴尬之中。

作者很高明，既不重复一波三折、可歌可泣的故事，又不渲染绘声绘色、音容宛现的技巧，而是采取闲中着色的传统办法。比如说到武松进店沽酒，不去正面描绘武松的外貌内心，也没有一一细表酒店的家具摆设，而是"很随便"地用行动一"碰"环境：——"店中无人，謈地一吼，店中空缸空甓皆瓮瓮有声。"顿时武松的大英雄气概就扑面而来，这一句就胜过了正面描绘的万语千言。作者在更多的地方，借助柳敬亭的为人处事刻画他的性格，所采用的办法仍是闲中着色。要想介绍他的人格与艺格相统一，故意先写他的"不近人情"：要求"主人必屏息静坐"，不许"下人呫哔耳语"，否则"辄不言"；但马上笔锋一转，又讲到"每至丙夜，拭桌剪灯，素瓷静递，款款言之，其疾徐轻重，吞吐抑扬，入情入理，入筋入骨"，柳敬亭忠于艺术、自尊自重的品格立即跃于纸上。

我国古代的小品文之所以得到流传，或许应该归功于闲中着色的成功运用。小品文没有很长的，一般都是从平淡处入笔，在平淡处收结。但只要"抓"住几句传神地加以点染，反倒能把通篇的"神儿"给"拎"进读者的脑海而久久不散。小品文为什么会有这种功能？为什么会有这种传统？我想无非是两条：其一，中国画中体现的"散点透视"，实际是我国诸多文艺形式共同遵守的美学原则；而小品文特别突出了封建文人闲适自在的自我追求，所以也就特别多地运用了闲中着色的笔法。其二，封建王朝有时不准许正面描绘，文人的身子被挤到了南墙根儿，无法做大动作大施展，情急无奈中就拐了个小弯，表示一点小反抗，吐露心中一点小真实，来增加读者未必小的联想。正是这反抗、真实与联想加到一块儿，就构成历代小品文中一道曲曲弯弯延续下来的"溪流"。"溪流"当然不无缺点，比如没有急流飞跃的气势、没有砰然出峡的轰鸣；但是无论怎样，它也比应制诗一类"假正经"所凝结成的"长河"，要高尚和伟大得多。　（徐城北）

彭天锡串戏　　张　岱

彭天锡串戏妙天下，然出出皆有传头，未尝一字杜撰。曾以一出戏，延其人至家费数十金者，家业十万缘手而尽。三春多在西湖。曾五至绍兴，到余家串戏五六十场而穷其技不尽。天锡多扮丑净，千古之奸雄佞倖，经天锡之心肝而愈狠，借天锡之面目而愈刁，出天锡之口角而愈险，设身处地，恐纣之恶不如是之甚也。皱眉眡①眼，实实腹中有剑，笑里有刀，鬼气杀机，阴森可畏。盖天锡一肚皮书史，一肚皮山川，一肚皮机械，一肚皮磥砢②不平之气，无地发泄，特于是发泄之耳。余尝见一出好戏，恨不得法锦包裹，传之不朽，尝比之天上一夜好月与得火候一杯好茶，只可供一刻受用，其实珍惜之不尽也。桓子野③见山水佳处，辄呼"奈何！奈何！"真有无可奈何者，口说不出。

〔注〕① 眡(shì)：观看。 ② 磥砢(lěi luǒ)：杂处堆积。 ③ 桓子野：桓伊，字叔夏，小字子野。东晋将领、名士。

此篇文章把一位戏曲演员的成功归结为四方面的积累，即文中的四个"一肚皮"。这提法很生动形象，也很准确全面，只是"四肚皮"的先后次序不对。依我的理解，首先应该有"一肚皮机械"。何谓"机械"？表现人物性格的技术(巧)也。戏曲演员幼年坐科学戏，总是从一招一式、一腔一调的基本功练起。这时节未必给他讲多少剧情，但却要他每一下子都得准确优美。不懂(或不甚懂)剧情却能把戏的意思演出个八九不离十，恐怕世界上也只有中国的戏曲才可办到。等到"一肚皮机械"掌握得差不多，演员大约也就成年了。到这时"一肚皮书史"便提上日程，因为戏演到一定程度，就不再靠技术(巧)，而是靠内在的修养文墨取胜了。这时的"书史"，既化为演员举手投足之间的书卷气，更在于依仗文化产生的对于人物的准确理解力与再现力。换言之，"书史"可以使演员深谙戏理。到这时，"书史"开始统率起"机械"，演员也由自发转向了自觉。等到演员再熟练一些,“一肚皮山川”就会从理想变为现实。戏曲演员的流动性很大,底层的穷演员实行“跑码头”,为了糊口。成了名的演员通过流动辗转,不仅自然界的山川历历在目,可以涵养心中之气;而且人世间的万般世故变幻于心,成为提高艺术修养的必须素质。到这时,演员对于前人的继承基本告一段落;如果他不是对于人生有更高的责任感的话,就很可能自认为功成名就而踌躇志满了。但是无论怎样,每一个大时代总会推出一些大演员,而大演员区别于一般熟练演员的地方,就在于有一股“磥砢不平之气”,这是第四个“一肚皮”。这不是个人之气,而是因为所处的时代还远不够美好,于是心中“磥砢不平”,不断地激发出一种创造欲和表现欲。为了它的实现,他可以付出任何代价。如果这一股“磥砢不平之气”能够在其独特的艺术实践中得以伸延、化解和落实,那么他很可能就会超过前人,而达到一个崭新的高度。

四个“一肚皮”的先后次序大致如此,但不绝对。有时“磥砢不平之气”能够调集起“书史”和“山川”,在大演员的晚年引起“机械”上的突破,类如齐白石的“衰年变法”。对此种种,一篇短文是说不清楚的,让我也仿照桓子野的口吻,面对艺术继承与创造的微妙之处,连连呼道:“奈何!奈何!”　（徐城北）

范　长　白　　　　张　岱

范长白园在天平山下,万石都焉。龙性难驯,石皆笏起。旁为范文正公墓。园外有长堤,桃柳曲桥,蟠屈湖面,桥尽抵园。园门故作低小,进门则长廊复壁,直达山麓。其绘楼幔阁,秘室曲房,故故匿之,不使人见也。山之左为桃源,峭壁回湍,桃花片片流出。右孤山,种梅千树。渡涧为小兰亭,茂林修竹,曲水流觞,件件有之。竹大如椽,明静娟洁,打磨滑泽如扇骨,是则兰亭所无也。地必古迹,名必古人,此是主人学问;但桃则溪之,梅则屿之,竹则林之,尽可自名其家,不必寄人篱下也。余至,主人出见,主人与大父同籍,以奇丑著。是日释褐,大父嬲[①]之曰:“丑不冠带,范年兄亦冠带了也。”人传以笑。余亟欲一见。及出,状貌果奇,似羊肚石雕一小猱,其鼻垩,颧颐犹残缺失次也。冠履精洁,若谐谑谈笑面目中不应有此。开山堂小饮,绮疏藻幕,备极华缛,秘阁清讴,丝竹摇飏,忽出层垣,知为女乐。饮罢,又移席小兰亭,比晚辞去。主人曰:

"宽坐，请看'少焉'。"余不解，主人曰："吾乡有缙绅先生，喜调文袋，以《赤壁赋》有'少焉月出于东山之上'句，遂字月为'少焉'。顷言'少焉'者，月也。"固留看月，晚景果妙。主人曰："四方客来，都不及见小园雪，山石岭岈[2]，银涛蹴起，掀翻五泄，捣碎龙湫，世上伟观，惜不令宗子见也。"步月而出，至元墓，宿葆生叔书画舫中。

〔注〕 ① 嬲(niǎo)：戏弄。 ② 岭岈(hán xiā)：山深貌。

设置园林是一门艺术，为人也是一门艺术，二者的道理是相通的。本文写作者先参观了范家的园子，后又见到范长白本人，对范的设置园林与为人之道，做了一点不大不小的嘲讽。

园林中的门道是很讲究的，但是千讲究万讲究，第一条讲究就是崇尚自然。范家的园子恰恰相反，门外就搞得很复杂，又是长堤又是曲桥，一点也不明快。进门来更是繁乱，左边桃源右边梅岭，加上长廊复壁，幔阁秘室，茂林修竹，曲水流觞，弄得作者左顾右盼，应接不暇。如此布置，有如杂拌拼盘，没有一点章法，也没有一点由天然条件决定的主体风格。但是园子的主人自有思想依据，"地必古迹，名必古人"，换今天的话说，就是一桩一件都要有出处，都要尊奉前人的规矩。作者不同意这样的"学问"，针锋相对地提出自己的见解："但桃则溪之，梅则屿之，竹则林之，尽可自名其家，不必寄人篱下也。"这就是说，"山不在高，有仙则名，水不在深，有龙则灵"，要根据自己的山水和自己的思想去策划，当然，山水和思想之间是要统一的。

作者又见到了范长白本人，鉴于主人与作者长辈间的交情，所以热心款待，极尽豪华铺排之能事。宴饮延至傍晚，作者告辞，主人随口挽留："宽坐，请看'少焉'。"作者不懂"少焉"何意，主人才讲出本乡有喜欢咬文嚼字的缙绅，因为《赤壁赋》有"少焉月出于东山之上"句，故将"少焉"代"月"。作者这里没有交代主人是故意调侃缙绅的酸腐，还是早已入乡随俗，不自觉地成为咬文嚼字的俘虏；但是主人后面自有行动——在引导作者赏月时，又忍不住用文绉绉的语言描绘冬季方能见到的"小园雪"。看来作者笔下留德，白吃白喝这大半天，就只好用白描笔法去"敲打"这位热心而又附庸风雅的阔佬儿了。

（徐城北）

筠芝亭　　　张 岱

筠芝亭，浑朴一亭耳，然而亭之事尽，筠芝亭一山之事亦

尽。吾家后此亭而亭者，不及�芝亭。后此亭而楼者、阁者、斋者，亦不及。总之，多一楼，亭中多一楼之碍；多一墙，亭中多一墙之碍。太仆公造此亭成，亭之外更不增一椽一瓦，亭之内亦不设一槛一扉，此其意有在也。亭前后，太仆公手植树皆合抱，清樾轻岚，滃滃翳翳，如在秋水。亭前石台，躐取亭中之景稀而先得之，升高眺远，眼界光明。敬亭诸山，箕踞麓下，溪壑潆回，水出松叶之上。台下右旋曲磴三折，老松偻背而立，顶垂一干，倒下如小幢，小枝盘郁，曲出辅之，旋盖如曲柄葆羽。癸丑以前，不垣不台，松意犹畅。

这篇文章反复读过，觉得有两处地方，虽是片言只语，可内含的意蕴无比深奥。其一，“然而亭之事尽，筠芝亭一山之事亦尽”，这里牵涉到亭和山的关系，亦即是局部和全局的关系问题。显然，山是由迤逦行走的势态、裸露的石与土的比例、树木的种类及数量、泉水的有无或分布等等因素合成的一个整体，在上述因素大体确定之后，人为的痕迹可以谓之雪中送炭，或曰画龙点睛。何为人为痕迹？无非是指以人的力量对山实行改造，如在适当的部位分别建立亭、台、楼、阁之类。但是，对山这个整体进行“补充”性的改造，并不是任意和无限制的，对于既定的“这一个”山，再高明的“补充”办法也只有那么一种两种，而最好的办法只可能是一种！因为“补充”只是为了更好地突出山，而绝非为了显示新建的亭、台、楼、阁。这个目的确定之后，建筑设计师的任务，就是要在有限的范围之内，进行卓有成效的选择。而选择的最高境界，就是既要惜墨如金，又要朴素凝练。而以“浑朴”风格出现的筠芝亭，“亭之外更不增一椽一瓦，亭之内亦不设一槛一扉”，是深得上述见地的精髓的。其二，“癸丑以前，不垣不台，松意尤畅”，癸丑是个具体的年头，在此之前，筠芝亭保持了最为简捷朴素的外形，结果使得遍山松树所形成的情趣意态非常突出；然而到了癸丑年(之后)，张岱亲眼看到筠芝山的整体综合有了变化，(我们设想，或某处裸露的石土坍塌，或原有的树木被无情砍伐，或新植了若干与原有松树不协调的其他树种，或泉水的情形有了很大变化……)这些就影响了原来的“松意”，破坏了“这一个”山的原有风格。这种情形在园林学中是经常碰到的，陈从周教授在其《说园》中谓：“拙政园的枫杨，网师园的古柏，都是一园之胜，左右大局，如果这些饶有画意的古木去了，一园景色顿减。”一园如此，一山更是如此。“松意”不仅会因其他树木的增植而减少，更会因自然景观的其他因素的改变而彻底破坏。对于一座大山，很难像对一座小园林那样精心护持;山在大自然变化的总规律下,每时每刻都在实行不以人的意志为转移的渐变。对此,山的主人则应该顺应自然发展规律,注意由一种风格向另一种风格过渡。也即是说,"松意"如已不畅,能维持时则维持,不能时就早做其他打算。张岱能够尖锐地把"癸丑"这个年头视为松意由畅转衰的分界,说明他能用发展的观点看问题,虽仅是轻轻一笔,却给人留下丰富的内涵。大家笔法啊,值得玩味。

(徐城北)

斗 鸡 社 张 岱

天启壬戌间好斗鸡,设斗鸡社于龙山下,仿王勃《斗鸡檄》,檄同社。仲叔秦一生,日携古董、书画、文锦、川扇等物与余博,余鸡屡胜之。仲叔忿懑,金其距,介其羽,凡足以助其膈膊谿咮[①]者,无遗策。又不胜。人有言徐州武阳侯樊哙子孙,斗鸡雄天下,长颈乌喙,能于高桌上啄粟。仲叔心动,密遣使访之,又不得,益忿懑。一日,余阅稗史,有言唐玄宗以酉年酉月生,好斗鸡而亡其国,余亦酉年酉月生,遂止。

〔注〕 ① 膈膊谿咮(bì bó táo zhòu):膈膊,象声词,禽鸟鼓翼声;谿咮,鸡鸣。

《斗鸡社》全文仅二百字左右,却场景、细节、抒情表意一一传神。

斗鸡在中国可谓历史悠久,现今民间尚有清明斗鸡的风俗。说起来,在春秋战国时期斗鸡之风就比较盛行了,《列子》上就有"纪渚子为周宣王养斗鸡"的记载。《史记》和《汉书》上也多处记载有关"斗鸡走狗"之事。历朝历代上至达官下至平民斗鸡之风不绝如缕。魏曹时代,魏明帝于太和(297—235)年间,在邮都(今河北省魏县)筑起了斗鸡台。唐代更是厉害,唐玄宗对斗鸡着迷到几乎"玩物丧国",在宫殿附近设鸡坊。张岱《斗鸡社》中提及的王勃的《斗鸡檄》,其写作缘起正是因为诸王斗鸡游嬉兴盛,假托沛王鸡传檄声讨英王鸡,高宗看了,以为是挑拨诸王子,于是将他赶出沛王府。之后几年漫游蜀中,二十六岁那年,王勃去交趾(今越南)看望父亲,途经江西滕王阁,于是写下名篇《秋日登洪府滕王阁饯别序》,"落霞与孤鹜齐飞,秋水天长共一色"千古流传。意兴遄飞的华年啊,可惜王勃南行却渡海溺水惊悸而死。这么追溯起来,《斗鸡檄》使之失了相对稳定的饭碗,于是游历、省父,乃留下永垂诗篇,却亦英年永垂了,真正让人唏嘘。

斗鸡盛,饲鸡业自然亦盛。华夏各地历史上专事培育斗鸡,据资料说,中国斗鸡按其地理分布主要有河南斗鸡、山东斗鸡等,尤以产于开封、郑州和洛阳等地的河南斗鸡血统较纯，也更著名。此外，还有安徽北部，新疆吐鲁番、伊犁，云南西双版纳和福建漳州所产的斗鸡等。可见斗鸡已产、销、娱乐（其实带有博彩性质）一体化，形成一项庞大产业了。

张岱生活的明代斗鸡也很流行，《陶庵梦忆》虽已是明亡之后张岱避居山间所写，“因想余生平，繁华靡丽，过眼皆空，五十年来，总成一梦”，但回忆年轻时总总，似也不免略有小小得意的，此也人之常情。看仲叔（乃张岱同族张联芳）和秦一生带了“古董、文锦、川扇”等好多好东西来与张岱的鸡相斗，却还是“余鸡屡胜之”，自是感觉到张岱的兴奋。接着文章写仲叔不服气，如此这般地改造他的鸡，所谓“金其距”，金距，是装在鸡爪上的尖锐的金属刺，用以刺瞎对方，这样的斗鸡当然厉害。所谓“介其羽”，就是在鸡头或鸡脖子上穿上铠甲，“介”，即铠甲之意。不过，介羽又有“芥羽”之说。梁简文帝《斗鸡》谓：“玉冠初惊敌，芥羽忽猜俦。”唐人杜淹作《咏寒食斗鸡应秦王教》：“花冠初照日，芥羽正生风。顾敌知心勇，先鸣觉气雄。”都提到了“芥羽”，似乎都是斗鸡翘楚的神秘武器。有说“芥羽”实是“介羽”之误，但鸡穿上铠甲又如何勇猛跳跃呢？有说“芥羽”是指给鸡翅洒上芥粉，以刺激敌鸡之眼（可是该亦会伤害到自家双眼的）；又说指的是在鸡羽毛上涂胶水，粘上沙子，乃至胶结成壳，仿佛甲胄一般。总之都是斗鸡主人为了“屡胜之”而煞费的苦心利招，正如张岱所言“凡足以助其膈膊觜味者，无遗策”，也就是说能使斗鸡翅膀嘴巴更有力量的方法没有不使用上的。甚至仲叔听到徐州武阳侯樊哙子孙的斗鸡如何了得，不仅长得好，“长颈乌喙”，还能在高高的桌子上啄小米，竟是动了心思，悄悄地派人去寻访，“又不得”，更忿懑了。看到这里，想着这仲叔可谓沉迷其中，大概茶饭也无味了。人为了一些欲望，一些虚荣，耽溺而不自知啊。

好在张岱倒是及时清醒，得益于他的好读书。正当他和友人斗鸡斗得忘形之时，张岱读到了某本稗史，看到关于唐玄宗好斗鸡而亡国之事。文章的格调也为之一转、一升，从开始张扬炫目至此戛然而收，带出一些反省和沉思。

玄宗耽溺斗鸡的程度在其时的民谣中可见一斑：“生儿不用识文字，斗鸡走马胜读书。贾家小儿年十三，富贵荣华代不如。能令金距期胜负，白罗绣衫随软舆。父死长安千里外，差夫持道挽丧车。”说的是一个被称为“神鸡童”的长安少年贾昌的奇遇。因为能斗鸡，不必念书识字，十三岁的少年却可以穿着白丝绣衫抱着大公鸡坐在轿子里，跟随玄宗的御驾去泰山参加封禅大典；也因为善斗鸡，当他的父亲贾忠随驾去世（本为玄宗卫士），皇帝一路上派民夫开持道路照料其灵柩。最是体现民意的民谣讽刺了唐玄宗玩鸡玩到如此不管不顾的状态，不知他在泰山上如何向老天显示他治国丰民的伟绩。所以，斗鸡没直接导致亡国，但如此玩物，失了心魂，家国大业的衰亡也是无法扭转了。

至于张岱写自己与唐玄宗都是“酉年酉月生”人，看到玄宗斗鸡亡国，“遂止”，不妨可视作其时二十六岁的张岱的某种感同身受，某种人生感悟的瞬间兴会。张岱写作此文时明朝已亡，回忆年轻孟浪虽小有得意，但遗民张岱的心情实在沉重复杂吧。朝代的兴替自然非斗鸡之类游戏所能担当，但大坝溃于蚁穴，一件件小事累累相生，就是大事件了。

张岱不斗鸡了，不等于其他人也不斗了，明朝斗鸡照样热火。明成化年间以鸡为主题的斗彩鸡缸杯就负有盛名，乃成传世珍品。其为饮酒用具，器形较矮，敞口，卧足，有敦实之感。杯上面有雌、雄鸡及雏鸡，间以山石、兰草、牡丹。画面线条描绘流畅细致，敞口有青花细纹环绕。鸡缸杯以莹润之白为底色，釉下青花与釉上彩融合，色彩明丽而柔和，晕染自然，小鸡或站或啄食各有生姿。万历《神宗实录》云：“神宗时尚食，御前有成化彩鸡缸杯一双，值钱十万。”虽非斗鸡场面，皇帝高官们饮酒赏鸡实为风尚之一。后来清代各朝多有仿制，尤以康熙、雍正时期所仿最佳。想当年张岱可是世家出身，钟鸣鼎食诗书礼乐，且好琴曲画艺等一干人间美事美情，祖上传几个成化年的鸡缸杯或也可能？或者其他年间的仿制品也该有可能常润手泽，且赏且用？姑且猜测一番。

到底张岱还是张岱，虽一时玩物，却及时警醒。文章戛然，止而意绵。

（龚　静）

闵老子茶　　张　岱

周墨农向余道闵汶水茶不置口。戊寅九月至留都，抵岸，即访闵汶水于桃叶渡。日晡，汶水他出，迟其归，乃婆娑一老。方叙话，遽起曰：“杖忘某所。”又去。余曰：“今日岂可空去？”迟之又久，汶水返，更定矣。睨余曰：“客尚在耶！客在奚为者？”余曰：“慕汶老久，今日不畅饮汶老茶，决不去。”汶水喜，自起当炉。茶旋煮，速如风雨。导至一室，明窗净几，荆溪壶、成宣窑磁瓯十余种，皆精绝。灯下视茶色，与磁瓯无别，而香气逼人，余叫绝。余问汶水曰：“此茶何产？”汶水曰：“阆苑茶也。”余再啜之，曰：“莫绐余。是阆苑制法，而味不似。”汶水匿笑曰：“客知是何产？”余再啜之，曰：“何其似罗岕甚也？”汶水吐舌曰："奇，奇！"余问："水何水？"曰："惠泉。"余又曰："莫绐余！惠泉走千里，水劳而圭角不动，何也？"汶水曰："不复敢隐。其取惠水，必淘井，静夜候新泉至，旋汲之。山石磊磊藉瓮底，舟非风则勿行，故水之生磊。即寻常惠水犹逊一头地，况他水耶？"又吐舌曰："奇，奇。"言未毕，汶水去。少顷，持一壶满斟余曰："客啜此。"余曰："香扑烈，味甚浑厚，此春茶耶？向瀹者的是秋采。"汶水大笑曰："予年七十，精赏鉴者，无客比。"遂定交。

张岱精于茶，在《陶庵梦忆》中多篇谈论茶和瀹茶之泉水，无论是《兰雪茶》中改良"日铸茶"而创制"兰雪茶"，还是《禊泉》中季节相异朝夕之差等情境下泉水的口味感受，堪称绝伦。

但《闵老子茶》还是胜出其他论茶文章，一杯"闵老子茶"，张岱喝得回肠荡气，曲折多姿，读者如吾等看得也是如沐氤氲茶烟，如闻袭人茶香，如见茶人品茶引知音。

《闵老子茶》在张岱《琅嬛文集》中乃《茶史序》的主要文字，除去开头和结尾，基本相差无几，但开头一段却是不得不读的缘起，说的是张岱的朋友周又新(周墨农)每每喝茶，就要说起闵汶水，知张岱也是爱茶精茶之人，"恨不令宗子见"。已然是未见闵老子，已闻闵老子茶。"一日，文水至越，访又新先生，携茶具，急至予舍"，机会来了，闵文水(即闵汶水)来到了家门口，但机缘不凑巧，"余时在武陵不值"，生生错过了，"后归，甚懊丧"。

正是有了这样的前缘，再看《闵老子茶》中的一波三折，才更加会心了然，执着的张宗子专程去访，喝一杯闵老子茶，这杯茶自然是要缭绕盘桓一阵的。

这一年是戊寅年，即明崇祯十一年(1638)，张岱四十二岁，正是壮年好时光，九月，夏末秋初，溽热散去，气候宜人，也是访胜问友的好季节。是坐船去的，到了南京，上岸，毫无逗留，直奔居于桃叶渡附近的闵汶水。桃叶渡，是十里秦淮的一个古渡口，于秦淮河与古青溪合流处，之所以名桃叶，与六朝东晋时王羲之的七子王献之有关，说是他常在此渡口迎接其爱妾桃叶渡河。那时秦淮河水面宽阔，风浪大，摆渡船或有翻船之虞，为安慰桃叶紧张害怕的心情，王献之专为她赋诗《桃叶歌》："桃叶复桃叶，渡江不用楫，但渡无所苦，我自迎接汝。"后人为纪念这段佳话，遂名此桃叶渡。风景秀丽加上明媚传说，自元朝至明清，桃叶渡一直乃市井繁华之地。桃叶渡故址就位于现在南京夫子庙淮清桥东。想当年，闵汶水住在桃叶渡，茶名远播，倒真有点大隐隐于市之逸风。

张岱到时已是“日晡”，该是申时，下午三点到五点时段，正好闵汶水不在家，张岱于是开始等，终于等到了，乃“婆娑一老”。但这闵老子却身手活络，头脑活络，张岱刚要和他“叙话”，只见他“遽起”，说手杖忘在一个地方了，于是就又走了，把个张岱撂在那里。说起来，张岱也是吴越一带的名士，声名也不小，专门来看你闵老子，竟是这等怠慢，要换了别人，可能也就拂袖而去了。可张岱不，之前已经在家乡错过一次了，这次可不能再错过了，“今日岂可空去?”笔者每每读到这里，总不免莞尔，这闵老子其实是故意冷一冷张岱呢，看你到底有多少诚心，大概上次与周墨农携了茶具去访张岱而未遇，心里落下了点小疙瘩(名士嘛，何况老名士，有点小脾气也是可爱的)。

于是，又等。

等了很久，闵汶水总算回来了，此时，“更定矣”，已经是入夜时分了。也就是说张岱从下午等到了傍晚天色微暗，还就这么枯坐着，更没一杯茶喝的。大概是没料到，闵老子“睨余曰”，斜着眼睛看看张岱，一半是惊讶一半是疑惑吧，说，你还在这里啊，你在这里干什么啊? 口气还是挺傲慢的。张岱很真诚也很坚定，说“慕汶老久，今日不畅饮汶老茶，决不去”，茶痴。也正是张岱脾气，符合他一向“人无癖不可与交，以其无深情也;人无疵不可与交，以其无真气也”之性情说。

张岱访茶闵老子的过程仿佛一场情景剧，还一波多折。到闵老子听了张岱如此坚定的话，才算是心下喜悦，“自起当炉”，带张岱到了一间“明窗净几”的屋子，亲自给张岱煎水煮茶了。到底是闵老子，不虚茶人盛名，用的茶具都是讲究的，宜兴的紫砂壶，成化宣德年间的瓷器，“皆精绝”。不过，别以为就此就喝茶闲聊了，两个茶人哪里能放过如此品茶说茶的机缘，彼此也还要探一探对方到底有多少茶艺茶色呢。

于是，张岱否定了闵老子故意说的阆苑茶，而非常精到地品出了“阆苑制法，而味不似”，乃罗岕茶也。这罗岕茶，就是当今的浙江长兴西北部与江苏宜兴交界的山野所产之茶，在明代中后期有美名，为江南文人誉为“吴中所贵”。这么看起来，品茶老到的张岱喝出罗岕茶味也在情理之中的，之所以为闵老子称奇该是张岱竟是品出茶的制法和味道之异吧。不过，曾经改良过日铸茶而创制了“兰雪茶”(见《兰雪茶》)的张岱，不单单是个坐而论道者，还是身体力行之人，此番“品味”自然不在话下。

自然，要说到水。好水才能配好茶，某种程度而言，无好水，再是好茶，也无佳味。于是，又是一番较量。张岱又识破了闵老子的故意，还对惠泉水道了一番见解，说怎么可能是惠泉水呢，“惠泉走千里，水劳而圭角不动”，离得那么远的水，为什么取之煮茶还是这么清洌新鲜呢？这下子闵老子很服气了，才道出了自己的独家秘方，原来他为了取到新鲜的泉水，先要把井淘干净了，“静夜候新泉至”，然后汲了，还把山石置于水瓮底，这样保持泉水的那股子生鲜之气。“取白石子入瓮中，能养其味，亦可澄水不淆”（屠隆《考槃余事》）。在张岱《禊泉》一文中也有此做法：“新汲少有石腥，宿三日气方尽。”闵老子又说了一次“奇，奇！”大概是很少有人如张岱这般能对泉水如此深切的体认吧，一杯茶水竟然喝出了涓涓泉水的细微差别。

于是，这下闵老子要拿出看家本领了，“少顷，持一壶满斟余曰：‘客啜此’”。这一杯茶香气扑烈，“味甚浑厚”，张岱一下就舌尖清明了，原来刚才请他喝的是秋茶，现在这一杯才是春茶呢。春茶娇嫩，新鲜，尤其清明谷雨之前采摘炒制的绿茶，清香清新，好比一冬过后大地的那一腔春天萌动舒展之气，萌动的地，和春天发散的人体，合而为一。而秋天，对于绿茶而言，就显得比较熟，不那么清新了。看起来，闵老子煮茶还留了一手，但在茶痴张岱面前，终究心服口服，全盘（人情茶心）端出。

于是，汶水大笑曰（或许有那么一点点自嘲？）：“予年七十，精赏鉴者，无客比。”于是，两人定交，真正由茶而知己。《茶史序》比《闵老子茶》多出几句，但见闵老子接着说：“‘五十年知已，无出客右，岂周又老谆谆向余道山阴有张宗老者，得非客乎？’余又大笑。”明知眼前即张宗子，却还要来个反问，闵老子是真的叹服了。若说宗子执着痴迷，这闵老子也毫无逊色。

一唱多叹啊，张岱和闵老子仿佛心照不宣地一起完成了一次茶仪茶式。

这一杯其实不是通常意义的茶，而是张岱和闵汶水的忘年相交知音茶。

（龚　静）

朱文懿家桂　　张　岱

桂以香山名，然覆墓木耳，北邙萧然，不堪久立。单醪河钱氏二桂老而秃。独朱文懿公宅后一桂，干大如斗，枝叶溟蒙，樾荫亩许，下可坐客三四十席。不亭、不屋、不台、不栏、不砌，弃之篱落间。花时不许人入看，而主人亦禁足勿之往，听其自开自谢已耳。樗栎以不材终其天年，其得力全在弃也。百岁老人，多出蓬户，子孙第厌其癃瘇耳，何足称瑞。

这是一棵自由自在的桂树，要说野呢，倒也是家植的，来头可不小，朱文懿是张岱舅祖朱石门的父亲朱庚，万历年间官至东阁大学士，这棵桂树经年居朱文懿公宅后，长得郁郁葱葱，树干大如斗，“樾荫亩许，下可坐客三四十席”，简直就是天地从容一大客厅。

到底有些什么特色呢？张岱先是以当地曾经有的桂树来比较，“单醪河钱氏二桂，老而秃”。“单醪河”，笔者认为应该是“箪醪河”，因为这是一条河流名字。原名投醪河，又名劳师泽，亦写作箪醪河。在绍兴市南，即今鲍家桥至稽山中学的投醪河河段，至今保存完好。关于箪醪河，还有一段和越王勾践卧薪尝胆雪耻相关的故事，张岱《夜航船·地理部·古迹》“箪醪河”云：“勾践行师日，有献壶浆者，跪而受之，取覆上流水中，命士卒乘流而饮。人百其勇，一战遂有吴国，因以名之。”古时书籍传播依靠刻本，流传过程中难免或有字迹模糊之处，将“箪”刻成“单”也是非常可能的，若以“单”而论，句子语意就不通顺了。

再看文章开头，“桂以香山名”，说香山的桂花树在当地最为出名，但山上多坟茔，所以说“覆墓木耳”，虽然桂花飘香，还是“北邙萧然”，“北邙”此处借指墓地。陶渊明《拟古·之四》即有“一旦百岁后，相与还北邙”之句。香山乃绍兴的一座小山，上海古籍出版社《陶庵梦忆》夏咸淳、程维荣校注指出“《绍兴府志》卷三：‘香山，在鹿池山东，木犀甚繁华’”。鹿池山在鉴湖附近，据笔者考查下来，应该就是现在的位于绍兴西南十五公里处的湖塘街道的大香林风景区，属于鉴湖-柯岩风景区范围内，那里有绵延数十里的千年桂花林。据史料记载，自宋治平三年(1066)以来，当地金鲍两姓村民据山川之利，在景区内广植桂子。植桂之习历经千年而长盛不衰，如今万株桂树，广袤数里，誉称“江南桂花林”。

想必香山的桂花和箪醪河边钱氏的桂花树其时均颇负盛名，否则张岱不会拿来比较。那么朱文懿家的桂树又有何非同凡响之处呢？说起来也似乎没什么，就是任其自在生长，“弃之篱落间”，并不因此而特别关照特别宝贝甚至拿来炫耀，不建亭子，不筑屋子，不置楼台，不设栏杆，不砌围落，总之不像我们当下常见的风景名胜中某某树王、某某古树那样特地钉牌子、砌栏杆保护起来，甚或开花了也不许人来看，连“主人亦禁足勿之往”，任其花开花落花自赏，“自开自谢已耳”，不是桂树不知桂之心，是否有些寂寞？但或许彻底地自在自为了，于是也就成就了一棵特别苍翠蓊郁的桂树。可谓“樗栎以不材终其天年，其得力全在弃也”。张岱在此是承传了庄子的思想，在《庄子·人间世》中，庄子将栎树看作“散木也，以为舟则沉，以为棺椁则速朽，以为器则速毁，以为门户则为液樠，以为柱则蠹。是不材之木也，无所可用，故能若是之寿”。相似的阐释也在《庄子·山木》中出现:“庄子行于山中,见大木,枝叶盛茂,伐木者止其旁而不取也。问其故,曰:‘无所可用。’庄子曰:‘此木以不材得终其天年夫!’”

接着张岱以百岁老人常常出于普通人家的现象继续“其得力全在弃”的阐释。所谓弃,文章中说百岁老人子孙“厌其癃瘇”(癃瘇即龙钟之意),似乎有些片面,或还在于老人自身也并不以自己的高寿为然,只普通度日而已,该干活还干活,该吃饭还吃饭,一切如平常,而不必山珍海味十全大补,这恰能延年益寿。事物之理泰半如此,有舍有得,有得有失,放下就自在。人和物皆如此,顺本性本心,若春来花自开,秋至叶凋零,方有心自在般若生。

《朱文懿家桂》叙人间物,参人间禅,虚实相生间,桂花香绕。（龚　静）

绍兴琴派　　张　岱

丙辰学琴于王侣鹅,绍兴存王明泉派者推侣鹅,学《渔樵问答》《列子御风》《碧玉调》《水龙吟》《捣衣环珮声》等曲。戊午学琴于王本吾,半年得二十余曲:《雁落平沙》《山居吟》《静观吟》《清夜坐钟》《乌夜啼》《汉宫秋》《高山流水》《梅花弄》《淳化引》《沧江夜雨》《庄周梦》,又《胡笳十八拍》《普庵咒》等小曲十余种。王本吾指法圆静,微带油腔。余得其法,练熟还生,以涩勒出之,遂称合作。同学者范与兰、尹尔韬、何紫翔、王士美、燕客、平子。与兰、士美、燕客、平子俱不成,紫翔得本吾之八九而微嫩,尔韬得本吾之八九而微迂,余曾与本吾、紫翔、尔韬取琴四张弹之,如出一手,听者骇服。后本吾而来越者,有张慎行、何明台,结实有余而萧散不足,无出本吾上者。

古琴,在明代进入一个持续稳定且传承发展的阶段,上至宫廷如明宪宗(成化)、明思宗(崇祯)等皇帝均好鼓琴,宫内有专人管理制琴事务。不少王公贵族造琴刻谱呈一时风气。下至民间文人雅士,斫琴弹琴自不待言,私人集资刊印琴谱蔚为成风,不少文人士大夫提倡琴学,将古曲和民间尚在流传的曲目,编纂成谱集,并对其表现内容研究和阐释。从十五世纪初到十九世纪末的五百年间,先后刊印的琴曲谱集达数百种之多,留传至今的尚有一百五十余种。现存最早的琴曲谱集《神奇秘谱》即由明代朱权刊于洪熙元年(1425)。

琴谱刻印既有保存古曲之功,也促进了当时不同琴派、师承之间的琴艺交流。明代琴派纷呈,浙派、江派、广陵派、虞山派、绍兴派等各擅其长。山阴张岱当属绍兴琴派，其古琴造诣使之为明代著名琴人。

《绍兴琴派》一文可见张岱及友人习琴论琴之况。“丙辰”，即1616年，张岱二十岁，“学琴于王侣鹅”，王侣鹅乃其时绍兴琴派名家，正值青春的张岱“学《渔樵问答》《列子御风》《碧玉调》《水龙吟》《捣衣环珮声》等曲”。到了戊午，乃1618年，张岱二十二岁，继续学琴，这次“学琴于王本吾，半年得二十余曲：《雁落平沙》《山居吟》《静观吟》《清夜坐钟》《乌夜啼》《汉宫秋》《高山流水》《梅花弄》《淳化引》《沧江夜雨》《庄周梦》，又《胡笳十八拍》《普庵咒》等小曲十余种”。半年就学了二十多曲，有些还都是古琴曲中的“硬骨头”，如《高山流水》，即便他说的《普庵咒》是小曲，其中的“跪指”指法要熟练自如亦非易事，况且会弹是其一，弹出琴韵则另当别论了。张岱习琴，可谓刻苦和天分兼备。

操缦弹曲乃张岱琴艺之一面，琴艺的审美体悟更见张岱琴学美学观念。还是《绍兴琴派》，他接着道：“王本吾指法圆静，微带油腔。余得其法，练熟还生，以涩勒出之，遂称合作。……后本吾而来越者，有张慎行、何明台，结实有余而萧散不足，无出本吾上者。”“圆静”好理解，“油腔”似易引起微议，通常“油腔”字面上于弹琴而言是贬义词，然从张岱以“涩勒”避开其师“油腔”称赞“合作”琴艺来看，“油腔”或指王本吾弹琴之吟揉绰注熟极而活泼潇洒自得之气，而张岱则更希望疏简古朴一些，避免因熟润而过于巧了，是在细腻潇洒基础上增添古拙之气的美学追求吧。说其他人“结实有余而萧散不足”，倒是从侧面表明“油腔”非如今油滑之意，而直指王本吾琴艺的洒脱活泼了。

当时一起学琴者众而造就不同：“与兰、士美、燕客、平子俱不成，紫翔得本吾之八九而微嫩，尔韬得本吾之八九而微迂。”一个“微嫩”，一个“微迂”，似尚未到达沉着韵畅之境。不过，文字间张岱还是颇有自得的：“余曾与本吾、紫翔、尔韬取琴四张弹之，如出一手，听者骇服。”看来，师徒四人能应和无间，琴艺也颇可欣慰了。曾经也学习过古琴的笔者虽然向来不怎么欣赏当下时见的多人古琴合奏，因古琴吟揉绰注连带弹奏者的心境心情，演奏者对同一曲子的处理尚有细微差别，合奏要么失掉微妙细节处理，要么韵味缺失唯求整齐而已，但读张岱此文，齐奏似亦不能一概而论，若风格心志多有默契，或许既“如出一手”，也余韵可感。

张岱曾专书与何紫翔论琴：“吟揉绰注，得心应手，其间勾留之巧，穿度之奇，呼应之灵，顿挫之妙，真有非指非弦、非勾非剔，一种生鲜之气，人不及知，己不及觉者，非十分纯熟，十分淘洗，十分脱化，必不能到此地步。盖此练熟还生之法。”(《琅嬛文集·与何紫翔》)与郑板桥《题画竹》“四十年来画竹枝，日间挥写夜间思。冗繁削尽留清瘦，画到生时是熟时”可谓同脉。“涩勒”乃洗去纯熟，洗去技巧，练熟还生，而至心手合一。可知张岱推崇的美学观念如那则“见山是山，见水是水”的公案，是绚烂而臻于质朴的意蕴。

张岱的琴声不仅自娱自乐，更以鼓吹琴音为己任。“越中琴客不满五六人，经年不事操缦，琴安得佳？余结丝社，月必三会之”，《陶庵梦忆·丝社》一文对此有详述。除去起首几句交代结社缘起，通篇为丝社的成立“小檄”，“偕我同志，爰立琴盟，约有常期，宁虚芳日。……从容秘玩，莫令解秽于花奴；抑按盘桓，敢谓倦生于古乐；共怜同调之友声，用振丝坛之盛举”，尤其末一句，颇生豪情，琴响松风宛若于耳。不由念及《绍兴琴派》所述四人弹琴“如出一手”之佳况，更见丝社兴盛绍兴琴派之功。

关于绍兴琴派还需说几句，自王本吾之后影响较大的就是张岱琴友尹尔韬，因为尹既能弹奏古谱，还能作曲，曾被明崇祯皇帝招至朝廷弹琴谱曲，并任职受命整理宫廷收藏的古谱，其传谱和创作计七十三首琴曲由他的友人孙淦在他去世后编辑成《徽言秘旨》和《徽言秘旨订》刊印于康熙三十年，成为清代很重要的琴谱。

短短一篇《绍兴琴派》，习琴、琴曲、琴家琴艺、学习者心得，皆以简洁凝练的语言一一莹现，张岱的美学观念和琴学造诣亦蕴涵其中，读来若古琴之音余韵不绝。

张岱论及诸多“吴中绝技”时说：“陆子冈之治玉，……张寄修之治琴……俱可上下百年保无敌手。至其厚薄深浅，浓淡疏密，适与后世鉴赏家之心力、目力针芥相投，是岂工匠之所能办乎？盖技也而进乎道矣。”琴技而琴道，好比修身而修心，“练熟还生”，“生鲜之气”，同理是也。

（龚　静）

与何紫翔　　　　张　岱

昨听松江何鸣台、王本吾二人弹琴，何鸣台不能化板为活，其蔽也实；王本吾不能练熟为生，其蔽也油。二者皆是大病，而本吾为甚。何者？弹琴者，初学入手，患不能熟；及至一熟，患不能生。夫生，非涩勒离歧遗忘断续之谓也。古人弹琴，唫揉掉注①，得手应心。其间勾留之巧，穿度之奇，呼应之灵，顿挫之妙，真有非指非弦，非勾非剔，一种生鲜之气，人不及知，己不及觉者。非十分纯熟，十分淘洗，十分脱化，必不能到此地步。盖此练熟还生之法，自弹琴拨阮，蹴踘吹箫，唱曲演戏，描画写字，作文做诗，凡百诸项，皆藉此一口生气。得此生气者，自致清虚；失此生气者，终成渣秽。吾辈弹琴，亦惟取此一段生气已矣。今苏下之人弹琴者，一字音绝，方出一声，停搁既久，脉胳既断，生气全无。此是死法，吾辈不学之可也。吾兄素以钟期②自任，其以弟言为然否？

〔注〕①唫(jin)揉掉注：当为"唫揉绰注"。操弄古琴的四种基本技法。②钟期：即钟子期，史上记载与伯牙兴趣相投。伯牙鼓琴，钟子期最为知音。

这是一篇谈艺术哲学的小品。作者把自己对艺术的认识凝结在一封简短的书信里，文字不多，却谈透了艺术应返朴归真、以自然为上乘的道理。

张岱出生在一个仕宦家庭，没有做过官，喜好游山玩水、纵情娱乐。殷实的家境和个人的广泛兴趣滋养了他深厚的文学艺术根基，包括他对戏剧、音乐的特殊爱好。因之在他的谈艺小品里，每每可见精到透辟的见解。这封信是作者听了松江何鸣台、王本吾弹琴后，向何紫翔谈自己感受的。何鸣台弹琴涩勒板滞，缺少灵气；王本吾技巧娴熟却流于油滑，"二者皆是大病"，但比较二人而言，则"本吾为甚"，他的表现更为艺术的大忌。从而引发出关于艺术须有"生鲜之气"的论说。统篇绕此意念流转，既由王本吾不能"练熟为生"提出"生"的概念；继而解释这个"生""非涩勒离歧遗忘断续之谓"，即不是生涩之意；再进一步言它是"一种生鲜之气"，它"得手应心"而来，"人不及知，己不及觉"；又推而广之此"生"可规范文艺百家；最后归结为作文学艺不可不注意"得此生气"，而不能惯之于心的干巴巴技法是"死法"，可不必学。各层次间衔接十分自然。

由张岱以古人弹琴为例为他所说的"生"作的诠释可知，这种艺术上的"生鲜之气"，是来自"得手应心"，如果"非十分纯熟，十分淘洗，十分脱化"，则"必不能到此地步"。这就是说，真正的艺术要臻于化境，技巧的高超能与人的情感和谐统一，出神入化，全落自然，方为艺术的"清虚"之境。像王本吾那样，尽管技巧熟练，却油滑造作，故弄玄虚，结果是铺陈无余，一览无遗，其作为就无艺术境界可言；肤浅虚假、淡乎寡味的东西，只能令人生厌。反之，练熟却能返朴归真，真正随着情感的变化自然流出，心手合一，进入"非指非弦，非勾非剔"，"人不及知，己不及觉"的境界，才有一种生鲜之美跃然而出，为音乐令人闻之动心，为诗文字画让人品之有味。这是艺术的真实。张岱由听琴而感悟到此，虽然在表述上因借侧面烘托而不尽切实，意蕴还是显豁的。

（宫晓卫）

【作者小传】

毛　晋

(1599—1659)　明末清初藏书家。字子晋，号潜在；原名凤苞，字子久。常熟(今属江苏)人。明诸生，以布衣自处。藏书八万四千余册，多宋元刻本，建汲古阁、目耕楼以储之。曾校刻《十三经》《十七史》《津逮秘书》《六十种曲》等，为历代私家刻书巨擘。好抄录罕见秘籍，缮写精良，后人称为"毛钞"。游钱谦益之门，诗文均有根柢。著有《和古今人诗》《野外诗题跋》《虞乡杂记》《隐湖小志》等，不传。今存《毛诗陆疏广要》《香国》等。

跋容斋题跋[①]　　毛　晋

题跋似属小品，非具翻海才、射雕手[②]，莫敢道只字。自坡仙、涪翁[③]联镳树帜，一时无不效颦。鄱阳洪容斋，升苏、黄之堂而哜其胾者也[④]。恨未见其全集。已卯秋，从长干里[⑤]获其题跋二卷，尾有匏庵吴氏[⑥]印记，较之《随笔》所载有异同。余珍之不异木难[⑦]，遂与六一居士《集古录》并付梓人[⑧]。尝忆数年前，眉公[⑨]与余论题跋一派，惟宋人当家[⑩]，惜未有拈出示人者。余因援容斋自序云："宽闲寂寞之滨，穷胜乐时之暇，时时捉笔据几，随所趣而志之。虽无甚奇论，然意到即就，亦殊自喜。"此独非拈出示人者耶？眉公点头抚掌曰："袜材[⑪]今萃于子矣。"

〔注〕 ① 容斋题跋：南宋文学家洪迈著有《容斋随笔》五集，《容斋题跋》则是由后人辑录的洪氏作品。 ② 射雕手：《北齐书·斛律光传》："尝从世宗于洹桥校猎，见一大鸟，云表飞扬，光引弓射之，正中其颈。此鸟形如车轮，旋转而下，至地，乃大雕也……邢子高见而叹曰：此射雕手也。"后以此借指技艺出众的能手。 ③ 坡仙：指宋文学家苏轼(号东坡)。涪翁：宋诗人黄庭坚号。 ④ 哜(jì)：尝。胾(zì)：切成大块的肉。这句意谓洪迈能升苏、黄之堂，继承了他们的长处。 ⑤ 长干里：即长干巷，古代南京里巷名，这里借指南京。 ⑥ 匏庵吴氏：明人吴宽，号匏庵，著名藏书家。 ⑦ 木难：宝珠名。 ⑧ 六一居士：宋文学家欧阳修号。梓人：这里指雕刻书版的工人。 ⑨ 眉公：明文学家陈继儒，号眉公。 ⑩ 当家：当行，内行。 ⑪ 袜材：做袜子的材料。苏轼《筼筜谷偃竹记》："(文)与可画竹，初不自贵重。四方之人持缣素而请者，足相蹑于其门。与可厌之，投诸地而骂曰：'吾将以为袜！'"

毛晋是明末清初有名的藏书家、刻书家。他要刻的书都先广泛购求善本，经过仔细校勘，订正讹误后，用特别定制的纸张印行，世称珍善。每印一种，毛晋必就该书的版本、错讹、内容大旨等进行研究，将所得写成题跋，附刻于后。他一生刻书既多，题跋亦随之增加，据时人潘景郑先生搜集所得，计共二百四十九篇，堪称宏富。因此，毛晋对于题跋写作的甘苦，自然大有领会。他觉得题跋虽属小品文章，却未必容易写得好，是有道理的。至于把它抬高为“非具翻海才、射雕手，莫敢道只字”的文章，则未免偏颇，揄扬过当了。

题跋的写作，明清人同宋人是有所不同的。大抵宋人多由意兴触发，言取自适，随手写来，每多妙趣。正如本文所说的：“宽闲寂寞之滨，穷胜乐时之暇，时时捉笔据几，随所趣而志之。”宋人中苏轼、黄庭坚辈所作的题跋，韵致、文笔俱佳，其中的一些好作品，直是文章妙品，是不可以其篇幅短小而轻视的。明清人写作题跋，稍偏重于版本源流，文字校勘，尤其清代乾嘉之学兴起后，尤为注重，往往是在“援据该博，商订详审”之后才下笔的。 （黄国声）

【作者小传】

祁彪佳

(1602—1645) 明文学家。字弘吉，号幼文。浙江山阴(今绍兴)人。天启进士。初任兴化推官。崇祯初官至御史，巡按苏、松。后辞官家居九年，师从刘宗周。南明弘光时，任右佥都御史，巡抚江南。不久被马士英排挤去职回籍，隐居云门山。清兵破南京、杭州后绝食投水死。善诗文，尤以散文见长。著有《祁彪佳集》。

水　明　廊　　　　祁彪佳

园以藏山，所贵者反在于水。自泛舟及园，以为水之事尽，迨循廊而西，曲沼澄泓，绕出青林之下。主与客似从琉璃国而来，须眉若浣，衣袖皆湿，因忆杜老残夜水明句。以廊代楼，未识少陵首肯否？

此为明末祁彪佳《寓山注》之第一则。寓山为祁氏私家园林，据《寓山注》文前小引，园始建于乙亥(1635)仲冬，经丙子(1636)，直至丁丑(1637)夏，历时近一年半左右。祁彪佳自己说：“予家旁小山，若有夙缘者，其名若寓。”可见山不大，园亦非阔，名以寓者，大凡取“寓意则灵”之义也。

祁彪佳在明末不但是一位坚持气节，以身殉国的知识分子，而且是一位关心人民疾苦、体恤贫弱的官吏。他于乙亥冬南归构园时，常常是自行设计并亲自动手，所谓"极虑穷思，形诸梦寐"，"朝而出，暮而归，偶有家冗，皆于烛下了之。枕上望晨光乍吐，即呼奚奴驾舟，三里之遥，恨不促之于跬步。祁寒盛暑，体栗汗浃，不以为苦"。正因为如此，他对园中一丘一石，一草一木，乃至亭、榭、沼、池才会充满亲切的感情色彩。

《水明廊》，写曲廊观水，突出的是明澈澄碧，清泠剔透。作者对水似乎有着特殊偏爱，以为园林中固不可无山石花木，然可贵者更在于水。无水则不能成园，无水亦不能焕发游兴。泛舟而来，山未穷而水尽，兴致不能不稍减。及待沿"水明廊"西向而行，蓦然又是一个水的世界：曲曲弯弯的池水，从郁郁葱葱的树林间穿行，蜿蜒潺湲，令人心脾清爽，神怡气畅。再看舟中的主人与客人，仿佛来于琉璃世界，脸上犹同洗濯过一般，连衣襟上都抖着湿气。这使人油然想起王维"山路元无雨，空翠湿人衣"的诗句。在中国古代建筑中，回廊是不可缺的，它既可供游人驻足小憩，又可将景观隔开，免得一览无余。更有趣的是它也有窗子的取景作用，在廊的不同处看到各异的景致。宗白华先生说："为了丰富对于空间的美感，在园林建筑中就要采用种种手法来布置空间，组织空间，例如借景、分景、隔景等。借景又有远借、邻借、仰借、俯借、镜借等。总之，为了丰富对景。"(《中国美学史中重要问题的初步探索》，见北京大学出版社《艺境》)这里的"水明廊"既有借景、分景、隔景作用，同时它本身也置于景中。可见廊在中国建筑美学中的突出作用。祁彪佳有多方面的艺术素养，他是深明此中奥妙的。人值佳胜景物之中，随之而来的便是诗兴。诗兴勃发可以是口占自得，亦可能是忆起古人成句。在"水明廊"，作者忽然想起了杜甫《月》中的名句："四更山吐月，残夜水明楼。"(见《杜工部草堂诗笺》二十七)只不过，这里是"以廊代楼"，老杜若观"水明廊"，该作何感想呢？

祁彪佳如此爱水，爱其"澄泓"，爱其犹如"琉璃"，不正反照出他的玉洁冰清，一片澄澈的人格品行吗！

(王星琦)

踏　香　堤　　祁彪佳

园之外堤为柳陌，园之内堤为踏香。踏香堤者，呼虹幌所由以渡浮影台也。两池交映，横亘如线；夹道新槐，负日俯仰。春来士女联袂踏歌，屐痕轻印青苔，香汗微醺花气，以方西子六桥①，则吾岂敢。惟是鉴湖一曲②，差与分胜耳。

〔注〕 ① 西子六桥：即西湖六桥。西湖，又称西子湖。六桥，指苏堤上的"映波""锁澜"

"望山""压堤""东浦""跨虹"等六座桥。 ② 鉴湖一曲：鉴湖的曲折回环处。鉴湖，亦称镜湖，故址在浙江绍兴西南，因此绍兴又有鉴湖之别称。

古来有所谓"敝帚自珍"的话，是说人们对自己的器物因了感情的缘故格外珍惜。其实，对于风景，人们亦常常融入浓厚的感情因素，诸如"月是故乡明""水是家乡甜"之类，究竟故乡之月是否明于别处？家乡的水较他乡水到底甜否？事实是不尽然的。一段小路，因了常常走过，分外熟悉，你会发现它特别美；而另外的人从不曾在这里走过，他可能觉得那小路不过平平常常。这便是美学上的主观美与客观美问题。桑塔耶那对这个问题有过精彩的议论，他在《美感·形式·以风景为例》中说："自然风景是一种无定形的东西；它几乎时时都是气象万千，可以让你的眼睛有大量自由去取舍、突出和组合它的种种因素，况且风景寓意丰富，而感情刺激又颇为暧昧。要观赏一片风景就得加以组织，要爱好风景就得赋以德性，……当我们学会了领悟；当我们逐渐喜欢捉摸轮廓展望远景；尤其是当山川景物对我们心理情调的更微妙的影响，变成那些地方的一种意味深长的表现，而我们的梦想又给它加上诗情画意，我们瞬间的幻想把它们化为洞天福地和缥渺传奇的许多寓意——那时我们便觉得风景是美的。"原本不甚美的风景，由于感情色彩的移入，会变美；本来就很美的风景，倘若移入浓重的感情色彩，无疑将变得更美。这是为什么呢？桑塔耶那说："这是一种依赖遐想的美，是一种取决于把感情客观化的美。"

祁彪佳对他的寓山显然有着特殊的感情，他倾注了不少心血去构划、经营，又亲自动手修筑、整理，"构置弥广，经营弥密，意匠心师，每至形诸梦寐"。而且"寒暑劳役，几以是益我沉疴"(《祁忠敏公日记·居林适笔引》)。因此，他以"踏香堤"比诸西湖六桥，比诸苏堤、白堤，又比诸鉴湖一隅，以为其美不在诸方名胜之下。在作者眼中看去，柳陌、呼虹幌、浮影台，与踏香堤交相呼应，堤上新槐飘香，俯仰映日，美不胜收。至于男男女女舞袖踏歌，屐痕印于青苔之上，花香幽微，又杂以舞女香汗，大凡就是作者"依赖遐想的美"了。

足见祁彪佳无论是对风景的组织，还是德性的赋予，其悟性都是很高的。

（王星琦）

让鸥池　　祁彪佳

寓之为山，善能藏高于卑，取远若近，而园足以贮之，池又足以涵之。池南折于水明廊，北近丰庄，中引踏香堤，而以听止桥为素湍回合之所。风动青波，縠文细展①；影接峦岫，若三山②之倒水。下及于夕蔼斜晖，迷离芦蓼；金波注射，纤玉腾惊；四顾泱漭，恍与天光一色。主人于此，亦云乐矣。终不若轻鸥容与，得以饱挹波光，任是雪练澄泓，云涛飞漱，在鸥不作两观。翻觉濠濮之想，犹有机心未净。主人故不敢自有其池，而以让之鸥。但恐鸥亦见猜，避而不受耳。

〔注〕① 縠(hú)文细展：形容风吹水面，像绸纱一样绉起波纹。縠，绉纱一类丝织品。文，通"纹"。 ② 三山：即海上三仙山。《史记·秦始皇本纪》："海中有三仙山，名曰蓬莱、方丈、瀛洲，仙人居之。"

古人常以"鸥盟"来隐喻退居林泉之想。所谓"鸥盟"或"盟鸥"都是指与鸥鸟为盟，同白鸥相伴。《列子·黄帝》上有这样一个传说：有人特别喜欢鸥鸟，每天早晨都到海上去与鸥鸟相嬉戏。成群的鸥鸟飞到他身边盘旋，似解人意。后来他的父亲知道了这件事，就叫他捉几只回去。他再来到海上时，鸥鸟则在空中飞舞，不肯下来与他亲昵了。祁彪佳的这则小品表现的是他与鸥鸟的意会神交。他命池名为"让鸥"，分明是将自己与鸥鸟摆在同等的地位，欲将池沼之爱割与鸥鸟，追求的是一种恬淡自然、超脱尘世的志趣，景观之中自有人格气韵在。

明末社会日趋腐败，崇祯无论怎样也无法力挽狂澜，朱明王朝日逼崦嵫。祁彪佳早有归隐之想，《祁忠敏公日记》中《归南快录·小引》有云："予谫陋甚，无用世才，乞归养母之志萌于初入西台时，迨巡吴之役意益决。"无奈两次上疏，均"未荷圣允"。后来终蒙恩准，"半肩行李，翩然就道。数年来怀思积虑，翘首企足以望者，而一旦得之，可谓快矣"！这是乙亥(1635)冬天的事。然而祁彪佳又是矛盾的："予之所以切于求归者，夫岂真能超然自得、可以芥视轩冕乎！不过以乌鸟之私欲，修庭闱菽水之欢，而且于定省之暇，寻山问水，酬觞赋诗，一洗年来尘况耳。"(同上)祁彪佳真是坦率！他的南归有快亦有不快，他只是要走出热闹场，以"寻清凉境界，是则厌动喜静之常，不可与洒脱无累者同日而语。"明乎此，才能摸索到祁氏的心态意绪。而人之"乌鸟之私欲"，在古人常常是倦怠之后以求解脱的常情常理，"让鸥"之注脚恰恰在此。故与其说是"让鸥"，倒不如说是"招鸥"。鸥不来何趣之有？明乎此，才能领会"翻觉濠濮之想，犹有机心未净"之语。

祁彪佳自爱自家园林，以为其能"藏高于卑，取远若近"，诸般景致，"园足以贮之，池足以涵之"。见得园不在大，寓意则灵；池不在浩，有韵则美。丰庄、踏香堤、听止桥，都是作者亲自命名的寓山景点，处处透出作者对自家园林景色的留连与挚爱。因作者尤爱水，故对"让鸥池"更见喜爱之情。每当微风拂过，池水波光粼粼，周遭山峦叠印水中，犹如神仙境界；若在晚霞映照之中，迷漓一片，芦苇荡风，蓼花含情；夕照金晖中，鸟雀惊飞，掠过水面；环顾水面，无限空濛，水色天光，浑成一体。饱览这一切美景的，要数白鸥。不管阴晴圆缺，还是静噪寂鸣，任尔风起雨涌，还是丽日和风，白鸥终不为所扰，依然故我，飞止自若，即“不作两观”。与白鸥相较，作者真有些自愧弗如了。作者心里常自以为“捐富贵、轻名利、弃爵禄”之“快然终身”者，更无一人，而自己的“求闲求静总为嗜欲所牵”，相形之下，白鸥较自己格调似更高。况且“名利之根隐隐盘踞，窃恐有触而发更无物相胜之，则亦毕其生于汩没而已，可不悲夫！予之所以快者正予之所以为愧者也”(《归南快录》小引)。基于这样的内心躁动和愧悔，作者自谓“机心未净”，是故愿以池让鸥也。

（王星琦）

远　阁　　　　　祁彪佳

阁以远名，非第因目力之所极也。盖吾阁可以尽越中诸山水，而合诸山水不足以尽吾阁，则吾之阁始尊而踞于园之上。阁宜雪、宜月、宜雨，银海澜回，玉峰高并；澄晖弄景，俄看濯魄冰壶；微雨欲来，共诧空濛山色。此吾阁之胜概也。然而态以远生，意以远韵。飞流夹巘①，远则媚景争奇；霞蔚云蒸，远则孤标秀出；万家灯火，以远，故尽入楼台；千叠溪山，以远，故都归帘幕。若夫村烟乍起，渔火遥明，蓼汀唱欸乃之歌，柳浪闻睍睆②之语，此远中之所孕含也。纵观瀛峤③，碧落苍茫，极目胥江④，洪潮激射，乾坤直同一指，日月有似双丸，此远中所变幻也。览古迹依然，禹碑鹄峙⑤，叹霸图已矣，越殿乌啼，飞盖西园⑥，空怆斜阳衰草，回觞兰渚，尚存修竹茂林⑦，此又远中之所吞吐，而一以魂消、一以怀壮者也。盖至此而江山风物，始备大观，觉一壑一丘，皆成小致矣。

〔注〕 ① 夹巘(yǎn)：大小成两截而又相连的山。《诗·大雅·公刘》：“陟则在巘。”毛传：“巘，小山别于大山也。” ② 睍睆(xiàn huǎn)：鸟声清和圆转貌。《诗·邶风·凯风》：“睍睆黄鸟，载其好音。”指的也是黄鹂鸣于柳间。 ③ 瀛峤：池山。瀛，指池泽。峤，高而又尖的山。 ④ 胥江：古代传说伍子胥死后为浙江潮神，故称浙江潮为胥涛，浙江也称胥江。浙江下游称为钱塘江，又称胥江。 ⑤ 禹碑鹄峙：禹碑高高矗立。禹碑，又称为岣嵝碑，碑原在湖南衡山县云密峰上，早已不存。传说夏禹曾在衡山(又称岣嵝山)得金简玉书，后人便伪造碑文，附会为夏禹治水时所刻。鹄即鹤，鹤颈长，故以鹄立状高耸。峙，耸立。 ⑥ 西园：汉代上林

苑之别称。又，曹操在邺都所建园亦名西园。这里是泛指。⑦ 修竹茂林：这句点化王羲之《兰亭集序》意境。永和九年(353)三月三日，王羲之与友人四十余人在会稽郡山阴(今浙江绍兴)的兰亭集会，“饮酒赋诗”，“畅叙幽情”，王写下了脍炙人口的序文，手稿即传为“天下第一行书”的《兰亭序》帖。王的序文中有“崇山峻岭，茂林修竹”之语。

这一则写阁，如题所示，突出一个“远”字。景必以远观方妙，悠悠天钧，茫茫地表，极目放眼，乃见气派。在《妙赏亭》一则中，作者曾援引东坡写于匡庐之诗谈到这一层，然未能铺排开来，况亭与阁作用不同，取景之角度不同，所见自然各异。张岱以为亭榭楼台、曲径回廊可以使山水风月益增其妙，实是得观赏山水壶奥之论。阁名之谓远，非指阁建于远处，而是指依阁能得以远望。越中山水形胜，俱可在此饱览；若将诸山水合起来，非以远眺得之，而以无序相加，那就全失神韵、而成沙盘模型了，故作者言“合诸山水不足以尽吾阁”，说的是欣赏角度、距离以至由此引起的不同感受。祁彪佳建阁于园之上，且“尊而踞”，道理在此。游北京颐和园，必登佛香阁，这时方见昆明湖水烟波浩渺，玉带桥果然一飘如带，远可见玉泉山，近可收石舫、长廊。见得阁必高踞，榭必临水，绝非任意为之也。王勃登滕王阁，乃见“鹤汀凫渚，穷岛屿之萦回”；更有“桂殿兰宫，即冈峦之体势”。人凭高阁，才得“披绣闼，俯雕甍”，若据岸临流，或泛舟水上，如何能见到“闾阎扑地”，“舸舰迷津”，至于“落霞与孤鹜齐飞，秋水共长天一色”之壮景，更是非临高极目所无法领略得到的。

阁不仅可以远眺，亦宜于俯瞰，若居之阁上仰望，就更是气象不同。观雪景，扪触到飞舞着的乱琼碎玉，置身于银色世界之中，那是一种感受。如若临阁而观雪景，感受则完全不同：素山玉岭，凹凸不平，宛如银海掀起的层层波涛；白色的山峦，相依相并，好似一座座擎天的白玉大柱。月夜登阁，皓魄犹近，清辉遍洒；一轮明月，犹如被洗濯了一般，纤尘不染，又像是玉壶冰盘，晶莹剔透。山雨欲来，山色罩雾，空蒙一片。总之，这远阁是“宜雪、宜月、宜雨”，四时景致，各有迷人之处。然而，这所有的景色，都要以远望才得其佳妙。所谓“生气远出，不着死灰，妙造自然，伊谁与裁”(司空图《二十四诗品》)！祁彪佳所说的“态以远生，意以远韵”，是中国古典美学中一个很有特色的观点，无论诗境、画境，还是园林景致，都是如此，值得我们深入探究。与此相联系的一个问题是，中国人这种远观的态度背后的潇洒风神。远观，就是隔那么一层，镜花水月，云遮雾罩，所谓“灯影似人人似月，十分圆处不分明”，这种审美心理在观景、观剧以及阅读欣赏文学作品的过程中几乎是完全一致的。你看祁彪佳“飞流夹巘”以下的妙赏，皆以远为宗，“远中所变幻”，无穷无尽，愈变愈新，愈变愈奇。倘若不远，飞瀑峡谷，云蒸霞蔚，万家灯火，千山万水，渔火遥明等，便俱成死灰，全无色彩和韵味了。就连凭吊览古，也是一样，非远不能尽情完意也。凄凉与悲慨，亦以淡远出之，人照样那样自在潇洒，景观也在淡远和悠闲之中（或言更内在、更深邃中）物化为一种独特的审美情绪和人生观照，透出相当繁复的历史和人生的生动气息。这与西方人的审美经验是大不相同的。宗白华先生说得好："希腊神话里水仙之神(Narciss)临水自鉴，眷恋着自己的仙姿，无限相思，憔悴以死。中国的兰生幽谷，倒影自照，孤芳自赏，却有春风微笑相伴，一呼一吸，宇宙息息相关，悦怿风神，悠然自足。"（《美学散步·中国艺术意境之诞生》）宗先生认为这正是"中西精神的差别相"。祁彪佳在这里流露出来的审美意识，值得反复玩味。（王星琦）

柳　陌　　　　祁彪佳

出寓园，由南堤达豳圃，其北堤则丰庄所从入也。介于两堤之间，有若列屏者，得张灵墟书曰"柳陌"。堤旁间植桃柳，每至春日，落英缤纷，微飔[1]偶过，红雨满游人衣裾，予以为不若数株垂柳，绿影依依，许渔父停桡碧阴，听黄鹂弄舌，更不失彭泽家风[2]耳。此主人不字桃而字柳意也。若夫一堤之外，荇藻[3]交横，竟川含绿，涛云耸忽，烟雨霏微，拨棹临流，无不率尔休畅矣。

〔注〕 ① 微飔(sī)：轻轻凉风。　② 彭泽家风：指像陶渊明归隐后那样的生活风貌。陶潜曾为彭泽县令，故有此言。　③ 荇藻：即荇菜，一种多年生水生草本植物，又称"莕菜"，可药用。《诗·周南·关雎》："参差荇菜，左右流之。"孔颖达疏："白茎：叶紫赤色，正圆，径寸余；浮在水上。"

祁彪佳的性耽山水园林，几近于痴，便是数株垂柳，一线新绿，也能使他流连不已，赏叹再三。他在殉节之前，曾感慨万端地对其子理孙说："若翁家居无甚失德，但耽玩泉石，营构多，是余过也。"（山阴杜春生辑《祁彪佳遗事》）祁彪佳临终之前何出此言？它与"含笑入九原，浩气留天地"（祁彪佳绝笔诗句）的豪迈气概怎的如此不协调？说来这一点也不矛盾。在明王朝面临覆亡、江山社稷将荡然付诸东流之际，祁彪佳痛心疾首，深深地感到个人对民族国家的一种责任感。国之不存，家亦将亡，耽玩泉石难道不是一种罪过吗？因此，在即将殉节那天夜里，他笑望南山，对契交祝季远慨然道："山川人物，皆属幻景，山川无改，而人生忽一世矣。"（祁熊佳《祁彪佳行实》）人之将死其言也哀，祁彪佳是何等矛盾？他的内心又是如何痛苦！了解到这些情况，我们才能真正懂得晚明小品的深层意蕴，才能领悟到为什么不能说它是一味颓废的。张岱的作品情况也大致相仿佛。

此则写杨柳依依，桃红灼灼，笔调清隽爽利，意境亦明媚可人。所以名柳而不名桃，透露出作者喜淡远、爱恬静的审美情趣。桃花艳丽，过于耀眼，不若柳之翠碧清新，绿影依依，更其可爱。特别是写"渔父停桡碧阴"，乘凉小憩一笔，不仅增加了无穷情趣，更反映了作者一种善良待人的情愫。犹同李渔写《芙蕖》，重视的是荷花的实用价值，与一般写荷者旨趣大异。桃未结实之前，只是浓艳、华赡，而柳可乘凉，又绿得诱人，给人以清新和爽畅。祁彪佳好静厌噪，喜淡恶浓；"常焚香静坐，悟万物一体之旨"。把这些联系起来，可知彪佳"一赈剡饥，再赈全越饥"，"力为担荷"，"闻风乐施"（祁熊佳《祁彪佳行实》），不是偶然的。

写一行柳阴，寥寥数语，竟意趣盎然，且令人神往，实为不易。这大凡基于作者对山水园林的痴爱。张岱评祁彪佳《寓山注》有云："主人作注，不事铺张，不事雕绘，意随景到，笔借目传，如数家物，如写家书，如殷殷诏语家之儿女僮婢。闲中花鸟，意外烟云，真有一种人不及知，而己独知之妙。"（《琅嬛文集·跋寓山注》）"人不及知，而己独知"，是说痴于园林泉石，感受独特，故尔有真性情流露出来，出之以自然，毫无矫情做意，文之至味便不绝如缕，源源流出。张岱性情近于彪佳，亦以小品名世，深得其中奥旨微义，故论人评文能中肯綮。张岱还认为彪佳《寓山注》，"非其笔墨之妙，特其见闻之真也。区区门外汉，何足以深语"。（同上）真，方能传情，方能动人。张岱到底是行家里手，所言颇为精辟。这对于我们读《寓山注》乃至其他晚明小品，是富于启发性的。

（王星琦）

回　波　屿

祁彪佳

烟波深处，有蜃结焉。一似峰随潮涌，岸接天回。客乍见者，惊谓海上三神山乃为鱼龙移至此耶。惧不可褰裳[①]以涉，则曲桥是其一苇矣。自桥而亭，得石梁，策杖过之，微径欲绝，从乱磊中蜂缀猿引，遂穿石门以上，回清弄影，便欲颉颃吾寓，几于夜郎王不知有汉大者。昔异僧披金山根下云，茎渐孤细，如菌仰托，此屿似之。当腹𬴊趾拆水穿入，其下石踞之若浮焉，环回相抱，曳带烟云，谢康乐"孤屿媚中川"[②]，便是此中粉本[③]矣。其或怒而斗。水啮石如追蠡[④]，石不欲北，则出其雄桀者与敌。訇匉[5]镗答，如三万浴铁马上作鼓吹声。王季重评润州两点[6]，谓金宜游，焦宜隐，金宜月，焦宜雨，配此屿而为三，试问当置何语？

〔注〕 ① 褰(qiān)裳：用手提起衣襟。 ② 谢康乐"孤屿媚中川"：晋代诗人谢灵运袭封康乐公，世称谢康乐。他的《登江中孤屿》诗中有"孤屿媚中川"句。 ③ 粉本：画稿。清方薰《山静居画论》上有云："画稿为粉本者，古人于墨稿上，加描粉笔，用时扑入缣素，依粉痕落墨，故名之也。" ④ 追蠡：蠡，本指虫蛀木，引申为器物经磨损欲断碎。这里指水冲刷石头，石头被激穿。 ⑤ 訇匉(hōng pēng)：象声词，又作匉訇。匉，亦作砰。 ⑥ 王季重评润州两点：指王思任(字季重)在《游焦山记》中的一段："试以金焦评之，金以巧胜，焦以拙胜；金为贵公子，焦似淡道人；金宜游，焦宜隐；金宜月，焦宜雨；金宜小李将军，焦则大米；金宜神，焦宜佛；金乃夏日之日，而焦则冬日之日也。"

奇幻的海市蜃楼，缥缈的海上三神山，虽说是杳昧难凭，却能唤起人们的无限遐想。对于后者，我们今天可以肯定地说，那是子虚乌有，或许是羽客们的幻想，甚或纯是神话世界中的景象。而前者，尽管它亦非实相真景，却的确是一种奇观。光、影、雾，大气、潮汐、海涛，总之，水色天光，海上气象，偶然的综合作用，奇迹有时会出现在远方的海面上：楼台亭阁，宫室车马，更有人物冠盖，熙熙攘攘。自然界有时真是难以捉摸，怪怪奇奇，迷离莫测。我们现在当然可以对这一切做出科学的解释，然而古人呢？他们只知其虚幻，却解释不了这种现象，他们以为那是仙山琼阁，非人世俗尘所能有。这或就是海市蜃楼与海上神山之间的联系吧。祁彪佳的寓山回波屿，是实地存在之物，想来岛屿恐不会很大，他何以将它写得缥缈神奇，无异于神仙所居之地？

"回波屿"在"烟波深处"，远远望去犹同海市蜃楼，海上仙山，被神龙异龟移到寓山之中。游客惊叹不止，一弯曲桥显得如同苇叶，过桥之客心悬神散，战战兢兢。作品起即巧布悬念，设迷幻，以淋漓奇气胜场。用笔也很特别，以结蜃和仙山的感觉领起全篇，遂使全篇笼罩在迷离奇诡之中。如此以虚用实，虚实相间的写法，使全篇俱活。作者手段于此见出一斑。写屿之形状，笔调也很特别。古人一向有山石为云之根的说法，那么"回波屿"也是"云根"啰。传说有异僧栽下"云根"，便成金山，其形若蘑菇状，茎细冠阔，"回波屿"的形状与其相似。"云根"之说十分有趣，与前海蜃、仙山并为奇幻。如是者三，使全文充满迷幻色彩。苏东坡在诗中也写到过"云根"。下天竺的惠净法师赠给东坡一块奇异的石头，东坡写诗云："还将天竹一峰去，欲把云根到处栽。"又传说飞来峰原是印度灵鹫山的一个小峰，不知何时飞来与灵隐寺隔溪相望。原来"云根"也能飞，不只是靠高僧们去栽。如此说来，连贾宝玉也是"云根"哩，这块"娲皇未用"的顽石，竟被栽到青埂峰下，后来演出一部世人难解的《红楼梦》来。

若一味虚写，便不见了“回波屿”，祁彪佳毕竟是一位高明的画手。他写自桥而亭，十分细腻真切，微径之曲转，绝处又有蜂缀猿引，再几经寻觅，才得穿石门而达岛屿之上。写石缝吸水，乱石若浮在百股细流之上。石上水气氤氲，石丛如罗汉相叠，细流回环其间，使人忆起谢灵运“孤屿媚中川”的诗句。写水石相啮更为精妙，它们像是在恶斗，水欲穿石，却不能速胜，石亦不甘败北，以其棱然有芒角者敌之。细得不能再细，却又非描发画眉之谨毛之笔，生动传神之处，给人留下了深刻印象。这写法的格调，有些像齐白石草虫花卉的画法，大处泼墨如倾，细处可见蚱蜢足上冗毛、蝉翼脉络。祁彪佳此文高明之处恰恰在此。然而无论纵观屿的气象还是细写拾路上屿、水石相搏，都需要细致的观察和灵动的艺术触觉。大处虚了，小处亦虚，整个景象便模糊、混沌；小处实了，大处亦实，则总体呆板，了无生气。这是艺术创造的一般规律，然具体运用起来却又是灵活多变、相当复杂的。作者在不足三百字中极尽变幻腾挪之能事，诚为不易。

（王星琦）

妙　赏　亭

祁彪佳

寓山之胜，不能以寓山收，盖缘身在山中也。子瞻于匡庐道之矣。此亭不暱①于山，故能尽有山，几叠楼台，嵌入苍崖翠壁。时有云气往来缥缈，掖②层霄而上。仰面贪看，恍然置身天际，若并不知有亭也。倏然回目，乃在一水中激石穿林，泠泠传响，非但可以乐饥，且涤十年尘土肠胃。夫置屿于池，置亭于屿，如大海一沤然。而众妙都焉，安得不动高人之欣赏乎！

〔注〕 ① 暱(nì)：同“昵”，亲近之义。这里指挨近，靠拢。　② 掖(yè)：搀扶，挟持。

苏轼的《题西林壁》诗，以其特殊韵味为人们所熟知。“不识庐山真面目，只缘身在此山中”，实际上提出了一个欣赏距离问题。缘何身在山中就不识山的面目了呢？很显然，是因为失却了整体感，一叶障目而不见山也。会欣赏画的人，总是要站开一定的距离，眯起眼睛。特别是幅面大的画，站近了看除了色块或墨团还有什么呢？正是因为这个道理，祁彪佳才说“寓山之胜，不能以寓山收”。李渔说：构造园林，须“自出手眼，创为新异”（《闲情偶寄·居室部》）。又言“一花一石，位置得宜，主人精神已见乎此矣，奚俟察言观貌而后识别其人哉”！这话大有见地。祁彪佳自是高人，其精神于寓山园林中无处不在。名亭为“妙赏”，居亭必可赏心悦目，得见妙景。亭不傍山，正为观山色；亭依苍崖翠壁之上，则可四面来风，八方凭眺，更可置身于烟云缭绕之中，无异于仙山琼阁。倘若于亭中仰面，人如遨游天宇，乘雾驭风，几不觉身在亭间矣。蓦然回首，又见飞瀑湍流，湿气袭人，不但可忘饥渴，且能涤荡俗肠尘埃，濯人庸肌卑骨，使人气格变得高洁。经一番山水洗涤，幽韵陶冶，是否就能成了逸人高士，一时说不清楚，旷然超迈，脱尽尘冗似无可怀疑。大约正是从这个意义上，鲁迅先生才认为晚明小品“并非全是吟风弄月，其中有不平，有讽刺，有攻击，有破坏”（《南腔北调集·小品文的危机》）吧！

祁彪佳以为他的寓山“众妙都焉”，又以高士逸人自诩，恰正隐约透出一股辛酸。南归构园，含辛茹苦，志不让愚公，何也？无非为求暂时的解脱，不愿与腐败政治同流合污，他差不多是要把什么（愧？悔？）都彻底抛在脑后，劳役伤神，独处其苦，以乏其筋骨之劳而甩去一腔烦闷积怨。他在丙子岁（1636）日记中多次写到在寓山“垒石成峰”，他亲自指点匠工，有时也自己动手。甚至慨叹“予真愚公也”。一旦园成，看到自己的心血成了美景奇观，娱悦之情自然溢于言表。细绎此中彪佳心态意绪，不难见其芒角四射，亦不难见其惨淡经营中之苦涩。当然，投身于艺术创造中仿佛是可以忘忧的，亭之告峻之时，登亭妙赏也的确是赏心乐事，“仰面贪看”天上也好，“倏然回目”人间也罢，他从不曾放弃济世救民之想。果然，在国破家亡之时，他决不苟且，以死报国了。可见他在为官时“亟思散发投簪，以为快心娱志莫过山水园林”（《祁忠敏公日记·闲林适笔引》），不过是一种无可奈何的寄托，其“卜筑之兴”亦只是遣怀散闷。而构园布景中隐约透出的主人精神恰是我们要细细品味的。犹如东坡的“何似在人间”词意，祁彪佳亦留恋人间，“倏然回目”反映的正是他内心深刻的矛盾。

（王星琦）

小斜川 祁彪佳

当凿池时，畚锸[①]才兴，石趾已稜然欲起。及深入丈许，岝崿[②]怒出，有若渴骥奔泉、俊鹘决云者。水入罅齿[③]间，微风激之，噌吰[④]响答，似坡老所记石钟山状。渊明春日之游，摩诘辋川所筑，将无是耶？舟泛让鸥池，由此及岸，有别径可达太古亭。川上多种老梅，素女淡妆，临波自照，从读易居相望，不止听隔壁落钗声矣。

〔注〕 ① 畚锸（běn chā）：畚是用草绳或竹篾编的盛物器具，类似大筐，锸，即锹。 ② 岝崿（zuō è）：亦作岞崿，山石高而险峻的样子。 ③ 罅（xià）齿：指岩石的缝隙有如犬牙交错。

罅,裂缝、漏洞。　④ 噌吰(cēng hóng):亦作噌呟,象声词,多指钟鼓声。苏轼《石钟山记》:“大声发于水上,噌呟如钟鼓不绝。”

祁彪佳构园,每每依自然条件而略饰点缀,在小小天地之中,塑出大气象来,这与他深厚的素养以及强烈而独特的审美感受息息相关。他自己说:“大抵虚者实之,实者虚之;聚者散之,散者聚之;险者夷之,夷者险之。如良医之治病,攻补互投;如良将之治兵,奇正并用;如名手作画,不使一笔不灵,如名流作文,不使一语不韵。此开园之营构也。”(《寓山注·引》)这番话可以说是他置园布景的精要之言。比如建太古亭,他“砍松葺茅,不加雕垩”。追求的是“太古之遗制”。此亭于“幽篁老干间,潇然独立”,与其他景点形成一种强烈对比,既可互补,亦见相映之趣。如泛舟于让鸥池,可取道小斜川登岸,穿小径,即可达太古亭。让鸥池水天一色,鸥鹭翩然;小斜川险峻奔突,硿硿作响;太古亭呢,则如老翁拄杖,潇然迎风。单看这一组景致,便足以见祁氏之匠心了。

“小斜川”大概是得名于陶渊明的《游斜川》诗及序,虽小,气象却目不暇接。它原是凿池时的偶然发见,寻石趾开凿下去,怪石耸立,形态各异:有的形同骏马奔向泉水,有的状如雄鹰击于长空。水流湍急,穿于石缝之间,由于石有空洞,微风吹过,便发出嗡嗡声响,似钟磬齐鸣,这情形有些像苏东坡在《石钟山记》中所描写的那样:“微风鼓浪,水石相搏,声如洪钟。”如此壮观的景象,恐怕陶渊明游春之时也未尝见过,便是王维在辋川所建别业,亦少此奇观。祁彪佳自我陶醉,津津乐道,仿佛天下美景奇观,尽在自家园中。说来造园是一种艺术创造,赏游又何尝不是一种艺术创造呢?赏游需要无尽的联想,丰富的学识,更需要忘我的热情,不消说,缺乏感情色彩的赏游总是兴味索然的。景观总然是客观的存在,人的眼睛所览也只能是一片或一段,不可能将天下美景尽收眼底,因此,没有想象的补充,景物便成了僵死的沙盘。祁彪佳善于以小见大,构园、赏景皆如是也。如同作诗品诗,须从“风正一帆悬”中看到和想到“潮平两岸阔”(王湾《次北固山下》)。或者说能于有限空间中“精骛八极,心游万仞”(陆机《文赋》)。这就是祁彪佳能将一个小小川流,写得气象万千的道理。　(王星琦)

芙　蓉　渡　　祁彪佳

自草阁达瓶隐,有曲廊。俯槛临流,见奇石兀起,石畔筼筜寒玉[①],瑟瑟秋声。小沼澄碧照人,如翠鸟穿弄枝叶上。吾园长于旷,短于幽,得此地一啸一咏,便可终日。廊及半,东面有小径,自此而台、而桥、而屿,红英浮漾,绿水斜通,都不是主人会心处。唯是冷香数朵，想象秋江寂寞时，与远峰寒潭共作知己，遂以芙蓉字吾渡。

〔注〕 ① 筼筜(yún dāng)寒玉：均指竹。筼筜，指大竹。寒玉，指玉质清凉之物，有时代指竹。

罗丹认为："对于当得起艺术家这个称号的人，自然中的一切都是美的。"在艺术家眼里，"自然"虽无知觉，却是自己的知己。"花草树木，好像朋友那样和他谈话"。"多结的老橡树告诉他说，它们爱人类，它们舒展枝条来庇护人类"。"花儿用妩媚的垂枝，用花瓣和谐的色调，同他谈话——花草中的一蕊一瓣，都是自然向他吐述的亲密的字眼"(《罗丹艺术论》)。这其实是艺术家对无限丰富多彩的自然界的一种深情挚爱，一种神会意领。当然，艺术家各各人格涵养不同，他们所创造的艺术灵境也就千姿百态。祁彪佳说主人之"会心处"乃在"冷香数朵"，因为它能在"秋江寂寞时，与远峰寒潭共作知己"。这"会心处"实乃一个画面，或言一种艺术境界，反映出作者审美观照中的独特取向。他追求一种清冷寒峭、幽韵灵动之美，这固与其天赋、气质以及生活经历有关，然更见其孤高品格。他出任苏松诸府巡按时，正值周延儒当国，周贪赃枉法，治政无力，激起普遍不满，宜兴民众甚至掘了周家的祖坟。祁彪佳不稍徇情，敢于同权奸做个对头，至使周衔恨切齿，欲图报复。后来祁彪佳终落得个降俸处分。看到朝政腐败，奸佞妄行，祁彪佳便以侍养老母为名上疏求归。家居九年，专事救荒赈济，爱民如子情愫从未稍减。后又应诏入京，担任考核官吏的计典，并疏劾周党羽翼吴昌时，朝野皆为之危惧，他却正气一身，凛然自若。如此人格操守，焉能不孤标独格，崇尚玉洁冰清！若联系祁彪佳的戏曲美学力作《远山堂曲品》和《远山堂剧品》，其审美取向也是暗合的。如他激赞徐文长的《四声猿》，谓"独文长奔逸不羁，不骫于法，亦不局于法。独鹘决云，百鲸吸海，差可拟其魄力"(《剧品》)。又如评孙仁孺《东郭记》云："掀翻一部《孟子》，转转入趣。能以快语叶险韵，于庸腐出神奇，词尽而意尚悠然。迩来作者如林，此君直凭虚而上矣。"(《曲品》)他将以上二作均列入"逸品"，审美倾向和价值判断一以贯之。由此言之，祁彪佳称得上是一位真正的艺术家和评论家。

《寓山注》的"注"字，有"解释"之义，即讲明各个景点何以命名的缘由、依据。芙蓉渡未必真有芙蓉，但取其意向耳。此处芙蓉非指荷花，而是指木芙蓉。只有后者才在秋日开花，且耐寒不落，因又名"拒霜"。如是荷花，开在夏日，"秋江寂寞时，与远峰寒潭共作知己"的话便无着落了。此篇从"草阁""瓶隐"写起，曲廊临流，寒玉秋声；碧池静园，径、桥、屿、花。作者迤逦道来，文眼明在“会心处”矣。小小篇什，曲折婉转，足见作者笔力。而与“冷香数朵”“秋江寂寞”“远峰寒潭”之相知相契、深情吐属，与罗丹心境又自不同，一为诗人之趣，一为画家之情，相通处只在对大自然的深情与挚爱。（王星琦）

【作者小传】

黄淳耀

(1605—1645)　明文学家。初名金耀，字蕴生，号陶庵。嘉定(今属上海)人。崇祯进士。未授官职，家居研读经籍。清顺治二年(1645)，与侯峒曾率嘉定士民守城抗击清兵。城陷后，与弟渊耀自缢。能诗文。著有《山左笔谈》《陶庵文集》。

甲申日记(选一)[①]

黄淳耀

崇祯十七年甲申正月三日。晏起[②]，是一过。管幼安[③]自讼曰：“吾尝一朝科头[④]，三晨晏起，过必在此。”今岂可习以为常耶？

圣人亦人也，四十而不惑，今我尚未到“立”境界，一可惧也。颜子不贰过[⑤]，今有过皆复犯，二可惧也。“朝闻道，夕死可矣”，今此身可以死乎？三可惧也。古人蒙养[⑥]时，便有天下国家之具[⑦]，今时过而后学，从前岁月皆弃掷于无用之地，四可惧也。

与人说一句话，便有成物作用在内；若谑浪笑敖[⑧]，及顺口应人，便是不诚无物。

以前觉得岁月易过，只是工夫未曾积累。

晚，赴熙孟饮，心境在半清半浊之间。古人每夜必焚香告天，使略有秽滓，便不堪告天矣。

人之生[⑨]也直，直者，率性之谓。

闲话多，是一大病，中间逗漏不觉。

灯下，读《纪事本末》二十八页。

〔注〕①《甲申日记》，是黄氏崇祯十七年(1644)一月至三月的日记。这年农历三月十九日崇祯帝自缢，明亡，次年黄氏亦自缢死。②晏起：迟起，俗话睡懒觉。③管幼安：三国

时管宁的字。 ④ 科头：不戴帽子。 ⑤ 不贰过：不重犯同样过错。 ⑥ 蒙养：童蒙时，孩童启蒙时期。 ⑦ 具：才具，襟怀。 ⑧ 谑浪笑敖：戏谑不敬不严肃。 ⑨ 生：通“性”。

黄淳耀的《甲申日记》是日记中显明见出记事人个性行为的一个典型。这个人物形象的鲜明性表现在一种严肃的反省自躬的检讨中，而不是以飘逸潇洒的游冶或勤于学术、金石考订、书画鉴赏之类取胜于人。所以，与幽默、诙谐或清通闲放型的小品相比较而言，《甲申日记》属于严肃小品。但是，如果不了解黄淳耀其人和日记的时代背景，是会觉得方正有余，趣味不足的；一旦知道黄氏是怎样一位人物后，读者无不肃然有敬，深感他的严于律己的文字犹同一块醒木，予人极有教益和启示的。

醒木，拍案惊悚，令人清醒，生活中很不可少。小品文中有此醒木型作品，也见得丰富得多。

甲申(1644)是明末士大夫文人的大劫之年，正直爱国有民族感的文人尤觉面临着山崩海立的大灾难。在三月十九日之前，他们忧心不已，深怀悲哀，崇祯自缢，明社既倾，则更是痛心疾首。黄淳耀是个有气节、正直有为的士大夫知识分子，身处乱世，仍自强不息，以图有所报效于家国；明亡后，特别是乙酉(1645)清兵南下，在“嘉定三屠”的劫难中，黄淳耀兄弟子侄奋起抗战，事败自杀。这是一位骨气峥嵘的人物。

从日记看，他的最终以抗清殉身，实在是心性、情操的一贯性的必然结果，那种“宁为玉碎，不为瓦全”的气节，早在他平时的言行生活的严肃律己的精神中孕育培养而成。所以，他在日记中的言论，从其一生的结局来逆向考察，可以感受到一股正气，一种真诚。这些自我反省的日记绝不是空洞说教和矫饰伪善。

正月初三还在新春佳节中，他起床晚了，心中老是惴惴不安，认为是一个过失。引管幼安的话作为镜子，鉴戒自己。看似细枝末节，然而人之大节操正需从小处锤炼起的。他说：今年已四十岁了，“四十而不惑”之年的“我”却老是犯过，连“三十而立”的境界也未能达到。“立”，就要能自持，独立已行全靠自己把握自己。可是“晏起”是一种懈怠不勤快，恋被窝暖和，岂非不能自持的行为？这是应该自己惊惧的之一。颜子从来不犯同样过错，我则老是重犯，这是可惧可警惕的之二。圣人说“朝闻道，夕死可矣”，我“闻道”了吗？我能死吗？我够死的资格吗？这就是说：我的努力、我的自强还远不够，怎能自暴自弃？古人自小就心怀大志，我却老是有了过失有了警觉后才肯上进，空耗了大好年光。

黄氏说的“四过”，如果去其封建尘埃，对今天的青年人固仍有借鉴意义，对今天的中老年人同样有镜子作用。语语质朴，语语见真诚，深沉而又简捷，读后觉得不是苍白的说教。

他在一些非常具体的细节上都作着深入的自我剖析。说话是否实在？是说空话，还是说敷衍话、油滑话、心口不一的谎话、不敬不恭的无礼貌话？他以一“诚”字来作为心性的标准，以有物与否来判别待人的真诚还是虚伪。说出来似容易，要做到很不易。黄氏在日记中写得真实、深刻、动人，使人觉得他确实不在敷衍自己。需知，一个人最不自觉的正是敷衍自己，对自己马虎敷衍的人，很难想象对别人，对世事能严肃谨慎！

至于“以前觉得岁月易过，只是工夫未曾积累”，这十六字是完全可以写成座右铭贴在案头的。

在生活中自省是否“闲话”太多的人，在笔下一定没“闲话”“废话”。黄淳耀确实做到了慎独。所谓“焚香告天”云云，其实就是慎独品行的自我检讨。慎独是儒家一种修养，换句话说，也是民族精神传统的一种，应当拂去其不合理的尘埃，取其严于律己的核心。

（严迪昌）

【作者小传】

卓人月

（1606—1636）　明戏曲作家。字珂月，号蕊渊。仁和（今浙江杭州）人。崇祯八年（1635）贡生。才情横溢，善诗文词曲。与孟称舜、袁于令相善。以未遇早逝，世谓才命并同长吉。著有《蟾台集》《蕊渊集》《寤歌词》《古今词统》以及杂剧《花舫缘》。

新西厢序　　卓人月

天下欢之日短而悲之日长，生之日短而死之日长，此定局也。且也欢必居悲前，死必在生后。今演剧者，必始于穷愁泣别，而终于团圞[①]宴笑，似乎悲极得欢，而欢后更无悲也；死中得生，而生后更无死也：岂不大谬耶！

夫剧以风世，风莫大乎使人超然于悲欢而泊然于生死。生与欢，天之所以鸩人[②]也；悲与死，天之所以玉人[③]也。第如世之所演，当悲而犹不忘欢，处死而犹不忘生，是悲与死亦不足以玉人矣，又何风焉？又何风焉？

崔莺莺之事以悲终[4],霍小玉之事以死终[5],小说中如此者不可胜计。乃何以王实甫、汤若士[6]之慧业而犹不能脱传奇之窠臼耶?余读其传而慨然动世外之想,读其剧而靡焉兴俗内之怀,其为风与否,可知也。《紫钗记》犹与传合,其不合者止复苏一段[7]耳,然犹存其意。《西厢》全不合传。若王实甫所作,犹存其意;至关汉卿续之,则本意全失[8]矣。余所以更作《新西厢》也,段落悉本《会真》,而合之以崔、郑墓碣[9],又旁证之以微之年谱[10]。不敢与董、王、陆、李诸家争衡[11],亦不敢蹈袭诸家片字。言之者无饰,闻之者足以叹息。盖崔之自言曰:"始乱之,终弃之,固其宜也。"而元之自言曰:天之尤物,"不妖其身,必妖于人"[12]。合二语可以蔽斯传矣。因其意而不失,则余之所以为风也。

〔注〕 ① 团圞(luán):形容月圆。此指团圆。 ② 鸩(zhèn)人:毒害人。鸩是传说中的一种毒鸟,据说把它的羽毛浸在酒中,可制成鸩酒,人饮之即死。 ③ 玉人:助人成事。玉,成全。 ④ 崔莺莺之事以悲终:指唐代元稹著的传奇小说《会真记》(《莺莺传》)中的情节。小说中所写张生忍情弃崔,迫使她另行委身于人,在崔莺莺来说是"以悲终"。 ⑤ 霍小玉之事以死终:指唐代蒋防所作传奇小说《霍小玉传》的情节。 ⑥ 汤若士:若士,汤显祖的号。 ⑦ 复苏一段:汤显祖所著《紫钗记》最后的情节是霍小玉昏倒后经李益扶持而复苏,终而奉旨与李益成亲团圆,与原小说的结局不合。 ⑧ 本意全失:过去有一种说法,以为杂剧《西厢记》前四本(至《草桥店梦莺莺》止)为王实甫所作,第五本(《张君瑞庆团圞》)为关汉卿所续作。这第五本正是大团圆的喜剧结局,与原小说的悲剧结局完全不同。 ⑨ 崔、郑墓碣:据说明代时曾在河南出土唐人秦贯撰写的《荥阳郑府君、夫人博陵崔氏合祔墓志铭》刻石,有人因姓氏的偶合,认为墓主即是《西厢记》中的郑恒和崔莺莺。此说并不可信,前人已多有辩驳。 ⑩ 微之年谱:宋人王性之编著有《元微之年谱》。微之是《会真记》作者元稹的字。 ⑪ 董、王、陆、李:指金代《西厢记诸宫调》作者董解元、元杂剧《西厢记》作者王实甫、明代《南西厢记》作者陆采和李日华。 ⑫"盖崔之自言曰"数句:这两段引语都见于元稹《会真记》。前一段话是张生将离开崔莺莺西去时,莺莺在无奈间对张生说的。后一段话是张生留居长安,已决意抛弃莺莺时对友人说的。卓人月认为张生就是元稹的化身,故而称张生的话为"元之自言"。

纵观中国古代戏曲,可以发现喜剧多而悲剧少,而且几乎没有什么专门研讨悲剧的文章。卓人月的《〈新西厢〉序》可说是一个罕见的例外。

据清人焦循所撰《剧说》卷二载,卓人月曾编撰戏曲《新西厢》,可惜剧本无传,很可能是一部传奇。本文就是《新西厢》剧本的自序,序中集中反映了他的悲剧观。

卓人月生当明朝的崇祯末世,一场掀翻这个黑暗朝廷的农民战争即将爆发。处于这种末世中的文人,同样出于一种无望的悲观心理,却会滋生两种不同的人生观,一种是享乐主义,另一种则是悲观主义。卓人月之所以属于后者,这与他一生不得志有关。他虽然年少多才,但因生不逢时,迟至崇祯八年(1635),亦即在他而立之年才成为贡生,而在次年即离开了人世。他在编写《新西厢》时,很可能连贡生这个科举阶梯上的最低一级都还未登上。也许正是由于对时局及个人遭际的彻底失望,他才如此超然泊然而又不无伤心地呼叫:欢短悲长,生短死长,"此定局也"!

认为生活的本质是痛苦,而欢乐只是一种假象,认为生命是短暂的,而死才是永恒的,这种人生观源于老庄哲学。《老子》说:"吾所以有大患者,为吾有身,及吾无身,吾有何患?"(十三章)认为人有了生命,也就有了大苦难,若是自身不存在了,还有什么祸患呢?《庄子》也说:"夫大块载我以形,劳我以生,佚我以老,息我以死。"(《大宗师》)意思是说:大自然给我形体,用生使我劳苦,用老使我清闲,用死使我安息。又说:"其生若浮,其死若休。"(《刻意》)认为生时只是浮游无定,而死时才得到永久休息。这些话都旨在说明,生活是劳苦无定的,只有死才是最后的归宿与解脱。

老庄的深沉的哲理到了卓人月的笔下,就变为寥寥数语:"生与欢,天之所以鸩人也;悲与死,天之所以玉人也。"他以为"生与欢"都是害人的毒酒,而"悲与死"才是自然成全人类的美意。这正是老庄人生哲理的形象化的表述。

那么,活着的凡人就没有任何办法摆脱与生俱来的悲苦与对死的恐惧么?不是的。卓人月说,可以通过戏剧艺术,使人悟解悲欢与生死之理,从而坦然淡然地对待人生的这种必由之路。他认为这就是中国历代诗教所主张的"风世"之理。所谓"风世",也就是教化人世,这是儒家诗学所强调的文艺的教育感化作用。那么,以什么内容来"风世"呢?这个问题对于封建知识分子来说,本来是不言而喻的,因为在《论语》等孔孟的著作中早已有了现成的答案。但明末的这个二十几岁的青年学子却说:"风莫大乎使人超然于悲欢而泊然于生死。"这个惊世骇俗的观点,可以说是对儒家诗教的亵渎。儒家总是教导人修身养性,为世所用,这正是"兴俗内之怀"。而卓人月却反之,他认为文艺应教导人"动世外之想",也就是引导人们摆脱世俗加于人的种种束缚、诸般苦痛。这种观点,显然有悖于儒学教理而返归于道家信条。

由于人生之悲剧已成定局,故而卓人月认为戏剧只有表现这种人生的悲剧本质才是真正的"风世"。他反对戏曲中无穷无尽的虚假的"大团圆"格局,在本文中明确指出:"今演剧者,必始于穷愁泣别,而终于团圞宴笑。……岂不大谬耶!"对于闻名已久的王实甫的《西厢记》、汤显祖的《紫钗记》,由于其中不能摆脱团圞的窠臼,他也表示不满意。他认为唐人小说《会真记》中崔莺莺张生的爱情以离异而终结,而《霍小玉传》中以霍小玉愤然离世为结局,这才是真实地写出了人生的必然归宿。因而,他要编撰《新西厢》,完全按照《会真记》的结局,把崔张的爱情故事重新写成一个悲剧。他认为《会真记》结尾时莺莺的自白:"始乱之,终弃之,固其宜也。"这才是故事的必然结局。美貌女子被视为妖物,美被毁灭,这才是命运所在。在他看来,只有真诚地演示这样的人生悲剧,才能令"闻之者足以叹息",令读者"慨然动世外之想"。这就是卓人月的悲剧"风世"说。

卓人月在评论其同乡友人所作的杂剧《春波影》时曾说过:"文章不令人愁、不令人恨、不令人死,非文也!"这自然也是他的悲剧观点。不过,在这些话里还有"愁"与"恨",这些都还属于生命情感的跃动。而在《新西厢序》中则只有"悲"与"死",只有超然于世外之念,生命之弦显然已经松动,生活还有什么必要呢?现在还不知道三十来岁的卓人月究竟是怎样死去的,他的死与他的悲剧人生观是否直接有关,也许他也像他的邻乡后人王国维那样,自己抛掷了生命,以完成"天之所以玉人"的梦想。在我们看来,悲剧人生观的这种结局,也只能说明,这种悲观厌世思想也只是一杯"鸩人"之酒,它并不能使人得到安适的解脱,只是把人引入无望的深渊。

但卓人月的悲剧理论,作为一种戏剧观,则远远地超越于同时代人之上,它对于明代剧坛数百年"才子佳人""悲欢离合"的团圆之梦,无疑是一种振聋发聩的清醒剂。而且,此后二三百年的清代文坛,也不再能看到这种令人惊醒的悲剧理论,直至二十世纪初,才在王国维的著作中得到反响。 (叶长海)

【作者小传】

陈子龙

(1608—1647) 明文学家。字卧子,号大樽,松江华亭(今上海市松江区)人。崇祯进士。曾与夏允彝等组织幾社。南明弘光帝时任兵科给事中,见朝政腐败,辞职归乡。清军破南京后,在松江起兵,称监军。事败,避匿山中,结太湖兵抗清。组织松江第二次起义失败,在苏州被捕,乘隙投水死。其文学主张继承后七子传统,有复古倾向。清兵南下后所作诗歌,感时伤事,悲愤苍凉,风格一变。前人誉为明诗殿军。也能词。有《陈忠裕公全集》,另编有《皇明经世文编》。

李氏之鸠　　陈子龙

畜鸠者，以五月五日剪其舌，取汞硫火炼之，成灵砂。杂米菽，日三饲，变易其心，则能为人言，过于鹦鹉。

李氏有一鸠，甚慧，养之数年矣。日则飞翔于檐楹①帘幕间，不远去，夕宿于笼，以避狸鼠。见僮婢有私持物及摘花者，必告其主人。

晋人贾于吴者，见之，愿以十金易焉。鸠觉其意，告主人曰："我居此久，不忍去。公必欲市我他所，我且不食。"主人绐之曰："我友有欲观汝者，即携汝归耳。"至贾家，则舍之去。鸠竟不食，哀号告归。贾人怜其志，且恐鸠死而金无取偿也，遂捐金十之二，而以鸠还李氏。鸠乃食。

陈子曰："鸠，拙鸟也。不轻去就，其仪一兮。是以诗人比之君子，而屈氏②犹恶其佻巧，何也？"

〔注〕①檐(yán)：檐下的走廊。楹(yíng)：厅堂前的柱子。　②屈氏：屈原。

屈原的《离骚》有句云"雄鸠之鸣逝兮，余犹恶其佻巧"，赋予鸠鸟以轻佻巧利的人的性格，把它描绘成一个不诚实的小人形象。陈子龙不同意鸠鸟"佻巧"的观点，他借鉴《离骚》把鸟类人格化的艺术经验，把鸠鸟塑造成为忠诚不渝的正面形象，体现了他在文学上的创新。

本文赋予鸠鸟以人的特点，不仅在它"能为人言"，这一点其他鸠鸟经过训练也能做到，而在它具有人的意识，这是李氏鸠独有的。李氏鸠对主人很忠实，平时"见僮婢有私持物及摘花者，必告其主人"，忠实地维护主人的利益。后有一商人企图用重金将它买去，它说："我居此久，不忍去。"表现它眷恋故主，具有真挚的感情。继而又表示，如遭出卖，"我且不食"，表现了它有坚贞的情志。后来主人将它骗卖给商人家，它绝食哀号，终于实现了还归李氏的愿望，又表现了它具有不达目的决不罢休的坚强意志。

这篇文章的主旨，在于歌颂李氏鸠的不轻去就，对主人忠诚不二。陈子龙是明末一位著名的忠臣义士。明亡以后，他被清兵逮捕，自杀殉国。李氏鸠忠于故主的节操，正寄托了他忠于明朝，决不臣事二姓的思想意志。李氏鸠的不轻去就，一方面从正面体现了明末忠臣义士的道德情操，另一方面又具有辛辣讽刺意味。作者所作《三慨》(三篇富有感慨的寓言,本文为其中一篇)的小序中说,“詈人则曰异类,夫异类岂尽若此哉”! 这就是说,现实中那些轻于去就的逆子贰臣,连禽兽也不如。

(周寅宾)

【作者小传】

周　晖

明诗文家。字吉甫。上元(今江苏南京)人。诸生。约生活于嘉靖、万历时期,享年八十余。老而好学,为乡里所重。博古洽闻,多识往事,又性好编录。吟咏自适,不求人知。著有《金陵琐事》《幽草斋集》。

刚峰宦囊

周　晖

都御史刚峰海公卒于官舍,同乡宦南京者,惟户部苏民怀一人。苏点其宦囊,竹笼中俸金八两、葛布一端、旧衣数件而已。如此都御史,那可多得! 王司寇凤洲评之云:“不怕死,不爱钱,不立党。”此九字断尽海公生平。即千万言谀之,能加于此评乎?

一个封建时代的官吏,究竟是贪官还是清官,历史会作出判断,老百姓会作出判断,这个道理很简单,人人都懂得。

作为贪官,由于心虚,不能不说些力行廉洁、提倡正直的话,壮壮自己的胆子,久而久之,就产生了错觉,仿佛老百姓已经认为他是清官了。这原是自我欺骗的大笑话。

在这个问题上,老百姓从来是眼睛雪亮的。对于官吏,从来就是不仅听其言,更主要的是察其行,不会上当受骗的。当然,不一定敢指名道姓地检查揭发那些贪官,唯恐被报复也。但当贪官被法办或死去,被报复的担心一消除,贪官的面目也就被暴露无遗了。

即以明代而言,严嵩垮台之后,有人把他生平搜刮所得稀世珍贵列出清单,名曰《壶天冰山录》,真是令人大开眼界的洋洋大观。

说历史会作出判断,并不仅仅指严嵩这一类人的情况,一个清官也往往由于他的去世让人们看到了更多的清正、清廉的真相,海瑞就是一个典型的例子。他生前已有清正严明的盛誉,但是也有人不太相信,表示怀疑。他的政敌暗中散布流言蜚语，说他在口头说清廉，实际则贪鄙，也使一部分人弄得相当糊涂。

此文通过海瑞死后，同乡人苏民怀为之清理遗物遗产一事，三言两语，就把海瑞的两袖清风的崇高形象历历如绘地浮现了出来。

“如此都御史，那可多得！”不是一句随随便便的闲话。因为御史的职责是纠劾贪污枉法的官员，而都御史则是统管御史的都察院的最高长官，按理来说，当然应该是清廉无比而铁面无私的。而事实上那些御史、都御史却十之八九是公然受贿而权势遮天的。否则的话，包拯也罢，海瑞也罢，有什么可以值得歌颂的呢？君不见明代的特大贪官之一严嵩的亲信鄢懋卿，坐轿子要用十二个年轻的美貌女子抬，巡视东南沿海时，搜刮之残酷，可与倭寇之洗劫不相上下，但老百姓谁敢不齐声“欢呼”为青天呢？那时候，鄢懋卿的身份就是都御史啊！

另一个御史陈海楼游手好闲，生活放浪，受到了海瑞的斥责，对海瑞恨之入骨，也怀疑海瑞的清苦是故意做作给别人看的，只是到海瑞死后，亲眼看到海瑞身后萧条的悲惨景象，才深深感到惭愧，而不再怀恨海瑞的。周晖的《清苦回恨》就是写的这件事，也和这篇《刚峰宦囊》同时收在《金陵琐事》一书中。

周晖引了王世贞的三句话，证明海瑞既不怕死，也不贪财，更不组织宗派小集团。然而，王世贞对海瑞所作的评论不止这三句，有一首诗，题曰《直中丞》，在肯定海瑞为官清正的同时，也说了许多讽刺海瑞、贬低海瑞的不三不四、不阴不阳的话，把海瑞说成是个全凭心血来潮、经常颠倒是非的人。周晖是歌颂海瑞的，所以没有引用王世贞另外一些诗句，这也是一种“各取所需”的操作规程吧！

（蒋星煜）

【作者小传】

叶小鸾

（1616—1632）　明女文学家。字琼章，一字瑶期。吴江（今江苏苏州市吴江区）人。父叶绍袁，天启进士，官工部主事；母沈宜修，字宛君，均工诗词，偕隐分湖。

汾湖[1]石记　　叶小鸾

汾湖石者，盖得之于汾湖也。其时水落而岸高，流涸而厓出。有人曰：“湖之湄有石焉，累累然而多。”遂命舟致之。其大小、圆缺、袤尺不一，其色则苍然，其状则崟[2]然，皆可爱也。询其居旁之人，亦不知谁之所遗矣。

岂其昔为繁华之所，以年代邈远，故湮没而无闻耶？抑开辟以来，石固生于兹水者耶？若其生于兹水，今不过遇而出之也；若其昔为繁华之所湮没而无闻者，则可悲矣。想其人之植此石也，必有花木隐现，池台依倚，歌童与舞女流连，游客偕骚人啸咏，林壑交美，烟霞有主，不亦游观之乐乎？今皆不知化为何物矣，且并颓垣废井，荒途旧址之迹，一无可存而考之。独兹石之颓乎卧于湖侧，不知其几百年也，而今出之，不足悲哉？

虽然，当夫流波之冲激而奔排，鱼虾之游泳而窟穴；秋风吹芦花之瑟瑟，寒宵唳征雁之嘹嘹；苍烟白露，蒹葭无际；钓艇渔帆，吹横笛而出没；萍钿荇带，杂黛螺而萦复。则此石之存于天地之间也，其殆与湖之水冷落于无穷已耶？今乃一旦罗之于庭，复使垒之而为山，荫之以茂树，披之以苍苔，杂红英之璀灿，纷素蕊之芬芳。细草春碧，明月秋朗，翠微缭绕于其颠，飞花点缀乎其岩。乃至楹槛之间，登高台而送归云；窗轩之际，照遐景而生清风。回视昔之啸咏，流连游观之乐者，不又复见之于今乎？则是石之沉于水者可悲，今之遇而出之者又可喜也。若使水不落，湖不涸，则至今犹埋没于层波之间耳。石固亦有时也哉！

〔注〕 ① 汾湖：又名分湖，在江苏吴江东南六十里。 ② 崟(yín)：奇特貌。

由庭中的几堆假山石，悬想到它们今昔兴废的遭遇，并浮现出一幅幅或繁华或冷落的图像；而作者的心潮也随之起伏，忽而悲，忽而喜。倘没有丰富的想象和深沉的情感，又岂能臻于这种情景交融的艺术境界？

作者叶小鸾是一位闺中少女，生性好冥想，易动情。她在几堆湖石中，竟寄寓了几番风雨、几度沧桑、几多哀愁和欢乐！无怪明人卫泳说："寻想偏在冷处幽处，抚今追昔，倍增兴废之感。一石中藏万斛愁矣。"（《冰雪携》）

然而，作者不光悲叹湖石埋于层波之间，"与湖水冷落于无穷"，而且也庆幸它们复出湖水，进入庭园，重见人间欢乐。其实，怜石即是爱人。她对湖石命运的关心，何尝不是对人的一片深情？她希望天下沦落人能像湖石一样逢上好运。

此记虽以摹写悬想中的虚境为主，而以记叙生活中的实景为次，文字却妩媚婉细，相当出色。其语句多骈偶，色调也能与情思相配。“当夫流波”一段，风露烟波，芦花蒹葭，水族雁声，渔舟横笛，绘出湖上一派清凄秋色，以见石之“冷落”。“今乃”一段，茂树、苍苔、红英、素蕊、翠微、飞花等，则绘出庭中一派荣滋景象，以见石之“有时”。写湖上秋色，固然清绝；写庭中盛景，也一扫华贵浓艳，唯有清丽素雅。这和作者的性格、情趣有着密切关系。其母沈宜修谓小鸾：“性高旷，厌繁华，爱烟霞，通禅理。”又谓：“明眸善睐，秀色可餐，无妖艳之态，无脂粉之气。”（《季女琼章传》）文如其人，难怪作文写景便呈现出清美淡雅的风格，而思致的精密沉远，则与“通禅理”有关。

此文作于崇祯壬申(1632)七月，小鸾年仅十七岁，正待出嫁，至十月，遽尔殒绝。父母大恸，“肝肠裂尽，血泪成枯”。一代才女，妙龄身亡，千载而下，亦为之叹息矣。

（夏咸淳）

【作者小传】

周　容

(1619—1679)　明末清初文学家。字茂三，一字鄮山。鄞县(今浙江宁波鄞州区)人。明诸生。明亡后，一度为僧，不久以母在还俗。康熙时拒荐应博学鸿词科。善诗，工书画。著有《春酒堂诗集》《春酒堂文集》。

芋老人传　　周　容

芋老人者，慈水祝渡人也。子佣出，独与妪居渡口。

一日，有书生避雨檐下，衣湿袖单，影乃益瘦。老人延入座，知从郡城就童子试归。老人略知书，与语久，命妪煮芋以进，尽一器；再进，腹为之饱。笑曰：“他日不忘老人芋也。”雨止，别去。

十余年，书生用甲第为相国，偶命厨者进芋，辍箸叹曰：“何向者祝渡老人之芋之香而甘也！”使人访其夫妇，载以来。丞尉闻之，谓老人与相国有旧，邀见讲钧礼，子不佣矣。

至京，相国慰劳曰：“不忘老人芋，今乃烦尔妪一煮芋也。”已而，妪煮芋进，相国亦辍箸曰：“何向者之香而甘也！”老人前曰:“犹是芋也,而向之香而甘者,非调和之有异,时位之移人也。相公昔自郡城走数十里,困于雨,不择食矣。今者堂有炼珍,朝分尚食,张筵列鼎,尚何芋是甘乎!老人犹喜相公之止于芋也。老人老矣,所闻实多:村南有夫妇守贫者,纺织井臼,佐读勤苦,幸获名成,遂宠妾媵,弃其妇,致郁郁死,是芋视乃妇也。城东有甲乙同学者,一砚一灯,一窗一榻,晨起不辨衣履,乙先得举,登仕路,闻甲落魄,笑不顾,交以绝,是芋视乃友也。更闻谁氏之子读书时,愿他日得志,廉干如古人某,忠孝如古人某;及为吏,以污贿不饬罢,是芋视乃学也。是犹可言也,老人邻有西塾,闻其师为弟子说前代事,有将、相,有卿、尹,有刺史、守令,或绾黄纡紫,或揽辔褰帷,一旦事变中起,衅孽外乘,辄屈膝叩首迎款,唯恐或后,竟以宗庙、社稷、身名、君宠,无不同于芋矣。然则世之以今日而忘其昔日者,岂独一箸间哉!”老人语未毕,相国遽惊谢曰:“老人知道者。”厚资而遣之。于是芋老人之名大著。

赞曰:老人能倾盖不意作缘相国,奇已!不知相国何似,能不愧老人之言否?然就其不忘一芋,固已贤夫并老人而芋视之者,特怪老人虽知书,又何长于言至是!岂果知道者欤?或传闻之过实耶?嗟夫!天下有缙绅士大夫所不能言,而野老鄙夫能言之者,往往而然。

一阔胃口就变,似乎是很自然的事。即便不是阔佬,但一到情况稍有改善,也会想法在力所能及的条件下变变胃口。人同此心,不必非议也。

一阔胃口变,而且人皆有之,极少例外。但改善生活,量入为出,不纵欲,不妄求,这种“变”,大概是正常的,合乎情理的。这种人与那些有权有势的“阔佬”,一朝得志,便以权势满足个人私欲,巧取豪夺的贪婪性格是大为不同的。周容这篇《芋老人传》,就是议论“一阔胃口变”种种表现的。他真是从细微中看灵魂。且看,即使正当的需求一旦与权力结合而不加遏制,也会变得无耻和堕落的。

《芋老人传》的故事也平常。某书生在府城考秀才的回家途中,遇雨,避雨慈水祝渡老夫妇屋檐下,老人怜他衣湿袖单,请他进屋,还煮两碗芋艿让他吃饱。书生临行感激地说:“他日忘不了老人芋呵!”十几年后,书生当了宰相,偶然命厨师煮芋艿送上，尝了，叹息道："比祝渡老人煮的芋艿香甜味差远了。"派人从乡下请了老夫妇来，要求老妈妈再煮一碗芋艿，送上，相爷尝了一口又停下筷子叹息，为什么不像当年那么香甜呵！

类似的故事流传太多，但由此而引出的一番议论却甚为精辟。周容借那位祝渡老人之口说了："其实，芋艿还是当年芋艿，也不是煮法有何特别，是相公环境和地位改变了的缘故。当年你步行疲顿，又遇雨，饥不择食了，现在吃的是山珍海味，还会觉得芋艿香甜么！难得相公还算想得起过去那两碗芋艿，我还是感到高兴的。"接下来，老人又谈了许多故事：一对患难夫妻，男的苦读，女的佐读勤苦，后来男的成名，讨了小老婆，把妻子像芋艿一般抛弃了。还有甲乙同学，一砚一灯，一窗一榻，亲胜手足，后来乙中了举，做了官，对落魄的甲冷笑不顾，这是把朋友看作芋艿了！还有一个学生，读书时立志：廉能学古人某，忠孝学古人某，日后做了官，却因贪污受贿受到法办，这是把学问当作芋艿了！再有，老人邻近的一个学塾，老师常常讲起那些达官贵人一旦国家有难，即变节投降、卖国求荣的史事，那些人就是把宗庙、社稷、功名、君宠统统当作芋艿抛个精光了。最后，老人画龙点睛地点出："世之以今日而忘其昔日者，岂独一箸间哉！"点得何其好也！周容的文章，是有特指的，是就明末士大夫变节投降有感而发的，故而尤为沉痛。

这篇文章的收尾，作者长叹一声："嗟夫，天下有缙绅士大夫所不能言，而野老鄙夫能言之者，往往皆然。"一针见血，痛快淋漓。缙绅士大夫为何"不能言"，或有隐衷，或有顾虑也，免不得吞吞吐吐，转弯抹角，哪像生活在底层的普通老百姓、如祝渡老头这样的野老鄙夫，议论起国家大事、世风士节来如此鞭辟入里、洞见肺肝啊！

（拾　风）

小港渡者　　　　周　容

庚寅冬，予自小港欲入蛟川城，命小奚以木简束书从。时西日沉山，晚烟萦树。望城二里许，因问渡者尚可得南门开否。渡者熟视小奚，应曰："徐行之，尚开也；速进，则阖。"予愠为戏，趋行。及半，小奚仆，束断书崩，啼未即起，理书就束，而前门已牡下矣。予爽然思渡者言近道。天下之以躁急自败，穷暮而无所归宿者，其犹是也夫！其犹是也夫！

从身边琐事悟出哲理，得出了一个"躁急自败"的教训，足以发人深省。

人们常说“欲速则不达”,作者的切身体会似乎也证明了这个说法。不过,需要指出的是,中国文言文过于简括,事实上,“欲速”同“不达”并无必然联系。“欲速”有何不好?但如条件不具备,超越了可能,那才会事与愿违,欲速而不达。

“欲速则不达”,是不能不问情况到处套用的。乍看,文中这位渡者简直近乎神仙,你怎么作出“徐行之,尚开也;速进,则阖”的判断呢?不玄乎么?粗心的读者也许忽略了全篇重要的一句话:“渡者熟视小奚”,尤其是“熟视”二字,正是行文的关键。渡者为什么“熟视”?他又从“熟视”中发现什么征兆足使主仆二人在速行时遇到麻烦呢?文中没有点明,却能给读者以想象去补充它;也可以从由此而产生的后果去猜测他可能“熟视”到的某些危机。如果我们猜测出渡者当时已经发现那个小奚神色疲乏不宜速行,已经发现捆扎书籍的绳索有松散的可能,大概是不会错的。这里,文言文又显示出简练的奇妙。假设把渡者引而不发的“熟视”内容曝光,即便是潜台词,文章就如同在蜂蜜里大量掺水,淡而无味矣!

正因为一个“熟视”,一个“徐行尚开,速进则阖”,才引出“予”的“愠”,把渡者的警告当成戏言,招致了“小奚仆,束断书崩”的后果。正由于“予”的躁急,不愿接纳忠告,不愿问几句“为什么”,于是乎,麻烦来了。

出现麻烦之后,“予”清醒过来,反思一番,悟到“渡者言近道”,是一大收获。“道”是什么?无非是事物发展的规律。“徐行尚开,速进则阖”,看来是矛盾,但若不意气用事,多问多想,可以悟出其中之道。客观事物的发展总是不以人们意志为转移的,人们可以创造条件,但不能违反规律,不只这件事才如此呵!

(拾　风)

【作者小传】

卫　泳

字永叔,号懒仙,明代吴县(今江苏苏州)人。曾选录明万历至天启、崇祯年间的小品数百篇成《冰雪携》。又仿马总《意林》,采明人杂记小品为《枕中秘》。

闲赏·元旦　　卫　泳

元旦应酬作苦,且阅岁渐深,韶光渐短,添得一番甲子,增得一番感慨。庄子曰：大块“劳我以生”，此之谓乎！吾所取者，淑气临门，和风拂面，东郊农事，举趾有期。江梅堤柳，装点春工，晴雪条风，消融腊气，山居之士，负暄而坐，顿觉化日舒长，为人生一快耳。

孩童时，几乎人人都盼望过年，长大了，这种盼望化作了梦幻般的回忆。还有哪个成年人像儿童那样巴巴地盼过年吗？大概很少了。人们渐渐地变得怕过年，好像要躲避它。这原因恐怕谁都明白，过一次元旦（此非今日公历之“元旦”，而是春节），就添得一岁，生命之光又短去一截，人生能度多少个元旦呢？平时忙忙碌碌，并不觉得，到了年根，才恍然一惊，竟又虚度了一圈。真要是虚度倒也罢了，只可恨每个人都在为某些事务奔波，都会遇到许许多多的烦恼。烦恼多了，像负担一样背在身上，越走越沉重，越走越劳累。新年伊始，蓦然回首，真是感慨万千。作者托言说应酬繁多，令人作苦，其实一年到头人们不都在应酬么？所谓“心为形役”，连自己都说不清楚。元旦，这种感觉更加强烈罢了。“大块劳我以生”，又岂止在元旦这一天呢？人们怕过元旦，自有它深刻的道理。

那么怎样的生活才为不虚度呢？说来真有意思，作者认为那就是一点实事也不做，抛却杂务，到郊外去，在春风煦日之中坐坐，在青苗绿柳、山溪岸梅中走走，把精神从俗事当中拔出来，彻底地超脱，绝对地自由，与大自然合成一体，这就算不虚度了。世界上有些事情是让人百思不解的，埋头于实务的人们偏偏会感到虚度，一点实事不做的时候却又有一种实在感，这是上帝在开玩笑么？

许多人只知道不务实业为虚，哪里知道埋头实务也是一种虚；只知道按部就班为实，哪里知道一无所为也是一种实呢？务实者的实，实际上有限得很，即使它再伟大，那伟大对于生命来说只是很小很小的一点。人的可能性是无限的，谁也无法将它计算清楚。但其存在却又有限，做了这件事，势必就不能做那一件，况且其中还有许多不愿做而又不得不做的事，如应酬之类呢？难怪人们常常感到失落，涌起感慨，即使真的做成了许多事，依然会产生感慨，因为成功的同时也伴随着失落。当一个人突然从繁忙中解脱出来，一下子置身于自由的状态当中，他的无穷无尽的生命感就又复苏了，他重新体验到了自己的无限性，意识到一种更大的实在，它会给人的生活带来新的生气。虚、实就是这样互相转化的。

人生难免要应酬，人生也就少不了感慨，既知有为的局限性，是否就应学习庄子，做彻底的无为主义者呢？其实，这是大可不必的，连庄子自己也没这样做，他毕竟著书立说了。一个健全的人，如能在元旦这天摆脱一下繁忙的事务，到自由的春光中去领略一番，也就不失为两者兼顾了。能入也要能出，生命的航船既到达了有限的彼岸，也驶过了无限的长河。这样的生活，这样的元旦，也许将不会太让人感到失望了吧？

（王小舒）

闲赏·中秋　　卫 泳

银蟾皎洁，玉露凄清，四顾人寰，万里一碧。携一二良朋，斗酒淋漓，彩毫纵横，仰问嫦娥："悔偷灵药否？"安得青鸾一只，跨之凭虚远游，直八万顷琉璃中也。

八月十五是中秋。一年当中，这是仅次于春节的节日。是因为这天月亮最圆吗？不得而知。至少该是一个重要的原因吧？中国人是喜欢大团圆的，圆月象征着合家团聚。

然而人往往难以捉摸，在团圆的日子里，常常又会感到孤独。没有一个节日像中秋那样给人带来那么多的孤独感。这种感觉最早由苏东坡在《水调歌头》词中明确表达出来："不应有恨，何事常向别时圆？"此语似为怀念弟弟子由而发，其实有更深的内容。精神的孤独是无法用骨肉团圆来弥补的，"此事古难全"。"皎皎空中孤月轮"，月亮圆了，反而更孤单了，此中心境真是难以言传。孤独是一种痛苦，但也未尝不是一种享受。此文的作者就把孤独当作享受来看的。他和苏东坡的体会一样，却比东坡更为旷达。何以见得？作者没有思念亲人。也许他的亲人都在身边，但他却回避了，他要独自享受这份乐趣。不错，文中也提到一二良朋好友，那只是做个陪衬，在精神上作者是毫无依靠的。你看，他甚至梦想跨上一只青凤，远游万里晴空呢。

为什么团圆的日子却要向往孤独呢？为什么月亮圆了却更显得孤单呢？为什么人们群居久了，就生出独处的愿望呢？除了欢乐之外，人为什么还需要其他的东西呢？从古至今，人们常常用这类痴愚的念头询问月亮。也许，总有一天月亮会回答人们的吧。

（王小舒）

【作者小传】

郑二阳

字敦次，一字见羲，号潜庵居士。明代鄢陵（今属河南）人。历官参议、右佥都御使，曾统兵驻防淮海。撰有《孙子明解》。

烈　豆

郑二阳

煮绿豆中往往有煮之不烂者，人皆名为烈豆，亦曰铁豆，其名甚佳。夫以猛火沸汤之中，诸豆尽皆糜烂，而此豆独能坚挺如铁，完好自若，毫不为损，真可谓入水不濡，入火不焚者矣。称之曰烈，宜哉！

癸酉兰秋，天中潘览德氏，挟我雀罗[①]而来，相与啗菜根，食新豆汤。偶言及此，览德避席逡巡："回忆乙丙之季[②]，区区真不啻一粒之在沸汤也。"予曰："快哉，所幸有此粒许耳。"每谓世道虽大坏极敝时，定有不敝不坏处，正赖却寻常耳目赫奕外，当自有一辈血性汉在，未可谓一片清明世界，遂欲乘鹤轩而顶猴冠者，糜烂坏尽。行矣览德，珍重自玉。庶令天下人，自此勿复以皮相举肥[③]，徒为有识者窃笑其邾娄[④]莫辨耳。

〔注〕 ① 雀罗：罗雀之门，自谦之辞。 ② 乙丙之季：指天启四年(1624)东林党人杨涟等上疏弹劾魏忠贤揽权专政事，次年杨等被魏杀害。魏还制造假案，继续打击其他东林党人。 ③ 皮相举肥：谓只从表面去看，不及内涵。 ④ 邾(zhū)娄：即邾，周时国名。这里用来比喻美恶不分。

豆屡煮而不烂，对煮豆者来说显然是不讨喜的，因其不烂而更添薪猛攻，令他豆倍增熬煎，对同辈来说也是不讨喜的。称其勇烈者，实非煮豆人，也非豆之同辈。烈豆自身呢，恐怕也不会轻松、愉快，至少是孤独和寂寞的，说不定还背着黑锅，到老抬不起头来。

烈豆的构造颇让人感兴趣，究竟什么机制使其异于众兄弟姐妹，而又敢于沸汤世界中孤身奋战？难道它不是生于土壤，长于豆枝，孕于豆花浆苞之中？难道它年幼时不也嫩如葡萄，鲜若水珠？什么时候开始它变得黝黑如铁、水火不进的呢？或许它少年时得过疾病，或许有条毛毛虫钻进过它的襁褓，摧残过它的青春，它大概遭受过非凡的打击和折磨。烈豆的铁性肯定不是到了锅里才造就的，在豆枝上时它就成为一颗钢筋铁骨的"铜豌豆"了。

火攻告退，烂者自烂，坚者自坚，一切都成了闲话。食豆者美餐，玩味者称赏，它都听不见了。它不是为了给人赞赏才变得这样硬的，更不会想到有人会引以自比，深感惭愧。

（王小舒）

【作者小传】

陈　衎

字槃生，明代闽县(今福建闽侯县)人。有《大风集》。

与何彦季　　　　陈　衎

雨花堂细草绵软如茵①，坐卧其上，不见泥土，他山所无也。摄山往祖堂②，磴③道幽甚。清凉寺④前，草坡平旷，极宜心目。弟于数处，皆时游憩；内养⑤不足，正借风景淘汰⑥耳。

〔注〕 ① 雨花堂：位于南京市雨花台。茵：坐垫。 ② 摄山：登山。祖堂：山名，在今南京市江宁区南四十五里。 ③ 磴(dèng)：山道石阶。 ④ 清凉寺：位于南京市清凉山。 ⑤ 内养：内心涵养。 ⑥ 淘汰：洗涤。

人类自身生活离不开自然界，而当人类与自然紧紧地融合在一起的时候，五彩缤纷的自然界，以它伟大而又无限的魅力，毫不吝啬地赋予人类以新的生机。当一个人精神抖擞，意气奋发，带着生活的冲动和亢奋，走向大自然时，一定会感到，在自然面前，生命是那样的可爱。当他满腹忧虑、精神萎靡而面对着无限的大自然时，那嶙峋的山峰，潺湲的流水，葳蕤的草木，一切自然的美的诱惑，或许会撞击关闭已久的空寂的心扉，激起昔日的生活勇气。

说不清在什么时分作者悄悄地出游，这位"内养不足"的主人公，似乎怀着淡淡的失意。不难看出，他的步履并不轻盈，他的面容仿佛带着几丝憔悴和苦涩，心境可能是那么的不平静，然而他并非完全沮丧。他怀着痛楚和希冀，寻求着大自然的慰藉和抚爱，以淘汰心中的忧郁和失落。

不能说他在消极地游荡、排遣，他是在默默地进行心理的自我调节。他漫步经过雨花堂，映入眼帘的是一片碧绿松软、不杂泥土的细草坪，柔嫩叶茎，仿佛透发出一股特有的清香。经不住碧草的诱惑，他静静地在草地上坐了下来，似乎在思索着什么。也许他想消除各种杂思乱念，换取此时此刻心灵的安宁，努力求得片时的轻松。他尽兴游赏，显得有些疲惫，不由得伸展四肢，舒适地躺卧在草坪上，细软的草叶，刺扎着他的颈部。鼻中嗅到的是具有自然气息的草香，仰面是一片无垠无际的苍穹，这大自然的美妙，勾起他丰富的联想。休憩之余，重又激起游兴，他起身沿着通往祖堂的山路石阶，登山攀援。幽静而曲折的山道，此时对他来说，又显得别有一番情趣，仿佛是通向回归大自然的自由天堂之路。寂静的山境，不时地能听到他登山的喘息声，还夹着几分兴奋和舒畅。当他经过清凉寺前，坦平的草坡显得格外的开阔，他的心灵完全陶醉了，身心完全开放。大自然是如此的神奇和美妙，沉浸在自然中的生命，又是那样地让人感到珍惜。作者虽然没有用语言来点破，然而从“极宜心目”的无声的文字中，分明感受到了作者内心对自然和自身生命的无限的爱恋。 （郑利华）

【作者小传】

汪洪度

明文学家。字于鼎，号息庐，安徽歙县人，寓江苏扬州。上元籍诸生。工诗古文词及书，所作山水平淡简古，颇近渐江。王士禛司理时，观风以早雁诗录第一。晚年归卧黄山，著《息庐诗》《黄山领要录》。

与渐江上人[1]

汪洪度

往往从友人处见公画，便如游一名山，梦魂犹在烟霞间也。十年牖[2]下，弗获壮游，不意宇宙间名山，反得阅历八九。然非己物，虽闭目可仿佛，终如海外三山，可望而不可即耳。

客中苦热，正思故乡，忽辱《黄山图》千里见寄。披阅之余，莲华、云门诸峰翠霭清凉，令我应接不暇。腐儒买得一山，便足以骄南面矣，快如之何！

〔注〕 ① 渐江上人：清初画家。本姓江名韬，字六奇。明亡后为僧，改名弘仁，字渐江。上人，对僧人的敬称。 ② 牖（yǒu）：窗户。

一幅山水画，仅仅阅过一次，便如亲身游历，“梦魂犹在烟霞间”，足可见画家功力的深厚，然而阅画者的感受也可谓惊人了。看来古人的山水癖远远超出今天的旅游者。这不仅仅是说古人在交通不便、出门障碍重重的条件下仍然以壮游为乐事，兴致要比现代人高得多，而且是说古人把山水当作自己生命不可或缺的一个部分，当作一种精神依托。“买得一山，便足以骄南面”，比当了皇帝还得意，这劲头，现代人有吗？

究竟什么原因使古人如此酷爱山水呢？这个问题不易回答。从本文中我们可以看到，作者是将山水与故乡并提的，客居在外时，他正苦思家乡，朋友送来了《黄山图》，于是精神为之一振，顿时忘却了思乡之苦。可见山水是一种可以替代故乡的存在。一个人孤羁在外，魂牵梦绕的自然是故乡，而自然山川居然也能令游者梦寐以思；甚至没有外出，"十年牖下"，也仍然不时向往之，这似乎又超越故乡而上的了。从中可以看出，人的精神也有归宿和故乡，山水就是古人精神上的故乡。古人对山水有一种天生的亲切感，有一种超乎寻常的认同欲望，仿佛自己本来就是从那里来的，与那自然的山山水水不可分割，形同一体，这故乡感就是人与山水相悦的依据。

为什么人生活在世间，却把世外的山水当作故乡呢？此中的道理只有理解古人的生活状态后才能回答。封建时代是个压抑、摧残个性的时代，苛刻、森严的礼教规范像枷锁一样框在他们身上，他们无时不感受到拘束和沉重，感到生命的无趣。对本性的压抑久了，自然会产生厌倦情绪，产生挣脱的欲望。而这种欲望就像拔着自己的头发想离开地球一样是根本办不到的，于是人们转而倾慕大自然，倾慕那人类得以存在、与之有着血肉联系的自由的生存空间。在那里他们找到了失落的人性，找到了自己个性的寄托。只有在大自然当中，古人才觉得人的本性是充分自由的，是有着无限潜力的，是一种有无限生趣的存在。（王小舒）

【作者小传】

宋起凤

明散文家。号紫庭。沧州（今属河北）人。工文。著有《大茂山房合稿》。

核　工　记　　　宋起凤

季弟获桃坠一枚，长五分许，横广四分。全核向背[①]皆山。山坳插一城，雉历历可数。城巅具层楼，楼门洞敞，中有人，类司更卒，执桴鼓，若寒冻不胜者。枕山麓一寺，老松隐蔽三章。松下凿双户，可开阖。户内一僧，侧首倾听，户虚掩，如应门；洞开，如延纳状，左右度之无不宜。松下东来一衲[②]，负卷帙踉跄行，若为佛事夜归者。对林一小陀，似闻足音仆仆前。核侧出浮屠七级，距滩半黍。近滩维一小舟，蓬窗短舷间，有客凭几假寐，形若渐寤然。舟尾一小童，拥炉嘘火，盖供客茗饮也。舣舟处当寺阴，高阜钟阁踞然。叩钟者貌爽爽自得，睡足徐兴乃尔。山顶月晦半规,杂疏星数点。下则波纹涨起,作潮来候。取诗"姑苏城外寒山寺,夜半钟声到客船"之句。

计人凡七:僧四,客一,童一,卒一。宫室器具凡九:城一,楼一,招提③一,浮屠一,舟一,阁一,炉灶一,钟鼓各一。景凡七:山,水,林木,滩石四;星,月,灯火三。而人事如传更,报晓,候门,夜归,隐几,煎茶,统为六,各殊致殊意,且并其愁苦、寒惧、疑思诸态,俱一一肖之。

语云:"纳须弥于芥子。"④殆谓是欤!

〔注〕①向背:指桃坠的前后两面。②衲:僧徒的衣服称衲,常用以代指和尚。③招提:佛教寺院。④纳须弥于芥子:比喻不可思议。须弥,佛经中所说的一座印度高山。

自韩愈写了《画记》,开创了对绘画、雕刻等造型艺术的描摹以来,历代相继有作,并且基本上形成了两种写法。一种如韩愈的《画记》所用,着重从画中人物、动物等的形态、姿势、动作各方面作分项统计,然后归结出它们的总数,读者可以从中领略画的内容、规模与精工程度。其缺点是成像性差,难以看出画的清晰图像,因此被人讥为记流水账。另一种写法是将画中的人物、景物、动物、器物等融合在一起,按照一定的顺序,一点一滴地描摹下来,最终出现鲜明、完整的图像。这种写法适合读者的审美习惯,较受欢迎。这篇《核工记》记的是一枚核雕,文也很短,却同时使用了这两种写法。这倒不是作者逞才使气,实出于描写微雕工艺的特殊需要。

这枚桃坠上刻的是唐诗人张继的《枫桥夜泊》诗意。由于前两句"月落乌啼霜满天,江枫渔火对愁眠"包含的景物较多,画面宽阔,难以为这小小的桃核所容纳,只得将后两句"姑苏城外寒山寺,夜半钟声到客船"雕出。文章首先使用前述第二种方法,将桃坠上所刻分为姑苏城、寒山寺、江中客船、寺阴钟阁四组景观,分别加以描述。姑苏城本是不好表现的,刻小了不像一座城,刻大了又会喧宾夺主。雕刻家巧妙地安插在一个山坳里,只露出城墙和更楼,其他为群山所掩,如此以少见多,就解决了这一矛盾。更楼上的那个更卒的不胜其寒的样子,表明是半夜时分。寒山寺被安排在山脚下,自然是"姑苏城外"了。寺为三株老松掩映,省却了很多佛殿、僧舍的雕刻;然而于僧人的活动却有更多的表现。有的依门而待,有的身背经卷回寺,更有小和尚急匆匆前去迎接夜归僧,似乎意在表明佛门为普度众生,并不比尘世清静。近滩的客船上有客凭几假寐渐渐醒来,意味着正被寒山寺的夜半钟声惊醒。这沉重的钟声撞击着他的心扉,缭绕着他的梦魂,更使他陷入寂寞难耐的愁思之中。为了突出这寒山寺夜半钟声的重要作用,雕刻家特意将寺阴的钟阁刻出。特别有意思的是将叩钟人刻成精神饱满,似乎是刚刚睡足了觉的样子,意在表明叩钟人叩钟有力,使钟声远到客船。以上四组景观,各有各的主体景物和人物活动,互相之间联系紧密,原诗的诗意也就在这些景物与人物中生动而鲜明地浮现出来。

如果是绘画,或者是普通的雕刻,有这样的描摹,自然可以说明其精妙了,然而这是一件微雕,长不过五分,宽不过四分,还可以在其形体与容量的反差上做文章。于是作者又运用前述第一种方法,分项统计这桃坠上所刻东西的数目,共计人七个,建筑物及器具九种,景物七种,人物活动六起。在这么小的物体上能雕刻出这么多东西,自然如同"纳须弥于芥子"那样不可思议了。

此文与魏学洢的《核舟记》同记核雕,写法也大致相同。由于此桃坠不知为何人所刻,用不着对雕刻家作介绍,文末的赞叹也仅以一句话了结,不似魏文那么发议论,所以行文比《核舟记》更为省净。然而此桃坠只是力图再现张继诗意,多少带点匠气,不及核舟那样富有创造力,写成文字也就显得平淡一些。

(谢楚发)

【作者小传】

吴从先

明文学家。字宁野,号小窗,常州(今属江苏)人,约生于明嘉靖年间,卒于崇祯末。曾与明末文人陈继儒等交游,毕生博览群书,醉心著述。平日好为俳谐杂说及诗赋文章,颇有影响。著有《小窗自纪》《小窗艳纪》《小窗清纪》《小窗别纪》。

书宪(一之徒)[1]

吴从先

凡游戏结伴,有一不韵,尚令烟霞变色,花鸟短致,况高斋秘阁间乎?必心千秋而不迂者,冥心而不妄解者,破寂寥者,谭锋健而甘枯坐者,氤氲不喷噪者,不颠倒古今而浪驳者,奏调若合者,或师之,或友之,皆吾徒也。若夫大惊小怪,非魇呓则阴蚀,不类而分之座,缥缃[2]觉有愁目也,触邪之豸[3],指佞之草[4]即在邺架矣。华歆之见割岂无谓哉!然或嵚嵜历落、吻合在耳目之外,譬书目中之有稗官,另当置之别论。

〔注〕 ①《书宪》共十二则,每则原均有小题,现以括号出之。 ② 缥缃:书卷的代称。③ 触邪之豸(zhì):神羊,能触邪佞。 ④ 指佞之草:即屈轶草,相传生于尧庭,佞人入朝,则屈而指之。

读书有各种各样的读法,对书怀有什么样的期待就会产生什么样的读书态度。换句话说,人们往往是带着某种目的与书本发生关系的。《书宪》的作者则不同,他将读书本身作人生一大乐趣来看待,也就是说,他关心的不在于读什么书,获得什么知识,而在于读书当时或者以后的愉悦的精神体验,在于享受由读书而带来的无限情趣。在他看来,读书是一件雅事,与弹琴、下棋、绘画一样可以怡神养性,增进身心健康。这对爱好书本的人来说无异于打开了一扇天窗,显示了另外一番天地。其中有一些体验,读者或许熟悉,读来备觉亲切,有些则如入桃花源,恍然世外奇境。加上文章本身写得空灵、飘逸,言短韵长,读来就是一种乐趣和享受。

此为第一则,专谈书斋中聚友交谈。议论虽非阅读,而实乃阅读之继续。读书时常有所得,随书而走,点点滴滴,如星散云飘,久存于胸中,自然发生交流的欲望。读书者嗜书如命,却并非为书而读,其实是借书中的电光来激活自己心里的灵感。深知这一点的人,才会感到聚友交谈的重要。在书友那里,你也是一本书,一本融通万象、炼冶千秋的活书,志同道合的书友对你来说亦是如此。这样就形成了三个支点,书本、书友和你自己。书本激活了你和友人,然后彼此的撞击又反过来赋予书以新的生命。这是一种依据于书本而又超越于书本的精神游戏,是一种完全自由的富于创造乐趣的享受。

议论既如此重要,择友便当慎重。譬如出外郊游,有人神情不关山水,俗气满盈,或采购土产,或攀缘贵人,发语不出势利,起坐全无韵趣,不但对他人的神悟毫无所解,且一再焚琴煮鹤,大煞风景,满眼春光被他搅得个天昏地暗。自然况属有形之物,至于精神遨游,全靠冥思默契,心窍相通,才一相撞便如流星飞迸,稍纵即逝,岂可被中途打断,引入歧路?所以真正的书友是善于理解的人,你要能进入书本的世界,要能产生感性体验。书本是一种精神山水,不能与之相通,便谈不上超越。别人上下千年,互相发见,水到渠通,你却不知所云,如堕五里云中,开口不是梦呓便是妄解,难怪"缥缃觉有愁目也"。其次要能有所突破,有所驾驭,要有自己的独立见解,能超书本而上之。这是更高的要求。所谓点点滴滴者都是你自己的东西,它们由书本而触发,伸向一个更广博、更深远的精神空间,有如灵感之泉眼,蕴含无限的生机。你捕捉住它们,加以扩展,就出现了另外一番新奇的天地，如为自己也为别人打开了一本新而活的书。这即所谓“破寂寥”者，“谭锋健”者，“氤氲”者。议论当中最令人兴奋、最有吸引力的也就是这种火光的迸发，它往往不断地引出新的话题，激活气氛，顿开茅塞，令人耳目为之一振。然而倘无前者作为基础，那么议论就将变得颠倒古今，大惊小怪，哗众取宠，一如焚琴煮鹤，大煞风景了。也有另外一种情况，看似离经叛道，不合路数，虚妄之极，实际上却含有真知灼见，高人一筹。作者认为，此种人“譬书目中之有稗官，另当置之别论”。其实这才是最难得的书友，是广求之而不得的。妄与不妄，全在有识者辨之。

读书不在为人，而在为己，真正为己而读者，既能悦己，且能悦人，此中妙道，唯有真读书者才能体味。

(王小舒)

书宪(二之宜)　　吴从先

读史，宜映雪以莹玄鉴①。读子，宜伴月以寄远神。读佛书，宜对美人以免堕空。读《山海经》、《水经》、丛书小史，宜倚疏花瘦竹、冷石寒苔，以收无垠之游而约缥缈之论。读忠烈传，宜吹笙鼓瑟以扬芳。读奸佞论，宜击剑捉酒以销愤。读《骚》，宜空山悲号可以惊壑。读赋，宜纵水狂呼可以旋风。读诗词，宜歌童按拍。读鬼神杂录，宜烧烛破幽。他则遇境既殊，标韵不一。若眉公②《销夏》《辟寒》，可喻适志。虽然，何时非散帙之会，何处当掩卷之场？无使叔夜之懒托为口实也。

〔注〕 ① 玄鉴：玄妙之镜，指读者之心。 ② 眉公：陈继儒，号眉公，明末人，隐居昆山，绝意仕进，工诗善文。

书里是一个世界，书外也是一个世界，读书人如能形神相离，忘却身外，便能步入书境，与作者神游。此固然是一种超脱的功夫与乐趣，然而内外两境相合，彼此映照，以形助神游，又将如何呢？那就真正是一种妙境了。

“读史宜映雪”，此为何等雅洁的境界！雪如一面硕大的银幕，盖没了现存的一切，又像一座巨型舞台，空空荡荡，等待着历史在这里重演。旷极了，静极了，静到书里的幻影布满原野，逝去的岁月汹涌倒流。过去了，消失了，一切又似白茫茫的一片，这便是历史。

“读子宜伴月”，这又是一玄远的境界。诸子哲学的高深犹如天边之月，其人格也明月般超越世俗，清朗莹澈。月光的世界就是哲理和人格的世界。伴月读子好似与诸子相邀远游，与哲人对坐谈心。

“读佛书宜对美人”，堪称绝妙之境，形神相制，互补成趣。《山海经》、《水经》、丛书小史之类，找一清幽之景阅读，既可触发神奇之想象，又能回归真实之世界，相得相对，俱有情韵。

忠烈传读后正气浩然，慷慨欲歌，故宜鼓瑟吹笙；奸佞论读后切齿扼腕，义愤满胸，必要喝酒击剑。

至于文学作品，动人心魄，摇荡灵思，情不可遏，必至手舞足蹈，因此要按拍吟唱，悲号狂呼，登山临水，空谷回音，身内身外，浑然一体。

从身外的天地中去寻找书中的世界，这本是人类永恒的愿望。人从诞生起就是理想与现实的两种存在物，现实的不足触发了人们的理想与追求，理想又引导人们超越现实。二者永远无法一致。作者追求的形神合一，只能在远离生活的景观中存在，在作者的感觉中存在。为了这种存在，他反而不得不逃避现实，你看，在文章结尾，作者标举隐居昆山的陈眉公，感慨嵇康的脱身仕途，其缘由不就在此吗？从形神相伴出发，以两境合一为乐，最后竟苦叹无散帙之会，掩卷之场，难道不也是人生的一大悲哀么？

（王小舒）

书宪（九之逍）　　吴从先

弄风研露，轻舟飞阁。山雨来，溪云升。美人分香，高士访竹。鸟幽啼，花冷笑。钓徒带烟水相邀，老衲问偈，奚奴弄柔翰，床头瓮，云边鹤。试茗，扫落叶趺坐，散步，展古迹，调鹦鹉。乘其兴之所适，无致精神太枯。冯开之[①]太史云：“读书太乐而漫，太苦则涩”。三复此言，深得我趣。

〔注〕 ① 冯开之：冯梦桢，字开之，秀水（今浙江嘉兴）人。万历进士，官编修。

喝酒须乘兴，郊游也须乘兴，可曾听说过读书乘兴的？凡人生乘兴之事皆可谓一大乐事，乘兴读书还要加上一个“雅”字。这是完全摆脱了功利负担和任务观点的一种阅读方式，兴到便坐入书斋，随手翻阅，偶然会心便悠然南山，神超形越；兴阑又释卷而出，弄风研露，飞舟访竹，扫叶试茗，随意所适。人活在世间必受各种各样的约束与羁绊，违心的事，无趣的事，一生不知要做多少，所谓人生难得得意就在于此。读书本是一种享受，可以怡神悦性的，可是自古来读书人就有悬梁刺股、十年寒窗之谓，为求荣华富贵，为谋中举及第，不知熬白了多少人的头发，埋葬了多少人的青春。这里面书本要负一半的责任,那些经典著作,包括四书五经,满纸都是忠孝节义,君臣父子,伐性劳神,不遗余力。此类著作看将进去,精神如何不枯?恐怕再有个性之人,看得多了也会迂腐起来。另一半责任就在读书人自己了,“书中自有黄金屋,书中自有颜如玉”,还未步入书斋,功名观念已经梗在胸中,书本变作了一种手段,一块敲门砖。背着沉重的功利包袱去读书,又怎能不苦涩无味?大凡以书为谋身之道者对书就没有真正的感情,兔死狗烹,鸟尽弓藏,目的达到,手段便可扔在一边了。人在世上要处理的关系很多,岂止书本是如此。

乘兴读书实在是一种理想的人生态度,读者与书本完全处于平等的状态,来了兴趣可以相聚,互通有无,谁也不使唤谁,谁也不强迫谁;兴趣尽了便各行所适,不相缠扰。“我醉欲眠卿且去,明朝有意抱琴来”,永远永远是朋友,永远永远不相欺。这样的书本,这样的读书人,这样的生活和世界,是人们一直梦寐以求的。 (王小舒)

书宪(十之配)　　吴从先

大凡读短册恨其易竭,读累牍苦于难竟,读贬激则发欲上冲,读轩快则唾壶尽碎,读滂沛而襟拔,读幽愤而心悲,读虚无之渺论而谲诞生,读拘儒之腐臭而谷神[1]死,读遁照者欲尽相以穷神,读岨峿[2]者期妥贴以惬志,读阙文而思补,读朦胧而思参,读寂寞者非燥吻不开,读奇藻者非清华则靡。故每读一册,必配以他部,用以节其枯偏之情,调悲喜愤快,而各归于适,不致辍卷而叹,掩卷而笑,则配之说也。

〔注〕 ① 谷神:指人虚怀深藏之精神。 ② 岨峿(jǔ yǔ):即“龃龉”,抵触。

金无足赤,人无完人,书本也是如此。有所长则必有所短,无所短就无所谓长,所谓风格本是某一方面的独特表现。看一部书指望满足所有的要求,不存留一点缺憾,就仿佛要一个人在任何领域都拔尖,无所不能一样,这本身就是不现实的。可惜生活中有一些人对人、对书本就采取这种态度,求全责备,好像屈赋幽愤而不能自节,《史记》泄恨而贬损当世,都是一种罪过。作者在这里提出了一个相当巧妙的方法,即“每读一册必配以他部,用以节其枯偏之情,调悲喜愤快,而各归于适”。这就是说把两种风格情调相对的作品合在一起阅读,防止陷入书境而难以自拔。比如读幽愤的同时也读一些轻快的,读拘儒的同时也读一些飘逸的,读亢奋激昂的同时读一些舒缓、宁静的,读虚无缥缈的同时也读一些实实在在的。这样就可以互相补充,不至于过分枯偏了。实际上这是要读者与书本保持一定的距离,别靠得太近。太近了,不仅要接受书本有益的一面,也往往接受了书本偏激的一面。其实每个人都有自己的经历与偏好,不会与所有的书籍都紧靠在一起的。性情开朗的不会因读书而抑郁忧愁,娴雅爱静的不会因读书而挥臂狂呼。书和人一样也有一个知音的问题,真正深陷其中难以自拔的是那些与自己性情相近的书籍,所谓读骚而空山悲号,读赋而纵水狂呼,倘无类似经历与体验,哪里来的这番挚情?书也如酒,可以发兴,它不过将你心中的某种情绪加以扩张、加以强化而已。譬如一人身遭贬斥,心怀郁闷,读骚便顿觉天地惨变,日月无光;一人志向远大,不甘寂寞,读轩快则不免击碎唾壶,慷慨奋袂。与书本保持距离,说到底是与自己保持距离。还有另外一种读书者,他站在生活之外,完全脱离社会目标的追求,他是一个观照者,不是参与者。他看书就像看生活,并不带任何的主观意向,虽也能随书中的情绪变化起伏,但仅仅是一种欣赏,而不是全身心的投入,犹如看戏。作者就是这样一种读书者,各种书籍对他来说都有诱惑力,但都不会导致他陷入不可自拔的深渊,他其实没有偏枯的危险。如果说有的话,那是担心读某一类书过多,伤了雅趣。然而这种雅趣大凡在作者那个时代也是生活逼出来的,是不得已的消遣。其实轻松和闲适本身也是一种偏枯,因为生活这本书他只读了一半。人生假使也如他所设计的读书一样,能兼多种体验于一炉,既奋发进取,也优游惬志,那就真正没有缺憾了。　(王小舒)

书宪(十一之护持)　　吴从先

斋欲深,槛欲曲,树欲疏,萝薜欲青垂,几席栏杆窗窦欲净澈如秋水,榻上欲有烟云气。墨池笔床欲时泛花香,傭书[1]欲晓人,挂牙签[2]欲解事仆。读书得此护持,万卷尽生欢喜,嫏嬛仙洞,不足羡矣。

〔注〕 ① 傭书:受雇抄书。 ② 牙签:书签。

读书是一件雅事。做雅事需要雅致的环境,譬如弹琴需要焚香,弈棋需要松竹,没有雅致的气氛,雅兴也就无从提起。

一般说来,读者都喜好静,噪杂的场所难以使人沉静下来,进入书的世界。只有处在凝神的状态下才能观书,因此环境的宁静有助于造成心态的宁静。

然而静仅仅是从不干扰神思的角度说的,尚属于消极的状态,环境能不能从积极的方面对读书者造成影响呢?前面一则已经提到了这个问题,如"读史宜映雪”，“读子宜伴月”，恰当的环境有助于读者体会书中的意蕴，造成某种感觉和体验效应。这就是从积极的方面给读书以影响。但这又仅仅是从外在环境与内在书境的相应、相合这一点上考虑的。如果把环境括进读书，那么读书就有三方面的要素，书本、环境和读者。前面一则侧重谈的是书本与环境的关系，尚未把读者作为一个独立的方面观照，这一则就专谈环境与读者的关系，作为一种补充。读者也是一个有着独特性的存在，他必然要带着某种心态进入书本，任何一个读者都不可能作为一张白纸、一块草坪，任书本在自己的心上涂写，在自己感受的草坪上奔驰，这就决定了同样的书本对读者造成的效果是不一样的。本文作者是把读书作为一种雅事看待，他要从读书中获得闲适之趣，获得精神的愉悦，因此就需要一种优雅、静谧的环境，需要一种置身尘外的气氛，不仅从心理上，而且从生理上为自己进入书本创造合适的条件。他非常注重自然环境的创造，树木要稀疏有致，日影斑驳，萝薜要青垂，身旁要云气缭绕，花香袭人，清新、超凡的气氛通过大自然的存在默默地侵入读者的心灵。这就造成了一个容易使人产生遐想的场所，一个引人发生美感的环境。相反，对于人世间的存在，作者却用深斋、曲槛来回避，此不仅是为了防止噪声，也是为了阻止种种烦恼的干扰。离开了人世间的一切扰乱，置身于花香云气的环境当中，心理上潜在的压力便全部消失了，读者进入一种充分自由的状态，于是就能“万卷尽生欢喜”。

人们总是在自己生存的环境中寻找一种超越，嫏嬛仙境永远有着无穷的魅力。但同时人们又不能离开自己的现实存在，喜好读书本身意味着眷恋现实，眷恋人生。能够恰到好处地介于两者之间的人就称为雅，雅实在是中国士大夫的一种人生态度。

（王小舒）

【作者小传】

庄元臣

明代思想家。约嘉靖至万历年间在世。字忠甫，号鹏池主人。松陵（今江苏苏州市吴江区）人。生平事迹不详。著有《叔苴子》。

鸲　鹆　鸟

庄元臣

鸲鹆之鸟，出于南方。南人罗而调其舌，久之，能效人言；但能效数声而止，终日所唱，惟数声也。

蝉鸣于庭，鸟闻而笑之。蝉谓之曰："子能人言，其善；然子所言者，未尝言也。曷若我自鸣其意哉！"鸟俯首而惭，终身不复效人言。

今文章家窃摹成风，皆鸲鹆之未惭者耳！

作家甲剽窃作家乙的作品在某刊发表，引起一番议论。"卿本佳人，奈何作贼！"作家为何也干起这等事来？其实，这种事古已有之。这篇《鸲鹆鸟》，就是讽刺此类"文偷公"的。

鸲鹆鸟，八哥也。八哥经人剪圆舌头，久而久之，学会说人话了，但也只能说那么几句。尽管如此，它仍以此自傲。一次，它嘲笑蝉鸣不成腔调，蝉对它反唇相讥："你能说几句人话，固然很好，但你说的已不再是自己的话了，哪像我凭自己心意高兴说啥就说啥呢！"八哥听了惭愧地低下头，从此不学人话。庄元臣文末批道："今之文章家窃摹成风，都是些不知羞惭的八哥呢！"

庄元臣想得太天真。他应该知道，会说人话的八哥与说自己话的蝉通达、坎坷的命运是不同的，前者往往受恩宠，后者餐风饮露不胜清苦。我不相信八哥会自愧。

鸲鹆改名八哥，相传是南唐李后主(煜)的意思，这位亡国之君还叫它为"八八儿"，亲昵非常。剪舌教话，是否出自李煜，不可考。他十分宠幸这乖鸟儿，大概是不错的。

（拾 风）

【作者小传】

陆 灼

明文学家。长洲(今江苏苏州)人。生平事迹不详。模仿苏轼《艾子杂说》作《艾子后语》。

认 真　　　　陆 灼

艾子[①]游于郊外，弟子通、执二子从焉，渴甚，使执子乞浆[②]于田舍。有老父映门观书，执子揖而请，老父指卷中"真"字问曰："识此字，馈[③]汝浆。"执子曰："'真'字也。"父怒不与，执子返以告。艾子曰："执也未达[④]，通也当往。"通子见父，父如前示之。通子曰："此'直八'两字也。"父喜，出家酿之美者与之，艾子饮而甘之，曰："通也智哉！使复如执之认真，一勺水吾将不得吞矣。"

〔注〕 ① 艾子：作者假托战国时代的人物，用以褒贬和讽喻现实。 ② 浆：本指米汤类饮料，这里指薄酒。 ③ 馈(kuì)：赠送。 ④ 达：通达事理。

《红楼梦》第一回描写"太虚幻境"时有副对联，其上联曰"假作真时真亦假"，概括反映了人们对于现实生活中极为常见的"真"与"假"这一对哲学命题的困惑。而这篇诙谐的寓言则直接揭示了认"真"有时在社会上行不通的现象。

艾子的两个学生一名"通"，一名"执"。这两个名字是有寓意的，"执"指执着，他认定真理、执着而不通融。在向老父乞浆时，老父指书中的"真"字，他念作"真"，老父怒而不与其浆。"通"则象征着通融、通达，他把"真"字念为"直八"，因而得到了美酒，也受到了师父的称赞。通子仿佛也没有错，但是他从"真"字身边溜了过去。为了求得现实利益不敢直面"真"字。当然这是寓言，实际上"真"字是与在现实中讲真话、说真理联系在一起的。为什么"真话""真理"不能通行，而圆滑的假话、歪理却能畅通无阻呢？说到底还是个利益问题。马克思曾说，如果几何公理违反了某些人的利益，也会招致他们的否定与攻击。如果"真话""真理"与当权者们的利益相抵触，那么讲真话的、坚持真理的人们所招致的就不只是否定与攻击了，监牢、断头台也会随之而至。明于此，就不难理解如鲁迅所说的："《颂》诗早已拍马，《春秋》已经隐瞒，战国时谈士蜂起，不是危言耸听，就是以美词动听，于是夸大、装腔、撒谎，层出不穷。"(《文学上的折扣》)如果只责备"撒谎"者也有点不太公平，这也是上有所好，下必甚焉。在剥削阶级占统治地位的社会中讲真话、坚持真理的人们一般是不会有好结果的。伟大的诗人杜甫就说："不敢入州府，畏人嫌我真。"苏轼写诗揭露了王安石变法中的一些问题，招致了"乌台诗案"，差点丢了脑袋。与此相反，狡猾世故，很少说真话的冯道，不仅能苟全生命于乱世，而且能仕唐、晋、汉、周四朝十君，三入中书，为相二十余年，自号长乐老。这是不肯认"真"而获大利的典型。有朝一日在社会生活中"执子"能够得到表彰，"通子"不再受益，真正的社会民主能够实现，人类社会就大有希望了。

(王学太)

大 言　　　　陆 灼

赵有方士好大言[①]，艾子戏问之曰："先生寿几何？"方士哑然曰："余亦忘之矣。忆童稚时，与群儿往看宓羲画八卦②，见其蛇身人首，归得惊痫③。赖宓羲以草头药治，余得不死。女娲之世，天倾西北，地陷东南，余时居中央平稳之处，两不能害。神农④播厥谷，余以辟谷⑤久矣，一粒不曾入口。蚩尤犯余以五兵⑥，因举一指击伤其额，流血被面而遁。苍氏子不识字⑦，欲来求教，为其愚甚，不屑也。庆都⑧十四月而生尧，延余作汤饼会⑨。舜为父母所虐，号泣于旻天⑩，余手为拭泪，敦勉再三，遂以孝闻。禹治水经余门，劳而觞之，力辞不饮而去。孔甲赠余龙醢一脔⑪，余误食之，于今口尚腥臭。成汤开一面之网以罗禽兽⑫，尝面笑其不能忘情于野味。履癸强余牛饮⑬，不从，置余炮烙之刑⑭，七昼夜而言笑自若，乃得释去。姜家小儿钓得鲜鱼⑮，时时相饷，余以饲山中黄鹤。穆天子瑶池之宴⑯，让余首席；徐偃称兵，天子乘八骏而返⑰，阿母留余终席。为饮桑落之酒⑱过多，醉倒不起。幸有董双成、萼绿华⑲两个丫头相扶归舍，一向沉醉，至今犹未全醒，不知今日世上是何甲子也。"艾子唯唯而退。

俄而，赵王堕马伤胁，医云："须千年血竭傅之乃差⑳。"下令求血竭，不可得。艾子言于王曰："此有方士，不啻㉑数千岁，杀取其血，其效当愈速矣。"王大喜，密使人执方士，将杀之。方士拜且泣曰："昨日，吾父母皆年五十，东邻老姥携酒为寿。臣饮至醉，不觉言词过度，实不曾活千岁。艾先生最善说谎，王其勿听。"赵王乃叱而赦之。

〔注〕①赵：指战国时赵国。方士：我国古代好讲神仙方术的人。②宓(fú)羲：神话传说中三皇之一。传说蛇身人首，有圣德。曾坐在方坛上，听八风之气，乃画八卦，分别象征天、地、雷、风、水、火、山、泽。相互搭配又成六十四卦，后世用以占卜。③惊痫(xián)：因受惊而发作的一种病。④神农：神话传说中三皇之一。相传是制作耒耜，教民耕种五谷的圣帝。⑤辟谷：不吃粮食。古代方士的一种修炼术。⑥蚩尤：神话中东方九黎族首领。有兄弟八十一人。相传以金作兵器，并能唤云呼雨。后与黄帝战于涿鹿，失败被杀。五兵：五种兵器，分别是戈、殳、戟、酋矛、夷矛。一说为矛、戟、钺、楯、弓矢。⑦苍氏子：苍颉(也作仓颉，传说为创造汉字者)的后代。此处或即指苍颉，本戏谑文字，不必坐实。⑧庆都：上古帝喾的妃子，唐尧的母亲。《帝王纪》载她怀孕"十四月生尧"。⑨汤饼会：旧俗，生儿三日设筵

招待亲友,称汤饼会。 ⑩ 号泣于旻(mín)天:《书·大禹谟》:“帝(指舜)初于历山,往于田,日号泣于旻天,于父母,负罪引慝。”旻天,老天。慝(tè),过恶。 ⑪ 孔甲:夏禹的后代,为帝时,诸侯叛乱,“天降龙二,有雌雄,孔甲不能食”(《史记·夏本纪》)。醢(hǎi):用鱼、肉制成的酱。此指龙肉。脔(luán):肉块。 ⑫ 成汤:商代第一个君主。子姓,名履,又名天乙。《史记·殷本纪》载成汤外出,见野人张网四面而捕禽兽,成汤开其三面,祝曰:“欲左,左;欲右,右。不用命,乃入吾网。”诸侯闻之,曰:“汤德至矣,及禽兽。” ⑬ 履癸:即夏桀,夏朝末代君王,暴君。《韩诗外传》:“桀为酒池,可以运舟,糟丘足以望十里,一鼓而牛饮者三千人。”牛饮:放量狂饮。 ⑭ 炮烙之刑:商朝末代君王商纣设置的酷刑。其法将油涂在铜柱上,下置炭火燃烧,将受刑者贴于铜柱上处死。 ⑮ 姜家小儿:指姜尚,即姜子牙。 ⑯ 穆天子瑶池之宴:《穆天子传》载:周穆王(西周第五帝)十七年,西征至昆仑山,执白圭玄璧以见西王母。次年,穆天子“觞西王母于瑶池之上”。瑶池,西王母居住地。 ⑰ “徐偃(yǎn)称兵”二句:周穆王西征时,徐国诸侯叛周,自称徐偃王,起兵响应的有三十六国。穆王乘八骏马而返,命楚伐之。徐偃王因爱民,不战而败。 ⑱ 桑落之酒:古代一种美酒。《水经注·河水》云是河东乡民刘堕所酿,其最后酿成在桑落之日,故名。又《酒史》云河东桑洛坊有井,每至桑落时,取其寒暄得宜,以井水酿酒甚佳。 ⑲ 董双成、萼绿华:西王母身边的两名侍女。 ⑳ 血竭:即麒麟竭,中药名。出产于海南与广东一带,原是一种高大的乔木分泌流滴下来的胶饴状脂液,久而坚凝如干血,故称。有破积血、止金疮血等特效。傅:通“敷”。差:即“瘥”,病愈。 ㉑ 啻(chì):止;仅。

说大话,吹牛皮,是古代游方道士的看家本领。他们凭着两片嘴皮,舌翻波澜,奔走曳裾王公贵族之门,小则哄得衣食酒肉,大则捞取富贵利禄,实在是一伙不劳而获的江湖骗子。本文这位方士,其“大言”令人咋舌,颇可摘取“吹牛”大赛的金牌。艾子问他年龄多大,他巧舌如簧,洋洋洒洒编了一大篇鬼话,使人钦佩他的异想天开与大言不惭。

纵观方士的大话,有三个特点:一是胡吹乱编。为了吹嘘自己长寿,他追述了从三皇五帝直到西周历时数千年的非凡经历,历史或神话人物宓羲、女娲、神农、蚩尤、苍氏子、庆都、尧、舜、禹、孔甲、成汤、履癸、姜子牙、穆天子、西王母、董双成、萼绿华等都与他有直接或间接的密切关系。真是神乎其神,极尽吹法螺之能事。二是自我标榜。胡吹乱编的目的,在于自我标榜,用以吓唬人、镇住人,而后才能恣其所欲。他有“辟谷”之道,能长生不死;凶神恶煞的蚩尤用五兵攻打他,他仅用一个手指把对方打伤逃跑;履癸用炮烙极刑处死他,他居然经七昼夜而“言笑自若”:显得他道行高深,有金刚不坏之身。舜的大孝,是他“敦勉”造就;他曾当面讥笑成汤开网罗禽兽是为了吃野味;西王母招待穆天子的瑶池宴,尊他为“首席”:可见他地位的尊贵崇高。他简直把自己捧到了云端之上,成了无与伦比的伟人。三是死无对证。这是吹牛标榜的不二法门。方士的履历叙到瑶池宴为止,以后沉醉昏睡了几百年,现在醒来还不知是何世。真是妙不可言,到哪里去查证他的光辉而不朽的历史?

艾子很有智慧,他知道难以用话语盘诘,所以听后“唯唯而退”,等待机会。当赵王堕马伤胁,需用千年血竭治疗时,艾子立即找到了惩治骗子的办法。方士被捕而且将被杀时,又是拜又是泣,如实地招了供,西洋镜彻底穿帮。自我吹嘘,自我揭露,以子之矛,攻子之盾,笔锋何等尖利、辛辣。(曹光甫)

【作者小传】

唐 时

明文学家。字宜之,乌程(今浙江湖州)人。嘉靖进士。有《巾驭乘选集》。

与徐穆公 唐 时

西湖之妙,余能知之;而西湖之病,余亦能知之。

昔人以西湖比西子,人皆知其为誉西子也;而西湖之病,则寓乎其间乎?可见古人比类之工,寓讽之隐,不言西湖无有丈夫气,但借其声称以誉天下之殊色,而人自不察耳。不独此也,即天半峨嵋,昔人以为誉此山者,无以加焉。由今思之,隐然有引之以入于妇人之数,而不许其独为丈夫者,穆公其能首肯焉否也?

在这封短信中,作者向友人谈了他对西湖和峨眉山的看法。浙江杭州的西湖景色秀丽,不知引起历代多少文人墨客的赞叹。富于想象力的诗人因西湖之秀美而联想到春秋时越国的绝色女子西施,并以后者来比喻西湖之美,这实在令人心驰神往,难怪宋代大诗人苏东坡的诗句“欲把西湖比西子,淡妆浓抹总相宜”是那么脍炙人口。在许多人的观念中,西湖的确是美丽的,并且无不赞赏苏东坡诗句的比类之妙,这几乎已成为毋庸怀疑的定论。但唐时却突发异论,他先承认西湖之妙,这实际上也体现了尊重客观的态度。但是接着笔锋一转,论及西湖之病,这才是所要表达的本意。而文章妙处正在从众所周知的比喻出发,引发出别具新意的理解。将西湖比喻为西子,一般的理解当然是对西湖的赞美,但作者却认为这个比喻本身就暗含讥讽,因为西子之美是一种女性之美,阴柔有过而阳刚则乏,也即缺少作者所说的“丈夫气”,有小家子气,缺乏一种壮大的气魄。作者认为西湖的致命缺陷正在乎此。同样，前人皆以为“天半峨眉”乃赞扬峨眉山之挺秀，而实不知此名称已将峨眉山纳入妇人之列，因为它也丧失了豪雄超拔之美。

平心而论，将西子比西湖、把山称作峨眉的初衷并没有贬低的意思，而且自然风景的美丽体现出阴柔或阳刚两种风貌本身无可厚非，而且只有这样才更显出自然风景的多姿多彩，从而让人们得到不同的审美感受和心理满足。那么作者又为何如此苛求呢？其实也并不奇怪，人们对事物的认识和理解可以并且也经常是见仁见智的，立足点不同就会导致结果的不同，而不同的结果又常常可以并存。作者对西湖、峨眉之病的看法确实是自出机杼，且不论他的看法是否合理，至少它表现了一种新的思维方法和认识角度，如前所述，对事物的认识应该具有这样的素质。何况从某种意义上说，西湖、峨眉之病也的确存在。

虽然作者对于妇女的态度未必可取，但他敢于推陈出新、自抒己见的精神却值得赞赏。

（卢　强）

清代

【作者小传】

钱谦益

(1582—1664)　明末清初文学家。字受之,号牧斋,晚号蒙叟。常熟(今属江苏)人。明万历进士。崇祯初官礼部侍郎。与温体仁争权失败,被革职。南明弘光时谄事马士英,为礼部尚书。清兵南下,率先迎降,以礼部侍郎管秘书院事。其后又参与反清活动。博览群籍,诗文在当时负有盛名。著有《初学集》《有学集》《投笔集》等。编选有《列朝诗集》。

邵幼青诗草序　　钱谦益

辛巳二月,余将登黄山,憩余抡仲之桃源庵。日将夕矣,微雨霡霂[①],四山无人,白龙潭水撞耳如悬霤[②],顾而乐之。谓同游吴去尘曰:“此时安得一二高人逸士,剥啄款门,为空谷之足音乎?”俄而篱落间飒拉有声,屐齿特特然,则邵幼青偕其叔梁卿,俨然造焉,再拜而起曰:“吾两人宿舂粮[③],从夫子于白岳而不及也,今乃得追杖屦[④]于此。”皆出其诗以求正焉。越翼日,余登山憩文殊院。幼青踵至,曰梁卿肥,不便登顿,至慈光寺而返,吾亦从此而止;明日遥望天都峰顶,如昔人登莲花峰,以白烟一缕为信,摇手一笑耳。

余语去尘:“新安城市,浩如尘海,得二邵君,差足妆点物色,他日可以为美谈也。”去尘问二邵诗云何。余曰:“古云诗人,不人其诗而诗其人者,何也?人其诗,则其人与其诗二也,寻行而数墨,俪花而斗叶[⑤],其于诗犹无与也。诗其人,则其人之性情诗也,形状诗也,衣冠笑语,无一而非诗也。吾与子游芗村、药谷之间,山重水袭,溪回谷转,青鞋布袜,杳然尘埃之外。于斯地也,穿烟岚,穴[⑥]云气,扶杖而追寻。司空表圣之论诗曰:‘晴雪满竹,隔溪渔舟。可人如玉,步屧寻幽[⑦]。’吾之遇二邵于斯也,表圣之所云,显显然在心目间,称之曰诗人焉其可矣。吾游黟山,不获见桃花如扇,竹叶如笠,松花如纛[⑧],得二诗人于芗村、药谷之间,夫然后而知诗,夫然后而知诗人,兹游之所得奢矣。"去尘告我曰："幼青以求序故，典妇一钗，赁舟过虞山，食尽反矣，幸有以慰之。"余曰："诺。"遂书之以为序。

幼青肤清貌癯⑨，如羽人道流。其诗少摹长吉，晚师香山，骨气清稳，非以割剥为能事也。海内能诗者知之，余不具列焉。辛巳嘉平月序。

〔注〕 ① 霡霂(mài mù)：小雨飘洒貌。 ② 霤(liù)：屋檐水。 ③ 宿舂粮：隔宿舂米储粮。庄子《逍遥游》："适百里者，宿舂粮。" ④ 杖屦：亦作"杖履"，为敬老之辞，亦用指老人出游。 ⑤ "寻行"二句：指雕章琢句，玩弄形式技巧。 ⑥ 穴：洞穿。 ⑦ 司空：即唐司空图。下四句出于司空图《二十四诗品》，"晴雪满竹"又作"晴雪满汀"。可人，可意的人。屟(xiè)，这里指木屐，木底有齿的鞋子，古人游山多用之。 ⑧ 纛(dào)：古时军队或仪仗队的大旗。 ⑨ 癯(qú)：同"臞"，瘦。

钱谦益是明末清初寥落诗坛上的一代宗师，是他拨乱反正，对七子和竟陵各打五十大板，促使中国古典诗歌结束元明的衰歇式微，而重又走向柳暗花明。

正因为如此，当时拿诗来求教并请他作序的也就不乏其人。这篇诗序的特点，在于从刻画邵幼青的衣冠笑语入手，以其人的气质风神来印证其诗的个性特征，从而阐明"诗其人"的诗歌主张，在诗序的写法上，可谓别开生面。

对于邵幼青，作者突出了他羽人道流，脱略人间烟火气的一面。"日将夕矣，微雨霡霂，四山无人，白龙潭水撞耳如悬霤"，幽峭、清空的山谷，为邵幼青这一高蹈之士的登场渲染了一种氛围，而邵幼青的到来，又是在作者心境悠然，正盼一二高人逸士空谷足音之时。文中特别点出邵幼青的"屐齿特特然"，正为后面引用司空图《诗品》中"可人如玉，步屟寻幽"作伏笔。作者两处写到邵幼青的语言，皆优雅脱俗，风趣调侃，大有一种不矜不迫的君子风度。

文中以"去尘问二邵诗云何"一句作转，引出作者的诗歌主张。钱谦益反对为文造情的虚假文学，那种"寻行而数墨，俪花而斗叶"，只知在形式上玩弄技巧，没有真情实感，为写诗而写诗的作品，也就是作者所说的"人其诗"，实在等于什么也没有写。而只有将个人的精神气质全部溶注在作品中，"人之性情，诗也；形状，诗也；衣冠笑语，无一而非诗也"，也就是作者说的"诗其人"，方是上乘之作。

邵幼青的诗歌，恰属于"诗其人"。这样，作者在前面写邵幼青的言语笑貌，写他那种精神上的超脱、清旷、一缕清香，看来笔笔落在邵幼青的人，而其实句句点在邵幼青的诗。作者正是通过薄暮山谷环境的烘托，通过对邵幼青羽人气的点染，再现出一种"晴雪满汀，隔溪渔舟。可人如玉，步屟寻幽"的清奇的诗的意境，而这正是邵幼青的诗作，同时也包融了邵幼青人的气质的美学境界。以写人

来替代对诗作的直接评品,不止含蓄而独具一格,同时,对表现作者"诗其人"的艺术主张,也是一个巧妙的佐证。（沈宁生）

题张子石临兰亭卷[①]　　钱谦益

往吾友程孟阳汲古多癖[②],常宝藏"兰亭"一纸,坐卧必俱,以为真定武也[③]。等慈长老居拂水[④],亦好观"兰亭",孟阳端席拂几,郑重出视。等慈指放字一磔以为稍短,孟阳拂然不悦曰:"此放字稍短,如苍鹰指爪一缩,有横击万里之势,若少展则无余也矣。师老书家,尚留此俗笔于眼底耶?"辞色俱厉,面发赤不止,余以他语间之而罢。

今年冬日,纸窗孤坐,忽见子石所临"兰亭"卷,追忆四十年前山园萧寂,私括藏门二老[⑤],幅巾凭几,摩挲古帖,面目咳唾[⑥],宛如昔梦。子石斯卷,恨不得见孟阳昂首耸肩,抚卷而叹赏也。为泫然久之。

〔注〕 ① 张子石:与钱谦益为友,曾学诗于程嘉燧。兰亭:晋书法家王羲之书写的《兰亭序》帖。 ② 程孟阳:程嘉燧,字孟阳,能诗工画。 ③ 定武:唐太宗喜爱王羲之书法,尝选定兰亭真迹,临拓于学士院。后经历代移置,宋庆历年间置于定州州治(定州宋代为定武军),北宋末,金兵攻陷汴京,此石刻遂散失,定武兰亭拓本因而十分珍贵。 ④ 等慈长老:僧广润,字等慈,吴兴(今浙江湖州)人。俗姓钱,名行道,少负才名,好评诗鉴画,弈棋度曲。拂水:江苏常熟市有虞山,山之西南有拂水岩,钱谦益建耦耕堂于此。当时程嘉燧正住在耦耕堂内。 ⑤ 藏门:佛门。 ⑥ 咳唾:比喻人的言论。

程嘉燧是明末一位著名诗人。他少年学制科不成,去学击剑,又不成,方才折节读书,终于有了成就。从这篇题跋里,我们还可看到他为人的迂执任性,这是在钱谦益所作《程嘉燧传》中见不到的。其实文人并非都温文尔雅,程氏的"辞色俱厉,面发赤不止",那股子火爆劲就不大像世人心目中的文人。然而却是活的程嘉燧,是他性格的写照。钱程二人是要好朋友,曾一度同在耦耕堂隐居,读书论文。现在钱谦益见此书帖而追忆逝去的旧友,前尘历历,所以笔下能情文兼至了。

固执己见的事,在文人圈子里是常见的,而且还有比这更严重的呢。清初学者毛奇龄和李因笃辩论音韵学,两人本就有点门户之见,又各自认为自己的见解正确,听不得别人的论辩。于是言辞激烈,始则虚声恫吓,以图慑服对方,继而李因笃沉不住气,跳起来打了毛氏一拳。这种手口并用的"辩论",恐怕算得上是文坛上的创举了。但这还不算最厉害的，更吓人的事例发生在学者章学诚和汪中之间。他俩也因为学术意见不合，据说差点动起刀子来。他们的好友洪亮吉后来追忆其事时，说他们“竟欲持刀抵舌锋”，如此辩论，更是前所未闻了。

（黄国声）

秋水阁记

钱谦益

阁于山与湖之间，山围如屏，湖绕如带，山与湖交相袭也。虞山，堕山也[①]。蜿蜒西属，至是则如密如防，环拱而不忍去。西湖连延数里，缭如周墙。湖之为陂为漫者[②]，弥望如江流。山与湖之形，经斯地也，若胥[③]变焉。阁屹起平田之中，无垣屋之蔽，无藩离之限，背负云气，胸荡烟水，阴阳晦明，开敛变怪，皆不得遁去毫末。阁既成，主人与客，登而乐之，谋所以名其阁者。主人复于客曰：“客亦知河伯之自多于水乎[④]？今吾与子亦犹是也。尝试与子直前楹[⑤]而望，阳山箭缺，累如重甗[⑥]。吴王拜郊之台，已为黍离荆棘矣。迤逦而西，江上诸山，参错如眉黛，吴海国、康蕲国之壁垒，亦已荡为江流矣。下上千百年，英雄战争割据，杳然不可以复迹，而况于斯阁欤？又况于吾与子以眇然之躯，寄于斯阁者欤？吾与子登斯阁也，欣然骋望，举酒相属，已不免哑然自笑，而何怪于人世之还而相笑与？”客曰：“不然，于天地之间有山与湖，于山与湖之间有斯阁，于斯阁之中有吾与子。吾与子相与晞朝阳而浴夕月，钓清流而弋高风，其视人世之区区以井蛙相跨峙而以腐鼠相吓也，为何如哉[⑦]？吾闻之，万物莫不然，莫不非。因其所非而非之，是以小河伯而大海若，少仲尼而轻伯夷[⑧]，因其所然而然之，则夫夔蚿之相怜[⑨]，儵鱼[⑩]之出游，皆动乎天机[⑪]而无所待也。吾与子之相乐也，人世之相笑也，皆彼是之两行也，而又何间焉？”[⑫]主人曰：“善哉！吾不能辩也。”姑以秋水名阁，而书之以为记。崇祯四年三月初五日。

〔注〕 ① 虞山：在今江苏省常熟市西北。堕(duò)：山形狭长貌。 ② 陂(bēi)：泽畔障水之岸。漫(jìn)：同“浸”，渗透之意。 ③ 胥：皆，都。 ④ 多：以……为多。庄子《秋水》：

“秋水时至，百川灌河，泾流之大，两涘渚崖之间，不辨牛马。于是焉河伯欣然自喜，以天下之美为尽在己。” ⑤ 楹：厅堂前部的柱子。 ⑥ 甗(yān)：古炊器。 ⑦ 井蛙：比喻见识狭小而又自夸自得的人。腐鼠：腐烂的老鼠，比喻轻贱之物。 ⑧“是以”二句：庄子《秋水》：“顺流而东行，至于北海，东面而视，不见水端，于是焉河伯始旋其面目，望洋向若而叹曰……”这里的“小”和“大”皆为意动用法。下句“少仲尼而轻伯夷”中“少”“轻”均为意动用法。庄子《秋水》：“且夫我尝闻少仲尼之闻而轻伯夷之义者，始吾弗信。” ⑨ 夔(kuí)：据《山海经·大荒东经》记载，是一种形状像牛、无角、仅一只脚的怪兽。蚿：又称马蚿，一种多足虫。怜：爱慕。这一句意思为“夔一足，爱慕蚿多足；蚿虽多足，却爱慕蛇无足而能行”。 ⑩ 鯈(tiáo)鱼：庄子《秋水》：“鯈鱼出游从容，是鱼之乐也。” ⑪ 天机：自然。 ⑫“皆彼”二句：都是从这两种不同角度来看问题，这又有什么关系呢？

这篇散文，其主旨，不过是庄子思想的阐述。阁所以名为“秋水”，取庄子外篇《秋水》之义，“万物莫不然，莫不非”的观点。原话摘自于庄子《秋水》中“因其所然而然之，则万物莫不然，因其所非而非之，则万物莫不非”之句。然作者妙笔生花处，一是将庄子这一见解的提出，置放在水绕山环，一亭翼然的坦荡清雅的自然环境的背景下，以见庄子思想的自由、洒脱；二是以主客问答形式，以主人的拘泥来反衬庄子的超迈，这样，使庄子那种摒弃是非，一无挂碍的绝对自由精神，更显其熠熠光辉。

钱谦益早年曾参加东林党，在各种力量抗衡的政治漩涡中，他曾屡遭排挤，顿踣的人生，使他黯然。于是，作为一个失意文人，钱谦益尽管一向以儒家思想为主导，此时，不由也和道家产生了些感情。在庄子那里，他失重的心灵平衡了。道家思想汰去了他尘虑的烦扰，剩下的，是摒弃是非的虚无的愉悦。虽然缥缈，但某种意义上讲，缥缈给人的美或许更要超过现实的物质的美。所以，钱谦益陶醉了，这篇对道家思想津津乐道的《秋水阁记》，便从他的笔底溢出。

当然，行文要有一种回环曲折之美，比如苏州网师园要设一个小胡同，狭窄黯淡，让你行几步，方才豁然开朗，只见半亩方塘，水榭亭台，树木扶疏。对这一点，才高八斗的钱谦益是深谙于心的，所以，他在《秋水阁记》的篇首绝口不提庄子，他写山，写水，写处在这样一个清空高远的天地里的小亭，其实，正暗寓着庄子所提倡的那种无涯无涘的自由之美。

这位主人登临览胜，心中顿时涌起一种沧海桑田之慨，人世万物，俯仰之间，已为陈迹，他悲观了。殊不知，主人这一番言语，恰是钱谦益在行文中设下的埋伏，他正是要以“主”的迷惘来反衬“客”的彻悟，以“主”的拘谨来表现“客”的洒脱，在两相对照中，以见庄子超越凡辈的睿智。

“因其所然而然之，则万物莫不然，因其所非而非之，则万物莫不非。”这是“客”的议论中心。用现代汉语来讲，就是：“如果只就自己所认为正确的方面便以它为正确,那万物就没有什么不是正确的了;如果只就自己所认为错误的方面便以它为错误,那万物就没有什么不是错误的了。”(见欧阳景贤、欧阳超《庄子释译》)“客”在这里搬用了庄子《秋水》中的观点,并引用《秋水》中一系列例证,最后得出结论为:我们在这里取乐也好,别人讥笑我们也好,不都是从这两种不同的角度来看问题么,这又有什么关系呢?“客”阐述了庄子无是非的观点,这种观点,摒弃了人世间的烦扰,大有一种超然物外的自由。所以,听了“客”的一席谈,“主”茅塞顿开,悲观阴霾一扫而空,只曰:“善哉!吾不能辩也。”庄子思想给失意者精神的安慰,不正可见一斑么?

(沈宁生)

【作者小传】

谈 迁

(1594—1658) 明清之际史学家。原名以训,字仲木,号射父。明亡后改名迁,字孺木,号观若。浙江海宁枣林人。明诸生。终身不仕。天启元年(1621)著《国榷》,至天启六年完成初稿。清顺治二年(1645),又续订崇祯、弘光两朝史事。两年后,全稿被窃,发愤重写。顺治十年北上,居京两年半,访问降臣、皇亲、宦官和明公侯门客,搜集遗闻,著成《国榷》。著作尚有《枣林杂俎》《北游录》《枣林集》等。

北游录(之一)[①]

谈 迁

癸巳闰六月乙亥,微雨,寻霁[②]。朱太史[③]午隙欲游虎丘,怂恿之。贳[④]一舟,经半塘,道柳成列,不似髣[⑤]我西湖也。酒数行,及山下,并葛衫蒯屦[⑥],导隶噤声,夕阴吹凉,眉宇生绿。自生公石、剑池、鹤涧而上,登灵岩寺,径转庑旋,领略幽旷。返,而材官建德朱氏酌太史[⑦],临流披襟,余辈为不速之客。钱塘黄文甫宏宪[⑧]师天主教,谙日家言[⑨],诋僧一行、郭守敬[⑩]之学为未至。余素苦觞政[⑪],以太史知我,免于濡首[⑫]。席散,漏尽二十刻。

〔注〕 ①《北游录》是谈迁于顺治十年(1653)至顺治十三年(1656)去北京期间的见闻录。其中《记程》《记邮》均系日记类文字。 ② 寻霁:寻,不久。霁,晴朗。 ③ 朱太史:即聘谈迁为记室而谈氏得以北游访学的朱之锡。朱氏字孟九,号梅麓,官弘文院编修,浙江义乌人。

④ 贳(shì)：租用。 ⑤ 髡(kūn)：古代一种剃去头发的刑罚。剪去树枝亦曰髡。文中二义兼用。 ⑥ 蒯屦(kuǎi jù)：草鞋。 ⑦ 材官建德朱氏：材官，古时指掌管建筑材料的官员，清代习惯称将军、总督、巡抚麾下差弁为材官。建德，今浙江省建德市。 ⑧ 黄宏宪：字文甫，浙江仁和(今杭州)人。明崇祯时与徐光启共订历法，官光禄寺署正，后弃官归，是位天文数学家。 ⑨ 日家言：日家，指通晓占候星卜者，日家言即这方面的学识理论。 ⑩ 僧一行、郭守敬：古代天文学家。 ⑪ 觞政：酒令。 ⑫ 濡首：意为醉倒被酒，病酒。

谈迁的"北游"，并非徜徉山水之游，而是考订其《国榷》史实的游学。由于《国榷》第二次定稿时已是山河易主，先朝沦亡，所以这次游学是深怀着民族情绪和亡国哀痛的。这样，作为史学家的他的笔下的日志，自然少有闲逸情趣，而在严谨的风格中时时渗出一种冷峻的悲慨。即使偶有类似刘侗、于奕正的《帝京景物略》的文字，也是不以刻意描绘为职志，仅在淡而隽、朴而韵的笔调下轻加点染而已。《北游录》原非山水注，风物篇，这是首当把握的。

这一则记述虎丘夏游，较少史迹考订、故事钩稽，"游"的情味颇足浓。因为是闰六月，时当溽暑，所以"游"的旨意应以"阴凉""幽旷"的寻求为主，不然游得满头大汗，有何乐趣雅兴呢？

由七里山塘一线租一船冶游，水风清凉，是游虎丘的好路线。谈迁写塘岸的杨柳成行，写山脚"夕阴吹凉"，都非常贴切夏游之乐。"眉宇生绿"四字最为醒目清心，一"绿"字犹如凉意袭人，随伴而行，十分快意。山中足迹也是"径转庑旋"，曲折盘旋于山径小道上，一意"领略幽旷"韵味。此类文字全显得淡隽轻远而又很洗练剔透，承沿有晚明小品的某种审美倾向。

但是，"不似髡我西湖也"七字，置于文之中，顿生警策。熟知清初史实的都明白这一"髡"字的分量。清兵进驻杭州后，牧马西湖，湖柳尽爨。浙东西是清顺治初抗击八旗之师最激烈的地区之一，清政权的严加惩处也最为激烈。谈迁是浙人，他的感受无疑深沉之至，所以，见金阊山塘之柳，不由笔底溢起悲苦，写下了这七字之句。

至于附记黄宏宪的事，则可作为考查明清之际西学引入的史料，是一个科学家的行迹载录。对此，谈迁未加任何评论，也见出史学家严谨客观的态度，笔触轻淡而仍有味，让读者从一"师"、一"谙"、一"诋"之间自去领略。　　（严迪昌）

北游录(之二)　　谈　迁

癸巳七月丁酉。便附家问。宜兴陈编修实庵于鼎[①]来饯朱太史，示赵子昂真草千字文同阅。实庵极言巡台李成纪之绥静,如高邮告讦,至闭城绝人迹,李至,焚牒不问,人始安。赵氏墨迹,太史私以为赝笔。午祭江,阻风,泊蒜山②。

〔注〕 ① 陈于鼎:字尔新,号实庵,明崇祯进士,官翰林院编修,左春坊左庶子。时侨居镇江。 ② 蒜山:在今江苏镇江市西九里许。

这篇不满百字的日记,实系一则极有价值的历史小品。作为小品,它具有笔简捷而意深远,闲逸与峭拔兼见的特色,虽无描绘形容文字,却颇多冷隽情味。而作为历史小品,它又是清初一个重要史实的记录,尽管只是寥寥数语,但春秋笔意自见。所以,谈迁的文字在明清之际自见面貌。

七月初,谈迁已伴随朱之锡到了镇江,准备渡江北上。明清两朝,由江南进京,大抵是沿运河至镇江,过江经瓜洲渡,绕扬州、仪征或径奔高邮、宝应,继续北行。此时陈于鼎正归隐侨居江上,并有所活动,即与张煌言、郑成功水师暗有联系。张煌言曾很器重谈迁,后来谈迁专程去山西平阳拜哭张氏墓,最终病死途中。可见谈迁、朱之锡与陈于鼎原曾熟识,故而畅谈了时事。

顺治十年前后,正是张、郑抗清水师频频进入长江之时,时局很复杂,东南人士秘密反清活动仍处高潮。同时,清廷对江、浙两省的汉族人士的镇压也渐趋严酷。文中的"高邮告讦,至闭城绝人迹"一语,可见当时奸细告密、侦探四出,株连时起,人们处在风声鹤唳、心惊肉跳的气氛中。事实上,其时正值清初三大案即"科举案"(顺治十四年丁酉)、"通海案"(顺治十六年己亥)、"奏销案"(顺治十八年辛丑)爆发之前夜。

需要介绍一下陈于鼎,此人为宜兴名人,是陈维崧从叔祖。于鼎与其兄陈于泰(崇祯四年殿元)在明亡后均不出仕,于泰在追捕中病死于荒屋夹墙中,于鼎则最终在顺治十八年被捕解往北京被斩首。据《亳里陈氏家乘》记载,说是他的凶终是由于"南徐己亥之祸"也,就是指牵涉了通海一案。那年张煌言、郑成功军队攻下了镇江,包围了南京,沿江直打到芜湖等地,大大震撼了清廷。可惜史料因文字狱关系已大多佚失,只见一些蛛丝马迹了。

有趣味的是,在谈迁的这则日记中,保存了陈于鼎对于当时清廷某些官吏的宽松政策的赞扬。"人始安"三字,在冷峻中透露了谈迁他们的一种宽慰。可是,他们又怎能预测风暴的起伏,以及自身的命运呢?七八年后,陈于鼎被杀,不几年张煌言也牺牲,东南沿海很快就搁不下一张宁静的书桌了,鉴赏名人法帖的真赝的雅致,将被接连的绥靖政策所击溃。

日记原是人物雪泥鸿爪的留存,也能从中寻觅社会播迁的痕迹,谈迁的《北

游录》的价值当在此。　　（严迪昌）

【作者小传】

高尔俨

(1605—1654)　清文学家。字中孚，号岱舆。静海（今属天津）人。明崇祯进士，官编修。顺治间，历礼、吏部侍郎，擢吏部尚书。顺治九年(1652)为言官论劾，乞罢，旋起补弘文院大学士。著有《古处堂集》。

与致虚妹丈

高尔俨

昨宵乐甚！碧天一色，澄澈如昼，又松竹影交加，翠影被面，月光落酒杯中，波动影摇。吹洞箫数阕，清和婉妙，听之怡然；响绝余音，犹绕耳间不退。出户一望，空旷无际。大醉后笔墨撩乱，已不复记忆。

今晨于袖中得纸幅，出而视之，则所谓“笔墨撩乱”者也。然亦殊可爱，以为有骀荡[①]之趣。把笔效之，不能及已。因即以昨日所就者请正。

〔注〕 ① 骀荡：这里指书法有一种飘逸俊爽的趣味。

面对良辰美景、赏心乐事时，人们心中总会产生难以遏止的愉悦，而文人则多喜将当时的情景与心理感受形诸笔端，以期在某种意义上留住过去。这类充满灵气的文字常令人心驰神往，并于潜移默化中陶冶性情。这封小简就是作者度过一个难忘良宵之后的追记，文字简练优美，使人如临其境而心向往之。

作者抑制不住内心的喜悦，写出“昨宵乐甚”的心情。在他的笔下，昨晚天色极佳，夜空显示出碧绿的色彩，巨大的天幕像一幅了无杂色的绸缎，如水洗一般地澄静。这种氛围让人心境宁静、杂念顿消。作者坐在松竹之下小酌，青松与翠竹在月光的照耀下在地面上投下交错纵横的叠影，作者的脸庞也被光影笼罩。柔和的月光洒落在酒杯中，随着酒杯的晃荡，产生出波动影摇的美感。这种细致微妙的画面，传达出幽远怡然的感受。当此良宵，不知是谁吹起了悠扬婉转的洞箫，箫声美妙，令人如醉如痴！数阕之后，箫声停止，但飘扬于空中的余音仍久久回旋。此情此景，构成了一种极其雅致爽怀的境界，那由声音、色彩和物象所体现的美感简直无法言喻。难怪他情不自禁地发出了"昨宵乐甚"的赞叹。

如此夜晚,作者举杯畅饮,一醉方休。大醉之后,又援笔作书,于迷醉状态中只觉所书者笔墨撩乱,过后竟不知所书之内容。这时,他已经忘记了自我,身心陷入迷狂般的愉悦境界。次日清晨,于衣袖中取出昨晚所书之纸幅,展视之下,竟觉别有一种飘逸洒脱的韵味蕴含其中。他试图于清醒之后再次仿效醉书,但那一份气韵却再也不能效仿了。他自觉醉书颇可珍爱,故将之送与其妹丈赏玩。

这件事说明了人类艺术活动中的一种特殊的现象,即从事艺术活动的人有时在迷离恍惚的心境中所创作出的作品,其神韵往往超越清醒时的作品。因为此时作者排除了平时的种种杂念和制约,身心进入相对自由的创作状态,反而能创作出独具魅力的作品。唐代书家张旭的醉时狂草,大诗人李白的斗酒诗百篇,都是醉后艺术珍品。这封短信于此着墨不多,却给人丰富的艺术联想和艺术启迪。

(卢　强)

【作者小传】

金圣叹

(1608—1661)　明末清初文学批评家。初名采,又名喟,字若采;明亡后改名人瑞,字圣叹,吴县(今江苏苏州)人。明末诸生。入清后,绝意仕进,以哭庙案被杀。少有才名,博通经史,旁涉小说词曲及释道诸典,亦工诗文,尤好衡文评书。有《沉吟楼诗选》《唱经堂才子书汇稿》等。今人辑有《金圣叹全集》。

水浒传序[①]　金圣叹

人生三十而未娶,不应更娶;四十而未仕,不应更仕;五十不应为家,六十不应出游。何以言之?用违其时,事易尽也。

朝日初出,苍苍凉凉,澡头面,裹巾帻,进盘飧[②],嚼杨木[③],诸事甫毕,起问可中[④]?中已久矣!中前如此,中后可知,一日如此,三万六千日何有?以此思忧,竟何所得乐矣?

每怪人言:某甲于今若干岁。夫若干者,积而有之之谓,今其岁积在何许,可取而数之否?可见已往之吾,悉已变灭。

不宁如是，吾书至此句，此句以前已疾变灭，是以可痛也。

快意之事莫若友，快友之快莫若谈，其谁曰不然？然亦何曾多得。有时风寒，有时泥雨，有时卧病，有时不值⑤，如是等时，真住牢狱矣。舍下薄田不多，多种秫米，身不能饮，吾友来需饮也。舍下门临大河，嘉树有荫，为吾友行立蹲坐处也。舍下执炊爨、理盘槅者⑥，仅老婢四人；其余凡畜童子大小十有余人，便于驰走迎送、传接简帖也。舍下童婢稍闲，便课其缚帚织席：缚帚所以扫地，织席供吾友坐也。吾友毕来，当得十有六人。然而毕来之日为少，非甚风雨而尽不来之日亦少。大率日以六七人来为常矣。吾友来，亦不便饮酒，欲饮则饮，欲止先止，各随其心，不以酒为乐，以谈为乐也。

吾友谈不及朝廷，非但安分，亦以路遥传闻为多；传闻之言无实，无实即唐丧唾津矣⑦。亦不及人过失者，天下之人本无过失，不应吾诋诬之也。所发之言，不求惊人，人亦不惊。未尝不欲人解，而人卒亦不能解者，事在性情之际，世人多忙，未曾尝闻也。

吾友既皆绣淡通阔之士，其所发明⑧，四方可遇。然而每日言毕即休，无人记录。有时亦思集成一书，用赠后人，而至今阙如者：名心既尽，其心多懒，一；微言求乐，著书心苦，二；身死之后，无能读人，三；今年所作，明年必悔，四也。

是《水浒传》七十一卷，则吾友散后，灯下戏墨为多；风雨甚，无人来之时半之⑨。然而经营于心，久而成习，不必伸纸执笔，然后发挥。盖薄莫篱落之下，五更卧被之中，垂首捻带、睇目⑩观物之际，皆有所遇矣。或若问，言既已未尝集为一书，云何独有此传？则岂非此传成之无名，不成无损，一；心闲试弄，舒卷自恣，二；无贤无愚，无不能读，三；文章得失，小不足悔，四也。

呜呼哀哉！吾生有涯，吾呜乎知后人之读吾书者谓何，但取今日，以示吾友，吾友读之而乐，斯亦足耳。且未知吾之后身读之谓何，亦未知吾之后身得读此书者乎？吾又安所用其眷念哉！东都施耐庵序。

〔注〕 ① 水浒传序：这篇署名施耐庵的序，见于金圣叹批的七十一回本上面，原题为：“贯华堂所藏古本《水浒传》前，自有序一篇，今录之。”后经研究论定所谓“贯华堂本”即是金圣叹的批本，这篇序亦系金圣叹伪撰。 ② 盘飧（sūn）：简单的饭食。 ③ 嚼杨木：用杨木清刷牙齿。 ④ 中：一天之中，中午。 ⑤ 不值：遇不到。值，遇见。 ⑥ 执炊爨（cuàn）、理盘槅（hé）：负责炊事之类工作。炊爨，烧火做饭。盘槅，亦作肴核，菜肴和果品。槅，同“核”。 ⑦ 唐丧唾津：虚耗口舌。唐：空，徒然。 ⑧ 发明：发现阐明。 ⑨ 半之：完成一半。 ⑩ 睇（dì）目：斜视。

本篇为金圣叹托名施耐庵所作的《水浒传》自序。近人林语堂曾评之为专论“悠闲安逸”的小品文的“最佳典范”（《吾土吾民》），确实言中了这篇序文的特色。

这的确是一篇悠闲的文章。谈人生飘忽时，却大谈“澡头面，裹巾帻，进盘飧，嚼杨木”之类琐事；谈诚以待友时，却从“多种秫米”“执炊爨、理盘槅”“缚帚织席”之类事闲闲说来；谈成书经历时，却又以“薄莫篱落”“五更卧被”“垂首捻带、睇目观物”处的优哉游哉为话题。

但它又不是一般的无聊文字。在悠闲放达的情调中，它着重谈了三个方面的内容：一是咏叹人生飘忽；二是议论好友清谈；三是漫话写书余事。

文章开笔单刀直入，提出人生的四大“不应”，既隐含人生飘忽的叹息，也暗示时不我待的人生机理。这里所主张的随遇而安，自然是一种消极情绪，但如从另一方面来看，其中还含有生理行事均须抓紧而不失良机之意，这不失为对人生的一种聪慧的体悟。这种人生观显然深受《庄子》中关于“人生忽然”的观点和“方生方死，方死方生，方可方不可，方不可方可”的虚无无常思想的影响。

按作者的观点，人生如梦，世事百不如意，那么，还有没有可以令人快意的事情呢？答曰：“快意之事莫若友，快友之快莫若谈。”朋友间适意随谈，一不涉及国家政事，即所谓“谈不及朝廷”，二不涉及别人过失，也不故作惊人之语，所谈的都是在“性情之际”的事，也就是那种常常为世人所忽略的，有关幽深微妙的内心深层的一些感触，以及“四方可遇”的、亦即具有普遍意义的玄机哲理。这些是俗人不可与道的事情，因而只有意趣相投的知友在一起，才能心领神会，获得难忘的快意。

作者最后谈论写作《水浒传》的始末，似乎是在代施耐庵立言。其实，他无意研究施氏《水浒传》的义旨及其写作动机，因而并没有努力恰切地反映施氏的创作心境。他所说的只是他自己删订、批评《水浒传》时的心理状态：以“灯下戏墨为多”，写书的体会多得之于“薄莫篱落之下，五更卧被之中，垂首捻带、睇目观物之际”，也就是说，多得之于平常随意、漫不经心的时候。这就颇为生动地写出了金圣叹评点所谓“第五才子书”《水浒传》时的心态。

本序似乎只是一种漫然无绪的“闲话”，但文中所呈露的那种脱离尘嚣、飘然远引的审美情趣，那种虚实结合、疏密相间的节奏感和神气贯穿、从容有度的灵动感，却别具一种魅力。

在作者淡泊轻妙的笔下，凝重化为优游，感叹化为闲适，数至穷而出于简约，意至深而归于平淡，一切似乎在有意无意间随机谈来，自然轻利地启引读者进入作者所凝构的特定境界之中。（叶长海）

葭秋堂诗序　　金圣叹

同学弟金人瑞顿首：弟年五十有三矣。自前冬一病百日，通身竟成颓唐。因而自念：人生世间，乃如弱草，春露秋霜，宁有多日？脱遂奄然终殁，将细草犹复稍留根荄，而人顾反无复存遗耶？用是不计荒鄙，意欲尽取狂臆所曾及者，辄将不复拣择，与天下之人一作倾倒。此岂有所觊觎于其间？夫亦不甘便就湮没，因含泪而姑出于此也。弟自端午之日，收束残破数十余本，深入金墅太湖之滨三小女草屋中。对影兀兀，力疾先理唐人七律六百余章，付诸剞劂[①]，行就竣矣。忽童子执尊书至，兼读《葭秋堂五言诗》，惊喜再拜，便欲拏舟入城，一叙离阔。方沥米作炊，而小女忽患疾蹶，其势甚剧，遂尔更见迟留。因遣使迎医，先拜手上致左右。夫足下论诗以盛唐为宗，本之以养气息力，归之于性情，旨哉是言！但我辈一开口而疑谤百兴，或云“立异”，或云“欺人”。即如弟《疏解》一书，实推原《三百篇》两句为一联，四句为一截之体；伧父动云“割裂”，真坐不读书耳。足下身体力行，将使盛唐余绪自今日废坠者，仍自今日兴起。名山之业，敢与足下分任焉！弟人瑞死罪死罪，顿首顿首。

〔注〕 ① 剞劂（jī jué）：雕版；刻印。

清初诗人嵇永仁是圣叹的朋友，也是圣叹的崇拜者，故其《葭秋堂集》，亦以得圣叹评论为荣。此序表现了圣叹在拘守陈规旧例的封建文士的包围中，或被称为“立异”，或被诬为“欺人”，所谓“一开口而疑谤百兴”。显然，这不只是由于他主张“疏解唐诗”（即主张对七律分解为前后两截，把每四句看作一解，由前后两解合为一诗），更重要的是因为他在殉难之前二十年评改过家喻户晓的《水浒传》，又在分解唐律诗之前数年，评改了《西厢记》。此两书都是在圣叹的评改加工之后，不胫而走，“风行海内”，起到了发聋振聩作用。因此，同郡的名士归庄（字玄恭）竟诋金本《水浒》为“倡乱之书”，金本《西厢》为“诲淫之书”。

可贵的是，圣叹虽身处逆境，却并无沮丧退缩情绪，而是勇往直前地追求真理。他始终相信自己的批著将藏之名山，垂诸久远，而拘束于陈言的正统文人之作，虽欲不湮没，又岂可得？

读《葭秋堂诗序》还使我们想到：时间无始无终，空间无边无际。宇宙无限，人生有涯。于是齐景公登牛山而悲，孔仲尼临洙泗而叹。于是，诗人们唱出了“人生天地间，忽如远行客”“前不见古人，后不见来者”的令人气短的诗句；哲学家则发出了“吾生也有涯，而知也无涯，以有涯随无涯，殆矣”（《庄子·养生主》）的直面人生的感喟。享乐派认为“十年亦死，百年亦死。仁圣亦死，凶愚亦死。生则尧舜，死则腐骨。生则桀纣，死则腐骨”，因之主张“且趋当生，奚遑死后”（《列子·杨朱》）。功利派则认为正因为“人生非金石，焉能长寿考”，必须将有限的人生投入到无限的事业中去。庶几与天地同寿，日月齐光。孔子因之主张“君子疾没世而名不称焉”（《论语·卫灵公》），大约他那个时代的文化人，已确立了“太上有立德，其次有立功，其次有立言”（《左传·襄二十四年》）的价值观。对于大多数文化人而言，立德、立功这两条道路很难走通，于是，像司马迁那样地发愤著书，“思垂空文以自见”（司马迁语），成了身处逆境而有真才实学的古代正直的知识分子所选择的人生道路。正如司马迁所说：“古者富贵而名磨灭，不可胜记，唯倜傥非常之人称焉。盖文王拘而演《周易》；仲尼厄而作《春秋》；屈原放逐，乃赋《离骚》；左丘失明，厥有《国语》；孙子膑脚，兵法修列；不韦迁蜀，世传《吕览》；韩非囚秦，《说难》《孤愤》；《诗》三百篇，大底圣贤发愤之所为作也。此人皆意有所郁结，不得通其道，故述往事，思来者。”（《报任安书》）千百年来，这段名言不知震撼了中国多少知识分子的心灵，激励他们在逆境中自强不息、奋力拼搏！

圣叹所从事的著述，虽然和司马迁所贡献的“究天人之际，通古今之变”的皇皇大著有小大之别，但他那“不甘便就湮没”的忧患意识，那含泪而为的名山事业，以及“一开口而疑谤百兴，或云‘立异’，或云‘欺人’”的遭遇，又是多么酷似当年的司马迁啊！司马迁和金圣叹是中国文化史上的两位名人，《报任安书》和《葭秋堂诗序》则曲尽了中国知识分子在专制政治压迫下的忧愤著书以图流传后世的共同心理，写出了封建专制政治统治下中国文人的悲剧命运。

（张国光　喻学才）

答沈丈人永令　　金圣叹

诗非无端漫作，必是胸前特地有一缘故，当时欲忍更忍不住，于是而不自觉冲口直吐出来，即今之一二句是也。但其冲口直吐来之时，必要借一发端，或指现景，或引故事，或竟直叙，或先空叹。当其作势振落之际，法更不得不先费去十数来字，而于是其胸所有特地之一缘故，乃竟只存得三四字矣。因而紧承三四，快与疏说，此固万万不得不然，一定之常理，亦初非奇事也。

唐代诗人孟东野《赠郑夫子鲂》诗开篇云："天地入胸臆，吁嗟生风雷。"东野十字即圣叹"诗非无端漫作"意。无病呻吟之诗，炫奇逞才之作，不能感动读者。无他，因其创作之初本来就不存在"欲忍更忍不住"的创作冲动，其作品是搜索枯肠硬写出来的，而非"不自觉冲口直吐出来"者。按圣叹的看法，大凡好诗的首联都是"欲忍更忍不住""不自觉冲口直吐出来"的。但仅凭一二句不能成诗，物象需要用词语来描述。文中"或指现景，或引故事，或竟直叙，或先空叹"，这是说律诗的第二联，"紧承三四，快与疏说"以下是说律诗后半截。圣叹所云"指现景""引故事""直叙""空叹"即剪裁物象之手段。

圣叹此札的价值在于充分肯定律诗创作必须有强烈的创作冲动，认为只有在头脑中已形成独特意境的前提下，才能谈律诗意境的创造，亦即根据主旨来剪裁物象。他所剖说的律诗创作"万万不得不然"的"一定之常理"，确是创作经验之谈，并非形式主义的八股文法。

明代竟陵派领袖人物钟惺曾云："游山水人，要自具一副游山水心眼，方能领略山水真趣。不然，虽日与山水为缘，漠如也。"（《明诗归》卷六）又说："诗人凡于登眺，必胸中眼中深有领会，而后所题咏有一段真至情景动人感慨。若胸无所得，眼无所触，而徒以字句凑补成诗，则不如不作。"（《明诗归》卷三）清人宋荦亦云："山不一境，境不一时。虽千万人游，亦但各领所见，而未尝同焉。"（《黄山领要录》序）近人俞平伯先生以杭州西湖为例，更明白地指出山水的审美境界的获得，诗文生命力的产生，主要缘于游山水者的主体情感与客体山水的瞬间交融：

“西湖的美，单说湖山，不如说湖光山色，更不如说寒暄阴晴中的湖光山色，尤不如说你我他在寒暄阴晴中所感的湖光山色。湖的深广，山的远近，堤的宽窄，屋的多少……快则百十年，迟则千万年而一变。变迁之后，尚有记载可以稽考，有图画可以追寻。这是西湖在人人心目中的所谓‘大同’。或早或晚，或阴或晴，或春夏，或秋冬，或见欢愉，或映酸辛；因是光的明晦，色的浓淡，情感的紧弛，形成亿万重叠的差别相，竟没有同时同地同感这么一回事。这是西湖在人人心目中的所谓‘小异’。‘同’究竟是不是大，‘异’究竟是不是小，我也一概不知。我只知道，同中求异是描摹一切形相者的本等。真实如果指的是不重现而言，那么，作者一旦逼近了片断的真实的时候(即使程度极其些微)，自能够使他的作品光景常新，自能够使光景常新的作品确成为他的而非你我所能劫夺。”(《燕知草·湖楼小撷》)

钟惺所说的“自具一副游山水心眼”，“胸中眼中深有领会，而后所题咏有一段真至情景动人感慨”，宋荦的“各领所见”，与俞平伯的“大同”“小异”论，都可以用来作金圣叹这封信札的注脚：所谓唐人七言近体“六百余章”，“中间乃至并无一句相同”者，是因为各人心中笔下的“小异”不同，虽然他们所面对的、取作诗料的“云山花木沙草虫鱼”都无大差别；所谓“岂非其一字未构以前，胸中先有浑成之一片”，此正是俞氏所言“作者一旦逼近了片断的真实的时候”，也就是“同中求异”的瞬间契合；所谓“同是一云一山一虫一鱼，而入此者不可借彼，在彼者更不得安此”，这正是“光景常新的作品确成为他的而非你我所能劫夺”的境界。

(张国光　喻学才)

奴　才　　　　金圣叹

奴才，古作奴财，始于郭令公之骂其儿，言为群奴之所用也。乃自今日观之，而群天之下又何此类之多乎哉！一哄之市，抱布握粟，棼如[①]也。彼棼如者何为也？为奴财而已也。山川险阻，舟车翻覆，棼如也。彼棼如者何为也？为奴财而已也。甚而至于穷夜咿唔，比年入棘，棼如也。彼棼如者何为？为奴财而已也。又甚至于握符绾绶，呵殿出入，棼如也。彼棼如者何为？为奴财而已也。驰戈骤马，解脰陷脑，棼如也。幸而功成，即无不为奴财者也。千里行脚，频年讲肆，棼如也。既而来归，亦无不为奴财者也。呜呼！群天下之人，而无不为奴财。然则君何赖以治？民何赖以安？亲何赖以养？子何赖以教？己德何赖以立？后学何赖以仿哉？石秀之骂梁中书曰："你这与奴才做奴才的奴才。"诚乃耐庵托笔骂世，为快绝哭绝之文也。

〔注〕 ① 棼如：杂乱众多貌。棼，同"紊"。

金圣叹是个怪人。看他评人家文章，唠唠叨叨、津津有味地大谈字法、句法、章法，句句叫好叫绝，几疑心他是个有点迂腐气的好好先生。可是一读到他的触及社会问题的评语，才知道此公还有另一副面孔，他那一肚皮的不合时宜，简直是得发泄处便发泄，愤世嫉俗的程度更是激烈异常。此公是提倡"怨毒著书"，并力主"庶人之议"的（见其《水浒传》第一回、第十八回批），但他那个时代没有可供发表政见的地方，著书立说又恐遭"文字狱"之祸，于是退而求其次，便在评点古人诗文、戏曲时，借题发挥，借史事骂时事，发泄他那一腔牢落不平之气。

《水浒》第六十二回写石秀为救卢俊义，单身劫法场，终因寡不敌众，被官军捉住，押送到梁中书面前。此时石秀睁圆怪眼，大骂梁中书道："你这与奴才做奴才的奴才！"这句骂骂得淋漓痛快，也骂得出奇，十一字中"奴才"一词出现了三次。试想金圣叹"灵眼""灵手"，岂肯放过此大好机会？于是专拈出"奴才"二字大发议论，写下了这段恣肆泼辣的骂世文字。

金圣叹拈出"奴才"一名，先去查它的出处，看他说"奴才，古作奴财，始于郭令公（唐朝的郭子仪）之骂其儿"，颇有点一本正经的考据家的样子；但看到"自今日观之，而群天之下又何此类之多乎哉！"才知此公已按捺不住火性，欲向世间泄其"怨毒"之意了；而那句"始于郭令公骂其儿"的"考据"此时也见出不那么正经，倒是为"奴财"这一骂名中加上了点"谑"的味道。持定"奴财"名目，金圣叹便急欲向普天下推广，一连六个"……棼如也。彼棼如者何为也？为奴财而已也"的排比句，将天下的商贾、书生、文臣、武将、塾师统统归入了"奴财"的行列，呵而骂之，可见其愤世之深，怨毒之甚！然而此公虽然态度激烈，放肆敢言，但痛骂中也还有点讲究，也还有点机灵。看他头两句先从商贾骂起，可见此公也知道吃柿子先拣软的捏；继而骂书生、骂文臣、骂武将，层层升级，把别人一概骂倒，这才发觉少骂了自己本身这一路人，于是又骂塾师，干脆把大家的脸都抹黑，骂了个一塌糊涂。但此公的放肆并非没有一点顾忌，他骂了这么多"奴才的奴才"，对于"元奴才"，"最大的奴才"的"君"，却始终没有直接骂出口，虽然在他心目中，君也是应归入"奴财"行列的，因为他分明感叹道："群天下之人，而无不为奴财。"如要作为最高统治者的君逃却“奴财”之名，除非他首先不是人。

发现了“群天下之人无不为奴财”，金圣叹这才感觉到了问题的严重，看到了社会的黑暗、卑鄙、龌龊，什么“君治”“安民”“养亲”“教子”“修德”“为人师表”，看来不是“奴才”之事，便是“奴才的奴才”之事。这一连串“奴财”之骂带来的严重后果，大概是金圣叹始骂之时不曾想到的。其实，这种后果还是金圣叹自己造成的。因为他在拍案而起的愤骂之中，早已将“奴财”概念的含义扩大了。他所谓的奴财，已经不仅含有“钱财之奴”“为人之奴”的意思，而且具有“丧失人的独立性和本性，沦落为非人”之义。 （刘传新）

【作者小传】

汪 价

清学者。字介人，号三侬外史，自称吴人。自幼聪颖，九岁能诗歌，长益博洽，游幕半天下，参与修撰《河南通志》。著有《中州杂俎》《三侬啸旨》。

声色移人说 汪 价

声色移人，余性亦有殊焉者。喜泉声，喜丝竹声，喜小儿朗朗诵书声，喜夜半舟人欸乃①声；恶群鸦声，恶驺人喝道声，恶贾客筹算声，恶妇人骂声，恶男子呷嗄②声，恶盲妇弹词声，恶刮锅底声。喜残夜月色，喜晓天雪色，喜正午花色，喜女人淡妆真色，喜三白③酒色；恶花柳败残色，恶热熟媚人色，恶贵人假面乔妆色。至余平日，有喜色，无愁苦色；有笑声，无嗟叹声。窃谓屈原之《九叹》，梁鸿之《五噫》，卢照邻之《四愁》《六恨》④，贾谊之《长叹息》，扬雄之《畔牢愁》，殷深源之咄咄怪事，皆其方寸逼仄，动与世怼。惜不与介人同时，为作旷荡无涯之语以广之。

〔注〕 ① 欸(ǎi)乃：船行时的摇橹声。 ② 呷嗄：叹息声。 ③ 三白：一种名叫三白的酒。 ④《四愁》《六恨》：检《全唐文》未见卢照邻有此文，疑为《五悲》《释疾文》之误记。

从来嬉笑怒骂，皆成文章，这是人所共认的。大抵嬉笑怒骂之类的佳作，用笔多带滑稽与讽刺，绝不是闹着玩的游戏文字。有了这样的认识，来看这篇"声色移人"的小品文，自然会有一番收获。

作者对声与色特别的敏感，对声与色的喜恶，也确有点古怪离奇。他漫不经心地罗列了许多声色现象，让人粗粗看去，但觉作者滑稽的可爱：生活中许多原本司空见惯的声色，对他来说，竟有那么多的喜欢和厌恶，忽东忽西地说上一大堆。撇开他所喜欢的不论，仅就其厌恶的部分而言，人们如果粗枝大叶地一览而过，不往深处想，说不定还会大笑作者心理变态，要不然像刮锅底声，花柳败残色，谁都知道刺耳难看，可那是免不了的生活和自然现象，干嘛非要你去厌恶不成？然而，只要你在语含滑稽，看似忽东忽西闹着玩的游戏笔墨背后，仔细琢磨，把一连串的喜与恶综合分析，就会发现作者是在不遗余力地讽刺社会上各种各样令人厌恶的丑陋无耻的现象，在不知不觉的喜恶之中，骂尽了千古，使人心为之大快。

从"恶驺人喝道声，恶贾客筹算声"到"恶热熟媚人色，恶贵人假面乔妆色"，文中始终紧紧扣住一个"恶"字，做足文章，与"喜"字形成一反一正的映衬对比，不用叙事，不用议论，仅用标语似的抒情短句，便将浓郁的讽刺意味传递给读者。看似嬉笑怒骂，任意挥笔，实际上却语语含义深刻，不作浮词，这在表现手法上与过去一些嬉笑怒骂的小品文有很大的不同。以唐代小品文大家皮日休和陆龟蒙来比较，他们创作的小品文，虽说文笔犀利，锋芒所指，上自封建暴君，下至贪官污吏，或说理议论，或托物言志，有很强的思想性和艺术性，但在以简驭繁、直抒胸臆、讽刺辛辣上，终不及作者此文来得干净利索。试看作者对每一种声色的厌恶讽刺，语语落到实处，将丰富的内容浓缩在极有限的篇幅里，极尽讽刺之能事。譬如"恶驺人喝道声"，是在讽刺狗腿子仗势扬威的丑态；"恶贾客筹算声"，是在嘲笑有钱人贪得无厌的丑恶表演；"恶热熟媚人色"，是在憎恶拍马奉承的小人卑躬屈膝的模样；"恶贵人假面乔妆色"，是在嘲弄当权者虚伪欺诈的可憎行径。凡此种种，皆不离讽刺，将作者愤世嫉俗的思想感情表现得淋漓尽致。

作者生活在明末清初，适逢新旧政权更迭之际，社会上各种各样丑恶混乱的现象充斥耳目，他自己也经历了不少的忧患。乱兵抢劫，盗贼截路，文字狱被囚，屡试不第等，一一都让他赶上了。然而，这一切并没有使他颓丧消沉，因为他是一个生性乐观滑稽的人。在作者生前就有人议论他的文章，好作游戏讽刺之语，他回答道："方朔之《客难》，假难以征辞；崔实之《答讥》，因讥以寄兴。"又说："游戏之语，虽圣人有所不废，而况为圣人之徒者哉？"（《三侬赘人广自序》）可见作者对旁人的议论是首肯的。他是在有意运用吐词滑稽，语含游戏讽刺的特点来作为表现自己思想感情的武器，从这篇小品文中，人们是不难感受到的。正因为如此，他对屈原、贾谊等大名人也敢于嘲弄，对他们一味穷愁哀叹，深表不满，指出面对封建社会种种丑恶的现实，面对人生的苦痛，何不达观超脱一点，免得自寻烦恼吧！

（李保民）

【作者小传】

李 渔

（1610—1680） 清戏曲理论家、作家。字笠鸿、谪凡，号笠翁。浙江兰溪人。明庠生。顺治间流寓金陵，康熙中迁杭州。家设戏班，常往各地达官贵人门下演出。擅写小说，尤精谱曲。著述甚富。著有《闲情偶寄》《笠翁十种曲》《十二楼》等。

桂

李 渔

秋花之香者，莫能如桂。树乃月中之树，香亦天上之香也。但其缺陷处，则在满树齐开，不留余地。予有《惜桂》诗云："万斛黄金碾作灰，西风一阵总吹来。早知三日都狼藉，何不留将次第开？"盛极必衰，乃盈虚一定之理，凡有富贵荣华一蹴而就者，皆玉兰之为春光，丹桂之为秋色。

"满树齐开，不留余地"，确是桂花开放的情景。作者认为是缺陷，我以为是特点。所谓特点，即是缺陷与优长的结合，分不清也掰不开的。花可以是一点点开起来的，也可以是把浓冽的香、鲜艳的色、娇媚的形一下子都呈现于人们面前。前者悠悠然，持续不断；后者轰轰然，热情奉献。各有千秋，自己的优点偏偏是对方的不足。因此，不同的花，便有不同的开法，正是这许许多多的开法，构成了不同的花的顽强个性。

写文章同样要有个性，但凡好文章，大多都有桂花的风格，那便是集中。要想给读者留下强烈的印象，就必须集中使用笔墨，"攻其一点，不计其余"，便成为最流行、也最有效的办法。李渔事实上就是用了桂花的风格去"进攻"桂花的"缺陷"的。尤其是夹在文中的七绝，更在集中之上增添了不少华彩。其实，只要运用集中的笔法，反其意也是完全办得到的。比如前面先歌颂一番"满树齐开，不留余地"，是桂花无私无畏的一种情怀，然后把中间的诗一改，"万斛黄金碾作灰，西风一阵总吹来。为防三日皆狼藉，故在清宵一刹开！”最后，再把“盛极必衰”改作“不盛不极”，指出文章之道就在于调动一切手段，突出最主要的意思，犹如春之玉兰、秋之丹桂，虽免不了他日之衰，但先因今日之盛成就了今日之极，较之不成气候的芸芸花草，要有价值得多、也有意思得多了。（徐城北）

黄　杨　　　　李渔

黄杨每岁长一寸，不溢分毫，至闰年反缩一寸，是天限之木也。值此宜生怜悯之心。予新授一名曰“知命树”。天不使高，强争无益，故守困厄为当然，冬不改柯，夏不易叶，其素行原如是也。使以他木处此，即不能高，亦将横生而至大矣；再不然，则以才不得展而至瘁，弗复自永其年矣。困于天而能自全于天，非知命君子能若是哉？最可悯者，岁长一寸是已。至闰年反缩一寸，其义何居？岁闰而我不闰，人闰而己不闰，已见天地之私，乃非止不闰，又复从而刻之，是天地之待黄杨，可谓不仁之至，不义之甚者矣。乃黄杨不憾天地，枝叶较他木加荣，反似德之者，是知命之中又知命焉。莲为花之君子，此树当为木之君子。莲为花之君子，茂叔[①]知之；黄杨为木之君子，非稍能格物之笠翁，孰知之哉？

〔注〕①茂叔：周敦颐，字茂叔。北宋理学家。

这是一篇咏物的文字，实际上是封建社会知识分子对于自身品格的一种自况。黄杨被作者命名为“知命树”，它的命在哪里？最关键的一点就是“困于天而能自全于天”，明明受到外界很不公正的对待，然而它能在不触犯外界的前提下，努力改造自身以求适应。可鄙而又可笑的是，它不但能从中自得其乐，而且不时矫枉过正，从认识上的极端发展到行为上的极端。“闰”，本身的意思就是延长，它本身是科学的，或者是在科学尚不完备的时候企图加以科学化的一种努力。因此，当社会开始“闰”了的时候，宇宙万物随之延长各种节奏和尺度，应该说是“知时达务”的表现，应该说是顺应事物发展规律的行为，没什么可奇怪或可批评的。独有黄杨，“岁闰而我不闰，人闰而己不闰”，硬要与规律对着干，还硬要在自己为自己制造的逆境里，去创造虚假繁荣以自我安慰，所谓“黄杨不憾天地，枝叶较他木加荣”是也。事实上，“枝叶较他木加荣”的可能性是值得怀疑的，封建社会有多少穷愁潦倒的文人书生,他们一方面保持操守(也就是不触犯封建社会的基本格局),然而其中的大多数是无法“加荣”的,只能成为无人关注的殉葬品;但是毋庸讳言,其中也有极少数人获得了偶然性的成功,他们一下子出了大名,大到使统治阶级必须注意并且必须采取对策的程度。结果,他们受到了圣眷优隆的表彰,并且很快受到各种不同形式的招安。这就是封建社会知识分子的结局,尤其是当他们处在穷愁潦倒时所憧憬、所期待的。

作者李渔,生于明朝后期,二十五岁中秀才,此后两赴乡试,前次名落孙山,后次因兵乱中途返回。在以后的漫长岁月中,他一方面绝意仕途,埋头从事传奇小说创作、导演以及经营书店等文化活动;同时,又把毕生研究所得凝聚成一部洋洋大观的《闲情偶寄》。他对这部书非常看重,他在给礼部尚书龚芝麓的信中说:“庙堂智虑,百无一能;泉石经纶,则绰有余裕。惜乎不得自展,而人又不能用之……故不得已而著为《闲情偶寄》一书,托之空言,稍舒蓄积。”李渔这番话是什么意思?他给礼部尚书写信的行动是什么意思?无非是想使自己“加荣”的成果引起官府的注意,更期望能得到圣眷优隆;如果这一切都得不到,起码也要赢得一个身后的名声。因此可以认为,从“黄杨”一文直至《闲情偶寄》一书,不妨看作是李渔的一个梦,其中既有自得其乐的成分,也有不为天地所看重的怨尤。这个梦李渔实现了么?他大约不满意中又有满意,因为在当世没能实现,而死后却实现了。

(徐城北)

芙　蕖[①]

李　渔

芙蕖与草木诸花,似觉稍异;然有根无树,一岁一生,其性同也。《谱》云:“产于水者曰草芙蓉,产于陆者曰旱莲。”则谓非草本[②]不得矣。予夏季倚此为命者,非故效颦于茂叔,而袭成说于前人也。以芙蕖之可人,其事不一而足,请备述之。

群葩当令时,只在花开之数日,前此后此皆属过而不问之秋矣。芙蕖则不然,自荷钱出水之日,便为点缀绿波。及其劲叶既生,则又日高一日,日上日妍,有风既作飘飖之态,无风亦呈袅娜之姿,是我于花之未开,先享无穷逸致矣。迨至菡萏[③]成花,娇姿欲滴,后先相继,自夏徂秋,此时在花为分内之事,在人为应得之资者也。及花之既谢,亦可告无罪于主人矣,乃复蒂下生蓬，蓬中结实，亭亭独立，犹似未开之花，与翠叶并擎，不至白露为霜而能事不已。此皆言其可目者也。

可鼻则有荷叶之清香，荷花之异馥，避暑而暑为之退，纳凉而凉逐之生。

至其可人之口者，则莲实与藕，皆并列盘餐，而互芬齿颊者也。

只有霜中败叶，零落难堪，似成弃物矣，乃摘而藏之，又备经年裹物之用。

是芙蕖也者，无一时一刻不适耳目之观，无一物一丝不备家常之用者也。有五谷之实，而不有其名；兼百花之长，而各去其短。种植之利，有大于此者乎？

予四命之中，此命为最。无如酷好一生，竟不得半亩方塘为安身立命之地；仅凿斗大一池，植数茎以塞责，又时病其漏，望天乞水以救之，殆所谓不善养生而草菅其命者哉。

〔注〕 ① 芙蕖：荷花的别名。 ② 草本：原作"草木"，据珍本改。 ③ 菡萏(hàn dàn)：荷花的别名。

作者用了绝大篇幅介绍了荷花(芙蕖)的种种优良品性，历数了荷花在萌生到凋谢的过程中，对于人们的种种用场；但是仍给人"意犹未尽"的感觉。仔细审读原文，发现作者确实没有把荷花的长处说完。作者是明清之际的一位名士，对戏剧尤为擅长。但是作者在此文中，却没有站在名士立场上去描写荷花的情趣意态，而这在历来的文人对荷花的题咏赞颂当中，向来是不可缺少的。比如体现名士的风雅，可以在"看"之外再写对于荷花的"听"和"闻"。"听"，可以写雨打残荷的声音，也可以写晓风吹过荷塘的声音；"闻"，可以写夏日中午荷塘空气的沉闷，也可以写雷雨过后的一片清新。在"听"和"闻"的基础上，更应该写荷花给予自己的独特感觉，杨万里的"接天莲叶无穷碧，映日荷花别样红"就是范例。然而李笠翁是另一种思路，他像一个没文化的老百姓那样，完全从实用的角度出发——也写到"看"，但这是老百姓眼中的荷花，没那些空灵、超脱的情致；浓墨重彩地写了"吃"和"使"，这才是老百姓最关切的实际用途；至于"听"和"闻"，这与老百姓的情趣丝毫也不合拍，作者干脆舍去。这说明仕途并不得意的李笠翁，在思想感情上已经发生了变化，他的立足点有了转移。

结尾才是作者的点睛之笔。“无如酷好一生,竟不得半亩方塘,为安身立命之地;仅凿斗大一池,植数茎以塞责,又时病其漏,望天乞水以救之,殆所谓不善养生而草菅其命者哉。”表面上自谴自责,似乎意在充分体现一个善良知识分子的可悲境遇;但回过头来细想,作者实际上是在谴责他人,谴责造成自己命运的那些可憎的人,是那些执掌举世生杀大权的人,才“不善养生”,才不仅草菅了荷花的性命,而且草菅了千千万万老百姓的性命!等我们通过反复阅读,逐渐玩味、琢磨出作者的这一番深意,就不再会受前面赞叹荷花的优美文字的“欺骗”了。

(徐城北)

梧 桐　　李 渔

梧桐一树,是草木中一部编年史也。举世习焉不察,予特表而出之。花木种自何年,为寿几何岁,询之主人,主人不知;询之花木,花木不答。谓之忘年交则可。予以知时达务,则不可也。梧桐不然,有节可纪,生一年,纪一年,树纪树之年,人即纪人之年,树小而人与之小,树大而人随之大,观树即所以观身。《易》曰:“观我生,进退。”[①]欲观我生,此其资也。予垂髫[②]种此,即于树上刻诗以纪年,每岁一节,即刻一诗。惜为兵燹所坏,不克有终。犹记十五岁刻桐诗云:“小时种梧桐,桐叶小于艾。簪头刻小诗,字瘦皮不坏。刹那三五年,桐大字亦大。桐字已如许,人大复何怪。还将感叹词,刻向前诗外。新字日相催,旧字不相待。顾此新旧痕,而为悠忽戒。”此予婴年著作,因说梧桐,偶尔记及,不则竟忘之矣。即此一一事,便受梧桐之益。然则编年之说,岂欺人语乎?

〔注〕 ① 此句见《易经·观·六三》。 ② 垂髫(tiáo):童年。

李渔的小品,无论写鸟兽虫鱼,还是谈草木山石,均不蹈袭前人。即便是名家写滥了的题目,也要发前人所未见。这篇《梧桐》便是一个很好的例证。

文章题为《梧桐》。梧桐乃自然界中一乔木,它枝繁叶茂,根壮速生。故在古典诗词中有“岁老根弥壮,阳骄叶更阴”(宋·王安石《孤桐》);“梧桐真不甘衰谢,数叶迎风尚有声”(宋·张耒《夜望》)的佳句。而李渔在这篇小品中,弃前人之成说,根本不去写梧桐的根、叶、茎、枝这些外表特征,而另辟蹊径,去写它的年轮。

年轮，凡树皆有之，但因模糊不清，极难确认轮数，唯梧桐木质透明度强，年轮清晰可辨。所以，文章开篇即直叙“梧桐一树，是草木中一部编年史也”，抓住了它不同于其他树木的特征。而从梧桐的编年联想发掘到“观树即所以观身”，便把本文的主题大大深化了。

在艺术上，这篇小品的最大特点是通篇运用拟人手法，令人读来感到格外亲切，富有感情。不论是写没有点出名目的花木，还是文章重点刻画的梧桐，作家都赋予其人的情致，在作家玲珑俏皮的笔下，它们似乎都成了知情达意的精灵。看吧，那没名目的花木本不能言语，而作家偏偏要笑问它为寿几何！而“花木不答”，又似乎说明，花木本能言语，只是由于不能像梧桐一样以节纪年，知时达务，给人以启迪，所以羞赧不语。那伟岸迎风的梧桐，每岁一节，坚韧地劳作，生一年，纪一年，让人们从自己的纪年感悟悠忽可戒，俨然是位时事练达的大丈夫。而作者垂髫种梧桐，自幼即刻诗，常以树观身，老大仍记怀的往事回忆，既突出了梧桐是一部编年史的主题，也表现了自己与梧桐非同一般的亲密感情。

李渔为文历来讲究“立主脑”和“细针密线”。这篇文章很能体现他的理论主张。李渔写梧桐是一部编年史，主要是因为通过梧桐这一特点，可以达到“观树即所以观身”。因而，“戒悠忽”是作者这篇文章的真正主脑。所以，作者对自幼种梧桐受益和十五岁刻诗内容的追忆，看似悠笔闲墨，实乃无一字可以挪移。而前后关于梧桐乃一部草木编年的照应，更使这篇小品针脚细密，成为一件不可多得的艺术珍品。

（武卫华）

菜　　　　李　渔

菜为至贱之物，又非众花之等伦，乃《草本》《藤本》中反有缺遗，而独取此花殿后，无乃贱群芳而轻花事乎？曰：不然。菜果至贱之物，花亦卑卑不数之花，无如积至贱至卑者而至盈千累万，则贱者贵而卑者尊矣。“民为贵，社稷次之，君为轻”者，非民之果贵，民之至多至盛为可贵也。园圃种植之花，自数朵以至数十百朵而止矣，有至盈阡溢亩，令人一望无际者哉？曰无之。无则当推菜花为盛矣。一气初盈，万花齐发，青畴白壤，悉变黄金，不诚洋洋大观也哉！当是时也，呼朋拉友，散步芳塍，香风导酒客，寻帘锦蝶与游人争路，郊畦之乐，什伯园亭,惟菜花之开,是其候也。

李渔这篇文章,堪称"小中见大"的范本。菜——菜花,在争芳斗艳的百花园中本无席位,观赏价值不高;作为独立的一株来讲,经济价值同样不高;然而谁料到李渔把笔锋转到了民、社稷和君之间的贵贱关系上面,问题一下子严峻起来,读者的心怦怦而跳了。作者不但能从平凡无奇的事物中"拎"出大主题,而且还善于将大主题展开,结合"菜——菜花"的实际形象,阐发出一些发人深省的道理。"菜——菜花",特点就在于数量之多和状貌之盛,于是作者在阐发"民为贵"这一个巨大而值得探讨的命题时,就提出了"非民之果贵,民之至多至盛为可贵也"的见解。用今天的话讲,就是老百姓必须集合起来才有力量,作为单个的人恐怕还是轻的。我以为此话十分中肯。老百姓作为单个的人,是难以和单个的帝王匹敌的;但是老百姓毕竟人多,这就是帝王及其下属统治阶层所最伤脑筋的,老百姓多得杀都杀不完呀!然而还有更重要的原因,老百姓的"至盛",是基于"没有活路走"的拼命精神,这是统治阶级学也学不来的。"至多"与"至盛"加到一起,就形成了"水可载舟,亦可覆舟"的真理。作者写到这里,大约也觉得此文议论太多而形象的笔触太少,于是笔锋再转,又回到春天田野菜花盛开的景象中来:"一气初盈,万花齐发,青畴白壤,悉变黄金……"作者表面上再未触及刚才那个"谁为贵"的问题,但细心的读者不难察觉,以如此鲜明的态度提倡"郊畦之乐"(而非"宫苑之乐"),立场不是再明白不过么?

(徐城北)

沐 浴

李 渔

盛暑之月,求乐事于黑甜[①]之外,其惟沐浴乎?潮垢非此不除,浊污非此不净,炎蒸暑毒之气亦非此不解。此事非独宜于盛夏,自严冬避冷,不宜频浴外,凡遇春温秋爽,皆可借此为乐。而养生之家则往往忌之,谓其损耗元神也。吾谓沐浴既能损身,则雨露亦当损物,岂人与草木有二性乎?然沐浴损身之说,亦非无据而云然。予尝试之。试于初下浴盆时,以未经浇灌之身,忽遇澎湃奔腾之势,以热投冷,以湿犯燥,几类水攻。此一激也,实足以冲散元神,耗除精气。而我有法以处之:虑其太激,则势在尚缓;避其太热,则利于用温。解衣磅礴之秋,先调水性,使之略带温和,由腹及胸,由胸及背,惟其温而缓也,则有水似乎无水,已浴同于未浴。俟与水性相习之后，始以热者投之，频浴频投，频投频搅，使水乳交融而不觉，渐入佳境而莫知，然后纵横其势，反侧其身，逆灌顺浇，必至痛快其身而后已。此盆中取乐之法也。至于富室大家，扩盆为屋，注水为池者，冷则加薪，热则去火，自有以逸待劳之法，想无俟贫人置喙也。

〔注〕①黑甜：睡觉。古人称梦境为黑甜乡。

这是篇越看越有意思的文章，使人想到了“度”与“法”。

凡事皆须有“度”，过了“度”就要出毛病，就要走向反面。洗澡能去污活血，肯定是好事；但也不可太多，过于频繁就确如中国养生家所说的，容易“损耗元神”。据说法国人，哪怕是养尊处优的上层人物，也对洗澡有所忌讳，什么原因不清楚，但法国香水因此更加畅销却是事实。“度”在不同民族、不同地区的标准，也是不一样的。以中国的广东来说，夏季热得难以入睡，往往一夜要冲凉好几次，大约无论穷富都是如此。至于寒冷的北方，除了三伏盛夏的那几天是必须每日入浴的，其他日子在一般人来说，洗澡就是心有余而力不足，甚至要算作奢侈的事了。

洗澡还须有“法”，这是读过此文忽然悟到的。无法而洗，仅为去污；有法而洗，强身就成为第一位的目的。我相信洗澡是有法的，李渔说的未必尽善尽美，但他所琢磨出的这一套，起码对他是有实效的。至于文章最后提到的富人洗澡之法，特点在于以逸待劳，李渔认为“无俟贫人置喙”，实际上是有不同看法。洗澡诚然可以有多种洗法，各有各的趣味和妙处，如我们现在知道的“桑拿浴”“土耳其浴”“泥浴”“蒸汽浴”等，但从性质上讲，又可以分为“主动的”与“被动的”两大类。富人除了在赚钱上主动，在享受方面却追求以逸待劳，瞩目于被动方式；穷人在享受上没那个条件，便只能去主动进行。我以为，洗澡大体上仍可算作一种运动，似乎只有主动进行才合乎“法”。只要不是病人，洗澡还是稍稍累一点的好；当然，主动也须有“度”，洗澡洗得太累了不仅划不来，而且确实会伤及身体，影响休息。

（徐城北）

看花听鸟　　李　渔

花鸟二物，造物生之以媚人者也。既产娇花嫩蕊以代美人，又病其不能解语，复生群鸟以佐之。此段心机，竟与购觅红妆，习成歌舞，饮之食之，教之诲之以媚人者，同一周旋之至也。而世人不知，目为蠢然一物，常有奇花过目而莫之睹，鸣禽悦耳而莫之闻者。至其捐资所买之侍妾，色不及花之万一，声仅鸟之余绪，然而睹貌即惊，闻歌辄喜，为其貌似花而声似鸟也。噫！贵似贱真，与叶公好龙何异？予则不然。每值花柳争春之日，飞鸣斗巧之时，必致谢洪钧，归功造物，无饮不奠，有食必陈，若善士信姬之佞佛者。夜则后花而眠，朝则先鸟而起，惟恐一声一色之偶遗也。及至莺老花残，辄怏怏如有所失。是我之一生，可谓不负花鸟；而花鸟得予，亦所称"一人知己，死可无恨"者乎？

这篇小文集中地抨击了不懂得从花鸟中领略美的世俗眼光，详尽地介绍了自己亲近花鸟的态度和方法。世人以为美的极致在于红妆歌舞，在于美的女人而非具有美的因素的花鸟。李笠翁激烈地反对这一观点当然是对的，但未能晓畅地叙述其中的道理。我国古代小品文有一个突出特点，就是普遍地追求情趣而忽略分析，偏偏这个特点又以极具魅力的形态感染着一代代的读者，甚至造成了小品文向下延续时的固有传统。今天看这个传统，不难发现它的两面性，如果不在分析方面着意加强的话，可能会使这个文种在新时代的生命力有所削弱。以这个观点看这篇短文，也就觉得兴味有余而深邃不足了。

花鸟与女人同为封建社会男人们的占有对象，在这一点上是无须分什么高低贵贱的；甚至可以有这样的理由，女人毕竟也是人，有表情、有动作，更有七情六欲，理应比花鸟更美，更能取得男人们的欢心。世俗的审美眼光就正是这样的。然而李笠翁与众不同，他尊重花鸟的独立"人格"，还舍得付出辛劳，于是他才获得卓然不群的真知灼见。概括地讲，就是一句话：花鸟不如女人，花鸟胜如女人。原因似有两点。首先，在封建社会中，一般女人(以及贱民奴隶)都缺少独立的人格，因此与欣赏自己的主人之间，不可能产生真正意义上的审美交流。其次，女人在声音相貌上已过于固定，这一个绝不同于那一个，无法给欣赏者多方面的联想。举一个例子，京剧演员金少山就是位欣赏花鸟的专家，他不仅会侍弄，还善于利用花鸟的特征帮助塑造人物。比如同一种红火炭似的山茶花，启发了他对于两个红脸、红蟒人物的理解，一个是《法门寺》的刘瑾，另一个是《忠孝全》的王振。他从鸟的鸣叫当中去琢磨唱腔的例子就更典型。有一种叫"红子"的鸟，能叫出连续提高调门的七个音儿，金少山联想到《锁五龙》中那段"见罗成把我牙咬坏"的快板，就根据唱词的需要，连续翻了几次高腔，获得了空前热烈的剧场效果。另一种叫"蓝靛儿"的鸟别具特色，鸣叫时细声细气又清澈透亮。金少山因此想到，尽管自己嗓子得天独厚，但也不能傻唱；于是便在剧情不那么紧张的地方采取了"蓝靛儿"般的唱法。观众对此反而爱听，称金"会用嗓子"。由此可见，花鸟在美的多义性上是比女人高出一筹的。李笠翁鼓吹花鸟而贬低红妆的道理，大约也就在于此。（徐城北）

【作者小传】

周亮工

(1612—1672)　清诗文家。字元亮，一字减斋，号栎园。祥符(今河南开封)人。明崇祯十三年(1640)进士，官潍县知县，迁浙江道御史。入清历官两淮盐法道，扬州兵备道，福建按察使、布政使，左副都御史，户部右侍郎。被劾论死，赦免。起为青州海防道，调江安粮储道，又被劾论死，再遇赦。爱才好士，名与龚鼎孳埒。尤嗜书画篆刻，善鉴赏，喜收藏。其诗学杜，《晚晴簃诗汇》以为"权奇磊落，语语皆见性情"。著有《赖古堂集》《闽小记》《读画录》《印人传》《书影》。

题徐青藤花卉手卷后　　周亮工

青藤自言：书第一，画次；文第一，诗次。此欺人语耳。吾以为《四声猿》与竹草花卉俱无第二。予所见青藤花卉卷皆何楼[①]中物，惟此卷命想着笔，皆不从人间得。汤临川见《四声猿》，欲生拔此老之舌；栎下生见此卷，欲生断此老之腕矣。吾辈具有舌腕，妄谈终日，十指如悬槌，宁不愧死哉！余过山阴，既不得见公，访所谓青藤书屋者，初归吾友老莲，今荡为荒烟蔓草矣；即其子戏呼为蔗渣角尖者，亦没没无闻。青藤之名，空与千岩万壑竞秀争流而已。抚此浩叹者久之。

〔注〕 ① 何楼：宋代都城开封有何家楼，楼下设市，所卖皆以次充好之货物。故后代多借以"何楼"一词指假货出售地或欺伪之人。

在中国艺术史上，明代著名书画家徐渭(字文长，号青藤)以其杰出的个性、非凡的造诣获得了后代无数艺术家的仰慕。清朝画家郑板桥曾治一印，自称"青藤门下走狗"；当代绘画大师齐白石也曾在一首诗里对徐渭极表敬佩。周亮工虽是位文士，但他平生嗜好书画，颇善鉴赏，对于徐渭的作品尤为倾心。所以当他在为徐渭的一幅花卉真迹作跋时，他无法按捺住自己激动的心绪，他笔下的文字由此虽显得评价极端化，却十分富于情趣。

文章开首所引徐渭自言，大约出于陶望龄《徐文长传》中的有关记录，据说徐氏曾号称“吾书第一，诗二，文三，画四”。这种自排名次的方式被后代某些苛刻的评论家视为作者为抬高其某些方面艺术成就的反语。而对于狂热崇拜徐渭作品的周亮工来说，那只是一种“欺人”的谦辞，因为在周亮工看来，徐渭的文学作品像《四声猿》，与他的绘画作品比如虫草花卉之类，都是一流的，没必要分出第一第二来。这无疑不是对徐渭作品冷静分析的结果，而是崇拜的情绪发展到某种极端后而得出的超越理性的结论。正因为如此，当他的文笔触及本文的主题，也就是他那非赝品的徐渭花卉手卷时，他所能作出的唯一解答只有“惟此卷命想着笔，皆不从人间得”这样颇具神秘色彩的寥寥数语了。尽管此后文章举汤显祖对《四声猿》的赞赏为例，似乎是在为作者对徐渭作品的推崇作佐证，但细细阅读便可以发现，那其实不过是为了映衬“栎下生见此卷，欲生断此老之腕”的神奇叙述而特意安排的。栎下生是周亮工的自称，因为他是河南开封人，而开封附近在春秋时代是郑国别都——栎的所在。周氏之所以在品题徐渭作品时忽出此语——竟然想扼断徐渭这老倌的灵巧的手腕，那实在是爱之过切所致，所以他接下来对自己及其同辈人空有悬槌般的十指而感到万分羞愧。对此我们或许会感到有点可笑，像周亮工那么一位饱学深思的文人学者竟然也会得上了一种痴迷症。但以周亮工之学历而如此着迷于徐渭的画，则徐渭艺术的造诣不也足以令人刮目相看了吗？

换一个角度来看周亮工的这篇小跋，又可以说它不仅是某种热情与对艺术崇拜之状的生动记录，而且是永恒的艺术与变动的历史间相互对立冲突的具体写照。此文后半段的感伤情调与前半段飞扬的神采形成了鲜明的对比，究其根本，便是这种对立与冲突的产物。我们可以设想如下的场景具有怎样令人感慨万端的效果：比徐渭晚生将近一个世纪的周亮工来到徐渭的故乡绍兴访寻徐氏故居——青藤书屋，所见只有一派荒烟蔓草；即便是那些被徐渭子嗣们称作“蔗渣角尖”的艺术小作品，也无法再目睹一二了。这是何等痛心的事情！但作为学者的周亮工此时已恢复了平静的心绪，面对被东晋画家顾恺之誉为“千岩竞秀，万壑争流”的绍兴山水，他虽然长长地叹了口气，但那已经不具有面对徐渭作品时的那种狂热与非理性，而浸润着一种对历史的沉思与感慨。这种对于相关的事物表现出不同的感情激越程度的自我化解之功，大约得之于周氏对于历史的深入研究以及他由明入清充当贰臣的经历。但或许是由于他归根结底把感情表露更充分的艺术欣赏摆在一个比较次要的位置吧，他在后代人的心目中总是一位有根底的文人学者，而不是狂热崇拜徐渭艺术的鉴赏家。（陈正宏）

【作者小传】

高　皋

清画家。字康生，江宁（今江苏南京）诸生。与弟高岑皆负时誉。奉孀母备极色养。周亮工赠诗有“晨昏蔬笋馔，兄弟薜萝居”句。工画水仙，为魏之璜所叹绝。

与周减斋先生　　高　皋

寒家敝垣上藤萝，见者多赏其初夏展放时，新绿如染，叶叶鳞次，微风过去，作碧波千万顷。而某更领略秋冬之际，霜深宇净，落叶满庭阶，如在万山深处，令人意思孤远。因忆此萝为先君手植，至今三十余载。先君见背已二十余年，犹令某对之肃肃，不敢作凡近想。生我之教训，固何时已乎！

敢请先生为书“萝栖”字，以宠其居，志不忘也。

人事代谢是无法抗拒的自然规律，没有人可以获得长生，也没有人能够阻止世事的变迁，这个事实也许是令人遗憾甚至是残酷的。既然“逝者如斯夫”无法逆转，而人们对于已消逝的人与事又常常充满一种难以割舍的情结，于是只能从记忆和遗物中寻找过去与现在的联系，并借此获得某种情感上的补足与平衡。所谓睹物思人，就是这样的一种心理活动，几乎每个人都有这样的体验。清代高皋写给友人周减斋的这封书信就体现了这种心情。

作者家中庭院矮墙上的藤萝，是一种蔓生植物，具有诱人的观赏价值。他饱含感情地描写出它在不同季节所展现的不同风貌。初夏之时，藤萝一片青绿，藤叶像鱼鳞一样密布于枝上，微风吹过，绿叶飘动，如碧波荡漾，在视觉和听觉上令人产生不能言喻的美感，故一般都喜欢观赏此时的藤萝，因为它富于清新的活力。作者当然也欣赏这种美景，但他却更钟情于秋冬之际的藤萝。此时天地空明澄静，藤叶片片谢落于庭除，铺满地面，令人有如置身深山之感，因而诱发出孤寂深远的情愫。这个画面虽然不如初夏时那样生动，却具有另一种蕴藉深邃的美和超凡脱俗的气质。

但是作者并非只是为了描写藤萝，他是因藤萝而怀念亡父。因为藤萝为其去世的父亲所亲手种植，所以一见藤萝便想起了亡父的音容笑貌和对自己的种种教诲，可以说是藤萝加深了作者对其父亲的思念。作者虽未对其父的品性人格作具体的叙述，但因物可见人。藤萝是高洁平和的，而父亲独爱之，则父亲之品行可见一斑。藤萝从栽种至今已有三十多年了，而父亲去世也已逾廿载，其间经历了多少人事变化！对于过去种种，作者可能已淡忘了许多，但对于父亲的尊崇与思念，却并未随时间而消逝。正如作者所说："生我之教训，固何时已乎！"诚然，如果没有藤萝，作者父亲之教训也足以令作者终生难忘，但有了藤萝的牵引，作者就更能时时感受父亲之亲切与严肃，从某种意义上讲，其父的生命于藤萝中得到了延续。

为了寄托对父亲的怀念，作者请周减斋为其居处题名"萝栖"，以"志不忘"。由于有了前文的铺垫，所以这个屋名更富有深意，而作者自身的处世态度也得到了显露。

（卢 强）

【作者小传】

归 庄

(1613—1673) 明末清初文学家。字玄恭、尔礼，号恒轩，入清后更名祚明，昆山（今属江苏）人。归有光曾孙。明末诸生，复社成员。曾参加抗清斗争，失败后一度改僧装亡命。与同里顾炎武齐名，有"归奇顾怪"之称。工诗文，善书画。原集已佚，有《恒轩诗稿》《归玄恭先生诗文稿》等抄本传世。今人辑有《归庄集》。

题墨竹为吴鹿友[1]相公

归 庄

其 一

雨中苍翠，月下檀栾[2]，贞筠劲节，颇耐岁寒。或以为淇澳[3]之猗猗，或目为湘水之斑斑[4]。余曰："非也。盖在渭川之上，太公[5]得之，以作钓竿。"

其 二

画竹不作坡，非吾土也[6]。荆棘在旁，终非其伍也。亭亭高节，落落贞柯，严霜烈风，将奈我何。

〔注〕 ① 吴鹿友：吴甡，字鹿友，万历进士。因忤魏忠贤，被削籍。后官至礼部尚书兼东阁大学士。 ② 檀栾(luán)：秀美貌，多以形容竹子。 ③ 淇澳(yù)：淇水的曲岸。与下"猗猗"均出《诗经·卫风·淇奥》。 ④ 湘水之斑斑：晋张华《博物志》："舜死，二妃泪下，泪染竹即斑。妃死为湘水神，故其竹曰湘妃竹。" ⑤ 太公：周初人吕尚，相传垂钓于渭川之滨。周文王出猎，与之相遇，谈得投契，遂同载而归，说："吾太公望子久矣！"因号为太公望，立为师。后辅佐周武王灭殷。 ⑥ 非吾土也：不是我们的土地。

明亡后清军进兵江南，归庄与昆山士民一起杀了县令，据城固守，抗击清军。城陷，清廷通缉他，他便改换僧装亡命。以后往来各地隐居，虽有过秘密活动，却终于无成，但抗清不屈的心志是始终如一的。现在，他借所画的墨竹表达自己"贞筠劲节"的襟怀，说那不是淇上猗猗、泪痕斑斑的竹子，而是吕尚手中的钓竿，暗寓自己到老还会乘时而起，去为早年的意愿而奋斗的。他在四十三岁时作《上吴鹿友阁老书》中还说："投笔仗剑之志，无日无之。"正好说明他的这种心情。

画竹而偏不画上土坡，这正如宋末画家郑思肖画兰而不画根，同样的寄寓沉痛。因为国土已被异族夺去，眼前的已不是自己的土地了。明末不少士大夫为了荣华富贵，纷纷迎降清军，归庄是看不起他们的，画上的荆棘正是这号人物，它们是与竹子不同类的。不管炎霜烈风，竹子的亭亭高节决不会改变，归庄的战斗到底，不肯屈服的精神，在这里充分表现出来了。

（黄国声）

跋登楼赋[①]　　归　庄

余自旃蒙作噩[②]之后，往往以客为家，然东西南北，谁是我家者？即不出户庭，亦时有逆旅之叹[③]。丙午[④]正月十二日，书此赋于丙舍之万家基[⑤]，虽桑梓依然，不敢云我土也[⑥]。所不同于王仲宣者，无楼之可登，无刘荆州之可依耳！

〔注〕 ① 登楼赋：汉末王粲作。粲字仲宣，山阳高平(今山东微山西北)人。因长安战乱，往依荆州牧刘表，但不为刘表所重视。偶登当阳城楼，乃作此赋寄意。旧时常以"王粲登楼"作为文人怀乡和怀才不遇的典故。 ② 旃(zhān)蒙作噩：古代的纪年。太岁星在天干中之乙，谓之旃蒙；在地支中之酉，谓之作噩，合起来就是乙酉年(1645)。这一年正是南明弘光小朝廷覆亡，清朝下剃发令的时候，因而是明遗民最伤心的日子。 ③ "即不出户庭"二句：乙酉之后，归庄奔走江南，参加昆山抗清斗争，失败后改僧装亡命，到处为家而实无家，故有此愤激之语。 ④ 丙午：清康熙五年(1666)，时距明亡已23年。 ⑤ 丙舍：后汉宫中正室两旁的房屋，以次于甲乙之后，故称丙舍。三国魏钟繇有《墓田丙舍帖》，则指墓地上的房屋。作者在此是用后者的意思。万家基：地名，在昆山迎薰门内，原为归庄曾祖归有光墓地，顺治十五年，归庄赎回守墓小屋以居。 ⑥ "虽桑梓依然"二句：故乡虽风物依然，却不敢说就是我的故土。

隐指土地已沦丧于异族。

明清易代之际，恢奇磊落之士相当多，他们面对着清朝新统治者的高压手段，仍然不屈不挠，到处奔走，图谋恢复。及至世移力尽，事无可为，便又隐居埋名，以遗民终老，对新统治者采取不合作态度。顾炎武、阎尔梅、归庄等人，便是其中的著名人物。归庄曾自称："余有无穷之恨，郁积于中，多发之于诗。"其实何止如此，诗之外，他的题跋，或跋竹，或跋他人文章，都往往不由自主地寄其孤愤，虽仅寥寥数语，或隐或显，都可体味到他这种情怀。

本文表面看来，不过是作者因《登楼赋》而触发的离乡之感。"王粲登楼"是文人寄迹异方时常有的感叹，也常常是他们写作诗文的内容，可是结合归庄的身世、处境来看，却另有其沉痛的含意。归庄自参加昆山抗清斗争后，为避追缉，改换僧装逃亡，并到处联络志士，以图再举。其间颠沛痛楚，用他自己所说的话是："顾自二十余年来，家祸惨痛宜得死，举动卤莽宜得死，文笔不慎宜得死，诚不自意至今犹在人间也。"劫难余生，到处为家，"即不出户庭，亦时有逆旅之叹"二句，是何等的沉痛。"虽桑梓依然，不敢云我土也"，则慨叹故乡依然，无奈已沦为异族占有的土地。自顾处境更恶劣于王粲，愤郁难消，只有借此跋尽情倾吐了。

（黄国声）

【作者小传】

顾炎武

(1613—1682) 明清之际思想家、学者。初名绛，字宁人，曾自署蒋山傭。江苏昆山亭林镇人。学者称亭林先生。与黄宗羲、王夫之同称为明末清初三大思想家。明诸生。少时参加复社反宦官权贵斗争。清兵陷南京，参加昆山、嘉定一带的抗清活动。失败后，离乡北游，遍历关塞，实地考察，致力边防和西北地理的研究，访学问友，不忘兴复。康熙时举博学鸿儒，荐修《明史》，均不就。晚年卜居陕西华阴。学问渊博，对国家典制、郡邑掌故、天文仪象、河漕、兵农以及经史百家、音韵训诂之学，都有研究。著书撰文贵独创，反对因袭盲从。著有《日知录》《肇域志》《顾亭林诗文集》等。

与人书

顾炎武

尝谓今人纂辑之书，正如今人之铸钱。古人采铜于山，今人则买旧钱，名之曰废铜，以充铸而已。所铸之钱既已粗恶，而又将古人传世之宝，舂剉碎散，不存于后，岂不两失之乎？承问《日知录》又成几卷，盖期之以废铜；而某自别来一载，早夜诵读，反复寻究，仅得十余条，然庶几采山之铜也。

顾炎武著有《日知录》三十二卷、《日知录之余》四卷。他说一年时间内“早夜诵读，反复寻究，仅得十余条”，著书的艰辛，可以想见。但是，人们又不免会感到不解，《日知录》一书中，每条文字短的不过几十字，长的也仅千余二千字，以炎武这样的大学者，又何至写得如此艰难呢？这就得从清代学者的治学方法和著作态度谈起了。清人著书，多持慎重态度，不肯草率下笔。他们平时大抵先从读书札记做起，博览广积，待到资料齐全，然后排比考究、钩稽融会，作出正确的归纳和判断，方才动笔著述。其精慎是久为人们所称道的。炎武著《日知录》之缓慢，正是这种态度的反映，毫不足怪的。

著书想省时省力，则无过于剽窃。但这事害处极大，顾炎武是十分反对的，批评这样做的人是“钝贼”。在这里则以翻铸旧钱来比喻这种行为的害处。采山之铜是从自然界采集原料，经铸者冶炼提纯，成品精粹。这个比喻形象而贴切，对作伪者固然是当头棒喝，对古今著书者也是有益的启示和教益。　（黄国声）

规友人[1]纳妾书　　顾炎武

董子[2]曰：“君子甚爱气而谨游于房[3]。是故新壮者十日而一游于房，中年者倍新壮，始衰者倍中年，中衰者倍始衰，大衰者以月当新壮之日，而上与天地同节矣。”炎武年五十九，未有继嗣，在太原遇傅青主[4]，浼之诊脉，云尚可得子，劝令置妾，遂于静乐[5]买之。不一二年而众疾交侵，始思董子之言而瞿然[6]自悔。立侄议定[7]，即出而嫁之。尝与张稷若[8]言：青主之为人，大雅君子也。稷若曰：“岂有劝六十老人娶妾，而可以为君子者乎？”愚无以应也。又少时与杨子常[9]先生最厚，自定夫[10]亡后，子常年逾六十，素有目眚[11]，买妾二人，三五年间目遂不能见物。得一子已成童而夭亡，究同于伯道[12]。此在无子之人犹当以为戒，而况有子有孙，又有曾孙者乎？有曾孙而复买妾，以理言之，则当谓之不祥；以事言之，则朱子斗[13]诗有所谓《好人叹》者，即西安府人，殷鉴⑭不远也。伏念足下之年五十九同于弟，有目疾同于子常，有曾孙同于西安之“好人”，故举此为规，未知其有当否？

〔注〕 ① 友人：指王弘撰，弘撰字山史，陕西华阴人。顾炎武好友，《清史稿》有传。 ② 董子：董仲舒，西汉哲学家，今文经学大师。 ③ 游于房：指男女间交合事。 ④ 傅青主：名山，山西阳曲（今太原市）人，明清之际思想家。《清史稿》有传。 ⑤ 静乐：地名，在山西省。 ⑥ 瞿然：心惊的样子。 ⑦ 立侄议定：康熙十一年(1672)，顾炎武寓书潘耒，商议立族子洪瑞为嗣。 ⑧ 张稷若：名尔岐，山东济阳人。《清史稿》有传。 ⑨ 杨子常：名彝，江南常熟（今属江苏）人。见汪琬《杨顾两先生传》。 ⑩ 定夫：名静，杨彝子。 ⑪ 眚(shěng)：眼睛上长膜。 ⑫ 伯道：晋邓攸。石勒兵起，攸挈家而走，弃子以全其侄，后竟无嗣。《晋书》有传。 ⑬ 朱子斗：名谊汸，明宗室，秦愍王九世孙。曾与王弘撰交于青门。能诗，顾炎武有《朱子斗诗序》。 ⑭ 殷鉴：指以前朝事为鉴戒。

在以男子为中心的封建特权社会里，官僚士大夫娶妾纳妓，是天经地义的，他们往往在求嗣的幌子下，满足其淫欲。一个子孙满堂的老秀才王弘撰，竟然还想纳妾，顾炎武大不以为然，便写了这封信，规劝他的好友打消纳妾的念头，以珍惜自己的名声。

王弘撰为明遗民，高隐不仕，大节并不亏，而且很有学问，称关中人文领袖。顾炎武本人就说过：“好学不倦，笃于朋友，吾不如王山史”。（徐鼒《小腆纪传》）对于王的纳妾之举，顾没有作直接的是非判断，而是多方面晓以情理，来表达自己的规劝之意。

为说服王弘撰，顾炎武首先抬出了西汉首儒董仲舒。董子从君子爱气惜身的信条出发，申言为人须淡于男女情欲，即所谓“谨游于房”，且随年龄增长，而愈趋寡欲，提出君子的最高行为规范，要力求合于天地的法度。而现在，王氏所求与董子所倡，显然南辕而北辙。顾炎武点到为止，并不就此生发开去，因为读书人对君子之道心里总是明白的。亭林先生的这一手，无疑是对王的当头棒喝，对方似乎也无法辩解，原因在王本人曾声称“秦汉以来，儒者之学，能出乎一世之上，而无愧于孔孟之道者五人”，其中第一位便是董仲舒（见《汉隋二子述序》）。以子之矛，陷子之盾，王山史确乎难以招架。

接着，顾炎武在这封信里现身说法，谈起了自己饱受纳妾之害的亲身经历。顾五十九岁那年，择言不慎，草率置妾，结果不但嗣子未得，反而“众疾交侵”，以此确证董子所言之不谬。顾自己最后将所纳之妾“出而嫁之”，十分洒脱地了结了这桩蠢事。信中“立嗣议定”，轻轻带过，再次透出自己纳妾事出有因，与王之纳妾有本质区别。

顾炎武在信中以董子理论开道，亲身实例继后，随之告以人言可畏的道理，进一步劝王不可小视社会舆论。与顾纳妾一事极有关系的傅山，本来称得上是位“大雅君子”，道德文章，素为世人推崇。傅本人并未纳妾，劝顾纳妾，也是从“不孝有三，无后为大”的儒家古训出发的，无碍读书人的立身之本，张尔岐尚且认为傅不配“君子”之称。如果以一己之私欲，招来众君子的非议，也是万万使不得的。

顾炎武似嫌陈说自己一人纳妾的教训还不够，再以少时挚友杨彝为例，来加强反纳妾主张的说服力量。杨彝因子亡求嗣而纳妾，弄得眼疾加剧不能见物，更可悲的是，妾所生之子也“已成童而夭亡”。其结局仍与晋邓伯道那样，未能得续一脉。顾本人纳妾不曾得子，徒伤了一二年身体；杨纳妾则得子而复失，还落得个目盲的下场。无子之人尚应引以为戒，你老兄膝下已有曾孙，又纳妾图什么呢？顾炎武正话反说，语势逼人。

在一系列的旁敲侧击后，劝者以正面开导作结：纳妾实属不明事理的行为。大凡纳妾者，均成不幸人。顾请王对号入座，三思纳妾将产生的后果，重审自己的抉择。

这是篇说理的书信体短文，作者为劝说一个有恩于自己的朋友，企图阻止他做出不怎么光彩的事来，确实花了一番心思。顾炎武巧妙地借圣人以立旨，析实事以说理，从健康角度分析道德问题，就生活常情发挥君子之道，王在信中应该体会到顾的一片苦心，即使再横生纵欲之念，也只得口水倒咽，好生想想老朋友的规劝了。

（张修龄）

【作者小传】

余　怀

(1616—约1695)　明末清初文学家。字澹心、无怀、广霞，号鬘翁、鬘持老人。福建莆田人，侨居南京。诗富才情，辞采凄丽，常与杜濬、白梦鼎相唱和，时号“余杜白”。又工词曲。有《五湖游稿》《甲申集》《玉琴斋词》及笔记《板桥杂记》等。

板桥杂记序　　余　怀

或问余曰：“《板桥杂记》何为而作也？”余应之曰：“有为而作也。”或者又曰：“一代之兴衰，千秋之感慨，其可歌可录者何限！而子惟狭邪之是述，艳冶之是传，不已荒乎？”余乃听然而笑曰：“此即一代之兴衰，千秋之感慨所系也。”金陵，古称佳丽之地，衣冠文物，盛于江南；文采风流，甲于海内。白下青溪[①]，桃叶团扇[②]，其为艳冶也多矣。洪武初年，建十六楼，以处官妓。淡烟、轻粉，重译、来宾[③]，称一时之盛事。自时厥后，或废或存，迨至百年之久，而古迹寖湮，存者惟南市、珠市，及旧院而已。南市者，卑屑所居；珠市者，间有殊色。若旧院，则南曲名姬，上厅行首，皆在焉。

“余生也晚，不及见南部之烟花，宜春[④]之子弟，而犹幸少长承平之世，偶为北里之游。长板桥边，一吟一咏，顾盼自雄。所作歌诗，传诵诸姬之口。楚润相看，态娟互引，余亦自诩为平安杜书记[⑤]也。

“鼎革以来，时移物换。十年旧梦，依约扬州；一片欢场，鞠为茂草。红牙碧串，妙舞清歌，不可得而闻也；洞房绮疏，湘帘绣幕，不可得而见也；名花瑶草，锦瑟犀毗，不可得而赏也。间亦过之，蒿藜满眼；楼馆劫灰，美人尘土。盛衰感慨，岂复有过此者乎？

“郁志未伸，俄逢丧乱。静思陈事，追念无因。聊记见闻，用编汗简。效东京梦华[⑥]之录，标崖公蚬斗[⑦]之名，岂徒狭邪之是述，艳冶之是传也哉？”

客跃然而起曰：“如此则不可以不记。”于是作《板桥杂记》。

〔注〕 ① 白下青溪：旧时南京的一条河流。长十余里。后年久湮废，如今尚存入秦淮河一段。白下，南京的古称。 ② 桃叶团扇：南京秦淮河与青溪合流处有一渡口，晋时王献之曾在此作《桃叶歌》，送别他的爱妾桃叶渡河，后人遂将此渡口称作桃叶渡。乐府有《团扇歌》，据说晋中书令王珉喜持白团扇，与嫂婢谢芳姿有情。后王珉之嫂痛打芳姿，知其善歌，令歌一曲赦免她。芳姿歌曰：“白团扇，辛苦五流连，是郎眼所见。”及王珉闻而问之，又歌曰：“白团扇，憔悴非昔容，羞与郎相见。”此处用“桃叶团扇”借指男女情爱甚笃。 ③ 淡烟、轻粉，重译、来宾：四处官妓所居之楼，明初建于南京。 ④ 宜春：妓院的一种。旧时有宜春院等名目。 ⑤ 杜书记：指唐代诗人杜牧，他曾经在扬州做过多年幕僚，经常出入妓家，过着放浪形骸的浪漫生活。 ⑥ 东京梦华：宋孟元老著有《东京梦华录》，所记多为北宋都城汴梁岁时风物和繁华的

气象。　⑦ 崖公蚬斗(xiàn dǒu)：典出唐崔令钦《教坊记》："诸家散乐，呼天子为'崖公'，以欢喜为'蚬斗'。"此处含有戏谑、解嘲之意。

一部《板桥杂记》，记述的无非是南京旧日纨绔子弟、士大夫之流狎玩的琐事，自然也留下了一些当时社会的生活情状和风流韵事。作者要借此来表现"一代之兴衰，千秋之感慨"。因而，此序满纸的"兴衰"和"感慨"，渲染出浓重的悲怆气氛。

作者从历史上曾有过的繁华盛事说起，把人们的视线带到了洪武初年。那时候，建十六楼以处官妓，是何等的风光！从十六楼上，可以想见当年"一弯秦淮河水，金粉佳丽何限"的热闹景象。可是曾几何时，江山已非旧识。往昔高楼丝竹喧阗，彻夜花好人欢的盛况已渐趋冷落，十六楼也所剩无几。兴衰的映衬形成多么鲜明的对比！

接着他又以自己少逢承平、晚遭时变的亲历目击，来抒发盛衰的感慨。他少年时放浪形骸，调笑青楼，美女娇娃，引为知己，在温柔乡中，自命风雅不凡。谁料改朝换代无情地击破了他的好梦，带来的是一幕又一幕的悲凉情景。从前的"一片欢场"，如今已经"鞠为茂草"，高台楼馆，荡然无存，一代美人早已掩埋尘土之下。过去的情场欢娱到哪儿去寻找呢？那哀感顽艳的笔墨，充满了时移境迁的盛衰之感。

客观地说，作者确实形象地再现了"兴衰"的场景，不同于无病呻吟的感慨。在他的盛衰描写中，流露出极为沉重的时代变迁的失落感。这里面有他对往昔放浪形骸的生活缅怀，也有人世沧桑、朝代更替以及命运不可捉摸的悲哀。这种强烈的失落感是那个时代许多士大夫和文人学士所共有的一种心态，这篇序给我们打开了一扇审视这种心态的窗。

（李保民）

【作者小传】

侯方域

(1618—1655)　明末清初文学家。字朝宗。河南商丘人。明末与方以智、陈贞慧、冒襄齐名，称"四公子"，为张溥、陈子龙所推重。入清后曾应河南乡试，中副榜。文与魏禧、汪琬齐名，称"清初三家"。有《壮悔堂文集》《四忆堂诗集》等。

李　姬　传

侯方域

李姬者名香[①]，母曰贞丽[②]。贞丽有侠气，尝一夜博，输千金立尽。所交接皆当世豪杰，尤与阳羡陈贞慧③善也。姬为其养女，亦侠而慧，略知书，能辨别士大夫贤否，张学士溥④、夏吏部允彝⑤亟称之。少，风调⑥皎爽不群；十三岁，从吴人周如松受歌玉茗堂四传奇⑦，皆能尽其音节。尤工琵琶词⑧，然不轻发也。

雪苑侯生⑨，己卯⑩来金陵，与相识。姬尝邀侯生为诗，而自歌以偿之。初，皖人阮大铖者，以阿附魏忠贤论城旦⑪，屏居金陵，为清议⑫所斥。阳羡陈贞慧、贵池吴应箕实首其事⑬，持之力。大铖不得已，欲侯生为解之，乃假所善王将军，日载酒食与侯生游。姬曰："王将军贫，非结客者，公子盍叩之？"侯生三问，将军乃屏人述大铖意。姬私语侯生曰："妾少从假母识阳羡君，其人有高义，闻吴君尤铮铮。今皆与公子善，奈何以阮公负至交乎？且以公子之世望⑭，安事阮公！公子读万卷书，所见岂后于贱妾耶？"侯生大呼称善，醉而卧。王将军者殊怏怏，因辞去，不复通。

未几，侯生下第⑮。姬置酒桃叶渡⑯，歌琵琶词以送之，曰："公子才名文藻，雅不减中郎⑰。中郎学不补行⑱，今琵琶所传词固妄，然尝昵董卓，不可掩也。公子豪迈不羁，又失意，此去相见未可期，愿终自爱，无忘妾所歌琵琶词也！妾亦不复歌矣！"

侯生去后，而故开府田仰者⑲，以金三百锾，邀姬一见。姬固却之。开府惭且怒，且有以中伤姬。姬叹曰："田公岂异于阮公乎？吾向之所赞于侯公子者谓何？今乃利其金而赴之，是妾卖公子矣！"卒不往。

〔注〕 ① 李姬者名香：李香，又称香君。 ② 贞丽：姓李，字淡如，明末秦淮名妓。 ③ 阳羡：江苏宜兴的古称。陈贞慧：字定生，明末清初散文家。 ④ 张学士溥：字天如，江苏太仓人，复社发起人之一，崇祯四年进士，授庶吉士，故尊称为学士。 ⑤ 夏吏部允彝：字彝仲，江苏松江(今属上海)人，与陈子龙等创立"几社"，与"复社"呼应。明亡参加抗清斗争，被俘后投水自杀。曾在吏部任职，故称为吏部。 ⑥ 风调：风韵格调。 ⑦ 周如松：即当时著名昆曲家苏昆生，原籍河南，寄籍无锡，故称"吴人"。玉茗堂：汤显祖书斋名。四传奇：指汤的代表作《紫钗记》、《牡丹亭》(《还魂记》)、《南柯记》与《邯郸记》。 ⑧ 琵琶词：指明初高则诚所作

传奇《琵琶记》的曲辞。　⑨ 雪苑侯生：侯方域自号雪苑。　⑩ 己卯：明崇祯十二年(1639)。　⑪“皖人”二句：阮大铖，字集之，号圆海，怀宁(今安徽安庆)人。论城旦，指阮大铖在崇祯初年阉党败后名列逆案，被革职为民。论，判罪。城旦，秦汉时罪人所充劳役的一种，白日防寇，夜间筑城，一般以四年为期。此处作处徒刑服苦役的代称。　⑫ 清议：公正的评论。古代一般指乡里或学校中对官吏的批评。后世亦指朝廷中职司风宪监察或翰林院中的官吏对朝政的批评。《明史·马士英传》：“流寇逼皖，大铖避居南京。……无锡顾杲、吴县杨廷枢、芜湖沈士柱、余姚黄宗羲、鄞县万泰等，皆复社中名士，方聚讲南京，恶大铖甚，作《留都防乱揭》逐之。”　⑬ 贵池：今属安徽省。吴应箕：始字风之，后更字次尾。明末文学家、复社领袖。⑭ 世望：世家望族。归德侯氏数代簪缨。这里还包含有方域父侯恂曾参加东林党反对阉党为世人所敬仰事。　⑮ 下第：应科举未中，此处指参加应天乡试。　⑯ 桃叶渡：在南京城内秦淮河与清溪合流处。相传东晋王献之曾于此送其爱妾桃叶渡河，故名。王献之作有《桃叶歌》。　⑰ 中郎：指东汉蔡邕，为《琵琶记》中的男主角。邕曾官左中郎将，故称。　⑱ 学不补行：学问虽好却不能弥补其品行上的缺点。　⑲ 开府：明清时称各地的督抚。田仰：贵阳人，马士英的亲戚，弘光时为淮扬巡抚。

本文在明清古文中名气很大，一半是因为孔尚任依此为蓝本刻画《桃花扇》中的李香君形象。香君的性格及剧中《却奁》《拒媒》等出的情节均以本文所述为主要依据。《桃花扇》得传大名，本文便也随之而不朽了。

明代文人涉足花丛，在南京秦淮河上选色征歌，以至与秦淮歌女结下情谊，甚至论及嫁娶，这样的风月故事可以数出许多桩。而作为复社四公子之一的侯方域与李香君之间的儿女之私与悲欢离合，更成了文学史上一段著名的故事。

这篇《李姬传》是当事人为后世留下的关于秦淮歌妓李香君的第一手史料，而且独具只眼地为后世描绘了一个虽沦落风尘，却依然孤标傲世，不慕荣利，不屈服于权势，对社会政治的是非清浊保持着清醒认识的歌妓形象，因而弥足珍贵。

这篇别传共四段，首尾两段一为前奏，一为尾声，中间两段是其主干。作者写自己眼中和亲密交往中的李姬，这一叙事角度便构成了文章的主线。因此第一段关于李姬的一般性介绍只能成为文章进入主题的前奏，而最后一段写别后李姬拒绝田仰的邀聘也只是余波荡漾的尾声。当然前奏和尾声都必不可少，且与主干部分水乳交融，构成全文严谨的整体。

第一段，作者先用一句话“李姬者名香”作必要而简略的交代之后，就掉转笔头写她的假母李贞丽的大“有侠气”与“所交接皆当世豪杰”，以衬托作为养女的李香大有乃母之风，然后鲜明地点出李香“能辨别士大夫贤否”，曾经得到复社领袖张溥与名士夏允彝的称道。再写她“少，风调皎爽不群”与对音律歌唱所具有的才华，却无一字道及李香君的美色，不作任何涉及轻薄的侧艳之辞，显示作者为李姬立传,重德重才而不重色,为全文确立了较高的格调。

于是在主干部分,作者抛开了与李姬交往中一切深情缱绻和幽期密约,集中笔力记叙李姬生平行状中值得大书特书的义却阮大铖之举。阮大铖为天启朝权倾天下的阉党魏忠贤余孽,曾奉魏阉为义父,为陷害东林党人出过大力。崇祯登位后,阉党事败,阮大铖名列逆案,由光禄寺卿革职为民,匿居南京库司坊,起造第宅,蓄养声伎,谈兵论剑,企图死灰复燃,是一个为当时朝野士大夫所不齿、为公正舆论所贬斥的人物。与侯方域同列复社四公子的阳羡陈贞慧与贵池吴应箕主持正义,排阮最力。阮大铖为此假手王将军想拉拢侯方域以软化陈、吴等人,为他的东山再起消除阻力。是否与阮大铖结交,在当时的政治斗争中成了泾清渭浊、是非分明的原则问题。文章写李姬凭着她对人际关系的敏锐感觉提醒侯方域,要他摸清"贫非结客者"的王将军"日载酒食"与之游的真实意图,又写当了解王的真实意图之后侯方域尚未采取行动,李姬便对他作了一番大义凛然的规劝,使侯"大呼称善",与王绝交,得以避免"负至交"、隳声望的尴尬处境,保全了侯生的清操。值得注意的是这两处均系李姬而非侯生采取主动,说明李姬的才慧见识与对是非的判断均胜侯生一筹,而这一赞誉完全通过对比与烘托加以突出,尽得含蓄蕴藉之致。对此,《桃花扇》的作者孔尚任深有会心,他在将这一情节移植改造为香君"却奁"之后,于《桃花扇·闹榭》一出中,借吴应箕之口,盛赞道:"香君却奁一事,只怕复社朋友还让一筹哩。"陈贞慧接口:"已后竟该称他老社嫂了。""社嫂"一词施之于秦淮歌妓李香君,何其光宠乃尔。

第三段写侯生应举下第后,李姬于桃叶渡置酒送行。席间李姬"歌琵琶词以送之"。早在第一段中,作者已经为此埋下了伏笔,说李姬"尤工琵琶词,然不轻发"。"然不轻发"一语,看似信手拈出,只有读到桃叶渡送行的记叙时,我们才能体会到以琵琶词作呼应关合的文意之佳妙和情意之深重。琵琶词,指的是高明所作《琵琶记》。李姬临别歌《琵琶记》曲辞,且以蔡伯喈比侯方域,说:"公子才名文藻,雅不减中郎。"然而"中郎学不补行",才胜于德。《琵琶记》所述情节固然于史无稽,但蔡中郎确实有阿附董卓的劣迹,无以掩饰。"公子豪迈不羁,又失意,此去相见未可期,愿终自爱,无忘妾所歌琵琶词也!"李姬以"从不轻发"而今一发之后再"不复歌"相喻相誓,表达了爱人以德与生死相依的款款深情。作者笔下规箴侯生"终自爱"的李姬,显示了凛然的风骨和高洁的格调,却又如此深情绵邈、凄婉动人。这里在写情侣临别赠言时脱出常格,别具一种强毅的伦理道德的美学风采,摄取了发自李姬灵魂深处最为炫目的一次闪光,给读者以不可磨灭的印象。这既是《李姬传》取材和运笔的成功,也是侯方域自我反省的成功。侯方域入清之后因软弱畏祸参加了河南乡试，仅中副榜，此举于民族气节有亏，当时和后世都受人讥弹。现在无法确定《李姬传》作于何年，但侯方域敢于直陈桃叶渡李姬"愿终自爱"的临别赠言，说明在对蔡中郎媚事董卓一类的问题上自己是否"自爱"，曾经历过内心反省。包括前文在义却阮大铖一事上的自我对照，应当说作者是在一定程度的反省意识支配下写作《李姬传》的。中国的文学与文人比较缺乏自我反省意识，侯方域愿以自己为参照，暴露主观的欠缺和客观的优胜，更觉难能可贵。

最后一段写侯生去后之事，虽属全文的尾声，但对描写李姬形象仍是不可或缺的一笔。在这以前，李姬的动人光彩主要还是闪烁在她的言论之中，而到这时，她才以侯郎去后坚拒财雄势大的"故开府"田仰的邀聘，以行动实践了自己的诺言。田仰的三百金利诱与"有以中伤"的威逼，她都不为所动。李姬的品德和人格至此光芒四射。她最后说："吾向之所赞于侯公子者谓何？今乃利其金而赴之，是妾卖公子矣。"证实了她为人的"风调皎爽不群"，言出必践，忠于爱情。

《李姬传》风格朴质刚健而无绮罗香泽之态；笔致含蓄，颇多有余不尽之意；选材凝练集中，不枝不蔓；行文坦率，具有可贵的自我批评的反省意识，显示了名家风范。凡此种种，使《李姬传》这篇别传为人记诵，成为明清古文中的名篇。

（胡光舟）

马伶传　　侯方域

马伶者，金陵梨园部也[①]。金陵为明之留都[②]，社稷百官皆在；而又当太平盛时，人易为乐。其士女之问桃叶渡[③]、游雨华台者[④]，趾相错也。梨园以技鸣者，无虑数十辈，而其最著者二：曰兴化部，曰华林部。

一日，新安贾[⑤]合两部为大会，遍征金陵之贵客文人，与夫妖姬静女，莫不毕集。列兴化于东肆，华林于西肆，两肆皆奏《鸣凤》——所谓椒山先生[⑥]者。迨半奏，引商刻羽，抗坠疾徐，并称善也。当两相国论河套[⑦]，而西肆之为严嵩相国者曰李伶，东肆则马伶。坐客乃西顾而叹，或大呼命酒，或移坐更近之，首不复东。未几更进，则东肆不复能终曲。询其故，盖马伶耻出李伶下，已易衣遁矣。

马伶者，金陵之善歌者也。既去，而兴化部又不肯辄以易之，乃竟辍其技不奏，而华林部独著。去后且三年，而马伶归，遍告其故侣，请于新安贾曰："今日幸为开宴，招前日宾客，愿与华林部更奏《鸣凤》，奉一日欢。"既奏，已而论河套，马伶复为严嵩相国以出，李伶忽失声，匍匐前⑧，称弟子。兴化部是日遂凌出华林部远甚。其夜，华林部过马伶曰："子，天下之善技也，然无以易李伶。李伶之为严相国，至矣，子又安从授之而掩其上哉?"马伶曰："固然，天下无以易李伶，李伶即又不肯授我。我闻今相国昆山顾秉谦⑨者，严相国俦也。我走京师，求为其门卒三年，日侍昆山相国于朝房，察其举止，聆其语言，久乃得之。此吾之所为师也。"华林部相与罗拜而去。

马伶名锦，字云将，其先西域人，当时称为马回回云。

侯方域曰：异哉，马伶之自得师也！夫其以李伶为绝技，无所干求，乃走事昆山，见昆山犹之见分宜⑩也。以分宜教分宜，安得不工哉！鸣呼！耻其技之不若，而去数千里，为卒三年。倘三年犹不得，即犹不归尔。其志如此，技之工又须问耶?

〔注〕 ① 金陵：古地名，今江苏南京。梨园部：指戏班。梨园是唐玄宗时在皇宫中教练歌舞艺人的地方。唐代宫廷乐舞有两大类别：坐部伎和立部伎。坐部伎在堂上表演。在梨园教练的为坐部伎。后世也称戏班为"梨园部"或"梨园"。 ② 留都：古代王朝迁都后，常在旧都置官留守，称留都。 ③ 桃叶渡：南京的名胜之地。 ④ 雨华台：即雨花台，南京的名胜之地。 ⑤ 新安：隋、唐时郡名，其辖境大致相当于后来的徽州(包括今安徽歙县等地)。新安贾指徽州商人。 ⑥《鸣凤》：指《鸣凤记》，明代戏曲剧本名，演杨继盛与明代奸相严嵩斗争、被害及昭雪的故事。椒山先生即指杨继盛。 ⑦ 两相国论河套：指《鸣凤记》所演奸相严嵩与另一宰相夏言争论应否恢复河套的事。河套，指今内蒙古自治区和宁夏回族自治区境内贺兰山以东、狼山和大青山南黄河沿岸的地区。 ⑧ 匍匐前：伏地前行。 ⑨ 顾秉谦：昆山(今属江苏)人，万历二十三年(1544)进士，历任文渊阁大学士、建极殿大学士，晋少师。谄附魏忠贤，陷害杨涟、左光斗等。《明史》入《阉党传》。 ⑩ 分宜：指严嵩。严嵩为江西分宜人。

侯方域是清初散文的代表作家，与魏禧、汪琬并称"清初三家"。他资质近苏轼，书信、人物传记都有佳制，其中以《马伶传》的艺术成就最为突出。

《马伶传》篇幅短小，但结构安排上却独具匠心。全文极为紧凑，先概括地介绍人物身份及背景，随即跳跃到金陵兴化、华林两部的角技及马伶的失败。马伶戏未终场而遁走，他能否东山再起呢？未容读者悬想他此后的行动，作者的笔锋已转到三年后马伶归来，在新的一番高下较量中大获全胜。至此，又使读者产生了这三年中马伶如何能够演技大进的悬念。通过这样层层蓄势，作者才在最后阐明其获胜的原因，理至此而大明。马伶之败与其转败为胜，皆为此段之铺垫。包世臣在《艺舟双楫·文谱》中说："文势之振，在于用逆；文势之厚，在于用顺。"这篇文章即是用逆来振起文势的。试想，假如按时间的顺序在马伶失败后，接着写他如何在顾秉谦门下为卒三年，再写他归来获胜，则文章势必结构松懈，索然无味。用"逆"固然巧妙，而此文尤为巧妙之处在于"逆"中有"顺"。对于马伶这三年中的经过，作者没有进行呆板的叙述，而是借华林部伶人拜访马伶时由其亲口道出，所选择的叙事角度极为高明。从事情发生的时间来看，其夜华林部过访是"顺"，而马伶所说之事则是"逆"，"逆"中有"顺"，使得文气非常自然。千锤百炼而又自然无痕，于此可见作者的艺术功力。

文章写马伶，只集中笔墨记叙马伶"去数千里，为卒三年"而学艺之奇事，写学艺之奇事，又先写两次角技，从而收到耸动耳目的效果。

作者选择了一个十分具有竞争性的场面来渲染这次角技的紧张性。首先从观众着墨，金陵的贵客文人、妖姬静女被"遍征"，并且"莫不毕集"，其场面之盛可以想见。而两部又同时演出《鸣凤记》，同样的内容使观众更能比较出两部技艺的高低，这反映出两部各不相下的竞争心理。从观众及剧目两方面，将这次角技的气氛渲染得淋漓尽致。以下则描写两部角技的过程及胜败，演唱到一半时，尚未能分出高下，但当演到奸相严嵩出场与夏言辩论是否恢复河套失地这一场时，兴化部的马伶明显地逊于华林部的李伶，两部的高低于此判然。作者在此没有正面描写马伶的技艺如何不如李伶，而是借观众反应来侧面点染："坐客乃西顾而叹，或大呼命酒，或移坐更近之，首不复东。"以观众对西肆的叹赏来反衬东肆马伶的失败，文思巧妙。马伶戏未终场而遁走，为下文的转败为胜伏下一笔。

将近三年之后，马伶又回到金陵兴化部，在同样的盛会上，两部又同演《鸣凤记》，又演到了河套一场，然而，这次的结果却与三年前大不相同，马伶以精湛的技艺使李伶折服，兴化部的声誉远远超过了华林部。文章笔墨简练而有变化，以李伶的"失声""匍匐前，称弟子"来写马伶演技之高，与前段同中有异。两段相较，繁简有致，同样的内容而不见重复，体现出作者文笔腾挪之巧妙。

侯方域通过对这一事迹的详细记叙，使马伶的形象栩栩如生，使马伶的性格充分凸显出来。但若仅如此，犹未能称为上乘，这类文章更重要的是要因事见理，如柳宗元的《种树郭橐驼传》，通过郭橐驼的善于种树来说明要循物自然之性的道理。《马伶传》则通过马伶"去数千里，为卒三年"的事迹来阐明艺术来源于生活及苦学必有成的道理。马伶的行事出人意表,其中蕴含着深刻的生活哲理。通过作者叙述,这个“理”昭然显现在读者面前。

这篇文章还有暗寓褒贬之妙。对于当朝的宰相顾秉谦,作者说他“严相国俦也”,“见昆山犹之见分宜也”。严嵩是万人唾骂的大奸臣,将顾秉谦与之相提并论,是含有贬斥的深意的。作者行文微婉,借马伶之事而对顾秉谦进行了侧面的抨击,深谙史家之“春秋笔法”。

《四库全书总目》评论侯方域,说他“涉于浮夸”,吴德旋《初月楼古文绪论》说“惜其文不讲法度,且多唐人小说气”。从这篇文章看来,超乎法度的法度,对主要事件的夸饰、渲染以及小说家手法的运用,正是其成功之处,用来说明侯方域文章的特点是恰切的。（李修生　李　鸣）

【作者小传】

尤　侗

(1618—1704)　清文学家、戏曲家。字同人、展成,号悔庵、艮斋、西堂老人,江苏长洲(今苏州)人。顺治拔贡。康熙时举博学鸿词科,授翰林院检讨,与修《明史》三年,旋告归。其诗多写生活琐事,少数作品对当时社会状况有所反映。也擅词及骈文。作有传奇《钧天乐》,杂剧《读离骚》《吊琵琶》《桃花源》《黑白卫》《清平调》,合称《西堂乐府》,又称《西堂曲腋六种》,均存。另有诗文集《鹤栖堂文集》等。大部分作品收入《西堂全集》。

谢人馈药启　　尤　侗

仆风月膏肓,烟花痼疾①,同马卿之消渴,比卢子之幽忧②。忽启双鱼③,如逢扁鹊。赠之芍药,投我木瓜④。紫苏与白术同香,黄蘖共红花相映⑤。虽云小草,即是大丹⑥。月宫桂树,窃自姮娥⑦;台洞桃花,采从仙女⑧。一杯池水,堪资丈室之谈;半七神楼,顿醒钧天之梦⑨。肺腑能语,羊叔子岂有酖人⑩;耳目发皇,楚太子无劳谢客⑪。

〔注〕　① 风月膏肓:指因男女情事而引起重病。烟花:指冶游生活。　② 马卿:指西汉辞赋家司马相如。据《史记·司马相如列传》载:相如曾患消渴疾,晚年为疾病困扰,非常痛苦。

卢子：指初唐诗人卢照邻。据《旧唐书·卢照邻传》载：他因染风疾，隐居太白山中，服丹中毒，由于不堪疾病折磨，投颍水而死。　③ 双鱼：双鲤鱼，书信的代称。语本古乐府《饮马长城窟》："客从远方来，遗我双鲤鱼。呼童烹鲤鱼，中有尺素书。"　④ 芍药、木瓜：这里指两种中草药。"芍药"句语出《诗·郑风·溱洧》："维士与女，伊其相谑，赠之以勺药。""木瓜"句语出《诗·卫风·木瓜》："投我以木瓜，报之以琼琚。"　⑤ 紫苏、白术、黄蘖、红花：此处俱指中草药而言。　⑥ 大丹：救命之药。　⑦"月宫"二句：以嫦娥窃食不死之药的神话故事喻人馈药的来之不易。　⑧"台洞"二句：以刘晨、阮肇入天台山采药的神话传说喻人馈药的无比珍贵。　⑨"半七"二句：谓自身久病，昏睡中魂游天帝之所后，突然从不知人事中醒来。《史记·赵世家》：赵简子疾，五日不知人，扁鹊视之，曰："昔秦缪公尝如此，七日而寤。寤之日，告公孙支曰：'我之帝所甚乐。'今主君之疾与之同。"居二日半，简子寤，语大夫曰："我之帝所甚乐，与百神游于钧天，广乐九奏万舞，不类三代之乐，其声动人心。"　⑩"肺腑"二句，谓知心朋友交往，相互间不会加害。《晋书·羊祜传》："祜与陆抗（吴国将军）相对，使命交通，抗称祜之德量，虽乐毅、诸葛孔明不能过也。抗尝病，祜馈之药，抗服之无疑心。人多谏抗，抗曰：'羊祜岂酖人者！'"羊叔子：羊祜，西晋大臣。出镇襄阳期间，与吴将陆抗互通使节，各保分界。⑪"耳目"二句：谓人馈药能治好病，用不着谢绝。据枚乘《七发》载：楚太子患病，吴客前去探问，用七件事情来启发楚太子，中有"分决狐疑，发皇耳目"之语。发皇，通明。

尤侗的这篇书札，是为谢人馈药而作，虽说仅有一百多字，却也妙语如珠，涉笔成趣。

这位尤老夫子说来倒也诚实得可爱，他得了病，一点儿也不隐瞒自己真实的病况，直言不讳地诉说因寻花问柳、拥红偎翠而身染沉疴的痛苦。

他对自身的疾病真有点绝望，忽然得到朋友的馈药，竟以为仿佛古代名医扁鹊再世，让自己幸运地遇上了。于是，他要深表谢意，尽情地发挥笔下功夫了。你看他忽而咫尺运笔，忽而神思千里，忽而引经据典，忽而"信口雌黄"，不由你不跟着他那幽默诙谐，神采飞扬的笔墨转。他信手拈来一连串药名、什么芍药、木瓜啦，紫苏、白术啦，还有黄蘖、红花等，这些现实世界里原本单调乏味的东西，一经他巧妙地组合排列，顿觉色彩斑斓，香气袭人！他由衷地赞叹"虽云小草，即是大丹"，又张开想象的翅膀，让时空在他的面前驯服，任凭他自由驱使。从凡界走向仙境，从遥远的古代踏入尤老夫子生活的时代，过去许多与仙药关联的神话传说，都成了他撷取的对象。

他心驰神往地想象朋友馈赠的"小草"，不就是奔向月宫嫦娥所窃食的不死之药吗？不就是来自天台仙境的灵丹妙药吗？人们知道：美丽的嫦娥，花了多么大的代价才换来永生；幸遇天台仙女的刘、阮，采撷灵药，历尽多少艰辛，方始如愿以偿。如此称赞朋友的馈药，也算是比喻、夸张到了极限。

然而，尤老夫子这样说来道去，都还停留在抽象的赞美上，那被誉为大丹的小草，究竟有何等妙用？他笔锋一转，又把人们的视线从神话世界折射回人间。

从大病中复苏过来，不言而喻，这功劳应该全归朋友的馈药，理当好好地谢上一番。不料，他却又“信口雌黄”，闹出了“肺腑能语，羊叔子岂有酖人”那样煞风景的话来。朋友看罢该怎么想？会不会责怪这位尤老夫子神经过敏，想得出奇？显然，他才不管这些呢！要不然，何来幽默风趣可言？况且，正因为是“肺腑能语”的莫逆之交，说上几句俏皮话逗乐，还能见外？更为荒唐滑稽的是，尤老夫子在服用了朋友馈药病愈后，本该重谢，竟又说什么“楚太子无劳谢客”的刻薄话。大概他认为“受之无愧，却之不恭”吧，而那“小草”原本就该为他服务。可是平心静气地想想，尤老夫子的话也未尝没有道理，既然朋友馈药，而且药又有奇效，正是求之不得，又何苦装模作样地拒而不受，反给人心地不诚的感觉，真是豁达得可以。

这篇小品抛弃了枯燥乏味的客套用语，笔墨亦庄亦谐，不时富有调侃的意味。一百来字中，绝少从正面谢人，人们却能从对“小草”的赞美中，从尤老夫子的“耳目发皇”中，感受到扑面而来的谢意。一篇游戏文字，却舍弃了单纯的戏弄逗乐，不但不使人觉得轻浮浅薄，反能获得一种愉悦的美感，被作者广博的知识和调笑的本领所倾倒，机智诙谐，意味隽永，堪称妙文。　（李保民）

【作者小传】

毛奇龄

(1623—1716)　清学者、文学家。字大可、齐于，号初晴、秋晴等，又以郡望称西河。萧山(今浙江杭州市萧山区)人。明末诸生。南明弘光时，曾参与抗清。清初以仇家构陷，改名姓，亡命浪游。康熙十八年(1679)以荐举博学鸿词，授翰林院检讨，充明史馆纂修官。长于经学与音韵学，所撰《四书改错》，对当时用为科举取士的朱熹《四书集注》有所抨击。又通乐律，工诗词古文。有《西河合集》等。

与故人　　毛奇龄

初意舟过若下①，可得就近一涉江水，不谓蹉跎转深，今故园柳条又生矣。江北春无梅雨，差便旅眺，第日薰尘起，幛目若雾。且异地佳山水终以非故园，不浃②寝食，譬如易水种鱼，难免圉困③，换土栽根，枝叶转悴，况其中有他乎！向随王远侯归夏邑，远侯以宦迹从江南来，甫涉淮扬，躐濠亳，视夏邑枣林榆隰④、女城茅屋，定谓有过。乃与其家人者夜饮，中酒叹曰："吾遍游南北，似无如吾土之美者。"嗟呼！远游者可知已。

〔注〕 ① 若下：若，你。若下即你的地方。 ② 浃(jiā)：通透、舒坦之意。 ③ 圄(yǔ)困：圄，牢狱。圄困即牢笼困顿之意。 ④ 榆隰(xí)：榆树生长的湿地。隰，低湿之地。

清初学者毛奇龄一生以经学闻名，著述颇多，翻翻他的文集，那里边长文短简，大部分都是谈学问的。像《西河集》卷二十二所载的这篇题名《与故人》的尺牍，倒着实难得。

总以为这位家居江南之城——萧山的西河先生日以经书为伴，挟博纵辩，思维之缜密或有余而感情之充沛尚不足，不想其远离故土而思乡之意甚切，形诸文字而情感之味颇醇。对于江北"日薰尘起"的现状，他虽稍有微词，但从总体上说，他并未以一地的标准来苛求他处。他赞赏江北春天没有江南那滴滴嗒嗒的梅雨，对远眺颇为有利；他承认异地也有"佳山水"，这些与他在学术上务以己说趋凌他人旨趣相异，而多少显现了他宽容的胸怀。不过他同时又用了一些很巧妙的比喻("易水种鱼""换土栽根")和一个江南游宦者(王远侯)的实例，来显示他所有的那种对故乡的依恋以及进而认为故乡为天下最佳处的想法，实为感情的自然趋势，任何游子都无法避免。从这一角度说，毛奇龄的这篇小品之所以能感染人，还是在于作者的学问底子，即善于把那些纯系感情的东西整理成富有理性的材料，同时在用文字表达时又不脱离感情的基础。正因为如此，这篇文章才显得那样有情趣、有意境，而不是满纸"呜呼"，情绪泛滥。

我们总以为毛奇龄擅长经学，所作文字大半带有考据气息，不想这尺牍竟是写得这般清新自如。开首那由未及涉江而遥想"故园柳条又生"的一转，何其生动，使人仿佛觉得眼前已有新柳枝条在晃动。对于江北多尘，以"幛目若雾"四字形容，又是何等简洁。文中间描述王远侯归夏邑及饮酒，程序多而不乱，用语少而达意，读者不知不觉地便赞同了作者的观点。就此作者再以一个"嗟呼"作结，不拖泥带水，不虚张声势，还有什么比这样的小品更让人喜欢的呢？

如果要探究一下毛氏这清新的文笔与他的经学功底有否关系，我们或许可以说有。因为但凡经学家总须咬文嚼字，咬文嚼字的一个优点是有利于学者养成作文时炼字的习惯，这种习惯只要是生在一位有灵性的经学家身上，那么他的文章一定写得很有意趣(专门的考据论文除外)。而毛奇龄，正是一位公认的聪明才子。

(陈正宏)

【作者小传】

汪 琬

(1624—1691) 清散文家。字苕文,号钝庵,晚号尧峰,又号玉遮山樵。江苏长洲(今苏州)人。顺治进士。曾任户部主事、刑部郎中等职。康熙时举博学鸿词科,授翰林院编修,参与纂修《明史》。后因病隐居太湖尧峰山,专心著述。通经学,长于古文,与魏禧、侯方域齐名。著有《钝翁类稿》《尧峰文钞》等。

游马驾山[①]记

汪 琬

马驾山在光福镇西,与铜井[②]并峙。山中人率树梅、艺茶、条桑为业,梅五之,茶三之,桑视茶而又减其一。号为光福幽丽奇绝处也。

予入山,与诸子循邓尉[③]之阴前行数十步,辄有平原,曲涧回流,倒影澄澈见底,心稍稍喜。于时游人舆者、骑者、屣而从者,不绝于道。既至山麓,则其境益奇,界以短畦,藩以丛竹,阴森蔚荟[④]。裁通小径[⑤],不能受舆骑,率皆舍而徒步矣。前后梅花多至百许树,芗气蓊勃[⑥],落英缤纷[⑦],入其中者,迷不知出。稍北折而上,望见山半累石数十,或偃或仰,小者可几,大者可席,盖《尔雅》所谓“礐”[⑧]也。于是遂往,列坐其地,俯窥旁瞩,濛然暠[⑨]然,曳若长练,凝若积雪,绵谷跨岭,无一非梅者。加又有微云弄白,轻烟缭青,左澄湖以为镜,右崇嶂以为屏,水天灏溔[⑩],苍翠错互,然则极邓尉、元墓[⑪]之观,孰有尚于兹山者邪?

惜乎地深且远,莫有治庐其址者,故不能信宿于此以穷其幽、尽其变,此则予之恨也。马驾山不载郡志,或又谓朱华山云。

同游者刘天序、潘悏,门人句容王介石及儿子筠。

〔注〕 ① 马驾山:在苏州吴中区光福西碛山东,铜井山南,向未有名,山皆不高,四面皆树梅。清康熙间巡抚宋荦题“香雪海”三字于崖壁,其名遂著。 ② 铜井:即铜井山,又名铜坑山,在西碛山北。有铜坎十余穴,相传东晋、刘宋间凿坑取沙,煎之成铜,故名。 ③ 邓尉:即

邓尉山，在光福镇南，相传东汉邓尉（一作大司徒邓禹）隐此，故名。邓尉山与其南之玄墓山相连，通称玄墓山或邓尉山，山人以圃为业，尤多树梅。　④ 蔚荟：草木繁密。　⑤ 裁通小径：指在浓密的山木丛草中开通的小路。　⑥ 芗气蓊勃：指梅花透发的香味浓郁。芗，通“香”。蓊勃，盛貌。　⑦ 落英缤纷：掉落的花瓣缤纷相牵。　⑧ 嶨（què）：《尔雅·释山》：“山多大石也。”　⑨ 皠：白也。　⑩ 灏溔（hào yāo）：大水貌。　⑪ 元墓：即玄墓山，亦称元墓山，相传东晋郁泰玄葬此，故名。

清初古文三家之一的汪琬好游，认为：“诗文之道，虽古今人常不相及，而要之以好游而益工，则固千载已来雄才杰士之所同也。”（《计甫草中州集序》）在他闲居苏州的二十年间，遍访吴中胜迹，写下大量的诗文佳作。汪琬更喜探奇，当人们都以邓尉赏梅为习俗时，他偏偏找了个连山名也不清楚的去处，留下了这篇别具一格的游记。

马驾山，作为吴县（今苏州吴中区）胜地光福众山中的一座，就其地形、出产而言，似乎并不起眼，因为光福山民都是以“树梅、艺茶、条桑”为业的，汪琬只是强调马驾山人中种梅的占了半数，来突出此地梅花之盛。但要称得上是“幽丽奇绝处”，还须展示它的独特面目，《游马驾山记》正是通过作者的游踪，揭开了马驾山的面纱。

上马驾山，当然首先为了观赏它的梅花盛景，汪琬笔下的梅花，近而赏之：“芗气蓊勃，落英闐闠。”群树叠障，香浓色错，竟令人“迷不知出”。“迷”字意蕴双关：置身梅树丛中，难辨方向；醉心梅花仙境，流连忘返。远望马驾山之梅：“濛然皠然，曳若长练，凝若积雪，绵谷跨岭，无一非梅者。”花雾弥漫，白茫茫满山遍岭，以“长练”状其高低起伏，以“积雪”言其铺天盖地，这种动静结合的梅花奇景，极为壮观。借助电影般长、短镜头的交相显现，使读者得以全面领略马驾山的梅景。

马驾山探梅所得之独特景观，是与马驾山本身的山光水色密不可分的。作者将探梅与游山看作是一个平行的过程，以梅来衬托山，又以山来展示梅。汪琬一行由邓尉山北登马驾山，开始因山路平坦，“游人舆者、骑者、屣而从者不绝于道”。作者叙述轿舆充塞，人群杂沓的山路，而没有提及梅花，也就是无暇细看的缘故。随着一路上零落的田畦、丛生的竹子不时阻道，游人不得不弃舆骑，徒步前行。特定的马驾山奇境，给行路带来困难，却给置身梅林、细玩梅花创造了条件，避免了走马观花式的探梅。山间小径，可得梅之近观，而山石横列，正好使游人登石望远。半山腰几十块“小者可几，大者可席”的山石，形态各异，平可罗人，这本来是马驾山自然风光的得天独厚处，无意中却让汪琬等人休憩其上，不受遮拦地极目远眺。开阔的视野与前面盘结的小道恰成鲜明的对照，所得之景也各有千秋。而山间“曲涧回流，倒影澄澈见底”，也给梅景增添了几分姿色。可以想象，遍树梅花，与茂密的竹木，累累的巨石，倒映在晶莹的山涧水面上，并伴以潺潺水声，该是多么的动人。色彩美与声音美的高度和谐，可算是马驾山的又一绝。

游记的妙处还在将马驾山置于光福地区的大环境中来展露它的"幽丽奇绝"。在吴县西部群山中，马驾山不算高，交通不便，游人较少涉足，康熙以前的郡志甚至找不到"马驾山"这一山名，称作"朱华山"者有之，误作"吾家山"者有之(见《光福志》)。但是，像汪琬那样一旦身临此山，就能看到淡淡的白云，缭绕的炊烟，左有太湖为镜，呈"水天灏渼"之势，右有玄墓为屏，现"苍翠错互"之景。在如此空旷壮美的自然界外物的笼盖烘托下，"迷不知出""无一非梅"的马驾山梅景，更显得幽深迷密，引人入胜。难怪汪琬将此山推为"极邓尉、玄墓之观"而无与伦比的游览胜处，也难怪以后他的好友江苏巡抚宋荦欣然题写"香雪海"于崖壁，使马驾山名声大作。

汪琬自称异人，又偏爱异景，随着马驾山景观的渐入奇境，汪琬从开头的"心稍喜"，到后来以"不能信宿于此以穷其幽、尽其变"为恨，这种情因景移的写法，也是《游马驾山记》的一大特色。　　(张修龄)

送王进士之任扬州序[①]　　汪 琬

诸曹失之[②]，一郡得之，此十数州县之庆也。国家得之，交游失之，此又二三士大夫之憾也。

吾友王子贻上，年少而才。既举进士，于甲第[③]当任部主事[④]，而用新令，出为推官扬州，将与吾党别。吾见憾者方在燕市，而庆者已翘足企首，相望江淮之间矣。

王子勉旃[⑤]：事上宜敬，接下宜诚，莅事[⑥]宜慎，用刑宜宽；反是罪也。吾告王子止此矣。

朔风初劲，雨雪载途，摇策[⑦]而行，努力自爱。

〔注〕 ① 王进士：即王士禛，字贻上，号阮亭，又号渔洋山人，山东新城(今桓台)人。顺治十二年(1655)进士。之任：到任。王士禛中进士后，出任扬州推官。 ② 诸曹：朝廷各部司官的通称。 ③ 甲第：科举考试的等第。明清进士分三甲：一甲进士及第，二甲进士出身，三甲同进士出身。 ④ 主事：各部所属司官的最低一级。 ⑤ 勉旃(zhān)：勉之。旃，语助词。 ⑥ 莅(lì)事：临事。 ⑦ 策：马鞭。

汪琬和王士禛一同考中进士，汪琬留在京城任户部主事，王士禛则出任扬州推官。临行时汪琬写这篇《送王进士之任扬州序》赠别。

文章劈头就针对王进士离京外任扬州这一件事，从国家人民的利益和朋友同年的私情得失来立论，没有泛泛的俗套话，而是开门见山，单刀直入，大有高屋建瓴，先声夺人之势。“诸曹失之，一郡得之，此十数州县之庆也。”这是站在地方百姓的立场，为王进士的外任而庆贺。接着又推挽一笔，写道：“国家得之，交游失之，此又二三士大夫之憾也。”这是站在京城里朋友的立场上来说的，表示友情难舍。这一段文字，分作两层意思来申说，却紧紧围绕着公义私情的得失，两相比较，如：“诸曹失之，一郡得之”；“国家得之，交游失之”；权衡得失，倾向很鲜明。而“十数州县之庆”和“二三士大夫之憾”，这中间谁多谁少，哪个重哪个轻，也不难作出结论。作者把得和失、庆幸和遗憾，通过整齐的句式排比出来，虽然不直接表示自己的意见，但他的态度却十分明确。王进士的外任而引起的公私得失，又从不同的侧面说明了这个人对国家和朋友都很忠诚，是一位可贵的人才和可交的良友，因而他的去就动向才能牵动人心，引起不同方面的强烈反应。本来，在封建社会，中了进士，不能留作京官而到外地就职，会被人认为不光彩。但作者却一反这种俗见，不发惋惜感叹的言辞，而把期待寄托于劝勉之中。这短短两行文字，措辞得体，又有独到的见识，而且蕴藏着爱才惜别的无限深情。这的确是一个很精彩的文章开头。

前一段空中腾挪，盘旋作势，虽然没有介绍出所写对象的身份姓氏，而王进士这个人已呼之欲出。后一段顺势点出王进士的名字：王贻上。“年少而才”，是对他的一个总的评价。王士禛中进士的时候只有二十一岁，很年轻。作者汪琬比王士禛大十岁，但因为是同年进士，所以称他为“吾友”。“于甲第当任部主事，而用新令，出为推官扬州。”中了进士，从科举等第的情况看，应当在中央部里当主事的官，但根据新的任命，他要出京到扬州去做推官。这几句交代王士禛中了进士和外任扬州推官的经过，语气之间，并无褒贬的意思，使人感到这是很自然的事情。“将与吾党别”，流露出惜别之情。“吾见憾者方在燕市，而庆者已翘足企首，相望江淮之间矣。”这两句是想象之词，虚中有实，生动地写出同一时间，不同地方，对于王士禛离京外任的反应，好像电影的蒙太奇镜头，把京师友人的惜别惋叹和江淮人民的热切盼望叠印在一起，产生了十分强烈的抒情效果。同时“憾者”和“庆者”，又同开头“十数州县之庆”和“二三士大夫之憾”相呼应，进一步补足前面的意思，行文回环往复，摇曳多姿。

下来一段是临别赠言的正文，为赠序这种体裁的题中应有之义，但写得极为简约。作者勉励王士禛，到任以后，在四个方面要特别注意：一、“事上宜敬”；二、“接下宜诚”；三、“莅事宜慎”；四、“用刑宜宽”。这里提到用刑问题，是因为王士禛所任的推官掌管刑狱，因而特别提一下，切合身份，不是泛泛之语。作者在四个方面勉励之后，紧接一句："反是罪也。"从正反两面着笔，有勉励，也有告诫。这几句临别赠言，总的精神不外乎仁义忠信的礼教规范，带着那个时代和阶级的鲜明印记；然而其中也表现了忠于职守和体恤民情的思想。如果这四个方面真正能够身体力行，在封建社会也算得一位清廉正直的官吏了。作者谆谆劝勉，语重情长，四个简短的排句，各用一个"宜"字，意思是最好是这样，而不说应该如何如何；语气宛转，态度诚恳，完全是朋友之间相互勉励的口吻，没有居高临下教训人的味道。"吾告王子止此矣。"显得直截了当，要言不烦。所说几点，虽无惊人之语，却朴朴实实；再说真正受用的话，几句也就够了，何必喋喋不休呢。这样做，还含有尊重和信任对方的意思：常言道"快马一鞭，明人一言"，王士禛也是一位明达事理的人，用不着对他多说了。

最后一段："朔风初劲，雨雪载途，摇策而行，努力自爱。"渲染送别的情景，寥寥四句，就构成了一幅充满着离情别意的风雪送行图。"朔风初劲"，"雨雪载途"，这两句写风雪出行，在写景中蕴含着关切行人的深厚情意。作者目送友人在风雪中扬鞭远去，不胜其依依惜别之感，千言万语归并一句话："努力自爱"。这四个短句，情景交融，语言精练，好像一首抒写离别情思的小诗。它不但使眼前送别的情景历历如画，而且触发人产生一些诗意的联想："前日风雪中，故人从此去"；"山回路转不见君，雪上空留马行处"。漫天风雪，依依话别；扬鞭挥手，匹马南行。这情景是颇为荒寒而凄苦的，但是想到扬州一带老百姓的等候和欢迎，心头的寒意也就冰消雪化了。这个富有浓郁诗意的结尾，在寒冷孤寂的氛围中渗透出温暖的友情和良好的祝愿，因而并不使人感到哀怨消沉。文章到这里戛然而止，显得情韵悠然，余味不尽。

这篇短文，不过寥寥百余字，却蕴含着期望、勉励、怜才、惜别等多种情思，从容宛转，一一流于笔下。写来回环往复，曲折多姿，开头突兀奇警，很快入题；结尾含蓄隽永，耐人寻味。文章的承接起伏，跌宕开合等，处处都见出作者谋篇的匠心，因而在极其短小的篇幅中，展现了大可回旋的余地，真不愧为短文中的上乘之作。作者后来跟王士禛论文意见不合，产生了一些隔阂，但王士禛还是很钦佩这位老朋友的。

（吴战垒）

鸭　媒①

汪　琬

江湖之间有鸭媒焉，每秋禾熟，野鸭相逐群飞，村人置媒田间，且张罗焉。其媒昂首鸣呼，悉诱群鸭下之，为罗所掩略尽。夫鸭之与鸭类也，及其涊涩②狡猾，而思自媚于主人，虽戕其类弗顾，呜呼，亦可畏矣哉！

〔注〕 ① 鸭媒：捕鸭人驯养之鸭，用以诱捕野鸭。 ② 涊(niǎn)涩：污浊、肮脏。

鹰犬帮主人行猎，鸬鹚替主人捕鱼，它们都不是以同类为渔猎目标的，而汪琬笔下的鸭媒却不惜以戕害同类来取媚其主。“村人”以捕获野鸭为业，一则可得美味，二则可护庄稼，这本来无可厚非，汪琬这篇小品文议论的重心也并不在于村人该不该逮野鸭，所施的手段对不对，而是让鸭媒亮相表演，旨在提请人们从鸭媒的所作所为中得到某种启示。

鸭媒为村人所驯养，它效劳主子的方式十分奇特，它不必直接攻击猎物，只要在村人布下罗网后，凭其天然的形与声，呼朋引类，“悉诱群鸭下之”。群鸭见田间的鸭媒亦为扁嘴禽，亦发“嘎嘎”声，便放松了警觉，又禁不住秋禾的引诱，终被村人一网打尽。群鸭的可悲，在于它们无法看清村人高明的手段，更没有警惕会被它们的同类所出卖。文章的前半部分是村人用鸭媒诱捕群鸭的实录，在描述村人、鸭媒配合默契的过程中，突出了鸭媒的关键作用及其欺骗性。

后半部分的议论，是作者对鸭媒作出的主观评判，作者笔锋所向，不在村人的狡黠和群鸭的轻率，而是针对鸭媒的“涊涩狡猾”，揭露它甘愿戕害同类的帮凶本质，以及取悦主人、苟且偷生的奴才本性。作者指出鸭媒之伤同类，确实为动物界一大“可畏”之事，其“可畏”就在野鸭们未作提防，轻掷性命；就在野鸭们难辨敌友，防不胜防。以此推及社会，如果身边时有鸭媒伴随，不亦人类“可畏”之事吗？柳宗元的《三戒》，是以寓言的形式讥刺人世间的麋、驴、鼠，汪琬《二禽戒》之一的《鸭媒》，则借民间饲鸭媒以得野鸭的捕猎方法，来影射人模人样的鸭媒们，告诫善良的人们切莫上当。

《姑苏志》对吴中弋人驯鹤媒以获同类有过记载：“鸟见鹤同类，狎之无嫌疑，遂为矢所中。”同时指明“射鸭亦用此法”。明长洲诗人高启《射鸭词》有云：“秋菱叶烂烟雨晴，鸭群未下媒先鸣。草翳低遮竹弓彀，水冷田空鸭多瘦。”“觜唼唼，毛褷褷，潜机一发那得知。”生动地描绘了弋人利用鸭媒射鸭的场景。汪琬也是苏州人，对吴中驯养鸟媒诱捉野禽的方法当是熟悉的，这就为他发表诫言提供了依托物，而清初苏州的政治现状，更是《鸭媒》一文所发思想感触的社会基础。顺康之间，冤狱遍于江南，科场案、奏销案、哭庙案等接连发生，株连文人成千上万，汪琬本人曾受奏销案牵累，遭降职使用。许多冤狱正是由于鸭媒式人物的告密所致，汪琬身历厄运，对“鸭媒”深恶痛绝，也是很自然的。 （张修龄）

【作者小传】

朱彝尊

(1629—1709)　清代文学家、学者。字锡鬯,号竹垞,又号金风亭长、小长芦钓鱼师。秀水(今浙江嘉兴)人。康熙时举博学宏词科,授检讨,与修《明史》,仅二年而罢归。通经史,兼擅诗词古文。于词推崇姜夔、张炎,标举清空醇雅,开创浙西词派。诗宗唐而求变,与王士禛齐名,时称"南朱北王"。有《经义考》《日下旧闻》《曝书亭集》等。编有《词综》《明诗综》等。

书花间集后　　朱彝尊

《花间集》[①]十卷,蜀卫尉少卿赵崇祚编。作者凡一十七人[②],蜀之士大夫外,有仕石晋者,有仕南唐、南汉者[③]。方兵戈倜扰之会,道路梗塞,而词章乃得远播,选者不以境外为嫌,人亦不之罪,亦可见当日文网之疏矣。坊板讹字最多,至不能句读。此旧刻稍善,爰藏之而书其后。

〔注〕 ①《花间集》:词总集名,五代后蜀赵崇祚编。选录晚唐、五代词十八家,收词五百首。 ② 作者凡一十七人:《花间集》所收作者应为十八人。 ③ 蜀:后蜀。石晋:后晋系石敬瑭建立,习称石晋。后蜀、后晋、南唐、南汉均于唐末五代割据一方称帝。

朱彝尊生活在清初文化专制、文字狱盛行的时代,写文章作诗都得提心吊胆,万分谨慎的。不仅如此,连藏书也可获罪,如庄廷鑨明史之狱,连藏有其书者也一体治罪便是。朱彝尊也险遭此狱之累,钱林《文献征存录》卷一《朱彝尊传》云:"彝尊嗜古成癖,家藏旧本,兵后散佚。及客粤,归过豫章书肆,买书五箱,盛之一椟。客永嘉时,时方起明私史之狱,凡涉明事者,争相焚弃。比还,则并椟亡之。"因此,对于古代写作比较自由的事例,自然很敏感。他在本文中指出:"方兵戈倜扰之会,道路梗塞,而词章乃得远播。选者不以境外为嫌,人亦不之罪,亦可见当日文网之疏矣。"这些话不单显示了他的钦羡之情,而且是发自内心的、却又隐而不露的慨叹。

(黄国声)

书宋史张浚[①]传后　　朱彝尊

徐秀才善敬可[②]一日语余曰:"周公谨[③]小人哉!张魏公朱子所父事[④],何可毁也!"余曰:"三代直道之遗也[⑤]。宋之南渡⑥，将帅有人，可以战，可以守。自寄阃外之权⑦于浚，丧师动数十万，元气重伤，譬诸孱夫，不能复起矣。浚于李纲、赵鼎辈则劾之⑧，于汪伯彦⑨、秦桧等则荐之，尚得云好恶之公乎！至曲端⑩之诛，与桧之杀岳飞何以异。而读史者务曲笔以文致端有可死之罪，不过因浚有子⑪讲学，浚死，徽国公为之作行状⑫，天下后世遂信而不疑尔。袁中郎《宿朱仙镇》诗云⑬：'祠前箫鼓赛如云，立石争镵吊古文。一等英雄含恨死，几时论定曲将军。'江进之《读魏公传》诗云⑭：'子圣焉能盖父凶，曲端冤与岳飞同。何人为立将军庙，也把乌金铸魏公⑮。'可谓助我张目者也。"

〔注〕 ① 张浚：宋高宗时知枢密院事，出为川、陕、京西诸路宣抚处置使，力主抗金。秦桧主和议，浚被贬。孝宗时重起，督师江淮前线。后被主和派排挤去职。 ② 徐秀才善敬可：即徐善，字敬可，清秀水（今浙江绍兴）人。著有《徐氏四易》。 ③ 周公谨：周密，字公谨，号草窗。宋亡不仕。他所著的《齐东野语》中，对张浚有所评论。 ④ 张魏公：张浚曾封魏国公。朱子：朱熹，字元晦，号晦庵。著名理学家，是当时和后代都有影响的人物。父事：像对自己父亲那样的侍奉。 ⑤ 三代：夏、商、周三个朝代。直道：正直之道。《论语·卫灵公》："斯民也，三代之所以直道而行也。" ⑥ 南渡：北宋首都开封被金国攻陷，赵构（高宗）南渡长江，建都临安，史称宋室南渡。 ⑦ 寄阃外之权：委以指挥军事全权。阃（kǔn），国门。 ⑧ 李纲：南宋高宗时宰相，整军经武，力图恢复中原，主张联合两河义军抗击金兵。赵鼎：主战派大臣，高宗时与张浚同任宰相，后被秦桧排挤而死。 ⑨ 汪伯彦：南宋初奸臣，力主对金国求和。 ⑩ 曲端：南宋抗金将领，官至宣州观察使。累立战功，金人很畏惧他。因与张浚在军事战略上意见不合，被张诬陷，死于狱中。 ⑪ 浚有子：张浚的儿子张栻，字敬夫，号南轩。是南宋著名的理学家，与朱熹、吕祖谦等为讲学之友，时称"东南三贤"。 ⑫ 徽国公：朱熹死后，赠太师，追封信国公，后改封徽国公。行状：文体名称，记述死者生平行事的文章。 ⑬ 袁中郎：明文学家袁宏道，字中郎。朱仙镇：地名，在河南开封。宋绍兴十年（1140），岳飞大败金兵于郾城，进军于此。 ⑭ 江进之：江盈科，字进之，明代进士。《读魏公传》：全题为《读张魏公传有感曲壮愍事》。 ⑮ 这句是说也应把乌金铸成张浚跪于曲端的庙内。乌金，铜和金的合金，紫黑色，故名。明正德八年（1513），都指挥李隆用铜铸秦桧、桧妻王氏及万俟卨三人的像，反剪而跪于岳飞墓前。

南宋的大臣和将领在对待其强敌金国的态度上，有主战与主和两派。张浚是主战派中的大人物，手握重权，历时甚久。然而他的为人行事却错误很多，未可以其为主战派人物而为之隐讳的。

史传和宋人笔记里的记载恐怕也有不实不尽的地方。举个例来说，张浚的儿子张栻，是南宋很有地位的理学家，被称为东南大贤。浚死后，张栻将家传寄给朱熹，请他给张浚作行状。朱熹没有细察，率尔据家传内容写成。事后发现家传所载多有与事实出入的地方，然而已经上当，无可挽回了。

由于朱熹和张栻的地位与名气，传状虽有误，人们每每因相信名人而不察，但后世的人却是看得比较清楚的。元、明两代即有不少人揭露过张浚的罪过，清人王鸣盛甚至认为："张浚一生无功足述，而罪不胜书。"（《蛾术编》卷六十）情况到底如何呢，不妨看看他作为主战大臣的战绩：建炎四年（1130），他任陕西宣抚使，富平一役大败，导致关陕之地尽失。绍兴七年（1137），张浚决定委任王德为淮西军都统制，郦琼为副，而王、郦二人平日矛盾甚深，是无法合作的。岳飞为此提请张浚考虑，改变委派命令。而浚刚愎而用，坚不肯改，导致郦琼率部七万人叛投伪齐刘豫，造成极大损失。隆兴元年（1163），张浚领军江淮前线，由于指挥失当，不听人言，符离一役，全军溃败。这是南宋早期几次有名的大败，都是与张浚有关的。当时有人指责他是"轻而无谋，愚而自用。平日视民如草，用钱如土"（《宋宰辅编年录》卷十五），是不错的。

张浚不仅在治事领军中多有错误，他的人品也不好。比如为了任命淮西军都统制王德一事，他疑忌过岳飞。大将曲端曾多次战胜金兵，是金人所畏惮的将领，张浚如果对曲端加以信任，共同对敌，是能有所作为的。只因曲端与他在军事战略上意见不同，他便怀恨在心，终于借事诬陷，致曲端死于狱中，使抗金事业蒙受重大损失。论者还认为这事引致了后来秦桧的效法，设冤狱枉杀了岳飞。

王鸣盛对张浚的指责是对的。陈登原教授根据历代对张浚的批评，认为"可以总为六说：一，揽权专断；二，才疏识浅；三，忮刻多忌；四，游谈惑世；五，知人不明；六，远离前敌。至于诱杀曲端，则第七事矣。"（《国史旧闻二》）

张浚既是这样一个人，为什么总是有人为他曲意回护，迷惑后世呢？朱彝尊此跋追寻原因，考定史实，层分缕析，指出张浚的种种错误及是非颠倒的原因，很有说服力。清末学者李慈铭更发挥朱氏之说，进而指出："大抵世人过尊朱子，因及南轩（张栻）；又因南轩而及其父，遂谓魏公（张浚）举动，无一不当。与异议者，便非正人。"（《越缦堂读书简端记》）流毒之深，致使徐善信而不疑，反而大骂周密小人，不该轻议张浚了。

（黄国声）

【作者小传】

黄百家

清学者、诗人。字主一。浙江余姚人。黄宗羲子。国子监生。清康熙中，《明史》馆开，宗羲以老病不能行，徐乾学延百家入史馆，成史志数种。博学通经，亦能诗。阮元《两浙𬨎轩录》选录其诗。著有《独体私钞》《王刘异同》《幸跌草》《学箕初稿》。

书后苇碧轩诗稿后　　黄百家

翁祖石先生有诗集曰《后苇碧轩》，家大人①既删定而序之，命某持以授先生。某走谒，一揖外未暇问无恙，先生执某手曰："吾以诗集求若翁先生删而序者数矣，子盍为我言之。"某谨出所序对曰："已就矣。"先生惊喜踊跃，急索眼镜架其鼻，瞪目伸纸，拍案朗诵者数四，曰："我其不泯乎！"

犹忆某六七岁时，从先生受句读②于西园。是时先生年虽五十余，患齿疾，鬓半白，两耳重闻，日呻吟而为诗，诗稿已数帙矣。离去二十年，妻死子夭，孑然一身，穷老无依，行年八十，僦他人半宇，喃喃犹课三四儿童以活。嗟乎！天下之老且穷者，孰有如先生哉！向使先生目不识丁，不能为诗，或为农夫，或居百工之一，未必不槿篱茅舍如乡村郊鄙之累累者，得安享以终天年。今其老苦至此，诗虽工矣，亦复何用！若是乎诗之为祸于先生甚烈也。吾意先生思其壮时，追悔无及，必且懊恼愤懑，痛仇而深绝之。乃犹如此，岂真后世区区渺茫之名足以易吾生前切肤之困苦而不惜也。先生曰："岂其然，岂其然。子亦为是言耶？古语虽云'诗能穷人'，然兵戈以来，天下之不能为诗而穷者何限，岂皆章惇③之故欤！吾之老而穷，命也，幸而有诗足以慰我。我于数日前见积雪初晴，千峰如画，得新诗数首。将以自后所作为另一稿，待其成帙，复烦若翁先生删之。子亦学为古文辞，可为先序此一段乎？"固辞不获，书此以附于后。

〔注〕 ① 家大人：作者称其父黄宗羲。宗羲所作序见《南雷文案》卷一。 ② 句读（dòu）：即句和逗。古人读书，于断句处标示者谓之"句"，语未断而稍作停顿者谓之"读"。幼童入学，塾师初以经书令学童点出"句读"，以便诵读。 ③ 章惇：北宋哲宗时宰相。据曾季狸《艇斋诗话》记载：苏轼被贬居惠州，作《纵笔》诗云："白头萧散满霜风，小阁藤床寄病容。报道先生春睡美，道人轻打五更钟。"这首诗传至京师，章惇笑道：苏轼还这般快活吗？于是把他再远贬到儋州。翁祖石的意思是：许多并不作诗的人，也遭到穷厄，难道也是章惇辈为难他们么？

宋代四灵派诗人之一的翁卷，著有《苇碧轩诗集》，翁祖石既仰慕其诗，又属同宗，因此给自己的诗集取名为《后苇碧轩诗稿》，这也是古代文人常有的例子。然而翁祖石所宗尚的并不高，且从黄宗羲所作《后苇碧轩诗序》的介绍来看，祖石的诗其实是不怎样高明的。虽然如此，他却孜孜不倦，乐此不疲，总期望着那一帙越来越厚的诗稿能使自己“不泯”。他对作诗确乎到了迷恋的地步。在宋代，也有过一位和他相似的人物。据楼钥《攻媿集·跋戴式之诗卷》说：“唐人以诗名家者众，近时文人多而诗人少。文犹可以发身，诗虽甚工，反为屠龙之技，故好之者寡。黄岩戴君栋，字敏才，独能以诗自适，终穷而不悔。号东皋叟，不肯作举子业。且死，一子方在襁褓中，语亲友曰：‘吾之病，病矣，而子甚幼，诗遂无传乎！’为之太息，语不及他……”他至死还念念于诗之传与不传，其他事情却一概不提，其痴迷于诗的程度，与翁祖石难分伯仲了。

这位翁老夫子着实可怜：“妻死子夭，孑然一身，穷老无依，行年八十，僦他人半宇，喃喃犹课三四儿童以活。”即便到了这等地步，他还是舍不得不作诗。比较起来，宋代的戴栋比他稍为幸运一点，因为他的儿子戴复古被父亲这种精神所感发，笃意为诗，终于成了江湖派中有名的诗人。

本文虽是题跋，却又是篇极精彩的记叙文。首段叙写翁祖石望人作序的急切心情，“先生惊喜踊跃”以下四句，把这种急切心情写得淋漓尽致，入木三分。中间一段细述翁氏困厄的一生，而以“喃喃犹课三四儿童以活”一句，总括以上，穷老困苦之状可见。接下来用一段沉痛的议论作过渡，以引出对翁祖石更深一步的描写。末段自“先生曰”以下，用翁祖石的话与作者的议论相对照，益发显出此老对诗歌的痴绝入迷。纵观全文，作者对这位不幸的老塾师并无鄙夷之意，笔调是充满感叹和同情的。

（黄国声）

【作者小传】

王士禛

(1634—1711)　清文学家。字子真，一字贻上，号阮亭、渔洋山人。雍正时避帝讳，被改称士正；乾隆时，又改称士祯。新城（今山东桓台）人。顺治进士，官至刑部尚书，谥文简。主盟康熙诗坛数十年，追随者甚众，与朱彝尊号称“南朱北王”。论诗创神韵说，选《唐贤三昧集》以标宗旨。早年所作清丽澄淡，中年转为苍劲，诸体兼擅，而尤工七绝。又以余力为词与古文，亦获时名。有《渔洋山人精华录》《带经堂集》《渔洋诗话》《池北偶谈》《香祖笔记》等。

焦山题名记　　王士禛

来焦山有四快事：观返照吸江亭，青山落日，烟水苍茫中，居然米家父子①笔意；晚望月孝然祠外，太虚一碧，长江万里，无复微云点缀；听晚梵声出松杪，悠然有遗世之想；晓起观海门日出，始从远林微露红晕，倏忽跃起数千丈，映射江水，悉成明霞，演漾不定。《瘗鹤铭》②在雷轰石下，惊涛骇浪，朝夕喷激。予来游以冬月，江水方落，乃得踏危石于潮汐汩没之中，披剔尽致，实无不幸也。

〔注〕 ①米家父子：父米芾，子米友仁，皆为宋代大书画家，其画天真发露，不求工细，多用水墨点染，生意无穷，对后世通派影响深远。 ②《瘗(yì)鹤铭》：六朝摩崖正书石刻，上皇山樵书，刻于焦山。铭石高八尺，笔势开张，点画飞动，为著名碑石之一。曾数度坠入江中，现仅存五残石，藏焦山碑林博物馆。

焦山，因东汉末年焦光隐居山中而得名，在今镇江东北的滔滔长江之中。山高七十余米，如中流砥柱巍然耸立于滚滚白浪之中。

此篇《焦山题名记》，应是王士禛在扬州任推官时，公余南渡扬子时所作。以寥寥百余字，从声、色、图、像诸方面简约隽永地写出了焦山朝夕变幻的山水景致，笔墨之间，处处透发出作者那种踌躇满志、潇洒豪迈的襟怀，表现了一种愉悦快达的情绪，显然这与当时康熙年间的气象祥和，作者本人的仕途顺达很有关联。

此文依次叙写游焦山的四快事。首写在吸江亭观夕照。吸江亭在焦山之巅，清同治年间改亭为楼，四面轩窗临风，楼宇古朴典雅。冬日黄昏，暝色初起，此时信步登楼远眺，但见一轮夕阳在淡淡升起的暮霭中徐徐坠入远树青山，浩荡的江面上孤帆远影，烟云苍茫，浑然若同一轴米家父子的泼墨山水图卷。米氏自谓其画"信笔作之，多以烟云掩映树石，意似便已"，意境开阔高远，水墨酣畅淋漓。作者在薄暮时分，登楼倚窗临江迎风，环顾四野烟水苍茫，确有置身画图之感。此为游焦山一快。已而日落月升，云气四散，闲然步出孝然祠外，仰视苍穹深邃清澄，远望江面浩阔开远，一弯冷月高悬中天，水波银光，太虚一碧。此时悄然伫立江畔，顿觉神清气爽，心胸一阔。此为游焦山又一快。寂阒之中，忽闻梵声隐约从松林间飘然而来，晨钟暮鼓，诵经打禅，使人悠然萌生出世之想。此为游焦山的第三快事。一夜眠觉，披衣坐起，独趋江边东观海门日出，晨风微拂，云蒸霞蔚，倏忽间一轮旭日从天际跃出，冉冉升腾，东天一片灿烂霞光，大江一片粼粼波光，此时的感觉，“则有心旷神怡，宠辱偕忘，把酒临风，其喜洋洋者矣”。此为游焦山之第四快事。细阅全文，确能使人体味到作者那种“踏危石于潮汐汩没之中，披剔尽致”的风神潇洒之气。

王士禛曾在诗界倡“神韵”说，鼓吹诗以“隽永超诣者”为上品，他的诗如“西风忽送潇潇雨，满路槐花出故关”诸句，确有一脉秀逸清远之气，而他的这篇《焦山题名记》，也一如他的诗风，“见以为古澹闲远而中实沉着痛快”(王士禛《芝廛集序》)，耐人一咏三诵。

(徐静波)

北归志(三则)[①]

王士禛

康熙二十四年六月十二日，渡大汶口，汶水多矶石，水势喷薄如雷霆。过汶口，西北望岱岳，东北并徂徕，汶水明灭，时见林杪，徂徕有石守道[②]故居地，曰北王村，祠墓尚在，有司[③]春秋祀焉。次团瓢店。

十三日，过旧奉符县，至汶河镇，渡汶水，汶水清浅见底，广可二里许。遥望车者、骑者、负戴者、揭者、厉者[④]、蹄者、角者，纷纷渡水如画。次兔子口。

十四日，过杨家硿，群峰犬牙，一溪屡渡。溪中白石如玉，溅沫飞流，众山皆响。度青石关[⑤]，关南石壁夹立，曰瓮口峡。二十里中，挽空擢壁，峥水掷戟，古齐鲁之要害也。谒颜文姜祠[⑥]，松栝覆殿，一池泓然，是为孝泉，孝妇河之源也。又二里，有大洪泉，泉出石罅，状如车辋，下注孝水。晡，次颜神镇。

〔注〕 ①《北归志》是王士禛康熙二十四年(1685)四月初一结束广东公务北归，到六月十六日抵山东新城旧里的日记。 ② 石守道：北宋文学家石介字守道，人称徂徕先生，兖州奉符(今山东泰安)人。 ③ 有司：官吏。 ④ 揭者、厉者：出《诗经·邶风·匏有苦叶》：“匏有苦叶，济有深涉。深则厉，浅则揭。”厉、揭指涉水而过的两种情形。 ⑤ 青石关：齐长城中段下辖关隘，位于今山东济南市莱芜区青石关村。 ⑥ 颜文姜祠：齐国孝妇颜文妻祠堂。下文颜神镇即由此得名，在莱芜淄川交界处。

说到齐鲁山水，人们总是把注意力集中在岱岳泰山或崂山，此外则只知历下大明湖或胶东半岛沿海的蓬莱“仙境”等。在古人笔下很少描述鲁中的山壑水涧，通常总以为那里定是穷山恶水之区而已。王士禛《北归志》在最后几天的日记中却为我们绍述了自大汶口，经徂徕山脚，过莱芜到淄川一线的山水，很觉耳目一新。这条线路今天不在交通线上，也就是雪野水库那一带。王氏是山东人，他对鲁中溪壑有一种亲切感，笔底难免有乡土恋情；但王士禛又是个遍游天下山水的大文学家，单以这次"有事南海"而言，在《南来志》《北归志》中记叙了无数奇山丽水，他是有审美眼光，对大自然别具会心的，所以，这三则日记勾勒出的鲁中山水窟又决非是乡曲之见的有意美化。

这三天的日记各见侧重。渡大汶口一则用扫描式的巡视手法写开阔视野中的远山("西北望岱岳，东北并徂徕")近水("汶水多矶石")，以高峻的山色衬托明灭闪见于林杪的水影，又着意渲染"喷薄如雷霆"的水势涛声。不仅如此，在不足八十字的日记中除了自然景观的疏朗一抹外，又点明人文景观"石守道故居"。用今天的眼光来看，这无疑是一处旅游资源的可开发地。王士禛是神韵派诗人，善于以简驭繁，空灵蕴藉地抒情达意，风格以清远胜，这则日记深得此味，风调十分淡宕。

过旧奉符县一则是渡口特写，是类乎用长镜头遥摄下的渡水人群图像，"汶水清浅见底"一句是"纷纷渡水"之写的铺垫前提，唯其浅而清，所以乘着车的、骑着牲口的、由人驼着的，以及徒手涉水的遍布于汶水之上，纷纷渡去，还有一群被赶着渡河的马骡(蹄者)、牛羊(角者)……王士禛背着手遥望出了神，他以"如画"二字赞赏并总结着眼中所见。原是很平凡的一群人物，如果拆开来一个一个看，无论"车者"还是"骑者"，抑或"蹄者、角者"，都不会有多少美感，一当组合一起，纷纷竞渡于浅清见底的汶水上，从一种纷纷而来的动感中，美如画的境界就呈现了。从中很可体察到动静相合的审美义理和群体组合的活力生气所以发生的奥妙。

过杨家硂一则的山水描述，在古人小品中倒并不少见类似写法，它以精细雕琢见长。但王士禛主要的是在写水，"一溪屡渡"，足见此溪的曲折回环；写溪中"白石如玉"，是写溪水湍急冲刷所致，"溅抹飞流，众山皆响"，仍是以山衬水。据记载，青石关由长峪道迤逦而来，两山壁立连亘数里，位处博山之南二十里接壤莱芜地界。古代泰山、黄河以北为齐国、以南为鲁国，青石关为齐鲁门户即分界处，极险峻。王士禛只以"石壁夹立"带过而重点写瓮口峡的二十里水势山形，"搀空擢壁，峥水掷戟"八字极尽水急拍击的气势，搀搀空中，擢上峭壁，激浪如掷戟。这就把峡谷间的雄峻氛围表现出，与前面所见写的"清浅见底"等顿成两种境界。接着颜文姜祠的"孝泉"一泓，大洪泉的状如车轮，无不是写水，一小一大，一静一动，一柔一雄，互见其美趣。

看来王士禛是智者，智者乐水，他善于写水。　　(严迪昌)

宋 荦

【作者小传】

(1634—1713) 清文学家。字牧仲,号漫堂,又号西陂。河南商丘人。累官江苏巡抚、吏部尚书,加太子少师衔。好收藏,精鉴赏,学问渊博。能诗,与王士禛齐名。散文亦有名。著有《绵津山人集》《西陂类稿》《筠廊偶笔》等。

游姑苏台记

宋 荦

予再莅[1]吴将四载,欲访姑苏台未果[2]。丙子[3]五月廿四日,雨后,自胥江[4]泛小舟出日晖桥。观农夫插莳[5],妇子满田塍[6],泥滓被体[7],桔槔与歌声相答[8],其劳苦殊甚。迤逦过横塘[9],群峰翠色欲滴[10]。未至木渎二里许[11],由别港[12]过两小桥,遂抵台下。

山高尚不敌虎丘[13],望之仅一荒阜[14]耳。舍舟乘竹舆[15],缘山麓而东,稍见村落[16],竹树森蔚[17],稻畦相错[18]如绣。山腰小赤壁[19],水石颇幽[20],仿佛虎丘剑池。夹道稚松[21]丛棘,薝卜[22]点缀其间如残雪,香气扑鼻。时正午,赤日炎歊[23],从者皆喘汗。予兴愈豪[24],褰衣贾勇[25],如猿猱[26]腾踏而上。陟[27]其巅,黄沙平衍[28],南北十余丈,阔数丈,相传即胥台故址也。颇讶不逮所闻[29]。吾友汪钝翁[30]记,称方石中穿[31],传为吴王用以竿旌[32]者。又矮松寿藤[33],类[34]一二百年物。今皆无有,独见震泽[35],掀天陷[36]日,七十二峰出没于晴云淼淼中[37]。环望穹窿、灵岩、高峰、尧峰[38]诸山,一一献奇[39]于台之左右。而霸业销沉[40],美人黄土[41],欲问夫差之遗迹,而山中人无能言之者,不禁三[42]叹。

从山北下,抵留云庵。庵小有泉石。僧贫而无世法[43],酌泉烹茗以进[44]。山中方采杨梅,买得一筐,众皆饱啖[45],仍携其余。返舟中时已薄[46]暮,饭罢,乘风容与[47]而归。侍行[48]者,幼子筠[49],孙韦金,外孙侯晸,六日前子至[50]方应试北上,不得与同游赋诗纪事,怅然者久之。

〔**注**〕① 莅(lì)：到。 ② 未果：没有成功。 ③ 丙子：康熙三十五年(1696)。 ④ 胥江：苏州胥门外的一条河。 ⑤ 插莳(shì)：插秧。 ⑥ 妇子：妇女儿童。塍(chéng)：田中小埂。 ⑦ 滓：杂质。被体：满身。 ⑧ 桔槔(gāo)：汲水工具。相答：互相应和。 ⑨ 迤逦(yǐ lǐ)：迤逦，曲折。横塘：胥江中南北走向的一段。 ⑩ 翠色欲滴：绿色像要滴出。 ⑪ 木渎：苏州西南郊的一个镇名。许：大约。 ⑫ 别港：岔生的河。 ⑬ 不敌：抵挡不住。虎丘：苏州名胜。 ⑭ 阜：土丘。 ⑮ 竹舆：竹子编成的轿子。 ⑯ 村落：村庄。 ⑰ 森蔚：繁茂。 ⑱ 相错：交错。 ⑲ 小赤壁：湖北省境内长江岸边。 ⑳ 幽：深远。 ㉑ 稚松：小松树。 ㉒ 薝(zhān)卜：栀子花。 ㉓ 歊(xiāo)：热气。 ㉔ 兴：兴致。豪：高强。 ㉕ 褰(qiān)：提起。贾勇：使出勇气。 ㉖ 猱(náo)：猿猴的一类。 ㉗ 陟(zhì)：登临。 ㉘ 衍：展开。 ㉙ 讶：惊讶。逮：及。 ㉚ 汪钝翁：汪琬，号钝庵。 ㉛ 中穿：中间有孔。 ㉜ 竿旌：插竿悬挂旗帜。 ㉝ 寿藤：老藤。 ㉞ 类：像。 ㉟ 震泽：太湖古名。 ㊱ 陷：吞没。 ㊲ 七十二峰：指太湖中的山峰。淼(xiǎo)：水势广远。 ㊳ 穹窿(qióng lóng)、灵岩、高峰、尧峰：均在苏州西南郊。 ㊴ 献奇：呈现美景。 ㊵ 霸业销沉：指春秋时吴王的霸业已成陈迹。 ㊶ 美人：指西施。黄土：死后化为黄土。 ㊷ 三：概数，非确指。 ㊸ 世法：一般人的生活方式。 ㊹ 酌：取。烹：这里指泡。茗：茶。 ㊺ 啖(dàn)：同"啖"，吃。 ㊻ 薄：临近。 ㊼ 容与：悠闲自在。 ㊽ 侍行：侍奉同行。 ㊾ 筠(yún)：宋筠，字兰挥。 ㊿ 子至：儿子宋至。

游历祖国的名山大川和古迹名胜，用生花妙笔写下令人神往的游记，这是我国古代文学家的一个优良传统。在历代百花争艳的游记散文中，宋荦的《游姑苏台记》不失为一篇独具风采的佳作。宋荦非常羡慕"三百年来高贤遗老徜徉于山水佳处，日作词章翰墨因缘"(《跋吴门诸子游上方山石湖图咏》)。他论诗主张"取材富，而用意新"；强调"诗者，性情之所发"，提出"吾之真诗，触境流出"。他认为，"诗道本广大"，"诗道本灵通"，故而反对"狭小"和"拘泥而穿凿"，不满一味"抚唐""抚古"和"抚宋元明"之作(以上引语均见《漫堂说诗》，载《西陂类稿》卷二十七)。宋荦的这种诗论，反映了他对文学创作的看法，对他的古文创作同样是有指导意义的。同时，作为一个画家，宋荦的画论亦颇有见地，且对他的游记写作有明显的影响。在《跋朱竹垞和论画绝句》中，他曾说："余暇日创为论画绝句若干首，理绝绳尺，意在独解。竹垞先生见而好之，走笔属和，不摭画苑剩语，第吟赏生平所见，神理已超超元箸。"(《西陂类稿》卷二十八)套用他称许朱彝尊的论画绝句的赞语，他的游记佳作，如《游姑苏台记》，可谓"不摭游记剩语，第吟赏生平所见"。

宋荦自康熙壬申(1692)秋移节吴阊，在苏州做了四五年的地方官。在《重修沧浪亭记》(《西陂类稿》卷二十六)中，他自述道："予来抚吴，且四年。蕲与吏民相恬，以无事而吏民亦安。予之简拙，事以寖少，故虽处剧而不烦。"这样的作宦生涯，决定了暇日游览姑苏名胜古迹，"徜徉于山水佳处，日作词章翰墨"的爱好和享受。另外，宋荦又有一种“好古癖”，其友张希良曾把他比作苏东坡，说：“髯苏好事天下无，谁其匹者商丘叟，游踪宦迹仿佛同……公也素负好古癖，自笑多生一宿垢。”（《怪石诗用东坡石鼓歌韵为牧仲先生赋》，附载于《西陂类稿》卷二十八）宋荦的一些游记，包括《游姑苏台记》，与他的“好古癖”，亦有密切的关系。

看似清水，饮如醇酒，淡中见浓，平中寓奇，这是《游姑苏台记》在艺术上最为成功的地方。除开头和结尾作游记所必要的交代之外，全文三段，按时间顺序，记叙了作者出游姑苏台的全过程。自“丙子五月廿四日”至“遂抵台下”，先简叙泛舟胥江出城，直抵台下的情景；接着，自“山高尚不敌虎丘”至“不禁三叹”，详写上姑苏山，游胥台故址，发思古之幽情；最后，自“从山北下”至“怅然者久之”，描述下山进庵，品茗啖杨梅，以及归途的闲暇自得心情。全文所记，皆游山玩水中的日常琐事和个人情怀，并无怪奇之意外。然而，写眼前美景，令人神往；抒怀古幽情，则发人深思。布帛菽粟之中，自有许多滋味，咀嚼不尽。

由于宋荦是位对诗画理论有相当造诣的诗人和画家，他的山水游记，总有一种浓郁的诗情画意。同时，他在描摹山水之美景，吟咏风月之情怀时，能选取富有特征的人物活动，他那山水游记的诗情画意，既不乏静态之美，又具有动态之美。如写小舟出日晖桥后，特别描绘“农夫插莳，妇子满田塍，泥滓被体，桔槔与歌声相答”的春耕图；在留云庵里，又勾勒了一幅小庵贫僧酌泉烹茗以飨贵宾的画面。诸如此类，犹如电影中的特写镜头，为游记增添了不少盎然情趣，亦为读者提供了想象的余地。

宋荦不仅善于以画家的审美眼光来观察体验山水风月，而且擅长于用诗的语言来惟妙惟肖地加以描绘、渲染。他的这篇《游姑苏台记》，简直就是一篇优美的散文诗。

（王永健）

【作者小传】

蒲松龄

（1640—1715）　清文学家。字留仙，一字剑臣，号柳泉居士。室名聊斋，世称聊斋先生。淄川（今山东淄博市淄川区）人。十九岁为诸生，深受施闰章赏识。后屡试不第，至七十一岁才援例为岁贡生。除中年一度在宝应、高邮作幕宾外，长期在家乡为塾师。工诗文，善作俚曲，而尤以集毕生精力写成的《聊斋志异》成就最高。又有《聊斋文集》《聊斋诗集》《聊斋俚曲》等。今人辑有《蒲松龄全集》。

聊斋志异自序　　蒲松龄

被萝带荔，三闾氏感而为《骚》①；牛鬼蛇神，长爪郎吟而成癖②。自鸣天籁，不择好音，有由然矣。

松③落落秋萤之火，魑魅争光④；逐逐野马之尘⑤，魍魉⑥见笑。才非干宝⑦，雅爱搜神；情类黄州⑧，喜人谈鬼。闻则命笔，遂以成篇。久之，四方同人又以邮筒⑨相寄，因而物以好聚，所积益夥。甚者，人非化外，事或奇于断发之乡⑩；睫在目前，怪有过于飞头之国⑪。遄飞逸兴，狂固难辞；永托旷怀，痴且不讳。展如之人⑫，得毋向我胡卢⑬耶！

然五父衢头⑭，或涉滥听⑮；而三生石⑯上，颇悟前因。放纵之言，有未可概以人废者。松悬弧⑰时，先大人梦一病瘠瞿昙⑱，偏袒⑲入室，药膏如钱，圆贴乳际，寤而松生，果符墨志⑳。且也少羸多病，长命不犹㉑。门庭之凄寂则冷淡如僧，笔墨之耕耘则萧条似钵。每搔首自念，毋亦面壁人㉒果是吾前生耶？盖有漏根因㉓，未结人天之果㉔；而随风荡坠，竟成藩溷之花㉕。茫茫六道，何可谓无其理哉！

独是子夜荧荧，灯昏欲蕊；萧斋瑟瑟，案冷疑冰。集腋为裘㉖，妄续《幽冥》之录㉗；浮白㉘载笔，仅成孤愤之书。寄托如此，亦足悲矣。

嗟乎！惊霜寒雀，抱树无温；吊月秋虫，偎阑自热。知我者其在青林黑塞㉙间乎！

康熙己未㉚春日。

〔注〕 ① 三闾氏：指战国楚屈原，曾任三闾大夫。《骚》：屈原代表作《离骚》，又在其所作《九歌·山鬼》中有“若有人兮山之阿，披薜荔兮带女萝”句。 ② 长爪郎：指唐诗人李贺。李商隐《李长吉小传》云：“长吉细瘦，通眉，长指爪。”杜牧称其诗“鲸呿鳌掷，牛鬼蛇神，不足为其虚荒诞幻也”。 ③ 松：作者自称。 ④ 魑魅争光：三国魏嵇康夜间灯下弹琴，见鬼怪而吹灯灭，云：“耻与魑魅争光。”见裴启《语林》。 ⑤ 野马之尘：《庄子·逍遥游》：“野马也，尘埃也，生物之以息相吹也。” ⑥ 魍魉：传说中的鬼怪。 ⑦ 干宝：东晋文学家，著有《搜神记》。 ⑧ 黄州：苏轼曾被贬黄州团练副使，喜人谈鬼。见宋叶梦得《避暑录话》。 ⑨ 邮筒：古人佳送书札诗文的竹筒。 ⑩ 断发之乡：不开化的蛮野之地，古人以为其地人们皆“文身断发”。 ⑪ 飞

头之国：古代传说中的怪异之地。见唐段或式《酉阳杂俎》。 ⑫ 展如之人：诚实之人。《诗经·鄘风·君子偕老》："展如之人兮，邦之媛也。"朱熹《诗集传》："展，诚也。" ⑬ 胡卢：笑的样子。 ⑭ 五父衢头：《史记·孔子世家》云，叔梁讫与颜氏女野合而生孔子，叔梁讫先颜氏而故，颜氏不愿说出叔梁讫的葬地。颜氏死后，孔子"乃殡于五父之衢，盖其慎也"。五父衢，道名，在今山东曲阜东南。 ⑮ 滥听：无稽之谈。 ⑯ 三生石：据唐袁郊《甘泽谣》载，僧人圆观能知前生、今生、来世之事。他与李源同游三峡，见一妇人而对李源说她是自己的托身之所。约其在十二年后的中秋夜在杭州天竺寺外一块巨石边相见。届时李源到杭州，果然见一牧童唱着"三生石上旧精魂"的歌，来与之相会。后人遂以三生石作为前缘今生来世的典故。 ⑰ 悬弧：据《礼记·内则》，古人生男孩要弓（弧）于门左。生女孩则设帨于门右。后人遂以"悬弧"表示生男孩。 ⑱ 先大人：亡父。瞿昙：僧人。 ⑲ 偏袒：和尚穿袈裟，袒露右肩。 ⑳ 墨志：黑痣。 ㉑ 长命不犹：长大后命运不如他人。不犹，不如（他人）。 ㉒ 面壁人：据佛教典籍云，佛教禅宗达摩祖师来华，在嵩山山洞中面壁而坐九年参省。后以面壁人泛称僧人。 ㉓ 有漏根因：佛教语，指人们未断尘缘。 ㉔ 人天之果：佛教语，谓行善者得到果报。人天，佛教六道（天道、人道、阿修罗道、畜生道、饿鬼道、地狱道）轮回中的人道和天道。 ㉕ 藩溷（hùn）之花：掉在篱笆旁粪坑里的花。据《梁书·范缜》传，范缜认为人生好比一树花，"同发一枝，俱开一蒂"，随风而落，有的坠在富贵人家的床席上，有的掉在篱笆旁的粪坑里，虽有贵贱之分，但没有什么因果联系。 ㉖ 腋：狐腋下毛皮。裘：皮袍。 ㉗《幽冥》之录：南朝宋刘义庆所著《幽明录》，专记志怪故事。 ㉘ 浮白：饮酒。浮，罚酒之语。白，太白，酒杯。 ㉙ 青林黑塞：幽冥之中。唐杜甫《梦李白》："魂来枫林青，魂返关塞黑。" ㉚ 康熙己未：康熙十八年（1679）。

《聊斋志异》是蒲松龄毕生精力所萃之作，他才高而不得志，遂怀满腹牢骚，以南朝宋刘义庆作《幽冥录》的方式，借谈狐说鬼，绘写人生，寄托孤愤。这篇序叙述了他创作《聊斋志异》搜集素材和命笔的过程，并用自己前生是一个苦行僧的恍惚离奇的说法，自我解嘲地说他的一生也活该如南齐范缜（著名的无神论者，《神灭论》的作者）所说的"人生如落花，随风而堕"，像他这样命运不好的就落在"篱落粪溷之中"，在萧斋灯昏之中，干这样潦倒的著作事业，而不辞被人认为是"狂"夫"痴"人。全篇的情调是既自负而又很悲凉的。

《聊斋志异》被俞樾评为"古艳"之文，行文中充斥着大量的典故，这篇序亦然。例如以"三闾氏"（三闾大夫）称屈原，"被萝带荔"出于《九歌·山鬼》；以"长爪郎"称李贺，"牛鬼蛇神"是杜牧《李贺诗集序》中形容李贺诗的诡奇的话；"天籁"在《庄子·齐物论》中形容自然的音响；"魑魅争光"出于《世说新语》中嵇康灯下弹琴遇鬼物来作祟的故事；"野马之尘"是《庄子·逍遥游》中形容生命的气息之语，"魍魉"是《国语》中所说的木石之怪；"干宝"是志怪小说《搜神记》的作者；"黄州"指贬居黄州的苏轼，苏轼喜人谈鬼；"邮筒"是唐代诗人互寄诗稿的载具（见《唐语林》）；"断发之乡"语出《史记》，皆荆蛮不化之地；"飞头之国"出张华《博物志》；"展如之人"语出《诗·鄘风·君子偕老》，意为诚笃之人；"胡卢"语出《孔丛子》，意为大笑；"五父衢头"指人言纷纭的十字路口，语出《礼记·檀弓》；"三生石"典出唐人传奇《圆泽》，喻出生后能记前生来历；"悬弧"指男子初生，见《礼记·内则》；"瞿昙"为释迦如来姓，指佛门弟子；"墨志"即身上黑瘢疵，见《柳庄书》；"长命不犹"语出《诗·召南·小星》"实命不犹"，意称命运不如人；"面壁人"指菩提达摩，喻僧侣，出《高僧传》；"漏根"指功德不满，"人天之果"指功德圆满后的超升，都是佛家言；"藩溷之花"，见《南史·范缜传》；"六道"即天、人、魔、地狱、饿鬼、畜生六道，亦佛家语；"浮白"喻饮酒干杯，语出《说苑》；"孤愤"为《韩非子》篇名，"青林黑塞"语出杜甫《梦李白》诗"魂来枫林青，魂返关塞黑"，喻心灵相通者。其他遣词中的熟用典语，读者自能辨别，毋庸赘述。

明清小品文以明白畅晓者为多，以大量典实组缀而成的不是正宗，蒲松龄的特点是不以典实害意，驱使自如，故得称为"古艳"，成为小品文中别具风味的一格。

（何满子）

红　毛　毡　　蒲松龄

红毛国，旧许与中国贸易。边帅见其众，不听登岸。红毛人固请："但赐一毡地足矣！"帅思一毡所容无几，许之。

其人置毡岸上，仅容二人。扯之，容四五人。且扯且登，顷刻毡大亩许，已数百人矣。短刃并发，出于不意，被掠数里而去。

蒲松龄的短篇小说集《聊斋志异》中，收入了一些速写式的叙事小品，大多是趣味隽永的谈片。《红毛毡》看来是一则怪诞的海外奇谈，其实却反映了明清之际海禁未开时群众对异域人的心态。

同类的传说在明末《月山丛读》等笔记中也曾出现。当时西方葡萄牙、西班牙、荷兰（英、法等国到中国来通商、劫掠还要稍后一点）等殖民者经常在广东、福建一带海域活动，要求通商，并进行海盗式的掠夺，于是群众中就出现了许多关于夷人的狡诈以及他们的奇技淫巧的传说。

红毛国，是明代人对荷兰的俗称。荷兰曾在明末一度侵占我国台湾省的不少沿海城镇，并经常在福建沿海骚扰，或假贸易之名进行不等价的物资交换，而在海防部队疏虞之时则杀人越货以去。能够拉扯成数亩之大的毡毯显然是一种荒谬的虚构，但对这些殖民者的无孔不入，却是一种相当真切的象征性的讽喻。

百余字的短文中,不但叙事完整,因果明晰,而且语言节奏迫促迅疾,与顷刻间完成一幕狡诈的劫掠的场景情调吻合,有猝不及防之势。事本夸张,但在叙述中又显得合理,似可信服,较一般的海外奇谈更为平易动人。这种化峭仄为平夷的方法,确实显出了“出于幻域,顿入人间”(鲁迅评《聊斋志异》)的美学转化能力。

(何满子)

骂 鸭

蒲松龄

邑西白家庄居民某,盗邻鸭,烹之。至夜,觉肤痒,天明视之,鸭毛茸生,触之则痛。大惧,无术可医。夜梦一人告之曰:“汝病乃天罚,须得失者骂,毛乃可落。”而邻翁素雅量,生平失物,未尝征于声色。某诡告翁曰:“鸭乃某甲所盗,彼深畏骂焉,骂之亦可儆将来。”翁笑曰:“谁有闲气骂恶人?”卒不骂。某益窘,因实告邻翁。翁乃骂,其病良已。

异史氏曰:甚矣,攘者之可惧也,一攘而鸭毛生。甚矣,骂者之宜戒也,一骂而盗罪减。然为善有术,彼邻翁者,是以骂行其慈者也。

这篇写的是旧时民间常发生的小小的盗窃故事。如果仅仅停留在“作不善者必有余殃”的因果报应的劝诫上,那么作品的意义就极一般了。作者却构建了一个窃贼的惩罚可以禳除而失主偏因宽容而使之不能禳除的矛盾,迫使窃贼不得不坦白其恶行。这一曲折使文情增添了趣致,人物的性格和心态也活画出来了。

窃贼得知失主一骂即可消灾,但羞耻之心使他不敢自承罪过,假诬旁人并以“儆将来”为词,求失主一骂;失主却宅心宽厚,不愿以小事骂人,直到窃贼自供了,才以德报怨,免解了他的灾害,即作者在“异史氏曰”的评语中所说的“以骂而行其慈”。失主固然是一位宽厚长者,窃贼也不是十恶不赦的坏人,他本来是能想出狡计诱使失主一骂的,例如推在他的某一至亲好友身上,说是某人央他恳求一骂以除灾的之类。作者对窃贼是犹有恕词的。

“异史氏”的评语中最有味的是“甚矣,骂之宜戒也,一骂而盗罪减”。这和民间的谚语“打了不罚,罚了不打”含意相同。民间传统道德信念以为,盗窃了别人的东西,如果赔偿了,就可以不再受罚;受了罚就不必再赔偿,因为已经处罚过了。骂是处罚的一种，所以“一骂而盗罪减”。这个窃贼因失主一骂而消了灾，正是民间道德“打了不罚”的形象化。如果不骂，即使没有怪诞的鸭毛，盗者也不能心安理得，至少见了失主会受到良心的谴责。一骂，则反正挨了骂，盗吃鸭子也就活该，至少抵过了。

一件民间的小纠纷上有这么多文章可做，有这么多人生含义，谁能说这篇小品只是说了一个小故事呢？ （何满子）

好快刀　　蒲松龄

明末，济属多盗。邑各置兵，捕得辄杀之。章邱盗尤多。有一兵佩刀甚利，杀辄导窾①。

一日，捕盗十余名，押赴市曹。内一盗识兵，逡巡告曰：“闻君刀甚快，斩首无二割，求杀我。”兵曰：“诺。其谨依我，勿离也。”

盗从之刑所，出刀挥之，豁然头落。数步外，犹圆转而大赞曰：“好快刀！”

〔注〕 ① 导窾(kuǎn)：从骨节空处入手。此指行刑利落。

这则小谈片的涵义，至少有两个层面。第一层面是读者从字面上立即能够领会的：形容这刽子手佩刀的锋利，刀起头落，头颅在滚转中尚在发出赞叹之声，是赞声未绝、头已滚落的极度夸张的刻画。在这个意义上，这小品是略带诡奇的滑稽小故事，令读者启颜而笑。

但再思索一下，接触到较深的层面，你就笑不出来了。人的生命只有一次，谁不惜生？而这个受刑者却以能速死为快，求快刀，赞快刀，而正是这快刀剥夺了他的生命。这岂不是向读者宣告：在那个苦难的时代，活着不如干脆快点死去。当人对死亡已毫无恐怖时，就表明了他对生的一无所望。须知作者所写的“明末”，正是农民大起义和满族征服者入关以后的恐怖时期；所谓“多盗”，实际上是揭竿而起抗暴政、抗侵略的义民和生活无着铤而走险的善良群众。统治者和征服者对“盗”固然“捕得辄杀”，备极残酷；流离恐怖气氛下毫无生机的人也以死为乐，惟求速死。小品是以喜剧简捷地写出了悲剧的时代。 （何满子）

大　鼠　　蒲松龄

万历间，宫中有鼠，大与猫等，为害甚剧。遍求民间佳猫捕制，辄被啖食。

适异国来贡狮猫，毛白如雪。抱投鼠屋，阖其扉，潜窥之。猫蹲良久，鼠逡巡自穴中出。见猫，怒奔之。猫避登几上，鼠亦登，猫则跃下。如此往复，不啻百次。众咸谓猫怯，以为是无能为者。

既而鼠跳踯渐迟，硕腹似喘，蹲地上少休。猫即疾下，爪掬[①]项毛，口龁[②]首领。辗转争持间，猫声呜呜，鼠声啾啾。启扉急视，则鼠首已碎矣。

然后知猫之避，非怯也，待其惰也。彼出则归，彼归则复，用此智耳。噫！匹夫按剑，何异鼠乎！

〔注〕 ① 掬(jū)：抓取。 ② 龁(hé)：咬。

这篇小品所叙述的故事，是《孙子兵法》“避其锐气，击其惰归”这一战争原则的形象诠释。

常言道：斗力不如斗智。因此，本篇的结语是，如果单仗匹夫之勇，那就无异于这只笨拙的老鼠。

本篇是结构十分谨严的叙事小品。先叙事件的因由，简明扼要；继而集中笔力描绘猫鼠搏斗过程，有声有色，动作、气氛都十分真切，强弱之势的互易和狮猫克敌制胜的情状鲜明如画；最后即事评论，点出猫以智胜，而归结到专逞勇力者之无能，起结井然。

作者三言两语，就将光度集注于事件的戏剧性高潮，简略过程而突出重点。在猫鼠斗争的紧张情状的绘写中，还巧妙地插入写了潜窥者的议论：“众咸为猫怯，以为是无能为者”。然后笔锋陡转，以猫的取胜反证了窃议者的浅薄，说明以皮相取人的窃议者亦“何异鼠乎”。贬在不言中，并使情节的演进有了可喜的顿挫，确是高手的妙笔。

（何满子）

【作者小传】

廖 燕

(1644—1705) 清文学家。初名燕生，字人也，号柴舟。曲江(今广东韶关)人。家贫好学。本为诸生，后厌弃科举八股，专事论著。其文恣肆犀利，对程朱理学及儒家传统史论，多持异议。论诗反对模拟堆砌。其诗抒写怀抱，不事雕琢，隐含对当时现实的不满。工草书。又能戏曲。著有《二十七松堂集》及杂剧《醉画图》《诉琵琶》等四种。

选古文小品序　　廖　燕

大块铸人，缩七尺精神于寸眸之内，呜呼，尽之矣！文非以小为尚，以短为尚；顾小者大之枢，短者长之藏也。若言犹远而不及，与理已至而思加，皆非文之至也。故言及者无繁词，理至者多短调。巍巍泰岱，碎而为嶙砺沙砾，则瘦漏透皱见矣；滔滔黄河，促而为川渎溪涧，则清涟潋滟生矣。盖物之散者多漫，而聚者常敛。照乘粒珠耳，而烛物更远，予取其远而已；匕首寸铁耳，而刺人尤透，予取其透而已。大狮搏象用全力，搏兔亦用全力，小不可忽也。粤西有修蛇，蜈蚣能制之，短不可轻也。

本文是一篇识见卓荦的小品文理论批评，也是妙趣横生的文艺小品。“古文”一词，起于唐人。魏晋至隋唐之际，骈骊盛行，称为“时文”。韩愈、柳宗元等起来，提倡恢复先秦两汉散文的传统，号称“古文”。其实，中唐韩、柳或者北宋欧阳修、苏轼等的古文，都已超越秦汉之文旧辙，而为一种新型散文。不但论说等长篇宏文在内容的时代性、理论的严密性、写作手法的丰富多彩等方面均有新的创造；他们还创作了许多文艺性很强的短篇散文，例如韩愈的“杂说”“以文为戏”，柳宗元的“寓言”“游记”，欧、苏的题跋叙记，等等，常熔抒情、叙事、议论于一炉，既优美可诵，又含意深刻，这也就是小品文的滥觞，应属唐宋古文运动重大成就的组成部分。然而后代论古文者，常常主要着眼于唐宋八家载道论世的大文章，而忽视他们的小品杂文。明中后期，随着个性解放思潮的涌起，独抒性灵的小品文云蒸霞蔚，为散文发展开创了新局面。理论界或以新兴小品文与传统古文相对立，实则小品文原为传统古文的一脉。王世贞《书柳(宗元)文后》称“永州诸记，峭拔紧洁，其小语之冠乎?”袁宏道也说：“今东坡之可爱者多在小文小说……使尽去之而独存其高文大册，岂复有坡公哉!”可见晚明诸家对唐宋古文是别有会心的。陆云龙还上溯到先秦儒家经典和《公羊传》《穀梁传》中去选取零章片断为《五经提奇》《公谷提奇》，揭示小品文的源远流长。一般说来，晚明以至清初的小品文，大都在清新自由活泼方面超过唐宋古文，却多偏于抒写文人雅士的闲情逸趣、风流韵事，有与封建统治违抗一面，而在触及社会现实方面，反视唐宋古文有所逊色。王思任说“文章有二字诀，曰‘轻’曰‘活’”(《张郡公减斋近稿序》)，张岱标举“真”与“近”(《张子说铃序》)，都概括了他们创作小品的旨趣。

廖燕此文,在小品文的理论批评方面可说是具有总结性的。它既将古文与小品结成一系,又比较全面深刻地揭示古文小品的思想艺术特色与性能。全文通过一系列形象化的比喻,强调了他崇尚的小品是短小精悍,微中见大,既光彩四照,又尖锐泼辣者。《孟子》说:“存乎人者莫良于眸子(瞳人)。”晋画家顾恺之画人物最重点睛,说:“传神写照,正在阿堵(这个)中。”眼睛于人体所占比例极小,却集中体现人的精神风貌。本文开头即以人之眼睛来比喻文中小品,破空而来,设想奇突,生动真切而高度概括地为小品文写照传神。《史记·田敬仲完世家》载梁惠王称有“径寸之珠”能“照车前后十二乘”,即此粒珠之光能照明二十四辆车乘;《吴越春秋》载专诸以匕首刺吴王僚,一下透过三层铠甲,穿胸达背。本文用两者来揭示自己所以有取于短小之文,就在于其光聚力凝,映照广远,批判深透。最后文章运用狮子搏兔、蜈蚣制蛇的比喻,指出了创作小品文应该具有严肃郑重态度,以及对小品文的作用地位应该给予足够的重视。这些使我们想起二十世纪三十年代文坛关于小品文的讨论和鲁迅把杂文比为“匕首”“投枪”的光辉论点。作者友人黄少涯说本文为“奇文”,确是当之无愧的。当然,明末陆云龙的《翠娱阁评选小札简小引》曾云,“敛锐于简,当如徐夫人(荆轲刺秦王所用匕首的制作者)匕首,纤锋而足制死命”;“敛广于简,当如一泓之水,涓涓而味大海”,又可谓廖说的先声了。

(顾易生)

自题竹籁小草　　廖　燕

竹圃初葺,微雨一过,苔洁萝鲜。予坐其中,颓如块雪耳,何与笔墨事?而顾相引以深也。蕉纸虫书,似以韵胜,不欲落烟食朵颐。举向花间,倩鸟哦之。公冶子何在?听此泠然。世无忌人,容我仙去。

本篇是作者对自己在竹林间创作的题记,相当于作品自序。竹籁,指竹林间自然的音响,犹《庄子·齐物论》所谓“天籁”(自然界的音响)的一种。古人常以“天籁”称诗歌之不事雕琢、得自然之趣者。谢庄《月赋》说“风篁成韵”,司空图《二十四诗品·冲淡》说“阅音幽篁”,都是揭示竹籁之有诗意。作者也是这样期许自己的创作的。这篇题记,也允属天籁或竹籁之作,极潇洒幽远之致。据作者《韵轩种竹记》称:“予于凡物之好,皆得其意而已,顾独好竹。……盖竹有直、虚、清、节之德,予惟取其野而已。”“野”就是“自然之趣”。该记又说,他于韵轩旁种了许多竹,常常独自坐卧其间,饮酒吟诗,与竹有相得之意。遇有得意之句,随手拾瓷片划在竹上，日久消剥，字迹都像古碑苔蚀之痕，似隐似现，客人见了反以为有“韵”。本文所题，大概就是这类作品的结集吧。文章虽很短，却情韵无限，开头寥寥数笔，已将雨后竹圃的清新绝尘境界呈现在读者眼前。可以设想，这种境界，与雕章琢句的酬世之作无缘，却与孤绪幽吟相互生发。李白诗：“相看两不厌，只有敬亭山。”意境仿佛似之。无意于造作，妙手偶得之，涂抹点划，自成天籁，因而不想让它们落到食人间烟火者的口头，而只是递请花间禽鸟去吟哦，可惜茫茫世界，哪里有公冶长(孔子弟子，相传懂鸟语)一流人物呢？何处有知音来赏识这泠然希声呢？司空图《二十四诗品·实境》云：“情性所至，妙不自寻。遇之自天，泠然希音。”“希音”即《老子》“大音希声”，意谓完美之音，其声杳渺浑沌，不可寻辨。司空图与本文作者，均受道家思想影响。道家文艺观，首重自然。“泠然”，轻妙的样子，其词源出《庄子·逍遥游》“列子御风而行，泠然善也”。然而正如列子飞举仍然有所依凭，故不免“旬有五日而后返”于地上。作者这里虽然飘飘欲仙，却也难以隔绝尘嚣。这世上有多少嫉忌之人，岂容他独自逍遥呢？结语冷隽，感慨是很深的。孤怀冷韵之中，应是蕴蓄着热血孤愤吧！（顾易生）

半幅亭试茗记　　廖　燕

亭在韵轩西之南，声影寂寥，方嫌花翻鸟语之多事也。萝垣苔砌，修竹施绕，亭赘其中而缺其半，如郭恕先画云峰缥缈，仅得半幅而已，因以为名。亭空闲甚，似无事于主，主亦无事于客。然客至不得不须主，主在不能不揖客。客之来，勇于谈，谈渴则宜茗，而亭适空闲无事，遂以茗之事委焉。安鼎瓯窑瓶汲器之属于其中，主无仆，恒亲其役。每当琴罢酒阑，汲新泉一瓶，箑[1]动炉红，听松涛飕飕，不觉两腋习习风生。举瓷徐啜，味入襟解，神魂俱韵，岂知人间尚有烟火哉！地宜竹下，宜莓苔，宜精庐，宜石砰上；时宜雨前，宜朗月，宜书倦吟成后；侣则非眠云跂石人不预也。品茗之法甚微，予从高士某得其传，备录藏之，不述也。独记其清冷幽寂，茗之理傥宜如是乎！

〔注〕 ① 箑(shà)：扇子。

品茶，是我国民族传统中一桩文人雅事。唐代文学家陆羽以嗜茶著名，对茶道很有研究，撰有《茶经》，为我国茶学的专门著作之始。晚唐诗人卢仝有《走笔谢孟谏议寄新茶》，形容在饮茗之后，“惟觉两腋习习清风生”，飘飘欲归蓬莱仙山。然而品茶之成为雅事，也与烹饮者的人品及其环境有关。本文在关于茶的作品中别开生面，从描写环境与人物入手烘托出一种清冷幽寂的审美理想境界。这里主要还是对主人公自己品格的传神写照。作者文集《自序》曾说：“笔代舌，墨代泪，字代语言，而笺纸代影照。”“而我不书乎？而书不我乎。”那就是说，他的作品是文如其人，人如其文。作品是作者的影子，这里写出了他清高绝俗的人格。

据作者《韵轩种竹记》，他于韵轩之旁，尽种修竹，其境已有野趣，今半幅亭更出其南，当然更加幽寂了。所谓“半幅亭”，指其依墙而筑，结构和面积仅为一般亭子之半，其中又空闲无杂物。中国古代文艺理论中，素有以“空灵”为美的。清初神韵派诗人王士禛说：“王懋《野客丛书》有云：‘太史公（指《史记》）如郭忠恕（宋画家，字恕先）画天外数峰，略有笔墨，意在笔墨之外。’”诗文之道，大抵皆然，小品文之道尤其如此。本文的写景，写人，写茶，即是用的这样的笔墨，所以对于品茗之法，也只说得自某高士而不具体介绍，却使我们数百年后读此半幅之文，如处幽亭，如试清茗，如对高人，别有一般的韵味在心头。

然而，我们还可以看到，亭仅半幅，本文所摄取作者形象也仅是一个侧影。作者有《小品自序》云，他所以写小文，是因为居处环境狭小，见闻接触不广，身手不得舒展。“所见无非小者”，来访的客人也都只是谈些身边之事，“无有知肉食大言者。予虽欲大言之而客莫能听也。以故凡笔之于文者皆称是”。显然，这里含有某种牢骚、讽刺成分。半幅亭当也属他所谓“小者”，其主人公是未必安然长处于这“半幅”之中“试茗”的。“肉食者”指达官贵人，《左传》说：“肉食者鄙，未能远谋。”腐儒俗吏说假大空的话，当然为作者所鄙弃，但他绝没有忘怀广大社会，《重刻光幽集序》说：“士固有宁终身不富贵，而必不肯不用奇自豪；宁受人之谤讥，而必不肯以固陋自处。盖将以经天纬地为文章，辅相裁成为事业……”勃勃雄心，跃然纸上。以与本文合看，庶几得见廖燕的全人。 （顾易生）

金圣叹先生传 廖 燕

先生金姓，采名，若采字，吴县诸生也。为人倜傥高奇，俯视一切，好饮酒，善衡文评书，议论皆发前人所未发。时有以讲学闻者，先生辄起而排之。于所居贯华堂设高座，召徒讲经，经名《圣自觉三昧》，稿本自携自阅，秘不示人。每升座开讲，声音宏亮，顾盼伟然。凡一切经史子集，笺疏训诂，与夫释道内外诸典，以及稗官野史，九彝八蛮之所记载，无不供其齿颊。纵横颠倒，一以贯之，毫无剩义。座下缁白四众，顶礼膜拜，叹未曾有。先生则抚掌自豪，虽向时讲学者闻之，攒眉浩叹，不顾也。

生平与王斫山交最善。斫山固侠者流，一日以三千金与先生曰："君以此权子母[①]，母后仍归我。予则为君助灯火可乎？"先生应诺。甫越月，已挥霍殆尽，乃语斫山曰："此物在君家适增守财奴名，吾已为君遣之矣。"斫山一笑置之。

鼎革后，绝意仕进，更名人瑞，字圣叹，除朋从谈笑外，惟兀坐贯华堂中，读书著述为务。或问"圣叹"二字何义。先生曰："《论语》有两'喟然叹曰'，在颜渊为'叹圣'，在'与点'则为'圣叹'。予其为点之流亚欤？"所评《离骚》《南华》《史记》《杜诗》《西厢》《水浒》，以次序定为"六才子书"，俱别出手眼。尤喜讲《易》"乾""坤"两卦，多至十万余言。其余评论尚多，兹行也者，独《西厢》《水浒》《唐诗》《制义》《唱经堂杂评》诸刻本。

传先生解杜诗时，自言有人从梦中语云："诸诗皆可说，惟不可说《古诗十九首》。"先生遂以为戒。后因醉，纵谈"青青河畔草"一章，未几，遂罹惨祸。临刑叹曰："斫头最是苦事，不意于无意中得之。"先生没，效先生所评书，如长洲毛序始、徐而庵、武进吴见思、许庶庵为最著，至今学者称焉。

曲江廖燕曰：予读先生所评诸书，领异标新，迥出意表，觉作者千百年来，至此始开生面。呜呼，何其贤哉！虽罹惨祸，而非其罪，君子伤之。而说者谓文章妙秘，即天地妙秘，一旦发泄无余，不无犯鬼神所忌。则先生之祸，其亦有以致之欤？然画龙点睛，金针随度，使天下后学，悉悟作文用笔墨法者，先生力也。又乌可少乎哉！其祸虽冤屈一时，而功实开拓万世，顾不伟耶？予过吴门，访先生故居，而莫知其处。因为诗吊之，并传其略如此云。

〔注〕 ① 子母：犹言本利。子是利息，母是本金。

金圣叹是一位奇人，本传记和论赞尤是一篇奇文。

金圣叹是明清之际杰出的文学批评家。顺治十八年(1661)清世祖去世，哀诏至苏州，当时有诸生百余人哭于文庙，上揭帖请逐酷吏县令。金也参与其事，遂以倡乱罪被处斩。金圣叹曾评点大量古书，称《庄子》《离骚》《史记》《杜甫诗》《水浒传》《西厢记》为“六才子书”。他的著作据叙录有《第五才子书》(即《水浒评点》)、《第六才子书》(即《西厢评点》)、《杜诗解》、《圣自觉三昧》等二十余种，其中有些尚未竣稿，或佚。今有《金圣叹全集》。金圣叹文艺思想是很复杂的，有维护封建统治、礼教的成分，也铄耀着反对封建统治与礼教的因素。应该看到，处在他那个时代，著作中积淀某些封建糟粕是不足为奇的，而在层层尘封中透射出来的民主性的闪光，却值得充分注目。他的被杀，是清王朝对进步知识分子的残酷迫害。

廖燕这篇传记，即大力肯定和突出金圣叹行为和著作中民主性精华，因而也是对封建专制统治的抗争。笔墨不长，却非常传神，塑造了一个“倜傥高奇”的典型形象。他讲学时气宇轩昂，高谈阔论，学问渊博而富有独创精神，突破传统而自成体系，才气纵横，辞锋透辟，受到广大听众的欢迎，也与当时理学家尖锐对立，种种情态，被写得栩栩如生。明清改朝换代之后，金改字“圣叹”。“圣”指孔子。《论语》中两处出现“喟然叹曰”之语。一处是孔子学生颜渊对孔子教学之道的赞叹，所以称为“叹圣”。一次见于孔子某次征询侍座学生子路、冉有、公西华、曾点各人志愿时的对答。前三人都表示了自己在政治上有所作为的抱负，只有曾点迥然不同，他表示向往于一种“在暮春三月的季节，和十几个年岁不等的同伴在沂水里洗个澡，在舞雩台上吹吹风，一路唱歌归去”的优游生活境界。这个理想得到了孔子的赞许，“夫子喟然叹曰：‘吾与点也(我同意曾点的啊)！’”(《论语·先进》)金圣叹期望作曾点一流人物，视富贵如浮云，不与新朝合作，憧憬自由不羁的情态也就跃然纸上。

这篇传记和论赞中对金圣叹的文学批评给予极高的评价，称之为千百年来别开之生面，发泄天地之妙秘，开拓万世之心灵。字里行间，隐约而实鲜明地揭示他受害的根本原因是由于其异端精神触犯了封建统治者的忌讳。本文正是把他当作为进步的文学批评事业从容献出生命的启蒙思想家来加以热烈歌颂的。金圣叹评描写男女爱情的《西厢记》为“天地妙文”，说王实甫创作此剧是“天地现身”“向天下人心里偷取出来”；他又说“天下之文章，无有出《水浒》右者”，肯定描写农民起义的《水浒》的作者“胸中有何等冤苦”，对书中英雄李逵、张顺叛逆性言语批道："快绝，快绝！""雄文骇俗，读之起舞！"这些无疑都与封建统治及其卫道者针锋相对。当时一位著名学者便把他斥为"邪鬼"，云："苏州有金圣叹者……尝批评《水浒传》……是倡乱之书也。未几，又批评《西厢》行世……是诲淫之书也。……惑人心，坏风俗，乱学术，其罪不可胜诛矣。"（《归庄集·诛邪鬼》）咬牙切齿的诋毁，恰恰证明金圣叹文学批评的价值与廖燕写作这篇文章的难能可贵！

特别值得注意的是，据廖燕《汤中丞毁五通淫祀记》称，"予于丙子岁来吴"，丙子为康熙三十五年(1696)，此传当作于其时。惩处金圣叹的康熙帝正专制皇纲，作者竟敢为金圣叹呼冤翻案，赞颂备至，面对屠刀敢于挑战，其矛头所向是十分明显的。这是何等的"才、胆、识、力"！其时虽有无名氏的《哭庙纪略》《辛丑纪闻》等对哭庙案的受害者(包括金圣叹)表示一定同情，属于本文所谓"君子伤之"之类。然而这些既未具名，也未公开，其分量是不能和本文比拟的。对金圣叹的评价，迄今为止，也许仍以本文为最高，论者或有不同看法。但要看到此文写作的时代背景与精神实质，这里寄托着作者自己的强烈反传统倾向，其意义是超过对传主本身评价的。

（顾易生）

山居杂谈　　　　廖燕

凡事做到慷慨淋漓激宕尽情处，便是天地间第一篇绝妙文字，若必欲向之乎者也中寻文字，又落第二义矣。

世人有题目始寻文章，余则先有文章偶借题目耳。犹有悲借泪以出，非有泪而始悲也。

题目是众人的，文章是自己的，故千古有同一题目，无同一文章。

谁都知道作文要有题目，依题作文，乃是常理。有些文章家认为题目的作用十分重要，要想写出好文章，就得选个好题目。倘若不能自选而是由别人出题，便只好揣摩着题意来下笔，才能把文章写好。说到底，是题目决定了内容，管住了内容。廖燕的见解却完全相反，他认为内容才是最重要的，有了文章才借用个题目来标示一下。从文学创作的发展过程、作者的写作实践来看，他的见解无疑是正确的。古代的文章如贾谊的《过秦论》、王羲之的《兰亭序》，以及先秦的一些诗歌，原来都没有题目，是后人加上去的。足见古人为文做诗，都首重内容，并不考虑标题。

"杂谈"这种文章，本来可长可短，而廖燕的这几段文字，虽是说理，却不作长篇大论。寥寥数语，透辟精警，语浅而意深。其中"借泪以出"二句，用人人都体验过的事情，来说明一个理论，不必繁言而人人能晓，真是举重若轻，令人佩服。另外，“寻文字”“寻文章”的“寻”字，“借题目”的“借”字，新警而耐人寻味。这些都表现了作者的文章风格和功力。（黄国声）

【作者小传】

郑日奎

清文学家。字次公，江西贵溪人。生卒年均不详，约清圣祖康熙十三年前后在世。顺治十六年(1659)进士，授庶吉士。散馆，授礼部主事。康熙十一年(1672)与王士禛同典四川乡试。士禛诗有“水部风流似郑虔”句，即为日奎而咏。著有《静庵集》十二卷。

醉书斋记

郑日奎

于堂左洁一室为书斋，明窗素壁，泊如也。设几二，一陈笔墨，一置香炉茗碗之属。竹床一，坐以之；木榻一，卧以之。书架书筒各四，古今籍在焉。琴磬麈尾诸什物，亦杂置左右。

甫晨起，即科头[①]拂案上尘，注水砚中，研墨及丹铅，饱饮笔以俟。随意抽书一帙，据坐批阅之。顷至会心处，则朱墨淋漓渍纸上，字大半为之隐。有时或歌或叹，或笑或泣，或怒骂，或闷欲绝，或大叫称快，或咄咄诧异，或卧而思，起而狂走。家人瞯见者，悉骇愕，罔测所指，乃窃相议，俟稍定，始散去。婢子送酒茗来，都不省取。或误触之，倾湿书册，辄怒而责，后乃不复持至；逾时或犹未食，无敢前请者。惟内子时映帘窥余，得间始进，曰：“日午矣，可以饭乎？”余应诺。内子出，复忘之矣。羹炙皆寒，更温以俟者数四。及就食，仍挟一册与俱，且啖且阅，羹炙虽寒，或且味变，亦不觉也。至或误以双箸乱点所阅书，良久始悟非笔，而内子及婢辈罔不窃笑者。夜坐，漏常午，顾僮侍，无人在侧，俄而鼾震左右，起视之，皆烂漫睡地上矣。客或访余者，刺已入，值余方校书，不遽见。客伺久，辄大怒诟，或索取原刺，余亦不知也。盖余性既严急，家中人启事不以时，即叱出，而事之紧缓不更问，以故仓卒不得白。而家中盐米诸琐务，皆内子主之，颇有序，余是以无所顾虑，而嗜益僻。

他日忽自悔，谋立誓戒之，商于内子。内子笑曰："君无效刘伶断饮法，只赚余酒脯，补五脏劳耶？吾亦惟坐视君沉湎耳，不能赞成君谋。"余惝然久之，因思余于书，洵不异伶于酒，正恐旋誓且旋畔；且为文字饮，不犹愈于红裙耶[2]？遂笑应之曰："如卿言，亦复佳，但为李白妇、太常妻不易耳[3]。"乃不复立戒，而采其语意以名吾斋，曰"醉书"。

〔注〕①科头：脱帽露头。　②"为文字饮"二句：意为沉湎于书，还是胜于沉湎女色。　③李白妇：李白有《赠内诗》云："三百六十日，日日醉如泥，虽为李白妇，何异太常妻。"太常妻：东汉周泽为太常，卧病斋宫，其妻窥问所苦，泽以妻子干犯斋禁，竟将其送交诏狱谢罪。时人讥之曰："生世不谐，为太常妻。一岁三百六十日，三百五十九日斋，一日不斋烂如泥。"言周泽不近人情，难为其妻。

书斋是古代知识分子读书与修身的地方。每一个读书人都在书斋里作过五光十色的梦，有着深厚的感情，自然就有写书斋的文章产生。这种文章通常就叫作斋记，一般总是记叙两方面的内容：一是书斋的环境、位置、风景、陈设、修造经过等；二是斋主的志趣、襟抱等，而以抒情明志为旨归。由于古代知识分子的志趣与抱负离不开儒家思想的藩篱，这样的文章难免缺乏生气，面目大同小异。只有突破此种格局，才可能写出好作品。明代归有光的《项脊轩志》可谓破格之作，它通过对书斋的记叙，把祖母、母亲和妻子三代女性倾注在自己身上的爱串联起来，成为一篇出色的抒情文。这篇《醉书斋记》可算是斋记中的又一篇破格文字。它借记叙书斋得名的由来，给自己画了一个书呆子、书蠹虫的肖像漫画，叫人忍俊不禁，也叫人油然而生敬意，妙不可言。

作者为什么要给自己画这么一个漫画像，恐怕也没什么深意，无非是记下自己如痴如狂、废寝忘餐地读书、校书、写作的真实情况，说明自己心之所向、情之所钟唯在书，别无他嗜，也别无他求。读书人迷于书、醉于书，非但无可非议，而且是一切成就的基石。所以作者并不以自己的失常行为为丑事，相反倒可以此矜才显能，于是放开笔墨，无所顾忌地"丑化"自己。这种"丑化"，也就是美化；"丑化"到了极点，也就是美化到了极点。

作者"丑化"自己的书斋生活，大致从如下几个方面着笔，一是如癫如狂，二是废寝忘餐，三是怠慢宾客。这三个方面都不是直陈其事了事，而是对其怪僻行为作了有声有色的描述。像写其读书时的异常行为:“有时或歌或叹,或笑或泣,或怒骂,或闷欲绝,或大叫称快,或咄咄诧异,或卧而思,起而狂走。”同时还写出这种异常行为引起家人的惶惑惊恐,怀疑他是否发了疯:“悉骇愕,罔测所指,乃窃相议,俟稍定,始散去。”如此既有正面描述,又有侧面反衬,其癫狂情态就活灵活现了。后面写他的废寝忘餐、怠慢宾客也都如此,一个十足的书痴形象也就跃然纸上了。

后面对自己愿意悔改,要在妻子面前立誓,而未得到批准的描述,则是有意在书痴形象上添涂一层滑稽色彩。人们的任何癖好一旦形成是不容易改掉的。作者嗜书成癖,虽有点不近人情,但比沉湎于酒、沉湎于女色又高一筹,是一种有益无害的癖好。所以他的妻子对他的自言悔改并不相信,也不去计较,只是取笑他想学刘伶戒酒,赚她的酒脯下肚。话中包含着几分幽默,也体现着对丈夫的宽容与支持。作者也自知难改,正好就此顺水推舟,不言悔改之事,也以一句俏皮话回报妻子:“如卿言,亦复佳,但为李白妇、太常妻不易耳。”其中有几分忏悔,也带几分感激,更多的却是幽默与调侃。如此一番自悔的表白,不仅没有掩藏自己的呆子气,倒是欲盖弥彰,越发显得呆了。文章也就在这诙谐轻松的气氛中点题收束,戛然而止。而留给读者的除了幽默以外,也不无有益的启示。 (谢楚发)

【作者小传】

孔尚任

(1648—1718) 清戏曲作家。字聘之、季重,号东塘、岸堂、云亭山人,山东曲阜人。孔子六十四世孙。初隐居石门山中,康熙帝南巡至曲阜时,被召讲经,破格授国子监博士,累迁户部主事、员外郎等职。经十余年时间,于康熙三十八年(1699)写成传奇剧本《桃花扇》。当时与《长生殿》作者洪昇有“南洪北孔”之称。其后不久即罢官回乡。戏曲作品还有同顾彩合写的传奇《小忽雷》。另有诗文集《湖海集》《岸堂集》《长留集》等。

琼花观看月序 孔尚任

游广陵者,莫不搜访名胜,以侈归口。然雅俗不同致矣。雅人必登平山堂,而俗客必问琼花观。琼花既已不存,又无江山之可眺,久之,俗客亦不至。寂寂亭台,将成废土!丁卯冬,余偶一游之，叹其处闹境而不喧，近市尘而常洁，乃招集名士七十余人，探琼花之遗址，流连久立，明月浮空，恍见淡妆素影，绰约冰壶之内。于是列坐广庭，饮酒赋诗，间以笙歌。夜深景阒①，感慨及之。夫前人之兴会，积而成今日之感慨；今日之感慨，又积而开后贤之兴会：一兴一感，若循环然，虽千百世可知也。而况花之荣枯不常，月之阴晴未定，旦暮之间，兴感每殊。计生平之可兴、可感者，盖已不能纪极矣。今日之集，幸而传也。不过在不能纪极中，多一兴感之迹；其不传也，并兴与感亦无之，而所谓琼花与明月，固千古处兴感以外耳。

〔注〕 ① 阒(qù)：寂静。

感情丰富、阅世深广的人，登临每多兴会感慨。这类人中的思想深邃者，又每每善于将此种兴会感慨，上升为人生哲理之体认。如果发而为诗为文，则往往涵蕴丰厚，歌哭唏嘘而不能自已。读之者则流连赏玩，深深受到一种感发启示，愈咀嚼而所入愈深，所会愈广。陶渊明五言如此，苏东坡《赤壁赋》如此，孔尚任这篇《琼花观看月序》亦如此。

《赤壁赋》写了水和月，《琼花观看月序》写了花和月，这都是诗赋中最熟滥的题材，要跳出前人窠臼很不容易。苏赋之享誉千古者，在于景中蓄情，情中见理；孔尚任这篇短序之所以富蕴涵、耐咀嚼者，也就在于由兴会而生感慨，感慨中透出哲理，作者的睿智覃思，浮荡于亭台素月之中。"夫前人之兴会，积而成今日之感慨；今日之感慨，又积而开后贤之兴会。"这里的"前人"，虽未指实，其中自然包括与扬州有密切关系的杜牧、徐凝、欧阳修、苏东坡诸人。欧阳修守扬州时，此观内琼花犹存。琼花独秀扬州，欧曾作"无双亭"以宠之。六百年后，孔尚任因襄助治淮工程来扬州，重为雅集于此。花早不存，前贤亦杳。前人之兴会，徒令他兴风流云散的感慨。但现在他"招集名士七十余人，探琼花之遗址"，重为胜会于斯地，这件事传诸异日；又足以令奕代希风踵武，积而开后贤之兴会。"一兴一感，若循环然，虽千百世可知也。"人们就是在这样"一兴一感"之中，传播了文明的种子，发展了人类的历史。每一代人都有过无数的兴会，留下一代风流；每一代人又往往在兴会正浓、酒酣耳热之际，感慨前人的风流韵事。历史就这样螺旋式地向前发展。所谓"旦暮之间，兴感每殊"，说明兴会感慨原是不断变化的，相反相依的。兴会可以引发感慨，感慨中又孕育了兴会。且同一事，同一物，有时遇之而兴会盎然，有时遇之而感慨横生，故古人酒酣耳热，不觉悲从中来，虽缘于情，实寓诸理。文章结尾处说:“而所谓琼花与明月,固千古处兴感以外耳。”语极冷峻。可见物自为物,本不因人之兴会而生,也不因人之感慨而废。审美对象的客体,对多情的审美主体来说,其实永远无情。东坡《蝶恋花》所谓“多情却被无情恼”,本为人与人之间而发。人人之间尚且如此,何况人与物之间? 俞陛云评此句说“(坡)公其有悟耶?”正指句中悟出人生哲理。能入此境,是谓深情;能出此境,是谓顿悟。细细咀嚼品味,这种对人生哲理的体认,岂不是足以发人深省,使人感发,给人启示吗?

但这层意思东坡已经在其《赤壁赋》中用变与不变的辩证观点阐发过,只是孔尚任写来,别有一番旖旎风光,别是一般韵味。

你看他,首先从反面写起,入笔便提出“雅俗不同致”,自居于俗者行列。然亭榭变迁,昔之亭台,今成废土,无人问途;则今之登临,吊琼花遗址,乃别有“处闹境而不喧,近市尘而常洁”的佳胜。昔之视为俗客者,隐然已变为今之雅流了。如此起笔,其中已寓“兴感”,把笔意一直贯到后段议论。

写胜会,只“流连久之”以下三十余字。至于题中核心“看月”,不过“明月浮空,恍见淡妆素影,绰约冰壶之内”十六字而已。状“明月”,谓之“浮空”;描“素影”,谓之“淡妆”“绰约”,寥寥三语,便觉怆恨迷离,如涉烟水,使读之者的心与眼一齐飞到了不胜寒处。此所谓意与境会,物与情俱,“兴会”乃自此生发。“饮酒赋诗,间以笙歌”,无非补足“兴会”,只是蓄而未发。直到“夜深景阒”,文意陡转。月沉人静,四顾踌躇,百感交集,兴会顿然化作感慨。这一变化的契机,全从花之荣枯、月之升沉、人之存殁聚散中悟出。文如行云流水,当行当止,纯任自然。结处“琼花与明月”,暗应题面,开阖变化,有纵有收,似疏似密;看上去像随意行文,“点缀映媚,似落花依草”(钟嵘《诗品》评丘迟语),其实具规矩于神明之中,令人全不自觉。

这样看来,探花是虚,看月才是实境。而必以“花之荣枯”一点,“琼花”“明月”一结者,正见此翁谋篇的匠心。 (赖汉屏)

与宗定九

孔尚任

不见我梅岑者又两月矣。缕缕欲言,一时难理。念足下高卧东原,独寤寐处,不知尘市者久矣。一旦命棹百里,访仆于花灯箫鼓之场,墨渖酒痕,淋漓萝带;香尘花雾,飘拂荷巾[①]。于时足下惊才绝艳,肆应百出,虽酒吏歌人,皆劳顾盼。乃知高隐名流，原非枯禅腐儒。仆与足下数共晨夕，愈看愈妍，盖如小乔初嫁，雄姿英发时也。无限千秋，正图扬榷[2]，而君家之猿鹤，促君归矣[3]。仆所得大著、大选，佳书、佳扇，充盈箧簏，尚一无琼玖之报[4]。而足下又谆谆致语，以仆之拙集为念。仆泥涂劳吏[5]，满眼俗物，零星残稿，用纪岁月，不知何以亦邀赏于法眼也。

〔注〕① 萝带、荷巾：高人的服饰。语出屈原《离骚》和《山鬼》篇。　② “无限”二句：许多古今之事，正想和你畅谈。　③ “而君家”二句：猿、鹤原指隐士居处相伴之物，此句疑指宗定九家中有事，促其归去。　④ 尚一无琼玖之报：还没有好东西回赠你。语出《诗经·木瓜》。　⑤ 泥涂劳吏：职位卑下的小官。

书札之为用，可以通音问，抒情愫，论古今，议政事，羁评人物，切磋艺文：它的内容几乎无所不包。但书札之制尚短，古代文人即使擅于此道者，也很少有人能在一封短信中描绘场面，勾勒人物。孔尚任这封《与宗定九》的短札，于此独胜。

宗定九字梅岑，是扬州一位名士，以布衣隐居东原。孔在《与黄仙裳》信中说：“定翁高情古道。”《与黄交三》信中说：“傍午衙散，细读令岳定九诗。”尊之为“定翁”，且与其婿有文字交往，可知宗的年龄一定比尚任大。两人结谊时间，在孔佐孙在丰到淮、扬办理治淮工程的第二年。先是，孔到东原访宗定九，然后宗回访孔氏于扬州。他们曾“同听江雨，共卧溪舟”，其时孔年四十，宗当不小于五十。孔留淮、扬四年，所为诗古文辞，编次为《湖海集》，由定九作序。集中所收书札，给定九的有四封，书中有“先生恋我不肯归，我恋先生不肯发”之句，可见两人定交虽晚，但情谊深笃。

人之相知，贵相知心。从孔给宗的几封信看，他们的交谊称得上“知心”二字。“知心”不仅在彼此深刻理解，尤在于同声相应，同气相求。这位宗定九绝不是滥于交游的人。《与宗定九》书开头便说：“念足下高卧东原，独寤寐处，不知尘市者久矣。”可见宗平生落落寡合，自视甚高，是个禀性孤介，不耐应酬，绝足仕途，自甘寂寞之士。信一开头便给我们展示了宗定九的平居形象，隐然见其胸怀。

“一旦命棹百里”以后，作者给我们描绘了另外一个截然不同的宗定九。当孔尚任东原访宗后，宗对孔的为人、为学、为文，有深刻的了解，引为平生知己，于是热情地从百里之外坐船来访，与尚任为文酒之会于扬州；而且一反过去对山林静谧的独赏，不辞“花灯箫鼓之场”的喧嚣，即席赋诗，乃至“墨渖”和“酒痕”齐下，淋漓萝带之间；与歌人杂处，致使“香尘花雾，飘拂于荷巾之上”：几句话，活画出一个与寂寂高隐者迥然相异的诗酒风流的才士形象。“惊才绝艳，肆应百出；虽酒吏歌人，皆劳顾盼”四句，进一步展开这位老名士风神俊朗的韵致。他以其惊人的才华，酬酢于觥筹交错之际，左顾右盼，神采飞扬，隐然是这“花灯箫鼓之场”的盟主。想见其语惊四座，逸兴横飞；他的动人光彩，照亮了在场的每一个人，连“酒吏歌人”都感到自己与这位扬州老名士有了感情上的交流。这段文字，如珠走盘，一气流贯，淋漓痛快，恍如草圣张旭看了公孙大娘的剑器舞之后，解衣盘礴，运笔如飞，极低昂回翔之致，把这位“高卧东原”“不入尘市”的老先生写得须眉皆动，青春焕发，恍若天人。行文至此，笔酣墨饱，但作者意犹未足，再补上酒会之后一层：“仆与足下数共晨夕，愈看愈妍，盖如小乔初嫁，雄姿英发时也。”这里借用苏词名句，置定九于英雄美人之间，极烘托渲染之能事。

“愈看愈妍”四字，最是传神之笔。“妍”本来多用于描绘女郎容貌美好，为什么拿来形容一位须眉老者，而且说“愈看愈妍”呢？粗粗一读，也许觉得拟于非类，但仔细品味，便不难理解：作者原是遗貌取神，如九方皋相马，着意在牝牡骊黄之外。因为，这位“定翁”虽然早已过了“公瑾当年”那样的年华，但今天遇到了生平知己，激情使他变得年轻了，他的精神状态依然保留了翩翩逸少、顾曲周郎那样的风度。人的年龄与精神状态本来并不一定完全同步，何况，“妍皮不裹痴骨”(《晋书》姚兴评慕容超之语)，写其外美意在显其内慧。这封短札在刻画宗定九时，着墨并不十分多，却能给人以深刻、鲜明的印象，成功的地方便在于采用了“遗貌取神”的艺术手法。艺术创作的经验告诉我们：写女性，最难写处是意态。因此王安石说：“意态由来画不成。”写男儿，最难写处是意气，意气毕具，则人物全身皆活。因此李白说：“意气人所仰。”杜甫说：“由来意气合，直取任情真。”“意气”即“遗貌取神”之“神”。孔尚任这篇短札，读之仿佛如面对宗定九其人，就在于写出了他意气风发的精神状态。诗成乐起，耳热酒酣，笑浪挥斥，神采飞动，这一切，虽然并没有笔笔写到，但“文外无穷”，自然令读之者感受得到他那种目空万古的意气。这种目空万古的意气，与前此“高卧东原，独寤寐处”形成鲜明的对比，这样就进一步显示两人的一见倾心，给人留下深刻难忘的印象。宗定九之所以有如此兴会，孔尚任这封短札之所以对宗如此激赏，都在于彼此一见倾心。

要不是宗定九的“雄姿英发”，就不会有孔尚任这封笔酣墨饱、淋漓尽致的短札；要不是孔尚任笔端有如许灵光异彩，宗定九的形象就难以至今活脱脱地留在纸上。文以人显，人以文传，这就是司马迁的椽笔与悲剧英雄项羽的形象同垂千古的原因。

（赖汉屏）

与郑汝器[①]　　孔尚任

客金陵佳丽之乡，遇中秋澄清之月。风物[②]太平，人情欢豫[③]，箫鼓之声，阗[④]街溢巷，盖与满城童叟，同此一乐者也。是日尽谢豪贵之召[⑤]，雅聚高斋[⑥]，饮藏酒，试名茶，赏鉴古书帖，盖与满座耆英[⑦]，同此一乐者也。

独是先生冉冉[⑧]白须、铁臂玉腕，操中山之帚[⑨]，濡北溟之池[⑩]，一时虫鱼飞跃，蝌蚪盘旋[⑪]。令群观者耳目精神，移于商周两汉之年。此一乐，谁敢向先生夺取乎？所书之字，大小纵横，不下十数纸。或光我祖庙之宫墙[⑫]，或表我旧山之贤哲[⑬]，或标我荒斋[⑭]，或耀我祖卷[⑮]。仆何人斯，而此一乐独俾[⑯]仆一人消受之？记去年有句云："南来得意此中秋。"不意今年之得意又胜去年！未知明年又在何处？从此年年至此日，即年年忆此乐，更年年忆先生之古道高怀，廉顽立懦[⑰]，与明月清风永无尽境耳。

〔注〕 ① 郑汝器：即郑簠(1622—1693)，清代书法家。 ② 风物：指景象。 ③ 豫：安乐。 ④ 阗(tián)：充满。 ⑤ "尽谢"句：谢绝所有达官贵人的召请。 ⑥ 高斋：高楼。 ⑦ 耆(qí)英：年长而有贤德者。 ⑧ 冉冉：同"苒苒"，指须发浓密。 ⑨ 中山：一名独山，在今安徽宣城北。帚：此指毛笔，极言其大。 ⑩ 濡：蘸。北溟：即北海。北溟之池，极言砚池之大。 ⑪ "一时"两句：形容所书写的篆书苍老古朴。古有所谓虫鱼书、蝌蚪文。 ⑫ 光：光大。祖庙：指曲阜的孔庙。孔尚任系孔子后裔，故云。宫墙：借指殿堂庙宇。 ⑬ 表：表彰。贤哲：孔子。旧山：指曲阜的尼山，孔子出生地。 ⑭ 标：展示。荒斋：对自己书斋的谦称。 ⑮ 祖卷：祖传的卷册。 ⑯ 俾：使。 ⑰ 廉顽立懦：语本《孟子·万章下》："故闻伯夷之风者，顽夫廉，懦夫有立志。"谓可使贪婪者变廉洁，懦弱者能自立。

追求不同流俗的高雅独特的精神享受，是我国古代士大夫的企望。尽管它有时会显得偏执、虚幻，甚至狂热，却是无可否认的一种奇特的情操。

又到了风清月圆的中秋佳节，作者正好客居于秀丽的历史名城南京。节日的胜地，更显得气象一新，热闹非凡，目之所及，一片雍和、欢快的气氛；耳之所闻，笑声嘻语，还有飘飞在街头小巷悠扬动人的箫鼓乐声。作者深深为之陶醉，内心油然地升起勃郁的兴致。笑声、乐声，还有一切欢乐的情景，不就是在装饰点缀着高雅、清冷的中秋佳节吗？独特的节日情调，荡涤着往日一切杂芜、污秽和卑琐。此时，在节日的氛围中，作者跋山涉水的旅途疲倦，客居他乡的郁闷和空虚，也消除已尽，士大夫的企望和志趣油然唤起。在节日的名城，他充满愉悦。这并不仅仅在于喧闹多彩的节日场景，而是他雅洁、孤傲的内心意向，已与碧霄明净、月光清凉的佳节交融在一起。他拒绝了那些俗不可耐的王公贵人的邀请，却乐意与志同道合者欢聚在一起，说古道今，评天论地。喝上一杯喷香浓郁的陈年美酒，呷上一口酽酽的香茶，再与同道饶有兴致地赏鉴千姿百态、龙飞凤舞的各种书帖。正是这素雅、高洁的聚会气氛，陶冶着作者的心境，使他体味到佳节特有的意义。

在充满雅兴的高朋中，有一位精神矍铄、银须鹤发的老者，分外引人注目。他挥洒饱蘸浓墨的毫笔，凝神屏息，当众挥毫，随着他那强劲手腕转运，那遒劲有力、古朴浑厚，疏密有间的篆书大字，逐渐呈现在人们的眼前。气势奇昂、墨汁淋漓的书品，顿使满座抚掌惊叹，耳目一新。这是感官上的享受，它让观赏的作者在书骨墨香中尽情地品味其中所蕴含的艺术美感；这又是心灵的陶醉，那种素洁而又孤傲不群的情调，是高官厚禄的达人贵官根本无法想象的，只有在志趣相投的同道中间才能充分领略到。

去年是“南来得意此中秋”，这已让人回味不已，却没想到作者今年客居金陵所度过的不与豪贵同俗的中秋佳节，更让人意气风发，心旷神怡，美酒、香茶、高楼、知友，还有精于书法的老者，一切都使作者觉得美好，感到留恋。兴奋之余，他伏案写下了这封信札。“未知明年又在何处？从此年年至此日，即年年忆此乐”，这不是发自作者内心深处某种依恋的情感吗？当然，它更是意味着作者无限的期待和追求，他企望中秋的一轮满月沐浴他高傲纯洁的情怀，徐徐的佳节清风轻轻拂去人间一切扰人的污秽，给他一片美好而又独特的精神世界，让他去欣赏、体味、追寻……

（郑利华）

傍花村寻梅记

孔尚任

维扬城西北，陵陂高下，多瓦砒荒冢；唐人所咏十五桥者，已漠然莫考，行人随意指为此地云。地接城堙，富贵家园亭，一带比列，箫鼓游舫，过无虚日。溪流转处，一桥高挂如虹，谓之虹桥。自阮亭先生宴集后，改字曰“红桥”，而桥始传。旧有花村在桥东，今已墟矣。傍花村者，花村之附庸也，岿然独存焉。一酒旗出竹林，飘飏有致。主人爱梅，红白绿萼，参差种之，花时与竹篱茅屋相映，梅之精神倍出，富贵家不知也。戊辰正二月，多雪雨，逗留梅信，至花朝方盛。箫鼓游舫，皆集红桥，独留此数株老梅，为冷落薄游①者吟诗买醉之所。余闻而羡之，遂醵[2]酒钱，唤笙歌，作竟日欢。同一饮也，觉饮于旗亭，较饮于名园胜；同一诗也，觉入于歌者之口，较入于选楼[3]胜。安知今日之红桥，不胜于十五桥；后日之傍花村，不胜于花村也哉！

〔注〕 ① 薄游：俭约的旅游。 ② 醵(jù)：凑钱共饮。 ③ 选楼：编选集的人所居之地。

小家碧玉，不以雍容华贵斗媸妍，而以风神楚楚见韵致；不以簇戴济楚夸俦列，而以一颦一笑见意态；往往粗服乱发，不掩国色。小品文也是这样。不取严整宏富，却以疏朗点染，别具风情；片言微婉，自有隽永幽深之胜。其于结构剪裁，有时好像全然漫不经心，无端起落，一派神行；意脉暗传，全在顾盼。孔尚任这篇《傍花村寻梅记》，于此依稀仿佛。

乍看“傍花村者，花村之附庸也”以前百十字，全是题外闲文。“同一饮也”以后，发议论，抒感慨，五六十字，与题面“傍花村寻梅”，也在乍离乍合、不粘不脱之间。只中间百二三十字，才是记文；又只有“余闻而羡之”以下十六字，方算是正面文字，其余都是记其所闻，非关所历。如此构局镕裁，粗粗一读，能不憾其繁花损骨、买椟遗珠吗？但细味再三，所得又全然反此。文章从“维扬城西北，陵陂高下，多瓦砾荒冢”写起，先示人以满目蒿莱。张乔有《寄维扬故人诗》：“月明记得相寻处，城锁东风十五桥。”现在，这十五桥也已经“漠然莫考”，“行人随意指为此地”。读文至此，空间的寥廓与时间的遥远，令人顿生烟水迷离之慨，怆然四顾，不知“傍花”何在，“寻梅”何乡。却不料“地接城堙”以下，突然柳暗花明，转出箫鼓游舫、溪流虹影一片明丽图画，是谓境界之一变。但这是一幅什么情调的图画呢？画中比列者都是“富贵家园亭”，画外不绝于耳者为箫鼓歌吹，无非乱人耳目，俗而又俗之境而已。读之又不能不摇头叹息：这等地方寻梅，岂非大煞风景？文情至此，开而复阖。“自阮亭先生宴集后”，境界再作一转换。清代大诗人王渔洋(阮亭)题虹桥有句：“红桥飞跨水当中，一字栏杆九曲红。日午画船桥下过，衣香人影太匆匆。”这就在此俗境中，平添一分雅趣，渐觉“峰回路转”，却依然不见“傍花”“寻梅”消息，所谓“将军欲以巧胜人，盘马弯弓故不发”也。接下去，“旧有花村在桥东，今已墟矣”，再作一跌。试问骚人雅士，寻胜游而入废墟，是何等索然嗒然！正当你踯躅踌躇之际，文字转出“傍花村者，花村之附庸也”，真是“千呼万唤始出来”，这才悟出前此之“旧有花村，在桥东，今已墟矣”三语，“犹抱琵琶”之意也。原来起笔这一百许字看似题外闲文者，不只写足题面“寻”字，而且使读者移步换形，心潮起伏，千回百转，才许你进入胜境。一篇两百多字的短文，竟有如许掩映曲折，作者心中该有多少丘壑！

现在,我们可以随作者一起到傍花村寻梅了。孔尚任《花朝傍花村同诸子寻梅》诗下,宗定九作了评注:“傍花村,一野店也。”作者终于把我们从瓦础中,富贵家园亭中,箫鼓游舫中,桥东墟地中,引到了傍花村一家“野店”。先见“一酒旗出竹林”,次见红白绿萼之梅,与竹篱茅屋相映。而此时富贵人家的“箫鼓游舫,皆集红桥”,“独留此数株老梅,为冷落薄游者吟诗买醉之所”。读完这一段疏疏落落的文字,仿佛听到一群诗人浅斟低唱的声音,闻到了缕缕梅香,从鼻息之间沁入心脾深处,这才体会到“梅之精神倍出,富贵家不知也”那种激赏,那份冷隽;这才深深认识到,前段百许文字,不但不是闲文,简直无一字不为烘云托月之妙笔。宗定九所说的“野店”,是地地道道的“雅店”。读古诗文,常叹名都大邑,无数景观胜迹,引来杂沓游人,江山反为尘嚣所掩。山川有灵,独留下这傍花村酒旗茅屋,绿萼红梅,为别具只眼的诗人所独赏。如此构局,但觉迤逦写来,信笔点染,却不但显示出物境之清幽,而且使人受到了灵魂的洗涤。天下何处非尘嚣?又何处无雅境?俗人所得者无往而非俗乐,雅人所遇者无往而非雅趣。孔尚任所谓“梅之精神倍出”,正是体现人之精神。这段文字中“多雪雨,逗留梅信”,何等绰约轻灵!“为冷落薄游者吟诗买醉之所”,又是何等令人心旌动摇的胜语!

这样自然引出最后一节议论。酒饮于旗亭,是野而雅之地;诗入于歌者之口,自得“言之不足,故嗟叹之;嗟叹之不足,故咏歌之”之至乐。古人所谓“得其所哉!得其所哉!”,正是这种返朴归真的自然之乐。相反,酒饮于名园,则有多少拘牵喧嚷!诗入于选楼,又添多少评头品足之累。这样看来,前面所说的野店是地地道道的野店,还应该补充一句:野店之雅,乃在于有野趣,近自然,远物累,绝雕琢,返朴而归真。大概,这就是傍花村的特点,寻梅之乐的真谛,也是孔尚任审美情操和人生哲学之结穴。

（赖汉屏）

【作者小传】

陈 鼎

(1650—?) 清学者。原名太夏,字定九,又字九符、子重,号鹤沙,晚号铁肩道人。江阴周庄镇陈家仓人(现周西村人)。少年随叔父远至云南,考察西南少数民族的风俗民情,对云南、贵州一带的地理、历史情况很有研究,后返归周庄故里定居。一生著作等身,有《滇黔土司婚礼记》《滇黔纪游》等记录山川风俗,传奇小说集《留溪外传》。最知名的属《东林列传》,记载了明代天启、崇祯两朝东林始末,可补《明史》之缺。乾隆三十年(1765)被收入《四库全书·史部》。

义　牛　传　　陈鼎

义牛者，宜兴铜棺山农人吴孝先家有牯[①]牛也。力而有德，日耕山田二十亩，虽饥甚，不食田中苗，吴宝之。令其十三岁子希年牧之。

希年跨牛背，随牛所之。牛方食草涧边，忽一虎从牛后林中出，意欲攫希年。牛知之，即旋身转向虎，徐行啮草。希年惧，伏牛背不敢动。虎见牛来，且踞以俟，意相近，即攫牛背儿也。牛将迫虎，即遽奔以前，猛力触虎。虎方垂涎牛背儿，不及避，仆而仰偃隘涧中，不能辗，水壅浸虎首，虎毙。希年驱牛返，白父，集众舁[②]虎归，烹之。

他日，孝先与邻人王佛生争水。佛生富而暴，素为乡里所怨，皆不直之，而袒孝先。佛生益怒，率其子殴死孝先。希年讼于官，佛生重赂邑令，反杖希年。希年毙杖下，无他昆季[③]可白冤者。孝先妻周氏，日号哭于牛之前，且告牛曰："曩[④]幸藉汝，吾儿得免果虎腹。今且父子俱死于仇人矣！皇天后土，谁为我雪恨耶？"牛闻之，大怒，抖擞长鸣，飞奔至佛生家。佛生父子三人，方延客欢饮。牛直登其堂，竟抵佛生，佛生毙，复抵二子，二子毙。客有持杆与牛斗者，皆伤。邻里趋白令，令闻之怖死。

〔注〕 ① 牯：母牛，亦指阉割过的公牛，泛指牛。　② 舁(yú)：抬。　③ 昆季：即兄弟，长为昆，幼为季。　④ 曩(nǎng)：以往，以前。

牛尚且懂得护主，为受不白之冤的主人家报仇，而现实生活中许多人却缺乏"义"的这种美好品质。这是一则讲述了义牛为主人报仇的离奇故事，但它同时也展现了古人对忠义品格的褒扬。

文章语言朴素，叙述流利。文章开篇介绍义牛的来历，吴孝先家的义牛"力而有德"，勤劳耕作，即使饥饿也不吃庄稼，可谓与众不同。实际上，文学作品中牛的形象大多表现出性情温顺、吃苦耐劳等品格，因此"力而有德"并不稀奇。但这头义牛的特殊之处却在于它的忠义，并两次帮助了主人家。本文正是叙述了它对主人家报恩的两则故事：

一件事就是智救希年。当小主人吴希年骑在牛背上放牧时，突然出现了一只老虎想要吃掉他。在万分危急的情况下,义牛转身面对老虎,一边吃草,一边接近老虎,蓄势而发,突然冲向老虎,结果老虎躲避不及,掉入狭隘的溪涧之中,被溪水淹没头顶而死。作者通过一系列的动作描写展现了义牛之机智和勇敢。

第二件事就是义惩恶霸,这也是这个小说的中心环节。为富不仁的王佛生因与吴孝先争夺水源,竟凶残地将吴孝先殴打致死。而县令又收受王佛生的贿赂,反将前来诉讼的吴希年杖毙,这恰恰反映了当时社会黑暗,地方恶霸勾结官府欺压劳苦大众的事实。当贫苦的百姓在无处伸冤的情况之下,只能求助于神鬼或者灵异来伸张正义了。就像《窦娥冤》中的窦娥,在临死之前发下了"血洒白练""六月飞霜""亢旱三年"三桩誓言以表示自己的无辜一样,周氏诉冤无门,只能日夜向牛号哭求助。于是义牛再一次展现神威,跑到王家,抵死了王佛生和他的两个儿子,撞伤了王佛生的客人,县令听闻之后也惊惧而死。这算是替主人报了大仇,恶人最终得到了应有的下场,读到这里可以称得上是大快人心了。义牛替主人报仇的故事,也充分体现了它的灵性。但仔细想想,世人不能维持正义,却要靠牛来维持,不禁让人唏嘘不已。难怪故事之后,作者发出了"竟能为吴氏报两世杀身仇。噫!牛亦勇矣哉"这样的感慨!

文末"邻里趋白令,令闻之怖死",县令听说这件事竟惊惧而死。大约读者朋友们可以窥知这则故事作为小说,存在虚构的成分了。作恶之人终究会受到惩罚,欺压百姓者也必不得善终,这无疑迎合了普通底层民众对于惩恶扬善、快意恩仇故事的精神需求。同时,义牛的故事也肯定了忠义的宝贵品格,传递了是非分明、知恩图报的朴素价值观。

(石　峰　孙　羽)

【作者小传】

戴名世

(1653—1713)　清散文家。字田有。安徽桐城人。散文长于史传。留心明代史事,访问遗老,考订野史,准备成书。康熙四十一年(1702)刊行《南山集》。五十七岁中进士,任翰林院编修。三年后为御史赵申乔参劾,谓其《南山集》中采方孝标《滇黔纪闻》所载南明桂王事,以"大逆"罪被杀。

乙亥北行日记(四则)[①]

戴名世

六月初十日,宿旦子冈。甫[②]行数里,见四野禾苗油油然,老幼男女俱耘于田间。盖江北之俗，妇女亦耕田力作，以视西北男子游惰不事生产者，其俗洵[3]美矣。偶舍骑步行，过一农家，其丈夫方担粪灌园，而妇人汲井且浣衣[4]，门有豆棚瓜架，又有树数株郁郁然，儿女啼笑，鸡犬鸣吠。余顾而慕之[5]，以为此一家之中，有万物得所之意，自恨不如远甚也。

十三日，三更启行，行四五里，见西北云起，少顷，布满空中，雷电交作，大雨如注，仓卒[6]披雨具，然衣已沾湿。行至总铺，雨愈甚，遍叩逆旅[7]主人门皆不应，圉人[8]于昏黑中寻得一草棚，相与暂避其下。雨止则天已明矣，道路皆水，弥漫不辨阡陌[9]。私叹水利不修，天下无由治也，苟得良有司[10]，亦足活其一邑，惜无有以此为念者。仰观云气甚佳，或如人，或如狮象，或如山，如怪石，如树，倏忽万状。余尝谓看云宜夕阳，宜雨后，不知日出时看云亦佳也。是日仅行四十里，抵临淮[11]。使人入城访朱鉴薛，值其他出。薄暮独步城外，是时隍中[12]荷花盛开，凉风微动，香气袭人，徘徊久之，乃抵逆旅主人宿。

二十三日，宿东阿之旧县[13]。是日雨，逆旅闻隔墙群饮拇战[14]，未几，喧且斗。余出观之，见两人皆大醉，相殴于淖中，泥涂满面不可识，两家之妻各出为其夫互相詈[15]，至晚乃散。乃知先王[16]罪群饮，诚非无故。

七月初二日，至京师。芦沟桥及彰义门俱有守者，执途人[17]横索金钱，稍不称意，虽襆被[18]俱欲取其税，盖榷关使者[19]之所为也。途人恐濡滞[20]，甘出金钱以给之，惟徒行者得免。盖辇毂之下[21]而为御人之事，或以为此小事，不足介意，而不知天下之故皆起于不足介意者也。是日大雨，而余襆被书籍为逻者[22]所开视尽湿，泥涂被体，抵宗伯张公[23]邸第。

〔注〕 ①《乙亥北行日记》是清康熙三十四年(1695)戴氏从江苏江宁赴京途中的日记，自农历初九日起，七月初二日止。《日记》除少数标明日期外，都用“明天”连缀之，本文入选时按程序分别具体标出日期。 ② 甫：刚刚。 ③ 洵：确实。 ④ 浣衣：洗衣。 ⑤ 顾而慕之：看了十分羡慕。 ⑥ 仓卒：即仓猝，仓促慌忙。 ⑦ 逆旅：旅舍。 ⑧ 圉(yǔ)人：马夫。 ⑨ 阡陌：田间小路。 ⑩ 有司：官员。 ⑪ 临淮：临淮关，在安徽境内。 ⑫ 隍中：城壕

中。 ⑬ 东阿之旧县：今山东省东阿县南东阿镇。 ⑭ 拇战：猜拳。 ⑮ 詈(lì)：骂。 ⑯ 先王：指周武王，在《酒诰》中武王指出必须惩罚群聚饮酒行为。 ⑰ 执途人：揪住路人。 ⑱ 襆(fú)被：衣物行李。 ⑲ 榷关使者：主管关税的官吏。 ⑳ 濡滞：被阻滞拖延。 ㉑ 辇毂(niǎn gǔ)之下：旧指京都。 ㉒ 逻者：巡逻的人。 ㉓ 宗伯张公：古称尚书为宗伯，安徽桐城的张英当时官礼部尚书。

清代桐城派是个影响和势力都大的文学流派。说到桐城一派，人们都只提方苞、刘大櫆、姚鼐为"三祖"，其实，在康熙后期，戴名世对这个文学流派的形成所起的作用决不比方苞小，他的成就也不比方苞低，只是因为文字狱中戴氏丧生，著作被禁毁，所以长期无人敢提戴名世。

在桐城散文家中，戴名世擅以自然疏朗文笔记事写景，人物传记尤佳，他没有为了雅洁之格的追求而淡乎寡情的弊病，也少雕琢做作和头巾气。这里选的《乙亥北行日记》四则就足见其文字的清朗自在，疏而有致，而且言之有物。

这四则日记构成了一组社会风俗的画卷，民情世风，众生百相毕现，在历代小品类文字中是不多见的佳品。六月初十日所见的是一幅农家风情图。作者自己劳于旅役，神往一种安宁生活，所以目击农户男耕女耘、夫妇协同持家情景，钦羡之情油然而生。他特别赞美"江北之俗"，即妇女也都勤劳的风俗，将之与西北男子的"游惰"习气相比较，视界显得尤为宽阔。连同"万物得所"即各得其所、各获其安的观念，都表现了戴名世是个关心民情世事的文人，与徜徉于闲适情绪中的骚雅之士迥然不同。这与十三日他遇雨而联想水利之重要、地方父母官的职责等一起读，必能深感"亦足活其一邑"六字喟叹的分量，也能见出号称"盛世"的康熙王朝的阴暗之面。

戴名世的文字，简洁洗练而又不枯淡，在轻逸的笔触间有一股腴润之美流出。不只是"豆棚瓜架""儿女啼笑"之类给人以浓郁生活情趣，即使人们视之为粗俗的"担粪灌园""汲井浣衣"这类田家日常琐事，也被表现得很美。生气活力，生意盎然，是腴润美的源头，戴名世只用平平常常的字词组构起来的生活场景，是个生动的例子。情韵、气势，并不一定要靠太多的章法或辞藻，重要的是活泼泼的感受，对生活的热情。

十三日所记的看云图景，当然完全可以和雅逸之极的那类作品比美的。对大自然的美的观察、留意、积累，是一个文学家必须有的修养和习惯，如果对自然美的审度乏力，很难成为有独创的大作家。戴名世的观云的经验谈，我以为这是个很重要的启示，这比"倏忽万状"的如山如树如怪石等的文字鉴重似更宝贵。

夏云多奇峰，雨后、夕阳后以至日出时都能有此景观，戴氏在丰富这一具体审美经验方面的贡献，必然也会引起读者的兴味。特别是他说来是那样地不着力、不经意，随心而谈，随口说出，娓娓动听，读时有种轻快感。

二十三日的日记尤属世态小事一件，但在几十个字的小记中，至少四个人物的形象跃然。酒徒的拇战声、喧闹声、打斗声、醉而杂沓于泥淖中的撕搏声，以及两家之妻互相谩骂声，杂闻纸上，诚可说是绘形绘声的能事毕备。问题还在于，这是世间相之一种，在作者看来，事虽小，但关涉世风，民风不正，统治者是有责任的。他想到周武王《酒诰》的诫群饮，绝不是没有深意的。

民风不淳，无疑是世风不正的表现，然而世风不正的源，又复在于政风的腐败。戴名世七月初二日到京城门口被敲诈勒索的记录，正好揭露了"盛世"官吏横行霸道的一个侧面。靠山吃山，靠水吃水，守城门的官吏吃城门，过往行路人必须交付买路钱！衣物铺盖等行李都难逃赋税，足见盘剥之凶，苛政真如虎。须知戴名世其时虽未中进士，大小还算是个举子，衣冠中人物，入京投靠的又是当朝的礼部尚书张英，竟然也被弄得翻箱倒箧，书籍衣物狼藉满地，在大雨中"泥涂被体"，那么普通百姓就更苦了。

《乙亥北行日记》所记全系日常见闻之事，没有惊世骇人的内容，但即小见大，一以当十，从中可见到的是一个社会的缩影。清代著名诗人袁枚在《续诗品》中说："我饮仙露，何必千钟？"是的，以少胜多，正是艺术冲击力的沛然表现。

（严迪昌）

醉乡记　　戴名世

昔余尝至一乡陬①，颓然靡然，昏昏冥冥，天地为之易位，日月为之失明，目为之眩，心为之荒惑，体为之败乱。问之人："是何乡也？"曰："酣适之方，甘旨之尝，以徜以徉，是为醉乡。"

呜呼！是为醉乡也欤？古之人不余欺也，吾尝闻夫刘伶、阮籍之徒矣。当是时，神州陆沉，中原鼎沸，而天下之人放纵恣肆，淋漓颠倒，相率入醉乡不已。而以吾所见，其间未尝有可乐者。或以为可以解忧云尔。夫忧之可以解者，非真忧也；夫果有其忧焉，抑亦不必解也，况醉乡实不能解其忧也。然则入醉乡者，皆无有忧也。

呜呼！自刘、阮以来，醉乡遍天下；醉乡有人，天下无人矣。昏昏然，冥冥然，颓堕委靡，入而不知出焉。其不入而迷者，岂无其人者欤？而荒惑败乱者，率指以为笑，则真醉乡之徒也已。

〔注〕 ① 陬(zōu):偏僻边远之地。

在我国古代,文人与酒结下了不解之缘。观其成因大致有两个方面:第一,饮酒是一种享乐,从中可以得到生理与心理上的刺激与快慰;第二,饮酒可以装糊涂,避灾远祸,保全性命。这两种功效都是各个时代的知识分子所需要的,只是程度不同而已,以此相沿成习,美其名曰“大丈夫之乐”。数千年来,人们对此总是赞颂备至的,且不说晋人刘伶的《酒德颂》和唐人王绩的《醉乡记》了,就是在一般的文学作品中写这种饮酒之乐的也占了很大的比重。历朝历代不知有多少人就在这种传统的眩惑与诱导下进入这个昏昏冥冥的世界。生活于封建末世的戴名世,以一个独醒者的眼光看到了这种社会现象的危害性,深以为忧,于是就写了这篇《醉乡记》,表明自己反传统的看法。

文中提出了几个发人深思的观点。一是认为饮酒之风的形成是恶劣的社会环境造成的,只有在刘伶、阮籍所处的“神州陆沉,中原鼎沸”的时代,人们才相率躲进醉乡,以图活命。如果不是这样的乱世就大可不必如此放纵恣肆,淋漓颠倒了。二是认为醉乡生活既无乐趣,也不能解忧,有忧也不必解。据他自己的体验,一入其中便“目为之眩,心为之荒惑,体为之败乱”,有何乐可言?同时,“忧”往往是一种动力,可以催人奋起,助人成功。所以一旦有忧,就大可不必借酒浇灭。真正的忧,酒也是无法浇灭的。如此常在醉乡者,大都是无忧无虑、醉生梦死之徒。三是认为醉乡有人,天下无人。如果普天之下都是些无思虑、无灵魂、终日昏睡不醒的酒鬼醉汉,国家民族的前途何在?人类的光明何在?以上这些都是愤世嫉俗的警人之论,对于沉湎于醉乡者无疑是一种嘲讽与棒喝,对于将入未入者也就是一种劝告。由此看来,此文信笔写来,似不经意,却是闪耀着理性的光辉,表现出爱国的热忱。

这篇文章虽有较多的议论,却是在对醉乡作了生动描述的基础上生发的,所以并不显得枯燥。一切颂扬饮酒之风的文字总是把醉乡描写得妙不可言,刘伶的《酒德颂》就说:“无思无虑,其乐陶陶。兀然而醉,豁然而醒。静听不闻雷霆之声,熟视不睹泰山之形,不觉寒暑之切肌,利欲之感情。”从这种感受出发,自然会作出“惟酒是务,焉知其余”的选择。而戴名世的感受却是大异于此:“颓然靡然,昏昏冥冥,天地为之易位,日月为之失明。目为之眩,心为之荒惑,体为之败乱。”基于这种感受,他才发出慨叹,警戒世人,莫入醉乡,以挽救颓败的世风。就文体说,它记叙与议论结合,是一种形象的议论,具有杂文的特征;就结构说,它前后贯一,虚实相生,具有一种简洁精致的整体美。

(谢楚发)

穷　鬼　传　　戴名世

穷鬼者，不知所自起，唐元和[1]中，始依昌黎韩愈[2]，愈久与之居，不堪也，为文逐之，不去，反骂愈。愈死，无所归，流落人间，求人如韩愈者从之，不得。

阅九百余年，闻江淮之间有被褐先生[3]，其人韩愈流也，乃不介而谒先生于家，曰："我故韩愈氏客也，窃闻先生之高义，愿托于门下，敢有以报先生。"先生避席却行，大惊曰："汝来将奈何！"麾之去，曰："子往矣！昔者韩退之以子故，不容于天下，召笑取侮，穷而无归，其《送穷文》可复视也。子往矣，无累我。无已，请从他人。"穷鬼曰："先生何弃我甚耶？假而他人可从，从之久矣。凡吾所以从先生者，以不肯从他人故也。先生何弃我甚耶？敢请其罪。"

先生曰："子以穷为名，其势固足以穷余也。议论文章，开口触忌，则穷于言；上下坑坎，前颠后踬[4]，俯仰跼蹐[5]，左支右吾，则穷于行；蒙尘垢，被刺讥，忧众口[6]，则穷于辩；所为而拂乱，所往而刺谬[7]，则穷于才；声势货利不足以动众，磊落孤愤不足以谐俗，则穷于交游。抱其无用之书，负其不羁之气，挟其空匮之身，入所厌薄之世，则在家而穷，在邦而穷。凡汝之足以穷吾者，吾不能悉数也，而举其大略焉。"穷鬼曰："先生以是为余罪乎？是则然矣。然余之罪顾有可矜者，而其功亦有不可没也。吾之所在而万态[8]皆避之，此先生之所以弃余也。然是区区者，何足以轻重先生？而吾能使先生歌，使先生泣，使先生激，使先生愤，使先生独往独来而游于无穷。凡先生之所云云，固吾之所以效于先生者也，其何伤乎？且韩愈氏迄今不朽者，则余为之也，以故愈亦始疑而终安之。自吾游行天下久矣，无可属者，数千年而得韩愈，又千余年而得先生；以先生之道而向往者曾无一人，独余慕而从焉，则余之与先生，岂不厚哉？"

于是先生与之处，凡数十年，穷甚不能堪，然颇得其功。

一日，谓先生曰："自余之归先生也，而先生不容于天下，召笑取侮，穷而无归，徒以余故也，余亦悯焉。顾吾之所以效于先生者，皆以为功于先生也，今已毕致之矣，先生无所用余，余亦无敢久溷⑨先生也。"则起，趋而去，不知所终。

〔注〕 ① 元和：唐宪宗年号(806—820)。 ② 昌黎：旧郡名，治所在今辽宁省义县。韩愈是河南河阳(今孟州)人，因昌黎韩氏为唐代著名大姓，故常以昌黎自称，后世亦遂称之为韩昌黎。 ③ 被褐先生：穿粗麻短衣的先生。作者以"褐夫"为字，"被褐先生"实为自指。 ④ 前颠后踬(zhì)：跌跌撞撞的样子。 ⑤ 俯仰跼蹐(jú jí)：小心翼翼、惴惴不安的形状。 ⑥ 忧众口：以众口诽谤为忧。 ⑦ 剌谬(là miù)：乖戾、谬戾，违反常理。 ⑧ 万态：指种种世俗情态。 ⑨ 溷(hùn)：同"混"，搅乱。

唐代文学家韩愈曾作杂文《送穷文》，谓穷鬼有五，曰智穷，学穷，文穷，命穷，交穷。韩昌黎作此文，意在抒愤。清初，戴名世又借题发挥，一本正经地为穷鬼作传。

《穷鬼传》写于康熙十八年(1679)，是时作者仅二十六岁，正以授徒为生，贫穷困顿，常因有志难申而苦闷。此文即有感于时事而发。

文章取寓言手法。"穷鬼""始依韩愈"，愈死后，无所归，"求人如韩愈者从之，不得"。流落人间九百余年，突然来到"被褐先生"家。穷鬼自述来意，先生大为惊怒，亟请其快走，并历数其依附韩愈时使人"不容于天下，召笑取侮，穷而无归"的种种罪过。"穷鬼"却声称：我所以来依附你，就是因为不肯托身于他人，责问先生何以定要抛弃他。他们之间的矛盾冲突，使二人形象性格化，生活环境社会化，给人以现实的联想。

先生怕穷，执意打发穷鬼远去，指出穷鬼附身后的具体危害："穷于言""穷于行""穷于辩""穷于才""穷于交游"。得此五穷，哪还能在世上立足？于是坎坷颠踬，开口犯忌，动辄得咎，"不容于天下"。满腔怒气看似冲着穷鬼发，实际上，批判的锋芒指向当时黑暗、恐怖、是非颠倒、极端势利的现实世界。

穷鬼受责，颇不服气，于是自我张扬其功绩："吾能使先生歌，使先生泣，使先生激，使先生愤，使先生独往独来而游于无穷。"以至韩愈能千载不朽，全是他的努力。如今，他带着倾慕之情，心诚意专地来为先生效力，为何一定要驱赶他呢？看来，"穷"不但无害于人，反而能锻炼人倔傲的性格，培养人乐观的精神，激发人慷慨之气，能催人思变，使人成功。韩愈以穷鬼为友，名标千古；戴氏与穷鬼相处，写出愤世嫉俗之文，遂成一代大家。

《穷鬼传》取寓于《送穷文》，却别出新意，以酣畅的笔墨，抒写出孤愤穷困之叹和变革现实之志，幽默中含悲愤，平淡里有深思。

(赵庆元)

鸟　　说　　戴名世

余读书之室,其旁有桂一株焉,桂之上,日有声咱咱①然者。即而视之,则二鸟巢于其枝干之间,去地不五六尺,人手能及之。巢大如盏,精密完固,细草盘结而成。鸟雌一雄一,小不能盈掬,色明洁,娟皎可爱,不知其何鸟也。雏且出矣,雌者覆翼之,雄者往取食,每得食,辄息于屋上,不即下。主人戏以手撼其巢,则下瞰而鸣,小撼之小鸣,大撼之即大鸣,手下,鸣乃已。他日,余从外来,见巢坠于地,觅二鸟及鷇②,无有。问之,则某氏僮奴取以去。

嗟乎！以此鸟之羽毛洁而音鸣好也,奚不深山之适而茂林之栖,乃托身非所,见辱于人奴以死。彼其以世路为甚宽也哉！

〔注〕 ① 咱(guān)咱:二鸟和鸣。 ② 鷇(kū):鸟卵。

《鸟说》是戴名世的一篇讽世寓言。全文不足三百字,却隽永清新,意味深长,对封建社会的残酷现实予以无情讽刺。

清统治者于公元1644年定鼎中原以后,为了加强对人民思想的控制,大兴文字狱。发生于康熙初年(1662)的庄廷钺《明史》案,因各级官吏深文周纳,形成所谓"瓜蔓抄",株连近七百余家。本文作者戴名世也是文字狱的一位牺牲者,仅仅因为他所著《南山集》中有《与余生书》,称明季三王年号,又引及方孝标《滇黔纪闻》,就以"语悖逆"之罪名下狱论死(见《清史稿》卷四八四《文苑传》),无辜被杀之冤与本文二鸟的遭遇恰似。从本篇末的议论"嗟乎！以此鸟之羽毛洁而音鸣好也,奚不深山之适而茂林之栖,乃托身非所,见辱于人奴以死"来看,《鸟说》的基本思想是君子可以远祸。这与他二十九岁时所作《魏其论》一文的思想是一致的,即:"夫君子处乱世,不幸而遇小人,远之亦死,近之亦死,而吾谓远之犹可以得生。"实际上,在黑暗的封建社会中,这种想法并不现实,与世无争的世外桃源不过是诗人的幻想而已。戴名世五十三岁中举,那一年他写了《蓼庄图记》一文,中有"余久怀遁世之思,嗟宇宙无所为桃花源者,何以息影而托足"的话。感慨万分的表白,说明他已意识到正人君子避祸无门的现实。作为封建社会中一个较有识见的知识分子,戴名世对于"当世之故不无感慨忿怼"(《与何屺瞻书》),在出世与入世的思想斗争中,他选择的是一条积极入世的道路,所以他五十七岁时仍参加会试与殿试，并考中了一甲二名进士。尽管他也意识到“仆古文多愤时嫉俗之作，不敢示世人，恐以言获罪”（《与刘大山书》），但最后终于没有逃脱统治者的屠刀，二鸟的命运竟成了他自身的悲剧。封建社会的“世路”的确太窄了，正所谓“江头未是风波恶，别有人间行路难”（辛弃疾《鹧鸪天》）。联系戴名世的遭际，读这篇《鸟说》，不是更加令人深思吗？

戴名世青少年时期就以擅长古文著称。他的散文取法自然，雅洁严整。“君子之文，淡焉泊焉，略其町畦，去取铅华，无所有乃其所以无所不有也。”（《与刘言洁书》）这段话道出了他的文学主张。如果说他是桐城派的先驱人物，有一定道理。从《鸟说》可略见其文风之一斑。全篇没有曲折的构思，仿佛只是平铺直叙，信口道来，其实字里行间都蕴涵着作者充沛的情感。他先开门见山，把构筑于桂树上的鸟巢中二鸟的“娟皎可爱”及其取食盘桓的娇态写出，不事雕琢而情深意长，旨在造成一种和平恬静的气氛。接下忽写巢坠鸟失，本是美好的事物破灭了，使读者于突兀之中顿生感伤之情。最后一段议论，既点明了本篇主旨，又给读者以掩卷深思的余地。文章的魅力也正在此。

“感时花溅泪，恨别鸟惊心”，是杜甫《春望》中的名句。文学家往往把自己的某些主观感受移情于身边习见的动植物，甚至移情于一些无生命的物体，以表达自己不愿明说或有难言之隐的情感。作者四十九岁游巾山，见群雀相斗于署，就对旁边的人说：“君等志之，此一部廿一史也。”（见《辛巳浙行日记》）这是作者文学家气质的流露。《鸟说》这篇寓言正是作者移情于二鸟，借二鸟的悲惨结局宣泄自己长期郁积的愤懑之情，以达到讽世的效果。最后一句“彼其以世路为甚宽也哉”点明了全篇的主旨，精警有力，发人深省，能够于平淡中毕露锋芒，令人回肠荡气。

（赵伯陶）

【作者小传】

林嗣环

清文学家。字铁崖，福建晋江人。顺治时中进士。曾因事被谪戍边，后遇赦，客死杭州。著有《铁崖文集》。

秋声诗自序

林嗣环

彻呆子正当秋之日，杜门简出。毡有针，壁有衷甲[①]，苦无可排解者。当每听谣诼之来，则濡墨吮笔而为诗。诗成，以秋声名篇。

适有数客至，不问何人，留共醉。酒酣，令客各举似何声为佳。

一客曰："机声、儿子读书声佳耳。"

予曰："何言之庄也。"

又一客曰："堂下呵驺声[②]、堂上笙歌声何如？"

予曰："何言之华也。"

又一客曰："姑妇楸枰声[③]最佳。"

曰："何言之玄也。"

一客独嘿嘿，乃取大杯，满酌而前曰："先生喜闻人所未闻，仆请数言为先生抚掌可乎？

"京中有善口技者。会宾客大宴，于厅事之东北角，施八尺屏障。口技人坐屏障中，一桌、一扇、一椅、一抚尺而已。众宾客团坐。少顷，但闻屏障中抚尺一下，满座寂然，无敢哗者。

"遥遥闻深巷犬吠声，便有妇人惊觉欠伸，摇其夫，语猥亵事。夫呓语，初不甚应。妇摇之不止，则二人语渐间杂，床又从中戛戛。既而儿醒，大啼。夫令妇抚儿乳。儿含乳啼，妇拍而呜之。夫起溺，妇亦抱儿起溺。床上又一大儿醒，狺狺不止。当是时，妇女拍儿声，口中呜声，儿含乳啼声，大儿初醒声，夫叱大儿声，一齐凑发，众妙毕备。满座宾客，无不伸颈、侧目、微笑、默叹，以为妙绝也。

"既而夫上床寝，妇又呼大儿溺，毕，都上床寝。小儿亦渐欲睡。夫齁声起，妇拍儿亦渐拍渐止。微闻有鼠作作索索，盆器倾侧，妇梦中咳嗽之声。宾客意少舒，稍稍正坐。

"忽一人大呼'火起'，夫起大呼，妇亦起大呼。两儿齐哭。俄而百千人大呼，百千儿哭，百千犬吠。中间力拉崩倒之声，火爆声，呼呼风声，百千齐作；又夹百千求救声，曳屋许许声，抢夺声，泼水声，凡所应有，无所不有。虽人有百手，手有百指，不能指其一端；人有百口，口有百舌，不能名其一处也。于是宾客无不变色离席，奋袖出臂，两股战战，几欲先走。

“忽然抚尺一下，众响毕绝。撤屏视之，一人、一桌、一椅、一扇、一抚尺而已。”

嘻！若而人者，可谓善画声矣。遂录其语以为秋声序。

〔注〕 ① 衷甲：有外衣的铠甲。 ② 呵驺(zōu)声：赶马让道的吆喝声。 ③ 楸枰(qiū píng)声：棋盘上落子声。古人棋盘多用楸木制作，故称。

林嗣环有自己的集子，一名《铁崖文集》，一名《湖舫存稿》，但现在已经很难见到了，他的这篇文章是从张潮编的小说集《虞初新志》中选来的。一篇诗序被人选入小说集中，自有其特别之处。他的特别就在于借一个口技艺人的表演，说明自己何以要给自己的诗集取名为《秋声诗》的，意在表明这些写于秋天的诗，就像口技艺人摹拟声音一样，只是描画秋日的各种声音而已。从作者曾因事下狱、充军边疆的经历，以及文中的“当每听谣诼之来”的表白看来，他所体验到的秋声，自要比欧阳修《秋声赋》中所说的秋声复杂得多，具体得多，诸如大自然的肃杀之气，飞来的谣诼之言，自己沉闷的心声等都在其中。如此看来，序文虽然写得轻松、俏皮，带几分幽默，作者的内心却是隐藏着某种怨恨和牢骚。

可是此文的被人传诵却不是因为这些，而是由于其中描写口技的大段文字闪耀着异样的光彩。《虞初新志》的编者曾大加赞赏说：“绝世奇技，复得此奇文以传之，读竟，辄浮大白。”到了今天，人们索性将它斩头去尾，只留下这段文字，更名为《口技》而盛传于世，序文本身倒逐渐不为人所知了。这不知道是作者的幸还是不幸。

《口技》的成功全在于对口技表演作了多方面、多角度的描写。首先是直接描画声音。作者称口技人善画声，其实他自己也是善画声的。不过口技人的画声是直接摹拟生活中的种种声音，而作者的画声则是描画口技人的表演，即通过口技人的拟音还生活的本来面目。文中记下了两个活生生的场面，一个是四口之家的夜睡，另一个是一场火灾，两者紧相连接，节奏与气氛大起大落，峰谷分明。对这两个场面，作者主要作正面描述，如“遥遥闻深巷犬吠声”段，就是根据口技人的模声，直接还原的生活场面。有时也作综合性的描述，如：“凡所应有，无所不有。虽人有百手，手有百指，不能指其一端；人有百口，口有百舌，不能名其一处。”这虽然没有写出具体的情景，却可以引发读者想象出规模更大、情况更紧急的场面。这种种惟妙惟肖的描写，以及由此而带来的强烈的生活气息，自然是人见人爱的。

其次是描写听众的反应。对口技表演，人们总是以能否叩动听众的心弦来判定其优劣的，所以作者紧紧抓住听众的反应，以壮声色。在写完夜睡这一场面后，即补上一句："满座宾客无不伸颈、侧目、微笑、默叹，以为妙绝也。"在记完救火的场面后更是重重附上一笔："于是宾客无不变色离席，奋袖出臂，两股战战，几欲先走。"听众的情绪随表演内容的转换而起伏变化，一会儿眉开眼笑，一会儿心惊肉跳，甚至有人受不了这种惊吓，而想退场，这当然足以说明表演技艺的高超了。

再就是强调道具的简单。此段文字的开头就点明："口技人坐屏障中，一桌、一椅、一扇、一抚尺而已。"结束时又再次强调："撤屏视之，一人，一桌、一椅、一扇、一抚尺而已。"其用意就在于向读者揭示，刚才所听到的一切声音，并没有凭借任何发音器具，全出于表演者之口，其口技之精妙不言自明。同时也可以使文章首尾呼应，自成起讫，结构紧凑，而又余韵悠然。

描写听众的反应与道具的简单，当然都是辅助手段，但它们的作用却不可小看。当时一个署名为东轩主人的作者专门写了一篇《口技记》，记的是扬州郭猫儿表演一个屠夫醉酒的口技，在描写的生动性与情节的曲折性上并不亚于此文，就因为没有注意这些，而使文章松散平板，缺乏起伏变幻，远不及此文精彩。

最后还应该对这段文字的归属问题说几句。后来有人在贯华堂本《水浒传》第六十五回的金圣叹的评点文字中也发现了这段文字，而且也是转述别人的话，以"吾友斫山先生尝向吾夸京中口技"引出。金圣叹与林嗣环同时，互相见到对方的文字，并顺手录入自己的文章中，又未作交代，这是完全可能的。这就必然使人产生疑问，这段文字的真正作者，究竟是林嗣环，还是金圣叹？抑或是另外一个人所写，而被林、金同时录用？可现在尚无足够的材料判定其归属，姑且还是暂寄在林嗣环的名下。

(谢楚发)

【作者小传】

石成金

(1659—1739后)　清文学家。字天基，号学海，又号惺斋。江南扬州(今属江苏)人。康熙四十五年(1706)进士，授宝坻知县。事亲以孝，交友以信，以诚笃称，又虔信佛教。尝取俗语俚言，写通俗讽喻作品，以期端正世道人心，所著风行于世，对社会影响较大。著有话本小说集《雨花香》《通天乐》，另《道情》四种，笑话集《笑得好》《俗语正讹》《传家宝俗谚》《五更调》等，均收入《传家宝六集》中。

放屁文章　　石成金

一秀才能言，惯会帮人讼事①。县官憎嫌，教之曰："为士者，只应闭户读书，因何出入衙门，如此举动？想汝文章②必然荒疏，本县且出题考汝，好歹定夺③。"因出题令其做文，半晌不能成句，反高声曰："大宗师④所出题目甚难，所以迟滞。求再出一题，若做不出，情愿领罪。"官为一笑。正在另想题目时，忽撒一屁，因以放屁为题，令其着笔。这秀才即拱揖进辞曰："伏惟⑤大宗师高耸金臀，洪宣⑥宝屁，依稀乎丝竹之音，仿佛乎麝兰之气⑦。生员立于下风，不胜馨香之至。"县官听完大笑曰："这秀才，正经的好文章不会做，放屁的坏文章偏做得好！本县衙门东街，有个万人粪坑，叫皂隶⑧即押他在粪坑边立着，每日领略些麝兰香味，免得他闲着生事害人。"

秀才但做坏事害人者，即罚在粪坑边吸臭气，只需罚不多人，其余皆敛迹矣。

〔注〕 ① 讼事：打官司。 ② 文章：此指八股文。 ③ 好歹定夺：意思是根据秀才所作文章的优劣给予适当的发落。 ④ 大宗师：秀才称主考官为大宗师。此处是对县令的尊敬称呼。 ⑤ 伏惟：俯伏而思维。旧时下级对上级或晚辈对长辈禀诉时表示尊敬的惯用语。 ⑥ 洪宣：大响，大放。 ⑦ 麝(shè)兰：麝香和兰花，都有浓烈香气。 ⑧ 皂隶：穿黑色号衣的衙门差役。皂，黑色。

《庄子·列御寇》载，秦王生病求医，下令说：能使秦王痈疽溃散脓血的，赏车一乘；能给秦王舐痔疮减轻痛苦的，赏车五乘。令出，应征者如云。这当然是庄子虚构的寓言，但很耐人玩味，不啻是对浇薄世风的辛辣针砭：行为越卑污，赏赐越多，因而历史上卑鄙龌龊行为在中国漫长历史上得以绵绵不绝。唐代有位郭霸，为了加官晋爵也来效法。大臣魏元忠卧病在床，他主动去品味尿液，并献媚地对元忠说："您的粪便如果有甜味，那么病一时难好；现在我尝了有苦味，病马上就会痊愈。"曲意逢迎的丑态，无以复加。这种令人作呕的卑污行为，行为者本人不可能不意识到，但为了种种私欲，不惜降志辱身，乐而为之。拿人格的尊严做肮脏交易，无疑是对人类文明的亵渎和践踏。

小品《放屁文章》中的秀才，也是郭霸之流人物。县令说他"正经的好文章不会做，放屁的坏文章偏做得好"，可谓一针见血。他的屁颂堆砌辞藻，确也有点歪才。遗憾的是，华赡的文字非但不能提高他的人品，反而暴露了他那无耻灵魂。

最早撰写此篇的是明代赵南星，他在《笑赞》中写一秀才死后见阎王，阎王偶放一屁，秀才即献屁颂一篇云云。阎王大喜，给他增寿十年，放还阳间。这是赏识屁秀才的心态。可以说，屁秀才就是这类赏识者教唆和制造出来的。作者对此加以改造，县令没有买屁颂的账，却来了个请君入瓮，让秀才站在“万人粪坑”边，天天领略“麝兰香味”。这近乎幽默的做法，反映了要惩治屁秀才的心态。如照此办理，屁秀才们也许会幡然改悔，从此销声匿迹。

一个是赏识，一个是惩治，两种心态各有各的现实基础，但前者似乎更真实、更深刻，而后者只是善良人们的美好愿望。因为只要有赏识者在，屁秀才就不会绝迹，放屁文章也不愁没有市场。（曹光甫）

再出恭　　石成金

村庄农人不知礼，来至儒学殿[①]前撒粪一堆。学师闻之怒，送县究办。县官审问：“因何秽触圣人[②]？”村农曰：“小人上城，每日皆从学前走，一时恭急，随便[③]解手，非敢亵渎圣人。”官曰：“你愿打愿罚？”村农畏打，曰：“小人愿罚。”官曰：“该问不应[④]，纳银一两五钱，当堂秤下，不须库吏收纳。”村农取出银一锭，约有三两，禀官曰：“待小人去剪一半来交纳。”官曰：“取来我看。”见是纹银一锭，就和颜悦色。先将银子慌忙纳入袖中，对村农说：“这锭银子不需剪开，当我老爷说过：准你明日再到学殿前出一次大恭罢。”

〔注〕①儒学殿：儒学学府，此指县学。②秽触圣人：辱犯圣人。圣人，旧时对儒家创始人孔子的尊称。③随便：随即。④不应：“不应”的罪名，即不应该这样做违法行为。

随地出恭，不雅；在莘莘学子尊孔习儒的堂堂县学前出恭，犹如在佛头上着粪一样，尤其不雅而且大不敬。尽管村农是由于无知和一时无奈，但行为有失检点，显属该罚，以儆重犯或他人效尤。

县官是孔圣人的忠实信徒，是封建道统的卫道士，他受理“村农出恭”案，振振有词与义愤填膺是当然的。他先扣以“秽触圣人”的大帽子，而后施罚，罚打或罚银，这些裁决也都在情理之中，无可厚非。

问题出在村农怕打而拿出了罚银，情节有了喜剧性的发展。见了灿灿白银，仿佛蚊子叮血，苍蝇逐腥，蚂蚁附膻，道貌岸然的县太爷立即原形毕露，变成了彻头彻尾的小丑。其中有三点颇堪注意：其一是“当堂秤下，不须库吏收纳”。罚银而不入国库，其中饱私囊的念头已启端倪。其二是见了三两一锭纹银立即“和颜悦色”。见钱颜开，丑态如绘，与审问时的严厉口吻适成鲜明的对照。其三是慌忙将三两纹银“纳入袖中”。该退的一两五钱银子怎么办？他公然给“秽触圣人”的行为发放通行证，吩咐村农“明日再到学殿前出一次大恭”。非法行为由官府准许而成为合法，真是比“只许州官放火，不许百姓点灯”的行径有过之而无不及。

这位父母官尊孔是假、卖孔是真的贪鄙嘴脸虽然滑稽可笑，但他赤裸裸毫无诈伪地攫取钱财的猴急相，毕竟还率直和愚蠢得有几分憨直。至少，他不像那些“满口仁义道德，满肚男盗女娼”，不择手段巧取豪夺还要伪装清白廉洁的贪官墨吏那样令人憎厌。

（曹光甫）

【作者小传】

方 苞

(1668—1749)　清散文家。字灵皋，号望溪。安徽桐城人。康熙进士。曾为戴名世《南山集》作序，以《南山集》案入狱，后得赦，命入值南书房。雍正时为一统志馆总裁、皇清文颖馆副总裁。乾隆时官礼部右侍郎。论文提倡“义法”，为桐城派创始人，所作散文多为经说及书序碑传之属。有《方望溪先生全集》。

辕 马 说　　　　方 苞

余行塞上，乘任载之车，见马之负辕者而感焉。

古之车，独辀加衡而服两马①。今则一马夹辕而驾，领局于軏，背承乎䩞②，靳前而靽后③。其登阤④也，气尽喘汗，而后能引其轮之却；其下阤也，股蹙蹄攒，而后能抗其辕之伏也。鞭策以劝其登，棰棘以起其陷，乘危而颠，折筋绝骨，无所避之。而众马之前导而旁驱者，不与焉。其渴饮于溪，脱驾而就槽枥，则常在众马之后。

噫！马之任孰有限于此者乎？然其德与力，非试之辕下不可辨。其或所服之不称，则虽善御者不能调也。驽蹇者力不能胜，狡愤⑤者易惧而变，有行坦途惊蹶而偾⑥其车矣。其登也若跛，其下也若崩，泞旋淖陷，常自顿于辕中，而众马皆为所掣。呜呼，将车⑦者其慎哉！

〔注〕 ① 辀(zhōu)：古代轻便的马车，只用一根曲杆与马连接，此杆即称为辀。衡：辀头横木。服：驾。 ② 𩌦(xiǎn)：束缚马腹以承重的皮带。 ③ 靳：套住马胸的皮带。靽(bàn)：套在马后的皮带。 ④ 阤(zhì)：山坡。 ⑤ 狡愤：狡诈易怒。 ⑥ 偾(fèn)：倒覆。 ⑦ 将(jiàng)车：驾车。

此文属于杂说。此种文体大多是历代的有志有识之士，或悯于世风日下，或有感于自身的怀才不遇而写的兴慨言理之作。他们不从正面表明自己的观点，只是托物以寓其意。就其托物而言，很像寓言，所以常被当作寓言；就其寓意而言，又与杂文无异，所以又常被列入杂文范围。其托物部分必然是一段完整而精粹的记叙，记人、记物、记事均可；其寓意部分必然是在记叙的基础上说明某种道理。可以说它是形象思维与逻辑思维相结合的产物，既闪耀着理性的光辉，又具有形象的魅力。加之取材方便，简短活泼，作者容易写，读者高兴读，是以自古盛行不衰。

此文即以负辕之马为喻，说明考察和选拔朝廷重臣的重要意义。作者把封建朝廷这一最高统治机构比喻为一驾马车，驾车人自然是君主，而宰辅一类人物就是负辕之马。马车的安危与行进的快慢往往决定于辕马的"德与力"，一个朝廷的兴衰强弱也往往决定于朝中一班重臣的德与才。只有德才兼备的人才能担此重任，所以君主必须像驾车人挑选辕马一样选用人才。作者的这种寓意只是对皇帝的一种进谏与献策，并无此种文体所常具有的刺世锋芒。可以推测，它大概写于作者出狱以后，入值南书房(康熙的秘书机构)的时候，因此表现出作者特有的忠心与谨厚。

此文的写法比较含蓄，言近而旨远，辞浅而义深。它并没有将要说的道理直接点明，而是将其融化于对辕马的负重与对辕马的选择的具体描述中。对辕马负重的形象，作者费了很多笔墨，写得非常生动：全身被夹在两辕之间，前后左右受着种种羁绊；上坡下坡，前拉后抵，登高起陷，不避艰险；负载使力在众马之前，渴饮饥餐在群马之后。这是对辕马的一种高度赞美，能担此重任者实在不多，所以作者接着就对辕马的挑选发表议论。他认为挑选辕马必须从德与力两方面考察。所谓力，就是指马的体魄与力量，如果是驽骀一类劣马，就决不能负此重任，道路稍有艰险，就会自困辕中，影响车子前行。所谓德，就是指马的性情品格。那些狡诈的，它们不愿负重，又不受鞭策；那些浮躁易怒的，又惊惧无常，即使在平坦的道路上也常常翻车。如此，驾车人就不能不对辕马作慎重的考察和选择。

由于上述对辕马及其选择的描写中处处有意识地使其与朝中宰辅人物及其任用吻合，所以自始至终并未将其寓意和盘托出，而是让读者从字里行间去领悟。这样就可以使文章简远含蓄，收到"玩之者无穷，味之者不厌"的效果。方苞散文的雅健醇厚风格，于此也可见一斑。 (谢楚发)

【作者小传】

金 农

(1687—1763) 清书画家、诗文家。字寿门，又字司农、吉金，号冬心先生、稽留山民、曲江外史、昔耶居士等，仁和(今浙江杭州)人。少受业于何焯。曾被荐举博学鸿词科，入京未试而返。好游历，客扬州鬻诗文、卖书画最久。写隶书古朴，楷书自创一格，号"漆书"。亦能篆刻，得秦、汉法。五十岁后始作画，格调拙厚淳朴，当时目为画坛逸品。画风较规整者则为弟子辈代笔。为"扬州八怪"之一。工诗。有《冬心先生集》《冬心先生杂著》等。

题画(四则) 金农

其 一

先民之言曰：同能不如独诣。又曰：众毁不如独赏。独诣可求诸己，独赏罕逢其人[①]。余于画竹亦然。不趋时流，不干名誉，丛篁一枝，出之灵府[②]。清风满林，惟许白练雀飞来相对也。

其 二

比日不出，非不出也，避城狐社鼠[③]之相窥也。既不出矣，招剡溪之人[④]来，画老竹数竿在大石罅。石作飞白[⑤]者一，作黳[⑥]黑者一，下有败棘，有恶草，不意幽林绵谷中伏处此辈也。画毕太息，自解不得，吾当搔手问青天耳！

其 三

老而无能，诗亦懒作，五七字句[⑦]，谀人而已，可勿录也。然平生高岸之气尚在，尝于画竹满幅时，一寓己意。林下清风，惠贶[8]不浅，观之者不从尘坌中求我，则得之矣。

其　四

饮郑氏园，大醉如泥。烂银月色，今夕尤佳。画此数枝，以代解酲[9]，并题小诗其上，诗云：“花气已阑人罢酒，棋声方散月当阶。新篁一枝才落墨，便有清风生百骸。”余之竹与诗，皆不求同于人也，同于人，则有瓦砾在后之讥矣。

〔注〕 ①“独诣”二句：意思是：要想技艺达到专精，可以靠自己的努力来实现，但要获得人家独具慧眼的赏识，却难得遇到这样的人。 ②灵府：心灵。 ③城狐社鼠：城墙上的狐狸，土地庙里的老鼠，比喻仗势欺人的恶人。 ④剡溪之人：剡溪在剡县(今浙江嵊州市西南)境内，其地产古藤，可制纸，负盛名，后世遂以剡溪喻纸。此处又把纸人格化为剡溪之人。 ⑤飞白：书法中之一种，字画如枯笔写成，中间丝丝露白，故名。中国画吸收了这一技法，线条也是枯笔露白的。 ⑥黳(yī)：黑色。 ⑦五七字句：指五七言诗。 ⑧惠贶(kuàng)：称他人馈赠的敬辞。 ⑨酲：喝醉了神志不清。

清代康熙、雍正、乾隆时期，出现一个重要的画派——扬州八家。这八位画家都是人品高洁、趣尚拔俗的人物，他们的言行往往矫异不合俗情，被目为扬州八怪。八怪之中，以金农、郑燮尤为突出。金农一生不愿当官，雍正末年，朝廷拟开博学鸿词科，征召人才，金农被荐而百般推辞。到乾隆元年，要开考了，他勉强到达北京，住了不多久，也不应考便悄然南归。从此寓居扬州，以卖画为生，过着清寒的生活。

扬州是个商业、手工业十分发达的城市，富商巨贾云集，他们一方面通过赃贿手段去追求更大的财富，一方面又穷奢极侈，过着荒唐的生活。身居这座城市的金农，自然有所感触，所以他要“避城狐社鼠之相窥”，慨叹幽林绵谷本是高人隐士、名花美木栖息的地方，不料却被败棘恶草(喻小人)混迹其间。从中可见他对现实的深深不满，对豪贵的极端鄙视了。他一生最喜欢画竹，因为竹子正好表现出他“平生高岸之气”，体现他“好似老夫多崛强，雪深一尺肯低头”的人生态度。

扬州八家之所以被指称为怪，是因为他们要突破传统，创造革新。金农在艺术上反对摹仿雷同，追求自得的“独诣”，不愿有“瓦砾在后之讥”，正是革新精神的表现。更为可贵的是，他坚持自己的艺术品格，“不趋时流，不干名誉”，只肯抒写自己内心的蕴蓄，抒写对社会现实的看法。他这四篇题跋，我们从中或见其清裁雅韵，或见其愤世嫉俗，或见其标举的艺术追求。总之，我们所见到的金农不仅是位大画家，也是那个浊世中难得的倔强孤高之士。　(黄国声)

【作者小传】

郑　燮

(1693—1766)　清书画家、文学家。字克柔,号板桥。江苏兴化人。乾隆进士。曾任山东范县、潍县知县,后因请赈济民得罪豪绅而罢官。作官前后均居扬州卖画。善诗词,工书画。画、诗、书,人称"三绝"。为"扬州八怪"之一。为文主张直抒胸臆,不事雕琢,反对模拟古文和形式主义的文风。诗词文章多反映民间疾苦。著有《板桥全集》。

淮安舟中寄舍弟墨[①]　　郑　燮

以人为可爱,而我亦可爱矣;以人为可恶,而我亦可恶矣。东坡一生觉得世上没有不好的人,最是他好处。愚兄平生漫骂无礼,然人有一才一技之长,一行一言之美,未尝不啧啧称道。橐[②]中数千金,随手散尽,爱人故也。至于缺阨欹危之处[③],亦往往得人之力。好骂人,尤好骂秀才。细细想来,秀才受病,只是推廓[④]不开,他若推廓得开,又不是秀才了。且专骂秀才,亦是冤屈。而今世上那个是推廓得开的?年老身孤,当慎口过。爱人是好处,骂人是不好处。东坡以此受病,况板桥乎!老弟亦当时时劝我。

〔注〕①淮安:治今江苏淮安市。墨:郑墨,字五桥,作者堂弟。　②橐(tuó):盛物的袋子。　③缺阨(è):困踬。欹(qī)危:危难。　④推廓:推脱、排解。

板桥书信,每因一事一思而出,笔墨全绕此一事一思挥洒,人品显豁,性灵独到,处处展示着作者为人处事、性格品行、谈艺论文的风格和见地。几乎篇篇堪称精粹之作。这封信写在船上,是与兄弟谈为人交友的。

信的开篇以一个对句拎起,开门见山、颇富哲理:"以人为可爱,而我亦可爱矣;以人为可恶,而我亦可恶矣。"即是说,待人接物与人为善,他人才以你为善;你看到了他人的长处,可爱之处,别人才会同样看到你的长处,认为你可爱。反之,如果自己本身就不存友善之心,处处视别人不顺眼,那么,这样的人也不会留给别人好印象;在他人看来就是可恶可憎的。事物总是这么相反相成,以为互补,人际交往并不例外。互相的友好、信任、尊敬,是交朋友的前提和基础,这本是极浅显的道理,似乎人人都应明白,然而实际并非如此,否则就不会有"世态炎凉”“人情浇薄”之说了，板桥也大可不必作为话题拎出。苏东坡一生觉得世上没有不好的人，最是他好处。唯有这般宽怀大度，他才能从容熬过“乌台诗案”、连遭贬谪的诸般磨难；也因此得到所结交好友在他危难之际所给予的帮助。

由如何待人的辨证法引入，下面的文章回到自己。板桥说自己“平生漫骂无礼”，“然人有一才一技之长，一行一言之美，未尝不啧啧称道。橐中数千金，随手散尽，爱人故也。”谈论自己的短长，全无虚伪造作，不加遮掩，坦然道出，是板桥风格。世上不平事多，嫉恶如仇，发抒义愤，漫骂出口亦不失正人君子之风。可贵的是无害人之心，而且对他人一才一技之长，一行一言之美都能看在眼里，不吝惜褒赞语辞，更不忘济贫扶难。为人至此，所以在自己“缺陀欹危之处”，也常得到别人的支持。从下文知，板桥的“漫骂”包括“好骂秀才”，因为秀才凡事“只是推廓不开”，气度狭窄，酸腐迂阔。心高气盛、脾性真率的板桥看不惯这类人，所以好骂。然而从前述道理想来，骂人家“亦是冤屈”，“而今世上那个是推廓得开的”，何必斤斤计较于秀才！一味针芒外露，诸事看不惯，就不是儒家的恕道了，板桥毕竟还是封建时代传统的知识分子。祸因口出，“口过”是不可不慎。当年苏东坡常因口过犯事，文人才子，在所难免，板桥其人其才，不足为奇。好就好在他既直扬自己优点，又直述其过失，均无所虚情矫饰。劝人时时告诫自己，也借机把道理阐清，劝诱了他人如何为人。从中既可品其性格，又可得其理谕，于自然中见精神，是板桥的文风，也可见书信体的长处。

（宫晓卫）

范县署中寄舍弟墨第二书　　郑　燮

吾弟所买宅，严紧密栗，处家最宜，只是天井太小，见天不大。愚兄心思旷远，不乐居耳。是宅北至鹦鹉桥不过百步，鹦鹉桥至杏花楼不过三十步，其左右颇多隙地。幼时饮酒其旁，见一片荒城，半堤衰柳，断桥流水，破屋丛花，心窃乐之。若得制钱[①]五十千，便可买地一大段，他日结茅[②]有在矣。吾意欲筑一土墙院子，门内多栽竹树草花，用碎砖铺曲径一条，以达二门。其内茅屋二间，一间坐客，一间作房，贮图书史籍笔墨砚瓦酒董茶具其中，为良朋好友后生小子论文赋诗之所。其后住家主屋三间，厨屋二间，奴子屋一间，共八间。俱用草苫，如此足矣。清晨日尚未出，望东海一片红霞，薄暮斜阳满树。立院中高处，便见烟水平桥。家中宴客，墙外人亦望见灯火。

南至汝家百三十步，东至小园仅一水，实为恒便。或曰：此等宅居甚适，只是怕盗贼。不知盗贼亦穷民耳，开门延入，商量分惠，有甚么便拿甚么去；若一无所有，便王献之青毡，亦可携取质百钱救急也。吾弟当留心此地，为狂兄娱老之资，不知可能遂愿否？

〔注〕 ① 制钱：明洪武以后官局所制的钱。因形式、文字、重量、成色都有定制，故名。② 结茅：指盖造简陋的房屋。

此书作于乾隆九年(1744)，郑板桥五十二岁。这是他来山东当县官的第三年，此年内连续给他的唯一亲人、比自己年幼二十五岁的堂弟写了四封信。这封“第二书”没谈任何实事，仅是让堂弟为其留心在新买的宅子旁边也买下一块地，以备将来辞官归来，好按自己的设计营盖住宅，作为养老之需。郑以“康熙秀才、雍正举人、乾隆进士”的资历，好不容易在四十九岁才当上县令。如今仅仅三年，便急切切想到了归老林泉，这件事本身就够耐人思寻的了。

文章的核心部分，是郑板桥详细讲述自己对养老宅子的设计。首先是宅子的地点，是“幼时饮酒其旁”“心窃乐之”的一处地方，老来居之，必能童心复萌。而且这“一片荒城，半堤衰柳，断桥流水，破屋丛花”，实在既不同于官场崇拜的金阙玉阶，也不同于隐士追求的世外桃源，郑板桥所孜孜以求的，乃是一个经过“人”的作用而变“旧”了的处所。这说明郑对自己的未来，是要在“出世”与“入世”之间寻找一个适当的连接点，他需要将整个身心沉湎其中，更需要将全部余生投入进去，把做人与做文章结合起来，以期实现毕生未能(或没有来得及)实现的人生追求。其次，是要在上述的大氛围、大背景中显示自己独特的艺术个性，要“筑一土墙院子”，房屋要“俱用草苫”；但是，一定又要“用碎砖铺曲径一条，以达二门”。用今天的话来说，是要在“穷”和艺术之间寻找一个连接点，大约也只有在这样的“点”上，才能有滋有味。这里的“穷”，和上述情调的“旧”，恰恰是对应的，恰恰是培养、产生优美、清新艺术的必要条件。再次，是对乡里亲情的追求，“立院中高处，便见烟水平桥。家中宴客，墙外人亦望见灯火”。这一种感情，乃是郑板桥为文处世之本。郑的一切离不开人，离不开与自己的过去、将来发生联系的人。以往郑紧紧地抓住了它，觉得自己不曾虚度此生，今后更需要紧紧抓住，以期将来的生活更有意义。郑在本年给堂弟的第一封书中说道：“刹院寺祖坟，是东门一枝大家公共的，我因葬父母无地，遂葬其旁。得风水力，成进士，作宦数年无恙。是众人之富贵福泽，我一人夺之也，于心安乎不安乎！”这种虔诚近乎忏悔了，他认为今日自己的一切都是家乡的父老给予的，自己必须设法报答才是！于是，在本年写给堂弟的第四封书中嘱咐："天寒冰冻时，穷亲戚朋友到门，先泡一大碗炒米送手中，佐以酱姜一小碟，最是暖老温贫之具。"这两段话，一讲昔日，一讲未来，郑目前的任上之身，恰恰就尴尬地摆在其间！怎么办？郑大约左思右想，最后终于做出"哪里来还哪里去"的决定，于是便在这封书中对堂弟有所泄露和期待。

结尾很妙，作者故意荡开一笔，讲到对待故乡之盗贼的应有态度。初看，觉得这一位县太爷愚得可以，怎么能采取"我爱你家乡，连同你的盗贼"的态度呢？须知：郑板桥所以发出是语，乃是对家乡爱到极处的一种表现，这样写来，更觉得一气呵成，一贯到底。使人感到饶有兴味的，还在于郑提出了一个"盗贼亦穷民"的观点，这在当时可真不简单。（徐城北）

潍县署中与舍弟墨第二书　　郑　燮

余五十二岁始得一子，岂有不爱之理！然爱之必以其道，虽嬉戏顽耍，务令忠厚悱恻，毋为刻急也。平生最不喜笼中养鸟。我图娱悦，彼在囚牢，何情何理，而必屈物之性以适吾性乎！至于发系蜻蜓，线缚螃蟹，为小儿顽具，不过一时片刻便折拉而死。夫天地生物，化育劬劳，一蚁一虫，皆本阴阳五行之气絪缊①而出。上帝亦心心爱念。而万物之性人为贵，吾辈竟不能体天之心以为心，万物将何所托命乎？蛇蚖②蜈蚣豺狼虎豹，虫之最毒者也，然天既生之，我何得而杀之。若必欲尽杀，天地又何必生。亦惟驱之使远，避之使不相害而已。蜘蛛结网，于人何罪，或谓其夜间咒月，令人墙倾壁倒，遂击杀无遗。此等说话，出于何经何典，而遂以此残物之命，可乎哉？我不在家，儿子便是你管束。要须长其忠厚之情，驱其残忍之性，不得以为犹子而姑纵惜也。家人儿女，总是天地间一般人，当一般爱惜，不可使吾儿凌虐他。凡鱼飧③果饼，宜均分散给，大家欢嬉跳跃。若吾儿坐食好物，令家人子远立而望，不得一沾唇齿；其父母见而怜之，无可如何，呼之使去，岂非割心剜肉乎！夫读书中举中进士作官，此是小事，第一要明理作个好人。可将此书读与郭嫂、饶嫂听，使二妇人知爱子之道在此不在彼也。

〔注〕 ① 絪缊：古代指阴阳之气交会貌。 ② 蚖(yuán)：蝮蛇。也称“虺(huǐ)”。 ③ 鱼飧(sūn)：鱼做的食物。一说鱼羹。

此书作于乾隆十四年(或稍前)，郑板桥五十七岁。这一年，他五岁的独子在老家兴化入塾从师，然而也就在这一年病殁。此书书尾未署年月，但与写于十四年的第三书联系来看，估计此书写在儿子已经入塾或将要入塾的那一时刻。郑何时送子还乡难以考察，但从此书书尾提到的“可将此书读与郭嫂、饶嫂听，使二妇人知爱子之道在此不在彼也”，大约儿子是由郭、饶二妾直接抚养的(儿子系饶氏在山东所生，史有载)。知道了这种背景，就可以理解这封旨在向弟弟和二妾宣讲爱子之道的家书了。

近代历史常常给人以这样的启示：人在小时，天性童心蓬勃烂漫，年纪渐长，阅历渐增，思想也就越来越复杂、矛盾。这时，人的社会性就会逐渐取代天性童心，人的胸中城府纵横，无论遇到大事小事都不免因私利而弯弯绕了。这似乎是人生的规律，绝大多数“社会的人”从小到大，大约都会有这样一个发展过程。唯独文学家(尤其是儿童作家和诗人)总是极力“抗拒”这一规律，办法就是努力保持幼时心中的那一种天性童心。当然，文学家那里的天性童心，并不是孩提时期的简单再现，而是升华了的一种境界，一种存在，一种气质。文学家胸中但凡有这种东西的，无不利用各种形式、各种场合去进行宣传鼓吹。他们认为这是自己的天职，执行它甚至比写自己的作品都更神圣。只有保持天性童心，才可能健康成长，才可能保持赤子之心，才可能成为一个真正的人，社会也才可能成为一个健全的实体。人有了它，才可能正确地对待小鸟和蜻蜓、螃蟹；主家之子有了它，才可能正确地对待家仆之子。在此信之后所附的“书后又一纸”中，郑板桥更发挥了这一观点，他说：“欲养鸟莫如多种树，使绕屋数百株，扶疏茂密，为鸟国鸟家。将旦时，睡梦初醒，尚辗转在被，听一片啁啾，如云门咸池之奏……”为了听到鸟的歌唱，不能也不应该通过设笼养鸟的办法获得，而应该房前房后多种树，努力改善居住地的自然环境，形成人与大自然(包括鸟、树及其他)的生态平衡，更需要建立一种人和外界的心态平衡。做到这一点，人就能在一种协调的气氛中与社会、自然进行交流，自己的工作、生活才能适度而有作为，同时也绝不妨碍外界的任何有生物和无生物。做到这一点，也就成为郑板桥所衷心推崇的“好人”。

在此书的结末，板桥郑重地告诫堂弟与二妾：教育儿子“第一要明理作个好人”，这是至高无上的任务；至于“中进士作官”，则“是小事”。可以想见，郑说此话是非常诚恳的，也是非常悲痛的。他亲眼看到这个社会是如此的缺乏天性童心，所以才坚决地从自己做起，要求孩子永远不要失去这最重要的一点。当然，五岁孩子不会听懂这些，但他是要孩子身边的人听懂并按照去做，这就不能不看出他的用心之深之苦了。

（徐城北）

石

郑　燮

何以谓之文章，谓其炳炳耀耀皆成文也，谓其规矩尺度皆成文也。不文不章，虽句句是题，直是一段说话，何以取胜？画石亦然，有横块，有竖块，有方块，有圆块，有欹斜侧块。何以入人之目，毕竟有皴法以见层次，有空白以见平整，空白之外又皴；然后大包小，小包大，构成全局，尤在用笔用墨用水之妙，所谓一块元气结而石成矣。眉山李铁君先生文章妙天下，余未有以学之，写二石奉寄。一细皴，一乱皴，不知仿佛公文之似否？眉山古道，不肯作甘言媚世，当必有以教我也。

这段话着重讲石头中的“文章”所在。依郑板桥的理解，“文章”实质就是一种符合秩序的组合，否则，“文章”就名存实亡，就变成自然主义的“说话”。常有这种情形：在某名家的画作中，单看某一块石头，实在看不出有何高明；然而联系起来一瞧，石头与石头之间，或者石头与其他绘画对象之间，存在着某种特殊而合理的联系，或主宾，或映对，或呼应，或虚实，或者其他什么……所谓画家的功夫高低，主要是指组合的本领强弱。组合的本领强，就可以从大处先占有优势，即所谓气势夺人；即使局部不够平衡，也因为大平衡的统率贯穿，而使小处的不平衡“融化”在大气势当中。总体的大平衡，可以建立在局部小平衡的基础上，但这是呆板和枯燥的；唯有建立在局部失衡基础上的大平衡，才可能是无比生动而又千姿百态的。古画论讲的“气韵生动”，就是指要用“一块元气”去组合这个多维空间——不仅有左右上下，而且有前后浅深，更有枯润、刚柔、阴阳、曲直、方圆、疾徐种种对比关系……这里讲的既是文章之道，也是作画之道。郑板桥推崇李铁君的文章“妙天下”，在自谦“未有以学之”的同时，却又“写二石奉寄”，用皴法向李老作文的章法“挑战”，不正说明了郑板桥不无炫耀的意态吗？

（徐城北）

竹 郑 燮

江馆清秋，晨起看竹，烟光日影露气，皆浮动于疏枝密叶之间。胸中勃勃遂有画意。其实胸中之竹，并不是眼中之竹也。因而磨墨展纸，落笔倏作变相，手中之竹又不是胸中之竹也。总之，意在笔先者，定则也；趣在法外者，化机也。独画云乎哉！

在这段文字中，我们不妨注意两个词语。一是“勃勃”，讲的是由“眼中之竹”向“胸中之竹”的转化，需要有一个相对长久的酝酿过程。“勃勃”可以是一小会儿，也可以长达数日、数月、数年，当然其中允许有间歇。从内容和形式的关系讲，通常是以内容去引动形式的变化，每一次新的引动都会带来新的修正或突破。二是“倏作”（迅速出现），讲的是由“胸中之竹”向“手中之竹”的转化，往往在一瞬间完成，好也是它，坏也是它。这一瞬间常常更多注意了形式，用迅速完成的形式为长久进行的酝酿去画句号。高明的创造者由于经过了“袖手于前”的充分准备，此时“疾书于后”的效果一般也相当美妙和谐。即使偶有不慎，也能及时地加以补救，其效果甚至比按预定计划执行时的更好。因为用文字叙述绘画上的补救多有不便，让我借用京剧大师梅兰芳、俞振飞二十世纪五十年代合演昆曲《断桥》的事例加以说明。当白娘子斥责许仙负情之际，梅按照老规矩向俞的额头一戳，不料用力稍重，眼看着俞的身子向后倒去，马上就要摔个“屁股座子”！为了及时补救这突发的意外，梅赶忙向前一扶（这是对“一戳”的补救），待等刚刚扶住，梅饰的白娘子或许想到所扶的却是个负心之人，便又轻轻一推（这又是对“一扶”的补救）。由此可见，“一戳”“一扶”“一推”原都是在意外情形下发生的，然而它们不但没有成为表演中的事故，反而由于两位大师的即兴发挥，把消极的补救变成积极的创造，结果升华而成刻画人物的精彩之笔。“勃勃”与“倏作”并非截然对立，梅、俞的那一次“倏作”的确是成功了，但不等于每次都能成功。一旦失败之后，演员们从吃夜宵的时候开始，就要继续胸中的“勃勃”，这一“勃勃”可能持续许多天，可能一直要持续到下一次登台演出同一剧目获得成功。画家们也是一样，每次画完之后，为什么久久地悬画于壁远观近觑？无非就是寻找破绽，引起胸中“勃勃”，以求下一次“倏作”时取得成功。再有，“勃勃”与“倏作”何者为先？一般来讲，内容决定形式，“勃勃”在先，“倏作”随后。然而中国诸多传统文艺，却通常是先学形式。比如画竹，先从《芥子园画传》一类谱书学习竹子入画的基本程式,此时即使生硬摹仿,也要求达到"倏作";随后进入大自然去观察活的竹子,观察各种特定状态下的竹子,于是胸中"勃勃";再后重执画笔,要求客观与主观高度统一,刹那间又一次"倏作"……大凡古往今来的成功者,每当自述成功秘诀时,常常会略去第一次进行摹仿时的"倏作"。究其原因,无非认为这种"幼功"缺乏生活内涵,说出来有些羞人。殊不知若无"幼功"的磨炼,其后面对火热的生活也难"勃勃";再其后,也就更难将客观与主观统一,就难实现最高水平上的"倏作"了。

(徐城北)

靳秋田索画(之一)　　郑　燮

终日作字作画,不得休息,便要骂人;三日不动笔,又想一幅纸来,以舒其沉闷之气,此亦吾曹之贱相也。今日晨起无事,扫地焚香,烹茶洗砚,而故人之纸忽至。欣然命笔,作数箭兰、数竿竹、数块石,颇有洒然清脱之趣。其得时得笔之候乎!索我画偏不画,不索我画偏要画,极是不可解处,然解人于此但笑而听之。

但凡脾性清高、才气纵横之艺术家,创作大多须有契机,而契机又大多与兴致相伴而来。什么是契机?无非就是特别适合创作的环境与心绪。它们又靠什么造成?累了不成,闲了不成,急急忙忙不成,松松垮垮就更不成。郑板桥爱竹种竹,置一小榻其中,虽然感到"甚凉适也",也不一定立刻就能进入创作状态;相反,他在山东当了十二年的县官,虽被黎民疾苦搞得昏了头,然而一旦准备写入诗中,就必须静下心来,在一种悠悠然的劲头、境界里面方能动笔。所以说,契机一方面要求具有足够的生活和艺术的积累,要求具有足够的心理酝酿;同时又强调偶发性,强调在一刹那间可以"思接千载,视通万里"的心灵感应。后者,即兴致也。兴致可以正求,也可反取。所谓"正求",就是声气相投的一般朋友相聚,被一句话拨动了心灵,被一个手势激发了思维,被一个眼神"逗"得手舞足蹈不止……所谓"反取",就是郑板桥说的"不索我画偏要画",就是在一种反刺激中受骗上当。这里有郑板桥本人的一则故事,说的是扬州盐商甄小泉,久慕郑的画而不得,于是想出一条计策:选择一清雅之地,自扮一高雅之士,备有狗肉美酒(这是郑板桥的嗜好,扬州尽人皆知),遂使人引郑而来。郑进入厅堂,发现四壁挂满前朝高上名画,就先生出三分敬意;等到看见自己最喜欢的狗肉美酒,顿时把对方也引为同好,敬意增至六分;再等到推杯换盏,郑见对方酒量惊人、豪气逼人,敬意加到了九分;在酒气和敬意的催动下,郑提出要赠画一幅,谁知对方不要,声称只知前朝名士,不晓得当世还有一个什么郑板桥。郑一听急了眼,未期当今还有不知道自己的人,这还了得? 于是在十二分激动的情绪下,认认真真画了一幅,双手奉上——可谓结结实实上了一个大当! 这是一件趣事,然而也说明了盐商很懂得郑板桥的脾性,很懂得创作所必须的契机,以及契机又必须由兴致引发的道理。这件赚画的事情从反面证明: 还是"尊重"一些创作规律为好。

(徐城北)

靳秋田索画(之二) 郑 燮

三间茅屋,十里春风,窗里幽兰,窗外修竹。此是何等雅趣,而安享之人不知也。懵懵懂懂,没没墨墨,绝不知乐在何处。惟劳苦贫病之人,忽得十日五日之暇,闭柴扉,扫竹径,对芳兰,啜苦茗,时有微风细雨,润泽于疏篱仄径之间;俗客不来,良朋辄至,亦适适然自惊为此日之难得也。凡吾画兰画竹画石,用以慰天下之劳人,非以供天下之安享人也。

做画就是为了卖的,为此画家们自订"润格",从不讳言"卖"字。非但如此,画家们在进入具体的创作之前,甚至要明白自己"这一幅"所"卖"的特点所在;然后在创作中强化这一特点,以求能够"卖"出好价钱及好名声(当然,名声也是一种特殊的价钱)。

但是,大多文人画家仅是卖艺,却不肯同时出卖良心与人格的。郑板桥把天下之人分为两种,一为安享人,一为劳人。这一观点出现在当时,真因其早和鲜明而可爱也。试问郑自己的立场何在? 就在于"遗世而独立"五个字。郑眼中是不大看得起安享人的,他可以拒绝卖画给某一个具体的安享人,他可以用嘲讽及对立的态度去对待整体意义上的安享人;但是他无法舍去"遗世而独立"所包含的丰富内涵,他无法身体力行地舍身去做一介劳人,他能够做到的仅是同情和有限度的周济。如果认真琢磨一下文字,就不难看出郑真正所渴望及追求的,还是游离于上述两种人之外的第三种人——自己的同好及同道。第三种人追求的自由与慰安,安享人是不承认和看不上的,劳人是不理解也难于获得的。事实上,郑板桥及其同好同道在走第三条道路的过程中,也是经常左摇右摆,很难获得一段比较长时间的稳定心态的。

举一个与郑同时的画家为例。他叫金冬心,各方面的艺术造诣都不亚于板桥，尤其是诗词上具有捷才。一位大盐商请他在平山堂作陪，宴请新上任的两淮盐务道。在宴会通过划拳行令达到最高潮时，这个大盐商脱口而出："柳絮飞来片片红。"举座愕然，紧接着就变成哗然："柳絮如何是红的？"盐商面红耳赤，无以为答。当此千钧一发之际，金冬心挺身而出，说明此句出自元人咏平山堂诗。众人不信。金从桌边站起，朗声诵道："廿四桥边廿四风，凭栏犹忆旧江东。夕阳返照桃花渡，柳絮飞来片片红。"众人鼓掌喝彩，皆道冬心渊博。次日盐商给金送来一千两银子，打听元诗出处。金谓之曰："哪里去找？都在我一时即兴之中……"小事一件，含意颇多。倘若没有盐商这个新的阶层出现，"扬州八怪"也未必能站稳脚跟。不知能否说，盐商阶层恰是"扬州八怪"产生的经济基础？但是，作为个体存在的每一位文人画家，却完全有可能与某一位具体的盐商发生不可调和的冲突。反之，像金冬心那样与某一位盐商交好，也同样是可能的。历史的丰富性及复杂性也恰在于此。　　（徐城北）

【作者小传】

刘大櫆

(1698—1779)　清散文家。字才甫，一字耕南，号海峰。安徽桐城人。副贡。曾官黟县教谕。工古文。诗格亦高。师事方苞，为姚鼐所推崇。论文强调"义理、书卷、经济"，要求阐发程朱理学，主张在艺术形式上模仿古人的"神气""音节""字句"，是桐城派重要作家之一。有《海峰文集》《海峰诗集》等。

游万柳堂[1]记

刘大櫆

昔之人贵极富溢，则往往为别馆以自娱，穷极土木之工而无爱惜。既成则不得久居其中，偶一至焉而已，有终身不得至者焉。而人之得久居其中者，力又不足以为之。夫贤公卿勤劳王事，固将不暇于此；而卑庸者类欲以此震耀其乡里之愚[2]。临朐相国冯公，其在廷时无可訾[3]，亦无可称。而有园在都城之东南隅。其广三十亩，无杂树，随地势之高下，尽植以柳，而榜其堂曰"万柳之堂"。短墙之外，骑行者可望而见其中。径曲而深，因其洼以为池，而累其土以成山；池旁皆蒹葭，云水萧疏可爱。

雍正之初，予始至京师，则好游者咸为余言此地之胜。一至犹稍有亭榭，再至则向之飞梁架于水上者，今攲[4]卧于水中矣。三至则凡其所植柳斩焉无一株之存。人世富贵之光荣，其与时升降，盖略与此园等。然则士苟有以自得，宜其不外慕乎富贵。彼身在富贵之中者，方殷忧之不暇，又何必朘[5]民之膏以为苑囿也哉！

〔注〕 ① 万柳堂：康熙年间刑部尚书冯溥的园林别墅。 ② 愚：指愚民，对百姓的蔑称。 ③ 訾(zǐ)：指责。 ④ 攲(qī)：倾斜。 ⑤ 朘(juān)：剥削。

《游万柳堂记》看似游记，实为讽世之作，有议论，多感慨，批判的锋芒直指时弊。那些极富极贵的人，为贪图享乐，常在住宅以外另建园林馆舍，劳民伤财，无所顾忌。而华丽的别墅建成后，往往并不久居其中，甚至终身未去一次。而急需要居住的人，却没有力量去建造。忠臣贤士终年辛劳，为朝廷效力，没有时间和心思经营。卑劣庸俗之辈则对此非常热衷，想借此向家乡的百姓炫耀。在建造别墅的问题上，衡量出世道人品：贫贱富贵之不公，贤良卑庸之差异，表现得极为分明。

临朐相国冯公，指的是山东临朐人冯溥。此人为顺治进士，曾任吏部侍郎，康熙时擢为刑部尚书、文华殿大学士，颇得康熙信任，曾广为清廷网罗人才。对这位皇帝颇为赏识的人物，作者却说："其在廷时无可訾，亦无可称。"显然不属于"贤公卿"一类，是否归入"卑庸者"类，却有待于读者的裁决。他在京城东南建造了一座园林：占地面积三十亩，无杂树，尽植柳，题名"万柳堂"。园林四周筑矮墙，骑马路过者可见其中情景。曲径通幽，挖洼地为池，所出之土筑成小山；池旁都是芦苇，云水萧疏可爱。

然而，一座可爱的园林，能否保持长久的生命力？作者描述了它的兴衰史：雍正之初，还是好游者向往的胜地。作者首次出游，亭榭尚存；二次前往，已见水面上悬空修建的桥梁毁坏崩塌，倾倒水中；第三次再去，连种植的柳树都被砍伐得一无所有。眼前景物的荣枯，牵动作者的情怀。目睹万柳堂的兴衰，他慨然叹道："人世富贵之光荣，其与时升降，盖略与此园等。"知此理者，当乐于自得，不再羡慕、追攀富贵。而置身富贵之中的人们，更应该深为忧虑，又何必搜刮民脂民膏建筑多余的园林呢?！深沉有力，含意深远，给人留下无限的遐想。

（赵庆元）

【作者小传】

全祖望

(1705—1755)　清史学家、文学家。字绍衣,自署鲒埼亭长,学者称谢山先生。浙江鄞县(今宁波市鄞州区)人。乾隆进士。初为翰林院庶吉士,不久受权贵张廷玉排斥,辞官归家,主讲蕺山、端溪书院,专心著述。研治宋末和南明史事。曾七校《水经注》,三笺《困学纪闻》。又将答弟子问经史疑义,录为《经史问答》。晚年定文稿为《鲒埼亭集》。

题蒲寿宬[1]诗　　全祖望

顾征君[2]记蒲寿宬事,令人发指。明初禁锢蒲氏子孙[3],谅寿宬之后亦同在其中,可以报之矣。偶见其《为浮屠刺血写法华诗》云:"丹书何切切,滴心不滴血;纵使血可干,其如心不竭。蜀鸟啼作花,至今万山缬。杀身以成仁,遗训有先哲。"何其谬为激烈一至此也?然读之终无沉痛之意,盖肤语[4]耳。

〔注〕① 蒲寿宬(chéng):字心泉,宋末曾任广东梅州知州。著有《心泉学诗稿》六卷。其弟寿庚,宋末任官泉州提举市舶,传说寿宬曾助其策划叛宋降元。　② 顾征君:指明清之际学者顾炎武。征君,征士的敬称,指曾被朝廷征聘而不肯接受的隐士。炎武《日知录》卷十三《禁锢奸臣子孙》条记其事说:"宋末蒲寿庚叛降元朝,皆出于其兄寿宬策划。当时寿宬佯着黄冠野服,归隐山中,自称处士,以示不作元朝之臣。其实暗中为寿庚起草降书,令人送往元军。其后寿庚以此有功,富贵冠一时,而寿宬亦居甲第……"　③ 禁锢:禁止、锢闭。明初曾以蒲氏子孙为奸臣之后,明令禁止其应试入仕。　④ 肤语:浮浅、表面的话。

全祖望这篇题跋,不禁使人想起金代元好问的《论诗绝句》:"心画心声总失真,文章宁复见为人;高情千古闲居赋,争识安仁拜路尘。"诗的内容说的是晋代诗人潘岳的事。潘岳曾写过一篇著名的《闲居赋》,赋中自称"览止足之分,庶浮云之志",仿佛真要成为"不涉世事,自取闲适"的高人了,但实际并不然。他的行动流露出自己真实性格的一面,他常常守在大臣贾谧的门前讨好,"每候其出,辄望尘而拜"。

历史上这种言行不副的人还真不少,问题是怎样去全面地观察一个人的行事和品格,而不是单单看他的文章和听他说些什么。所以宋人吴处厚便指出:"文章纯古,不害为邪;文章艳丽,不害为正。世或见人文章铺张仁义道德,便谓之君子;及花草月露,便谓之邪人。兹亦不尽也。"(《青箱杂记》卷八)叫人们不要太天真，看清事实才好相信。

有作伪者，自然就有识破作伪者的人，假的东西永远是站不住的。然而，为什么还不断有人要这样做，并能逞其伪于一时呢？清人魏禧指出其原因和作伪的方法，他说："文章自魏晋以来，不与世运递降。古人能事已备，有格可肖，有法可学，日夕揣摩，大奸能为大忠之文，至拙能袭至巧之语。虽孟子知言，亦不能以文章观人。"(《魏叔子文集·杂说》)蒲寿宬用的正是这种办法。试看他的那首诗，是何等的忠烈激发，让人不敢去想他虚伪的一面。因此，说它只是"肤语"，恐怕还未中肯，他倒可能是一心一意去作伪的。 (黄国声)

【作者小传】

袁 枚

(1716—1798) 清诗人。字子才，号简斋，别号随园老人。钱塘(今浙江杭州)人。乾隆进士。曾任溧水、江宁等地知县。后辞官侨居江宁，筑园林于小仓山，号随园，以吟咏著作为乐。擅长古文和骈体，尤工于诗。论诗主张抒写性情，创性灵说。著有《小仓山房集》《随园诗话》等。

郭 巨[①] 论 袁 枚

吾闻养体之谓孝，养志之谓孝，百行不亏之谓孝。巨孝人也，即慈父也，即廉士也。儿可埋，金可取耶？不能养，何生儿？既生儿，何杀儿？以儿夺母食，故埋。似母爱儿也，以爱及爱，见请所与者矣，见抚杯棬者矣。杀所爱以食之，是以犬马养也，母投箸泣矣，奈何？抑以埋闻，母弗禁。似母勿爱儿也，以恶名怼母，而以孝自名，大罪也。是儿者，宁非乃母之血食嗣乎？其绝之也。杀子则逆，取金则贪，以金饰名则诈，乌乎孝？

虽然，仅析其理，未发其术也。为之奈何？曰：知某所有金，伪携儿掘，骇于众曰：金也，金也，天哀予孝，故余畀云尔。蚩蚩者见其金则惊；临以天则又惊，相与传其孝不衰。不然，禁儿食可也，弃若儿可也，鬻之以济母食可也，杀之亦无不可也。而埋则何说？

设当日者巨不生儿，无可埋；巨多儿不胜其埋，则奈何？使巨见金，挥锄不顾，如管宁然，则奈何？或掩其处，别掘之，以卜天心，则又奈何？韩愈书《鄠人对》以其刲股欲腰诸市。若巨者，其尤出鄠人上哉！

〔注〕①郭巨：东汉人，史传其有埋儿奉母故事。元代被列入《二十四孝》中。

中国是一个具有传统人道精神的国度，尊长爱幼不光为社会普遍推尚的美德，也是人们自觉追求的情感需要和本能，中国人所有的社会准则都是从这里生发开去的。所以"孝"本来是一种美好感情的结晶，但不知道从什么时候起这个字眼变得可怕起来。你看，历史上居然出了一个郭巨，要埋子养母，杀人尽孝道；更可怕的是有人还为之大肆张扬，列入"孝"的"典范"，号召人人效仿。这不太"伤天害理"了吗？对此种杀人的孝道，历史上反对者不乏其人，袁枚就是其中一个。写这篇《郭巨论》时，他才十四岁，还是个孩子。从孩子的眼睛里看那杀人的孝道，他看到了什么呢？首先看到了虚伪。故意做出惊人的举动来，盗取声名，欺骗舆论。鲁迅说过，孩子是最不能接受虚假的。还看到了贪婪，竟然逼迫上天也许还有下天的善良人们拿出金子来。当然也看到了残忍，"不能养，何生儿，既生儿，何杀儿"，为尽孝道，居然活埋尚无反抗能力的孩子。虚伪、贪婪、残忍，都是一个儿童无论如何不能接受的。然而最令他不能忍受的是"孝"夺去了儿童绝对不可缺少的东西——爱。"巨孝人也，即慈父也"，孩子的心里，孝即是爱。父亲敬重祖母是出于爱，祖母省食给孙儿也是出于爱，父亲养育自己，难道不是出于爱吗？"以爱及爱"，有什么罪过呢？而竟然要扼杀这一切，夺去所有人至为宝贵的东西，这种所谓的"孝"，对活着的和死去的人来说还有什么意义呢？难道还有一种和人类美好感情相对立、相抗衡的孝道吗？当然，郭巨的儿子没有埋成，那是因为地里挖出了金子。埋不埋孩子就看那金子是不是自动出来，"不然，禁儿食可也，弃若儿可也，鬻之以济母食可也，杀之亦无不可也"。金子就真的能使祖母幸福愉快地活下去，乃至孙儿是否被人推入土坑，活活埋掉，踏得平平的，也不在乎呢？这是作者所深恶痛绝的。袁枚在文章开首提出了自己的孝道观，"吾闻养体之谓孝，养志之谓孝，百行不亏之谓孝"，三者的关键在"养志"。什么才是上辈人的志呢？不同的父母当然有不同的回答，不能一以概之。但从根本上看，父母的志其实都是一样的，那就是对下辈人的爱。以自己的爱去迎合双亲的爱，在爱的交流中获得双方的幸福与满足，这才是真正的孝啊！这样去行孝道，怎么会不处处逢源呢？所谓“百行不亏”，根子就在这里。应该埋葬的不是孩子，而是郭巨之流的杀人孝道，那袁枚孩子般的天真之爱才是我们民族的精粹所在啊！

（王小舒）

随 园 记 袁 枚

金陵自北门桥西行二里，得小仓山，山自清凉胚胎，分两岭而下，尽桥而止。蜿蜒狭长，中有清池水田，俗号干河沿。河未干时，清凉山为南唐避暑所，盛可想也。凡称金陵之胜者，南曰雨花台，西南曰莫愁湖，北曰钟山，东曰冶城，东北曰孝陵，曰鸡鸣寺。登小仓山，诸景隆然上浮。凡江湖之大，云烟之变，非山之所有者，皆山之所有也。

康熙时，织造隋公当山之北巅，构堂皇，缭垣牖，树之萩千章，桂千畦，都人游者，翕然盛一时，号曰隋园。因其姓也。后三十年，余宰江宁，园倾且颓弛，其室为酒肆，舆台嚾呶①，禽鸟厌之不肯妪伏②，百卉芜谢，春风不能花。余恻然而悲，问其值，曰三百金，购以月俸。茨墙剪园，易檐改途。随其高，为置江楼；随其下，为置溪亭；随其夹涧，为之桥；随其湍流，为之舟；随其地之隆中而欹侧也，为缀峰岫；随其蓊郁而旷也，为设宧窔③。或扶而起之，或挤而止之，皆随其丰杀④繁瘠，就势取景，而莫之夭阏者，故仍名曰随园，同其音，易其义。

落成叹曰：“使吾官于此，则月一至焉；使吾居于此，则日日至焉。二者不可得兼，舍官而取园者也。”遂乞病，率弟香亭、甥湄君移书史居随园。闻之苏子曰：“君子不必仕，不必不仕。”然则余之仕与不仕，与居兹园之久与不久，亦随之而已。夫两物之能相易者，其一物之足以胜之也。余竟以一官易此园，园之奇，可以见矣。

己巳三月记。

〔注〕 ① 嚾呶(huān náo)：喧叫不休。 ② 妪(yǔ)伏：鸟孵卵。 ③ 宧窔(yí yào)：我国古代，室之东北隅叫宧，室之东南隅叫窔。 ④ 丰杀：犹增减。

《随园记》一文写于乾隆十四年(1749)。全文突出一个“随”字。文中写他修葺“随园”的结构布局时,是“随其高,为置江楼;随其下,为置溪亭;随其夹涧,为之桥;随其湍流,为之舟;随其地之隆中而欹侧也,为缀峰岫;随其蓊郁而旷也,为设宧窔。或扶而起之,或挤而止之,皆随其丰杀繁瘠,就势取景,而莫之夭阏者,故仍名曰随园。”这表明他是顺应自然景物特征而建园的,他不愿大自然受到摧折、遏止。

贵在自然,是我国古代美学思想的重要方面。司空图《诗品》谈到美的风格列了廿四品,其中之一就是“自然”,他说自然美犹如“俯拾即是,著手成春”。杨廷芝说:“自然则当然而然。”袁枚修葺随园即取这种态度,在自然中稍一点染,即景成趣也。

随园的“随”字,不仅体现了作者的建筑美学观,而且体现了他的人生态度、个性及文学观。袁枚于乾隆四年(1739)进士及第后,外放为江南地区知县,先后在溧水、江浦、沭阳等县任职,最后为江宁(今南京)令。他虽然颇有吏才,有政声,然为官非易,因主要精力是用来“为大官作奴耳”,常常“身往而心不随,且行且愠”(《答陶观察问乞病书》),于是不由发出了“官苦原同受戒僧”(《署中感兴》)的喟叹。在乾隆十三年(1748),他以其别墅随园修葺完工为契机,终于称病辞官,寓居园中。第二年三月写了《随园记》一文,以明心志。他在文中说:“余之仕与不仕,与居兹园之久与不久,亦随之而已。”又说:“二者不可得兼,舍官而取园者也。”他说到做到,“竟以一官易此园”,这表明他的人生态度也重在一个“随”字。绝不让仕途羁绊自己的行止,不甘于“为大官作奴”的处境,决心“复得返自然”(陶渊明语),寻求随意之趣。

他的“随”,还表现在独立不迁的个性上,敢于反封建礼教、反儒学,尤其反对宋儒的“存天理,灭人欲”之说,反对“以理杀人”;提出“人欲当处即是天理”的主张,要求个性自由。在个人生活上,他不顾社会上一些人的非议,敢于坦然地爱自己之所爱,恨自己之所恨,不伪饰,不矫情。在“人欲当处即是天理”的基础上,他在文学上提出“性灵说”,主张写诗文要说真话,抒真情,反对儒学“义理”的束缚,反对儒家传统的那种“发乎情,止乎礼义”的规定。他说:“诗人者,不失其赤子之心者也。”(《诗话》卷三)又说:“性情得其真,歌诗乃雍雍。”(《诗集》卷六《寄程鱼门》之五)从而否定了传统文学观。故而,“随”字,贯穿在他的人生态度、审美观、个性等各方面,“随”字体现了他反礼教、反世俗、反封建禁锢的革新精神,因而,他特别珍惜这一“随”字,晚年寓居“随园”,号“随园主人”,写《随园诗话》,处处以随而处之,岂不乐哉!

(赵慧文)

所好轩记 袁 枚

所好轩者，袁子藏书处也。袁子之好众矣，而胡以书名？盖与群好敌而书胜也。其胜群好奈何？曰：袁子好味，好色，好葺屋，好游，好友，好花竹泉石，好圭璋彝尊、名人字画，又好书。书之好无以异于群好也，而又何以书独名？曰：色宜少年，食宜饥，友宜同志，游宜晴明，宫室花石古玩宜初购，过是欲少味矣。书之为物，少壮、老病、饥寒、风雨，无勿宜也。而其事又无尽，故胜也。

虽然，谢众好而昵焉，此如辞狎友而就严师也，好之伪者也。毕众好而从焉，如宾客散而故人尚存也，好之独者也。昔曾皙嗜羊枣，非不嗜脍炙也，然谓之嗜脍炙，曾皙所不受也。何也？从人所同也。余之他好从同，而好书从独，则以所好归书也固宜。

余幼爱书，得之苦无力。今老矣，以俸易书，凡清秘之本，约十得六七。患得之，又患失之。苟患失之，则以"所好"名轩也更宜。

袁枚是个大老实人。在中国，做老实人委实不容易，做大老实人则更难。所谓老实，是指敢于坦诚地面对自我。人都有七情六欲，但是传统礼教却把情欲视为一种罪恶，谁要是产生这类念头就等于犯罪。于是人们学会了克制自己，欺骗自己，尽可能地不让自己冒出这类念头来，即使有过一闪念，也不敢予以承认。这样他就感到踏实了。看来袁枚并没有这种犯罪感，他不仅坦然地面对各种自然欲望，而且还将它们进行比较，体味彼此的不同，就像在品尝各种美味佳肴一样。这不能不说是一种勇敢的坦率，没有某种反传统意识，他绝不敢这样做的。更为勇敢的是他居然将这种深埋的志趣爱好公之于众，不避忌讳，不怕讥笑，真可谓大老实人了。难怪当时就有人骂他"名教罪人"，视作"洪水猛兽"，像这样公开张扬自然欲望，并且加以维护的人在今天也是不多见的。

然而袁枚在众好之中又独好书籍，以为超之于所有嗜欲之上，这就不仅仅是个老实的问题了。假使袁枚终日沉溺于声色犬马之中，他也不过是一个自然人而已，与众多社会上的狂放之徒没多少区别，不值得人们另眼相看。然而袁枚毕竟不是一个自然主义者，他爱书如命，体会到没有一种乐趣超出于精神乐趣之上，这样他就超越了众多的叛逆者，进入了无限深邃、无比丰富的世界。

书籍本非他一个人所好，为什么他偏要说“余之他好从同，而好书从独”呢？这“从独”的意思是说，嗜好层次越低，其独特性就越少，越接近所谓自然状态，而书本则不同，对书籍的爱好贯注了他个人全部的独特的志趣，包含着他对世界、对人生的独到的看法和态度，这是无法与他人相类的。作者并没有排斥其他的嗜好，相反他也追求这些东西，但当他经过比较之后才发现，没有一种嗜好能够像书本那样给他带来如此巨大的满足，使他体会到作为一个富有个性的人所获得的乐趣，所以他从幼到老，爱书不辍，有增无减。

敢于面对自我固然不易，更为难得的是孜孜不倦地追求自我价值，这也许就是“所好轩”给人的启示。 （王小舒）

戏答陶怡云馈鸭 袁 枚

赐鸭一只，签标“雏”字，老夫欣然，取鸭谛观[①]，其哀葸龙钟之状[②]，乃与老夫年纪相似，烹而食之，恐不能借西王母[③]之金牙铁齿，俾喉中作锯木声。畜而养之，又苦无吕洞宾丹药，使此鸭返老还童，为唤奈何？若云真个“雏”也，则少年老成与足下相似，仆只好以宾礼[④]相加，不敢以食物相待也。昔公父文公宴路堵父，置鳖焉小，堵父不悦，辞曰：“将待鳖长而后食之。”仆仿路堵之意，奉璧[⑤]足下，将使此鸭投胎再生，而后食之何如？

〔注〕 ① 谛观：仔细察看。 ② 哀葸(xǐ)：可怜害怕的样子。龙钟：年老衰弱之状。 ③ 西王母：古代神话中住在西方昆仑山之女神。《山海经·西次三经》中言“其状如人，豹尾虎齿，善啸，蓬发戴胜，是司天之厉及五残”。 ④ 宾礼：对待宾客之礼。 ⑤ 奉璧：意为奉还，用战国时赵国蔺相如完璧归赵的典故。

“瓜子不饱是人心”，意为即使馈赠不饱满的瓜子也是一份很重的情义。这句话往往是送礼者的谦辞。作为受礼者应从礼物去感受人情的温暖，而不应计较礼物的轻重厚薄，即使心中有些想法，也不应形诸颜色，更不要说见之于言辞了。这是一般人对送礼和受礼的态度。而不顾礼仪规范、时常被人责骂轻薄的袁枚却违反了通行之礼，竟堂而皇之把礼物退回，而且在回书中对所赠礼物挑三拣四，在当时不免是惊世骇俗的行为，大煞风景，颇伤脸面。

袁枚是个美食家，对食物十分讲究。他曾说："三年出一个状元，三年出不得一个好火腿。"在《随园食单》的"选用须知"一节上对原料的老嫩十分重视，真是达到"食不厌精、脍不厌细"的程度。而陶怡云这个毛头小伙竟送给他一只老鸭，食之无味，弃之可惜，只能将原物奉还。

奉还赠品是要刺伤对方自尊心的。如何做到既退掉礼物，又不伤面子，这是需要灵活的处世艺术和幽默的人生态度的。古代有不少因饮食小事处理不当而坏事的例子。春秋时宋国主帅华元杀羊享士，而为华元驾车的羊斟没有分到，于是，在宋楚交际之战，羊斟就说："畴昔之羊，子为政（作主）；今日之事，我为政。"于是，他把战车驰入郑阵，华元被俘，宋军大败。春秋鲁国公父文伯请南宫敬叔饮酒，以路堵父为陪客。上席的鳖小，请堵父食鳖，堵父怒辞曰："将使鳖长而后食之。"遂出，弄得不欢而散。这些事件的酿成源于双方都缺少幽默的人生态度，而袁子才则不然。他用调侃的笔墨写了一封充满诙谐、幽默的书信，其中妙语连珠，谐趣横生，不仅消除了由于伤及面子而带来的紧张，而且也会使当事人陶怡云忍俊不禁。诙谐幽默之功力大矣哉！

袁枚却鸭的主要原因是鸭"老"，无法烹制。你看他怎样形容其"老"："其哀葸龙钟之状，乃与老夫年纪相似。"这个比喻不仅新颖独特，而且带有自贬色彩，不由得使对方消气三分。试想，当时袁氏近耄耋之年，皤然老叟，萧疏白发自然与"哀葸"之鸭有相似之处，再想到随园老人蹒跚步履，自然也有鸭步风采，更不由得令人解颐。且不说鸡鸭是否能与人齐寿，即使活到这把年纪，其筋之韧，其骨之坚硬，要吃，自然非得求助于刀锯不可，因之引出了"恐不能借西王母之金牙铁齿，俾喉中作锯木声"。这又一个奇妙的比喻。读者心目中的西王母，大多是在《汉武帝内传》中降临汉宫的西王母。她"视之可年三十许，修短得中，天姿掩蔼，容颜绝世，真灵人也"。而袁枚提到的西王母是原始的西王母，也就是《穆天子传》注中所记录的"虎齿、蓬发、戴胜、善啸"和司马相如《大人赋》中所记的戴胜穴居"皬然白首"的西王母。文中把这位丑陋、令人恐怖的老妪拉来作陪衬也有自我嘲讽之意，意谓我这个头童齿豁的老汉还不如坚牙利齿的西王老母。

袁枚是长者，他也没有必要一味屈己下人，在信的最后把鸭的比喻也赠给了对方。"若云真个'雏'也，则少年老成，与足下相似，仆只好以宾礼相加，不敢以食物相待也。"读至此，不禁令人喷饭。陶怡云即使有不满，或竟至愤怒，此时亦当瓦解冰消，化为一笑，在欣然接受退回鸭子的同时，说不定再买一只真正的雏鸭作为老鸭转世的替身重馈于随园老人呢！

（王学太）

沙弥[①]思老虎　　袁　枚

五台山某禅师[②]收一沙弥，年甫[③]三岁。五台山最高，师徒在山顶修行，从不一下山。后十余年，禅师同弟子下山，沙弥见牛马鸡犬皆不识也。师因指而告之曰："此牛也，可以耕田；此马也，可以骑；此鸡犬也，可以报晓，可以守门。"沙弥唯唯[④]。少顷[⑤]，一少年女子走过，沙弥惊问："此又是何物？"师虑其动心，正色告之曰："此名老虎，人近之必遭咬死，尸骨无存。"沙弥唯唯。晚间上山，师问："汝今日在山下所见之物，可有心上思想他的否？"曰："一切物我都不想，只想那吃人的老虎，心上总觉舍他不得。"

〔注〕①沙弥：指佛教中初出家的、只受十戒的男子。②禅师：对僧侣的尊称。③甫：才。④唯唯：表示答应。⑤少顷：过了一会儿。

人生而有欲，大约总是不可避免的。否则就很难理解为什么古往今来有那么多担负着指导社会和人群责任的政治家、思想家、道德家、宗教领袖、神职人员视人欲为洪水猛兽，生怕它一旦溢出河道、冲出樊笼！于是，他们想出了许多办法"存天理、灭人欲"，竭力把芸芸众生的自然欲求降到最低点。似乎人们只有做到吸风饮露、无求于外；雌雄同体，自足于内，天下就会臻于大治，百姓就会永享升平了。实际上使人的欲望降到"绝对零度"，从而对各种各样的教化实现"超级感应"和"超导"是很难的，也许就像大自然界中的"绝对零度"不能到达一样。曾多次剿灭过"山中贼"的理学大师王阳明曾感慨地说："破山中贼易，破心中贼难。"应该说这是老实话。因为"破心中贼"——压制人们发自内心的欲望，才是阳明先生的本行，对于其中的甘苦自然会有亲切的体会。

中国古代不少思想家认为控制和降低人欲要从控制人的知识入手。老子就主张"恒使民无知无欲"，把"欲"和"知"联系在一起。他还说："不见可欲，心思不乱。"可见他认为欲望起于闻见和知识。因此，他为统治者设计的治国之术中主张要把人局限在小国之中，"邻国相望，鸡犬之声相闻，民至老死，不相往来"。这样人们才会"甘其食，美其服，安其居，乐其俗"。因为没有见过异于自己所享用过的东西，不会产生选择意识，这样才会认为自己吃的、穿的、用的、住的，以及风俗习惯都是世界上最美好的。甚至闭目一想：那些蛮荒化外之民，必然是恶食敝衣，居不得安，风俗野蛮丑恶。这样，对外界一无所知的人们自然永远不会有怨怼之言，更不用说不轨之行了。几千年的封建社会，大而治国、小而齐家所用的方法就渗透了老子精神。

这篇故事中的老禅师虽为佛门弟子，但他信奉的仿佛不是鼓励求知和多闻的佛教，反而受到主张“绝圣弃智”的道家的影响。他收了三岁小男孩为沙弥，把他紧闭在高高的五台山上，不令其接触社会上任何事物。十余年后下山时，他连牛马鸡犬都不认识，真是“纯洁”到极端了。这有点像莫里哀《太太学堂》中的女主角阿涅丝。她四岁时被其保护人阿尔诺耳弗买来放在修道院中，断绝了一切社会接触，成为除了祷告上帝其他“一无所知”的妇人。

小沙弥已经成为完全合格的白痴，老禅师对他还不放心。这名小沙弥突然见到一位少年女子，这也像阿涅丝见到漂亮的男青年奥拉斯一样，引起了心灵的震动。沙弥惊问：“此又是何物？”沙弥不像阿涅丝那样幸运，因为他的监护者与指导者时刻在他身边。老禅师看到沙弥已被凿开了灵窍，再使其不见已不可能，于是只能防止被所见者“污染”。他“正色告之曰：‘此名老虎，人近之必遭咬死，尸骨无存。’”把人们的欲望对象加以丑化，使之不敢问津，这是压抑人们欲望的又一手。这种办法沿用了几千年，统治者用它愚民，臣民们亦偶尔用之“愚君”（鲁迅所讲的“红嘴绿鹦哥”故事就是一例）。这种上下交相愚弄的结果造成了国力衰微，而又夜郎自大；知识萎缩，而又自以为是。有时这种愚弄转化为自我欺骗，吃不着葡萄说葡萄是酸的，这更是可怜而又可悲了。

当然，还是阳明先生说得对，“破心中贼”是很难的，甚至是不可能的。这位白痴沙弥回山后的感想是：“一切物我都不想，只想那吃人的老虎，心上总觉舍他不得。”看来人的本能欲望真是太强大了。这大概会使得那些“禅心已作沾泥絮”的得道高僧再三叹息的吧！

（王学太）

奇 骗 袁枚

骗术之巧者，愈出愈奇。

金陵[①]有老翁，持数金，至北门桥钱店易钱[②]，故意较论银色[③]，哓哓[④]不休。一少年从外入，礼貌甚恭，呼翁为老伯，曰：“令郎贸易常州，与侄同事，有银信一封，托侄寄老伯。将往尊府，不意侄之路遇也。”将银信交毕，一揖而去。老翁拆信，谓钱店主人曰：“我眼昏不能看家信，求君诵之。”店主人如其言，皆家常琐屑语,末云:“外纹银十两,为爷薪水⑤需。”翁喜动颜色曰:“还我前银,不必较论银色矣。儿所寄纹银,纸上书明十两,即以此兑钱,何如?”主人接其银,称之,十一两零三钱,疑其子发信时匆匆未检,故信上只言十两,老人又不能自称,可将错就错,获此余利。遽⑥以九千钱与之。时价:纹银十两例兑钱九千。翁负钱去。

少顷,一客笑于旁曰:“店主人得无受欺乎?此老翁者,积年骗棍,用假银者也。我见其来换钱,已为主人忧,因此老在店,故未敢明言。”店主惊剪其银,果铅胎,懊恼无已,再四谢客,且询此翁居址。曰:“翁住某所,离此十里余,君追之犹能及之。但我,翁邻也。使翁知我破其法,将仇我。请告君以彼之门向,而君自往追之。”店主人必欲与俱,曰:“君但偕行,至彼地,君告以彼门向,君即脱去,则老人不知是君所道⑦,何仇之有?”客犹不肯,乃酬以三金,客若为不得已而强行⑧者。

同至汉西门外,远望见老人摊钱柜上,与数人饮酒。客指曰:“是也。汝速往擒,我行矣。”店主喜,直入酒肆,捽⑨老翁,殴之,曰:“汝,积骗也!以十两铅胎银换我九千钱!”众人皆起问故。老翁夷然⑩曰:“我以儿银十两换钱,并非铅胎。店主既云我用假银,我之原银可得见乎?”店主以剪破原银示众。翁笑曰:“此非我银,我止十两,故得钱九千。今此假银似不止十两者,非我原银,乃店主来骗我耳!”酒肆人为持戥⑪称之,果十一两零三钱。众大怒,责店主。店主不能对,群起殴之。

店主一念之贪,中老翁计,懊恨而归。

〔注〕 ① 金陵:今江苏南京市。 ② 易钱:换钱,指以银子换铜钱。 ③ 银色:银子成色。 ④ 哓(xiāo)哓:争辩不休的声音。 ⑤ 薪水:买柴买水,用此二项代表人生活的必需品。 ⑥ 遽(jù):急迫,仓猝。 ⑦ 道:即导,指引导。 ⑧ 强行:勉强而行。 ⑨ 捽(zuó):揪住。 ⑩ 夷然:平静坦然的样子。 ⑪ 戥(děng):即“戥子”,是一种称金银、药品等贵重物品的小秤。

“占小便宜吃大亏”是人们从日常生活中总结出来的人生经验,因为人们窥伺眼前小利之时贪念在心,其头脑中的兴奋灶完全集中在唾手即可得到的小利之上,从而丧失了一切警惕,在极简单的问题上都会上当受骗。《奇骗》的故事就说明了这个道理。

开钱庄的店主不可谓不精。他每日与钱打交道,对于金银的成色、铜钱的美恶,自然会有极高的分辨力;他作为店铺的掌柜接待三教九流各色人等,自然对于人生世故亦极谙熟。可是在这场安排周密的骗局中,店主完全处于被动地位,一再上当,就是因为他有一个“贪念”横亘于胸中,从而挤走了他本有的经验与智慧。

文中对于店主行为和心理的描写十分细腻。最初老骗子与之计较银色,他毫不为动,不肯让步。后来另一骗子妄称老翁之子带来纹银十两,店主为之一称,实重十一两三钱。如果店主是个诚实的人,不爱占小便宜,马上就应该实事求是地告明“老翁”。可是他所想的是:“疑其子发信时匆匆未检,故信上只言十两,老翁又不能自称,可将错就错,获此余利。”区区一两三钱银子,就使得店主丧失了一个人应有的正直与诚实。这个贪念铸成了他一系列错误。

店主“遽以九千钱与之”,一个“遽”字活画出他怕夜长梦多的心理。他仓猝把九千钱兑换给老翁,是怕延宕了时间,以致“老翁”突然意识到要检查一下儿子所捎寄银子的实际重量,因此赶紧把他打发走了事。而这仓猝就使他忽略了银子的质量。老翁走后,骗子团伙中的另一个成员出场,他向店主告发“老翁”是积年骗棍。店主人赶忙检查银子,剪开一看,果然是铅胎,方知上一大当。这时店主头脑中的兴奋点转移到如何抓住骗子的问题上来了。这个告密者忸怩、推脱再三,直待店主又拿出三两银子,他才“若不得已而强行”,与店主去抓“老翁”。

当他们找到老翁之后,“店主喜,直入酒肆,捽老翁,殴之”,此时,他完全被找到骗子时的愤怒和自以为能战胜骗子的喜悦而支配,没有想到“老翁”让他拿出证据。当被剪开的铅胎银子一称超过十两,老翁否认这是自己银子之时,“众大怒,责店主,店主不能对,群起殴之”。他不仅没有追回钱财,反而被众人羞辱,毒打一顿。这个结局就导源于他最初的那点“贪念”,这个一念之差使之赔了钱财又遭打。

骗局的主持者是“金陵老翁”。他是“积年骗棍”,富有经验,这类角色江湖上称之为“掌穴的”。从骗局设计的完整而周密和使用“敲托”(江湖称行骗中的帮衬为敲托)的得当上,可见其手段不凡。一开始他“哓哓不休”与店主较论银色是为“敲托”出场和用捎寄之银换钱作铺垫，以使后来事态发展顺理成章。另外一个告密“敲托”的出场也是“老翁”的安排，其目的是使此案最后有个了结和公断。因此，他骗走钱后，大摇大摆在公众场合（酒馆）与众人饮酒，并摊钱于柜上。正说明他已成竹在胸，自觉稳操胜券，只等店主来上钩了。因此，在店主当众打了他之后，他竟平静坦然地说：“我以儿银十两换钱，并非铅胎。店主既云我用假银，我之原银，可得见乎？”店主以剪破原银示众后，老翁笑了起来：“此非我银。我止十两，故得钱九千。今此假银似不止十两者，非我原银，乃店主来骗我耳！”把骗子的帽子回敬了去，而且稳稳当当地扣在店主头上，店主不能动其分毫。此翁真不愧“积年骗棍”之称，他沉稳老练，后发制人并深知世人心理，非老于江湖者绝不能做到这样滴水不漏。

袁枚此篇已经不是讲笑话、说故事了。而一篇完整的小说，其情节曲折、生动，所塑造的人物个性十分鲜明。它在《新齐谐》中也是很精彩的一篇。

（王学太）

官　癖　　　　袁　枚

相传南阳府有明季太守某殁于署中①，自后其灵不散，每至黎明发点②时，必乌纱束带③，上堂南向坐④。有吏役叩头，犹能颔⑤之，作受拜状。日光大明，始不复见。

雍正间，太守乔公到任，闻其事，笑曰：“此有官癖者也！身虽死，不自知其死故耳。我当有以晓之！”乃未黎明即朝衣冠，先上堂南向坐。至发点时，乌纱者远远来，见堂上已有人占坐，不觉趑趄⑥不前，长吁一声而逝。自此怪绝。

〔注〕 ① 南阳府：府治在今河南省南阳市。明季：明朝末年。殁(mò)：死亡。署：指府治官署。 ② 发点：开始点名。亦称之为点卯。旧时官衙每日于卯时(早上5时至7时)检查到班的官吏差役，称发点。 ③ 乌纱：指乌纱帽，明代文官的官帽。束带：腰间所束玉带，为穿官服所必束之带。 ④ 南向坐：古代以背北面南为尊位。 ⑤ 颔(hàn)：点头，表示接受。 ⑥ 趑趄(zī jū)：犹豫不前，且前且退。

不记得是哪位哲人讲过的，“人无癖不可交，以其无至性也”。可见“癖”对人来说未必是坏事。所谓“癖”是对某种事物爱好到了极端。晋朝名将杜预有“《左传》癖”，于戎马倥偬之余写了一部《左传注》，至今还是研究《左传》的必读著作。梁简文帝自称有“诗癖”，自七岁起，孜孜不倦，刻意为诗，对于诗歌艺术的发展有所贡献。宋代米芾有“画癖”，与其子友仁创立了山水画派。这些是对人类文化有贡献的“癖”。有些“癖”虽无益于世，但却反映了“癖者”对于创造性、对美的追求。晋阮孚好屐（木鞋），亲自动手制作，“自吹火蜡屐，因叹曰：‘未知一生当着几两（双）屐？’”其他如“书癖”“茶癖”“洁癖”等都反映了一种精神。它不妨碍他人，却使得世界更加丰富多彩。而世上竟有这样的“官癖”：不仅活着的时候到处钻营，“锲而不舍”，而且死后阴魂不散，每到黎明点卯时，“必乌纱束带，上堂南向坐。有吏役叩头，犹能颔之，作受拜状”。其“癖”之深，亦为其他诸“癖”望尘莫及。

袁枚给我们讲的这个故事，内容虽嫌荒唐，但却含有至理。这种官癖甚深的人并不是勇于公事，乐于奉献，而是着眼于官位能给人带来的物质上和精神上的一切满足。物质上不用说了，“三年清知府，十万雪花银”，是连一般山野村夫都懂的。它给人精神上带来的满足更难估量。在不以人对社会的贡献、不以人的自身品德、才能作为估量人的价值的封建社会中，官位的高低竟成为衡量一个人价值的尺度。谁有权，谁官大，谁就是社会的楷模和典范。谁拥有政治地位，谁就有真理，谁就受到人们的恭敬和尊重。特别是官僚们的气派：前呼后拥，颐指气使和要慑服一切的气概，会得到许多虚浮之人的忻羡。《儒林外史》中杜少卿家的清客臧蓼斋向往出贡作官，他说一旦做了像知县、推官这类小官就可以穿螺蛳结底的靴，坐堂，洒签，打人。对于向往权力的人，对于向往任意扩张自己意志的人，官位就是他们实现这些向往的保证。官位越高，这种“自由”度就越大，反之亦然。而一般平民却是没有自由意志可言的。死后的南阳知府还可以在堂上洋洋自得地接受吏役的叩头拜伏，而吏役在堂上除叩拜以外大约只有听从吆喝的义务了。

令人感兴趣的是清朝雍正间南阳乔太守要对明代亡魂说些什么。他对吏役说明代知府“身虽死，不自知其死故耳。我当有以晓之”。死、活二知府还未搭上话，死魂灵便主动告退。他要“晓”以何事呢？我想大约要说，“你本明朝之官，明朝已亡，皮之不存，毛将焉附？我乃清朝之官，清朝如红日正中。何况你已死去，死知府不如活老鼠……”乔太守的“官癖”决不会比死知府小，明季亡魂也会想到这些，所以不觉“长吁一声而逝”。看来，有“官癖”者并非个别人物，有官者大多患有此症，而某些无官者则往往艳羡有官者的种种好处，因而思得一官半职，成为官迷。

（王学太）

短人传　　袁枚

镇江之短人[①]曰赵元文，年二十八，长二尺许。侈面[②]博唇[③]，首如覆釜[④]，行则左右摇，立久臀压其两膝，两手胶而拳[⑤]。扬州郑守备[⑥]贻其母千钱，短人归[⑦]焉。教之应对，执箕膺擖[⑧]。短人性黠[⑨]，无他能。能屈一足跪，客来，辄蜷局出，而试之。郑复得女子一，短如之，将以偶[⑩]焉。短人辞说："不可。短人，天之僇民[⑪]也。有母在不能养，而又养一短女子，非所愿也。"固[⑫]与之，将遁[⑬]矣。乃听[⑭]焉。

余过扬州，短人出拜，问安必朝夕至。载以如白下[⑮]，自将军[⑯]、方伯[⑰]、太守以下，问其短，咸具篲[⑱]来迎短人。短人摩地鞠跽[⑲]，昂首酬对，卑疵孅趋[⑳]，转圜如意。皆大喜，赠其重积。及归，褒衣[㉑]大冠，箧为之重。

袁子曰："礼之不可已也如是夫！短人如礼，人爱其短。然则人之病，何病乎其有所短耶？"

〔注〕①短人：侏儒。　②侈面：宽大的脸庞。　③博唇：厚嘴唇。　④覆釜：倒扣的锅。　⑤胶而拳：手指骈连而弯缩在一起，伸不直。　⑥守备：武官名。　⑦归：归属。⑧执箕膺擖(yè)：意思是短人干的是拿簸箕打扫的活儿，但持箕用胸口抵箕舌，符合礼仪要求。《礼记·少仪》："拚席不以鬣，执箕膺擖。"孔颖达疏："膺，人之胸前。擖，箕之舌也。箕是去物之具，贱者执之，不得持向尊者，当持箕舌自向胸前。"擖，箕舌，畚箕的伸出部分。　⑨黠：聪慧。　⑩偶：婚配。　⑪天之僇(lù)民：受天惩罚的人；罪人。同"天之戮民"。　⑫固：坚持。　⑬遁：逃婚。　⑭听：接受。　⑮如白下：如，去。白下，指南京。　⑯将军：总督。　⑰方伯：殷周时代一方诸侯之长。后泛称地方长官。汉以来之刺史，唐之采访使、观察使，明清之布政使均称"方伯"。　⑱具篲(huì)：拿扫帚扫地，表示郑重其事。　⑲摩地鞠跽(jū jì)：长跪，手合揖鞠躬。　⑳卑疵孅(qiān)趋：形容卑躬屈膝的样子。卑疵，低眉弯腰的样子。孅趋，谄媚的样子。司马贞索隐："孅，音纤。纤趍犹足恭也。"　㉑褒衣：宽大的衣服。

本文是袁枚为江苏镇江的一个侏儒写的传记。传记之为体，最初只是史官为达官名人而做，如司马迁《史记》创立的"列传"。后来在史书之外，出现了一般文人学者所撰写的散篇传记。一些小人物或失意者也成为了文学家的记述表现对象。如韩愈《圬者王承福传》、柳子厚的《宋清传》《种树郭橐驼传》等。姚鼐《古文辞类纂·序》："传状类者，虽原于史氏，而又不同。刘先生云：'古文为达官名人传者，史官职之。文士作传，凡为圬者、种树之流而已。其人稍显，既不当为之传，为之行状，上史氏而已。'余谓先生之言是也。"为小人物立传是一种历史进步。袁枚以饱含同情的文字，为一位身有残疾、长相丑陋的矮人立传，赞扬其美德，表现出其鲜明的平民意识与一贯的进步思想。

本文分五层来写。第一层总写短人其人及其形象。江苏镇江赵元文,身高只有二尺多。大脸盘,厚嘴唇,头像倒过来的锅,行走左右摇摆,站久了屁股压着脚后跟,两只手蜷曲着。第二层写短人学会了礼仪应对。短人被扬州郑守备买去,成为其家仆,学会了礼仪应对。经常被叫出接待客人。本层用语简练,如"执箕膺揭"四字化用《礼记·少仪》"拚席不以鬣,执箕膺揭"之语。孔颖达疏:"膺,人之胸前。揭,箕之舌也。箕是去物之具,贱者执之,不得持向尊者,当持箕舌自向胸前。"《礼记》原话讲的是执箕之礼。本文的化用既点明短人在郑家干的是拿簸箕打扫的贱活儿,又写其持箕方式符合礼仪要求,显示出短人"性黠",一点就通。第三层记述短人却婚一事。郑守备又得了一个女子,和短人个头差不多,准备将她与短人配成姻缘。短人坚决地拒绝了这门亲事。他认为,自己有身体缺陷,连老母亲都无法养活,如何能再养一个和自己身体有同样残疾的女子。郑守备非常固执,坚决要把此女配给短人。短人也态度坚决,表示如果郑非要这样做,那他就只能逃跑了。最后郑守备只好作罢。第四层记述短人在南京受到礼遇。文中记述作者在扬州结识短人并把他带到了南京。南京的将军、方伯、太守以下的人听说矮人的事儿,都郑重其事地"具篝来迎短人"。短人匍匐长跪,昂首酬对,应付自如。他们都非常喜爱矮人,都会赠送礼物给他。等他从南京回去的时候,礼物装满了箱子。第五段议论。袁枚总结说,"礼"是不能缺少。因为矮人懂得礼仪,人们就喜欢他而忽略他的身体缺陷。可见人的形体缺点,并不是真正的缺点。言外之意是,如果人修礼仪,提升人的人格魅力,可以弥补外在形体的缺陷与不足。

本文对短人形象的塑造形象生动。文章对短人形象的塑造由表及里,层层推进。先写起外貌丑陋,让人有视觉、心理上的不舒服;再写其学应对、写其聪慧;再写拒婚,展示其倔强心善;再写在南京受到礼遇与尊重。这样由外而里逐步展现形象。随着读者对其性格、心地的深入了解,对外貌的缺陷注意力也渐渐消失,由开始的嫌弃变而为尊重喜爱。作者最后的议论也水到渠成,以"然则人之病,何病乎其有所短耶"的议论结束全文,引起人们对修养人格缺点与外形缺陷关系的深入思考,文章主旨也得到升华。作者运用白描手法写短人外貌,栩栩如生,令人印象深刻。在拒婚这一情节中,作者通过对短人的语言描写以及将遁行为记述,展现了短人坚决的态度、善良的心地和倔强的个性,也生动传神。

叙议结合也是行文的一大特色。文章先记述短人外形有缺陷,但却以善良聪明、得体的应对,弥补了其外在缺点,让人不觉其短。在此基础上,以议论点题，提醒人们，“礼之不可已也如是”，外在形体的缺陷，并不是真正的缺点。记叙与议论相辅相成，共同完成了主旨的表达。（魏祖钦）

【作者小传】

纪 昀

(1724—1805) 清学者、文学家。字晓岚，一字春帆，号石云。直隶献县（今属河北）人。乾隆进士。官至兵部侍郎、礼部尚书、协办大学士。谥文达。贯通儒籍，旁及百家。曾任四库全书馆总纂官，纂定《四库全书总目提要》，嘉庆间任高宗实录馆副总裁。能诗及骈文。著有《纪文达公遗集》《阅微草堂笔记》等。

曹竹虚族兄 纪 昀

曹司农竹虚言：其族兄自歙往扬州，途经友人家。时盛夏，延坐书屋，甚轩爽，暮欲下榻其中。友人曰：“是有魅，夜不可居。”曹强居之。夜半，有物自门隙蠕蠕入，薄如夹纸，入室后，渐开展作人形，乃女子也。曹殊不畏。忽披发吐舌作缢鬼状。曹笑曰：“犹是发，但稍乱；犹是舌，但稍长，亦何足畏。”忽自摘其首置案上。曹又笑曰：“有首尚不足畏，况无首耶！”鬼技穷，倏然灭。及归途再宿，夜半，门隙又蠕蠕，甫露其首，辄唾曰：“又此败兴物耶！”竟不入。此与嵇中散事相类。夫虎不食醉人，不知畏也。大抵畏则心乱，心乱则神涣，神涣则鬼得乘之。不畏则心定，心定则神全，神全则沴戾之气不能干。故记中散是事者，称神志湛然，鬼惭而去。

“鬼见愁”是因为有人不怕鬼，曹竹虚的族兄以出众的胆略克制了鬼魅的故事正说明了这个道理。有人说纪昀谈鬼的故事是着意反《聊斋志异》之道而行之，这是中肯之论。但我以为，这则笔记还体现了作者的无畏精神。

迷信者以为人死后的精灵不灭，称之为鬼。那么，鬼不过是人们精神世界的幻象耳。或者说，是心里有鬼罢。“平生不作亏心事，半夜敲门也不惊”，真的，如果心里没有鬼，自然不识鬼为何异物！曹某目睹的鬼相，尽管“薄如夹纸”，但要作祟还得“展作人形”。披头散发，吐出稍长的舌头，甚至拿下头来摆在桌上，到底是万变不离其宗，不以为然则不然。所以早在二千多年前成书的《左传》就有过“鬼犹求食”(《左传·宣公四年》)之说。可见没有人间烟火，鬼魂也乌有。杜诗有谓“阴房鬼火青，坏道哀湍泻”，森森鬼气的确足以令人毛耸发立。然而既然人是鬼之所本，鬼是人拟的形象，大抵人同此心，鬼亦同此理；想穿了，无畏便无鬼。作者生活在迷信思想占统治地位的封建社会里，能够看到这点，确属难能可贵。他说得好：“大抵畏则心乱，心乱则神涣，神涣则鬼得乘之。不畏则心定，心定则神全，神全则沴戾之气不能干。”这就在心理上给人们一种蔑视鬼神的精神力量。

我很早就熟悉这则笔记文，我喜欢它的真知灼见，谈鬼当趣的情趣。回想十年浩劫时期，我身陷“牛棚”，被看作“牛鬼蛇神”，却从未妄自菲薄，依旧挺起胸膛做人。因为“鬼”还是人嘛，称谓不同而已。心胸坦荡，不怀鬼胎，何必言鬼色变！从行文的角度看，本文质朴淡雅，亦庄亦谐。着墨无多，并无鬼影幢幢的大肆渲染，靠白描取胜恰到好处，使其具有可读性。用鲁迅先生的话说，这叫做“雍容淡雅，天趣盎然”，“隽思妙语，时足解颐”(《中国小说史略》)。我想，以谈鬼的文章与众解颐，涉笔成鬼趣，堪称雅俗共赏。 （林 帆）

某公表里 纪 昀

同年项君廷谟言：昔尝馆翰林某公家，相见辄讲学。一日，其同乡为外吏者有所馈赠。某公自陈平生俭素，雅不需此。见其崖岸高峻，遂逡巡携归。

某公送宾之后，徘徊厅事前，怅怅惘惘，若有所失。如是者数刻。家人请进内午餐，大遭诟谇。忽闻数人吃吃窃笑。视之，无迹。寻之，声在承尘上。盖狐魅云。

小品文的一大功能，便在能针砭世道人心。《某公表里》一文，堪称神品。文章寥寥百余字，就勾画出官场中两号人物的漫画像。

其一是“翰林某公”。这人对客“相见辄讲学”，给人的印象完全是道貌岸然的正人君子。在一个地方官来攀同乡、赠“礼品”的时候，他也放不下这张面子，“自陈平生俭素，雅不需此”(即一向不接受财物)。然而当那人快快地收起财礼去后，“某公”却大失心理平衡：“徘徊厅事前，怅怅惘惘，若有所失。如是者数刻。”文中的这一客观描写暗示读者，此公并非不受财礼，他只不过故作姿态罢了。殊不知这样的“崖岸高峻”,竟把财礼吓跑了。在他后悔自己不该失去一份唾手可得的财物的当儿,读者却看到他失去了道德家的面孔,露出官袍下的“小”来。尤其妙者,是“家人请进内午餐,大遭诟谇”一笔,将其恼羞成怒,迁怒于人的样子画活。家人想必是“丈二和尚,摸不着头脑”了。“表里”不一的别名,便是“虚伪”。其二是文中只捎带几笔写出的“同乡外吏”。看来此人于行贿一道尚属生手,以至分不出官场中人的真真假假,而认假作真。自己将馈物“逡巡携归”,着实狼狈不说,还搞得同乡翰林半天不痛快。真是弄巧成拙,两失所“宝”。作者文笔可谓老辣之至!

平心而论,这两个都还没丧尽廉耻。正因为心怀鬼胎,故皆不得遂其志。如果一方死皮赖脸地送,一方大大方方地收,则无戏可看了。作者抓住“伪善”而不是“无耻”来写,对世上不少人来说,更能诛心。结尾托窃笑于玄狐,悠谬其辞得妙。如径作嘲笑,将反为蛇足。

(周啸天)

田不满叱髑髅[1]　　纪　昀

客作田不满,夜行失道,误经墟墓间,足踏一髑髅。髑髅作声曰:“毋败我面,且祸尔!”不满戆且悍,叱曰:“谁遣尔当路?”髑髅曰:“人移我于此,非我当路也。”不满又叱曰:“尔何不祸移尔者?”髑髅曰:“彼运方盛,无如何也。”不满笑且怒曰:“岂我衰耶?畏盛而凌衰,是何理耶?”髑髅作泣声曰:“君气亦盛,故我不敢祟,徒以虚词恫喝也。畏盛凌衰,人情皆尔,君乃责鬼乎?哀而拨入土窟中,君之惠也。”不满冲之竟过。惟闻背后呜呜声,卒无他异。

〔注〕 ① 髑髅(dú lóu):死人的头骨,骷髅。

“畏盛凌衰,人情皆尔,君乃责鬼乎?”骷髅冲口而出的一句大实话,竟使人觉得有几分可爱。因为比之人间既贪图强权、又叫嚷正义公理的衮衮诸公,那鬼物的厚颜无耻简直是一种美德了。

骷髅深谙这“畏盛凌衰”的道理,不幸自己却身居衰者地位,但他不甘沦落,唯一的办法便是大打攻心战。先是揣度人类敬畏神怪的心理“虚词恫喝”,再则寄希望于田不满天良发现而哀哀求告,然而田不满根本不吃这一套。骷髅使出浑身解数,到头来连“拨入土窟”这样一个卑微的愿望都实现不了。究其原因,还是要回到“畏盛凌衰”四个字上来。你骷髅既入鬼门,隶籍阴曹,倘若潜心练就作祟本领,好好害他几个人,降他几场灾,如此谁敢将你践踏在脚下?或许还能在土庙的供案上挣得一碗猪头肉也未可知。人间鬼门崇尚的只有实力二字,莽夫练了拳经,商人赚了金元,政客得了枪炮,鬼怪修了妖术,即可肆意横行于天下,如此而已!

但盛衰消长往往不可逆料,那些有恃无恐、怙恶不悛者,确实也需要头脑清醒地想一想穷途末路的那一天。 (叶 丰)

狐友幻形 纪 昀

济南朱子青与一狐友,但闻声而不见形。亦时预文酒之会,词辩纵横,莫能屈也。一日,有请见其形者。狐曰:“欲见吾真形耶?真形安可使君见;欲见吾幻形耶?是形既幻,与不见同,又何必见。”众固请之,狐曰:“君等意中,觉吾形何似?”一人曰:“当庞眉皓首。”应声即现一老人形。又一人曰:“当仙风道骨。”应声即现一道士形。又一人曰:“当星冠羽衣。”应声即现一仙官形。又一人曰:“当貌如童颜。”应声即现一婴儿形。又一人戏曰:“庄子曰,姑射神人,绰约若处子,君亦当如是。”即应声现一美人形。又一人曰:“应声而变,是皆幻耳。究欲一睹真形。”狐曰:“天下之大,孰肯以真形示人者,而欲我独示真形乎?”大笑而去。

济南朱子青有一位狐友,“时预文酒之会,词辩纵横”,因此,人们对这位平日“闻声而不见形”的狐先生的尊容产生了好奇心,由此引出一个“真形”与“幻形”的话题。孰为真?孰为幻?狐友作了几番变形表演后众人仍不满意,因为他们始终没有看见一个耳圆嘴尖拖一条大尾巴的狐狸形象。对于人来说,每人只有天赐一张皮囊,肥瘦妍丑,藏不得也变不得。不过说到“真形”,那却是皮囊以内的功夫。一张皮囊不仅遮掩了“真形”,且常常在脸面五官上、言谈行动中翻出许多完全不同于“真形”的花招,统而言之,是之谓“幻形”。狐先生说得好:“天下之大,孰肯以真形示人者,而欲我独示真形乎?”将天下人一概骂倒,似乎显得武断,其实却正是狐先生识见过人处。察言观色,曲意逢迎;口是心非,笑里藏刀,这样藏真露幻的嘴脸天底下还见得少吗?手段高明者,其“幻形”的法术绝不亚于狐先生。他们虽不能直接把自己变作美女撩人情欲,变作婴儿博人怜爱,却能以善良的嘴脸去行恶,以忠诚的嘴脸去篡权,以和平的嘴脸去屠戮!更为可悲的是,许多人并不想戴上“幻形”面具，却又不得不在虚伪冷酷的世界上扮演他不愿意扮演的角色；许多人洞察人情的险恶，领受“大智若愚，大巧若拙”的古训，把“幻形”作为苟全性命的生存技巧；还有许多人在畸形的社会中扭曲了自己的人格，再也找不到自己的“真”，以幻形作真形，以真形作幻形……如此种种，怎么能不令狐先生寒心！

有清一代，政治的高压，思想的钳制，在封建王朝中算得上登峰造极。乾隆是纪昀终身所事的君王，他就是一个真幻变化的行家里手，这位“十全老人”自诩圣明儒雅，可是一旦兴起文字狱来，杀气腾腾，无所不用其极！纪昀曾因一言不慎得罪了他，被发遣到新疆，幸而不久赦还，没有落到曝骨黄沙的下场。此后他似乎官运亨通，一直做到礼部尚书、协办大学士，但是他的内心世界真的如他的外表那样豁达开朗？作为乾隆的文学侍臣，他谨小慎微，亦步亦趋，颇得皇帝欢心，但是这个睿智的灵魂真的完全出卖了自由？什么是他的真？什么是他的幻？以纪昀的地位，以他所处的时代，他没有留下多少可供我们揣测其内心的文字。也许，他就是朱子青座上客中的一位，被世间“真形”与“幻形”的变化无常弄得扑朔迷离；也许，他是那个狐先生，居高临下潇洒地说东道西，点评人世，然后则像狐先生那样“大笑而去”，埋头到编纂《四库全书》的故纸堆里，深深地隐藏了自己的“真形”。

“天下之大，孰肯以真形示人者，而欲我独示真形乎？”呜乎，信夫斯言，悲夫斯言！

（叶　丰）

【作者小传】

王　昶

(1725—1806)　清代学者、文学家。字德甫，号述庵，又号兰泉，青浦（今属上海）人。乾隆进士，官至刑部侍郎。通经史，工诗词古文，喜搜采金石，精于考证，时称通儒。著有《春融堂集》，编有《金石萃编》《明词综》《国朝词综》《湖海诗传》《湖海文传》等。

游珍珠泉记

王　昶

济南府治，为济水所经。济性洑①而流。抵巇②辄喷涌以上。人斩木剡③其首，杙④诸土，才三四寸许，拔而起之，随得泉。泉莹然至清，盖地皆沙也，以故不为泥所汩；然未有珍珠泉之奇者。

泉在巡抚署廨[5]前，甃[6]为池，方亩许，周以石栏。依栏瞩之，泉从沙际出，忽聚，忽散，忽断，忽续，忽急，忽缓。日映之，大者为珠，小者为玑，皆自底以达于水面，瑟瑟然，累累然。《亢仓子》[7]云："蜕地之谓水，蜕水之谓气，蜕气之谓虚。"观于兹泉也信。是日雨新霁，偕门人吴琦、杨环栋游焉，移晷乃去。济南泉得名者凡十有四，兹泉盖称最云。

〔注〕 ① 洑(fú)：水伏流于地下。 ② 罅(xī)：罅隙。 ③ 剡(yǎn)：削。 ④ 杙(yì)：小木桩。这里用作动词，插入的意思。 ⑤ 廨(xiè)：官署。 ⑥ 甃(zhòu)：以砖修砌。⑦《亢仓子》：书名，宣传道家思想的著作，旧题庚桑楚撰，实际是唐人王士元作。

珍珠泉，在济南市旧城中心。泉中有气泡冒出，上下贯通，宛如珍珠，故名珍珠泉。附近有濯缨、王府、溪亭等十处名泉。刘鹗《老残游记》描绘的"家家泉水，户户垂杨"的景色，疑为此地。

这篇小品写得短小精悍，生动活泼，风格清新秀丽。开篇从泉城的大背景写起。先写得泉之易："人斩木剡其首，杙诸土，才三四寸许，拔而起之，随得泉。"次写泉水的清澈："泉莹然至清，盖地皆沙也，以故不为泥所汩。"然后指出，济南泉水虽然这么奇异，却没有比珍珠泉更奇特的，由此引出珍珠泉，笔墨重点自然落到珍珠泉上。

文章对珍珠泉的描绘颇为精彩。那从沙际涌出的泉水"忽聚，忽散，忽断，忽续，忽急，忽缓"。有空间上的聚散，有时间上的断续，有气势上的缓急，描述出了它不断变化的形态。然后根据它的主要特征，围绕"珍珠"二字加以描绘："日映之，大者为珠，小者为玑，皆自底以达于水面，瑟瑟然，累累然。"说明泉下有水泡冒出，从泉底直达水面，在阳光照射下宛似串串珍珠。"瑟瑟然"，突出了泉水碧绿的颜色；"累累然"，是说水泡重叠成串的样子，"累累"二字给人以不稳定的动感，状写出水泡升起时的神态。这些都是用语精妙的地方。下面引用道家语说明事物变化无穷，作为观看珍珠泉的感想。最后用自己观看良久和济南十四名泉中珍珠泉为最的话，加以赞美，表明自己对珍珠泉的喜爱。

这篇小品脱尽纵横之气，写得清新自然，似乎是无意为文，然而却淡然天真。对济水洑流、插木成泉的描写，作者亲眼所见，随笔记之，按照自然界本身的妙理，不假雕饰，读来颇有天趣。写景文字，简净而生动。对珍珠泉的描绘，只用了

三十六字，却传达出了泉水的形状、气势、神态和色彩，给人留下了深刻印象，文字简净，气韵生动，称得上是传神之笔。（崔承运）

【作者小传】

钱大昕

(1728—1804)　清学者。字晓徵，一字辛楣，号竹汀，晚号潜揅老人。江苏嘉定(今属上海)人。乾隆进士。由编修累官至少詹事、广东学政。乾隆四十年(1775)以后主讲钟山、娄东、紫阳等书院。治学方面颇广，尤精校勘、音韵。著作有《十驾斋养新录》《恒言录》等。后辑为《潜揅堂全集》。

跋方望溪[①]文

钱大昕

望溪以古文自命，意不可一世，惟临川李巨来[②]轻之。望溪尝携所作曾祖墓铭示李，才阅一行即还之。望溪恚曰："某文竟不足一寓目乎？"曰："然。"望溪益恚，请其说。李曰："今县以桐名者有五：桐乡、桐庐、桐柏、桐梓，不独桐城也。省桐城而曰桐，后世谁知为桐城者。此之不讲，何以言文！"望溪默然者久之。然卒不肯改，其护前如此。金坛王若霖尝言灵皋以古文为时文[③]，以时文为古文。论者以为深中望溪之病。偶读望溪文，因记所闻于前辈者。

〔注〕①望溪：清代散文家方苞的号。　②李巨来：李绂字巨来，江西临川人。清代的达官、理学家。　③王若霖：王澍，字若霖，号虚舟。江苏金坛(今常州市金坛区)人。清代著名学者、书法家。灵皋：方苞的字。时文：明清时代称科举应试的八股文为时文。

方苞是桐城派古文家，写过许多好文章，雍容大雅，为世公认。他当然也有缺点，却未必如这里所说的那样不堪。《朱子语类》卷一百三十九有一条语录云："前辈文字有气骨，故其文壮浪。欧公、东坡亦皆于经术本领上用功。今人只是于枝叶上粉泽尔。如舞讶鼓然，其间男子、妇人、僧道、杂色无所不有，但却是假底。旧见徐端立言，石林尝云：今世安得文章，只有个减字法、换字法尔。如湖州必须去州字，只称湖，此减字法也。不然则称霅上，此换字法也。"方苞是信奉程朱理学的，朱熹的这条语录，按理也应读过，总不至于犯这样普通的错误吧。何况现存的《望溪文集》中并没有那篇曾祖墓铭。

再来看钱大昕，他总是盯住方苞不放，除本跋外，在《与友人书》中，再度提起王若霖批评方苞的话，并论断说："若方氏乃真不读书之甚者。"言之凿凿，仿佛真有那么回事。不过，钱氏讲汉学，与方氏的宋学本不相容，拿他的文章开刀，亦是可能的事。而且钱氏或许也读过《朱子语类》，以方苞所尊崇的人批评过的毛病，加诸方氏头上，岂不更为有力！

这事虽有可疑，但是真是假，一时也难以判断，不过跋文倒是写得十分生动简练的。其中写李绂的盛气凌人，方苞的无奈窘态，都跃然纸上。作为清初学术界的一段小插曲，倒也值得一读。　（黄国声）

【作者小传】

沈起凤

(1741—1802)　清戏曲作家。字桐威，号帙渔、蓉洲、红心词客，吴县(今江苏苏州)人。乾隆三十三年(1768)举人。作有传奇三十余种，当时演出较多，今存《报恩缘》《才人福》《文星榜》《伏虎韬》四种。一说今存之《幻奇缘》《云龙会》亦其所作。

贫儿学谄　　沈起凤

嘉靖间，冢宰严公[①]，擅作威福。夜坐内厅，假儿义子，纷来投谒[②]。公命之入，俱膝行而进。进则崩角[③]在地，甘言腴词，争妍献媚。公意自得曰："某侍郎缺，某补之；某给谏缺[④]，某补之。"众又叩首谢。起则左趋右承，千态并作。

少间，檐瓦窣窣有声，群喧逐之。一人失足堕地。烛之，鹑衣百结[⑤]，痴立无语。公疑是贼，命执付有司[⑥]。其人跪而前曰："小人非贼，乃丐耳。"公曰："汝既为丐，何得来此？"丐曰："小人有隐衷，倘蒙见宥[⑦]，愿禀白一言而死。"公许自陈。曰："小人张禄，郑州人。同人丐者，名钱秃子。春间商贾云集，钱秃所到，人辄恤[⑧]以钱米；小人虽有所得，终不及钱。问其故，钱曰：'我辈为丐，有媚骨，有佞舌[⑨]。汝不中窾要[⑩]，所得能望我耶？'求指教，钱坚不许。因思公门下，乞怜昏夜者，其媚骨佞舌，当十倍于钱。是以涉远而来，伏而听，隙而窥者，已三月矣。今揣摩粗就，不幸踪迹败露。愿假鸿恩，及于宽典。”公愕然。继而顾众笑曰：“丐亦有道。汝等媚骨佞舌，真若辈之师也。”众唯唯。因宥其罪，命众引丐去，朝夕轮授。不逾年，学成而归。由是，张禄之丐，高出钱秃子上云。

铎曰：“张禄师严冢宰门下，若[11]严冢宰门下又何师？曰：‘师严宰。’前明一部百官公卿表，即乞儿渊源录也。异哉张禄，乃又衍[12]一支。”

〔注〕 ① 冢宰严公：宰相严嵩。严为明嘉靖权相。 ② 投谒：请求接见。 ③ 崩角：叩头在地而有声。 ④ 侍郎、给谏：皆官名。 ⑤ 鹑(chún)衣百结：形容衣服破旧，补丁很多。⑥ 执付有司：拿住交主管官吏。 ⑦ 宥(yòu)：宽恕、赦罪。 ⑧ 恤(xù)：救济。 ⑨ 佞舌：能说会道，会谄媚人。 ⑩ 窾(kuǎn)要：关键、要害。 ⑪ 若：至于。 ⑫ 衍：蔓延。

这是一个政治笑话，意在抨击官场腐败，虽托之于明代嘉靖时权相严嵩，实际上乃指当时炙手可热、气焰熏天的权臣和珅(《谐铎》成书于乾隆五十六年前后，正是和珅极盛之时)。他本出身于满洲官学生，在銮仪卫当差，因偶然机遇，被乾隆赏识，于是扶摇直上。自乾隆四十二三年后，倚之益专，乾隆对和珅的信任远远超过嘉靖对严嵩的信任，柄政二十余年，无人敢有异议，更无人敢于弹劾，其势力远胜于严嵩。和珅倚势弄权，外而封疆大吏、领兵大员，内而掌铨选、理财赋、主谏议、持文柄者，多为其私人。大小臣工，顺其意则立时荣显；稍露风骨，则摧折随之。群臣士大夫多畏其势焰，竞相献纳，达官贵人，亦投其所好，奔走其门，以固其位。官场的腐败促成了清代由盛转衰，它也引起许多正直人们的不满。许多野史笔记对此有所记载(如礼亲王昭梿的《啸亭杂录》)。

传统的儒家观念重视士大夫的人格的力量，并认为这是实现进步政治理想的关键。孔子的仁学高扬了个体人格的主动性和独立性。孟子更是赞美大丈夫的“贫贱不能移、富贵不能淫、威武不能屈”的高尚人格。思想家们之所以强调人格的道德力量，就是因为只有具备了高尚的人格才能杀身成仁、舍生取义，才能为公众的事业而献身。至于胁肩低眉、以媚权右，只能是只关心个人私利者之所为，向来为正直的人们所不齿。按照儒家理想认为官吏是上报君国、下安黎庶的。做官应有献身精神，因此，要“建官惟贤，位事惟能”(《书·武成》)。此篇中写到的官吏既不“贤”，也无“能”，其唯一的特长是媚骨佞舌，这样的官吏怎么能为国为民呢？他们只能是当时政权和社会的蛀虫和腐蚀剂，直到政权垮台、社会崩溃为止。

这篇故事构思巧妙，描写生动。故事开始概述了严嵩门下左右趋进奉承的种种丑态。他们“膝行而进”，磕头山响，“甘言谀词”，“争妍献媚”。严嵩是夜坐内厅，踌躇满志，洋洋自得，像打发乞丐一样给其门下分官。门人得到甜头后，再一次叩谢，“千态并作”，真是一幅百丑图。此时乞丐张禄出场。作者运用了制造悬念的手法，描写了他如何暴露，如何失足堕地，如何在华堂明烛之前“痴立无语”，直到严嵩宣布把他交给有关官吏处理，他才禀明其偷学媚骨佞舌的来意。严听后“愕然”，又惊又怪，但他毕竟是聪明的，马上就想通了，“顾众笑曰”：“丐亦有道，汝等媚骨佞舌，真若辈之师也。”“媚骨佞舌”这种品行是做得说不得的。严嵩这种打穿后壁之言是对其门人的最大侮辱，撕下他们的面皮（因为中国传统中最善于给恶行以美名，如这“媚骨佞舌”就不妨名之为“敬老尊贤”）。可是众人并不以为耻，唯唯称是。可见其媚至骨，无可药救。后张禄得到官僚们的真传，学成而归，其道果在钱秃子之上。乞丐之道与作官之道相通，而且前者远不及后者精深博大，这是多么尖刻而又深刻的讽刺。作者最后点题的话中，有两点进一步深化了主题。其一，作者提出严嵩门下何师的问题，并指出他们“师严宰”。这说明封建社会官场奴化，由来远矣，不单纯是严嵩几个门人的问题。另一方面也指出专制与奴性是一个问题的两面。正如鲁迅所说：“专制者的反面就是奴才，有权时无所不为，失势时即奴性十足。”（《谚语》）严嵩在他门下面前派头十足、颐指气使，役百官如奴才；他在皇帝面前也如其门下在他面前一样，而且有过之无不及，因此才得到皇帝的信任和倚重，由此可见是举国上下皆奉行乞丐之道。其二，作者一针见血地指出：“前明一部百官公卿表，即乞儿渊源录也。”当然，这不只是说明代，而是泛指封建社会的腐败时期。封建社会崩溃之前，官场先烂，官场的腐败进一步促成社会的坍塌。这是封建社会不可避免的历史命运。也许，这一点并未被作者意识到。

（王学太）

【作者小传】

彭 绩

（1742—1785） 清诗文家。字其凝，号秋士。长洲（今江苏苏州）人。布衣。绝意科举，品性孤高，耿介绝俗。诗学孟郊，《晚晴簃诗汇》称其所作“客情孤冷，取径镵刻”。古文尤有名，陆继辂编《七家文钞》，以之与刘大櫆、张惠言、恽敬、方苞、姚鼐、朱仕琇并论。著有《秋士遗集》。

亡妻龚氏圹[①]铭　　彭　绩

乾隆四十三年九月朔，彭绩秋士[②]具舟载其妻龚氏之柩，之吴县九龙坞彭氏墓，翌日[③]葬之。龚氏讳双林，苏州人，先世徽州人，国子生讳用鳌之次女，处士讳景骙之冢妇[④]。嫁十年，年三十，以疾卒，在乾隆四十一年二月之十二日，诸姑、兄弟哭之，感动邻人。于是彭绩得知柴米价、持门户[⑤]，不能专精读书，期年，发数茎白矣。铭曰：作于宫，息土中，吁嗟乎龚。

〔注〕①圹(kuàng)：墓穴。　②彭绩秋士：彭绩(1742—1785)，字其凝，更字秋士，清代长洲(今江苏苏州)人。　③翌日：次日，明日。　④冢妇：嫡长子妇。彭绩为彭景骙长子，故云。　⑤持门户：管理家务事。

古时墓志、墓表、行述之著，类多夸饰文字，甚而谀辞迭出，至于为女性所撰的墓铭，颂扬妇道德行，更是千人一面，迂腐得令人难以卒读。彭秋士的这篇短仅一百三十四字的《亡妻龚氏圹铭》却以淡语抒哀情，简洁峻峭的笔致间回转着对亡妻的深沉悼念，实在可当一首悼亡诗来吟诵。

彭绩是清代乾隆年间的名诗人，又是一个品节甚高、行迹放逸的奇士。吴门彭氏原系望族，按《彭氏宗谱》，彭绩属第十二世，其祖辈中如彭定求、彭宁求，族兄如彭启丰，侄辈如彭绍升、彭绍观等都是科第亨通，是苏州地区出名的门第清华、状元辈出的大家族。可是彭绩一支，其父彭景骙即以布衣终身(故《铭》中称"处士")，而且"家贫，衣食才足辄自喜，居屋数间，洒扫无纤尘，破琴古书，怡然自得"(见《宗谱》小传)。到彭绩，也是一应县试不售，就绝意科举。人皆悲"先生之遇穷矣"，并"终竟以穷死"(见彭绍升《秋士先生墓志铭》)。然而他却"自赞"说："饱吃猪肉，童心来复。不尤只翼，不怨偏毂。囊无毫余，瓮无撮粟。光洁一身，浩然万足"(《秋士先生遗集》卷五《自叙》)。在貌似安贫乐道的行迹中透射出一种魏晋文人式的放逸心志。把握彭绩及其父(实际上其祖彭志求号息庵，著名书法家，也是个隐逸之士)的品性为人，对《圹铭》中"处士讳景骙之冢妇"这八个字的辨味很重要。这就是说，铭文到这一句已在表彰龚氏于归十年，清贫自守，其德性与家风如符相契，于是，"贫贱夫妻百事哀"的悼情已轻轻溢出。需知此间"冢妇"之称，已非套头话，实系褒扬龚氏无愧于家德门风。她的"嫁十年"，度的是十年贫贱生涯，彭绩在《悼亡室龚氏八首》中屡写"故年秋节艰难倍，乞米供姑自食菱"；"起来调护经旬朔，蚊迹满身地上眠"；"览取鹑衣窗下补，乍寒十日坐西风"云云，正可供此铭文作注脚。由此，足可理解龚氏亡故时，何以“诸姑、兄弟哭之，感动邻人”了。

彭绩此《铭》笔致的空灵处，还在于并不正面述写龚氏“嫁十年”的清操持家的妇德，而是以一种辛酸的幽默笔调点墨于“于是彭绩得知柴米价、持门户，不能专精读书，期年，发数茎白矣”这个结句上，从而写尽了他对亡妻的忆念苦情。乾隆四十三年(1778)葬龚氏入墓穴是在龚氏亡故两年之后。乾隆四十一年(1776)龚氏卒时，彭绩三十五岁，“期年”即龚氏卒之次年，龚绩以三十六虚龄之年即已“发数茎白”了！柴米之忧、门户之艰、悼亡之哀，煎熬出了彭绩的白发，而悼亡之痛又是与生活琐事的逼迫时时、处处相渗合而无时无处不在的。彭绩从日常起居，开门七件事这个具体细微的角度，看似轻描淡写，实则深深地在亡妻灵前抒述了一己的哀感和对十年的反思，倾泻了他对龚氏的深沉的礼赞和追怀。尺水兴波，如此地刻记墓铭，卓然不落凡套而又一泓哀情倾注以入，堪称真正的奇文，真正的冰雪小品。这样，再读“作于宫，息土中，吁嗟乎龚”十字之铭，是能听到彭绩涕泗难控的音容的，而尤能想见龚氏洁躬持家的贤德形象！

如果细细核算一下，又可发现，彭秋士此《铭》直接写到龚氏品德并深寄哀情的文字其实不足六十字。这就是本文开头以“简洁峻峭”四字来评定这篇铭文的不凡之处的原因。彭绩遗集中诗多至四卷，各种文章仅二卷，他的诗清远峭拔，文亦同此风格。读《亡妻龚氏圹铭》，虽尝鼎一脔，却能举一反三的。（严迪昌）

【作者小传】

汪 中

(1745—1794) 清哲学家、文学家、史学家。字容甫，号颂父。江都(今江苏扬州)人。乾隆拔贡生，后不再应举。潜心经术，遍览群书，尤精史学。工骈文，作《哀盐船文》，为杭世骏所叹赏，文名大显，也能诗。著有《广陵通典》《述学》《容甫先生遗诗》等。

经旧苑吊马守真文序

汪 中

岁在单阏[1]，客居江宁城南，出入经回光寺，其左有废圃焉。寒流清泚，秋菘满田。室庐皆尽，惟古柏半生，风烟掩抑；怪石数峰，支离草际：明南苑妓马守真故居也。

秦淮水逝，迹往名留。其色艺风情，故老遗闻，多能道者。

余尝览其画迹，丛兰修竹，文弱不胜，秀气灵襟，纷披楮墨之外，未尝不爱赏其才，怅吾生之不及见也。

夫托身乐籍，少长风尘，人生实难，岂可责之以死？婉娈倚门之笑，绸缪鼓瑟之娱，谅非得已。在昔婕妤悼伤，文姬悲愤，矧兹薄命，抑又下焉。嗟乎，天生此才，在于女子，百年千里，犹不可期。奈何钟美如斯，而摧辱之至于斯极哉！

余单家孤子，寸田尺宅，无以治生。老弱之命，悬于十指。一从操翰，数更府主，俯仰异趣，哀乐由人。如黄祖[②]之腹中，在本初[③]之弦上，静言身世，与斯人其何异？只以荣期二乐[④]，幸而为男，差无床箦之辱耳！

江上之歌，怜以同病，秋风鸣鸟，闻者生哀。事有伤心，不嫌非偶，乃为辞曰：(下略)。

〔注〕 ① 岁：岁星。单阏(chán è)：卯年的别称。《尔雅·释天》："太岁……在卯曰单阏。" ② 黄祖：东汉人，曾任江夏太守。祢衡为其作书记，黄祖甚满意，言其所书，"如祖腹中所欲言也"。见《后汉书·祢衡传》。 ③ 本初：东汉军阀袁绍，字本初。陈琳曾为其起草声讨曹操的檄书，后来依附曹操，曹操问他，"你檄文指罪我也就算了，为什么还牵连我的父祖呢？"陈琳道歉说："矢在弦上，不得不发。"(见《太平御览》引《魏志》)以上二典皆言作者，为人作翰，身不由己。 ④ 荣期二乐：孔子游泰山，遇荣启期，见其很快乐，因问何乐为。荣答道："天生万物，唯人为贵，而吾得为人，是一乐也。男女之别，男尊女卑，故以男为贵，吾既得为男矣，是二乐也……"见《列子·天瑞》。

清乾隆四十八年(1873)，汪中客居于江宁(今江苏南京)时，曾来到明代妓女的聚集地旧苑，凭吊明代名妓马守真(字湘兰)，写下了《经旧苑吊马守真文》，本篇即为吊文前的序。

妓女，作为处于社会最底层的被侮辱与被损害者，在旧时代历来是最受人轻贱的；而在提倡"饿死事小，失节事大"的理学家们看来，失身卖笑尤难为"天理"所容。但是，一向蔑视封建正统言论、"不喜宋儒性命之学"(江藩《汉学师承记》论汪中语)的汪中在序文中却唱出了反调，指出人生道路本来就艰难不平，像马守真这样的女子的"倚门之笑"与"鼓瑟之娱"实在是为生活环境所迫而身不由己；同时，还热情地赞赏马守真出众的才艺，并将这种美好的才能与其所遭受的极度的摧残折辱形成强烈对照，用充满感情的笔调对马守真的不幸命运表示了深切的同情。

但是，这篇序文的感人之处还不仅限于此。在我国古代文学作品中，写到妓女的作品并不少见，如小说有唐代的《李娃传》《霍小玉传》和明代的《杜十娘怒沉百宝箱》《卖油郎独占花魁》等；戏曲有元曲《救风尘》《谢天香》等；至于唐诗宋词中，更有许多以青楼女子作为吟咏对象的作品。这里面除了一部分平庸无聊乃至格调低下的作品外，相当一部分作品都对这些妓女沦落风尘的不幸遭遇赋予了程度不同的同情。然而，从总体来说，这种同情多是属于“居高临下”式的，就其深层意识而言，这些作者多是把自己和笔下的青楼女子们看成是截然不同的两个世界的人，因而在这些作品中很少看到作者自身遭际与青楼女子不幸命运的认同。而汪中以一个封建文人，却公然把自己和一位妓女相提并论，指出自己“一从操翰，数更府主(指其在二十多年间数次在人府下当幕僚)，俯仰异趣，哀乐由人”的卑屈地位，与马守真这类女子“婉娈倚门之笑，绸缪鼓瑟之娱”的痛苦生活并无不同，并流露出“怅吾生之不及见”的深深遗憾，真挚地将这位前代名妓引为同怀和知己。这在当时不啻是惊世骇俗之论，自然难容于那些思想正统的封建士大夫，故与汪中同时人除刘台拱深赏此文外，凡称扬他文章的，都不举此文为例，而这也正可从反面证明作者见识的卓尔不群。

或许有人会说，将妓女的不幸命运和自身遭际联系在一起，早在唐代白居易的《琵琶行》中即已如此。事实确是这样，并且这也是使《琵琶行》能成为千载传诵的名作的原因之一。但值得指出的是：白乐天是由琵琶女从“昔日倡家女”一变而为“今日商人妇”，联想到自己命途坎坷、身遭贬谪，因而引发了“同是天涯沦落人”的感慨；换言之，白居易在写琵琶女当年的乐妓生涯时，着眼点是集中在“今年欢笑复明年”的所谓“欢乐”上，而对倚门卖笑背后的心酸痛苦，则未作有力的揭示。在这一点上，白作似不及汪作深刻。尽管如此，两篇作品仍然有着相似的特点，即通过作者“自我”的深切投入，通过充满着真挚而强烈的感情的笔调，一笔而双写了两个同病相怜的人物，使作品具有很强的感染力。因此，我们可以将陈寅恪先生评价《琵琶行》的话移用于本篇序文：“直将混合作此诗之人与此诗所咏之人，二者为一体。真可谓能所双亡，主宾俱化，专一而更专一，感慨复加感慨”，岂一般“浮泛之作，所能企及者乎”？

(刘桂秋)

【作者小传】

青城子

(约 1758—?)　清小说家。原名宋永岳，字静斋，号青城子，室号松月山房。湖南慈利人。诸生，六试乡闱不遇，不得已就九品职，赴粤东候补十年，擢升县佐。未得缺即被吏议去官。将平日所闻所见汇而记之，作《亦复如是》。

某　邑　令　　　　青城子

某邑令[①]，失礼于新知府，禀见，坚拒不纳。因心生一计：将己乡、会墨卷[②]，仿知府乡、会墨卷，凡六艺[③]，从破题[④]至结尾，无句不肖；再托多人，为之先容[⑤]。知府不得已，见之，盛气以临。邑令一见，口称："大老爷是卑职恩师。"知府曰："尔我南辕北辙，从未有声气相求，何来如此称谓?"邑令曰："卑职当年志切功名，见大老爷高发，名文戛金敲玉，空前绝后。因昼夜揣摩，心写心藏，细细仿之，得以侥幸上进。虽隔千里，实为万幸。"遂将知府乡、会墨朗诵一遍，又将自己乡、会墨朗诵一遍，曰："若非大老爷，安能忝列科甲?"言罢涕泗交颐。知府不觉大喜，引为知己。

盖知府犹文人习气未化，而邑令亦可谓巧于逢迎矣。

〔注〕 ① 邑令：县令。 ② 乡、会墨卷：乡试和会试的卷子。乡试，明清时，每三年在各省(包括京都地区)举行的考试，参加者必须是秀才，考中后称举人。会试，明清时，每三年一次在京都举行的考试，参加者必须是举人(或是监生)，考中者称贡士，具备了参加最高级的殿试的资格。 ③ 六艺：此指六篇八股文。乡、会试都考三场，头场一开始都要求考生作三篇以四书书艺为题的八股文，乡、会试的阅卷者特别重视这开场的三篇文章。 ④ 破题：又称破股，指开头两句，要求点破全篇主旨。八股文每篇均由破题、承题、起讲、题比、虚比、中比、后比和大结八个层次组成。 ⑤ 先容：事先说情。

中国的旧官场向来是藏污纳垢之地，见不得阳光的龌龊勾当层出不穷，横向倾轧排挤，竖向谄上骄下，丑态百出。大多数官员贪恋禄位，以保住乌纱帽并进而往上爬为能事，这类事例在正史野乘中俯拾皆是，而其中最为别开生面的要数此则小品里的某邑令。

起初某邑令时运不佳，因"失礼"而开罪新知府。知府衔恨特深，屡屡坚拒邑令于门外。邑令的乌纱真是岌岌乎危哉！但邑令是官场老手，自有峰回路转的妙术，凭借他的浑身解数，终使知府由盛气凌人而"大喜"，乃至把邑令"引为知己"。这套把戏为什么会获得如此巨大成功呢?

归纳起来，邑令有四个"善于"。一是善于设计。他摒弃了送厚礼、通路子、悔过认错等无济于事的下策，设计了以"八股文师承关系"为主题的"攻心"方案，这一招出奇制胜，果然击溃了知府的坚固防线。他把恃以进身的八股文设计成保住乌纱的护官符，物尽其用，匠心独运。二是善于排练。排练工作量很大，搜集新上司的乡、会两场墨卷，并且要背得滚瓜烂熟；又得煞费苦心写六篇如出一辙的摹仿文章，也要背得滚瓜烂熟。邑令都进行了认真细致的排练，做到一丝不苟。其后所取得的成果，可谓功夫不负苦心人。三是善于辞令。他演出时那套台词，堪称高超的拍马艺术。景仰颂扬有之，谦卑恭顺有之，虔诚真挚有之，语语仿佛出自肺腑，句句搔到对方痒处，不露丝毫做戏痕迹。无怪知府听后如饮醍醐，满心欢畅。四是善于表演。光有美妙动听言辞，没有精湛传神动作配合，演技还不算到家。这位邑令继娓娓话语后，紧接着来个精彩的“涕泗交颐”，这个高难度动作体现其表演艺术有出神入化、炉火纯青之妙。难怪知府堕其术中，态度有了一百八十度的大转变。邑令的四个“善于”，拆穿西洋镜只有一个字：伪。假作真时真亦假，邑令自编自导自演的一出滑稽戏给虚伪狡诈的官场彻底曝了光，令人叹为观止。

（曹光甫）

【作者小传】

舒梦兰

(1759—1835) 清诗人。字白香。江西靖安人。乾隆初诸生。性恬淡，不求仕进，以著述自娱。工诗，以所作《和陶诗》得名，一时贵游折节与交。尤精倚声，深研词律。著有《白香集》《天香词》《白香词谱》。

游山日记(二则)

舒梦兰

七月廿八日

晴凉，天籁又作。此山不闻风声日盖少，泉声则雨霁便止，不易得，昼间蝉声松声，远林际画眉声，朝暮则老僧梵呗声和吾书声，比来静夜风止，则惟闻蟋蟀声耳。

八月十三日

朝晴暖。暮云满室，作焦曲气，以巨爆击之不散，爆烟与云异，不相溷也。云过密则反无雨，令人坐混沌之中，一物不见。阖扉则云之入者不复出，不阖扉则云之出者旋复入，口鼻之内无非云者。窥书不见，因昏昏欲睡，吾今日可谓云醉。

舒白香的《游山日记》，是他在嘉庆九年(1804)在庐山避暑时所作，记下了自六月一日到九月十日一百来天的事(末二卷集录诗赋)。《记》中有大有小，有庐山景观，有山中起居，有叙事，有回忆，有骂和尚语，有敬樵夫语，有巧譬罕喻，有透彻议论，文笔清丽自然，涉笔成趣。今节选其中二则，一则记声，一则记云，都带有点分类描述的性质。

“七月廿八日”一则记庐山由朝至暮的各种声音，有耳“观”庐山之趣。声音之入耳，比之形色之入眼似更难抗拒，但非心灵虚静之时则不能注意，非有心之人则不能写出。舒白香既对山中之声体察入微，叙声也错落有致：风声、泉声强弱、长短相较，蝉声松声、画眉声远近映衬成趣，诵经声、读书声齐作混杂，风声方止，蟋蟀声又起。一天之内，庐山无时不有声，天籁、地籁、人籁接续交织，皆物从其性，自然而发。庐山之声终日不绝，而独入白香之耳，独在白香笔下斐然成章，此庐山即成白香性情中之庐山。

“八月十三日”记“云醉”一则，更见趣味。从来只听说过酒醉、茶醉、烟醉，未曾听说过云醉。单这云醉的名堂，就令人感到新鲜。但如记中所述，“口鼻之内无非云者。窥书不见，因昏昏欲睡”，不用“醉”字又怎能摹其态、肖其状，表达此时感觉？记中写云之驱不散，赶之不出，都还罢了，唯有“口鼻之内无非云者”一句，尤令人觉可惊可笑，不但惊云之无孔不入欺人之可厌，也笑白香被云欺时之可怜。白香是放达之人，故对自己“醉”后窘态也毫不掩饰，大概是既觉无可奈何，也颇有点独能领略“云醉”的自得吧？庐山多云雾，自古皆然。旁人写庐山之云，多现云海变幻之壮观；而舒白香写云，却从口中鼻中道出。如此庐山，才可谓白香实感中之庐山。

中国古代一班缙绅先生，直欲把山水游记也当成“经国之大业”去做，写出的游记，便与“汉高祖论”相去不远。还有一班桐城派文人，做游记也要讲究“精洁、谨严”，拘束自己的性灵倒还罢了，还要拘束山水的灵性，读之令人生厌。不少人把姚鼐的《登泰山记》之类当成范文，这里选，那里教，叫人殊不可解。试与白香《山中日记》比较，哪一个有性情，哪一个更自然？高低立判。徐骧在白香《山中日记》的题后中说：“读他人游山记，不过令人思裹粮游耳，读此反觉不敢轻游，盖恐徒事品泉弄石，山灵亦不乐有此游客也。”就是警戒无性情之人不可轻易游山。但我想，不管山灵欢迎不欢迎，此类人山还是要游的，只是须有点自知之明，不去强作、硬作唐突山灵的游记就是了。

(刘传新)

【作者小传】

焦 循

(1763—1820) 清学者、文学家。字理堂,一作里堂,江苏甘泉(今扬州)人。嘉庆六年(1801)举人。学术与阮元齐名,阮督学山东、浙江,俱招往游。后托足疾不入城市者十余年,读书著述终老。通经史、历算、声韵、训诂之学,为清代扬州学派主要代表之一。亦工诗词文,精戏曲学。有《雕菰楼集》《花部农谭》《易学三书》《孟子正义》《剧说》等。

登州[①]观海记

焦 循

乾隆六十年[②]四月初一日,同仪征江安、甘泉阮鸿,游登州蓬莱阁,望海。

是行也,出登州城北门,入备倭城南门约里许,至蓬莱阁。阁在岛上,岛高十丈,半山有天后宫。宫门内有六石,两两相比,高丈许,紫色圆耸,今名曰“三台石”。由右角门出,北行,上数十级遂临海。其左为避风亭,亭后为苏公祠,近改为官厨。苏公像须面披尘,殊不堪。由右历二十余级登阁上,阁南北两面空厂[③],南望莱阳大山,一塔高入云表,众峦环拱,州城雄踞其下,万灶稠叠[④]。北则海在足下,苍茫无际,远帆出没,小如黑豆。是时日色在东,阴雾幂房[⑤],长山岛可望见,他岛皆隐雾中。阁距海二三十丈,其下有弹石涡,涡中尽小石,圆润可玩,东坡取以伴蒲草者也。其白者颇可混玉,但离水则不泽耳。岛根遒锐错落,海燕千百,呢喃其间,波纹平秀,不似江河之险。道士云:“其浪广数里,非人目所能尽,故不见其状。”余尝过泰山,自其麓仰之,高直与岨崃诸山等,盖由济南以来,皆泰山之身,至泰山见其卒[⑥]耳。呜呼,泰山不见其高,斯为至高;东海不见其波,斯为巨波;圣人不见其德,斯为大德。以波涛洪洞言海者,不知海者也。

已而[⑦]复登北门城楼,是时天光清朗,海波如鉴。长山岛之西见庙岛,其东见大竹岛、小竹岛、纱帽岛、鼍矶岛。岛根有白云载之,岛在半空,天与海接。城上有刍者[⑧],问以海市,刍者曰："四五月天微阴，东北风起，则见于岛上，或如城、如楼、如山林、如村落、如塔。有小市、有大市，变幻不常，无定日，惟居阁畔者可见之。"一老卒云："阁上望岛有市，岛上人望阁亦有市。盖虚气也。"或以不见海市为恨，余曰："乌知岛上人，此时不见阁上有市耶？则我辈身在市中而不觉，何有于他人岛上市也？"同人皆大笑而返。

〔注〕①登州：古地名，治今山东蓬莱市。　②乾隆六十年：公元1795年。　③空厂(hǎn)：山岩上空地。　④万灶稠叠：盐灶密布重叠。　⑤幂房(lì)：分布、覆盖。　⑥卒：终结。　⑦已而：不久。　⑧刍者：割草的人。

古代游记多记名山大川，胜篇佳作委是不可胜数，但正面写大海的却佳构不多。这篇《登州观海记》实是难得的杰作。

文章开头首先点明作者这次由济南出发东游的目的就是游蓬莱阁以观大海。顺序下去，先写蓬莱阁的特点，主要景观和周围形势。因为文章是写观海，而蓬莱阁既是观海的立足点，又是著名的旅游胜地，所以不能不写；而写多了，又难免造成喧宾夺主，头重脚轻之弊。因此，文章写蓬莱阁运用的是简墨省墨，像著名的天后宫、三台石、苏公祠、望风亭等著名古迹，也只是如蜻蜓点水，点到为止，可谓惜墨如金。从"历二十余级登阁上"始，即集中笔墨展开对登阁望海的描绘。以下无论是写景状物，还是议论感慨；无论是直笔抒写还是迂文曲意；几乎笔笔不离海观，可算得上是泼墨如雨。"北则海在足下，苍茫天际，远帆出没，小如黑豆。是时日色在东，阴雾幂房，长山岛可望见，他岛皆隐雾中"，勾画了一幅居高临视、远观大海的写意中国画。其中"远帆出没，小如黑豆"的动景与"长山岛可望见，他岛皆隐雾中"的静物的相互衬托，加上天光云影的叠合，韵味充足，实是让人久久难以忘怀。面对同一描写对象，由于天光清朗，后段对大海的描绘，形成鲜明的对照，此时平秀的海波闪闪发光，就像一面硕大无朋的镜子，不仅长山岛可望，其东西的庙岛、大小竹岛等群岛也已历历在目，苍天与碧海相接处，群岛在白云的陪衬下，亦幻亦真，煞是鲜明生动。作者善于机敏地抓住同一对象在不同瞬间的千变万化进行刻化渲染、区别，不啻是文章圣手。文章写海边弹石涡中的卵石，圆润可玩，白者颇可混玉，是曲笔写海的威力。大海可以把海边的礁石打得遒锐错落，把海中的石子冲刷得圆滑润泽，其力量何等巨大！但是它展示给人们的却是平秀的波纹，如鉴的水面，绝无江河白浪滔天，卷起千堆雪之险。原因是什么呢？道士的话解开了这个谜底，原来大海波浪广达数里，非人目所能尽，故不见其状。由此作者联想到“泰山不见其高，斯为至高；东海不见其波，斯为巨波；圣人不见其德，斯为大德”。这段富有哲理的感慨，无疑给读者很大的启发，增强了文章的韵味。“海市蜃楼”是蓬莱观海的一大奇观，不可不写。但作者此次观海没能看到，遗憾之余，确也难以启笔。于是作者在最后一段，借他人口述，以虚写实，却收到了“此时无声胜有声”的艺术效果。特别是作者“乌知岛上人，此时不见阁上有市耶？则我辈身在市中而不觉，何有于他人岛上市也”的旷达之语，不仅增添了文章的风趣，而且相当活脱地把作者骏爽豁达的风神气度展现给了读者。

（武卫华）

【作者小传】

管 同

(1780—1831) 清散文家。字异之。上元(今江苏南京)人。道光举人。善属文，有经世之志。受业于姚鼐，为桐城派作家。与梅曾亮友善。著有《因寄轩文集》《皖水词存》《七经纪闻》等。

饿 乡 记

管 同

饿乡，天下之穷处也。其去中国不知几何里。其土荡然，自稻、粱、麦、菽、牛、羊、鸡、彘、鱼、鳖、瓜、果，一切生人之物，无一有焉。凡欲至者，必先屏去食饮，如导引辟谷者然。始极苦，不可耐；强前行，多者不十里已可至；至则豁然开朗，如别有天地。省经营，绝思虑，不待奔走干谒，而子女之呼号，妻妾之交谪，人世讥骂笑侮、轻薄揶揄之态，无至吾前者，徜然自适而已。

然世以其始至之难也，平居每万方图维，以蕲勿至；不幸而几至，辄自悔为人动。故非违世乖俗、廉耻礼义之士，不得至是乡；非强忍坚定守死善道之君子，虽至是乡，辄不幸中道而反。昔周之初，武王伐纣，伯夷、叔齐耻食其粟，由首阳山以去，至饿乡。饿乡之有人，自是始。其后春秋时，晋有灵辄，行三日，几至之矣，终为贼臣赵盾所阻，反感盾恩，为所用。而齐有饿民，却黔敖嗟来之食，翩然至是乡，虽曾子叹其微，而论者以为贤辄远矣。孔子之徒,颜、曾为大贤,原宪为次,三子者皆几至是乡,而犹未达。及至战国,於陵仲子立意矫俗,希为是乡人,行三日,卒废然而反,孟子讥之。自战国秦汉后,教化不行,风俗颓败,搢绅先生之属,以是乡为畏途,相戒不入。而凶年饥馑,祸乱迭作,自王公贵人,下逮田野士庶,遭变故而误入是乡者,往往而是。梁武皇帝,天子也;赵武灵王、汉赵幽王,藩国王也;条侯周亚夫,将且相也;邓通,中大夫尚主者也。此其人皆尊崇富厚,志得意满,无意于是乡,而其终卒入焉,岂非天哉!岂非天哉!然岂与夷、齐以下,立志自入者同乎哉!故曰:“君子无入而不自得焉。”又曰:“求仁而得仁,又何怨?”惟汉龚胜、唐司空图、宋谢枋得之伦,立志忠义,先后至是乡。夷、齐辈得之,盖相视而笑,称莫逆交云。

呜呼!饿乡何乡也?何其难至也若是?予穷于世久矣,将往游焉,考始末而为之记。

在看到“饿乡记”这个题目时,读者首先可能产生的一个疑问就是:“饿乡”到底是个什么地方?在读了本文第一段的描述后,便会恍然明白:原来“饿乡”在这里其实就是“绝食而死”的形象化的说法。值得注意的是,在作者的心目中,现实世界中的一切矛盾和丑恶现象在“饿乡”中全都不存在,那是一个让人“徜然自适”的理想之所在,这就为文章最后表明作者自己的态度埋下了伏笔。

在接下来的一大段叙述中,作者博引史事,向人们介绍了历史上各个时期人们在对去不去“饿乡”这个问题上所采取的不同态度和行动。作者把所叙的人物分成了四种类型:一种是千方百计,以求不去饿乡的(“平居每万方图维,以蕲勿至”),这种人所在多有,无需例举;一种是差不多要去了饿乡而终未能到达的,像春秋时几近饿死,而终为“贼臣”赵盾所救的鲁国的灵辄,像孔子的三大弟子颜渊、曾参和原宪等,便是其例;一种是不想入饿乡却因“遭变故”而误入的,如南朝梁武帝因侯景之乱饿死皇宫,战国时在内乱中被围困于沙丘宫而饿死的赵武灵王,及汉代被吕后幽禁绝食而死的赵幽王刘友等人;最后一种是真正“立志自入”饿乡的,在历史上,前有不食周粟而死的伯夷叔父首开其端,后有汉龚胜、唐司空图和宋榭枋得(三人皆因不同新朝合作绝食而亡)等人追随而至。在作者看来,这四种人中,前面两种人固然不是“违世乖俗、廉耻礼义之士”和“强忍坚定守死善道之君子”;即是第三种人,也全然不能和那些立志自入“饿乡”的人同日而语;只有最后一种人,才是真正的“立志忠义”之士。正因为有了这样的看法和认识,作者在文章最后表明自己也想往“饿乡”一游,可以说是顺理成章,水到渠成。

很明显,在这里,作者以“饿乡”为寓,实际上是表明了自己的处世之道,即作为一个“立志忠义”之士,必须坚守节操,宁可穷饿而死,也不能希图苟活,混同流俗。应该看到,管同的散文中涉及社会思想和政治方面的议论,多提倡封建伦理道德,本文中所谓的“立志忠义”“强忍坚定守死善道”云云,也都带有较浓厚的儒家正统思想的气息;但值得指出的是,作者之所以要在这里为人们描绘出一个理想王国——“饿乡”,其实正是基于现实社会的黑暗和丑恶。文章最后说自己“穷于世久矣”,也流露出作者对自己身世的感慨。整篇文章虽然用笔曲折,但却不能尽藏其揭露和批判现实社会的锋芒。

本文采用记叙的形式来进行议论,一方面博引史事,通过叙述历史来表明自己的看法,这样就使议论不流于空洞;另一方面作者又运用了寓言式的体裁,把“守志死节”这样一个抽象概念幻化为贯穿全篇的寓言境界——“饿乡”,这就增强了文章的生动性和形象性。此外,行文流畅,笔力健朗,也表现了作者散文的特点。

（刘桂秋）

记 鸽

管 同

叶侯之家,获二鸽,缚其翅而畜之野。狸者知其不能飞也,攫而食其雌。雄者怒,奋其喙啄狸,狸嗥而去。不数日,复获一雌焉,狸至而又食之,然以前被啄故,若惮雄不敢近。雄因自恃其强,不为备,居无何,竟为狸所食。

管子曰:吾观狸鸽之事,有深感焉:当夫狸之始至也,盖欲攫鸽雌雄而并食之矣。然而力疲于雌,又度雄者知必死而致力,则权嗥而去,以避其锋;兵法所谓穷寇勿追,强而避之之说也。

及其再至,非不欲先食雄,然而知雄必备而雌无备,故先易而后其难;且示雄以若独食雌者,而使之不忌:兵法所谓诱之骄之者也。

至是而雄固已怠矣。乘其怠而突取之,则计无不得:兵法所谓攻其无备,出其不意者也。

吁！狸所为悉合于兵法；鸽乃游其术中而不悟也。吾思鸽之与狸，诚为非敌；然雄啄狸，狸始未尝不畏。使彼雌雄者并力相扶，以与狸为难，狸虽强，何至并为所食哉！恃一己之强，而不知援其侪类；侪类亡而己亦随之，可慨也夫！

抑吾又思之：夫鸽虽小鸟，然健而善飞，当其悬哨薄云，虽鸷若鹰鹯[1]莫能害，而何惧一狸乎？以见获于人而遂不能飞，以不能飞而遂为狸所食。然则世之见获于人者，其亦可为深虑也已。

〔注〕 ① 鹯（zhān）：猛禽，羽色青黄，以鸽、燕、雀等为食。

这是一篇寓言小品。通常寓言表达寓意的方法，或是将其蕴含在故事内部让人去体味，或是在故事之外加上一段议论，直接将寓意揭出，但这议论一般都比较简短。而本文却正相反，作者以叙为辅，以议为主，后者的篇幅远长于前者。这洋洋洒洒的一大段议论，既始终紧贴住故事本身，又抽丝剥茧，层层深入，揭示了这个“狸鸽相斗”故事后面蕴藏的深邃的意义，体现了管文淋漓恣肆、雄健透辟的特点。

议论是围绕着故事中的两个寓言形象“狸”和“鸽”来进行的。在分析狡猾的狸为了达到吃掉鸽子而采取的种种手段时，指出这些手段分别合于兵法上的“穷寇勿追，强而避之”“诱敌骄敌”和“攻其无备，出其不意”。读者一方面不得不承认这样的分析与狸的实际所为十分切合；另一方面又可能认为以兵法来分析区区一动物的行动，未免有些小题大做。但我们不应忘记，寓言中的动物形象往往都是被人格化了的；换言之，这里的狸正是现实世界中某些人的真实写照。

接下来，由狸之所为“悉合于兵法”，自然引出了鸽子的“游于术中而不悟”，而这才是本文的着重点之所在。就鸽与狸的力量对比来说，自然是鸽弱于狸，难与其匹敌；但鸽子具有“健而善飞”的特点，本可避免被吃掉的悲剧。悲剧之所以产生的根本原因，一是持一己之强而不与同辈并力相扶，以致被狸各个击破；二是见获于人，被捆住了翅膀，因而被狸所乘。这自然又是以鸽喻人，前者指出不能团结御敌的危险，后者说明自由被箝制的可悲。联系到作者身处的那个尔虞我诈、弱肉强食的时代，文中的这番议论，自又有深意存焉。（刘桂秋）

游西陂记　　管　同

嘉庆十二年[1]四月三日，商丘陈燕仲谋、陈焯度光招予游宋氏西陂②。陂自牧仲尚书之没③，至于今逾百年④矣，又尝值黄河之患⑤，所谓芰梁、松庵诸名胜⑥，无一存者。独近陂巨木数百株，蓊然⑦青葱，望之若云烟帷幕然⑧，路人指言曰："此宋尚书手植树也。"

既入陂，至赐书堂⑨，晤其主人⑩，出王翚石谷所为《六境图》⑪，尤展成、朱锡鬯诸公题咏在焉⑫。折而西，有小屋一区⑬，供尚书遗像。其外则巨石布地如散棋⑭，主人曰："此艮岳石⑮也，先⑯尚书求以重价，而使王翚用画法叠为假山，其后为河水所冲败，乃至此云。"闻其言，感叹者久之。

抵暮⑰，皆归，饮于陈氏仲谋。度光举酒属⑱予曰："子曷⑲为记？"嗟夫！当牧仲尚书以诗文风雅倾动海内⑳，一时文士景从响应㉑，宾客园林之胜，可谓壮哉！今始百年，乃令来游者徒慨叹于荒烟蔓草之外，盖富贵固无常矣；而文辞亦何裨㉒于是也？士亦㉓舍是而图其大且远者，其可已㉔。是为记。

〔注〕 ① 嘉庆十二年：公元1807年。嘉庆，清仁宗年号。 ② 陈燕仲谋：名燕，字仲谋。陈焯(zhuó)度光：名焯，字度光。宋氏：指宋荦，字牧仲，官至江苏巡抚、吏部尚书。 ③ 没：殁，死。 ④ 逾百年：宋荦卒于康熙五十二年(1713)，至嘉庆十二年(1807)，实际只有九十四年。 ⑤ 黄河之患：指黄河决口造成水患。 ⑥ 芰(jì)梁、松庵诸名胜：指西陂中的景物。 ⑦ 蓊(wěng)然：茂盛的样子。 ⑧ 若云烟帷幕然：像云烟织的帐幕的样子。 ⑨ 赐书堂：放置皇帝赐书的房子。 ⑩ 其主人：指宋荦的后代。 ⑪ 王翚(huī)石谷：名翚，字石谷，清初画家。六境：指西陂中的六处景物。 ⑫ 尤展成：尤侗，清初文学家、戏曲家。朱锡鬯(chàng)：朱彝尊，清初文学家。题咏：写在书画上的文字。 ⑬ 一区：一处。 ⑭ 布地：散布在地上。散棋：散乱的棋子。 ⑮ 艮(gèn)岳石：宋徽宗时运太湖石于汴京修艮岳。 ⑯ 先：尊称死去的长辈。 ⑰ 抵暮：到晚间。 ⑱ 属(zhǔ)：同"嘱"。 ⑲ 曷(hé)：同"盍"，何不。 ⑳ 倾动：震动。海内：全国。 ㉑ 景(yǐng)从响应：如影之随形，如响之应声。景，同"影"。 ㉒ 裨：益处。 ㉓ 亦：只当。 ㉔ 其：殆，差不多。已：同"矣"。

此文可分两大段欣赏，前段叙述，后段议论，叙述节次有序，议论物语未尽，而以宋氏家世与西陂之景为材料，气顺意畅，颇有章法。

文章由记游年月日、同游者始，这在韩柳文章中不多见，或置于文前，或置于篇末，尽可变通，三苏文章早开此例。但例要点明所游之地，曰"宋氏西陂"。否则，文章无由而发轫。西陂虽为商丘风景胜地，然终因宋氏荣枯而盛衰，所以作者在"西陂"之上冠以"宋氏"，是十分精到的起笔。若以桐城文论"义以为经而法纬之”来分析，此起笔恰似经线的头绪，文章沿此头绪而蔓延。作者紧接起笔，交代了“陂自牧仲尚书之没，至于今逾百年矣”，句中隐含今日西陂萧条之意。百年后的西陂今非昔比，又有黄河之患的原因。黄河在商丘城北三十里，水患年年有之，西陂屡遭其害，所以，“芰梁、松庵诸名胜，无一存者”。上句中隐含萧条之意，至此披然而明。西陂有六景，芰梁、松庵（应为和松庵）为二，余为渌波村、钓家、纬萧草堂、放鸭亭。西陂有南湖，湖畔菱藕丰茂，鱼贯其中，颇具江南水乡韵味。宋玠《西陂》诗曰：“新荷风战晚田田，小艇沿回泛夕烟；断续归云浑似岭，渟弘野水望如天；青攒浅渚蒲堪结，日坠空林鹭下眠；一曲清歌邀月醉，乘槎不复羡张骞。”（《商丘志》卷十九）如此宁静而幽美的一幅夕烟弄棹图，已随同流逝的岁月一去不返了。管同在文章中面对凄凉之景，并没去追述昔日西陂之胜景，这不仅是桐城文章讲究“行文之实”，不作虚幻之景，更重要的是作者要在萧条、凄凉的宋氏西陂中寓以人生道理，所以所记皆目睹景况。未入西陂所见景物，“独近陂巨木数百株”，作者用色笔描绘其一片“蓊然青葱”，似有生趣，因为这是唯一可以使人联想昔日西陂盛景的具体物。然而，“望之若云烟帷幕然”，终不免给人以往事如云烟消散之感，于此作者用“此宋尚书手植树也”揭示昔日宋氏家族的兴旺发达，不过仅能从百株巨木略知消息，这是十分经济的笔法。以上写近陂之景物。

“既入陂，至赐书堂”，宋荦任江苏巡抚时，境内清正和平，清圣祖于康熙三十八年（1699）、四十二年（1703）巡视江南，都有御书墨宝赐给宋荦，表彰其“仁惠诚民”“怀抱清朗”，又专书“西陂”二字以赐，宋荦遂建“御书楼”藏之。大概宋荦归里之后，在西陂又建“赐书堂”将御书墨宝移藏于此。宋氏家族自庄敏公而后，代有功德之臣，传之宋荦时，富贵连绵，时人皆知。可是当管同游西陂时，徒存“赐书堂”，所见之物不过是王翚《六境图》和尤侗、朱彝尊诸公题咏而已。康熙二十五年（1686）宋荦任直隶通永道，暇日在潞沙官邸遐想西陂六景，写有《西陂杂咏》六首，在他的构想中，有“泱泱净兼天，色映五株柳”的渌波村，有“已作烟波徒，占断烟波境”的钓家，有“织薄衡茅间，暂把鱼径辍”的纬萧草堂，有“长风拂虬枝，天际来潺豔”的和松庵，有“伫立闻荷香，月桂回堤树”的芰梁，有“凫泛殊容与，衔苔弄溪沙”的放鸭亭。一时和咏者甚多，尤侗、朱彝尊也有题咏留西陂。宋荦又请虞山画家王翚按诗意写为《六境图》，期在归老西陂后修葺六景，养怡天福。然而百年之后，六景湮没而图诗犹在，管同也只能从纸上观景了。这与上文“芰梁、松庵诸名胜，无一存者”对照，渐露硬瘦、隽冷的语辞风格，不无嘲讽之意。“折而西，有小屋一区，供尚书遗像”，写其冷落；“其外则巨石布地如散棋”，写其杂乱零落。宋徽宗在政和年间大兴土役，培阜筑山号“万寿艮岳”。据说艮岳的一土一石能广延寿嗣，宋荦以重价购求，请王翚用画法堆为假山，借取风水。谁知百年之后依然“为河水所冲败”。管同游观到此，闻言感叹，宋氏家族的衰败，岂不如同此地零落的艮岳石一般。以上写陂内之景物。

自“抵暮，皆归，饮于陈氏”以下为第二段，由陈氏发问“子曷为记”引出作者议论。第一段为记实，将昔日西陂美好之景一概略去，而作为字面的潜在内容。此段为议论，便可上下捭阖，说古道今，以强烈的今昔对比归结于理。昔日，宋荦尚书“以诗文风雅倾动海内，一时文士景从响应”，粗率地一提“宾客园林之胜”的壮景。百年之后呢？“宾客园林之胜”却变成了“荒烟蔓草”之地，至此，管同在强烈的对比中才将上文记述景物之中隐约其辞的义理，一语说破，“富贵固无常”，即使有御赐墨宝、诸公题咏、石谷之图都无法补救其衰败的命运，而今又想用文辞涂饰为西陂写记，更是无济于事。所以本文在叙议宋氏家族的衰败方面，还是正视现实的。

这是一篇无可记而记的散文，如果我们对昔日宋氏西陂之“壮景”一无所知，是无法理解此文的。过去人们对桐城文章常有轻蔑之意，这是不正确的态度。桐城文章虽有平板、陈腐的弊病，但在古文章法上也不是一无可取的，《游西陂记》就有值得借鉴、学习的地方。

《游西陂记》总的特点是：言物有序，借景喻理，语辞讲究音节之美，徐婉不失其度。虽然此文记叙多而描写少，没能移步换形，绘景写状，但是文章层次井然，有序有物，由远望而近睹，由陂外而陂内，重点突出一木一石，给人以相当清晰的印象。作者巧用景物的强烈对比，“采色参错以成章”（陈兆麟语），在写景之中就包含有“富贵无常”的思想。在记述的字里行间隐藏着丰富的潜在内容，凡点到之处皆有厚实的故事为立文的根据，该省则省，该简则简，不作虚笔，这确是桐城文章写实的长处。陈兆麟评其文章“叙述廉而洁，议论骞以宏”，就此文而言，“廉洁”有余，“骞宏”不足，主要是受其议论的题目所限。

《游西陂记》极易读诵，所谓“陈义吐辞，徐婉不失其态度”（《与友人论文书》），主要表现在神气、音节上。此文语辞洗练，诵读铿锵，脍炙人口，其每一语段讲究提顿、委婉，收结清晰。大致上是以单词提起，然后委婉叙来，平稳收结。如“独近陂巨木数百株”句，“既入陂”句，“折而西”句皆如是。文章之道，管同重养气，重刚大，“舍刚大而养气，不可以为养气也，舍养气而专言为文，不可以言为文也”（《与友人论文书》）。因此，管同的文章在音节上是精心推敲的，所谓的阳刚之气主要从音节中体现出来，而不仅仅在穷天地万物之事理中溢现。

总之，就无可记而记的《游西陂记》而言，它在古文中是值得一读的。

（李 晓）

【作者小传】

梅曾亮

(1786—1856)　清散文家。字伯言。上元(今江苏南京)人。道光进士。官户部郎中。少喜骈文,后专力为古文。师事姚鼐,与管同同为桐城派后期重要作家。所作大多为书序碑传一类文字。宣扬封建伦理道德。亦能诗。著有《柏枧山房文集》《柏枧山房诗集》。

观　渔　　　　梅曾亮

渔于池者,沉其网而左右縻[①]之,网之缘[②],出水可寸许,缘愈狭,鱼之跃者愈多:有入者,有出者,有屡跃而不出者,皆经其缘而见之。安知夫鱼之跃而出者不自以为得耶?又安知夫跃而不出与跃而反入者,不自咎其跃之不善耶?而渔者视之,忽不加得失于其心[③]。嗟夫!人知鱼之无所逃于池也,其鱼之跃者,可悲也。然则人之跃者[④],何也?

〔注〕①縻(mí):牵系,牵动。　②缘:边。　③"忽不"句:丝毫不把鱼的得失放在心上。忽,不重视,不在意。　④人之跃者:指命运被操在统治者手里而拼命挣扎的人。

临渊观渔,看见许多鱼儿在渔网内外蹦跶,有跳出渔网的,有跳进渔网的,也有几经跳跃仍在网内的,会有何感触?也许人们会想:那些跳出网的鱼儿真是幸运,而那些落网的鱼儿未免太可怜了!

是的,清人梅曾亮在看到上述景象时,首先想到的也是这一点,他说:"安知夫鱼之跃而出者不以为自得耶?又安知夫跃而不出与跃而反入者,不自咎其跃之不善耶?"跳不出网的鱼,自怨自艾自咎是理所当然的,因为它们自由自在的生活已宣告结束,等待它们的将是刀俎;而脱离厄运的鱼,也自然会洋洋自得,可以设想,看到那些入网的同伴,它们物伤其类之余,肯定会暗自庆幸的。

梅曾亮继而想到:暂时脱网的鱼儿也没什么可庆幸的。在渔人看来,无论是入网还是出网,鱼儿都是可悲的,因为它们再跳也无法逃离池塘;它们的入网,只有时间的先后,并无实质的差别。因此,没有入网的鱼儿幸运只是暂时的,厄运终将降临到它们头上。这是梅曾亮敏感和高明之处。

梅曾亮还进一步想到:"然则人之跃者,何也?"世上的人为什么也会像鱼儿一样跳跃挣扎呢?在作者看来,世上到处都是罗网,而生活其间的人们就像游于池中的鱼儿一样，随时都有被捕捉的可能；拼命地挣扎，也正像鱼儿的跳跃不可能跃出池塘一样，是徒劳无益的。

老子说："天网恢恢，疏而不漏。"人们常以此来威慑不法之徒。而梅曾亮在这里却说得那么可怖，似乎人间到处都是天罗地网，人们不论好坏，谁也无法免除灾祸。看似奇怪，其实不然。清代统治者以法禁和文字狱束缚人们的思想，摧残贤达之才，当时的人们终日提心吊胆，"避席畏闻文字狱，著书都为稻粱谋"（龚自珍《咏史》），正是当时现实的写照。梅曾亮在《观渔》的结尾所流露的那种悲哀无助的思想，正是对清朝统治者的深刻揭露，同时也给那些尚未入"网"而又心存侥幸的人们敲起了警钟。

（龚德才）

【作者小传】

吴鸣锵

清文学家。字铸生，号琛堂，晚号复丁翁。吴江（今江苏苏州市吴江区）人，道光岁贡生。工诗古文，兼工书，晚年善用鸡毛笔，求书者踵相接。尝游艺江浙间，所交皆名士。有《睫巢诗文集》。

反送穷文

吴鸣锵

蓬蒿子[①]倦游息影，块然独处。叶走如人，虫吟若雨，风来空庭，招秋与语。废卷以兴，徙倚延伫。惝恍有客，排闼直入，偃蹇[②]其人，黎黑其色，次且以行，登堂相揖。

蓬蒿子问曰："子奚为者？固非余所素习也。"

客腆然而对曰："仆即昌黎之所送者也。自有此文，举世共憎，山不倚冰，热羞逐蝇，北邙纵横，白扬翦訾[③]。纬繣[④]宇宙，杳无可凭。闻子寡俦，请为子朋。"

蓬蒿子曰："客固余所知矣。敢问客何以能穷人，而使人之共憎也？"

客曰："仆焉能穷人，穷自人召耳。不见锱铢计较，子母役使，仇雠骨肉，荡涤廉耻，深藏若虚，贪得愈侈。天恶其盈，发筐倒箧，水火盗贼，若壑赴水。其或稍减，则淫其心。为甘为旨，为色为声，目眯神驰，伺隙交倾。既摇其转，复罄其赢。又不见膴[5]仕才登，要津潜结，虎踞而坐，狼贪以咥，肉雷[6]鼓威，心钩展棘。天恶其盈，悖准出入。罚及厥身，其刑曰墨。或追厥嗣，其败曰溺。连云之宅，废墟之迹，奚以致穷，乃仆之责。乃天之成人也，必厄以穷。天畀于初，仆承其终。玉成之力，与天同功。疏食饮水，陋巷箪瓢，孔颜之穷也。馨香之报，尸祝[7]庠胶。汨罗溺身，刑腐目盲，屈左史迁之穷也。《离骚》之经，记载之文，流传于世，灿烂日星。至于长吉之穷，穷于年也，白玉楼[8]中，赋手若仙。少陵之穷，穷于饿也，饭颗山[9]头，诗圣独坐。穷之益人，厥验自古。"

蓬藟子曰："子言是矣。然以余之所以穷诘子，恐无词以对也。言余之行，小廉曲谨，求诸圣贤，观天于井。言余之文，帖括[10]腐烂，方诸作者，潢潦河汉。言余之诗，秋蟀春鹍，期诸古人，谣谚韶韺[11]。然而角张数奇，蓬蒿径断，菽水晨昏，颡泚[12]颜汗。泣有牛衣[13]，粮无鹤券。坐是以穷，岂亦天判？持以问子，一言姑赞。"客乃面赧[14]舌塞，起欲遁焉。前揽其袪，且终余言："天下之理，穷则必通。改弦更张，卜或余从。虚名遭屯，曷为庸庸。投笔而耒，易儒而农。春耕既深，秋获必丰。篝灯夜织，脱粟宵舂。鸡栖豚栅，圃韭畦菘，以烹以炊，双亲定供。迨及妇子，乐也融融。自食其力，安得所穷。况乎人之穷也穷于有形耳，苟无其形，穷于何存。鼎鼎百年，转瞬之顷，槿荣而落，蝉蜕而升。子知其归，余返其真。将偕子逍遥于无何有之乡兮，岂犹甘被乎人世之恶名？"

客闻余言，欢若素昵。子毋余猜，余惟子即，子其止止，吉祥予室。

〔注〕 ① 蓬藟(léi)子：作者虚拟的人物。 ② 偃蹇(yǎn jiǎn)：困顿不堪。 ③ 鬅鬙(péng sēng)：参差散乱貌。 ④ 纬繣(huà)：乖戾，固执。 ⑤ 膴(wú)：高官厚禄。 ⑥ 肉雷：指对犯人使用酷刑，刑具撞击之声有如雷鸣。 ⑦ 尸祝：立尸而祷告之，表示崇敬。尸指太庙之神主。 ⑧ 白玉楼：传说唐诗人李贺临死时，有仙人召其上天为新建成的白玉楼作记。 ⑨ 饭颗山：传为长安山名。 ⑩ 帖括：科举应试文章。 ⑪ 韶韺(sháo yīng)：泛指古

乐。 ⑫ 颡泚(sǎng cǐ)：表心中愧疚、惶恐。颡，额。泚，流汗貌。 ⑬ 泣有牛衣：指穷得无被盖，以牛衣御寒而涕泣。 ⑭ 赪(chēng)：赤。

自韩愈写了《送穷文》以来，不断有人仿作。唐代的段成式写有《留穷词》，宋代的唐庚写有《留穷诗》，清初的戴名世写有《穷鬼传》等，但都是顺着韩文中延穷鬼于上座的话，发挥穷鬼有功，不必送走的寓意。此文虽未突破这一框框，却有着某种新意，提出穷鬼未必能穷人，既穷之人也未必不可以摆脱穷困。古人对祖述前人的某一名文而不同意其某种观点者，谓之"反"。"反"者，背也，意即违背旧文，另出新意。扬雄就有《反离骚》，明徐祯卿又有《反反离骚》。故此文亦仿此而名之曰《反送穷文》。

文章同样虚设了一个与穷鬼对话的幻境。首先借穷鬼之口谈穷困有益于人的道理，说穷鬼给寡廉鲜耻、贪财好货者招来水火盗贼之灾，给沉迷于甘旨声色者招来人死财空之祸，给残忍的酷吏招来自受刑罚的报应，就是为了拯救他们的灵魂，帮助他们脱离罪恶的深渊，做一个光明正大的人。至于孔子、颜渊、屈原、李贺、杜甫等人的穷困，更是上天有意"苦其心志，劳其筋骨，饿其体肤，空乏其身"，成全其为圣贤名人的。然后作者笔锋一转，以自身为例指出一个无法解释的现象：普天下既不是为非作歹之徒，也不是圣贤杰出之士的千千万万普通读书人，为什么也都被弄得呼穷号苦呢？难道也是上天的安排？这个答案本是非常明显的，那就是不合理的社会制度造成的。不知是作者尚未意识到，抑或是出于避免惹出文祸，暂不作答，而立即提出改变穷困面貌的办法。他的所谓办法也只是投笔而耕，弃儒从农而已，并且提出万一改变不了穷困，可以求助于死神，从死亡中得到解脱。靠改变职业来改变穷困，寄希望于死亡以求得超脱，这就算不得什么救穷，而是一种自我麻醉。实际上这只是一种愤激之言，是对社会的一种控诉。由此可知，此文的讽刺性、批判性并不亚于韩文，相反更为深折，更为激烈，颇带有一点封建末世的知识分子所特有的苦闷、沉思和叛逆精神。

此文的另一个特点，是把无形的穷鬼当作一个有形的形象来刻画，描绘出一个人鬼交友的虚幻世界。这个穷鬼有着特殊的形貌："偃蹇其人，黎黑其色"；有着丰富的感情，时而"腼然而对"，时而"面赪舌塞"，时而欢欣鼓舞；他心地善良，有助人之诚，无狡诈之态，可亲可敬。如此，这穷鬼就不再是一种社会现象的代号，而是一个有血有肉的艺术形象了。

另外，此文在对幻境的描写上也借用了某些小说笔法。写蓬藁子在一个"叶走如人，虫吟若雨，风来空庭"的时刻，"废卷以兴，徙倚延伫"，当然是实境，紧接着的"惝恍有客，排闼直入"就进入了幻境。在这实与幻之间，仅以"惝恍"二字介入,似真似假,若幻若实,颇能乱人视听,造成一种扑朔迷离的艺术效果。其中写人与鬼的对话也注意插入双方的表情与动作,如当穷鬼被问得无言以对,即欲起身逃走时,蓬蔂子立即牵袖挽留,要他听其言终。这也是为了增强文章的故事性、真实性、诙谐性所作的努力。然而语言却仍然保持着古朴的风貌,句式整齐而稍嫌平板,用词典雅而略伤自然。这固然是囿于韩愈《送穷文》的祷词形式,恐怕也与垄断清代文坛的桐城派古文家在创作上设下的清规戒律不无关系。

(谢楚发)

【作者小传】

龚自珍

(1792—1841)　清思想家、文学家。一名巩祚,字璱人,号定盦,晚号羽琌山民。浙江仁和(今杭州)人。道光进士。官礼部主事。后辞官南归,任丹阳云阳书院讲习。深于经学、小学和史地之学,提倡经世致用,为"今文学派"重要人物。与魏源齐名,世称"龚魏"。其诗瑰丽奇肆,自成一派。散文奥博纵横。著有《龚自珍全集》。

京师乐籍说　　龚自珍

昔者唐、宋、明之既宅京也,于其京师及其通都大邑,必有乐籍,论世者多忽而不察。是以龚自珍论之曰:自非二帝三王之醇备,国家不能无私举动,无阴谋。霸天下之统,其得天下与守天下皆然。老子曰:"法令者,将以愚民,非以明民。"孔子曰:"民可使由之,不可使知之。"齐民且然。士也者,又四民之聪明喜议论者也。身心闲暇,饱暖无为,则留心古今而好论议。留心古今而好论议,则于祖宗之立法,人主之举动措置,一代之所以为号令者,俱大不便。凡帝王所居曰京师,以其人民众多,非一类一族也。是故募召女子千余户入乐籍。乐籍既棋布于京师,其中必有资质端丽、桀黠辨慧者出焉。目挑心招,捭阖以为术焉,则可以钳塞天下之游士。乌在其可以钳塞也?曰:使之耗其资财,则谋一身且不暇,无谋人国之心矣;使之耗其日力,则无暇日以谈二帝三王之书,又不读史而不知古今矣；使之缠绵歌泣于床笫之间，耗其壮年之雄材伟略，则思乱之志息，而议论图度、上指天下画地之态益息矣；使之春晨秋夜为奁体词赋、游戏不急之言，以耗其才华，则论议军国、臧否政事之文章可以毋作矣。如此则民听壹，国事便，而士类之保全者亦众。曰：如是则唐、宋、明岂无豪杰论国是，掣肘国是，而自取戮者乎？曰：有之。人主之术，或售或不售，人主有苦心奇术，足以牢笼千百中材，而不尽售于一二豪杰，此亦霸者之恨也。吁！

在十九世纪上半叶，龚自珍对封建制度的批判，态度最鲜明，发掘最深刻。往往以小见大，从日常一事一物中，引发出社会性的评议，达到社会批判的目的。《京师乐籍说》便是他杰出的议论文之一。乐籍，古时原指乐户，包括为宫廷、官吏演出音乐的艺人和民间艺人。唐代以后，乐籍又指登记名册的妓女。当然也分官妓和民间妓女。她们实际上是腐朽社会制度下被男性玩弄的对象，也是剥削制度下丑恶社会现象之一。龚自珍抓住乐籍这一社会现象，从建立的意图和建立的后果两方面，把乐籍与统治权术直接联系，矛头指向封建君主，纵横恣肆，锋芒毕露。

文章可分为四个层次进行论析。第一层提出论点：乐籍是人君霸统天下的阴谋举动。龚自珍以“阴谋”二字评判乐籍，本是贬义，却引老子、孔子的言论为证，说明无论是道家还是儒家，在维护封建制度的统治方面，观点是统一的。道家的“愚民”，和儒家的“民可使由之，不可使知之”，都是为了“齐民”，即统一民心，稳定统治。文章开头就把妓女与君主统治直接相联，在当时实在是大胆惊人之论，对于读者则有强烈的吸引力。

第二层集中论析“民”。古代把士、农、工、商称四民，所以说士为四民之首。士的特点是“聪明喜论议”，对祖宗的立法，人主的举动措置，都会评论褒贬。这样，对于君主的专制号令，是大为不便的。中国封建时代的士，包括比较广泛，主要是地主阶级知识分子。他们是本阶级最有远见也最活跃的人物。其中一些有进步思想的人物，与掌权守旧人物的矛盾，往往发展到激烈对抗的程度。这既是长远利益与眼前利益的冲突，也有先进思想与保守思想的冲突。因此，如何笼络、控制、使用士这阶层，都是历朝君王密切关注的问题。龚自珍文章中的士，实际上指士阶层中思想活跃的部分，也是具有某种叛逆思想的部分。当然，这一类士，对号令一代的君王来说，就会“大不便”了。这一层以士的特点，引申到控制士是君王巩固统治的必要。

第三层以“凡帝王所居曰京师”开始，论述乐籍对于士起钳塞控制的巨大作用。女色歌舞对于士人，本来就有吸引力。当士人陷于女色歌舞之后，会出现三个后果：一是耗财耗力，不复再能议论古今帝王；二是缠绵床笫，不复再会思乱图度；三是沉溺于奁体词赋，不复再撰述军国政事文章。总之，女色歌舞，使士人沉湎消极，脱离政治，麻痹思想，停止议论，丧失活力。最后当然是维护了帝王的专制统治，一统天下了。这里作者以夸张的论述，强调乐籍对士的麻醉功能，实际上是揭示专制帝王的阴谋之险恶毒辣，揭示专制制度在镇压之外羁縻一手的危害作用。

最后一层以反诘提出问题，回到士人自身的思想风骨的坚定性上。唐宋以来，士人议政受祸甚多，可见乐籍牢笼之说，不能涵盖一切士人的命运。所以，作者认为，帝王的阴谋，可以牢笼千百中材，而不能牢笼豪杰。结果如何呢？既是霸者之恨，也是豪杰议政参政的成功。值得注意的是，作者把“中材”与“豪杰”区别，昭示了一个时代的先进者，总是能冲破专制的牢笼，作出自己的贡献的。

龚自珍这篇文章，实际上是一篇批判封建专制主义的檄文，也是一篇号召有思想的人们警惕帝王钳制之术的论文。文章批判锋芒，直指封建最高统治者，很有战斗色彩。在龚自珍的政治思想中，他曾提出“宾宾说”。他认为，士与君王的关系是宾客与主人的关系，而非主奴关系。因此，宾客应受到尊重、信任；当主人行不义和不再尊重、信任宾客的时候，宾客可以离开旧主人，为新主人服务。这个宾与本文的士，是一致的。龚自珍的思想，表达了他企图在封建社会君臣绝对单向服从关系之外，寻找一种主宾式较为松弛的依赖关系，寻找一种相对独立的士的人格。这对于封建等级制度和思想，无疑是一种叛逆和冲击。所以，这篇文章是耐人寻味的。

（陈　铭）

松江两京官　　　　龚自珍

御史某与侍郎某相惇也。御史公得大学士和珅阴事，欲劾之，谋于侍郎。侍郎曰：“大善！比日上不怿，事不成，徒沽直名；诚恤国体者，迟十日可乎？”御史诺：“缓急待子而行。”

上幸木兰热河，留京王大臣晨入直，有急报自行在至，发之，和珅答侍郎书，大略云：和珅顿首谢，种种有处置矣。月余报至，亦和珅与侍郎书，辞甚嘽，谓君绐我。侍郎惭，急诣御史曰："可矣！"御史方饮酒，劾竟上。是月，以弊典罢官，亦无祸。

浙后进曰：御史颓放人也，安虑天下有穽己者哉？欲明不欺，成其狱，虽易地以计，乌可已？顾负忼直之意，侦主喜愠，乃一发声，留隙俟处置以败，信道可不笃耶？设少年悍者击之，中矣。

这是一篇纪实小品，集中在一件小事上，先叙后议，揭示清王朝的腐败和官场上的奸诈，批判了败坏道德、卖友求荣的小人。

文中的和珅，是有清一代最大的贪赃枉法的大官僚。乾隆朝时，他极受宠信，权力很大。此人贪心极大，常常枉法弄权，聚敛财富，一时财势逼人，满朝文武，对他都畏嫉。和珅由侍卫擢户部侍郎兼军机大臣，累官至文华殿大学士，封一等公，执政二十余年。家中积累财富，在他被嘉庆帝抄没家产时计，达国库年收入十分之一。当和珅在权力顶点时，许多没有骨气的贵族官僚，千方百计去巴结和珅，企图升官晋爵。《松江两京官》正是当时官场风气的富有戏剧性的故事。

文章可分叙和议两部分。叙写故事，议论析其事。议论又以"浙后进曰"为引出。这个"浙后进"，即是作者。

在叙的部分中，最使人注意的是，作者把一件官场丑闻当作一个戏剧小品来描写，因此，笔墨集中在人物的言行上，对于攻劾和珅的奏章和内容本身，轻轻带过。这里有三个人物。一个是御史公，正直、敢言，却又有书呆子气，轻信同乡朋友。当他侦知和珅阴私的事，先是找人商量，再是由别人决定他上奏章的时机，最后在自己毫不清醒的酒醺醺时仓促上奏，既失密，又失时，更加上轻信，失败是必然的。不过，这个御史仍不失为一个有骨气的正直官吏。第二个人物是侍郎。此人位居高位，但权力欲和贪欲，仍然使他处心积虑向上爬。当他知道同乡要弹劾和珅时，认为机会到了，先是稳住御史，造谣说皇上最近心情不好(不怿)，暂不上奏为佳。骗得信任，赢得时间，迅速密报给随乾隆巡视热河的和珅，使和珅有了应变准备。更为可耻的是，那位大大咧咧的御史忘了弹劾这事，以致和珅白白准备而指斥侍郎的时候，侍郎为了个人升沉，竟然急不可待地怂恿御史上奏章弹劾。实际上是侍郎与和珅串通做好的陷阱，由侍郎骗御史往里跳。结果可想而知。侍郎开始仅仅是卖友求荣，后来又加上自保，于是，种种无耻的阴谋手段都用出来。以这个人的行为，可见他内心是多么卑鄙无耻。第三个人是和珅。人物并没有出场，只有两封信。第一封说“顿首谢，种种有处置矣”，显示这位权臣应变的能力，可见其炙手可热。一个“谢”字，暗示了将来提拔侍郎的许诺，也很有内涵。第二封信更简，“辞甚啴(平和)，谓君绐(欺骗)我。”欺骗和珅，这罪名对侍郎来说真是偷鸡不成蚀把米了。“君绐我”三个字，具有明显的指责和威胁。结果逼使侍郎再去催御史上奏那封毫无作用的弹劾。和珅前恭后倨，基于他对权势的依存关系。这三个人物，面目各异。在场上的御史和侍郎，形象尤为鲜明。

议的部分，是作者的观感。作者主要从批评御史轻信的角度，论析这次弹劾失败的必然性。侧面也剖析了在清王朝官场上，坚持正直，维护正义，又是十分艰难的事。由此可见官场风气的腐败丑恶。对于侍郎、和珅，作者不置评讥，实在是不屑评讥：他们只是黑暗势力的一种代表，也是腐朽垂死力量的代表而已。

士林风气和官场腐败，常常是近代正直人士抨击的要点。官僚是支撑封建国家机器的主要力量之一，后备官吏的士和已成官吏的腐败，直接导致一个王朝的衰亡。因此，龚自珍这一代先进的中国人，对官场腐败的抨击，实际上是他们对整个腐朽的封建制度抨击的重要组成部分。当时的人们，可以从这些尖锐的散文中作出自己的判断。

这篇散文，富于戏剧性，情节性，这是龚自珍散文的一个特点：常常在形象的活动的画面中，体现出深刻的社会内容。同时，作者谨慎巧妙地处理纪实与戏剧性的关系。这件事是有出处的。御史名曹锡宝，字鸣书，上海人。官陕西道御史，弹劾和珅，因为不合事实，革职留任。和珅败亡后，嘉庆时赠副都御史。侍郎名吴省兰，字泉之，江苏南汇(今属上海市浦东新区)人。官工部侍郎、侍读学士。勾连和珅，出卖友人曹锡宝，终于身败名裂。龚自珍以曹、吴二人事实为据，但作了戏剧性的处理。把二人的籍贯归于松江，把二人交往活动写得富有情节性。不用真名实姓，这既有存忠厚之心的意味，主要的是为主题所需。对于揭示这一件官场丑闻来说，主要的并不是揭丑，而是透过这件丑闻，昭示整个清王朝官僚体系的腐败黑暗。

（陈　铭）

书汤海秋[①]诗集后　　龚自珍

人以诗名，诗尤以人名[②]。唐大家若李、杜、韩及昌谷、玉溪[③]，及宋元眉山、涪陵、遗山[④]，当代吴娄东[⑤]，皆诗与人为一。人外无诗，诗外无人，其面目也完[⑥]。

益阳汤鹏，海秋其字，有诗三千余篇，芟而存之二千余篇。评者无虑数十家，最后属龚巩祚⑦一言，巩祚亦一言而已，曰："完。"何以谓之"完"也？海秋心迹尽在是，所欲言者在是，所不欲言而卒不能不言在是，所不欲言而竟不言，于所不言求其言亦在是。要不肯挦撦⑧他人之言以为己言。任举一篇，无论识与不识，曰："此汤益阳之诗。"

〔注〕 ① 汤海秋：清代诗人汤鹏，字海秋，湖南益阳人。有经世思想，不肯从事章句之学。与同时诗人龚自珍、张际亮、姚莹等为友。为官敢言，诗多慷慨激厉之作。著有《浮丘子》《海秋诗文集》。 ②"人以诗名"二句：人以诗而出名，诗则更由于人而出名。 ③ 李、杜、韩：指李白、杜甫、韩愈。昌谷：唐诗人李贺，为河南昌谷人，后遂有以籍贯称之。玉溪：唐代诗人李商隐，号玉溪生。 ④ 眉山：指宋文学家苏轼，轼为四川眉山人。涪陵：指宋代诗人黄庭坚。庭坚曾被贬于四川涪陵(今重庆涪陵区)，自号涪翁。遗山：金代诗人元好问，字裕之，号遗山。⑤ 吴娄东：即吴伟业，江苏太仓人。娄江东流经过太仓，故太仓亦称娄东。 ⑥ 完：这是龚自珍提出的一个崭新的论诗标准。其所谓"完"，是指诗人的作品，要充分体现其作者的个性，体现其品德、感情、思想，因而达到诗与人为一体，因人可见其诗，因诗可见其人。 ⑦ 龚巩祚：龚自珍一名巩祚。 ⑧ 挦撦(xián chě)：摘取，特指割裂文义，剽窃词句。

龚自珍是著名的封建思想的叛逆者，其最主要的表现是要求个性解放。这篇"书后"则表明了他在文学创作上要求个性解放的理论，矛头是指向明末以来文坛上日益严重的不良现象的。

顾炎武《日知录》卷十九《文辞欺人》条云："末世人情弥巧，文而不惭，固有朝赋'采薇'之篇，而夕有捧檄之喜者。苟以其言取之，则车载鲁连，斗量王蠋矣。"这情形大概历代都有，不过明末尤甚罢了。诗文一道，恐怕诗还更易于作伪些，比如明代权相严嵩便作得一手好诗，其《钤山堂集》中的作品，清丽从容，常常流露出对利禄的淡泊、对山林隐逸生活的羡慕。谁能想到这竟是出于权倾朝野、杀贤良、纳贿赂的权相之手？

所以人们独取于诗之真，然而这又谈何容易？清初杜浚在《与范仲暗》的信中说："世所谓真诗，不过篇无格套，语切人情耳。弟以为此佳诗，尚非真诗也。何也？人与诗，犹为二物故也。古来佳诗不少，然其人要不可定于诗中。即诗至少陵，诗中之人，亦仅有六七分可以想见。独有陶渊明，片语脱口，便如自写小像，其人之岂弟风流，闲情旷远，千载而上，如在目前。人即是诗，诗即是人，古今真诗，一人而已，可多得乎？"(见周亮工纂《尺牍新钞》一集)杜氏的见解到了龚自珍这里，又进了一步，提出要"诗与人为一，人外无诗，诗外无人，其面目也完"。这个"完"字，是龚氏的独创，亦即要求作者笔下的诗歌要完整地表现自己的一切。就是说，诗要完全体现作者的思想、品格、感情和行动，即充分体现其个性，而不容有半点客套和虚假。本文“海秋之心迹尽在是”句以下直至篇终，解释“完”的内容和含义。“此汤益阳之诗”而非任何别的人的诗，也正是“人外无诗，诗外无人”的具体说明。

龚自珍生当桐城派风靡一时之际，竟敢于起来强烈反对这派的文学主张，坚决要求个性解放，令人一新耳目。他这一文学理论，无疑是崭新的，富有战斗性的，和他的前辈杜浚的主张虽颇相似，但其见解的高超和所显现的积极意义，毕竟是比杜浚更进步，更具有自己那个时代的特征。　（黄国声）

书某帖[1]后　　龚自珍

嘉庆甲子[2]，余年十三，严江宋先生璠[3]于塾中日展此帖临之。余不好学书，不得志于今之宦海，蹉跎一生。回忆幼时晴窗弄墨一种光景，何不乞之塾师，早早学此？一生困厄下僚[4]之叹矣，可胜负负[5]！

壬辰八月既望[6]，贾人持此帖来，以制钱一千七百买之。大醉后题，翌日见之大哭。

〔注〕 ① 某帖：书帖名不欲明说，故只称某帖。　② 嘉庆甲子：清嘉庆九年(1804)。③ 严江：即浙江严州府。宋璠：字鲁珍，严州府建德(今属浙江)人。　④ 下僚：职位低微的官员。　⑤ 负负：非常羞愧。　⑥ 既望：阴历每月的十五日为望，望后一日为既望。

龚自珍的一生是坎坷的，应了四次乡试，才考上个举人。又再经历了六次会试，才勉强中了进士。中进士后，满以为从此可以入翰林、跻显要，施展他改革的抱负了。不料殿试时因为楷书写得不好，没能列为优等，奉旨以知县任用。他不愿做一个难以施展抱负的县太爷，只好仍回到内阁中书的老位置上，结果是白忙了一阵子。这次的不如意，无疑给了他极大的打击，心中的愤懑是可以想见的。陈应群《耐充室诗话》记述了他这时的心境：“自珍既成进士，以书劣不能入翰林，乃官礼部主事。忿怏不胜，辄告人曰：‘今之翰林犹可道耶！我家妇女皆工书法，何一不可入馆阁耶！’”

清代的科举考试，除考八股文等内容外，还要看考卷的书法如何，以定去取。考官们喜欢的是字体乌、方、光的俗书，考生们便极力习写这种字体，以投所好。有学问而不会写这种字体的人，便要吃亏了。和龚自珍同时代的学者陈澧，也是六次参加会试，但始终没有考中，那原因多少与书法不合考官口味有关。因此，陈澧在论史时曾借古讽今指出它的不合理："今以空言与善书为才"，"(唐代)楷书为入官之门户而已，不似今日可致鼎甲史官也。"他对于只讲书法不问才学的考试是十分不满的。

这篇题跋写于龚自珍最末一次应试后的两年，这时他旧创犹在，积愤未消，而现实依然如此，亦无可如何。无意中骤观此书帖，回忆前尘，百感交集，只有借他人酒杯，浇自己块垒。到得清醒时细味前言，就不免要为之"大哭"了。

(黄国声)

己亥六月重过扬州记

龚自珍

居礼曹[①]，客有过者曰："卿知今日之扬州乎？读鲍照《芜城赋》[②]，则遇之矣！"余悲其言。

明年，乞假南游，抵扬州。属有告籴[③]谋，舍舟而馆。既宿，循馆之东墙，步游得小桥，俯溪，溪声讙[④]。过桥，遇女墙[⑤]啮可登者，登之。扬州三十里，首尾屈折高下见。晓雨沐屋，瓦鳞鳞然，无零甃断甓，心已疑礼曹过客言不实矣。

入市，求熟肉，市声讙。得肉，馆人以酒一瓶、虾一筐馈。醉而歌，歌宋元长短言乐府[⑥]，俯窗呜呜，惊对岸女夜起，乃止。

客有请吊蜀冈[⑦]者，舟甚捷，帘幕皆文绣，疑舟窗蠡觳[⑧]也；审视，玻璃五色具。舟人时时指两岸曰："某园故址也。某家酒肆[⑨]故址也。"约八九处。其实独倚虹园圮无存。曩所信宿之西园，门在，题榜在，尚可识。其可登临者，尚八九处。阜有桂，水有芙蕖菱芡，是居扬州城外西北隅，最高秀，南览江，北览淮，江淮数十州县治，无如此冶华也。忆京师言，知有极不然者。

归馆，郡之士皆知余至，则大讙。有以经义请质难者，有发史事见问者，有就询京师近事者，有呈所业若文、若诗、若笔[⑩]、若长短言、若杂著、若丛书，乞为叙为题辞者，有状其先世事行乞为铭者，有求书册子、书扇者，填委[⑪]塞户牖，居然嘉庆中故态，谁得曰"今非承平时"耶？惟窗外船过，夜无笙琶声；即有之，声不能彻旦。然而女子有以栀子华发为贽求书者，爰以书画环瑱互通问，凡三人，凄馨哀艳之气，缭绕于桥亭舰舫间。虽澹定，是夕魂摇摇不自持。余既信信[12]，挈流风，捕余韵，乌睹所谓风号雨啸，鼯狖[13]悲，鬼神泣者！

嘉庆末，尝于此和友人宋翔凤侧艳诗[14]。闻宋君病，存亡弗可知。又问其所谓赋诗者，不可见，引为恨。卧而思之，余齿垂五十[15]矣，今昔之慨，自然之运，古之美人名士，富贵寿考者几人哉！此岂关扬州之盛衰，而独置感慨于江介也哉！抑余赋侧艳则老矣，甄综人物，蒐辑文献，仍以自任，固未老也。

天地有四时，莫病于酷暑，而莫善于初秋。澄汰其繁缛淫蒸，而与之为萧疏淡荡，泠然瑟然，而不遽使人有苍莽寥泬[16]之悲者，初秋也。今扬州其初秋也欤？予之身世虽乞籴，自信不遽死，其尚犹丁初秋也欤？作《已亥六月重过扬州记》。

〔注〕 ① 礼曹：礼，礼部，清代中央六部之一。曹，古时分科办事的官署。龚自珍曾官礼部主事，故曰“居礼曹”。 ② 鲍照：字明远，南朝宋文学家。《芜城赋》：鲍照描写扬州经战乱破坏后荒凉景象的一篇赋。芜城，指扬州。 ③ 告籴(dí)：请求买粮。 ④ 讙(huān)：喧哗。这里指溪水流得很响。 ⑤ 女墙：城上的矮墙。 ⑥ 长短言乐府：词曲的别称。 ⑦ 蜀冈：在扬州市西北四里。 ⑧ 蠡瞉(luó què)：即螺壳。 ⑨ 酒肆：酒店。 ⑩ 笔：古代指散文。《文心雕龙·总术》：“今人常言有文有笔，以为无韵者笔也，有韵者文也。” ⑪ 填委：犹“纷集”。 ⑫ 信信：连住四晚。再宿曰信。 ⑬ 鼯(wú)：鼯鼠。狖(yòu)：长尾猿，一说为像野猫的兽。 ⑭ 宋翔凤：字于庭，长洲(今江苏苏州)人，龚自珍的好友。侧艳诗：文词艳丽而流于轻佻的诗。 ⑮ 齿垂五十：将近五十岁。这年龚自珍四十八岁。 ⑯ 寥泬(xuè)：寂寥，孤单。

已亥，公元1839年，即鸦片战争的前一年。这一年，龚自珍本在北京作礼部主事，由于他抨击时政，力主改革，支持禁烟派，而“忤其长官”，“动触时忌”，被迫辞官南归。五月，过淮浦，六月，抵扬州。文章就作于此时。因为他于嘉庆末年(1820)到过扬州，曾作有《过扬州》一诗，所以题曰“重过扬州”。

文章紧扣“重”字，写出前后两次游扬州的不同感受。前次游扬州，作者刚年届“而立”，被当时的一派繁华景象所陶醉。其《过扬州》诗云：“春灯如雪浸兰舟，不载江南半点愁。谁信寻春此狂客，一茶一偈过扬州。”当时作者还有闲情逸致去“和宋翔凤侧艳诗”。二十年后重游，作者“齿垂五十”，仕途蹭蹬，对当时的社会病态认识也更深刻。这篇文章就表达了他对时局的满腔忧虑。

文中突出扬州的一片虚假的繁华景象。作者先用来客的话反衬一笔，接着具体描写扬州“晓雨沐屋，瓦鳞鳞然，无零甃断甓”，“江淮数十州县治，无如此冶华也”，表面看去是一片歌舞升平的景象。士大夫们熙熙攘攘地麇集在作者门前，或质难经义，或请教史事及京师近事，或乞为所作诗文杂著作序、题辞，或为先人求铭，或求为书写册子、扇面，沉湎在书翰应酬之中，“依然嘉庆中故态”。在这一派喧闹声中，竟无一人对“万马齐喑”的社会现实予以关注。寥寥几笔，就勾勒出当时文士官僚的庸俗面目和醉生梦死的精神状态。这就是鸦片战争前夕整个官僚社会的写实。正是这种虚假繁华和文士官僚的这种颓废心态，引起了作者深沉的思索。他透过假象看到了扬州的衰败：“惟窗外船过，夜无笙琶声；即有之，声不能彻旦”；即使有女子来访，也是“凄馨哀艳之气，缭绕于桥亭舰舫间”。于是“扬州之盛衰”，“今昔之慨”，及一种萧疏淡荡的秋气之感，一齐涌上心头，很有一点“举世皆醉我独醒，举世皆浊我独清”的味道。

历史的发展完全证实了作者这种忧虑并非无据。外国资本主义侵略的炮声一响，就是这样一群醉生梦死的腐朽官僚，使中国社会沦入半封建半殖民地社会的深渊。因此，这篇文章和他写于同时的《己亥杂诗》一样，是当时中国社会的历史写照，深刻体现了龚自珍这位先驱者的政治敏感和忧患意识。

（叶幼明　叶　农）

病梅馆记　　龚自珍

江宁之龙蟠，苏州之邓尉，杭州之西溪，皆产梅。或曰：梅以曲为美，直则无姿；以欹为美，正则无景；梅以疏为美，密则无态。固也。此文人画士，心知其意，未可明诏大号，以绳天下之梅也；又不可以使天下之民斫直、删密、锄正，以夭梅、病梅为业以求钱也。梅之欹、之疏、之曲，又非蠢蠢求钱之民，能以其智力为也。有以文人画士孤癖之隐，明告鬻梅者：斫其正，养其旁条；删其密，夭其稚枝；锄其直，遏其生气，以求重价，而江、浙之梅皆病。文人画士之祸之烈至此哉！

予购三百盆，皆病者，无一完者。既泣之三日，乃誓疗之：纵之，顺之，毁其盆，悉埋于地，解其棕缚。以五年为期，必复之，全之。予本非文人画士，甘受诟厉，辟病梅之馆以贮之。

呜呼！安得使予多暇日，又多闲田，以广贮江宁、杭州、苏州之病梅，穷予生之光阴以疗梅也哉！

龚自珍在《病梅馆记》里议论了生活中的一件琐事：江浙一带文人画士有一种“孤癖之隐”，他们对梅花的审美趣味是以弯曲为美，以横斜为美，以稀疏为美，而认为自然生态的梅花是没有风致可言的。因此，那些卖梅的人为求重价，就对梅树进行“加工制作”，“斫其正，养其旁条；删其密，夭其稚枝；锄其直，遏其生气”，造成了大批矫揉造作、曲尽其态的“病梅”。龚自珍对这种病态美是大不以为然的，他为此“泣三日”，还作了一篇文章。

难道他这篇文章仅仅是说病梅吗？这暂且不提，就先说我亲身经历的一件事吧，却与文章中的“病梅”有着惊人的相似。一日，在街头热闹处看见一班耍猴的，携带一个畸形人就地“演出”。那畸形人顶着颗硕大的脑袋，四肢短小干瘪，躯体扭曲，那左摇右摆、龇牙咧嘴的所谓表演，令人心悸。而一些腰圆膀壮、体魄强健的围观者却在一旁指手画脚地起哄，口中不停地嚷嚷：“怪呀！怪呀！”看了街头这一幕，我心中久久不能平静。终于，我恍然大悟：那畸形儿不也就是龚自珍笔下的“病梅”么！当年龚自珍“购三百盆”，发现盆盆都是这种畸形的病梅时，曾“泣三日”，可见其哀之深、痛之切了。可是那些围观畸形人的看客，却全然是一副啧啧称赏的态度，这未免使人茫然了！这些人是什么样的感情呢？他们这种心理不也是很“怪”么？不也是一种病态的表现么？

梅的扭曲和那个耍猴戏的人体的扭曲，是人们看得到的；可是，最可怕的还是人的心理、精神的扭曲，人性的扭曲。说它最可怕，是因为人们用肉眼看不到，因而也就安之若素，麻木不仁了。

事实上，如果处处留意，事事细想，我们随处都会发现这种“被扭曲的灵魂”的。不是么，《红楼梦》里的薛宝钗“唇不点而含丹，眉不画而横翠”，好一个鲜艳妩媚的少女啊！如果单从外表的美来选择“心上人”的话，宝姊姊堪称最佳人选了。然而贾宝玉终不爱她，为什么呢？就是因为那套陈旧的封建礼教浸透进她的骨髓，好端端一个“清净洁白的女儿”变成了一个世故、虚伪之人，一个纯洁少女的灵魂被扭曲得变形了！如此说来，薛宝钗不也就是龚自珍笔下那“病梅”么！

《儒林外史》中也有一个“被扭曲的灵魂”，这就是开口闭口讲“礼”，写出一部“礼书”的王玉辉。父母爱子女应说是一种“天性”，纯属人之常情吧，可是，当自己在家守寡的女儿准备绝食自杀以殉夫，自己妻子及亲家公婆都不同意时，这位当父亲的王老夫子竟然赞赏说：“这是青史上留名的事，不必拦阻。”女儿终于饿死了，他反仰天大笑道：“死得好！死得好！”俗语说“虎毒不食儿”，何况人乎！王玉辉人性的扭曲，已到令人发指的程度。

《官场现形记》《二十年目睹之怪现状》等书，更为我们展示了形形色色的花花世界。在这里,“功名”“利禄”破坏了作为人的一切美好的东西,人都带上了脸谱,整个社会像一个人生的假面舞会,看起来是那么热闹,实际上一切又那么虚伪,一切又都是那么矫揉造作。在这里,正直的人只有吃苦头甚至被砍头的份儿,而吃得开的还不都是那些曲意逢迎、口是心非的巧伪人么?龚自珍感叹“梅以曲为美”,此类人为人处世又何尝不是在一个“曲”字上用功夫,显本领呢?

很明显,龚自珍写病梅自有一番深意存焉。他正是用病态的梅来象征病态的人,所以才下了那么大决心,“穷予生之光阴”,“甘受诟厉”,“誓疗之”。与此同时,他还为“疗梅”开了一张药方,这就是“纵之,顺之”,“解其棕缚”。实际上这又何尝不是为治疗畸形人格而对症下药呢?魏晋竹林七贤之一的嵇康就曾提出“越名教而任自然”,龚自珍心里要说的也就是这个意思。只是在他那个时代处境,他只能借议论病梅来反对封建专制思想对人性的压抑和束缚,以表达他热烈向往的人格的自由和精神的解放。的确,这是一个极重要的问题,试想,在龚自珍之前的明代袁宏道为什么要提出人的“性灵”问题呢?而在龚自珍之后,鲁迅又为什么要提出改造中国人的“国民性”的问题呢?原来古今先哲们想到一块儿去了,真可谓“心有灵犀一点通”。 (张铁明)

记王隐君 龚自珍

于外王父段先生[①]废簏中见一诗,不能忘。于西湖僧经箱中见书《心经》[②],蠹且半,如遇簏中诗也,益不能忘。

春日出螺蛳门,与轿夫戚猫语。猫指荒冢外曰:“此中有人家。段翁来杭州,必出城访其处,归不向人言。段不能步,我舁往,独我与吴轿夫知之。”循冢得木桥,遇九十许人,短褐褛日中。问路焉,告聋。予心动,揖而徐言:“先生真隐者。”答曰:“我无印章。”盖“隐者”与“印章”声相近。日晡矣,猫促之,怅然归。

明年冬,何布衣来谈古刻,言:“吾有宋拓李斯琅玡石[③]。吾得心疾,医不救。城外一翁至,言能活之,两剂而愈,曰:‘为此拓本来也。’入室径携去。”

他日,见马太常,述布衣言。太常俯而思,仰而掀髯曰:“是矣!是矣!吾甥锁成尝失步入一人家。从灶后啾户出,忽有院宇,满地皆松化石。循读书声速入室,四壁古锦囊,囊中贮金石文字。案有《谢朓集》,借之,不可,曰:'写一本赠汝。'越月往视,其书类虞世南。曰:'蓄书生乎?'曰:'无之。'指墙下锄地者:'是为我书。'出门遇梅一株,方作华。窃负松化石一块归。"

若两人所遇,其皆是与?

予不识锁君。太常、布衣皆不言其姓。吴轿夫言仿佛姓王也。西湖僧之徒取《心经》来言是王老者写。参互求之,姓王何疑焉。惜不得锄地能书者姓。

桥外大小两树倚依立:一杏,一乌桕。

〔注〕 ① 外王父段先生:指清代著名学者段玉裁,江苏金坛人;所著《说文解字注》,对汉字研究有重大贡献。 ②《心经》:佛教经典,通行汉文本系唐玄奘译述,计二百余字。 ③ 宋拓李斯琅玡石:意谓李斯所书琅玡台刻石的宋代拓本。琅玡石为秦始皇统一六国后巡行时登琅玡台所立记功刻石,字体为小篆,相传为丞相李斯手书;残石现陈列于中国国家博物馆。

《记王隐君》写的是一位真正的隐士。这位隐士很有学问,也很有才能,然而他并不以此作为资本,去谋求功名富贵,而是遁迹山林,韬光养晦,甘心使自己默默无闻,老死不为人知。这样的隐士,与封建社会中那些伪装隐居以求利禄的文人相比,当然是不可同日而语的。

请看作者是怎样写这位隐士的。

一开头,作者写他自己两次得见同一个人写的字。先是在外祖父段先生家的废纸篓中见到一首诗,这首诗的非凡功力和写的一笔好字,使他"不能忘"。随后又在西湖僧人的经箱里面见到《心经》抄本,写的字竟然和那首诗上的一样,使他"益不能忘"。这里并没有正面写隐士的为人行事,只是通过作者两次见到的字和两个"不能忘",就紧紧地抓住了读者的注意力。你看这人作得一手好诗,却写来随随便便地丢到了废纸篓中,别人见了也不当它一回事;再说这人又写得一笔好字,却满不在乎地去替和尚抄经书,那和尚也一点不看重他,竟然让蠹虫把经书咬得不成样子了。——难道世间真有这样作践自己的人吗?

接着作者叙述了三件事。这三件事并不是同一时间同一场合发生的,甚至可以说是毫无联系的,然而读者却透过模糊的视线,分明瞧见处处有一位隐士在。

第一件。作者春日出螺蛳门,从轿夫口中得知,荒冢外有人家,段翁每次到杭州来,必定要坐轿出城到那里去访问,而且从来不向别人说起这件事。这就引起了作者很大的好奇心，因为作者的外祖父段先生是当时很有名望的大学者，段先生秘密访问的人必定是个非凡之人，于是决定前往探视一番。可是，“循冢得木桥”，桥外竟是一片荒凉，只遇着一位九十来岁的老翁“短褐襮日中”，也不知这位老翁是真聋还是假聋，虽然见了面却无法与之交谈，最后只得在轿夫的催促声中怅然返回。

第二件。第二年的冬天，何布衣对作者谈起一位老翁为他治病的事。原来何布衣患心病，很严重，群医束手无策。布衣家藏有李斯琅玡台刻石的宋代拓本，一次，有一位老翁从城外来，声称能救活他的命，果然“两剂而愈”；事后老翁明说是为那拓本而来，“入室径携去”。

第三件。作者某日见到马太常，谈起那位为何布衣治病的老翁，马太常叫后，猛然想起外甥锁成无意中闯入一户人家的事。锁成来到那人家的后院，只见“满地皆松化石”，再“循读书声速入室”，又见“四壁古锦囊，囊中贮金石文字”。案上有《谢朓集》，锁成向主人求借，主人答应抄写一本相赠，过了一个月去取，看那笔迹就像唐代书法家虞世南的字。

作者行文至此，总共写了他所见到过的两幅字和他所听说过的三件事，末尾用“参互求之，姓王何疑焉”作结，说明段先生废纸篓中诗的作者，西湖僧经箱中《心经》抄本的书者，段翁每次到杭州来必定要出城去访问的人，何布衣所谈的为拓本而来的良医，锁成所见的爱好古物的硕儒，实际都是作者见过一面的那位九十来岁的耳聋老翁，也就是王隐君。尽管作者并不真正地认识和了解王隐君，甚至连他的姓也是“参互求之”推想的，但是通过上面的叙述，不仅显示出王隐君的博学多才，而且把他的性格、趣味、神采、风韵都表现出来了。真是“此中有人，呼之欲出”啊！

“名可闻而身不可见，德可仰而形不可睹。吾而今而后，知先生人中龙也。”这是晋代酒泉太守马岌赞扬隐士宋纤的话。龚自珍笔下的王隐君，不正是这样一位“名可闻而身不可见，德可仰而形不可睹”的“人中龙”吗！ （陈榕甫）

【作者小传】

吴敏树

(1805—1873) 清散文家。字本深，号南屏。巴陵(今湖南岳阳)人。道光举人，官浏阳县教谕。其文接近桐城派。著有《柈湖文录》《柈湖诗录》。

说　钓　　吴敏树

余村居无事，喜钓游，钓之道未善也，亦知其趣焉。当初夏中秋之月，蚤食后出门，而望见村中塘水，晴碧泛然，疾理钓丝，持篮而往，至乎塘岸，择水草空处，投食其中，饵钓而下之，蹲而视其浮子，思其动而掣之，则得大鱼焉；无何，浮子寂然，则徐牵引之，仍自寂然；已而手倦足疲，倚竿于岸，游目而观之，其寂然者如故；盖逾时始得一动，动而掣之则无有，余曰："是小鱼之窃食者也，鱼将至矣。"又逾时动者稍异，掣之得鲫，长可四五寸许。余曰："鱼至矣，大者可得矣。"起立而伺之，注意而取之，间乃一得，率如前之鱼，无有大者。日方午，腹饥思食甚，余忍而不归以钓。见村人之田者，皆毕食以出，乃收竿持鱼而归。归而妻子劳问有鱼乎，余示以篮而一相笑也。乃饭后仍出，更指别塘求钓处，逮暮乃归，其得鱼与午前比。或一日得鱼稍大者某所，必数数往焉，卒未尝多得，且或无一得者。余疑钓之不善，问之常钓家率如是。

嘻！此可以观矣。吾尝试求科第官禄于时矣，与吾之此钓有以异乎哉？其始之就试有司也，是望而往，蹲而视焉者也；其数试而不遇也，是久未得鱼者也；其幸而获于学官乡举也，是得鱼之小者也；若其进于礼部，吏于天官，是得鱼之大，吾方数数钓而未能有之者也。然而大之上有大焉，得之后有得焉，劳神侥幸之门，忍苦风尘之路，终身无满意时，老死而不知休止，求如此之日暮归来，而博妻孥之一笑，岂可得耶？夫钓，适事也，隐者之所游也，其趣或类于求得。终焉少系于人之心者，不足可欲故也。吾将唯鱼之求，而无他钓焉，其可哉？

钓鱼这个东西，在中国有点传统的隐德，姜太公未遇文王之时，就在渭水垂钓。姜太公钓鱼，愿者上钩，周文王果然上钩了。严子陵在汉光武称帝之后，也到富阳垂钓去了，现今七里泷头，故迹依然。不过他们两人，一个从钓鱼中钓出富贵来，辅周灭商，开启齐国，永为周屏，一直到他的子孙，还九合诸侯，一匡天下，有声有色地演了场历史大戏。而严子陵先生却以垂钓成就了隐士的大德高标。

北京不是也有个钓鱼台的么？据说是金人王郁钓鱼之处。这位王郁很有一点才识，金哀宗时，上书言事，未纳，后来是死于战争的。现在钓鱼台是国宾馆所在，当然更是名闻中外了。

正是这样，一说垂钓，闲适中常常带有一点富贵情味。袁世凯被摄政王革职之后，满脑子东山再起、称王称帝的思想，可是他也自称"洹上老人"，在安阳河边装出垂钓的样子。吴敏树从垂钓说到科举，说到做官，其实道理是一致的。一个做官的人，正如钓徒一样，开头得到一条小鱼，便欣欣如也，后来又想钓得更大的鱼了，于是"做了过河卒子，只有拼命向前"，不碰得鼻青眼肿，是不会罢休的。

鱼见到饵又何尝不是一样！开头离得远远的，瞧也不敢瞧上一眼，但终于舍不得，要去试试看，而被钓上之后，后悔莫及了。记得好像是《唐宋传奇》中吧，写过一个故事，说一个人忽然自觉变成了鱼，被钓、被杀、被煮、被吃，而杀它的人、煮它的人，它都认得，可是谁也不理，无论它如何呼救，也没有用。倒是蓦然醒来，摆脱苦难，乃是南柯一梦。吴敏树因垂钓而思仕进，由仕进乃有出尘之想，引去之志，岂不然乎？

（冯英子）

【作者小传】

蒋　坦

清诗人。字平伯，号蔼卿。钱塘（今浙江杭州）人。诸生。有《百合词》《夕阳红半楼词》。有《息影庵存诗》，另有《花天月地吟》八卷。

前尘情爱录

蒋　坦

关、蒋[1]故中表亲，余未聘时，秋芙每来余家，绕床弄梅，两无嫌猜。

丁亥元夕，秋芙来贺岁，见余堂前。秋芙衣葵绿衣，余着银红绣袍，肩随额齐，钗帽相傍。张情齐方丈居巢园，谓大人曰："俨然佳儿佳妇。"大人遂有丝萝之意。后数月，巢园鼠姑作花。大人招亲朋,置酒花下,秋芙随严君来。酒次,秋芙收筵上果脯,藏帊中。余夺之,秋芙曰:"余将携归,不汝食也。"余戏解所系巾曰:"以此缚汝,看汝得归去否?"秋芙惊泣,乳妪携去始解。大人顾之而笑,因倩余霞轩师为之蹇修[②],筵上聘定。自后数年,绝不相见。大人以关氏世有姻娅,岁时仍率余往趋谒。故关氏之庭,迹虽疏,未尝绝也。

忆壬辰新岁,余往,入门见青衣小鬟,拥一粲姝上车而去,俄闻屏间笑声,乃知出者即为秋芙。又一年,圜桥试近,妻父集同人会文,意在察婿。置酒后堂,余列末座。闻湘帘之中,环玉相触,未知有秋芙在否。又一年,余行市间,忽车雷声中,帘幌疾卷,中有丽人,相注作熟视状。最后一车,似是妻母。意卷帘人,即膝前娇女也。又一年,余举弟子员[③],大人命予晋谒,庭遇秋芙,戴貂茸,立蜜梅花下,俄闻银钩一声,无复鸿影。

余自聘及迎,相去凡十五年,五经邂逅,及却扇筵前,剪灯相见,始知颊上双涡,非复旧时丰满矣。今去结褵又复十载,余与秋芙皆鬓有霜色,未知数年而后,更作何状。忽忽前尘,如梦如醉,质之秋芙,亦忆一二否?

〔注〕 ① 关、蒋:指关锳和蒋坦夫妇,他俩原为中表兄妹。后文的秋芙系关锳之字。② 蹇修:媒人。 ③ 弟子员:清代对县学生员的称呼。

清代道咸年间的名人蒋坦与爱妻秋芙,从小青梅竹马,两小无猜。当他回忆起订婚前后的往事时,不禁发出了"忽忽前尘,如梦如醉"的感慨。

订婚前,那是一段多么令人难忘的日子哟!一对小儿女"肩随额齐,钗帽相傍",天真无邪地在一起嬉戏逗乐,甚至在一次家宴上争夺果脯。那时,他们自由自在地相处,真有说不尽的快乐和喜悦。订婚后,他俩的交往很快发生了戏剧性的变化,十五年间总共才见了五次面。起先几年是绝不相见,后来是欲见不能,最后即使见了面,又只能在默默无语中分手。

壬辰新岁,作者去秋芙家,目遇青衣小鬟簇拥一个美丽的少女上车而去,虽说一时没有能看清楚是谁,可是从少女离去后屏间有人发出笑声可以推断出她就是秋芙。屏间人在笑这对未婚"小夫妻"的失之交臂呢(但即使相逢也要赶紧避开的)。作者这时和秋芙有五六年的时间没有见面,试想这样长的时间,一个人的心里如果不常想着心上人,能有这样细腻的体察和感触吗?这里不用写一个"情"字,而自有情在,通过一次平常的目遇,让人去思索,去回味,含蓄委婉,情韵悠长。

圜桥应考临近那一年,他去秋芙家,又别有一番景象。"闻湘帘之中,环玉相触,未知有秋芙在否",寥寥几句话,便把自身的相思之苦和心理活动表现得淋漓尽致。其时作者在后堂会文,听到前面的湘帘中传来女子身佩的珠玉碰撞声,立刻就想起秋芙来。说不定秋芙就在前面,他多么想上前去见见心爱的人,也好倾诉久别带来的相思之苦。然而,他不仅不能与秋芙随意见面,就是心里想也不能显现在脸上,只能把一腔炽热的情爱憋闷在心中。这正是当时青年男女恋爱不自由的一种典型的现象,时代的脉搏清晰可辨。

又一年的一天,作者走在路上,在车雷声中,看到的是丽人卷帘,久久地全神贯注凝视自己。据作者判断,丽人就是自己的未婚妻秋芙。在丽人的凝视中,包含着多少对情侣的朝思暮想,一旦遇上了,自然是百看不厌,只能聊借"熟视"来慰藉相思之苦了。这里不从自己着墨,却只说"中有丽人,相注作熟视状",大有老杜《月夜》诗"今夜鄜州月,闺中只独看"的风致。两者皆从对方落笔,在对方的"独看"和"熟视"中透露出刻骨的相思之苦。

前几次,由于种种的原因,作者都没有能和秋芙很好地见面,他在考上县学生员后庭遇秋芙,应该说是最好的一次相遇了。可是只听见"银钩一声",已不见了秋芙的倩影。这和路遇比起来,无疑更觉情苦。因为路遇,还可以多看几眼车中丽人对自己的熟视,而这回连熟视也没有了。眼看着娇媚含羞的她飘然离去,可以想象作者对未婚妻那颗挚爱之心是何等的苦闷。

这一切究竟是什么原因呢?如果明白了作者所处的时代,乃是封建旧礼教极其根深蒂固的时代,那么就不难理解作者恋爱中的遭遇和感慨。就拿庭遇秋芙来说,那时候,一个少女独自游花园都被视为是不道德的事,秋芙又怎能在庭园里随便地和自己的心上人相见谈心?当年的封建礼教就像桎梏一样束缚着青年男女的身心,不让他们有正常的感情交流。多少有情人在封建礼教的重压下,双双度过无数个彻夜难眠的日子,一颗颗纯真的心为相思而痛苦地熬煎,甚至死于对爱情的渴望。作者也许是幸运的,他和秋芙熬过了十五年的漫长岁月,终成眷属,那是多么难得啊!

逝水流光,并没有把幼年时的欢快和订婚后的苦恋,从作者心头抹去,因为过去留下的印象太深刻了。"忽忽前尘,如梦如醉",正有往事不堪回首的悲哀和伤感。

文中表现订婚前后的生活变化，形成一喜一悲的鲜明对照。这在作者本人，也许未必是为了揭露封建礼教的野蛮和残忍，只是忠实地记录下个人走过的悲苦的情爱历程，但在后世的人们看来，却是一个时代悲剧的缩影。正因为是忠实的记录，作者写起来不加藻饰，无一酸语、赘语、道学语，似精心结撰，又像信笔挥就。透过平淡的叙述，人们不难品味出那个时代的压抑感，而对作者的遭遇寄予深切的同情。

（李保民）

【作者小传】

王　拯

(1815—1876)　清文学家。原名锡振，字定甫，号少鹤。广西马平(今柳州)人。道光进士。与同乡朱琦、龙启瑞常相处，齐名京师。官至通政使。能诗文。著有《龙壁山房文集》《龙壁山房诗草》《茂陵秋雨词》。

婴砧课诵图序

王　拯

《婴砧课诵图》者，不才拯官京师日之所作也。拯之官京师，姊刘在家奉其老姑，不能来就弟养。今姑殁矣，姊复寄食宁氏姊于广州，阻于远行。拯自始官日蓄志南归，以迄于今，颠顿荒忽，琐屑自牵，以不得遂其志。

念自七岁时先妣殁，遂来依姊氏。姊适新寡，又丧其遗腹子，茕茕独处。屋后小园数丈余，嘉树荫之。树阴有屋二椽，姊携拯居焉。拯十岁后，就塾师学，朝出而暮归。比夜，则姊恒执女红，篝一灯，使拯读其旁。夏苦热，辍夜课，天黎明，辄呼拯起，持小几就园树下读。树根安二巨石：一姊氏捣衣以为砧，一使拯坐而读。日出，乃遣入塾。故拯幼时每朝入塾，所读书乃熟于他童。或夜读倦，稍逐于嬉游，姊必涕泣告以母氏劬劳瘁死之状，且曰："汝今弗勉学，母氏地下戚矣！"拯哀惧，泣告姊，后无复为此言。

呜呼！拯不才年三十矣。念十五六时，犹能执一卷就姊氏读，日惴惴于悲思忧戚之中，不敢稍自放逸。自二十后出门，行身居业，日即荒怠，念姊氏教不可忘，故为图以自警，冀使其身依然日读姊氏之侧，庶免其堕弃之日深，而终于无所成也。

道光二十四年甲辰秋九月。为之图者，陈君名铄，为余丁酉同岁生也。

这也是一篇画记，是叙述作《媭砧课诵图》一画的缘由的。古代的楚国方言称姊为媭，砧即捣衣石，画题的意思就是伴着姊姊的捣衣石做功课。这里的"序"，也就是"记"。作者王拯一岁丧父，七岁丧母，依刘氏姊长大。他的这个大姐也是个苦命人，夫死子丧，茕茕寡居。命运之神把这姐弟俩紧紧地捆在一起，相依为命，形同母子。摆在这位大姐面前的难题，不是对小弟生活上的照料，而是对他的教育。她是劳动妇女，不能给弟弟延请名师，提供优越的学习环境，能够做到的，只是上学时间交给塾师，放学后督促其温习功课。入夜，她做女红，弟弟在身边夜读；夏日清晨，她洗衣，弟弟在旁边早读。当弟弟稍有松懈贪玩时，她想不出什么大道理来教训他，只是将母亲劳累而死的情状涕泣以告。这些教育方式说来是极其简单的，可其中融进了对弟弟深挚博大的爱心，弟弟也就在这种爱心的抚育教导下走上成功的道路。

这大概也可以说是一支女性教育子弟成才的赞歌吧。我国历史上有"孟母三迁""陶母退鲊""欧母画荻"的故事，这都是母教的典范；屈原曾得到姐姐女媭的指引，就是姐姐教导弟弟的显例。生活于十九世纪的王拯仍用古代楚国方言称姊为媭，恐怕就存有将自己的姐姐比作屈原的姐姐之意。如此说来，这就可以启发教育者考虑这么一个问题：为什么女性所施用的既平常又简单的教育方法，往往比有高深的理论作指导的教育方法效果要好呢？难道不应该从中吸取点什么？

王拯是桐城派流衍于广西的代表作家，文章古雅朴茂，以简练明洁著称。按说此文写了自己的身世、性情，以及大姐对他的抚育，涉及面较广，本可以写得很长，可它仅以四百余字了结，而且是那样清新隽洁。推究其诀窍，显而易寻者约有两端。一是善于立主干。主干即文章家所说的立意。古人说"意犹帅也"，一切材料的布置与剪裁皆由其调停制约。此文的主干就是感念姊氏的教育之恩，"图以自警"，"庶免其堕弃之日深"，以此详于对姊氏的回忆，略于身世、仕途，以及偷惰之情的叙述，行文自然谨严简洁。二是重视琐事细节的描写。说实在话，作者所不能忘怀于姊氏者，不外乎夜陪其读，晨伴其诵，泣告母氏劬劳瘁死之状几件小事；而文章之所以生动可读者也正是有赖于这几件小事的叙述。事情虽

微，却是具体可感，牵动人心的，自有一股让读者低回咏叹的魅力。（谢楚发）

【作者小传】

俞　樾

(1821—1907)　清学者。字荫甫，号曲园，浙江德清人。道光进士。官翰林院编修、河南学政。晚年讲学杭州诂经精舍。治经、子、小学，宗法王念孙父子，大要在正句读、审字义、通古文假借，并分析其特殊文法与修辞。撰《群经平议》《诸子平议》《古书疑义举例》等。能诗词，重视小说戏曲，强调其教化作用。所作笔记，搜罗甚富，包含有学术史、文学史的资料。所撰各书，总称《春在堂全书》。

杀骡乘鸡　　俞　樾

有客至，主人具蔬食，客不悦。主人谢曰："家贫市远，不能得肉耳。"客曰："请杀我所乘之骡而食之。"主人曰："君何以归？"客指阶前之鸡曰："我借君之鸡乘之而归。"

吝啬人之可恶，在于掩饰自己吝啬的心理，装出一副虚情假意的样子。试看文中的"主人"就是这样。此公舍不得破费，只用蔬食相款待，却装出抱歉的样子，还要用"家贫""市远"的理由来搪塞一番。面对这样的主人，这篇小品中"客"的表现很有意思。他先是表露出明显的"不悦"。当主人以"家贫市远"为由道歉后，他马上提出"杀骡"佐餐的惊人方案。"主人"还来不及领悟客人话中带刺，却考虑起杀了骡"君何以归"的大难题。他也许担心客人失了骡，会在家中多住几天，那岂不花费更多？"客"似乎看穿了"主人"的心思，顺势回答说："我愿借君之鸡乘之而归。"鸡可乘乎？妙语解颐而又引人深思。明明阶前有鸡，却不肯杀以飨客，可见你何等吝啬。既然如此，鸡，我也只是"借"乘一下，他日会完璧奉还，无损您一根毫毛。主人再木讷，也不会辨不出话中的滋味。客人的辛辣批评，以幽默诙谐的口吻出之，意在言外，耐人咀嚼寻味。（曹光甫）

延[①]师教子　　俞　樾

有延师教其子者。师至，主人曰："家贫，多失礼于先生，奈何！"师曰："何言之谦，仆固无不可者。"主人曰："蔬食[②]，可乎？"

曰:“可。”主人曰:“家无臧获③,凡洒扫庭除④,启闭门户,劳先生为之,可乎?”曰:“可。”曰:“或家人妇子欲买零星什物,屈先生一行,可乎?”曰:“可。”主人曰:“如此,幸甚!”师曰:“仆亦有一言,愿主人勿讶焉。”主人问:“何言?”师曰:“自愧幼时不学耳!”主人曰:“何言之谦!”师曰:“不敢欺,仆实不识一字。”

〔注〕 ① 延:聘请。 ② 蔬食:粗食。 ③ 臧获:奴仆。 ④ 庭除:庭前阶下。

尊师重道在中国谈了两千余年,作为封建秩序的“天地君亲师”,老师也忝列其中,但除了从国子监祭酒到县学的教谕、训导等学官和主持举人、进士考试有名无实的“座师”(即座主,指主持举人、进士考试的主考官或总裁官)、“房师”(指同考官)之外,真正的传道、授业、解惑的“蒙师”“业师”,反而受不到重视,甚至成为众人嘲笑、揶揄的对象。他们社会地位不高、经济地位更低。人们提到这些人,或名“穷酸”,或名“寒酸”,总之是与“穷”“寒”联系在一起。在金钱起支配作用的社会里,没有钱自然被人看不起。《儒林外史》中,每年十二两银子束脩的薛家集的塾师周进,被夏总甲、梅玖、王举人等小人物轻侮、歧视的情景,读之令人心酸。郑板桥在《道情》中所写的老塾师,更给人以一种晚景凄凉之感。其《教馆》诗则写出了他作为家庭教师的体验:“教馆本来是下流,傍人门户度春秋。半饥半饱清闲客,无锁无枷自在囚……”这些都是与教师经济地位联系在一起的。因此,尽管有“不敬先生,天诛地灭”的民谚,尽管表面礼数上,有时还说得过去,但轻视之意,则是“目笑存之”的。本篇就是一个明证。

故事中的主人语辞谦和,但其轻视所聘教师之心是不能掩饰的。主人“延师教子”,可见其有一定的社会地位,他能设家塾,起码在经济上能过得去。清代衡量京官生活是否在小康以上者有三个标志,就是“天棚(指有自己的小院在夏天时可以搭天棚)、西席(指塾师)、胖丫头(指可役使的婢女)”。可是这篇故事的主人公把先生请到家中的第一句话就是:“家贫,多失礼于先生,奈何!”他把自己的“家贫”抬出,作为刻薄教师的借口,但用语谦逊,致使先生很难推却。由于“家贫”,首先提出的就是待遇菲薄,每日只有粗茶淡饭。按照孔子“食无求饱,居无求安”的教导,先生允诺了。这说明“主人”摸准了中国知识分子特点,先从物质待遇上开刀,既省了钱,又合乎儒道,何乐而不为?继之,主人又提出非分的请求,要先生打扫院落、开门闭户。这个要求,虽属不当,但士人执帚洒扫,尚属雅事。《诗经·大雅·抑》中就有“夙兴夜寐,洒扫庭内”的名句。因此,先生也勉强应之曰:“可。”“主人”得寸进尺,又提出请先生代替“家人妇子”代买“零星什物”,

把先生视如奴婢，到了是可忍、孰不可忍的地步。通过这几句"请求"的话，把"主人"贪婪自私、厚颜无耻，而又十分虚伪的个性生动地描绘了出来。他善于利用知识分子的忠厚、重面子，把自己对教师的轻蔑和盘剥用极委婉的话语表达了出来。但这位老师也颇具风骨，面对这个伪善者，他采取了以其人之道还治其人之身的办法，也以极谦和的语言把他最主要的职责——教书顶了回去，实际上是说"你既不以师道待我，我也不对你负教师的责任"。这表明这位先生有清醒的头脑，他绝不为几句浮词所骗，绝不允许别人对他轻侮和任意盘剥。（王学太）

高　帽　　　　俞　樾

俗以喜人面谀者曰喜戴高帽。有京朝官出仕于外者，往别其师。师曰："外官不易为，宜慎之。"其人曰："某备有高帽一百，逢人辄送其一，当不至有所龃龉也①。"师怒曰："吾辈直道事人，何须如此！"其人曰："天下不喜戴高帽如吾师者，能有几人欤？"师颔②其首曰："汝言亦不为无见。"其人出，语人曰："吾高帽一百，今止存九十九矣。"

〔注〕①龃龉(jǔ yǔ)：原意为上下牙齿不相配合，后用以比喻意见不合，不融洽。②颔(hàn)：点头。

马屁这种东西，在某些人眼里，颇有点像臭豆腐干，闻闻是臭的，吃起来蛮香，因而广有市场。本来，对于拍马屁者，吃马屁者，人们本能地感到恶心，予以蔑视。但马屁何以竟绵绵不绝呢？其中原因之一，恐怕在于对马屁的态度是"旁观者清，当局者迷"。《高帽》中这位老师就很典型。他不乏正义感，对学生准备了一百顶高帽用以拍马逢迎感到愤怒，搬出"直道事人"的大道理训斥一番。可是当学生巧妙地送他一顶高帽后，态度立即软化，转而称赞学生"不为无见"。前"怒"后"颔首"的鲜明对照，把这位老师戴高帽前后的心理变化轨迹显现得多么形象传神。他最初作为旁观者，对学生"怒"，头脑非常清醒；后来作为戴上高帽的当局者，他"颔首"得意，非常受用。不幸的是，现实生活中还真不难发现这位老师的身影呢。

文中的老师固然可悲，而那位学生更为可恶。他不愧为高帽制作专家，随时准备用最甜蜜、最巧妙的言辞以售其奸，深得鉴貌辨色、随机应变的三昧。一旦得手，他又是多么沾沾自喜、洋洋自得！社会风气的败坏，此辈马屁精是难辞其咎的。遗憾的是，千年来谬种流传，直到现在还有人炮制诸如《拍马屁的艺术》之类的书，拍马屁居然成为一门"学问"了，可悲！（曹光甫）

【作者小传】

王 韬

(1828—1897) 清末政论家。初名利宾,后改名韬,字紫诠,号仲弢,又号天南遯叟、弢园老民,长洲(今江苏苏州)人。秀才出身。年轻时在上海英国教会办的墨海书馆工作。后回乡,化名黄畹上书太平军,被清政府通缉,逃往香港。后赴英国译书,并游历法、俄等国。同治十三年(1874)在香港主编《循环日报》,评论时政,宣传变法。主张设议院、广贸易、开煤矿、筑铁路、兴织纴、造轮船、办学校。光绪十年(1884)回沪,主持格致书院。著作有《弢园文录外编》《弢园尺牍》等。

招陈生赏菊　　王 韬

斋中艺菊数本,秋后饱霜,花叶不萎。陶征君爱菊有癖,亦取其节耳。窃闻花有三品,曰神品、逸品、艳品,菊其兼者也。高尚其志,淡然不厌,傲霜有劲心,近竹无俗态,复如处女幽人抱贞含素。菊乎菊乎,宜于东篱之畔,独殿秋芳也。足下高雅绝尘,于菊最宜;夕来劣有杯盘,以此君一结世外交如何?

钟嵘在《诗品序》中曾说:"气之动物,物之感人,故摇荡性情,形诸舞咏。"刘勰在《文心雕龙·明诗篇》中也曾说:"人禀七情,应物斯感,感物吟志,莫非自然。"这些话的意思都是说,人具有丰富的情感,内心常怀有一种不可遏止的感情,欲向外倾泄,而茫茫大自然中,又有许许多多足以感人情志的事物,常常挟有一种不可抗拒的力量使人心震慑,于是人心和外物之间常常会产生一种奇妙的契合和感应,有了这种感应后,又很自然地被诗家文人们在他们的作品中表现出来。在各种感人情志的外物之中,花是很重要的一种,所以文学作品中以花为题材的很多。这一方面是因为花是一种极富美感的事物,她的颜色、香味、姿态等都十分吸引人,给人以鲜明的意象和丰富的联想;另一方面又因为"花所予人的生命感最深切也最完整"(叶嘉莹语),容易使人兴起一种"生命的共感"。花的种类成千上万,每种花都具有各不相同的风韵、形态和特性;而具有不同情感、志趣和品格的人往往都能在其中找到与之相对应的"种类"。于是,在文人的笔下,各种各样的花便不再仅仅是一种纯自然之物,而成为人的某种内心情志的物化形态,有着因了自身的形态特点而被人涂染上去的"情、韵、义"。屈原志节高尚,所以深爱芳香高洁的兰花;陆游命途多舛而其志不移,所以独钟"寂寞开无主""只有香如故”的梅花。那么，菊花呢？古代菊又作鞠，有“穷尽”之意，意思是时至秋季，百花皆不荣华而此花独开；同时菊花又有耐寒傲霜不萎谢的特点，因此菊花便成了“隐逸者”的代名词，成了坚强不屈的精神的象征。

明乎此，我们便不难理解，作者在这封短简中，为什么说被称为“高雅绝尘”的陈生“于菊最宜”；同时也就可以知道，文中的“高尚其志，淡然不厌，傲霜有劲心，近竹无俗态，复如处女幽人抱贞含素”不光只是写菊，同时也是作者志趣情怀的自然表露。

（刘桂秋）

鸭沼观荷　　王　韬

余生甫里，即以唐陆天随而得名。天随子隐居不仕，时与皮日休唱和，自号甫里先生，尝作《江湖散人传》以见志。没后，亮节高风，里人思之不置。以先生在时喜斗鸭，有斗鸭栏，乃凿地为池沼，方塘如鉴，一水潆洄。中央筑一亭，曰“清风亭”，东西通以小桥，四周环植榆柳桃李。盛夏新绿怒生，碧阴覆檐际，窗棂四敞，凉飙飒然，袭人襟裾。中供天随子像，把卷危坐，须眉如生。相传曾于像腹中得遗稿，即今之《笠泽丛书》也，赖以传于世，显晦信有数哉！去亭百数十武，先生之墓在焉；或云后人葬其衣冠处，将以留古迹而寄遐思者也。亭中楹联颇夥，余师青萝山人一联云：

白酒黄花，九日独高元亮枕；

烟蓑雨笠，十年长泛志和船。

特举二君以比拟先生，当矣。

池种荷花，红白相半。花时清芬远彻，风晨月夕，烟晚露初，领略尤胜。里中诗人夏日设社于此亭，集裙屐之雅流，开壶觞之胜会。余亦获从诸君子后，每至独早。时，余年少嗜酒，量颇宏，辄仿“碧筩杯”佳制，择莲梗之鲜巨者，密刺针孔，反复贯注，自觉酒味香洌异常，一饮可以数斗。又取鲜莲瓣糁以薄粉，炙以香膏，清脆可食，亦能疗饥。社友群顾余而笑曰：“子真可谓吞花卧酒者矣！”

每岁六月二十四日，必折简招邀群彦，为荷花祝生日。闺秀能诗者亦许入社,但不亲至耳。丁未顾慧英女史擅场,戊申曹素雯女史压卷。徐淑才高,秦嘉为之退避,洵足生闺阁光而为巾帼吐气也已。余定莲为君子之花,具有四德:香清,韵远,品洁,色纯;乃不解阿谀者流,以高人静士之容,下拟幸臣之貌,“莲花似六郎”①一语,不诚千古奇冤哉!

观荷之约,以花开日为始,三日一会,肴核以四簋为度,但求真率,毋侈华靡。甫里本属水多,多菱芡之属。沉李浮瓜,调冰雪藕之外,青红错杂,堆置盘中,亦堪解暑。

诸社友以先生生平固喜蓄鸭,因于池畔另辟鸭舍,蓄白鸭数头,修洁可爱。红衣翠盖间,点缀以白羽翩跹,亦复不俗。池旁环围石阑,阑柱悉凿鸭,其首皆回向先生,以先生固背北面南也。鸭在羽族中,蠢然一物耳;自先生有“能言”一语,遂足供园林清玩,洵乎文人之口不可测也如此。

余违甫里几四十年,回首前尘,无殊梦影。每值荷花盛开,辄若置身于莲亭鸭沼间也。

〔注〕 ① 莲花似六郎:唐代杨再思为了取媚于武则天宠幸的六郎(张昌宗),讨好说:“人言六郎面似莲花,再思以为莲花似六郎,非六郎似莲花也。”见《旧唐书·杨再思传》。

《鸭沼观荷》选自王韬的《漫游随录》。该书是追忆游踪之作。作者在《自序》中说,“追忆前尘,已如昔梦;然翘首遐思,犹复显显在目”,在朋友们的劝说下,“诠次前后情事,汇为一编”,“以佐谈屑,扩异观”并“聊以自娱”。因此,全书的笔调轻松自然,感情真实亲切,有如一位饱经沧桑、见多识广的旅人与朋友“晤言一室之内”,娓娓道来,侃侃而谈。

“美不美,故乡水,亲不亲,故乡人。”人们对家乡总是有一种特殊的感情,王韬也不例外。为他离开家乡甫里近四十年后,他梦魂萦绕的仍是家乡的“鸭沼”“莲亭”。因此,“鸭沼观荷”便成了他追忆游踪的起点,成为《漫游随录》开篇的内容。

本文开门见山,首先点明自己的家乡是陆龟蒙的故里,然后介绍陆龟蒙的品格、爱好、故迹、传闻,叙述乡亲们对这位先贤的敬慕。在“莲亭”的众多楹联中,特别选出了自己的老师所撰写的对联“白酒黄花,九日独高元亮枕;烟蓑雨笠,十年长泛志和船”,这不仅是由于王韬尊敬自己的师长,更重要的乃在于他敬仰陆龟蒙：陆龟蒙远可比东晋"不为五斗米折腰"的陶渊明，近可比中唐寄情山水的张志和。高雅的情趣，贞洁的操守，"举二君以比拟先生，当矣"。

陆龟蒙素喜莲花。有一首《白莲》诗托物寓志："素葩多蒙别艳欺，此花端合在瑶池。无情有限何人觉，月晓风清欲堕时。"王韬深得其中滋味，他叙述观赏荷花时"集裙屐之雅流，开壶觞之胜会"，自己仿"碧筩杯"的"佳制""吞花卧酒"，是何等忘情！他心目中的莲花有"香清、韵远、品洁、色纯"的"四德"，这与陆龟蒙那"端合在瑶池"的赞颂又是何等相似！

陆龟蒙酷爱蓄鸭，王韬专门写了"蓄鸭"一节："白鸭数头，修洁可爱。红衣翠盖间，点缀以白羽翩跹，亦复不俗。"在作者笔下，色彩斑斓，诗情画意，何俗之有？白鸭因陆龟蒙有"能言"一说，竟然也高雅起来了，"足供园林清玩"，爱屋及乌，鸭因人显。

家乡的风物，家乡的人情，都因家乡的先贤陆龟蒙而变得更美了，更可爱了。正因为如此，"鸭沼""莲亭"才会勾起作者无尽的情思，才会使作者梦魂萦绕。

"鸭沼""莲亭"，遗闻佚事，仿佛都是信手拈来，思之所至，笔亦随趋，其实，"天机云锦用在我，剪裁妙处非刀尺"，这正是作者的功力所在。他以敬仰陆龟蒙的高风亮节作为情线，与陆龟蒙有关的"鸭沼""莲亭"作为物线构织全文，由远而近，由人及物，紧针密线，层层铺排，首尾呼应，结构严谨。朗朗上口的语言，参差变化，如同行云流水，顺畅通达。《鸭沼观荷》确实是篇情文并茂的佳作。

（罗可群）

【作者小传】

李慈铭

(1830—1894)　清末文学家。初名模，字式侯，改名慈铭，字爱伯，一作一伯，号莼客，浙江会稽(今绍兴)人。光绪进士，官至山西道监察御史。工诗词及骈文，而以《越缦堂日记》负盛名，所记自二十岁至晚年，读书札记颇多，内容涉及经史百家。另有《白华绛柎阁诗集》《越缦堂词录》等。

越缦堂日记(选一)[①]　　李慈铭

光绪元年元月初五日，晴，上午有风，严寒。晓卧中疾动，傍午始起。料检家常器物,厨当洗涤,历两时许,聊云作苦,兼以习劳。然而老矣,既不以此身为朝廷用,又不以此手扶犁教子孙,而凌杂米盐,不侪[②]婢仆,无柯[③]窃叹,运甓终穷[④],惨哉!霞芬来,与之茗话。红颜小驻,白发能春,岂曰遣愁?藉以作达,闲情偶寄,温噱何伤[⑤]?校《旧唐书·德宗纪》。入年五日,而手不辍书,连昼达夜,恭作蝇头小字万余矣,亦可谓痴绝也。是日为了[⑥]新年之夜,先像前,供馈肴馔八豆[⑦]及杏酪酒茗,黄昏上烛,初更毕事。来贺者二十余家。

〔注〕 ①《越缦堂日记》起自咸丰三年(1853),止于光绪十五年(1889),持续三十五年以上。光绪十五年后数年的日记已佚。 ② 侪:类,同。 ③ 无柯:即无何,无可奈何。 ④ 运甓终穷:运甓,意为励志图强,用《晋书》陶侃运砖典故。穷,与通相对言,即科举不利,未得宦途通达。 ⑤ 温噱何伤:噱,大笑,音 jué;又吴越方言有"噱头","发噱"之谓,则读 xué,指带有幽默、诙谐、风趣意的话头,类似插科打诨,但不伤大雅。此文中即取后者义。 ⑥ 了:结束。 ⑦ 豆:古代食器,陶质。后泛指盆盘之类。

在清人日记中,李慈铭的《越缦堂日记》无疑是部皇皇巨制。尽管当年鲁迅曾对之有所非议,但应注意,鲁迅的文字显然有借题发挥以针砭当时的具体人事之意,所以不能据之而以为《越缦堂》文字全属"做作"。事实上,正如鲁迅的厌鄙中医并不能全部否定中医之道一样,李氏日记中精粹可读的内容仍是不少的,至于大量读书心得的灼然有独见,嘉惠后学,则更是客观存在的事实。

这里所选析的一则,在《越缦堂日记》中不属于学术性文字,恰恰是得以见出李氏之"心"的载录。

光绪元年(1875),李慈铭四十七岁,以今天的观念言,当然还归隶于"中年",难以言老的,但在封建时代,几近半百之年而仍穷处未达,无所建树于功名之途,是不免要产生迟暮之感的。李氏直到光绪六年(1880)五十二岁时才中进士,对一个学问渊博,个性又极鲜明,具有浙东会稽风骨,傲岸不群于世人的李慈铭来说,他有一肚皮的牢骚,是一点也不奇怪的。特别是早在咸丰九年(1859),李氏就去了北京,在天子脚下他大失所望。他对处于风云剧变年代里的都门的沉闷气氛,以及满目平庸之辈,深为悲慨,这在他大量诗词作品中可以见出。"作计吾归矣,算长安、衣冠物望,如斯而已。扰扰一群乌白颈,妄语便为名士。"(《貂裘换酒·京邸被酒感赋》)如此长啸之声,即属一种心语。知乎此,对日记中"既不以身为朝廷用,又不以此手扶犁教子孙"的进退出处无据的怅惘愤懑心理就不难把握。

然而李慈铭又是个狂傲不自弃，很有风骨的人，所以，尽管“惨哉”这大半生虚耗，但又认为岂能“日遣愁”，坐愁城中常戚戚而不欢？小人常戚戚，君子坦荡荡！他也确实常以嬉笑怒骂之姿态“藉以作达”。为此，当然也开罪过各种人物，需知绍兴文士的那支笔是够犀利的！我对外家的那种地域人文特点有所会心，而从王思任以至李慈铭，以至鲁迅尤深有感焉。

值得一提的是“红颜小驻，白发能春”八字，此即现今所说的心态不衰老之谓！人都要老，那是自然规律，但体力的渐衰与心境的不老是可以分而言之的，后者往往能平衡、调节前者，这绝非是天方夜谭。心态不老衰，是一种活力存在的表现，是有所追求的表征和结果。

李慈铭作为封建士大夫，其最高追求当然是治国平天下，穷而不通时则追求修身齐家。而其修身的一个突出表现是读书著作。“痴绝”二字表现新春五日间“手不辍书”，“恭作蝇头小字万余”，即为一例。情至痴时方见深，情无独钟难言痴！

此则日记文情并茂，作者的某种欣然自得、乐在其中的心绪和抬头窗外、思虑远去而怅然若失的情怀两两对照，均跃然笔下。自我排遣的襞襀转折的思路非常明晰，是这日记的特点。　（严迪昌）

六十一岁小像自赞　　李慈铭

是翁也，无团团之面，乏姁姁[①]之容。形骸落落兮，谨畏躬躬；须眉怊怅兮，天怀畅通。故其貌溪刻兮，而心犹五尺之童；其言謇讷兮，而辩为一世之雄。不知者以为法官之裔，如削瓜而少和气兮；其知者以为柱下之胄，能守雌而以无欲为宗。乌乎！儒林耶！文苑耶！听后世之我同；独行耶，隐逸耶，止足耶，是三者，吾能信之于我躬。风潇雨晦，霜落叶红，悠然独笑，形行景从，待观河之将皱兮，拊桑海而曲终。故俗士疾之，要人扼之，而杖履所至，常有千载之清风。

〔注〕 ① 姁（xū）姁：平和安好貌。

本文是李慈铭为自己六十一岁的画像作的赞语。赞是一种文体，本来赞是赞美的意思，后来也用于评述。古人的文史著作，多有附赞语以总结全篇。赞一般篇幅较短，有韵。本文亦是如此。

因为是自赞小像，自然要从相貌开头。“团团之面”，指的是圆圆胖胖的脸。“姁姁之容”，指和好的神态，《汉书》卷三十四《韩信传》：“项王见人恭谨，言语姁姁。”前两句说自己无富人之福相，无和好之面容。“形骸落落”，是孤独的样子；“躬躬”，与“谨畏”同义；“怊怅”为失意貌。这两句是说自己孤独而谨慎、失意而襟怀自然。所以面貌瘦削而心如儿童，出言迟钝而雄辩于一世。“削瓜”，上古禹以皋陶为“士”，即掌刑法之官，传说皋陶面如削瓜，李慈铭面目清瘦，所以说不了解他的人以为他是执法官的后裔，面如削瓜而缺少和气。“柱下之胄”，指老子，老子曾为周柱下史，《老子》第二十八章云“知其雄，守其雌，为天下谿”，即“以无欲为宗”之意，这里是说，了解他的人则知道他是老子的门徒，并无欲望而能守雌。“儒林”，指史书中的“儒林列传”，始立于《史记》，记载儒生的事迹；“文苑”，《后汉书》始创“文苑列传”；这里是说他日后入史书的儒林还是文苑传，就听凭后人去安排了。事实上，历代还是重儒林而轻文苑，目文章为雕虫之事、壮夫弗为的代不乏人，但李慈铭后来入《清史稿・文苑列传》，对李慈铭来说也许意有未慊。“独行”，指特立独行、不随流俗；“隐逸”，指隐居的山野逸民；“止足”，指淡于名利、急流勇退的人物；正文中有以这三者为名的传，李慈铭的意思是这三者的宗旨，他都能身体力行。下面几句是本文最佳的：“风潇雨晦，霜落叶红，悠然独笑，形行景从。”“风雨如晦，鸡鸣不已”，原出自《诗经・郑风・风雨》，后世常用来比喻艰难困苦的处境；“霜落叶红”，自是秋色，人生至秋，一番凄凉。然而作者并不哀怨悱恻，而是悠然独笑、形行景从，一幅悠闲的孤独者景象。这几句既有生动的景色描绘，又有浓厚的韵味，果是好文。“待观河之将皱”，用了《楞严经》中的一个典故：“佛告波斯匿王：‘我今示汝不灭性。汝三岁见恒河时，至年十三，其水云何?’王言：‘至于今六十三，亦无有异。’佛言：‘汝今发白面皱，必今皱于童年。观河之见，有童耄否?’王言：‘否也。’”“拊桑海之曲终”中的“桑海”，即沧海桑田。作者用此典，是想表明他自由自在地观看人世上的一切反复变化，以不变应万变，我行我素。于是，“俗士疾之，要人扼之”。但作者深有自信，觉得自己定能获得下代人的理解和敬仰：“而杖履所至，常有千载之清风。”自命不凡之情，溢于言表。

《清史稿・文苑列传》云：“时朝政日非，慈铭遇事建言，请临雍，请整顿朝纲。大臣则纠孙毓汶、孙楫，疆臣则纠德馨、沈秉臣、裕宽。”“性狷介，又口多雌黄。服其学者好之，憎其口者恶之。”从这些记载中，我们更可以了解李慈铭狷介耿直、不避权贵、多言敢言的性格，也可以对本文作更深的理解，而使我们最佩服的则是李慈铭的自信。文士需要一点自信，这样在困苦中能坚守自己的原则，而有原

则的人总是让人敬仰的。（卢敦基）

【作者小传】

王闿运

(1833—1916)　清末民初学者、文学家。初名开运，字壬秋、壬父，号湘绮，湖南湘潭人。咸丰举人，同治初为两江总督曾国藩幕客。后讲学四川、湖南、江西等地。光绪末授翰林院检讨，加侍讲衔。民国初任清史馆馆长。治经主今文公羊学，通群经。工诗与骈文，皆宗六朝，主盟湖湘文坛，与邓辅纶齐名，世称"王邓"。所著除经子笺注外，有《湘军志》《湘绮楼日记》《湘绮楼诗文集》。编有《八代诗选》《八代文粹》。门人辑其著作为《湘绮楼全书》。

比竹余音序

王闿运

往昔邓辛眉从孙月坡学词，邓父语余曰："词能幽人，使志不申，非壮夫之事，盛世之音也。"余窃笑焉，以为才人固甘于寂寞，传世无怨于凉独[1]，使我登台鼎[2]，不如一清吟远矣。特病不工词，不恨穷而工也。

未三五年，天下大乱，曩之公卿多福寿者，相继倾覆，而词客楚士，流传兵间，憔悴行歌，不妨其乐，余亦渐收摄壮志，时一曼声，既患学者粗率，颇教以词律。东南底定，海氛未起[3]，于天津行辕得见叔问中书[4]。叔问贵公子，不乐仕进，乞食吴门，与一时名士游。文章尔雅[5]，艺事多能，而尤工倚声。吴门，孙君故国也。前五十年，孙君与如冠九[6]以词唱和于浔阳庐山间，佳句犹在人口。冠九则叔问乡前辈，再前则成容若湛沦盛时[7]，而词冠本朝。邓丈所言，吁其验矣！

余交叔问又将廿年，而时事愈变，吴越海疆，不能有歌舞湖山之乐。余居三闾之徂土[8]，无公子之离忧。樵唱田歌，一销绮思；穷则至矣，词于何有。邓丈之言，其犹衰世之盛耶？

叔问远来征文，辄述师友身世之感以告之。

〔注〕 ①凉独：谓独行踽踽，不被人所亲厚。 ②台鼎：古时三公宰相之称，因其地位显要，故比作星之三台，鼎之三足。 ③“东南”二句：指当时东南数省的太平天国起义军被清军扼杀，海疆也未发生战事。 ④行辕：朝廷大官出行驻所。叔问：清词人郑文焯号。中书：官名。 ⑤尔雅：本为训诂名物之书，这里比喻文章典雅。 ⑥如冠九：满洲镶黄旗人，姓赫舍里氏，名如山，字冠九。道光进士。官至直隶按察使。 ⑦成容若：满洲正黄旗人，姓纳兰，名性德，初名成德，字容若，大学士明珠之子。康熙进士。湛沦：沉沦。湛，同“沈”。 ⑧三闾之徂土：楚屈原为三闾大夫，死于今湖南湘阴县北汨罗江，作者为湘阴人，故云。

词，作为一种文学样式，历来被人视为小道，多用来抒写个人生活琐事或风花雪月哀乐之情。所以谈到学词时，邓辛眉的父亲要对闿运说：“词能使人忧深思远，壮志不申，不是年轻人应该做的事，也不是太平盛世所需要的。”邓父的话，实际上反映了这样一个问题，即词人大都沉沦于盛世，仕途坎坷，纵然有经世致用的抱负，也没有可以施展的地方。

闿运从邓父的话入手，貌似讨论对学词的看法，其实是借邓父的话来表明词人之所以乐于清吟，乃是事出有因；盛世沉沦，是不合理的社会普遍存在的悲剧。他把笔墨荡开去，首先不直接提到对《比竹余音》作者大词人郑文焯的评说，故作反语，认为有学问的说书人，不在乎高官厚禄，即使是做大官，也远比不上吟诗赋词。君不见，遇上动乱的时代，豪门公卿相继倾覆，反不及憔悴的词人，长歌抒怀来得惬意。闿运这样说，实际上是一种自我宽慰的解嘲之词。试看悠悠往古，正不知有多少济世之才的“词客楚士”，不为朝廷看重，一腔热血，只能随着无情的岁月消磨殆尽。既然如此，你不去清吟，又能干什么？

在经过了一番对词的论述以后，闿运才把话题转到了文焯的身上。作为一个大词人，文焯“不乐仕进，乞食吴门”，据此来看，他显然是一个落魄的公子。文焯为何不愿像封建时代一般读书人那样，把应试作为猎取功名的一种手段呢？序中没有说。从孙雄《高密郑叔问先生别传》中可知，他自光绪乙亥年(1875)应顺天乡试中举人后，“会试屡荐不售，遂绝意进取，爱吴中山水幽胜，客居三十余年”。科举上的挫折，对酷爱风雅、热爱生活的大词人来说，就只有在大自然的怀抱里啸傲烟云，在吴中的青山绿水中寻觅感情寄托了。所以当文焯远道向闿运索求《比竹余音》序文时，闿运对文焯的生活遭遇是非常感慨的。闿运自身“憔悴行歌”“渐收摄壮志”，乃是时世所迫，无可奈何。故这里既有自伤，也是在委婉地把自己引为文焯的知音。闿运生当科举取士，建立功名之时，仅为一举人，仕途上毫无建树，这与他在文学上成为一代宗匠的地位，极不谐调。文焯和他一样有杰出的文学才华，可是却潦倒科场，与出仕无缘，只能以低吟曼咏为能事，这使他们在思想感情上有许多相通之处。因而，闿运在为文焯写序文时，就很容易想到像文焯那样的大词人，仕途无望，盛世潦倒，并不在少数。这能不令人感慨吗？他在序文中提到了如冠九、孙月坡，也提到了纳兰性德。这些前辈文人学士，哪一个不是词坛射雕手？他们一个个都驰誉词林，现实生活中却不怎么走运。越是词名盖世，越是沉沦于盛世，这是多么不合理的时代悲剧啊！闿运把文焯与这些前辈文人学士相提并论，意在验证邓父之言的正确性，实际上也含蓄地反映出他对文焯最好的评价。如、孙二人，五十年前唱和的佳句"犹在人口"，纳兰性德"词盖本朝"，那么"尤工倚声"的文焯，他的大作自然也要久传人间，艺术成就足以使他名垂青史了。

"邓父之言，吁其验矣！"这是发自肺腑的感叹。本来邓父的话是不该应验的，而今却应验了。看来词人要想有所作为，谈何容易。这里充分表现了闿运对人才不能尽其用的愤懑之情。他是多么不愿意看到这样的结果啊，可又有什么办法呢？闿运之所以不厌其烦地引述论证邓父的话，实际上是在为盛世沉沦的词人呐喊，他们不是没有壮志，也不是甘心过着低吟曼咏的清苦生活，而是有志难申，英雄无用武之地！

（李保民）

【作者小传】

薛福成

(1838—1894)　清末散文家。字叔耘，号庸庵。江苏无锡人。少喜性理之书，稍长纵览经史，好为经世之学。光绪元年(1875)上《治平六策》《海防十议》疏，传诵一时。署宣化知府，授浙江宁绍台道，擢湖南按察使。光绪十五年派为出使英、法、意、比四国大臣，历光禄、太常、大理寺卿，迁左副都御史。深受西方思想影响，成为改良主义者。出使任满归国，病卒于上海。初私淑姚江王氏，后师事曾国藩，谈洋务，终则力倡改良变法。治古文，与吴汝纶、张裕钊、黎庶昌号"曾门四弟子"，后以古文议政，直抒胸臆，闳雅真挚，不拘宗派。著有《庸庵全集》《庸庵文别集》等。

观巴黎油画记　　薛福成

光绪十六年春闰二月甲子，余游巴黎蜡人馆，见所制蜡人，悉仿生人，形体、态度、发肤、颜色、长短、丰瘠，无不毕肖。

自王公卿相以至工艺杂流，凡有名者，往往留像于馆，或立或卧，或坐或俯，或笑或哭，或饮或博，骤视之，无不惊为生人者。余亟叹其技之奇妙。译者称："西人绝技，尤莫逾油画，盍驰往油画院，一观普法交战图乎？"

其法为一大圆室，以巨幅悬之四壁，由屋顶放光明入室。人在室中，极目四望，则见城堡冈峦，溪涧树林，森然布列。两军人马杂遝①，驰者、伏者、奔者、追者、开枪者、燃炮者、搴大旗者、挽炮车者，络绎相属。每一巨弹堕地，则火光迸裂，烟焰迷漫，其被轰击者，则断壁危楼，或黔其庐，或赭其垣。而军士之折臂断足，血流殷地，偃仰僵仆者，令人目不忍睹。仰视天，则明月斜挂，云霞掩映；俯视地，则绿草如茵，川原无际。几自疑身外即战场，而忘其在一室中者。迨以手扪之，始知其为壁也，画也，皆幻也。

余闻法人好胜，何以自绘败状，令人丧气若此？译者曰："所以昭炯戒，激众愤，图报复也。"则其意深长矣。夫普法之战，迄今虽为陈迹，而其事信而有征。然则此画果真邪？幻邪？幻者而同于真邪？真者而托于幻邪？斯二者，盖皆有之。

〔注〕 ① 杂遝(tà)：纷杂繁多貌。

本文是一篇观画记，但文章开头却先写游巴黎蜡人馆之所见。有人认为这样写寄寓有作者的深意，盖作者认为欧美勃兴的原因主要是"学问日新、工商日旺"，而促使达到日新日旺的生力军，则是那些"留像于馆"的"工艺杂流"，故作者记叙蜡人馆，是在"把学习西方的思想具体化"。这样解释，似乎有些求之过深。其实我们看第一段末尾说"余亟叹其技之奇妙"，下面接以"译者称西人绝技尤莫逾油画"，那么很明显，作者这样处理，主要目的是"借宾陪起"，起正面衬托的作用，同时也能抓住读者，更引人入胜。

末尾一段再次引用译者之语，指出法人好胜却又自绘败状的原因，是在"昭炯戒，激众愤，图报复"，揭出了"普法交战图"的画意；再联系到作者一贯主张变法图强，希望中国从积贫积弱中振兴起来，则写作此文，"其意"固亦"深长矣"。

中间一段是文章的主体，描绘"普法交战图"。黑格尔曾经说过：绘画不比诗歌,不能表达整个事件或情节的发展步骤,只能抓住一个“片刻”,因此该挑选那集中前因和后果在一点里的景象;譬如画打仗,就得画胜负可分而战斗尚酣的片刻。这段话恰好可以适用于这幅“普法交战图”,从下文“自绘败状”四字来看,这时已分出胜负,但战斗仍然空前激烈。而作者为了真实地再现这一“片刻”,采用了鸟瞰式的描绘角度:在交代了画室环境构造后,先写战争环境、形势;次写双方人马鏖战正酣的情状;再写炮弹落地的巨大威力;最后再点染战场的自然景象,以烘托战场惨烈的气氛,这样就层次分明而又简练生动地勾勒出了当时普法交战的“全景式”画面。另外,古人早就说过:“宣物莫大于言,存形莫善于画。”绘画作为一种视觉形象艺术,在描绘客观事物时,虽然也能捕捉住事物最富动感的一瞬间,但其画面毕竟是凝固不动的;而本文作者在描述原画时,则充分发挥了文字艺术的特长,选择了一系列极富动感的词语来进行铺叙描摹,加以语言节奏的错落变化,把当时战场上人马杂沓、络绎相属、炮火连天、杀声遍地的火爆气氛表现得如在目前。　　(刘桂秋)

蜘蛛与蛇　　薛福成

尝见一蜘蛛布网壁间,离地约二三尺,一大蛇过其下,昂首欲吞蜘蛛,而势稍不及;久之,蛇将行矣,蜘蛛忽悬丝而下垂身半空,若将追蛇者;蛇怒,复昂首欲吞之,蜘蛛引丝疾上;久之,蛇又将行矣,蜘蛛复悬丝疾下,蛇复昂首待之,蜘蛛仍还守其网,如是者三四次;蛇意稍倦,以首俯地,蜘蛛乘其不备,奋身飙下,踞蛇之首,抵死不动;蛇狂跳颠掷,以至于死。蜘蛛乃盬[①]其脑,果腹而去。

……

噫!万物并生、并育,一相食之机也。余偶见之而偶志之,其未为余所见者,固不可以殚述——殆变态无穷矣!夫物之大小强弱有定,而相制之机则无定,得其机则小可以制大,弱可以制强,盖斗智不斗力云。

〔注〕①盬(gǔ):吸饮。

本文原题为“物性相制”,记叙部分包含了三个“动物相斗”的小故事,这里选录其一。作者通过几个自己平日在生活中亲自观察到的事例,告诉人们:虽然自然界各类生物间存在着大小强弱的客观力量对比，但弱有所长，强有所短，并非在任何情况下都是弱肉强食；只要及时抓住其“相制之机”，善于斗智，那么小就可以制大，弱就可以胜强。

薛福成是桐城派的后期作家，他的文章不但长于议论，也善于描绘。为了说明这一点，我们不妨将这则故事与蒲松龄《聊斋志异》中记载的类似故事“螳螂捕蛇”略作比较。蒲文云：“张姓者，偶行溪谷，闻崖上有声甚厉。寻途登觇，见巨蛇围如碗，摆扑丛树中，以尾击柳，柳枝崩折。反侧倾跌之状，似有物捉制之。然审视殊无所见，大疑。渐近临之，则一螳螂据顶上，以刺刀攫其首，攧不可去。久之，蛇竟死。视额上革肉，已破裂云。”这也是一个“以弱胜强”的故事，只不过是螳螂代替了蜘蛛；它们都善于发挥自己的有利条件，抓住强敌的要害(蛇之首)，最终取得了胜利。但蒲文着重抓住了螳螂业已把握胜机的“一瞬间”来进行描写；薛文则铺叙了蜘蛛与蛇相斗自始至终的全过程。尽管只有短短百来个字，却写得一波三折，跌宕起伏；通过简洁而富于表现力的文字，将蜘蛛与蛇斗勇斗智的情景描画得如在目前。蜘蛛作为一个寓言形象，作者既存其“形”——即忠实于它的本来面目，又赋予其“神”——即将其刻画成一个有勇有谋的战士形象。我们如果借用管同《记鸽》一文中的方法，则也可以说，蜘蛛之所为“悉合于兵法”：一开始大蛇过蜘蛛网下，昂首欲吞蜘蛛，蜘蛛所处位置较高，按兵不动，这是兵法上的“强而避之”；待蛇将行时，蜘蛛“悬丝而下”，这是“诱敌”之计；如是者三四次，这又是“疲敌”之法；等到“蛇意稍倦，以首俯地”时，蜘蛛“乘其不备，奋身飙下”，最终将蛇置于死地，这就显然是兵法中的“攻其不备，出其不意”。通过这样的描写，有力地印证了作者的“斗智”“得其机”的论点。 （刘桂秋）

猫搏雏雀

薛福成

窗外有枣林，雏雀习飞其下。猫蔽身林间，突噬雀母。其雏四五，噪而逐猫，每进益怒。猫奋攫之，不胜，反奔入室。雀母死，其雏绕室啁啾，飞入室者三。越数日，犹望室而噪也。

哀哉！猫一搏而夺四五雏之哺，人虽不及救，未有不恻焉概[①]于中者，而猫且眈眈然惟恐不尽其类焉。乌乎！何其性之独忍于人哉？物与物相残，人且恶之，乃有凭权位，张爪牙，残民以自肥者，何也？

〔注〕① 概：通“慨”。

本文是一篇寓言小品。前面一段记叙了一个“猫食雀”的故事。开头说“窗外有枣林，雏雀习飞其下”，这二句不可视作可有可无之笔，雀而为雏，且尚在习飞，说明这些雀儿还不能独立生活，依赖于雀母的哺养，这样写是为了突出表现下文“突噬雀母”的猫的残忍。猫吃掉雀母后，作者接着分别再写了雏雀和猫的举动。猫是“奋攫之”，想把这些小雀们也全都吃掉，这是进一步写其残忍；写雏雀，则着重刻画其“怒”：始则“噪而逐猫，每进愈怒”，继则“绕室啁啾，飞入室者三”，再则“越数日，犹望室而噪”——盖怒由悲而生，怒之极则愈见出悲之深，这就又一次从反面衬托出了猫性的残忍。所以整个故事，全是从“残忍”二字展开。

在接下来的议论部分，作者直接指出：猫的残忍一在于“一搏而夺四五雏之哺”，二在于“眈眈然惟恐不尽其类”；作为对比，作者又写了“人”对此的反应，说人看见了猫噬雀的情景，没有不对这只猫产生憎恶之情，没有不为那些可怜的小雀感到悲伤而心中慨叹的。这样看来，似乎是人比猫“善良”；但行文至最后，作者笔锋陡转，突发奇问：“乃有凭权位，张爪牙，残民以自肥者，何也？”通过这气势凌厉的一问，有力地抨击了当时社会上那些依仗权势，鱼肉百姓的权贵们。

动物间的弱肉强食，是古代寓言作家们笔下常见的题材，而作者通过这些故事所要表达的寓意则又各有不同。本文的题旨，是要揭露抨击那些残民自肥的权贵们，着重突出其“残忍”。为了给这一寓意找一件合适的“外衣”（陀罗雪维支有“寓言是穿着外衣的真理”之语），作者精心选择了这个“猫噬雀母”的故事，显得十分熨帖切当。又薛福成之文多凌厉雄劲之气，我们通过这则小品，也可见其一斑。

（刘桂秋）

【作者小传】

张罗澄

清举人。字岷远。四川长宁人，清同治、光绪间进士。乙未（1895）割台之役，尝邮书至刘永福军门论战事。又往来沪滨，奔走国事，而终不成。有吊台阳诗，载于《普天忠愤集》。

书偷头记[①]后　　张罗澄

术之至贱为偷，人之至贱为偷儿，而能以其偷为国杀贼，则遂不敢以偷儿贱之。庄生曼衍[2]，谓仁勇信义，盗亦有道[3]，盖以偷儿愧当世也。今天下之言曰："文官三只手，武官四只脚[4]。"夫官于平日剥民自奉，则甘为偷儿；一遇变故，则不能如偷儿之杀贼，此"三手四脚"之所以称也。视此偷儿，宁不愧死乎！旧读《十国春秋》，杜育为盗，母笞之，育曰："天下将乱，且以习胆，如意望封侯，不如意不使他人砍头。"然则以偷习胆，遂能杀贼立功，殆亦豪侠之流亚欤！今读《偷头记》，特书数语于后，所以警为民牧而忍为偷儿者，亦所以勉偷儿而卒成国士。至若乱世需才，操用人之柄者，又可不必以尺寸绳矣[5]。

〔注〕 ① 偷头记：清代文学家徐时栋作。内容是记述鸦片战争时期发生的一件事：道光二十一年(1841)八月，英国侵略军侵占了浙江宁波城。清军反攻，不得手，退驻绍兴。清官员想出一个办法，就是集合一批偷儿，要他们黑夜潜入宁波城内，伺机刺杀英军，斩首回来，官府便以人头计算酬劳给偷儿。英军被杀越来越多，大惧，遂退兵，登舰而去。于是大将军以克复宁波上报朝廷，获得升官和赏赐。作者用隐蔽的笔法，讽刺谴责清官兵的无能，同时流露出对偷儿的赞赏心情。 ② 庄生：战国时期哲学家庄周，其所著《庄子·齐物论》有云："和之以无倪，因之以曼衍。"曼衍：指变化无穷。 ③ 盗亦有道：语出《庄子·胠箧》，意谓盗亦有自己的一套行事标准。 ④"文官"二句：文官三只手，意谓其贪赃逐利；武官四只脚，是讥讽他们望敌而逃。 ⑤ 尺寸：尺和寸都是量度的较细单位，引申为细微。绳：衡量。

在鸦片战争中，清军官兵充分暴露了生活腐败、毫无战斗力的积弊。尤其官吏畏敌如虎，丧师辱国的行为，更激起爱国人民的义愤，于是，广州三元里乡民奋勇地高举义旗，给入侵者以迎头痛击，掀开了中国人民抗击帝国主义斗争的光辉一页。当然，文臣武将中也有坚决反抗侵略，和敌人血战到底的，如林则徐、关天培、陈化成、葛云飞等便是。不过，更多的官员是无能而又怕死的。当时的亲历者谢兰生在其《海疆纪事》诗中，便描绘了这种情景："流散民难安堵集，仓皇官竟挂冠行。守犹未敢何言战，将且思逃况在兵！"诗后还加注云："镇海、明州之失，兵民相率而逃，贼未至而城已空，殊为可笑。"在谢兰生的笔下，官员们的狼狈相已够难堪了，不料张罗澄更不客气，竟用形象性的语言，直斥"文官三只手，武官四只脚"。"为民父母"的官员，竟是专向老百姓下手的偷儿，而一向受人贱视，既无守土之责，又未领受过国家一丝一毫俸禄的偷儿，却能为国杀敌，收复国土，是豪侠之流。两相对比，岂非绝妙讽刺！文章自始至终用这种对比，层层推进，议论痛快，笔锋辛辣，是篇大胆揭露现实，谴责封建制度腐败的好文章。

（黄国声）

【作者小传】

林　纾

(1852—1924)　清末民初文学家、翻译家。原名群玉，字琴南，号畏庐，别署冷红生，福建闽县(今福州)人。光绪八年举人，屡试进士不第，遂以授学、著译、绘画为业。工诗词古文，兼作小说戏曲，尤以译著名世。虽不识西文，却依他人口述，用文言翻译欧美小说一百七十余种，译笔典雅流畅，甚受读者喜爱，其中以《巴黎茶花女遗事》《黑奴吁天录》《撒克逊劫后英雄略》《迦茵小传》《伊索寓言》等影响最大。所撰诗文有《畏庐文集》《畏庐诗存》《畏庐笔记》等，小说有《金陵秋》《金华碧血录》等，传奇有《蜀鹃啼》《天妃庙》《合浦珠》等。

记超山梅花　　林　纾

夏容伯同声[①]，嗜古士也，隐于栖溪[②]。余与陈吉士、高啸桐[③]买舟访之，约寻梅于超山[④]。

由溪上易小舟，循浅濑[⑤]至超山之北，沿岸已见梅花。里许，遵陆至香海楼[⑥]，观宋梅。梅身半枯，侧立水次；古干诘屈[⑦]，苔蟠[⑧]其身，齿齿[⑨]作鳞甲。年久，苔色幻为铜青。旁列十余树，容伯言皆明产也。景物凄黯无可纪，余索然将返。容伯导余过唐玉潜祠[⑩]下，花乃大盛。纵横交纠[⑪]，玉雪一色；步武[⑫]高下，沿梅得径。远馥林麓，近偃陂陀[⑬]；丛芬积缟[⑭]，弥满山谷。几四里始出梅窝[⑮]，阴松[⑯]列队，下闻溪声，余来船已停濑上矣。余以步，船人以水，沿溪行，路尽适相值也。是晚，仍归栖溪。

迟明[⑰]，复以小舟绕出山南，花益多于山北。野水古木，渺湍滞翳[⑱]，小径岐出为八、九道，抵梅而尽。至乾元观[⑲]，观所谓水洞[⑳]者。潭水清冽，怪石怒起水上，水附壁[㉑]而止。石状豁闲[㉒]，阴绿惨淡[㉓]。石脉直接旱洞[㉔]。旱洞居观右偏，三十余级。及洞口，深窈沉黑[㉕]中，有风水荡击之声。同游陈寄湖、涤寮兄弟，爇管[㉖]入，不竟洞而出。潭之右偏，镌“海云洞”[㉗]三大字，宋赵清献笔也[㉘]。寻丁酉轩父子石像，已剥落，诗碣[㉙]犹隐隐可读。容伯饭我观中。余举觞叹息,以生平所见梅花,咸不如此之多且盛也。容伯言:“冬雪霁后,花益奇丽,过于西溪㉚。”然西溪余两至,均失梅候㉛。今但作《超山梅花记》,一寄容伯,一寄余友陈寿慈于福州。寿慈亦嗜梅者也。

〔注〕 ① 夏容伯同声:容伯为字,同声是名。浙江钱塘(今杭州市)人。与作者交好。② 栖溪:位于塘栖镇。镇在杭州西北七里许,与德清接境,跨运河为市,因宋末隐士唐玉潜(珏)而得名。 ③ 陈吉士:林纾弟子,名希贤,字吉士,福建闽县人,清光绪壬辰(1892)进士。由庶常补外历任金华、钱塘、仁和三县知县,有政声。高啸桐:林纾的好友,名凤岐,字啸桐,号愧室主人,长乐(今属福建)人。光绪举人,工古文词,官至梧州知府。 ④ 超山:在杭州附近,海拔三百米。因其高出当地皋亭、黄鹤两山,超然突峙,为临平、塘栖间之最高山,故名。山有海云洞、石笋峰等胜景,石多异形。 ⑤ 濑(lài):从沙石上流过的急水。 ⑥ 遵陆:指沿着溪边山路前行。香海楼:超山风景区建筑。 ⑦ 古干诘屈:形容宋梅枝干曲折多姿。 ⑧ 蟠:通“盘”。 ⑨ 齿齿:形容排列齐整。 ⑩ 唐玉潜祠:超山古建筑,即宋隐士唐珏的祠堂。祠今无存。 ⑪ 交纠:交错。 ⑫ 步武:犹言漫步。 ⑬ 陂陀(pō tuó):山坡倾斜之状。⑭ 丛芬:指茂密的花枝。积缟(gǎo):借喻梅花重重叠叠,犹如堆积着的洁白绢匹。 ⑮ 梅窝:形容梅花密如蜂房。 ⑯ 阴松:指郁郁苍苍的松树。 ⑰ 迟明:天将明而未明。 ⑱ 淼(xiào):形容水面辽阔微远。滞翳:喻枝叶浓密。 ⑲ 乾元观:超山上的古建筑,临近海云洞。 ⑳ 水洞:又称湿洞。海云洞之一。 ㉑ 附壁:靠近石根。 ㉒ 豁闲(xiǎ):破缺,开裂。 ㉓ 阴绿惨淡:指石上长满暗绿色的青苔。 ㉔ 石脉:岩石的纹理。旱洞:又称干洞。海云洞之一。 ㉕ 深窈(yǎo)沉黑:形容幽远深沉。 ㉖ 爇(ruò)管:点燃火把。 ㉗ 海云洞:又称水旱二龙洞。洞分上下层,上为旱洞,深十余丈;下为湿洞,储泉为池,水清见底。今祠已倾圮无存。 ㉘ 赵清献:赵抃(1008—1084),字阅道,衢州西安(今浙江衢州)人。官至资政殿大学士,以太子少保致仕,谥清献。工诗,所著清新律切。擅书法,史称“笔迹劲丽,萧然如其为人”。相传赵清献任杭州知府时,在此祷雨而应,遂题其岩为“海云”,并题诗以记之。 ㉙ 诗碣:刻有诗文的石碑。 ㉚ 西溪:杭州著名风景胜地,溪水两岸遍植茶、竹、梅、栗,与灵峰、孤山同为西湖探梅胜地。 ㉛ 梅候:梅花盛开的时节。

梅花,乃“岁寒四友”之一。凌风傲雪,清芬四溢,幽雅净洁,一向被视为坚贞不屈、冰清玉洁之高贵品格的生动写照。

提到著名的赏梅胜地,人们自然难以忘怀与超山鼎足而立之苏州邓尉和无锡梅园。

邓尉山是东汉中兴名臣、大司徒邓禹晚年隐居之所。据说有梅十万株,红、白、墨、绿,各色齐全。花期,银海涌波,瑞雪翻飞;落红遍地,香满山林。其山腰梅馆石柱有联云:“寻宋商邱(荦)题咏遗文,入胜出幽,十里梅香归吐纳;访清高宗游观陈迹,抚今怀旧,四周山色感兴亡。”

无锡的梅园也并不逊色。梅园原为清末徐殿一小桃园,民初,曾为荣宗敬、荣德生别业，背依龙山，面向太湖，相传植梅一万八千株，计四十多个品种。其名贵者有汉代的红梅、宫粉，唐代的大红、朱砂，宋代的玉蝶、绿萼、杏梅，清、近代的白碧照水及龙游梅等。每值春初，万枝竞芳，云蒸霞蔚；蕊白萼红，幽香袭人。其天心台附近康南海所书“香雪海”厅上楹联云：“七十二峰青未断，万八千株芳不孤。”

乾隆帝游过邓尉山，康有为题过“香雪海”，两位历史名人的光临，无疑为这两处赏梅胜地添了光，使之名扬海内外。可是，若论起梅树之老、梅花之多、梅质之好，邓尉与梅园终还不及林纾笔下的超山。

超山在杭州市北八十里，面积约五平方公里。超山梅花自唐代以来即极负盛名，素有“超山梅花天下奇”之称。那么，它究竟奇在何处呢？第一，其奇在“古”。林纾所写到的宋梅，植于大明堂外草地中，相传种于宋末，虽经八百年沧桑，树心早已半死，然“古干诘屈”，姿态劲朴，花信独早，且为罕见的白色六瓣种。还有一株著名的唐梅，植于大明堂内正中石坛上，树龄虽历千载，老干新株，冠盖如伞，青苍郁勃。如此鹤龄老梅，唯超山独有。第二，其奇在“广”。每值花期，落英缤纷，色泽娇艳；扬花飞雪，芗香翕艴，诚如林纾笔下所绘：“纵横交纠，玉雪一色；步武高下，沿梅得径。远馥林麓，近偃陂陀；丛芬积缟，弥满山谷。”其花或白如汉玉，或绿似翡翠，或红晕如杏，真正是“十里梅花香雪海”，“入山无处不花枝”！第三，其奇在“多”。据统计，超山梅树有八万余株，品种三十多个，大都为果梅。超山梅子有青梅、花梅之分。如唐梅之实，个大底平，汁多爽口，乃青梅中佳品。而宋梅之实，则青中泛红，因外形似桃，俗名桃梅，系花梅中名种。仅此二株古梅，即可年产七十余斤。数量之多，既非邓尉可比肩，更非梅园所能及。

不过，林纾只看到了超山北面“玉雪一色”“丛芬积缟”的壮丽景色，却未能得遇超山“冬雪霁后，花盖奇丽”的盛美景观，确很遗憾；而美景失却一支妙笔为之传神写照，又何尝不是一件憾事。

（聂世美）

湖心泛月记　　林　纾

杭人佞佛，以六月十九日为佛诞。先一日，阖城士女皆夜出，进香于三竺[①]诸寺，有司不能禁，留涌金门[②]待之。余食既，同陈氏二生霞轩、诒孙，亦出城荡舟为湖游。霞轩能洞箫，遂以箫从。月上吴山[③]，雾霭溟蒙，截然划湖之半。幽火明灭相间约丈许者六七处，画船也。洞箫于中流发声，声细微，受风若咽，而凄悄哀怨，湖山触之，仿佛若中秋气。雾消，月中湖水纯碧。舟沿白堤止焉。余登锦带桥，霞轩乃吹箫背月而行，入柳阴中。堤柳蓊郁④为黑影，柳断处，乃见月。霞轩著白袷衫⑤，立月中，凉蝉触箫，警而群噪；夜景澄澈，画船经堤下者，咸止而听，有歌而和者。诒孙顾余："此赤壁之续也。"余读东坡《夜泛西湖五绝句》，景物凄黯，忆南宋以前，湖面尚萧寥，恨赤壁之箫，弗集于此。然则今夜之游，余固未袭东坡耳。夫以湖山遭幽人踪迹，往往而类，安知百余年后，不有袭我者？宁能责之袭东坡也？天明入城，二生趣余急为之记。

〔注〕 ① 三竺：杭州有三天竺寺。上天竺寺，在北高峰；中天竺寺，在稽留峰；下天竺寺，在飞来峰。 ② 涌金门：杭州城门之一，在城正西。 ③ 吴山：在西湖东南，春秋时为吴国南界，故名。一曰胥山，上有子胥祠。又因山多城隍庙，俗称城隍山。 ④ 蓊郁：茂盛。 ⑤ 袷衫：旧时衣领交于胸前的单衣。

西湖月夜，水如明镜，倒映广寒，湖光月色化人间为仙境，倾倒了多少文人雅士，引发出多少名篇佳作。清末林纾于光绪二十四年三至御史台上书遭驳后，客居杭城，此间遍游当地名胜，对湖心泛月，感触尤深，写下了这篇游记。

秋夜西湖赏月，向来为游人乐道，明人田汝成称："西湖观月，秋爽最宜。"(《西湖游览志余》)张岱《西湖七月半》曾生动描摹了杭州各式人等七月十五游湖赏月的盛况。林纾与陈氏二生，不沿旧习，舍秋而取夏；也不流俗，当善男信女进香之际，荡舟湖心，彻夜消受这西湖月色。

文章通过月夜设置了悲忧哀伤的氛围，定下凄悄之美的基本色调。作者泛月，由"月上吴山"至"天明入城"，始终对西湖月色有着独特的感受。月下之西湖，先是"雾霭溟蒙"，继而"湖水纯碧"，随夜月的上升移动，西子逐渐揭去面纱，一现她澄澈妩媚的姣容。这种流动着的外界景观，本来正引导着游人的赏月渐入佳境。可是，作者似乎对西湖的朦胧美、清澈美都不怎么在意。他的视觉一开始停留在"幽火明灭"中的画船，雾散后又着眼于"堤柳蓊郁"中的黑影，偏偏是游客之意不在月。就像他游湖选择夏季，佛诞日不进寺而荡舟一样，进一步表露出作者内心世界与社会、自然的不谐调。为了展开主动的审美观察，抒发郁积的哀怨情思，陈霞轩的那支洞箫，就成了最恰当的中介物和宣泄口。湖心泛月，携箫助兴，本在情理之中，作者言此，也似乎漫不经心，其实文章已经安下伏脉。以后，霞轩两度吹箫，一于舟中，一于堤上。前次因雾湿弥漫，中流所发之声，与月下湖山交汇成一股肃杀之气；后次则使凉蝉“警而群噪”，并使画船听者歌以为和，西湖空旷月幕下，留下几许生命的呻吟。这箫声，与其说触动了湖山，触动了凉蝉及堤下听者，还不如说触动了作者自己。作者在整宿的游月过程中，觉得唯有箫声才与内心合拍，才足以解脱哀怨。这样，洞箫由暗处跑到了明处，并借陈诒孙之口发出了“此赤壁之续也”的感叹。

作者在使眼中景、耳中声纳入凄悄之美的基调以后，进而驰骋其超时空的联想：由今天的作者，联想到北宋的苏轼；由眼下的西湖，联想到昔日的赤壁。同样在月明之夜，洞箫声中，苏东坡泛舟赤壁，感慨英雄之长逝，宇宙之无穷，万物之难测，发出拥抱大自然的呼唤：“惟江上之清风，与山间之明月，耳得之而为声，目遇之而成色，取之无禁，用之不竭，是造物者之无尽藏也。”(《前赤壁赋》)苏子谪居黄州，夜游赤壁所抒之胸襟，不正是作者失意杭城，泛月西湖所寓之心境吗？作者深憾东坡的《夜泛西湖五绝句》，只有萧寥、凄黯，未能像《赤壁赋》那样道出深奥的人生哲理和超脱的精神境界。然而心灵的沟通是不为时间地点所限的，在凄婉的箫声中，作者感到八百年前、千里之外的苏轼，正是自己的知音。西湖泛月并非出于仿效东坡，而在于“湖山遭幽人踪迹，往往而类”。只要幽人不断，幽人踪迹不断，则苏轼赤壁所抒之情怀还将不绝于世。行笔至此，作者把写这篇游记的主旨和盘托出，泛月之意全在寻求宦情扫地之后的精神寄托。“充隐本非真处士，辞徵曾赋反游仙。”(林纾《七十自寿诗》)此二句正可做本文的注脚。

《湖心泛月记》以游踪为线索，以所见所闻所思为依据，把对低调的自然美的观赏，升华为对社会人生的理性思索，整个过程水到渠成，不落痕迹。文章择景的传神，衔接的巧妙，语言的诗化，都体现了林纾写作山水游记的造诣。

（张修龄）

记九溪十八涧[①]　　林　纾

过龙井[②]山数里，溪色澄然迎面，九溪之北流也。溪发源于杨梅坞[③]。余之溯溪，则自龙井始。溪流道万山中，山不峭而堑，踵趾错互，苍碧莫辨途径。沿溪取道，东瞥西匿，前若有阻而旋得路。水之未入溪号皆曰涧，涧以十八数，倍于九也。余遇涧即止，过涧之水，必有大石亘其流，水石冲击，蒲藻[④]交舞。溪身广四五尺，浅者沮洳[⑤]，由草中行。其稍深者，虽渟蓄犹见沙石。其山多茶树，多枫叶，多松。过小石桥，向理安寺[⑥]

路，石尤诡异，春箨⑦始解，攒动岩顶，如老人晞发⑧。怪石折叠，隐起山腹，若橱若几若函书状。即林表望之，滃然⑨带云气，杜鹃作花，点缀山路。岩日翳吐⑩，出山已亭午矣。时光绪己亥三月六日，同游者达县吴小村、长乐高凤岐、钱塘邵伯䌹。

〔注〕 ① 九溪十八涧：九溪，在浙江杭州烟霞岭西南，其支流为十八涧。 ② 龙井：在杭州西南风篁岭下，旧名龙泓，亦名龙泉。 ③ 杨梅坞：在龙井东南，宋时有金妪者，所栽杨梅盛美，因以起名。 ④ 蒲藻：蒲，香蒲，多年生草本植物，多生水边。藻，生长在水中的绿色植物。 ⑤ 沮洳(jù rù)：由腐烂植物埋在地下而形成的泥沼。 ⑥ 理安寺：在九溪东北岸理安山麓，旧名法雨寺，宋理宗改题今名。 ⑦ 箨(tuò)：竹笋上的片皮。 ⑧ 晞发：披下头发，使之干。 ⑨ 滃然：云气蒸腾的样子。 ⑩ 翳吐：此处指太阳隐隐露出。

暮春时节，三四友人，离开喧闹的城市，忘却尘世的烦恼，在杭州南郊，濯足溪涧，寻幽探胜，饱览赏心悦目的美景，好惬意，好自在。林纾的这篇山水小品，描绘了一幅奇丽而富于变化的郊游图。

以山景衬水流，高度和谐。九溪源自杨梅坞，在烟霞岭、龙井等杭州南山胜区九折而出。作者一行，则自龙井溯溪流而南游，放眼望去，溪随山转，屈曲回环。“九”本言溪流之多，而九溪之妙处，不在其多，而在其曲，它的曲折弯绕，全是山势使然。溪水穿行万道山峦中，由于堑壑交错，草木丛生，水流去向无常，忽隐忽现，变化难测，使游者平添了几分神秘感和好奇心。涧因山石之阻，也一露其千姿百态。作者溯溪南下，一路上山石嵚崎，拦水截流，大自然的造化使涧水增添了异彩。水流冲石，沙石蓄水，水因石的陪映而显清莹，又因石的阻挡而现多变。山石而外，碧绿苔草，青翠树木，滃然云气，簇簇杜鹃，都和谐统一在这九溪十八涧的山光水色中。

以动态述幽境，充满生机。九溪十八涧本是个深邃僻静的去处，平时杭城游人较少涉足。作者游踪所及，亦未提起遇见其他游客，但就在四山环抱中的溪涧与小路上，荡漾着盎然春意，透发出勃勃生气。林纾作画重视象形基础上的传神，主心要活泼泼地，贵笔有物外之思，这篇小品文正像一幅他绘的山水画。对溪涧、山石、草木的描摹是写实的，同时又神趣俱出，兴会淋漓：涧水冲石，使“蒲藻交舞”；堑壑相交，如错互的踵趾；春笋攒动，似老人在晞发。客观的景物被人格化了，外在的自然界被人情化了，这是作者主观神思的外移，也是他想象丰富、观察精细的体现。

作者绘形绘神，时而在文中透出几分书卷气，比如见怪石折叠，喻之为“若橱若几若函书状”，表现了他的创作个性。值得注意的是，林纾写此游记，正是客居

杭州，难图仕进之际，他没有借题发挥，一舒抑郁之气。或许是他太爱此时此景了，实在不忍心破坏九溪十八涧的幽美。（张修龄）

湖之鱼　　林　纾

林子啜茗于湖滨之肆[①]。丛柳蔽窗，湖水皆黯碧若染，小鱼百数来会其下。戏嚼豆脯唾之，群鱼争喋[②]。然随喋随逝，继而存者三四鱼焉。再唾之，坠缀葑[③]草之上，不食矣。始谓鱼之逝者皆饱也，寻丈之外，水纹攒动，争喋他物如故。余方悟钓者之将下钩，必先投食以引之，鱼图食而并吞钩，久乃知凡下食者皆将有钩矣。然则，名利之薮[④]，独无钩乎？不及其盛下食之时而去之，其能脱钩而逝者几何也？

〔**注**〕① 林子：作者自谓。肆：此处指茶馆。　② 喋：鱼或水鸟吃东西。　③ 葑(fèng)：生于水泽的蔬类植物。　④ 薮(sǒu)：指人或东西聚集的地方。

湖滨啜茗，柳下观鱼，本是游湖者怡然自得的一刻，作者却借鱼喻人，由自然及社会，发了一通感慨。

作者面临碧水丛柳，见湖中小鱼聚集，顿生戏鱼之心，随着作者吐出豆脯，马上观赏到群鱼争喋的湖景。游客喂鱼以取乐，本是人之常情；群鱼见饵而争食，亦为鱼之天性。作者平平叙来，笔下的鱼群并无反常之举。百数之鱼，在争抢了一阵后，存者只剩三四，甚而不再食豆脯，听任作者唾之于“葑草之上”。文章至此，出现了波澜，使人产生疑惑，鱼何故弃食而逝呢？有点儿反常了。出于粗浅的观察，作者起初还以常人之心度群鱼之腹，认为“逝者”都吃饱了。然而，这群鱼仅在“寻丈之外”，“争喋他物如故”。笔锋再一折，否定了作者刚才的认定，群鱼并非吃饱，而是易地而食。由于疑团仍不得解，这就引发了作者的进一步思索。

经过作者的一番观察推断，对鱼群的认识得到了深化，个中原委终被悟出：人们往往利用鱼的“贪饵吞钩”这致命弱点来钓鱼，鱼不恋食一处，正是它们保持警觉的策略。鱼争食，是为充饥；鱼逝去，是为避祸。两种行为的目的全在求生。自然界的鱼在遭人类暗算的境况下，选择了易地而食的两全之法。作者感悟之前所表露的不解与惊奇，正是不知鱼之故。

反顾人世间，名利正如钓饵，引诱众人竞相逐之，作者深谙“君子喻以义，小人喻于利”的儒训，趋利舍义，必然如同爱饵之鱼终将上钩一样，失去君子安身立命之本。作者以鱼为鉴，提醒君子们早作藏身之计，以免上名利之钩，因为“不及其盛下食之时而去之”，就难以“脱钩而逝”了。作者虽未明说“下食”者为谁，但暗指仗势以售其私的权贵们，已尽在不言中了。作者由知鱼进而知世，巧妙地将自然现象和社会现象联系起来，并与本人的生活体验相合。作者光绪八年中举后，即不求进身之阶，自觉“宦情早淡岂无因，乱世诚难贡此身”（《七十自寿诗》），断然回绝袁世凯、段祺瑞等“下食”者的招聘，在名利面前，拒不受饵。

《湖之鱼》描述湖滨观鱼一景，通过设疑与解疑，融进作者的主观感受，以具体可感的形象来点明道理，充满了天趣。由一幅游湖戏鱼图，生发出对世态的联想，看起来很有点杀风景，但其中的警世意味还是很值得人们反思的。

（张修龄）

冷红生传　　　林　纾

冷红生，居闽之琼水，自言系出金陵某氏，顾不详其族望①。家贫而貌寝②，且木强③多怒，少时见妇人，辄踧踖④匿隅。尝力拒奔女，严关自捍。嗣相见，奔者恒恨之。迨长，以文章名于时，读书苍霞洲上，洲左右皆妓寮，有庄氏者，色技绝一时，夤缘⑤求见，生卒不许。邻妓谢氏笑之，侦生他出，潜投珍饵，馆童聚食之尽，生漠然不闻知。一日，群饮江楼，座客皆谢旧昵，谢亦自以为生既受饵矣，或当有情，逼而见之，生逡巡⑥遁去。客咸骇笑，以为诡僻⑦不可近，生闻而叹曰：“吾非反情为仇也，顾吾褊狭善妒，一有所狎⑧，至死不易志，人又未必能谅之，故宁早自脱也。”所居多枫树，因取“枫落吴江冷”⑨诗意，自号曰冷红生，亦用志其僻也。生好著书，所译《巴黎茶花女遗事》⑩，尤凄惋有情致，尝自读而笑曰：“吾能状物态至此，宁谓木强之人，果与情为仇也耶！”

〔注〕 ① 族望：氏族之有声望者。 ② 貌寝：容貌丑陋。 ③ 木强：倔强，不和柔。 ④ 踧踖(cù jí)：恭敬不安的样子。 ⑤ 夤(yín)缘：攀附。 ⑥ 逡巡：有顾虑而徘徊或退却。 ⑦ 诡僻：奇异，怪僻。 ⑧ 狎：亲近而不庄重。 ⑨“枫落吴江冷”：唐崔信明的名句，《全唐诗》录此句而无全篇。崔信明，《新唐书》有传。 ⑩《巴黎茶花女遗事》：林纾所译法国作家小仲马的小说，书中描写了一对青年男女受金钱和世俗观念阻碍而分离的爱情悲剧。

传记文，是用来表其人，彰其德，寓其意的，按照姚鼐认可的说法，“古人为达官名人者，史官识之，文士作传，凡为《圬者》《种树》之流而已”(《古文辞类纂序目》)，林纾《冷红生传》，显然属于后者，它与韩愈《圬者王承福传》、柳宗元《种树郭橐驼传》等文学性传记一脉相承。如果以自传一体而论，则又是陶渊明《五柳先生传》的嗣响。

自传不出传主姓名，而此别号“冷红生”称之，连家世籍族，科名宦绩也一并隐去，只记载了几件年轻时不近女色的往事。传记以遇女与拒女为线索，在情欲与理性的冲突中表现传主的脾气秉性，显示其生平的点滴。

作者自称“家贫貌寝”，“木强多怒”，尤其是个见了女子便会局促不安的人，应该说他本与红颜无缘，谁知接二连三的桃花运降临在这位冷红生身上。三名身世、品性各异的女子撞进他的交往圈子，使平静的读书生活顿起涟漪。冷红生摆出坐怀不乱的君子风度，兵来将挡，水来土掩，在情海欲壑面前，严守男女之大防，未曾有逾矩的举动。第一位是个奔女，这个不守礼法的自由婚姻者，慌不择路，向冷红生求一栖身之处，却饱尝闭门之苦，连姓甚名谁，何缘出奔，也不得而知。“捍”字下得奇特，俨然一个卫道的少年英雄，形神俱现；“恨”字品来苦涩，此奔女“恨”其绝情？抑“恨”己命苦？笔下竟不免流露出一丝内疚来。第二位是个庄姓妓女。此时传主业已长成，且享文名，而庄氏又“色技绝一时”，才子佳人，往往纠缠不清，这无疑给冷红生的守贞增添了难度。结果是痴心女有意攀附，读书郎无心入彀，冷红生于苍霞洲上再战告捷。但“卒”字背面，倒说不定将庄氏频传秋波、传主几番动心的故事略去了呢！第三位谢氏也是青楼中人，与庄氏不同的是，她颇谙鱼贪饵上钩的常理，巧施小计，以求诱得爱心。谁知冷红生浑不知谢氏送“珍饵”事(美食为“馆童聚食之尽”)，在谢氏逼迫就范的情势下，“逡巡遁去”，最终保住了他软硬不吃的礼法护卫者的形象。

冷红生几次三番不因美色而移心志，被人哂为“诡僻不可近”。读者不免疑惑，一位满腹诗书的读书公子，尽可以力陈大义，早早断绝多情女的非分之想，也不致风波迭起了。据作者称，他拒女色，是因为专情，而为了避免坠入情网而不能自拔，才采取了不接触求解脱的策略。为证明冷红生并非“反情为仇”的木强之人，文中举出了翻译《巴黎茶花女遗事》一例。林纾古雅的译笔，确实把一对法国恋人的爱情悲剧，写得“凄惋有情致”，严复曾称道：“可怜一卷《茶花女》，断尽支那荡子肠。”林译《茶花女》，是在他新丧偶后牢愁寡欢，经朋友劝说下为破岑寂而动笔的，其中羼入些许译者的感情，也是不言而喻的。至此，一个冷红生的自画像算是完成了，两次自言针对三桩轶事，使他的“木强”，他的“僻”，也有了周全的解释。

这篇看上去遮遮掩掩、亦明亦暗的传记，总嫌难见传主全貌，其原因在于，作为文学家的林纾，选取几个典型事例，婉媚动人地表达了他的爱情观和妇女观，而作为程朱理学信奉者的林纾，并没有正面出现。如果在传中直接宣扬一通纲常名教，那将是令人乏味的。实际上，情的诱惑始终没有冲破冷红生的礼防。自传的成功之处，也在于林纾以小说家的手法，以诙诡的笔调，塑造了一位专于情、拘于礼的封建文人的形象。（张修龄）

【作者小传】

柴 萼

(1893—1936) 又名紫芳，字小梵。慈溪人。东渡日本，在神户吴锦堂创办的中华学校执教七年。工诗文，曾撰《梵天庐丛录》。

炭 价

柴 萼

某太监至开封索贿，事甚小，术甚巧。其语某县云："天寒，老佛爷[1]最恶寒。汝需日备炭三十斤，每枝长须一尺五寸，圆一寸五分。不可有节，有节则生烟。不可有裂纹，有裂纹必爆，或烧衣服，或惊圣驾。汝其慎之！"某县问云："此种炭不知何名？他省或有，实不出在河南。"某监佯怒云："汝做皇家官，三十斤炭尚不肯为老佛爷尽心。万一老佛爷冻着，汝罪不小！"忿忿欲去。某县婉转哀鸣，某监愈怒。旁有随某监之一人云："尔小子，有银子便好商量。"某县还叩以数，不对。强索至千金而去。噫！炭价如此，其重于炭者可知已。

〔注〕 ① 老佛爷：清代对皇太后的尊称。这里指慈禧太后。

索贿丑行，由来已久。如战国时齐孟尝君出聘秦国交好，秦昭襄王听人挑唆忽地变计要加害齐使，孟尝君急向秦王爱妃燕姬求救。燕姬答应解围，但先决条件是要献给她一件珍贵的狐白裘。孟尝君千方百计满足她的要求，经她斡旋终于幸免于难。燕姬的索贿，乘人之危而能解人之危，虽然可恶，毕竟还有理可喻。《唐语林》上载：某御史公干完后返京，途经同州，下榻驿站。第二天却不动身赶路，突然下令调阅州狱案卷，并气势汹汹将驿站锁闭。知州莫明其妙，惶急异常。

幸好有谙于此道的老吏教他如此这般，知州马上暗嘱驿站厨师乘便给大宪奉上“百缣为赠”。御史收受后立即开启驿门，送还案牍，乘马离去。与燕姬相比，这位大宪的索贿简直无理可喻，近乎无赖。

本文中的某太监索贿又别具一格，其特色是“事甚小，术甚巧”。他以“老佛爷”这张王牌为名，向开封某县征取取暖用炭，每天三十斤。从封建官场从属关系来说，这本是天经地义的一桩小事，所费无几。可是，他接着在炭的尺寸、规格上大做文章，提出了极为苛刻、难以达到的要求，有意进行刁难，可见意不在炭，另有所图。当县令露出难色时，他就“佯怒”，并恫吓道：“万一老佛爷冻着，汝罪不小！”这一招果然灵，吓得县令战战兢兢，“婉转哀鸣”。太监看到时机成熟，就由随从出面打圆场：“有银子便好商量。”结果硬是被敲诈去一千两白银。其手法之圆熟令人咋舌。拉大旗作虎皮，巧取豪夺，这个西太后奴才、地方上二皇帝的贪鄙无耻嘴脸，被刻画得入木三分，堪称索贿群丑中的一个典型。　（曹光甫）

附录

篇目笔画索引

说　明

一、篇目按第一字笔画分先后，画数相同的按起笔笔形一丨丿丶→顺序排列。第一字相同的篇目，按第二字的笔画和起笔笔形排列。以下类推。

二、字体采用中国文字改革委员会编印的《简化字总表》中的简化汉字，以及文化部和文改会发布的《第一批异体字整理表》中的选用字。

三、篇目后面的数字，表示该篇目在本辞典中的页码。

五　画

〔一〕

〔丨〕

〔丿〕

〔丶〕

〔乛〕

六　画

〔一〕

七　画

〔一〕

十三画

〔一〕

十四画

〔一〕

图书在版编目(CIP)数据

古代小品文鉴赏辞典 / 上海辞书出版社文学鉴赏辞典编纂中心编. —新 1 版. —上海：上海辞书出版社，2024

ISBN 978-7-5326-6140-4

Ⅰ.①古… Ⅱ.①上… Ⅲ.①小品文-鉴赏-中国-古代-词典 Ⅳ.①I207.62-61

中国国家版本馆 CIP 数据核字(2023)第 204080 号

古代小品文鉴赏辞典(新一版)

上海辞书出版社文学鉴赏辞典编纂中心 编

责任编辑 张秋文
装帧设计 姜 明
责任印制 楼微雯

出版发行 上海世纪出版集团
上海辞书出版社®(www.cishu.com.cn)
地　　址 上海市闵行区号景路 159 弄 B 座(邮政编码：201101)
印　　刷 安徽新华印刷股份有限公司
开　　本 890 毫米×1240 毫米 1/32
印　　张 40.875
字　　数 1 423 000
版　　次 2024 年 1 月第 1 版 2024 年 1 月第 1 次印刷
书　　号 ISBN 978-7-5326-6140-4/I·564
定　　价 148.00 元